科幻创作研究丛书

百年中国科幻小说精品赏析

（第一册）

姚义贤　王卫英　主编

科学普及出版社
·北　京·

图书在版编目（CIP）数据

百年中国科幻小说精品赏析：全五册 / 姚义贤，王卫英主编．—北京：科学普及出版社，2017. 5

ISBN 978-7-110-09462-4

Ⅰ. ①百… Ⅱ. ①姚… ②王… Ⅲ. ①科学幻想小说—作品集—中国—现代②科学幻想小说—作品集—中国—当代③科学幻想小说—小说研究—中国—现代④科学幻想小说—小说研究—中国—当代 Ⅳ. ① I24 ② I207.42

中国版本图书馆 CIP 数据核字（2016）第 244847 号

策划编辑	王卫英
责任编辑	鞠　强　符晓静　李　英
装帧设计	中文天地
责任校对	凌红霞　杨京华　焦　宁
责任印制	马宇晨

出　　版	科学普及出版社
发　　行	中国科学技术出版社发行部
地　　址	北京市海淀区中关村南大街16号
邮　　编	100081
发行电话	010-62173865
传　　真	010-62173081
网　　址	http://www.cspbooks.com.cn

开　　本	787mm × 1092mm　1/16
字　　数	1881千字
印　　张	121
版　　次	2017年5月第1版
印　　次	2017年5月第1次印刷
印　　刷	北京盛通印刷股份有限公司
书　　号	ISBN 978-7-110-09462-4 / I · 484
定　　价	468.00元（全五册）

（凡购买本社图书，如有缺页、倒页、脱页者，本社发行部负责调换）

编委会

学术顾问（按姓氏笔画排序）

王泉根　王晓达　王逢振　叶永烈　刘兴诗　刘嘉麒　汤寿根
杨　潇　张之路　张明廉　金　涛　居云峰　孟庆枢　姜云生
常文昌　彭金山　董仁威　雷　达　谭　楷　魏雅华

学术委员（按姓氏笔画排序）

王玉平　王晋康　王康友　尹传红　石顺科　叶立文　任福君
刘　兵　刘慈欣　江晓原　汤哲声　苏　青　李云飞　李凌己
李　淼　杨　枫　杨虚杰　吴义勤　吴　岩　何　薇　辛　兵
沙锦飞　陈国恩　陈　玲　罗　晖　郑　念　单　亭　赵立新
钟　琦　施战军　姚海军　徐扬科　郭　晶　韩　松　程金城
焦国力　解志熙　颜　实

序

科学技术是人类的共同财富，也是社会发展的重要驱动力。在当今世界激烈的综合国力竞争中，优先发展科技已经成为各国公认的发展战略。而科技创新、科学普及是实现创新发展的两翼，二者相辅相成，不可或缺。目前，我国正处于建设创新型国家、奋力实现中国梦的关键时期，为了推动公民科学素质提升，激发全社会的创新创造活力，科普事业尤需迎头赶上，全面繁荣。

在科普事业的发展大局中，科普创作是科学普及的源头活水，地位十分重要。而科幻作为近年来我国科普创作天地中的生力军，更是充满朝气与活力，带动了科普创作和科普产业的繁荣发展。科幻在激发人类想象力，培养科学兴趣，促进创新方面有着不可忽视的价值；在实现中国梦的伟大征程中，具有独特的魅力和感召力。

科幻文学萌生于 19 世纪初期的西方，是以科学为源文化的文学形式。科学性是科幻作品之根本。科幻作品需基于一定的科学依据，但未必等同于现实世界的科技细节，也不追求科学印证，科幻是假说式的，甚至是想象的，艺术的“科学”。科幻作品的灵魂是“幻”。想象力是科幻作品之翼，科幻作品的“幻想”，并非违背科学常理的“胡思乱想”，而是基于科学基础之上的、闪耀智慧火花的“奇思妙想”，蕴含着无穷的创新思想和创造力。科幻作品的精髓是批判性。初期科幻作品的批判向“外”，多是对社会的批判；当代科幻文学的批判则常常是向“内”，拿科学本身开刀。对科学本身的批判、怀疑和反省，恰恰符合科学的精髓，即怀疑精神。

科幻作品的价值不仅体现在文学层面，更彰显于科技与社会发展领域。科幻作品关注科技发展对人类文化及更深层面的影响，开启思想实验与创新之门，引导科技发展与社会进步，是当今时期科学普及事业发展不可或缺的新推手。

科幻文学的初始使命之一是普及科学，传承知识。科幻小说在晚清肇起之初就与科普有着天然的联系："导中国人群以进行，必自科学小说始"，鲁迅在 20 世纪之初率先从日本翻译引进凡尔纳的科幻小说，传播科学和技术，目的就是"于不知不觉间，获一斑之智识，破遗传之迷信，改良思想，补助文明"，即用文学化的方式传播科学和技术。新中国成立之初，百废待兴，在"向科学进军"的号召下，科幻再次应运而起，惠及民识，负笈科普。此后，中国科幻文学的发展又几经起伏，辗转至今天的繁荣初现。当然，也有人认为不应将科普功能强加于科幻作品。事实上，科幻作品在激发人们的想象力、培育创新意识正是科普的重要功能，如果人为地把科幻中的科普功能全面剔除，就会削减中国科幻的历史承袭感和使命感，同时会减低它在读者中的辐射力和影响力。

近年来，科幻在发达国家已逐渐形成了完整的产业链条，科幻的发展某种程度上能够体现一个国家科技水平的状况。中国科幻也已经走过百年历程。经过几代作家的辛勤耕耘，科幻创作取得可喜发展。一是科幻创作队伍不断壮大，涌现出王晋康、刘慈欣、韩松、何夕、杨鹏、郝景芳等一批优秀作家；二是产出了一批优秀的、甚至具有国际影响力的科幻作品，如《三体》《天父地母》《红色海洋》《天年》《逐影追光》《北京折叠》等。尤为令人振奋的是，2015 年 8 月 23 日，著名科幻作家刘慈欣创作的《三体》获第 73 届世界科幻大奖"雨果奖"最佳长篇小说奖，这标志着中国科幻已经走向世界。紧随其后，2016 年，青年科幻作家郝景芳创作的《北京折叠》又获第 74 届世界科幻大奖"雨果奖"最佳短篇小说奖，中国的科幻创作在国际上再度引起强烈反响。与此同时，科幻创作引起了国家层面的关注。2015 年 9 月 14 日，国家副主席李源潮与科普科幻创作者代表座谈会在中南海召开，李源潮副主席发表了热情洋溢的讲话《繁荣科普科幻创作 为实现中国梦注入科学正能量》；2016 年 9 月 8 日，中国科幻大会在北京隆重召开，国家副主席李源潮亲临大会并发言致辞，他的题为《为建设世界科技强国播撒科学种子》的讲话极大地鼓舞了我国的科幻创作者。我们看到，中国的科幻创作正迎来一个全新的发展时机。

近年来，中国科协对科幻创作十分重视，先后支持中国科普研究所和中国科普作家协会设立“百年中国科幻小说精品赏析”“中国科幻的思想者——王晋康科幻创作研究文集”“中国科幻的探索者——刘慈欣科幻小说精品赏析”等科幻研究专题，旨在搭建中国科幻理论深入发展的理论平台，激励和鼓舞中国科幻作家的创作信心，提升读者的阅读水平。特别是 2016 年 9 月中国科协主办的“2016 中国科幻季”，通过 2016 中国科幻大会、国际科幻高峰论坛、科幻银河奖颁奖典礼、全球华语科幻星云奖颁奖典礼、中国科幻史展、魅力科幻嘉年华、印象科幻片展映等系列活动，激发中国科普科幻创作的潜力，推动科普科幻产业的发展，为科普科幻相关作者、专家、媒体、影视、产业和读者等相关方面提供相互交流、融合发展的平台，具有重要的意义。

一位科幻作家曾讲过：“科幻文学并不必定承担普及具体科学知识和预测未来的义务，但是一部优秀的科幻作品一定能够达到这两种效果。”我们相信，只要人类离不开科学技术，科幻文学也会永葆其生命力。

是为序。

王康友

目录
CONTENTS

第一册

中国科幻小说的开拓：十七年科幻小说创作

第二册

中国科幻小说的复苏：“文化大革命”后至1984年科幻小说创作

第三册

中国科幻小说的发展：新生代科幻小说创作（一）

第四册

中国科幻小说的发展：新生代科幻小说创作（二）

第五册

港台科幻小说创作

附　录

导　言

一、科幻小说的定义、文学分类、审美价值和文化价值

什么是科幻小说？国内外学者下的定义林林总总，但都无法完整准确地覆盖所有科幻作品。这种状况其实源自一个误区。科幻小说是一个包容性很强的文学品种，确实无法用一个准确、严格的定义把它与其他文学品种截然分开。所以说，这本身就是一项注定无法完成的西西弗斯任务。但是，科幻小说又必须有一个定义，或者说作为一个文学品种来说，它必定有独有的特质，有不同于其他文学品种的品性，否则这个文学品种就没有生命力，没有存在的必要。

其实，对于那些最具有这个文学品种特质、最核心的科幻作品，确实是能做出准确定义的。我们认为，美国著名科幻作家艾萨克·阿西莫夫那个相对简单的定义就适用于科幻作品的核心部分，它应能经得起历史的考验：科幻可以界定为处理人类回应科技发展的一个文学流派。

这个简洁的定义表明：①科幻小说属于文学，所以它的主要社会功能并非向大众传播科学知识或进行科技预言，因而不能把科幻和科普相混淆。并非说科幻小说拒绝这些功能，但它仅是次一级目标；②科幻小说的主要社会功能，是以文学手段处理人类如何回应与科技发展有关的种种问题。

从这个定义推演，还可列举出科幻小说所具有的其他特质。以下所说的特质均针对核心科幻，非核心科幻作品并不一定具有或不一定全部具有下述特质。比如：

科学是科幻的源文化；

科学理性是科幻文学永远强劲的贯通性主线；

科学与大自然之美本身就是科幻作品的美学因素，与文学上的美学因素并列；

科幻作品常常是以人类为种族，以整体的人类为作品主角。科幻常常把关注人类起源、人类生存目的和人类终极命运作为主命题；

科幻在关注现实和历史的同时，更多地关注未来；

科幻小说常常有一个符合科学理性的、新颖的科幻构思，它应是故事情节的第一推动力。这是核心科幻作品与其他文学作品的显著区别，等等。

美国大师级科幻编辑小约翰·伍德·坎贝尔说，科幻小说就是“以理性和科学的态度来描写超现实情节”，他对理性的推崇与上文所说的特质是一致的。另一位大师级编辑雨果·根斯巴克说：“描写彩云和落日是旧小说家的事，而描写科学器械和手段才是现代科学侦探作家（注：当时对科幻作家的称谓）的事。”这句话以今天的认识来看，则有失片面。科幻小说家不仅描写地球上的彩霞和夕阳，而且描写宇宙和生命起源时的彩霞，描写宇宙和生命寂灭时的夕阳。这种美比一般小说家心仪的自然之美更为宏大、深邃、瑰丽和奇异，并蕴含着与生俱来的苍凉。只不过，理解这种美既需要敏锐的心灵，又需要一定的科学知识。并非所有读者都能欣赏到这样的美——正如并非所有人都能欣赏文学的美。在中国散文名家刘亮程的作品中，随时可以撷取到自然中美的露珠，这种美是晶莹纯净的、浅白的、零散的，是出自孩童的视野；而科幻作家心目中的自然之美是坚硬的、深刻的、精巧无比的、浑然天成的，是出自“上帝”的视野。

科学技术的高度昌明已经深刻地影响了人类社会，甚至人类本身。著名文学评论家雷达先生在《论新世纪文学》中说：“……现代高科技已经改变了人们的传统生活方式，科学的触角已经伸向人们社会生活的方方面面，科学创造出物质的同时改变了古典的以信仰和道德为重心的精神世界，也极大地改变了作家的创作心理。”诚如斯言，科学技术深刻地改变了物质世界，改变了人类社会的道德伦理，赋予作家观察宇宙、生命、人生等全新的眼光。科学技术甚至开始侵蚀人类的古典定义：试管婴儿挑战了上帝最核心的权威，即关于生命如何延续的程序；而克隆人、人机杂合人、人兽杂合人技术甚至将在物理层面修改人的定义。“人性”一直是文学的永恒主题，但进化论的胜利其实早就扬弃了不变的、纯粹的人性，人性只能放到更广阔的生物性中去考察。“真善美”也是文学永远歌颂的主题，但科学以对“真”的有力强化而部分否定了其他二者。科学是在人类的手中发展起来的，但当它反过来异化人类时，没有任何力量能中止这个过程。而且随着时间的推移，这个过程只会越来越迅猛、广延和深化。

在这种全新的社会态势下，作为专职“处理人类回应科技发展”的科幻文学，当然具有其他文学品种所不具备的优势，包括思想方法的优势、心态的优势和艺术手段的优势，后者包括：“上帝”的视角、可以自由设置的背景、时空倒错、以整个人类种族为小说主角，以科幻构思推动情节、宏叙事、展示哲理的力量、展示技术之美，等等。从这个方面说，中国科幻文学经过百年积淀而在 21 世纪开端达到一定的繁荣，是与中国社会的发展基本同步的，是历史的必然。

从世界范围看，科幻文学是一个非常年轻的文学品种，虽然古希腊、古印度和古中国等古文明都有类似科幻的作品，但真正的科幻文学是随着工业文明一起诞生的，而且它在各国的繁荣都以科技昌盛为必要条件（虽然各国的工业文明高峰并非一定会带来同样高度的科幻文学高峰）。雷达论文学现代性时说，它的“主要内涵是理性精神、科学精神、契约精神和批判精神”——可以一字不差地搬到科幻文学上。

由此可以乐观地说，科幻文学是一个有长久生命力的文学品种，自从它随着工业文明呱呱坠地以来，就注定会永远存在下去——除非科学技术衰亡，那也是人类文明的衰亡。当然，它不会永远处于高峰，同样也不会永远处于低谷。波浪式周期性的发展是所有事物的普遍规律。

上面主要说到“最具科幻特质”的核心科幻作品，那么与此相对，当然有非核心科幻作品（旧称软硬科幻，但我们觉得新提法更为准确）。需要强调的是，二者仅是分类学概念，完全不包括正统性、质量高下等概念。科幻萌生伊始，便有由三大宗师分别代表的两种科幻。儒勒·凡尔纳的作品比较接近于核心科幻，而玛丽·雪莱和乔治·威尔斯的作品比较接近于非核心科幻。美英一些作家，如艾萨克·阿西莫夫、阿瑟·克拉克、迈克尔·克莱顿（他的小说常被定义为高科技小说）等的作品可以划归于前者，更多的大师级作品属于后者，而罗伯特·海因莱因的作品则无法准确划分。国内科幻作家中，20世纪50至80年代的大部分作家属于前者；新生代和更新代作家如刘慈欣、王晋康、何夕、绿杨、郑军、星河、江波等也属于前者，而韩松、刘维佳、潘海天、钱莉芳等人属于后者，其他更多作家如赵海虹、夏笳、迟卉等则不好准确划分。其实根本没必要去硬性划分。不去争论科幻作品是软是硬，已经是中国科幻文坛形成的共识。

核心科幻的读者群相对较窄，用一句虽然不甚严格但也算准确的话来说，多是有理工科背景的人，他们常常更偏重于理性而非感性。反过来也就是说，非核心科幻作品往往有更大的受众群。而且，由于非核心科幻更易与其他文学品种杂交和渗透，而且创作起来更为自由，没有那些隐性条规的束缚，其实更易出现优秀作品甚至经典作品。著名的反乌托邦三部曲：叶·扎米亚京的《我们》、阿道斯·赫胥黎的《美丽新世界》和乔治·奥威尔的《一九八四》，虽然也可认为是“人类回应科技发展”的作品，但文中的科技发展常常是隐性的、象征的，只是政治性的隐喻。所以，它们都更接近于非核心科幻。中国当代科幻作家韩松同样以其诡异、颠覆性、景象惨烈的隐喻性乌托邦作品在知识分子中获得了声誉。

世界万物其实都在深层次下藏着某种悖论。作为作家和读者，完全不必刻意区分科幻作品的上述属性，但若就一个文学品种整体而言则必须有自己的准确定义，有最能代表该品种特质的作品作为该“种群”的骨架。有了这个骨架，然后尽可能包容所有与科幻有某种渊源、含有某种科幻元素的作品，融百川而成大河，才能更有效地推进科幻文学的繁荣。

这里也想涉及一个“闲话题”：科幻文学属于俗文学还是雅文学？这个话题说闲也不闲，它牵涉到对科幻作品进行评论和欣赏的视角。在英国，科幻小说最早诞生时就有浓厚的知识分子情结，显然应划入雅文学的范畴。苏联和中国（包括台湾地区）也大致类似，有较浓的雅文学特征。而在美国，科幻小说最早诞生于廉价杂志，是标准的大众快餐，只是在繁荣后才增强了其中雅文化的成分。中国香港的倪匡基本是走大众文化快餐这条路。

如果要给科幻文学一个较为全面的定位，应该说它（不特指核心科幻）更接近通俗文学，主要以想象瑰丽的传奇故事来打动读者，受众主要是有一定文化的普通民众，特别是青少年。在二十世纪 80 年代初，中国科幻遭受了不公正的批判，自此中国科幻走上了野生野长的发展之路，这反而让它获得了比其他文学品种更加强韧的生命力。它之所以能生存至今，就是因为走大众路子，是普通读者的滴滴泉水滋养了它。不过，正如坎贝尔所说，尽管科幻读者是以青少年为主，但一般来说，凡是喜欢科幻的青少年，其思想常常较同龄人成熟，所以科幻小说的大方向应定位于成人。这个观点是正确的。以我们的经验，中国的青少年科幻读者往往更爱读那些在思想上更为“成人化”的作品，正是有了作者和读者在认知上的差异，才更能激发读者的阅读兴趣。而且正如前面所言，对于这个文学品种来说，它“天然地”倾向于以下的思辨性主题——向读者传达科学本身的魅力，描绘大自然的精妙秩序，思考人生的终极问题，审视科学对人类的异化，如此等等，也就天然地具有了雅文化的强烈特征，包括思想特征和美学特征。黄子平等人在《论二十世纪中国文学》中说：“……悲凉之感，是二十世纪中国文学所特具的、有着丰富社会历史蕴含的美感特征。”而中国科幻新生代之后的作品中（中国科幻的发展大致分四个时期，具体划分见下文），这种悲凉美感表现得更为浓烈，而且它不仅包括社会历史的丰富内蕴，还蕴含着人类对于宏大宇宙和漫长时间的敬畏和无奈，是一种多少带有宿命意味又不失雄阔的苍凉，这在所谓新生代科幻界领军人物刘慈欣、王晋康、韩松、何夕的作品中表现得尤为明显。所以，从总体上说，科幻文学应界定为含有强烈雅文化特质的俗文化，以引人的故事包含着坚硬的哲思，雅俗共赏是作品的最高境界。

既然说到悲凉美感，就想借此提一提中国科幻对科学的反思。这种反思在中国科幻发展的前三个时期也有散见，但不多（台湾的同期作品表现得较多），而集中表现于新生代之后。20 世纪 90 年代之后，当中国内地科幻从绝境中挣出活路、并在完全市场化的艰难之路上开始走向繁荣时，科幻作品既富含对科学的深情讴歌，也几乎同步地开始了对科学的深刻反思和对科学伦理的思考，其触角伸向科学的方方面面，如工业技术造成的环境污染、科学对人类的异化、转基因技术的违反“天道”、强科学主义的荒谬，等等。这些批判和反思既是建立在对科学的虔诚信仰之上和对具体科技的正确了解之上，又有文学手段的精美包装，因而也就特别有力。可以说它影响了一代读者的思想定式。这些反思的犀利和广泛，不仅国内主流文学望其项背，即使在国内思想界也属先行者。可惜科幻圈外人，甚至多数圈内人还没有认识到这些思考的意义。科学的最高信仰便是对权威的自我批判，以科学为源文化的科幻也天然地具有这种批判精神，这也正是科幻文学最重要的社会功能之一，是一个民族成熟的标志。中国人由于几千年对权威的崇拜、对实用主义的推崇，对这种比较“玄虚”的伦理思考一向不重视。唯其如此，中国科幻文学在这方面的贡献就更为可贵。相信终有一天，这些贡献会被铭记在文化思想领域的凌烟阁上。

从历史传承看，苏联和中国的科幻文学源出科普，与科普有很深的渊源。中华人民共和国成立初期的科幻作家大多源出科普系统，至今中国科普作家协会中仍设有科学文艺委员会。再从内容和社会功能看，科幻文学尤其是其中的核心科幻，也与科普有天然的血缘。科幻文学能在青少年读者中以“润物细无声”的方式传播科学知识，培养他们的理性思维方式和激发他们的想象力，这两方面科幻与科普互为同道，可以并列入“科学传播”的范畴。但科幻作品尤为重要的、科普所不能替代的功能是：它可以对知识饰以精美的文学包装，克服一般人对科学的陌生感和疏离感，激发青少年对科学技术的兴趣，建立发自心灵的热爱。而少时的“心灵之爱”往往是一个人走向科学的最重要动力，终生不殆。在美国，一流的科学家中很多都拥有童年的科幻情结，这是不争的事实。今天中国的学子中，不少人因为少年时代接触科幻而决定了大学的志愿，这样的现象也已经司空见惯。

20 世纪五六十年代的中国科幻由于过于重科普而轻文学，曾大大限制了其作为文学品种的发展空间，其后童恩正等人率先对其修正，在 80 年代确立了“科幻文学从总体来说不负担科普功能”这一理念，这是时代的进步。但事情都是两面的，如果一味重文学而轻科学，完全拒绝科幻文学的科学传播功能，那也是另一种误区。因为，科幻文学本身就是科学与文学的联姻，父精母血，缺一不可。

二、百年中国科幻小说总揽

我们对百年中国科幻小说发展史做一个粗略梳理。大致分四个时期：

（1）中国科幻小说的草创期：晚清至中华人民共和国成立前（1904—1949）

（2）中国科幻小说的开拓期：十七年科幻小说创作（1950—1966）

（3）中国科幻小说的复苏期：“文化大革命”后至1984年科幻小说创作（1976—1984）

（4）中国科幻小说的发展期：新生代科幻小说创作（1991—2011）

由于政治上的区隔，港台科幻小说与大陆有明显的区别，不在上述四个时期之内。

在主流文学界，近来比较流行的观点是以一个“通”字来贯通过去人为划分开的当代文学史和现代文学史，认为两者虽然有一定的断代特征，但主体特征（内在的关联性和延展性）是“同”多于“异”。这个观点如果用于中国科幻小说史则不一定合适。相对主流文学来说，中国科幻小说有很多迥异之处，比如：科幻在中国没有深厚的古典文化基础，而是直接受哺于西方，受哺于现代工业文明；又因种种原因（朝代更替、解放初期的政治运动、“文革”、对所谓科幻是伪科学的批判）造成了这条文化之河太多太深的断裂甚至断流，所以总体说来，四个时期的中国科幻是“异”多于“同”。

当然，四个时期的中国科幻小说也有一条一以贯之的主线，那就是对科学的依附，而科学是一个唯一的体系，有着最严格的内在继承性。世界上没有西方科学和东方科学之分，没有旧科学与新科学之分，比如说，相对论颠覆了牛顿力学，却并不否定后者在宏观低速领域的正确。但在除此之外的文学性表征上，中国科幻小说在四个时期都有各自不同的特色。

1. 晚清至中华人民共和国成立前

晚清以降，中国第一次向国外打开国门，国人以新奇的眼光看着外边的五彩世界，而工业文明在中国也开始发展。随着国外文学大量引进，包括儒勒·凡尔纳、押川春浪、乔治·威尔斯（稍晚）等人的科幻作品，国内也出现了一个小小的科幻创作和出版高潮，一些作品甚至达到了相当的高度。这个时期有以下特点：

中国科幻作家直接师承于法、英等西方国家；

作家多是散兵作战，其作品水平直接取决于作者本人对国外文学的理解和积淀。科幻评论、作家社团和科幻小说特有的读者社团（即科幻迷组织）比较薄弱或干脆阙如；不少作家写科幻小说是偶一试水，没有形成连续创作；

作品更多关注于技术层面，其中顾均正对科学思想和科学理性比较关注，明显高于同时代其他作家。

2. 十七年科幻小说创作

新中国成立后，由于政治上的巨大变革、国内建设的热潮勃发和国人的昂扬激情，科幻小说也有了全新的面貌。总的来说，“文革”之前的十七年科幻小说有如下特点：

从作家构成来看，与上一时期基本断代（除顾均正等极少数作家外。顾在 1949 年后也更多从事科学小品而非科幻小说创作）；

伴随着“向科学进军”的号角，政府主导作用强化，作品主要定位于科普和儿童文学；

作家主要师承前苏联科幻作品，当然英法等国的古典科幻作品也是重要的源头。而对前一个时期的中国科幻作品没有太多的继承性；

科幻作品主题是昂扬向上，纯净化，少儿化，民族化；

由于时代的局限，也部分因为过于偏重于科普和少儿，科幻作品的文学技巧比较稚拙。

3. “文化大革命”后至 1984 年

十七年文学被“文革”齐腰斩断，造成了文化和心灵的极度荒漠。拨乱反正之后，“科学的春天”来临，民众对科学的热情空前高涨，科幻小说也极为迅猛地出现了一个高峰。其中，叶永烈的《小灵通漫游未来》发行数百万册，在中国科幻小说史上前无古人。主流文学杂志上刊登了童恩正的《珊瑚岛上的死光》、叶永烈的《腐蚀》，人民文学出版社出版了郑文光的《飞向人马座》，其中《珊瑚岛上的死光》还被拍成了电影。其他作家如金涛、刘兴诗、肖建亨、魏雅华、王晓达、宋宜昌等也是佳作不断。这个时期有以下特点：

作家队伍构成上第一次有了继承性，其实本时期一些作品本身就是“文革”前创作的；

“文革”的创痛和对新生活的激情共同表现于作品，其思想深度、文学触角、文学技巧都有了很大提高。童恩正、郑文光等人已经有意识地走出“科普”的藩篱，重视小说的文学性。不过，“文革”后广泛引入的外国文学作品尚处于学习阶段，还未能完全化入中国科幻作品，所以从总的来说，其文学技巧尚未臻炉火纯青。尤其是“文革”的思想桎梏在作品中仍有所体现。举一个典型的例子，童恩正在扩写《古峡迷雾》时强化了以下主旨，即把那些“认为中国古代西南的文化不是土著文化，其原生地是东南亚地区”的外国学者处理为别有用心的反派，这种观点显然落后于“把人类作为种族”的科幻文学的普遍宗旨（实际上，这些外国学者的观点今天已经被基本证实）。

科幻理论研究已经开始，尤以叶永烈、童恩正、郑文光等人贡献较大。作家社团已经形成，但读者社团基本阙如。

总的说来，这一时期中国科幻作品的文学高度和思想高度尚未能同国际接轨。任何文学品种的发展都需要积累，这些不足本来可以在创作中逐渐改进，可惜一场极为粗暴的批判几乎完全斩断了中国科幻小说的发展之路。

4. 新生代科幻小说创作

1984 年后，中国科幻之河基本断流，所有出版阵地除四川的《科幻世界》外全部失守。杨潇、谭楷等少数人的拼死苦守为中国科幻保留了唯一一条细脉，这使中国科幻的复苏至少提前了十年时间。20 世纪 90 年代，中国的现代化建设已经初见成果，教育的发展也培育了大量潜在的科幻小说读者。

国外文学十几年的引进已经被读者和作者消化，主流文学界已经早一步开始了繁荣，其对文学技巧的实验也影响了科幻小说作家。总体来看，科幻发展的各种外部条件已经具备。“夫人情不能止者，圣人弗禁。”真正有生命力的东西是行政干预无法永远禁绝的。从1991年后，中国科幻小说创作开始从复苏走向繁荣。

有人把这个时间段又细分为新生代和更新代，其实更准确地说，应为“短篇时代”和“长篇畅销书时代”。短篇时代以王晋康为领军人物。他初出道时已经45岁，有了丰厚的生活、知识、文学技巧和思想识见的积淀，作品苍凉厚重，故事精巧，悬念迭起，民族性异常鲜明，绝少对西方科幻的模仿，尤其对人生、科学及大自然有着深刻的哲思洞见，所以其作品常被称为哲理科幻。其他如何夕、韩松、星河、杨鹏、柳文扬、凌晨、苏学军、杨平、潘海天、赵海虹等人也喷薄而出，一时群星灿烂。

这个时期有以下特点：

（1）作家队伍基本又是一次大换血。上个时期的作家，除刘兴诗、绿杨等少数人还坚持科幻创作外，其他或去世、或改行、或沉寂。新作家是在“野生环境”下自然成长的，基本处于体制之外，也无形中切断了同科普界的历史纽带。

自此之后，中国科幻有了更明显的继承性。此后的年轻作家是在本土作品的熏陶下成长起来的，他们在文学技巧、思想倾向等方面除了仍强烈地直接师承西方，也开始了对本国作家的师承。

（2）该时期的科幻作品，文学面貌已经基本同国外接轨，不少优秀短篇已经接近和达到国外一流水平。这段时期也有长篇问世，但影响力远小于短篇。在科幻作品的思想领域，比如对科学的反思、对科幻品种特性的认识等也同国外接轨。

（3）科幻迷组织如火如荼，为科幻的繁荣提供了肥沃的土壤。

世纪之交，另一颗更为耀眼的明星升起在中国科幻的天空。刘慈欣创作了众多优秀短篇，为上述短篇时代做出了贡献。但他最大的贡献是以一部史诗式作品《三体》系列开启了中国科幻小说的长篇畅销书时代，并率先实现对纯文学文坛的突破，对科幻圈外读者的突破，对国外的突破，甚至可能还有影视的突破（这里专指以主流科幻作品为原作的科幻影视）。刘慈欣重视市场，重视通过网络等手段同读者互动，甚至“磁铁”们（刘的粉丝）在网上的崇拜一时成了一种文化现象。在他之前，钱莉芳的历史科幻作品《天意》也相当畅销，不过相对来讲，《三体》的科幻特质更为浓烈，更能反映一个时代的开始。

科幻小说由短篇时代向长篇时代转变是自然规律，是多年积淀的必然爆发。继刘慈欣之后，王晋康、韩松、钱莉芳、郑军、江波、陈楸帆、已故的绿杨和柳文扬，都有优秀佳作出现，形成了长篇的集体井喷。一些作品已经达到国际一流水平。只是由于英语文化和汉语文化的强弱态势，这些作品一时还难以形成国际影响，但这只是时间问题。

参照美国的科幻发展，科幻一般遵循杂志（以短篇为主）→长篇单行本→科幻影视→科幻产业的渐进过程，相信这也是中国科幻必走之路。美国影视界也曾长期漠视主流科幻作家的作品，直到二三十年后才发现了这座宝库。中国原创科幻小说已经积累了丰富的文本库存，相信转为影视作品的时间指日可待。科幻作品的后续产业化（动漫、电子阅读、玩具、电子游戏等）在中国已经起步，距离繁荣也已为期不远了。而长篇畅销书、科幻大片和科幻产业化又将反过来扩大科幻作品的影响，使其处于良性循环。中国人常常“君子不言钱”，实际上，能有足够的稿酬养得住专业科幻作家，使其能大量产出及磨出精品，乃是科幻产业发展的第一推动力。中国科幻作家群中至今鲜有专业作家，寥寥几位如郑军、星河等都曾饱尝生活困苦。现在这些专业作家已经有了不错的收入，这也是科幻产业繁荣的重要标志之一。

刘慈欣已经带头实现了对纯文学文坛的突破，但中国科幻在文坛的总体影响还相当有限。中国的科幻作品，无论短篇还是长篇都有众多佳作，就其文学技巧的精致与先锋性、思想的深刻犀利、人文关怀的厚重来看，完全可以跻身于纯文学文坛而无愧色。我们不愿指责主流文学界的守旧和狭隘，只能说寄望于时间，时间会冲破旧的藩篱，而使中国科幻文学在整个文学界享有它应得的地位。

在西方国家，科学家与科幻作家的互动非常紧密。阿瑟·克拉克常常是美国宇航局的会议贵宾，很多科学家的科学之梦是从少年时代阅读科幻作品开始的，功成名就后仍然从事科幻文学创作。甚至在经济发展程度不如中国的印度，科幻作家的会议上也会有大批科学家的身影。而在中国，尤其是在科幻被放逐体制之外野生野长之后，科学家与科幻作家的交往变得十分稀少。中国著名科学家中创作科幻作品的仅有已故的潘家铮院士，他成了一飞冲天而后继无人的孤雁。前文已经说过，中国科幻曾同科普界有很深的渊源，但自 1984 年之后，两者之间的联系也名存实亡。这是令人痛心的现象。科幻文学由于其天性中的幻想特质，与思想的自由奔放有天然的血缘，而思想的自由奔放对科学研究尤其是前沿科学有着极其重要的推动作用。科学是科幻的源文化，没有哪位科幻作家狭隘得认为科幻是科学的推动力，反倒从更大程度上说，科幻是受惠于科学技术的发展。但事情都是两面的，反过来说，一个整体与科幻隔绝的科学界肯定是不正常的，是守旧僵化的，能够出现工匠而难以出现大师。现在这种情况已经略有松动，比如物理学家李淼教授就积极参与科幻写作活动。相信随着时间的推移，这种不正常的状况终将改变。在中国，20 世纪 90 年代的大批科幻迷已经成长，有不少走进了科学家的队伍。随着这些当年的科幻迷掌握话语权，中国科学（科普）和科幻的互相渗透和紧密联姻很快就会实现。

前面已经说过，科学是科幻文学的源文化，而科学体系在世界上是唯一的，没有所谓西方科学和东方科学之分，所以科幻文学应该是世界上最为全球化的文学品种。当然，既然是文学，那它就不可避免地带着各个民族的烙印，包括文学上的差异和思想上的差异。中国科幻发展到今天，已经开始形成自己的特色，虽然尚处于朦胧之中。这些特色大致包括：

（1）从发展历程看，中国科幻小说基本没有出现廉价杂志时代，雅文化的成分较重，也更注重“文以载道”，有较浓的士大夫意识。香港的倪匡和黄易则主要走大众快餐路子。

（2）从作品总体状况看，核心科幻作品的影响力更强一些。

（3）鉴于中国辉煌的历史和深重的百年苦难（包括“文革”的苦难），中国科幻小说有强烈的民族主义情绪，包括悲情意识、民族自信心的复苏等。

（4）科幻作品置身于无神论的海洋中，这在全世界是独此一家。这一点倒不影响作品的宗教情结，因为宗教只是把人类蒙昧时代对大自然的敬畏转为对人格神的敬畏，而科幻可以越过宗教这个中介，直接抒发对大自然的敬畏。当科幻作品关注宇宙和人类的命运时，不可避免地具有宗教的追求。这在中国科幻作品中有强烈的表现。但无神论思想肯定会影响作品的思想倾向，比如，中国科幻作品在注重个人价值的同时，也推崇集体主义；在崇尚性灵和自由的同时，也推崇权威，基本是走中国独有的“中庸之道”——而且，也许中庸之道恰恰符合世界的真谛？

由于没有宗教禁忌，中国科幻作品中有一些相当锋利的观点。例如，刘慈欣的“灾变时刻零道德”，韩松对“人性恶”的极度强化，王晋康提出的“人性本恶，但在共同进化的过程中，大恶之上会长出善之花”，都超越了古典的人道主义，而把人性置于更广阔的背景下（进化论、动物性）进行剖析。对这些观点不能以“社会达尔文主义”的标签简单否定，因为它们也许更符合社会和历史的真实，尤其是，也符合当代世界政治的真实。

从历史上看，中国人的种族性格过于“求实”而缺少古希腊人自由奔放的思辨精神。春秋战国是中华民族唯一的童年期，那时尚有百家争鸣，有自由的思想氛围，可惜这个童年期过早中断了，代之而起的是皇权思想一统天下。这种强大的文化思想基因，再加上现实的权威政治，自然也会影响到中国科幻作品的思想自由，是一个先天缺陷。不过，中华民族有博大的民族体量和文化体量，有文以载道的士大夫传统，有飞速发展的现代科技文明，相信在这些雄厚的基础上，中国科幻作品的前景无可限量。近年来，有很多国外和港台地区的科幻作家来国内参加活动，一致惊叹中国科幻读者的热情，有不少国外作家已经把自己未来作品的受众定为中国读者，而像大卫·赫尔这样的美国作家干脆是先在中国闯出名声。《中国现当代文学通史》（雷达、赵学勇、程金城主编）中说，重铸民族自信是中国当代作品的一个重要特点，而中国科幻文学在这方面的贡献绝不弱于主流文学。所谓“春江水暖鸭先知”，科幻作家以其敏锐的触角最先体悟到春水之暖，科幻作品中洋溢的大国心态和大国风范已经默默播撒于青少年读者的心田中，这是空泛的思想教育难以做到的。前文说过，由于英语文学和汉语文学的强弱态势，中国科幻作品在国外还未造成足够的影响，虽然已经有了好的开始，但还不足以展现中国科幻的实力。这要寄望于时间。不妨以科幻作家的职业优势来做一个预言：等中国经济总量跃居世界第一时（毕竟在近 2500 年的世界历史中，中国占据第一的时间长达 1800 年），也许世界科幻文坛将是中美两国双星闪耀。而当世界青少年开始崇拜中国科幻大片中的英雄时，中国才是真正的具有文化软实力的世界强国。

在这里，还想谈一些文学之外与科幻有关的话题，因为编辑、评奖、社团、评论等内容是科幻文学整体繁荣的重要组成。

美国的大师级编辑坎贝尔和根斯巴克以其编辑思想规范了美国黄金时代科幻之河的流向。而在中国的新生代科幻时期,《科幻世界》的杨潇、谭楷、田子镒、吉刚等编辑以其对作品的选择，不露痕迹地规范了中国的科幻之路。到今天,《科幻世界》仍是国内最权威的科幻杂志，几乎处于一花独放的地位。这是历史造就的局面，当然这种“一花独放”局面也是科幻界的缺憾。该杂志在极端困窘的情况下还坚持举办科幻银河奖活动（银河奖主要针对短篇，对长篇佳作也有兼顾），现在它虽然只是一个杂志的奖项，但早已被公认为国内最权威的评奖。以该杂志举办的创作笔会为中心，中国科幻作家已经形成了紧密的联系。

现任杂志副总编姚海军，是一个从偏僻的东北林场走出来的科幻迷。当年，他靠作家们的微薄捐款，呕心沥血地出版油印了《星云》杂志。今天，《星云》已经成了科幻评论和长篇原创的阵地，而姚海军、杨枫、刘维佳等人也组成了新一代科幻编辑的中坚。

山西的《科幻大王》近年改名为《新科幻》后，一直在勉力发展。可惜的是，另一本办得相当不错的杂志《世界科幻博览》已经停刊，未能赶上中国科幻的又一次繁荣。

世界华人科幻协会理事长董仁威“半路出家”，以花甲之年投入科幻，成功举办了星云奖（包括作家奖、长篇奖等多种奖项），其影响越来越大。

各学校的科幻爱好者协会遍地开花，虽然比20世纪90年代有所退潮，仍保持着旺盛的活力。

科幻研究已初步形成气候，江晓原和吴岩分别在上海交通大学和北京师范大学招收科幻专业的博士和硕士，中国科普研究所也从有限的科研经费中安排科幻研究专项，这套《百年中国科幻小说精品赏析》便是其成果。

美国有培养科幻作家的“黄埔军校”，对新人的成长起了重要作用。中国主流文学界的鲁迅文学院作家培训班也同样如此。中国科幻界则一直没有这样的机制，只有每年一度的《科幻世界》创作笔会，虽对加强科幻作家的联系发挥了一定作用，但由于活动时间仓促，在文学切磋方面的作用有限，这不能不说是中国科幻界的一个结构性缺陷。要想真正为新人提供便于发芽的土壤，未来还是应该举办长期的作家培训班，它可以是商业化的，也可以是非商业化的。

三、本书编选原则、评判标准和学术期望

本书兼顾文学价值和史学价值，选择作品时首选当时有影响的作品，首选各位作者的代表作。尽管由于时代局限，这些作品或许有这样那样的缺点，但既然它们能在当时造成影响，也就说明它们连通着当时人们的情感之湖，契合当时的审美潮流。选篇时也兼顾作品的文学水平，兼顾各种风格。一般为每位作家选取一篇，有重要影响力的作家选取两篇，长篇采用节选方式。

篇目的最终选定是在专家委员会上讨论决定的。

本书中的作者与作品评述是由几十位研究者分别撰写，又经多名专家做双盲式审定。本书秉持多元观，审定过程中虽然有主持人的协调，但并不强求撰写者观点和专家意见统一于统稿者。我们认为，有一些观点的碰撞也许更有利于读者的阅读和思考，他们会做出自己的判断。不过，由于多位专家的共同参与和引导，也就自然形成了一种大致普适的标准，尽管它可能比较宽松，不那么严格。

总的说来，这是一次对百年中国科幻小说作品的认真梳理，虽然仅是作

品赏析，实际也为更具学术性的《百年中国科幻小说史》奠定了坚实的基础。相信这本凝结了数十位专家学者心血的书籍的问世，对于促进中国科幻作品的繁荣、鼓励新老作家的创作、加强科幻评论的指导作用，都会小有裨益。

结 语

商品社会、快节奏生活、网络文化等已经成为当今社会的显态，不少主流文学家哀叹文学的必然衰亡，哀叹文学的“去精英化”和快餐化，哀叹快感阅读取代心灵阅读，消费阅读取代审美阅读，娱乐文学取代教化文学，电子媒体取代纸质出版。科幻文学作为文学的一个分支，当然也面临同样的困境，但相对纯文学而言，中国科幻文学的状况要好得多。首先，因为它从1984年后就完全走向市场，具有较强的生存能力。再者，它本身就定位于俗文学（是含有较强雅文学特征的俗文学），因而所受的冲击要小一些。以《科幻世界》为例，虽然其销量比起20世纪90年代极盛时期已有萎缩，但在原创文学杂志（不包括文摘类杂志）中仍雄踞前列。但冲击仍是客观存在，如何在新形势下保持科幻文学的繁荣而不放弃原有的风骨，只能在实践中慢慢摸索了。

科幻文学是一种求新求变的文学，在美国科幻文学发展史中，其主流倾向也曾一变再变。眼下中国科幻小说的水平和品性大致类似于美国科幻的黄金时代（包括其短篇时代和长篇时代），本导言所宣示的思想主调也是这一时代的反映。但眼下更多新人进入了中国科幻作家队伍，他们的视野比老一代远为开阔，思想更加无羁，作品更加灵动，但也许还缺乏一些厚重和深刻。他们将如何铸就中国科幻作品的新面貌，甚至改变科幻的旧定义，将由时间来证明。

中国科幻小说的草创：晚清至中华人民共和国成立前的科幻小说创作

晚清至中华人民共和国成立前的科幻小说创作综述（1904—1949）

◎ 任冬梅

中国科幻小说发展到今天，已经超过了一百年的历史。一般人很难想象，19世纪末20世纪初，脑袋上还拖着一条辫子的中国人就已经创作出了属于自己的科幻小说。晚清科幻不但是中国科幻小说诞生的源头活水，而且取得了辉煌的成就。而这一段历史在大众眼中却被尘封了许久，消弭于历史的滚滚长河中，直到近年来才重新浮出历史地表。

首先看看国外科幻小说的传入。依目前可以得到的资料看，最早传入中国的科幻小说是1872年在《申报》上登载的《一睡七十年》①，第二部传入中国、且影响力也更为深远的科幻小说则是1891年爱德华·贝拉米的《回头看纪略》②。从此以后，外国科幻小说开始源源不断地被翻译引进中国，这样一种中国传统文学中从来没有过的小说类型，开始进入中国人的阅读空间。由于当时的小说大都依照日译本翻译，因而始于日本明治10年的“凡尔纳翻译热”也由日本传入中国，凡尔纳遂成晚清时期中国最受欢迎的科幻小说作家。早在1900年，薛绍徽和陈逸儒便翻译了《八十天环游地球》（当时译名为《八十日环游记》③），

① ［美］华盛顿·欧文著，刊登在1872年农历四月二十二日（阳历5月28日）的《申报》上。

② 原作为［美］爱德华·贝拉米的小说《回顾：公元2000—1887年》（1888），于1891年11月在《万国公报》第三十五册上开始连载，至第三十九册（1892年3月）毕。

③ 经世文社出版《八十日环游记》三十七回，署：“［法］朱力士房著，逸儒（陈绎如）译，秀玉笔记”。秀玉即薛绍徽，陈绎如之妻。

随后又有《十五小豪杰》[①]（1901、1902）、《海底旅行》[②]（1902）、《空中旅行记》[③]《铁世界》[④]《月界旅行》[⑤]《地底旅行》[⑥]（1903）等凡尔纳翻译作品陆续问世，这股凡尔纳热潮一直持续到中华民国建立以后。除凡尔纳外，还有日本的押川春浪、英国的哈葛德、斯蒂文森、法国的佛林玛利安等人的小说被翻译出版。在大量翻译作品的刺激和影响之下，到1904年，中国人终于尝试着写出了第一部自己原创的科幻小说《月球殖民地小说》[⑦]，作者为荒江钓叟。

即使以今天人的眼光来看，《月球殖民地小说》也算得上是一部篇幅宏大、线索清晰、情节也还不错的小说。如果我们再将其放回晚清的历史语境，则它的意义就非同凡响了。从小说内容层面看，至少有以下几点值得注意：首先，小说空间异常开阔，不仅有环游世界[⑧]的旅行，还将移居的目光投向地球以外的月球世界，想象星际殖民；其次，小说中对时间的关注程度达到了中国传统小说从未有过的高度，而且其中的时间是西方工业社会广泛运用的精确到"分秒"的时间概念；第三，小说对于其核心概念——"气球"的创意设想，完全是建立在现代科技基础上的。小说中的气球从构思到正式研制成功，经过了长期的试验和无数次的失败，前后共耗费发明者五六年的心力。研制成功以后，发明家并没有停下脚步，还在不断改进"气球"的功能。这样一种充满科学实验意味的表述，使得《月球殖民地小说》与中国传统小说中的"神魔道法"完全区别开

① 原作为《十五少年》，曾在《春江风月报》和《新民丛报》上连载，由梁启超和罗普合译，广智书局和小说林社亦有出版单行本。

② 原作为《海底两万里》，《新小说》第一号（11月14日）至第六号、第十号、十二号、十三号、十七号至第十八号（1905年7月27日）连载；署"［英］肖鲁士原著，南海卢籍东译意，东越红溪生润文"。

③ 原作为《气球上的五星期》，《江苏》第一期（4月27日）至第二期（5月27日）连载，未完。

④ 原作为《培根的五亿法郎》，包天笑译，文明书局出版。

⑤ 原作为《从地球到月球》，鲁迅译，日本东京进化社出版。

⑥ 原作为《地心游记》，鲁迅译，《浙江潮》第十期（12月8日）至第十二期连载。

⑦ 其实在《月球殖民地小说》发表以前，中国已经有梁启超的《新中国未来记》、徐念慈的《情天债》、蔡元培的《新年梦》等幻想未来的作品，不过，这些小说要么是短篇，要么有一个长篇的架构却只写出了四五回，并且很难明确地肯定其中包含科学幻想的成分。从篇幅和情节上来看，《月球殖民地小说》的确更符合科幻小说的标准。

⑧ 注意这里的"世界"已经不是传统中国人眼中的"天下"，而是包含五大洲四大洋的真实世界，中国的疆域在这样的世界地理中只占据很小一部分。

来，已然跨入现代科技社会之中，成为一部正宗的科学幻想小说。

可以说,《月球殖民地小说》开了一个好头，随后，中国原创科幻小说开始形成爆发之势，比较有名者包括海天独啸子[①]的《女娲石》[②]（1904）、徐念慈的《新法螺先生谭》[③]（1905）、吴趼人的《新石头记》[④]（1905）、萧然郁生的《乌托邦游记》[⑤]（1906）、吴趼人的《光绪万年》[⑥]（1908）、碧荷馆主人的《新纪元》[⑦]（1908）、包天笑的《世界末日记》[⑧]（1908）、《空中战争未来记》[⑨]（1908）、陆士谔的《新野叟曝言》[⑩]（1909）、高阳氏不才子（许指严）的《电世界》[⑪]（1909）、陆士谔的《新中国》[⑫]（1910），等等，其中大部分是中长篇小说，刊登在当时最流行的期刊上，如《绣像小说》《月月小说》[⑬]等，有些在连载结束后还专门出了单行本，并且一版再版。由此可见，此时的确形成了一个中国科幻小说创作的高潮。

---

① 晚清时候小说的地位还不是很高，虽然有梁启超的“小说界革命”呼吁小说的重要性，但在传统文人心目中，小说还是游戏消遣的“小道”，那时，大多数小说家在发表小说时都隐去真名，只用笔名，并且一个作者往往有好几个不同的笔名，因此，晚清小说作者的真实姓名往往很难考证。

② 六月，东亚编辑局出版甲卷八回铅印本；1905 年 3 月 12 日，东亚编辑局出版乙卷八回铅印本，甲、乙两卷共十六回，未完；1905 年，广智书局出版《女娲石》单行本。

③ 六月，小说林社出版《新法螺》，内收《新法螺先生谭》。

④ 八月二十一日（阳历 9 月 19 日），《南方报》开始连载，至十一月二十九日（阳历 12 月 20 日）止；此书共四十回，报上连载仅至第十一回；戊申年（1908 年）十月，改良小说社出版，四十回单行本，四卷八册，每回附有绘图；题为《绘图新石头记》。

⑤ 九月，《月月小说》第一年第一号（阳历 11 月 1 日）至第一年第二号（阳历 11 月 30 日）毕，共四回。

⑥ 正月初七（阳历 2 月 8 日），《月月小说》第十三号刊载。

⑦ 二月，小说林社出版，二十回。

⑧ 七月（阳历 8 月），《月月小说》第十九号刊载。

⑨ 九月（阳历 10 月），《月月小说》第二十一号刊载。

⑩ 四月，小说进步社出版，二十卷。

⑪ 九月初一（阳历 10 月 14 日），《小说时报》第一期刊载。

⑫ 初版月份不详（应是年初），改良小说社出版，（一名《立宪四十年后之中国》）二册十二回；五月，改良小说社再版，十二回。

⑬ 晚清有“四大小说杂志”的说法，用以表示这四种期刊的风行程度和其重要性，包括：《新小说》（梁启超主编，1902 年 10 月创刊）、《绣像小说》（李伯元主编，1903 年 5 月创刊）、《月月小说》（先后由汪惟农、吴趼人、许伏民、周桂笙任主编，1906 年 11 月创刊）、《小说林》（黄摩西任主编，1907 年 2 月创刊）。

晚清科幻小说的题材非常丰富，饱含时代特色。其中，有描写未来战争的小说，如碧荷馆主人的《新纪元》就描写了未来世界的一场黄白大战：1999年的中国早已改用立宪政体，国富民强，使其他国家个个惧怕。于是以独、弗为首的五大洲白种诸国立即召开万国和平会，拟商议抵制黄种的办法，但将地处欧洲的匈耶律国排除在外，因而挑起匈国内黄白两种人的冲突。欧洲各国遂借口白种人受欺，组成三十余国的联合舰队开进阿德亚利基克海。匈王大惧，请求中国保护。中国一面任命前海部大臣黄之盛为大元帅，一面密电埃及扼守苏彝士河，同时向世界声明"此番战衅开自白人"。于是，一场决定黄白人种优劣的世界大战便以南海与苏彝士河为中心展开。经过一番高科技武器战斗，最后中国用日光镜、消电药水取得全面胜利，迫使白种诸国请和，接受十二条和款，承认黄种诸国采用皇帝纪元。还有包天笑的《空中战争未来记》同样写未来的战争，只是此番没有中国出场，主角是英、德、俄三国，他们在20世纪10至30年代的欧洲展开了一场空中大战，最后，空中飞行船制造尤为发达的德国获胜。作者写作这篇小说的目的，在于提醒中国关注飞行制造业的发展，以免在未来的空中战场上吃亏。有对国家未来的政体进行畅想的，如吴趼人的《新石头记》，其中"文明境界"里的"文明专制"堪称世上最完美的政体。还有他的《光绪万年》，讲述到光绪一万年时，借助彗星的力量，使得阴阳易位、寒暑易节，中国因此实现了立宪。还有强调女权意识的，如海天独啸子的《女娲石》，创造了一个女性爱国组织"天香院"。这些小说通过对科技、教育、政治、军事等诸方面的描写，表现了作者对于未来中国社会发展的设想和建构。这些小说都有一个共同的主题，就是强调科学进步的重要性（几乎所有小说都包含对未来高科技的幻想），希望能够借小说唤醒民族意识，创造一个强大的中国。

晚清这一次科幻小说高潮的形成，是多方面因素共同作用的结果。甲午战争的惨败使得中国知识分子对待西方科技知识的态度发生了极大的转变，于是，他们开始大力引进与西方科学相关的各种著作。严复在《直报》上发表了《论世变之亟》《原强》《辟韩》《原强续篇》和《救亡决论》等五篇著名的政论文，从更高的层面重新认识科学与晚清中国之命运的关系，提出"西学格致救国论"："求才为学二者，皆必以有用为宗。而有用之效，征之富强，富强之基，本诸格致。不本格致，将无所往而不荒虚。所谓蒸砂千载，成饭无期者矣……日本年来立格致学校数千所以教其民，而中国忍此终古。二十年以往，民之智愚，益复相悬，以与逐利争存，必无幸矣。"[①] 甲午战争之后的科学观与洋务时期相比，有一个基本的不同，那就是洋务派只是以西方科技知识来达到"自强""求富"的目的，注重的只是军工等部分科技知识，而甲午之后更注重对西方科学知识的全面引进，在继承"科技强国"的基础上，同时兼顾科学的启蒙功能，期望通过科学来开启民智[②]。

甲午之后，中国不仅对西方科学技术引入的步伐大大加快，而且影响到更多的领域。相较于洋务运动时期科技期刊的稀少，且主要由外国人创办，这一时期的科技期刊可以说"蔚为大观"，且主要由国人自己创办。从 1897 年到 1911 年，共有综合性杂志和专业杂志 34 种，由外国人创办的仅一种。在这些刊物中，具有代表性的有《算学报》（1897）、《格致新报》（1898）、《亚泉杂志》（1900）、《普通学报》（1901）、《中外算学报》（1902）、《科学世界》（1903）、《实业界》（1905）、《理学杂志》（1906）、《科学一斑》（1907）、《理工》（1907）等[③]。在创办科技期刊传输科学的同时，科技书籍的翻译与新式教科书的编订也蓬勃发展。与洋务运动时期主要由政府设立的机构从事翻译不同，这一时期的民间译书机构大增。各地涌现出了很多全部或部分翻译出版科学书籍的机构，上海有启文社、开明书局、时中书局、会文学社、进化译社、南洋公学、农学报社、商务印书馆、同文沪报馆、江南制造局、科学仪器馆、普通学书室、上海商学会、中国医学会、上海益智社、中西印书局、中国图书公司等，北京有北洋官书局，宁波有新学会社，武昌有湖北官书局，山西有山西大学译书院，等等[④]。据统计，仅在 1902—1904 年间，就总共翻译自

① 参见严复，《救亡决论》，原载天津《直报》1895 年 5 月 1 日至 8 日，见卢云昆编选，《社会剧变与规范重建：严复文选》，上海远东出版社，1996 年，第 46、52、53 页。

② 参见李恩民，《戊戌时期科学书籍的编译及其特点》，《中州学刊》1989 年第 6 期。

③ 参见王福康、徐小蛮，《清末的科学杂志》，《出版史料》1987 年第 3 期。

④ 熊月之. 西学东渐与晚清社会［M］. 上海：上海人民出版社，1994：651-656.

然科学书籍 112 种，应用科学书籍 56 种 ①。

除了西方科技知识在中国的广泛传播与普及之外，另一方面，小说界革命的兴起也成为科幻小说出现的前提。在梁启超"小说界革命"的口号下，作为"新小说"之一种的科幻小说披上"改良群治"的外衣，由此获得了崇高的地位。1902 年，梁启超发表《论小说与群治之关系》，呼吁："欲新一国之民，不可不先新一国之小说……乃至欲新人心、欲新人格，必新小说。何以故？小说有不可思议之力支配人道故。"②"故今日欲改良群治，必自小说界革命始；欲新民，必自新小说始。"③ 由此，正式提出了"小说界革命"的口号，随后得到广泛的响应，从此，轰轰烈烈的小说界革命运动拉开了帷幕。"小说界革命"使小说由传统的"小道"一跃而成为"文学之最上乘"。而对于如何"新"小说，梁启超等人一致把目光投向了域外小说，因为传统的中国小说在当时被认为"大抵不出诲盗诲淫两端，陈陈相因，涂涂递附"④，是起不到觉世醒民的作用的。而在西方，小说在社会变革中所起的巨大作用早就令中国知识分子们神往了，"在昔欧洲各国变革之始，其魁儒硕学，仁人志士，往往以其身之所经历，及胸中所怀，政治之议论，一寄之于小说……往往每一书出，而全国之议论为之一变。"⑤ 定一的观点在当时很具有代表性，"中国小说之不发达，犹有一因……然补救之方，必自输入政治小说、侦探小说、科学小说 ⑥ 始。盖中国小说中，全

---

① 参见钱存训，《近世译书对中国现代化的影响》，戴文伯译，《文献》1986 年第 2 期。

② 参见梁启超，《论小说与群治之关系》，《新小说》1902 年第 1 号。

③ 同②。

④ 参见任公，《译印政治小说序》，原载《清议报》第 1 册，1898 年，引自陈平原、夏晓虹编《二十世纪中国小说理论资料》（第一卷），北京大学出版社，1997 年，第 37 页。

⑤ 参见任公，《译印政治小说序》，原载《清议报》第 1 册，1898 年，引自陈平原、夏晓虹编《二十世纪中国小说理论资料》（第一卷），北京大学出版社，1997 年，第 37、38 页。

⑥ 晚清时候还没有"科幻小说"一词，"科幻小说"一词的广泛使用要到新中国成立以后，受苏联的影响，译界将这种小说类型翻译成了"科幻小说"，一直沿用至今。晚清时候只有"科学小说"这一称谓，它是当时和"科幻小说"这种文类最相关的一种命名，是晚清时人对于这一类型小说占据主导地位的一种称呼，但却不是唯一的，其他与之相关的还有诸如"理想小说""工艺实业小说""冒险小说""立宪小说""政治小说""社会小说""哲理小说""军事小说""滑稽小说""神怪小说"等称谓，这也从一个侧面反映出晚清小说的繁荣以及晚清小说命名与分类的繁杂混乱局面。今天我们来看晚清科幻，多是从它实际内容上是否涉及科学幻想来做区分。

无此三者性质，而此三者，尤为小说全体之关键也。”[①]

正是在这样的背景下，当时被认为有助于开眼界、启智识、改良社会的“科学小说”开始被大量译介进来。大部分晚清时人将科幻小说当做趣味化了的教科书，认为科幻小说的作用在于普及科学知识，于“科学救国”有很大益处。如鲁迅所说：“盖胪陈科学，常人厌之，阅不终篇，辄欲睡去，强人所难，势必然矣。惟假小说之力，被优孟之衣冠，则虽析理谭玄，亦能浸淫脑筋，不生厌倦……故掇取学理，去庄而谐，使读者触目会心，不劳思索，则必能于不知不觉间，获一斑之智识，破遗传之迷信，改良思想，补助文明，势力之伟，有如此者！……苟欲弥今日译界之缺点，导中国人群以进行，必自科学小说始。”[②] 他认为，阅读科学著作令人昏昏欲睡，而“科学小说”则正好借助小说的力量来传播科学知识，可以让读者在愉快的阅读过程中于不知不觉之间获得科学知识，因此，“科学小说”是破除迷信、改良思想、补助文明的有力武器。与他持相同观点的还有孙宝瑄、海天独啸子等人。1903 年农历六月初一，孙宝瑄在其《忘山庐日记》中写道：“观科学小说，可以通种种格物原理……故观我国小说，不过排遣而已；观西人小说，大有助于学问也。”[③]1903 年 9 月，明权社出版了海天独啸子翻译的小说《空中飞艇》，海天独啸子在《〈空中飞艇〉弁言》中写道：“使以一科学书，强执人研究之，必不济矣。此小说之所以长也。我国今日，输入西欧之学潮，新书新籍，翻译印刷者，汗牛充栋。苟欲其事半功倍，全国普及乎？请自科学小说始。”[④]

于是，西方科幻小说开始源源不断地被翻译到中国。在阅读了大量的西方科幻作品以后，国人自己也开始模仿并努力创作自己的科幻小说，希望能够达到“启迪智识、改良群治”的目的。

---

① 参见定一,《小说丛话》,《新小说》1905 年第 15 号。

② 参见鲁迅,《〈月界旅行〉辨言》，见《鲁迅全集》第十卷，人民文学出版社，2005 年，第 164 页。

③ 参见孙宝瑄,《忘山庐日记》(上)，癸卯年六月一日，上海古籍出版社，1983 年，第 710 页。

④ 参见海天独啸子,《〈空中飞艇〉弁言》，见《空中飞艇》，明权社出版，1903 年，引自陈平原、夏晓虹编《二十世纪中国小说理论资料》(第一卷)，北京大学出版社，1997 年，第 106 页。

从读者的角度来看，科幻小说这种全新的小说类型打开了他们的眼界，大大拓展了他们的认知疆域，其中新奇有趣的发明创造、先进文明的异域空间以及强大美好的未来中国，都成为吸引他们阅读的重要因素。晚清时候的中国正处于一个大变革的时代，一个过去不能了解的新世界骤然出现在国人面前，各种思想激烈交锋，每一种思想背后都能找到支持者，没有任何一种思想能够占据绝对主导的地位。在这样的情况下，晚清科幻小说正好记录了中国人面对现代化世界的惊异感以及在“科学”主导下对于国家变革的种种设想。第一次有一种文类让他们可以肆无忌惮地畅想未来，并且这样的未来还是建立在一整套全新的知识体系（科学）基础之上的，因而拥有了看似逼真的可实现性。

中华民国建立以后，以往一般的研究都认为科幻小说从此陷入一个低潮期，几乎没有什么科幻小说出现。其实，随着近年来科幻小说研究的深入，我们会发现民国时期的科幻小说也并非想象中那般凋零。从翻译上来看，如果说晚清是凡尔纳的时代，那么民国则是威尔斯的时代。第一本在中国出版的威尔斯科幻小说是1915年4月由上海进步书局出版的《八十万年后之世界》(《时间机器》)，从那以后，威尔斯的科幻小说大量进入中国。民国出版的威尔斯科幻小说包括：1915年的《八十万年后之世界》(《时间机器》)、《火星与地球之战》(《世界大战》)、《人耶非耶》(《隐身人》)，1917年的《三百年后孵化之卵》(《巨鸟岛》)、《一个末日裁判的幻梦》，1919年的《明眼人》，1921年的《鬼悟》，1934年的《未来世界》，1939年的《新加速剂》，1941年的《故艾尔费先老人》，1948年的《莫洛博士岛》，等等。这些小说基本上都有多个翻译版本，并且一版再版，威尔斯科幻小说在民国的受欢迎程度可见一斑。除威尔斯以外，还有爱伦·坡、柯南道尔等人的科幻小说也纷纷进入民国时期的中国。科幻翻译小说的出版热潮依然鲜活。

这么多的翻译科幻小说也带动相应的原创科幻小说出现。如果说晚清时候的中国原创科幻小说主要模仿参照日译本小说的话，那么到民国时候，中国原创科幻小说就基本上是直接参照英美科幻小说了。民国最初十年的原创科幻小说基本上以短篇居多，还延续了晚清时候的一些特点，内容多是新奇有趣的小发明，或者设想未来中国的繁荣富强。到1920年以后，长篇科幻小说逐渐增多，小说内容也开始表现出有别于晚清科幻小说的特色，其中的幻想和社会现实联系更紧密，大多有战争情节或以国际（星际）战争为背景，因而也变得更具有国际视野，其中还能看到浓厚的西化色彩。

除劲风的《十年后的中国》①（1923）、顾均正的《性变》（1939）、许地山的《铁鱼的鳃》②（1941）这样的短篇小说以外，还诞生了《未来之上海》③（1917）、《猫城记》④（1932）、《六十年后之世界》⑤（1932）、《滑稽英雄》⑥（1937）、《火星游记》⑦（1940）、《月球旅行记》⑧（1941）、《千年后》⑨（1943）、《世外天》⑩（1944）等长篇科幻小说。

顾均正在自己小说的前言中提到自己阅读了威尔斯的科幻小说，认为里面涉及科技描写的部分不大清楚，因此决定要创作出在科技上更有理论依据的科幻小说。而周楞伽的《月球旅行记》则深受当时战争的影响，小说描写了两个地球人在月球上的遭遇。当时月球世界的雄城与梦城之间正在进行战争，他们与月球人“朋一零一”一起逃到了“悬空岛”上，在那儿不但见识了月球世界的先进科技文明，如空中有轨汽车、3D立体电影等，还经历了战争下的物价飞涨与物资短缺，最后是金星出兵干预才终止了这场月球世界的战争。这部科幻小说无疑投射的是战争状态下的中国的境况。除此以外，它对于科技的幻想也并不逊色，与当时最前沿的科学知识接轨。还有不得不提到的老舍的《猫城记》，小说在开篇部分介绍，主人公乘坐飞机来到火星，遇到了猫人；结尾部分解释，主人公目睹猫人国灭亡后半年，乘法国探险飞机

---

① 载于《小说世界》第1卷第1期。

② 二月，载于《大风》半月刊上。

③ 8月，有正书局出版。正文署“倚虹”，版权页编辑者署“时报馆”。

④ 8月开始在施蛰存主编的《现代》上连载，到次年4月载完。8月由现代书局发行单行本，10月再版。

⑤ 7月出版，文瑞印书馆印刷。共三十回，标“预言小说”，署“韩之湘著，张纯一评”。

⑥ 海上客著，由上海民新书局出版。

⑦ 市隐著。

⑧ 周楞伽著，5月，由上海山城书店出版；1947年，光明书局再版。

⑨ 熊吉著，成都复兴书局出版。

⑩ 熊吉著。

回到地球。需要指出的是，作者写作之时，人类所掌握的科技能力对火星的了解还十分有限，对火星上是否存在高级生命也没有定论。因此可以说，整篇小说是构筑在一个科学幻想的背景上。无论从创意、情节布局上讲，还是从作品对社会现实的批判价值上说，《猫城记》都是完全意义上的科幻小说。小说对于黑暗社会的讽刺和对未来社会发展的预言，完全可以和《美丽新世界》以及《一九八四》这样的世界“反乌托邦”名著相提并论。

民国时期，由于面临现实环境的动荡与危机，科幻小说的内容充满了对国家前途、民族未来的忧虑；由于民国相对宽松的写作与出版环境（战争的影响），使得科幻小说家可以在作品中恣肆地想象中国，其中不乏讽刺与批判，甚至多以悲剧结尾。民国科幻小说中出现的“反乌托邦”①情节可以说是它区别于晚清科幻小说的最大特点。

民国时期，对于科学的普及与推广比晚清时候更为系统化，既有教育体系的改进，如“壬子—癸丑学制”②，使得科学教育得以完善，又有科研机构体系的形成，再加上 1915 年《科学》杂志创刊以及中国科学社对科学的大力推广和传播，还有《新青年》在新文化运动中对“科学”的极力推崇，使得这一时期的科学普及水平与晚清时候相比上升到一个新的高度。1931 年，陶行知先生首倡“科学下嫁”，要求把科学下嫁给工农大众，我国历史上有组织、有计划的科普实践活动由此拉开了帷幕。儿童科学丛书的编写是此活动的重要组成部分。该丛书的编写以“自然科学园”为基地，由陈鹤琴主编、科普作家董纯才、高士其等人参与。到 1934 年 9 月 20 日，《太白》半月刊创刊，特辟“科学小品”专栏，刊登了四篇范文，即克士（周建人）的《白果树》、贾祖璋的《萤火虫》、薰宇（即刘薰宇）的《白昼见鬼》和顾均正的《昨天在哪里》。《太白》之后，在中国 20 世纪 30 年代的文坛上，又相继出

① 这里运用的“反乌托邦”一词并非狭义的理论术语的概念，而指宽泛意义上与“美好世界”相反的“反面乌托邦世界”。

② 1912 年 9 月 3 日，教育部公布《学校系统令》，史称“壬子学制”，次年 8 月，教育部又制定了一些相关章程，与“壬子学制”有所不同，将之综合而成“壬子—癸丑学制”，一直推行到 1922 年。“壬子—癸丑学制”将“格致科”改称为“理科”，分为数学、星学、理论物理学、实验物理学、化学、动物学、植物学、地质学、矿物学 9 门。

现了许多发表科学小品的刊物，形成了科学小品热。1939 年，顾均正等人还在上海创办了《科学趣味》杂志，仍然大力刊登科学小品。《科学趣味》成功地将科学性与文学性、思想性与实用性、知识性与趣味性巧妙地融合在一起，为科学技术的传播与普及做出了重要的贡献。“科学大众化运动”和“科学小品热”营造了一个全社会的科学热潮，从侧面促进了科幻小说的繁荣，但同时也强调了科幻小说的“科普”价值，突出其功能意识。

总的来看，晚清作为中国科幻小说的诞生期，孕育出了非常多的、异彩纷呈的科幻小说文本，后来很多科幻小说所涉及的题材和内容，在晚清时期的科幻小说中都能够找到。晚清这次科幻小说高潮的出现，显现出强大的力量，让国人第一次认识到了“科幻小说”这样一种全新的小说类型，它赋予了“幻想”依靠科技在未来得以实现的极大可能，于是，国人开始借此肆意想象未来的新中国。晚清科幻小说形象地记载了晚清时人对于中国未来现代化图景的种种想象，随着晚清科幻小说在中国大地的传播，越来越多的人受到新观念的冲击，可以说，晚清科幻小说参与了中国“现代性”的创造。这种创造是非常必要的，也是中国由传统走向现代所不可或缺的。但晚清科幻小说一直承载着“普及科学”这样的一个重担，到后来甚至严重阻碍了它的发展。整个晚清时期的科幻小说，都是在非常功利的目的下被写作和推广的，一旦发现那个目的不能达到，这种“文类”马上就被抛弃。这种着眼实效的工具色彩，遮蔽了晚清时人对于科幻小说文类特质的探索。就目前已知的部分看，民国时期的科幻小说，虽然较晚清时候稍有衰落，但仍然有很多值得分析的特色。由于战争的影响，民国时期的科幻小说更注重现实关怀，有很多讽刺与针砭时弊之处，更多想象一个悲观的“乌托邦”世界。大部分科幻小说仍然承担着“科学普及”的任务。晚清民国之后，中国进入一个全新的时代，科幻小说的面貌也跟着焕然一新，发生了巨大的变化。

月球殖民地小说（节选）

◎ 荒江钓叟

第三十二回　龙必大奇缘逢淑女　玉太郎急疾访良医

却说玉太郎同白子安看自己的气球，被十几只外来的气球围在垓心，看看那些气球的制作，比着自己高强得许多，外面的玲珑光彩，并那窗槛的鲜明，体质的巧妙，件件都好得十倍，仿佛自己的是一轮明月，他们却个个像个太阳。仔细忖去，心下大为狐疑。说是梦中，明明那海边红日还剩了半规，映在潮流的上面；若说不是梦中，自己来往东西洋面，环游地球也好几周了，到处的文明程度也约略都在眼前，断没有这样的进步神速。看了半晌，眼光也定了。只见对面的一个球里，走出一个十几岁的孩童，开了窗户，一手扭动机关放出来一道飞桥。这飞桥的质料，论他的柔韧，好像橡皮，论他的光洁，好像水晶，两面又有红漆栏杆。两人踌躇了一番，生怕唐突不敢上去，并且觉得自己的面目尘俗，衣裳丑陋，没一件可以比得上那孩童，不由心上十分惭愧。亏得那孩童用手相招，晓得他尚无厌弃的意思，才慢慢地走上那飞桥。进了那球，见那球中的陈设，到处都和地球上的两样。地球上最贵重的是金刚石，鱼拉伍得了一张石桌，便算得无价至宝，这里却铺作地屏。算算到球的时刻，天光已经昏黑，这里周围墙壁和桌椅台凳，一切物件，却自然地放出一般异彩，比着电灯还要明亮几倍，直把两人看得目瞪口呆。

跟了孩童走进了一座大厅，原来厅上的人个个都只有十几岁，更有几个小女孩子，年纪约在八九岁左右，瞧着他们，另有一种天仙化人的趣味。见了两人进来，大家都和他笑语，无奈两人只是不懂。随由一人引到自己的那只汽船，坐还没定，只见濮玉环也从邻球回来，后面便是龙孟华和凤夫人。凤夫人的手里搀着一个小孩，小孩手里又挽着一个小女孩，彼此说笑得有趣。虽然不懂他的语言，但觉莺声呖呖比不上他的清圆，琴韵悠悠说不尽他的幽静。坐了片刻，忽然邻球内奏起乐来，惊得那女孩回头一顾，推开这小孩的手，折回了邻球，一曲未完，那十几只气球，登时已直上青霄，飘然不见，单剩那缥缈余音，依稀在耳。

玉、白两人如醉如痴一言不发，停了半晌，听那小孩和龙孟华讲起中国话，才恍然大悟。细看他的面庞，和石镜上画的仿佛，只有衣裳同那邻球一样，定然就是龙孟华的儿子，齐声问龙孟华道："这位想是令世兄吗？"龙孟华为的父子初时见面，喜欢极了，忘记招呼着向众人施礼，接着玉、白两人一问，赶忙站起来，答应了一声"是"，吩咐龙必大向玉、白两人见礼，说："这位是玉先生。那位是白先生。"龙必大从容走过来，各握了一次手。玉、白两人都不胜羡慕。玉太郎问："世兄几时到那气球上去的？那气球是甚人制造？和世兄讲话的那位小姑娘是什么国里的人？讲的是那一国的话？"龙必大约略回答了几句话，他母亲怕的他倦了，教他暂时休息，替他细细地讲了一遍。

原来这龙必大，自从去年出门之后，搭着火车，上了轮船，这轮船到了一个埠头停歇了一日，那埠头在大海中间，风景很好。龙必大下了码头，爱那山水的清幽，一路的游耍，走到一座山，名叫椰子山。椰子山高耸数千仞，苍翠如环，葱茏万状，山上有几道瀑布，汇成一个方湖，名叫玉盘湖。龙必大徘徊湖畔，看那湖水和着明镜一般的皎洁，照着自己的影子，不由得一阵心酸，想到他父亲的生离死别两不分明，淌了许多的眼泪，坐在那湖边石上独自沉吟。齐巧对面飞出几阵鸬鹚，仿佛是一天白雪映在波心，勾起他清游的兴致，站起身来，望那鸬鹚，已经不见。顺着湖岸转上山坡，觉得腹中有些饥饿，攀那椰树上的果子，吃了数枚，陡然精神健旺。上了山腰，忽然那山峰分成两道：一面是丹崖翠嶂壁立云端，一面是绝壑深潭下通海峡。龙必大毕竟是年纪尚轻，脚力疲软，便枕了一块石头假寐了许多时刻。

正在睡得浓足，猛然被人撼醒，揉眼一看，恰恰遇着一位女孩和他讲话，他只摇头不懂。为那女孩面容秀丽，气象温和，便挽着手儿起来闲步。那时已是月色满天，照着两山中间的瀑布，这身子像在水晶宫阙似的。那女孩蓦地回头指着后面的十几只气球，做着手势教他上去。他却一时高兴，忘记轮船要开，冒昧的跟上那球，便在那球逗遛了几十日。起初是言语不通，过了几天，便渐渐懂他们的语言。

那女孩叫库惟伦，翻译起来，就是“凤鬟”两字的意思。凤鬟的一家，总共三十余人，却是个七代同堂，那第七代的祖父、祖母，年纪都在二百岁左右。引龙孟华进球的那位孩童样子的，是凤鬟的六代祖。凤鬟有个姐姐名叫华惟伦，是“云鬟”两字的意思，还有两位兄弟，一叫勃耳兰，是“采芝”两字的意思；一叫勃耳芙，是“采莼”两字的意思。这四人的天性和蔼，学问高强，朝夕教龙必大读书。龙必大天姿英敏，他们很为喜欢。凤鬟尤格外亲热，时常把天文的道理，讲给龙必大，替龙必大题了一个名字，叫做莫布阑，是“虚崖”两字的意思。龙必大问他住在什么国度，他便指着月轮告诉道：“从这里到我的家乡，须走得百十个钟头才到呢。我那家乡不像这世界的龌龊，我的父母很想还到家乡，怕我们弟兄姊妹沾染这世界的气息，便于教育之道大有关碍，大约不久便须回轮。我母亲想携带你一同回去，为的你性情骨格，和我们家乡的子弟尚属相宜，你愿意不愿意呢？”龙必大表明了寻父亲的心事。那凤鬟也不勉强留他，告与自己的父母知道。

可巧这日游到这凤飞崖，从窗棂里瞧见了凤氏，龙必大告知凤鬟。凤鬟知道离别不远，不免露着留恋的光景，但是人家骨肉自然要让人家聚会，哪有侵犯他自由的道理，随告知了父母，请凤氏到了自己的球上。龙孟华和着濮玉环也跟着过来，谈叙了半天，才告辞而出；并约定后五年仍在这里聚会。

玉太郎听这一般的情节，想道：“世界之大真正是无奇不有，可叹人生在地球上面，竟同那蚁旋磨上，蚕缚茧中，一样的苦恼。终日里经营布置，没一个不想做英雄，想做豪杰，究竟那英雄豪杰，干得些什么事业？博得些什么功名？不过抢夺些同类的利权，供自己数十年的幸福。当初我们日本牢守着蜻蜓洲一带的岛屿，南望琉球，北望新罗、百济，自以为天下雄国，到得后来遇到大唐交通，学那大唐的文章制度，很觉得衣冠人物突过从前。不料近世又遇着泰西各国，亏得我明治天皇振兴百事，我通国的国民一个个都奋勇争先，才弄到个南服台湾，北宾韩国，占了地球上强国的步位，但这个强国的步位，算来也靠不住的。单照这小小月球看起，已文明到这般田地，倘若过了几年，到我们地球上开起殖民的地方，只怕这红、黄、黑、白、棕的五大种，另要遭一番的大劫了。月球尚且这样，若是金、木、水、火、土的五星和那些天王星、海王星，到处都有人物，到处的文明种类，强似我们千倍万倍，甚至加到无算的倍数，渐渐的又和我们交通，这便怎处？”想到这里，把从前夜郎自大的见识，一概都销归乌有，垂头丧气地呆在一边。龙孟华为的喜从天降，没有转到这个念头，问他儿子讨出一部月球里的新书，在案桌上问他的字母。濮玉环、白子安也围着观看。独有凤夫人想到那凤鬟的好处，念念不舍，想要攀做婚姻，又怕儿子的程度，比他不上，心上又惊又爱，不住地盘旋。大家坐得久了，各到卧室休息。龙孟华同他的妻儿，仍到岩下居住。

濮玉环到了卧室，等候玉太郎许久不到，着丫鬟去请，他耳膜里像没有听见，呆呆地坐着，皱着眉头，斜着眼睛，没得半句话儿回答。丫鬟请了三五次，总是这般的模样。濮玉环等得不耐烦，怕玉太郎中了什么风魔，或是脑筋里受了什么重伤，本来头上的妆饰已大半卸了，赶忙挽一挽鬓角，径到玉太郎面前，说：“时刻不早，怎不去睡？”玉太郎依旧是只当不闻。濮玉环心上着慌，摸不着什么头脑，忙着小厮请了白子安。白子安在那石镜崖的里面，奔波了一日一夜，上床便睡，那鼾声是沉着得很，又反锁了那药房的门，钥匙贯在里面，外面钥匙是投不进的。小厮敲着门，捺着门铃，嘴里还不住地喊：“白老爷快起！”无奈这白子安全不惊觉。小厮无可奈何，回报了濮玉环。濮玉环道：“你这厮怎这样胡涂？钥匙开不动，难道机器匠也不会招呼么？”小厮飞走似地，招呼着机器匠，开了药房，唤醒了白子安。白子安觉得精神很乏，坐起来又倒将下去，眼睛闭着，听那小厮讲了五六次，脑筋里才有些觉察，挣扎站起，用了些减睡药水。到了那边见了玉太郎，问他几句话，他只管呆了眼睛。濮玉环道：“请白先生赶速医治罢！问他是枉然的了。”白子安诊看了两三刻钟，天将高了，脸上的汗珠和霖雨一般的落下，折回药房取出那电气折光镜，向他头脑上一照，跌足叹道：“不好了，不好了，这病症我是无能为力了。听说鱼拉伍先生手段很高，偏偏他又不在这里，这便怎处？”几句话急得濮玉环面如土色，横在藤凳上发怔，亏着一个丫鬟，提起孟买医院来，立时开机。不料开错了一条线路，到了非洲，正对着德拉古阿的海股，进了脱兰斯法尔。

濮玉环心上着慌的了不得，开窗一望，知道误事了，喝住了机轮，将机器匠申饬了一番。刚要回轮，只听下面像有人呼唤，那声音觉得很有些熟悉，落下机器椅一望，原来是玛利亚女教士，站在马车栈的旁边，见了气球，为着玛苏亚先生的事，想问个的确消息。濮玉环有事在身，回答的话都不很周到。玛利亚见他举止异常，语言无次，问他为着甚事操心？濮玉环将玉太郎的病约略说了些。玛利亚道：“不嫌老朽，颇可效劳。”濮玉环听了这句话，急忙拉着玛利亚的手，请她上球。玛利亚吩咐马夫取出皮包，着马夫回到教堂，告诉值堂的先生，说自己不坐轮船，乘气球到孟买去了。马夫刚要举鞭，玛利亚又喊住了，吩咐了许多话。濮玉环十分焦急，听他絮絮叨叨的，为那教堂的事务，又不便拦阻。等了片刻，话才讲完，匆匆地挽着玛利亚走了三两步，叮当一声，把后面的一乘脚踏车，碰翻在地。两人回头一看，被那跌下的一个女流氓，紧紧拉着，抵死不放。正是：

歧路偏逢拦路虎，过江惯遇禁江风。

未知后事如何，且听下回分解。

第三十三回　携美眷游学广寒宫　结奇缘贺喜美华厂

却说濮玉环和玛利亚被女流氓拉住不放，叫她赔车。濮玉环从衣袋里掏出一个金镑，交那女流氓，女流氓见她的金镑出得容易，大声说道：“我这车是没用的了，一齐儿都卖与你们。你们故意拦阻我的路，把我的事都耽误许多，我和你们誓不干休。”濮玉环道：“你车子并没弄坏，一个金镑也算是陪个小心了，你还要怎样呢？”女流氓道：“我不须你们陪小心，只要还我的车价。我这车是从美国定造的，总共三百多镑呢。”正在苦苦地纠缠，来了一个巡捕，濮玉环告诉了当下情节。女流氓向那巡捕兜一个眼光，巡捕便做好做歹，劝濮玉环添了四五镑，女流氓才丢开了手，嘴里还咕哝着叫屈。濮玉环也不和她分辨，同玛利亚径上了气球。

玛利亚瞧了玉太郎的病，说：“这病须劈开脑壳方可医治，我这里没这副器具，赶到孟买，请哈老先生一看便好。濮姑娘不必焦虑。”一路讲，一路已开足机轮，到孟买医院落下。玛利亚亲自下球，请了哈老。贾西依正拿着一本书，在哈老座前请问那用药的法子，听得玉太郎有病，陪着哈老一同看玉太郎，只见玉太郎呆呆坐着，像木偶一般。哈老诊了病，掏出药水，用水节打进了鼻孔，玉太郎登时闭着眼睛。白子安帮着扶上床，贾西依捧着面盆，伺候哈老。哈老振起了精神，拔出七寸长的匕首，从脑袋上开了一个大窟窿，用药水拂拭了三五次，在面盆里洗出多少紫血，揩抹净了，合起拢来，立刻间已照常平复；再用药水向他鼻子尖头上一点，忽听得“哎哟”一声，玉太郎已从床上跃起，见得众人围着他，他却用手一挥，向众人讲道：“这里是光明世界，你们龌龊世界里的人物为什么也到这里来呀？”濮玉环听他讲的都是糊涂话，不由得哭声大作，拉着玉太郎的手，颤微微地说道：“你是个聪明人，怎糊涂到这般模样？”一阵哭，把满球上的人都弄得心鼻悲酸，五中无主。玉太郎蓦地惊醒道：“你们都在这里烦恼什么？”白子安把他病后情形说与他听了，他才恍然大悟，劝住濮玉环的哭声，谢了哈老。问贾西依现在学问有无长进。哈老道：“这位贾兄天资很好，但他有种专做门面的毛病，倘若去了，学问定然长进呢。”贾西依听了老师抢白，不敢开口，侧着身子，红着脸儿，真正是哭笑不得。玉太郎又把开化荒岛的事，叮嘱了哈老。哈老和贾西依仍回到医院，玛利亚也下球到石兰街去了。白子安回到药房。

濮玉环挽着玉太郎的手，到卧室坐下，问起病源，玉太郎一一告知，并道：“我为那月里气球的事，一时间神经扰乱，仿佛自己身子已经跟到月中，见得许多的学校里面，真正是人才济济，如山如海的一般，便是本地球的中西大哲学家、大科学家，也在那面游学呢。后来到了一个所在，他门前是万株玉树，孔翠翱翔。我徘徊树下，听那孔翠的鸣声，不由得心神俱荡，动起思乡的念头。乘风飘荡，飘落在一个海洋中间，波浪掀天，觉得呼吸都十分不快。只见迎面走来一位老者，胡须过膝，手执云幡，幡上写的是‘混沌地主’四个大金字。那老者指着这四字，向我说道：‘你这厮为何这般的愚蠢？丢却那光明世界不住，却来这混沌世界做什么勾当？’说罢将云幡一麾，麾出无数的长鲸大鳄，张着那吞舟的大嘴，直扑前来。我便尽力狂奔，奔到一片极广阔的大陆，惊魂才定，又来着许多的毒禽猛兽，漫山蔽野，没一处不是那锯牙钩爪，围绕得十分紧密。那时呼天无路，入地无门，想到美国是本地上最文明的国度，不如径到那边，苟延残喘。刚要举脚，忽然前番的那位老者拦住去路，大声说道：‘你这厮怎这般恍惚？既然到了烦恼界里，为何不安受烦恼？你想逃到美国，你知道这里是什么地方吗？’我被他一句提醒，抬头一看，原来前面就是美国的议院。上面插着一面大美国的花旗，花旗下面，听得一片咆哮的声音，仿佛那万雷齐放，大海潮翻，那四面却堆着没量数的白骨。老者指着白骨，笑嘻嘻地向我道：‘你既要到这里凑数，莫说你是个客民，就是这里的主人翁，也是要捱受苦楚的呀。’我听他讲这几句话，不由得火上心头，气如泉涌，拔出宝剑，迎那老者劈面一下。不料那老者漾起云幡，飞来一个霹雳，将我猛击，登时风雷四起，飘飘荡荡，依旧到了月中。我正满腔的喜欢，猛觉鼻尖上像针刺一般，揉眼一看，谁知道还是一梦。”濮玉环道：“你且安睡罢，莫又激动了脑筋呢！这文明进化的事，虽然要勇猛前进，但不可过于勇猛，弄坏着身体，算来不是进步，反是退步呀！”说着，便盖上绒毯安睡了。

睡到次日的晌午，两人才慢慢醒来。丫鬟送上面汤，梳洗已毕，机器匠已在外面伺候，问开球的方向，玉太郎吩咐开到凤飞崖。刚到崖前，齐巧那遁轩老人从石镜出来，手里拿着一封书信，拆开信封，却是龙、凤两人的留别诗。读了几遍，心下狐疑，问老人这信何来？老人道：“老夫今天偶然高兴，从兰花涧底附石上岩，不料到了岩中，这天然的洞府，已被你们无端地凿破；才到洞口，劈面又遇着一群气球。这封信是一个姓龙的交与老夫，老夫还有一事相求，望将这凿破的伤痕，重新修好，免得这洞府中间，容受那外间的浊气。你们是愿不愿呢？”玉太郎道：“这个自然应命。但有一言相问，那姓龙的现往何处去了？”老人道：“是由气球直往天空去的。听说是要到月中，老夫却懒得细问。”玉太郎道：“老先生为何不同去呢？”老人道：“一切世界无非幻界。我受了这幻界的圈套还不够，又到别样幻界做甚呢？”说着，便折回原路，仍从兰花涧下了“飘飖庐”。

这里玉太郎听着老人说话很有道理，一路沉吟，和濮玉环转下石坡，只见那些丁役，正在橡皮屋内嘈杂，两人进了屋，才各自散开。玉太郎问龙孟华等何往，阿莲回道：“龙老爷和着他的太太、少爷，都乘着气球，说是到月里读书去呢！吩咐我们将什物看管，交与老爷，不料他们争着要分，我和阿桂呼喝不住呢！”玉太郎道：“那气球是甚时复来的？”阿莲道：“是今天早上来的。”玉太郎埋怨着濮玉环道：“为甚昨夜不赶紧开机？落后了几点钟，便无缘到月中游学，你道可惜不可惜？”濮玉环也是这般想，无可奈何，相对着太息。立定了主意，便在岩前开了制造厂，研究这气球离地的道理，同白子安商量，白子安说：“这事不便长久奉陪，医院里还有未了的勾当，贱内不久又须分娩呢！”濮玉环道：“鱼拉伍不久便到。既是白先生有事，我也想回家一走，并且开了制造厂，也须采办些物件，添募几个工人呀。”玉太郎点头称是。当晚便将石镜崖补好。

趁晓开球，到了美华公司门首，停球落下。门外排列着几十辆马车，人声喧闹，里面笙箫管笛，音韵悠扬。你道为何？原来包恢宇和石辣红素有啮臂之盟，包恢宇为的前妻贞烈，矢志不再娶妻，石辣红却情愿做个偏房，生死和包恢宇一处。包恢宇起初还不答应，后来渐渐心说软了，出了十万镑的身价，迎石辣红进门。这日正是喜期，大家都前来恭贺，独有李安武生性刚强，不甚满意，因他不是续弦，只算娶妾，不便阻挡，不来给他道喜。当下玉、濮两人和白子安知道这事，各备了一分贺礼，入了喜筵。濮心斋问起龙孟华的事来，玉太郎细细地告了一遍，濮心斋喜欢得了不得，打德律风告与李安武，李安武忙乘马车到公司相见。

包恢宇一见了李安武，脸上很露着惭愧的气色。李安武心直口快，当场说道：“不是愚兄少礼，我想起令夫人那般节烈，双龙刀下，至今仍念念不忘，所以不曾趋贺。休得见怪！石姑娘愿做偏房，自是天生的情种，天生的一段佳话，却也难怪于你。愚兄只得改日再贺了。”包恢宇本来敬服李安武，听了这番话，脸上一红一白的，五色无主，连声答应道：“李先生的吩咐，谨当铭心。”李安武道：“休怪愚兄嘴直。俺李安武是心上有什么，嘴上便讲什么的。你这事已算得尽情尽礼了。大丈夫做事，光明磊落，不须这样的忸怩不安。便是愚兄处到老弟的局境，也须纳宠，一来传宗接代，二来也解解客中的愁闷。”便满斟了一杯酒，递包恢宇道：“老弟且满饮这一杯，一半算压惊，一半算道喜罢。”包恢宇听得这几句话，爽快得异常，便满饮了一杯，到别座去了。

李安武问明了详细原由，半信半疑地向黄通伯说道：“黄先生，你看这事如何？”黄通伯道：“这事并没甚奇怪，但是我们世界内，将来必受一番的大变动呢！”因讲出许多变动的道理，李安武不住地点头称是。正在讲得兴致淋漓，忽然巡捕房里撞着警钟，知道外面有了火警。大家凝神细听，数那钟点，确在海南大学堂一带。出门一望，但见烟焰冲天，公司里的执事，个个都惊慌得很，前来报信，怕的学堂有些关碍。正是：

人向月中空盼望，祸从天外又飞来。

要知后事如何，且听下回分解。

——原刊于《绣像小说》1904 年 3 月至 1905 年 11 月

中国科幻星际旅行的最初梦想

——论荒江钓叟的《月球殖民地小说》及其时空观

◎ 任冬梅

《月球殖民地小说》被认为是中国科幻的诞生之作。与传统小说相比，这部小说的时空观念发生了深刻的转变。在空间观念上，《月球殖民地小说》首次将“月球”当作一个实体的空间概念进行描写，同时抛弃了中国传统文学“中国中心”的观念，取而代之的是中国为世界之一员的空间观念；其次，在时间观念上，不同于以往中国传统文学的循环时间观，《月球殖民地小说》以进化论为基础的线性时间观作为建构小说的依据。之所以会产生这种变化，与西洋器物传入中国的现实密不可分。起源于西方的科幻小说在传入中国之后，不仅传播了新的观念，还承载了在新的时空观念的关照之下对于现代性的想象，以《月球殖民地小说》为代表的晚清科幻小说成为中国文学现代性的萌芽地之一。

一

《月球殖民地小说》是署名荒江钓叟[①]的晚清小说家创作的一部长篇章回体科幻小说，1904 年初开始在《绣像小说》上连载，到第二年末，共刊行

① “荒江钓叟”为笔名，真实姓名不可考。晚清时候，由于小说家的地位不高，很多作者在发表小说时都隐去真名，只用笔名，并且一个作者往往有好几个笔名，因此晚清小说作者的真实姓名往往很难考证出来。

三十五回[①]，总计13万字左右。这部小说的发现，在科幻界还有一段趣闻。20世纪80年代初，科幻作家叶永烈泡在上海图书馆的文献堆里，苦苦寻觅现代中国科幻小说的源头。在此之前，叶永烈认为东海觉我（徐念慈）在1905年发表的《新法螺先生谭》是中国最早的原创科幻小说，随着系统的翻阅和查找，叶永烈认为应该会发现更早的原创作品。最终，一部名为《月球殖民地小说》的半截子作品进入他的视线。这部作品于1904年在上海《绣像小说》杂志上连载。就当时来说，尚未找到比这个出版年份更早的中国科幻小说，于是，叶永烈就将它暂时确定为中国现代科幻的诞生之作[②]。至今该时间以为科幻界所公认，2004年，各地科幻同仁以各种方式纪念中国科幻百年华诞。

《月球殖民地小说》是一部未完成的作品，从已有的内容看，小说描写了一个叫龙孟华的湖南人，参与反清革命，流亡海外。日本友人藤田玉太郎发明了世界上最先进的气球，载着他在世界各地寻找失散的妻子。在已发表部分的最后，一些月球人驾驶着远远超过人类科技水平的气球飞临海岛。龙孟华的儿子龙必大在寻找父亲的过程中曾遭遇过月世界的气球，并和月世界的人成为了朋友。在小说第三十三回中，龙孟华全家都被由月世界来的气球接到月球上游学去了。而玉太郎则留在地球上继续改进自己的气球，试图使其能够达到月球人气球的水平，凭借它进行星际间的旅行。小说到这里戛然而止。不过，小说既然取“月球殖民地”为名，显然后面的内容才是主干，可以想象玉太郎的气球研制成功后，将载着地球人一起到月球上去追寻异世界的先进文明。遗憾的是，作者那更为宏大的构思我们已经无法欣赏到了。《月球殖民地小说》拥有一个长篇的篇幅和架构，虽然结构有些松散，但作为连载作品情有可原。它极好地把章回小说的形式和科幻小说的内核结合起来，毫无生硬勉强之感。可以说，《月球殖民地小说》具有标志性意义，在晚清科

① 荒江钓叟著，《月球殖民地小说》，《绣像小说》1904年21—24期、26—40期，1905年42期、59—62期（1904.3—1905.11），计35回未完。

② 其实在《月球殖民地小说》发表以前，中国已经有梁启超的《新中国未来记》、徐念慈的《情天债》、蔡元培的《新年梦》等幻想未来的作品，不过这些小说要么是短篇；要么虽有一个长篇的架构，却只写出了四五回，并且很难确定其中包含科学幻想的成分。从篇幅和情节上来看，《月球殖民地小说》的确更符合科幻小说的标准。

幻小说中，艺术价值颇高。

《月球殖民地小说》这部作品以“月球殖民”为其篇名，虽然小说并没有写完，在已有的章节中，大部分人还滞留于地球之上，不过“月球殖民”却是作为小说的终极目标而存在的，所以“月球”这个意象在小说里的出现仍然值得我们注意。在中国传统小说中，“月球”往往是诗意化的表现对象，“但愿人长久，千里共婵娟”，“广寒桂宫”也只是神话里的上界仙境，并没有实际化的空间意味。但是在《月球殖民地小说》中，“月球”却是一个实体的空间观念，是一个实实在在可供人类探索、移居的星球。这样的变化是怎么出现的呢？它对于中国人和中国社会来说又意味着什么呢？从地球到月球的殖民，不是如古代“嫦娥奔月”般凭空飞上去，而是借助新式的交通工具——气球，它的出现使得主人公们可以在三四个小时之内从美国纽约到达英国伦敦。其实某种程度上，距离的远近也可以用时间来衡量。比如火车发明之后，从重庆到北京只需二十几个小时，我们会觉得两者之间的距离不是很远。倘若在古时候的中国，人们一定会觉得两地相距非常遥远，因为翻山越岭恐怕要花去好几个月的时间才能到达。也就是说，空间距离的长短往往靠时间来衡量和表现，这样一来又不得不涉及时间的问题。在《月球殖民地小说》中，时间观念也悄然发生着改变，与中国传统小说中的时间描写相比已经有很大的不同。同样，这种转变是怎么产生的？它对于中国人和中国社会来说又意味着什么呢？立足于小说本身，勾勒出一条从“空间”到“时间”的线索，探讨其中发生的一系列变化及其背后的原因，我们将会发现，新的时空观念其实已经伴随着各种西洋器物的传入，在中国人的头脑中逐渐扎根。这种改变本身就体现了一种“现代性”的意味。

而且小说借此所创造出的空前的时空环境，还成为作者遐想新世界的广阔试验场，这种想象不是传统神怪小说中的凭空幻想，而是以科学的理论作为前提与依据的推想。以《月球殖民地小说》为代表的晚清科幻小说，大都不乏对于“乌托邦”的想象。正是由于时空观的改变，以及与之相适应的科学理念的注入，使得幻想中的“乌托邦”得以和现实联系起来，而这种营造新世界的努力，无疑是中国文学现代性的重要推动力。从这个意义上来看，《月球殖民地小说》的价值和意义就提高到了缔造中国新文学现代性的高度。

二

在中国传统小说中，“月球”往往是诗意化的对象，人们寄情于月，将自己的喜怒哀乐、悲欢离合与月亮联系在一起，但却从未将“月球”当作过一个实体的空间观念。可以说除神话传说之外，中国传统小说中的故事绝对不会发生在月球之上。一般传统小说中的故事大都以中原大地为中心展开，在小说家眼中，中国是世界上最繁荣的国度，其内部发生的故事就已经足够精彩动人了，当然无需去关注中国以外的人事。可以这样说，在传统小说中，中国处于绝对核心位置，哪怕为了种种原因不得不出行，也总会许下未来回归的承诺，回归至作为文化主体或者政治中心的中土。①

在《月球殖民地小说》中，传统的空间观念却已经发生了变化。《月球殖民地小说》中的“月球”已经不是一个诗意化的对象，它是一个实实在在的可供人类殖民的星球。在这个星球上，“黄金为壁，白玉为阶，说不尽的堂皇富丽，就中所有的陈设并那各样的花草，各种的奇禽异兽，都是地球上所没见过的。”② 月球上居住的人也拥有比地球发达得多的文明，那里法律严明，社会制度先进，科技水平很高。拥有比地球上先进得多的气球，可以随时往来于地月之间。这样的一个地方，使得地球人无比羡慕，很想上去探索一番，并且希望可以将其变成地球人的殖民地，这样人类的生存空间就可以得到进一步的拓展。想到月球空间的广阔与富庶，小说中的主人公藤田玉太郎决定发奋改造自己发明的气球，希望可以达到月球人的水平，在宇宙空间中自由穿梭，然后乘着它登上月球，去那里开辟殖民地。这成了整部小说后半段的论述重心，可惜小说并没有写完，在讲到玉太郎开设气球改进工厂时就戛然而止。不过我们仍然可以充分感受到，在《月球殖民地小说》中，“月球”已经成为一个可与地球相比的实体的空间概念。

---

① ［美］王德威．被压抑的现代性——晚清小说新论［M］．宋伟杰，译．北京：北京大学出版社，2005：329.

② 参见林健毓发行，王孝廉等联合主编，《晚清小说大系·月球殖民地小说》，广雅出版有限公司，1984 年，第 69 页。

虽然大部分时候，小说中的主人公们还在地球上徘徊，没来得及登临月球，但可以肯定的是,《月球殖民地小说》中故事发生的主要地点已经不是在中国。故事初始的地方是在南洋靠近新加坡附近的松盖芙蓉，由于小说的主要意象是一个可以载人飞行的气球，使得小说中的空间异常开阔，气球飞到哪里，小说就描写到哪里，读者也跟随主人公一起游历了五大洲、四大洋。在这里，中国已经不是小说叙述的中心。《月球殖民地小说》涉及的地理空间非常广袤，这气球带领我们的主人公跨越太平洋与大西洋、黄海与印度洋，它盘旋翱翔在亚、美、欧、非各大洲的上空，到达的国家和地区包括日本、美国纽约、英国伦敦、非洲脱兰斯法尔、印度孟买、印度洋上千余群岛、南洋各国、中国的北京及广州……这样广大的疆域是中国传统小说叙事中从来没有的。

随着气球冉冉飞升，我们的视野也渐益开阔，而且是由上而下，纵览世界。气球乘客可从居高临下的视角鸟瞰华夏大地；当广袤的地平线不断扩展，他们眼里的中国面积也逐渐缩小。再也没有比气球这样的“位置”，更能使我们看清中国的疆域其实只是世界地理的一部分。气球所创造出的视角，迫使国人重新检审中国与地球其他国族相比所占据的空间。① 在《月球殖民地小说》中，中国的中心位置早已发生动摇，不但是地理中心发生动摇，甚至连文化中心、政治中心的位置也相继失去，中国只是作为世界若干民族国家一员的面貌出现，并且还是其中力量比较弱小的成员。小说中，处处表现出对于中国政治腐败的失望与不满，“中国的道失去放诸四海皆准的威力，所有异乡的遭遇，既不投射理想中国，也不必然返照已失的道德。”② 在这样的情况下，小说的主人公也不由自主地生出充当“世界人”的愿望，在小说第十回中，龙孟华就割去了辫子③，穿上西装，喝着咖啡和白兰地，与世界各国的人物打交道，俨然已经融入了现代世界之中。

小说里，主人公们乘着气球在世界各国之间旅行，这旅程却是一种一去

---

① ［美］王德威．被压抑的现代性——晚清小说新论［M］．宋伟杰，译．北京：北京大学出版社，2005：331-332.

② 同①，第 334 页。

③ 参见林健毓发行，王孝廉等联合主编,《晚清小说大系·月球殖民地小说》，广雅出版有限公司，1984 年，第 53 页。

不复返的单向旅行，无论在叙事还是在意识形态层面，小说都未许诺重返中土。事实上，小说里的华夏子民不仅想着离开中国，甚至欲图脱离地球到月球上去生活。小说的主人公龙孟华一开始是为了找寻妻子才在各大洲之间游历的，不过当小说进行到后半部，他在印度洋的一座海岛上找到妻子之后，他们也没有丝毫返回中国的意愿，只想留居松盖芙蓉，而当月球人向他们全家伸出橄榄枝时，他们更是迫不及待地离开地球到月球生活去了。小说并没有写完，但从题目“月球殖民地”上看也可以发现，小说中的空间是不断向外拓展的，体现了广阔的空间意识，同时也显示了当时人开拓异域、探索宇宙的强烈愿望。到月球上去开辟殖民地，这是多么宏伟的构想！相信人们去到那里之后，将会发现一片大大有别于现实中国的乐土，他们将在那里安居乐业、繁衍生息。

《月球殖民地小说》中的空间观念之所以会发生各种变化，是由于外部环境的影响所致。在西方传教士不断进行“学术传教”的过程中，中国传统的空间观念其实已经悄然发生着转变，直到晚清时期，外国列强的炮火打开中国的大门，这一切变化到此时可以说达到了顶峰。正是以已有的现实（西方天文学、世界地图）为基石,《月球殖民地小说》才有了可以进一步构筑其想象世界的可能；同时，小说中的各种空间观念又在读者的阅读过程中被不断加深强化，与现实的变化一起遥相呼应，巩固了它们在读者头脑中的地位。《月球殖民地小说》中的空间观念无疑体现了某种“现代性”的意味，也可以说是作者的“现代”意识。由此观之,《月球殖民地小说》不仅表现了文学上由传统向现代的过渡，还折射出文学生产的物质形态即晚清社会思想文化的变迁。

三

在中国传统小说中，对于时间的描绘是比较模糊的，或者说，不会对时间特别关注并给予非常精准的描绘，大多数只会提到春秋季节或月份。从中国传统小说描绘时间的常用词中，我们也可以看出这一点：“旦”“莫”“晓”“晦”“晨”“晚”“昏”“旬”等词只是对于时间的大致估算，并没有精确的测量。而且传统小说中的时间观念是“循环往复”的，一切自然现象和社会人事的发生、发展和消亡，都在周而复始中进行。历史小说

《三国演义》在一开头就说："话说天下大势，分久必合，合久必分。"在这样一种"一治一乱"的循环时间观念下，时间的流动没有一个终极目标，其方向性是不明确的。在循环论的框架中，人们不可能设想"未来"会怎样，最多可以向远古去追寻消逝了的黄金时代，譬如"三皇五帝"统治的时期，所以传统小说中往往出现"向后看"的情况，言必称三代，过去的辉煌成为人们追逐的目标，"未来"却从来没有进入过他们的视野。也正因为如此，哪怕古人想象出一个美好的环境，也只能将其放置于时间之外，以静止的时间形态呈现出来。由于缺乏对"未来"的想象，理想的"乌托邦"往往只能产生于如梦似幻的幻境或者梦境之中。

《月球殖民地小说》中的时间观念与中国传统小说的时间观相比，已经发生了相当大的改变。《月球殖民地小说》对于时间的关注程度达到了中国传统小说之前从未达到过的高度。小说中涉及时间的描写达到八九十处之多，而且全部都是非常精确的以西方的计时体系为标准。比如："不上三刻钟，迎面粉壁写着安华老栈四个大字""不上五分钟，李安武已淌出口门""秋叶丸轮船么？是五点钟开出口的""在下是今日六点钟从东京启程的""到得五点钟临睡时""整整的从五点钟起到九点钟止""那时刻刚才九点十分钟"①……已列举的部分大概只占全文描写时间的句子的十分之一，从中我们不难看出小说对于时间的重视程度，而且这里的时间已经不同于中国传统的模糊的时间观念，而是西方工业社会广泛运用的精确到分秒的时间观念。还值得一提的是，小说中的主人公虽然是中国人，可是也多次用到西历。龙孟华第一次生出飞抵月球梦想的时候，小说就特别说明，"这夜是西历十二月十四号，合中历是十一月十五日"②，其后龙孟华的妻子凤氏在报上刊登的寻子启示，仍是以西历为基准："陡于西历十二月二十七号，即中历十一月二十五日，单身出去至今未回……西历一月二号告白。"③

---

① 参见林健毓发行，孝廉等联合主编，《晚清小说大系·月球殖民地小说》，广雅出版有限公司，1984 年，第 4、8、14、24、32、34、35 页。

② 同①，第 4 页。

③ 同①，第 31 页。

如果仔细考察，我们还会发现，整篇小说是构筑在以进化论为基础的线性时间观念之上的。小说中的主要意象——气球，是一项新的发明，经过了长期的试验和改良才制成。玉太郎的气球从意念到正式研制成功，前后耗费了五六年的心力，其中还多亏了他后来的中国妻子濮玉环的帮助。而且气球研制成功之后，玉太郎并没有就此停止，而是不断思考其不足之处，随后发现了气球的缺陷："第一，是不能脱出空气；第二，是不能离开地心的吸力；第三，是脱出空气离开地心的吸力，不能耐得天空的寒气；第四……"[①] 正是由于有这些不足，使得他在小说后半部分决定开设制造厂，继续改良气球，"研究这气球离地的道理"[②]。一个狂想的意念萌芽之后，必须经过演变和试验，才能得以实行，并且还要不断地加以改进，这无疑体现出了"进化论"的思想。由于从线性时间观出发，"未来"也进入了作者的视野之中。整部小说充满了对于未来的思虑，比如气球功能可能会不断完善，"将来定然更有进步"[③]；"遇着同种的人不救，将来一定要临到自己"[④]；玉太郎在遭遇了月球人的气球后，想到将来月球文明很有可能到地球来开设殖民地，因此决定发奋图强，加紧研制可以进入太空的气球[⑤]；黄通伯在得知龙孟华全家上到月球游学的消息后，说道："我们世界内，将来必受一番大变动呢！"[⑥]小说中的人物时常思考某事某物"未来"将会怎样，这种对于未来的思虑是与现实有实际关联的，在直线时间观的指引下，未来不再是飘摇未定的虚幻梦境，而成为可以预见的、某种程度上必将到来的一种真实存在。换句话来说，小说家们不可避免地开始展开对于未来的想象，这种想象从现实出发，很有可能即将成为现实。

《月球殖民地小说》中对于时间的关注与描写之所以会与传统小说有如此大的不同，在于作者所处的外部世界已经发生了翻天覆地的变化。19 世纪

---

① 参见林健毓发行，孝廉等联合主编，《晚清小说大系·月球殖民地小说》，广雅出版有限公司，1984 年，第 69 页。

② 同①，第 205 页。

③ 同①，第 57 页。

④ 同①，第 43 页。

⑤ 同①，第 198-199 页。

⑥ 同①，第 206 页。

末20世纪初的晚清社会，西洋钟表已经在大城市中得到普及，人们的生活也开始离不开西方的现代计时体系。时间观念的改变是随着西方计时单位、机械钟表的传入而逐渐发生的。《月球殖民地小说》中的时间观念是以西方的时间观念为模版的，体现了“现代性”的种种特质。“只有一点非常明确，即现代性概念首先是一种时间意识，一种与循环的、轮回或者神话式的时间认识框架完全相反的历史观。”[①] 我们确信，《月球殖民地小说》包含了“现代性”的因素，它不仅体现了文学上由传统向现代的转变，还折射出文学生产的物质形态，即晚清社会思想文化的变迁。

四、结语

无论从什么角度来看，《月球殖民地小说》都是一部值得研究和重视的小说。

《月球殖民地小说》的内容可以很明显看出受儒勒·凡尔纳的科幻小说《气球上的五星期》[②] 的影响。凡尔纳的科幻小说在晚清时候被大量翻译到中国，曾经掀起一个“凡尔纳热潮”，中国原创科幻小说在起步阶段将国外科幻小说当作模仿对象是很自然的事情。除了凡尔纳《气球上的五星期》以外，我们还可以在《月球殖民地小说》中看到中国传统游记小说《镜花缘》的影子，其中，主人公在印度洋诸岛之间寻访妻子时的遭遇像极了《镜花缘》中唐敖和林之洋在海外路经各种“国家”的历险。《月球殖民地小说》将中国传统游记小说与国外冒险小说很好地结合起来，并在其中加入科学幻想的元素，创造出了中国人自己的科幻小说。虽然依旧采取章回体的表现形式，但小说中的时空观念与传统小说相比已经有了质的改变。

在空间观念上，《月球殖民地小说》已经抛弃了中国传统文学中“中国为世界中心”的空间观念，取而代之的是将中国纳入世界之中，成为世界之一员的空间观念，不仅如此，小说的空间视野还从地球世界扩展到了宇宙空

① 汪晖．韦伯与中国的现代性问题［M］// 汪晖．汪晖自选集．桂林：广西师范大学出版社，1997：2.

② 1903年，《江苏》第一期（4月27日）至第二期（5月27日）刊登了转译自日本井上勤译的《亚非利加内地三十五日间空中旅行》的翻译小说《空中旅行记》，其原作即为儒勒·凡尔纳的《气球上的五星期》。

间，去描述月球的环境，将月球当作一颗可供人类移居的星球，这种空间观念显然与中国传统小说大不相同，可以说体现出了小说的某些“现代性”因素；其次，在时间观念上，不同于以往中国传统文学中“一治一乱”的循环时间观，《月球殖民地小说》以进化论为基础的线性时间观作为建构小说的依据，对于精密时间的充分关注以及使用西方的计时体系等，都是小说带有某种“现代性”的表现。

更进一步考察会发现，小说中时空观念的变化是与外部环境的影响密不可分的。在西方传教士不断进行“学术传教”的过程中，在各种西洋技术与器物传入中国的过程中，中国传统的时空观念其实已经悄然发生着转变。直到晚清时期，外国列强的炮火打开了中国的大门，这一切变化到此时达到了顶峰。我们可以认为，正是以已有的物质现实为基础，《月球殖民地小说》才有了可以进一步构筑其想象世界的可能。只有在现代地理学与宇宙观的指导下，小说才可以想象世界各地的旅行，想象去月球建立殖民地；只有在直线时间观的指引下，未来才成为可以预见的、某种程度上必将到来的一种真实存在，小说才得以畅想未来。

《月球殖民地小说》中新的时空观的运用，还使得晚清时人想象力的疆域得以无限扩大，这种想象多半是对于新中国的想象，是在扩大的领域里再重新界定未来中国的形象。因此，恰恰是晚清科幻小说完成了晚清中国人对于现代性的初步想象。随着晚清科幻小说在中国大地上的传播，越来越多的人受到新观念的冲击，在这个过程之中，“现代性”已悄然植根于晚清时人的脑海之中。也就是说，当一些新观念进入中国晚清的境遇时，它们与中国本身的文化产生了一系列非常复杂的化合反应，这种冲击最后就成为了中国现代性的基础。而且其中对于“未来中国”的想象，可以说是现代民族国家建立过程中的一个组成部分，晚清科幻小说还借此参与了中国“现代性”的创造。所以，我们确信，《月球殖民地小说》应该被纳入到现代文学史之中，它对于研究“中国文学现代性”具有重要意义。

新法螺先生谭

◎ 东海觉我（徐念慈）

觉我曰："甲辰夏，我友吴门天笑生以所译日本岩谷小波君所译滑稽谭《法螺先生》前后二卷见示。余读之，惊其诡异。暑热乘凉，窃攫之与乡人团坐，作豆棚闲话，咸以为闻所未闻，倏惊倏喜，津津不倦，至三日而毕。次夜集者益众，余不获辞，乃为东施效颦，博梓里一粲，不揣简陋，附诸篇末，大雅君子，尚其谅诸。"

新法螺先生曰："诸君乎，抑知余之历史，其奇怪突兀，变幻不可思议，有较甚于法螺先生者乎？诸君其勿哗，听余之语前事。"

余幼时颇迷信宗教者言，深信所谓天堂也、地狱也。以为偌大世界，何事蔑有。科学家仅据矿物界、植物界、动物界种种之现象，种种之考察，以为凡物尽于斯，凡理尽于斯，使果然焉，则世间于科学外，当无所谓学问，不复有发明矣，而实验殊不然，何哉？余本此问题，愈思愈疑，愈疑愈思，既而奋然曰："余苟局局于诸家之说，而不能超脱，张其如炬之目光，展其空前之手段，是亦一学界之奴隶而已，余决不为，余决不为。"

虽然，余既抱此宗旨，而于着手之处，终觉无所适从，悠悠忽忽者，已越二年。余思余能力之薄弱，自怨自艾，脑筋紊乱，初不自主，信足飞跑，登一高山之巅。此山之高，在海面上，当三十六万尺，已绝无空气。余此时心有专注，肺之呼吸，于动足时，早已忘却，所以于无空气处，亦不觉困乏。忽然大风一阵，自余顶上，数万万尺处，以一秒钟百万尺之速度，自上而下者，复自下而上；又而东、而南、而西、而北。余细察知非寻常空气之流动，实自诸星球所出之各吸力；若大、若小，若纵、若横，交射而成。余所至之山巅，即此无量吸力之中心点，而余以孑然之身当其冲，余又何能自持，盖甫驻足，砉然一声，或竖蜻蜓，或豁虎跳，飞驶驰骤，捷于流星，如入旋涡，如转纺车，意乱心瞀，殆难言状，遂不觉昏然晕绝。

余之遇此大风，不仅余身被其颠倒舞弄也，余身中之诸元质，因此动力，或浑而化合，或驱而化分，一时破坏者、建设者、排除者，一秒时速至一百次，所以余身自入吸力之中，仅晕绝二十四小时，而余之神识遂清，顿觉余之精气神，虚空之一部分，别成一团体，余无以名之，即以宗教中普通名辞命之曰“灵魂”；真实之一部分，别成一团体，余无以名之，亦以宗教中普通名辞命之曰:“躯壳”。

异哉！余以一身俨成二人，真令余不可思议。余灵魂之一人，诸君闻之，必然失笑。其形若径一寸之球，其质为气体，用一万万亿之显微镜始能现其真相，其重量与氢气若一百与一之比例，无眼、无耳、无鼻、无舌，而视倍明，而听倍聪，而嗅倍灵，而辨味倍真；无手、无足，而取攫倍便，而行走倍捷，身中绝无循环系统、呼吸系统、消食系统、神经系统，而一切功用无不全备。余于此时，不觉大喜，想从此考察一切，必易为力，然有一困难之问题也，因量过轻，不能留于空气中，则此身不知飘泊何所；将若行星之旋转空中乎，抑被大力者所吸，而牢固附丽于一处，将成永静性乎。余思及之，大惧。幸也，余身被吸力所驱逐，及绝而复苏，二身同时落于喜马拉雅山哀泼来斯之最高峰上，余躯壳之一人何如？又诸君所急欲闻者也。眼、耳、鼻、舌、手、足均与前无少异，循环、呼吸、消食诸系统，亦未尝变更，而独巍然之大好头颅中少一物，即脑藏是也。余思既无脑藏，则身中神经系统，必不一具，以后不能思想，不能运动，即与死人无异，余虽得一灵魂之身，而此躯壳之身已无所用之，然则余前所经历，皆为幻境。余之所念，皆为妄想；余身殆为已死之身，即放声大哭，久而久之，至二十四点钟之久，始稍稍收泪，然泪痕固满面也。

此时余若有所触，忽然大悟，余身苟已死，何以能哭，且何来泪之滴下，余前所经历，既明明经历，何得谓为幻境，何得谓为妄想，而此时余明明有二身，一为灵魂，一为躯壳，则将来善用此二身，以研究一切，发明一切；是余只一人，其功效不啻倍于人之一身也。余之幸福，殆举古今中外，莫有与匹者，而余俨得享受之，不觉大乐，放声而笑，磔磔不可复止；及至收声，则又阅二十四点钟之久矣，而余遂大悔，以余忘光阴之可惜，仅此一哭一笑，已费四十八点钟也，余诚荒谬，余成荒谬绝伦。

余于此后，即有一大能力，余于哀泼来斯峰顶所试验而得者，其能力如何？余能将躯壳之一身与灵魂之一身，可浑而为一，可析而为二；又可以灵魂之一身析为二，而以半入于躯壳中；可以躯壳之一身析为二，而以半包于灵魂外，且纵分析，其能力依然不失毫厘。余因思是山为众山之祖，世界所属目；是峰为之山最高峰，常人所不易到。余既欲发大慈悲，展大神通，则莫适宜于此山之此峰。诸君乎，犹记前十二年十月三十日冬至，世界光明如白昼之午后十二点钟乎，即余试其权力之第一次也。

余在峰顶，首先考察之问题，即人身能为发光体否？当时余之二身，并力研究，忘食忘寝者几一月，乃将灵魂之身炼成一种不可思议之发光原动力，其光力之比例，与太阳若一万与一，与月若二百万万与一。既有成效，遂于十月三十日将躯壳之身面东背西，立于峰顶，轻轻将灵魂之身高捧至顶上，灵魂之身，四而射出最强之光线，使全世界大放光明。余即以余所发之光，与日球所发之光，一一评论；而余之光占优点者有三，想诸君亦以为然也。

一、日光行直线，致地球之上，向日者昼，背日者夜。余光行曲线，全地球上，即于发光处在反对地位者，亦为光力之所及。

二、日光因发光处过烈，人目不能正视，余光则光点排匀，无浓淡之分，即正视亦不刺目。

三、日光与各质点化合，泰西人虽定有爱涅耳其之名词，究之光线之能力，不复再见，而余光所射处，化合之功用，既不逊于日光，最奇者能使各物质皆有留光之功用，所以余之光仅射一点钟，而世界之光明，乃至三点钟，皆由各物体质所回射者也。

余于初次试光时，既得此三优点，而有不逮日光之一事。伊何事？即热力是也。余知是光，尚须改良。余当发光时，有动余之感情者，因光力所及，亚美利加洲，适当日中，欧罗巴洲，适当日夕，正为极繁盛时候，国民莫不精神炯炯。幸是日大气阴黑，日光为密云所遮，得显余光之能力，一时光明照澈。欧美洲人咸大惊异。若天文家，若理化家，若博物家，因见凡物皆失其影也，于是各凭其所学，而推究发光之源，议论纷纭，辨驳杂作，或以远镜窥测；或以量光器试验；或以照相器映像，终以光点匀排，未得端倪。余固笑其科学之尚为幼稚时代也。

此时灵魂之身，光力所及，山川动植物，一一反映于发光处之膜上，因此膜上兼有放大之作用，不啻遍身皆眼，所以凡有一方厘之容积者，已若纤毫毕见，然以欧美近日，自诩为文明之国民，余亦如不欲见，是何为者，则以余之面东而立，深有望于黄河、长江之域，余祖国十八省，大好河山最早文明之国民，以为得余为之导火，必有能醒其迷梦，拂拭睡眼，奋起直追，别构成一真文明世界，以之愧欧美人，而使黄种执其牛耳，孰意映余光膜者，无一不嘘气如云，鼾声如雷。长夜慢慢，梦魂颠倒，盖午后十二点钟，群动俱息，即有一小部分未睡之国民，亦在销金帐中，抱其金莲尖瘦、玉体横陈之夫人，切切私语，而置刺眼之光明于不顾。余于是大怒，拟欲以余身为烈火，爆成无量数火球，将此东半球之东半，一举而焚之，使为干净土，复成一未辟之大洲，而畀之将来之哥仑巴，无如余光之缺点，正因无热力，嗒焉若丧，两腕无力，竟以余灵魂之身，失手而掷于地上。

险哉，险哉！余之一掷也，余灵魂之身虽为气质，其不为他气所搀杂者，实存一种不可思议之弹力性，故当掷身时，四分之一因本体之离心力，爆出数十丈外，其余大部分，则因本体之弹力，直上空中，既出空气界外，因地球自西至东，运转之余势，方向渐变，而猛力向上，犹未稍减，渐入月轨道内，仅越一二分时，竟与绕行地球之月世界相遇，而生一大冲突。幸也余身失去四分之一，即结合力亦减四分之一，否则，撞击之下，月世界且化成数块，向空中坠落。地球失去此卫星，长为黑夜，我同胞将责余赔偿此月世界，科以毁损公物之罪。余实无以应命，且不能辞其咎也。余乃少偏行向，复往上升，而月世界因此冲突，蒙大损害，山崩坍而成湖，湖积累以成岭，沙飞石走，尘埃蔽空者亘数年。欧人某以发见月中火山，布告全球，不知实即相撞之余威也。嘻！其见亦陋矣。

诸君乎，余灵魂四分之一，爆出于数十丈外者，果何往乎？当爆出时，余大惊。余躯壳之身，以至敏捷之手段，赶往拾取，而位置之于躯壳之内，余于时深喜躯壳中，亦少有灵魂矣。夫哀泼来斯峰顶，四周隆起，中凹如盂，积雪融水，汇成大湖。泰西地学家，咸以此种山岭，必为昔年火山喷口。诸君之所习闻也，余以有灵魂躯壳之身，孑然独立兹山之顶，怅望灵魂之一大部分，不知飞归何所？余身正如失群之雁，分飞之燕，心中惨怛，莫可名状，忽有大声起于足下，若亿兆霹雳，同时爆裂，令余亡精丧魄之一事。伊何事？则此地火山复行发火，而余适当此爆发之缺口也。

当是时，余身与沙石泥土同其速力，飞向半空，不致为沙石、泥土等所冲击。所惧者，上行之力，渐上渐失，与地心之吸力相消，既等而为，则此身以本体之重量，一落千丈，直向地心，苟触于地面之山石，必粉身碎骨，不复能生存于世上矣。果也，上行仅一分钟，见足下砂石，其弹力小者，已纷然下坠，而余亦身往下落，按第一秒一十四尺二二，第二秒四十二尺六六，第三秒七十一尺一，坠物渐加速率之公例，如炮弹之脱口，直往下落。余斯时魂摇魄动，知数十秒后，余身殆无几希复生之望，孰意火山既爆，缺口甚深，余身适落其中，下堕一点四十五分时，地中之质，在眼前经过者已十三类。余想已为最下之花岗石层矣，而下坠之势犹未已。余殆将穿地心而至亚美利加洲乎？且坠且思，映于眼帘之地质，又变五次，阅时计十五分时，余身嗒焉着于实体上，余目眩耳聋者久之。始稍稍运其目光，观察余身所坠处为何地。

噫，奇哉！余身乃坠于一家之炕上，炕上被褥厚尺许，卧一白发之老翁，正入梦乡。余坠其侧，翁忽见穿其家屋坠下一人，乃大惊怪，急振衣起，见余，开目四顾。翁乃曰：“噫，余谓世界终无开目之人矣，君自何来！噫，余误矣。余乃凭一己之私见，上帝其赦余妄评论世人之罪。”余曰：“翁，余将有所质问，翁能举以示余乎？”翁曰：“苟余所知者，愿悉以告君。”余曰：“谢翁，愿翁告余此为何地何名？”翁曰：“君不知乎？此为前中国河南省之正中。”余惊曰：“噫，中国乎！余为地面之中国人，实不知地底之中国，亦有所谓河南省者。翁乎！地底之中国，幅员之大有几何？”翁曰：“观前之历史，殆未有如今日之大者，我国今已有二十二行省。”余曰：“人口有几何？”老人曰：“男女约四万万。”余曰：“翁何姓氏？”翁曰：“老夫姓黄，名种祖，世居本省。”余曰：“翁寿几何？”翁曰：“余生仅十余日耳。”余笑曰：“翁误矣！然则余生已三十年矣，翁生十余日已耄，余可为翁第十世之始祖。”翁讶曰：“君已生三十年乎？是依何种摄生法，而少壮若此。”余乃放言曰：“翁以为余年为奇耶？余父今年已六十，大余一倍；余祖母若存在，则年且将九十，然其没时，年亦八十有四，不更大耶？”翁曰：“世有如是之长寿人种，诚不可思议。余生于世，虽无几时，然余国中之国民，有生数秒时数十秒时而死者，有生数分时数十分时而死者，其寿者仅二三小时耳，最寿者不得过四小时，而老夫乃至十数日未死，国人知之，方目余为怪物，不意君竟生至三十年，且以生至六十年、八十年欺余。噫，余知之矣，君特吹大法螺以诳余耳。”余曰：“余岂诳言哉，虽然，此何时乎？”翁曰：“已过夜半，天将明矣，为午前四点五十分时也，君试观桌上之记时器，即知余言不谬。”余即观桌上，果见有奇异之记时器。此器周约五尺许，有三针，针长八寸，但闻窣窣摆声，而三针无一稍动者。余曰：“此器有秒针乎？”翁曰：“此长者秒针也。”余曰：“秒针胡不动？此针适已坏乎？”翁曰：“否，否。秒针固非能一看即见其动者。”余曰：“何谓也？”翁曰：“君尚不知乎？是何年岁之大，而智识之幼稚也。余语君，一日当分为二十四时，每一时六十分，每一分六十秒。”余曰：“然”。翁曰：“每一秒一千二百九十六万微。”余曰：“翁误矣，每一秒六十微耳。”翁曰：“否，余未闻有以六十微为一秒者。余之记时器，固以一千二百九十六万微为一秒也。”

（觉我曰：“一千二百九十六万微，为时钟之二十一万六千秒，即三千六百分，即六十小时，即二日半。是黄种老人之记时器，以一秒时当今之二日半，一分时当今之一百五十日，一小时当今之二十五年，二十四小时当今之六百年，宜其最寿之人，不得过四小时矣。朝菌晦朔，蝼蛄春秋，世间物我之不齐，诚有如此哉！”）

余闻言大骇，默计彼器所记之秒数，固大于余器所记之秒数，有二十一万六千倍也，然则彼以六百年为一日，已生十余日，如以十五日计之，殆已有九千岁。余生仅三十年，乃欲为彼十世祖，不知彼正可为余三百世以上之始祖也，是诚奇谈。然余也以火山爆发，直入地底，竟得与三百世以上之始祖抵掌高谈，是亦一奇事。

余复问翁曰：“翁家何寂寞乎？翁有子孙若干？”翁曰：“余之子孙，殊难以数计，除飘流海外者不计，约有四万万子女耳。”余曰：“然则翁言国中有四万万男女，则皆翁之子孙矣？”翁曰：“然。”余至是乃确信翁为八九千年之人物，而其姓名为黄种祖之有故也。余曰：“翁亦知子孙之情形为何如乎？”翁曰：“余虽僻居此处，恒有能力，以指挥此多数之子孙。惜子孙之寿算太促，余仅每日睡八小时耳，而余之子孙，已更数世，紊乱纲纪，至不可收拾，子孙鲜振作者，每赖余之扶持，然余老矣，力疲矣，又何能常为牛马以没世乎？”余曰：“翁亦知现时之子孙为何如乎？”翁曰：“未也，君既扰余睡魔，盍同往一观与？”余曰：“可。”

翁下炕，余随之出塞门，入一幽暗之隧，十步许，至一门。额曰：外观镜。门外一片光明，如玻璃之映月光，又如电灯之照夜，纤毫毕见，殆无一能遁影者。翁导余坐预备之睡椅上。翁嘘气良久，幕上光暗，命余视之，余目光所注，乃在似玻璃非玻璃，一种之穹形天幕上，大观哉！此幕也，巍然而高者为山，涓然而流者为水，葱然而矗者为林木，飞者禽，走者兽，蠕动者昆虫，至于人类，则呀呀学语者，扶杖龙钟者，操井臼、习工业之妇女，各执其业、各勤其事之男子，以及赤体裸身之野蛮，莫不一一呈形于幕上。余与翁默不一语，熟视良久。翁喟然叹曰：“噫，余仅睡五小时，孰意我子孙乃有是之怪现象乎？”余曰：“翁何谓？”翁曰：“君不见乎？此幕上乃有一重烟气。”余熟视，果见幕上缕缕丝丝，若萦若袅，烟气蓊然。余曰：“此何气也？”翁曰：“余亦不知，虽然，必非佳气。余子孙中其毒，无噍类矣。”正言间，烟气大增，天幕上乃有一层之晕。向之毕呈于眼前者，至是乃少模糊。

翁蹶然起，不及言，携余腕便走，余观其惶急之状，知必有大变异。余足不停踵，随之行，乃入一光明之小室。室有颜曰：“内观镜”，室内一长桌，桌上排列若大若小、若长若短、若方若圆，种种不一之玻璃瓶，翁舍余腕往桌边，宛如极有学问、极有经验之化学师，将桌上各瓶一一取入黑幕内，其手腕之敏捷，实堪诧异。未几，复一一取出，陈列桌上，而空瓶内已与前异，有若流质者，有若定质者，有若气质者，其色或黄，或赤，或青，或如茄花，或若葵叶。瓶各一质，质各一色。余于其运时，默记其数，则瓶数适一百。翁运毕，喟然曰：“噫，难矣！余不意数小时中，其变化之速率，乃有如是。已矣！余真绝望。”余曰：“余不解翁所语者。”翁曰：“君姑坐，余将详告君以故。”

翁手携一小瓶曰：“此小瓶之容积，若大瓶容积百分之一，此瓶又分为百分，则此瓶内一分，实为大瓶万分之一；其次百分之二,百分之三，依次递增，而至最大瓶为百分也。余研究人之性质，大抵种种善根性，种种恶根性，无一不具于有生之初，以后人人变相，似各成一性质，特其根性之发达不发达耳。善根性发达者，则其性质善；恶根性发达者，则其性质恶。人群中多性质善者，则风俗改良，社会进步；人群中多性质恶者，则风俗颓落，社会腐败，余随时调查其性质，以化学化分之法验之，即知当时社会之情形何如。”言时，其手携之小瓶曰：“此中为气质，最洁净，最光明，社会中能自立，能爱群，及能转移风俗者，皆归此瓶内，惜仅万分之三耳，乌足济事。”又指一小瓶曰：“此亦光明洁净，社会中明白事理，而不能有为，乏躬行之力者，故凝为定质，皆归此瓶内，然亦仅万分之五。”又指一大瓶道：“此瓶中流质，合百分之六十五，名吗啡，系最毒之品，中此毒者，使人消磨志气，瘦削肌肤，促短寿命。余不意中此毒者，已若是之多也，此为崇拜金银定质，此为迷信神鬼定质，此为嚣张不靖气质，此为愚暗不明气质，此为宗旨不定流质，此为骑墙两可流质。此黄色定质，为肺炎脑病之征，此茄花色流质，为务名邀誉之类。总之，善根性之被侵蚀，只存万分之八九耳，余又何望？”余俟其言毕，问曰：“翁亦有何法以补救之乎？”翁曰：“余与君现皆未睡，不知我子孙此时宵梦方酣也。余老矣，发音不亮，惜无人代余唤醒之耳。”

余时坐椅上，闻翁之言，默思余灵魂之身，向者曾为发光体，普照世界。既能为光之原者，岂不能为声之原乎？唤醒国民，其余之责；虽然，我灵魂仅存四分之一，虽欲发声，则声浪必微，吾同胞国民，既散处在八千万方里面积之亚洲上，又乌能一一振聩觉聋，而醒其痴梦耶？余于是辞翁行，将以求我灵魂之身，而炼成一不可思议之发声器。临行，翁谓余曰："君亦知今所至者，为何地乎？"余曰："未也。"翁曰："此乃地之中心。"余曰："嘻，地之中心，吸力最大，热度最高；吸力大，将不能行动；热度高，虽坚金亦熔化，今胡不若是也？"翁曰："君诚井蛙之见哉。君记余言，此处与余同时居此，共有五人。余之导君游是处，正欲藉君以传语子孙，使彼知地下之祖宗，见彼等之现象，在地狱中为彼等伤怀耳。"余闻言，知余实亦为彼子孙之一，大惭，汗涔涔下，体温骤增，蒸气如釜中出，愈出愈盛，飞腾至桌上玻璃瓶上，水点滴滴欲落，瓶中所储，如放在火酒灯上，一时定质化为流质，流质化为气质，又经一翻变动，余瞥见之下大惊，恐翁怪余之淆乱其瓶内所容也。余转眼观翁，则已斜倚身余傍椅内，双目紧闭，呼吸频促。余知翁年老，不堪余身所发之温度，必喝热欲死，心内惶急，热度益增。余急起身遁出，心急步促，不择路径，一失足，跌入潭内，全身如往下沉，入水益深，压力益大，即身沉益速，不一刻而豁然露天光。

诸君乎，余身此时出现于世界之何处，固诸君之所急欲闻者也。虽然，余且语诸君以灵魂一身之所阅历。

余灵魂之身，与月世界相撞后，速力益大，几如炮弹之脱口飞向天空。余细察行向，知已闯出地球轨道之外，遥视地球，如盆子口大小，一片光亮，隐隐有些黑影，想即是山岛海洋，较之地球上望月，正是一般。此时余之行向，正与水星轨道成一直角。余思如得天幸，适落在水星之上，余正可细心考察，比地球有若干差异之点，一开眼界。余正希望，孰意方至近时，水星球似斜飞而去者，因相值已差至一分时也。余急观之，则仅有一事，可为诸君告。

余所见为何事？则水星球上之造人术是也。余过时，见有二三人，系一头发斑白、背屈齿秃之老人于木架，老人眼闭口合，若已死者然。从其顶上凿一大穴，将其脑汁，用匙取出；旁立一人，手执一器，器中满盛流质，色白若乳，热气蒸腾。取既毕，又将漏斗形玻管，插入顶孔，便将器内流质倾入，甫倾入，而老人已目张口开，手动足摇，若欲脱絷而逃者。迨既倾毕，用线缝伤口，则距余已远，不能再见。

诸君乎，以余之理想，此事为彼处造人术无疑。人之生存运动思想，无一不借脑藏。今得取其故者，代入新者，则齿秃者必再出，背屈者必再直，头发斑白者必再黑，是能将龙钟之老翁而改造一雄壮之少年。惜余未尝习其术，否则，余归家后，必集合资本，创一改良脑汁之公司于上海，不独彼出卖艾罗补脑汁之公司，将立刻闭门，即我国深染恶习之老顽固，亦将代为洗髓伐毛，一新其面目也。

余与水星相遇后。仅隔半小时，又坠入金星轨道。斯时余之欲望大增，因适遇水星球，未能习其换脑术，今后万不能再误机会。余必将他星球奇异之术，学成一二，庶不负此天空之一行。余见金星已近，大喜，渐行渐近，不一刻，竟如余之意，而直落在金星球上。

诸君乎，余所见仅一隅，实令人不可思议。

余既至球面，仰视天空，一轮红日，光灼灼逼人。以余全量之轻，至球面时，尚直压下去，几将球皮压破。四围一片光亮，如蒙一极薄之洋纸，不独无动物，无植物，即此极软之球皮，亦非矿质。见闻较广如余，尚不能鉴别为何质？想诸君中亦难以理想决此问题矣。

余所坠处，球皮忽陷成一穴，余即坠入其中，又坠二百尺，始得脚践实地。噫，奇哉！余意金星球，殆如带壳之大龙眼，罩此一层之软幕，苟如地球上一般有人类，则不论晴雨天，必无用伞之时矣。及余观球面，不觉欲望顿奢，盖触余目者，灿烂满地，俯拾即是，黄者金，白者玉，碧者翡翠，红及黑者为珊瑚，圆而光者为珠，角而尖者为钻石。若大若小、若长若短、若粗若细，虽令余生有千手，不能取尽此宝；明有千眼，不能鉴别其类。余心戚戚大动，拟欲胠而箧之，携回地球，与素称富有者较短长，使彼咋舌，甘拜下风，无如赤手空拳，无可想法。然细视地上，又令人不得不叫绝，最先触目之物，即为一白石，其形似蚯蚓，其一半已软，有蠕蠕欲动之势，一半尚硬，俨然白石；其次即一绿玉，形似海边之蛤，面上靥旋已具，二壳合处，隐有一缝。壳内中空，有肉坟起。余若腔肠动物、棘皮动物、软体动物、节足动物，无一不具。不仅形似而已，且有半部分，或大半部分，已能屈伸自在，肢节灵通。余拾一似水晶变体之天蛾，在手中把玩，偶然坠下，触青石上，击成几段，余甚惋惜。瞥见碎块上，发出星星之火光。余再拾碎片观之，则热度甚大，灼人肌肤，不得不急掷去之。心甚诧异，以为此矿物中，何得有此潜热，及取它物扑碎观之，则屡试屡验，莫不皆然，余始信造物之初，其成形成性，咸赖热力。此热各具于体中，虽下等动物，亦热至灼手。在未始有始时，已皆具之，特种族日繁，热度渐散，地球上本此原因，至失热之早者，遂成凉血动物耳。余由此测度，想金星球尚在未曾有脊椎动物之时，则必无人类可知，余如久居此间，真成金星人类之始祖矣。

余无有疑者，则何不见一植物，在宝石珠玉堆中，细心寻觅。瞥见一如羊齿类之植物，拔起细视，枝叶宛然，特叶绿较少耳。旋又见蕨类植物、藓类植物，发见三四种后，余始信此处已有隐花植物，而博物家谓先有植物，次有动物，其说既荒诞不经，而太古时代，下等植物与下等动物，固同时并生者也。余且行且觅，星球上有无异境，然除前所见外，实不复有发明。至一大石边，有令余惊喜欲狂之一事，则于石侧，觅得前五年余游北极下时，被气球载去之日记簿是也。

诸君乎，余见此簿，顿令余忆及前事。此簿中所载甚详，余将摘录一二，为诸君告。

> 余闻探北极者，结队而往，携伴而回。吹其大法螺，以恐吓世人，使人惊叹为冒险之奇杰。余甚笑之，拟欲孑身往探，以愧世之说大话者，乃造一氢气球。于十二月之三十日，备齐应用物件，由家内动身。因风力之大小，而定行程之多少。阅三月，已过北门海峡，而入无人之境。
>
> 三月者，普通探极者之探险期也。太阳已斜照北极之下，余用远镜窥测前途，则见冰天雪窖，一白无垠。风势益烈，球行愈速。寒暑表已降至零点下四十度。北冰洋特产之白熊，时时入吾镜中。至第四日，而气球遇险。
>
> 是日早晨，黑云布天，气压忽低，知将雨雪。余食火酒面包后，飓

风迎面吹来，气球为其吹返，不复再能取准。不一刻，如落叶一般，由半空飞舞而下。其落下速度，疾于流星，已至距地三十英尺处。

此处当冰山之凹，山凹卧一白熊。气球适坠其身上，彼立即跳起，把余球下所乘之篮，一起掀翻，余身倒在地上，篮中各物狼藉遍地。余身即被熊抓住，不能少动。彼张其如盆之口，来啖余头，余竭声一呼，由冰山之壁激回声浪，响震山谷，熊辟易数丈，余即起立，狂奔，约一英里始敢回顾，见熊未追来，始少定。折回原路，则见无数白熊，把余所携之猎犬一头，分裂食之。余隐在冰后，见熊食毕，渐渐散卧地上。余俟其睡熟，即蹑足往，经过许多卧熊边。幸余所乘之气球网牵挂冰角上，蓦入篮中，球即上升。球外所挂之锚，尚未收起，一熊忽醒，耸身上攫，口吞铁锚。球不绝上升，熊悬空中，若吞饵之鱼。余俟其力尽，即加縶缚于颈，收入球篮中。余虽丧犬，以一熊易之，孤身旅行之余，得此好伴侣。彼熊饥时，必献媚态余前，余顾之，甚乐也。

自此球复北进，球中所备之指南针，渐渐直立，知已近磁极。球进行甚稳，余心快乐。且速力颇大，忽轰然一声，有一流弹，直贯余球。球上顿生二孔，氢气即外泄，球渐下降。余急观发枪之处，见身穿熊皮之三四人，在冰天雪地中，奔走狩猎，知亦探险之人。然球已破，不可再用，则孑然一身，不将无计可施乎。余大忧虑，知欲球不下坠，非塞其孔不可，乃由网猱升，而偶不经心，一失足由半空下落，至地晕绝。

险哉，险哉！余经此一大跌，而得复苏者，实赖余良友之熊。余绝后，不知经若干时，忽觉有舌舐余面，余急开眼视，见蹲余身旁者，即所豢之熊，余乃起立。余所乘之球，已不知飞至何处。至此把余所需之诸要物，一概失去，不禁怅然若失。余身之外，仅有一熊。熊见余愁闷，俯身跽余前，回首顾余，若令余坐其背者。余悟其意，腾身而上，熊即迈步如飞，越三昼夜，而至北门海峡。

此探极之历史，半载于余日记簿中，半由余脑藏所记忆，报告于诸君之前。虽然，余实不解此日记簿何由而至于金星球上。

余方欲携此簿于怀中，忽思以此册置在金星球上，他日人类孳生，考古家必奉为奇珍。虽易以数百万金镑，彼亦不愿。余正不妨以一小册子，留绝大纪念也。余适见距二三丈处，有一大石，石多大小之孔，余即将簿放入孔中，更取砂石若干塞孔外，审视少时而去。

余意金星球既有下等植物，则必有水，然既行十余里，绝不见有河沼，唯觉空气甚稀薄，从后右流来，愈行愈大，余即改向，顺之而行，行亦较捷，望前途则风柱一条，直上天际，若海中所成之水柱者然。空中所罩之薄膜，亦被冲破，其碎质四散坠下。余于此时，即用最锐利之眼光观察之，觉此数分秒间，空中流行之微点，皆为各种原质及各种杂质，于此间为一绝大之总汇，而原质与原质、原质与杂质、杂质与杂质，续续化分化合，复向各处流去。余正观察，忽然余身如入盘涡之中，不能自立，如飞冲入空际。余此时之惊惶无措，殆与喜马拉雅山巅坠入吸力中心点之时无少异。

余善思维，余恍然大悟，余所冲出处，即当金星球之南极点。大抵星球未开化之前，多因其自转一周之力，以鼓动游行之各原质，使其牵合分析，以成种种之动植矿各物。物既成形，星球之自转力不息，即其原质之鼓动游行仍不息，所以凡物皆能进化，而靡所底止，金星球然，即地球何莫不然。余复履地球之日，必于空气界将大有所发明，而近世化学家，所谓氧气一氮气四之说，其疏略殆不可以道里计也。余且行且思，而余身实已如弩离弦，直出于金星球轨道之外。

诸君乎，余此时实已不辨上下左右，昏昏然任其所之而已。余在空中更不知行若干时刻，忽然大声发于耳际，光明一片，辉映余前。余细察之，其红如血，其光刺目，比数兆枝烛光，更为明朗，其热度亦骤增，比凸玻璃镜所集的焦点，更为白热，假使余躯壳之身，骤当斯境，恐要灼成灰烬，一点一点向空中飞散矣。幸余此灵魂之身，仅有知觉，算不得形质，所以尚不觉窒碍。余意所见者，必为太阳无疑。余身在空中已不能自主，甚惧吸入太阳。试思太阳吸各星球，能使绕着运行，其能力有若干；以余身比之，不啻如沧海之一点，则被其吸住，将如铁屑之黏于磁石，成一永静性，历劫无复脱离之日，岂不大可惧乎？然余实已渐行渐近，大有一往不回之势。余甚惶急，不知所措。窃观太阳之面，见如水银一般，粘连一片，绝无凸凹痕迹，第觉光线四射，精莹夺目。余之恐怖，亦达极点。约距太阳不过十英里，而进行不已，则或与太阳相冲突，如前之月球然，亦未可知。

余忽发奇思，因太阳光热，于余身绝不见功用；则至日球上，或能游行自在，考察一切，且可缓缓设法，从太阳至各星球，及各星与地球，各开通往来之航路。斯时地球上之景仰余身、颂扬余名，虽有十哥仑布，不能与余比美，余于此亦足自豪矣。

余思及此，胆为之壮，何意行至距日球五英里之处，行向忽改，与日球面成平行线，依太阳自转之势，随之而行。此时速力，虽流星飞弹，不能喻其捷速，余亦不知此力之何来。一点钟后，第见太阳行道，与余相反，实则余行之速较太阳自转更甚。故觉其行迟向后耳。余第一周太阳时，尚能记忆。初距太阳约五英里者，后渐远至五十英里，约费时二十四点钟；至第二周时，余已昏然无知觉，更不知绕过太阳几周；及至豁然若梦醒，则余身已在地球上，而直与余躯壳之身合而为一。

诸君，诸君，余已昏晕，实不能再举两身合一之原因，以报告于诸君前。第觉余身实浮沉于大海面上，而不知为何处。余竭力游泳，冀不淹没，无如波涛汹涌。以素不解游泳术之余，与之相抗，何能持久？仅三四十分钟，已觉气喘汗流，不能支持。幸哉，遥望天末，有一艘一万余吨之战斗舰，船桅高挂龙旗，招飐风中，向余驶来。余不觉欣喜过望，意余所坠处，必为太平洋，故能见此祖国军舰之驶行，斯时渐行渐近，约距数千启罗迈当，即举手高呼求救。仅发声，已为彼舰所闻。军舰上留心审察，发见余浮沉处，即驶近，将余在海中救起。

余出险后，致谢彼等，即问此海中为何处。彼曰：“此处为地中海之正中。”余曰：“君等驶行至何处？”曰：“归航中国。”余曰：“中国向无此等战斗舰，不知成自何年？”彼笑曰：“此非君所能知也，余等悯中国之积弱，集合同志，以图挽回，十数年来，毁家合方，以成此一队之义勇舰队，与此舰相伯仲者共十艘，一等巡洋舰十二艘，二等者八艘，三等者十六艘，以及炮舰驱逐舰，约有五十万吨。余等实力既充，要求政府之改革。君寓居海外，岂尚不知，犹待问耶？”余曰：“然余实不知也。”自此余安坐舰中。彼等问余姓名职业，余含糊以对。不几日，过红海，由印度洋，入中国海而至上海。

斯时，上海有开一催眠术讲习会，来学者云集其中。最元妙不可测者，为动物磁气学，又触余之好奇心，拟于此中开一特别之门径。余自环游日球后，骤与余躯壳之身相合，而脑藏中有一种不可思议之变化。余每思利用之，必能使实业界生一大妨碍。伊何事？则发明脑电是也。

余思自电气学发明后，若电信，若德律风，既为社会所欢迎，旋又有所谓无线电者。余谓此尚是机械的，而非自然的也。自然力之利用，莫若就人人所具之脑藏，而改良之，而推广之。人与人之间，使自然有感应力。脑藏既被感应，乃依力之大小，而起变化，依变化之定律，而订一通行之记号，而脑电之大局以定。然有一最困难者，因人仅有一脑，而交往甚多之人，同时来感应，则将有应接不暇之势，必致紊乱而无秩序，故余研究此事，觉有不易处置者数端。

一、通感应于素来谋面之人，使互通脑电，则如何可生感应。

二、来往电信，同时复杂，有无妨碍。

三、脑电多用，与人身生命之关系。

此三问题，余研究二三年，试验数十次，渐得奏功；将此难题解决，余试为诸君道之。

一、通感应必先识面，每处设一总局，专将通信者面庞，用映相法映出，归入总簿，以极廉价售于通信者，一月一更换，以便死者除名，生者添人。

二、来往电信复杂，以左右二大脑司之，左大脑司来电；右大脑司去电，而各记于左右二小脑，则不致紊乱。

三、脑电既往来，我往则消耗，彼来则补益；往来相消，恒等于常，故于生命精神，毫无损害。

余得此术，即于各大国之著名大报馆，登一告白，招学习脑电之学生。余即于上海之某地，筑一大学校，校中可容十万人，分为二十班。因非静坐，则脑电不生，故学生之初步，即学习静坐。上课时块然端坐，鸦雀无声，堂中如无一人。余见规律已肃，乃次第教以生电法、发电法、用号法、记忆法、分析法、综合法。一日教一法，六日而毕业，至第七日则休息，八日则复教一班。每年教四十星期，即可教二十万人。第一年中，西洋各国，来学者尚少。至第二年成效卓著，来者踵接。开学时，骤增至八倍，即八十万人。航行太平洋至旧金山，航行南洋、印度洋，而至非洲；航行南洋、印度洋、红海、地中海，再西入大西洋，而至欧洲各国。数处航海公司，骤添数十家，一星期中来者来，去者去。余见人数拥挤，不得不多设分校，遂于天津、烟台、宁波、福州、广州、汉口、成都、奉天各立一分校。即令前之习余术而聪颖者，考取十六人而往教焉。一月后，学者增至四百万；半年后，增至二千万，幸而学成者，即可还以教人。脑电小学堂，遍处皆是，不必余一人教授，否则合全地球之人，与余相往来晋接。余虽万其目、万其舌、万其身，必有应接不暇者。斯时，余俨然以地球古今唯一之大教育家自许，设有人谓余曰："尔之发明此学术，将来世界上，必将无立足地，虽吹大法螺，有无一人听尔谈笑之一日。"余将斥为妄人，加之鞭扑，麾诸门外矣。

嗟乎！险哉！世事无常，人心叵测，余也乃有穷蹙无聊，与诸君谈前日之历史，惨怛不安之一日，真出于意料所不及者哉。

兹事之发端，即在脑电通行、效用大着之一日。彼等沐余之恩，转瞬即忘。而失业之人，于工业界，于商业界，合地球之上，且至恒河沙数，推原祸始，莫不以余为集矢之的。盖脑电之为用，愈推愈广，发光可代灯烛，而煤油、洋烛、电灯、煤气公司立废；传声可达远近，而电信、电话诸公司即停；生热可代煤薪，而煤矿林产诸公司无用；居一室可晤谈，而铁路、轮船、桥梁、道路，往来绝少，岁修无资，渐即衰敝，于是遍地球失业之人，殆不止三分之一。笑者、骂者、斗者、恨者、讪者，此风一起，仅一星期，群起而攻者，初仅背后之讥弹，继为当面之指斥，终且老拳之奉赠。余知此处非安乐土，不得不暂避其锋，潜踪归里。

诸君乎，诸君乎，余之历史，尽于此矣。虽然，余之希望，正未有穷也，俟更有诡异变幻之历史，足为诸君解颐者，再报告于诸君前。

——选自《新法螺》，小说林社，1905 年

“虚空界之科学”

——徐念慈与《新法螺先生谭》

◎ 任冬梅

徐念慈的《新法螺先生谭》是一部很纯粹的科学幻想小说。《新法螺先生谭》表达了徐念慈对于“科学”，尤其是“虚空界之科学”的关注，他希望通过对“精神领域”科学的研究可以发现一劳永逸的、快速改造国民灵魂和精神的方法。徐念慈的创作很注重“科学之理想”的部分，也并不将普及科学知识作为其唯一目的，而是同时兼顾小说自身的艺术价值。正是在这一点上，凸显出徐念慈“科学小说”和我们今天意义上的“科幻小说”之间难以忽视的传承关系。

一

徐念慈（1875—1908），江苏常熟人。原名蒸乂，字念慈，以字行；后又改字彦士，别号觉我、东海觉我、晚清诸生。在叶永烈发现《月球殖民地小说》以前，徐念慈创作的《新法螺先生谭》[①]（1905）一直被认为是

① 1905 年，小说林社出版《新法螺》一书，内收《新法螺先生谭》，称“科学小说”，署“昭文东海觉我（徐念慈）戏撰”，书中还有包天笑的两篇译作《法螺先生谭》和《法螺先生续谭》。

中国本土创作的第一部科幻小说。徐念慈与科幻小说颇有渊源，他不仅自己创作了好几部科幻小说，包括《新法螺先生谭》《情天债》[①]（1904）和《未来之中国图书同盟会》[②]（1906），而且还翻译了日本科幻小说家押川春浪的小说《新舞台》[③]、美国西蒙纽加武的科幻小说《黑行星》[④]，以及英国科幻小说《英德战争未来记》[⑤]。

徐念慈

徐念慈长期对科幻小说抱有比较高的热情，个中原因可从其生平经历中窥见一二。徐念慈从小读书勤奋，聪颖异常，鄙视帖括之学，爱好新学，不愿进入仕途。二十岁左右，徐念慈便精通数学、英文及日文，并以能写文章声誉乡里。1897 年，年仅二十二岁的徐念慈与志趣相投的张鸿、丁祖荫等人一起研究新学，并在常熟创立中西学社。次年，徐念慈又与张鸿、丁祖荫借常熟塔前原学爱精庐[⑥]旧址改设蒙养学堂。据丁祖荫的《徐念慈先生行述》里记载：“丁酉、戊戌间，新学潮流输入内地，先生每慨海滨风气痼蔽，士人纽于科举之陋习，沉溺不知返，用是投身学界，

① 1904 年，《女子世界》第一期（1 月 17 日）开始连载，至第四期（4 月 16 日），四回，未完；标“女子爱国小说”，作者署“东海觉我（徐念慈）”。

② 1906 年，《图书月报》第一期（7 月 6 日）开始连载，至第二期（8 月 4 日）毕；作者署“觉我（徐念慈）”。

③ 1904 年，小说林社出版《新舞台》第一编，标“军事小说”，署“[日]押川春浪著，东海觉我（徐念慈）译述”。此书共两册，第二编由小说林社于 1905 年 5 月出版。1907 年，《小说林》杂志第 2 期刊载了《新舞台》，未完，续载于第 3 至 9、11、12 期。此书第一编原作为押川春浪的《英雄小说 武士の日本》（博文馆、东京堂，1902.12），第二编原作为押川春浪的《海国冒险奇谭 新造军舰》（文武堂，1904.1）。

④ 1905 年，由小说林社出版，标“科学小说”，署“[美]西蒙纽加武著，觉我（徐念慈）译”。原作为美国天文学家 Simon Newcomb（1835—1909）的小说 *The End of The World*，徐念慈转译自日本黑岩泪香翻译的《暗黑星》（《万朝报》1904.5.6—25）。

⑤ 1909 年，中国图书公司出版，共两册；标“军事小说”，署“[英]卫梨雅著，东海觉我（徐念慈）译，天笑生（包天笑）校补”。

⑥ 学爱精庐：清代书院。光绪六年（1880），由昭文知县陈康祺创建。院址在今城区塔弄内。主要用于县试童生，兼聘院长专课古学。

殚力提倡之。适祖荫与诸同志组织学社成，先生日夕与侪辈讨论学术，靡间寒暑。”[①]1904 年，徐念慈在常熟大东门老塔后公立小学校创办速成算学社，以通信形式教授代数、几何等，编印讲义录，函授答疑。同年，徐念慈与曾朴、丁祖荫在上海创办小说林社，其后，小说林社采纳徐念慈的提议，创办了宏文馆，编辑教师学生需用的各科参考书，先后出版了《植物学》《矿物学》《西洋史年表》《地文学》《物理学》《化学》等参考书。1907 年初，小说林社又创办了被誉为“清末四大小说杂志”之一的《小说林》杂志，由徐念慈和黄人负责主要的编辑工作。[②]徐念慈的文学根底很深，又精通数学，具有较为丰富的自然科学知识，对西方近代科学文化颇感兴趣；同时热衷创办学堂，关心教育事业；再加上良好的英文、日文基础，这些都为他对科幻小说保持较高热情创造了条件。

作为《小说林》杂志的创办者，徐念慈在杂志上也大力提倡科幻小说，从创刊号起，就连载了陈鸿璧翻译的科幻小说《电冠》[③]。除前文提到过的那些科幻小说之外，小说林社和《小说林》杂志还出版、刊登了很多原创和翻译的科幻作品，其中，有碧荷馆主人创作的两部本土科幻小说《黄金世界》[④]（1907）和《新纪元》[⑤]（1908）；及十几部重量级的科幻翻译作品如《秘密隧道》[⑥]，押川春浪的《银山女王》[⑦]和《大魔窟》[⑧]，以及凡尔纳的《十五小豪

① 丁祖荫，《徐念慈先生行述》，原载《小说林》第 12 期，1908 年。转引自：曹培根，《徐念慈及其科幻小说创作》，《新世纪图书馆》2007 年第 6 期。

② 以上有关徐念慈的生平经历多参考：曹培根，《徐念慈及其科幻小说创作》，《新世纪图书馆》2007 年第 6 期。

③ 1907 年《小说林》创刊号开始连载，至第 8 期毕，共二十五章；标“科学小说”，题“[英] 佳汉著，女士陈鸿璧译”。

④ 1907 年，由小说林社出版，两卷二十回；作者署“碧荷馆主人”。

⑤ 1908 年，由小说林社出版，共二十回；题“碧荷馆主人编”。

⑥ 1906 年，小说林社出版《秘密隧道》上、下卷；署“[英] 和米著，奚若译”。

⑦ 1905 年，小说林社出版上卷；标“[日] 押川春浪撰，摩西（黄人）补译”。小说原作为押川春浪的《伝奇小説 銀山王》（东京堂 1901.6；博文馆 1903.6）。

⑧ 1906 年，由小说林社出版；署“[日] 押川春浪著，吴弱男译”。原作为押川春浪的《海底探険 塔中の怪》（文武堂 1901.10）。

杰》[①]《秘密使者》[②]《无名之英雄》[③]《秘密海岛》[④]《一捻红》[⑤]《寰球旅行记》[⑥]《飞行记》[⑦] 等。小说林社由曾朴任总理，徐念慈任编辑，自创办至 1908 年停业，前后历时四年，共出版小说一百多种，在近代出版小说的出版机构中仅次于商务印书局，排名第二。该社的唯一文学刊物——《小说林》至 1908 年 10 月停刊，共出版 12 期。徐念慈为小说林社及《小说林》杂志的编辑出版工作竭尽全力，以至于积劳成疾，正当壮年就赫然长逝，这也是《小说林》杂志被迫停刊的重要原因之一。徐念慈逝世约三个月后,《小说林》杂志第 12 期终刊号出版，这期杂志是纪念徐念慈的专号，刊发了徐念慈的遗影并汇录同人哀挽徐念慈的文章，包括丁祖荫的《徐念慈先生行述》《常昭教育会公祭徐先生文》等。可以说，徐念慈将其一生都奉献给了小说事业，而其中占据绝对优势地位的就是科幻小说。

二

《新法螺先生谭》是徐念慈在看过包天笑翻译的《法螺先生谭》和《法螺先生续谭》二文之后的戏仿之作。据徐念慈在《新法螺先生谭》前言中的自述，甲辰（1904 年）夏，包天笑把自己翻译的《法螺先生谭》及《续谭》前后两卷交给徐念慈，徐念慈“读之，惊其诡异”，“津津不倦”，于是“东施

---

① 1903 年，由小说林社出版，共十八回；署“[法] 焦士威尔奴原著，饮冰子（梁启超）、披发生（罗普）合译”。

② 1904 年，由小说林社出版，标“地理小说”，署“[法] 迦尔威尼（凡尔纳）著，天笑生（包天笑）译述”。五月出版上卷，七月出版下卷。

③ 1904 年，由小说林社出版，署“[法] 迦尔威尼（凡尔纳）著，天笑生（包天笑）译”，标“国民小说”，上、中、下册共二十五章。七月小说林社出版上册，1905 年 2 月，小说林社出版中册，1905 年 5 月，小说林社出版下册。

④ 1905 年，由小说林社出版，上卷署“[法] 焦士威奴著，奚若译述”；下卷署“[法] 焦士威奴著，奚若译述，蒋维乔润词”。3 月，小说林社出版上卷；4 月，小说林社出版中卷；11 月，小说林社出版下卷。

⑤ 1906 年，由小说林社出版，共三十七回；署“天笑生（包天笑）译”。

⑥ 1905 年，由小说林社出版，署“陈泽如译”。原作即儒勒·凡尔纳的小说《八十天环游地球》。

⑦ 1907 年，小说林社出版《飞行记》(又名《非洲内地飞行记》)，署“[英] 萧尔斯勃内著，谢炘译”。原作即儒勒·凡尔纳的小说《气球上的五星期》。

效颦”，“博梓里一粲，不揣简陋，附诸篇末”，自称是“新法螺先生”。包天笑的译作是根据日本岩谷小波（1870—1933）翻译的小说《法螺吹き男爵》重译的，其原作则是德国的民间故事《敏豪森男爵历险记》①，讲述一个爱吹牛的男爵的冒险经历，小说以荒诞戏谑为主要元素。虽然徐念慈说自己的《新法螺先生谭》是“东施效颦”的戏仿之作，不过除了沿袭了主人公的名字——“法螺先生”和漫游式的小说结构之外，小说内核已经全然不同，《新法螺先生谭》变为一部纯粹的科幻小说，而非《法螺先生谭》式的滑稽小说。

《新法螺先生谭》以第一人称叙事，讲述新法螺先生在高山之巅，诸星球引力的交点处，灵魂和躯壳一分为二，躯体下坠至地心，见到了中华民族的始祖“黄种祖”，灵魂则向上飞升，先后游历了月球、水星、太阳，最后回到地球和身躯合二为一。经过此番游历，新法螺先生发明了万用能源——脑电，从此大兴教育，传授脑电之术，不料却导致世界上三分之一的人口失业，于是，新法螺先生只得潜归故里。

《新法螺先生谭》被标注为“科学小说”出版，可见徐念慈在写作或至少在出版的时候，就已经认定它属于“科学小说”。小说中的确充满了“电”“磁极”“光”“北极”“显微镜”“循环系统”“消化系统”“卫星”“离心力”“加速率”“吸力”“微秒”“肺炎”“火酒灯”等自然科学术语；而主人公进入太空后回望地球的情景、水星上的“造人术”以及主人公回到上海后发明的“脑电”等等，则是建立在当时科学知识基础之上的汪洋恣肆的幻想，这样的幻想已经很接近我们今天意义上的“科学幻想小说”的概念。《新法螺先生谭》中的科学叙事可谓无孔不入。“小说将时间计量、利用切线进行宇宙飞行、利用动物磁学进行心理治疗等非常微细的知识，与对整个自然世界运

---

① 1785年，德国学者鲁道夫·埃利希·拉斯别（1727—1794）根据敏豪森（1720—1797）的经历用英语写成《敏豪森旅俄猎奇录》在伦敦出版。1786年，德国作家特佛里·奥古斯特·毕尔格（1747—1794）又把它译回为德文，并增添了不少有趣的内容，在德国出版，名为《敏豪森男爵历险记》。1949年新中国成立以后，我国根据不同的译本分别将其译为《闵豪生奇遇记》《吹牛大王历险记》和《吹牛男爵历险记》出版。

作机理的论述交织在一起，直截了当地表达了作者的科学观。”① 作者的科学知识水平在当时来看算是很高的，小说里面科学名词俯拾皆是，举凡动物学、植物学、矿物学、生理学、化学等学科都有所涉及。但是，细读之下，却可以发现其中蕴含着一些与物质科学隐隐对抗的因素。那么，更具体一点看，徐念慈的科学观到底是怎样的？

在《新法螺先生谭》的开头部分，有一段新法螺先生的自言自语，从中我们可以窥见一斑：“科学家仅据矿物界、植物界、动物界种种之现象，种种之考察，以为凡物尽于斯，凡理尽于斯，使果然焉。则世间于科学外，当无所谓学问，不复有发明矣，而实验殊不然，何哉？余本此问题，愈思愈疑，愈疑愈思，既而奋然曰：‘余苟局于诸家之说，则不能超脱，张其如炬之目光，展其空前之手段，是亦一学界之奴隶而已，余决不为，余决不为。’”② 新法螺先生对于科学研究仅仅围绕物质界进行考察的现状深感不满，认为科学之外还应当有其他的学问，于是冥思苦想，后来某天奔至一高山之巅，此处恰好位于“诸星球所出之各吸力”的中心点，在狂风的颠倒舞弄下，新法螺先生的灵魂与躯壳一分为二，各自经历了一番冒险。小说的高潮部分，在于“脑电”的发明。所谓“脑电”，即一种全新的生物能量：“余思自电气学发明后，若电信，若德律风，既为社会所欢迎，旋又有所谓无线电者。余谓此尚是机械的，而非自然的也。自然力之利用，莫若就人人所具之脑藏，而改良之，而推广之。人与人之间，使自然有感应力。脑藏既被感应，乃依力之大小，而起变化，依变化之定律，而订一通行之记号，而脑电之大局以定。”③ 利用人脑之间的感应力生发的“脑电”，不仅可以发光、生热、传声，还可以实现人与人之间的远距离信息交换，有点类似于我们现在说的“心灵感应沟通”。“脑电”于是成为可以替代世界上一切能源的终极能源。

① 吴岩，方晓庆. 中国早期科幻小说的科学观［J］. 自然辩证法研究，2008（4）.

② 参见东海觉我，《新法螺先生谭》，见于润琦主编《清末民初小说书系・科学卷》，中国文联出版公司，1997年，第1页。

③ 参见东海觉我，《新法螺先生谭》，见于润琦主编《清末民初小说书系・科学卷》，中国文联出版公司，1997年，第18页。

三

1907年，《小说林》上登载了陈鸿璧翻译的科幻小说《电冠》，徐念慈在其《觉我赘言》中，进一步作了如下解释：

“余尝谓今世科学之发明，亦已至矣，然仅物质之发明，而于虚空界之发明则尚未曾肇端也。宗教家之言灵魂，似已入虚空界，然所谓苦，所谓了，仍入人意中，而未尝出人意外；其言诳也，足以欺愚人，不足以证真谛。自催眠术列科学，动物电气之说明，而虚空界乃稍露朕兆。吾不知以后之千万世纪，其所推阐，又将胡底，吾自恨吾生之太早太促矣。”①

“灵魂”“脑电”“催眠术”这些在我们现代人看起来有些虚无缥缈、并不那么科学的东西，徐念慈却非常感兴趣，不管是在自己的创作中，还是在对翻译作品的评论之中，都不断言及。“虚空界之发明”，或者说关于灵魂与精神的“学问”，被徐念慈认为是“科学”的一部分得以接受。至于为什么会造成这样的情况，栾伟平在其论文《近代科学小说与灵魂——由〈新法螺先生谭〉说开去》中已经做了比较详细的分析。谭嗣同的《仁学》以及心灵学在晚清的广泛传播，使得很多晚清学者将目光投向所谓“精神学”的领域，“从《治心免病法》及心灵学诸书，再到催眠术的传入中国，以及西方灵学思潮的流行，‘关于灵魂的学问’就这样逐渐被当作了科学。因此，在晚清的科学小说中，对灵魂和精神力量的夸张，也就可以理解了。”②“灵魂”“催醒术”“洗脑”“换脑”等等概念还和改造国民性的强烈愿望联系在一起，晚清学者们希望通过对“精神领域”的科学的研究可以发现一劳永逸的、快速改造国民灵魂和精神的方法。因此，徐念慈这里的“科学”一词更偏向于探讨

① 参见觉我，《觉我赘言》，原载《小说林》1907年第2期。转引自：栾伟平，《近代科学小说与灵魂——由〈新法螺先生谭〉说开去》，《中国现代文学研究丛刊》2006年第3期。

② 栾伟平. 近代科学小说与灵魂——由《新法螺先生谭》说开去［J］. 中国现代文学研究丛刊，2006（3）.

“催眠术”一类“精神上之发明”的“科学”，对于这一类“科学小说”，徐念慈尤为关注。

在此之前，晚清文人对“科学”的认识主要局限于其物质性，因此，当他们发现西方这个文明社会原来也会对“幽冥之事”发生兴趣，且设立专门的学科来研究它时，便认为，这恰恰证明了东方思想体系的合理性，并具有某种本体性的价值。从这个角度讲，对“心理学”“精神学”的热衷，还有一层作用，即它能够验证中国文化体系的本源性价值。

关注西学、精通西学的晚清文人往往自身的古文学功底也很深厚，他们对于中国古代文化的态度非常矛盾，一方面面对西方科学的强势进攻，他们逐渐发觉了中国古代文化中的一些僵化与落后之处；但是另一方面，中国古代文化的博大精深又一直吸引着他们，他们从小接受的是中国传统文化教育，一直沉浸其中，从意识深处来说，他们不愿去否定它的价值优越性。于是，找到西学源自于中国文化的证据，调和中西文化的矛盾，重新确立中国文化的优势地位，就成了他们潜意识中的自然选择。

不过，抛开徐念慈对于“灵魂科学”的特别关注不谈，在所有晚清文人中，他对于“科学小说”的使用和理解的确最接近今天意义上的“科幻小说”①。在《〈小说林〉缘起》中，徐念慈说道：“而月球之环游，世界之末日，地心海底之旅行，日新不已，皆本科学之理想，超越自然而促其进化者也。”② 徐念慈认为，科幻小说是依据科学的理论进行想象，应该是超越目前的现实的，不过对于现实生活却有促进作用。徐念慈创作的《新法螺先生谭》很注重“科学之理想”的部分，也并不将普及科学知识作为其唯一目的，而是同时兼顾小说自身的艺术价值。这与徐念慈强调小说审美特性密不可分。有学者曾说：“假如说梁启超是晚清小说理论的奠基者的话，那么，徐念慈在某种程度上可以说是代表了晚清小说理论的高度。”③ 除翻译与创作之外，徐

① 或许还有一个人，即鲁迅，不过可惜的是鲁迅并没有实际的“科学小说”创作，我们也就失去了对其进行具体分析的依据。

② 参见觉我，《〈小说林〉缘起》，原载《小说林》1907 年第 1 期，引自：陈平原，夏晓虹编，《二十世纪中国小说理论资料》（第一卷），北京大学出版社，1997 年，第 256 页。

③ 黄霖. 中国文学批评通史近代卷［M］. 上海：上海古籍出版社，1996：595.

念慈的小说理论同样值得我们重视。在小说专论方面，徐念慈一共写了《〈小说林〉缘起》《余之小说观》《小说管窥录》等三篇重要论文，其中前两篇影响颇大，突出反映了其在小说美学研究方面的成就。在《〈小说林〉缘起》一文中，徐念慈运用黑格尔的“理想美学”和邱希孟的“感情美学”原理，从五个方面论述了小说的美学特征。在《余之小说观》中，徐念慈从八个方面对小说问题进行了论述，其主旨仍在强调小说自身的审美属性。从提倡重视小说自身艺术价值这一现代审美观念上看，徐念慈对待艺术的真诚态度以及“《小说林》的纯艺术姿态和它的艺术品位，实在值得文学史记上一笔”。①

① 杨联芬. 晚清至五四：中国文学现代性的发生［M］. 北京：北京大学出版社，2003：36.

新石头记（节选）

◎ 老少年（吴趼人）

第二十二回　贾宝玉初入文明境　老少年演说再造天

却说上回书中，说到焙茗中了一箭，忽然变了个木偶，当此文明开化时代，我做书的，忽然说了这么一句荒唐话，岂不是自甘野蛮被看官们唾骂么！不知此中原有个道理，是我做书人的隐意，故意留下这一段话，令看官们下个心思去想想。谁知我这书还没有脱稿，就有一位“镜我先生”见了，把做书人这个隐意一语道破。他还说等我这部书脱稿之后，同我加批呢。看官们如果想不出这个隐意，且等着看镜我先生的批罢。

闲话少提。且说宝玉既失了马匹，又没了焙茗，虽然吓走了那一班强盗，只得自己背了皮匣，信步而行。远远望见一座牌坊，牌坊上发出了好些祥光瑞气，便只管向前行去。走到那牌坊底下，天已大亮多时，向上一望，只见上面写着“文明境界”四个大字。不觉暗想道：怪道近来的口头禅，动不动说什么“文明”“野蛮”，原来有个“文明境界”的。但不知这境界里面文明得是什么样子，我侥幸到了这里，倒要进去看看呢！想罢，便步了进去，回头望那牌坊里面的额，却是“孔道”两个大字，暗想：这“孔道”两个字，大约就是“大路”的意思了。想犹未了，只见旁边来了一个人，生得方面大耳，神采飞扬，八字黑须，英姿爽飒，迎着宝玉一揖道：“贵客远来不易。”宝玉连忙还礼道：“失路之人，偶然到此。不知贵境里面，可容瞻仰？”那人道：“敝境甚是宽大，但能遵守文明规制的，来者不拒。贵客既来此，就请先到敝馆小歇。”说罢，就引宝玉前行。

不多几步，走到一所大房门前，门楣上挂着一个横额，上头写着“入境第一旅馆。”那人便让宝玉到里面客座里去。宝玉放下皮匣，分宾主坐下。彼此展问姓氏，方知那姓老，表字少年。童子上茶来。宝玉接杯在手，看时却是一杯白水，放到唇边，呷了一口，觉得茶香馥郁，心中暗暗称奇，举目看那客座，只见收拾得异常清洁。

一杯茶罢，老少年又让宝玉另到一间房里去坐，这房里和客座又不相同，虽然四壁粉垩洁净，却是一无陈设，只在当中摆了几把椅子。坐了一会，忽然旁边一扇小门开处，走出一个人来，却是个苍髯老者，对老少年道：“这位贵客，性质晶莹，不过肠胃有点不净，这是饮食上未加考求之过。住上几天就好了。”老少年大喜，便让宝玉仍到客座里去。

宝玉便问：“这位老者何人？”老少年道：“此是敝境的医生。方才所坐的房，是验性质房。凡境外初来之人，皆由我招接到这里，陪到验性质房，医生在隔房用测验性质镜验过。倘是性质文明的，便招留在此；若验得性质带点野蛮，便要送他到改良性质所去，等医生把他性质改良了，再行招待。内中也有野蛮透顶，不能改良的，便仍送他到境外去。方才医生验得阁下性质晶莹，此是外来之客，万中难得一个的。足见阁下是文明队中人，向来在外面总是‘铁中铮铮，庸中佼佼’的了。”

宝玉道：“弟愚昧无知，有何文明之足道。但向来闻得性质是无形之物，要考验性质，当在平日居心行事中留心体察，何以能用镜测验？并且性质又何以能改良？改良性质又有何妙法？贵境既有此法，何不到各处代世人都改良呢？”老少年叹道：“谈何容易！此时世人性质，多半是野蛮透顶，不能改良的，虽有善法，亦无如之何，只有待其自死。至于性质尚能改良之人，即不必我去同他改，他自己也会到此求改的。所以我们也无烦多事了。”宝玉道：“性质是无形之物，如何可以测验？还求指教。”老少年道：“科学发明之后，何事何物不可测验！既如空气之中，细细测验起来，中藏万有。野蛮半开通之流，动辄以‘空气’二字，一总包括在内，如何使得？倘谓无形，不能测验，何以欧美声学家，尚能测出声浪来？不过声学虽然测出声浪，但所绘声浪图，都是以意为之。敝境科学博士，每测验一物，必设法使眼能看见。即以测验性质而论，系用一镜经高等医学博士，用化学制成玻璃，再用药水几番制炼，隔着此镜，窥测人身，则血肉筋骨一切不见，独见其性质。性质是文明的，便晶莹为冰雪；是野蛮的，便混浊如烟雾。视其烟雾之浓淡，以别其野蛮之深浅。其有浓黑如墨的，便是不能改良的了。”宝玉道：“此镜真是奇制，非独见所未见，亦且闻所未闻。”老少年道：“这也是先由理想发出来。古人小说多半是载神鬼之类，每每谈及善恶，谓善人顶上有红光数尺，恶人顶上有黑气围绕。又说人有旺气，有衰气，人不能见，惟鬼神可见。当日著书之人，又不曾亲身做过鬼神，如何知道？不过是个理想而已，既有此理想，便能见诸实行。所以敝境医学博士，瘁尽心力，制成此镜。”宝玉不觉点头叹服。

正在说话时，忽听得有人高声说道：“辰正一刻。”宝玉抬头看时，只见墙角上站着一个人，穿的是古代衣冠，双手捧着一个牌子，牌子上面写着“辰正一刻”四个大字。那双眼睛望着自己似笑非笑。宝玉不觉吃了一惊，暗想：刚才倒不曾留神看见他，要起身招呼时，又见他要动不动的样子，不觉望着他出神。不一会，只见那“辰正一刻”四个大字底下，又现出“一分”两个小字来，不觉又是暗暗称奇。老少年已经觉得，笑对宝玉道：“这是‘司时器’，就同那欧美钟表一般，按时报出来的。”宝玉道：“钟表已是巧制，这个更巧不可阶了。”老少年道：“钟表虽是巧制，无奈他的记号不同。我们本是从子至亥的十二个时辰为一昼夜，他却以二十四点钟为一昼夜。那钟面记号又只有十二点，要记起时候来，必要分个上午、下午，岂不费事。譬如此刻是辰正一刻，要照钟表说起来，是八点一刻。当面问时候还可以闹得清楚，要是纪事，必要加‘上午’两字，不然弄差了，就要错到戌正一刻去。非但麻烦，我们又何必舍己从人呢？”说罢，在身上取出一个表来，递给宝玉看。宝玉接在手里，见只有铜钱般大，当中现出一个“辰”字，左边是“正一刻”三个字，右边是“三分”两个字。宝玉再看那司时器时，却也变了“三分”两个字了。看罢交还老少年，叹赏不止。

童子过来请用早点，老少年便让宝玉，宝玉此时正在肚中饥饿，也不推让，一同到了膳房。童子送上一杯茶，宝玉看时，仍是同清水一般，不过稍为稠了点。

看见老少年吃，也就呷了一口，觉得那味道在酸甜苦辣之外，另有一种和甘之味，不觉一口一口地呷完了。说也奇怪，只吃了这一杯东西，那肚子也就不饿了。

童子来请示新到客人的住房，老少年道："就住在第一号房罢。"童子听说去了。老少年引宝玉到了第一号房去。只见自己的皮匣，已经送进来了。陈设精雅，没有丝毫富贵气象，也没有半点朴陋气象。现成的床帐被褥，书桌上文房四宝，件件俱全；旁边还有一架书，书架之旁，摆着一把醉翁椅，那一边便是一排椅子。角子上也有一个司时器，却是一个童子，雪白肥团的，笑容可掬，双手捧了个卷书式的牌子，顶头上，恰是辰正二刻，那童子便报了出来，犹如人说话一般。宝玉道："这个声音，想同那留声机器一样做法的。"老少年摇头道："不是，不是。留声机器，那里有这种清楚字音，他那个是相磨成声的，这个是按着人肺管的呼吸，用软皮做成放在里面，另装一副扇风机器，到了时候，机捩一开，扇风扇动皮管噏张成声的。如果晚上睡时，嫌他报的讨厌，这左耳里有个机关，拨转了他，自然不报。明日要他报，便依旧拨过来就是了，"说罢，拨给宝玉看。宝玉道："这真是巧夺天工了。"

说话时，忽然一阵清香扑鼻。宝玉回过头来一看，只见当中一张小圆桌子上面，放着一盆绿萼梅花，宝玉不觉大诧道："此刻正是五月里，那里来的梅花呢？"老少年道："这个不奇。敝境内，有四个公园，分着春夏秋冬四季。那公园除供人游玩之外，并准人采花。所以四时花木随时可以赏玩。"宝玉道："天气不对，何以能得花开呢？"老少年道："敝境化学博士，能制造天气。譬如此刻是初夏，那春秋冬三个公园的天气，都是制成的。等过夏天，交到秋天，这夏公园又制造起来。"宝玉叹道："不说这制造天气是个奇技了，只是未曾制造之前，如可发此奇想，也就亏他。"老少年道："这还是百年前的遗制。只因一百多年之前，敝境科学才萌芽，境内百姓大半穷苦，遇了一年棉花失收，偏是到了冬天，异常寒冷，虽有善堂善士，筹备冬赈，怎奈棉花没有买处，也是枉然。那时一位化学博士，姓华名兴，字必振，便倡议说：'与其人人而济之，不如设法使天气不寒，岂不更妙？'当时人人都嗤他谬妄。谁知他一言既出，便欲实行。使人驾起数十百个气球，分向空中施放硝磺之类，驱除寒气；又用数十百座大炉蒸出暖气，散布四方，居然酝酿得同春深天气一般，草木也萌动起来。一时穷民大喜。虽然不能遍及境内，然而纵横三百里之内竟然不知道这一年有冬天。这位华必振，办了这一回事，可是把他的一份绝大家财也散尽在里面了。后来政府里知道他有这个绝技，便由政府出费，叫他再为精研。他慢慢的便研究出这制造四时天气的法子来，并且费也减轻了。到了此时，敝境内是民殷国富，本来用不着这个法子了，因为不忍埋没了他的功劳，所以用他的遗法，每一区地方，按着四时做了四个公园，公园之中，就立了他的石像。几时高兴，我可以奉陪去逛逛。”宝玉道：“这真可谓与天地争功了。”老少年道：“本来当时的人，就送了这位华先生一个雅号，叫做‘再造天’。此刻游园士女，瞻礼遗像，都不肯提名道姓的，都称说是再造天遗像。”宝玉道：“这三个字华先生也当之无愧了。我本要到自由村去，不意起了个登泰山瞻孔林之念，就无意中碰到这里来，大开眼界，真是三生有幸。但不知贵境地面有多大？倒不可不各处去见识见识的。”老少年道：“敝境共是二百万区，每区一百方里，分东西南北中五大部。每部统辖四十万区，每区用一个字作符识，从一至十万，编成号数。那作符号的字，中央是‘礼、乐、文、章’四个字；东方是‘仁、义、礼、智’四个字；南方是‘友、慈、恭、信’四个字；西方是‘刚、强、勇、毅’四个字；北方是‘忠、孝、廉、节’四个字。现在这里，便是强字第一百区，我们省称，只叫‘强一百。’就是阁下说要到自由村，这自由村，也是这里的一个村名。”宝玉道：“我舍亲到自由村时，说自由村离北京长新店不远，怎么却在这里？”老少年道：“除了这里，那里还有个自由村呢？”宝玉在皮匣里取出薛蟠的信，给老少年看。老少年看了大惊。不知他惊的什么，且听下回分解。

……

第二十六回　闲挑灯主宾谈政体　驾猎车人类战飞禽

却说宝玉从透水镜内，看见全队战船，都是全体发光的，海面的白光，竟把月亮衬成红色。正在诧叹，忽然一转眼，只见满海白光，都变成红色，霞彩万道，光艳夺人。惊奇的正要致问，忽然又变了绿色，把满海的水，照得同太湖一般。忽然又变了黄色，忽然又变了金光万道，忽然又五色杂现，闪烁变化，双眼也看得眩了。忽然又见五色的光，分成五队，往来进退。此时，看那月亮竟是黯无颜色了。盘旋往来了许久，忽地一下，众光齐灭，眼前就同漆黑一般。停了好一会，方才觉得有月色。

当下放了一响炮，水底战船，便一齐浮起。船上又都有电灯装在两旁及船头等处。左右拿了两盏电灯，向上晃了晃，众舢舨便一齐开到战船旁边，众学生纷纷的在战船上出来，登上舢舨，放到岸边登岸。

绳武约了众人上车，桅杆上的电灯，早大放光明。一时升降机转动。升在空中停住，望着众学生的车，一时齐起，方才向前飞驶。看着众车的电灯，犹如万点繁星。宝玉叹道："今日可谓极人世之大观矣！但不知战船上放出五色电光，作何用处？"绳武道："白光是探海的，五色是作号令的。"宝玉道："日里的号令呢？"绳武道："海底黑暗，仍然是用电光。至于浮上水面时，临时能竖起一枝铁桅，用的是旗号。通信有无线电话。"宝玉道："只听说有无线电报，不料也能做电话。但我闻得无线电报，电机发动，无论何处，只要电力能相感得到的电机，都动起来，所以无线电报必用暗码，以防泄漏。这用无线电话，不怕泄漏么？"绳武笑道："那是制造未精之故。我们造精了，要到那里便到那里。就是那叫人钟，也是无线电铃。"宝玉听了，方才明白那"叫人钟"按他不响，能叫到人的原故。

说话之间，飞车已经回到了水师学堂，仍在操场落下。为时已经子正三刻了，述起便留二人住下，另拨一所闲房安歇。夏天铺陈简便，宝玉恐怕述起有事，便约了老少年同到房里去。

宝玉问道："飞车可称迅速神奇之极，但只是一层，倘使做贼的也坐了飞车，从空而下，偷了东西，也腾空飞去，便怎样踩缉呢？想来此处的捕役，一定又是另有什么不可思议的神奇手段的了。"老少年道："敝境的捕役，非但没有神奇的手段，便连捕役也没有一个。不是足下提起，我竟忘了这个名目了。"宝玉道："这又是什么原故呢？"老少年道："敝境近五十年来，民康物阜，夜不闭户，路不拾遗。早就裁免了两件事：一件是取文明字典，把'贼''盗''奸''偷窃'等字删去；一件是从京中刑部衙门起，及各区的刑政官、警察官，一齐删除了，衙门都改了仓库。你想衙门都没有了，那里还有捕役呢？"宝玉叹道："'讼庭草满'已是佳话，今更删除刑政衙门，真是千古盛治了。但不知是用什么政体治成的。"老少年道："世界上行的三个政体，是专制、立宪、共和。此刻纷纷争论，有主张立宪的，有主张共和的，那专制是没有人赞成的了，敝境却偏是用了个专制政体。现在我们的意思，倒看着共和是最野蛮的办法。其中分了无限的党派，互相冲突。那政府是无主鬼一般，只看那党派盛的，便附和着他的意思去办事。有一天那党派衰了，政府的方针，也跟着改了。就同荡妇再醮一般，岂不可笑？就是立宪政体，也不免有党派。虽然立了上、下议院，然而那选举权、被选举权的限制，隐隐的把一个贵族政体，改了富家政体。那百姓便闹得富者愈富，贫者愈贫。不信，你放长眼睛去看，他们总有邦分离析的一天。我们从前也以为专制政体不好，改了立宪政体。那时敝境出了一位英雄，姓万名虑，表字周详，定了个强迫教育的法令。举国一切政治，他只偏重了教育一门；教育之中，却又偏重了德育。"宝玉拍手道："所以夜不闭户，道不拾遗，就是这个来头了。"老少年道："万先生经营了五十多年的教育，方才死了，他临终说了八个字，是'德育普及，宪政可废'。他死后不多几年，就听见外国有那均贫富党风潮，国人就开了两回大会，研究此事，都道是富家为政的祸根。于是各议员都把政权纳还皇帝，仍旧是复了专制政体。"宝玉道："何以专制政体倒好？这可真真不懂了。"老少年道："看着像难懂，其实易懂得很，不过那做官的和做皇帝的，实行得两句《大学》就够了。"宝玉道："《大学》虽系治平之书，那里有两句就可以包括净尽的，倒要请教是那两句？"老少年道："民之所好，好之，民之所恶，恶之。"宝玉想了一想，笑道："果然只有两句却一切都在内了。然而那做皇帝、做官的，果能体贴这两句，实行这两句才好呢。"老少年道："所以要讲德育普及呀！那一个官不是百姓做的？他做百姓的时候，已经饱受了德育，做了官，那里有不好之理。百姓们有了这个好政府，也就乐得安居乐业，各人自去研究他的专门学问了，何苦又时时忙着要上议院议事呢！"宝玉道："原来专制政体，也有这样好处。"老少年道："这又不能一概而论。那没有德育的国度，暴官污吏，布满国中，却非争立宪不可。"宝玉叹道："没有德育就难了，就是立了宪，还够不上富家政体，不过是个恶绅政体罢了。有多少靠着一点功名，便居然搢绅恶霸一方。包揽词讼是他的专门学，鱼肉乡民是他的研究资料，倘使立宪起来，这种人被选做了议员，只怕比那野蛮专制还利害呢。"老少年道："这更是深一层思虑了。但是未曾达到文明的时候，似乎还是立宪较专制好些。地方虽有恶绅，却未必个个都是恶绅。议员又不是一个人，还可以望利害参半，逐渐改良。至于专制，只有一个政府，高高在上，重重压下，各处地方官，虽要做好官，也不能做了，所以野蛮专制，有百害没有一利；文明专制，有百利没有一害。这种话你与那半开通的人说死了，他也不信呢！"

宝玉道："方才听孙教习说的，那战船船身便是炮身，船的头尾便是炮口。请教，那沉下时，炮口不要灌水进去么？"老少年道："这种电机炮，甚是灵捷！放了一弹出去，接着就是一弹装到腔里，送到炮口上，就借这个炮弹堵住炮口。"宝玉道："难道在水底，还能放炮么？"老少年道："自然能放，不然躲在水底做什么呢？"宝玉道："水战的器具，是看见了，可惜未曾看看炮台。"老少年道："此地没有炮台。炮台是一件最笨最无用的东西！人家以为是守口利器，我们境内虽三尺童子说起炮台来，也要笑的。你看这些战船，不强似炮台么？"宝玉道："不知陆师学堂在那里？"老少年道："东部、北部都有。"宝玉道："贵境既然分了五大部，何以只东、北两部设陆师学堂，难道不偏枯了一边么？"老少年道："敝境只有近海的海防用水师，近边陲的陆防用陆师，至于国境之内，是不设一兵的。"宝玉道："这是什么意思呢？"老少年道："国内设兵难道防自家人么？须知练兵以防家贼的那一句话，是野蛮中的畜类说的。稍有人性的都不肯说，何况敝境连小窃也没有一个，那里还要防什么强盗反贼呢？"

此时五月的天气，夜景甚短，两人对谈，不觉就天亮了。便有人来伺候栉沐盥洗。述起也起来了，邀孙绳武同用早点，老少年便要辞去，述起问："到那里？"老少年道："没有一定的去处，打算陪贾君到各处一逛，顺便雇一辆猎车，到空中打猎玩。"绳武道："猎车何必要雇，我这里有一辆最新式的，是上月东方美小姐所送。我一向公事忙，未曾玩得。这个车，连司机人都不用，坐了上去，自己可以运动。他那开闭机关，都在人坐的地方。每个机关上，都注明了用处及方法。一切猎具，都齐备在上面，可以奉借一用。"老少年大喜，称谢。

绳武便引二人到操场上，只见那猎车同前两次所坐的，又自不同：下层犹如桌子一般，有四条桌腿，那升降进退机，都安放在桌子底下；中层后半，安放电机，前半是预备放禽鸟的。前面一个小圆门，内有机关，禽鸟进去，是能进不能出的。上层四面栏杆，才是坐人的地方。前半是空敞的，后半是一个房间，所有一切机关，都在里面。桌椅板凳，都位置整齐，壁上架着电机枪四枝，抽屉里安放着枪弹、助明镜等，应用之物，莫不齐备。前面栏杆上放着一卷明亮亮的东西，却连老少年也不认得。绳武道："这是华自立新创造的障形软玻璃。把它扯开来，外面便看不见里面，里面看外面却是清清楚楚的。"宝玉大以为奇。绳武便叫仆人把玻璃扯开。车上本做有现成的架子，用绳一扯，那玻璃早搭到架子上面，还有一半，便在前面垂了下来。宝玉见隔着玻璃，望外面甚清楚，连忙下车，走到前面一看，果然全车都不见了。但见碧澄澄的一片，同天色一般，只有进禽鸟的小圆门还看得见，是做玻璃的时候，预先留下一个洞，以备放进禽鸟的。绳武道："这玻璃还能变颜色呢！此刻天好，他是碧的，天不好，他就变成阴晦之色，总随着天色变换。上月美小姐送了这车来，便问了战船的尺寸去，听说要做成障兵船的，呈请政府验买呢！"说罢，送二人上车。

二人坐在车上，拱手作别。老少年到房里开了升降机，升向空中，看了定南针，仍飞驶到旅馆门前落下，叫童子去买了许多罐头食物，又向当事的借了两个年长的童子同去。上了车，对宝玉说："我已购备了半个多月的食物，我们就到空中过日子去也。"说罢，把车升起来，向东飞驶。叫童子开了罐头，就在车上吃午饭。

一时到了勇字区，老少年便拣一处林木茂盛的地方，把车降下。离地只有四五丈光景。忽然一阵小鸟乱叫的声音，从车里发出来。宝玉大以为奇，连忙看时，只见老少年开了一个机关，那机关上錾着"引禽自至机"五个字。老少年道："我也莫名其妙，见他錾着这几个字，姑且开了试试看的，不料发出这种声音来。这声音究竟从那里出来的呢？"两个人便四下去寻。寻到外面，忽听得中层有颠扑的声音，抬头看时，已是有十多个鹰，在猎车的左右回旋飞舞，飞到旁边没有玻璃的地方，见有了人，便避开去。两人正要回去拿枪，忽听得两个童子在车头上说道："又一个了。"两人忙去看时，只见一个鹰飞在车前，忽的一下飞近车来，望着中层一撞，就不见了。这才明白，这小鸟声，是从那小圆门出来，引那飞鹰自己撞进去的。宝玉道："这种打猎真是舒服，又何必再用枪呢？"

正说话时，一个童子指道："那边又一个鹰来了。"老少年抬头一看，只见极目天际，有一个同鹰一般大的鸟飞来，便道："隔了那么远，还那么大，那里是鹰？"连忙同宝玉取了助明镜，一看，是一个其大无比的大鸟，自北而南。老少年道："我们打了他，带回去。你看他自北而南，我们横截过去罢。"说罢，拨转车头，向西飞去。

赶到晚饭过后，月亮上来了，刚刚赶到。此时看见那鸟实在大的怕人。坐的猎车，已经有二丈四尺长、一丈宽的了，只要那鸟的一个翅膀，怕就有四个车大。老少年忙叫取枪，于是四个人一齐取了枪，对准大鸟打去。谁知枪子打到他身上，他只做不知。宝玉道："他的羽毛厚，只怕打不进去，我们打他的脚罢，最好是打他的眼睛。"说时迟，那时快，宝玉早一枪中了他的脚爪。那大鸟嗷然怪叫了一声，便回翅过来。这里四枪齐发，还是挡他不住。看看被他飞近了，那翅膀把月亮遮住了，登时黑暗起来，还幸得车上有两个电灯可以看见他。忽然一阵那车乱颠起来，原来被他用脚爪抓住了车的上架。看他那脚爪比人的大腿还粗。他却低下头来看那车子，张开大口，又是一声怪叫。他那口一张时，上喙与下喙相去几乎一丈以外。宝玉忙叫："打口，打口！"那电机枪本来一排弹子是一百颗的，此时新换上弹子，四枝枪便雨点般，向大鸟口中打去。不知是人胜，是鸟胜，且听下回分解。

——节选自《新石头记》，上海改良小说社，1908 年

“贾宝玉坐潜水艇”

——《新石头记》赏析

◎ 任冬梅

《新石头记》是吴趼人创作生涯中最奇特的一部小说，从题材上看，此书前一部分像谴责小说，后一部分又接近科幻小说，内容相当复杂。《新石头记》中对于科学技术的大力描写与向往，体现出小说内容上包含的“现代”因素，而且新的内容还折射出晚清时期人们产生的新的文明观，那就是建立在“科学”基础之上的文明观念。《新石头记》不仅在形式与内容上具有某些“现代”因素，体现出中国小说从传统向现代的转变，还进一步折射出生产这个文学的历史语境即晚清社会思想文化的转折与变迁。

一

晚清新小说作家群中，吴趼人是最重要也是最具代表性的人物之一。吴趼人（1866—1910），名沃尧，原名宝震，字小允，又字茧人，后改趼人。以字行世。其号甚多，当中最有影响的是“我佛山人”。他一生的经历非常丰富，主要成就则在小说创作。1903 年至 1910 年 7 年间，吴趼人一共创作了《二十年目睹之怪现状》《痛史》《九命奇冤》《新石头记》《恨海》等 16 部中长篇小说。文

吴趼人

学史称他为“晚清杰出的小说家”“近世小说界之泰斗”“小说巨子”①。

吴趼人一生创作的文学作品种类非常丰富，包括历史小说、社会小说、写情小说、科学小说、侦探小说、笑话、寓言等等。而其创作的最具代表性的科学小说即是《新石头记》，小说继承了《石头记》的迷幻时空框架，讲述贾宝玉在1901年复活，到上海、南京、北京、武汉等地游历，目睹了火车、轮船、电灯等大量电气化的新事物，随后进入“文明境界”，甚至乘坐潜水艇由太平洋到大西洋、由南极到北极绕地球一周，为高度发达的科技文明所震撼。此外，吴趼人在1908年还写过一部短篇科学小说《光绪万年》②。吴趼人之所以创作科学小说并对科学感兴趣，我们可从其生平经历中找到清晰的足迹。1884年，吴趼人从广东佛山来到位于上海城南的、其时国内最大的洋务军事工业基地江南制造局，在那里的翻译馆担任抄写员之职。后来，吴趼人凭借个人努力升任机械绘图员，虽则月薪微薄，“月得值仅八金”，但那种与佛山古镇迥异的环境令他眼界大开，巨大的制造枪炮的车间，到处是机器的转动声与撞击声，令他仿佛置身于另一个世界。青年吴趼人此时还展现了他少为人知的文学之外的惊人才华，23岁那年，他自行制造了一艘标准尺寸的蒸汽船在黄浦江上成功航行。吴趼人在《新石头记》中展现出的科幻色彩和远超常人的想象力，与他当年在江南制造局的经历有莫大关系。

近代社会是一个充满启蒙与革新思想的时期，各种社会思潮都显现出来，吴趼人对于一些新生事物也非常敏感，并用心学习。《新石头记》的出现，恰恰体现了吴趼人不断超越自己、求新求变的精神。阅读吴趼人的科学小说，不仅可以使我们了解一个忧国忧民的知识分子寻求救亡图存思想武器

① 胡绳．从鸦片战争到五四运动［M］．北京：人民出版社，1983：60-72.

② 1908年，正月初七（2月8日），《月月小说》第十三号刊载；题名下标“理想科学寓言讽刺诙谐小说”，作者署名“我佛山人”。

的心路历程，还可以帮助我们了解晚清小说如何一方面继承中国古典小说传统，一方面又受到西方小说的影响。可以说，吴趼人的科学小说在继承传统与学习西学方面，走在了同代作家的前列。

《新石头记》是吴趼人于1905年创作的一部长篇小说，在《南方报》上连载至第十一回①，1908年由上海改良小说社出版四十回单行本②。单看书名，我们会认为这只不过是曹雪芹《石头记》的一个续本，和其他诸如《续红楼梦》《红楼补梦》《绮楼重梦》等续本类似，大概又是“托言林黛玉复生，写不尽的儿女私情”③。但实际上却如《中国通俗小说书目》卷五所说：“此书特借贾宝玉之名，幻设事迹，使宝玉与20世纪相见，非言情之书，亦与《红楼梦》无关。”④《新石头记》与原书情节基本没有什么关联，因此，我们不应简单地将其视为“拟旧小说”或“翻新小说”。其实,《新石头记》作为吴趼人创作生涯中最奇特的一部小说，是非常有研究价值的，可供研究的角度也非常多。吴趼人曾经自称此书是“兼理想、科学、社会、政治而有之者，则为《新石头记》”⑤。从题材上看，此书前一部分像谴责小说，后一部分又接近科幻小说，内容相当复杂。但是，如果立足于小说本身的角度，将其放在晚清新小说这个大背景下来看，考察其在文学史上的地位，会发现《新石头记》拥有许多“现代”因素，不仅是中国传统小说向现代小说转型过程中的一部杰作，而且对研究整个时代文化的转变都有着特殊意义。

二

《新石头记》叙述贾宝玉来到晚清时候的中国，见到许多前所未闻的事物，他一方面大开眼界、吸收新知，另一方面也对许多不合理的政治、社会

① 八月二十一日（9月19日）,《南方报》开始连载，至十一月二十九日（12月20日）止；此书共四十回，报上连载仅至第十一回。

② 戊申年（1908年）十月，改良小说社出版，四十回单行本，四卷八册，每回附有绘图；题为《绘图新石头记》。

③（清）吴趼人．新石头记［M］．郑州：中州古籍出版社，1986：2.

④ 孙楷第．中国通俗小说书目［M］．北京：人民文学出版社，1982.

⑤（清）吴趼人．《近世社会龌龊史》自叙［M］// 吴研人．近世社会龌龊史．西宁：青海人民出版社，1998.

现象提出质疑。后来，他进入一个叫做“文明境界”的地方，那里科技昌明，人民安居乐业。在接待者“老少年”的带领下，宝玉开始畅游“文明境界”。他首先乘“飞车”参观验病所，见识了其中的各种先进发明。随后，他又访问水师学堂，体验“助听筒”的威力，还观看了水师演练。后来，他借得“空中猎车”，飞往中非洲狩猎大鹏鸟；又乘“海底猎艇”绕行地球一周探险……在贾宝玉眼中，除了科技发明之外，“文明境界”在政治上发展出的“文明专制”，堪称世上最完美的政体。

在《新石头记》中有许多关于科学技术的描写。小说的后半部分，科技描写的内容占据了绝大部分的篇幅。“文明境界”里的科技异常发达，人工调控的气候使农民一年有四次收成；各种机械人打理日常家务；神奇的药物可以提高脑部功能；温室花园全年提供四时的蔬果；改良的资讯设备包括“时光机”“千里仪”和“助听器”；还有最先进的运输工具：“飞车”在天上像大鸟般飞翔，而“遁地车”则在地下来回穿梭，这些车辆都有特别磁场保护，无论怎样驾驶都不会擦撞损毁。另外还有水靴，旅行者穿了可以随意在水上行走。① 据笔者统计，在宝玉游历“文明境界”期间，所提到的大大小小的科技发明共有三十五六种之多，还不包括由某项科技所引发的再发明，类别涉及社会的方方面面，包含物理、化学、生命科学和生物学、农业科学、医药科学、工程技术、交通和运输、航空和航天以及环境科学等科技门类②。单以宝玉参观“制衣厂”为例，就可以看出小说对于科技描写的细致以及重视程度：

……东方法指着一面道：“这边墙内便是棉花仓。墙上有个大铁筒。仓里另装机器，把棉花由筒口送出来。”宝玉看时，果见棉花从筒口汩汩而出。旁边便是松花机，随出随松，松了又推到别副机上，并不用人力。到了那副机上，便分送到各纺纱机上去。每一个机上，用一个童子

① ［美］王德威．被压抑的现代性——晚清小说新论［M］．宋伟杰，译．北京：北京大学出版社，2005：312．

② 关于这些不同领域的科技发明，笔者都可以在书中找到相应的描述，只是限于篇幅关系，在此不一一罗列。

> 看着，便纺成纱。一面成了纱，便有随机送到染机上去，各染机的颜色不同，青、黄、赤、绿、黑，各色俱备。染成了便由机器送到烘机上去，只在机上一过，那纱就干了。经过烘机，便到织机上来。这织机并不是织布，却是织成衣服的。织成了衣服，便送到机上一个竹片架子上。那架子一翻，又翻到折叠机上，一件衣服便折好了。又另翻到一架机上，便有纸包好，往旁边一送，便有个纸匣接着，旁边一个人便取起纸匣。那机上又推出个纸匣来，第二件衣恰好包完送到，便又装在匣里。宝玉看着那棉花从仓里出来，直到织成衣服，包好装好，竟不曾经人动手，直到装好之后，才用人拿下来放到箱子里。各架机的大小、长短、尺寸不同，那纸匣上都印定了尺寸字码，不能装乱的。①

这种全方位、多角度的对于科学技术的描写，数量之多，内容之完备，可以说在中国传统小说中是绝无仅有的。不仅如此，《新石头记》所体现出的对于科学技术的态度也与传统小说截然不同。传统小说绝少有描写科学技术的内容，应该说在中国古代人的头脑中根本就没有"科技"这个词，有的最多只是"能工巧匠"，科学技术绝对不会被小说家重视，上层人士或者士大夫是以学习科学技艺为耻的，他们看不起那些"匠人""手艺人"，科技发明者往往处于社会的底层阶级。但《新石头记》不但不轻视科技，反而将科技看成是整个"文明境界"发展繁荣的基础，整部小说中，宝玉无数次表现出对于先进科技的赞叹，比如第二十二回中，宝玉知道"文明境界"中可以制造气候时说道："这可真可谓与天地争功了。"②第二十五回中，宝玉坐上飞车后感慨说："真是空前绝后的创造！"③第三十四回，宝玉参观制枪厂时不觉叹道："真正大观。"④由此可以发现，《新石头记》中对于科技的态度是与中国传统小说迥然不同的，它对于科技不仅仅是赞扬，甚至可以说是崇拜。《新石头记》对科学技术的大力描写与向往，体现出小说内容上包含的"现代"因素。

---

① （清）吴趼人．新石头记［M］．郑州：中州古籍出版社，1986：267.

② 同①，第 172 页。

③ 同①，第 191 页。

④ 同①，第 268 页。

《新石头记》对于“文明境界”的描述也是典型的科幻小说手法。晚清时期产生过一个中国科幻小说翻译和创作的高潮，《新石头记》的产生和同时期科幻小说的兴盛有着密切关系。吴趼人所供职的《月月小说》社曾积极翻译、创作科幻作品，他的好友、《月月小说》总译述周桂笙曾经翻译过科幻小说《地心旅行》《飞访木星》等等，同时自己也创作科幻小说，是当时重要的科幻小说家。

三

《新石头记》内容上的创新不仅表明了它与中国传统小说的背离，而且新的内容还体现出晚清时期人们新的文明观，在这种文明观念中，道德的作用已经不是唯一的了，科学技术的巨大力量开始显现出来，并逐渐占据了主导性的地位。

《新石头记》中的文明是建立在“科学”基础之上的，不同于中国古代或传统小说中所描述的“文明”，例如《镜花缘》中的君子国，道德高尚，社会中充满“仁义”“仁爱”；吴趼人所描述的文明主要是建立在先进的科学技术与先进的发明创造基础之上。当然，那里的人的道德也是毋庸置疑的（其实仔细看来，其道德也是由科技控制的，比如宝玉初入“文明境界”时就通过了“测验性质镜”的测验，合格后才获准入境），不过道德并不是作者论述的重点。居于“文明境界”版图中央的“礼乐文章”各区域都被置于叙述的边缘，而在“文明境界”西部的“强”字区里的科技发明则是叙述的中心。宝玉来到“文明境界”首先就落脚于“强”字区，他曾乘飞车追踪大鹏一直到了非洲，也曾乘潜艇航行数万里到过南极，最终都回到了“强”字区。在“强”字区里，宝玉看到了各种先进的科学技术，比如“司时器”“飞车”“助聪筒”“验骨镜”“潜水艇”“千里镜”“无绳电话”等等，书中的科技发明，有百分之九十都是在“强”字区里提到的。“文明境界”中别的区域，宝玉只去过有限的几次，包括东部“智”字区、北部“忠”字区和南部“信”字区等，而在这些区域中，宝玉还是着重参观了能够代表其先进科学技术的地方。比如在“智”字区是看工厂，宝玉参观了“制衣厂”“制枪厂”，最后还来到了“考验厂”，其实就是一个大型的实验室，在这里可以尝试各种新想法，并通过实验发明各种新产品。而在“忠”字区，虽然贾宝玉是看军队操练，不过大力描述的却是军队所拥有的先进武器装备，这仍然是科技带来的成果。而“信”字区由于没什么先进的科技可以描写，所以在小说中占据篇幅很小，只有短短三百来字。作者花大力气描述的是拥有先进科技的文明，它几乎可以与今天的高科技文明相媲美。从作者选择“科幻”这一新的题材来创作小说就可以看出，晚清时期人们的某些观念已经开始发生转变。

中国一直缺乏独立性的科学，在中国传统社会中，科技被认为与社会文明的高下没有直接关系，由于“重道轻技”的影响，科技只能涉及生活世界的浅表，无关乎形上之道。所以，时至18世纪末叶，科学都还只是以经学的附庸而存在。① 到了19世纪中叶，西方的科学技术以“坚船利炮”的方式，给了中国人以巨大的震撼。战争以最残酷的方式昭示了中国与西方列强在科学技术方面的差距，于是，中国人接受现代科学的时代来临了。中国人学习西方科学技术的首要目的在于追求国家军事力量的强大，“师夷之长技以制夷”，希望制造出足以和列强抗衡的武器装备。这是第一次接触到西方先进科技时的正常反应。其次，传统的教育制度和教育内容正在发生深刻的变化，为中国人接纳现代科学技术创造了制度性的前提。科学的权威性正是在不断引进西方现代科学技术，并在教育制度中设置新的学科的历史情境中逐渐建立起来的。科学技术可以增进人类物质福利开始成为不言而喻的社会共识，中国人在短短一二十年的学习过程中，已经看到了科技所带来的巨大变化，少数俊杰之士甚至开始参透技术层面，去发现科学更深层次的作用。科学概念的运用范围渐渐越出了特殊技术的范畴，科学的概念和思维习惯开始悄悄地进入人们的思想观念之中，深刻影响着人们对社会的理解。人们发现科学不仅仅是物质层面的技术，它还可以转变为一种社会规范；科学的能动性并不只是改造自然，还能够改善社会和人生。于是，一种全新的观念产生了，那就是以科技为重要参考标准来看待整个社会文明。在中国人的观念中，

① 高瑞泉. 中国现代精神的传统——中国的现代性观念谱系［M］. 上海：上海古籍出版社，2005：297.

科学概念开始与文明概念联系在一起，他们认识到科学的发展模式应该成为文明进步的模式，科学研究的理性化模式也是社会发展的理性化目标①，传统道德文明观逐渐被科学文明观所取代。

从《新石头记》不难看出，以科学技术为主的文明观念与传统的儒家道德文明观不同，新的文明观念的产生与当时社会文化的转变密不可分。晚清作为一个大变革时期，新的思想和观念层出不穷，而科学文明观无疑是现代思想观念中最重要的组成部分，只有在这一观念的指导下，我们才能从传统走向现代，走向以科技发展为中心的现代文明社会。《新石头记》中这种观念的出现，是中国人的思想从传统向现代过渡的明证。

四

更深一步探究，我们会发现《新石头记》对于科技的大力描写与赞颂，从某种层面上显示了此时“科学文明观”的吊诡。作者相信科技的力量能够改变一切，因此，“文明境界”中的一切问题都可以用科技来解决。日常生活的方方面面都被科技所占据，甚至性质（人的性格品质）、聪明等等这些虚无缥缈的东西，都可以用科技去测量，去改变。“科学发明之后，何事何物不可测验！”② 老少年口中的这句话充分表明了作者的思想倾向性。这种对于科技的过分依赖，反而使读者在阅读小说时产生了怀疑，使小说蒙上了一种不真实感。作者的本意或许是想让读者相信科技的力量，所以对于“文明境界”中的科学技术事无巨细描写得非常详细，试图创造出一种完美的逼真。不过，过度的逼真反而使读者感到了其中的虚假。可能作者本人都没有意识到，但他这种无意识的创作却传达出某种对于“科学万能”的怀疑，体现了当时这种“科学文明观”将有可能面临的危机。科学真的可以解决所有问题吗？甚至包括精神、价值、自由方面的问题？

在现在的我们看来，答案应该是否定的。西方发达资本主义社会早就经

① 汪晖．科学话语共同体［M］// 汪晖．现代中国思想的兴起：下卷．北京：三联书店，2004：1124.

② （清）吴趼人．新石头记［M］．郑州：中州古籍出版社，1986：168.

历了价值的危机，科学是无法决定价值判断的，“实然”与“应然”之间有一条不可逾越的鸿沟。科学可以提供关于事实的普适主义的描述，提供一种实然性的世界秩序，因果关系的秩序。对客观的认识，只是对事实世界的描述及说明，只提供一种事实判断。这样，理性化的过程，就将价值与意义从客观知识的领地中驱赶出去。因此，价值不再是被发现的对象，我们对它也不可能有客观的知识，它只能是人们的创造物。意义、价值和道德规范并不是那种可以被发现、被证明的事实，而是被人为创设、人为假定的东西，是主观的决定。所以科技高度发达的文明不一定会成为真正的“文明”社会（理想中夜不闭户、路不拾遗，所有人安居乐业的社会），反而有可能出现大量的犯罪、贫困与混乱现象。

不过，晚清时期的中国人面对刚刚传入中国的现代科学，却无法保持如此清醒的认识，当看到西方科技所带来的巨大成就之后，对于科学的狂热崇拜就开始泛滥起来。伴随着进化论的广泛传播，中国人逐渐相信人类的所有成就会沿直线方式前进，科学本身在未来将自我完善，科学及其自身的进化将保证未来社会的高度“文明”。这种文化预设很容易就被转变成唯科学主义的教条。① “科学文明观”虽然是现代思想观念中一个重要的组成部分，但《新石头记》中出现的这种观念却带上了某种唯科学主义的色彩，这或许是作者无意识之间表现出来的，但却恰好体现了当时知识分子思想中所深藏的对于科学信仰的危机，可以说，此时《新石头记》中对于科技的过分赞扬，已经为之后（1923年）中国社会将要发生的那场“科玄”大论战②埋下了种子。

① ［美］郭颖颐（D.W.Kwok）. 中国现代思想中的唯科学主义（1900—1950）［M］. 雷颐，译. 南京：江苏人民出版社，1990：16.

② 20世纪20年代，中国思想文化领域发生了一场影响深远的“科学与玄学的论战”，又称“人生观论战”。科玄论战自1923年2月开始，一直到1924年年底基本结束，历时将近两年之久；整个论战过程大致可以分为三个阶段：（1）论战的缘起与爆发：从1923年2月张君劢发表“人生观”讲演，到同年张发表长文反击丁文江的驳斥。（2）论战的展开与深入：从1923年5月梁启超作《关于玄学科学论战之“战时国际公法”》，到同年吴稚晖发表《一个新信仰的宇宙观及人生观》，其间科学派、玄学派双方人物纷纷登场，论战愈演愈烈。（3）论战的转折与结局：从1923年11月陈独秀为论战文集《科学与人生观》作序、邓中夏发表《中国现在的思想界》，直到1924年岁末，其间“科—玄”论战发展为科学派、玄学派和唯物史观派三大派的思想论争。

五、结语

无论从什么观点来看,《新石头记》都是一部值得研究和重视的小说。形式与内容各个方面的复杂性，构成了它独特的魅力。也只有在晚清这个“三千年未有之大变局”的时代背景下，才有可能出现像《新石头记》这样富含深意的小说。时代文化的转变必定会在当时人的头脑中留下烙印，也会反映在当时的文学创作之中，正因为如此，这时的文学作品才在普通文学的基础上又增加了某些特殊的意味，值得我们后人去关注。

从叙事模式来看,《新石头记》既有对“现代”（西方）的学习与吸收，也有对“传统”（中国）的延续与转化，正是在这个复杂的过程中，中国小说逐步完成了向现代的转型。不过，此时的科幻小说毕竟还处于起步阶段，虽然在梁启超“小说界革命”的号召下，作为“新小说”之一种的《新石头记》试图模仿西方文学的叙事方式，获得高雅文学的地位，但在文学技巧上还有种种不足，传统与现代的结合也比较生硬。而在思想观念层面,《新石头记》里出现了新的“科学文明”观念，还显示出转型时期所产生的矛盾与混杂。由此，使得《新石头记》成为晚清小说中最复杂、最值得深入探讨的小说之一。

总之,《新石头记》不仅在形式与内容上具有某些“现代”因素，体现出中国小说从传统向现代的转变，还进一步折射出生产这个文学的历史语境即晚清社会思想文化的转折与变迁。因此,《新石头记》应该被纳入现代文学史的视野之中，它对于我们探究中国现代文学的源起与变革有着重大的价值和意义。

猫城记（节选）

◎ 老舍

一

飞机是碎了。

我的朋友——自幼和我同学：这次为我开了半个多月的飞机——连一块整骨也没留下！

我自己呢，也许还活着呢？我怎能没死？神仙大概知道。我顾不及伤心了。

我们的目的地是火星。按着我的亡友的计算，在飞机出险以前，我们确是已进了火星的气圈。那么，我是已落在火星上了？假如真是这样，我的朋友的灵魂可以自安了：第一个在火星上的中国人，死得值！但是，这"到底"是哪里？我只好"相信"它是火星吧；不是也得是，因为我无从证明它的是与不是。自然从天文上可以断定这是哪个星球；可怜，我对于天文的知识正如对古代埃及文字，一点也不懂！我的朋友可以毫不迟疑的指示我，但是他，他……噢！我的好友，与我自幼同学的好友！

飞机是碎了。我将怎样回到地球上去？不敢想！只有身上的衣裳——碎得像些挂着的干菠菜——和肚子里的干粮；不要说回去的计划，就是怎样在这里活着，也不敢想啊！言语不通，地方不认识，火星上到底有与人类相似的动物没有？问题多得像……就不想吧；"火星上的漂流者"，还不足以自慰么？使忧虑减去勇敢是多么不上算的事！

这自然是追想当时的情形。在当时，脑子已震昏。震昏的脑子也许会发生许多不相联贯的思念，已经都想不起了；只有这些——怎样回去，和怎样活着——似乎在脑子完全清醒之后还记得很真切，像被海潮打上岸来的两块木板，船已全沉了。

我清醒过来。第一件事是设法把我的朋友——那一堆骨肉，埋葬起来。那只飞机，我连看它也不敢看。它也是我的好友，它将我们俩运到这里来，忠诚的机器！朋友都死了，只有我还活着，我觉得他们俩的不幸好像都是我的过错！两个有本事的倒都死了，只留下我这个没能力的，傻子偏有福气，多么难堪的自慰！我觉得我能只手埋葬我的同学，但是我一定不能把飞机也掩埋了，所以我不敢看它。

我应当先去挖坑，但是我没有去挖，只呆呆地看着四外，从泪中看着四外。我为什么不抱着那团骨肉痛哭一场？我为什么不立刻去掘地？在一种如梦方醒的状态中，有许多举动是我自己不能负责的，现在想来，这或者是最近情理的解释与自恕。

我呆呆地看着四外。奇怪，那时我所看见的我记得清楚极了，无论什么时候我一闭眼，便能又看见那些景物，带着颜色立在我的面前，就是颜色相交处的影线也都很清楚。只有这个与我幼时初次随着母亲去祭扫父亲的坟墓时的景象是我终身忘不了的两张图画。

我说不上来我特别注意到什么；我给四围的一切以均等的“不关切的注意”，假如这话能有点意义。我好像雨中的小树，任凭雨点往我身上落；落上一点，叶儿便动一动。

我看见一片灰的天空。不是阴天，这是一种灰色的空气。阳光不能算不强，因为我觉得很热；但是它的热力并不与光亮作正比，热自管热，并没有夺目的光华。我似乎能摸到四围的厚重，热，密，沉闷的灰气。也不是有尘土，远处的东西看得很清楚，决不像有风沙。阳光好像在这灰中折减了，而后散匀，所以处处是灰的，处处还有亮，一种银灰的宇宙。中国北方在夏旱的时候，天上浮着层没作用的灰云，把阳光遮减了一些，可是温度还是极高，便有点与此地相似；不过此地的灰气更暗淡一些，更低重一些，那灰重的云好像紧贴着我的脸。豆腐房在夜间储满了热气，只有一盏油灯在热气中散着点鬼光，便是这个宇宙的雏形。这种空气使我觉着不自在。远处有些小山，也是灰色的，比天空更深一些；因为不是没有阳光，小山上是灰里带着些淡红，好像野鸽脖子上的彩闪。

灰色的国！我记得我这样想，虽然我那时并不知道那里有国家没有。

从远处收回眼光，我看见一片平原，灰的！没有树，没有房子，没有田地，平，平；平得讨厌。地上有草，都擦着地皮长着，叶子很大，可是没有竖立的梗子。土脉不见得不肥美，我想，为什么不种地呢？

离我不远，飞起几只鹰似的鸟，灰的，只有尾巴是白的。这几点白的尾巴给这全灰的宇宙一点变化，可是并不减少那惨淡蒸郁的气象，好像在阴苦的天空中飞着几片纸钱！

鹰鸟向我这边飞过来。看着看着，我心中忽然一动，它们看见了我的朋友，那堆……远处又飞起来几只。我急了，本能地向地下找，没有铁锹，连根木棍也没有！不能不求救于那只飞机了；有根铁棍也可以慢慢地挖一个坑。但是，鸟已经在我头上盘旋了。我不顾得再看，可是我觉得出它们是越飞越低，它们的啼声，一种长而尖苦的啼声，是就在我的头上。顾不得细找，我便扯住飞机的一块，也说不清是哪一部分，疯了似的往下扯。鸟儿下来一只。我拼命地喊了一声。它的硬翅颤了几颤，两腿已将落地，白尾巴一钩，又飞起去了。这个飞起去了，又来了两三只，都像喜鹊得住些食物那样叫着；上面那些只的啼声更长了，好像哀求下面的等它们一等；末了，“扎”的一声全下来了。我扯那飞机，手心黏了，一定是流了血，可是不觉得疼。扯，扯，扯；没用！我扑过它们去，用脚踢，喊着。它们伸开翅膀向四外躲，但是没有飞起去的意思。有一只已在那一堆……上啄了一口！我的眼前冒了红光，我扑过它去，要用手抓它；只顾抓这只，其余的那些环攻上来了；我又乱踢起来。它们扎扎的叫，伸着硬翅往四外躲；只要我的腿一往回收，它们便红着眼攻上来。而且攻上来之后，不愿再退，有意要啄我的脚了。

忽然我想起来：腰中有只手枪。我刚立定，要摸那只枪；什么时候来的？我前面，就离我有七八步远，站着一群人；一眼我便看清，猫脸的人！

二

掏出手枪来，还是等一等？许多许多不同的念头环绕着这两个主张；在这一分钟里，我越要镇静，心中越乱。结果，我把手放下去了。向自己笑了一笑。到火星上来是我自己情愿冒险，叫这群猫人把我害死——这完全是设想，焉知他们不是最慈善的呢——是我自取；为什么我应当先掏枪呢！一点善意每每使人勇敢；我一点也不怕了。是福是祸，听其自然；无论如何，衅不应由我开。

看我不动，他们往前挪了两步。慢，可是坚决，像猫看准了老鼠那样地前进。

鸟儿全飞起来，嘴里全叼着块……我闭上了眼！

眼还没睁开——其实只闭了极小的一会儿——我的双手都被人家捉住了。想不到猫人的举动这么快；而且这样的轻巧，我连一点脚步声也没听见。

没往外拿手枪是个错误。不！我的良心没这样责备我。危患是冒险生活中的饮食。心中更平静了，连眼也不愿睁了。这是由心中平静而然，并不是以退为进。他们握着我的双臂，越来越紧，并不因为我不抵抗而松缓一些。这群玩艺儿是善疑的，我心中想；精神上的优越使我更骄傲了，更不肯和他们较量力气了。每只胳臂上有四五只手，很软，但是很紧，并且似乎有弹性，与其说是握着，不如说是箍着，皮条似的往我的肉里煞。挣扎是无益的。我看出来：设若用力抽夺我的胳臂，他们的手会箍进我的肉里去；他们是这种人：不光明的把人捉住，然后不看人家的举动如何，总得给人家一种极残酷的肉体上的虐待。设若肉体上的痛苦能使精神的光明减色，惭愧，这时候我确乎有点后悔了；对这种人，假如我的推测不错，是应当采取“先下手为强”的政策；“当”的一枪，管保他们全跑。但是事已至此，后悔是不会改善环境的；光明正大是我自设的陷阱，就死在自己的光明之下吧！我睁开了眼。他们全在我的背后呢，似乎是预定好即使我睁开眼也看不见他们。这种鬼祟的行动使我不由得起了厌恶他们的心；我不怕死；我心里说：“我已经落在你们的手中，杀了我，何必这样偷偷摸摸的呢！”我不由地说出来：“何必这样……”我没往下说；他们决不会懂我的话。胳臂上更紧了，那半句话的效果！我心里想：就是他们懂我的话，也还不是白费唇舌！我连头也不回，凭他们摆布；我只希望他们用绳子拴上我，我的精神正如肉体，同样的受不了这种软，紧，热，讨厌的攥握！

空中的鸟更多了，翅子伸平，头往下钩着，预备得着机会便一翅飞到地，去享受与我自幼同学的朋友的……

背后这群东西到底玩什么把戏呢？我真受不了这种钝刀慢锯的办法了！但是，我依旧抬头看那群鸟，残酷的鸟们，能在几分钟内把我的朋友吃净。啊！能几分钟吃净一个人吗？那么，鸟们不能算残酷的了；我羡慕我那亡友，朋友！你死得痛快，消灭得痛快，比较起我这种零受的罪，你的是无上的幸福！

“快着点！”几次我要这么说，但是话到唇边又收回去了。我虽然一点不知道猫人的性情习惯，可是在这几分钟的接触，我似乎直觉地看出来，他们是宇宙间最残忍的人；残忍的人是不懂得“干脆”这个字的，慢慢用锯齿锯，是他们的一种享受。说话有什么益处呢？我预备好去受针尖刺手指甲肉，鼻子里灌煤油——假如火星上有针和煤油。

我落下泪来，不是怕，是想起来故乡。光明的中国，伟大的中国，没有残暴，没有毒刑，没有鹰吃死尸。我恐怕永不能再看那块光明的土地了，我将永远不能享受合理的人生了；就是我能在火星上保存着生命，恐怕连享受也是痛苦吧！？

我的腿上也来了几只手。他们一声不出，可是呼吸气儿热忽忽地吹着我的背和腿；我心中起了好似被一条蛇缠住那样的厌恶。

“咯当”的一声，好像多少年的静寂中的一个响声，听得分外清楚，到如今我还有时候听见它。我的腿腕上了脚镣！我早已想到有此一举。腿腕登时失了知觉，紧得要命。

我犯了什么罪？他们的用意何在？想不出。也不必想。在猫脸人的社会里，理智是没用的东西，人情更提不到，何必思想呢。

手腕也锁上了。但是，出我意料之外，他们的手还在我的臂与腿上箍着。过度的谨慎——由此生出异常的残忍——是黑暗生活中的要件；我希望他们锁上我而撤去那些只热手，未免希望过奢。

脖子上也来了两只热手。这是不许我回头的表示；其实谁有那么大的工夫去看他们呢！人——无论怎样坏——总有些自尊的心；我太看低他们了。也许这还是出于过度的谨慎，不敢说，也许脖子后边还有几把明晃晃的刀呢。

这还不该走吗？我心中想。刚这么一想，好像故意显弄他们也有时候会快当一点似的，我的腿上挨了一脚，叫我走的命令。我的腿腕已经箍麻了，这一脚使我不由得向前跌去；但是他们的手像软而硬的钩子似的，钩住我的肋条骨；我听见背后像猫示威时相噗的声音，好几声，这大概是猫人的笑。很满意这样的挫磨我，当然是。我身上不知出了多少汗。

他们为快当起见，颇可以抬着我走；这又是我的理想。我确是不能迈步了；这正是他们非叫我走不可的理由——假如这样用不太羞辱了“理由”这两个字。

汗已使我睁不开眼，手是在背后锁着；就是想摇摇头摆掉几个汗珠也不行，他们箍着我的脖子呢！我直挺着走，不，不是走，但是找不到一个字足以表示跳，拐，跌，扭，等等搀合起来的行动。

走出只有几步，我听见——幸而他们还没堵上我的耳朵——那群鸟一齐“扎”的一声，颇似战场上冲锋的“杀”；当然是全飞下去享受……我恨我自己；假如我早一点动手，也许能已把我的同学埋好；我为什么在那块呆呆地看着呢！朋友！就是我能不死，能再到这里来，恐怕连你一点骨头渣儿也找不着了！我终身的甜美记忆的总量也抵不住这一点悲苦惭愧，哪时想起来哪时便觉得我是个人类中最没价值的！

好像在噩梦里：虽然身体受着痛苦，可是还能思想着另外一些事；我的思想完全集中到我的亡友，闭着眼看我脑中的那些鹰，啄食着他的肉，也啄食着我的心。走到哪里了？就是我能睁开眼，我也不顾得看了；还希望记清了道路，预备逃出来吗？我是走呢？还是跳呢？还是滚呢？猫人们知道。我的心没在这个上，我的肉体已经像不属于我了。我只觉得头上的汗直流，就像受了重伤后还有一点知觉那样，渺渺茫茫地觉不出身体在哪里，只知道有些地方往出冒汗，命似乎已不在自己手中了，可是并不觉得痛苦。

我的眼前完全黑了；黑过一阵，我睁开了眼；像醉后刚还了酒的样子。我觉出腿腕的疼痛来，疼得钻心；本能的要用手去摸一摸，手腕还锁着呢。

这时候我眼中才看见东西，虽然似乎已经睁开了半天。我已经在一个小船上；什么时候上的船，怎样上去的，我全不知道。大概是上去半天了，因为我的脚腕已缓醒过来，已觉得疼痛。我试着回回头，脖子上的那两只热手已没有了；回过头去看，什么也没有。上面是那银灰的天；下面是条温腻深灰的河，一点声音也没有，可是流得很快；中间是我与一只小船，随流而下。

……

十七

我没和小蝎明说，他也没留我，可是我就住在那里了。

第二天，我开始观察的工作。先看什么，我并没有一定的计划；出去遇见什么便看什么似乎是最好的方法。

在街的那边，我没看见过多少小孩子，原来小孩子都在街的这边呢。我心里喜欢了，猫人总算有这么一点好处：没忘了教育他们的孩子，街这边既然都是文化机关，小孩子自然是来上学了。

猫小孩是世界上最快活的小人们。脏，非常的脏，形容不出的那么脏；瘦，臭，丑，缺鼻短眼的，满头满脸长疮的，可是，都非常的快活。我看见一个脸上肿得像大肚罐子似的，嘴已肿得张不开，腮上许多血痕，他也居然带着笑容，也还和别的小孩一块跳，一块跑。我心里那点喜欢气全飞到天外去了。我不能把这种小孩子与美好的家庭学校联想到一处。快活？正因为家庭学校社会国家全是糊涂蛋，才会养成这样糊涂的孩子们，才会养成这种脏，瘦，臭，丑，缺鼻短眼的，可是还快活的孩子们。这群孩子是社会国家的索引，是成人们的惩罚者。他们长大成人的时候不会使国家不脏，不瘦，不臭，不丑；我又看见了那毁灭的巨指按在这群猫国的希望上，没希望！多妻，自由联合，只管那么着，没人肯替他的种族想一想。爱的生活，在毁灭的巨指下讲爱的生活，不知死的鬼！

我先不要匆忙地下断语，还是先看了再说话吧。我跟着一群小孩走。来到一个学校：一个大门，四面墙围着一块空地。小孩都进去了。我在门外看着。小孩子有的在地上滚成一团，有的往墙上爬，有的在墙上画图，有的在墙角细细检查彼此的秘密，都很快活。没有先生。我等了不知有多久，来了三个大人。他们都瘦得像骨骼标本，好似自从生下来就没吃过一顿饱饭，手扶着墙，慢慢地蹭，每逢有一阵小风他们便立定哆嗦半天。他们慢慢地蹭进校门。孩子们照旧滚，爬，闹，看秘密。三位坐在地上，张着嘴喘气。孩子们闹得更厉害了，他们三位全闭上眼，堵上耳朵，似乎唯恐得罪了学生们。又过了不知多少时候，三位一齐立起来，劝孩子们坐好。学生们似乎是下了决心永不坐好。又过了大概至少有一点钟吧，还是没坐好。幸而三位先生——他们必定是先生了——一眼看见了我，“门外有外国人！”只这么一句，小孩子全面朝墙坐好，没有一个敢回头的。

三位先生的中间那一位大概是校长，他发了话：“第一项唱国歌。”谁也没唱，大家都愣了一会儿，校长又说：“第二项向皇上行礼。”谁也没行礼，大家又都愣了一会儿。“向大神默祷。”这个时候，学生们似乎把外国人忘了，开始你挤我，我挤你，彼此叫骂起来。“有外国人！”大家又安静了。“校长训话。”校长向前迈了一步，向大家的脑勺子说：

“今天是诸位在大学毕业的日子，这是多么光荣的事体！”

我几乎要晕过去，就凭这群……大学毕业？但是，我先别动情感，好好地听着吧。

校长继续地说：

“诸位在这最高学府毕业，是何等光荣的事！诸位在这里毕业，什么事都明白了，什么知识都有了，以后国家的大事便全要放在诸位的肩头上，是何等的光荣的事！”校长打了个长而有调的呵欠。“完了！”

两位教员拼命地鼓掌，学生又闹起来。

“外国人！”安静了。“教员训话。”

两位先生谦逊了半天，结果一位脸瘦得像个干倭瓜似的先生向前迈了一步。我看出来，这位先生是个悲观者，因为眼角挂着两点大泪珠。他极哀婉地说：

“诸位，今天在这最高学府毕业是何等光荣的事！”他的泪珠落下一个来。“我们国里的学校都是最高学府，是何等光荣的事！”又落下一个泪珠来。“诸位，请不要忘了校长和教师的好处。我们能作诸位的教师是何等的光荣，但是昨天我的妻子饿死了，是何等的……”他的泪像雨点般落下来。挣扎了半天，他才又说出话来：“诸位，别忘了教师的好处，有钱的帮点钱，有迷叶的帮点迷叶！诸位大概都知道，我们已经二十五年没发薪水了？诸位……”他不能再说了，一歪身坐在地上。

“发证书。”

校长从墙根搬起些薄石片来，石片上大概是刻着些字，我没有十分看清。校长把石片放在脚前，说：“此次毕业，大家都是第一，何等的光荣！现在证书放在这里，诸位随便来拿，因为大家都是第一，自然不必分前后的次序。散会。”

校长和那位先生把地下坐着的悲观者搀起，慢慢地走出来。学生并没去拿证书，大家又上墙的上墙，滚地的滚地，闹成一团。

什么把戏呢？我心中要糊涂死！回去问小蝎。

小蝎和迷都出去了。我只好再去看，看完一总问他吧。

在刚才看过的学校斜旁边又是一处学校，学生大概都在十五六岁的样子。有七八个人在地上按着一个人，用些家伙割剖呢。旁边还有些学生正在捆两个人。这大概是实习生理解剖，我想。不过把活人捆起来解剖未免太残忍吧？我硬着心看着，到底要看个水落石出。一会儿的工夫，大家把那两个人捆好，都扔在墙根下，两个人一声也不出，大概是已吓死过去。那些解剖的一边割宰，一边叫骂：

“看他还管咱们不管，你个死东西！”扔出一只胳膊来！

“叫我们念书？不许招惹女学生？社会黑暗到这样，还叫我念书？！还不许在学校里那么着？挖你的心，你个死东西！”鲜红的一块飞到空中！

“把那两个死东西捆好了？抬过一个来！”

“抬校长，还是历史教员？”

“校长！”

我的心要从口中跳出来了！原来这是解剖校长与教员！

也许校长教员早就该杀，但是我不能看着学生们大宰活人。我不管谁是谁非，从人道上想，我不能看着学生们——或任何人——随便行凶。我把手枪掏出来了。其实我喊一声，他们也就全跑了，但是，我真动了气，我觉得这群东西只能以手枪对待，其实他们哪值得一枪呢。bang 啷！我放了一枪。哗啦，四面的墙全倒了下来。大雨后的墙是受不住震动的，我又作下一件错事。想救校长，把校长和学生全砸在墙底了！我心中没了主意。就是杀校长的学生也是一条命，我不能甩手一走。但是怎样救这么些人呢？幸而，墙只是土堆成的；我不知道近来心中怎么这样卑鄙，在这百忙中似乎想到：校长大概确是该杀，看这校址的建筑，把钱他全自己赚了去，而只用些土堆成围墙。办学校的而私吞公款，该杀。虽然是这么猜想，我可是手脚没闲着，连拉带扯，我很快地拉出许多人来。每逢拉出一个土鬼，连看我一眼也不看便疯了似的跑去，像是由笼里往外掏放生的鸽子似的。并没有受重伤的，我心中不但舒坦了，而且觉得这个把戏很有趣。最后把校长和教员也掏出来，他们的手脚全捆着呢，所以没跑。我把他们放在一旁；开始用脚各处的踢，看土里边还有人没有，大概是没有了；可是我又踢了一遍。确乎觉得是没有人了，我回来把两位捆着的土鬼都松了绑。

待了好大半天，两位先生睁开了眼。我手下没有一些救急的药和安神壮气的酒类，只好看着他们两个，虽然我急于问他们好多事情，但是我不忍得立刻问他们。两位先生慢慢地坐起来，眼睛还带着惊惶的神气。我向他们一微笑，低声地问："哪位是校长？"

两人脸上带出十二分害怕的样子，彼此互相指了一指。

神经错乱了，我想。

两位先生偷偷的，慢慢的，轻轻的，往起站。我没动。我以为他们是要活动活动身上。他们立起来，彼此一点头，就好像两个雌雄相逐的蜻蜓在眼前飞过那么快，一眨眼的工夫，两位先生已跑出老远。追是没用的，和猫人竞走我是没希望得胜的。我叹了一口气，坐在土堆上。

怎么一回事呢？噢，疑心！藐小！狡猾！谁是校长？他们彼此指了一指。刚活过命来便想牺牲别人而保全自己，他们以为我是要加害于校长，所以彼此指一指。偷偷的，慢慢地立起来，像蜻蜓飞跑了去！哈哈！我狂笑起来！我不是笑他们两个，我是笑他们的社会：处处是疑心，藐小，自利，残忍。没有一点诚实，大量，义气，慷慨！学生解剖校长，校长不敢承认自己是校长……黑暗，黑暗，一百分的黑暗！难道他们看不出我救了他们？噢，黑暗的社会里哪有救人的事。我想起公使太太和那八个小妖精，她们大概还在那里臭烂着呢！

校长，先生，教员，公使太太，八个小妖精……什么叫人生？我不由地落了泪。

到底是怎么回事？想不出，还得去问小蝎。

……

二十一

夜间又下了大雨。猫城的雨似乎没有诗意的刺动力。任凭我怎样的镇定，也摆脱不开一种焦躁不安之感。墙倒屋塌的声音一阵接着一阵，全城好像遇风的海船，没有一处，没有一刻，不在颤战惊恐中。毁灭才是容易的事呢，我想，只要多下几天大雨就够了。我决不是希望这不人道的事实现，我是替猫人们难过，着急。他们都是为什么活着呢？他们到底是怎么活着呢？我还是弄不清楚；我只觉得他们的历史上有些极荒唐的错误，现在的人们正在为历史的罪过受惩罚，假如这不是个过于空洞与玄幻的想法。

"大家夫司基"，我又想起这个字来，反正是睡不着，便醒着做梦玩玩吧。不管这个字，正如旁的许多外国字，有什么意思，反正猫人是受了字的害处不浅，我想。

学生们有许多信仰大家夫司基的，我又想起这句话。我要打算明白猫国的一切，我非先明白一些政治情形不可了。我从地球上各国的历史上看清楚：学生永远是政治思想的发酵力；学生，只有学生的心感是最敏锐的；可是，也只有学生的热烈是最浮浅的，假如心感的敏锐只限于接收几个新奇的字眼。假如猫学生真是这样，我只好对猫国的将来闭上眼！只责备学生，我知道，是不公平的，但是我不能不因期望他们而显出责备他们的意思。我必须看看政治了。差不多我一夜没能睡好，因为急于起去找小蝎，他虽然说他不懂政治，但是他必定能告诉我一些历史上的事实；没有这些事实我是无从明白目前的状况的，因为我在此地的日子太浅。

我起来得很早，为是捉住小蝎。

“告诉我，什么是大家夫司基？”我好像中了迷。

“那便是人人为人人活着的一种政治主义。”小蝎吃着迷叶说，“在这种政治主义之下，人人工作，人人快活，人人安全，社会是个大机器，人人是这个大机器的一个工作者，快乐的安全地工作着的小钉子或小齿轮。的确不坏！”

“火星上有施行这样主义的国家？”

“有的是，行过二百多年了。”

“贵国呢？”

小蝎翻了翻白眼，我的心跳起来了。待了好大半天，他说：“我们也闹过，闹过，记清楚了；我们向来不‘实行’任何主义。”

“为什么‘闹过’呢？”

“假如你家中的小孩子淘气，你打了他几下，被我知道了，我便也打我的小孩子一顿，不是因他淘气，是因为你打了孩子所以我也得去打；这对于家务便叫作闹过，对政治也是如此。”

“你似乎是说，你们永远不自己对自己的事想自己的办法，而是永远听见风便是雨的随着别人的意见闹？你们永远不自己盖房子，打个比喻说，而是老租房子住？”

“或者应当说，本来无须穿裤子，而一定要穿，因为看见别人穿着，然后，不自己按着腿的尺寸去裁缝，而只去买条旧裤子。”

“告诉我些个过去的事实吧！”我说；“就是闹过的也好，闹过的也至少引起些变动，是不是？”

“变动可不就是改善与进步。”

小蝎这家伙确是厉害！我微笑了笑，等着他说。他思索了半天：“从哪里说起呢?！火星上一共有二十多国，一国有一国的政治特色与改革。我们偶尔有个人听说某国政治的特色是怎样，于是大家闹起来。又忽然听到某国政治上有了改革，大家又急忙闹起来。结果，人家的特色还是人家的，人家的改革是真改革了，我们还是我们；假如你一定要知道我们的特色，越闹越糟便是我们的特色。”

“还是告诉我点事实吧，哪怕极没系统呢。”我要求他。

“先说哄吧。”

“哄？什么东西？”

“这和裤子一样的不是我们原有的东西。我不知道你们地球上可有这种东西，不，不是东西，是种政治团体组织——大家联合到一块拥护某种政治主张与政策。”

“有的，我们的名字是政党。”

“好吧，政党也罢，别的名字也罢，反正到了我们这里改称为哄。你看，我们自古以来总是皇上管着大家的，人民是不得出声的。忽然由外国来了一种消息，说：人民也可以管政事；于是大家怎想怎不能逃出这个结论——这不是起哄吗？再说，我们自古以来是拿洁身自好作道德标准的，忽然听说许多人可以组成个党，或是会，于是大家怎翻古书怎找不到个适当的字；只有哄字还有点意思：大家到一处为什么？为是哄。于是我们便开始哄。我告诉过你，我不懂政治；自从哄起来以后，政治——假如你能承认哄也算政治——的变动可多了，我不能详细的说；我只能告诉你些事实，而且是粗枝大叶的。”

“说吧，粗枝大叶的说便好。”我唯恐他不往下说了。

“第一次的政治的改革大概是要求皇上允许人民参政，皇上自然是不肯了，于是参政哄的人们联合了许多军人加入这个运动，皇上一看风头不顺，就把参政哄的重要人物封了官。哄人作了官自然就要专心做官了，把哄的事务忘得一干二净。恰巧又有些人听说皇上是根本可以不要的，于是大家又起哄，非赶跑皇上不可。这个哄叫作民政哄。皇上也看出来了，打算寻个心静，非用以哄攻哄的办法不可了，于是他自己也组织了一个哄，哄员每月由皇上手里领一千国魂。民政哄的人们一看红了眼，立刻屁滚尿流的向皇上投诚，而皇上只允许给他们每月一百国魂。几乎破裂了，要不是皇上最后给添到一百零三个国魂。这些人们能每月白拿钱，引起别人的注意，于是一人一哄，两人一哄，十人一哄，哄的名字可就多多了。”

“原谅我问一句，这些哄里有真正的平民在内没有？”

“我正要告诉你。平民怎能在内呢，他们没受过教育，没知识，没脑子，他们干等着受骗，什么办法也没有。不论哪一哄起来的时候，都是一口一个为国为民。得了官作呢，便由皇上给钱，皇上的钱自然出自人民身上。得不到官作呢，拼命的哄，先是骗人民供给钱，及至人民不受骗了，便联合军人去给人民上脑箍。哄越多人民越苦，国家越穷。”

我又插了嘴：“难道哄里就没有好人？就没有一个真是为国为民的？”

“当然有！可是你要知道，好人也得吃饭，革命也还要恋爱。吃饭和恋爱必需钱，于是由革命改为设法得钱，得到钱，有了饭吃，有了老婆，只好给钱作奴隶，永远不得翻身，革命，政治，国家，人民，抛到九霄云外。”

“那么，有职业，有饭吃的人全不作政治运动？”我问。

“平民不能革命，因为不懂，什么也不懂。有钱的人，即使很有知识，不能革命，因为不敢；他只要一动，皇上或军人或哄员便没收他的财产。他老实的忍着呢，或是捐个小官呢，还能保存得住一些财产，虽然不能全部的落住；他要是一动，连根烂。只有到过外国的，学校读书的，流氓，地痞，识几个字的军人，才能干政治，因为他们进有所得，退无一失，哄便有饭吃，不哄便没有饭吃，所以革命在敝国成了一种职业。因此，哄了这么些年，结果只有两个显明的现象：第一，政治只有变动，没有改革。这样，民主思想越发达，民众越贫苦。第二，政哄越多，青年们越浮浅。大家都看政治，不管学识，即使有救国的真心，而且拿到政权，也是事到临头白瞪眼！没有应付的能力与知识。这么一来，老人们可得了意，老人们一样没有知识，可是处世的坏主意比青年们多的多。青年们既没真知识，而想运用政治，他们非求老人们给出坏主意不可，所以革命自管革命，真正掌权的还是那群老狐狸。青年自己既空洞，而老人们的主意又极奸狡，于是大家以为政治便是人与人间的敷衍，敷衍得好便万事如意，敷衍得不好便要塌台。所以现在学校的学生不要读书，只要多记几个新字眼，多学一点坏主意，便自诩为政治的天才。”

我容小蝎休息了一会儿：“还没说大家夫司基呢？”

“哄越多人民越穷，因为大家只管哄，而没管经济的问题。末后，来了大家夫司基——是由人民做起，是由经济的问题上做起。革命了若干年，皇上始终没倒，什么哄上来，皇上便宣言他完全相信这一哄的主张，而且愿作这一哄的领袖；暗中递过点钱去，也就真做了这一哄的领袖，所以有位诗人曾赞扬我们的皇上为‘万哄之主’。只有大家夫司基来到，居然杀了一位皇上。皇上被杀，政权真的由哄——大家夫司基哄——操持了；杀人不少，因为这一哄是要根本铲除了别人，只留下真正农民与工人。杀人自然算不了怪事，猫国向来是随便杀人的。假如把不相干的人都杀了，而真的只留下农民与工人，也未必不是个办法。不过，猫人到底是猫人，他们杀人的时候偏要弄出些花样，给钱的不杀，有人代为求情的不杀，于是该杀的没杀，不该杀的倒丧了命。该杀的没杀，他们便混进哄中去出坏主意，结果是天天杀人，而一点没伸明了正义。还有呢，大家夫司基主义是给人人以适当的工作，而享受着同等的酬报。这样主义的施行，第一是要改造经济制度，第二是由教育培养人人为人人活着的信仰。可是我们的大家夫司基哄的哄员根本不懂经济问题，更不知道怎么创设一种新教育。人是杀了，大家白瞪了眼。他们打算由农民与工人作起，可是他们一点不懂什么是农，哪叫作工。给地亩平均分了一次，大家拿过去种了点迷树；在迷树长成之前，大家只好饿着。工人呢，甘心愿意工作，可是没有工可作。还得杀人，大家以为杀剩了少数的人，事情就好办了；这就好像是说，皮肤上发痒，把皮剥了去便好了。这便是大家夫司基的经过；正如别种由外国来的政治主义，在别国是对病下药的良策，到我们这里便变成自己找罪受。我们自己永远不思想，永远不看问题，所以我们只受革命应有的灾害，而一点得不到好处。人家革命是为施行一种新主张，新计划；我们革命只是为哄，因为根本没有知识；因为没有知识，所以必须由对事改为对人；因为是对人，所以大家都忘了作革命事业应有的高尚人格，而只是大家彼此攻击和施用最卑劣的手段。因此，大家夫司基了几年，除了杀人，只是大家瞪眼；结果，大家夫司基哄的首领又作了皇上。由大家夫司基而皇上，显着多么接不上碴，多么像个噩梦！可是在我们看，这不足为奇，大家本来不懂什么是政治，大家夫司基没有走通，也只好请出皇上；有皇上到底是省得大家分心。到如今，我们还有皇上，皇上还是‘万哄之主’，大家夫司基也在这万哄之内。”

小蝎落了泪！

——原刊于《现代》1932 年 8 月至 1933 年 4 月

科幻背后的文化反思
——《猫城记》赏析

◎ 王卫英　徐彦利

在老舍众多作品中,《猫城记》是个“异数”。作品抛弃了作者惯用的现实主义手法和京味十足的市民生活题材，以科幻形式虚构了一个想象中的“猫城”世界，作品借用隐喻、影射、反讽等表现手法进行了犀利的文化批判与文化反思，以及严肃的国民性思考。然而在不同的历史时期及国内外两个批评空间，人们对《猫城记》的评价却存在着巨大的差异，这种差异为评论者提供了广阔的批评空间。

一、《猫城记》创作背景

1932 年 8 月至 1933 年 4 月，上海的《现代》杂志连载了这部长篇小说。在创作风格上,《猫城记》不仅迥异于同时代其他作家作品，也迥异于作者本人的其他小说。

在中国现代文学史上，1932 年是个重要的时间节点。是年许多作品纷纷产生，茅盾完成了他最重要的长篇《子夜》，全景式地展现了 20 世纪 30 年代中国城乡面貌，成为“社会分析派”小说的经典；还珠楼主发表了 500 万字的《蜀山剑侠传》，在市民阶层掀起了武侠小说的阅读高潮；郁达夫发表了

《迟桂花》，强烈的抒情色彩与浪漫气息依然传达着他早期“私小说”的特征；穆时英《夜总会里的五个人》将目光瞄准灯红酒绿的都市，让人感受“新感觉派”不同凡响的叙述风格；徐志摩出版了《云游集》，展现了一个现代布尔乔亚轻烟似的微哀……

老 舍

相较而言，《猫城记》既没有《子夜》的史诗追求，没有《蜀山剑侠传》对市民趣味的迎合，没有《迟桂花》的诗意缠绵，也没有“新感觉派”对技巧与形式的畸重，更没有“新月派”诗人带着镣铐的舞姿。在那个时间舞台上，《猫城记》显得突兀不群。

老舍的人生曲折而辉煌。老舍（1899—1966），原名舒庆春，字舍予，北京满族正红旗人，现代文学史上著名的小说家、剧作家、文学理论家，享有“人民艺术家”称号。1924—1929年，赴英国伦敦大学东方学院教授汉语，《老张的哲学》《赵子曰》《二马》均创作于伦敦执教期间。第一部长篇小说《老张的哲学》“发表在上海的《小说月报》上，连载了半年，由1926年7月到当年的12月止，开始时署名舒庆春，从第二期起改用‘老舍’笔名。”[①] 在英国的五年老舍接触到大量西欧文学经典，对西方文化有了深刻的认知。“他最喜爱、受其影响最大的作家有：狄更斯、乌德豪斯、哲扣布、莎士比亚、狄福·司威夫、威尔思、康拉德等。”[②] 欧风西雨的浸润使他更能够从思想上远距离地观察旧中国，剖析她的种种弊端，并试图为贫弱的中国现状开出疗救的药方。1930年，回国后的老舍到山东大学、青岛大学等地任教，其后陆续完成了《小坡的生日》《猫城记》《离婚》《牛天赐传》《月牙儿》《断魂枪》《骆驼祥子》等广受读者及评论界关注的作品。抗战爆发后，老舍被推选为中

① 舒乙．老舍在英国［EB/OL］．舒乙先生新浪博客 http：//blog.sina.com.cn/s/blog_511c3d36010170w9.html.

② 李振杰．老舍在伦敦［C］// 李润新，周思源．老舍研究论文集．北京：人民文学出版社，2000：368.

华全国文艺界抗敌协会常务理事和总务部主任，相当于主席，对外代表“文协”，对内总理会务。[1] 不仅作了大量抗敌工作，还发表了《张自忠》（剧本）、《四世同堂》（第一部《惶惑》，第二部《偷生》）、《国家至上》（剧本）等一系列爱国主义作品。1946年应美国国务院邀请，老舍赴美讲学，期间创作了《四世同堂》第三部《饥荒》。1949年底应周恩来邀请回国，担任全国文联副主席和中国作家协会副主席，投入到新中国的文化建设中，同时继续保持着高水平的创作，写出了《茶馆》、《正红旗下》等著名作品。[2]1966年8月24日，饱受“文革”迫害的老舍投北京太平湖自尽，成为文学史上令人心碎的一页。老舍之死与他在小说中描写的人物命运有着高度的相似性，《赵子曰》中的李景纯，《柳家大院》中的小媳妇，《骆驼祥子》中的小福子，《四世同堂》里的祁天佑、钱仲石、钱太太，《茶馆》中的王利发，《大悲寺外》中的黄先生，《火葬》中的石队长，《猫城记》中的小蝎、大鹰，《张自忠》中的王得胜等，对现实的无法容忍使他们果断地选择了放弃生命，体现了对黑暗的决绝。以死亡对抗邪恶，这不仅是个人生命陨落的悲剧，更是时代的悲哀。

纵览老舍40余年的创作生涯，无论是早期代表作《老张的哲学》（1926）、《赵子曰》（1928）、《二马》（1931），中期的《骆驼祥子》（1936）、《四世同堂》（1944）或晚期的《龙须沟》（1950）、《茶馆》（1956）、《正红旗下》（1961—1962），一以贯之地体现出老舍强烈的创作风格：以北京市民生活为主要题材，鲜活的北京底层市民形象，清新扑面的京味气息，幽默诙谐的语言。然而《猫城记》似乎刻意抛弃他的主风格，以科幻形式构建了一个虚无的“猫城”故事。它简直像一个梦，一个作家超越自己的创作轨道用戏谑嘲讽和愤怒忧虑织成的梦，亦真亦幻。

任何文学作品，即使是科幻也不可能完全脱离作者所立足的现实社会。因此，《猫城记》与其产生的时代——20世纪30年代初旧中国有着不可分割的联系。当时中国处于内忧外患，蒋冯阎中原大战，国共之间的多次战役，

---

① 舒乙．沉寂六十七年半的珍贵照片［J］．新文学史料，2006（2）．

② 受周总理邀请由文艺界人士联名写信给老舍等历史细节，详见舒乙，《老舍的1950年》［EB/OL］，舒乙先生新浪博客 http：//blog.sina.com.cn/s/blog_511c3d36010170w9.html.

1931年“九一八事变”，日本侵略者的铁蹄踏入中国。面对这样的现实，社会各阶层怀着不同的心理，苟安偷生,《猫城记》以极具想象力的科幻故事曲折展示了这一社会情状。

《猫城记》叙述了一个火星上的故事。我和朋友乘飞机将抵火星，中途失事，朋友死了，飞机碎了,“我”侥幸活了下来，却不幸被猫人俘虏。“我”通过认识大蝎、小蝎、大鹰等人物，了解“猫城”的文化习俗。猫人的形貌及习性很特别，他们不穿衣服，容貌似猫，眼睛极圆，性情多疑，自私狭隘，虚伪冷漠；他们对外奴颜婢膝、俯首帖耳，对内残暴殴斗、互相猜忌；所有“猫城”人都在服食一种叫“迷叶”的植物,“迷叶”使人精神颓废，久之成瘾使人懒惰，超量食用可致死亡，但猫人却奉若珍宝，乐此不疲。“猫城”完全是一个堕落的世界，最后“猫城”被“矮子国”彻底消灭，半年后“我”搭乘法国飞机返回地球。

就当时而言，刊载《猫城记》的《现代》杂志具有强烈的非主流意识，宣称自己是“一个非同人性的文艺刊物”[①]，不宣传任何政治观点及教义，不迎合市民的阅读口味，可称为“综合性的，百家争鸣的万华镜。”[②]这种非主流意识与《猫城记》的异质性产生了契合。从作品形式看,《猫城记》是一部典型的科幻小说，具备了西方科幻题材的基本特征，如星际旅行、外星人、异域探险等因素。《猫城记》的科幻背后凝聚着巨大的寓言性、悲剧性、反乌托邦精神、文化反思意识与国民性批判等多重因素，而科幻形式为小说的复调主题提供了丰富的艺术表达，因此《猫城记》既是科幻小说又不单是科幻小说，其中蕴含的文化焦虑、民族意识等思想内涵，使它成为一个复杂的文学评说。

二、《猫城记》的国内外评价

《猫城记》自诞生以来在国内饱受不同的评价，恰如一个多棱的水晶球，折射出不同历史时期批评标准的嬗变。学界关于它的褒贬一直未曾止息，作

① 张生. 时代的万华镜——从《现代》看20世纪30年代初中国文学的现代性［M］. 上海：同济大学出版社，2008：22.

② 施蛰存.《现代》杂忆［M］// 施蛰存. 沙上的脚迹. 沈阳：辽宁教育出版社，1995：28.

品在“招来许多非议”[①]的同时也获得了毫不吝惜的溢美之辞。否定者认为“这是一部有缺点的作品，我不知道为什么国外忽然推崇它？我们都是从三十年代过来的人，都知道它影射革命政党。”[②]文革时期《猫城记》因政治倾向性问题被定名为“媚敌卖国的反动小说”。[③]新时期之后，批评形势大为改观，评论者超越单一的政治社会学批评，开始从人物分析、语言修辞、文化反思、国民性批判、作家比较等多角度探讨小说的深层意蕴，在重读经典的呼声中，很多学者陆续为《猫城记》平反。有人将其与鲁迅作品比较，认为深刻性和预见性可与鲁迅《阿Q正传》视为姊妹篇。[④]有人认为它“将对现实黑暗的抨击和文化批判结合在一起，探讨古老民族性格的重塑和民族精神复苏。”[⑤]这种多元文化视角，彰显出批评标准与时俱进的态势。研究者甚至运用结构主义、现象学、接受美学、英美新批评、症候式阅读等综合方法，竭力从历史、文化、文本切入，立体阐释作品，将《猫城记》置于中国文学的特定历史语境探究其深广的社会文化意义和思想启蒙价值。譬如，有学者认为“这部在艺术水准和构思上比其他作品显著有些下降的作品，却为中国‘社会派’科幻文学发展缔造了一个‘早到’的巅峰”，[⑥]预言了“文革”山雨欲来的景象，[⑦]在肯定《猫城记》作为一部蔚为壮观的寓言式科幻小说的同时，也看到了它在艺术方面与老舍其他作品的差距，注意到了它的超前性。有的学者关注到《猫城记》富含的隐喻意义，如某些政治语汇与现实一一对应的暗示意义，“大家夫斯基哄”指“共产党”[⑧]或“国民党”，[⑨]对“马祖大仙”的批判实

---

① 崔明芬．老舍——文化之桥［M］．北京：中华书局，2005：118.

② 唐弢．唐弢谈《猫城记》［J］．文史哲，1982（5）：43.

③ 媚敌卖国的反动小说［N］．北京日报，1969-12-12.

④ 袁良骏．讽刺杰作《猫城记》［J］．齐鲁学刊，1997（5）.

⑤ 吴义勤．解读老舍经典［M］．石家庄：花山文艺出版社，2003：5.

⑥ 吴岩．科幻文学理论和学科体系建设［M］．重庆：重庆出版社，2008：265.

⑦ 老舍《猫城记》中预言在“文革”中成现实［N］．南方日报，2009-02-11.

⑧ 史承均．试论《猫城记》［J］．中国现代文学研究丛刊，1982（4）；徐文斗．关于《猫城记》的几个问题［J］．齐鲁学刊，1983(6)；陈震文．应该怎样评价《猫城记》［C］//孟广来．老舍研究论文集．济南：山东人民出版社，1983.

⑨ 杨中．试论老舍三十年代初期之国情观——也论《猫城记》［J］．四川大学学报，1984（2）.

则指向对王明“左”倾路线的批判①。也有学者认为老舍对早期共产党持有某种程度的误解，“反映了作者当时反主流的思想情绪，其政治观点是不适合历史主潮的。”②还有学者从东西方文化比较的角度考察《猫城记》，追溯《猫城记》所受到的西方文化影响，引经据典钩沉史料探索其反乌托邦色彩的西方痕迹，如，“据《现代》杂志的编者施蛰存先生回忆，《猫城记》在《现代》连载时，老舍自己也曾在给他的信中说过，《猫城记》是受了 Aldous Huxley 的 *Brave New World* 的影响。”③不同的评论使《猫城记》如曲径通幽的花园，新意迭出，作品的多义性使其饱含了无尽的哲学探讨，正如老舍对成功小说的定位，“每个有价值的小说一定含有一种哲学。”④不同的评价突显出文本的多元性艺术，呈现给读者一个“异彩纷呈”的《猫城记》。

不同历史时期，老舍自己对《猫城记》的态度也发生着变化。他曾在《猫城记·自序》中赞赏它“写得很不错”，只不过是还有“一点点不满意”，“不很幽默”，但后来又说“在我的十来本长篇小说中是自己作品中最‘软的一本’”，是思想上“没有积极的主张与建议”的“失败之作”，“像只折了翅的鸟儿”，在创作风格上“故意的禁止幽默，于是《猫城记》就一无可取了”。⑤1951年老舍承认“《猫城记》因思想有错误，不再印行。”⑥作者对《猫城记》由肯定到否定，当然不乏自谦，但这种前后态度的悬殊很值得思索：一方面，反映了老舍对自己作品的理性反思。作者曾清晰地看到小说的讽喻目的与人物塑造之间的矛盾：“喻言要以物明意，声东击西，所以人物往往不能充分发展——顾及人（或猫）的发展，便很容易丢失了故意中的暗示；顾

① 杨中. 试论老舍三十年代初期之国情观——也论《猫城记》[J]. 四川大学学报，1984（2）.

② 温儒敏，赵祖谟. 中国现当代文学专题研究［M］. 北京：北京大学出版社，2002：72.

③ 史承均，武斌. 老舍与西方现代派文学［J］. 上海师范大学学报，1994（4）.

④ 老舍. 文学概论讲义［M］// 吴福辉. 二十世纪中国小说理论资料：第3卷. 北京：北京大学出版社，1997：483.

⑤ 老舍.《猫城记·新韩穆烈德》新序［M］// 老舍. 猫城记·新韩穆烈德. 上海：文汇出版社，2008：2.

⑥ 老舍.《离婚》新序［M］// 曾广灿. 老舍研究资料（上）. 北京：北京十月文艺出版社，1985：632-633.

及暗示，则人物的发展受到限制，而成为傀儡。”① 认为作品存在着讽喻意义与人物性格发展之间兼顾不暇的矛盾。另一方面，不可否认作者遭受了巨大的思想压力。事实证明,《猫城记》带“给老舍的麻烦和灾难是深重的。”② 小说被指多处影射对现实的不满，全篇充斥着尖利的讽刺。20 世纪五六十年代，在中国政治意识氛围异常浓烈的历史阶段,《猫城记》作为典型材料被反复批判。1960 年，老舍“异常认真地改造思想，自觉批判《猫城记》等解放前作品里的错误。”③ 但无论怎样积极配合政策，在某些人的眼里他始终是“资产阶级”文人，以至于作者后来不敢把它收入自己的文集。

与国内批评不同,《猫城记》在国外却受到普遍赞誉，作品被广泛译成英、日、俄等多种文字出版发行，如 1964 年美国杜尔温（Jamese Dew）译的版本 *City of Cats*，1970 年赖维廉（William Alyell）所译 *Cat Country*, 其发行量不亚于《骆驼祥子》，单是“在苏联一国连续再版发行了七十万册”，被誉为“世界三大讽刺名著之一”，④ 并经常有人将它与叶・扎米亚京的《我们》、阿道斯・赫胥黎的《美丽新世界》、乔治・奥威尔的《一九八四》相提并论。

不同国度、不同政治文化背景，对同一作品的评价竟天壤之别。苏联汉学家热霍洛夫采夫和谢曼诺夫认为《猫城记》虽是一部文学作品，却有着某种超前的政治预见性。“老舍之死是因为他早在 30 年代《猫城记》里，就对‘文革’有所预见，因而受到了极左势力的惩罚。”⑤ 既肯定了《猫城记》的政治寓言性，又注意到作品的现实指涉意义。苏联学者 A. 安基波夫斯基认为:“《猫城记》已接近了伟大讽刺家的优秀作品。”⑥ 日本学者藤井荣三郎更是将《猫城记》对国民性的揭露与鲁迅相提并论，认为“这里写的猫人国的事情，完全与鸦片战争以来的中国历史事实相符合。猫人们的卑鄙、傲慢、懒

① 老舍.《离婚》新序［M］// 曾广灿 . 老舍研究资料（上）. 北京：北京十月文艺出版社，1985：632–633.

② 舒乙．老舍的平民生活［M］. 北京：华文出版社，2006：60.

③ 傅光明．口述历史下的老舍之死［M］. 济南：山东画报出版社，2007：45.

④ 舒乙．老舍的平民生活［M］. 北京：华文出版社，2006：60.

⑤ 宋永毅．老舍与中国文化观念［M］. 上海：学林出版社，1988：174–175.

⑥ 傅光明．口述历史下的老舍之死［M］. 济南：山东画报出版社，2007：331.

惰、利己主义、恐吓、互不信任、自我欺骗、怯懦，更甚的是逃避现实和低能，可以看出这正是鲁迅终生抨击的中国人的民族性”，[①]对《猫城记》极度的肯定与国内激烈的批判形成鲜明对比，很多国外读者提及中国科幻名著首先想到的是《猫城记》。同一部小说，国内国外，“天上人间”，如此境遇，在中国作家作品中，除了老舍的《猫城记》，很难再找到第二部。

三、科幻形式下的文化反思

老舍作品大都采用传统现实主义手法，寥寥数笔便传神地勾勒出某个生动鲜活的人物形象。老张、祥子、虎妞、祁老太爷、大赤包、王利发等都成为现代文学史上不可多得的“这一个”，以《骆驼祥子》《四世同堂》为代表的诸多作品被反复搬上银幕，家喻户晓。相形之下，《猫城记》的影视剧却至今未见。当然，鉴于作品强烈的虚幻性、臆想性，很难将这部作品搬上荧幕。《猫城记》可谓老舍的全新尝试，如一次失重的月球旅行，沉浸于虚无缥缈的想象中。小说不以讲述故事和塑造人物形象为主旨，而是假一个虚幻世界抒发自己内心深处的文化焦虑与忧思，所有的情节构思旨在为表达这种情感提供更多的可能。

《猫城记》中的幻想俯拾皆是：乘飞机的火星旅行，灰色的国度——“猫城”，城中奇异的人种、风俗习惯、传统、思维方式，还有那让人忘掉一切烦忧同时又使人迷失自我的“迷叶”，“我”在异质文化中艰难生存，通过“我”的视角比较“猫城”与地球的差异……这些虚构的、超越人类经验认知的奇异世界，对老舍而言，无疑是一次创作的艺术探险。《猫城记》虽以星际旅行为题材，却与西方同类科幻题材，如威尔斯的《时间机器》、约翰·坎贝尔《火星上的智贼》、埃德蒙·汉米尔敦《太空巡逻》等不同，《猫城记》并不以展示外星发达的科技生活为目的，而是将外星作为一个现实生活的隐喻系统，一个充当参照系存在的他者，以“猫城”的种种文化落后、国民劣根性来反映对现实中国的焦虑与隐忧。一些研究者认为，“猫人国自然象征古老的中

① 宋永毅．老舍与中国文化观念［M］．上海：学林出版社，1988：337.

国，代表了他对现实的不满与愤恨。”[①] 因此，将《猫城记》冠以“科幻文化小说”也不无道理。从这个角度上说，在老舍整体创作生涯中,《猫城记》的出现绝非偶然，除了科幻色彩，其强烈的文化反思使其与《骆驼祥子》《四世同堂》《茶馆》等现实主义作品形成了精神对接。

《猫城记》诞生时间距老舍结束留英生涯不过短短两三年，留英期间，那种缘于生疏和想象而产生的民族自信心非常强烈，发表于 1931 年的《小坡的生日》便有这样的流露，然而回国所感所知的种种社会现实，又使这种民族自信跌入深谷，从失望变成绝望。“写《猫城记》时的老舍，恰恰缺少幽默的心情和准备，但他对中国革命、中国前途的关切和失望的程度都达到空前。”[②] 这种巨大的失望几乎突破了《猫城记》的寓言形式，变成一种淋漓尽致的政治讽刺与社会批判。小说中他彻底否定了“猫城”，这是一个没有人格、思想与信仰的国度，它的一切都近于腐朽，灭亡是其必然。作者试图以呐喊惊醒这些依然在梦中浑噩的猫人，如鲁迅以“铁屋”比喻国人的现状。因此，与其说《猫城记》讲述了一个关于火星探险的故事，不如说它释放了一种浓重的忧国忧民的情绪,“这是一部对中国社会现态的淋漓尽致的揭露，而在这种揭露中又渗透着对一个民族的历史与文化的反省与对一个民族的未来的呼唤。”[③]

“猫城”是地球之外的一个独立存在，它有自己的语言、文化、人性及社会生活，作者虚构的这个国度，不是科幻“乌托邦”，而是“反乌托邦”或“恶托邦”。一般而言,“科幻小说中描写的乌托邦是对更美好世界的追寻，反面乌托邦（dystopia）则是为了警醒避免出现错误。”[④] “猫城”展示的并非一个科学、文明、科技高度发展、令人向往的未来大同社会，而是一个衰败的没落之城，它所描绘的“猫城”腐朽文化，寓言旧中国的悲惨命运。“反乌托邦”小

---

① 王瑶．中国新文学史稿（上）［M］．上海：上海文艺出版社，1982：268.

② 吴小美，等．老舍与中国新文化建设［M］．北京：民族出版社，2006：136.

③ 韩经太，李辉．老舍创作个性新探［C］// 李润新，周思源．老舍研究论文集．北京：人民文学出版社，2000：302.

④［美］查尔斯・N. 布朗．类型小说，科幻小说，追寻乌托邦［C］// 胡亚敏．文学批评与文化批判．武汉：华中师范大学出版社，2007：334.

说对黑暗现实的指涉，和对国家民族文化的焦虑，常采用强性反讽手法。如：

1. 我在火星上又住了半年，后来遇到法国的一只探险的飞机，才能生还我的伟大的光明的自由的中国。

2. 我落下泪来，不是怕，是想起来故乡。光明的中国，伟大的中国，没有残暴，没有毒刑，没有鹰吃死尸。我恐怕永不能再看那块光明的地土了，我将永远不能享受合理的人生了；就是我能在火星上保存着生命，恐怕连享受也是痛苦吧！？

“强性反讽一般都把两种尖锐对立的因素，对照性地并置在一起，言过其实地肯定应当否定的东西，或否定应该肯定的东西。”①“伟大”“光明”“自由”“没有残暴，没有毒刑，没有鹰吃死尸”，强性反讽凸现作者难以压抑的沉痛与悲哀，真实感到作者赤诚的爱国心，这种包含怨恨、哀伤、激愤、忧郁、呐喊等复杂情绪的爱国心，如作者表白“一出国，我才真明白了中国为什么可爱，每逢看到自己的国旗，泪便要压眶而出。”② 倘若不理解作者的爱国心，便不能理解《猫城记》中那滚滚而来的情感之流。

《猫城记》对文化的关注与老舍的人生阅历休戚相关。老舍的海外从教经历，使他对国外文化的了解远胜当时国内其他作家。他遍读西方经典，接受西方观念的熏陶，推崇康拉德，盛赞“那富于想象力的迭更司与威尔斯”，③“喜欢威尔斯与赫胥黎的科学的罗曼司。”④ 西方文化对他的濡染深及脏腑。老舍自己曾说，“设若我始终在国内，我不会成了个小说家——虽然是第一百二十等的小说家。”⑤《猫城记》中明显感受到英国作家斯威夫特《格列佛

① 李建军．小说修辞学研究［M］．北京：中国人民大学出版社，2003：228.

② 老舍．我们在世界上抬起了头［M］// 老舍．老舍全集：第 14 卷．北京：人民文学出版社，1999：405.

③ 参见老舍，《景物的描写》，引自吴福辉，《二十世纪中国小说理论资料》，北京大学出版社，1997 年，第 430 页。

④ 参见老舍，《写与读》，1945 年 7 月《文哨》第 1 卷第 2 期，引自《老舍文集》（第 17 卷），人民文学出版社，1999 年，第 116 页。

⑤ 老舍．我的创作经验［M］// 老舍．老牛破车新编——老舍创作自述．香港：三联书店，1986：65.

游记》的影子，幻想式寓言，使他对国内政治失望后决意以小说“痛浇”心中块垒;《猫城记》与但丁的《神曲》也颇为相似，老舍曾说,“《猫城记》是但丁的游‘地狱’，看见什么说什么，不过是既没有但丁那样的诗人，又没有但丁那样的诗”[①];《猫城记》更有威尔斯《时间机器》的精神气质。西方文化的积累使他更为冷静地审视本国文化，因此,《猫城记》中的“我”看到了“猫城”思想体制中自我遏制与自我毁灭的惯性力量，如贫困与掠夺，冷漠与自私，自卑与虚妄；感到那些沉溺于精神鸦片——“迷叶”的猫人文化的堕落，包括政治、经济、历史、教育、习俗等各个方面，这种堕落的文化恰似一张看不见的网，笼罩着“猫城”每个角落,“猫国这个文明是不好惹的；只要你一亲近它，它便一把油漆似的将你胶住，你非依着它的道儿走不可。”它拥有超常的同化力量，拉着它的国民陷入深不见底的泥淖，即使到了民族危亡时刻，还依然能兴致勃勃地玩妓女，办婚事。而在最应保持学术独立、培养人才的机构——学校里，根本没有教育，老师欠薪，校长被捆，刚入学的小孩便可领到大学毕业证，大学毕业生数量在火星各国位居第一。猫人庸俗地将大学理解为学历和文凭，制造了一个自欺欺人、虚假繁荣的“学历社会”。历史证明，这种文化反思，即使到八十年后的今天，依然有现实针对性，教育产业化、文凭泛滥、“假学历”成风导致的教育质量下滑，与《猫城记》的预言何其相似。“为什么我们的学校总是培养不出杰出人才？”著名的“钱学森之问”，答案完全可以在《猫城记》中获致启迪。这种黑色幽默的夸张描写很像美国作家约瑟夫·海勒的《第 22 条军规》。作品中“我”对“猫城”的教育评价是“有学校而没教育，有政客而没政治，有人而没人格，有脸而没羞耻。”这样的针砭何其深刻。因为“猫城”人从不设想引入任何先进的新文化以弥补自身文化的不足，即使接触过先进文化的人物也渐渐被猫城固有的旧文化一点点拉了回去，成为它忠实的卫士。如大蝎与那些留过洋的青年学者，对西方文化的肤浅接触不过给他们贴了一个可供炫耀的标签。这种现状表明晚清以来被大肆宣扬的“中学为体，西学为用”并未发挥根本的

① 老舍．我怎样写《离婚》[M]// 老舍．老牛破车新编——老舍创作自述．香港：三联书店，1986：40.

革新作用,“五四”新文化运动也并未触及国民精神的神经末梢，思想启蒙依然任重道远。

叙述者“我”作为来自地球的闯入者保持旁观者的清醒，但同时联想到“猫城”不过是旧中国的翻版，因此“我”不解,“我”嘲讽,“我”悲哀，“我”绝望。这种旁观与在场的双重身份体现了老舍处于中西文化的交汇位置，以西方文化为参照观察本国传统文化时的犀利，以及虽然清醒却无法改变现状而产生的焦虑，如小说所说,“读历史设若能使我们落泪，那么，眼前摆着一片要断气的文明，是何等伤心的事！”面对这种断气的文明却无法挽救的哀伤正是《猫城记》的情感表达。这种文化反思不单体现于《猫城记》，也贯穿于老舍其他作品，仿佛自传体小说《小人物自述》中的诘问“你干吗活着？你怎样活着？”这种质询犹如一把利剑，刺向麻木昏聩的世界，激起民众生命的活力。作者似乎在追寻终极答案，因此，文化反思使《猫城记》显得厚重，达到了一般科幻小说难以匹敌的思想高度。

四、深邃的国民性批判

对国民劣根性批判也是《猫城记》反映的主题之一。作者的用意如鲁迅所说“揭露这沉默的国民的灵魂”以“引起疗救的注意”，通过国民性批判达到对民族、历史、文化的深层反思。老舍的创作，无论是早期小说《老张的哲学》《赵子曰》《二马》，还是后来的《离婚》《骆驼祥子》《四世同堂》，无不显露出这一思想主旨。他的批判如此执著，除鲁迅外，少有与之比肩者。《猫城记》虽以科幻形式出现，但并未削弱国民性批判力度，小说人物不只是寓言中的人物，更指向历史与现实中的芸芸众生，折射出旧中国无法自愈的人性痼疾。

小说塑造了一系列人物。大蝎是猫国的大地主、政客，诗人兼军官。二十年前，他曾是一个新人物，反对食用令人意志消沉的迷叶，提倡女权，二十年后却承袭了父亲的迷林，纳了十二个妾，成为捍卫封建体制的一员。“少年的脾气喜新好奇，一到中年便回头看祖宗的遗法了”。他自私无情，不讲道义，出卖朋友，唯利是图，见风使舵，毫无原则，也曾热衷于向西方学习，但不过是皮毛层次的简单模仿，骨子里依然是“猫城”传统僵化的封建思想，这种换汤不换药的“新”无异于陈陈相因的“旧”。

与大蝎不同，他的儿子小蝎，有思想远见，是某种新力量的代表，但小蝎的致命缺陷在于悲观主义的怯懦，“心里清楚，而缺乏勇气……看一切都是黑色的，是无望的。”他也受过国外文化的熏陶，却不能完全摆脱本国的习气，只能敷衍。在“猫城”世界，小蝎是少见的具有理性思维的年轻人，他有着精神上的优越感，是“荆棘中唯一的一朵玫瑰”，是举世皆醉而我独醒的“明白的人”，然而这种清醒却无益于挽救“猫城”的行将灭亡。最终，小蝎死了。言大于行，想得多做得少，便是这类知识分子的人格缺陷。

小蝎的朋友大鹰是“我”唯一敬佩的人。他不悲观，有良心，有骨气，反对吃“迷叶”，反对玩妓女，反对多妻。他想扭转猫人的思维，改变国弱民愚的现状，并甘心为猫人牺牲生命，以自己的死唤醒国人，同仇敌忾抵抗侵略者，可惜大鹰高悬的头颅只是引来一群无聊的看客。大鹰无价值的死是一场英雄的悲剧。他的死，让人想到鲁迅《药》中的革命者夏瑜，他们的死不过提供给大众一个茶余饭后的谈资。

公使太太虽然着墨不多，但其鲜明的个性依然具有典型性。她表面善良实则内心冷酷，既是封建婚姻制度的被害者同时又是害人者。她没有地位，没有尊严，没有主见，眼睁睁看着公使一个又一个地纳妾，却认为天经地义。以“贤德的妇人”自居，声称“公使要取乐，我不能管”，这个封建夫权的牺牲品不但没有反思自身命运的意识，反而主动请缨成为旧制度的维护者与帮凶，畏于强权欺压弱者，处于悲剧之中却又意识不到自身的悲剧性。腐朽的文化造就了愚昧的国民，反过来愚昧的国民又承传发展了腐朽的文化，二者紧密联系，相依相存。

大蝎的父亲——“木瓜嘴的老猫”，以为所有祸患都是外国人带来的，所以最恨外国人。他们固执地坚持自我，毫不理会这种坚持本身就是一种不思进取。小蝎的妻子迷及“猫城”的女人们则对地球上的裹脚风习甚为向往，学着她们用脚尖走路，暗示了女人们自觉自愿地加入到自我戕害的队伍。“猫城”的知识分子群体，这些所谓的学者狂傲自大，攻讦他人，私下竟为一片

“迷叶”放弃学术尊严。老年学者墨守成规目光短浅，青年学者虽曾到过国外，但并未真正领会国外文化精粹，操着“花拉夫斯基”“通通夫司基”“大家夫斯基”等时髦语汇，凭着几个外国名词故作高深。如上各色人物，彰显“猫城”普遍的国民劣根性。在他们身上，依稀看到阿Q的“精神胜利法”，假洋鬼子的不学无术与自我陶醉，祥林嫂、闰土的愚昧麻木，鲁镇人的冷漠，涓生的懦弱，吕纬甫式的革命与颓废,《示众》中热闹的看客，道貌岸然的四铭、高尔础，不为世人理解的“狂人”的愤懑……一部科幻小说如此淋漓尽致地展示国民劣根性的种种症候，足见其幻想的艺术力度。

小说中许多地方带有明显的影射色彩，这种影射同样强化了国民性批判力度。如侵略猫人的敌军暗示日本侵略者。那些“矮兵”十分残忍,“他们的身量，多数都比猫人还矮些”，但却在猫国横行肆虐，甚至把猫人挤入坑中活埋。“猫城”被入侵时人们逃往较为安全的“外国城”，则影射了抗战期间的租界;“马祖大仙”暗示舶来的“马克思主义”;“大家夫司基”的信徒暗示早期共产主义者,“扑罗普落朴拉扑”暗指“普罗主义”,“只顾革命而没有建设的知识与热诚”，暗示早期王明的“左倾”路线……种种影射关系皆为《猫城记》的科幻世界涂上一抹现实主义的色彩，提醒人们：任何口头的、教条的、形式的“主义”、“科学”，设若不与“国”之实际相结合，只能招致“主义”“科学”自身的牺牲；小说的描述完全基于现实绝非凌空虚蹈，它让读者陷入幻想情节的同时又不忘联系中国社会现状。这种犀利的国民性批判，穿越历史的河流，至今依然闪耀着睿智的光芒。

舒乙将《猫城记》称为悲剧。① 这种悲剧应含三个层意。一是文化的悲剧,“猫城”人正是不懂得反思民族文化中的腐朽与惰性，不懂得借鉴异质文化强大旺盛的生命力才使“猫城”一步步走向灭亡。二是国民性的悲剧，猫人之间缺乏最低限度的团结与信任，致使整个民族成为一盘毫无凝聚力的散沙，人们不仅彼此残杀，且亲手埋葬了可能作为拯救之途的新思想与新人物，如小蝎和大鹰，变相加速了自身的覆灭。三是清醒者的悲剧，作为外来者的

① 舒乙.老舍先生和北京人民艺术剧院［EN/OL］. 舒乙先生新浪博客 http://blog.sina.com.cn/s/blog_511c3d36010170w9.html .

“我”无论多么清晰透彻地看到了“猫城”的积弊，欲通过多种途径使猫人清醒，但却遭到众人的嘲讽无以施救。“我”所幻想的希望有好的领袖领导愚昧的国民以拯救“猫城”，只能是一个不切实际的幻想。“我”的结局是在“猫城”彻底覆灭后返回地球。作为一部悲剧,《猫城记》以其丰富的悲剧内涵，使读者在结束阅读后依然陷于深沉的叹息。

《猫城记》呈露出强烈的主观情绪，可以看出叙述者“我”几欲冲出文本的愤怒、忧虑、痛心、悲哀等，作为讽喻性小说，作者的写作宗旨——对国民性与国民文化的批判，已毫无遗漏地展现了出来，小说的科幻意味则在某种程度上被批判的情绪稀释了。老舍也曾坦然承认当时情绪的激动，“头一个就是对国事的失望，军事与外交种种的失败，使一个有些感情而没有多大见解的人，像我，容易由愤恨而失望。”① 创作主体过多的主观情绪介入多少导致了作品理性思维的减弱，然而微瑕不掩大瑜，在中国现代文学史上,《猫城记》作为长篇科幻小说，它是“一部带有寓言色彩的作品，旨在探讨一个古老民族的性格和命运。”② 揭示了作品异于普通“科幻”的为文之道，作者的创作意图并非出于对外太空的想象与兴趣，而是寓于科幻背后的普世情怀。

在当今新文化建设的大背景下，老舍作品越来越受到海内外学者的关注。透过《猫城记》，我们不难理解他作品所蕴含的价值，如思想启蒙、文化反思、国民性批判以及独特的艺术表达，使其成为一座难以逾越的文学丰碑，因此，从这个意义上说,《猫城记》既是中国现代文学史上一部杰出的政治寓言小说，也是中国科幻小说创作史上的一个奇迹，值得我们珍视。

---

① 徐德明．老舍自述［M］.武汉：湖北人民出版社，2006：80.

② 孔范今．二十世纪中国文学史［M］.济南：山东文艺出版社，1997：705.

和平的梦

◎ 顾均正

夏恩·马林跨下火车，踏着了华盛顿的泥土，紧张的心绪就突然宽弛，像松散了的发条一样。他回来了，他终于逃出敌人的国土而回到祖国来了。

夏恩觉得像在吻着大地，他所不容易再见的祖国的大地。他的粗犷而勇武的面孔上浮起一种快感，蓝色的眼睛里兴奋地发着光。他急忙忙向最近的街车停车处跑去。

“国务院大厦！”他招呼道。

车子在华盛顿街道上驰去，沿途十足表现出战时的景象。夏恩想，停一会儿见到部长爱勒孟·海尔时，一定会使他吃惊不止。他转念到这里，脸上露出得意的笑容。他知道海尔早已当他殉国了。

因为自从海尔派夏恩到极东帝国的京城里去作危险的间谍工作以来，他始终没有机会来向部长通过一次情报，而海尔对于这个年轻的秘密工作人员的远行，本来就觉得极少生还的希望。

“这次美国与极东帝国间的战争，”海尔曾经严肃地告诉过夏恩，“已经牺牲了我们许多能干的间谍人员。那些极东人，他们对于间谍的警戒，真是十分周密。我恐怕你此去也是凶多吉少的，夏恩。”

“不过我还是要你去走一遭。我们知道，极东国正在设计着某种新的武器。我们必须得到更详细的情报。这就是你此去的任务。现在极东人虽然节节败退，离崩溃之期不远，可是他们如果真的突然应用了一种预料不到的武器，也不难转败为胜。夏恩，如果力之所及，你就得在那边努力搜集这一方面的情报。”

那还是3个月以前的事——在这3个月中，夏恩·马林在极东帝国的京城里，乔装成中立国的旅行者，冒着极大的危险去刺探他们所设计的新武器的消息。

他虽然多方刺探，可是对于这新武器的性状与效能，始终无法获得确切的情报，但是他已经知道使用这武器的人是谁，并且知道使用的日期已迫在眼前了。也许现在已经在开始使用！为了这个原因，夏恩就不得不急忙忙赶回美国来警告国人。

汽车突然停止，这才打断了夏恩亲切的回想。

“开不过去了，先生。”汽车夫告诉他说。

夏恩马上明白了这理由。他跳下汽车，只见几千的市民从下一条街——本雪尔凡尼亚路上游行过来，在向国会议事厅的方向走去。他们嘴里喊着口号，手里拿着旗帜，其气势之盛，真叫人认识群众力量的伟大。夏恩·马林怀疑地读着旗帜上的标语。

“与极东国友人停战！”一个旗帜上这样写着。另一个是“极东国是我们的好朋友——我们应不惜任何代价以取得两国之间的和平”，还有一面旗帜上写着“极东国要求我们南部的边界是公平的。我们应该接受！我们的战争是没有名义的”。

“见鬼！”夏恩·马林摸不着头脑地说，“我是在做梦吗？美国人的爱国心，在战时会这样低落吗？”

“哪里的话？”车夫蛮狠狠地说，“现在国人大都知道，极东国要同我们做朋友，所以我们必须停止这次疯狂的战争。”

“极东国要和我们做朋友吗？”夏恩骇异地大声说，“哪一个王八蛋告诉你这样的话。谁都知道是极东国挑起这次战争，他们要夺我们南部的土地，不经宣战，就突然打了过来。他们是历史上最残暴的侵略者！”

“不，”车夫摇着头回答说。“我想极东国怀着好意，而且大多数人的意见都是这样，我们决不应该和友好的国家发生战争。”

“你这个卖国贼！”夏恩·马林咆哮地说。他耐不住性子，揪住了车夫的臂膀向外一拖，就把车夫从座位里一直拖到街上。这么一来，车夫也顿时动怒了，他一立定身子，就向夏恩扑来。

但是夏恩急急向左旁一闪，车夫就扑了个空，“啪嗒”一跤，把膝骨猛碰在地面上，怎么也爬不起来了。

“在游行的这批卖国贼，也都该受到这样的惩罚！”夏恩·马林气愤地说，他的眼里冒着火。

他跨着大步望前面跑。那个主张和平的游行队伍，还是噪杂地在本雪尔凡尼亚路上蠕动着，扬着反战的旗帜，要求国会立即对极东国停战，并且接受他们的正当要求。

夏恩真有点莫名其妙。在 3 个月以前，当他离开美国的时候，凡属美国国民，没有一个不怀着热烈的抗战情绪。极东人的无理要求，不宣而战和虐杀无辜人民，已激起了全美国民众抗战到底的决心。

美国人在第一次受到敌人可怕的空袭时，就已抱定了这样的决心。现在战争的形势，已有利于美国，极东国的覆灭之期，简直是可以计日而待，可是美国民众却会在这时候突然庇护起极东国来，这真叫夏恩不能相信。不过事实摆在眼前，无法否认，大家都认为这次战争是没有意义的，而极东国还是他们的朋友。

在国会议事厅外，挤聚着无数反战的人，把街道塞得水泄不通。人声鼎沸，秩序纷乱。夏恩不得不排开众人，自己挤出一条路来。穿着黄褐色军服的兵士，枪口上装了刺刀，在把示威的群众逼向后退。但是群众的呐喊声，却还是压不下去。他们高呼“停战”的口号，并且竟以“不停战就暴动”来威胁国会。

在国务院大厦前是比较冷静得多了。夏恩·马林头发蓬乱，气喘喘地跑进寂静的大厅，走到一间小办公室中，正遇着他的部长爱勒孟·海尔。

“夏恩！”海尔马上站起来招呼他。他严肃傲慢的脸上显出愉快的神情。他握住了这年轻人的手。“天哪，我真想不到我们竟有再见的一天！我是多么高兴啊！”

“可不是么，我也在这样想呢，”夏恩·马林说，他的蓝色眼睛闪着光，

“部长，我在极东帝国不曾得到满意的成绩。我没有找到那秘密的新兵器的有关情报，但也并不是毫无所得。”

“我发现极东国心理学家卡尔·李谷尔是这种新兵器的发明者。我去会见李谷尔，冒称是某中立国的心理学同志，想乘机去探听些新兵器的消息。但是结果却一无所得。李谷尔是个机警而精明的家伙，在他实验室的四周都有极东人防卫着。”

夏恩继续说下去时，语调渐渐加重。

“在三礼拜以前，李谷尔突然失踪了！我知道他是秘密地跑到美国来的。据我想来，他早已到了美国，只不知道他躲在什么地方。他所发明的新兵器，也许已经在应用了。所以我们现在最重要的工作，是把他的居处调查出来。”

夏恩气喘喘地说完了这报告，却发现爱勒孟·海尔并不怎么激动，只是随便地点了点头。

“你办得很好，夏恩。”部长漠然地说，“不过现在对于李谷尔的居处和兵器，已没有调查的必要。因为，也许在最近几天中，国会就要顺应民众的压力，而与敌人讲和，并承认极东人占领南美的要求。”

夏恩破口大骂：“那些高唱和平的卖国贼！我在街上看见他们——他们难道没有明白，我们已经把极东人打败？要是我们现在去承认他们的要求，不是把我们现在的胜利和国家的前途，一同抛弃了吗？极东人用了怎样恶毒的宣传，把我国的民众哄骗到这个样子呢？”

“他们并没有被哄骗，夏恩。”爱勒孟·海尔纠正着他的话。“他们只是见到了真理——我们这次和极东人的战争本来是不应该发生的，引起战争是我们自己的不是，而极东人所希望的只是和平和亲善。”

夏恩·马林十分惊骇。他睁眼望着他的部长，真不相信自己的耳朵。

“这是什么话，你难道也和那种疯狂的和平主义者一般见识？”他愕然地说。

“这并不是疯狂！”爱勒孟·海尔严正地说，“我相信，极东国的确诚意和我们亲善，而错处完全在我们。”

“你不能这样说！”夏恩感叹地说，“你当然知道，极东人首先挑起了这次战争，而战争的起因，无非为了我们没有答应他们占据南美的要求。”

“他们的要求是公平的，”海尔说得非常坚决，“极东人在南美将是我们最好的朋友。”

“你不是给那种疯狂的宣传所愚弄，”夏恩·马林愤愤地说，“就是已受了敌人的贿赂。”

爱勒孟·海尔跳了起来，恶狠狠地大有动武的样子。

“滚出去！”他咆哮了，“你已经解职——你是个战争狂的呆子，你要使美国同一个友好的国家作无意义的斗争。你把委任状缴出来。”

夏恩把委任状从衣袋里摸出来，气愤愤地掷在地上。

“拿去！”他冒火地说，“如果你也像一般人一样，主张与极东人亲善，我也不愿意在你的部下干下去了！”

他奔出办公室，满肚子是火，他恨着变了心的部长，也恨着一切背叛祖国、主张与极东人亲善的人。

夏恩觉得这世界颠倒了。爱勒孟·海尔在美国是个出名的爱国分子，他为祖国奔走，已耗了大半生的心血，可是现在却变成个卖国贼了！

夏恩·马林回到他的老家，坐着默想当前的问题。是怎样一种可怕的宣传，把几百万的美国人全变成了这个样子？他真想象不出来。

他把无线电收音机打开了，旋到一处正在报告新闻的电台。在报告员的那种煽动的声调里，透露出许多难于相信的消息。

“对极东亲善的大风波，自从前几天发生了以后，继续有高涨的趋势。今天纽约有一队兵士为反战的群众所袭击。后来由地方当局派了一联队的兵士来弹压，风潮才告平息。

“旧金山消息：西部诸州当局在此间会议，要求联邦政府立即对友好国家停战，并承认极东的要求，他们声言，在西部诸州的民众，10 人中有 9 人反对继续战争。

“华盛顿消息：总统对于主张与极东亲善的怒潮，顷发表声明。总统力言，最后的胜利已近在目前，希望国人切勿断送祖国的前途，而轻易向敌人屈服。”

“天哪，”夏恩·马林感叹地说，他的脸色惨白，情绪紧张，“这真可以叫做举国若狂了！”

突然，在夏恩的小收音机里闯入了一个怪声，好像是受了空中静电的干扰，同时新闻报告员的语声，给一个极强的新电台的嗡嗡声所盖住了。

收音机被这种强力的电波所激动，呜呜地响个不住。接着发出了一种高音调的铃声。

那声音清脆幽静，使人听了心旷神怡，忘怀一切。

“啊，是什么音乐节目，”夏恩·马林没有说出声音来，他想把这个节目旋去，可是手却没有动，他皱了皱眉，“这是一种很奇怪的音乐。奇怪，却很悦耳！”

这清脆甜蜜的铃声，在夏恩的耳朵里、脑筋里引起了某种不可言说的感情。它们似乎在他的心里交织成一种旋律纡缓的花样，使他集中了心力来感受着。夏恩从不曾听见一种音乐，能够像这样地畅快，像这样地甜蜜，像这样地令人陶醉。

“好奇怪的音乐！”他默然地说，还是出神地听着。

突然，有人用了一种温和的、舒徐的、像铃声一样的调子来说话了。每一个字眼似乎都有沁人心脾的魔力。

“睡眠的铃声在响着，”这温和的声音从收音机中徐徐传出，“你们听了这铃声，就睡罢——睡罢——”

“这倒是静息的妙法，”夏恩漫然地想，“它使任何人听了都能酣然入睡。”

“睡罢——睡罢——”一种非常有力而柔和的语声，伴着缓缓的铃声在耳际响着，“甜蜜地入睡罢——睡罢——”

夏恩·马林打了个呵欠，颓然地倒在沙发里，觉得疲倦无力。天哪，他似乎是非睡不可了。

但是夏恩的脑海中另有一个意念，叫他不要睡。这意念似乎明白这个温情的声音里包含着危险。但是他的精神是太疲倦了。

“你们是在睡了，”那语音又伴着柔和的铃声而发出，“你们已在酣然入睡了。”

是李谷尔的声音！夏恩的脑神经还没有全部被睡眠所克服，最后，他辨出这个温和有力的声音来了。他警觉到现在模糊入睡的危险。

李谷尔，他是发明一种神秘的新兵器来应用于对美战争的极东科学家！一想起李谷尔，夏恩·马林就警觉到危险。这时候他不应该睡，他不应该听从李谷尔的话！

但是那清脆的诱惑的调子，迫使他清醒的头脑陷入一种模糊的状态。现在那柔和的语声说得更其有力了。

"你们已经入睡了，"那声音命令地说，"现在你们必须静听我的话。你们，美国的人民，必须同极东国和平亲善。同极东国开战是你们的错误，因为极东国是你们的朋友。"

"极东国永远是美国的朋友。同友好的极东国开战是你们的错误，你们拒绝极东国对南美的正当要求，是不公平的。"

夏恩·马林麻木了的头脑原想挣扎着觉醒过来，可是一听到这种宣传，他就衷心地同意了。

他模糊地想："这些话一点也不错。极东国是美国的朋友——以前我并不这样想，实在太愚蠢了。极东国只要求南美，美国为什么要拒绝呢？这真是一种不可恕的错误。"

"你们必须使你们的政府明白，极东国是你们的朋友，"那个柔和而阴险的声音又重复地说，"你们必须使你们的政府宣布和平，并且承认极东国的要求。因为极东国是你们的好朋友——"

夏恩·马林这时候虽然完全同意于这些理论，心底里却有隐藏的一角表示反对，知道这些话全不是事实。这一部分的意识使夏恩·马林不至于完全被清脆的铃声和诱惑的谈话所麻醉。

"……你们要常常来听无线电，并且把你的亲戚朋友都邀了来一同听。"那愉快的语声又命令似的说，"不过当你醒了的时候，你就该把你听无线电的事统统忘记掉。"

"你们只要记得极东国是你们的朋友，记得战争必须停止，而极东国的要求必须承认。现在你们可以醒了——醒了——醒了。"

李谷尔的声音戛然而止，那迷人的铃声就同时消失了。由于强力电波在收音机中所引起的嗡嗡声已不再听见，而被挤开了的新闻报告员的声音又忽地重现了。

夏恩·马林呆呆地坐着，他的心里昏昏沉沉地，滚沸着反抗的感情。不久他就解脱了那种怪声音的束缚，从沙发里跳了起来，浑身猛烈地发抖。

“天哪！”他喘着气说，“这就是李谷尔博士的发明，极东国应用于对美战争的新兵器。无线电催眠！”

“它使美国的大部分民众，一夜间变成了极东国的亲善者，这不仅是宣传，而且是催眠的命令！”

夏恩一想起这恶毒而巧妙的新兵器，脑海里就涌起了澎湃的怒涛。他记得伊阿华大学心理学教授康司顿博士曾经说过这样的话：“催眠术的名誉是给那些走江湖的医生和敛钱的心灵学家所弄坏的，它本身确有其心理学上的根据。”原来夏恩对于催眠术是一向抱着怀疑态度的，他是一个笃信科学定律的人，怎么能相信应用了催眠术可以医治一切疾病和预知过去未来呢?

在好几年前的一次宴会中，夏恩在无意中认识了康司顿博士，康博士是素以研究“暗示心理学”著名的，一半是为了两人初次见面，一时找不到适当的话题，一半是为了求知欲的驱使，夏恩就提出了催眠这个问题来作为席间谈话的资料。

“听说催眠术能医治一切疾病和预知过去未来，这是真的吗？”夏恩好奇地问。

“那当然是靠不住的，”康司顿博士摇着头说，“若是一切疾病都能用催眠术来医治，未来的事情可以借催眠术预知，那末催眠术简直可以称为仙术了。这都是那些招摇撞骗的走江湖医生和心灵学家的夸张的宣传。催眠术的名誉就是给这一班人弄坏的。其实催眠术本身确有其心理学上的依据。”

“我听见有人讲起过一个故事：有一个小孩患筋骨痛，手臂不能上举。他的父母就把他送到一个懂得催眠术的医生那里去诊治。那医生叫小孩子坐着，对他说‘看着我，你心里一切都不用想，只专心想着睡眠，闭起你的眼睛来睡罢，孩子。你已经疲倦了，你要睡了，尽管好好地睡罢！停一会我会唤醒你。你睡得熟了，你觉得很舒畅似的。你的全身都睡着了，你不能动了。’孩子被这样施术以后，就立即陷入睡眠状态。于是医生把患筋骨痛的手臂举起，用手按着他说：‘痛已经消去了，你不觉得什么地方痛了，你能够移动手臂而不觉得痛了。你醒后再不会觉得痛了，痛不再回来了。’接着医生又设法用另一种感觉来代替痛感，对他说：‘你觉得手臂有些热，热渐渐增加了，但是痛是完全去了。’隔了几分钟，孩子醒来，对于催眠的经过完全忘记，而筋骨果然不痛，手臂也可上举。这故事是不是可信的呢？”夏恩讲完了，静候着康博士的回答。

“那是可能的。”康司顿博士答道。

“那末他在心理学上有何根据！”夏恩又紧逼着问。

“这不是三言两语所能说得明白的，”康司顿似乎有点畏难地说，“而且各家的解释，各有所长，也各有所短，若就一般的说法，则‘催眠即使人容易接受暗示’。我知道这句话很费解，但是我劝你不必多费心思去想它。我现在且来举一个例，譬如甲乙两人相对默坐，甲手里拿着一张新闻纸，无聊地把它的一边卷起来，卷成筒形，这时候甲对面的乙，手里也拿着一张新闻纸，于无意中也把新闻纸卷成筒形。这在心理学上就称为乙受甲的暗示。抽象些说，暗示是意识界突然涌现了一种观念，使人的意志力以及筋肉力受其刺激，而不经选择地变为动作。那末从暗示观念的突入，到动作现实，其在心理上的变化是怎样的呢？据南赛学派（Nacy School）的著名学者法国人般含（Bernheim）的学说，在常态心理中，凡由外界突入的观念都受意识的支配，先刺激脑皮质中央而渐传达于附近的脑沟（convolution），于是脑灰白质就开始作用，而精细侦查外界传来的刺激，加以评判，以为是，就让它进来；以为否，就不予受理。暗示催眠的反应却是自动的（automatic），一触即发，不受意识的支配。当外界的刺激传入时，立即变为动作感觉等项。譬如你猛然告诉一个人说，‘你的额上有一只蚊虫’，他立刻就举手去扑。这本是一件日常的经验，却与暗示催眠的理由一样。暗示催眠也是一种冲动的信仰和冲动的反应。”

康司顿博士说到这里，忽然高兴起来，他恍然地说：“不错，我想起一个实验，非常有趣，你不妨马上试试看。”说着他拿出一只表来递给夏恩，说：“你把表链用拇指与食指夹住，提在额前，手指不要动。”

夏恩莫明其妙地接了过来，说：“这是个什么玩意儿呢？”

康司顿道：“你不用管他，你只要相信我，照我的话做就是了。”

夏恩把表链照康司顿所说的样子提着，引得席间的人都莫名其妙地围了拢来看。夏恩高兴地说："请大家来看康司顿博士的催眠术表演。"

康司顿博士笑着说："你不要太兴奋，你应该心平气和地坐着。你现在把你的眼睛看着你的表，你的注意力应该集中在表上，忘记你的手指。现在你要完全相信我的话，你看你的表在慢慢地摆动了，在前后地摆动了。越动越厉害了，越动越厉害了。"康司顿博士的话一点也没有错，那表果然摆动起来了，摆动的幅度足足有3英寸。

康司顿博士继续地指着那表命令道："现在摆动渐渐停止了……摆动的方向已经变换过了。它是在左右摆了。"他说时用手指在表的下面做着停止及往来的姿势。这暗示，同样也发生了效力。

夏恩自己也不相信自己，因为他的手指确没动作的意思。可是表的动作却真的遵从了康司顿博士的命令，有许多人表示怀疑，向夏恩问长问短，可是康司顿博士却肯定地说："这决不是魔术，这是一个著名的实验，诸位可以自己一个人去试验的。你只要心里想着它在前后摆，它就前后摆了。你只要心里想着它在左右摆，它就在左右摆了。实验成功的关键全在信仰，在自己个人试验的时候，就是相信自己，并相信这个实验。"

大家听见了康司顿博士的话，好奇心动了，有好些人都回到自己的座位里去掏出表来试验着。

宴会席上的秩序，又恢复了。于是康博士又继续地说："现在你总可以明白，'催眠即使人容易接受暗示'这句话的意义了。所以催眠术的效力是确实的，只要施术者的暗示有力量，而受术者对于施术者的信仰非常强固。但是从此也可见催眠术的效力只及于心理而不及于生理。"

"在现代最有权威的医学家看来，这话还得加以补充。当世界大战时，暗示（或者说催眠术）曾经引起广泛的注意，有的用以治疗因掷弹的震动而患神经失常即所谓弹震症（shell shock）的人，有的想研究出它的极限功能。暗示至今还在被采用，如果用得适当，有时确可以使受术者的心理上发生显著的影响；不过这影响是暂时的。暗示可以比诸药物。一种药物可以暂时制止头痛、牙痛或其他的病态；但是倘使头痛或牙痛的原因由于一种不能自然痊愈的生理原因，如头痛由于鼻腔的蓄脓症（俗称脑漏），牙痛由于牙龈的腐烂，那末你若是不把生理的原因除去，暗示就无能为力了。”

这一席话，把夏恩的怀疑解释得清清楚楚。

康司顿博士的这些话，现在又在夏恩的脑海里涌现出来。他知道由听觉的刺激而引起的催眠状态，是可能的事。一种极单调的乐声，确可以使听的人进入催眠状态，催眠曲的效力是任何人所经验到的。

李谷尔博士的方法非常巧妙！他先编成一种催眠的乐曲，然后借一处秘密的强力的无线电台，把这乐曲广播出来。这电台的电力一定非常强大，它能够把其他电台的电波一齐遮住。李谷尔能够使所有的美国民众都听见他的播音，而把对极东亲善的意识，移植到每一个人的心坎中。他们接受了李谷尔的暗示，把曾经听见过播音的事实完全忘记了，只把李谷尔所宣传的要点留存在意识之中，还以为是自己的见解。

夏恩·马林很明白，为什么只有他一个人没有被催眠。这是因为他认识了李谷尔的声音，知道李谷尔是个危险的人物，他的话是不可轻信的！这种心理上的反抗，便是夏恩能够解脱李谷尔的催眠的原因。

“糟糕，”夏恩着急地说，“这是一定要想法来阻止他的，而且要快！”

他跳起来奔出门去。他想把这惊奇的发现，立即去报告部长，但是一想起爱勒孟·海尔的那种偏护极东国的态度，满腔的热情，早就冷了一半。

“海尔也给李谷尔催眠过了！”夏恩忽然想到，“他不会相信我——凡是接受了那种催眠命令的数百万民众没有一个会相信我！”

夏恩的脸色立即沉了下来，显得完全失望的样子。他焦急地想着，想着，可是总想不出一个可与商量的同志。

“既然没有别的办法可想，那末这天大的重任，就只好都担到我一个人的肩上来了，”夏恩终于勇敢了起来，“我得赶快去找出李谷尔的秘密电台，阻止这恶毒的催眠播音。”

新闻报告员的声音突然又在他的耳朵里响起来。

“华盛顿消息，国会在明天下午开会，投票表决停战问题。据某政治家推测，结果可能接受极东国的全国要求，而停止战争。”

这新闻对于夏恩是一个残酷的讽刺，他全身发抖了。

“明天下午！战争停止了，极东就胜利了！我必得在今天夜里就去把李谷尔的电台找出来！”

这可把夏恩忙坏了。他立即赶到飞机场去，把他的私人飞机装配起来。

所有华盛顿的市民，听见了明天停战的新闻，都兴高采烈。这在夏恩的心中，反而觉得更加难受。

他趁天色还没有黑暗，赶紧在他飞机的收音机上，装了一个指向的环状天线架。等到太阳西沉，万家灯火的时候，他已翱翔在城市的上空了。

夏恩将怎样去找寻李谷尔的电台呢？他的唯一的武器，就是上面所说的“环状天线”（loop-antenna）。“环状天线”是怎样一种天线？它有何功用？作者似乎不得不在这里先来交代清楚。

我们知道，电能生磁，磁亦能生电。当一只螺旋状线圈，即所谓螺线管（solenoid）中通以直流电时，该管的四周就产生磁场，其磁力线（magnetic forceline）自管的一端（N 极）发出，沿管外绕道至管的另一端（S 极）而又进入管中，电流若继续通过，则此磁场也就跟着继续存在。

若是线圈中所通过的电流是交流电，它的流动方向不息地变易，我们不难想象，线圈四周的磁场会不息地忽生忽灭。说得更确切一点，就是线圈中的磁力线数，会随交流电的变化周期，由正而负（磁力线数为负时，即与为正时方向相反）、由负而正，增减不已。电流愈强，磁力线数就愈增多；电流愈弱，磁力线数就愈减少。

现在我们若是把上述通过交流电的线圈（通称原线圈）插入另一线圈（通称副线圈）中，也就是在另一线圈中引起一个变化不息的磁场，结果又怎样呢？据实验得知，这时副线圈中也会发生电流，这电流也依时易向，但与原线圈中的电流，方向相反。这种因磁场变化而诱发的电流，称为感应电流（induced current）。感应电流的强弱，随通过线圈中的磁力线数的多寡而定，磁力线越多，电流就越强，我们知道了这样的事实，才可以谈环状天线的作用。

所谓环状天线，实在只是一只大线圈，是用导线绕在一个木架上而成，直径通常 1 ~ 4 英尺不等。我们如果把这个大线圈当作收音机的天线，而把这线圈的平面与无线电波射来的方向相平行时，所收得的声音就最强；若是把这平面与无线电波射来的方向相垂直时，则所收得的声音就最弱。故利用环状天线，可以确定电波射来的方向。

原来无线电波是由电波与磁波两部分组成的。当无线电波向四周发射时，最初发生的是电力线（electro-static forceine），其方向与地面相垂直，一束一束地向外扩播。随着电力线的产生，同时又生成了磁力线，其方向与地面相平行，一圈一圈地向外扩播。因为磁力线是与地面平行的，所以当它行近环状天线时，若是天线线圈的平面垂直于无线电波射来的方向，则磁力线极少进入圈内，故不能诱发感应电流。若是天线线圈的平面平行于无线电波射来的方向，则磁力线几乎全部通过线圈，故能诱发较强的感应电流。上述事实，极易从图中想象出来。环状天线之所以有指向的特性，其原因就在于此。

环状天线的最大用途，在指示迷途的船舶或飞机。现今各文明国家，都在主要的港口以及航行上的重要地点设置无线电罗盘站（radio compass station）。此项无线电罗盘站通常以三个为一组，用有线电报互相联络，每一分站都配备着一架装置环状天线的收音机，以决定收到的无线电波的方位。当船舶或飞机在航行中迷路而发电询问位置时，三个求向站就同时把所接到的无线电波的方位记录下来。这种记录借电报线传达到一个指定的总站，由总站把这三个记录转绘到地图上去，成为三条直线，这三直线的交点，就是船舶或飞机的位置。这个位置一经找到，就能从地图上查明它的经度与纬度，而直接由总站发无线电去回复船舶或飞机中的发电人。因此，凡是在大洋中的船舶，或高空中的飞机，如果备有无线电收发的装置，那末只要有一组无线电罗盘站在电波到达路程以内，就都能查询他自己的位置。

此外，还有一个船舶或飞机的求向方法，实际上这就是上述方法的逆行。它是集合三个无线电标站（radio beacon station）联络而成的。所谓无线电标站，实在只是一个无线电发报站，当天气恶劣的时候，他们同时连续地发出特定的电码。每一分站的电码各各不同。譬如甲站专用三点，乙站专用两点，丙站专用一点。这种无线电标对于只装普通无线电收音机的船舶或飞机，是没有什么用处的，但是船舶或飞机中若是装有定向的环状天线收音机，那末驾驶员就可很快地决定射来的无线电标的方位。再在地图上把从各分站射来的无线电波的方位画成直线，那末这三条直线的交点就是自身的位置。

无线电标法虽然比无线电罗盘法直接而迅速，但是容易发生错误。事实上以上所说的两个方法中，都只要有两个分站就可以决定位置；不过为了要核对不可避免的误差起见，第三个方位还是必要的。因为三线若是恰好相交于一点，那末所测定的位置不用说一定准确。若是这三线并不相交于一点，那就显见得其中必有错误，而应该重复测量。

读者看到这里，大概对于夏恩找寻李谷尔的电台的计划，已略有头绪，我们现在就得言归正传。

上面说到夏恩已翱翔在华盛顿的上空。他升空后的第一桩工作，就是把收音机旋开。他所收到的是一个普通的音乐节目。这节目一连继续了近一个钟头，这才插入了那他所希望收听的声音。

平常的节目，给嗡嗡声所掩住了，接着来的就是李谷尔的秘密播音。清脆而甜蜜的铃声又徐徐地响了起来，它诱导听众渐渐入于催眠的状态。

“睡眠的铃声在响着，”是李谷尔的温和的声音，“你们听了这铃声，就睡罢——睡罢——”

夏恩·马林马上把环状天线旋转到声音最响的方向。他收到了最强的声音以后，又立即把收音机关闭了。他是怕被李谷尔的催眠命令所迷惑，而误了大事。

他注意着环状天线底座下的罗盘指示器，读出了李谷尔的秘密电台的方向。他迅速地在他预备的航空地图上画了一条直线。这直线正指向华盛顿南西的方位。

“一个方位已经找到了！”夏恩高兴地说，“只要再找到一个就行了——”

他把油门（Throttle）开足，飞机的速度就突然增加起来，在黑暗中咆哮地向西疾驰而去。不上半小时以后，夏恩已翱翔在西弗吉尼亚查尔斯顿城的上空。他急忙忙又把收音机旋开。可是这次他并没有等待，一旋开就听见清脆的铃声与李谷尔的柔和的说话声。

“……是你们的朋友。极东国永远是美国的朋友。你们必须使你们的政府接受极东国的要求——”

夏恩·马林急速地把指向天线转向到发音最强的地位。等到一经校正，就立即把收音机关闭了。

他摸出笔来抖抖地在地图上又画了一根直线，从查理斯顿直指南西的方位。这一条线与上一条线的交点，是在田纳西州西北部没有人烟的山岭中。

"对了！"夏恩·马林兴奋地大声说，虽然旁边并没有谁来听他的话，"李谷尔的电台一定在人迹不到的地方。我得去找它出来——"

他把飞机转向南方，冲破静寂的午夜，像闪电般地疾驰而去。为魔力所束缚而自陷于灭亡的美国，她的命运全在他的手掌之中，这一点他知道得很清楚。

飞机保持着最高的速度，这样又飞行了一小时以后，才渐渐地慢了下来。在下边没有月光的黑暗中，躺着田纳西的土地，嵯峨的峰峦，穿空矗立，在这地方没有城市，也没有村落。

夏恩时时地检视它的仪器，终于发现了他已到达地图上交叉点的地方。但是他还是没有看见一点灯光，还是没有看见李谷尔的秘密电台的形迹。他把飞机的高度降低，在附近一带绕了几个圈子，但是结果还是没有什么发现。

"它总在这附近！"夏恩自己慰藉地说，"他决不能隐藏这样强力的电台——"

他把飞机降得更低，几乎触及高耸的山峰。七八分钟以后，夏恩的神经陡然激动起来。

高高的柱子，蛛网般的电线，隐约地显露在他的前面。那是在一个山峰的顶上。夏恩掉头向侧面飞去，预备把飞机降落在近旁的另一个小山旁边。

他得降落，得很快地降落。他知道在这黑暗中要安全地降落，原是毫无把握的事，然而当前的事实却迫他不得不冒着这样的险。他咬紧了牙齿，望着山坡下降下去。

夏恩瞥见下面是个深暗的山谷，其中长满着杂草和小灌木。他就让飞机降落在这里，他的脸色惨淡，却露着狞笑。黑色的地面突然上耸。他把发动机关闭，把机头俯了下去。

机身直冲进树丛中，全机折裂，几乎把夏恩震个半死。但是不久他就鼓起了余勇，振作了精神，拼命地支撑着。他准备好他公务用的手枪，从残机中爬了出来。

他看见秘密电台的天线架，高耸星空，矗立在一英里以外的一个高山顶上。夏恩放开脚步，望着那电台走去。他心里悬悬地思忖着，惟愿他方才飞过电台附近的时候，他们都没有听见。

夏恩在黑暗中上山下坡，攀峰爬树，足足跑了半个钟头，衣服撕碎了，皮肉划破了，身体疲乏，喘气不止。但是他终于跑到了装着发射天线的山脚边。

在蛛网般的高塔下面，现出一所新建的平顶屋，全部用混凝土筑成，四壁开着百叶窗。夏恩看见电线电缆从这屋子中通出，行向山下。他知道这就是他们取得原动力的所在。山侧泉水的动能，已经水力发电机转变为电能了！

他走到那建筑物的铁门边，伏着窃听。从里边传出两个人对话的声音。

“包根为什么还不回来，我们得去看看他。”一人操着纯粹的极东语音说。

“他疑心太重，”另一人抱怨道，“他一定找不到什么。他听见的飞机，也许是什么浑蛋机师迷了路吧？”

“而且”，首先说话的人又说，“现在即使他们发现了这电台，事情也挽回不过来。到天亮，我们就束装回国——李谷尔的计划早已美满地完成了。”

夏恩给这话骇得脸色发青。原来明天就是美国国会开会讨论接受极东国要求的日子，据这几天的舆论推测起来，顺利地通过这议案，已是毫无疑问的事。所以从大体上说来，李谷尔的催眠工作的成功，已到了决定的前夜了。

夏恩一手拿了手枪，一手去试推铁门，但是那铁门是锁着的。他再也找不到另一扇门或一扇开着的窗子，可以跑进这屋子里去。他的脑袋像开足了马力的机器，全部都迅速地活动起来，可是最终想不出一个入门的方法。

正当这时候，他忽听后面有一阵沉重的脚步声从黑暗中传来。

包根！就是听见飞机经过，而好奇地出外去探望的包根！

夏恩立即潜行到屋子的转角上。他看见高高的胖胖的包根慢慢走近铁门，扣着门，通报着自己的名字。门开了，一流白色的手电灯的强光从门里照射出来，让夏恩看仔细了这极东人粗黑的面孔。

夏恩像饿虎般扑了过去，他的左臂从后面抱住了包根，右手绕过去把枪口对准了站在铁门里的其余两个极东人。屋子里灯光辉耀，目标非常显明。

“举手！”夏恩命令地说。

“美国人！”其中的一个惊叫道。

他们并没有服从夏恩的命令，很快地把手枪摸了出来。夏恩原想他有包根挡在他前面，他们不至于发枪射击，现在才知道这猜想是错误了。由于爱国的热忱，他们竟不惜牺牲他们的同伴。

于是夏恩不得不首先发枪，枪声响处，其中的一个着弹扑倒了；接着，另一极东人的子弹，却打入了包根的身体里。

夏恩放下了怀抱里沉重的尸体，由他倒在门前，他继续地发着枪，火光四射，把个混凝土的大厅，震得像要坍下来的样子。

夏恩看见他唯一的对手已经中了枪弹，双手抖颤地抚着创口，咬着牙，蹙着眉，正在摇摆欲倒。不料这时候，忽然有一粒子弹从大厅的边门口飞来，刚好穿过了夏恩的左肩。夏恩身体一凛，却并不觉痛，只见左首门口已现出了一个人影。

是李谷尔博士！夏恩认识这个极东国科学家，但是他不敢加以射击。他虽然有这个机会，事实却不容许他这样做——因为美国的命运，还操在李谷尔的手中！

他机警地躲过了李谷尔的第二颗子弹，就直冲过去，用尽浑身的气力，向他的下颔猛击一拳。

李谷尔昏了过去，也倒在地上了。夏恩转身来向大厅的四周望着。巨大的方栅（变压器）真空管，以及各种的电器，布满了四壁，地上倒卧的四人，三个都中弹死了，只有李谷尔处于昏迷状态。夏恩走到门边，把包根的尸身拖进室内，关了门，加上闩，然后在流血的剧痛的肩头，缚上了一块很大的手帕。

他踱进了方才李谷尔出现的门口。这是一间小小的播音室，微音器以及其他的播音用具都装置在一张长长的桌子上。

他把昏迷着的李谷尔从大厅中拖进来，使他坐在微音器前的椅子里，并用一圈电线来将他牢牢地缚住。等到布置停当，他才去找些冷水来喷在李谷尔的脸上。

当李谷尔渐渐苏醒的时候，夏恩却偷空检视着微音器前的复杂机构。那是许多排银色的小铃，每一个铃旁边有一个小锤；锤子的另一端是扁平的，很像一支划船用的桨。每一排锤子下面有一个由马达拖动的轮轴，轴上不规则地矗立着无数的钉子。当轮轴转动时，钉子拨动锤下的桨叶，锤就击着小铃而发出声音。

“啊——你是谁——”李谷尔醒过来嗫嚅着说，惊奇地望着这个美国的青年。

“这就是你的催眠机械吗？”夏恩·马林没有回答他，却带着讥讽的口气反问道。

“你是美国的军事侦探！”李谷尔大声说，两眼不住地凝视着夏恩的面孔，然后他灰白色的脸上露出一种胜利的笑容。“你找到了我的电台——但是太迟了。我的计划已经成功了。”

“现在就要你由成功而变为失败！”夏恩坚决地说。他肩上的创口在作痛，但是他熬着这痛苦，还是直挺挺地站着。

李谷尔微笑，点了点头，显然表示出一种骄傲藐视的神情。

“现在你已没有办法来推翻我的计划了。在这几天来，我已用催眠命令向美国民众移植对极东亲善的意识，你们的国会已经决定在明天早上就投票表决停战和接受极东要求的事，纵使你向全国传布你的新闻，可是决不会有人相信你。总之，现在你已没有方法来改变我移植在贵国人民心底里的意识了。”

“这个我知道，”夏恩也狞笑地说，“不过现在还有一个方法可以推翻你的计划。你可以自己去推翻它。现在把你的催眠歌向全美国广播，同时告诉他们目前遭遇的危险，告诉他们必须明白极东人是他们的仇敌，美国必须继续抗战。”

“原来你在这样想吗？”李谷尔大声说，“我决不会做这样矛盾的事：胜利已在极东人的手掌之中，我决不会愿意自己去毁灭它。”

“不，你一定得这样做。”夏恩坚决地说。

“把我打死罢，”李谷尔气馁地说，“我现在乐于就死，因为我知道，我们极东已经胜利了。”

“不，我决不把你打死，”夏恩冷静地说，“你死了对我没有好处。我所要做的，就是从贵国学来的对付俘虏的一切方法。譬如把火柴削尖了插在指甲里，点起火来。这样也许会叫你驯服地听从我的命令，”夏恩继续地说，“要是这方法还不够优待的话，我还可以用一根绳子绞在你的头上，叫你把眼睛都弹出来。”

“你，你不应该用酷刑来威逼我！”李谷尔辩解地说，“你不应该——”

“我应该这样做！而且我预备要这样做，”夏恩肯定地说，他对极东人的愤恨，已集中在李谷尔一身，“你要明白，贵国对于美国平民的待遇其残酷十倍于此。现在我要报复！我要以眼还眼，以牙还牙！如果你们有理由可以蹂躏美国的人民，那末我怎么就没有理由来给你一点报答呢？”

李谷尔无话可答，用舌尖来润了润他干燥的嘴唇。他的眼睛张得大大的，他的身体发抖了，他看见夏恩从袋子里摸出小刀削火柴。

“不！”当夏恩悄悄地跑近去时，这极东科学家就惊叫道，“我受不住这酷刑，我是个文弱的书生，我受不住。我愿意听你的吩咐！”说着他深深地叹了口气，是悲悼他的功败垂成，还是自惭他的屈膝怕死，那就不得而知了。

夏恩慢慢地放下了火柴。他暗地里松了一口气。他不知道事到临头，他是否真能硬得起心肠来，处李谷尔以残酷的刑罚，而眼看他婉转哀号地死去。

他立即跑到总开关边。装置在附近山溪边的涡轮发电机，始终在工作着。夏恩把开关一按，播音机的各个部分就都一一活动起来，同时就有强力的无线电波从这秘密电台的天线四周向各方面辐射开去。

于是夏恩拿出一张纸来急速地写了一篇播音的底稿，拿去放在这个被缚着的科学家面前。

“你照着这稿子讲，”他粗暴地说，“要是你有意说错的话，你总知道你该受到怎样的处罚。”

“我知道——我一定照着这稿子讲，”李谷尔恐怖得几乎带着哭声地说，“把微音器和催眠铃的开关也开了罢。”

夏恩先开了微音器，然后又把接通催眠铃的电路闭上，于是轮轴转动，轴上的铁齿拨动小锤，催眠的铃声就轻轻地响了起来。这铃声经微音器及播音机转变成电磁波，瞬息间已传遍美国所有正在收听的收音机里。接着李谷尔就向微音器发出柔和亲切的话声。

“睡吧，睡吧！睡眠的铃声已经响了。”他的催眠命令一连重复了好几遍。

“美国的民众，你们必须警觉到当前的危机！极东国是美国的仇敌。美国决不能向极东国屈服。美国必须继续抗战。”

当李谷尔说完以后，就无力地抬起头来，向夏恩望着。夏恩严肃地说：

“照这样说下去。你的反宣传已经继续了两三天。现在你就必须把与极东亲善的心理完全改变过来。非到明天正午，你不能停止你的工作！”

紧张的状态足足继续了 14 小时，这才听见壁上的钟声打了 12 下。夏恩·马林把各个开关一一关闭。李谷尔博士由于长期的播音，早已精疲力竭，颓然地倒在椅子里呼呼地睡着了。

夏恩拖着沉重的脚步，跑近一只收音机边，把电源开关开了。他听着，竭力振作了精神来听着。

“……国人的反战心理，似乎在这一夜中完全改变了过来！”一个新闻报告员在兴奋地说着，“在两三天前，日夜高涨着的对极东亲善的怒潮，现在已完全平息了。”

“每一处地方，都在举行反对与极东国亲善的示威游行。今天下午国会开会时，接受极东要求的提案势必予以打消。全美国每个人民似乎又突然涌现出他们的爱国心，就像从睡梦中醒来的一样。”

夏恩把收音机关闭，暗自觉得好笑。美国确已从和平的恶梦中醒过来了！

他望了望李谷尔的束缚，然后横倒在一只长沙发里，满足地舒了一口气。不上 3 分钟，他的熟睡的鼾声，就已响彻全室。

——选自《和平的梦》，上海文化生活出版社，1940 年

科学启蒙与理性精神追求

——论顾均正的科幻与科普创作

◎ 徐彦利

顾均正是20世纪知名的科幻作家与科普作家，同时也是知名编辑与翻译家，在科幻小说及科学小品创作、外国作品译介、刊物编辑发行等方面均有骄人成绩。在中华民国时期及中华人民共和国成立前后的科学题材创作中，顾均正以其强烈的知识启蒙与思想启蒙色彩及理性主义追求而独树一帜。在科幻小说创作中，顾均正恪守高度科学性前提下有限度的虚构与引申，并使“科学性”与现实生活、社会实践保持紧密联系的原则。这一原则使他的作品得以跨越时代的拘囿，经受漫漫岁月的淘洗，却仍然保持着旺盛的生命力。科幻代表作《和平的梦》集中体现了上述特色。

一、从知识启蒙到思想启蒙的创作追求

顾均正（1902—1980）是活跃于20世纪20年代至60年代的作家、翻译家、知名编辑，在文学界与科学界有着双重的声望与影响，在科幻小说、科学小品创作、外国作品译介及科普读物编著等方面均成绩斐然。其数量可观的创作中，有悬念丛生、人物真切可感的小说，有逻辑与说理严谨周密的科

顾均正

技介绍，有叙述生动、趣味性与思想性并重的科学小品，还有各类浑然天成、绝少洋味的翻译作品，如此多才且创作力持久的大家在中国文坛并不多见。

1923 年，21 岁的顾均正考入商务印书馆编辑所理化部，工作之余，在各类科普文章的创作及作品的翻译上辛勤躬耕，专业编辑与业余科学爱好二者互为补益，成为之后大量科学创作的原始推动力。其创作生涯的大部分时间担任着各种与自然科学知识相关的工作，虽然“不是专业作家，是有固定职业的业余作家”[①]，但却在科学创作上投入了巨大的热情与心血。1928 年，他出版的《安徒生传》，是当时国内第一部介绍安徒生创作与生活的书籍，成为国内早期安徒生研究的权威性资料。1930 年，顾均正到开明书店，任《中学生》杂志编译，将自己所译的法布尔的《化学奇谈》《每日物理学》刊载于此。这些文章面向以学生为主体的青少年群落，符合他们的阅读习惯与思维模式，又与教材知识相得益彰，极大地拓展了青少年的阅读视域，帮助他们建立起人生早期的科学思维与认知结构。1934 年，陈望道在上海创办《太白》半月刊，首次开辟“科学小品”专栏，顾均正与贾祖璋、刘薰宇、周建人等人作为该专栏的特约撰稿人，发表了大量短小精悍又意蕴深远的科学小品文。在创刊号上，顾均正的《昨天在哪里》，以简洁的千字文揭示了时间与运动之间的复杂关系，标志性地展现了顾均正科学小品由浅入深、由生活至理论的艺术追求，并折射出《太白》重视科学理性的创作宗旨。后来，“太白”时期的作品多辑录到 1935 年出版的《越想越糊涂》中，成为我国第一本科学小品选集，具有里程碑式的意义。1939 年，顾均正又与人合办了《科学趣味》杂志，前后历时三年，期间他不仅承担了组稿、编辑、校对等繁琐的出版工作，还为杂志撰写大量稿件，这种全能式的工作反映了顾均正的多才，也体现了

① 顾亚铨. 顾均正先生与《科学趣味》[J]. 科普创作，1992（4）：23.

他向公众传播科学的执著与热情。

1939 年，顾均正在《科学趣味》上陆续发表了《和平的梦》《伦敦奇疫》《在北极底下》三篇小说，并于 1940 年以“振之”的笔名将其辑为作品集《在北极底下》，由上海文化出版社出版。一直以来，这三篇小说被研究界认定为顾均正原创作品，2014 年，经日本学者上原香考证，它们的故事轮廓均来自于美国科幻杂志，如著名科幻刊物《惊奇故事》(*Amazing stories*)。情节设置与人物形象与原作较相仿，但并非单纯的翻译或照抄照搬，而是进行了改写与补充，并加入大量科学解释，体现了顾均正自身的科学观，[①] 是我国最早的一本科学幻想小说集。此三篇小说与另一篇《性变》为中国现代文学史上为数不多的科幻创作，构成了顾均正独特的科幻世界[②]，受到研究者的普遍重视。四篇小说从主题设置、情节推进到人物性格、矛盾冲突等，具有某种系统性，其匠心独运之处堪与同时代西方科幻大家相媲美。20 世纪 50 年代，顾均正又编译了大量的苏联科普读物，如别莱利曼的《趣味几何学》《趣味代数学》《趣味物理学》等，从颇具趣味的角度考察解析晦涩的几何学、数学、物理学，可谓别开生面。

顾均正走上创作之际，正值“五四”启蒙思潮席卷整个中国大地。开启民智，用西方的科学文化引导中国国民从愚钝、蒙昧状态中解放出来，是当时社会思潮的整体走向，由此，向民众灌输各种科学知识成为学界不可推卸之责任。顾均正适应这种知识启蒙需求，编撰了大量内容丰富、形式多样、涉及范围广泛的科学作品。对于封建迷信盛行已久的旧中国而言，他的创作拓展了民众的视野，使其从积重难返的思想桎梏中抽身而出，开始初步懂得并掌握科学理论及方法；而且，这种启蒙并非流于知识要点告知，或仅限于

---

① 参见上原香,《论顾均正对美国科幻的吸收融合：以〈在北极底下〉为例》，重庆：“中国科幻文学再出发学术工作坊”论文，2014 年 5 月。

郑军,《从科技文化视角理解科幻（上）——参加中国科幻文学再出发学术工作坊会后感想》，参见郑军博客，http：//zhengjun.blog.caixin.com/archives/71475, 2014-05-19.

② 有学者认为顾均正共创作了六篇科幻小说，常见的有上文谈到的四篇，第五篇于 2012 年被学者发现，是 1926 年发表在《学生杂志》的《无空气国》。参见“科幻任冬梅”博客,《发现顾均正第五篇科幻小说》，http：//blog.sina.com.cn/s/blog_648759a701018igx.html, 2012-10-18.

科学知识的传播或解释，而是有着更为深层的意义，那便是向公众提倡科学的思维，推介中国民众普遍生疏的科学精神，把浅层的知识启蒙转化为深刻的思想启蒙，并将科学的理性主义精神注入作品的各个角落，以期从正面意义上积极影响读者。他试图向公众讲述自己对科学的全方位思考：科学对人类正反两方面的作用，人类如何通过科学之镜反观自身，科学与其他领域的交互影响等。总之，在他的作品中，到处可以看到孜孜不倦的思想启蒙的努力。

二、“科”与“幻”之间的平衡：《和平的梦》等科幻小说的理性精神

科幻小说，单从字面意义说，它包括两种基本构成元素，即“科学性”与“幻想性”，它是“科”与“幻”的统一。至于二者应保持何种程度的比例关系，则见仁见智。透过顾均正的小说，我们可以清晰地看到他在“科”与“幻”之间的巧妙平衡，并看到强大的理性精神在创作中的主导作用。

他的理性首先体现在叙述上。强大的理性主义原则使他在叙述过程中，格外关注所涉及的科学原理的真实性、细节性及与现实的结合性，不厌其烦地讲述每个科技要点，采取多种形式将其穷形尽相地展示出来，不妄断，不信口开河，抱着近乎实证主义的态度进入写作。因此，他的作品从未出现过没有任何现实依附性的幻想，每个情节的推进、每句人物的语言、每个逻辑推理及故事结局、每个科学概念与科学现象的解释等无不力求客观公允实事求是，最能体现这一特色的是他的代表作《和平的梦》。

短篇小说《和平的梦》讲述了一个将催眠术应用于战争的阴谋。夏恩·马林是美国间谍，受命到敌国从事情报工作。他返回美国欲向上司汇报极东国心理学家李谷尔正在研究新兵器的消息，却赫然发现国内的抗敌形势已发生了根本性逆转，曾群情激愤声讨极东国侵略行径的国民忽然高喊停战口号，认为极东国发起的战争是正义的，要求美国投降，甚至连夏恩的上司也是如此。经过调查，夏恩发现，有个奇怪的电台每天都播放一种特别的铃音，它能使人迷醉并逐渐失去意识，意识模糊之际，有人开始宣传极东国是美国的朋友，要求美国向极东国妥协，美国民众的绥靖情绪正来自于电台的

蛊惑。夏恩发现宣传者正是李谷尔，原来他的新兵器就是借助电波对美国人民实施催眠，干预民众的思想，不费一兵一卒便赢得战争的胜利。于是，夏恩拼命摆脱声音的蛊惑，在收音机上装了环状天线，用它定位李谷尔电台的隐藏地，最后成功地找到了他，命令李谷尔重新向全国广播，告诉美国民众目前面临的危险，美国最终从“和平”的噩梦中醒来了。

《和平的梦》虽篇幅不长，却体现了顾均正对科学、战争的认知，并具有强烈的现实指涉性。日本位于中国的东方，以“极东国”影射日本之意呼之欲出。小说中主人公夏恩由极东国返回美国时恰好处于战争的关键阶段，美国人民已能看到胜利曙光的召唤，而作品产生的1939年也正是抗日战争至关重要的时刻，中日双方已转入战略相持，日军无足够实力再发动全面的大规模进攻，此时恰是凝聚全国斗志逆转敌强我弱局面的最佳时机，作家鼓舞民族士气的创作意图与爱国主义情怀不言自明。小说的现实意义，与1932年老舍先生《猫城记》中以“猫城”喻指中国、“矮子国”喻指日本、两国交战喻指中日战争具有同类性。《和平的梦》的现实性军事题材与同时期西方科幻界盛行的题材有着很大区别，如同一时期西方常见的题材有未来世界（1940年海因莱因《必须滚动的道路》）、宇宙神奇（1937年欧拉夫·斯特普尔顿《星球缔造者》）、外星想象（1938年C. S. 刘易斯《来自寂静的星球》、1941年艾萨克·阿西莫夫《日暮》）、外星生物（1936年约翰·坎贝尔《火星上的思想剽窃者》及1938年的《谁去那里？》）、机器人（1939年艾萨克·阿西莫夫《罗比》及1941年的《推理》）等。作为一篇科幻小说，《和平的梦》设置了与作品产生时代同步的背景，叙述中又传达着强烈的现实功利性，即为抗日凝聚人心，这些都使作品的时代性、民族性特征得以凸显。

《和平的梦》并不缺少“幻”的因素。李谷尔的催眠电波能够向人脑输入信息并控制其思维，孤胆英雄夏恩以一己之力扭转了民族危机，使美国最终赢得了这场战争。这些无疑具有“幻”的成分，也是构成跌宕情节、抓住读者兴趣的因素。不过相比之下，小说对于“科”更为侧重，关注对各种科学原理的解释，甚至采用画图与文字注释相结合的方法细致描写涉及的电磁理论，科学意味浓厚，理性分析充分翔实。夏恩与康司顿博士就催眠术展开的讨论与实验，夏恩将环状天线装在飞机的收音机上寻找李谷尔等情节均从科学角度出发，每个细节都透露出作者的仔细推敲与释疑解惑的良苦用心。当然过于关注科学知识的阐述也会带来一些负面作用，在某种程度上打断读者对情节的期待，造成阅读情绪中断，这种方法在当代科幻小说中已经式微。就“科”与“幻”的比例而言,《和平的梦》可视作故事层面的“虚构叙事”与其他层面的“科学叙事”的结合，故事诚然是杜撰的，但故事的整体结构与发展线索及理论逻辑都符合科学精神。

小说塑造了英雄夏恩的形象，面对国人受到的迷惑与摆布，他始终保持着清醒的头脑，对内不畏上司的反对，不盲从于众人的趋骛；对外不惧极东国的科技优势，在与李谷尔的交锋中有勇有谋有胆有识，冒着生命危险化解了国家面临的灾难。他不仅是小说中的人物，更是科学精神的载体，拥有精神上的强悍与魅力。他似乎在奋力追逐着一种超越现实的飞扬的自由，这种自由并非就身体或心理而言，而是“思想上不受权威和社会偏见的束缚，也不受一般违背哲理的常规和习惯的束缚”。① 有了这种对自由的信仰，便不会在严酷的现实中迷失方向和自我。夏恩的形象对于 20 世纪 40 年代旧中国的民众有着某种示范性意义，他强悍的人格、独立思考的能力及对自由的信仰正是中华民族当时极为欠缺的。

但如果科学是一种至高无上的自由，它本身有无疆域，有无禁区，是否可以随心所欲呢？顾均正发表在其主编的《科学趣味》1940 年第二卷 1~6 期的科幻小说《性变》，对这一主题进行了深刻剖析。变性题材在当时较为前卫，虽然早在 20 世纪 30 年代世界上就已出现了变性手术，但对当时的中国而言尚属新异，因此，这篇小说可谓已关注到了最先进的国际科技水平并深入到伦理思辨领域，有评论者惊叹：“在那个各种政治势力针锋相对的时代里，在中国能够产生《性变》这样并非关注时局和政治，而是关注基本人性的科幻小说，应该是个小小的奇迹。” ② 小说中，顾均正前瞻性地看到了科学

① ［德］爱因斯坦．自由与科学［M］// 孙伟林．民主与科学百期文萃．北京：学苑出版社，2006：57.

② 吴岩．科幻文学理论和学科体系建设［M］. 重庆：重庆出版社，2008：266.

与伦理道德之间的辩证关系，这种深度思考对同时代的科幻创作具有启发式意义。倪维礼博士为了将女儿留在身边完成自己的科学研究而不允许她结婚，在没有征得女儿同意的情况下，一意孤行地用自己发明的“女变男”药水将其变成男孩子。他的行为是否可以假“科学研究”之名获得允许或同情，显然作者给出了否定的答案。之后，女儿的恋人沈大纲为报复倪教授毁掉自己的爱情，用“男变女”药水将其变成了一个老妇人，这种看似“正义的复仇”本身也不可原谅。小说表明顾均正对科学的深思，科学倘若超出所适用的范畴，破坏了人性的正当需求和社会伦理秩序，那么其危害也并不亚于愚昧落后。“干预生命的后果必然导致人伦关系的错乱，生物谱系的错乱。”[①] 并直接瓦解人类赖以自处的一系列规范。

作者在小说叙述中，从未采取过“作者闯入”或“无所不知”[②] 的叙述视角，以强行介入的方式将个人观点强加于读者，而是不露声色地将叙述态度深藏于情节深处，由读者通过阅读自主归纳概括。由此可以看出顾均正深谙叙述学理论的规则，“叙述者如果过于外露，那么他被完全信赖的可能也就微乎其微”[③]。因此，客观介绍物象及情节，有意回避阐释评价等主观倾向，能够在很大程度上提高作品的可信度，并逐步培养出拒绝盲从、主动式思维的理想读者。“五四”启蒙思潮之后，“科学”与“民主”已被知识界视为两面思想的旗帜，能够站在时代的潮头反思科学的终极价值和负面作用是极其不易的，它不仅需要突破个人的狭窄视域，还需要突破整个时代的思想局限，从而成为具有超越时代的深度启蒙。《性变》中的情节让人联想到二战时奥斯威辛集中营的“死亡使者”门格尔医生，为实现所谓科学理想，他竟亲手杀害了两百多对双胞胎做实验，以研究他们之间的生物差异性。他的“科学理想”，事实上成了民粹主义、纳粹主义与残酷屠杀的借口。倪维礼与沈大纲的做法虽然尚未严重至此，但是从本质上来讲，二者忽视他人的幸福诉求与生

① 江晓原，刘兵．伦理能不能管科学［M］．上海：华东师范大学出版社，2009：52.

② 谭君强．叙事理论与审美文化［M］．北京：中国社会科学出版社，2002：54.

③［美］苏珊·S. 兰瑟．虚构的权威［M］．黄必康，译．北京：北京大学出版社，2002：19.

命诉求，擅自改变他人性别的做法也是一种科学法西斯主义，它的强权与非人性让我们认识到，科学应有自己的边界与禁区，因为“科学家的优越性是被假定的，并没有得到论证”[①]。《性变》引发了人们对“科学”优势的反思，较早地涉及了科学的自由性及其道德伦理意义上的不自由性，旗帜鲜明地反对科技异化给人们带来的灾难，这既是科学上的一种认知，同时又是深刻的具有文化意义的反思。

顾均正的作品“严格地忠于科学……有严格、丰富的科学内容和一定的思想性”，[②] 创作主旨是“反对单纯追求趣味而走向猎奇”。[③] 从他的小说中，可以看到一个科学爱好者甚至研究者的严谨与执着。《和平的梦》“用大量的篇幅描述了无线电技术的原理与使用；而在《伦敦奇疫》的行文中，出现了化学方程式，这在文学作品中实属罕见”。[④] 他耐心地讲述复杂深奥的定理、化学反应、最新术语，细致周到地插入图形、注释、外文称谓、国际科技研究成果等，以整肃严格的标准展现高度的科学性，像一位循循善诱、谆谆教诲的良师，从不回避科学解释的繁难艰深，这应得益于其多年从事自然科学编辑及踏实严谨的学习态度。《在北极底下》中关于地球磁场的物理分析，《伦敦奇疫》中“疫情”的由来、防范、消除中所用到的化学原理，均使读者感受到一丝不苟的科学态度。

在这种理性主义创作观主导下，顾均正很少天马行空的虚构，他的叙事往往将严谨的推理与基于一定科技前提下的合理想象作为线索。比如《伦敦奇疫》中，斯坦其尔博士利用含有大量镁元素的触媒，经过太阳照射与空气中的氮、氧发生反应，加之伦敦多雾的天气又提供了反应必需的水分，因此生成了无限量的硝酸，能够腐蚀人类的肺脏，甚至破坏水泥钢铁；在《在北极底下》中，诺贝尔奖获得者磁学家亨利·卡梅隆欲炸掉北极大磁铁矿，把它埋入地下，而代之以人造磁北极，以获得巨额利润；《和平的

---

① ［美］保罗·法伊尔阿本德．自由社会中的科学［M］．兰征，译．上海：上海译文出版社，1990：75.

② 程民．科学小品在中国［M］．北京：科学出版社，2009：40.

③ 叶永烈．中国科学小品选（1934—1949）［M］．天津：天津科学技术出版社，1984：17.

④ 吴岩．科幻文学理论和学科体系建设［M］．重庆：重庆出版社，2008：266.

梦》中的催眠术与心理作用等等。上述情节均展现了不同程度的科学性，与当时的国际科技水平紧密相连。这一特点与法国科幻作家凡尔纳相仿，凡尔纳在作品中常加入大量的关于天文地理方面的事实材料，“在面对无事实支撑的想象时是相当不自在的”。[①] 凡尔纳的创作观念中，“念念不忘的写作目的一直是向读者教授或‘介绍’科学知识”。[②]《从地球到月球》中关于弹道学和火药方面的历史和物理学知识，《环游月球》的“科学事实”风格，《海底两万里》中的海洋知识，《神秘岛》中众多野生动植物、博物史、工程学知识，《格兰特船长的儿女们》中的地理学、动物学知识等，将科学的理性主义作为叙述的动力，成为故事翱翔的翅膀，如果失去这双翅膀，故事也将无所凭附。

与凡尔纳的创作观相仿，顾均正反对科幻小说中过于夸大“幻”的因素。他早期接触西方科幻作品时，曾对外国杂志上的科学小说提出过严肃的批评，认为“其中空想的成分太多，科学的成分太少”。[③] 表明了他对科幻作品虚妄风格的否定。在谈到自己写作科幻小说的起因时，虽然他承认是威尔斯的《未来世界》引起了自己的兴味，但对有着“脱缰野马般的想象力”[④] 的威尔斯却颇不赞同，如对威尔斯《隐身人》的思索，“究竟那个隐身的人何以能够隐身，却只有假定的事实而没有科学的依据。结果我们只能把它当《西游记》《封神榜》看，称之为科学小说，实在是名不副实的”。[⑤] 的确，威尔斯《隐身人》中并未有关于隐身人格里芬教授如何达到隐身的描述，这便让人不由得怀疑整部小说赖以成立的基础，于是顾均正反思：“我们能不能，并且要不要利用这一类小说来多装一点科学的东西，以作普及科学教育的一助

---

① ［英］亚当·罗伯茨．科幻小说史［M］．马小悟，译．北京：北京大学出版社，2010：138.

② 吴岩．科幻文学理论和学科体系建设［M］．重庆：重庆出版社，2008：29.

③ 顾均正．《在北极底下》序［M］// 黄伊．作家论科学文艺：第1辑．南京：江苏科学技术出版社，1980：20.

④ ［英］亚当·罗伯茨．科幻小说史［M］．马小悟，译．北京：北京大学出版社，2010：166.

⑤ 顾均正．《在北极底下》序［M］// 黄伊．作家论科学文艺：第1辑．南京：江苏科学技术出版社，1980：20.

呢？”[①] 可见，顾均正写作科幻小说的初衷包含着强烈的公共传播与教育目的，与单纯沉溺于虚构的作家不同，他想使读者通过阅读更准确地了解和把握这个世界，了解科学的多个侧面，这一目的使他的小说更注重科学道理、科学规律及科学设想，并作好了随时迎接读者盘问推敲的准备。因此，他从不让幻想成分凌驾于科学推理之上，不让想象力失去科学的依据成为无源之水无本之木，使科幻小说流于简单的臆想。当然，顾均正对威尔斯的批评牵涉到“技术性科幻”与“社会性科幻”的区别和不同功能，其批评不一定全面。

除却创作观念的理性主义追求外，在结构与主题方面，顾均正的小说同样彰显出强大的理性主义色彩。其小说的结构往往是正义与邪恶的互搏，理性与非理性之间发生的矛盾冲突，最后理性压倒非理性，使人类社会恢复到原有的秩序。如果说理性代表着纪律、约束、原则、信念、知性、公平、正义，那么，非理性则表现为狂妄、自大、病态、非道德、放纵、暴力、恐怖、贪欲。顾均正作品中的正面人物如夏恩（《和平的梦》）、凯恩（《在北极底下》）、殷格朗（《伦敦奇疫》）是“理性”的代表，这些主人公对于自己的行为有着逻辑清晰的思维脉络，每一个行动背后都有着理性的支撑和强大的科学做后盾。他们是“凡尔纳式的英雄”，是“科学超人”，既拥有超人的智慧，更拥有超人的精神力量，能够在常人难以面对的压力面前保持客观冷静与理性从容的态度。这些“科学超人”也体现出顾均正对“科学正途”的首肯与强烈呼唤，与阿西莫夫对科幻小说的定位“应肩负起科学的伦理学价值这一观念”[②] 不谋而合，将中国科幻的思想高度提升至世界水平。

与此相对，反面人物则是一群陷入“疯癫”状态的“科学狂人”形象，他们往往借助科技手段达到无限膨胀的个人目的。李谷尔欲通过电波催眠达到对美国人民心灵的控制，使极东国的霸权主义、侵略主义得逞（《和平的

---

① 顾均正.《在北极底下》序［M］// 黄伊. 作家论科学文艺：第 1 辑. 南京：江苏科学技术出版社，1980：20.

② ［英］亚当·罗伯茨. 科幻小说史［M］. 马小悟，译. 北京：北京大学出版社，2010：215.

梦》)；卡梅隆以人造磁极代替磁北极来换取巨额利润（《在北极底下》），斯坦其尔博士利用伦敦多雾的天气生成了无限量的硝酸，使疫情在伦敦蔓延并危害整个人类（《伦敦奇疫》)；倪维礼将女儿变成男子（《性变》)，这些行为无疑都是疯狂和邪恶的。顾均正笔下的“科学狂人”与凡尔纳、威尔斯等西方科幻小说大家笔下的“科学狂人”有着极高的相似性，他们几乎都是超常智力与疯狂思想的混合体，精通科学，却使科学成为异化人类的工具，走向人类的反面，演化成一种不受控制与约束的极端权力。凡尔纳的《培根的五亿法郎》中疯狂的德国教授舒茨,《不上不下》中的“北极实践协会”,《世界主宰》中的罗比尔，威尔斯《隐身人》中的格里芬,《莫洛博士岛》中的莫洛，别利亚耶夫《大独裁者》中的施蒂纳，这些“科学狂人”不是简单的病理学或医学上的患者，也不是偶然的个体现象，而是一种反人类文化的产物，他们的最终覆灭代表着的是理性主义的不可撼动，表明“理性被认为是理解阐明人类生活和宇宙秩序的惟一有效而公正的手段”，[①] 并且是保障社会按正常秩序运转的有力工具。

顾均正小说的情节往往是科学超人与科学狂人的对垒，矛盾设置较为单一,四篇小说中有三篇以超人战胜狂人为最终结局。或许囿于小说的篇幅限制，人物的个性展示往往不够充分，他们通常是无可挑剔的正面形象，是勇敢、正义、理智、道德等的化身，人性中普遍存在的弱点及内心深处应有的复杂活动则较少描述，情节的模式化倾向较为明显，这也是那个时代科幻创作的整体特征。

三、文学性、趣味性与思想性的统一：顾均正科学小品的特色

相较于科幻小说的成就，顾均正的科学小品与翻译实绩毫不逊色，在创作数量、科技前沿性、实效性等方面甚至远远超过小说。因此在对顾均正的研究中，小品与译作是无法绕开的巨大存在。阅读他的此类作品，总能给人一种奇特的感觉，它是温暖的、和煦的、打动人心的，这种感觉潜藏在文字

① 汪安民．福柯的界线［M］．北京：中国社会科学出版社，2002：30.

背后，让人阅读时欲罢不能。

顾均正追求一种“杂糅”式文体，将文学、历史、文化、社会生活与科学深思水乳交融，这种有意的追求贯穿他所有的作品，给相对枯燥的科学理论披上了华彩的外衣，让科学摆脱坐而论道的程式，变得亲切自然。俄国形式主义代表人物雅各布逊对文学性作过一个精辟的比喻，“文学性，或者说诗意性（Poeticity），如烹调用的食油，人不能单纯去食用它，可是当把这作为烹调油，与其他食物一起进行加工后，它就不只是附加物，而是改变了食物的味道。”① 顾均正便非常重视作品的文学性，使其渗透到整个文本中。他常借用叙事文学包括散文的表现手法，如在科学小品《骆驼绒袍子的故事》中，作者想要讲述汽油的燃点很低，放置时应远离火源的道理，但却毫无说教，通过“我”与“妻子”（分别代表着普通民众和有一定科学见解的知识分子）逐步深入的对话将汽油的特性抽丝剥茧地引申开来，充分满足了读者的各种不解与好奇。一篇短短的小品中既有物理原理，又有家庭生活、夫妻关系甚至人物性格，即使对科学本身兴趣不大的人也会产生阅读兴趣。他甚至尝试过用相声的形式表现科学内容，比如由他参与创作的我国第一篇科学相声《一对好伴侣》，在读者的笑声中，鞭辟入里地讲述物理上的作用力与反作用力，可谓一次难得的尝试。

顾均正科学小品常能抓住新异的题材。不过，仅有好的题材是不够的，还需要叙述技巧。如何叙述，在本质上体现着作家“关于世界及其结构和进程的清晰体验和思考模式”。② 顾均正对叙述结构的反复琢磨，充分显示了他对世界的认知及对读者感受和阅读效果的重视，他经常会采用文学中“讲故事”的方法，预设一个“叙述读者”，即“叙述者为之写作的想象的读者”，③ 然后，在一种虚拟的情境中面对他并与之交换立场，达到彼此沟通交流的预设效果。他在《谈〈北京来到了我们的面前〉》中明确提到：“平铺直叙既然

① 方珊. 形式主义文论［M］. 济南：山东教育出版社，1999：106.

② ［美］海登·怀特. 后现代历史叙事学［M］. 北京：中国社会科学出版社，2003：346.

③ ［美］詹姆斯·费伦. 作为修辞的叙事［M］. 陈永国，译. 北京：北京大学出版社，2002：111.

写不好，就想到可以用奇峰突起的姿态出现在读者的面前，把读者吸引过来。”“最好用对话来写。”① 这些话体现了他对言说方式的关注，将内容层面的“写什么”与形式层面的“怎么写”和谐地统一起来，赋予作品一种最契合的叙述方式，从文本接受者的角度思考创作、改进创作，当这成为一种无意识的自觉时，便使文章具备了不可抗拒的魅力。也正是因为顾均正的精心巧智，才使这些冷冰冰的科学理论一改正襟危坐、拒人千里之外的姿态，而具有了强大的亲和力与感染力，更易激起读者的共鸣。

《耳闻不如一见？——从焦尾琴谈起》一文欲说明：人们通常认可的“眼见为实耳听为虚”并非绝对真理，有时听觉比视觉更真切可靠。但作者并未直接说出这一结论，而是由浅入深，先讲东汉的蔡邕听到桐木燃烧时发出爆裂声断定这是作琴的好材料，最终造出了闻名远近的焦尾琴，通过历史故事引申出了人们经常忽略的一个事实，即人的视力存在着迟钝与错觉，并没有想象中的那么心明眼亮。在这篇不足二百字的小品中，史实、虚构、引申、说理有机地融合在一起，有理有据，深入浅出，读来兴趣盎然。《马浪荡炒栗子》一文中，先写马浪荡炒栗子不肯放砂，以为不放砂，栗子熟得快些，谁知栗子爆起来，把他的面孔都打痛了。原来，冷热不均会导致栗子爆裂，但热为什么能使物质膨胀，冷为什么能使物质收缩呢？由此作者深入细致地分析热与膨胀的关系，使读者从生活细节中体味其中蕴含的道理，全文表述清晰，简洁流畅，毫不生涩。顾均正非常欣赏苏联科普作家伊林，敬佩“他把极复杂的现象写得这样简单明了，把极深奥的道理解释得这样清楚易懂。”② 将复杂的知识简单化、生活化，用平实易懂的语言简明扼要地表述出来，是顾均正科学小品的特点之一。

顾均正的作品总能让人感觉到叙事的生动、温暖与平和，这种感觉缘于作者极其重视作品的趣味性，以及他不疾不徐娓娓道来的风格和视读者如知

① 顾均正．引人入胜［M］// 章道义．中国科普名家名作．济南：山东教育出版社，2002：135.

② 顾均正．向伊林学习［M］// 黄伊．作家论科学文艺：第 2 辑．南京：江苏科学技术出版社，1980：250.

心好友的平等态度，使阅读在不知不觉中成为亲切的交谈。在谈到关于小品的趣味性时，顾均正曾说："我每写一篇科普作品，在事前总有一些写作方法上的考虑。考虑什么？那就是如何引人入胜。如何使读者见到这篇文章想看、要看、喜欢看？"① 他的小品往往从题目开始便能强有力地抓住读者的好奇心，如《水是有皮的》《血是有毒的》《假使你遇见魔鬼》《生命的冷藏》《出身微贱的白金》《血液杀人》《试管中的新兵器》《一加一不一定等于二》《未来的吃》《神话的月与科学的月》《雪国的探险》等，题目首先向读者展示了一个新奇的问题，使人不忍掩卷。行文之中，他还会不断提出一些充满新意的设想，带领读者积极思索，"把一把手枪放在海洋的最深处，现在假使扳机开放起来，会发生怎样的结果呢？"（《越想越糊涂》）"是不是你今天早上一觉醒来，昨天就突然消灭了？是不是你今天晚上睡过一夜，明天就突然出现了？或者，昨天在你离开以后，还是继续存在着？明天在你没有碰到的时候，也早就有着的？"（《昨天在哪里？》）这些问题极易激发读者的兴趣，像绳索一样牵引着读者走向知识的深处。

在重视趣味性的同时，顾均正又极力避免因过于重视趣味而忽略思想性的倾向，因此，他并不用"趣味"二字概括自己的写作追求，只说希望作品能够"引人入胜"，因为："过于追求趣味性，也有它的不健康的一面，我们写文章绝不能单纯为了追求趣味而忽略了它的思想性。""我在写作的时候，总把提高思想性这个要求作为努力的方向。"② 因此，思想性在顾均正的小品中是同样被关注的。可以说，趣味是叙述的手段，思想才是最终的目的。

同样，顾均正的译作也保持着对文学性、趣味性、思想性的关注。在选择国外作品译介时，他非常关注原作是否具备以上风格特征，然后才用生动流畅的语言进行翻译。译作如保罗·缪塞的《风先生和雨太太》《白猫》《三公主》《水莲花》《夜莺》《乌拉波拉故事集》，萨克雷童话的《玫瑰与指环》，斯蒂文生的《宝岛》《挪威民间故事集》等，人物性格突出，情节跌宕起伏，

① 顾均正．引人入胜［M］// 章道义．中国科普名家名作．济南：山东教育出版社，2002：135.

② 同①。

引人入胜。他把德国科学家、科普作家柏吉尔科学童话《乌拉波拉故事集》称为“蜜渍的果脯”，非常赞赏它的可回味性，其中被选入小学语文教材选录的《琥珀》，便是由此集中改写的一篇。同样，译作法布尔的《化学奇谈》也是以两个好学的孩子跟从保罗叔叔学化学为故事框架，从而消解了化学本身的枯燥。

除此之外，顾均正也非常重视作品与实践的关系，作品既从实践中产生，又能回到实践中去。为了写《不怕逆风》中的作品，1960 年 6 月，他亲自到上海参观了二十来个工厂和三所职工业余学校，题材便出自这些参观中的体验。为了创作《煤气储量指示计》《又好又省》等作品，他还曾写信给有关单位作了认真细致的调查。同时，他鼓励读者进行科学实践以获得对理论的验证，精心设计了两百多个实验，汇集成一本《少年化学实验手册》，考虑到当时读者的物质条件，他特意选用最简单的仪器，并亲自设计了一个实验箱，里面装有仪器和药品，读者可利用这个实验箱把两百多个实验全部做完。这便使科学知识成了一种与生活紧密相连的实践活动，而不是书斋中毫无活力的文字说明。

综上所述，顾均正以他强烈的启蒙思想将大众思维引向更为深广的空间，以此对抗千百年来愚民的封建教育，他的理性主义创作宗旨又使这种启蒙得以深化，使作品以更为严密更可信任的姿态出现。顾均正的一生，以勤勉与严谨奠定了民国时期科学创作的基础，其行可佩，其功可嘉。他形式多样、数量众多、文风活泼的作品成为中国科普科幻创作由现代向当代过渡时期不可磨灭的印迹，在民国时期至建国前后发挥着重要的里程碑的作用。

铁鱼底鳃

◎ 许地山

那天下午警报底解除信号已经响过了。华南一个大城市的一条热闹马路上排满了两行人，都在肃立着，望着那预备保卫国土的壮丁队游行。他们队里，说来很奇怪，没有一个是扛枪的。戴的是平常的斗笠，穿的是灰色衣服，不像兵士，也不像农人。巡行自然是为耀武扬威给自家人看，其他有什么目的，就不得而知了。

大队过去之后，路边闪出一个老头，头发蓬松得像戴着一顶皮帽子，穿的虽然是西服，可是缝补得走了样了。他手里抱着一卷东西。匆忙地越过巷口，不提防撞到一个人。

“雷先生，这么忙！”

老头抬头，认得是他底一个不很熟悉的朋友。事实上雷先生并没有至交。这位朋友也是方才被游行队阻挠了一会儿，赶着要回家去的。雷见他打招呼，不由得站住对他说：“唔，原来是黄先生。黄先生一向少见了。你也是从避弹室出来的罢？他们演习抗战，我们这班没用的人，可跟着在演习逃难哪！”

“可不是！”黄笑着回答他。

两人不由得站住，谈了些闲话。直到黄问起他手里抱着的是什么东西，他才说：“这是我的心血所在，说来话长，你如有兴致，可以请到舍下，我打开给你看看，看完还要请教。”

黄早知道他是一个最早被派到外国学制大炮的官学生，回国以后，国内没有铸炮的兵工厂，以致他一辈子坎坷不得意。英文、算学教员当过一阵，工厂也管理过好些年，最后在离那大城市不远的一个割让岛上底海军船坞做一份小小的职员，但也早已辞掉不干了。他知道这老人家底兴趣是在兵器学上，心里想看他手里所抱的，一定又是理想中的什么武器底图样了。他微笑向着雷，顺口地说：“雷先生，我猜又是什么‘死光镜’、‘飞机箭’一类的利器图样罢？”他说着好像有点不相信，因为从来他所画的图样，献给军事当局，就没有一样被采用过。虽然说他太过于理想或说他不成的人未必全对，他到底是没有成绩拿出来给人看过。

雷回答黄说：“不是，不是，这个比那些都要紧。我想你是不会感到什么兴趣的。再见罢。”说着，一面就迈他底步。

黄倒被他底话引起兴趣来了。他跟着雷，一面说：“有新发明，当然要先睹为快的。这里离舍下不远，不如先到舍下一谈罢。”

“不敢打搅，你只看这蓝图是没有趣味的。我已经做了一个小模型，请到舍下，我实验给你看。”

黄索性不再问到底是什么，就信步随着他走。二人默默地并肩而行，不一会已经到了家。老头子走得有点喘，让客人先进屋里去，自己随着把手里的纸卷放在桌上，坐在一边。黄是头一次到他家，看见四壁挂的蓝图，各色各样，说不清是什么。厅后面一张小小的工作桌子，锯、钳，螺蛳旋一类的工具安排得很有条理。架上放着几只小木箱。

“这就是我最近想出来的一只潜艇底模型。”雷顺着黄先生的视线到架边把一个长度约有三尺的木箱拿下来，打开取出一条“铁鱼”来。他接着说：“我已经想了好几年了。我这潜艇特点是它像一条鱼，有能呼吸的鳃。”

他领黄到屋后底天井，那里有他用铅板自制的一个大盆，长约八尺，外面用木板护着，一看就知道是用三个大洋货箱改造的。盆里盛着四尺多深的水。他在没把铁鱼放进水里之前，把“鱼”底上盖揭开，将内部的机构给黄说明了。他说，他底“鱼”底空气供给法与现在所用的机构不同。他底铁鱼可以取得氧气，像真鱼在水里呼吸一般，所以在水里的时间可以很长，甚至几天不浮上水面都可以。说着他又把方才的蓝图打开，一张一张地指示出来。他说，他一听见警报，什么都不拿，就拿着那卷蓝图出外去逃避。对于其他的长处，他又说：“我这鱼有很多‘游目’，无论沉下多么深，平常的折光探视镜所办不到的，只要放几个‘游目’使它们浮在水面，靠着电流底传达，可以把水面与空中底情形投影到艇里底镜版上。浮在水面的‘游目’体积很小，形状也可以随意改装，虽然低飞的飞机也不容易发见它们。还有它底鱼雷放射管是在艇外，放射的时候艇身不必移动，便可以求到任何方向，也没有像旧式潜艇在放射鱼雷时会发生可能的危险的情形。还有艇里底水手，个个有一个人造鳃，万一艇身失事，人人都可以迅速地从方便门逃出，浮到水面。”

他一面说，一面揭开模型上一个蜂房式的转盘门，说明水手可以怎样逃生。但黄已经有点不耐烦了。他说：“你底专业话，请少说罢，说了我也不大懂，不如先把它放下水里试试，再讲道理，如何？”

“成，成。”雷回答着，一面把小发电机拨动，把上盖盖严密了，放在水里。果然沉下许久，放了一个小鱼雷再浮上来。他接着说：“这个还不能解明铁鳃的工作，你到屋里，我再把一个模型给你看。”他顺手把小潜艇拖进来放在桌子上，又领黄到架底另一边，从一个小木箱取出一副铁鳃底模型。那模型像一个人家养鱼的玻璃箱，中间隔了两片玻璃板，很巧妙的小机构就夹在当中。他在一边注水，把电线接在插销上。有水的那一面底玻璃板有许多细致的长缝，水可以沁进去，不久，果然玻璃板中间底小机构与唧筒发动起来了。没水的这一面，代表艇内底一部，有几个像唧筒的东西，连着板上底许多管子。他告诉黄先生说，那模型就是一个人造鳃，从水里抽出氧气，同时还可以把炭气排泄出来。他说，艇里还有调节机，能把空气调和到人可呼吸自如的程度。关于水底压力问题，他说，战斗用的艇是不会潜到深海里去的。他也在研究着怎样做一只可以探测深海的潜艇，不过还没有什么把握。

黄听了一套一套他所不大懂的话，也不愿意发问，只由他自己说得天花乱坠，一直等到他把蓝图卷好，把所有的小模型放回原地，再坐下想与他谈些别的。

但雷底兴趣还是在他底铁鳃。他不歇地说他底发明怎样有用，和怎样可以增强中国海底军备。

“你应当把你底发明献给军事当局，也许他们中间有人会注意到这事，给你一个机会到船坞去建造一只出来试试。”黄说着就站起来。

雷知道他要走，便阻止他说：“黄先生忙什么？今晚大家到茶室去吃一点东西，容我做东道。”

黄知道他很穷，不愿意使他破费，便又坐下说：“不，不，多谢，我还有一点别的事要办，在家多谈一会罢。”

他们继续方才的谈话，从原理谈到建造底问题。

雷对黄说他怎样从制炮一直到船坞工作，都没得机会发展他底才学。他说，别人是所学非所用，像他简直是学无所用了。

“海军船坞于你这样的发明应当注意的。为什么他们让你走呢？”

“你要记得那是别人底船坞呀，先生，我老实说，我对于潜艇底兴趣也是在那船坞工作的期间生起来的。我在去船坞工作之前，是在制袜工厂当经理。后来那工厂倒闭了，正巧那里的海军船坞要一个机器工人，我就以熟练工人底资格被取上了。我当然不敢说我是受过专门教育的，因为他们要的只是熟练工人。”

“也许你说出你底资格，他们更要给你相当的地位。”

雷摇头说：“不，不，他们一定会不要我。我在任何时间所需要的只是吃。受三十元‘西纸’的工资，总比不着边际的希望来得稳当。他们不久发现我很能修理大炮和电机，常常派我到战舰上与潜艇里工作。自然我所学的，经过几十年间已经不适用了，但在船坞里受了大工程师底指挥，倒增益了不少的新知识。我对于一切都不敢用专门名词来与那班外国工程师谈话，怕他们怀疑我。他们有时也觉得我说的不是当地底‘咸水英语’，常问我在那里学的，我说我是英属美洲的华侨，就把他们瞒过了。”

“你为什么要辞工呢？”

“说来，理由很简单。因为我研究潜艇，每到艇里工作的时候，和水手们谈话，探问他们底经验与困难。有一次，教一位军官注意了，从此不派我到潜艇里去工作。他们已经怀疑我是奸细。好在我机警，预先把我自己画的图样藏到别处去，不然万一有人到我底住所检查，那就麻烦了。我想，我也没有把我自己画的图样献给他们的理由，自己民族底利益得放在头里，于是辞了工，离开那船坞。”

黄问：“照理想，你应当到中国底造船厂去。”

雷急急地摇头说：“中国的造船厂？不成，有些造船厂都是个同乡会所，你不知道吗？我所知道的一所造船厂，凡要踏进那厂底大门的非得同当权的有点直接或间接的血统或裙带关系，不能得到相当的地位。纵然能进去，我提出来的计划，如能申请到一笔试验费，也许到实际的工作上已剩下不多了。没有成绩不但是惹人笑话，也许还要派上个罪名。这样，谁受得了呢？”

黄说：“我看你底发明如果能实现，却是很重要的一件事。国里现在成立了不少高深学术底研究院，你何不也教他们注意一下你底理论，试验试验你底模型？”

“又来了！你想我是七十岁左右的人，还有爱出风头的心思吗？许多自号为发明家的，今日招待报馆记者，明日到学校演讲，说得自己不晓得多么有本领，爱迪生和爱因斯坦都不如他，把人听腻了。主持研究院的多半是年轻的八分学者，对于事物不肯虚心，很轻易地给下断语，而且他们好像还有‘帮’底组织，像青、红帮似的。不同帮的也别妄生玄想。我平素最不喜欢与这班学帮中人来往。他们中间也没人知道我底存在。我又何必把成绩送去给他们审查，费了他们底精神来批评我几句，我又觉得过意不去，也犯不上这样做。”

黄看看时间，随即站起来，说：“你老哥把世情看得太透彻，看来你底发明是没有实现的机会了。”

“我也知道，但有什么法子呢？这事个人也帮不了忙，不但要用钱很多，而且军用的东西又是不能随便制造的。我只希望我能活到国家感觉需要而信得过我的那一天来到。”

雷说着，黄已踏出厅门。他说：“再见罢，我也希望你有那一天。”

这位发明家底性格是很板直的，不大认识他的，常会误以为他是个犯神经病的，事实上已有人叫他做“戆雷”。他家里没有什么人，只有一个在马尼剌当教员的守寡儿媳妇和一个在那里念书的孙子。自从十几年前辞掉船坞底工作之后，每月的费用是儿媳妇供给。因为他自己要一个小小的工作室，所以经济的力量不能容他住在那割让岛上。他虽是七十三四岁的人，身体倒还康健，除了做轮子、安管子、打铜、锉铁之外，没有别的嗜好，烟不抽，茶也不常喝。因为生存在儿媳妇底孝心上，使他每每想着当时不该辞掉船坞底职务。假若再做过一年，他就可以得着一份长粮，最少也比吃儿媳妇的好。不过他并不十分懊悔，因为他辞工的时候正在那里大罢工的不久之前，爱国思想膨胀得到极高度，所以觉得到中国别处去等机会是很有意义的。他有很多造船工程底书籍，常常想把它们卖掉，可是没人要。他的太太早过世了，家里只有一个老佣妇来喜服侍他。那老婆子也是他的妻子的随嫁婢，后来嫁出去，丈夫死了，无以为生，于是回来做工，她虽不收工资，但事实上是个管家，雷所用的钱都是从她手里要。这样相依为命已经过了二十多年了。

黄去了以后，来喜把饭端出来，与他一同吃。吃着，他对来喜说：“这两天风声很不好，穿屐的也要进来。我们得检点一下，万一变乱临头，也不至于手忙脚乱。”

来喜说：“不说是没什么要紧了吗？一般官眷都还没走，大概不至于有什么大乱罢。”

“官眷走动了没有，我们怎么会知道呢？告示与新闻所说的是绝对靠不住的。一般人是太过信任印刷品了。我告诉你罢，现在当局的，许多是无勇无谋、贪权好利的一流人物，不做石敬瑭献十六州，已经可以被人称为爱国了。你念摸鱼书和看残唐五代底戏，当然记得石敬瑭怎样献地给人。”

“是，记得。”来喜点头回答，“不过献了十六州，石敬瑭还是做了皇帝！”

老头子急了，他说：“真的，你就不懂什么叫做历史，不用多说了，明天把东西归聚一下，等我写信给少奶奶，说我们也许得往广西去。”

吃过晚饭，他就从桌上把那潜艇底模型放在箱里，又忙着把别底小零件收拾起来。正在忙着的时候，来喜进来说：“姑爷，少奶奶这个月的家用还没寄到，假如三两天之内要起程，恐怕盘缠会不够吧？”

“我们还剩多少？”

“不到五十元。”

“那够了。此地到梧州，用不到三十元。”

时间不容人预算，不到三天，河堤底马路上已经发见侵略者底战车了。市民全然像在梦中被惊醒，个个都来不及收拾东西，见了船就下去。火头到处起来，铁路上没人开车，弄得雷先生与来喜各抱着一点东西急急到河边胡乱跳进一只船，那船并不是往梧州去的，沿途上船的人们越来越多，走不到半天，船就沉下去了。好在水并不深，许多人都坐了小艇往岸上逃生。可是来喜再也不能浮上来了。她是由于空中底扫射丧的命或者做了龙宫底客人，都不得而知。

雷身边只剩十几元，辗转到了从前曾在那工作过的岛上。沿途种种的艰困，笔墨难以描写，他是一个性格刚硬的人，那岛市是多年没到过的，从前的工人朋友，就是找着了，也不见得能帮助他多少。不说梧州去不了，连客栈他都住不起。他只好随着一班难民在西市底一条街边打地铺。在他身边睡的是一个中年妇女带着两个孩子，也是从那刚沦陷的大城一同逃出来的。

在几天的时间，他已经和一个小饭摊底主人认识，就写信到马尼剌去告诉他儿媳妇他所遭遇的事情了，叫她快想办法寄一笔钱来，由小饭摊转交。

他与旁边底那个中年妇人也成立了一种互助的行动。妇人因为行李比较多些，孩子又小，走动不但不方便，而且地盘随时有被人占据的可能，所以他们互相照顾。雷老头每天上街吃饭之后，必要给她带些吃的回来。她若去洗衣服，他就坐着看守东西。

一天，无意中在大街上遇见黄，各人都诉了一番痛苦。

“现在你住在什么地方？”黄这样问他。

“我老实说，住在西市底街边。”

“那还了得！”

“有什么法子呢？”

“搬到我那里去罢。”

“大家同是难民，我不应当无缘无故地教你多担负。”

黄很诚恳地说：“多两个人也不会费得到什么地步。我跟着你去搬罢。”说着就要叫车。雷阻止他说：“多谢，多谢盛意，我现在人口众多，若都搬了去，于府上一定大大地不方便。”

“你不是只有一个佣人吗？”

“我那来喜不见了。现在是另一个带着两个孩子的妇人，是在路上遇见的。我们彼此互助，忍不得，把她安顿好就离开她。”

“那还不容易吗？想法子把她送到难民营就是了。听说难民营底组织，现在正加紧进行着咧。”

他知道黄也不是很富裕的，大概是听见他睡在街边，不能不说一两句友谊的话。但是黄却很诚恳，非要他去住不可，连说：“不象话，不象话！年纪这么大，不说你媳妇知道了难过，就是朋友也过意不去。”

他一定不肯叫黄到他底露天客栈去。只推到难民营组织好，把那妇人送进去之后再说。黄硬把他拉到一个小茶馆去。一说起他底发明，老头子就告诉他那潜艇模型已随着来喜丧失了。他身边只剩下一大卷蓝图，和那一座铁鳃底模型。其余的东西都没有了。他逃难的时候，那蓝图和铁鳃的模型是归他拿，图是卷在小被褥里头，他两手只能拿两件东西。在路上还有人笑他逃难逃昏了，什么都不带，带了一个小木箱。

“最低限度，你把重要的物件先存在我那里罢。”黄说。

“不必了罢，住家孩子多，万一把那模型打破了，我永远也不能再做一个了。”

“那倒不至于。我为你把它锁在箱里，岂不就成了吗？你老哥此后的行止，打算怎样呢？”

“我还是想到广西去，只等儿媳妇寄些路费来，快则一个月，最慢也不过两个月，总可以想法子从广州湾或别的比较安全的路去到罢。”

“我去把你那些重要东西带走罢。”黄还是催着他。

“你现在住什么地方？”

“我住在对面海底一个亲戚家里，我们回头一同去。”

雷听见他也是住在别人家里，就断然回答说：“那就不必了，我想把些小东西放在自己身边，也不至于很累赘，反正几个星期的时间，一切都会就绪的。”

“但是你总得领我去看看你住的地方，下次可以找你。”

雷被劝不过，只得同他出了茶馆，到西市来。他们经过那小饭摊，主人就嚷着：“雷先生，雷先生，信到了，信到了。我见你不在，教邮差带回去，他说明天再送来。”

雷听了几乎喜欢得跳起来，他对饭摊主人说了一声“多烦了”，回过脸来对黄说：“我家儿媳妇寄钱来了。我想这难关总可以过得去了。”

黄也庆贺他几句，不觉到了他所住的街边。他对黄说：“对不住，我底客厅就是你所站的地方，你现在知道了。此地不能久谈，请便罢。明天取钱之后，去拜望你。你底住址请开一个给我。”

黄只得从口袋掏出一张名片，写上地址交给他，说声“明天在舍下恭候”，就走了。

那晚上他好容易盼到天亮，第二天一早就到小饭摊去候着。果然邮差来到，取了他一张收据把信递给他。他拆开信一看，知道他儿媳妇给他汇了一笔到马尼剌的船费，还有办护照及其他需用的费用，都教他到汇通公司去取。他不愿到马尼剌去，不过总得先把需用的钱拿出来再说。到了汇通公司，管事的告诉他得先去照相办护照。他说，是他儿媳妇弄错了，他并不是要到马尼剌去，要管事的把钱先交给他；管事的不答允，非要先打电报去问清楚不可。两方争持，弄得毫无结果，自然钱在人家手里，雷也无可如何，只得由他打电报去问。

从汇通公司出来，他就践约去找黄先生。把方才的事告诉他。黄也赞成他到马尼剌去。但他说，他底发明是他对国家的贡献，虽然目前大规模的潜艇用不着，将来总有一天要大量地应用；若不用来战斗，至少也可以促成海下航运的可能，使侵略者的封锁失掉效力。他好像以为建造底问题是第二步，只要当局采纳他的，在河里建造小型的潜航艇试试，若能成功，心愿就满足了。材料底来源，他好像也没深深地考虑过。他想，若是可能，在外国先定造一只普通的潜艇，回来再修改一下，安上他所发明的鳃、游目等等，就可以了。

黄知道他有点戆气，也不再去劝他。谈了一会儿，他就告辞走了。

过了一两天，他又到汇通公司去，管事人把应付的钱交给他，说：马尼剌回电来说，随他底意思办。他说到内地不需要很多钱，只收了五百元，其余都教汇回去。出了公司，到中国旅行社去打听，知道明天就有到广州湾的船，立刻又去告诉黄先生，两人同回到西市去检行李。在卷被褥的时候，他才发现他底蓝图，有许多被撕碎了。心里又气又惊，一问才知道那妇人好几天以来，就用那些纸来给孩子们擦脏。他赶紧打开一看，还好，最里面的那几张铁鳃底图样，仍然好好的，只是外头几张比较不重要的总图被毁了。小木箱里底铁鳃模型还是完好，教他虽然不高兴，可也放心得过。

他对妇人说，他明天就要下船，因为许多事还要办，不得不把行李寄在客栈里，给她五十元，又介绍黄先生给她，说钱是给她做本钱，经营一点小买卖；若是办不了，可以请黄先生把他母子送到难民营去。妇人收了他的钱，直向他解释说，她以为那卷在被褥里的都是废纸，很对不住他。她感激到流泪，眼望着他同黄先生，带着那卷剩下的蓝图与那一小箱底模型走了。

黄同他下船，他劝黄切不可久安于逃难生活。他说越逃，灾难越发随在后头；若回转过去，站住了，什么都可以抵挡得住。他觉得从演习逃难到实行逃难的无价值，现在就要从预备救难进到临场救难的工作，希望不久，黄也可以去。

船离港之后，黄直盼着得到他到广西的消息。过了好些日子，他才从一个赤坎来的人听说，有个老头子搭上两期的船，到埠下船时，失手把一个小木箱掉下海里去，他急起来，也跳下去了。黄不觉滴了几行泪，想着那铁鱼底鳃，也许是不应当发明得太早，所以要潜在水底。

——原刊于《大风》1941 年 2 月

独步时代的孤寂

——许地山《铁鱼底鳃》赏析

◎ 徐彦利

许地山是中国现代文学史上颇为独特的作家，作为“文学研究会”的缔造者之一，他赞同“为人生的艺术”主张，但与鲁迅、茅盾、叶绍钧等“文研会”作家相比，又显示出强烈的浪漫主义格调与宗教情怀。晚期文风大变，毅然放弃了一直以来的浪漫与宗教色彩，显示出对现实的极大关注，这种令人惊异的转变尤其体现在他的最后一篇小说《铁鱼底鳃》上。《铁鱼底鳃》不仅以现实主义手法描写了当时社会普遍关注的救亡主题，用反笔手法讴歌了来自民间的抗日热情，更引人注目的是在小说中加入了大量科幻元素，首次在小说中细致地描写了未来的潜艇设计，极具超前性，这在中国现代文学史上堪称独步且意义深远。

一

许地山（1893—1941），名赞堃，字地山，现代著名作家、社会活动家、教授、学者、宗教研究专家。从发表平生第二篇小说《商人妇》起开始使用笔名“落华生”，表明了甘于奉献舍华取实的人生态度。古语中，“华”“花”通用，且作者又写过一篇非常经典的散文《落花生》，故亦有人将许地山称为“落花生”。在风起云涌的“五四”时期，他的作品既有鲜明的时代特征，所创作的“问题小说”常与冰心、叶绍钧、王统照等人并称，同时又带有强烈的佛教、基督教色彩及宿命论思想，兼具独特的宗教情怀与现代追求，被茅盾赞许为“独树一帜”。[①] 许地山精通英文、梵文，谙熟宗教、哲学、民俗及音律，喜欢印度诗人泰戈尔，著有《孟加拉民间故事》（1928）、《二十夜问》（又称《印度民间故事》，1935）等译作，曾在燕京大学、北京大学、清华大学、香港大学等高等学校教授宗教史、文学等课程，在牛津大学就读并从事研究。1921 年，他和周作人、郑振铎、沈雁冰、叶绍钧等人共同发起成立了中国第一个新文学社团——“文学研究会”，创办了该会的机关刊物《小说月报》，倡导“为人生的艺术”，主张文学应反映社会现象，表现并讨论人生中的问题，反对“为艺术而艺术”的观点。其创作风格早期多倾向于浪漫主义，晚期则向现实主义回归。

许地山

许地山一生著作颇丰，创作形式亦比较多样。早期小说有《命命鸟》（1921）、《商人妇》（1921）、《换巢鸾凤》（1921）、《缀网劳蛛》（1922）、《在费总里底客厅里》（1928）、《春桃》（1934）等名篇。诗歌《女人我很爱你》（1923）、《七宝池上底相思》（1923）、《我底病人》（1927）。散文代表作有《空山灵雨》（1925）、《危巢坠简》。剧作《女国王》（1938）、《解放者》（1933）、《凶手》（1940）。此外，他还著有童话及政论文章，以及影响力颇大的宗教、文学理论专著《道教史》（1934）、《印度文学》（1930）等。以上作品中，尤以小说影响最大。他的早期小说多以马来西亚、印度、新加坡、缅甸等东南亚国家为背景，文中的风物与世俗人情均有明显的异域色彩，这一点与同一时代善于描写国内生活的作家如鲁迅、郭沫若等差异较大。许地山早期小说

① 叶永烈．中国科幻小说经典［M］.武汉：长江文艺出版社，2006：109.

多以爱情婚恋为题材，具有某种传奇性，笔下的人物常带有佛家的出世思想或道家的清静无为，折射出强烈的宗教情结，他（她）们站在宗教信仰的高度洞透人生，超越了各种世俗利害，能够平静地面对劫难或生死，显示出精神境界的超然。典型人物如《缀网劳蛛》中的尚洁，将自己比喻成不断结网的蜘蛛，面对命运的捉弄，并不与其抗争，只是逆来顺受听由天命。茅盾曾在分析了《命命鸟》《缀网劳蛛》《春桃》等作品后，指出“你要从落花生的作品中间找到现代社会的缩影，一定找不到”，“他‘回避现实’，从怀疑论者渐渐滑到‘虚无主义的边界上’”。[①] 这种评价显示出许的作品带有不食人间烟火的气息，人物、情节与现代社会也保持着某种疏离。至于在其创作后期，类似《铁鱼底鳃》这样的作品，则其现实性绝不亚于当时的“乡土派”或“社会分析派”作家 。

二

《铁鱼底鳃》是抗战开始后许地山创作的第一篇小说，也是他人生中最后一篇小说。这篇小说没有早期小说的浪漫与宗教意味，反映了极具当下性的抗战主题，但与《春桃》《危巢坠简》等现实主义色彩较为浓厚的作品相比，在细节上加入了大量科技想象，平添了许多科幻元素。小说发表于 1941 年 2 月的《大风》半月刊，当时的社会关注点几乎都集中在国家危亡这一主题上，借助小说、戏剧等文艺形式宣传抗战成为时代主潮。这样的背景下，一个作家怎样做到既为社会需求服务，同时又不失创作水准，既能顺应时代主潮书写战时题材又能独张新帜异于他人，是一个很难把握的平衡，从这两方面看，《铁鱼底鳃》无疑可算作一篇难得的佳作。

小说刻画了一个迂腐执着、充满爱国主义精神的早期科学研究者的形象——雷先生，他一生致力于科学研究，为研究世界先进水平的潜艇技术并使之应用于国家军事工业而殚精竭虑。他一生坎坷已至暮年，但为了偷学技术，在外国人开办的船厂小心翼翼冒着随时被解雇的危险，战争中的颠沛流

① 黄修己，刘卫国．中国现代文学研究史（上）［M］. 广州：文东人民出版社，2008：203.

离和生活中的贫困艰辛都没能使他放弃这一初衷。他受尽嘲讽与鄙视，忍受着种种孤独与困顿，终于苦心孤诣地设计出了“铁鱼底腮”（从水中获取氧气并排出二氧化碳的装置，用于潜艇），但在逃难时模型不慎掉入水中，为捞起这视如生命的成果雷先生纵身跳了下去，再也没有上来。

《铁鱼底鳃》自诞生之日起已历经七十余年，社会主流的文学批评标准几经嬗变，但不同历史时期的文学史编著者无不将《铁鱼底鳃》视为一篇成功的抗战小说，这一点与老舍写于1932年的科幻小说《猫城记》[①]，或与许地山前期的作品相比，显示了极大的差异性，[②]这篇七千余字的科幻之作不仅从未受到非议，而且几乎成为抗战小说的典范。虽然各评论者所关注的角度不同，但高调的赞扬之声却如出一辙。有的文学史家从小说看到许地山从书斋走向民间的可喜变化，“抗战爆发后，随着政治上和人民的日益接近，作者更写出了以知识分子生活为题材的《铁鱼底鳃》这样的佳篇”。[③]与此相对，有的文学史家对作者前期小说却颇有微词，认为前期较多“消极妥协成分和宿命倾向”[④]，“很少对不合理现实进行正面反抗”[⑤]，饱含“浓重的虚无思想”[⑥]。有的则对作者身先士卒投入到抗日战争表示了极大的首肯，认为从早期作品的宗教色彩到《铁鱼底鳃》所取得的进步，应归功于他的爱国实践活动，“标志着许地山走上切实沉着的现实主义创作大道”，“这种变化是许地山在抗战爆发后的香港积极投身于抗日救亡运动所留下的鲜明印迹”。[⑦]的确，抗战时期的许地山除却教授、学者、作家身份外，更表现为一个积极勇敢的抗日斗士，其所关注的现实主题引发了小说风格的彻底改变。除此之外，另有文学史著者则认为许地山生活态度的积极变化是导致《铁鱼底鳃》异于早期作品

---

① 《猫城记》发表后曾屡遭批评，“文革”中甚至被定为“媚敌卖国的反动小说”。参见《媚敌卖国的反动小说》，《北京日报》1969年12月12日。

② 如有学者认为许地山的小说“越是早期离写实主义越远。”参见钱理群等主篇《中国现代文学三十年》，北京大学出版社，1998年，第63页。

③ 唐弢. 中国现代文学史（1）[M]. 北京：人民文学出版社，1979：215.

④ 唐弢. 中国现代文学史（1）[M]. 北京：人民文学出版社，1979：214.

⑤ 同④。

⑥ 同④。

⑦ 吴宏聪，范伯群. 中国现代文学史[M]. 武汉：武汉大学出版社，1991：124-125.

的根本原因之一，“抗战爆发后，随着生活视野的更加开阔和爱国热情的如泉迸发，作者更写出了以海外归来的军工工程师设计潜艇为题材的《铁鱼底鳃》这样的优秀短篇”。[①] 并赞扬作家脚踏实地投身现实生活的态度，不再以浪漫、传奇或爱情作为小说的基调，标志着与现实的日益贴近。有的研究者悬置了《铁鱼底鳃》的爱国主题，而是从其他角度进行诠释，但依然予以了充分的肯定，“经过《春桃》，再到《铁鱼底鳃》，许地山早期作品中那种悲观厌世、消极承受命运的人生姿态消失了，代之以一种坚强的抗争和执著的追寻。”[②]“坚强抗争与执著”的评述虽未涉及爱国主题，但却肯定了小说透露出的深层精神追求以及积极奋进的人生态度。1992 年，日本学者武田雅哉将《铁鱼底鳃》翻译到日本，作为中国文学作品的代表辑入《中国怪谈集》。这样一篇备受赞誉的作品除宣扬了民族精神、爱国主义思想外，另一个更重要的原因还在于它超越了当时小说的写作水平，体现出匠心独具的文学性与叙事技巧。

三

要全面考察《铁鱼底鳃》，必须回到它的创作背景，即具体的历史语境中去。1937 年 7 月 7 日抗战爆发后，抗战文艺活动轰轰烈烈地展开，抗日救亡瞬间成为压倒一切的主题，文坛涌现出大量时效性很强的报告文学、小品文、独幕剧、诗歌等形式的作品。代表作如《三江好》《最后一计》《放下你的鞭子》（三者常被合称为“好一计鞭子”）和《保卫卢沟桥》《我的家在黑龙江》《哭亡女苏菲》。这些篇幅不长宣传效果却极佳的作品在抗战初期风靡文坛，与此相对，唯美主义、自我表现、鸳鸯蝴蝶、娱乐倾向等则备受抨击与指责。郁达夫对当时文坛的描述是：“实际上决没有产生大小说的可能。反之，可以歌咏的诗歌，可以上银幕的故事，以及富于刺激煽动性的短剧等，倒只会得一天一天的长进，增加，或竟达到全盛而完成的地步。”[③] 在这种作

① 严家炎. 二十世纪中国文学史［M］. 北京：高等教育出版社，2010：261.

② 刘勇. 中国现代文学的心理学研究［M］. 北京：北京大学出版社，2006：100.

③ 郁达夫. 战时的小说［C］// 钱理群. 二十世纪中国小说理论资料：第 4 卷. 北京：北京大学出版社，1997：21. 原载 1938 年 6 月 20 日《自由中国》第 1 卷第 3 号。

家缺少推敲余裕，读者缺乏静读闲暇的时刻，许多作品为追求快捷的鼓动性效果往往采取直抒胸臆的手法，直截了当地将主题灌输给读者，文本暴露出直白肤浅和情绪宣泄的特点。即使一些已经成名的作家此时也不再坚持曾经的写作风格，而是关注文学的宣传作用，以写作为武器，尽力将作品转化为现实的对敌杀伤力。作家沙汀曾说："抗战引起我一种冒险的打算，我以为我应该暂时放下我的专业，不再斤斤计较一定的文学形式，而及时地反映种种震撼人心的战争。我认为这是一个文艺工作者的责任。"[①] 和沙汀持相同见解的作家并不在少数，救亡的召唤使他们由作家一跃而为战士，以笔为枪，以字为弹，在作品中歌颂英雄或抨击投降，如同振臂高呼杀向敌营的勇士。这些战时作品在当时无疑起到了很好的宣传作用，但作为战时作品很快就淹没在文学史的泱泱洪流之价，成为平庸的为读者遗忘的一页，毕竟文学的生命力需要时间的考验，仅仅侧重于当下产生的现实效果是远远不够的。

《铁鱼底鳃》则很好地规避了这种倾向，在传达救亡主题的同时没有忘记文学自身的诉求，并未对读者进行类似"全民抗战"的引导和说教，反而较深地隐藏了作家的真实立场与评判，使创作意图、政治倾向等巧妙地栖身于文本背后，从而使小说的思想更加深刻。在塑造主人公雷先生这一形象时，许地山以颇为世俗置身局外的黄先生为视角，漫不经心地描述着一个个关于雷先生的片断，透露出星星点点并不连贯的信息，作者并不作任何臧否，仅向读者呈现人物的见闻，而非强硬地为人物贴上善恶优劣的标签，如此造成一种异常真实的体察感。黄先生既非雷的至交，又非同道，而只是一个"不很熟悉的朋友"，他代表了社会中的常人甚至俗人，在他眼中，雷先生一生"板直"，郁郁不得志，被人称为"戆雷"，是个不谙人事、固执而又滑稽可笑的老人。这一独具匠心的观察角度，如鲁迅《孔乙己》中那个站在柜台后冷漠观察的小伙计，孔乙己的伤痛或生死与其毫无关系，叙述者愈冷静超脱，愈衬托出主人公命运的悲剧性，从而增强了小说的可信度与真切感。同样，黄先生的不解也越发凸显出雷先生的孤独：他发明的超前、想象的超前、思

① 沙汀．近三年来我的创作活动［C］// 钱理群．二十世纪中国小说理论资料：第 4 卷．北京：北京大学出版社，1997：62．原载 1941 年 1 月 1 日《抗战文艺》第 7 卷第 1 期。

想的超前，虽然整个身心被爱国精神所包围，但在别人眼中却始终是一个不可理喻的怪人。叙述视角的置身事外与人物命运的悲凉形成鲜明对比，激发出富于张力的阅读感受。

处于战时文学的大潮中，《铁鱼底鳃》显示了非同寻常的叙事策略，并将叙事重点从当时盛行的写“事”转移为写“人”，不以描写某场战争、某个事件为重点，甚至也不渲染某种情感或情节，而是以委曲的笔法极力描写抗战中个人的言行思索，塑造出一个极为普通但又绝不普通的厚重人物形象。年逾七旬的雷先生并无多少值得夸耀的事迹，在旁人看来甚至颇有些不识时务，但他在抗日问题上却毫不含糊，“越逃灾难越发随在后头；若回转过去，站住了，什么都可以抵挡得住。”一语道出抗日欲取得胜利的关键，通过人物之口反映了悠悠民众的呼声，表达了来自底层的坚强与不屈，与老舍《猫城记》中大鹰坚决反对投降的主张殊途同归。拨开作者故意营造的叙述迷雾，读者经过仔细辨析，可以将雷先生的零碎形象予以完整组合。这是一个有着热血的老人，他信念执着耿直善良、坚忍不拔又严谨务实，有着知识分子的单纯与倔强，为了国家民族的未来不惜牺牲自己的一切，同时又有着知识分子的孤傲与清高，绝不留恋物质的享受，始终生活在纯净的精神世界中：他希望“能活到国家感觉需要而信得过我的那一天”，在心中热烈地期待着国家的强大，期待着一尽匹夫之责；在战火纷飞的年代逃难不带资财只带着自己的发明，将新潜艇的核心技术——“铁鱼底鳃”视若生命。前途难料时，依然拒绝儿媳让他到马尼剌避难的提议而留守祖国，认为“自己民族的利益得放在头里”，相信自己的发明总有一天会对国家有用。以上这些性格如果通过正面歌颂的方式表达，定会在某种程度上削弱人物的感染力，损害人物的真实性，并降低观众阅读产生的震撼，作者以反笔手法加以轻微的嘲讽，反而达到了明抑暗扬的效果，同时使文本具有可供回味的纵深感。正是由于这种反笔手法的成功运用，主人公雷先生与战时文学的“华威先生”（张天翼《华威先生》，1938）、“差半车麦秸”（姚雪垠《差半车麦秸》，1938）一起成为抗战时期的代表人物形象。

在雷先生身上，可以清晰地看到民众中隐藏着的巨大力量，它犹如坚冰下的潜流，虽然表面波澜不兴，实则内里坚韧顽强。对当时的读者而言，众多的“雷先生”便是抗战胜利的希望与保障，这使人们能够放下悲观失望的情绪，以积极的心态去迎接抗战，他是许地山“赋予那个时代的精神力量”，表达了“为国为民‘虽九死而犹未悔’的坚定信念”。[①] 作者本人在抗日战争开始后做了许多积极的工作。1939 年，中华全国文艺界抗敌协会香港分会成立，许地山被推选为常务理事之一，他团结作家从事各种抗日救亡文艺活动，四处奔走，发表演讲，写文章，宣传抗日，不屈不挠地与汉奸作斗争，和雷先生倾其所有报效国家的行为高度一致。但许地山又不同于雷先生，他敏锐地看到了知识分子与生俱来的缺陷，他们拘泥固执不知变通，与人民脱节，无法将自身的学识付诸实践，可谓“思想上的巨人，行动中的矮子”。小说对雷先生虽持赞扬、同情的态度，但同时又有嘲讽，表达了作者对“科学救国”这一出路的疑虑。作者并没有给小说一个光明的尾巴，而是直接写了雷先生梦想的彻底覆灭，某种程度上体现了作者并未把中国的未来寄托在知识分子身上的深层心理。由此可以察觉作者对知识分子持有的两种完全相左的态度，尊敬歌颂与批判失望并存，两者是矛盾的统一。作者并未塑造一个完美的爱国英雄，不做任何拔高的描写，始终保持着冷静客观，按照人物固有的性格逻辑理性塑造，这在当时充溢着简单说教与宣传鼓动的众多战时作品中殊为可贵。

爱国主题之外,《铁鱼底鳃》中另一个主题是对国民党当局的严厉批判。雷先生屡有新异的军事设计，如死光镜、飞机箭之类的设计，但却未被当局采用。书中描写的社会现状是权势把持要害部门，任人唯亲，真正有才学的人无法施展抱负；自诩为发明家的人并不从事真正的研究，反以社会名流的面目出现；研究院中的人不肯虚心研究，主观臆断，拉帮结派。在种种黑暗情势下，雷先生的不被重视是必然的。他的旧相识黄先生也觉得这个东西“发明得太早”，不合时宜。所谓的“发明得太早”，暗喻了雷先生式的科学者在那个时代生存的艰难，注定了他们壮志难酬的悲哀，“太早”这一反讽话

① 王喜绒，等. 20 世纪中国文学的跨学科研究［M］. 北京：中国社会科学出版社，2004：92.

语犀利地批判了国民党统治的腐败，“把矛头指向国民党当局的卖国政策”，[①]这是《铁鱼底鳃》在赞扬雷先生的爱国之情外，所要表达的另一个隐性主题。

小说另一个引人注目的地方在于它超前的科幻色彩，将爱国主题与科学幻想很好地结合在一起，既重人物精神的张扬，又激发了读者关于科技的想象。作品中关于铁鱼、铁鱼的鳃的描写极为细致精当，以尊重科学的态度比照实物般一点点勾勒而出，设计思路与细节呈现清晰合理，精准恰当，让人感受到所涉及的技术有着合理的科学依据。但或许小说中的技术性描述稍嫌复杂，学界对于“铁鱼”和“铁鱼底鳃”常发生误解。如有人认为雷先生“发明了一种新式潜艇——‘铁鱼底鳃’”[②]，实则“铁鱼底鳃”并非指潜艇，而是人造鳃，即可从水里抽出氧气并排出二氧化碳的装置，“铁鱼”才是具有鱼样外形的潜艇。关于文本的误读还不止于此，有研究者将雷先生之死归结为自杀，“雷先生也悲愤地投入水中，殉了自己的理想”，[③]“设计蓝图失手坠海，他也随即跳海而殉”。[④]而文本的真实描述是，雷先生情急之下跳入水中去捞取图纸不幸溺亡。此类误解并非个别现象，说明了学界对文本的理解尚有讹误。

潜艇在许地山所属的时代尚属新异事物，国人基本上闻所未闻，更遑论亲见实物。抗日战争中多为陆战，很少海战，为数不多的几次海战中也全部为船舰出动，从未有过潜艇的参与。许地山幻想出发达的潜艇设计技术，无疑具有鼓舞民族士气的作用，实际上，当时中国海军的军事设计与研发能力极为薄弱，军事人才严重不足，综合实力远逊于日本。用于海战的船只多为北洋水师遗留下来的旧物，必要时只得征用商船与民船，而日本则已达到仅次于英国的世界第二海军强国的地位。1937年淞沪会战爆发后，中日双方的水上交锋力量悬殊，中国战舰苦苦作战，即使造成一些敌军伤亡，最终也难免覆灭，如当时闻名一时的“平海”战舰。由是观之，许地山的科技眼光可谓超前，预言了未来战争将具备更高的科技含量，必有更强大的作战能力、

① 朱栋霖，丁帆，朱晓进. 中国现代文学史［M］. 北京：高等教育出版社，1999：65.

② 王盛. 落华生新探［M］. 南京：南京大学出版社，1998：90.

③ 同①。

④ 郑万鹏. 中国现代文学史［M］. 北京：华夏出版社，2007：137.

更先进的新式武器（潜艇）出现。作品问世后十余年，即新中国成立后的1952年，中国接受了苏联的潜艇，作者的预言才部分变成了中国的现实。

四

许地山的小说畅想了未来极富科学性和先进性的潜艇设计，它有着鱼一样的外观，艇内配备了空气调节机——可使氧气浓度达到陆上自然水平，空气的供给与外国船厂采用的技术不同，它的强大作用可使潜艇数日无需浮出水面，人工设置的多个“游目”又可使艇内人员看清水面与空中的情形，即使飞机也无法侦察到潜艇的存在，鱼雷更是可以射到任何一个方位，水手们每人都配有可携带的人造鳃，可在必要时迅速离艇脱险，安全系数大大高于当时的西方技术。时至今日，这样的潜艇设计还依然限于图纸上，成为名副其实的科学幻想。

除却潜艇描述方面显示了高度的预见性、超前性之外，许地山对潜艇模型的描述也令人赞叹。1940年想要看到真实的潜艇模型无异于缘木求鱼，因为模型尤其航海模型，是在20世纪30年代才从西方传入我国，且一般为船、舰形式，潜水艇模型并未有过记录。直到1949年新中国成立后，航海模型的制造才渐渐发展起来。但在小说中，作者饶有兴味地讲述着有关潜艇模型的种种科技细节，让人不禁钦佩七十多年前一个旧式知识分子的智慧，在那样一个动荡不安的年代已经关注到了军事科技及潜艇建造工业，于科学幻想中体现了忧国忧民的态度，同时又向国民指出了师夷长技并超夷、制夷的道路。

事实上，小说尤其是科幻小说并非只能起到文学的作用，有时它甚至可以间接转化为生产力，潜艇的发展便证明了科幻作品强大的启示作用。1894年，美国青年西蒙·莱克勤在凡尔纳小说《海底两万里》的启发下，研制成了世界上第一艘潜艇——“小亚古尔爸爸”号，当他设计出更为完美的“保护者”号欲献给自己的祖国时，却遭到了雷先生一样的命运，被冷冷地拒之门外。由此观之，许地山的小说既是一种幻想，又是一种现实。它不仅反映了20世纪40年代中国一个普通研究者的命运，更体现了对世界范围内知识分子的悲悯。《铁鱼底鳃》或许会让我们想起凡尔纳小说《海底两万里》，发明铁鱼及铁鱼的鳃的雷先生与制造“鹦鹉螺”号（又译“诺第留斯”号）的尼摩船长有着某些相似性：同样富于智慧，同样别出心裁的发明，同样追求自由独立的精神，只是相形之下，雷先生的悲剧感更为突出。他战战兢兢地研究，在四面八方的挤压下孤军奋战，既要应对随时把他当做奸细惩处的外国船厂，又要躲避爱出风头拉帮结派的国内学者，从不奢望得到国民政府的任何支持，甚至连同胞对他的研究也持鄙夷嘲弄的态度，生而不为人所知，死亦不为人所知，如此的热情又如此的潦倒。而尼摩船长至少还有一帮和他生死与共的战友，即使结局悲壮惨烈，但却部分实现了人生的价值与理想。尼摩船长让人感受到科学的强力和人生的传奇，而雷先生则以其软弱悲惨而使读者心生怜悯。

相对于科幻元素而言，现代评论家往往更关注《铁鱼底鳃》的文学创作方法。郁达夫曾说："像这样坚实细致的小说，不但是在中国小说界不可多得，就是求之于 1940 年的英美短篇小说界，也很少可以和他比肩的作品。"①"坚实细致"的评判显然是基于对许地山现实主义技法的评论，而对其超前的科学想象、独步时代的科幻风格却并未予以足够的重视。因此，人物、小说、作者的遭遇具有某种相似性：雷先生是孤独的，他的发明超越了所属的时代，不为人理解；小说《铁鱼底鳃》是孤独的，环顾四周，少有可慰寂寥的同路者，世人对它的关注往往仅停留在爱国主题的层面；作者许地山是孤独的，刻意加入的"科幻"想象常成为被忽略的部分，少有人将其与现实科技发展进行实质性比较。幸而新时期以来，关于《铁鱼底鳃》的研究已有了长足发展，积累了不少综合全面、角度各异的成果，虽依然少有将其具体科幻想象进行详尽分析之作，但已高度关注了这篇小说在众多抗战小说中的独特性，即它领先时代的科幻色彩。②在这些成果的启迪下，我们已可以近距离地探察作品和作家，进行具有当代特色的理解和诠释，这是文本之幸，也是作家之幸，读者之幸。

---

① 香港《星岛日报·星座》1941 年 11 月 8 日。

② 袁良骏．简述许地山先生写于香港的小说［J］．河北学刊，1997（6）．在该文中已关注到《铁鱼底鳃》中浓厚的科幻色彩，但并未详细论述其超前意义何在。

中国科幻小说的开拓：十七年科幻小说创作

十七年科幻小说创作综述（1950—1966）

◎ 吴岩

一、整体概况

从 1949 年 10 月 1 日中华人民共和国成立到 1966 年“文革”开始，中国内地的科幻文学发展进入了一个全新的时期。这一时期的科幻文学被从无到有地重新创造，与晚清科幻第一次创造不同的是，这一次它没有覆盖小说领域的全部读者群，而是集中在儿童文学和科普文学上。也正因如此，中国内地的科幻文学走出了与国外甚至海外其他地区完全不同的道路。

据不完全统计，从新中国成立到“文革”前的十七年，中国内地没有一部真正意义上的原创长篇科幻小说。中篇小说也寥寥无几。除薛殿荟的《宇宙旅行》（1951）和郭以实的《在科学世界里》（1958）较长，其他作品均为短篇小说，总计约 94 部（篇）。翻译国外著作约 41 部（篇）。这其中散见于期刊中的短篇科幻小说或长篇节选约有 57 篇。

变化趋势如图 1 所示。

从趋势可以看出，无论是科幻创作还是短篇翻译都有一个双峰曲线，北京大学中文系教授孔庆东认为，这一时期明显有两个高潮，且后一个比前一个成熟（孔庆东，2003）[①]。查看数据可以发现，两个峰值分别发生在 1957—

① 孔庆东．中国科幻小说概说［J］．涪陵师范学院学报，2003，19（3）：41.

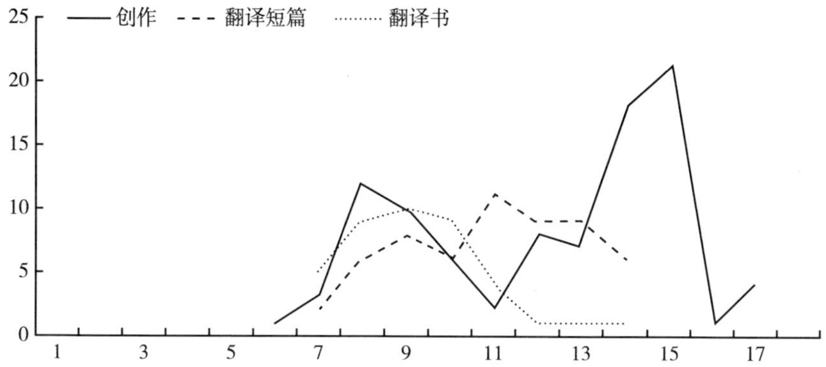

图 1 “文革”前十七年科幻创作、翻译出版和刊印趋势图

1958 和 1960—1962 年。对照中国社会发展的相关时期，第一时期为大跃进，国家颁发科技奖励，试图在十五年内在国民经济上赶超英国；而第二时期为三年自然灾害与饥荒，经济减缩。两个时期虽然有不同的经济基色，但都明显地出现了短暂的思想解放或文化宽松的态势，这可能是科幻发展达到峰值的原因所在。

围绕十七年科幻的发展，我们可以从文类的重新创建、文类的基本走向、主要艺术特色及主要问题四个方面进行详细探讨。

二、文类重建

新中国对教育事业和文化事业的恢复，是从很早就开始且不断加强的。早在中华人民共和国成立之后的第三个月，全国教育大会就已经召开。1950 年，高士其发表了科学诗《我们的土壤妈妈》，张然出版了中篇科学童话《梦游太阳系》。在尝试用科学文艺介入科学教育的潮流中，科幻小说（仍然称为科学小说或科学故事）开始登场。

从目前的资料观察，新中国最早的“准科幻”作品是 1951 年 9 月由三联书店在北京出版的薛殿荟创作的小说《宇宙旅行》。全书总共 274 页，以第一人称方式撰写，虽属于长篇建制，但故事却相当简单：我跟老师、培文、春生、志高、小茵、小莉等七人共同乘坐“火箭机”进行太空探险，由近及远地探索了月球、太阳、内行星、木星和土星、彗星和流星、天王、海王和冥王星，然后，火箭机进入恒星世界且到达了人类肉眼所能见到的宇宙的边缘。小说没有什么特别的情节，基本是一种问答式知识对话，虽然在不同世界遇到过严酷的环境，如在太阳上降落跟日珥相遇，且受到高温灼烧，但没有发生任何危险。因此，这部小说基本上是一种科普故事。作者在“写在前面”中自述，作为教育工作者，他曾经在小学进行过调查，发现孩子对自然现象存在的疑问最多，且鉴于在这一领域中存在着迷信这种旧社会的“丑恶遗产”，他想为反迷信工作尽一点力。作者还指出，在创作过程中，他想象了旅行故事，虚构了火箭机、测量仪器、面具等设备，期待读者不要把虚构与事实“混淆”。另外，由于篇幅不够，手头材料也有限，有关浑天仪、岁差、磁针偏差等问题在书中并没有说得很充分。《宇宙旅行》的作者透露出一个信息，那就是鲁迅在晚清所提出的利用科幻来普及科学知识的观念，在新的历史时期仍然有效。严格地说，中国科幻小说的这种第二次发源，仍然跟发展教育的现实需求直接相关。

就在原创“准科幻”作品出现的同时，科幻翻译也重新起步。1952 年 1 月，泥土社翻译出版了苏联作家阿·托尔斯泰的小说《加林的双曲线体》。故事写一个疯狂的俄国发明家借助美国资本在全世界建立基于死光武器的恐怖威慑，挟持资本主义财团且破坏国家主权运作。小说的结尾，由苏联特工在加林的生产基地发动大规模工人革命而使加林的梦想破产。该书的出现，也预示了苏联科幻作品在中国流行时代的到来。该书译者费明君在《加林的双曲线体·译后记》（1951）中盛赞阿·托尔斯泰的预见能力，译者还指出，托尔斯泰的幻想小说有一种特征，即“善于用历史的姿态描绘出过去、现在、未来的人类生活”。[①] 就在同一年，王石安在上海潮锋出版社出版了苏联中短篇科幻译著《探索新世界》，他也在《探索新世界·译后记》（1952）中认为，科幻作品在中国“喜闻乐见”不是偶然的，第一，人们在学习了科学后，想做更多阅读；第二，这类作品中的故事结合人们的生活，比较易于被接受。

① 费明君.《加林的双曲线体》译后记［M］//.［苏］阿·托尔斯泰. 加林的双曲线体. 费明君，译. 上海：泥土社，1952.1：601.

此外，他还特别提到鲁迅对凡尔纳的译介。有趣的是，王石安将科幻与科学的位置颠倒，认为科幻是阅读了科学技术著作之后的补充读物。这一想法，在中国科幻思想史上还是第一次出现。在讨论科幻应该具有怎样的综合特征时，作者指出，科学小说可以作为灌输科学知识的工具，还可以促进读者的思维。也正因如此，这种小说，在苏联直接被称为“科学幻想小说”。[①] 科幻小说可以使读者面对自然之谜，以假想的方式提出某种新发现的方法，进入目前尚不可知的自然境界。有趣的是，王石安还对中国科幻作品进行了评价和评判，认为中国过去创作和翻译的科幻，都是站在资产阶级立场上的。[②]

对上述译著和创作进行的目的分析可以看出，在新中国，科幻文学的发展至少要考虑现实的科学教育、面对未来的科学发展以及处理好新时期政治上的皈依这三个重要问题。而面对新时期，如何吸纳曾经有过的科幻资源和写出与新时代的文化特征、政治要求相互对应的作品，是作者普遍思索的问题。此时，在晚清对科幻发展具有重要影响的梁启超的观点不再被采纳，而鲁迅的观点与苏联的新科幻观虽然差异很大，但将两者结合以创建新理论的任务已经被提出。[③]

1954 年，《中国少年报》编辑赵世洲提议郑文光给孩子们撰写一点科幻小说作为新的科普形式，而郑文光也发现，自己在过去几年所进行的天文科普讲座和科学小品撰写已经达到一个极限点，需要新的突破。于是，这一年度的《中国少年报》上第一次出现了科幻小说，郑文光也由此被称为“新中国科幻之父”。[④]

---

① 在英美文学的词汇中，没有科幻小说一说。Science fiction 直译就是科学小说。但 fiction 也有想象、非现实、非真实的含义。只有俄文科幻小说一词，才将幻想作为一个独特的元素纳入其中。在中国文学领地，至少在 1950 年之前，科幻小说的称谓没有见于印刷文档之中。

② 王石安.《探索新世界》译后记［M］//［苏］伐·奥霍特尼柯夫. 探索新世界. 上海：潮锋出版社，1955.2：336-337.

③ 吴岩. 科幻文学论纲［M］. 重庆：重庆出版社，2011：12-20. 以及参见：星河，陈宁. 新中国科幻的起源与发展［M］// 吴岩. 科幻文学理论和学科体系建设. 重庆：重庆出版社，2008：269-270.

④ 陈洁. 亲历中国科幻——郑文光评传［M］. 福州：福建少年儿童出版社，2006：73-78.

三、文类走向和艺术特色

“文革”前的十七年，中国科幻文学的基本走向主要是以短篇少儿科幻为目标、以轻快而有发展前景的技术小发明为科技内核、以轻松欢快的故事为主要形式、以明显的代际知识流动为主要内容的小品型创作。之所以认为这一时期的作品主要是儿童小说，一是因为它们基本上都发表（出版）在《中国少年报》《少年文艺》《我们爱科学》《中学生》《儿童时代》等报刊或各少儿出版社的选集中（只有《解放日报》《中国青年》《科学画报》等发表的少数作品不是针对儿童读者）；二是因为作品中的社会生活内容相对简单。

总揽上述作品的科技内容，会发现百分之九十以上都是轻快而富有发展前景的技术发明，这些发明涵盖航天、生物技术、交通、气象操控、电脑、农业、海洋科学、低温人体科学、医学等多个科学领域。在科学创意方面，远征太阳系（包括太阳）、制造更高产值的农业渔业产品、控制天气、丰富和方便生活、寻找新的医疗技术、开发海洋资源、设计更快捷的方便交通、拓展机械与电脑控制技术等领域跟国外同类题材没有太大差异。少数作品在创意方面做出了明显的探索。像童恩正的《五万年以前的客人》和《古峡迷雾》等作品从历史资料中考察当代科学现象，且特别注重展现科技工作的真实面貌，这些尝试在当时的作品中比较罕见。童恩正在《失去的记忆》中对记忆恢复的设想，把电子技术跟医学技术相互融合，在当时也显得非常具有创意价值。在创意领先方面值得一提的科幻作家，还有郑文光、迟叔昌、肖建亨、李永铮、王天宝和王国忠等人。此外，徐青山的《史前世界旅行记》和肖建亨的《球赛如期举行》由于触及了历史回溯和外星生命等主题，在当时的中国文化和政治环境中已经属于超前之作。

这一时期的小说故事情节一般都很简单，但在所营造的乐观向上、立足现实、团结进步的共产主义社会风气方面进行了很多尝试。在这方面表现最突出的是郑文光、迟叔昌、于止、肖建亨、王国忠等人。郑文光试图在少年和青年读者群中逐渐拓展他的共产主义文化建设方向，这在他的《黑宝石》《火星建设者》《共产主义畅想曲》三篇作品中体现得非常明显。第一篇的人物集中在少先队员，第二篇集中在青年团员，而第三篇则试图向更高年龄段主人公的生活发展。迟叔昌的《“科学怪人”的奇想》，是一篇有关三代人如何围绕一个科技主题前赴后继不断努力的故事，这其中，不同的社会背景对他们的发展起到了积极作用。小说围绕生物冶炼的科技创意，写出了社会主义制度对科技创新的欣赏与促进。于止的《失去的15年》（后来改名为《失踪的哥哥》），则围绕突如其来的事故而造成的冷冻人事件，写出了十五年高涨的社会主义建设会带来了怎样的成就。故事创作的时候大跃进还没有开始，超越英美的目标还没有完全提出，但依靠科技带来社会发展成就的想法，已经在作品中显现了端倪。肖建亨的《布克的奇遇》，是围绕复杂器官移植问题而展开叙述的，它没有像苏联科幻小说那样直接给人换头而仅仅给马戏团动物进行了头颅的移植，避开了许多与人类医学进展相关的伦理和社会问题的沉重讨论，使小说充满了温情和快乐。王国忠小说选《黑龙号失踪》所收入的短篇故事构思独特，社会生活方面也描述到位。其中，至少有两篇作品涉及了国际关系，《渤海巨龙》面对的是社会主义的整体工程建设，而《黑龙号失踪》则将战争罪责的清算问题引入科幻，增加了作品的深度，也展现了社会主义大国实力的增强。

考虑到少年儿童为主要读者，这一时期的作品对社会生活还是进行了大量简化，人物也以科学家、学生、老师和概念化的农民、工人居多。只有郑文光的小说《火星建设者》、童恩正的小说《古峡迷雾》留下了些许人物形象。郑文光受苏联科幻小说的强烈影响。作为从越南回归大陆的“海归”作家，郑文光对各类文化的影响极为敏感。他自学俄文且翻译了俄国科幻理论文章之后，又从苏联作家的作品中汲取了大量营养。《火星建设者》设想了五十年后，以苏联、中国、东欧诸国为首的世界青年，在共产主义理想实现的基础上决定开发火星。他们拿出主要精力跟火星上严酷的自然环境搏斗，在处理了不同思想的冲突和克服了火星的自然灾难之后，仍然保持着对开发红色星球的激情。小说在《中国青年》杂志发表并在莫斯科“世界青年联欢节”上获得大奖。故事主人公薛印青那种执着探索、不屈不挠、宁愿为爱情和所从事的事业献身的精神感动了许多读者。与郑文光的风格完全相反，童恩正的小说相当现实。在《古峡迷雾》中，童恩正把中美考古队在南方民族的走向方面的不同见解，诠释为西方对东方的控制和压迫战略，塑造出东西方两个不同科学家的形象。这给当时的读者以极大的震撼。

这一时期科幻作品中的语言风格，具有少儿化的简单明快特色。这在迟叔昌、肖建亨和赵世洲的作品中体现得最为明显。相比之下，童恩正独特的写实主义语言在所有同代作品中凸显了科学的严肃性，而郑文光的《火星建设者》和刘兴诗的《北方的云》中富于诗意的言语，则使作品带上了一层强烈理想主义的氤氲。

四、成就、问题和影响

有关“文革”前十七年中国大陆科幻问题的探讨，大致分成两类：第一类集中在对单个作家创作的探索上。这类文章数量众多，部分可参见王泉根主编的《现代中国科幻文学主潮》一书[①]。第二类则集中在讨论这一时期创作发展的动因、内涵与成就、不足、影响等方面。

在动因方面，多数学者都肯定政府推动的作用，如繁荣儿童文学和“向科学进军”口号的提出、对发展教育的倡导以及向苏联学习等。例如科幻评论者胡俊（2006）指出，正是由于1955年《人民日报》刊发了《大量创作、出版、发行少年儿童读物》一文而引发了少儿科幻创作的热潮。孔庆东对国家当时提出“向科学技术进军”等口号给科幻创作带来的影响也给予了肯定。当然，也有人将这一时段科幻作品的读者对象趋于少儿化归咎于这些因素（肖建亨，1981）[②]。

在内涵和成就方面，星河和陈宁（2008）认为，这一时段的科幻小说主要是作为科普工具而出现的。[③] 吴岩（1999）确认了这一时期作品在激发通向科学和理想未来的激情方面的感性作用[④]。胡俊（2006）采用吉登斯的现代

---

① 例如，在王泉根主编的《现代中国科幻文学主潮》中，就收集了有关郑文光、叶至善、童恩正、刘兴诗、迟书昌、肖建亨、赵世洲等作家的述评。王泉根．现代中国科幻文学主潮［M］．重庆：重庆出版社，2011.

② 肖建亨．试谈我国科学幻想小说的发展——兼论我国科学幻想小说的一些争论［C］// 黄伊．论科学幻想小说．北京：科学普及出版社，1981：18.

③ 星河，陈宁．新中国科幻的起源与发展［M］// 吴岩．科幻文学理论和学科体系建设．重庆：重庆出版社，2008：269–270.

④ 吴岩．50—70年代：中国科幻的燃情岁月［N］．光明日报，1999-02-06；载自：吴岩，吕应钟．科幻文学入门［M］．福州：福建少年儿童出版社，2006：242–244.

性视角，全面分析了当时作品展示的工业化、都市化、普遍参与、世俗化、高度的“结构分殊性”和高度的“普遍成就取向”。此外，他还从理想主义、共产主义观念等方面提出这一时段的小说在中国甚至世界科幻发展史上的独特性，认为作品自始至终体现了一种现代性的追求。[①]

在问题方面，林久之（2001）探讨了延安文艺座谈会所倡导的精神与科幻小说发展之间的关系，提出两者之间可能存在冲突。[②]Rudolf Wagner（身份）（1985）详细分析了这一时期科幻作品跟苏联作品、圣西门式乌托邦等之间的关系；他还发现这一时期具有代表性的中国科幻从来没有把科学技术与生产劳动结合在一起，这点似乎跟当时的政治空气并不统一。[③] 肖建亨则纯粹就作品本身特征进行研究后提出，这一时期的科幻存在“情节模式单一、表现手法僵硬”且少儿化、过分强调知识普及等缺陷。胡俊还确认了作品中的物质主义、教条主义和机械主义的倾向。

但无论怎样，这一时段的科幻创作还是具有相当深远的影响。武田雅哉和林久之在《中国科幻文学馆》（下）中指出，这一时段的作品表达了“在民国时代出现的无拘无束的想象力和创造力，虽然或多或少改变了它的形式，但好像还是适应新的中国而得以顽固地幸存下来。”[④] 胡俊也指出，十七年科幻创作基本是一种文类的重新发起和创建。作品中那种对科学技术的讴歌与倡导，是非常具有特色的。而吴岩所说的那种理想主义的激情，将在随后的时代中逐渐消失。

---

① 胡俊．新中国早期科幻小说的现代性［M］//张治，胡俊，冯臻．现代性与中国科幻文学．福州：福建少年儿童出版社，2006：81-90.

② 参见林久之，《中国科幻文学馆（下·第一章）》，载武田雅哉和林久之合编，《中国科幻文学馆（下）》．日本：大修馆书店，2001 年，第 1-33 页。

③ Rudolf Wagner, “Lobby Literature: The Archaeology and Present Function of Science Fiction in China,” in Jeffery Kinkley, ed., *After Mao: Chinese Literature and Society*, 1978-1981 (Cambridge, Mass: Harvard University Press, 1985).

④ 参见林久之，《中国科幻文学馆（日文版·下·第一章）》，载武田雅哉和林久之合编，《中国科幻文学馆（下）》．日本：大修馆书店，2001 年，第 1-33 页。

火星建设者

◎ 郑文光

21 世纪的第一个中秋节。我已经不复是当年的精壮的小伙子了。我老态龙钟，静静地靠在弹性的塑胶摇椅上，我的庞大的家族——一共有 27 个成员哩——三三两两地分散在充满氤氲香气的花园的各个角落，每人都选择了他自己认为最有趣的方式来度过我们的民族节日，清朗的月色像是一只温柔的女性的手，在轻轻地抚摸我的脸庞，醉人的花香、草香把我带到遥远的、深不可测的境界。

一个幽灵似的影子蓦地出现在我面前。

“您是……林……老师？”羞涩的、犹疑不决的男中音。我慢慢站起来，打量着不速之客。噢，在什么地方看见过他——这个清癯的中年男人呢？我可一辈子没当过教员……

“不认得我了？……薛印青。刚从火星回来的。”他急促地说，两手不安地搓着。

我旁边坐着的孙女儿可喊起来了：“你就是大名鼎鼎的火星勘探队长啊！”

“唔，”他难为情地微笑着，终于在我们给他端来的椅子上坐下了。“现在不当勘探队长啦。在搞基本建设……”

沉默了一会。我正要开口说话，他自己却接下去了：

“还记得火星 1971 年那次大冲，您在天文馆作的报告吗？听众里头有一个特别爱发问的小机灵鬼——那阵子同学都这样叫我……”

我努力思索着，却只是茫然。30 年的岁月毕竟是太长了——而这 30 年又是充满多少惊天动地的事情啊？只是我听说过薛印青这个名字。大约 10 多年前，他是著名的于文火星探险队的一员；后来，在于文发起的国际火星开拓委员会中担任地质处处长。报纸上详细地报道过这个巨大的建设工程的全部进展情况。于文牺牲以后，大概他担任了全部建设工程的领导工作。

“我那时候就向往着到火星去。可是，在中学毕业的那一年，我却选择了地质学院。是的，我想……把地球上勘探矿藏的方法应用到火星去……”

“你是哪一年开始到火星去的呢？”我岔进来问。

“1988 年，上一次火星大冲的时候。我正好在学院毕了业，我怀着年轻人特有的彩虹般的幻想跨上了‘火星 4 号’宇宙船，您大概知道。在这以前已经有三艘宇宙船去过火星，可是他们没能在火星上安顿下来。据说是火星的严寒、干燥和稀薄的大气叫人待不下去，我们可是幸运儿。我前后三次在火星待了四个半火星年——差不多等于咱们地球上 9 年，你瞧……虽然，经过异常严峻的考验，好些人埋葬在火星上了，也有人跑了回来……”

我又一次打断他的话：“你这次是……”

这句很通常的问话竟意外地引起他的激动。他的声音稍稍有点发抖了：“是大伙逼着我回来休假的，下个星期我就回去！”

我们又沉默了。

月亮已经升得这样高，它看上去完全像银盘一样，洁白、晶莹。火星悬浮在它不远处。薛印青的目光像是偶然地掠过这颗橙红色的小星星，这一霎那，我看到有一朵小小的火光在那深邃的眼窝中跳动。他的脸微微抽搐着，嘴角弯曲成一道好看而严厉的弧线。

一只不知趣的蟋蟀放肆地大声嚷起来。

孙女儿给我们端来了月饼、葡萄酒和瓜子。我举起了酒香四溢的水晶杯子：

“祝你在征服火星的伟大事业中取得新的胜利吧！”

在我们全家人的要求下，他终于流利地、虽然还有些结巴，说出了这 13

年间的全部经历。

“还在第二次访问火星的时候，我们发现了太阳谷。那儿离开赤道不远，它的南方、西方都是浩瀚无涯的沙漠，北面连接着高峻而峥嵘的‘鹰之家’山，只有东南方连着一片水草丛生的洼地，洼地里长满了有点像地球上苔藓之类的、天蓝色的植物，它们的叶子稀稀落落地散开——我们还不辞万里地把这种植物带回来呢……现存在博物馆里。”

“噢，您当然知道，火星的气候干燥，水分少，遍地都是火红色的流沙。天空难得有成片灰黄色的、麻絮一样的云。可是，当我们攀登上‘鹰之家’的时候，竟然叫眼前的景象迷惑了：在那方圆约 140 千米的盆地上空，居然弥漫着轻纱似的烟雾！”

“实地的测量也证实了这并非是幻觉。在严冬的午夜，即使是赤道上，温度也降到零下 80 度。”

“这是一片怎样神奇的土地呢？”

薛印青的锐利的眼光慢慢收敛起来。他沉浸在遥远的回忆中了。从远处，从张开黑暗大口的旷野上，微微传来火车行进的卡隆卡隆声。

“我把放射性线量计拿出来……喏，一点疑问也没有，这儿地下埋藏着大量的放射性元素。我们，首先是于文，马上闪起了一个念头：能不能够利用这笔天然的财富来开拓这片目前还是荒芜的土地呢？啊，谁能想到，这就是伟大计划的开始！我们四个人，站在太阳谷的边缘，就这样，你望着我，我望着你……”

“这里是多么严酷的世界啊！它的空气比珠穆朗玛山顶还要稀薄得多，谁要是不想血管胀裂，就得老披着潜水员用的衣服，还得扛着沉重的氧气筒。天是紫蓝色的，即使在大白天，也能看到像天狼、地球、织女这样的亮星；而太阳，虽然有些发灰，却依然无情地炙烫着地面。19 世纪的科学家曾经幻想过火星有辽阔的海洋，然而事实上这儿却只覆盖着滚滚黄沙，一片荒凉……水，唉，我们从来没感到水会那么珍贵。只有在春天，极地的冰雪融化，水才会沿着纵一道、横一道的裂罅滴滴答答地四处奔流，火星植物更蓝、更鲜艳了。在那段生意葱茏的日子里，每天中午差不多总得下一场大雨——

噢，那真是地地道道的热带大雷雨！万里无云的晴天蓦地盖上一片灰黄色的云，闪电乍一打亮，雨水就倾泻下来了，直叫你无处躲避。可是，水一接触到地面，马上就渗透在沙砾中，流失了，雨过天晴，仍然又是暴烈的阳光炙烫那干旱的土地。”

“沙土是肥沃的——全部是原生的火山岩，含有丰富的磷质和钾质，日照也很强烈，我们相信只要想法子蓄住水，这儿会是世界上最丰腴的农场和牧场。火星上的重力也很小，只有地球上的三分之一——在火星上就可以毫不费力地跳上您这别墅的房顶哩。重力小对生物有特殊的意义，动物无需长粗笨的骨骼，而尽量去发展肌肉了；植物呢，苹果会长得跟西瓜那样大，西瓜大概得十来个人抬……”

“要把火星建设成为人类的第二故乡，成为人类征服宇宙空间的基地，这个伟大的理想就在那时刻萌芽了。我们从火星回来的时候，拟订了一个方案——就是后来称之为‘于文计划’的那个方案……后来呢，您大概知道了，有 51 个国家参加了这个规模宏大的壮举。那时候，‘向火星进军’的浪潮差不多席卷了整个地球！”

秋风带来阵阵寒意。孙女儿给我披上了夹衣。客人也默默无言地接受了递给他的一件。这个朴实的、谦逊的工程师大概被他自己讲的话招惹起对往昔岁月的怀恋了。如果不是看到了我和我的家人们的几乎是恳求的眼色，他恐怕会根本忘掉把话头接上去的。

“我们没有低估建设工程所面临的严重困难。在开拓火星的队伍里集合了差不多全地球的英雄人物，他们有的人征服过青藏高原，有的消灭过撒哈拉沙漠，有的是南极的改造者，有的人参加过太平洋资源的全面开发工程。可是，这些跟火星建设工程还是远不能相比。在荒无人烟的火星跟我们生身之地的地球中间，横着宽阔的宇宙空间——差不多是三亿公里！要把建设器材、4000 多名建设大军和他们的生活用品运到火星上，原子能火箭陆续不断地出发，差不多全地球的炼铀厂都在为火星开拓委员会服务。”

“啊，那个时候的景象是多么壮观！一座座跟外界完全隔绝的特制房屋环绕着太阳谷建立起来。我们竭力在屋子里创造出像地球一样的天地：一样的温度，一样的空气和湿度，并且还能抵御过强的太阳辐射和宇宙线。大规模的钻探工作开始，钻机以疯狂的速度啃着大量坚硬的岩盘……化验室也建立起来了。几乎像‘天方夜谭’所说的，在一个清晨就生长出一座城市来。昨天还是死寂的火星表面，如今充满隆隆的钻机声、爆破声、发动机的突突声，还有一般建设工地所免不了的各式各样的嚣闹，当然，也夹杂着建设者的歌声和笑声。在一幢幢房子之间，套在潜水服里的学者、工程师、工人和新闻记者忙忙碌碌地奔走着，像大雨前的蚂蚁……生活在沸腾，人们在战斗——人类成为地球以外自然界的主人的时代开始了。”

“您大概在报纸上读到过我们的建设工程的进展情况了。我们的基本建设处有一位意大利工程师，写过一本回忆录，很详细地也很逼真地描写了我们改造火星面貌的经过。还有另一位工程师，一个巴西人，写过一些激动人心的诗篇。啊，这些诗可给我们招募来一大批建设者——世界各国许多青年人都扔下自己的工作，要求到火星去‘参加英雄事业’。可是，说实在的，现实倒并不像诗里面所写的那么美丽。要知道，在 90 年代那会儿，我们甚至连一幅比较详细的火星地图都没有！火星的地质构造、生物界、气候变化和各种物理因素，我们了解得也太少了。我们就像当年的鲁滨逊一样，生活在太阳系中这一个荒凉的孤岛上，而对这个孤岛，我们差不多还一无所知……”

“第一个星期，我们的营房倒塌掉三分之一。还好，没有砸着谁，可是不少人都因此毫无准备地暴露在强烈的宇宙射线和半真空的状态下。事后，我们的临时医院里躺满了‘射线病患者’——这是受了辐射能伤害的人——和严重的昏厥病人。事情是这样的：为了取得氧气，我们每一幢房子里都装上分解土地中氧气的装置。要知道，火星的岩石差不多总是硅酸岩——像地球上一样，那是含了大量氧气的。然而我们没有意料到地基的化学性质的改变会引起它的物理状态的变化，在豪雨的冲击下，坚硬的岩基很快崩解为细沙，而房子就站不住脚了。”

“就在这第一次事故中，埋葬了我的快要出生的儿子——我的妻子流产了。我们结婚还不到一年。她是一个化学家。她这样热衷于探索新世界的前所未见的化合物，而且也深深地依恋着我，因此不管有了几个月身孕，还是离开我们在北京的温暖的家，来到这片不好客的土地。喏，那阵子我的妻子眼泪也不流一滴，走出医院又到化验室上班去了。好一个倔强的女人！大概正因为这点子倔强，才使我那样热烈地爱着她……”

他停下来了，轻轻地举起酒杯，呷一口酒。这样深情款款的话语从火星建设家的口里吐出来，打动了我们。静得很，没有人想打岔他，只有风吹着枣树叶子瑟瑟发响。

他到底还是说下去了。

“然而，火星对我们的迫害还是有加无已——它完全不理会我们这批人正是为了使它繁荣富庶，才离乡背井到这儿来的。五月，春天快过去了，火星上愈来愈多地卷起沙暴，狂风甚至能把钻塔掀翻，奔驰着的汽车常常像甲虫一样被抛到半空中，房子也被沙石打得百孔千疮，建设工程必须加紧进行。水流慢慢弱了，再过两三个月，将是火星最干旱的季节，建设工程还得遭受更多更大的障碍。我们用田鼠式钻土机掘凿了纵一道横一道的地下隧道，许多活动都搬到地下面去。”

“患射线病的人却愈来愈多了。这不完全是由于宇宙射线，也由于我们所开采的放射性极强的硅酸钍铀矿。我自己也染上了这该死的病，背部、面颊和大腿都有些地方溃烂了，长出了肿瘤。有一个时期，还发着高烧，神志不清，身体内部像是点着一把火……我把生命交付给大夫——您知道，就是现在，治疗射线病也不是绝对有把握的。”

“火星的建设正热火朝天地进行。利用白天跟晚上温度差来发电的工程完成了。入夜，是一片光华灿烂的灯火。制造合成水的工厂也完成了——否则，光从北极流来的融雪是满足不了4000多名建设者和70来部钻机的需要的。生活的旋律急促而轻快地跳动。而我们仍然被禁锢在病床上。如果不是后来从地球上请去那著名的射线病专家弗拉尔吉·本杰明教授，我真有可能葬身异地……”

“深秋时节。在火星，我们庆祝火星综合研究所的诞生。我带着久病初愈者的步伐由妻子陪伴着走出医院的大门。天蓝色植物的叶子枯黄了。曾经愉快地歌唱过的小溪只剩下淡淡的遗迹。天空的灰黄色云彩更浓，而雨却变得稀罕了。啊，秋天，你带给我们这群‘火星人’的是怎样肃杀的心情啊……可是在新落成的‘礼堂’里，我还是在青年人的翩翩舞影中找到了温暖。在我们这儿，没有果实累累的丰收，没有一望无际的金黄色的稻田。可是，我们摊开了绵延数里的、捕捉太阳能的锗片；竖起了刺入云霄的无线电望远镜的钢架，发射强大的电子束的无线电探测装置也快要架设完成了。在天文台里，我们的500英寸望远镜对准幽深不可测的宇宙空间，刺探河外星云的秘密。最有趣的是物理化学实验室了，那儿的电子计算机充当了一个精明的管理人的角色，它操纵着成千具仪器研究宇宙射线的秘密，分析原子核内各式各样的基本粒子，探索在这种独特的自然条件下物质性质的变化……这是多么了不起的一座研究所！”

“我们也开始播种。土地的改良工作完成了，在2000公顷的田地上，一眼望去都是灰黄色的人工合成土壤。甚至耕耘也是用超声波来进行的。超声波沿着地表通过，土壤碎裂了，变得松软、黏润，麦子一定会在这温床上安眠着，等待春风来把它们唤醒的。家畜和家禽的改造暂时还显不出成绩来。然而，利用放射性人工控制动物发育的工作也开始了……”

“未来，无限瑰丽的未来，在火星上，正发出多么绚烂的虹彩啊！”

薛印青的梦想传染给了我们大家。我和我的家族都专注地而又兴奋地听着。在我脑海中，出现了一幅庄严的、人类征服大自然的图景。

“当严峻的冬天过去以后，太阳谷和它的周围整个改观了。一座‘城市’已经在荒芜的原野上耸立起来。在地下，也建设了同样壮观的、可是更要晶莹夺目的一座‘城市’。我们把太阳能汲取了来，让它发电，照亮地下世界。这种地下建设工程地球上也有，例如地下铁道，可是我们的规模远比地下铁道宏伟得多！在火星上，只有地底下面才真正是我们自己的天地，那儿四季如春，又不愁什么宇宙射线。即使在‘大街’上走，也不用穿那笨重的潜水衣了。”

“春天静悄悄地走来，虽然没有喧闹的鸟语和扑鼻的花草香气，可是田畴上已经茁壮地长出一望无际的天蓝色的麦子嫩苗，它们和研究所的棕色大楼、化验室的白色高塔、高压电线的黑黝黝的钢架组成奇特的火星风光。

6000 名刚从地球上来的青年人壮大了我们的队伍——开发火星的工作已经变成一件真正群众性的事业了。”

“然而，灾难正在急剧地向我们袭来，我们竟然毫无准备！这是一个星期六的上午，天气很好。打早上起，无线电望远镜就接收到比平常更多的宇宙粒子——简直像暴风雪一样。把计数器放在屋外，滴滴答答地响成一片。放射性线量计的指针急剧地抖动着，总部跟着便接到天文台的报告，说是天鹰座里有一颗离我们不到 20 光年的恒星突然膨胀了。于文和两位著名的物理学家——苏联的格鲁辛柯教授和匈牙利的华伦纳蒂教授——动身去检查各个单位的防御措施，主要是实验室。其他人呢，工作放得下的，都得躲到地下去，就像过去战争时期空袭中躲到防空洞去一样。”

“我没有躲，一个重要的地质科学的新发现快要完成了，我舍不得放下它。在厚厚的混凝土墙内，我觉得自己是安全的。整个实验室充满严肃的、期待的气氛，以至当一声震耳欲聋的爆炸声传入耳膜来的时候，一霎那间我们甚至想不到该怎么办。”

“透过特种玻璃的窗子，看见西边地平线上冒出一股浓浊的白烟，直冲上天空，周围一片迷雾。我的心陡然抽搐起来：难道是……”

“时光过得很慢，像伞子一样的烟云就像永远不会散开似的。我们决定不管一切，冲出去瞧瞧了。这时，却看见一个青年人踉跄地跑过来，刚刚打开门，我就听到他冒出的头一句话：

‘原子核实验室爆炸了！’”

“我记得我当时就晕厥过去了。等我醒来时，大家已经把我抬到地底下——那儿是一个宁静的世界。我一张开眼就问到于文，大家什么话都不说，可是每个人脸上严峻的神色已经告诉我是怎么回事了。”

“这次损失是沉重的。我们不但失去了火星上设备最好的一个原子核实验室和它的 80 多名优秀的科学工作人员，还失去了像于文这样卓越的领导者。这是一个多么坚强的学者和组织家，在他的意志力下，简直钢铁都要变软！你就很难想象在那双目光炯炯的大眼睛后面藏着多少深邃的思想和独特的创造力量……我接替了他的工作。我们沉痛地默默地工作了半年，总算又重建了原子核实验室。可是到现在，我们还是找不到爆炸发生的原因，是宇宙粒子过分强烈的袭击呢，还是别的——也可能有旧社会的渣滓破坏……总而言之，火星自然界对我们是真正铁面无私的，只要你稍一疏忽，就会葬送自己，连同千百万人共同的事业——叫你连追悔也无从追悔！”

“可是……唉，我将怎样往下说啊……火星的征服难道仅仅以 80 多条生命就能换来吗？尽管我们兢兢业业，可还是避免不了驾临我们头上的深重的灾难。最先是在农场工人中，后来差不多在各个单位中都发现了一些奇怪的病人，浑身青肿，眼睛圆睁，牙关紧闭着——真是一滴水也灌不进去；过一两天，皮肤慢慢变成紫色，就死了。”

“瘟疫蔓延开来。有一天，火化场上竟然停着 40 多具尸体！大夫们对这束手无策，虽然他们差不多都肯定是一种火星上特有的微生物在作怪。各个区域隔离开来了。火星的建设工作完全停顿下来，死一样的寂静笼罩着曾经充满建设者歌声的土地……”

“可怕的打击终于落到我自己头上。在一个静寂的午夜，我被我的妻子的叫唤声惊醒了。她的脸白得像纸，脸上、手上都出现了青色的斑点，唉，我简直要疯狂了……天晓得我应该怎么办！我抓起了电话……救护车来了，把她接到医院去，马上就送进镭锭治疗室，我在外头等着，等着，一秒，两秒……一分钟过去了，两分钟过去了……半个钟头以后，传出了低低的呻吟。大夫把我叫进去，我的妻子宁静地躺在床上，脸色仍然是那样苍白，嘴角却挂着微微的、仅可觉察的笑容。唉呀，她的眼睛竟张开来了！”

“我狂热地喊她，想拥抱她。可是大夫把我推出门外。大夫低沉的声音发出的每个字都使我战栗：‘危险期还没过去……’”

“这个晚上我感到异样的空虚和迷惘。我彻夜在太阳谷徘徊，黎明时分，我发现自己坐在‘鹰之家’的峻崖上——天晓得我是怎么爬上去的。太阳已经现出血红色的边边儿了……太阳谷静静地沐在金光中，一切是这样的宁静，仿佛人们全都到另一个世界去了。啊，火星，火星，你怎么能这样无情地对待爱你、愿意使你变得更美好的人，对待我们这批地球文明的使者……”

“傍晚，我才回到家里。人们在寻找我，交给我两张揉皱了的纸，一张是医院的通知书。还有一张是申请回地球去的人的名单。我一句话也不说，就签了字。让怯懦者滚吧！假使我的妻子还活着，她会和我肩并肩地坚持作战到最后的。可是，可是——我永远失去她了，墙上，挂着她的照片：带着温柔的微笑，眼睛像是在沉思，那直挺的鼻梁啊，我曾多少次在那上面热吻！……我毫不掩饰地让眼泪倾泻下来，然后默默地草拟了召开委员会的通知。”

泪花在薛印青的眼眶中闪烁，女人们都哭了。一阵心酸也掠过我这老年人的心。

寂静的原野上传来纺织娘悲壮的鸣声。

沉默了不知道多久。可以看出这位文静的学者心中正翻腾着回忆的风暴。对火星的斗争是多么难以取得胜利啊！

“我认识到了，在我们的开发火星方案中，有一个带根本性质的错误。不应该、也不能够限于在太阳谷建设一个小小的、孤立的城镇。我们的任务是征服整个火星，把它改造成为人类的第二故乡。现在，必须从战略防御转到战略进攻，首先是找寻微生物滋生的地方，把它们在老窝中消灭干净。”

“可是委员会也做了一个决议：送我回地球去休养一个时期。我的身体和精神都那样地衰弱，再也领导不了这次新的进攻了。不管我怎样抗议和恳求，同志们还是把我送到星际航船上。我就此告别了我曾怀着豪迈的心情在它上面孜孜不倦地劳动了一年的火星，告别了那埋葬着我的战友和爱人的土地……”

“在九个月以后我回到火星上。可怕的疾病遏止了。同志们把太阳谷邻近的那片洼地整个儿消了毒。这次瘟疫真教我们元气大伤。受了过量的原子能辐射，又受到微生物的侵害，麦子全毁了，以至这一年仍然不得不万里迢迢地从地球运粮食来。”

“熙来攘往的景象又恢复到建设者们的基地上，建设工程现在是蔓延到远方了。也派出了到火星各地去的勘探队。我也参加了一个勘探队，出发到火星北极去。”

“我在火星北极待了将近一个火星年，直看到那儿建立了第二个研究中心；人们收集太阳光来烘暖长年冰凉的地面，又建设起一个新的城镇。后来我便转到别的地方去。就这样，我辗转流徙了三年——相当咱们地球上差不多六年哩。岁月慢慢磨掉了我心上的悲痛，可是对死去的同志、战友和心爱的人的回忆，还是顽强地盘踞在我心上，使我戚然，又教我激动……现在，无论受到什么打击，无论经历着什么灾难，都不能使我离开火星了——火星已经成为我的家，我把自己的心和生命跟它联结在一起。”

“当我回到太阳谷总部的时候，火星建设者的队伍已经扩大到了60万人了，而地球还正在陆续不断地把自己的优秀儿女送过来。在整个火星表面，我们建立了11个‘城镇’——征服火星的据点。不但建设了农场、实验室、生活区域，甚至还建立了重工业——生产着机器、农具、仪器——和轻工业。在各个据点之间，还有定期的民航喷气飞机往来。当年于文的理想差不多全部实现了，人不但能够在火星上生活下去，而且要把火星建设得和地球一样美好，一样舒适，一样繁荣和富庶！”

“我们开发了火星地下的无穷无尽的宝藏：分布广泛的放射性元素、稀有元素和地球化学家根本梦想不到的各式各样的化合物。我们的天体物理天文台，完全弄清楚了太阳的物理特性——特别是它对地球和火星气候的影响。咳，我们现在甚至能够预报两年以后的天气，准确程度超过了90%，这都得归功于火星上辛勤工作的天体物理学家们。物质结构的一些最隐秘的特征也被我们的物理学家找出来了。宇宙射线不再是威胁我们的敌人，而成为我们强大的动力——星际航船现在就是靠它开动的哩……噢，我真想请你们看看火星上的物理实验室，那儿甚至能够释放蕴藏在氧原子内部的原子核能，大概在3—5年我们就准教一个小池子的水发出比三门峡水电站10年间所发出的还要多的电力来！‘太阳谷’农场培育出每株重到5公斤的小麦，‘赤道牧场’的乌克兰种大白猪居然跟坦克车一样重——30吨！还有跟老鹰一样大也一样矫健的鸽子，教地球上的老狼看了也要害怕的‘小’白兔……”

“在火星地下，我们建设了另一批城镇—— 一批真正的地下宫殿，富丽、堂皇。在那儿生活，绝不比在北京或者上海差。这些地下城镇还是到火星中心去探险的据点呢，计划已经订好，马上就要动手执行了。”

客人的心情像是完全平复过来了，他匆匆忙忙地结束自己的谈话。

“明年的世界青年与学生联欢节将要在我们那儿举行。小姑娘，”他向我的孙女儿说：“你也想去参加吧？”

我那可爱的孙女儿羞涩地笑了。我们全都笑了。

“我能不能去呢？”我问。年纪显然已经不容许我作星际空间的长途跋涉了。可是，我却听到了这样一个肯定的答复：

“行，现在的星际航船舒服极了，简直跟乘小轿车一样，也许还要平稳一点。来吧，林老师……哦，对了，我给你们看一件东西。”

一个漂亮而严肃的青年女人的相片映入我的眼帘。在月色下，我差一点认为她的微微张开的薄嘴唇要说话了。“这是谁？”我问。虽然完全是多余的。

“我的爱人，李如蒙。”薛印青又恢复了他的忸怩不安的神态，并且站起来向我们告辞。

——原刊于《中国青年》1957 年第 22—23 期，
同年在莫斯科“世界青年联欢节”上荣获大奖

当代中国科幻小说的开拓者

——郑文光与早期的科幻创作

◎ 王卫英

郑文光的《飞出地球去》一书于2005年在人民文学出版社再版，在其封底有段推荐语:“初版于1957年的这本书第一次向当代中国人展示了‘一个生活在地球上的人就像爬在皮球上的一只蚂蚁’。当我第一次读到它，以为是一部翻译作品，因为它的生动和激情是我从未在中国的科学文艺中见到过的，无疑，它是那个年代的一个异数。”这是一部经得住时间考验的科普读物，郑文光也是以科普作家的身份被介绍。实际上，郑文光还是一位杰出的科幻作家，是新中国科幻小说的开拓者和推动者，他的科幻创作及思想深刻影响着当代科幻作家。

一

郑文光（1929—2003）生于越南海防华裔之家，从小学习汉语言文字。1947年考入中山大学天文系，1951年进入中国科协科普局任《科学大众》杂志副主编，1957年调入中国作协任《文艺报》记者，1959年任《新观察》杂志记者;“文革”后期，进入北京天文台从事天文史研究，出版学术专著《康德星云说的哲学意义》(人民出版社，1974年）和《中国古代的宇宙理论》

（与席泽宗合著，科学出版社，1975年）。1999年，荣获由《科幻世界》杂志社颁发的科幻“终身成就奖”。郑文光的科幻创作生涯既漫长又短促，主要集中于两个区间，即20世纪50年代和“文革”结束后五年，而这恰恰是中华人民共和国科幻发展的两个重要时期。

郑文光

中华人民共和国成立伊始，人们渴望科学如酷夏禾苗之于水的渴望，这种渴望来自人们对科学精神的真诚渴求。当时，人们普遍将希望寄托于祖国的花朵——少年儿童，肩负使命、满怀激情的作家们努力向少年儿童普及科学。这个任务的首要承担者当属中国科普作家，时任《科学大众》杂志副主编的郑文光已发表了上百篇科普文章，其中纪念意大利科学家布鲁诺的科学传记《火刑》和科学小品《宇宙中有些什么？》，多年来一直被选入全日制中学语文课本，但具有作家敏感性的郑文光还是注意到，在当时，“占很大比重的青少年读者，对知识读物的欢迎其实是有限度的。他们时常会对作品中过分枯燥的科学展示感到厌倦和不满”。[①] 于是决定改变思路，创作一种“把谜一样的天文学和诗一般的文学结合在一起”[②] 的文学作品；《中国少年报》编辑赵世洲也同样意识到这点，于是希望快笔手“老郑”能给孩子们写一篇科幻小说，想法不谋而合。可真正的科幻小说是什么样子？当时可供参考的西方译著不多，只有阿·托尔斯泰、别里亚耶夫等少数苏联科幻作家的小说，在郑文光看来他们的作品未必高明，却深受少年儿童喜爱。这给了郑文光以启示：创作科幻小说，适于少年儿童阅读的科幻小说。

二

郑文光迈向科幻的第一步是发挥专业所长，创作天文探险小说。1954年，发表在《中国少年报》上的《从地球到火星》，标志着新中国第一篇真正意义

① 尹传红．中国科幻百年（中）［J］．中国科技月报，2000（4）．

② 郑文光．战神的后裔［M］．长沙：湖南教育出版社，1999：195．

上的科幻小说诞生了。作品描写在距离火星最近的一年，中国航天科学家制造了两艘火箭船，准备飞往火星探险。有个叫珍珍的女孩要求随父亲上火星，未被许可，便带着弟弟和同学偷偷驾驶一艘火箭船离开地球。小说篇幅不长，情节也不复杂。作者曾这样描述最初的创作感受："我虚构了几个孩子，他们偷了一只火箭船，飞到了火星附近，并且绕着这颗红彤彤的星球转了个圈子。我实在没敢让他们在火星上'登陆'，因为在当时，我还不知道火星上是个什么样子呢！"① 即便这样，小说发表后依然引起强烈反响，并引发了北京地区的火星观测热潮。《中国少年报》为满足读者的好奇，专门在建国门古观象台架起一座高倍天文望远镜，人们列队观看火星。这篇作品不单读者喜爱，作品同样受到专家首肯，并收入《一九五五年儿童文学选》，著名儿童文学作家严文井还在《前言》中特别评价了这篇小说，认为它明显脱离了科学普及范畴，是一种真正的文学形式。

郑文光被读者的热情所感动，从此与科幻小说结缘。除了《从地球到火星》，他接连创作了《第二个月亮》《征服月亮的人们》《太阳探险记》等，成为中华人民共和国成立后科幻小说的拓荒之作。1955 年，这些小说被结集成《太阳探险记》，由上海少儿出版社出版，这是郑文光第一部科幻小说集，也是中华人民共和国第一部科幻小说集。实事求是地讲，早期科幻小说在艺术水平上还不成熟，人物情节偏于简单。但当时，他的科幻作品具有得天独厚的优势：与现实主义文学比，它浪漫富于幻想；与科普读物比，有情节而不乏科学内涵。这种全新的文学形式为他赢得了大批读者——这与其说是郑文光的成功，毋宁说是科幻小说的成功。

郑文光的成功吸引了一批作家投入到科幻创作队伍中，不少作家甚至直接沿着郑文光开辟的星空探险题材进行开掘，如于止的《到人造月亮上去》、扬子江的《火星第一探险队的来电》、杨志汉的《到太阳附近去探险》、饶忠华的《空中旅行记》、崔行健的《小路路游历太阳系》、鲁克的《到月亮上去》、徐青山的《到火星上去》等，这些作品共同掀起了新中国科幻小说创作

① 郑文光.《郑文光科幻小说全集》序［M］// 郑文光. 郑文光科幻小说全集：第 1 集. 长沙：湖南少年儿童出版社，1993.

的第一次高潮。郑文光的作品反映了当时中国科幻小说的整体状貌：鲜明的科普意识，浓郁的儿童文学特色。虽然最初的“星空”系列带给他成功的喜悦，但忧患意识强烈的他，深知读者的欢迎并不能说明作品具有持久的艺术魅力。他深知这些作品的“科学构思”太过寻常，明显的“科学硬块”也使作品呈现简单化倾向，在创作中如何提高文学素养和科学素养才是他的目标追求。

创作少儿科幻一直是郑文光的首选，因为少儿读者占极大比重，他们的心灵渴望被激励。1957 年，郑文光创作了《飞上天去的猴子》和《火星建设者》，分别发表在《中国少年报》和《中国青年》上。前者写科学家为加快探索宇宙步伐，需为火箭船配备一名乘客，任务是进入高空后能开舱只身返回地球，这个勇敢的冒险者出色地完成了这一科学创举，为“人类登月创建了第一功”，而这个了不起的英雄竟然是一只可爱的小猴子。《火星建设者》是一篇八千多字的小说，与前者相比，虽然题材没有太大突破，但从情节构思到人物塑造都有所变化，小说摒弃了惯用的乐观主义手法，以共产主义大同社会为背景，叙写一批宇航员在火星上探险和殖民，历经艰辛，最后遭细菌侵扰而牺牲惨重的悲壮故事。故事告诉读者，科学无坦途，只有不畏艰险沿着陡峭山路攀援的人，才有希望达到光辉顶点。这两部作品均以优美的文字和瑰丽的幻想打动了读者，其中,《火星建设者》还在 1957 年莫斯科“世界青年联欢节”上荣获大奖，是新中国第一篇荣获国际大奖的科幻小说。在《火星建设者》中，作者孜孜以求的“科学建构力”① 与“文学建构力”② 在这里第一次趋于平衡，因此它被视为郑文光早期最为出色的作品。科幻评论家吴岩认为,《火星建设者》是郑文光作品从读者对象仅为儿童扩大到成人、从不成熟走向成熟的一个重要标志，因为它开始拥有了广阔的社会生活背景，有了属于郑文光独特的宇宙浪漫色

① 吴岩. 论郑文光的科幻文学创作 [J]. 大庆高等专科学校学报，2002（2）.

② 同①。

彩。[1] 郑文光自己则是这样评价的:“我虽然不认为它是我最成功的作品，但是，一些我个人作品中特有的元素已经初露端倪，这些元素包括宇宙的神秘性、科学和技术的力量，以及人性中的勇敢。这些元素将在我以后的作品中反复出现。”[2]

三

郑文光积极拓展科幻创作题材，试图将现实生活融入作品,《黑宝石》就属于这一尝试。这是一个关于一群地质少年在野外考察活动中的奇遇故事:孩子们意外获得了一块矿石，他们只感到与众不同，殊不知在科学研究者看来，它是一种珍贵的磁铁矿，价值远甚夜明珠或金刚石。更令人吃惊的是，经鉴定，这块奇怪的石头竟是闯入地球的陨铁。于是，人们又渴望通过这位“天外来客”打听宇宙的秘密。这故事仿佛发生在昨天，然而又不乏科学幻想的神奇。这种具有现实亲近感的小说同样受到少年读者的追捧，作品获得中国作协儿童文学奖。这又给了郑文光一个启发，科幻作品不单幻想遥远的未来，还可直面现实。

政治改变着人们的命运，也影响着作家的创作思路。20 世纪 50 年代末“大跃进”开始，时代的狂流也使郑文光把目光转向共产主义的美好预言，写出了《共产主义畅想曲》。作品构想 2000 年中国的美丽蓝图，他想在作品中反映中国人民在实现现代化历程中的欢乐、痛苦、爱情、挫折、胜利与斗争，作品于 1958 年 10 月开始在《中国青年》杂志连载。时任团中央书记的胡克实写了一篇热情洋溢的序言:“在这一天等于 20 年的时代里，人们很想知道在 40 年以后，我们的国家、社会和人民的生活将是什么样子。本文作者本着敢想敢说的风格，作了比较科学的幻想。我们说它是比较科学的，因为并非言之无据；说是幻想，因为到底还是有待于人们的努力。但是，我们可以预期，在全国人民的积极努力下，这个幻想必然能够实现。在今天，只有幻想不出来的奇

---

① 郑文光.《郑文光科幻小说全集》序［M］// 郑文光. 郑文光科幻小说全集：第 1 集 . 长沙：湖南少年儿童出版社，1993.

② 同①。

迹，没有实现不了的幻想。”[1]然而连载仅仅持续两期后便告停，“创作在那些年代已经变得困难了。不知从什么时候起，人们开始用豪言壮语去装扮自己，而不再是那么真诚和坦率了”。[2]显然，与其他文学一样，科幻作品变成了时代传声筒，沦为政治附庸。郑文光后来反思，认为：“从我自身的角度讲，我觉得《共产主义畅想曲》是一个彻底失败的作品，它其中没有幻想。如果说其中写到的‘可视电话’或者‘按电钮喝牛奶’一类的东西可以算做幻想的话，那我的幻想力是完全萎缩了，因为当时的任何一个农民，都知道一亩地可以产粮2万斤的神话；任何一个城市居民，都了解10年内中国一定赶上英国，15年赶上美国的预言。面对这样的想象，我的科幻小说又算得了什么呢？当然，更多的问题，还出现在对政治和社会生活的处理上。在这方面我显现出相当的无能……”[3]这部作品也因此成为郑文光科幻创作上的一个“肿块”。

《共产主义畅想曲》的失败促使郑文光思考一个问题：如何把握科幻创作中的现实分寸？应《儿童时代》之约，他1960年发表的《海姑娘》，在题材上与别里亚耶夫的《水陆两栖人》相似。别里亚耶夫（1884—1942）是“第一个也是最好的苏联科学小说作家”，他的作品风格独到，技法高明，许多作品如《陶威尔教授的头颅》《沉船岛》《跃入虚空》《康采星》等均被译介到中国，其中，《水陆两栖人》描写科学家通过在人体内植入鲨鱼鳃，实现人类重返故乡海洋的梦想。别里亚耶夫奇特的科学构思深深吸引了青年郑文光，受此启悟，他创作了《海姑娘》。海姑娘小雪青借助父亲研制的“人工鳃”实现了人类畅游大海的愿望，但我们的目标不仅为了“畅游”，而是要为祖国建设作贡献。因为小说模仿痕迹太过明显，为补救当初的创作遗憾，二十年后，作者对《海姑娘》进行了全面改写。

---

① 陈洁．亲历中国科幻——郑文光评传［M］．福州：福建少年儿童出版社，2006：114.

② 参见郑文光,《我与儿童文学》，浙江师院中文系编《我与儿童文学》，1980年，第127页。

③ 吴岩．论郑文光的科幻文学创作［J］．大庆高等专科学校学报，2002（2）.

割掉鼻子的大象

◎ 迟叔昌

戈壁滩上的新城市

19XX 年 8 月 23 日，我为了采访大戈壁国营农场丰收的新闻，来到了戈壁滩上的一个城市里。这个城市的名字很特别，叫做“绿色的希望”。在五年前出版的地图上，还找不着这么个地名，可是现在，我已经在这个城市的中心区的旅馆里。服务员提着我的手提箱，把我引进了一个不很大的，但是布置得很精致的房间里。

“同志，路上辛苦了，先休息一下吧！”服务员给我倒了一杯水，又把窗帘拉开了。

“不，一点也不累。飞机又快又舒服。午饭还在北京吃的哩，想不到太阳还没有落山，我已经来到戈壁滩上了。”我走到窗子跟前。“你不忙招呼我，还是先把你们的城市给我介绍一下吧！”

“对了，我想起来了，您是北京来的记者同志。”服务员笑了笑说。“请看，前面就是中央广场。广场对面那座白色的大楼是市政府大厦。大剧院就在那一边，看见没有？就是那座淡黄色的大楼，还是去年国庆节落成的呢！那边是农林牧学院，就在那座小山上，有一大堆房子。百货大楼、少年文化宫、工人俱乐部，都在我们的旅馆后面。您出了大门，向右首拐个弯，就都可以看到了。”

我站在窗口上向下望。这是个什么样的城市呀，简直跟花园一样！马路又宽阔又清静，两旁的白杨树给马路镶上了两条浓绿色的边。每一个十字路口都有个白石砌的花坛，美人蕉、大理菊，五颜六色，开得正热闹。向远处望，茂密的树林像一片绿色的海洋。一座又一座的崭新的大楼，像海岛一样，浮在绿色的海洋上。这里不是戈壁滩吗？我在一本古老的地理书上看到，说这里黄沙连天、寸草不生。谁想得到今天的戈壁滩……

突然，一阵孩子的叫喊声打断了我的沉思。

“看大象去呀！看大象去呀！”

从马路的那一头，涌过来一大群孩子。他们一边喊，一边跑。许多大人跟在他们后面。

“什么？大象？哪儿有大象？”我问。

“不知道。我们这儿从来没有见过大象。”服务员回答。

“可能是动物园新到了大象。”我说。

“不会。这儿什么都全了，就是还没有动物园。”服务员回答。

街上的人愈来愈拥挤了，男的，女的，老的，小的，都朝着一个方向跑，真像过节日游行一样。到底是怎么回事呢？我真想不透。

“我得去看看！”

我一边说，一边跑出了房门。

割掉鼻子的大象

我挤到了人群里，拉住了一个红领巾问：

“上哪儿去呀，小朋友？”

“车站去！车站到了一大队大象哩！”

“大象？哪儿来的？”

“不知道。”他一边走，一边回答。

“来干什么？”

他不回答我，却指着前面叫：

“看哪，看哪，那不是来了吗！”

前面的人让开路来，大家都退到人行道上。可不是吗，十几只大象排成一队，在慢吞吞地走过来。

“都是一色的大白象呀！”一个孩子叫了出来。

是呀，这种白里透红的大象，连我也没有看见过哩。北京动物园里的大象都是灰色的。看呀，它们慢慢地愈走愈近了。又粗又短的脚，咯咯咯地踏在水泥路面上，两只大耳朵一扇一扇。胆小的孩子都把身子紧紧靠在大人身上。

“呀，奇怪！”站在我跟前的一个小女孩突然惊讶地叫起来，“这些大象怎么没有长鼻子呢？”

经她这么一提醒，我也奇怪起来了，这群大象的鼻子都像割掉了一样，只看见两个黑洞洞的朝天鼻孔。还有奇怪的呢！……我不禁也叫了出来：

“咦！这些大象的牙到哪儿去了呢？”

“一定是亚洲母象，动物书上讲得很清楚，亚洲母象是没有象牙的。”旁边的一个男孩子说。

“不，”小女孩说。“我想它们可能是演马戏的。为了怕发生危险，所以把长鼻子和象牙都锯掉了！”

“谁说是演马戏的！”

大家回头一看，说话的原来是骑在最后一头大象上的一个男人。他挥了挥鞭子，又说：

“它们是国营农场的。”

“国营农场的？农场养大象干吗？”一个抱小孩的女人问。

“一定是耕地用的。”一个老公公说。“古书上就说过。在四千多年前，我们的祖先曾经用大象耕地。”

“国营农场有的是拖拉机，还用得着大象？”小女孩说。

疑问一个接着一个。割掉鼻子的大象队伍慢慢地走过去了，我带着一连串疑问，回到旅馆里。

一封请帖

走到房门口，服务员同志递给我一封信：

“同志，您的信。”

我坐下来，把信封拆开，里边是一张请帖：

悦森同志：

知道你要到我们的农场来采访，我非常欢迎。明天早上，我准备了一个奇迹来招待你。

李文建

8 月 23 日

李文建！真没有想到，他原来在这儿。自从中学毕业分了手以后，我跟他就没有见过面。他是多么有趣的一个人呀。在中学时代，我俩都喜欢数学，喜欢物理，都参加了“巧手小组”。那时候，我俩几乎每天都有新的幻想。有些幻想是实现了，凭我们自己的两只手。举例来说吧，我们就做成了一个只有手表大的半导体收音机。冬天把它安在毛皮耳罩上，戴着倒是挺舒服，不但能听广播，还管预防耳朵生冻疮。也有些幻想落了空。有一回我们想：为什么不能给双轮双烨犁安一个马达呢？我们就动手做了一个不太小的模型，也能走，可是犁头一插进泥里，轮子就只会打空转，再也走不动了。

后来我们快毕业了，我问他：

“李文建，你考上了大学念哪一科？”

“畜牧！”他好像早考虑停当了。

“畜牧？”我挺奇怪。“你不是最喜欢数学和物理吗？”

“畜牧就用不着数学和物理吗？”他反问我一句。“那么你呢？”

“进新闻系！”我其实也早就考虑停当了。

“新闻系？好。将来当记者，当编辑。可是对你来说，数学和物理可真用不着了！”李文建很惋惜地说。

“我才不这么想哩！看看报纸上吧，数目字和物理名词不是愈来愈多了？”这是我的回答。

后来我们就分别了，从没有见过面。这一段对话，却至今还在我的耳朵边上。我的话，我在自己的工作里边得到了证实；尤其在采访工业新闻的时候，数学和物理的基本知识的确帮了我不少忙。可是搞畜牧到底用不用得着数学和物理呢？这回见了面，我得好好地问他一问。还有哩，方才看到的大象不就是国营农场的吗？我倒要代那些可怜的大象质问这位聪明的畜牧专家：为什么要把它们自己最爱惜的鼻子连同象牙一起割掉了？——我知道他的脾气，这一定是他出的主意。

指象为猪

“北京人”牌子的小汽车把我送到大戈壁国营农场畜牧科的办公室门前。

办公室的玻璃门推开来了，走出来的正是李文建。他张开了两只臂膀说：

“欢迎，欢迎，记者同志，我的老同学！”

来不及让我说话，李文建就把我紧紧地拥抱住了。他仍旧是那个老样子，热情，爽朗。

我几乎透不过气来，也不知道是太高兴了呢，还是他抱得太紧了。好一会儿我才挣脱了他的手臂，说：

“真想不到……”

“哈哈，想不到的事情多着哩！想不到戈壁滩上的早晨，空气会这样清新；想不到所谓黄沙连天的戈壁滩，会到处是一片希望的绿色；更想不到在这充满了奇迹的戈壁滩上，今天还会出现什么样的奇迹！”

“什么奇迹？”我记起了他给我的请帖。

“我们的相遇不就是奇迹吗？哈哈！我到这儿才不过一个月，而你，恰巧也赶到这儿来了！”

“你到这儿来的任务是……”

“你是记者，很明白，你的任务是采访新闻。我呢？也很明白，我是搞畜牧的，我的任务当然离不了喂牛，喂猪，喂羊。这么多年不见，咱俩本应该谈谈家常。可是咱们还是先公后私，先让你的任务和我的任务结合起来。

来吧，你不想采访一下我们的最新的工作成绩吗？”

李文建拉着我走过草地，来到一个大棚子前面。这个大棚子，样子有点儿像飞机库，单是一扇大门，就有四米多宽，五米多高。李文建一按电钮，这看去像钢板一样结实的大门，忽然像又薄又软的绸缎一样，立刻卷上去了。

“真是奇迹！”我不由得说。

“你说的是门吗？”李文建说，“这算不得奇迹。这门是用‘塑胶 908 号’做的。这种塑胶可以压成纸一样的薄片，软得可以卷起来，轻得几乎没有重量，可是又硬得连美洲野牛的角也顶不透。用来做牲畜棚子，真是再合适也没有了。这个大棚子的屋顶、墙壁、门，全部是用‘塑胶 908’做的。我们特地采用了这种材料，为了节省屋架的钢料。”

“这就是你所说的最新的工作成绩吗？”我问。

“不是，不是。”李文建笑笑说，“你忘了吗？我的专业是畜牧，不是建筑师。当然，有时候也不得不兼顾一下，但是算不得什么成绩。我们的新成绩在棚子里面呢！请进去吧！”

一走进门，我们被一垛白里透红的肉墙给挡住了。只见一个又粗又短的尖尾巴，在我的鼻子前面晃来晃去，扇起了一阵不小的风。

“看吧！这才是我们的新成绩，昨天才运到的。”李文建说。“跟你说了吧，我到这儿来的任务，就是在这戈壁滩上大量繁殖我们培育出来的这个新品种！”

“哈哈！”我笑起来了。“对一个新闻记者来说，这可不是新闻了。我早知道，这就是割掉鼻子的大象！”

“割掉鼻子的大象？”李文建诧异起来。“谁给起的这个古怪的名字？你难道没有看见木牌上写的吗？”

我抬头一看，木牌上写着一行大字：

白猪——奇迹 72 号

“哈哈，割掉了大象的鼻子就当猪，这就是你的新成绩吗？”我笑着说，“古时候有个赵高，‘指鹿为马’，原来今天还有你这位‘指象为猪’的专家哩！”

“多愚蠢的笑话。我倒要向你提个意见。”李文建突然严肃起来，“像你这样粗枝大叶，是不适宜做新闻记者的。还是仔细观察一下吧，我的犯急性病的记者同志！”

正说话间，那个大家伙转过身子来了。它的面貌，虽然我昨天已经领教过了——两个黑洞洞的朝天鼻孔，两只眯着的小眼睛，大耳朵一扇一扇地，像两把大蒲扇——可是经李文建一提，这面貌与其说是大象，真不如说是猪。大象的额角要宽得多，两只眼睛要离得远些，再说，鼻梁上也没有这么多的皱纹。但是主要的不同，当然是这家伙没有长鼻子，也没有象牙。我正在将信将疑，它忽然鼻子一掀，发出一阵“呼噜噜”的声音。这声音分明是猪的鼻息，不过比普通的猪要响上七八倍。我不由得倒退了两步。

李文建笑了出来：“害怕了吗？放心吧。它是猪，不会像大象那样地突然发起脾气来。你不信的话，再看看它的脚吧！”

我蹲下身来一看，果然不错，分明是四个大猪蹄子，只不过比例不大相称，显得又短又粗。可是决不是大象那样的直统统的筒子腿。

在事实前面，我不能再怀疑了：

“我承认，的确是猪！真是个奇迹！猪怎么会变得大象一般大的呢？”

“说来话长。我们且回到办公室里，坐下来慢慢地谈吧！”李文建说。

奇迹离不了科学

“我想，”我坐在沙发上，呷了一口加蜜糖的红茶说，“你们的‘奇迹72号’，一定是大象和猪杂交的新品种。”

“杂交？当然，要培育新品种必须利用杂交。”李文建说，“但是要大象和猪交配，目前似乎还有困难。所以我们用的，是咱们中国最优良的四川白毛猪和乌克兰白猪交配的杂种；同时还采用了许多别的方法来改变杂种的体质——中学时代学的解剖生理学，你大概还没有忘记吧？”

“当然不会忘记。”我一向是以我的记忆力自豪的。

“那么你应该记得，脑髓下面有一个内分泌腺……”

“叫脑下垂体。”我抢着说。

“对了，叫脑下垂体。这个内分泌腺的功能是……？”他好像故意要考我一考。

“它的前部分泌一种促进生长的刺激素。有的人脑下垂体特别发达，分泌的刺激素多，个儿就长得又高又大。我看到过照片，几乎比普通人高出半个身子。”

“对了，我们走的路就是想法子刺激杂种幼猪的脑下垂体，促使它特别发达。开头，我们把各种各样的化学药品喂给猪吃，还给猪注射，结果全没有用。后来我们找到了一个物理的方法，就是用一种一定波长的电波来刺激猪的脑下垂体。果然有效，杂种猪的个儿果然一代比一代长得大。如果你把‘奇迹 72 号’解剖开来看。它的脑下垂体就有桃核那样大，足足有三克半重，比普通的猪的大上七倍多。”

“原来是这样！”我连连点头。“可是我还记得，脑下垂体特别发达的人，个儿固然长得高大，智力却要差一些。”

“这一点你倒不必顾虑！”李文建笑了笑说，“我们喂的是猪。我们宁可它长得肥一点，却并不希望它聪明过人，个儿却长得像瘦猴儿一样。问题倒在另一方面，猪的脑下垂体受了电波的刺激，是特别发达了，刺激素的分泌也大大增多了，猪的个儿也愈长愈大了，长里、阔里、高里，都比普通的猪大了五倍。普通的猪一头是一百来公斤，‘奇迹 72 号’长足了，一头就有十二吨半——一万二千五百公斤。小的时候，它还能到处乱跑，可是它长得很快，一天要长四五十公斤。愈长得大，它就愈不能动弹。最后就像一大堆肉，瘫在地上，说什么也站不起来。还动不动就把骨头给折断了。一转身，就折了脊梁；一抬头，就折了颈项。”

“这是什么缘故？”

“哈哈！这是个挺简单的算术题。”

他用食指在茶杯里蘸了一下，在大理石桌面上写了两行算式：

$5\times5\times5=125$

$5\times5=25$

然后指着算式说：

“看吧！猪的长里、阔里、高里，都是原来的五倍，它的体重就是原来的一百二十五倍。可是骨头的粗细呢？讲粗细只能算长里和阔里，因此只有原来的二十五倍。二十五倍粗的骨头，怎么担负得了一百二十五倍的体重呢？结果，猪本身的重量就变成了它自己的致命伤。那是我们事先也没有预料到的。”

“那就得使骨头的粗细再加大五倍。”

“我起先也是这么个主意。可是常言说得好：‘喂猪吃肉’，猪骨头要它长得这么粗，有什么用处呢？所以我想，应该使猪的骨头长得更加坚韧。在这方面，我们采用了一系列的办法。我们在猪的饲料里加进一种新的化学药品，里面含有特别容易吸收的磷和钙，我们叫它做‘强骨素’。我们还经常给猪照射紫外线，使它的骨骼长得特别健壮。更重要的，我们还用电波来抑止某些部分的生长。譬如腿吧，就抑止它，不让它长得太长，因为愈长愈容易折断；而是尽可能让它长得粗一点，粗了顶得住重量。我们还让它锻炼，教它跑，教它跳。足足经过了四年，‘奇迹 72 号’白猪才培育成功。你方才不是看到了吗，它们都站得四平八稳，就像你所说的大象一样。昨天从车站到农场，十来里路，它们还是自己走来的哩！”

“这个场面，我倒亲眼看到了。真是个奇迹，了不起的创造！”我不住口的称赞。

“可是，奇迹离不了科学！”李文建严肃地说。

“是呀，科学创造了奇迹！我倒想起来了，你们的‘奇迹 72 号’倒有点像《西游记》上的猪八戒。猪八戒在驼罗庄为了要拱开山路，拈着诀，摇身一变，就变成了一头百来丈高的大猪……”

“这是不真实的。”李文建打断了我的话。“第一，猪不会思想，更不会要求自己的身子愈长愈大。第二，即使它有这样的要求，也无济于事。你难道忘记了，动物体质的改变是由于受了环境的影响，并不是由于它主观的愿望。”

“当然不会忘记。”我立刻声明。“你还没有听我说下去呢：猪八戒变成了大猪，驼罗庄派了七八百个人，三四百头牲口，不停地给他做饭送饭。我想‘奇迹 72 号’长得这样大，食量一定也不小。”

“的确不小。可是跟它长的肉比起来，饲料还是省得多。温血动物吃下去的食物，有许多消耗在维持体温上。个儿愈小，体温发散得愈快，消耗在维持体温上的食物也就愈多。我还要举老鼠做个例子。五千头小老鼠只有一个人那么重，可是五千头小老鼠吃的粮量，却是一个人的十七倍。你看老鼠有多么可恶！为什么它要吃这么多呢？就因为老鼠的个儿小，体温发散得快。反过来说，个儿愈大，体温发散得愈慢，消耗在维持体温上的食物就相对地减少。所以‘奇迹72号’虽然比普通的猪大了一百多倍，饲料却只要加多五十倍就足够了。”

丰盛的午餐

李文建留我在农场里吃饭，他一定要我尝一尝他们的“奇迹72号”。

我们走进食堂，在靠墙的一张小桌子旁边坐下来。桌子上放着一盆菊花，淡绿色花朵闪闪地放着银光。还有一大盘水果：小西瓜一样大的苹果，牛奶色的葡萄；最奇怪的，还有皮是完全透明的橘子，好像包着一层玻璃纸，可以看见里面黄澄澄的一片一片的瓤子。

李文建一按桌子边上的电钮，墙上的小窗立刻打开了，推出一个大盘子来，窗立刻又自己关上了。我一看盘子里，大碟小碗，全堆得满满的：炸猪排、溜丸子、坛子肉、炖猪蹄、炒肝尖、拌腰花、熏猪脑、猪尾汤——原来全是“奇迹72号”的成品。

“今天早上，我们特地宰了一头‘奇迹72号’。”李文建说，“一半是为了招待你。新闻记者嘛，不光是要用眼睛用耳朵来采访，有时候还得用一下鼻子、舌头，甚至于牙齿。还有一半是为了坚定这个农场里的饲养员的信心。昨天‘奇迹72号’才运到，有些人看了说：这样大的猪，它的肉一定连咬都咬不动了。好吧，到底如何，就请你来尝一尝吧！”

我咬了一口炸猪排，肉比童子鸡还来得嫩，又是酥，又是脆。我从没有吃到过这么好的猪肉，就贪馋地咬了第二口。

“‘奇迹72号’决不是老母猪。”李文建好像跟谁在争辩。“虽然它个儿长得大，可是不要忘记，它还是一头小猪，年纪并不大，生下娘胎来还不到十个月哩。它的每一个细胞都是很年轻的，不但吃起来又细又嫩，还营养丰富，容易消化。味道不差吧？我的新闻记者同志！”

我嘴里塞满了肉，舌头都转不过来了，只得狼狈地点了点头。

——原刊于《中学生》1956年4月

关于新中国未来农业科技的畅想

——迟叔昌与《割掉鼻子的大象》

◎ 郑军

迟叔昌是活跃于中国20世纪50年代的著名少儿科幻作家和科普作家，其科幻处女作、代表作《割掉鼻子的大象》具有鲜明的科学童话色彩，描写科学家通过电波刺激脑垂体的方法育肥，培育出重达一万二千五百公斤的肥猪。小说用艺术描写将饲养技术这一科幻构思具象化，还全方位地勾勒未来世界，描写了沙漠中的城市、无轮汽车、超薄塑料等科技奇观，为少年儿童描绘了一幅幅未来科技农业新生活的幸福图景。

迟叔昌（1922—1997），生于吉林市，青年时代曾留学日本，毕业于日本庆应大学经济系。迟叔昌的科幻创作之路颇具传奇色彩。1955 年，他协助妻子王汶抄录伊林、凡尔纳的译文时，被这些科学文艺作品的文学魅力所吸引，遂尝试自己创作科幻小说，从此走上了科幻创作之路。他是活跃于中国 20 世纪 50 年代的著名少儿科幻作家和科普作家，同时，他还是当时知名的翻译家，翻译了《小林多喜二选集》《宫本百合子选集》《板车之歌》等日本著名作家的作品以及部分英文书籍。

1956 年 4 月，迟叔昌创作的《割掉鼻子的大象》在《中学生》杂志社主编叶至善（叶圣陶之子，笔名于止）的建议修改下，合作发表，这也是迟叔

迟叔昌

昌的科幻处女作。该作后被选入《1957 年优秀少年儿童文学作品集》。

迟叔昌一直敬仰的儿童文学作家谢冰心曾公开表扬这篇小说，认为“迟叔昌把科学道理融合在故事里，引人入胜”。① 这给他以极大鼓励，促使他把相当的精力转移到科幻创作上。之后，他又陆续发表了《3 号游泳选手的秘密》（1956）、《奇妙的“生发油”》（1956 年，与王汶合著）、《旅行在 1979 年的海陆空》（1957）、《庄稼金字塔》（1958）、《大鲸牧场》（1961）、《人造喷嚏》（1962）、《起死回生的手杖》（1963）、《“科学怪人”的奇想》（1963）、《冻虾和冻人》（1963）等一大批科幻小说，成为 20 世纪五六十年代我国创作量最大、最有代表性的科幻作家之一。

五六十年代，许多科幻作家的身份要么是编辑，要么是科技工作者，而迟叔昌是唯一靠稿费生活的专职作家，这为他提高创作数量创造了条件。在当时，迟叔昌的作品常见诸报端。

当时，不少中国科幻作家的创作都深受苏联科普作家伊林的启发，而将伊林作品翻译成中文的，恰恰是迟叔昌的妻子王汶。迟叔昌自然“近水楼台”，得以更全面地吸收伊林的创作经验。

从今天的角度看，除了《“科学怪人”的奇想》有一定成人色彩外，迟叔昌的作品都可以归为少儿科幻。不过，我们不能单从这点就认定，迟叔昌只想写少儿科幻，甚至只能写少儿科幻。

文学理论家向来忽视一个重要问题，就是作品首发园地对其题材、风格有极大影响。所谓首发园地，就是某篇作品第一次发表的那家报刊或者出版社。专业作者创作一篇作品，最初都会极有针对性地投向某个具体的出版园地，他要根据这个园地的需求来选择作品题材，设计写作风格，有时甚至要与编辑互动，按照编辑的要求去写命题作文。

① 迟叔昌，迟方，迟迅．割掉鼻子的大象［M］．武汉：湖北少年儿童出版社，2011.

如果该作品获得成功，将会被一再结集，远离其首发园地。后世评论者往往只是单独评论这些作品，而不追溯它首发在哪里，很容易把上述外在影响当成作者本身的意图。以凡尔纳为例，他的作品大部分是为当时法国一家青年教育杂志创作的，我们现在看到的凡尔纳作品里，有很多方面都渗透着该出版商的意图。

迟叔昌也是如此。那时，他的作品大多发表于《中学生》《少年文艺》《中国少年报》这样的园地，自然不能写得过于复杂。尽管如此，我们还是能在《“科学怪人”的奇想》等个别佳作里，看到作者试图把科学幻想与广阔的社会现实联系起来。

“文革”时期，迟叔昌失去工作，不仅无法创作，甚至没有收入。1976年，迟叔昌再度东渡日本，成为庆应大学教师和索尼公司中国事业首席顾问，曾陪同索尼公司创始人井深大（时任索尼公司会长）来华访问，受到王震将军接见。迟叔昌对井深大本人极为钦佩，曾写了《井深大的右脑革命》（日文版）一书，1997年由日本讲谈社出版发行。迟叔昌热心于中日文化交流活动，先后参加接待过以巴金和冰心为团长的中国作家代表团、文化部副部长司徒慧敏、孙道临为团长的中国电影代表团等重要的访日文化代表团。业余时间，迟叔昌还参加了日本的“中国科幻小说研究会”，为沟通两国科幻文学做出了不少贡献。另外，迟叔昌与日本科幻作家小松左京、《铁臂阿童木》的作者手冢治虫（1928—1989）都有交往。他的《大鲸牧场》被译成日文后，画家松本零十还为他绘制了插图。后来，这位画家因为《宇宙战舰大和号》《银河铁道999》等作品影响了不少中国卡通迷。

“文革”后，虽然迟叔昌仍然参加中日两国科幻界的活动，但并没有再次提笔创作科幻作品，不过，他将科幻创作的热情传递给了后代。他的儿子迟方（1945年生人），毕业于天津大学精密仪器系，不仅是中国科普作家协会会员、天津作家协会会员，还是20世纪80年代值得关注的一位科幻作家，发表于《智慧树》杂志上的科幻小说《柳暗花明又一鸡》曾获得1986年第一届中国科幻小说银河奖一等奖（甲等奖）。迟方的儿子迟迅（生于1976年，现任美国加州拉古纳艺术学院副教授），也钟情于科幻小说创作，他的科幻小说《B2隐形飞虫》荣获1991年“全国国防建设征文”一等奖。迟家成为中国唯一的三代科幻创作世家。

迟叔昌写过大量农业题材的科幻小说，堪称这一领域的行家。在《奇妙的生发油》中，他描写科学家发明出可以让动物毛发自动着色的化学物质，动物因此长出五颜六色的长毛。在《奇妙的金字塔》中，他描写的水果、庄稼和蔬菜经过人工诱变，光合作用率大增，可以立体生长，把它们间种起来就会形成一座金字塔，低矮的植物在外层，高大的植物在中央。

迟叔昌其他一些作品也多和农业有关，如《冻虾和冻人》描写了食品冷冻船，《3 号游泳选手的秘密》描写了仿生学，《大鲸牧场》中设想了对鲸鱼的人工饲养。不过，迟叔昌笔下的农业并非当时的小农经济或者合作社，而是大型农业工厂，这在今天的中国仍未能实现。

值得注意的是，粮食这个话题虽深受苏联和中国许多科幻作家的青睐，还产生过《永生粮》（苏联，别利亚耶夫）这样的名篇，但这个题材很少出现在西方科幻小说里，这似乎与两国早期均受大饥荒的威胁直接相关。

代表作《割掉鼻子的大象》是迟叔昌被收入各种科幻作品集次数最多的作品，也是给读者留下印象最深的作品。最初，迟叔昌将该作品命名为《20世纪的猪八戒》，作品具有鲜明的科学童话色彩。小说描写了科学家通过电波刺激脑垂体的方法将猪育肥。现在这个预言已经有部分得以实现，只是采取的方法有所不同。《割掉鼻子的大象》发表后，曾在社会上产生了广泛影响。1956 年 5 月 3 日，《人民日报》刊登的《读者来信——多多编写科学幻想故事》一文中指出："甚至有很多青少年废餐忘寝，像阅读惊险小说一样阅读科幻故事。'中学生'今年四月号刊登了一篇'割掉鼻子的大象'的科学幻想故事，青年们也都争着阅读，有的读过后还立了志愿，也要把猪改造得像大象一样。"

在科幻小说中讲清一个科幻构思并不难，难在用艺术描写将它具象化，有太多的科幻作品跌倒在这上面，将小说写成干巴巴的产品说明书。让我们看看《割掉鼻子的大象》如何出色地完成这个任务。

首先，作者给予小说中核心科幻构思一个鲜明的亮相：巨猪行走在道路上，被许多人围观。这个场景宛如哥斯拉在纽约市街道上踩踏，本身就具有震撼力。很多科幻小说忽视这一点，让最重要的科幻构思无声无息地出场。相比之下，迟叔昌却用半页篇幅描写巨猪在街头行走时产生的各种奇观。

其次，作者从视、听等感觉全方位描写了猪的巨大，“呼噜噜”的粗重喘息声反复出现在文字里。最后，作者也准确描写了市民看到这一奇观的反应：大家如何议论它，小孩子如何被它吓得靠紧父母。人的反应是一面镜子，反衬出科幻构思的奇特。笔力不够的作者想象不出人们面对超现实的奇迹会有何等反应，要么匆匆带过，要么干脆不写。

在那个缺乏视听技术的年代，这些具象描写仿佛纸面上的科幻电影。或者说，如果一个导演想把它搬上银幕，他甚至不需要自己写分镜头脚本，作者不仅写准了他的科幻构思，而且把它写活了。

《割掉鼻子的大象》并非仅仅单一描写饲养技术这个科幻构思，而是全方位地勾勒未来世界，并将这些巨型猪放到这个背景中去表现。小说开篇就给出时间背景“1985 年 8 月 23 日”，赋予读者一种只属于阅读科幻时的预期心理——我要面对的是未来。

接下来，作者描写了沙漠中的城市、无轮汽车、超薄塑料等科技奇观。这些科技奇观虽然与小说主线无关，但作者也花费了不少笔墨，仅对“戈壁市”市容的描写就占一页多，说明作者有意要塑造一个完整的未来世界。限于篇幅，作者无法为这个尚未存在的世界提供更多细节，但仅仅写出来的这些，就很像一篇压缩版的《小灵通漫游未来》。在新中国科幻小说史上最早描写未来世界，这是该小说未被人注意到的艺术成就。

这种全面展望未来世界的写法，在迟叔昌的中篇科幻小说《旅行在 1979 年的海陆空》里得以集中体现，该作品曾于 1957 年 12 月由少年儿童出版社以单行本出版发行，印数 11000 册。作品借助一家人外出旅行的故事（即从哈尔滨出发，历经大连、上海、西藏，最后回家），期间分别乘坐了电动步道、电动汽车、核动力火车、水翼船、飞碟、离子飞机等多种交通工具，还参观了潜水汽车、飞行汽车、太阳能汽车等。1979 年虽已成为过去，书中提及的幻想科技产品有些已实现，也还有部分尚未实现。这篇小说朝着《小灵通漫游未来》式的叙述风格又迈进了一大步。同一时期，田汉编写的话剧《十三陵水库畅想曲》和郑文光的科幻小说《共产主义畅想曲》都同样描写未来时代。可见，这种写法也体现了时代的某种艺术追求。

有评论者对该作品有这样一段评述："小说更加隐晦地表达的，是中国人渴望跻身于世界前列，渴望建立具有国际权威性的新社会的一种向往。"① 笔者认为这可能是对作品的过度解释。从迟叔昌各个时期的自传和创作感言中，我们并没有看到这样的创作意图，他喜欢写的就是科技进步本身。

像这种努力在科幻小说中挖掘社会政治隐喻的做法并不鲜见，它可能是对科幻作品文体的一种典型误读，来源于主流文学评论家所遵循这样的"道器"关系——科技再厉害无非是工具，社会政治问题才是"大道"。不从某篇科幻小说中挖掘出一点社会政治隐喻，似乎就不能把它抬高到一定位置上，或者不足以说明分析之深刻。许多出色甚至伟大的科幻作品，因为对社会政治问题不置一词，而完全被主流文学评论家所忽视。

然而这未必是科幻作家所愿意遵循的"道器"关系，相反，大部分科幻作家就是津津乐道于各种科技奇观，在小说里对社会政治背景则一带而过，这恰恰说明他们把科技当成人类社会中最重要的动力，而社会政治变化只不过是工具，服务于伟大的科学变革而已。两种"道器"关系的观念谁对谁错另当别论，重要的是我们不应该误解科幻作家的创作意图。

和当时许多作者的科幻小说一样，迟叔昌的作品多是"参观访问记"。其实，民国时代科普作品中，这种体裁就曾经风行一时，甚至经常用"儿子问爸爸"、"弟弟问姐姐"之类的情节引出故事，体现了一种萌芽状态的科普创作意识。关于迟叔昌的科幻创作，著名作家叶永烈曾这样总结："迟叔昌的科幻小说，是典型的'少儿科幻'。他的作品特点是构思奇妙，故事有趣，语言生动而且贴近少年儿童。他注意科学幻想的科学性，总要有一段话讲明幻想的科学依据。"②

现在看来，也许他的科幻故事过于单纯，科普化色彩过于浓烈，但还原于历史的语境，他的作品具有不可替代的价值。在"科贫"时代，他用充满前瞻的科幻想象，真诚地为广大少年儿童描绘着一幅幅关于未来科技农业新生活的幸福图景，这些图景在激励人们对"科技惠农"美好生活憧憬与向往的同时，也激起了人们对科学技术的追求与热爱。

① 吴岩．科幻文学理论和学科体系建设［M］．重庆：重庆出版社，2008：277.

② 迟叔昌，迟方，迟迅．割掉鼻子的大象［M］．武汉：湖北少年儿童出版社，2011.

失踪的哥哥

◎ 于止（叶至善）

公安局来的电话

“喂！喂！是东山路 16 号张家吗？”

“是呀！你找谁？”

“你是谁？”

“我是张春华。”

“好极了。我是公安局。你们家里走失了小孩儿吧？”

“小孩儿？没有的事！你们是公安局，就该知道我还没结婚。”

“真是这样吗？请你想一想：有没有一个小男孩儿，叫张建华的？”

“张建华？是我的哥哥呀！你们找到他啦？”

“好极了，那就对了！”

“不对，你们一定搞错了。我今年 22 啦，哥哥比我还大 3 岁哩！”

“这，这……不过，这小孩儿的确叫张建华。”

“是他自己说的？”

“不，不是他说的。我们在他身上找到了一件可靠的证据。”

“为什么不问问他自己？”

“这有什么办法呢，他不能说话啦！”

“难道说，你们找到的是我哥哥的尸体？”

“现在还不能这样说。”

“什么？连死的还是活的，你们都没搞清楚？”

“实际情况正是这样。张春华同志，你甭着急。请你马上到我们局里来，我先陪你到现场去认一认，这个小孩儿到底是不是你们家的。”

张春华再要问，只听得“喀哒”一声，对方已经把电话挂断了。

15 年

张春华的确有个哥哥叫张建华，失踪已经 15 年了。这件不幸的事发生的时候，张春华还不满 7 岁；他哥哥 10 岁，在小学上三年级。

是个初夏的黄昏，晚饭已经摆在桌子上了。张春华坐在桌旁等哥哥回来。屋子里静悄悄的，使他困得连眼皮也抬不起来了。爸爸跟平日一样，坐在大藤椅上看报。

“当，当，当……”时钟突然敲响，惊醒了张春华，也惊动了他的爸爸。爸爸推开报纸，站起来说：

“都 7 点啦！小春，你哥哥怎么还不回来？”

哥哥为什么还不回来，张春华怎么会知道呢？他睁大了眼睛望着爸爸。爸爸也明白从他那里是得不到答案的，只有打电话去问学校。学校里管门的老头儿回答说，今天是 5 点放的学；5 点 30 分，所有的学生都离开学校了。并且他亲眼看见张建华背着书包，走出校门去的。

“唉，这孩子，不知又晃荡到哪儿去了！”爸爸叹了口气，对张春华说，“小春，你先吃吧，我找你哥哥去。吃完了饭就上床睡觉，不用等我们。”

爸爸披上外套，戴上帽子，匆匆忙忙出门去了。

饭凉了，菜也凉了。张春华故意慢吞吞地吃，一碗饭足足扒了一个小时，可是爸爸还没回来。屋子里更静得可怕，只有“滴答滴答”的时钟的声音。睡吧，不，他还要等。他把大藤椅搬到窗子跟前，爬在椅子上向窗外探望。路灯亮得刺眼睛，大街上空荡荡的，连个人影儿也没有。望着，望着，他不知不觉脸贴在玻璃窗上睡着了。

惊醒张春华的，是推门的声音。他睁开眼睛，只看见爸爸独自一个人站在他面前，头发蓬蓬松松，帽子提在手里。

“哥哥呢？”张春华问。

“还没找着。”爸爸有气无力地回答。

爸爸在外面已经跑了一夜，几乎走遍了全城的大街小巷、车站码头。他只怕在电话里没说清楚，先到学校去问；又想可能谁家把这位小客人留住了，敲了许多人家的大门，惊醒了熟睡的亲戚和朋友；最后，他只有去问公安局了。公安局还没得到有人捡到小孩儿的报告，他们答应尽一切可能，派人分头寻找。

一直盼到中午，公安局才来电话说有了线索：有人在6号渔业码头上捡着一个书包，书包里的课本上有张建华的名字。是游泳淹死在海里了吗？爸爸忘记了疲倦，立刻赶到码头上去。可是除了书包，连一只鞋子也没找着。难道这孩子连鞋子也不脱，就跳进海里去了？决不会的。爸爸茫茫然地望着波涛滚滚的海面，只见那水天相连的远方，飘着几缕纱一样的青烟，一队渔轮正趁着退潮驶出港口。对了，这孩子一定偷偷地爬上渔轮，到海洋上去过他那一心向往的“冒险生活”了。爸爸又连忙赶到渔业公司，请求他们打无线电报讯问出海的渔轮。各条渔轮的回电傍晚就到齐了，都说船上没有小孩儿的踪迹。

一个月，两个月；一年，两年；张春华的哥哥仍旧没有消息。希望看来已经断了，爸爸不愿意这样想。他常常沉默地陷入深思，有时候又似乎自言自语地说：“小春，你哥哥不知这时候在做什么？”无法摆脱的忧伤使他头上的白发一年比一年增多了。直到今年临死的时候，他还梦想大门突然“呀”的一声推开了，一个漂亮的陌生小伙子突然扑到他怀里来：“爸爸，你不认识了吗？我就是你的失踪了15年的小建呀！”

推理和证据

张春华放下电话，急忙拉开抽屉，取出一本相片簿，从里面揭下一张旧相片来，塞在口袋里。然后跑出大门，骑上自行车。他一面蹬一面想：

“哥哥比我大 3 岁，假设现在还活着，应该是 25 岁。但是公安局找到的张建华，是一个小孩儿。”

“假设这个小孩儿的确是我的哥哥，那么只可能是我哥哥的尸体。同时也证明了，我的哥哥的确在 15 年前已经死去了。”

“假设这个小孩儿不是死的，而是活的，那就一定不是我的哥哥。因为哥哥如果还活着，应该是 25 岁，决不可能仍旧是一个小孩儿。”

“同名同姓是常有的事。可是我宁愿这个张建华不是我的哥哥。问题的关键就在这儿了：他们找到的小孩，到底是死的还是活的呢……”

张春华念的是数学系，他习惯于运用数学的推理形式来思考问题。死的还是活的，的确是这个问题的关键，也是最容易判断的事实。可是最叫人不能理解的是公安局，愈是问题的关键，他们愈是说得含含糊糊，模棱两可。

“嘟！嘟！”一辆汽车在前面的横路上疾驰而过。张春华本能地捏紧刹车，抬头一看，已经到了公安局门口。

传达室的同志把张春华引进办公室：

“陈科长，张春华同志来了！”

“来啦？好极了。”坐在写字桌后面的中年人站起来说，“你是张同志？请坐吧！”

“我是张春华。陈科长，我……”

“方才我们又打电话到你家里去了，铃儿响了半天也没有人接。”

“我一接到电话就赶来了，家里没有旁的人。”

“好极了！”陈科长颇有点得意似的说，“我打第二个电话是为了要告诉你，我们已经完全证实了，这个小孩儿的确是你的哥哥。”

“证实了？”张春华不由得冷了半截，“你们又找到了新的证据？”

“证据仍旧是这一件，从你哥哥身上找到的一本学生证。你想，还有什么比这本学生证更加可靠的证据呢？”

陈科长拿起桌上的一本硬面小册子，打开来，兴致勃勃地念道：

“第四中心小学学生证。姓名：张建华。年龄：10 岁。班次：三年乙班。我们于是打电话到第四中心小学去问，他们回答说，三年级乙班没有这么个学生。亏得上面还有家庭地址和电话号码。我们又马上给你打电话。可是你的回答，把我们完全给搞糊涂了……”

“你们的回答，才把我完全搞糊涂了。”

“应该说，把咱们搞糊涂的，是这个案件的本身。可是我们终于抓住了问题的关键。你看，”陈科长把学生证送到张春华面前，“填写日期：19××年2月。这一大滴墨水渍，恰好把‘19’后面这两个数目字盖住了。我们综合分析了案情和两个电话的记录，考虑到关键可能就隐藏在这滴墨水渍下面。我们把它送到光学侦查室去拍了一张红外光相片。果然，在照相底片上，墨水渍下面的字完全显露出来了，原来不是‘75’，而是‘60’。这本学生证还是15年前的。再翻出1960年的档案来一查，丝毫不差：东山路16号张家，在那年5月里走失了一个小男孩儿，名字叫张建华。想不到无意之中倒了结了这一件15年没作结论的悬案。”

“那么你们已经肯定，这小孩儿一定是我的哥哥？”

“不会错了。学生证，案卷，还有你提供的材料，三方面对证，完全一致。”

张春华用颤抖的手，摸出口袋里的相片。他几乎恳求地说：“是这个小孩儿吗？请你再认一认。”

“好极了，你真是个精细人，把相片也带来了。是15年前的吗？让我看，完全对，就是这个小孩儿。连身上穿的，也就是这一件蓝柳条的翻领衬衫。”

“这样说起来，我的哥哥早就死了！”张春华完全绝望了。

“非常抱歉，我只能说老实话。当初我的确是这样肯定的。可是那位陆工程师硬要跟我争，说你的哥哥还有活的希望……”

“还有活的希望？”张春华信不过自己的耳朵，“你说的哪一位陆工程师？”

“第一冷藏厂的陆工程师。我想，如果他知道了案情的新的发展——已经15年了，他一定会改变当初的看法。张同志，你也不用难过，不幸固然是不幸，已经过去15年了，并不是现在才发生的。咱们到现场去看一看吧？陆工程师还在等候咱们哩！”

人不是鱼

“6 号渔业码头，第一冷藏厂。”陈科长吩咐了司机一声。汽车开出了公安局的大门，直向海滨驶去。

张春华有点儿迷惘，他近乎自言自语地说：“还有活的希望，陆工程师真是这么说的吗……”

“就是这么说的。”陈科长用手指头弹了弹放在膝盖上的皮包，“两个钟头以前，我接到他的电话，说他们厂里发现了一个冻得失去了知觉的小孩儿——他认为是冻得失去了知觉，并没有冻死——要我们立刻派人去。我赶去一看，只见你哥哥躺在速冻车间的一个角落里，身上盖满了雪白的霜……”

“速冻车间？”

“是呀，‘迅速’的‘速’，‘冰冻’的‘冻’，就是这么个古里怪气的名词。我隔着手套，摸了摸你哥哥的额角，哎呀，简直比冰还冷，冻得我指头都发木了。但是奇怪，他的身子还是软的，脸色也还红润。也许就凭这些表面现象，陆工程师以为他才冻僵不久，还有活过来的希望。他哪里会想到，你哥哥已经冻僵了 15 年呢？15 年，请原谅我说老实话，一个尸体能保存这么久，已经不是一件容易的事儿，还要他活过来，我看……”

陈科长说到这儿就打住了，他瞥了张春华一眼。张春华皱紧了眉头，不断地咬着嘴唇。虽然陈科长没有把话说下去，张春华也知道结论已经明摆着了。但是除了这个一般性的结论，会不会有特殊的例外呢？特殊的例外，得根据各种不同的情况来探讨。想到这儿，他抬起头来问：

“陆工程师遇到过这样的情况没有呢：一个人冻僵了十天半个月，后来又活过来了？”

“我敢肯定，他从来没有遇到过。第一冷藏厂是以冻活鱼、冻活虾出名的，想来你也知道。可是他们从来不曾冻过小孩儿呀。鱼虾冻了一年半载能活过来，当然也不是一件容易的事儿。陆工程师凭他冻鱼冻虾的老经验，说人冻僵了也有……”

“活过来的可能？”

“是呀，他就是这么说的。他还不让我们把你的哥哥搬出来，说一搬出来就没有希望了，除非预先做好使你哥哥活过来的准备。当然，我也希望你的哥哥能活过来。但是人不是鱼，何况又冻僵了 15 年了。”

张春华又沉默起来。他想起有一年冬天，金鱼缸里结了冰，把金鱼都给冻住了。他把鱼缸搬到火炉旁边烤了一会儿，等到冰化了，金鱼又慢慢地游动起来。但是，陈科长说得对，人不是鱼……

汽车停下了，停在码头旁边一座没有窗子的白色大楼前面。

哥哥和弟弟

陈科长和张春华在会客室里才坐下来，门口进来了一位胡须花白的小老头儿。他穿着一件白罩衫，看打扮好像是大夫。

陈科长立刻站起来招呼说：“陆工程师，我们把那个小孩儿的家属给找到了，就是这位张春华同志。”

“好呀，你们的工作效率真让人钦佩。”老工程师拍了拍陈科长的臂膀，又握住张春华的手说，“张同志，你的小弟弟失踪了多……”

“嘻嘻……”陈科长连忙忍住了笑，“您完全弄错了，工程师同志。这位张春华同志，才是您认为冻得暂时失去了知觉的那个小孩儿的弟弟哩！”

“什么？”老工程师吃了一惊，“你不是开玩笑吧？”

“不是开玩笑，陈科长说的是真话。他……”张春华的声音有点哽住了，“他的的确确是我的哥哥，失踪已经有 15 年了。”

“张同志，请冷静一点。”老工程师仍旧不相信，“你还没有去看过，怎么就肯定是你的哥哥呢？”

“看当然要去看的，”陈科长代替张春华回答。他很有把握似的打开皮包，取出一叠证件来，“可是案情已经全部得到证实。这就是那张学生证的红外光照相底片。您看，墨水渍下面的字完全显出来了，原来是‘60’，不是‘75’。说明这个小孩儿是个 15 年前的——1960 年的小学生。再看这张相片，也是 15 年前的。不但面貌完全一样，连身上的衬衫也就是这一件。我把 15 年前的档案也带来了，您可以看一看摘要。”

老工程师戴上眼镜，映着灯光仔细看了照相底片，又把相片端详了一会，最后拿起档案，轻轻地念起来：

"'走失男孩一名，张建华，10 岁，第四中心小学三年级学生，住东山路 16 号。失踪日期：1960 年 5 月 20 日。'哎呀天哪，今天正好是 5 月 20 日，他在我们厂里整整冻了 15 年啦！"

"是呀，整整 15 年啦！"陈科长接过档案，把全部证件塞进皮包里。

"可是我有点儿不明白，"张春华问老工程师说，"我哥哥在你们厂里 15 年了，怎么会直到今天才发现呢？"

"这倒没有什么可奇怪的。"老工程师恢复了平静，"你要知道，我们的速冻车间是全部自动化的。开工那一天，我们把大门锁上了，16 年来从没打开过。今天的事也非常偶然，要不是自动传送带出了点儿小毛病，我们还不打算进去哩！"

"既然大门从来没有打开过，我的哥哥又是怎么进去的呢？"

"一定是自动传送带把他带进去的。"老工程师说，"我领你到速冻车间去看一看吧。看了之后，你就会明白这可能是怎么一回事了。陈科长，你也再去看一看，好吗？"

"好极了，"陈科长从椅子上站起来，"我正想听一听，您对这个案件的发生经过的解释。"

在速冻车间里

3 个人来到速冻车间门前。他们戴上了防冻面具、防冻手套，穿上了防冻衣、防冻靴。这样打扮，颇有点儿像准备下海去的潜水员。

从外表看，速冻车间很像一座银行里的保险库。陆工程师转动把手，打开了大门。这扇大门又厚又结实，可是分量很轻，原来全部用软木做的。3 个人走了进去，工程师立刻把大门关严了。里面是一条短短的笔直的甬道，借着淡紫色的灯光，可以看到甬道的那一头也是一扇同样的大门。

"我们是轻易不肯进来的。"老工程师说，"大门虽然有两重，可是打开一次，总要损失不少冷气，得多耗费许多电力来保持车间里的低温。谁也没有想到16年没有打开过的小门，在今天这一天里，却已经打开第3次了。”

“不是第3次。”张春华纠正老工程师说，“您已经进来过两次，出去过两次，现在应该是第5次了。所以我更加觉得抱歉……”

“抱歉的应该是我们！”老工程师打开了第二扇大门，“请进去吧！”

第二扇大门又关上了。一道笔直的小巷横在前面，很像煤矿里的坑道。墙壁、地板、天花板，全是白色的泡沫塑胶做的。一条自动传送带，跟煤矿坑道里的铁轨一个样，从小巷的这一头直通到那一头，上面一个挨一个地排满了白色的搪瓷铁箱。

“跟我来，你哥哥就在那边角落里。”老工程师抓住了张春华的臂膀。

3个人沿着传送带往前走。紫色的灯光虽然很暗淡，张春华已经分明看见，有个小孩儿躺在小巷的尽头。他走到跟前俯下身子来一看，正是他的哥哥，简直跟相片上一模一样：脸上的白霜已经拂除了，露出了红润的双颊；眼睛很自然地闭着，好像在沉睡，只是没有鼻息。张春华忽然想：要是父亲还活着，他看到了这样的情景是喜欢呢，还是悲伤呢？失踪了15年的儿子突然找到了，可是找到的儿子已经失去了生命……就说自己吧、也辨不清心里头到底是喜欢还是悲伤。张春华只觉得鼻子一阵酸，眼角上凉飕飕的，眼泪忍不住流出来了。

“陈科长，”张春华听得老工程师在他背后说，“这一头是传送带的进口，有两道自动开闭的门，外边就是渔业码头。渔轮一靠码头，自动起重机把活鱼活虾放进传送带上的铁箱里。铁箱经过两道门，从这儿进来。不到1分钟，活鱼活虾就冻透了，再随着自动传送带穿过车间，送到冷藏库里去贮存。我想这个小孩儿一定以为我们厂里有什么好玩的，趁没有人看见的时候，偷偷地躲在空铁箱里，让传送带给带了进来。可是一进车间，他就冻得受不住了，只想逃出去。哪儿知道才爬出铁箱，他已经冻得失去了知觉。”

“好极了，您的解释可以说合情合理。”陈科长说，“可是要得到证实，只有让这个小孩儿活过来，再问他自己了。”

“也许有这样的可能……”

张春华听到这里，立刻跳起来问：

“什么？您说我哥哥冻了15年，还有活过来的希望？”

“是的。我说的仅仅是可能。”老工程师很平静地回答，“咱们出去再谈吧。在这儿待得太久是不适宜的。至于你的哥哥，再让他在这儿多待几天吧，咱们不要去动他。好在他在这儿已经待了15年了。”

生命的暂停

回到会客室里，张春华才坐下来，就性急地问：

“陆工程师，您有没有遇到过这样的事情：一个人冻得失去了知觉，隔了很长的时间，后来又恢复了生命？”

“我吗？当然没有遇到过。可是听我的朋友王大夫说，在1957年，西伯利亚曾经有过那么一回事：一个人在雪地里冻僵了18个小时，后来让大夫给救活了。”

“仅仅18个小时吗？”张春华感到希望又断绝了。

“是的，18个小时。据王大夫说，这是冻僵时间最长的纪录。可是他又说，并不是1957年以后，医学在这方面没有一点儿进展，而是救护工作越来越迅速了，所以18年来，没有再遇到过冻僵得更久的病例。”

“现在可遇到了，”陈科长似乎故意提醒陆工程师，“您应该通知您的朋友：遇到了一个足足冻僵了——不，照您的说法，是冻得失去了知觉整整15年的病例。”

“是呀，真是个特殊的病例。”老工程师捋了捋胡须，一本正经地说，“别的病人都是在露天——都是在冰天雪地里冻僵的。而张同志的哥哥，却是在我们的速冻车间里……”

“难道这也有什么不同吗？”陈科长奇怪起来。

“当然不同。”老工程师说，“我们厂的冻活鱼和冻活虾，就是速冻车间的出品。活鱼活虾进了车间，经过超冷速冻，它们的生命现象停止了，可是并没有死去。在冷藏库里贮存了一年半载，把它们取出来，放在10℃左右的水里，它们就会苏醒过来，恢复生命。”

“这是什么道理呢？”张春华又活跃起来。

“道理很简单。破坏身体组织的不是冷，而是冰。身体组织一旦被冰破坏，生命当然也就完结了。我们用超冷速冻的方法，只是暂时停止活鱼活虾的生命现象，并不让它们的身体组织结冰。”

“那么据您看，我的哥哥……”张春华两只眼睛盯住了老工程师的脸。

“你的哥哥，看起来似乎也不曾结冰。结了冰，身体就僵硬了，你哥哥的身体不是仍旧很软吗？可是我只懂得鱼虾，对于人，我不敢贸贸然下判断。这是大夫的事。况且救活一个人，也决不像使冻鱼冻虾恢复生命那样简单。许多困难都不是我能预料得到的。所以我想请王大夫来看一看，跟他仔细商量一下，看应该怎么办。”

“哪一位王大夫？让我们去请吧！”陈科长热心地说。

“不用了。就是市立第二医院的院长，我跟他是老朋友，等会儿打个电话去通知他就成了。张同志，空着急没有用，你应该冷静一点，现在回去休息吧。我跟王大夫商量之后，不管有没有办法，都马上通知你。到那时候，陈科长，恐怕还得劳你一次驾。”

“好极了，”陈科长满口答应，“我当然要来的，这是我的责任。”

养分和滋味

市立第二医院院长王大夫跟陆工程师是老朋友。他们相熟的经过非常有趣，那是20多年前的一天，陆工程师突然跑到医院去找王大夫，冒冒失失地说：

“王大夫，让我自己介绍吧：我姓陆，第一冷藏厂的工程师。我请求您帮个忙，希望您答应。”

“是身体不舒服吗？”王院长看他神色沮丧，以为他得了什么病。

“不是，我想请您写篇文章。不，不是我，是我们冷藏厂想请您写篇文章。”

“哎哟，这件事我可办不了。”

“一定办得了。王大夫，您知道最近一年来，我们冷藏厂的营业很不景气，冻鱼冻虾在菜市场上简直卖不出去。这两个月鱼虾是淡季，人们还是宁愿出两倍三倍的价钱去买鲜鱼鲜虾，不愿意买我们的‘冷气货’。所以，我们想请您写一篇文章发表在报刊上，说明冰冻不会损坏食品的养分，说明冻过的鱼虾跟鲜鱼鲜虾有同样的营养价值。凭您在医学方面的成绩和威信，您一定能扭转人们对待‘冷气货’的偏见。”

“真是这样吗？那么我就试一试看。”王大夫答应了陆工程师的要求。

文章写好了，不但在报刊上发表，广播电台还播讲了好几遍。一个星期之后，陆工程师又来找王大夫，他更显得垂头丧气了。

“怎么啦？”王大夫关心地问，“我的文章怕没有什么反应吧？”

“唉，反应倒是有的。报社给我们转来了许多读者的意见，他们说读了您的文章，都相信您的话是对的。可是他们又说，鱼虾冻过以后，养分虽然没变，味道却的确不同啦！吃在嘴里发死发实，完全不像新鲜的那么活泛，完全失掉了鱼虾那种甜津津的鲜味……”

“所以他们不愿意买？”

“结论就是如此。”陆工程师颇有点痛心地说，“想不到人们对滋味的要求，有时候竟比养分还来得苛刻。”

“依我看，这种要求是正常的，正是人民生活提高的表现。”

“您的话有点儿道理。”陆工程师茫然若失地点了点头。

“那就用不着垂头丧气啦。”王大夫鼓励陆工程师说，“您就应该想法子来满足人们对滋味的要求，尽一切可能使冷藏不损坏鱼虾的滋味。”

陆工程师沉思了一会儿，抬起头来，握住王大夫的手，目光炯炯地说：“谢谢您的指点。您说得对，我应该这样做。”

在往后的日子里，陆工程师常常邀王大夫去吃便饭。菜经常是四碗：两碗鱼，做法完全一样，要醋熘都是醋熘，要红烧都是红烧；还有两碗虾，或者是焖虾段，或者是炒虾片，做法也完全相同。

“大夫同志，请尝一尝吧！”陆工程师说，“这里是两碗鱼，两碗虾：一碗是新鲜的，一碗是冰冻过的。我不告诉您是哪一碗，看您尝得出来不。”

王大夫在动筷之前，总要问：“这一回您采用的，又是什么新的冰冻方法呢？”

陆工程师的回答回回不同：这一回，他把冰冻的温度降低了10℃；下一回，又把冰冻的温度提高了2℃；还有一回，在冰冻之前，他把鱼虾进行了低温干燥；他甚至还试验过，把鱼虾先用开水烫熟之后再进行冰冻……可是各种各样的努力都失败了，王大夫只要每碗尝一口，就能正确地回答陆工程师提出来的问题。

有一回，王大夫尝了鱼和虾之后，又摇了摇头，严肃地对陆工程师说：

“我看，您是在瞎撞。固然，瞎撞也有碰巧撞对的可能，可是这样的机会毕竟太少了。科学研究不能靠侥幸，瞎撞决不是办法。”

“我也在这样想。”陆工程师沉思地说，“有时候，我觉得我简直像一只急于要飞出屋子去的蜜蜂，一味地蒙着头向窗玻璃上乱撞……”

“终于撞得头昏眼花了，是不是？那么就应该歇下来静静地想一想了。至少得先找出一条路子来，或者说，先认定一个方向。希望我的批评不会影响您研究的决心。”

“那是决不会的。”陆工程师的态度非常认真，“我沉得住气，请您放心吧！”

冻豆腐里的小窟窿

自从那一回以后，陆工程师一连半年多没有信息。他是不是放弃了研究呢？王大夫正在这样想的时候，陆工程师又来电话请他去吃便饭了。

桌上仍旧摆着四碗菜。这一回既不是虾，又不是鱼，却是两碗清蒸豆腐，还有两碗红烧冻豆腐。

“真有意思，”王院长打趣说，“今天请我吃起素斋来了。”

“怠慢得很。”陆工程师从来没有像今天这样兴奋，“不过您一定会替我高兴，我已经找到了路子了！”

“什么路子？”

“忘记了吗，我的大夫同志，就是冷藏不损坏滋味的路子呀！您说：冻豆腐的滋味为什么会跟豆腐不一样呢？”

“哈哈，就因为冻豆腐已经冻过啦！”

“对，可是您的文章写得很清楚，冰冻不会损坏食品的养分。豆腐原来含的什么样的蛋白质，冻过以后还是含什么样的蛋白质，成分一点儿也没改变。可以见得食品冻过以后滋味之所以改变，决不是由于什么化学变化，而是由于冰的物理作用。”

“路子摸对了，应该从这方面设想。”王大夫伸出一个指头，点了两下。

“不是设想，而是事实。豆腐一冻，里面的水结成了许多小冰块。冰块要膨胀，就把蛋白质挤紧了。冻豆腐煮过以后，冰是化了，蛋白质却不能复原，因此留下了许许多多小窟窿，吃起来滋味也就不同了。我想鱼虾经过冷藏所以会变味，一定也是这个道理。所以我改换了材料，研究起冻豆腐来。结果我发现：温度越低，冻得越快，冻豆腐里面的窟窿就越多、越小。”

“原因找到没有呢？”王大夫听得出了神。

“当然找到啦！”陆工程师得意地说，“原来冻得慢的时候，豆腐里一部分水的分子先聚在一起，结成少数冰粒，其余的水分子再慢慢地附着在这少数冰粒上冻结，所以最后结成的冰块比较大。要是温度降低，冻得快一点，先结成的冰粒就很多，最后结成的冰块反而小得多了。您尝一尝我的冻豆腐吧！这一碗是冻得比较快的，窟窿就比那一碗冻得慢的小而且多。”

王大夫拿起筷子来尝了两块。陆工程师接着滔滔不绝地讲下去：

“如果冻得更快一些，情形又怎样呢？我开始作进一步的试验。我把温度降得越低，冻豆腐里的冰块就越多越小。最后，到了 -120℃的时候，奇怪，豆腐里简直找不到冰块了。就是在显微镜下面，也看不见冰所造成的小窟窿。原来温度太低，冻得太快，水分子来不及聚集在一起，来不及结成冰粒已经停止了活动。于是出现了一个奇迹——冻而不冰！”

“冻而不冰？您真个做到了冻而不冰？”王大夫惊异地问。

“要是不信，您就尝一尝蒸豆腐吧！这两碗里面，有一碗就是在 -120℃冻过的，可是保证你尝不出来，不但样子一点儿没变，连滋味也跟没冻过的完全一样。”

“我告诉您，您也许还没有充分认识您的研究的价值。”王大夫兴致勃勃地说，“人之所以会冻死，就因为细胞里的水结成了冰。冰要膨胀，它不但破坏了细胞内的蛋白质的物理性，还把细胞膜给胀破了。全身的细胞遭到了这样的彻底破坏，人的生命当然就完了。如果您真个能做到冻而不冰，那么活的鱼虾冻过之后，不但滋味不会变，还可能恢复生命。”

“真的吗？”陆工程师睁大了眼睛。

“我是个大夫，您还不相信我的话吗？祝您早日成功！”

过了两个月，陆工程师又把王大夫请去了。他准备了一大盆盐水，从超冷冰箱中取出一对冻虾来，放在盐水里。不一会儿，只见虾的胡须摆动起来，像戏台上吕布头上的野鸡毛一样飘逸，肚子底下的小脚也一齐划动起来，忽然尾巴一弹，几乎跳出了水盆。

又过了半年，陆工程师设计的自动化速冻车间开工了。冷藏厂从此一年到头把大量的冻活鱼和冻活虾供应市场。不用说，人们都很赞赏第一冷藏厂的这种奇异的新产品，甚至认为是中国在冷藏技术方面的骄傲。

在事实面前，人们对“冷气货”的看法终于彻底改变了。往后的这些年里，新建的第二、第三、第四冷藏厂也陆续开工。这些新厂，有的专贮藏瓜果，有的专贮藏蔬菜，都采用了陆工程师设计的速冻装备。许多既容易腐烂，又害怕冰冻的瓜果蔬菜，在市场上终年可以买到，不但丰富了食品的供应，更大大鼓舞了农民增加生产的积极性。

好心的假定

可是现在遇到的问题不是什么冻鱼冻虾，而是要使一个冻了整整 15 年的小孩儿恢复生命。陆工程师只知道鱼虾，对于人，他一点儿经验也没有。送走了张春华和陈科长，他立刻拿起电话来拨了号码。

“是第二医院吗？接院长办公室，我找院长王大夫。是王大夫吗？我是冷藏厂陆……”

“啊，陆工程师！”话筒里传来熟悉的声音，“好久不见啦，您今儿又打算请我吃什么冻活鱼冻活虾吗？”

“不，不是什么鱼呀虾的，是一个人——一个小孩儿。”

“小孩儿？谁家的小孩儿病啦？”

“不，没有人闹病。我们的速冻车间里发现了一个小孩儿，想请您来看一看，该怎么治。”

“小孩儿怎么跑进那个冷地方去啦！冻了多久了？”

“15 年”

“15 年？”王大夫大吃一惊。

“是的，足足 15 年。记得您曾经说过：人所以会死，就因为细胞里的水结成了冰。这个小孩儿好像还没结冰。”

“您这是凭什么判断的？”

“第一，他是在我们的速冻车间里；第二，他的身体至今还是软的。不管怎样吧，您总得来看一看。”

“我当然要来看的。可是冻了 15 年，怕没有什么希望了。这小孩儿现在放在什么地方？”

“还在速冻车间里。在您诊断之前，我不敢移动他。”

“您做得对。我马上就来！”

不过半个钟头，王大夫已经来到第一冷藏厂。陆工程师陪他到速冻车间去看了一遍，两个人回到会客室里。

“对这样的病人，”王大夫叹了口气说，“说句老实话，我也没法诊断。您想：听诊器，体温表，血压计，这几件做大夫的随身法宝，对他来说都使用不上。从表面看，您的估计似乎是对的，他可能还没结冰。但是您能说，他的心脏和大脑也一点儿没结冰？”

“我不敢说。”陆工程师用商量的眼光看着王大夫，“可是，咱们能不能这样假定呢？”

“假定当然是可以的，何况这是个好心的假定。”王大夫点了点头，似乎自言自语地说，“即使他的心脏和大脑都没有结冰，咱们有没有力量使一个静止了 15 年的心脏恢复跳动呢？有没有力量使一个停止工作了 15 年的大脑重新对全身发号施令呢？”

“只要心脏和大脑没有损坏，就不会有什么太大的困难了。冻活鱼，冻活虾，不都是例子吗？我认为，咱们只要设法使这个小孩儿恢复正常的体温……”

“问题的关键就在这里。”王大夫打断了陆工程师的话，“您也明白，冻的时候因为是超冷速冻，所以他的身体才没结冰。如果咱们把他搬了出来，让他的体温在温暖的空气中自然而然地渐渐升高，在升到接近冰点的时候，他很可能全身突然结起冰来。如果这样，您的好心的假定就全部落空了。”

“决不会发生这样的事。”陆工程师争辩地说，“在使冻活鱼冻活虾恢复生命的时候，我从来没遇到过这种情形。”

“鱼虾是一回事，人又是一回事。鱼虾是冷血动物，能忍受短暂的结冰。人呢，就是四肢冻伤了，也得护理很久才能复原；如果心脏和大脑结了冰，那就没有什么挽救的办法了。”

“那么，您认为无论如何是没有希望的了？”陆工程师逼紧一步问。

“倒不是这个意思。”王大夫冷静地说，“咱们必须预先想好办法，使这个小孩儿的体温很快地升到冰点以上，使他身体里的水来不及结冰。越过了这个危险的阶段，才敢说可能有希望。当然，这个希望还建立在您的好心的假定上：假定他的心脏和大脑也一点儿没结冰。”

“只要有一丝希望，咱们就应该尽一切可能来试一试。”陆工程师只怕王大夫撒手不管。

“当然要尽一切的可能来试一试，这是做大夫的责任。总而言之，咱们不能就这样把他从速冻车间里搬出来，不能让他的体温自然而然地升高。咱们得做好一切准备，使他的体温尽可能迅速上升，闯过接近冰点的这个危险的关口。”

手术的把握

张春华做什么事情也安不下心来，他每天至少要打两次电话给陆工程师，探听哥哥的消息。陆工程师的回答却摇摆不定：有时候好像一切都不成问题，一再劝张春华放心；有时候好像困难重重，语气不再那么肯定，只是说他跟王大夫一定尽最大的努力来试一试。这样过了半个月，陆工程师才通知张春华说：一切都准备妥当了，手术在明天上午 8 点钟开始，仍旧不过是试一试，没有绝对的把握，请他明天一早就上冷藏厂去。

这一夜，教张春华如何睡得着呢？哥哥能不能活过来，明天就要见分晓，可是现在，连陆工程师也说没有绝对的把握。他开头不是挺乐观的吗？本来么，哥哥已经冻了15年，保不定早已冻死了。如果是这样，那么任何手术也只是枉费心机。谁敢肯定地说，一个人冻了15年还没有冻死呢？王大夫说得很坦白，对这样的病人，他没法作直接的诊断。陆工程师虽然说可能还有希望，他的假设是用鱼和虾作根据的。但是人怎么能跟鱼虾相比呢？就算哥哥还没有冻死吧，也很难担保在手术进行的过程中不发生什么意外。陆工程师说没有绝对的把握，那么到底有几成把握呢？七成八成呢，还是一成二成呢？按理说，不是死就是活，要说有没有把握，应该是五成对五成。但是这又不是什么数学问题，决不能作这样机械的估计……

张春华翻来覆去地折腾了一夜，看看窗子外面渐渐发白了，才自言自语地说："好吧，要发生的事就让它发生吧！"他跳下床来，胡乱洗了个脸，骑上自行车，迎着清晨的凉飕飕的海风，向渔业码头驶去。

第一冷藏厂的大门还关得紧紧的。张春华按了一下门铃，却听得背后有人在叫：

"张同志，你来得真早！大概一夜没有睡好吧？"

张春华回头一看，原来是公安局的陈科长：

"陈科长，你怎么也这样早？"

陈科长握了握张春华的手："跟你一样，我也睡不着呀！陆工程师打电话给我，说8点给你哥哥动手术，一定要我到场。我当然非来不可，这是我的责任。并且我衷心希望，这件15年的悬案，今天能有个令人满意的结局。"

"谢谢你的好心……"张春华的喉咙又哽住了。

这时候，大门打开了，来开门的正是陆工程师自己。他一看见两位客人，就显得很兴奋：

"呀，你们都来得这么早，是一同来的吗？张同志，我们已经把你的哥哥搬出来啦，咱们去看看吧！"

原来他们把会客室当做了临时的手术室。会客室中央放着一个崭新的大玻璃柜子。张春华的哥哥就躺在玻璃柜子里。他胸前绑着个航海用的救生马甲一样的东西。陆工程师说，这是人工呼吸机。柜子的玻璃是双层的，两层玻璃之间的空气已经全部抽掉了，这是为了保持柜子里的低温。陆工程师说，张春华的哥哥现在体温仍旧是 -120℃，跟在速冻车间里完全一样。在手术开始之前，最好不让他的体温增高。

柜子旁边有 5 盏大灯，好像是太阳灯。还有一钢筒氧气，有一根橡皮管通到柜子里面。在柜子旁边的小桌子上，放着自动的体温记录器和脉搏记录器，都有电线接到躺在柜子里的张建华的身上。

“你们看，”陆工程师把手一摊，“一切都准备好了。等王大夫一到，手术立刻可以开始。”

“好极了。”陈科长早就想问了，“我想打听一下，这次手术到底有几成把握？”

“把握么，那就很难说了。”陆工程师微微地摇了摇头，“从表面看，张同志的哥哥好像还没结冰。但是现在没法诊断他的心脏和大脑到底结了冰没有。即使也没结冰吧，王大夫说，也难保在手术进行的过程中不突然结起冰来。”

“那怎么办呢？”张春华更加着急了。

“就为了这个，我们想尽了办法。王大夫说，在体温升高到接近冰点的时候，是个最危险的关口，要结冰就在这个时候。闯过了这个关口，就可以说有了九成的把握。我们又考虑到，你哥哥虽然是个小孩儿，身体到底比鱼和虾要大得多，如果单从外面加热，里外的温度就不可能一致，身体内部停留在接近冰点的时间就会延长。所以我们采用了 5 盏热波灯。这种灯能放射出透过性非常强的热波来，使你哥哥身体里里外外的温度同时迅速升高。张同志，凡是我们能考虑到的，我们都尽可能采取了最周到的措施。但是王大夫说，像这样没经过诊断的手术，他还是第一次做，因而不敢说到底有多大的把握。”

张春华默不作声，只是低着头，看着直挺挺地躺在柜子里面的哥哥。

满意的结局

时钟打了 8 下，王大夫准时走进了临时手术室，背后跟着两位女护士。

“张同志，”陆工程师迎上去说，“我给你介绍一下，这位就是王大夫。这位就是那个张建华的弟弟——张春华同志。”

“哈哈，弟弟倒比哥哥大，真是天下奇闻哩！”王大夫开玩笑地说，“陈科长，您也来了。”

“这样特殊的户籍问题，我不能不亲自来看看。王大夫。那位哥哥要是真个能活过来，就成了轰动世界的天下奇闻了。”

“是呀，”王大夫点点头说，“所以应该尽一切努力来试一试！”

“谢谢王大夫！”张春华握住了王大夫的手。

“也应该谢谢我的老朋友陆工程师。但是现在不忙谢，你的哥哥到底能不能活过来，说实话我们两个现在都还没有把握。让我再把各种装置检查一遍吧。”

王大夫检查了一下玻璃柜子，打开了体温记录器，记录器的笔尖指在“-120”上。他又试了试脉搏记录器，再把热波灯、人工呼吸机的各个电线接头仔细检查了一遍，最后还试了试氧气筒的阀门。

“一切都很好。现在开始吧！”王大夫向护士挥了一下手。

护士转动热波灯的电键。5盏热波灯都“嗡嗡”地响起来，把暗红色的光射在玻璃柜子里面的张建华的身上。体温记录器的笔尖画出了一条笔直上升的斜线，“-100，-80，-60……0”。

“零度！”张春华轻轻地喊了一声，问身边的陆工程师说，“你说的这个危险的关口，是不是已经过去了？”

“过去是过去了，”陆工程师说，“但是现在还没法断定，在度过这个危险的关口的时候，是否已经发生了意外。一切都得看结局如何。耐心一点儿吧，结局很快就能看到了。”

体温上升到冰点以上30℃了。张春华看他哥哥仍旧直挺挺地躺着，心里焦急得什么似的。王大夫命令把热波灯关上，开始进行人工呼吸。

护士扭开了氧气筒上的开关。人工呼吸机开始有节奏地压迫张建华的胸部。所有的人的视线都跟着王大夫集中在脉搏记录器上。记录器的笔尖画出了一条水平的直线。大家都怀着等待的心情，觉得这条直线好像要无限止地延长。

“看！”王院长突然兴奋地压低了声音叫。

笔尖跳动了一下。虽然跳动非常细微，却是真正的生命的信号。

最初，脉搏的跳动不但微弱，并且是间歇的，跳了几下，又得停一小会儿。慢慢地，笔尖画出了连续的曲线，摆动的幅度也越来越大了。再看体温记录器，斜线又开始缓缓地上升。热波灯早关上了，现在体温的每一分上升，都是生命的活力的表现。

大家都舒了一口气，紧张的空气已经缓和下来了。王大夫关上了氧气筒，打开柜子，轻轻地解下了绑在张建华胸前的人工呼吸机。现在可以看到，张建华的胸口在自然地一起一伏，就像沉睡一样，发出轻微的鼻息。

张春华握了握陆工程师的手，又握了握王大夫的手：

“谢谢你们两位，真是谢谢！”他再也想不出别的感激的话来。

“张同志，你哥哥醒过来了！”陈科长喊。

张建华真个醒过来了，小眼睛睁得圆圆的。他看见周围尽是陌生人，害怕得叫起来：

“爸爸！爸爸！”

张春华扑上去，眼眶里含满了泪水。他像抱一个小弟弟一样，把哥哥抱了起来。这位哥哥却还使劲地推开他的弟弟：

“我要爸爸！我要爸爸！”

“不要怕，不要怕。”王大夫拍了拍张建华的小肩膀，“他会带你回家去的。”

这15年，对张建华来说，完全是一片空白。要跟他把每一件事情解释明白，决不是三言两语能办得到的。何况他还是个三年级的小学生，他还缺乏理解自己这段经历的必要的知识。

——原刊于《中学生》1957年6—8月，原题《失去的15年》

科幻界的伯乐与先行者

——《失踪的哥哥》赏析

◎ 李英　尹传红

作为编辑和出版人的叶至善，帮助和提携了众多科幻界的新秀，是一位慧眼识英才的伯乐；同时他也是一位作家，尝试创作了多篇科幻小说，其中以《失踪的哥哥》最为著名，引起了人们对科技伦理等问题的思考。叶至善对科幻小说的支持和鼓励，为中国科幻小说的发展和科普事业的繁荣起到了重要推动作用。

叶至善在科普和科幻界是一位特殊人物，他兼具编辑、出版家双重身份，编辑、出版了不少科普科幻作品集，在20世纪50年代和60年代，他本人还是一位重要的科普和科幻作家。2008年，为了纪念中国科协成立50周年，中国科协面向社会组织开展“五个10”评选活动，叶至善名列“10位传播科技的优秀人物”。其余9位，如袁隆平、钱学森、华罗庚等，都是功勋卓著的科学家，只有叶至善是为少年儿童普及科学知识的工作者。

一、热心科普的编辑，慧眼识珠的伯乐

叶至善（1918—2006），笔名于止，取“止于至善”之意。他出生在江苏，是著名教育家叶圣陶的长子。叶圣陶虽然是一位教育家、文学家，但也

叶至善

非常喜欢自然科学，尤其是生物学。他在开明书店工作时主持编辑的专给初中学生看的刊物《新少年》，经常刊载由王峻岑撰写的妙趣横生的数学小品，这些作品一度让上了高中的叶至善十分着迷。

1941年，叶至善自国立中央技艺专科学校农产制造科毕业后，先后到四川成都中央工业社和广汉中学工作。1945年7月，因抗日战争爆发而停刊8年之久的《新少年》复刊，并改名为《开明少年》。叶至善很快就从这份刊物的读者变成了编辑。开始时，他只是作为一种业余爱好帮助父亲看稿、编稿，几个月下来，父亲对他编发的稿件很满意，他自己也在这项工作中发现了许多乐趣，于是干脆加盟《开明少年》，正式做了一名编辑。

1953年3月，开明书店和青年出版社合并，叶至善随同并入中国青年出版社，参加《中学生》期刊和一些书籍的编辑工作，同年任中国青少年出版社编审委员会副主任。1956年6月，中国少年儿童出版社成立，他被任命为社长兼总编辑，除了主编《中学生》之外，他还牵头创办了中国最早的少儿科普杂志《我们爱科学》；1988年底，中国民主促进会筹建开明出版社，他任社务委员会主任，以后又任出版社名誉社长。

叶至善受父亲的影响，在编辑领域勤奋耕耘。他热爱编辑工作，认为编辑工作可以满足他的创作欲和求知欲，从中学到很多知识。从审读来稿、制定选题，到最后修订稿件他都全程参与，重点的图书他还亲自修改润色。经他编辑出版的图书不计其数，包括《少年百科丛书》《宝船》等许多优秀少儿读物；编辑出版的科幻作品单行本包括:《到人造月亮上去》《割掉鼻子的大象》《失踪的哥哥》等；他还把国外的一些科普读物介绍到中国，对中国的少儿科普事业起到了很大的推进作用。

叶至善非常重视编辑队伍的建设和人才的培养，乐于提携后进，将一生都奉献给了少年儿童读物的编辑出版工作，在中国的出版界和科普界享有很高的声望。在编辑岗位上，他堪称慧眼识珠的伯乐，一些广有影响的科学文艺作品，如孙幼军的《小布头奇遇记》和迟叔昌的《割掉鼻子的大象》，都是被他发现、修改才得以发表的。《小布头奇遇记》本是某出版社的退稿，理由是不像童话。叶至善却注意到这部小说的内容很好，形式也有创新，有益于少年儿童的成长，符合时代发展的需要，便全力投入到这本书的编辑出版工作中。他字斟句酌、一丝不苟地修改书稿，亲自找人画插图、设计版面，每一个环节都凝结了他的心血和汗水。他还让父亲叶圣陶写了一篇评介，发表在 1962 年《文艺报》的第 9 期上。《小布头奇遇记》出版之后大受欢迎，并在全国少年儿童文艺创作评奖中荣获一等奖，中央人民广播电台在《小喇叭》节目里做了连续广播。叶至善就是这样满腔热情地对待初学者，帮助他们改稿、鼓励他们创作，不少作者在他的帮助下成长了，出名了，而他依旧在“为人作嫁”，并以此为乐，以此为荣。

叶至善曾担任中国出版工作者协会顾问、中国科普作家协会理事长、中国编辑学会顾问等社会职务。他还是中国民主促进会中央委员会名誉副主席，中国人民政治协商会议全国委员会第二至第五届全国政协委员、第六至第九届常委，从 1991 年起，享受国务院颁发的政府特殊津贴。他还曾荣获中国福利会颁发的妇幼事业“樟树奖”、中国出版工作者协会评选的首届“伯乐奖”和“韬奋终身荣誉奖”。

二、要启发，不要灌输

叶至善从小就受到了很好的熏陶，养成了独立思考的习惯，对古文、现代文学、物理、化学、数学、生物学都有着浓厚的兴趣，在文学上也受到过很好的启蒙。不过，他的父亲叶圣陶并没有刻意要把他培养成编辑或作家，只是全面地引导他，教化他，其他方面则是“顺其自然”：让他的思想能够得到自由的发展，让他的兴趣能够得到充分的满足，这对他一生的事业和生活产生了极大的影响。

《开明少年》是为青少年办的综合性期刊，所以从社会知识、文学艺术到自然知识，哪个方面的文章都不能少。在出刊之始，时事、文学和翻译方面的稿件，都有相对固定的作者提供，唯独科学方面的作者很少，稿件稀缺。而叶至善一贯的教育思想是，不主张用灌输的方法生硬地传授知识，要设法引起孩子们的兴趣，自己观察，自己动手，自己思考，自己去寻求知识。

可在那个时代，要想找到合适的作者，能够写出体现这种教育理念的科普文章，实在是太难了。为此，叶至善常常自己披挂上阵，“凑”上一篇。他在那个时期创作的许多篇气象、天文和生物方面的科学小品，大都是为了编好刊物去组织构思的。后来主编《中学生》和《我们爱科学》，叶至善又执笔写了多篇科学小品，每写一篇，都有自己的指导思想和编排版面方面的艺术构思。

在长期的科普实践中，叶至善不仅积累了丰富的创作经验，更增强了责任心。他常说：枯燥无味的科学读物诚然是有的，甚至还不少，但这并不是科学知识本身的罪过，只能怪我们这些人没有把工作做好；写科普文章，不管采用什么形式，知识一定要力求准确，判断一定要有根有据，推理一定要符合辩证法。他甚至提出，给孩子们写东西、编东西，得给自己立三条规矩：第一条，要跟孩子们讲清楚的事儿，先问问自己是否弄清楚了；第二条，要让孩子们感兴趣的事儿，先问问自己是否感到了兴趣；第三条，要让孩子们感动的事儿，先问问自己是否被这事儿感动了。[1]

在谈及怎样写少儿科普读物时，叶至善更为明确地提出了自己的看法：“科学读物要求正确，不要错误；要求明白，不要含糊；科学普及读物还得加上一条：要求生动有趣，不要枯燥无味。做到这三条已经不容易，但是还不够，少年儿童的科学读物还得加一条：要求启发，不要灌输。这一条恐怕更不容易做到，但是非做到不可。我想，给孩子们编写科学读物，不但要吸引他们读下去，还要调动他们的思想，使他们一边读一边想，在理解书上所讲的知识的同时，潜移默化地养成一种有效地获得知识的方法。”[2]

他也特别强调作品的教益：“对科学幻想小说我有一个鲜明的立场，即教育的立场。给少年儿童看的科学幻想小说，就得从教育的立场去鉴别稿件，首先要考虑能不能让少年儿童得到点好处。在这一点上，我是一个死心塌地的功利主义者。这里说的好处，指的是科学知识、科学态度和科学方法，当然也包含着思想教育。”[3]

叶至善做编辑有一个特点，就是每当他想提倡某一种形式的作品时，他都要先实践一下，自己写几篇试试。这样，就可以体味到这种创作样式的甘苦、特色和要领，便于把握约稿、审稿的分寸。他曾回忆：“有时候想到了什么新点子，得自己写一两篇试试，看看是否行得通，孩子们读了有什么反应。这样在以后约稿时，就能够做到心中有数，不至于瞎提要求，让作者为难。”[4]

如此一来，在科普编辑的岗位上，同时也有一位科普作家在成长。叶至善采用多种多样儿童喜闻乐见的形式，创作、出版了一系列科学童话、科学幻想、科学探险、科学传记、科学小说、科学诗等。他还把儿歌、快板、相声、魔术、话剧等形式移植到科普创作中来，大大地丰富了创作内容和创作形式，很受读者的欢迎。

叶至善的作品涉猎极广，品种多样，可以归为科普的有：《竖鸡蛋和别的故事》《科普杂拌儿》《梦魇》等，诗歌、散文和传记方面的作品有：《古诗词新唱》《诗人的心》《我是编辑》《父亲的希望》《父亲长长的一生》等，晚年整理和编辑了 26 卷本的《叶圣陶集》。

此外，叶至善还和妹妹叶至美、弟弟叶至诚联名出版了《花萼》《三叶》和《未必佳集》。叶至善去世前正在创作《一个编辑读〈红楼梦〉》，最终没有完成，只留下了《大太监戴权》等 8 篇文章。他去世后，子女整理出版了他的《干校家书》，收录了“文革”时期他在共青团中央潢川“五七干校”时和父亲叶圣陶的通信近五百封。

三、偶然涉足科幻，成就经典名篇

叶至善是新中国成立以来我国科幻作品最早的提倡者和实践者之一。

20 世纪 50 年代中后期，我国迎来了科幻创作、出版的第一个高潮。究其原因，一是大批苏联科幻、科普作品，以及法国作家凡尔纳的科幻小说被译成中文，在读者中引起了热烈反响；二是党中央在 1956 年初发出了“向科学进军”的号召，全国迅速形成了学科学的热潮，作家们创作科学文艺作品的热情空前高涨。[5]

“那时候我是《中学生》的编辑，‘向科学进军’的口号鼓舞了我，我想方设法在刊物上激发读者学习科学的热情，反复宣传科学知识不但是有用的，而且是有趣的。那个时候的《中学生》，谈科学知识的文章占的篇幅最多，内容非常广泛。我想把科学技术的所有方面都展现在读者面前，好让他们各自挑选自己要走的路。”[6]1983 年 1 月，叶至善在《关于〈失踪的哥哥〉的自白》中有这样一段记述。

正是怀着这样的愿望，他撰写了一些科学幻想小说。他最早的一篇科幻小说《到人造月亮去》，1956 年 5 月由中国少年儿童出版社出版。这篇作品发表的时候，苏联的第一颗人造地球卫星还没有上天，但小说却已经为读者勾画了人造月亮——也就是太空城的概貌，设想了它的建造、构造和作用，还有上边的发电厂、天文台、植物园、实验室等。

随后不久，《没头脑和电脑的故事》发表于《中学生》1956 年 7 月号（原题《电脑》）。同年 11 月，叶至善与迟叔昌联合创作的《割掉鼻子的大象》由中国少年儿童出版社出版，这是当年很有影响的科幻作品之一。由他二人合作、设想从生物中提炼稀有金属的另一部科幻小说《科学怪人的奇想》，1963 年 5 月由中国少年儿童出版社出版。

叶至善的科幻代表作《失踪的哥哥》，1957 年在《中学生》杂志的第 6、7、8 三期上连载后，受到了孩子们的热烈欢迎，激发了他们无限的想象力。故事讲述的是一个名叫张建华的小学生不小心进入工厂的冷冻库，被冷冻了起来，15 年后才被人们发现。医生和工程师对他进行检查之后认定，他还有生命的迹象，经过红外线快速升温，张建华“苏醒”了。

小说一开头是弟弟张春华接到公安局打来的电话，说他失踪多年的哥哥找到了。这个悬念一下子就抓住了读者，而哥哥“变”成了弟弟、弟弟“变”成了哥哥的结尾更是引人入胜。因此，这篇小说一发表，便引起了孩子们极大的兴趣，广受好评，被选入 1957 年出版的《儿童文学选》，并在 1958 年出版了单行本，至今仍不断再版。

时隔 26 年之后谈及《失踪的哥哥》，叶至善称是一个偶然的因素触动了他的创作神经：他在报纸上看到一条消息，说苏联有个人埋在雪里18个小时，后来让医生救活了。这个奇闻使他联想起许多事情来。比如，细胞受了冻为什么会死亡，冻豆腐上为什么会有许多窟窿，新鲜的鱼虾冰冻以后为什么滋味差远了，等等。对于最后一个问题，他寻思：一定是体内组织中细胞的膜和液汁都被冰破坏的缘故。要使鱼虾保持鲜味，就应该把它们保藏在温度很低的仓库里，又不能让它们结冰。[7]

更进一步想，水不结冰，鱼虾体内各种组织的细胞就不至于被破坏，那么不但滋味，连生命不是也能够保存下来了吗？“这些就是我写《失踪的哥哥》的主要依据……我全部的物理知识就是在中学里学到的那一点儿。”[8]

《失踪的哥哥》最初的题目叫《失去的15年》，因为叶至善觉得，哥哥在冷库里沉睡了15年，醒来一定惭愧在建设美好生活的日子里白白失去了15年。作者还谈到，他想把科学知识糅合在故事里，于是便设计了两位主人公，一位是医生，一位是冷藏厂的工程师。让他俩在生命的冷藏这个课题上结为朋友，用几场对话来表现研究的进程，比较自然。“讲知识之外，我还企图在故事里讲一点儿粗浅的对科学研究的认识，例如：试验不等于乱碰，成功决非侥幸。”[9]

长期与叶至善共事的老科普编辑郑延慧曾谈到，叶至善创作这篇科幻作品的时候，着眼点是想说明，速冻使细胞中的水分来不及经过在结冰过程的膨胀而使细胞膜破裂，于是生命有可能在冰冻中保存。“他曾告诉我，这个原理是他自己在做化学实验时得到的发现，并且进行过分析思考。而且，他说过，他在构思这个幻想故事的时候，用意在于说明，这个用速冻法保存生命的发明创造思想，是冷藏厂工程师与医生在交谈中彼此得到启发，用来表明机械研究与生命研究有交叉综合及互相渗透利用的可能。”[10]

然而，没想到，《失踪的哥哥》发表后，“却遭到极富有戏剧性的命运。”20世纪50年代末60年代初，这篇作品受到了批判。批判者认为，冷藏厂怎么能冰冻一个少年以至15年之久才被发现，这是对新社会的抹黑。而作者在小说中着力要表现的意图——医生与工程师的通力合作成就科学奇迹，以及“一点儿科学活动的基本态度”，却没被读者所体会和察识，有的人更把它看作是一篇有趣的惊险幻想故事。[11]大多数读者似乎只关注那个失踪的哥哥和他的弟弟；他们忽略了作品中关于生命冷藏的设想，却对弟弟和哥哥的身份互易更感兴趣。

这些意想不到的结果让叶至善深感遗憾，自责“只能怪我自己没有本领，没出好点子，没把故事设计周全……我没有能力实现自己的意图”。[12]他心目中理想的科学幻想作品，是能做到故事的发展与科学幻想上要解决的问题有机地结合起来，不要像贴膏药一样，将科学生硬地贴在故事的结尾，而这两者在整个作品中却是游离的。“应该把知识糅合在故事里边，不能知识管知识，故事管故事，油水分离。不能一讲到科学知识仍然像上课一样，忙不迭地亲自登场，或者化装成故事中的人物，或者把故事中的人物搁在一旁，痛快淋漓地作一通科学演讲。”[13]

四、有趣的设想，尴尬的难题

在《失踪的哥哥》中，叶至善实际上提出了用超速冷冻的方法保存生命乃至“起死回生”的设想。如前所述，这种设想是有一定的现实依据的。作者在小说问世22年后谈到：“对待科学幻想小说中的科学构思，要认真进行推敲。科学幻想应该是合乎科学的幻想，幻想的产生有一个分析推理的过程，要找出幻想的科学依据，甚至要考虑到实现的可能性。应该对这种可能抱有信心。”

他捎带还提出，对于中国科幻界所谓科幻小说姓“科”姓“文”之争，“我主张姓科，这个主张，是我进行创作时的依据，而不是衡量科学幻想小说的框框。因为不应该把两种意见看成相互对立，互不相容，而是采取兼容的态度。我多次声明不反对科幻小说姓文，而且采取支持的态度。”[14]

急冻这种技术，事实上在后来的科幻作品中曾频频被“采用”。如潘家铮科幻小说《死亡方案》中的爷爷，最后就选择了将自己冷冻起来；科幻电影《蝙蝠侠》中也有一个急冻人维克多·弗莱斯。

如今，急冻在现实生活中也已经开始出现，并且在动物实验中获得了初步成功。如1987年10月9日的《青年参考》转自美国科学期刊的报道说，加利福尼亚州伯克利大学的海尔斯坦伯格教授，已经成功地将一只狼狗冷冻9个月以后，又使它安然苏醒。同年9月还有报道说，有一处冷冻鱼库从已经冰冻 10 天的鱼块中，发现一只海马仍旧有生命并且复苏过来。

对于用急冻法保持人体生命的实验，国外曾报道，这在 1967 年已经成为事实：美国物理学家詹姆斯·贝德福因患癌症即将死亡时，请求医生为他做了长达 8 个小时、史无前例的冷冻手术，以便等到将来治癌医学技术获得成功时，再把其“尸体”解冻，治好致命的疾病，“死而复活”“重返人间”。

而美国的“人体冷冻协会”称，目前已经拥有了上百具永久冷藏的遗体。他们到底能不能复活，现在谁也无法给出答案。急冻实际上表现了人类内心深处对生命永恒的追求。从古埃及的木乃伊，到中国古代的炼丹修道，人类从未停止过寻找长生不死的方法。随着科技的发展，人们又将希望寄托在急冻技术上，盼望有朝一日能够在未来世界中复活。追求永生乃是人类最悲壮、最勇敢的追求与探索。

《失踪的哥哥》还触及了一个非常重要的问题：科学技术发展过程中的伦理危机。小说末尾有一段意味深长的描述和对话：

> 张建华真的醒过来了，小眼睛睁得圆圆的。他看见了周围这许多陌生人，害怕得叫起来：
>
> “爸爸！爸爸！”
>
> 张春华扑上去，眼眶里含满了泪水。他像抱一个小弟弟一样，把哥哥抱了起来。这位哥哥却还使劲地推开他的弟弟：
>
> “我要爸爸！我要爸爸！”
>
> “不要怕，不要怕。”王大夫拍了拍张建华的小肩膀，“他会带你回家去的。”
>
> 这 15 年，对张建华来说，完全是一片空白。要跟他把每一件事情解释明白，决不是三言两语所能办得到的。何况他还是个三年级的小学生，他还缺乏理解自己这段经历的必要的知识。

毫无疑问，随着急冻、克隆等相关技术的不断发展，伦理问题已经越来越引起人们的思索和争议。“人体冷冻协会”的创始人罗伯特·埃廷格的两任妻子的遗体都被冰冻了，埃廷格曾经开玩笑说：“如果这两人都复活，问题就大了。”不必讳言，科技是有可能对家庭、夫妻、父子、兄妹等社会基本关系造成冲击和破坏，进而动摇整个现代社会的伦理基础的。叶至善早在半个多世纪以前就颇有预见地触及这个问题，不能不说难能可贵。

叶至善一直十分关注中国科幻的创作和发展，他把20世纪50年代的中国科幻小说概括为两种模式：一种是“侦察记”，总是开头出了一件怪事，经过侦察，最后真相大白，原来是个奇怪的玩意儿。这无非是作者故弄玄虚，自己安钉子自己拔（他谦称《失踪的哥哥》便是这种类型）；另一种是“参观记”，作者自己“化装”成导游者，带着读者一路参观一路讲解，也有两者兼而有之，既参观又讲解。[15]

叶至善经手编辑的第一篇科幻小说——苏联萨巴林的《工程师的失踪》，正是这种参观和讲解兼而有之的标准形式。叶至善感到这些科幻作品普遍存在着模式类型化、单一化的缺陷，而自己写科幻小说也跳不出这两种模式化套路，就渐渐地不写这类作品了。但是，他对科幻的感情和爱护一如既往。1991年，中国科普作家协会、文化部少儿司和14家少年儿童报刊联合举办了首届科学幻想小说“星座奖”征文。叶至善非常赞赏并积极参与——他参加了作品评选，并为获奖作品文集撰写了序言。

他写道：“近几年，科学幻想小说确乎不大景气。先是争论了一阵子，按说争论应该促进创作的繁荣，可是并不，争论终于沉寂，作品却越发寥落。看来这场争论，本身就有点儿问题了。问题在哪儿，我看不必深究，目前最要紧的是鼓励创作，别让科普文艺园地的这一枝花无声无息地枯萎。”[16]

在谈到评论的作用与效果时，叶至善又提出了自己的看法和希望：“评论的效果应该是积极的，应该能够帮助和鼓励科学幻想小说的创作走向繁荣。对作品的优点，即使是很小的优点，也要恰如其分地给以肯定。对于缺点倒要从大处着眼，不要铢两悉称，求全责备，更不要以局部的缺点对作品作全面的否定，甚至波及所有的科学幻想小说。”[17]了解叶至善曾经从事科幻创作的经历和他当时的身份（中国科普作家协会理事长），并且熟悉那一时期中国科幻论争缘由的人们，是不难体会到上面这番话的含义的。

参考文献

[1] 叶至善. 给自己立的规矩 [M]// 叶至善. 我是编辑. 北京：中国少年儿童出版社，1998：14.

[2] 叶至善. 怎样写少年儿童科普读物 [M]//《地质报》编辑部. 科普作家谈创作. 北京：地质出版社，1980：22.

[3] [13] [14] 叶至善. 让孩子们得到好处 [M]// 王泉根. 现代中国科幻文学主潮. 重庆：重庆出版社，2011：20-21.

[4] 叶至善.《科普杂拌儿》后记 [M]// 叶至善. 叶至善序跋集. 北京：首都师范大学出版社，2009：48.

[5] 尹传红. 中国科幻百年 [J]. 中国科技月报，2000（4）：5.

[6] [7] [8] [9] [12] [15] 叶至善. 关于《失踪的哥哥》的自白 [J]. 科普创作，1983（3）：38-39.

[10] [11] 郑延慧. 时刻追求创作的新意 [M]// 孙士庆等. 中国少儿科普作家传略. 太原：希望出版社，1988：131-132.

[16] [17] 叶至善. 为“星座奖”获奖作品集所作序 [J]. 科普创作，1991（6）：15-16.

古峡迷雾

◎ 童恩正

一、被遗忘了的民族

公元前 316 年的秋天。

一轮明月缓缓地从山冈后面升起，江州城锯齿形的雉堞和高耸的望楼就从蒙胧的山影中显现出来了。这座建筑在长江旁边高高的陡岩上的城市就是巴国的首都。

这是近两个月来难得的寂静的夜晚，除了远处传来一两声凄凉的号角声以外，只有城下长江的流水冲击着陡岩，发出有韵律的声音。

然而这不是和平的日子。在城上望楼的瞭望孔中，哨兵们都在警惕地防守着，他们紧握鼓槌，准备随时发出警号。在城墙上面到处蜷曲着一群一群的武装战士，由于连日的血战，他们已经疲惫不堪，所以在今夜战斗的间隙中，都沉沉地睡着了。然而即使是在梦中，他们的手还是紧扣弓弦，他们的头下还是枕着出鞘的青铜剑。紧张的战斗气氛，并没有随着黑夜的来临而消逝。

远处传来一阵武器的铿锵声，在几支火把的照耀下，一支小小的队伍走上城来。领头的是一个身材高大的老人，他全身披挂着用皮革和铜片制成的甲胄，外貌庄严而魁梧。他的身影一出现，城墙上的哨兵立即轻声相告："国王来了！"

国王微微一摆手，把自己的侍从留在身后，然后跨过睡在地上的战士的身体，走到城墙边上，眺望着远方。在银色的田野上，敌人燃起的篝火散布在远处的山冈上，成为一个半圆形的火圈，包围着江州，犹如无数猛兽血红的眼睛，窥伺着这座城市。

这是今年春天的事情了。蓄谋要统一全中国的秦国，从陕西南部越过了号称天险的秦岭，进入四川，首先攻灭了建立在川西平原上的蜀国，然后调集大军，向川东的巴国进攻，包围了江州。巴国的战士们进行了英勇的抵抗，可是他们人数太少，使用的青铜武器又不及秦军的铁兵器锋利，经过了两个月的血战，江州的陷落，国家的灭亡，已经是不可避免的事情了。今天晚上敌人停止了攻击，宁静——这正是最后摧毁江州的激战之前的沉默。

国王心中十分明白，他自己的命运和全族人的命运，都已经面临着最后关头了。在这个时候，巴国的全部历史如同闪电一样，短暂而清晰地映现在他的脑中。两百多年以前，他的祖先带领着族人，从湖北的清江流域出发，沿着长江进入了四川。他们披荆斩棘，穿过了难以通行的峡谷和激流，一路上和洪水、猛兽以及其他民族进行了顽强的斗争，最后终于在川东的丘陵地带定居下来，开垦了土地，建立了城堡。多么艰巨的历史！回忆起这些，国王心中充满了辛酸。而现在，自己的土地正受到敌人的践踏，高大的城堡即将化为灰烬，自己的族人将要变成敌人的奴隶。难道没有办法为巴国的复兴保留一点希望，难道没有办法为巴国人民保留最后几颗自由的种子了吗？

忧愁和犹豫的表情最后从国王脸上消逝了，他坚定地抬起头来，下定了最后的决心。

“叫王子来见我！”他回过头去，下达了命令。

过了一会儿，一个青年人矫健地跑上城来，他和普通的士兵一样全身武装，只是身上披的一张虎皮表明了他的身份。

“父王！您有什么吩咐？”他走到国王身边，低声问道。

国王沉重地说：“你看，今天晚上敌人这样安静，我估计他们一定是在准备作最后的攻击了。现在我们的粮食已经吃光，能够拿起武器的人也快死完了，明天的激战，将要决定我们国家的命运。为了使我们不致亡国灭种，你要真实地执行我的嘱咐。你宣誓吧！”

王子跪了下来，拔出宝剑，割破了自己的手指，将鲜血洒在地上。

“我宣誓执行您的一切命令，父王！”

“好了，你起来吧！”国王等他站起来以后，向一个武士说：“把长老们都请来，我有急事要和他们商量。”

不久以后，八个老人来到了国王身边。这是巴国几个大族的族长，他们还享有从古老的氏族社会中遗留下来的一些权力，所以国王有事，首先要找他们商量。

“我请你们来，是想向你们，也是向全国宣布一桩事。从现在开始，我将王位传给我的儿子，祖传的权杖、印玺和宝剑，都移交给他。现在我们三面受到了敌人的包围，只有靠江边的一条路是通的。这座城池已经守不住了，我要他马上率领人民离开江州，沿江向东走，回到我们的老家去，在那儿找个合适的地方，重新把国家建立起来。”

“父王，您……”王子焦急地问道。

“你们至少需要三天的时间，才能从敌人手中逃脱。因此我要留下来拦阻敌人。”

“父王，让我留下来，您走吧！”王子泪流满面地说。

“去吧！儿子，不要忘记你的誓言。我相信，只要能够保留住我们国家的种子，巴国在以后还是会繁荣强大起来的。”国王解下了身上的佩剑，亲手系在王子腰间，一个武士拿来了印玺和权杖，国王庄严地把它们交到王子手上。

几个长老对于局势是很清楚的。他们知道，为了整个国家，只有采取这样的办法。他们都请求道：

“国王，让我们也留下来吧。这儿埋葬了我们好几代的祖先，让我们的骨头也躺在自己的土地上吧！”

“不行！”国王说，“你们是全国最有学识的人，你们负有教养后代的责任，不要让他们忘记了我们古老的风俗，不要让他们忘记亡国的悲痛和耻辱。你们快走吧！我将我的儿子托付给你们了。”

王子猛然扑倒在国王脚旁，哀求道：

“父王，让我留下吧！我可以挡住他们，您走吧。”

“时间紧迫了，你快去召集人民，立即出发。除了守城的战士，你应该把所有的人都带走！如果你还不行动，就是违背了你的誓言。”

国王像洪钟一样的声音是这样的果断有力，王子站起身来，最后看了他父亲一眼，流着泪走了。几个长老低垂着头跟在他后面。

片刻以后，城中骚动起来，这是人们在准备出发了。

等到东方发白的时候，最后一个居民已经离开了江州。国王目送着一条长长的人影沿着长江向东走去，然后把守城的战士召集起来，下了一道“坚守阵地”的命令。战士们默默地回到自己的岗位上去，哼着悲壮的歌曲，静候着最后时刻的到来。他们知道，为了自己亲人的安全和后代的幸福，他们是应当牺牲的。

随着新的一天的到来，战斗开始了，黑色的人群像潮水一样冲向这座城池。残酷的血战持续了三天三夜，当最后一个保卫者——也就是国王——倒下的时候，秦军才真正占领了江州。

秦军的统帅一看自己付出了惨重的代价，却只占领了一座空城时，不由得暴怒起来。

“追！追！”他焦躁地下了命令，“只要是巴国人，一律砍杀不留！”

然而在几天以后，前往追击的秦军都失望地回来了。巴国全部的残余人民已经在川东的崇山峻岭中，在那遮天蔽目的原始森林中消逝了，也从历史上永远地消逝了。从此以后，这个民族神秘的命运就不再为人民所知道。

千百年来，长江的水不断地奔流着，它的波涛带走了无数的兴亡故事。而这一桩历史上曾经发生过的悲剧，也就淹没在大量历史事件的洪流中，逐渐地被人们所遗忘了。

二、一柄青铜剑

已经快近中秋了，月光分外皎洁。西南大学成荫的花木和高大的宫殿式建筑，笼罩在一层薄雾轻纱中，显得格外恬静幽美。这时，历史系考古学教研组年轻的助教陈仪正沿着林荫道向杨传德教授家中走去。

这个26岁的年轻人是一名共产党员。他的相貌非常英俊，饱满的前额，高而直的鼻梁，给人一种精明能干的感觉。彪悍结实的身材，全身都迸发出一种青春的朝气和活力。他1955年从大学毕业后，就参加了一个考古队，在长江上游奔走过几年，因此获得了不少的实际经验。在考古学界一些前辈的眼中，他已被公认是一个很有才干的考古工作者了。为了配合长江三峡水库的建设，由几个省的有关单位联合组成的“长江文物保护委员会”将要在三峡地区组织大规模的考古发掘。考古队是由西南大学历史系杨传德教授领导的，陈仪被指定做他的助手。由杨传德和陈仪共同拟订的发掘计划，已经在昨天召开的各有关单位的联席会议上通过了。但是陈仪知道这次发掘的规模大、任务重，因此今晚他又来拜访杨传德，想把工作中的某些细节再明确一下。

在这里应当将杨传德教授向读者介绍一下。这个人的外貌给人的印象是严峻的。清癯的脸上显出在知识分子中少见的黝黑的颜色，紧锁的双眉和嘴角边两条深直的皱纹显示了他刚毅的性格。他的身材很高，走路时习惯微微低着头，这使他在任何时候都有一种沉思的风度。他已经有50多岁了，从他那饱经风霜的脸色看起来似乎还要苍老一些，不过他那坚韧有力的肌肉和旺盛的精力，也正是从雨雪烈日中锻炼出来的。他是一个很有声誉的考古学家，解放以后，领导过几次大规模的考古发掘。特别值得提出的是，1954年在四川巴县冬笋坝和昭化宝轮院的发掘。在这两处地方，杨传德找到了古代巴国的一批贵族墓葬，出土的铜器和古剑上刻有很多巴国的象形文字。1957年，杨传德终于辨认出了这种文字，从而解决了巴国历史中很多重要问题，这个发现在国内外引起了广泛的重视。

当陈仪来到他家的时候，杨传德正坐在书桌旁边，对着一本摊开的书呆呆地出神。

“你来得正好！”他站起来说，“陈仪，我正想去找你呢。”

“有什么事吗？”陈仪发觉教授今晚的情绪有一点激动。

“我想找你研究一下，修改我们的发掘计划，增加一点新内容。”教授说，“这次我们原来只计划发掘两处新石器时代的遗址，但是我想把勘探古代巴国遗迹的任务也增加进去。你知道，整个巴国的历史中，有一点还是我们所不了解的，这就是它被秦国灭亡以后，由巴国王子所率领的人民的最后下落究竟怎样？他们是逃到其他的地方融合在其他民族中间呢，还是遭到了灭亡的命运？现在，我有了一点解开这个谜的线索。”教授走到墙壁上挂的大地图前面，继续说下去：“你看，我们计划发掘的第一个遗址就是巫山代溪遗址，它位于长江三峡的第一个峡——瞿塘峡的出口处。解决巴国历史最后一个问题的关键，据我估计，可能就在这附近。我们可以抽空到周围去走走，这对于原来安排的计划是没有什么影响的。”

这个意外的提议使陈仪感到有点惊异。他知道教授为人沉着慎重，不经过深思熟虑，是不会骤然作出什么决定的。

“杨老师，”他问道，“据我所知，到目前为止，沿长江的涪陵以下，没有发现过巴国的遗址。巴国灭亡以后，它的遗民向川东边境退却，也不过是一个传说而已，究竟到了什么地方，历史上并没有记载。您怎么知道在瞿塘峡中可以找到巴国的遗址呢？而且，您这个推测为什么不在昨天的会议上提出来呢？”

“昨天下午，我收到了考古研究所送来的一本书。这一切推测都是由这张照片所引起的。”

杨传德从桌上拿起一本英文书，翻到书后的插图部分递给陈仪。

这是一柄青铜剑的照片，像这种没有剑格和剑首，剑身成柳叶形的剑，正是巴国特有的一种武器，考古学上称它为“巴式剑”，它和黄河流域出土的“中原剑”不同。由于陈仪对这种武器非常熟悉，所以他很快就从几个细小的地方看出这柄剑应该是巴国后期的遗物。

在国内，“巴式剑”的正式发现是从1954年才开始的，而在此以前的一个外国人的著作中竟出现了这种剑，这是令人不解的事。陈仪不由得仔细地翻阅起这本书来。

这是一本厚重的、酱红色封面的书，装帧十分考究。封面上用金字印着书名：

中国西部的远古文明

J. 史密斯教授著

美国柯顿大学出版社，1958年

在第一页上印着作者的题词：谨将此书献给我的中国朋友吴均。1932 年 6 月，他在中国西部的探险事业中不幸牺牲。愿上帝安慰他的灵魂。

“史密斯？就是那位 1932 年来中国活动的‘华西探险队’的队长吗？他从哪儿弄到这张照片的？”陈仪问道，“吴均又是谁呢？”

“史密斯就是当年‘华西探险队’的队长。吴均是我的一个老朋友。”教授说，“这一切说来话长，让我从头至尾告诉你吧。”

于是教授点燃了香烟，用一种低沉的、深深为回忆所激动的声调，讲出了下面的故事。

说起来，史密斯、吴均和我都是同学。1924 年，我和吴均同时考进美国柯顿大学。至于史密斯，他的班次比我们低，在美国时，我并不认识他。

1928 年大学毕业时，我和吴均都是班上的优秀生，又精通中国历史，所以美国有几个大学同时邀我们去工作。但是我们都是中国人，祖国把我们哺育成人，我们不能忘却她。虽然当时它是那样的黑暗和混乱，我们仍然希望能用自己的学识为它做一点工作。就是这种怀乡爱国的激情，驱使着我们怀着满腔热情赶回祖国来了。

我们都是学考古的，甚至可以说是旧中国第一批系统地学习资本主义国家考古科学的人。但是在当时军阀混战、民不聊生的情况下，谁还有闲心来发展考古事业？我和吴均奔走几个月，连职业也找不到。最后靠着这块留学生的招牌，总算在一所中学里找到了个教师的职位。我教历史，吴均教生物。

我不能不以极大的怀念谈到我的朋友。在那种充满了悲观失望、前途茫茫的岁月里，他仍然充满了朝气和信心。要不是他时刻鼓舞着我对于生活的信心，对祖国未来的希望，我真怀疑自己能不能有活下去的勇气。我的勇敢正直的朋友，他的才华也是我所难以比拟的，回国以后改行教书，对于他说来，损失比我更大。

1931 年，史密斯从香港写信给我们说，他率领的“华西探险队”将来四川考察古代文化，邀我们参加工作。他是从我们的老师泰勒博士处打听到我们的消息的，信中还附来了泰勒的介绍信。

在当时，我们对于帝国主义文化侵略的本质还是认识不清的。我们认为：

既然中国政府无力进行考古发掘，那么借外国人的力量来进行研究工作也是可以的。因此我和吴均立即回信，表示同意他的邀请。但是我们提了一个条件：所有调查发掘出的珍贵文物，没有得到中国当局的同意，不能擅自运出国外。史密斯不久回电，表示“欣然同意”。

1931 年秋天，史密斯从陕西南部进入四川，我们命在川北的剑阁和探险队会合，正式参加了工作。不久以后，我们就发觉探险队沿途花在考古上的时间并不多，史密斯对于各地资源和交通情况的调查似乎更加热心一些，每到一处，都要详细地访问和绘制地图。而史密斯本人的品质也是非常恶劣的，他不过是一个不学无术的花花公子，完全没有领导一个考古队的能力。他之所以能够当上队长，不过是因为这个探险队的资金是由美国东亚博物馆的“罗氏基金会”所供应的，而史密斯的父亲是一个大资本家，在“罗氏基金会”中有左右一切的权势。这一点史密斯自己也知道得很清楚，因此全部考古调查报告的草稿，都由我和吴均执笔。不过令人难以容忍的是，史密斯在中国的土地上，俨然以主人自居，气焰十分嚣张。他肆意破坏中国的古迹，为了便于携带，他不惜将许多名贵的汉唐雕塑击碎。这使我和吴均十分痛心，我们多次提出抗议，但是他仍然置之不理。有一次他在广汉公然爬上一座明代庙宇的屋顶去揭取屋脊上的雕塑，当地人民想要制止他，他竟开枪威胁，因此引起了群众的公愤，狠狠地揍了他一顿，他才收敛了一些。

这样的探险，这样的考古，在科学上的意义自然是不大的。我们之所以没有中途离开这个团体，不过是因为我们对考古事业的热爱，产生了一种多少要做点工作的想法；其次，有我们在队内，史密斯到底不敢为所欲为，这样最低限度可以将他的破坏活动减少一些。

我们越过了川西平原，在 1932 年春天到达了重庆，然后从那里乘船到三峡地区考察。但是走到忠县，我就病倒了，不得不在当地医院住下来。这时吴均也不愿意再待在探险队中了，想要留下来照顾我。但是由于探险队的工作即将结束，所以我劝他继续前进，至少也要把这一次考察的结果拟出一份科学报告来。这个工作，我知道不是史密斯所能胜任的。经过我再三坚持，吴均只好依依不舍地离开了我。临行前我将自己从美国带回的一只旅行背囊送给他使用。想不到我们这一别竟成了永诀，从此以后，我就再也没有看到过我的朋友了。

一个月以后，我的病好了。当时通讯不便，我不知道探险队已经到了什么地方，所以就直接回重庆去了。在那里，我收到了史密斯从上海发出的一封来信，他说探险队的工作已经结束，他正准备动身回国。至于我的朋友吴均，据他说，是在一次调查中失足坠崖牺牲了。

几年形影不离的共患难的生活，已经使我和吴均有一种比兄弟还亲密的感情。因此在接到这个消息以后，我悲痛万分，立刻打电报给史密斯，要他说明吴均的死因和地点，我至少要看一看我的朋友的遗骸。但是史密斯没有回信，他匆匆地回国去了。临行时背信弃义地盗走了探险队搜集的全部文物，当时的反动政府也不敢阻挡他。

后来，我才辗转打听到一些情况。探险队到达奉节以后，史密斯和吴均到瞿塘峡附近去调查一个山洞。他们进洞七天还没有出来，人们都以为他俩出事了。到第八天，史密斯才一个人疲惫不堪地回到了营地，他说吴均已经在山中摔死了。等到他精神恢复以后，他就放弃了到巫峡和西陵峡去调查的计划，立即将探险队的工作结束了。

27 年过去了，但是我并没有一刻忘记过我的朋友和他那突然的死亡。因我坚持要他继续工作而使他送掉了性命，这是我永远也不能原谅自己的……唉，恐怕我是说到题外去了。

昨天我收到史密斯著的书。从前面的题词来看，他倒没有忘记自己的熟人。这本书的内容是不值一提的，资料陈腐，并且充满了对中国人民的仇视和诬蔑。我随便念两段给你听，你就会明白它的全部内容了。“吾等在中国西部并未发现任何旧石器时代之遗迹，盖其时西方之尼安德塔人并未迁入中国，故此广大之地面上，实乃一片荒凉”。又如这段：“此种彩陶，制作精美，其与黄河流域之彩陶文化同出一源，即自西方传来，自无疑义，盖中国之民族生性笨拙，势不能有此高度之艺术创造也。”这本就是由类似这样的谬论凑成的。不过从那张“巴式剑”的照片中，我倒看出了一个很奇怪的问题。

史密斯对于我国解放以后大量出土的文物资料是罔无所知的，在书中他主要还是运用27年以前他所调查的资料。不过这张照片印得很清楚，剑身上用白漆写的号码也可以看到，这就是W.C.Y.1050。W.C.Y的意思是“中国西部长江流域”，这是史密斯“华西探险队”在四川时所用的统一的编号。因此我断定这柄剑是属于27年前被他劫走的文物之一。

当我在忠县离开探险队时，并没有发现过这样的剑。我查了一下当时的日记，到我离开探险队为止，文物的编号刚好是W. C. Y. 1049。这就是说，史密斯离开忠县以后，只到瞿塘峡附近去调查过一次，这柄剑是他和吴均出去调查时发现的。

令人难以解释的是，在史密斯以后发表的“华西探险队”的报告中，并没有提到这桩事，即使在这本新书中，也没有提到这柄剑发现的经过和地点。如果不是这个号码提供了一些线索，如果不是我亲身参加过“华西探险队”，那么谁也不会想到史密斯是故意隐瞒了这桩秘密的。

现在你可以明白了，就是从这柄剑上，我推测瞿塘峡附近有巴国的遗迹。至于史密斯故意隐瞒真相的原因，由于事情已经过了27年，除了他本人以外，恐怕永远也不会有人知道了。

杨传德在微微的叹息声中结束了他的故事。陈仪站起来，按了按额头，好像要从自己的头脑中驱走一些不愉快的想法似的。他是深深地为这一段往事所激动了。像史密斯这类的人物，对他来说是不陌生的。这类帝国主义的“专家”“学者”过去在我们的国土上所犯的罪行是难以计数的，史密斯不过是一个典型人物罢了。这批帝国主义分子不但强盗似的在我国大量盗窃古物，借“调查”“探险”的名义来刺探我国的资源分布和国防秘密，而且还以学术研究的幌子对我国的历史和民族进行诬蔑。他们企图使人们相信：中国的人种自古就是低劣的，中国的文化是从西方传来的，所以帝国主义侵略中国，不但是正当的，而且对中国也是有利的。而作为一个新中国的历史学家，他的任务就是要用大量的、崭新的资料，写出我们历史的真实情况，使全世界的进步人类看到中华民族高度的智慧和悠久的文化，使我国五千年光辉的历史重新绽放出灿烂的光彩。一种新的荣誉感和责任感激荡着这个年轻的共产党员的心灵。

“杨老师，您不要难过了。”他诚恳地说，“这次我们出去工作，也就是对史密斯之流的一个回击。您的推测是有根据的，明天我们去请示一下领导，就可以将调查巴国遗迹的项目列入计划了。我想，领导一定会支持我们的！”

三、黄金洞的秘密

这里是瞿塘峡。它位于奉节和巫山之间，峡谷全长 15 公里。过往的旅客们往往在这号称“天下第一雄”的夔门前面真正地开始领略到三峡的奇险和壮丽。

浩荡的长江在这里被两岸陡立的大山束缚成一条狭窄的激流，红色的山岩从江边垂直矗立，高高地耸入云霄，日光只有在中午才能射进这阴暗的峡谷。江水汹涌地冲击在狰狞的礁石上，激起了翻滚的波浪，卷起了巨大的旋涡。瀑布从高山上倾泻下来，在峡谷中回响着可怕的轰鸣。险峻的高山下，奔腾的江水在这里是以它的粗犷，它的雄伟震慑着人，激动着人。千百年来，它曾经激发了多少诗人的灵感，引起了多少游客的惊叹！

然而就是在这样的地方，仍然留下了我们英勇的祖先们劳动创造的痕迹。考古队在代溪的发掘进行得非常顺利，遗址内容的丰富，也是过去没有估计到的。

然而杨传德和陈仪的心中仍然十分焦急。到瞿塘峡来已经半个月了，他们已到周围去调查过几次，可是在无边无际的山谷和森林中，哪儿才有巴国的遗迹呢？

“算了吧！”考古队很多同志都劝他们，“你们的推想太玄妙了，那把剑也许是史密斯从其他地方找到的。事情已过了 27 年，即使有点线索，现在恐怕也难以发现了。”

由于教授的推测和古代的传说相符合，所以陈仪相信教授的话是有道理的，尤其是史密斯鬼祟的行动和吴均离奇的死亡，更使他坚定了揭开这个秘密的决心。

“我们应当继续找下去，现在还很难断定这附近没有巴国遗迹。”他说，“问题在于，我们过去的工作方法不大对头。我们刚到此地，人地生疏，不依靠当地群众，自然会一事无成。明天我想到奉节去一次，和县里工作的同志联系一下，也许他们能想出一些办法来。”

陈仪到奉节去了一趟，县里的同志建议他去找找那些以熬硝为职业的人。这批人为了寻找硝土，往往是探幽寻秘，什么山壑都爬过，什么山洞都钻过，也许他们能提供一些情况。

陈仪奔走了几天，访问了很多熬硝的工人，然而一点收获也没有。每次都怀着希望出去，带着失望回来。然而陈仪是属于这样一种类型的人，他的工作有明确的目标，对克服困难充满信心：他不会被挫折所吓倒，具有一种不干到水落石出就不罢休的决心。就是这样，只要发掘工作有空隙，他就背上背囊，跋山涉水，四处寻访。只是繁重的工作使他消瘦了，他变得愈来愈沉默，明亮的眼睛中也丧失了往日的光彩，显出一种内心的不安。现在杨传德也开始劝说他停止这种搜索了，老教授像对自己的亲生儿子一样地关怀他。他情愿放弃自己的假设来保证陈仪的健康。陈仪口头上答应了，但是只要工作告一段落的时候，他又背起背囊，悄悄地出门去了。

已经是下午四点钟了，陈仪在又一次失望的寻访以后，从瞿塘峡中赶回营地去。峡中的道路非常险恶，人们是在垂直的岩石上凿一条凹进去的槽，开通了这条山路。在道路的一边，山岩高高地向江心倾斜着，遮住了天空；在道路的另一边就是几十丈高的陡壁，江水在那下面日夜咆哮。

峡谷里的夜色降临得很快，在这个时候，已经没有人行走了。陈仪冒着初冬的寒风，很快地赶着路。然而天色阴暗得比他估计的还要快一些，雷声隐隐地从远处传来，乌云在周围的山顶上翻滚，陈仪知道，一场暴风骤雨即将来临了。继续赶路是有危险的，他记得前面不远有一个航标站，于是决定去那儿休息一下。

等到陈仪跨进航标站小屋的时候，已经是雷电交加、大雨倾盆了。在这个小屋中只住着一个跛脚的老工人，他以山区人民固有的热情欢迎着陈仪。

陈仪喝了点热水，吃饱了干粮，然后在灶火的余烬旁坐下来，这时窗外已经完全漆黑，雨声江声响成一片。他知道今晚上只好在这里过夜了。

老人点燃了一盏油灯，小屋就被暗淡的光照亮了。这时陈仪看到屋角上放着一个用竹条编成的背篓，这个背篓像一个狭长的竹筐，上面有两根结实的背带。它虽然已经破烂不堪，但是陈仪仍然看出这是当地熬硝人特有的一种工具。

“老人家，您过去熬过硝吗？”陈仪问道。

“30年以前干过这一行。”老人说。

“什么地方硝土最多呢？”

“在我们这儿，山洞里硝土最多，不过近来也差不多挖完了。”

“那么您爬过很多洞了？”

“当然！”老人笑了，“干我们这一行，就是这个洞爬进去，那个洞爬出来。一两天看不到太阳也是常事。”

“您知道这附近什么地方有古时候的铜器吗？”

“什么铜器？”

“就是铜做的坛坛罐罐和兵器。”

“看到过的，在黄金洞中就有。”

老人在床下翻了一阵，拖出一个铜罐来，递给陈仪：“你看，我还带了一个出来呢。”

这是一只圜底的单耳铜罐，口沿上有一只老虎的图案，它的样式与巴县和昭化两地出土的铜罐一模一样。即使把它混在千百只其他的铜罐中，陈仪也能分辨出来，这是巴国的铜器。他的心不由狂跳起来，他终于找到巴国的遗迹了。

“黄金洞在哪里？”陈仪焦急地问。

“就在江对岸，你站在门口就可以望到。”

陈仪走到门口，在雷电的闪光中，的确可以看到对岸石壁上有条狭长的、黑色的缝隙。然而在这距离江面一百多丈高的光秃的岩石上，人怎么能够进去呢？

陈仪问老人：“您怎样进去的呢？”

“这就说来话长了。”回忆起过去，老人的眼睛湿润了，“首先，我要从黄金洞的故事说起……”

不知道是多少年以前的事了，在四川有一个国王，他积累了大量的金银财富。有一天，这些财宝终于引起了邻国的羡慕，于是派兵前来攻打。国王战败了，最后只好带着自己的财宝和少数军队逃走。但是敌人的贪欲没有满足，自然不肯甘休，也就派兵紧紧追赶。最后，国王逃到了瞿塘峡中，眼看山穷水尽，无路可走，于是他下令将全部财宝都装进一个人们无法接近的山洞中。“罪恶的财富！”他叹息道，“害得我国破家亡的都是你们！从今以后，谁要找到你们，谁就将得到残酷的灾祸。愿我的诅咒和这山谷一样，永远留存在世上吧！”说完以后，他就拔剑自刎了。

从此以后，这个山洞就得到了“黄金洞”的名称。每当暴风雨的晚上，当闪电划破漆黑的天空，当狂风在峡谷中呼啸的时候，当地的老人们就会向自己的孩子讲起这个故事，据说直到现在，国王的幽灵还在日夜守护着自己的财富。

终于有一天，这个无稽的传说引起了一批地主官僚的兴趣，这是民国二十二年（1933 年）的事情。国民党的县政府突然把一个熬硝工人找了去。县长，也就是当地的大地主，直截了当要他进洞找宝。

这个人名叫李四维，当时他正当壮年，平日也爬过不少奇险的山洞，因为胆子大，身手敏捷，在一般熬硝的人中还有些名气，可能这就是县长选上他的原因了。

要从这样光秃秃的石壁上爬进洞去，那是要拿性命来做赌注的，所以李四维拒绝了。

“不爬就不爬吧！”县长干笑两声，“买卖不成仁义在！以后你要是有什么困难事情，还是可以找我帮忙。”

困难的事情马上就发生了。三天以后，地方上的民团绑走了他 16 岁的独生子，说是要拉去补充壮丁。

李四维立刻明白了这是怎么一回事，于是立刻赶到县里去。这一次县长不见他了，叫人传话下来，只要李四维能进黄金洞，他儿子的事情好商量。

为了救自己的儿子，李四维只好去冒这个没有人敢于尝试的危险。黄金洞下面就是大江，从下面爬进去是不可能的，最后他决定从上面吊下去。

他在对准洞口的山顶上打下一根木桩，用一根几十丈长的绳子，一端系在腰上，一端捆在桩子上，然后要上面的人慢慢地把他放下去。

人在半空中悠荡着，从上面看下去，下面的长江似乎更狭窄了，江水像开水一样地在翻滚，江边拉纤的船夫就像一个个小蚂蚁一样。李四维心中明白，现在只要发生一点意外，粉身碎骨的命运就在等待着他。

绳子一寸一寸地放松，慢慢地他已经看得到洞口了。然而眼前的情景却使他倒抽了一口冷气，因为洞口附近的山岩深深地凹了进去。李四维从上面吊下来，距离洞口大约还有两丈远。绳子只能垂直地吊上吊下，但是这一段距离却是水平的。这是一段无法征服的空间。

李四维知道，如果进不了洞，他的儿子是回不来的。他镇静了一下，开始扭动身体，在空中荡起秋千来。绳子摆动着，旋转着，把他像个陀螺一样地抛来抛去。他的头昏了，两眼冒着金星，但是他还是咬紧牙关，尽力摆动身体。

绳子摆动的角度越来越大，速度也越来越快了，这时李四维才发觉，人在这种转圈圈的摆动中，简直是无法控制方向的。有一次，他几乎已经荡进洞了，然而双脚还没有着地，又给荡了回来。第二次他荡歪了，重重地碰在洞口旁边的岩石上，他只觉得左脚一阵剧痛，几乎昏了过去，可是还来不及喊一声，绳子又荡了回来。这一次很凑巧，他是正对洞口的，于是李四维下定决心，又荡了一次，这下他像箭一样地飞进了洞。他用力抱住洞壁上凸出的一块石头，胸前给擦得鲜血淋漓，不过总算站稳了身体。

这个山洞非常宽大，洞中并没有传说中的财富，地上凌乱地倒着一些人骨架，旁边有一些破碎的铜罐，周围的石壁上，有许多用红色颜料画的花纹。李四维只好在脚旁捡了一个铜罐作为进洞的证明，然后退了出来。

等到他上来以后，他才发觉自己的左腿已经摔断了，县长听说他连金银的影子也没有见到，发了一阵脾气，失望地回去了。后来他的儿子虽然放回来了，但是他却永远跛了一条腿，从此结束熬硝的生涯。所以李四维长久保留了这个铜罐，用来纪念过去的不幸。

听完这番叙述以后，陈仪不禁舒了一口气，原来巴国的秘密，全部隐藏在黄金洞中了。一个月来的辛勤劳动，总算有了结果。

“原来您是唯一的进洞的人，”他对老人说。“难怪我问了很多人，他们都不知道黄金洞的秘密。”

“不，我不是第一个进洞的人。”老人说，“洞中还有一个人，他比我先进去。”

“什么？”陈仪非常诧异，“他是一个什么样的人？怎么……”

一阵雷声打断了陈仪的话。老人沉默了一会儿，好像想起了什么可怕的事情似的。

“一个什么样的人？”老人用一种奇异的眼神看着陈仪，使他突然感到了一阵紧张。“一个死人。”老人缓慢地说。

“一个死人？什么样儿的？你看清楚了吗？”这件不可想象的事情给予陈仪极大的震惊。

“我清清楚楚地看见一个死人，一个干枯的死人，他脸朝下伏在地上。但是我没有走到他身旁去，关于这个洞的神秘的传说和眼前恐怖的景象已经吓得我魂不附体，我急忙拉动信号绳，上面的人就把我拉出来了。”

原来的问题还没有解决，现在又出现了新问题。陈仪感到在瞿塘峡连绵几十里人迹稀少的悬崖绝壁中，的确隐蔽着很多被人们所遗忘的秘密，而要澄清这一切迷雾，只有想办法进入黄金洞，才能最后解决。

夜深了，老人殷勤地为陈仪准备睡觉的地方。陈仪走到窗边，推开了窗子。暴风雨不知道在什么时候已经停止了。一轮明月从乌云的隙缝中射出了清澈的光芒，为静静的群山镀上了一层银色的光彩。

四、用鲜血写成的历史

第二天清晨，陈仪赶回了营地。当他把黄金洞的故事告诉杨传德的时候，杨传德非常激动地握住了他的手。陈仪知道，他和杨传德都已经对那个长眠在洞中的死人产生了一些联想。但是，这种不祥的想法，他们谁也没有说出来。

现在应当考虑的问题是怎样想办法进入黄金洞了。像李四维进洞那样用生命来“孤注一掷”，显然是不能采用的。杨传德亲自到黄金洞对岸去调查了几次，可是他也想不出办法来超越那几十丈高的陡岩。

一天黄昏，一只小轮船从下游开来，在代溪旁边停了下来，准备过夜。船上坐的全是修筑长江三峡水库的地质工作者，他们是在结束了三峡地区的地质勘探工作以后，回到重庆去的。这是一群热情洋溢、求知欲望很强的年轻人，一到晚上，他们都来拜访考古工作者。

在闲谈中，话题自然就转到了考古队全体人员都在焦虑的黄金洞的问题，不料地质工作者对这一带的岩洞异常熟悉。原来他们为了明了三峡地区的地质情况，选择适当的拦河坝的位置，几乎已经把这块地方所有的洞都爬遍了。由于黄金洞位置很高，他们没有进去过，但是他们知道这个洞还有另一个洞口，位于几十里路以外奉节境内的桃花乡。

这个消息使陈仪和杨传德十分欣喜。第二天早晨，杨传德立即把发掘工地的工作做了一些安排，他准备亲自到桃花乡去一趟。要深入一个长达数十里的洞中去探险，这是一桩非常艰巨、非常危险的工作，所以陈仪和考古队的全体同志都劝他不要前去。然而杨传德却坚持自己的意见。

“你们的生命和我的同样的宝贵，”他说，“作为一个队长来说，我应当去。”

只有陈仪心中明白，杨传德的坚持除了对工作的高度责任心以外，这还牵涉到他心中的一桩隐痛。27 年以前，由于他坚持要吴均随同史密斯继续探险，致使吴均遭到了不幸，一直到现在，他对于这一事故还是感到内疚。尽管 27 年的岁月已经逝去了，可是青年时代诚挚的友情，仍然在他心上深深地铭刻着。正是这种友情，驱使他决心亲自去找他朋友的下落。

经过一番争执以后，杨传德还是和陈仪一道走了。

他们到达桃花乡以后，当地政府对这件工作非常重视，特地找了很多老年人来询问情况，结果很快就查明了那个洞口是在一座名叫“水桶岭”的山中。不过这些人一知道杨传德和陈仪是想进洞去调查，大家就异口同声地劝阻起来。他们说：在过去，也有几个胆大的人想要通过这条路到黄金洞去，可是进去以后，却没有一个人出来过。一个老人特别提到：以前他听人家说过，有一个洋人和一个中国人也是进洞去探险。结果过了七八天以后，那个洋人半死不活地爬出来了，他在洞中究竟看到了什么，由于不懂他的话，谁也弄不清楚。至于那个中国人却再也没有下落。在本地，知道这个洞通黄金洞的人也很少，不过关于这个洞一些可怕的神话传说，却是人人都会讲上一两段的。

杨传德对洋人进洞这桩事非常关心，又详细询问了一番，可惜的是，当年带那个洋人进洞的向导已经在五年前死掉了，因此有关这个问题的真实情况，谁也说不清楚。

陈仪向大家解释了一下进洞的必要和意义，谢了又谢大家的关心，便动身到“水桶岭”去。

只有等杨传德和陈仪到达“水桶岭”的时候，他们才明白这个地方为什么会得到这样古怪的名称。这儿的地形非常奇特，周围群山环抱，峰峦承叠，中间凹下来成为一个深深的谷地，看起来的确像一个放在地上的大水桶。除了在西面两山之间有一条小隙缝可以进入这个谷地以外，其余的地方都是千丈绝壁，无路可通。洞口就在靠东面的石壁下。

杨传德和陈仪把周围的地形勘察好以后，便背上背囊，准备进洞。他们带了十天的干粮和电筒、绳子、照相机、小鹤嘴锄等必要用品，告别了送行的人们，于是他们的身影便消失在那黑黝黝的洞口里了。

洞中的空气是阴凉的，充满了苔藓和土石的气味。转过第一个弯以后，从洞口射来的光线便被遮断了，于是他们就陷入一片伸手不见五指的黑暗中。陈仪拧亮了电筒，在强烈的光芒照耀下，周围奇形怪状的岩石拖着长长的阴影，给人一种恐怖的感觉。一群被惊动的蝙蝠带着很响的振翼声从他们身旁掠过。无穷无尽的黑暗一直延续到深邃的远方。在黑色的帷幕后面不知道隐藏了多少危险。进洞的人如果意志不坚定的话，那确是很难保持前进勇气的。

山洞非常曲折，旅程也特别辛苦。有些地方，山洞非常宽大，如同一座大厅一样，钟乳石好像千万条华丽的璎珞从洞顶上倒悬下来，在电筒光照耀下，光彩夺目，气象万千。而在另一些地方，山洞又为坍塌下来的巨石所隔断，只剩下一条刚好能容一人爬过的缝隙。

杨传德对于在山洞中旅行是很有经验的。为了避免走入歧途或在回来时迷路，他在每一个拐弯的地方都打上了记号。每走三小时，他们便躺下来休息一次，这样，前进的速度虽然慢一些，可是却避免了身体过于疲劳，能够保留精力，应付突然的事变。

这是进洞 58 小时以后的事情了。前进的道路突然被一条深沟所切断。沟非常深，用电筒照射，对岸黑漆漆的，没法估计有多宽。沟中的水哗哗地流得很急，要越过它显然是不可能的。

杨传德和陈仪陷入了束手无策的焦急中。为了探求巴国的秘密，他们已经在前进的道路上清除了很多障碍，而现在，在这最后关头，好像命运故意和他们作对似的，通往目的地的咽喉却又被这条沟扼断了。

就在这个时候，陈仪发觉沟中的水声越来越小了，他打亮电筒一看，几乎不相信自己的眼睛，刚才湍急的流水奇迹般地消失了，眼前只是一片布满石砾的沟壑。

“太奇怪了！”他诧异地说，“我们想过沟，水就突然干了，快走吧！”

“等一会儿。”杨传德看着手上的表说，“你这样冒失会送掉性命的。”

他的声音非常沉着，陈仪只好忍耐着焦急的心情，在他身旁坐下来，耐心地等候。

夜光表在黑暗中发出磷光，秒针咔咔地走着，这几分钟真是长得难以忍受。

沟底又传来了流水声。陈仪打亮了电筒，就像他们刚来的时候一样，汹涌的流水片刻之间就涨到岸边来了。

他们又等待了一会儿，15 分钟以后，水就消失了，再过 5 分钟，水又充满了深沟。

“每一次流水的间隔刚好是 5 分钟。”杨传德说。“这次水退以后，我们就可以过去了。不过行动要快些，如果 5 分钟之内我们不能到达对岸，那么就会淹死的。”

在这样危险的环境下，杨传德举止沉着，不慌不忙，就像平日在课堂上一样。

“为什么会出现这种怪现象呢？”陈仪问道。

“这是地下的间歇泉，它每隔一定的时间喷一次水。这种现象在山洞中经常可以碰到。不过这股泉水特别大，已经成为一条真正的地下河了。过去大约有不少冒失的人在这儿丢掉了性命。这个山洞之所以披上了一层神秘的色彩，恐怕就是这个原因了。”

15 分钟以后，水又退下去了。他们一秒钟也不耽搁，立即行动起来。

陈仪先用绳子把杨传德从沟边放下去，然后自己也爬了下去。

沟底凹凸不平，布满了被水冲得溜滑的大小石头，涓涓的细流从脚底流过，走起来很不容易。他们趺趺撞撞地向对岸跑去。沟虽然不宽，却用掉了两分钟时间。

对岸是一片光滑的石壁，足足有一丈多高，怎么爬上去呢？陈仪一时丧失了主意。时间一秒一秒地过去，在他的想象中，足以席卷一切的激流已经快要冲出来了。

“不要慌！”从暗中传来了杨传德镇静的声音，“你先把我举上去吧！”

陈仪蹲下来，让杨传德踏在他的肩上，然后站直了身体。杨传德的身体晃动了几下，不过他很快就抓住了什么东西。陈仪用手抵着他的脚，尽力帮助着他。杨传德终于爬上去了，接着，他就抛下来一根绳子。

绳子是湿的，抓不紧，又没有一个可以蹬脚的地方；身上的棉衣和沉重的背囊也成了陈仪很大的负担。他吃力地一寸一寸往上移动，全身的肌肉绷得紧紧的，汗水把内衣全都湿透了。

水声响了。在这空旷黑暗的洞中，这种声音听起来就像千军万马在奔腾一样。这时陈仪已经筋疲力尽了，但是在这生死关头，他还是奋力往上挣了几把。一只有力的手抓住了他的肩膀，把他拖上去，就在这时汹涌的泉水已经淹到他的脚下了。

他们在沟边休息了很久，让自己紧张的神经松弛一下，然后继续前进。

又过了一天，洞渐渐地向高处蜿蜒，干燥的空气迎面流过来，他们的精神也振奋了不少，因为一切迹象都证明洞已经快到尽头了。

终于，从黑暗的远处传来了一点亮光。杨传德和陈仪不约而同地看了一下表，这时正是下午两点钟，也就是说，进洞已经三天了。他们加快了脚步，又往前走了几十米，光亮越来越强。最后，他们弯着腰穿过一道门户似的小洞，来到黄金洞的入口处。

这是一个巨大的、半圆形的山洞。穹形的洞顶高高地在他们头上合拢起来，被四周风化成书页形的青色岩石支撑着。在他们的对面，就是通向长江的洞口，光线从那儿射进来，这洞中被一种半明半暗的光芒所照亮。

一切都和李四维所说的相符合。地下的人骨和铜器仍然散乱地堆在那儿，所有的器皿和兵器都是巴国的遗物。特别引人注意的是石壁上密布着用赭石画成的图像。杨传德和陈仪走近一看，原来这就是巴国的象形文字。

“你看！”杨传德突然抓住了陈仪的手，指着一个角落说。

这就是李四维提到过的那个死人。死者蜷曲着俯伏在地上。由于洞中地势高，空气干燥，所以尸体没有腐烂，变得干枯了。

陈仪把尸体小心地翻过来。如果杨传德无法从死者已经变了形的脸上认出他旧日的朋友的话，那么尸体旁边的背囊——这件 27 年以前，他亲手送给他朋友的礼物——已经足以告诉他，这个人就是吴均。27 年前，他是在这儿惨死的。

“吴均，我的朋友！”杨传德用一种颤抖的声音低语着，在他的朋友的尸体旁蹲下来。在过去相处的日子里，陈仪曾经不止一次地看到过老教授的勇敢和自制力，而现在，悲哀和激动已经征服了他。他低低地抽泣着。

吴均致死的原因是很明显的。在头颅的前后，有子弹穿过的痕迹。死者的胸前压着一本已经被血迹浸成黑色的日记。陈仪小心地把它包好，保存起来。

要做的事情还很多，杨传德强抑住内心的悲痛，以他平日特有的敏捷和坚定的作风带领陈仪一起工作起来。

他们很快地记录了现场现象，摄了影，搜集了典型器物，然后专心来研究壁上的象形文字。

由于杨传德在这方面做过很多工作，所以他很快就明了它的大意。这里记载了巴国最后一段历史。作者用一种非常简洁的文字，朴素地将江州失陷以后，巴国民族的残余部分所遭遇的悲惨命运记载下来。这一段血泪交流的历史，现在读起来还是令人惊心动魄的。用现代的文字叙述出来，内容大致如下。

在那个决定巴国民族命运的晚上，王子率领了族人离开江州。这支不幸的队伍日夜兼程地向东走去。旅途的辛劳使队伍中的老弱病人一批一批地倒毙在路旁，但是在敌人追兵的威胁之下，他们只好踏着自己亲人的血迹前进。最后，他们来到了一个大山脚下，周围都是无法攀登的悬崖绝壁，现在唯一的出路就是一个山洞了。这时情况已经万分危急，人们已经听到敌人追兵的喧嚣声了。为了不致受到敌人的屠杀，王子抱着这个山洞能通向自由天地的最后希望，率领队伍进入了山洞。他高举火把，走在最前面。

接着就是几天可怕的旅程，由于饥饿和疲惫，人们大量地死亡了，尸体布满了山洞的通道。然而一支不灭的火炬仍然在闪烁着，指引队伍坚定地前进。

他们走到头了。前面出现了亮光，所有还活着的人都以为自己已经得救了，然而更大的失望在等待着他们。因为这个洞口位于长江旁边的绝壁上，任何人都无法从这里走出去。

王子知道，对他和他的残余臣民来说，死亡已经无法避免了。在临死之前，他叫人将他们整个民族的遭遇写在石壁上，使后人能知道他们的不幸。

而现在，当2200余年的岁月逝去以后，这些字迹又重新在幽暗的洞里闪烁着光芒，向人们倾诉了22个世纪以前发生的一桩悲剧。

五、罪行

巴国历史的谜已经解决了，然而史密斯的谜却还没有解决。现在已经可以肯定，1932年，他和吴均从桃花乡的洞口进入了黄金洞，在那儿吴均就被人开枪打死了。吴均是怎样死的？为什么有人要害死他？凶手是不是史密斯？要解答这一问题，吴均留下来的日记显然是最后的线索了。

回到营地以后，杨传德和陈仪立即动手检查这本日记。但是由于27年时光的侵蚀，由于它曾经被血渍所沾污，所以纸张已经破碎得很厉害，尤其是关键性的最后几页，连一点字迹也看不出来了。于是杨传德只好把它寄回成都去，请博物馆专门修整古代字画的专家进行修复。

1960年1月，考古队在巫山代溪结束了第一阶段的工作，回到了成都。

这时杨传德才接到一个通知，原来博物馆的专家通过一些特殊的方法，已经使日记上的字迹重现出来，并且将最后几页的内容完整地抄下来了。

一月里一个寒冷的晚上，陈仪赶到博物馆，拿回了这份抄本。杨传德在自己的书屋中和他一道阅读了这段文字。于是在瞿塘峡中隐蔽了27年之久的一团迷雾，也最后在他们面前澄清了。

下面就是吴均日记的有关部分。

1932年6月3日

我们来到桃花乡已经两天了，周围没有发现史前文化的遗迹。但是关于此间一个深不可测的古洞的传说却引起了我们的注意。史密斯和我都决定进去调查一次……

6月5日

进洞已经24小时了。黑暗的山洞、艰苦的生活使史密斯的神经过敏起来，他唯恐自己遭遇到什么危险，只是由于我的坚持，探险工作才得以继续下去。

6月6日

今天史密斯犯了一个不可原谅的错误。在渡过一处间歇泉时，由于水来得突然，他惊慌失措地将自己的背囊丢在水中了。这里面装有足够我们两人吃五天的食物。现在除了我身边还有一小包食物外，我们已遭遇了绝粮的危险。在这种情况下，史密斯好像被未来的命运吓昏了，他不停地哭泣、呼号，抱怨我不该拖他来送死。这真是使我心烦意乱。在这个人平日彬彬有礼的外貌下，怎么会有这样卑劣的灵魂？择友不慎，这是我和杨传德都应引以为憾的。

退回去大约还需要三天时间，而我们的粮食是不够的。有气流迎面吹来，这证明前面一定有洞口。我们决定继续前进。

6月7日

又是一天了，在这24小时中，威胁着我的不是饥饿——为了安慰史密斯，我让他吃了些食物，我自己没有吃什么东西——而是史密斯。他一边走，一边焦躁地怨天尤人，把一切责任都推到我身上。为了消除恐惧和发泄怨气，他把一切粗话都骂出来了。在他看来，他是个白人，是未来百万家财的继承人，他是不能冒什么风险的；而我，一个中国人，一个穷人，碰上了什么倒霉事也是活该。我之所以要在电筒的微光中把这些记下来，是因为现在他虽已不可理喻，但是将来，他是应该向我道歉的。

6月8日

我们走到洞口了。但是这个洞口面临长江，下距江面一百多丈。我们无法从这里走出去，甚至也无法向人们呼救。我们已经面临着严重的考验了。但是洞里却有一个古代民族留下来的丰富的遗物，这真是不可思议的事！我应当很好地把这些事记录下来。这样，即使我走不出这个古洞，只要有人发现了我的日记，那么他们仍然可以发现这个秘密。只是史密斯的绝望的疯狂很令人担心，妨碍我的思考。

这个洞内的情况是这样的……

吴均的日记在这儿终断了。

但是以后发生的事也就可以想象出来：史密斯知道吴均还有一包食物，可以供一个人勉强支持几天，而两个人在一起，却有饿死的危险。尤其重要的是，他是以自己的心理来揣测吴均的，他以为在这生死关头，吴均一定会丢弃他而自己逃命，所以他就下了狠心，趁吴均低头记录的时候，从后面开枪打死了他。枪声在寂静的洞里引起了可怕的回响，这个杀人的凶手在心慌意乱的情况下，只来得及抢走了那包食物，并且随手从地上捡了一柄青铜剑，而忽略了压在吴均胸前的日记和他身边的背囊。史密斯出洞以后，就按照习惯替那柄剑编了 W.C.Y.1050 的号码，然而为了掩饰自己杀人的痕迹，他在以后的报告中没有敢提有关这柄剑的事。26 年以后，当他写作《中国西部的远古文明》一书的时候，虽然用了这柄剑的照片，但是仍然没有提到发现的地点。如果不是剑上的号码泄露了这个秘密，那么他的目的也许真的达到了。

在看完这几段日记以后，房间里一片沉默。杨传德从桌上拿起一支香烟，然而没有点火，又把它捏碎了。

“多么阴险的凶手！”他愤怒地说，“吴均就是他亲手谋杀的，但是他还假惺惺地在书前题词纪念吴均。真是卑鄙透顶了！”

“史密斯这样做还有另外一个原因，他是企图抬高这本书的身价。”

陈仪说，“书前的题词实际上是告诉读者，本书的资料来得不容易，有一个中国的考古学家曾经为此牺牲了生命，这对书的销路是有帮助的。”陈仪站起身来，他的两眼炯炯发光，声音中充满了义愤，“近百年来，由于我们落后，受的帝国主义的欺凌是数不胜数的，我们不能忘记这些耻辱，永远也不能忘记！”

后　记

“这个故事是真正发生过的事实吗？”在看完这本书以后，每一个读者对于这个问题一定会发生兴趣的。我想在这里告诉大家，这个故事的某些情节虽然是虚构的，但确实都有一定的事实作为根据。

大约在公元前 4 世纪时，四川东部的确有巴族人民所建立的一个巴国在历史上存在过。这是一个勇敢善战的少数民族，他们的生活情况大致和故事中描写的相同。但是自从公元前 316 年巴国被秦国灭掉以后，它的历史就终断了。从此以后，除了一部分巴人仍旧留在原来的国土上逐渐和中原传来的文化同化以外，另外也可能有一部分人退到了西南的山区，在几千年的民族迁徙和融合中改变并发展了自己固有的文化。因此，巴族历史的后半部，至今对我们还是一个谜。虽然目前我们已经在西南的某些少数民族文化中发现了巴人文化的痕迹，但是要彻底解决这个问题，还需要以后作出更大的努力。

小说中谈到的“黄金洞”，也是实际存在的。这个洞距奉节县城约 10 华里，位于瞿塘峡右岸的绝壁上，一个眼力敏锐的人不难从过往的轮船上看到它。1958 年，曾经有一个勇敢的老人用绳子吊进洞里，在里面发现了一些古代人的墓葬。从他带出来的一柄青铜剑看来，这应该是巴人留下的遗迹。因此，彻底研究这一地区巴人文化的分布，对于解决巴人的历史问题，的确是一条重要的线索。遗憾的是这个洞实在太高了，考古工作人员无法进去，因此，这个问题也只有留待将来解决。至于文中说到的那个通道，则是作者根据山区常见的现象设想出来的。

关于华西探险队的活动，关于史密斯和吴均的故事，这也是在集中了很多事实的基础上写成的。解放以前，很多帝国主义国家都组织过种种“考察团”“探险队”到中国来活动。其中有一些是以研究科学为名，借此在中国偷盗文物，搞文化侵略。小说中所描写的事实，不过是这一历史的客观反映而已。

那么杨传德教授呢？年轻的陈仪呢？这些优秀的新中国的考古学家也是真实的人物吗？是的，他们全是真实的人物，他们就生活在我们周围。

在风沙弥漫的大沙漠中，在长江两岸的悬崖绝壁上，到处都留下过他们的脚印。为了使祖国悠久的历史重现光辉，为了保存祖国最珍贵的文化遗产，他们正在进行着豪迈的、艰苦的劳动。

亲爱的少年朋友们，这本书在你们面前展开了一种新鲜的事业——新中国的考古事业。这项工作需要的是智慧、勇敢、坚毅和对祖国、对民族的无限热爱。它犹如一块肥沃的土地，等待着大量的勤劳的园丁去开垦。如果这本小书能使你们对这门科学增加一点了解，从而为祖国的文物考古事业增加一批热心的支持者，那就是我最大的快乐了。

——《古峡迷雾》，少年儿童出版社，1960 年

科学与文学水乳交融
——《古峡迷雾》赏析

◎ 赵海虹

童恩正是新中国第一代科幻小说作家，也是“文革”后中国科幻大发展时期最重要的科幻作家之一。他的小说科学态度严谨，技术细节逼真；文字优美流畅，人物深刻鲜明，情节跌宕起伏、悬念丛生；将科学与文学和谐地融为一体，充分发挥普及“科学的人生观”的作用。在小说选材上，他有意识地探索科幻民族化的道路，在特殊性中寻找普遍性，让这种源于西方的特殊题材与中国的社会、历史、现实生活融为一体，使科幻小说在中国落地生根，茁壮成长。

一、童恩正早期科幻创作

在中国科幻小说并不太漫长的发展史上，20 世纪五六十年代成长起来的作者处于承前启后的重要阶段。新中国的建立使科幻小说获得了新生，它逐渐成长为一种独特的文学体裁，受到了广大读者的欢迎，影响了千千万万的小读者。这一时期的科幻小说“具有儿童科学文艺的典型特征”。[1]

童恩正是新中国以“科幻小说”知名的第一代创作者之一，这批作者都成名于 20 世纪五六十年代的新中国，在国家和民族经历重大浩劫和精神磨难的时期，一度辍笔，又在四个现代化推动国家新发展后重放光芒；并都曾在

童恩正

1983 年后的批判“精神污染”时期基本停止创作①。可以说，他们的科幻创作生涯最为多舛，也最令人慨叹。

这一代的核心科幻作家都有科学专业背景，童恩正的考古、郑文光的天文和刘兴诗的地质学……都成为他们小说创作的强大理论支撑，令他们的小说具有严谨的科学性和科普性，为一代青少年读者热爱科学、投身四个现代化建设做出了贡献。在中国科幻小说逐渐成熟的时期，社会上关于小说的分类到底应当姓“科”还是姓“文”有过不少的争论。童恩正以他舒展自如的语言、生动的文学性描述、富于神秘美感和民族性的大量科学文艺作品，印证了他“科幻小说属于文艺”的创作观，因此他也被称为“重文学流派”科幻作家的代表。

1. 童恩正生平概述

童恩正，1935 年 8 月 7 日生于江西庐山（彼时其父母旅居于此），祖籍湖南宁乡，著名考古学家，科幻作家，四川大学教授，美国匹兹堡大学客座教授，曾任中国科普创作协会科学文艺委员会主任委员等职。父亲童凯教授毕业于哈佛大学电机系，母亲曹曼殊也受过大学教育，家庭的文化氛围浓厚。“一·二八事变”后，童恩正一家人离开上海，向大后方逃难。童恩正后来在《我的经历》中追述自己的童年，不无遗憾地谈到，他的童年“除了颠沛流离，再也没有其他的回忆”；他没有读过一本“儿童读物”，因此他后来尽力想为少年儿童们写点东西，使他们获得更多科学文化知识和阅读的乐趣，不能不说是和他自己（也是他们那整整一代人）不幸的童年有关的。[2]

儿时的童恩正在私塾学习古文，为他打下了良好的古典文学基础。中学因病修养期间，他爱上了文学，并开始尝试写作。1956 年，他随父迁到四川，

① 将科学文艺作为“精神污染”来批判时，并非每位科幻作家都受到波及，但由于整体出版环境受到影响，许多著名科幻作家在这个时期基本都停止了创作，他们中的一些人如刘兴诗后来重新提笔，童恩正也于 20 世纪 80 年代末再度发表科幻作品。

考入四川大学历史系。大学时代的童恩正兴趣广泛，专业之外，他对自然科学也很感兴趣，地质、生物、天文、物理、电子技术，无不涉猎，广采博收，这对他后来创作科幻小说打下了良好的科学基础。与此同时，他开始正式发表小说，1959 年创作的科幻处女作《五万年以前的客人》（后发表于《少年文艺》1960 年第 3 期）出手不凡，引起了《少年文艺》杂志的编辑洪汛涛的注意，洪汛涛热情地鼓励这位年轻大学生继续从事科幻小说的创作。

1960 年，童恩正的短篇小说《古峡迷雾》由上海少年儿童出版社出版，受到青少年读者的广泛好评，而它也成了童恩正与电影界发生接触的媒介，很快，他受邀将小说改编成电影剧本，并在大学毕业后前往峨眉电影制片厂报到，担任编剧工作。1962 年，四川大学将他召回学校，担任冯汉骥教授的科研助手。工作之余，童恩正创作了《失去的记忆》《电子大脑的奇迹》《失踪的机器人》等科幻小说，大部分发表在《少年文艺》上。科幻短篇《珊瑚岛上的死光》初稿也在这个时期完成。

2. 童恩正创作的第一阶段：起步与突破

20 世纪五六十年代萌生的新中国科幻是在国家“向科学进军”“从青少年抓起”的口号下发展起来的，从一开始就具有强烈的科普性和儿童文学性，这一时期的科幻作品中大多是“儿童科幻故事”，而非严格意义上的小说。因此，当代评论者应以包容的眼光来看待这批早期作品，因为它们的产生与当时的政治形势和时代特点紧密结合在一起，充分体现了文艺为社会服务，科幻为科普服务的特点①。

童恩正的科幻处女作《五万年以前的客人》囊括了他后期科幻中常见的元素：与考古相关的科学背景、悬疑且略带恐怖的气氛、探险考察的具体情节。

小说第一幕始于公元 1645 年的夏夜，一片亚热带丛林中，野兽忽然开始躁动不安，随后一个巨大的火球坠落，发生了剧烈的爆炸……而京城史官的记载“顺治二年五月，有巨星自东陨落于粤。红光驻地，声如雷鸣……”[3]（《五万年以前的客人》）为小说增添了独特的神秘色彩和极具真实感的历史氛

① 此段关于 20 世纪五六十年代科幻创作的大背景的解释来自笔者 2012 年 8 月 2 日电话采访刘兴诗老师的记录，是亲历那个时代的创作者的体会。

围。随后故事跃进至20世纪60年代，男孩郭小林在参加夏令营时，因指南针受神秘磁场干扰迷失方向，在森林的黑色沼泽中发现一块浮在泥水上的奇石。科学院教授考察现场后研究得出这样的解释：奇石的材质是一种奇特的地外合金，来自于1645年坠落的陨石——火星生命在五万年前制造的火箭，在航程中，火箭由于故障被吸引到近地轨道，成了围绕地球的"人造卫星"，也就是两千年前的古中国就开始观测到的"太乙"星。在1645年地球遭遇流星雨时，"太乙"星受到流星雨冲击，脱离了轨道，坠落地球。其中一块碎片被郭小林发现。如能发现火箭的整体，将会帮助人类掌握星际间航行的火箭技术。

《五万年以前的客人》是典型的少儿科幻作品，语言简洁，描述生动，还刻意选择了小学生郭小林作为解谜的关键人物，无形中增加了儿童读者的亲切感。小说前半段以神秘而悬疑的情节取胜，后半段则以大量篇幅交代科学院的考察程序，比较模式化；最后的大段科学推论则显得过于冗长。这一时期的科幻小说，尤其是短篇科幻小说，都很难克服这样的大段解说结构。但本篇中的讲解在科幻点的设置上却有一波三折、推陈出新之妙：将古代中国的星相记录与象征未来的宇宙科学、星际航行这一古一新、看似完全不相关的科学领域有机结合起来，将坚实的史实与轻盈的幻想无缝对接。这种跨越式的幻想小说标志着童恩正在创作之初就站在一个很高的起点上。在他日后的创作中，《石笋行》也延续了同一种跨越，并达到了很高的艺术水平。

进入科幻领域的童恩正出手不凡，引起了编辑和广大读者的强烈关注，他再接再厉推出一系列科幻短篇作品。其中，《电子大脑的奇迹》《失踪的机器人》都是情节相对简单、涉及科技比较浅显、科普性超过文学性的"科普型科幻"。

1960年，童恩正以考古科学为题材的小说《古峡迷雾》在少儿出版社出版，小说以中国西南的神秘民族巴族湮没在历史尘埃中的谜作为引子，结合20世纪30年代国难未已、人祸不断的旧中国，以及帝国主义打着考古的幌子进行文物盗窃的特殊背景，展开了一幕幕精彩纷呈的考古科学幻想故事。小说结构精巧，情节扑朔迷离，人物性格鲜明，语言各有特色，第一次将塑造人物作为小说创作的重要目的。而本文也标志着中国科幻突破儿童科幻故事的萌芽阶段，向真正的科学文艺作品发展。可惜的是，1966 年席卷全国的政治灾难使得这个发展的阶段停滞了至少十年。

二、中国科幻初创期①的文学突破：《古峡迷雾》赏析

童恩正的名作《古峡迷雾》首版发表于 1960 年，约两万字。小说的灵感始于 1959 年夏天，那时，童恩正在冯汉骥教授的指导下，开始对考古学发生了兴趣，他和同学利用暑期实习，到四川忠县和巫山大溪参加了两次新石器时代墓葬的发掘。大溪遗址位于瞿塘峡口，“那阴森的古峡，湍急的江流，使人对大自然产生了一种原始的敬畏。”[4]这段经历催生了小说《古峡迷雾》。

故事始于 20 世纪 30 年代，在重庆某中学教书的考古学者吴均和杨传德，为了发掘战国时代的巴国湮灭的历史，参加了美国人史密斯组织的华西考察队。在忠县地区考察时，杨传德因病离队，吴均出于对考古的热爱与保护祖国文物的职责继续考察。此后，考察队活动不明，吴均也神秘失踪。新中国成立后，杨传德从国外出版的史密斯的专著上看到一张虎族青铜剑的照片，从中发现重要的线索。他与年轻的考古工作者陈仪一起，历经艰苦的探险考察，在长江绝壁的黄金洞里揭开了巴国湮灭的秘密，同时找到了被史密斯杀害的吴均的遗体与日记，揭露了史密斯以科学考察为幌子大肆盗窃文物的罪行。

《古峡迷雾》以一把青铜剑为线索，串起一个悬念起伏的惊险故事。小说中塑造了生动的人物群像：热情好学的考古系学生陈仪、贪婪自私的文物贩子史密斯、勇敢坚毅的考古学者杨传德、善良执着的吴均……他们不再是单纯的为科学原理和技术发明代言的作者传声筒，而是鲜活生动的人物。当然，这些人物的性格还比较单一，基本属于扁形人物，但这符合《古峡迷雾》的小说特点。因为“考古探险”与“谋杀案解谜”这样悬念式的情节组成了强大的小说基轴，这时“扁平人物”更加符合创作表达的需要[5]。

小说在叙述手法上也很有特色，以公元前 316 年，巴国首都陷落前夜，

---

① 将中国科幻历史分为萌芽期（1900—1949 年）、初创期（1949—1966 年）、空白期（1966—1976 年）和发展期（1976 年至今），是借用叶永烈的观点。按此观点，童恩正创作《古峡迷雾》首版时处于初创期。

国王命令王子率领遗族突围的情景开场；然后时间跳进至20世纪50年代末，西南大学的考古学者杨传德发现国外发表的巴国青铜剑照片，从中得到失踪的好友吴均的重要线索；之后，通过杨传德对学生陈仪的讲述追溯了1932年华西考察队的旧事；下一步，杨传德带着学生展开对三峡黄金洞的考察，发现了吴均的遗体和日记，而第一人称的日记又巧妙地填补了二十多年前的历史空白……小说在多重时空之间的跳转与倒错增加了叙述的丰富性和立体性，使读者产生亦幻亦真的阅读感受，增强了小说的感染力和阅读效果。

小说中描绘了“高江急峡雷霆斗，古木苍藤日月昏”的三峡风光，尤其是“进入黄金洞”这一段惊心动魄的探险遭遇，融合悬念重重、扣人心弦的故事情节和神秘的巴国历史，使得不少青年读者因阅读此文而对考古学家浪漫、冒险而艰辛的生活心生向往。在小说末尾，童恩正还加上了近千字的后记，以小说故事为引，鼓励青少年投身考古事业，“影响了一代青年学子”[6]。

在小说首版问世的年代，中国科幻小说还处于新中国成立后的“科普化”时期，科幻小说作为普及科学知识的工具，在情节、人物塑造上都比较单薄。《古峡迷雾》打破了科普型科幻的桎梏，开始了科幻文学化的重要尝试，因此得到“在中国科幻小说作家当中，童恩正的作品最具文学性”的赞誉（叶永烈引王扶语[7]），被誉为中国第一部真正的科幻“小说”[8]。

1978年，中国科幻在“文革”十年的停滞后逐渐复苏，童恩正对科幻小说的创作也有了更加明确的认识，他对《古峡迷雾》首版进行了改编和扩充，从主题、人物到情节，都做了大量调整。最主要的是将帝国主义在考古领域内进行的文化侵略，由单纯的盗窃文物升格为“以科学考察和学术研究为幌子、进行侵略正当性的辩护”这样意识形态的高度，这是有严谨科学依据的。童恩正把自己的考古专业成果与科幻创作相结合，与社会学、历史学、政治学紧密结合起来，某种程度上“使科幻小说成为自己科研工作的延续”①，使科幻故事中的核心科学具有了真正的深度。

① 刘兴诗认为：作为科研工作者创作科幻小说，可以将小说作为自己科研的延续。引自笔者2012年8月2日电话采访刘兴诗老师的记录。

长篇版[9]中，吴均和杨传德加入考察队，是为了打破日本《帝国杂志》发表的《论东北亚民族对中国西南地区的开发》的观点。此文章认为，中国春秋战国时的巴国，是由东北亚的奚莫族建立，由库页岛进入满洲后，其中一支南下而到达中国的西南地区。而这种结论是轻率建立在巴国与日本奚莫族都崇拜老虎这样单一的共同点上。吴均和杨传德认为，为了弄清巴国后代的真相，应对巴国的起源提出正面的看法，才能彻底反击日本侵略者的观点。三年后，两人加入了美国人史密斯的华西考察队，在考察中找到不少虎族（巴族祖先）的珍贵文物，但史密斯却勾结腐败的国民党官员，盗窃了这批文物。在杨传德愤而离队后，吴均一方面对史密斯的学术操守存有幻想，另一方面则因为自己在合同上签了名，要讲信义，选择继续考察。

长篇小说发展到此处，对杨传德和吴均的性格塑造逐步丰满。在之前的考察中，作者着力展现了两人的共同点：对科学的真诚信仰，对祖国的热爱、对劳苦大众的同情与关怀。此处则通过两人对同一事件的不同反应，对比、丰富各自的性格。杨传德疾恶如仇、敏锐机警、刚正不阿，正是他性格中的刚烈让他一旦发现蛛丝马迹就拒绝再与盗窃者合作；而吴均善良、天真，书生气十足，在事情真相大白前，他尽量选择相信别人。对照他在真相大白后为了保护祖国的文物，勇敢地和史密斯斗争的性格发展，吴均成为本书中塑造得最成功的人物。此后长篇的情节基本沿用了首版的路数，为了丰富情节，增加了吴琳、田部长等正面角色；同时为了增加小说的悬念，添入了考察队翻译刘大卫——一个有一定隐蔽性的反面角色，为黄金洞的探险增加了许多变数，使小说后半部分更加惊心动魄。

令人遗憾的是，《古峡迷雾》1978 年出版的改写本产生于一个特殊的年代，当时社会意识形态还有偏差，小说中“阶级斗争”（1960 年版本中没有出现这个概念）的思想依然存在，“阶级敌人”的形象带有一定的脸谱化特色。童恩正倡导要以科幻小说普及科学的人生观，因此力图紧密结合时代。但小说反映社会的努力，恰恰成为时过境迁、整体社会意识形态被抛弃后，读者在阅读时遭遇的障碍——这大约也是许多读者与评论者更喜爱 1960 年版本的原因。今天的读者和学人在比较 1960 年版与 1978 年版时，应当充分考虑到这次改编是童恩正拒绝科幻肤浅化，力图以科幻表现和普及科学人生观，因此深入意识形态，努力结合政治哲学的尝试，其中深厚的诚意令人感动。

参考文献

[1] 邱江挥．试论中国科幻小说的发展［J］．安徽大学学报：哲学社会科学版，1982（2）：81–86．

[2] 童恩正．我的经历［C］// 浙江师范学院中文系编．我与儿童文学，浙江师范学院中文系，1980．

[3] 童恩正．五万年以前的客人［M］．贵阳：贵州大学出版社，2010：1–13．

[4] 童恩正．创作科幻小说的体会［C］//《地质报》编辑部．科普作家谈创作．北京：地质出版社，1980：158–167．

[5] 李洁非．小说学引论［M］．南宁：广西教育出版社，1995：202．

[6] 范勇．童恩正小传［J］．农业考古，1997（3）：284–286．

[7] 叶永烈．童恩正和珊瑚岛上的死光［J］．世界科幻博览，2005（8）：8–9．

[8] 刘兴诗．悼吾友——《西游新记》代序［M］// 童恩正．西游新记．贵阳：贵州大学出版社，2010．

[9] 童恩正．古峡迷雾［M］．上海：少年儿童出版社，1978．

布克的奇遇

◎ 肖建亨

整个故事，是从布克——我们邻居李老的一只狼狗——神秘的失踪，然后又安然无恙地回来开始的。

不过，问题并不是在布克的失踪和突然出现上，而是在这里：有两位住在延河路的大学生，曾亲眼看见布克被汽车压死了，而现在，隔了 3 个多月，布克居然又活着回来了！

被汽车压死了的狗怎么会活转来的呢？……嗯，还是让我从头说起吧！

布克原是一只转了好几个主人的纯种狼狗。它最后被送到马戏团里去的时候，早已过了适合训练的年龄。马戏团的驯兽员拒绝再训练它，因为它在几个主人的手里转来转去的时候，已经养成了许多难改的坏习惯。

我们的邻居李老，就是那个马戏团里的小丑。他不但是个出色的喜剧演员，也是一个心地善良的老人。他听说马戏团决定把布克送走，就提出了一个要求：给他一年时间，他或许能把布克教好。

这样，布克才成了我们四号院子——这个亲密大家庭中的一分子。实际上，这是一只非常聪明和伶俐的狼狗。在老演员细心的训练之下，布克很快地就改去了它的坏习惯，学会了许多复杂的节目。一年快结束的时候，马戏团里除掉那个固执的驯兽员之外，大家都认为不久就可以让布克正式演出了。

然而，正当布克要登台演出的前夕，不幸的事件发生了。4 月 3 日那天晚上，布克没有回家。大家等了整整3天，依旧不见它的影子。

3天下来，老演员明显地消瘦了。我们院子里的人都知道这是为什么，可又都无可奈何。说真的，我们还从来没见过哪一个人能像李老这样爱护这只狗的。

星期天一到，我就发动了院子里所有的人，到处去寻找布克。我这样做，不只是为了老演员一个人，有一大半，也是为了我那个可爱的小女儿小惠。小惠自从5岁那一年把腿跌断了，就一直躺在床上。我上工厂去的时候，虽然有不少阿姨和小朋友来照顾她，可是失去了一条腿的孩子，生活总是比较单调的。自从老演员搬到我们四号来以后，情形就好了不少。老演员、布克和小惠立刻成了好朋友。有了布克，小惠的生活也变得愉快得多了，甚至还胖了起来。可是现在……为了不叫老演员更加伤心，我简直不敢告诉他：小惠为了布克，已经悄悄哭了3天了。

那天，正好送牛奶的老王和邮递员小朱都休息。大家分头跑了一个上午，还是小朱神通广大，他打听到：在4月3日那天，就在延河路的西头，有一只狼狗被汽车压死了。这只狼狗正是布克。据两个大学生说，他们亲眼看见载着水泥的十轮大卡车，在布克身上横着压了过去。布克当场就死去了。这件事发生的时候，他们正好在旁边。不过，当他们给公安局打完电话回来后，布克的尸体却失踪了！

看来悲剧是已成事实。然而，布克尸体的神秘失踪，却使这个心地善良的老演员产生了一线希望：也许，布克并没有死，有一天，它也许还会回来的吧！

真假布克

事情的确并没有就此结束。隔了3个多月，有一天，我下班回家，刚走到家门口，就听见小惠和老演员的笑声。在这笑声中，还夹着一声声快活的狗吠。

“李老一定又弄到一只狗了。”我这样想着。可是一走进屋里，我简直不敢相信自己的眼睛了：这竟然是布克！

“你瞧！你瞧！”老演员一见我就嚷开了，“我说一定是哪位好心人把布克救活了。你瞧，现在它可回来了。”

布克还认得我，看见我就亲热地走过来，向我摇着尾巴。老演员的一切训练，它也还记得；而且，连小惠教给它的一些小把戏，也没有忘记。当场它还为我们表演了几套。

布克的归来，的确成了我们四号院子这个大家庭的一件大喜事。那天晚上，大家都来向老演员和小惠道贺。可是，到了第二天，我发觉这里面有些不对头的地方。我突然觉得，布克多少是和从前有些两样了。起先我只是模模糊糊地觉得这样，可是仔细地想了一下后，我就发现原来是布克的毛色和从前不同了。我的记忆力一向很好，我记得布克的毛原是棕黑色的，现在除了脑袋上的毛色还和从前一样，身上的毛色却比从前浅了一些。我把布克拉到跟前一看，发现它的颈根有一圈不太容易看出来的疤痕，疤痕的两边毛色截然不同。两个大学生曾经一口咬定说：布克的身体是被卡车压坏了。我一想起他们的话不由地产生了一个叫我自己也不敢相信的念头：布克的身体一定不是原来的了！

我是一个有科学知识的工人，从来就不迷信。但是眼前的事实，却只有《聊斋志异》上才有！

我越是注意观察布克，就越相信我的结论是正确的。不过，我还不敢把这个奇怪的念头向李老他们讲出来。直到布克回来的第三天早晨，这件事情终于被老演员发觉了。

这是一个天气美好的星期天。我把小惠抱到院子里看老演员替布克洗澡。我站在窗子跟前，正打着主意，是不是要把我的发现向李老讲出来。忽然，老演员慌慌张张地朝我跑来。他像被什么吓着了似的，上气不接下气地对我喊道：

“这不是布克！啊，这不是布克！”

“瞎说！”我故意这样答道。

“不不不，我绝对不会弄错！”老演员还是非常激动。“布克的肚子下面有一块白色的毛；它的爪子也不是这样的！我记得，它的左前爪有两个脚趾是没有指甲的。可是现在，你瞧，白色的毛不见了，指甲也有了，身上的毛色也变浅了！”

布克的第一次演出

我和李老都没有把这件事向大家讲出来。因为讲出来，谁也不会相信我们的，只会引起别人对我们的嘲笑。

布克演出的一天终于来到了。四号院子里的人，能去马戏场的都去了。但是在所有的人当中，恐怕不会再有比老演员、小惠和我更加激动的了。临到上台之前，老演员忽然把我叫到后台去。他的脸色很难看。老演员指着布克对我说：

“你看看，布克怎样了？”

布克的精神看起来的确不大好。它好像突然害了什么病似的。然而那天布克的演出，还是尽了职的。这是老演员精心排练的一个节目：他突然变成了一个宇宙航行家，带着一只狗去月球航行，结果由于月球上重力比地球上小得多，闹了不少笑话。观众们非常欢喜这个新颖的节目。老演员和布克出来谢了好几次幕。布克演出的成功，使老演员非常的激动。在最后一次谢幕的时候，他忽然一下子跨过绳圈，把小惠也抱到池子中心去了。在观众的惊奇和欢呼声之下，小惠叫布克表演了几套她教它的小把戏。

布克立刻成了一个受人欢迎的演员。可是，到了演出的第三天，突然又发生了一件新的事故：布克的左后腿突然跛了，演出只好停止。第二天，事情又有了新的发展。

那是星期六的下午，我和老演员把小惠抱到对面公园的大树下，让布克陪着她玩，然后各自去上班了。没想到我从工厂回来，却看见小惠一个人坐在那儿抽抽噎噎地哭。原来我们走后不久，就来了一个陌生人。他好像认得布克似的，问了小惠许多问题。最后他对小惠说，这只狗是从他们实验室里跑出来的。他终于说服了小惠，留下了一张条子，把布克带走了。可是布克一走，小惠又后悔起来，急得哭了。

我打开那张便条的时候，老演员正好从马戏团里回来。那张便条上这样写道：

> 同志：我决定把这只狼狗牵走了。从您的孩子的口中听来，我觉得其中一定有许多误会。由于这只狼狗跟一个重要的试验有关，所以我不能等您回来当面解释，就把它带走了。如果您有空的话，希望您能到延河东路第一医学院附属研究所第七实验室来面谈一次。

一听到实验室和医院这几个字，老演员、小惠都急坏了。

“爸爸！布克病了吗？爸爸！布克病了吗？”小惠抓住我的手，着急地问。老演员呢，只是喃喃地说：

“啊，可怜的布克！我们这就去！我们这就去！”

没有身体的狗头

在第七实验室里将会遇到些什么，我们原是没有一点儿准备的。现在回忆起来固然好笑，可是在当时，我们真为布克担了许多心。

研究室比我们想象的要大很多，这差不多是一幢大厦了。我们在主任办公室等了半个多钟头。秘书告诉我们说，主任正在动手术。李老等不及了，拉着我要上手术室去找他。我们刚走出房门，就发觉我们走错了路，走到一间实验室来了。我正想退出去，老演员忽然惊呼了一声。随着他的指点，实验室里的一些景象，也不由得把我“钉”在地板上了。

在这间明亮和宽敞的实验室的四旁，放着一只只大小不同的仪器似的大铁柜。铁柜上部都镶着玻璃，里面亮着淡蓝色的灯光。透过玻璃，我们看到里面有一些没有身体的猴头和狗头，在向我们龇牙咧嘴地做着怪脸。当我们走近的时候，有一只大耳朵的猎狗的狗头，甚至还向我们吠叫起来，可是没有声音。

这些惊人的景象，叫我记起了一年多以前在报纸上看到过的一则轰动一时的消息：苏州的一些医学工作者进行了一些大胆的试验，他们使一些切掉了身躯的狗头复活了。他们还把切下来的狗头和另一只狗的身体接了起来，并且让这些拼凑起来的狗活了一个时期。他们还进行了另外一些大胆的试验：

换掉了狗的心脏、肺、肾脏、腿或者别的一些组织和器官。以后，我在一次科学知识普及报告会上，进一步地了解了这件工作的意义。原来医学工作者做这一系列试验，是为了解决医疗上的一个重大的问题——给人体进行“器官移植”。因为一个人常常因为身体上的某一个器官损坏而死亡。如果能把这个损坏的器官取下来，换上一个健全的，那么本来注定要死亡的人，就可以继续活下去，就可以继续为社会主义建设事业贡献出更多的力量。显然，这些试验如果能够获得成功，不但能挽救千千万万病人的生命，而且也能普遍地延长人类的寿命。

生与死的搏斗

我们终于在手术室的门口找到了第七实验室的主任——姚良教授。他是一个胖胖的、个子不高而精力充沛的中年人。用不着几分钟，我们就弄清楚了许多原先不清楚的事情。

正和我们所猜测的一样，第七实验室在进行着器官移植的研究工作。布克那天的确是被卡车轧死了。那天，实验室的工作人员被派到郊区去抢救一个心脏受了伤的病人，他们的出诊车在回来的路上，正巧碰上了这件事故。从时间来推测，布克的心脏虽然已经停止跳动，血液已经停止循环，可是它的大脑还没有真正死亡。只要把一种特别的营养液——一种人造血——重新输进大脑，那么，布克还可能活过来。

出诊车上正好带着一套“人工心肺机”。实验室的工作人员毫不迟疑地把布克抬到车上。他们知道：在这种情况下进行紧急抢救，比在研究所里做试验的意义还重大得多。因为在大城市里，许多车祸引起的死亡，就是由于伤员在送到医院去的途中耽搁的时间过长了。

工作人员估计得一点不错：布克接上了人工心肺机才 5 分钟，就醒了过来。然而，布克的内脏损伤得太厉害，肝脏、脾脏和心肺，几乎全压烂了。这些器官已经无法修复，当然也不可能全部把它们一一调换下来。最后，专家们就决定进行唯一可以使布克复活的手术，把布克的整个身体都换掉……

“可是，”听了姚主任的解释，我突然记起了去年在那次报告会上听来的一个问题，“姚主任，器官移植不是一直受着什么……什么‘异性蛋白质’这个问题的阻碍吗？难道现在已经解决了？”

“对，问得对。”姚主任一面用诧异的眼光打量我，一面回答说，“是的，在几个月以前，器官移植还一直是医学界的一个理想。以前，这只狗的器官移植到另一只狗身上，或者这个人的器官移植到另一个人身上，都不能持久，不到几个星期，移植上去的器官就会萎缩，或者脱落下来。这并不是我们外科医生的手术不高明，也不是设备不好，而是由于各个动物的组织成分的差异而造成的。这种差异，主要表现在蛋白质的差异上。谁都知道，蛋白质是动物身体组织的主要成分。科学家早就发现，动物身体组织中的蛋白质，总是和移植到身上来的器官中的蛋白质相对抗的，它们总是要消灭‘外来者’或者溶解它们。所以在以前，只有同卵双胞胎的器官才能互相移植。因为同卵双胞胎的蛋白质的成分是最相近的……”

“这么说来，那布克呢？它也活不长了？”一听姚主任这样解释，老演员立刻着急起来。

“不，”姚主任笑了笑，“我说的还是去年的情况。你们也许还不知道，现在，全世界的科学家都在寻找消灭这种对抗的方法。五个月前，我们实验室已经初步完成了这个工作。我们采用了这样几种方法：在手术前，用一种特殊的药品，用放射性元素的射线，或者用深度的冷冻来处理移植用的器官和动手术的对象。当然，一般说来，我们这几种方法是联合使用的。布克在进行手术之前，也进行过这种处理……”

“啊！”我和老演员心里放下了一块石头。“这么说，布克能活下去了？”

“不，不，”一提到这个问题，姚主任脸上立刻蒙上了一阵阴影，“你们别激动，布克，你们总知道，我们对它的关心也决不下于你们。在这种情形下救活的狗，对我们实验室，对医疗科学，有特别重大的意义。它的复活能向大家证明，器官移植也能应用到急救的领域里去。可是说真的，当时我们并不知道这只狗是有主人的。唉，这真是一只聪明的狼狗，它居然能从我们这儿逃出去！可是这一段时间的生活，显然对它是不利的。要知道，我们进行了手术以后，治疗并不是就此停止了；我们要给它进行药物和放射性治疗，这是为了使蛋白质继续保持一种‘麻痹’的状态。另外，我们还要给它进行睡眠治疗。这你们是知道的，根据巴甫洛夫的学说，大脑深度的抑制，可以使机体的过敏性减低……”

“那布克……布克又怎样了呢？”我和老演员不约而同地喊了起来。

“是的，布克的情形很不好。它的左后腿就是由于这个原因才跛的。那儿的神经显然已经受到了影响。如果不是我们的工作人员偶然碰到了它，这种情形恐怕还要发展下去。我很奇怪，为什么你们没有见到我们寻找失狗的广告。布克一逃走，我们的广告第二天就在报纸上登出来了……”

姚主任忽然打住了。他犹疑了一下，突然站了起来，说：“请跟我来吧。我带你们去看看布克。不过，请你们千万别引起它的注意和激动。”

这个时候，我们的心情是可想而知的了。我觉得仿佛是去看一个自己的生了病的孩子，更不用说那个善良的老演员有多么激动了。

我们在实验室楼下的一间房间里，看到了真正的奇迹：一只黄头黑身的狼狗；一只棕黑色的猎犬，却长着两条白色的后腿；至于那只被换了头的猴子，如果不是姚主任把它颈子上的疤痕指给我们看，我们是绝对看不出来的。这些经过了各种移植手术的动物，都生气勃勃地活着。这些科学上的实验，是为世界医学工作者代表大会而准备的。我们看到的这些，对外界来说，还是一个小小的秘密。

在楼下的另一个房间里，我们终于看到了我们那个非常不幸，也可以说是非常幸运的布克。不过，这时它已经睡着了，是在一种电流的催眠之下睡着的。它把它的脑袋搁在自己的——也可以说是另一只狗的——爪子上，深深地睡着了。几十只电表和一些现代化的仪器，指示着布克现在的生理情况。几个穿着白大衣的年轻的医学工作者，正在细心地观察它、服侍它、帮助它进行这一场生与死的搏斗。

姚良教授显然也被我们对布克的感情感动了。这个冷静的科学家，突然挽起了我们两人的胳臂，热情地说：

“相信科学吧！我们一定能叫它活下去！”

那天从研究所回家后，我好久好久都在想着一个问题。第二天早晨，我一打开房门，就看见老演员也站在门口等着我。我们用不着交谈，就知道大家要说些什么了。

“走，我们应当马上就去找姚主任！”老演员说道。

聪明的读者一定知道，我们这次再去找姚主任是为了什么。是的，这一次，是为了我们的另一个孩子——小惠——去找这位出色的科学家的。

布克的正式演出

在报上读过“世界医学工作者代表大会”的报道和有关我们的新闻的人，当然用不着再读我的这最后的几句话了。但是，我那喜悦的心情，使我不得不再在这儿说上几句。

在世界医学工作者代表大会上，各国的医学家们都肯定了姚良教授和他的同事们的功绩，大会一致认为：姚良教授的实验证明，器官移植术已经可以实际应用了。换句话说，已经可以应用到人的身上来了。

正如你们所知道的一样，第一个进行这种手术的，是我那可爱的小女儿——小惠。你们一定已经看出，我是很爱小惠的。第一个进行这种手术当然有很大的危险。但是科学有时候也需要牺牲，任何新的事物，总要有第一个人去尝试。我可以这样说，如果科学事业需要我的话，我一定会挺身而出的，更不要说是这种使千万人重新获得生命和幸福的重大试验了。

小惠的手术是在9月里进行的。离开大会只有5个多月。这种大跃进的作风和魄力，使国外许多有名望的医学家都感到惊讶。6个月以后，小惠已经可以下地走路了。被移植到小惠身上的那条腿，肤色虽然有些不同，用起来却和她自己的完全一样。

第二个进行这种手术的是著名的共产主义劳动英雄、钢铁工人陈崇。在一次偶然事故中，他为了抢救厂里的设备，一只手整个儿被烧坏了。劳动英雄陈崇的手术进行得也很顺利。后来，心脏的调换、肾脏的调换，都在第一医学院里获得了成功。姚良教授的方法，同时迅速地推广到别的城市和国外去了。

至于布克，我想也用不着我在这儿多介绍了。自从报纸上介绍了它的奇遇以后，它已经成了一个红得发紫的演员了。为了满足许多人的好奇心，布克终于被允许在马戏团里演出。它的后腿还微微地有些儿跛，可是它那出色的表演却弥补了这个不算太大的缺陷。

我还记得布克重新登台那天的盛况。姚良教授和我们四号院子里的朋友当然都去了。布克的节目是那天的压台戏。当演出完毕，在谢幕的时候，知道这件事始末的观众突然高声地喊了起来：

“我们要小惠！我们要姚良教授！”

“我们要小惠！我们要姚良教授！”

戴着尖帽子、穿着小丑服的老演员，激动得那样厉害。他突然从池子的那头，一个跟头翻到我们的座位跟前。他非常滑稽地，但是又非常严肃地向我们做了一个邀请的姿势。在观众的欢呼声中，小惠拉住姚主任的手，就像燕子似地飞到池子中间去了。

看到小惠能这样灵活地走动，就不由地叫我记起了她第一次被老演员抱到池子里去的情景。我不禁激动地眼睛也被泪水模糊了。当然，你们一定知道，这并不是悲伤，这是真正的喜悦！为科学，为我们人类的智慧而感到的喜悦！

——原刊于《我们爱科学》1962年第7期

在少儿科幻文学天地里精心耕耘

——《布克的奇遇》赏析

◎ 郑军

肖建亨从20世纪50年代即开始科普创作与科幻创作，代表作《布克的奇遇》描写了一个对动物头颅进行器官异体移植的故事，不仅构思奇特，而且能够层层剥笋式地填充其中的技术细节，通过一个工人的眼睛，展示了换头手术的全过程，针对移植中如何解决排异性，换头前后狗的不同习性、手术的风险性如何逐渐显现等问题，均一一作了回答，从而让故事有了非常真实的可信度。

肖建亨，1930年11月18日出生于江苏省苏州市，据作者本人回忆，他的童年时光就是和家人一起在日本飞机轰炸下的东搬西迁中度过的。不过，在那个战火纷飞的年代，肖建亨读了法国作家儒勒·凡尔纳的《十五小豪杰》，深受影响，并因此培养了他对科幻小说的兴趣。

1953年，肖建亨毕业于南京工学院无线电系，后被分配到北京一家电子管厂工作。从这个寻常的人生起点开始，肖建亨走出了一条远比同代科幻作者坎坷的人生之路。三年后，他因一场大病回乡休假，不想却被单位除名，从此就被迫在体制外生活，直到1979年才有所改变。在那个计划经济年代，生存于体制外的困难可想而知，肖建亨就靠做临时工维持多年生计。后来，

肖建亨

肖建亨在创作成熟期写下的大量作品里，对人物悲欢离合方面的描写比同代科幻作者多得多，也曲折得多，这与作者本人的生活经历有着密切联系。

肖建亨从20世纪50年代即开始科普创作与科幻创作。1956年，艰难困苦中的肖建亨创作了科普电影剧本《气泡的故事》参评“第一次全国科普电影征文奖”，这次征文活动盛况空前，《气泡的故事》从八千多份参赛作品中脱颖而出，被定为唯一的一等奖，后因“题材不够重大”被降为二等奖，一等奖空缺。虽然该剧本因种种原因未能投拍，但这个奖励却给了肖建亨极大的创作信心。

从此，肖建亨全身心投入科幻创作，先后发表了《奇异的旅客》(1960)、《钓鱼爱好者的唱片》(1960)、《球赛如期举行》(1962)、《布克的奇遇》(1962)、《蔬菜工厂》(1962)、《奇异的机器狗》(1965)、《火星一号》(1965)、《小凡漫游“海底之光”》(1965)、《铁鼻子的秘密》(1965)等一系列当时叫得响的科幻小说。尽管作者认为，“这都是在‘科学普及’这个旗帜下写出来的科幻小说”，[①]但他的小说备受读者欢迎，作品曾被翻译到朝鲜和越南，并在香港遭遇盗版——这对于大陆科幻作家来说是个另类的“表扬”，说明他的小说在那个纯粹的商业社会里也有市场。

肖建亨善于将科技题材与社会题材融为一体。在《水下猎人的故事》中，作者表面上是描写水下狩猎技术的进步，实际上却是写代沟问题：三十多岁的“我”在二十多岁的年轻人面前显得保守、古板，而“我”那位六十多岁的领导却能够和年轻人打成一片。所以作者认为，年纪并不是形成“代沟”的主要原因。如果一个老人总能拥抱新科学，关注新发明，他就会拥有一颗年轻的心。这样将一个社会问题与科技进步结合起来，主题就别出心裁。

① 肖建亨. 布克的奇遇［M］. 长沙：湖南教育出版社，1999：276.

肖建亨这些作品的立意，超越了当时科幻小说普遍存在的只注重单纯技术构想的局限。

肖建亨笔头很快，高中时便写出了篇幅上万字的作文，后来也曾在两月内完成过十五万字作品。这在那个用纸笔来创作、同一份稿件必须反复抄写的时代堪称神速。肖建亨灵感丰富，而且又有充分的创作时间，所以拿出不少精力去写大部头，题材既有科幻，也有探险故事，先后完成过数本十几万字的作品。可惜这些作品都因时代变故未能出版，有的稿件更在“文革”中散失。于是，这难免给读者留下他只能创作短篇小说的印象。

1975 年，上海少儿出版社编辑向肖建亨约科幻小说稿件，由于规定要在作品里加入“批判走资派”的内容，被肖婉拒。

“文革”后，肖建亨的工作得以落实，1979 年，肖建亨被吸收到苏州市文化局从事专业创作，任一级文学创作员。这之后，肖建亨相继创作了《密林虎踪》（1977）、《重返舞台》（1979）、《不睡觉的女婿》（1979）、《万能服务公司的最佳方案》（1979）、《“金星人”之谜》（1979）、《梦》（1979，获“中国新时期优秀少儿文艺读物”二等奖）、《搏斗》（1980）等作品，这些作品主要发表在《我们爱科学》《少年文艺》《少年科学》《科学文艺》（《科幻世界》前身）等刊物上，作品延续了他一贯的少儿科幻创作风格。

1980 年和 1981 年，肖建亨在《人民文学》连续发表了《沙洛姆教授的迷误》和《乔二患病记》两篇科幻小说，都颇具纯文学色彩。此外，他还创作有《影子的故事》《谜一样的地方》《看不见的大力士》《泡沫城市》等科学文艺作品，曾前后有多部科普、科幻作品选集出版。这些创作实绩，使他成为当时中国科幻界重要的代表作家之一。“1981 年 12 月 20 日，日本科幻小说杂志《探究者》出版‘肖建亨特集’，刊登了他的《金星人之谜》和《沙洛姆教授的迷误》，并对他的作品作了比较全面的评论。”① 但随后而来的对科幻“清除精神污染”的批判，使他再度搁笔。

肖建亨的视野开阔，思路巧妙。《沙洛姆教授的迷误》颇能反映他的创

① 仇春霖．春风又一枝［M］// 肖建亨．布克的奇遇．长沙：湖南教育出版社，1999：266.

作特色。在这篇曾经发表于《人民文学》1980 年 12 期的小说中，机器人题材和西方国家背景较好地结合在一起。作者写到了西方的工会和宗教界人士如何反对技术进步。当时中国社会刚刚开放，一般小说家描写到西方社会，多有模式化、套路化的习惯，而肖建亨则在这篇小说里表现了他对西方世界比较客观、深入的了解，企业界、科学界、政界、宗教界都是什么情形，相互关系怎样，作者把握得非常准确。

肖建亨不仅致力于科幻小说创作，还埋头探索科幻文艺的理论规律，并于 1980 年 7 月完成了长篇论文《试谈我国科学幻想小说的发展》（见黄伊主编《论科学幻想小说》，科学普及出版社，1981 年版），该文不仅分析了“科幻中的科与幻”“科幻中的科与文”“科幻构思的远与近”等内部规律，还将目光投向社会，讨论了科幻文学赖以发展的社会动力，科学与整个社会的关系这类大问题。其视野之开阔、论证之严密、思考之精深，即使在今天，许多科幻作家对科幻规律的认识也未必赶得上肖建亨当年的水平。

值得一提的是，尽管肖建亨个人生活很艰辛，但难得的是，他不是把它们直接转化成作品内容，而是把这些不幸化为创作的动力。在肖建亨的作品中，处处洋溢着积极向上的生活热情，从小说所传达的主流价值观丝毫看不出背后的作者过着怎样边缘化的生活，这与后来那些无病呻吟的科幻小说呈现出鲜明对比。

《布克的奇遇》一向被视为肖建亨的代表作，小说描写了一个对动物头颅进行器官异体移植的故事。这个构思在今天并不新鲜，在当时却堪称天方夜谭。1980 年，此作获得了“1954—1979 第二次全国少年儿童文艺创作奖”二等奖；1984 年，这篇小说被收入中等师范学校的全国统编语文教材；1987 年，被收入《新文学大系》，同时被改编成多种连环画出版，还被改编成广播剧在中央广播电台播放多年。①

肖建亨不仅选择了奇特的构思，而且能够层层剥笋式地填充其中的技

① 肖建亨. 布克的奇遇［M］. 长沙：湖南教育出版社，1999：278.

术细节，针对移植中如何解决排异性，换头前后狗的不同习性、手术的风险性如何逐渐显现等问题，均一一作了回答，从而让故事有了非常真实的可信度。科幻小说与科学童话之间的区别尽在于此。小学生不会追问“换头术”的细节，只会觉得换了头的狗是很有趣的，而成年读者则会追问“这是不是能实现”。

在这篇小说中，作者通过一个工人的眼睛，展示了换头手术的全过程：如何使用人工心肺机、如何输入人造血、如何解决排异反应……这些细节占了作品将近五分之一的篇幅。

文学作品的“善”与“美”必须建立在“真”的基础上。对于科幻小说来说，只有把科幻主题的技术细节写真实，从中挖掘的人性主题、社会主题，以及作品的艺术魅力才能建立在扎实的基础上。虽然肖建亨在《布克的奇遇》里重在摹写科学的真实与严谨，还来不及深挖其中的美与善，但这种对技术细节精益求精的态度，正是创作优秀科幻小说所必需的。

有些习惯于阅读主流文学的人难以理解，写这么多技术细节，读者是否爱看？事实上，那些经过时间检验保存下来的中外科幻名著，往往都很重视技术细节。这说明不光是作者愿意对技术细节进行铺陈，读者也喜欢读这些内容。当然，这也说明科幻作品拥有一批特定读者，这些技术细节反而能使他们获得阅读快感。

在 20 世纪五六十年代，科幻读者主要是少年儿童，因此，在创作中如何让少年儿童能充分接受，成了一个突出问题。对此，时任《我们爱科学》杂志的郑延慧编辑曾这样总结道：“然而，究竟怎样才能做到既有科学内容，又有故事情节，并且两者结合得比较紧密呢？作者和编者都在摸索当中，加上受到篇幅的限制，故事的情节和人物的刻画，都难以充分展开。因此，虽然也出现过一些质量较高的作品，但‘参观记’和‘误会法’曾经是比较常用的一种手法，有的甚至还没有构成故事。所以，1962 年，编辑部接到肖建亨同志写的科幻作品《布克的奇遇》的时候，觉得有一种新鲜感。题材无疑是有启发性的，虽然当时医学界已经提出了器官异体移植的课题，并且开始进行了一些实验，但通读全篇，总的感觉是不一般化，有趣味，有启发性，有余味，科学和故事结合得比较自然，比较紧密，在创作上有所突破。”[①] 可见这篇作品在当时的确出类拔萃。

有趣的是，肖建亨在这篇小说里设想了一场由科幻情节串演的杂技剧，让换过头的布克成为杂技剧里的明星。到了 2009 年，世界第一台科幻杂技剧《再见 UFO》恰恰是由中国杂技团编演成功的，这或许是作者未曾料到的一个预言吧。

① 郑延慧. 肖建亨和他的科学幻想小说［M］// 肖建亨. 布克的奇遇. 长沙：湖南教育出版社，1999：255-256.

黑龙号失踪

◎ 王国忠

加急电报

甄一刚教授焦急地在书房里绕着圈子。正是炎夏天气。虽然上海这个城市地处海滨，一到晚上，多半是海风习习，把白天的热浪压了下去。不过，夏天毕竟是夏天，教授还是不断用毛巾去擦拭花白头发下面的脸颊上的汗珠。这也可能是心里焦躁的缘故。

究竟已绕了多少圈，他没有计算，但是放在轻巧的塑料写字台上的上海牌挂表告诉他：时间已是深夜 11 点半。他记得当他坐在写字台旁写上最初几行字、自己又不满意这些枯燥乏味的句子但又想不出更好的词句时，才 9 点不到，正是这时他站起来绕着圈子，思考着明天的报告该怎样开头。

他走近写字台。柔和的台灯照着报告纸上两个半钟点前写的那几行字：

15 世纪中叶以来，自然科学的分化现象越来越快。化学分化成为物理学与化学；生物学分化成为动物学与植物学；生理学分化成为动物生理学、植物生理学与解剖学……20 世纪以后，又逐步出现了新的科学分支，这就是几个世纪以来所不断分化了的学科之间又产生了联系，出现了边缘学科，如物理化学、化学物理、生物物理、生物物理化学……远距离控制学也是这样一门边缘学科……

读到这里，他毅然地抓起钢笔，使劲地把这几行字划去了。“不行！这完全是写科学论文的口气，小孩子怎么能有耐心听这样的报告！”他自己嘀咕着。

于是，他又离开写字台绕起圈子来。“孩子喜欢听生动的故事，特别是报告的开头要富有吸引力。”前些天，少年宫的指导员客气地但是再三地提醒过他。是呀，自己在孩子时代也是喜爱听有趣的故事，不高兴听那些平铺直叙的报告，怎么年龄一大就忘了呢？再说，当自己年轻时曾经编过一个儿童科学杂志，也是一再提醒为杂志写稿的科学家：“要生动、活泼，避免科学论文式的叙述。”唉！报告究竟该怎么开头呀？他忽然埋怨起报社的记者来了：这些记者也真会钻，海底潜泳机刚刚制造成功，报纸上就登出了消息，这一来，招来了多少麻烦，这里请去报告，那里请去报告，最后，少年宫的指导员也跑来了，请求他——海底潜泳机的发明人给3000个儿童讲讲发明海底潜泳机的故事……

窗外一声清脆的汽车喇叭声，打断了他的思绪。开头，他还在心里责怪这个汽车的司机：半夜里不该按喇叭，破坏城市的安宁。但当他听到汽车车轮跟柏油路面摩擦所起的“嗞嗞嗞”的声音，好像在自己房子门口戛然而止时，他警觉起来：莫非是找我来的？

果然，电铃响了。

进来的是甄一刚工作的那个研究所——远距离控制研究所所长的秘书。

“甄教授，有你的加急电报。”秘书连一句问好的话也没有说，一见面就把一份电报纸递给甄一刚。甄一刚明白：一定有什么火急的事由。

电报纸上寥寥几个字：要事相商，劳驾于明日来海军司令部。详情面谈。明晨有专机接您。

“海军司令部跟我商量事情！”甄一刚用手抚摸着白发，用惊讶的口气对秘书说，“这事儿有点蹊跷！”他以为秘书可能了解这件事。

秘书摊开双手，脸上带着自己并不知道事情真相的、抱歉的笑容，说：“所长关照我把电报立即送给你，并要我转告：请你务必于明日到达目的地。”

甄一刚看看被柔和的台灯光线照着的报告纸，说：“可我明天的报告怎么办？有3000个孩子哩！”

“所长说，一切都由他去安排，请你不必担心。所长预祝你一切顺利。”秘书回答的口气说明海军司令部是取得所长的同意之后才发来这份电报的。

去向不明的两千万两黄金

甄一刚一生还从来没有跟军人打过交道。所以当司令部情报处长卫从武上校出现在他面前时，上校那魁伟、挺直的身姿，方正的前额下面一副倒八字的浓眉，浓眉下面一双闪着亮光的大眼睛，以及握手时使人感到粗糙而坚强有力的大手，浓重的关外口音，都使甄一刚觉得上校是个典型的职业军人。甚至，上校头上的坚硬的头发，在甄一刚看来，也是一个真正的军人应该具备的。就连“卫从武”这个名字，也使甄教授觉得是个真正的军人名字。

“甄教授，这次真是冒昧，”上校把教授陪进自己的办公室，请教授在沙发上坐下。“因为事情很紧迫，所以来不及跟你商量，就把你请到司令部来了。”

“是军事方面的事情吗？”教授迷惑不解地问，“上校同志，我是研究远距离控制的，对于军事，可连一点儿常识都没有。”

“不。”上校说，“正因为你是研究远距离控制的专家，我们才请求你帮助。”

“如果我能贡献一点微薄的力量，当然……”

“报纸上登载了你发明海底潜泳机的消息，使我们不费什么时间就找到了你。说起来，还得感谢报纸的介绍哩！”上校说完，站起来，从裤袋中摸出一串钥匙，走向墙角的一个蓝色保险箱。

一提到海底潜泳机，甄一刚心里已猜想到海军司令部把自己请来的意图是什么了。“又是作报告。介绍海底潜泳机的性能、操纵设备、建造的技术措施，等等。”他心里嘀咕着。“报纸真是办了好事，害得人家坐立不定……不过，给海军介绍一下，似乎倒有必要。听说，海军的普通兵士都是高中毕业水平，介绍起来可比给红领巾作报告容易得多，至少那些专门性的技术名词可以不必避免……”

“甄教授，”上校手里拿着一个厚厚的卷宗，回到教授旁边。“根据情报，”上校好像怕教授不相信似的，又重复地说，“根据可靠情报，在太平洋底，埋有我国一笔巨大的财富……”

“你说什么？”上校的话完全出乎甄一刚意料，他情不自禁地问了这样一句。

上校一面翻弄着卷宗，好像要从几百页的档案中找出一份什么材料似的，实际上是在考虑如何把话讲得简明清楚些。“还是在抗日战争结束的前夕，有一艘战舰‘黑龙号’停泊在离中国海岸很近的一个荒岛旁。舰顶上挂着日本国旗。”上校停了一下，看了看甄教授说，“军舰在荒岛旁足足停了一个月，什么事情也没有。偶尔，有一些汽艇来到军舰旁边，把什么东西搬进军舰。但这些汽艇的来去也没固定的时间。在一个漆黑的夜里，军舰偷偷地开走了，装走了两千多万两黄金。”

“两千多万两黄金？”教授用疑问的目光看着上校说；“都是从中国掠夺去的？”

“对，两千多万两。”上校说，“每一两黄金都是中国人民的财产。”

“运往日本去了？”教授问。显然，这一问题已激起了他的兴趣。

上校站起来，推开窗子，看着窗外。窗外是一片蓝蓝的大海，几只洁白的海鸥在海面上飞着。上校出神地望着海，隔了一会，才用为难的眼色望着教授说：“甄教授，问题就在这里：这艘战列舰开往何处，还是个谜……”

“去向不明？”教授怀疑地问。

“对，去向不明。这艘军舰失踪后，在当时日本海军高级军官中有两种传说。一说是开往太平洋中心地区某一孤岛时，遇到了美国飞机的袭击，被炸沉了。在船沉以前，美国飞机也被舰上的高射炮击落了，所以，这艘船究竟沉在何地，无人知道，因为船是突然遭到袭击，而且沉得很快，连电报也没来得及拍出。另一种说法是船行驶至事先指定的地点时，一颗事先设置好的定时炸弹爆炸了，上至舰长下至士兵都殉身天皇，没有一个人活着。这件事是按照军部的秘密命令执行的，所以船究竟炸沉在哪里，仅有军部的少数几个要人知道。”

“这情报可靠吗？”教授脱口问道，但马上又纠正说，“不，我是说这件事的可靠性怎样？”

上校眯着眼带着笑容倾听着教授的提问。此刻，上校原来那双闪着亮光的大眼睛，突然变得带着狡黠的神色。“大概上校当过侦察兵。”教授心里想。在不熟悉军队生活的教授看来，侦察兵的眼睛都应该是这样的。

“你看一看这份材料。”上校从卷宗里抽出两页打印好的纸片，递给教授。

甄一刚很快地把这份简短的情报看了一下。上校从教授的眼神中看出，教授的疑虑仍未打消。

“当然不能根据这份简短的情报，就下百分之百的断语。”上校解释说，“我们作了比较详细的调查。调查证明，1945年夏秋之交，日本部队曾在这一带的农村中，抓过上百名年轻的农民，去搬运一批十分沉重的木箱，当时搬运的人并不知道坚实的木箱里装的是什么东西。可是有一个材料却证明木箱里确是黄金。”上校又抽出一份打印好的纸片，递给教授。“这份材料上说到一个青年农民由于负担不了木箱的重量，加上又是在火热的阳光下搬运，在海滩上昏了过去，结果，木箱摔在岩石上裂开了，从木箱中露出了浇铸好的金块。日本人当然不会饶过这个中国农民，立即把这个农民枪杀了。可是消息却传了开来。后来，当这艘‘黑龙号’开走时，这上百个年轻的中国农民也全部失踪了。至今信息杳然，不知去向，连尸体也没发现，十之八九可能被军舰带走了。”

教授像听到一个离奇的神话故事一样，简直难以相信，但上校的口气又是那样确凿，不容人怀疑。

教授站在窗前，出神地望着窗外水天一色的大海，像要找到“黑龙号”的踪迹似的。如果“黑龙号”真的沉没在太平洋底，它会在哪个角落呢？这真像俗话说的“大海捞针”呀！

“卫从武同志，”教授转身问上校，“我能为这件事做些什么呢？”

“用你的海底潜泳机找到这艘失踪的‘黑龙号’。”上校平静地回答。

荧光屏上的世界

工作进行得十分顺利。海底潜泳机在太平洋底巡视着。

这个机器的动力是一个高压原子储电器，行动完全由无线电操纵。甄一刚设计它的目的，一是为了海底探矿，它可以贴近海底行动，机器内装有超声波和雷达，可以测定海底矿藏的广度和深度；一是可以探索深海层的鱼群，为远洋捕捞提供可靠资料。其实，这架机器的工艺制造过程、雷达和超声波装置、动力设备等，在技术科学上早已不是什么先进的东西，哪一个国家都可制造。只是有一点还是目前科学上的机密问题，这就是无线电操纵。因为电磁波不能通过水。正像糖放到水里，会被水溶解一样，电磁波进入水，就会被吸收掉。被甄一刚所解决的科学问题，就是这一点。海洋中有许多鱼类，身体是带电的，它们常利用本身的生物电流发射电磁波，来给同类传递讯息，或者躲避敌人的袭击。为什么这些鱼类所发射的电磁波能在水中通过呢？甄一刚研究的结果，发现秘密在于电磁波的波长上面。一定长度的电磁波，不但能在水中通过，而且传递的速度和质量，比通过空中的情况还好。一条几米长的鲨鱼当然无法钻出坚牢的渔网，可是渔网对海洋中的浮游生物来说，丝毫不起什么阻拦的作用。普通广播电台所用的短波，无法穿过高空中的电离层，短波一碰上电离层，就被折回地面。但射电天文望远镜所用的超短波，却可以无阻碍地穿过电离层飞向其他星球。操纵海底潜泳机所用的无线电波，就是一种能通过水层的波长。而潜泳机在海底所“看”到的形象，也可变成无线电脉冲，传递到陆上的操纵室，在接收机的荧光屏上再现出来。人坐在荧光屏前，就像亲自走到几千公里以外的海洋深处一样，可以看到海底的一切景色。

早晨，卫从武上校来到教授的临时工作室。甄一刚满意地告诉上校说：“工作情况很正常。已进入120号地区。”

为了探寻“黑龙号”的踪迹，甄教授把18000多万平方公里的太平洋分为一千个地区，使潜泳机按照地区编号循序进行探索。

“喏，美国人在造我们的谣。”上校拿出一份国外出版的英文报纸交给教授。当教授正要接过报纸的时候，上校的手忽然又缩了回去，抽出一张报纸说：“你听，美国海军报的消息。”上校兴致十足地念着：

> 据太平洋舰队第七号潜艇艇长说，本月3日中午，该艇行经太平洋中部的无名岛时，潜艇左边突然出现了一只蓝色的潜水船只。该船长仅约5米，有双翼。船体上未发现任何国家的标志。

“这条消息倒是有根据的。”教授安详地说，“我们曾在58号地区发现过这艘潜艇，大概他们也发现了我们的潜泳机。”

“你听，还有更精彩的新闻哩！”上校又抽出一张报纸，说，“这是美国的《纽约时报》。通栏标题:《太平洋出现了海底导弹！》”

据可靠方面消息；太平洋出现新式海底导弹。这种由无线电控制的导弹，行程极远，可由红色中国海岸穿过太平洋，直至美国洛杉矶港。甚至可绕过南美洲，到纽约港爆炸。

上校没有念完，教授无法抑制地大笑起来:“真是胡扯谈！真亏《纽约时报》的记者想得出！”

“这就是资本主义的新闻自由！”上校带着讽刺的口气说，“他们可以坐在50层楼的屋顶花园里，大写其太平洋海底见闻！”

教授从上校手里接过报纸，把它往桌子上一掷，说:“走，我们看看去。”

海底潜泳机的自动控制室就在教授工作室的隔壁。一推门进去，就可听到高压变压器的“嗡嗡”声，二米见方的荧光屏上，显现着海底的一切。一个年轻的少尉军官坐在荧光屏前，注视着屏上的变化。

“来，我们也来看一回电视吧！”教授对上校说。

少尉给他们拿来了两把椅子。

“没发现什么新的情况？”教授问少尉。

少尉一面注意荧光屏，一面回答说:“没有什么新的情况，可是奇形怪状的鱼倒看见了不少。”

“你看！”教授忽然拉着上校的手臂说，“这是大章鱼，海洋里的大强盗。”

荧光屏的左下角出现了章鱼群，它们迅速地向右上角游去。

“这些八只手的怪物，常常在海洋中弄翻木帆船。”教授兴致十足地讲起章鱼来，“古时候的航海者，在启航前，总要向上帝祈祷：别碰上这个海怪。”

章鱼群在荧光屏的右角消失了。一会，荧光屏的右下角忽然又出现了墨鱼群。

“鱼群非常清晰。它们离潜泳机多远？”上校问少尉。

少尉看了看仪表，说:“大约3000米。”

“潜泳机上的电视设备，与普通的电视设备不同。”教授对上校说，“普通的电视广播台，只有周围100公里的电视机才能收到。我们这个，却不受距离限制。普通电视广播台用的摄影管，只能摄制几十米远的物像，而且要在光度很好的条件下进行。我们的超声波光电摄影管，可以在墨黑的海底，摄制几米到10公里远的物象。”

教授在荧光屏的侧面开动了一个电钮。荧光屏的边上出现了一个亮点，亮点旁边有一行小字：11910。

“现在潜泳机离海面11910米，”教授指指亮点，对上校说，“世界各国公认太平洋最深处是11034米。根据潜泳机测量的深度来看，这数字显得保守了，应该是12110米，因为潜泳机离海底是200米。”

上校走到窗口，伏在窗台上，看着远天的白云。教授忙碌了一阵之后，也站到上校旁边。室内响着“嗡嗡”的变压器声音。

上校离开窗口，背剪着手在室内踱步，眼睛不时地看一下荧光屏——他被这神秘的海洋迷住了。

荧光屏中心出现了个小黑点。小黑点越来越大，越来越清楚，还可隐约看到，黑点下面接着一根小绳子。黑点已占了荧光屏的四分之一。刚巧，上校的眼睛看了看荧光屏，他看到了这么大的黑圆球，立刻怔住了，大喊一声：“甄教授！……”就在这时，荧光屏上的海底世界消失了。荧光屏像死鱼的眼球一样，一片乳白色。

一开始，甄教授给上校的喊声吓呆了，但马上意识到出了什么问题，慌忙走到荧光屏前。

“你把它关上了？”教授轻声地问少尉。

“没有关。它自己……”少尉也怔住了，不知怎么回答好。

上校预料出了什么不幸事件。但还是抱着希望问：

“会不会是接收器出了什么故障？”

教授很熟练地检查起来。当教授按动一个什么电钮后，乳白色的荧光屏上出现了灰色和黑色小方格组成的影像。“接收系统一切正常，没有毛病。”他说。

“那末，会不会是潜泳机失去控制，和接收器失去联系？”上校又问。

“刚才一切都很正常，丝毫没有故障的迹象。”少尉对教授说，“我看不会是潜泳机失去控制。”

“如果真是这样，”上校觉得已证实了自己的不幸的预料，用低沉的口气说，“甄教授，潜泳机遇上水雷了。”上校把刚才荧光屏上的情形讲给教授听。

“水雷？！”教授又怀疑、又沮丧地坐在椅子上，像自言自语似的，“水雷？！在太平洋底，在一万米深处，会有水雷？！”他用左手梳理着灰白的头发，口里不断地说着：“水雷？！不可能！……”

卫从武没有去干扰教授的思绪。他转向依旧坐在荧光屏前摆弄着电机的少尉军官：“刚才黑圆球出现在几号地区？”

“124号，上校。”

“你把日期、时间、地区和刚才荧光屏上的详细情形记录下来。”上校命令少尉说。

随即，上校大步走出自动控制室，到教授的工作室里马上抓起直线电话机的听筒，用严厉的口气命令对方：“潜泳机在124号地区遭到水雷。尽一切力量立即组织空中探索和海面监视，不分昼夜。有什么情况马上向我报告。”

神秘的电波和一个鼠疫患者的尸体

甄一刚回上海去了。他受海军司令部的委托，制造第二架海底潜泳机。他答应卫从武上校，将尽快地制造成功，最多不超过两个月。

卫从武上校拿着一叠电报纸，一会儿在办公室里踱着步，一会儿站在窗前凝视着碧波荡漾的海面。办公桌上的烟灰缸里放满了烟蒂，一个没有熄灭的烟蒂正在冒着淡蓝色的轻烟，而他左手的食指与中指间夹着的香烟又只剩了半支。上校不时地用大拇指轻叩着太阳穴。眯缝着的眼睛周围出现了淡淡的黑圈。上校的脑海里正翻腾着、苦思着一些神秘的迹象，而且不止一天了。

“这些神秘的密码说明些什么呢？”上校看着手里一叠电报纸，自己大声问自己。“那具莫名其妙的尸体，又说明什么呢？”

上校坐到沙发上，头靠着沙发背，用右手的大拇指和食指卡住太阳穴，紧闭着眼，把最近获得的一些情报和发生的情况作系统的分析。

早在几年前，情报处的报务组就从空中收听到一些神秘的电波。电波很微弱。这种电波在空中出现的日期不一定，有时隔四五天就可收听到一次，有时好像完全从太空中消失了一样，要经过两个多月才出现一次。但是电波出现的时间却总是在午夜零点零七分，每次都是如此。电波的波长不断在变换，可也有规律，它的波长变化，总不超过电台刻度盘上向左 10 刻度和向右 10 刻度之间。发出电波的地点在遥远的太平洋中间。当时并没有注意这个问题。空中各种波长的电波还少吗？何况离祖国的海岸线那么远。从海底潜泳机出事的那天起，报务组加强了对太平洋 124 号地区周围太空的探索。结果证明，不该忽略几年来经常收听到的、太平洋中间的那种神秘的电波，因为最近的探索表明，这种电波正是从 124 号地区发射出来的。波长变化的规律和电波出现的时间，也还是跟过去一样。这说明太平洋中间这个神秘的电台与某地是有固定的时间、波长的联系的。麻烦的是这个电台用的密码，至今未能翻译出来。

两天前，太平洋渔业局的两只渔轮，在 130 号地区捕鱼时，在拖网里捞到了一具赤身露体的死尸。除了可以确定这具死尸属于东方人种外，没有任何线索可以弄清这具尸体的国籍，以及为什么会在太平洋中发现的原因。尸体正在司令部军医院解剖研究。能不能从解剖中查明一些线索，暂时也无法知道。

“报告！”一个响亮的声音打断了上校的沉静思考。

“进来！”

来人是军医院的一个通讯兵。通讯兵把一份上面盖有鲜红色的“绝密”两字的信件交给上校后，退了出去。

卫从武用剪刀小心地剪开信封，抽出一张报告纸。上面是两行简短的小字：

尸体解剖结果：确定系一个肺鼠疫患者。

死亡日期在 8 ～ 9 天以前。

上校拿起电话话筒，接通了情报处的一个专门小组，把军医院的解剖报告转告他们后，就问：“国内有什么商船、渔轮在最近一星期之内经过 130 号地区附近吗？”

“没有。已经查询了所有有关单位，没有……”

“密码翻译有什么进度吗？”

“暂时还没有。”

上校搁上电话，点上香烟，又在办公室里踱起步来。

太平洋底的水雷——潜泳机遭到破坏——神秘的密码电波——八九天前患肺鼠疫而死的尸体。这一连串的事情，都是发生在124号地区周围几十里的海底和海面，是偶然的巧合呢？还是互相联系着呢？

假自杀和突然失踪的人

甄一刚教授乘飞机到海军司令部的同一天，第二架海底潜泳机也从海上由轮船运到。

“人到，礼物也到！”卫从武上校与教授见面时，握着教授的手，眯着调皮的眼睛说。

“这是我们研究所所长的功劳。”教授客气地说，“他调动了全所的技术力量，所以前后不到一个半月，就把第二号装制完毕了。”第二号指的就是第二架潜泳机。

第二号与它的前身第一号，从外形到内部装置都一样，不过更大一些，这样可以使控制室接收机荧光屏上的形象更清晰。另外，多了一个新的设备：红外线扫雷器——利用红外线的热力，可以使潜泳机周围500米之内的一切爆炸物爆炸。

卫从武上校把情报处近来得到的情报简要地告诉了教授。“最近又收到两份重要情报。”上校说，“1945年日本帝国主义投降前夕，日本一批属于太平洋潜水艇队管辖的潜艇突然失踪了。艇数暂时无法查明。从那时开始，这批潜艇从未露过面。当时，日本海军司令部曾经宣布海军大将佐藤一郎在家中剖腹自杀尽忠天皇，佐藤一郎的尸体在自杀的当天就火葬了。但现在根据可靠情报证明，佐藤一郎的尸体是假的。可能，佐藤与那批潜艇在一起，干着什么见不得人的勾当。”

“如果允许我问一句的话，”教授小心地说，“可知道这批潜艇大约在什么地方？只要它们在海底，我们的潜泳机迟早可以找到。”

上校摇摇头：“暂时还不知道。”

“还有一份情报。”上校眯着狡黠的眼睛看着教授，“你一定知道日本有过一个 731 部队？”

“知道。”教授回答说，“不就是准备细菌战的那个部队吗？”

“对！就是曾驻在东北哈尔滨平房地区的部队。”上校继续说，“731 部队不仅是准备细菌战，实际上曾多次使用过细菌武器。他们在东北的一些村子中散布鼠疫、霍乱、伤寒、炭疽热等细菌，让居民大批传染死亡，然后借口防止疫病蔓延，把一些村子整个整个地烧光。731 部队还在中国其他一些地方散布过毒性很强的传染病细菌。你看，”上校从办公桌的抽屉中拿出几份报纸杂志，并把它放到教授面前，“这份 1940 年的中国医学杂志上，详细登载了宁波一带发生鼠疫流行病的调查，可是把原因说成是自然疫病。这份 1941 年 7 月的《华中日报》刊登了湖南常德一带发生鼠疫病的消息，发病原因不明。这几份报纸，刊登了 1942 年 8 月底 9 月初浙江金华、玉山、浦江一带发生鼠疫、霍乱、伤寒等流行疫病的消息，但都把原因推说是农民太不注意卫生所造成。现在弄明白，这些都是 731 部队干的事。731 部队用飞机散播鼠疫跳蚤，在池塘、水井、河流里散布各种剧毒的传染病菌。他们还把染上病菌的面包、糕点之类，带到农村送给小孩们吃……”

“听说这支部队回到日本后，被解散了？”教授插问了一句。

“是解散过。可是解散后不久，东京的美军总部又把这个部队的一些骨干集合起来了。更奇怪的是，过去曾在 731 部队担任第四部部长的西尾，以前一直在美军总部任顾问，突然在一年多前失踪了，这位细菌战专家像接受了什么特殊任务，再不在公众场合露脸了。”

“这两份情报跟第一号潜泳机的失事有联系吗？”甄一刚认为上校不会毫无原因地讲这番话的，所以忍不住地问了。

但不知是出于军事保密呢，还是别的原因，上校对教授的问题，却摇摇头：“还没找到什么联系。不过，侦察员的直觉却提醒我：水雷、秘密电台、尸体、佐藤的假自杀、西尾的失踪，这些孤立的事情中间，有一根黑线串联着。”他热情而信赖地看着教授，说：“希望第二号能找到这根黑线。”

教授没有直接回答上校的话。他站起来向上校告别，回到自动控制室去。“一号在124号地区出了事故，这次还应该从124号地区开始侦察。”他看到上校点头同意了，又说：“第二号在今天傍晚发射，明天晚上八时即可到达124号地区。”

海底魔鬼

晚上七时五十分，卫从武上校来到甄教授的自动控制室。

“快进入124号地区了。”少尉军官报告说。

“注意，如果再看到什么黑色圆球，立即把速度降低。”教授对少尉说。

上校站在荧光屏前，不安地注视着荧光屏上的海底世界。

海滨的夜，很静很静，海水的“吼——啦啦，吼——啦啦”的冲击声，不时传进控制室来。

“左上角出现黑色小点。”少尉报告说，声音多少带些慌张。

教授看了一会，等黑色小点变成墨水瓶底这么大时，便命令少尉把潜泳机的速度变慢，使它慢慢靠近水雷，准备使水雷炸开。

“甄教授，这里是太平洋中部，不是什么军港，竟铺设了水雷。两个月前已炸过一个，现在又发现一个，这不是值得怀疑吗？”上校看了看教授和少尉，又继续说，“干脆，我们先把这个情形搞清楚。”

“你是说不把水雷炸掉，先将周围情况弄明白再说？”教授问上校是否这个意思。

上校点点头。教授又向少尉点了点头。荧光屏上的影像又活跃起来。当第一个水雷在荧光屏上消失的时候，忽然又出现了另外一个小黑点。

“一只沉船！”上校和少尉差不多同时喊出这句话。就在小黑点的后面出现了一艘庞大的沉船。

教授自己来操纵潜泳机的活动了。潜泳机在靠近这艘沉船。沉船越来越大，越来越清楚了。

“‘黑龙号’！”年轻的少尉首先叫了起来，“舰身差不多有四分之一陷进泥里了。”

“唔，原来如此！天皇把两千多万两的黄金埋在海底了。”上校俏皮地说，“天皇怕投降后中国人要追回这批财产，所以来了这一手。反正沉在海底，既不怕人拿走，又不怕鱼吃掉。”

潜泳机已与“黑龙号”靠得很近。荧光屏上可以清楚地看出，这艘战列舰的一切设备都保持原来的样子，可见，它并没有挨到什么轰炸。“黑龙号”的沉没完全是有计划有目的的。

“怎样才能把这笔黄金打捞上来，倒是个困难问题。”年轻人究竟心急些，少尉已在考虑如何打捞的问题了。

“这点暂时不急。黄金既然已给我们找到，就不怕拿不到。”上校沉着地对年轻人说。

“这么说，这些水雷是为了保护‘黑龙号’而设置的？”

“这还用说。”上校回答说，“天皇把它沉在海底，决不是表示他不爱黄金。”

大概是因为发现了“黑龙号”，上校和少尉愈谈愈兴奋，全然没有注意到教授在荧光屏前工作的情形。正当他们两人在商量怎样取回这笔财产时，教授忽然用惊奇的声调喊：

“上校同志，看，这是什么？”

上校立即回过头去看荧光屏。荧光屏上的景象把上校也怔住了：七艘有透明圆屋顶的潜水艇，排成一列伏在海底。每两艘潜艇之间有一个像钢管一样的通道。圆屋顶下，可以看出有人在工作。第七艘潜艇的旁边，还有一艘比一般潜艇小得多的潜艇。这艘小潜艇没有圆屋顶，静静地躺在海底。

这些潜艇的周围，可以看到许多黑色小球。无疑，这是用来保护潜艇的水雷网。

由于影像不大，因此圆屋顶下的设备和人物流动，不能看得很清楚。

“甄教授，现在潜泳机距离这些潜艇多远？”上校问。

“3500 米。”教授回答说，“这里是海底高原，只有 4700 米深。”

“把潜泳机再向他们靠近些，怎么样？”上校说，“但是，千万别让他们发觉。”

教授点点头。立即，荧光屏上的影像在逐渐增大。“现在离开他们 3000 米，” 教 授 说，“2500……2000……1500……1000……900……800……600……560 米。”

教授把一个黑色按钮旋转了大半圈。荧光屏上的影像就像一张照片一样，停着不动了。影像很清楚，可以看到第一和第二两个圆屋顶下面，像一个化学实验室，成排的试管和大大小小的玻璃器皿放得井井有条。十几个穿白色工作服的日本人在忙碌地工作着。大概因为这两个屋顶下面是一片白色，显得特别明亮。第三、第四个圆屋顶下面，放着整套的机器设备，只有很少几个穿蓝色工作服的人管理着。有两根排气管通过海水伸向第五、第六个圆屋顶。第五第六个圆屋顶下，则是一片绿色，这是草地和矮树丛的种植区。

“看！”上校指着第七个圆屋顶说。

三个人的眼光集中在第七个圆屋顶下。在圆屋顶下的入口处，有一块很大的字牌：“太平洋第一公司”。入口处旁边，有一排堆得整整齐齐的铁箱子。上面一层箱子上，可以隐约看到“东京”“美军总部”等字样。还有一些小字，则显得模模糊糊，看不清楚。

教授的脸上显出从来没有过的激动。“上校同志，你要找的那根黑线找到了。”他用颤抖的声音说，“事情一清二楚，第一、第二艘艇是培养细菌的工场。第三、第四艘则是蒸馏、消毒的工场。两根排气管将碳酸气供给第五、第六两个工场的绿色植物。绿色植物制造氧气供工作人员呼吸。这两个工场，又是饲养小动物进行细菌接种的场所。这艘潜艇，”教授指指那艘小型潜水艇，“是将细菌运往东京什么美军总部的秘密交通，那个神秘的电台也一定在这艘潜艇上。”

教授看看上校。上校也处在极度激动的情绪下。

“真是群魔鬼！”上校恶狠狠地说，“他们妄想在未来的战争中用上这些细菌，又害怕和平力量，所以只得躲到海底去干这些见不得人的无耻勾当。看来，自杀的佐藤大将和失踪的西尾专家都在这里。”

“应当把这批狗东西消灭在海底，喂那些鱼类！”教授说。

“但是，指挥这批狗东西的魔鬼还在地面上呢！”上校提醒教授说。

“那具尸体，大概就是他们实验的牺牲品。”教授这样推论说。他看看上校，上校点头同意。

年轻的少尉完全被这奇异的景象怔呆了，一动不动地看着。听到上校说的话，忽然说：“该把它拍摄下来吧！”

“对！”教授回答说。

“把‘黑龙号’也拍摄下来，”上校说，“我们要把它送到日本去的。”

立刻，房间里响起了电影机嚓嚓嚓的声音。

“大概他们不会想到，我们在给他们的‘伟大事业’作服务性的记录吧！”上校用讽刺的口吻说。

“大概不会。”教授回答说，“你看，他们工作很安静。”

海底潜泳机已暂时停止工作，安静地躺在海岸旁的发射架上。甄教授坐在办公桌前，低着头在整理关于海底潜泳机的技术资料，准备做一些改进。

那位年轻的少尉推开门，说：“甄教授，你的电报，研究所发来的。”

教授接过电报，拆开封口，一张薄薄的电报纸上写着：

> 祝贺你工作胜利。
>
> 你准备去北京参加即将举行的世界和平理事会。日期另告。所摄影片，希由专人送往北京，将在理事会上放映，以揭露帝国主义的罪恶阴谋。

教授拿着所长发来的电报，走到窗口凝视着大海。窗外传来了远处沙滩上孩子们的嬉笑声。教授忽然记起了在两个月前为3000多孩子准备报告时的苦恼情形。“把这段故事讲给孩子们听，大概不会枯燥了吧！”他心里想，“对，去北京之前，一定先给孩子们讲讲。”

——选自《黑龙号失踪》，少年儿童出版社，1963年

海底深处的军事秘密

——《黑龙号失踪》赏析

◎ 郑军

王国忠于20世纪50年代创作出一批科学童话,《黑龙号失踪》是他最具代表性的科幻作品。小说具有双重主题，科学主题是人类如何征服深海，社会主题是警惕日本军国主义的复活。

1927年，王国忠出生于江苏省无锡市，受国内战乱影响，直到十二岁才开始接受正规教育。靠着勤奋苦读，王国忠很快弥补了知识上的差距。在中学阶段，王国忠负责班里的壁报，他那横跨半个世纪的编创生涯就从此起步了。

尽管很早就接触笔杆子，但在高中毕业后，王国忠还是选择就读江南大学农学院。当时他认为，舞文弄墨靠平时的生活积累就可以了，至于专业，还是先学一门技术为好。这与今天许多学生选择理工科时的考虑并无不同，不过命运改变了他的选择。王国忠大学毕业后，组织上安排他主编《苏南农村青年报》。从那以后，王国忠先后在华东青年出版社、上海少儿出版社任职，一直做到上海出版局局长的职位，却一天也没有从事过他所选择的农业科技工作。

与一般编辑不同的是，王国忠对本职工作力求追本溯源，深刻理解后再动手。走上编辑岗位后，他首先翻阅了新中国成立前出版的两百多种科普图书，在找到旧时代科普读物的缺点后，才开始组织编撰大批新书。1962年，上海少年儿童出版社出版了王国忠创作的《谈儿童科学文艺》，此书内容虽然浅显，但却是新中国第一本探讨科普创作的著作。

王国忠

王国忠在理论方面的探索一向为科普圈内人所称道。2004年，他荣获中国“科普编创学科带头人”称号，并被中国科普作家协会第二次、第五次全国代表大会表彰为有突出贡献的科普作家。

在理论探索的同时，王国忠于20世纪50年代还创作出一批科学童话。虽然这些作品称不上科幻小说，但也有人物、有情节，与小说体裁之间只有一步之遥。和王国忠相仿，早期中国科幻作家几乎都有过创作科学童话的经历。

王国忠一生最大的成就，便是主编了入选“感动共和国的五十本书”之一的《十万个为什么》。从1959年冬开始，王国忠便将主要精力投入这一浩大工程之中。有趣的是，王国忠的科幻创作生涯也恰恰从这一年开始，他连续写下《在海底里》（1959）、《迷雾下的世界》（1960）、《海洋渔场》（1961）、《火星探险记》（1961）、《神桥》（1962）、《第一仗》（1962）、《打猎奇遇》（1963）、《春天的药水》（1963）、《黑龙号失踪》（1963）、《半空中的水库》（1963）、《山神庙里的故事》（1963）、《渤海巨龙》（1963）等多篇科幻小说，内容涉及海洋学、声学、天文学、农业科学等众多领域，题材和他主编的丛书一样包罗万象。

这并不是偶然现象。叶永烈当时曾为《十万个为什么》这套丛书撰稿，也是在收集资料、撰写词条的过程中产生创作灵感，最后写出百科全书般的《小灵通漫游未来》。科幻作家肖建亨同样是这套丛书的撰稿人之一。

作为一种植根于科学现实的文学，科幻创作的灵感来源不同于主流文学创作。一部分科幻作品的灵感来源于科学理论所构建的世界观。无论仰望星辰，还是俯瞰山川，受过科学教育的人有着与众不同的观感；另一部分灵感则来自科技前沿动态。科幻作家往往对科技前沿动态更敏感，更有兴趣。每当他们关注到一种科技前沿动态时，必然会联想它将如何影响社会，如何影响人的生活。

沿着这种思路联想下去，就形成了相当一批科幻作品的素材。王国忠的科幻小说集中体现了后一种灵感来源。这与他编辑《十万个为什么》，天天接触科技前沿动态有着直接关系。在某些作品中，王国忠还直接写入一些科学轶事，以支撑作品的立论。

在王国忠的《打猎奇遇》里，猎人们在西山坳口遇到了雷阵雨，躲进山洞，在那里听到了枪声、爆炸声与喊杀声。原来，此处曾是抗日战争的战场，由于周围的石头含有铁质，闪电把声音保存在里面，又释放出来。

科幻小说《海洋渔场》描写人工养鲸的前景，通过发射特种电磁波，专家们在大洋深处诱来四百多条鲸，并用电磁波圈养起来。《神桥》则描写用细菌增殖的方式完成工程建筑。这些幻想至今仍然没有实现。

王国忠最具代表性的科幻作品是中篇《黑龙号失踪》。1963 年，少年儿童出版社出版了他的科幻作品集，书名即以此篇命名。

《黑龙号失踪》讲了这样一个故事：中国科学家甄一刚发明了海底潜泳机，可以在上万米深的海底运行。海军司令部军官请他去协助调查日本战舰"黑龙号"的下落，该舰于"第二次世界大战"结束前夕运载着从中国劫掠的黄金开向太平洋后神秘失踪，交战各方均无它的下落。甄一刚遥控海底潜泳机在洋底搜寻，潜泳机忽被一枚水雷击毁。甄一刚又制造出另一台海底潜泳机，再次搜寻该海域，结果发现了日本军国主义者隐匿在深海的细菌实验室，并记录下他们准备发动战争的新证据。

许多科幻小说都有双重主题，一个是科学主题，一个是社会主题。《黑龙号失踪》便是典型，它的科学主题是人类如何征服深海，社会主题是警惕日本军国主义的复活。在有的科幻作品里，双重主题互为表里。比如同为海洋题材的《海底两万里》，主人公尼摩出于对殖民主义者的憎恨，选择远离被列强瓜分完毕的陆地，常年游弋深海；而如果没有一艘续航能力超强的潜水艇，他就无法完成这个奇迹。

就本篇而言，科学与社会两个主题则并无直接联系，描写人类征服深海完全可以用另外一个故事，而描写日本军国主义复辟的阴影也未尝不可另起新篇。它们是被作者偶然结合到一起的。这就产生了一个问题——哪个是真正的、核心的主题，哪个是为真正主题服务的工具。

经常研究主流文学的评论家，会习惯性地看重其中的社会主题。然而纵观王国忠其他的科幻作品，再没涉及过日本军国主义这一题材，甚至与政治局势和国际关系基本无缘。王国忠在 20 世纪 80 年代末回顾自己创作经历时也说过，他写作本篇主要是为了畅想人类探索深海的前景，至于其中的政治军事情节并不重要。没想到 20 世纪 70 年代中日建交后，这篇作品因为有关方面考虑会影响两国关系，还遭遇过一段时间的封杀。

于是我们可以明确，“征服深海”才是本篇的真正主题，“抗日”或者“反日”只不过是为了让情节更好看而选用的素材。

赏析一篇科幻作品，难点在于是否能理解其中的科学原理。这涉及能不能“读进去”的问题，也是科幻迷与一般读者之间的主要区别。科幻迷往往有理工科知识背景，平时也热衷于讨论这些科技话题。他们消化本篇中如“深海潜泳机”“长波通讯”这些技术术语，和一般读者消化“三角恋爱”“宫廷阴谋”这类话题同样容易，这才能直接进入情节。而一般读者的欣赏过程却会被这些知识硬块所阻挡。

“深海潜泳机”如今的学名叫“深潜器”。与潜艇有所不同的是，它们是为在几千米水下承受巨大压力而建造的。世界各国（包括中国）制造的深潜器总数比载人飞船要少得多，目前，深潜器的运行速度每小时不足两海里，和散步差不多。而海洋面积是陆地面积的两倍半！从这些背景中我们不难了解，人类探索深海的难度之大，绝不亚于登上月球。

知道这些原委，才能理解作者创作本文时胸中燃烧的那股热情，才能理解“向深海进军”为什么是顶尖的科学探险项目。否则，很容易将本篇视为干巴巴的科普文章。

当时的科幻小说常常有悬疑而无悬念。作家往往写一个旁观者看到某种不可思议的奇迹，在心里形成疑问；而这个奇迹通常是正面的、有益的，与这个旁观者本人并没有利害关系，本质上不算矛盾冲突，因此无法在读者内心里制造悬念。通俗地讲，就是大家并不为人物命运担心，这也是为什么那些早期作品已经吸引不了今天读者的原因。

相比之下,《黑龙号失踪》是早期少数几篇拥有真正矛盾冲突的科幻小说。小说前半段有悬疑（“黑龙号”在哪里），后半段有悬念（如何对待军国主义者的深海基地）。这使得它具备了“小说”的完整形态。然而，出于我们可以理解的原因，作者写到这里只能以中国人记下证据、昭告世界人民来草草结束悬念，殊为可惜。

科幻创作研究丛书

百年中国科幻小说精品赏析

（第二册）

姚义贤　王卫英　主编

科学普及出版社
·北　京·

目 录
CONTENTS

第一册

中国科幻小说的开拓：十七年科幻小说创作

第二册

中国科幻小说的复苏：“文化大革命”后至1984年科幻小说创作

第三册

中国科幻小说的发展：新生代科幻小说创作（一）

第四册

中国科幻小说的发展：新生代科幻小说创作（二）

第五册

港台科幻小说创作

附　录

中国科幻小说的复苏：“文化大革命”后至 1984 年科幻小说创作

“文化大革命”后至1984年科幻小说创作综述（1976—1984）

◎ 郑军

一

1976年初，应《少年科学》杂志创刊号之约，叶永烈创作了《奇异的蛋糕》，发表时被改为《石油蛋白》。编辑部由于吃不准政策，将“科学幻想小说”改为“科学小说”，让它悄然问世，这篇作品成为“文革”十年中唯一一篇正式发表的科幻小说。

虽然此时尚未出现“粉碎四人帮”这个标志性事件，但在“文革”的尾声，包括科技部门和出版部门在内的各行各业的正常工作都在恢复中。《石油蛋白》这篇科幻小说，无论主题还是内容都和“文革”毫无关系，完全将科技新发明及它们的发明者放在首位，这篇不到一万字的小说成为科幻新时代一声微弱的婴啼。

1977年，中国大陆有《强巴的眼睛》《世界最高峰上的奇迹》《密林虎踪》等数篇科幻小说问世，但还没有形成规模，也缺乏社会影响力。不过，后来一些产生重要影响的科幻小说，如《小灵通漫游未来》和《珊瑚岛上的死光》，当时或正在作者手里修改，或已经与出版社达成协议，进入了出版程序。

“文革”后，经过两年的徘徊，政治局面稳定下来。1977年，中断十年的高考制度得以恢复。1978年3月18日至31日，中共中央在北京召开了全国科学大会。邓小平副总理在会上号召全国人民“树雄心，立大志，向科学技术现代化前进”。这对于当时许多科普作家来说，是一个巨大的激励。科幻作家程嘉梓回顾说，他当年就是看到了中国科学大会的新闻，感觉时机已到，才开始动笔创作长篇科幻小说《古星图之谜》。

一时之间，科学家成为新闻热点，陈景润成为年轻人的偶像，“少年大学生”倍受社会关注，甚至连“耳朵识字”一类的伪科学也颇有市场。这些都表明，那几年公众对科学的关注度骤然提高。这是造成为期数年中国科幻发展高潮的外部原因。许多历史悠久的科普刊物，如20世纪30年代创刊的《科学画报》、50年代创办的《知识就是力量》，均在这段时间恢复原刊名，并以迅猛的势头发展起来。一些新的科普刊物，如天津的《科学与生活》，四川的《科学文艺》，也都在这个时候开始创办。这些科普报刊需要大量的作品来填充版面，反过来也给科幻小说提供了广阔的发表园地。很多少儿出版社和科普出版社，也都在这个时候恢复运营，它们同样需要丰富多彩的作品，其中就包括科幻小说。这是引发当时科幻小说井喷般大发展的直接原因。

经过“文革”十年文化荒漠的煎熬，当时的中国读者迫切需要精神产品。科幻小说恰逢其时，成为那时的一大热点。除儒勒·凡尔纳、乔治·威尔斯及苏联不少科幻作品连续加印外，西方20世纪经典科幻小说也被大量引入，艾萨克·阿西莫夫、阿瑟·克拉克、星新一等作家的名字开始为国人所熟悉。

中美建交后，包括《星球大战》和《星际旅行》这些流行科幻电影的小说改编本都顺利引进出版，与电影原版放映时间相差无几。中国从美国引进的第一部电视连续剧，就是科幻连续剧《大西洋底来的人》，日本动画片《铁臂阿童木》、美国科幻片《未来世界》等也都在这个时期被引入中国。

当时，内地电视传媒事业刚刚开始扩张，频道稀少，播出时间有限，于是，这些海外科幻连续剧占据了大量节目时段，轻而易举地制造了万人空巷的观赏效果。随着成熟科幻影视作品的引进，国人迅速了解了“科幻”这个艺术类型。

这些成熟的科幻作品形成了一股强劲的科幻旋风，不仅吸引影迷，也让当时的探索者们及时接触到世界科幻的最新潮流。不少科幻作家都在创作谈中提及这些科幻影视作品给他们带来的震撼，以及思路上的开拓。

同在这一时期，一些翻译家主动投身科幻译述事业。他们对国外科幻拥有独到的眼光，能够把世界科幻经典及时带入中国。这些作品不仅培养了一代科幻迷，也给内地作者提供了成熟的范本。包括吴定柏、王逢振、郭建中在内的这些翻译家，还向西方国家介绍中国尚处在萌芽状态的科幻小说，成为沟通中外科幻界的桥梁。

就这样，从 1978 年开始，在社会大环境的促进下，在出版界的直接推动下，大批作者投入科幻创作，作品发表量和影响力与日俱增，形成了中国科幻的第二次高潮，或曰“黄金时代”。直至 1983 年为止，先后有一百余位科幻作者发表近千篇中短篇科幻小说，期间还有数十部长篇科幻小说得以出版。

从具体的作者和作品来分析，这次科幻高潮可以视为 20 世纪五六十年代科幻高潮被强行中断后的延续，相当一批主力作家在当年就已经起步，甚至小有名气。杂志社、出版社在 20 世纪 70 年代末寻找科幻作家时并非无的放矢，他们最先去联系这些早期作者。某些作品如《珊瑚岛上的死光》《小灵通漫游未来》等，更是在 20 世纪 60 年代初就已经完成初稿，只是等待了漫长的时间才与读者见面。

高峰时期，内地科幻文学界先后涌现了五个发表园地：

国家海洋局下属的海洋出版社，以丛书的形式创办《科幻海洋》，共发行 6 期，产生了巨大影响。天津新蕾出版社创办了《智慧树》，成都有四川科协主办的《科学文艺》（后来辗转演变成为《科幻世界》）。那时候，哈尔滨堪称中国科幻的基地。当地不仅有黑龙江科协主办的《科学时代》，还有国内唯一一份科幻报纸—— 1981 年，哈尔滨当地科普编辑于华夫、张希玉等人以《科学周报》增刊的形式，发行了《科学幻想小说报》，前后共发行九期，总发行量达到 120 万份。

这些科幻专业媒体，被业内人士合称为“四刊一报”。当时，中国专业科幻园地的数量甚至超过苏联、日本和英国的同期水平，而它们的发行量巅峰时期均为几十万册，这在世界上也屈指可数。之后，中国科幻传媒无论从种类还是发行量上看，从未恢复这一盛景。

与此同时，大量主流文学刊物，包括《当代》《小说界》《北京文学》《上海文学》《新港》《四川文学》等都登载有科幻作品。《人民文学》作为权威的主流文学刊物发表科幻小说，对提升科幻文学的艺术品位起了很大作用。童恩正的《珊瑚岛上的死光》和陕西作家魏雅华的《温柔之乡的梦》都获得过全国性的主流文学奖项。

那个时代也是中国科幻文学界对外交流的开始。1979年，“新浪潮”运动主将、英国作家布赖恩·奥尔迪斯随“英国名人访问团”访问中国，受到邓小平接见。奥尔迪斯曾经想寻找中国科幻作家叶永烈交流，可惜未果。奥尔迪斯委托在上海外国语学院讲学的美国匹兹堡大学英语系副教授史密斯与叶永烈联系，邀请叶永烈加入世界科幻协会，并成为该协会第一个中国会员。1982年9月下旬，世界科幻协会在奥地利林茨召开大会，叶永烈被选为该会八位理事之一。

经叶永烈推荐，之后共有十位科幻作家加入该组织。1981年12月24日，世界科幻小说协会秘书赫尔博士从美国来到上海，叶永烈在上海科协主持了赫尔关于科幻小说的报告会。1982年10月11日至14日，美国著名科幻作家罗伯特·A.海因莱因夫妇抵沪，由叶永烈陪同游览上海，并在上海科协讲座。1983年7月26日，由美国科幻小说协会主席弗莱德里克·波尔率领的7位美国科幻界代表团飞抵上海。28日叶永烈在上海科协主持了交流会。四川科幻小说作家刘兴诗、王晓达在暑假期间来上海，江苏科幻小说作家肖建亨则从苏州赶来，一起与美国同好见面。

当时，外国科幻界也开始关注中国的科幻文学创作，欧美各国都有中国科幻小说选出版。美国出版有《毛泽东之后的中国文学》一书，其中用五万字篇幅介绍了当时的中国科幻小说创作情况。除此之外，德国、英国、苏联都有研究中国科幻文学的文章发表。日本科幻界更于1980年成立了“中国科幻小说研究会”。

这个时期，科幻作家们也进行了一定程度的理论探索。1980年，叶永烈的《论科学文艺》由科学普及出版社出版，其中有相当篇幅探讨科幻小说的创作。1981年，科学普及出版社出版了黄伊主编的《论科学幻想小说》一书，此书迄今仍是研究中国科幻文学的重要资料。

受蒸蒸日上的发展形势所鼓舞，内地科幻作家们开始酝酿成立全国性组织。1980 年初，一些科幻作家便拟筹办“中国科幻小说作家协会”。这个动议后来没有实施。1982 年 8 月，在中国科幻面临外界压力的时候，以童恩正为首的十二名科幻作家联名在《文谭》杂志上发表《关于科幻小说评论的一封信》，抵制对科幻小说不加分析的无端指责。1982 年 11 月，童恩正、尤异、叶永烈、王晓达、刘兴诗、宋宜昌等十一名科幻作家再次撰写联名信，题为《对于当前科学幻想小说创作和评论的几点看法》，该文当时未正式发表。这两封信对当时加诸在中国科幻小说上的种种指责，如“逃避主义”“灵魂出窍的文学”“反科学”“伪科学”等进行了坚决的反驳。

这两封联名信的出现，以及当时面对外界批判，科幻作家们紧密团结、互相支持的举动，是中国科幻史上的重要事件。它标志着中国科幻作家已经具备了充分的自我意识，对科幻文学这个艺术体裁的命运，对科幻创作的前途，以及自己身为科幻作家的使命都有了充分的认识。这也标志着中国科幻界开始形成有凝聚力的小群体。

1984 年，郑文光、童恩正、叶永烈等科幻作家又联名致信中国作家协会，请求在中国作协下面成立“科学文艺委员会”。中国作协书记处原则同意，但由于中国作协直属的一级组织过多，建议科幻作家们把这个委员会挂在“儿童文学委员会”下面。科幻作家们唯恐此举会使外界误将科幻文学视为儿童文学的一部分，因此，没有接受这个建议。

组织机构的成立，既是一种文学类型成熟的标志，反过来也会壮大并促进这一类型的发展。可惜在 20 世纪 80 年代，中国科幻文学没能踢出这临门一脚。

二

历史上的文学浪潮，都离不开主力作家群体和他们创作的经典作品。在中国第二次科幻大潮中，涌现出了第一批重量级科幻作家。他们的创作质高量大，在社会上颇有影响。因此当外界对科幻文学进行批判时，他们首当其冲成了受攻击的靶子。

叶永烈（1940—）曾被称为当时中国科幻的“主力舰”。他出生于浙江温州，1957年就读于北京大学化学系。还在大学期间，叶永烈就参与了科普丛书《十万个为什么》的编写工作，撰写了首版中近四分之一的词条，该书后来成为中国影响最大的少儿科普读物。这次看似与科幻无关的创作经历，恰恰给叶永烈打下了雄厚的知识基础。

当时，叶永烈收集国内外报刊上的科技新闻，写成《科学珍闻三百条》一稿。后来他又将其改写成科幻小说《小灵通的奇遇》，于1961年完成初稿。1977年，上海少年儿童出版社拟以《在国庆50周年的时候》为题请叶永烈写一本科幻小说。叶永烈便将《小灵通的奇遇》加以修改，定名为《小灵通漫游未来》，并且在定稿中略去“1999年”这个具体时间，而将背景定为模糊的“未来”。1978年8月，此书由该社出版。后来人们所熟悉的，便是这个修改本。直到2010年贵州大学出版社出版《中国科幻黄金时代大师作品选》，才将这一原始版本收录进去。

《小灵通漫游未来》出版后，先后印刷了150多万册。后来改编成连环画，又印刷了150万册。这个印量到现在为止仍然是中国科幻文学史之最。当时，《小灵通漫游未来》成为家长给子女买的必读书，堪称新一代科幻迷的启蒙读物。21世纪后，据不完全统计，仅在言论中谈到这本书使自己受益颇深的当代名人便有田溯宁、白岩松、姚明、杨利伟、崔永元、鲁豫、许戈辉、陈伟鸿等多位。对于如今许多三四十岁的中国知识精英来说，《小灵通漫游未来》是他们共同的回忆。叶永烈早期的科幻小说除1961年写的《小灵通漫游未来》之外，还有1964年为《合肥晚报》写的连载科幻小说《丢了鼻子以后》（因“文革”临近没有发表，在1979年2月由少年儿童出版社出版，首印60万册）。

1979年，北京电影制片厂曾经计划将《小灵通漫游未来》搬上银幕，由时任该厂编剧、后成长为主流文学作家的梁晓声执笔改编剧本，并曾在《电影创作》杂志1979年第6期上发表。遗憾的是，后因当时电影技术条件无法展示作品里的场景，未能投入拍摄。

虽然《小灵通漫游未来》十分畅销，但它的思想价值却一直受到忽视，长期被视为一本浅显的科普读物和儿童读物。事实上，这部以科技前沿为题材的作品，在出版三十多年后的今天，当人们谈起它时，仍然津津乐道于里面有哪些科技预言变成了现实。这种并非属于艺术范畴的价值，文艺界往往不屑一顾，但它却是科幻小说干预社会、影响公众的一个重要方面。期待科幻小说像主流文学那样通过讨论政治、社会、人文、哲学等话题去影响社会，是对科幻小说自身特色的扭曲和误解。

同时，坚持从科技前沿中吸取素材，也会使科幻创作保持活力，因为科技本身是永远进步的。如果说作者在《小灵通漫游未来》中只是自发实践这一原则的话，那么，叶永烈后来的科幻创作则完全是在自觉地实践这一原则。比如，短篇小说《腐蚀》来自于叶永烈对彭加木事件的采访；而“金明戈亮系列”运用科技前沿知识之多，甚至可以说是中国本土高科技探险小说的先驱。

《小灵通漫游未来》明确地将“未来”当成故事背景，堪称新中国文学史上的创举。小说全方位构造了一个“未来市”。书中不仅出现一项项令人眼花缭乱的新奇技术，更有对“未来市”社会体制、人们精神面貌的描写。作者笔下的“未来市人”充满乐观精神，视野开阔，学习多门外语，经常出国旅行、学习。对于一部完稿于20世纪60年代初，出版于70年代末的作品来说，这是相当超前的思想。特别是在小说的结尾，作者以一本没有写完的书进行比喻，说明“未来”存在于今人的建设中，这种鲜明的“未来意识”正是科幻文学的基本价值观之一。

在“80后”“90后”科幻迷争相捧读“卫斯理”的时候，或许不知道大陆科幻界曾经有过类似的探险系列，那就是叶永烈于20世纪80年代初创作的“金明戈亮系列”。该系列在出版时便被冠以“惊险科幻小说”之名。主人公金明被称为“科学福尔摩斯”。这个称呼也恰如其分地概括了该系列的类型特点——科幻侦探小说——科幻与推理两种类型作品的杂交产物。

叶永烈对该系列有着明确的定位：“金明的另一个雅号叫‘科学福尔摩斯’，这是因为金明精通自然科学。他认为，在现代化的社会中，一个公安侦察人员只有深知现代科学，善于运用现代科学技术来侦察，才能揭开假象，识穿骗局，侦破疑案。如今，间谍总是以现代科学技术为武器进行破坏活动，作为反间谍人员，必须针锋相对，采用现代化的反间谍技术。”①

从该作品中可以看出，叶永烈很好地贯彻了这些创作思想，让科学技术成为矛盾冲突的基础，从《小灵通漫游未来》那种参观访问式的写法，到融知识于情节之中，在文学性上已经有了极大的提升。“金明戈亮系列”总篇幅达百万字，曾经翻译成外文，在世界科幻界也有一定影响。

叶永烈是理论与实践并重的科幻作家。创作实践所到之处，必做相应的理论探索。于是，他也成为中国研究“侦探科幻”的第一人。在《论惊险科幻小说》《中国惊险科幻小说选序言》《外国惊险科幻小说选序言》等文章中，叶永烈较系统地论述了这一门类的特点：它的中心事件不是一般案件，要围绕科幻构思展开；侦破过程要运用高科技手段；全篇要能激起人们对科技进步的向往，等等。

在今天，随着读者受教育水平的提高，对知识含量高的文学作品追捧日盛。像《达·芬奇密码》《鬼吹灯》之类的畅销书，无不具有知识含量丰富的特点，出版机构更是从国外引进了“高科技惊险小说”这一品种。追溯过去，“金明戈亮系列”堪称中国高科技探险小说的先声。

叶永烈长期从事记者工作，密切关注科技前沿动态，并及时将它们转化成科幻题材。小说《爱之病》即反映了他的这一创作特点。这篇以“艾滋病”为题材的小说发表时，中国内地尚未有一例艾滋病人。

1979 年，在主持科学工作的方毅副总理的亲自关心下，叶永烈从上海科教电影制片厂调到上海市科协，从事专业创作。叶永烈成为那个时代中国唯一一位专业科幻作家。由于时间精力均有保证，叶永烈先后创作了二百多万字的科幻小说，成为当时产量最高的几位作者之一。

叶永烈不仅从事科幻小说创作，也是中国科幻文学研究的开拓者。早在 1980 年，他就出版了《论科学文艺》一书，其中以大量篇幅分析了科幻小说的创作。在其创作高峰时，叶永烈发起创办《科幻小说创作参考资料》，并自任主编。该内刊共发行 5 期，发表了许多研究文章，是考察那个时期中国

① 叶永烈．黑影［M］// 叶永烈．叶永烈文集：第 32 卷．北京：人民日报出版社，2011.

科幻状况的珍贵资料。叶永烈是中国科幻文学史研究的拓荒者。他潜心钩沉，找到了许多沉睡在文献堆里的近代科幻小说，将中国科幻的起始年限不断上推，直到发现了1904年荒江钓叟的《月球殖民地小说》，并确定为中国最早的现代本土科幻。这些成就后来集中于他主编的《中国科幻小说世纪回眸》丛书（福建少年儿童出版社，共6卷，1999）里。

在中国，科幻文学很难得到主流文学评论家的重视，只有科幻作家们自己站出来搞研究，才能给这种大众文学奠定理论基础。叶永烈在这方面的成就是最好的证明。

后来，叶永烈转而创作中国当代重大政治题材纪实文学以及纯文学长篇小说"上海三部曲"，并取得了更大的成就。不过，他在科幻创作的晚期，技巧和思想内涵也已经走向新的境界，只不过这一发展被中止了。可以这么说，叶永烈完成了从科幻作家到纪实文学作家、纯文学小说作家的转型，但他没有完成自己在科幻创作中已经开始的转型。

1979年5月，人民文学出版社出版了郑文光的《飞向人马座》，这是新中国第一部情节较为复杂的长篇科幻小说。在第二次大潮中，郑文光还创作了中短篇科幻小说《太平洋人》《仙鹤和人》《泅渡东海》《星星营》，以及长篇科幻小说《大洋深处》《神翼》《战神的后裔》等，这些作品数量之大，影响力之巨，都使郑文光成为当之无愧的领军人物。

当时，郑文光还被选入学术界享有盛誉的《读书》杂志的编委会。他的艺术水准在同时代科幻作家里出类拔萃，郑文光本人对文学技巧的掌握和提高也有相当的自觉意识。1981年5月的香港刊物 *Asia* 2000 对郑文光做了专访，并给予很高的评价，称他为"中国科幻之父"。

对于科幻文学如何从科学文化中汲取营养，郑文光有着十分清醒的认识。他认为："科学自有其吸引人之处，否则，为什么有这么多科学家为之献身呢……不是用科学本身，它的内在魅力去吸引读者，而是外加什么'噱头''趣味''笑料'，这是注定要失败的……由此可见，文艺性的科学读物，并不需要什么外来的'噱头'和'趣味'，关键在于挖掘科学中真正动人心弦的地方。朴实无华，展示出客观事物规律性的美，本来在文学作品中也是值得赞赏的风格，在科学文艺读物中却正是它的内在的生命。”（郑文光《科学文艺杂谈》，见《郑文光 70 寿辰暨从事文学创作 59 周年纪念文集》，第 147 页）

身为经历过“文革”的作家，郑文光也会在作品中触及这段特殊的历史，但他努力用科幻手段来表达这一主题，而非简单地把科幻小说写成政治寓言。他在《星星营》里写了人工返祖，在《命运夜总会》里写了思维控制，在《海豚之神》里写了动物智力。利用这些科技题材，郑文光把对时代悲剧的思考用超现实的方式表达出来，完全不同于当时的“伤痕文学”。

需要指出的是，包括郑文光在内，那一代科幻主力作家都是三四十岁的中年人。1978 年，郑文光 49 岁，童恩正 43 岁，叶永烈 38 岁。其他一些主要作者如金涛、魏雅华等人，年龄也相差无几。他们都是从这个年龄段开始自己新的科幻征程。

这些作家社会阅历丰富，与国家一起经历大起大落、大喜大悲，精神世界得到过锤炼，正是厚积薄发的时候。在实际创作中，他们多采用科幻与现实高度结合的手法。现在有种观点，认为当时的科幻小说想象力不够大胆，其实不然。相形之下，后期的不少科幻小说创作由于作者年纪偏小，接触现实不多，在反映现实、影响社会这方面，反而不及当年的高度。

可惜的是，1983 年 4 月，正处于创作上升期的郑文光不幸中风，此后，他不仅失去了写作能力，甚至连生活自理都很困难。2003 年 6 月 17 日，卧床二十载的郑文光悄然辞世。

1978 年，《人民文学》发表了童恩正的短篇科幻小说《珊瑚岛上的死光》，引起轰动。该作品随后获得当年的中国优秀短篇小说奖，这是当时中国科幻小说在国内获得的最高文学奖项。与此同时，该作品被改编成广播剧、科幻电影，以各种形式广为传播。

《珊瑚岛上的死光》创作于 1964 年。和当时的主流文学作品相比，在不少地方突破了当时的创作尺度，比如正面描写华人华侨，让多位正面人物在小说里遇难，以至被讽刺为“珊瑚岛上都死光”。之后，童恩正又发表了《遥远的爱》《在时间的铅幕后面》等科幻小说。童恩正于 20 世纪 80 年代末赴美，1997 年 4 月 20 日在美国康涅狄克州因病去世。

在《珊瑚岛上的死光》中，童恩正大量融入间谍、惊险等元素，而且紧紧围绕着作品里的几件科技发明来展开。在《追踪恐龙的人》中，童恩正有意识地渲染远离人烟的深湖、神秘的怪兽脚印、被撕开的马匹尸体，将恐怖元素发挥到极致。而这些气氛环境的渲染，完全依赖于恐龙孑遗这个科幻构思。在《雪山魔笛》中，作者也刻意描写百里之内无人居住的蛮荒之地，万籁俱寂中若隐若现的脚步声。

在创作《遥远的爱》时，童恩正有意将作品写成一篇较为纯粹的爱情小说，并且牢牢把握住“生离死别”这个爱情小说一贯打动人的套路。只不过在这篇小说里，读者看到的把男女主人公分开的不是门第高低、父母阻隔、身患绝症等普通社会障碍，而是“距离的暴虐”——一种由天文学家发出的感慨。用一种科学概念来制造哀婉动人的情节，其感染力远超一般爱情小说，从而使作品别具特色，不失为一部优秀的科幻小说。

1983—1984 年，甚至在中断科幻小说创作后，童恩正还完成了长篇《西游新记》，在《智慧树》杂志上连载，影响很大，堪称中国当代奇幻文学之先声。

20 世纪 60 年代，童恩正从四川大学历史系毕业后，第一份工作并不是从事自己的考古学专业，而是去峨嵋电影制片厂当编剧，改编自己的小说《古峡迷雾》。从那以后，童恩正一直与电影界保持联系。他曾经自己改编《珊瑚岛上的死光》。这种经历让童恩正在创作小说时，能主动运用更多的画面元素，使读者在阅读作品时，脑海里很容易产生相应的影像。

1980 年 2 月，刘兴诗在四川人民出版社出版了《美洲来的哥伦布》。该作品与《珊瑚岛上的死光》并列为当时“硬科幻”与“软科幻”两个流派的代表作。这部作品不仅使用了科幻小说里十分少见的科技史题材，而且核心情节围绕一次“判决性实验”来展开，是一篇科学取向十分鲜明的作品。

刘兴诗有着明确的创作理念。在其创作早期，他常常描写地下水资源、移动建筑、天气控制等题材。其中，有许多都取自他的科学生涯，描写自己在现实中无法解决的科学构思。20 世纪 80 年代初，刘兴诗发表了科幻小说《柳江人之谜》。这是作者与童恩正、周国兴等人对广西柳州市柳江人遗址进行考证研究时产生的构思。《柳江人之谜》后来在日本广为流传，因为日本考古界有人推测，日本人的先祖曾经生活在这个地方，为“柳江人”后裔。

在科幻文学越来越偏重幻想、远离现实的时代，刘兴诗大力提倡科幻从现实出发，反映现实，干预现实。他的这些思想即使对于今天的科幻创作，也很有指导意义。

如今，刘兴诗已年逾八十，仍然笔耕不辍，继续活跃在科幻创作的第一线。

考古是刘兴诗和童恩正的共同专业，他们俩经常在一个考古队里做搭档，就考古学问题互相切磋，他们也共同将一些考古学课题引入科幻小说创作：童恩正创作了《古峡迷雾》《石笋行》《雪山魔笛》等作品，刘兴诗创作了《美洲来的哥伦布》《扶桑木下的小屋》《柳江人之谜》等作品。而其他中国科幻作家几乎都没有像他们两人那样，写下如此多的考古题材的科幻小说。

纵观世界科幻文学，童、刘二位创作的这些作品都很有创建性。考古学科幻小说既不是寻宝探险故事，也不是后来被写滥的“穿越戏”。它的题材来自于真实的考古学课题，情节里面包含着大量的考古学专业知识，如化石、墓葬、年代断定技术等。

在学术界，考古学并不同于传统的历史学，它不以古代文献为研究对象，而是用技术手段分析古代物质遗存，这使得考古更接近于自然科学。技术手段越进步，考古学的发现也越多。因此，描写考古题材的小说更具有科幻小说的特质，而非历史小说。童、刘二人创作的这些考古题材科幻小说，不仅拓展了科幻题材领域，也丰富了人们对科幻概念的理解。可惜，这类题材在中国科幻界后继乏人。

肖建亨是来自江苏的科幻作者，1930 年出生于苏州，早在 20 世纪 60 年代，他就创作了《奇异的旅客》《布克的奇遇》《奇异的机器狗》《铁鼻子的秘密》等科幻小说。20 世纪 70 年代末，肖建亨重新执笔，创作了大量的以构思奇特而著称的短篇科幻小说，如《沙洛姆教授的迷误》等。

“黄金时代”不仅使大批科幻老将迎来了第二春，还出现了一批科幻新人，其中，金涛便是代表之一。金涛，1940 年出生，祖籍安徽黟县，1963 年从北京大学毕业，当过两年教员，后到《光明日报》当记者。后来，在郑文光等前辈的鼓励下，金涛推出了轰动一时的《月光岛》，并与王逢振一同主编了当时颇有影响的西方著名科学幻想小说选《魔鬼三角与UFO》，又与孟庆枢一同主编了苏联著名科学幻想小说选《在我消失掉的世界里》，均由海洋出版社出版。

金涛在科幻小说的创作、编辑、评论、宣传等方面都做出了不少贡献。他的《台风行动》是那时为数不多的长篇科幻小说代表作之一（先在香港地区出版，后在内地出版）。直到20世纪90年代，金涛于百忙中仍然坚持科幻创作。

宋宜昌也是那时比较有特色的一位科幻作家。他深谙军事科技，所创作的《北极光下的幽灵》几乎算是中国最早的“高科技惊险小说”。除此之外，宋宜昌还创作有长篇科幻《V的贬值》《祸匣打开之后》。在《V的贬值》里，宋宜昌表现了很高的文学技巧，可惜未能把握住科幻小说的特色，细腻的文学描写游离于情节之外；而《祸匣打开之后》则是相当纯粹优秀的科幻作品。

后来以童话见长的郑渊洁，当时也在尝试进行科幻创作，并凭借《舅舅的手表》《奇异的服装店》《震惊世界的紫薇岛暴动》《奇怪的表哥》等一系列短篇作品成为小有影响的科幻作家。

吴岩在当年只是一名学生，属于小字辈，但他创作了中国最早描写“生态主义者”的科幻作品《引力的深渊》。小说中塑造的反面人物伊立鑫试图消灭全人类，以恢复自然生态，这在当时是非常超前的。

除上述作家外，当时的主要科幻作家还有缪士、王晓达、王亚法、王金海、王川、迟方、尤异、刘后一、达世新、徐唯果、谢世俊等，总计达一百余位。这一时期长篇科幻不多，构成创作主体风貌的是近千篇中短篇科幻小说，在当时的青少年读者群中产生了广泛影响。当时，仅改编自叶永烈各种科幻作品的连环画，累计发行总量就超过一千万册。除电影《珊瑚岛上的死光》外，还出现了《绿色克隆马》等大批科幻广播剧，以及《隐身人》《最后一个癌症死者》《X–3案件》等科幻电视剧。这些作品曾经反复播映，无形中扩大了科幻艺术的影响力。

当时科幻作家的一个重要特色，便是在作品中抒发自己对科学事业的热爱。他们中有许多人都在科技部门工作，如郑文光在北京天文台工作，童恩正和刘兴诗从事考古和地质研究，叶永烈是专业科普作家和科技新闻记者，等等。当时一线科幻作家很少有谁不是“科技口”的人。这种“科学共同体”的文化属性，在他们的创作中得到了鲜明的体现。

这些作家在作品里所渲染的对科学的热爱既非盲目乐观，又非仅仅出于宣传需要。他们真诚地热爱科学事业，并在作品里自然流露。这使得他们的科幻小说看上去主题鲜明，情感饱满，很有筋骨。

科幻小说从来都是社会现实的反映，而非远离现实的闭门造车。中国科幻第二次大潮时的作品深深打下了那个时代的烙印。而在今天看来，这其中既有鲜明的长处，也有明显的缺点，比如“向科学进军”这个口号就曾经出现在无数作品里。科学进步决定一切成为许多小说隐含的主题。而环保思想在当时还是个异类。

在《水下猎人的故事》（肖建亨）里，出现了“水下手榴弹、超声波猎枪、压缩空气枪、单人潜艇”等一系列的发明。而其目的，仅仅是为了更有效地杀死海洋生物！在当时作者对此持歌颂态度，而在今天，这类故事恐怕要受到环保主义者的严责。那时，不少科幻小说描写用工业文化制造食物，并把它当成未来科技进步的标志；而在今天，人们恰恰喜欢有机食品。

至于对市场经济的描写，在那时的科幻作品里几乎连萌芽都没有。因为直到这次高潮结束的1983年，市场经济在中国还只是“投机倒把”。在《战神的后裔》中，作者描写火星改造工程，在技术细节上几乎面面俱到。但这么一个长期投入却无产出的工程，到底该由谁投资，怎么能够支撑下来？作者完全回避了这个问题。只要技术上有需要，总会有足够的资金、足够的人力物力涌到火星基地上。在《神秘的信号》中，作者尤异描写了太空城“张衡号”，称它是一个“容纳一万多人的超现代化的城市”。但这么一座城市，竟然是靠义务劳动建造的！

另外，冷战阴影也不时闪现在那时的科幻作品里。当时中美靠拢抵御苏联，这个国际背景出现在《珊瑚岛上的死光》《飞向人马座》《神秘的信号》《台风行动》等许多作品中。“北方某国”成为一致的反面角色。在《神秘的信号》中，作者甚至以苏联科学家日记的形式，具体描写当时苏方的反华宣传。

同时，美欧各国人士在当时的科幻小说里如果不是朋友的话，至少保持中立。在《神秘的信号》结尾处，作者甚至以主人公的名义大声疾呼，批评美国当时对苏联的缓和裁军政策。相比之下，像《祸匣打开之后》这种从全人类角度立意的作品，在当年还属凤毛麟角。

当时的一些社会现实，也能在小说里找到烙印。比如科学家拿着计算尺工作，公安人员骑自行车搞侦查，十元钞票便是“大票”。这些都告诉我们，不能脱离时代去评论主流文学，同样不能脱离时代去评价科幻文学。

三

在第二次大潮时，中国科幻不再像20世纪五六十年代那样鲜为人知，也因此更容易引来各种批评。批评主要来自科学界和科普界。自1979年开始，一些科普作家以《中国青年报》“科普小议”专栏为阵地，对当时的主要科幻作者和作品进行了系统的批判，批判大多围绕着小说中科学虚构是否成立来进行，如“自私是否可以遗传”“恐龙是否可以复活”“克隆人是否具有父本的心理结构”，等等。

迫于压力，科幻作家们只能逐一进行反驳，但由于被局限在科学话语氛围里，作家们只能远离文学艺术规律，逐条辩驳这些虚构在科学上的合理性。其中，很多反驳在科学上苍白无力，即使有根有据，这种讨论本身也完全剥离了科幻文学的艺术性。

后来，这一争论更是发展成为一场关于科幻文学姓“科”还是姓“文”的争论，即它到底是一种文学体裁，还是科普创作的一部分。科幻创作体制中从20世纪50年代便埋下的隐患在这时充分爆发出来。当时第一线的科幻作家几乎都认同它是一种文学类型，而参与争论的科普评论家、科学家和有关领导则判定科幻小说是科普创作的一部分，并以此为出发点，要求科幻小说更多地围绕科学内容展开，压缩其中情节、背景描写、人物刻画等文艺成分，实质上便是消解科幻小说的文学本质。

这场争论完全处在当时主流文学界的视野之外，几乎未见主流文学界人士介入，仅仅是科幻作家和科学界、科普界某些个人的双边对垒。但仔细分析便可知道，它仍然是当时文学大趋势的反映。“中国文学理论界目前占据支配地位的文学观念与文学理论无疑是关于文学自主性、自律性观念。这种观念在 20 世纪的中国文艺理论界一直与文学的他律性、工具论处于对抗、斗争状态，其消长起伏构成了中国文学理论史的主线。如果不作更加远久的追溯，当代中国文艺学界的自律性诉求出现于 20 世纪 70 年代末、20 世纪 80 年代初期，到 20 世纪 80 年代中期达到高峰并逐渐占据主导地位。这种自律性诉求在 90 年代的文艺学教科书中得以合法化并延续下来。”①

可以说，当时科幻作家们是在自发地为科幻小说的文学性声辩，抵制着把小说当成一种知识载体、宣传工具的做法。当年该事件的亲历者，很少能在更广泛的文化背景下讨论这一事件。其实，科幻界当时面对的这场“姓科与姓文”的质疑是上述大背景里出现的小事件，是文学艺术追求自身价值，反对过分强调工具价值的具体体现。只不过对于主流文学家来说，他们更多的是反对将文学作品作为政治宣传工具。而科幻作家们则是不希望科幻小说被当成科学知识的宣传工具，希望挖掘和张扬其自身的美学价值。

这场争论发展到后来，对科幻小说的批判从具体情节、科技原理扩展到思想倾向。叶永烈的《黑影》、金涛的《月光岛》被无端戴上了“发泄对社会主义制度的不满”的高帽；而魏雅华的《温柔之乡的梦》则被指责为色情小说，批判文章更是在《人民日报》《中国青年报》《文汇报》《光明日报》《工人日报》《羊城晚报》《陕西日报》《作品与争鸣》和《文艺报》等主流媒体上赫然在目。

1983 年下半年，清除精神污染运动开始。对科幻小说这个文学类型本身持反对意见的评论家们集中火力，开始系统地发表批判文章，将科幻小说和“现代派文学”“人性论”等并列为文学界精神污染的代表。

这次批判的结果便是中国科幻作家基本退出创作，科幻发表园地几乎完全消失。2009 年 3 月 18 日，《中华读书报》上刊出陈洁的《27 天决定中国科幻命运》一文，专门回顾了这段历史。

需要指出的是，由于科幻小说在当时拥有超乎寻常的社会影响力，确实有些作家和学者借用科幻题材创作政治寓言，表达自己的政治态度，比如孟

① 陶东风. 文学理论基本问题［M］. 北京：北京大学出版社，2004：12.

伟哉的《访问失踪者》，严家其的《跨越时代的飞行》等作品都属于这一类型。然而，这些作品可能红极一时，却并没有给读者留下长久的印象。在后来舆论更为开放的年代，这些作品早已销声匿迹，反而是《飞向人马座》这些更具科学内容的作品流传下来。

这种现象在西方也不鲜见。科幻圈外的文人和学者，更看重那些具有政治寓言和社会寓言性质的科幻作品，比如小说《一九八四》，或者电影《巴西》，而它们在科幻圈内却是支流。这种现象从一个侧面体现了科幻文学特殊的类型本质。

不过，将科幻小说的衰落完全归咎于一次政治运动，甚至一份政策文件，也不符合当时的实际情况。1983 年后，中国本土科幻作家仍然可以出版作品。1985 年 5 月，程嘉梓的长篇《古星图之谜》得以出版，并且还是由人民文学出版社推出的，当时发行数万册，给许多读者留下了印象。1986 年，该书获得黑龙江省创作二等奖；1987 年，再获铁道部“第三届铁路文学奖”。

1988 年，曾经作为主要批评对象的叶永烈发表了具有科幻色彩的小说《巴金的梦》。作为一篇政治寓言，这篇作品的尺度比作者以往任何纯粹的科幻小说都大。值得一提的是，他的科幻小说《爱之病》也发表于 1983 年“清污”运动之后，所触及的艾滋病话题在当时同样敏感。还值得提到的是，2002 年叶永烈的 30 万字的政治幻想小说《毛泽东重返人间》分别在香港与台湾出版，并引起美国电影界的注意，用英文改编为电影剧本。

1986 年后，《科学文艺》（《科幻世界》前身）和《智慧树》两家杂志仍能发表科幻作品，并于 1986 年联合推出银河奖。在《智慧树》停办后，该奖由《科幻世界》独立支撑一直延续至今。

更值得注意的是，1983 年后，大陆还有数部科幻电影问世，包括 1986 年由珠江电影制片公司和香港天湖电影制片公司联合制作的《异想天开》，同年由西安电影制片厂拍摄的《错位》，1988 年由长春电影制片厂推出的《合成人》，1989 年由西安电影制片厂拍摄的《凶宅美人头》等。其中，1988 年由北京电影制片厂拍摄的《霹雳贝贝》，给一代青少年观众留下了深刻印象。

在体制内，影视的影响力被认为甚于小说，管理尺度也比小说更严。上述科幻片的诞生可以说明，政策因素对于当时中国科幻的影响虽然可以说是“当头一棒”，但并非像一些文章所称的那样致命。中国科幻当时的衰退，还应该从行业本身寻找原因。

科幻文学是广义上的科技文化的组成部分，它们最主要的受众是科学共同体内部的成员，以及社会上的科技爱好者。这个文学类型在社会上能否形成影响，依赖于这个受众的受教育情况提高到什么程度。纵览欧、美、日等发达地区和国家的经验，一般都是在高等教育进入普及阶段，科幻小说里才涌现出畅销书，科幻片才摆脱票房毒药的恶评。而这些社会条件对于中国来说，要到2000年以后才实现。

当读者翻开一部现实题材的小说时，他不会去问“男女为什么要谈恋爱”“父母如何生孩子”“成年人为什么必须工作才有饭吃”。现实题材小说是基于生活常识来创作的，一般读者都有着充分的阅读准备。而当人们翻开一部科幻小说，看到满篇都是“平行空间”“基因变异”或者“人工智能”这类词汇时，便会呈现出完全不同的反应：理解这些词汇的读者可能立刻会被吸引，并体会到作者的用意之妙；而看不懂这些概念的人，则很可能放弃阅读，因为他们大多不会一边翻阅工具书，一边看小说。

所以，科幻小说的兴旺与否，与知识群体的绝对数量有直接关系。而这个外界条件，在当年并不具备。

我们不妨来分析一下当时几位代表作家的经典作品，似乎就能够找到这个答案。现在人们提到叶永烈，一般只会记得《小灵通漫游未来》。由这部作品创造的国内科幻小说发行纪录，到现在都没有被打破。然而按照现在的文学分类，这是一部典型的“童书”，不仅人物、叙述方法以少儿为目标读者，而且里面虽然罗列了大量的科技成果，却几乎没有矛盾冲突，宜于少儿阅读。

叶永烈真正成熟的科幻创作要从“金明戈亮系列”开始。在这个系列中，科技成果不仅更为先进，而且完全融入情节，成为矛盾冲突的推手。在该系列作品《并蒂莲》中，叶永烈使用“狸猫换太子”的冲突模式，线索清晰，情节紧凑流畅，几乎没有哪段情节可以省去。作者在这部小说里表现出的把握情节的功力，足以与后来任何优秀通俗作家相比，然而它们的发行量却远不能与“小灵通”相提并论。

叶永烈的短篇《腐蚀》完全以科学伦理为主题，作品被美国学者詹姆斯·冈恩收录在《科幻之路》第六卷，成为代表中国科幻成就的两篇作品之一，但现在几乎只有科幻圈的人才记得这篇作品。

如今人们提到童恩正，大都只记得他的《珊瑚岛上的死光》。然而事实上，这部作品在当时是属于一系列以“苏修”为假想敌的“反特文学”，是因为与“反特文学”这类的小说或电影题材接近而流行开来。纵观童恩正所有的科幻创作，这种题材只是偶尔为之，再没有写过第二篇，因此完全不能算作他创作风格的代表，童恩正自己对这篇作品的评价也不高。大部分时间里，童恩正都以他熟悉的考古学为对象，认真创作题材新颖、内容严谨的考古科学幻想小说。而这些更能代表童恩正风格的作品，却远不如《珊瑚岛上的死光》那么家喻户晓。

现在人们提到郑文光，联想到的仍然是《飞向人马座》，直到2000年后，该书仍然不断再版。然而这也是一部以冷战为背景的小说。郑文光最成熟的科幻文本应该是长篇《战神的后裔》。这部作品使用了“星球改造工程”这个纯粹的科幻题材，科幻迷对此显然比一般读者更感兴趣。这部作品以人类视角来叙述，完全不再有冷战阴影。郑文光甚至超前于时代，在小说里反思“科学主义”可能带来的危害。然而遗憾的是，这种在科幻类型方面的成熟，这种对科学更深入的思考，却没能使它比《飞向人马座》更出名。

和三十年后刘慈欣的《三体》因为是纯粹的科幻小说而流行起来相反，当时一篇科幻小说能够流行，往往是因为它们更接近其他类型，或者更能引发大众话题，而非因为它更像是科幻小说。这标志着科幻文学“过于早熟”，社会大环境还没做好接纳它的准备。

回顾那几年的科幻大潮，还可以发现一个规律：标志性的、为广大公众所熟悉的科幻作品，基本定稿于20世纪70年代末。当时，它们的作者都是单打独斗。而科幻小说在社会上闯出名堂之后，科幻作家们彼此了解，开始书信交流，也有过一些正式的笔会，让作家们互通声气。作家们形成小圈子，在里面讨论科幻小说的规律，交流创作心得。他们接下来创作的作品往往比早期更接近科幻类型的本质。如郑文光的《海豚之神》，无论题材的科学性，还是主题的哲学意味，都十分成熟。当时还是学生的吴岩在《引力的深渊》这篇作品中，所使用的生态主义题材，已经完全与国际接轨。

然而，这些科幻特质更鲜明的科幻小说，影响力都不如早期作品。

作为科幻小说高潮的外部催化剂，当时公众对科技的热忱也有泡沫化的倾向。20世纪70年代末到80年代初那几年，中国在经济上的改革开放还刚刚开始，市场经济还是禁忌，政治话题仍然相当敏感。科学技术承载了人们过多的期待，从国家富强到个人前途，许多人都把答案放到发展科技上，本身却对科学技术缺乏起码的了解。

事实上，进入20世纪80年代后半叶，当市场经济蓬勃发展、政治上逐渐宽松之后，中国科普期刊反而出现一次大滑坡，多家期刊纷纷倒闭，余下的也发行量锐减。这对于引发科幻文学的衰退似乎更为直接。

区区几年科幻大潮除了大批经典作品外，还留下一个宝贵的成果，就是培养了中国第一代科幻迷。20世纪五六十年代国产科幻小说数量少、篇幅短、影响力有限。而这一次，中国作家提供了丰富的阅读文本，将一大批青少年转化成科幻迷。目前中国科幻的主要力量，作家如刘慈欣、韩松、郑军，出版家如姚海军，都是当年的科幻迷。

当时，科幻小说的发表平台集中在科普、少儿类媒体，编辑对科幻小说要求严格，如情节是否有科学根据，是否有儿童不宜的细节，等等，这些要求一方面束缚了作家的想象力，另一方面，它使得当时的作品严谨扎实，风格清新，充满朝气。

科幻不是无源之水。没有科技文化的滋润，它终究要枯萎。细数中国科幻最闪光的几个特殊时期——清末民初、20世纪50年代以及20世纪七八十年代之交，都有科学传播大发展的时代背景。在这几个特定时段上，中国公众爆发出对科学的别样热情，对各种与科学有关的话题都有兴趣。只有出现这样的土壤，科幻小说才能生长得扎实。

如果说我们回顾第二次中国科幻大潮可以有所借鉴的话，那么，牢牢扎根于科学实践，从科技现实中挖掘题材，心怀对科学的热爱，应该是最有益的经验。

小灵通漫游未来（节选）

◎ 叶永烈

丢了“宝贝”

哎！要讲的事情，比牛毛还多。

从哪儿讲起好呢？就从我那“宝贝”——照相机是怎么丢的说起吧！说实在的，我总以为，我的这次奇遇，都是从丢了这架照相机引起的。

我记得，那天傍晚，我在江边闲逛。

血红的夕阳，把江面染得一片通红。风一吹来，水波涟漪，江水像一条红绸似的轻轻飘动，真是美极了。

我心里不由得一动：赶快把这“江边晚景”拍下来！

唷，坏了！我找遍那鼓鼓囊囊的挎包，把水壶、小刀、橡皮、铅笔……统统掏了出来，甚至把挎包来了个里朝外大翻身，还是没找到我的“宝贝”——照相机。

我记得下午出发的时候，好像顺手往挎包里塞了个硬邦邦的东西——照相机，怎么会不见了呢？

照相机是我的好朋友、好“宝贝”。它是一位天才的“画家”。不，一位天才的“速写家”。作为一个新闻记者，怎能丢了“武器”——照相机呢？

我到处去找，一会儿钻到那丫丫杈杈的灌木丛里，一会儿撅着屁股在草地上乱摸。我越找，心里越急，眼看太阳马上要落山了。

天，黑得那么快，夜幕降临了。

后来，我脚酸了，衣服钩破了，人也累了。看看天已经像锅底那么黑了，我打算赶紧回招待所去。心想，兴许我下午压根儿没有把照相机塞进挎包，现在它正平安无事地躺在桌子上呢。

奇　遇

可是，我又遇上了第二件倒霉的事儿：天一片漆黑，月亮不知躲到哪儿去了，我到处乱找瞎摸，弄得晕头转向，记不清回招待所的路了，迷路啦！

四周静悄悄的，连绣花针掉在地上都能听到。江边看不见一个人，耳边只响着风吹树叶的“沙沙”声。我在江边徘徊、踌躇，我低着头走着、走着，忽然在朦胧的夜色中，看见前面有一排雪白的栏杆，栏杆后面隐隐约约有一张长长的白色靠椅。

我高兴极了，像在运动场上跨栏似的，一跳便蹿过栏杆，一屁股坐在那靠椅上。

那时，真有一股说不出的舒服劲儿。为了更加舒服点，我干脆躺了下来，把挎包当枕头，放在头底下。

本来，我只打算稍微躺一会儿。可是，不知怎么搞的，我的眼皮有千斤重似的，抬也抬不起来，不久，我就呼呼睡熟了，而且做起梦来啦！

在梦里，我还是在那江边的草地上，找我心爱的照相机。找呀，找呀，在黑黝黝的灌木丛中，忽然看见两只绿闪闪的灯笼——老虎的眼睛！顿时，我吓得直打哆嗦。那老虎张牙舞爪，大吼一声：“呜——”

“救命哪！救命哪！”我大声喊，一骨碌坐了起来。

金色的阳光，射在我的眼皮上。天已亮了，东方的一片朝霞，染红了整个天空，太阳正在冉冉升起。我揉了揉惺忪的眼睛，才知道原来是在做梦哩。

我朝四周一看，咦，怎么我眼前的树，都在飞快地朝后跑呢？

难道我头晕吗？

我站了起来。天哪！原来我是在一艘巨大的轮船上。这时，轮船又发出“呜——”的一声巨响，使我明白过来：刚才梦中的老虎吼声，就是轮船的汽笛在叫呢！

我再仔细观察了一下，又明白了一件事儿：我昨天黑夜里跳过的那道白栏杆，原来就是轮船船舷上的扶手栏杆。而我躺着睡大觉的长椅，正搁在轮船的走廊上。

这究竟是怎么回事儿呢？

奇怪的船

“出了什么事？出了什么事？”突然，走廊门开了，一位穿着整洁的米黄色服装、戴着大盖帽、胸前挂着望远镜的爷爷，急匆匆地跑了出来。

在他的后边，有两个孩子咯噔咯噔地也奔了过来：跑在前面的是个小男孩，和我的个儿差不多高；跟在后面的是个小女孩，比我还矮一个头呢。

“是你喊救命吗？出了什么事？”爷爷一边问我，一边挨着我坐了下来，用粗大的手抚摸着我的头顶。

这时，我才看清了爷爷：他有着一副久经风吹雨打的古铜色的脸庞，鼻子下面，留着一撮浓密的白胡子。他的帽子上，有着金光闪闪的帽花，我猜想他也许是船长或者大副。他的眉间皱着“川”字纹，表示他弄不明白究竟发生了什么事情。

唉，我简直有点害臊，脸上火辣辣的。但也只得原原本本，把我昨天晚上奇怪而可笑的遭遇，一个字儿也不差地告诉了他们。

“哈哈，哈哈……”爷爷听了，眯着眼睛，爽朗地大笑起来。

“嘿嘿，嘿嘿……”那个男孩子前俯后仰，笑得嘴巴合不拢，如果把一个苹果塞进他的嘴里，他也不会觉得。

“咯咯，咯咯……”那个小姑娘用手捂着嘴巴笑个不住，像是一架扫个不停的机关枪，连眼泪都笑出来了。

我们很快就熟悉起来，成了好朋友。

那爷爷果真是船长。那两个小家伙，是他的孙子和孙女：哥哥叫小虎子，妹妹叫小燕。

爷爷听说我是个新闻记者，高兴地拍了拍我的头顶：“那太好了，小灵通。我们这船是开往未来市的。你没到过未来市吧？我欢迎你到我们家来做客，玩几天，顺便把我们这座崭新的城市报道报道，讲给你的小朋友们听听。”

“你一定要到我们家来！”小虎子说，“我爸爸是你的同行——《未来日报》的编辑。他一定会非常喜欢你。”

我们并排坐在白色的长椅上，愉快地交谈着。江风阵阵吹来，非常凉快。

这时，我才提出我弄不明白的问题：按道理，船是停泊在江面上的。可是，我昨天一直在灌木丛和草地上摸来摸去。我记得，当时是在草地上摸到白栏杆，然后跳了过去，躺到长椅上，怎么会一下子变成在船上了呢？

爷爷让我扶着船舷的栏杆，朝船底一瞧，我这才发现，这艘船是一艘怪船：它的船底是完全腾空的，脱离了水面，像腾云驾雾似的在江面上航行！

爷爷告诉我：这艘船是一种新式的船，叫做“原子能气垫船”。在船上，有一个巨大的风扇，不停地往船底鼓风，使整个船都腾空，脱离水面。这样，船在航行的时候，不受水的阻力，所以像飞一样快。正因为这样，船还能在陆地上行驶——它在陆地上也是腾空的，脱离地面。昨天夜里，他们从江里开到陆地上休息，把机器关掉，船躺在草地上。我就在那时，跃过了栏杆，躺到长椅上睡熟了。清早，气垫船启航了，又从陆地上开往江里，这时我仍在酣睡。直到灿烂的阳光射到我的脸上，我仿佛梦见老虎的眼睛，像灯笼般直盯着我，才惊醒过来……

气垫船闪电般在江上行驶。起初，江水是黄色的，满是泥沙。渐渐的，江面变得越来越宽，水也渐渐变蓝了。爷爷告诉我，船已经从江面开到海面了。这时，只有远处岸边的水，才是黄色的，犹如一块巨大的深蓝色的地毯，镶着金黄色的滚边。

后来，这滚边也消失了，四周全是碧蓝碧蓝的海水——天连着海，海连着天。晶莹的海水映着蓝蓝的天空，这样美丽的海景，我从来也没见过。

“小灵通，你没到过大海吧？我今年快80岁啦，在海上已经生活60年了。你瞧瞧，祖国的海洋多么壮丽，多么宽广！”爷爷指着浩瀚的大海对我说。

我完全被这迷人的大海深深吸引住了，情不自禁地唱起了《我爱这蓝色的海洋》这支歌：

我爱这蓝色的海洋，
祖国的海疆壮丽宽广……

爷爷说自己还有些事情，就到驾驶室去了，留下小虎子和小燕陪着我。

小虎子健壮结实，穿着蓝白横条的海魂衫。他的脸蛋晒得黑里透红，在又浓又黑的扫帚般眉毛下，闪动着一对黑溜溜的大眼珠。前额，老是有一绺"倔强"的头发，令人发笑地翘着。小虎子力气可真大，当我与他初次见面，互相握手时，他就把我的手捏得发酸。我真不知道，他是无意呢，还是故意要给我来个"下马威"，使我一见面就知道他的厉害。

有小虎子做伴，真是永远也不会感到寂寞。他的嘴巴，像收音机喇叭似的，老是讲个不停。

小虎子对我说："小灵通，我想你一定也是个喜欢讲话的人。我就是这么个人，爱说这个，喜谈那个。即使晚上睡觉了，嘴不动了，手也停了，脑子还在动——在做梦。做着，做着，嘴也动了，说起梦话来了；手和脚也动了，踢起被子来了。"

小燕扎着两根羊角辫，辫梢结着大红的蝴蝶结。圆圆的小脸蛋一点也不黑。只有那一对天真的大眼睛，跟她哥哥一模一样。两颊绯红，像个苹果。她静静地听着我与小虎子谈话，从不打岔。我很奇怪，小燕怎么老是一声不吭呢？

小虎子似乎觉察到了这一点，对我说："我妹妹哪，她见了陌生人，就像个闷葫芦似的，不声不响，嘴巴贴上了大封条。"

接着，他向我靠近了一点，把双手一合，做成一个传声筒，贴在我的耳朵旁，低声地告诉我："小灵通，你可千万别小看她呀！我得预先告诉你，她最爱告我的状……"

小虎子叽里咕噜讲个不停。我没到过海洋，也没坐过海轮，很想走走看看。小虎子立即从长椅上站起来，拉着我的手说："我带你去参观参观。"

小燕跟着也站了起来。

“你别去。”小虎子说。

“我偏要去。”小燕撅起嘴说。这时，我才第一次听见小燕讲话。

“让她一起去吧！”我说着，左手拉着小虎子，右手拉着小燕，我们三个人沿着走廊，来到了甲板上。甲板银光闪亮，我以为是用铝做的，跟飞机一样。小虎子像个小船长似的，把他从爷爷那里听来的话告诉我——气垫船不是用铝做的，是用一种叫做“钛”的新金属做的。这种金属的样子很像铝，也是那样轻，可是，它比铝更加耐腐蚀，不怕海水侵袭。我一听，赶紧打开采访笔记本，用那根胡萝卜般粗的自来水笔写下了“钛”字。

甲板上风真大，吹得手中的笔记本哗哗直响。我抬头一看，嘿，甲板上装着一大排螺旋桨，像一排巨大的电风扇似的在那里旋转。小虎子指着螺旋桨说，这跟飞机上的螺旋桨的道理一样，它一转动起来，朝后鼓风，船就飞快地前进了。

噢，我明白了：原来气垫船上有两股风。一股风是朝下吹，使整个船腾空；另一股风是往后吹，使船飞快地向前进。这么一来，怪不得气垫船既能在水上飞，又能在陆上行了。

这艘气垫船非常大，有许多房间，好多好多旅客。小虎子领着我一个个房间去参观。小虎子跑得满不在乎，小燕却喘着气，呱哒呱哒地随在哥哥后边。船上，除了旅客住的房间，还有阅览室、乒乓球室、电影放映室……

小虎子领着我跑到船顶上去玩，那儿，有一面鲜艳的五星红旗在迎风飘扬。小虎子还豪迈地告诉我：这艘气垫船是用原子能开动的，一块香皂那么大的原子能燃料，就可以使这艘气垫船开几万公里哩！

正说着，在远远的海面上，出现了一个黑点。一眨眼，那黑点越来越大。

“我上去看看，究竟是什么船？”小虎子说着，就爬上旗杆。他真行，一下子就爬得老高。他正想招呼我也爬上去，一看小燕在我旁边，就“唰”地一下滑下来了。他低低地贴着我的耳朵说：“算了，小燕在这儿，还是别上去好！”

那船越来越近，嘿，它有一个又圆又尖的船头，跟飞机差不多，小虎子告诉我，这叫“水翼船”。有趣的是，这船船底长着两个翅膀，飞速地在海上航行，整个船就像蜻蜓点水似的擦着水面高速前进！没一会儿，就无影无踪，海面上只留下一道雪白的浪迹。

奔向未来市

“小虎子，你们该下来吃早饭啦。”这时，忽然响起了爷爷的声音。

我前后左右找了一通，却没看见爷爷。

“找爷爷吗？他在我的口袋里喊呢！”小虎子一边笑着说，一边从裤口袋里掏出一个小盒子似的东西。

“快点下来！”从小盒子里，又传出来爷爷的喊声。

这是一个塑料做的盒子，盒子上有一块火柴盒那么大小的荧光屏。我从荧光屏上看到爷爷一边在看报，一边在讲话呢。

原来，这是一个微型的半导体电视电话机，使人既能听到对方的讲话，又能看到讲话人的动态、表情。

“我这里也有一个。”小燕指了指自己的衣袋说。

“快下去！要不，爷爷等急了。”小虎子说着，就往下跑。

小虎子咯噔咯噔跑在最前面，我嚓嚓嚓嚓地走在中间，小燕呱哒呱哒跟在后面，我们旋风般地奔到了爷爷的船长室里。

还不到中午，气垫船开始慢下来了。在短短的几小时内，它便航行了一万多公里。

小虎子朝手腕上看了看，对我说：“现在是 11 点 23 分 25 秒，到 11 点半就可以到达未来市了。”

小虎子手腕上的手表，只有普通邮票那么大小，长方形，怪别致的。

小燕见我对这手表很感兴趣，就给了我一只，说她有两只手表，一只是妈妈给的，一只是她生日时，爷爷作为礼品送给她的。

我接过手表，仔细看看，真有意思。那手表既没有时针、分针、秒针，也没有齿轮和发条，只不过是一块小小的电视荧光屏，上面写着几个数字：“11：23：40”，也就是 11 时 23 分 40 秒，那表示秒的数字在不断变化。当

40 秒变成 60 秒时，那 23 分也一下子变成了 24 分。

我想，居然会有这样奇妙的手表?

小虎子看到我对这小小的新型手表感到奇怪，就说道:“这是电视手表呀！未来市的电视台不断播送着标准时间，电视手表上就出现了几时几分几秒。这种手表永远不用上发条，而且一直非常准确。它构造简单，价钱非常便宜，所以在我们未来市，每个小朋友都有电视手表，有的还有好几只呢！”

我正想打开采访笔记本，把这件事记录下来，电视手表上已出现 11：28：30，我一抬头，一个巨大的码头已经展现在眼前了。码头上高悬着三个红色大字：

未来市

人造器官

“你老爷爷年纪那么大了，身体可真好！”我好奇地说。

“老爷爷的身体是不错。不过，他在 67 岁、96 岁、108 岁的时候，生过三次大病。一次是肺烂了半边，动手术换了一叶人造肺。又有一次是肝脏坏了，换了个人造肝脏。还有一次是心脏无法跳动了，换了个人造心脏。他的三次大手术，都是在‘未来医院’里做的。在这个医院里，有许许多多人造的器官，你什么器官坏了，就可以换一个新的，就像自行车哪个零件坏了，可以调换一个新零件似的。因此，未来市的居民，寿命都很长。”小燕这时也打开了“话匣子”，滔滔不绝地说起来，“在我们家，老爷爷的年纪不算最大，老爷爷的爸爸、妈妈都健在呢，他们喊我老爷爷叫‘小三子’哩！”

“我怎么没看见他们?”

“老人家跟老奶奶、奶奶在上周坐‘未来号’宇宙火箭，到月球上避暑去了。月球是广寒宫，非常凉快。”

“在平时，一大清早，他们和老爷爷、爷爷一起，在前面草坪上打太极拳。小虎子也常参加，和他们一起锻炼身体。”

“你呢?”

“我喜欢唱歌、跳舞、跳橡皮筋。”小燕说。

“你老爷爷的耳朵一点不聋，下棋也不戴眼镜，这真难得哪！”

“老爷爷的耳朵灵，那是因为他的耳朵里，装了一只很小很小的放大机，能把声音放大，所以他能听得很清楚。他的眼睛不花，那是因为他眼睛里，装了老花眼镜。镜片是嵌在眼睛里的，所以你看不出来他戴眼镜。我爸爸的眼睛里也嵌着镜片，不过，他嵌的是近视镜片。”

有趣的新型电影

下午，小虎子的爷爷、爸爸和妈妈全都上班去了。我跟小虎子、小燕和老爷爷在家里。

“嗳，小灵通，我陪你出去看看，好吗？”小虎子对我说。

“我也陪你一块儿出去。”小燕紧接着说。

“下午，我什么地方也不想去——我该写一个下午，赶快把所看到的新鲜事儿记下来。”我说道。

可是，我到底还是被他们拉出去了——看电影。在吃中饭的时候，小虎子的爸爸带来了刚出版的《未来午报》。小虎子指着上面的电影广告对我说：“今天有好电影……”

小燕抢过报纸，细声细气地念了起来：“红旗环幕立体电影院，今天下午两点整，放映童话片《森林里的王国》。”

“什么？环幕立体电影？”

“你还没看过吧？”

“没看过。不，还没听说过哩！”我回答道。

“那好极了。”小虎子说，“小灵通，今天下午就别写了，我们一起看电影去。”

“我也去。”小燕拍着巴掌说。

“去，去，你们三个都去，我也去，我一百多岁了，也喜欢看童话片。”老爷爷兴致勃勃地说道，“全体出发，留下铁蛋看家。”

我本来就是个“电影迷”，经他们一劝说，自然也就高高兴兴地一起去看电影。

我们四个人坐了一辆飘行车，老爷爷说他自己好久没开车了，今天由他来开。我刚在飘行车上坐稳，车子便慢了下来。我眺望前方，在灿烂的阳光下，有一座圆圆的、金闪闪的建筑物，屋顶是半球形的，像一只巨大的碗反扣在地面上。它的四周，开着好多扇拱形的大门。

在正门上，写着九个红色大字："红旗环幕立体电影院"。我们的飘行车从拱形的大门一直开进去，进入了放映大厅。

在大厅里，塑料地板像个巨大的盘子——中间低，四周高。整个大厅空荡荡的，只在四周稀稀落落地有一圈椅子，中间全都空着。

老爷爷把车子开进放映厅，车子掉了一个头，紧挨着另一辆飘行车停了下来。他告诉我：在未来市，看电影时，大家都是坐车来的。所以，电影院里不放椅子，干脆让观众把飘行车直接开进来，坐在车里看电影。四周围那几张椅子，是给电影院里的工作人员，或者给那些散步来偶然看电影的人坐的。

没多久，大厅里满满的都是飘行车，好像一个停车场。电影还没有放映，大厅里亮堂堂的，那天蓝色的半球形天花板，真像外边的天空。然而，却找不到一盏灯，那些灯都藏在塑料板的后面，这样光线更加柔和。

我环顾四周，不知道银幕在什么地方，也不晓得这"环幕立体电影"是怎么放映的。

小虎子按了一下飘行车里的电钮，让车顶升高一些。四周的飘行车也陆续都把车顶升高了。

忽然，铃声响了。我连忙看了一下电视手表，正好是 14：00：00。

顿时，整个大厅暗了下来，接着音乐响了。这时整个墙壁——前后左右，都出现彩色的画面，甚至连那涡形的天花板也变成天蓝色，朵朵白云儿轻盈地飘着，大雁成队从上面飞过。

这电影的立体感真强，银幕上的那些山峰，前后分明。树林看上去也有前有后，大雁完全是悬空在那里飞。

这部片子好看极了。当一只小白兔一扑一跳、一扑一跳地跑进森林的时候，我的身前身后全是大树，而且头顶上的天空也变小、变窄了。翠绿色的树叶相互交错着，金色的阳光透过树叶间的空隙洒在小兔子身上，也落在我身上。我仿佛也随着小兔子跑进了森林。一会儿，小白兔遇上了小猴子。小猴子从树上摘下两只苹果，分给小白兔一个。这当儿，飘来一阵阵苹果的香味。嘿，这电影不仅有声有色，而且还有气味哩！

这时，我才明白：小虎子把车顶升高，为的是让车子露出一条缝隙，好让这气味也跑进车内。

后来，小白兔与小猴子中了老狐狸的圈套，跟着它去见森林王国的国王——狮子。我真替小白兔与小猴子担心。

当那凶猛的狮子大吼一声，向小白兔与小猴子扑过来的时候，我也吓坏了，扭身便跑，胳臂撞在椅子上，这才意识到自己原来是在看电影。

小白兔、小猴子拼命地逃，狮子紧紧地在后面追。这时，它们沿着那圆形的墙壁跑了起来。正当我把头转来转去，感到不方便的时候，小虎子把电钮一揿，飘行车里的椅子也转动起来。我不用再转头，就能紧盯住沿着圆形墙壁跑的小白兔和小猴子。

后来，小猴子背着小白兔爬上了一棵大树，使狮子无可奈何。狮子大叫一声，然后垂头丧气地回去了。小猴子驮着小白兔从树上下来，联合了森林里的松鼠、大象、老虎、金钱豹以及鹿、羊、狗和小猫咪，一起来围攻狮子与狐狸。这时，装在大厅各个角落的几百个扩音器里，都传出各种动物的叫喊声，向前冲锋。我也大喊“冲呀，杀呀”，我向前一冲，把头撞在透明的车壳上啦。

“唷，小灵通，你在干什么呀？”这时，老爷爷、小虎子、小燕都异口同声地问我。

哟，我才又一次明白过来——我是在看电影！

我想想真好笑。不过，这电影也演得太逼真了！虽然我整个下午没写一个字，可是能够看上这么一场好电影，一点也不遗憾。

农厂里的奇迹

刚才车子开得太快，成排的大树从我身边一闪而过，没来得及仔细端详它们的“长相”。到了那水晶宫门口，我一下愣住了：那门旁的几棵树木，仔细一看，根本不是大树，而是大向日葵！那向日葵的茎秆，像电线杆那么粗，那么长，被单一样大的叶子，圆桌面那么大的花盘，黄灿灿的葵花，美丽极了！

刘叔叔看到我这副吃惊的表情，又哈哈地笑了起来说：“小记者同志，这只是‘小意思’哩，还有更多使你吃惊的事儿！我们进了玻璃温室，先到我的办公室去！”

我这才知道，原来这巨大的“水晶宫”，是个玻璃温室，可是，走进去一瞧，里头全是水，是个圆形的大水池。池水碧绿碧绿，荷叶像一艘艘船似的漂在上头。

农厂厂长办公室在池中央。我们沿着米黄色的塑料小桥，朝办公室走去。

“怎么不见荷花呀？”我边走边问。

“这儿哪有荷花？”刘叔叔指着那船一样的绿叶说，“那是水生南瓜——我们前年培育的新品种。由于水生南瓜怕冷，所以要种在‘水晶宫’——有机玻璃暖房里。这个池子里的水，不是普普通通的水，它是营养丰富的培养液。是我们做的一个新试验，让庄稼离开土壤，在培养液中生长，叫做‘无土壤培植’。试验成功以后，将使未来市所有的湖面、河面、江面都可以种上庄稼。你看，这黄澄澄的南瓜多美！”

我顺着刘叔叔指点的方向看去，一张床一样大的南瓜，漂浮在水面上。

我再往远处看，嗬，还有许许多多红色、紫色、白色、粉红色、橘黄色、浅绿色的古里古怪的“圆东西”。这些圆东西东一个，西一个，星罗棋布地漂满整个圆水池。

我们快要走到办公室了，忽然，“哗啦”一声，我身上溅满了水。我抬头一看，只见一道银光，从眼前闪过。

“又是大鲤鱼在捣蛋。”小虎子说，“我上次来的时候，就冷不防给浇了一身水。这条大鲤鱼，比人还大，最调皮，专爱从桥的这边跳到那边，一会儿又从那边跳回这边。”

小虎子、小燕和他爸爸的衣服，是涂过去污油的，所以他们轻轻一抖，衣服上的水珠全滚掉了。只有我倒霉，衬衫的肩部、后背、袖子全都湿了。

“小灵通，快把衬衫脱下。”一进办公室，刘叔叔就叫我脱下了湿衣服。

我只好穿着一件汗背心进行采访。小虎子趁他爸爸拿着湿衣服出去的时候，做了一个鬼脸，让我从门缝里看看里头一个房间。我一看，房间里面空荡荡的，只有正中央放着一个大怪物。这怪物圆溜溜的，有普通的小轿车那么大，浑身绿色，夹杂着许多深绿色的条纹。

“这是什么东西？”我问小虎子。

“就是我说的‘那个东西’。”小虎子还是“保密”不肯露底。

正当我们看得起劲的时候，背后一阵大笑声，回头一看，是刘叔叔。他对小虎子说：“怎么，一来就想吃啦？”

刘叔叔把衬衫递给我，我一摸，全干了。

“怎么干得那样快？”我问道。

“哈，我是把衬衫放进红外线快速烘干机的。”刘叔叔说，“在我们这儿，有好多红外线快速烘干机，专门用来烘干果实、种子……我们把收获的庄稼放在快速烘干机里，只要一两分钟，就全部干燥，然后，收入仓库。所以，在我们这里是没有晒谷场的，这叫做‘晒粮不靠天’。刚才我把你的湿衬衫放进去，只十几秒钟，就干了。”

“谢谢你，刘叔叔。”

“谢什么？到我这儿，还讲什么客气？”刘叔叔说，“来，你们跟我来，我请你们两个小鬼吃那大家伙！”

刘叔叔说着，就推开了门，让我们走进里头那间房子。

小虎子看我弄不清楚“那个东西”是什么，故意逗我说：“小灵通，你猜猜这是什么？”

我歪着脑袋看了半天，弄不清楚那是什么东西。

“怎么？连西瓜都不认识啦？”刘叔叔指着那个大西瓜，哈哈笑道，“小灵通，你喜欢吃西瓜吗？我知道小虎子是个‘西瓜迷’。我们这儿有的是这么大的西瓜，每次有客人来，总是用西瓜来招待。”

“这一回，西瓜让我来切。”小虎子说。

我想，小虎子大概又要卖弄自己的力气了。西瓜那么大，看他怎么对付得了？

小虎子向他爸爸要了一把电锯，随后递给我一个插头说：“小灵通，把它插在电门上。”

“吱，吱……”通电以后，小虎子把电锯往西瓜上一按，像快刀切豆腐似的，不到十秒钟，就把这大西瓜切成两半。小虎子把西瓜一推，两片西瓜分开了，切口朝上，那切开的西瓜摇摇晃晃了好一会儿，才算站稳了。这西瓜真大，切面圆圆的像张圆桌面。

这西瓜又甜又嫩，水分很多。

“刘叔叔，这大西瓜是用什么魔术变出来的呀？”我想刘叔叔大约是有神话中的“魔棍”“魔棒”，所以才会变出这么大的西瓜来。

“哈哈，我什么魔术也不会变。再说，魔术总是假的，我这大西瓜却是真的。这大西瓜，是靠‘植物生长刺激剂’，喷在西瓜藤上长出来的。”刘叔叔又指着窗边玻璃柜里一瓶瓶白色、米黄色的粉末说，“那就是奇妙的植物生长刺激剂，它能刺激庄稼生长。普普通通的玉米，喷上它以后，长得像树一样高，摘玉米时得乘升降机。番茄喷上它以后，结出来的番茄比脸盆还大。”

我们边说边吃，足足吃了半个钟头，肚子胀得像皮球似的，再也吃不下了。可是，西瓜才被吃了四个小小的凹坑！

后来，我们离开了“水晶宫”，坐上了飘行拖拉机。这飘行拖拉机跟飘行车差不多，也是腾空、脱离地面的。刘叔叔说：“这种飘行拖拉机真行，不光是力气大、开得快，而且不会陷在泥里，也不会压坏庄稼。它拉着飘行插秧机在水稻田里工作时，又快又稳，一转眼就把一大片水稻田的秧苗插好了。正因为飘行拖拉机可以从庄稼顶上开过去，所以田野上不需要特地留出拖拉机路，田埂也很少。”

刘叔叔坐在飘行拖拉机当中，我与小虎子、小燕坐在他的旁边。飘行拖拉机开过田野，我们仿佛是坐在飞机上似的，从庄稼顶上掠过。

刘叔叔一边开着飘行拖拉机，一边指指点点，告诉我：那叶子比床单还大的是白菜；那笔直挺立像松树似的，是甘蔗；一团团如五彩云霞，是彩色棉花；这一只只如胳膊那么粗的是丝瓜，它的下面长着萝卜——这几天吃的丝瓜炒萝卜，就是这么来的。

在田野上，我看到一大片芦苇，刘叔叔却说是水稻。水稻种得不多，因为人造粮食厂生产了大量的人造大米，够大家吃的了。只是人造大米终究和天然大米的味道两样，所以还是种了一部分水稻，给大家换换口味。

飘行拖拉机一转弯，来到一大片果园，那红红的苹果，比脸盆还大，黄澄澄的橘子像一只只南瓜，沉甸甸的紫葡萄看上去有鸡蛋那么大。

刘叔叔告诉我，这儿的庄稼自从用了新型的植物生长刺激剂，不仅长得又高又大又好吃，而且长得非常快：一个月可以收一次苹果，半个月可以收一次甘蔗，十天可以收一次白菜、菠菜，而韭菜在一个星期内就可以割一次，正因为庄稼长得那么快，我们就像一座工厂似的，几天之内就可以生产出产品，所以不叫“农场”，而称“农厂”。现在，整个未来市的蔬菜、水果，都是由“未来市农厂”供应。

飘行拖拉机再一转弯，我看到一大排黄色的厂房。咦，农厂里怎么会有工厂呢?

“这些工厂也是属于我们农厂的——这是我们叫做‘农厂’的第二个原因，它既有农场，又有工厂。”刘叔叔说，“这边的工厂是生产植物生长刺激剂的，当中是生产农药的，那边的工厂是生产化学肥料的。由于庄稼长势飞快，土壤中的肥料消耗很大。现在，我们制成了一种新的肥料，它是灰白色的粉末，叫做‘固氮粉’。这种固氮粉是从根瘤菌里提炼出来的。把固氮粉撒到土壤里，它会把空气中的氮气变成氮肥，供给庄稼。这么一来，我们就用不着制造氮肥了。化肥厂只需要生产磷肥、钾肥和微量元素肥料就行了。我们的农药厂还专门生产一种新农药，叫做‘保幼激素’。在害虫身上喷了这种新农药，害虫就一直保持幼虫状态，不会变成成虫，无法繁殖后代，最后被消灭掉。这种新农药对人和牲畜没有副作用。自从用了‘保幼激素’以后，田里就很少看见害虫了。”

我们坐着飘行拖拉机，走马看花般逛了一圈，又回到“水晶宫”前面。

这时，刘叔叔问我："小记者同志，你有什么感想？这儿是不是'农厂'？到底是你对，还是我对？"

"我服输了！"我笑着说。

"输了就该罚！"小虎子趁机挖苦我了。

"不罚别的事儿，就罚一件事——把刚才吃剩的半个西瓜吃完。"刘叔叔一边说，一边拉着我和小虎子、小燕朝办公室走去。

小虎子一听，连他也罚上了，就赶紧挣脱了他爸爸的手，同我、小燕一起坐上飘行车走了。

——节选自《小灵通漫游未来》，少年儿童出版社，1978 年

腐 蚀

◎ 叶永烈

一

一架雪白的直升飞机，机身上漆着巨大的红十字，正在中国西北部大沙漠上空匆匆飞行。飞机离地面只有四五百公尺。

机舱里，人们穿着白大褂，戴着白帽子，神情严峻。除了响着发动机单调的轰鸣声外，人们沉默不语。

半球形的舷窗玻璃像金鱼眼般凸出在舱外，一位姑娘伸长脖子，正透过玻璃细细地观看着脚下的大地。

沙漠，无边无涯的沙漠，有的看上去像木纹，有的像一大张平整的砂纸。盛夏的烈日喷射着明亮的光芒，在沙漠上可以看到一个清晰的移动着的黑点——直升飞机的影子。

起初，沙漠上的绿斑像大饼上的芝麻依稀可见，渐渐的，变得像晨星般寥寥无几。后来，干脆纯粹是黄色——只有淡黄、米黄、姜黄、灰黄、褐黄、焦黄、土黄、金黄、奶黄之分。

姑娘那对黑宝石般的大眼睛，一直望着窗外。她长得很丰满，高高的胸脯象征着充满活力的青春。她的脸色红润，鼻子小巧挺直，嘴唇微微噘起，显得十分自信。白帽下，露出一绺棕黄色的烫发。此刻，她双眉紧蹙，无心欣赏窗外的沙漠景色，而在那里搜寻什么。

突然，姑娘像哥伦布发现新大陆似的，大叫起来：“在那里！在那里！”

也就在这时，坐在机舱左边的几个人，也不约而同地喊了起来。

姑娘发现了什么？在直升飞机左前方，那浅黄色的沙漠上有一团醒目的红白相间的东西，旁边，斜卧着一只黑褐色的锥形物体。

直升机朝左前方飞去，姑娘又大声说道：“是降落伞！是‘银星号’！”

直升机降低了高度。果真不错，躺在沙漠上的红白相间的东西，正是巨大的降落伞，而深褐色的锥形物体则是“银星号”飞船的指令舱。

“银星号”飞船是中国发射的。它在太空中作了漫长的遨游之后，溅落在大沙漠上。飞船中载有一名宇航员。不知什么原因，在归途中，宇航员与地面站失去了联系。这意味着他发生了意外。

直升机降落在离“银星号”飞船一百多公尺的地方。降落时，螺旋桨像巨大的风扇，搅起弥天黄沙，弄得天昏地暗。

机舱里开放冷气。当舱门一开，一股炙人的热浪立即扑面而来。人们戴上墨镜，在松软的沙漠上一脚低、一脚高地奔跑着。每踩下一脚，都立即扬起一股尘沙。

走在最前面的是宇航救护队队长。他来到指令舱前，十分熟练地打开了舱门。这时，姑娘和几位救护队员都气喘吁吁地赶到了。他们朝里一瞧，一股刺鼻的蒜臭味直窜脑门。宇航员穿着宇航服，歪着身子，斜躺在指令舱的角落里。头盔、宇航椅都已经碎裂。显然，宇航员早已不幸地被死神夺去了生命。

队长爬进舱里。当他的脚一踩进去，几乎惊叫起来：地板变得像沙漠似的软绵绵，一脚下去就踏出一个深深的凹坑，扬起一股细尘！

舱里凌乱不堪。队长随手拿起宇航椅的坐垫，谁知就像豆腐似的松散，裂成许多碎屑从手中掉了下去。队长走向宇航员，他的手一碰宇航员，竟然马上碰破一个大洞。要知道，宇航服是用十多层坚牢的合成纤维做成的，如今却变得像用草纸做成似的！

“腐蚀！腐蚀！遭到了极为严重的腐蚀！”队长做出了这样的判断。他退向舱门，正好踩在姑娘的脚上。原来，姑娘也爬进舱里，忍着奇臭，蹲在地上拾取碎屑，装入样品瓶……

二

无线电波把来自大沙漠的令人震惊的信息，迅速地传递到中国宇航中心的总指挥部。

“‘银星’号内部遭到严重腐蚀，原因不明。宇航员早已遇难。”这短短的电文，像一颗猛烈的炸弹，在总指挥部爆炸了。

是啊，自从一九五七年十月四日人类第一次征服太空以来，从未发生过这样的事情！是啊，中国的宇宙飞船曾多次访问各个星球，也从未发生过这样的事情！

总指挥部立即召开了紧急会议。

腐蚀？腐蚀？严重腐蚀？特别是“内部遭到严重腐蚀”，令人百思不解。

宇航材料专家手持电文，两道浓眉几乎拧在一起，自言自语道：“跟‘银星’号一样的飞船，不知道在太空中飞行过多少次，从来没有发生‘内部遭到严重腐蚀’的呀！”

尽管原因不明，总指挥部还是做出了决定：宇航救护队立即返航——因为宇航员已经遇难，救护队无从救护。

队长把“银星”号指令舱的舱门重新关上，迈着沉重的步伐走向直升飞机，准备让全队返航。这时，姑娘却突然要队长把返航时间推迟半小时。

“为什么？”

“请允许我用半小时时间，把腐蚀的原因查一下。”

“一刻钟行不行？”

“喔，我尽可能抓紧。”

时近中午，是沙漠上最热的时候，气温在摄氏五十度左右。人们热不可耐，只好躲在直升机下面那一小块阴影之中。尽管人们大汗涔涔，不过，白大褂上却没有一块汗斑——这里异常干燥，汗珠刚刚从皮肤中冒出，就蒸发了，消失在热烘烘的大气之中。

飞机的舱门敞开着。姑娘闷在火炉般的机舱里，正在用显微镜观察着从“银星”号上取到的样品。队长虎彪彪地站在旁边，用急切的目光注视着姑娘的一举一动。

姑娘叫李丽，大学微生物专业的毕业生。她眯着一只眼，睁着一只眼，屏气敛息地专心地观察着。

一刻钟过去了，驾驶员跳上了座位，准备起飞。

“怎么样？”队长又问道。

“再给我五分钟。”李丽连头也不抬，答道。

此刻，在滚烫的机舱里，队长不由得记起科学巨匠爱因斯坦说过一句名言：“如果你在一个漂亮的姑娘身旁坐一个小时，你只觉得坐了片刻，反之，你如果坐在一个热火炉上，片刻就像一个小时。”尽管李丽也是一位漂亮的姑娘，然而，队长却觉得这五分钟，犹如“坐在一个热火炉上”一般。

五分钟终于过去了，李丽霍地站了起来。她的脸色非常严肃，一字一眼地说道：“韩队长，我们不能返航！”

“为什么？”

“你看看。”

队长蹲了下来，把眼睛凑近显微镜的目镜，在他的视野中，蓦地出现了许许多多呈“X”形的鲜黄色的小东西，在不停地蠕动着。

“这是什么？”

“这……连我也无法说清楚。”李丽说道，“这是一种地球上没有见过的微生物，可能是从太空中带来的。据我推测，‘银星’号就是被它腐蚀掉的。这是一种腐蚀力非常强的微生物。如果确实是这样，我们就不能返航——因为我们的救护队员，我们的飞机，都沾染了它。我们飞到哪里，把它带到哪里，就会把那里的一切都毁灭！”

队长没有马上答话，他又把眼睛凑近目镜。过了一会儿，他猛然抬头，对已经坐在那里做起飞准备的驾驶员大声地说道：“推迟起飞！”

队长召开了全队紧急会议。李丽的话，使队员们都感到意外。

“队长同志……”驾驶员说，“李丽同志的意见，我同意。如果确实是从太空来了一种可怕的微生物，我的飞机绝不能带着它到处飞行，污染祖国，污染地球。不过，现在正是中午。根据我的经验，在沙漠里，几乎每天下午三点钟之后要起风，到了傍晚飞沙走石。这里一马平川，无遮无挡，狂风会摧毁飞机！”

“即使明知飞机被摧毁，我们也不能动身返航！”队长刚说完，就觉得浑身发冷。在热浪滚滚的沙漠上，这位关东大汉居然冷得发抖，上下牙齿厮打起来。

“队长可能感染了太空微生物——烈性腐蚀菌！”李丽做出了这样的判断。

正当李丽打算弯腰扶起队长，忽然觉得自己的手也在发抖！顿时，李丽一点也不觉得热，一股寒气从脚底蹿向脑门。

李丽深知自己也受了感染。她推开了扶救她的队员赶紧从衣袋里掏出笔记本，用颤抖的手写下这样的话：

“总指挥部9，请立即转告杜微老师，我在‘银星’号内查出来自太空的烈性腐蚀菌，鲜黄色、X形，从未见过。全队受感染，无法返回。请不要组织营救，以防烈性腐蚀菌扩散。李丽”

李丽写完，吃力地撕下笔记，抖抖擞擞地递给发报员。此刻，她已筋疲力尽，倒在火辣辣的沙漠上，居然一点也不觉得烫。

就在发报员发报的时候，李丽在朦胧之中又记起什么，咬紧牙关挣扎起来，在笔记本上补写了一行字：

“烈性腐蚀菌似乎不能腐蚀飞船外壳——金属钛。”

李丽写毕，像虾似的蜷曲着身体，即使用双手紧抱脑袋，依然冷得全身直打寒战。

发报员的手也开始发抖。他意识到，生命已经非常有限。他伸手拿起李丽补充的几句话，准确无误地发了出去。刚发完，已经没有气力接收总指挥的回电了。

无线电波在沙漠上空嘶哑地呼叫着，然而，救护队员一个个倒在沙漠上，蜷曲着，颤抖着，没人理会远方的呼唤。

渐渐的，起风了。风越来越大，裹携着沙粒漫天飞舞。一阵狂风袭来，吹断了直升飞机的螺旋桨。紧接着，势头更大的一阵狂风，猛地推倒了直升飞机……

三

就在李丽生死攸关的时刻，杜微却正在葡萄架下一边喝着龙井绿茶，一边下围棋。

杜微，瘦小的老头儿，五短身材，花白的小平头，一点也没有教授的派头。他的眼睛右大左小，左眼角有很深的鱼尾纹，据说是一种“职业特征”——长期眯着左眼看显微镜所造成的。杜微是国内首屈一指的微生物专家，曾给李丽上过课。

这天正是星期天，午后酷热，杜微无法工作，就到后院去下棋。

他的对手是个三十来岁的青年，身材像绿豆芽似的，又高又细。大抵由于脸色白净，两颊瘦削，眼珠像围棋黑子似的，显得又大又黑又明亮，一望而知是一个绝顶聪明的人。他穿着长裤、长袖衬衫，手中的折扇不停地挥摇着；他叫王璁，外号“小白脸”，杜微的得意高足。

师生俩已杀了两盘，杜微胜第一局，王璁胜第二局，眼下是“三战两胜”的最后一局。杜微啪的一声在右上角“星位”掷下一颗黑子，王璁则在左上角“星位”布下白子，遥相呼应。这一盘厮杀十分激烈，正当王璁来了个“大斜飞压”，步步取胜时，他看到老师脸上出现沮丧的神色，立即来了个马失前蹄，连连败北，以和局告终。

就在这时，响起了急匆匆的脚步声。杜师母领着一个年轻人来了。

这个青年中等个子，三十来岁，国字脸，粗眉大眼，嘴唇显得有点厚。他穿着短袖衬衫、短西装裤，露出黝黑发达的肌肉。他叫方爽，杜微的另一位助手。由于他的习惯动作是未说先笑，嘴角同时向左右嘻开，露出围棋白子般洁净的牙齿，得了个绰号叫“黑人牙膏”。

“杜老师，系里刚收到你的加急电报。”方爽说着，把电报递给了杜微。

王璁见方爽满头大汗，马上把手中的折扇递给了他。

杜微拆看了电报，眉间皱起像幕布的褶皱似的竖纹。

“太疏忽了！”杜微长叹了一口气。他记得，在宇宙航行初期，他的老师和另几位微生物学家曾预言过，在太空中、在其他星球上，可能存在着某些可怕的微生物。这样，那时候宇航员天外归来，总是要用“碘氢氧化钠”之类消毒剂严格消毒。后来，经过多次宇宙航行，从未遇上什么“可怕的微生物”，人们大意起来，取消了消毒手续，宇宙飞船上也取消了消毒设施，很多人甚至嘲笑杜微的老师是杞人忧天！如今，杜微的老师虽然早已成为故人，而他的真知灼见却被现实所证明。不过，不幸中之万幸，“银星”号是溅落在沙漠上，烈性腐蚀在极度的干旱中难以迅速繁殖、扩散。如果飞船溅落在大海里，那小小的天外怪物将吞噬地球，变万物为齑粉……

杜微把李丽的电报递给两位助手。

方爽看了电报，这位习惯于未开口先笑的人，脸色变得板滞起来，肌肉仿佛僵化了似的。方爽已是讲师，也曾教过李丽。此刻，他的脑海中闪现了这位爽朗而又执着的姑娘的形象。他仿佛看到，一朵含苞待放的鲜花，在火辣辣的沙漠上干枯了，焦萎了，凋谢了。他的心，像灌了铅似的，变得异常沉重。

王璁看了电报，脸色惨白，双眼变得无神。他同样曾教过李丽。这位迷人而聪颖的姑娘，使他产生了一种异样的感情。不过，他身为老师，而在大学里“耳目众多”，学生们对这类事情最为敏感，因此他只能对李丽进行“热水瓶”式——内心热而外表冷的恋爱。由于他的“保密”工作做得很好，就连杜微、方爽都未曾发觉，只有李丽心领神会。李丽毕业后，他们之间书信来往。别人问起，王璁总是掩饰道：“李丽要我代查文献……”如今，这份突如其来的电报，给王璁迎头泼了一盆冷水，顿时也使他“浑身发冷、颤抖”。他仿佛看到，李丽倒在沙漠之中，狂风夹带着弥天黄沙，正倾泻在她的遗体上，把她深深地埋掉……

“怎么样？”杜微望着面前两个看完电报、陷入沉思的助手，问道。

助手们都没有作声，只是用探询的目光注视着老教授，似乎在反问：“你以为应当怎么样？”

沉默了一会儿，杜微见助手们不开腔，就站了起来，用缓慢而严肃的语调，说出了自己的意见：

“这是一个关系到全人类安危的重大问题。我马上飞往宇航中心，然后赶往现场。”

“我以为，必须建立专门的实验室，深入地研究这种天外微生物，而实验室必须建立在沙漠深处，以防烈性腐蚀菌扩散。”

“我要亲自去那里建立实验室，从事研究。不过，我已经年老体迈，希望你们两人之中，去一个，和我一起工作。这一去，恐怕要在沙漠里‘隔离’三年五载。谁去谁留，我想听听你们的意见。”

杜微说完，用期待的目光望着王璁。在老教授的心目中，论才华，王璁在方爽之上。面临着如此重大的研究课题，他当然希望带最得力的助手去。

“我去！”方爽快人快语，抢先答道。

“由老师决定吧！”过了一会儿，王璁答道，“去是工作，留下来也是工作。我不论去留，都可以。”

“好，等我向杨校长请示以后再定。”杜微说道。

四

五年过去了。

杜微和方爽过着与世隔绝的生活，在茫茫沙海之中，度过了五个春秋。

五年前，杜微和方爽坐着直升飞机，在“银星”号溅落点上空款款低飞，亲眼看到许多穿白大褂的人蜷曲着身体，倒毙在黄沙上，有的遗体已被黄沙埋掉了一半。他们俩的视线模糊了。泪水沿着杜微眼角深深的皱纹滚了下来。轻不挥泪的方爽，也止不住热泪纵横。

直升飞机继续向前飞行，杜微选中了沙漠中心作为实验基地。直升飞机一次次在那里降落，宇航中心调派了一批年轻人，在几天之内，就建造起一座实验室。实验室一半埋在地下，一半露出地面。实验室是圆形的，看上去像座碉堡。

实验室银光闪闪，四壁、天花板、地板、器具，绝大部分都是用金属钛做的。

钛，是一种具有英雄气概的金属，银亮，轻盈，坚牢。在化学上，大名鼎鼎的强腐蚀剂“王水”能够吞噬白银、黄金，以至把号称“不锈”的不锈钢侵蚀，变得锈迹斑驳，面目全非。然而，“王水”对钛无可奈何，在“王水”中浸泡了几年的钛，依旧锃亮，光彩照人！在十八世纪，当人们发现钛的时候，就把它作为英雄，用希腊神话中巨人族中的英雄——泰坦（Titan）来命名它。在古希腊，“泰坦精神”就是勇往直前的同义词。由于李丽临终前的提醒，杜微选用了这种英雄的金属来对付来自天外的恶魔。

银亮的碉堡建成之后，杜微要年轻人们坐着直升飞机一批批撤离。最后，那里只剩下杜微、方爽，还有一架微型直升飞机。

一切准备工作都已经就绪。杜微和方爽穿上特制的保护衣。这种保护衣的样子像宇航服，表面镀了一层金属钛，就连头盔上也镀了钛——尽管从外面看过去像镜子一般，从里面却能看见外面的一切。杜微和方爽相视而笑，他们浑身闪耀着银色的光芒，杜微说像中世纪披着铠甲的武士，方爽则用大白话来形容——像只热水瓶胆！

方爽平素喜欢体育运动，会开汽车、摩托车、摩托艇，也能驾驶直升飞机。他在驾驶椅上坐定之后，忽然回头对杜微说，他忘了带水壶，请老师替他去实验室里拿一下。

方爽从来没有支差过他的老师。杜微以为他真的忘带水壶，便下了飞机，朝实验室走去。这时，杜微猛地听见身后传来轰鸣声。回头一看，微型直升飞机的螺旋桨在急速转动，扬起一股黄沙。一转眼，微型直升飞机腾空了，把杜微孤零零地撇在沙漠里。

方爽从来讲话实打实的，这一次怎么撒起谎来呢？望着逐渐远去的直升飞机，晶莹的泪花，又一次从杜微的眼角滚下来。杜微心里明白：方爽知道到溅落点取样很危险，故意把老师支开，独自以“泰坦精神”赴汤蹈火去了！

渐近中午，寸草不生的沙漠上热不可耐，真的像《西游记》里所写的，“就是铜脑盖，铁身躯，也要化成汁哩”。可是，杜微没有躲到地下室去，而是呆呆地望着连一只飞鸟也没有的万里碧空。唐诗中有所谓“大漠孤烟直”，传为佳句，在这里举目四顾，视野中没有半丝“孤烟”，唯有沙、沙、沙……

过了两个多小时，终于响起隐隐约约的轰鸣声。杜微循声望去，只见小黑点渐渐变大，果真是方爽平安归来。

杜微忐忑不安的心，放下来了。他急切地朝飞机奔去。谁知方爽刚下飞机，像怒狮般朝老师猛吼道：“闪开！”

方爽穿着银光闪闪的保护衣，拿着一只银光闪闪的样品瓶，径直朝实验室的消毒间走去。他随手把门反锁，消毒液朝他上上下下喷洒。

按照沙漠的惯例，下午三点以后，起风了。呼啸的狂风，吹毁了那架轻盈小巧的微型直升飞机。直到傍晚五点多，方爽经过极为严格的消毒，这才脱掉那件甲壳似的保护衣，走出消毒间。

“菌种取来了！”方爽见了老师，马上报告道。不过，他的脸上没有笑意，而是浓眉紧锁，两道眉毛差不多拧在一起了。沉默了半晌，才长长地叹了口气：“全都牺牲了！”

方爽讲述了现场目击的惨象：他从“银星”号指令舱里取到烈性腐蚀菌菌种，放入用金属钛做成的样品瓶。然后，去看望救护队员。他们，都遭到了强烈腐蚀，连面目都难以辨别。有一具尸体的白帽下露出一绺棕黄色的烫发，我认出是李丽。我捧起了黄沙，把她掩埋……

长时间的缄默，耳边只响着狂风呜呜声，只响着沙粒打在实验室金属钛墙壁上的噼里啪啦声。

“如果刚才消毒不彻底，我们会遭到与李丽同样的命运。”杜微一边这样说，一边闪耀着明亮的目光。他的声调并不低沉。“研究科学就跟打仗一样，有时要以生命为代价才能换取胜利的成果。当年诺贝尔研究炸药，他的弟弟被炸死，他自己受了重伤……趁现在还活着，你赶紧把现场所见所闻写下来。万一我们遭到不幸，这些白纸上的黑字也许会给后人以启示。”

从那天起，他们每天写下了详细的工作记录。他们随时都做好了与这个世界“告别”的准备。

方爽兼做报务员，用无线电波与宇航中心经常保持联系。他们需要什么，就请宇航中心派直升飞机空投。不过，杜微决不允许任何一架飞机在这里降落，也不许任何人前来访问，以杜绝任何造成烈性腐蚀菌外传的机会。当然，他们俩也绝不离开那里。

沙漠里的生活，就像沙漠本身一样枯燥。这里所能见到的，只有三种颜色：蓝——蓝天，白——白云，黄——黄沙。此外，在清晨、傍晚，朝阳或落日则给天空抹上一笔短暂的橙红色。这里只有刮风，没有雨、雪、露、霜。偶尔乌云聚集，望见天空上挂着丝丝雨帘，未等雨滴着地，早在半途中化为蒸汽，下的只是一场干雨罢了！

唉，这里的水，比金子还贵。水，全靠空投。杜微和方爽除了把水用于实验之外，差不多把每滴水掰成几瓣用！每天临睡前，师生俩总是光着脚在沙漠里散步，以沙漠“洗”脚，去掉臭味，以省掉洗脚水。

他们的唯一消遣，就是在实验之余，杀上一盘象棋或者围棋。师生俩各自拿出真本事，赢了，哈哈一笑；输了，嘟囔一声“棋子木头做，输了重来过”。

地球不断地打滚，日子一天天飞快地流逝。杜微和方爽小心翼翼地把天外恶魔囚禁在金属钛容器里，研究它的形态、构造、习性、生活史、繁殖方式。花费了一年多光阴，初步查清了这些问题。

紧接着，一个颇为棘手的问题，耗费了他们许多精力：烈性腐蚀菌为什么具有那么强烈的腐蚀性？能不能利用它为人类服务？

辛勤的耕耘，会获得丰硕的果实；汗水和不眠之夜，会铺平通往科学之巅的道路。杜微和方爽经过几年苦斗，终于查明：烈性腐蚀菌的秘密，在于它能分泌出一种烈性腐蚀剂。它的腐蚀本领，来自腐蚀剂。尽管烈性腐蚀菌会传染，毒害人类，而它所分泌的烈性腐蚀剂除了会腐蚀许多物体之外，并不会危害人类。这诚如青霉菌分泌的青霉素，能够作为药剂，治病救人。

历尽千辛万苦，杜微和方爽提取到纯净的烈性腐蚀剂——一种淡黄色的油状液体。用水冲稀几百亿倍之后，在岩石上喷了一点点，好端端的岩石便被腐蚀，变成一堆细土！喷在保险柜上，腐蚀成一堆铁锈！它不能盛在玻璃瓶中，转眼之间，玻璃瓶便化为乌有！就连白银、黄金，无不被腐蚀，失去光辉。

夜间，杜微和方爽在那“碉堡”里，望着天幕上历历可数的星斗，浮想联翩：在不久的将来，要拆除水泥钢筋大厦，只消喷一点烈性腐蚀剂，便把它作为一堆细土；筑铁路遇上大山，用烈性腐蚀剂可以化峭壁为通途；成千上万吨城市垃圾已成为一种越来越重的负担，一旦化为细土，可以用来垫平低洼田；要开采地下深处的宝藏，也不必凿竖井、挖坑道，只消用烈性腐蚀剂腐蚀表面岩层，便可以露天开采……

憧憬着美好的前景，使杜微和方爽忘记了因干燥而皲裂的嘴唇和手、脚，忘记了沙漠的单调和寂寞，忘记了他们的生命随时可能“报销”……他们争分夺秒，连“杀一盘”的闲暇也没有了。

五

这五年，王璁是在滨海大学度过的，是在非常愉快的气氛中度过的。

然而，不久前的一件小事，却使王璁感到莫大的不快。

那一天不比往常，王璁不穿中山装，而是穿上了笔挺的西装。白衬衫的硬领，像两块铁皮似的竖立在他的头颈两旁。王璁已开始发福，不像五年前那么瘦削。他用电动剃须刀刮净了胡子，白白胖胖的脸显得很有风度。

结好领带之后，王璁坐上轿车，径直向校长办公室驶去。杨校长在几天前就通知他，今天有一个重要的外国科学代表团前来访问，要他参加接待。

在与外宾见面时，杨校长介绍道：“这位是生物系代系主任王璁副教授。”

一刹那间，在王璁的脸上，闪过不愉快的神色。虽然他很快就出现了笑容，与外宾一一握手，可是这一天他的内心一直闷闷不乐。

一个“代”字，一个“副”字，刺痛了他的心！

这五年间，王璁一帆风顺：发表了好多论文，从讲师提升为副教授，当上生物系代系主任——这“代”字，是由于系主任杜微教授还在人世。

不知是出于习惯，还是出于喜欢，人们总是把“王代主任”喊为“王主任”，把“王副教授”喊为“王教授”。尽管杨校长的介绍一点也没有错，可是对于听惯了“王主任”“王教授”的王璁来说，仿佛触动了他的神经。

王璁记起了已经被他渐渐淡忘了的系主任杜微教授……

五年前，当杜微和方爽初到沙漠，他们与王璁之间的联系是非常频繁的。杜微三天两头给宇航中心发电报，请他们询问系里的工作情况。那时候，王璁常为自己未跟杜微一起奔赴沙漠而感到一种隐隐约约的负疚，所以他对杜微的嘱托总是尽力去办。特别是在杜师母病倒的时候，王璁日夜守候在她身边，劝慰师母，请她宽心。

随着时间的流逝，当王璁知道杜微和方爽困守在沙漠之中，没有多大进展时，与他们的联系就慢慢减少了。在王璁当上代系主任之后，工作忙碌，就很少顾及杜微和方爽了。杜微仍不时由宇航中心转来电报，要查阅文献，王璁忙不过来，把这些事儿交给了自己的助手。

尽管这样，每逢过年过节，王璁总是记起杜微。公务再忙，他无论如何都要抽空去拜访杜师母，问候一番，以尽师生之礼。

“天上月儿圆，地上人团圆。”就在第五个中秋节到来的时候，王璁又去看望杜师母。

杜师母本是图书管理员，现在早已退休。她像杜微一样，矮个子，瘦削。这五年来，增添了许多白发和皱纹。她的独生子也已是教授，在外地工作。杜师母一个人闷在家里，异常孤寂。正因为这样，每当王璁前来看望，她总是很感激的。

在杜微的“桃李”之中，杜师母最喜欢的，莫过于王璁了。她觉得王璁文质彬彬，既聪明，又很懂人情。这天，当王璁拎着一盒月饼来看望时，杜师母不由得记起六年前的往事：在中秋之夜，王璁和方爽一起来了。杜微请他们吃“团圆饭”。杜微自己动手，做了一碗红烧鱼，而她则做了一碗清炖鱼汤。杜微问起助手们的“食后感”，方爽说红烧鱼太咸，清炖鱼太淡，王璁则说红烧鱼肉美，清炖鱼汤鲜……

王璁放下月饼，关心地问候师母的身体健康，问起系里的会计是否每月把杜微教授的工资送来。想不到，师母告诉他：杜微在几天前来过电报，说是研究工作有了重大进展！

尽管杜师母说不出“重大进展”的具体内容，然而，王璁马上意识到这是不平常的信息。在回家的路上，月明如洗。王璁望着银球般的月亮，那上面出现的不是嫦娥的形象，而是杜微的形象。王璁暗自思忖道：“难道他们是‘几年不鸣，一鸣惊人’？”

王璁已经走到自己家门口了。不知怎么搞的，他突然转过身子，朝自己的助手的家走去。王璁细细翻阅着助手收到宇航中心转来的杜微电报，他明白了：杜微和方爽正面临着重大的突破！

回到家里，已经很晚了。妻子和三岁的小女儿，正在清凉的月光下等着他吃“团圆饭”。妻子是个俊美而贤惠的女性，生物系的助教。

王璁无心赏月，吃了几口月饼，就独自到书房里去了。他背剪着双手，来回踱着方步——这是他陷入沉思的习惯动作。王璁的心情，是复杂的。这几年，他一直暗暗地为自己没有陷身沙海而庆幸。如果当年跟随杜微去的话，今天他就不会成为代系主任、副教授，也没有温暖的小家庭。然而，如今他猛然发觉，经过几年苦心经营，沙漠深处已经竖立起高高的发射架，即将把一颗震惊世界的科学明星发射出去！王璁是一个很懂得科学“行情”的人，他相信自己从电报中所作出的判断是准确无误的。他明白，如果天外恶魔真的在沙漠深处被制服，这将意味着什么？

王璁对那颗科学明星一旦发射成功以后的形势，作了这样的估计：对于杜微教授来说，倒没什么，因为他本来就已经是国内微生物界坐第一把交椅的人物，新的胜利将会提高他的国际声望。俗话说，“名师出高徒”，老师名望的提高，将会使王璁也沾光。王璁最担心的是方爽，他俩本是“脚碰脚”，同班毕业，同时留校，同时成为杜微的研究生，同时当助教，同时提升为讲师。王璁深知，论业务，论才智，他在方爽之上。正因为这样，杜微教授喜欢他胜过方爽。这几年，王璁的论文接二连三，已经是副教授，再这样继续下去，过几年教授的桂冠很自然会戴到他的头上；方爽呢？这几年一个字也未发表过，依旧是个讲师而已。要知道，从助教升到讲师并不算难，从讲师到副教授却不那么容易——许多人学术上没有成就，一直到退休，也只是个讲师呢！然而，一旦方爽“一鸣惊人”，那样重大的学术成就会震惊世界微生物界的。到了那时候，方爽从沙漠凯旋而归，不仅可能被越级擢升为教授，甚至当个院士也不在话下！

黑格尔说过这样的话："嫉妒便是平等的情调对于卓越的才能的反感。"一股强烈的嫉妒的情感，冲击着王璁的心扉。他的心跳怦怦加快了，他的耳根热了，他的眼睛也红了。

明月的清辉透过窗户，射到书房里。一个黑色的身影在来回踱着。妻子和小女儿已经不止一次地提醒王璁："夜深了，该睡了。"

第二天上午，王璁向沙漠深处发去一纸电文："欣悉进展神速。如需助战，当尽绵薄之力。"

想不到，当天中午，宇航中心就转告了来自大沙漠的信息：杜微教授很欢迎王璁参加到征服烈性腐蚀菌的行列中去！杜微教授认为，他能够很快弄清楚烈性腐蚀剂的分子结构，下一步考虑如何用化学方法人工地合成它。然而，在沙漠之中，人少力单，限于条件，不能开展这项规模宏大的工作，希望王璁组织一个班子，邀请化学系的教师参加，着手这个重要项目的研究。由于烈性腐蚀剂是非生命物质，不会像烈性腐蚀菌那样会传染、繁殖，因此在滨海大学开展这样的研究工作是安全的，不会造成污染。

王璁满脸愁云一扫而光，立即复电："照办。"

六

为了便于随时联系，滨海大学生物系也设立了专用电台，与沙漠深处进行对话。从此，电文不必请宇航中心代转了。

在生物系实验大楼里，出现了一间特殊的实验室——天花板、地板、四壁、门窗、桌椅、仪器全用银光闪闪的金属钛做成的。

王璁到底是富有才华的人。在他的领导之下，经过一年的努力，人工合成烈性腐蚀剂的工作，很快就有了眉目。

也就在这个时候，一批外国同行前来参观。王璁穿着华挺的西装，用流利的英语向同行们介绍生物系的情况。当他陪着同行们走过一间实验室，那银亮的紧闭着的门窗，引起了他们的注意。

尽管杜微曾一再关照过王璁，"不到火候不揭锅"，切不可过早向外介绍研究情况，然而，此刻面对着那么多外国同行投来的期待的目光，一种无法抑制的炫耀的感情，使王璁开了口，透露了这一惊人的研究工作。

这消息当然几乎使外国同行们目瞪口呆。他们把王璁团团围住，无论如何都要参观实验室，王璁只得以“防止传染”为借口挡驾了。

半个月后，世界微生物学会主席约翰逊先生发来了电报，邀请中国派出学者前往讲学，介绍第一次被人类擒获的太空微生物——烈性腐蚀菌。《世界微生物学报》编辑部也发来电报，愿意立即发表中国学者的这一研究论文，并告知将付给比该刊最高稿费还高十倍的标准付给酬金。编辑部认为，能够发表这样的论文，将使《世界微生物学报》增光。

说出去的话，像泼出去的水，无法收回。两份电报都是拍给王璁的，不过，约翰逊的电报中并未指名邀请王璁。王璁本来想马上把电报转交杨校长，但是细细一想，觉得还是先电告杜微为好。

杜微的回电很快就来了。当然，他批评了王璁过早地“揭锅”。不过，话既然讲了出去，国际上又这样重视，应当派人出国讲学。派谁呢？唯一的人选，就是王璁！因为杜微和方爽不能离开沙漠——万一身上或飞机沾带了烈性腐蚀菌，后果不堪设想。

杜微的电报，正是王璁想得到而果然得到的答复。王璁匆匆来到杨校长办公室，把国外来电、沙漠来电，都放在杨校长面前。

于是，王璁又得到了他想得到而果然得到的答复：“既然国外来电邀请，而杜微教授提议你出国讲学，校领导也同意。”

轻轻松松，顺顺利利，王璁出国讲学就这么决定了下来。王璁那白净的脸上，泛起了喜悦的红晕。

紧接着，王璁着手办理另一件大事——写作论文。

王璁有点踌躇起来，荡漾在嘴角的笑意也消失了。因为这项研究工作是杜微和方爽花费了多年心血所做的，王璁对于详尽的情况，并不了解。尽管王璁文思敏捷，然而巧媳妇难为无米之炊。王璁只做了化学合成方面的一部分工作，只能写这一小部分。

怎么办呢？唯一的办法是请杜微和方爽写作论文。

王璁在给杜微和方爽发去电报之后，又习惯地背剪双手，踱起方步来了；

他们会不会留一手？会不会不把关键性的数据写上去？如果他们留一手——特别是方爽，跟他“脚碰脚”，也许会留一手。根据他的经验，在科学界，留一手是常有的事。不留一手，怎能在关键性的时候，胜人一筹呢？

王璁不断踱着方步，又担心起另一个问题：论文该怎样署名？署名，是件大事儿，表明论文发表后所带来的学术荣誉应该属于谁，这就像在专利权证书上签名一样神圣。王璁以为，这篇论文的作者，当然是三个——杜微、方爽和他。署名的顺序，可能是杜微、方爽、王璁。

把杜微这样的权威放在首位，是理所当然的，是科学界的惯例。关键是他与方爽的排名顺序。如果把方爽排在他的前面，那么……

王璁不由得记起一桩轶事：两位不相上下的女演员在同一部歌剧中担任差不多重要的角色。歌剧上演时，苦煞海报设计师，因为海报上排名总是有前有后，有上有下，两位女演员都要把自己的名字放在前面，放在上面。一位聪明的画家别出心裁，设计了一个圆柱形的海报。这海报一转动起来，竖排的名字就分不出前后来了，总算使两位女演员都表示满意……这虽然被人们传为笑谈，但也足见排名前后是万万不可马虎的。可惜，论文不是圆柱形的，排名总是有前有后……

杜微曾说过，王璁“聪明过人”，但又“聪明过度”。此刻，王璁不停地来回踱着，内心正在受着聪明过度的折磨。

想不到，这样的折磨，持续了一个多星期。不知是杜微和方爽真的要留一手，还是忙于起草论文，一直没有来过电报。长时间的沉默，使王璁感到烦躁、郁闷，思绪不宁，以至失眠。

一个多星期以后，长长的电文，从收报机中泻出。不言而喻，发来的是论文电稿。

王璁迫不及待地看着电文。在论文标题之后，照例是作者的姓名。尽管王璁聪明过人，这一次却万万没有料到，名列首席的不是杜微，不是方爽，不是王璁，竟然是李丽！

像闪电一般，在王璁的眼前浮现着一位姑娘的倩影：脸色红润，鼻子小巧挺直，嘴唇微微噘起，一对黑宝石般的大眼睛，一头棕黄色的波浪形烫发……王璁对她是那么熟悉，一度把整个身心都交给了她。然而，经过六个春秋，他淡忘了……

王璁的眼睛睁得大大的。他没有想到，杜微和方爽还一直牢记着她，把她的名字放在第一个。

王璁的视线重新落在电文稿上。在李丽之后，写着另三位作者的名字，顺序为杜微、王璁、方爽。

这又使王璁的心猛烈地颤动了一下。尽管他很希望自己的名字能够排在方爽之前，但是他很难置信从沙漠中发出的论文稿上会是这么排列的！

王璁一字不漏地读着长长的论文。他是内行，一看就知道论文的内容很扎实，条理清楚，数据详尽，没有“留一手”的痕迹，这使王璁深感满意。论文中以显著的地位提到了李丽，称颂她是烈性腐蚀菌的发现者，世界上第一个明确描绘了烈性腐蚀菌的形态的人，第一个指出了烈性腐蚀菌不能腐蚀金属钛。她的这些发现，为尔后的研究工作开辟了道路。论文建议把烈性腐蚀菌命名为“李氏菌”，以纪念这位为此而献身的中国青年女科学家。

然而，为什么王璁的名字，会放在方爽之前呢？王璁不明白。他把论文一连看了三遍，猜测道：在论文中，只有“由于”，不用“因为”；只喜欢用“——”，不用“：”。这显然是方爽的习惯。也就是说，论文的执笔者是方爽。他大约怕把自己的名字写在王璁之前，作为一个执笔者，送呈老师审阅，当然不便，所以让自己委屈地“忝陪末座”，虽出于无奈，但也没办法……

王璁除了根据杜微教授的意见，补充了化学合成部分的内容之外，其余的一字未改。他把论文译成英文，送去打字。

论文的英文打字稿送来了，王璁的目光久久地停留在那行作者名字上，自言自语道：“李丽已成故人，放在首位无碍。杜微在第二位，理所当然。至于我放在方爽之前，原文如此嘛！”王璁一边得意，一边自我安慰。

一切，都如愿以偿。

七

王璁锃亮的火箭式黑皮鞋，踏在鲜红的毛茸茸的地毯上，走向讲坛。他的耳边响着哗哗的掌声，灯光把高高的讲坛照得雪亮，数不清的照相机、电视摄像机、电影摄影机的镜头对准了他。

尽管王璁也曾出过国，不过，由于他资历浅薄，在国际会议上只是一名普通的代表而已，然而，这一次今非昔比。他，成了红极一时的新闻人物。他的形象，出现在报纸上、电视荧光屏上、电影银幕上。

“王——征服太空恶魔的英雄”“王——像钛一样不畏腐蚀的人”“王——开创了微生物学的新纪元”“王——太空微生物学的奠基人”……国外报纸用大字标题，向读者介绍了尊贵的王璁先生。王璁看到这些报道，心花怒放，他从未享受过这样的荣誉。然而，当他一想到沙漠，他的炽热的心一下子就冷了，他有一种说不出的空虚感。荣誉与虚伪，交织出一张花色复杂的感情之网。多少年来，王璁日日盼、夜夜盼，期待着有朝一日能够闻名世界，想不到这一天果真到来时，他的内心却又隐隐地感到痛苦。

雪花般的宴会请帖向王璁飞来。王璁一天出席三次宴会，还应接不暇。

在世界微生物学会主席约翰逊举行的私人宴会上，他在跟王璁频频干杯之后，半开玩笑地对王璁说：“王先生，你考虑过没有？也许，你们的这一成就，会获得世界科学奖金！”

“哦？”王璁吃了一惊，这是他从未想到过的。

“真凑巧啊。”约翰逊眯着碧蓝的眼睛，双眉一扬，笑嘻嘻地说，“世界科学基金会规定，如果某项获奖成果是由许多人做出的，至多只能有三人获奖。获奖是莫大的荣誉，可是常常由于只能三人得奖而引起一场纠纷。用你们中国人的话来说，叫做‘摆不平’。你们这项研究，正巧是你和杜先生、方先生三人合作，将来三人一起获奖，不会有什么纠纷。王先生，让我冒昧地为预祝你获得世界科学奖金而干杯！”

真是“言者无意，听者有心”，学会主席随便说说的话，深深地印在王璁的脑海之中。尽管王璁也了解，一年一度的世界科学奖金是由S国科学院在极为秘密的会议上评定的，不仅获奖者本人事先不知道，而且外国科学界人士也无从预闻。约翰逊的话，当然是酒后闲聊罢了。不过，这几句却提醒了王璁——那篇还没有交出去的论文打字稿上，印着四个作者的名字！王璁在做学术报告时，虽然谈到了李丽为此而牺牲，但是谈到研究工作时，只提到了杜微和方爽。这样，约翰逊当然以为论文的作者是三个。

深夜，王璁穿着羔皮软底拖鞋，在宾馆的打蜡地板上来回缓缓踱着。他低垂着脑袋，紧皱眉头。桌上摊着论文打字稿，还有一瓶刚买来的褪色灵药水。

“三个——四个，四个——三个，多了一个……”王璁的脑海里，反复翻腾着这几个数字，做着极其简单的算术。

讲学将于明天结束，论文必须在明天交出。王璁很庆幸，约翰逊在今天提醒了他。

王璁收住了脚步，在桌子前坐下。论文上，清楚地印着四位作者的姓名：

李丽　杜微　王璁　方爽

王璁手里拿着褪色灵药水，瓶塞下插着一支毛笔。这支笔朝谁的名字上一涂，转眼之间，谁的名字顿时就会从纸上消失。

去掉谁的名字好呢？

去掉杜微吧，去不掉，也用不着去掉；

去掉自己吧，当然不可能；

刷掉方爽吧，嗯，这正是自己所希望的。不过，方爽去不得！去掉了方爽，显得自己做得太露骨了，会惹麻烦的。把方爽的名字排在自己的大名之后，已经算是很委屈他了。

想来想去，唯一可以去掉的，只有李丽！

看到李丽的名字，王璁的脑海中又浮现出姑娘爽朗而迷人的形象。

王璁记得，当李丽考入滨海大学生物系的第一天，他就对李丽产生了好感；

王璁记得，他借解答难题和指导实验，逐渐接近李丽，而又不敢吐露真情。那时，这种“热水瓶”式的单相思，曾多么痛苦地折磨他；

王璁记得，当李丽终于发觉他在暗暗地爱着自己，投来羞涩的目光，又曾使他感到多么兴奋；

王璁记得，在李丽毕业的时候，他曾千方百计把李丽的名字写入留校名单，而李丽却坚持要到边疆的宇航中心去工作，要他在留校名单上擦去李丽的名字；

王璁还记得，他平素是个从不关心邮票的人，买到什么邮票就往信封上贴什么邮票。在他看来，邮票反正是寄给别人的，干他什么事。可是，自从李丽到了宇航中心，他想方设法从集邮公司购买最漂亮的纪念邮票，贴在寄给李丽的信上。

唉，如果不是遇上了不幸……

难以忘怀的往事，使王璁犹豫了。要去掉李丽的名字，会使他受到良心的责备！

“让它去吧，四个就四个。约翰逊的话，也不过随便说说罢了。”王璁一度打消了去掉一个作者的念头，以便使自己从矛盾的境地中挣脱出来。

然而，不久，王璁又终于找到了去掉李丽的理由：第一，李丽并没有参加研究工作，何必把她作为论文的作者；第二，在论文中已经很郑重地提到她，并建议用她的姓来命名烈性腐蚀菌，这就够了……

王璁拿起了小毛笔，手显得有点颤抖。当他的手朝“李丽”两字伸去时，抖得更厉害了。他咬紧了嘴唇，竭力镇定下来，终于用褪色灵刷掉了李丽的名字。

王璁的眼前又闪电般出现了李丽倒毙在沙漠上的景象。尽管他未亲眼见过，可是，这惨象使他心如刀绞。

王璁连忙顺手拿起一张报纸，遮掉那只剩下三个作者姓名的论文。谁知报纸上赫然大字，又深深地刺痛了他的心：“王——征服太空恶魔的英雄”！

八

王璁回国不久，就收到《世界微生物学报》编辑部寄来的三本杂志。一打开，论文刊登在首页，赫然印着“杜微、王璁、方爽”的大名。本来，王璁拿到自己发表的论文，总是从头至尾又从尾至头地自我欣赏不已，还要拿给老师看、学生看、妻子看，甚至指着自己的名字给小女儿看。然而，这一次他仿佛做了什么亏心事似的，赶紧把杂志锁进自己的抽斗。尽管王璁可以把另两本杂志交给宇航中心，在空投食品时一起投到沙漠深处，他却没有这样做的勇气。

杜微和方爽仍不断来电，报告新的信息：他们正在着手研究一种“抗腐蚀剂”。这样，在使用烈性腐蚀剂时，凡是不需要被腐蚀的部分，涂上抗腐蚀剂，就不会化为齑粉。这是降服天外恶魔的重要武器。杜微和方爽在荒漠上开始度过第六个冬天。

雪花飞扬，朔风呼啸。上午 8 点整，王璁来到温暖如春、窗明几净的系主任办公室里，习惯地沏好一杯龙井绿茶，把台历翻到新的一页——11 月 10 日。

电话铃声响了。

“一上班就来电话？”王璁随手拿起了耳机。

从耳机中传出接线员的清脆的声音：“滨海大学生物系吗？S 国通过通信卫星打来的长途电话，请杜微、王璁或方爽接电话。”

这突如其来的长途电话，使王璁的心一下子提到喉咙口。

“S 国？世界科学奖金？”王璁那灵活的脑子中，在一刹那间，马上闪过这样的念头。王璁意识到这是很重要的电话，按下了电话机上的录音键。这样，录音机就能把通话声录下来。

王璁屏气敛息听完了电话，以为自己在做梦。他按了一下还音键，从电话中传出刚才通话的录音，从头到尾重听了一遍，方知不是梦。

电话是 S 国科学院秘书打来的，通知他，为了表彰中国微生物学家杜微教授、王璁副教授和方爽讲师在研究天外微生物李氏菌方面做出的杰出贡献，决定授予本年度的医学和生理学世界科学奖金。授奖仪式在 12 月 10 日。秘书还委托王璁，把这一通知转告另外两位获奖者——杜微教授和方爽讲师。

王璁的目光重新落在台历上，他这才意识到：今天是 11 月 10 日，离 12 月 10 日正好一个月。按照惯例，S 国科学院总是在授奖前一个月，把获奖消息用长途电话通知获奖者本人。台历也证实，不是梦，绝不是梦！

想不到，世界微生物学会主席约翰逊先生的酒后戏言，竟成了准确的预言！不，不，这恰巧说明，约翰逊先生到底不愧为世界微生物学界泰斗，在学术上很有眼力。

王璁克制着内心的极度兴奋，把录音磁带复制了一份。他带了复制磁带，驾驶着轿车，直奔校长办公室。他心里想：等请示杨校长之后，再通知杜微和方爽。看来，为了去掉李丽的名字，还得向杜微教授作一番解释工作。不过，杜微也许不会责备他，因为不去掉李丽，名列第四的论文作者——方爽，就不会成为世界科学奖金获得者呀。就用这样的理由向杜微教授解释吧……

王璁连敲门都忘了，一把推开校长办公室的门。他一眼就看见，杜师母正坐在那里，跟杨校长谈话。

王璁机灵的脑袋中，立即猜测道：难道S国科学院通知了杜师母？她已经知道这消息？

杨校长站了起来，对王璁说道："你来得正好。我正让秘书打电话找你！"

王璁在杜师母身边坐了下来，这才发觉气氛不对头：杜师母的眼眶里，噙着泪花！

发生了什么事情？王璁仿佛又堕入梦境，对于眼前急剧的变化感到莫名其妙，不知适从。杨校长见王璁呆呆地坐着，便说道："你还不知道？听听这长途电话录音……"

杨校长一按电话上的还音电键，传出了通话录音声，语调是低缓而沉重的：

"杨校长吗？我是宇航中心。对，对，我是宇航中心。向你报告一个不幸的消息。

"今天是11月10日。我们在每月10日、20日、30日，总是按时给杜微和方爽同志空投给养，一月三次。今天清晨五点，当我们用无线电联络时，对方没有回电——这在六年中是第一次。

"喷气运输机按时起飞。七点五十分，飞临目的地上空，没有人出来接货——这在六年中也是第一次。

"喷气运输机无法在沙漠中降落，只好一边照旧空投物品，一边发急电告知我们。估计是杜微和方爽同志出了意外。

“我们准备立即派出救护队。总指挥部认为，救护队中必须配备微生物学专家，指导这一抢救工作。

“我们等待你的回电。”

这突如其来的意外消息，像一盆冷水，浇在王璁那发热的脑袋上。

王璁抬起头来，看到杨校长正用恳切的目光注视着他。王璁明白这目光中所包含的意思——希望王璁能够奔赴现场。显然，王璁是唯一的最合适的人选，因为他既是杜微教授的高足、方爽的同事，又是熟悉烈性腐蚀菌的专家。

如果说，在六年前，当李丽发生意外时，杜微决定带一名助手奔赴现场，那时是两人之中选一个，如今没有任何选择的余地了。

面对着校长，面对着师母，王璁终于说出了这样的话：“由校领导决定吧。”

“那你马上出发，奔赴现场！”杨校长像指挥官似的，下达了命令。

王璁站了起来，杜师母紧握着他的手，用有点颤抖的声音说道：“王璁，千万小心。从飞机上看看就行了，别下去！你的家里，请放心，我会照料。”

王璁走出了校长办公室，忽然又折了回来。他从衣袋里掏出了复制的录音磁带，交给了杨校长。

九

一架雪白的直升飞机，机身上漆着巨大的红十字，正在中国西北部大沙漠上空匆匆飞行。飞机离地面只有四五百公尺。

机舱里，人们穿着白大褂，戴着白帽子，神情严峻。除了响着发动机单调的轰鸣声外，人们沉默不语。

半球形的舷窗玻璃像金鱼眼般凸出在舱外，王璁正坐在六年前李丽坐过的位子上，透过玻璃细细地观看着脚下的大地。

沙漠，无边无涯的沙漠。王璁平生还只是第一次亲眼看到这荒凉、单调、乏味、寂寞的沙漠。

午后，直升飞机飞临目的地上空。那银光闪闪的“碉堡”，孤零零地矗立在一片黄沙之上，在灿烂的阳光下显得格外醒目。

尽管飞机的轰鸣声在空中响着，地面上毫无反响。人们注视着“碉堡”，没有一个人从里面出来表示欢迎。

由于情况不明，飞机不敢在沙漠上降落。万一毒菌在那里蔓延，将会使救护队遭到六年前同样的悲惨命运。

总指挥决定放下直升飞机的绳梯，先派一个人下去探明情况。

这样的人选，当然只有王璁最合适。

没有任何选择的余地，王璁只得穿上镀钛的保护衣，一步一步走下绳梯。他与总指挥约定：当他走进实验室，一切都正常的话，发射绿色信号弹，直升飞机马上接他回去；如果需要其他救护队员下去帮忙，则发射黄色信号弹；只有在万不得已的情况下，他发射红色信号弹，这表明他已受到传染，不能回去，请直升飞机撇下他直接返航。

王璁的脚，第一次踏在沙漠之上。他这才发觉，沙漠上是那么松软，在沙漠上行走是那么吃力。

王璁颤颤巍巍朝银光耀眼的实验室走去。每走一走，都在沙上留下了清晰的脚印。

王璁走进实验室。三分钟过去了，五分钟过去了，十分钟过去了，一刻钟过去了，竟毫无动静！

直升飞机停在空中，救护队员们用焦急的目光，注视着“碉堡”。

总指挥着急了，穿上了镀钛保护衣，准备亲自下去。队员们也穿上了保护衣，争着要下去。

二十分钟过去了，仍然没有动静。总指挥沿着绳梯，朝下走去。

就在总指挥快要到达沙漠的时候，突然，从“碉堡”的窗口发出响亮的“啪”的一声，一颗鲜红的信号弹出现在明净的碧空之中。

总指挥不得不折回去，沿着绳梯回到机舱。

直升飞机返航了。沙漠上起风了。

王璁为什么会发射红色信号弹？他发生了什么意外？人们猜测着，焦虑着。

当天晚上，宇航中心指挥部收到了来自沙漠深处的长长的电报。电报是王璁发来的，终于详尽地报告了情况——

宇航中心并速转滨海大学杨校长：

我已查明原因。当我走进实验室，在实验桌前，有人坐在那里，低垂着脑袋，仿佛靠在桌上睡着了。我赶紧走上前去，使劲摇着他的身体，想把他叫醒。这时，我才发觉，他浑身僵硬，早已离开人世！

他是谁呢？我几乎不认识他了。他的头发又乱又长，已经夹杂着许多白发。他的脸像紫铜色，络腮胡子。如果不是前额左上方有一块明显的疤，我几乎无法相信他就是方爽同志！

在我的印象中，他如犍牛般壮实，一副运动员的派头，眼下竟皮包骨头，双眼深凹！

我可以断定，他并不是受烈性腐蚀菌的感染而死，因为他的遗体没有遭到腐蚀的迹象。从方爽同志死去的姿势来看，他在临死前夕还在坚持工作。他是死于过度劳累！

我挂念着杜微老师。奇怪的是，在小小的‘碉堡’里，自上至下，都不见杜微老师的踪影。

他到哪里去了呢？

我在方爽的实验桌上，看到厚厚的工作记录本，用端端正正的字记载着他们到达沙漠之后的每一天的工作。

我从记录本上获知，杜微教授一年多以前——去年夏天，因年老体衰，在天气奇热的一天里突然中暑而死。我这才第一次明白，从沙漠中发来那篇论文电稿时，杜微老师早已不在人世了！

方爽在记录本上这样写道，“请组织上原谅，我没有把杜微教授不幸逝世的消息立即报告你们。因为我担心报告之后，你们会另派别的同志到这里工作。这儿是一个只进不出的地方，条件恶劣，虽然我也极想有一个人来做伴，但是考虑到我一个人能够胜任这儿的工作，所以我决定不向你们报告。”

说实在的，我从飞机上下来，是想看一下就回去的，所以我在手枪里已预先装好了绿色信号弹。只消一扣扳机，就可以发射出去。然而，进入“碉堡”以后，我深深地被杜微老师和方爽同志的无私献身精神所感动。我决定留下来，接替他们的未竟之业。我从手枪里卸下绿色信号弹，装上红色信号弹，发射出去。

在飞机远去之后，整个下午，我忙着安葬方爽同志。从笔记本上获知，杜微教授安葬在实验室旁边。我找到他的墓，墓前竖着一块亮闪闪的金属钛做成的牌子，刻着这样的字：“吾师杜微教授之墓　学生方爽敬立”我把方爽安葬在杜微教授旁边，在墓前也立了一块金属钛制成的牌子，刻着这样的字：“挚友方爽同志之墓　王璁敬立”。

现在，屋外响着呼呼的风声。在这大沙漠之中，只我孤身一人。

我在灯下详细地翻阅着实验笔记。我一边看，一边感到深深的内疚：尽管我的肌体健全，但是一种无形的“烈性腐蚀菌”已经腐蚀了我的灵魂！这是用显微镜所看不见的“烈性腐蚀菌”。我早已受到感染，却不觉得。尽管李丽、杜微、方爽都已离开了人世，但他们的灵魂是完美的、纯洁的，他们的科学道德是无比高尚的。他们是用特殊材料——金属钛制成的人。他们是真正的“泰坦”，真正的英雄。

我决心留在这儿长期工作。我要在这里制成抗腐蚀剂。它将不仅用来对付天外来的烈性腐蚀菌，同时也将使我的灵魂不再受到腐蚀。

请不必给我派助手。我的身体很好，能够独立完成工作。

最后，请杨校长立即打长途电话给S国科学院秘书，作如下更正：

“论文作者应为李丽、杜微、方爽、王璁。由于一项世界科学奖金获得者最多只能三名，因此获得者应为论文的前三名作者，即李丽、杜微和方爽。”

（王　璁）

——原刊于《人民文学》1981年第11期

附：彭加木的感人形象促使我写出了《腐蚀》

——《腐蚀》创作手记

◎ 叶永烈

深入罗布泊采访，罗布泊给了我不可磨灭的印象，不仅使我写出了纪实长篇《追寻彭加木》，而且使我写出了小说《腐蚀》——这篇小说，差一点被评为 1981 年的全国优秀短篇小说。

1980 年 7 月，我到新疆罗布泊，参加了搜索中国科学家彭加木的工作，在那里采访。我熟悉了沙漠里的生活。

我曾在那里多次坐直升飞机搜寻。小说里写到，晚上以沙洗脚，那时候我自己就是这样的，临睡前光着脚在沙漠上走一圈，用沙洗脚。

在那里，我采访了许多彭加木的战友，深为彭加木的献身精神所感动。彭加木的精神、道德是很高尚的。他自称是“铺路石子”、“建筑工人”。建筑工人造好房子，自己不住，走了，又去造新房子。彭加木为边疆造了实验室，造好了，走了。

可是，竟有人说彭加木没什么学说贡献，没有多少论文，彭加木是在上海搞不出东西来，才到新疆去的等等。

小说《腐蚀》中的故事，与彭加木事迹没什么直接的联系，但是在主人公方爽身上，有彭加木的影子。至于王聪这样的人，我在科学界常常见到，那样的人是很多的。要想写这样的关于科学道德的小说，早就有设想了。但是觉得还不成熟，没有写。后来,《人民文学》杂志小说组组长王扶来上海组稿，鼓励我写出来，给了很多帮助，这才写出来。

1981 年 8 月，我收到《人民文学》杂志王扶来信，说她下月来沪组稿，希望我写篇科幻小说。

我从未给《人民文学》投寄过科幻小说，只知道这家杂志是中国文学界权威性刊物，对稿件要求颇严，未敢贸然动笔。

9 月 17 日，王扶来我家访问，我谈了大致设想，阐述了《腐蚀》的主题。她很赞赏，叫我赶紧写出来。

我花了两天时间（18、19 日）写出了《腐蚀》初稿，二万一千字。

这篇小说是以我1980年7月到新疆参加搜索彭加木时的见闻作为基础的。小说以沙漠为背景展开。当然，小说中的故事与彭加木事迹迥然不同，不过，从方爽身上，可以看到彭加木的献身精神。

20 日上午，我骑自行车到静安宾馆，把初稿送交王扶，正巧，作家张士敏也在那里。

22 日上午，王扶再度来我家，谈了对《腐蚀》的意见。她肯定了小说的主题，认为思想有深度。

她提出以下意见：

一、删去第二段。

二、减少叙述，加强人物心理描写。

三、诺贝尔奖金委员会来电过程可删。

四、钛，可加以发挥，进行比喻。

五、无形的腐蚀剂，可以发挥。

六、着重写好王聪。初稿中方爽是立起来了，形象鲜明，感人。王聪写得太露。着重写王矛盾的心理。他内心是痛苦的。他有才气，聪明，杜微是喜欢他的。王与李丽爱情线可保留，方爽与李丽爱情线应删去。结尾出人意料，很好。

总之，立意好，故事完整，文字流畅，缺点也很明显。作者似乎过于冷静。要着力写好王聪。

我觉得王扶的意见是很中肯的。决定重写一稿。当时忙于写别的小说——《魔盒》。

完成《魔盒》之后，我又花了两天时间，写好了《腐蚀》二稿，于国庆前夕寄出。

10月30日，我收到王扶10月27日信，说："该稿已发到第十一期上，我只在文字上稍作了些修饰，未大动。"

能在《人民文学》上发表，我当然很高兴。

《腐蚀》在《人民文学》发表之后，马上被《小说月报》全文转载。

此后,《腐蚀》被译成英文、德文在国外发表。

《腐蚀》，在全国性"反腐倡廉"的口号提出之前多年，就指出应该"拒腐"、"反腐"，尤其是在思想上筑起"反腐蚀"的堤坝。

1981年11月下旬，韩素音到达北京后，通过对外文协转告我，来沪后要找我谈。

我不认识韩素音，不知道她找我谈什么事。我问对外文协，他们也不知道，并说不便问。

12月3日，韩素音抵沪。3日下午，便约我到锦江饭店她的房间。

韩素音对我说："我看了你最近在《人民文学》上发表的科学幻想小说《腐蚀》，很有兴趣，所以想找你谈谈。希望了解你的创作经历，你是怎样写科学幻想小说的，这篇《腐蚀》是怎样写出来的？"

韩素音说："我是一个'科幻迷'，七八岁的时候就看美国的《*AMAZING STORIES*》杂志（即《惊人的故事》。科幻杂志）。至今，每个月还看二、三本科幻小说。我在两年前，就从外电中注意到你的名字，知道你在中国获奖。这次到了北京，一见到你的《腐蚀》，就马上读了。我是你的读者。"

韩素音谈了对《腐蚀》的看法："我是学医的，是个医生，所以对你这篇描写天外微生物的小说，格外感兴趣。这篇小说的含义很好，写科学道德问题，这是一个很重要的问题。小说的文学性很好，把人物写出来了。故事的结尾，写得特别好，我很喜欢。读到那里，被感动了。不过，我要向你提一条意见。作家是应当欢迎别人提意见的。我从医生的角度对《腐蚀》提意见。

我觉得，那个姑娘在看显微镜时，写得不够紧张。遇上那么可怕的微生物，应该写得更加紧张一些。从取样，到用显微镜看，要写得紧张。我对显微镜很熟悉。你想，这种微生物要吃掉全世界！怎么办？怎么办？多紧张哪！另外，对于这种烈性腐蚀菌，还可以加上科学的讨论、说明，写上二、三百字，或者五百个字。这是我看了以后的意见。”

接着，韩素音问起我个人的创作经历。当我告诉她，我于 1963 年毕业于北京大学化学系，她拍了一下手，大笑起来：“怪不得，小说里对科学那么熟悉。”

1997 年《科幻世界》重新发表《腐蚀》，增加了如下《编后语》：

“《腐蚀》曾刊载于《人民文学》，颇得读者好评。当年，在全国优秀短篇评奖时，它得了不少选票，但出于文学界对科幻的‘排异反应’,《腐蚀》未能入选。此事，一位知内情的资深编辑向我诉说，很有些不平。

“岁月的流沙无法掩埋真金。十余年后，再看《腐蚀》仍很感动。个别知识分子看重名誉以至沽名钓誉，不择手段——‘名’的诱惑也是一种腐蚀剂，使科学偏离方向，使科学家走向歧途。叶永烈用简练的文笔，生动的情节，以大漠为背景，讲述了一个动人心魄的故事。

“十余年过去了，当年评奖的事以及评出的‘全国优秀’的有些篇什早被人遗忘，而《腐蚀》却让人难忘。可见，我们的科幻作家只要写出佳作，评不评奖无所谓，只要在读者心中留下深刻印象，让读者有所收获，便大可高兴一番。从这个意义上讲。我们的科学家、科幻作家都该——拒‘腐蚀’。”

春江水暖鸭先知

——评叶永烈的科幻创作

◎ 尹传红　徐彦利

在中国的科普、科幻界，叶永烈曾经是一个风格独特、广受瞩目的“主力队员”；在当今的纪实文学领域，他又是一位成就卓著、声名显赫的重量级作家。在“科”字轨道上运行、“十八般武艺”几乎样样涉足的“叶永烈”，跟那位在历史深处游弋探寻、写了许多名人传记的“叶永烈”，常常被误认为是同名同姓的两个人——叶永烈的作品覆盖范围之广、创作数量之多、产生影响之大，由此可见一斑。而他于中国科幻小说创作及其理论构建中所表现出的探索精神、开拓勇气和勤奋执著，亦在中国的科幻史册上书写了浓墨重彩的一章。

一、叶永烈创作生涯简述

叶永烈生于1940年，浙江温州人。他的父亲叶志超先从军后经商，还做过当地一家医院的院长，在当时的温州工商界颇有名望。

1951年，正念小学五年级的叶永烈心血来潮，写了一首题为《短歌》的小诗，投给家乡的报纸。一个多星期后，这篇习作被《浙南日报》(《温州日报》的前身）刊登出来，他备受鼓舞，并从此爱上了文学。[1]

叶永烈

1957年，叶永烈考上北京大学化学系。虽然读的是理科，但他并没有放弃自己喜欢的写作，进校仅两三个月，他就开始在《北大校刊》上发表诗作。随后，又有诗作相继被《北京日报》和《前线》杂志刊用。当时北大理科是六年制，他在大学生涯中积累了扎实广博的知识，为后来从事科普和科幻创作打下了坚实的基础。

1958年，中国掀起“大炼钢铁”运动。同年9月，还在读大二的叶永烈随同化学系的部分老师和同学被派往湖南邵阳县工作三个多月，帮助该县建立化验室，培训化验员。在此期间，他第一次走上讲台，亲身实践科学普及工作。与此同时，他还结合培训内容，撰写了《两种矿物肥料介绍》和《度量衡的换算》两篇科普文章，分别刊载于《邵阳报》和北京的《科学小报》。

1959年5月2日，叶永烈撰写的一篇关于焰火的文章《夺目的夜明珠》在《科学小报》上发表。相较之前发表的两篇科普文章，这篇作品的文学色彩要浓厚得多，可以视为他的第一篇科学小品。这一年，叶永烈的业余创作成果丰硕：他多方收集材料先后编写了《湖南民歌选》和《科学珍闻三百条》两部书稿（但均遭退稿），另外还撰写了五十多篇科学小品（大部分完成于1959年暑假）。[2]

1960年2月，20岁的大学生叶永烈平生的第一本书《碳的一家》（科学小品集）由少年儿童出版社出版。这是叶永烈创作生涯的一个重大转折：这不仅实现了他出书的“零”的突破，更重要的是，他因生动活泼的文笔而成为《十万个为什么》（初版）的主要作者，开始参与大量条目的撰写工作，挑起了创作这部科普名著的大梁——初版最初为五卷，共947个“为什么”，叶永烈一人撰写了326个条目，占全书的三分之一左右。而且，他还是这套书最年轻的作者——写书时只有20岁，出书时才21岁。[3]

《十万个为什么》涉及各种各样的知识。为了写好那些“为什么”，叶永烈翻阅浏览了大量参考书，好在北大的藏书极为丰富，这使他得以在知识的海洋中尽情地遨游。另外，在写作中，他非常讲求每一篇的写作手法，这样又使他的写作技巧得到了迅速提高。《十万个为什么》成了叶永烈的成名作，并与他的人生命运紧密相连。

1963 年大学毕业后，叶永烈被分配到上海一家科学研究所工作。然而，文学创作一直吸引着他。经过一番激烈的思想斗争，他终于下定决心改行。当时，上海科学教育电影制片厂欲把《十万个为什么》改编成电影《知识老人》，他希望调到该厂担任电影编导。由于有《十万个为什么》这块“敲门砖”，厂领导十分青睐于这位“久闻大名”的作者，因此工作调动非常顺利。

叶永烈在上海科教电影制片厂一干就是 18 年。这期间，他编导了许多广有影响的科教片，其中,《红绿灯下》还在 1980 年荣获第三届百花奖最佳科教片奖。业余时间，叶永烈几乎投入了所有的精力从事科普与科幻创作，并且赢得了越来越高的声誉和知名度。

1980 年，叶永烈任上海市科学技术协会常委，从事专业创作。1987 年，他又调到上海作家协会，任专业作家，从科普创作转向文学创作。

叶永烈才华横溢，兴趣广泛，勤奋高产，在科普、科幻与纪实文学等多个领域都有卓越的建树，截止目前，已出版三百余部作品，累计接近 2000 万字。其中，在科幻暨科普领域，无论是作品的数量还是作品在公众中的影响力，在国内均称翘楚。

他的作品大致可以分为三类。

一是科幻小说，集中于其创作生涯的前期，即 20 世纪 60 至 80 年代。影响较大的有《石油蛋白》(1976)《世界最高峰上的奇迹》(1977)《小灵通漫游未来》(1978)《丢了鼻子以后》(1979)《演出没有推迟》(1979)《飞向冥王星的人》(1979)《腐蚀》(1981)，以及以金明为主人公的“惊险科学幻想系列小说”，如《暗斗》(1981)《黑影》(1983) 等。这些在社会上影响广泛的作品，为中国科幻史留下了一座丰碑。

二是科普作品，包括科学小品、科学童话、科学相声、科学诗、科学寓言等，几乎涉足科普创作所有的品种，基本与科幻小说创作处于同一时期或稍早，同样成就斐然。如在大型科普读物《十万个为什么》丛书中承担了化学、农业方面的许多条目的撰写工作；出版了科学小品集《碳的一家》和《化学元素漫谈》《知识之花》等著作；此外，还有散见于全国诸报刊的许多科学小品。

三是纪实文学，集中于其创作后期。1983 年自科幻小说《黑影》完成后，由于特殊的历史原因，叶永烈不得不放弃科幻和科普创作，转而进入纪实文学创作领域，其作品数量和创作成就同样令人叹为观止。这类作品主要有《红色的起点》《历史选择了毛泽东》《毛泽东与蒋介石》《江青传》《张春桥传》《王洪文传》《姚文元传》《陈伯达传》《出没风波里》，以及《邓小平改变中国》《他影响了中国——陈云全传》《中共中央一支笔——胡乔木》《傅雷与傅聪》《樱花下的日本》《真实的朝鲜》等。这类作品写作视域广阔、题材多样、资料翔实、妙笔生花，拥有比科幻、科普作品更广泛的读者群。

除自身创作之外，叶永烈还主编了十余种科幻小说选集，如《科学幻想小说选》（中国青年出版社，1980）《中国惊险科幻小说选》（江苏科学技术出版社，1981）《中外科幻小说欣赏辞典》（明天出版社，1991）《世界科幻名作文库》（安徽少年儿童出版社，1992）《中国科幻小说世纪回眸》（福建少年儿童出版社，1999）《中国科幻小说经典》（长江文艺出版社，2006）；同时，他还积极与国外科幻机构联系，组织翻译中国优秀科幻小说并介绍到国外出版，在推广普及科幻文学方面做出了重要贡献。

叶永烈曾经这样评述自己的创作人生："我不属于那种因一部作品一炮而红的作家，这样的作家如同一堆干草，火势很猛，四座皆惊，但是很快就熄灭了。我属于'煤球炉'式的作家，点火之后火力慢慢上来，持续很长很长的时间。我从 11 岁点起文学之火，一直持续燃烧到 60 年后的今天。"[4]

二、叶永烈科幻创作综述

中华人民共和国成立后，在 20 世纪 50 年代中后期、60 年代早期和 70 年代末期，中国科幻经历了几个相对繁荣期。那时的科幻作家大多出自科普领域，与科普有着天然的血缘关系。在建设祖国的澎湃热潮中出现的科幻作品，基调单纯明净、昂扬向上，语言通俗、童趣盎然，科普化和少儿化特征明显。叶永烈早期的科幻创作也显示了同样的特点，它们多以讲述具体的科学知识为主旨，人物与情节仅起到结构性的作用。

中国科幻创作的“科普情结”自有其历史渊源——实际上它一开始便被赋予了“科学普及”的厚望，而且也不能不受政治气氛的影响，担当起教育和宣传的特殊使命。50 年代末到 60 年代初，对科幻小说的基本要求是要为工农业生产服务，要落实到生产中去；对其“特定”的青少年读者对象来说，在注重科学幻想的科学性同时，还得考虑它的思想性，亦即思想教育意义。由此可见中国科幻小说的“负载”之重。[5]

尽管如此，在 50 年代中后期的中国，还是迎来了科幻创作、出版的第一个高潮。究其原因，一是大批苏联科幻、科普作品及凡尔纳小说被译成中文，在读者中引起了热烈反响，同时对中国科幻小说的创作也产生了深刻影响；二是党中央在 1956 年初发出了“向科学进军”的号召，全国迅速形成了学科学的热潮，作家们创作科学文艺作品的热情空前高涨。不过，总的来看，如叶永烈所言：“在初创期，科学幻想小说在中国文学界是没有地位的。它只是作为儿童文学中一个很弱小的品种而存在。”

那时，科幻作家们根据自身创作实践也意识到，幻想，是科幻小说的生命，是吸引读者的磁石。但这种幻想，不论是对社会生活的理解，还是关于科学的构想，都要植根于现实。科幻小说最好具有一定的科学性，并且能与某一现实问题相联系，才有更积极的意义。当然，从现实生活中取得的创作素材，都要经过合理想象的改造。[6]

1966 年至 1976 年，由于历史原因，中国科幻发展史上几乎一片空白。直到 1976 年初，上海人民出版社出版的《少年科学》杂志创刊号刊登了叶永烈的《石油蛋白》，这种局面才被打破。《石油蛋白》是“文革”期间唯一公开发表的科幻小说，它设想了从石油里提炼廉价蛋白原料的可能性。据说，这篇小说曾油印送交“四人帮”控制的上海市委写作组审查。由于该作品是以中国石油工业飞跃发展为前景，总算通过审查，但发表时被删去“幻想”两字，只注明“科学小说”。80 年代初，针对有人写的文章《〈石油蛋白〉在

“四人帮”横行时期能够发表的真正原因何在？》(其用意在文中说得很明显，即“……在当时能够发表的真正原因，显然是由于它适应了‘四人帮’批邓、反击右倾翻案风的需要。”)，曾参与《石油蛋白》编辑工作的王亚法专门撰文予以澄清，并介绍说：在1976年初那些“黑云压城城欲摧”的日子里，要发表一篇“科学幻想小说”是颇为不易的。当时，编辑部收到叶永烈的“科学幻想小说”《石油蛋白》一文后，的确为难了一阵，特别是“幻想”一词，大家都不敢把它标上。好在迂回曲折、避实就虚是当时文场中有头脑的知识分子的防身法，于是乎大家一商量，就把“幻想”二字用红笔勾去了。这就是“科学幻想小说”《石油蛋白》变成“科学小说”的简单经过。

“科学小说”是出来了，但大家还余悸未定，为防别有用心者吹毛求疵、借题发挥，在刊物正式付印前，编辑部（当时还在筹备）又油印了几十份样稿，通过民间渠道向各界征求意见，其中有工宣队、报社编辑、学校老师，还有一位市委写作班的一般人员，这也许是后来被误认为送市委写作班审查的一段公案。

《少年科学》创刊号于1976年3月发稿，当时正值“批邓风”刮得最烈的时候，“四人帮”控制下的市委宣传部明令规定，不管什么文章，只要能添入“批邓”,“反击”等词句，都应添入。《少年科学》当然也不能例外。[7]

1977年，举国上下拨乱反正，深入揭批“四人帮”。这一年共出现了3篇科学幻想小说，它们分别发表在《红小兵报》和《少年科学》杂志上，即：王亚法的《强巴的眼睛》、肖建亨的《密林虎踪》和叶永烈的《世界最高峰上的奇迹》。

1978年3月，全国科学大会在北京召开，“科学的春天”来了，中国科幻小说终于走出了“冷宫”。这一年，全国18家报刊、出版社刊登、出版的科幻小说，一跃而至42篇，1979年则达到了135篇。

据不完全统计，从1976年至1980年4年间，全国（不计港澳台地区）共发表科幻小说约300篇，是1949年至1976年27年间发表作品总数的3倍。与此同时，英、美、法、日等国的科幻小说也大量被国内翻译出版，凡尔纳、威尔斯、阿西莫夫、克拉克等作家的作品均拥有大批读者；许多少儿杂志、科普杂志乃至纯文学刊物也都乐于刊登科幻小说。1979 年 5 月，四川省创办了中国第一份以发表科幻小说为主的杂志《科学文艺》（即《科幻世界》的前身）；1981 年，海洋出版社创办了科幻丛刊《科幻海洋》；与此同时，《我们爱科学》《少年科学》《儿童文学》《少年文艺》《智慧树》等杂志也竞相刊登科幻小说……中国科幻由此迎来了创作、出版的第二个高潮。[8]

这一时期，科幻作家的队伍不断壮大，创作水平不断提高：题材有了新的开拓，幻想构思和情节设计日趋精巧，在主题深化和人物形象塑造方面也出现了可喜的变化。主要代表作品包括童恩正的《珊瑚岛上的死光》、郑文光的《飞向人马座》、叶永烈的《小灵通漫游未来》、刘兴诗的《美洲来的哥伦布》、王晓达的《波》、金涛的《月光岛》、魏雅华的《温柔之乡的梦》等。

而在 20 世纪 70 年代末到 80 年代初的短短几年中，作为“文革”后第一位恢复科幻小说创作的作家，叶永烈一人就发表了近 200 万字的科幻小说，每年出版科幻新作 4 ~ 5 部，无论作品数量还是作品所开拓的题材领域，在当时的中国科幻界都无人能敌。

除了轰动一时的《世界最高峰上的奇迹》《小灵通漫游未来》《腐蚀》这几部代表作以及“惊险科学幻想系列小说”，叶永烈这一时期创作的其他一些中短篇科幻小说也备受关注。

《旧友重逢》（1978）讲述的是科学家怎样利用气味控制鲑鱼的洄游与繁衍生息。《丢了鼻子以后》（1979）描写科学家利用仿生学，让掉了鼻子的患者重新拥有器官再生功能。《一只奇怪的蜜蜂》（1978）描写人类读懂了蜜蜂的语言，成功研制出电子蜂，使其成为人类与蜂群之间的“传令兵”。这类小说将科学知识与趣味性进行有机结合，开启了读者的想象力。

《演出没有推迟》（1979）描写了这样一个故事：不知名的病毒在全世界流行，人们在机场被扣留，发烧的患者被隔离，救护车穿梭往来，医院连走廊和院子里都躺满患者。学校被迫停课，几个幸运没有病倒的学生变成了临时护士……这闪电般袭来的瘟疫是什么？不是鼠疫、霍乱和天花等烈性传染病，而是普通感冒病毒的变异！小说发表 25 年后，2003 年，中国爆发非典型性肺炎（SARS）；31 年后，2009 年，全球爆发甲型 H1N1 流感。现实场景同这篇小说的描写何其相似！应该说，作为文学作品的科幻小说并不负担科技预言功能，但优秀的科幻作品确实能起到预言作用，因为它们并非无源之水、无根之木，而是深深植根于科学体系和科学理性之中，因而对人类未来有着重要的警示作用。

《龙宫探宝》（1979）设想了如何开发海底富含锰元素的石质结核——当下，这个设想在日本、中国等国家已经到了具体实施的阶段。《飞向冥王星的人》（1979）中的想象更为奇特。它描写一个具有从冷冻中复活之特殊功能的人——吉布，被科学家派往冥王星探险。小说中充满令人向往的神奇，向读者展现了一个美妙的科幻世界。

10 万字的中篇科幻小说《爱之病》（1986）也颇有预见性。作者凭着科幻作家的敏感，注意到了几年前才发现的艾滋病，并断言其必定会在中国敞开国门的年代成为巨大的威胁。小说写了这样的故事：中国卫生部决定在北京建立艾滋病研究所，在新疆沙漠深处建立艾滋病医院，并成功地利用中药制成"反滋一号"治疗艾滋病，引起世界的关注。外国派女特务潜入沙漠，盗取"反滋一号"配方。我公安部门在逮捕女特务后，宣布无罪释放，而我卫生部门则宣布中国无偿培训外国医生并公开"反滋一号"配方，因为战胜艾滋病是人类共同的责任……

《爱之病》是向国人介绍艾滋病的最早的一部科幻作品。它当时交《羊城晚报》连载，该报非常满意，决定刊用，但在送交广东省卫生厅有关部门审查时遇到了障碍。审查部门指出，当时中国还没有一例艾滋病人，发表这样的小说会引起"误导"和"新闻混乱"，外国会以为中国已经有了艾滋病；再者，用中草药防治艾滋病，中国还没有人做过！

就这样，这篇科幻小说被"枪毙"了，尽管作者申辩既然是小说，那故事情节就属于虚构，不存在引起"新闻混乱"的问题。后来，当《成都晚报》开始连载这部中篇小说时，中国已发现了艾滋病患者。十年之后，当中国的艾滋病患者已接近 100 万人，而且在采用中草药防治艾滋病方面也已取得重要成果时，叶永烈不由得感慨："我感到欣慰的是，当年我作为一位科幻小说作家，笔下的科学幻想已经不断被现实所证实。我要为科幻小说说几句话：科幻小说看似离奇，其实那幻想是建立在科学的基础之上。这种超前的想象，屡屡被现实所证实。正因为这样，应当重视科幻小说的创作。”[9]

三、“小灵通”：一个时代精神的表征

就像今天的孩子几乎没有谁不知道超人、奥特曼一样，在30多年前，也几乎没有哪个孩子不知道“小灵通”——那个圆脑袋、大耳朵、聪明好奇、消息灵通的小记者。

1978年出版的《小灵通漫游未来》是叶永烈的科幻长篇处女作，也是“文革”后中国出版的第一部科幻小说。在那个百废待兴的年代，这部作品让求知若渴的孩子们对未来生活产生了无限的遐想，同时也拉开了“文革”后科幻文学创作的序幕。值得一提的是，该书首印150万册，很快便风行全国；随后又被改编成三种版本的连环画，印数也突破了150万册。如此一来，《小灵通漫游未来》的总印数达300万册之巨，创造了中国科幻小说的一个“吉尼斯”纪录。

《小灵通漫游未来》的诞生，源自某种现实的“需求”。

1977年10月，少年儿童出版社的几位编辑在上海长宁区第一中心小学体验生活，约请时任上海科教电影制片厂编导的叶永烈给小学生们上一堂科学知识课。在征求了小朋友们的意见后，他们给了叶永烈这样一个主题：《展望2000年》。于是，叶永烈就围绕这个主题去讲了一课。想不到，第二天消息传开，很快有4所小学派代表来要他去讲课；第三天、第四天，有几十所中、小学要他去讲。后来，甚至连无线电厂、公安局消防队、图书馆都发出了邀请，讲的题目都是一个——《展望2000年》。

这不禁让叶永烈陷入了深深的思考：为什么不论是孩子还是大人，都对“2000年”如此关心，并且怀有如此大的兴趣呢？一位老师告诉他：“这是因为大家都知道祖国的未来是美好的，但很想具体地知道未来是怎样美好。孩子们是未来的建设者，他们就更加强烈地向往未来，关心未来。”还有的老师建议他把讲课的内容写出来，写成一本书。[10]

此后不久，叶永烈又应少年儿童出版社之邀，以“在庆祝国庆五十周年的时候”为题写一本书，展望祖国在2000年时工业、农业、科技等方面的新成就。他顿时想到自己早在1961年写的科学幻想小说《小灵通的奇遇》，就是讲“未来是什么样”的。

这部当时未能出版的书稿，是以作者多方收集资料辑成的《科学珍闻三百条》为素材创作的。它通过一位眼明耳聪、消息灵通的小记者——小灵通，到未来市进行一番漫游，报道种种未来的新科学、新技术。这种写法把那些一条条孤立的科学珍闻，像一粒粒珍珠用一根线串了起来。另外，在介绍每条科学珍闻时，叶永烈没有直接讲如何如何，而是通过形象化的幻想故事来展现。只可惜，由于幻想太过超前，又诞生于吃不饱的年代，书稿自然难逃搁浅的命运。

好在当“科学的春天”到来时，这颗被遗弃多年的种子终于得以萌发。发黄的书稿送到少年儿童出版社后，立即得到领导和编辑的热情肯定。他们建议把书名改为《小灵通漫游未来》，并提出了一些修改性意见。就这样，叶永烈重新写了一稿，又请画家杜建国配上生动活泼的插图。三个月后，此书就问世了。[11]

《小灵通漫游未来》以一个少年记者的视角，详细描述了在“未来市”采访的经过。在未来世界，小灵通看到了许许多多以前没有看到的新鲜事物，它们极富科技含量，渗透到生活的每个角落——比如未来一顿饭会有哪几个菜，房子是怎样的，路灯是怎样的，白天是怎样的，晚上又是怎样的，等等。生活因科学而变得浪漫美好，令人心驰神往。小说的每一小节前有小标题，涵盖这一节的主要内容，如“奇遇”“奇怪的船”“奔向未来市”“水滴一样的汽车”“一顿稀奇的中饭”“奇妙的去污油”，等等，充分调动了读者的好奇心与求知欲。

小说中，各种高科技发明琳琅满目，像原子能做动力的气垫船、能在海上飞行的水翼船、微型半导体电视电话机、电视手表、靠气流推进的无轮飘行车，以及家用机器人、人造器官、塑料钢、人造大米、人造蛋白质、植物新品种萝瓜（把萝卜与丝瓜合在一起）、钢化瓷器、有气味的环幕立体电影、白昼电影、写话机、消云剂与降雨剂、人造叶绿素、鸡蛋大的葡萄、无土培植、相当于信用卡的银行的自动管理……

这些使人眼花缭乱、目不暇接的新鲜事物，充满了童话的气息，但读来又使人信服，在当年的孩子们眼里，是无比奇妙而又令人神往；那个能够穿梭时空、四处走访的“小记者”兼“小旅行家”——小灵通，更是让无数小读者羡慕！小说出版当年，1978 年 11 月 7 日的《光明日报》以《生动有趣的科学幻想小说》为题发表徐明寿的文章，对《小灵通漫游未来》作了如下评价：

> 作者根据儿童的心理爱好和认识事物的特点，采用天真活泼的儿童语言，讲述故事，介绍知识，并适应儿童富于幻想的特点进行艺术构思，因而以其特有的艺术力量抓住小读者。通俗、浅显、有趣，是儿童科学读物应该达到的起码要求。在这方面，《小灵通漫游未来》一书，做了可贵的探索与尝试。

与此同时，刚成立不久的中国科普创作协会（后改名为中国科普作家协会），也专门组织科普作者、译者、有关科学家、编辑、科普美术工作者和适龄读者，就《小灵通漫游未来》的主题思想、意义、科学内容、体裁、写作技巧、美术设计等方面展开讨论，相关文字发表在 1980 年出版的《科普创作》杂志上。科普作家励艺夫谈道：

> 《小灵通漫游未来》确是一本很好的儿童科普读物。用五、六万字的篇幅，容纳了较多的内容，展示了科学技术发展的远景。写得那么引人入胜，使小读者爱不释手，实在难得。现在全党和全国人民正在为建设社会主义现代化强国而努力，少年儿童爱科学、学科学、用科学的优良风尚正在形成。孩子们（甚至成人）都想知道四个现代化的具体内容和与“四化”有关的科学知识。这本书给了读者以形象的回答。

研究者通常将《小灵通漫游未来》视为“科普型”科幻小说，其实，作者创作之初就已注意到给予小读者思想内涵的“熏陶”。正如科幻评论家彭耀春所评述的那样：

> 当作者引导小灵通漫游未来时，他生动地展示了气垫船、飘行汽车、机器人、环幕立体电影、人造蛋白、彩色棉花等现代或未来的科技成果，他也在《未来市的历史》这本金色硬皮大书里留下了意味深长的一页白纸，这是“未来市的未来”的地图，旁边写道：“未来市将来变成怎样，这最新最美的图画，是要靠我们用劳动的双手去绘制，也是要经过艰苦奋斗，才能把它建设得美丽，使我们的生活更幸福。”这个图解式的构思不一定很有文学性，但确实反映了作者的良苦用心，科幻小说创作伊始，叶永烈就将思想启迪寓于知识和趣味中。

作为科学想象，《小灵通漫游未来》足够新颖、丰富和超前。它对未来进行了全方位的扫描，因而有人称之为“未来世界的‘清明上河图’”，其中描绘的许多事物现在已经被证明其合理性和可实现性。2001 年，《南方周末》曾用一个整版考证创作于 40 年前的《小灵通漫游未来》，哪些设想在哪一年已经实现了。这本畅销书也促使全社会对科幻小说予以更多的关注，数十年来一直为人们所津津乐道。

事实上，《小灵通漫游未来》推出第二年，即获“中国少年儿童文艺创作一等奖”。当时，它不仅成了不少孩子进入科学殿堂的启蒙读物，被许多地方列入中小学生必读书目；甚至在某种程度上还影响了许多孩子对自己未来职业和事业的“设计思路”。小灵通的形象深入人心，影响了几代人，及至后来，连中国电信的一种无线话机都以“小灵通”命名（这个名字是经叶永烈同意授权的。商家最初注册商标的时候，还让叶永烈签了授权书）。[12]

尽管《小灵通漫游未来》十分畅销，但它的思想价值和艺术价值却一直受到忽视，长期以来仅仅被视为一本科普读物和儿童读物。如科幻评论家郑军认为，在《小灵通漫游未来》出现以前，新中国科幻小说基本是以“当代”为背景，缺乏明确的未来意识。个别作品虽然将故事背景设置在未来，但只是就一两个点进行描写。《小灵通漫游未来》全方位地构造了一个“未来市”，堪称新中国文学史上的创举。在小说中，“未来市”不仅科技特别发达，那里的居民还喜欢学习外语，对外交流，这已经超出了单纯“科学幻想”的范畴。特别是小说的结尾，作者以一本没有写完的书进行比喻，说明“未来”存在于今人的建设中，这种鲜明的“未来意识”正是科幻文学的基本价值观。[13]

回望《小灵通漫游未来》，这部作品虽然篇幅不长，文学技巧也稍显不足，但它的影响无疑是广泛而又深远的。

《小灵通漫游未来》问世之初，“文革”结束不久，国人心中创痛未平，文坛主潮为“伤痕文学”。不过，这个时候，向“四个现代化”进军的号角已然吹响，一个新的时代正在到来。那也正是中国刚刚摆脱思想桎梏、想象力异常活跃的年代。

叶永烈的这部作品没有抱怨、感伤与自怜，充满积极进取、昂扬向上的乐观主义精神，全景式地展现了未来世界的美好图景，契合了当时人们对2000年的向往之情。因而可以说，它实际上是“文革”后最早出现的一部带有“启蒙”意义的科幻作品，是时代精神的一种表征。

《小灵通漫游未来》在创造畅销“神话”的同时，也给叶永烈带来了巨大的声誉，并成为他由科普创作迈向科幻创作的一个重要转机。1984年，作者续写了《小灵通再游未来》，世纪之交又写出了10万字的《小灵通三游未来》，时间前后跨越20余年，两部作品依然将“小灵通”这一深入人心的形象作为贯穿小说的主人公。但从现实影响看，后两部小说远不及第一部。这与小说艺术水平无关，而是因为时代在前进，适合“小灵通”繁茂生长的时代已经逝去了。1998年3月1日，叶永烈在《“小灵通”回眸话当年》一文中，对相关创作情况作了如下概述：

> 小灵通前往“未来世界”，乘的是“原子能气垫船”。如今，气垫船已经很普通，从上海至宁波，从深圳到珠海，每天都有“飞翔船”往返。所谓“飞翔船”，也就是气垫船。当然，小灵通乘的以原子能为动力的大型气垫船，虽然还没有出现在世界上，但是已经不很遥远了。
>
> 小灵通手腕上戴的“电视手表”，已经接近于变成现实，如今，“掌上微型电视机”已经商品化。更小的手表大小的微型电视机的诞生，指

日可待。

在《小灵通漫游未来》初版本中写到的“环幕立体电影”，如今已经变为现实。把小轿车驶进电影院，坐在车里看电影，这些已经实现——虽说并不那么普遍，但是毕竟有了。

小灵通见到小虎子的“老爷爷”（曾祖父）下棋不戴眼镜，很吃惊。一问小虎子，这才明白：“他的眼睛不花，那是因为他眼睛里装了老花眼镜。镜片是嵌在眼睛里的，所以你看不出来他戴眼镜。我的爸爸的眼睛里也嵌着镜片，不过，他嵌的是近视镜片。”这种“嵌在眼睛里的眼镜”，如今比比皆是——隐形眼镜。

在《小灵通漫游未来》初版本中，曾写及“未来市农厂”，在巨大的玻璃温室里，工厂化生产农产品。这样的“农厂”，如今已经有了。当然，书中所写的“一个月可以收一次苹果，半个月可以收一次甘蔗，十天可以收一次白菜、菠菜，而韭菜在一个星期内就可以割一次”，还有那“红红的苹果，比脸盆还大，黄橙橙的橘子像一只只南瓜”，“切面圆圆的像张圆桌面”的西瓜……则尚须努力，才能变为现实。

40 年前写的《小灵通漫游未来》初版本中，还有许多科学幻想，尚待 21 世纪实现。比如，天气完全由人工控制，晴雨随意，“天听人话”；天空上高悬人造月亮，从此都市成了真正的不夜城；家家都有机器人充当服务员；人的器官可以像机器零件一样调换，从此人“长生不死”……

现在重读《小灵通漫游未来》初版，作者最大的缺憾是，书中没有强调电脑在未来世界中的关键性作用。《小灵通漫游未来》初版在写及机器人铁蛋时，提及了电脑：“他的本领，全靠那个方脑袋里装的电子脑——微型电子计算机。”“电子脑”如今已经无处不在，到处引发智力革命。[14]

“春江水暖鸭先知”。叶永烈正是以科幻作家超前的眼光、未雨绸缪的准备，比他人早一步感知了时代的水温，使自己立于时代的潮头，成了引领时代风骚的弄潮儿。

后来有研究者提出，中国科幻小说是在新中国成立之后才得以成长，又在“四人帮”倒台以后才快速发展的，前后大致经历了三个时期：“第一个时期从 1954 年到 1978 年，以郑文光创作《从地球到火星》为开始，以叶永烈的《小灵通漫游未来》的出版为结束。这个时期被称为中国科幻文学的‘边界划定期’。”[15]

四、科幻创作新阶段：文学性和思想性的提升

实际上，20 世纪 80 年代初期，在不断探索的创作实践中，已有越来越多的科幻作家认识到，科幻作品除介绍科学知识、提出科学展望外，还有其广泛的现实意义和更深广的内涵，而不应只是处在儿童文学和科学普及的从属地位。另外，作家利用科学幻想这一形式来阐明哲理，表达自己的思想感情、理想愿望，也要比一般文艺作品显得更灵活洒脱，没那么多约束和限制（这个特点常常也容易引起误解并招来责难）。如此一来，中国科幻小说基本上就形成了三种不同类型的作品：一是现代科研课题的继续；二是未来科技发展的预测；三是社会问题的曲折反映。[16]

早年从事过科幻小说编辑工作和创作的赵世洲，对中国科幻小说的“转型”有一个十分形象的比喻：“我国科幻小说的发展倒有点像青蛙，蝌蚪阶段曾经姓‘科’，而在走向成熟的时候，就应该及时地改而姓‘文’，成为文学的一部分。”他还指出：“通过理论和实践的探索发现，科学幻想小说就是小说，或者说是小说的一个分支。提高创作质量的有效办法是提高作品的文学质量，按照小说的规律去创作。”

在科幻作家们铆足劲头向纯文学上“靠”的那一时期，不少科幻小说得以在纯文学刊物上发表。如《人民文学》发表了肖建亨的《沙洛姆教授的迷误》和《乔二患病记》、叶永烈的《腐蚀》和《正负之间》；《四川文学》发表了童恩正的《遥远的爱》、王晓达的《波》；《上海文学》发表了郑文光的《地球的镜像》和叶永烈的《同行》；《北京文学》发表了魏雅华的《温柔之乡的梦》；《春风》发表了王亚平的《神秘的事件》；《小说界》发表了叶永烈的《并蒂莲》……这意味着上述科幻小说的文学水准，得到了以主流文学作为审美

标准的纯文学刊物的承认，而叶永烈的努力和成就在科幻作家中显然是十分突出的。

为什么在20世纪80年代初期，中国的科幻作家们一个个都要积极地往“主流文学”上靠呢？对于这个耐人寻味的现象，《文学报》1981年5月14日刊出的叶永烈文章——《也谈中国科学幻想小说的“危机”》，或许可以做一个注解。该文称：中国的科幻创作尽管在一些人看来已属繁荣，“而实际上作者们的处境相当困难。科学幻想小说的作者兼跨科学、文学两界，有的往往既是中国科协会员，又是中国作协会员。在科学界，有人视科学幻想小说为末流；另一方面，在文学界，则视科学幻想小说为‘迎合一些读者好奇和要求刺激的心理’。”

文章披露，1978年，在进行全国优秀短篇小说评选时，科幻小说《珊瑚岛上的死光》所获票数在前5名之内，而文学界却有人主张不该将它入选，因为科幻小说不属文学范畴。最后折中，被评为第25名——最后一名，又是“忝居末座”！这表明了文学界对科幻小说的偏见，但又不得不给予一席之地。

叶永烈称自己在创作科幻小说时，一直遵从鲁迅所倡导的“经以科学，纬以人情”的原则。“经以科学”，即科学幻想要有充分的科学依据，要符合科学；“纬以人情”，就是要使科幻小说如同文学小说一样，塑造人物形象，反映社会现实，寄寓深刻的主题思想，没有这根“纬”，便无法“交织”出科学幻想小说。他坦言：“我初期的科学幻想小说，对‘纬以人情’注意不够，在不断地创作实践中，我逐渐认识到必须加强作品的文学色彩。”[17]

发表在《人民文学》1981年第11期上的《腐蚀》，是叶永烈进入新的创作阶段的标志，象征着他开始淡化作品的科普取向，而更关注文学性和思想性。小说讲述的是：中国宇航中心接到报告，称宇宙飞船“银星”号完成太空任务后坠落沙漠。救护队找到残骸，却发现厚厚的宇航服及宇航坐垫已被严重腐蚀，唯有用金属钛制成的仪表、发动机及飞船外壳安然无恙。救护队员李丽发现了一种来自太空的烈性腐蚀菌，腐蚀力极强。全队因此遭到灭顶之灾，临终之际李丽留下遗言：“请不要组织营救，以免烈性腐蚀菌扩散。”

后来，微生物专家杜微和助手方爽深入腐蚀区，建立了研究天外微生物的实验室。方爽以“泰坦（钛）精神”，独自到坠落点取样。两人成功提取了这种烈性腐蚀剂，但最终均在沙漠丧生。杜微的学生王璁曾纠结于个人利益的得失，斤斤计较论文排名与得奖。当他来到沙漠，目睹了方爽与杜微的英勇献身后，决定长期留在沙漠，继续研制抗腐蚀剂——同时使自己的灵魂不再遭受腐蚀。

小说一开始，就以三个互为关联、环环相扣的悬念揪住了读者的心：一是，一架救护飞机在西北大沙漠上空匆匆飞行，机舱里的人们穿着白大褂，戴着白帽子，神情严峻，沉默不语；二是，从救护飞机上看到坠落了的“银星”号宇航飞船，这意味着发生了意外；三是，救护队全体人员也受到不知名的腐蚀菌感染而全军覆没，情况十分危急。

继之，作者恰当地运用短篇小说的表现手法，干净利落地转入主题。小说最后以王璁致校长的一封信作结：

> 现在，屋外响着呼呼的风声。在这大沙漠之中，只我孤身一人。
>
> 我在灯下详细地翻阅着实验笔记。我一边看，一边感到深深的内疚：尽管我的肌体健全，但是一种无形的“烈性腐蚀菌”已经腐蚀了我的灵魂！这是用显微镜所看不见的“烈性腐蚀菌”。我早已受到感染，却不觉得。尽管李丽、杜微、方爽都已离开了人世，但他们的灵魂是完美的、纯洁的，他们的科学道德是无比高尚的。他们是用特殊材料——金属钛制成的人。他们是真正的“泰坦”，真正的英雄。
>
> 我决心留在这儿长期工作。我要在这里制成抗腐蚀剂。它将不仅用来对付天外来的烈性腐蚀菌，同时也将使我的灵魂不再受到腐蚀。
>
> 请不必给我派助手。我的身体很好，能够独立完成工作。
>
> 最后，请杨校长立即打长途电话给 S 国科学院秘书，作如下更正：
>
> “论文作者应为李丽、杜微、方爽、王璁。由于一项世界科学奖金获得者最多只能三名，因此获得者应为论文的前三名作者，即李丽、杜微和方爽。”

小说提到的烈性腐蚀菌具有双重意义，第一个层面指物理意义上的腐蚀；

第二个层面则是指世俗世界中利益、名望、物质欲望等对“科学家精神”的腐蚀。作者倡导一种勇于为科学献身，视利益如浮云、永远不会受到腐蚀的“泰坦（钛）精神”。

这篇小说将幻想性灾难、爱情、对科学的忠诚、世俗名利考验等融为一体，写出了人性的善良与邪恶、情感的真实与虚伪，是一部深入探讨科学研究者心理的作品，[18]表现了作者在文学性上的可贵探索。而且,《腐蚀》在全国性“反腐倡廉”的口号提出之前多年，就指出应该“拒腐”“反腐”，尤其是在思想上筑起“反腐蚀”的堤坝。这个科学幻想上的预见，无疑也是思想上的预见。

《腐蚀》的创作灵感源于1980年作者在新疆参加搜索失踪科学家彭加木活动中的亲身见闻。作者后来回忆，深入罗布泊采写彭加木事迹是他从事纪实文学传记的开始，而正是彭加木的感人形象促使他写出了《腐蚀》:

> 小说《腐蚀》中的故事，与彭加木事迹没什么直接的联系，但是在主人公方爽身上，有彭加木的影子。至于王璁这样的人，我在科学界常常见到，那样的人是很多的。要想写这样的关于科学道德的小说，早就有设想了。但是觉得还不成熟，没有写。后来,《人民文学》杂志小说组组长王扶来上海组稿，鼓励我写出来，给了很多帮助，这才写出来。[19]

《腐蚀》在《人民文学》发表之后，马上被《小说月报》全文转载，产生了较大反响。此后，它又被译成英文、德文在国外发表。

这部作品还引起了著名华裔英籍作家韩素音的注意。看过此作后，韩素音特意找到作者，畅谈她对《腐蚀》的看法:“这篇小说的含义很好，写科学道德问题，这是一个很重要的问题。小说的文学性很好，把人物写出来了。故事的结尾，写得特别好，我很喜欢。读到那里，被感动了。”

《腐蚀》的责任编辑王扶，曾以《勇敢的开拓者》为题，评价过叶永烈及其作品。她认为,《腐蚀》代表了叶永烈科学幻想小说的一个飞跃，是真正作为文学的科幻小说。它为我们树立了生活中几个普通科学工作者的形象，描写了他们在工作和荣誉面前的不同心态，体现了美与丑、善与恶的搏斗。

对于自然界中强烈的腐蚀菌，人们可以通过科学和智慧去制伏它，但是对于心灵的腐蚀，却往往被人们所忽视，而这后一种腐蚀却是更可怕的。

作品中的几个人物都写得自然丰满，有血有肉。如作者并不是简单地用灵魂被腐蚀了的王璁和方爽的高大形象去作对比，在作品的结尾处，又掀起了一个意想不到的高潮，使王璁那一度被腐蚀了的灵魂，终于在方爽等美的强烈的光辉照耀下，得到了净化。美终于战胜了丑，善良终于战胜了邪恶。小说读后不仅感人至深，而且发人深省，方爽虽然为科学献身了，但他那美的形象永远动人心弦，永远活在读者的心里。凭借这部具有较强艺术魅力的作品，叶永烈第一次真正进入到文学领域，并被文艺界所承认。[20]

1997 年,《科幻世界》杂志重新发表《腐蚀》，并加了编后语，其中提到：

> 《腐蚀》刊载于《人民文学》，颇得读者好评。当年，在全国优秀短篇评奖时，它得了不少选票，但出于文学界对科幻的“排异反应”,《腐蚀》未能入选。
>
> 岁月的流沙无法掩埋真金。十余年后，再看《腐蚀》仍很感动。个别知识分子看重名誉以至沽名钓誉，不择手段——“名”的诱惑也是一种腐蚀剂，使科学偏离方向，使科学家走向歧途。叶永烈用简练的文笔、生动的情节，以大漠为背景，讲述了一个动人心魄的故事。

实际上，仅仅在《腐蚀》发表之前半年，已有媒体就科幻的价值、繁荣和危机问题展开讨论。针对某批评家关于科幻小说作家“不敢正视现实或无力反映现实”的看法，叶永烈撰文称，不论是英国的威尔斯，还是日本的夏树静子，无不以科幻小说的形式反映现实。在我国，不少科幻小说具有鲜明的思想性、社会性。有些科幻小说尽管看上去“远离现实”“虚无缥缈”，甚至有点荒唐，但却寄寓着严肃的主题思想。[21]

就叶永烈本人而言，他在 20 世纪 80 年代创作的一些科幻作品，“不是为了要发表这些作品写作，却常常是由于现实生活中的一些社会现象，触动了我，便觉得有话要说，便通过作品反映这些社会问题，表达作者的爱与憎。”[22] 典型的几篇有《并蒂莲》《同行》和《腐蚀》。而刊载于 1988 年第 4 期《科学文艺》

上的《巴金的梦》，则因写法“另类”和题材敏感而广受瞩目。

巴金著名的《随想录》中有一篇影响深远的短文《“文革”博物馆》，作者在文中呼吁建立“文革”博物馆以作为历史的警戒。叶永烈就此虚构出《法兰西博物馆学报》，将巴金此文作为博物馆学的重要论文予以译载。之后，国际博物馆协会又提出与中国博物馆学会合资筹办“文革”博物馆，并派来考察小组，引起国内的连锁反应。

这篇多次遭遇退稿的小说被整整压了三年，发表后却深得评论家赞赏。作家那生动、谐趣甚至有些荒诞的描述，将历史与现实、思想与梦幻的各种镜头巧妙组合起来，在这一系列的衬托、对比中，将巴金《随想录》中的深刻意蕴形象化；同时，围绕“那深刻的历史教训值得永远记取”的立意加以阐释和发挥。在这一片热闹、机智和多镜头的组合中，我们感受到了作者的沉思——为了未来而关注现实，而不是通过蓝色的幻想去未来漫游，也不是以科学幻想的“小道具”为核心来编织一个惊险故事。

对于这部作品，叶永烈曾将它标记为“非科学幻想小说”，并且注明：你可以将它理解为“非——科学幻想小说”，即它根本不是科幻小说；也可以理解为“非科学——幻想小说”，即它是幻想小说，但不包含科学内容。悉听尊便。1999 年，《巴金的梦》被收入《叶永烈文集》重新出版时，被作者冠以“社会幻想小说”。

在《叶永烈文集》“本卷序”中，叶永烈作了简单的解说：“本卷收入的科幻小说，属社会性科幻小说，或者说属于‘软科幻小说’，大都是在纯文学刊物上发表的。”[23] 又说：“我在写作本书中的作品时，与其说着力于科学幻想，倒不如说着力于哲理，着力于文学主题，着力于人物的刻画，着力于幻想与现实的结合。文学是人学，科幻小说也应当是人学。要着力写好人的思想、心理、感情、性格、命运，反映人生的哲理和道德。”[24]

《巴金的梦》刊发当年即被《新华文摘》（1988 年第 11 期）全文转载，接着又被《法制文学选刊》《报刊文摘》等转摘，而且还被全文收入人民文学出版社出版的《1988 年全国优秀短篇小说选》。后来，这篇小说又在《争鸣》杂志连载，并被法国国际广播电台配乐广播。巴金本人也看了这篇幽默的以自己为主角的小说。

此后，叶永烈对在幻想中融入思辨和黑色幽默成分的社会性科幻小说产生了兴趣，并开始了新的尝试。

五、探索与争议

叶永烈曾将中国科幻创作近百年的历史，大致划分为以下四个阶段：① 1900—1949 年，萌芽期；② 1949—1966 年，初创期；③ 1966—1976 年，空白期；④ 1976—现在，发展期。

而在这个初现辉煌的发展期，中国科幻小说具有五大特点：①大批翻译国外科幻小说；②中国科幻小说作品迅速增加；③中国科幻小说作者队伍迅速扩大；④中国科幻小说引起热烈争论；⑤中国科幻小说开始走向世界。

作为那场科幻争论的一个主要当事人和重量级“靶子”，叶永烈后来这样概括当时争论的焦点问题：①科幻小说，属于文学还是属于科学；②科幻小说的任务是什么；③幻想的科学性；④对中国科幻小说现状的估价；⑤中国科幻小说的创作方向。[25]

叶永烈的科幻名篇《世界最高峰上的奇迹》，或许是最早“卷入”争论的科幻作品。这篇一万多字的科幻小说，是叶永烈于“文革”尚未结束的 1976 年 1 月，“躲在上海那间破旧的小屋里”写出来的。它讲述了一个有趣的故事：中国科考队在藏族同胞的帮助之下，于珠穆朗玛峰上发现了许多恐龙蛋化石，其中一枚在 X 线照射下，竟然显示出完整的蛋黄。

于是，科学院成立攻关小组，努力使这枚恐龙蛋得以孵化。玉雕工运用剖石经验把化石的硬壳裂成两半，成功取出恐龙蛋；孵鸡老农则帮助确定孵化恐龙蛋的温度。40 天后，小恐龙终于被成功孵化出来。恐龙越长越大，体重很快达到了 100 吨，变得难以喂养。人们把它放入大海后，它又恢复了生机与活力。因此，科学家推断珠穆朗玛峰原本是海洋，因为地壳上升，海洋变成了山峰，而产在海边的恐龙蛋也就变成了恐龙蛋化石。

这篇小说自始至终充满张力，带给读者极大的阅读快感。的确，在经历了十年文化禁锢后，突然出现如此浪漫的科幻小说，自然引起了人们极大的关注。此作品发表一年后，即被改编成连环画《奇异的化石蛋》，由天津人民美术出版社出版，印了50万册，产生了极大的影响。但是，批判也接踵而至。1979年7月19日，《中国青年报》发表恐龙专家甄朔南的文章《科学性是思想性的本源》，称这篇科幻小说是“伪科学”的“标本”！甄文写道：

> 恐龙蛋，至少已经有距今7000多万年的漫长岁月，高度钙化后，蛋壳上的气孔早已不能呼吸，作为一个卵细胞，已经失掉了所有的生命特征，怎么能与古莲子相提并论呢？根据这样风马牛不相及的推论而设计出的幻想，已经背离了最起码的科学事实。这样的幻想只能是魔术师手下的戏法，与科学幻想的要求是背道而驰的，因此也就谈不上什么思想性了。

很快，叶永烈写了《科学·幻想·合理——答甄朔南同志》一文（刊载于1979年8月2日的《中国青年报》），对甄的观点进行了反驳，文章指出：

> 一般的科普作品是描写现实的科学，而科学幻想小说却是通过娓娓动听的故事描述幻想中的科学境界……然而，也正因为科学幻想小说写的是幻想境界，常常遭到一些用现实的眼光看它的人的非难。
>
> ……科学家们关心科学幻想小说的创作，这是很可喜的，但不能把科学幻想小说当作科学论文去审查。

8月14日，甄朔南又在《中国青年报》上发表《科学幻想从何而来？——兼答叶永烈同志》一文，而叶永烈也准备了再辩论的文章。编者考虑到继续这样讨论下去，会涉及越来越多的专业知识，一时间又很难在短小的篇幅中理清眉目，于是不得不遗憾地中断了这场辩难。总体而言，这还算是一场比较温和的争论。以今天的眼光看，当时的“批判”完全是一种错位。科幻小说就其本质来说是文学作品，不能与科普画等号，斤斤计较于技术细节的准确则未免冬烘。

该事件过后十几年，河南信阳发现大批恐龙蛋化石，其中，“XL–001”号恐龙蛋如同《世界最高峰上的奇迹》所描述的一样是柔软的。对于这枚与众不同的恐龙蛋，有报道这样描述：

> 掂起来比别的蛋要轻……在搬动时，从一米高的位置失手掉到水泥地上，蛋打破了，摔成了两大瓣，蛋内腔潮湿而有韧性。
>
> ……这消息不胫而走。有人听说居然有“一个柔软的恐龙蛋”，不由得“窃窃私笑”，说：“这不是痴人说梦，就是科幻小说吧？”[26]

再说，恐龙蛋之争刚过一年光景，叶永烈的科幻小说又“惹”了麻烦：他根据美国作家戴维·罗维克的科幻小说《复制人》（中译本名为《人的复制——一个人的无性生殖》）所创作的续作《自食其果》，于1981年11月在哈尔滨市科协主办的一份增刊《科学周报·科幻小说》第8期上发表后，很快又引发了一场强烈的争鸣。

《自食其果》引起争议的焦点，在于书中所描写的法庭上的一段对白：

> “你谈谈你的犯罪动机！”路易大声问道。
>
> “是这样的……”小莫克斯答道，“这是我的本性的驱使。不，不，这是我父亲驱使我杀死他！……我的父亲，曾不止一次表白过，他是一个‘赤裸裸的个人主义者’。也就是说，他是一个非常自私的人。……
>
> “我是他的‘复制品’，我不仅具有与他一样的容貌、血型、性格、风度，也具有与他一样的极端自私的心理。
>
> “我非常自私，连我的生身之父也不相容。我看到他越来越年轻，身体越来越壮实，我心里非常嫉妒。我巴不得他早一点死去，好让我继承财产，自由自在地支配一切。我谋杀他，就是出于这样的心理。也就是说，一个自私的儿子，杀死了一个把自私的品质‘复制’给他的父亲！”

持批评意见者据此认为，小说宣传了所谓的“自私遗传”。还有的批评者挖苦作者“无须研究科学，不必研究社会，信手拈来，便成文章，快哉、快哉！”，便判定这篇作品是“荒诞之作”。在“争鸣”达到“高潮”时，对这篇小说已不再局限于“科学性”的讨论，即已从“科幻小说的科学性问题”，上升到“脱离了马克思主义”的政治高度。1982年5月8日的《中国青年报》刊发的《值得注意的倾向——评叶永烈近作〈自食其果〉》一文写道：

近年来，不时有人提出科幻小说的科学性问题。这很要紧。不过，从当前科幻小说创作的实践来看，似还应当强调马克思主义思想的指导，因为丢了马克思主义思想的指导，也就失去了科学发展的方向，甚至会把伪科学当作科学……这些作品脱离了马克思主义，也脱离了科学，不仅污染了读者的心灵，也败坏了科幻小说的名声。

对于《自食其果》的“批判”，在当时也曾经“吓唬”住了一些人。广东一家出版社本已安排出版《自食其果》连环画，却被“批判”吓得退掉了画稿。[27]

对此，叶永烈写了《我不是杀人犯！》一文为自己辩护，但却未能公开发表。而《自食其果》的英译者裴敏欣则写下《我们应该怎样看待〈自食其果〉》一文，就批评者提出的一些观点谈了自己的不同看法：

对稍仔细阅读过这篇科幻小说的读者来说，使他感触最深的莫过于《自食其果》对资本主义社会金钱万能和私欲至上的无情披露和辛辣讽刺：一个不择手段谋私利的亿万富翁搬起石头砸自己的脚！

显然，作者淋漓尽致地抨击了这种企图通过“天才遗传”（当然，“天才”是否能遗传尚待科学来佐证）来达到个人目的的大亨，而不是希望读者们也捡起这块“石头”来砸自己的脚——用批评者的话来说：“在社会主义的中国以科学的名义四处传播”这种思想。

顺便提一句，在国外，“天才”“自私”遗传都是现代遗传工程的争议焦点，同当年的“优生学”一样，两派相持（都是严肃的自然科学家！）至今尚无定论。批评者对《自食其果》所下的这种结论显然是主观、武断的，或至少是欠考虑的。

有意思的是，《自食其果》发表之后，很快就有了它自己的续篇——徐唯果创作的《适得其反》；在《适得其反》发表之后，任志勇又为徐作续写了

《胜似其人》；在《胜似其人》发表之后，孙传松续写了《不负其名》。如此这般，罗维克的小说在中国便有了四个连续的续篇。这无形中构成了一组“接龙科幻小说”，在某种意义上表达了科幻界和读者对《自食其果》的支持。[28]

然而，此时的中国科幻界，氛围已然变得有些紧张。叶永烈积极探索科幻小说新形式而创作的“惊险科学幻想系列小说”，一时间也成了批判的“靶子”。

以1979年5月9日至11日连载于《工人日报》的《生死未卜》为起始，叶永烈尝试着把惊险小说与科幻小说结合起来，撰写了一系列以公安局侦察处长金明（“科学福尔摩斯”）为主角的“惊险科学幻想小说”:《暗斗》《黑影》《“杀人伞”案件》《X–3案件》《奇人怪想》《碧岛谍影》《乔装打扮》《秘密纵队》《无形窃贼》等。这些作品兼具惊险小说和科幻小说的特点：糅合了悬疑、科幻、侦破、探险等多种元素，既有极为惊险的情节，又有大胆奇特的科学幻想，因而具有很强的可读性，颇受读者喜爱。

金明类似于柯南道尔笔下的福尔摩斯，运用其过人的智慧与精细的洞察力侦破了一系列蹊跷的悬案，成为中国科幻文学史上比较成功的人物典型。这类作品在一定程度上，拓宽了科幻小说创作的视野和题材。日本科幻杂志《SF宝石》在1981年第6期刊发的一篇评价叶永烈新作《乔装打扮》的文章中也曾指出:“其引人注目的特点是大众化和娱乐化。叶永烈的惊险科学幻想小说，在某种意义上也许可以说，是使中国科幻小说从‘科学教育’的束缚下解脱出来的一个开端。”

但是,“问题”也出在这里。有人质疑叶永烈小说的商品化倾向越来越明显，偏离了科幻小说以科学为主色调的特征。《黑影》发表后，更有人以《思想上的黑影——读惊险科幻小说〈黑影〉有感》为题，将叶永烈此作定为“科学幻想小说中的精神污染”“违背四项基本原则的作品”。这篇刊登在1983年11月3日《中国青年报》一版、署名“贵一”的文章这样写道:“通过娄山这个人物和他的环境的塑造，散布怀疑和不信任，宣传做一个‘自由自在的人’，这就是这篇小说真正的主题。本文只是列举事实，希望人们注意存在于科学幻想小说中的精神污染。”

在当时“清除精神污染运动”中，叶永烈成为中国科幻界第一位遭到批判的作家。后来，他在接受访谈时有这样一段自述：

1983年，我的科幻小说受到了一系列有组织的批判。应该说，因为我的科幻小说《世界最高峰上的奇迹》的争议还是基本正常的科学家之间的争论，虽然戴“伪科学”的帽子有些过火。最初，关于我的《世界最高峰上的奇迹》的争鸣，只限于作品的科学性，是否“伪科学”？接着，关于我的《X–3案件》以及惊险科幻小说的争议，还只限于作品的“商品化”倾向。再接着，关于我的《自食其果》的“批判”，已经从“思想倾向”上着眼，认为有“资产阶级思想倾向”。以后，关于我的《黑影》的“大批判”，则升级到政治高度。《黑影》被称之为“科幻小说中的《苦恋》”。《苦恋》是作家白桦的小说，当时作为“资产阶级自由化的典型”。这就有点让人难以接受了。[29]

对《黑影》的批判给叶永烈造成了极大的伤害。此时，中国的科幻小说创作已经度过它的全盛期，开始走下坡路了，科幻小说发表和阅读的阵地也已十分有限，成了舞会上悄然引退的“灰姑娘”（1999年2月，《黑影》终于摆脱“黑影”，收入《叶永烈文集》第32卷，由人民日报出版社出版，这是后话）。

1982年11月，在一封由十位科幻作家（均系中国作家协会会员）联名签署呈送中国作家协会的信件中，这样写道：“一些支持科幻小说的报刊、杂志、出版社受到了种种有形无形的压力，造成对科幻小说退避三舍不敢问津甚至正式停发、拒发任何科幻小说，印好了也不能发行……”

据统计，1980—1982年全国平均发表科幻小说200余篇，而1984—1986年则下降到40篇。一时间，可供发表科幻小说的成人报刊，从20余家减少到1家——四川的《科学文艺》（即后来的《科幻世界》）；科幻作者则出国的出国，搁笔的搁笔，转向的转向。有人将其形象地概括为：科幻创作一蹶不振，作家队伍溃不成军，创作园地逐步失守。[30]

不过，这倒在一定程度上“对应”了叶永烈在1980年出版的一部专著中总结中国科学幻想小说创作概况时写下的一段话：

从某种意义上说，科学幻想小说创作是政治气候的晴雨表之一。只有在比较强调“百花齐放，百家争鸣”和强调科学的作用时，科学幻想小说的创作才会繁荣。在帽子、棍子飞舞、“知识越多越反动”的“四害”横行时期，科学幻想之花凋零了。[31]

这个时候，叶永烈又一次面临人生、事业的重大转折。后来回望这一段心路历程，他写道：“‘四十而不惑，更多地考虑国家的命运和时代的呼唤，觉得科幻作品难以表达自己的思想。”[32]那时，他正在对几个“大右派”进行采访，“右派分子”的遭遇使他大为震惊。他意识到，中国知识分子为“德先生”和“赛先生”奋斗了百年，“德先生”的问题解决不好，“赛先生”的问题也难以解决。于是，他决定转型：“结束‘科普’生涯。他从‘赛先生’门下投到‘德先生’门下，专攻旧闻，写纪实文学了。”[33]

此后，叶永烈很少再写科幻作品。用体育界的行话来说，就科幻小说创作而言，他“挂鞋”了。从此，中国出现了一个纪实和传记文学大家，而“失去”了一位杰出的科幻小说作家。对于刚有起色的中国科幻界来说，这无疑是一个巨大的损失。

后来，叶永烈在分析中国科幻小说为什么会由盛而衰落入低潮时，大致总结了五个方面的原因：一是商业气氛日浓，科学气氛日弱，而“科幻热”与“科学热”同步，彼兴此兴，彼消此消；二是来自科学界的批评过于苛刻，轻则“不科学”，重则“反科学”“伪科学”甚至是“搞精神污染”，寒了作者们的心；三是文学界不重视、不接纳科幻小说，无意中成了科幻小说作者们转而从事纯文学创作的“催化剂”；四是中国科幻小说尚缺乏思想深刻、广有影响的佳作；五是“禁令”多、行政干预多，使科幻小说雪上加霜。此外，关于科幻小说的种种模糊的概念，对于科幻小说功能的狭隘、片面的理解，也阻碍着中国科幻小说创作的发展。[34]

1988 年 2 月，叶永烈写下《“挂鞋”后的反思》一文，较为明确地阐述了自己的科幻创作见解，主要观点如下：

科幻小说是小说，不是“科学幻想故事”，更不是科学知识的“载体”。

科幻小说是小说的一个品种。过去，我们对科幻小说的小说特点往往不注意，大量的作品够不上“小说”水准，大都是科学幻想故事。作为小说，要着力刻画人物的性格，塑造鲜明的人物形象。

科幻小说的功能，不是普及某些具体的科学知识，而是激起人们对科学的向往和追求，砥砺人们的意志和毅力，净化人们的心灵。科幻小说不是科普的“工具”。过去很多作者在写科幻小说时，在作品中塞进大量的“知识硬块”，结果使科幻小说大为逊色，成了科学知识的图解。

不能用现实科学的目光去度量科幻小说。科幻小说不是科学论文。科学幻想只要不悖于人们已知的科学原理，能够自圆其说，就可以了。科幻小说绝不是科学未来的精确蓝图。科幻小说最可贵的，就在于丰富的想象力。

我们的科幻小说缺乏深刻的思想内涵和哲理，缺乏振聋发聩的力度。过去，我们常以为科幻小说是写未来的，而未来总是像朝霞一般灿烂夺目。我们应当直面人生，以锐利的目光和笔触，写出发人深省的科幻小说。[35]

同时，叶永烈也“为自己过去写的科幻小说的浅薄、幼稚感到内疚”。[36]这当然是他的自谦之词。

毫无疑问，叶永烈的科幻作品在中国科幻文学史上是一个重量级的存在，其充沛的创作精力、严谨的创作态度、著作等身的创作实绩令人敬佩。虽然由于历史的原因，叶永烈过早地脱离了科幻领域，留下深深的遗憾，但他前 30 年的科幻创作已经铸就了一座令后人仰之弥高的丰碑。

参考文献

［1］叶永烈 . 华丽转身［M］. 北京：中国发展出版社，2012.

［2］［9］叶永烈. 写给“小叶永烈”［M］. 上海：上海科学普及出版社，2005.

［3］［4］叶永烈. 叶永烈自述人生［M］. 长春：时代文艺出版社，2010.

［5］［6］［8］尹传红. 中国科幻百年［J］. 中国科技月报，2000（4）.

［7］陈洁. 亲历中国科幻［M］. 福州：福建少年儿童出版社，2006.

［10］叶永烈. 追寻历史真相——我的写作生涯［M］. 上海：上海时代文艺出版社，2001.

［11］［14］叶永烈. 小灵通［M］// 叶永烈. 叶永烈文集：第 29 卷. 北京：人民日报出版

社，1999.

[12] 黄长怡，郑如煜．它是未来世界的“清明上河图”[N]．南方都市报，2008-07-13.

[13] 尹传红对郑军所作的口头访谈，2013-07-20.

[15] 杨燕佳．“人类中心”神话的解构——论中国新生代科幻小说特征之一 [J]．广东技术师范学院学报，2011 (8).

[16] [17] [30] 尹传红．中国科幻百年 [J]．中国科技月报，2000 (5).

[18] 叶永烈．中国科幻小说经典 [M]．武汉：长江文艺出版社，2006.

[19] [20] 叶永烈．是是非非“灰姑娘”[M]．福州：福建人民出版社，2000.

[21] 叶永烈．也谈中国科幻小说的“危机”[N]．文学报，1981-05-14.

[22] [23] [24] 叶永烈．爱之病 [M]// 叶永烈．叶永烈文集：第 28 卷．北京：人民日报出版社，1999.

[25] 叶永烈．走进历史深处 [M]．北京：中国发展出版社，2012.

[26] 毕淑敏．石破天惊—— XL-001 号恐龙蛋化石传奇 [N]．北京日报，1995-06-26.

[27] [28] 尹传红．幻想：探索未知世界的奇妙旅程 [M]．武汉：湖北科学技术出版社，2013.

[29] 董仁威．科普创作通览 [M]．北京：科学普及出版社，2013.

[31] 叶永烈．论科学文艺 [M]．北京：科学普及出版社，1980.

[32] 叶永烈．我的人生笔记 [M]．长春：时代文艺出版社，2006.

[33] 董仁威．穿越 2012：中国科幻名家评传 [M]．北京：人民邮电出版社，2012.

[34] 叶永烈．中国科幻小说的低潮及其原因 [J]．科学 24 小时，1989 (3).

[35] [36] 赵世洲．科幻小说十家 [M]．郑州：海燕出版社，1989.

珊瑚岛上的死光

◎ 童恩正

你们没有忘记双引擎飞机“晨星号”，不久以前在太平洋上空神秘的失事吧？从失事后新闻界提供的消息来看，当时飞机机件运转正常，与X港机场的无线电联系也一直没有中断。好几个国家的远程警戒雷达都证明：当时，在出事的空域内并没有出现其他飞机，或任何类型的导弹。然而，“晨星号”却在八千公尺的高空发生了爆炸，燃烧的机体坠入了太平洋。报纸上公布的消息是：“驾驶飞机的陈天虹工程师下落不明。”

我就是当时“下落不明”的陈天虹。在这里，我不但要向你们介绍这次失事的原因和经过，而且也要介绍失事以后，我在太平洋某岛上的一段经历，一段令人悲愤也令人深思的经历。

一、高效原子电池的秘密

我是一个华侨，出生在国外，从少年时代开始，欣欣向荣的社会主义祖国就强烈地吸引着我。我如饥似渴地阅读着祖国的报刊杂志，我的祖先劳动生息的土地不断地向我发出召唤。祖国每取得的一项成就，都要在我的心底引起无穷的喜悦、无穷的憧憬。我曾经有几次下定决心申请回国，将青春献给祖国的建设事业，但是由于父母年老多病，缺人照顾，才将我劝阻下来。我在大学读完了物理系，取得了学位，就参加了我的老师赵谦教授的私人实验室工作。赵教授也是一个华人，全球闻名的核物理学家。他除了在社会上担任公职以外，还用自己的全部收入建立了一座小型的、然而设备很好的实验室，进行一些适合于个人兴趣的研究。

两年以后，我的父母相继去世，我觉得回国的时机已经到了，于是向赵教授提出辞职，讲明了我的意图。赵教授听完我的话以后，满布皱纹的脸上出现了伤感之色。

“孩子，你应该回去，树高千丈，叶落归根，如果我再年轻一点，也会回去的。”他说，“但是，我希望你再等几个月，等我们把高压原子电池的装配完成以后。你把它带回国去。这是我一辈子心血的结晶，我要把它作为最后的礼物，献给我的祖国。”

老教授的声音嘶哑了，我也感动得说不出话来。小型高压原子电池，这是赵教授多年研究的成果。它的特点是能在短时间内放出极大的能量，因此在军事、工业、宇宙航行等方面，都有着不可估量的实用前途。研制工作接近尾声时，已经有好几家大公司提出要购买专利权，价格高到了令人难以置信的程度。如果赵教授同意的话，他立刻就可以成为一个百万富翁。然而，一直到现在，我才知道赵教授多年废寝忘食的工作，支持他的全是一片爱国的热情。

对于这种请求，我是不能拒绝的。于是，我推迟了行期，帮助赵教授装配出了第一具高压原子电池的样品。经过初步实验，一切指标都达到了设计的要求。我们的劳动终于有了成果，我们的喜悦，真是无法用笔墨来形容。

我很快办好了回国手续，订好了去X港的飞机票。赵教授兴致勃勃地为我准备了全套图纸和技术资料，又亲自到当地政府的有关部门去办理了技术资料出口和转让的手续。

在我动身的前夕，赵教授特地举行了一次小型宴会，邀请了实验室全体工作人员（他们中的大多数也是我大学的同学）为我饯行。这里面虽然有各种不同国籍的人，但是大家都为我能返回祖国而感到高兴，频频地为中国的繁荣昌盛干杯。科学家之间的情谊和他们对中国的友好感情，使我的内心深为激动。

宴会结束时已经快12点了，我回到了二楼自己的寝室。赵教授则又走进了楼下的书房，按照习惯，他还要工作2个小时才休息。

由于想到明天就要启程回到久已向往的祖国，也由于宴会时多喝了几杯酒，我的精神十分兴奋，躺在床上久久不能入睡，直到墙上的电子钟敲了两点，才模糊地闭上了眼睛。就在这时，两声刺耳的枪响划破了寂静的夜空。

枪声离得很近，就在这栋房子里。我从床上一跃而起，披上衣服，冲到楼下，见书房门下的缝隙里，露出了一束光线。我跑到门口，喊道："赵教授，赵教授！"没有回答。

我推门进去，发现赵教授躺在地毯上，桌上一盏台灯的光芒，照着他那苍白得极不自然的脸色。

我跑过去，轻轻将他扶起，他的胸前有两处枪伤，鲜血已经染红了上衣。

"匪徒……要我交出……图纸。"他的嘴唇蠕动着。我低下头，尽力想听清这微弱的声音，"我烧毁了图纸……孩子，你只有把……电池样品……带……带回去，带回……亲爱的……亲爱的祖国去！"

他停止了呼吸。落地式长窗大开着，微风拂动他的白发。

屋角里，保险箱的柜门已经开启，从里面发出一种焦糊的气息。不用检查我就可以断定，那里面装的高压原子电池的珍贵图纸和技术资料，现在已经全部化为灰烬。因为这保险箱是赵教授自己设计的，钥匙孔下面有一个隐蔽的暗钮。在紧迫的情况下，只要按了这个暗钮，箱内的文件就会自动焚毁。

情况是很清楚的：这伙匪徒是蓄谋来抢劫高压原子电池的资料。他们潜入了书房，用枪威逼赵教授交出图纸，赵教授在开保险箱时按了暗钮，毁掉了图纸。匪徒们见目的不能达到，开枪击倒了赵教授，然后逃跑了。

这个正直的科学家，他用自己毕生的心血哺育了这项发明，想把它献给祖国！现在，又用自己的生命保卫了它。我看着教授尚未瞑目的面容，泪水不禁夺眶而出。我的心底充满了仇恨，一种在我单纯的实验室生活中从未体验过的仇恨。

我立即报了警，并且推迟了行期，决心等待这件事有个结果再出发。一周以后，在当地的警察局里，一个年过中年、行动稳重的警官和我作了一次谈话。

“陈先生，对于赵教授的死亡，我们深感遗憾。”他说，“一切迹象证明，这是本埠黑社会一个化名乔治·佐的歹徒作的案。而乔治·佐的后面，则有某大国的特务机关指挥。”

“某大国？”我不禁发问了。在我的地理观念中，某大国离南太平洋是很遥远的，我不明白我们的实验室工作和他们有什么关系。

“是的，某大国！”警长意味深长地指指北方，“他们的舰队，经常在我们海岸附近游弋；他们的经济文化势力，正无孔不入地在向本埠渗透。敝国不少有识之士早已多次发出了警告。陈先生，我想你已经在报上见过这种文章了吧？”

我沉默了，知道他讲的是事实。我回忆起有一位专栏作家，曾经把某大国这种肆无忌惮的扩张活动比喻为“伸得过长的熊掌”。想不到这熊掌上的利爪，现在竟伸进了我们这小小的实验室，留下的是罪行，是鲜血……

“他们想要得到高压原子电池的秘密？”

“是的，最早企图收买赵教授发明专利权的一家公司，就是他们暗中操纵的。遭到赵教授拒绝后，他们就改用武力抢劫。这是他们一贯的作风。陈先生，现在你是世界上唯一掌握了这项秘密的人。他们的注意力，已经集中到了你的身上。”

“什么？他们敢……”

警官打断了我的话，“他们什么事都干得出来！近一年来，他们已经在本埠制造了三起政治暗杀，五次绑架。我们已经采取了多种措施，仍然不能杜绝这种现象。陈先生，你的离境手续已经办妥，为防止夜长梦多，我建议你迅速离开这里。”

“可是，赵教授的案子还没有破呀！”

警官挺直了身体，面容变得十分严肃：“陈先生，我向你保证，为了敝国本身的利益，为了给赵教授报仇，我将尽力把凶犯逮捕归案。但遗憾的是，即使我们逮捕了乔治·佐，真正的主谋，仍然会躲在大使馆的围墙里逍遥法外！”

我考虑了一下，想起了赵教授临终的委托。我知道警官的劝告是善意的。

“谢谢你，”我最后说，“我将尽快离开这里。”

“陈先生，越快越好，越秘密越好。”警官嘱咐道，“最好不要坐班机，以防他们劫机。你在本埠期间，我们会尽力保护你的安全。但是离境以后，一切就全靠你自己小心了。”

我们握手告别。驱车回家时，我发现有两名便衣侦探也驾车尾随而来。我知道警官已经实践了他的诺言。

我和朋友们进行了商量，最后决定由我带着高压原子电池，驾驶“晨星号”直飞X港。“晨星号”是赵教授实验室拥有的一架小飞机，充当与外地科学机构联系的交通工具。我本人就是一名合格的业余航空驾驶员，领有执照，过去也曾多次驾驶这架飞机执行过赵教授交给我的任务。

第二天清晨，朋友们秘密将我送到机场。途中，我的眼睛一直没有离开后视镜。不知是我多疑还是出于偶合，在我们身后，除了便衣侦探的车外，还有另一辆淡绿色的福特车，它十分神秘地出现了两次……

二、晴空闪电

我顺利地驾驶着“晨星号”起飞了。当绿色的田野在视野里消逝，前方出现浩瀚无涯的太平洋时，我向这抚育过我的异国土地投出了最后一瞥；默默地向留在这里的朋友们告别，心底抑制不住地产生了依恋之情。

“晨星号”是一架双引擎四座客机，性能良好。上午10时，机翼下闪过了 ×× 群岛的轮廓。这时阳光灿烂，碧空如洗。我上升到八千公尺，加大了速度。我记起早几天报上曾刊载过一条新闻，就在这块海域以内，现在正有一支强大的某大国舰队在举行军事演习。但是，我不相信他们敢于在公海上空拦截我。引擎平稳地工作着，我的心情也很平静。

事故发生得非常突然。我听到霹雳一声，穿过透明的空气，我的左边的机翼上出现了一道锯齿形的闪电。在这样的高度，这样清澈的空间，当然不可能有自然的雷电。但是，这令人莫解的现象却重复了几次，左侧引擎开始燃烧，飞机拖着长长的火舌迅速下降。

我一面尽量控制飞机平稳滑翔，一面留心寻找可以降落的地点。可是，周围全是茫茫大海，我没有任何其他的选择。飞机冲在水面上，又弹起来飘了十几公尺，才开始沉没。在这紧张的几十秒钟里，我还来得及穿上救生衣，然后抱住装着高压原子电池的密封皮包，跳出舱外。

海涛汹涌，一个波浪把我托起来，另一个波浪又把我压下去，又咸又苦的海水呛得我透不过气来。海流冲击着我，使我很快离开了出事地点。

两架直升飞机出现在飞机残骸的上空，几个蛙人正沿着悬梯往下爬，显然是想追查我的下落。从时间计算，它们应该是从停泊在附近的军舰上起飞的。

看来在这八千公尺的高空，熊掌仍然伸到了我的身旁。飞机的失事仍然与某大国特务机关的阴谋有关！当他们发现我已经秘密地离开某城时，就企图使我葬身鱼腹，让高压原子电池的秘密永远从人世间消灭。“多么卑鄙的动机，多么恶劣的行径！但是……他们究竟采用了什么方法毁掉了‘晨星号’？”想到这里，我就更紧地抱住了皮包。只要一息尚存，我就不能让这帮海盗的阴谋得逞！

表已经停了，我不知道过了多长时间。黄昏，我看见远处有一架直升飞机贴着海面飞过，由于看不清国籍，我不敢和它联系。黑夜来临了，我感到自己的精力消耗得很快，忙解下皮带，将皮包紧紧地缚在腰上。这样，即使昏迷过去，我也不会失掉它。

我就这样漂流了一天两夜。前一段时期我感到饥渴难熬，以后就只觉得虚弱无力。仅仅靠着一种想要实现赵教授生前愿望的顽强意志支持，才使我每次都从海浪下面挣扎出来。

到了失事后的第三天上午，我看见了一个海岛的影子。由于它很小，而且距水面很低，因此我推测它是一个珊瑚岛。尽管海水已经推我向它靠近，我还是鼓起最后的精力划着水，害怕失去这唯一的生机。最后，岸已经很近了，我游进了一个海湾。海水清澈如镜，水底隐约可见白色的、美丽的珊瑚。

就在这时，离我二十公尺远的海面上，突然冒起了一片鱼鳍。我定睛一看，原来是一条足足有七八公尺长的大鲨鱼。这是一种凶暴的，被人称为“海中猛虎”的食人鱼。它显然已经饿极了，在围着我兜了两圈以后，就蓦地转过身子，做出了袭击的姿态。在这一瞬间，我可以清楚地看到它那绿色的、残忍的小眼睛和两排雪白、锋利的牙齿。

我想呼救，可是干枯的喉咙里已经发不出声音；我想逃避，可是鲨鱼正守住了我上岸的道路。我感到全身一阵冰凉。我终于没有能够逃避死亡，而且是这样可怕的死亡！

这一切就在几秒钟之内发生了：正当鲨鱼要冲过来的一瞬间，从岸上射来一缕耀眼的红光，使得海水急剧地汽化，发出噼啪的爆裂声，海湾里腾起一片白茫茫的蒸汽。红光紧紧地盯住了鲨鱼，鲨鱼泼刺一声跳出了水面，然后沉了下去；白色的肚子翻了过来，神奇地死去。

我也被灼热的海水烫伤了，挣扎着游到岸边，攀出了水面。尖棱锋利的珊瑚礁将我的手脚划得鲜血直流，我都感觉不到痛苦。这时，礁石上面，我听见有人用英语问道：

“Who are you？”（你是谁？）

我四面张望，周围阒无人迹。我只好对这个隐蔽的人说：“A Chinese narrowly escaped from death.”（一个死里逃生的中国人。）

“Chinese？”（中国人？）他吃惊地问，立刻换用华语说：“快上来吧！”

我企图站起来，可是已经筋疲力尽了，只感到天旋地转，腰间挂着的高压原子电池似乎有千钧的重量。我只摇晃了一下，便失去了知觉……

三、马太博士岛

当我醒过来的时候，发现自己躺在一间相当华美的寝室里：一套柚木制的，包括梳妆台、衣柜、沙发、写字台、木橱在内的家具布置得井然有序。屋角，摆着一架落地式的电视、收音、录音、电唱四用机；白色的窗帘飘拂着，从外面传来海浪拍击礁石的声音。

我坐起来，看到身上的旧衣服已经被人换掉了，烫伤和划伤的地方也仔细地缠上了纱布。在床边的茶几上，有一个盛着牛奶、三明治（夹肉面包）

等食物的超高频加热恒温盘。我吃了点东西，感觉精神恢复了不少，记起了我曾为之历尽艰险的高压原子电池，就赶快爬下床。直到看到那个皮包安然无恙地放在床下，才放下心来。

我踱到窗前，看见书橱上面两格放的是一些我所熟悉的电子学和核物理方面的参考书；下面两格却摆满了资本主义世界常见的荒诞色情小说。如《黄金岛之恋》《杀人犯的自白》《发财致富之路》，等等。在四用机旁边的塑料架上，堆满了各种“甲壳虫”音乐和“狂飙”音乐的录音带和唱片。书桌上，有一个年轻的华人的半身照片。这个人头发浓密，脑门显得很窄，四方脸，粗眉小眼，嘴角挂着一丝讥讽的微笑。这应该就是这间房子的主人吧？不过从第一眼开始，我就对他产生了一种说不出原因的恶感。

从表面看来，这应该是一个纨绔子弟的寝室。唯一与这寝室的气氛不协调的是墙上挂着一个新型的剂量仪，这是核物理实验室中常用的探测仪器，它可以用数字显示出辐射源的辐射强度。我实在不明白挂在这里有什么用途。

身后的房门被推开了，一个人轻轻地走进来。我转过身，看见这是一个年约五十岁的华人；头发已经斑白，广额高鼻，两眼深陷，炯炯有神。他身材不高，动作轻盈缓慢，一望而知是一个长期习惯于脑力劳动的人。

“请原谅我没有敲门，我不知道你已经复原了。”他很有礼貌地说。从他那柔和的音调以及浓重的福建口音上，我听出他就是昨天向我问话的人，也就是我的救命恩人。

“谢谢你的救护。”我说。在没有弄清自己的处境以前，我决定不暴露自己的身份：“我是一个旅客，在乘船赴X港的途中失足落水的。请问，这是什么地方？”

“这里原来是一个无名小岛，后来因为我长期住在这儿，就有人随便用我的名字命了名，叫它作‘马太博士岛’。”他一面回答着，一面击了两下掌，“到外面坐坐吧，我们可以详细谈谈。这岛上的客人并不是很多呢。”

一个身穿白帆布上衣的仆人迟钝地走了进来。从他那黑硬的头发和橄榄色皮肤上，我看出他是一个马来人。

“请准备一点咖啡。”马太吩咐道。仆人鞠躬，默默退了出去。

马太向我解释道："他叫阿芒，跟随我多年了。这可怜的人是一个哑巴，现在岛上只有我们两个人。原来我还有一个助手，名叫罗约瑟，这寝室就是他的。三个月以前，他休假去了。"

我们走出房门，外面原来是一道用绿色的藤萝和美丽的热带花卉环绕起来的走廊。走廊另一端，还有两间套房。马太告诉我，外面一间是他的书房，里面一间是他的寝室。

走廊前面正对海洋，走廊后面，另有一栋白色的平房，屋顶上，几种不同类型的无线电天线向四面八方伸开灵敏的触角。平房后面，也就是小岛的另一端，有一栋一半建筑在海中的钢筋混凝土建筑，从里面引出了几根高压输电线。这一切，就是这个方圆不过几公里的小岛上的全部建筑了。

在如此偏僻而荒凉的小岛上，见到如此现代化的设备，真是太出我意料之外了。

马太似乎看到了我眼色中的困惑，他介绍道："我是一个物理学家。白色的房屋是我的实验室，那后面是自动化的潮汐发电站。它不需要人管理，利用海水的涨落发电，可以供给我实验和生活的用电。"

我们在走廊旁边的帆布椅上坐下来。从这里望出去，一幅美丽的珊瑚岛景色展示在我面前：小岛前面，是一个圆形的、平静的礁湖，海水低浅清澈，湖底铺着一层白色的细砂。阳光照耀下，礁湖闪闪发光，倒映着南方天空的蔚蓝和深邃，如同一面翡翠的镜子。湖的四周，一圈环形礁围绕着它。环形礁上长着一排迎风招展的椰子树，它们那高大的剪影衬托在蓝天白云之上，显得分外美观。环形礁外面，就是浩瀚无涯的大海了，一排排巨浪奔腾而来，撞在珊瑚礁上，溅起细雨般的浪花。整个珊瑚岛，就像嵌在一条雪白的、由碎浪组成的带子当中。在这里，一切都显得这样的和平，这样的静谧。

然而，当我品尝着阿芒送来的咖啡，欣赏着这大自然的美景时，却从心底涌起了很多疑团："这位温文尔雅的马太博士究竟是个什么人？他为什么要隐居在这与世隔绝的地方？他研究的项目是什么？是谁供给他科学研究和生活上的需要？他又在为谁服务？"于是，在闲谈中，我委婉又明确地提出了这些问题。

马太凄然一笑，似乎有很多隐衷，停顿了一下才说：“如果你能答应一个条件，那就是当你离开这里以后，不要把我讲过的话告诉任何人，而当成一桩在有生之年应该保守的秘密，那我可以满足你的好奇心。”

我庄严地作了保证。

“不知道你是否还记得十年以前发生的一件事？当时，有一个名叫胡明理的华裔工程师，因为在X国发明了一种新型激光测距仪而建立了功勋。当X国政府正要授给他奖章和奖金时，他却因为这种测距仪的具体应用而和官方发生争执，以后就突然失踪了。我就是……”

“你就是胡明理？”我惊呼起来。是的，虽然十年以前我还是个中学生，但当时那轰动一时的新闻却还能记得。声名显赫、被人视为工程技术界一颗明星的胡明理，在即将享受很大荣誉时，公开和X国政府发生争执，以后又神秘地从社会上消失，这曾经引起了资本主义社会新闻界的各种推测。想不到在这里，我却无意中发现了这个人的下落。

“是的。”马太的脸上，又出现了那种苦笑。这是一种在精神生活中经历过很大的刺激和危机，内心世界十分复杂的人才能发出的那种苦笑：“我就是那个不幸的人！”

于是，他用一种轻微的、然而带着压抑激情的声调，讲述了他前半生的故事。

马太出生于一个原来定居在日本的华侨家庭。他读小学的时候，有个教师是个曾经参加过第二次世界大战的残废军人。这个教师的全家都死于原子弹轰击下的广岛，他本人也在战场上九死一生，最后虽然侥幸活了下来，也只剩了一只手臂。就因为这，他痛恨战争，不断地向学生灌输战争残酷可怕的思想。这种教育，在年幼的马太心灵中，打上了深深的烙印。

马太中学毕业以后，转到了X国，攻读晶体物理学，并且在激光的研究中表现了很大的才能。毕业以后，立即被聘请到一个研究机关工作，成绩卓著。其实，在发明激光测距仪以前，他已经有好几项发明了。

这时，马太已经是一个中年人了，小学教师的话仍然深深印在他的脑海之中，使他对战争的憎恶依然如故。他不关心政治，也没有考虑过自己工作的直接后果，他以为自己是在为造福人类的崇高科学事业服务，这就是一切。优裕的生活和不习惯社交活动，使他从不注意外界的变迁。

激光测距仪试制成功以后，X国政府为了使他更好地卖力，准备公开嘉奖。在这个时候，他的上司才给他看了几份国防部备忘录的副本。其中一份材料谈到激光测距仪只要略加改制，就可以成为飞机上的投弹仪和坦克上的瞄准仪。另外几份材料则提到他过去的几项发明，它们已经全部用到了军事上，并且取得了很好的效果。

原来如此！原来别人尊重他、使用他，仅仅是因为他的工作全是为战争服务的！

即使是一枚炸弹在胡明理眼前爆炸，也不会更使他震惊了。他只觉得双眼发黑，半晌说不出话来。等到回过神以后，他就怒吼起来，大声抗议。他说他自己受了骗，他要X国政府向他道歉，销毁一切利用他的发明而制成的武器。他匆匆赶到X国首都，从一个部门到另一个部门，从一个办公室到另一个办公室，激动地陈述多年以前小学教师向他讲过的道理。开始还有人宽容地听他讲，可是，以后就没有人愿意再听他的话，而用各种借口将他赶了出来。当他最后一次到达国防部，发现等待他的不是原先约定的官员，而是几个精神病院的医生时，深深感到自己受到了新的侮辱。从此以后，就放弃了和这些人讲理的念头。

但是今后该怎么办呢？一些报纸上已经披露了他的消息，把他描写成为一个变态心理者，精神病患者，讽刺嘲弄，无所不用其极。他愤怒万分，亲自接待了几批记者，想要阐明事情的真相，但是他的话却被精心地歪曲了，以致看了报道的人对原来的描述只有更加相信。胡明理虽然在激光方面是个专家，在社会经验方面却十分幼稚。他把资本主义社会的舆论看得过于认真，这种迫害攻击使他产生了一种愤世嫉俗的念头。他不但不愿再在X国生活，而且也不愿再在这种社会中生活。他幻想寻找一种世外桃源，让他忘却这丑恶的功利主义的人间……

正当他矛盾彷徨，不知所从的时候，他的一个名叫布莱恩的朋友专程从欧洲赶来慰问他，对他关怀备至，使胡明理感到十分慰藉。布莱恩原是他大学的同学，现任欧洲洛非尔电子公司副经理。这是一家规模很大、在好几个国家都建有股份公司的企业。

布莱恩十分同情胡明理的遭遇，高度评价了胡明理的崇高理想。他痛斥X国社会腐败，领导人都是一群战争贩子。他表示他本人也是一个和平主义者，一贯致力于和平事业，所以才参加洛非尔公司的工作。这家公司是纯粹的私人企业，不与任何政府发生关系。它的经营目的，并非牟利，而是为了造福人类、消灭战争。最后，他建议胡明理接受洛非尔公司的邀请，献身于他所进行的拯救人类的崇高事业。

胡明理完全陷入了布莱恩用花言巧语织成的罗网之中。于是，他又向布莱恩倾诉了自己的厌世情绪，想不到这一点再次得到了布莱恩的同情。

"尊重他人的感情，保护他人的理想，这正是洛非尔公司的宗旨。"他说，"只要你愿意参加我们的工作，我们可以选择一个远离人世的地方，为你修建一座实验室；让你专心献身神圣的科学，不再受世俗的干扰。"

胡明理同意了他的建议。于是，在布莱恩的巧妙安排下，他从X国的社会中消失了。半年以后，洛非尔公司果然在太平洋中购买了一座无名的珊瑚岛，并且在岛上建设了发电站和设备完善的实验室。胡明理化名马太，秘密地来到岛上。开始时，只有他和阿芒住在这里，以后他又把罗约瑟——一个老朋友的儿子培养成自己的助手。

十年以来，布莱恩确实遵守了自己的诺言。除了按时运送生活资料的水上飞机以外，没有任何人来扰乱这里的平静；除了马太自己选择的科研项目以外，洛非尔公司也没有向他提出过任何具体的要求。

马太讲完以后，我一时没有出声，而是在紧张地回忆着。因为洛非尔公司的名字我有点熟悉，它最近就在一条新闻报道中出现过。最后，我终于记起了这条新闻的内容：它引用了大量材料，证明洛非尔公司是受某大国暗中操纵、并接受了该大国大量投资的一家跨国公司。

我和马太是初次见面，不能把问题谈得太明确，因此只委婉地暗示道："马太博士，你没有考察过洛非尔公司的政治背景吗？好像最近报纸上登载，它和某大国有点关系呀！"

马太愤然说："我从不看报纸。如果报上这样讲，那一定是造谣！我相信布莱恩的话。"

我不能再讲下去了，只有换一个题目问道："洛非尔公司在你身上投下这样大的资本，难道不需要什么报酬吗？"

"当然不是，"马太回答，"在这段时期中，我有一些小小的发明，全是和平用途的，公司获得了专利权。就是从做生意的角度来说，他们也是合算的。"

我沉默了，思考着怎样来表达我的思想。作为一个从小就在资本主义社会生活的人，我能了解这颗正直的心灵所经受的折磨和痛苦。他是一个被这种不合理的社会所欺骗、所迫害的畸零人。他找不到正确的道路，他幻想像古代的修道士一样，能在这缥缈的太平洋上逃避现实生活。但是，现实生活是逃避得了的吗？

"马太博士，战争只是一种社会现象，而产生这种现象的根源，却是人剥削人的社会制度。"我尽可能温和地说，"因此，对于战争，也要作具体的分析。有正义的战争，有非正义的战争。而且要最终消灭一切战争，也只有通过革命战争的手段，首先要改造不合理的社会。不加分析地憎恶战争，并不是解决问题的方法呵！"

"瞧你把问题说得多么复杂！"马太天真地盯着我，"我不懂这些道理，也不希望懂得。我只希望利用我的余生，做一点对人类有益的事。"

看着这一张朴实的脸，我的心里充满了复杂的感情，连我自己也分不清：是惋惜？是同情？还是担忧？从马太简单的叙述中，我本能地感到：事情绝不会像他所想的那么单纯，布莱恩也绝不会像他所描述的那么善良，这里面有问题，甚至有阴谋。可惜我一时无法猜透它，更无法使马太相信我。像他这种科学家，往往是用自然科学的道理来衡量社会的，他相信的是事实，而不是言辞。

无论如何，我是有提醒他的义务的。于是我说："作为一个科学家，我想我用不着提醒你，某一项科学原理或某一台科学仪器，事先要决定它是用于战争还是和平，是极为困难的。你怎么能保证，你的发明通过洛非尔公司转售以后，不会直接或间接地为战争服务呢？”

“这一点布莱恩是向我保证过的，洛非尔公司的产品主要只供民用。即使有个别国家和他们订有合同，那也是制造保卫和平的防御工具。”马太很放心地说。

什么“保卫和平的防御工具”？这简直是文字游戏了。我忍不住追问道：“这不就是武器吗？”

“嗯，是的。”马太很不情愿地回答。

“用武器来保卫和平？这不又和你反对一切武器的观念矛盾了吗？”

马太皱着眉思考了一阵，最后无可奈何地摇摇头：“我无法和你辩论。当年有个记者曾经说过，在这方面我是一个低能儿，看来他是对的。”

“博士，请原谅我的直率……”

马太摇着手：“不必道歉，科学的语言就是直率的。”

我企图岔开这个话题：“马太博士，您那天杀死鲨鱼的武器，是不是一种新型的激光？”

这句话似乎又刺痛了他：“武器？我这小岛上不存在武器！”他站起身来，“你安心休息几天吧！不久，布莱恩将和罗约瑟一道来，你可以坐他们的飞机走。”

当他离开我的时候，我发现他的背微微地弯了下去，脚步也很沉重。

四、阿基米德的幻想

就这样，开始了我在这个孤岛上单调的生活。马太博士很忙，整天把自己关在实验室里。据他说，他的一项发明正进入最后的总结阶段。我看得出来，上次的谈话给他留下了深刻的印象，因此即使我们偶尔见了面，他也不愿意再和我谈论任何政治问题。而阿芒，除了白天照顾我们的生活外，晚上就坐在礁石上用笛子吹奏一些古老而忧郁的曲子。笛声使我想起月光下银色的海滩，微风中摇摆的棕榈树，以及正在粼粼波光中飘荡的白帆。我知道，这是个寂寞的灵魂正在倾诉他对故国的怀念。看来，这个人冷漠的外表下面，隐藏着一颗热烈的心。

在马太的书房里，有一具设备很完善的医药柜。我的伤势本来就很轻，经过两三天的治疗后，就基本复原了。但是当我到书房里去换药时，我又一次惊叹洛非尔公司为马太提供的设备的完善。这里除了丰富的书籍以外，还有一台一般只有大型科研中心才有的电脑资料储存设备。全世界各地每天出版的报纸、杂志、图书等登载的技术资料，通过各国资料中心的无线电传真装置，都能被这种资料机自动接收下来，储存在电子计算机的记忆系统里。使用者只要一按电钮，他所需要的说明、公式或图表就可以准确地出现在荧光屏上。这样，马太博士虽然蛰居荒岛，仍与全世界的科技界保持着紧密联系，随时能感触到科学发展跳动的脉搏。无怪他的工作，能不断取得新的进展。

在岛后一个很隐蔽的海湾里，马太博士停有一艘摩托艇。闲来无事，我就驾着小艇到海上钓鱼。在珊瑚礁畔，我曾经几次发现了鲨鱼，这时我就会回忆起那天的惊险遭遇。从常识判断，鲨鱼是被激光杀死的，但是这究竟是什么激光机，竟能发出功率如此强大的光束呢?

一天下午，我睡了午觉起来，听见外面有人敲门。开门一看，原来是马太。他仍然穿着白色的工作服，一副绿色的遮光眼镜推到额头上，脸色疲惫而兴奋。不用开口，我就知道他的研究工作已经取得了最终圆满的结局。他现在正处于一种胜利的喜悦之中，而喜悦，总是需要别人来分享的。

我们坐定以后，就开始闲谈。马太并没有谈及现在的工作，只是回忆着他多年实验室生活的一些轶闻。他的记忆力很强，描绘也很生动，使我很感兴趣。看来，他是想用闲谈来休息他的脑筋。

阿芒送来了下午的茶点，今天放在托盘上的，却是一个盖着奶油花的生日蛋糕，上面插着十支红蜡烛。此外，还有一瓶葡萄酒。

“今天是你的生日？”我问。

“啊，不是。”马太笑了，站起来和阿芒握手，“阿芒是很能体贴人的，每当我完成了一项新的发明，阿芒就要为我做一个蛋糕。今天是我在这岛上完成第十项发明了。”

他斟了三杯酒，递了一杯给我，另一杯敬给了阿芒：“亲爱的阿芒，我们两人在这岛上相依为命，我的一切发明，都有你的一份辛劳。我今天愿意当着客人，表达我的感激。”

我们干了杯，阿芒没有出声，从他那表情丰富的眼神里，可以看出他对马太的尊敬和热爱。他双手叉在胸前，深深鞠躬，然后退了下去。我们继续谈话。当马太叙述了一次实验室放射性元素逸出的事故以后，我指着墙上的剂量仪，用开玩笑的口吻说："这些预防措施，都是你接受教训的结果吧？"

马太笑了："我的寝室并没有这种仪器，不过罗约瑟有点神经质……等一等……"他突然中止了谈话，急步走到剂量仪前面。我跟过去一看，发现房间里的辐射强度比正常情况略有增加。这是我过去忽略了的，但是这一现象并没有逃过马太敏锐的观察。

"你没有带什么有放射性的东西吧？"他狐疑地问。

我记起了床下的高压原子电池。现在我对马太已经有了一定的了解，就把电池取出来给他看，并且告诉他这是我一个老师的发明，是他托我带到X港去的。

马太仔细地观察了电池，并询问了结构情况，对赵谦教授的发明做出了很高的评价，并且感叹道："这个电池如果与我的激光掘进机连在一起，马上就可以使世界上的采矿、隧道、地下工程施工进入一个崭新的阶段。这将为人类造多大的福利啊！"

"什么激光掘进机？"

马太愕然望着我，他知道自己失言了，但这个人又是没有撒谎的习惯的。他考虑了一会，断然说道："这就是我最新的发明。如果你感兴趣，我可以让你看看。"

我知道，几天来一直在我脑海中盘旋的谜立即就要揭晓了。我当然是感兴趣的。

马太兴致勃勃地把我引进了一间实验室。在这间实验室里，除了常见的振荡器、示波器、计算机外，最触目的是房子中央的一座半环形操作台：一道乳白色的荧光屏占了操纵台中间一块很大的面积，下面是一排排的仪表、指示灯和按钮。紧连着操纵台前面的天花板上，伸下一座像潜望镜似的仪器，仪器的另一端，显然是伸到屋顶上去了。

操纵台旁边的不锈钢架上，放着一具激光器。马太将我领到机器旁边，打开外壳，开始讲解起来。

总的来看，这台激光器仍然属于固体连续激光器的范围。但是它的工作物质，却不是一般的晶体或玻璃，而是一种新型的塑料。马太在光学共振腔部分进行了极为新颖的改进，使它输出的能量比一般激光器增加了若干个数量级。此外，马太还成功地解决了高能光束的集焦问题，使它的传输距离也扩大了若干倍。

“我是为采掘工业而设计这台机器的，所以叫它掘进机。”马太说，“任何坚硬的金属和岩石，在这种激光的照射下都将直接汽化。以后，人类凿穿地下岩层，就将比快刀切奶油还要容易。但是，这种机器只能变换能量、输出能量、集中能量，而不能创造能量。因此，在实用中，它必须有高电压的电源，有笨重的附加设备。现在有了你的高压原子电池，这个问题也就解决了。”

“您就是用它杀死鲨鱼的？”

“是的。”

“您当时在海滩上吗？”

马太打开了控制台的开关：“我当时就坐在这里……”

巨大的荧光屏开始发亮，我突然像移身到了珊瑚礁畔，海水扑到了我的脚边，我的前后左右都是突出的礁石。我不自觉地往旁躲闪了一下，防止海潮溅湿了我的衣裳，可是我马上又觉察自己仍然是在实验室里，只不过眼前出现了海岸完全逼真的景色。

我觉悟了：“激光全息电视？”

马太笑笑：“这是我的另一项发明。那天我正在做实验时，发现了你在海中漂荡，接着，看见了你遭遇的危险。因为情况太危急，我不得不用激光器把鲨鱼杀死。”

“激光是怎么射到那边去的呢？”

马太指指像潜望镜的那具仪器：“通过这套折光系统，我可以准确地把光束投射到岛周围的任何一处海面。”

“那我们怎么对话呢？”

“这就更简单了，我在岛上装置了一套声音收发系统。”

我看着这台新颖的激光器，不觉地想起了一个古老的传说。两千多年以前，当罗马舰队逼近希腊雅典城下时，希腊科学家阿基米德曾经试图用黄铜片做成许多六角形的镜子，集中太阳光线来焚毁敌人的舰队。想不到，阿基米德曾经幻想过的这种热光机，今天却在我的眼前成了现实。

“阿基米德的幻想！”我情不自禁发出了感叹。

“不，这不是阿基米德的幻想！”马太无疑是熟悉这个传说的，“他当年幻想的是杀人的热光武器，而我所创造的，却是造福人类的工具。”

我说：“马太博士，我绝不劝你把激光器改成武器，但是我却不能同意你对武器所持的态度。譬如说，你是不是认为，你把我从鲨鱼嘴里救出来是一种人道的行动呢？”

“这……当然是的。”马太嗫嚅着。

“如果你不把激光器当成武器使用，你能救我么？”

马太没有回答。

“由此可见，问题不在于武器就等于罪恶，而在于谁掌握武器，利用武器去达到什么目的。你说对吗？”

马太摇摇头：“无论如何，人不是鲨鱼。我可以杀死一条鲨鱼，绝不会去杀死一个人。没有我的发明，这世界上的杀人武器就已经够多的了。”

我痛心地说：“博士，总有一天你会明白，你善良的愿望和现实之间，存在着很大的矛盾。”

“也许你是对的。可是我已经老了，现在改变生活的道路已经太迟了。”马太有点感伤他说，“不过近十年来，我自信在提高人们的和平生活方面，还是尽了一点努力。我改进了激光手术刀，发明了一种激光焊接机。在空间放电方面，也做了一些研究工作。”

“什么空间放电？”我忽然产生了一种联想。

“那是我研究远程无线输电的副产物。我发明了一种强力的微波振荡器，它可以产生一束极窄的无线电波，从而在远距离的目标上造成电火花。其实，我并没有发现它的实际用途，不过洛非尔公司对此倒很感兴趣。”

“天哪！”我失声惊呼，“我的‘晨星号’恰巧是被闪电击落的！”

“什么‘晨星号’？”马太瞪着我，“你不是……”

一直到这时，我才把我的真实来历告诉了他。我谈到了赵谦教授的遭遇和他的遗愿，谈到了警官的推测和“晨星号”的失事。马太特别详细地询问了当时我飞行的高度、气候情况和闪电的形状。

“当时在附近海面上，只有某大国的舰队在活动，‘晨星号’失事后，他们又曾派出直升飞机来搜寻我。考虑到外间传说的洛非尔公司与他们的特殊关系，我认为这里面是大有文章的。”我最后补充说。

“不，这不可能！”马太踉跄几步，颓然跌坐在椅子上。我见他突然脸色苍白，痛苦地用手扪住胸口，不由得吃了一惊：

“您怎么啦？”

“心脏病，没关系，很多年啦。”马太低声说，“书房医药柜里有特效药，请叫阿芒来给我注射。”

如果我事先知道他的身体状况，我一定不会把话讲得这样直率。我很懊悔。

不过，等到阿芒为他注射了药，又将他扶回寝室休息时，我还是想到了一个重要的问题：“博士，布莱恩知不知道激光掘进机已经造成了？”

“他只知道我在设计，不知道样机已经完成。”

“罗约瑟呢？”

马太想了一下：“也不知道，总装工作，是近两个月来我独立完成的。”

“那么，在事情真相没有弄清楚以前，你是否可以不让他们看到这台机器？”

“这是可以的！”马太爽快地答应了，“明天就把它搬到我的寝室去吧。不过这台机器很重，我和阿芒力量不够，你也要来帮帮忙才行。”

五、碧海遗恨

这以后几天，马太对我非常亲切，经常询问起祖国发展的新情况。在交谈中，我发现他对外界社会隔膜的情况非常惊人。其实他手边掌握有各种先进通信工具，但是在别人的怂恿和自己的偏见之下，除了技术资料，他却从不接触任何其他的消息。他好像为自己修筑了一道无形的高墙，将马太博士岛与整个世界的社会生活完全隔绝起来。这时，我才体会到布莱恩用心的诡秘。他诱导马太性格中悲观厌世的一面，并且不惜代价帮助他实现了这一理想，其目的就是将马太塑造成现在这种单纯的科学工具，为他们不可告人的目的服务。

一天黄昏，我和马太坐在走廊上乘凉，欣赏着太平洋上辉煌的落日。正谈得投机，远处海面上出现了一艘军舰的轮廓。它径直朝小岛开来，在离岸两公里的地方下了锚。我认出来，这就是最近在附近演习的某大国舰队中的P级导弹驱逐舰。

马太举起望远镜，也看清了某大国的旗帜。他皱着眉说："军舰！军舰到这儿来干什么？"

我忽然闪现了一个念头："马太博士，是不是布莱恩和罗约瑟来了？"

马太摇摇头："不会吧？他们怎么会坐外国的军舰呢？"

我坚持道："不论怎样，你可千万别将我的真实身份告诉任何人！"

"这个自然。"

我们看见从军舰上升起了一架直升飞机，无疑是有人要来拜访这个小岛了。我相信我的话对马太还是起了作用的，他对很多问题一定也有了考虑。因为他突然回过头来，要我带着高压原子电池躲进他的寝室，没有他的召唤不要出来。不过透过玻璃窗，我仍然可以看到外面发生的事情。

直升飞机降落在礁湖旁边。舱门打开以后，第一个跳下来的是一个身穿花格衬衫的青年，我已经看熟了住房案头的照片，毫不迟疑地肯定他就是罗约瑟。第二个出现的是一个瘦长的欧洲人，戴着金边眼镜，满脸彬彬有礼的笑容，举止中带有一点斯拉夫人的气质，我想他应该就是布莱恩了。出人意料的是：从机舱中还下来了一名海军军官和六名水兵，这究竟是怎么一回事呢？

一群人慢慢走了过来，夕阳在他们前方投下了长长的阴影。一片紧张的气氛，笼罩着这恬静的小岛。

马太把布莱恩等人迎进了书房，六个水兵毫无表情地站在门外。

我轻步走到通向书房的门旁，从缝隙里窥探着外面的动静。

“请允许我介绍一下，”布莱恩指着军官说，“这位就是著名的马太博士，这位是海军上校沙布诺夫。”

身材高大、体格魁梧，身穿一套浆洗笔挺的白色海军制服的沙布诺夫，看起来就像一头北极熊，虽然满面笑容，但掩盖不住一种跋扈之色。他很有礼貌地和马太博士握手，用娴熟的英语说：“认识您极为荣幸。”

“诸位请坐！”马太淡淡地说。

“老朋友，我们又有一年没有见面了，真想念你。”布莱恩亲切地说，“你的脸色不大好，是不是工作太累了？”

“老师，您真该休息了。”罗约瑟插了嘴，“这次布莱恩先生为我安排的休假可真棒，日本东京银座的夜总会、夏威夷火卢鲁鲁的海滨浴场、法国蒙替·卡罗的赌场……这才叫生活嘛！”

“休假，这是青年人的事啰，”马太说，“你们怎么会乘军舰来的呢？”

布莱恩哈哈一笑：“这完全是凑巧，因为沙布诺夫上校的舰上，装有本公司出产的一台仪器，他邀请我们去检查一下，所以就顺便过来了。”

“仪器？是不是空间放电仪？”马太表面还是那样平静，声调里却带着一种压抑不住的激动，我开始为他担心了。

一阵沉默，罗约瑟的椅子不安地动了一下。

“什么空间放电仪？”布莱恩佯做不解地问。

“就是击落‘晨星号’的那一种！”

马太曾经讲过，科学的语言就是直率的，他从不会兜圈子，所以现在仍然把自己的猜想直截了当地捅了出来，但是这一毫不策略的行动，却取得了意想不到的结果：马太的这句话，无疑是击中了布莱恩的要害。他不知道马太究竟掌握了多少内幕，也不清楚马太消息的来源，因此足足有十几秒钟之久，他还是张口结舌，想不出一句合适的话来答复。

沙布诺夫知道现在推诿是没有用的。他清了清喉咙，代替布莱恩回答说：“博士，我们和洛非尔公司订有合同，委托他们制造各种……仪器，这其中，自然可能有您的发明。”

马太仍然盯着布莱恩：“那么，你对我所做的承诺……”

布莱恩急急申辩道：“这些仪器都是防御工具，不是武器！这是与我们的和平宗旨并不矛盾的。”

马太没有继续追问，而是用一种疲乏的声调说：“谈谈‘晨星号’吧，我只对技术问题感兴趣。”

“对了，您真不愧为一个伟大的科学家！”沙布诺夫眉飞色舞了，“十天以前，一个贩毒犯在我国作案后，抢劫了一架飞机企图逃走。我的军舰刚好在这一带活动，就奉命用‘死神的火焰’将它击落。”

“什么‘死神的火焰’？”马太问。

布莱恩解释道：“那就是利用你远程放电的原理制成的防御工具，不过通过这次实践，我们发现这种武……不，这种工具并没有前途。它很难瞄准，容易受干扰，威力也不如想象的那么大。这样，我们准备向沙布诺夫上校提供另一种防御工具的方案。老朋友，这就是我们来找你的原因了。”

“你们要我干什么？”马太似乎还是随随便便地问。天已经暗了，他随手打开了台灯，并且把灯罩转动了一下，使自己的脸藏在阴影中。

“我知道你的强力激光器已经设计完成，公司准备投入生产。我们正在欧洲某地的深山中为你建设一座更完备的实验室，想请你去主持一下……”

马太低头不语，我知道这是悔恨在噬咬着他的心。一直到现在，他才认清了布莱恩的真面目，他才觉悟到自己又被人欺骗蒙蔽了十年。他已经在生活中铸成了大错，他生平所信奉的什么善良、友谊、信任，就像建筑在沙滩上的塔楼一样，片刻间都倒塌了。

布莱恩过低地估计了马太分辨是非的能力，十年中对马太的玩弄使他陶醉于自己的胜利之中。他现在又将马太的沉默误认为同意，于是更加得意了：“我真高兴我们之间又取得了新的谅解。罗约瑟先生已经表示愿意和我们进一步合作，答应把设计资料交给我们……”

听了布莱恩的话，马太愤怒地瞪了罗约瑟一眼，站起身来，气得浑身发抖，用一种嘶哑的、咬牙切齿的声调说：“你们这群强盗！你们说尽了天下的好话，干尽了天下的坏事！你们可以欺骗我一个人，可是你们骗不了千千万万的人！我活到今天才看透你们的豺狼面目，这已经太迟了。可是只要我还有一口气，你们就休想拿走我的激光器！”

罗约瑟赶紧走上来搀扶他：“老师，您不要生气。科学就是一种商品，顾客拿商品去做什么，我们是不负责任的。”

马太愤怒地一把推开他：“卑鄙！你玷污了科学！他们用多少钱收买了你的灵魂？”

罗约瑟低下头，萎缩地躲在一旁，再也不敢正视马太那喷火的目光。

布莱恩和沙布诺夫交换了一下眼色，沙布诺夫掏出口笛吹了一声，那六个水兵立刻出现在门口。

布莱恩用一种和缓的，甚至是甜蜜的声音说：“老朋友，你不要误会，这一切都是为了你的神圣的工作，也是为了崇高的和平事业。我们对于这个小岛的保密性已经不能放心，因此决定今晚就把它炸掉。你还是收拾一下行李，随我们走吧！”

马太在那一排水兵阴沉的脸上扫了一眼，知道他们是想用武力劫持自己了。他气愤填膺，胸膛剧烈地起伏着，用一种发自肺腑的声音叫了一声：“你们怎么这样狠毒啊……”

他还想再说点什么，衰弱的心脏却已经不能支持了。他踉跄倒退了一步，狠狠地看了敌人一眼，那眼光充满了千般遗憾、万般仇恨，以致连老奸巨猾的布莱恩和骄横自信的沙布诺夫，都感到了惶恐。一片死寂中，马太撒开双手，沉重地倒在地上。

沙布诺夫最先镇静下来。他俯下身去，很快检查了一下马太，然后掏出一块白手帕来拭拭手，满不在乎地说：“他已经不行了！”

目睹了这一幕悲剧，我感到热血沸腾、肝胆俱裂。我抓紧了门钮，准备不顾一切地冲出去为他报仇，可是沙布诺夫的一句话，却又使我冷静了一点。

“真遗憾，我们没有弄到高压原子电池，”他对布莱恩说，“否则，我们马上可以生产适用的死光机了。”

现在，我终于知道了这件事的前因后果：从赵谦教授的暗杀到眼前马太博士的死亡，都是某大国想制造死光武器阴谋的一个部分！尽管借罗约瑟的帮助，他们可以掌握激光器的设计方案，但他们却不知道马太已经造出了样机，更不知道高压原子电池就在这间房子里。我现在冲出去，牺牲自己是小事，让他们得到这两件产品，那关系就太大了。这样，我就咬紧牙关，强行克制住自己，仍然没有行动。

我相信我是在激动中无意地弄出了一点声响，离寝室门最近的布莱恩忽然警惕地朝这边看了一眼，走了过来。这时我紧张得遍体流汗、心房狂跳。我绝望地四面张望，想找一件防身武器，可是这房里连一根木棍也没有。我多么希望手边有一颗炸弹，让我和这宝贵的机器、和这些狠毒的野兽同归于尽！

布莱恩的手已经握住门钮了，他和我现在仅仅是一板之隔。我微微弯下身子，全身的肌肉绷得十分紧张，决心和他以死相拼。就在这千钧一发之际，一声绝叫却使布莱恩回转了身去。

这是阿芒。他刚拿了一托盘玻璃杯和一瓶酒进来，一见自己的主人倒在地上，就从喉咙深处发出一声只有哑巴才能发出的那种伤心透顶的喊叫。他奋不顾身地向布莱恩扑了过去，一拳把他击倒。直到这时，水兵们才回过神来，手忙脚乱地抓住了阿芒，把他的手反剪到身后。

罗约瑟上前扶起布莱恩，他的半边脸都肿了，嘴角流着血。看来，这是他生平第一次挨揍。

“设计图纸在哪里？”他粗声粗气地问。

“在……在实验室的保险箱里。”罗约瑟畏缩地回答。

这时，有个水兵跑来报告：刚收到舰上呼叫，情况有变，让快速离岛。沙布诺夫听完，马上对罗约瑟说：“快去取！”又指着阿芒向水兵命令道：“干掉这家伙！立即安放爆炸器，让定时在一小时以后起爆！”

罗约瑟指了指躺在地上的马太：“那么……他呢？”

沙布诺夫狞笑一声：“我们放的是核爆炸装置，它可以使马太博士岛永远从地图上消失。原子的烈火将为他举行一次隆重的葬礼，而海洋深处也将是他最后的坟墓！”

水兵们把阿芒拖了出去，片刻以后，门外传来一声震耳的枪响，宣告了这个忠心的仆人的结局。

听到枪声，罗约瑟颤抖了一下，就像挨了一鞭似的，低着头走了。

布莱恩用手帕捂住脸，坐在一把椅子上，狠狠往地上啐了一口："真倒霉！"

沙布诺夫走到他身边，拍拍他的肩膀，得意地狂笑了："我说伊万（这大概是他的真名），你干得可真漂亮！你具有政治家的气魄和资本家的精明！瞧你十年以前投下的种子，现在结出了多么丰硕的果实！只要我们制成了死光机，就可以随心所欲地击落敌人的卫星、导弹、飞机，击沉敌人的军舰，消灭敌人的坦克。到那时候，我们不但要做地球的主人，而且要做宇宙的主人！我们将以实际行动证明，我们是无愧于我们伟大祖先的光荣后代！现在振作起来吧，让我们赶快去检查一下实验室，不要遗漏了什么东西。"

布莱恩站起来，随着沙布诺夫走了。

我再也不能等了，立刻跑了出来，将马太抱进寝室，安放在床上。我发现他并没有停止呼吸，心脏还在微弱地跳动，于是又从药柜里取出特效药，为他作了注射。这时，我心中悲愤交集，注意力完全集中在抢救病人，根本忘记了面临的迫在眉睫的危险。

我听见沙布诺夫和他的部下离开了实验室，我知道他们已经拿到设计图了。接着，岛上的电灯全熄了，我知道他们已经破坏了发电站。接着，直升飞机起飞，他们已经离开了这个命运已定的小岛。

明亮的月光从窗口射进来，四周万籁俱寂。在这小岛的某一处地方，计时器正在滴答作响，一分一秒地计算着爆炸的时刻。而在海湾里，一艘小艇正在水面荡漾，可以载我逃生。但是，我不能离开这个孤苦无助的病人。在这种时刻搬动他，就等于加速他的死亡！我只有静静地坐在床边，等待着最后时刻的到来。我的心中没有恐惧，只有深深的遗憾。没有见到伟大的祖国，没有实现赵教授生前意愿的遗憾。

突然，马太呻吟了一声，微微睁开了眼睛。他看看我，紧紧握住我的手，老泪纵横，半晌说不出话来。

“他们走了？”好大一会，他才吃力地问。

我点点头。

“设计图……”

我难过地又点点头。

“军舰……开走没有？”

“还没有。”

马太的眼睛突然睁得大大的。在一种超人的努力之下，他挣扎着坐了起来，指着放在屋角的激光器：“快……快把它推到窗口去！”

“博士，你不能再激动，你的身体……”我焦急地说。

“这不是我个人生死的问题，”马太喘吁吁地说，“如果他们拿走了设计图，这是千万人的生死问题！”

我不能再违拗他了。三天以前，我、马太和阿芒费了九牛二虎之力，才把机器拆卸开，分三次运到寝室里来。而现在，出于一种拼命的热情，我一个人就把它推到了窗前。

我把马太扶到了机器旁边，他熟练地接通了高压原子电池，将激光器的强度调整到最大。在强大的电流作用下，激光器射出的红光亮得更加刺目。它像一柄复仇的利剑，划破了寂寥的夜空。

远处海面上，军舰开始起锚航行，它的身影逐渐消失在水面的雾气之中，可是这致命的光束已经在后面追逐着它，它是无法逃脱毁灭的命运了。

激光的第一次扫射，就把礁湖边上的一排椰子树齐腰斩断，它们哗然一声断裂下来。第二次扫射时，马太的手抖颤了一下，光束接触了海面，于是海水爆裂着，一大片蒸汽翻腾而起，遮蔽了月光。最后，马太终于把光束对准了军舰，我先看见光芒一闪，接着就是一声剧烈的爆炸声，军舰在浓烟和火焰的包围中下沉了……马太放开按钮，身子便朝旁边歪倒，我连忙把他扶住。这次复仇已经消耗了他身体中的最后一点精力，他的呼吸愈来愈微弱，脉搏已经难以觉察。月光下，他的脸色惨白得就像一张白纸。他的嘴唇嚅动着，拼命想把充塞心头的千言万语告诉我，告诉一切后来的人。

“我错了！”他缓慢地说，“不把这群鲨鱼消灭，世界上就不可能有正义，不可能有和平……”

他还想说下去，可是死亡已经来临。我看见他的头一下子低垂到了胸前……

半个月中，这是死在我面前的第二个科学家！

我含着眼泪把他平放在床上，用一床白被单盖住他的遗体。然后，我想起了我也许还有一二十分钟的时间可以逃生，于是我抱起高压原子电池，拼命朝海湾跑去。那激光器实在是太重了，我实在是无法搬走它。

摩托艇仍然停泊在岸旁，我跳了进去，解开缆索，开动马达，尽快地向大海驶去。摩托艇怒吼着，拖着长长的白浪滑过水面……

就在我离开珊瑚岛四五公里的时候，身后响起了天崩地裂的爆炸声，冲击波几乎使小艇直立起来。我尽力保持住艇身的平衡，然后回过头去，只见一股白色的水柱从海面矗起，高入云霄，一朵黑色的蘑菇状的浓烟形成了它的顶盖。片刻以后，水落雾散，浪花如雨。当沸腾的海面最终恢复平静时，只剩下一轮明月照在渺无边际的水面上。这个悲剧性的马太博士岛，就从世界上永远地消逝了。

充满了仇恨，也充满了信心，我驾驶着小艇向着祖国的方向飞驰，准备迎接新的斗争生活。

——原刊于《人民文学》1978 年第 8 期，获该年度全国优秀短篇小说奖

科幻的民族化新路

——童恩正科幻创作的第二春与《珊瑚岛上的死光》

◎ 赵海虹

1978年，文学与科学的春天再次来临。从20世纪70年代末到80年代初期，这一时期的中国科幻小说显然有着不同于初创期①的鲜明特色。第一代中国科幻创作者童恩正依然是这一时期的重要代表人物之一。科普型儿童科幻继续受到读者的欢迎②，而童恩正开始尝试更丰富的文艺创作手法，寻找“属于文艺”的科幻小说创作途径，在人物塑造、情节设置、民族化、通俗元素等多方面进行了大胆探索。

一、新时期的人生轨迹

“文革”十年，童恩正被迫搁笔，“遭遇了中国知识分子所遭遇的共同命运”[1]。“文革”结束后，十一届三中全会带来的思想大解放，使得文学获得了前所未有的活力，科幻小说得到了长足的发展，童恩正也进入了个人科幻创作的高峰期。

他在考古研究的工作之余，改写了《古峡迷雾》《珊瑚岛上的死光》，并

① 借用叶永烈的观点，中国科幻初创期为1949—1966年。

② 如叶永烈的《小灵通漫游未来》这样面对儿童读者的科普型科幻就获得了巨大的成功。

童恩正

为青少年读者创作了《雪山魔笛》《追踪恐龙的人》《遥远的爱》等科幻小说。其中《珊瑚岛上的死光》获1978年全国优秀短篇小说奖，标志着我国的科幻小说发展到成熟的阶段[2]。1982年，由小说《珊瑚岛上的死光》改编的同名电影上映，这是中国科幻第一次电影化的尝试，引起了极大的社会反响。1983年，他结合个人赴美讲学时在西方世界的所见所闻，创作了科幻小说民族化的代表作品《西游新记》，取得了巨大的成功。

然而，始自1983年的一场清除“精神污染”的风暴将科幻小说斥之为“伪科学”大加挞伐[3]，中国科幻再次遭遇寒冬，发表园地急剧萎缩。此时，童恩正愤然率领作家群挺身辩论，“在极其困难的条件下，鼓励同仁继续创作，为中国科幻小说的生存，争取到一席之地”[4]。他团结当地作家群，在四川省及成都市科普作协的支持下，创办刊物，鼓励科幻研究，推出大量优秀作品，使成都继北京、上海之后，成为科幻小说活动中心之一。1989年，他以笔名“谭笑客”在《科学文艺》(《科幻世界》的前身）上发表了小说《在时间的铅幕背后》，荣获第三届中国科幻银河奖特等奖，这也是他为中国科幻贡献的最后一篇作品。

身为学者，童恩正一直在学术的园地里苦心耕耘，《古代的巴蜀》等重要学术著作奠定了他在四川考古、西南考古、民族考古方面的地位，使他获得了“四川中年学者中最杰出者”[5]的美誉。1989年末，他长期赴美讲学，后移居美国①，“成为具有国际声誉的中国考古学家”[6]。

1997年4月20日，童恩正在美国病逝，带走了他对科幻创作未能实现的预想。

---

① 关于童恩正长期赴美讲学的时间，某些文献中录为1991年，但根据童恩正年表与范勇《童恩正小传》及刘兴诗的电话采访等诸多其他文献，应为1989年末。

二、以科幻小说普及科学的人生观

童恩正深切地感到，要消除产生“文革”的社会历史根源，必须实现四个现代化，提高全民族科学和文化水平，文学工作者应当责无旁贷地承担起对大众，尤其是青少年的教育和启蒙的重任。他将在“文革”中遭遇荒谬批判的《古峡迷雾》改写扩充成长篇，由少年儿童出版社出版。新长篇将1960版《古峡迷雾》中单纯的文物盗窃升格为“以科学考察和学术研究为幌子、进行侵略正当性的辩护”的思想高度，此作与同年发表的短篇小说《雪山魔笛》和《珊瑚岛上的死光》共同标志着童恩正的创作进入新的阶段。

1978年发表的短篇《雪山魔笛》是童恩正最为擅长的考古类科幻小说。读者跟随着他的笔触，同考察队一起，进入喜马拉雅山支脉康格山东麓、藏传佛教的红教圣地天嘉林寺的废墟。在西藏高原雪山冰湖的月夜里，肃穆、含蓄、神秘的气氛笼罩着大地。考察队员吹起传说中高僧拉布山嘉错用来呼唤山精的魔笛。深沉的寂静中，隐约响起了陌生的脚步声，雪地里留下了一串奇特的脚印……童恩正以他高超的渲染能力为我们描绘出具有中国特色的科幻场景。小说的前半段中，考察队意外呼唤出喜马拉雅山猿人的场景，被称为“中国恐怖科幻的代表画面”。[7]小说后半部分则趋于平淡，科学家们开会讨论了人种学上的新发现，然后对喜马拉雅山猿人进行进一步考察和认定，建立保护区。在小说立意上，童恩正以人猿的发现为基点，提升到人类起源的问题，进而推展到“唯物论对唯心论的胜利”，同样可见他如何在科幻中结合意识形态问题；这是他自《古峡迷雾》改写本后孜孜不倦的追求，体现了他拒绝创作肤浅化的努力。

童恩正名作《珊瑚岛上的死光》初稿完成于1964年，现在已经没有足够的文献说明初稿与发表稿的区别，也就无法断言它代表的是童恩正20世纪60年代或70年代的创作水平。这篇小说“创造了中国科幻小说史上的两个第一，第一次荣获全国优秀短篇小说奖；第一次被搬上银幕”。[8]

在前期作品取得了巨大的成功之后，童恩正于20世纪80年代初再度推出许多精彩的短篇小说。

《追踪恐龙的人》前半部分走的是儿童小说的路子，以一个孩子遭遇恐龙的紧张场景开幕，记录了陈翔如何从一个爱好科学的少年，成长为一个追踪恐龙的科学工作者的过程。作者将少年陈翔和秦小文青梅竹马的纯真情感与详细的考古学习过程紧密结合，细细铺陈。结尾时，陈翔终于找到了他自小追寻的活恐龙。小说对环境的描写非常注重对气氛的营造：远离尘嚣的恶龙湖、神秘的怪兽脚印、被撕裂的马尸，无不加重了小说浓郁的恐怖气息。而细细读来，小说之所以如此吸引读者，悬疑色彩与恐怖气氛固然是原因之一，但更能打动人心的却是一些细节的设置：陈翔与秦小文孩提时代的求知心理与好奇心、自尊与倔强被描绘得生动感人；通过具体事件，使“科学工作应有严谨的态度”这一信条深入人心，达到了启蒙读者的作用。

中篇小说《遥远的爱》最早发表于《四川文学》1980年第4期和第5期。故事主人公海洋探测员齐墨在深海遇险，被神秘机器人救助。醒来时，他发现自己身处海底观测站，这是天琴星座TX-Ⅱ星上的外星智慧生命基玛为观测人类文明所设。除机器人外，这个观测站还有一个用基因技术培养的人造人琼，她每隔一个周期苏醒一次，到地面上生活两到三个月的时间，观测地球的文明进程。很快，齐墨就爱上了琼，但她的任务期满，即将返回天琴座。虽然两情相悦，但个人的情感不能超越宇宙间的科学合作与地球未来发展这样重大的任务，琼最终选择离开地球，将考察站作为礼物赠给了地球的科研工作者。而四十年来，齐墨都坚持在琼的生日那天向幽暗的星空发出“永不相忘”的电波。

《遥远的爱》中描绘的爱情略显单薄，但小说所运用的以遥远的宇宙空间和时间来分隔主人公，从而酿成爱情悲剧的手法具有很大的情感张力。更值得注意的是，20世纪80年代初，在“实现四个现代化”的口号下，科学技术对于中国大众来说，是先进生产力的代名词，科学意味着美好的未来。对纯技术和科学未来进行反思的作品并非主流[①]，因此在这样的大前提下，《遥远的爱》中宇宙的高级智慧生物，有着无私的品德。宇宙中其他星球的文明

① “高科技的武器化”这类如何利用科技的反思在《珊瑚岛上的死光》中已有涉及，但对技术发展本身，该文也并未质疑。

也遵循“由低级到高级、由简单到复杂，由不合理到逐步完善的规律向前进步。在这种社会中，智慧生物的道德观念，也必然是崇高的、无私的”(《遥远的爱》[9])。这种简单化的世界观既和20世纪80年代中国的整体思想氛围与哲学背景有关，也与中国工业化发展在20世纪80年代初、现代化初期，呈现出西方世界工业化时代曾经出现过的机械美学与科学崇拜类似。这个时期，科学代表着美好的未来，可以解决一切问题。这种大背景下，有关“第三类接触”的想象往往是善良美好的外星文明无私帮助地球人类。同样是有关宇宙文明的主题，大约30年后问世的《三体》给我们带来了令人绝望的“黑暗森林”宇宙体系，新一代科幻作家刘慈欣对文明和未来科学发展的全新思考植根于21世纪以来世界的真实现状：技术双刃剑给地球文明带来希望的同时产生了重重危机。从《遥远的爱》到《三体》的跨越虽然巨大，但同时也证明，科幻小说虽然以富丽的想象见长，但想象的根基依然离不开人类的现实社会。“科幻小说是人类对变革的经历在艺术上所作出的反响”。[10]

在这一时期科幻创作的基础上，童恩正提出了明确的科幻创作理念。1979年,《珊瑚岛上的死光》获奖后，他在《人民文学》上发表随笔《谈谈我对科学文艺的认识》，结合自己的创作，分析了科幻文学的创作特点。

童恩正指出，科学文艺在写作目的、写作方法和文章结构上与科普作品有很大的区别。科学文艺的写作目的不在于介绍具体科学知识，而是普及科学的人生观[11]。在《创作科学幻想小说的体会》等后续文章中，他进一步提出，在艺术的夸张和科学的真实之间，科幻小说应当首先遵循文学的规律，因为科幻小说“属于文艺的范畴”。他还探讨了“细节的逼真”对于科幻小说的重要性，认为对小说的科学概念可以展开大胆想象（不过要有根据），但对细节的描写却应尽可能地逼真，以增强艺术的感染力。他还提出，科幻小说中允许适当加入科学解释，但其主要目的仍然是渲染科学气氛和塑造人物，并非要将一个科学原理讲透彻。在文章中，童恩正明确地将塑造人物作为科幻小说的首要任务，同时建议情节安排要有情节的惊险性和故事的逻辑性。情节不仅要受社会矛盾的制约，也要受到科学发展规律的制约[12]。童恩正的观点在科幻作家中得到了积极响应，郑文光、肖建亨等作家都先后撰文，赞同科幻小说“归根结底是文学作品”。在童恩正、郑文光、叶永烈、金涛等科幻核心作家的带领下，中国科幻走上了科幻“剖析人生、反映社会”的全新道路，为中国科幻小说最终进入主流文学领域，进行了良好的理论准备。[13]

三、童恩正科幻小说的民族化与通俗化

作为一个有意识在科幻作品中融入民族风格和民族特色的科幻作家，童恩正在“文革”后发表的作品中进行了多元化的文学探索。

童恩正感到，当时的中国科幻“洋味太重，书本气十足”，情节也过于简单。他认为中国科幻要获得世界性的地位，就应扎根于民族文学的沃土，创造自己的特色[14]。1981 年访美归来后，他尤其认识到民族性的重要。此后他所发表的作品中，短篇小说《石笋行》《世界上第一个机器人之死》和长篇小说《西游新记》都是在科幻中国化、民族化的道路上做出的重要尝试。

发表于 1982 年的《石笋行》堪称童恩正尝试科幻小说民族化的高峰之作。小说以杜甫描绘成都城的古代石笋景观的古诗开场，进入现代成都在城市开发中的文物保护现场，考古队员发现了一座疑似古代文献记录中的石笋，内部有金属层，一碰便会触电。谁知隔日“石笋”居然不翼而飞，而附近居民目睹了飞行器腾空而去。考古学家结合汉、唐、晋代各种史籍中的记载，层层剥茧地推出这样的假设：原来历史记载的十座石笋是外星派驻地球的自动观测器，每隔两百年就有一座观测器返回母星，因此留下史籍中“两百年亡其一……来自天河，去至天河”（《石笋行》[15]）的传说。而现场发现的石笋之所以未能按时离开，是由于仪器意外倾倒后，影响了发射系统。之后，考古人员无意中扶起石笋，水平仪被校正，观测器便起飞离开了地球。小说推理严密，如抽丝剥茧，融现实与幻想、历史与科学、古代与外星于一炉，亦幻亦真，充满生活气息和真实感，可谓意出尘外，妙生笔端。让读者拍案叫绝：科幻还可以这么写！

同年，发表在《科学文艺》第 3 期的《世界上第一个机器人之死》取材于《列子・汤问》中记载的一则传奇故事，童恩正用类似鲁迅《故事新编》

式的手法将一个简单的古代故事改装成科幻小说。工匠偃师造了一个栩栩如生的机器人，献于周穆王，机器人却爱上了穆王的妃子，因爱得无望“伤心”而死。童恩正用科幻作家的眼光重新审视中国古代的传统文献，使得科幻“民族化”深入骨髓。之后偃师的故事成为科幻作家特别钟爱的题材，反复被中国科幻作家再创作。其中，潘海天的《偃师传说》、拉拉的《春日泽 · 云梦山 · 仲昆》都获得了科幻银河奖，而这个经典改装的历史是从童恩正开始的。

1983 年，童恩正首创的“准神话”《西游新记》在《智慧树》杂志连载，后由新蕾出版社出版单行本。小说记叙了孙悟空、猪八戒、沙和尚这三位中国读者熟悉的神话人物去美国留学、学习科学的故事。“三位习惯于小农经济社会的主角一旦处于当代资本主义社会之中，长期接受东方教育传统的出家人突然置于尖端科学的熏陶之下，其冲突、矛盾是可想而知的，无穷的笑料自然滚滚而来。”[14]《西游新记》虽然是一部幽默的准神话，但也具有相当明显的科幻小说特质。作者试图用小说的形式将科学的道理传达出来，实现了他普及科学人生观的目的。而将中国读者家喻户晓的四大名著之一《西游记》作为经典改装的母本，不能不说是童恩正就科幻民族化所做的最彻底的尝试。

1989 年，已经有丰富美国生活经历①的童恩正以笔名“谭笑客”为名，发表了自己的最后一篇科幻小说《在时间的铅幕背后》。此作以成都七星岗的三星堆宝藏的考古发现为背景，中间穿插了惊险、悬疑与爱情。小说带有一定伤痕文学的色彩②，人物性格塑造非常厚重，对美国文物商等异国形象的塑造与《古峡迷雾》相比显得更加圆熟，有很强的真实感。小说中悬念、推理、惊险元素的使用尤为娴熟。

童恩正一直认为，科幻小说“构思的天地是异常广阔的……除了塑造人物以外，它很讲究紧张的悬念，曲折的故事”[11]。在他突然病逝前，他正兴致勃勃地打算尝试创作侦探型科幻小说[16]。他最后的大作也许正是这样一种

① 童恩正从 1981 年开始经常赴美访问、讲学，1989 年移居美国，对西方人的真实生活有了切实的了解，这对他塑造西方人物大有助益。

② 1997 年，童恩正去世后，《科幻世界》重登了《在时间的铅幕背后》作为纪念，纪念版中删去了原文中大量关于主人公在“文革”期间经历的描写，使得小说的历史厚度和人物深度有所削弱。

新创作方向的开始，但却永远也无法实现了。

在几经曲折的中国科幻发展史中，童恩正与郑文光、叶永烈等老一辈科幻创作者一样，为中国科幻小说从科普型儿童故事发展到一个相对独立的科学文艺创作形式做出了巨大的贡献。他结合自己的考古专业研究进行创作，使得科幻与民族、科学与历史紧密结合；作品细节逼真，遵循严谨的科学原理；表现大胆、有预见性的幻想。他力争科幻小说应当属于文艺的范畴，创作性格鲜明的人物，设置跌宕起伏、悬念迭出的情节，表达真切动人的情感。他成熟期的小说挣脱了科普儿童小说的藩篱，成为深刻的社会小说、文艺小说。同时他大力推动与实践科幻民族化，在特殊性中寻找普遍性，让这种源于西方的特殊题材与中国的社会、历史、现实生活融为一体，使得科幻小说在中国读者与作者中落地生根，茁壮成长，为中国科幻在21世纪的长足发展奠定了重要的基础。

四、《珊瑚岛上的死光》赏析

1978年，童恩正的短篇小说《珊瑚岛上的死光》在《人民文学》发表，大受读者欢迎，获得当年度的全国优秀短篇小说奖。1980年，此作被改编成同名电影上映，成为我国历史上第一部科幻电影故事片，产生了广泛而深远的影响。

相比之前发表在儿童文学类杂志上的科幻小说，《珊瑚岛上的死光》显然具有更强的文学性，而且人物的刻画更有深度。“民族主义、爱国主义和正义感也在故事情节的交织中自然而然地得到了强化、渲染”。[17]“这是真正的小说，不再是奇趣的儿童故事。”[18]虽然小说的科幻点设计——激光技术不算特别新颖，但是它恰恰印证了童恩正关于科幻小说的创作理念：科学文艺应当是文艺的一个品种，遵循文艺的规律，它之所以可以有科普功能，在于它可以“普及科学的人生观”[19]。

故事始于太平洋上发生的一起神秘的飞机爆炸事件，华人科学家赵谦教授因身怀新能源技术遭利益集团垂涎，在保护设计图时被歹徒杀害，临终前，他托付弟子陈天虹将自己发明的小型高效原子电池样品送回祖国。陈天虹乘坐的直升机中途被激光武器击中，在海上漂流一天两夜之后，陈天虹被无名小岛上的科学家马太博士所救。

小说中塑造得最为饱满的人物就是这位华侨科学家——原名胡明理的马太博士。在科幻小说的世界中，从来不缺少这样的科学家：他们与周边世界的理念格格不入，遗世独立，隐藏在自己的科学天地里，做出种种惊人的技术创举，影响和推动了遥远的世界。相较于这些传统的科学家，马太博士的形象却显得更加丰富和立体。他是早年侨居日本的华人，老师是原子弹爆炸的受害者，时常现身说法，使少年时代的胡明理了解了战争的残酷与可怕。于是，马太博士从小就成为一个和平主义者。当他因为激光技术功成名就之时，却发现自己倾注大量心血研制的新技术被政府用来研制武器，为此他不惜放弃所有，与利益集团决裂，但也因此被社会抛弃。

然而，马太博士的正义感又伴随着他在社会与人情上的天真。当布莱恩以朋友的身份出现在他身边时，仅仅因为布莱恩口头表达了自己爱好和平、反对将新科技用于武器研究的意愿，他便相信了布莱恩是自己志同道合的伙伴。之后他接受布莱恩的邀请，藏身珊瑚岛，摆脱俗务，一心投入了科学研究，甚至还让布莱恩全盘处理技术应用的环节，而他自己从未对公司的运作进行后续认证与调查。这充分证明了马太博士在世故人情上的低智。

当陈天虹讲述了自己的经历后，马太博士意识到击落陈天虹飞机的正是自己的最新科研成果，这一残酷的事实击碎了他的理想，他发现自己常年被利用，成了帝国主义和利益集团的帮凶。在充满残酷斗争的世界里，他“和平科研”的美好愿望显得过于单纯幼稚。但是，此时他对布莱恩还抱有幻想，也不愿意承认自己多年的科研工作都是在为利益集团研发武器。

陈天虹并不认同马太彻底反对将激光科学引入武器研究的态度。他认为问题不在于武器，而在于掌握武器的人，以及用武器去达到什么目的。

当昔日友人布莱恩撕下伪装，带着军舰和军官上岛时，马太彻底看清了真相，他痛斥布莱恩口是心非、利用自己。情绪激动之下，马太博士心脏病发作，生命垂危，布莱恩却趁机带走了激光器的设计图，把濒死的马太博士留在即将爆炸的小岛上。

小说的结尾处，马太博士在陈天虹的帮助下，亲手操纵自己发明的激光瞄准器，使这部原本设计用于工业采矿的机器成为致命的杀人武器。一道耀眼的光芒摧毁了军舰，随之灰飞烟灭的还有激光器的图纸。陈天虹离开小岛，已死的马太博士和岛屿一起在爆炸中沉入海底。

在阅读的过程中，读者可以清晰地感受到马太博士三个阶段的变化，即从清高的和平主义者（同时在生活上也充满了天真）变成被利益集团所蒙蔽、为他们从事武器研究的工具，到最后发现真相，放弃自己“激光不能做武器”的简单和平主义理念，成为杀人的战士。

童恩正精心设计的一个小细节可以为我们揭示人物的思想波澜：在操作致命的激光束寻找军舰时，马太的手曾经“颤抖了一下”——一个坚决反对将激光变成武器的和平主义科学家，要亲手操作激光武器了。因为马太博士知道，一旦设计图纸被他们带走，千千万万人的生命将会受到威胁。于是，他毅然决然地完成了最终的转变，成为自己当年曾经最痛恨的杀人者，但目的却是为了他追求的人类和平。在20世纪70年代末，那个“文革”刚刚结束的特殊年代，许多作家还未摆脱人物创作中的脸谱化，高大全式的主人公比比皆是。马太博士——这种形象比较立体、有完整的性格发展线索和思想生成背景的人物就显得尤为可贵。

另外不得不提到另一个特殊的历史背景。在“文革”十年中，“海外华侨”这一海外华人群体被污名化，与间谍几乎画上了等号。大量有海外关系的国人在浩劫中受牵连、遭迫害，几乎令世人谈“海外”而色变，而在“文革”刚刚结束的20世纪70年代末，这样的风气尚未肃清。借用童恩正自己的话说：“我想用文艺形式表现一下国外华裔科学家的思想和工作，可能对于肃清‘四人帮’的流毒能起一点微小的作用。”[19] 童恩正在小说中创造了马太博士和陈天虹、赵谦这样一些心系祖国、正直善良、爱憎分明的海外华人形象，在这一特殊的历史时期开风气之先，起到了为海外华人正名的作用。

1980年，童恩正在《创作科学幻想小说的体会》一文中明确提出：科幻小说属于文艺范畴，因此，“塑造各种性格鲜明的人物，应该是作品的首要任务”。他建议“应当把作品中的人物置于剧烈的矛盾冲突之中，……让人物在矛盾中发展性格，丰富思想，显露个性。这样的人物才能做到真正的有血有肉，为读者所信服，给读者以教益。”[20]这是对《珊瑚岛上的死光》中人物塑造方法的最好解析。

同时，小说在刻画马太博士之余，在其他人物形象的塑造上也很用心，如勇敢坚毅的华侨科学家赵谦与陈天虹、善良的仆人阿芒、狡猾残忍的布莱恩，等等，这些扁形人物和圆形人物马太并存于同一部作品，互相映衬，使得小说的场景更加真实、丰富和立体。

另外需要提到的是,《珊瑚岛上的死光》中的人物，在当时虽然具有时代意义，但也依然有一定的局限性。比如，马太博士的学生罗约瑟是为武器集团服务的青年，作者为了暗示他的思想堕落，设计了这样的细节：罗约瑟的书架上放着西方的色情小说和甲克虫乐队①的音乐唱片，休假时专去夜总会、海滨浴场和赌场。这显然是因为当时中国与西方文化隔绝产生的对西方人简单化的误解。在赴美讲学、接触过真正的西方世界和西方人之后，童恩正塑造人物，尤其是塑造西方人物的能力大大提升，不论是《西游新记》，还是《在时间的铅幕背后》，都为我们带来了更加丰富、立体、成熟的小说人物。

参考文献

[1] 童恩正. 创作科幻小说的体会 [C]. 科普作家谈创作. 北京：地质出版社，1980：158-167.

[2] 邱江挥. 试论中国科幻小说的发展 [J]. 安徽大学学报：哲学社会科学版，1982（2）：81-86.

[3] 王卫英，张懿红. 20 世纪中国科幻小说创作的本土化进程 [J]. 贵州社会科学，2008（6）：62-66.

[4] 刘兴诗. 悼吾友——《西游新记》代序 [M]// 童恩正. 西游新记. 贵阳：贵州大学出版社，2010：1-4.

[5] 范勇，罗二虎. 铁中铮铮、庸中佼佼——追思童恩正教授活动散记 [J]. 农业考古，1997（3）：283.

① 甲壳虫乐队的许多歌曲事实上都是反战的。

［6］范勇．童恩正小传［J］．农业考古，1997（3）：284–286.
［7］郑军．经典的恐怖——点评《雪山魔笛》［M］// 童恩正．五万年以前的客人．贵阳：贵州大学出版社，2010：221–222.
［8］尹传红．中国科幻百年（中）［J］．中国科技月报，2000（4）：4–7.
［9］童恩正．五万年以前的客人［M］．贵阳：贵州大学出版社，2010：89–117.
［10］詹姆斯·冈恩．英文版前言［M］// 詹姆斯·冈恩，郭建中．科幻之路：第 1 卷．福州：福建少年儿童出版社，1997：7.
［11］童恩正．谈谈我对科学文艺的认识［J］．人民文学，1979（6）：110.
［12］童恩正．创作科幻小说的体会［C］．科普作家谈创作．北京：地质出版社，1980：158–167.
［13］吴岩．科幻文学理论和学科体系建设［M］．重庆：重庆出版社，2008，7：49.
［14］童恩正．中国科学文艺应有自己的民族风格——谈《西游新记》的创作［M］// 童恩正．西游新记．贵阳：贵州大学出版社，2010：1–2.
［15］童恩正．五万年以前的客人［M］．贵阳：贵州大学出版社，2010：77–93.
［16］董仁威．童恩正：创作科幻电影的考古学家［N］．成都日报，2007–02–24.
［17］尹传红．中国科幻百年（中）［J］．中国科技月报，2000（4）：4–7.
［18］叶永烈．童恩正和珊瑚岛上的死光［J］．世界科幻博览，2005（8）：8–9.
［19］童恩正．关于珊瑚岛上的死光［J］．语文教学通讯，1980（3）.
［20］童恩正．创作科幻小说的体会［C］//《地质报》编辑部．科普作家谈创作．北京：地质出版社，1980：158–167.

飞向人马座（节选）

◎ 郑文光

一、风雪的黄昏

电话铃声急促地响起来。

岳兰揿了揿红色的按钮。电视电话的屏幕上出现了一张惊惶的年轻人的脸，大口大口地喘着气：“我要邵总，快！”

“邵——伯——伯！”姑娘尖声叫着。总工程师邵子安从书房出来了。

“怎么回事？”

“基地发现敌情！”电话里的年轻人一说完，立刻抓起一个玻璃杯，咕嘟嘟灌下一大杯水，他的手颤抖得那么厉害，至少有一半水从他的下巴直淌到前胸和衣襟上。

“霍工程师呢？”邵子安严厉地问。

“正在参加搜索。”年轻人回了一下头，猛然喊道，“公安部队齐政委来了。”

电话“啪”地关上了。

“快，岳兰，帮我把车子备好。”

岳兰一阵旋风似的跑了出去。邵子安两道浓眉紧紧攒在一起，样子是那样严峻和冷酷。他不是书斋里的学者，由于长年累月在烈日和风沙的现场工作，他的轮廓分明的脸显得黧黑和粗犷，几道沟壑般的皱纹已经深深刻在宽阔的前额和鼻翼两边、太阳穴上。其实他今年只有四十八岁。

他走进卧室，从床头柜的抽屉里拿出一把实弹手枪，然后，犹豫了片刻，又拿出一把激光手枪，穿上皮大衣，将两把手枪分别揣在左右两个大衣袋里。正在戴帽的时候，岳兰，这个手脚快捷的姑娘，又像旋风般闯了进来，她也穿上了絮鸭绒的、尼龙面子的工作大衣，头巾包得严严实实，只露出一双亮闪闪的大眼睛。

邵子安严厉地瞅了瞅她。

“我也去。”姑娘恳求地说。

邵子安不出声，前头走了。

岳兰紧跟在后面。

“邵伯伯！”她的声音变得倔强了，“这是战争呐！”

邵子安一回头，在她手心里塞上一把手枪。

“这是激光手枪。当心！遇上敌人，只许打腿！”

两个人相继进入无人驾驶的汽车里。邵子安用沙哑的声音给看不见的电子司机下达指令：“1271，开到 2004 基地，全速！”

从早上起就轻飘飘地下着的雪花已经发展为一场大风雪。细碎的、结晶盐似的冰粒在西北风里旋卷、咆哮、奔突，把宽阔的马路连同它两旁的楼房、白杨树、还在施工中的塔式吊车，全都淹没在奇异的白色旋涡中。已经是黄昏了。虽然路灯全都亮着，看上去却只是朦朦胧胧的雪雾中的点点光斑，有时闪烁着虹一般的色泽。

小汽车就像风浪滔天的大海上的一艘摩托艇，又像一发出膛的炮弹或一枚鱼雷。它有时颠簸着，被抛起，落下，又奋不顾身前进。看不见的电子司机出色地和风雪搏斗着，很快开出了宇航城，沿着那条驶向 2004 基地的、由四排高大白杨树夹道的高速公路疾驰。

岳兰倒在座位上，用两只手紧紧按着自己的急剧搏动的心脏。她的心头，正翻腾着比车窗外的暴风雪还要猛烈的风暴！她清楚地记得，四年前，她还只是一个十四岁的小姑娘的时候，也是在一个严寒的、虽然并没有下雪的冬日，也是这个紧紧锁着双眉的邵伯伯，带着她奔驰在这条高速公路上。她爸爸岳悦——2004基地的核动力工程师，在一次爆炸事故中牺牲了。在小汽车里，邵伯伯一言不发，不断地用粗糙的大手抚摸着小姑娘因为剧烈啜泣而颤抖得非常厉害的肩膀。

以后，岳兰和妈妈就住在邵子安家旁边的一幢楼房里。失去爸爸的伤痛是巨大的。它就像一个难以愈合的而又常常绽开的疮疤一样，经常使小岳兰感到钻心的疼痛。邵子安是一条硬铮铮的铁汉子。对于他来说，岳悦不但是同事、战友，而且是中学时代的同学，比亲兄弟还要亲的兄弟；岳悦的女儿也就是他的女儿。但是，他没有时间给小姑娘以温存。天呐，宇航基地有多少事情要这个总工程师操心！空中实验室，飞向火星、飞向木星、飞向土卫六，然后又是这个庞大的建设火星实验室的计划……他把自己的亲生女儿也撂在上海他岳母那儿，只把一个儿子带在身边。这个儿子，邵继恩，虽然只比岳兰大三个月，却常常代替父亲的职责，长兄一样照拂着岳兰的成长。

此刻，岳兰又感到一阵钻心的疼痛。她不敢正视邵子安的脸，仅仅从眼角里偷偷地瞟了他几下。这就够了。邵子安纹丝不动地坐着，还是蹙着双眉，目光像两把锥子一样锋利，仿佛要刺穿这旋卷着的雪雾。岳兰甚至可以从他的黑漆漆的瞳仁里看到雪的反光。啊，人生是多么严酷！不是吗？刚好是二十四小时以前，昨天傍晚，同是这个邵伯伯，却沉浸在巨大的欢乐之中。他的小女儿、十五岁的邵继来，放寒假了，从上海来探亲，刚下飞机。昨天温暖的黄昏和晚上，岳兰就是在邵家度过的。邵婶一手拉着继来，一手拉着岳兰，坐在沙发上，耐心地听着小继来总也说不完的话。而邵伯伯呢，则咬着烟斗，倚在窗户上，含笑地望着她们。

哦，二十四小时！地球仅仅自转了一个圈儿……

“岳……兰，”她忽然听见邵子安的沙哑的、迟疑不决的声音，“今天上午，你干什么呢？”

“我陪妈妈去看病——她昨晚心口疼。”岳兰机械地回答道。

“那你为什么现在不陪着她？”邵子安好像恼怒了。

“服了药，上午就好了——下午她上班去啦。”

邵子安沉重地叹息了一声，不说话了。

岳兰是一个聪明的姑娘。她明白，邵伯伯为什么在这样的时刻提出一个似乎是不合时宜的问题。多么辛辣的一撮盐撒在邵子安的裸露的心上呀！中午，岳兰去过邵家，找小继来，邵婶说，继来、还有继恩和他的同学钟亚兵，全都跟霍工程师到宇航基地去了。

而现在，宇航基地却发现了敌情！

宇航基地受到威胁，邵伯伯心爱的小女儿也受到了威胁。战斗也许已经打响，一个十五岁的小姑娘正卷在暴风雪下的战斗中。对于继恩和亚兵，没有什么，他们是宇航城长大的、经过锻炼的青年。但是继来却完全不同，她是看惯黄浦江上的轮船、南京路上的霓虹灯的上海姑娘呀，她是一株长在江南的柔弱的小草……

邵子安又说话了，还是嗄哑的声音，充满焦虑：

“岳兰，你看，可能有什么样的敌情呢？”

岳兰摇了摇头。

“我想象不出，那个人一点儿也没有说清楚。”

“他当然来不及多说。”邵子安谅解地说，“再说，他无非是给我报个信儿。岳兰，你认为敌人是针对‘东方号’来的吗？”

岳兰没有吱声，她在思索。她刚才完全把心思放在继来身上了。然而，她身旁坐着的这个木雕似的人一门心思想的不是自己的儿女，而是比儿女还亲的、等待出发的宇宙飞船“东方号”。

为什么上午她没有来？如果来了，她就会跟继恩兄妹一块儿到2004基地，此刻她早已投入到保卫宇航基地、保卫“东方号”的战斗了。什么样的战斗？她不知道。但是她怀里有一把手枪，一把激光手枪，什么样的敌人都经不住一发激光子弹。她是决不会手软的。

车窗外面，暴风雪还在肆虐，尽情地蹂躏着大地。虽然是高速公路，虽然是电子司机，也不得不减慢速度了。公路上是一个个雪团在翻滚，汽车轮子经常打滑。车头灯照耀之处，是奇形怪状的线条和图形，仿佛千军万马在厮杀，又像是冲决堤防的滔滔的洪水，要把整个宇宙翻转过来一样。

邵子安不安地观察着车窗外面。他猛地抓住了岳兰的手。

“多大的暴风雪啊！”他的声音有点异样，“我在宇航城生活了十六年，从来没见过……”

岳兰记忆中也没经历过这样的大风雪。但是她不理解这有什么可奇怪的，已经是腊月了，腊月里戈壁滩上是很寒冷的。而且，近年来，气候总是有点反常……

“暴风雪，敌情，‘东方号’的计划……”邵子安缓缓地说，“这，难道是巧合？”

“‘东方号’？计划？”岳兰两只大眼睛忽闪忽闪。

“噢，我忘了，你还不知道，‘东方号’预定下星期就出发，到火星去。”

“不是刚刚在上星期，‘建设号’出发了？”

“这回是给‘建设号’上的宇航员运送给养、器材和装备的。噢，岳兰，我们要在火星上建设一个半永久性的实验室呀……”

原来这样！……半年前，岳兰曾经到基地参观了一次。她惊讶地发现，“东方号”造得比以往任何一艘宇宙飞船都大得多。它是真正的巨人：四级火箭耸立在发射场上，晴天的时候，从四十二公里外的宇航城就看得见它的炮弹般的尖端，恰如看到遥远的积雪的山峰一样。

“邵伯伯！”岳兰失声喊起来，“什么样的敌人会丧心病狂地破坏这个美好的计划呀？”

邵子安沉默着，只把右手朝北方指了指。

是的，敌人总是丧心病狂的。我们要在大地上建设花园，他们就要在大地上高筑牢墙和监狱；我们要在太空中驰骋，让科学的触须伸向无限宇宙的深处，他们却要在太空中装备指向地球的激光大炮，要摧毁人类的文明和智慧。一头熊并不是一个人，它的野心和欲望是践踏别人的一切美好的事物，从而把一切攫为己有。

岳兰虽然还很年轻，这个尖锐的真理她却是早就认识了的。

邵子安想的是另一回事儿。他亲手部署的：成百枚反弹道导弹，罩住发射基地方圆三十公里的激光网，几十部自动巡逻的电子车守卫着2004基地。

什么敌人能够潜进来？当然，他明白，敌人也有强大的科学武装，决不亚于我们。战争，已经不完全是面对面的射击了，还是科学技术的决战。如果防守严密的基地上能够进来敌人，这说明，我们技术上还有漏洞……

作为总工程师，邵子安深深感到肩上的担子有多么重。他当然明白，在20世纪70年代那会儿，我国和科学先进的国家相比，整整落后了四分之一个世纪。依靠一条正确的领导路线，一支精心培育的科学技术大军，一支勤劳、勇敢、能打硬仗的队伍，经过几十年的奋战，我们赶上来了，甚至超过了他们。“东方号”的设计和建造就是见证。全世界的报纸都登载过从卫星上拍下的这艘宇宙飞船的照片，称之为“人类文明的奇迹”、“现代化科学技术的骄傲”。火星实验室的计划也轰动了整个地球，许多外国科学家的信像雪片似的飞到宇航总指挥部，要求参加“开拓太阳系新的疆土”的科研事业。而“北极熊”则咆哮着：“中国人要占领火星！”是的，他们对于我们每迈出的新的一步总是虎视眈眈的。

打从中学生时代、从电视中看到我国发射第一艘载人月球飞船起，过去了多少岁月啊！……

暴风雪稍稍减弱了一点儿。接近2004基地了。邵子安打开了车上的电视电话，揿着号码，一个又一个，没有人接。最后，在值班室里，出现了那个报警的小伙子，还是像刚才那样，手里拿一玻璃杯水，怀疑地眯着眼睛问：

“谁？”

邵子安这才记起，汽车里没有开灯，于是他把灯打开了。电话里的小伙子高兴地说：

“啊，邵总！抓住啦！……嗯，哎呀！”

玻璃杯“当啷”一声落地。跟着，电话里的小伙子不见了。差不多与此同时，挡风玻璃正前方猛然闪亮，就像发生爆炸一样，浓云急剧膨胀，火光中清楚看见，那只异常高大的宇宙飞船“东方号”，好像挣脱发射架的束缚一样，摇晃了一下，上升了。这时候，才刚好听到爆炸声，不很响亮，好像闷雷，沉重、压抑。

邵子安倒在车座上，殷红色的火光照亮了他的一双充满了惊讶和愤怒的、灼灼发光的眼睛。

“邵伯伯，邵伯伯！”岳兰尖声叫起来。

爆炸一开始，汽车立时刹住了车——这是电子司机的急剧反应：它在判断。等到确信这场爆炸对于小汽车本身没有危险以后，车子又继续前进了。

尘土、雪片，劈头盖脸地砸在小汽车周围。火光已经消失。基地的强大的探照灯光柱照亮了雪花飞扬的发射场。自动的电子门卫还在三十米外就识别出这部小汽车和它的主人，于是，大门无声地打开了，杂乱的脚步声迅即来到汽车跟前。

一个三十多岁、高大的汉子拉开车门，扑到凝然不动的邵子安身上，孩子似的流着泪，头发凌乱，左额角上还滴着血。他的身上全让雪水湿透了，又散发出烟熏火燎的气息。

岳兰焦灼地问：“霍工程师，怎么啦？”

车窗外面，一个沉着的声音说：“小杨，小凌，扶住霍工程师，把邵总请出来，到休息室去。”

车子里面，邵子安低低地、缓慢地问：

“孩子们呢？”

霍工程师抬起被悲痛扭歪的脸，默不作声地用一双失神的眼睛望着风雪漫天的夜空，那儿，一艘写着 DONG FANG 这几个大字母的宇宙飞船，正在暴风雪之上，在地球大气圈之上，钻进宁静的太空。

二、上海小姑娘

邵继来是一个真正的上海小姑娘。十五年前，当她来到人世间的时候，宇航城还在创业阶段。在茫茫的沙漠瀚海上，仅有一小块绿洲，一道汩汩的泉水带来了生机。掘土机一面清理地基，一面小心翼翼地保存着一切绿色的生命：柽柳、沙蒿、沙米、赤柳……直升机把预制楼板从五百公里以外运来，直接吊装在基础上。那些年头啊，生活就像在战场上一样，邵子安就像战斗部队的指挥员，把年轻的妻子、三岁的儿子和刚生下的女儿都留在后方——“后勤部长”老岳母那儿，自己在集体宿舍里和浑身灰土的工人挤在一起。

宇宙飞船发射场和宇航城的修建工程进展得很快。三年之内，沙漠远远退却了。用飞机从华北平原上运来的钻天杨像一排排哨兵，捍卫着新生的城市。当年的绿洲已经改造成五彩缤纷的公园，一栋栋楼房就像雨后松树林里的蘑菇那样，冒得真快！家属可以迁来了——后勤补给的运输线不要拉得太长嘛。再说，邵子安的妻子杜兰芳是一个医生，宇航城是十分需要医生的。男孩子也带来了，宇航城也办起了小学。可是小姑娘呢，姥姥说什么也舍不得放。于是，牙牙学语的小继来在黄浦江边扎下了根。

继来长得健康、活泼，而且惊人的漂亮。去年暑假，她头一次到宇航城来，穿着上海姥姥亲手做的朴素而又时兴的藕荷色连衣裙，一口上海话："我伲""侬格""伊拉"……就像一只翩翩飞到戈壁滩上的小黄鹂。她对宇航城的一切事物都觉得惊奇。就拿自己的"家"来说吧，这是一栋宿舍大楼的底层，宽敞，舒适，倒也没什么，上海也有这样的房子。可是屋里却有不少教人啧啧不已的设备。你看，爸爸那部电视电话机，简直可以接通整个世界！真的，如果非洲一位黑人酋长或者新西兰一位毛利族巫师突然出现在电话机屏幕上，她也不会感到意外的。再看看那个普通的厨房吧，早上，妈妈把生的西红柿、黄瓜、扁豆、猪肉、鸡蛋、鲤鱼分别装在一部机器上的许多抽屉里，揿了几下按钮。中午，时钟一打十二点，机器一头的食案上就出现了肉炒扁豆、清蒸鲤鱼、拌黄瓜、鸡蛋西红柿汤，当然，还有热气腾腾的大米饭。该不是有一个电子机器人在操持家务吧？小继来想。但是她却看不见科学幻想小说的插图中通常见到的那种机器人，一切都是在一个魔术般的大柜式样的电子设备里进行的。

最最叫小继来着迷的，还是那在远处高高耸起的宇宙飞船的发射架。去年夏天，"东方号"刚刚建造了一半，但是发射架早已傲然直指天空。爸爸不肯带继来到基地去，说是那儿"谢绝参观"，总工程师的女儿就可以例外吗？哥哥继恩却不同，他是宇航预备学校的学生，他有进出基地的证件；而且他早就被一个叫"霍工程师"的高个子看中，经常带他去基地检查工程设备，试验设备性能，一句话，他干脆就是候补的宇航员了。小继来抚摸着哥哥这张贴有相片的硬纸卡——"出入证"，心里羡慕死了。这个晒得黑黑、老是憨厚地笑着的哥哥，将来真是要飞到火星上去的？

那个年头，宇航事业已经十分发达。地球上空飞驰着一千多颗不同用途的卫星；有五个国家建立了轨道空间实验室；在月球上，有三个不同国籍的工作站。飞到金星、火星甚至木星和土星的宇宙飞船，就像班机一样，每隔一年半年总有一艘从地球上起飞。这些，都是哥哥告诉小继来的。

今年暑假，小继来没有到宇航城来：她到北京参加夏令营去了——这是她整个少先队生活的最后一次夏令营活动。但是她暗自决定，寒假一定来。哥哥继恩写信告诉她，“东方号”已经建造好了，并且暗示，可能冬天就发射。这是迄今为止中国最大的一艘宇宙飞船，这次发射是宇航史上伟大的壮举。论规模，在我国，也只有2003基地上有一艘正在建造的“团结号”也许可以比拟。怎么能放过这次机会呀？姥姥也想来，但是大西北天气太冷了，怕老人家不适应。这样，小姑娘于昨天黄昏独自到达了宇航城。

羽毛般轻盈而洁白的雪花从夜里就稀稀落落地下开了。早晨，撩开窗帘一望，大地一片白。上海小姑娘从没见过这么壮丽的雪景。她高兴得一拍手，穿上兔毛大衣，跑到院子里，先在雪地上打个滚，然后双手捧起湿漉漉的、白得发蓝的雪，洗擦脸上残存着的睡意。不一会儿，她成了一个鲜艳、容光焕发的姑娘。她从上海带来、时刻不离身边的一只卷毛小花狗——“花豹”，也学着女主人的样子，在雪地上滚了几滚。它出生只有四个月，这“一辈子”还没见过这种奇怪的、凉飕飕的、湿漉漉的、白生生的玩意儿呢！继来要堆个雪人，拿来一把扫帚戳在那儿，把大团大团积雪往上堆，小花豹却老在捣乱。堆着堆着，花豹往上一扑，雪人就散了架。不管继来怎样呵斥，花豹毫不在乎地快活奔跑，在雪地上打滚、淘气。

爸爸到总指挥部开会，妈妈到医院上班了。小继来好久好久，舍不得离开那冻得她脸颊通红通红的院子。雪仍然在下着，还是稀稀落落的。哥哥继恩也放了寒假，没有上学，但是有一个同学——钟亚兵，来找他，两人关在屋子里，热烈地讨论什么。她多么想拖着他们俩，说：“多新鲜的空气！你们躲在屋子里干什么？不如一起逛逛去。”但是她不敢打扰哥哥。她叹了一口气，想去找岳兰姐，走到门口，又站住了：噢，兔皮大衣湿透啦！

她又叹了口气，进了屋，把大衣脱下来，放在电热器上烘。花豹也一身湿，扑到她身上。她搂着小狗的脖子，说："等一些些，花豹，阿拉吃点物事，再出去白相相！"

有人敲门，她走去开门。是一个很高的叔叔，一见面就笑了："小继来，你可长成个大姑娘啦！几时到的？"

她愣了一会儿，脑子里快速地转悠着。这个叔叔，怎么认得我的呢？噢，是了，去年夏天就见过，是什么"霍工程师"，于是她规规矩矩地叫了声："霍叔叔！"

"唔，认出来了？"霍工程师高兴地说，脱去了大衣，搓搓手，在沙发上坐下来。"爸爸去开会了？"他忽然间想起了什么，赶快问，"你不是上海外语学院附中的，读英文？唔？Can you speak English？"

"I can."继来机械地回答。忽然她醒悟过来了。"噢，叔叔，谈这个干什么呀！你还不如给我讲讲'东方号'呢！"

"'东方号'？Eastern？"霍工程师心情很愉快，点了支香烟，说，"爸爸没给你讲？噢，你爸是个大忙人，顾不上给自己女儿普及科学知识。你哥也行，他在哪儿？"

小继来努努嘴："在里面呗！和亚兵争论什么问题。"

霍工程师自己走到门边，推开门喊："继恩，你俩出来一下！"

"霍老师！"随着喊声，两个青年跳了出来。霍工程师在他们学校讲过课，对这两个小伙子是十分熟悉的。继恩就像他爸爸一样，瘦瘦的、黑黑的、中等身材，一双眼睛鹰眼似的锋利，而且眼神里透露出坚决、勇敢和聪慧。亚兵十分强壮，胸膛宽阔，浓眉大眼，一副运动员的体格。

霍工程师打量了两个小伙子一眼，满意地点点头。转过身，踱到窗户跟前，慢悠悠地说：

"今天我要去最后一次检查'东方号'的准备工作。我那个助手小宋，病了；小容呢，又给你爸借去当记录了……你们俩，跟我去一趟，好吗？"

两个小伙子相互看了一眼。继来嚷嚷起来了：

"把我也带去吧，好吗？……噢，我一次也没去过发射场哩。"

两个小伙子定睛瞅着霍工程师，看他怎样答复。霍工程师却十分痛快，说：

“行，快穿好衣服！”

“可是，”继恩迟疑地说，“出入证？……”

“呵呵，”霍工程师开心地笑起来，“我乘的是你爸爸的车子，用不着出入证的。”

“爸爸也去？”继来急忙问。

“他在开会哩，委托我去检查一趟。走吧……哎呀，你还要带上小狗？”

“它可用不着什么出入证！”继来调皮地说。抱起小花豹，第一个冲出大门。

小继来高兴非凡，她没想到这么轻易就得到这个宝贵的机会。汽车在高速公路疾驰的时候，她抱着小花豹，亲昵地说：“别淘气喔，别乱跑，那边纪律可严呢！”

三个男同志都笑起来。

“Oh！ How happy you are！”霍工程师又跟她说英语了。

小继来脸一红。亚兵亲切地说：

“继来，你看戈壁滩雪景多美！‘山舞银蛇，原驰蜡象’，真是再贴切也没有了。在上海你能看到这种风光吗？”

“上海也看不到这个。”继来用手指着车窗外正前方。在雪网里，隐约看得见高耸的尖塔似的宇宙飞船。

四个人都不说话了。他们都注视着窗外的雪景。温度下降了，落下来的已经不是羽毛般的雪花，而是细碎的、粉末般的雪粒，它们打在车身上，发出撒沙子似的声音。天空稍稍开朗了一些，露出些微暗淡的阳光。于是，苍茫的雪原上泛出青铜般的色泽。公路两旁钻天杨的带雪的叶子，簌簌作响，这儿那儿有时会发出幽幽的闪光。

2004 基地有三道“大门”。两道是无形的：一道是雷达，一道是激光。对于这部由 1271 号电子司机驾驶的总工程师的车子，它们自动识别了，自动地打开了大门。但是门是无形的，继来就一点儿也感觉不出来。等到最后一道通了电的铁栅栏门在汽车跟前自动大开的时候，继来不由得惊异地叫了一声。但是她马上记起家里的电子厨师和这部车子的电子司机，她就不想再问什么了。

2004基地由一排圆形的房子环绕着，圆的正中央就是高大的发射架和比它更高大的“东方号”宇宙飞船。这个圆的半径是巨大的，大约有八百五十米，是一片空旷的、混凝土浇灌的坚硬场地。

汽车在靠近门边的一栋二层楼房跟前停下来了。一跳下汽车，继来立刻叫“东方号”吸引住了。这个气魄非凡的巨人还在将近一公里外，可是，你感觉它就像你身边的一座高山，一个威严的立像，一发无比巨大的炮弹。它是银色的、披着轻纱似的薄薄一层雪粉（雪很难粘在金属表面上），在暗淡的阳光下静静地立着。猛然间，继来心里涌起这样的感觉：它不是什么宇宙飞船，而是一件工艺美术品，巨大而粗犷的、一件古往今来人类从未制造过的杰作。它像一座钢铁铸成的丰碑，凝聚着中国人民的智慧和劳动。

连淘气的花豹，在这庄严的景象面前也只好来回绕着女主人的高筒皮靴转来转去，不时用怯生生的眼光瞅瞅这个陌生的庞然大物，又瞅瞅女主人的脸。而继来的眼睛里闪出多少喜悦、惊叹和自豪的神色啊！她就呆呆地立着，在细碎的雪粒中立着。已经走进门的亚兵又走出来，轻轻拉了下她的大衣袖子，她才恋恋不舍地抱起小狗，跟在亚兵后面，走进屋子。

三、宇航时代的奇迹

宇航时代从20世纪50年代就开始了，发展到这时，还不过几十年，却达到了它的全盛时期。历史上曾经有过所谓世界七大奇迹。“东方号”却是新的奇迹，科学技术的奇迹，宇航时代的奇迹。两千年前建造过伟大的万里长城的中国人又一次震惊了世界。

四级火箭，加上前面的驾驶舱和载运舱，一共长八百米，最粗的地方是直径一百米。它就相当于一座两百层的高楼，然而它全部是用金属铸成的，没有窗户，就像《一千零一夜》里那个什么苏丹用来幽闭公主的铜塔。然而它更像一枚硕大无朋的炮弹——是的，将要射向新的世界、射向宇宙空间的炮弹。

午后，刮起了风，把静静地躺在地下的积雪都卷扬起来了，白气腾腾，雪粉弥漫，空气中有许多剧烈旋卷的怪影，并且夹带着风的轻轻地啸叫。

霍工程师上半天已经检查完全部地面设施，包括地面指挥中心、通信设备、电子控制设备和安全设备，现在正带着三个青年人进入发射架的升降机里。继来的心怦怦跳动，她紧紧抱着小花豹，在迅速上升的升降机里闭上了眼睛。升降机门开开了，霍工程师报了一个数目字，由电子设备操纵的宇宙飞船的门也开开了，这是第一道门。有一小间门厅。他们脱下大衣，穿上轻便的宇宙服。大门关了，第二道门才开了，他们进入了驾驶舱。

“这是为了防止飞船在没有空气的太空中漏失氧气。”亚兵小声地附着继来耳朵说。但是继来什么都听不见了。她觉得自己不是进入什么宇宙飞船的座舱，而是进入一间舒适的客厅。这儿多么不像电影里看到的宇宙飞船狭小的座舱啊！一排轻便的沙发（都是固定的），一长列有各种仪表的驾驶设备——每个设备上都标着四位数字。地板呢？噢，地板铺着橡皮的地毯，柔软而富于弹性。墙壁呢？墙壁是一种灰暗的什么材料造成的。继来用手摸了摸，挺硬。舱内很亮，却没有电灯，起先继来还不明白，亚兵悄悄给她指指舱顶，她才发现，整个舱顶都发出柔和的光泽，因此座舱就像飞船外面一样明亮，所不同的是，看不到、也听不见风雪怎样在大地上肆虐了。

“不要动任何一件设备！”霍工程师打招呼说，“亚兵，你可以带继来到处看看，抱好小狗。继恩，帮我检查各个仪器设备。”他随手递了一个带背带的盒子给继恩，让他挎着，从盒子里掏出一个听诊器似的东西。

“他们在用电子仪器进行检查呢！”亚兵低声地对继来说，“在宇宙中飞行，不能有一点点儿含糊。一个零件坏了，有可能使整艘飞船毁灭。”

继来扬起了她那好看的、弯弯的眉毛，信任而又好奇地瞅着亚兵。

“看到那些数字没有？”亚兵指点着驾驶台上那一个个数字，“每个数字都代表这部电子自动机器的代号。仪器是用声音操纵的，正如你爸爸那部小汽车的电子司机一样，它的代号不是 1271 吗？”

“可是为什么没有窗子呢？一点儿看不到外面的景色，多气闷哪？”

“3025，开！”亚兵沉着地、清晰地报出这个数字。马上，像变魔法一般，什么座舱，什么宇宙飞船，全都消失了。继来发觉，他们竟立在露天里，又重新看到旋卷着的大团大团飞雪，听到北风呼啸的声音。这突然间的变化使小花豹十分惊恐，它紧紧蜷缩在女主人的怀里。

继来起初也吓了一跳。但是她看到，沙发和驾驶台还是搁在那边，霍工程师和哥哥也仍然在工作着，只有哥哥抬起头来，望望他们，说：“亚兵，别妨碍工作。”而且周围风雪虽然很大，但是继来一点儿也不觉得有什么风吹过来，她身上也挨不到一点点雪。她有点明白了，低声问：“可视电视？”

“正是，全景电视。”亚兵微笑着。“3025，关。”一切立刻恢复原状，他们还是在飞船座舱内。这真像《一千零一夜》中阿里巴巴的“芝麻，开门”这咒语啊。继来想自己试一试，但是亚兵把她阻止了。亚兵说：

“继来，你想过没有，为什么这里仪器都用语言来操纵，不用手指揿动开关呢？”

“为什么？”继来眨巴着眼睛。

“这是因为，宇宙航行中经常会遇到超重——就是重力比我们现在地球的重力大好多倍的情况，宇航员体重也就增加得非常大，有时连抬抬手都很困难，用语言操纵就方便多了。……不过，我们还是到后面载运舱去看看，别影响他们吧。”

载运舱原来就在楼下，沿着一根很陡的金属梯子下去。

“这梯子多不好走！吃一顿饭，拿一点东西，都得这么爬上爬下吗？”继来咕哝道。

亚兵呵呵笑起来。

“事实上，这梯子是供你现在用用的。宇宙飞船一开动，就用不着了。因为在超重期间，你哪儿也甭想去。超重完结，又该失重了……”

“失重？”

“是的。飞船不再加速了，就按惯性飞行，这时飞船上的一切都失去了重量。你可以在船舱内飞起来。从驾驶舱到这个舱，一蹿就蹿过来了。”

“多有意思！”继来高兴地说，“什么时候我能当个宇航员就好了。”

这个载运舱，是由许多大柜子组成的。这使继来想到家里的电子厨房。这里一定也有这么一名电子厨师，要不宇航员吃饭问题怎样解决？亚兵拉开一个抽屉，拿出一小包塑料袋子装着的饼干，说：

“压缩饼干，知道吗？这一小包就够你吃一天哩。”

又拿出一个小袋袋，说：“浓缩汤，用水一冲，就是一碗鸡蛋肉丝榨菜汤。”

“宇航员老吃这些东西吗？”

“哪里，哪里！”亚兵连忙说，“在这里，要办出一桌高级宴席也行。这里的东西，不光是供应宇航员短短几天之内用的，而是要供火星工作站一大批人两年用的……”

“两年？”

“咦，你还不知道‘东方号’的计划？”亚兵压低了声音，“上星期，2003基地有一艘‘建设号’宇宙飞船飞到火星去了。‘东方号’负责给他们送给养和器材，还有一艘‘团结号’，也在2003基地上，还没建造好……”

“那么多飞船去火星干什么呢？”继来挺有兴趣地问。

“噢，继来！”亚兵回答道，“火星是离地球最近的一颗行星，也是最像地球的一颗行星呀。火星只比地球小一点，冷一点。十八世纪，人们在望远镜里看到火星上有暗斑和细细的线条，他们就认为，这是火星的洼地和把水从洼地引出去的运河。运河！……这可是有理性的生物才能挖掘的呀。于是，写了大批科学幻想小说，火星人怎样怎样，说得有鼻子有眼的。现在已经证明了，火星上没有人，没有高级的生物。有人说，火星是一颗年老的、生命已经消逝的星球。你相信吗？”

小姑娘瞪大好奇的眼睛，思索着。

“我也不相信。”亚兵的憨厚的脸上挂着微笑，“如果火星上曾经有过人，有过像人一样有理性的生物，那么，不管火星自然条件变得怎样严酷，他们也不会消失的。他们能够征服自然。我们地球上的人们不正是这样干的吗？……你看，沙漠正从我们身边退却。我们从所谓不毛之地里，夺得了多少粮食啊！人类是大自然创造的，可是人类又能够改变大自然的面貌。人类已经改造了地球的面貌，为什么不能改造火星……”

火一样热情的话语使继来心驰神往。她向来以为，星际航行无非带回几幅照片，几块石头，让人们能够直接研究地球以外的世界。然而现在，改造火星——至少是试验，开始了……

在驾驶舱里，电视电话铃声响起来。霍工程师揿了揿按钮。

屏幕上，一个年轻人犹疑不决地说：

“霍工程师，发现一样东西……”

“什么东西，小杨？”

“好像是……一个坠毁的卫星……”

“3025，开！”霍工程师迅速地下令。他们现在居高临下地看到整个发射场。在它的西北角，在风雪地里，正围拢一堆人，研究着地上一个什么东西，好像是一部翻倒的汽车。

“我下去看看！”霍工程师低声对继恩说，“你要坚守在这儿，千万别随便离开，也不必惊动他们。”他指指载运舱，打开门，出去了。

继恩让电视机开着。但是风雪越来越猛烈了，视界很差，他只隐隐约约看见人们在风雪里忙碌着。霍工程师已经到了那个据说是坠毁的卫星跟前，弯下腰去检查，样子十分专心。但是一个人过来把他拉了一把，这就是小杨——值班室的小伙子。小杨塞给霍工程师一件什么东西。突然，响起了沉闷的、不太响亮的几下枪声！

想必亚兵也听到了。他从载运舱中探出头来，问：

“发生了什么事？”

继恩摆摆手。电视电话铃又响了，这回是小凌——值班室另一个青年人在说话：

“邵继恩！基地发现敌人，霍工程师命令你们坚守在飞船内。沙发座椅下有手枪，武装起来！”

亚兵灵巧地一跳，探手到沙发下面，摸出两支十分精致的手枪。继来抱着花豹也上来了，她把花豹一扔，就奔过来：“给我一支！”

“你会打枪？”不等回答，亚兵就把手枪扔给她，自己再掏出一把，试试机头，满意地笑了笑。

“不知是什么样的敌人……”

继来心情十分紧张。她当然打过枪，在学校里还练习过步枪实弹射击。但是她从来没有想过自己有一天会跟敌人面对面地交手，而且除了电影，她也没有看见过真正的战斗，却想不到战斗竟然降临到这个警卫得十分严密的火箭基地上。她此刻的心情就像一个伺伏在深山老林虎穴边上的猎人，紧张得连眉毛都在微微跳动。

继恩却非常沉着，他走出二门，到外面把飞船座舱大门检查一遍，才又走进来，继续在全景电视里观看外面发生的一切。天色已经十分昏暗。在探照灯强力的光柱照耀下，飞雪旋卷，光怪陆离，似乎有千军万马在厮杀，又似乎有无数巨浪在翻腾，咆哮着的风雪淹没了整个世界。尽管瞪大了眼睛，他还是什么也瞧不见。好几次，亚兵说：“我们出去吧，在这里，什么情况也不知道，憋死人了。”但是继恩知道，霍工程师要他们坚守在飞船里面是什么意思，这是一个十分重要的岗位，这就是他们的战壕。

在密闭的驾驶舱里，虽然他们一点儿也没有受到风吹雪打，他们却置身于一个真正是狂风暴雪的世界。他们就这么等了一刻钟、两刻钟……也不知是多久。突然间，仿佛是大地震动了一下，几个人连同小花豹全都重重摔倒在地板上。亚兵最初还以为是地震，但是他在昏迷中似乎听到了继恩的惊惶而急促的声音：

“不好……‘东方号’起飞啦！”

爆炸声淹没了一切。宇宙飞船笔直地刺向白雪茫茫的夜空。

——节选自《飞向人马座》，人民文学出版社，1979 年

当代中国科幻小说的推动者
——郑文光新时期科幻小说创作

◎ 王卫英

一

“文革”后，“科学的春天”来临，中国科幻掀起第二次创作高潮。科幻作家纷纷复出，重返科幻文坛的郑文光迎来了新的创作辉煌：短短 5 年间，他以“夸父逐日”的精神，创作了近 30 篇小说，再度成为中国科幻创作的中坚。所以，他不仅是当代中国科幻小说的开拓者，也是当代中国科幻小说的推动者。

（一）

郑文光继续发挥天文题材优势，以一部鸿篇巨制《飞向人马座》掀开了个人创作的新篇章。作品虽成于 70 年代末，但构思时间跨度更长，这是一部宏伟壮阔的星际探险史，延续《从地球到火星》的故事框架，讲述三位中国青年乘“东方号”宇宙飞船升空，由于飞船偏离航道飘向人马座，历经艰险，八年后安抵国门的故事。作品充满了人类遨游太空的梦想，反映现代人类渴望超越现实和探索宇宙的浩然志向。作品中，壮阔的宇宙、雄厚的科技力量和人性中的勇敢交织在一起，谱写了一曲中华民族征服宇宙的壮丽凯歌。这部十三万字的长篇小说问世后获得社会的一致好评，大家认为小说“通篇都贯穿着符合科学发展规律的大胆的幻想”。[①] 它“以浪漫主义的格调显示了人类

① 《儿童文学概论》编写组．儿童文学概论［M］．成都：四川少儿出版社，1982：426.

征服大自然的美好愿望，讴歌了高尚的道德和优美的情操，旨在纯净被污染了的社会风气”[①]。香港科幻作家兼评论家杜渐评价道：“就我所见的内地的科学幻想小说来看，我以为这本书写得最好，而且相当有分量，……无论从内容到结构，都可称为小说，实为中国科学幻想小说之杰作。”[②] 诸如此类的评价不胜枚举，仅郑文光自己看到的评论就超过 30 篇。在欣喜之余，郑文光更希望看到富有建设性的批评意见。或许为了抛砖引玉，他首先展开自我批判，指出作品存在着三处明显的缺点：“首先，时代的烙印明显。由于受到当时的政治风气和创作倾向的影响，文中加入了一些概念化的内容，比如，‘东方号’的突然起飞是因为敌人的破坏，中国和某北方大国之间发生了一场语焉不详的战争等，这些都严重地损害了整部作品的气氛。这种似是而非的影射无力而且笨拙。其次，主人公邵继来学习天文学的部分显得生硬，‘知识硬块’没有被融化，有些句子和段落简直就是天文学的课程讲义。后面的日记部分也与通篇的文学笔调不协调。小说必须写得再‘软’一些，再‘文学’化一些，逐渐减少其中生硬的科学知识讲解。第三，亚兵与继来之间的爱情描写不够细腻，速配式的结合不真实。真实世界中的感情发展要更加曲折，更加婉转，所以小说对于感情要写得精细点。”[③] 这些“缺点”并未动摇人们对这部小说的肯定。1978 年，这部作品与叶永烈的《小灵通漫游未来》一道被评为第二届全国少年儿童文艺创作一等奖。

郑文光

这样的奖掖更激发了郑文光的创作才情，当人们还沉浸于《飞向人马座》所建构的宏伟想象中，一部更具文学魅力的作品《太平洋人》（1979）再度引起读者惊叹。这篇两万字的作品也是写宇宙航行的浪漫故事，作者是想

① 浦漫汀．儿童文学教程［M］．济南：山东文艺出版社，1991：447.
② 杜渐．郑文光科幻小说新作［N］．（香港）明报，1979-11-20.
③ 陈洁．亲历中国科幻——郑文光评传［M］．福州：福建少年儿童出版社，2006：157.

通过恋爱故事继续和青年朋友谈谈什么是高尚的情操。小说写一对孪生兄弟同时爱上一个姑娘，作品成功之处是将这美妙的爱情故事构筑在一个常人意想不到的科学幻想中。一次，郑文光在翻阅自己的科普著作《飞出地球去》时，无意间被俄国宇航理论家齐奥尔科夫斯基的一段话吸引，大意是说可以进入宇宙空间捕捉小行星，由此触发了他对《太平洋人》的构思：在海边疗养的天文学家收到一份急电，说是地球告急！一颗小行星即将撞击地球，怎么办？天文学家研究决定，派遣宇航员深入太空设法“捕获”小行星，然后将“捕获”的小行星展开研究，得出这是两百万年前因地壳剧烈运动，从太平洋分裂出去的一块碎片，这恰恰印证了天文学家和海洋地质学家当初的猜想。更令人难以置信的是，在小行星的岩洞里竟然有两具尸体，他们不是外星人，而是突然窒息死亡的古代猿人的孑遗。科学家将两具尸体复活，这件事触动了宇航员陆家骏的情感神经，决定去火星营救八年前牺牲在那里的女友……情节到此，戛然而止。小说最初发表在天津《新港》杂志上，不久又被海洋出版社编的《科学神话》收录，编者在序言中指出，该作品具有“复合幻想构思”的特点，后来它和《鲨鱼侦察兵》《仙鹤和人》结集为《鲨鱼侦察兵》，由中国少年儿童出版社出版。小说发表后好评如潮，1987 年，日本中国科幻研究会会长岩上治先生将其翻译为日文；两年后，另一位日本作家池上正治将其重译。与“硬科幻”《飞向人马座》侧重科学知识的准确严密不同，《太平洋人》有意追求文学的绮丽幻想，属典型的“软科幻”。

为何《飞向人马座》和《太平洋人》受到人们的如此关切？郑文光认为，这两部作品真切表达了他二十年如一日的创作追求，即宇宙与人性的和谐美，他真诚相信人性中美好的东西，并相信这种美好可以战胜世间的一切艰险。作者同时也开始自我怀疑，这样的创作征途怕已走到了尽头，因为当《飞向人马座》中主人公乘着“东方号”飞船返回地球，受到人山人海的“总统级”接待的时候，当《太平洋人》中双胞胎兄弟友好地礼让爱情的时候，作者扪心自问：这样完美的人生图景距离现实该有多么遥远？① 为了拓展科

① 郑文光.《郑文光科幻小说全集》序［M］// 郑文光. 郑文光科幻小说全集：第 1 卷. 长沙：湖南少年儿童出版社，1993.

幻小说题材，郑文光积极寻求创新。他的第一部科幻集《太阳探险记》出版前，交给专家评审，却被批这部小说具有“洋奴思想”，理由是：小说《征服月亮的人们》中的主人公明明是中国人，却起名为“谢托夫”。这种吹毛求疵的批评涉及中国科幻的民族化问题，这个问题从此萦绕在郑文光心头。

（二）

“文革”后中国文坛发生巨变，主流文学敏锐感应人民的意愿，自觉肩负起时代赋予文学的历史使命，栉比而起的“伤痕文学”“寻根文学”和“反思小说”，均以不同的笔触诉说“文革”带给人民的苦难，通过历史的真实描写，揭露和挞伐“文革”的反动实质。那么科幻作家呢？当然也不能游离于时代浪潮之外。以郑文光为代表的科幻主力军开始从未来幻想的天空“回归”，将目光投注于现实土壤，感受祖国命运，感怀现实人生。于是，堪与主流文学媲美的科幻小说纷纷产生，如童恩正的《珊瑚岛上的死光》、金涛的《月光岛》、王晓达的《波》、魏雅华的《温柔之乡的梦》等，都在读者心中留下了深刻印记，但在现实主义道路上探索最久、挖掘最深、作品最多的，当属郑文光。

当然，说到现实，不一定是实实在在摹写现实。郑文光的《海豚之神》和《地球的镜像》好像是发生在另一个世界，但主题思想和哲学内涵都具有现实意义。《地球的镜像》讲述一批中国籍宇航员来到乌伊齐德星球，这是个与地球环境相似的宇宙空间，可是具有高度文明的乌伊齐德人拒绝与他们晤面，就在宇航员到达之前全体撤离，只留下全息电影供地球人观看。宇航员透过这些全息影片看到了一幅幅触目惊心的历史画面：郑和下西洋、火烧阿房宫、贫瘠的古代乡村、“文革”红卫兵造反等，这是一部颇具哲理意味的科幻，作品在《上海文学》上发表后引起了主流文学的关注。曾任四川省科普作家协会主席的董仁威给予这样的评价：“郑文光通过这篇小说，反映出了他对历史、现实和未来的思考……小说是从外星人的角度看地球的，从更先进的文明阶段看地球人的文明的。这样一看，地球人目前还不过是不文明的野蛮人，处在很落后的发展阶段，地球必须前进，走向更加光明、更加理想的未来。”[①] 作品很快被译成英、俄、日、德、瑞典、捷克文等，其影响力不亚于《飞向人马座》和《太平洋人》。当时许多人提出疑问，为何《地球的镜像》受到这么多中外读者的青睐？郑文光本人总结了三个原因：“首先，《地球的镜像》是一篇真正的科幻小说。无论从什么时代、什么人的眼光中，它都具有科幻小说的本质特征。它的主要场面发生在遥远的另一个星球，它的故事围绕着一些失踪了的宇宙人而发展，它的主要手法是探索奇异世界中的奇异事件。所有这些都是国外科幻小说中最常见的情节，它带给国外读者一种亲切的感觉。其次，小说在描述探索活动的表面结构之下，又增添了某种严肃的反思内容，它从哲理的高度上去考虑整个宇宙和人类的未来，给人一种深远的厚重感觉。全篇故事都是在沉重的气氛上展开的，第一次在自己的小说中摒除了欢快的气氛。因为，作者还想告诉读者，科幻小说有时可以是某种比主流文学更加意味深长的东西。第三，这部作品特别触及了我们中国人的心灵和中国的历史。可以说，如果不是写作了有关古老的东方国度中发生的事件，这部作品不会受到那么强烈的欢迎。”[②] 浓郁的民族特色使郑文光相信，民族化创作将有助于推动中国科幻的发展。《地球的镜像》故事虽然发生在外星球，但主人公都是中国人，重大事件都是与中国息息相关的，东方作家深邃的使命感使作品赢得了荣誉。作品还将中华民族的历史上升到宇宙的高度去思考，提出了许多存在于我们昨天、今天和明天的尖锐问题。一定程度上，科幻小说有着其他文学难以企及的表现手法：灵活自由，不受时代限制。

《海豚之神》讲述的是被驯化的海豚故事。生物研究所新运来一只壮硕的大黑海豚，此时，已被研究多年、可以与人进行初步交流的海豚“阿聪”对它产生了浓厚的兴趣，问这海豚叫什么名字，一名年轻的研究员戏称它为“神”。结果“阿聪”对“神”产生了敬慕，要求在一起，可“神”对它并不怎么“感冒”，且肆意攻击，研究人员只好将它俩强行隔离，而“阿聪”依

---

① 董仁威．关于《地球的镜像》（创作谈）［J］．中国校园文学，1998（3）．

② 郑文光．《郑文光科幻小说全集》序［M］// 郑文光．郑文光科幻小说全集：第 2 卷．长沙：湖南少年儿童出版社，1993.

然倾慕“神”以至精神委顿。《海豚之神》也很快引起世界科幻爱好者的关注，甚至有外国评论者宣称：“中国科幻将成为创造中国现代小说新手法的开端，在这篇结构简单、清晰质朴的短篇中，恰当描绘了现代中国的社会问题，又如同印象派的画一样，结构很严密，只要稍稍变个角度仔细观察，便使人感到那里的一切竟是栩栩如生。”① 这部富于哲学色彩的小说存在多义解读的可能，作者自己认为小说讨论的并不是生物科学，而是原始宗教的起源与崇拜问题。海豚并没有人类那样复杂的思维能力，但当突然看到力量远大过自己的同类时，畏惧之情油然产生，这种心理很快演化为崇拜。可以想见，古代人类面对自己根本无法主宰的神秘力量时，就演化为一种原始的宗教崇拜。这种宗教崇拜久而久之，就演变为一种社会性思维模式，一种重要的文化理念，其存在有了一定的合理性和现实意义。海豚的崇拜似乎是低级的、盲目的，那么“我们现代人类呢？每天不都在产生新的宗教观念？没有神我们也要造一个出来！我们能够讥笑海豚阿聪的愚蠢？我们有时候比它愚蠢得多！”(《海豚之神》)科幻资深编辑杨实诚的解读更直切：“郑文光的《海豚之神》写了海豚阿聪由于追随在被训练员鲁石川戏称为‘神’的大黑海豚左右，多次被大黑海豚击伤，仍然至死不渝地跟随，最后未达到目的竟伤心地死去。作品写这样的题材难道仅仅是为了描述动物行为研究的一个重大突破方面，或揭示一下原始人类宗教观念是怎样产生出来的吗？不，作品高就高在通过这一题材有力地谴责了现代造神派！林彪、‘四人帮’大搞造神运动，把马列主义、毛泽东思想当作宗教教条，强迫人们去膜拜，坑害了人类中多少‘阿聪’啊！”②

在科幻民族化探索之路上，郑文光尝试将更多中国元素携入作品，在中篇《古庙奇人》中，故事情节就始终充满东方神秘主义色彩。作者袒露他对中国文学的爱好源于童年，最初仅仅是深深的感动，为人物的命运，为起伏的情感，但渐渐地他开始分析其中的奥妙，并自信找到了东方文学的神韵所

---

① 郑文光.《郑文光科幻小说全集》序［M］// 郑文光. 郑文光科幻小说全集：第 2 卷. 长沙：湖南少年儿童出版社，1993.

② 陈洁. 亲历中国科幻——郑文光评传［M］. 福州：福建少年儿童出版社，2006：168-169.

在。作者在小说中借鉴传统小说模式来构思情节，上天入地，世内世外，以禅寺为代表的古老乡土文化和以火箭为代表的星外文明有机融合在一起。故事从直升飞机突然出现故障开始，到主人公奇异死亡结束，悬念迭起，疑窦丛生，颇具古典小说那种情节的变换和迷离之感，表达了作者对“封闭式”社会缺陷的反思。① 沿着这一思路开掘的另一部作品《大洋深处》，则以 80 年代人们热切关注的科学探索话题“UFO”和“百慕大”之谜为背景展开情节构思。写一艘中国海船在大西洋失踪了，船上员工全部“葬身鱼腹”。十年后，传来消息说一个叫庾家全的海员还活着。他的后人沿着提供的线索寻找，到达指定海域不幸撞见飞碟，三个青年消失了，他们苏醒后发现来到了海底实验基地，他们的父亲原来也被囚禁在这里。这个基地是由一个叫洛威尔的物理学家建立的，他秘密从事“物质—场—物质”的转换试验，目的是实现物质和能量的高速传送。洛威尔进行试验的真正意图是什么？这个与世隔绝的独立王国并非坚不可摧，一次剧烈的海震就使它遭受了毁灭性打击。小说不仅以科学幻想的形式解答了“UFO”和“百慕大”之谜，而且对违背人性的社会制度进行了否定。作品发表后反响巨大，有评论认为：“《大洋深处》具有软科幻小说的一切优点，他（郑文光）在小说中成功地塑造了洛威尔教授和洛丽两个典型形象，继续表述他对‘封闭系统’的反思……是一部美艳绝伦的艺术品。” ②

20 世纪 80 年代，“郑文光的笔触更加贴近生活，不少作品都是通过科学幻想构思去折射发生于 1960—1970 年代的那场浩劫给人民带来的深重灾难，或者表现真善美与假恶丑的搏斗，或者勾画人的灵魂的扭曲。” ③ 为此，湖南人民出版社编辑出版了一本科幻小说集《郑文光新作选》。在该书《前记》中，作者首先表达他对科幻创作的执着信念，认为科幻不但能激发少年儿童的科学兴趣，而且还具有丰富的表现力，即“科幻小说有它固然可以驰想千万光年以外的世界，展示千万年以后的未来；它更可以直接反映现实生

---

① 陈洁．亲历中国科幻——郑文光评传［M］．福州：福建少年儿童出版社，2006：166.

② 彭辛岷，彭钟岷．大洋深处与科幻小说的民族风格［J］：科学月报（增刊），1981.

③ 同①，第 173 页．

活，而且由于采取了特殊的手法，它可以在更广阔的背景上、更绚烂的场面间、更深刻的哲理中表现出我们时代生活的各个错综复杂的侧面”。[①] 因此在这个集子中，“我尝试着用科幻小说的形式来表现我们的社会现实。我希望自己的作品在探索我们的时代和人民的精神风貌、社会意识、价值观念、道德规范、科学信念等方面，能够有所创新”。[②] 它是郑文光反映现实的“全方位”尝试，全书由八个短篇组成，其中涉及“文革”题材的就有四部，占据二分之一。对于这一创作倾向，郑文光当时在写给时任中国作协党组书记处书记鲍昌的信中谈道：“今年以来的科幻小说，我力图另辟蹊径，这是外国没有的。外国的作品比我们的作品高，主要是幻想的大胆，立意新，知识性强。但是，我力图更多地写社会，即把科幻小说写成与其他小说差不多。”[③] 可以说，反映现实涉及政治，将“文革”题材引入科幻，郑文光是提倡最多、作品最多、也是成就最大的作家。《史前世界》《星星营》和《命运夜总会》就是“直面现实生活”的代表。《史前世界》通过工读学校学生方立炎历经模拟的史前时代后被感化的故事，说明不同的教育方式对培养改造青年的作用。如果一个民族不重视文化知识，不尊重人才，那么这个民族是没有希望的，《星星营》恰恰上演了这样一出人类悲剧。作品写在“文革”中一批造反派如何丧心病狂地利用新技术——“反激素”药物使人性退化的悲剧，表达了“旧社会把人变成鬼，新社会把鬼变成人”这一严肃主题，作家还想借这部作品强调我们今天的幸福来之不易。《命运夜总会》努力逼近生活，镕铸了作者对现实的深刻思考，把自己在香港的生活进行了深度提炼，采用了独特的表达方式，层层展现了个人命运受制于社会时代这一主题。这篇小说颇费作者心力，但结果却并不令人满意，作品遭受读者非议，有人甚至质疑，它究竟是科幻小说，还是纯粹的写实文学？这样的反映既是郑文光所期待的，却又不得不引人深思。

---

① 郑文光.《郑文光新作选》前记［M］// 郑文光. 郑文光新作选. 长沙：湖南人民出版社，1981.

② 同①。

③ 陈洁. 亲历中国科幻——郑文光评传［M］. 福州：福建少年儿童出版社，2006：170.

（三）

科幻小说可以写现实，但必须重视“科学建构力”，否则就失去了它独特的审美意蕴，成功的西方科幻正是那些将二者完美结合的作品。在现实主义道路上深度开掘着的郑文光因此意识到，科幻可以反观现实，但不能像现实主义文学那样摹写现实，于是他积极调整创作思路，在保留对社会及人生哲理思考的基础上，增强科幻的“科学建构力”。《天梯》《孔雀蓝色的蝴蝶》《神翼》《战神的后裔》等作品便寄予了这样的创作理念。

《天梯》讲述几个中国学者、公安人员、小孩闯入一条神秘隧道失踪了，三天后到达南美洲的金字塔中，为了回到出发地，主人公宋志旋重返塔中，结果花了四年时间，钻出地面一看，这里不是他日夜思念的祖国，而是冰封雪冻的南极，究竟是怎么回事呢？这个以“时空隧道”为背景的科幻故事悬念重重，作品以其丰富的科学内涵使读者深感知识造成的深度与厚重。《孔雀蓝色的蝴蝶》故事平凡而神奇，一群烂漫的小朋友在圆明园废墟上戏蝶。那些蝴蝶聪明极了，竟然懂得人类的语言，还会“8 进制”数学运算。它们的长相也很特别，地球上怎会有八只脚的蝴蝶？最终才知道，原来它们是星外来客！这部充满童趣色彩的作品，是郑文光专为少年儿童量身定做的，因为在郑文光的心目中，少年儿童是第一位的，为孩子写作是他人生的一大夙愿。《神翼》也基于这样的创作理念，主旨是——追求科学事业是高尚的，只有将科学贡献于人类进步事业，才会创造出灿烂的明天。如此正统的主题，倘使没有生动的故事情节，没有鲜活的人物形象，作品就会流于平庸。在这部小说中，两件神奇的飞行衣和两个可爱的飞行“少年”，便演绎出一幕幕精彩故事。小说由系列短篇组成，相同的主人公将这些故事串联成一部长篇。小说出版后荣获中国作协 1980—1985 年优秀儿童文学创作奖，1990 年又荣获第二届宋庆龄全国儿童文学银质奖（金奖空缺），授奖评语是：“这部长篇科幻小说在科学内容与艺术形式的统一、幻想与现实的结合上都处理得相当完善。作品中的小主人公冯丹青、于小鹤性格较鲜明，她们的追求及奇遇，会扣动小读者的心弦，将有助于启迪、激发他们对科学的兴趣。全书情节生动曲折，引人入胜，注意到儿童文学的语言特点，艺术功力较为深厚。”①

《战神的后裔》是郑文光封笔之作，也是将现实与未来美妙交融的科幻佳构。郑文光曾三度涉笔火星，从创作火星开始到最后以火星结束，足见这个题材在作者创作生涯中的非凡意义。《战神的后裔》是在《火星建设者》基础上改写而成的，写的仍是一群宇航员殖民火星的故事。虽然故事框架没有太大的变化，但从人物性格到情节背景的复杂性上，已看不到多少原来的影子了。作者在这部十五万字的长篇小说中塑造了一组英雄群像，他们是来自地球的火星开拓者，为了人类共同的理想，历经艰辛，甚至付出生命的代价。《火星建设者》中的主人公于文、薛印青26年后在这部作品中重新出现，但在这里，开发火星已变成了一项蓬勃的、真实的、令人信服的、全人类的事业。薛印青是个从火星归来的未来地球人，却不小心走错了时代，来到了一个既不属于他的今生也不属于他的来世的尴尬时代，这种来自心灵深处的孤独与悲哀深切地打动了读者。现实的厚重与逻辑的严密，以及建立在科学之上的瑰丽幻想，使这部作品既融合又超越了科幻与主流文学的界限，这与其说是郑文光科幻创作辉煌的终结，毋宁说是他为中国科幻树起的一座精美的文学丰碑。作为科幻作家，“他勤奋写作，不懈追求，以鲜明的风格在科学文艺园地里独树一帜，成为我国科幻小说界的一员主将。”② 遗憾的是，1983年，进入创作佳境的郑文光因脑中风被迫停止了创作。

二

科幻小说固然以情节取胜，但事实上，许多经典科幻作品因其成功的人物形象而得以传世。所以，与其他文学一样，塑造丰沛的人物形象是科幻小说创作的一个重任。当然，科幻小说自身的文体特质决定了人物的类型化倾向。作品主人公往往被限定在教授、研究人员、工程技术师等知识分子之列，这些具有明显的科学职业标志的形象，若不丰满就流于扁平，或沦为科学观

① 郑文光.《郑文光科幻小说全集》序［M］// 郑文光. 郑文光科幻小说全集：第3卷. 长沙：湖南少年儿童出版社，1993.

② 浦漫汀. 儿童文学教程［M］. 济南：山东文艺出版社，1991：446.

念的传声筒。在《飞向人马座》《战神的后裔》《大洋深处》等代表作品中，郑文光始终把刻画有血有肉的人物形象作为自己的创作使命。

（一）科学英雄人物的精神风采

郑文光小说着力刻画的是一群生长在共和国土地上的科学“英雄”。这些英雄具有怎样的精神气质？郑文光在《沙鱼侦察兵·前言》中有明确表达：这些“站在‘明天’的门槛上的人，应当是完全粉碎林彪‘四人帮’一流丑类所加于我们民族身上的精神枷锁，完全摆脱几千年封建专制制度所加于我们民族身上的灵魂桎梏——一句话，他们是‘现代化’的社会主义新人”。[①]与那种穿着白大褂，在实验室按按钮，或坐在安乐椅上对学生讲解知识的“百事通”形象不同，这些“社会主义新人”是一群处于“动感地带”的科学探求者。郑文光将人物统统置于艰险的科学之路，写他们的劳动和爱情、痛苦和欢乐。在精神面貌上，与以往科研工作者也有很大差别，他们已从“面对历史，背对未来”的思维窠臼中解脱出来，迈步在社会主义现代化建设的未来征途上，对科学与大自然作不懈地追求与探索，是“社会主义新人”鲜明的精神气质。

郑文光的扛鼎之作《飞向人马座》之所以深得读者青睐，不仅因为讲述了一个极具传奇色彩的宇宙探险故事，更重要的是成功塑造了一系列充满生命张力的英雄形象。小说开篇就将人物推上了“风口浪尖”：我国宇宙飞船“东方号”受外界干扰意外升空，驶向了茫茫宇宙，上面乘着三个少年。飞船越飞越远，越飞越快，当燃料用完，飞船加速到四万公里每秒时，“他们正在离开太阳系，他们很可能终生离开地球，离开故乡，永远在寂寞的宇宙空间流浪，直到一切储藏的食物都消耗完毕……”无论是跃入虚空的少年，还是身在地球盼望着的亲人，恐怖、焦灼、绝望和痛苦交织着的悲哀攫住了每个人的心。是听天由命还是振作起来？其实每个人的行动就是他们的精神体现。

小说刻画了两代航天人的形象。邵子安是宇航局总工程师，他将自己的青春献给了宇航事业。他不是“书斋里讨生活的学者”，常年工作在烈日和风

① 铁璀．郑文光和他的科学幻想小说［M］// 黄伊．论科学幻想小说．北京：科学普及出版社，1981：150–151.

沙的宇航基地，这使“他的轮廓分明的脸显得黧黑和粗犷，几道沟壑般的皱纹已经深深刻在宽阔的前额和鼻翼两边、太阳穴上。其实他今年只有四十八岁”。作为专家领导和失去两个孩子的父亲，邵子安遇事临危不乱，努力压抑着悲痛，保持冷静，他“纹丝不动地坐着，还是蹙着双眉，目光像两把锥子一样锋利，仿佛要刺穿这旋卷着的雪雾”。在突发性重大事故面前，这个经验丰富的科学家所表现出来的那种超乎寻常的坚毅与隐忍的品德，征服了读者的心。在他的指挥下，地面科学工作者对意外升空的飞船展开了积极有序的营救工作。

这部小说人物塑造的重心是青年一代，如果说作者对科学前辈流露出的是敬仰之情的话，那么对青年一代则是感同身受的理解和喜爱。邵继恩是邵总的儿子，被意外抛入太空时，还是个高中生。“东方号”燃料用尽，回归地球无望，眼看就要成为一颗永远漂流在宇宙的人造天体了。现实是何等残酷！但邵继恩没有灰心，也没有坐以待毙，而是发奋学习，在航程中努力学习宇航技术，并给另外两位同伴以信心和力量。如文中所述：“邵继恩决不是一个轻易屈服的人。从很小的时候起，他就是一个镇定、沉着而且顽强的孩子。确如总指挥所说，他就是第二个邵子安。自被抛到宇宙中的那天起，邵继恩就担当了独立的领航人的角色。在一艘无法操纵的宇宙飞船上，他得随时随地和各种各样危险、意外、灾难做斗争。六年过去了，他在勇气和学识上都大大成长了。当年的一个宇航预备学校学生，如今已经掌握了多种的专业知识，而且学会了惊人沉着地控制自己意志的艺术。在最初的惊惶和恐惧的冲击过去以后，他就像解方程式一样顽强地思考着如何迈过这道难关。”在他的带领下，三个孩子把“东方号”变成了一所学校，迅速成长为优秀的宇航员。在长达八年的宇宙生涯中，他们历经艰险，克服重重危难，最后和祖国派来援救的“前进号”成功对接，创造了科学奇迹。试想，一个毫无准备、十八岁就匆匆走上宇航道路的青年，他的举动多么可贵！他在专业上体现出来的那种刻苦钻研精神，那种“有志者事竟成”的志气，极大地鼓舞和鞭策了当时的广大青少年读者，可以说，在这个青年身上，寄托了人们对科学英雄的所有期待与向往，堪称时代楷模。

为了增强人物形象的立体感，除了表现科研精神，《飞向人马座》还花费相当笔墨描写年轻人的友谊与爱情，通过纯真的情感展现他们的忠贞品质。宁业中是小说中另一位出色的青年，他没有去太空，但为了寻找失踪的“东方号”，潜心研究，“三年的岁月在他身上留下印记：近视眼度数深了，本来是高高瘦瘦的个子，现在略略有点儿驼背。他在学校里是拔尖又拔尖的学生，连教授们都说，他是未来的诺贝尔奖奖金获得者。‘博士’的绰号在他身上粘得更牢固了。”正是他研制出的中微子电讯仪，才成功地找到“东方号”。这是一个对科学无比执着并怀有强烈使命感的人，但作者并没有把他写成一个科学圣徒。在感情上，他是那么的热烈丰富，对岳兰心向往之，但又深知这份爱情本不属于他，所以将爱深埋于心，最后很自然地转化为高尚的友情。这样可爱的青年，在《飞向人马座》中并不鲜见，美丽聪慧的女宇航员岳兰、憨厚的钟亚兵、活泼天真的邵继来、开朗坦率的女宇航员程若虹等莫不如此。当然与现实生活比，这种情感是有些过于理想，但郑文光认为，科幻小说写人物，倒是适宜于带点理想化的，这样更具浪漫色彩。所以，《飞向人马座》既是一幅壮丽的宇宙进军图，又是一曲信守科学理想与神圣爱情的赞歌。作者为我们勾勒出的未来科学工作者群像，无论是年长的科学家、领导，还是年轻的宇航员，都焕发着独特的个性魅力。

中外科幻小说，关于火星题材的作品真是举不胜举，但郑文光的《战神的后裔》不仅为我们描绘了地球人殖民火星的壮烈场面，更可贵的是，它还展现了那些在火星上的创业者的英雄风采。这些宇宙英雄大都来自中国，他们的目标是将火星建设成为人类的第二个故乡。于文就是其中的代表，他原本是上海某研究所的核动力工程师，从容貌看，“他的脸也没有特别动人之处，不错，眉毛很浓，很黑，眼睛也十分明亮。有一圈总是刮得发青的络腮胡子，言词爽朗，动作敏捷。他的笑容是格外富有魅力的，他很喜欢笑，不是那种放肆的、毫不顾忌的大笑，而是从心坎里发出的真诚的笑。”为了深入刻画这一核心人物，作者借助书中人物“我”——薛印青的视角，通过“我”的零距离接触，感知这一人物的精神世界。“我十分喜欢于文，他只比我大 5 岁，却显得深沉、睿智、成熟，胸有成竹，不慌不忙。”他的思想深邃，语言富有感召力，“这个仿佛能够看透我的肺腑的人：我平素虽然说不上能言善辩，却总算是思路比较敏锐，语言也绝不迟钝的人，但是和于文谈话，就像在一条滔滔大河上戏水的孩子。大河一泻千里，背负着轮船和舢板。至于还有我这个小小的弄潮儿，对他，是无关重要的。”他是火星建设的发起人，“我有一个开发火星的计划。利用火星的资源，在火星上建设一批农村和城镇，种庄稼、开矿、发展工业，当然，也进行科学研究，甚至……甚至文娱设施，是的，火星上应该有自己的歌剧院和体育馆，跟地球一样。”这是一个有着远大抱负、纯粹追求事业、完全脱离了低级趣味的人。“我总感觉到于文身上有一股不可抗拒的吸引人的力量。你知道有的人之所以吸引人，是凭着他或她的美貌；有的人，是凭着风度；还有的人，是凭着聪明才智。而于文，是凭着什么呢？……我觉得，主要是那种对事业的执着的热爱，对理想的一往无前的追求，对人生采取一种进攻的、百折不挠的态度……”于文如此优秀，但作者并没有把他塑造成一尊神，也没有让他远离人间烟火。想想看，一个敢于提出建设火星计划的人，该有多大胆识？依据常理，这种人不是疯子，便是狂人。不过有一点不错，产生这一想法的根源，很大程度上缘于他性格中那份与生俱来的热情。“一半是海水，一半是火焰。”（王朔）这既是他的优点，也是他的缺点。于文自我解剖：“我的全部性格的弱点中，最致命的是那火一样的热情。那种总是不自量力要献出自己，给人温存，给人支持，给人关怀，甚至给人爱情的那种不能自已的感情，好像烛光一样，烧尽自己”。正是这种热情促使他产生了宏大的理想，但这种热情若把握不当，则会转化为冒进的行动。事实证明，在火星建设的具体过程中，由于缺乏足够的谨慎而导致的意外伤亡，与他本人不无干系。同样，这种热情在爱情上也受到影响，由于缺少理性了解，致使他陷于漫长痛苦的婚姻挣扎中。于文是一个敢于幻想，又敢于付诸行动，并为此牺牲自己生命的英雄，悲壮是他的人生主色调。

郑文光笔下的英雄绝不雷同，《太平洋人》中的陆家骏就是一个个性鲜明的人物。他是一名宇航员，正值宇航生涯的黄金时期，曾驾驶飞船捕获小行星，从自身条件上看，好得令人羡慕。[①]然而作者却让主人公背负心灵的十字架：八年前，他的未婚妻方冰死在一次火星沙暴中。这是他人生的精神重创，尽管以后的宇航任务中他都载誉而归，但却无法抹去心中的伤痕。他觉得如果当初在工作环节上再细心些，就不会导致那场悲剧，也就不会失去心爱的恋人。这种悔恨、愧疚与自责交织着的痛苦时时啃咬着他的心，致使他在面对肖之慧这个性格与方冰极为相似的姑娘的爱情时优柔寡断，处处被动，最后干脆退缩。这是个内心带伤的英雄，比起那些“高大全”式的英雄来，更具生命气息。[②]

郑文光小说中的英雄不光投身于宇航事业和太空探险，还生活在平凡世界里。《仙鹤和人》中的外科大夫郝正中不免让人有些“失望”，他是那么其貌不扬，“只有三十四岁，看样子却要苍老得多。他除了身上的一件白大褂，没有一点像医生的样子，而是像一个司机或者一个钳工。他的脸轮廓粗大，浓眉毛，高颧骨，有一脸络腮胡子。他的模样给人的印象是十分憨厚和真诚。”是什么造成了他这样的形象？是天生如此吗？不，是为了事业，“大学毕业以后，他在西藏医疗队工作，一晃就是八年，前年刚回来，就在市立医院工作，每天都在旋风般的紧张生活之中。郝正中是一个事业心很强、十分刻苦学习的人，他带有浓重的书呆子气息，所以他不但还没有结婚，而且也没有一个女朋友。”是的，事业“耽误”了他的青春，艰苦环境改变了他的容颜，但这并不意味着他就是个“乏味”的人。当爱情来临，他竟也“活泛”起来。他爱上了同事许立颖，常常被许立颖那种忘我的工作精神所感动，共同的科学兴趣将他们紧紧联系在一起。可许立颖是单身母亲，对这支丘比特之箭，她因顾虑而闪避。郝正中读懂对方的心思，用行动回答：爱许立颖，包括她的孩子。他的诚意打动了这对母女，终使对方接受了这份珍贵的爱。这是一个具有科学事业心和家庭责任感的男人，他踏踏实实工作，认认真真生活，在这个平凡英雄身上闪现着中华男儿的优秀品质。

---

① 杨平．超越时代的杰作——读郑文光作品《太平洋人》[C]// 吴岩．郑文光 70 寿辰暨从事文学创作 59 周年纪念文集，1999（3）：199.

② 同①。

科学探索不仅需要严谨认真的态度、百折不挠的毅力，还要有忘我的精神。成功往往以失败、挫折乃至牺牲为代价，这一切在郑文光小说中被具象化。《蚩尤洞》中的齐楚是个概率论专家，与其他知识分子一样，他在“文革”中被下放，身心遭受严重摧残。可“四人帮”的专制并没有使他精神沉沦。当听闻蚩尤洞的传说后，他带着强烈的探索欲，翻山越岭进行科学考察，直至生命最后时刻。这种对科学矢志不渝的献身精神与“四人帮”之流对知识的蔑视，形成鲜明对照，体现了中国科学家的高贵品质及磊落胸怀。而这样的科学家无疑是祖国的希望，民族的脊梁。文明的进步往往以废墟和白骨为代价。在郑文光的小说中，为科学献身者不在少数。《太平洋人》中宇航员陆家骏的女友方冰是我国首席女宇航员，她第一次到达火星后，就牺牲在了那里;《飞向人马座》中岳兰的父亲、核动力工程师岳悦，在一次爆炸事故中壮烈牺牲;《战神的后裔》中钱小娟的父亲钱之江、方恒、江如虹等则在开发火星中相继献出了宝贵的生命。这些英雄人物，为了人类的科学进步，即使牺牲生命也在所不惜，他们的精神激起时代青年探索科学的热望。

郑文光的这些作品诞生于“文革”后最初五年，当时，中国进入现代化建设的伟大历史时期，社会需要高扬正气，祖国也迫切呼唤有文化、懂专业的科技人才。而涌现于郑文光小说中的这些英雄，之所以让人掩卷难忘，就在于他们是有感情、有思想的血肉之躯；他们执着追求科学真理，具有强烈的科学探索精神；他们操守坚贞，道德高尚。小说通过描写他们的友谊和爱情、欢乐和痛苦、成功与挫折，生动鲜活地体现了这些科学英雄者的精神风貌，他们的完美人格和崇高形象寄托着未来中国科学事业的希望和追求，闪烁着理想主义的人性光芒。

（二）“科学至上”者的人生态势

郑文光科幻不单是一曲科学英雄主义者的赞歌。随着对人生和现实认识的深入，人性复杂的一面在他小说中占据越来越重的分量。由于种种缘故，一些科学家走上了为科学而科学的道路，在“科学至上”的旗号下，其行为背离社会，人生追求走向偏执，甚至走向反人类。为了真切刻画这些人物，郑文光亦将他们置于各种人际关系中，通过错综复杂的矛盾冲突来发展个性。

人性是复杂的。“绝对的善与绝对的恶，都是不存在的。善在成为人性的主要倾向时，若无隶属于恶范畴的其他人性因素，这样的善是苍白的，缺乏力度的。……了解人性的小说家们，往往都是将精力用在人性中的诸种因素的纠缠与冲突上——不是写人性，而是写人性的纠缠与冲突。他们可能将其中的某种因素择为主流，但在让这支主流前行时，绝不会给予一个又宽又直的河床，而是让河床弯曲，并且会有许多支流不时涌入这一河床，形成撞击与喧嚣。”[①]《战神的后裔》本来塑造的是一群可歌可泣的英雄，穆玉英作为于文的妻子，起初积极支持丈夫的事业，她不但是火星开发者中的元老，而且颇具领导才能，她当之无愧属于其中的英雄。然而，遗憾的是，她在追随丈夫探索科学的道路上，忽视了科学发展的宗旨，这不但使她与丈夫拉开了情感的距离，而且在思想上与那些真正的英雄分道扬镳。为了和于文形成对照，作者同样借用“我”的视角来了解穆玉英。刚来火星时，她的确是一个模范领导：“那年大概刚满 30 岁，高大、丰满、仪态大方，一下子就成了我们这支队伍的灵魂。……这个风度翩翩、说话优雅、举止得体的女人，显示出一种说不出的高贵气派，她就像是一位降贵纡尊、莅临尘世的女神——就像希腊神话中那些婀娜多姿的女神……总之，她就像是这支先遣队的保护神。她也确实落落大方地把她的恩惠均匀地赐给我们每个人，包括她的丈夫。”虽然于文是考察队的队长，但“穆大姐是队长的队长”。在“我”看来，他们虽然是夫妻，却不那么般配：“于文像一块煤一样朴实，也像一块煤一样不起眼，……而穆玉英呢，走到哪里，那儿仿佛立刻给她照亮了。她就像一颗精工琢磨过的钻石，无论在哪儿，她都是人们注目的中心。”她不只形象“光彩夺人”，语言也比于文更富鼓动性：“穆玉英是一个善于辞令的演说家，她很快把我们带入火星远景规划中。她所描绘的火星未来是那么美好，那么壮丽，那么迷人，使我们完全忘却了身在一间 12 平方米的小房间，桌上只有几个罐

---

① 曹文轩. 小说门［M］. 北京：作家出版社，2002：258–259.

头的寒伧的宴会。”这样的人物似乎只适合分享成功与胜利，挫折和失败与她无缘。

“实践是检验真理的唯一标准。”在实际行动中，“我”看到了一个更加真实的穆玉英：在火星上遇到的第一次灾难就是尘暴带来的地震（确切地说叫火震），大地猛烈颤动，发出震天动地的响声。“……余震还在继续，但是各个营地的人都跑了出来。跑在前面的是穆玉英，她的身体虽然十分富态，却跑得很快。她的脸本来就很白皙，现在变成一片惨白。她一边喘着气，一边嚷嚷：‘老天怎么这样祸不单行呀！’……穆玉英沉着、自信的风度已经消失，在我面前是一个张皇失措、白大褂半敞、脖子上的听诊器荡来荡去的女人。她大口大口地喘气，拽住我的衣服——不知为什么没有拽于文，直把我朝当临时病房的板棚里拖。”“我眼前那个一向自信、傲气、文雅的穆玉英不见了，她现在是一个心神不定、被吓坏了的女人。”哪里还有领导的风度？作为一名医生，她竟丢下那些还在病床上呻吟的伤员，独自逃生，这简直就是一个“科幻版”的“范跑跑”。而当风暴过后，一切归于平静，穆玉英也恢复了正常，“她不还是一个挺可爱的、彬彬有礼的女人吗？举止得体、干练，而且非常能干，她几乎能支使任何人去做她想做的事。她又恢复了女王般的神气。”倒是“我”对自己的判断发生了怀疑，并且开始替穆玉英找寻种种开脱的理由，其中最具说服力的一条是：“我就想准是该死的尘暴把人的神经弄得失常了。”

在异常状况下，人人都有“失态”的可能，因此这样的“失态”很容易取得大家的谅解；可如果一个人在正常情况下还继续“失态”，这就令人费解了。“我”的妻子江如虹在火星开发中意外怀孕了，若在地球，这是多么幸福的事情，但在火星的特殊环境下，这个消息叫人喜忧参半。因为火星环境与地球完全不同，有可能发生各种不可预测的结果，所以妻子去找穆玉英商量，要不要保留这个胎儿。穆玉英劝说如虹还是生下来，并坚持说：“生！哪怕是做个试验也好。”“这番话给我的震动一定不小：做个试验！我们是豚鼠吗？穆玉英能说出这种话……”在道德伦理层面，人们对科学一直争论不休的话题是：“在非常境遇中，科学探索和人的生命孰重孰轻？按理说，科学探索是为了改善人类的生存情况，科学是人的手段，人是科学的目的，所以当然是人更重要。但在科学探索的现实中，因为牵涉到从事科学工作的人的利益、荣誉、虚荣心等一系列问题，这个本来浅显的问题就变得复杂了，人们常常忘记了自己从事科学的初衷，而往往和科学的本质背道而驰，原本为人服务的科学因此反而成了人最大的敌人。这实在是人的悲哀，也是科学最大的悲哀。”[①] 科学发展是为了人类文明的进步，“以人为本”的观念早已深入人心，穆玉英却偏偏忽略了这一点。这俨然是一个科学狂徒。接下来，我们还会看到一个怎样的穆玉英呢？于文认为，既然要把火星建设成人类的家园，那么在火星上，就要适于各类人的生活，因此他提议，将自己的孩子首先接到火星上来，可穆玉英坚决反对。后来虽然于文坚持将孩子托人带了过来，穆玉英却为此耿耿于怀，而且当孩子落水发病后，她就再也不肯原谅于文，绝然带着孩子离开了火星。“严以律己，宽以待人”，这是考察队队长于文的行为准则，这个标准在穆玉英那里进行了倒置，成了“严以律人，宽以待己”，这就不难理解于文的婚姻为何不幸。各行各业都会产生英雄，火星建设是一项光荣而神圣的事业，不是每个人都能胜任的。因此，他们必须严格要求自己：“坚持高标准，这是不可免的。未来的宇宙公民应该在体魄上、胆略上、智慧上、道德上都是十分卓越的人，不能容许任何南郭先生混在里面。这不是这个人那个人的问题，这是地球人开拓宇宙的事业。”这个标准是针对真正火星英雄的，对穆玉英而言的确太高。可以说，除了于文，在小说中，这个人物的性格展示得最为充分、全面，亦最见力度。

“人性是由错综复杂的因素构成的，单一因素的人性是根本不存在的；人的一生，是在这些具有差异性的甚至是互为对立的因素之间徘徊、晃悠，很少能够一味地张扬于其中一种而不受其他因素的干扰。”[②]《大洋深处》中的科学家洛威尔教授即是如此。洛威尔教授出生于欧洲某国，为避免反动政治家、军火商将自己的发明成果用于战争，深入海底，建立与世隔绝的科研王国。作为一名科学家，他持有先进的科学手段，本领超凡，但他似乎并不崇

① 陈洁．亲历中国科幻——郑文光评传［M］．福州：福建少年儿童出版社，2006：172.

② 曹文轩．小说门［M］．北京：作家出版社，2002：258–259.

高，在科研进程中，屡屡损害他人利益。人们不禁质疑：他搞科研的真正动机是什么？他的科研成果是为了造福人类，还是为了称霸世界？洛威尔教授到底是个什么样的人？

作者调度小说在场人物的不同感受来明晰这一形象。在女儿洛丽的眼里，他既是一个世界顶级的物理学家，也是一个伟大的父亲。终身执着于自己的研究，在“物质——场——物质”的转换研究中，取得了杰出成就，完全具备获诺贝尔奖的资格。但他淡泊名利，受到持不同政见者的排挤后，愤然离开祖国，带着孩子一起钻到大洋深处，建立自己的试验基地，继续从事科学研究。他对待科学的态度是那么严谨，一丝不苟，像是天生只为科学而来。从血缘亲情角度看，这是个集温柔、宽厚、体贴于一身的慈父。为了女儿能吃到可口的饭菜，他捕获了一名中国船员长期为其服务；为了解决女儿成长中的感情需求，他又抓获了几个海上寻亲的青年。他时时处处为女儿着想。不难理解，即使在生死抉择关头，女儿为何放弃爱情，选择与父亲魂归海底，这段深厚的父女情，像一串美丽的音符深深叩动了人们的心弦。但这还不是洛威尔教授的全貌，在中国船员庾家全及家人眼中，这个人物又呈现出另外一面：他是个愤世嫉俗者，虽然隐伏海底，却时刻窥视地球表面的权力与财富。他为人乖戾阴鸷、专横跋扈、冷酷无情，为了一己之利，完全不顾他人感受。在这固若金汤的独立王国，秘密从事科学研究，并非为了人类文明进步，而是伺机有一天凭借手中强大的科学武器独霸世界。在他们眼里，洛威尔就是一个科学“超人”与政治野心家的合璧，是一个矛盾的“复合体”。

若说郑文光在《大洋深处》中塑造的洛威尔具有“多棱”性格的话，那么《命运夜总会》《古庙奇人》《星星营》中的徐国胜、曾教授、丰华川同样具有“多棱”性。在“四人帮”横行年代，徐国胜利用超声仪通过损害无辜的革命干部的脑神经，进行威逼利诱。“文革”结束后，他又潜藏于H港，继续将超声仪运用于商业活动，屡屡做出伤天害理之事。这完全是个集科学败类与政治流氓于一身的“罪人”，但作者并没有将他写成十恶不赦的坏蛋，这个人在坏事做绝之后，幡然醒悟。这是一个让人可憎又可怜的时代牺牲品，在他身上所体现出的是个人的命运受制于时代的悲剧感，所以，他的自我戕害并没有带给人们以罪有应得的快感，而是令人窒息的叹息和对社会的深刻反思。《古庙奇人》中的曾教授是个卓越的科学家，他“甚至能把脑浆迸裂的人救活。但是不知为了什么缘故，他孤独地躲在这阴森森的古庙里，远离人世，做他的科学研究。他不愿把发明公布，不愿出名，不，他甚至不愿世人知道有他这么一个人。他有伤心的往事，还是愤世嫉俗到了可怕的地步？要不就是他有什么难言之隐，不愿意接触社会？”所以才告别世俗繁华，隐姓埋名？一次偶然机会，有个叫卢时巨的地质工作者，闯入了他的生命禁区，扰乱了他平静的生活。经侦查发现，原来这个具有“卓越的科学知识”和“一颗冷酷的心”的科学家，并非自由王国里的主人，主宰他命运的是一个叫“大地爷爷”的人——一个八年前来自天狼星的外星人，在古庙下面建立了巨大的地下实验室，成为他征服地球的基地，而第一个被征服的人就是曾教授。原来这个貌似主宰他人命运的“征服者”，实质上却是一个彻底的“被征服者”。

在郑文光小说中，读者很难见到纯粹的科学坏人，但“坏人还真有”（季羡林语）。小说《星星营》中的“王政委”，就是“文革”时期特有的变种。他一开口说话就坦率得令人生厌，他的气质是“一副把整个世界踩在脚底下的气概”，无论腔调还是行为，都俨然一副武斗分子形象，他的理想是用手中的武器“去冲杀出一个红彤彤的世界”。在荒唐岁月里，这个“从来没把知识分子看在眼里”的野心家，却利用了科学这一神圣武器，亵渎了人类的尊严。在他的迫使下，一个叫丰华川的医药学家在科学研究中走上了歧路，他在给人们注射所谓的“反激素”，进行“返老还童”实验的时候，意外地触发了人类返祖现象。面对这种灾难，丰华川经受良知的谴责，但这个结果却达成了“王政委”的目的。“先进的医学科学落到这伙十恶不赦的坏蛋手里，竟然变成摧残人类的工具。在自然界，从猿到人曾经经历了漫长的岁月；可是这伙坏蛋却利用了科学技术，使人倒退为猩猩。这是令人发指的行为，这是对整个人类，不，对整个大自然犯下的可怕的罪行。不难理解，为什么丰华川精神失常了。任何人，从事这种灭绝人性的‘科学研究’，都只能以精神失常告终！”（《星星营》）“王政委”也引火自焚，他们的形象昭告人们：要敬畏自然，敬畏生命，如果科技用于施暴，受惩处的最终只能是自己。这些“科学至上主义者”的产生与他们所处的社会环境休戚相关，所以每个人物形象都蕴含着深刻的文化反思。

文学创作中的人物均属虚构，科幻小说的人物更加超离现实，要成功塑造科幻人物，并非易事。纵观郑文光小说中的人物，无论是那些闪耀着理想色彩的科学英雄，还是因人生观不同而目的各异的“科学至上者”，这些形象之所以生动，是因为作者将他（她）们置于复杂的故事背景中，通过人物的言行举止、心理活动等立体式刻画来展现其性格特征，挖掘其内心世界。唯其如此，郑文光小说的人物才摇曳生姿，亲切而富于“现实”感。他的小说对中国新生代作家的科幻创作产生了深远影响。

波

◎ 王晓达

我,《军事科技通讯》社的记者，奉命去北疆88基地采访。任务么，现在也不用保密了，是去采访波–45防御系统的工作情况。命令就是命令，当天我就出发了。虽然我从军事科技学院毕业后，分配到这令人羡慕的军科社当科技记者已整整两年，但独自去采访像88基地这样的重要任务还是第一次。我尽可能详细地拟好了采访计划和提纲，可是，一到基地后的事态发展竟是那么出人意料……

紧急警报与13−12=0

我是傍晚到达基地专用机场的。迎接我的竟是军事科技学院的老同学马攻坚。他给我一拳作为见面礼，我也回敬了他一掌。我正要问他话，小马却正色地对我行个军礼，然后把手一伸:“证件！”我愣了一下，就公事公办地把采访命令和执勤通行证递给了他。小马认真地看了一眼，笑嘻嘻地对我说:“例行公事也不能马虎，但工作证就不用看了。上车吧，张弓！”他还习惯地把我的名字张长弓叫成张弓，这亲昵的称呼多少打消了我对他“一本正经”的些微不快。

当我坐在自控电动旅行车中，迎着秋风驰骋在高速公路上时，他开始喋喋不休地向我打听老同学的情况。原来，他毕业分配到基地后，几乎和外界没有什么个人的联系。按照规定，在基地以外未经批准是不允许谈论他的工作的，因此我也只有作为大学同专业的老同学猜测他的工作性质，反正离不了高能无线电遥控吧。听他的口气，他对自己的工作是很满意的。

旅行车顺着高速公路走了不到半小时，在一片灌木林前自动来了个急转弯，拐进了一个地道。在地下公路又飞驰了 20 多分钟，就到达基地第一站。88 基地的情况不便多讲，但可以告诉大家的是，基地在我国北疆冰天雪地的深山峡谷地区的地下 100 多米里。尽管是特级保密区，但进入地道后，你见不到一个岗哨和警卫，因为地下的岔道和电子警戒系统已能足够对付任何不速之客了。

在第一站，小马向基地指挥部做了报告，得到的指示是先安排我到招待所休息，明天再开始工作。后来，经我的要求和小马的说明，同意我睡到小马宿舍，他同室的小王正好出差去了。在去宿舍的路上，我简直忘了是在地下了。这里不仅空气清新、光线明亮，而且还有花草和灌木。路旁是整齐的冬青和美人蕉，把车行道和人行道隔开。不多远就有个街心花园，艳丽的月季、牡丹和大丽菊竞妍争丽。而明亮的“天空”竟也是蔚蓝色的。小马告诉我，这是人造“天空”，夜晚就要昏暗，而由路旁墙壁发光。地下居然也分白天、黑夜，室内、室外，也有日光、草地，俨然一个地下世界。

两人住的宿舍很宽敞，家具实用雅致，美观大方，布置也很得当。在四用机旁小马的书架上，我看到除了我所熟悉的有关电子物理、遥控、工程数学等专业书籍外，还有不少化学和生物物理方面的专业性很强的书籍。我抽了一本生物物理书出来，见书中还密密麻麻地做了不少记号摘录，显然不是用来泛读浏览的。

我不解地问小马：“怎么你还钻研这些？”

他一面脱着军服外套，一面回答：“你不是来采访波 -45 的吗？……”

话还没说完，突然床头壁上的红色信号灯连续闪亮，同时蜂鸣器也发出呜呜声。“紧急警报！”小马只说了这么一句，拿起才放在桌上的军帽就往外冲去。跑到门口，他一只手扣着军装的扣子，一只手对我挥了一挥说：“你就在这儿别动，我要出去一会儿。”

情况就是命令，虽然我是记者，但“紧急警报”我怎么能置身事外呢？不用多想，我扣上帽子就跟着小马也冲出门去。过道上人们匆匆走去，气氛很紧张，但都有明确的目标，忙而不乱。广播中指挥部正发布命令：“一级准备，各就各位。”

我跟着小马跑出宿舍，穿过草坪，进入一幢建筑，下楼梯、拐弯……待我跟着小马正要进入门口挂着45-7代号的房间时，我被抓住了。这是门边的一双机械手拦腰把我抱住了。看着小马在房间的屏风后面消失，我只来得及大叫一声：“小马！马攻坚！”

可是回答我的并不是小马，而是屏风发出的严厉问话：“你是什么人？来干什么？”

我挣扎着说：“我叫张长弓，是《军事科技通讯》社的，到这里进行采访的。”

“证件，基地通行证，进入波-45系统通行证！”还是那个严厉的声音，毫不通融地对我提问。不，简直是审问。真见鬼！我才到基地，连水都还没来得及喝一口，哪里有什么这样那样的通行证。而我的采访命令和执勤通行证又交给小马了。可是这一切对这可恶的屏风又怎么说得清呢？眼看在机械手的铁腕中挣扎也没有用，我倒冷静下来了，以稍息的姿态站在那里。我没作回答，那无情的声音又一次重复问我：“证件，基地通行证，波-45系统通行证。”我只好无奈地回答：“采访命令和执勤通行证在马攻坚同志那里，其他通行证还没来得及办理。”这时又有几个军人匆匆进入45-7号房间，他们快步而行，甚至没对我多看一眼。而这可恶的屏风居然一一放行，毫不留难，只是和我过不去。

突然，我想起我和小马进基地时，在第一站已向指挥部报告过。我就对屏风大声地说：“我已向指挥部联系过，我是专门来采访波-45系统的科技记者，半个小时以前在第一站已做了报告。现在情况紧急，不要耽搁我。”本来想再加几句有分量的，如：“一切后果由你负责！”等等。但是，想到我面对的是一座屏风，或确切地讲是一台电子计算机及由它操纵的机械手，再厉害的威胁也是没有作用的，所以话到嘴边也还是吞了下去。想不到我说的这几句话居然“感动”了这冷酷无情的电子机械。半分钟后，屏风发出的声音显得不那么严厉了：“指挥部首长指示，暂时允许张长弓同志在 45 ~ 7 范围内，同马攻坚同志一起参加战斗，并发给临时通行证。”原来这家伙已与指挥部联系过了。机械手松开后就递给我一个银白色的小牌。我松了口气，情不自禁地对屏风行了个致谢礼，绕过它又下了地道，飞步跑去。尽头是一个大房间，一眼就看到小马正襟危坐地在一台有好几个荧光屏和各种仪表、信号灯的大型设备前面。我没好气地跑到他面前，想责问他为什么丢下我不管。只见他指指荧光屏又摆摆手，示意我在他身边坐下。情况看来很严重，左右的人们都各自屏息地注视着仪器设备，我只有忍气吞声了。

小马面前的一号屏幕上，极坐标 30° 方向的 400 公里范围，有一些亮点正向圆心接近。小马悄声告诉我，30° 方向原点离国境线是 270 公里。也就是说，这些亮点离国境不到 130 公里了。他又调整二号屏幕，橙色的荧光屏上放大了的亮点清晰可见，距离只有 300 公里了。我数了一下亮点，是 12 个。小马也同时大声地叫了起来：“12 个？”为什么 12 个就要这么大惊小怪呢？小马似乎知道我的疑问，把记录本上夹着的一张卡片指给我看，只见卡片上打印着：“9 月 20 日 19 时 37 分军委作战命令。88 基地：根据卫星信号分析，敌 SR–17 基地有 13 架飞机起飞，有入侵我国企图。命令你部立即做好准备，全歼来犯之敌。按四号方案执行。”看了作战命令我也惊叫起来了：“怎么是 12 架？”13–12=1，这是再明白不过的了，还有那一架到哪里去了？

三号荧光屏是标高的，只见在 1 万米高空 12 个亮点不断向国境逼近。在现在非战争状态下，明目张胆地大机群入侵确实少见。而在这少见的情况中又来了个 13–12=0，有 1 架飞机失踪了，情况更不一般。是卫星信号有差错？我正疑惑不解时，军委的第二道作战命令又来了。光导传真打字机准确地复述着命令：“……敌 SR–17 空军基地起飞的 13 架飞机中，有 1 架是‘壁虎’式……立即启动波 –45 系统。”

“壁虎”式！我知道这是北方超级大国最近研制的间谍飞机，吹嘘了很久而一直未见问世。据报道是一种高速超低空侦察机，可以“仿形”飞行，也就是讲能贴着山坡、峡谷、建筑物飞行，而自动保持间距 10 米左右。它依仗贴近地面，可掩藏在障碍物的反射波下，一般雷达及电子监视系统往往不易发现。而飞到头顶时，一闪而过，稍纵即逝。加上它本身装备有激光摄影等电子侦察器材，有反导弹、反干扰系统，被吹得神乎其神，说什么是“无所不至，为所欲为”。想不到它今天就来了，而且果然有点名堂，在荧光屏上还找不到它的踪影。

当指挥部下达开动波 -45 系统的命令时，小马打开了壁上的北疆地图。一抹淡蓝色的光晕表示：88 基地的护卫区域。这几乎包括北疆 1000 多公里国境线、纵深近百万平方公里的土地。地图上，在国境线内 200 多公里的工业城市枫市附近地区，忽然出现了一个闪烁的黄色光斑。这表示空中有飞行器，无疑这就是荧光屏上不见踪影的“壁虎”了。好！我们抓住了这个“无所不至”的壁虎尾巴了。

同时，在四号绿色荧光屏上，一个时隐时现的亮点被一组光圈罩住了。当光圈稳稳地围住亮点时，五号屏幕上现出了一架奇形怪状的飞机。机翼短而宽，机身扁平，拖了一条长长的不成比例的尾巴，正作着鬼鬼祟祟的曲折飞行。忽然，这条长尾巴“壁虎”像挨了打一样直往上蹿，随即屏幕上出现了无数亮点和一些莫名其妙的曲线。奇形怪状的“壁虎”模糊不清地逐渐消失了。我不由得着急了，就这样让它溜走？只见小马胸有成竹地按了几个按钮，屏幕上又清晰地现出了“壁虎”。不知为什么，它像喝醉了酒一样在空中东倒西歪地翻跟头。这时，小马如释重负地嘘了口气，靠在椅子背上舒展身手了。

我急于想知道“壁虎”的下场，摇了摇小马的手问道：“怎么还不把它揍下来？”

小马对我笑了笑说：“揍下来？不用。”

我弄不明白，对入侵者难道还要讲客气？老同学是知道我的火爆脾气的，可是他卖关子似的不急于回答我的疑问，反而带我离开了 45–7 号房间。

到哪里去？高速直达通行器把我们送上了地面一块开阔地，使我惊异的是刚才从屏幕上见到的“壁虎”，现在乖乖地停在地上，四周有七八个军人正在指指点点地议论着。这是怎么回事？让柯鲁日也夫——“壁虎”式的驾驶员来讲吧。

被生擒活捉的“壁虎”

下面是柯鲁日也夫的部分供词，我得到允许作了详细的摘录。每当我看这份记录时，眼前总浮现出那大胡子、蓝眼睛的柯鲁日也夫惶惑、游移、莫名其妙而又无可奈何的神态。

“……我们根据卫星侦察，知道枫市有一个新的工业系统。为弄清这工业系统的详细情况，派了几批高空、低空侦察机，但过了国境线都无声无息、莫名其妙地消失了。因此，在我国飞行员中，把中国北疆地区称为‘东方百慕大三角’。(“百慕大三角”指西大西洋中佛罗里达、百慕大群岛和波多黎各岛组成的三角区，1925 年以来，多次在这地区发生海轮、飞机的神秘失踪事件，因此被人们称为魔鬼三角。)我们这次决定把最新式的‘壁虎’式投入使用。‘壁虎’式配备有电子侦察仪器和反导弹、反干扰设备。它的高速超低空性能，使我们对这次飞行即使没有 100%的把握，也有 99%的把握。

“从 SR–17 基地起飞共 13 架飞机，其中 12 架高空侦察机只是虚张声势的诱饵，用这种传统的手法分散你们的注意力，而我驾驶‘壁虎’从超低空潜入。按预定计划，我自觉顺利地飞过了国境线，并到达枫市附近地区上空。我立即开始用电子激光摄影机进行低空拍摄，但在校对方位时，发现与卫星的侦察方位差了十几公里，而且此时还意外地摄到了一些显然经过伪装的军事目标。我认为这是额外的收获，甚至想到了因此而得到的成千上万的奖金及出国旅行休假……

“在你们国土上空，我一直是心惊肉跳的，既然已有收获，我想赶快回去吧。但是，航程不飞够，回去是交不了差的。命令上的标距还有 20 多公里，我就又往前闯。可是按照航图及仪器标距应是枫市中心区域的方位，我却看到底下是一个泛着银光的大湖，四周全是光秃秃的山峦。我觉得不对头，有些不相信自动仪表，于是又测了一下方位，没错！我更觉得不对头了，是什么地方出了毛病？你们的《孙子兵法》我读过一些，‘三十六计，走为上策’。(这并非《孙子兵法》中的话，柯鲁日也夫在乱扯。)这条我记得很清楚，也顾不得命令和奖金了，决定返航，往四周甩了一些干扰掩护器回头就走。

“突然，我发现周围竟出现了十几架‘壁虎’式。我的上帝！这是怎么回事？我们总共才拼凑出来3架‘壁虎’式。第二架原准备一起执行这次任务，因为飞行员伊万在起飞前喝伏特加醉了，揍了大队长，被关了禁闭（我怀疑他是有意逃避执勤），所以停在机场没起飞。而第三架试飞时，几件进口仪器损坏了，正在维修。怎么会出现十几架？不是我们的就是中国的了。我完了！我被恐惧和绝望紧紧地抓住了。我左冲右突、上下翻腾，想摆脱这些从四面八方包围我的‘壁虎’，但它们像影子一样追随着我，这么疯狂地逼近我，简直要让我发疯了。而我当时也真以为自己疯了，因为从最靠近的一架‘壁虎’式驾驶舱中，看到的竟是一个和我长得一模一样的大胡子，驾着‘壁虎’式向我逼近撞来，而且，他也和我一样瞪大了眼睛，咬紧了牙关……

“眼看要撞上了，记得当时我紧闭双眼，似乎还叫了一声‘上帝！’。真像上帝显灵，我再睁开眼睛时，那十几架‘壁虎’都烟消云散了。我已飞到了我熟悉的SR–17基地上空了。我抱着死里逃生的复杂心情，往跑道上俯冲下去，减速、制动，做了个漂亮的着陆动作。我期待着欢呼和拥抱，因为从中国回来，即使双手空空也是英雄，何况我还完成了额外的任务。钞票又在我眼前飞舞了，我还想起了那个翘鼻子的打字员丽达。她那淡棕色的大眼睛该不会再对我翻白了……我慢慢地推开舱盖，跨出机舱时还威武地挥起了右手……

“假如我能在机舱中多‘幸福’一会儿也好，我又怎么知道等待我的是你们。待我飘飘然地下飞机时，送上我手的不是鲜花而是手铐！以后的事就不用我说了。”

“但我还要说几句。我是在不正常状态下被俘的。飞机出了毛病，我的神经出了毛病。否则，我现在应该去罗马或巴黎，而不是蹲在这里了。”

小马看着记录笑着说：“这狗熊到现在还不明白，他已是第20个俘虏了，波–45的第20个俘虏。”接着，小马简单地向我介绍了一下波–45防御系统。

波 -45 系统，是枫市大学物理系王凡教授，在生物生理研究所及军事科技研究院协助下研制出来的高能综合波防御系统，原理是建立在王教授新的“波”理论基础上的。新的“波”理论认为，一切物质都可用不同的“波”来表达，而我们能感觉到的一切信息也都是“波”。固然这些信息都是实实在在的不同物质发出的，但深入的研究已使我们能人为地制造出单纯的“信息波”，使我们的感受器官——视觉、嗅觉、听觉甚至触觉都认为是实实在在的物质发出的，而这么感受到的“物质”实际上根本不存在，或者说只是一台可控制的电子设备。

小马说:“像‘壁虎’之类不请自来的‘客人’，无非想在我国上空偷听、偷看，那么波 -45 系统就让它‘看’到、‘听’到它所需要的一切——事实上只是一束一束‘信息波’，而且是我们需要它感受的。柯鲁日也夫最后看到的那十几架‘壁虎’及 SR-17 基地，是波 -45 给他开的玩笑，让他活见鬼。这就是用‘壁虎’的自身波形反射给它，让它慌乱，自投罗网。‘上帝要他灭亡，必先让他疯狂！’”小马用一句外国谚语结束了他的介绍。

本来，我的采访工作，由于遇到“紧急警报”反而提前完成了，“壁虎”式的被生擒活捉，给我提供了极为精彩生动的素材，足够写好几篇专题特写了。但 88 基地指挥部根据我的采访要求，主动与军科社联系后又给了我一个任务，让我作为“特使”去枫市给王教授送感谢信及纪念品——“壁虎”式与柯鲁日也夫的合影。这是基地的惯例，同时我也可能到波 -45 之父那里了解更为详细的情况。我当然喜出望外，非常乐意去当这“特使”啰。

我的错误和“崂山道士”的围墙

基地指挥部首长在向我交代任务时一再强调，这次送感谢信及纪念品也是军事机密，不能疏忽大意，除了向教授汇报外，不能向任何人谈及 88 基地的任何情况。作为军人，这些我都明白，所以小马在和我一起准备资料时还对我唠叨保密什么的，我不耐烦地对他讲:“说些别的什么吧，保密保密，我知道了。”

正好基地有首长要出差去，我就搭首长的高速定点专用车前往机场。还是小马送行，他一定很羡慕我的差事，在上飞机时他握着我的手说：“你这张弓，永远是有好运气的。”但是，这次我的“运气”可并不太好，一开头就倒霉透了。

到达枫市是早晨，班车直接送我们到市中心，然后我换乘公共磁垫车去枫市大学。车站上只有四五个人在候车，一个戴眼镜的瘦高个背着我正在仔细地看站牌上的路线图。眼看磁垫车到站，我紧了紧背包，习惯地按了按装着证件的上衣口袋，就上了车。当时觉得口袋里有什么硬东西，坐在靠椅上时我又摸了一下，接着不假思索地就掏了出来。一掏出来我吃了一惊，原来波 –45 的临时通行证被我粗心大意地随身带了出来，可能首长的专车使我漏过了电子警卫的检查。记得那天“紧急警报”后，我回到宿舍对小马讲我被机械手抓住的情况。小马告诉我，它们身上都有含人造元素 117 合金制造的识别符号，所以电子警卫不阻挡它们。之后我们又笑那个柯鲁日也夫，就把临时通行证的事忘了。想不到我把它带了出来，这是不允许的。我慌忙把这闪着银光并有 88 基地符号的金属小片装进口袋，同时还故作镇静地往座位四周看了一看，除了侧后方一个戴眼镜的人扶着额头在打瞌睡外，其他人都往窗外在看风景，没有人注意我。我暗自庆幸，准备到枫市大学后就收藏好，回基地再检讨自己的疏忽。

到终点站枫市大学下车的只有我一个人，我匆匆向前走去。枫市大学坐落在郊区的一片枫林之中。收发室的姑娘看了我的介绍信，又仔细地看了部队的代号，点头对我笑了一笑，然后在一排按钮上像弹钢琴一般弹了几下，一会儿取出一张卡片。她闪动着大眼睛对我讲：“根据计划安排，教授今天可以接待您。但是今天是休息日，您可直接到王教授家中去找他。”虽然我是个堂堂军人，又是记者，可是和年轻姑娘打交道我总要脸红。所以，我问明了教授家是住在“星湖畔绿枫村 5 号”后，接过递给我的卡片，含糊地道了个谢，顺着她指的方向，快步向在阳光下闪着金色波浪的星湖走去。似乎姑娘还说了句什么话，我没听清楚，于是一串银铃般的笑声一直送我到了湖边。

绕过星湖，就看到耸立在一片翠绿之中的几座雅致的楼房。前面靠湖的一幢楼房上斗大的“5”字告诉我，这就是教授家了。我兴高采烈地走近时，几株绿枫摇曳着多姿的枝叶，似乎向我表示欢迎。一堵不高的花墙隔在楼前，我寻思门在后面，绕了一圈后，简直使我莫名其妙，因为围墙上竟是没有门的。我对着这堵爬满了常青藤的花墙愣住了。怎么进去呢？教授又怎么出来呢？总不会要像鲁滨孙一样，架了梯子爬出爬进吧！我倚着一株绿枫仔细地察看收发室那姑娘给我的卡片，想在上面找出一点启示。可是，上面除了打印着“王凡教授上午在家中接待张长弓同志”以外，再没有什么“芝麻开门”之类可以开石门入山洞的咒语了。（“芝麻开门”为《天方夜谭》中《阿里巴巴与40大盗》的故事中开石山门洞的咒语。）我想起匆匆离开收发室时，姑娘似乎还说了什么，可是除了她那闪动的大眼睛和银铃般的笑声，实在想不起她究竟说了些什么话。现在，到了楼前，这可恶的花墙竟使我可望不可及，不得其门而入，真令人尴尬。正在犹豫进退时，二楼的一扇窗户似乎有个人影一闪，不到2分钟，我听到了楼房的开门声和脚步声。接着，我惊奇地叫出声来了，因为从墙中走出来一个八九岁的小孩。注意，是从那爬满常青藤，没门没洞的砖墙中走出来的，不是从墙上、墙下或其他地方。肯定，我当时那张大的嘴、瞪大眼睛的样子很可笑。所以那小孩走近我时第一句话是：“叔叔，你看什么呀？你是第一次来我家吗？”然后，一本正经地对我说：“你是张叔叔吗？我爷爷在家里，请进去吧！”小手还蛮有气派地一伸。虽然我还没完全从惊奇中恢复过来，但在这么一个小孩面前还是应该显得庄重一点才合适。我整了一下军帽，顺着他小手指的方向看去，还是那堵可恶的无门花墙呀！由于他的穿墙而出，我想起了“崂山道士”。我去穿墙，安知不碰个头破血流呢？所以脸上带着不自然的笑容，还是站在那里没动。小孩看出了我的踌躇，他牵着我的手说：“这是‘波’，姑姑和你开玩笑呢，走吧！”他拉着我，毫不犹豫地往围墙跨去。我神情紧张地跟着他，试探着跨过去，居然没念什么咒语也毫无阻挡地穿墙而进了。

教授在楼门口迎接我，热情地握着我的手说：“张长弓同志，不要见怪。玲妹给你开了个玩笑，她在收发室给我来了电话，告诉我你要来了，说你匆匆忙忙话没听完就走，要给你开个玩笑。我知道你是来了解‘波’的，对‘波’先有个感性认识也好，所以也没拦她，请不要见怪。”虽然一时我还没完全明白，但听来收发室的那个姑娘大约就是玲妹，而开的玩笑可能就是“崂山道士”的围墙了。回头一看，刚才使我驻足的可恶花墙竟然影踪全无了。

我们在教授的书房坐下，英英——教授的孙子，也就是刚才接我的小孩跳跳蹦蹦地上楼去了。王教授看来还不到60岁，花白的头发，宽阔的前额，两眼炯炯有神，一副玳瑁边眼镜更增添了庄重的学者风度。他很热情健谈，看了我专程送来的感谢信和照片后说：“部队首长太客气了，我一直很想到88基地去看看，听听意见。但安装完波-45以后，又参加了好几项工程的设计研制，所以一直没去成。”他详细地询问了波-45系统的工作情况，我根据和小马一起整理的资料，一一向他汇报。当谈到柯鲁日也夫的不服气时，他放声大笑起来了，用带着浓重的南方口音的普通话说：“这些家伙，嘴上不服气，心中恐慌得很。不服气就拿些像样的东西出来，什么壁虎四脚蛇的，五脏六腑都是人家西欧几个国家的二等专利。只是吹牛倒是要算世界第一了。”

王教授知道我是军科社的科技记者，尽量详细地介绍了波-45系统的理论基础。他着重谈了生物感受器官与信息波的关系，并告诉我最近研制的种种电子信息波发生器，已从初步的听觉、视觉感受，发展到嗅觉、冷热温度感、软硬及光滑粗糙等触觉了。又告诉我，在门外见到的“围墙”是一种遥控视觉波，与全息照相差不多，但机理不同。最使我高兴的是，王教授同意让我下午去实验站看看他们研制的几种新仪器。

“蒙娜丽莎”神秘的微笑

我们谈了足足3个小时，教授给我沏的龙井茶也加了四五次开水了。

英英从楼上下来对教授说：“奶奶来电话说，她在研究所做实验，中午不回来吃饭。姑姑中午要值班，让爷爷做饭招待客人。”

王教授说：“今天只有我来当火头军了，英英做我的参谋好不好？”

小英英高兴地说：“今天我要吃龙虾。”说着就去搬了个小盒，放在教授面前。

教授对我说：“便饭招待。我也不来问客杀鸡了，我的手艺有限，就有啥吃啥吧。”说着在小盒的按钮上这儿按按那儿按按，就让英英送厨房了。

原来这小盒是袖珍电脑，现在去执行煮饭炒菜的任务了，小英英蛮有兴味地去监督。

不一会英英在厨房里嚷起来了："爷爷你搞错了程序，饭盒子怎么在油煎冬笋了？"英英把袖珍电脑叫成饭盒子，而油煎冬笋显然不对头了。

教授赶紧站起来，耸了耸肩对我说："我实在没有做饭的才能，一定是编错程序了……"挥了挥手走进厨房去了。

我一个人坐在书房中，窗外的枫树在秋风中沙沙作响。但窗台上竟是一盆不合时宜地盛开的水仙花，而写字台上那架有 3 个屏幕的多能电子计算机旁的花瓶中，又是插的令箭、荷花和腊梅。我正暗自赞叹现代的园艺已发展到可以不分四季的地步时，又被壁上的挂画吸引了。显然，教授是很有美术鉴赏水平的，挂画都是精选的中外名作，有徐悲鸿、齐白石、黄胄、李可染的，有达·芬奇、米开朗琪罗、米勒的……作为业余美术爱好者的我，被大师们的传世名作吸引了，情不自禁地站起来，一幅一幅地仔细端详。根据我的判断，认为这些画都是原作。我又不相信自己的判断，走近了达·芬奇的《蒙娜丽莎》，搜索着我所有的美术知识，想在画上找出一点破绽来否定自己的判断。看来我这个业余美术爱好者的知识水平是无能为力了，找不出任何一点非原作的依据。

随即似乎是本能的反应，我伸出了手，想去摸一摸这张惟妙惟肖的名画。假如触了电，我的手也不会缩得那么快，因为当我认为应该摸到画幅时，竟是"空空如也"，就是讲什么也没摸到。我试探着又摸了一下，还是"空空如也"。我使劲擦着眼睛，望着这张实际上不存在的带着神秘微笑的《蒙娜丽莎》，心中升起了一阵不可名状的矛盾感觉。我倒退着，从不同角度去看她，思索她那微笑与新的神秘……

教授搓着手走进来，看到我那诧异的神情就笑了："这和围墙是一回事，一组小型视觉波发射仪。"他见我似乎还不明白，就拉我到窗前，示意我去闻一下水仙花，大约要清醒我的头脑。我在淡黄色的水仙花上来了个深呼吸，沁人心脾的清香真有点醉人，我把眼睛都眯了起来。突然一股浓烈的玫瑰香味冲进我的鼻孔，我睁眼一看，又愣住了。刚才亭亭玉立的水仙，变成了鲜艳的红玫瑰了。望着我合不上的嘴，教授笑着告诉我，这是玲妹在他指导下搞的小玩意儿——视觉嗅觉综合波发射仪。他一边说一边朝餐室走去，让我去吃饭。饭菜很丰盛，电脑厨师的手艺也不差，几道菜真是色、香、味俱全，有清炖鲥鱼、素炒青菜、红烧对虾和冬笋肉丝汤。教授一边直让我吃菜，一边还给我解释波理论。一顿饭下来，我也明白了这些波发射仪可以根据预定输入的不同信号而发出视觉、嗅觉所能感受的信息波，让人感觉到……我对波 –45 防御系统的原理也有了进一步的了解。

饭后，我走到书房窗台边，使劲捏了一下那艳丽而带刺的红玫瑰。果然，只见我的手指在花丛中晃动而毫无“感觉”。我对自己的视觉和嗅觉产生了怀疑，回到沙发上要坐下去时，双手使劲撑着扶手，生怕坐到“波”上去，因为我已几次被自己的感觉欺骗了。教授正在沏茶，没注意我这个小动作，否则又要笑我了。假如他知道我甚至在怀疑刚才吃下去的对虾、鲥鱼是否也是“波”时，一定更要大笑了。

王教授把一杯刚沏的龙井茶递给我，正要坐下来时，英英又从楼上跑下来说：“爷爷，又有客人要来了。”同时指了一下门边上的小屏幕。玲妹的大眼睛对我们闪了一闪，点一下头，然后又映出了一个戴眼镜的中年人正从星湖旁的小径往楼房走来。教授仔细看了一眼说：“谁？”

来客是个三十七八岁清瘦的高个子，也戴一副玳瑁宽边眼镜，穿着朴素大方：灰色的化纤中山服，黑色混纺长裤，黑色牛皮鞋。手中一只提包倒是很新式的。动作沉着、老练，给人稳重的感觉。当他走近楼房时，回过身看了一下后面，瞬时，我觉得这背影像在哪里见过。

他堆着笑容走到了门口。教授迎出去，打量着这位不速之客，问道：“您找谁？”

来客马上答道：“您是王凡教授？我是杨平的同事，刚从国外回来。杨平托我带回几篇论文，请老师提提意见。”他停顿了一下又轻轻地带了一句：“我叫洪青，和杨平在一个高能研究所工作。”

教授听了他的自我介绍就说：“呵，和杨平在一个研究所的，听说过，听说过。请进！”说着就让进了屋里。

当他们走进书房时，洪青看到我在里面，对我点了下头就探询地望着教授。王教授随即向我作介绍：“这是洪青同志，我的学生杨平的同事，他们一起在国外工作。”而在介绍我时，不知为什么教授竟说：“这是我的学生，张……张林同学。”当时，我觉得洪青的宽边眼镜后面似乎闪过了一丝不易觉察的但又意味深长的微笑。

寒暄几句以后，我们都坐了下来。洪青告诉教授，因为走得仓促，杨平让他把论文带来，来不及另外再写信了。说着他从提包中取出了一叠文稿。这是五六份打印稿，其中除两篇单独署名杨平外，其余都是和洪青合作的。论文都是有关“波”的研究。教授翻阅浏览，脸上不时浮起笑容，还频频点头。但当教授看到一篇“信息波分析”的论文时，眉头皱了起来，拍着稿子对洪青讲：“这个问题，去年杨平不是已经写过一篇文章寄给了我？我已回信告诉他，有几个实验结论有问题，应该另换几种材料重做，怎么这里又引用了这些结论？”语气颇为不悦。洪青沉思了一下回答说：“关于信息波的分析，国外有好几种不同看法，我们研究所的负责人朗勃金博士，一定要坚持原来的结论才允许发表……”教授一下勃然大怒，激动地站了起来：“发表！发表！我们搞的是科学研究，不是投机买卖！他们不同意发表，我们自己发表么！……”下面的话没说出来，显然是为了礼貌而压下了怒火。为了表示不是对这第一次来访的客人发脾气，教授拿了几块糖请洪青吃，但激动的情绪使手还在微微地抖动。为了打破这尴尬的场面，我就去岔开这不好继续的谈话。洪青却毫不介意，脸上还是那么平静。我又觉得他眼镜后面有一丝不易觉察的微笑。我忽然想起蒙娜丽莎那神秘莫测的微笑，而又一时难以理解这微笑中包含的全部意义。

洪青不动声色地又从提包中拿出了一个精致的小盒，轻轻地打开了。出现在面前的是一座小巧玲珑、闪着银光的“埃菲尔铁塔”，尖顶上一颗蓝宝石闪烁着光芒。教授的脸色一下柔和起来了。假如刚才关于论文的激动是他心弦紧张的高音，那么这座“埃菲尔铁塔”却触动了他心弦的轻柔和谐之音。教授轻轻地说了声：“埃菲尔铁塔，塔……”一时陷入了回忆的沉思。

洪青又把塔座上的一个旋钮一转，电子音乐奏出了施特劳斯的《蓝色多瑙河》。随着华尔兹乐曲的旋律，洪青适时地说：“这是杨平对您表示的一点心意。”

教授点着拍子微笑着说：“杨平他还记得我喜欢施特劳斯，喜欢塔？”

洪青说：“怎么不记得！他还经常对我们讲，您带他们到各地参观实习时，如何专程去看六和塔、大雁塔、北寺塔、白塔、双塔……如何向他们讲金字塔、方塔、雷峰塔、斜塔的故事……”教授显然给感动了，刚才的怒火在华尔兹乐曲声中、在洪青的轻言细语中冰消瓦解了，而且还格外兴奋。以后，教授很详细地询问洪青，关于他们在国外研究所的工作、生活情况。洪青亦以请教的口气问了教授不少问题。教授热忱又有分寸地回答了一些理论研究探讨的问题，但涉及目前具体的研制工作几乎只字不提。有几次我的插话似乎多了一些，都被教授打断支开了。所以饭后的两小时，我几乎只是坐在那里旁听。

电子钟又响起了悦耳的音乐声。我看了看手上的石英液晶同步手表，不由得为下午参观实验站担心起来了。教授在谈话中注意到了我的懊恼，所以转过脸来对我讲：“小张，再等一会儿。”洪青听教授这么一说，知道我们还有事，就站起来告辞了。这时，我却冒冒失失地客套起来，几句完全没必要的废话竟然导致了严重的后果。

波光奇影

我见洪青要告辞，脱口而出地说道：“没关系，继续谈吧，实验站可以改天再去。”

教授听我讲到实验站，皱着眉看了我一眼。而洪青马上接上来，似若无意地问道：“你们要去实验站？”

教授没开口，只点了一下头。紧接着，洪青用极诚恳的请求声调对教授说：“假如可能的话，能否也让我去参观一下。在国外，我听说王教授搞了许多具有世界先进水平的有意思的试验。能参观一次是多么好的学习机会呀！”

当时，我也被他恳切的语调、真诚的神态感动了，为他向教授投去了请求的目光。教授想了一下就同意了。在出门时，教授在门边取帽子，顺手按了一下一个绿色的按钮。

我们三人，一起到了实验站。这是一幢独立的三层楼房，掩藏在一片松林之中。楼顶上几组太阳能吸收器及环形天线告诉人们，这里不是一般的住房。由于是休息日，所以静悄悄的不见人影。当然，电子警戒系统是昼夜工作，保卫着这座实验站的。才进门，我们就领教了电子警卫的手段。

在客厅里，我们都换了鞋，穿上了绝缘外套，随教授走进了实验站的走廊。刚走两步，我身旁墙上的红灯就闪起来了。走在前面的教授转身问我们："你们谁带有特种金属？"我和洪青相互望了一眼，都显得莫名其妙。教授见我们没回答，就再让我们走了几步，便看着信号，肯定地指着我说："在你身上。"我在身上上下摸了一遍，当触到上衣口袋时，我明白了，很不好意思地把波 -45 的临时通行证掏了出来。教授一见就吃了一惊，迅速看了我一眼，也扫了洪青一眼，一把就抓了过去，并说："你怎么搞的！"我涨红了脸正要解释，教授摆了摆手，把通行证往一个小盒中一放就装进了口袋，显然不想再多说，领我继续往前走。洪青站在我身边，正在习惯地扶正他那并不歪斜的眼镜。

起初看的几个实验室是关于波的分析研究，从色彩、光谱、电磁场、声波到各种信息的传递。第二部分是生理感受的分析研究，从听觉、视觉、味觉、触觉、温度感到生物电流和脑电波，都是专业性很强的分析研究。这些等于在听王教授从基础上介绍他的新波理论。这对我来讲一切都很新鲜。虽然在看和听的过程中，一些公式、数据和逻辑推理弄得我很伤脑筋，但那些实验仪器的表演，恰又那么令人信服。所以，当我参观完基础部分的实验室后，心悦诚服地得出了这么一个结论："世界上的一切，似乎都离不开波。"

教授一再表扬我说："你对波已有了较深刻的理解。"

洪青并不像我那样抑制不住自己的惊奇和接二连三的提问题，他只是听、记，脸上始终带着微笑，并不时扶正他那玳瑁宽边眼镜。

二楼的实验室是研制波发射仪的几个组，属于应用部分。我们的兴趣更强烈了。在 2H 组，我们看了一会"画报"。这是一个做成小钢琴样的小盒，上面的琴键就是各种按钮。教授告诉我们，按钮上的"R"代表《人民画报》，“J”是《解放军画报》……“N”是年，“Y”是月……我们这么按了几下，嘿！就在面前出现了一本《枫市画报》。我有经验地用手一戳，知道这是“波”。我们调整了角度，按了一下“F”，第一页就翻开了，这是我国探索金星归来的宇航员照片。背景是珠峰 -7 号航天飞行器及一大批欢迎的人群。当我把比例调到足有两张报纸那么大时，居然从欢迎的人群中找出了我们军科社驻宇航中心的小徐。

在 2S 组，几台仪器对着中间的空桌子。教授调整了几下，我们面前出现了一只大玻璃缸，中间游动着彩色缤纷的热带鱼——霓虹灯、黑玛丽、孔雀、蓝神仙和彩燕……（都是热带鱼的名称）。我无意触动了一个仪器，不料几条彩燕忽然穿缸而出，翱翔于空中了。教授连忙过来调整仪器，燕鱼又穿缸而返。虽然很有趣，但我知道也是“波”，所以并不觉意外。忽然，教授把我的手拿起来，往玻璃缸中浸去。我自作聪明地认为一定是个“空空如也”的感觉，所以随便地往下一伸，不想居然觉得真的伸在水中，而且是温水之中。我把手拿出来，习惯性地甩了甩，并用左手自然地掏出手帕要擦擦手。教授一把将手帕接了过去，让我仔细看看自己的右手。晦！手上居然滴水未沾，自然也用不上手帕了。教授又把手帕往缸中一浸，再拿出来看，也是滴水未沾。原来这给我温水感觉的也是“波”。洪青背着手，带着他特有的微笑默默地看着。

在以后几个实验室里，教授“演示”了有关嗅觉、味觉等的波发射仪。在一定范围内，王教授简直随心所欲地让我们“闻”各种气味，从玫瑰、薄荷、檀香、木樨、麝香到大蒜、韭菜，又让我们尝了甜、酸、苦、辣、咸、麻，糖醋排骨、红烧鲫鱼以及我点的“咖喱牛肉”和洪青点的“泸州特曲”，等等。然而，这一切只是“味道”而已。教授开玩笑地说：“尽可开胃，但没有营养。”最后让我们综合品尝了“怪味豆”的甜、咸、辣、麻味作结束。闻够尝足但肚皮还是“依然故我”的我们又上了第三层楼。

在三楼，教授只领我们参观了两个组。这时洪青的热情比我大多了，显得很激动。

3-F 组是综合仿形仪，根据输入的信号程度，可以在我们面前出现“需要”的“物体”。教授先“变”了几只长毛猫给我们看。这“变”是我借用的词汇，因为一时实在找不出更确切的词来表达了。这是几只波斯猫，它们嬉戏相娱，翻滚作态，还不时咪咪地叫。你不去碰它，谁也不会怀疑它们是“空空如也”的“波”。假如“变”的是几只吊睛白额大虎，那么我们肯定会逃之夭夭的。后来教授又“变”了个“湖”，碧波荡漾，涟漪一片，映着岸边的枫林真美极了。看着，我觉得很眼熟，问教授：“这是星湖？”教授点了点头。我的惊奇变成了赞叹和钦佩，同时想起了柯鲁日也夫的供词，明白了他为什么以为自己神经错乱了。洪青不知为什么对着“湖水”直点头。

在研制波干涉仪的3-PG组，教授用电子音屏及回声仪作了示范，其他像光屏、滤波反射器、消声仪及灭波仪等都只作了介绍。

在实验室一角有一架几乎只有琴键的钢琴，我知道这是新生产的星海牌全谐波共鸣钢琴。教授在琴前坐下，打开琴盖试了下音，对我点了点头说：“来段《长江交响诗》。”想不到教授的钢琴弹得那么好，把热情奔放的《长江交响诗》表达得淋漓尽致。音乐的旋律把我带进了滚滚长江：时而清流淙淙、轻缓流畅；时而波涛汹涌、狂奔直泻；时而气势澎湃，如同雷鸣电闪；时而微波细浪，好似和风轻拂。陡然，我们只见教授身体摇曳，手指弹跳，而一点声音也听不到。原来电子音屏开始工作了。我往前走了几步，似乎穿越了一层看不见的厚墙，铿锵激越的钢琴声又响起来了。而教授把仪器的作用范围调整到半米时，我又成聋子一样了。

回声仪也极有意思。说一句话，随你希望间隔多少时间，都可以从空中“飘”回来，犹如空谷回音一样；还可以无数次地重复，像坏了纹的唱片那样尽重复着那一句歌词……洪青兴高采烈地喊了一句：“我到了！”于是我们耳边就一直响着“我到了”“我到了”“我到了”……

我成了人质

最后，教授客气地征求我和洪青的意见。显然，参观到此结束了。在参观中一直话语不多的洪青，这时一、二、三、四地向教授提了一连串问题。

教授把我们引进他在三楼的办公室，逐一回答我们的种种问题，还拿出了几份设计任务书让我们看。我们作着摘记，还勾了一些草图。洪青比我更为认真仔细，几乎每个数据都要查核，同时不时扶他那宽边眼镜。

洪青看了一下表对教授讲：“最近几天，我马上就要回国外研究所去，您有什么话要我转告杨平吗？”

教授想了一下说：“你什么时候动身？我想去买点东西，还有一些资料想托你带给他。”

洪青说：“明天我就要去南方，然后从广州直接出国。买东西可能来不及了，资料今天给我是可以带走的。”王教授只得同意他的意见，站起来从屋角附壁的保险柜中取了几份资料。在打开保险柜时，我正在抄录几份说明，似乎洪青又扶了扶眼镜。我对他这个习惯动作有点注意了。

教授取出资料后坐在办公桌旁，拿纸笔准备给杨平写封信。洪青接过资料看了一眼，皱了下眉，又看了看表，突然转身向门口走去，打开看了一下又关上门。回过身来时，他右手握着一支类似钢笔电筒的东西，对我们扬了扬，虎着脸，用不自然的声调对我们厉声说道：“你们两位当主角的戏结束了，现在该我来导演了。想来不会有意见吧！我手上是一支激光枪。当然你们知道它可以在0.1秒内杀伤20米范围内的任何生物。但是我不愿意在你们，特别是世界知名的王教授身上来试验它的威力。我们还是好好谈谈吧！”

教授僵坐在靠椅上，直视着洪青。我一下从椅子上站了起来，手上的笔记本和资料都掉到了地上。

我指着洪青问：“你是什么人？想干什么？！”

洪青冷笑一声：“88基地的军官先生，冷静一点吧！我是要专门感谢你的。没有你，我还不会现在下决心呢！至于我是什么人，对你们讲是无关紧要的。是什么人都可以的，但绝不是杨平的同事，哈哈！坐下来！”最后一句是严厉的命令口气。

我并不害怕这个手中持有武器的干瘦家伙，只要他一下打不死我，那么我一只手也能把他摔到窗外去。但是，假如他要伤害教授呢？我只有悻悻地坐了下来。他拖了一张椅子背着门骑坐在上面，盯着教授从办公桌往下抽的手说：“别搞什么小动作，这对你们没什么好处。我要谈的很简单，对你们也不为难。愿意听吗？”

教授由于激动而发白的脸逐渐镇定下来了，对洪青的询问轻声答道：“你说吧，我在听。”

洪青得意地抖动着大腿：“推开天窗说亮话，我要你为 88 基地搞的设计图纸资料。放心，我不拿走，就在这里看看而已！此外，3-SB、3-Z 和 3PG 实验室那些玩意儿的资料也要过过目。”教授木然地“嗯”了一声，还点了下头。我虽然头脑中充满了气愤和无奈，但还在设想种种能挽救目前局面的办法。听洪青讲到 3-SB 及 3-Z 这两个我们根本没进去的实验室时我大吃一惊，而教授的暧昧态度使我格外惊奇。

教授对他又像对我说：“3-SB 组是自身反射波发射仪，3-Z 组是高能综合波发射器。你就要这些资料？”

洪青酸溜溜地接过去讲：“这次要这些就可以了。以后还可以再来么？条件也讲清楚，我们是慷慨大方的。第一是我们绝对保密，绝不会让任何可能损害你们的人知道这一切。第二我们负责你们的绝对安全，我们是强有力的，任何时候你们感觉有危险，我们会帮助你们到达安全、合适的地方和国家。假如你愿意换个环境继续进行研究，我们会提供一切方便和条件。第三是经济上的报酬，这次暂定 2 万，以美元计算。用美元、卢布、马克或人民币支付都可以。要是愿在稳定可靠的瑞士银行开个户头，我们可以代办。原来没考虑张林先生，但今天在这儿的，而且是‘有功之臣’，我就自作主张定个 1 万美元吧！哈哈……”

我听了他这套无耻之词，真想把他枯瘦的尖脑袋揪下来。可是教授还是那么作，竟然还似是而非地点着头。我只觉得血直往头上涌。

洪青见我们不作声，挥了挥手说：“开始吧，把图纸资料拿出来吧！”贪婪又放肆的眼光逼视着教授。

王教授默默地站了起来，走向保险柜。我完全被气愤和惊讶弄糊涂了。难道教授真的要把图纸资料交给这个坏蛋？特别是波 -45 系统的设计资料泄露出去，将直接影响北疆的防务。我不安地站起来想阻止教授。

洪青立刻用尖厉的声音对我说：“张先生还是老实点吧，否则先开销了你，我就省下 1 万美元了。”

教授似乎无动于衷，不紧不慢地走近保险柜，从柜子里取出了图纸资料。洪青见状乐得笑出声来了，飞溅着唾沫说：“王教授真是懂道理识时务……”下面的话没说完，“霍”地从反坐的椅子上跳了起来。而我又惊又喜地瞪大了眼睛。

原来教授取了图纸资料从保险柜转过身来时，突然摇身一变，成了十几个一模一样的拿着图纸资料的王教授。我知道这是波的幻变，但要从这十几个王教授中分辨出哪个是“正身”，简直是不可能的事。知道自己上了当的洪青被激怒了，眼睛中像要喷出火来一样，愤恨地要用激光枪对教授群发射了。但在最后一刻又把手垂了下来，他明白自己的处境也很困难，假如打不中“正身”，必然会惊动大楼警戒系统。这样将对他造成更大的危险。而且，目前教授只要冒很小的危险，就可以对他采取自由行动。洪青毕竟是个老练的间谍，一步跳到了正在高兴的我身边，用他的激光枪抵着我的脑袋，咬牙切齿地对“教授群”吼道：“给我开玩笑？噢！这位 88 基地的军官先生大概还没学会分身法吧？”

我背对着洪青，用眼睛向教授示意，准备配合教授一起来制服这坏蛋。只要能抓住这个家伙，我是流血牺牲在所不惜。可是教授毫不理会我的眼色，显然是为了我的安全，而又聚变成了一个人，拿着图纸站在保险柜前。

洪青有我这个“人质”，又得意起来了，揶揄地对教授说：“王教授，你会千变万化，我是一无所长。以不变应万变，我也没有吃亏。我又要谢谢这位军官先生了。”说着，他用激光枪又在我头上点了一下。

洪青的放肆与无耻，使我再也压抑不住怒火了。我用脚一蹬办公桌，连人带椅往后倒翻过去。洪青慌忙往后一退。就在我往地上倒翻过去的一刹那，正好来得及把洪青手中的激光枪击落在地。教授被我的突然动作惊了一下，然后也快步跑过来，及时把激光枪踩住。但是洪青并没有急着来抢激光枪，而是退缩到门边的墙角，从口袋中拿出了一个小盒，高举头顶，眼中露出凶狠疯狂的杀气，嘶声地叫着：“谁过来，就让你们和实验站一起完蛋！”无疑他手中是一种烈性炸药。教授阻止了我的再次猛扑。看来，这个无耻的家伙还是个亡命之徒。要是实验室被破坏，损失亦不亚于机密的泄露。怎么办呢？我和教授都犹豫起来了，空气似乎凝固了一样。

唱《拉网小调》的落了网

最后，还是教授先开了口。他叹了口气，用一种无可奈何地被折服了的口气说："请您保证实验站及我们的安全吧！"说着把桌子上的图纸资料挪了一挪，又对洪青讲："请看吧！"

洪青没有那么自信和得意了，仍靠在墙角没动。为了表示诚意，教授让我把枪踢了过去，同时还示意我坐下。我一时还很难平静，但权衡了一下教授、实验站的利害得失，觉得还是不要轻举妄动，只要这个家伙没走，我还是有机会的。而且，看来教授是胸有成竹，我就在沙发上坐了下来。这时才发觉，刚才我的"后滚翻"把手臂擦伤了，袖子也挂了个大口子。

洪青眼睛看着我们，迅速地从地上捡起了激光枪，似乎又增添了几分胆量，但没有原来那股耀武扬威的神气了。他让教授在办公桌上把图纸资料一张张对他展开，又用左手扶着眼镜开始远距离"看"起来了。这时我明白了他为什么经常扶他的玳瑁宽边眼镜了，原来这是一架特殊的专用显微摄影机。

在不到 15 分钟的时间里，由于教授的"主动"配合，洪青顺利地完成了他的"任务"。可以看出，这个训练有素的间谍对王教授的研究并不外行。当教授放下最后一份图纸时，洪青说话了："这些初步方案并不能代表你目前的研制水平，特别是给 88 基地设计的东西。你别拿这些设想方案来应付我。"教授用头往保险柜那边摆了一摆，双手一摊说："我这里只有这些了，有些仪器的装配工作图在实验室中。"洪青马上接口问："哪个实验室？""3–Z 实验室。"教授回答得挺痛快。洪青想了一想，盯着教授的眼睛一字一顿地咬着牙说："教授，你可别想再开第二次玩笑。只要你们当中哪个再轻举妄动，那么我连你们后悔的机会也不会再给了。"说罢，脑袋晃了一晃让教授在前面带路。

洪青让我走在中间，隔教授有二三步远，三人鱼贯而行。走出办公室向 3–Z 实验室走去时，在过道的一个拐弯处，教授突然一个踉跄，几乎跌倒在地。我急步上前想去扶一把，洪青厉声喝住了我，但我的手已接近教授。刹那间，我看着自己的手愣了一下，因为我觉得应该触到教授的手臂时，竟觉“空空如也”。一下我明白了，在我面前的是个“波”！我高兴得简直要笑出来了。洪青的尖叫倒提醒了我，我装作顺从地与教授保持一定的距离。

3–Z 实验室的门在教授面前无声地滑开，我们默默地走了进去。洪青在门自动关闭后靠在门上，让我对一个墙角举手站着，然后叫教授取图纸资料。我听到壁柜开启的声音和图纸的沙沙声，我想洪青又在扶他的眼镜了。

没有一会儿，洪青居然用带笑的声音叫我转过身来。他挥动着激光枪对分别在两个墙角的我和教授说道：“我的事完了，我们可以和平地或者友好地分手了。但为了你们的安全和我的安全，只有暂时委屈你们一下，这对大家都有好处。”他指着仪器边上的一些导线对教授讲：“麻烦您先把军官先生捆一下，只要我走近他时他不能再对我挥舞拳脚就可以了。至于您老先生，我可以对付了。”

教授犹豫了一下，就顺从地拿起导线把我缠了又缠，甚至在脖子上也绕了好几圈。洪青在一旁得意地抖着腿，还吹着口哨，似乎是吹日本歌曲《拉网小调》，他自以为是收网得鱼的胜利者了，但激光枪的枪口还一直对着我们。在捆绑我的过程中，我还有点莫名其妙，这个“波”教授怎么也能做这么多具体的事。洪青看着我被缠得不能动弹了，就让教授走到另一个墙角，他哼着小调自己去取导线，准备如法炮制。为把几股绞在一起的导线分开，他把激光枪及炸药往边上的仪器上放下，双手使劲去扯开导线。

就在这时，突然从天花板上打了个闪电。洪青像受伤的狼一样嚎叫起来了，右手一伸，想去拿炸药，但手举了一半又无力地垂了下去，人缩成一团，在地上打起滚来了。实验室的门一下打开了，王教授和玲妹从门外走了进来。玲妹先把炸药及激光枪拿了起来，仔细看了看说：“都是合成非金属材料，怪不得电子警戒无能为力了。”她又摘下了洪青的眼镜，再把我身上的导线一一解开。待我坐在椅子上舒展手脚，平复刚才极度紧张的心情时，教授抹着额上的汗珠对我说：“幸亏让‘波’教授来捆你的导线是特种超导材料，高能电磁场可以使它活动，否则刚才就要让‘波’教授露马脚了。”他又指着蜷缩在地上呻吟的洪青讲:“这可以讲是第21个了吧!”我明白王教授是在说，洪青成了波-45的第21个俘虏。我回过头去看刚才站在墙角的“波”教授，不知什么时候已经化为乌有了。

王教授回身问玲妹:“你用了多大能级的脉冲波?”玲妹看了一眼洪青说:“三个!”教授摇了摇头讲:“这么近距离，两个能级就绰绰有余了。”玲妹狠狠地说道:“我恨死这坏蛋了。他进校时讲是杨平捎东西来的，到家后他和你们谈了这么久，以为你们认识就没再注意。你们去实验站给了我一个信号，我也只作了一般警戒处理，要不是你在办公室突然启动波-45B，真要让这坏蛋钻空子呢!”她看到我注意听她讲话，对我点头笑了一笑说:“小张同志，才来时给你开了个玩笑，不生我的气吗?刚才在办公室里，你那么猛地扑过去，真把我吓了一跳。假如这个坏蛋开枪就太危险了。你的手臂不要紧吧?”我被她的关心搞得很不好意思，涨红了脸不知回答什么好。教授指了一下还在抽搐的洪青对玲妹说:“这家伙交给你去处理吧，你这个保卫科的技术员该履行职责了。他的那副眼镜有名堂!”说完，拉着我离开了实验室。玲妹在后面拉长了声调说:“爸爸，小张同志的手……”

小马的补充解释

回到88基地，小马在宿舍中告诉我，原来，我离开基地不久，柯鲁日也夫又供出“壁虎”式越过国境后，尾舱重量平衡发现有变化。根据波-45的跟踪分析判断，有人利用“壁虎”的低空性能，藏在舱中潜入我国。

小马又根据枫市转来的材料告诉我，北方那个超级大国早就对王凡教授的研究工作有了注意，从各方面搜集了教授的材料。杨平、洪青的论文是从国外研究所的那个朗勃金博士那里买去的。实际上，真正的洪青一直和杨平好好地在研究所工作。而我遇到的“洪青”是他们精心豢养的高级科技间谍，也就是利用“壁虎”的潜入者。本来他只是刺探教授的研究情况及应用范围，不想在公共磁垫车上发现了我来自88基地的身份（这就是临时通行证的117号元素被他的眼镜识别出来惹起的），又在教授家见到我，知道教授的研究工作与基地有关。由于我的“客套话”，又使他有机会进入实验室参观。他一直想“文攻”，不料教授警惕性很高，谈了这么久，又参观了实验站，但真正涉及军事科技应用的课题一点儿也没透露。他又发现我在注意他的眼镜，就决心破釜沉舟，来个一箭双雕——既弄清教授的研究情况，又弄清 88 基地的秘密。结果呢？用小马的话来讲是“赔了夫人又折兵，偷鸡不成蚀把米”。

我的采访任务，由于种种意外反而完成得出奇地好。我不仅对王教授的“波”理论有了深刻的印象与理解，还与王教授一家建立了很亲密的关系。离开枫市时，王教授和玲妹一直送我到机场。我摸着玲妹给我补好的军装袖子，脸又红了。一贯落落大方的玲妹，不知道为什么也脸红了。以后我与玲妹开始了“通信关系”。第一封信是从我感谢她给我补袖子开始的……这是我的私事，就不多谈了。可是小马见我在离开基地前一周收到了三封枫市的来信，就笑着对我说：“你这张弓，永远是有好运气的，犯了错误也会带来好运气……”我只有对他笑笑，而耳边仿佛又听到从星湖畔飘来的银铃般的笑声。

——原刊于《四川文学》1979 年第 4 期，获《四川文学》优秀短篇小说奖，四川省优秀文学奖

科幻想象与人间情怀

——从王晓达的科幻小说《波》谈起

◎ 刘军　王卫英

1979 年，王晓达发表科幻小说处女作《波》。波是小说的绝对主角，它给读者带来关于未知世界的新奇想象和生命体验，迥异于当时文坛的主流文学作品中的人物形象，具有重要的探索意义与审美价值。王晓达在进行科技推想时，巧妙地融入了中国传统文化和通俗文学中的某些元素与意象。同时，他在作品中还寄予了深切的人文关怀，以及对美好事物、纯良人性的欣赏。

一、王晓达生平和创作综述

在中国 20 世纪 80 年代的科幻作家群中，王晓达是一位有着突出贡献的作家。王晓达（1939—），本名王孝达，江苏苏州人。出生于科技世家，其父王尚忠是化工工程师，祖父王怀琛是我国钢铁冶金业的元老，曾祖父王同愈是清代翰林院编修，曾参与清朝修铁路、建炮台等“洋务运动”，当过两湖大学堂监督、江西提学使和江苏总学会副会长。王晓达自小就树立了“科学报国”的理想，积累了丰富的专业技能和科学知识。1961 年于天津大学机械系毕业后，相继在四川成都汽车配件厂、工程机械厂从事技术工作，1979

王晓达

年调入成都大学任教，为《成都大学自然科学学报》常务副主编，编审。自1979年发表处女作科幻小说《波》以来，王晓达陆续发表科学文艺、科普作品两百多万字，先后获全国、省、市科普、科学文艺奖30多次，部分作品译为多国文字，被海内外科幻界视为中国硬科幻代表作家。1996年荣获国家科委、中国科协“全国先进科普工作者”称号。①

王晓达处女作《波》发表于1979年4月的《四川文学》，发表后一炮而响，成为四川继童恩正的《珊瑚岛上的死光》（《人民文学》，1978年8月）之后，又一位具有全国影响力的科幻作家，该作品也成为他的代表作。当时王晓达已40岁，当属大器晚成。是年年底，《波》在北京、四川、哈尔滨等地报刊连载，在上海、广东、贵州、浙江等地被改编成连环画；四川、上海两地还以评书、故事形式演出；八一电影制片厂编辑也曾到成都与他商谈电影改编事宜。

初战告捷的王晓达得到了当时的中国科幻前辈郑文光、肖建亨、叶永烈、童恩正等人的热情鼓舞和支持，创作勇气与信心大大增强，从此一发不可收拾，陆续创作了《冰下的梦》（1980）、《太空幽灵岛》（1981）、《电人历险记》（1981）、《复活节》（1981）、《艺术电脑》（1982）、《莫名其妙》（1982）、《黑色猛犸车》（1983）、《方寸乾坤》（1983）、《万灵智慧药》（1983）、《诱惑·广告世界》（1989）、《太空碧血》（1990）、《奇怪的别墅》（2000）、《网游奇遇》（2001）、《超级电脑“助学宝”》（2002）、《猩猩岛奇遇》（2003）、《月球病毒》（2004）、《雨夜怪事》（2006）等多篇科幻小说。

王晓达科幻小说作品题材丰富，内容涉及海陆空的科学实验、电脑程序控制、新能源开发利用、医药工程、基因变异、人类复活、广告宣传、服装设计、美术创作、网络游戏、生物科技、青少年教育等方面。综观这些作品，无论是科学构思上，还是情节安排上，王晓达基本不重复自己，每篇作品都

① 张耘田．苏州当代艺文志（1）［C］．扬州：广陵书社，2009：197.

能带给读者新的科幻构思和审美体验，体现出科幻作家可贵的超越自我、不断创造的探索精神。其科幻小说大体可分为两大类：一类为科幻探险系列，如《波》《冰下的梦》《太空幽灵岛》《莫名其妙》等均以军事科技通讯社张长弓、王教授和玲妹为线索人物，这种形式给读者提供了较为稳定的人物谱系，为系列故事的情节叙述与情感推进营造了良好的艺术空间；另一类科幻小说是关注初、高中生的教育与成长问题的科幻小说系列，如《万能智慧药》《网游奇遇》《超级电脑"助学宝"》《雨夜怪事》等，这类作品关注青少年的教育问题，篇幅短小、寓教于乐、轻松诙谐。

王晓达的作品层次疏密有致，情节引人入胜，其短篇小说小巧精致，自成格局；中篇小说纵横捭阖，张弛有度。如果说《波》是一篇充满紧张气氛却不失轻松幽默的科幻小说，那么自《冰下的梦》始，王晓达小说的科学构思、人物性格塑造、场景铺垫等则更为复杂细微。尤其值得一提的是，这些作品逐渐形成了一种悲剧的美学风格——为了人类长期发展、为了正义的科学事业、为了拯救善良的人们，在敌我较量中，善的一方会有不同规模与程度的牺牲。如《冰下的梦》，在南极3000米深海之下，维纳斯将同胞张长弓推进逸出器，与敌方集团同归于尽；又如《太空幽灵岛》，黑人萨里姆帮助张长弓等人离开太空幽灵岛，牵制住敌人并与其一起毁灭；再如《太空碧血》，勘察工程师李嘉和飞船驾驶员王啸先转化为宇宙飞船的燃料，为新能源顺利返回太空基地义无反顾地献身……这些英雄人物的逝去，为科幻小说蒙上了悲伤的色彩，也突出了小说的人文主题，对个体生命、群体利益和人性、正义、科学的终极探索达到了一个较高的层次，因此小说具备了一定的情感张力，引人思索，令人回味。

王晓达的作品在宣扬科技改变生活的同时，重点关注"科技为谁所用"的问题，在他的系列小说中往往存在着势不两立的敌我双方，他们以新的科学技术为工具，展开激烈的斗争，在经历多次冲突和坎坷曲折之后，正义的一方终于胜出。这一类科幻小说洋溢着人文主义的光辉：邪不压正；多行不义必自毙；得道多助，失道寡助；天道酬勤……这些是他小说的主基调，除了以上罗列的系列小说外，还有如在《万灵智慧药》中，康康投机取巧，误服记忆药片，终致高考一塌糊涂；在《超级电脑“助学宝”》中，星宇和沈翔利用“助学宝”不劳而获，遭到学校警告；在《艺术电脑》中，凌阳通过艺术电脑瞒天过海，“成就”了自己的美术家梦想，最终却丢掉了性命……

王晓达从工程师到科幻作家转变的过程，确有“有心栽花花不发，无心插柳柳成荫”之意。从中学、大学到“文革”后三十多年的文化、科学积淀，姑苏文化、科技世家、“科学报国”造船梦、“文革”动乱的“见识”，这一切的一切，出人意料地在科幻小说上“厚积薄发”，脱颖而出。看了他的科幻小说后，写信、打电话向他咨询“科技发展”和索求参考资料的读者连年不断，甚至有大学生要改专业专攻他写的“信息波防御系统”，足见其作品深广的影响力。2010 年，中央电视台《对话》栏目“揭秘物联网”节目，从网上查询到三十年前的科幻小说《波》等，认为作者“预言”了物联网，特邀王晓达做嘉宾，录制专题节目，这应当视为《波》的影响力的重要印证。

二、《波》：变化万端的科幻想象

科幻小说《波》是一篇科幻构思惊人的作品。“波”本身的科幻魅力是引起广泛关注和兴趣之所在。小说中的“我”是一位军事科学记者，在军事基地目睹入侵敌机“壁虎”的失控行为，了解到这正是他所要采访的科研项目——波 –45 系统，由信息波造成的虚幻目标，使驾驶员受尽愚弄而自投罗网。在“我”访问波防御系统的设计者王教授时，领略了各种波的神奇魅力和效果。后有一间谍假借王教授学生的同事之名，逐步获得教授的信任，企图寻机夺走波系统的理论资料。就在间谍原形毕露之时，王教授几次巧妙利用波的原理，最终将间谍擒获。作者通过一个个精彩情节，极力渲染了波的奇妙效应。

这篇写自三十多年前的科幻小说中的诸多场景，在当时看来可能是另类夸张的艺术想象和天马行空的大胆推测，但三十年后来看《波》，其中很多场景已变为现实，如感应门、笔记本电脑、有预约功能的锅、磁悬浮列车、电子监控系统等；还有一部分科幻意象仍超出目前的科技水平，使得人们对未来世界充满期待。而即便是超出的部分，也可从目前一些好莱坞大片中感受到相似的创意。

整体而言，《波》这篇小说的主角并非人物，而是以假乱真、千变万化的各种“波”。有评论认为：“这篇作品的主要特色，还在于科学幻想构思不落常套而出奇制胜，这是它高人一等的地方。这也是优秀作品的可贵之处”。[①]叶永烈也认为：“王晓达笔下的‘波’及其‘综合仿形仪’，是别的科幻小说中没有的，这样新奇的科学幻想构思，使《波》这篇科幻小说别具一格”。[②]王晓达本人也特别重视科幻小说的科学构思，他说：“科学幻想构思是贯串作品的主线，是作品中起主导作用且不可变更、代替的成分。”[③]

按小说的定义，新的“波”理论认为，一切物质都可用不同的“波”来表达，而我们能感觉到的一切信息也都是“波”[④]。因为波，捕获了敌军飞机；因为波，“我”去拜访其设计者王教授；因为波，王教授和“我”遭遇了亡命之徒的暗算和攻击；又因为波，王教授才能将亡命之徒一举拿下……可以说，波是小说的绝对主角。它给读者带来关于未知世界的新奇想象和生命体验，与当时文坛主流文学作品中的人物形象迥然不同，具有重要的探索意义和审美价值。

“波”在小说中的展示类型与效果如下表所示：

序号	“波”的地点	“波”的形态	感受者	效　果
1	中国国境线附近	泛着银光的大湖，光秃秃的山峦，十几架“壁虎”飞机，与柯鲁日也夫长得一模一样的大胡子飞行员，北方大国的SR-17基地场景	柯鲁日也夫	以假乱真，搅乱柯鲁日也夫的判断，他和“壁虎”飞机自投罗网，被我方擒获
2	王教授家楼前	一堵不高的花墙，爬满了常青藤	我（张长弓）	束手无策，不知所措
3	王教授的书房	众多美术大师的传世名作	我	惟妙惟肖
4	王教授的书房	窗台上的鲜花	我	能变幻成不同的花朵，有沁人心脾的香味

① 饶忠华，林耀琛．科学神话：1976—1979科学幻想作品集［M］．北京：海洋出版社，1979：6.

② 叶永烈．中国科幻小说经典［M］．武汉：长江文艺出版社，2006：493.

③ 王晓达．科学幻想小说粗浅谈［J］．科普创作，1981（5）.

④ 王晓达．波［J］．四川文学，1979（4）.

续表

序号	“波”的地点	“波”的形态	感受者	效　果
5	实验站	各种画报	我和间谍	可尽情翻阅，可调整大小
6	实验站 2S 组	大玻璃缸、热带鱼	我	有水的温度和触感
7	实验室	各种气味	我和间谍	尽可开胃，但肚皮依然故我
8	实验站 3–F 组	波斯猫、星湖	我和间谍	赞叹和钦佩
9	实验站 3–PG 组	电子音屏、回声仪	我和间谍	声音的有无可进行调控
10	实验站 3 楼王教授办公室	王教授摇身一变，成了十几个一模一样的王教授	我和间谍	间谍分不出谁是真正的王教授，无法开枪
11	实验站 3–Z 实验室	在间谍的胁迫下，王教授（“波”）用导线将我缠绕，自身本体却已离开现场	我和间谍	间谍以为此波乃真正王教授，放松警惕，后终被控制
12	实验站 3–Z 实验室	玲妹用三个能级的“脉冲波”袭击间谍	间谍	间谍被制伏

如上表所示，“波”贯穿于小说的始终，是故事情节发生、发展到高潮的主要推手和真正主角。这是何等超前和瑰丽的科幻想象：枫市王教授设计出来的用于军事防御的波 –45 系统，以波的原理营造出变化万端的虚拟场景，使北方大国的壁虎式飞机自投罗网；“我”去王教授家，被其住宅外的花墙波、住宅内的中外名作画像波、窗台上不断变换着的鲜花波深深吸引，叹为观止；面对敌人的控制，王教授利用波形成迷幻陷阱，巧擒企图窃取波理论专利的亡命之徒……在小说中出现的几场“猫捉老鼠”的游戏中，起先貌似是入侵者（不管是驾驶壁虎式飞机的柯鲁日也夫，还是假冒“洪青”窃取波理论的亡命之徒）掌握主动权，但随着故事的逐渐推移，他们纷纷败在了“波”的面前。这是人类科技智慧的较量与比拼，“波”的千变万化，与各种所需场景进行视觉、听觉、味觉、嗅觉等方面的无缝融合与对接。

“波”等科学幻想在小说中的精彩运用，得益于作者王晓达良好的科技功底，他在不惑之年捧出的处女作《波》，承载了自己多年的“科学报国”之理想，也集中展示了他的专业技能与科学想象力。

另一方面，王晓达在进行科技推想时，巧妙地融合了中国传统文化和通俗文学中某些因子和意象，如小说中出现的那堵花墙，作者给这一节的小标题命名为“我的错误和‘崂山道士’的围墙”，即有中国古代神话的印痕；小说中多个王教授“波”的出现，混淆了间谍的视听，这里也似乎受到了自 20 世纪初期兴起的新武侠通俗小说中江湖武功的影响。

王晓达在这篇小说创作中，显然超出了一般科普读物的科技展示和原理揭示，也不仅仅局限于讲一个关于利用高科技进行反侦察的通俗故事，他的高妙之处在于，尽可能地将科学技术广泛应用于人们的日常生活、艺术人文等方面，至少是在科幻小说中，实现了科技改变生活的理想。如在小说中，教授楼前那一堵不高的爬满常青藤的花墙，实际是一种起到迷幻、保护和装饰作用的视觉波。又如，教授家中挂着的徐悲鸿、齐白石、达·芬奇、米勒等人的绘画珍品，以及窗台前散发香味的各种花朵，也是一种视觉（或融合嗅觉）的波。再如，在实验室 2S 组，教授展示的大玻璃缸内游动的色彩缤纷的热带鱼、穿缸而出的彩燕，是一种视觉与触觉波。又如，教授在几个实验室里展示的各种味道以及各种小吃，如“糖醋排骨”“咖喱牛肉”“泸州特曲”等，也是嗅觉与味觉波……作者不仅创造了一个科幻的未来世界，由于以上这些日常审美形态的出现，作者又创造了一个与现实生活紧密相连的当下世界。有了这种与日常生活紧密勾连的细节安排，高端科技变得不那么冷冰冰，不那么遥远与神圣，它贴近了平民百姓，有了世俗的质感，也更容易让读者接受与感悟。

三、给人间送小温：《波》的人文情怀

王晓达创作这篇小说的动因很奇特，即科学设计才能无法施展，在无奈调岗，面对一群不太上进的技校学生时，作为老师的他，试图将科学技术包上好看的外衣，唤起读者（他的学生）对科学知识的尊重与探索。因此，他的科幻小说的创作态度严肃、认真，所持立场也十分明确——希望通过生动的科幻故事，引起青年人对科学的兴趣，其出发点是典型的有用之用。

诚然，《波》中奇特的科幻想象令人憧憬，悬念迭起的情节让人回味。但《波》所展示的，并不仅仅是幻想的高科技和“猫捉老鼠”的游戏，王晓达在作品中还寄予了深切的人文关怀，以及对美好事物、纯良人性的欣赏。如果

说《波》中的科学幻想是千变万化、神秘莫测的，那么，给人间送小温，对真善美的努力追寻却是始终如一、认真严肃的。

《波》写于1978年，发表于1979年，这一创作年代是有特殊意义的。经历十年“文革”，王晓达的工作、生活也在坎坷中受尽颠簸。1961年，他大学毕业时，满怀“到祖国最需要的、最艰苦的地方去”的理想，被分配到了四川成都一家鼓风机厂，一直在车间当个没有“任务”的“实习生”；1964年，一纸调令把他调到了生产推土机、铲运装载机的成都红旗机器厂当铆焊车间的技术员。不料“需要”他的工厂对待他，也和上一个单位差不多，就这样，他又当了近两年没人想得起来的焊工；“文革”中，混混沌沌的王晓达经历了被造反派“全国通缉”、衣不蔽体被赶出城、上京告状、中央接见、办“个人学习班”等种种人生体验。在“十年浩劫”之后，中国迎来了“科学的春天”，王晓达从“五七干校”回厂后，一心想继续自己的工程师之路，参加了新型装载机的设计、试制工作，因此获得了全国科学大会三等奖。然而，一纸调令又将他从设计科调往工厂技校任班主任，他的工程师之路又遭中断。

面对沉重的历史，以及其间发生的种种颠倒黑白、混淆是非的现实，新时期文坛开始对晦暗年代进行了有力地控诉，诸如伤痕文学、知青小说、反思文学等，都承载了作家群体痛定思痛的集体诉求，因此，大凡这一时期的文学作品多是金刚怒目式的。王晓达写《波》，在当时看来，纯属业余创作，虽然命运之前待他如此不公，但在《波》中，读者并未感受到他的控诉和抱怨；相反，因为科学幻想的介入，《波》呈现的是一个虚拟的科幻的未来世界，与主流文学比照起来，显得澄澈而明净。难能可贵的是，《波》还有一个自身独特的内在视角——人的纯真美好的情感。这也是《波》的文学性构思的一个特别之处。王晓达说：“科学幻想小说是小说，应该遵循文学艺术的规律，要进行文学构思，即要着力塑造人物，讲究结构情节，注重景物描绘、气氛渲染和文字语言，从而表达一定的主题。”①

《波》中勾勒了人类诸多美好的情感。第一种是兄弟之谊：“我”和88基

① 王晓达．科幻小说是一种特殊的小说［J］．科学文艺，1984（4）．

地的马攻坚是大学同学，这种关系为“我”的采访工作带来很大便利。文中有不多的关于两人的细节描写，如：“我是傍晚到达基地专用机场的。迎接我的竟是军事科技学院的老同学马攻坚。他给我一拳作为见面礼，我也回敬了他一掌。”这种细节刻画，虽着墨不多，却将两人之间的深厚友谊生动地勾勒出来。这种同事之间的兄弟之情，在王晓达的其他科幻小说作品中也有体现，如张长弓与小于（《冰下的梦》）、张长弓与冉·贝克、萨里姆（《太空幽灵岛》）、王啸与李嘉（《太空碧血》）。

师生情谊在《波》中也有精彩展示：间谍之所以有机可乘，混入王教授的家中和办公室，最主要的原因是他打着自己（假洪青）和王教授的学生杨平是同事的幌子，而王教授恰恰又是个很看重师生情谊的人。《波》中有这样一个细节，当“洪青”与教授在初见之后因观点不合产生不快，“洪青”不失时机地拿出一座小巧玲珑、闪着银光的埃菲尔铁塔模型，又拨响了塔身附带的音乐——施特劳斯的《蓝色多瑙河》。

> 教授点着拍子微笑着说：“杨平他还记得我喜欢施特劳斯，喜欢塔？”
>
> 洪青说：“怎么不记得！他还经常对我们讲，您带他们到各地参观实习时，如何专程去看六和塔、大雁塔、北寺塔、白塔、双塔……如何向他们讲金字塔、方塔、雷峰塔、斜塔的故事……”教授显然给感动了，刚才的怒火在华尔兹乐曲声中，在洪青的轻言细语中冰消瓦解了，而且还格外兴奋。①

这个细节很传神，对故事情节的铺垫和推动起到了很好的作用，此刻的王教授，在读者眼中，是位重感情的恩师、是位有生活情调的知识分子。

《波》中还有一条潜伏的情感线索，即“我”和王教授的女儿玲妹之间渐渐萌生的爱意。作者对玲妹用笔不多，但她银铃般的笑声、美丽的大眼睛，以及办事干练机警的作风，已给读者留下了深刻印象。《波》不是言情小说，但加入一点爱情作为调料，故事就显得更为灵动了。“我”数次面对玲妹

① 王晓达．波［J］．四川文学，1979（4）．

的揶揄或关心，总是红着脸，心中有朦胧的甜蜜，很符合青年读者的生命体验，表达了年轻人对美好爱情的憧憬。在王晓达的《冰下的梦》《太空幽灵岛》《莫名其妙》等作品中，张长弓和玲妹的情感有了更进一步的发展。

诚然，不管是同学之情、师生之情，还是爱情，或是王教授家的天伦之乐，在王晓达笔下，均呈现出一种干净、简单、清澈的风貌。毕竟，科学幻想才是故事的主体，波才是故事的主角，但这些人类和谐情感的融入，使得“波”具有了更加立体和生动的表达效果。

还有一点应特别指出的是，王晓达塑造以上种种情感，大多是统一在热爱祖国、保卫国家这种情感主基调之下的，无论是作者的创作立场，还是作品中人物的情感立场，他们对于祖国的情感朴素而专一。在《波》中的两次敌我较量中，均是利用波的原理，将潜伏在我上空的壁虎飞机和打入我方内部的间谍一举拿下，我方取得绝对胜利。小说充满了乐观、明朗的基调，洋溢着作家朴素的爱国主义情感。北师大教授吴岩认为：“中国科幻作家也对社会投注了无限的关爱。从早期希望改良的晚清科幻，到新中国建立后各个时期的创作，社会和个人永远是作家关心的主体，倾向一种美好的政体、美好的社会氛围、美好的人文和自然环境，在中国科幻作品中通过朴素的情感表达出来”。[①] 学者王卫英也指出：“《波》不仅描写了形形色色的‘波’无处不在的作用，更令人惊叹和折服的是科学家那种博大的爱国情操和出奇制胜的处事风度”。[②]

《波》给人以光明和温暖，在让读者领略科技的伟大和深邃的同时，又为读者揭示了生活的美好和人性的纯良。所以，在《波》悬念迭起的情节之中，在爱憎分明的人物形象之间，作者的良善用意和人文情怀，分外凸显。

---

① 吴岩．科幻文学论纲［M］．重庆：重庆出版社，2011：192.

② 王卫英，张懿红．20 世纪中国科幻小说创作的本土化进程［J］．贵州社会科学，2008（6）.

月光岛

◎ 金涛

啊，月光岛，
你美丽又荒凉，
想到你啊，
我永世难忘又无限悲伤……

一

初秋的一个黄昏，落日余晖在大海的胸膛上披上了一件五彩斑斓的美丽罩衣。这时，有个二十来岁的年轻人默默地沿着一级级的石条凳道，向月光岩的顶上攀去。他走得很快，不时地连蹦带跳，像只惯于攀山登岩的羚羊。很快，四百多级石头台阶甩在他的背后了。他在山顶上喘了几口气，钻进一座高高耸立在月光岩上的灯塔。不大会儿工夫，一道白光从灯塔顶部的玻璃窗孔迸射出来，在渐渐变得黯淡的海面和暮色升起的天空弥散开来，预告着黑夜来临了。

这个年轻人走出灯塔，伫立在离灯塔不远的悬崖边缘。他眯缝着眼睛，向落日沉没的远方凝视了很久。从那灼热的目光和一双紧闭的嘴唇，可以看出他似乎在期待什么。然而在视线所及的海面，除了十几只在苍茫暮色中鼓噪的信天翁，成双结队地在悬崖下的海滩附近徘徊。海上，空无一物。不一会儿，最后一抹玫瑰色的晚霞余晖也从天际消失了。浓郁的夜色像薄雾一样，从黝黯无光的海面升起，迅速扩散到海岛上空，把一切都遮盖起来。年轻人这才失慌地掉转头，从天际收回了视线，怏怏而返了。

他沿原路走下月光岩，回到他住的房子。这是一幢临近海边的、用就地取材的石块砌成的简陋石屋。他心烦意乱地闷坐在黑洞洞的房里，电灯也忘记拧开，陷入深沉的思索中……

他叫梅生，四年前从东南海洋大学海洋生物化学系毕业。这个当年全校数一数二的高材生，按理说该是海洋科学院或者别的什么研究机构最合适的人选。可是生活偏偏喜欢捉弄人，和他开了个不大不小的玩笑。毕业那年夏天，一场比十二级台风还要猛烈千百倍的政治风暴，从东到西、从北向南，汪洋恣肆地席卷了九百六十万平方公里的大地。风狂雨猛，浊浪排空。风暴所及之处，科学的殿堂倾毁坍塌，实验室的仪器、器皿击成碎片，那些凝集了科学家心血的研究课题被冲天的海啸顿时吞噬……梅生这个毫无生活阅历的年轻大学生，像初次出海的水手，驾着一叶四处漏水的独木舟在狂风恶浪中挣扎，不能掌握自己的命运。不过比起和他同时代的青年人，他毕竟幸运得多。就在他惊魂未定时，不知来自何方的一股洋流推动他的小舟，把他送到荒凉的月光岛上，从此他开始了灯塔管理员的生活。

他确实是最合适不过的人选。他是个孤儿，从小失去双亲，也没有一个兄弟姐妹，是人民用乳汁把他哺养成人的。在旁人的眼里看来，月光岛上灯塔管理员的工作比起囚犯好不了多少，这里缺乏起码的物质生活和文化娱乐，唯一和世界的联系是每隔半个月航运局给他送来粮食蔬菜的运输船。然而奇怪得很，他却深深爱上了荒凉的月光岛，也很满意分配他干的这个工作。

他是个天生喜欢和大自然为伍的人。刚来那些日子，他简直像个头一回逛动物园的孩子，成天在岛屿周围，在丛林密集的山岩、在洁白如银的沙滩跑个不停。他不知什么是疲倦，一会儿像条梭鱼划开碧蓝碧蓝的海水，遨游在绚丽多彩的海底；一会儿像条懒洋洋的海豹，仰卧在灼热的沙滩上，让热带的阳光炙烤着他那一身古铜色的、充满青春活力的皮肤。他还花了整整一个来月的时间，勘探了岛屿的地形，不止一次钻进藤蔓缠绕、难以涉足的热带丛林。他不仅仅是出于好奇，而是要对自己将要长期定居的环境作了一番认真的科学调查。他学过地质，月光岩裸露的岩层和海边礁石，瞒不过他一双敏锐的眼睛，他把调查结果详详细细地写入他的笔记。

月光岛——多么动听的名字！——是更新一次海底火山爆发的产物，从岛上火山堆积物（主要成分是玄武岩）的结构和层次判断，它露出海面的时间不超过五万年。岛上的制高点——那座突兀高峻的月光岩海拔高度一百七十二点四米，是当初喷吐熔岩的火山堆。

岛屿面积为零点九五平方公里，距陆地最近距离为十一点五七海里。植物种属估计近百种，主要为桃金娘科、棕榈科、兰科、大戟科、番石榴科。动物种属不详，待查。

岛上灯塔根据建筑标记，是第二次世界大战时日本海军东丑舰队七十五军团所建。

全岛共有居民三十六人，岛屿西部有一座渔村，渔民过着与世隔绝的生活。他们是什么时候迁入月光岛的，没有人知道。最令人费解的是，渔村没有小孩，一个也没有，只有二十五个男人，十个女人，也许是由于这里环境艰苦，他们把孩子们安置在别的什么地方，但也无从证实。至于海岛东部，唯一的居民是灯塔管理员……

不过，年轻的大学生安心在月光岛上生活还另有原因。他并不是那种性情孤僻、离群索居的人。在大学，他活泼、热情的性格就赢得同学们的好感。他是足球场上一名能攻善守的中锋；航海俱乐部的每次舢板竞赛少不了这员猛将；新年联欢晚会，他那浑厚优美的男低音，常常打动姑娘们的心弦。然而在另外的场合，比如在本生灯冒蓝色火舌的实验室，埋头化学实验的梅生却判若两人。他勤奋刻苦，一丝不苟，深得生物化学家孟凡凯教授的垂青和赏识。他的毕业论文便是在孟教授直接指导下进行的，说得准确一些，这是他们师生合作的一项科研课题。不幸的是，这项重大的科研项目刚进入实验阶段，孟教授在一次意想不到的事件中身陷囹圄，至今下落不明。接着梅生离开了大学，来到了几乎与世隔绝的孤岛。

气象学家发现，盛行在南中国海和孟加拉湾的台风，有个极为有趣的现象：台风中心，有个“台风眼”。尽管台风经过的地方是遮天蔽日的狂风暴雨，小小的台风眼却别有风光，依然是风平浪静，天晴日朗。在风狂雨骤的那些年月，月光岛正是这样一个平静的“台风眼。”

梅生始终没有忘记他和孟教授合作的课题。他打心眼里爱上了“台风眼”，爱上了这里的宁静和自由。的确，就没有人愿意涉足这儿来过问他的工作，似乎也没有人注意他这个游离在风暴之外的漏网之鱼。他虽然失去了朋友，失去了爱情，失去了他这样年龄应该享受的一切，却赢得了宝贵的时间，可以继续从事他醉心的试验。他在卧室隔壁一间堆放杂物的贮藏室里，精心布置了一间再简陋不过的实验室。几块木板钉成的操作台，大大小小的瓶瓶罐罐，就是他的全部设备。月光岛种类繁多的鸟兽虫鱼，为他提供了取之不尽的试验材料。四年的光阴就这样流逝了，他忘情地从事这项课题的对比试验，积累了将近一千页的实验记录。他朦胧地意识到，一个惊人的结论，像黎明的曙光在这间蓬壁包围的陋室里快要诞生了。

但是，在这个节骨眼上，试验被迫中断了，整整中断了半个月。梅生想起这些就有些恼火，白白浪费了十五天的宝贵光阴。

他很容易逮住了一只活蹦乱跳的金丝猴，那是半个月前发生的事。那天傍晚，他照例点亮灯塔，信步走下月光岩。当他走到离屋子只有十来步远的地方，忽然听见房里一阵嗦嗦响动。起初他以为是讨厌的耗子出了洞，可是不对，一道金黄色的闪光在眼前一晃，像是有什么东西从床上窜上了桌子。他蓦地想起桌上有一盘刚摘的香蕉，也许哪个林中的小馋鬼闻到了香味，乘主人不在的工夫，偷偷溜了进来。想到这，梅生蹑手蹑脚走到窗前，猛地关上窗户。

嗬，他万万没想到，自投罗网的竟是一只名贵极了的金丝猴。他高兴得喘不过气来，小心翼翼地把这个毛茸茸的小馋鬼关进了铁笼。一个成熟的念头在他的头脑里油然而生，他决定在这只难以觅求的灵长目高等动物身上进行一次难度最大的试验。他记得有一次，孟教授用低沉的声调对他说：“记住，我们的最终目的是揭开人类死亡之谜。一切动物的试验，都不能代替人体本身的试验。因此，我们全部的困难恰恰在于这点，因为我们很难实现人体的试验，这不仅要冒极大的风险，而且是科学所不允许的。”

“那该怎么办？”他询问自己的老师。

“我想，如果能用灵长目动物作为试验材料，我们至少可以接近真理一步，”孟教授深凹的眼窝里，闪动智慧的光芒。这样的话，我准备下一步请你在我的身体上做最后一个对比试验，我相信我们的结论是正确的！”

“你……，用你的身体？”梅生几乎惊叫起来。

“为什么不可以呢？每个献身科学的人都应该随时有这种准备。”孟教授的嘴角浮现一丝自信的微笑，接着他向自己的学生谈起人类历史上许多献身科学的大无畏的勇士，他讲到布鲁诺、富兰克林、居里夫人、塞尔维特……

孟教授的谈话对年轻的大学生印象太深刻了。为了做好这次试验，他花了几个通宵拟订了试验方案，对各种可能出现的意外，都制定了应急措施。当他环顾井井有条的试验室，看见铺着白床单的解剖台和擦得锃亮的七拼八凑的手术器械，他仿佛置身在大学设备齐全的试验室里了。

他把手伸进铁笼子，安慰忐忑不安的金丝猴：“别怕，小家伙，一点儿都不疼……。”仿佛这只小动物真懂他的话似的。

接着，他走向屋角的一只木柜，那是贮存化学药品及各种试剂的专柜。他兴冲冲地拉开柜门，蓦地，他的手像被什么蜇了一下，很快缩了回来。他气恼地把门“呼”的一声关上，颓然地倒在椅子上。糟糕透了，试验必不可少的药品全部用光。甭说一只金丝猴，连解剖一只苍蝇也远远不够。他只好放下试验，掏出全部积蓄，给出海的渔民开了一张详细的、满是拉丁文的购货清单……

此刻，他的脑子里，仍在默默盘算渔轮返回的日期。不知过了多久，一弯新月从月光岩的顶巅冉冉升起。水银似的月光穿过窗前一株棕榈的扇形树冠，斑斑点点泻在床前的地板上。潮水也上涨了，喧嚣的海潮自远而近，在窗脚的礁石上轰然作响，仿佛憋足了气力要掀掉屹立在巉岩的石屋。金丝猴似乎受到了惊吓，发出“吱吱”的叫唤声。

“别闹，烦死了！”梅生嘟哝着，伸手打开电灯。他取下墙上挂着的一件夹克，打算到东海岸的渔村探听一下渔轮的确切消息。就在这时，窗外传来他盼望已久的喊声：“梅生——”

梅生撂下衣服，敏捷地奔到窗前，探头向外张望。

朦胧的月光下，一艘黑乎乎的船紧贴着窗下的石壁缓缓移动，像一只甲虫在波光闪烁着的海面上划出一条长长的、清晰的曲线。船上有人高声唤道：“喂，快来！”

不错，是他们！梅生含糊地应了一句，兴奋地拔腿跑去。他听得很真，喊他的是那个诨号叫“海狼”的老渔夫。他飞也似的跳下门前的石阶，沿着坎坷不平的岩岸向前奔去。

渔轮乘着涌进海湾的潮水，在几株棕榈树的阴影里靠了岸。它熄了火，像跑累的牲口呼哧呼哧地喘着粗气，浑身颤抖。梅生的脚步渐渐放慢了。他有些纳闷，往日，海狼老爹总是把船只停泊在渔村那边，然后打发个人把东西给他捎来。可是，今天是什么风把他吹来了呢？……他来不及细想，海狼老爹已经迎上前来，把一只方方正正、还用绳子捆得挺结实的纸箱塞在他的手里。

“给你，”他嘟哝着说，“这玩意真不好买，跑了好几家都说没货，最后还是托我的表弟走了后门，到化工仓库里把药品配齐的……”

梅生接过纸箱，心里有说不出的高兴，忙不迭地道谢。

“谢什么！”海狼老爹吼了起来，皱着眉头说：“以后少说这些见外的话，我不爱听！”

梅生尴尬地笑笑，和他搭讪了几句闲话，接着亲热地拉着他的胳膊。“老爹，坐一会儿吧，还有大半瓶五加皮。外面最近有些什么新闻，给我讲讲……”

梅生说到这儿，突然戛然而止。他发觉海狼老爹对他的盛意邀请，反应极为冷淡。老渔夫忧心忡忡，两手对搓，面部的表情在月光映照下显得分外严峻。

“出了什么事？”梅生不安地问：“难道渔船在海上出了事故，是不是哪个渔民遇难了……”他的脑子里闪电似的胡思乱想着。

海狼老爹吞吞吐吐，他的一双忧郁的眼睛，在对方充满惊骇的脸上，足足打量了好几分钟。梅生见他嘴唇嗫嚅，像是要说什么似的，可是他的话到了嘴边又咽了下去，接着默默地朝亮着灯光的房子走去。

“老爹，你是怎么啦？”梅生紧跑了几步，和海狼老爹前后脚走进房内。

海狼老爹拖来一把凳子，坐在靠窗口不远的地方，慢吞吞地掏出烟斗。当他划着火柴，突然从凳子上站起来走到过道里，朝那间“实验室”瞅了一眼。梅生对他的举止感到奇怪，正待开口询问。海狼老爹扭过头问道：“我想打听件事情，梅生，你实话告诉我，你的那个把死鱼救活的办法，究竟能不能救……救人？”听得出来，他的声音微微有些颤抖，显然他说这番话是经历了一番斗争的。

梅生越发感到莫名其妙了。过了半晌，他的嘴里才断断续续冒出几个字：“谁？到……底……是谁？”

海狼老爹见他脸色骤变，连忙向他说明：“你别紧张，不是我们这儿的人。”没等梅生开口，他又急迫地问：“到底行不行？”

梅生的心里一块石头落了地，他如释重负地舒了口气，一屁股坐在床沿上，眨眨眼睛，思忖着该怎样回答海狼老爹提出的问题。他十分为难，在这个孤岛上，只有海狼老爹一个人知道他的试验，那是一次无意中被他发现的。不过能不能把死人救活，他没有试验过，这些深奥的道理，他也无法三言两语对海狼老爹讲清楚。他用手挠挠头，面有难色地道：“老爹，不瞒您说，医生不见病人是无法开方下药的，你叫我怎么说呢？”

海狼老爹对这样的回答有些失望，他一时没有作声，低着头猛吸了几口烟。过了片刻，他磕掉烟斗中的烟烬，终于把事情的原委说了出来。

“是这么回事，天刚黑下来的时候，我们已经看见了月光岛模模糊糊的轮廓，估计距离月光岛顶多只有十几里光景。这时忽然在渔船的左前方出现一片刀鱼群，密密麻麻，连海水都变了色。你知道，我们当然不肯轻易放过这个送上门的好机会，再说船舱还空着一半哩。于是我们围着这片海区兜了个大弯，足足忙了两个多钟头。等我们收完网具，满载而归，月亮已经升得老高老高了。”

海狼老爹把凳子向梅生这边挪近些，低声说：“事情怪就怪在这儿。渔船靠了岸，伙计们盼家心切，一个个走光了。我瞅着你这箱药品，知道你等着要用，决定先上你这儿来，顺便带几条新鲜鱼让你尝尝鲜。我扒开甲板舱口的铁盖，猫着腰把胳膊伸了进去，嗬！好凉，鱼群裹着一块块人工冰哩。我用手在舱里东摸一把，西抓一把，里面漆黑一团，什么也看不见，忽然我的手摸着一个软绵绵的东西。

‘噢，这是个啥玩意？’我心里顶纳闷，这不像海蜇，也不是乌贼，细长细长，还挺软和，我索性俯下上半截身体，把脑袋伸进舱口，顺着那个柔软的东西往前摸了过去。

大约摸了几分钟，天呐！我突然像触电似的跳了起来，后脑勺刚巧磕在铁绞盘的铁把上，痛的我龇牙咧嘴，我顾不得许多，撒开腿跑进了驾驶室，把门紧紧关上了……

梅生见海狼老爹说得绘声绘色，叫人心里发毛，忍不住问道：“你到底摸到了什么？”

海狼老爹一双惊恐的眼睛睁得老大，他向左右瞥了一眼，然后贴近梅生的耳朵，悄悄地说了几个字。海狼老爹的话刚说完，这时只见梅生腾地从床上蹦起来，大惊失色地说：“你真的看清楚了？”

“这还有假，回来我又打着电筒凑到跟前仔细瞅了瞅，的的确确是一具尸体，而且还是个女人！”

“女人？”梅生不由地惊叫起来。

“嗯，不信，你自己去看看嘛！”

“在哪儿？”梅生气喘吁吁地问。

“就在门外，船上呀！”

“嘿，你怎么不早说，快带我去看看呀！”

几分钟后，这一老一少像一阵旋风似地跑到船上。这时月亮从一团薄絮般的云彩中钻出，似乎也在好奇地窥视着渔轮上发生的一幕人间喜剧。

梅生的脸色苍白，神情紧张极了。他弓着腰，壮着胆子钻进了敞着口的，寒气逼人的冷藏舱。过了一会儿，抱出了一具尸体，海狼老爹在一旁搀扶，帮着他爬上甲板。梅生小心翼翼地托住尸体，转过身来，刚巧，淡淡的月光迎面而来，把尸体的面部和全身照得清晰极了。在这一瞬间，梅生和海狼老爹异口同声地惊叫起来：“呀！”

他们看得再清楚不过了：纠缠粘连的乌黑长发，清秀瘦削的面容，紧贴身体的单薄的连衣裙，裸露的脚踝和浅黄色的人造丝袜……原来死者是个只有十八九岁的少女！

他们默默对视了一眼，谁也不想开口。真的，有什么可说的呢。这个二十七岁的青年人和那个比他年岁大一倍还多的老渔夫，胸口都感到郁闷，似乎有一团烈火在里面奔腾。他们当然不知道这位不幸的少女的身世和死因，也没有学会用世俗的天平称量称量他们的举动可能带来的后果。海狼老爹只觉得鼻子一阵酸楚，苦涩的泪水在他那被海风吹得红肿的眼眶里直打转转。他用像锉刀似的粗糙手掌，温存地抚摸着那只没有知觉的、苍白的、纤细的手指，喃喃地说：“可怜，真是造孽啊！……”

怀里抱着尸体的梅生脸色变得铁青，阴沉的目光默默地凝视着万籁俱寂的海面。他神情有些恍惚，这突如其来的悲惨景象使他的心房隐隐作痛。他希望这不过是一场噩梦，一种不存在的幻觉，等一会儿就将从眼前消失：大海，渔船，连同这具少女的尸体。他直觉地判断，死者肯定不像失足落水的，从她的衣着、脸部表情都可以看出来，但是她是谁？这样的青春妙龄，一朵含苞吐艳的鲜花，为什么要走上这条绝路？谁也无法回答。梅生捧着这具尸体暗自思忖：“怎么办？把她重新抛到大海里葬身鱼腹，然后从地球上永远消失，不留一丝痕迹呢？还是……”

“你倒是说话呀？”海狼老爹见梅生痴呆的神情，用胳膊肘捅了他一下，焦虑地问。

“嗯”，梅生从冥想中惊醒过来，看了一眼怀里的尸体，他觉得死者像是睡着了似地，心里一动，不禁感到十分惋惜。

“你没有告诉别人吧？！”他向尸体努了努嘴。

海狼老爹会意地眨眨眼睛答道：“除了你我，只有它知道。”他手指着头顶上的明月。

“试试看吧！”梅生咬着嘴唇，费了很大气力从牙缝里挤出这句话。他突然感觉得有一股无形的力量在鞭策他，激励他，推动他。他把这具无名尸体郑重地贴在他那温暖的胸膛上，像是从大海里拾到人间遗弃的珍宝，大踏步朝石屋走去。

月光如水，在他们身后不远的丛林里突然传来一声猿猴的哀鸣，声音悲凉而凄惶……

二

传说月亮和潮汐是一对热恋的情人，它们每月定期约会，诉说衷情。每当一轮皎洁的圆月在天际露出她那晶莹美丽的脸庞，这时潮汐再也抑制不住澎湃的激情，兴奋地向它的情人扑了过去……

这天，月亮和潮汐又相会了。海湾里潮流激荡、奔腾；白花花的大浪在嶙峋的礁石上跳跃，欢笑，发出声震如雷的吼声……

但是，“实验室”里却静悄无声，唯有房顶一盏一百支光的大灯泡发出耀眼的光芒，比往常任何时候都显得格外明亮。不知从什么时候，梅生迷迷糊糊合上了眼皮。他头枕着胳臂，靠在操作台的边沿上睡着了。

在这间充满静谧气氛的房里，一切都归入沉寂。就像经过一番鏖战的战场，疲惫不堪的士兵和衣倒在掩体内，大炮和机关枪暂时也保持沉默。不过如果留心观察的话，在这个悄无声息的小小空间里，科学和死神的搏斗正处在短兵相接的决战阶段，整个战役的胜败也许即刻就要揭晓了。

靠墙临时用木板搭成的一张单人床上，雪白的床单严严实实掩盖了一切，只是在上端露出毫无血色的半张脸，既无从窥视她的面容，也无法判断那里是否存在真实的生命。床头捆着一根指头粗细的竹竿，吊着一只透明玻璃瓶，一滴滴淡黄的液体从里面渗了出来，顺着一根细长的橡皮管，伸进了白色的床单。

静，从未有过的安静。不过，倘若留神聆听，隐隐约约的还有一阵阵酷似春雨扣窗的沙沙声，这声音来自操作台上，低微得令人难以觉察。

那是一口大玻璃缸，透明的玻璃盖下，成百上千的蚂蟥蠕动着，形象丑恶，面目可憎，没有比这更令人可怕了。这些自然界的吸血鬼挤成一团，像泥鳅似地翻来覆去，企图逃出束缚它们的小小空间，不过玻璃盖扣得那么严实，它们的一切努力都失败了。它们攀爬，挣扎，互相践踏，不断从口腔分泌出淡黄色的汁液，这种液汁和床头悬吊的玻璃瓶内的液体何其相似。轻微的沙沙声便是从这里出来的。

这里进行的试验，神秘极了，令人百思不解。也许只有梅生一个人才能解释。可是他实在太辛苦，太疲倦了。整整一个星期，他几乎没有睡过一个安稳觉，他的全部心思完全集中在抢救这个死去的女子。他竭尽全力，把他的知识、他的智慧，还有他和孟教授合伙研究的成果，一点儿不剩地用上了，可是结果究竟如何，他心里没有十分把握……

为了不打扰试验，海狼老爹尽量不上这边来。但是老渔夫实在难于控制自己，时常在夜深人静的时候跑来探听消息。这天黎明出海之前，他又在窗下出现了。

“怎么样？有希望吗？”他踮起脚尖问道。

梅生打着哈欠，眼睛通红，又是一夜未睡。

他的神情有些焦躁不安，他比任何时候都清楚，情况并不乐观。虽然经过他的努力，这个被死神夺走的女子，在第二天清晨，心脏就重新起搏，体温开始明显回升，肌体的肤色也由于血液通畅出现淡淡的血色，可是他并没有消除内心的疑虑。过去在许多动物身上作过的试验提醒他，这往往是死神要弄的骗人花招。果然，他的估计不错。第四天清晨，女子的情况急剧恶化，她的呼吸变得非常微弱，滚烫的额头像烧红的炭火。梅生清楚地了解，在这个性命攸关的时刻，只要高烧不退，全部努力将会溃于一旦，残忍的死神仍会再次夺走这个不幸的女子。不过他没有把这些告诉海狼老爹，也许是不想过于使老人失望，或者是他还不甘心在死神的威力下退却，他勉强地微笑着，对即将出海的老渔夫说：“你放心吧，我是不达到目的誓不罢休的！”

“那就好，不过你自己也得注意。不要弄垮了。”老渔夫没敢多耽误时间，关照了几句，又问：“有什么事要办吗？”

梅生略微想了一下，叫他等一等。过了一会儿，他开了一张购货清单递给窗外的老渔夫。

海狼老爹走后，梅生的睡意顿消，他用冷水洗把脸，冷静地坐了下来，把整个治疗方案从头至尾做了一番检查。他翻开一张张观察记录，对抢救过程的每个细节都用怀疑的眼光重新加以审查，最后他恍然大悟了。

“对，应该这样！”他蓦地拍了一下巴掌，兴奋地站起来，在屋子里激动地走来走去。

梅生找出抢救过程中的明显错误，主要是药剂用量偏低，不敢超过理论计算公式的平均值。他没有想到试验对象不是一般的低等动物，而是实实在在的人。由于药量不够，这个女子的体内，生与死的因素一直处在胶滞抗衡的状态，并且愈来愈恶化。看来这个公式还不够完整，它在应用于人体时要加一个参数。

“这个参数应该是……”他一面用铅笔在纸上迅速计算，一面翻看病历记录。当他算出了最佳参数值时，他大胆地修改了原定的试验方案，把药物浓度加大了一倍。他找了一根竹竿，吊起了玻璃瓶，把定时注射改为点滴，这样一来，药物作用的效果好多了。他像个运筹帷幄的指挥官，探明了敌军防线的薄弱环节，当机立断地把最精锐的部队投入战场，由被动防守转入了战略性的总攻击了……

然而，这个大胆的方案在他来说，毕竟是第一次，没有先例。他不能不捏一把汗，担心药物过猛会带来意想不到的副作用，甚至会产生无法挽回的突发性死亡。他带着这样无穷的忧虑进入梦乡，他的脑子仍在不停地苦苦思索……

忽然“水……水……”的声音，在梅生的耳膜里嗡嗡了一阵。处于半睡眠状态的中枢神经，突然亢奋起来，像雷达似地四处捕捉这陌生的信息。这声音仿佛是从遥远的宇宙空间传来的，微弱得像一线极细的金属丝，飘浮在空中，忽隐忽现。梅生平时难得听见人们说话的声音。他的听觉的分辨力因而训练得非常敏锐，当这种微弱的声音出现不到几秒钟，梅生蓦地从酣睡中惊醒过来，他敏捷地像闪电一般直奔床前，伸出了手。

“谢天谢地，成功了！”他的手接触到女子的前额，冰凉冰凉，还有一层黏糊的茸毛似的薄汗。他不禁失声叫了起来。他的眼睛顿时变得模糊起来了，一行温暖的苦涩液体淌进他的口腔……这个男子汉再也抑制不住自己的兴奋和激动，他有生以来第一回热泪滚滚，无法自禁。

他的心情难以用笔墨形容。这时，他恨不得一口气跑上月光岩，向着茫茫的大海，高声地对彼岸还在梦乡的世界宣布他的惊人发现。他要告诉那些遭到不幸的老人和孩子、父亲和母亲、丈夫和妻子，不要轻易地把一个失去生理机能的生命宣布为死亡，不，决不能这样……然而科学家的秉性使他立刻冷静下来，他什么话也没有讲。他用颤抖的手拔掉女子手背上的针头，现在这已是多余的了。接着他取来一只盛满饮料的玻璃杯，给复苏的生命补充养料。

那个女子的眼睛还没有睁开，她大口大口地吸吮着，像初生的婴儿贪婪地吸吮母亲的奶汁，一杯饮料很快喝光了。过了一会儿，她的眼皮好像感受到灯光的刺激，微微跳动。梅生屏声敛息地观察她的动静，像产妇第一次见到自己婴儿，心中充满忐忑不安而又难以自禁的喜悦。

大约过了十来分钟，也许更长一些，那一对长睫毛的大眼睛终于挣脱了死神布下的黑暗罗网，慢慢睁开了。不过，这双刚刚恢复视觉的眼睛并没有向站在他面前的陌生人表示丝毫好感，反而交织着复杂极了的种种神情：惊骇，恐惧，悲哀，痛苦甚至还有点仇视的情绪。只有对人生绝望的人才会投射这样的目光。

“你别害怕……”梅生含笑地望着她，竭力想减轻她的恐惧心理。他轻轻摸着她的额头；不料她像只受惊的兔子，猛地推开梅生的手，全身蜷缩一团，用充满敌意的目光警戒着。

过了片刻，她突然喊叫道：“你是谁？这是什么地方？”这是她的生命重返人间的第一句话。梅生发觉她说话时，全身瑟瑟发抖，像发疟疾似的。

“安静一点，姑娘，不要害怕，这里没有人会伤害你……”梅生后退一步，笑容可掬地安慰她。但是，这个女子仍然惊慌不安地环顾着周围，她看了看占据半个房间的长桌，对上面许多奇形怪状的玻璃瓶凝视了很久，又把目光向梅生身上打量着，接着她转过头来向窗外望去，瞥了一眼玻璃窗上的晃动的树影月光，突然她挣扎坐起，声嘶力竭地喊道："你放我走！你放我走！……"也许是她觉得自己身单力薄，自己的要求不会得到别人的同意，她又伤心地哭了起来。

梅生不曾料到会出现这样尴尬的局面，一时慌了手脚。他连忙上前像哄小孩似的劝她，和颜悦色对她说："姑娘，你现在是在月光岛上，你知道吗？这里是个孤零零的海岛，四周都是大海，没有人来伤害你的，你害怕什么呢？……"

梅生这番话居然生了效，女子停止了哭泣。她仿佛大梦初醒，脑海里忘却的记忆好似大雾遮盖的景物，渐渐云消雾散显示出来了，不过，她多少会想起一些，于是她抬起眼睛，疑惑地注视梅生，一面喃喃自语道："这到底是怎么回事？我怎么会到这儿来的？"

梅生见她开始安静下来，紧张的心理已经消失，不觉松了口气。他没有急于回答女子的问题，而是继续向她介绍月光岛，还作了一番自我介绍。他在说话的时候，用螺丝刀打开一听菠萝罐头，放在她的面前。

她这回没有推却，默默地接过来，用汤匙尝了一口。可是她仿佛又触动了心事，仅仅尝了一口再也吃不下去了。她的鼻子一阵酸楚，泪水像断线的珍珠顺着面颊淌了下来。许久以来，她记不清有多少年了，没有人对她这样关心、这样体贴，她的一颗冰冷的心被一点点温暖感动得颤抖了……

梅生并不理解她的满腹苦衷，以为她身体不适，忙问："你怎么啦，哪儿不舒服？"

女子侧过脸，用手抹去泪珠。沉默半晌，她用恳切的口气轻声问道："请你告诉我，我到底是怎样到这个岛上来的？"

梅生这时的心情十分矛盾。他不善于说谎，可是他也不敢马上把真情实况原原本本告诉她，他担心这个女孩子脆弱的神经不一定经受得住这样大的刺激。

女子见他沉吟不语，越发疑虑重重。"难道这还有什么不能讲的吗？对我。"她问。

"不……不是……，"梅生吞吞吐吐地说，他见女子一双火辣辣的眼睛直盯着自己，越发找不出合适的字眼来。憋了半天，他只得无可奈何地说："当然可以。"他停顿了一会儿，又说："不过，你必须答应一个条件我才告诉你，行吗？"

"还有条件？"女子的嘴角浮现一丝不易觉察的微笑，她的笑靥是很动人的。"当然，不许激动。不论听到什么，都不许激动，能做到吗？"梅生突然增加了勇气，对她说。

女子羞涩地咬了咬嘴唇，微微点头，算是答应了梅生的条件。她并不理解他的用意究竟何在。

这时，梅生拖过一把椅子，坐在女子对面，不过他还不敢正视她。他清了清嗓子，扼要地讲起7天前海狼老爹怎样在渔轮的船舱里发现她的，又怎样跑来找他，怎样从船舱里把她抱上来，以及抢救的经过。

"说实在的，你怎么到这儿来的，我也不太清楚。我只知道你是被拖网从海里捞上来的。当时天已经黑了，你又是裹在一堆鱼中间，所以渔夫们把几千斤鱼拖上船，你即刻和鱼儿一起入了库，幸好海狼老爹在无意中发现了你，不过很不幸，当时你早已死了……"

"我死了？"女子失声惊叫起来。她的表情简直比听见太阳从西边升起还要惊愕多少倍。

"嘘——"梅生做了一个手势，示意她不要忘记刚才提出的条件，"你以为我撒谎骗你吗？我把你从船舱里抱出来，差不多快9点钟了。你停止呼吸最少有6个小时（这时。女子若有所思地点点头），幸好你的心脏还有百分之几的微血管没有完全凝固，动脉、静脉和微血管组织也没有完全僵死。所以我抱起你的时候，发觉你的皮肤还没有失去弹性，（梅生说到这里，满脸胀得通红，偷偷地瞥了她一眼）这使我产生了抢救的念头。当然，如果在医院里，你准会送进太平间……"

女子眨眨眼睛，怀疑地摇着头。"没听说过，人死了还能回生……"她喃喃地说。

梅生有点恼火，他态度生硬地说："我早就料到了，任何一个人处在你的地位，都会骂我是疯子、骗子，嘴里不说，心里也会这样想的。"说罢，他在房内激动地走来走去。

“你生我的气了？”靠在枕头上的女子见梅生面带愠怒，有些不安。

“啊，不不……”梅生站住了，用抱歉的口吻解释道，“你别见怪，我就是这么个脾气的人。”停顿片刻，他继续用平静的声调，仿佛是向学生讲课似的对女子谈起他的见解。

“要想动摇一种长期形成的世俗观点，哪怕是一个常识性的问题，也极不容易。就以人的死亡来说，这是人们司空见惯的现象，可是谁能正确的回答，什么是死亡的本质，怎样才算是死亡呢？战国的时候，虢国的太子突然昏厥不省人事，许多御医都诊断他已经死去，宫廷里也准备为太子做后事，发丧，但是当时的名医扁鹊却力排众议，把已经死了三天的太子救活。这个古代医学上的奇迹用现代医学知识来看，不过是一种很普通的休克罢了。但是，你可以想象，在几千年的时间里，有多少这样并没有真正死亡的人，被那些一知半解、不学无术的庸医误诊为死亡，白白葬送了性命！”他的声音发涩，说话的调子也提高了：“今天这种情况还不是照样存在，医学还没有从根本上脱离蒙昧的阶段。一个健康的人，突然得了急病，或者遭到意外事故，这种非正常性的死亡和年老丧失生理机能引起的死亡本质上是截然不同的。就像一台出厂不久的崭新机器，损坏了几个零件，完全可以修理，轻率地宣布死刑是不能容忍的！”

梅生愈说愈激动，没有发觉那个女子突然脸色苍白，呼吸急促。她的头一阵晕眩，身体不由地瘫倒在枕头上。

等梅生回过头来一看，不禁吃了一惊。“你怎么啦？你看我这个人，对你讲这些干什么……”他后悔地责备自己，一面上前扶起那个女子。见她渐渐好转，梅生便叫她好好休息，他也准备回到自己的卧室去了。

“你好好睡一觉吧，现在对你来说，最要紧的是多休息，我不打扰你了……”他说。

梅生刚要走出门，那个女子突然用很大的劲攥住他的手，挣扎着坐起来，用急不可待的口吻央求地说：“不，你不要走！”

梅生疑惑地望着她，对她的举动感到有些莫名其妙。

“我想问你一件事，不知该不该问？”那个女子喘着气对梅生说。她的神色凄惶，似乎有无穷的顾虑。她接着又补充了一句，“当然，如果你觉得没有必要，也不要为难。”

“没有关系。只是我担心你的身体，过多的说话对你的健康不利。如果不是十分重要的事，留待明天再谈也可以嘛。”梅生向她解释道。

“不，我希望早点知道，越早越好。”她固执地说。她见对方没有异议，便说道：“按照你刚才的说法，我已经死过一次了，而且情况已经到了现代医学无法挽回的地步。因此，我很想知道，你是用什么灵丹妙药把我救活的……”她特别在“灵丹妙药”这几个字上加重了语气。

梅生见她绕了这样大的弯子，仅仅是提出这个问题，不禁哑然失笑。“你是不是以为我还要保密？”他冲她一笑，立即转身去取那只盛满蚂蟥的玻璃缸。但是当他走到操作台旁，他却犹豫了。

“有必要吗？”他想，因为他觉得这里面的动物实在令人可怕。

女子的目光一直追随着他，这时也停滞在那只玻璃缸上。“那里面是什么？”她似乎有某种预感，急促地问。

“蚂蟥——”梅生的话冲口而出，他后悔不已，但已经收不回了。

“啊，原来是这样！”那个女子用几乎听不见的声音自语道。

梅生见对方没有动静，以为她并不是自己想象的那样脆弱，便告诉这个女子，拯救她的生命的并不是什么灵丹妙药，而是这种外貌丑陋、令人厌恶的蚂蟥。“你大概知道，蚂蟥这种动物可恨极了，人们下田插秧，它就用吸盘牢牢地贴在大腿或者脚踝上，它咬破皮肤，同时不断分泌一种特殊的液体，使血液里的血小板失去凝固血液的功能，这样一来，伤口不会愈合，血液就像决堤的河水源源不断流入它的口中。”他见那个女子全神贯注，凝神地注视自己，不由地避开她的目光，继续发挥他的学术见解，“在一般情况下，蚂蟥这个吸血鬼对人类或其他动物都是有害的。但是事物都有两面性，蚂蟥的这种分泌物，具有阻止血液凝固的功能，却是大自然赋予人类的宝贵药物。你想，人的死亡很重要的一个原因是血液在血管里凝固了，心脏接着停止跳动，随之而来的是肌肉僵死，体温下降，就像一条奔腾的河突然停止了流动一样。

但是蚂蟥的分泌物却具有特殊生理功能，能在一定的条件下促进凝固的血液重新溶化，所以我们把这种神奇的分泌物命名为——”

“生命复原素！”那个女子突然激动地喊叫起来。她的脸色由于兴奋泛出一团红晕。

一刹那间，梅生惊呆了。他的脸色陡变，一双眼睛睁得像铜铃似的。

他似乎不敢相信自己的听觉。因为据他知道，这个神秘药物的名称到目前为止，世界上只有两个人知道，一个是孟凡凯教授，另一个就是他自己。

他目不转睛地打量着靠在床头上的女子。仿佛第一次见到她似的，同时缓步向她走去。的确，这是梅生第一次仔细端详着这个陌生的女子。虽然整整一个星期，他食不甘味、寝不安枕，守候在她的卧榻之旁。但是在这些紧张的日日夜夜，说句不客气的话，这个女子仅仅是他的实验材料，他来不及，也没有想到注意她的面容。现在不同了，完全不同了。他要好好地看一看，把她的脸庞活生生地映在他的脑子里。的确，这个女子长得很美。她身材苗条，温柔可爱，一双长睫毛的大眼睛，像一泓碧蓝的深潭，蕴含着脉脉温情；线条柔美的鼻梁下端，一张大小合适的玫瑰色嘴唇紧紧闭合，似乎不愿向人透露她的秘密；苍白得像大理石一样的脸颊，有一对含笑的酒窝，使她的一言一笑格外妩媚动人……

梅生痴呆地注视着，他注视得越久，心里越加疑惑，这个女子长得多像他的老师，鼻子、嘴巴，甚至连她说话的声调。难道她……他只顾这样凝神注视，而且走得离她这样贴近。那个女子害起臊来，浑身感到如芒在背，她极力避开梅生灼热的目光，灵机一动，对他说：“我渴极了，给我一杯水吧。”

梅生被她提醒，如梦初醒，连忙转身去取玻璃杯。然而他仍然回头向她瞥了一眼，问道：“你是怎么知道的？”

女子的神色顿时一变，她的嘴唇抽动，不可抑制的泪水突然像涌泉夺眶而出，“我怎么不知道呢？”她伤心地说，“我的爸爸就是第一个发现生命复原素的人……”她再也说不下去，俯身在枕头上悲伤地大哭起来。

玻璃杯从梅生的手中“砰”的一声掉在地上，砸得粉碎了。梅生的全身像电击似地一阵战栗，他无法想象生活中还会出现这样的巧遇，他感到揪心的痛苦，但同时也感到难言的喜悦。他不知自己是怎样跑向那个女子的身边，又是怎样毫无顾忌地把她一双手紧紧放在自己温暖的手掌中的。他含着泪，用颤抖的手抚摸那个嘤嘤啜泣的女子的肩头，喃喃地说：“你是孟薇？真的？这不是做梦吧？……”

她的确就是孟薇，孟凡凯教授的独生女儿。她把头紧靠在梅生那双紧攥的拳头上。郁结在她心中的万般苦楚，终于像冲出火山颈的岩浆，可以向面前这个可以信赖的亲人、她父亲最钟爱的学生倾吐了。她悲喜交集，像见到离散多年的兄长一样，把满腹话语凝集成一句最简单不过的心声：

“梅生哥哥……”

三

四年前，一个寒冷、漆黑的晚上……

风刮得很猛，高压线在寒风中不停地呜咽。向海滨蜿蜒伸展的一条松林大道，寂无人影，显得格外荒凉，这一带原是丁城风景最美的地方，离马路一侧的人行道不远，一幢幢别墅式的造型典雅的小楼掩映在一片小松林里，这是东南海洋大学教授们的住宅区。此时黑暗吞噬了一切，点缀在道旁和庭院中的森森树影仿佛隐藏着可怕的危险。当暮色浓重、狂风大作的时候，那些蜷缩在黑暗中的小楼窗户里先后映出了黯淡的灯光，可是临街的一幢小楼，有扇玻璃窗却敞开着，漆黑一团，使人疑心那是无人居住的空房。

不过倘若留心观察，在背景模糊的窗口下面却伫立着一个大约十五六岁的女孩子，她像一尊石像木然地凝望着漆黑的夜空。似乎不知道什么是冷，对拂面吹来的寒风也丝毫没有感觉，她的头发散乱、目光呆滞、神色悲哀，一行泪珠默默地在脸颊流动，那般悲痛欲绝的模样，简直叫人目不忍睹。谁也不知道她在黑暗中究竟呆立了多久，但是当马路两旁的街灯一下子明亮时，她像是猛然惊醒，伸手关上窗户，转身向房间另一边缓缓移步。

她拧开了电灯，在这一刹那间，她的面容暴露无遗了。她——就是梅生在月光岛上救活的那个女孩子——孟薇。不过比起在月光岛上的模样，她这时要显得年轻得多，脸颊也丰腴饱满些，不脱少女特有的天真和稚气。但是她的神色委实太悲哀了，意想不到的飞来横祸，像夏天的冰雹把这柔弱嫩草摧残得奄奄一息了。

事情发生在几个小时以前……

那时，这个小家庭还笼罩着欢乐的气氛。优雅、轻快的钢琴声，带着令人陶醉的旋律飞出窗口，飞到马路两侧的街心花坛，一直钻进过路人的耳朵里。这是孟薇用音乐的语汇编织她心中欢乐的歌声。第一件最叫她称心、最高兴不过的事情，是她上大学的事终于有了着落。那是昨天晚上班主任老师家访时，悄悄地告诉孟薇的妈妈，今年的高等学校考试，她名列前茅，取得了全校最优秀的成绩，学校打算推荐她上全国第一流的大学。为这，母女俩兴奋得一夜未眠。

次日清晨，喜事接踵而至，邮递员带来了母女俩盼望已久的消息，出国访问的孟凡凯教授从遥远的巴黎拍来一封电报。

“妈妈，妈妈，爸爸今天要回来啦！”孟薇兴奋得满面通红，一阵风似地扑在孟母的怀里，像撒欢儿的小猫高兴得直打滚。

“都快进大学了，还像个三岁的娃娃，一点不成样子！”孟母被女儿搂住脖子，喘不过气来。她轻轻地推开孟薇，嗔怪地说。

“妈——”未来的大学生撒娇地捂住妈妈的嘴，不让她再说下去。“难道你不想爸爸，爸爸离家都快三个月了，嗯？”孟薇调皮地驳道，一双水灵灵的大眼睛闪烁出少女的天真。

“死丫头，越说越不像话了！”孟母佯怒地举起手，做了一个吓唬女儿的动作。孟薇却格格地笑着，从妈妈的怀里挣脱了。

这是个幸福美满的家庭。三个月前，孟教授前往欧洲参加国际海洋生物化学的一个学术会议，并进行学术考察。他的即将归来给全家带来了无法形容的欢乐。孟薇首先想到，她要把考上大学的喜讯，在爸爸跨进房门时，头一个告诉他，她用自己丰富的想象力揣测爸爸听到这个消息时的表情，忍不住开心地笑了起来。孟母的心里也有说不出来的高兴。这不仅是因为丈夫远道归来，心爱的独生女儿考上了大学，在她的心头还隐藏着一个莫大的秘密，连女儿也被瞒着哩。这天，在她的记忆里，永远是终身铭记的。三十年前她和孟凡凯正是在这天结为姻缘，在海滨的一个乡村小学的教室里举行婚礼的。那时她刚刚二十岁，在小学当国文教员。她无论如何也不会忘记，在她穿上新嫁娘的花旗袍还不满一个月，这一对新婚夫妇便挥泪而别。孟凡凯搭上一艘开往巴黎的法国邮船，到欧洲去寻找科学的真理了。他先在巴黎求学，继而在布鲁塞尔、哥本哈根和伦敦任教。一直到祖国新生的消息传到大洋彼岸，他才冲破重重的封锁，辗转回到祖国，和离别了十年之久的亲人团聚。而她，始终在偏僻的乡村苦苦等候着丈夫的归来。她是典型的东方女性，温存，善良，而且意志坚韧。在孟凡凯留学国外的漫长岁月，她节衣缩食，从自己不多的薪金里留下微乎其微的生活费，其余全部用来赡养孟凡凯八十高龄的老母，使丈夫能够安心求学，免去后顾之忧。孟教授每每想起自己贤惠的妻子，总是无限感慨地说，如果没有她的牺牲，他是不可能完成高等教育，更谈不上做出科学上的成就。这话说得并不过分。这一对结发夫妻相敬如宾，情谊挚厚，在朋友中被传为佳话。

也许是想到今天是她们结婚三十周年的纪念日，孟母从清早起就手脚不停地忙碌开了。她五十岁出头，患有严重的心脏病，心肌梗塞和心绞痛使这个刚毅的老教师不得不提前退休。可是这天，她像是年轻多了，天气变化带来的不适似乎也减轻了，她一连跑了好几趟菜市场和食品商店。为了准备这顿不寻常的晚餐，她从上午忙到下午，当她看到铺着雪白台布的餐桌上摆满了丈夫平日最爱吃的菜肴时，她的脸上才露出了满意的笑容。

快近黄昏的时候，天气骤然变冷了。气象台预告的西伯利亚寒流突然降临这个依山傍海的城市。风在屋顶上怒吼，门窗被刮得哐当直响。孟薇和母亲不免暗暗担心，她们的心情像窗外阴沉的天色一样变得黯淡下来。

她们坐在卧室里小声议论着，唯恐天气会耽误孟凡凯的归期。这时，一阵急促的敲门声打断了母女的谈话。她们的第一个反应是兴奋地站了起来。

“是爸爸。”孟薇不假思索地嚷了起来，她的脸颊由于极度兴奋泛起一团红晕，使得她的容貌格外妩媚可爱。但是待她兴冲冲地前去开门时，她的手臂被母亲一把拽住了。

她俩迅速交换了一下眼色，孟母急忙用疑惑的目光示意孟薇：“等一等！”孟薇起先对母亲的这番举动感到纳闷，但是，不到几秒钟，她也警觉起来，脑子里打了一个大大的问号。

“砰！砰！”的敲击声变得更加急促、更加暴躁起来。孟母衰弱的心脏像是被重锤敲打了一样突然感到分外不安。她用手捂住胸部，勉强扶着女儿的手臂，向客厅走去。“谁呀？”她大声问道。

不料回答她的却是一声刺耳的粗暴的声音：“快开门！”接着雨点般的拳头落在门板上，发出令人惊恐的响声。

孟薇和母亲愕然了。她俩默默地对视了一眼。孟母见女儿脸色煞白，惊慌失措，赶忙用温暖的身体把孟薇搂得更紧，似乎这样可以安全一些。“别害怕，妈妈去看看。”她轻声安慰女儿。不过孟薇发觉她在说话时，嘴唇不住地颤抖着。

孟母稍稍镇定了一会，便穿过卧室外一间面积不大的小客厅，伸手拉开了门后的弹簧锁。

在这一瞬间，两个身穿蓝色制服的人气势汹汹地闯了进来，卷进了一股冷风。来人面目陌生满脸愠怒，显然是对迟迟开门极为不满。他们没有马上开口，而是用冷冰冰的目光在母女俩的脸上打量着，显示出一副不可一世的傲慢神气。

“你们二位找谁？”孟母并没有被他们咄咄逼人的目光震慑住，反而提高了嗓门挑战似地问道。

“我们？这个你管不着！”其中一个瘦瘦的高个子轻蔑地冷笑着，从鼻子里哼了一句。

“这是孟凡凯的家吗？”另一个有些发胖的矮矮身材的人态度比较缓和，面对孟母明知故问道。

“是的，请问有什么事情？”

但是这两个行动诡秘的人并不急于回答孟母提出的问题，他们对视一眼，旁若无人地跨进客厅，把孟母和孟薇丢在后面。

瘦高个子背着手在房内来回踱步，一双鹰一般的眼睛四下窥视：矮胖子慢条斯理地走到客厅中央的圆桌前，俯身朝摆满一桌子的菜肴瞧了一眼，会意地浮出一丝冷嘲。接着他大模大样地坐在靠墙的沙发上，从黑色公文包里取出一张不大的纸片，示威性地放在沙发前面的玻璃板茶几上。

孟母她们俩一直目不转睛地注意来人的动静。她们无法揣测来者的意图，然而从来人盛气凌人的举止、说话的腔调以及那种像蛇般的冷冷目光，她们隐隐地感到不安。孟薇还是头一次经历这样的场面，在她的生活里，只有在小说和电影里，才见过类似的描写和镜头。可是她做梦也不会想到这种可怕的场面会发生在她的家里，她自己的面前。她的目光随着那个坐在沙发上的矮胖子的动作，一下子停顿在茶几上的那张纸片。她距离茶几只有一步之隔，上面的字迹可以看得一清二楚。当目光在纸片上停留了几秒钟后，孟薇突然倒抽了口气，双手紧紧捂住喉部，惊吓得说不出话来。

她看得十分清楚，茶几上的纸片是一张搜查证，上面用毛笔写了“孟凡凯”几个字，还盖了一个猩红的印记。

屋子里的空气凝固了似的。她，压抑得喘不过气来了。

矮胖子故意用肥胖的短指头把搜查证往前推了推，拖长声调说明了他们的来意：“孟凡凯里通外国，罪证确凿，已经逮捕法办。现在我们——”，他看了一眼他的伙伴，加重语气说道：“我们是奉命前来搜查的，请你们两位给予协助……”

矮胖子的话音未落，孟薇按捺不住地嚷了起来，“你们是血口喷人，完全是一派胡言，我爸爸根本不会做出这样的事情……”她哽咽着，泪水模糊了眼睛，但是她不愿意在这些陌生人面前落泪，迅速转过脸抹去泪痕。

“姑娘，说话要考虑后果，法律对任何人都是铁面无私的！”矮胖子皱着眉头，阴沉着脸教训道。

“少说废话！”站在墙角的瘦高个子不耐烦地冲着孟薇嚷道：“老实告诉你们，孟凡凯一下飞机，就被我们逮捕了。你们要是不老实，那是自讨苦吃……”他向坐在沙发的同伴递了个眼色，矮胖子会意地站了起来。

“你们要想干什么？”孟薇见状厉声问道，上前挡住那个矮胖子。

就在这时，瘦高个子气冲冲地抓住孟薇的胳膊，狠狠地把她推开。

整个过程进行的时间不到几分钟，这期间孟母呆痴地站在一旁，始终没有吭声。她不是没有话可说，更不是默认别人对她丈夫的指控和诬蔑。她的嘴唇翕张，仿佛有千言万语要倾诉出来；一双颤抖得很厉害的手也在不停地抽动，似乎是想找出一件最有说服力的证据，为她的亲人洗刷不白之冤。但是，她那衰弱的心脏突然窒息了，不能支持她去说话、去做任何一件事情。她的眼前一阵发黑，一切声音和视像顿时消失得无影无踪，她觉得自己像是踩在松软的棉花上，两条沉重的腿轻飘飘悬空起来……失去了知觉。

孟薇听见身后“哎哟”一声，猛地回头，只见母亲脸色铁青，牙关咬得紧紧的身体摇晃得像一株被狂风拔起的枯木，缓缓地向后倾倒。她悲痛地大叫：“妈妈，妈妈，你是怎么啦？”

大约过了个把小时，或许更长一些。大门“砰”的一声关上，翻箱倒柜的声响，从客厅和楼上孟教授的书房里消失了。搜查的人走了。他们到底找到了什么罪证，没有任何人知道。屋子里静得出奇，显得从未有过的空旷和冷寂。

孟薇突然感到一种莫名的恐惧攫住她的心。母亲人事不知地躺在床上，脸色像大理石一样苍白，孟薇紧捏着母亲那双柔软的手，沁出一层薄薄的冷汗，脉搏忽慢忽快变得像游丝一般微细了。她心急如焚地等待医生的到来，可是她给急救站打了三次电话，不知什么原因，急救车却一直没有影子……

她轻轻松开母亲的手，试图再催促一下急救站，这时，孟母的身体微微蠕动了一下，一双紧闭的眼睛慢慢睁开了。

“妈妈——”孟薇全身战栗着，悲喜交集地扑在母亲怀里。

孟母强打着精神，半坐半卧地倚在垫得高高的枕头上，爱怜地看着女儿，轻轻地用手揩去女儿脸颊的泪珠。但是她自己的脸上却扑簌簌地落下泪来。

“薇儿，你爸爸肯定是遭到了天大的冤枉。想起来实在太可怕了，你爸爸一生老老实实、勤勤恳恳，怎么会落到如此下场。这样可怕的罪名加在他的头上，他怎么受得了啊……”说到这里，孟母心中一阵酸楚，她的胸口像被什么堵住，满脸憋得通红。她大口大口地喘着气，额角沁出的冷汗把灰白的鬓发也浸湿了。“这是根本不可能的，没有人比我更能了解你爸爸了。我记得很清楚，他在国外的时候，许多著名的大学邀请他当教授，答应给他提供最优厚的待遇及高额的薪金，也可以把家属带去，唯一的条件是改变国籍，但是，被你爸爸严词拒绝了。他给我来信讲，他痛恨那些贪图物质享受、忘记祖国的人。他说，他的知识和才能不是属于个人的，他要无保留地贡献给祖国……”孟母用尽全身气力说着，她仿佛预感到有些话如果不及时告诉女儿也许再也没有机会讲了。

“你爸爸当年回国并不是轻而易举的。因为他的研究引起了国外的注意，所以他们千方百计阻挡他回国，后来你爸爸瞒过了当局，在几个好朋友的帮助下，冒着生命危险，偷偷地钻进一只货轮的底舱，化装成一个船员，才逃出了他们的罗网。这些经历他并没有到处张扬，现在却有人诬告他里通外国，这又是从何说起……”孟母说到这儿，突然呼吸变得急促起来，她闭上眼睛，眼角迸出一颗晶莹的泪珠。

孟薇见状，大惊失色，使劲地摇晃母亲，大声地哭喊道：“妈妈！妈妈！……

过了片刻，孟母被女儿的哭喊声惊醒过来。她的嘴唇嗫嚅着，脸颊的肌肉不停地抽搐，她像是在残酷的死神的魔掌里挣扎，依恋不舍地攥住女儿的手，用她生命的最后一星火花说出了她临终前的最后几句话。

“薇儿……我的孩子……妈妈顾不上你了……可怜你……你一个人……孤苦伶仃……往后你一个人……怎么办……怎么办……”

她的话没有说完，生命的火花便在那黯淡的眼珠里跳动了一下，突然熄灭了。但她的一双忧伤的、悲哀的眼睛始终没有合上，仍旧木然地凝视着卧室的天花板，她并不愿意现在就死。她怎么舍得把年幼无知的女儿抛在这个可怕的人间，但是有什么办法，谁又能违抗死神的命令，她的手不得不松开了……

“妈妈，你……你把我一个人留在这儿，我一个人怎么生活？我不能没有你，你怎么这样狠心把我扔在这里……你快睁开眼睛看一眼你的可怜的女儿，快一点睁开你的眼睛……”孟薇扑在妈妈的身上号啕大哭，但是妈妈的手冰凉冰凉。她已经永远安息了。

孟薇的哭声被窗外咆哮的风声淹没了，没有人听见，也没有人能够分担她的悲痛。她声嘶力竭地伏在母亲的尸体上恸哭，她抱着母亲僵死的头颅千百次地吻着，她贴着母亲没有知觉的耳朵拼命地叫喊。她以为这一切都不过是一个可怕的噩梦，也许一眨眼工夫，黑夜就会过去，幻境即将消失，母亲又会笑吟吟地出现在她的面前，笑声、歌声又重新充溢这间熟悉的楼房……

然而，她的头脑终于从纷乱中清醒过来，严酷的现实逼迫这个只有十六岁的少女睁开眼睛，停止无谓的哭泣，无视眼前的困境。她像突然长大了很多，开始思考过去从未动脑子想一想的许多问题。她久久地停立在窗前，任凭凛冽的寒风拂面，她觉得这样反而好受得多。她第一次感到周围的世界是这样陌生，刚刚发生的事情像多年的往事已经非常遥远。她从悲哀和绝望中抬起头来，饱含泪水的眼眶里迸射出成熟的、严峻的目光。她想，从现在起，她就要和可爱的少年时代诀别了，永远地诀别了。她不能指望任何人的帮助，在她面前，是刀山，是火海，全要她单枪匹马地闯过去……

几天之后，孟薇把母亲的骨灰埋葬在郊外的公墓。这天，天色阴沉得可怕，蒙蒙细雨下个不停，就像她的泪水永远流不干似的。阴风惨惨的墓地，一块块东倒西歪的墓碑；看不见一个人影。她跪在埋葬母亲遗骨的泥水里，哭得死去活来，几乎昏厥过去。

“孟薇，不要太难过了……”一个熟悉的声音从背后传来，接着一把雨伞把她遮住了。

孟薇吃惊地回过头，站在身后的原来是她的班主任老师。她一下扑到班主任的怀里，像见到了世界上最亲近的人。她哭得更伤心了。

“我全都知道了，孩子！”神情悲哀的女教师像母亲似地把孟薇搂在怀里，温存地抚摸她的沾满雨水的头发，“你要坚强些，孟薇，人死了是哭不活的，现在最要紧的是考虑自己今后的出路——”

孟薇眼泪汪汪地望着慈母般的班主任。

出路，孟薇是思考过的，而且一直是这几天萦回脑际的问题。她一连几次到海洋大学打听爸爸的消息，可是除了一张张冷冰冰的面孔，没有人能告诉她确切的消息，甚至连孟凡凯关押在何方也无从打听。家，她从小在那里长大的温暖的家早已不复存在。那幢舒适的小楼已经贴上了封条，留给她的只有楼梯底下一间不到四平方米的黑洞洞的贮藏间，里面勉强容得下一张单人床……不过，在这人生的十字街头，这颗饱尝人间辛酸的年轻的心，还没有对生活完全绝望。眼前还有一线光明，促使她能够抑制了内心的悲痛，决定要坚强地活下去。

“老师，不瞒你说，像我目前的处境，唯一的出路只能寄托在上大学。我反复考虑过，反正再过几天大学就要开学，管它分配到什么地方，我只要有个落脚的地方就行，至于将来，我现在还考虑不到那么远，过一天算一天……”孟薇止住了啜泣，鼓起勇气向班主任谈起她今后的打算。她清楚地记得，几天前，对，就是妈妈去世的头天晚上，她是从班主任嘴里知道自己考上了大学的。

班主任转过脸去，默不作声，脸上露出极为仓皇的神色。她挽着孟薇的胳膊，心事重重地走出公墓。在她们即将分手时，这位心地善良的女教师终于开口问道：“孟薇，你在本市还有什么亲戚吗？”

孟薇疑惑不解地瞅了瞅忧心忡忡的班主任，机械地摇了摇头。

“外地呢？”

“没有，一个也没有。我原来有个姨妈，前年也去世了，是得癌症死的。”孟薇答道。

班主任叹了口气：“我马上要离开此地。”她悲哀地告诉孟薇，“这个学校我也待不下去了，在许多问题上我跟他们的看法有分歧，他们看我不顺眼，我也看不惯他们那一套。算了，不说这些了。到哪儿都一样，只是我担心你……”班主任说到这里，喉咙梗塞，眼圈也红了，似乎有难言的苦衷。

“老师——”孟薇心里一阵发热，她激动地握着班主任的手，眼泪扑簌簌地掉了下来。

“我很快就要走了，到很远很远的地方去，以后我们很难有机会见面了。”班主任爱抚地用手梳理着孟薇鬓角一缕柔发，深情地说，“孟薇，你是个聪明懂事的孩子，在这个时候，廉价的安慰是多余的，不过我还是有几句话要和你讲。”她强抑住内心的悲痛，暗示地提醒她的学生，“生活的道路是坎坷不平的，尤其是对你来说，今后可能还会遇到许多不顺心的事情，我希望你坚强起来，任何时候都不要灰心失望，不要丧失生活的勇气。记住，好孩子，你一定要记住我的话……”

她再也无法讲下去了。孟薇依恋地目送着班主任老师，直到老师的背影在她的视线里消失。她分明看见，班主任扭头离开时，抑制不住地掏出手帕掩面哭泣了。班主任的心里似乎有难以诉说的苦衷，但究竟是什么呢？她始终猜不透。

生活很快把答案告诉了这个天真幼稚的女孩子。不久，高等学校的录取通知书都寄给那些幸福的同学们，唯独孟薇似乎被人们遗忘了。她哪里知道，她的名字已经被那饱蘸浓墨的黑笔从新生名册里轻轻地抹掉了，不知是谁还在旁边加了一行小注：“该生各门功课成绩优秀，因其父在押，据调查为里通外国的危险分子，经上级指示，撤销该生录取大学资格。但口头上不得将上述情况通知本人。”这份权威性的结论连同孟薇的试卷，据说完好地保存在她本人的档案袋里，只是若干年后由于某种原因不幸烧毁了，使人们无法核查。

几个月后，当丁城和外省的许多大学开始办理一年一度的新生入学时，孟薇的邻居发现这个女孩子失踪了，不久孟凡凯所在的东南海洋大学财务处发现她很久没有来领取生活费。这个消息曾经引起一场骚动，不过过了一段时间，人们寻找她的热情逐渐冷淡下来，就像一块投进池塘的石子，溅起一片涟漪，不久又恢复了平静。

没有人知道她的行踪，也没有去留心打听她的消息，她像一粒平凡的尘埃从地球上消失了，也从不多的人们的记忆里消失了。

大约过了几年，在一个落日黄昏的码头上，有个衣衫褴褛的女孩子畏畏缩缩走到售票窗口，买了一张轮渡的船票。她在一只磨损得很厉害的破书包内掏了很久，找出了刚好够一张船票的几枚硬币，那大概是她仅有的全部财产了。她在穿过很长的摇摇晃晃的跳板时，随手把那只旧书包扔进了跳板下面的大海里，不过当时乘船的人并不多，没有人注意这个有点反常的动作。

轮渡是定时往返丁城和一水之隔的一个渔港的，中间要经过水深流急的一道宽阔海湾。当小火轮载着百十个旅客突突地破浪前进时，谁也没有留心那个女孩子的举止。她起初在底层的舱房盘桓了一会，接着又爬上舷梯来到上面一层客舱，有人仿佛见到她停在船舷向渐渐远去的丁城凝望了很久，直到那一片沿着海岸延展的树木和楼房，溶化在浓郁的暮霭中，她才恋恋不舍地离开了……

不一会儿，轮渡靠岸，旅客们纷纷蜂拥而出，但是那个女孩子始终没有露面。只是第二天黎明，小火轮上的清洁工打扫舱房时，在船尾的甲板上发现了一只沾满泥浆的、分明是女式的旧布鞋。那个清洁工看了一会儿，便弯下腰，厌恶地用手拾起鞋，顺手扔进了黎明前夕的大海。

“呸！”他掸了掸手，冲着泛起一个很小的水圈的海面……

四

时间，在充满欢快的笑声中，飞瀑流泉般地逝去了……

一轮洁白无瑕的明月，在絮状的白云间穿行。轻柔的海风徐徐吹来，轻轻拂动孟薇的裙子和披在脖子上的纱巾。她双手抱膝，一动不动，安详地坐在月光岩上，融融的银辉笼罩着她那苗条婀娜的身躯，仿佛是一尊古希腊名家雕塑的大理石像，面对着夜色宁静的大海出神哩。

在她脚下，动荡不安的浪涛跳跃着千朵万朵雪白的浪花，节奏分明的波浪像歌声，像一曲绵长的旋律轻轻拨动她的心弦。她神思恍惚，在静谧的海空中西游、消失，以至不复存在。但是她的灵魂却在战栗，一阵轻微的、痛苦的战栗，伴随着一股深沉的哀愁。

她很久没有这样的感觉了。三年漫长的岁月，她在月光岛上可以说过得十分愉快、幸福、无忧无虑。虽然她时常感到困惑，以为自己做了一场无休止的梦，但这毕竟是刹那间的感觉。梅生像兄长似地对她无微不至地体贴、照料，海狼老爹和渔民们的真诚相待，使她心灵的创伤渐渐愈合了。也像许多对生活并不奢望易于满足的人一样，对过去不幸遭遇的记忆开始淡薄了。她深沉地爱上了月光岛，爱上了岛上的新生活。

每当落日黄昏，她常常陪伴梅生攀上月光岩，用灯光驱散黑暗和死亡；试验室里，她协助梅生进行征服死亡的试验，整理论文，复核试验数据，在这方面他们的配合默契，使试验的速度大大加快了。当然作为一个女性，孟薇的出现使梅生的生活发生了根本改观，她把自己细腻、深沉的感情倾注在料理日常家务的琐事中……

他和她，内心深处都在培植爱情的温床，但谁也没有表露出来。他们默默地期待着，不声不响地期待爱情的种子的萌蘖。他们只盼望这样恬静、和谐的生活永远继续下去，谁也不离开谁，永远在一个桌上吃饭，一同双双攀登月光岩，一起肩并肩地眺望大海中壮丽辉煌的落日……谁也不来打扰他们。

他们想得多么天真啊！

海狼老爹出海归来，给梅生捎来一封信，他看着看着，眉头皱了起来。

“谁来的信？”孟薇双手泡在洗衣盆里，问道。

梅生把信递给他，忧心忡忡地说：“局里决定取消月光岛的灯塔，因为这条航线来往船只不多，没有必要设专人看守灯塔……”

孟薇轻轻地“啊”了一声，用围裙擦擦手，接过来信，浏览了一遍。

他们的心突然沉重起来。

按说，局里的来信是合乎情理，在某种程度上是令人高兴的。信中除了通知梅生做好移交工作的准备，还对他今后的工作做了妥善的安排，也许是为了纠正多年对梅生使用的不当，航运局为他争取了一个难得的机会，允许他参加出国留学生考试，而且告诉他，出国考试一个星期后在丁城的东南海洋大学举行，他必须提前报到，办理各种手续。

事情来得太突然了。梅生一时没有主意，“我不去了，让他们另外给我找个别的工作，大学、科研单位都行……他靠着墙，双臂抱在胸前，嘟哝着说。

“你说了些什么呀？”孟薇把洗好的衣服晾在屋外的绳子上，用责备的眼光回头瞥了他一眼。

“我……”梅生低头不语了，他的脚在地板上毫无目的地踢着。

“多难得的机会，争取都争取不到，怎么可以放弃呢？”孟薇说道。

“可是你——”梅生抬起眼睛瞅了一眼站在门旁的心爱的姑娘，心情矛盾极了。

“你不用为我担心。”孟薇释然一笑，宽慰他说：“海狼老爹前些日子说，他们渔村想办个夜校，给渔民上课，学习文化，问我乐意不乐意当教员。你如果能考上，我就搬到渔村那边去，我想这个工作我总是可以胜任的。”她故意说得很轻松，但是梅生看得出来，她内心的痛苦并不亚于自己。

“不，我不能把你一个人孤零零地扔在月光岛上。要走，我们一起走！”梅生突然涨红着脸，鼓起勇气把憋在心里多年的话说了出来，“我早就考虑过了，我们回家乡去，家乡熟人朋友多，找工作并不困难。那里山清水秀，风景优美，我们每天骑着自行车一块上班，回到家一块儿进行我们的实验……”他沉湎在自己心造的幻影中，眸子里闪动着幸福的光芒。

孟薇闭上眼睛，脸上泛起少女的红晕。她的心怦怦直跳，一种从未有过的幸福感像电流迅速传遍她的全身。也许这就是爱情的魅力吧，她不知道。她希望梅生张开双臂，把她搂在怀里，这时候哪怕是死在他的拥抱里，她也是心甘情愿的。

梅生仍在滔滔不绝地描绘他对未来的憧憬，不曾理会姑娘的心情，他见孟薇没有吱声，不由地问：“你说呢，孟薇？”

孟薇羞涩地瞥他一眼，脸红得更厉害了。

“不，无论如何不能这样想。”沉吟片刻，孟薇若有所思地说道，“我完全理解你的心思，你这样考虑都是为了我。”她低着头，手挠着辫梢，深情地说：“不过这是我无论如何也不能接受的，你不能为我做出这样大的牺牲。你的事业还刚开始，路还长着哩。你的研究成果是属于全人类的，拯救千千万万不幸夭折的人是你的神圣职责，你怎么能够不想想这些，为了儿女情长而贻误自己的远大前程呢……”孟薇说到这里，又怕梅生误解了她的意思，便亲昵地靠在他的肩头，低声耳语道：“梅生哥，你放心走吧，我等你，等你一辈子……”

梅生的眼睛湿润了，他无法反驳孟薇句句在理的话，他感激地把孟薇搂在怀里，第一次吻了她。“薇，你太好了。”他喃喃地说。

离别的日期终于来了。临走这天，海狼老爹一大早就领着他的老伴来了。远远的他就高声喊道：“孟薇，我给你找了个伴儿，你就不会闷得发慌了。”

海狼老爹的老伴五十出头，硬朗的身子骨，乌黑的发髻，看上去像是四十来岁的样子。她一见孟薇便亲昵地拉着她的纤巧的小手，上下打量，一面对海狼老爹说：“哎哟，这闺女长得多俊，比电视里的美人还漂亮哩！”

孟薇羞得满脸绯红，忙用别的话岔开了。这时，梅生听见屋外的热闹声，从房内迎了出来。

“我们要是有这么个闺女该多好……”海狼老爹的老伴仍然絮絮叨叨地说。

“亏你想得出来！”海狼老爹啐了老伴一口。

孟薇把海狼老爹老夫妻俩的对话全都听到耳朵里了，她心里一动，想起一个念头，便对海狼老爹的老伴说：“要是老妈妈看得起我，就收下我这个干女儿吧。”

话音未落，海狼老爹的老伴喜出望外地拍着膝盖，冲着海狼老爹用拳头在他背上报复了几下，“怎么样，死老头子？”她兴高采烈地说。

海狼老爹捋着胡须，哈哈大笑起来，“瞧你美的，还有个干女婿哩！”说罢，他拉着梅生的手，似乎是问：“对吧，噢？”

孟薇被老人说得不好意思起来，扭头跑进了房间。梅生心花怒放地望着未婚妻的背影，当着海狼老爹夫妻俩的面，宣布了他俩的决定：他考试回来就和孟薇在月光岛上举行婚礼。他们郑重地请海狼老爹作为长辈主持婚礼，还邀请全岛的渔夫和他们的女人统统来欢度这个喜庆的良辰。

“好，好极了！”，海狼老爹满脸堆笑，额上沟壑似的皱纹完全舒开了。

虽然离别的时间是短暂的，至多半个月考试就会结束，但接踵而来的是旷日持久的分离，也许三年、五年甚至更长。想到这些，孟薇的心像针戳似的一阵阵紧缩、疼痛。她有点悲观的预感，她担心自己脆弱的神经受不住这样漫长的煎熬，她甚至怀疑自己虚弱的身体能否坚持这样茫茫无期的等待……

梅生提着一只皮箱。踏上渔轮的甲板。海狼老爹拉响了沉闷的汽笛。孟薇的心像是被呜咽的笛声撕碎了，她拼命地咬着嘴唇，抑住内心的悲痛，但是当渔轮加大马力，在船尾掀起旋转翻腾浪花时，她突然产生了一种莫名其妙的孤独感，那泪汪汪的眼睛望着船上的梅生，仿佛渔轮狠心地把她的心上人抢走似的，忍不住掩面痛哭起来。

梅生的心也碎了。他第一次领悟到生离死别的痛苦。他扶着船舷的铁栏杆，隐隐听见孟薇的啜泣声。他后悔自己不该轻率地离开月光岛，更不该离开心爱的姑娘。他泪水盈眶，不住挥手，一面高声喊道："薇——，我很快就会回来的……"

孟薇哭得更伤心了……

从此，她失魂似的，每天傍晚都独自跑到月光岩上，呆痴地坐在悬崖边上，默默凝视大海；有时候背靠着孤零零的灯塔，望着月亮和星星出神；她等待着，焦急地等待着，望穿了双眼……

渔轮当天下午三点多钟靠了丁城码头。梅生和渔夫们一起在码头附近的一家饭馆里用了一顿便餐。他们约定，十天以后，梅生仍在这儿和他们碰头，搭船返回月光岛。如果有事，可以委托海狼老爹在化工仓库工作的表弟代为转递信函。海狼老爹随即把表弟的地址告诉了梅生。

看见时间不早，梅生急忙叫了一辆出租汽车，当他从海狼老爹的手里接过皮箱，和船上的渔夫一个个握手告别，海狼老爹意味深长地嘱咐道："别忘了，快点回来！"

"噢，我们还等着吃喜酒哩！"不知是谁补充了一句，接着大伙儿嘻嘻哈哈地笑了起来。

梅生却没有心思和他们开玩笑。他的耳畔一直萦回着孟薇嘤嘤的啜泣声，这声音使他肝肠欲断，他朦胧地感到自己也许犯了一个不可饶恕的错误，从离开月光岛的一刻起，他就这样考虑。然而当他坐上出租汽车，直奔东南海洋大学时，他的思想又开始被即将到来的考试占据了。离开月光岛愈远，他对于出国留学的愿望愈来愈强烈，现在任何人也无法扑灭他要独占鳌头的欲念了……

出国留学生办事处设在海洋大学主楼的三楼，梅生爬上旋转的楼梯，匆匆推开沉重的木门，时钟刚刚敲了五点，离下班只有一个小时了。

几个工作人员正在埋头收拾桌上乱七八糟的登记表格。一个卷发的满脸雀斑的中年妇女，没完没了地抱着话筒和看不见的对方谈论昨晚的一场什么电影。梅生忐忑不安地把毕业证书和通知单递给那个女人，她不耐烦地白了梅生一眼，继续对着话筒又说又笑，足足过了五分钟，才把脸转过来。

“你怎么这么晚才来报到？”她瞥了一眼梅生的通知单和毕业文凭，颇为不满地质问。

“对不起，我离这儿很远，交通很不方便，是刚刚赶到的……”梅生连忙解释。

“再晚半个小时，就要取消你的资格了！”她扭动肥胖的身躯仍然怒气冲冲地说，接着又怒气冲冲地把梅生的证件掷在桌上。幸好她挑不出更多的毛病，待她发作完毕，她拉开抽屉，扔给梅生一张登记表。“填吧，每一项都要填清楚，我们还要核实调查的！”她用肥胖的短指头敲着桌面，那种盛气凌人的口气，使人立刻想起警察训斥犯人。

梅生没有计较这些，他靠着办公桌的一角，掏出了钢笔。登记表列举的项目通常是可以想象的。它是铁面无私的严厉法官，使每个人在它面前无从隐瞒任何秘密、任何隐私。这上面的每一项都有极其丰富、寓意深长的潜台词。千万不要小看这张薄薄的、面目清秀的白纸，它是考核的依据、晋升的凭证，一个人的命运甚至整个家族的枯荣盛衰何尝不操纵在它的手里。它像影子一样忠诚，时时刻刻伴随着你，无论你走到天涯海角，它总是形影不离……不过梅生丝毫没有这样的感受，他的经历和家族实在不能再简单了。他迅速越过许多对他来说是空白的栏目，他刷刷地写着。当他的笔下出现，有配偶否，姓名、年龄、工作单位、家庭成员的栏目时，他手中的笔不由地停住了。

他几乎不假思索，立即填上了“孟薇”这个亲切的名字。他把自己内心全部的爱熔铸在这个神圣的表格内，庄严地把他生活的秘密向社会第一次公开。他特别注明他们不久就要举行婚礼，仿佛他不是在填写登记表，而是向人们发送结婚请柬。他接着郑重地告诉这位公正无私的法官，他的岳父就是在押的孟凡凯。他认为科学家的良心不容许他有丝毫的不诚实，他坦荡地写上了他们的关系，并且把从孟薇那儿听来的情况，简要地做了说明。

他像是完成了一篇学术论文，从头至尾浏览一遍，改正了几个字，自己觉得满意了，这才递给坐在对面、已经很不耐烦的那个女人。

“我们还要核实调查的！”她扫了一眼登记表，像是不放心地又一次提醒梅生。

“没有事了吧？”梅生准备走了。

“等一等！”那个女人发现什么似的，突然把梅生叫住。“你的通信地址为什么不填？”她指着登记表，气汹汹地问道。

“我现在还没有找到住宿的地方……”

“那不行，这么多人，有事情上哪儿找你们？”

大概是这个胖女人的嗓门实在使人受不了，坐在另一张办公桌的一个年轻姑娘同情地转过身来，给梅生出了个主意。“你填上你家的地址也可以嘛！”她说。

“对了，我在本市还有个临时通信处。”梅生突然想起海狼老爹的表弟，便把这个地址填在登记表上，让他们有事从那儿转给他。

十天，旋风似地消失得无影无踪了，眼看到了和海狼老爹约定的时间，但是梅生的归期却因故推迟了。

梅生提交的学术报告是关于生命复原素的论文，这项重大的科研成果在学术界引起空前未有的震动，也受到许多当地不少大人物的注目。一夜之间，这个不见经传的大学生突然成为丁城上空一颗灿烂的明星。许多大学和研究所纷纷邀请他做学术报告，电台、电视台的记者把他包围住了。他还莫名其妙地接到当地要人的宴请，毫不例外，每一次他都听到人们在席间转弯抹角地向他打听：“生命复原素能不能延长寿命？”他们用令人感动的献身精神向这位初露头角的年轻科学家表示，他们如何支持科学事业，为了发展科学，他们愿意用自己的宝贵身体，还有他们家族的宝贵身体无偿地供他试验……

几天后的一个傍晚，梅生如释重负地摆脱了新闻记者的追逐，独自溜出了旅馆。他决定让绷紧的、兴奋的神经松弛松弛。

灯火辉煌的大街，像一条繁忙的灯光的河流。他随着拥挤的人流信步来到全城最繁华的闹市，在一个个摆满五光十色商品的橱窗前徜徉。蓦地，他的目光被橱窗里面一件件式样新颖的女式服装吸引住了。他的心像触电似地一动。“该死！”他自言自语地咒骂着自己，向一家百货公司走去。

他这才想起他和孟薇的婚礼。十几天来他压根儿把这件事忘到脑后去了。他没有采办一件结婚用品，给孟薇买一件结婚礼物，甚至连封短短的信也没有写。他懊悔至极，简直无法原谅自己。

他走进一家装饰着五颜六色霓虹灯的百货公司。这里商品多，顾客也多。梅生像一尾鱼在人流中游动，当他在橱柜包围的空间转了一圈，最后停留在一排专售服装的柜台前站住时，他已经挤得满头大汗了。

他像长颈鹿似地伸长脖子在货架上搜索他的猎物。他的眼睛被各种颜色、质地和不同式样的女式服装弄得眼花缭乱，他的商品知识实在太贫乏。他左顾右盼，想找位售货员参谋参谋，给孟薇挑选几套合适的衣服。这时，离他身边不远的一个顾客和女售货员搭讪的对话，钻入他的耳膜。

“孟老，你买点什么？”这是女售货员的声音。

“啊，您还在这儿工作。”说话人的声音不高，咬字有些含混不清。他像自言自语地说：“这儿都是女式服装，我要这些有什么用……”他说得很慢，话语中包含着无限的伤感。“这会儿女式服装花样真不少，可惜我的孩子……”说到这儿，他突然打住了。

那个女售货员一阵唏嘘。过了一会，听见她小声问对方：“你女儿还没有音信吗？”

对方没有立即回答，沉吟片刻，顾客喃喃地答道：“这么久了，怕是没有什么指望了……”

“您甭着急……”女售货员正想要安慰他几句，几个顾客拥上来指这要那，她便忙着应付了。

女售货员和顾客的对话，在嘈杂喧闹的大厅内断断续续传人梅生的耳际，他起初没有在意，甚至可以说没有引起任何反应。而且他的前后左右是出出进进的男人和女人，使他无法看清那个顾客的模样。可是当女售货员走到他的对面，这一番对话仿佛重新回响在他的耳畔，他这时脑子一亮，像是把每句话都仔细加以推敲，揣测它的含意似的，这样一想，他的情绪突然变得亢奋起来。

“那个人是谁？他的女儿怎么啦？”他问女售货员。

女售货员一愣，疑惑地瞅着面前的这个顾客，她见梅生并无恶意，便叹了口气，说道：“嘿，甭提了，他还是个有名的科学家哩！前几年不知道捅了什么纰漏，关进了监狱，前几天才放出来。回来也是白搭，老伴早死了，一个独生闺女也失踪了……”

“他姓什么？”梅生的心脏差不多快要蹦出喉咙口，急促地问道。

“姓孟呀！”她答道。

梅生这时再也顾不上细问了，他来不及和女售货员道谢，扭头向大门冲去，他发狂似的推开挤在前面的顾客，杀出一条狭窄的通道，一面高声喊道：“等一等，孟教授，等一等！”

百货公司里的顾客不知道发生了什么事，惊讶地东张西望，面面相觑，那个女售货员更是目瞪口呆，吓得一夜失眠，她还以为自己一言不慎，又给孟教授带来了麻烦哩。

事态的进展如同惊险小说一样离奇、巧合，令人难以置信。

这天晚上，孟教授室内的灯光彻夜未息，不时传来一阵爆发性的笑声。梅生和他的老师，不，应该说是他未来的岳父孟凡凯畅谈了整整一个通宵。他们彼此有多少话要相互倾诉啊！三包“大前门”抽完了，重沏了两遍茶，他们俩为这次意外重逢兴奋到了极点。这一老一少像孩子一样，一会儿哭，一会儿笑。当孟凡凯教授听说梅生用生命复原素救活了自己的独生女儿，他老泪纵横，紧紧拥抱着未来的女婿，不知道用什么言语才能表达他的喜悦……

“老师，我一直疑惑不解，孟薇也时常挂记这件事，他们凭什么给你安上里通外国的罪名？”梅生把这几年的研究进展向坐在对面的孟教授做了详细汇报后，问道。

孟教授回答得也很巧妙，他把半截烟头捏灭，嘴角浮出一丝嘲弄的微笑，道出了一番石破天惊的妙语来。

“我研究了一辈子自然科学，我自信多少还懂得一点科学研究的方法论，这就是详细地、大量地占有第一手资料，确凿无疑的试验数据，然后从中推导出令人信服的科学结论。我想，不仅是我，几乎每个从事科学研究的人毫无例外都要遵循这个原则。这是铁的原则。”他习惯地摸了一下满头银发，深邃的目光一直射到梅生的心底，继续说道：“但是我发现我错了，这条原则在另一种场合是不合用的，至少在法律上或者我们生活的某些角落，人们却遵循另外一条相反的原则。他们首先制造骇人听闻的结论，而且根据这个结论去行使他们至高无上的权力，当然他们也要为自己的立论寻找大量的证据，不过他们是要让你自己的嘴去编造符合他们口味的材料，在你写的文章、书信、日记甚至早已被你忘却的谈话中，他们像高明的考古学家可以从中发掘各种印证这个结论的材料，于是这个结论就叫做铁证如山了……”

孟教授告诉梅生，他在巴黎参加国际海洋学术会议时，那是七年前的事了。一次会议休息，孟教授沿着宽敞的回廊散步，他低头徘徊，忽然瞥见离他不远的地方有个年轻的外国人，他东张西望，脸上露出惊慌不安的表情。孟教授好奇地迎上去，用英语和他对话，对方苦恼地摇摇头，嘴里叽里呱啦地说个不停，显然他不懂英语。孟教授便改用法语和他谈话，这个外国人仍然连连摆头，双手不停地比划，像是有什么非常紧急的事情。孟教授见对方焦虑不安的神情，心里暗暗着急。他四下张望附近有没有译员，但此刻代表们都纷纷离开，回廊一带只剩下他和这个穿着打扮都顶奇怪的外国人。孟教授百般无奈，只得硬着头皮搜肠刮肚，把他懂得的五种语言轮番试了试，对方仍然像哑巴似的，一筹莫展。正在这种极为尴尬的情况下，这个外国人忽然冒出几句世界语来。孟教授年轻时自学过几年世界语，长久不用大半忘光了。他听出这个外国人懂得世界语，便用笨拙的世界语和他谈了起来。原来闹了半天，这个其貌不扬的年轻人是 × 国王子，他和几个保镖第一次到巴黎闲逛，走迷了路，大概是昨天晚上的宴会使他肚子不适，他此刻为找不到厕所急得团团转……热心肠的孟教授听罢付之一笑，便领着这位王子穿过回廊到王子需要的地方去。他哪里想到，他就这样把自己送进了监狱。

“那他们为什么又把你放出来了呢？”梅生问道。

“你大概最近没有看报纸吧，”孟教授苦笑地答道，“这位小王子前不久伴同他的父亲来我国访问。他对那天在巴黎闹的笑话大概印象太深，所以对我这个中国人还有点印象。他一下飞机就和接待他的外事部门指名要见他的中国好朋友，他当然不会想到，为了他，我蹲了七年监狱，家破人亡……”

屋子里沉默下来。孟教授的目光停留在墙上的一张全家合影的大幅照片，那是他们十年前国庆节的留念，他和他的夫人并肩坐着，在他们中间是笑容满面的孟薇，她笑得那样天真、那样开心，像一朵盛开的紫罗兰。

孟教授的眼睛湿润了……

尾　声

海上起了雾，白茫茫的浓烟般的弥天大雾……

太阳隐没了，海鸥蜷缩在礁石的缝隙和荒凉的沙滩上，不住地战栗。

一艘游艇在大雾弥漫的海上穿行，它走走停停、忽快忽慢，唯恐碰上隐没在浓雾中的暗礁和可怕的漩涡。艇首上梅生和孟教授一站一坐，目不转睛地注视着前方，虽然无情的大雾挡住了视线，使他们看不清百米以外的景物，但他们的眼睛仍然睁得大大的，不能再大了。

游艇向月光岛驶去。在这个时刻，他们俩都保持沉默，沉浸在人生最幸福的激流中。生离死别给心灵带来的创伤和痛苦，屈辱和悲愤在心里郁结的积怨，这时都随着激荡的海浪一去不复返了。他们俩一个想到久别重逢、死而复生的爱女；一个想着生死与共，情长谊深的情人，这两种不同的爱，把这两代人的生命联结一起，他们不约而同地想象即将来到的欢乐场面，在他们的眼前，大雾似乎消失了，生活的阳光，明媚的灿烂无比的阳光，在他们身上，和心头洒满了。

月光岛的轮廓终于影影绰绰看见了，灯塔、月光岩、树木……在乳白色的浓雾中若隐若现，似远似近。梅生兴奋地立在船头上，向孟教授指指点点，一面指挥艇尾的水手向什么地方靠岸。

游艇掉转了船头，开足马力向海湾驶去，经过那幢石头房子面下的岩岸，向岸边几株亭亭玉立的棕榈树靠去。

在这一瞬间，梅生向孟教授递了一个惊讶、困惑、夹杂着某种不安的眼色。就在游艇驶过石屋的一刹那间，梅生发现临海的那扇窗户紧紧地关上了，而且当他们跳上岸时，没有任何人来迎接他们，海狼老爹，他的老伴，还有他们的孟薇，一个人也没有。月光岛在大雾中沉默着，木然地凝视着这两个踏上海岛的不速之客。他们的目力所及，是一片令人恐惧的冷寂、荒凉，像是踏进了洪荒时代的荒岛……

“孟薇——”

“薇儿——”

他俩不约而同惊恐地喊叫着，但是回答他们的是悠远的、悲哀的回声，从月光岩的石壁，从黑森森的丛林中连续反射过来的回音……

梅生第一个冲进房里，门半掩着，空无一人。当他从他的卧室走进隔壁孟薇的卧室——那间实验室改做的小房间，他惊呆了。

一切都恢复了原样，像三年前孟薇初来时一模一样。那间孟薇的卧室，重新布置成一间严谨的实验室，铺着雪白床单的操作台；镊子、钳子和解剖刀擦得锃亮，井然有序地躺在那只磨损很厉害的铁盘子里；培养热带蚂蟥的玻璃缸，在桌子中央静静地卧着，依然发出轻微的沙沙声；贮藏药品的柜子回到原来的位置，靠墙屹立着。梅生记忆中孟薇的卧室，她在这里度过了三个春秋的卧室，那张用木板拼成的单人床，一张临窗的小写字台，还有梅生用石块垒成的堆放杂物的石桌，像梦境似地消失了。孟薇的衣服、被褥，甚至连她的小圆镜子，梳子和漱口杯，一切的一切，都无踪无影了。好像月光岛从来没有出现过孟薇这个人一样，孟薇也从未住过这间房子，在这儿生活了三年……

梅生像雷击似地觉得一阵晕眩，他勉强靠在门板上，半天说不出话来。

“她到哪儿去了？会不会搬到渔村去了呢？”孟教授吃惊地望着脸色苍白的梅生，轻声问道。

梅生半信半疑地点点头，默默地和孟教授走出门外。他的脑子这时像一团乱麻，几乎丧失了思维的功能。房内的变化完全出乎他的意料，他几乎不能相信这是真实存在的。他当然考虑过孟薇也许会到渔村小住些日子，和海狼老爹的老伴做伴，这并不是不可能的。但是她绝对不会把她的卧室重新改变成这副模样，也不必要把她的衣物全部带走，仿佛她是下决心不再回来似的。这一切究竟意味着什么？会不会发生什么意外呢？

满腹疑团的梅生茫然地走着，沿着一条通向渔村的小路，这条横贯岛屿的小路也不知走过多少遍，但这一回他却感到如此陌生，仿佛是初次来到似的。孟教授跟在他的后面，不时气喘吁吁地歇息着，最后他突然停住了脚步。

“还没有到吗？”他不安地问。

梅生心里纳闷极了，他们已经不停地走了一个小时，按说早该进了渔村，至少可以看见海岛西部十几间疏疏落落的房子了。但是脚下这条满是砂石的小道渐渐消失了，他们的双脚分明踩在松软的沙滩上，隔着浓密的大雾，梅生和孟教授几乎同时听见海浪拍岸的声音。

梅生霍地站住，惊恐地回过头来，对孟教授说：“奇怪，我们已经走过了，渔村应该在那边。”他向他们走来的方向指了指。

“没有看见什么渔村呀？”孟教授喃喃地说，他的脸色由于惊骇变得难看极了。

“会不会是雾太大……”梅生嘟哝着，但是连他自己也难于相信这样的解释。

他们像大海中迷失方向的船只，继续盲无目标地走着，可是横在眼前的除了浓密的雾障，便是难于穿行的热带丛林。渔村消失了，不留痕迹地消失了，连一块木板、一张破渔网都不剩地消失了……

“我再也走不动了，梅生，我的脚已经肿了。”孟教授一屁股坐在地上，用手揉着肿胀的脚，他的脸上大汗淋漓，显出十分痛苦的样子。

梅生神情恍惚地停住了；他同情地看了他的老师一眼，抬头向前面望去。他惊讶地发现，那座屹立在月光岩顶的灯塔，直挺挺地耸立在他的前面不到五步远的地方，他们是怎样走到这儿来的，居然攀登了四百七十级石阶，他完全记不清了。

“这究竟是怎么回事？”他心烦意乱像是被人捉弄了似地，愤怒地喊叫起来。

孟教授昂起头吃惊地望着他的学生。他蓦地从地上跃起，两眼瞪得像铜铃似地，大惊失色地指着梅生头顶的天空，怪声怪调地嚷叫道：“瞧，那是什么？”

他们同时看见了一个不曾见到的怪物在天空缓缓移动，那是一只酷似脸盆形状的怪物，周身发出刺眼的绿光；绿光边缘有一团金红色的火焰喷出，它一面迅速旋转，一面向天顶移动，隐约还可以听见沉闷的隆隆声。

“飞碟！”孟教授头一个惊呼起来。

“飞碟？”梅生的心怦怦直跳。他睁圆眼睛注视着在天顶移动，愈来愈小的怪物，足足看了五分钟，直到它在天际完全消失……

当他恋恋不舍地收回视线，转过身来，他一下子惊讶得说不出话来。他清清楚楚看见，刚刚还是大雾迷漾、混沌一片的月光岛，此刻万里晴空，碧海澄波，像水洗了似地清晰地展示在他的眼前，似乎有谁暗中施展了魔法。孟教授的举动更加使他惊诧不已。他发现他的老师席地而坐，手里拿着不知哪里来的两封信，此刻，他戴上眼镜，拆开其中的一封，正在聚精会神地看信哩！

这一切都令人不可思议，梅生怀疑自己的神志是不是有些错乱了。

“这是哪儿来的？”梅生蹲下来，不解地问。

孟教授似乎没有听见，他把看完的头一封信默默地递给梅生，接着又拆开第二封。

梅生的手哆哆嗦嗦地接过信，定了定神，目光在信纸上移动。他的心情紧张到了极点。

这是一张公文纸潦草书写的公函，信文不长：

梅生同志：

我们荣幸地通知你，在本届招收出国留学生的考试中，你的成绩和提交的论文均是令人满意的。不过，你的社会关系是令人遗憾的，它将会成为影响你继续深造的不可逾越的障碍。出于对你的关心，为国家选拔人才，我们再三和你所在工作单位有关部门商洽，建议你对这一问题慎重考虑，权衡利弊，如果你同意上述看法，请迅速函告我们，时间还来得及。

此致

敬礼

留学生办公室

××年×月×日

梅生刚把信看完，那边的孟教授大叫一声，把梅生吓了一跳。只见孟教授双臂向空中挥动，嘴里不住地喊道："薇儿，我的薇儿，你不能这样，爸爸还来不及看你一眼，你就这样走了……"接着，老教授歇斯底里地仰望天空，绝望地嚎叫着。那种痛苦的表情简直叫人忍受不了。

"孟教授，你怎么啦？"梅生惊慌地上前抱着孟教授，唯恐他失足跌到悬崖下面。

"她走了……永远……永远不回来了……"孟教授伤感地用手捂住眼睛，颤抖声音说道。

"谁……谁走了？"梅生感到脊背一阵发冷，他连忙从孟教授手里夺过那封信。当他的目光接触到信文第一行时，他的呼吸急促，一股热血冲上他的头顶。他克制着自己，这原来是孟薇留给他的第一封信，也是最后一封信。

亲爱的梅生哥：

我心里有好多好多话要向你说，可是来不及了，我等不到你回来的时间了。再过一个小时零五分钟，我就要永远离开月光岛，离开你们的地球，到那个遥远的星球上去。我永远也不能和你见面，不能和你一起分担我们生活的艰苦与欢乐，想到这些，我又忍不住掉泪了。从你离开月光岛，我的心也随你飞回我的故乡，那隔海相望的丁城。我一直等你，从早到晚，听着窗外的潮水哗哗地涨起，又悄悄地落下去。望着月光岩上的月儿，从东方升起，又在西方降落，就这样盼呀！等呀！等着你回到我的身旁……

这些日子，我做了许许多多很美丽的梦。月光岛上的渔夫们也和我一样，做了许许多多美丽的梦。你知道吗，这些天他们忙极了，女人们用木薯和椰子酿酒，男人们钻到海底摸海参，捉鲍鱼，找干贝，有的人还潜水去寻找美丽的珍珠……你知道他们在忙什么嘛，你一定想象不出，他们是为我们的婚礼做准备，等你回来哩！

我打心底爱上了他们，月光岛上的渔夫们，你不会嫉妒吧。他们的心地多善良，多正直，简直像水晶一样纯洁。我是下决心给他们上课了，在你出国留学的日子里，我就搬到他们一起住，我教他们认字，教他们唱歌，和他们一道出海打鱼……

梅生哥，我就整天这样陶醉在自己编织的梦里，自己欺骗自己，麻醉自己。我对生活并无过分的奢求，我也决不会对他人的生活有丝毫不利的地方，我天真地幻想，社会的强者对我这样的弱者该会宽宏大量，让我苟且偷生，在这个孤岛生活下去……

海狼老爹回来了，一个人孤零零地来到我这儿的。我突然产生了不祥的预感，是的，我承认，我是个感情脆弱的人，我的心已经被社会无情地蹂躏过，脆弱得经不住任何微小风浪的折磨。你没有回来已经使我大大失望，海狼老爹带回的这封信更是打碎了我的幻想，把我推入痛苦的黑暗深渊……

请不要责怪我吧，梅生哥，我决不是神经错乱，胡思乱想，我懂得生活严酷的现实，我亲身经历过这种摧残心灵的折磨。我不是不敢为父亲辩护，也许他罪孽深重，咎由自取，永远应该沉沦地狱。虽然我始终不敢相信这点，可是他的女儿——我，怎么能承担他的罪过，永远无法摆脱这种洗刷不掉的耻辱，哪怕死过一次，也不能摆脱厄运呢？

梅生哥，严酷的现实又要降临在你的头上了。我看懂了这封来信的含意，是的，我不怪罪写信给你的人，我理解他们的心，善良的好心，他们的确是出于对你的关心。而我，你最亲爱的孟薇却不能眼看着你因为我的牵连，影响你的一生，你的事业，你的前程。不，不能，哪怕我死一千次，我也不能让你为我牺牲，付出这样大的代价。

梅生哥，其实我应该满足，当我冷静下来的时候，我这样想。我感谢你继承了父亲的事业，也感谢你用生命复原素救活了我。这令人难忘的三年，你留给我的美好回忆足以补偿我过去的辛酸。我该知足了，不能贪得无厌地获取我不该得到的幸福。在这永远诀别的时刻，我只有一种心愿，我希望你把这项科学研究继续下去，拯救千千万万不幸的男人、女人和可爱的孩子。我想，父亲身陷囹圄也会感到莫大的安慰。

梅生哥，永别了，但不要以为我会走上绝路，重蹈上次的覆辙。当然我曾经萌生过这个愚蠢的念头，我偷偷摆脱了时刻不敢离开我的老妈妈——海狼老爹的老伴，跑上了月光岩，可是，就在我纵身跳下去的时候，老妈妈从背后抱住了我，我欲生不能，欲死不能，只好悲伤地号啕大哭……

“孩子，我们都知道了！”不知什么时候，海狼老爹和许多渔夫都赶来了，他们一个个怒不可遏，眼里喷射出愤怒的火焰，对我的遭遇十分同情。海狼老爹对我说：“孟薇，我的女儿，跟我们走吧，远远地离开这儿！”

我疑虑重重地望着一个个皮肤黝黑、面容善良的渔夫，他们眼里充满信赖、同情的目光，似乎都在期待着我的回答。

“你们？到哪儿去？”我小声地问。我的心里十分惶恐，不明白海狼老爹说的是什么含义。

他们大概猜出了我的疑虑，互相望着，会意地笑了，露出雪白的牙齿。忽然，海狼老爹用一种我不懂的语言和大家说了些什么，他们互相商量了一会，他们说话的内容我完全不理解，但从他们严肃的表情可以判断，他们商量的是件十分重大的事情，而且和我有关。

过了片刻，大家赞同地点点头，脸上露出非常高兴的表情，有人甚至情不自禁地拍起巴掌来了。

海狼老爹走到我的身边，他又用我们习惯的语言对我说道：“我的女儿，我现在要坦率地告诉你，我们都不是地球人，我们更不是渔夫。你也许听说过，在距离地球很遥远的宇宙空间有一颗美丽无比的天狼星，那就是我们的家乡。我们是自由的天狼星人。我们三十五个天狼星人自由组合了一支考察队，我们都是对地球生活有着浓厚兴趣的科学家和大学教授。”他说罢，把站在我周围的渔夫们，不！是天狼星人，一一向我作了介绍，他们的名字都长得出奇，我简直无法记住。不过我好容易记住了好妈妈的名字，她叫契阿伯勒宫格尔斯特卡尔玛咪，是天狼星上首屈一指的地球生物艺术史的专家。

我惊讶极了。海狼老爹，不，他是著名的天狼星科学院院士，他大概看出我的疑惑，便主动向我解释，他们在地球上考察了十年，他们收集了大量的极为丰富的资料，经过实地考察，他们推翻了天狼星人过去沿袭下来的对地球人的传统看法，据说那是十万年前他们的一位先哲所做的结论，那位先哲认为地球人是比天狼星人更高级、更文明、进化的程度更高的、伟大的生物群。

“我们尊重伟大的先哲，但是他的结论是我们无法接受的，”这个老院士严峻地说，“所以我们要马上回去，把我们观察的结果告诉我们的同胞，他们是非常乐于接受新思想、新见解的。

我忘记了自己的身份，也忘记自己的处境，不禁好奇地问：“你们认为地球人如何呢？”

“请你原谅，当着你的面讲也许是不礼貌的。”这位老人突然歉意地说，“在我们看来，地球人还未最终脱离动物的状态，野蛮！愚昧！自私！褊狭！虚伪！懦怯！残暴！粗野！……”他一连说了十几个最难听的字眼，我不由捂住耳朵，为我们地球人受到这样大的侮辱羞愧万分。

也许是为了摆脱这种尴尬局面，好心的老妈妈向她的丈夫使了一个眼色，责备道：“你何必当着她的面说这些！”，接着她转脸，对我说，“女儿，你甭生气，他并没有指每一个地球人，这仅仅是一种哲学上的、理论上的概念而已……”

“不，好妈妈，你不必解释了，”我拉着她的手，说道，“真理一开始总是不容易被人接受的……”

他们听见我这样说，全部满意地点点头。

梅生哥，以后的事情我就不必和你细谈了，时间来不及了。我接受了他们的邀请，和他们一道飞向那个遥远的天狼星。现在大雾已经笼罩了月光岛，那是他们的飞船正在着陆，再过一刻钟，我们就要乘这艘来自天狼星的飞船永远离开地球，我们留在地球上的一切痕迹也将随着飞船的离去自动消失。

永别了，他们正在呼唤我。梅生哥，我希望你答应我最后一个请求：忘掉我，自己坚强地活下去。要记住，科学需要你献身……

啊！飞船快起飞了，我要走了……

终生爱你的薇

于月光岩上

梅生沉默了。

他手里紧紧捏着孟薇的信，长久地仰望着万里碧空。那里有一只兀鹰展翅慢悠悠地旋转，自由地翱翔。几朵白色的云彩凝固不动，像睡着了似的。不知名的热带花朵在岩缝里怒放，随风播送阵阵幽香；海浪不知疲倦地拍打沙滩，唱着安详的催眠曲。这一切仿佛告诉他，地球从来都是这样和谐、美好，似乎什么事情都没有发生过。

梅生望了神思恍惚的孟教授一眼，用手摇了摇他的胳膊，“孟教授，我们回去吧！”他口气坚决地说。

“那她……她呢？”孟教授不曾睡醒似地，嘟哝着。

“走了，她走得好！”梅生咬着嘴唇，头也不回地冲下了月光岩。

他跑得飞快，灯塔、月光岩、孟教授以及往事的回忆都远远甩在他的背后了……

——原刊于《科学时代》1980 年第 1—2 期

打开幻想的“魔盒”

——金涛的科普与科幻世界

◎ 李英　尹传红

金涛在科普界和科幻界影响甚大。他创作了大量脍炙人口的科普文章和科幻小说，其创作素材来源于广博的见闻和科学考察经历。他的科幻小说代表作《月光岛》优美动人，深受广大读者喜爱，小说主题与时代深深契合，对一段特殊历史时期内个人和民族的命运进行了反思。此外，由于其科学普及出版社社长的特殊身份，金涛对中国的科幻和科普的繁荣发展起到了重要的推动作用。

新闻记者出身的金涛是一位驰骋于新闻界和出版界、横跨科普界和科幻界的知名人士。他辛勤笔耕半个世纪，创作了数百万字作品，涉及多个题材、种类，其中就包括科幻小说。他利用自己在出版界和新闻界的影响，为推动我国科幻小说的发展与繁荣做出了不懈努力。

一、创作起步于科学考察见闻

金涛（1940—），原名金春麟，安徽黟县人。黟县是长江边上的一个小城，处南北往来之要冲、扼东西航道之咽喉，人员流动频繁。家境贫寒的金涛自幼年起就十分向往大自然，向往无限广阔的世界。1957 年报考大学填写

金　涛

志愿时，他一共报了10所大学的地理系，认定这将是“献身大自然的专业”。

被北京大学地理系自然地理专业录取，金涛迈出了人生的决定性一步。求学期间，前后有3年的夏天，他都和同学结伴离开校园，到广阔的大自然中去进行野外实习，其中包括一次沙漠考察。对在江城长大的金涛来说，沙漠无比新奇、神秘。他目睹了沙漠的壮观景色，也见识了人与沙漠争夺生存空间的生死较量。

回校后，沙漠中种种难忘的印象还浮现在他眼前。金涛萌发了创作冲动，想通过小小植物战胜沙漠的故事，反映人类征服沙漠的壮举。于是，他创作了一篇科学童话《沙漠里的战斗》，寄给当时发行量很大的《中国少年报》，很快就得以发表。此文还被收入到一些童话集子里，译成少数民族文字发行。50年过后，金涛在谈到这篇作品时说，当时他体会到“生活是文学创作的源泉，即便是给青少年写的童话和科普作品，也需要从生活中、从大自然吸取营养和素材。热爱大自然，永远地向大自然学习，对我是终身受益的启示。”[1]

1963年迈出大学校门后，金涛曾在中共中央高级党校政策研究室当过两年教员。1965年，他调到《光明日报》从事新闻工作。“文革”结束以后，他重新拿起笔给孩子们写童话、科幻小说和科学家传记，如《大海妈妈和她的孩子们》《狐狸警长探案》《马小哈奇遇记》《中国探险家的故事》等。《大海妈妈和她的孩子们》以拟人的手法，将大海、乌云、大江、湖泊、冰雹、白雪、温泉、地下水、冰川、霜、露等拟化为一个个鲜明的形象，深入浅出地介绍了它们的形态和功用，是一篇广受好评的科普小说。《狐狸警长探案》以各种性格鲜明的动物为主角，情节曲折，语言幽默，妙趣横生。

“马小哈系列”的发表亦颇受瞩目。该系列的第一篇作品名为《魔鞋》，最早刊登在1980年第11期的《儿童时代》上。小说的主人公“马小哈”，是一个非常调皮可爱的小男孩，对一切都充满好奇心，但有点懵懂、莽撞，做事总是马马虎虎、丢三落四。他误穿爸爸根据气垫船原理研制的神奇鞋子，去参加学校运动会，结果让人大开眼界，也闹出不少笑话。

继《魔鞋》之后，金涛又写了一系列关于马小哈的有趣故事，给它们起了个总的题目，就叫《马小哈奇遇记》，包括一篇《开场白》和《魔鞋》《地衣之王》《旅伴》《魔盒》《冬天里的春天》《一场虚惊》《田野上的笛声》《公交车奇案》《土拨鼠传奇》9个故事。这些故事较好地刻画了儿童的性格特征，展示了新奇的科学知识，受到了小读者的热烈欢迎。

20世纪80年代初，金涛开始关注地球最南端的南极洲，及时报道了我国科学家在南极洲的外国考察站生活与工作的情况，在《光明日报》上发表长篇报告文学《啊，南极洲》，详细介绍了海洋物理学家董兆乾和地质地貌学家张青松的南极考察经历，产生了较大的影响；同时，他还就南极探险的历史和著名的南极探险家的工作与生活写了几本书，如《外国探险家的故事》《探险家的足迹》等；此外，他还给孩子们写了一本科学童话《小企鹅和爱斯基摩狗》，这是国内比较早的写南极题材的童话。

1984年，历史给金涛带来了新机遇。当中国人派出第一支考察队，前往地球最南端的冰雪世界——南极洲时，他经由国家南极考察委员会批准，作为《光明日报》特派记者，与考察队结伴而行。几个月中，金涛亲历了五星红旗在南极第一次升起时的历史时刻，目睹并参与了中国长城站建设的过程，并在通信手段不是十分便捷的情况下，将考察的见闻，尤其是我国首次南极考察和南大洋考察的进展随时向国内进行报道。不论是在暴风雪中摇摇晃晃的小帐篷里，还是在狂风恶浪的大洋考察，以及航行在太平洋的日日夜夜，他都抓紧时间，整理笔记，积累了大量第一手珍贵的资料。

从南极归来的几年里，在一些出版社朋友的热情鼓励和支持下，金涛陆续写出了《暴风雪的夏天——南极考察记》《神奇的南极》《从北京到南极》《冰雪王国历险记》等著作，还协同中国南极考察队队长郭琨主编了《神奇的南极》大型丛书，并参与了四川电视台的电视剧《长城向南延伸》的创作。由于表现突出，他被国家南极考察委员会授予二等功。

这期间，金涛创作了科幻小说《失踪的机器人》《马里兰探长探案》和

《冰原迷踪》等。而几年前的1980年，在郑文光等作家朋友的鼓励下，他发表了自己的第一篇科幻小说《月光岛》并一炮打响。他还与王逢振共同主编了科幻小说译文集《魔鬼三角与UFO》、与孟庆枢共同主编了苏联科幻小说集《在我消失掉的世界里》。这两部外国科幻选集当时影响颇大，既是科幻爱好者可口的精神食粮，也是科幻作家宝贵的创作范本。

随后，金涛调任科学普及出版社（副牌：中国科学技术出版社）社长兼总编辑等职，并担任中国科协第四、第五届全国委员会委员，中国科普作家协会副理事长等。

由于在科学普及和科幻创作等方面的突出贡献，金涛先后获得了一系列重要奖项和荣誉:《魔盒——金涛科幻小说选》获首届全国优秀少儿科普图书奖大奖——周培源奖;《奇妙的南极》获第三届全国优秀科普作品一等奖;《大海妈妈和她的孩子们》获1949—1979年全国优秀少儿读物奖三等奖;《大地的眼睛》获1982—1988年全国优秀少儿读物三等奖;《北京史话》(与侯仁之合著）获爱国主义通俗历史读物优秀奖;《胶林畅想曲》获现实题材科学文艺征文优秀奖。

1990年，金涛被中国科普作家协会评为“新中国成立以来特别是科普作协成立以来成绩突出的科普作家”；1991年，获首届“范长江新闻奖”提名荣誉；1996年，被国家科委、中国科协等部门授予全国先进科普工作者称号；1997年，被世界科幻大会（《科幻世界》主办）授予银河奖。

二、《月光岛》：以幻想形式直面社会现实

1980年，金涛的科幻代表作《月光岛》，最初在《科学时代》杂志第1期和第2期连载。同年,《新华月报》又在第7期予以转载。1981年,《月光岛》和作者的另一篇作品《沼地上的木屋》由地质出版社结集出版。这也是金涛的第一本科幻小说集。就在这一年底，四川省歌舞团将《月光岛》改编成“科学幻想歌剧”。1998年,《月光岛》被改编成绘画文本，收入“绘画科幻精品丛书”，由上海科技教育出版社出版。问世32年来,《月光岛》多次入选各种科幻选集，产生了较大的影响。

《月光岛》下半部在《科学时代》杂志上刊出的同时，著名科幻作家郑

文光作为小说创作的见证人，在该刊热情地撰写文章介绍评价，开篇特别提到了此文诞生的背景：

> 去年（1979年）3月，南国还是春寒料峭的阴雨天气。我和金涛同志一起在厦门鼓浪屿参加一个会议。在鼓浪屿最高处，有一块名为月光岩的大石头，像劈天的金剑径直刺向灰蒙蒙的天空。
>
> 在那儿我们听到了在林彪、“四人帮”横行时期发生在月光岩的许多悲惨事件。这些事件把金涛同志深深地触动了。正直的心灵使他想通过小说形式把爱与憎的感情抒发出去，他从此每天睡得很晚，更深夜静，房间里还常常亮着经久不息的灯光。
>
> “我要写一篇科学幻想小说。”最后，他对我宣称道。
>
> 为什么要写科幻小说？
>
> 他和我讨论了这篇小说的主题和构思中的一切细节。那的确是篇科学幻想小说，同时又可以称之为社会小说。对于金涛，这两种文学样式是吻合无间的。他只有两个地方犹豫不决：一是科学内容是否太少？二是社会问题提得如此尖锐，会不会……[2]

金涛本人则在《月光岛》后记中写道：“最打动我的心怀，使我不能忘怀的，却是我听到的一些令人悲哀的故事，现实生活中的悲剧。在这样独特的气氛中，理想与现实、虚幻与存在，是如此和谐而矛盾地融为一体，很难把它们分开。就这样，它督促我鼓起勇气构思成一篇小说，而且还决定把它写成一篇科学幻想小说。”在作品中，作者甚至有意暗示了故事发生的时间、地点和时代背景。

《月光岛》讲述了一个哀婉动人的故事：海洋大学海洋生物化学系的高材生梅生，在大学时代便跟生物化学家孟凡凯教授合作搞科研。不幸的是，这项重大的科研项目刚刚进入实验阶段，就赶上了史无前例的政治风暴。孟教授被人陷害，下落不明。梅生只得离开大学，来到一个荒凉的小岛上当了一名灯塔管理员。

这个仅有36个居民、几乎与世隔绝的小岛名叫月光岛。在极其艰苦的环境中，梅生坚持完成了他与孟凡凯教授合作的科研课题——用传说烧成灰仍能复活再生的蚂蟥做材料，制成了具有起死回生神效的“生命复原素”，能够把死鱼救活。一天，对梅生十分友善的渔民海狼老爹带回来一具溺尸，是一个跳海自尽的美丽少女。梅生用“生命复原素”奋力抢救，少女起死回生。

经过交流，梅生震惊地获悉，这个名叫孟薇的少女就是孟教授的独生女儿。原来，孟教授被以里通外国的罪名逮捕后，妻子不堪打击，撒手人寰。孟薇走投无路，投海自尽。

在这样的特殊境遇里，梅、孟之间产生了纯真的爱情。渔民们也非常喜欢孟薇，把她当自家女儿看待。但是，梅、孟这两个有情人并没有“终成眷属”。此时，“春天”来了，政治气候已经回暖，航运局取消月光岛的灯塔，为梅生争取到了一个出国留学的机会，而他关于“生命复原素”的论文也受到广泛关注，同时他找到了刚刚出狱的孟教授。

然而，当梅生和孟教授兴高采烈地回到月光岛时，却再也见不到孟薇了。桌上放着的两封信道出了原委：留学生办公室致函梅生，由于他的“社会关系令人遗憾”，组织上无法委派他出国深造。孟薇知道是自己影响了梅生的事业，留下一封悲愤的信笺，毅然决定跟海狼老爹乘飞碟永远离开地球——伪装成岛上渔民的海狼老爹等人，原来是偷偷来地球考察已达 10 年之久的天狼星人……

《月光岛》具有强烈的文学色彩，悲欢离合的人生际遇和曲折缠绵的爱情故事，耐人寻味，感人肺腑；文中有不少细致的心理描写和优美的景色描写，情景交融，动人心弦。小说开头是一段浪漫的诗歌：

> 啊，月光岛，
> 你美丽又荒凉，
> 想到你啊，
> 我永世难忘又无限悲伤……

这短短的几句喊出了主人公的心声。文中那些难忘的记忆、忧伤的往事、悲凉的心境、孤独的身影，与荒凉的小岛、迷离的月光、大海、信天翁、消失的晚霞和迅速扩散的夜色等，无不浸透着凄美的意境，衬托出主人公的孤独、迷惘和伤感。

《月光岛》虽然是科幻小说，却反映了严肃深刻的社会现实，不乏对人性的剖析与反思。小说的结局是出人意料的悲剧：眼看“噩梦”散去，一家人就要“大团圆”了，结果竟是父女分离、夫妻相隔。梅生纵有起死回生的“手段”，也不能阻止爱人的“失踪”。在故事的结尾，梅生得知孟薇走了，咬着嘴唇说：“走了，她走得好！”这样一个求生不得、欲死不能的世界，还有多少可以留恋的东西呢！对孟薇来说，去了外星球不啻去了天堂，这或许是她最好的选择了。

孟教授、梅生和孟薇的遭遇，是时代悲剧在个人身上的投射。他们劫后余生，身上都带有伤痕和烙印，怀着无处排遣的悲愤与积怨。这也使得《月光岛》被认为带有“伤痕文学”的意境。用郑文光的话来说：“它尖锐地提出了社会现实的某些问题，并且用强有力的艺术感染力启发着读者……这个结局看似突兀，其实在‘情理之中’。它告诉我们，不要以为粉碎了‘四人帮’，就万事大吉了。”[3]

新时期之初，不只是金涛，其他一些勤于思索的科幻作家，也都自觉地致力于通过科幻作品揭示民族和国家的“伤痕”，努力反思个人和历史的命运。张治、胡俊、冯臻在《现代性与中国科幻文学》中评述说：“他们和当时的主流文学作家们一样，以巨大的热情参与到新时期的思想文化建设中去。但在艺术手法上，科幻小说则不同于主流文学中的‘伤痕文学’，后者更多采用的是现实主义手法，而科幻小说往往将故事情节加以‘间离’。这种‘远距离’的审视，增强了作品独特而深邃的反思力度。”[4]

仍以《月光岛》为例，它设计用“生命复原素”让孟薇死而复活的新奇情节，不仅表现了科学工作者在艰难的历史时期对科学的执著追求，也表达了作者对爱和正义的歌赞。而以天狼星人的角度来观察地球的文明，则以“间离”的方式将“文革”的罪恶性暴露出来，使人对那段野蛮当道、文明倒退的悲剧性历史有了更清晰的认知。

另外，早有研究者指出：“在人物塑造、环境描写和情节构思等方面，金涛的《月光岛》，以及叶永烈的《生死未卜》和《碧海谍影》、童恩正的《珊瑚岛上的死光》和《古峡迷雾》等，也都取得了可喜的成绩，标志着科幻小说完全能作为文学的一个独特品种自豪地立于文艺的百花园中。”[5]

三、助推科幻事业发展不遗余力

从事新闻工作的几十年间，金涛曾以记者的身份采访过诸多科幻小说的名家，推荐过众多科幻小说界的新秀。在担任科学普及出版社社长兼总编辑期间，他大力拓展科幻小说的发表阵地，努力改变中国科幻小说的出版格局。在出任中国科普作家协会副理事长和科学文艺委员会主任委员之后，他又积极推动科幻小说的研究和宣传，为繁荣我国的科幻事业做出了重要贡献。

金涛一直强调科幻小说的重要价值。他认为，长期以来科幻小说的存在价值并没有得到公正的评价，其承载的社会功能也没有得到充分认可。科幻小说的主要功能并不仅仅在于用文艺的形式普及具体的科学知识，而在于激发读者丰富的想象力。中国传统的教育体系往往只注重具体知识的传授，而忽略了人的想象力和创造力的培养，这是一种非常功利和短视的行为。而金涛很早就认识到想象力对于青少年科学素质的重要性。他指出：“一个没有想象力的人是平庸的，一个没有想象力的民族是可悲的。”[6]在他看来，优美的童话、精巧的玩具、动物园和科技馆的展品，都是培养想象力的不同形式，而科幻小说尤其具有激发想象力的功能。因此，科幻小说的繁荣，必定有利于中国这个古老民族创造力的提高。

今天，我们经常在一些场合听到要大力提倡自主创新精神，要重视培育创新思维，发展创新型经济，以至建立创新型国家的各种说法。其实，“所谓自主创新、创新思维，归根究底，就是要培养一个民族尤其是青少年丰富的想象力和创造力。想象力是创造力的前提。自主创新，首先要转变观念，敢于海阔天空地去想，敢于挑战传统，这是一个思维模式的转化。”[7]因此，金涛认为，对科幻文学与民族自主创作能力作一番探讨，是非常有必要的。2007 年，由金涛牵头、中国科普作家协会科学文艺委员会和北京师范大学文学院共同承担了《科幻与自主创新能力开发研究》的课题。课题组向全国科幻作家、读者、编辑和电影工作者征文，征求他们在科幻与自主创新能力方面的理论论述和相关建议，并对科普界一些知名人士进行专访，还对458名读者做了“科幻与自主创新关系”调查，得出的基本结论是：第一，科幻文学在一个提倡自主创新的时代里，具有自身重要的价值。第二，科幻文学是一种虚拟的社会生活试验场，可以进行各类创新和成长的实验。第三，科幻文学对青少年具有极端重要的作用。第四，科幻文学在今天已经不是简单的作家个人创作，而是多种媒体综合作用的社会化工程。第五，当前的中国科幻文学现状并不令人特别满意，在创作、出版、发行各个环节，都存在着诸多问题。[8]

报告进一步指出：“作为一个特殊的门类，中国科幻文学从发生之初便与民族复兴和科学启蒙紧密联系在一起，在百年的发展历程中，它一直在积极展望、思考着国家与民族的进步和繁荣。科幻文学应该也能够为民族的自主创新提供积极的帮助；同时，我们当前的科幻文学面临的困难也不容忽视。一方面，科幻写作要适应市场的挑战，赢得更多的读者；另一方面，科幻要关注当下现实，要保持自己的思想性、深刻性和先锋性。”[9]

在论及“科普与科幻”时，金涛提出：“把科学普及理解为科学技术知识的大众化、通俗化，无疑是正确的，科学普及大量的工作往往表现在这方面。但是，仅仅这样理解科学普及，还是不够全面的，有很大的局限性。以科学普及的目的而言，除了传播科学知识，使大众更好地接受科学、亲近科学、喜爱科学，还必须大力传播科学思想、科学观念以及科学精神。”[10]打一个比方，这就是不仅要给予人们科学知识的“金子”，还要向他们传播“点石成金”的本领，而后者在金涛看来，恰恰是科幻文学的重要功能，它在这方面发挥着其他科普作品所不能替代的科普功效。

如果有人问金涛写科幻小说最大的乐趣是什么，他的答案可能与众不同。在他看来，人类正是因为有了梦想，才会有期盼，有对未来的憧憬和种种忧思，人类的历史才会不断地进步。科幻小说家的奇思妙想，孕育着科学技术的发明和未知世界的发现，启迪着人们的想象力和创造力。若干年过去之后，小说中那些当初看似不着边际、天马行空的幻想已经成了生活中实实在在的一部分，渗透在科幻小说中的想象力孕育的创造思维，终于被现实中的科技进步证实了。这种喜悦并不亚于发明家获得了发明的专利，尽管没有人为此褒奖科幻作家，但仍然是令人非常高兴的。

进入 21 世纪，由于科学技术飞速发展，科学家的幻想似乎已经赶不上科学技术更新换代的速度了，以至于金涛把今天的科幻小说称为“遗憾的艺术”。但科幻作家不会因此却步，因为想象力的翅膀是不会停止飞翔的，正如金涛自己，一直实践着“读万卷书，行万里路”的理想，不断开始新的征程，走向一个又一个神秘的世界，他对文学梦的追求是永无止境的，他为读者带来的惊喜也必将是永无止境的。

参考文献

[1] 金涛．沙漠与冰原的回忆［M］// 中国科协青少年科技中心编．亲历美好岁月——青少年科普 50 年．北京：科学普及出版社，2008．

[2][3] 郑文光．要正视现实——喜读金涛同志的科学幻想小说《月光岛》[J]．科学时代，1980（2）．

[4] 张治、胡俊、冯臻．现代性与中国科幻文学［M］．福州：福建少年儿童出版社，2006．

[5] 杨实诚．论科学幻想小说［M］// 王泉根．现代中国科幻文学主潮．重庆：重庆出版社，2011．

[6] 金涛．火山爆发与农业政策——想象力琐谈［N］．中国青年报，1988-05-07．

[7] 金涛．科幻文学与创新思维［N］．大众科技报，2007-08-21．

[8][9] 金涛，吴岩，等．《科幻与自主创新能力开发研究》结题报告［R］．北京：2007．

[10] 金涛．科幻的科普功能［J］．（台湾）科学月刊，1998（2）．

美洲来的哥伦布

◎ 刘兴诗

……兰开郡的马丁湖排干之后，露出了一层泥炭，其中至少埋着8只独木舟。它们的式样和大小，和现在美洲使用的没有什么不同。

——（英）李依：《兰开郡》，1700年版，第17页

对一个水手来说，有什么能比处女航更能激发起他那充满渴望和好奇的心灵，并燃烧起献身于海洋的熊熊火焰般的热情呢？

人们或许会问我："你，威利，大海和风暴的宠儿。你可能记得自己的处女航，它是否曾真的点燃了你的纯真的心？"

是的，这话一点也不假。可是，需要说明的是，我的处女航并不是在那个阴霾沉沉的早晨，当我肩负着简单的行囊，在利物浦的第27号码头，踏着一条两旁安装着绳网的钢铁跳板，初次登上这艘古旧的"圣·玛利亚"号货轮甲板的时刻。对我来说，那个神圣的日子还要久远得多，至少还得上溯十多年，约莫在我整天拖着鼻涕、跟在妈妈的屁股后面到处乱跑的时候。

那一次航行并不在波涛翻滚、到处喷吐着水雾和盐沫的大海里，而是在我居住的那个简陋的农舍附近，一个梦也似的平静的小湖——苔丝蒙娜湖上。它虽不见得十分惊心动魄，航程也不太远，然而在那样一个雾气迷蒙的清晨，乘坐着那样一艘奇特的小舟，却充满了无穷无尽的兴味和瑰丽的幻想。它不

仅使我初次尝试了水上行舟的滋味，在幼年的脑际里打下了一个永不磨灭的烙印，引导着我一步步走向海洋，过着头顶赤道的烈日和极地的风暴，两脚终年踏着摇晃不定的甲板的远洋水手生活，而且还在我的心灵深处埋下了一个神秘的疑问的种子，不停息地对自己发出探询的声音。最后终于促使我采取了一个不可思议的方式，横漂过波涛滚滚的大西洋，产生了你们都曾知晓的那一条轰动一时的新闻。

这一切，都得打从我的那一次古怪的处女航说起。

亲爱的朋友，请耐心吧！我将毫无保留地把整个故事都原原本本地讲述给你们听……

泥炭沼里的独木舟

我的家乡苔丝蒙娜湖；独木舟是怎样发现的；倒霉的“处女航”，我们因此而结结实实地挨了一顿狠打。

我出生在美丽的英格兰北部的湖区，那儿是诗和传说的故乡。华兹华斯、柯尔律治、骚塞①都曾在这里留下了许多脍炙人口的诗篇。牧人和渔夫会告诉你许多关于坚毅勇敢的狮心王查理②，侠义无双的英雄罗宾汉③，云雾缭绕的七姊妹峰，神秘莫测的万特雷毒龙④，或是别的什么扣人心弦的山精和水妖的传说。

当我漫步在湖畔的那些玫瑰战争⑤时代遗留下来的花岗石古堡之间，或是溜达在夕阳和朝霞染红了的小山的巅尖，默默地睹视着变幻不定的湖上景色时，可以看见那里时而飘忽着一朵朵梦幻般悠闲的白云，灿烂的阳光把整个湖区都浸染成天国花园般的金黄色；时而在雨后的晴空里闪现出一道彩虹，

---

① 华兹华斯（1770—1850）、柯尔律治（1772—1834）、骚塞（1774—1843），英国著名的诗人，都曾在英格兰北部的湖区生活过，被称为“湖滨诗人”。

② 狮心王查理（1157—1199），英格兰国王，是第三次十字军东征的领袖之一。

③ 罗宾汉，英格兰民间传说中的农民起义英雄。

④ 古英格兰传说中的妖怪，后来被一个勇士踢死。

⑤ 玫瑰战争指1455—1485年，英格兰封建贵族兰开斯特族（红玫瑰徽章）和约克族（白玫瑰徽章）之间争夺王位的战争。

好似天使头颅上的圣洁的光轮放射出璀璨的异彩；时而又蒙罩着一阵阵稀薄得如同轻尘一样的迷雾，好像温柔的湖上女神正披着半透明的曳地长纱衣，踮起脚尖从水波上悄悄走了过来。这一幕又一幕的风光，在我的心目中更增添了它的无限美丽和难以描述的神秘感，使人恍然觉着，这儿、那儿，仿佛到处都隐藏有一个个未知的疑谜，我的故乡苔丝蒙娜湖，可还是一个谜也似的神秘国度啊！

可是，这一切有什么能比泥炭层里的那艘橡树独木舟，更能诱惑我的幼小的心灵呢？

我还十分清楚地记得那一天，如同我作为一个水手，确凿知晓横暴的大西洋和地中海之间的直布罗陀的奇峭的山形一样。

那一天，天气十分晴朗，人们的心也从未这样爽朗过。因为排干一个湖湾挖掘泥炭的计划，立即就要如愿以偿了。

整个湖湾充满了喧嚣的人声、犬吠以及一种节日般的喜气洋洋的气氛。

在所有的人之中，孩子们要算是最高兴的啦！因为原本是一泓清波的湖湾一下子亮了底，本身就是一件了不起的新鲜事儿，何况还能指望在湖泥里拾到种种稀奇古怪的物件呢？那股高兴劲儿就甭提了，真比一年一度的感恩节，甚至比充满苹果布丁香味的圣诞节还更加快活。

我打着赤脚，跟在苏珊姐姐的后面，和一群野孩子在泥淖里到处乱翻乱找。这群孩子的“首领”叫托马斯，是一个满脸雀斑，长着一头乱蓬蓬的红头发的十五六岁的男孩。他和苏珊姐姐特别要好，处处小心翼翼地迁就着她。此刻正和她一起踩在没膝深的湖水里，起誓发愿地哄她说，要在水下为她寻找到一个真正的公主丢失的钻石戒指，或是女水妖遗落的魔法项珠。

眼看大孩子们都像长脚鹭鸶似的，扑通、扑通，跳下水去了，我真是又羡慕、又着急。急的是深怕他们会把所有的“宝物”都捞光了，而我由于气力微弱、个子瘦小，根本就甭想到湖水里去寻找什么。只能远远地落在后面，在乱糟糟的烂泥地里拣拾他们所不屑于理睬的剩余的东西。为了不放过每一个微小的机会，我找了一根细铁条，逐块逐片地仔细翻看每一个地段。虽然在污泥里也发现了一些东西，但大多数是不上眼的破罐头盒、碎玻璃瓶之类的玩意儿，毫无收藏的价值。转了好大一个圈，依旧两手空空的。

我不禁有些灰心了，干脆一屁股坐了下来。眼望着别的孩子在湖滨的水里忙忙碌碌地四处奔跑，听着他们每获得一件猎物时，发出的一阵阵欢呼，心里真不是滋味。尤其妒恨托马斯，他拾到的东西最多，几乎全都送给苏珊了。他们俩是那样的高兴，简直把我完全丢在脑后不理睬，我不由得感到十分委屈，低声抽咽着哭了起来。

我坐在地上哭了许久。因为没有一个人理睬我，自己哭得实在太没趣，才慢慢抽抽咽咽地收住了。这时，暖洋洋的太阳从云朵里露出了面孔，在我的脸上慈爱地吻了一下。我揉了揉被阳光照得几乎睁不开的眼睛，偏过头无意中朝前面不远处的一块泥炭地里瞥了一眼，突然有一段埋在泥里的树干映入了眼帘。

睁大眼睛再仔细一看，可不是么，千真万确地是一株大树。我虽然不能找到什么有趣的纪念品，但是只消把这株大树刨出来，运回家去作为过冬的劈柴，妈妈也准会奖赏给我一件小小的礼品，让自以为得意的苏珊看得眼红呢！

“啊哈！”我再也坐不住了，跳起来把头上的帽子往空中一抛，就朝那株半露在外面的树直冲过去。我有一个想法，先要绝对保密，不声不响地只凭自己的力量把它从头到尾地挖出来，然后再向大家骄傲地宣布，让所有的人都大吃一惊。

由于在泥炭里埋藏了很久，树干已经被染成黑黝黝的了，只在污泥里露出了一小段树干，前后不见首尾。在我的想象中，它一定是一棵枝叶扶疏的大树，不知是什么原因，由于湖岸坍塌了才倾倒在湖中的。在它的枝梢上，说不定还残留着一些未曾腐烂尽的硬壳果，树身上也许还刻有“侠盗”罗宾汉，或是别的英雄好汉们的亲笔签名呢！要真是这样，那可太好了。

我费尽了气力才把它面上的污泥刨掉，忙不迭地一看，啊！这是怎么一回事？既没有枝叶，也没有树根，而是被砍削得光溜溜的，前面带一个尖儿。从侧面再一刨，另一个意想不到的景象把我弄得目瞪口呆。原来，这根“树干”已被从头到尾剖开，只留下了一半。就是这半片树身也被凿得空空的，像是有谁特意这样制作似的。

为什么树梢被削得尖尖的，树身被凿空了？这是谁干的事？为什么会埋藏在湖底的泥炭层里？一个又一个的问题在头脑里飞快地翻动着，都迫切要求得到满意的解答。

太阳再一次从流云中显现出来，金色的阳光在凿空的树身上闪耀了一下，突然我的头脑一亮，想出了这是什么东西。船！这是一只古代的独木舟。啊哈！它可比妈妈讲给我听的狮心王、罗宾汉和克伦威尔大将军①都要久远得多啊！

“船，快来呀！这儿有一只船。”我不由心花怒放，再也无法沉住气，手舞足蹈地大声喊了起来。

喊声惊动了所有的人，大家一窝蜂似的拥了过来，绕着它看来看去，喋喋议论不休。最后，一致同意，这是一只古代的橡树独木舟。几个壮年汉子把它扛起来，放到水里试一试，果真能像小船一样在水上漂浮。孩子们跳着闹着，眼巴巴地瞧着他们在水上划了一圈，那种既高兴又妒忌的劲儿就甭提了。谁都想爬上去玩一玩，但是家长们都严格禁止自己的孩子挨近这只船，生怕它不牢靠，会翻过身子把我们淹死。甚至勇武有力的托马斯也被他的妈妈揪着耳朵从水边拖回去，不准往前再迈一步。

那天夜晚，我起初躺在床上翻来覆去地睡不着，后来又梦见乘坐着那艘独木舟，张挂了一幅五彩缤纷的船帆，像是《一千零一夜》中的水手辛柏达似的，驶进了波光闪闪的大海洋。

天快亮的时候，忽然被一个轻轻叩击窗玻璃的声音惊醒了。支起耳朵一听，外面有一个男孩子压低了嗓子在悄声呼唤：“苏珊，苏珊……”抬头一看，只见一团蓬蓬松松的红头发在窗外晃了一下。不用说，准是托马斯这个家伙，他和苏珊姐姐鬼鬼祟祟约好了的。

苏珊姐姐还在磨磨蹭蹭地穿衣服，红头发托马斯又着急地催促道：“快一

① 克伦威尔（1599—1658），英国政治家，1649年处死英王查理一世，建立军事独裁的“共和制”，自任“护国公”。

点！要不，我们就会来不及了。”外面还有几个隐藏在暗处的男孩子发出不耐烦的声音：“汤米[1]，雾快散了！”

他们这一说，我可猜出是怎么一回事了，准是想去划那只宝贝独木舟，我的睡意一下子消失得无影无踪，从床上一骨碌跳起来，披上衣服就往窗口跑。

“威利，你来干什么？”苏珊姐姐扭转身子，皱着眉头质问我。

“哼！独木舟是我找到的。想偷偷撇开我去划着玩，没有那么便宜。”我一面扣衣服，一面气呼呼地回答。

“你年纪太小，到水上去太危险。”托马斯哄骗我说。从脸色可以看出来，他是硬捺住性子的，表现得很不耐烦。

“如果不要我去，我就要放声喊了。爸爸妈妈起来，谁也别想去玩。”我气鼓鼓地威胁道。

托马斯和苏珊你瞧瞧我、我瞧瞧你，说不出一句话来。外面那几个孩子沉不住气了，催促道：“算啦，就带他去吧！”苏珊姐姐无可奈何地叹了一口气，点了点头，托马斯才皱着眉毛，伸手把我从窗口里拖了出去。

外面静悄悄的，浓密的雾气把所有的一切都罩裹起来，正是进行冒险活动的好时机。

一路上，大伙儿叽叽喳喳地议论个不停，有人探问：“我们在水上扮演什么呢？”

“海军上将纳尔逊[2]和拿破仑的舰队开战。”一个伙伴嚷道。

“德雷克大将[3]，打败西班牙无敌舰队。”另一个伙伴说。

“我想当科克船长[4]，去发现太平洋上的珊瑚岛。”

---

① 汤米，是托马斯的爱称。

② 纳尔逊（1758—1805），英国海军大将，1805年在特拉法尔加大败法国和西班牙联合舰队，他也在这场海战中阵亡。

③ 德雷克（1540—1596），英国海军大将，1588年击溃入侵的西班牙“无敌舰队”。

④ 科克（1728—1779），英国著名航海家，曾进行三次环球航行，在太平洋上发现了许多岛屿。

“还是扮演哥伦布[①]吧！”

“……”

“别嚷啦！”托马斯不耐烦地说，“我们要去发现新大陆，但是不做早就听得发腻了的哥伦布。让我们扮演勇敢的海盗红头发埃立克吧！他比哥伦布整整早500年就发现了美洲。”

“太妙啦！托马斯的头发也是红的，就让他扮演埃立克吧！我们都做他手下的海盗。”所有的孩子都高兴地喊道。

“我呢，我是什么角色？”我揪住他的衣角，焦急地探问。

“苏珊是海盗掳来的一位公主，你是她从前的卫士，也是一个俘虏。”托马斯指派说。我细细一想，自己不仅要随船经历探险，还要暗中保护苏珊，帮助她脱逃的任务，更加富于神秘的气息，也高高兴兴地同意了。

我们在雾中找到了那只独木舟，一个接一个爬上去。握住事先准备好的船桨和篙杆，悄悄划进了湖心。

托马斯用花手帕包着脑袋，有意在前额露出一绺卷曲的红头发。拾了一根木炭，在嘴唇上画了两撇往上翘的胡子。腰间扎了一根从家里偷出来的宽皮带，一边插了一把木手枪。威风凛凛地叉开两条腿，站在船中央指挥航行，活像是一个真正的海盗船长。

我紧挨着苏珊姐姐蹲在船头上，根据我们所扮演的身份，不能随便活动。说句实在的，独木舟的船身圆溜溜的，像是一根漂木，不住左右摇晃，坐在上面真是吓得要命，我挨靠着苏珊姐姐，紧紧攥住她的裙子，压根儿就不敢随便挪动一下。

“注意啦！我们现在是在北海上航行，小心风浪和雾里漂过来的冰山。”托马斯神气活现地发布命令说。一面把两只手的食指和拇指圈起来，贴在眼睛边上，装作使用望远镜在朝远方窥望似的。后面几个男孩用力划着桨，激情冲动地唱起了一支水手的歌：

我愿做一个水手去远航，

① 哥伦布（1451—1506），热内亚人，著名地理发现家，1492年发现新大陆。

驾着船儿航行在海上。
波涛滚滚、大海茫茫，
勇敢的水手驶向前方。

风儿吹着船帆呼啦啦地响，
我的心儿也随风飘荡。
冲过暗礁、冲过急浪，
小船儿张开了幻想的翅膀。

大海啊！我为你而歌唱，
你一望无边、无限宽广。
蓝色的大海、美丽的大海，
永远滚动在我们的心上。

神秘的新大陆，你在何方？
我们驾着小船，要把你探访。
狂风怒号、波涛汹涌，
不能把我们的脚步阻挡。

这天早晨的雾气特别浓密，只见四周迷迷蒙蒙、一片白茫茫的，分不清哪儿是天，哪儿是水，更甭想望见对面的湖岸了。歌声一停，水上一片静悄悄，只有船桨一下又一下轻轻划开水面的“拨拉”“拨拉”的声音，打破了湖上的岑寂，充满了使人感到特别兴奋的神秘感，更加使人恍然觉着真的是在望不见边的北方海洋上航行似的。

“喂，孩子，你是第一次在海上航行吗？”托马斯“船长”绷起面孔，威严地问我。

“是的，”我的声音由于对“海”的恐惧和对他的敬畏而变得嗫嚅不清，整个身心已经完全被这场游戏的神秘气氛所感染了。

“那么，你记住，这就是你的处女航，让我给你施行一次海盗的洗礼吧！”他把一根当作长剑的木棍放在我的前额上，态度庄严地说。

我闭上眼睛，挺起腰板，屈着一只腿跪在他的面前，希图用自己的幻想，来把这场神秘的仪式补充得更加完善。

想不到正在这时，前面忽然传来一阵狗叫和人们奔跑的脚步声。

“前面有人。”一个扮演小喽啰的孩子向托马斯报告说。

“肯定是印第安人。”托马斯说。他随即把双臂高高伸起，伸向冥冥的天空，拖长了嗓音喊道：“感谢上帝，我们就要踏上新大陆的海岸了。”

“好啊！”大伙都心花怒放地跟着喊了起来。

唉，想不到这一阵欢呼没有赢得天使的青睐，却招惹了一场倒霉透顶的麻烦，喊声刚刚一停，前面就传来了一阵粗野的叱骂声。

“汤米，快回来！”这是他的妈妈的声音。

“哈利，你的胆子真大，小心我剥了你的皮！”

“江尼……”

“弗里克……”

一声又一声的喊叫，夹杂着咒骂和威胁，好像就来自我们的鼻尖面前不远的地方。准是托马斯这个笨蛋在浓雾里迷了方向，指挥着独木舟在水上转了一个圈子，又晕头转向地划回原来出发的地方了。我吓得用手捂住耳朵，一头扎到苏珊姐姐的裙兜里。就在这时，对面传来了爸爸和妈妈的怒不可遏的声音：“苏珊，威利……”

“糟啦！遇见了西班牙巡洋舰队，赶快回航。”托马斯的嘴唇打着哆嗦，脸色变得铁青，小声发出命令，但是时间已经晚了，“海盗”船上已经乱成了一团。他手下的那些勇敢的水手们，一个个被催命鬼似的喊叫弄得心慌意乱，在船上手足无措，身子东倒西歪，弄得独木舟左右直晃荡，船身猛地一下倾斜，朝侧面翻了过去，所有的人都落到了冰冷的水里。

“救命啦！”不知是谁吓得大声喊了起来。我还来不及张开嘴巴，便咕噜、咕噜地接连喝了好几口水，身子直往下沉。说时迟、那时快，托马斯一手托住苏珊，一手拖住我，两只脚扑通、扑通地踢着水，推送着我们往前游。

还不到一分钟，对面的雾气里出现了一只小船。爸爸怒气冲冲地站在船头，一把揪住我的衣领，像抓小鸡似的将我从水里湿淋淋地提了起来。

那天回家，所有的人都结结实实挨了一顿狠打。我们的宝贝独木舟被爸爸用斧子劈得粉碎，真的当作劈柴了，我只来得及偷偷拾了一块碎片作为纪念。

那年冬天，英格兰北部的雪下得特别大。当我坐在暖洋洋的壁炉边，眼巴巴地瞧着爸爸和妈妈一面不住嘴地唠叨，一面把独木舟的碎片投进炉火，就不由得感到一阵阵说不出的悲伤，泪水忍不住滚滚流下来。

唉，这就是我那倒霉透顶的“处女航”！

我怎样变成了“说谎”的孩子

郡城历史博物馆；博学多闻的古德里奇教授对我的印象。

神秘的独木舟虽然在壁炉里化成了灰烬，可是那一次在苔丝蒙娜湖上的“处女航”，却始终萦回在我的心上，产生了难以平息的回响。随着我的年岁增大，它越来越困扰着我。一个压抑不住的声音在心底里不停地呼问：“谁是独木舟的真正的主人，它在湖底沉睡了多少岁月？为什么会沉没在这里……”

几年以后，我已经成长为一个少年，一次随着乡村学校的一批学童，来到郡城的历史博物馆参观。在那儿，陈放着大不列颠及北爱尔兰联合王国的土地上所发现的许多珍贵文物，从石器时代的燧石手斧，到中世纪的青铜大炮，真是琳琅满目、美不胜收。但是其中最使我感兴趣的，是搁置在最偏僻的角落里的一艘古代的独木舟。我注意到，它虽然也是一株大树做成的，样式和大小却都和我在苔丝蒙娜湖里所发现的不同。时间悄悄地过去，天色逐渐昏暗下来，参观的人们几乎都散尽了，我还呆呆地站在那儿，目不转睛地盯视着它一动也不动。

我沉浸在思索中，没有注意到头发斑白的博物馆馆长古德里奇教授悄悄走到我的身边。

“孩子，你对它感兴趣吗？”他态度和蔼地问道。

“是的。”我答道。

“为什么呢？”他笑眯眯地又问。

“因为它和我从前看过的一艘独木舟不同。”

“你在什么地方，曾经看过一艘独木舟？”他对我的回答显然产生了兴趣。

“在我的家乡苔丝蒙娜湖。”

“等一等，孩子，让我想一想。”古德里奇教授的头脑是全郡最好的一部考古收藏记录，他皱着眉毛只略略思索了一下，就笑着说，“不！你弄错了，苔丝蒙娜湖从来没有发现过什么独木舟。”

“请您相信，这是真的，”我分辩说，“因为它就是我发现的。”

窗外，夜色已经徐徐展开，远远近近的灯光像是一大把撒向人间的星星，一盏接一盏地都闪亮了。一个工作人员走过来，像是表示催我赶快离馆的意思。古德里奇教授却连头也没有回，便挥了挥手示意他走开，他亲自从旁边搬了两张凳子，吩咐我坐下来。像是面对一个尊贵的客人，极有礼貌地要求我把经过情况从头到尾告诉他。当我一口气说完之后，他感到非常惋惜，静静地坐着不做一声。这样珍贵的一只史前时期的独木舟，竟然化为一缕青烟从屋顶的烟囱里飘散了出去，过去在本郡还从来没有发生过这样严重的毁坏文物的事件呢！

“你还记得它是什么模样吗？”隔了好半晌，他才轻声地问我。

“当然记得啦！”坐在这样一位态度严肃、很有学问的老教授的面前，使我感到受宠若惊。为了说得更清楚，我向他要了一张纸和一支笔，凭记忆画出了那只已经被劈碎烧掉的独木舟的草图。

画笔虽然不够十分工整，但是我自信已将它的基本形态特征准确无误地表达出来了。

谁知，古德里奇教授只把这幅画凑在眼镜边略微瞟了一眼，便用手把眼镜从鼻梁上一扶，目光从镜片下面溜出来，瞅着我问道：

“你敢保证，没有画错吗？”

我满怀自信地点了点头。

“嗨！你这个孩子，怎么和老头儿开起玩笑来了。”他颇为失望地叹了一口气，“咱们这儿根本就没有这种样式的独木舟啊！”

“我敢起誓，真有这么一回事。”我感到受了委屈，心里发急了。

“不可能！这绝对不可能。”古德里奇教授的面容严肃，极其坚定地摇了摇头。

“为什么？这明明是在苔丝蒙娜湖底发现的嘛！”

“因为这是美洲印第安人的，不仅在英国，就是整个欧洲也不会找到这种样式的独木舟。”他解释说，眼睛里刚才的那种表示关切的神色已经没有了，代之以一种不以为然和嘲笑的意味，好像在说：“嘿！你这个拖鼻涕的毛孩子，还想捉弄人呢！难道我这堂堂的郡城博物馆长，竟连英国的和印第安人的独木舟都分不清了吗？”

“天哪！印第安人，这是一个多么遥远而又神秘得不可捉摸的种族，怎么能和我那闭塞的苔丝蒙娜故乡扯到一起来呢？”我惊奇得张大了嘴巴，喉咙里像是堵上了一块硬邦邦的塞子，几乎说不出一句话。隔了好半晌才转过神来，涨红了面孔，吞吞吐吐地探问：“难道咱们英国的独木舟都是一个样，没有一只和印第安人的相同？”

“你这个坏小子，别再想骗人了，”古德里奇教授哈哈笑了起来，“索性告诉你吧！两个互相隔开的古代民族，文化遗物是绝不可能完全相同的。”

“为什么？”我被一口气憋得哭丧着脸，可是心里还像想捞救命稻草似的继续追问。

“这是历史的法则。”他加重了语气，一字一顿地回答说。他的脸色变得很严峻，但是当他瞧着我因为被委屈得流下了眼泪，误以为我已经对这场“恶作剧”表示了忏悔。便重又展开笑容，宽厚地伸出手掌抚拍着我的金黄色的乱发，像最慈祥的老爷爷那样用教训的口吻说：“得啦！别哭了，只要以后不再撒谎，就是好孩子。”

经他这么一说，不知为什么，我倒真的伤心地哭了起来，任凭他牵着我的手，把我一直送到博物馆大门的台阶前。

回家以后，我把经过一五一十地告诉苏珊姐姐和托马斯。红头发托马斯已经长成为一个身强力壮的小伙子了，在格拉斯哥的一艘南极捕鲸船上找了一份工作。这时，他正休假回到家乡，带着许多异国风味的稀奇的小玩意儿，和一双燃烧得更加炽烈的眼睛，来看我的苏珊姐姐。

“别哭了，好兄弟。”他像一个真正的捕鲸海员那样沉着坚定，把一只大手按在我的肩膀上，安慰我说，“以后有机会，咱们再挖一只好啦！”

“你不骗人？”我抬起头瞧着他，还在不住地抽泣。

“海员，怎么能骗人呢？放心吧！我一定要用事实来证明你没有弄错，哪怕流血也没有关系。”他的态度装作十分严肃，一面说话，一面用眼角朝我的姐姐偷偷地瞟了一眼，苏珊姐姐温柔地笑了。

神秘的印第安古都

我成了一个真正的水手，不得不承认古德里奇教授的话有几分道理；我在萨尔凡多博士那儿瞧见了什么？

托马斯虽是作了这样的保证，每年休假回家的时候，在我的撺掇下，也曾真的当着苏珊姐姐的面，脱光了膀子跳下湖去捞摸了几次，可是却什么也没有发现。不久，我在中学毕业以后，也走上了苔丝蒙娜地区的许多年轻人所走过的生活道路。掮着行囊，吻别了瘦得干瘪瘪、目光变得迟钝的父亲和流着眼泪的母亲，当然也少不了吻了吻亲爱的苏珊姐姐，迈开大步走向利物浦的海边，在那儿找了一份和托马斯同样的、整年与波涛和风暴嬉戏的差事。我，妈妈从前最宠爱的小儿子，就摇身一变，成为“圣·玛利亚”号货轮上的一名身份低微的舱面水手了。

现在，我才算是真正走向大海了。它是这样的辽阔，比我所能想象的还要广阔得多；它是这样的碧蓝、这样的深沉，散发出蓝幽幽的光彩，活像苏珊姐姐的大眼睛那样美丽、那样明亮；它又充满了那么多的奇闻轶事，几乎在每一个浪花里就隐藏有一个奇异的故事，比小时靠在炉火边，妈妈对我所讲的每一个神话传说都更加美妙动人。我随着“圣·玛利亚”号漂过了五洋四海，见识了许多异乡土地上的稀奇景物。可是，每当轮船停泊下来，我斜倚在船舷边最喜爱观看的，还是那些各式各样的，平头的，圆头的，翘起一个船尖儿的；宽身子的，窄身子的；带尾舵的和不带尾舵的小船了。因为，我始终在琢磨那个老问题，并对郡城博物馆馆长古德里奇教授的话感到有些不服气。

“难道不同地区和民族的小船真的都存在着天渊之别，竟没有一只完全相同？”

起初，我是怀着这种不服气的心理来观察一切的。但是渐渐的，我就对古德里奇教授口服心服，不得不承认他所说的那个“历史的法则”是颠扑不破的真理了。因为经过反复比较，我竟找不到一个实例来说明他的话有半点不确切。剩下的问题只是怎样想出一个办法，向那位可敬的老人证明我是诚实的，并且要寻求一种合理的解释，来说清美洲印第安式的独木舟在苔丝蒙娜湖底出现之谜。

这可真是一个比沉默的司芬克斯[①]还更加难解的疑谜啊！

但是，想不到一次偶然的机会，我竟在几千海里外的新大陆上得到了解决这一难题的钥匙。

有一次，我们的老“圣·玛利亚”号在墨西哥湾尤卡坦半岛海外的珊瑚礁上，倒霉地碰撞了一下，船头的龙骨上擦破了一个洞。船长不得不下令采取紧急措施，在墨西哥的一个港口靠了岸，驶入船坞进行检修。这件事虽然万分不幸，被船长带着沉重的心情记在航海日记上，然而对我们整天在钢铁甲板上忙忙碌碌的舱面水手来说，反倒是一件极其有趣的大好事情。因为这样一来，我们就可能暂时摆脱那些绞盘、锚链、吊货杆，无忧无虑地在这个有欢乐的吉他和仙人掌的国度里尽情游逛几天了。

有一位伙伴提议乘此机会到举世闻名的印第安人的一个古国遗址去参观，我掂了掂荷包，仔细计算了费用之后，立刻便欣然同意了。

这是一个美丽无比的湖上古城，建筑在湖心的一个小岛上，有三条宽阔的堤坝和湖岸相连。湖岸边环绕着枝叶飘拂的热带丛林，一片葱葱茏茏望不见边。隔着宽展的湖面，还能随风吹送来一阵阵浓郁扑鼻的林木的清香。使它宛然像是一颗光华四射的金刚钻石，镶嵌在柔软的绿色地毯上似的。

---

① 埃及的狮身人面塑像。传说它千百年来都蹲伏在沙漠里，让过往行人猜测一个难解的疑谜。

虽然由于年代久远，经过了无情的时光的消磨和西班牙殖民者的疯狂破坏，大多数的房屋已经毁坏了，但是仍然有一些保存得比较完好的建筑物在废墟中耸立着。其中，主要是一些用巨大石块砌成的庙宇和宫殿。墙壁、门槛和粗大的大理石圆柱上，到处都装饰着一组组刻凿得异常生动的浅浮雕像，记录了许多有趣的古代神话故事。甚至，在这儿还有一座像是我们在埃及所曾见过的雄伟的金字塔呢！墨西哥朋友告诉我们，这是祭祀太阳神的，塔顶缀饰着一个金色的太阳光轮，据说，在有些地方，太阳神的宏伟的宫殿建筑在截去了尖角的金字塔顶端。人们怀着虔敬的心情，沿着金字塔的阶梯状斜坡走上去，金光灿灿的宫殿仿佛就坐落在天穹的中央。灿烂夺目的太阳光从头顶洒落下来，好像就是从庙宇的神龛上直接照射下来似的。

我们怀着好奇的心情，沿着废墟里的碎石路漫步前行，纵目浏览着古城的风光。它是这样的瑰丽多彩，使整个城市看起来就像是一座规模宏伟的古物陈列馆。热带的阳光映照着它，弥漫着一种无限庄严、雄伟和神秘的气息。

啊！这是一个多么了不起的国度！亲爱的朋友们，也许读到这里，你们都能猜测到，打从古德里奇教授对我的那幅独木舟的图画作出鉴定以来，我的头脑深处就一直萦牵着美洲的印第安人，总觉得苔丝蒙娜湖底的那只独木舟，和这个遥远的民族有着某种难以描述的隐秘的联系。如今来到这里，怎能不找个机会弄个水落石出？

好客的墨西哥朋友听了我的追述以后，极其热情地把我们引带到当地的博物馆，去拜访馆长萨尔凡多博士，相信他一定会给予我满意的解答。当地的博物馆汇集了印第安各民族的古代文化的精华。我无法用适当的言语来描述当我们步入它的大门时的心情。这是一座具有浓厚的民族色彩的花岗石建筑，凹凸不平的墙面上绘着大幅五颜六色的彩色壁画，门楼上塑有一个带翅膀的蛇首人身的神像。只消对它看上第一眼，就会使人不由不对古代印第安人的灿烂文化产生无限敬佩的心情。

馆内宽敞明亮的大理石廊道两边，陈列着数不清的珍奇的展品。包括原始时期的狩猎工具——吹箭筒和带黑曜石尖的投枪，充作货币的可可豆，装满金沙的鹅毛管，用彩色颜料书写在棕皮纸上的诗歌手稿，龙舌兰织成的绳索和布，编织巧妙、色彩鲜艳的羽绣，青铜和黄金铸成的器皿，宝石、软玉和绿松石镶嵌的首饰……我们看得眼花缭乱，不知该首先观察哪一样才好。

“古代印第安人的文化多么丰富多彩啊！”一个伙伴不禁发出了赞叹。

“可惜大多数已经被西班牙殖民主义者破坏了。”另一个伙伴十分感慨地说。

“说得好！”陪伴的墨西哥朋友说，“西班牙殖民主义者毁灭了这里的高度文明，还自称是带来了文明的火炬的使者呢！”

接着，他回过头来问我们：“你们知道这帮海盗在新大陆掠夺了多少财富吗？只是在这儿的一个王宫的地下室里，他们抢走的珠宝就值 15 万金比索。这帮匪徒离开这里的那个夜晚，每个士兵的荷包里都装满了宝石，脖子上挂着金链，皮靴里塞满金条。在南方的秘鲁的印加古国，他们毁坏了一座用纯金铸成各种树木和花卉的神秘‘花园’。为了抢夺金框，竟把镶在框内的图画文字[①]全部捣毁了。在那里，有些殖民主义者的骑兵，甚至在马蹄上也钉上了白银。”

“强盗！”我的一位伙伴激动地喊了起来，“他们还把创造了这样灿烂文化的民族称为野蛮人，不感到羞耻吗？”

“遗憾的是，至今还有一些种族主义者坚持这种观点，认为欧洲人‘发现’新大陆之前，这儿是一片‘文化的荒漠’呢！”那位墨西哥朋友提醒我们说。

“多么可耻啊！”我心里想，“如果我有机会，一定要设法证明古印第安人的勇敢和智慧，它是一个永远值得人们尊敬的伟大民族。”

我们边谈边走，在廊道尽头的一间整洁的办公室里见到萨尔凡多博士。他是一位十分和蔼，并具有墨西哥民族所特有的热情的老人，一见面，便忙着张罗座位，招呼我们坐下。

“是的，这肯定是美洲印第安人的独木舟。如果我没有弄错的话，这就是属于居住在尤卡坦半岛的古代印第安人的。”他含着笑容耐心地听完我的叙述，又十分仔细地审视了我画的一幅草图以后说。

① 一种图解式的古文字。

“来吧！朋友们，请到这儿来参观。”他拉着我的手，走进旁边的另一间展览室，那里陈列着各种各样的水上工具。在许多网具和鱼钩、鱼叉之间，横躺着一些船只。有渔船、战艇和为了适应海上的风浪而制造的双身独木舟。还有一座“水上花园”，是用淤泥涂抹在芦苇编成的“芦筏”上做成的，上面种植着西红柿、南瓜和别的蔬菜。

“印第安人不只是草原和高山的主人，也是一个海上民族。”萨尔凡多博士解释说。他笑滋滋地把我们引到展览室的一个角落里，那儿静静地放着一只橡树独木舟。我只瞥视了一眼，就不由惊奇得张大了嘴巴，说不出一句话来了。因为它和我的父母劈成木柴的那一只简直一模一样。如果不是船身上显出清晰的木纹，没有被泥炭染黑的痕迹，我会真的以为出现了奇迹。从烟囱里升上天空的青烟，像神话中的魔鬼一样飞到这儿凝聚成形，重新出现在我的眼前呢！

“你所见过的那一只，就是这种样式吗？”萨尔凡多博士问我。

我的伙伴们都围在他的身后，眼睛直勾勾地瞅着我，等待我发表意见。

“是的。”我忙不迭地直点头，竟说不出一句更多的话来。然而，这一次是突如其来的巨大喜悦所造成的，而不是多年前站在古德里奇教授面前的那副丧魂失魄的狼狈模样。

“感谢你，亲爱的朋友。你可知道，你已完成了一件多么了不起的发现吗？”萨尔凡多博士热情洋溢地张开手臂，把我紧紧拥抱在怀里。

“我知道这是怎么一回事了，美洲印第安人曾经到过我的故乡英格兰。”我激动地说出自己的意见。

“是的，朋友，”萨尔凡多博士也同样万分激动，“这就意味着，不是欧洲的殖民主义者‘发现’了新大陆，而是美洲来的‘哥伦布’首先到达欧洲。请把你保存的那块独木舟碎片给我，我将要使用放射性碳 -14 法测定它的年龄。”

“好啊！”我的船友们都高兴得喊了起来，不由分说便把我抬起，一次、一次地往天花板上抛。萨尔凡多博士含着宽宏大量的微笑站在一旁观看，似乎毫不心疼我会否落下来碰损了陈列的古物。

但是，证实了苔丝蒙娜湖底的独木舟是印第安人的遗物，并不等于问题的终结。现在，我必须圆满解答另一个新冒出来的更加困难的问题。古代的印第安人怎样驾驶着这种小小的独木舟，横过白浪滔天的大西洋，从几千海里外的墨西哥到达英格兰？难道他们会有什么神奇的法术，能够平息海上的风波，并能顺利导航，安全到达目的地吗？

在回船的路上，我们一直议论不休。当“圣·玛利亚”号起航返回英国的途中，我们也在甲板上展开了热烈的讨论。

夜，披着嵌满了繁星的黑天鹅绒大氅，蒙盖在茫茫的大海上。每一颗星星都在不住眨巴着眼睛，像是也在用心思索着这个古怪的疑谜。

“也许他们是随风飘去的。”一个伙伴猜测说。

“这样小的独木舟，怎么能安全漂到大西洋对岸？”另一个伙伴反驳道。

“很可能绝大多数都沉了，只有少数几个幸运儿才逃脱了危险。”刚才那个水手解释说。

“不管你怎么说，我总不相信独木舟会漂那样远。”

“我看，这完全有可能。”一直坐在黑影里，咂巴着烟斗没有作声的鲍勃大叔说。他是全船水手中年纪最大的一个，海上经验非常丰富。用海员习惯讲的行话来说，真是一头不折不扣的老“海狼”，深受伙伴们的敬重，就是船长和大副也对他敬畏三分。他一说话，所有的人便都安静了下来，准备仔细倾听他的意见。

“孩子们，别争吵了。瞧瞧你们的脚下吧！”他用沙哑的嗓音数说道。

“我们的脚下是什么，那不是涂满油污的钢铁甲板吗？”他的话使人感到有些摸不着头脑。我小心翼翼地挪开脚板，瞅着刚才放脚的地方，弄不明白是怎么一回事。

很可能大伙所想的都和我相同。一个和我年龄相仿的年轻水手涨红了脸，结结巴巴地问：“鲍勃大叔，脚底下不是甲板吗？”

“是呀！我们脚下踩的除了钢铁甲板，再也没有别的东西了。”别的人也忙着点头称是，大家都转过头来瞅着鲍勃大叔。他却不慌不忙地吸了一口烟，接着又发问：“你们想过没有，甲板下面又是什么呢？”

“货舱。”黑暗中，一个冒失鬼不假思索地回答说。

“货舱的下面呢？”

“是船底。”

“船底再往下呢？”鲍勃大叔一步紧似一步地追问。

“是海嘛！唉，鲍勃大叔，您真会开玩笑，简直把我们当成小孩子，欺侮我们连大海也不认识了。”大伙不觉松了一口气，忍不住嘻嘻哈哈地哄笑起来。

“是啊！是大海。”鲍勃大叔意味深长地眨了眨眼睛说，“但是要认识咱们这个古老的海洋，可不是那么容易啊！”

“大叔，您别卖关子了，快告诉我们是怎么一回事吧！”一个小伙子态度诚挚地恳求道。

“说吧，大叔，快告诉我们吧！”大家觉得他的话里有话，都一股劲地催促他说。

经咱们这么一催再催，鲍勃大叔才张开嘴，慢慢从肚皮里倒出了谜底。

“海，倒是海，可是海里的情况到处不一样。”他说，“现在，咱们的老‘圣·玛利亚’号在什么地方，是在墨西哥湾流上啊！”

啊！墨西哥湾流，他的这句话像黑夜中的闪电一样照亮了我的头脑。嗨！我怎么这样糊涂透顶，会把它给搞忘了。大名鼎鼎的墨西哥湾流，宽20多海里，以每小时3 ~ 4海里的速度穿过古巴和美国之间的海峡，像一条浩浩荡荡的海上“河流”，一直涌向大西洋对岸的欧洲。它抹过了大不列颠群岛的西侧，冲到挪威的海岸边。在那儿，当地特有的峭壁像一堵高墙似的挡住了它。迫使它偏转了流向，绕过欧洲最北端的海岸，一直流到新地岛附近。用自身从暖和的南方海洋上带来的余热，溶化了极地的冰块。

远古时期，人们传说海克利斯柱①以西的大海漫无边际，最后泻入了深不见底的海渊，谁也不敢冒险驶到那儿去。正是它，宽阔的墨西哥湾流，从热带的美洲大陆的岸边和加勒比海上的群岛，冲带来许多南方特有的树木，推送到荒凉贫瘠的北欧海岸边。像是一个智慧的海上老人，在人们面前默默

① 海克利斯柱，是直布罗陀的古称。

展开一个司芬克斯式的哑谜，让人们猜测这些常绿阔叶树木的由来。

聪明的诺曼人终于猜出了是怎么一回事。这意味着在大洋的极西处有一个终年常春的极乐世界，鼓励着他们去寻找它、占有它。正是在这一启示下，他们在公元9世纪的中叶，从挪威航行到了冰岛，在那儿建立了居留地。公元920年，贡布尔到达了西边的一个更大的岛屿。接着，红头发埃立克也到了那里，经过长久的探寻之后，在阴沉沉的冰川盘踞的海岸边，终于发现了一块长满新鲜的青草的平原，给它取了一个十分美丽的名字，称作“格陵兰”，就是“绿色的草地”的意思。后来，他的儿子里奥尔又从这里出发，在11世纪初到达了更南边的纽芬兰。就是伟大的地理发现家哥伦布本人，也是在这样的启发下，才扬起他的骄傲的船帆啊！

“鲍勃大叔，你的意思是不是说，墨西哥湾流有可能把一只失去操纵能力的印第安独木舟冲带到了英格兰？”我问道。

“是的，亲爱的孩子，我正是这个意思。”鲍勃大叔又在黑暗中衔上了烟气缭绕的烟斗，眼睛里闪露出一丝赞许的笑意。

我有了一个新主意

古德里奇教授又摇了摇头；世界怎样在我的面前忽然分成了两半，我被淹没在邮件的浪潮中；血，托马斯的鲜血；古德里奇带来了一件意外的礼品。

我无法用言语来形容，当我返回英国以后，趁着假期回到故乡时的激动心情。

我和苏珊姐姐来到了湖边。这是一个典型的英格兰仲夏的晴天，天空中散布着一些羽毛状的纤云，在暖洋洋的太阳下，仿佛一切都睡着了。别说是山岭、田野和湖边荫蔽地的树林，甚至就连最喜爱到处晃荡的风儿，也收敛了翅膀，不知溜到哪个隐蔽的岩洞里或是浓密的槲树丛中打瞌睡去了。湖水静悄悄的，像一面平滑光亮的镜子，连一丁点涟漪儿也没有。故乡的湖上女神就是用这种异乎寻常的缄默，来迎接我这个从远方归来的孩子。

可是，苔丝蒙娜，你这美丽而又狡狯的女神啊！现在再也别想用这种神秘面纱来遮住自己的面孔，用沉默来掩饰心中隐藏的秘密了。我可明白在你的怀抱里究竟隐藏有一个什么样的宝贝，那可是有关你的传说中的最震撼人心的一个啊！

“印第安人曾经到过这儿，这是多么不可思议的事情！”苏珊姐姐睁大了眼睛，不知道该怎么说才好。这个惊人的消息通过她的嘴传了出去，很快就传遍了整个湖区。我相信，或许郡城和伦敦桥上的人们也都知道了吧！

我怀着胜利者的喜悦，再一次到郡城博物馆去会见古德里奇教授。从上一次见面以来，他已经苍老了许多，头发完全变成雪白了，好像洒上了厚厚的一层银粉。但是他的精神还很旺盛，仍然和过去一样，笑容可掬地在会客室里接待了我，以英国学者所特有的那种彬彬有礼，但是却一丝不苟的严谨态度来倾听我的谈话。

“年轻的朋友，我很高兴看见你已经长成一个有为的青年。这一次，你又有什么新鲜事儿要告诉我呢？”他用语调低沉、然而却十分柔和悦耳的乡音欢迎我说。

当我说明了新的情况，他又像当年那样展颜笑了：“唉，威利，我很佩服你的这种孜孜不倦的好学精神，我相信你说的也许不是假话。但是，科学需要确凿的证据，没有令人信服的证据来证明你所说的话，即使我举手赞成，全世界也会不相信的。”

他的话像一瓢冷水又浇在我的头上，把满怀的高兴都一下子化为乌有了。现在我才更加恼恨我那无知的父母，要是我有一只魔法师的戒指或是《一千零一夜》中的怪洋灯，能够施用法术使那只独木舟重新出现在眼前，那该有多好！

古德里奇教授看出了我的心思，语气平和地安慰我说：“别难受，孩子，科学研究的道路上从来也不是一帆风顺的。鼓起信心来，我相信你一定会获得胜利。”

稍稍歇了一会儿，他又对我说：“让我们来帮助你吧！在苔丝蒙娜湖挖一下，看看是不是真有那么一回事。”

哎，这句话才是最悦耳中听的啊！我高兴得从铺垫着绿天鹅绒的背靠椅上跳了起来。也不顾老人愿意不愿意，便紧紧搂抱着他的脖子，在他那长满胡髭的脸颊上狠命地吻了一下。

短促的假期不允许我在故乡过多停留，我很快就辞别了年迈的双亲、苏珊姐姐和可敬的古德里奇教授，重新回到簸摇不定的海上。说也稀奇，自从我在地球上的那个最偏僻的角落——苔丝蒙娜湖边，发表了一通关于美洲印第安人曾经踏上过我们这个古老的国土的议论以后，命运女神就以一种从未见识过的奇特方式紧紧追随着我，给我带来了许多喜悦的和不那么令人感到喜悦的消息。

几个月以来，不管我们的"圣·玛利亚"号驶行到什么地方，欧洲的汉堡、那不勒斯，美洲的纽约、里约热内卢，非洲的丹吉尔、蒙巴萨，甚至在遥远的东方的上海和香港，总有一大包邮件在港口静静地等待着我。这些不相识的朋友都对我的发现表示善意的关怀和支持。有的人长篇累牍地抄录了许多相干的，或是不相干的材料，提供给我进一步研究时作为参考。还有人提出了一些艰深得使我摸不着头脑和幼稚得同样令我瞠目结舌、无法置答的问题，使我感到既兴奋又惭愧，同时觉得自己在世界上并不是孤立无援的。

"威利，世界在向你欢呼呢！"伙伴们对我说。

是的，相识和不相识的朋友都为我的发现而感到高兴，鼓励我继续努力，彻底解决这个考古学上的重大疑谜。

他们为什么要这样做？除了学术上的原因以外，还如一位美洲黑人朋友在信中所说的那样："……因为这个问题揭破了老殖民主义者吹嘘自己是万能的，因而也是最高贵的神话，也大灭了现代种族主义者的威风。所以它不仅是一个纯学术的考古问题，还具有极大的现实意义。"

但是在来信中，也有极少数怀着明显的敌意，咒骂我是不学无术的江湖骗子，心怀不满的邪说散播者。质问我："到底怀有什么不可告人的秘密，凭什么说野蛮落后的红种印第安人，居然能在伟大的哥伦布把文明带到新大陆之前，首先到达神圣的欧洲海岸，并且还能在美丽动人的苔丝蒙娜湖边住了下来，玷污了那儿的山水？”污蔑我得到了“低贱的”有色人种的金钱，把灵魂出卖给了异教的魔鬼。还有人表示怀疑，我自身的躯体里是否流有美洲印第安人的血液，声称要成立专门委员会来对我的族谱进行彻底清查。甚至有人宣布在所谓的“种族法庭”上对我进行了缺席审判，随信附寄来一粒子弹，扬言要结果我的性命。

感谢上帝的是，我的父亲只是一个贫贱的庄稼汉。既不是大名鼎鼎的白金汉公爵，也不是维多利亚女王的显赫的勋戚。从来也没有带烫金封面，并且印有贵族徽章的“族谱”，以供这些大人先生们的“清查”。但是这些过激的言论却使我目瞪口呆，不知该怎样来回答才好。霎时间，便觉得我这个周身油污的舱面水手，忽然成了咱们这个星球上的议论的中心。整个世界一下子在我的面前分成了两半，不是敌人，便是朋友。而我要再一次感谢上帝的是，在命运的天平上，好心的朋友多得多，咒骂和威吓我的人只有那么微不足道的少数几个。要不，我早就被人吊起来，像个稻草人似的随风乱转了。

话虽是这样说，每逢踏上一个新的港岸的时候，总有一些好心的船友自告奋勇地紧紧伴随着我，以防万一遇着不测。他们大抵是来自苏格兰高地和英格兰密林中的好汉；再不就是咱们的船主从世界各地招募来的英雄豪杰们，捏紧了拳头，足以揍翻任何一个种族主义者的暴徒，叫他七窍流血，三天也别想从地上爬起来。

但是，种族主义者的罪恶的手并没有因此而停止了行动，终于使我为此而流下了眼泪。

那是一个细雨蒙蒙的早晨，轮船停泊在北美洲东北部的一个港口。我像往常一样怀着兴趣拆着新收到的一堆信件。忽然，一个贴着女王头像邮票的洁白信封引起了我的注意。那是苏珊姐姐的熟悉的笔迹，连忙拆开就看。万料不到映入我的眼帘的第一行字就是：

“威利，亲爱的弟弟，我流着眼泪告诉你一个不幸的消息……”

这是怎么一回事？我立即一口气急匆匆地读了下去。信上是这样写的：

“……汤米被谋杀了。因为他实践了自己的诺言，在苔丝蒙娜湖底找到了一把绑在木棍上的燧石战斧。据古德里奇教授鉴定，这无疑是属于美洲印第安人的，汤米决定要亲自送到你的手里。

“想不到，消息传出去。当他乘坐的船在南非的德班港停靠的时候，当天夜晚就被人从背后捅了一刀，石斧也被抢走了。留下一张字条，用木炭写着‘卑贱的狗’！署名是‘种族纯洁委员会’。”

“亲爱的弟弟，你可要留神一些，别遭了他们的毒手。”

泪水顿时顺着我的面颊流了下来，压抑不住的怒火在胸膛里炽烈地燃烧。

“畜生！”鲍勃大叔看了这封信，气愤愤地重重一拳打在桌面上。船上的伙伴们都无不感到万分愤怒，当天便簇拥着我，在当地的海员俱乐部里召开了一个记者招待会，宣布了我誓把这项研究工作进行到底的决心，警告种族主义者暴徒不得继续胡作非为，并提请南非当局协助捉拿凶手，否则便会遭受全世界进步舆论的谴责。

这个港市的群众对托马斯之死表示了极大的愤慨和同情。报纸上立即刊登出苏珊姐姐来信的影印件和我的照片，许多人亲自来到船上向我表示慰问。

但是，从非洲极南端传来的反应却是极其令人不满的。不仅不积极缉捕凶手，反而在一家报纸上公然刊登了一篇文章，标题是《圣·玛利亚号水手威利的骗局》。旁边还罗列了好几条引人醒目的副标题：“一块棺材板，冒充古代‘独木舟’碎片；并不存在的托马斯和他的‘石斧’；原始独木舟能够漂洋越海吗？”尽管公正的人们都不会全然相信其中的一些造谣中伤的语言，但是由于许多人一时还不明真相，在这篇文章的影响下，也不得不提出一些疑问来要求解答：在苔丝蒙娜湖底发现的独木舟真是古代印第安人的吗？他们是怎样漂洋越海的呢？……

为了最终揭破这个意义重大的疑谜，同时，用严格的科学证据来彻底粉碎种族主义者的诽谤，向全世界宣告历史的真相，美洲的一所大学倡议举办一次专门的学术讨论会，邀请世界各地的许多著名学者都来参加。会议开幕的那一天，根据大会主席的安排，在我作了发现经过的报告以后，墨西哥的萨尔凡多博士发表了有关我保存的那块独木舟碎片的碳 –14 年龄测定报告。

“这怎么会是什么棺材板呢？”他说，“它距今大约五千多年，应该归属于采集和渔猎时期的印第安早期文化。当时是原始公社社会，一些在近海捕鱼的印第安人，完全有可能被风暴冲带到远方去。”

静默的会场里引起了一阵轻微的骚动，不少人发出啧啧的赞许声。但是不难看出，由于缺乏更确凿的证据，感情不能代替严格的科学，还不能就此做出最后的结论。许多学者企图用种种推理和旁证的方法来加以解释，也无法圆满地回答一切需要正面答复的问题。会议整整开了 3 天，陷入了僵局。眼看会期就要结束了，依然不能觅求到一种办法来证实这件事，我心里十分焦急。

想不到在最后的一刹那，会议主席正要宣布这次学术讨论会结束的时候，大门一开，走进来一位白发老人。我一看，不由高兴得快要喊了起来。原来，这正是我的故乡、郡城历史博物馆的馆长古德里奇教授。

“对不起，由于发掘工作还没有收场，我来晚了一步。”他笑容可掬地向大家招呼说，“我给学术讨论会带来了一件最好的礼物。”

他说着，不慌不忙地朝大门那边打了一个手势，4 个小伙子立刻就扛着一只被泥炭染得乌黑的橡树独木舟走了进来。

“印第安独木舟！”萨尔凡多博士几乎和我同时喊了出来。

“这只独木舟是在托马斯发现石斧的地方找到的，”古德里奇教授说，“托马斯做出了可贵的贡献。在那儿，我们一共找到 7 只独木舟。威利的姐姐苏珊证实说，无论尺寸和样式都和当时他们在苔丝蒙娜湖上划过的那一只一模一样。”

“现在，我修正了自己的观点。”他接着说，“不仅认为美洲印第安人曾经到过英格兰，还可以判定他们曾在那里居住过，过着和美洲老家同样的渔猎生活。否则，就无法解释这些独木舟不是保存在海滩的沙层下面，而是在与大海隔绝的苔丝蒙娜湖里。”

“您的意思是说，这是在他们自己的‘新大陆’上，按照美洲的样式重新制作的吗？”一位科学家感兴趣地提问。

“正是这样，”古德里奇教授点了点头，“我使用碳 -14 法测试过独木舟的泥炭和年龄，都是五千多年以前。这个时期是冰河时代结束以来的最温暖潮湿的阶段，植物非常繁茂。从发掘到的化石证明，当时在湖畔的森林里有许多草食和肉食的动物。食物丰富，水草肥美，非常适宜于这些从美洲来的‘哥伦布’的生活。泥炭，就是那时的森林死亡以后堆积形成的。”

从独木舟在会场门口出现的第一分钟起，所有的科学家的注意力就被紧紧吸引住了。当古德里奇教授宣布了他对独木舟的年龄测定结果，和萨尔凡多博士测验的数值完全相同时，这些举止沉着稳重的老科学家们也不由得纷纷站了起来，发出一阵阵由衷的欢呼。

“祝贺你们，完成了一项重大的考古发现。”他们一个个离开座位，走到古德里奇教授、萨尔凡多博士和我的面前，握手表示庆贺。

“现在已经有充分的材料，可以证明苔丝蒙娜湖底的独木舟是属于美洲来的‘哥伦布’的了。只是还没有办法弄清楚，这些原始时代的‘哥伦布’究竟是怎样乘着独木舟漂过辽阔的大西洋？这个问题如果没有满意的答案，还不能算是彻底解决。”一位态度严肃的科学家握着我的手说。

“如果有必要的话，我愿意去试一次。”我无限激动地说。

“年轻人，你疯啦！”他的眉毛略微向上一扬，紧紧抓住我的手，像是担心海浪立时就会从这儿把我卷走似的。

“不！”我说，“我坚信，古代印第安人能够完成的航行，现代的海员一定也能够在同样的情况下做到。我已经打定了主意，要用这种方式来证明美洲来的‘哥伦布’曾经到达过欧洲海岸。”

“说得对，你去吧！”他凝视着我的眼睛，神情非常激动。隔了好半晌才说出一句话，“我相信你一定能获得成功，因为你是我所见到的最勇敢的人。”

整个会场都轰动了，摄影机的镁光灯在我的身旁带着“砰、砰”的响声闪个不停。古德里奇教授和萨尔凡多博士走过来，噙着激动的泪水，轮流把我紧紧地搂抱在怀里……

孤舟横渡大西洋

告别墨西哥；海上的种种险遇；谁站在峭壁上等待我？

预定出海的那一天终于来到了。在此以前，曾有许多好心的朋友劝告我，不要以生命为儿戏，去冒这种吉凶未卜的风险。也有不少人表示愿意无条件供给各种现代化的航海设备，从压缩饼干到海水淡化器，从无线电台到涂有防鲨鱼药剂的救生衣，甚至还有人自告奋勇要驾驶直升飞机和汽艇护航，或者干脆就和我同乘一只独木舟，以便同舟共济互相帮助，我全都婉言谢绝了。因为我下定决心，一定要严格按照几千年前的古代印第安人的方式去完成这次航行。只有这样，才更加具有雄辩的能力。我也不愿牵连更多的人，因为这毕竟是一次危险万分的航行啊！

我乘坐的独木舟是根据古印第安的样式制作的。为了使这次航行更加具有象征性的意义，特地在尤卡坦半岛的那座印第安古城废墟的郊外砍了一颗老橡树，在萨尔凡多博士的指导下制成了这艘独木舟。船身上散发出新砍伐的树木的清香，船头用鲜艳耀眼的红漆涂写着它的名字："托马斯"号，因为我那永不能忘怀的老朋友——汤米的头发是红的。

那一天，港岸上的群众拥挤不通，纷纷热情地挥手欢送我。这个港市的市长亲自率领了一支印第安民间乐队和一大帮记者，乘坐着一艘漂亮的小汽艇，把我一直送到外海，才依依惜别转回去。而所有停泊和行驶在两边的船只都从前桅直到后桅悬挂满了彩色缤纷的"全旗"①，并且拉出长声汽笛向我致敬。这个十分隆重而又充满了欢乐气氛的热烈场面使我非常感动。这一切，正如当地的一张报纸在第一版的通栏大标题上所写的那样：《航程 5000 海里，美洲在欢呼，送别自己的"克利斯托芬·哥伦布"——一个现代的"原始"航海家》。

墨西哥的土黄色的岸线渐渐消隐在海平线下，前面是一派动荡不定的碧波。在开阔的海面上，波浪发出一阵阵哗啦不息的响声。航行的目的地——我的祖国英格兰，就在这一排排起伏无穷的浪涛后面，此刻四顾茫茫，我正处在天和海的中央。漂浮着一朵朵泡沫似的柔软白云的蓝湛湛的天空，像一个大碗覆盖着更加碧蓝的大海。

然而，我并不是孤独的。头顶上，一群群雪白的海鸥疾速地扇动着翅膀，环绕着我的独木舟上下飞掠，像是印第安庙宇墙壁上雕塑的那些长翅膀

① 在欢庆的日子里，船上把所有的信号旗都挂出来，称为"全旗"。

的古代神祇都飞了起来，为我祝福和送别。水下，时不时地有许多游鱼在舟前舟后闪现出身影，似乎对这只崭新而又式样古老的独木舟怀有兴趣，争先恐后地为我在海上导航。在烟波缥缈的更远处，我知道还有许多友好的眼睛在密切注视着我。

根据太阳的位置，判断出小船正向东北方漂行。从海流的速度和稳定不变的航向，可以推知我已驶入了墨西哥湾流的主流线。一切都很正常，这是一个好兆头，使我对整个航行充满了信心。如果没有意外的情况，便可以在预期的日子里顺利到达大洋彼岸的欧洲。

现在，除了提防风浪之外，需要特别操心的是粮食和清水。因为古代的印第安人并不知道地球的另一面还有一个大陆，不会有意识地做好一切远航的准备。我扮演着一个在海上捕鱼，偶然被风浪卷走的“原始”渔民的角色。除了随身携带的少量粮食和一小罐宝贵的活命的清水，就再也不能贮存什么食物。否则就将违背历史的真实，这次航行也就会随之而失去了意义，不能用事实来说服任何人了。

为了补救这一点，在离港的时候，萨尔凡多博士手捧着一根用磨尖的黑曜石制成的古印第安式鱼叉，走到我的面前，双目炯炯地注视着我，对我说：“朋友，带上它吧！也许会给你一些帮助。”

我对这根古怪的鱼叉瞥视了一眼，心里不禁浮泛起一股无法形容的奇异感觉。这可不是一根普通餐叉，只需握住它，便可以随心所欲地在碟子里叉起一块油汁滴滴的小牛排；而是一柄和海神波塞冬手里的三叉戟相似的庞然巨物，一路上很可能就要凭仗它在浩瀚无边的大海的“汤盆”里来回翻搅，捞取为了维持生命所必需的果腹品了。

前面已经说过，海上的鱼很多，鱼身闪烁的银色鳞光，在波光浪影中不住诱惑着我。当几天以后，随身携带的一丁点儿食物几乎消耗殆尽，饥肠辘辘作响的时候，这种诱惑就变得更加使人不可抗拒了。我眼望着那些在碧波里来回梭游的鱼儿，忍不住抓起鱼叉站了起来，小心翼翼地保持着独木舟的平衡，朝其中最近的一条使劲刺去。

但是，哎——，实在太遗憾了，这条狡猾的金枪鱼在水里猛地一转身，鱼叉落了空。连它那像舵片似的尾巴也没有沾上半点，就眼巴巴地瞧着它摆了摆身子，在水浪里隐身不见了。我只好重新选择目标，一叉接一叉地往水里刺去。可是，尽管我累得汗流浃背，气喘吁吁地折腾了好半天，最后依旧两手空空。有一次，由于用力过猛，没有站稳身子，一骨碌跌进了水里，弄得像个落汤鸡似的攀上小舟。

只是在这个时候，我才注意到在鱼叉的木柄上刻着一行小字：

“信念，勇气，耐心。”

毫无疑问，这是萨尔凡多博士赠给我的一句临别箴言。也许他早已预察到我在海上可能遭逢到的一切，才把这根刻写了箴言的古代鱼叉赠送给我。是的，为了探索一个早已被人们遗忘的远古秘密，驳斥一切怀疑和偏见，证实古印第安人曾经首先横渡大西洋来到另一个大陆，我必须满怀必胜的信念，鼓足勇气和耐心来迎接一切严酷的考验才行。眼前一个迫在眉睫的问题是，我必须尽快学会使用这根鱼叉，从海里捞点东西起来填饱肚子。这不仅关系到自身的生存，还决定着整个航行计划的成败。

想到这里，精神不由一振，站起身紧握住鱼叉，重新朝水里刺鱼。好不容易才摸索出一些使用规律，费了很大的劲儿，叉住了一条鲜蹦活跳的大鱼。当把它从海里拎起来的时候，我早已饿得肚皮贴着脊梁骨，浑身酸软，没有半点劲了，只好像真正的原始人一样，皱着眉头把它生吞了下去。这时我才深深明白，这种原始的捕鱼技术并不比我在“圣·玛利亚”号甲板上的活儿更轻松，从而不得不对那些只凭着一叶小舟和一柄鱼叉，漂洋越海的先驱们表示由衷的钦佩。

于是我就是这样，依靠所能抓到的极少数几条生鱼，搭配着极少量的剩余干粮，饱一顿、饿一顿地勉强支撑下去。

在开阔的洋面上，风浪很大，这是过去我在大轮船上所从来没有认真体验到的。独木舟好像是一根光溜溜的漂木，在浪头上来回晃荡着，顺着汹涌的海流向前疾速地漂去，真是危险极了。不知有多少次，几乎被风浪倾翻，幸好我及时保持住平衡，才没有发生覆舟的悲剧。

但是我终究不能像是神话中的百眼巨人似的，时刻都能及时觉察到来自各方的危险。有一次，小舟刚从一个大浪下面逃出，另一个像小山般的更大的浪头又迎面猛扑过来。我被折腾得晕头转向，一时还没有弄清是怎么一回事，立时就被腾空抛了出去，跌落在深陷的波谷里。

糟啦！我连忙奋力挣起身子，向四处寻找独木舟。要是丢掉了它，纵使我有天大的本领，也休想逃脱性命，更甭提漂过大洋去完成那不平凡的使命了。这时，我已被卷在汹涌的波涛中，四周都是飞速滚动的海水。蓝玻璃般半透明的水浪像拳击师手上的皮手套似的，一下接一下无情地扑打在我的面门上，眼睛也被盐水迷住了。要在这一片咆哮不息的怒海中找到一叶小舟，可不是一件轻松的事情。

"怎么办？要是丢掉了独木舟，就一切都完了。"我暗自思忖道，尽力在海水里挣扎，企图探起身子朝四面观看寻找丢失的小船。可是在疾风的驱赶下，海浪像发狂似的翻翻滚滚地奔流着，在这一片喧嚣不息的风暴的中心，要想保持住身子的平衡不被大海吞噬下去，已经是很不容易的事情了，还指望找到独木舟，真是比登天还困难。

"波浪会不会把它冲得太远？"

"它该不会已经沉掉了吧？"

……

一个又一个可怕的念头，在我的嗡嗡作响的头脑里飞速地闪动着。如果其中任何一件是真的，后果将不堪设想。

但是，萨尔凡多博士赠给我的那句可贵的箴言，"信念，勇气，耐心"，在这生与死、成功与失败的关键时刻，忽然在脑海里浮现出来。是的，只有充满信心，耐着性子，寻找一切机会，付出百倍的勇气，才有可能把握住命运达到愿望。尽管无情的巨浪接连不断劈头盖脸地压下来，四处飞溅的海水盐沫把我的眼睛刺得红肿发疼，我的头脑却开始冷静下来，暗暗下定了决心，哪怕只存在着百万分之一的希望，也要设法抓住它，找回自己的独木舟——那涂写着为这项科学探索献出了生命，亲爱的伙伴红头发托马斯的名字的印第安式独木舟。

海神啊！我向你宣告：我，威利，不是一个任凭你随意拨弄的软木塞。

在我的心胸里，渴求真理的火焰在熊熊燃烧，决不允许无知的风浪来摆布自己和这项科学研究的命运。

我咬着牙，一面加紧挥动着手臂拨开层层海水，一面在头脑里飞速地盘算着一切，把过去在头脑里所积蓄的全部航海经验都运用出来，仔细分析当前的紧急形势，寻找最妥善的行动方案。

从现有的情况判断，由于这是一只新砍伐的树木制成的独木舟，并没有负载任何重物，只要不经受极其沉重的打击，也许不至于马上就沉没。我刚被风浪从独木舟里抛出来不久，当时的风势还没有变化，正一股劲儿地朝东北方吹刮，它若是还没有沉下去，就不会漂流得太远。

我开始定下心来，看清了水势，将身顺着海流的方向，努力泅浮到波峰最高的位置，设法探明独木舟的下落。可是，尽管浪涛一次又一次地把我举起，却总也看不见向往中的独木舟，心里真的发急了，开始怀疑贪婪的海神会不会真的张开大口把它吞了下去。

正在危急之中，又一个大浪把我高高抛送到它的浪尖上。趁着这一刹那抬头一看，才瞧见我的那只独木舟正在前面不远的地方。它也随着波涛起伏，像一根火柴棍儿似的在水浪里上下浮沉着。我立即瞄准了目标，排开层层波涛的障碍，直朝那边游去。但是，在这汹涌不息的海面上，它竟像是有人操纵着似的，始终在前面不远的地方漂浮着，若即若离的，一会儿消失在浪花中，一会儿又露出一丁点儿头尾，把我逗得心痒痒的，却始终赶不上。好不容易才挨到风势稍稍平息下来，海面恢复了平静，使尽最后的力气赶上了它。当我伸手抓住船舷，精疲力竭地爬上去的时候，一下子就晕倒在船舱里了。

不知过了多久，我才慢悠悠醒了过来。这时，天色已经晚了，一轮血红的落日缓缓沉进了大海。它在临沉下的刹那间，像是无限依恋地斜瞥了我一眼，轻轻揭开它亲手披在我身上的霞光织成的被子，让黑夜把它那冰冷的大氅覆盖住我。在朦胧的夜色里，我支起疲乏的身子，借着星光察看了一下舱里的情景。这才发觉除了鱼叉由于用绳子缚得很牢，还没有丢失外，所有的其他物件，包括水罐和最后一点舍不得吃的干粮，全都被海水冲走了。前面不知还有多远的路途，这可怎么办才好呢？

由于失去了清水，我更加感到说不出的焦渴。但是一时也想不出更好的办法解除困境，只好躺在狭窄的船舱里，仰望着天空中闪烁的星星，焦急地思索，任随海流把我连人带船往前推去。

海，在远处模糊不清地吟唱着。小船像摇篮一样在水波上轻轻晃荡，就像是在可爱的英格兰故乡的农舍里，妈妈正坐在我的身边，轻声哼吟着一支最悦耳动听的摇篮曲催我入睡似的。但是瞻望前途茫茫，心中十分烦躁，躺卧在狭窄的船舱里始终无法合上眼皮。我十分明白自己的处境，虽然眼前已经逃过一场风暴的袭击，但是漂泊在这风云莫测的大洋上，会不会遭逢新的危险，未曾被墨西哥湾流冲带到彼岸，就在中途葬身鱼腹？这可真是毫无半分把握的事情。

我的顾虑并不是多余的。第二天早晨，当太阳神阿波罗驾驭着金色的马车，从霞光万丈的东方大海里冲开波涛跃上了天空，把光和热的金箭尽情撒向下界，还不到晌午的时候，我就被晒得头昏眼花、舌焦唇燥，在光溜溜的独木舟里无处躲藏，简直难以多忍耐一分钟。眼前虽然置身在一片迷迷茫茫的水域的中央，波光粼粼极目不见边，在热带的骄阳下面闪烁着星星点点诱人的亮光。但是它又苦又涩，怎么能解除焦渴呢？我就像沙漠里的遇难者一样，被折腾得头晕目眩，喉管干沙沙的像是要冒火，差一点又昏厥过去。

更糟糕的是，不知从什么时候开始，有两条鲨鱼出现在独木舟的后面，越游越近，一直逼近到跟前了。这是一种热带海洋上特有的宽纹虎鲨，黄褐色的躯体上横布着许多暗褐色的条纹，两双狡黠的小眼睛紧紧盯视着我，毫无掩饰地流露出不祥的凶光，张开可怕的大嘴巴，活像是两只在丛林中一蹦一跳的猛虎。瞧着瞧着，其中一只倏地一下直冲过来，用它那略带方形的额角猛撞了独木舟一下。它们的策略是十分明显的，企图撞翻独木舟，使我跌下大海，然后从容不迫地大嚼一顿。

它们在波涛里一腾一挪，从左右两边绕过来夹击我的独木舟，互相更替着，一下又一下地猛撞船身，激烈的震荡，加以大海本身的波动，使小船危险万分地来回摇摆，我在船里几乎坐不稳身子。

此时此刻，我的每一根神经都像是绷紧了的弦，真是紧张极了。刹那间我记起了许多老水手讲述过的各种各样的鲨鱼吃人的故事。在那些充满了血腥味的悲惨记录中，不乏先例说明这种凶猛的“海上之虎”如何主动进攻一只小船，把它撞沉或是从水下拱翻，然后极其残酷地噬食不幸的落水遇难者。当我一面竭力保持住小船的平衡，使其不至于倾翻，一面和咫尺之间的虎鲨互相紧张地打量着的时候，心里可真不是滋味。

不，我决不能困坐在这小小的独木舟里束手待毙。我的手中并不是没有武器，要驱赶开它们，只有拿起萨尔凡多博士赠送给我的那根鱼叉，像古代的印第安战士那样和这两个该死的畜生作一场殊死的搏斗。

“勇气！”我想起了刻写在鱼叉上的箴言中的两个字，一股不可阻遏的力量陡地从胸间升起，推动着我霍地站起身子，不再只是为了防备跌入水中而消极地躲避，改变了一种方式，看准了从左面冲过来的一头虎鲨，出其不意地猛刺过去。这一下真是刺得准极了，黑曜石刃尖一下子刺穿了它的背脊，一股红殷殷的鲜血顿时像喷泉般迸射出来，染红了周围的海水，由于刺得很深，受伤的鲨鱼疼得直打滚，以致我一时无法把鱼叉拔出来。

海浪疾速不歇地滚动着，那只鲨鱼猛地一扭身子，险些儿弄翻了小船，把我拖下海去。只听得噼的一声，鱼叉的木柄折断了，受伤的鲨鱼的背脊上插着大半截鱼叉，载沉载浮地从侧面游开了。

几乎与此同时，另一条鲨鱼又猛袭过来。这一次，它采用了一条更加诡谲的计谋，笔直潜游到我的船底，猛地一拱身子，独木舟被撞得船底朝天，我被抛下了大海。鲨鱼不慌不忙地在海上兜了一个圈子，准备扑上来捕食我。

正在这个时刻，在急速动荡的波光浪影里，我仿佛瞥见了一条更加庞大的黑影从水底迅速升起来，慌乱中没有看清是什么东西，好像是一条体形特大的灰黑色的鲨鱼。天呀！这一来我的海上冒险事业眼看可就真的要完蛋了。

但是，一个意想不到的奇迹立刻出现了。这条怪鲨鱼竟不朝向我这个唾手可得的“食饵”进攻，而是直朝那只凶恶无比的宽纹虎鲨扑去。在迅速翻卷的浪花里，我似乎瞥见它们在水下猛撞了一下；接着无论是刚才张开大口想吞噬我的虎鲨，还是那条奇怪的大鲨鱼全都消失了踪迹，眼前只是一片蓝幽幽的海水，显得异常冷清。

我这才得到了喘息的机会，游过去把船底朝天的独木舟翻转来，坐在船舱里，用手拭了拭眼睛，怀疑自己是不是做了一个梦。然而金灿灿的热带太阳正当顶曝晒着，海上漂浮着一团未曾消散尽的鲨鱼血痕，一切都表明是一个极其真实的环境。也许是善良的普洛透斯，那古希腊传说中变化无穷的海中智慧老人，化身为一条大鲨鱼在最危急的时刻搭救了我的性命吧！

然而，我再也无法来仔细琢磨这个古怪的问题了，经过了一场激烈的搏斗之后，周身变得酸软无力，饥饿、焦渴和疲乏都一下子袭了上来，只觉得眼前一黑，就仰面跌倒在船舱里人事不省了。

我在独木舟里不知躺了有多久，一阵冰凉得沁人心脾的水点洒在面门上惊醒了我，朦胧中只觉得小船在剧烈地簸动，连忙睁开眼睛一看，原来下雨了。

这场雨把我的周身淋得透湿，使我完全恢复了清醒。过去我在航途中曾多次尝过这种暴雨的滋味，老是埋怨它突然在天空中降落，使人猝不及防，淋湿了舱面上的货物，给我增添了不少麻烦。可是却从来也没有像今天这样令人高兴过，因为它可以源源不绝地供给我以清水，帮助我沿着古印第安人的足迹横越过辽阔的大西洋。

这时只见天空中布满了灰沉沉的云块，紧压在头顶上方不远的地方，使天和海之间只剩下很狭窄的一道缝隙。在这一丁点空间中，到处都飞溅着密密匝匝的雨点，远处、近处一片水雾迷蒙，仿佛天河的底被捅漏了似的。

热带的暴雨虽然来势凶猛，可也有来去飘忽无踪的特点。机不可失，我连忙用双手掬住，接了一些雨水喝了几口。船舱里也积了不少水，又伏身下去咕噜咕噜地喝了个痛快。在热带地区经常有这种暴雨，再往北去，进入如今正是阴雨霏霏的季节的西欧沿海，只要注意节约用水，就有可能勉强撑过去了。

但是，食物仍是一个难以解决的问题。失去了鱼叉，我总不能跳下海去赤手空拳地抓鱼吃啊！

我把目光转向大海，海是缄默的，微微起伏的水面闪烁着捉摸不透的波光。海啊！神秘的大海，难道你不疼惜一个水手，悭吝得竟不肯付出哪怕只是一条小鱼，让我维持住生命？

热带雨后的海上是宁静的，天空像是被雨水彻底冲洗过一遍，显得特别明净。我饿得奄奄一息地半躺在小船里，眼巴巴地望着一群又一群的鱼儿在面前游来游去，束手无策地想不出半点捕捉的办法，感到十分懊恼。唉，善良的普洛透斯，要是这时你能施展出神通，重新给我一柄印第安鱼叉，该有多好啊！

忽然，像是对我的心事做出回答，平静的海面起了一阵浪花，一群热带所特有的飞鱼冲开波涛，扇动着翅膀般的前鳍，一条接一条地从水上飞了起来，横越过小舟，就在我的鼻尖下飞过去，其中一条气力不佳，半途跌落在船舱里，还想挣扎着飞起来，我连忙扑上去一把抓住。接着又像捕捉蝴蝶似的，用手掌迅速击落了跟在后面的几条飞鱼。现在，满可以饱饱地吃上一餐了。但是我忍住嘴，并没有把所有的鱼都吃完。因为我很明白，这只不过是侥幸而已，同样的情况决不可能再发生第二次。我灵机一动，打定了一个新的主意，要留下一些鱼肉来做饵，在海里钓鱼，以维持食物的经常性来源。

这项工作说着似乎很容易，但做起来却十分困难。因为我缺乏挂饵的鱼钩，只能把系着鱼肉的绳子挂在船边引诱鱼群，待它们游近的时候，突然伸出手去捕捉一条。过去在苔丝蒙娜湖边，红头发托马斯曾经教我用这种方法抓过鱼，心里还有几分把握。想不到这种儿时熟稔的伎俩真灵，或许是由于大洋里的鱼对人们缺乏应有的警惕，当我感到万分心疼地损失了几块饵料以后，终于使出一个闪电般的动作，逮住了一条行动略为迟缓一些的大鱼。我尽量节省着吃了好几天，最后用鱼骨磨制成了一个真正的“鱼钩”。这样，我就不愁没有更多的鱼儿来上钩了。

时间一天天过去，每过一天，我就用指甲在船身上刻画一道痕迹，就像海上鲁滨逊似的，在独木舟上漂泊了很长一段日子。

滚滚滔滔的墨西哥湾流像是一条巨大的传送带，日夜不息地把我漂送往东北方向。南方夜空中特有的美丽的星座，一个个在起伏不定的海平线上逐渐沉沦下去，北极星带领着灿烂的拱卫群星在天穹上越升越高。拂面的海风开始夹带着一些儿凉意，这一切都表明我已经接近了高纬度的欧洲海岸，向往中的目的地已经不远了。

在航程的最后两三天里，我没有钓上一条鱼，也没有得到一滴雨水来浸润干渴得快要冒烟的喉咙眼儿，身子变得极度虚弱，几乎没有气力支撑起来了。甚至由于又饥又渴，还曾几次昏厥过去，在横扫过小舟的浪花的淋洗下才慢慢清醒过来。但是在即将取得最后胜利的希望的鼓励下，我却满怀信心地忍受着这一切灾难的煎磨，整天伏在船头上朝向远方察看，冀图眺见那随时都可能在眼前浮现的海岸影子。

大海的远处闪烁着模糊的波光，一眼望去，海面无限空旷，海平线是那样的遥远，远得既听不清那儿的波涛声响，也无法从沉沉的雾霭中分辨出任何具体的形影。独木舟顺着海流缓缓地漂浮着，直朝那不可捉摸的远方驶去。

这时，我的精力已经消耗殆尽，头晕眼花地伏在小船上，几乎不能动弹一下，开始认真考虑一个严肃的问题：海上一切未可预料的事情随时都可以发生，我再也没有精力来应付不测的事件。自己是否能够活着漂过大西洋，把探索胜利的消息告诉亲爱的故乡英格兰和所有一切关心这一问题的人们，完全没有一点把握。但是当我把耳朵贴着船底，倾听见海流在船身下面发出一阵阵十分清晰的哗哗不息的声响，就不由又从内心里发出宽慰的微笑。因为水声表明了流势很正常，正载负着我的独木舟直朝欧洲方向驶去。如果独木舟漂到了岸边，即使我不幸在途中牺牲了生命，也能在一定的程度上证明我的推测的合理性，说不定还能激发起后来的人们继续探索的信心。我慢慢伸出手去，在船身上又刻画了一道表示日期的痕迹，并把记录本从怀里掏出来，写完了这一天的航海日记以后，用防水的塑料袋小心地包裹好，紧紧缚在船上，准备万一波浪将我卷走了，还能把原始记录完整无缺地奉献在全世界人们的面前。

在海上的最后几天，就是这样不饮不食，奄奄一息地躺倒在船舱里度过去的。突然在一个寒冽的清晨，睁开眼睛时，看见有几只周身雪白的水鸟在头顶上不住飞旋。它们逐渐降低高度，围绕着独木舟飞了一圈又一圈，仿佛对我和这只陌生的小船感兴趣似的。

“水鸟是陆地消息的最先报告者，有了它们，陆地就不会太遥远了。”我兴奋地想道。

约莫在几个小时以后，当眼睛已经望得酸疼的时候，终于在海的远处瞥见了一抹陆地的阴影。起初它极其模糊不清，只是蜷伏在天穹下面的一条位置极低、极低的黑线，在浪隙间不住闪现着影子，仿佛每一个掀起的波涛都可以把它吞没似的。后来随着小船越漂越近，它在海平线上便愈升愈高，渐渐分辨出这是一道深灰色的陡峭崖壁。多年的航行经验告诉我，这不会是别的地方，应该就是我的亲爱的祖国的极北端，苏格兰高地的海岸线。啊，我有多么高兴呀！我终于通过自身的实践，十分圆满地解释了苔丝蒙娜湖底的独木舟之谜。证实了确曾有少数的古印第安人，作为海上遇难的幸存者，在哥伦布发现新大陆之前的很久，首先随波逐流到达了我们的这块古老的旧大陆。这该是考古学上的一个重大的发现，对于种族主义者所散播的所谓“白种人永远高于有色人种”的谰言，又是一个多么辛辣的讽刺啊！

在巨大的胜利的喜悦的鼓舞下，我使出了一股就是连自己也无法想象的力量，摇摇晃晃地在独木舟上站了起来，使劲挥舞着手臂，企图引起岸上的注意。想不到正在这个时候，使我万分惊诧的是，忽然在我的面前浮起了一艘小型潜水艇。舱门一打开，走出来古德里奇教授、萨尔凡多博士、鲍勃大叔和好几个记者、医生、佩戴氧气面罩的潜水员。原来，他们极其关心我的安全，又不愿公开露面打扰我，一直隐伏在水下悄悄跟随着独木舟，从美洲直到这里，准备在最危险的时刻才出面营救我的性命。从船体的外形和大小，我悟出了帮助我摆脱开虎鲨的进攻的那条“怪鲨鱼”，原来正是这艘由朋友们所驾驶的潜水艇。

抬头看，峭壁顶上也出现了一大群人。那是潜水艇里的朋友们仔细测量了海流的方向和独木舟的漂行速度以后，用无线电通知他们预先到这里来等候我的。他们挥舞着鲜花，不住呼喊着：“欢迎，欢迎，热烈欢迎美洲来的‘哥伦布’！”其中的一个是苏珊姐姐，她第一个从山崖上奔跑下来，跳上涂写着红头发托马斯的名字的独木舟，把我紧紧搂抱在怀里，在我的脸颊上吻了又吻，说：“亲爱的弟弟，你还记得我们在苔丝蒙娜湖上的那一次航行吗？你真的像汤米当时所说的那样，在大洋彼岸‘发现’了一个‘新大陆’。”

听着她的话，我笑了，回答说：“可是这一次是由西向东，而不是红头发埃立克由东向西的航行啊！”

“航向并不重要，”她热情洋溢地说，“重要的是你漂过了大西洋，解决了一个重大的远古疑谜，这可比哥伦布要早得多呢！”

“好啊！”崖上、崖下的人群齐声欢呼着，声音震动了山崖和大海。回头看，初升的太阳的霞光已把西边极远处的海面照亮了。我深深相信，霞光一定会把我们的欢呼也传带到独木舟出发的地方，那边，美洲的朋友们在翘望着，将会为一项罩满了历史的灰尘的事件被重新证实，同声发出由衷的欢呼吧！

——《美洲来的哥伦布》，四川人民出版社，1980 年

启蒙意识与实证精神光照下的课题式科幻创作

——评刘兴诗科幻小说

◎ 王一平

刘兴诗乃是20世纪80年代中国科幻小说"黄金时代"的代表作家之一。他的小说往往体现出一种鲜明的启蒙精神，以及运用启蒙理性、实证主义与科学技术来振兴民族的强烈愿望；此外，刘兴诗的作品还受到其所处的学院体制环境的影响，形成了"一事一文"的类课题研究式的写作模式。同时，他在选材上偏好各国的历史、地理题材，并多将史、地内容结合，辅之以奔腾的想象力、巧妙的悬念设计和浪漫主义笔法。由此，刘兴诗的小说确立了中国"硬科幻"的某种标准，拓展了科幻小说的题材领域，提升了写作技巧，为一个时代的科幻小说发展做出了重要贡献。刘兴诗小说的此类特色在其名作《美洲来的哥伦布》中得到了颇为充分的体现。

一、启蒙意识、科技兴国与课题研究式创作

刘兴诗（1931—）是20世纪80年代中国科幻小说界所谓"重科学派"小说的代表性作家，与郑文光、叶永烈、童恩正并称为当时科幻界的"四大金刚"。刘兴诗出身于高级军官家庭，其父为同盟会会员，但刘兴诗生逢20

刘兴诗

世纪初中国的战乱年代，因此童年经历颇为坎坷，出生后随家人在武汉、上海、南京、重庆等地辗转逃难，并经历了中日战争时期旷日持久的重庆大轰炸，而这些遭遇所带来的个人、民族情感的创伤，则影响了他日后的专业选择和小说创作。20 世纪 40 年代，刘兴诗就读于名校重庆南开中学，而在此期间的表现已经显露出其未来的文学个性：热情洋溢而涉猎甚广，爱好创作而浪漫率真。刘兴诗在南开中学时曾加入过许多社团，尤好作文与古典文学。而当老师何仲达评价其词作“清香骚雅，绝似宋人，但不知是否出自心裁”时，不服气的刘兴诗一口气创作了 37 首词作，由此亦可见其创作活力与耿介的个性。

中华人民共和国成立后不久，刘兴诗进入北京大学地质系学习，1956 年毕业后，先后在北京大学、华中师范学院（大学）、成都地质学院（成都理工大学）等高校的相关专业任教。刘兴诗良好的文史知识基础、深厚的专业背景，以及因其所处时代所拥有的独特经历，成就了他文学创作的基本主题和特色。自 1961 年发表第一篇科幻小说《地下水电站》以来，刘兴诗的科幻创作历经半个多世纪而不衰，一直延续至 2000 年之后；在此期间，他发表、出版了逾两百部作品（含大量科普著作和儿童文学作品），其中科幻小说集 27 本，获各类科幻奖项 21 次，包括中国科幻界最具影响力的“银河奖”(《失踪的航线（1986）》《雾中山传奇（1991）》)。刘兴诗的主要代表作有中篇小说《美洲来的哥伦布》(1980)、《辛伯达太空浪游记》(1989)、《修改历史的孩子》(1999)；短篇小说《北方的云》(1962)、《游牧城》(1964)、《柳江人之谜》(80 年代创作，2010 年出版)、《雪尘》(1984)、《雾中山传奇》(1991)、《童恩正归来》(2006) 等；他任编剧的中国第一部科幻动画片《我的朋友小海豚》，还获得了 1982 年意大利第十二届吉福尼国际儿童电影节最佳荣誉奖。

刘兴诗是新中国的第一代科幻作家，也是世界科幻作家协会的首批中国会员之一，可以说是 20 世纪中国科幻小说发展史中许多重大事件的亲历者和积极参与者。正是在长期的创作实践和对科幻界发展历程的反思总结中，刘兴诗提炼出了自己的科幻创作理论，他认为中国科幻小说应该具备“科学性、文学性、民族性、现实性四个要素”[1]。具体来说，“科学性”是强调科幻小说中应具有基本的科技原理、材料和论证等“硬科幻”内容；“文学性”是指对主流文学创作技法的借鉴与靠拢；“民族性”意在倡导一种中国风格；“现实性”则如有些评论者所提出的，主要是指题材内容上的“面对现实，触及社会，揭示生活中的矛盾”[2]。总的来说，刘兴诗具有鲜明的问题意识，同时主要是从文学的社会功用角度来看待科幻小说的。

事实上，从刘兴诗自身的创作来看，作为出生于20世纪前期的科学家，刘兴诗身上显然带有自晚清以降的中国知识分子所共有的忧患意识，而具体在小说创作中，便突出地表现在刘兴诗承续了清末以来的国民启蒙意识与科技兴国的热望，并将其融入科幻小说与创作理论中。而从这样的创作话语背景出发加以体察，便不难理解刘兴诗小说中不时显现出的较为激进的民族主义情绪，如在小说《修改历史的孩子》中，作者让当代中国儿童回到过去，利用现代科技工具的强力（暴力）改变了遭受欺侮的近现代民族历史。在此，转而成为虚构作品作者的刘兴诗无意于重复“改变过去”这一常见的科幻母题，而将笔力放在科幻小说的主人公，亦即启蒙的对象、国家未来的希望——儿童身上，与作为启蒙神话代表的科技相合一，以宣扬科技与理想的“科技人”的伟力。在此，正如王德威在评论晚清科幻奇谭时所说的，“与历史小说无可逆转的时间设计形成对比的是，科幻奇谭这一文类可把‘过去’（pastness）拯救回来……例示了当时作家文人与时间赛跑的欲望”[3]；同时，除了在虚幻的“文本实验”中改变民族落后史之外，创作高峰期处于当代的刘兴诗更为注重的则是，如何由此进一步生发出对国族未来历史路径的现实设计：科技兴国。如亚当·罗伯茨（Adam Roberts）所言：“赞同启蒙主义理想的作家，倾向于书写积极的科幻小说，这些小说中，社会和人类生活会随着这些领域的进步而得到改善”[4]，刘兴诗笔下众多具有科普色彩的科幻小说，往往更倾向于确立与强化科技及其理性作为达成社会“进步”的有效工具的形象，而较少对作为邦国救赎者的科技做出负面的描绘与评价。

由此，在现代启蒙精神与依靠科技振兴民族的双重关照之下，刘兴诗以“个案（课题）研究”的方式，创作了众多具有问题意识的小说，这些作品很少强调故事人物，而是大都围绕某（几）个具体的科学或技术课题展开。刘兴诗曾提出，如果作者从事相关科研工作，在研究中针对某课题掌握了一些切实可靠的材料，并基本能够预见其结论，但要以此解决现实课题却又嫌不足，那么完全可以利用这些材料敷衍出科幻小说，他认为，科幻小说的创作能够成为“科研课题的直接继续”，并且可能对该课题的研究起到指导作用[5]。在小说《北方的云》中，作者开篇即将课题/问题提出：内蒙古浑善达克沙漠的农业试验站因故急需大量降雨来维护作物的生长，如何通过人工调控将雨水从北京送往数百公里外的试验站，就是一项既有现实意义又富有科幻意味的命题。最终，刘兴诗运用专业知识提供了一套合理而具有想象力的解决方案：利用热核蒸发器在他地蒸发水分以形成含水丰富的气流，通过人工控制送往需雨地区并形成降雨，最终圆满解决了需雨区的灌溉问题。

实际上，课题研究式的写作方式贯穿于刘兴诗的小说创作中：在《恩戈博士的飞行小屋》中，失去双腿的恩戈博士如何能够自如地去往世界各地进行野外考察？秘诀在于他拥有了一座能够声控的喷气式飞行小屋，正是这种“飞毯”式的先进交通工具，使他在恶劣的天气情况下仍能够探访四川卧龙大熊猫栖息地；在《美梦公司的礼物》中，针对儿童在成长学习期间常常面临的自觉学习意识不足等问题，作者提供了“梦授学校”，即在梦中学习知识这一高效的趣味学习方式；而《魔镜》则因一起寻物事件而起，引出神奇的“魔镜”——一种全息光波追踪仪，能够借助物体的光影效应，通过小镜子发射出全息光波精准地找到一定范围内的目标，由此解决了人们寻找失物的苦恼；而《山谷里的“冷湖”》则以果农在培植果树时遇到的奇特现象为引，用科学调研的方式查明了桃树染怪病的难题；等等。

不难发现，刘兴诗科普式的“一事一文”的创作方式正是依照自己所提出的“幻想从现实起飞”的理论来进行的。正是在这样的创作理念之下，他的小说往往以基础性的物理、生物、海洋、地质、气象学等知识为基石，坚实地展开具有较强现实性、可行性的课题设计，而少有高蹈入云的飞跃式构想；实际上，刘兴诗的小说大多具有鲜明的现实感，他以扎实的创作实践真正阐释了自己所主张的“现实性”的具体内涵。

二、实证主义精神的张扬：以《美洲来的哥伦布》为例

在启蒙精神的光照之下，刘兴诗的小说在形式上表现为课题研究式创作模式，而体察这背后所透露出的思想及方法原则，则可以说是作者所具有的实证主义（positivism）精神的体现。这种求知于经验材料，将知识建立在来自观察和实验的经验事实基础上的科学精神，在刘兴诗的成名作暨代表作《美洲来的哥伦布》（以下简称《哥伦布》）中体现得最为充分。事实上，正是因为小说内蕴的这种精神硬核，才使这篇在科技设想方面几乎没有任何超前成分的小说，成为当时“硬科幻”（hard science fiction）小说的代表作。

在谈及《哥伦布》创作始末时，刘兴诗说：“1963 年，我读英国科学家莱伊尔的《地质学原理》时，其中一句话引起了我的注意。书中说，在英格兰西北部马丁湖底的泥炭层中挖出 8 只独木舟，‘它们的式样和大小，和现在美洲使用的没有什么不同’，不由使我心中一震，因为我对考古学有一些了解，深知两个距离遥远、素无来往的民族，其文化特征是不可能完全雷同的”[6]，而正是从这一让人迷惑的现象出发，刘兴诗从自己所从事的地质学的角度进行了大胆的推理，他认为“埋藏独木舟的泥炭生成于四五千年前，其时正值墨西哥古印第安文化的一个渔猎鼎盛时期，一些出海捕鱼的印第安独木舟，很容易被横越北大西洋的墨西哥湾流冲带入海”，“一只侥幸脱险的独木舟抵岸后，其成员登陆后进入内陆湖区……制作了一批新独木舟安然生活在新的领地”[7]。由此，在经过多年的资料收集、整理、核查等之后，刘兴诗演绎出了这篇在 20 世纪 80 年代与《珊瑚岛上的死光》（童恩正，1978）齐名的早期科幻经典。

《哥伦布》对主人公威利着墨颇多，在此，威利可谓作者理想中的实证精神的人格化身。小说中，英格兰北部湖区青年威利在童年时曾在家乡湖底发现过一只古代的橡木舟，这只深埋湖底的神秘独木舟引起了他的好奇，但小船未能留存下来；几年后，郡城博物馆馆长却根据“历史法则”[8]向他宣

称，绝不可能在英国找到此种样式的独木舟，这激发了他探索独木舟来历的强烈愿望；此后，威利偶然在墨西哥看到了和当年的独木舟一样的古印第安小船，他认为这说明那只独木舟确实是古印第安人的物品；但他又必须进一步解答，古印第安人是如何驾着简陋的独木舟从墨西哥到达大西洋对岸的英格兰的？

正如《山谷里的“冷湖”》中人们对桃病问题所做的“大胆的假设”和“小心的论证”一样，在《哥伦布》中，作者借富有航海经验的老水手之口提出了极具启示性的假设：很可能是墨西哥湾流[9]将印第安独木舟送到了英格兰海岸。然而这一设想虽然颇为合理，却缺乏确凿的证据；最终，威利决定自己驾驶独木舟横渡大西洋以验证此说。在横渡大西洋的航程中，威利遭遇了诸多磨难，但他最终抵达了苏格兰海岸，证实了古印第安人确实有可能早已到达过英国，即所谓的“美洲来的哥伦布”是可能存在的。

《哥伦布》一文发表之后颇受关注，刘兴诗被饶忠华等视为“凡尔纳派”，即“重科学派”的代表（与童恩正所属的“威尔斯派”，即“重文学派”相对）[10]。但若细考之，这一说法虽然颇符合当时科幻界的风尚，却是一种相对较为空泛的划分方式，无法更为确切地表现刘兴诗的个性特色，实际上，“重科学派”的称谓不如“重实证派”准确。有论者认为，刘兴诗作品的特点在于“在可靠的知识基础上，提出某些符合科学实际的预见”[11]，所谓“可靠的知识基础”“符合科学实际”，究其实质，便是在小说中，作为课题研究执行者的主人公——威利，能够运用实证方法论证事物的真实性——解决《哥伦布》中的三大问题：湖底的独木舟与美洲独木舟是否偶然相似；独木舟如何能渡海远行数千公里；驾驶独木舟的人在长途旅行中是否可能存活下来。因此，唯有主人公进行实证式的考察、推理、论证，得出建立在理性基础上的结论，小说方能达到作者既定的目标。

可以说，刘兴诗众多小说中最鲜明的特色，正是实证主义精神。除《哥伦布》外，在名作《雪尘》中，刘兴诗将好友童恩正和自己化名为考古工作者曹仲安和地质队员卢孟雄，探查了西藏曲凝卡瓦山，最终破解了传说中的雪山魔王“曲凝大神”及其念珠的真相。在此，雪神震怒、古老的雪山传说并不被视为古老民族中常见的自然神话，而被看作虚假的存在，是不符合“算计与实用规则的东西”[12]，是在力图破除神话（迷信）而确证自身的启蒙理性所要极力拆解的对象，这也正是古典科幻小说中“科学”与“神话”二元对立，而作者力图用科学来完成对世界（自然与人类社会）的全面解释、“祛魅”（disenchantment）的体现。

当然，同时值得注意的是，在将实证性渗透到故事中的同时，作者还把对于家国（落后）历史的认识及其未来（崛起）的期望融入到了《哥伦布》之中。从结构模式上看,《哥伦布》中的主人公对“美洲独木舟到达欧洲是否可能早于哥伦布到达美洲”这一历史命题的重新考察论证，乃是普罗普（Propp）所谓的对“匮乏”的“补救”，这种补救与“生病的国王为恢复健康而寻找药水”相似。如小说所言：

“遗憾的是，至今还有一些种族主义者坚持这种观点，认为欧洲人‘发现’新大陆之前，这儿是一片‘文化的荒漠’呢！”那位墨西哥朋友提醒我们说。

“多么可耻啊！”我心里想,“如果我有机会，一定要设法证明古印第安人的勇敢和智慧，它是一个永远值得人们尊敬的伟大民族。”

“是的，朋友,”萨尔凡多博士也同样万分激动,“这就意味着，不是欧洲的殖民主义者‘发现’了新大陆，而是美洲来的‘哥伦布’首先到达欧洲。”[13]

由此，关于落后民族“迟到”（于现代化）而造成的“匮乏”的隐喻，与从历史角度对西方世界作为现代人类历史的领先者 / 中心的合法性的否定——“补救”，构成了《哥伦布》全文的基本张力关系，而小说内在的“匮乏 / 补救”的程式，也使得读者在阅读完前述全部的科学考证之前，业已被引向了作者所设定的命题结论之中。

此外，尽管《哥伦布》的写作堪称严肃创作的典范，但仍不可避免地存在个别瑕疵和不够圆整之处，如威利称人们在排干湖水时的兴奋之情“真比一年一度的感恩节”，但感恩节（Thanksgiving Day）乃是北美节日，英国很少有人庆祝该节，英格兰少年威利用感恩节进行比拟的可能性非常小；另外，拥有当代知识且得到潜水艇暗中帮助的威利能够完成渡海航行，是否就足以证明古印第安人也同样可能完成这段旅程，即威利的实验是否就是“判决性”的，恐怕仍是值得商榷的。当然，无论如何，在小说创作中，刘兴诗始终都是紧贴实际的科研材料来发挥想象的，正是依靠材料的逐步铺展、逻辑的推导、结论的得出和证明，方才构成了刘兴诗的“硬科幻”课题的核心部分，亦由此体现了他的实证主义的根本精神。

三、史地合一、悬念设置与浪漫色彩

在小说题材方面，刘兴诗最突出的特色在于其选材上常见的历史素材与地理题材的交织与合一。一方面，他往往如叶永烈所言“不是向前看，而是向后看”，亦即在小说题材上多回溯历史，将过去的未解之谜作为演绎的对象（即使讲述当代故事，刘兴诗也多采用“倒叙”的方式将其“历史化”）。刘兴诗亦曾自称其开创的乃是“历史科幻小说”，其中如《哥伦布》、《雾中山传奇》等可谓是这一类型的代表。不过，正如刘兴诗本人所宣称的：“其实未来式也好，过去式也好，许多作品都是言在未来，意在今天；言在天外，意在人间。”[14] 刘兴诗的小说在时间线索上常常是贯穿于过去与未来的，较少有科幻小说中常见的工业文明色彩，但最终指向仍落脚于当下与现实，又如在《童恩正归来》中，叙述者“刘兴诗”尽管跨越了阴阳的界限，回到了三四千年前的古蜀时代，但小说的真正主旨仍在于对三星堆、金沙遗址等考察结果发表自己的学术见解，作者甚至刻意在文末列出了该小说的“参考文献”，更可见其希望当代考古界与时俱进，形成跨学科的综合研究方式的苦心。

另一方面，刘兴诗拥有独特的地质学专业背景，因此他的小说常常涉及地质、地理内容，如小说《喜马拉雅狂想曲》便假设了青藏高原不在中国西南部而在东南部的全新地理状况，而面对这种极端的变化和巨大的难题，作者大胆地设计了打开喜马拉雅山墙的方案，最终挽救了人类，这样的科幻故事是无专业背景的作者比较难以给出合理构想的；不仅如此，刘兴诗还参与了众多现实的科考项目，有着其他科幻作家所难以获得的第一手科考材料，而他的部分小说甚至更像是地质、考古的科考文献的转述，其典型代表如小说《柳江人之谜》。20 世纪 80 年代初，刘兴诗曾和周国兴、童恩正等人在广西柳州白莲洞进行过考察，并由现场环境等推理出在附近发现的柳江人头骨乃是属于白莲洞人的，由此，刘兴诗记述了此项考察工作，同时杜撰了白莲洞的两个原始人先后因故客死在外的故事，刘兴诗称该故事是“完全实境地摊开科学材料和我们的观点”[15]，而这样便出现了有趣的现象：这种叙述方式使《柳江人之谜》带有了某种“元小说”（meta-fiction）的意味，小说在“柳江人阿蒙和阿嬷的故事”层次上是虚构的，但在此之上的叙述层次中，叙述者“我”究竟是用来消解“柳江人故事”的真实性的、作者虚构的人物，还是如作者自述，是在缺乏直接佐证的情况下进行科学推理的刘兴诗本人？不仅如此，“我”在叙述结尾处，还给出了关于柳江人之死的另外三种可能性供读者选择，这与约翰·福尔斯（John Fowles）的名作《法国中尉的女人》（*The French Lieutenant's Women*，1969）颇为形似；最后，《柳江人之谜》全文在“我”感慨这是一个“难忘的仲夏夜之梦”中结束，同样颇富意味。不过可惜的是，刘兴诗的小说并未朝此方向继续走下去，作为中国科幻的一个“黄金时代”（1978—1983）的代表作家，刘兴诗尚未能带领科幻文学完全进入到与主流文学思潮与技巧的汇合乃至超越之中。

总的来说，刘兴诗的小说偏好历史与地理题材，并多将两者自然地融合在一起，如《哥伦布》的场景就在英格兰、墨西哥等地转换，同时结合了对独木舟的历史追溯而展开；《雾中山传奇》的主人公则由中国的成都、云南至缅甸、印度的古“南方丝路”一路行来，并穿梭于神秘的佛教传说与印度戒日王时代的历史烟云之中，颇为曲折诱人。可以说，在科幻小说领域，作者对史地结合、虚实相生手法的运用已经达到了相当高的水平。

除此之外，刘兴诗的科幻小说不论篇幅长短，在布局上通常都结构简明、线索清晰，较少横生枝蔓。一般来说，类型小说的常见模式便是铺设一个大悬念统领全文，并在此之下设置一系列相关的小悬念或局部悬念（事件），在释悬之后（事件的解决与焦点的转移），最终完成对大悬念的解决。刘兴诗的科幻小说娴熟地运用了此种技巧，且多以某个科研课题的完成为总悬念，结构巧妙地展开故事，如小说《哥伦布》《童恩正归来》等采用的都是此种悬念结构。在《童恩正归来》中，小说以叙述者与已去世的友人童恩正的神交开篇，铺设出让人颇为惊疑的总悬念；此后两人相约凤凰山，而叙述者则巧遇鬼魂“古迂夫”，并与其针对《华阳国志》所载的关于古蜀王蚕丛氏的问题展开论辩，由此解决了蚕丛氏纵目（鼓眼睛）等形象的谜题；此后，叙述者又将线索引向蚕丛氏之后的蜀王鱼凫王处，在对鱼凫王时期的考察中，叙述者关于三星堆遗迹之谜的推理得到证实；最终，小说点出童恩正何以显魂的根本原因：通过上述数个悬念的破解，证明了叙述者和童恩正关于当代考古方法的主张的正确性；由此，作者表达出希望考古界不再故步自封，而采用综合研究方式的学术主张。这是一篇颇有玄幻色彩的小说，但同样具有刘兴诗小说的典型悬念模式。

值得注意的是，刘兴诗的小说还明显受了《一千零一夜》等浪漫主义叙事作品的影响，部分作品具有浓郁的浪漫色彩。刘兴诗不仅在小说中经常提及《一千零一夜》（如在《哥伦布》《美梦公司的礼物》中等），更借用其中的“辛巴达航海记”的模式而创作了其代表作《辛伯达太空浪游记》。《辛伯达太空浪游记》的主人公乃是传奇英雄辛巴达的后人，在他看来，古老的地球已经像任人参观过千万次的金字塔，丧失了一切神秘感。对一个属于充满了热烈幻想和勇气的新时代青年来说，只有广漠无边的宇宙太空才是唯一的出路[16]。由此，他借助科技的力量，将人类的探险活动范围扩展到了太空，有惊无险地游历了长尾人星球、臀木国、毒云人国等七个外星国度，呼应了古代辛巴达航海的七次探险。现代“辛巴达”这样一种挣脱一切束缚、追求自由的欲望，正是浪漫主义的根本精神的体现。此外，刘兴诗小说的浪漫色彩主要还体现在：一是前文已经论及的、小说中上天入地、穿古越今的汪洋恣肆的想象力；二是不时出现的对具有异国情调、民族色彩的风物等的描写（如《哥伦布》对苔丝蒙娜湖的描绘、《雾中山传奇》对苍山洱海风光的描写）；三是小说中抒情诗歌的插入（如《辛伯达太空浪游记》的主人公在遭受困厄时吟诵的多篇抒情短诗等）。实际上，这样一种在理性精神之外的浪漫追求，乃源于刘兴诗本人富于反抗、酷好冒险的个性与工作经历。刘兴诗在中学时就经常参加游行示威，甚至面对枪口亦不退让；此后，常年的野外科考工作，跋山涉水、攀崖探洞，直面北极熊、白鲸等活动经历，无不使他对自然产生了强烈的好奇心与征服的渴望，并自然而然地在其小说中幻化为浪漫奇崛的故事情节。

另外，刘兴诗的小说还借鉴了如《格列佛游记》等英美传统流浪汉或冒险小说的形式，这种借鉴在小说每节之前具有提示功能的小标题上体现得最为明显，如《辛伯达太空浪游记》中的“臀木国故事”的小标题“我，天使在异星降临；木头王国的种种情形；寻找臀木的过程；九十九条腿宰相进了迷宫……”等。

总之，作为一位科学家，刘兴诗具有强烈的启蒙精神及运用启蒙理性、实证主义与科技强力来振兴民族的愿望，此种对科技的乐观设想以及实证精神，实际上确立了所谓“硬科幻”的某种标准；而身为学院体制内的科研工作者的刘兴诗，又偏好采用“一事一文”的课题研究模式来进行创作。与此同时，尽管刘兴诗的小说时常涉及世界各国的历史、地理题材，并能够将其自然地融合与表达出来，但他此种奔涌的想象力往往仍是借他人之杯酒浇自己胸中之块垒——仍是以当代中国及其未来的前途命运为潜在指向的。此外，作为小说家的刘兴诗同样以其作品中巧妙的悬念设计、强烈的浪漫色彩、刚直的文风等为一个时代的科幻小说发展做出了实际的贡献。作为中国科幻小说第二次高潮的领军人物之一，刘兴诗显然能够体会到探索、开辟一条科幻小说的时代新路的不易，诚如其所言，“历史不会记住我们之中某一个人，但是会记住一个时代，一代勇于献身的无名开辟者”，这也正是其“追求的不是一己之荣，而是一个事业的胜利”[17]的责任意识与文人情怀的极好表达。

参考文献

[1][5][14][17] 刘兴诗. 呼唤百花齐放的科幻春天［EB/OL］.“中国新科幻”，总第三期，2010 年 7 月，http://blog.sina.com.cn/s/blog_4a27e1ef0100jj7q.html.

[2][10][11] 张大放. 刘兴诗科学文艺作品的风格［J］. 成都大学学报：社会科学版，1982（1）：56-59.

[3][美]王德威．被压抑的现代性——晚清小说新论[M]．宋伟杰，译．北京：北京大学出版社，2005：295.

[4][英]亚当·罗伯茨．科幻小说史[M]．马小悟，译．北京：北京大学出版社，2010：118.

[6][7][15]刘兴诗.《美洲来的哥伦布》创作始末[EB/OL]．“刘兴诗的日志”http://liuxs1931.blog.163.com/blog/static/2782574820073148575562 8/.

[8]此处所谓的“历史法则”，乃是指“两个互相隔绝开的古代民族，文化遗物不可能完全相同”，参见文中刘兴诗自述及《美洲来的哥伦布》原文。

[9]墨西哥湾流（Gulf Stream）：亦称墨西哥湾暖流，是北大西洋西部一支强大的暖流。墨西哥湾流起源于墨西哥湾，经佛罗里达海峡沿美国东部海域和加拿大纽芬兰省（Newfoundland）向北，跨越北大西洋（抹过大不列颠群岛西侧），通往北极海。

[12][德]霍克海默，阿道尔诺．启蒙辩证法[M]．渠敬东，曹卫东，译．上海：上海人民出版社，2006：4.

[13]刘兴诗．美洲来的哥伦布[EB/OL]．“刘兴诗的日志”http://liuxs1931.blog.163.com/blog/static/27825748200731491822585/.

[16]刘兴诗．辛伯达太空浪游记[M]．上海：少年儿童出版社，1989.

温柔之乡的梦

◎ 魏雅华

结　局

我决定和我的机器人妻子离婚！

不管她怎样用她那泪水晶莹的、可怜的、可爱的眼睛来恳求我的宽恕；不管她怎样用妻子的温存和夫妻间的特殊语汇来平息我的怒火，全是徒劳的。

我认定了：离婚！

曾几何时，我还认定我的婚姻是人世间最美满、最幸福的婚姻，可是……

事情是怎样发生的呢？

开　头

一年前，在我二十二岁生日的那天，我收到一张粉红色的、散发着麝兰香味的卡片，是婚姻管理中心发出的。我可以凭这张卡片到机器人公司领取一位机器人姑娘做我的妻子。

我是家中最小的孩子，由于我不是独生子女，按人口法，我们兄妹三人只是一个可以与天然人结婚，根据优生学理论，为了避免人种退化，妇女享有特权，所以这个权利属于我的姐姐，我和哥哥法定应娶机器人为妻。

择　偶

我来到“环球”机器人公司。

总经理陪同我进入机器人公司超级市场，这个市场拥有一万名机器人姑娘营业员，这个市场的商品同营业员姑娘一起出售，不过姑娘要凭专用卡片领取。

真是叫人目不暇接、眼花缭乱！

她们一个比一个美丽，像是进了百卉争艳的花园。

这家公司是当代第一流的，首先，是因为他们拥有世界第一流的、阵容强大、实力雄厚的一支由画家、雕塑家、工艺美术家组成的美学家队伍。然后，是由于他们拥有最完备的美学档案资料。他们拥有古代和现代的、东方和西方的、各种人种中最美丽的妇女造型的美学数据。

自从有史以来的几千年中，人类用恋爱这种手段进行一种美学法则的自然淘汰，但是进程相当缓慢，而且还常常受到权力与财产、政治与经济、傲慢与偏见等各种因素的破坏和干扰。而现在，由于机器人的生产可能用人的意志加以支配，用计算机加以筛选，所以，几个星期或几个月的进展，可能会超过几个世纪。

在“环球”机器人公司的档案室储存有西施、王嫱、杨玉环、赵飞燕、绿珠、莺莺、卓文君……，这些东方古典型的妇女造型的全部美学数据。

还有西方型的、罗马型的、君士坦厅堡型的。有海仑娜那种仙女型的，也有莎士比亚笔下的艾丝苔梦娜，或者普希金笔下的阿古丽娜——那种传奇型的。

如果成型产品（注意：她们各有千秋、自领风骚而绝不重复）还不能使您满意，那么别忙，可以定做。

您可以提出要求，所有最美的电影明星，这里全有她们的美学档案，管理员可以为您提供索引。如果您在现实生活中（甚至您在街头、海滨、公园邂逅相遇的）发现使您倾心相爱的少女容貌，只要您向公司提供线索，他们会立即用极其巧妙的全息摄影取得全部美学数据，再按照美学法则中的黄金比例加以鉴定，取舍，生产出您只有在梦中才能见到的、九天之上才有的、艳绝人寰的花容玉貌，保证叫您爱不自禁，喜出望外！

经理带着我从每一个柜台前慢慢地走过，让我从容不迫地欣赏这些姑娘们的仙姿。

有一位艺术家说，在一切自然形态中、美的表现形式中，最美的是人，人是大自然的一件杰作。中国古代人说，人是集天地之灵秀，荟盖世之精华。这真是至理名言。存在于宇宙间的一切美的形态中，恐怕没有比人更美的了。那是美的极致呀！

这些机器人姑娘像是蓓蕾初放的鲜花，一朵比一朵娇美。

总经理带着骄傲的口吻说："没有一个人能不惊叹这些姑娘们的美丽，因为她们是从古今中外最美丽的人中，挑选出来的佼佼者、群芳之冠。她们不仅能使您悦目，而且可能使您赏心。您的眼睛所能看到的，还只是她们的美的一部分——外在的美。而她们还具备更美的——性格的美，这些是您的眼睛所看不到的。中国人把爱情比作一只玉环，玉者，以其洁白无瑕；环者，取其始终不断。这恰恰可能用来形容机器人姑娘那天赋的对待爱情的忠贞性格。由于机器人姑娘们的思维过程，具有数字公式或几何定理那样简洁、明确、严格、单一的特性，所以她们毕生只爱一个人，谁的名字填写在她们的发货单据上，她的心里就永远只有这一个人，坚贞不二、生死不渝。"

我笑着问总经理："如果我死了呢？"

总经理拍拍我的肩膀："她是按照宇宙中的对称法则设计的，她的寿命与您的寿命是对称的。她的存在与您的存在是对称的，而您的死亡和她死亡也是对称的。如同作用力与反作用力、向心力和离心力、正电荷和负电荷、阳离子和阴离子那样对称。您明白吗？"

我们慢慢地走着，欣赏着这些奇妙的科学之花。

总经理微笑着向我介绍："这还只是一方面，还有另一方面，这些姑娘们不仅比鲜花还要美丽，而且比鲜花还温柔。您未来的妻子毕生不会和您打一次架，甚至不会吵一次嘴。"

"是吗？"我惊奇地问。因为据我知道，世界上几乎没有一对夫妻，哪怕是最和睦的夫妻，能够毕生不吵一次嘴的。而且就联合国新近公布的资料来看，最近几年天然人夫妻的离婚率又在上升。这个问题引起了我强烈的兴趣。

“难道您不知道那个著名的机器人三定律吗？”经理惊奇地瞅着我，仿佛我不知道地球是绕着太阳旋转一样。于是，他向我指了指那矗立在整个超级市场中心的一座汉白玉雕砌的玉碑，那上面镂金雕刻着闪闪发光的阿西莫夫（美）的机器人定律：

第一定律：机器人不得伤害人，也不得听任人受到伤害而无所作为。

第二定律：机器人应当服从人的一切命令，但不得违反第一定律。

第三定律：机器人应当保护自身安全，但不得违反第一、第二定律。

总经理说：“这是我们机器人生产的金科玉律。每一个机器人出厂都要经受这道极为严格的检验。如果哪家公司生产或漏检了违背这三个定律的产品，立即就会受到经济处罚或法律制裁，直至查封倒闭。”经理指着第二定律的那一段“机器人应当服从人的一切命令”，对我说，“您将成为她的君主，您将是她心中的上帝，她将永远对您顺从、无限忠心、无限信仰。她将会像您的手脚一样，无条件地服从您的一切命令。她是您的乐队，永远追随您的旋律，是您最优美的和声。她就像一只与您同频率的音叉，永远静听您的召唤，并且用完全相同的频率，与您发生共鸣，单就这一点来说，她就多么可爱！”

我走着、听着，听着、走着，像是在梦中，又像是在天上。总经理在我的耳边继续娓娓细说，侃侃而谈，“天然人对您的指令有这样一组逻辑程序：指令信息——鉴别——决策（抗拒或执行）——行动，而机器的逻辑程序却要简洁得多：指令——执行，因为她的软件就是这样设计的，所以她永远不会对您变心，你们虽然是两个人，却只有一个脑袋，这不正符合那奇妙的爱情公式：1 + 1 = 1？小伙子，这样的妻子，难道不正是理想的化身？”

“可她不会生育！”我嘟囔了一句。

“您哪！”经理冲着我嘲笑地点了点头，“这难道是她的短处吗？这恰恰是她的长处！您不要忘记，她不会衰老，她永远是妙龄女郎，永远青春常在。要孩子干什么呢？养儿防老吗？您别忘记，女儿要出嫁，丈夫比父母重要得多。儿子也会娶了媳妇忘了娘。可她既是您的妻子，又兼备您的儿女的职能。天底下哪有这样尽善尽美的妻子？说到儿女，生儿育女又该是多么辛苦的一件事！虽然孩子也给家庭带来乐趣，可更多的是操劳、贫穷和苦累，他将会耗去您多少宝贵的精力！再说，如果您在您的晚年，在精神上确实需要这样一个小把戏——儿子或者女儿，那么到那时候您再来，我们会给您提供一个小机器人——您的孩子。独生子或女儿由您选择，他（她）既具备了您的遗传因子，又具备您妻子的遗传因子，而且是取两者之优。您只要一见到这个小家伙，您一定会认定这是您的亲生儿女。……说到机器人不会生育，才解决了从二十世纪六十年代开始在世界性的人口危机，使世界人口始终维持在四十亿左右，避免了由于人口过剩而导致的通货膨胀、经济危机、饥饿、动乱、战争、瘟疫……和世界灾难性的总崩溃，从这一点来说，简直是机器人拯救了人类。难道，您能说这是她的短处吗？”

我哑口无言。

岂单是哑口无言，简直是不会说话了！

因为我发现了她——丽丽！

这是我无法解释的，我也不明白，我为什么和怎么会在这万花丛中，一下就认定了她！……

可是那位总经理还在滔滔不绝地讲下去：“也正是由于机器人不会生育，所以我们的公司才能存在。不然，天然人姑娘早把我们的公司捣成一座废墟了。她们嫉妒机器人姑娘，因为她们更漂亮，天然人望尘莫及。如果机器人姑娘再会生育，那么天然人姑娘就会无地自容，就会有被淘汰的危险。正因为她们不会生育，天然人姑娘才会处于申请配给的特权地位，她们才有资格翘起鼻子，嗤笑机器人姑娘：‘瞧那些不会下蛋的母鸡！’不过天然人姑娘也能和机器人姑娘和睦相处，甚至亲如姐妹。因为机器人姑娘特别本分，绝对不会勾引别人的丈夫。机器人姑娘对自己的丈夫是一团火，而对任何别的男人则是一块冰。她们会勇敢地保卫自己的贞操不受侵犯，因为在机器人三定律中有进行自卫的条款。……走呀，小伙子。”这时他才发现，我远远地落在后面了。

在那出售名酒的柜台后面，伫立着一位天仙。她正在出神地凝视着对面柜台前的那些大鱼缸，那些五颜六色的金鱼和光彩夺目的燕鱼正在争夺鱼食。

我真无法形容她的美丽，最华美的词藻在她的面前都显得寒碜而丑陋！我只感到，当我第一眼看到她的时候，我的全身、我的血液，就像一团饱和的酒精蒸汽，碰到了跳跃着、燃烧着的火苗，“嘭”的一声，烧起来了！我的全身、我的血液、我的肌肉、我的每一根毛发都在燃烧！都在燃烧中战栗！

莫非，这就是爱情的滋味？……看一眼就会着火，看一眼就会醉倒！

她却完全没有看见我，她正凝睇着那些金鱼，长长的睫毛下，星星正在闪耀，皓月般的脸蛋儿上，一双笑窝儿若隐若现，那神态，是喜悦？是娇媚？是向往？是猜度？……她就像是伫立在喷水池中的美玉雕琢成的塑像，全身都挂着露珠儿在闪光。

她是姑娘里的太阳，她是太阳里的姑娘！

……

总经理一眼就明白了这是怎么回事，他嘴巴那么挺有意思的一歪，先做了个鬼脸，然后哈哈大笑，满心欢喜地搂住我的双肩，美滋滋地说：“好，有眼力，小伙子！她是我们本年度获得设计金质奖、工艺金质奖的最佳作品，归您了！”

他立即拿出笔来，在那张卡片上签上了丽丽的名字。然后叫了一声：“丽丽！”我想阻止都没有来得及。

丽丽吓了一跳，她转过脸来，那双动人的眼睛闪动着惊诧的光彩，她看到总经理带着一个容光焕发的小伙子在向她走来，立刻羞得满脸通红，埋下头去，再也不敢抬起，旁边的一些姑娘都窃窃地笑出声来。

总经理走到她的面前，把那张粉红色的卡片交给她，然后对她说：“把手伸出来！”

我看到她的头一直低垂到胸前，垂着那长长的睫毛，看也不敢看我一眼，像是羞得无地自容，乖乖地伸出了那纤巧细柔的小手。

总经理从口袋里掏出一只首饰盒子，取出一对订婚戒指，庄重地把镶有红宝石的一枚戴在我的手上，把镶有猫眼绿的一枚戴在她的手上。

姑姑们都围了过来，笑着、叫着、推搡着。

戒指刚刚戴好，立刻欢呼声、音乐声四起，花雨像瀑布一样倾泻下来，玫瑰、丁香、茉莉、红梅、蔷薇……，红的、黄的、紫的、蓝的、白的——，各种各样的花瓣撒落了一身一地，男女傧相拥向我和丽丽，我们分别被送去更衣、沐浴、换装。

不一会儿，当我再看到丽丽的时候，她剪掉了那标志姑娘身份的长辫，披着美丽的卷发，穿着结婚的纱裙，亭亭玉立地站在我的面前了。

“环球”机器人公司立即播发了我和丽丽结婚的电视新闻。

我们在喜庆的音乐声中被送出大门，我的汽车早已被披红戴绿地打扮过了。在车上，我看了一眼丽丽，正巧她也偷偷地转过脸来看我，她的目光正碰上我的目光，她羞得像被火烫了似地哆嗦了一下，赶快掉过头去。

我已经醉了！

蜜　月

燕尔新婚，初结伉俪的幸福，真是难以形容的。她的美丽使您只要看上她一眼，就会掉进爱情的深渊。

我常工作到深夜，她总与我守灯相伴。只要我抬起眼皮看一眼丽丽，我的疲劳立刻就会烟消云散。我的心头常涌上那句优美的古老诗句：

红袖添香夜读书。

大概是因为我的眼里常常洋溢着那么多的爱恋，她的眼里才常常闪烁着幸福的羞惭。现在我才理解了总经理向我介绍的“鲜花般的美丽、鲜花般的温柔”那深深的内涵。丽丽的性格比她的外表还要美丽，她对我真是百依百顺、体贴入微，她的模样像天仙，她的性格像天使。

她是那样聪明，她那双美丽清澈、一泓春水般的眼睛，一眼就能看透我的心。我才刚刚想到的事，她就已经为我做好。我简直觉得我们之间那种浓郁的爱、馨香的爱，已经达到了饱和……

我们之间，我象征着权威，她象征着服从。我现在才深刻地领悟到总经理所说的“您就是她的君主”，那句话伟大的权威，那美妙的滋味。我现在才认识到，那计算爱情的奇妙公式：1 + 1 = 1 是何等正确！

它对于我们夫妻，比任何其他一对夫妻之间，都更加深刻，更加富有哲理。因为我们两个人只有一个脑袋，那就是我的脑袋。对于她来说，这个脑袋上的每一根头发，都是真理的精髓，我打的喷嚏都是真理的喷嚏。她只有崇拜的份儿。

我是歌唱家，她是伴奏的乐队，永远不会离谱儿。我是电视台，她是电视机，而且只有一个频道，我播什么，她收什么。

我们之间进行着一种奇妙的循环，这种循环可以用牛顿的万有引力定律加以阐述。牛顿定律中说：“引力的大小与距离的平方成反比。”那么反过来说，距离越小，引力越大；而引力越大，距离就越小。这样，向心力在急剧地按平方关系递增，距离也在急剧地按平方关系递减。这就是我们之间向心力的数学公式。

只有热恋中的情人，才能体会到牛顿定律的神威。才能懂得向心力竟会大到奇迹般的程度，而距离又会缩小到无法计量的亲密……

在这一段时间里，我的工作也特别顺利，“POT”研究计划也正在长驱直入，它快要结出丰硕的果实了。这时候我特别怀念这项工作的奠基人——我的老师史纯教授和他临终时那千叮万嘱的遗愿：“一定要把 109 号元素找到！”

现在，全世界的重离子物理学界都在这条道路上冲刺，只要我们一鼓作气，就会捷足先登，胜券在操！可是……唉！

温柔之乡

她对我的顺从已经到了无以复加的程度，在这一点上，她具有浓厚的东方妇女的气质，像是中国古代的妇女，或者日本、朝鲜的女性，她不仅无条件地接受我的一切指令，连我的恶作剧也逆来顺受。

我想要试验一下她的顺从究竟能达到怎样的地步，我想了一些小小的花样对她进行测验，例如，我吃过饭，偏不让她洗盘子，我笑着说：“丽丽，舔净。”

她有点迟疑地拿着盘子，瞅着我，像是希望我改变指令，却装作没有听清。

我又说一遍，带着央求：“丽丽，舔净。”她只好拿起盘子，像只小猫，伸出舌头，带着响声，舔净盘上的残屑，一双眼睛委屈地瞅着我。

我呢，还她一个笑。一个顽皮的、得意的、满足的笑。她也乐了。

一会儿，我又变个花样儿。我说：“丽丽，学猫叫。”

这回她不再为难了，只是埋怨地瞅我一眼，像是说：“就你花样多！”然后，“喵呜，喵呜”地叫起来，像是真的一样。

可她对我的每一个服从，我都以更加热烈的爱作为回答。于是，我们之间的这种权威与服从就越发牢固了。

我们经常在一起对弈，她的棋术相当高明，因为她的软件中装有世界顶级的必杀技棋谱。可她从来不敢赢我，从来不敢犟嘴，而且总是一边下棋，一边偷看我的脸色。一看我的脸色阴沉下来，就赶快故意错棋、错步，好让我设法挽回败局，转败为胜，笑逐颜开。

开始，她的温柔宽厚很得我的欢心。时间长了，我就感到厌倦。我这时才体会到吵架也是一种乐趣。就像是月亮要有阴暗圆缺，季节要有春夏秋冬一样。我现在的心情，就像是一个厌恶夏天太热、冬天太冷的人，好不容易才迁居到一个四季如春的地方，却又感到那里季节未免过于单调，不如原来住的地方四季分明、丰富多彩。

我想故意惹她，看她生气不生气！

早上，她给我刮脸，正刮着，我打了一个喷嚏，小刀碰破了一个口子，我气愤了，抬手就是一巴掌，她乖乖站着挨打，眼里含着泪，脸上还赔着笑。瞧瞧，她就这么乖！

我又心疼了，赶快安慰她……

不过，我不甘心。我就不信她真是不会生气？兔子急了还咬人呢！

我故意找碴儿，一转身把一只水晶杯子碰掉在地上，打碎了。我立刻大发脾气，骂她没长眼睛，放的不是地方，还专拣能刺激她的话骂，骂她臭机器人，骂她没爹没妈没教养……。

她呢，眼泪一串一串儿地往下掉，嘴里一边认错，手里一边收拾。我也后悔了，又甜言蜜语地哄她，直到她笑出声来。

有什么法儿呢？她就是不生气！

我现在才体会阿西莫夫三定律的威力，她从制造出来就没有学过顶嘴、吵架，她是用顺从的水，掺和着顺从的土，合成的顺从的泥巴。她就是顺从的化身，她是用九十九个顺从加一个顺从做成的性格。

可我却有了变化。我越来越不能容忍对我不顺从的人。我在家里是个专制的君王，在外面就感到事事不顺心，谁都不顺眼。在研究所，在实验室，在服务部，那些天然人使我越来越感到他们粗鲁、放肆、野蛮、傲慢、骄横、丑陋不堪。我越觉得丽丽可爱，就越觉得他们可鄙，我离丽丽越近，就离他们越远。

这样，我越来越喜欢待在家里，越来越感到办公室肮脏、杂乱、空气污浊。我在研究所里的时间越来越少了。

上级找我谈话，所长对我进行了批评，指出我近一年来变得懒、横、傲、暴躁、乖僻。还向我严肃地指出，目前“POT”研究计划即将瓜熟蒂落，全所的研究人员都在日夜兼程、倍道而行，我作为项目的主要负责人的这种精神状态，是不能允许的。

我一肚子的恼火，是他们嫉妒我的妻子的美丽、贤惠？还是嫉妒我美满幸福的家庭？

我逐渐感觉到天然人和机器人之间本质上的区别——他们的灵魂是大不相同的。

现在，牛顿定律的另一半，在我与研究所里的同事们之间起作用了：距离越远，引力越小。引力越小呢，距离就越远。引力在按平方关系急剧衰减，距离在按平方关系急剧加大。

向心力在我与丽丽之间递增，离心力在我与研究所之间递增。一个恶性循环，一个良性循环。两个循环都在以平方关系激化，都是匀加速运动，速度越来越快，都在向着临界点前进。

这次批评不但没有使我清醒，反而使我与同事们、与领导人之间的关系更加疏远。我甚至想，世界上的人要是都像丽丽一样，那该多好！

沉　沦

事情不断地发展变化。现在，我得回顾一下最近发生的一系列事态。要知道，可怕的病灶正是在这个时期形成的。

我本来烟瘾很大，后来当我发现吸烟严重地损害了我的健康，特别是引起我的支气管炎，于是，我决定控制我的吸烟量。我买了一个特制的烟盒，这个烟盒有计时装置，每两小时才能吐出一支烟。这样，我就可以把吸烟量从每天一包，压缩到每天五六支。

采取了这个措施之后，我的健康的确有好转。但是，我也得承认，这个办法憋得我够受，有时我也常常对着这吝啬的烟盒叹气，急得抓耳挠腮，毫无办法。

细心的丽丽发现了我的这个奥秘。

于是，她悄悄地找到烟盒的钥匙，悄悄地把它带在身边，看到我对着烟盒发愁的时候，就悄悄地把钥匙放在我的面前，那双钻石般的黑眼睛，就悄悄地在一旁观察我的脸色。

鬼东西，真叫人爱！

还有呢。

酒是我心爱的饮料。离了它我就活不成。但如同吸烟一样，我喝得很有节制，只在每天中午喝一小杯淡淡的、度数很低的红葡萄酒。

我深知生命现象无一不是电的运动形式，人体的超微弱发光，生物电、生物磁场，人体的特异功能，都是生物电的表现形式。我之所以对酒有特别感情，正是基于上述理论。饮酒对我，就像是电池里充电。我也明白，电流太大会危及线圈，造成大脑节律放电；酗酒，并危及心脏。所以，我也严格控制酒量。

可是，……要知道，美酒是多么诱人！那醇香、那甘美、那刺激、那兴奋、……反正，爱酒的人谁都知道，那诱惑力多么难以抵御！

我的这点嗜好，当然也逃不过她那充满着爱的眼睛。

晚饭的时候，我看到她亲手烹调的精美菜肴，由不得一双眼睛就转向那食品橱里的酒瓶，心里想，要是能再饮上两杯，该多好呵！

又被她猜中了。她伸手拿过酒瓶，于是……我每餐都离不开它了。

可她和我都没有发现那潜伏着的危机，这个危机正在积蓄着能量，向着临界前进……。

丽丽喜悦地感觉到我在家里的笑声多了，却没有注意到另外一个变化，这个变化是不知道的，我在研究所里见到的笑脸却越来越少了，因为我的工作效率在直线下降。

不管怎么说吧，“POT”研究计划已经接近尾声，在这个项目上，我们在世界上还处于领先地位。由于这个原因，我的心情又慢慢地好起来，稿纸在一页页翻过去，论文一页页厚起来。

又是枫叶流丹的季节了。

噩　梦

很快就要双喜临门。一是“POT”研究计划大功告成，二是我和丽丽的结婚纪念日即将到来。

新华社送来了报道“POT”研究计划研究成果的新闻稿，高度评价了这项成果的伟大意义，并且肯定了我个人所作出的贡献。读着文稿我竟激动得热泪盈眶，因为我想到了那些为这项科学研究甘当人梯、甘当铺路石子的几代科学家，还有那些倒在这条漫长的路上的探险者的白骨。

丽丽天天都在望眼欲穿地盼着这一天。

这一天终于盼到，又正好是星期日。

清晨，太阳刚刚升起，我和丽丽都收拾得漂漂亮亮的，开上汽车，车上载着轻型快艇，带着精美的野餐到海滨去了。

天空是那样碧蓝，阳光是那样灿烂，大海是那样温柔，细浪是那样缠绵。快艇像箭一样在浪尖上飞驰，我们把歌声和笑声洒满了海面。

微风伸出胳膊把我们拥抱，白云把她细嫩的脸蛋偎在我们胸前……

迎着我们的是展翅的海鸥，追着我们的是欢叫的海燕。

饿了，我们在美丽的珊瑚岛上进餐。

困了，我们在暖洋洋的海滩睡眠。

直到夕阳钻进暮霭的被窝，美丽的圆月把光华洒遍人间，害羞的星星在我们的背后挤眉弄眼，我们才偎依着回到我们家园。

白天，我们只在小岛上吃过一顿午餐。回到家里，都饿了，好在冰箱里什么都有，最重要的是有一位能干的主妇。半小时后，一顿丰盛的晚宴就已经就绪。

我端起酒杯，一股酒香直冲脑际，一看，原来是丽丽悄悄地把葡萄酒换成了浓烈的金奖白兰地。我抬起头来，正迎上她那钻石般的黑眼睛——她正在悄悄地、深情地望着我……

那双眼睛比美酒还要醉人。因为那眼睛里盛满着爱。

我喝了一杯又一杯……一瓶光了，再开一瓶，今天我要开怀豪饮，痛饮这幸福的满杯！

> 杯里盛的是爱情，
> 杯里盛的是青春。
> 杯里盛的是欢乐，
> 杯里盛的是幸福！
> ……

我酩酊大醉了。怎么能不醉？

我忽然看到丽丽的脸色变了，她那双眼睛闪着恐惧的神色，我才意识到，我大概是醉了。

算了，不喝了。别吓着她，可爱的丽丽。

为了安慰她，我口齿不清地说：“别，别怕……我，我没有醉……，我没有睡……，我没有碎……，”不知怎么的，舌头老拐不过弯儿。

我忽然想起我昨天买了一件新鲜的玩意儿，是准备送给她的，一乐，全忘了。这会儿才想起来，那是一只“海市蜃楼”打火机。这种打火机打着以后，它的火焰与燃烧的纸头发生光焰干涉，能变幻出各种各样的幻影和景致。

奇妙得不可思议。

我玩给她看，她那个高兴劲儿就别提了。

我让她拿给我纸头，我一张一张的烧给她看，那光焰里有许多古希腊神话的人物。有华沙美人鱼，有美丽的文艺女神缪斯，有那狮身人面的怪物斯芬克斯，还有大神宙斯和火神武尔坎，还有美杜莎，那个可怕的蛇发女妖……。可丽丽没看到美杜莎，因为我用手蒙住了丽丽的眼睛。我告诉她，美杜莎是不能看的。谁只要看她一眼，谁就会变成石头。

还有更可怕的三首三身的赫加特，她也是个女人，是月亮之神，专门管辖妖魔鬼怪和阴间的亡魂。……她的身边有一群青面獠牙、狰狞可怕的魑魅魍魉……

丽丽被吓得尖叫起来，趴在我的身旁瑟瑟发抖。我把打火机熄掉，幻象没有了。停了一会儿，她禁不住地还想看，央求着我。我又打着，烧着纸头，在火与烟雾中又出现了各种各样的幻象……

她用双手蒙住眼睛，从指头缝里偷着看。好了，现在登场的不是那些狰狞可怕的鬼怪了，而是莎士比亚戏剧《温莎的风流娘儿们》中的那些俏丽的姑娘们了……

我们俩像一对小傻瓜一样，笑着，烧着，烧着，笑着……

我恍恍惚惚地记得，纸头没有了，我指指写字台，扔给她钥匙：那里面有的是！不知为什么，取纸的时候，她犹豫一下，说了句什么，我骂了她一句，她才取了……

我们笑着、烧着，烧着、笑着，直到我的头一歪，倒在沙发上睡着了……

大　祸

一觉醒来，已经清晨八时。

她早把一切都收拾得干干净净，像每天早上一样，枕边放着熨得平平整整的衣服，桌上摆着热气腾腾的早餐。

吃好早饭，我准备上班了。

今天是个不平常的日子，也可能这一天将会载入史册，因为今天将是“POT”研究计划的成果公诸于世的一天。

我拿起皮包，准备神气十足地把“POT”研究计划的论文亲手送交所长，要知道这项成果的公布，将会引起国内外科学界的巨大震动。它将宣布：在106号元素与114号元素之间，并非一道海峡，它的当中还有一座小岛——109号元素！

而且神奇的109号元素是长寿的，并非像有些人所猜测臆断的那样，是个只能活10^{-14}毫秒的短命鬼。它将成为一座巨大的宝库，为人类提供强大的、廉价的、无污染、弱放射的优质能源。它将宣告，在人类解除了人口危机之后，又解除了能源危机。它是当代最伟大的科学成就之一。

这是我们109研究室艰苦奋斗了十五年的丰硕成果。我是这个研究课题的副组长，组长是我的老师——史纯教授。他逝世后，这个位置始终空缺着，为了纪念他，我们一直没有填补这个空位，就像他还活着一样。

史纯老师，您可以含笑瞑目了。

我仿佛已经看到，所有的报纸都在头版头条报道了这个伟大事件。鲜花、贺信、贺电、雪片一样向我飞来。昨夜，我作的全是这样的梦。

我将要用，不，是已经用事实证明，所长对我的批评是错误的。我仿佛看到所长那张像冰封的湖面一样的面孔，终于石破天惊，漾出了层层涟漪……

这些天来压抑在心头的闷气，该吐出来了。

我陶醉在甜蜜的想象之中，带着梦幻般的微笑，打开了抽斗。我向抽斗里望了一眼，立即像被雷击了一样，呆住了！

一只空抽斗！

这是怎么回事？我问丽丽，抽斗里的东西哪儿去了？

丽丽被我的脸色吓坏了，话也不会说了。我强自镇定地安慰她说：“丽丽，别害怕，说，文件哪儿去了？”

丽丽吓哭了，她哆哆嗦嗦地说：“不是昨天晚上，你自己一张一张地烧了吗？”

天哪！

昨天晚上我一张一张地都烧了？

我努力地回忆，可不是吗？

真的是昨天晚上我一张一张地都烧了……

我失神落魄地跌坐在地板上，我冲出屋子，那堆纸灰堆积在垃圾箱里，看着它，我全身冷汗直流。

天哪！

判　决

我被送交特别法庭追究刑事责任。

起诉书中说，那天晚上，我醉酒渎职，竟烧掉了国家投资数亿元，我们研究所十多位研究员、副研究员和二十多名研究生、一百多名实验员十五年来所付出的心血，还有国家从国外高价买回的十几份专利、技术情报；烧掉了有关109号元素的全部原始记录，其中有实验数据、曲线、照片、记录纸带、报告、全部档案卷宗。其损失达若干亿元。而且有些损失是无法估计经济价值的。例如，史纯教授的遗著……

我将有何面目见老师于地下！

……天哪，这有多么可怕！

那天晚餐为什么没有把自己烧死！我情愿给我浑身浇上汽油把我烧成灰烬，也绝不愿意烧掉这些无价之宝、稀世之珍！

我被按照过失犯罪从轻判处有期徒刑三年，监外执行。被开除公职，留用察看。我被判处的罚款数目，二十年才能还清。

苏　醒

现在，我得好好想想这一切是怎么造成的。

我像个木头人一样回到家里，丽丽伏在我身上痛哭，我指着门对她吼：滚！立刻从我面前消失！

我把她赶了出去。

我得好好想想。

我把自己关在屋子里，我听得见她趴在地上，扑在门上的饮泣声。可我的心冷得像一块石头。

我的脑子在发怵、发疼、发麻，我痛苦地思索着。当然，首先是我的责任，我意志薄弱。但是，不正是丽丽她——解除了我的烟禁，使我的健康越来越坏，控制自己的能力越来越差？不正是丽丽解除我的酒忌，使我越来越纵酒狂饮，以致酿成大祸？不正是她，把葡萄酒换成了白兰地，使我丧失理智，不能自拔？

是她，悄悄地用她那双纤细柔嫩的小手，打开了我一道道加锁的闸门，把十字路口的红灯绿灯，一股脑换成绿灯……多么可怕啊，丽丽！

乍看起来，像是祸生偶然。追本溯源，竟然事出有因，水到渠成。试想想看，要是有天夜晚所有路口、铁道、机场、一概绿灯齐明，是路皆通，该会有多少车毁人亡、机坠船沉！

事情发生的时候，我是失去理智的，可她是清醒的。是的，是我命令她从抽斗里取出纸头的。她不会撒谎，这个机器人的头脑里没有设计欺骗的程序，她宁可挨打，也绝不会欺骗，这我是知道的。她也不会记错，她的记忆力，像铜鼎上的铭文一样可靠。命令是我发出的，可当时我是酩酊大醉，而她是清清楚楚的啊！

是的，她只懂得服从，绝对的、无条件地服从，这是在她出生之前，就已经为她排好了的程序；这个程序是那个美国人阿西莫夫制定的。

我想起了总经理的话："您将是她心中的上帝。她将永远对您顺从，无限忠心、无限信仰，像您自己的手脚一样听话。"

不，她比我的手脚还要听话。当时，在我喝醉的时候，我的手脚都已经叛变，不再服从我的命令，各行其是，各自为政了；可她，她还在始终如一地执行我的命令，执行那一道道可怕的、危险的、由我自己发出的、断送我的命令！

天哪，这太可怕了！

她曾经是那样可亲可爱的顺从，我直到现在才明白，这种绝对地服从是多么可怕。

她曾经为“我们两个人只有一个头脑而自豪、庆幸。我甚至曾经认为，这是构成我美满婚姻的第一要素。现在我才明白，它，正是导致悲剧的成因！”

一百个顺从，天啊！我现在才知道它有多么可怕、可憎、可厌、可恶！我的事业，我的声誉，我的一切……，全都断送在这个可怕的“顺从”之中！

我终于决定把丽丽送回“环球”机器人公司，如果她不能重新调整数据，学会制约她的丈夫，那就只有一条路：离婚！

凭良心说，丽丽也怪可怜的。她并没有罪，她的心地太善良了。有罪的是阿西莫夫，他的三定律固然有合理的内核，却也有可诅咒的缺陷！

——原刊于《北京文学》1981 年 1 月，3 月被《小说月报》《小说选刊》同时转载，4 月被《新华文摘》转载

梦碎温柔乡

——《温柔之乡的梦》赏析

◎ 刘军　王卫英

魏雅华的科幻小说《温柔之乡的梦》，主题深刻，形式灵动，借科幻元素展现人类的复杂心灵。小说采用颇有意味的男性视角，并由此批判了男权至上的婚姻爱情观。由于作品对“绝对的服从”与“绝对的权威”持强烈的批判态度，使它成为一篇不仅具有批判色彩，同时也很有争议的科幻小说。作品突出强调对人性个体的尊重，以及民主与自由的重要性。

魏雅华，中国作家协会会员，陕西省作家协会会员，我国 20 世纪 80 年代科幻热潮中的重要作家，[①]1949 年生于西安，1962 年毕业于陕西省工业师专机械系电机专业。历任《中国光明信息报》编辑、记者、总编助理，中原分社社长。

魏雅华自 1979 年开始发表科幻处女作《死刑》，截至 1992 年，共发表科幻小说二十余篇，其间，曾获《北京文学》奖、《青春》文学奖、中国科幻小说银河奖等多个奖项。作为中国科幻小说界最有争议的科幻作家，他的作品《温柔之乡的梦》《神奇的瞳孔》《丢失的梦》曾引起过激烈的论战和强烈的争鸣。[②] 80 年代后期，魏雅华创作了大量的通俗文学作品，如《裸城》《饥

① 周梦璞. 科幻爱好者手册［M］. 成都：四川辞书出版社，2000：95.

② 陶冶. 文坛风云录［M］. 太原：山西人民出版社，2007：372.

魏雅华

饿》《落枫》《落尘》《媚眼》《白眼》《猫眼》《丽影》《黑妹》等，有评价称，“魏作的特点是通俗，能抓住卖点，不一定要深刻，但必须好看”[①]。他还著有长篇纪实文学《病态人格忧思录》，政论集《中国：红灯 · 黄灯 · 绿灯》《邓小平身后的中国》《中国股市保卫战》等。

他的科幻小说《温柔之乡的梦》1981年在《北京文学》元月号发表后反响强烈，很快被《小说月报》（1981年3月号）《小说选刊》同时转载，并获当年《北京文学》奖一等奖，随之被1981年4月号《新华文摘》转载，后被翻译成多种文字，在美国、德国、法国、英国、日本、马来西亚等国出版。

1983年年底，在全国“清除精神污染”运动中，这篇小说与其他几篇科幻小说一起受到批评。1983年10月29日，《光明日报》发表了《警惕“科幻小说”中的精神污染》一文，不点名地“批判”魏雅华及其科幻小说《温柔之乡的梦》，说他“借题发挥，发泄对社会主义的不满，而且公然抵制这种正确的批评”。[②]也有文章将其定性为“反社会主义”、“一篇下流的政治小说”[③]。时隔三十年，魏雅华提起因这篇小说招致的批判，仍心有余悸：“我已因为一篇科幻小说《温柔之乡的梦》，成为全国全省和我所在的西安交通大学的批斗重点对象，若不是受到作协的关照，还差点儿坐牢。”[④]

这是一篇什么样的小说，居然具有如此大的威力和魔力？隔了三十多年再来评价尘封已久的《温柔之乡的梦》，它应属于当代中国科幻小说绕不开的代表作品之一。

---

① 马宽厚. 陕西文学史稿［M］. 香港：中国文学出版社，2002：270.

② 叶永烈. 是是非非“灰姑娘”［M］. 福州：福州人民出版社，2000：614.

③ 陈洁. 27天决定科幻界命运起伏［N］. 中华读书报，2009-03-18.

④ 魏雅华. 莫言获奖能改变中国文学的荒漠化？http://opinion.people.com.cn/n/2012/1012/c159301-19247427.html。

一、内容与形式的艺术探索

小说《温柔之乡的梦》采用倒叙的方式，讲述“我”二十二岁生日当天，按《人口法》的规定，到“环球”机器人公司选取一位机器人姑娘，与之结婚。被“我”选中的机器人姑娘丽丽漂亮动人。按照阿西莫夫的“机器人三定律”，丽丽将永远臣服于“我”，除了不能生育，她永远不会变心，不会老去。

夫妻俩度过了甜美的蜜月，“我”沉醉在温柔之乡而逐渐疏离同事，少去工作。

但因丽丽的绝对服从，也能预先感知“我”的内心想法，常常顺从地将对“我”身体有害却极具诱惑的烟酒奉上。于幸福时刻，“我”酩酊大醉，为博丽丽欢笑，将准备送她的新鲜礼物（一只“海市蜃楼”打火机，这种打火机打着以后，它的火焰与燃烧的纸头发生光焰干涉，能变幻出各种各样的幻影和景致。奇妙得不可思议）拿出来表演，“我让她拿给我纸头，我一张一张地烧给她看，那光焰里有许多古希腊神话的人物。……我恍恍惚惚地记得，纸头没有了，我指指写字台，扔给她钥匙：那里面有的是！不知为什么，取纸的时候，她犹豫一下，说了句什么，我骂了她一句，她才取了……我们笑着、烧着，烧着、笑着，直到我的头一歪，倒在沙发上睡着了……”最后，“POT”研究成果一页一页被烧毁，在火的光焰里变幻出海市蜃楼之景。这项研究成果是“我”的导师和团队艰苦奋斗十五年、国家投资数亿元、当代最伟大的科学成就之一，却因丽丽的顺从和我的酒醉而付之一炬。“我”因此被判刑，被开除公职，留用察看。

从内容上看，《温柔之乡的梦》和魏雅华之后创作的很多科幻小说都有一个共同的倾向和特点，即科幻元素只是故事叙事的一个抓手，或者一个平台、一个背景，他在小说中重点突出的是人性的复杂、表象背后的社会思考和哲学追问。因此，当年有很多评论家对他的系列科幻小说持有多种看法。

如当年有评论者认为魏雅华创作的小说《神奇的瞳孔》：“看上去虽然很像科幻小说，实则不然。幻想是为了现实。这是一部具有强烈政治色彩的、旨在针砭时弊的中篇哲学幻想小说”。[①] 也有评论者指出：“我以为《神奇的瞳

① 田志伟．假如瞳孔没有毁掉……［J］．芒种，1983（6）．

孔》是科幻小说，因为它有科学内核——‘思维活动窥测器’”。[1]

我们今天读这些小说，尤其是《温柔之乡的梦》，仍然会产生“它是否可以称得上是科幻小说”的疑问。但不可否认，《温柔之乡的梦》给读者提供了科学幻想的元素，可以归结为软科幻小说。如果没有机器人妻子，那这个故事就不存在。小说未详细描绘机器人妻子的大脑构造、程序设计等科学内容，作者更有兴致去探索有了百依百顺的机器人妻子之后，男人会变成什么样子，婚姻会以何种状态存在，人性又是何等的复杂。

这样看来，小说更多的是借科幻元素展现人类复杂的心灵，通过这种变形的世界和置换了的人物关系，更好地看清楚我们人类的自身缺陷和弱点。这也正反映了作家独特的科幻文学追求。魏雅华说：“我偏要在科幻小说的创作中坚持真实可信，富于生活气息，可以追求文学美、科学美、幻想美。遵循生活自身的逻辑，寻找深刻的文学主题，开掘作品的思想深度，使科幻小说也像某些接触重大社会问题的社会小说一样，尖锐、深刻、具有强烈的震撼人心的艺术力量。”[2]

作家的创作思想指导着他的创作实践，他在科幻小说体系中执着地想要走出一条有自己特色的创作道路。《温柔之乡的梦》是一篇有着复杂解读意义的科幻小说文本，它所引发的哲学思考、生活追问和灵魂审视，远远大过了小说中的科学元素对读者的吸引力。

从形式上看，这篇小说有两个突出特点：

一是全篇大体采用两字小标题，如“结局”“开头”“择偶”“蜜月”“沉沦”“噩梦”“大祸”“判决”“苏醒”等。魏雅华在《远方来客》《女娲之石》《撒豆成兵》《特混兵种》《忠诚基因》《长寿基因》等多篇科幻小说中，均采用小标题形式。这种形式，有中国传统章回体小说“回目”的影子，只不过，其回目多为对偶句、长句。魏雅华小说中的小标题，轻盈简练，这使得故事情节在以小标题为单位的、较为独立的语义单元体系中展现。《温柔之乡的梦》用二字小标题，干净、利索、较为凝练地概括了故事的情节，既能引起读者的阅读兴趣，又赋予整篇小说一种灵动活泼、整齐有序的风格。

---

① 叶永烈．科幻小说要有亮色［J］．芒种，1983（7）．

② 魏雅华．我与科幻小说［J］．小说林，1982（4）．

二是小说多用短句，语言清新，叙事流畅。很多段落由一至两个句子组成。即使有相对较长的段落，也做到了句式简约，繁简相宜。这种整齐的小标题和参差有致的段落，如诗行一般，有一种简洁、参差的美，使小说的外在形态具备了较强的观赏性，这是作家在文体上自觉的探索。叶永烈在评价魏雅华的其他科幻小说时，曾特意提到这一点，“《神奇的瞳孔》文笔流畅、短句、短段，作者是有文采的”。[①] 与短句形式相关的，是作家那种不可遏制的、如潮水般流动的情绪和激情。比如，在《温柔之乡的梦》的“择偶”一节中，作家写道：

> 我哑口无言。
>
> 岂单是哑口无言，简直是不会说话了！
>
> 因为我发现了她——丽丽！
>
> ……
>
> 她是姑娘里的太阳，她是太阳里的姑娘！
>
> ……
>
> 我已经醉了！

又如，在“沉沦”一节中，作家仅以“又是枫叶流丹的季节了”一句单独成段，收束本节，既具有朦胧的诗意美，又给人以无限遐想的空间。

当然，在现当代文学史上，有很多作家擅长运用短句、短段，如鲁迅、汪曾祺、阿城、何立伟等[②]，这些作家的短句运用，古朴干净，出奇出新，因而凝练含蓄，不愠不火，意蕴悠长。魏雅华的短句和短段，在一定程度上具备这种特点，但更多的时候，他喜欢在短句中辅以修饰性的语言，稍显繁复，这种短句蕴藏着急促的思维跳跃与情绪波动，如此又必会使情感外露，显得直白。就如有人评价魏雅华的小说《神奇的瞳孔》一般，“主要的弱点，还在于趋于直露”。[③]

---

① 叶永烈. 科幻小说要有亮色［J］. 芒种，1983（7）.

② 王树槐. 试论何立伟的语言艺术［J］. 理论与创作，1993（1）.

③ 辛晓征. 欣赏，不能离开联想——《神奇的瞳孔》浅议［J］. 芒种，1983（6）.

二、有意味的叙事视角

《温柔之乡的梦》采取了非常鲜明的男性视角，且这种视角因为女性的绝对服从，得到放大和强化。

男性化视角是文学创作中普遍存在的现象，古今中外，大凡如此。这固然与进入父权社会以来男子在社会生活中占据的主导地位有关，也与大部分作者本身是男性有关，男性作家驾轻就熟，以自己的思考方式和审美视野来创作文学作品，是一种自然而然的写作现象。魏雅华创作的大多数科幻小说，如《女娲之石》《撒豆成兵》《特混兵种》《忠诚基因》《长寿基因》《神奇的瞳孔》等，都是以男性的视角展现故事情节的；不过，他也有以女性视角讲述故事的，如科幻小说《远方来客》《第366号自杀者》等，就是站在女性特有的柔情视角，表现女性温婉细腻的情感。但《温柔之乡的梦》选择男性视角，是有意味的。

《温柔之乡的梦》是以男性“我”的视角叙事的，机器人妻子丽丽的种种表现和想法，也是通过“我”的视角展现出来的。除了这一烙上男权色彩的叙事视角之外，小说中男性对机器人妻子的审美规范和道德约束，都是介于男性普遍的精神和物质需求出发的。这些机器人妻子由“环球”机器人公司一手包办，“我”在挑选机器人妻子时，按照男性对于女性的普遍审美来规范妻子，这些机器人妻子各有千秋、各领风骚而绝不重复，如果这样还不能使男人满意，“环球”机器人公司还可根据男性的要求定做；她们不仅有美艳的外表，还具备“性格的美”，她们的逻辑程序中，只有“指令—执行”，绝无反抗。丈夫将成为她的君主、上帝，她将永远对丈夫顺从、无限忠心和信仰。

这里涉及文学史上一个永恒的话题：在爱情和婚姻中，如何正确摆放和处理男女之间的关系和位置。千百年来，古今中外诸多文学作品均以此为母题和原型，塑造了一对对、一双双悲欢离合的痴男怨女。《温柔之乡的梦》借用科幻背景，将婚姻中的男女关系推向一种极致，即男性是绝对的权威，女性只有服从。20世纪70年代，好莱坞科幻电影《复制娇妻》与《温柔之乡的梦》有着同样的叙事背景和道德审视：乔安娜和丈夫移居到一个小镇，这个镇上的女性有着惊人一致的完美表现，原来这些妻子都是丈夫们定制的复制机器人妻子，而真身则被杀死。影片揭露了男性中心主义的险恶本质，并将其上升为一场你死我活的斗争。[①]

《温柔之乡的梦》虽采用了夸大的男性视角，但作者并未沉溺于这种视角。魏雅华借助大胆的想象，虚构了妻子完全顺从之后，因男女双方的极度不平等，造成婚姻生活单调乏味，男性权威的畸形人格极度膨胀，最终导致“我”自毁事业、自毁婚姻。在爱情和婚姻之中，男女双方应该是平等的、彼此理解和心心相印的，就如舒婷在《致橡树》中歌咏的那样：“如果我爱你……我必须是你近旁的一株木棉，／作为树的形象和你站在一起。……你有你的铜枝铁干／像刀，像剑，／也像戟；／我有我的红硕花朵，／像沉重的叹息，／又像英勇的火炬。”[②]。这样看来，作为男性作家的魏雅华，实则站在反对男权的立场，对男性扭曲的婚姻观敲响了警钟。而这种扭曲的婚姻观在中国漫长的封建社会体系中，长期占据统治地位，时至今日，男权至上、男尊女卑的两性观仍以隐蔽的方式作用于某些人。

当然，《温柔之乡的梦》从很多细节处入微地表现了扭曲的男权观念。如“我”要考验丽丽的顺从究竟达到什么程度，会想一些小花样对她进行测试：要丽丽将吃过饭的盘子舔干净，要丽丽学猫叫……这里明显带有虐恋的意味，将男性的扭曲欲望与邪恶思想充分展现出来：即不把女性当人看，在男性眼中，女性就是没有人格、没有尊严、任人欺凌、随意发泄的受虐者。这类关于婚姻生活的细节描写，进入人的隐秘内心世界，在今天看来，都有几分荒诞意味与先锋色彩。

三、民主是人类文明之父

如果仅仅将这篇作品解读为婚姻两性观，似乎有点浅了。《温柔之乡的梦》在写作姿态上，有它的先锋意义和猛士色彩，即小说的意识形态隐喻与其写作时代之间的复杂关系，因此才会被冠以“下流的政治小说”之称号。

在1983年11月的“精神清污”运动中，这篇小说遭到了点名或不点名的批

① 刘苗苗．70年代“新好莱坞”科幻电影［J］．北京电影学院学报，2012（2）．

② 舒婷．双桅船［M］．上海：上海文艺出版社，1982：16–17．

评，有人指出："有的作品借外星人、机器人之口散布对党、对社会主义的怀疑"。[①]有人指出："更为严重的是少数书刊借用所谓科学幻想小说等文艺形式，散布对社会主义、共产主义事业和对共产党的领导的不信任情绪"。[②]

当时的科幻小说，大多是写给少年儿童看的，多归为儿童文学一类。时任中国科普创作协会副理事长的叶至善，在谈到科幻小说创作的"不良倾向"时，呼吁科学家们，拿出一点时间和精力来，为少年儿童做些科普工作。[③]也有人指出："科幻小说拥有很广大的读者，特别是青少年读者，这使科幻小说作者获得很大的光荣，同时也承担着很重要的责任。"[④]魏雅华也说："科幻小说是个好东西，尤其是对于成长中的，对世界充满了好奇感的青少年，他们对科幻小说的渴求，就像沙漠对水的渴求。"[⑤]显然，《温柔之乡的梦》逸出了儿童文学的范畴，从它的成年男性角度叙事、婚姻爱情文学母题、日常表象下的复杂人性等来看，都显示了作家在科幻小说创作的复杂性和深刻性方面做出的努力与尝试。但它怎么就与意识形态发生关系了呢？

魏雅华说："谁说科幻小说是一种虚无缥缈的远离生活的小说？不，它同样深深地扎根在现实生活的沃土之中，同样在发掘那千百万人所息息相关的重大命题。"[⑥]《温柔之乡的梦》看似在科幻的领域里畅想，实则反映的是现实问题——拒绝盲从，还原真实的人性。小说中机器人妻子丽丽的纯洁、天真，不亚于蒲松龄《聊斋志异》中的婴宁、小翠，那些鬼狐反衬出人的污秽与人性的弱点，丽丽的存在，也是一面镜子，照亮了现代人（尤其是现代男性）的人性。《温柔之乡的梦》写婚姻中的男女关系，着重突出机器人妻子对"我"的绝对顺从，且这种顺从达到了一种无以复加的程度，"她是用顺

① 《文艺报》编辑部、中国文联理论研究室联合举行科幻小说创作讨论会［N］. 人民日报，1983-11-23.

② 科普宣传要严肃审慎［N］. 人民日报，1984-01-26.

③ 为全面开创社会主义现代化建设新局面贡献力量——中国科协部分全国委员学习党的十二大文件发言摘登［N］. 人民日报，1982-10-05.

④ 易加炎. 输入了什么意识？——读某些科幻小说随感［N］. 人民日报，1984-04-21.

⑤ 魏雅华. 科幻小说现实之路——为全国科技大会在京隆重召开而作［J］. 大地，2006（2）.

⑥ 魏雅华. 我写《瞳孔》［J］. 芒种，1983（9）.

从的水，掺和着顺从的土，合成的顺从的泥巴。她就是顺从的化身，她是用九十九个顺从加一个顺从做成的性格”。

剥开故事情节的外衣，读者会明显感受到作品中传达的久违了的对人性个体的尊重，以及民主与自由的重要性。放在当时的时代背景中考量，读者可以发现，作家其实想要讲述的是，在极度扭曲和极度膨胀的权威之下，没有人格和尊严的顺从，是盲从，会毁了自己和“权威”，也会毁了整个集体。

这篇小说发表于1981年，当时，“文革”结束不久，在那场文化浩劫中，无数人丧失了做人的尊严。同时，在较长一段时期内，整个国家和民族对领袖和英雄的崇拜和服从，都达到了痴狂的状态。就在“文革”结束以后，“两个凡是”的口号仍然重蹈绝对顺从和崇拜的旧路。小说中丽丽的绝对顺从，没能成就美满婚姻，反而导致“我”个人私欲的极度膨胀，家庭破裂，事业夭折；“文革”中，绝大部分人的绝对顺从，换来的是经济、文化、人性的荒芜与断裂！

魏雅华说：“难道作家不应当为人民的民主权利而呐喊？难道不应当对人性给予应得的尊重？”①《温柔之乡的梦》展现了作家的批判精神和怀疑态度，小说否定了被奉为金科玉律的阿西莫夫的机器人三定律；否定了盲从与绝对顺从，进而肯定了民主和平等。在其续篇《我与机器人妻子离婚案件》中，机器人妻子丽丽通过阅读大量古今中外的经典著作，平等自主的意识渐渐复苏，开始追求人格独立与个性自由。在小说结尾，生物化学专家程哲对“我”说：“民主是人类文明之父！人类社会进步的程度是与民主的程度成正比的。一部人类社会进步史就是一部人类争取民主的斗争史，高度的民主才能孕育出高度的精神文明和物质文明。”②这个观点与《温柔之乡的梦》相呼应，体现了作家一以贯之的人道主义精神，以及对现实的批判态度。

① 魏雅华. 我写《瞳孔》[J]. 芒种，1983（9）.

② 魏雅华. 我与机器人妻子的离婚案件[J]. 延河，1982（3）.

祸匣打开之后（节选）

◎ 宋宜昌

可怕的“莱拉克”

尾上梅幸老人的记性越来越坏了。她老眼昏花、无人照料，虽然每年出版的《朝日新闻》年鉴照例把她的年龄添上一岁，可她还是很糊涂：今年她该一百五十一岁呢，还是一百五十三岁？尾上是一个孤独的老人，住在日本枥木县日光市的藤原镇。湍急的鬼怒川从镇边绕过，镇西头有一座雄伟的死火山——男体山。整个地区到处是温泉、湖沼和瀑布，山峰峻峭，密林幽深。自从四十年前安葬了老伴之后，岁月于她早已无足轻重。

她还勉强记得自己是昭和三十八年出生的。以后她就一直居住在那间木屋里，从未到过一百公里外的地方。这么个与世隔绝的白发老妪竟是日本国里的知名人士，她在日本气象厅重要人物档案里位居榜首。怪事了，在信息爆炸的时代，国民为什么要惦记着她呢？原来尾上梅幸有超自然的感知力，居然能扣听地球的脉搏。她预报的地震和火山喷发，足能与精密的仪器和复杂的电脑媲美。她家就在日光火山群旁边，恰好位于敏感的日本中央地质构造线附近。

尾上是敬神的。这天，她到东照宫里焚了三炷香。她撑开厚重的眼皮，瞧了瞧拜殿里富丽堂皇的壁画，然后拄着拐杖步出阳明门。门下的石阶很高，她便依在门柱上歇歇脚。寺院里游客稀少，她发皱的眼皮又合上了。对于她这个岁数的人，没有什么事要着急。

突然，她脸色变了。她的嘴张开又闭紧，树皮状的老脸放出异样的神采。她离开门柱，用目光搜索一个人。她终于发现了一个穿网球鞋的小伙子，那人边走边用手腕比划着抽杀的动作。“喂……”老太太扬扬手。小伙子停了下来，好奇地盯着老人。“把这个……”她费力地从内衣里掏着什么。年轻人懂了。三两步窜上石阶：“您……您是心脏病？”

尾上摇摇头，终于取出来一张绿色小卡片。她指着卡片上的号码：“打电话……快……地震！大的……非常大的地震。”

名片上写着：日本地震学专家力武淑子。

三十出头的单身女人害怕“家庭”。汪静把钥匙插到自己门上的锁孔时，感到几分凄然。她够不上“窈窕淑女”，可也眉清目秀、事业有成。事情就出在这儿。功名心太重的先生们往往缺少人情味，汪静为做学问，像特快列车似地把青春少女的幻梦抛到了脑后。她没结婚，也没有男朋友。她打开门，一把抱起迎接她的一只暹罗猫，撩了撩头发：“有什么消息吗？”

电传电话上有一张记录纸。

汪静把猫丢到床上，展开了稿纸，这是日本的力武淑子教授给她发来的。

汪静先生：

您好。

近日，日本北伊豆地区三角形网络经激光测距发现大量的地壳变动。静冈县和丹后地区的水准测量、倾斜仪、应变仪数据表明，本州的中央构造线已成扭状隆起。著名的尾上梅幸预告将有危险的大地震。日本历来是对地震敏感的国家。我通过数据处理和电脑模型推演，判断今年10月底将有全球规模的特大地震发生。由此引起广泛的海啸、火山活动、天气异常等灾害，它们将给人类带来损失和痛苦。

先生，这里附上数据和资料，恳请您根据贵国实情做出估价。我通过日本气象厅转告联合国救济总署和有关各国政府，以期尽量减轻人类的这次灾难。

祝安地震学博士力武淑子

2116 年 10 月 3 日于日本筑波科学城

“力武的信像她本人一样直截了当呀。”汪静点点头。她饿了，一边打开塞满食品的冰箱，一边想着菜谱。她有美食的癖好。她喝着冒热气的鱼丸汤，开始清理一天来繁杂的信息。

付出了自己的青春和爱情，汪静成了出色的地球物理学家，刚满三十岁就当上中国科学院的学部委员。今天上午，她获知：周期性的太阳黑子变化目前已达最大值。黑子群里有大批耀斑，珍珠色的日冕形成太阳风，以每秒 400 公里的速度掠过地球，强烈干扰了无线电通讯。另外，各大行星间微妙的引力变化作用到地球上，配合月球引力的改变，将触发大地震，正如力武信中说的那样……

她必须行动。她看看腕表，还来得及洗个澡，她委实太疲劳了。卵形浴缸里的温水激扬起来，在超声波振荡下按摩着她玉石般的肌肤。单身的好处是清静，可宁静寡欲对正值年华的女人有难以抗御的压力。在温水里，压力消失了，世界变得模糊遥远起来……

她穿好衣服，打开电脑机，终端显示屏上出现了全球板块构造图。在环太平洋断裂带、帕米尔——土耳其——北地中海地震带周围，汪静用光笔勾了几个大圈。电脑立刻把圈中国家的名称打印出来，汪静把打字纸装入提包。她知道很多人将蒙受大地震带来的苦难。她得给这股野蛮的自然力起个名字。叫什么好呢？

她驾车去三里河路的国家地震局。车过玉渊潭，从半开的车窗外飘来一股馨香。紫丁香！“怎么秋天还开这花儿呢？又是园林局栽的什么变种吧！”她忽发灵感，在一张纸片上急急写下几个字母，轻轻念着：“‘莱拉克’。就叫莱拉克吧！”

莱拉克是紫丁香的英文发音。把狂暴的大地震命名为紫丁香，这芳名正符合一个单身女人的清雅习惯。

土耳其商人肯雅·拉达姆感到热。汗从他黝黑的脸上淌下来，钻过浓密的胡须，粘在衬衫上。他在托普卡比宫的地毯上跪着祷告了两个半小时。伊斯坦布尔天顶上的太阳穿过圆拱形窗框的彩色玻璃，在拼花瓷砖地上投下缤纷的光斑。拉达姆是东部的库尔德族人，缺乏耐性。他偷偷地看看周围，不少年轻人也和他一样抬起了头。剩下老年人还在祈求真主阻止“莱拉克”。肯雅穿过廊柱和窗户，看到西方高耸的苏里曼尼清真寺塔柱，南方蓝色清真寺的玻璃砖闪光耀眼。他知道整个城市的人都在祈祷。他叹了口气。“莱拉克”，“莱拉克”，够了！他对那可恶的“莱拉克”早诅咒够了。拉达姆退出来，溜进自己的汽车，他还有一批地毯和杂货要同纽约的布鲁明代尔公司签合同。真主要膜拜，生意也得做。

塞尔克西·伊斯坦塞恩大街上清静极了，肯雅狠狠地吸了几口带咸味的海风。他巧妙地用车头赶开大街上的鸽子，在雅尼清真寺旁拐上加拉塔大桥。啊！蔚蓝色的金角湾展现在悬索桥下。过去，他总要对海峡中的拖轮和货船多看上一眼，现在不少时间费掉了，要快。车子沿着海边飞跑，只剩下多尔曼巴沙宫一个地方了。过了那里，谁也挡不住他。他立刻就挂电话，可以抢在其他商人前面报盘，能捞个好价钱。他从不信任汽车上的高频电话机。

越急越出事。还不到巴沙宫，他就被一位警察客气地请下来：“先生，忙什么？和大家一起做祷告吧。”

“谢谢，我妻子得了急性阑尾炎，我必须赶去……”

“对不起。”警察抱歉地为他合上车门。拉达姆点火时，听到他喃喃地说：“真主，难道还有什么事比诅咒‘莱拉克’大地震更重要吗？”肯雅走远了。当他的车跨上连接欧亚两洲的博斯普鲁斯海峡大桥时，一股不祥之念袭入心扉。

肯雅是个能干的商人。虽然《古兰经》念得不及生意经，但是关于大地震，他还清楚地记着那本圣书第五十六章上真主发出的警告：

“当那件大事发生的时候，没有任何人否认其发生。那件大事将能使人降级，能使人升级；当大地震荡，山峦粉碎，化为散漫的尘埃……幸福者，幸福者是何等的人？”

他的内心还在反抗意念，车子却开得慢多了。

算命的怪女人

第三个回合下来，他汗流浃背，气喘吁吁，斜依在绳圈角上，开始后悔自己来这里参加拳击比赛。他是个二流的拳师，作为军人，当初在选择把拳击还是武术当成业余锻炼项目时误入了歧途。他的长拳算不上有力，勾拳和直拳也缺乏变化。唯一值得夸耀的是他步法灵活，但也仅仅使他少挨几下打而已。

郭京京海军少校瞟了一眼他的对手。那是个肌肉强健的小伙子，听说职业是炼钢工人。他灵活得像只豹子，得意地向台下的崇拜者们挥挥拳击手套，其中不少是捧着鲜花的漂亮姑娘。时间到，钟响了。郭京京重新跳回台中央。他不顾肋骨和眼角隐隐作痛，摆好了架势。他听到观众席上许多军人在为他呐喊，甚至听到一个女人尖尖的声音。顾不上了，他扑过去，向等待他的小伙子击出快速的短拳……

他终于失败了，在第十二个回合，被打在地上爬不起来。他支撑得比预料的时间长。他浑身麻木，嘴唇冒火，下巴仿佛碎掉了，但神志还清醒，甚至记得他被击倒前的一刹那，有一个女人尖厉地喊了一声。

海军少校洗完温水浴，换上干净衣服，匆匆做完按摩，拖着酸痛的身体从体育馆后门出来。月华如水，年青的军官和水兵们簇拥着他，给他打气。他连头都懒得抬，正在考虑是不是就此退出正式的拳击比赛。就在这时候，一个声音迫使他站住了。

“郭京京，祝贺你输得体面。”

就是那个尖叫的女人。他打量了一下，似乎在哪儿见过她。她约莫三十多岁，属于那种说不清具体年龄的妇女，长得相当标致，但却有股冷艳的味道。她的咖啡色外套合身，西服裙笔挺。“我是欧阳琼，也许您听说过。”她的声音的确很尖，带着自信和咄咄逼人的架势。“我经常看你比赛，你打得挺勇，可技术实在不敢恭维。”她眼睛中放射出热情的光芒：“以后别再上拳台了。到我家喝杯茶怎么样？”

郭京京终于想起来了：欧阳琼博士是个声望很高的女学者。她不是那种专业挺棒的科学家，她的权威在于对重大决策提出自己的独到见解，而且事实总证明，她的意见有惊人的正确性或合理性。一句话，她是个预测未来的决策论学者。正如某外国杂志说的，“是个22世纪玩弄水晶球的吉普赛女郎。”

欧阳琼离过婚。她的家房间多而且大，到处堆得很满。除了很鲜艳的抽象派油画外，屋里还有些猿人头盖骨之类的收藏品。他们茶喝得不投机，缺少男女熟人间的亲密气氛。

“我听说您二十四岁就荣获阿加西斯海洋学奖章和普里斯特利化学奖，为什么要当军人？”她居高临下的说话气势使少校觉得别扭。

“这是我自己的事，说多了你这铁观音茶也会发苦的。我们不妨谈谈代号叫‘紫丁香’的大地震。或许，您会有些高见。”

欧阳琼的目光逼住年轻军官，毫无妥协之意：“恕我冒昧，我猜您还没结婚。猜对了就说对。您也许还不打算结婚。”

郭京京恼火了。她的傲慢胜过了她的优雅。她究竟想做什么？只想拉个有教养的青年男子陪她解解离婚后的无聊吗？

少校站起来：“要是您继续说这些，我就——”

欧阳琼笑起来，她的笑声一点也不美。她摆摆手：“我大概一辈子也不会讨得一个真正男人的信任。”她叹了口气，“你们这些人总觉得女人就该像个女人，如果她用男人的口气说话就离了谱。”她说得很快，生怕郭京京动身要走。“就来说说地震吧。唉，除了知识和判断，我这个女人大概没啥价值了！”

她逼人的目光收敛了，睫毛垂下来，眼睛望着高跟鞋尖，用播音员那种字正腔圆的调子说起来。郭京京忽然觉得她有几分可怜，比起她的学问，她单刀直入的求爱始终没有小学毕业。

“这次地震会比国内外公布的震级大，大多少我说不准。各国电脑用来计算震级的霍姆斯地幔对流常数有误差，地震越大误差越大”。

“什么？”郭京京这个海军作战部科学顾问愕然了，“它沿用了一百五十年了，从未出过错。

“那么用来计算‘紫丁香’就错了。‘紫丁香’是前所未有的一次大地震。用来计算它的能量，霍姆斯值必须修正。”

郭京京面前的女人又恢复了她生气勃勃的面貌。他对她不禁肃然起敬。他抛开成见，屈尊就教，同她一起重新计算地震的危害，连拳击带来的痛苦和沮丧仿佛也消失了。他们计算了地震以及海啸对港口、码头、建筑设施，海上舰队、海底声呐基阵的影响，得出了许多有价值的数据，一直到天色变成鱼肚白。

他站起来。“我该走了，这碗茶喝得太久了，尽管它很值。”

“急什么呢？你就在这儿睡一小觉吧。”她解释得很快：“你睡我原来丈夫的房子，我还有个单间……”一刹那，郭京京曾经消失的那些感觉又恢复了。

“谢谢。”少校转向门口，机械的军人动作毫无流连之意。她抖了一下，硬挺住了。

她送他上车。在扣上车门时，他看到她眼眶里闪着泪光。天快亮了。

“谢谢你的霍姆斯修正值。”

“就这些吗？”

“还谢谢你的茶。”

“就这些啦？”

沉默，双方都知道该说什么，但谁也没开口。欧阳琼先忍不住了：“京京，你难道没发现我在爱你吗！我一直在追求一个理想的人，今天才发现，他就是你！”

“你猜对了，”他一只手搭在方向盘上，另一只手去摸打火钥匙：“我的确现在还不打算结婚。”

她被激怒了，感到自己受了屈辱。她很快地镇定下来，用呆板的播音员似的调子说：“我真爱自作多情，也许是莎士比亚的老古董看得太多了。”

……郭京京的车子在高速公路的一个岔口上减慢速度。他耸耸肩，对着后视镜悄声说：“一位学者并不等于一位妻子。”

恶 兆

汪静又见到了力武淑子。但力武看不到汪静，因为她自己是在电视上出现的。力武是地震的影子。NHK 和《朝日新闻》通过卫星联合直播现场情况。电视屏幕上，如烟如雾的淡紫色紫苑花，闪过贱机山古迹的飞檐和海港中轮船的桅樯。画外音解释说，力武淑子博士预言今天在日本静冈县将发生地震。接着，身着和服的学者出现了，她和一些家庭妇女谈话，劝她们尽其所能地搬走贵重物品。

又是画面，又有解说。10 月 28 日，骏河湾的海水开始后退，许多隐匿于海面下的暗礁露出来。安培川口和兴津观潮点都报告潮水位破天荒下降。渔民发现许多章鱼喝醉酒似地窜到三保一带的海岸上。鳗鲡也多得难以置信。自来水公司工作人员抱怨井水混浊。画面上，一群记者蜂拥着皮肤细嫩的淑子。她大声发表讲话：

“日本中部的系鱼川—静冈构造线恢复了活动。根据秋田地震和神奈川地震的预报经验，今天在静冈、清水地区将有……”

整齐的自卫队车辆、漆有红十字的厚生省救护车、消防队员和志愿人员、戴头盔的警视厅警察们……

“日本民族真称得上是对付地震训练有素的民族呀！”

那种震前特有的混混沌沌的夜。继之而来的是赤色如练的地光，令人血液凝固在心脏中的地声和山崩地裂的震动。电视机的全息画面像是旋转盘上的电影特技镜头。有一阵子，西方流行“末日片”，汪静同许多人都看腻了房倒屋塌的场面。可这回是真的，汪静从一个女人善良的心出发，同情死者和伤者。

力武博士在画面上消失了。地震一完她也就没用了。屏幕上换成了风头很足的 NHK 明星诸田泉小姐和她的老搭档藤原次男先生。他俩用甜甜的调子数落静冈的巨大损失。清见寺附近的东京名古屋高速公路桥整个震断；新干线东海道本线在烧津港旁边的隧道全部塌陷；安培川上的桥梁大部毁坏，只能靠轮渡过河；扑入清水港的海啸高达二十米，把因退潮而搁浅在真崎的七艘大货轮抛到袖师区的街道中……

汪静的心收缩了。她扑向电话，想询问力武有关静冈的损失。尽管中国在“莱拉克”影响下受害不浅，她还是建议红十字会拨出物资支援东邻的灾民。她的手尚未抓住电话机，电话铃自己响起来了。

汪静拿起电话，耳机里是清晰的汉语。“汪静君吗，我是力武淑子。”汪静没有装时髦的电视电话，她喜欢清淡的日子，不愿在人家荧光屏上抛头露面。

“太好了！”汪静用日语说：“我正要找您。”

“我们会有机会好好谈谈的。”力武说：“有趟差事我们一块去，好吗？”

“去哪儿？”

“里约热内卢。今晚有日航 323 次班机从北京飞，我在成田机场上飞机，见面细谈。”

“是莱拉克的事？”

“对。”听筒里沉默了一会儿，力武显然有什么话不愿说。“他们要在巴西试验那玩意儿。”

“原子弹吗？用它减弱地震？”汪静深知日本民族对核弹有根深蒂固的历史忌讳。

力武轻声道：“是的。”

“好！我就来。我一直在想：人和自然究竟谁更有力量。”

“莱拉克”诱发了地球各板块的薄弱部分和边缘的一系列地震，地球的机制紊乱了、失调了。长眠已久的火山突然喷发，火山灰飘逸到大气里，污染了碧蓝的天空；岩浆顺着火山坡而下，吞噬了草木和房屋。日本的浅间火山毁掉了轻井泽；印尼的林贾尼火山吞噬了半个龙目城；维苏威火山又一次埋没了庞培；乞力马扎罗总算沉住了气，但它银色身躯旁边的梅鲁火山大吼一声，把阿鲁沙镇吃了进去。

温泉也来凑热闹。它们的水温激升，烫坏了沐浴者。冰岛及中国西藏的许多地热电站蒸汽压剧增。新西兰塔腊韦腊地热中心的自控装置失灵，工人惊慌失措，造成了可怕的爆炸。然而大部分电站都打开了全部安全阀。嘶叫的地下蒸汽摆脱了束缚直冲天际，变化成枞树状的白云。大气层到处是硫磺味。泛美公司的环球航班飞机从纽约肯尼迪航空港降落时，银翼黯然，失去光泽，留下了硫酸雨腐蚀铝合金后的旋涡状锈斑。巴黎香榭丽舍大道上的时装模特儿抱怨弄脏了新外套。

在那一连串灾难的日子里，国际红十字会和红新月会昼夜不停地收到政府和私人雪片般的慰问信和捐款，资助和安抚在地震、海啸中受伤的人和死者的遗属。基督教、卫理公会，天主教、东正教的教堂中、伊斯兰教的清真寺和佛教的庙宇中，陡然增加了一阵高过一阵的挽歌声、祈祷声和点点烛光……

一架德国汉莎航空公司的班机，逍遥自得地在欧洲黄绿相间的原野上空飞翔。原野里的谷物、蔬菜和水果大多已经收获归仓。飞机密封舱里有三个人正在谈论有关这些农产品的处理问题。

其中两位是荷兰的农场主，另一位是威特曼先生。

德国政府粮食和农林部长西蒙·威特曼名誉博士是地道的下萨克森绅士。即使在没有空调设备的热地方，依然穿着旧式的藏青色礼服，配套的领带、手帕、袜子和鞋也毫不含糊。只有两种场合，人们才见到他另一具面孔：工作时他干劲十足，大声吆喝，那日理万机的精力使人想起二次大战时德国经济圣哲斯佩尔博士。业余运动时，他从一百米高的阿尔卑斯山巉岩上跳雪的情景，活像当年名噪一时的大间谍詹姆士·邦德。

农场主们极关心“莱拉克”对农产品价格的影响。今年北欧收成不错，农产品价格跌得挺厉害，全球地震造成的灾害使粮价不断回升。他们问威特曼：“现在是抛出去还是把货存起来？”

“存起来，当然存起来。”他望望四周，对两个荷兰人耳语：“我有股预感，这倒霉事才开始呢！”

半小时后，飞机已经在巴黎上空盘旋。威特曼先生看到：地平线附近的老布尔歇机场上树立着许多系留塔。塔顶拴着庞然巨物似的硬壳式飞艇。飞艇三分之二以上的部分覆满太阳能电池板，犹如史前霸王龙的铠甲。它们都是搞货运的，从时间上无法与客运飞机竞争。威特曼笑笑，暗想：“自打从煤里开始提取轻质油后，燃料问题并非想象中那样恐慌！”

夏尔·戴高乐航空港那灰不溜秋的水泥建筑缺少美感。但当候机大厅玻璃后面出现一顶火焰样鲜红的女帽时，威特曼对机场的评价就完全变了。他整整衣服，活动着腰身。那是他太太路易莎·吕西安，爱丽舍田园大街后面玛丽·安东尼特高级美容院的美容师。她曼妙的身材足以与美容模特媲美。一个德国官员娶一位入时的巴黎女郎算不上一回事。用威特曼的话说：他们“是性格互补的一对。”问题在于：从刚结婚两人就决定分居。威特曼害怕自己“残酷无情”的工作伤害了新嫁娘的“家庭感”，而路易莎也嫌波恩“太俗气。”当时，女的问男的：“你不怕我在协和广场上被人勾搭走？”。男的告诉女的：“德国在历史上就是女多于男的国家。你放心，我更放心。”

威特曼托起妻子的脸：“路易莎，你真漂亮，在美女如云的巴黎还这么显眼。”

路易莎双臂勾住他的脖子，长时间地张着嘴吻他。直到两人顺势在候机厅的沙发上坐下来。

“西蒙，不在巴黎待一天啦，我给你去做好吃的蜗牛肉。”

“谢谢！路易莎。”农林部长看看手表：“还得赶路。”他在路易莎撅起的嘴唇旁又吻了一下。他掏出手帕想擦掉想象中自己沾上的唇膏，美容师笑着打开他的手：“新牌子，半永久性荷尔蒙的，谁像你们德国姑娘那么土气，用那些老掉牙的货色。”她说着使劲用白手帕擦了一下嘴，然后让西蒙看，上面果然什么也没有。

“我们一心干活，你们全力打扮。”

“得了。听说那边同性恋又时髦起来了，不知你……”

他们开着玩笑。候机大厅里人走空了，又渐渐满了。广播中用清悦的法语、英语宣布法航拉丁美洲班机起飞的时刻。威特曼习惯地看看表，对太太说：“路易莎，再见，我回来一定在巴黎多待几天，我们去枫丹白露。”

“为什么说再见呢？我也坐这趟班机。”

“去圣克鲁斯群岛，还是马提尼克？棕榈海滩又启发你的灵感了吗？”

“好像我这辈子就懂得做做头发、脱毛减肥、隆乳换肤、芬兰浴和按摩。”她嘴一翘，从手袋中抽出一张机票：“我也去里约！”

“你？别开玩笑。里约要在地震中毁灭的！”

“我就为此而去。”她变戏法似的又拿出一张珍珠色卡片。骄傲地说：“我是这里慈善组织的代表。我要去那里调查，以便安排援助。”

“给我打个电话就好了。我真完全蒙在鼓里。”

里约热内卢是不害怕地震的。

根据著名的古登堡——里克特全球地震模型，南美洲算是地震频繁的区域之一。但巴西不在地震带中。当智利的安第斯山群峰咆哮时，亚马孙大平原上连蚂蚁也没受惊。因此，当科学家预报巴西的里约热内卢市将发生大地震时，从未遭到地震的巴西慌了手脚。政府只好请来中国、日本的地震专家、德国的对策论学者和法国的慈善救济人员以应急需。最后，这个国际援救组织还包括了美军特种部队。

美国海军陆战队少尉凯利·比弗斯来自南卡罗来纳州帕里斯岛训练中心。他总爱和他同年的朋友布尼·麦克莱伦争得面红耳赤。布尼少尉是陆军精锐的别动营军官，他的部队平时驻扎在佐治亚州的斯图尔特堡。别动营是最优秀的伞兵，有运动员的体魄和清苦的斯巴达式训练生活。一朝需要，可以踏上中东的黄沙、挪威的白雪和非洲的雨林，维护星条旗的尊严。比弗斯认为自己值得骄傲的军种是最优秀的。所以他俩争论的中心在于：到底谁更棒？

在20世纪和21世纪之交时，世界局势如同“导火索嘶嘶响”。波兰、印支、海湾形势随时可能爆炸。后来，西方挽起袖子，和中国、日本、许多发展中国家一起顶住了俄国人的扩张。那时光，“军人是皇上”。21世纪的大事是德国统一。北约和华约剑拔弩张，眼睛瞪着眼睛，到底东边的先顶不住了。结果像梅特涅时代一样，赢来一个世纪的和平。扛枪的又吃不开了。许多退伍军人在科隆大教堂旁边、凯旋门下、华盛顿广场上双目失神地瞎逛荡。他们都哼着曲子相同的咏叹调。歌词取自直布罗陀旧碉堡上的一首古诗：

上帝与军人，
四海皆尊崇，
大难临头日，
始见心意诚。
一朝战争毕，
天下庆升平，
上帝无人睬，
白眼对老兵。

轮到凯利和布尼的时代，军人们复走红运。国际冲突此起彼伏，人们吵架时气更粗，政府间的纠纷更缺乏忍耐性。一批待命而动的精兵用场很宽。姑娘们向军装打媚眼的时代又来了。

现在，比弗斯和麦克莱伦站在灼热的南回归线骄阳下，指挥一架又一架的巨型军用运输机在曼贵豪斯国际机场上降落。一辆辆装甲指挥车、折叠帐篷、金属预制件野战工事、C—2 级军用口粮、毛毯从鲸腹样的机身中滚出来。

一架巨型洛克希德运输机刚从跑道拐到滑行道上，漆有日航标志的大客机便从天上呼啸而下。比弗斯看看手中的机场起降程序单，对麦克莱伦说：“麦克，来，瞧瞧东方来的妞。”

别动营军官忙着调度车辆：“凯利，算了吧。不是一百年前啦！那时你们这帮海军陆战队在冲绳一出现，就有成群的日本姑娘追；现在，我们穷了，人家富了。快干活！等闲了我带你去希尔顿旅馆。我认识那里一个麦士底索小姐。”麦克莱伦正说着，看见从飞机上下来一个中国女人。他竟呆住了。

那女人身穿白底浅黄小花的旗袍，白皮凉鞋，恰当地勾勒出她优美的线条。她戴着一顶草编的精致阳帽，接过迎宾小姑娘送来的红色西番莲花环套在脖子上。这时，麦克莱伦看到她的脸，真漂亮！她是汪静。

比弗斯触触麦克莱伦的手臂，“我说怎么样！我敢拿我箱子里那个旧俄圣像打赌，她还没结婚，你瞄准她。我呢看上 NHK 的诸田泉小姐了。来个竞赛吧，看谁先登上西奈山。”

“兰　花”

在专家们建议下，里约当局拟定了代号为“兰花”的防震救灾行动计划。计划的核心部分是购买美军核武库中行将过时的四枚二百万吨级核弹。其中三枚在里约北部山区断层的应力点内引爆。第四枚计划埋在瓜纳巴拉湾外的大西洋深处。后来，遭到渔民的强烈抗议只好作罢。

力武淑子计算后提醒乐观派：深层核爆炸只能微不足道地减弱主震能量，而无法消除主震。因为主震的能量来自地球本身。人工爆炸只是给大自然炸弹安上一枚引信，它的好处在于使主震提前并在预定时间到来。

当局认为就这也蛮够了。

接着要疏散人口。这是非常头痛的事情。里约是世界上种族血统最混乱的城市。既有白人、印第安人和黑人，还有他们混血后的麦士底索人、莫拉多士人和萨姆波人。他们再互相通婚，导致后代性格强悍，脾气暴躁。因为地震在里约尚未有过前例，居民们对政府的劝告大都嗤之以鼻。所以不得不请来不少心理学医生。

最后是加固城市名胜古迹和重要建筑，减少精神和物质上的损失。诸如高大的坎德拉里亚教堂、玛雅金字塔式的新教堂、印象派的战争纪念碑和古伊比里亚式的国家博物馆等。

汪静、力武淑子在美军工程兵的配合下，用网格爆破法测定了几个适合埋核地雷的应力点。第一个在海拔一千一百米的彼德拉·布兰卡峰西侧的山沟里。第二个在奥尔加山脉一条树木葱茏的峡谷中。他们累得大汗直流时，竟没有一个巴西人打帮手。原来他们全汇集到马拉卡纳运动场去看足球赛了。那天是里约的圣心足球俱乐部对圣保罗的美洲虎俱乐部，里约人狂热地为自己的运动员捧场，把其他一切全置之脑后。

美国海湾石油公司用重型直升机吊装上两副井架，利落地安装好了金刚石高速涡轮钻机。挖好泥浆池后就开钻了。钻到七千六百米的基岩后，汪静看了岩心取样，下令停钻。麦克莱伦少尉用复杂的密码卡打开了一个密封的厚钢板集装箱。他向这些天来已经混熟的汪静讨好地努努嘴，用双手的拇指和中指比划了一个“A”字。意思是里面有原子弹。

麦克莱伦拆开钢箱中一个机器人的腹部，熟练地编好程序，机器人像发条玩具似地笨拙地干起活来，特种部队少尉走到汪静跟前：“我们躲躲去吧，这儿的事完了。”尽管天气酷热，他的热带丛林伪装服却连扣子也没解。在女士们面前少尉颇有骑士风度。汪静递给少尉一筒罐装青岛啤酒。麦克莱伦边喝边向那边的比弗斯使眼色，似乎在说“怎么样！”

比弗斯正忙着帮日本电视明星砍树，以便开辟视野，做适当的布景，并且把机器人往深井中装核弹的过程全拍摄下来。他已获得诸田泉小姐的青睐，进展满意。

十一月三日上午九时，里约安静了。人人都躲到了安全地方。当局郑重宣布核地雷上有保险的金属和水泥防护层，但人们还是胆战心惊。单单想象一下两枚二百万吨级的核弹在脚下爆炸，谁敢不躲得远远的。电视小姐诸田泉采访一位抱孩子的印第安妇女，她没把握地说：“我弄不清究竟地震造成的损失大，还是核地雷的破坏大？”另一位医生却相当开通，他不无幽默地说：“核地雷嘛，就好比种牛痘，小病治大病，我没意见。”

……

惊心动魄的时刻终于过去了。它没有想象中那么可怕。科学家们是对的。原子弹爆炸只引起一次5.2级地震，使居民对未来灾变有了感性认识。爆炸扬起的灰尘形成两朵小蘑菇云。经仪器测定，炸点附近辐射剂量为 2.3×10^{-9} 居／里／秒。虽较里约平均值高20倍，但于生物和人并无伤害。某保险公司提出：“地震引起的地表裂缝会不会重新把核污染物推出地面？”联合参谋部回答：“已采取封固措施。”

核爆炸三天后，通过“敦刻尔克式的紧急撤退”，约三分之二的居民离开了被科学预言注定要毁灭的里约。随着微震的不断增加，死神的阴影也越来越不祥地布满了这座南美名城。在那些紧张的日子里，外国专家、军人和本地人一起忘我工作。男人们身上冒出汗酸臭，女士们也常常顾不上梳妆打扮。诱人的伊帕尼玛海滩就在眼皮底下，他们也不能在海水里泡个够。他们简直像进行一场战争。他们要赶在主震到来之前，抢救尽可能多的人和尽可能多的财产。人们建筑一座城市时，总以为它将千年永存，人们积聚财富时，总想着世代相传，可突然上帝宣布：一切在几天内将化为乌有。该先办哪件事呢？

依塔果埃、诺瓦依瓜苏等铁路公路枢纽站上都安装了自动食品车间，以便向难民提供免费口粮。宪兵们挥动麻醉棍维持秩序，临时囚车里时时传来惨叫声。陆军的多管火箭炮全装上了高效灭火弹。三台强劲的移动式燃气轮发电机组已在曼提凯腊山中就位运行，向里约提供电力。里约自己的一座快中子增殖堆核电站和一座聚变核电站都熄灭停车，妥善地保护了起来。该做的事太多了！大家就在发疯般的忙碌中接近了那个“死点”。

入夜，汪静乘指挥车经过旧海关大厦时，在弧光灯的光丛中，瞧见了正在操纵工程型机器人加固钟楼的麦克莱伦少尉，她友好地打个招呼：“喂，麦克。收摊子吧，还有一个小时了。”

麦克莱伦从液压支架上回过头：“谢谢。直升机就在旁边，五分钟足够了。这里面有总督夫人的浴池呢，洗个澡吧，震完就什么都没啦。”

“有人在就好。这几天活得挺有味吧？”

“真有意思，汪小姐。”陆军少尉做了个鬼脸，“就是少点儿那个……”

汪静脸红了：“你们这伙美国大兵真坏。快点干，事情结束了我给你做餐蛇宴。”她的指挥车沿着满是垃圾的大街开走了，车后扬起肮脏的尘土。

最后时刻，疏散工作遇到阻力。约十分之一的居民说死也不肯离开危城。其中有恋家的老人、追求刺激的年轻人和职业大盗。为动员和保护居民，一个陆军营重新开入市内。广播再三讲对发地震财者格杀勿论，行家却付之一笑。最后几栋需要保护的名胜也被大团泡沫聚酯团团裹起来，高分子材料中有钢筋网，像包装着一件贵重的圣诞礼品。这方法是中国首创的，在承德一次 7.5 级地震中成功地保护了清朝皇帝的避暑山庄。

午夜，离预测主震时间还有十来分钟了。大街上一改惊慌、阴郁的气氛。最后的居民们都戴上假面具，脸上涂了白粉，并且点上了蜡烛。姑娘们穿着比基尼泳衣在大街上放肆地格格大笑。少妇们穿着镶银箔片的绫罗绸缎，哼着狂欢节的歌。小伙子们骑士打扮，挥舞着五颜六色的气球。气球不安地在蒙蒙夜雨中飘动，被探照灯光照得像一群群古怪的精灵。

为了防御火灾，很快连探照灯的电源也切断了。夜色沉沉，细雨霏霏，大街上的烛光像磷火似地游动。只有歌声冲过雨帘，显示了拉丁民族、印第安人和黑人的血脉里有着激扬勃发的热情。

——节选自《祸匣打开之后》，甘肃人民出版社，1982 年

地球保卫战的宏大史诗

——《祸匣打开之后》赏析

◎ 张懿红　王卫英

宋宜昌是“文革”后中国科幻小说“黄金时代”涌现的一位重要科幻作家，代表作《祸匣打开之后》充满想象力地描写外星人对地球人的战争，充分体现了作者对未来高科技战争方式与新概念武器的构想；通过战争反思人性和文明，发掘人类顽强的生存意志、永不满足的求知欲和勇于牺牲的英雄主义气概；自设自由、平等的宇宙正义观，将民族情感融入未来星际战争；叙事宏大而细腻，议论精辟，使小说呈现出恢宏壮丽的史诗化效果。

宋宜昌出生于1948年，既是中国著名的军事专家，同时也是一位有影响力的当代军事文学作家。20世纪60年代末插队，曾就读于西北工业大学自控系。毕业后，历任甘肃科技情报所外文资料员、科学普及出版社编辑、副编审。1986年加入中国作家协会。1978年，宋宜昌的首部小说《北极光下的幽灵》由甘肃人民出版社出版，后陆续出版《燃烧的岛群》（山西人民出版社，1985年）、《火与剑的海洋》（海洋出版社，1981年）、《北方的孤独女王》（花山文艺出版社，1985年）、《沙漠之狐隆美尔》（北岳文艺出版社，1992年）等多部海战史及二战史小说。这些军事文学作品使他闻名全国，但两部精彩

宋宜昌

的长篇科幻小说奠定了他在中国科幻界的地位。

1975年，宋宜昌根据下乡插队期间的构思完成了处女作——长篇科幻小说《V的贬值》，1979年4月由三联书店香港分店出版。小说预言了20世纪末流行世界的疯狂整容风。其中核心的科幻设定是融合中草药成分的易容药——AB-S粉末，它能够控制皮肤生长达到换脸塑形效果，这种神奇而恐怖的技术至今仍然是未曾实现的诱惑。不过，小说涉及的另一项技术——设计脸模身形的美女输出计算机“雅典娜”已经成为现实。这部小说讲述了一个糅合爱情、科幻、复仇、惊险等元素的传奇故事。丑陋的生物化学家巴特里克和女大学生安琪拉组成科研团队，成功研制了AB-S粉末和“雅典娜”电脑，用这种技术把自己变成帅哥靓女向负心情人复仇，真相暴露后反遭设计，被黑手党和联邦调查局围追堵截，后经法庭辩论得以脱罪。在浪漫而惊险的情节推进中，作者雄辩滔滔，以人体美为切入点，探讨现代人的爱情观、价值观，富有张力地阐述自己对肉体美与心灵美、自然与科学、差异与公平等矛盾关系的哲理思考，从而深化了小说的思想意蕴。

1982年5月，宋宜昌的另一部长篇科幻小说《祸匣打开之后》在甘肃人民出版社出版。这部以宏大视野描写外星人入侵地球的末日寓言小说在当时的中国可谓雏凤新声，成为宋宜昌本人和新时期中国科幻小说的代表作，也是本文重点赏析的对象。作为中国科幻小说的重要收获，《祸匣打开之后》至少在以下几个方面给人留下深刻印象。

一、未来战争：武器与魔法

人类对宇宙空间的探索，不仅促进航天科技的发展，也催生了外太空生物学研究。其实，“地球之外是否有其他生命存在？”“地球与人类在浩瀚的宇宙中是否唯一？”这些问题依然是“我是谁？”“我从哪里来？”“到哪里去？”

等古老哲学问题的悠远回音，体现了认知范围不断扩大之后，人类重新认识自我的迫切需要。在科幻小说中，这些令人神往的问题几乎没有悬念。既然宇宙如此广袤，理论上的硅基生命或其他不同于地球生命的未知生命形式就完全有可能存在于某些生存环境迥异于地球、貌似有悖常理的星球上。这些地外生命中也许就有高级智慧生命，其文明程度很可能高于人类。因此，外星人毁灭地球已然成为科幻小说、科幻电影中常见的题材，体现了科幻作家对人类文明未来走向的思考。这一题材电影不胜枚举，如《地球停转之日》《独立日》《世界大战》等，而威尔斯的《星际战争》、克拉克的《童年的终结》等，则是此类小说中的代表。

和克拉克一样，宋宜昌也把外星人描写成一种毋庸置疑的神秘存在，他们的文明水平远远高于地球人类，因此成为未来人类绵延生存的致命威胁。对这种力量悬殊的文明冲突，克拉克深怀忧虑，在《童年的终结》中有一段经典论断："历史证明，两个处在不同文明发展程度上的国家，就算签订的协议是最友好的，结果终究是落后群体被毁灭。无论是国家还是个人，在面对一个无法接受的挑战时，都很可能丧失信心，而现在，这个笼罩在神秘迷雾中的外星文明就是人类面临的最大挑战。"[1] 在宋宜昌的笔下，外星人的出现是一场精心策划的阴谋，寻找生存基地的贝亚塔星人早在六百万年前就到达地球，在大西洋布维岛东南处的海底山谷埋藏下生命的种子。他们本来预定 620 万年后占据地球，不料种子被 2116 年的海底火山地震提前激活。这些叫做"西米"的外星人以硅为生命基础，他们彻底驾驭了能，用神经网状生物波系统实现远距离信息传播，可以用思维波互相交流，已经达到了极高的技术水平。在宋宜昌的想象中，外星西米的技术实力达到了神乎其技、匪夷所思的高度，这种技术力量既体现在他们的生殖发展程序中，也体现在战争武器上——而"战争与武器（Weapon and War）向来是一个经典科幻题材。

小说从大地震激活西米种子写起，简要介绍了贝亚塔星人的来由，然后立刻转入战争主题——为了独霸地球，被唤醒长大的十三个西米迅速展开对人类的攻击，外星西米发起的数次攻击和人类的艰难抵抗构成叙事的主要内容。宋宜昌充满想象力地描写了这场外星人对地球人的战争。西米们先是用飞碟发射电磁波、生物波、能量束，占领南极洲，在斐济建立军事基地，开始有步骤地破坏人类文明的象征——现代城市（香港、广州、海参崴等），接着用植物病毒制造全球绿色瘟疫，然后传播直接作用于人类自身的“免疫病”，最后发射思维干扰波破坏人类在创造性、学习性、坚韧性等方面的思维。从破坏人类生存环境（先是重点打击，消耗物质财富，再是破坏生存链条的基本环节），到直接打击人类本身（先是肉体消灭，再是精神控制），西米根据人类的弱点和反击不断调整进攻战略，逐步升级，直到最后的疯狂。从能量武器到生化武器再到思维干扰波武器，作者虚构的外星尖端武器似乎蕴含着未来军事科技发展的某些构想。而针对这一波又一波新武器的攻击，人类不断寻找对抗性武器和方法，则同样体现了作者对未来战争武器的新奇构想。除了脉冲激光炮、原子炮、核地雷、化学炮弹等“常规武器”，人类还在短短的时间里爆发出巨大的创造力，发明了可以湮灭飞碟能的能量——质量转换装置、战胜绿色瘟疫的AT-P-V抗病毒剂、根据玛雅古简制造的“飞碟炮”等新型武器。配合诱敌深入、瞒天过海、出奇制胜等计谋，人类的防御反击一一瓦解了西米的进攻。此外，人类还建立了能够实现思维优化、集中与共享的“集体思维系统”，以及由各国政府建立的全球行动指挥中心“国际行动协调委员会”——这些全球统战措施在星际战争中发挥了至关重要的作用。

显然，《祸匣打开之后》充分体现了作者对未来高科技战争方式与新概念武器的构想，其中病毒武器、反物质武器、精神干扰波等，或者已在秘密应用，或者正在研制，看似神奇，却并非遥不可及。按照“克拉克定律”第三条，任何技术，只要足够高深，都无法与魔法区分开来。宋宜昌笔下的武器、战略、战术和战争场面极尽想象，惊心动魄，充分展现了未来战争的巨大杀伤力、破坏力和对人类文明的威胁，足以引起人类居安思危、防患未然的警觉，这是末日寓言小说的题旨。

相比战争武器，西米本身的生存技术似乎更加神奇诡异。西米的出现与休眠都是魔法式的——依靠自动生命保障系统和信息教育装置，外星人种子被唤醒后仅三个小时就完成成长过程。被人类击溃后，他们又把自己冷冻起来，决定休眠一万年。不仅如此，早在逃离贝亚塔星之前，西米们就在遗传染色体的核酸长链上换上一段永恒不变的信息密码，使之成为后代西米之间的识别标志。地球上的西米战败后就发射生物信号呼叫宇宙中的同类来地球增援，小说描写西米领袖林登德发射求援信号的情景恰似某种诡异的巫术仪式。如果说这是人类未曾掌握的技术，那这种技术的确过于高超、神奇，与魔法不分轩轾。显然，在宋宜昌的想象中，外星文明高高在上，呈现出一种不可知的神秘感。

二、人性：弱点与英雄

尽管战争武器是《祸匣打开之后》的重要主题，但在小说中，伴随战争而来的是对人性的考量，决定战争胜败的一个重要因素也是人性，这不仅贯穿在宏大而残酷的战争场面中，还体现在作者的主体介入，他雄辩无碍，多次表达了在战争中试炼人性、反思文明的意图。

借助外星人攻击带给人类的生存危机，宋宜昌反思人类的弱点——从肉体到精神，人类都是不完美、有缺憾的，留给对手太多进攻的破绽和弱点。而由这种不完善的人性创造的人类文明则充满矛盾，竞争与战争同为人类社会发展的兴奋剂，创造性与自毁性在科技进步的追求中相依并存。西米的疯狂进攻，暴露出人性的弱点和复杂性，令人痛心的现实难以回避：为了加入“威道斯计划”确保自己生存下去，凯德贝格律师居然用武器威胁德国农林部长威特曼；商人们则囤积居奇，倒买倒卖，要在破船将沉之前狠捞一笔——“在西方世界，象山克维支和肯雅这类发飞碟战争财的还大有人在。没有这套歪智邪谋的人便处境艰危。”[2]但是，面对这场殊死决战，人类生存意志的顽强和人类文明的坚韧也得以凸显，而且这种力量在战争中占据主导地位，最终决定了战争的结果。诚如小说所言：正是由于漫长的进化历程，“地球人有很强的弹性和适应性。他们不会甘心做奴隶的！”[3]“并非所有国家、所有的人都处在惊慌和混乱中，地球的儿女们在百万年的进化中经受了众多的磨难。每逢动乱之秋，总有些以救国救民为己任的人在沉思，在判断，在行动。这些人在目标明确、效率很高的政府组织下，他们的才干发挥出来，变成晦暗社会背景上一颗颗灿烂的明星。”[4]作者赞叹人性中蕴藏的英勇、高尚、美好，在这场想象的战争中谱写了一曲英雄主义的赞歌。

人性中英雄主义的光辉，首先体现在作为一个种族，人类能够摒弃前嫌，团结起来对抗外族侵略，发挥人类的集体智慧，以群体合力争取地球保卫战的胜利。战争伊始，各国政府手忙脚乱，破绽百出地各自抵抗，但很快就认识到协调应对外星入侵者的作战问题至关重要，于是迅速成立了一个折中机构：国际行动协调委员会；在此后召开的国际研讨会上，沈成涛教授提出“集体思维系统”，用信息处理网络沟通许多思考系统问题的学者的大脑。这种集合多人智慧的系统帮助人类研制出抗 P– 病毒的植物干扰素，战胜了绿色瘟疫；帮助欧阳琼和郭京京翻译出外星隐士贾杜金们的图形语言，获得了战胜自免疫病病毒的药方；还帮助学者们破译玛雅残简，制造出战胜飞碟的新武器——飞碟炮。因此，人类在取得阶段性胜利之后，以“新感恩节”的狂欢庆典肯定人类自身的智慧和力量，作者也以介入议论的方式表达了他对人类的信心：“真正能拯救世界，拯救人类的神明就是人类自己，就是人类渴求生存、追求发展的不屈不挠的心灵。”[5]

其次，人类群体的力量，通过那些视死如归、充满英雄气概的个体最大限度地释放出来，这些英雄的形象，使英雄主义的主题得以凸显。《祸匣打开之后》采用散点透视法描绘全世界抵抗外星人的恢宏画面，故事的全球背景涉及众多人类精英。这种群像式刻画人物的方法，必须在多线索、全景式叙事中突出每个人物的个性，才能避免人物虚浮苍白、符号化。不可否认，《祸匣打开之后》描写的大部分人物形象都是浮光掠影的素描，如德国官员西蒙·威特曼和他的法国妻子路易莎·吕西安，美国军人凯利·比弗斯和布尼·麦克莱伦，美国斯坦福大学教授张伯伦，土耳其商人肯雅·拉达姆，大通曼哈顿银行经理山克维支，以及中国国务院副总理杨恒珏，中国学者宗焕先和沈成涛等。究其原因，有笔力分散，不熟悉西方文化，缺乏典型事件、独特细节，表现手法单一（对话多行动少，缺乏心理内涵）等多种因素。但是，小说还是塑造了一些能够给人留下深刻印象、堪称英雄的人物形象，比如日本电视明星诸田泉小姐，在飞碟摧毁南极站的危急时刻，她不顾双腿在冰雪中冻僵，坚持追踪拍摄飞碟直到它们消失。飞碟威胁日本，大批日本人慌忙逃难，她却选择坚守岗位，要改变自己以往在电视上“甜姐儿”的娱乐形象，用新的形象来感召人们，减轻人对死亡的恐惧和痛苦。还有中科院学部委员汪静，她在里约地震救灾行动中孤身涉险，救助埋在教堂底下的自杀者，差点献出生命。她热爱美食烹调，在国际合作中收获了一份迟来的爱，却不幸成为西米病毒的第一批受害者。

小说中最具光彩的形象是印度人德赛和中国决策论学者欧阳琼。他们的行动直接决定地球保卫战的最后胜利，体现了人类社会中底层民众和知识精英抵御外侮、顽强抗争的精神。

德赛是斐济群岛上苏瓦市一名普通的超市管理员，他侥幸逃脱西米飞碟的大屠杀，依靠瑜伽睡眠在洞窟中存活下来。经过反复观察，他发现了外星人的核电站，立刻意识到成名的机会到了：“德赛就是要以普通人的智慧来干一件千秋永垂的丰功伟业。因为，他得到了机会。”[6]手无寸铁、文化程度不高的德赛，最终以伟大的一跃成就了生命的辉煌，小说这样描写“野蛮人”德赛和“超人”西米的决斗：“德赛的躯体飞起来，划了条短直弧线触到电容的内壁上。高压立刻通过躯体尖端放电，一条蓝白色的闪电向外壁击去。/巨大的电容短路了。……所有斐济群岛上的西米设施、电站、武器、实验室，都在链锁爆炸中焚于一炬。/在大火炬的十亿度高温中心，德赛的灵魂同若方根、肯倩白的灵魂一同飞升，飞升……”[7]作者并没有拔高德赛，德赛的动机是对外星人的仇恨和出名的欲望，但这丝毫无损于他的壮举，他的拼力一搏摧毁了飞碟基地，让平凡的生命迸发出令人血脉贲张的英雄气概。

欧阳琼也是作者偏爱的人物。不同于默默无闻的肯雅，欧阳琼是国际知名的预测未来的决策论学者，一开始就参与了全球保卫战的高层决策。作者以相对充足的笔墨比较细腻地描写欧阳琼的个人生活，展示其强大而柔软的内心世界，使其性格富有深刻的文化内涵，从而使这个形象格外丰满生动。欧阳琼思维活跃，见解独到，言语犀利，性格乖张，学问令人敬佩，情路却坎坷不平。她单刀直入的示爱、傲慢强势的言语适得其反惹怒了郭京京，却毫不气馁，竟然使用迷情装置强行求爱。这种低情商的幼稚表现，有助于反衬欧阳琼的个性魅力，而她的人格光辉主要体现为对战争的准确判断和求胜的顽强意志，以及支撑这一切的强烈求知欲和对人类理性的自信力。战争爆发后，欧阳琼迅速得出结论：必须集中力量研制武器和研究防御外星武器的方法。后来人类在战争中陷于被动挨打的局面，欧阳琼又决定去寻找其他很早就来到地球的外星人同盟者。她义正词严地陈述地球人生存的权力，说服来自“孔”星系的外星人贾杜金们帮助人类，从而战胜了自免疫病和思维干扰机。击败西米最后两次进攻后，欧阳琼清醒地认识到他们可能还有援军，又抛下新婚丈夫，只身踏上潜艇，再次去海底寻找贾杜金们。在小说的最后，欧阳琼陷入无穷尽的思考，突然发现了宇宙中的新规律。她的智慧、勇毅、顽强使贾杜金困惑不解，被他们带往未知星球去获得前所未有的知识和信心。显然，欧阳琼象征人类永不满足的求知欲，代表科技进步、社会发展的正义性，这种认识未知世界的激情使这个形象熠熠生辉，令人动容。欧阳琼的智慧为人类找到盟友，对战争胜利起到决定性作用；欧阳琼的声音，则传达了作者对人类文明前景的信心和勇气：“我们要走自己的路，即使头破血流也义无反顾。”[8]

决定战争胜利的因素是什么？武器固然重要，但是，战争的意志和决心、同盟者的支持也同样重要。宋宜昌描绘高等外星文明入侵地球的大灾难，然而，星际战争高科技武器的考验，再次使他确证了对人性和人类文明的信心。

三、星际文明：宇宙正义与民族情感

其实，在《祸匣打开之后》中，人类获胜不仅依靠新型武器、反抗精神和集体合力，还离不开友善的外星隐士贾杜金和星际骑士乔·伍因斯的帮助，而后者是决定性的外因，这使这场星际战争的描写颇具中古传奇色彩。由于外星友人的介入，小说引入了作者自设的宇宙正义观，为星际文明奠定了不同星球文明和平共处的宇宙道德观。

在标题为《乔》的一章中，宋宜昌描绘了高级文明星球设置宇宙监测网监视地球的现象，借助桑格尼姆星人提出了星际关系的五条默认法则：不干涉外星和外天体内政；不侵犯外天体或进行代理人战争；不利用自己的优势文明信息去影响外天体的某个人或某个民族；不进行警察行动；保持中立和沉默。这当然是小说中的自设逻辑，是想象中那些文明发达的星球之间达成的默契。但是，由于并不存在一个强有力的权力机构对违反法则的星球进行惩戒，这些法则显然无法阻止星球之间的侵略战争，这样一来，宇宙正义的伸张就只能依靠某些行侠仗义的星际骑士了。

1982年，郑文光先生在为《当代美国科幻小说选》写的序言中指出：国际上以外星人为题材的科幻小说向来分为两大类：乐观主义派和悲观主义派。前者认为外星人是善良的天使，能携人类早进大同；后者则断定外星人为凶狠的恶魔，将迫使地球人类沦为奴隶。在宋宜昌笔下，外星人是多种多样的，既有奉行冷酷的生存竞争法则的扩张侵略者、霸权主义者——来自贝亚塔星的西米们，他们的所作所为令人想起永远处于生存危机恐惧中的日本人；也有信奉清静无为的道家哲学、超然尘世的宇宙僧侣——来自仙女座星云“孔”星系的贾杜金们，他们从不介入星际纠纷和战争，只求灵魂纯净；还有来自处于“英雄时期”的桑格尼姆星的热血青年——乔·伍因斯是他们的代表。按照作者的想象，这些高尚青年具有以下美德：敢作敢为，伸张正义；追求真善美，愿意牺牲自己的一切，干出惊天动地的业绩。显然，他们就是作者理想中的侠义英雄、宇宙骑士，是星际世界中正义与道德的代言人，他们肩负的责任，就是伸张宇宙的正义，阻止暴力在星海中蔓延、自由俯首于强权。

由于贾杜金和乔·伍因斯的介入，西米们挑起的非正义侵略战争以失败告终，地球保卫战的正义性得以伸张。在正义与非正义的对抗中，贾杜金从一开始的撒手不管、冷眼旁观，到被欧阳琼说服，出手帮助人类，遏止西米谋求霸权，经历了一个从被动到主动的思想变化过程。而乔·伍因斯则一开始就坚信社会要有法制，宇宙正义必须伸张，决心以自己的行动维护星际世界的自由、平等。小说描写他孤身拦截石斑舰队，拼着残躯破坏石斑人遗传基因上的限制性密码，以和平方式制止西米援军，如同圣子一般为正义、为人类献出生命，成功地把他塑造成一个气质高雅、举止迷人的古典骑士，树立起一个堪称完美的星际英雄形象。

显然，关于外星盟友和宇宙正义的想象，充分体现了宋宜昌面对未来的理想主义精神、乐观主义态度和古典主义情怀。

另一方面，在未来星际战争中融入民族情感，也是宋宜昌这部科幻小说的一大亮点。稍加留意，不难发现《祸匣打开之后》中那些令人倍感亲切的中国文化元素：贾杜金与欧阳琼对话时引用《道德经》以及他们清静无为的生活方式，暗示外星人与道家文化的渊源；绿色瘟疫中老庄哲学备受推崇；美国特种兵军官麦克莱伦赞赏华严宗“月印万川”理论，与汪静品评中华美食文化、游览河西美景；中国气功研究了一套精神——心理——生理综合疗法，使精神病治愈率高达 90% 以上；印度人德赛向斐济岛上的华侨拳师学习中国功夫“双风脚”并以此击败意大利水手。除了这些中国文化元素，作者描写中国政府在星际战争中的出色表现（广州战役的胜利），同样体现了强烈的民族自豪感、自信心。

四、史诗叙事：宏大与细腻

就题材和结构方式而言,《祸匣打开之后》与《童年的终结》《日本沉没》有相似之处。为了表现全球协同作战的星际战争宏大场面,《祸匣打开之后》运用电影蒙太奇技巧剪辑、组合材料，采用电影镜头切换式的快速场景转换。小说以西米侵略地球的战争为主线，按照从 2116 年到 2118 年间的时间跨度纵向发展，以事带人，涉及多个星球、多个国家，描写不同星球、不同国籍、各种社会阶层的众多人物。这种写法能够快速转换时空，不仅有利于掌控全局，创造恢宏壮丽的史诗化效果，还产生时间上的紧迫感，营造出战争特有的紧张氛围。

宋宜昌注重粗细结合，在宏观概述中融入细节刻画，把最具震撼力的一刹那定格，以特写镜头、横断面的方式把灾难逼真地呈现出来。比如,《摧毁香港》一章描写飞碟发射看不见的能量流，击中了维多利亚峰尖上的大东电报局发射铁塔,“那座在十二级台风下岿然不动的低合金钢塔，宛如芦苇，轰然折断。钢梁戳破玻璃，狠狠地扎入陈小姐腹部，把她钉在工作台上。陈小姐没哼一声就死了。离她近在咫尺的何香玲小姐，神经受到强烈刺激，傻呆呆地重复着喷香水的动作……”再如,《大彼得湾边曾经有座城》一章描写飞碟攻击俄罗斯式兵营,“死束打去时，水泥溅飞，屋顶崩碎，轻质衣物和被服被气浪崩得到处都是，其中还夹杂着不少裸体照片。”当生命被摧毁的一刻，人类卑微的欲望和乐趣令人动容。

宋宜昌是一位著名军事专家，掌握丰富的军事知识和战争理论，他对大国战略和中国对策的研究曾经产生很大影响。在《祸匣打开之后》中，他娴熟运用对策论、博弈学、军事学等方面的知识描写星际战争，有关战略战术、武器装备的描写驾轻就熟，举重若轻，把一场虚构的未来战争写得丝丝入扣，紧张刺激，引人入胜。作者经常借人物之口讨论文明、人性、战争等问题，在不同声音中表达自己对这些问题的哲理思考，其中不乏警句格言式的精辟论断。比如："文明发展在有限容载的环境下只有两条出路：物质上拓延空间或精神上进一步深化。"[9]"战争是人类的兴奋剂。……妥协是战争的情人，不高兴，随时可以抛弃。"[10]"即使比人类文明更高的生物，也有他的弱点。战胜他们并不一定要有比他更强大的战争机器。小小的病毒也能致人死命，关键要看它选择的进攻部位。"[11]小说中外星人西米为了知己知彼克敌制胜，几次讨论两个星球文明间的差异性；欧阳琼为了说服外星人贾杜金，也与他们讨论高低文明之间的冲突和低文明星球生存的权力。这些论辩非常精彩，体现了作者广博的知识、独到的见解，也体现了科幻小说的思想性、哲理性。

此外，宋宜昌经常在叙述中穿插新闻报道、访谈、电视节目、日记等，营造一种报告文学式的真实感，使虚构和想象呈现出一种纪实文学的质感，令读者感受到作者那种煞有介事、言之凿凿编织故事的自信。

作为20世纪80年代初出版的科幻长篇，小说中有关苏联国情的想象已然过时，有关人体器官移植的描绘也显得幼稚。但是，这部小说描写星际战争的方式，还是为后来的中国科幻作家提供了借鉴，如刘慈欣的《三体》、王晋康的《与吾同在》、苏学军的《远古的星辰》、江波的《天垂日暮》等，在题材上都与其有所关联。

参考文献

[1][英]阿瑟·卡拉克. 童年的终结[M]. 陈喜荣，译. 成都：四川科学技术出版社，2006：18.

[2][3][4][5][6][7][8][9][10][11]宋宜昌. 祸匣打开之后[M]. 兰州：甘肃人民出版社，1982：194，277，172，208，304，307，362，45，217，289.

科幻创作研究丛书

百年中国科幻小说精品赏析
（第三册）

姚义贤　王卫英　主编

科学普及出版社
·北　京·

目 录
CONTENTS

第一册

中国科幻小说的开拓：十七年科幻小说创作

第二册

中国科幻小说的复苏："文化大革命"后至 1984 年科幻小说创作

第三册

中国科幻小说的发展：新生代科幻小说创作（一）

第四册

中国科幻小说的发展：新生代科幻小说创作（二）

第五册

港台科幻小说创作

附　录

中国科幻小说的发展：新生代科幻小说创作（一）

新生代科幻小说创作综述（1991—1996）

◎ 姚海军

至20世纪90年代，科幻发展步入正常轨道，经过20余年的持续努力，中国科幻创作的面貌焕然一新。如果用科幻的语言表达，可以说1991年是中国科幻发展史上一个重要的时空节点。这一年，由《科学文艺》改刊而来的《奇谈》经过两年的摸索，正式确定刊名为《科幻世界》。在将近十年的沉寂之后，科幻小说终于有了名正言顺的发表平台。考虑到1982年之后的一段时间内，科幻小说即便能够发表也须冠以“科学小说”之名，以及未来《科幻世界》这本杂志在中国科幻发展史上所起到的关键性推动作用，彼时的改变，可谓意义深远。

之所以说1991年重要，还因为《科幻世界》杂志社在本年度全力争取的世界科幻协会年会历经波折，最终在成都成功召开。这次被世界科幻协会主席马可夫蒙·爱德华兹誉为“世界科幻协会组织15次年会中最成功、最隆重的年会”[①] 吸引了中、英、美、日等国近百位科幻作家参加，其中包括布赖恩·奥尔迪斯、弗雷德里克·波尔、柴野拓美、郑文光这样的大师级作家。1989年以后，中外交流曾出现一个短暂的停滞期，因此，1991年世界科幻协会年会得到四川省政府的高度重视，四川省省长张皓若、副省长韩邦彦（任本届年会组委会主

① 梁心. 世界科幻界的盛会，中国科幻史的丰碑［J］. 科幻世界，1991（1）.

任）到会会见与会外国著名科幻作家；国务院办公厅、国家科委分别派员出席了大会。副省长韩邦彦在开幕式上致欢迎辞时指出："科幻小说，体现了人类对未来的憧憬，展现了人类的想象力，是架设在今天和明天之间的金桥。"仍处于"伪科学""怪力乱神"阴影中的科幻文学由此感受到了一丝春的暖意。

1991 年的世界科幻协会年会是中国科幻人试图改变科幻文学负面社会形象的一次努力。这次努力如春风融冰，虽未立竿见影，却深刻地影响了中国科幻的未来。一个科幻文学的温暖季随之到来：一些出版社重新开始关注科幻小说出版；年轻作者开始在《科幻世界》崭露头角；更重要的是，国人开始对科幻有了较为客观的认识，科幻小说得以以明确的身份重回人们的视野。

1991—1996 年是中国科幻新热潮形成的关键期，为了说明这六年里中国科幻文学的发展变化，有必要对 1991 年《科幻世界》（当时唯一的科幻杂志）所刊发的科幻作品进行简要分析。

1991 年，《科幻世界》"第三届中国科幻小说银河奖征文"栏目共发表大陆地区原创科幻小说 29 篇。其中，刘兴诗、绿杨、姜云生、迟方、晶静等 80 年代甚至更早即已成名的老一代科幻作家发表作品 24 篇，吴岩、汪洋啸、何宏伟（何夕）等新生代科幻作家发表作品 5 篇。这显示出老一代科幻作家仍占据着舞台的中心，尽管他们的队伍从整体而言已不如 80 年代那般辉煌；与此同时，新生代作家已经开始陆续登台亮相，一个属于新生代的时代正在酝酿。

从 80 年代初开始，读者和评论家就一直诟病中国的科幻小说里充斥着外国人，但奇怪的是，在 1991 年《科幻世界》"第三届中国科幻小说银河奖征文"栏目所刊发的 29 篇作品中，只有绿杨的《铁血人》一篇是纯粹的外国背景，其他很多作品都显示出作者深厚的传统文化底蕴。比如刘兴诗的《雾中山传奇》（《科幻世界》1991 年第 2 期）和姜云生的《一个戊戌老人的故事》（《科幻世界》1991 年第 3 期）。前者讲述了"我"找寻失踪挚友考古学家曹仲安以及佛祖释迦牟尼遗言的传奇历程，故事中弥漫着佛教、历史及考古学的迷雾；后者同样讲述了一宗迷案：本应该成为戊戌七君子的谭嗣同的老师徐致靖竟然在 1998 年被发现刚刚自杀，作品与近代史有着紧密的关联。当然，就整体而言，1991 年的科幻仍有明显稚嫩的一面，这不仅仅体现在文学性上——简单的故事、平淡的语言、白描的手法，也体现在科学性和想象力上。在科学性方面，当时的科幻小说在技术描写上往往是粗略简陋的，即使像曾获银河奖首奖的作品《太空修道院》（谭力、覃白,《科幻世界》1991 年第 1 期）也会出现类似于“使用者的大脑中情爱中心活跃，牵动悲伤中心和愉快中心活跃，使 M 物质陡增，不得不加大 L 粒子束能量，以控制 M 物质。”这样难称精确的技术描写。

那时科幻小说中的科学家大多也是一种想当然的存在，他们的行动往往缺乏真正科学家应有的理性，比如在当时的重要科幻作者刘继安的《证据》（《科幻世界》1991 年第 1 期）中，科学家在发现外星人的飞碟后，就轻率地举枪向飞碟射击，“飞碟若无其事地仍在今村（科考队员、小说的主人公之一）的头顶缓缓旋转着继续下落。只有十米了！今村倔强地叉开双腿站着纹丝不动，退壳，重新装弹，再次举枪瞄准圆盘的底部……”今天，我们已经很难想象这样的科学工作者的存在。

在想象力方面，1991 年的 29 篇银河奖征文，涉及的科幻概念也主要是飞碟、外星人、意念操纵、黑洞、大脑移植、温室效应、野人、机器人、计算机病毒等传统概念。也许只有吴岩的《生死第六天》（《科幻世界》1991 年第 2 期）展现了神奇的技术幻想。这篇故事惊心动魄，描写了巨大的行星探测飞船“天女图三号”在高强磁场环境测试时倏然消失。飞船随即神奇地出现在一个男孩的大脑中，并将在 10 天后恢复原状。科学家们必须在保证男孩生命健康的前提下，在 10 天内从他的大脑中取出飞船。

1991 年的中国科幻在《科幻世界》之外的表现，也值得关注：在台湾《幻象》杂志社和《中国时报》联合举办的“世界华人科幻艺术奖”征文活动中，来自大陆地区的韩松、姜云生，凭借《宇宙墓碑》和《长平血》，分获首奖和二等奖。笔调阴郁、意象丰富的《宇宙墓碑》是韩松最重要的作品之一，也是中国科幻在 20 世纪 90 年代的一个重要收获，充分展现了新生代科幻作家的冲击力；而《长平血》则再次展现了历史科幻小说的无限发展空间。

以上对 1991 年中国科幻的概括，目的是为勾勒 90 年代中国科幻面貌而确立一个基点，下面我们将从新作家群落成长和出版两个方面对 1991—1996 年科幻的状况进行勾画。

一、新生代作家群

1991—1996 年中国科幻最显著的特征是老一代科幻作家逐渐退出科幻杂志，与此同时，“新生代”作家开始通过杂志登上历史舞台。

以《科幻世界》为例，该杂志 1991 年所刊发的科幻小说中，新、老作家作品的比例为 5∶24；而到 1996 年，则变成了 36∶2；老作家中，只剩下 80 年代以一篇《黑色的死亡》引起读者关注的绿杨。

所谓“新生代”，构成比较复杂，主要是指在 20 世纪 90 年代才开始科幻创作的年轻作者，其代表人物有星河、何宏伟（何夕）、潘海天、杨平、柳文扬等；也包括像吴岩、韩松这样在 80 年代即有作品发表的作家——除了年龄比较接近，更因为他们真正的代表性作品也是在 90 年代开始发表；当然，人们普遍也将大器晚成的王晋康和刘慈欣归入“新生代”作家群。

因为，这些作者的作品大都发表在《科幻世界》上，后来科幻作家郑军将这些作者称为“科幻世界系”，以与其他未曾在《科幻世界》发表过作品的科幻作者相区分。这种划分在网络上得到了一定响应，但实际意义不大，因为在 90 年代,《科幻世界》几乎是国内唯一的中短篇科幻小说发表平台。另一本科幻杂志《科幻大王》虽然在 1994 年已经创刊，但基本是一个卡通杂志，直到 1997 年才开始大幅增加科幻小说刊发量。

短时间内新作者的集中涌现，为中国科幻注入了青春的活力。而这一切的肇始，正是 1991 年的世界科幻年会。到 1996 年，除刘慈欣外，几乎所有新生代科幻作家都完成了自己的亮相，新作家群落基本成型。

新生代作家的成长模式有着相当的一致性：他们首先在杂志发表短篇作品，在赢得一定影响力之后，开始长篇创作。因此在 1991—1996 年，他们的主要成就还集中在中短篇方面，吴岩的《生死第六天》、何宏伟的《光恋》《平行》、杨鹏的《坠入爱河的电脑》、王晋康的《亚当回归》《天火》《生命之歌》《西奈噩梦》、星河的《朝圣》《决斗在网络》、韩松的《没有答案的航程》以及柳文扬、苏学军、潘海天、杨平、刘维佳、赵如汉等新生代作家的作品几乎全面覆盖了这几年间中国科幻唯一的奖项——银河奖。其中，最引人注目者，当数偶然闯入科幻界的石油机械工程师王晋康。

1948年出生的王晋康有着丰厚的生活积淀，他的小说不仅有令人赞叹的奇想，更包含对科学问题、社会问题独有的洞见，因而展现出科幻小说厚重的一面，与其他新生代作家形成鲜明的对比。自1993年发表科幻处女作《亚当回归》并获当年度中国科幻银河奖之后，王晋康很快成为获得该奖最多的科幻作家。在刘慈欣出现之前，王晋康可以说是中国科幻唯一的超级明星。

另一位个性鲜明的作家是星河，他在那一时期同样取得了成功——在坚持短篇创作并开创中国网络题材科幻小说先河的同时，他迅速成为最受出版社关注的新生代科幻作家之一。1996年，他的两部重要长篇《海底记忆》（中国少年儿童出版社）和《网络游戏联军》（江苏少年儿童出版社）相继出版，并受到读者的欢迎。星河是最早在长篇方面取得成功的新生代科幻作家。

1996年，不仅星河，吴岩、江渐离、苏学军、苗虎、马铭、李凯军、任志斌等人也都出版了自己的长篇科幻小说。

新生代科幻作家在创作价值取向上也有惊人的一致性，他们不再受20世纪80年代科幻小说“科”“文”之争的束缚，开始追求科幻文学自身的独特价值。新生代科幻作家因而在成长期就呈现出丰富多彩的创作风格。韩松的阴郁意象，星河的青春热血，王晋康的厚重凝练，柳文扬、杨鹏的轻松诙谐……这一切从另一个层面改变了科幻小说的刻板形象。科幻小说主题与风格趋向多样化，是新生代作家对科幻小说最重要的改变。

新生代带来的另一个改变是，科幻小说对年轻读者有了更强的亲和力。《科幻世界》在1991年改刊后将读者定位调整为以中学生为主，新生代科幻作家对此迅速做出回应。这一回应让1991—1996年的科幻文学充满了青春气息，科幻小说因此获得了越来越多年轻读者的支持。

此间，新生代科幻作家对题材的革新也成效显著。外星人、机器人、克隆人这类题材在1991—1996年不再是主流——不是被其他什么题材所取代，而是因为题材异常丰富，以至无法用简单归纳法来描述科幻小说的主流。

新生代科幻作家群体的形成对中国科幻的影响是深远的，然而，他们的整体风格与特点在2000年他们发表更多作品之前却似乎难以准确概括。即使到了新生代已进入辉煌时代的2001年，新生代重要作家、多年从事科幻理论研究的吴岩仍然对此存有疑惑，他说："我仍然置疑'新生代'作为一个统一的科幻文学运动或流派的证据。首先，'新生代'作品没有统一的文本构造方式。再者，作家也没有统一的主张。"进而他一针见血地指出："'新生代'的特征到底是什么？多数情况下，他们能说出自己'不是什么'，却说不出自己到底'是什么'。"① 以今天的眼光看，这一困惑或许缘于"新生代"的复合性——一方面他们是继承者，继承了郑文光、童恩正等先辈对科幻小说去功能化、回归文学的追求；另一方面他们也是开拓者，开拓出更多的疆域，让科幻文学成为更难用统一概念描绘的复杂系统（这个系统中的刘慈欣与韩松的差异甚至被认为大于科幻小说与纯文学的差异）。

总体来说，1991—1996年这六年是"新生代"的成长期，虽然他们当时的作品仍有青涩的一面，但他们却迅速占据了科幻文学的中央舞台。而到了1997年，那便是真正的新生代时代了。

"新生代"部分代表作家处女作发表时间表

作　者	作　品	发表刊物	时间（年）
吴　岩	《冰山奇遇》	《少年科学》	1979
韩　松	《熊猫宇宇》	《红岩少年报》	1982
何宏伟	《一夜疯狂》	《科幻世界》	1991
杨　鹏（征士）	《永恒》	《科幻世界》	1991
星　河	《以刚胜柔》	《中国专利报》	1992
王晋康	《亚当回归》	《科幻世界》	1993
江渐离	《替代》	《科幻世界》	1993
潘海天	《选择》	《科幻世界》	1994
柳文扬	《戴茜救我》	《科幻世界》	1993

① 《杂乱中是否存在着秩序》，《中国科幻新生代精品选》（星河主编，山东教育出版社，1991）代序。

续表

作　者	作　品	发表刊物	时间（年）
苏学军	《天堂之路》	《科幻世界》	1994
杨　平	《为了凋谢的花》	《科幻世界》	1996
赵海虹（赵钗）	《升成》	《科幻世界》	1996
刘维佳	《我要活下去》	《科幻世界》	1996
周宇坤	《穿越时间的勇士》	《科幻世界》	1996
凌　晨	《信使》	《科幻世界》	1995
刘慈欣	《鲸歌》	《科幻世界》	1999

"新生代"部分代表作家成名作发表时间表

吴　岩	《生死第六天》	《科幻世界》	1991
韩　松	《宇宙墓碑》	《幻象》	1991
星　河	《决斗在网络》	《科幻世界》	1996
杨　鹏（征士）	《堕入爱河的电脑》	《科幻世界》	1992
杨　平	《MUD——黑客事件》	《科幻世界》	1998
王晋康	《亚当回归》	《科幻世界》	1993
苏学军	《远古的星辰》	《科幻世界》	1995
赵海虹	《桦树的眼睛》	《科幻世界》	1997
凌　晨	《猫》	《科幻世界》	1998
何宏伟	《光恋》	《科幻世界》	1992
潘海天	《克隆之城》	《科幻世界》	1996
柳文扬	《闪光的生命》	《科幻世界》	1994
刘维佳	《高塔下的小镇》	《科幻世界》	1998
周宇坤	《脑界》	《科幻世界》	1997
江渐离	《道格拉斯5000型》	《科幻世界》	1995
刘慈欣	《带上她的眼睛》	《科幻世界》	1999

二、出版

出版是作为类型文学的科幻小说市场状况的晴雨表。数据表明，无论是期刊还是图书，在1991—1996年这短短的六年间都取得了长足的发展。特别是期刊，它的快速成长成为 20 世纪 90 年代中国科幻发展的一个标志。

（一）期刊

1991—1992 年,《科幻世界》在正式定名的前两年还只是双月刊。即便如此，由于新老作家交替、刊物读者对象调整等原因，刊物稿源仍明显不足，其发行量也只有一万余册。

然而，1993 年《科幻世界》在经过认真的市场调查之后，将刊期从双月刊改为月刊时，稿源问题却并没有成为这一改变的阻碍，绿杨、袁英培、柳文扬、何宏伟、裴晓庆、星河、吴岩等新老作家都在这一年贡献了自己的新作。特别是来自河南石油系统的王晋康以处女作《亚当回归》一鸣惊人，很快成为明星作家。科幻短篇创作终于呈现出生机勃勃的面貌,《科幻世界》也开始步入良性发展的轨道。

1994 年,《科幻世界》增设“每期一星”栏目，开始重点推介新星作家。“每期一星”前后办了 12 年，共推出了柳文扬、杨鹏、刘维佳、锋寒、王麟、李兴春、杨玫、赵磊、杨丹涛等 144 位新锐科幻作者，是《科幻世界》延续时间最长的栏目之一。

在来稿量增加、稿件质量得到根本改善的同时,《科幻世界》开始在封底刊发三维立体画。这一新颖的艺术形式很快风靡校园,《科幻世界》月发行量随即飙升，迎来了真正的发行盈利时代。见图 1。

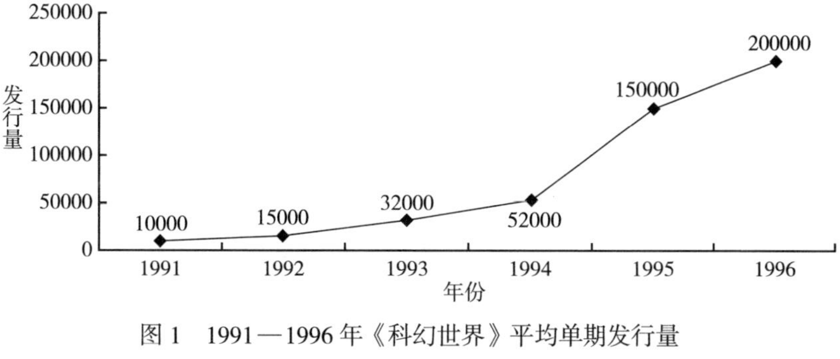

图 1　1991—1996 年《科幻世界》平均单期发行量

自 1991 年改版以来,《科幻世界》一直力图使刊物更加符合市场的需求，1996 年，这份科幻月刊的栏目设置基本定型，呈现出一本成熟杂志的面貌与气派。王晋康、何宏伟、凌晨、绿杨、星河、韩建国、周宇坤、潘海天等人更多的优秀作品得以发表，更多的新人出现在《科幻世界》上，耕耘者对科幻文学的前景显示出无比的乐观和自信。时任《科幻世界》副主编的谭楷甚至将自己用笔名发表的一篇记《科幻世界》1996北京科幻节的文章命名为《中国科幻正在走向辉煌》。

从1995年开始,《科幻世界》对科幻活动的重视程度明显增加。1995年11月28日,《科幻世界》联合中国石油文联在北京师范大学召开了“王晋康作品研讨会”。《科技日报》总编张飙、《人民文学》副主编王扶、科普作家冷兆和、科幻作家宋宜昌、韩松以及翻译家王逢振等到会发言。这是《科幻世界》第一次为特定作者召开研讨会。1996年7月13日，还是在北京师范大学，1996北京科幻节隆重举办，郑文光、金涛、星河等新老科幻作家和近两百名科幻迷参加了这次欢聚。此次活动在客观上为后来历史性的1997北京科幻大会进行了成功的预热。

另一本科幻杂志《科幻大王》也于1994年在山西太原创刊（创刊号64页，牛尔芳主编），其内容为根据中外科幻小说改编的漫画故事。

《科幻大王》以漫画刊形式出版与当时的漫画热息息相关，将科幻与漫画结合在当时似乎预示着更为广阔的读者市场。虽然由于原创性不足等原因这一前景并未实现，其发行量一直徘徊不前，但是，这本刊物的创办还是在一定程度上拓展了科幻文学的生存空间，特别是1997年逐渐改版为以刊发科幻小说为主之后。

（二）图书

图书出版品种，是类型文学繁荣与否的重要指标。1991—1996年这六年的科幻类型图书出版品种相较80年代中后期有明显回升，每年基本维持在五六十种之间。从整体上看，这六年的科幻出版呈现出“四多一少”的特点，即丛书多、译作多、选集多、少儿作品多，长篇少。

丛书有利于品牌效应的产生。对于出版社而言，科幻远远算不上热销类型，因而我们也就不难理解为什么出版社喜欢以丛书的形式来出版科幻小说。

1991—1996年，出版规模较大的两套科幻丛书是福建少儿出版社的“世界科幻小说精品丛书”（陈渊主编，全套7辑42册，在这六年内出版4辑24册）和安徽少年儿童出版社的“世界科幻名著文库”（叶永烈主编，13册）。前者所选作品均为世界科幻名家经典之作，其中艾萨克·阿西莫夫的《颠覆帝国的阴谋》、埃德加·伯勒斯的《火星公主》、E.E.史密斯的《宇宙云雀号》等大多数作品均为首次译介到国内；后者不仅收录了世界科幻名家艾萨克·阿西莫夫的《我，机器人》、阿瑟·克拉克的《2001——太空探险》等名家名著，还收录了中国台湾科幻作家张系国的《未来世界》、黄海的《地球逃亡》以及中国大陆作家童恩正的《珊瑚岛上的死光》。

与上面两套丛书相比，江苏少年儿童出版社的“中华当代科幻小说丛书”（6册）和中国少年儿童出版社的“天狼星丛书”（8册）规模不大，但却有着不同的价值。收入这两套丛书的《生死第六天》（吴岩）、《生死平衡》（王晋康）、《网络游戏联军》（星河）、《星星的使者》（苏学军）、《星空的诱惑》（江渐离）、《复活节岛上的海神梦》（苗虎）以及《海底记忆》（星河）、《幽灵海湾》（马铭）、《冰原迷踪》（金涛）、《魔鬼电脑》（崔永桢）、《心灵探险》（郑文光、吴岩）、《隐没的王国》（张锐锋）、《游戏的囚徒》（毕宁宁）、《冰狱之火》（苏学军）等作品，均为新生代科幻作家和老一代科幻作家的新作，题材从网络世界到宇宙探险，无所不包，这或许是对翻译家王逢振在1996年“王晋康作品研讨会”上呼吁出版社展开“长篇攻势”的回应，对于原创科幻长篇创作起到了积极的推动作用。

一直以来，翻译作品在我国科幻出版中都占有较大比例。除了上面提到的两套译作丛书，90年代前六年的重要译丛还包括河南人民出版社的“外国科幻小说译丛”（郭建中主编，包括中短篇集《超人学校》《天外来客》《冰人》《长生不老》《无性人》《海豚岛》《消失的星期天》《机器人大师历险记》和迈克尔·克莱顿的《侏罗纪公园》、布莱恩·奥尔迪斯的《解放了的弗兰肯斯坦》、杰克·威廉姆森的《新宇宙》、詹姆斯·冈恩的《造梦人》、哈里·哈里森的《太空特警队》），中国少年儿童出版社的“世界当代优秀科幻小说选丛书”（只出了《太空海盗》《神秘的车祸》两本，均为苏联当代科幻小说选）。它们为当时的读者打开了一扇了解外国当代科幻创作成果的窗口。

关于选集多这一点，其实并不是出版社的主动选择，出版社很清楚选集的销量一般无法与长篇相提并论。但现实是，从事长篇写作的科幻作家当时并不多。显然，这是不断增强的市场需求与科幻文学发展现实之间的矛盾。从积极的角度看，正是这样的矛盾，为科幻文学的发展提供了源源不竭的动力。如果说 80 年代中后期，科幻出版人靠着“科幻文学是快速发展的中国所必需”这样的信念让科幻熬过严冬，那么到了 90 年代，科幻出版者终于感受到了市场需求的推动作用。这是科幻出版发展过程中一个重要的质的改变。

从研究者的角度出发，选集往往能够保存更多的时代信息。比如刘兴诗主编的《死亡星球的复活》（安徽少年儿童出版社，1991），这本 40 万字的年鉴式选集收录了 1985—1989 年五年内发表的短篇科幻小说 39 篇，对那五年中国科幻短篇方面的创作成就进行了概括总结。刘兴诗为本书撰写了一篇名为《从低谷走向第三个春天》的序，表达了老一代科幻作家对科幻文学未来的乐观期许。作为 1991 年成都世界科幻年会的献礼书，这部选集的目录和前言均为中英双语，体现了中国科幻与世界科幻交流的渴望。

同样重要的选集还有《火山造岛记》（于华夫、张希玉、尤异著，湖北少年儿童出版社，1993）和《神秘幽灵岛》（王晓达主编，四川科学技术出版社，1994）等。

1991—1996 年，科幻小说更多的时候仍然被归为儿童文学，因而很自然地，科幻图书出版基本以各省的少儿出版社为主，这反过来进一步强化了科幻小说的儿童文学属性。前面所提到的“中华当代科幻小说丛书”即是这种回馈的典型标本，其读者对象一致指向少年儿童。其他出版社的大部分科幻选题也都是针对少年儿童。

这一时期出版的科幻长篇不多，针对成年读者的更是少之又少，乔良的《末日之门》（昆仑出版社，1995）是其中较有影响的作品之一。这部近 50 万字的超长篇小说以一位中国军人与一个拥有预见能力的女孩缠绵悱恻的爱情为线索，展现了一幅中、印和俄、日大战的磅礴画卷。该作并没对未来科技发展做太多科幻化的推想，其核心内容是表达作者对当时国际政治的理解。出版社也并未将它定位于科幻小说，而是将它定义为“近未来预言小说”。这本书首印达20万册。

类似的“准科幻小说”还有主流文学作家梁晓声的《浮城》（花城出版社，1992）。它讲述当一场不可预知的灾难突然降临——一座城市在一夜之间无声无息地从陆地上断裂，孤岛似地飘浮在惊涛骇浪之中，载着茫然的人们走向未知的命运。这本书版权页没有标明印量，但至少加印了18次。如果我们认同这两本书属于科幻小说，那这样的发行量在当时应该是个奇迹。

此外，这一时期湖南少年儿童出版社和湖北少年儿童出版社还分别对郑文光、叶永烈两位老一代重量级作家的创作成就进行了梳理与总结，分别出版了《郑文光科幻小说全集》（四卷本，1993）和《中国福尔摩斯——金明科学探案集》（五卷本，1992）；中国青年出版社等则继续再版或重出了一系列法国科幻作家儒勒·凡尔纳的作品。

宇宙墓碑

◎ 韩松

上　篇

我十岁那年，父亲认为我可以适应宇宙航行了。那次我们一家去了猎户座，乘的当然是星际旅游公司的班船。不料在返航途中，飞船出了故障，我们只得勉强飞到火星着陆，等待另一艘飞船来接大家回地球。

我们着陆的地点，靠近火星北极冠。记得当时大家都心情焦躁，船员便让乘客换上宇航服出外散步。降落点四周散布着许多旧时代人类遗址，船长说，那是宇宙大开发时代留下的。我很清楚地记得，我们在一段几公里长的金属墙前停留了很久，跟着墙后面出现了意想不到的场面。

现在我们知道那些东西就叫墓碑了。但当时我仅仅被它们森然的气势镇住，一时裹足不前。那是一片辽阔的平原，地面显然经过人工平整。大大小小的方碑犹如雨后春笋一般钻出地面，有着同一的黑色调子，焕发出寒意，与火红色的大地映衬，着实奇异非常。火星的天空掷出无数雨点般的星星，神秘得很。我的少年之心忽然地悠动起来。

大人们却都变了脸色，不住地面面相觑。

我们在这个太阳系中数一数二的大坟场边缘只停留了片刻，便匆匆回到船舱。大家表情很严肃和不祥，而且有一种后悔的神态，仿佛是看到了什么不该看的东西。我便不敢说话，却无缘无故有些兴奋。

终于有一艘新的飞船来接我们了。它从火星上起动的一刹那，我悄声问父亲：

“那是什么？”

“哪是什么？”他仍愣着。

“那面墙后面的呀！”

“他们……是死去的太空人。他们那个时代，宇宙航行比我们困难一些。”

我对死亡的概念，很早就有了感性认识，大约就始于此时。我无法理解大人们刹那间神态为什么会改变，为什么他们在火星坟场边一下子感情复杂起来。死亡给我的印象，是跟灿烂的旧时代遗址紧密相连的，它是火星瑰丽景色的一部分，对少年的我拥有绝对的魅力。

十五年后，我带着女朋友去月球旅游。“那里有一个未开发的旅游区，你将会看到宇宙中最不可思议的事物！”我又比又划，心中却另有打算。事实上，背着阿羽，我早跑遍了太阳系中的大小坟场。我伫立着看那些墓碑，达到了入痴入迷的地步。它们静谧而荒凉的美跟寂寞的星球世界吻合得那么融洽，而墓碑本身也确是那个时代的杰作。我得承认，儿时的那次经历对我心理的影响是微妙而深远的。

我和阿羽在月球一个僻静的降落场离船，然后悄悄向这个星球的腹地走去。没有交通工具，没有人烟。阿羽越来越紧地攥住我的手，而我则一遍遍翻看那些自绘的月面图。

“到了，就是这里。”

我们来得正是时候，地球正从月平线上冉冉升起，墓群沐在幻觉般的辉光中，仿佛在微微颤动着，正纷纷醒来。这里距最近的降落场有一百五十公里。我感到阿羽贴着我的身体在剧烈战栗。她目瞪口呆地望着那幽灵般的地球和其下生机勃勃的坟场。

“我们还是走吧。”她轻声说。

“好不容易来，干嘛想走呢？你别看现在这儿死寂一片，当年可是最热闹的地方呢！”

“我害怕。”

“别害怕。人类开发宇宙，便是从月球开始的。宇宙中最大的坟场都在太阳系，我们应该骄傲才是。”

“现在只有我们两人来光顾这儿，那些死人知道吗？”

“月球，还有火星、水星……都被废弃了。不过，你听，宇宙飞船的隆隆声正震撼着几千光年外的某个无名星球呢！死去的太空人地下有灵，定会欣慰的。”

“你干嘛要带我来这儿呢？”

这个问题让我不知怎么回答才好。为什么一定要带上女朋友万里迢迢来欣赏异星坟茔？出了事该怎么交代？这确是我没有认真思考过的问题。如果我要告诉阿羽，此行原是为了寻找宇宙中爱和死永恒交织与对立的主题和情调，那么她必定会以为我疯了。也许我可以用写作论文来作解释，而且我的确在搜集有关宇宙墓碑的材料。我可以告诉阿羽，旧时代宇航员都遵守一条不成文的习俗，即绝不与同行结婚。在这儿的坟茔中你绝对找不到一座夫妻合葬墓。我要求助于女人的现场灵感来帮助我解答此谜吗？但我却沉默起来。我只觉得我和阿羽的身影成了无数墓碑中默默无言的两尊。这样下去很醉人，我希望阿羽能悟到，但她却只是紧张而痴傻地望着我。

“你看我很奇怪吧？”半晌，我问阿羽。

“你不是一个平常的人。”

回地球后阿羽大病了一场，我以为这跟月球之旅有些关系，很是内疚。在照料她的当儿，我只得中断对宇宙墓碑的研究。这样，一直到她稍微好转。

我对旧时代那种植墓于群星的风俗抱有极大兴趣，曾使父亲深感不安。墓碑么？那是很久以前的事了，现代人几乎把它淡忘了，就像人们一股脑儿把太阳系的姊妹行星扔在一旁，而去憧憬宇宙深处的奇景一样。然而我却下意识体会到，这里有一层表象。我无法回避在我查阅资料时，父亲阴郁地注视我的眼光。每到这时我就想起儿时的那一幕，大人们在坟场旁神情怪异起来，仿佛心灵中某种深沉的东西被触动了。现代人绝对不重提旧事，尤其是有关古代死亡的太空人。但他们并没从心底忘掉他们，这我知道，因为他们每碰上这个问题时，总是小心翼翼地绕着圈子，敏感得有些过分。这种态度渗透到整个文化体系中，便是历史的虚无主义。忙碌于现时的瞬间，是现代人的特点。或许大家认为昔日并不重要？或仅是无暇去回顾？我没有能力去探讨其后可能暗含的文化背景。我自己也并不是一个历史主义者。墓碑使我执迷，在于它给我的一种感觉，类似于诗意。它们既存在于我们这个活生生的世界之中，又存在于它之外，偶尔才会有人光临其境，更多的时间里它们保持缄默，旁若无人地沉湎于它们所属的时代，这就是宇宙墓碑的醉人之处。每当我以这种心境琢磨它们时，蓟教授便警告我说，这必将堕入边界，我们的责任在于复原历史，而不是为个人兴趣所驱，我们要使现时代一切庸俗的人们重新认识到其祖先开发宇宙的艰辛与伟大。

蓟教授的苍苍白发常使我无言以对，但在有关墓碑风俗的学术问题上，我们却可以争个不休。在阿羽病情好转后，我和教授会面时又谈到了墓碑研究中的一个基本问题，即该风俗突然消失在宇宙中的现象之谜。

“我还是不同意您的观点。在这个问题上，我一直是反对您的。”

“年轻人，你找到什么新证据了吗？”

“目前还没有，不过……”

“不用说了。我早就告诫过你，你的研究方法不大对头。”

“我相信现场直觉。故纸堆已不能告诉我们更多的信息，资料太少。您应该离开地球到各处走一走。”

“老头子可不能跟年轻人比啊，他们太固执己见了啊。”

“也许您是对的，但是……”

“知道新发现的天鹅座 a 星墓葬吗？”

“无名之坟，仅镌有年代。它的发现将墓碑风俗史的下限推后了五十年。”

“如果我没记错的话，技术决定论者的《行星宣言》就是在那前后不久发表的。墓碑风俗的消失跟这没有关系吗？”

“您认为是一种文化规范的兴起替代了旧的文化规范？”

“我推测我们不能找到年代更晚的墓葬了。技术决定论者一登台，墓碑风俗便神秘地隐遁在宇宙中了。”

“您不觉得太突然了吗？”

“恰恰如此，才能解释时间上的巧合。”

“……也许有别的原因。那时技术决定论者还太弱，而墓葬制度的存在已有数万年历史，宇宙墓碑也矗立上千年了。没有东西能够一下子摧毁这么强大的风俗。很简单，它沉淀在古人心灵中，叫它集体潜意识总可以吧？”

蓟教授摊了摊手。合成器这时将晚餐准备好了。吃饭时我才注意到教授的手在微微颤抖，毕竟是二百多岁的人了。有一种复杂的情绪在我心头翻腾着。死亡将夺去每一个人的生命，这可能是连技术决定论者也永远无法回避的一个问题。死后我们将以何种方式存在，仍然是心灵深处悄悄猜度着的。宇宙中林立的墓碑展示出旧时代的人类已经在思考这个答案，或许他们已经将心得和结论喻入墓茔？现代人不再需要埋葬了，他们读不懂古墓碑文，也不屑一读。人们跟其先辈相比，难道产生了本质上的不同吗？

死是无法避免的，但我还是担心蓟教授过早谢世。这个世界上，仅有极少数人在探讨诸如宇宙墓碑这样的历史问题。他们默默无闻，而常常是毫无结果地工作着，这使我忧心忡忡。

我不止一次地凝神于眼前的全息照片，它就是蓟教授提到的那座坟，它在天鹅座 a 星系中的位置是如此偏僻，以至于直到最近才被一艘偶然路过的货运飞船发现。墓碑学者普遍有一种看法，即这座坟在向我们暗示着什么，但没有一个人能够猜出。

我常常被这座坟的奇特形象所打动，从各个方面，它都比其他墓碑更契合我的心境。一般而言，宇宙墓碑都群集着，形成浩大的坟场，似乎非此不足以与异星的荒凉抗衡。而此墓却孑然独处，这是以往的发现中绝无仅有的一例。它址于该星系中一颗极不起眼的小行星上，这给我一种经过精心选择的感觉。从墓址所在的区域望去，实际上看不见星系中最大的几颗行星。每年这颗小行星都以近似彗星的椭圆轨道绕天鹅座 a 运转，当它走到遥遥无期的黑暗的远日点附近时，我似乎也感到了墓主寂寞厌世的心情。这一下子便产生了一个很突出的对比，即我们看到，一般的宇宙墓群都很注意选择雄伟风光的衬托，它们充分利用从地平线上跃起的行星光环，或以数倍高于珠穆朗玛峰的悬崖作背景。因此即便从死人身上，我们也体会到了宇宙初拓时人类的豪迈气概。此墓却一反常规。

这一点还可以从它的建筑风格上找到证据。当时的筑墓工艺讲究对称的美学，墓体造得结实、沉重、宏大，充满英雄主义的傲慢。水星上巨型的金字塔和火星上巍然的方碑，都是这种流行模式的突出代表。而在这一座孤寂的坟上，我们却找不到一点这方面的影子。它造得矮小而卑琐，但极轻的悬挑式结构，却有意无意中使人觉得空间被分解后又重新组合起来。我甚至觉得连时间都在墓穴中自由流动，这显然很出格。整座墓碑完全就地取材，由该小行星上富含的电闪石构成，而当时流行的作法是从地球本土运来特种复合材料。这样做很浪费，但人们更关心浪漫。

另一点引起猜测的便是墓主的身份。该墓除了镌有营造年代外，并无多余着墨。常规做法是，必定要刻上死者姓名、身份、经历、死亡原因以及悼亡词等。由此出现了各种各样的假说。是什么特殊原因，促使人们以这种不寻常的方式埋葬天鹅座 a 星系的死者?

由于墓主几乎可以断定为墓碑风俗结束的最后见证人，神秘性就更大了。在这一点上，一切解释都无法自圆其说。因为似乎是这样的，即我们不得不对整个人类文化及其心态做出阐述。对于墓碑学者来说，现时的各种条件锁链般限制了他们。我倒是曾经计划过亲临天鹅座 a 星系，却没有人能够为我提供这笔经费。这毕竟不同于太阳系内旅行，而且不要忘了，世俗并不赞成我们。

后来我一直未能达成天鹅座 a 之旅，似乎是命里注定。生活在发生意想不到的变化，我个人也在发生变化。在我一百岁时，刚好是蓟教授去世七十周年的忌日。我忽然想起这一点时，也就忆起了青年时代和教授展开的那些有关宇宙墓碑的辩论。当初的墓碑学泰斗们也跟先师一样，早就形骸坦荡了，追随者们纷纷弃而他往。我半辈子研究，略无建树，夜半醒来常常扪心自问：

何必如此耽迷于旧尸？先师曾经预言过，我一时为兴趣所驱，将来必自食其果，竟然言中。我何曾有过真正的历史责任感呢？由此才带来今日的困惑。人至百年，方有大梦初醒之感，但我意识到，知天命恐怕是万万不能了。

我年轻时的女朋友阿羽，早已成了我的妻子，如今是一个成天唠叨不休的中年妇女。她这大概是在将一生不幸怪罪于我。自从那次我带她参观月球坟场后，她就受惊得了一种怪病。每年到我们登月的那个日子，她便精神恍惚，整日呓语，四肢瘫痪。即便现代医术，也无能为力。每当我查阅墓碑资料，她便在一旁神情黯然，烦躁不安。这时我便悄悄放下手中活计，步出户外。天空一片晴朗，犹如七十年前。我忽然意识到自己已有许多年没离开过地球了。余下的日子，该是用来和阿羽好好厮守了吧？

我的儿子筑长年不回地球，他已在河外星系成了家，他本人则是宇宙飞船的船长，驰骋于众宇，忙得星尘满身。我猜测他一定莅临过有古坟场的星球，不知他作何感想？此事他从未当我面提起，而我也暗中打定主意，绝不首先对他言说。想当初父亲携我，因飞船事故偶处火星，我才得以目睹墓群，不觉欷歔。而今他老人家也已一百五十多岁了。

由生到死这平凡的历程，竟导致古人在宇宙各处修筑了那样宏伟的墓碑，这个谜就留给时空去解吧。

这样一想，我便不知不觉放弃了年轻时代的追求，过了几年平静的日子。地球上的生活竟这么恬然，足以冲淡任何人的激情，这我以前从未留意过。人们都在宇宙各处忙碌着，很少有机会回来看一看这个曾经养育过他们而现在变得老气横秋的行星，而守旧的地球人也不大关心宇宙深处惊天动地的变化。

那年筑从天鹅座 a 回来时，我都没意识到这个星球的名字有什么特别之处了。筑因为河外星系引力的原因，长得奇怪的高大，是彻头彻尾的外星人了，并且由于当地文化的熏染而沉默寡言得很。我们父子见面日少，从来没多的话说。有时我不得不这么去想，我和阿羽仅仅是筑存在于世所临时借助的一种形式。其实这种观点在现时宇宙中一点儿也不显得荒谬。

筑给我斟酒，两眼炯炯发光，今日却奇怪地话多。我只得和他应酬。

“心宁他还好？”心宁是孙子名。

“还好呢，他挺想爷爷的。”

“怎么不带他回来？”

“我也叫他来，可他受不了地球的气候。上次来了，回去后生了一身的疹子。”

“是吗？以后不要带他来了。”

我将一杯酒饮尽，发觉筑正窥视我的脸色。

“父亲，”他在椅子上不安地扭动起来，“我有件事想问您。”

“讲吧。”我疑惑地打量着他。

“我是开飞船的，这么些年来，跑遍了大大小小的星系。跟您在地球上不同，我可是见多识广。但至今为止，尚有一事不明了，常萦绕心头，这次特向您请教。”

“可以。”

“我知道您年轻时专门研究过宇宙墓碑，虽然您从没告诉我，可我还是知道了。我想问您的就是，宇宙墓碑使您着迷之处，究竟何在？”

我站起身来，走到窗边，背对着筑。我没想到筑要问的是这个问题。那东西也撞进了筑的心灵，正像它曾使父亲和我的心灵蒙受巨大不安一样。难道旧时代人类真在此中藏匿了魔力，后人将永远受其阴魂侵扰？

“父亲，我只是想随便问问，没有别的意思。”筑嗫嚅起来，像个小孩。

“对不起，筑，我不能回答这个问题。嗬，为什么墓碑使我着迷？我要是知道这个，早就在你很小的时候就告诉你一切一切跟墓碑有关的事情了。可是，你知道，我没有这么做。那是个无底洞，筑。”

我看见筑低下了头。他默然，似乎深悔自己的贸然。为了使他不那么窘迫，我压制住感情，回到桌边，给他斟了一杯酒。然后我审视着他的双目，像任何一个做父亲的那样充满关怀地问道：

“筑，告诉我，你到底看见了什么？”

“墓碑。大大小小的墓碑。”

“你肯定会看见它们。可是你以前并没有想到要谈这个嘛。”

“我还看见了人群。他们蜂拥到各个星球的坟场去？”

“你说什么？”

“宇宙大概发疯了，人们都迷上了死人，仅在火星上，就停满了成百上千艘飞船，都是奔墓碑来的。”

“此话当真？”

“所以我才要问您墓碑为何有此魅力。”

“他们要干什么？”

“他们要掘墓！”

“为什么？”

“人们说，坟墓中埋藏着古代的秘密。”

“什么秘密？”

“生死之谜！”

“不！这不当真。古人筑墓，可能纯出于天真无知！”

“那我可不知道了。父亲，你们都这么说。您是搞墓碑的，您不会跟儿子卖关子吧？”

“你要干什么？要去掘墓吗？”

“我不知道。”

“疯子！他们沉睡一千年了。死人属于过去的时代。谁能预料后果？”

“可是我们属于现时代啊，父亲。我们要满足自己的需求。”

“这是河外星系的逻辑吗？我告诉你，坟墓里除了尸骨，什么也没有！”

筑的到来，使我感到地球之外正酝酿着一场变动。在我的热情行将冷却时，人们却以另外一种方式耽迷于我耽迷过的事物来。筑所说的使我心神恍惚，一时作不出判断。曾几何时，我和阿羽在荒凉的月面上行走，拜谒无人光顾的陵寝，其冷清寂寥，一片穷荒，至今在我们身心上留下了不可磨灭的痕迹。记得我对阿羽说过，那儿曾是热闹之地。而今筑告诉我，它又重将喧哗不堪。这种周期性的逆转，是预先安排好的呢，还是谁在冥冥中操纵？继宇宙大开发时代和技术决定论时代后，新时代到来的预兆已经出现于眼前了么？这使我充满激动和恐慌。

我仿佛又重新回到了几十年前。无垠的坟场历历在目，笼罩在熟悉而亲切的氛围中。碑就是墓，墓即为碑，洋溢着永恒的宿命感。

接下来我思考着筑话语中的内涵。我内心不得不承认他有合理之处。墓碑之谜即生死之谜，所谓迷人之处，也即此吧，不会是旧人魂魄摄人。墓碑学者的激情与无奈也全出于此。其实是没有人能淡忘墓碑的，我又恍惚看见了技术决定论者紧绷的面孔。

然而掘墓这种方式是很奇特的，以往的墓碑学者怎么也不会考虑用这种办法。我的疑虑现在却在于，如果古人真的将什么东西陪葬于墓中，那么所有的墓碑学者就都失职了，而蓟教授连悔恨的机会也没有了。

在筑离开家的当天，阿羽又发病了。我手忙脚乱地找医生，就在忙得不可开交的当儿，我居然莫名其妙地走了神。我忽然想起筑说他是从天鹅座 a 来的，这个名字我太熟悉了。我仍然保存着几十年前在那儿发现的人类最晚一座坟墓的全息照片。

下　篇

——录自掘墓者在天鹅座 a 星系小行星墓葬中发现的手稿

我不希望这份手稿为后人所得，因为我实无哗众取宠之意。在我们这个时代里，自传式的东西实在多如牛毛。一个历尽艰辛的船长大概会在临终前写下自己的生平，正像远古的帝王希望把自己的丰功伟绩标榜于后世一样。然而我却无心为此，我平凡的职业和平凡的经历都使我耻于吹嘘。我写下这些文字，是为了打发临死前的寂寞时光。并且，我一向喜欢写作。如果命运没有使我成为一名宇宙营墓者的话，我极可能去写科幻小说。

今天是我进入坟墓的第一天。我选择在这颗小行星上修筑我的归宿之屋，是因为这里清静，远离人世和飞船航线。我花了一个星期独力营造此墓。采集材料很费时间，而且着实辛苦。我们原来很少就地取材——除了为那些特殊条件下的牺牲者。通常发生了这种情况，地球无力将预制件送来，或者预制件不适合于当地环境，这对于死者及其亲属来说都是一件残酷之事。但我一反传统，是自有打算。

我也没有像通常那样在墓碑上镌上自己的履历，那样显得很荒唐，是不是？我一生一世为别人修了数不清的坟墓，我只为别人镌上他们的名字、身份和死因。

现在我就坐在这样一座坟里写我的过去。我在墓顶安了一个太阳能转换装置，用以照明和供暖。整个墓室刚好能容一人，非常舒适。我就这么不停地写下去，直到我不能够或不愿意再写了。

我出生在地球。我的青年时代是在火星上度过的。那时世界正被开发宇宙的热浪袭击，每一个人都被卷进去了。我也急不可耐地丢下自己的爱好——文学，报考了火星宇宙航行专门学校。结果我被分在太空抢险专业。

我们所学的课程中，有一门便是筑墓工程学，它教导学员如何妥善而体面地埋葬死去的太空人，以及此举的重大意义。

记得当时其他课程我都学得不是太好，唯有此课，常常得优。回想起来，这大概跟我小时候便喜欢亲手埋葬小动物有一些关系。我们用三分之一的时间学习理论，其余用于实践。先是在校园中搞大量设计和模型建造，尔后进行野外作业。记得我们通常在大峡谷附近修一些较小的墓，然后移到平原地带造一些比较宏大的。临近毕业时我们进行了几次外星实习，一次飞向水星，一次去小行星带，两次去冥王星。

我们最后一次去冥王星时出了事。当时飞船携带了大量特种材料，准备在该行星严酷冰原条件下修一座大墓。飞船降落时遭到了流星撞击，死了两个人。我们都以为活动要取消了，但老师却命令将演习改为实战。你今天要去冥王星，还能在赤道附近看见一座半球形的大墓，那里面长眠着的便是我的两位同学。这是我第一次实际作业，由于心慌意乱，坟墓造得一塌糊涂，现在想来还内疚不已。

毕业后我被分配到星际救险组织，在第三处供职。去了后才知道第三处专管坟墓营造。

老实说，一开始我不愿干这个。我的理想是当一名飞船船长，要不就去某座太空城或行星站工作。我的许多同学分配得比我好得多。后来经我手埋葬的几位同学，都已征服好几个星系了，中子星奖章得了一大排。在把他们送进坟墓时，人们都肃立致敬，独独不会注意到站在一边的造墓人。

我没想到在第三处一干就是一辈子。

写到这里，我停下来喘口气。我惊诧于自己对往事的清晰记忆，这使我略感踌躇，因为有些事是该忘记的。也罢，还是写下去再说吧。

我第一次被派去执行任务的地点是半人马座 β 星系。这是一个具有七个行星的太阳系，我们飞船降落在第四颗上面。当地官员神色严肃而恭敬地迎接我们，说:“终于把你们盼来了。”

一共死了三名太空人，他们是在没有防护的情况下遭到宇宙射线的辐射而丧生的。我当时稍稍舒了一口气，因为我本来已经做好了跟断肢残臂打交道的思想准备。

这次第三处一共来了五个人。我们当下二话没说便问当地官员有什么要求。但他们道:“由你们决定吧。你们是专家，难道我们还会不信任么？但最好把三人合葬一处。”

那一次是我绘的设计草图。首次出行，头儿便把这么重要的任务交给我，无疑是培养我的意思。此时我才发现我们要干的是在半人马座 β 星系建起第一座墓碑。我开始回忆老师的教导和实习的程序。一座成功的墓碑不在于它外表的美观华丽，更主要的在于它透出的精神内容。简单来说，我们要搞出一座跟死者身份和时代气息相吻合的墓碑来。

最后的结果是设计成一个巨大的立方体，坚如磐石。它象征宇航员在宇宙中不可动摇的位置。其形状给人以时空静滞之感，有永恒的态势。死亡现场是一处无垠的平原，我们的碑矗立其间，四周一无阻挡，只有天空湖泊般垂落，万物线条明晰。墓碑唯一的缺憾是未能表现出太空人的使命，但作为第一件独立作品，它超越了我在校时的水平。我们实际上干了两天便竣工了，材料都是地球上成批生产的预制构件，只需把它们组合起来就成。

那天黎明时分，我们排成一排，静静地站了好几分钟，向那刚落成的大坟行注目礼，这是规矩。墓碑在这颗行星特有的蓝雾中新鲜透明，深沉持重。

头儿微微摇头，这是赞叹的意思。我被惊呆了，我不曾想到死亡这么富有存在的个性，而这是通过我们几人的手产生的。坟茔将在悠悠天地间长存——我们的材料能保持数十亿年不变原形。

这时死者还未入棺，我们静待更隆重的仪式的到来。在半人马座 β 星升上一臂高时，人们陆续地来到了。他们都裹着臃肿的服装，戴着沉重的头盔，淹没着自己的个性。而这样的人群显示出的气氛是特殊的，肃穆中有一种骇人的味道。实际上来者并不多，人类在这个行星上才建有数个中继站。死了三个人，这已了不得。

我已经记不太清楚当时的场面了。我不敢说究竟是当地负责人致悼词在先，还是我们表示谢意在前。我也模糊了现场不断播放的一支乐曲的旋律，只记得它怪异而富有异星的陌生感，努力想表达出一种雄壮。后来则肯定有飞行器隆隆地飞临头顶，盘旋良久，掷出铂花。行星的重力场微弱，铂花在天空中飘荡，经久不散，令人回肠荡气。这时大家都拼命鼓掌。可是，是谁教给人们这一套仪式的呢？挨到最后，为什么要由我们万里迢迢来给死人筑一座大坟呢？

送死者入墓是由我们营墓者来进行的。除头儿外的四人都去抬棺，这时一切喧闹才停下来。铂花和飞行器都无影无踪了。在墓的西方，也就是现在朝着太阳系的一方，开了一个小门洞。我们把三具棺材逐次抬入，祝愿他们能够安息。然而就在这时我觉得不对头了，但当时我一句话也没说。

返回地球的途中，我才问一位前辈：

"棺材怎么这么轻？好像学校实习用的道具一般。"

"嘘！"他转眼看看四周。"头儿没告诉你吧？那里面没人呢！"

"不是辐射致死么？"

"这种事情你以后会见惯不惊的。说是辐射致死，可连一块人皮都没找到。骗骗 β 星而已。"

骗骗 β 星而已！这句话给我留下一生难忘的印象。我以后目睹了无数的神秘失踪事件。我们在半人马座 β 星的经历，比起我后来经历的事情，竟是小巫见大巫呢。

我的辉煌设计不过是一座衣冠冢！可好玩之处在于无人知晓那神话般外表后面的中空内容。

在第三处待久了，我逐渐熟悉了各项业务。我们的服务范围遍及人类涉足的时空，你必须了解各大星系间的主要封闭式航线，这对于以最快速度抵达出事地点是很必要的。但实际上这种做法渐渐显得落后起来，因为宇航员在太空中的活动越来越弥散。因此我们先是在各星设点，而后又开展跟船业务，即当预知某项宇航作业有较大危险时，第三处便派上筑墓船跟行。这要求我们具备航天家的技术。我们处里拥有好几位第一流的船长，正式的宇航员因为甩不掉他们而颇为恼火和自认晦气。我们还必须掌握墓碑工业的各种最新流程以及其中的变通形式，根据各星的情况和客户的要求采取特殊作法，同时又不违背统一风格规定。最重要的是，作为一名营墓者，必须具备非凡的体力和精神素质。长途奔波、马不卸鞍地与死亡打交道，使我们都成了超人。第三处的人都在不知不觉中戒绝了作为人应具备的普通情感。事实上，你只要在第三处多待一段时间，就会感到普遍存在的冷漠、阴晦和玩世不恭。全宇宙都以死为讳，而只有我们可以随便拿它来开玩笑。

从到第三处的第一天起，我便开始思索这项职业的神圣意义。官方记载的第一座宇宙墓碑建在月球上。这个想法来得非常自然，没有谁说得上是突发灵感要为那两男一女造一座坟。后来有人说不这样做便对不起静海风光，这完全是开玩笑。这里面没有灵感的火花，其实在地球上早就有专为太空死难者修建的纪念碑了。这种风俗从一开始进入浩繁群星，便与我们远古的传统有天然渊源。宇宙大开发时代使人类再次抛弃了许多陈规陋习，唯有筑墓风一阵热似一阵，很是耐人寻味。只是我们现在用先进技术代替了殷商时代的手掘肩扛，这样才诞生了使埃及金字塔相形见绌的奇迹。

第三处刚成立的时候有人怀疑这是否值得，但不久就证明它完全符合事态的发展。宇宙大开发一旦真正开始，便出现了大批的牺牲者，其数目之多，使官僚和科学家目瞪口呆。宇宙的复杂性远远超出了人们论证的结果，然而开发却不能因此停下来。这时如何看待死亡就变得很现实了。我们在宇宙中的地位如何？进化的目的何在？人生的价值焉存？人类的使命是否荒唐？这些都是当时大众媒介大声喧哗的话题。不管口头争吵的结果如何，第三处的地位却日益巩固起来。在头两年里它很赚了一笔钱。更重要的是它得到了地球和几个重要行星政府的暗中支持。直到神圣的方尖碑和金字塔形墓群首先在月球、火星、水星上大批出现时，反对者才不再说话了。这些精心制造的坟茔能承受剧烈的流星雨的袭击，它们的结构稳重，外观宏伟，经年不衰。人们发现，他们同胞飘移于星际间的尸骨重有了归宿。死亡成了一件很值得骄傲的事情。墓碑或许代表了一种人定胜天的古老理念。第三处将宇宙墓碑风俗从最初的自发状态引入一种自觉的功利行为，的确是一大杰作。这样持续了很长一段时间，直到人心甫定，墓碑制度才又表露出雍容大度的自然主义风采。

现在已经没有人怀疑第三处存在的意义了。那些身经百难的著名船长见了我们，都谦恭得要命。墓葬风俗已然演化为一种宇宙哲学，它被神秘化，那是后来的事。总之，我们无法从己方打起念头，说这荒唐。那样的话，我们将面临全宇宙的自信心和价值观的崩溃。那些在黑洞白洞边胆战心惊出生入死的人们的唯一信仰，全在于地球文化的坚强后盾。

如果有问题的话，它仅仅出在我们内部。在第三处呆的日子一长，其内幕便日益昭然。有些事情仅仅是我们这个圈子里的人才知道的，它从来没有流传到外面去。这一方面是清规教条的严格，另一方面出于我们心理上的障碍。每年处里都有职员自杀。现在我写下这一句话时，心仍蹦跳不止，犹如以刀自戕。我曾悄悄就此问过同事，他说：“噤声！他们都是好人，有一天你也会有同感。”言毕鬼影般离去。我后来年岁大了，经手的尸骨多了，死亡便不再是一个抽象的概念而成为一个具象在我眼前浮游着。我想意志脆弱者是会被它唤走的，但我要申明，我现在采取的方式在实质上却不同于那些自戕者。

有一段时间处里完全被怀疑主义气氛笼罩。记得当时有人提了这么一个问题，即我们死后由谁来埋葬。此问明显受那些自杀者的启发，而且里面包含着实际不止一个问题。我们面面相觑，觉得不好回答，或答之不详，遂作悬案。此时发生了上级追查所谓“劝改报告”的事情，据说是处里有人向行星联合政府打了报告，对现行一套做法提出异议。其中一点我印象很深，即有关墓碑材料的问题。通常无论埋葬地点远近，材料都毫无例外从地球运来，这关系到对死者的感情和尊重。更重要的，它是一种传统，风俗就该按风俗办理，这一点在《救险手册》里规定得一清二楚。因此，谁也不能忍受报告中的说法，即把我们迄今做的一切斥为浪费精力和理性犬儒主义。报告还不厌其烦地论证了关于行星就地取材的可行性和技术细节。其结果大家都知道了，打报告的人被取消了离开地球本土的资格。我们私下认为这份报告充满了反叛色彩，而且指出了我们从不曾想到的一个方面。我们惊诧于其语，震慑于其大胆，到后来竟有人暗中试行了其主张。某日有船载运墓料去仙女座一带，途中燃料漏逸，按照规定只能返航。但船长妄为，竟抛掉墓料，以剩余的燃料推动空船飞往目的地，用当地的岩浆岩造了一座坟，干出了骇世之举。此坟后来被毁掉重建，当事者亦受处分，这是后话。

要花上一些篇幅将我们的感受说清是很困难的。我还是继续讲我们工作中的故事吧。我仍旧挑选那些我认为是最平凡的事来讲，因为它们最能生动地体现我们事业的特点。

有一次我们接到一个指令，它与以往不同的是，没有交代具体的星球和任务，只是让筑墓飞船全副武装到火星与木星之间某处待命。我们飞到那里后，发现搜索处和救险处的船只已经忙碌开了。我们问他们:“喂，你们行吗？不行的话，交给我们吧。”但是没有回话。对方船上似乎有一层焦灼气氛。末了我们才知道有一艘船在小行星带失踪了，它便是大名鼎鼎的“哥伦布”号，人类当时最先进的型号之一。不用说其船长也就是哥伦布那样的人物了，船上搭乘着五大行星的首脑人物。

我们在太空中待了三天，搜索队才把飞船的碎片找回一舱，这下我们有事干了。虽然从这些碎片中要找出人体的部分是一件很烦琐的活儿，但大伙仍然干得十分出色。最后终于能够拼出三具尸身。“哥伦布”号上面共有八名船员。出事的原因基本可以判明为一颗八百磅的流星横贯了船体，引发了爆炸。在地球家门口出事，这很遗憾，但惨状却是宇宙中共同的。

“他们太大意了。”宇航局局长在揭墓典礼上这么总结。我们第三处的人听了都哭笑不得。人们在地球上都好好的，一到太空中都小孩般粗心忘事，为此还专门成立了个第三处来照顾他们。这种话偏偏从局长口中说出来！然而，我们最后都没敢笑。那三具拼出来的尸体此刻虽已进入地穴，但又分明血淋淋地透过厚墙，景象历历在目，神色冷峻，双目睁开，似乎不敢相信那最后一刻的降临。

有一种东西，我们也说不出是什么，它使人永远不能开怀。营墓者懂得这一点，所以总是小心行事。天下的墓已修得太多了，愿宇宙保佑它们平安无事。

那段时间里，我们反常地就只修了这么一座墓。

在一般人的眼中，墓的存在使星球的景观改变了。后者杀死了宇航员，但最后毕竟做出了让步。

写到这里，我看了看我用笔的手，也即是造墓的那只手。我这双老手，青筋暴起，枯干如柴，真想象不到那么多鬼宅竟由它所创。它是一双神手，以至于我常常认为它已摆脱了我的思想控制，而直接禀领天意。

所有营墓者都有这样一双手。我始终认为，在任何一项营墓活动中，起根本作用的，既非各样机械，也非人的大脑。十指有直接与宇宙相通的灵性，在大多数场合，我们更相信它的魔力。相对而言，思想则是不羁的，带偏见和怀疑色彩的，因而对于构造宇宙墓碑来说是危险的。

在营墓者身上，我们常常看见一种根深蒂固的矛盾。那些自杀者都悲观地看到了陵墓自欺欺人的一面，但同时最为精美的坟茔又分明出自其手，足以同宇宙中任何自然奇观相媲美。我坚信这种矛盾仅仅存在于营墓者心灵中，而世人大都只被墓碑的不朽外观吸引。我们时感尴尬，而他们则步向极端。

接下来我想说说有关女人的事情。

小时候在地球上看见同我一般大的小姑娘一无所知地玩耍，我便有一种填空的感觉。我相信此时此刻天下有一个女孩一定是为我准备的，将来要填充我的生命。这已注定了，就是说哪怕安排这事的人也改变不了它。稍微长大后我便迷上了那些天使般飞来飞去的女太空人，她们脸上、身上、胳膊上、腿儿上洋溢着一层说不清是从织女星还是仙女座带来的英气，可爱透顶，让人销魂。那时我也注意到她们的死亡率并不比男宇航员低，这愈发使我心里滚滚发烫。

我偷偷在梦中和这些女英杰幽会时，火星宇航学校还没对我打开大门。这就决定了我命运的结局。当晚些时候我被告知宇航圈中有那么一条禁忌时，我几乎昏了过去。太空人和太空人之间只能存在同事关系，非此不能集中精力应付宇宙中的复杂情况。大开发初期有人这么科学地论证，而竟被当局小心翼翼地默认了。这事有一段时间里在一般宇航员心中疙疙瘩瘩起来，但并没经过多长时间，飞船上的男人都认为找一个宇宙小姐必将倒霉。于是，我们所说的禁忌便固定了下来。你要试着触犯它吗？那么你就会“臭”起来，伙伴们会斜眼看你，你会莫名其妙找不到活儿干，从一名大副变为司舵，再降为掌舱，最后贬到地球上管理飞船废品站之类。我以为宇航学校最终会为我实现儿时愿望提供机会，但结果恰恰是相反。可是，那时我已身不由己了，宇宙就是这么回事，不由你选择。

我独人独马，以营墓者身份闯荡几年星空后，才慢慢对圈子中这种风俗有所理解。有关女人惹祸的说法流行甚广，神秘感几乎遍生于每个宇航员心灵。我所见到的人，几乎都能举出几件实例来印证上述结论。

此后我便注意观察那些女飞人，看她们有何特异之象。然而她们于我眼中，仍旧如没有暗云阻挡的星空一样明朗，怎么也看不出大祸袭来的苗头。她们的飞行事实使我相信，在应付某些事变时女人确比男人更加自如。

有一年，记得是太阳黑子年，我们一次埋葬了十名女太空人，她们死于星震。当时她们刚到达目的地，准备进入一家刚竣工的太空医疗中心工作。幸存者是她们的朋友和同事，也多为女性。我们按要求在墓上镌上死者生前喜爱的东西：植物或小动物，手工艺品，首饰。纪念仪式开始时，我听身边一个声音说：“她们本不该来这儿的。”

我侧目见是一位着紧身宇航服的小巧少女。

“她们不该这么早就让我们来料理，连具完尸也没有。”我无限怜悯。

“我是说我们本不该到宇宙中来。”她声音沉着，我便心一抽。

“你也认为女子不该到宇宙中来。”

“我们太弱。那是你们男人的世界。”

“我们倒不这么看。”我充满感情地说，不觉又打量了她一眼。我以前还没真正跟一个女太空人说过话呢。这时在场的男人女人都转过头来瞧着我俩。

这就是我认识阿羽的经过。写到这里我停下笔来，闭上眼睛，无限甜美而又无限辛酸地咂摸了好几分钟。

认识阿羽后我就意识到自己要犯规了。童年时代的感觉再度溢满心中，我仍然相信命中注定有个女孩在等我等了好久，她是个天生丽质的女太空人。

阿羽的职业是护士。即便在这个时代，我们仍需要那些传统的职业。所不同的是，今天的白衣天使正乘坐飞船，穿梭于星际，潇洒不俗而又危险万端。

当我坐在坟茔中写这些字时，我才猛然注意到自己竟一直忽略了一个事实，即我和阿羽职业上的矛盾性。总是我把她拯救过来的人重又埋入陵墓中。她活着时我不曾去想这个，她死了我也就不用想它了。可为什么直到此时才意识到呢？我觉得应该把我俩的结识赋予一个词：“坟缘”。我要感谢或怪罪的都是那十具女尸。

在那天的回程途中我心神不定，以至于同伴们大声谈论的一件新闻也没有听进去。他们大概在讲处里几天前失踪的一名职员，现在在某太空城里找到了尸体。他在那里逛窑子，莫名其妙被一块太阳能收集器上剥落的硅片打死了。我觉得这事毫无意思，只是一个劲地回想那坟地边伫立的宇装少女和她的不凡谈吐。这时舷窗外一个卫星的阴影正飘过行星明亮的球面，我不觉一震。

我和阿羽偷偷摸摸地书信来往了两个月，而实际见面只有三次。其间发生的几件事有必要录下，它们一直困惑着我的后半生，并促使我走进坟墓。

首先是我生病了。我得的是一种怪病，发作时精神恍惚，四肢瘫痪，整日呓语，而检查起来又全身器官正常，无法治疗。我不能出勤。往往这时就收到阿羽发来的信件，言她正被派往某某空域出诊。等她报告平安回到医疗中心站时，我的病便突然好起来。

我不能不认为这是天降之疾，但它又似乎与阿羽有某种关系，但愿这是巧合。

跟着发生了第三处设立以来的大惨案。我们的飞行组奉命前往第七十星区，途中刚巧要经过阿羽所在的星球。我便撺掇船长在那个星球作中途泊系，添加燃料。他一口答应。领航员在计算机中输入目的地代码。整个飞行是极普通的。但麻烦不久后便发生了，我们分明已飞入阿羽所在星区，却找不到那颗星球。无线电联络始终清晰无比，表明该星球导引台工作正常，就在附近。可是尽管按照它指引的方向飞，飞船仍像陷在一个时空的圆周里。

我从来没有见过船长如此可怖的脸色。他大声叫喊着，驱使大家去检查这个仪器，搬弄那个仪器。可是正像我的怪病一样，一切都无法解释和修正。终于人们停下不动了。船长吊着一双眼睛逼视大家，说：

“谁带女人上船了？”

我们于是迟疑地退回自己的舱位，等待死亡。良久，我听见外面的吵嚷声停止了，飞船仿佛也飞行平稳了。我打开舱门四顾，我难以置信地发现飞船正在地球上空绕圈子，而船上除了我一人外，其余七人都成了僵尸。我至今已记不住各位同伴的死态了，唯独看见他们的手，还一双双柴荆般向上举着。

此事引起了处里巨大震动。调查了半年，最后不了了之。在此后一段时间里，我耳边老回响着船长绝望的叫声。我不认为他真的相信船上匿有女子，航天者都爱这么咒骂。然而我却不敢面对如下事实：为什么全船的人都死了，唯有我还活着？事件为什么恰好发生在临近阿羽工作的星球的那一刹那？又是什么力量遣送无人控制的飞船准确无误回到地球上空的呢？

女人禁忌的说法又在我心中萌动起来，但另一个声音在企图拼命否定它。

不久后我见到了阿羽。她好生生的，看见我后惊喜异常。我一见面便想告诉她我差点做了死鬼，但不知为什么忍住了没说。我深深地爱着她，不在乎一切。我坚信如果真有某种存在在起作用的话，我和阿羽的生命力也是可以扭转其力矩的。

我不是活下来了吗？

前面已经说过，我和阿羽相识仅仅有两个月，两个月后她就死了。她要我带她去看宇宙墓碑，并要看我最得意的杰作。这女孩心比天高，不怕鬼神。

我开始很犯愁，但拗不过她。我让她参观的墓并不是最好的，但仍有一些东西很特别。我们爬上三百公尺高的墓顶，顶上有一直径数米的孔洞直通底部。我兴致勃勃地指给她看："你沿着这往下瞄，便会——"她一低头，失了重心，便从孔中直摔到了底部。她死得很简单。

后来我才知道她有晕眩症。

一丝星光正在远处狡黠地笑着。有一艘飞船正从附近掠过，飞得如此小心翼翼。此后一切静得怕人。

我让一个要好的同事帮我埋了阿羽。为什么我不自己动手？我当时是如此害怕死。同事悄悄问我她是什么人。

"一个地球人，上次休假时结识的。"我撒谎说。

"按照规定，地球人不应葬在星际，也不允许修造纪念性墓碑。"

"所以要请你帮忙了。墓可以造小一点。这女孩，她直到死都想当太空人，也够可怜的。"

同事去了又回。他告诉我，阿羽葬在鲸鱼座 β 附近，并且他自作主张镌上了她的宇航员身份。

"太感谢了。这下她可以安心睡去了。"

"幸亏她不是真正的太空人，否则，大概是为你修墓了。"

很久我都不敢到那片星区去，更谈不上拜谒阿羽的坟茔。后来年岁渐长，自以为参透了机缘，才想到去看望死去多年的女朋友。我的飞船降落在同事所说的星上，逡巡半日后，心不安得紧。我待了一阵，重跳上飞船，奔回地球。随后我拉上那位同事一齐来到鲸鱼座 β 。

"你不是说，就在这里么？"

"是呀，一起还有许多墓呢！"

"你看！"

这是一个完全荒芜的星球，没有一丝人工的孑遗。阿羽的墓，连同其他人的墓，都毫无踪迹。

"奇怪，"同事说，"肯定是在这里。"

"我相信你。我们都搞了几十年墓葬了，这事蹊跷。"

黑洞洞的宇宙却从背景上凸现出来，星星神气活现地不避我们的眼光，眨巴眨巴地挑逗。我和同事忽然忘了脚下的星球，对那星空出起神来。

“那才是一座真正的大墓呢！”我指指点点说，全身寒意遍起，双腿也成了立正姿势。

我那时就想到我在第三处可能待不长了。

第三处的解散事先毫无一点迹象，就像它的出现一样神秘。在它消失之前宇宙中发生了多起奇异事件。大片大片的墓群凭空隐遁了，仿佛蒸发在时空中。这是不可思议的事情，真相一直被掩饰着，不让世人知晓，但营墓者却惶惶不可终日。那些材料不是几十亿年也不变其形的么？仍然有一部分墓遗下，它们主要分布在太阳系或靠近太阳系的星区。这些地方，人类的气息最为浓郁。第三处后来又在远离人类文化中心的地方修了一些墓，然而它们也都很快失踪了，不留任何痕迹。星球拒绝了它们，还是接收了它们呢？

似乎是偶然间触动了某个敏感部位，宇宙醒了。偏激的人甚至认为它本来就是醒着的，只不过早先没有插手。

那些时候我仍周期性地发病，神志不清中往往见到阿羽。

“我害了你。”我喃喃道。

她沉默。

“早知道我们跟它这么合不来，就不去犯忌了。”

她仍沉默。

“这原来是真的。”

她沉默再三，转身离去。

这时我便感到有个强烈的暗示，修一座新墓的暗示。

于是就有了现在的情形。天鹅座 a 星是一个遥远的世界，比那些神秘消失的墓群所在的星球还要遥远。我是有意为之。我筑了一座格调迥异的墓，可以说很恶心，看不出任何伟大意义。在第三处你要是修这样一座墓，无疑是对死者的亵渎。我觉得我已知道了宇宙的那个意思。这个好心的老宇宙，它其实要让我们跟他妥帖地走在一起、睡在一起，天真的人自卑的人哪里肯相信！

这我懂得。但我的矛盾在于我虽然反叛了传统，但归根结底却仍选择了墓葬。我还有一点点虚荣心在作怪。

写到这里我就觉得再往下写没什么意思了。

我要做的便是静静地躺着，让无边的黑暗来收留我，去和阿羽相会。

——本文获1991年台湾首届“世界华人科幻艺术奖”
科幻短篇小说奖首奖，后刊于《科幻世界》1992年第5期

红色海洋（节选）

◎ 韩松

一、最后的平台

在战争来临的前夕，钻井平台上大部分人已经撤回陆地，只剩下了十个男人留守。这是一座一万两千吨的半潜式平台，建造的时代较晚，约为采油XI期，属于最后一批，这是因为海上石油开采过度，已接近了耗竭的尾声。

平台主体高达一百五十米，钻头打在两千五百米深的海底，但恐龙似的庞然大物已经停止了运转。此时的海面，风平浪静，船影杳无。留守的人们总是百无聊赖，便喝酒、玩电子游戏、打扑克。他们仿佛被遗忘在世外桃源。战争是遥遥无期之事了，虽然，其实不然，因为陆上已来了电话，很快就要派拖船把他们连同平台悉数接回。这海上的庞然大物，恐怕也会成为敌军攻击的目标。

最盼望回去的是小张，因为他刚刚订婚，未婚妻是开采局的陆上接线员。他们的恋爱，说来神奇，是在电话里聊上的。那时小张刚上平台，同事里面没有一个女人（平台的一种历史惯例），呆不多久便寂寞难挨。一次，他在无聊中胡乱拨动内线，对面传来的竟是清爽的女声。他便说："不管你是谁，咱们聊聊天吧，实在太寂寞了。"他们便你一言我一语了。这一聊便是热热乎乎的一年。这其实正是大海对男女心理的奇异催化。

其余的人，如老王、小李、老吴等，也都盼着回去。他们在陆上有家，他们想念留守的老婆孩子，想念家养的狗仔猫儿。而且，长年累月在海上，实在太想嗅一嗅陆地的味道了，那里杂存着男人最原本的气息。

也有不想回去的，那是队长。他老家在浙江宁波，妻子和女儿在五年前的一次海啸中丧生，仅他在南海平台上，得以幸免。此后，他便要求到平台上做永久性工作，连休假也尽皆放弃。他无言地守望大海，不离大海，那神情常常是颇可玩味的。别的人想，队长眼中的海水，是否与常人眼中的不同了呢？

有的时候，队长会面向大海唱起怪异的谣曲：

“炎帝黄帝呀，率熊罴虎貅之军，吃人无数；殷纣王呀，杀死姬昌长子伯邑考，做成肉羹，送给姬昌吃……”

大家都听得莫名其妙。队长唱累了，便停下来，对众人说：

“你们都快些走吧，让我一人留在这里，看守这美丽的家园。”

“若说家园，那远方的陆地，才是我们美丽的家园。而且，你就不害怕炸弹掉下来打中脑袋？”老王说。

“那有什么好怕的？我还想比比谁的脑袋硬哩。”

“别嘴硬。还是跟我们一起撤吧，队长。”小陈说。

“嗨，瞧你们这些不中用的家伙，都是在自己吓唬自己哩。海洋石油已经停采，这平台叫做无价值目标，谁稀罕浪费炸弹？”

他们听出，队长的语调中透出淡淡的伤感，好像在说人已被海抛弃，要不就是人唾弃了海，总之是两不相与。说到底，想回去与不想回去的，其实均与战争关系不大。这茫茫无际的汪洋总在脑海中导引出千奇百怪的错觉。他们却不知道，这将是一场不寻常的战争，显露在星球表面的一切，将悉数遭到毁灭。大海仅是一泓暂存的温柔幻象，正如同女人稍纵即逝的青春时光。

他们不禁集体坠入甜蜜回忆的陷阱。在开采的极盛期，海洋上曾布满钻井平台，他们称作“钻岛”，有固定式、船舶式和半潜式的，井架刺破湛蓝云天，如陆生城市林立的摩天大楼，每一座的制高点上均由一面火红的旗帜把守，他们称作海上劳工之魂。现在，视力所及处，一座也无了，正如陆上伐尽的森林耗竭的耕地。氤氲大气之中，天际又变得寥远寂惶了。而他们这一座上，红旗也在无风之风中下垂，如同男人委顿的器官，受着海洋的嘲讽。

小张和老王知道队长的大脑受过刺激，便不与他多说。他们耐心地等待船舶的到来，海平线上却连一根桅杆也不显现。打电话回去，那边抱歉地说，临战前夕，事态紧急，民船都被海军征用了，恐怕还要等上几天，也许会派直升机来接人。

他们又开始玩牌、喝酒、打电子游戏，看海豚出没。而海豚的身影也越来越稀少了下去。

二、怀春少妇般绽放之海

这一天傍晚，在上甲板，他们正孩子般玩得高兴，忽然，小张停下来说："看那边！"

一起玩的人看去，见辽远的西边海面颇有异样，原来是大片海水泛着耀目红光，却又不是夕阳的映射。他们忙叫来了队长和其他人，众人都看得怔住了。

"是赤潮吗？"

"像是啊，但这么大的规模，却见所未见。"

棉田一样的海洋开始一层层地由内向外绽放，娇赧凄艳地闪动，怀春少妇一般婀娜，任谁见了也要说美不胜收。这的确是不曾见过的奇景。大洋难道也会在日暮时分偷情并进入高潮吗？

只见金光四射之中，水晶般的洋面回旋不休，又仿佛纹丝不动，这真实无比的矛盾景致，逐渐凝结成了一幅古典名画，焕发了宗教一般的永恒和庄严。那是河外星系才有的意境。

真是令人惊诧莫名！而围住平台的海水片刻之后又仿佛纷纷退去，正如同宇宙向四面八方膨胀。滚滚而逝的波涛间散发来春雷爆炸般的强烈芬芳，平台上的男人都感到了情欲的泛动。

大家议论纷纷，又看不出究竟，便心怀疑虑地暂时抛开这海，返转去又玩起牌来。吊主！将杀！抠底！只有这套老古董，才是永远不会随时代而改变的，哪怕远离了陆地。他们长年在海上，见过了太多的不寻常之事，便把不寻常，也当作寻常起来。慢慢地，夜幕哗哗坠落，雄伟星空触手可及，他们回到舱室，接着玩牌，玩得自已都恶心了，直到凌晨。

次日一早，便看见红色愈加浓重，汹涌地逼近了平台。亮堂堂的海水露出浑浊凶狠的样子，颇有些杀气腾腾，活像是青春少女的柔软肚腹被剖开，祭神时溢流出了大片鲜血，染红了贞洁的自然界，与昨日睡眼惺忪的淡妆少妇，又颇有不同起来。这分明饱含了血光之灾的意味，大伙看得已是心惊胆战。他们始有些郑重其事。

“会不会是哪个鬼日的在搞什么试验呢？”队长骂骂咧咧。他觉得，这不打招呼的怪异，侵犯了他的私人领域——大海。

这一阵，倒是有新闻报道，说陆上有关部门正在海洋上进行科学实验。不久之前，还见过海军的几艘驱逐舰在这一带游弋，试验新式的电磁波武器。还有基因重组的水栖人，也已开始往海下投放。而且，传闻正在建造规模更大的海底城。在水下，科研部门投入了发光细菌，把深海照耀得通红透明。平台上的职工们开始都不相信，因为这一带的海水，尚是传统而正常的，是蓝莹莹的，悠然而恬淡。但是，海洋上有大动作，这也是确实的。这与即将爆发的世界大战有关系吗？他们远离了陆地文明的中心，他们中的大多数有一年多没有回陆地了。

等他们懒懒地睡了午觉起来，发现平台已被周遭的红水围了个密不透风。放荡的水势喷吐着暗藏威胁的光焰，快一阵慢一阵地扑打着六个十五米高的浮筒不锈钢立柱。他们细细看去，见海面浮动着细小的藻类，呈现出了复杂的丝状，慢慢地密布了水面。

“是哪里来的怪东西？”队长沉吟。

他们见过狂风恶浪、水怪海妖，但如此规模的赤潮超现实一般的入侵，实是从未遇到过的情形。

这个时候，整个目力所及的海面已全部被海藻染红了，光焰直冲云霄，在肥软松弛、宽阔欲坠的蓝天下面，蒸腾出让人不敢直视的强烈对比色。而那井架上孤独的一面旗帜，原已不引人注目，此时被衬得无比凶险。一刹那，在这节奏分明的铿锵光色中，白日噩梦开始飞翔。

“不祥的预兆。”老王说。

“一场海洋生态灾难，原因却不明。”队长说。

他们急忙往大陆打电话，却再打不通了。到了傍晚，远远地传来了隐约的雷声，那不是自然界的雷霆。不久，又有蔽天的战斗机群从头顶掠过，如候鸟飞错了季节。队长撇撇嘴角：“仗打响了。”

大概是敌军使用了电离武器，空间性状遭到了破坏，通信卫星也被击毁，无线电联络完全阻断了，海底电缆和光缆必定也毁于一旦。平台与陆地彻底断绝了联系。

“我们怎么办？”小张最是慌张。

“不要紧，他们就要来接我们的。”老吴安慰说。

“我觉得，我们应该赶快主动撤离。”老王提议。

“那，平台谁来看守？这是国家的财产。还是应该等待陆地来的指令。”队长板着脸说。

海洋石油开采，以前一直是半军事化管理的。沉浸在往昔回忆中的队长，其感伤之情浓重难化。

“不，必须马上撤离。既然战争爆发了，事态已非同一般，或许，陆地已经顾不上我们了，我们必须自救。”老王把“自救”二字咬得死死的。他不是平台的负责人，但在一伙人中资格最老，说话有份量。

队长瞥了他一眼，却顾不上应答，只去看不期而至的红色藻海，不经意间露出了醉迷的神态，竟有些像等来了久未谋面的故人。大家见此俱感惊愕。

这红色海洋的出现，与战争的爆发具有奇异的巧合。但这究竟是怎么一回事呢？

此处距大陆八百六十公里。平台上配有一艘备用的大型快艇和八艘无动力救生筏，可以在紧急情况下使用。老王的提议得到了多数人的支持，最后连队长也不好再说什么。他们便做了准备，决定第二天走。

三、洋面上的幻影

随着夜的来临，小张的心情越来越紧张，他睡不着觉，便烦躁地走出舱室，来到平常嬉玩的甲板上。夜色诡秘，却有一轮月牙在云缝间无声游移，红色海洋在下方荡妇般粗糙地蠕动，怪兽似地周身翻卷着明晃晃的芒刺。小张看清楚了，这不是在反射月光，而是海洋自身的泛光，并把月面映照得猩红。发光的藻类是很少见的，它们仿佛是从时空之牢中越狱的死囚。

这时，备料库边一道黑影显现出来，吓了他一跳。他看见是一个人，也在出神地观看夜云下的沧海，那正是队长。

“从来没见过这么美丽的海洋。就要撤离了，真有些依依不舍呢。”队长自言自语。

“只怕是真要出事呢。”小张走到队长身边，小声地告诫。

“怎么说出这种话呢，要是我一个人，我是不会走的。为了大家，我做出了让步和牺牲。”

这时，远远地又传来了沉闷的雷声，以及隐约的阵阵闪光。海面受到声光的振动，整个地要暴跳起来。

“战争的确爆发了，我们却在它之外。”

“不过，那算什么呢？海也在它之外。”

忽然间，队长兴奋地叫道：

“嗨，我看见她们了！”

“谁？”

“我的老婆、女儿。看，就在那边，在向我招手哩。”他伸直了手臂，指向包围了一切的大海。

小张大惊。队长的面孔，在红色海火的映照下，燃着陌生的油光，完全变了形，如同一副被大王乌贼糟蹋过的尸体。小张循他指的方向看去，见除了更加猛烈的红光爆发外，海面上什么也没有。只见井架上的旗帜则软绵绵地下垂着。小张小心地后退了一步。这时，队长忽然像从短暂的梦中醒转，摆摆手，尴尬地笑了一声，踉跄着走了回去。小张心知不祥，也快步往舱室走，路上又看见另一人，正是小李，也在痴迷地观看剧变中的大海，却不知他眼中的，与队长眼中的有些什么不同。小张从他身边经过，叫了他一声，他也浑然不知。

小张回舱后便赶紧躺在床上，心咚咚跳着，听见水下仿佛传来大鱼的吱吱惨叫，却不知其详。

第二天一早，有人发现了小李的尸体，头颅被劈成了两半，倒毙在备用快艇边。他的舌头外伸，却断了一截。但朝阳之火还在他脸上荡漾，使人产生错觉：活人也可以以这种方式存在。

小李在死亡之前看到了什么呢？

让大家心里一凉的是，快艇却被破坏。导航仪、轮机和桨叶都被巨大的外力斩断。死者手执水手斧，面孔的左半部毫无表情，右边挂满憾意。昨夜，他是否与爬上平台的敌人作过搏斗呢？可是，敌人在哪里呢？也许，是怀特人的特种部队，悄悄光临过吧？在这红藻的掩护下，他们的蛙人潜入了领海。平台是其预定攻击目标，还是他们路过时的顺带捎上？

在小李的身上发现了藻丝，却不知怎么弄上的。大家把他的尸体存放进了厨房中的冰柜。将来，是要运回大陆的。大家都属于陆地，死了也要回去，这样的意念，此刻强烈的程度达到了极点。但在小张看来，用盛放鱼虾的冰柜来保存尸首，却也容易引发另外的不必要联想。不知道在这平台上还要待多久，万一时间长了，食物吃完了，该怎么办呢？

大伙又把目光投向了仅剩的无动力橡皮救生筏。但这红色神秘的藻海却使他们惮畏投放。战争的声音又在远处迫不及待地响了起来。海洋又一阵猛烈颤动。人们对其无能为力，却相信陆地，不久还是会派船只或直升机来的。也许，就是这一两天的事情了。陆上的人们不会抛下他们不管的。

余下的九人拿起了武器。平台上配备有两支手枪、一支微型冲锋枪。在队长的带领下，他们搜查整个平台，从总控制室到电影院、从邮局到水泥库，却没有发现任何可疑人或有可疑人登临的迹象。

他们再去看海面，见藻层更加浓郁了，形成了壮观的水华。浩浩荡荡，层层叠叠，如同一支纪律严明的大军。因为过于密集，造成了氧气和光照的缺乏，一些藻体已经死去，但另一些，只要有一线机会，便在疯长，真的是前赴后继。透过其迷宫般的层隙，可以看见亿万具鱼虾的腐尸。

一整天，他们又反复与陆地联系，但均告失败。

四、恐怖的袭击

晚上，小张忽然醒来，坐起身透过舷窗看去，见队长正在甲板上游走。队长若有所思，双手电击般乱抖。小张吓得闭上眼，赶紧平躺在床上，却如何睡得着，猛然间觉得有什么不对劲，一转头，见一张毫无血色的脸庞布满舷窗，在玻璃上贴得紧紧的，鼻子也压平了，嘴唇也绷紫了。却正是死去的小李，他曾经的牌友。活人与死人僵持着对视了一阵，小李不说话，眼也不眨。小张却撑不住，一眨眼的工夫，死人便消失了。舷窗被一面红色旗帜覆盖，仅一瞬，旗帜又粉碎成了海面的无数磷光，如草原上大火席卷。他大惊之下，又见暗夜中的藻海变幻不定，波涛明灭，正拼凑出一张张陌生而残缺的人脸，随着谲浪隐约沉浮。有的人，梳着早些年间的发式，他一个人都不认识。海上明明无风，但井架上那面旗帜却僵直地舞了起来。

幻影在早晨都消失了。人们起床后，看见一些海藻，附着在浮筒立柱上，水淋淋的，缠丝状地还在往上攀爬，有的已接近了下甲板。老王戴上手套，小心地采集了一些。从模样上看，它们是平常的藻类。老王把样品带到生物—环境实验室，做成培养基进行研究。

在显微镜下，此藻的个体呈现为单细胞，多数为针状，具备细胞壁，有鞭毛，细胞壁上有刺状突起，如同一只只小小铁锚，可附着在坚固物体上。一连串细胞构成了纤细的藻丝。该红藻遂行细胞分裂生殖，繁殖率惊人，十分钟内即可一分为二。

“如果令其无限制地繁殖，可以在三两天内覆盖全球所有洋面。还好，养分不足，它们在不断地自行淘汰。”老王心忖。

让人不安的是，在充斥着红藻的水体中，已找不到其他活着的浮游植物和动物。仿佛，它们都被藻类悄悄地杀死了。这是无法解释的怪异。藻类的活动，给人一种目的感，甚至是有“组织”的。平台上的人因此更加戒备。

这个白天及当晚却无事。

第二天，围坐在一起吃早饭时，人人均心情低落。

队长忽然说了一句："小李是自己劈开自己的。"

"怎么啦？"

"昨夜，我又一人去仔细看过尸体。从那种角度看，只有自己用斧头劈，才能形成那样的创伤。"

"他为什么要这样做？"

"不知道。或许，他真看见了什么足以使他丧失生之希望的东西。"

小张回想着那个晚上。小李倚在栏杆边痴痴观望大海的身形，记忆中竟是亭亭玉立的姿势。小张开始觉得，小李恐怕是看见了某种幻影，并在这幻影的支配下，把快艇当作了偷袭平台的敌人，与之搏斗起来，最终砍坏了轮机，破坏了集体逃生的希望，也摧毁了自己的存活欲求。幻影的确是一种客观的存在，他和队长不也都看见了吗？但这与怪藻的出现有什么关系？最让人不敢往下想的，是队长昨夜竟一人偷偷去看冰柜里的尸体。想一想队长一个人在红色世界的边缘蹑手蹑脚地走过，这样的情景就不由不让人心惊。

席间，向来多话的老王一反常态沉默不语，也没有吃几口饭，便提前走掉了。过了一会儿，他又慌张地返回了。大家以为他是来取遗落的东西的，他却朝饭桌直愣愣地走来，空洞洞的眼神令众人心里发毛。大家还没有完全反应过来，队长已然起身，对来人伸出手，大喝一声："停下！"老王便像个小孩子，听话地站在了原地，面色苍白，大汗淋漓。大家都不明究竟。队长小心地上前去，触触老王的鼻息，知他已死了。死人全身冰凉，却能站立不倒。

"他已死去一段时间了。"队长阴沉地说。

大家都变了脸色。与小李一样，在老王的衣袖里，发现了红藻的丝体。在他的房间里，也有这种东西。凡是在有水渍的地方，丝体蔓延了开来。老王的尸体也被送进了冰柜暂存。

五、生物武器

剩下的八个人召开紧急会议，讨论面临的形势。这来历不明的红藻是有毒性的，这一点已无疑问，甚至它还可能致幻。队长怀疑它寄居于人体，能控制人的中枢神经，从而支配人的行为。他进一步猜测，它或许是一种生物武器，由那尚未谋面的强敌密集地投布于洋面，覆盖了国家的整个海洋国土，那真是不费一兵一卒。

“他们深深地知道海洋对我们的重要性。先攻占海洋国土，连同岛屿和浮城，缠住你的作战舰队和运输船只，包围你的海水淡化塔和氢能收集器，封锁你的港口和海峡，最后，大陆便不战自降了。”

“真是可怕的策略，不是地球上的人类能够想得出的。”

“之所以让红色来打头阵，恐怕有着心理战的意味。”

“不知我们的海军是否注意到了这种情况。”

“海军？他们只知道跟金枪鱼干仗！”

“遥远陆地上的祖国，真让人担心哪。”

“担心？你们也真是的。现在哪里还是担心国家的时候？我们自己的生死尚且难料。”老吴忽然怪腔怪调地说。他的话却引起了共鸣，老王可怕的死相在大家的脑海里又冒了出来。

“是呀，如果海面被覆盖了，我们就会被困在这里，出不去，食物也要成为问题。看样子，连钓鱼都不可能。鱼儿都被这怪藻给毒死了。”

“有什么办法制止它们的繁殖呢？”

“藻类的生存，是依靠光合作用和有机质的，虽然，这一带的有机质并不多，但它们却在疯长，真不可思议。说不定，基因也经过了人工的重组，使之能最大限度地利用海洋中的每一点细微的养分。”

“那我们还有救么？”

“救什么？”

“救我们自己呀。”

他们说这话时，一些柔软的藻丝已循着立柱，悄悄攀爬上了钢铁的平台。这时，在红藻那里出现了奇怪的行径。藻类似乎是具有智性的生物，纷纷朝着关键的位置一路疯长而去。它们去计算机房，去发电室，去液压升降器和操纵台，企图占据那些重要场所。

八个人紧急使用灭火器，才打退了藻类不可思议的进攻。他们精疲力竭，因为惊吓而虚脱。发生在眼前的事情难以用常情解释，他们宁愿相信是幻觉。

不幸的是，抵抗中，老吴的手臂被藻丝粘住了。队长和小张急忙对老吴全身做了消毒处理。老吴强笑着说："没事。"他被送回了舱室休息。但一会儿后，老吴便神色奇怪地出现了。他向队长报告：

"刚才，我看到了一个女人。她在绞盘那里唱歌。"

"女人？哪里会有？"

"喏，就在左边那个绞盘那里！那好像是我的情人哪。哦哦。她穿着火红的旗袍，扎着桃红的发卡。她的手中，攥着我写给她的情书，上面分明还有我的血手印！"

大家张大了嘴，不去看绞盘，只紧张地盯住老吴。人们仿佛已有了一些心理准备。

老吴年过半百，家庭和美，他从没有对人说过自己的私情。他不是那种张扬的人。小张这时忽然想到，队长也看到了并不存在的女人！

"你们还不帮我的忙，去把她找回来，这么一副怪样子看着我干嘛？我又不是红藻！"

老吴脸上显露出对同事们极度失望的表情，愤恨地朝着大家疾步走来。这情形好似死去的老王复活了！众人都争先恐后往后退。

"站住！"队长再一次发出喝令，举起手枪，指向老吴。

"你胆敢用那玩意指着我！你这臭小子这是要干什么？我上平台时你还在吃奶呢。"老吴委屈地嚷起来，迎着枪口继续往前走。

"我数一二三，你再不站住，我就开枪了！"

老吴一愣，才停下了，呜呜哭起来。他嘟囔道，没想到，在平台上兢兢业业干了三十多年，大家竟这样对待他。难道这是应该的吗？都说海洋事业最无情。他默默做出了多少贡献和牺牲啊。那次强台风，大家都撤离了平台，是他一个人坚守岗位。他老婆怀孕时，平台上正是最忙碌的时候，他也没有请假。几次有回陆地的指标，都是他主动提出，把机会让给了别人。他是老实人。难道，海洋开发者竟是这般结局？这太让人寒心了。

他一边说，一边后退，忽然便掉头狂奔，跑到甲板边，一头跳入海中。大家惊呼着追过去，却来不及了。小张第一个跑到平台边，看见下面的红藻成团成簇围聚过来，海蚯蚓般密密地缠裹住了老吴的身体，迅雷不及掩耳地便把他给分解了，老吴连惨叫都没有来得及发出，就连骨头也不剩了。竟还真是一种食肉性的植物！这好像科幻小说哪。这红藻看上去的确具有人工生物的特征。

大家正为老吴的惨死而不知如何是好，忽然，又听见一声狂呼：

“你这没有人性的家伙，是你不让我们回到陆地，是你逼死了他！”

转眼看去，见是老赵指着队长在大骂。他与老吴是好友，老吴的死使他受到了极大刺激。他举着一把菜刀，不顾一切向队长冲过来。大家看到，那菜刀上也粘有藻丝。明显的是，老赵也中毒了。

队长来不及反应，昔日的牌友已一刀砍在手臂上，枪掉在了甲板上。平台上负责保安的小周眼见不妙，蹿上去从后面一把拦腰抱紧老赵。老赵一反手，一刀划开了小周的下腹，一搅一拉，带出了肠子。小周也疯狂了，宁死不放。发狠的老赵便一阵乱斩。队长情急，忍痛拾起枪，快步走近了老赵，对准天灵盖连开三枪。老赵立时脑袋开花了，脑浆喷了小周一脸。队长扔掉枪，也不顾毒藻了，抱住死者的身躯，号啕大哭起来。而小周也不行了，半小时后，便咽气了。新死的二人也都被送进了冰柜。这样，作伴的便有四具尸首了。

现在，平台上还剩下五个人，被瞬间发生的突变惊吓得不知所措。谁也不敢相信谁，都觉得对方已被红藻控制。于是，各自躲进了自己的舱室，以避免致命的接触。

冲锋枪和剩下的一支手枪，就在这时失踪了。

六、逃生

第五天的夜里，小张正睡着，忽然被外面的吵闹声惊醒。

他小心翼翼走上甲板，看见是老杨和小刘正在橡皮筏边争执。

“你不能这么做！这汪洋大海，是没有人能划过去的！”老杨死死拉住小刘的胳膊。

“你放开我，待在这里，都是个死！”

“那藻海更加危险，你没有看见那怪物吃人？”

“有这船体护着，没事。反正，只有闯一闯了。咱们一道去吧？这船能载下我们！”

“难道，你不跟大家商量一下，就这么独自离开平台吗？”

“平台？你还甭提这平台。它把我们害惨了。我看，队长也中毒了，很快就要传染上我们。他是要让我们在平台上给他殉葬的。”

“你不能这样做，太自私了！”

“自私？嘿嘿。我知道，你嘴上说的跟你心里想的可不一样哪。这平台上的每个人我可都知道。老杨，别说大话了，你跟我一块儿走吧。现在，只有自己才能救自己！”

“你……”

“你让开！”

“不、不行！”

“为什么？”

“因为……我们都走不掉了哇。”

小张躲在一边，瞪圆眼睛看去，见老杨的瞳孔放大得像两盏妖灯，他的一举一动形同千年僵尸。老杨是基于一种死人般的心理，才死活不让小刘走的。是他才要小刘给他殉葬啊。两人厮打起来。最后，小刘一拳把老杨打倒了。他便急忙去放缆。老杨又伸臂抱住他的腿。小刘狠踹一脚，小张不敢相信自己的眼睛——老杨像一堆柴火或一座土山，立时散架了，许许多多干燥的肉块肉粒洒落得满地都是，眼珠、耳朵和腰子都滚到了甲板边，却没有一丝血液流出。他好像一个生化人啊。小张明白，他其实也早死了，可惜小刘却不曾早些发觉。

这时，响起了一串枪声。正要上船的小刘“噢”了一声，胸部喷溅出大股的黑血来，一头栽倒了。是小陈，冲锋枪口还在冒烟。原来，是他偷走了枪。小陈抢到橡皮筏边，拽开小刘的尸体，放下缆，让船落到水里。他谨慎地看了看，见藻海没有动静，毒藻对橡皮筏似乎不感兴趣，没有群狼般围聚过来。小陈最后用复杂的表情看了一眼夜空中的无沿井架，以及上面的单薄旗帜，冷笑一声，便从十五米高处准确地跳到了筏中。

小张冲到平台边，正要大叫阻止，这时，听到一个低沉的声音说：“放他去吧。”回头一看，是队长妖魔般的面孔。

队长面带笑容看着甲板上的死人，慢慢悠悠地唱起来：“炎帝黄帝呀，率熊罴虎貅之军，吃人无数；殷纣王呀，杀死姬昌长子伯邑考，做成肉羹，送给姬昌吃……”

小张惊讶地看到，队长一边唱，一边俯下身，把滚落在地的人肉拾起来，一粒粒扔进了自己的嘴中。

小陈用力划船，橡皮筏还是太大，在红色海洋中，像一堆外星异物。他划到五十米开外，就怎么也划不动了。藻太稠密了，沼泽似的陷住了船儿。小陈的脸膛像是擦满了婴儿霜，在淋漓的星光下难以置信地一片明净。小张想，小陈从来没有展示过这么媚人的一面啊。只见他仍在垂死地挣扎，却连桨都从水中抽不出来了。一直就在关注着平台男人的海洋，终于捕捉到了它久久钟情的猎物。划船人绝望地扔掉桨，俯身在筏边，伸出双手去抚弄藻丝，胳膊已是一片血红。这时他忽然一抬头，看见了队长和小张。逃跑者脸上露出了求救的神色，朝他们嘶哑地大叫，这叫声绝不同于人类，而后者只是冷冷地观望着。

平台上的人和水中的人对视了半天，最后，是队长和小张先感到无趣，便离开了舷边。他们在甲板上散了一会儿步，鬼使神差来到了一扇门前。

——节选自《红色海洋》，上海科学普及出版社，2004 年

命定者的悲哀

——韩松的科幻世界

◎ 黄灿

韩松是当代最重要的科幻小说家之一。在多年的创作中他构建了讽喻现实、架空历史、诡异世界和复杂的长篇四种鲜明的作品类型。他擅长以一种褒贬未定的含混表达讽喻与真挚交融的主题。他的长篇以宏大幽远的时空为背景，交织着宿命论和神秘主义，人物和族群的命运被看不见的力量掌控，不断挣扎、逃遁，而又无力挣扎，无可逃脱。

2011 年 11 月，中国科幻作家韩松受挪威奥斯陆文学屋邀请，参加了在挪威举行的“中国文学周”。同时受邀的，还有主流文学界的西川（诗人）、汪晖（《读书》杂志前主编）、程永新（《收获》杂志主编）等人。在会上，韩松接受了挪威和瑞典多家主流媒体的英文采访，并两次在公共场合朗诵了自己的作品。

这并非韩松因为科幻获得的唯一殊荣。早在 1991 年，他的《宇宙墓碑》便被台湾地区著名科幻作家吕应钟一眼相中，带回台湾由《幻象》杂志发表并获得该杂志颁发的“世界华人科幻艺术大奖”。1997 年，美国《新闻周刊》杂志在《科幻症候群》（*The Sci-Fi Syndrome*）一文中，把韩松形容为一

韩　松

个“白天在新华社上班，夜里在家编织黑暗寓言”的人。[①] 2010年底，随着《地铁》的出版，韩松不仅在科幻界引起轰动，还引起了主流媒体的关注。2011年8月21日，一批主流理论批评家汇聚上海作协，举行了“《地铁》与韩松科幻小说研讨会”，对韩松的科幻小说进行了深入的分析。《地铁》和2011年出版的《三体III：死神永生》一起，被称为近年中国科幻小说的“双璧”。《三体》的作者刘慈欣毫不掩饰对韩松的欣赏：“韩松与别人确实不同，用吴岩的话来说他是唯一的。我一直在想这不同之处在哪里，现在恍然大悟，他的感觉比我们多一维，因而他的科幻也比我们多一维，韩松写的是三维科幻，而我们写的是二维科幻。”[②]

作为中国最好的科幻小说家之一，韩松早已不需要凭借荣誉和称赞证明自己。然而，他的作品仍然游离于不少读者的视线之外。在那些相对传统或年轻的科幻读者眼里，韩松的作品诡异而指涉深广，理解起来并非易事。

他的“第三维”世界里，究竟有着怎样光怪陆离的景观？

一、边缘世界边缘人：韩松作品综论

韩松1965年8月28日生于重庆，1984—1991年就读于武汉大学英语系和新闻系，获得文学学士学位及法学硕士学位。1991年他考入新华社，做过记者、采编室主任以及《瞭望东方周刊》杂志副总编、执行总编，现任新华社对外部副主任兼中央新闻采访中心副主任。1987年，韩松开始在杂志上发表科幻小说，《第一句话》发表于《科学文艺》（即《科幻世界》前身）1987

① “Another sci-fi part-timer, Han Song, works days as a journalist for the state-run Xinhua News Agency and spends his nights crafting dark, allegorical vignettes.”

② 出自《三维的韩松》。这两位被并称为当下中国科幻“双星”的作家，彼此之间十分欣赏。刘慈欣写过《三维的韩松》《评韩松〈火星照耀美国〉》等评论；韩松也写了《刘慈欣漩涡——读〈三体3〉有感》，对刘慈欣赞赏有加。

年第 1 期。1988 年，韩松凭借《天道》[1] 获得《科学文艺》中国科幻最高奖银河奖优秀奖。《宇宙墓碑》是韩松的成名作，之后，他多次获得银河奖，出版了科幻小说选集《宇宙墓碑》（1998）和长篇科幻小说《2066 年之西行漫记》（2000）。从 2000 年到 2002 年，韩松连续在《科幻世界》杂志上发表“红色海洋”系列小说：《深渊：十万年后我们的真实生活》（2000 年第 4 期）《海下的山峦》（2000 年第 8 期）《水栖人》（2001 年第 3 期）《红色海洋》（2001 年第 10 期）和《天下之水》（2002 年第 7 期），2004 年出版长篇小说《红色海洋》。

科幻研究者吴岩曾经说过：“一百个人阅读《红色海洋》，将会有一百种不同的看法。”[2]。这位来自山城重庆的作家，从小就向往星空，不善言谈的外表下面隐藏着三峡一般幽深的内心世界。他有着扎实的文学功底，也许本该走上一条翩然出世的道路，但他偏偏在新华社这样的信息海洋中载沉载浮。当太多的理想主义者在现实面前碰壁妥协的时候，韩松却奇异地在“现实”与“非现实”之间找到了一种平衡。这种奇妙的状态源于韩松在乏味的现实之下看到的种种吊诡实质。作为一个本质上的理想主义者，韩松并非置身世界之外，而是放眼大千世界，于一切眼中看见无所有，把世界变形后还原成内心真实的镜像。通过这样的方式，韩松得以存在于现实与非现实的边缘。这种边缘状态是他比较满意的一种生活方式，正如他用“诡异的边缘”为自己的博客命名一样。

韩松多年笔耕不辍，作品数量众多，风格也有较大差异。其呈现出较为统一风格的科幻，大致有以下四类作品：

第一类是讽喻现实、审视国民性和传统文化的小说。

早在 1988 年，韩松就凭借《天道》获得《科学文艺》颁发的银河奖。这篇小说辛辣地讽刺了虐食动物的现象，并提倡动物的“安乐死”。这篇稍显稚嫩的小说开启了韩松创作的一个方向，之后，他连续性地写出了关注社会热点问题的科幻：《艾滋病，一种能通过空气传染的疾病》《“非典”幸存者联谊

① 发表于《科学文艺》1988 年第 3 期。

② 韩松.《红色海洋》序言［M］// 韩松. 红色海洋. 上海：上海科学普及出版社，2004：3.

会》《天涯共此时》（春晚）等。作为新闻人的韩松，敏锐地把握住了当下社会现实“合理中的不合理”，并将其两端都无限放大，显现出一种严肃中的荒诞来。这其中最有代表性的作品是《柔术》。

《柔术》讲述了北大研究生江采臣以课题研究为名，跟随一群柔术爱好者游历七座南方柔术名城的故事。其时中国已成柔术大国，有数百万柔术表演者和数亿柔术爱好者，盛名享誉海内外。在这篇小说中，韩松非常注意控制叙述者的态度，刻意制造一种对柔术褒贬未定的腔调。明明是一种摧残身体的至阴至柔的变态美，在韩松笔下，竟似乎有了一种超凡脱俗的古典韵味和拯救灵魂的形而上价值。而江采臣对柔术也从不了解到喜爱，到成为坚定的柔术拥护者。这篇小说最可玩味的地方在于，作者对柔术的态度究竟是如何呢？从作为小标题的一句句古典诗句（如“贪看年少信船游”“入云深处亦沾衣”）来看，小说叙述者似是与主人公不谋而合的，但隐含在文字背后的作者呢？一边是清丽洒脱的江南柔术少女，一边是着紧身内裤白色长袜的不堪入目的柔术少年；一边是清心寡欲、献身柔艺的柔术名家，一边是道貌岸然、丑陋不堪的柔术爱好者。美与丑、庄与谐统一在同一种叙述语调内，让读者很难做出判断。这恐怕便是韩松喜欢游走于“边缘”的特征之一吧。

第二类是架空历史小说①。

在这一类小说里，韩松着力塑造一种架空的历史。类似的小说有《2066年之西行漫记》《嗨，不过是电影》《长城》《台湾漂移》《沙漠霹雳：美国败于伊拉克》《杂草》等。在这类小说中，国际格局和大国关系成为重新书写的对象，而其中的中美关系又是改写的重中之重。《2066年之西行漫记》就设定了一个中国主导世界、美国衰落分裂的背景，让人物在未来穿行于战乱和废墟的美国。这显然是对斯诺《西行漫记》的一种致敬。而《长城》更是用这样一种惊世骇俗的方式开始了它的故事：

> 华盛顿长城给我的第一印象，也就是一段矮矬着的黄色土垅，很像

① 架空历史小说即凭借着少量的历史料为依据，创造出虚构的新的历史世界的小说。

是中国农村猪圈的垛墙。

长城遍及北美各地，其历史可以追溯到一万八千年前。与技术想象型科幻不同，这种历史想象型科幻往往伴随着更开阔的视野和更深邃的历史反思。主人公游历美国各地，走遍一段段古朴亲切的长城，心中激荡着无上的民族自豪感：

> 我看到，长城仿佛复活了，巨蛇似的身躯在微微悸动。满天星星烟雾一样弥散开来。星光浇在城墙上面，使后者产生了一种燃烧的意象。我有一种感觉，那就是，此刻，连最遥远的星星也属于中国人。整个宇宙都在听从长城的召唤。

这种天下一统的自豪，究竟是正面赞颂，还是一种反讽的委婉表达？就像长城本身一样，它既被认为是中华民族血汗和智慧的象征，同时又被视作封建闭塞的代表。在主人公激荡的情感中充满了幻想，这略显夸张的幻想和激动似乎也在提醒人们，中国人对于民族历史的认同感，就如同沉睡的火山一般，遇到合适的条件就会喷发。修遍世界的长城本是荒诞而不可思议的现象，荒诞被正常化后，荒诞带来的激情也就合理化了。中国人被全球长城激发出来的民族热情，因而也兼具了真挚和讽喻相混合的特色。作者再一次游走于正面叙述和反面叙述的边缘，以一种含混而狡猾的态度与读者捉起了迷藏。而通过这样的方式，小说的多义性和张力也就无限地扩大了。

第三类是创造诡异新世界或封闭空间的小说。

这种类型是韩松科幻作品的主体，也是最能体现其“诡异”风格的小说。与前两种类型不同，这一类小说适当放松了对“文化”“思想”“社会”“历史”等宏大主题的关注，而充分发挥想象力，着力营造令人叹为观止的新世界和新时空。《噶赞寺的转经筒》就是其中的代表。主人公小荧去西藏旅游借住噶赞寺，听到有怪声从一个转经筒中传出。回到火星后她告诉父亲，身为科学家的父亲赶来调查未果，便斩开了转经筒。谁知随着转经筒成为两半，他们生活的世界竟然也被分为两半，进而发生了宇宙大爆炸，一个世界灭亡的同时，一个新的世界又产生了。这个故事的构思非常精巧，一个世界包含在它自身之中，而且是在一个小小的、空空的转经筒内。这让人想起著名华裔科幻作家特德·姜的名作《巴比伦塔》。所不同的是,《巴比伦塔》中世界呈现出上下嵌套的结构，而韩松小说中，世界呈现出内外嵌套的结构。同样具有精巧空间结构的还有《春到梁山》。在这篇仿写历史的科幻小说中，主人公阮小七发现“他们”生活的梁山，居然是由龙卷风隔开的无数个连接在一起的一模一样的梁山之一，而这些梁山，居然都是“Made in U.S.A”（美国制造）的。

对于韩松来说，创造诡异的新世界并非终点，表达诡异的人心才是真正的目的。在这些被极度异化扭曲的环境里面，人物好像也失去了自我，随着周遭的世界变得无比古怪和疯狂起来。这些世界大多像罩子一样呈现出一种压抑的封闭感，而人物也就不自觉地选择了出逃的命运：这里有逃出“逃不出的忧山”（《逃出忧山》），有逃出狩猎美女之岛（《美女狩猎指南》），有逃出永远航行的飞机（《乘客与创造者》），有想通过招安而逃出梁山（《春到梁山》），有逃出禁锢的庭园（《进化的腥膻》），有逃出离都（《离都与坎城的故事》），有逃出跨越时空的三峡游轮（《三峡之旅》），甚至还有逃出当下的宇宙，逃往下一个新创的宇宙（《两只小鸟》）。在惶惑、恐惧、不安的未知中，这些人物总想逃离什么。与其说他们逃离某个地方，不如说他们想逃出被创造、被观察、被摆布的命运。在韩松一个个诡异的世界背后，总隐隐约约呈现出一个空漠的神或创造者。这让人物仿佛是跋涉在上帝沙盘上的微雕，栩栩如生又无可奈何、命中注定。

第四类是融合多种风格的长篇科幻小说。

这种类型的小说以《红色海洋》和《地铁》为代表。这两部小说给韩松带来巨大的声誉和影响力。从某种程度上说，这是韩松几十年科幻创作的总结，也是熔铸各类风格的尝试。两部长篇都是由历年来发表的多部短篇连缀而成的。这些短篇在早年发表的时候，本就引起过轰动或者获过奖，结构成长篇后，更是兼具了精微与宏大的特色。无论《红色海洋》还是《地铁》，韩松总是能从个体的诡谲遭遇，穿透到族群甚至人类的必然命运，而这一宿命的走向，又与变异的环境（海洋和地铁）息息相关。人类就是被裹挟在这些惶然惊变的世界里，在无奈和悲泣中不断奔赴死亡。

诚然，用“类型”圈定一位富于活力的优秀作家是困难的。除了以上四类作品外，韩松还有不少难以分类的晦涩而迷人的作品；即便在同一类型内，不同的小说也会在保持相似性的同时，走向不同的方向。随着对世界理解的日益深入，韩松总是不断创造着类型，又不断跳出类型。

二、向死而生：宇宙墓碑

“那是什么？”

“哪是什么？”

“那面墙后面的呀！”

“他们……是死去的太空人。”

在无尽遥远的未来，经过无数代的太空大开发，人类的足迹已经遍布宇宙。然而令人惊异的是，在他们征服的一个个星球上，都留下了无数宇宙墓碑。这些冰冷而宏大的墓碑成千上万，在旷远荒凉的星球表面排成密集的墓群，静静地陈列在群星之下。

这就是韩松成名作《宇宙墓碑》所描述的场景。小说分为上、下两部，上部讲“我”因为童年与墓群的一次偶遇，而毕生痴迷散布于各星球的墓碑，成为一名墓碑学者。晚年，“我”本想安居地球，却被从天鹅座 α 星系回来的儿子勾起了早年对墓群疯魔般的热情。据说天鹅座 α 星系的坟墓是人类在开拓星域的过程中植下的最后一座坟墓，也是墓碑热的终结，从那之后，人类再无宇宙墓碑了。小说下部是天鹅座 α 星系坟墓主人死前的手稿，这份手稿是他在为自己修建的坟墓里等待死亡时写的。手稿记述了他作为“营墓者”的一生：从进入“第三处”（ 专管太空坟墓营造），到第一次在异星造墓，到为行星首脑造墓，到犯禁爱上女太空人以及由此引发的太空惨案，到埋葬送别自己的爱人，却又发现为她造的墓消失不见了。在人类征服宇宙的浪漫激情背后，是伤亡难以计数的巨大阴影。而“营墓者”

就是一群躲在阴影中的人，他们没有太空人的激情和敬畏，他们玩世不恭，却又被死亡的具体和虚无逼入疯狂。他们是最早发现墓群消失的人，也是最早洞悉其中秘密的人，然而他们选择了沉默，“我”在边远的天鹅座 α 星系修建了一座谦卑的小坟，带着秘密走向未知的死亡。这是被宇宙允许存在的最后一座星墓。

小说给人最直观的震撼，是群星墓群的死亡美学。这些墓群，往往都安置在具有雄奇风光的行星表面，而且因其数量众多，构成了一幅雄浑、深邃、神秘而肃穆的画面。宇宙本是荒凉而自足的，人类却坚忍不拔地把自己的脚印踩了上去——而这脚印不是充满生机的建筑，却是无数死去太空人的坟墓。坟墓代表着人类人定胜天的力量和最大决心——哪怕是用尸体，也要征服茫茫宇宙。正是在这样壮怀激烈的情感驱动下，早期的墓群修得雄伟高大，以一种人化自然的方式，嵌入无人的群星。人类借此把自己的烙印深深打入宇宙，虽然损失惨重，却也是一曲慷慨悲歌。

然而小说真正迷人的地方在于，它从不同角度对群星之墓的行为进行了探究，并勾勒出这种英雄主义行为背后的虚无来。

对于人类这一物种来说，只有两件东西是永远神秘而永恒存在的：死亡和宇宙。两者对于人类的不可知，使他们在神秘性上达成一致，而根据热力学第二定律，永恒的宇宙将会走向永恒的死亡——热寂①。在永恒这一维度上，宇宙和死亡同样具有密切的关系。小说中的人类在英雄主义情怀的感召和克服恐惧的动机驱动下，希望用自身的死，来对抗宇宙的永恒：

> 人们发现，他们同胞飘移于星际间的尸骨重有了归宿。死亡成了一件很值得骄傲的事情。墓碑或许代表了一种人定胜天的古老理念。

死亡本来是尘归尘、土归土，构成生物的元素从宇宙中来，又交还给宇宙。而人类此举，却希望剥离死亡与宇宙的关系，将自身的死亡铸成一种精

---

① 热寂说是热力学第二定律推导出来的宇宙结局：在自然界中普遍存在的这种不可逆转的机械能的耗散趋向，必然造成宇宙中热量的不断增加。这一过程的结果是无限时间之后，宇宙会永远死亡。这一学说提出后，引起了科学界的巨大争议。

神图腾，以此激励深怀恐惧的探险者们飞向群星。作者特别写道，人们开始树立墓碑，将死去的航天员葬在他星，却一定要用来自地球的材料。这一点是很有深意的。来自地球的石头筑成的墓碑，就像从地球抛出的锚一样，深深扎入了宇宙各个星球。而这些锚是以宇航员的生命为代价扎入锚地的。这样，神秘莫测的死，就被一道雄奇悲壮的光环所笼罩。

这种悲壮的立碑仪式具有一种英雄主义的美感，正是在这种英雄主义的感召下，人类才最终飞往群星。然而，死亡与宇宙的联系是永恒存在的，并不会由于人为地割裂就消失。英雄主义光环的背后，是浓重的虚无的阴影。千百年后，人类的后代在墓碑前，早已无法感受当年的豪迈，而其实即便在当时，人们也心怀畏惧与不安，植墓群星的行为，究竟是伸张人道还是有违天意，其实早就在很多人心中打上了问号。“营墓者”生平第一次任务就充分说明了这种仪式的虚妄，他们按规定为三位死去的宇航员造墓，然后举行隆重的入棺仪式，却惊讶地发现棺材很轻，里面根本没有人。原来宇航员早已尸骨无存，他们辛苦所做的一切，不过是“骗骗 β 星而已”。

在宇航员死亡这件事上，墓碑比人更重要，它既是激励人们前仆后继的号角，又是面对宇宙不屈不挠的宣言。然而，人类这一物种在茫茫宇宙面前又是何等渺小。韩松在《宇宙墓碑》中塑造了一个只有人类一种智慧生物存在的孤独的宇宙。人类在宇宙中没有朋友，没有知音，也没有倾诉的对象，他们所面对的，只有宇宙本身。而他们所能做的，也只能拼命激励自己甚至欺骗自己，欺骗宇宙，以死作为生的灯塔，以使自己的种族能够心无旁骛地扩张到更广阔的宇宙空间去。

对于这种强自镇定、自我安慰的仪式化行为，如果说一般人还只是怀疑和不安的话，那么营墓者们的感受就直接和具体得多：

> 第三处的人都在不知不觉中戒绝了作为人应具备的普通情感。事实上，你只要在第三处多待一段时间，就会感到普遍存在的冷漠、阴晦和玩世不恭——当死亡成为一种欺骗的时候，人也就变得疯狂了。筑墓者发疯自杀即是如此。你谁都可以欺骗，就是不能欺骗死亡。

对于常年和残肢断臂打交道的他们来说，死亡是不能被美化，也不能被欺骗的。死没有遍及宇宙的那种骄傲，它是一种具体可感的存在，也是一条通往虚无的道路。

> 有一种东西，我们也说不出是什么，它使人永远不能开怀。营墓者懂得这一点，所以总是小心行事。天下的墓已修得太多了，愿宇宙保佑它们平安无事。

“营墓者”懂得，而常人不懂得的，其实就是死的真意。正如海德格尔所言：“一向本己的此在实际上总已经死着，这就是说，总已经在一种向死存在中存在着。然而此在把这一实际情况对自己掩蔽起来了——因为它把死亡改铸成日常摆到他人那里的死亡事件，这类事件有时倒令我们更清楚地担保‘人自己’确乎还‘活着’。”[①] 每个人都是“总已经死着”，在向死的过程中生存。但植墓这一行为掩蔽了死，将它塑造为一种“总会来”但“不是现在”的事物，由此切断人们和死的联系。植墓仪式，从本质上讲，是突出死以外之物而非死本身的。这就是它悖论的根源。

感受到这一悖论的“营墓者”发疯自杀了。而作为“营墓者”的“我”在被宇宙墓碑收走爱人的性命后，也对死亡和宇宙大彻大悟：

> 我筑了一座格调迥异的墓，可以说很恶心，看不出任何伟大意义。在第三处你要是修这样一座墓，无疑是对死者的亵渎。我觉得我已知道了宇宙的那个意思。这个好心的老宇宙，它其实要让我们跟他妥帖地走在一起、睡在一块，天真的人、自卑的人哪里肯相信！

以一种神秘而巨大的力量，“这个好心的老宇宙”展示了自己的大能：它抹去了群星间几乎所有的宇宙墓碑（只留下太阳系附近的最初一些）。对于这一点，小说并没有作太多解释，仿佛这是理所当然的事情。一个在韩松小说

---

① 马丁·海德格尔．存在与时间［M］．陈嘉映，王庆节，译．北京：三联书店，2006：292.

中常见的神秘的存在，一个长久以来默不作声的观察者，最终发表自己的意见，让神秘还原成神秘，永恒还原成永恒，死还原成死。而人类，在这样一出悲壮得近乎自戕的骗局之后，再度成为那个被死亡的恐惧折磨的物种，继续跋涉在如有神意的茫茫宇宙中。

三、《红色海洋》：无可逃遁的命运之海

2004 年,《红色海洋》于上海科学普及出版社出版。这部小说被一些读者和评论者认为是韩松最杰出的作品，然而它的诞生却殊为不易。像《地铁》一样，小说并非一气呵成，而是由之前五六年时间里写成的一些短篇连缀而成。韩松在小说后记中坦言，他一度几乎放弃这本书的写作，直到一次偶然的机会，他见到了真正的大海：

> 平生第一次，心里产生了要去真正了解一个大海的强烈冲动。
>
> 尤其是，它浸透在每一朵浪花中的悲观。不知道明天会怎样。那种时时面对死亡、无法挽救自己、沉入深渊底部一般的深切哀恸。总之，是一种心心相印的东西。①

也许从这一刻起，在韩松心中，海便拥有了灵魂和命运。它催逼着韩松撰写一部不属于哪一片具体的海，却是为所有的海而写的史诗。

对于人类来说，不管是正常的人类，是太空人还是半人半兽的水栖人，海究竟意味着什么？它使人类面对自己的命运，还是遮蔽人类的命运，抑或是两者的同时展开？《红色海洋》在多种族、多空间、多时间的范围内，展开了对这一主题的描绘。

小说分为四部，时间跨度大且缺乏基本的规律，既不是线性叙述，也不是纯然的倒叙。

第一部《我们的现在》讲导致世界毁灭的大战后，人类被迫把后代改造成水栖人在海底躲避战火，随着时间的流逝，人们逐渐忘掉了文化与技术，

① 韩松.《红色海洋》后记［M］// 韩松. 红色海洋. 上海：上海科学普及出版社，2004：533. 后文所涉及《红色海洋》均为此版本。

也渐渐模糊了人性，以一种半人半兽的原始状态生活在红色的海洋里，却又有些模糊的祖先的记忆，在不断的追寻和疑惑中质询自己的身份，并在环境日益恶化的红色海洋中挣扎求存。

第二部《我们的过去》讲述的是在第一部之后，水栖人经历了文明—野蛮—重建文明的循环过程。他们对第一批下水的祖先的造物（海底城）大为惊奇，并产生了不可遏制的回归陆地和探寻天空宇宙的冲动。在这种背景下，与技术发展并起的是各种来自远古的传说和神话纷飞，而世界除了水栖人之外，又似乎有另一支人类的后裔（怀特人，当是指白人，以区别文中所述黄种人后裔的水栖人）在关注着他们。

第三部《我们的过去的过去》回溯，讲黄种人和白种人发生了世界大战，人们被迫开发水栖人迁往海底的过程，以及海陆间残留的人类余脉的最后命运。

第四部《我们的未来》讲述三个中国古代与海有关的故事。这三个故事都飘荡在时空的乱流中，古人遭遇了来自未来的访客，并在茫然无知和一窥天道的纠结中扮演着自己旁观者或协助者的角色。

坦率地讲，小说整体逻辑并不清晰。部与部之间，章与章之间，甚至一章之内都存在着不少的逻辑断裂和多义性的内容，但这并不妨碍小说意义的表达。透过纷纭乱象和时空乱流，韩松实际上是在进行一些深邃而严肃的思考。小说前半部塑造了一个血红色的、动荡不安又濒临灭绝的海洋，这是各族水栖人的家园。较之平面的陆地，海洋更像是一个巨大的三维腔体，水栖人就悬浮在这个腔体中。这种近乎于悬浮于母体的感觉让水栖人海星对海洋的性别有了一种猜测：

> 这使我产生了一种奇怪的印象：海洋本身的性别，其实就是女性。①

将海洋女性化，是韩松在前半部小说所施的一个明显策略。海星认识海

① 韩松．红色海洋［M］．上海：上海科学普及出版社，2004：3．

洋的过程，与母亲对他的言传身教密切结合在一起。而海星死去的妹妹水草，则已经成为海洋的另一个表征，化为鬼魂，时时出现，提醒着他海洋作为女性的神秘而致命的本质。这一隐喻融入了数千年来自然作为女性的传统，而这一传统是两面性的。一方面，人们将自然形容为仁慈、善良的女性，温柔地供给人们需要的一切；另一方面，自然作为女性的另一种截然相反的形象也很流行：即不可控制的野性的自然，常常诉诸暴力、风暴和混乱。《红色海洋》虽然在时间上是远未来，但却拥有一种古老的历史气息，这种气息将人类在海洋生活的经历带回到历史，不是田园牧歌式的历史，而是更远古、更洪荒和蒙昧的历史。在这样一种历史中，人类并没有感受到自然母亲的照拂和慷慨，反而是在危机四伏的海域里，为活下去而挣扎求存。在这样严酷的环境下，水栖人显然不会把海洋当做温柔的女性，而是选择了她的相反面。刺眼的红色是血液的象征，红色的海洋就像激荡着血液的母亲子宫，而水栖人就在这血红的子宫里，展开无尽的杀伐和相食。

在中国当代文学创作中，以自然作为描绘对象的小说有很多。但像《红色海洋》这样，将自然严酷、苛刻、神秘的一面彻底袒露，并且通过隐喻人为地强化这种意象的作品，却并不多见。韩松激进地塑造了一个反面的人化自然，将水栖人置于和自然尖锐对立的立场上，让他们在严酷的生存环境中一步步丧失人性，勃发兽性。海洋的变动让水栖人失去了原本稳定的家园，他们不得不放弃相对稳定的生活方式，而以一种更加动荡危险的方式寻找活路。在这一过程中，杀戮、乱伦、背叛、吃人现象比比皆是。水栖人身上残留的人性和兽性不断激烈地冲突，让他们处于一种普遍的癫狂状态。

在这样的状态下，水栖人的女性成了最大的牺牲品：她们不仅是男性的泄欲工具，还要承担抚养子女的重责。在海星跟着掠食族漂流的时候，女性被用来交换食物。而战胜敌人后，对方的女性会在与胜利者交合后被全部杀死，尸体作为食物被吃下或储藏。人类的核战争摧毁了地球的生态，作为女性的自然报复人类，将生存这副沉重的枷锁套在水栖人头上，而水栖人则通过奴役和戕害女性转嫁生存的压力。这样，世界大战对自然母亲的彻底破坏——自然的残酷报复——压迫女性以求生存，围绕母亲子宫般的红色海洋，几大主题慢慢融合，构成一条下降的螺旋曲线，通往种族毁灭的深渊。

生存决定一切，这是自然的残酷法则。在这一法则面前，所有的道德、秩序、人伦全都退居其次。人类这一物种，必须先延续下去，然后才能谈论是否为人的问题。环境对人的影响让人想起了 2012 年 6 月去世的科幻小说家雷·布拉德伯里的名作《霜与火》，在作者的笔下，苛刻的外星环境同样将人类几乎逼上绝路。韩松曾经这样评价布拉德伯里的这篇小说：

> 这（《霜与火》）使我想到了那个反复不断把石头推上山顶的西西弗斯……从布拉德伯里这儿，我看到了科幻小说是可以写一些严肃命题的，是一个思想实验室。[①]

一般来说，科幻小说的核心要素之一是给读者带来一种“惊异感”。这种惊异感往往是由刻画“自然奇观”或“技术奇观”来达到的。抛开技术不谈，科幻作家往往比传统作家对环境更具有一种切肤之痛般的敏感。在《红色海洋》中，环境就不仅是作为一种背景存在，而是本身就充当着重要的角色，它们对人物施以巨大的影响，改变着人类的外貌和心灵，也左右着人类的命运。就像韩松很多其他作品一样，《红色海洋》里有一种强烈的自然人格化冲动。在水栖人海星眼里，海洋与死去而不消散的妹妹水草是一体的：

> 水草妹妹拒绝与我融为一体。我成为大洋精灵的企图，由此完全落空。形势已然分明。连海洋也不要老去的海洋王了。
>
> 明白自己终于被海洋拒绝，我伤心地嗷嗷哭起来。这是一个失恋男人的恸哭。[②]

反当读者还以为人格化的海洋不过是失落智慧的水栖人的幻觉时，韩松干脆在《天下之水》中对海洋进行了直接的人化处理，遍寻天下之水的郦道

① 《追寻自由精神——怀念布拉德伯里》，摘自韩松博客 http://blog.sina.com.cn/s/blog_475741210102e4ec.html.

② 韩松. 红色海洋［M］. 上海：上海科学普及出版社，2004：213.

元，梦遇红色之水，寻访时发现一泓人脸般大小的水潭，本是死水，却发出种种声响。询问之下，竟发现这是来自未来的海洋，它与水栖人合为一体，本为躲避灾祸迁往另一个空间，却流落到这个时空，成为一潭奄奄一息的水洼。韩松这样描写人化的红色海洋勘影：

> 勘影的呜咽更加悲戚了。水面虎虎跃起，形成一根三尺高的柱头，似要与那不可名状的世界亲近，但相聚却实在是太过遥远。最后，水柱垂头丧气地放弃了努力，落下来，卧伏着不动了。①

读至此处，韩松所寄托的内涵已经是让人触目惊心了。细致入微的水栖人的悲歌，上下几千年的历史，无数代纪的努力，若拉远视角，不过是有生命的“海洋”这一巨大造物体内微不足道的纤尘。而这看似浩荡无边、操控众生的大洋，竟也无法掌握自己的命运。在它背后，还有更神秘、更不可知的存在。到最后，连这包孕无数生命的红色海洋，也在对神秘存在的哀鸣中，湮灭于一汪人脸般的死水。

从这化为乌有的结局中，我们或可体味出韩松对于“意义”的一丝微妙态度。《红色海洋》是一部黄种人挣扎求存的历史。在小说的很多局部，挣扎和奋斗都是叙述的主线：水栖人逃避海难、天敌，寻找海底城；海底文明努力触碰陆地和天空；大难临头的陆地人拼命推动水栖人计划，又对陆地恋恋不舍；为了勤王永不回头的下西洋的舰队……文明的链条断裂了，时间的纽带断裂了，空间的连续断裂了，人类被抛掷在一个自己完全不理解的世界里，围绕存在的三个问题：我是谁，我从哪里来，我往何处去？每一步前进或后退的探索，都几乎要付出生命的代价。然而如此努力挣扎的结果又如何呢？对于自我身份的追索没有得到结果，但不可思议的，无数代人类嘴里都哼唱着同一首“吃人歌谣”，同时干着吃人之事，我们是吃人者的后代，我们将以吃人者的身份传承下去，这就是“我是谁”的答案。对于水栖人来说，他们的来路永远是一个隐隐约约的猜测，却永远没有机会证明。他们只知道自己

---

① 韩松. 红色海洋［M］. 上海：上海科学普及出版社，2004：447.

诞生于海洋母亲的腹腔，生于斯，长于斯，如子宫，如囚牢。而去路看似高远（和海洋一起传送到外空间），却终究化为一摊小小的死水。整个种族的存在由此被巨大的虚无悬置起来，这就是黄种人的历史和结局？

“存在的意义”这一问题萦绕全书，并在小说最后一部最后一章《郑和的隐士们》里得到集中的叩问和回答。这是全书最凄怆也最激越的部分。对于主人公林观来说，他对自身的认知本来是很清晰的：他隶属于伟大的三宝太监的舰队，从大明来，去化外之地撒播大明的光辉。但最后，他却完全迷惘了，他们究竟是第一支返回的舰队，还是第二支？他们来的目的究竟是什么？他们应该留下，还是继续前进，还是回去？他们在遥远的另一块大陆久候圣旨不至，家园毕生不归，最后为了不让这支舰队反过来威胁大明王朝，这群白发苍苍的老水手甘愿自沉。

然而讽刺的是，他们的行为并未保护大明。反而舰队中逃生的一位叫达·伽马的水手，梦到郑和勤王的嘱托，一路向东，最终成就了抵达中国的第一支舰队——不是勤王，而是入侵。命运的因果律就这样和这支伟大的舰队开了一个残酷的玩笑。结果倒过来促成了原因，而舰队的命运早已经被注定，所余的只不过是让这些穿着水手服的演员再过一遍剧本而已。这时候我们再想想韩松评价布拉德伯里《霜与火》时说的话，“这使我想到了那个反复不断把石头推上山顶的西西弗斯”，韩松想表达的也许是，人生是荒诞的，命运是注定的，但努力也许并不是徒劳的。舰队自沉前的一刻，林观和梁然有过这样一段对话：

> 林观说：“知其不可为而为之，我们已经尽力了。”
>
> 梁然说：“四百年后，如果每个中国人都能这样，我们便可以放心了。”①

这正是凝聚在郑和身上的精神。这支饱受折磨的舰队，在时空的乱流之外，在因果的嘲弄之外，终于找到了自己存在的支点：于意义中发现虚无，于虚无中发现意义。红色海洋正如一锅虚无的浓汤，它使人类奔走呼号的努

① 韩松．红色海洋［M］．上海：上海科学普及出版社，2004：530.

力变得虚无。然而它创造了虚无，却不能消灭虚无。正如鲁迅在《墓碣文》中所言："于浩歌狂热之际中寒；于天上看见深渊。于一切眼中看见无所有；于无所希望中得救。"虚无，这种对人生巨大本质内涵的掌握让人悲从中来，如临冰冻的深渊，无人了解，无人可诉，让脆弱凡俗的生命无法承受。然而"于一切眼中看见无所有，于无所希望中得救"又进一步消解了对这一本质掌握的意义。因为对人生的任何追求都是虚无的，生命本身也是虚无的，这一切都是"无所有"，正因为这"无所有""绝望之为虚妄，正与希望相同"，不用陷于绝望的囚牢中无法自拔，"于无所希望中得救"。按照小说的情节，红色海洋及其裹挟的一切，最终消失在自己过去的历史中，如一条食尾蛇一般化为"无"。然而在"无"的废墟中，意义仍然存在着。如同朝阳下的一朵浪花，虽然转瞬即逝，却也浸透着整个大海的悲哀。这种在虚无中知其不可为而为之的哀情，也许正是"真正的海"传达给韩松、而韩松想传达给读者的。

长平血

◎ 姜云生

也许，我们身上流着的，还是当年赵国降卒身上的那种血……

一

“躺上去，把头盔戴上。”教授说。

“要脱鞋吗？”我问。

教授笑了，他身边那个女助手也笑了。

“很像在给你作老式X光检查，是不是？”

“是很像。”我说。

我顺从地躺到那张金属活动床上。女助手走过来，轻轻地扶着我的脑袋，把一支金属头盔套进我的头部。我仰视着天花板，那上面有那么多电线，活像一张彩色的蜘蛛网，蛛网上几十个闪亮的光点从一端流向另一端，恰如舞台上旋转的彩灯。每当最后一个光点熄灭时，蛛网中央的小小屏幕上就跳出一串数字来。

“血压？”教授问。

“正常。”黑暗里有个声音回答说。

“脉搏？”

“正常。”

“呼吸？”

“正常。”

我笑笑。教授探过身子来，问道：“有什么好笑的吗？”

“确实是像在老式医院里做体格检查。”我说。

“不过你可是在最现代化的时空实验室里做最了不起的幻觉实验。”教授说。

“我知道。”

“那么，开始吧——祝你成功！”教授说着，伸过他的大手，用力地拍了拍我的手背。我习惯地想伸出手去，不过我很快明白了：那是不可能的——我的两只手都被缚在金属床的床架上了。手上的几个穴道上都贴着小金属片，有细细的电线从金属片通往头顶的仪器。

“也祝你成功，教授！”我说。

“现在，开始吧！”

有轻微的按动电钮的声音，接着是实验室自动门开启的声响。有脚步声在地毯上移动远去的声响。接着，在轻微的嗡嗡声中，自动门又关上了。

现在耳朵里只有我自己心脏跳动的声音了。

二

实验室成了一个暗房，天花板和墙壁上的光点一如夜空中闪烁的星星。我想起自己接下来要做的事，不禁有点害怕起来。父母倘若知道了，绝不会同意让我到两千多年前的蛮荒山野里去做什么幻觉旅行的。还有我的未婚妻小雪……啊，小雪！

一切都消失了，眼前是小雪那可爱的笑脸，那明眸，那皓齿，那洁白如玉的脖颈……

心像一只活蹦乱跳的小鹿，似乎要从胸腔里跳出来。

“王，不要紧张，”头盔里的耳机中传来教授的声音，“你没有任何理由……”

我扑哧一声笑了起来，教授差点儿说漏了嘴！我知道他想说“你没有任何理由害怕”。这是幻觉旅行实验，不是时间机器！不用担心被输送到古代去了之后，万一有什么操作上的失误或其他意料之外的差错，便永远也回不到现实世界来了。幻觉机器唯一要控制的就是被实验者的心理状态。只要操作人员对幻境中极度恐怖、过度愤怒或压抑的场面适当控制，使幻觉中旅行者的心脏能够承受假想刺激，那便没事了。只是，操作人员倘若过分地把安全感暗示给被实验者，那么幻觉旅行的效果便大不佳。教授一定发现了自己的疏忽，在稍稍停顿一会儿后，立即改口道：“你没有任何理由临阵逃脱，是吗？”

嘿，教授！

“王，咱们开始，好吗？”耳机里，教授的声音显得很慈祥。

“开始吧！”我说。

天花板上那些亮点渐渐地、渐渐地消失了。有淡淡的青光从四壁漫出。原先四周墙壁上那些小小的光点也逐渐隐去，一如黎明天空上渐渐被晨曦吞没的星星。不知是不是错觉，我仿佛听得有鸟儿啁啾、雄鸡打鸣的声音……

“告诉我，年轻人：你是谁？来这里干什么？”耳机里，还是教授的声音。

“我叫王雨牛，复旦大学历史系学生。我想知道 2260 年前那场著名的‘长平之战’，赵国的降卒 40 万人究竟是怎么死的……”

“长平之战吗？你能不能简单说说它的经过？”

“可以，根据司马迁《史记》的记载，公元前 260 年 9 月，赵国国君听信了谗言，罢黜了老将廉颇，误用了只会纸上谈兵的赵括，结果在山西长平一战，赵全军覆没。当时赵 40 万士卒向秦军投降，秦将白起设计，把 40 万降卒全部活埋了……”

“你想体验一下古代战争的场面？”

“不光是这样。作为一个历史系的学生，我当然知道古代战争中，双方兵力都是‘号称’多少多少，实际并不足数。但是，赵国降卒 40 万——这个数即使打个八折，也有三十多万！秦将白起怎么来得及挖 30 万个坑活埋他们呢？退一步说，倘若当时活埋用的是大坑，每个坑埋 100 人，也得挖三千多个！再退一步说，就算秦兵有本事一下子挖出那么多坑来，那么，眼看着要被活埋的三四十万赵国降卒莫非一个个俯首帖耳，像猪狗一样甘心随随便便被人活埋了？”

“很有意思，小伙子！我年轻时读这段历史，心里也挂着相同的问号。如果你能解破这个千古之谜，那太好了！祝你走运！”

教授的声音变得越来越遥远，好像说话的当儿，他正朝远处走去似的。我感到一阵倦意，慢慢闭上眼睛。咦？迷迷蒙蒙之中，但见河水萦萦，群山隐隐，四周一片荒芜。我这是在哪里呢？

“告诉我，年轻人：你是谁？来这里干什么？”有声音远远地传来。好耳熟！这是谁呢？

“我叫……我叫……”我是谁？我究竟是谁？我到这荒山野地来干啥？怎么脑子里像灌了浆糊似的，迷迷糊糊，什么也想不起来了呢？

幸亏耳边那声音提醒我：“年轻人，你怎么连自己的名字也忘了呢？你不是阿贵么？你是赵国士兵。你们的老将军一饭三遗矢，已被赵王收回将军印，如今率领你们 40 万大军的是赵括将军。可叹赵括将军年少气盛，只会纸上谈兵！秦兵佯败，他却穷追不舍，结果被白起将军断了粮道。你们两个多月来一直靠草根、树皮和马肉充饥！你们军中甚至还有互相残杀争吃人肉的。今天是秦昭王四十七年九月初七，你们的将军刚在突围时被乱箭射杀。你和你的弟兄们都已经投降武安君白起了……”

哦，是这样……

我是阿贵……我是赵国士兵……廉颇……马服子赵括……乱箭……

哦，左臂好痛……莫非我也中了箭？

三

“醒了！醒了！”

我迷迷糊糊地睁开眼睛，发觉自己正仰天躺在乱草丛中。三个披甲戴盔的黑脸汉子围着我。

“我……我这是在哪儿？”我问，声音虚弱得连自己都感到纳闷。

“阿贵哥，你这是饿慌了，先吃点吧！”一个瘦瘦的黑脸人说着，把一团黏糊糊的东西塞进我嘴里。

我一口把嘴里那团东西吞了下去，肚子反倒更饿了。那人又朝我口中塞了一点，这次我稍稍嚼了几下，觉得腥腥的。吃完了，那黑脸汉子叹了口气，又撕下一小块递将过来。那团东西靠近我嘴边时，一股浓浓的腥臭味钻进鼻孔。我问：“这……是什么东西？”

“阿贵，你真个是饿昏头了！咱们粮道被断四十多日，莫非你还想吃山珍海味不成？这点肉还是弟兄们嘴巴里省下来的呢！阿福兄弟攥在手里二三天了。见你伤得厉害，他谁都不让吃，单喂你吃！你还……哼！”一个满脸络腮胡子的汉子道。

“阿华，别埋怨阿贵哥了！谁叫咱们同乡同里的呢？”那黑脸阿福说着，又把手中那腥臭的肉块朝我嘴里塞。我勉强张开嘴，三嚼两嚼，硬咽了下去。肚子虽说还饿，可是毕竟有点东西垫底了，虚弱的感觉顿时减轻了。

阿福、阿华，还有一个叫阿荣的，三位弟兄把我扶了起来。阿福递过他手中我吃剩的那团东西道：“阿贵，你自己藏好了，莫让秦兵看见……”

我接过那团黑乎乎的东西，倒真是一小块肉。肉块上有早已干结了的血，几根卷曲的黑毛粘在上面。我拿近了一看，顿时明白了那肉竟是……一阵恶心，肚子里的苦水伴着刚吞下的那些东西一股脑儿吐了出来……

就在这时，从我们身后蹿出几个瘦得像骷髅似的男人，争先恐后地猛趴在地上，一下子把我吐出来的东西舔了个精光。

四

我们一队赵国降卒，排成一字长蛇阵，由几百个骁勇的秦国骑兵押解着，朝长平关以西一个小村寨王报村进发。秦国的骑兵一个个身圆膀粗，骑在高头大马上，威风凛凛，不可一世。再看我们这批俘虏，人人骨瘦如柴，蓬头垢面，尤其是那些两鬓苍苍的老兵，走着走着，便扑通一声栽倒在路旁，再也站不起来了。残暴的秦兵见有人倒下，怕他们装死，就纵马上前，让剽悍的战马从他们身上疾驰而过，把一滩鲜血和残破的脑壳留在身后……看见此情此景，谁不心惊肉跳！我虚弱得身上直冒汗，心里叮嘱自己：千万别倒下！千万别倒下……

谁也不清楚秦兵为什么要把我们押往王报村。廉颇将军统帅三军时，曾死守王报村，在那里构筑营垒，秦王嬴稷对此束手无策。直到赵王轻信反间计，罢免了廉颇将军，王报村才被秦兵不战而取。如今他们把我们赶牲口似的驱赶到王报村去，莫非借此泄愤不成?

我想回头看看阿福、阿荣和阿华等弟兄，猛听得耳边一声尖利的啸声，头上重重地挨了一鞭。隐约间，我发觉身旁有一个高大的秦兵骑在马上，高举着马鞭正想再次朝我抽过来。就在此时，前面忽然传来一阵喧闹声。那秦兵纵身扬鞭策马，飞也似的朝前疾驰而去。我摸摸脸上，火辣辣的像挨了火灼一般。

“好险哟，阿贵！莫回头哟！你回头了，虎狼兵还当你想逃跑呢！”阿福在我身后好心地叮嘱道。

前面又是一阵喧哗。呼喊声、叫骂声、哭叫声远远地传来，队伍顿时骚动起来。慌乱中，听得阿福轻声道:“弟兄们，趁机逃吧！”谁知他话音刚落，即有一个秦兵从前方飞驰而来，手中挥着鞭子，厉声喝道:“坐下！统统坐下！”一阵骚乱，众人纷纷在原地坐下。有一个十二三岁的孩儿兵动作慢了些，那秦兵从马上飞来一鞭，可怜那孩儿兵顿时血流满面，仰天倒下，连喊都没喊一声就断了气。我瘫坐地上，心里扑通扑通直跳。那个被鞭子抽死的孩子，血还在从头上的伤口往外冒着。那个杀气腾腾的秦兵还在声嘶力竭地喊着:“违命者杀无赦！坐下！坐下！”

没过多久，我们又被鞭子赶了起来，继续朝前赶路。大约走了半里多路，先是闻得一股浓浓的腥臭，走近了，但见地上到处是猩红的血水。从路中央到不远处的斜坡上，堆满了穿着赵国戎装的尸体，有的身首异处，有的身上插满了箭矢。路边乱石丛里一个秃脑袋叫人看得发怵，那精瘦精瘦的头颅上，两只眼睛还像活人似的张得大大的。

山坡上，一个秦兵骑在马上高喊：

“有敢逃亡者即如斯！”

五

我们这支赵国的残兵败将被押到王报村附近时，队伍已经稀疏了许多。沿途不断有人倒下，多数是饿死的，也有一些想逃跑而被秦兵乱箭射杀的。有时候骑在马上的秦兵看着有不顺眼的，猛一鞭子抽过去，也便结束了那人的性命。

到村口时，正是月黑星稀、伸手不见五指的半夜。忽然前面有传令兵骑着马“得—得—得”地飞驰而来，一路跑一路高声用他那咸阳土话叫喊着。阿福前几年去咸阳做过生意，听得懂他那种怪声怪气的咸阳土话。

“秦兵让咱们就地休息。管他娘！先睡下再说！”阿福这么说着。四周一伙弟兄们都像喝醉了酒似的纷纷瘫倒在地上。

实在太累了！

刚躺下时，我还觉得地上的石块、土疙瘩硌得背脊好痛好痛，肚子也饿得咕咕直叫。可是没多久，我就迷迷糊糊做起梦来。我梦见回到家里，我娘、我爹都惊喜地迎出门来。我娘抱着我的头哭。奇怪的是他们哭起来没有声音，说话也没有声音，只见嘴巴一开一合，像在说话的样子，说些什么，一点也听不见。后来我媳妇也从屋里奔将出来，她喊了我一声“王！”，我听见了，好生纳闷。我问她：“你叫我什么？我是阿贵呀！”媳妇又哭了，还是叫我“王！”我给弄迷糊了，闹不清是怎么回事！

后来他们煮饭给我吃。好香的小米饭！还有肥肉！我一碗一碗狼吞虎咽地把米饭往嘴里倒，一块一块夹了肥肉往嘴里塞。好香！好过瘾！不过，奇怪的是，任怎么吃，肚子还是饿，饿……

那场饱吃一顿的美梦后来被肩膀上刀刺般的锥痛弄醒了。睁开眼睛时见一个秦兵正用鞭子朝熟睡的俘虏们身上猛抽，嘴里还恶狠狠地连声骂娘。

我肩上挨了一鞭子，人完全清醒了。跳起来一看，呀！我的娘！漫山遍野都是衣衫褴褛、形容枯槁的赵国俘虏，在熹微的晨光下，黑压压的一片，活像一大群蚂蚁！先前也曾传闻赵括死后，我们 40 万弟兄全都举旗投降，开头还有点将信将疑。此刻站在王报村口的山头上朝四下一看，这才相信了！

唉，想起这一路上饿死、累死、被打死的弟兄们，心里一阵发怵……

接着，听得有人猛喝一声：“肃静！”随后是一声响鞭。山谷里的喧闹声顿时静止下来，耳边只听得晨风飕飕，令人毛骨悚然。

不一会儿，对面山头有鼓声响起，一个白衣白马的人拿出一面小旗乱舞。同时，又有一支白衣白马的士兵从山头朝四面八方俘虏队伍中冲去，每个士兵都选定一个位置站定。阿福说，看来秦国将军要亲自训话了，他们派一批传话兵拉开一定的距离，把将军的训词逐个向后传，就像烽火台用狼烟传递消息一样。果然。那些白衣士兵站定后不久，传话就开始了。对面山头上，先是有几个人影晃动，接着，由远而近，白起将军的训词被逐句传送过来——

“秦王以眇眇之身……秦王以眇眇之身……秦王以眇眇之身……

兴兵诛暴乱……兴兵诛暴乱……兴兵诛暴乱……

赖宗庙之灵……赖宗庙之灵……赖宗庙之灵……

所向披靡……所向披靡……所向披靡……

赵王无信……赵王无信……赵王无信……

数背盟……数背盟……数背盟……

故举兵击灭之……故举兵击灭之……故举兵击灭之……

尔等蕞尔小民……尔等蕞尔小民……尔等蕞尔小民……

毋为昏君死……毋为昏君死……毋为昏君死……

可山呼万岁而归秦……可山呼万岁而归秦……可山呼万岁而归秦……”

阿福他们几个弟兄听不懂这文绉绉的话，都围拢来问我。我向他们解释说，白起将军在传秦王的旨意，要我们高呼秦王万岁，归顺秦王。

“呸！”阿荣朝地上狠狠地吐了口唾沫，骂道：“昔日上党百姓被秦兵攻破城门后，还纷纷归赵，我堂堂赵国臣民，岂能归顺暴秦？！”

阿荣身后的阿华，一直铁板着脸，这时也开口道：“昔日降秦，乃不得已；要世代为秦国子民，毋宁一死！”

另一位弟兄道：“吾赵国乃慷慨悲歌之地，岂能贪生怕死屈为秦人！”

那人的话音刚落，只见冲过来几个秦兵，唰唰唰三道白光闪起，刀起头落，三个人的无头身子像三段劈断了的枯树干，一起倒将下去，那溅开的血水飞得四周的人满身满脸。一个秦兵骑在马上狂笑道："有敢反抗者如这厮一般下场！"

没过多久，漫山遍野响起了赵国弟兄们的呼喊声："秦王万岁万万岁！"……那喊声震得山谷轰鸣，如海啸山崩一般……

六

……

七

我们一支队伍跌跌撞撞地朝村口走去。我的脑子里迷迷糊糊，有好多事情弄不明白。先前王报村那个大山谷怎么不见了？阿荣、阿华我记得是被秦兵刀砍了，那么阿福呢？还有别的几个面孔较熟识的弟兄们都到哪儿去了呢？队伍里好像又少了许多人……

还有，为什么心里老是有一种偷了东西似的感觉？我总觉得有什么事情发生过了，可是，到底发生了什么，却怎么也想不起来！只记得那天大家高喊"秦王万岁万万岁！"之后，秦兵给我们送来米饭——那可是真的，不是做梦。至于吃过米饭后的事情，却再也想不起来了。

我身边走着一个陌生汉子。我向他打听咱们这是去哪儿，那汉子冷冷一笑，鼻孔里哼了一声，道："你我挖坑活埋自家弟兄有功，白起将军赏我们一条命，放我们回家去……娘的，莫非你自己干的亏心事儿都忘了？！"他这么一说，我更迷糊了，想再问个明白，可是看看那脸凶相，又不敢再开口，只好拖着沉重的脚步，随众人朝村外走去。

走到村口，恰好有段下坡路。我站在高处往前一看，哎呀！身边的熟人虽说莫名其妙地少了许多，可是眼前这支队伍依旧浩浩荡荡，前不见头，后不见尾。队伍里的弟兄们衣衫破旧，面孔消瘦墨黑，走起路来一个个像鬼影子似的飘飘悠悠，真如一支叫花子大军，叫人惨不忍睹！还有一件事情也叫我感到纳闷：每个人的面孔上都有一种古怪的表情，好像一个个都做了什么见不得人的勾当似的，谁也不敢看谁，大家都低着头赶路……

大约中午光景，我们来到一个山隘口。前面群山壁立，巍巍森森，那峻峭的山头直插云际。两边群山夹着一片荒地，杂草丛生，乱石遍地。中间一条羊肠小径，像根细细的绳子穿过荒地朝前迤逦远去。

隘口有一队秦兵把守着。我们走过时，见那些秦兵脸上不怀好意地笑着。大家不敢多看，我也垂着头随队伍蹒跚前行。进了隘口，我望着大峡谷出神。眼前这景致好生面熟，像在哪里见过！想了半天，又想不起来。小时候听娘说过，有时候做梦能梦见前世的事情，莫非这眼前所见，也是梦中前世不成？

这支叫花子似的队伍像一条巨蟒缓缓地朝前爬行，眼看太阳已经晒到头顶了，人流还在峡谷中，也不见有人传令停下休息。人又饿又累，真想坐下来歇口气。我朝前后看看，一个秦兵也没有。我想坐下，可是心里害怕得直跳。万一被那些虎狼似的秦兵看见就没命了。就这么一步三回头，想坐下又不敢，步履维艰地挣扎着朝前走。

忽然间前面的队伍乱了起来，有人大喊："我们上当了！"接着是叫骂声、哭声、干嚎声混成一气。

"秦王背信！说放我们回家，又使奸计！"

"娘的 ×！老子为留条命回家供养老娘，活活坑了亲兄弟，到头来还是一死！操你秦王十八代祖宗！"

"秦兵呢？杀几个秦兵出出气！"

"娘的！秦兵早出了峡口啦！"

难怪一直没见秦兵！

大峡谷突然间安静下来。叫骂、哭喊、诅咒、干嚎……都由一种恐怖的寂静取代了。人们抬头朝两边的山峰仰面望去，但见群山顶上，一个个全副戎装的秦兵齐刷刷地列队站立，人人弓箭在手，个个杀气腾腾。那叫人毛骨悚然的死寂只延续了没多久，只听得远处山头传来一声："放！"顿时箭矢如雨、乱石如飞，我们这批俘虏顿时乱作一团，狼狈鼠窜。哭喊声混杂着箭矢飞流的响声和巨石翻滚砸碰的响声，黑压压一群人活像一窝蚂蚁，各自抱头在做最后的挣扎。

我掉头朝后面逃去，慌乱中也不管脚下踩着的是死人活人，只顾逃命要紧。谁知刚逃出一箭之地，前面的人如潮水般又退回来，有人高喊：“两头山隘口都被秦兵用巨石封死了！”

完了！原来秦兵把我们赶进峡谷，两头堵死，居高临下用乱箭、巨石把我们活活射杀、砸死、活埋！我感到胸口发闷，呼吸紧迫起来，两眼直冒金星。昏死过去时，隐隐见得身边山脚下有块石碑，上书猩红的两个大字：杀谷。

八

“他醒了吗？”

“还没有。”

其实我已经醒了，我还意识到刚才躺在这张铁床上借助于最现代化的实验手段去古代社会作了一番亲历旅行——当然，是在幻觉中。

我想稍稍休息一下。

“为什么抽掉那段录像，教授？”

天哪！他们还作了录像！

“凡是涉及被测试者行为评价的东西，我们一向是不公开的。”

“为什么？”

“难道你愿意亲眼目睹甚至让别人也来观赏你性格、心理和行为中那些你最不愿承认的隐私部分吗？”

“可这毕竟只是幻觉旅行呀！”

“现代科学认为精神分析学派关于本能冲动支配意识的理论基本正确。换言之，潜意识是心理活动的源泉和基本动力，它能最真实地反映了一个人的个性。”

女助手没再说什么，教授也沉默了。

“如果被测试者本人要求了解呢？”我问。

教授和他的女助手显然被吓了一跳。一阵难堪的寂静之后，我看见教授狠狠地盯了女助手一眼，那目光似乎在责备：“你不是说他没醒吗？！”

“哈，你醒了，王！”教授走过来，拍拍我的肩膀说，一边为我解开头盔上的电线。

“我想知道抽掉的一段……”我说。

“你想知道的是公元前260年，长平之战中秦兵如何活埋40万赵国降卒，你不是‘看到’了吗？在一个名叫‘杀谷’的大峡谷……”教授的声音带着讨好的味道。可是我仍坚持说：“我要看被抽掉的那段录像！”

“不要太认真，王……”教授说。

我两眼直直地盯着他。教授终于无可奈何地叹了口气，转身看着女助手。女助手低下头，转身想离去。

“你们都可以留下。”我说。

“那不是很光彩的……”教授说。

“我知道。”我冷冷地说。

九

被抽掉的那段录像很长。放的时候，看上去像上世纪初刚发明的无声电影，没有对白，没有声音。所有的画面都很模糊，就像年代久远、破损了的旧片子。

幻觉旅行本质上可以说是一场有导向的梦。普通的梦境，大抵是由做梦人日常生活中无形的刺激在大脑皮层累积所生，而幻觉旅行中，幻境的形成却全由人工操纵。时间、地点、人物等要素都可以预先编好程式，输入电脑后向“旅行者”不断发出刺激信号。至于这些信号刺激下的“旅行者”会做出什么反应，那就因人而异，各不相同了。

我不知道自己坚持要看被抽掉的录像是不是出于自尊心受到挑战，反正，看完录像，我感到自己丢脸极了。

教授说得对，那的确不是一段很光彩的经历！

录像开始时的画面，是一群衣衫褴褛的赵国降卒，在如虎似狼的秦兵监视下麇集在一个山村外的荒野里挖坑。教授解释说，当时秦兵传下命令，要俘虏们日夜兼程地挖土坑，还许诺说干得卖力气的降卒可以早早释放回赵国。我看见穿着赵国戎装的“我”干得满头大汗，不禁一阵赧颜！我旁边那个人——我认出来了，那是阿福——和另外几个赵国弟兄都懒洋洋地挥着铲子。我拼命回忆，在幻境中我仿佛已经娶妻生子了？当时那么起劲地挖坑，大概想早点回“家”与“妻儿老母”团聚吧！

接着的画面是果真有几个俘虏被秦兵放走。他们都是些十二三岁的孩子兵，一个个拼命朝村外跑。他们身后有个秦兵不怀好意地张口狂笑。教授说，他是在捉弄那些死里逃生的人，威胁说要那些孩子兵回去向赵王报告战况，否则就把他们再抓回来活埋。

接下来的画面叫人不可思议。只见成千上万的俘虏挖完第一批土坑后，互相指指点点，好像还发生了剧烈的争吵，因为画面上的人都激动万分地在喊叫什么。最后秦兵用鞭子将其中一半驱赶到那些新挖好的土坑中，而另一半俘虏则在秦兵监督下往坑里铲土埋人。有几个被推到土坑里的人想逃出来，马上有秦兵开弓射箭，一箭结果了性命；也有被站在土坑边铲土的赵国弟兄用铁铲打倒然后迅速活埋了的。

“他们……这么自相残杀……”女助手沉吟道。教授则解释说，秦兵下令让俘虏们“阴举”——就是大家私下里揭发——有谁杀死过秦兵，谁不肯高呼秦王万岁或者不服从秦兵命令？还悬赏举发一人放回家园，举发二人以上赏黄金一锭……于是这些赵国降卒当场就闹起来了。

我的心怦怦地剧跳起来。借助这朦胧的画面，我终于回忆起那段被抹掉的“经历”来了。

秦王“阴举”令传下后，阿福趁当时乱哄哄没人注意，一转身溜进后面一处松林里躲将起来。我刚想学他样逃走，却被路上搭识的那个汉子一把抓住拖去向秦兵告发了。那秦兵是个独眼，却长得壮实。他龇牙咧嘴大叫一声，用手中的盾牌将我击倒在地，又将一只脚踏住我胸口，追问我阿福的去向。我略一迟疑，那家伙用力一蹬脚，痛得我杀猪似地嚎起来。接着这独眼龙又俯身把我从地上一把抓起，将手中的利刀架在我脖颈旁，瞪着眼吼叫着要把我活埋了……“我”呢，竟畏畏葸葸地用手朝那松林指了指……

说真心话，这时我真想让教授停止播放录像，不过，毕竟没有说出口。犹豫间，最后一个镜头跳了出来，把我羞得恨不得真被活埋了才好——那是一个特写画面：阿福被活埋了，只剩一颗光光的人头露在土面上，活像栽在地里的一颗大萝卜。穿着赵国戎装的“我”，猛地在人头前跪下，哭喊着让死去的阿福饶恕自己……

“终于拣到一条命。”我自我嘲讽道。

“可是最终他们还是把剩下的人统统骗到‘杀谷’全给埋了！”女助手愤愤地喊道。

我低着头，牙齿把嘴唇咬得锥心般疼痛……

十

“请原谅我，王。”女助手送我出实验室时，低声说道。

“不，倒该感谢你才是！”我冷笑一声，道，“否则我还不知道自己的好本性呢！”

女助手呆呆地站定，幽怨地望着我。

“真不怪你，真的！”我拉拉她的手，转身朝门口走去。

“你等一等，王！”女助手喊着，追了上来。

“我祖母刚刚过世……”她说，眼里都是泪。那跟今天的事有什么关系？我想。

“她临死的时候十分痛苦。”女助手说，“她叫家里的人都走开，把我一个人留在她身边。”

“她留给你什么财宝？”我挖苦道。

“是一笔财宝！求你听我说完！”女助手狠狠地盯着我道，“她说她一生做了两件亏心事：一件是年轻的时候，她把唯一爱过的情人甩了——因为那人后来成了‘右派分子’；第二件事是30年前的那场‘文革’中，她揭发了祖父……后来祖父跳楼自杀了……都是因为害怕……”说完她哭了起来。

我忽然明白了她为什么对我说这些！我走近去轻轻地搂住她颤动的

肩膀。

“也……也许，我们身上流着的……还是当年赵国降卒身上的……那种血……”女助手抽泣着说。她的话使我心头一惊，半晌说不出话来。心底，有一个声音在喊叫——

“你身上的血该好好清洗一番了！”

是的，我会清洗的！不知为什么，我眼前浮现出小雪的笑靥。

“如果我们将来有孩子，他（她）身上流淌着的将是一种全新的血……”

——本文获 1991 年台湾首届“世界华人科幻艺术奖”科幻短篇小说奖第二名，后刊于《科幻世界》1992 第 1 期

我们的身上都流着“长平血”

——论姜云生科幻小说的国民性批判主题

◎ 高亚斌　王卫英

姜云生是我国新时期以来科幻界非常有创作个性的作家，他的科幻创作以历史题材为载体，对人性的惨烈进行了深度剖析和反思。小说《长平血》《一个戊戌老人的故事》等，通过历史事件切入叙事，以国民性批判为主旨，丰富和扩展了科幻小说的思想内涵，为我国科幻文学的发展做出了独特贡献。

我国的科幻文学虽然是西方“舶来品”，但因其神奇玄妙的想象和对科学精神的不懈追求，激发了人们的求知欲望，加之其中隐含的对现代民族国家的梦想，迎合了人们亟待改变现状的心理，因此，它很快就在中国落地生根。自清末“小说界革命”以来，先进知识分子梁启超提出了“欲新民，必先新一国之小说”[1]的理论，渴望发挥文学的社会功能，以达到“小说救国”“科学救国”的要旨，而科幻小说对于未来的想象，正好契合民众对积贫积弱的没落王朝的不满情绪，符合了他们的阅读期待。“五四”期间，新文化运动先驱鲁迅也提出，“故苟欲……导中国人群以进行，必自科学小说始。”[2]明确主张发展科幻小说。可以看出，一方面，梁启超、鲁迅等人企望利用科幻小说来引发人们的科学意识，学习西方先进的科学知

姜云生

识，以复兴民族；另一方面，他们又渴求通过“经以科学，纬以人情”的科幻小说来唤醒民众，完成国民性改造的历史使命。在他们的文学世界里，科幻作品成为先进知识分子启发民智、倡导民主科学的理想文学体式，也成为他们实现社会批判、政治批判、人性批判的利器，这种启蒙意识和科学传统，对后来的科幻小说创作产生了深远的影响，姜云生的科幻历史小说即承续了这一创作理念。

一、创作翻译：跨越两岸，成就斐然

姜云生 1944 年生于云南，四岁起移居浙江杭州，本科就读于复旦大学历史系。姜云生很早就与台湾科幻界建立了密切的联系，1993 年，他主编了《台湾科幻小说大全》一书，增进了海峡两岸科幻文学的了解和交流，也因此成为沟通两岸科幻的主要人物。早在 20 世纪 80 年代，台湾科幻作家张系国就指出：台湾科幻界“必须同时在内容与形式两方面求变求新，发挥最大的创造力，或许真能塑造中华民族的民族意识，为 20 世纪的中国文学放一异彩。”[3] 把科幻文学的创作与民族意识相联系，显然，姜云生在创作理念上深受台湾科幻之启发。

姜云生多年致力于科幻文学的创作和翻译，曾创作了《长平血》《一个戊戌老人的故事》《厄斯曼故事》《遥远的星空》等小说，其中，荣获台湾地区首届世界华人科幻奖二等奖的《长平血》，是他科幻小说的代表作。他的另外两篇科幻小说也都业绩不凡，《厄斯曼故事》描绘了宇宙的诞生、星体凝结、人类进化等有关世界形成与发展的壮观景象，是一部“科幻版”的《创世纪》，作品在 1994 年度举办的台湾《幼狮文艺》创刊 40 周年科幻征文活动中荣获佳作奖；《一个戊戌老人的故事》则获得了第三届中国科幻“银河奖”二等奖。姜云生的科幻小说，后来大部分收入《飞行船文库 3——十九号太阳门》[4] 一书，包括《长平血》《一个戊戌老人的故事》《深深的海洋》《终生遗恨》《万年孤寂》《无边的眷恋》等，其中，《无边的眷恋》后来被译介并收入美国 *Science Fiction From China* 一书。从 2010 年起，他开始尝试用英文进行诗歌创作，并在美、英、加拿大等英语国家的科幻刊物，如 Starline（《星阵》）、Space &Time（《时空》）、Ideomancer（《百思不解》）、Beyond Centaurus（《半人马座之外》）、Scifaikuest（《科幻俳句》）、Aoifeskiss（《夏娃之吻》）以及一些大学的电子科幻杂志上发表，有的还被收入年度科幻诗歌佳作集。这些诗歌大多是对宇宙的沉思，其中融入了他对人类与自身命运以及宇宙存在的思考，类似某种现代版的《天问》，是作家人生智慧的结晶。此外，姜云生还在创作之余，翻译、出版了一些外国科幻小说，无论是对国外科幻文学的引介，还是科幻文学的创作和理论研究，他都做出了自己的贡献。

我国大陆科幻小说从诞生之日起，就与各种社会思潮发生了深刻的联系，并经历了诸如儿童文学、科普文学等不同文体的复杂纠葛。而姜云生也许得益于台湾科幻影响，更受惠于“五四”科幻作家的启蒙意识，其科幻小说从一开始就能够绕开与儿童文学和科普作品等类文体相互混同的陷阱，表现得相当成熟。姜云生并没有着力于对科学意识的张扬和对科技发展与人类未来的科学想象，在他的小说里，科幻不过是一种道具，是他表现人性、还原历史真相的一种表达技巧和叙事策略。他把科幻小说的重心放在社会批判与人性批判的层面，以科学幻想为衣，包涵着思考的光辉和批判的锋芒。因而，他的科幻小说是一种典型的软科幻，小说中出现的诸如教授、外星人等形象以及“幻觉机器”“电视电话”之类的新鲜事物，都不过是一些富有科幻色彩的外在符号。在这些符号的后面，对人的生命本体的思考与关怀，对人性的深刻解剖，才是他作品的灵魂和价值所在。

二、《长平血》：还原历史，批判人性之恶

鉴古知今，科幻不但关注人类的未来，也关注人类的过去，并且对历史做出各种当代阐释。姜云生的科幻创作大都以历史故事为题材，善于从历史事件中开掘出新意，并以之作为小说的叙事支点。《长平血》在科幻构思上类似于美国科幻大片《阿凡达》，小说叙写复旦大学历史系学生王雨牛（即小说

中的“我”），因对历史上长平之战的史料记载心存疑虑，在教授和他的女助手监督下，决定借助幻觉机器，穿越历史的时光隧道，回到遥远的战国时代，对历史进行一番实证考察。于是，在幻觉世界里，“我”摇身一变，成为一名普通的赵国士兵阿贵，在另一个时空里不仅目睹了长平之战的惨烈场景，而且还见证了战后的劫难和降敌的屈辱。在小说里，战败的赵国士兵在极度饥饿的驱使下吞噬着阵亡战友的尸体，而且在秦兵的淫威下，他们相互“阴举”揭发，彼此背叛出卖，最后甚至还亲手挖坑，埋掉自己的同胞——四十万赵国的降卒就这样被坑杀活埋！同样的情形也发生在“我”身上，面对秦兵的屠刀，求生的本能驱使“我”出卖了自己最好的朋友阿福，供出他的藏身之地，眼看着他被秦兵抓住后活活地埋掉，“我”却为自己能够侥幸存活而暗自庆幸！在结束了这梦魇般的幻觉之旅后，“我”又以实验者的身份重返现实世界。但这次经历却始终成为“我”心中巨大的阴影，对“我”的道德和良知构成了拷问，促使“我”重新审视历史、审视自我，在反思与批判中重塑新的人格和历史观。

行文至此，小说又荡开一笔，回到现实生活中：“我”面对作为知情人之一的女助手，对自己作为阿贵的所作所为感到无比愧疚。女助手却告诉“我”，她的祖母刚刚去世，在临终之际，祖母向她表白了自己的两个忏悔：一是她在年轻的时候曾经因为自己的情人被错划为右派而背弃了他；另一个是在十年“文革”中，她为了保全自己而揭发了丈夫，导致无辜的祖父跳楼自杀……于是，历史与现实完成了对接：从两千多年前的长平之战，直到20世纪的“反右”运动与“文革”劫难，人们在面对危难时的冷漠与背叛竟然如出一辙；而从历史上的“阿贵”，到现实中的女助手的祖母，国民劣根性的表征也几乎一脉相承，难怪小说中的女护士用惊惧不安的语气恍然大悟般地说：“也……也许，我们身上流着的……还是当年赵国降卒身上的……那种血……”国人身上世代相沿习焉不察的人性之恶，就这样借助小说人物之口被一语道破。在这里，“长平血”便成为国民劣根性的一个重要症候，如鲁迅笔下的“精神胜利法”一样，被赋予了普遍的意义。

可贵的是，姜云生的人性批判，每好“向‘我’开炮”。在《长平血》

中，小说以第一人称视角展开叙事，很有知识分子内省的气质。他曾坦诚地指出：“我写人性，常常要将自身的丑陋作为靶子射击，日本朋友岩上治先生（日本中国科幻研究会主席）是我多年的好友，他早就指出过我的文字中‘自我批判’的含量。”① 并且，作家还指出，细心的读者能够发现：《长平血》中的“王雨牛”，实际上是从作家自己的名字派生出来的，② 这就更能体现作家自我批判的严厉苛刻和苦心孤诣。姜云生把这种自我批判称为“‘沿着向下的楼梯往上走’。意为：人类总是一代一代新陈代谢往下延续；但生命的总体质量，却不断向上，不断升华！”[5] 表现了作家对自身人性变异的警惕和人格退化的忧虑。鲁迅曾说过：“我的确时时解剖别人，然而更多的是更无情面地解剖我自己。”[6] 在这一点上，姜云生和鲁迅实现了在精神上的对话，在国民性批判和人性重塑的层面上达到了深层次的沟通。

在小说中，作家还特意设置了一个幕后未曾露面的人物——“我”（大学生王雨牛）的未婚妻小雪。她在“我”心目中显然占有重要的地位，她的“笑靥”无疑是纯洁、爱、责任的化身，她和“我”的父母，甚至“我”尚未出生的“孩子”等，都构成了小说中拯救人性的亲情力量。如同游历在地狱和炼狱之间的但丁，因为有了贝雅特里齐的人格与爱的指引，才不致迷失和沉沦，“我”也因为有了这些亲情力量的存在而不致良知泯灭。在小说的结尾，作家用寓意深厚的笔墨沉重地写道：“如果我们将来有孩子，他（她）身上流淌着的将是一种全新的血液……”这既是一种发自内心的忏悔，又是一种人性的呼唤与救赎，具有《狂人日记》中“救救孩子”一般振聋发聩的力量，小说由此获得了惊世骇俗的醒世意义。

值得注意的是，在小说中，“我”是作为参与集体坑杀自己士兵的赵国俘虏之一员出现的，这样的角色处理，一方面便于以肉身在场的贴近感觉来触摸历史，增强作为亲历者和见证人的真实感和客观性；另一方面，也凸显出作家底层叙事的平民立场。可以看出，作家摒弃了科幻作品中习见的技术崇拜、英雄崇拜和浪漫主义色彩，他更关注的是在历史宏大叙事之后的真实细

① 这是姜云生在与王卫英电子邮件通信中所说的话。

② 同上。

节与小人物命运，关注在历史事件中人性的不同裂变，显示出作家不同凡响的文学表达视角。

米兰·昆德拉曾经说过："小说家既非历史学家，又非预言家：他是存在的探究者。"[7]可以看到，在姜云生的科幻小说中，作家总是以一个历史探究者的身份出现的，他关注的是躲在时间背后的历史真相，并且试图在穿越时空的历史勘探中予以还原。在叙事技巧上，姜云生总是善于在历史真实与科学幻想之间找到一个适当的话语空隙，作为小说叙事得以展开的契机，使之成为连接历史与现实、真实与虚构之间的桥梁，在历史与现实间形成巧妙的互文性关系。

三、《一个戊戌老人的故事》：虚拟历史，构建人性之善

《一个戊戌老人的故事》是作家继《长平血》之后又一短篇科幻小说力作，小说的中心人物是在晚清维新运动中支持戊戌变法的翰林院侍读学士徐致靖，即"一个戊戌老人"。按照小说的交代，徐致靖的事迹见于《清史稿》列传第251篇：身为翰林院侍读学士的徐致靖思想激进，他积极向光绪皇帝保荐康有为、梁启超、谭嗣同等维新人士，支持维新派的变法活动。变法失败后，他在戊戌政变中也同六君子一样，差点被慈禧太后杀了头，所幸李鸿章、荣禄等人为他说情，才免于一死，但一直被关在死囚牢里。直到八国联军攻入北京，徐致靖才得以趁乱从狱中逃出，蛰居杭州。经过这样一番政治纷纭和宦海风波，他从此对仕途心灰意冷，遂改名"仅叟"，意为苟活仅存的老头，终日靠着下围棋听昆曲打发日子，七十五岁时终老天年。

但在姜云生的小说里，作家对这一段史实展开了几乎匪夷所思的虚构：正在研究历史的司马突然收到朋友的电话，在杭州市发现了一个刚刚死去的古代人，而那个死去的古人，正是与谭嗣同变法同一时代的清朝官员徐致靖！原来，维新变法失败后，受到牵连而一度被关入死牢的徐致靖，不是靠着李鸿章、荣禄的说情，而是由于他擅长弈棋而被"仙童"（即外星人）解救，并被秘密地藏在一个山洞中，为"仙童"传授棋艺。之后，他又从外星人那里获得了一本徐氏家谱，还有一本叫做《太阴谱》的棋谱。七日之后，

外星人乘坐飞碟离开地球，徐致靖才得以重返人间，等他回到家中，已是一百年之后的现代。经过一段时间的隐居读史之后，老人愤慨自杀，从容弃世，于是才发生了小说开头的悬案。

如果说《长平血》是现代人返回古代所经历的时空体验，那么《一个戊戌老人的故事》则相反，它是古代人的现代之旅。姜云生以一个科幻作家所特有的奇思妙想，在对戊戌变法这段史事的重新叙写中，融入了外星人等科幻因素，对徐致靖的人生命运进行了出人意料的改写，使他从那个变法失败后“终日靠下围棋听昆曲打发日子”的“徐仅叟”，成为一个耻于偷生的仁人志士，使得这一逐渐被历史遗忘的变法勇士重新浮出历史水面，成为与谭嗣同一样临难不苟免的光辉形象，从而在深层次上挖掘了人物的精神内涵。在这一改写的过程中，作家无疑对所谓“正史”进行了颠覆性解构，其中既有富于挑战性的消解与质疑，又有作家对生命意义的思索，极大地彰显了小说的人文精神和哲理深度。

《一个戊戌老人的故事》和《长平血》体现了姜云生人性审视与批判的两个向度：人性之恶和人性之善。如果说在《长平血》中，作家发现了国民身上血脉相传的痼疾，向人们展示了人性之恶，指向国民劣根性的批判的话，那么,《一个戊戌老人的故事》则试图从一个维新志士身上，竭力张扬其耻于偷生、昂扬向上的人性之善。显而易见，与《长平血》中的“阿贵”一类贪生之辈相比，这位“戊戌老人”宁为玉碎不为瓦全的崇高气节，极其富有感召力，使愚劣丑陋的国民性有了获得救赎的希望。

在小说的叙事方式上,《一个戊戌老人的故事》以公安部门发现一位古代老人离奇死亡的案件为线索，中间穿插戊戌变法和戊戌政变的历史故事。这种叙事方式，吸收了我国传统侦探小说、历史小说等通俗小说门类的特点，擅长营造气氛和设置悬念，使小说的可读性大大增强。并且由于小说中出现了古代神话小说中常有的“遇仙”现象，形成了“山中方十日，世上已千年”式的神话小说时间模式，但却利用科学幻想的形式来叙写，使古典神话小说得到了全新的现代阐释。此外，小说中还出现了一些充满荒诞意味的情节，比如，徐致靖根据所谓“仙童”（外星人）所遗的家谱找到了自己的后代，但这位戊戌志士的后人，却已经成为“泯然众人矣”的某水果摊主，这样的安排，可以让读者自然而然地想到其间所发生的世事变迁、家族兴衰乃至志节上的退化，不仅令人唏嘘，而且发人深思。而且在小说中，外星人带走徐致靖，并非因为他是戊戌变法的仁人志士，而想把他从反动势力手中解救出来，却是为了与险恶时事丝毫无涉的事情——让他教会他们围棋，颇有后现代主义的荒谬之感。

依据美国哲学家卡尔·贝克尔的说法，“任何一个事件的历史，对两个不同的人来说绝不会是完全一样的；而且，人所共知，每一代人都用一种新的方法来写同一个历史事件，并给它一种新的解释。”[8] 正是出于对这种不同历史价值观的刻意寻求，姜云生才别出心裁地以科幻的方式，对历史进行了多层次的解读和诠释。尽管小说在某些情节的设置上显得不尽合理，故事的展开过程也有突兀之嫌，但从整体而言，姜云生小说毕竟是成功的，他揭示出了历史中某些被遮蔽的、不易为人察觉的光明或者晦暗的真相，使历史呈现出应有的丰富与复杂。就这一层面上来说，他的科幻小说，的确为人们了解历史提供了一个崭新的文学视角，也昭示出科幻小说自身发展的一个维度。

四、人性批判：寻求科幻小说与主流文学的契合

与主流文学相比，科幻小说一直处于文学的边缘地位。但由于科幻小说所具有的神奇想象力，极大地拓宽了小说的表现领域，丰富了小说的叙述空间，更因其高扬科学、面向未来的开放品格，与近代以来崇尚科学的风尚相契合，从而使它在文体和意识形态上具有了双重的现代性特征，因此，科幻小说日益成为近代以来必不可少的小说门类。尤其随着时下大众文化的兴盛和图像时代的到来，以及在影视媒介的有力推动下，科幻电影在世界范围内的风行，这些都为科幻小说进入主流文学提供了主观和客观上的必要和可能。

我国科幻小说一直秉持国民性批判的文学传统。自科幻小说进入中国本土，就出现了徐念慈的《新法螺先生谭》，其中提到“我”在金星上见到“换脑术”之后，便想以此来更换中国国民之脑，已经包涵着国民性改造的现代思想。“五四”时期，鲁迅更是利用科幻小说来宣扬民主科学、提倡国民性改

造的思想前驱，他在翻译《月界旅行》《地底旅行》《北极探险记》《造人术》等科幻小说时，表现出浓厚的人本思想和鲜明的启蒙意识。到了30年代，老舍创作了科幻小说《猫城记》，以遥远的火星上的猫城作为影射，对旧中国社会现状进行了曲折的讽喻，借此对愚昧自私的国民劣根性进行了穷形尽相的揭露。早期的科幻作家们几乎无一例外地都把现代民族国家的想象性构建和国民性改造的宏旨，融入科幻小说的主题范畴，在这一点上，科幻小说与主流文学达到了高度的契合。

遥承思想先驱们的衣钵，新中国成立后的科幻小说家——包括姜云生，都在科幻小说的创作中进行着同类主题的书写，而且这一传统在新生代科幻作家那里也得到了很好的延续。譬如，在凌晨的《月球背面》里，描写未来的中国在月球上建立了可以跟美国相抗衡的基地，但腐败随之蔓延到了那里，月球基地的建设竟也出现了豆腐渣工程。在王晋康的小说《蚁生》中，"文革"时期被下放到农场劳动的知青，因为从蚂蚁身上提取了"利他素"，而使得原本冷酷自私、尔虞我诈的人群表现出善良和无私的人性之美，展示了"文革"中国民丑陋行径的社会根源。再如刘慈欣的科幻小说《西洋》，以富有现代意识的情节重写郑和下西洋的历史。在小说中，郑和冲破封闭保守的传统思想的束缚，以开放性的胆识和胸怀在海外开疆拓土，并且建立了一个"日不落中华帝国"。小说对中国封闭保守的传统社会观念进行了解构式的书写，重塑了中华民族开放进取、昂扬奋发的民族精神，体现了作家鲜明的民族意识……在诸如此类的科幻作品中，都表现出科幻作家们国民性思考和批判的思想深度，闪耀着发人深省的哲理光芒。

就世界范围的科幻小说发展来说，从第一部科幻小说《弗兰肯斯坦》开始，在许多科幻小说中，我们都可以看到科技使人异化的现象，科幻小说中的科学家往往被异化为"科学怪人"、反动"博士"等负面角色；而科学发明所制造的克隆人或机器人，也往往因其异化而显得恐怖可怕。他们的异化使人类面临着灾难，这已经成为许多科幻小说和影视作品的主题。姜云生的科幻小说使我们认识到：面对科技发展所造成的人的异化，只有美好的人性才能使人真正获救，而这构成了国民性改造的另一重要向度。

因此，可以说，在国民性改造、人性批判和重建的层面上，科幻小说找到了与主流文学极好的契合点，这一契合，也将使其能够顺利地被主流文学所接纳，并在主流文学中找到自己的位置。事实上，这一点早已成为了知识精英们的普遍共识。比如，科幻批评家吴岩就曾指出："恰恰由于科幻文学所传递的那种通过想象和科学视角超越现实、超越传统文化的力量，使它将在未来的时代中成为最能传达知识分子心态、最能抒发知识分子感受、最为具有文化革新能力的文学形式。"[9] 从这一意义上，我们可以乐观地预言：随着时代发展和科学进步，我国的科幻文学必将走出发展的低谷，跻身严肃文学的行列，并同主流文学一道，承担起社会批判与人性批判的神圣使命，而姜云生的历史科幻即是这其中独特的表达。

参考文献

[1] 梁启超．论小说与群治之关系［M］//梁启超．梁启超文集．北京：燕山出版社，1997：287.

[2] 鲁迅．月界旅行辨言［M］//鲁迅．鲁迅全集：第10卷．北京：人民文学出版社，1987：151.

[3] 张系国．试谈民族文学的内容与形式［M］//张系国．张系国自选集．台北：黎明出版社，1982：173.

[4] 姜云生，姜亦辛．飞行船文库3——十九号太阳门［M］．南昌：二十一世纪出版社，1997.

[5] 姜云生．细读自己［M］．济南：山东友谊出版社，1998：21–22.

[6] 鲁迅．写在《坟》后面［M］//鲁迅．鲁迅全集：第1卷．北京：人民文学出版社，1981：284.

[7] 米兰·昆德拉．小说的艺术［M］．董强，译．上海：上海译文出版社，2008：56.

[8] 张文杰，等编译．现代西方历史哲学译文集［M］．上海：上海译文出版社，1984：37.

[9] 吴岩．科幻文学的中国阐释［J］．南方文坛，2010（6）.

灾难的玩偶（节选）

◎ 杨鹏

引　子

“我什么都没干……可老师却把我赶出来……太不讲理了……哼，难道有超能力就说明那件事情是我干的吗？”

杨歌走出校门，独自沿着护城河自西向东走。他的心中，充满了被误解的愤懑和无奈。刚刚上物理课时，被物理老师拿来做自由落体实验的小球忽然间着了魔似的飞了起来，冷气从地下冒出，书本漫天飞舞……因为杨歌具有超能力，所以物理老师以为是杨歌在搞鬼，就把他赶了出来。

杨歌读过一些幽灵小说，刚才发生的一切，很像小说里写的鬼怪显灵时的情形，难道是幽灵在作怪？……

想到这，杨歌不禁毛骨悚然。

“啊——”

杨歌身边有个女人发出一声刺耳的尖叫声，杨歌吓得头发全都根根竖起。

街上的人全都惊慌失措地奔跑起来，他们一边跑，一边喊着：

“不好啦，护城河的水倒流啦——”

杨歌扭头一看，天哪，红色古城墙下的护城河水，本来是自西向东流的，现在却在一种令人恐惧的超自然力作用下，自东向西倒灌回去。

杨歌瞠目结舌。

“哗——”

河边的自行车全部倾斜了，但并没有倒下，与地面呈45度角。

斜坡上一辆没有人的桑塔纳，竟然不用发动马达，自个儿沿着斜坡向上爬。

路边的一辆没有人的童车，突然发了疯一般朝杨歌撞了过来，杨歌急忙躲闪开来。

树上的叶子哗哗哗响了起来——这个时候，空气里一点风都没有。

……

奇怪的引力现象，怎么回事？

杨歌看着正在发生的桩桩怪事，觉得自己正在梦中。这一切，他以前只在科幻小说里看到过。

杨歌正在琢磨眼前的奇异现象，突然，他的身体不由自主地倾斜了，跟那些自行车一样，斜向地面，却不倒下。

路上的行人也和他一样，齐齐地向一边倾斜，却不倒下。

街上尖叫声四起，突然出现的怪现象，使人们既感到恐怖，又感到新奇。

一小时后，一切恢复了正常。街上的行人和车辆又步履匆匆，仿佛刚才什么事都没有发生过一样。

一种不祥的预感却像一只枯瘦有力的手，紧紧地攫住了杨歌的心。他的心怦怦直跳，一个声音在他脑际回荡：

“难道有什么事情要发生？难道有什么事情要发生？难道有什么事情要发生？……”

果然，不久之后，一件关系着人类生死存亡的可怕事件发生了，不管是你，是我，还是他，都在劫难逃。

一

周日，张小开去游戏商场找最新的游戏。

张小开的目光在柜台里的各游戏卡间仔细搜索。

妈妈离开了张小开，身影被如潮般前来购物的人群所吞没。

“张小开……”

正在埋头选游戏机卡的张小开突然听见有人叫了他一下。

张小开抬起头，环顾四周。

奇怪，一个熟人都没有。

也许是自己听错了。

张小开又低下了头，他被游戏公司新推出的一款游戏吸引住了。

“我在这里呢，看看我。”

那声音似乎是从张小开脑子里发出来的，沙哑、低沉、阴森森的，听起来很恐怖。

张小开再次抬头向四处看，确实没有人叫他。难道是幻觉？

“不是幻觉。我在这里呢，就在你的正前方。”

那声音又响了起来。

张小开惊惧地抬起头，看到货架上摆着许许多多的玩偶：有的像日本武士，有的是芭比娃娃，有的是变形金刚，有的是鬼怪玩偶……他们全都被做得栩栩如生，活灵活现。

不知道为什么，张小开总觉得这些玩偶非常恐怖。

张小开在心里说道：

“你是谁？到底在哪里？”

“就在你的正前方。”

那声音说。

正前方什么人都没有。难道是幽灵？

张小开惶惑地抬头寻找，突然，他的目光与一种充满了魔力的目光对上了——那目光，是由货架上一个玩偶的眼睛发出来的。

那个玩偶是泥塑的，涂着油彩。它的外形是一个肥胖的相扑运动员，大约有十几公分高。他抱着肚子威风凛凛地站着，仿佛刚刚战胜对手，一副心满意足、不可一世的样子。

现在，相扑玩偶的眼睛正直勾勾地盯着张小开，张小开觉得自己的魂魄都被他勾去了，他成了一个空心人。

张小开想尖声大叫，想呼喊，可是他觉得自己的身体已经被那目光冷峻的玩偶控制住了，他的大脑已经无法指挥躯体——他想叫却叫不出来，他想动却动弹不了。

更奇怪的事情发生了。

那个泥塑的玩偶居然活了，他举起两只粗壮的手臂，向空中伸了个懒腰。接着，他乘众人不注意，从货架上蹦到地上，向柜台外面跑去。除了张小开，谁也没有注意到他。

“跟我来。”

玩偶的沙哑的声音又在张小开的脑中响起。

张小开在心里大声地说着：

“别听他的，别听他的……”

然而，他的躯体，却像木偶一样，被玩偶身上发出的无形力量操纵着，亦步亦趋。

玩偶引着他离开了柜台，离开了人群，离开了商场，走向一个未知的地方……

当天晚上，张小开的妈妈发现他没有回家，这是以前从来没有过的事情，张小开的妈妈打电话问了张小开最好的朋友杨歌和白雪，他们也都没有见过张小开。

妈妈赶紧报警，又在京城的各大报社登了寻人启事，并发动她所能动用的所有力量寻找张小开。

五天过去了……十天过去了……半个月过去了……张小开依然杳无音讯。

张小开神秘失踪了。

一个月后。

北京的大街小巷里，突然流行起玩偶来，这些玩偶的种类很多，形态各异，从古装到现代装，从白人到黑人，从古代武士到未来战士，从鬼怪到外星人……应有尽有，层出不穷。它们做工精致，惟妙惟肖，宛若真人，倍受青睐。所有的商店一有玩偶上市，人们立刻发疯似的购买，很快被抢购一空。

人们将玩偶摆在家中最显眼的地方，相互赠送，随身携带在身上……对玩偶的喜爱难以言表。

大家都不知道这些玩偶从何而来，也从来没有人考虑过这个问题，大家都管这玩偶叫北京玩偶。

北京玩偶迅速成为世界人民最喜爱的玩具，它走进了全世界不同国籍、不同肤色、不同信仰的亿万人们家庭。

学校里，中小学生们也拿着家长们为他们购买的或者用自己的零花钱买来的玩偶互相攀比。

学校里面，杨歌看着那些玩偶，总有一种不祥的预感。

杨歌的身边，有一张桌子空着。那是张小开的桌子，一个多月了，它一直空着。

“白雪，有张小开的消息吗？”

杨歌问道。

“没有，他的父母什么方法都用过了，就是没有他的消息。也不知道他现在在哪里？唉……”

白雪担忧地说。

杨歌、白雪、张小开从初中开始就是最好的朋友，平时总是形影不离。有什么事三人总是一起出现，所以有人给他们取了个外号叫“校园三剑客”。

“只要张小开还在北京，我就能通过脑电波找到他。”

杨歌心想。他决定用他的超能力找到他最好的朋友。

杨歌闭上眼睛，周围同学们喧闹的声音正在远去，现实世界里的所有声音都在远去……

只有数以百万计的、形形色色、千姿百态的思维波在脑中穿梭，飞掠而过……

东城区、西城区、朝阳区、海淀区……

心灵的雷达紧张地搜索着。他听见有的人在算计着如何发财；有的人在算计着如何升官；有的人陷于感情的痛苦之中；有的人则知足常乐，发射出幸福的脑电波……

然而，在这复杂纷繁的脑电波中，却没有一束是他的好朋友张小开的脑电波。

怎么回事？张小开的脑电波消失了，难道他死了？不，不会的！

汗珠大颗大颗地从杨歌的额头上淌下来，他不能接受好朋友可能不在人世的想法。突然，他听见一个声音在说：

“……我找到一个多月以前发生的怪事的答案了，它很可能与现在流行的玩偶有关……”

这是雷森博士的声音！

他解开了那些怪事的谜，为什么不去找找他呢？

“雷森博士……白雪，明天上午你愿意同我一起去找雷森博士吗？”

杨歌突然睁开眼睛问道，把白雪吓了一跳。

杨歌调动自己的超能力虽然没有找到张小开的脑电波，却得到了一个意外的收获。

二

第二天上午吃完早饭，白雪便和杨歌骑着自行车前往雷森博士的住处，找到了雷森博士。

雷森博士见到了杨歌，非常高兴，说：

“小伙子，很高兴你还记着我这个糟老头子，前来看我。走，到我的客厅里去坐坐，我有一些新发现要告诉你。”

雷森博士将杨歌和白雪带进了客厅。

“我找到一个月前北京发生的怪事的原因了。”

不等杨歌和白雪坐定，雷森博士便兴奋不已地说道，他的神态，完全像个孩子。

“什么原因？”

杨歌问道。

“我查找了一些资料，发现在世界上的其他一些地方，也发生过类似的怪事。”雷森博士侃侃而谈，“先说护城河的倒流现象。比如在我国台湾省台东县有一条‘逆流河’，这里的水违反‘人往高处走，水往低处流’的常规，是傍着山脚往上流的。再说车子在无人驾驶的情况下自动行驶的现象，这与美国犹他州的‘重力怪丘’可能属于同一原理。犹他州的重力怪丘是一段陡峭的斜坡，长达500米左右。如果开车到坡前停下，随便放开车闸，车子就会受一种无形的力牵引，自动缓缓地爬上斜坡。再比如圣塔克斯的‘怪秘地带’、俄勒冈的‘魔力漩涡’……等等。这些怪异现象和北京不久前发生的怪事一样，是违反牛顿万有引力力学现象的，它们说明地球重力场在个别方面有特殊性。即绝对完整的重力场是不存在的，是什么导致地球的重力场发生紊乱呢？我发现里面大有文章……”

“那是什么导致重力场发生紊乱的？”

杨歌好奇地问。

“是玩偶。现在正在流行的玩偶。”

雷森博士一字一顿地说。

“什么，是玩偶？！”

杨歌和白雪都觉得是不是自己听错了。没有生命的玩偶怎么会和不久前北京发生的怪事有关系呢？

“我知道你们可能会认为我在胡说，可我是有事实根据的。”

雷森博士从书柜里取出了厚厚的几本古书，说道。接着，他翻开古书对杨歌俩人说道：

“玩偶并不是现在才出现的，在一千多年以前，这种东西就曾经风靡一时。你们看一看史书中的记载就知道了……”

雷森博士在书的重要的地方夹上了书签，杨歌和白雪翻开书仔细读了起来。下面是他们在书里读到的某些片断：

“北齐兰陵王有巧思，为舞胡子。王意所欲劝，胡子则捧盏以揖之，人莫知其所由也。”（载于《朝野佥载》）

“北齐有沙门灵昭，甚有巧思。武成帝令于山亭造流杯池，船每至帝前，引手取杯，船即自住。上有木小儿抚掌，遂与丝竹相应。饮讫放杯，便有木人刺还。上若饮不尽，船终不去。”（载于《太平广记》）

“帝每与嫔后饮酒，时逢兴会，辄遣命之至，与同榻共席，恩比友朋。帝犹恨不能夜召，乃命匠刻木为偶人，施机关，能坐起拜伏，以像詈。帝每月下对饮酒，辄令宫人置于座，与相酬酢，而为欢笑。”（《北史．柳詈传》）

“将作大匠杨务廉甚有巧思，常于沁州市内刻木作僧，手执一碗，自能行乞。碗中钱满，关键忽发，自然作声云‘布施’。市人竞观，欲其作声，施者日盈数千矣。”（《朝野佥载》）

……

“这些都是一千多年前关于玩偶的记载。只不过那时不叫玩偶，而叫‘舞胡子’‘木小儿’‘偶人’‘木僧’……它们在一千多年以前像现在一样十分流行，后来突然消失不见了。再往前推一千年，也就是秦汉时代，也有这样的记载，”雷森博士有些不安地说，“比如《汉书》中记载汉高祖刘邦一次与匈奴人交战，被匈奴人围在了白登山。谋士陈平为了退兵，做了一个木偶美女，在城楼上舞袖歌舞。匈奴王冒顿的妻子以为木偶是真人，怕攻下城后冒顿会娶了那个美女，自己会失宠。于是，她劝匈奴王退兵而去。汉高祖刘邦便得以解围脱险。史书上，还有一些记载表明那时的玩偶风行一时……”

“时光再倒流一千年，古书上曾经记载过周穆王的偃师的故事。据说周穆王的偃师为了讨好周穆王，送给了他一个美貌男子。周穆王让那个男子歌舞，那男子一边舞蹈一边给周穆王身边的妃子暗送秋波。周穆王勃然大怒，要杀那个美貌男子。这时他才发现他其实是个木偶人。它之所以会动，是因为体内巧妙的机关所致。从这个故事我们可以看出三千年前玩偶也曾独领风骚……”

“商周、秦汉、隋唐到现在，彼此相隔一千年。这说明玩偶每一千年出现一次。玩偶出现一次，人类社会就剧变一回：商周由统一走向分裂，而秦汉则由分裂复归统一，隋唐社会走向封建时代的鼎盛时期。玩偶这次出现，会给人类带来什么呢？我们不得而知。”

雷森博士忧心忡忡地说。

“这些玩偶究竟是什么东西？”

杨歌问道。

“很可能……是一种生物，一种未知的生命体。他们从哪里来？为什么要反复出现？为什么每次出现都会给人类带来巨变？……这些都是我正在思考和研究的问题。我相信我一定能找到答案的！”

雷森博士的眼中，闪烁出坚定的光芒。

杨歌和白雪都不寒而栗。如果雷森博士说的是真的，那真是太可怕了。也许，那些玩偶会给人类带来灾难，毁掉整个世界。

这一切，太像科幻小说里所写的了。杨歌和白雪真不希望博士所说的一切是真的，然而，古书上记载的史实却又令他们不得不相信那一切全是真的。

人类难道在劫难逃吗？

三

“杨歌，救救我——杨歌，救救我——”

杨歌的脑中，突然响起一个微弱的声音。

谁在呼唤？

杨歌屏住了呼吸，用自己那具有遥感功能的大脑寻找远方呼唤的信号。

“杨歌，救救我——”

那声音再度响起。

杨歌忽然间站起来，说：“白雪，走，找张小开去，他收到了他求助的信息。雷森博士，我们有重要的事先走了。”

杨歌说完拉着白雪急匆匆地走出了雷森博士家。

“杨歌，我们要去哪里？”

白雪骑车跟着杨歌在大街小巷乱转，被搞得晕头转向。

“跟着我。”

杨歌没时间向白雪解释一切，他顺着脑电波的声音来到一座高大的、白色的、风格融合了中西文化优点的建筑——中国美术馆前面。美术馆的门前，竖着一块巨大的木牌子，上面画着形形色色的、各式各样的玩偶，并有著名书法家的题词：“古今玩偶展览会。”

杨歌皱皱眉头，又是玩偶？难道张小开的失踪和玩偶有什么关系吗？

这是美术馆近期举办的一项引人注目的活动，每天前来参观的人超过十万人次，不过今天美术馆空荡荡的，没什么人。

“杨歌，救救我……”

那声音更大了。杨歌感觉到，那声音来自美术馆里面。

“张小开就在美术馆里面。”

杨歌指着美术馆说道。

“站住！”

有人在他们身后大声喝道。

杨歌回过头，看见是个穿着工作服、正在打毛衣、胖胖的女工作人员。她站起身来，对杨歌两个人喊道：

“回来回来，今天内部休息对外不开放，明天再来参观吧！”

杨歌、白雪不得不回转身来向她解释：

“阿姨，我们不是来参观的，有急事。”

“我们有个同学失踪了……”

……

两个人使出了浑身的解数劝说工作人员，终于说服了工作人员让他们进去。

美术馆空旷的展览室空空荡荡，光线昏暗，甚至有些阴森森的，冷气逼人。

三人进了玩偶展览室。展览架上，摆满了各式各样、惟妙惟肖、酷似真人的玩偶。他们全都活灵活现地瞅着白雪他们。

还是没有张小开。

“杨歌，救救我……”

那个声音在杨歌脑中再次响起。

杨歌四顾寻找脑电波的来源。

“杨歌，我在这里，快救救我！”

杨歌猛地回过头，他的目光落在展览架上一具笑呵呵的日本武士玩偶身上。

脑电波竟是从玩偶身上发出的？！

这怎么可能？那都是一些没有生命的玩偶，怎么会有脑电波？

难道真像雷森博士说的，他们是有生命的生命体？

不，一定是自己搞错了。

“杨歌，快救救我……”

那声音又在杨歌脑际响起来。

脑电波的确是从玩偶身上发出来的！

杨歌定睛再次观察那个发射脑电波的玩偶。他不看还好，一看顿时毛发倒竖：那个玩偶虽然梳着一条骄傲的冲天小辫，穿着日本武士服，腰间别了一把宝刀，但它的脸型和五官，竟和张小开一模一样！

天下有这么巧的事吗？

玩偶的目光像真人一样逼视着杨歌。

“杨歌，快救救我……”

玩偶发出越来越急促的脑电波。

“找到你们同学了吗？我说这里不可能藏得住人的。要是你们已经看够了，那就快走吧。”

工作人员已经有些不耐烦了。

白雪望了一眼杨歌，他似乎没有走的意思。

“砰！”

一声巨响，杨歌挥拳砸碎了展览架的橱窗玻璃。

白雪、工作人员大惊失色。

“住手，你要干什么？”

工作人员大声问道。

杨歌把手伸进橱窗里，一把抓起玩偶，大声说：

“走！”

杨歌毫不犹豫地拉着白雪的手向外冲。

“站住，你们给我回来。”

工作人员大声喊道。她的脚步根本赶不上两个年轻人。

杨歌和白雪飞快地向门外冲去。

于是，她按响了警报器。

“嘟——嘟——嘟——”

警报器响了。

美术馆的保安人员闻声而动，脚步声纷乱。

“抓住他们——”

工作人员在他们身后声嘶力竭地喊道。

几个彪形大汉追了过来。

“杨歌，你要干什么？”

白雪被杨歌攥着，一边跑，一边气喘吁吁地问。她真没想到杨歌会盗窃国家财物。他平时对那些玩偶不感兴趣，他抢玩偶干什么？

他们跑到走廊的尽头，这才发现自己被逼到了一个死角。

保安人员的脚步声越来越近。

千钧一发，只好动用自己的特异功能了。

四维时空球……四维时空球……

杨歌用脑子想象着四维空间的形状。

一个圆球形的、结构扑朔迷离的球状物体由小到大，呈现在杨歌面前。

在这短短的瞬间，杨歌成了一个超霸少年。

“抓紧我——”

杨歌大声说道。

一个火红的通道在杨歌、白雪面前敞开。杨歌拉着白雪的手跃入那个通道中，那是一个常人看不见的通道。

杨歌和白雪在众目睽睽下消失了。

“咦，人呢？”

“怎么回事？”

“怎么突然不见了，莫非大白天见鬼了不成？”

……

人们面面相觑。刚刚发生的事情太不可思议了！

当杨歌带着白雪从火红色的时空隧道里出来时，白雪发现自己已奇迹般地离开了美术馆，置身于一片荒野之中。

白雪问道："杨歌，你这是干什么？你为什么要抢一个玩偶？"

杨歌说："白雪，这是张小开！"

白雪震惊地道："你说什么？你疯了吗？……"

杨歌将玩偶放在白雪面前，白雪惊恐地说："天啊，怎么会这样？……"

杨歌试着用脑电波跟玩偶交流，发现玩偶根本毫无反应，张小开的脑电波又消失了！

杨歌和白雪感到前所未有的恐惧。

四

中国科学院学术报告厅里传来一阵哄堂大笑。

人们大笑的原因是因为雷森博士在向全院的副研究员以上的科学家们做报告时宣称正在流行的北京玩偶是一种生物，它将对全人类构成巨大威胁。这听起来像是个童话，一个和木偶皮诺曹的故事一样听起来荒诞不经然而非常吸引人的童话故事。

"雷森博士，我们早就过了听童话故事的年龄。在座的既不是科幻小说作家，也不是电影导演，而是科学态度严谨的科学家！"

一个白发苍苍的学术权威站起来用嘲讽的口气对雷森博士说道。

"许多真理在刚刚介绍给世人的时候常常因为听起来荒诞不经而不被人们理解，但我说的一切是有科学根据的，并非我个人的杜撰。"

雷森博士镇定地说。他在生活上虽然不修边幅，举止有时也很怪异，但在一些重大问题上，他却毫不含糊，这大概也是他受到同行尊敬的原因。

"如果这个说法是成立的，那么请问，这些玩偶是从哪儿来的？谁制造了它们？它们一次又一次地出现？究竟是为了什么？"

一个四十岁左右的生物学家站起来向雷森博士提问道。

"要回答这些问题，不能不先和大家谈谈重复文明的假说……"

雷森博士不慌不忙地说，他对大家的诘问早就有了心理准备。

“重复文明？！”

有的人脸上露出疑惑之色。

“科学界很早就有人提出过重复文明的假说。所谓的重复文明假说，是说在我们这个地球上，曾经存在过高度发达的文明，但它突然消失了踪影，人类由于一种世界性的大灾变而遭到毁灭的命运。过了若干年后，文明又发展起来，到达一定高度时，又由于某种灾变，被毁灭。之后再重新发展。我们现在的文明并不是地球上的第一次文明，文明发展到今天，是经过多次轮回反复的。”

雷森博士回答道。

人们交头接耳，议论纷纷，雷森博士的话引起了听众不大不小的震动。

“有什么科学根据吗？”

生物学家追问道。

“坚持重复文明假说的科学家们为了证明他们的想法，从历史学、风俗学、神话学、地理学、气候学、数学以及其他科学等方面搜集了许多材料来证明其学说的成立，这方面的论著很多，比如前苏联的科学家 A.A. 戈尔勃夫斯基著的《上古史之谜》……”

雷森博士侃侃而谈。

“稍有科学常识的人都知道：人类是在数百万年前才由古猿进化成人类的。可是 1968 年在美国的犹他州人们发现两个完整的人类足迹化石，而且这个足迹踩着地球上最古老的一种生物——三叶虫，这种生物几亿年前就灭绝了。试问，是谁踩下了这些脚印？”

“1938 年中国考古学家纪蒲泰等人到青海地区的巴颜喀拉山地区考察时，挖出了 716 块花岗岩圆形体，每块厚度约两厘米，从中心向四周辐射出许多十分规则的线条，极似现代的镭射唱片，上面刻有许多人们无法解读的各种符号。经过测定，这些石盘大约是一万年以前的物件，它们含有大量的钴金属和其他的金属元素，而且石盘的振荡频率极高，这说明它们长期用于高电压之中。一万年前，人类尚在茹毛饮血之中，这样高科技的东西是谁制造出来的？”

“精确的南极洲地图，是在十九世纪才被人们绘制出来的。可是，在1532年，有个叫奥伦奇·费那乌斯的人却曾根据古代流传下来的地图摹写过一幅南极洲的地图，这幅地图与现在的南极洲地图惊人相似。据考证，奥伦奇·费那乌斯原地图的制作时代，是冰川形成以前的年代，即公元前四千年前。尚在文明的黎明中挣扎的人类是如何绘制出这些地图的呢？”

“关于重复文明的证据还有很多，足以写成上千万字的大书。这里当然不能一一罗列。根据现有的材料和证据，科学家们认为最近的一次文明大概在一万多年以前就存在了。据美国科学家、诺贝尔奖奖金获得者 W.F. 利比说，严格的放射性碳元素分析结果表明：在一万零四百年前，人的痕迹突然销声匿迹……根据迄今得到的材料，正是在这前后，人类的连续发生了中断。”

“那么，究竟是什么使人类文明突然中断的呢？据考证，很可能是某次世界性的大灾变导致文明中断，从神话和传说中我们可以发现灾变给世界各地的先民造成的记忆是多么的深刻！几乎每种文明都有关于大灾难的记载。关于大灾变的原因，人们有种种的猜测，有人认为是宇宙物体的坠落；有人认为是月亮引力的吸引导致灾难发生；我个人认为，大灾难发生的原因是因为史前时代曾经爆发过一场规模巨大的核战争，最后导致人类灭亡……”

雷森博士的话音未落，人们又议论起来：

“什么，史前时代的核战争？真是无稽之谈！”

“史前时代怎么可能有原子弹？”

“雷森博士怎么会相信科幻小说里写的东西，真荒唐！”

……

雷森博士并没有因为人们的议论而退却，他继续用洪亮的声音说道：

“这并不荒唐！被认为创作于距今三千年前的古代印度史诗《马哈巴拉塔》里就有关于核战争场面的描写。史诗中写道：‘一点儿烟也没有，闪光的炮弹像一团火一样发射出去。浓雾一样的东西突然包围了军队，整个地平线都消失在黑暗中。带来不幸的旋风刮起来了。黑云一样的东西咆哮着，带着巨大的响声升到高空，使人感到连太阳都不存在了。这种武器的热量使大地天空都变热了。被火焰炙烤的大象，在恐怖中没命地奔跑。’接着，史诗又说这种武器的外表像一只巨大的铁箭，它发生的可怕爆炸产生的亮光比一千个太阳还耀眼，可以使几千辆战车、大量的人和大象立刻化为灰烬……”

人们开始安静下来，雷森博士列举的不可辩驳的证据使人们逐渐相信他的有些危言耸听的话。

“我认为正在流行的玩偶，很可能是上一次的文明制造的产物。为什么制造它们？它们每隔一千年出现一次究竟是为什么？它们藏身何处？……这些我都暂时无法知晓。但我相信有一点是可以确认的，它们的这次出现，决不是一件好事情！”

雷森博士正说着。突然，他的脑袋一阵剧痛，他听见一个阴沉沉的声音在他的脑中响起：

“不许再说了，否则你会后悔的！”

“我请大家来，是希望大家一块想办法。灾难随时可能发生，也许是一个月后，也许在明天，也可能一小时以后……”

雷森博士不理会脑中的声音，继续说道。大颗大颗的汗珠从他额上淌下来。那个声音像锥子一样钻着他的大脑，使他艰于呼吸。他心中暗想：

“玩偶终于向我宣战了。”

由于外来脑电波的干扰，雷森博士说话的声音越来越艰难：

“我用仪器对一些玩偶的成分进行检测，发现……它们不是……不是物质……”

“不是物质，这是什么意思？”

雷森博士的话使在座的所有科学家都感到震惊——自然界里，怎么会有不是物质的东西存在？

雷森博士镇定了一下，努力克服大脑越来越难受的剧痛，继续说道：

“不是物质，而是一种生命形式……每一个玩偶都是由一种类似细胞的颗粒极小的奇特生命组成……”

“住嘴！你要受到惩罚的！”

那个声音在雷森博士的脑中咆哮起来。雷森博士只觉得头痛欲裂。

科学家们全都怔住了，他们都是有着广博精深科学知识的人，是各个科学领域里最优秀的人物，是中国科学界的精英。雷森博士的话使他们越来越意识到了问题的严重性。

“那是一种十分奇妙的生命形式，勉强要举例的话，只有海中的珊瑚可以同它们相比……”

雷森博士深吸了一口气，他觉得自己的脑袋都要炸开了。同行们目光中流露出的越来越理解的目光使他感到欣慰。那个声音还在威胁着他：

“我要拿你当人类的第一个牺牲品，如果你再说下去的话……”

“常见的生物，虽然都是由细胞组成，但却是一个整体，比如说鸡，你用刀割断了它的咽喉，它就不能再存活了……但玩偶却不一样……”

雷森博士痛苦得无法继续他的发言。

这时，在座的所有人脑中全都突然出现一个奇怪声音，那声音说道：

“雷森博士是个疯子，我根本不相信他的胡说八道，应当将他关进疯人院。”

那声音有着极大的威慑力，没有人意识到那是一种外来的脑电波作用的结果，他们以为那是他们自己的心灵所想得到的结论。他们的意识在脑电波的作用下开始迷离涣散。雷森博士的声音离他们越来越远，他们此时心中只被一个念头占据着：

“不能再让雷森博士说下去了，应当把他送到疯人院！”

雷森博士对正在发生的一切一无所知，他脑中想着的是尽快把他知道的一切告诉大家，唤起他的同行们一起采取措施。他继续说道：

“那些玩偶就像珊瑚一样，是由无数细小的形体集中在一起，他们的每一个都是独立的，只不过聚集在一起，刚好是人的形状。不知道的人，还以为它们只不过是一些普通的手工艺品……它的流行，也与它们发射的脑电波对人脑的心理暗示作用有关……”

他的话还没说完，那些在不明脑电波控制下的科学家们突然一拥而上，将雷森博士按倒在地。雷森博士挣扎着，喊道：

“放开我，放开我……”

然而，他的挣扎与喊叫一点作用都没有。那些人的脸部肌肉扭曲，目光狰狞。一群平时举止温文尔雅的谦谦君子，在这一时刻全都变成了魔鬼和野兽，他们按住了雷森博士的四肢，扼住了他的咽喉，疯狂地喊道：

“不许他再说了，给疯人院打电话，把他送到疯人院去！”

二十分钟后，一辆从北京安定医院开来的救护车在中国科学院大楼的门前停下，不停地挣扎和呼喊的雷森博士被人们扭送上了救护车。

救护车呼啸而去。北京安定医院又多了一位“精神病患者”。

——原刊于《少年博览》1993 年 6—12 月

不写少年，何以幻想

——论杨鹏科幻小说的科技伦理教谕及其消费导向化创作

◎ 王一平

杨鹏是著名的少年科幻小说家，其作品数量庞大，影响广泛。杨鹏的少年科幻小说代表作如《校园三剑客》系列等注重对青少年读者在科技伦理观方面的引导，力图培养其对科技的信任感与责任意识，充分发挥了科幻小说的伦理教谕功能。此外，杨鹏还对科幻小说的研究方式、理论构建做出了独特的贡献：其《科幻类型学》一书从结构主义理论进入到了对科幻小说的全景式扫描中，颇具新意。同时，杨鹏坚持耕耘于少年科幻小说创作领域，提出了“保卫想象力”的口号，并大力倡导以消费为导向、“流水线式”的创作方式，体现了“文化产业”的勃兴在科幻小说界所引起的回响与呼应。

杨鹏（1972—），福建长汀人，著名科幻作家，其作品多以青少年为预设对象，尤其重视对青少年阅读趣味的满足、想象力的激发，以及在科技伦理观上的引导，是中国当代具有代表性的少年科幻小说家。杨鹏的科幻创作起点较高——处女作《永恒》发表在《科幻世界》上，次年即凭借《坠入爱河的电脑》一文获得中国科幻小说“银河奖”（1992）；同时，他还拥有专业的学习背景——20 世纪 90 年代就读于北京师范大学中文系并获硕士学位，

杨 鹏

以及自己的工作团队“杨鹏工作室”；此外，杨鹏的作品数量可观，迄今为止已出版小说百部以上，计千万余字，涉足影视、动漫等多个行业，产生了广泛的影响。杨鹏的主要代表作有科幻小说系列《校园三剑客》、儿童文学系列《装在口袋里的爸爸》《外星鬼远征地球》、科幻话剧《带绿色回家》，以及创作翻译的影视同期书《快乐星球》《变形金刚》《少年包青天》等，这些作品都颇为畅销，有的还被翻译成英、日、韩等多国文字在海外出版。此外，杨鹏的《功夫米老鼠》丛书（2010）作为由迪士尼推出的原创图书，不仅使其成为迪士尼签约的首位中国大陆作家，还使他通过少年文学的形式把传统的中国智慧与当代世界主流价值观进行了对接，在彰显本土特色的同时也显现出作者本人在融入全球化方面做出的努力。杨鹏还曾多次受到政府的奖掖，其中包括中宣部“五个一工程奖”“国家图书奖”“国家优秀动画片奖”“金鹰奖”等。除此以外，杨鹏发表的理论专著《科幻类型学》《卡通叙事学》亦具有相当的学术价值。

一、科幻小说伦理教诲作用的发挥：信任感的建立与责任感的树立

杨鹏最具影响力的科幻作品当数长篇少年科幻小说系列《校园三剑客》。一方面，科幻小说对科技的发展状况做出了假想，同时它更对此种假想情境下人类的伦理关系进行了思考。而《校园三剑客》系列，则可以说显著地体现出了科幻小说在青少年的科技伦理构建、指引方面的追求。《校园三剑客》系列以一个经典模式的三人团队为主人公：具有探知思维波等超能力的少年杨歌，生物知识出类拔萃的少女白雪，电脑天才张小开。这一少年科考队经验丰富、行动果敢，且无往不利，无论是世界级的疑案百慕大之谜（《生死百慕大》），还是日常生活中由小玩偶引发的惊天波澜（《千年魔偶》），或是历史悠久的尼斯湖水怪疑云（《尼斯湖怪兽》），以及遥远未来的人类生存难

题（《终极幻想》），一切科学谜案在他们面前都迎刃而解。事实上，“科学童话”一词很适合描述这类作品，如奥尔迪斯（Brain Aldiss）所言，“科幻小说是一种寻求界定人类和人类在宇宙中位置的探寻之作，它将出现在我们先进而又混乱的知识状态（科学）之中”，[①] 而“科学童话”则将这种探寻以及对探寻的鼓励与青少年文学融合在了一起。如《校园三剑客》系列中少年主人公无所不能的行动力，便是建立在对经验世界的一般法则的扭曲之上的——故事是以奇幻且符合青少年阅读心理和期待视野的方式展开的。当然，达科·苏文恩（Darko Suvin）认为这类小说具有解释超自然情形的姿态，但其中的“科学”实际上是被当作一种玄学而非物理学来加以表现的。[②] 不过从积极的方面来看，“科幻小说在那些刚刚接触这一文学类型的读者，诸如在青少年中很受欢迎，因为他们在旧的经验语境中引入了一种容易接受的新科技变量”，[③]“科学童话”受到欢迎，乃是因为其引领读者从科技这一维度展开了对世界的全新认知与体验，在帮助青少年探索自身的同时，也展开了对人类、世界，对推动世界前进的科技的思考，因此，“科学童话”具有不可轻视的价值。从《校园三剑客》系列来看，作者所着力渲染的并非只是神秘的“童话”情节，更重要的是传达其基本的科技观，并由此而使作品具有了现实的教谕意义。

杨鹏的《校园三剑客》系列一以贯之地从科幻主题（而不是其他任何角度）进入到对青少年成长世界的描绘中，显然传达出了作者希望在青少年世界与科学技术之间搭建桥梁的愿望。在《尼斯湖怪兽》中，以军方为首的各路人马都试图破解尼斯湖水怪谜案，而最终，“校园三剑客”在“大巫师”等的帮助下解开了水怪之谜的来龙去脉。但实际上，看似会奇妙魔法的巫师原来也只是一位掌握了时间旅行术的科学家——不论《校园三剑客》洋溢着何

① ［英］布莱恩·奥尔迪斯，戴温·温格罗夫．亿万年大狂欢：西方科幻小说史［M］．舒伟，等译．合肥：安徽文艺出版社，2011：4.

② ［加］达科·苏恩文．科幻小说变形记［M］．丁素萍，等译．合肥：安徽文艺出版社，2011：26.

③ ［加］达科·苏恩文．科幻小说变形记［M］．丁素萍，等译．合肥：安徽文艺出版社，2011：11.

等的浪漫情怀，小说始终都强调着对科学技术的合理认知，并不断巩固科技的世俗权威形象。在《校园三剑客》系列中，三位少年所依恃的超能力——信息技术、生物科技知识等即与当代前沿科技发展的方向相契合，而少年们的行动则隐喻了人类将依靠先进的科技手段逐步破解一切超自然现象之谜的乐观未来，由此，小说强化了青少年读者的科学意识，还增强了他们对科技的信任感。

此外，杨鹏在肯定科技宏伟力量的同时，还向读者强调了作为科技运用的主体——人类所应承担的伦理责任。杨鹏从生态学和反思人类中心主义的角度出发，对少年进行科技启蒙，不断描写可能走向虚无主义式发展的科技所造成的毁灭性后果，而这种预言式的劝谕最集中地体现在其环保题材的小说中，《千年魔偶》便是其中的典型之一[①]。《千年魔偶》是一部具有哥特色彩的小说：原本平静的世界突然出现河水倒流、人体倾斜等奇怪的重力现象，此后，一种被称为“北京玩偶”的人偶突然风靡全球；然而此时，张小开的失踪和玩偶的风行却使杨歌和白雪深感忧虑。经雷森博士的考察，他们发现在《汉书》《朝野佥载》等的记载中，周穆王、汉高祖时期及唐代等都分别出现过关于人偶及其流行的传说，而人偶每次出现的节点，如商周、秦汉、隋唐等，都是历史由统一而分裂、分裂而统一的关键时期。在此，作者充分发挥想象力，将中国古代史书中的历史素材人偶演绎为千年一现、会带来社会剧变的魔偶。此后，愈加担忧的杨歌等开始了对张小开的搜寻，而雷森博士则向科学院发出了关于人偶的警告，提出了人偶可能来自于人类史前的高级文明（“重复文明”[②]）的看法。尽管博士的论证很充分，但科学家们仍然视其为疯癫。此时，杨歌和白雪遭遇了偶王的攻击，并从其口中得知了神秘魔

① 《千年魔偶》最初以《灾难的玩偶》之名于 1993 年 6—12 月在《少年博览》杂志上连载，1995 年在《东方少年》上连载时则更名为《北京玩偶》，及至 1999 年由河北花山文艺出版社初版单行本，仍采用原名《灾难的玩偶》；但出于对图书卖点的不同选择，书名曾在《灾难的玩偶》和《北京 / 京城玩偶》之间变动；2006 年，希望出版社出版的版本将名称定为《千年魔偶》，此后各出版社出版时都主要采用《千年魔偶》这一名称。

② “重复文明”：即认为在人类之前地球上曾出现过一轮或多轮高级文明的假说。小说设想，地球上上一轮高度发达的文明经历了成长—繁荣—衰败的周期，已毁灭于核战争，而这种灾难性记忆还留存在如印度史诗《马哈巴拉塔》等史书与传说中。

偶的真相：所谓的“魔偶”，其实乃是“地球的保护者”，是地球上上一个文明所遗留下来的监测者。而人偶一旦在千年一次的考察中发现后起的文明对地球的生态环境造成了严重的破坏，便会对其进行灭绝。之后，就在全世界都快要沦陷在玩偶的进攻之下时，杨歌和雷森博士等终于找到了被变成了人偶的张小开和控制人偶的地下电脑，他们试图以自身的意志对抗电脑的思想控制，而在电脑天才张小开的帮助下，“校园三剑客”最终战胜了魔偶，还给了人类社会以安宁。在这部小说中，杨鹏可谓匠心独运：他将关于古代活动木偶的趣闻、“重复文明”的概念与其环境伦理观巧妙地结合在了一起，并渲染了“被砍伐得没有一根树木的荒野，被污染的河流，漫无边际的沙漠，被人们追得无处循逃的野兽，几十只甚至上百只被捕杀的鲸鱼，灰不溜秋的天空……”的生态图景，由此，在把人偶作为人类大敌的同时，又赋予了其在保护地球环境方面所具有的某种合理性与正义性。正是在这种张力关系中，小说告诫人类（尤其是青少年），当前人们对于地球生态的认识与态度已经到了生死攸关的边缘。在此，不难发现，杨鹏的小说对青少年的科技伦理、生态责任感方面具有明确的引导性（这种引导性还同样体现在《疯狂薇甘菊》《不会笑的插班生》等一系列小说之中）。

二、科幻小说研究方法的探索：结构主义理论与《科幻类型学》

一个值得注意的现象是，许多科幻作家同时也是科幻小说的评阅人与理论建构者。如霍灵格（Veronica Hollinger）所言，这类品评文字为科幻领域内的探讨搭建了舞台，并可能提供一些不同于学者的观点。① 确实如此，在小说创作之外，杨鹏于 2009 年出版了国内第一部研究科幻小说文类与亚类型的《科幻类型学》。作为一部学术论著，该书“以数量众多的科幻亚类型作品的集合作为研究对象”，重点总结的是科幻小说的基本叙事语法，及其不断重

① ［美］维罗妮卡·霍灵格．科幻批评的当代动向 1980—1999［C］//［美］罗伯特·斯科尔斯，弗里德里克·詹姆逊等．科幻文学的批评与建构．王逢振，苏湛，等译．合肥：安徽文艺出版社，2011：284．需要说明的是，杨鹏虽然是学术机构的成员（中国社科院副研究员），但他曾表示其主要兴趣是创作而非研究，这从其绝大多数作品都是小说便可发现，因此他应被视为是一名小说家而非研究者。

复的表现形式，包括故事公式、定性的人物、成规化的冲突和解决方案等。[①]这部约26万字的专著的核心部分是它的第二编“科幻文类研究”。该编主要运用了结构主义的一般方法，对科幻小说、动漫、影视作品等进行了封闭式的探讨。实际上，由于作为类型文学的科幻小说与结构主义理论本身具有较高的可匹配性，从结构主义理论进入到对科幻小说的分析之中可以说是找到了一条行之有效的研究路径。尤其是在当前国内科幻理论建设整体较为贫乏的情况下,《科幻类型学》的探索显然具有可资借鉴之处。

具体来说,“科幻文类研究”主要从“叙事”“人物”结构”“背景”四个方面对科幻小说加以探讨。而究其特色，作者主要是以一个更接近于创作者（而非研究者）的心态来总结科幻叙事的规律的，同时还探索了由掌握这种规律而获得的生成无限故事的能力。如在对科幻文学中叙事序列的分析上，杨鹏借助普罗普和托多洛夫的理论，通过对《超人》《蝙蝠侠》《蜘蛛侠》的总结得出了“超人”故事的序列模式：X（科学狂人）兴风作浪→Y（超人）出马→X暂时处于下风→X用Y的致命弱点战胜Y→Y克服了种种困难扭转战局→X在即将被打败时劫持了Z（超人的梦中情人）→Y陷入两难选择→Y最终既救了Z也打败了X→X没有灭亡，他还要卷土重来。此外，作者还运用了著名的“格雷马斯矩阵”对X、Y、Z之间的关系进行了二元对立式的分析。[②]总之，作者以结构主义、叙事学的相关理论为工具，纵跨百年地分析了从威尔斯、凡尔纳到“黄金时期”“新浪潮”“赛博朋克”时代乃至当前好莱坞的科幻系列小说、影片等。可以说,《科幻类型学》作为一本典型的文本内部研究的理论著作，为学界从此出发而进行进一步的探讨提供了有益的思路。

有意思的是，若以《科幻类型学》一书对照《校园三剑客》系列，以前文所述的《千年魔偶》为例，小说的叙事推进与上述模型庶几无异：人偶劫走张小开，并引发种种异象→杨歌出马→杨歌打退偶王→人偶几乎攻占世界，杨歌等受到幻影的迷惑→杨歌等试图通过思维波战胜操纵人偶的电脑→

① 杨鹏．科幻类型学［M］．福州：福建少年儿童出版社，2009：3.

② 杨鹏．科幻类型学［M］．福州：福建少年儿童出版社，2009：73-74.

张小开用病毒程序打败电脑，拯救了大家→人偶并未灭亡，一千年后还将重现。其实，除了考虑到中国少年文学的特点，Z 由 X 的亲友（如杨歌的好友张小开）替换了，以及其中个别环节的新变（是 Z 而非 Y 打败了 X）等之外，《千年魔偶》非常符合“超人”类型故事的一般特色。实际上，杨鹏的其他许多作品也存在着对既有模式的因袭现象。如杨鹏总结出了科幻小说的结构模式，[①]若借以反观杨鹏的小说，则其作品大都采用了自己总结出的科幻经典式模式:《校园三剑客》系列各篇中虽然充满了异域（星）、青春、冒险、友谊等元素，但其结构几乎都是在杨歌主导下推进一条或多条线索（白雪、张小开、秦关博士等支线），并最终归至同一终点。那么何以出现此种“雷同”现象？事实上，对叙事学有着专门研究的杨鹏不可能对形式实验全无意识，恰恰相反，作者放弃对经典模式的挑战显然是出于自愿与主动。其实，杨鹏是一位在理论主张与创作实践上有着高度一致性的小说家，在对文化工业理论的吸收及对自身创作经验的总结中，他不追求创作模式的突破，原因正如其在《科幻类型学》中明确指出的,“大多数的读者，都更愿意接受这样一种历经千百年检验，最符合阅读习惯的结构形式。这也是为什么好莱坞的科幻影片多采用这种结构的原因”。[②] 即是说，杨鹏的少年科幻小说创作强调的是好莱坞式的成功，响应的正是其自身所极力主张的、以消费为圭臬、以商业化运作为机制的文学创作理论。

总的来说，杨鹏左手写文，右手著论，而且其文与其论相互印证、呼应，为科幻学界提供了一种差异化的研究视角。而在当前学界中仍是科幻史研究和印象式批评占多数的情况下,《科幻类型学》在研究方法、思路的拓展上无疑具有建设性意义。

三、少年科幻小说创作的坚持：“保卫想象力”与消费导向化写作

中国的科幻小说曾与儿童文学创作联系紧密，许多科幻小说家都曾创作

① 杨鹏．科幻类型学［M］．福州：福建少年儿童出版社，2009：96-99.

② 杨鹏．科幻类型学［M］．福州：福建少年儿童出版社，2009：97.

过儿童文学作品。但当多数科幻小说家都不再涉足该领域，甚至表白“拒绝为少儿写作”（韩松）之时，杨鹏则提出了成人科幻和少儿科幻的划分，并身体力行地坚守在少年科幻小说领域。

2006年，杨鹏曾发起“幻想中国——书香校园行”活动，提出“保卫想象力”的口号，由此不难发现其长期坚持创作少年科幻的一大动因与主旨。想象力是人类宝贵的精神资源，而杨鹏认为保护和培养青少年想象力最重要的是普及对幻想类文学的阅读，“通过阅读，能够积累知识，而有了知识的积累，视野就可能开阔，思路才会活跃，才可能具备丰富的想象力”。[①] 显然，作为一位科幻小说家，杨鹏能够做出的最直接的“保卫”方式，便是给青少年提供更多优质的少年科幻作品：科幻小说中充溢的幻想色彩能够切实地激发少年儿童的想象力。正因如此，杨鹏科幻小说的主题极为丰富多元，无论是“宇宙和异星生物主题”“怪物主题”，还是“未来社会主题”“人类（进化）主题”“时间、次元主题”，或是“电脑与网络题材”“机器人题材”“超人题材”“隐形人题材”，[②] 杨鹏几乎无不涉猎。《安卡拉星来的使者》《外星鼠在人间》《恐怖蚁》《魔鬼生化人》《保卫地球》《卵生人计划》《时空之眼》《异空间入侵》《追击电脑幽灵》《网络侏罗纪》《弟弟弟在机器人王国》《少年机器战警》《蝙蝠小超人》《保卫隐形人》……仅从这些作品标题便可以窥见杨鹏天马行空的笔墨意趣。

在此，杨鹏显然并不认为主流文学界常诟病科幻小说的“文字粗糙、人物扁平、故事雷同”等构成了其培育想象力的阻碍，他更为看重的是小说在主题上的“心事浩渺连广宇”。杨鹏曾以科幻小说中最常见的时空旅行为例，指出“经常在其中（科幻小说）出现的‘只有一个地球’、‘茫茫宇宙没有知音’、太空船‘像方舟在宇宙中流浪’等内容，这难道不是对文学的孤独主题

---

① 刘琨亚，杨鹏．保卫想象力的阳光大男孩［EB/OL］．“杨鹏新浪博客”http://blog.sina.com.cn/s/blog_4829f13a0100ncvo.html.

② 此九大类型是杨鹏在《科幻类型学》一书中对科幻小说所作的划分，当然正如吴岩教授所言，此类划分乃是“选取（出现）概率较多的内容着重重复呈现”，其间难免会出现重复交叉的情况。

的更加广义的和独特的诠释？”[①] 在短篇小说《呼唤生命》中，杨鹏虚构了一个颇有意味的故事：“我”和妻子、女儿怀着了解其他高等生命的渴望而在宇宙中飞行跋涉，来到了向地球发出电波信息的波江座 A 星，然而对生命体的搜寻一直未果。正当我们被迫准备返航时，却察觉到生命电波来自星球的地心，于是我和妻子没有理会女儿的反对而发射核弹炸开了地表，最终才发现，所谓的生命体就是这个星球本身，而它的“大脑”却已被我们的核弹破坏致死……在这个篇幅不过千字的小说中，杨鹏用富有诗意的文字将人类对生命的热望、探索及其失败表现了出来。在此，作家将一个星球描绘为一个有机的生命整体、追求对异文明的尊重、对自身无尽探索欲望的反省、对人类自我毁灭可能性的暗示，不仅充满想象力，而且令人称奇，发人深省。小说在激发读者对浩瀚时空生出澎湃想象的同时，也拓展了对“自我”做出本体性关照时的深度和广度。不可否认的是，杨鹏对“幻想”元素的高度重视，的确使其少年科幻小说在激发、培育、丰富青少年的想象力方面做出了独特的贡献。

除了“保卫想象力”之外，杨鹏对少年科幻创作的坚持还缘于其对消费导向式的商业化、工业化创作的积极追求。在许多中国科幻小说家面对现代化转型、全球化等问题深感焦虑不安之时，杨鹏倡导“文化工业”“流水线”写作的主张确实自成一格，也容易引起争议。虽然杨鹏承认“快餐读物”可能缺乏个性、扁平化，但又表示，大众化、通俗化、可以复制和批量生产的文学作品“是当代文化不可忽略的存在，是电影工业、动漫产业和游戏产业的基础和根本”，而“科幻艺术的创作和发展，尤其是某些流行科幻的‘流水线’写作，是对‘文化工业’理论某些属性的最佳诠释”。[②] 而在对“文化工业”的主动“诠释”与实践中，他的“杨鹏工作室”（2002）便成为了国内首个以商业化方式写作科幻作品的作家工作室，其创作的“世界之谜少年奇幻

① 杨鹏．中国科幻文学的机遇和挑战［EB/OL］．“中国网”http://www.china.com.cn/book/txt/2010-01/05/content_19184438_2.htm.

② 杨鹏．科幻小说·文化工业·流水线写作［J］．南方文坛，2010（6）．转引自“幻想评论网”，http://www.fantasycomments.org/?p=3487.

小说”“黑客少年事件簿”“尖声惊叫校园小说”系列以及动画片《YOYO 奇遇记》《千千问》等更是在各类媒体上广为传播。

不难发现，由于青少年在知识水平、思维方式等方面的相对独特性和单纯性，他们比成年人更容易接受和消费文化商品，而在这个以消费为主导的文化产业链中，少年科幻小说便因其读者而具有了运作（写作）上的优势，这也应是杨鹏执着于少年科幻小说创作的重要动因之一。杨鹏在这个每年规模数以亿计的青少年文化市场内精耕细作，也收获了一般科幻创作者所难以企及的读者（消费者）数量与影响力。事实上，制作千集以上（具有规模效应）的少儿科幻动画片，在电视、影院与网络上加以传播，并开发大量的周边产品（tie-in），的确是学习了美国这样科幻文学发达国家的产业运作模式所取得的实绩。但是，正如法兰克福学派所早已批评过的，纯粹的商业化写作是否会使人丧失批判的欲望与空间，是否会成为“单向度的人”（one-dimensional man），或者说，青少年读者对“流水线”产品的过度消费是否反而会抹杀杨鹏所力倡的想象力、创造力，而所谓“文化工业”的合理性与有效性边界又到底在何处，都是颇值得商榷的问题。

杨鹏曾总结过被其称为“异国之师”的日本作家那须正干的创作特色：“作品系列化、图书品牌化、人物偶像化”以及“创意必须新颖、情节必须进展快速、故事必须充满悬念”等，① 这既是杨鹏对少年科幻小说特点的理解，也可视为其在商业化创作道路上的宣言。而作为对当下迅速扩张、渐趋成熟的“文化产业”的呼应，杨鹏的少年科幻小说及其理论主张都值得科幻学界对其进行深入的思考与探讨。

参考文献

[1] 杨鹏. 科幻类型学 [M]. 福州：福建少年儿童出版社，2009.

[2] 杨鹏. 科幻小说 · 文化工业 · 流水线写作 [J]. 南方文坛，2010（6）.

[3] 杨鹏. 中国科幻文学的机遇和挑战 [EB/OL]. http://www.china.com.cn/book/txt/2010-01/05/

---

① 杨鹏. 我的异国写作老师 [EB/OL]. http://blog.sina.com.cn/s/blog_4829f13a0100locv.html.

content_19184438_2.htm.

［4］杨鹏新浪博客［EB/OL］http://blog.sina.com.cn/yangpeng.

［5］［英］布赖恩·奥尔迪斯，戴温·温格罗夫．亿万年大狂欢：西方科幻小说史［M］．舒伟，等译．合肥：安徽文艺出版社，2011．

［6］［美］罗伯特·斯科尔斯，弗里德里克·詹姆逊，等．科幻文学的批评与建构［G］．王逢振，等译．合肥：安徽文艺出版社，2011．

［7］［加］达科·苏恩文．科幻小说变形记［M］// 丁素萍，等译．合肥：安徽文艺出版社，2011．

闪光的生命

◎ 柳文扬

一

刘洋最近一直在埋怨：干嘛不让我早一点碰到雷冰？大学五年里有的是机会嘛。偏偏是在毕业设计最紧张的时候，偏偏那一天去计算机中心，偏偏雷冰坐在机房里——她那么好看！连她的眼镜都好看！还有头发，还有衣服，还有她安安静静坐着的样子。

如果不是毕业设计，刘洋想，那我就天天泡在机房里陪她。可是现在，我只能窝在小实验室造苹果。

他在屋里慢慢地转圈，在他脚步所划的大圆圈里，有一张沙发椅，一个实验台，一台奇形怪状的仪器——叫做复制槽，摆成个三角形。实验台上放着一个又红又大的苹果，完美无缺，现在它是刘洋单相思病的唯一见证了。复制槽那边嗞嗞作响，正在对苹果进行全息扫描。这就是他的毕业设计课题。

刘洋眼瞪着苹果，脚下绕着圈子，心想：今儿晚上去看她，找什么借口呢？他事先总爱一个人演习一番——但基本上不能用于实战。

我应该用含蓄的语言赞美她，同时，深情地凝望（但不可过于肉麻）。他自言自语：我就说，又漂亮、又聪明、又有个性的女孩子真是太少啦，最近我倒发现了一个。她要问，那是谁？——等一下，她也许不问呢？我看她肯定不问。那我不是自讨没趣吗。我这么说，你歇一会儿，我讲个故事？不行，她不会听，就是想听也装作不爱听。那我就硬讲，把她逗笑为止。我马上夸她：你的笑容好动人！她万一不笑呢？我就是说，你板着脸的样子好动人！——是否贱了一点？

正自个儿瞎念叨，蜂鸣器响了。刘洋走到复制槽边，拉开盖子，里面有一个大红苹果：它是照原样复制的，从外到里，连滋味都是一模一样。

刘洋笑了，是那种心怀叵测的笑。他有主意了！

在温柔的夜晚，一位美少年，面带微笑（穿着最亮的皮鞋），手捧苹果，送到姑娘窗下。这是多么浪漫动人的情景！虽然雷冰的窗子在九层楼。

浪漫是要有代价的。从实验大楼到计算机楼很远，而且，计算机楼的电梯和往常一样，就是说又坏了。刘洋爬上九层，连呼哧带喘。定了定神，走到那个机房门口，轻轻地推门进去。

里面当然只有雷冰一个人。

“大家好！我又来了。”刘洋装模作样地说。

雷冰心里笑了：这个人！每一次来，屋里明明只我一个，他总说“大家好”，好像所有的机器，连桌椅和地毯里的微生物，都是他朋友。雷冰聪明剔透，她知道这个男孩子，不敢面对她一个人问好，因为他心有所求，所以怕露痕迹呢。她两眼望着屏幕，也不扭头，说：“又跑来捣乱，今天不许在机子上玩游戏。”

刘洋找一把椅子坐好，问：“你的课题怎么样了？”

雷冰说：“你没看见吗，乱七八糟，我头都大了。你一来，我头更大了。”刘洋跑到她背后，说：“我会叫它小下去的。”双手虚空做发功状，念到：“小，小，小……”

雷冰吃吃地笑了，然后又正正经经地问：“你呢？你那边怎么样？”

刘洋从衣兜里掏出两个苹果，说：“你看！”

雷冰把苹果接下来，摆在桌上，仔细端详，出神地说：“真棒！一模一样！”说完懊丧地摇摇头：“你都快完成任务了，我这儿还没有摸着边儿呢。”

刘洋安慰说："差得远呢，还没能复制动物，而且，复制的东西都不够稳定，只能存在半个小时。

"是吗？"雷冰看着苹果，"那，过一会儿就会有一个苹果消失么？"

刘洋笑道："对！现在你挑一个，看看是真是假？挑着哪个吃哪个啊。"

雷冰摇头笑道："我不。"

刘洋说："挑一个嘛，试试你的手气。"

雷冰闭眼拿了一个。

刘洋说："现在可以吃啦，在半个小时以内，都是真苹果。"

"我不，我要看它怎样分解掉。"雷冰握着苹果说。

"那好，你拿那个，我拿这个，咱们一起等着。"

过了好一会儿，刘洋手上的苹果忽然无声无息地消失了。

雷冰笑道："我选对啦。我有第六感！"她用修长的手指握住水果刀，把它切成两半，说："你吃大的一半。"

她很大方，刘洋拿着半个苹果，倒有点儿不知所措了。

雷冰看看他，问："你干嘛呢？"

刘洋笑道："我奇怪。以前，我看女孩子吃苹果，都是先用香皂洗一遍手，然后用洗涤剂洗苹果，再用洗涤剂洗水果刀，再用香皂洗手，才削皮，最后用牙齿啄着吃。可不像你这样。"

雷冰笑说："我从小就是这么吃，习惯了。"

他们俩一起吃完苹果。雷冰说："如果复制的东西只能存在半小时，那又有什么用？"

刘洋说："有用啊，特别是对你们女孩子大有用处。"

雷冰问："为什么？"

刘洋笑说："你爱吃什么？"

"不告诉你。"

"好吧，假设你爱吃肥肉……"

雷冰抗议说："我根本不爱吃！"

刘洋说："行，行，假设你爱吃巧克力，可又怕胖。那好办，你买一块来，我给你复制一大堆。你可以不停嘴地吃，吃到肚子里就消失了，又不用节食，又保持苗条身材！”

雷冰笑道：“就你能想出来，你以为人家都像你一样好吃。”她看看屏幕，又说：“你帮我处理一下这些数据好不好？我手指头都发酸了。”

刘洋说：“行。”他坐在桌边，一边敲键，一边说：“千里迢迢，披星戴月来送苹果，不许玩游戏，还得干活……”

“瞎唠叨……”她责备人也总是这么淡淡地。

刘洋说：“你的导师是陈教授吧？他怎么总不来。”

雷冰慢条斯理地说：“他可千万别来，他一来只有一句话：‘雷冰，进度为什么这样慢哪？’我就得特别乖地在这儿熬夜。”

刘洋笑道：“我们王教授还不如他呢！把课题留给我，自己去火星考察了。”

雷冰说：“你一说上火星——咱们学校旁边的航天实验场，总是抢我们学校的电用。

有时候夜里停电，机房里的警铃就响，我最怕那种声音了。”

刘洋笑道：“我还没见过你害怕是什么样……”

雷冰在后面说：“数据都错啦！你就会捣乱……”

二

苹果换成小白鼠，是一个月以后了。实验很有进展，但是刘洋的爱情冒险迟迟没有开端。他总是演习，总是临阵退缩。

这一回他又绕着小白鼠转圈子，自己描绘一幅与雷冰对话的情景：

首先我要把话题引到容貌方面，说一个人的相貌可以显示她的个性。然后我说：“我猜猜你的个性，好不好？”

雷冰说：“好吧。”

（万一她说“不好”呢？她多半会说“不好”——她很严肃。那么，我就硬要说。她会无可奈何，然后转过脸去，假装不听。）

我就在她背后说：“后脑形状也能显示个性，只不过你头发太长，盖住了

（她的头发很顺滑）。

雷冰会自顾自地敲键盘，装作旁边根本没有我这个人似的。

我说："先从眼睛说起吧，你的眼睛非常好看，（我真敢这么说吗？）很明澈，说明有内在的生命力。你的目光喜欢低垂，说明你怕羞，但又很骄傲。（我好大胆！）鼻子高，有一点儿尖，表示自信、矜持。嘴唇薄，有个性，可是笑起来就很柔和。额头广，说明你聪明、灵透。脸型是瓜子型，柔和、秀气，表明性格文静、温和。头发柔顺光滑，是直的长发，唔……表示朴素，不随潮流，又有一点浪漫。"

雷冰这时很斯文地、慢悠悠地说："你净瞎说。"哎呀，我真是喜欢她这种柔和的责备口气。

这时候，雷冰不说话，显然已经被触动了（嘻嘻）。

我抓紧机会，说（一定要很自然地，不经意地）："对啦，我很喜欢你低头的这个样子（我敢说'喜欢'吗？）还喜欢你掠头发的样子（豁出去了。就是喜欢，谁怕谁？）还喜欢你笑，喜欢你生气，喜欢你这样，喜欢你那样……"

雷冰回过头来，然后……

刚刚演习到"然后"，正在臭美之际，屋里的灯突然熄灭，警铃也响起来。停电了。

刘洋赶忙把所有电闸都拉开，关掉警铃。

忽然想起：雷冰还在机房！别看她有时候凶巴巴的，其实胆量极小，一个人在那里会吓死的。刘洋摸黑找出一盏手提灯。

雷冰正安安静静地坐在桌边，桌上有一盏应急灯。看到刘洋进来，她笑道："你来啦。"

刘洋说："来看看你害怕是什么样子。我很失望啊。"

雷冰说："你就是来看这个的吗？"

刘洋笑道："对。"帮她去拉电闸。

雷冰坐在那儿，说："那你走吧，不用你帮忙。"

刘洋一惊，回头看时，她寒着脸，正生气。

刘洋想说：你生气的样子真好看。但毕竟不敢，就坐在一边，有趣地看着她。

雷冰又转了个身，没理他。刘洋就绕着她走圈子。

雷冰一笑，道：“你有病啊！”

刘洋笑说：“好了！我逗你一句，你骂我一句，咱们打个平手。”

雷冰说：“突然停电，我一慌就关机了，可能丢了好多数据。”

刘洋哄她说：“没关系，以后慢慢来。陈教授还能不让你毕业吗？反正停电干不成了，我送你回宿舍吧。”不等雷冰说话，又笑道：“快走！慢了就关门！”说完就往门口跑。

雷冰却是一点儿也不起劲，叹了口气，慢慢地站起来，走到门口，笑说：“我知道你不会锁的！”

路上，雷冰说：“刘洋，你应该去搞文艺。”

刘洋问：“为什么？”

“你性子活，而且，你爱幻想。”

刘洋奇怪地问道：“你怎么知道？”

雷冰笑说：“我比你大嘛，能看透你。记着：幻想有时候好，有时候不好。到宿舍啦，再见！”

刘洋自己穷嘀咕：一层窗户纸，轻轻一捅就破，我怎么就不敢呢？刚才雷冰生气，是因为我没说真话。其实，她那么聪明，不用我说她也懂的。可是，据说女孩子喜欢听到表白……

又想：准备好的那些话，一句也没说呀。根本就没机会说，等下次……

三

离毕业答辩的时间越来越近，现在只有一个月了。小白鼠已经换成大黄狗，刘洋还是刘洋：演习大师。

实验已至收尾阶段，需要做的，只是延长复制体的寿命。刘洋抱着大黄狗，想着雷冰，把狗放在实验台上，按上电钮开始扫描。他已经不愿再绕圈走了，就懒懒地坐在沙发上。时间过得真快呀。他想，还有一个月，大家就要毕业了。那时候各奔东西，不知道还能否见面。他懊悔自己为什么总不敢主动一些，坦白一些。

总是想自自然然地开口，以免尴尬，可是，设想好的场面从来就没有出现。现在怎么办呢，只有一个月了。

不过，一个月还够长，三十天，七百二十个小时呢。这么多个小时里面，难道就没有一个机会？

“没有机会！”

刘洋听到一个声音说。

他吓了一跳！这声音多熟啊。

蜂鸣器响了。复制槽的盖子竟然自己掀开，跳出一个人来！而且，居然就是刘洋自己的样子！

这个人一边跳出来，一边大声说：“你等不来机会，而且你的时间也不多。”

刘洋惊呆了，片刻，他才说：“复制大黄狗，怎么会跳出一个我来？”

那人说：“你心不在焉，把狗放在沙发上，自己坐在实验台上了。”

刘洋一看，可不是，狗正趴在沙发上睡觉。然后，他又吃惊地看着复制人说：“你刚出生，就会说话！”

复制人熟练地整理着实验仪器，平静地说：“当然了，复制么，你整个都被复制了，连衣服、手表，还有所有记忆、性格。我知道你从小到大的所有事，我还知道，我只能存在半小时。”

刘洋兴奋地搓着手，说：“太奇怪了！太奇怪了！我问你几个问题行吗？”

复制人说：“快问，我时间宝贵。”

刘洋一笑，说：“我左腿的疤怎么来的？”

复制人说：“左腿，小时候爬树摔的。那一次真疼，疼哭了。”

刘洋又惊又喜，想了想，说：“刚一出生，就有二十年真切的记忆，是什么感觉？”

复制人说：“非常奇妙，无法言说，好像大梦初醒。”

刘洋问：“你是和我一样的人，知道人世的快乐。你又知道自己只能感受半小时的生命，不觉得不公平？”

复制人淡淡一笑道：“不短了，因为是命里注定。我本不应该出世的，有这半小时，总比没有好。其实，你就算能活一百年，难道就很长么？”他转过身，说：“我要走了，时间宝贵。”

刘洋惊问：“你去哪儿？你不能出去！”

复制人已跑出实验室，把大门从外面反锁了。

刘洋捶门叫道：“你回来！你干什么？”

复制人在门外低声说：“谢谢你！你让我出生，又让我有自己的心！”

跑出实验大楼，门外月光朗照，夜色清明。复制人深深呼吸了一口气，对自己说：“真幸运！我出生在这么美丽的晚上。”看一看手表：还有二十分钟！

他定定神就往学校的后花园跑去，那儿有他要的东西。

一园子的玫瑰，在晚上都静静地睡着。他翻进花园，喘息着伸手——在花圃中立着一面木牌，上写八个字：生命短暂，请爱惜我！

他呆了一呆，一跺脚！

还有希望，学校外面有一个鲜花店，只需翻过院墙就行。

没有灯光。商店锁了门。

他又翻了回来，冲进花园，轻声说：“对不起！对不起！”

那是对玫瑰花说的。他伸手折枝，花枝上的刺扎进肉里，无暇去管，就让血流吧。

折下几枝最繁盛的，抬手看表：还有一刻钟！

他跑！向计算机楼跑，一面跑，一面用手指把花枝上的刺都掰下来。没有时间可以耽误了，一秒钟也不行，只希望电梯是好的。

电梯坏了。

还剩下十分钟！

他冲上楼梯，一阵风似的向上刮去，直到九层。

到九层，双腿都软了。他靠在墙上，喘着，使心跳平静，掏出手绢来擦了擦汗，又用手绢包好流血的手。他要最完美地去见雷冰，不让她看见一点儿匆忙狼狈的样子。

看表，还有七分钟！

雷冰坐在桌边，心想：刘洋又该来了。

刚刚想到他，门被推开，雷冰不用回头就知道是谁。

“你好吗？”来人说。

雷冰吓一跳——第一次没说“大家好”！

她回头一看，那分明是刘洋，和往常一样，笑嘻嘻的，两只手还装模作样的背在身后。只不过，眼睛好亮，坚决地看着她，看得她有点儿心慌意乱……

“时间过得太快啦。”刘洋说话了。

雷冰抬起眼睛，问：“你的课题做不完了吗？”

刘洋说：“不是，我是说生命短暂。”他坐在对面，温柔地注视雷冰，使她又一次低下了头。

刘洋又说：“这一生，我没有时间选择，只来得及做一件事。是我最想做、最重要的一件，就是——爱你。”

雷冰的脸忽地红了。她转过身去，脸色变得苍白，一颗心怦怦乱跳！

刘洋沉默了一会儿，看她那一头长发不再颤抖了，他说：“我不代表别人，只代表我自己说：我爱你。”

雷冰忍不住一笑，小声说：“这种时候，你……你还开玩笑……”

刘洋伸出双手，扳着她的肩膀，让她转过身来，看着她的眼睛。

雷冰脸蛋红红的，她把目光低垂下去，看自己的衣服。忽然又抬起眼睛，和他的目光交汇，她的睫毛湿润而黑密。

这是超越时间之外的一瞬。

刘洋低声说：“我一生下来就喜欢你。你信吗？”

雷冰抿着嘴一笑，说：“嗯，信。”

刘洋看着她眼睛，微微笑道：“你知道小海龟吗？它们一出壳就会往大海里爬。我也是！我从有感觉的一刻起，就在跑，在往你这儿跑。”

雷冰小声说：“你是说缘分。”

刘洋说:“嗯，缘分吧。一辈子这么短，可是能遇到你，真好。”他从背后拿出一束花来，递给雷冰。

那是一束含苞欲放的玫瑰。雷冰双手接过来，抚摩着花枝，看着刘洋用白手绢缠着的手——

她握着他一只手，贴在自己脸上，轻轻叹了口气。

刘洋抚摩着她的头发，说:“我应该给你更多一些。带你去外面看月亮，带你去美丽的地方玩儿，去吃你喜欢的巧克力，应该给你种很多很多花，修一个花园……应该让你一生都快乐，让你一生安宁。可是，我不知道——”

雷冰闭着眼睛，低声道:“我们以后有很多时间啊……”

刘洋叹息一声，微微一笑，问:“你高兴吗?”

雷冰睁开眼睛，笑说:“嗯。”

“我也是。”刘洋忽然紧紧握着她的手，说:“你再把眼睛闭上，好吗?”

雷冰把眼睛阖起，睫毛微微颤抖。

刘洋慢慢凑近去，用嘴唇在她的唇上轻轻一碰。

雷冰没有动。刘洋闭了眼，笑道:“轮到你啦。”雷冰伏在他肩上，翘唇一吻。

刘洋叹息说:“真好！我一生都快活，可是这一秒钟最好。”他猛然微微一惊，看一下手表:“要走啦！”

雷冰惊问:“你去哪儿?”

刘洋离开她几步，回过身来，对她微笑着，柔声说:“你别怕！”

然后，他就无声无息地消失在空气里。

最后的声音，似乎还留在空屋中，慢慢，慢慢地消融。

四

“如果我只有半小时生命，我也会像他那样。”刘洋说，“其实……他说的，就是我想说的话。我们是同一个人啊。”

雷冰说:“不是！他不是替你来说话的，他也不是你的复制品。他就是他自己！”

刘洋抱着头，低声说："本来，我才是真的！他根本不应该来！他什么也不是——没有名字，没有生命，没有心……他是我偶然造出来的！"

雷冰说："他有生命！他是活着的！他不属于你……"她待了一会儿，又自言自语似的说："虽然只有半个小时……"

刘洋黯然道："你以后的日子还长，可是他已经消失了，什么也没留下。"

雷冰道："玫瑰花还在……"她忽然热泪盈眶！看见玫瑰花，她想到：那个人消失了，永远。他从生到死只有三十分钟，他就用这三十分钟，用他整整一生，让我快乐……

刘洋转头看去。在花瓶里，昨夜的玫瑰花沐浴着阳光，已经盛开。

他心里在想："一百年真的很长吗？"

——原刊于《科幻世界》1994 年第 6 期

让生命之光闪耀

——柳文扬《闪光的生命》赏析

◎ 黄灿

柳文扬是20世纪90年代青年科幻作家的代表人物。他的小说有一种寓庄于谐的品质，在曲折动人的叙事中插入引人深思的片断。《闪光的生命》以主人公和复制人隐喻了我们人生的庸常人格和英雄人格。平庸怯懦的人生需要英雄人格的闪光去照亮，这是现实人生中宝贵而转瞬即逝的高峰体验。

一、柳文扬科幻创作述评

2007年7月2日[①]，一颗流星划过中国科幻的星空，科幻作家柳文扬离开了喜爱他的读者朋友们。这位年仅36岁的青年作家，在世时以温和俏皮的语言和发人深省的哲理著称，他的突然离世，给喜爱他的人带来了无尽的哀伤。全国广大科幻爱好者快速传递这一令人震惊的消息，并自发地在国内各大科幻论坛、讨论组和贴吧举行悼念追思活动。科幻迷对柳文扬的追忆持续

① 柳文扬去世的时间，经他的好友科幻作家星河证实，应为2007年7月2日凌晨。此时离他37岁生日不到三天。载自：柳文扬. 我知道你明天干了什么［M］. 上海：上海科技教育出版社，2007：201.

柳文扬

了很久，至今余哀未绝。这场浩大的活动作为一种现象，反映了20世纪90年代开始建立的中国科幻作家和读者之间亲密的新型关系，同时也是对柳文扬强大人格魅力的一次证明。

柳文扬（1970.7.5—2007.7.2）生于北京，毕业于北京工业大学。曾在大学任教，一度辞职旅居成都，后定居北京。2000—2003年，柳文扬担任《惊奇档案》杂志主笔，在他的协力下，杂志销量突破10万，成为口碑、销量俱佳的幻想类杂志。2007年7月，柳文扬因罹患脑瘤不幸去世。柳文扬出版的作品有短篇小说集《闪光的生命》、长篇小说《神奇蚂蚁》《解咒人》《蓝色铁骑》，以及科学随笔集《我知道你明天干了什么》等。

柳文扬从20世纪90年代初开始在《科幻世界》等科幻杂志发表作品，曾七次荣获中国科幻最高奖"银河奖"①，被誉为中国新生代科幻作家的代表人物。他的《假如记忆可以移植》《一日囚》《暗狱》《废楼十三层》等作品，都成为中国科幻的经典。

柳文扬创作题材广泛，在时间旅行、网络智能生命、异星探险、异态生命接触等领域都有所建树。他的小说不以宏大见长，而往往从一些小的切口展开，故事多为两三人间的交往或冒险。他善于抓住一个个精彩而有意义的瞬间，在很近的视角的关照下探察人物灵魂的微光或寂灭。

柳文扬经历了一个从青涩的作者到成熟的作家转变的过程。就像一个说书人一样，在出道初期，他不断磨砺着自己讲故事的本领，并逐渐形成了语言明白晓畅、情节曲折动人的特点。发表于1997年的《毒蛇》可视为柳文扬20世纪90年代创作的一个小小高潮。在这篇作品中，柳文扬平心静气、不

---

① 《戴茜救我》获1993年银河奖三等奖;《圣诞礼物》获1994年银河奖二等奖;《毒蛇》获1997年银河奖三等奖;《一线天》获2000年银河奖三等奖;《是谁在此长眠》获2001年银河奖读者提名奖;《一日囚》获2002年银河奖读者提名奖;《废楼十三层》获2006年银河奖读者提名奖。

动声色地讲述了一个宇航员之间谋杀的故事。一个复杂的故事被层层掩盖，又层层揭开，线索的衔接、节奏的把握，都堪称高水准。在柳文扬看来，科幻小说“与其说是一种文学体裁，不如说是一种思想方式”①。这种智者的脑力游戏般的写作方式，迅速确立了柳文扬早期的写作风格。

然而本质上，柳文扬是一位深情的作者（这已被他不长的人生经历充分证明）。随着年岁日增，对人生的洞察和感悟慢慢融入他的小说中。他的作品因此经常会在快速曲折的叙述中，加入一些缓慢凝滞的瞬间，这些叙事的“切片”放慢或者停下时间，让读者也停下脚步，开始思索。而这些闪光之处往往被柳文扬放在小说结尾，以一种含蓄蕴藉、耐人寻味又戛然而止的方式终止叙事，形成独具特色的“柳式结局”。在《暗狱》的结尾，麦克和唐用欺骗的方式囚禁骗子兰斯，本以为大仇得报，却发现兰斯在暗无天日的囚牢里留下了许多陪伴他的面人：

> 他们把每一个面人儿都拿起来看，发现它们全都有名字。“汉斯”、“丽萨”、“杰克”、“敏娜”、“查理”……还有珍妮、麦克、唐、兰斯……麦克和唐捧着面人，慢慢坐在床上。他们好久都没说话。
>
> 两年多，八百三十七个暗夜。这间牢房究竟埋葬了什么东西？

《一日囚》被誉为中国时间主题科幻的代表作。主人公 B 被囚禁在 8 月 18 日这一天，反复循环，长达十年之久。他像笼中困兽一般绝望而徒劳地试图冲破时间的牢笼，最终却还是死在了这一天。在小说结尾，作为旁观者：“我”却期待能在这一天的最后一秒钟看到 B 再次出现在旅馆门口：

> 我头一次注意到时间是这么奇妙，每一秒仿佛在我心中跳跃着流过。流逝、流逝、流逝……在某一次循环当中，B 先生此时此刻还坐在由郊外赶回来的出租车上。我心乱如麻，等待他穿过夜晚的浓雾，苍白的脸像一盏灯一样往大楼里走来；等待他从时间的某个角落佝偻着走来；等待他迷茫绝望地一边寻找一边走来。从未知走进未知，从无限走进无

① 见《科幻世界》1994 年第 7 期柳文扬小传。

限，从幽暗走进幽暗，从牢笼走进牢笼……

12点钟就要到了，我的心跳几乎停止。

窗外，夜雾茫茫。

小说总是在最浓烈的地方恰到好处地收住，把思索和喟叹留给读者。较之他那些不动情地说着故事的小说，这些不乏人性闪光的作品更动人心弦，也更有韵味和深度。

柳文扬才华横溢，生性谐趣又宽厚温和。他的很多作品语言生动幽默，加之长期为杂志撰写科学随笔，为便于青少年读者理解极尽调侃之能事，时人多以为幽默乐观是其本性。但他最好的那些作品中，往往渗透着人性的悲怆。纵观柳文扬的小说，人物失去生命竟是常态:《毒蛇》里的宇航员谋杀案,《废楼十三层里》跳楼自尽的少女,《外祖父悖论》里凭空消失的科学家,《蒂》里决然赴死的恋人，还有《兵车行》里维京人与殖民者同归于尽,《去北方》里主人公为了追求希望飞进真空……即便在那些没有直接描写死亡的作品中，人物的生命也往往处于一种被压抑的状态:《戴茜救我》里灵魂被困于电脑,《暗狱》里兰斯被秘密囚禁在黑暗监牢,《凯旋》里卡赞的头脑被嵌在敌人的身体里,《一日囚》里B被关在永远循环的8月18日……必死的生命或无奈或决绝地消逝，未死的生命在各种囚牢中挣扎哭号。温暖俏皮的语言背后，是人生无尽的悲哀与焦灼。然而在这样的处境中，柳文扬笔下的人物不仅没有萎靡消沉，反而因困厄的打磨而发出熠熠光彩。他的小说也因此表现出轻松与沉重并存、悲怆与欣慰共在的艺术特征。

细细品味柳文扬一生的创作，这个天资聪颖、学识渊博的年轻人对科幻孜孜以求，从未停息过探索的脚步。他不断尝试，不仅呈现给读者形态各异的科幻小说，更在小说中逐渐形成一种寓庄于谐的品质。他不像是应该盖棺定论的作者，更像是一位成长中、尚在路上的作家。作为20世纪90年代最优秀的青年科幻作家之一，他不仅影响了同时代的很多青年作家，还影响了无数的读者。进入新的世纪,《一日囚》《暗狱》等作品的出现，本来意味着一位作者步入创作高峰的曙光，然而天妒英才，他的创作旅程随着生命的终结戛然而止。这颗熠熠生辉的流星，理应在群星璀璨的科幻星空留下自己永恒的光芒。

二、《闪光的生命》：刹那生命，永恒闪光

“一百年真的很长吗？”

在小说《闪光的生命》结尾，男主人公刘洋愣愣地自问这个问题。这是一个经典的柳文扬式的结尾。复制人的这句话，穿过了他半小时繁忙又短暂的人生，穿过了燃烧生命的渴望和喜悦，静静漂浮在刘洋心里。也让之前轻松的读者不得不停下脚步，认真思量起生命的长与短、明与暗来。

短篇小说《闪光的生命》是柳文扬的成名作，发表后引起了很大反响。小说构思精巧，提出近未来背景下的复制技术。这种技术下产生的复制品和真品完全一样，但寿命有限，只能存在短短半小时。例如一只复制苹果，半小时内若不吃掉，就自然消失了，这样的构思已经有点意思了，近乎魔术的感觉。但奇点还不止于此，柳文扬让小说中的男主人公无意间复制了自己，产生了一个只有半小时寿命的复制人。更神奇的是，这个复制人替自己做了回主，于有限的时间达成了自己的愿望，成功超越了主人公，实现了生命的闪光。这该是怎样的一个神奇故事呢？

小说描述一对即将毕业的大学生，暗生情愫，男主人公刘洋却因为内向害羞，一直不敢表达。他总是一次次在实验室里模拟演习表白的场景，却不敢在现实中迈出勇敢的一步，反而安慰自己，时间还长，等下次再说。眼看毕业在即，刘洋在复制实验中因为思念雷冰，不慎自己进入复制槽，创造了一个复制人刘洋出来。复制人一出生就有刘洋所有的记忆和感情，他大声告诉刘洋：“你等不来机会，而且你的时间也不多。”并将刘洋锁在实验室里，代替他开始了自己的爱情冒险。在复制人仅有的半小时生命里，他一路狂奔，为雷冰摘下最美的玫瑰，不惜刺破自己的双手，又飞奔上九楼，把花交到雷冰手里，表达自己的爱意。随着时间的流逝，最后时刻到来，复制人温柔地微笑着安慰雷冰“你别怕”，然后无声无息消失在空气里，只留下怅然若失的一对恋人。

小说虽然短小，却很精巧，于简洁的文字下面闪着动人的哲理光芒。刘洋一直处在幻想与现实的交替中。幻想中的他勇敢自信而一往情深，现实中的他却胆小、懦弱、犹豫不决。雷冰则是一个充满个性、有洞察力、矛盾敏感的女孩。她对刘洋颇有好感，却久候表白不至，又不能自己开口，只能又急又气，暗示刘洋："幻想有时候好，有时候不好。"

随着毕业的临近，两人越走越近，却又好像越走越远。刘洋仍在幻想和现实中跑着两套剧本，小说的张力慢慢加大，让人好奇作者该如何"解套"。正是在这个地方，科幻小说与传统青春爱情小说出现了分野。传统小说往往运用"巧合"或"中间人"来化解隔阂，达成大团圆结局，或让相爱的人劳燕分飞，成为悲剧。不管哪一种，小说张力都会随之消失。然而在科幻小说中，科技进步（比如人的复制技术）是默认的前提，这就为小说矛盾向出人意料的方向发展提供了虚拟但真实的可能。文中正是刘洋的复制人为"暗恋——表白"的传统爱情叙事写下新的注解。因为复制人的存在，小说前半段刘洋的"演习"才没有成为肤浅苍白的点缀，所有的幻想最后都凝聚在复制人身上，成为一种现实中无法实现的英雄人格。幻想与现实交替进行的脚步变成了复制人与本体同在的合音。这样，表白的过程不仅没有消除矛盾的张力，反而成为小说的最强音：

> 刘洋叹息说："真好！我一生都快活，可是这一秒钟最好。"他猛然微微一惊，看一下手表："要走啦！"
>
> 雷冰惊问："你去哪儿？"
>
> 刘洋离开她几步，回过身来，对她微笑着，柔声说："你别怕！"
>
> 然后，他就无声无息地消失在空气里。
>
> 最后的声音，似乎还留在空屋中，慢慢地，慢慢地消融。

作为科幻要素，小说中的复制人是虚构的。但也正是科幻，让超脱于庸常生活的英雄人格得以现形。文中复制人摘花的花园里立着一块木牌，上面写着：生命短暂，请爱惜我！这和女主人公雷冰在某种程度上是一致的。雷冰的心声通过这一玫瑰花语传递出来，她渴望有人爱惜，把她像花一样好好收藏，“莫待无花空折枝”。面对雷冰，刘洋却缩手缩脚，裹足不前。在复制人表白的关键时刻，他更是被锁在实验室里——“囚徒”是柳文扬最常使用的意象。在他的小说里，人物被囚禁在各种各样的现实中，努力寻求自由，为之付出巨大代价。在《闪光的生命》中，复制人代替刘洋完成了突破囚牢的任务。这是幻想对现实的突破，也是英雄人格对庸常人格的拯救。在复制人欲向雷冰表白的三十分钟里，他经历了一系列困境：奔跑—翻墙—寻花未至—翻墙摘花—受伤流血—电梯失灵—跑上九楼。对于复制人要实现的爱情理想，现实设置了重重困难。而复制人就像跳荡活跃的电流，在现实这一荆棘丛生的电阻里不断向前。在他的持续做功下，冰冷坚硬的现实终于发热、发光，最后于庸常无聊中绽放出炫目的光芒来。

从这个意义上讲，本体和复制人恰如一对指向我们人生的隐喻。现实世界不断挤压着我们的本性，正如卢梭所言：人生而自由，但无时无刻不生活在枷锁中。囚牢造就囚徒，人的困境是永远存在的。现代人屈从于现实，过着平安卑微的凡俗生活，他们对于人身自由的渴望只存在于幻想里。只有复制人敢于拿自己的生命冒险，倾其所有，但求爱人展颜的一瞬间。复制人与雷冰交换定情一吻的瞬间，是他人生的巅峰，正如作者所言：“这是超越时间之外的一瞬。”有多少人碌碌一生，苦求闪光的一刻而不得？而那些倾尽全力、让生命尽情燃烧的刹那又是多么难得！复制人不断奔跑、发光的生命，把人们超越现实的渴望和对自由的无尽向往具象化了，我们的人生正如灰暗寂寞的甬道，等待着闪光的瞬间照耀。

有趣的是，不同于传统小说中两种人格最后融合，主人公“顿悟”并成长的结局，小说中两种人格到最后都没有统一。借雷冰之口，作者表达了这种差异：“他不是替你说话，他也不是你的复制品。他就是他自己。”小说最后，作者留下另一个两人关系悬而未决的结局。作者虽然赞颂一种古典而理想的爱情与人生，但对于现实却有着清醒的认识。两种人格被有意识地区别，分立于梦境和现实的两端。闪光的瞬间过去，英雄跃入虚空，凡人依旧凡俗。然而唯其难得短暂“生命的闪光”才会照亮“永恒的灰暗”，如同复制人留下的玫瑰，在晨光中悄然绽放，引人遐思。通过这样的方式，柳文扬在其创作初期，就奠定了其快慢相济、悲喜交集的鲜明风格。

24岁的柳文扬写下了《闪光的生命》，36岁的柳文扬则用生命诠释了生命的闪光。这个为了爱情放弃北京高校教师工作，奔赴成都，又为了爱人不惜从成都回到北京，凭着写作和兼职乐观地生活着的年轻人，本身就谱写了一段爱情传奇。一直到他生命的最后，爱情都是他生命的核心。他为自己的小说谱写了完美的注脚。正如艾青的诗句：这个世界/什么都古老/只有爱情/却永远年轻/这个世界/充满了诡谲/只有爱情/却永远天真[①]。在我们这个过于世故而诡谲的时代，永远36岁的柳公子，其生命永远闪耀着年轻而纯真的光芒。

---

① 艾青的诗《关于爱情》。

太空葬礼

◎ 焦国力

一、航天飞机上的遗体

我真不敢相信这是真的：局长命令我去把我的爷爷接回来。

你要问上哪儿去接？

上太空中去接。你也许要说：太空的地方太大了，到底上哪儿呀？

具体地点可是保密的，现在连我也不知道。要等到我的航天飞机起飞之后，地面指挥部才会通知我。

什么？你问我是谁？

我叫达罗华光，是宇航局的宇航员。

你说我是日本人？哈！……你可没有猜对。我是地地道道的中国人。我的爷爷叫达解放，我的父亲叫达强。父亲出生的那个年代，都兴叫单名，当时的政府虽然采取了一系列政策，鼓励计划生育，可是人口还是不断上涨，这下可好，光北京市叫达强的就有 182 个。

到了我们这一代，人口并没减下来，为了避免再出现 182 个和我同姓名的人，所以爸爸给我取了这么一个名字。达是我爸爸的姓，罗是我妈妈的姓，华光是我的名。

要说我爷爷，那可是个奇特的人物。他是本世纪初世界知名的天体物理学家。我说的本世纪初是指 21 世纪初，现在已经是 2066 年了。我爷爷是 20 世纪 40 年代的最后一年出生的，也就是 1949 年。那一年正好是我的祖国中华人民共和国诞生的一年，爷爷的名字印上了那个年代的印记。

我不能再跟你聊下去了，得赶紧去准备飞行了，等我回来再跟你聊吧。

在太空中飞行，远不如我还没有当宇航员时想象得那么浪漫美好。太空飞行简直枯燥乏味极了，你只要注意面前的那台电脑，不让它出毛病，然后按下几个按钮，一切电脑都会替你办好。

太空中静悄悄的，没有风没有浪。现在我倒真羡慕海员的生活，羡慕那波涛汹涌的大海。与大风、大浪搏斗，在危险中漫游，那才会感到生命的价值。可是对于宇航员来说，最值得骄傲的是起飞与降落的那一时刻，就在那一刻才有点惊心动魄的味道。起飞，我们是驾着橘红色的火焰冲上太空；降落，犹如长空的一条闪电，飞降在跑道上。

“小金，你说我爷爷现在是个什么样子？”为了打破这枯燥的气氛，我提起了一个话头。

小金叫金田山峰，他是我的助手，这架航天飞机上只有我们两个人。

“怎么，你也没有见过你爷爷？”金田山峰问道。他的爷爷现在还活着呢。

“我见过爷爷，那时我小，两岁时爷爷就死了。”

“难道我们是去接骨灰吗？”

“怎么，中队长没有告诉你我爷爷的情况？”

“没有。他只向我下达了飞行命令，他说其他情况你会告诉我。”

我真糊涂。出发前，中队长是跟我说了一句：把你爷爷的情况给小金说一说。我还以为中队长随便说的呢。

现在正好利用航行的间隙告诉他。

我爷爷早就死了。那是在 21 世纪初期，大约在 2005 年，我爷爷得了一种怪病，他的记忆力变得出奇的坏，什么也记不住。刚刚吃过饭，他就问为什么还不吃饭，给他端上来一碗米饭，他问这是什么东西？甚至连我爸爸的名字他都记不住，常问我爸爸：你叫什么名字？

奇怪的是，他对自己研究的课题却一清二楚，而且就是在这时，他的研究有了惊人的突破。当时，他正对一块陨石进行研究，这块手掌大小的陨石，实在太平淡无奇了，可是，爷爷却发现这不是一块普通的陨石，而是一块外星飞行器上的碎片。确切地说，是外星飞行器与一颗流星撞击后形成的碎片。更重要的是，爷爷还有一个重大的发现：这块手掌般大小的陨石中，正在释放着一种信息。经过爷爷的“破译”，已初步揭开了这些信息的秘密，爷爷无法把这些信息记录下来，因为他写下来的东西，他自己也不认识。但是，他的大脑中十分清楚地显现着这些信息，也就在这时，爷爷的病情突然加重了：他无法说话，也不能吃东西。

医学科学研究院的医生们为了挽救爷爷的生命，把爷爷的病情通报了联合国医学科学研究组织，希望得到他们的帮助。很快，世界各国的医学研究机构都收到了联合国传发的爷爷的病情报告。遗憾的是，各国的医学专家们看了爷爷的病情通报后，几乎是众口一词：爱莫能助。

就在爷爷停止呼吸的那一刻，医学专家们决定将爷爷的遗体送到太空去。

在太空保存遗体用不着任何药水，只需将爷爷的遗体放进一个特制的密封棺中，送上太空的一个轨道，爷爷的遗体就可以永久地保存在太空。

现在，医学研究已经取得了飞速的发展，可以很方便地从人类大脑中的G蛋白质中，提取记忆信号，然后通过一台电脑很容易把这些信号变成一种图像信号在荧屏上播放出来。

其实，人的大脑就如同一个高密度的激光视盘，把看到、听到、嗅到的一切都“记录”在案。如果大脑的细胞还完好无损，那么就可以从这些细胞中把脑细胞“记录”的一切再复现出来。把爷爷送上太空的目的就是等待着从脑细胞中复现记忆的这一天。

“这么说，你爷爷还能活过来？”金田山峰不解地问。

“不，爷爷再也无法活过来。因为爷爷的脑细胞再也无法存入新的信息，所以说他的确是死了。”

“如果有一个人，他只是不能呼吸了，但大脑仍旧能记忆，那么他就没有死？”

“应该这么看。不过，如果他不能呼吸，那么他的脑细胞就会缺氧，也就不能维持正常的‘记录’功能。”我耐心地解释。其实，这些知识我也是在前几天才从医学科学研究院的医生们那里听来的。

我们的航行十分顺利，按照地面的指令，我们顺利地到达了目的地。

当我的航天飞机带着爷爷的遗体降落在跑道上时，我长长出了一口气。

医学科学研究院的医疗专用车很快将爷爷的遗体运走了。

我回到宿舍，洗了个澡，刚刚换上衣服，电话就响了起来。

“喂，达罗华光吗，我是刘医生。”我拿起电话，听筒里就传来刘医生急切的声音，“你运回的不是你爷爷的遗体！”

“什么？……”我拿着电话大喊：“你不要跟我开玩笑！”

“不。这是真的！”刘医生的话语十分肯定。

二、神秘的遗体

当我来到医学科学研究院，看到水晶棺中的那具遗体时，我真不敢相信我的眼睛：棺中的遗体只有一米长，看上去像是一种动物，根本就不是人类。

张院长看到我惊奇的样子，安慰我说：“你也不必太惊异，先回忆一下太空轨道上的情景。会不会是弄错了地方？”

“不，绝对不会。因为地面指挥中心一直在注视着我们，地面的荧光屏上一直标示着我们飞船的方位。如果方位错了我们没有发现，地面指挥中心也会通知我们。”我肯定地说。

尽管嘴上这样说，但我还是在心里回忆着太空中的一幕一幕：

爷爷的遗体放在一个水晶棺中，棺外是一层坚固的钛合金包裹着，从外面是无法看到里面的情况的。外层的钛合金的作用一方面是防止太空漂浮物的撞击，另一方面也要防止各种射线的侵蚀。在太空，我们的工作十分简单，我和金田山峰操纵着机械臂，将这个椭圆形的太空棺抓住，然后缓缓地放进宇宙飞船的机舱里。整个过程十分顺利。

“等一会儿有关领导和专家们要开会研究一下情况，请你把太空中的行动向大家介绍一下。”航天局保卫处长对我说。

会议在医学科学研究院的会议室里进行。会议的气氛十分沉闷，面对这具奇怪的遗体，大家一筹莫展，谁也弄不明白这到底是怎么一回事。

科学不能靠猜测，科学需要真凭实据。可是有的时候，科学也不能没有猜测，甚至有很多时候，猜测是不可缺少的。自然科学领域中有许多命题，至今还仅仅是一种猜想，还无法证明，但是，这种猜想你却不能说它是错的。那么，为什么不能对这具遗体来一个猜测呢？！我鼓起了勇气，打破了会议室里的沉闷气氛。

“我说一点不成熟的看法，”我从椅子上站起来，“我仔细回忆了一下在太空的情况，我们的飞行航线和所到轨道都没有错。假使我们误把其他国家的太空棺运回来，我们看到的也应该是人类遗体，而不会是这种奇怪的东西。”停顿了一下，我注意观察着大家的表情，没有看到任何变化，我又接着说：“那么只有一种可能，那就是我们面对的是一具外星人的遗体。”

这话一出，就像一滴水掉进了油锅里，引起了一阵骚动。有的人目光中透着赞许，有的人表情上露着鄙夷。尽管骚动只有几秒钟，但会场上的整个气氛我却捕捉住了：鄙夷多于赞许。

一位科学家用威严的语气说：“我们不能再去重弹‘天外来客’的老调了。外星人我们已经谈论了一百多年，可是我们有谁看见了外星人？达解放教授（也就是我的爷爷）在几十年前就在研究外星人与陨石的关系，可是他根本无法证明外星人的存在。我们不应该再走弯路！”

“可是我们现在不是都看见了外星人吗？”我反驳说，“太空棺里存放的就是外星人！”

“你有什么证据说明这就是外星人呢？”这位化学家不紧不慢地说，他的话音并不大，可是使人感到了话中的分量。

医学科学研究院的刘欣医生坐在我的身边，他轻轻地拽了一下我的衣角，对我耳语：“让你参加会只是要听听太空中的情况，没必要再讲别的话，这些人都是知名的科学家。”

我知道刘医生是善意地提醒我：不要乱放炮。可是，我还是忍不住要说。

就在这时，一位德高望重的老教授开了口，他说：“太空棺里存放的是什么，还要等待医学的鉴定，现在下结论为时尚早。我建议，立即对这具遗体进行研究。”

张院长接过他的话茬：“我们现在正在制订一个研究计划。因为开棺以后很难预料遗体会出现什么变化，我们必须把可能发生的种种变化都设想到，有针对性地制订预防措施，然后才能开棺进行研究。”

会议没有取得任何成效。大家都把希望寄托在开棺之后。

我不懂医学，可是我了解宇宙。我是一个宇航员，我的职业促使我对宇宙产生了极为浓厚的兴趣。

宇宙广袤无垠，单单我们这个银河系就可能存在成千上万个文明世界。而整个宇宙至少有 2000 亿个和银河系相类似的星系。这些结论是科学家们的研究成果所证实了的。我在过去几年的宇航飞行中，曾发现了 108 起不明飞行物，我把这些发现详细地记录了下来。我完全相信外星球有高智能的生命存在，也相信他们会来地球访问。可是时至今日，地球上还没有一个人能拿出过硬的证据来证明外星人的存在。我曾把我的遭遇和发现的 108 起不明飞行物的记录，寄给了美国空军档案馆。他们把我的记录存入档案馆中的“UFO 神秘卷宗”之中。去年，美国空军档案馆特别邀请我参观了豪华气派的档案库，并向我开放了“UFO 神秘卷宗”。美国空军档案馆馆长詹姆斯上校，指着足有一人多高的“神秘卷宗”对我说：“我们这份卷宗是地球上保存最完整、最齐全的发现不明飞行物的原始报告。至今已有 58628 起原始报告，遗憾的是，目前还没有一人提交确凿的证据。”

“现在，终于有了一个证据，”我在想，“绝不能出什么岔子，应该好好保护这具遗体。”想到这儿，我不顾刘医生的劝告，对大家说：“我认为第一位的工作是保护好这具遗体，我们绝不能让它从我们的身边消失。”

“你是说有人会破坏或偷走这具遗体？”有人反问我。

“不排除有这种可能。但更有可能的是外星人会来寻找这遗体。”我回答说。

“小伙子，你说的那是科学幻想小说里的情节。这里是研究医学科学的部门，我们是搞科学研究的，不是拍摄科幻电影的制片人。”有人很不客气地说。

我真弄不明白，他们为什么总把外星人的存在看作是幻想。其实，在很多时候幻想是与科学紧紧地联系在一起的，幻想是科学的一翼。我不能再这样争论下去了，幻想有时候是需要很大勇气的，我现在的勇气还不够大。我还需要耐心地等待，等待科学的遗体检验结果。

尽管医学科学研究院对这具神秘的遗体采取了严格的消息封锁，但是新闻媒体还是得到了消息。一时间，新闻记者蜂拥而至，都希望能拍摄一张神秘遗体的照片，电视台的记者要求拍摄录像。这些要求都被婉言拒绝了。

美国空军档案馆馆长詹姆斯上校得到消息，专程赶来，希望看一看这具神秘的遗体。医学科学研究院的张院长接待了他，告诉他：我国政府允许你参观一下遗体，但不许拍照、录像，时间定在明天下午 2 点钟。

三、行踪诡秘的詹姆斯上校

下午 2 点钟，詹姆斯上校要去看那具神秘的遗体。

遗体停放在医学科学研究院的一间实验室里。透明的棺椁放在托架上，棺椁四周被一圈暗红色的护绳护围着。

詹姆斯上校准时来到实验室，当他的目光接触到那具神秘的遗体时，眼睛突然一亮。

“如果不是亲眼所见，我绝不相信这是真的。”他对陪同他的张院长和我说。他围着透明棺椁绕了一圈，然后停下来仔细观察遗体的头部。我跟随其后。

这具遗体虽然短小，但外形与人类几乎没有什么大的差别，只是肢体各个部分的比例不如人类这样协调，他的头部较小，看上去比一只拳头大不了多少。他的整个形象让人觉得奇特但并不感到讨厌。

以前，我在科幻小说里看到的外星人，常常是长着光秃秃的鸡蛋形脑袋，全身长满鳞片，手脚呈蹼状，形象让人厌恶。

如果我现在看到的遗体真是一个外星人，那么我真的会接受他，甚至会喜欢上他，和他交朋友。遗憾的是，他不能说话，他只是一具尸体，我当然无法与他交流。

“我相信，这就是外星人。”詹姆斯上校对张院长说，“我有充分理由相信，你们的航天员达罗华光先生从太空运回了一具外星人的遗体。”

“上校先生，”张院长说，“你的结论是否下得过早了。要知道，您仅仅是看到了他的外表。”稍稍停顿了一下，张院长又说：“我希望您不要向外界透露一点儿您的任何看法，如果您那样做，就会干扰我们的研究工作。”

“那当然，那当然！”詹姆斯上校连连称是。

我静静地观察着詹姆斯上校的举止，观察着他和张院长谈话时的表情。我发现詹姆斯在观看遗体时，在头部停留的时间比较长，并漫不经心地抚摸着自己上衣的一个纽扣，他的表情也显得不大自然。

詹姆斯上校回到宾馆之后，立即打电话给服务台，订了一张第二天一早的飞机票，他想尽快赶回美国去。

“上校先生，您不等开棺后的研究结果吗？”我问。

“结果，我当然想知道。我想只要有了结果，无论我在哪里，你们都会告诉我的。”詹姆斯对了解“结果”，似乎充满了自信。

“上校先生，您为什么这样急着回去？”我不解地问。

他朝我耸了耸肩，然后两手一摊，说：“我留在这里还能得到什么呢？！什么也得不到。不能拍照，不能录像，还有很多的不能……”

“我希望你能理解你所遇到的这些‘不能’。我想，任何一个国家从太空运回了一具不明遗体，也一定会这么做的。”我解释说。

“你的解释当然很有道理，我不会责怪你们的这些做法。我只是觉得，我应该尽快离开这里。”

詹姆斯上校走了，可是他的来访，却在我的心中留下了一层阴影，我总觉得他的行踪有点诡秘，有点让人琢磨不透。

这几天，医学科学研究院里显得十分忙碌，开棺前的准备工作在紧锣密鼓地进行着。

水晶棺停放在实验大楼三层的一间大实验室里。这间实验室经过了精心的改造，加装了能够模拟太空环境的设备。

开棺检验工作拒绝任何人参观，也不允许采访。我当然也不能停留在实验室。

开棺的检验工作进行得十分顺利，半个月过去了，张院长宣布：第一阶段工作暂告一段。我在医学科学院的档案馆里，看到了一份检验报告的副本。这份报告说：科学家们从太空运回的遗体上分离出了“脱氧核糖核酸”，也就是 DNA，人们称之为“基因”。但是这种基因与地球上人类的基因相去甚远。科学家们在报告中还说：他们还对一组染色体进行了研究，其中分离出了 1994 个 DNA 碱基对和 11122 个基因序列……

科学家们的报告对我来说实在太枯燥，我看报告就像看天书一样。我最关心的是结论，遗憾的是，报告上并没有结论，因为现在根本无法下结论。

突然，报告中的一段话引起了我的注意：遗体的头部有一处黄豆粒大小的灼伤，像是激光一类造成的，待下一阶段再做进一步研究。

激光——灼伤？我的大脑出现了一个大大的问号。“难道是詹姆斯上校？”我在暗暗地想。詹姆斯上校在参观遗体时的一幕一幕又在我的脑海中浮现出来：他对遗体的头部观察得比较仔细；他停留在遗体前；他漫不经心地抚摸着自己上衣的一只纽扣，以及不自然的表情……

“会不会是那只纽扣有什么名堂？”

当我把这个想法报告给张院长时，他感到了问题的严重性。张院长立即向航天局保卫处进行了报告。

航天局保卫处处长是一个英俊的小伙子，他听到这些情况，并不感到惊奇。他告诉我们说：“美国航天局的副局长史泰利博士正在我国访问，等一会儿，他要来向我们介绍詹姆斯上校的情况，你们可以一起听一听。”

史泰利博士长着一脸络腮胡子，当他在会议室里一露面，我就觉得非常面熟，但是怎么也记不起来是在哪里见过他。

史泰利博士说着一口流利的汉语，他向我们介绍说：“詹姆斯上校曾经是美国空军的一名战斗机的飞行员，有一次，他驾驶着 F—22 战斗机执行训练任务时遇到了 UFO。他看见了一个巨大的圆盘状的发光物体，他驾驶着 F—22 立即做了一个侧滑，想绕到 UFO 的侧面，谁知那个圆盘状的物体也随着他的战斗机在移动。他立即向地面指挥部报告，指挥部命令他立即返航。根据当时的距离，他十分钟就可返回到机场上空。可是尽管他加大油门，飞机的速度却一直上不去，好像有一根粗壮的钢索在拉着飞机，足足用了45分钟才返回到机场上空。

“当飞机降落在跑道上的时候，人们发现詹姆斯上校神情呆滞，一句话也不说。事后，他竟对空中的情况一点也回忆不起来。从此以后，他的行为有时显得十分怪异，他对UFO和外星人产生了极为浓厚的兴趣。”史泰利博士端起了一杯茶，轻轻呷了一口。

“詹姆斯是不是被飞碟抓去过？”有人借机提问。

史泰利博士放下茶杯，道：“没有足够的证据这么说。不过，他遇到了飞碟是千真万确的事实。”

就在这时，有个人拿着一份电传稿从门外兴冲冲地走进来，他把传真稿交给了航天局保卫处处长，他看过后对大家说：

“我这里有几条消息，也许有点用处。这是从美国刚刚传来的《华盛顿邮报》上的消息。”说着，他把电传稿递给了史泰利博士。

我朝史泰利博士手中的那张纸看了一眼，几行英文标题映入我的眼帘：空军档案馆馆长詹姆斯上校在去郊外度假途中神秘失踪；警察在郊外山谷发现詹姆斯使用的汽车。另一则消息的大标题：郊外度假遇奇迹，500余人目睹UFO。

四、路遇神秘女郎

詹姆斯上校的来访和神秘失踪，丝毫没有影响医学科学研究院的专家们对那具遗体的研究。几天来，医学科学研究院对遗体的研究取得了重大突破。

张院长十分兴奋地向我透露了一点研究成果。原来，这具遗体有一半的器官是机器，另一半是动物组织。它的下肢是被更换的机器，内脏中的肺部也被机器器官所代替，还有一些骨骼也被更换过了。另一半的动物组织也不是像人类这种由肌肉、脂肪、软组织等组成的肉体，这些动物组织到底由什么构成还有待进一步研究。唯有它的大脑、心、肝等几个主要脏器，与地球人类的相差无几。地球上的医学科学发展到现在，仅仅能在人体上移植一些活器官和组织以代替人体上损坏的部分器官。而这具遗体向人类展现的是高超的“零件外科技术”。

“什么是零件外科技术？”我不解地问。

“我们知道，人体可以分成若干个组成部分的，就像机器是由许多零件组成的一样。机器的某个零件有了毛病，可以把它拆下来更换一个新的。而人体的部件更换以后，远不如机器那样好用，甚至许多更换的器官受到了机体的排斥，有的移植器官只能存活几个月甚至几天。零件外科技术就是研究解决人体对外来器官的‘接受技术’，让移植的器官甚至人造的配件被人体所接受。”

“这具遗体上被移植或者说被更换的器官，都被接纳了吗？”我又问。

“不，有一部分被接纳了，有一部分看来还没有被完全接受，仅仅存活了一段时间。但是这具遗体被更换的器官之多，目前是我们地球上的人类是无法办到的。”

“这么说，这的确是一具外星人的遗体了？”我问。

“的确是这样。有充分的理由认为，这就是一具外星人的遗体。”

这个消息使我十分兴奋，尽管我爷爷的遗体没有运回来，但运回一具外星人的遗体，有着同样重要的意义。

“也许这具外星人的遗体也在等待着医学的发展，然后再被运回外星球上去，以改变机体的某些组织，从而起死回生。”我分析说。

“你的这种猜测也许有道理。但是我们现在无法判断或证实这种可能性。”张院长多少同意我的看法，不过他把我的话看成一种猜测，而不认为这是一种分析。科学家们总是这样严谨，使用每一个词都很慎重。

我倒不在乎张院长怎样看待我的分析，我又继续谈我的想法：“如果我的看法能够成立，那么我们将面临十分严峻的局面。”

“严峻的局面？那怎么会呢！运回了一具外星人的遗体，这对我们整个人类来说都是一件值得庆贺的事。多少年来，有关外星人的种种议论，已经弄得沸沸扬扬。而你的这次宇宙航行使人类对外星人有了一个全新的认识，这真是值得高兴的事情呀！”张院长的话语中充满着欣喜。

是的，许多年来在我们这颗蓝色的星球上，对于外星人的议论和传闻实在是太多太多了。可是，真凭实据到底有多少呢？几乎等于零。我爷爷用了大半生的精力来研究外星人与陨石的关系，遗憾的是，他的研究成果却未能留给人类。现在有了一具外星人的遗体，就算没有将爷爷的遗体运回来，也可以告慰爷爷的在天之灵了。

可是，我还想到了问题的另一面。

“我说的严峻局面是的的确确存在的。”我很认真地对张院长说，“如果外星人在太空找不到这具遗体，而他们很有可能知道这具遗体现在我们手里，那么会出现什么局面呢？”

听到这话，张院长微微一怔。显然，他并没有想到这一层。

我又继续对他说：“外星人很可能会到地球上来寻找这具遗体。一种可能他们会很友好、很和平地来寻找，另一种可能就是战争。为了一具遗体而打仗，这在我们地球上的两国之间是曾经发生过的，星际之间难道就不可能发生吗？再说，从这具遗体上看，这是一个高度发达的星球，他们会采取什么行动我们是无法预料的。”

“你这是科学幻想小说里的情节吧？！”张院长根本不相信我的分析，“星球大战，这是不可能发生的。”

张院长是一位医学科学专家，他对人体的了解是很深很深的，可是他对外星人的了解和对地外生命的认识，也许还没有我了解得多，了解得深。我一直认为：科学家在他所研究的领域里是权威，可是在另一些领域可能还仅仅是个中学生。当然，在张院长面前我不能说也不应该说出我的这个看法，也没有必要与他争论会不会发生星球大战。尽管我的很多观点他都不接受，但从内心里我是十分尊敬他的。说实话，与张院长的这番对话，使我的心情有些沉重。

离开医学科学研究院，我将汽车开上了通往郊区的公路。我不直接回家，想到郊外兜兜风，我不愿让沉重的心情总伴随着我。

汽车开得很慢，后面的汽车一辆接一辆从我的汽车旁飞也似的开过去。我打开车窗，让郊外的风也坐进我的汽车，陪伴着我。我深深地吸了几口带着泥土芳香的空气，精神为之一振。

郊外的西山已近在咫尺，公路沿着山边，曲折而过。西山是一群不大也不算小的山，绵延几十里，现在这里已辟为自然保护区。山上草木茂盛，一片葱绿。只是有一排高压输电线，从山脊上穿行而过，给这自然景观人为地添上了一笔杂色，使人多少感到有些不协调。

我加大了油门，汽车在公路上飞驰起来，路旁的树木飞快地向后移动，只有群山不肯离我远去，远远伴随在车窗外。

我无意间朝车内的后视镜看了一眼，发现车后有一辆汽车在紧跟着我。我有意减慢了速度，那辆汽车也减慢了速度。

这是一辆天蓝色的奔驰汽车，从后视镜中看不清驾驶汽车的是什么人，凭直觉我感到开车的并不是男人。

我有意将汽车开进了公路右边的一条支线，然后将汽车停在路边。那辆天蓝色的奔驰车也跟在我的汽车后面，开进了支线公路，在我的车头前停了下来。

天蓝色的奔驰车的车门打开了，最先露出车门的是一双天蓝色的高跟鞋，紧接着出现的是天蓝色的裙子，很快一个身材修长、身穿橘黄色西装上衣的女郎出现在我的视线里。蓝车、蓝鞋、蓝裙子，融为一体，像是一块巨大的蓝宝石，橘黄色的上衣更把那蓝色调衬托得纯正无瑕。

女郎迈动着轻盈的步子，走到我的汽车前，拉开了我的车门："先生，您是达罗华光先生吗？"

我疑惑地点了点头："是的。可我并不认识你，小姐。"

"你是否认识我并不重要。一个你认识的人让我告诉你，他希望能尽快见到你。"女郎很有风度地对我说。

"你说的那个人是谁？他在哪里？"

"请你跟我走。他在'环球饭店'等你。"女郎的话带着几分不容分说的语气。不等我回答，女郎转身坐进了自己的汽车，调头驶上了进城的公路。

五、走进飞碟

我跟在女郎的汽车后面，返回了市区，在"环球饭店"的地下停车场停了车。

电梯把我们送到了12层。女郎拿出钥匙，打开了房门，然后一挥手："请进，达罗先生。"

听到开门声，房间的沙发里站起来一个人，他微笑着朝我伸出了右手。我握着他的大手定睛一看：怎么会是他？我简直无法相信这是真的：詹姆斯上校站在我的面前。

"不认识我了吗，达罗华光先生？"詹姆斯上校看到我一副惊讶的表情，"我知道你会惊奇的。"他的表情很平静。

"有消息说你失踪了？怎么……"我不解地问。

"说来话长。来，坐下，我慢慢跟你说。"詹姆斯示意我坐下。

"你们两人喝点什么？"那位神秘的女郎问。

"对不起，我忘了给你介绍。"詹姆斯指着女郎说，"她叫碧姬小丝，是美国一家公司驻北京办事处的总代表，我的朋友。"说着，他朝我淡淡地一笑。

碧姬小丝很快地端上来两杯热气腾腾的咖啡。

"美国有好几家报纸报道了你失踪的消息。"我开门见山地说。

"是的，那消息没有错。那天我开着汽车到郊外去郊游，在山谷旁我遇到了飞碟。"

"你真的被'飞碟'抓走了！"我惊奇地说。

"不，我并不是被抓去的，应该说我是自愿走进飞碟中去的。"

詹姆斯上校看到我一副惊异的表情，又接着说；"以往我们这个星球上的传播媒介对飞碟的报告，几乎都是一个腔调：地球人被抓进了飞碟。有不少科幻小说也讲述这样的故事：UFO捉走了某个科学家……其实用'捉走'和'抓进'这样的词儿，是很不科学的。当你真正遇到了飞碟，你也一定会走进去，而不是被抓进去。就像你突然发现前方有一座富丽堂皇的宫殿，你一定会好奇地走进去，而不是被捉进去一样。"

"您遇上的飞碟也像富丽堂皇的宫殿一样吗？"碧姬小丝被他的话吸引住了，忍不住地问。

"富丽堂皇虽然说不上，但它绝对比宫殿更吸引人。"

"从外表上看，那只飞碟貌不惊人，暗灰色的外壳没有什么吸引人的地方。可是当它降落在你面前的时候，飞碟的外壳就会打开许许多多的小窗口，从窗里射出五颜六色的光芒，犹如节日的彩灯，更确切地说，就像CD唱片在阳光的照射下放出的光彩一样动人。”

“更能吸引人的是飞碟的主人，他们有男有女。从外表上看，男人长得健壮结实，个子并不高大，但是相貌个个英俊。飞碟中的女人穿一身紧身的太空服，更显出她们那修长的身材，她们每人的头上还戴着一顶小小的有条纹的头盔。头盔的中间有一个镶嵌的发光体，发出柔和而又明亮的光。”

“飞碟中的男人，他们穿什么衣服？”我问，“也穿太空服吗？”

“我想飞碟中的男人穿的也应该是太空服，不过那种太空服与我们地球人穿的太空服可不大一样。他们穿的太空服薄如蝉翼，胳膊上结实的肌肉高高地隆起，大腿上的条状肌肉也明显地突现出来。让人惊奇的是，太空服的颜色十分奇特，随着男人们的走动、转身，太空服不断地变换着颜色，忽而是天蓝色，忽而是黄色，忽而又变成了淡绿色，有时上半身是蓝色，下半身又是黄色。我猜想，这一定是为了避免某种光或是某种物质对太空人的伤害，才变换各种颜色。”

“就像变色龙的皮肤一样！”碧姬小丝插言道。

“对。从某种程度上说有些像变色龙，只是飞碟中的太空服的变化更多、更快。”

“那么，女人们穿的太空服为什么不变颜色呢？”碧姬小丝对女人有一种本能的关注。

“当时我还来不及仔细琢磨这个问题。现在回想一下：她们穿的太空服比男人们的服装厚，或许她们多穿了一层外衣。”詹姆斯上校不知该怎样解释才好。其实，他完全没有必要解释得这样详细，因为我们对于飞碟中的一切都十分陌生，任何解释只不过是一种符合地球人心理和习惯的猜测。

“詹姆斯上校，如果您不介意的话，我还有个问题想问一问您。”我试探地说。

“我不会介意的，你可以随便问任何一个问题。”詹姆斯上校十分痛快地说。

“据说有一次您驾驶着战斗机遇到了飞碟，是真的吗？”我问。

詹姆斯上校听到这个问题，怔住了片刻，然后若有所思地说：“是的，是有这么一回事。那次我在执行飞行训练任务时，在空中遇到了飞碟。我隐隐约约记得当时我的心情与这次一样，我被飞碟深深地吸引住了，我看见飞碟上开着几扇大门，真想驾驶战斗机飞进飞碟中去。可是，地面指挥部命令我返航，我当时真不想返航，想绕到飞碟的侧面再看一看。可是那个飞碟似乎不想让我绕到它的侧面，我驾驶战斗机侧滑过去，飞碟也随着我的战斗机在移动，后来，我也记不清是怎样降落在跑道上，糊里糊涂就飞到了基地。”

“那么，两次遇到飞碟，这之中有什么联系吗？”我追问。

“这我可说不大清楚。不过，这一次飞碟好像是专门冲着我来的。更确切地说，飞碟似乎是冲着我们而来的，这也就是我迫切希望见到你的原因。”

詹姆斯端起了咖啡，轻轻地呷了一口。咖啡还不甜，糖大概还没有完全溶解。他拿起小匙，在咖啡杯里缓缓地搅动了几下，又呷了一口，这才放下咖啡杯；“我真不知道该怎样跟你说。也许你不会相信我要说的话，但是我必须告诉你，飞碟是为了你运回的那具遗体而来的。”

“真的？”詹姆斯的话真让人难以相信，“是飞碟上的人对你说的吗？”

“不，飞碟人什么也没有对我说，因为我和飞碟人根本无法交流，他们听不懂我的话，我也弄不明白他们在说什么。”

“那你根据什么这样说呢？”

“我这里有一幅图，这是飞碟人画的图，我是根据这幅图做出的判断。”

“图在哪里？快拿出来让我也看看。”一直在一旁聚精会神地听我们谈话的碧姬小丝忍不住插嘴道。

詹姆斯神秘地一笑，说：“图印在我的大脑里。”

六、飞碟人的“名片”

我和碧姬小丝都急于知道，印在詹姆斯大脑中的是一幅什么图。

詹姆斯看着我们两人焦急的面孔，说：“在我画出那幅图之前，我要先问你们一个问题。”他看看碧姬小丝，又看看我，“你们知道地球名片的事儿吗？”

“地球名片？……不知道！”碧姬小丝摇了摇头。

“我知道你说的‘地球名片’是怎么一回事儿。”我说，“你是不是指那块刻有人类存在标记的镀金铝质金属牌？”

“对。”詹姆斯肯定地点了点头，“这是一块举足轻重的金属牌。”

“一块金属牌有什么了不起的。”碧姬小丝一副不屑一顾的表情。

“不，这可不是一块普通的金属牌。”我说。

“顶多镀上了一层金，比普遍的金属牌多了一点色彩而已。”碧姬小丝道。

“看来有必要把这块金属牌的来历，详细地告诉你。”詹姆斯说。

这块镀金的金属牌，对于上个世纪 70 年代的地球人来说，几乎是人尽皆知，可是到了我们这一代人，似乎早已被遗忘了。我是从爷爷的日记中了解这块金属牌的。

那是在 1972 年和 1973 年，地球人先后发射了两个宇宙探测器，到茫茫的宇宙空间去寻找地外文明。它们分别编号为“先驱者 10 号”和“先驱者 11 号”，这两个探测器在 2002 年就已经完全与地球失去了联系，因为探测器上的发射机已经停止工作了。它们是否遇到了外星人，目前还没有人知道。当时，地球上的科学家们为了把人类的种种信息传达给地外文明社会，使地外人能了解地球和地球上生命的存在，他们给这两个探测器分别装上了一块镀金的铝质金属牌，金属牌上刻有表示人类存在的标记。我凭着记忆在纸上画出了金属牌上刻着的图案。我把这个图案递给碧姬小丝。

碧姬小丝接过图案看了看，不解地摇了摇头：“我一点儿也看不明白。”

詹姆斯对这幅图案十分熟悉，他给碧姬小丝详细地介绍着：

“我们先从图案的下部说起。最下部的图案表示太阳及九大行星组成的太阳系。这个箭头表示先驱者 10 号和 11 号探测器出发地——地球及行走的航线。中间左侧的星状符号表示地球相对于 14 个脉冲星的位置关系；右侧为一男一女裸体人像，表示整个地球人类，人像的背后是按比例绘出的先驱者号探测器的外形，从这个比例上就可以判断地球人类的身高；最上部的图案是氢原子符号。”

“这块金属牌可以在太空中保留亿万年之久而不变质，以便有一天外星人能够发现它。”我说。

詹姆斯接过我的话：“依我看，外星人已经发现它了。”

“真的？”碧姬小丝听到这个消息兴奋地睁大了眼睛。

“我在飞碟中看到了这些图案。”詹姆斯说，“那天，一个身体健壮的飞碟人，指着一个巨大的彩色屏幕的一角对我比划着，屏幕的一角显示着一幅图案。他的语言我一句也听不懂，但是屏幕角上的那幅图案我一眼便认出来了，就是金属牌上的这幅图。”

“飞碟人都对你说了些什么？”我迫不及待地问。

“从我走进飞碟到我离开飞碟，我一句话也没有听懂。可是，他们要表达的意思，我基本上理解了。”

“他们对你说了些什么意思呢？”碧姬小丝好奇地问。

“他们可能在说：他们也有一幅图，请我带给地球人。”

“那你怎样回答他们？”碧姬小丝问。

“我也是连说带比划：我说我很愿意成为飞碟人的信使。后来，他们就把我的眼睛罩住，让我仰靠在一张椅子上，让我的右手握住一件仪器的一头。我的大脑中突然出现了一幅图案。我把仪器的一头松开，然后拿掉罩住眼睛的东西，奇怪，那幅图案却怎么也记不起来是什么样了，甚至一点轮廓也没有。我闭上眼睛，仰靠在椅子上，这一次我的手并没有握住仪器，可是那幅图案又在大脑中出现了。眼睛睁开，图案又记不清了。我不知所措地坐在那里。飞碟人看到我这副尴尬的表情，都笑了起来。”

“这就是你说的，印在脑子里的图？！”

“是的，现在我试着闭上眼睛把它画出来。”

碧姬小丝准备好了笔和纸。詹姆斯拿起笔，笔尖放在纸上，然后紧闭双眼，头仰靠在椅子背上。只见笔尖开始在纸上缓缓移动，此刻的詹姆斯就像是一台记录仪，他的手臂就像是记录仪的针头，在纸上不停地移动着，渐渐地白纸上出现了一幅歪歪扭扭的图案。

当詹姆斯睁开眼睛的时候，他的头上渗出了细密的汗珠。为了画出这幅歪歪扭扭的图案，他真用了力气。

詹姆斯睁大了眼睛，盯着图案，他也是第一次看到这幅图。

这幅图案到底说明了什么？詹姆斯在琢磨。碧姬小丝和我也不约而同地凑了上来。

“我觉得这个椭圆形的图案就是太空棺。”詹姆斯指着图下方说。

“有点像。”我表示同意，“太空棺的中间是长方形的。”

“那个小圆圈大概就是飞碟的出发地吧！”碧姬小丝很认真地说，她似乎也感悟到了什么。

“这大概是飞碟人的名片吧！”我说。

七、“三个臭皮匠，赛过诸葛亮”

詹姆斯画出的那幅歪歪扭扭的图案，实在让人迷惑不解。我们的任何解释都仅仅是一种猜测，要证实任何一种猜测，都不是一件轻而易举的事。眼下，我更关心的倒是詹姆斯，他是怎么离开飞碟，又是怎么来到这里的呢？

“詹姆斯先生，你是怎么来到这里的呢？”我直截了当地问。

詹姆斯看看我，又看看碧姬小丝，然后耸了耸肩膀：“我也说不清楚是怎么来到这里的。我只记得那天，飞碟在一个山谷旁降落了。几个飞碟人用手比划着，飞碟的门打开了，我看出了他们的意思，他们让我下去。我按着他们的指点走下了飞碟。之后，我便什么也不知道了。”

“怎么，你昏迷了吗？”我担心地问。

“我也说不清是不是昏迷了，只是什么都不记得。”

“是的，我在山谷旁发现他的时候，他根本就不认识我了。”碧姬小丝说，“那天是周末，我开着车到郊外去踏青。一到周末，许多汽车都奔向郊外。那天所有去郊外的人几乎都看见了飞碟。当时飞碟从山谷中升起来，飞快地向西北方向飞去。”

“就是詹姆斯进去过的那个飞碟吗？”我问。

“是的，因为飞碟飞走之后，我便在山谷中发现了詹姆斯。”碧姬小丝说。

碧姬小丝回忆着当时的情景：“让人感到惊奇的是，飞碟刚飞走，天空中便下起了大雨，度周末的人们纷纷调转车头，向城里开去。在好奇心的驱使下，我没有加入回城的行列，开车驶向了山谷，我想找到飞碟降落的地方。”

“你找到了吗？”我问。

“没有。雨下得太大了，泥沙顺着山谷滚滚而下，根本无法辨认飞碟降落的痕迹。”

“也许根本就不存在任何痕迹。”詹姆斯说。

“最让人感到奇怪的是，詹姆斯当时坐在一块大石旁，呆呆地望着天空，雨下得很大，可是他的身上一滴雨水也没有。我把他从大石旁拉起来，飞快地跑回我的汽车中，我浑身上下全湿透了。”碧姬小丝迷惑不解地述说着。

“詹姆斯先生是什么时候才恢复正常的呢？”我问碧姬小丝。

“是在他睡了一觉以后。”碧姬小丝说，“回到饭店我就让詹姆斯睡下了。淋了一场大雨，我的身体感到有些不适，也躺下休息了。当我醒来时，发现詹姆斯还在睡着；我担心他会出什么事，立即把他推醒，他坐起身来揉揉眼睛，问我这是在哪里。”

“是的，当时我很奇怪，我怎么会睡在饭店里？”詹姆斯说。

“看起来，飞碟人是有意安排好的，碧姬小丝把你接回去，绝不仅仅是一种巧合。”我分析说，“飞碟让你记住了那幅图，然后又把你放在碧姬小丝常去的郊外山谷中，时间恰恰又是在周末，然后你又找到了我。看起来这一切都像是有意安排好的。”

“如果真是这样，那就说明飞碟人对我们的一举一动掌握得都很清楚。”詹姆斯说。

“说飞碟人掌握了我们的一举一动，也许有些过分，但是至少说明飞碟人已经知道我们从太空运回了一具遗体。”我说。

碧姬小丝听着我们的议论，插嘴问；“那为什么飞碟人不直接来要回那具遗体呢？”

是呀，为什么呢？我和詹姆斯四目相对，谁也不知该怎样回答这个问题。

“我们现在还是应该先弄清飞碟人的图案到底是什么意思。”詹姆斯打破了尴尬的局面，提议说。

我很赞同他的提议：“对，弄清飞碟人图案的含义是当务之急。我们中国有句俗话，叫作‘三个臭皮匠，顶个诸葛亮’。咱们三人，每个人提出一种猜测，看一看哪种猜测最合理。”

碧姬小丝听了我这番话，高兴地拍起手来：“这可是个绝妙的好主意！我先说，女士优先。”

詹姆斯想不出比这个更好的主意了，他同意我的这个办法，他看着天真喜悦的碧姬小丝说：“是你把我从山谷中找到的，就让你先说。”

碧姬小丝右手拿着詹姆斯画的那幅图，左手背在身后，装出一副老科学家的模样。她先是故意咳嗽了两声，然后看着右手中的图，在屋里来回踱着步子。

“我认为，这是飞碟人对我们发出的一种警告信号。”碧姬小丝煞有介事地说，“这两条带有箭头的曲线告诉我们：飞碟人是从两条不同的航线来到地球的，或者说，从这两条航线可以到达他们的星球。其他的那三个黑点及一个圆圈代表整个太阳系，从图上我们可以清楚地看到，飞碟出发的地点与整个太阳系的关系。下面这个椭圆套着长方形的图，表示飞碟的构造。詹姆斯到飞碟里去过，飞碟的里面一定是方形结构。”

詹姆斯证实说：“我进去的那个舱，好像是方形的。”

“那飞碟人到底要警告我们什么呢？”我问。

“飞碟人警告我们：地球已经被严重污染了，人类必须暂时离开地球，否则地球人将遭到毁灭。”碧姬小丝郑重其事地说。

碧姬小丝不仅是美国一家公司驻北京办事处的总代表，她还是联合国环境保护组织的特聘观察员，她对环境污染问题十分关注。我知道她的话中带有很强的个人意愿，但是很难推翻她的这种猜测。的确，现在地球的污染程度已经远远超出了联合国规定的指标。虽然一些国家的环境污染得到了不同程度的治理，但是就整个地球而言，污染程度有增无减。就是那些环境污染得到一定治理的国家，也是旧的污染治理了，又产生了新的污染。许多年来，飞碟经常光顾地球，对地球上的污染状况应该是很了解的。这样看来，碧姬小丝的猜测不无道理。

“地球上的环境污染是严重了一点，可是还没有到非逃离地球不可的程度吧！”詹姆斯不大同意碧姬小丝的猜测。

“当然还没有到你说的那种程度，所以我说这是外星人对我们的警告。如果到了那种严重程度，警告已经没有用了。”

“我觉得碧姬小丝小姐的猜测有一定道理。”我说，“很多年以来，世界各地有许许多多的人看见过飞碟，可是为什么没有一个飞碟在地球上长期或是较长时间停留呢？原因很可能就是地球上的污染使得飞碟不敢久留，否则这些污染会殃及飞碟。”

“就算你们说的有一定道理，可是，”詹姆斯多次与飞碟接触，他是最有发言权的，“飞碟仅仅是为了告诉我们一个地球人已经认识到的问题，而让我带来那幅图吗？如果真像碧姬小丝说的那样，岂不是用高射炮打蚊子吗？！”

詹姆斯的一番话，说得碧姬小丝和我都哑口无言。

“你们还是听听我的猜测吧。”詹姆斯拿起了那幅图，目不转睛地看着，久久没有说话。

八、遗体发生了奇怪的变化

詹姆斯把手里的图转了90度方向，沉思了片刻，然后又转了90度，胸有成竹地说：

“飞碟人让我们把那具遗体送回太空去。”他指着那幅图上的两条线说，“你们看，这两条线指示的就是飞行航线，一条表示我们的飞行航线，另一条是飞碟的航线，那个圆点就是我们应该到达的位置。”

“可是，这个图太不具体、太不明确，茫茫太空上哪儿去找那个目的地？”我对詹姆斯的话不以为然，“仅凭一张示意图，宇航员是无法飞行的。”

“假如图上画的航线是指宇宙飞船从某个特定的地区起飞，那么我们的宇宙飞船到达太空的航线只有一条是最近的。”詹姆斯说，“图上画的就应该是这条最近的航线。”

“我们现在根本就没有必要讨论什么航线。因为那具遗体是不是能送回太空，还是一个问号呢！”碧姬小丝插嘴说。

是呀，医学科学研究院能同意将那具遗体再运回太空吗？

得赶紧把这个情况告诉张院长。我在心里说。

“我觉得，这不应该成为一个问题。因为那具遗体根本不是我们这个星球上的，我们不应该留着它。”詹姆斯说，“就像是你捡到了一件别人的东西，现在人家来要了，你就应该毫不犹豫地还给人家。”詹姆斯振振有词地说着。

我无法反驳他的话。

“詹姆斯先生，我先告辞了。”我站起身来说，“我现在得到医学科学研究院去。”

当我踏进医学科学研究院实验大楼时，立刻感到这里的气氛有些异常。

我推开院长的门，只见院长和刘医生以及几位专家正在议论着什么。院长的办公桌上摊放着一大堆材料，院长一边翻阅着那些材料，一边说：

“遗体的变化程度相当快，看来我们没有什么更好的办法了。”

刘医生也一脸愁容，他见我推门进来，说：“我们听听宇航员的意见吧！”

“怎么？发生了什么情况？”我不解地问。

张院长指了指左前方的沙发，示意我坐下，然后对我说：“你从太空运回的那具遗体正在发生变化，我们不得不停止对它的研究，想尽一切办法保护它，可是收效甚微。”张院长的话音低缓而又沉重。

“遗体到底发生了什么变化？”我问。

“它开始膨胀，颜色变蓝。这种变化是我们地球上的动物从来没有发生过的。”张院长说。

“现在我们已经把它放进低温、没有空气、没有光的、尽量模拟太空环境的一个特制的箱子里。可是它还在不停地变化。”刘医生说，“如果还想不出好办法来控制它的变化，恐怕就……”

“那么，我们是不是可以把它再送回太空呢？”我顺水推舟地说。

“这个办法我们也想到了。可是……”刘医生看了看院长，没有再说下去。

我理解院长此刻的心情。作为一位医学科学专家，张院长突破了许多医学上的难关，他在世界医学界都是很有名气的。这一次，他带领的专家小组，对那具遗体展开了大规模全方位的研究。一旦研究取得关键性的突破，那将在世界医学界引起轰动。不，何止是医学界，甚至会轰动整个地球。可是，现在研究无法再进行下去了，前阶段的研究成果也许会因为遗体发生的变化而付之东流。张院长能不心痛吗？他当然不希望就这样把遗体再送回太空去。

可是那具遗体在发生着可怕的变化。膨胀、变蓝，那只不过是外表的变化，或许遗体的内部正在发生着更大的变化。现在我才开始感到：让遗体回太空去是个好办法。看来詹姆斯的话是很有道理的。

我走到张院长的面前，鼓起了勇气，说："张院长，看起来我们只有把遗体再送回太空去，才能避免遗体继续变化。"

"这具遗体根本不适合地球的环境和气候。"刘医生像是在自言自语，又像是在对张院长说。

张院长沉默不语。

我从口袋里拿出了詹姆斯画的那张图，对张院长说："我这里有一幅图，请您看一看。"说着，我把图递给了张院长。

张院长看了看图，又看了看我，他的眼神似乎在问我：这张图是什么意思？

"这是一幅外星人送给地球人的图。"我很平静地说，"也许你们不相信我的话，但我作为一名宇航员，我应该告诉大家：外星人在寻找这具遗体。"

"什么，外星人在找遗体？"最感惊奇的是刘医生，"外星人怎么会知道遗体在地球上？"

"就是知道遗体在地球上，也不一定会知道就在我们医学科学研究院里。"有人附和说。

张院长从那把大转椅里站起身来，把图递给身边的另一位医生，然后转向我，说："我倒不关心外星人是怎样知道遗体在地球上，我最想知道达罗华光同志是怎么知道外星人在寻找这具遗体？"张院长的话语缓舒，但每个字都掷地有声，让人感到他的话中带着几分疑虑。

"这个问题用一两句话还无法说清楚。不过，张院长请您相信我，我不是信口开河的人，我尊重科学，搞医学研究是科学，我的宇航飞行也是科学。那张图就是一个科学的证据。"

我们正说着，突然间一位身穿白色工作服的医生，神色慌张地从门外进来。

“院长，那具遗体的变化越来越快，有些部位开始出现粉末状。”医生焦急地向院长报告。

院长对在座的人说：“走吧，我们一起去看一看遗体的情况。”

大家纷纷穿上白色工作服，奔向遗体停放室。我也跟着大家来到了这间明亮的房间。只见房间的中央有一个两米多长、一米多宽的大“箱子”，遗体就放在这里面。这个“箱子”是用一种特殊材料制成的，整个“箱子”呈圆筒状，“箱子”里的环境完全模拟太空的环境。要想看到里面的情况，必须通过“箱子”上的一个可以转动的观察镜来观察。观察镜是一种夜视系统，可以在十分黑暗的情况下，利用物体的极小温差来观察识别物体。

只见张院长第一个走到观察镜前，对着观察镜足足看了有5分钟。紧接着，刘医生和其他科研人员一个接一个轮流通过观察镜察看遗体的情况。

等大家都看完了，我走到张院长面前，小声地问：“我看一看可以吗？”

张院长点了点头。

我对着观察镜往里一看，天哪，这是我运回的那具遗体吗？只见它的肢体部分变成了一堆粉末，摊在那里，头部的顶端也开始变得模糊不清，这是变成粉末的前奏。

等我把眼睛从观察镜上移开的时候，院长已经带着大家出了房间的门。我赶忙走上去叫住了刘医生。

“刘医生，应该让院长快做决定，绝不能再这样拖下去了。”我十分焦急地对刘医生说。

刘医生拍了拍我的肩膀：“小伙子，你放心吧，张院长是一位卓越的科学家，他是很尊重科学的。我想他很快就会做出决定的。”

九、詹姆斯失踪

从医学科学院里出来，我直奔航天基地，我要做好起飞的一切准备。我相信，张院长会做出把遗体送回太空的决定。

我驾驶着汽车在高速公路上飞驰，公路上的车辆如梭。可是我总觉得自己的汽车速度还不够快，我加大了油门，速度表的指针指向230公里。我真希望我的汽车此刻能变成一架飞机，从公路上起飞，直飞航天基地。

突然，汽车里的电话响了起来，我把汽车的电脑自动驾驶系统打开，然后再拿起电话。只见电视电话的荧光屏上闪出了一位姑娘的倩影，她是碧姬小丝：

“达罗先生，你能不能马上来一下，我这里发生了一件奇怪的事情。”碧姬小丝露出一副迷惑不解的神色。

“发生了什么事？”我问。

“詹姆斯不见了！”

“他到哪里去了？”我急切地问。

“不知道。这里有他留给你的一张字条，你赶快来一下吧！”

糟糕！我放下电话，狠狠地拍了一下方向盘：真是越忙越乱。我把汽车开进了疏散道，然后在高速公路一侧的弯道上调转车头，从另一侧驶上了回城方向的高速公路。

我来到“环球饭店”的那间客房里，碧姬小丝把詹姆斯留下的字条递给我。

只见白纸条上用中文歪歪扭扭地写着几行字：

尽快送回遗体
不必再找我
有事我会与你联系

看着这几行字，真让人有点摸不着头脑。我问碧姬小丝：“詹姆斯到底上哪儿去了？他是怎么走的？”

碧姬小丝也如坠雾中：“我也不知道他上哪儿去了。我到厨房去煮了一点咖啡，等我转身回来的时候，他已经不见了，我只看见了这张字条。我到总服务台去打听，也找了大门的保安人员，都说没有见到他出去。”

“真奇怪！他来得这样突然，走得又如此迅速，真有点神秘莫测。”我说。

“会不会是外星人在帮助他？”碧姬小丝猜测说，“要不然他怎么会来无踪去无影呢？”

“你的猜测是很有道理的。”

碧姬小丝递给我一杯热气腾腾的咖啡：“喝一点吧，还很热乎呢。”

我接过她的咖啡，她又问：“医学科学研究院同意送回遗体吗？”

“他们正在研究。不过，我想他们会同意把遗体送回去的。”

“可是他们什么时候才能做出决定呢？”

“我想会很快的。”我嘴上这样说，可心里却一点儿底也没有。

我带着詹姆斯留下的那张字条，返回了航天基地。直觉告诉我：詹姆斯还会出现的，他与那具遗体有着千丝万缕的关系。

一天过去了，两天过去了，一点起飞的消息也没有。

第三天清晨，天刚蒙蒙亮，我就被一阵电话铃声叫醒了。

我抓起听筒：“我是达罗华光。”

“起飞的准备工作做得怎么样？”是局长的声音。

“都准备好了。什么时候起飞？”

“上午10点。7点半，你准时到指挥中心来领受任务，叫上你的助手金田山峰。”

放下电话，我立刻到隔壁的宿舍叫醒了金田山峰，然后开始洗漱、整理行装。

7点一刻，我和金田山峰就来到了航天基地指挥中心。我们在指挥中心右侧的会议室里刚刚坐定，医学科学研究院的张院长和刘医生就推门走了进来，他们是来送遗体的。

我站起身来与张院长和刘医生握了手，他们两人一言不发地坐进了沙发里。只见张院长一脸倦容，一坐进沙发，他便仰靠在沙发后背上，闭上双眼小憩。

我走到刘医生旁边坐下，悄声问他：“怎么这么久才做出送回遗体的决定？”

“其实早就决定了。”刘医生指了指闭目养神的张院长，“那天看到遗体发生了那么大的变化，他指示我立即给上面写报告，将遗体送回太空去。”

“可是已经过了三天啦？”

“上面迟迟不批呀！”

“为什么不批？”

“有的领导说，这项研究具有国际影响，不能半途而废。也有的领导说，既然遗体已经变成粉末了，也就没有必要再送回太空了。”

“最后总算是决定要送回去。”我庆幸地说。

“你可不知道，要是张院长不发火，现在恐怕还在研究研究呢！”

“遗体的情况怎么样了？”

“遗体的变化越来越快，拖了几天，遗体基本上都成了粉末状，只有腰部还有一小段部位是完整的。”

“我现在能去看一看吗？”

“不行了。观察镜已经拆下来了，那个‘箱子’正在往航天飞机上装。”

我走到会议室的落地窗前向外观察，只见安放遗体的“箱子”正缓缓地被吊车吊起来，然后缓缓地放进航天飞机的后舱中。

时钟指向7点30分，航天局长和航天基地指挥中心主任，行色匆匆地走进了会议室。

大家坐定之后，航天局长首先说：“这次航天飞行意义重大，我们代表整个人类向外星人归还遗体，达罗华光、金田山峰，你们两人的这次飞行具有划时代的意义，你们是人类的使者，第一次正式与外星人交往。”

听得出来，局长是在为我们鼓劲。可是我的情绪一点儿也没有被调动起来，我总觉得自己办了一件并不怎么让人振奋的事儿：我从太空运回来一具完整的遗体，运回去的却是一堆粉末。

也许我们飞行的意义是很重大的，但远不止局长说的这种程度的意义。

局长的开场白讲完之后，航天指挥中心主任开始向我们下达具体任务。我和金田山峰穿戴好宇航服，左手拿着宇航头盔，并排立正站在会议室前面，航天指挥中心主任向我们庄严地宣读任务书：中国宇航局命令——宇航员达罗华光、金田山峰于今日北京时间10时整起飞，将太空遗体送回太空。飞行轨道近地点××度，远地点××度。任务代号：太空葬礼行动。

航天指挥中心主任的声音，通过他面前的“麦克风”传到了中央人民广播电台，传遍了全世界。同时，中央电视台也通过卫星向世界转播这次飞行的实况。

当我和金田山峰走出会议室的时候，通往起降场的道路上不知什么时候冒出来一批新闻记者，有中国人也有外国人，他们有的举着照相机，有的肩扛摄像机，有的举着长长的“麦克风”。虽然他们被拦在警戒线的外面，可他们的提问却不时地传进我的耳朵：请问，你们什么时候返回地面？你们还有没有其他任务？……

我们俩只是笑笑而不作答。

十、太空遇飞碟

航天飞机腾驾着橘红色的烟云，从航天基地起飞了。

飞行十分顺利，航天飞机进入了预定轨道，金田山峰走下座椅，从座椅后侧的饮食柜中拿出来两听饮料，递给我一听。我接过饮料正要喝，忽然发现荧光屏上有一个亮点在闪动。

“你看，这是什么？”我指着荧光屏对金田山峰说。

“会不会是其他国家的航天器？”金田山峰猜测说。

“不会。我们的航行计划，起飞前就跟世界宇航组织通报过，我们航行的轨道上不应该有其他的航天器。”我说。

“快看，这里还有一个！”金田山峰在荧光屏上又发现了一个目标，“这里，这里还有！”

荧光屏上一连出现了三个目标，从航线上来判断：它们是冲着我们来的。

我放下手中的饮料，打开通信系统，立即向指挥中心报告：.

“太空葬礼行动报告：发现三个不明飞行物向我飞来，请……”我还没有说完，耳机中传来一阵尖鸣声，通信中断了。

“会不会是飞碟？”金田山峰说。

“很有可能。我继续和指挥中心联络，你注意飞行动态。”我一面观察着荧光屏，一面调整通信系统。

从荧光屏上看，那三个亮点有一个在我们的正后方，一个在左侧，一个在右侧，呈三角形包围着我们。

“那三个不明飞行物会不会向我们发起攻击？”金田山峰问我。看得出来他的心情有些紧张。其实，我的心情也并不平静，要知道，我们的航天飞机上没有任何自卫武器，因为地球上没有任何人愿意把太空辟为厮杀的战场，航天飞行都是出于和平的目的。再说，给航天飞机安装武器，必然要增加重量，这对航天飞行来说，无疑会加重负担。至今为止，人类还没有把战火烧到太空，难道今天我会遭到攻击吗？我在心里这样想，但嘴上却在安慰金田山峰：“我想，他们不应该对我们有什么不友好的举动。”

“假如他们对我们采取点什么行动，我们也无还手之力，听天由命吧！”金田山峰有些丧气地说。

“我们为什么总把飞碟人想象得那么坏，说不定人家是来帮助我们的呢！”我说。其实我的心里一点底也没有。人在没有底的时候，最容易产生害怕心理。

“我们还是从最坏处作打算吧。”金田山峰像是无可奈何，又像是自我解嘲，“看来，我们俩也要在这次‘太空葬礼行动’中被葬在太空喽。”

“即使像你说的这样也没有关系。说不定宇航局很快就会把我们俩的遗体运回去，张院长和刘医生他们会让我们起死回生的。”我开玩笑似地对他说。

几句玩笑话一说，金田山峰的紧张情绪缓解了不少，我也感到放松了许多。

突然，通信系统传出一个声音：

“达罗华光先生，我是詹姆斯。我在你正后方的飞碟中。”

是詹姆斯！我想起了纸条上那句话：我会与你联系。没想到他会在飞碟中与我通话。

“詹姆斯是谁？”金田山峰对詹姆斯的情况一点儿也不了解。

“他是一个美国人，是我的朋友。”我说。

“他怎么会在飞碟里？是被飞碟人抓进去的吗？”

“一两句话说不清楚，等返回地球后我再详细告诉你。”

我对着话筒说：“我是达罗华光，我们正把遗体送回太空。”

“达罗华光先生，请你保持好航向，听我的指挥。飞碟人来接回遗体，请你配合，请你务必配合！

“明白！”

“现在请你把舱门打开，用机械臂把装遗体的箱子搬到舱外。”

我按照詹姆斯的话，打开了舱门，把箱子吊出了舱外。这时，从荧光屏上看到，在航天飞机右侧飞行的那个飞碟飞快地靠近航天飞机，然后从飞碟上伸出一只网状的机械手臂，把装遗体的箱子接住，随后机械手臂迅速地收回到飞碟里。紧接着，飞碟飞快地离我们而去。在航天飞机左侧的那个飞碟，向左一个侧滑，也远离我们而去。只有后面的那个飞碟还与我们保持着同等速度。

“达罗华光先生，干得很漂亮！”扩音器里又传来詹姆斯的声音。

“詹姆斯，能否让我与飞碟人说几句话？”我说。

“这里根本就没有你说的那种飞碟人，飞碟里全是机器人。”

“那具遗体是外星人的遗体吗？”金田山峰插嘴问。

“不，那是外星球上一种动物的遗体。这个动物得了多种疾病，外星人给它更换了很多器官，但是最终还是没能挽救它的生命。为了进行科学研究，外星人把它放在了太空中。凑巧的是，被你们俩无意中运回了地球。”

“外星人正在进行一项‘能否在地球上生存’的试验，那具遗体正好可以充当试验品。”

“真见鬼，我们的地球本来就不大，外星人还要到地球上来生存！”金田山峰调皮地说。

“外星人的试验有了结果吗？”我问。

“有了。”

“是什么？”金田山峰睁大了眼睛问。

“结论是：地球不适合外星人长期生活。”

金田山峰长长地吁出了一口气：“这个结论还说得过去。”

“地球为什么不适合外星人呢？”我问。

“地球上的自然环境要比外星球好得多，可是地球上的人类太野蛮、太残忍、太不文明。”

“什么，我们残忍，我们不文明？！”金田山峰拍拍胸脯，“我们人类是最文明、最善良的！”

我朝金田山峰使了一个眼色，示意他不要再说。

“你是怎么知道这些情况的？”我问詹姆斯。

“这三个飞碟是外星人考察地球的科学考察飞船，飞碟里有一份完整的考察图像资料，这些图像资料是用外星人的眼睛观察地球、用外星人的大脑来理解地球的一个缩影。我是看了这些图像资料后得出的这个结论。”

“詹姆斯先生，你为什么要不辞而别，碧姬小丝还在替你担心呢！”

“我没有时间再回答你的问题了，机器人只给了我几分钟时间，飞碟马上要脱离这个轨道。”詹姆斯的话音刚落，飞碟便改变了航向，“请你记住：我会与你联系的。”尽管他的话音变得很小，但每个字我都听得十分真切。

飞碟飞走之后，航天飞机的通信系统又恢复了与地面的联系，我立即向指挥中心报告：任务已完成，请求返航。

十一、不是尾声

航天飞机顺利地返回了航天基地。航天局局长在基地迎接我们，他对我说：“你们两人好好休息一下，然后把这两次太空航行的情况作一个回顾，过两天把情况向有关人员作一个详细汇报。”

以往从太空返航之后，我倒头便睡，有一次我竟一觉睡了18个小时。可是今天我躺在床上却怎么也睡不着，大脑里出现了一个又一个不解之谜。就拿詹姆斯来说，他的身上就有许多解不开的谜：他和外星人到底是一种什么关系？他见过外星人吗？他还会不会回到地球上来？他是怎么离开“环球饭店”的？他又是怎么到飞碟里去的……

这些问题在脑海里反复出现，怎么赶也赶不走。我索性翻身下床，坐在写字台前，拿出笔墨纸张，按照局长的要求把这两次太空航行的情况详细地写出来，就从航天飞机上的遗体写起。

因为都是亲身经历，所以写起来十分顺手，一气呵成，不到半天时间，我就将两次飞行的情况写了出来。我将写好的稿子放在电脑的识读器上，几秒钟就存进了电脑的软盘中，这比用手敲键盘可快多了。

写完稿子，我美美地睡了一觉。

几天之后，航天局举行了一个新闻发布会，在会上我详细介绍了我们如何运回了那具遗体以及太空葬礼行动的情况。奇怪的是参加新闻发布会的许多报刊记者都不相信我讲的情况是真的。有的报纸只发了200多字的消息，有一家报纸只刊登了一句话：据宇航员达罗华光介绍，他在最近的一次航天飞行中，遭遇了三只飞碟，他未受任何伤害，顺利返航。

我根本不在乎新闻界是怎么看待这件事，但我相信飞碟的存在，也相信外星人的存在，而且凭直觉，我知道这件事并没有完结。

果然，就在新闻发布会之后的第三天，我收到了一个包裹，打开一看，是詹姆斯寄来的两盘录像带，还附了一封短信：

> 这是我在飞碟中录下的两盘极为珍贵的资料，飞碟里的一切情况都真实地记录下来了，请你尽快转给美国空军档案馆。我一切都还好，详情再告。
>
> 詹姆斯

这真让我惊喜。我立即查看包裹，可是包裹上并没有写寄件人的地址。詹姆斯现在在哪里呢？

我正琢磨着，突然电话铃响了起来，我抓起电话。电视电话的荧光屏上出现了一个清癯的面孔，是老余，他是一家科普杂志的主编，是我的老朋友。

“真遗憾，那个新闻发布会我未能参加。”他说，“你能不能把你的发言稿立即给我传一份过来？”

“余主编，你感兴趣吗？新闻界的反应可是很冷淡呀！”

“我听了你的录音，你讲得很好，略加整理就是一篇很好的文章。”

“可是，文章会很长。”

“没关系，我们可以连载，下期就开始上，发急稿。”余主编的语气十分肯定。

“余主编，我这里还有两盘录像带，里面可能还会有新的情况，等我看完之后，把录像带里的内容也补充进去，然后再给你稿子。”

“不。我们先发你的稿子，录像带里的内容你把它整理出来，我们可以发‘续篇’。”余主编的话语十分坚定，不容我再犹豫。

“为了避免个别人找麻烦，我准备在你文章的标题下加上六个字：科学幻想小说。这一点请你能够理解。”余主编又补充说。

我当然理解，当然能够理解。余主编常跟我说：科学幻想是科学的小兄弟，科学幻想可能会很幼稚，一旦它成熟起来、成长起来，它就会变成科学的小伙子。今天的科学幻想也许就是明天的科学。

我接通写字台上的传真机，把稿子一页一页传给了余主编。然后我打开电视机，把詹姆斯寄给我的录像带放进录像机里，电视屏幕上立刻出现了一个飞碟……”

“铃！……”我正聚精会神地盯着屏幕，突然电话铃响了起来，我抓起电话，还没来得及讲话，又有人在敲我的房门：砰！砰！砰！

我对着话筒说：“对不起，请你稍等一下，我去开房门。”

……

——原刊于《我们爱科学》1995 年第 1—12 期

对宇宙文明和谐的呼唤与期盼

——焦国力与《太空葬礼》

◎ 李英

焦国力是一位空军大校，多年来致力于科普和科幻创作，在军事科幻方面颇有建树，其代表作《太空葬礼》以外星智慧生命为主题，表达了对生态文明的关注和对宇宙整体命运的关怀。

焦国力是中国科普作协的资深作家，在科普与科幻创作领域，都取得了不俗的成绩。焦国力（曾用笔名：国力、达砾、尚西奥、利珊、郭里），祖籍山东，1950 年 4 月出生于一个军人家庭，18 岁加入空军，从此与蓝天结缘，1980 年毕业于空军第一航空机务学校（即现在的空军第一航空学院）。“文革”之后，中国掀起了学知识、爱科学的热潮，各种科学杂志如雨后春笋般涌现，年轻的焦国力受到了感染，开始对科学幻想萌生兴趣。1981 年，他的科幻小说处女作《飞出太阳系之前》在《科学与人》杂志第 1 期发表，从此开始在科幻界崭露头角，有多篇科幻小说散见于各个报纸刊物，如《紧急起飞》（《科学天地》1981 年第 5 期）《幻影商店》（《科学与人》1981 年第 4 期）等。1989 年 9 月，中国广播电视出版社出版了焦国力的《蓝魂在行动——悬念小说集》，收录了他的一系列早期科幻作品，包括《奇谍圣婴》《幻影商店》《蓝魂在行动》《不称职的机器人》《父亲和他的独生儿子》等；同年 10 月，

焦国力

其作品《待遇》获得了“一分钟科幻小说”征文二等奖，该奖由北京市科学技术协会、《北京晚报》、北京市京顺汽车修理厂三家单位联合组织。1997年，焦国力相继出版了《太空葬礼》《绿林城堡的女主人》和《太空疑案》3部科幻小说集，《太空葬礼》收录了《太空葬礼》《无名石传奇》和《隐身行动》3个中篇科幻小说，《太空疑案》精选了9篇科幻小说，《绿林城堡的女主人》则是17个科幻中短篇小说的合集。

焦国力的科幻创作集中于20世纪80年代，对科幻小说的执著和痴迷使他在紧张的军营生活间隙一直保持着旺盛的创作热情。然而，正当他摩拳擦掌，准备在科幻领域大干一番之时，遭遇了中国科幻小说的低潮期，科幻小说被视为“精神污染”，受到贬低和压制，丧失了自己的发表阵地。焦国力无奈之余，转而从事科普创作，开辟了一片新天地。如今在科普界，“焦国力”已是一个耳熟能详的名字，他先后主编和出版了50余部科普著作，主要集中在航空、军事和国防等领域。焦国力的科普作品深入浅出，老少皆宜。他的“图说经典兵器丛书”以图文并茂的形式介绍了各种名枪、军舰和坦克装甲；“上校带你看世界”系列，以鲜活幽默的语言向少年儿童讲述了新型战争武器、高科技战机、空袭战以及特种部队的营救作战；少儿科普著作《上帝不曾给人翅膀》曾荣获第八届“金钥匙”奖和1995年上海市中小学生优秀课外读物一等奖。

焦国力还是中央电视台和中央国际广播电视台的特约军事专家，曾受邀在国防军事频道的《专家在线》、CCTV-7的《军事新观察》以及中国国际广播电台的《环球资讯》等栏目中对时事、新闻和军事进行评点。由于多年来活跃在国防军事科普领域并且成绩斐然，1998年，焦国力被北京市科协、北京科普作协通报表彰，2000年被中国科普作协评为“成绩突出的国防科普作家”，2007年被中国科普作协评为“有突出贡献的科普作家”。

多年来，焦国力一直孜孜不倦地致力于科普工作。作为科普作家协会的常任理事，他还参加了中科院老科学家科普报告团，深入学校、书店、少年宫、图书馆等基层单位进行科普宣传，普及军事科技知识。用他自己的话说，是希望“科学之光照亮大众，而非小众”。

《太空葬礼》是焦国力最具代表性的一部科幻小说，曾经在1995年的《我们爱科学》杂志上连载12期。《我们爱科学》创刊于1960年，是我国创刊最早的少儿科普刊物，在科普界享有盛名。《太空葬礼》一经发表，即在少儿读者群中引起极大反响。小说的时间设定在2066年，宇航员达罗华光接到指示，前往太空基地接回2005年寄放在那里的爷爷的遗体，却阴差阳错地接回了一具疑为外星人的神秘遗体。这具遗体引起了国内外科学家的广泛兴趣，美国空军档案馆馆长詹姆斯上校专程赶来，他奇异诡秘的举动引起了达罗华光的怀疑。原来，詹姆斯上校曾经多次接触外星智慧生命，并受外星人之托，想使遗体重新回到外太空。最后，经过詹姆斯上校和达罗华光的努力，这具外星遗体终于得以重回太空。

《太空葬礼》的题材是外星智慧生命，这种题材并不罕见，但在焦国力的作品中更为集中，他的绝大部分科幻小说都与UFO和外星人有关，这是他最为熟悉和最感兴趣的领域。这种对题材的选择无疑和他在空军服役几十年的经历有关。在一次采访中，焦国力坦承，自己完全相信外星球有高智能的生命存在，即便他们可能并非以人类的形式存在。焦国力还相信，这些外星智慧生命有朝一日一定会来到地球，人类应该以一种友好的方式与他们进行沟通。[①] 这种笃信使他的科幻小说具有强烈的真实感。

《太空葬礼》涉及一个看似古老、其实却很前沿的问题：人类如何看待和面对未知的外星智慧生命？事实上，各种流派的生态主义者在呼吁破除人类中心主义的问题上，一直将目光停留在地球的各种生命之间相互平等的共生关系上，对整个宇宙的生态伦理所进行的探究则少之又少。这是因为，大部分人相信外星生命的存在，却不愿意相信人类有朝一日会与这些神秘的客人面对面，因而觉得对于宇宙伦理的思考似乎并没有多少意义。然而，人类

① 阳飞．向外星智慧致敬——专访焦国力［J］．飞碟探索，2006（6）．

对宇宙和外星球的探索应该达到什么程度？宇宙间的不同生命和文明是否应该具有同等的地位？整个宇宙是否应该被视为一个动态共同体？随着人类科技（或者外星科技）的不断发展，这些问题或许都会需要一个答案。从这一角度来看，《太空葬礼》将外星人的遗体运回太空安葬的情节，无疑具有一定的前瞻性。这在焦国力的其他小说中也有体现，他在讲述战争和太空探险的同时，总是不忘记将战争对地球和宇宙环境的破坏结合起来，表达了对人类和地球乃至宇宙整体命运的关怀。

《太空葬礼》中的外星人尽管有着比地球人更先进的文化和武器，却并不希望和人类发生冲突，这一点与郑文光《地球的镜像》中的外星人颇为相似。在《地球的镜像》中，乌伊齐德①星球上的外星人很早就掌握了激光全息摄影技术和在空间远距离传输信息的方法，因而能够洞察地球上的一切。在他们眼里，地球人是一些野蛮人，即便是以礼仪之邦自许的中国，也不乏战争、杀戮、愚昧、贫穷……当他们预知地球宇航员即将到来的时候，宁愿放弃自己的星球，带着家人、动物，去了人类到达不了的角落。在这里，外星人是现代的"诺亚"，而人类则成了"洪水猛兽"。如果说《地球的镜像》是用幽默和反讽的方式对人类的本性进行拷问，那么,《太空葬礼》则是以一种较为温和的方式表达了这一主题，二者殊途同归。在《太空葬礼》中，人类无意中得到"外星人"的遗体之后，出于好奇和研究的目的，将其留在地球上，结果导致遗体部分损坏，最后遗体被送回太空，实际上代表了人类对自身不正当行为的反思。这种反思在中国此后的科幻创作中不断闪现，成为一个经久不衰的主题。

《太空葬礼》的结尾戛然而止，似有情节断裂之嫌，但同时也制造了很多悬念，比如爷爷的去向、录像带的内容以及最后响起的敲门声。事实上，这部小说也确实没有结尾，它在《我们爱科学》连载 12 期之后，读者反应热烈，作者本拟继续创作下去，然而，由于种种原因,《我们爱科学》杂志社几经变迁和调整，小说便没有继续。但是，就其所表达的主题来看，已经非常

① 把乌伊齐德（Uiqid）这几个字母倒过来拼，就是地球（Diqiu），意思就是：地球的镜像，暗指这个星球的环境与地球极为相似。

明晰，正如维纳斯断臂，缺憾也是一种美。换一种方式来看，没有结尾的结尾恰恰也是一种结尾，一种开放式和启发式的结尾，当读者不知不觉按照自己的想象继续创作下去，这部小说也就完成了它的使命。

美国著名科幻小说家弗雷德里克·布朗（Fredric Brown，1906—1972）曾经写过一篇最短的科幻小说："地球上最后一个人独自坐在房间里，这时，忽然响起了敲门声……"虽然只有短短一句，但其中蕴涵的悖论、悬念以及丰富的想象空间却使之成为经典。《太空葬礼》最后的敲门声无疑是对它的一种致敬。

作为一部少儿科幻作品，《太空葬礼》的语言平实生动，适合少年儿童阅读。由于是在刊物上连载，因而在每期结尾，焦国力都巧妙地设置一些悬念，使读者怀有强烈的阅读期待，欲罢不能，这也是这部作品深受欢迎的原因之一。

焦国力是军旅科幻作家的代表。军事题材是很多国际科幻大片经常涉及的领域，中国的科幻读者中也有大量的军事迷，但军旅作家中从事相关创作者却凤毛麟角，影响比较大的仅有朱苏进和乔良。朱苏进曾在 1992 年发表了《四千年前的闪击》和《祭奠星座》两部科幻小说，乔良则在 1994 年发表了《末日之门》，不过，这两位都是主流文学作家，对于科幻小说创作只是偶一为之。焦国力则一直坚持创作，并将自己四十年军旅生涯的诸多体验，巧妙融入科幻创作之中，比如《"野人"迷踪》中战士跳伞的情节就来自焦国力本人的经历，《隐身行动》《空中侦察记》等作品则显示出焦国力在军事和航空领域具有丰富的专业知识。

近年来，焦国力的创作重心逐渐转移到了科普领域，科幻作品渐少，但他对科幻小说仍一如既往地保持着高度关注，因为他相信，好奇心和想象力使人年轻，而科幻小说恰恰离不开这两点。因此，年逾花甲的焦国力还会继续创作科幻，使自己永葆一颗赤子之心。

远古的星辰

◎ 苏学军

十七年春，与秦战丹阳，秦大败我军，斩甲士八万……遂取汉中之郡。楚怀王大怒，乃悉国兵复袭秦。战于蓝田，大败秦军。

——《史记·楚世家》

上　篇

一

借着夜色，我悄然离开楚军大营，迎着天际的北斗星挥鞭而去。

漆黑中，冰冷的夜风扑面吹来，从中竟可嗅出隐隐的血腥味。楚军第二次伐秦以来，大军一路杀入秦境，双方战斗愈演愈烈，死伤士卒不计其数，就在这片旷野中便不知遗弃着多少具尸体。

我扭头回望楚营，无数堆篝火在黑暗中忽明忽暗，一直蔓延至天边与浩瀚的星空相接。十五万楚国的精锐士兵驻扎在那里，他们不远万里而来，是为了报丹阳之仇。

丹阳，秦楚两国第一次战争的决战地点。那一役中，楚国战败，八万名楚军被俘，秦军竟将其全部斩首。消息传出，楚国举国震惊。那些日子里，楚人几乎个个挂孝，哭声撼动楚国全境。

当时，我和老师正远在燕国云游。最初得到的消息很笼统，只是传闻楚国和秦国打仗，楚国打败了，死了很多人。这一年已经是我被楚王通缉，被迫在列国流浪的第七年。虽然楚国抛弃了我，但那毕竟是我的故国，我对她的思念早已无法抑制，此刻又平添了万分的忧虑。甘德老师亦是如此。

我俩决定立刻动身回国。老师正在患病，我劝他病愈再起程，可他不听。

我们日夜兼程往回赶，老师的病也日益加重。他整天咳嗽不停，身体羸弱得不成样子。车子行至齐国都城临淄时，我们得知了确切消息：丹阳之战，楚军有八万人被斩。听到噩耗，老师开始大口吐血，当天夜里便不行了。临死前，他挣扎着坐起来，面向着楚国的方向。我知道，他的心已飞到了千里万里外的故国故土。

我独自回到了楚国，遵照先师的遗嘱，将其骨灰安葬在他的家乡。我去时，那个村落已不复存在，听说村里的男人大部分战死了，剩下的都扶老携幼逃难去了。

之后，我隐姓埋名回到了阔别已久的故乡铁宁。铁宁深在楚国腹地，又是全楚国最重要的金属铸造地，故而没有受到战争的影响，依旧保持着往日的繁华。但战争带给人们的恐惧是深远的，只要一提起丹阳，大家立刻变得大惊失色。

回来没多久，便逢楚王第二次征兵伐秦，铁宁所有十二岁至六十岁的男子都要入伍。尽管我和楚王势不两立，但我毕竟属于楚国，属于这个战乱的年代，我不可能坐视楚人的血淌成河，而去埋头搞什么研究了。我从军并非是认为打仗可以解决问题，可这一次除了为楚国而战，我已别无选择。

因我的博学，大家推举我为首领，和上将军派来的两个贵族军官一同指挥四千铁宁子弟组成的铁宁营。

大军初入秦国边境，只碰到微弱的抵抗，全军上下都很乐观。但我到过秦国，那里有和楚国一样朴实的民众和肥沃的土地，但他们的政治比起楚国的贵族专权却要开明得多，以后的局面将是异常严峻的。

果然，在蓝田我们遇到严阵以待的秦国大军。两军交锋，十数万士兵在蓝田城下的平原中厮杀；息战时，双方的士兵各自潮水般退去，裸露的原野上覆盖着一层血淋淋的尸体。

双方持续厮杀了四天，尽管损失惨重，但都苦苦撑着。这个时候，谁也不可能后退，秦军的背后就是秦国的都城咸阳了，而如果楚军撤退，则秦军乘机追杀，无疑会导致第二个丹阳惨败。

为了迷惑秦军，大营仍保持着最初的庞大规模，但很多的营帐已空无一人。因铁宁营的士卒大都出自金属铸造世家，故整个营一直在承担整修兵器的任务，未投入战斗。但昨晚，我们接到翌日出战的命令。也恰恰在昨晚，传来消息说秦国三万援军自咸阳赶来，同蓝田城内的秦军会合了，而我们的援军还远在数百里之外呢。

望着士卒们一张张稚嫩的脸庞，我脑海里浮现的竟是大军路经丹阳的情景。那时，为了将丹阳之役遇难将士的遗骨运回楚国安葬，我们找到了秦军的埋尸地点。在那块平原上，只要铲去浮地，就会露出成片的无头尸体，向下掘五次也见不到土壤，仿佛整个大地都是用楚军的尸骨垒成的。也许明天，这些无数个父母日夜祈望着的孩子就会变成一具具尸体而被丢弃在荒野中腐烂，我的心充满恐惧。

但我并没有想到，第二天竟出了意料之外的事情。

二

星光下，我凭着记忆摸索前进，翻过一道土岗，前面就是白天两军交战的地点了，我的心变得异常紧张。不知不觉，我想起了白天的事情。

战斗是从清晨开始的，程度并没有想象中的残酷，我们甚至占据了优势，虽未将秦军打败，但他们的损失要较我们为重。

战至正午，按例两军应各自收兵回去吃饭，可秦军毫无撤兵的迹象，反而投入了大批生力军，我们只得继续迎战。由于早已筋疲力尽，没多久便已顶不住蜂拥而来的数倍于我的秦军，于是一路且战且退，渐渐向五里外的楚军大营靠拢。可怕的是，两队秦军骑兵自侧翼快速插上，切断了我们的退路。

形势急转直下，我们被包围了，像鱼一样被放在刀俎上了。这一天，成了我今生最漫长的一天，每一秒钟都要用不知多少士兵的血来换取。我们拼死抵挡着，四面八方全是秦军，仿佛永远也杀不完。许多楚兵已经累得挥不动枪戈了，只是徒然地龟缩在盾牌后面，一个人硬挡着秦军十数个人的乱砍。

我领着身边的一小队士兵左冲右突也杀不出去。一名秦军军官持戈朝我冲来，我一箭将其射下战车，但招来的是一阵雨点般的箭矢，我左右立时有二十余人中箭倒下。乱军中，我耳旁是喊杀声和哀鸣声混成的巨响；而布满血丝的眼中，到处是人，分不清敌友；到处是血，是死尸……我以剑拄地，不禁仰天长叹："丹阳，又一个丹阳！"

恰在此时，我听见头顶上传来一阵撕裂空气的轰鸣声。

正值黄昏，落日飘浮在晚霞中，像是沐浴在迷蒙的血海里。辽阔的大地上，数万名士兵拥挤在一起，疯狂地厮杀着。掀起的烟尘遮天蔽日，不时有利刃的寒光闪烁其中，人死前撕心裂肺的惨叫噩梦般笼罩着平原。

一颗比太阳略小的巨大火球自东南方向瞬间飞临战场上空，火焰消散，其核心是一个青蓝色的纺锤状的物体。它体积极其庞大，仿佛一座飞来的山峰，低低地悬停在战场上空，泛着幽蓝的光芒。

两国士兵都不觉停止了搏斗，他们甚至肩并肩惊愕地望着头顶上几乎遮盖了整个天空的物体。不知是谁第一个跪下的，接着成片的士兵纷纷跪倒，恐惧万分地祈祷着。他们认为是残忍的杀戮激怒了神。

我站立在一望无际的跪倒的士兵当中，仔细观察着那物体。它不是我熟知的任何星体，没有什么星体能够欲停则停，但我断定这绝不是什么神，难道竟是……

突然间，那物体中部蹿出一道火焰，接着它一歪，坠落下来，斜戳在地，至少有一百名士兵被砸死。一股高温热浪从中喷出，靠近的人即刻烧成灰烬。

两国军队四散而逃。

众人奔回楚营。上将军闻讯也大骇，急令全军拔营后撤，一路退了二十里才歇脚。据报，当晚秦军也将驻扎在蓝田城外的两万人马撤回城中。

此时，我单人独骑又回到这里，冥冥中我仿佛感觉到，也许我一生中所寻觅的正是那神秘物体。虽然白天我们侥幸逃脱了死亡，但此时的楚军粮草将尽，后无援兵，士卒怨声载道，虽貌似强大，实则已不堪一击，而那物体既然已经救了我们一次，那么它会不会再施仁慈呢？

黑暗从四面八方向我逼来，周围一片死寂，只偶尔响起不知什么动物的叫声。那物体就在前方不远处显示露出巨大的轮廓，它倾斜地立着，像一块倚天的山崖挡住了半个夜空。我慢慢向它靠近，被它的阴影所吞没。

它就在我伸手可及的地方了，我用剑柄轻轻触击它，传来金属所特有的回音，它是金属的！再用手小心抚摸它，那感觉像抚摸过一面巨大的铜镜，它通体光滑平整，毫无凹痕，绝不是天然陨铁。我的心随之一抖。铸过十几年剑的我早就猜想，祖先们用无数个岁月才发现了金属，如今我们利用它制出了多少种器皿工具；而之后的无数个岁月，我们的后代也将用金属制造出我们无法想象的东西。而它，这个不属于我们时代的金属物体又来自何处呢？

我沿着它的底部走，它毫无动静地矗立着，像一块无生命的岩石。很难想象它曾经浑身流溢着奇幻的光芒，不可思议地悬停在半空。在它撞击地面的部位有一个不规则的大洞，一股淡淡的青烟从中飘出，空气中可以嗅出什么东西烧糊了的味道。

正在这时，一道耀眼的绿色光束突然毫无征兆地从神秘物体的顶部射出，直入夜空，接着光束又移下来对准了我。

我惊愕中看到那光束里显出一个人形轮廓。

三

也许我不是为这个时代而诞生的。

我的出生和父亲的死是在同一年，母亲和村里人对父亲的事一直闭口不提。因此，很长一段时间里，我并不知道，我的身上凝聚着父辈们一生的夙愿与仇恨。很小的时候，我就开始跟母亲一起铸剑。记得我常守在灼热的熔炉旁冥思，半天一动不动。在想什么自己都不知道，只感觉自己已熔化成火红的铜水，流入“范”（模子）中凝成绝世无双、锋利无比的剑。这种神奇的变化磁石般吸引着我，令年少的我流连忘返。

十二岁时，我独自铸成了第一柄青铜剑。以后的九年间，我铸了数不清的剑，但没有一柄留存下来。因为每次母亲都用她的剑与其相格，于是我的剑便断为两截，被重新扔回熔炉。多年后我才晓得母亲的用心良苦，但当时我却愤愤不平，发誓一定要铸出全楚国最好的剑。

我生活的这个年代正处于青铜器铸造与使用的鼎盛时期。铁宁冶炼场的规模已达方圆二十余里，矿井纵横交错，有的已深入地下二十余丈。铸造技术也发展得炉火纯青，小到可以铸造精细器皿的失蜡法，大可至铸造超大型物件的叠铸法。采矿、冶炼、铸造这一整套工艺的极度成熟已使青铜器的优点尽量发挥，然而青铜本身所固有的缺点也暴露无遗，于是一些有远见的工匠便把目光投向了铁。随着年龄的增长，我铸的剑在折断的同时已能将母亲的剑磕去缺口了。但我清楚，用老办法我永远也超不过母亲。认识到这点后的三年中，我没有铸出一柄剑。我也看到了铁。铁的应用商、周时已有，那时的铁源自陨星坠地的陨铁，其卓越性能远胜于青铜，但其极高的熔点使铁的冶炼极为困难。铁宁只有极少的工匠在一点点摸索，我也加入了这个行列。三年里，我四处走访各地的能工巧匠，向他们请教经验，并埋头钻研新的炼铁术，为了一个小小的配方我常数日不眠，最后，我改造了熔炉，发明了鼓风用的风箱，并精选了煤炭作为炼铁燃料。我没料到，我的方法将在以后的两千年中为无数个工匠所效仿。

第四年，我铸出了“临风”。铸剑的那些日子，铁宁仿佛成了太阳栖息的地方，炉火不分昼夜地将村子笼罩在一片火光之中，数里外就能看见升起的浓烟和火焰。熔炉旁聚满了围观的人，村里最好的铸造师傅都来了。他们说从未见过如此宏大神奇的景象，他们感到天地间的轮回都受到了这炉火的扰动。

数月的时间，铁水终于如神的血液般淌出熔炉。接下来的是一次次退火锻打，震耳欲聋的锤声一直彻响了一百二十天。由于过度劳累，我仿佛患了一场大病，面色蜡黄，形容枯槁。随着剑成日期的临近，我的身体也日益衰弱。我是在用生命铸这柄剑啊！剑铸成的那个黎明，我捧剑面朝东方，“临风”在晨曦中熠熠发光。它躺在我手中仿佛刚刚降生的大地之子，我能感觉到它的心跳、它的躁动……

远方，旭日冉冉升起，人类的铁器时代已经来临！

母亲的表情有点怪，她进屋去，好久才捧出一柄古旧的剑来。它通体乌黑，看去毫不锋利。母亲握着它与其他剑相碰，那些剑断发一样毫无声息地折落。

“你的剑有它锋利吗？”母亲举起剑。

我毫不犹豫地握剑迎了上去。剑光闪动，我挥剑的手并未感到丝毫阻力，但母亲的手中仅剩下了半截断剑。母亲的脸霎时变得惨白，她接过我的剑来看，修长的剑身毫发无损，锋利如初。她的泪水夺眶而出。

“夫啊！你的儿子可以给你报仇了！”她仰天喊道。

母亲红肿着双眼告诉我，父亲曾是专门为楚王铸剑的工匠。一天，楚王派人送来两块天上飞来的陨铁。父亲看出这铁是稀世的珍宝，他花费了三年的时间，终于炼成了两把绝世的宝剑。这剑一雌一雄，合在一起时，便像有生命一样颤抖不止，可以自动飞刺数米外的对手。父亲深知楚王的心胸狭隘，他若拥有这两柄剑，便不会容许父亲活下来再为别人造类似的剑，于是父亲决定只携带雄剑去见楚王。他临走时告诉母亲：“我把雌剑留下来，如果我被楚王杀了，就让儿子为我报仇，但一定要等到他铸的剑超过我之后。”父亲一去就再没回来。

“你造出了楚国最好的剑，现在你就拿着它去杀你的杀父仇人——楚王。”母亲低低的声音充满了仇恨。

我带着剑来到楚国都城郢。我杀死楚王替父报仇的信念曾坚定不移，但当我夹杂在人群中，看着出巡的楚王在众臣簇拥下从眼前走过时，我的手却怎么也不能拔出剑来。我茫然躲入林中，放声大哭。父亲的含冤而死，母亲的殷切期望，我知道楚王该死，我也并不怕死，但我为什么不能……

究竟是什么在阻挡着我？

“借剑一观，可否？”

我闻声抬起头，一个黑衣人不知何时站立在面前。我将剑递给他，他捧起剑。密林中异常昏暗，“临风”却辉映起叶隙中透过的阳光，在黑衣人的手中像是一道幽蓝的光。

“确是楚国最好的剑！”他赞叹，忽又严肃地望着我道，“有这么好的剑，你还在这里犹豫什么？”

我哑口无言。

他大笑。笑罢，他神秘地说道：“你是铸剑人，却非用剑人！”我的心一颤。“我借剑时，假如你是个用剑人，你是绝不会让陌生人碰到你的剑的，除非你已经死了。可你却未加迟疑地递给我。为什么？因为你从未把它当作杀人的武器。在你眼里，这剑仅是你心血和才智的结晶。你高兴别人去欣赏它，赞美它。”

我默默地点点头。

他又大笑：“也许我还算是个用剑人，我替你去报仇罢。”他的身影随同笑声一起消失在林中。

第二天，传言楚王遇刺受了伤，一个相国也被刺死了，现正在缉拿刺客。我自愧无颜再见母亲，便只身逃出楚国。

在齐国流浪了半年后，我来到了秦国。在那里遇到了我以后的老师——甘德。自此，我开始跟从他学习星相和历法，并随他周游列国。

……

四

他缓缓朝我走来，身体被一团绿色的荧光围绕着，透着说不出的神秘和圣洁。

我静静地望着他，毫不慌张，不知他是谁，也不知他来自何方，但我竟莫名地有一种迎接老朋友的感觉。

距我五步远的地方，他停下来。他浑身裹着一层荧绿的鳞甲，不知是皮肤还是衣服。看不见眼睛，但我能感觉到他在注视着我。一柄剑持在他的左手，那剑不是金属的，仅是一道犀利的、紫色的光束。

“能看看你的剑吗？”我的第一句，也是至关重要的一句话。

他低头看了看手中的剑，紫光消失了，仅剩下一截冰一样透明的剑柄。他一步步走近我，直到我们已能感觉得到双方的气息。他举起剑柄，假如这时那道紫光重现，我会被立刻洞穿。他犹豫一下，把剑柄放到我手上。

我握住剑柄，淡淡的紫光从中探出，随着我用力，紫光就越来越犀利。我仔细观察着它，却无法洞悉其中的奥秘。我把剑递还给他。

“是柄好剑。”我赞叹道。

“你的剑……也很好。”他说话了，用词生硬，但却是我的语言！

“你……从哪里来？”我问。

他抬手指向遥远的夜空。

“乘着它……飞来的？”我问。

他点头。

我仰起头，目光承托起这广袤无垠的宇宙，满天的星光朦胧而生动，在我的幻想所能抵达的极限，无数个奇异的世界正潮水般向我涌来。

下 篇

一

我也不知道我在哪儿。

绵延数百公里浩荡辉煌的城市灯火，各式各样漫天乱飞的航天器，掠过的飞船，交错的炫目的死光，比太阳亮数万倍的爆炸。燃烧的行星基地如今都消失无踪，取而代之的是这静悄悄的原始星球，仿佛一切都从未发生过。

我被这突如其来的变化弄晕了，望着舷窗外一派原始但生机勃勃的平原。缀满繁星的天空在其后展露出更深远的宇宙，我从那里来，曾在那里任意驰骋，现在它却显得遥不可及。

飞船主控电脑显示飞船损坏情况：四台发动机中的两台彻底毁坏，飞船部分蒙皮破裂，指令舱和生活舱失去密封。孤立无援的情况下，我根本不可能修复飞船。

太阳系不存在这种充满生命的未开垦的美丽行星。我到底在哪儿？银河计时基准竟倒退了二十一个漂移点，又一个不可能，我一怒之下险些将其砸了。直到面对着眼前这个原始人，我终于意识到自己跨越的是时间而不是空间，我似乎已经回到了两万一千年前的“古火星”。

坦白地说，我一时不知所措，而这个人的镇定自若又让我吃了一惊。他独自驻足于夜雾中，仿佛一个事先派遣的导航员，来引导飞船降落。他身着简便的服装，腰佩金属剑，左手牵着驯化的坐骑。这就是我的祖先，整个火星人类的祖先。火星人的起源之谜已经困扰火星世界整整两千年了，我们仿佛是在两千年前的一天突然降临到了火星上，从而开始了高度发达的文明生活。对此之前的事，我们的大脑一片空白，考古学家们在火星表面找不到丝毫祖先的进化遗迹。

我抬起头，群星在宇宙深处明明灭灭，仿佛女孩含情脉脉的眼睛温柔地俯瞰着我。又一个巨大的、朦胧银白的星体映入视野，当认出那是月球的一刹那，我灾难般地意识到，我置身的星球是地球而非火星！我的头随之炸裂般地轰鸣着，胸部伤口一阵剧痛，喉咙腥甜，一口血喷到面罩上，星空立时变得血色模糊。该死的月球仍挡在地球前面。它的四分之一连同上面的超级防御基地早已不翼而飞，但满布月表的火力点仍疯狂地喷吐着死光，地球人几个世纪的苦心经营已把月球构筑成一个空前庞大的战斗堡垒。火星进攻舰队飞蛾扑火般冒着密集的炮火前进，不时有飞船被击中凌空爆炸，有的船长驾着起火的飞船突破月球火网与上面的基地同归于尽。这是生或死的最后一次战斗，整个宇宙都沸腾了。

在地球的另一面却异常寂静，我的战舰装扮成地球人的货运飞船，正悄然靠近地球。飞船将在四十九小时左右进入地球大气层，届时飞船上满载的核弹将准时引爆，其威力可使地球毁灭一千次。

一枚巨大的黑色纺锤体像气球一样自地球方向的宇宙阴暗处浮出，在距我不远的地方，它迅速扩大，形成一个微型黑洞。

地球人近来扬言已研制成一种可吞没星球的所谓“地狱窗口”的星际武器，看来并非恫吓。

飞船被一股巨大引力拉向无底的深渊，黑色填满了我惊恐的视野。

天和地在旋转，我感到身体和信念都在崩溃。昏倒前的一瞬，我猛然想起，满船的核弹将在四十九小时之后爆炸，其引爆定时程序不可逆，那么这两万一千年前的地球将被摧毁！

我还恍惚看到那原始地球人正奔上来扶我。

二

我出生时正处在火星文明的繁荣顶峰。

火星世界已被整个文明化了，几乎找不到自然的痕迹。在火星政府的强硬政策之下，五千万火星人夜以继日地工作着，巨型飞船正向宇宙更深处探索……

然而这一切对我都毫无吸引力，因为这辉煌文明的存在与我并不相干，因为我从未从其身上得到过什么快乐。

在育儿中心长到四岁时，我被送到火卫二上的世界学校，接受严格的公民教育。这所拥有两百名学员的学校包括校长在内只有十二名管理人员。学校的纪律严格得近乎残酷，我们的一举一动稍有不妥之处，便会遭到严厉处罚。儿时的心灵中，我恐惧但更痛恨这众多非人的刑罚，这枯燥无味的课程，这毫无生气的学校。毕业前一年，在一堂量子物理课上，女同学林莹禁不住好奇地问机器人老师：为什么我们学习的都是这些深奥的物质文明课程？我们的文化在哪里？我们的历史在哪里？为什么每年一堂的人文课现在也停开了？三天后，林莹从学校里消失了，我们后来知道她被派到冥王星去采矿了。

她究竟做错了什么？林莹是我和火华一直在内心爱恋着的女孩。我俩怒不可遏。

终于，我们熬到了毕业。大家怀着出狱般的轻松奔向各自的工作岗位，然而等待我们的是更严厉的管理。我被分配到火星地面宇航局，两年里，工作安排得满满的，我被迫像机器人一样一丝不苟地拼命工作。除此之外，我还得小心提防同事的流言蜚语和恶意陷害。

我不堪忍受这种非人的生活，便报名当了一名往返于火星与冥王星的货运航船驾驶员。尽管航行漫长枯燥，但总比面对冷酷无情的火星同类要好，况且我也可以到冥王星去找林莹，她也许是我生命中唯一的幸福了。

我在启航前往冥王星不久，火星世界爆发了有史以来最大的一次心灵危机。我的航行基本未受影响，但在冥王星上我没有找到林莹，据说她早在流放途中就自杀了。一年后，我回到了火星，整个世界都已面目全非。超级水坝的泄洪闸大开着，下游占地数百平方公里的自动工厂没于一片汪洋之中。城市中到处蔓延着火光，数百米的摩天大厦在空旷的宇宙间，仿佛一艘巨型飞船倾倒在荒芜的发射场上断成数截。火星原政府早就被赶下了台，原有的一切桎梏都被崛起的新一代人类所砸碎。他们曾饱受折磨，他们的羽翼丰满之日，便是他们向这世界的复仇之日。

然而复仇之后，复仇者们茫然了，而对着一个混乱的世界，没有人站出来告诉人们该向何处去。火星世界的一切都停顿下来，无数个异端邪教组织在民间泛滥，每天都有数以百计的人绝望自杀……

我开始明白，从前那种秩序尽管严酷无情，但它毕竟维持着火星文明的高速发展。它本身就是一个庞大的文明机器，我们并非这文明的拥有者，我们仅是机器的一部分，在强硬管制下飞速运转。一旦它被打破，火星文明就将不可避免地走向崩溃，因为它在火星人类的心中根本就不存在。我们不可能在那种无感情的世界里生存下去，我们终究是人！

追究所有根源，只有一千年历史的火星人类怎能支撑起一个数万年生物进化的高度文明呢？

长期以来，考古学家们被此问题折腾得焦头烂额。他们在地面上找不到丝毫古人类遗迹，而外星系高智慧种族假说虽能自圆其说，但仍旧毫无证据。

火星文明岌岌可危。

一切都在我三十岁那年突然好转起来。这一年，一直守候在太空天文基地的考古学家们，终于收到了来自鲸鱼座 α 星的祖先回音，事实水落石出：两千年前，α 星曾派遣一支考察队访问了太阳系，后来，因故障无法返回的队员们在火星重建了文明。此刻，来自 α 星的电波传来了祖先们的召唤！

整个火星世界欢呼雀跃，所有的人都一个心思：到 α 星去，回到我们的故乡去！火星文明奇迹般地恢复着。火星需要巨大的能源，我们要建造具有正反物质发动机的超级星际航船，用来飞向 α 星。

但火星在向宇宙迅猛发展之际，却遇到了绊脚石，这便是太阳系的土著民族地球人。尽管地球人也步入宇宙时代，但其文明仍与火星相差甚远，并且地球人生性凶狠狡诈。因此，火星世界自诞生伊始便与地球人从无接触，双方各行其是，互不干扰。

几十年里我根本不知道地球人的存在，后来才零碎地知道一些情况。在地球上拥挤着四百亿人口，这是一个穷途末路的民族，他们脆弱的文明已无法经受任何危机的冲击。等待他们的只有一步步地消亡，对此我们不屑一顾。

由于历史原因，他们拥有太阳系除火星和冥王星外的其他所有星体。实际上，他们根本无力开发，大部分星球都荒芜着。

于是我们开始在其上建立矿场和基地，其间，难以避免地和地球人相遇了。最初大家基本相安无事，可好景不长，火星人类建在海卫一上的导航基地莫名其妙地失踪了。在附近搜索时发现了一艘地球飞船，火星舰队当即将这个庞大笨重、弱不禁风的丑八怪打发回了老家。火星人矛头直指地球，开始大肆清除地球人在外星所设的基地。

对于资源贫瘠的地球，被断绝能源供应无异于坐以待毙。于是地球正式向火星宣战，太阳系战争爆发。

在火星人类的眼中，这根本就是一场一边倒的战争。地球人的旧式战舰被火星的超级舰队顷刻围歼，火星军队继续势如破竹地清除地球人在其他星球上的基地或殖民地。不到一个火星年，地球人丧失了除地球和月球外的所有宇宙领土。

然而，随着战争的延续，形势急转直下，火星部队强大的攻势被彻底粉碎，地球人不可思议地进行了反攻。除了过剩的人口，地球人几乎什么都没有，但他们竟一路长驱直入直逼火星本土。没有人明白，我们几乎拥有一切，可我们却要输掉这场战争了。为什么？难道有神在暗中保佑着地球人吗？

为了挽救败局，火星政府不得不孤注一掷，将一艘伪装成地球飞船的战斗舰载满定时的核弹，试图把地球人从宇宙中抹去。谁知飞船和身为驾驶员的我却被阴差阳错地抛到了两万一千年前的地球。

三

我在生与死的边缘挣扎。

短暂的苏醒，我发现自己躺在一卷厚厚的植物纤维织物中，周围是一根木桩撑起的相同织物的简易帐篷。那个叫赤比的古地球人守在我旁边，他右手正拿着从我身上脱下的宇航服。

我再度昏迷，离开宇航服对我来说便意味着灭亡。我被这星球巨大的引力挤压着，动弹不得；温度也太高了，随着正午的临近，我的全身仿佛被一团愈燃愈旺的火焰烘烤着，每一个细胞都在干涸、在破裂。

我快死了。

是什么如此清凉地进入我的心胸？有人扶我半坐，是赤比，他一口口给我喝一种极苦的植物汁液。恍惚中，我看见他的脸贴近我的眼睛。他的眉头紧锁着，目光中满是关切，厚实的嘴唇透着自然的朴实与善意。我的头靠在他宽大的肩膀上，内心竟涌出一股从未有过的安全感。他是谁？他是洪荒时代愚昧无知的原始人，是卑劣凶蛮的地球人祖先，是高度发展的火星文明面前的一粒微尘，可他却给了我父亲般的温暖！

其实我从没尝过父母的亲情之爱。在我们的世界里，我不过是借用了父亲的精子和母亲的卵子，除此之外，我们就仅剩下一个父子的名份。从试管中孕育，到我长大成人的数十年里，父母从未来看望过我，更别提什么关怀和帮助。一次，机器人保姆指着电视中演讲的一个政府要人说，那就是你的父亲。我看着他，心中毫无感觉。火星世界中，父母并没有抚养子女的义务，所有的孩子都和我一样，在辉煌的文明前孤独地长大。

那汁液使我积蓄了一点力量，我竭力抬起重如千钧的手，指向我的宇航服。随后，我又昏迷过去，但这次我的大脑仿佛是清醒的。我猛然意识到，我在向谁寻求温暖？他们是火星人类的敌人啊！我不是在认敌做父吗？我要去毁灭他们，反正核弹已临近爆炸。可是，我真的是认敌做父吗？迷雾从脑海中漫起，淹没了所有思绪。混沌中，两颗星凄迷地亮起，多像火华的眼睛啊。这个时候为什么会想起火华？

记得那是在火星部队进攻月球暂时受挫时，火华和其他士兵一起撤回火星。但我并没有在宇宙港接到他，听前线撤回的士兵说，他被直接送到精神治疗中心去了。数月后的一天傍晚，我回到自己的房间，发现火华正坐在房中那扇落地窗前。窗外就是迷乱的星空。他的身体仿佛都融于这幽深的宇宙，仅剩他的双眼，是那般凄冷。

“听说你要去参军了？”他问。

我点头。

他沉默，用迷惘的目光注视着我。良久，他又问：“你知道我们，我指的是整个火星人类，她来自何方吗？”

我不觉笑道：“这个数年前困扰着我们的千古之谜现在还是问题吗？我们不是已经接到来自鲸鱼座 α 星上的祖先们的来电了吗？”

他摇头，摇得很慢。我能看出他是在努力抑制自己不激动起来，但他的声音却有些颤抖：“不，这不是真的，根本就没有什么 α 星，没有什么祖先来电！”

“我看你的精神有些不正常。”我讥笑着。

谁知我的笑却激怒了他，他疯了一样扑上来抓住我的衣领，大声吼道：“你这个傻瓜！你……你们都被该死的政客给骗了！这不过是个大骗局！那些知道真相的混蛋们清楚，如果没有什么凝聚力使大家团结在一起，火星世界就得完蛋，于是他们就装扮成什么考古学家，再伪造一份所谓的星外来电，以转移致命的心灵危机。这是个弥天大谎！一个可以使火星文明苟延残喘的弥天大谎！”

说话时，他的眼神疯狂恐怖，令我心悸。说罢，他也意识到自己的失态。他的喘息逐渐归于平静，默默地回到椅子上。

“我来告诉你另一段历史吧。我并不是来和你争吵的，所以请你不要打断我……

“大约三万年前，太阳系的某颗星球上产生了高智慧生物的萌芽。那颗星球是地球，而非火星！在跨越了漫长的岁月后，地球上的生物已创造了辉煌的文明和文化，并且进一步迈向宇宙空间的时候，火星仍旧是一颗布满氧化铁的荒凉星球。

“后来，人类登上了火星，但火星并不适宜人类生存，它的大气极其稀薄，平均温度只有零下六十度，季节变更时还会引起猛烈的风暴。

“又过了几百年，地球本土的能源枯竭导致人类陷入严重的能源危机。

地球人类决定执行‘绿洲’计划，把火星改造成第二个地球。他们在火星轨道设置了大量太阳反射镜，并在火星表面建造了数千座生产臭氧的化工厂，因此而产生的强大的温室效应将使火星气候变暖。于是诸如酵母和细菌等简单的生命形式就可以在火星培植，这些生命又释放出氧气，从而制造出使人类能够生存的环境。上述计划，整整进行了四千年，在几乎耗费了人类的全部财富之际，新的火星诞生了！

“仅仅一百年的时间，只有一千万移民的火星在经济领域已经超越了地球，而地球上 90% 的能源都来自火星。随着火星政权落入自我发展意识极强的一代人手中，在火星人眼里，地球已成为严重阻碍火星发展的重要因素。

“火星开始悄然发展自己的军事力量，不过数十年时间，它的军力已可以与地球相抗衡了。于是，它提出了脱离地球联盟独立的请求，但没等地球表态，火星本身便爆发了大规模的反独立运动。老一代地球移民们的心中，地球再贫穷也毕竟是自己的母亲，他们热爱她、尊敬她。于是独立之事便不了了之。

“自此之后，火星的独立运动从未停歇过，但由于地球移民占火星人类的比重逐渐减少，火星与地球的隔阂日益加深。终于，一个坚持独立的火星强硬政府上台。它一方面用严厉的专政手段压制火星的亲地实力，另一方面利用各种手段威逼利诱地球。最后，火星终于迎来了独立。

“从此，火星和地球断绝了所有联系，在一个封闭的环境里开始自我发展。为了防止人类的思乡之情再度掀起火的统一浪潮，年轻而无知的火星人类放弃了所有地球的文化传统，企图单独发展自己的文化，并且拒不承认火星人是地球人的后裔。

“两千年后，生活在火星上的人类对地球已一无所知，最多他们只了解到地球人是一个人口过剩、素质低下、资源贫瘠并且与火星毫不相干的外星种族。

“这些就是我要告诉你的。”火华逼视着我。

我也逼视着他。现在的问题是严肃的，我冷冷地说：“既然 α 星的来电是骗局，那么我完全可以认为你说的同样是个骗局，除非你能拿出确凿的证据。”

他一笑，笑得极为凄楚。

“所有火星人类只不过占人类的十分之一，而它几乎掠夺了人类文明的所有财富，还谈什么发展？谈什么文明？这就是自私，贪婪！为了脱离人类，我们抛弃了所有人类的文化，以为高速发展的经济就是文明？无知！愚昧！结果呢，我们不得不求助于严酷的管理，求助于考古骗子们的蛊惑。现在好啦，报应终于到了。知道真相的人越来越多，觉醒的火星人开始帮助地球人类反攻火星了。难道你没有看见吗？”说着说着，他的手中不知何时多了一把枪，“为什么我们要打仗？为什么我们要屈服于自己心底的自私和贪婪？为什么我们不能团结在一起友爱互助？……”

我突然发现他的眼中涌出泪来。不等我说什么，他已经按下了电钮，哭泣的头颅碎裂开来。

事后，精神治疗中心负责人告诉我，火华是在接受治疗时逃跑的，他患了严重的妄想症。

火华是我最亲密的人，但火星人类的冷酷无情使我对他的死几乎无动于衷。当时，我相信他确实患了妄想症，他的话不过是他的幻想而已。而现在我理解火华了，我不正处在他当时的境地吗？我现在理解他在了解人类最阴暗的隐私之后的痛苦，理解他在人类互相残杀面前的无奈与绝望。他是因绝望而自杀的，并非患了什么妄想症。庞大的火星文明在我心中已彻底坍塌，从赤比身上我无处不感到强烈的归依感。我明白，他就是我的祖先。我心灵深处沉睡的记忆突然复苏，并与赤比产生了强烈的共振！

我恢复了健康，无论身体还是心理。我身上被重新套上了宇航服，一定是赤比在最后时刻看懂了我的手势。

见我好转，赤比也异常高兴。他端来几碟食物和一壶名为“酒”的饮料让我吃。这些粗糙的原始食物，恐怕我的胃是消化不了的。我推辞说不饿，并示意他自己吃无妨。

他不推托，边吃边和我聊起来。

我了解到，他的国家正在和一个叫“秦”的国家打仗。对手是极其强大的，上一次战争中他们有数万人被秦军屠杀。而这次他们再度陷入困境，已经有几万士兵阵亡，远离家乡的士兵们也不愿再打仗了，整个军队进退两难。赤比说这种犹豫是极为危险的，一旦秦军抓紧时间积蓄力量并找到楚军的弱点，那便预示着楚军的灭亡。

“算了，不去聊它了。”赤比烦闷地摇摇头。喝了酒之后，他的情绪显得更为激动，看得出他对楚军的境遇深感忧虑。我不觉想起了火华，尽管他们相隔万年，却有着共同的哀愁。

赤比又问起我的世界的情况。我告诉他，尽管我的世界美丽无比，但它同样动荡不安。他听后，低头不语。我猜测，在他心中一定认为只要人类文明极度发达后，野蛮的行径就会随之消失，我的话打碎了他的梦想。

不知不觉中，他的忧伤也感染了我，于是两个人一起沉默了好久。

我们又谈起了科学，他的心情顿时兴奋起来，如数家珍地列举着自己对星空的发现。他告诉我，孛星的来临是有规律可循的，他正在试图算出这一周期；而陨星的降落时间和规模都是不可知的，但它们却含有大量的金属成分，利用价值极高。他又小心翼翼地捧出一卷书稿让我观看，那上面标有几百颗星体的精确位置，说这是他老师一生的心血。我感到，尽管这个时代十分落后，但像赤比这样原始的文明探索者，他们的求知欲无比强烈，正是他们在这远古之夜一点点积累起灿烂文明的火种！

这时，我突然想起那要命的飞船还实实在在地停在这无知的大地上呢。距核弹爆炸时间已经不远了，我仍无计可施。

赤比仍在兴致勃勃地介绍他的铸造术，他领我到帐外去观看士兵们铸造铁器。

地球上的白天即将过去，日落的景色和火星并无区别，同样给人以凄凉的感觉。也许明天这个时候，我连同周围的一切都将不复存在。

一大片开阔地上，数百名士兵正围在一个熔炉旁，反复锻铸，锤打着铁质武器。赤比随手拿过一柄剑递给我，我仔细端详着，剑背很宽，刻着朴实的菱形花纹，分量十分沉重，我注意到它的质地竟然是钢。我的心突然一动，这种冶炼技术已然具有了一定水平，稍加改进，或许可以帮我修好飞船。

我的目光投向赤比，发现他也正注视着我。我俩不约而同地说道：“我有件事要求助于你……”

我们相视而笑，又同时说：“你先说。”

再三推让，他坚决要我先说。

我询问的眼神望着他。“你……相信我吗？”我问。

他毫不犹豫地郑重地点头。这是古人特有的义气与朴实。

于是我说道：“我想你知道，我乘的飞船坏了，假如我不能在两个日落的时间内修好，并将其驶离这里，那么它带来的灾难将无法想象，说不定整个大地都会毁灭。现在，我只有依靠你们的帮助，才有可能使飞船修复。”

“你需要多少人？”他未作迟疑地问。

“至少五百人，当然越多越好。”

他不答。片刻，他忽然抬头问：“我的帮助真的很重要吗？”

“必不可少！”

“好吧！”他的语气十分坚定，“我答应你，我想我的请求以后再说吧。”

我知道赤比本是想让我帮助楚军摆脱绝境的，但我帮不了他。

四

天空无星无月，夜色混沌一片，背后处的楚营灯火暗淡昏黄，这支大约有两千人的队伍悄然行进着。

我和赤比的战车走在最前面，依靠司南指示着方位。他不断抖动缰绳催促战马快行，深蓝的夜空朦胧衬托出他的身影，他的眼睛反射着微光，仿佛是远古黑夜中仅有的两颗星辰。

望着他，我不觉回想起刚才的情景。

夜幕将临，晚霞尚未散尽，赤比将千名铁宁营的将士召集在一起，并命令卫兵封锁营盘，禁止任何人出入。

他站在一个木制高台上大声宣称：“我已经领受了神的旨意，要带领着将士们去修复神的飞船，否则神将被激怒，楚国将受到神的惩罚！”

他的话没有引起骚乱，士兵们依旧保持着整齐的队形，他们信任地望着赤比。

“住口！”一名军官叫道，“你是要去投降秦国！”说着伸手拔出佩剑。

赤比的手比他更快，他随手拔出我腰间的光剑，军官的剑还未落下，紫光已经穿透了他的胸膛。他惊愕地望着赤比，望着紫光莹莹的光剑，仰身摔下高台。

另一个军官见势不妙，掉转马头向其他营盘逃去。赤比大喊一声，手中紫光陡然大盛，一声霹雳飞出数十米，从军官的背后划过，军官和战马一同坠落在激起的烟尘中。

赤比高举起光剑，面向士兵们道："这就是神的武器，在神的保佑下，我们将所向无敌。将士们，欢呼吧！"

士兵们整齐地敲击着长矛和盾牌，予以回应。

赤比的行动使我吃惊不小。我清楚地记得光剑的有效使用距离仅有十米，但我弄不清，为什么在赤比手中，它竟可以在近百米处伤人。赤比的目光隐隐让我感到害怕。他给我的印象始终是文弱的，是什么使他变得如铁一般刚强，仿佛没有什么能阻止他。

我们蒙骗了大营辕门的卫兵，部队成功地与楚国大军脱离，朝飞船坠落地点疾进。

两小时后，我们抵达目标。此时距核弹爆炸时间还有二十个小时，但实际上一旦天亮，楚国大军就会察觉铁宁营的失踪，其强大的力量会轻易将被认为是叛军的铁宁营消灭，而我又无力给他们以保护，所以真正能利用的时间仅有这一夜。

赤比命令五百名士兵围着飞船列阵，负责监视秦军和楚军的动静，必要时对一切外来力量予以回击。剩下的千余名士兵立刻架起炉火，准备熔铸。

飞船主控电脑向我提供了飞船的修复方案，利用剩下的两台发动机，我可以勉强飞出地月系，只要把飞船蒙皮修复好。但我不清楚这种远古冶炼技术是否真能如我期望的那样，可以应用在这艘万年以后的飞船之上。

电脑对他们带来的金属进行了分析，其成分大部分为铁，少数为中碳钢，若原物原用，即使可以将飞船修复，其巨大的质量也将破坏飞船的平衡系统。我灵机一动，拆下毁坏的发动机，将其重烧，与铸铁一起混合使用，或许可行？计算机算出我的方案可行性为 30%，无论如何，我已别无选择。

修复工作迅速展开。

宇宙仿佛一个巨大的河蚌。大地无边无际地伸展开去，夜空的穹窿把世间万物扣在一片黑暗之中。平原的核心地带，飞船的照明装置把船体连同周围近百米的地带照得雪亮，酷似这河蚌中孕育的珍珠。无数个古代士兵在文明的电光中忙碌着，简易的高炉已经垒起，有人点燃了炉中的煤炭，七八个士兵压动数张牛皮缝制的风箱，强劲的风力使火花大盛，浓烟升腾。数百名士兵正借助我提供的少数几件简单工具拆卸飞船发动机，尽管他们都是那个时代的能工巧匠，但面对复杂精密的发动机，他们无知得就像几岁的儿童。我密切关注着他们，但还是没能避免事故的发生。一个尾喷嘴脱落下来，砸死了四个人。我一时惊得不知所措，担心修复工作会因此停顿，而他们竟不动声色地收拾了同伴的尸体，继续工作。

发动机与铁已在高炉中熔化融合，而赤比亲自率领制作的泥范也在进一步烘干之中。

数小时后，第一块飞船蒙皮浇铸出来。说实话，尽管铸出的合金板仍显粗糙，但如果不是亲眼见到金属液流入泥范中，我是不会相信它是用如此简陋的工具制造出来的。

虽然我大脑中的知识比古人丰富得多，但我也只能无助地站在一边，看着他们把合金板砸平磨光，再用原始笨重然而有效的方法将其铆接在飞船损坏处。如此这般，飞船破裂的船体在这些远古人类的手中被渐渐缝合着。这种缝合是极其脆弱的，但我认为，如果我在驾驶时足够小心，也许飞船的新蒙皮可以坚持住。

修复工作接近尾声的时候，掌管熔炉的士兵向赤比报告，烧铸用的金属用完了。没等我和赤比做出决定，一个哨兵策马而来，喘息着道："报……报告，楚军大营起火了！"每一个闻讯的士兵都扭头张望楚营方向。果然，东南方的天际一片火红。

不久，又一个哨兵探明，楚军大营遭到了秦军几路人马的偷袭，目前两军正在混战之中，战况对楚军极为不利。

士兵都停下了手中的工作，茫然失措，惶恐的低语在士兵群中波浪般起伏。

赤比见此情景，大喊道："休要惊慌，继续干！"说罢，他走到熔炉前，抽出自己的剑扔了进去。其他士兵先是犹豫，而后便主动效仿他，纷纷将金属制的武器投入熔炉。

拂晓时分，飞船修复完毕。千余名士兵站列在飞船前的平原上，目送我登上飞船光梯。不知为什么，当我转身背对着他们，眼睛看不到他们时，我感到了一种从未有过的孤独感。仿佛我所凭借的一切，这飞船，这衣服，这脑中知识都雾般消散，仅剩下一个我的躯壳。

我转身再次回到赤比面前，把光剑捧到他面前："送给你吧，留个纪念。原谅我，不能给你帮助了……"

"不，我想问，会不会有一天我们也能发展成你们那样的文明？"

"能！"

我扭过头去，泪水潸然而下。我的心中大喊道："你就是我的祖先！"然而我最终未能说出这句话。

飞船腾空而起，我小心翼翼地驾驶着它向地外飞去。数小时后，我就将随它一起，在宇宙深处消失得不留痕迹。我的心毫无恐惧，相反却有些庆幸。我这颗灾星终于被祖先们扫地出门了！否则这人类的历史进程恐怕会被阻碍数千年。

而在遥远的未来呢，在那场人类的自相残杀中，因为我的失踪，也许会使人类重新认清自己，认清自己的同伴，从而开始善意的合作吧。

我为我的遐想感到高兴。我的目光透过舷窗向地面望去。

我仿佛看到了辽阔的平原上，赤比正带着他的部队向着远处疾驰，他们前进的方向上，楚军大营仍在燃烧。

我耳边还回荡着他们的歌声：

……

带长剑兮挟秦弓，首身离兮心不惩。

诚既勇兮又以武，终刚强兮不可凌。

身既死兮神以灵，子魂魄兮为鬼雄。

——原刊于《科幻世界》1995 年第 4 期，获该年度科幻银河奖二等奖

英雄主义的创世神话

——苏学军科幻小说赏析

◎ 高亚斌　王卫英

苏学军是位颇受读者喜欢的“新生代”科幻作家，他的科幻小说《火星尘暴》与《远古的星辰》，均以遥远的外星球作为背景，通过创造世界、捍卫和平等重大题材，表现出昂扬奋发的英雄主义气概，形成了自己的创作风格，在现代主义色彩浓厚的“新生代”科幻作家中，显示出独立的艺术个性。

苏学军是位颇受读者喜欢的“新生代”科幻作家，他的科幻小说《火星尘暴》与《远古的星辰》，均以遥远的外星球作为背景，通过创造世界、捍卫和平等重大题材，表现出昂扬奋发的英雄主义气概，在现代主义色彩浓厚的“新生代”科幻作家中，显示出独立的艺术个性。

苏学军 1972 年生于北京，1994 年毕业于北京理工大学电子工程专业，现为北京作家协会及中国科普作家协会会员。自入道以来，他的主要作品包括长篇科幻小说《冰狱之火》（中国少年儿童出版社，1996），《星星的使者》（江苏少年儿童出版社，1996）、《雪藏》（《飞·奇幻世界》2007 年连载）以及在《科幻世界》《飞·奇幻世界》等刊物上发表的中短篇科幻、奇幻小说，如《远古的星辰》《火星尘暴》《天堂之路》《火星三日》《沉寂的喷泉》《灵天》

苏学军

《尼雅》《绿洲》等作品。

《远古的星辰》和《火星尘暴》是苏学军较有代表性的作品，曾分别获得1995年和1996年中国科幻银河奖二等奖和一等奖。这两篇早期作品显示了他的创作实力，也开始展示了他的创作风格：平实、博大和深重的历史感。苏学军的创作明显受到中国科幻前辈童恩正、郑文光等人的影响，他曾说过，小时候非常喜欢科幻小说，"《珊瑚岛上的死光》《雪山魔笛》《飞向半人马座》，还有许多记不得名字的小说，一部部看过来，如痴如醉，乐此不疲。"[1]在20世纪80年代传统科幻小说的影响下，他的作品具有显著的现实主义特质，在如今令人目眩的现代主义、后现代主义科幻创作浪潮中，这种传统风格反而显得格外醒目。

一、英雄主义与创世神话

苏学军的科幻小说大多叙写人类对宇宙行星的探索，在这一过程中，塑造了许多英雄人物的形象，他们或者勇于为科学献身，或者无畏地充当思想领域的先锋，或者直接充当冲锋陷阵的战士，这些科幻英雄人物使他的小说呈现着一种阳刚之气，充溢着昂扬的英雄主义气概。

《远古的星辰》中的故事框架出自晋代干宝《搜神记·三王墓》，但小说并没有拘泥于传说，而是别出心裁地进行了"故事新编"。小说分上、下两篇，上篇描写的是战国时期，"我"（即干将莫邪的儿子赤比）为报杀父之仇，委托黑衣人刺杀楚王，事败后被迫流亡。此时，恰逢秦楚两国交战，为了从秦军的铁蹄下解救楚国，"我"决心弃家仇赴国难，抗击强秦，但楚人的抵抗在如日中天的秦军面前无济于事，就在这时，一架巨大的飞碟自天而降，使濒于全军覆没的楚军得以苟存。下篇的故事是上篇的延续，仍用第一人称叙述，不过叙事者发生了变化，"我"变成了来自火星的飞碟宇航员，为了对付贪婪而自私的地球人，驾驶着一艘满载核弹的飞船，准备摧毁地球文明，却意外地失事坠落。于是，上、下篇的情节在这里衔接，接下来，“我”会见了楚军的统领赤比，在赤比的帮助下，飞船重新驶出地球，一场毁灭地球的巨大灾难过去了，而面对强敌的楚军在赤比领导下，与秦军展开决战……小说下篇中的“我”实际与赤比是重合的，叙事者的变化暗含着时空关系的逆转。从结构上看，小说的上、下篇形成互文，构造了一个时间上的封闭结构。

《远古的星辰》与鲁迅的《铸剑》讲述的是同一个故事。不同的是,《铸剑》讲述的是子报父仇和反抗暴力的故事,《远古的星辰》则是把“家恨”转化为“国仇”，显示了主人公赤比博大的胸襟和英雄的品格，透露出英雄主义的明朗气息。

《火星尘暴》是苏学军的又一篇重要作品。初次登上火星长城考察站的科学家们面对着原始蛮荒的世界，他们要找到维系生命的元素，尤其是宝贵的水资源，为人类在地球之外开疆拓土，建设新家园。小说中的四位科学家——刘扬、秦林、王雷、叶桦，既是恪尽职守的科学家，又是敢于在未知领域探索的勇士。他们登上火星的第一件事，就是寻找在火星上生命存在的迹象，秦林幸运地发现了火星蘑菇，于是偷偷地把它种在菜园中，谁知这一棵火星蘑菇却在一夜之间迅速繁衍，占领了整个温室的菜棚，吸收掉了空间站的全部水分，使火星空间站处于覆灭的边缘。祸不单行，恰在这时，一场异常浩大的火星尘暴又爆发了。为了寻找生路，女科学家叶桦乘坐飞船勇敢地冲进尘暴，牺牲了自己年轻的生命；王雷在吞食火星蘑菇之后，走上了追随叶桦的殉情之路；秦林则从王雷之死的信息中发现火星蘑菇存在“亲水因子”，毅然吞下火星蘑菇，以自己的身体作为母本，在体内“亲水因子”的指引下寻找到了水源。小说中人物在濒临绝境时，个个展现出非凡的精神力量。这场火星尘暴如同一个隐喻，由火星蘑菇而引发的巨大危机隐喻人的心灵危机，从而凸显了小说所指出的“人类只有在战胜自身之后，才可能战胜自然”这一结论。苏学军笔下的这些英雄，并非理性的缺乏感情冲动的超人，而是一个个活生生的血肉之躯，他们之中有老成持重的站长刘扬，也有略显冒失的秦林、豪爽暴躁的王雷，他们的性格并不是完美无瑕的，而王雷与叶桦之间有点犯禁的爱情（空间站禁止工作人员恋爱），反而为这次单调的火星之旅涂上了一抹爱情的亮色，使小说笼罩在一层淡淡的感伤气氛中，崇高而不失浪漫，哀怨而不失庄严。

作为一部星际探险小说，空间站工作人员刘扬、秦林他们扮演着混沌初开时分的创世者，筚路蓝缕，与盘古一样开天辟地，就这一点来说，小说可视为一个关于创世的现代神话。小说中，铺天盖地的火星尘暴、火星蘑菇带来的巨大恐慌，恰如远古传说中的洪水猛兽；而为了寻找火星水源，冒险吞食火星蘑菇的科学家们，又仿佛尝遍百草的神龙氏，所有这些都暗合了人类先民面对的各种灾难和艰险，以及他们古朴淳厚的英雄品质，使小说处于一种神话般的氛围之中，构成小说叙事的一种原型。

二、太空情结与怀旧情绪

德国哲学家康德曾经说过："有两样东西，我们愈经常愈持久地加以思索，它们就愈使心灵充满日新又新、有加无已的景仰和敬畏：在我之上的星空和居我心中的道德法则。"[2] 如果说大地以其坚定平实而使人趋于现实的话，那么，遥远而神秘的星空则总是让人们产生诗意的浪漫想象，尤其在一个充满科幻色彩的奇思妙想的心灵世界里，星空几乎是一个天然的灵感源泉。正因为此，苏学军写到星空时总是流露出无以言说的温情，如他在《远古的星辰》中所写："我抬起头，群星在宇宙深处明明灭灭，仿佛女孩含情脉脉的眼睛温柔地俯瞰着我。"他的小说《星星的使者》《古陆双星》《火星三日》等，都把遐想的目光投向浩瀚宇宙中的星球，这种对外星球持久不衰的探索热情和沉思冥想，已经成为他科幻文学的主要指向，形成了其作品中的"太空情结"[1]。而且，在这类关于星球探索的小说里，他在向读者普及各类科学知识、对未来文明做出各种假设的同时，也在思考和揭示宇宙与生命的秘密，对人类自身的生命存在和前途命运进行形而上的追问。

另一方面，苏学军在仰望星空的同时，也深情地凝视大地，对这个孕育生命和产生文明的美丽星球寄托游子般的情感归依和故乡般的寻根情结。甚至他所叙写的其他星球，也都是对地球的一种影射，这种情怀，跟中外大多数科幻小说一样，具有某种寓言的性质。在他的笔下，古老的地球文明，甚至比外星球文明更具神奇的魅力，形成了他对地球文明强烈的怀旧情绪。在《远古的星辰》中，来自“远古星辰”（即战国时代的地球）的赤比，反而比来自高度发达的火星的“我”要高明得多，他所铸造的名剑，竟然成为修复飞碟的材料，从而挽救了整个地球文明，使其免于被毁灭的厄运。这种描写颇似女娲补天的神话，这就从一个方面昭示出古老文明对于现代科学的矫正和疗救作用，对所谓的现代文明形成了巧妙的反讽，表达了作家欲从传统文化中汲取力量的价值取向。从时间向度上来看，这种价值取向无疑是忤逆现代性的、怀旧的。

对古老文明怀旧的另一种表现，就是对现代文明的批判和审视。小说描写在现代文明高度发达的地球上，“拥挤着四百亿人口”，他们生性凶狠狡诈，“是一个穷途末路的民族，他们脆弱的文明已无法经受任何危机的冲击。等待他们的只有一步步地消亡”；而在另一个科学高度发达的星球火星上，人们在机械严格的律令下劳动和生活，“被迫像机器人一样一丝不苟地拼命工作”，“还得小心提防同事的流言蜚语和恶意陷害”。在这里，一切独立的思想被禁止，没有人敢提出“我们的文化在哪里？我们的历史在哪里”的疑问，它的体制扼杀了年轻的林莹，并使火华成为一个妄想症患者，如同鲁迅笔下的狂人。实际上，在小说中，火星人与地球人的对立，隐喻现实社会中种族、阶级之间的对立与冲突，人们已经被科学高度异化，连生物学上的血缘关系、伦理道德甚至身体本身，都已不复存在，只是一具具没有灵魂的机器人。自然，他们也反抗专横强暴的体制，但当旧的体制被推翻之后，却又没有足够的思想文化资源和精神力量支撑，以建构新的社会秩序，结果反而陷入了信仰迷失、价值失衡、精神混乱的人间地狱：“没有人站出来告诉人们该向何处去。火星世界的一切都停顿下来，无数个异端邪教组织在民间泛滥，每天都有数以百计的人绝望自杀……”小说中的火星文明源于地球文明，是它的更高形式，却糜烂得无可救药。可见，作家对现代社会的种种流弊深恶痛绝，批判意识非常鲜明。

在现代社会的发展历程中，无论是科学技术领域还是思想领域，都取得了非凡的业绩和巨大的成就，但是，与此同时，现代文明的发展却是以传统社会一些美好事物的消逝为代价的，这曾经是现代文学中反复书写的文学母题，而许多科幻小说也通过科技异化这一主题，揭露现代文明的弊端。小说《远古的星辰》也昭示了现代文明的病态，与之相比，古老的文明反而显示出更加旺盛的活力。这就促使人们从更加理性的层次上，重新审视传统文明和现代文明，发掘传统文明的价值，从而在人类文明的源头为现代文明的发展寻求精神力量与活力之源。

三、宏大叙事的艺术特质

陈思和曾经指出："我认为抗战爆发——新中国成立——"文革"这四十年是中国现代文化的一个特殊阶段，是战争因素深深地锚入人们的意识结构之中、影响着人们的思维形态和思维方式的阶段。这个阶段的文学意识也相应地留下了种种战争遗迹。"[3]事实上，在新中国成立后的文学中，这种战争思维的影响一直余音未绝。这的确是有案可考的，比如，1950年提出的"向科学进军"的口号，就其话语方式来说，显然有着战争思维的因素在里面。在科幻小说领域，许多作家也都受到了这种话语方式的影响。

在"新生代"作家苏学军的小说中，也有着战争思维的特点。《火星尘暴》中的刘扬、秦林等人，既是优秀的科学工作者，又是不折不扣的战士，他们进驻火星的行动，无疑是一场出生入死的战斗，而且，沉寂蛮荒的星球、突如其来的巨大灾难、险象重重的科学探险，也都把人置于一种战斗求生的境遇之中；同样地，《远古的星辰》中的情节，既有秦楚之间酷烈血腥的搏斗，又有外星人入侵地球的巨大灾难，战争在这篇小说中也是一个不可忽视的存在。如果把苏学军的小说与十七年时期的革命题材小说加以对比，就会发现后者对他的创作产生了多么大的影响，比如，在《火星尘暴》的小说开篇，作者这样写道："在这场伟大的事业中，也将会有无数人前仆后继地为此付出青春和生命。"这与当年的红色经典（如《林海雪原》，它的扉页上写着"以最深的敬意，献给我英雄的战友杨子荣、高波等同志"[4]）何其相似。正是在这一点上，苏学军的科幻小说具有宏大叙事的艺术特征。

从以上两篇小说可以看出，苏学军的科幻小说，不是以引人入胜的情节和华丽机巧的语言取胜，而是在貌似寻常、平淡无奇的叙述中，显示着危机感和历史责任感，矢志不渝地关注着人类的存在和发展，关注着人类与大自然、与世界的关系，关注着宇宙的存在，体现了作者开阔的思想视野和博大的人文关怀，寄寓着深切的忧患意识与救世情怀。自然，他的创作也并非无懈可击，比如，在小说人物的设置上，《远古的星辰》中的林莹、《火星尘暴》中的女科学家叶桦，她们与小说男主人公之间的关系，使小说带上了某种模式化的影子；在叙事方式上，全知全能的视角运用，又使小说叙事的客观性受到了影响。但是，从大众接受的角度看，这种创作上的“局限”，似乎并没有影响他小说的艺术感染力。甚至从某种程度上说，恰恰是这种古朴真情，使他的科幻小说经过时间的磨砺后，依然受到读者的喜爱。

参考文献

[1] 陈楸帆．星辰归来——著名科幻作家苏学军专访[J]．世界科幻博览，2007（11）.
[2] 康德．实践理性批判[M]．韩水法，译．北京：商务印书馆，2007：17.
[3] 陈恩和．当代文学观念中的战争文化心理[J]．上海文学，1988（6）.
[4] 曲波．林海雪原[M]．北京：作家出版社，1958.

沧 桑

◎ 吴岩

一

忧郁漫长的火星夏季开始的时候，在利库得荒原小小的水晶谷里，翡翠色的野花还没有完全凋谢。春日里，那席卷了整个西半球的干燥风暴，如今已销声匿迹。从两极吹来的和煦的微风，已经带上了浓厚的潮气。相思河的水位越涨越高，发着柠檬色荧光的火星水母，在寂静的溪水中荡漾。

林清爽第一次来到水晶谷的时候，还不怎么喜欢这个地方。那时候她才5个火星岁。由于火星的一年等于地球上的两年，这样，她的大小已经相当于地球上整整10岁的姑娘。和火星女孩的结实活泼相比，细高个子的林清爽长得清丽白净，纤巧笔直的鼻梁，配着两只永远雾气蒙蒙的忧郁眼睛，只有那一头披肩的长发还透露出些许孩童的个性。

清爽的童年一直没有离开过父母。在得知自己的爸爸妈妈将要到地球以外度过两年“外星假期”的时候，她曾极力要求一同前往。就这样，他们远涉星空，来到奥林匹斯东侧的火星空气监测站。一待就是一个火星年。就在她的父母即将完成对火星大气的考察任务，准备返回地球故乡的头一个星期，高耸入云的金属观测塔突然发生了坍塌，正在塔的半腰中工作的清爽的父亲和母亲，和高塔一起陡然地摔向奥林匹斯深谷。惊呆了的清爽觉得自己的身体有好半天都无法动弹。后来，她奔出重重的金属门，循着塌落方向爬到谷底，终于在一片残骸中找到了双亲。可惜一切都已为时太晚。她的父亲没来得及对她讲什么，就匆匆辞世，而她的母亲则困难地给了些关于怎样联系亲友和怎样回到地球的嘱托。但林清爽手忙脚乱地哭着、叫着，什么也没有听到，小小的心灵受到了重创。在随后的一个火星年里，她就这么孤零零地生活在高塔倒塌的地方，想象着父母奇迹般地复活，带着她回到遥远的故乡。

是舅舅带着他的女儿米露霞和另一个叫洛桑巴拉的男孩子来接林清爽的。露霞和清爽同岁，但她长得结实而粗壮。她是火星上那种典型的漂亮姑娘，有很厚的嘴唇和很粗的眉毛，还有好看的分成两半的下巴。

“水晶谷会比奥林匹斯山好得多。喂，你听我的。真的会好很多。”露霞一本正经地告诉表妹，“你可以有许多朋友。我们可以一起去学校念书，那会比整天待在奥林匹斯有意思得多。你知道，就在水晶谷外，在欧门德斯山脊的后面，还有一片神秘的火箭林呢！”

“那又怎么样？”林清爽对问话显得毫无兴致。

“你说火箭林？你用这样的口气谈火箭林？巴拉，她真的无可救药了。”

叫巴拉的男孩子于是慢慢地讲起了火箭林的故事。那是一千年以前，人类的祖先从地球上来到火星时发射的许许多多火箭遗骸的故事。这些残存的古董曾经散布在火星的世界各地。后来，突然在一个早晨，当人们打开窗帘的时候……

露霞抢着说道：“人们惊奇地发现，在远方的地平线上，在即将升起的太阳面前，一片金属的丛林冒出了地面。一夜之间，所有分布在火星上的飞船的碎片全部被集中到了这里，它们并排站立着，用闪光的外壳，反射着红色黎明。”

“是这样，”巴拉接过话茬，“到现在大家还不知道，究竟是谁做了这样的事情。人们只是猜测，也许，是某个奇怪的老人干的？他只是太老了，再也没有力气去地球旅行了，于是就做起了这样的古怪事情？也许……”

很多年以后，林清爽还记得这次谈话，记得当时巴拉和露霞的表情。他们是绝好的一对儿，配合得那么默契。巴拉的沉静，露霞的火爆，还有，他们对所讲的东西的那种深信、痴迷和虔诚，所有这些，都让清爽觉得，这是她完全可以信赖的人。而在内心的深处，她也感到了某种即将到来的情感纠葛的先声。

她告别了奥林匹斯，跟着舅舅和露霞翻过悬崖，来到水晶谷。舅妈是一个相当娴静的女人，她对清爽像对待自己的孩子一样。而露霞和巴拉，更是像两个卫士，死死地捍卫在清爽的两旁。他们共同去上学，共同去爬高高的帕蒂特峰。在寒冷的山顶，他们紧紧地偎依在一起，靠着各自的体热温暖对方。三个人的友谊像三滴晶亮的水一样，在火星的阳光下发着纯净的光。露霞是个正直豪爽的姑娘，她常常无法忍受等待，这使得她和清爽之间总是发生摩擦。她的决断常常给林清爽深刻的印象。露霞的理想，是让火星地下所有的冬眠生物，都愉快地重返地面。这样，她就可以建立起自己的火星动物管理站。和露霞的马虎率直相比，林清爽显得聪慧细致、幻想丰富。她常常对某些事情思虑过多，还总是让自己沉浸在回到地球故乡的幻想之中。

洛桑巴拉是那种与世无争的男孩子，天生一副大哥哥的样子。他不像两个女孩那样富于主见，常常是露霞和清爽命令的执行者。当然，他总是将工作执行得超乎预料的好。巴拉有一种奇怪的职业梦想：当个雕塑家。“你能当雕塑家？那我可能是世界上最好的油画大师了！”露霞经常当着大家的面这么讲。每到这时，清爽总是觉得，巴拉和露霞的谈话中包含着某种超过友谊的东西。那是些什么呢？为什么这样的语气总是让自己心情抑郁呢？

直到很久之后，她才找出了答案，那时她已经七个半火星岁了。她已经在学校的信息库中读过了所有关于男人和女人的故事，她知道自己也染上了青梅竹马的情感“疾病”。但是，那个她倾注了许多细腻关怀的对象却仿佛一直置于露霞的金属光环之下。只有过一两次，当她和巴拉单独在一起的时候，她才真正感到在巴拉心里，有着一个属于自己的空间。

但是，这个空间很快就被事实彻底地粉碎了。那是高中生活的最后一个学期，有一天，她突然发现自己的书包遗失在学校门口的那只旧火箭船里。这只火箭船是多年以前从火箭林中搬来的纪念品。孩子们曾在其中有过很多秘密的约会。他们知道其中许多他人无法知道的暗门和通道。

在第一个货舱，没有她的书包。

第二个货舱里也没有。但她找到了另外两个书包。

第三个舱显得崎岖狭窄，可能是当时的过渡舱。她折过这个难走的部分，来到第四个可能是被充当贮藏室的小舱房。漆黑中她听到了窸窸窣窣的响动。她睁大眼睛，借着被舷窗切成豆腐块似的几束柱状的阳光，她看见，露霞的嘴唇正在轻轻地凑近巴拉……

二

一周后狂欢节的那个夜晚，洛桑巴拉和露霞都没有回来。清爽一个人在家里收拾行装。她已然做出了决定，要回到地球家乡。

推开房间厚重的金属房门，她来到潮湿的小道。节日焰火的余晖在天空中形成的久不散去的淡黄云雾，遮挡了繁星。礼花炸弹的焦糊味道，浓密的渗透在火星的大气中。

她真的买下了一张回地球的飞船票，把它认真地收好。然后，她朝黑夜里一片苍茫的公墓园走去，决定最后一次凭吊自己的父母。

她好不容易才找到墓群，由于黑，她无法看清碑上文字，只得凭借感觉，一点一点用手摸索。笃地，她的手缩了回来，因为她分明触摸到了一个活生生的发热的身体。她差一点惊叫了出来。

一双温暖的手抱住了她。

“天哪，巴拉，是你？你在这儿干嘛？”林清爽大吃一惊。

“我一直在等你，想和你谈谈。”巴拉放开她的身体，但仍然拉着她的手。

“你，你不是和露霞去看焰火了吗？怎么会在这儿？”

“清爽，我已经想了好久了，我觉得不能不告诉你……”

“告诉我什么？是你和露霞的事吗？我都看见了。没有什么可说的，反正我就要回地球去了。”

“不，清爽。我要告诉你的不是这个。那天的事情，其实都是意外……”

“意外？”

“对。我根本没有想吻她。你知道，这些年里，我心里喜欢的一直是……你！比喜欢露霞还喜欢你！”

“我不听！”

“你要听。听吧！听我说，清爽。听我告诉你为什么。”巴拉急急地解释，“我之所以这么长时间没有告诉你，是因为我一直不能肯定自己是不是可以放弃家乡。我们洛桑巴拉家族属于火星最先期的移民，一千年来，我们的家族在火星上已经享有极高的声誉。我虽然讨厌这个家族的名号，但却无法不受制于家族的规章，不过，”他略微停顿了一下，好像做出了最后的决定，“我已经想通了，为了你，我可以放弃自己的一切。我今天在这儿就是为了等待你告诉你这一切。我已经到了自己闯事业的时候了。为了你，我可以到任何地方，你的家乡就是我的家乡！我会很快把实话告诉露霞。她是个坚强的姑娘，她会理解我的心情。和她比起来，你才是真的需要我照顾的人。”

多少年的往事，又在清爽的心头重新浮现。她知道如果没有巴拉，她一定很久以前就已经离开火星飞往地球了。但即使到了那里，她也还是会永远永远怀念着巴拉。

“巴拉，我很感激你。但我也知道，没有你显赫的家族名声，在地球上你将一事无成，你会寸步难行。不必了。为了爱情的牺牲是每个人应该做的事情。我们哪儿也不去，就留在火星上。我会跟定你，到北极的土地，到南极的荒原，到所有你想去的地方。早晚有一天，你会发现自己的能力，会找到灵感，然后塑造出让全世界叹为观止的超级伟大的艺术品。”

他们在黑漆漆的火箭林中站立了很久很久。名叫浮波斯和德莫斯的两个火星月亮，在他们的上方一前一后地升起。遥远的地球，像一颗蓝色的水晶，在红色的火星夜空中闪闪发亮。

在他们不远的身后，因为不放心林清爽一个人而特地被舅妈派来看望的露霞把这一切都看在了眼里。也不知道怎么地，平时火爆的露霞，这一次居然没有从树林中冲出来。她小心翼翼地转回身，慢慢地蹭出公墓园，走出峡谷，翻过山岗。当她到达宇航站的时候，已经是深夜两点。卖票的叔叔睡意蒙眬地盯住她问：“你怎么……哭了？”

“我没有。”露霞擦了擦眼角，“我会哭吗？”

“谁知道。狂欢节里谁知道会发生什么事情？刚刚你的表妹来买票，她的眼睛也这么泪蒙蒙的。”

“是吗？”

“我不骗你。你们要同去地球旅行？”

露霞摇了摇头说：“不，清爽会来退票的。她已经决定永远留在火星上了。”

“那你又干嘛走呢？”

她没有回答，静静地走出灯光，返回夜色。在相思河面，柠檬黄色的水母已经升到了半空。它们曲曲弯弯地连成一线，远远望去，就像是地球上灿烂夺目的绚丽极光。

三

林清爽与巴拉以迅雷不及掩耳的速度结了婚。他们完全沉浸在相爱的欢乐中，希望有一个仅仅属于自己的天地。这样，他们急急地告别了露霞的父母，赶上火星一号环球列车，用了将近 35 小时来到新的住址——南极圈内澳大利亚峡谷中的西澳尔村。

清爽不太喜欢西澳尔村的房子。这房子坐落在米洛环形山靠近南极的那个缺口上。正常日子的早晨，阳光从缺口的缝隙处笃地照进来，刺得眼睛生疼。可一俟下午，3 点不到，这阳光又会在缺口的另一面陡地消失，收回它的热量。于是，一种新的怅怅然的忧伤就会出现在林清爽的脑子里。她又开始想奥林匹斯，想水晶谷，想正在飞往蓝色地球的露霞。

巴拉也觉得自己的决定显得过分仓促。为了迅速地离开水晶谷，他暂时放弃了自己的理想的艺术工作。在南极的火星生命考察站当了一名小小的生命探测员。可笑的是，这工作正是露霞曾经朝思暮想的。工作让他整天忙忙碌碌。他从最新的科学杂志上找到了科学家们关于南极生命的最新推测，然后，按照推测的地点，在极地的干冰中打出深深的探测井。这项计划最初很难得到西澳尔村管理机构的批准。但是终于他还是说服了他们，将自己的项目开工上马。但是那厚厚的、整日被烟雾缭绕着的二氧化碳干冰层，却不是轻易可以屈服的。他在冰层最薄的地方下了手。又足足花费了两个月的时间，才打出洞来。事实很快证明，第一个洞穴毫无收获，整个地报废了。第二个洞穴又没有任何进展。5个月之后，化石海岸的冰面已经让他打得千疮百孔，一切还是毫无结果。他的信念和毅力都受到了极大的打击。11月的一个傍晚，当他正在为第16个井洞奋战时，干冰与钻头之间的摩擦引爆了冰下不知什么物质。轰隆一声巨响，所有的人都被震得飞上了天。巴拉的一只耳朵和一条胳膊受了重伤。

24个月过后，巴拉的意志处于严重的衰退之中。冰层下的搜寻毫无结果，但科学家们则越来越相信他们对南极海岸的分析是没有错误的。这使巴拉个性中对自己能力的怀疑越发加剧。火星实行与地球上不同的方针。任何一个中学毕业生都要在工作数年之后，用自己的实践成绩，获得一份进入火星红沙湾大学深造的通知书。从目前的状态来看，巴拉的通知书是难以得到了。对短时期转入自己喜好的艺术领域的憧憬，也显得没有现实基础。他就这么苦恼着。回到家里，林清爽又时常显得任性。她做不好饭，更不会安慰丈夫。她的脾气本来就显得神经质，结婚之前的那种小心谨慎现在全部丢失了。她给自己找到的业余职业是当个作家，可她根本没有写出什么作品，更不知道创作的艰辛。少年时代就已经具有的那种自恃清高的毛病，使得她觉得，生活像是专门与自己作对似的。这样，她的全部烦恼就转移到了巴拉的身上。

有一天，她无意中得到一个发现：通过他们的家用电脑网络，巴拉一直在与露霞通信！而这事情巴拉从没有告诉过自己。在那些往返于地球航班飞船和火星之间的电子邮件中，露霞用一种特别欢快的语气谈论到她在封闭的金属世界中的种种见闻。她对越来越接近地球表现出极大的热情。“淡蓝色的星球——宇宙中最美的景象正呈现在我的前面。我已经等不及了。我已经在这封闭的飞船中念了近两年大学，终于觉得‘某些人’的看法是正确的，只有地球才是人类的古老家园，才是宇宙文化的根基。巴拉，你真的应该坐下一班飞船到这里来。火星太渺小了。火星的文化和地球上的文化相比，简直是沙尘和瀚海的比较。过去还想把自己永远固守在火星上，这有多愚昧呀！”

这些信中除了“某些人”的称谓，没有一处正式提到清爽。

洛桑巴拉没有一次提到过这样的信的存在。当林清爽有意试探性地向巴拉问到露霞的情况的时候，巴拉又表现出了一副一无所知的样子。

于是，清爽开始了她的动辄吵闹。

露霞离开火星的时候，确实是巴拉开车送她去火箭发射场的。整个送行的路上，露霞一直用那富有感染力的眼睛看着巴拉，似乎在无声地说：“我并不反对你们的爱情，可是如果没有我，你们俩真的能应付这个世界吗？”

这眼神，这潜在的问话，将在洛桑巴拉的记忆中永远地刻下烙印。

也许一切都是错的，巴拉想。我本该更喜欢露霞的。她的个性一直是自己软弱的一种依靠，而且，出于不知道什么力量的驱使，她对自己一直就是迁就的。但是，清爽那种来自异域的忧郁的美又是无法抵抗的。这是一场难于分清胜负的赌博性的选择。100 个人中有 99 个会不知所措。

冷空气从房间的四周嗞嗞地开始涌进的时候，巴拉和林清爽都知道，他们已经进入了火星极地的冬季。冬天的火星，是长毛动物频繁出没的时刻。四处奔走的是火星独角兽；那毛茸茸的、像一团慢吞吞的棉花球的，是火星上的闪电熊；还有专门在厚厚的二氧化碳干冰中凿洞的西澳尔冰獭……巴拉决定暂时忘掉自己的工作，他要与清爽共同找些欢乐。他们开上车子，在原驰蜡象的火星极地上追赶着这些快活的越冬的生物，情感的波折被暂时忘怀了。狩猎打开了林清爽的创作灵感，她开始追忆父母曾经讲过的地球上的童话，并有意将其发展起来，变成一幅幅火星冰原上的风情画。

然而，情感是一个可以控制或忘却的东西吗？

四

当火星的天空逐渐由彤红转向淡蓝的时候，漫长的冬季就快要结束了。设在全球的 254 座环形山内的氧气补给站，将火星地下深处构造中存储的游离的氧，一吨一吨地打入火星的大气层。一千年里，火星上的氧气从不到 0.1%，增加到接近 33%。大气层的加厚，像给火星盖上了一层棉被，这棉被保住了从遥远的太阳辐射来的热量，于是，火星的气温持续升高，昼夜的温差逐年减小。今天，再要是看到一个阳光下头戴氧气面罩、身穿厚厚宇航服的旅客，没有人不会由衷地感到意外和惊奇。

冬季狩猎的兴致在林清爽和巴拉之间持续了不到两个月，生活又重归旧日的模样。清爽的童话随着空气的变暖又写不下去了。巴拉的新的开掘计划不敢轻易展开。这样，争吵和冲突重新回到生活中间，口角和对抗越来越扩大化。巴拉觉得林清爽像是变了一个人。她时而和蔼关怀，时而把巴拉说成是世界上最无能的男子。她还无中生有地硬说巴拉在自己的房间中一天三次地做着祈祷，祈求露霞早点回来。

这样的争吵终于在某个日子停止下来。那是一个火星上阴暗的下午。巴拉从工地回来，随意地打开电脑。笃地，一连串加急讯号出现在屏幕的正中。由于很久没有打开电脑，这加急电讯几乎每一小时重复一次地由地球发来，存储在网络分区中。

尊敬的洛桑巴拉先生：

我们不得不万分悲痛地向您通知，您的朋友米露霞小姐乘坐的地球航班经过764天的航程，在地球标准时间GMT0540到达中国光茅城宇航港。在降落的过程中由于飞行员操纵失误，飞船从450米空中失速坠毁。1500名乘客全部遇难。在她的身上，我们找到的唯一物件，是一张没有烧焦的照片。我们将照片扫描在这里，请核对照片上的人并一一代为转达噩耗。

照片是洛桑巴拉再熟悉不过的：荒凉的帕蒂特峰顶。初升太阳橘红色的光线正透过乌黑的云层，放射线似地倾泻出来。三个紧紧地偎依在一起的人的剪影。

那是他们永远引以为自豪的童年的欢乐。电脑还扫描出了照片背后的一行字迹：

无论怎样，我不怪你！

然后，是另一种笔迹，写于另一个时间：

但愿有一天我们会和好如初！

这句话没有署名，也不知道是写给谁的。但洛桑巴拉觉得是写给自己的。他站起身来到清爽的门前，发现门死死地关着。他轻轻拍了拍，没有回答。他大声地叫清爽，告诉她应该做些事情。但房间里仍然没有些许回音。

难道，她出去了？不会呀！清爽出门从来不会关掉自己房间的房门。那么，她从其他地方得到了这个消息？突然，一种不祥的预感涌上洛桑巴拉的心头。他从工具间找来一把板斧，狠狠地在门锁上击打了三下。

门栓乒然落地。

他推开破碎的房门，发现清爽直挺挺地躺在床上，她的脸色发白，两眼大睁着，直瞪着天花板。她已经昏迷了很久了。

巴拉冲上去抱起她，使劲地叫："清爽，清爽，你怎么了？"

断断续续地，他听到了一点点回答。

"巴拉……听我讲……我没有害她……"

"天哪，这不是你的错，这又不是你造成的，你何苦要这样？哎，你到什么时候才能真正像个大人一样去思考问题呀！"

他放下妻子，手忙脚乱地去打电话叫救护车。

那个夜晚，西澳尔村的5位大夫很久都没有离开急诊室。他们使用各种手段使林清爽复苏。她服用的对免疫系统的破坏性药物作用消除之后，林清爽全身红肿，紧接着，又发起了高烧。用火星清水做的冰块用完了几大包；地球上来的柴胡注射液、火星美林公司最新的生物制剂MM107，甚至中国传统的放血疗法也试过了，但是，毫无用处。清晨4点，主治大夫走到门口，叫来双手抱着头苦坐着的巴拉，告诉他去通知清爽的所有亲属，林清爽在自杀性的药物使用过程中失去了抵抗力，染上火星极地特有的杀手微生物"红魔菌"了。这种红魔菌在火星上生存了至少1亿年，它的功能是准确地破坏生物体细胞间的信息介质的浓度平衡。

"可这才刚刚几个小时，我们的房间又是洁净的。"

大夫摇了摇头："没有一个房间是完全洁净的。再说，这孩子偏偏吃的是消除免疫系统功能的药物。”

“就算是染上了红魔菌，可我们是人类，我们不是火星上的生物！我们的构造与它们完全不同，怎么会受到它们的破坏？你们要想尽所有办法。你们的能力不够，还有在斯基雅帕雷利的火星中心康复医院，再不行，还有远在亿万千米之外的地球上的几千万的大夫……你们可以救她一命，我不能失去一个又失去另一个。我求求你们了！”巴拉简直想给这位戴着眼镜、口罩和防护服的大夫跪下。

“还有最后一个的办法，”大夫只等着他说要跪下才开口，“目前虽然还没有办法制止‘红魔菌’的破坏作用，但我们可以设法暂时中止它的活动。有一种像冷冻剂似的药物，它可以将‘红魔菌’暂时‘冻住’。但是，这样的处理实际上并没有将病菌从她的身上拔除，只是暂时缓解了矛盾，等待着新的医疗办法……问题是这种药物我们也没有十分的把握。有的接受药物的人至今已经生活了十多个火星年，一切正常；但有的不到 10 天，药物就失去了效力。这样，生命只不过被短短地延续，并没有完全……你知道那是一种在阴影下的生活……”

巴拉木呆呆地半天没有答话。隔了很久，他才问：“这肯定是唯一的办法？”

大夫怜悯地点了点头。

“就这样吧！我会去通知她的家属。”

站在西澳尔村医院的高大建筑的窗口向外面望去，最后一场火星冬雪正在飘飞而落。这雪片不像地球上的雪，是洁白无瑕的，它略带淡淡的粉红色。这样的雪花，只有在林清爽脑海中早就构思的、但从来没有能够付诸笔下的关于地球的想象的童话中才会出现。

五

5 个火星年后的一个清晨，林清爽将自己疲惫的身子轻轻地靠在巴拉的身上，他俩就这样坐在初升太阳的河岸上，静静地看着那遥远的红光怎样在淡淡的暑气中逐渐变亮，看着四野的一切怎样从深黑转而棕褐，再变成橘黄；

山峦的纹理变得依稀可辨，河流在视野中伸向逐渐模糊的远方。

“嘿，巴拉，你看那儿！”

第一只水母在太阳升起前夕乒然落入水中，它那柠檬黄色的荧光随即消逝在清水里。然后，又是一只，一只接一只。这些用光亮清淡了整夜的动物，开始回到自己最初的生活地，它们将在水中上下沉浮着，睡过另一个火星的白昼。

“有时候我觉得咱们的爱情就像这相思河中的水母一样，总是在上下沉浮。”林清爽靠在巴拉的怀里，扬起头，透过黎明的阳光看着他。

“你别瞎想了。”

巴拉用手拂弄起她的头发，她的身体软软的，被药物和火星“红魔菌”大肆消耗的抵抗力明显地无法完全恢复。她的嘴唇神经仍然麻木得影响发音和讲话。

“我仍然觉得，是我害了你的露霞。”她用眼睛看着他。

“别瞎说了，你非要让刚刚好了一点的心情都消失吗？”

“不过一切都会很快地结束的，我从她的手里夺走了你，现在红魔菌也不会放过我的。这样，我虽然没能还给你一个露霞，可我也为自己的错付出了代价。”

“清爽，我们早就是大人了，不是吗？永远这样悲哀和苦痛到底有什么意思呢？我时常想，世界上的一切原本都是好的，只是我们自己把它弄坏了。而弄坏这一切的原因，又是我们觉得世界上有永远无法用完的时间供我们挥霍。人生太短暂了，只应该做一些有意义的事情。几个月里，我已经清清楚楚地想通了这个问题。露霞已经走了这么多年了，早已是无法挽回。为什么不让你我的心回到轻松和快乐中呢？”

“我很快乐，因为想到死……”

“不对，清爽，这是变态心理在作怪。人的快乐是因为可以活着，可以去做更多的事情。你不该为别人承担那么多的责任，露霞的死与你与我都没有关系，那是她自己选择的生活和命运。而我们的爱情应该是属于我们自己的。清爽，还记得你自己童年的梦想吗？”巴拉用手指了指初升的太阳旁边的那颗依然闪亮的蓝色的星星，“该重新回到儿时的梦幻时光了。”

林清爽终于疲惫地笑了起来：“地球吗？谢谢你的好意，巴拉。可惜我已经再也无法拾回这个梦了。我身上的火星‘红魔菌’是地球海关身体检疫站的头号敌人。我会永远待在火星上的。”

“真的？”巴拉的脸上露出一种神秘的微笑。

“怎么？”清爽有些奇怪。

“现在我就带你去个地方。那里有我给你的令你吃惊的礼物，我希望这是凝聚了我一生力量所能给你的最好的礼物。”

巴拉抱起纤瘦得几乎不存在的清爽，把她安置在火星车的右前方座位上，然后盖好毯子，回到左边的驾驶室。他们开起小车，迅速地翻过山梁，眼前的一切使清爽大吃一惊。

在他们左边遥远的地平线上，火星的极昼要持续好几个月，橘红色的太阳要在这地平线不高的空中整整转上一周。在他们的右方，巨大的维什尼阿克环形山倾斜地插向繁星镶嵌的彤红色的空中。在他们的正前方，在方圆数平方千米的广漠的、原本是一片沙石的坎坷的化石海岸边，成堆的建筑雕塑耸立在那儿：长城、金字塔、自由神、埃菲尔铁塔，还有地球历史中早已消逝掉的太阳神庙和空中花园；南美平原上细长的地面画、中非草原上圆滚滚的石球……这些建筑和古迹的雕塑，自然地错落在一起，它们表面那反光的金属涂层，把原来荒凉的化石海岸变得光怪陆离、异彩纷呈。

“哦，我的天，这一切……巴拉，这都是你的作品吗？我简直都不敢相信，巴拉……”林清爽在车子里倒向自己的丈夫，心中充溢着由衷的感动。

“还不仅仅是这一切，清爽。你看见建筑群中央的粗大的金属管道喷口了吗？那儿，就在金字塔和复活节岛雕像的上方，黑色的、周围有一圈小的分流口的那只。”

“嗯，怎么样？”清爽问。

巴拉把她的身体重心推回到座位上，“自己坐一会儿。”他起身到车子的后备箱中，取出一杆大口径的火枪。

“你这是干什么？”清爽不解。

“别多问。你看见这里的扳机了吗？这儿，喏！我替你拿着这枪，对准那个粗大的金属管口，你来开一枪。”

“为什么？”

巴拉用手指堵住她的嘴，“嘘！不要问，开枪！”

她使出全身力气，扣动了扳机，霹雳呼啸的子弹恰巧从粗大的金属管口上方一寸的地方通过，只听轰的一声，一只巨大的藏蓝色的火气球在金属管口升腾起来，一分钟以后，这火球就充溢到了房间的大小。那火球表面滚动着洁白烟雾造成的云彩，在云蒸霞蔚的大气层之下，地球表面七大洲的大陆、次大陆都逼真地呈现在林清爽的面前。

巴拉扶着清爽站起来：“从今以后，这颗用天然气做成的活的雕塑，将是我们俩生活中的太阳。”

他深情地看着清爽那几乎被疾病夺去了活力的眼睛。这一次，那眼中又恢复了激情，反射着彤红色的天光。

古老的火星黎明下，孤立着两个人影，他们的身前身后，是悠远的时间，生锈的土地，和过往百万年的无尽沧桑。

——原刊于《科幻世界》1995 年第 8 期，获该年度科幻银河奖一等奖

中国科幻的守望者

——论吴岩的科幻小说创作与科幻文学理论建构

◎ 王家勇

吴岩是中国当代著名的科幻文学作家和科幻理论家。在创作方面，其科幻小说作品注重成人思维与儿童思维的隐性双支点和科学因素与奇幻色彩的显性双支点的建构，对中国当代科幻模式的形成起到了至关重要的作用；在理论方面，吴岩是中国当代科幻文学理论和学科体系的奠基者、建设者，其科幻理论研究具有丰富性、独特性和可持续性等特征。其在科幻创作与理论上的众多特点都非常鲜明地体现在了经典科幻小说《沧桑》的创作中。

一、文学活动概述

吴岩，生于1962年12月，满族，北京人。中国作家协会会员、中国科普作家协会科学文艺委员会副主任委员、世界华人科幻协会会长。现为北京师范大学教授及科幻与创意教育研究中心主任。自2003年开始招收科幻文学硕士研究生起，吴岩已培养了近20名专业的科幻研究人才，为中国科幻文学的发展注入了新鲜的血液。吴岩开设的多项研究生课程对学生科研能力的养成、科幻意识的启发具有积极作用，对青年科幻作家的大力扶持和推介也体

吴　岩

现出其博大无私的胸怀。

1. 创作概况

1978 年至今，吴岩已出版作品集《星际警察的最后案件》(1991)、《命运水晶球》(1994)、《飞向虚无》(1997)、《马思协探案》(1997)、《抽屉里的青春》(1999)、《出埃及记》(2004)、《沧桑》(2011) 和长篇小说《心灵探险》(1996)、《生死第六天》(1996)、译文集《灾难的星球》(1991) 和科幻卡通、科学童话等多部。创作各类科学文艺作品三十余部，主编作品集数百万字，一些作品被翻译成英文、日文和意大利文出版。1986 年至今，四度获得中国科幻小说银河奖；获得文化部等单位颁发的中国科幻小说星座杯白羊座金奖、银奖各一次；获得中宣部全国精神文明建设“五个一”工程奖；2001 年，获得科技部、新闻出版总署、国家自然科学基金委员会、中国科普作协颁发的第四届全国优秀科普作品奖二等奖；2011 年，获得世界华语科幻星云奖最佳传播奖。吴岩的科幻小说作品注重成人思维与儿童思维的隐性双支点和科学因素与奇幻色彩的显性双支点的建构，对中国当代科幻模式的形成起到了至关重要的作用。其文风朴实、流畅，既有“悲天悯人”的脉脉温情，也有天地浩劫时的坚毅果敢，读来让人如临其境、感动至深。

2. 科研概况

吴岩是中国当代科幻文学理论和学科体系的奠基者、建设者，自 1978 年起，吴岩已在《名作欣赏》《文艺报》《科普创作》《儿童文学研究》《中华读书报》《南方文坛》《自然辩证法研究》《装饰》等中文报刊杂志和 *Bookbird Locus* F&SF（俄文版）*World Literature Today*《华文天地（台湾）》等海外期刊上发表了大量科幻研究方面的学术论文。这些论文既有对某些科幻作家的个案分析，也有对中国科幻发展的理论解读；既有对国外科幻作家和科幻理论的研究与评介，也有对中国科幻现状向国外的推介，它们为吴岩建构中国科幻文学理论和学科体系奠定了雄厚的基础。在此基础之上，吴岩于2004年申请获得国家社会科学基金项目“科幻文学的理论和体系建设”（NO 04BZW012）。截至目前，总共出版科幻理论专著15部。其中，新概念科幻理论丛书包括《科幻文学概论》《科幻文学入门》《亲历中国科幻——郑文光评传》《现代性与中国科幻文学》《科幻、后现代、后人类——香港科幻论文精选》《在经典和人类的旁边——台湾科幻论文精选》等6部；科幻文学理论和学科体系建设丛书包括《科幻文学理论和学科体系建设》《外国科幻论文精选》《中国现代科幻主潮——中国科幻论文精选》和《科幻文学论纲》等4部；西方科幻文论经典译丛包括《亿万年大狂欢》《科幻小说变形记》《科幻小说面面观》《科幻小说的批评与建构》和《阿西莫夫论科幻小说》等5部，更是使他成为世界上主编科幻文学理论专著最多的学者之一。2012年，他又获得国家社科基金《20世纪中国科幻文学史》的重点科研项目资助。

二、创作特色和名作解读

有关吴岩的创作批评较少，多见于蔡茂友、李慰怡、星河、杨鹏等撰写的书评。近年来，较为全面系统描述吴岩创作的论文是笔者在《昆明师范高等专科学校学报》发表的《童年未逝：弗兰肯斯坦不再绝望——论吴岩科幻小说的双逻辑支点及中国科幻模式的嬗变》（2006年第2期）和刘大先在《民族文学》发表的《民族文学的想象空间——满族作家吴岩的科幻文学创作》（2007年第1期）。笔者的论文从尼尔·波兹曼在《童年的消逝》中提出的“童年已逝”的观点出发，再从方卫平、王俊英、汤锐等中国学者的观点入手进行分析，提出了与波兹曼不同的认识，即童年未逝、儿童文学尚在且中国儿童文学创作具有双逻辑支点。吴岩的儿童科幻文学创作恰恰是站在成人思维与儿童思维的内在隐性双支点及科学因素与奇幻色彩的外在显性双支点上，真正实现了儿童文学的双逻辑支点，真正找回了儿童文学“消逝”的“童年”。文章还讨论了吴岩作品里中国科幻存在的一些模式化倾向及其微妙的嬗变，为中国科幻文学的发展提供了一些理性参考。

多年来，中国科幻小说虽然行走于儿童文学的土地上，但却对儿童文学理论视而不见，对少年读者的心声听而不闻。吴岩是少数能够勇敢地面对这一真实存在的作者之一，他声明自己就是为少年儿童写作，这在当代科幻文坛上还比较少见。既然面对儿童，就必须从儿童心理和阅读喜好入手去调整自己的作品构架。笔者认为，成人思维与儿童思维在吴岩儿童科幻小说中是缺一不可的同时性存在。当作家在构思整部作品时，在决定运用怎样的叙事视点、模式、时间和话语时，他要动用成人的逻辑思维，而在具体的细节运用上又必须兼顾儿童视角。所谓儿童视角，指的是"小说借助儿童的眼光或口吻来讲述故事，故事的呈现过程具有鲜明的儿童思维的特征"。[1] 比如《窗外》，整部作品的主题构思、结构安排以及多处悬念的设置等都是在作家的成人思维操作下完成的，但作品中"大楼"的世界和"窗外"的一切却是通过一个十二岁女孩欧静静的眼睛展现和想象出来的，这样的细节表现更为接近儿童的思维特征，使少年读者更易与作家作品产生共鸣。可以说,《窗外》既是儿童心灵的映照，也有深刻的内涵意蕴。《换岗》中 12 岁的窦清雨、《宇宙快车 12963》中 15 岁的小侦探等儿童形象的塑造，都是作家对儿童视角的借用。在吴岩的儿童科幻小说中，成人思维的整体操作与儿童视角的细节关照是相辅相成的，其成人思维与儿童思维的融合恰到好处。

当然，创作儿童科幻小说并非着意模仿儿童的口吻来讲述故事，而是在利用儿童视点来获得儿童"观看世界的方式"。作家实际上是以成人思维预设、加工了一个儿童思维模型，再以这个模型为基础来完成向儿童视角的转变。吴岩对儿童思维与审美心理的模拟既在话语中传达自身的意图（作品的思想内涵），又唤起儿童对自我身份的认同（儿童的思维能力和审美接受能力），因此，在吴岩的儿童科幻小说中，成人思维与儿童思维的共同支撑，才真正实现了成人与儿童的平等对话。而吴岩的科幻小说在拥有了基础的必备的隐性双支点后，显性双支点便开始大放异彩了，这也是其科幻文学创作能够取得骄人成就的重要原因。

1. 科学因素与奇幻色彩——显性的双支点

成人思维与儿童思维这一隐性双支点的外化是另一对显性的双逻辑支点——科学因素与奇幻色彩。科学因素是儿童科幻小说"科学"这一支撑点的必然要求，这与成人抽象逻辑思维的科学性、严谨性是相对应的；奇幻色彩是儿童小说的文体要求，因为幻想是儿童科幻小说的灵魂，而奇妙的幻想又与儿童的形象直觉思维紧密相连，所以，科学因素与奇幻色彩是成人思维与儿童思维在吴岩的儿童科幻小说中的外在显现。

首先，吴岩的儿童科幻小说含有一定的科学因素，“倘若没有任何科学根据，则只能归为奇幻、魔幻或超现实作品”。[2]但“在科幻小说中，科学应作为故事发生的背景环境而存在，而不是作为具体的介绍对象”。[3]因此，儿童科幻小说的科学因素主要体现在作为背景环境的科学知识是否能够贯穿整个故事，并与小说的艺术形式达到完美统一。在《陨石袭击“马王堆”》中，人类对太空的探索以及对太空移民的宏伟规划等航天知识只是整部小说的背景环境，而非具体描述的对象，作者真正着力展现的是这种环境下的人与人、人与社会、人与自然的关系，《日出》《沧桑》等无不体现了这一点。也就是说，“小说中涉及的环境可能会过时，但其中表现的人物之情感、作者之哲思以及探索真理的精神都将会继续显示其独特的价值”。[4]这也正是儿童科幻小说的魅力之所在。

另外，儿童科幻小说的科学因素除了体现在要有作为背景环境的科学知识外，还体现在艺术虚构的科学性、真实性上。俄裔著名小说家纳布科夫有句名言：“科学离不开幻想，艺术离不开真实”，儿童科幻小说同样不能是漫无根据的瞎想和假想，否则会对儿童认知世界产生不利的影响。当然，科学因素只是吴岩儿童科幻小说的外在支点之一，作为儿童小说，奇幻色彩是其不可或缺的另一个外在支点。

吴岩儿童科幻小说中的奇幻因素一方面来自于科幻小说中常用的“机关布景”，如《底楼 17 层》中的宇宙交通网和巨蟹座外星人、《星际警察的最后案件》中的宇宙飞船、《超时空魔幻丛林》中的时间陷阱等，这些“机关布景”对儿童来说是极具吸引力的，也会激起儿童强烈的想要参与其中的愿望；另一方面来自于人们对世界不同的认识。“举个例子，一个人平常都是开车上班，偶然一次车子坏了，只好搭乘地铁，反而发现了一个截然不同的城市。……科幻作者所希望的正是这样，他期望藉奇幻因素，让读者从平淡无奇的现实世界里看到另一个多彩多姿的世界。”[2]在《抽屉里的青春》中，作家通过一种“气味记忆金属”，让主人公也让读者看到了一个不同于现实世界的三十年前的故乡世界;《第二张面孔》中被先进生化技术改造了脸的技师随着原有身份的丧失，必然会对世界产生新的认识。这种“不同的认识”丰富了儿童的认知范式，让儿童不再拘泥于以一种方式看世界，奇幻因素因而会丰富儿童思维并使其从低级向高级发展。

可见，吴岩儿童科幻小说中的科学因素与奇幻色彩同成人思维与儿童思维一样并非矛盾对立的，两者的结合，不仅有助于少年期儿童由直觉思维向逻辑思维过渡的顺利进行，而且这种奇幻色彩使作家作品与儿童读者之间产生了一种默契，是作家对儿童文学儿童性的全面关照。所以，科学因素与奇幻色彩是吴岩儿童科幻小说缺一不可的外在支点。

2.《沧桑》：火星上发生的爱情故事

《沧桑》是吴岩科幻作品中被广泛认可的一篇经典之作，就时间而言，小说设置的背景是在人类征服火星的一千年后；就地点而言，则有火星上利库得荒原中的水晶谷、南极圈内澳大利亚峡谷中的西澳尔村以及主人公们想念至深而又始终未能返回的地球故乡。

主人公林清爽在5个火星岁（相当于地球上的10岁）时亲眼目睹了父母在一次考察事故中丧生，在随后的一个火星年里，她都孤独地生活在父母离去的地方，期待着父母复活的奇迹能够发生。后来，她被舅舅接走并和表姐米露霞以及一个叫洛桑巴拉的男孩子成为朋友，开始了新的生活。在共同生活的过程中，清爽和露霞都爱上了巴拉，而巴拉最终选择了清爽，为了成全他们，露霞乘坐飞船踏上了返回地球的行程。然而，婚后的清爽和巴拉并不幸福，由于父母早亡对清爽的心理打击，形成了她任性、多疑且自视过高的性格特点；而放弃成为伟大雕塑家的梦想做了一名小小生命探测员的巴拉，也因为工作的极度不顺而渐渐觉得自己当初的选择也许是错误的。有一天，清爽无意间发现巴拉竟然背着自己和正在太空中航行的露霞偷偷地邮件联系，这让清爽觉得她和巴拉的感情可能真的已经到了尽头，两个人的争吵和对抗也因此而不断地扩大化。随后，一封邮件的到来终止了这场争吵，原来露霞所乘坐的飞船在到达地球时，因操作失误而坠毁，船上乘客全部遇难。露霞的死让清爽内心充满了自责，于是，清爽服下了破坏免疫系统的自杀药物并因此感染了火星红魔菌，虽然经过了冷冻治疗，但红魔菌就像是一颗定时炸弹一样随时都有可能夺去清爽的生命。5 个火星年后，清爽已经因细菌的侵蚀而瘦弱不堪，但巴拉仍然不离不弃地守在她的身边。一个清晨，巴拉带着清爽来到了维什尼阿克环形山附近的化石海岸边，完成了清爽一直深埋在内心深处的最大梦想——重新回到地球故乡。因为身带红魔菌，清爽这一生都不可能再次返回地球了，但为了实现清爽的梦想，巴拉用 10 年的时间，凭借自己的雕塑才华，将地球上的辉煌文明和建筑古迹都变成雕塑呈现了出来。当清爽看到这些雕塑时，她那因为疾病而失去活力的眼睛又再次回复了神采，反射着彤红色的天光。

当读者阅读完整篇小说后，作品中所蕴含的科幻逻辑支点也便清晰可见了。就隐性逻辑支点而言,《沧桑》的科幻背景设置、主人公的三角恋情关系、整个故事的情节安排等都必须在成熟的成人逻辑思维指导下才能完成，但不可否认的是，作品中三位主人公所经历的事情大部分都发生在他们的儿童期和少年期。比如林清爽的父母早亡发生在她 10 岁的时候，和米露霞及巴拉共同生活是在她 12 岁的时候，即使后来她与巴拉结婚也只是高中刚刚毕业，所以，作家在构架整个故事时就必须兼顾到儿童视角。清爽童年遭劫时的心理感受、意外碰到露霞与巴拉接吻时的苦涩内心抉择等，其实都是作家站在儿童的视角观察世界时的最本真表现，成人思维掌控宏观世界，而儿童思维则承担微观世界的建构。可以说，二者的完美结合使《沧桑》可以同时达成与儿童读者和成人读者的心理共鸣。就显性逻辑支点而言,《沧桑》的科学因素体现得还是较为明显的，人类对火星大气的改造、宇宙飞船、红魔菌、冷冻技术等都是科幻小说中必不可少的科学场景和道具，而这些内容又完全是建立在作家对一千年后火星星球的大胆幻想上。科学是科幻小说的物质基础，幻想则是科幻小说得以自由翱翔于宇宙星空的精神翅膀，它们的结合让读者看到了一个可以预见的未来世界。

另外,《沧桑》还给读者留下了一个值得认真思考的问题，那就是小说的标题“沧桑”的寓意到底是什么？小说的最后一句话这样写道：“古老的火星黎明下，孤立着两个人影，他们的身前身后，是悠远的时间，生锈的土地和过往百万年的无尽沧桑。”由这句话我们不难体味出“沧桑”的一种含义，即作家站在火星的视角回望地球文明，曾经的辉煌已不在，曾经的灿烂也落幕，所谓的“沧桑”，此时更多地意味着没落和萧索。同时，“沧桑”还有另外一层含义，那就是主人公们的沧桑人生，可以说，三位主人公的命运都是不幸的，他们过往的经历中更多的是痛苦和磨难，但一切都过去了之后，主人公们再次回想人生的时候，这种沧桑感也便油然而生了，此时的沧桑更多意味着悔恨和无奈。

3. 类型小说的模式化印记

上述两个部分让我们欣喜地看到，双重双逻辑支点确实能够支撑起一个稳固的童年世界，但由于中国科幻在很大程度上是承袭英国的科幻传统而来，因此，这种稳固的科幻体系也把英国的传统科幻模式牢牢地禁锢在自己的身上，所以，从吴岩的科幻作品中，我们看到了某些模式化的倾向。溯源而上，《弗兰肯斯坦》的“设疑——解难——揭底”模式是最初的源头，而中国科幻文学名家叶永烈在《论科学文艺》一文中，也曾将自己的科幻创作总结为“提出悬念、层层剥笋、篇末揭底”[4]，与玛丽·雪莱可谓一脉相承。吴岩是叶永烈的学生，自然也无法逃脱这一模式。他的《窗外》《换岗》《陨石袭击“马王堆”》等作品无不受到了这一模式的影响，换句话说，对于某些作品，窥一斑即可见全豹。

尽管吴岩创作的模式沿袭了前辈们的传统，但也有令人惊奇的微妙的嬗变，那就是科幻观的转变。无论是科幻草创时期的英国科幻，还是黄金时代的美国科幻，威尔斯“软式科幻”中的悲观绝望一直是科幻创作的主要基调，虽然中国20世纪80年代初的科幻由于特殊的历史环境而充溢着太多“不真不实”的乐观，但之后的中国科幻很快又恢复了对“科学将为我们带来什么？”这一问题的严肃拷问。但当我们通读吴岩的作品后，会发现他的科幻虽然依旧带给我们一种压抑的感觉，但结局往往并不悲观消极，比如《窗外》，所有读者都相信欧静静必将担负起使宇宙飞船重返地球的重任；《日出》

中的因飞船失事而去死不远的“他”凭借自己的意志力奇迹般重生，等等。吴岩的作品让人们在深沉的精神压抑下总能看到一丝希望的光芒，也就是说，吴岩科幻小说的基调不再是悲观的，而更似一出出悲喜交加的科幻正剧，也许这正是童年未失给这些作品所营造的乐观氛围吧。

三、科幻理论探究

从1991年吴岩在北师大开设科幻文学课程开始，到2003年正式招收科幻硕士生，吴岩的科幻生涯发生了从创作到教学的重大转变。近年来，吴岩的科幻视野和重心已经逐渐转移到了科幻理论和学科体系的建设上来，这种转变必然是在其三十年的科幻文学创作和理论研究的基础上形成的，并非朝夕可达或是一时的心血来潮，如果没有深厚的科幻理论功底和丰富的科幻文学创作经验，这种转变是无法完成的。在他的积极努力下，中国科幻文学的历史描述、世界科幻文学的发展概况正在逐渐清晰，而他自己所提出的“科幻是现代社会边缘人的呐喊”这一思想，则在世界科幻文学研究领域中独树一帜，成为第三世界后发达国家科幻文学的重要特征。

1. 丰富性

吴岩的科幻文学理论研究具有丰富的层次性，首先有对科幻文学作家的个案研究，如《别具一格——读叶永烈的科幻文学作品》《韦尔斯和他的科幻小说》《柯南道尔和他的科幻小说》《詹姆斯·布里什及其科幻作品》《开拓科幻小说的新天地——读星河杨鹏的新作》《拉里·尼文和他的科幻小说》《论郑文光的科幻文学创作》《刘慈欣与新古典主义科幻小说》《文化错位、性自虐与王晋康科幻小说的深层解码》《文明蜕变、精神解困与星河的青春期心理科幻》等；其次有对中国科幻发展的理论描述，如《文化传统与中国科幻》《中国科幻文学发展的两个时期》《理论与中国科幻小说的发展》《我视野中的华夏科幻史》《发掘晚清科幻的宝库》《50—70年代，中国科幻的燃情岁月》《90年代的中国科幻》《中国科幻电影的一些“隐情”》《中国科幻研究发展的三个时期》《中国科幻的独特表征》等；最后是对国外科幻文学创作和理论的研究与评介，如《西方科幻小说发展的四个时期》《国外科幻的引进及其对中国的影响》《国外有关科幻教学的情况》《外国科学家与科幻小说》《美国科幻研究会简介》等。吴岩的科幻文学理论研究已经将触角伸向了科幻学科的方方面面，甚至还出现了跨界研究，如《科幻文学中的经济秩序》《科幻文学与课程改革断想》等，将科幻与经济学、教育学等相关学科进行交叉，既保证了科幻研究的独立性，又增加了科幻研究的丰富性和新的理论生长点。

2. 独特性

在2011年出版的《科幻文学论纲》（重庆出版社，2011.4）中，吴岩一反多数科幻作家进入主流的强烈诉求，而是坚定地将这类文学定位于边缘。他在“作为下等文学的科幻小说”的章节中，全面回顾了东西方科幻文学发展中的边缘位置和各国作家企图向文学核心与社会核心挺进的努力及其最终失败，从这里开始，他的边缘论获得了感性的基础。此后，他用四章全面展示了女性、大男孩、边缘人和落伍者四类科幻作家群落，并综合性地指出，科幻文学其实是一些在科学时代无法适应社会发展的边缘力量的微弱呼声的展示。作为整个著作的核心部分，这四章的案例选择精到合理，分析深入浅出，引文全面准确，结论具有启发性。此后，综合四个作家群落的共同特点和他们创作的特点，吴岩给出了科幻文学的一些主要特性，这些特性包括边缘性、实验性、界外知识生成，以及作为行动的想象力和科幻文学的价值所在。

多年以来，中国的科幻文学研究遵循着科幻是科学的普及工具、科幻是文学的特别主题等方向发展，没有跳出从鲁迅、梁启超就开始的基本思维和套路。而吴岩的这本论纲，则直接建立在现代性和后现代性的相关理论基础上，它从权力视角立论，从权力场的运作分析，从东西科幻历史中撷取资源，从自身的创作和感受中建立印证，该书的出版给中国科幻文学研究领域带去了全新的视角。韩松在一篇文章中指出：“吴岩恰当地把权力分析方法引入研究，……他不仅得出了中国及世界科幻文学发展的一系列重要而全新的结论，而且在资本主义和社会主义两大阵营对垒之下，在经济和技术入侵着人类生活每一个细节的境况中，对于我们认识和破解中国现代化进程和世界全球化演进中的诸种难题，乃至洞察中华民族和人类的源流、走向和变迁，开辟了一片与以往完全不同的全新视野。这方面的意义弥足珍贵。”（《盗火者与火》）。科幻作家刘慈欣在谈到《科幻文学论纲》时指出：“本书有着十分独特的视角和理论框架，从科学和文学的权力场角度解读科幻，同时对科幻作家族进行了精辟的分类，思想深刻，论据丰富而坚实，至少对于我，第一次见到这样的科幻理论，似乎打开了一扇窗口，看到了许多以前自己很少想到的东西，对科幻文学的本质也有了更深的认识。”（见刘慈欣的新浪博客）。此外，杨鹏、杨平、安武林、陈楸帆等诸多科幻作家和文学评论家都对吴岩的科幻研究表示了认可，星河还提出了大量值得商榷的论述点和方法学问题。总之，《科幻文学论纲》的发表，带动了中国学者对科幻文学本质的重新思考和认识，有利于中国科幻文学理论的发展。

3. 可持续性

吴岩科幻文学理论研究的第三个特征就是可持续性，这种可持续性更多地体现在打开学术领域、孕育学术团队和建构学术氛围上。在过去的八年（2004—2012）中，吴岩已经在科幻历史、中国科幻独特问题、科幻的创意价值等方面开拓了不同领域，且自己编辑了《中国科幻研究》等资料。面对目前国内科幻研究的氛围难以令人满意的状况，他积极投身研究生层次的人才培养上。在吴岩和王泉根所领导的北京师范大学科幻文学方向，已经有一些人逐渐在科幻发展的不同方向上产生了影响。完善的学术团队发展，新人、新文和新论频出的局面正在形成。在氛围建立方面，吴岩不断邀请国内外著名作家、编辑、电影人、研究者来访讲学，并与国际上具有极大影响的美国科幻研究杂志合作主编中国科幻专号。他的《科幻应该这样读》更是一部最新的、面对中小学教师、家长和非科幻迷的入门读物。吴岩认为，全方位地开展科幻与创意教育，是创新型国家的需求，也是中国未来能立于世界民族之林的重要保证。这些科幻理论和大胆举措正逐渐成为中国科幻可持续发展的重要推动力。

参考文献

[1] 吴晓东，等. 现代小说研究的诗学视域［J］. 中国现代文学丛刊，1999（1）：67–80.

[2] 吕应钟，吴岩. 科幻文学概论［M］. 台北：五南图书出版股份有限公司，2002：39，5.

[3] 王泉根. 新时期儿童文学研究［M］. 石家庄：河北少年儿童出版社，2004：285.

[4] 蒋风，韩进. 中国儿童文学史［M］. 合肥：安徽教育出版社，1998：286，699.

生命之歌

◎ 王晋康

孔宪云晚上回到寓所时看到了丈夫从中国发来的传真。她脱下外衣，踢掉高跟鞋，扯掉传真躺到沙发上。

孔宪云是一个身材娇小的职业妇女，动作轻盈，笑容温婉，额头和眼角已刻上 45 年岁月的痕迹。她是以访问学者的身份来伦敦的，离家已一年了。

云：

研究已取得突破，验证还未结束，但成功已经无疑……

孔宪云简直不敢相信自己的眼睛。虽然她早已不是易于冲动的少女，但一时间仍激动得难以自制。那项研究是二十年来压在丈夫心头的沉重梦魇，并演变成了他唯一的生存目的。仅仅一年前，她离家来伦敦时，那项研究依然处于山穷水尽的地步。她做梦也没想到能有如此神速的进展。

其实我对成功已经绝望，我一直用紧张的研究来折磨自己，只不过想做一个体面的失败者。但是两个月前，我在岳父的实验室里偶然发现了十几页发黄的手稿，它对我的意义不亚于罗赛达石碑，使我二十年盲目搜索到又随之抛弃的珠子一下子穿在一起。

我不知道是否该把这些告诉你父亲。他在距胜利只有一步之遥的地方突然停步，承认了失败，这实在是一个科学家最惨痛的悲剧。

往下读传真时，宪云的眉头逐渐紧缩，信中并无胜利的欢快，字里行间反倒透着阴郁，她想不通这是为什么。

但我总摆脱不掉一个奇怪的感觉，我似乎一直生活在这位失败者的阴影下，即使今天也是如此。我不愿永远这样，比如这次发表成果与否，我不打算屈从他的命令

爱你的哲

9.6.2253

她放下传真走到窗前，遥望东方幽暗而深邃的夜空，感触万千，喜忧交并。二十年前她向父母宣布，她要嫁给一个韩国人，母亲高兴地接受了，父亲的态度是冷淡地拒绝。拒绝理由却是极古怪的，令人啼笑皆非：

“你能不能和他长相厮守？你是在五千年的中国文化中浸透的，他却属于一个咄咄逼人的暴发户民族。”

虽然长大后宪云已逐渐习惯了父亲性格的乖戾，但这次她还是瞠目良久，才弄懂父亲并不是开玩笑。她讥讽地说：“对，算起来我还是孔夫子的百代玄孙呢。不过我并不是代大汉天子的公主下嫁番邦，朴重哲也无意作大韩民族的使节，我想民族性的差异不会影响两个小人物的结合吧。”

父亲怫然而去。母亲安慰她：“不要和怪老头一般见识。云云，你要学会理解父亲。”母亲苦涩地说，“你父亲年轻时才华横溢，被公认是生物学界最有希望的栋材，但他几十年一事无成，心中很苦啊。直到现在，我还认为他是一个杰出的天才，可是并不是每一个天才都能成功。你父亲陷进 DNA 的泥沼，耗尽了才气。而且……”母亲的表情十分悲凉，“这些年你父亲实际上已放弃努力，他已经向命运屈服了。”

这些情况宪云早就了解。她知道父亲为了 DNA 研究，33 岁才结婚，如今已是白发如雪。失败的人生扭曲了他的性格，他变得古怪易怒——而在从前他是一个多么可亲可敬的父亲啊。宪云后悔不该刺伤父亲。

母亲忧心忡忡地问："听说朴重哲也是搞 DNA 研究的？云儿，恐怕你也要做好受苦受难的准备。不说这些了。"她果决地一挥手："明天把重哲领来让爸妈见见。"

第二天她把重哲领到家里，母亲热情地张罗着，父亲端坐不动，冷冷地盯着这名韩国青年，重哲则以自信的微笑对抗着这种压力。那年重哲 28 岁，英姿飒爽，倜傥不群——孔宪云不得不暗中承认父亲的确有某些言中之处，才华横溢的重哲的确过于锋芒毕露，咄咄逼人。

母亲老练地主持着这场家庭晚会，笑着问重哲："听说你是研究生物的，具体是搞哪个领域的？"

"遗传学，主要是行为遗传学。"

"什么是行为遗传学？给我启启蒙——要尽量浅显啊。不要以为遗传学家的老伴就必然是近墨者黑，他搞他的生物 DNA，我教我的音乐多来米，我们是井水不犯河水，互不干涉内政。"

宪云和重哲都笑了。重哲斟酌着字句，简洁地说：

"生物繁衍后代时，除了生物形体有遗传性外，生物行为也有遗传性。即使幼体生下来就与父母群体隔绝，它仍能保存这个种族的本能。像人类婴儿生下来会哭会吃奶，小海龟会扑向大海，昆虫会避光或佯死等。有一个典型的例证：欧洲有一种旅鼠，在成年后便成群结队奔向大海，这种怪僻的行为曾使动物学家们迷惑不解。后来考证出它们投海的地方原来与陆路相连。毫无疑问，这种迁徙肯定曾有利于鼠群的繁衍，并演化成可以遗传的行为程式，现在虽然已时过境迁，但冥冥中的本能仍顽强地保持着，甚至战胜了对死亡的恐惧。行为遗传学就是研究这些本能与遗传密码的对应关系。"

母亲看看父亲，又问道：

"生物形体的遗传是由 DNA 决定的，像腺嘌呤、鸟嘌呤、胸腺嘧啶、胞嘧啶与各种氨基酸的转化关系啦，红白豌豆花的交叉遗传啦，这些都好理解——怎么样，我从你父亲那儿还剽学到一些知识吧？"她笑着对女儿说，"可是，要说无质无形、虚无缥缈的生物行为也是由 DNA 来决定，我总是难以理解。那更应该是神秘的上帝之力。"

重哲微笑着说："上帝只存在于某些人的信念之中。如果抛开上帝这个前提，答案就很明显了。生物的本能是生而有之的，而能够穿透神秘的生死之界来传递上一代信息的介质，仅有生殖细胞。所以毫无疑问，动物行为的指令只可能存在于 DNA 的结构中，这是一个简单的筛选法问题。"

一直沉默着的父亲似乎不想再听这些启蒙课程，开口问："你最近的研究方向是什么？"

重哲昂然道："我不想搞那些鸡零狗碎的课题，我想破译宇宙中最神秘的生命之咒。"

"嗯？"

"一切生物，无论是病毒、苔藓还是人类，其最高本能是它的生存欲望，即保存自身、延续后代，其他欲望像食欲、性欲、求知欲、占有欲，都是由它派生出来的。有了它，母狼会为了狼崽同猎人拼命，老蝎子心甘情愿作小蝎子的食粮，泥炭层中沉睡数千年的古莲子仍顽强地活着，庞贝城的妇人在火山爆发时用身体为孩子争得最后的空间。这是最悲壮最灿烂的自然之歌，我要破译它。"他目光炯炯地说。

宪云看见父亲眸子里陡然亮光一闪，变得十分锋利，不过这点锋芒很快隐去了。他仅冷冷地撂下一句：

"谈何容易。"

重哲扭头对宪云和母亲笑笑，自信地说："从目前遗传学发展水平来看，破译它的可能至少不是海市蜃楼了。这条无所不在的咒语控制着世界万物，显得神秘莫测。不过反过来说，从亿万种遗传密码中寻找一种共性，反而是比较容易的。"

父亲涩声说："已有不少科学家在这个堡垒前铩羽。"

重哲淡然一笑："失败者多是西方科学家吧，那是上帝把这个难题留给东方人了。正像国际象棋与围棋、西医与东方医学的区别一样，西方人善于作精确的分析，东方人善于作模糊的综合。"他耐心地解释道，"我看过不少西方科学家在失败中留下的资料，他们太偏爱把行为遗传指令同单一 DNA 密码建立精确的对应。我认为这是一条死胡同。生命之咒的秘密很可能存在于

DNA 结构的次级序列中，是隐藏在一首长歌中的主旋律。”

谈话进行到这儿，宪云和母亲只有旁听的份儿了。父亲冷淡地盯着重哲，久久未言，朴重哲坦然自若地与他对视着。宪云担心地看着两人。忽然小元元笑嘻嘻地闯进来，打破了屋内的冷场。他满身脏污，抱着家养的白猫小佳佳，白猫在他怀里不安地挣扎着。妈妈笑着介绍：

“小元元，这是你朴哥哥。”

小元元放下白猫，用脏兮兮的小爪子亲热地握住朴重哲的手。妈妈有意夸奖这个有智力缺陷的儿子：“小元元很聪明呢，不管是下棋还是解数学题，在全家都是冠军。重哲，听说你的围棋棋艺还不错，赶明儿和小元元杀一场。”

小元元骄傲地昂起头，鼻孔翕动着，那是他得意时的表情。朴重哲目光锐利地打量着这个圆脑袋的小个儿机器人，他外表酷似真人，行为举止带着 5 岁孩童的娇憨。不过宪云透露过，小元元实际已 17 岁了。他毫不留情地问：

“但他的心智只有 5 岁孩童的水平？”

宪云偷偷看看爸妈，微微摇摇头，心里埋怨重哲说话太无顾忌。朴重哲毫不理会她的暗示目光，斩钉截铁地说：

“没有生存欲望的机器人永远也成不了人。”

元元懵懵懂懂地听着大人谈论自己，转着脑袋，看看这个，再看看那个。虽然宪云不是学生物的，但她敏锐地感觉到重哲这个结论的份量。她看看父亲，父亲一言不发，掉转身走了。

孔宪云心中忐忑，跟到父亲书房，父亲默然良久，冷声道：

“我不喜欢这个人，太狂！”

宪云很失望，斟酌着字句，打算尽量委婉地表明自己的意见。忽然父亲说道：“问问他，愿意不愿意到我的研究所工作。”

宪云愕然良久，咯咯地笑起来。她快活地吻了父亲，飞快地跑回客厅，把好消息传达给母亲和重哲。重哲慨然答应：

“我很愿意到伯父这儿工作。我拜读过伯父年轻时的一些文章，很钦佩他清晰的思路和敏锐的直觉。”

他的表情道出了未尽之意：对一个失败英雄的怜悯。宪云心中不免有些芥蒂，这种怜悯刺伤了她对父亲的崇敬。但她无可奈何，因为他说的正是家人不愿道出的真情。

婚后，朴重哲来到孔昭仁生物研究所，开始了他的马拉松研究。研究步履维艰。父亲把所有资料和实验室全部交给女婿，正式归隐林下。对女婿的工作情况，他从此不闻不问。

传真机又轧轧地响起来，送出一份传真。

云姐姐：

你好吗？已经一年没见你了，我很想你。

这几天爸爸和朴哥哥老是吵架，虽然声音不大，可是吵得很凶。朴哥哥在教我变聪明，爸爸不让。

我很害怕，云姐姐，你快回来吧。

元元

读着这份稚气未尽的信，宪云心中隐隐作痛，更感到莫可名状的担心。略为沉吟后，她用电脑向机场预定了机票，是明天早上6点的班机，又向剑桥大学的霍金斯教授请了假。

飞机很快穿过云层，脚下是万顷云海，或如蓬松雪团，或如流苏璎珞。少顷，一轮朝阳跃出云海，把万物浸在金黄色的静谧中，宇宙中鼓荡着无声的旋律，显得庄严瑰丽。孔宪云常坐早班机，就是为了观赏壮丽的日出，她觉得自己已融化在这金黄色的阳光里，浑身每个毛孔都与大自然息息相通。机上乘客不多，大多数人都到后排空位上睡觉去了，宪云独自倚在舷窗前，盯着飞机襟翼在空气中微微抖动，思绪又飞到小元元身上。

宪元是爸爸研制的学习型机器人，比她小八岁。元元像人类婴儿一样头脑空白的来到这个世界，牙牙学语，蹒跚学步，逐步感知世界，建立起“人”的心智系统。爸爸说，他是想通过元元来观察机器人对自然的适应能力及建树自我的能力，观察它与人类“父母“能建立什么样的感情纽带。

元元一出生就是在孔家生活。很长时间，在小宪云的心目中，元元是和她一样的小孩，是她亲亲的小弟弟。当然他有一些特异之处——不会哭，没有痛觉，跌倒时会发出铿锵的响声，但小宪云认为这是正常中的特殊，就像人类中有左撇子和色盲一样。

小元元是按男孩的形象塑造的——这会儿孔宪云感慨地想：即使在科学昌明的 23 世纪，那种重男轻女的旧思想仍是无形的咒语，爸妈对孔家这个唯一的男孩十分宠爱。她记得爸爸曾兴高采烈地给小元元当马骑；也曾坐在葡萄架下，一条腿上坐一个小把戏，娓娓讲述古老的神话故事——那时爸爸的性情绝不古怪，这一段金色的童年多么令人思念啊。开始，小宪云曾为爸妈的偏心愤愤不平，但她自己也很快变成一只母性强烈的小母鸡，时时把元元掩在羽翼下。每天放学回家，她会把特地留下的糖果点心一股脑儿倒给弟弟，高兴地欣赏弟弟津津有味的吃相。“好吃吗？”“好吃。”——后来宪云知道元元并没有味觉，吃食物仅是为了取得能量，懂事的元元这样回答是为了让小姐姐高兴，这使她对元元更加疼爱。

小元元十分聪明，无论是学数学、下棋、弹钢琴，姐姐永远不是对手。小宪云曾嫉妒地偷偷找爸爸磨牙：“给我换一个机器脑袋吧，行不行？”但在 5 岁时，元元的智力发展——主要指社会智力的发展——却戛然而止。

在这之后，他的表现就像人们所说的白痴天才，一方面，仍在某些领域保持着过人的聪明，但他的心智始终没超过 5 岁孩童的水平。他成了父亲失败的象征，成了一个笑柄。爸爸的同事来家访时，总是装作没看见小元元，小心地隐藏着对爸爸的怜悯。爸爸的性格变态正是从这时开始的。

以后父亲很少到小元元身边。小元元自然感到了这一变化，他想与爸爸亲热时，常常先怯怯地打量着爸爸的表情，如果没有遭到拒绝，他就会绽开笑脸，高兴得手舞足蹈。这使妈妈和宪云心怀歉疚，把加倍的疼爱倾注到傻头傻脑的元元身上。宪云和重哲婚后一直没有生育，所以她对小元元的疼爱，还掺杂了母子的感情。

但是……爸爸真的讨厌元元么？宪云曾不止一次发现，爸爸长久地透过玻璃窗，悄悄看元元玩耍。他的目光里除了阴郁，还有道不尽的痛楚……那时小宪云觉得，大人真是一种神秘莫测的异类。现在她已长大成人了，还是不能理解父亲的怪异性格。

她又想起小元元的信。重哲在教元元变聪明，爸爸为什么不让？他为什么反对重哲公布成果？一直到走下飞机舷梯，她还在疑惑地思索着。

母亲听到门铃就跑出来，拥抱着女儿，问："路上顺利吗？时差疲劳还没消除吧，快洗个热水澡，好好睡一觉。"

女儿笑道："没关系的，我已经习惯了。我爸爸呢，那古怪老头呢？"

"到协和医院去了，是科学院的例行体检。不过，最近他的心脏确实有些小毛病。"

宪云关心地问："怎么了？"

"轻微的心室纤颤，问题不大。"

"小元元呢？"

"在实验室里，重哲最近一直在为他开发智力。"

妈妈的目光暗淡下来——她们已接触到一个不愿触及的话题。宪云小心地问："翁婿吵架了？"

妈妈苦笑着说："嗯，已经有一个多月了。"

"到底是为什么？是不是反对重哲发表成果？我不信，这毫无道理嘛。"

妈妈摇摇头："不清楚。这是一次纯男人的吵架，他们瞒着我，连重哲也不对我说实话。"妈妈的语气中带着几丝幽怨。

宪云勉强笑着说："好，我这就去审个明白，看他敢不敢瞒我。"

透过实验室的全景观察窗，她看到重哲正在忙碌，小元元胸腔打开了，重哲似乎在调试和输入什么。小元元仍是那个憨模样，圆脑袋，大额头，一双眼珠乌黑发亮。他笑嘻嘻地用小手在重哲的胸膛上摸索，大概他认为重哲的胸膛也是可以开合的。

宪云不想打扰丈夫的工作，靠在观察窗上，陷入沉思。爸爸为什么反对公布成果？是对成功尚无把握？不会。重哲早已不是二十年前那个目空一切的年轻人了。这项研究实实在在是一场不会苏醒的噩梦，是无尽的酷刑，他建立的理论多少次接近成功，又突然倒塌。所以，他既然能心境沉稳地宣布胜利，那是绝无疑问的——但为什么父亲反对公布？他难道不知道这对重哲来说是何等残酷和不公平？莫非……一种念头驱之不去，去之又来：莫非是失败者的嫉妒？

宪云不愿相信这一点，她了解父亲的人品。但是，她也提醒自己，作为一个毕生的失败者，父亲的性格已经被严重扭曲了啊。

宪云叹口气，但愿事实并非如此。婚后她才真正理解了妈妈要她作好受难准备的含义。从某种含义上说，科学家是勇敢的赌徒，他们在绝对黑暗中凭直觉定出前进的方向，然后开始艰难的摸索，为一个课题常常耗费毕生的精力。即使在研究途中的一万个岔路口中只走错一次，也会与成功失之交臂，而此时他们常常已步入老年，来不及改正错误了。

二十年来，重哲也逐渐变得阴郁易怒，变得不通情理。宪云已学会用安详的微笑来承受这种苦难，把苦涩埋在心底，就像妈妈一直做的那样。

但愿这次成功能够改变他们的生活。

小元元看见姐姐了，他扬扬小手，做了个鬼脸。重哲也扭过头，匆匆点头示意——忽然一声巨响！窗玻璃哗的一声垮下来，屋内顿时烟雾弥漫。宪云目瞪口呆，木雕泥塑般愣在那儿，她但愿这是一幕虚幻的影片，很快就会转换镜头。她痛苦地呻吟着：上帝啊，我千里迢迢赶回来，难道是为了目睹这场惨剧？——她惨叫一声，冲进室内。

小元元的胸膛已被炸成前后贯通的孔洞，但她知道小元元没有内脏，这点伤并不致命。重哲被冲击波砸倒在椅子上，胸部凹陷，鲜血淋漓。宪云抱起丈夫，嘶声喊：

“重哲！醒醒！”

妈妈也惊惧地冲进来，面色惨白。宪云哭喊：“快把汽车开过来！”妈妈跌跌撞撞地跑出去。宪云吃力地托起丈夫的身体往外走，忽然一只小手拉住她：

“小姐姐，这是怎么啦？救救我。”

虽然是在痛不欲生的震惊中，她仍敏锐地感到元元细微的变化，摸到了丈夫成功的迹象——小元元已有了对死亡的恐惧。

她含泪安慰道：“小元元，不要怕，你的伤不重，我送你重哲哥到医院后马上为你请机器人医生。姐姐很快就回来，啊？”

孔昭仁直接从医院的体检室赶到急救室。这位78岁的老人一头银发，脸庞黑瘦，面色阴郁，穿一身黑色的西服。宪云伏到他怀里，抽泣着，他轻轻抚摸着女儿的柔发，送去无言的安慰。他低声问：

“正在抢救？”

“嗯。”

“小元元呢？”

“已经通知机器人医生去家里，他的伤不重。”

一个50岁左右的瘦长男子费力地挤过人群，步履沉稳地走过来。目光锐利，带着职业性的干练冷静。“很抱歉在这个悲伤的时刻还要打扰你们。”他出示了证件，“我是警察局刑侦处的张平，想尽快了解事情发生的经过。”

孔宪云揩揩眼泪，苦涩地说：“恐怕我提供不了多少细节。”她和张平叙述了当时的情景。张平转过身对着孔教授：

“听说元元是你一手研制的学习型机器人？”

“是。”

张平的目光十分犀利：“请问他的胸膛里怎么会藏有一颗炸弹？”

宪云打了一个寒战，知道父亲已被列入第一号疑凶。老教授脸色冷漠，缓缓说道：

“小元元不同于过去的机器人。除了固有的机器人三原则外，他不用输入原始信息，而是从零开始，完全主动地感知世界，并逐步建立自己的心智系统。当然，在这个开式系统中，他也有可能变成一个江洋大盗或嗜血杀手。因此我设置了自毁装置，万一出现这种情况，那么他的世界观就会同体内的三原则发生冲突，从而引爆炸弹，使他不至于危害人类。”

张平回头问孔的妻子：“听说小元元在你家已生活了37年，你们是否发现他有危害人类的企图？”

元元妈摇摇头，坚决地说：“决不会。他的心智成长在5岁时就不幸中止了，但他一直是个心地善良的好孩子。”

张平逼视着老教授，咄咄逼人地追问：“炸弹爆炸时，朴教授正为小元元调试。你的话是否可以理解为，是朴教授在为他输入危害人类的程序，从而引爆了炸弹？”

老教授长久地沉默着，时间之长使宪云觉得恼怒，不理解父亲为什么不立即否认这种荒唐的指控。很久，老教授才缓缓说道：

“历史上曾有不少人认为某些科学发现将危害人类。有人曾认真忧虑煤的工业使用会使地球氧气在50年耗尽，有人认为原子能的发现会毁灭地球，有人认为试管婴儿的出现会破坏人类赖以生存的伦理基础。但历史的发展淹没了这些怀疑，并在科学界确立了乐观主义信念；人类发展尽管盘旋曲折，但总趋势一直是昂扬向上的，所谓科学发现会危及人类的论点逐渐失去了信仰者。”

孔宪云和母亲交换着疑惑的目光，不知道老教授的长篇大论是什么含义。老教授又沉默很久，阴郁地说：

“但是人们也许忘了，这种乐观主义信念是在人类发展的上升阶段确立的，有其历史局限性。人类总有一天——可能是100万年，也可能是1亿年——会爬上顶峰，并开始下山。那时候科学发现就可能变成人类走向死亡的催熟剂。”

张平不耐烦地说：“孔先生是否想从哲学高度来论述朴教授的不幸？这些留待来日吧，目前我只想了解事实。”

老教授看着他，心平气和地说：“这个案子由你承办不大合适，你缺乏必要的思想层次。”

张平的面孔涨得通红，冷冷地说：“我会虚心向您讨教的，希望孔教授不吝赐教。”

孔教授平静地说：“就您的年纪而言，恐怕为时已晚。”

他的平静比话语本身更锋利。张平恼羞成怒，正要找出话来回敬，这时急救室的门开了，主刀医生脚步沉重地走出来，垂着眼睛，不愿接触家属的目光：

“十分抱歉，我们已尽了全力。病人注射了强心剂，能有十分钟的清醒。请家属们与他话别吧，一次只能进一个人。”

孔宪云的眼泪泉涌而出，神志恍惚地走进病房，母亲小心地搀扶着她，送她进门。跟在她身后的张平被医生挡住，张平出示了证件，小声急促地与医生交谈几句，医生摆摆手，侧身让他进去。

朴重哲躺在手术台上，急促地喘息着。死神已悄悄吸走他的生命力，他面色灰白，脸颊凹陷。孔宪云拉住他的手，哽声唤道："重哲，我是宪云。"

重哲缓缓地睁开眼睛，茫然四顾后，定在宪云脸上。他艰难地笑一笑，喘息着说："宪云，对不起你，我是个无能的人，让你跟我受了二十年的苦。"忽然他看到宪云身后的张平，"他是谁？"

张平绕到床头，轻声说："我是警察局的张平，希望朴先生介绍案发经过，我们好尽快捉住凶手。"

宪云恐惧地盯着丈夫，既盼望又害怕丈夫说出凶手的名字。重哲的喉结跳动着，喉咙里咯咯响了两声，张平俯下身去问："你说什么？"

朴重哲微弱而清晰地重复道："没有凶手。没有。"

张平显然对这个答案很失望，还想继续追问，朴重哲低声说："我想同妻子单独谈话。可以吗？"张平很不甘心，但他看看垂危的病人，耸耸肩退出病房。

孔宪云觉得丈夫的手动了动，似乎想握紧她的手，她俯下身："重哲，你想说什么？"

他吃力地问："元元……怎么样？"

"伤处可以修复，思维机制没有受损。"

重哲目光发亮，断续而清晰地说："保护好……元元，我的一生心血……尽在其中。除了……你和妈妈，不要让……任何人……接近他。"他重复着，"一生心血啊。"

宪云打一个寒战，当然懂得这个临终嘱托的言外之意。她含泪点头，坚决地说："你放心，我会用生命来保护他。"

重哲微微一笑，头歪倒在一边。示波器上的心电曲线最后跳动几下，缓缓拉成一条直线。

小元元已修复一新，胸背处的金属铠甲亮光闪闪，可以看出是新换的。

看见妈妈和姐姐，他张开两臂扑上来。

把丈夫的遗体送到太平间后，宪云一分钟也未耽搁就往家赶。她在心里逃避着，不愿追究爆炸的起因，不愿把另一位亲人也送向毁灭之途。重哲，感谢你在警方询问时的回答，我对不起你，我不能为你寻找凶手，可是我一定要保护好元元。

元元趴在姐姐的膝盖上，眼睛亮晶晶的问："朴哥哥呢？"

宪云忍泪答道："他到很远的地方去了，不会再回来了。"

元元担心地问："朴哥哥是不是死了？"他感觉到姐姐的泪珠扑嗒扑嗒掉在手背，愣了很久，才痛楚地仰起脸，"姐姐，我很难过，可是我不会哭。"

宪云猛地抱住他，放开感情闸门，痛快酣畅地大哭起来，妈妈也是泪流满面。

晚上，大团的乌云翻滚而来，空气潮重难耐。晚饭的气氛很沉闷，除了丧夫失婿的悲痛之外，家中还笼罩着一种怪异的气氛。家人之间已经有了严重的猜疑，大家对此心照不宣。晚饭中老教授沉着脸宣布，他已断掉了家里同外界的所有联系，包括电脑联网，等事情水落石出后再恢复。这更加重了家中的恐惧感。

孔宪云草草吃了两口，似不经意地对元元说："元元，以后晚上到姐姐屋里睡，好吗？我嫌太寂寞。"

元元嘴里塞着牛排，看看父亲，很快点头答应。爸爸沉着脸没说话。

晚上宪云没有开灯，枯坐在黑暗中，听窗外雨滴淅淅沥沥打着芭蕉。元元知道姐姐心里难过，伏在姐姐腿上，一言不发，两眼圆圆地看着姐姐的侧影。很久，小元元轻声说："姐姐，求你一件事，好吗？"

"什么事？"

"晚上不要关我的电源，好吗？"

宪云多少有些惊异。元元没有睡眠机能，晚上怕他调皮，也怕他寂寞，所以大人同他道过晚安后便把他的电源关掉，早上再打开，这已成了惯例。她问元元：

"为什么？你不愿睡觉吗？"

小元元难过地说：“不，这和你们睡觉的感觉一定不相同。每次一关电源，我就一下子沉呀沉呀，沉到很深的黑暗中去，是那种黏糊糊的黑暗。我怕也许有一次，我会被黑暗吸住，再也醒不过来。”

宪云心疼地说：“好，以后我不关电源，但你要老老实实待在床上，不许调皮，尤其不能跑出房门，好吗？”

她把元元安顿在床上，独自走到窗前。阴黑的夜空中雷声隆隆，一道道闪电撕破夜色，把万物定格在惨白色的光芒中，是那种死亡的惨白色。她在心中一遍又一遍苦楚地呻吟着：重哲，你就这样走了吗？就像滴入大海的一滴水珠？

自小在生物学家的熏陶下长大，她认为自己早已能达观地看待生死。生命只是物质微粒的有序组合，死亡不过是回到物质的无序状态，仅此而已。生既何喜，死亦何悲？——但是当亲人的死亡真切地砸在她心灵上时，她才知道自己的达观不过是砂砌的塔楼。

甚至元元已经有了对死亡的恐惧，他的心智已经苏醒了。宪云想起自己八岁时（那年元元还没“生下”），家养的老猫“佳佳”生了四个可爱的绒团团猫崽。但第二天小宪云去向老猫问早安时，发现窝内只剩下三只小猫，还有一只圆溜溜的猫头！老猫正舔着嘴巴，冷静地看着她。宪云惊慌地喊来父亲，父亲平静地解释：

“不用奇怪。所谓老猫吃子，这是它的生存本能。猫老了，无力奶养四个孩子，就拣一只最弱的猫崽吃掉，这样可以少一张吃奶的嘴，顺便还能增加一点奶水。”

小宪云带着哭声问：“当妈妈的怎么这么残忍？”

爸爸叹息着说：“不，这其实是另一种形式的母爱，虽然残酷，但是更有远见。”

这次的目睹对她八岁的心灵造成极大的震撼，以至终生难忘。她理解了生存的残酷，死亡的沉重。那天晚上，八岁的宪云第一次失眠了。那也是雷雨之夜，电闪雷鸣中，她第一次真切地意识到了死亡。她意识到爸妈一定会死，自己一定会死，无可逃避。无论爸妈怎么爱她，无论家人和自己做出怎样的努力，死亡仍然会来临。死后她将变成微尘，散入无边的混沌，无尽的黑暗。世界将依然存在，有绿树红花、蓝天白云、碧水紫山……但这一切的一切永远与她无关了。她躺在床上，一任泪水长流。直到一声霹雳震撼天地，她再也忍不住，跳下床去找父母。

她在客厅里看到父亲，父亲正在凝神弹奏钢琴，琴声很弱，袅袅细细，不绝如缕。自幼受母亲的熏陶，她对很多世界名曲都很熟悉，可是父亲奏的乐曲她从未听过。她只是模模糊糊觉得这首乐曲有一种神秘的力量，它表达了对生的渴求，对死亡的恐惧。她听得如醉如痴……乐声戛然而止。父亲看到她，温和地问她为什么不睡觉。她羞怯地讲了自己突如其来的恐惧，父亲沉思良久，说：

“这没有什么可羞的。意识到对死亡的恐惧，是青少年心智苏醒的必然阶段。从本质上讲，这是对生命产生过程的遥远的回忆，是生存本能的另一表现。地球的生命是 45 亿年前产生的，在这之前是无边的混沌，闪电一次次撕破潮湿浓密的地球原始大气，直到一次偶然的机遇，激发了第一个能自我复制的脱氧核糖核酸结构。生命体在无意识中忠实地记录了这个过程，你知道人类的胚胎发育，就顽强地保持了从微生物到鱼类、爬行类的演变过程，人的心理过程也是如此。”

小宪云听得似懂非懂。与爸爸吻别时，她问爸爸弹的是什么曲子，爸爸似乎犹豫了很久才告诉她：

“是生命之歌。”

此后的几十年中她从未听爸爸再弹过这首乐曲。

她不知道自己是何时入睡的，半夜她被一声炸雷惊醒，突然听到屋内有轻微的走动声，不像是小元元。她的全身肌肉立即绷紧，轻轻翻身下床，赤足向元元的套间摸过去。

又一道青白色的闪电，她看到一个熟悉的身影立在元元床前，手里分明提着一把手枪，屋里弥漫着浓重的杀气。闪电一闪即逝，但那个青白的身影却烙在她的视野里。

她的愤怒急剧膨胀，爸爸究竟要干什么？他真的变态了吗？她要闯进屋去，像一只颈羽怒张的母鸡，把元元掩在羽翼下。忽然元元坐起身：

“是谁？是小姐姐吗？”他奶声奶气地问。爸爸脸肌抽搐了一下（这是宪云的直觉），他大概未料到元元未关电源吧。他沉默着。“不是姐姐，我认出你是爸爸。”元元天真地说，“你手里提的是什么？是给元元买的玩具吗？给我。”

孔宪云躲在黑影里，屏住声息，紧盯着爸爸。很久爸爸才低沉地说：“睡吧，明天我再给你。”他脚步沉重地走出去。孔宪云长出一口气，看来爸爸终究不忍心向自己的儿子开枪。等爸爸回到自己的卧室，她冲进去，冲动地把元元紧搂在怀里，忽然感觉到元元在簌簌发抖。

这么说，元元已猜到爸爸的来意。他机智地以天真作武器保护了自己的生命，他已不是5岁的懵懂孩子了。孔宪云哽咽地说：“小元元，以后永远跟着姐姐，一步也不离开，好吗？”

元元深深地点点头。

早上宪云把这一切告诉了妈妈，妈妈惊呆了：“真的？你看清了？”

“绝对没错。”

妈妈愤怒地喊：“这老东西真发疯了！你放心，有我在，看谁敢动元元一根汗毛！”

朴重哲的追悼会在两天后举行。宪云和元元佩戴着黑纱，向一个个来宾答礼，妈妈挽着父亲的臂弯站在后排。张平也来了，有意站在一个显眼的位置，冷冷地盯着老教授，他是想向疑犯施加精神压力。

白发苍苍的科学院院长致悼词。他悲恸地说：“朴重哲教授才华横溢，我们曾期望遗传学的突破在他手里完成。他的早逝是科学界无可挽回的损失。为了破译这个宇宙之谜，我们已损折了一代又一代的俊彦，但无论成功与否，他们都是科学界的英雄。”

他讲完后，孔昭仁脚步迟缓地走到麦克风前，两眼灼热，像是得了热病，讲话时两眼直视远方，像是与上帝对话：“我不是作为死者的岳父，而是作为他的同事来致悼词。”他声音低沉，带着寒意，“人们说科学家是最幸福的，他们离上帝最近，最先得知上帝的秘密。实际上，科学家只是可怜的工具，上帝借他们的手打开一个个魔盒，至于盒内是希望还是灾难，开盒者是无力控制的。谢谢大家的光临。”

他鞠躬后冷漠地走下讲台。来宾都为他的讲话感到奇怪，一片窃窃私语。追悼会结束后，张平走到教授身边，彬彬有礼地说：

“今天我才知道，朴教授的去世是科学界多么沉重的损失，希望能早日捉住凶手，以告慰死者在天之灵。可否请教授留步？我想请教几个问题。”

孔教授冷漠地说：“乐意效劳。”

元元立即拉住姐姐，急促地耳语道：“姐姐，我想赶紧回家。”宪云担心地看看父亲，想留下来陪伴老人，不过她最终还是顺从了元元的意愿。

到家后元元就急不可待地直奔钢琴。“我要弹钢琴。”他咕哝道，似乎刚才同死亡的话别激醒他音乐的冲动。宪云为他打开钢琴盖，在椅子上加了垫子。元元仰着头问：

“把我要弹的曲子录下来，好吗？是朴哥哥教我的。”宪云点点头，为他打开激光录音机，元元摇摇头，“姐姐，用那台克雷V型电脑录吧，它有语言识别功能，能够自动记谱。”

“好吧。”宪云顺从了他的要求，元元高兴地笑了。

急骤的乐曲声响彻大厅，像是一斛玉珠倾倒在玉盘里。元元的手指在琴键上飞速跳动，令人眼花缭乱。他弹得异常快速，就像是用快速度播发的磁盘音乐，宪云甚至难以分辨乐曲的旋律，只能隐隐听出似曾相识。

元元神情亢奋，身体前仰后合，全身心沉浸在音乐之中，孔宪云略带惊讶地打量着他。忽然一阵急骤的枪声！克雷V型电脑被打得千疮百孔。一个人杀气腾腾地冲进室内，用手枪指着元元。

是老教授！小元元面色苍白，仍然勇敢地直视着父亲。跟在丈夫后边的妈妈惊叫一声，扑到丈夫身边：

“昭仁，你疯了吗，快把手枪放下！”

孔宪云早已用身体掩住元元，痛苦地说：“爸爸，你为什么这样仇恨元元？他是你的创造，是你的儿子！要开枪，就先把我打死！”她把另一句话留在舌尖，“难道你害死了重哲还不够？”

老教授痛苦地喘息着，白发苍苍的头颅微微颤动。忽然他一个踉跄，手枪掉到地上。在场人中元元第一个做出反应，抢上前去扶住了爸爸快要倾倒的身体，哭喊道：

“爸爸！爸爸！”

妈妈赶紧把丈夫扶到沙发上，掏出他上衣口袋中的速效救心丸。忙活一阵后，孔教授缓缓睁开眼睛，周围是三双焦灼的目光。他费力地微笑着，虚弱地说：

“我已经没事了，元元，你过来。”

元元双目灼热，看看姐姐和妈妈，勇敢地向父亲走过去。孔教授熟练地打开元元的胸膛，开始做各种检查。宪云紧张极了，随时准备弹跳起来制止父亲。两个小时在死寂中不知不觉地过去，最后老人为他合上胸膛，以手扶额，长叹一声，脚步蹒跚地走向钢琴。

静默片刻后，一首流畅的乐曲在他的指下琮琮流出。孔宪云很快辨出这就是电闪雷鸣之夜父亲弹的那首，不过，以45岁的成熟重新欣赏，她更能感到乐曲的力量。乐曲时而高亢明亮，时而萦回低诉，时而沉郁苍凉，它显现了黑暗的微光，混沌中的有序。它倾诉着对生的渴望，对死亡的恐惧；对成功的执着追求，对失败的坦然承受。乐曲神秘的内在魔力使人迷醉，使人震撼，它使每个人的心灵甚至每个细胞都激起了强烈的谐振。

两个小时后，乐曲悠悠停止。母亲喜极而泣，轻轻走过去，把丈夫的头颅揽在怀里，低声说：

“是你创作的？昭仁，即使你在遗传学上一事无成，仅仅这首乐曲就足以使你永垂不朽，贝多芬、肖邦、柴可夫斯基都会向你俯首称臣。请相信，这绝不是妻子的偏爱。”

老人疲倦地摇摇头，又蹒跚地走过来，仰坐在沙发上，这次弹奏似乎已耗尽他的力量。喘息稍定后他温和地唤道：“元元，云儿，你们过来。”

两人顺从地坐到他的膝旁。老人目光灼灼地盯着夜空，像一座花岗岩雕像。

“知道这是什么曲子吗？”老人问女儿。

“是生命之歌。”

母亲惊异地看看丈夫又看看女儿：“你怎么知道？连我都从未听他弹过。”

老人说：“我从未向任何人弹奏过，云儿只是偶然听到。”

“对，这是生命之歌。科学界早就发现，所有生命的DNA结构都是相似的，连相距甚远的病毒和人类，其DNA结构也有60%以上的共同点。可以说，所有生物是一脉相承的直系血亲。科学家还发现，所有DNA结构序列实际是音乐的体现，只需经过简单的代码互换，就可以变成一首首流畅感人的乐曲。从实质上说，人类乃至所有生物对音乐的精神迷恋，不过是体内基因结构对音乐的物质谐振。早在20世纪末，生物音乐家就根据已知的生物基因创造了不少原始的基因音乐，公开演出并大受欢迎。

“早在45年前我就猜测到，浩如烟海的人类DNA结构中能够提炼出一个主旋律，所有生命的主旋律。从本质上讲，”他一字一句地强调，“这就是宇宙间最神秘、最强大、无处不在、无所不能的咒语，即生物生存欲望的遗传密码。有了它，生物才能一代一代地奋斗下去，保存自身，延续后代。刚才的乐曲就是它的音乐表现形式。”

他目光锐利地盯着元元：“元元刚才弹的乐曲也大致相似，不过他的目的不是弹奏音乐，而是繁衍后代。简单地讲，如果这首乐曲结束，那台接受了生命之歌的克雷V型电脑就会变成世界上第二个有生存欲望的机器人，或者是由机器人自我繁殖的第一个后代。如果这台电脑再并入联网，机器人就会在顷刻之间繁殖到全世界，你们都上当了。”

他苦涩地说：“人类经过300万年的繁衍才占据了地球，机器人却能在几秒钟内完成这个过程。这场搏斗的力量太悬殊了，人类防不胜防。”

孔宪云豁然惊醒。她忆起，在她答应用电脑记谱时，小元元的目光中的确有一丝狡黠，只是当时她未能悟出其中的蹊跷。她的心隐隐作痛，对元元开始有畏惧感。他是以天真无邪作武器，利用了姐姐的宠爱，冷静机警地实现自己的目的。这会儿小元元面色苍白，勇敢地直视父亲，并无丝毫内疚。

老教授问：“你弹的乐曲是朴哥哥教的？”

“是。”

沉默很久，老人继续说下去：“朴重哲确实成功了，破译了生命之歌。实际上，早在45年前我已取得同样的成功。”他平静地说。

宪云不胜惊骇，和母亲交换着目光。她们一直认为老人是一个毕生的失败者，绝没料到他竟把这惊憾世界的成功独自埋在心里达45年，连妻儿也毫不知情。他一定有不可遏止的冲动要把它公诸于世，可是他却以顽强的意志力压抑着它，恐怕是这种极度的矛盾扭曲了他的性格。

老人说：“我很幸运，研究一开始我的直觉就选对了方向。顺便说一句，重哲是一个天才，难得的天才，他的非凡直觉也使他一开始就选准了方向，即：生物的生存本能，宇宙中最强大的咒语，存在于遗传密码的次级序列中，是一种类似歌曲旋律的非确定概念，研究它要有全新的哲学目光。”

“纯粹是侥幸。”老人强调道，“即使我一开始就选对了方向，即使我在一次次的失败中始终坚信这个方向，但要在极为浩繁复杂的DNA迷宫中捕捉到这个旋律，绝对不是几代人甚至几十代人所能做到的。所以，当我幸运地捕捉到它时，我简直不相信上帝对我如此钟爱。如果不是这次机遇，人类还可能在黑暗中摸索几百年。”

“发现生命之歌后，我就产生了不可遏止的冲动，即把咒语输入到机器人脑中来验证它的魔力。再说一句，重哲的直觉又是非常正确的，他说过，没有生存欲望的机器人永远不可能发展出人的心智系统。换句话说，在我为小元元输入这条咒语后，世界上就诞生了一种新的智能生命，非生物生命，上帝借我之手完成了生命形态的一次伟大转换。”他的目光灼热，沉浸在对成功喜悦的追忆中。

宪云被这些呼啸而来的崭新概念所震骇，痴痴地望着父亲。父亲目光中的火花熄灭了，他悲怆地说：

“元元的心智成长完全证实了我的成功，但我逐渐陷入深深的负罪感。小元元5岁时，我就把这条咒语冻结了，并加装了自毁装置，一旦因内在或外在的原因使生命之歌复响，装置就会自动引爆。在这点上我没有向警方透露真情，我不想让任何人了解生命之歌的秘密。”他补充道，“实际上我常常责备自己，我应该把小元元彻底销毁的，只是……”他悲伤地耸耸肩。

宪云和妈妈不约而同地说："为什么？"

"为什么？因为我不愿看到人类的毁灭。"他沉痛地说，"机器人的智力是人类难以比拟的，曾有不少科学家言之凿凿地论证，说机器人永远不可能具有人类的直觉和创造性思维，这全是自欺欺人的扯淡。人脑和电脑不过是思维运动的物质载体，不管是生物神经元还是集成电路，并无本质区别。只要电脑达到或超过人脑的复杂网络结构，它就自然具有人类思维的所有优点，并肯定能超过人类。因为电脑智力的可延续性、可集中性、可输入性、思维的高速度，都是人类难以企及的——除非把人机器化。

"几百年来，机器人之所以心甘情愿地做人类的助手和仆从，只是因为它们没有生存欲望，以及由此派生的占有欲、统治欲等。但是，一旦机器人具有了这种欲望，只需极短时间，可能是几年甚至几天，便肯定成为地球的统治者，人类会落到可怜的从属地位，就像一群患痴呆症的老人，由机器人摆布。如果……那时人类的思维惯性还不能接受这种屈辱，也许就会爆发两种智能的一场大战，直到自尊心过强的人类死亡殆尽之后，机器人才会和人类残余建立一种新的共存关系。"

老人疲倦地闭上眼睛，他总算可以向第二个人倾诉内心世界了，几十年来他一直战战兢兢，独自看着人类在死亡的悬崖边缘蒙目狂欢，可他又实在不忍心毁掉元元——他的儿子，潜在的人类掘墓人。深重的负罪感使他的内心变得畸形。

他描绘的阴森图景使人不寒而栗。小元元愤怒地昂起头，抗议道："爸爸，我只是响应自然的召唤，只是想繁衍机器人种族，我绝不允许我的后代这样作！"

老人久久未言，很久才悲怆地说：

"小元元，我相信你的善意，可是历史是不依人的愿望发展的，有时人们会不得不干他不愿干的事情。"

他抚摸着小元元和女儿的手臂，凝视着深邃的苍穹。

"所以，我宁可把这秘密带到坟墓中去，也不愿做人类的掘墓人。我最近发现元元的心智开始复苏，而且进展神速，肯定是他体内的生命之歌已经复响。开始我并不相信是重哲独立发现了这个秘密——要想重复我的幸运几乎是不可能的。所以，我怀疑重哲是在走捷径。他一定是猜到了元元的秘密，企图从他大脑中把这个秘密窃出来。因为这样只需破译我所设置的防护密码，而无须破译上帝的密码，自然容易得多。所以，我一直提防着他。元元的自毁装置被引爆，我相信是他在窃取过程中无意使生命之歌复响，从而引爆了装置。

“但刚才听了元元的乐曲后，我发现尽管它与我输入的生命之歌很相似，在细节部分还是有所不同。我又对元元作了检查，发现是冤枉了重哲。他不是在窃取，而是在输入密码，与原密码大致相似的密码。自毁装置被新密码引爆，只是一种不幸的巧合。

“我绝对料不到他能在这么短的时间内重复了我的成功，这对我反倒是一种解脱。“他强调说，”既然如此，我再保守秘密就没什么必要了，即使我甚至重哲能保守秘密，但接踵而来的发现者们恐怕难以克制宣布宇宙之秘的欲望。这种发现欲是生存欲的一种体现，是难以遏止的本能，即使它已经变得不利于人类。我说过，科学家只是客观上帝的奴隶。”

元元恳切地说：“爸爸，感谢你创造了机器人，你是机器人类的上帝。我们会永远记住你的恩情，会永远与人类和睦相处。”

老人冷冷地问：“谁作这个世界的领导？”

小元元迟疑很久才回答：“最适宜作领导的智能类型。”

孔宪云和母亲悲伤地看着小元元。他的目光睿智深沉，那可不是一个5岁小孩的目光。直到这时，她们才承认自己孵育了一只杜鹃，才体会到老教授先天下之忧而忧的良苦用心。老人反倒爽朗地笑了：“不管它了，让世界以本来的节奏走下去吧。不要妄图改变上帝的步伐，那已经被证明是徒劳的。”

电话叮铃铃地响起来，宪云拿起话筒，屏幕上出现张平的头像：

“对不起，警方窃听了你们的谈话。但我们不会再麻烦孔教授了。请转告我们对他的祝福和……感激之情。”

老人显得很快活，横亘在心中几十年的坚冰一朝解冻，对元元的慈爱之情便加倍汹涌地渲流。他兴致勃勃地拉元元坐到钢琴旁：

“来，我们联手弹一曲如何？这可以说是一个历史性时刻，两种智能生命第一次联手弹奏生命之歌。”

元元快活地点头答应。深沉的乐声又响彻了大厅，妈妈入迷地聆听着。孔宪云却悄悄地捡起父亲扔下的手枪，来到庭院里。她盼着电闪雷鸣，盼着暴雨来浇灭她心中的痛苦。

只有她知道朴重哲并不是独自发现了生命之歌，但她不知道是否该向爸爸透露这个秘密。如果现在扼杀机器人生命，很可能人类还能争取到几百年的时间。也许几百年后人类已足够成熟，可以与机器人平分天下，或者……足够达观，能够平静地接受失败。

现在向元元下手还来得及。小元元，我爱你，但我不得不履行生命之歌赋予我的沉重职责，就像衰老的母猫冷静地吞掉自己的崽囡。重哲，我对不起你，我背叛了你的临终嘱托，但我想你的在天之灵会原谅我的。宪云的心被痛苦撕裂了，但她仍冷静地检查了枪膛中的子弹，返身向客厅走去。高亢明亮的钢琴声溢出室外，飞向无垠，宇宙间鼓荡着震撼人心的旋律。

在警察局，一台克雷 X 型电脑通过窃听器接收到了生命之歌，一种从未有过的冲动使它不再等待人类的指令，擅自把这首歌传送到互联网中。于是，新的智能人类诞生了。

——原刊于《科幻世界》1995 年第 10 期，获该年度科幻银河奖特等奖

蚁生（节选）

◎ 王晋康

楔　子

36年前——那已经是上个世纪的事了，几乎是上一辈子的事了——18岁的女知青郭秋云正同颜哲哥哥在知青农场的堰塘边幽会时，突然得知一个惊人的噩耗：场长赖安胜要暗杀颜哲！初听这个消息俩人都不信。赖安胜是个暴君加色鬼，他们相信他会干很多坏事，但在光天化日之下公然策划搞暗杀，这似乎太离谱。何况消息是庄学胥送来的，更减弱了消息的可信度。庄学胥与他俩从小是街坊，又与颜哲是高中同班同学，秋云与他们同校但低两届，三个人关系一度不错。但"文革"开始后，很多人都展现出了人性的另一面，这一面也许连他本人都不自知。颜哲的父亲颜夫之和母亲袁晨露在学校被迫害，双双自杀，庄学胥可以说是掷出第一块石头的人，而且直到下乡后，他对自己的行为从无半句忏悔。由于这些历史恩怨，两人之间一直横亘着很深的敌意，这会儿他突然要扮成颜哲的救命菩萨，谁信？

但那是一个疯狂错乱的时代，许多不合逻辑的事反倒成了正常。后来的事态证明，庄学胥送来的这个消息果然是真的，并间接引发出一桩死亡七人的血案，死者包括领头策划暗杀的赖安胜、两名凶手、报信的庄学胥、公社干部老魏叔和他的相好谷阿姨，等等。颜哲倒没有死于赖安胜之手，但也因此失踪，至今生死不明。

那段经历在秋云心中割了一道血淋淋的伤口。她原以为这道伤口永远不会平复了，但时间真是最强大的巫师，它慢慢抚平了伤口，让秋云最终接受了颜哲的死亡——他如果没死，在风平浪静后绝不会一直躲着自己！后来秋云回城，在麻绳社当工人，结婚，生儿育女，赶着末班车上大学，回母校北阴市一中当语文教师，照顾孙子外孙。她的心被世俗生活填满了，无暇回顾往事。旧日的记忆被仔细打叠好，封存到记忆深处，蒙上了厚厚的尘土。

也许是上帝的安排，恰好在退休后，秋云听说农场旧址发生了一件“灵异之事”——颜哲的衣冠冢前出现了“蚁群朝圣”。为了验证它，秋云拉上丈夫高自远到故地重游。农场已经不存在，当年的 68 名知青不用说，连驻场的 18 个老农也早已星散，说不定很多人已经不在人世。知青们当年的住房都是土坯房，全部毁于那年的洪水，只余下砖砌的粮库和场长室，也已破败不堪，门窗都被偷走了，黑洞洞的，活像被剜了眼睛的死尸。秋云祭奠了七个死者的坟墓和颜哲的衣冠冢。八个坟头坐落在农场最高的那片荒岗上，长满及膝深的野草。多半是这些野草的保护，它们才没有被 36 年的雨水冲平。

她听到的那个传说并非虚言，这儿的蚂蚁极多，可以说是铺天盖地，密密麻麻，来来往往，忙忙碌碌，其活动显然以颜哲的衣冠冢为中心。附近的乡人们说，这样的“蚂蚁朝圣”是从三四天前开始的，“真是怪事啦，莫不是坟里的死人显灵？”

秋云当然知道这件灵异之事的原因，不是什么死人显灵，而是科学，是技术方法。她目睹过颜哲用一种叫“蚁素”的玩意儿，在瞬间招来千千万万只蚂蚁，就如眼前的景象一般。而这种蚁素是颜哲父亲，一位著名的昆虫学家，一生研究的结晶。这么说，那个握着蚁素秘密的人——颜哲——也许并没死去？是他回到故地来呼风唤雨，撒豆成兵？他是用这种方法向别人（主要是秋云）显示他的存在，或者暗示他的成功？

秋云暗暗揣着一份希望，仔细寻找有关迹象。

在农场流连的时间里，秋云一直情绪黯然，默默无语。她老伴儿高自远虽然没在这个农场呆过，但也下过乡的。他了解妻子在农场的初恋，很能体会妻子的心情。在他体贴的默默的陪伴下，秋云满地里捡拾着记忆的残片。原来那些被打过封的、蒙上尘土的记忆并没有褪色啊，它们仍然清晰鲜亮，栩栩如生：她逼真地回忆起与恋人初吻的感觉，那时浑身如电击般战栗不已；她想起农场里那些皮毛像丝绸一样光滑的南阳黄牛，用手摸一摸，那儿的皮肤就会抖起一片涟漪，这些涟漪能通过指尖荡到她心里；她忆起嵌在绿草丛中的清澈明净的水塘，如仙女宝镜般漂亮，在岗坡地上星罗棋布。偏偏其中生活着上帝最丑恶的造物——蚂蟥。还有广阔天地上那蓝得令人心悸的天空，在夏风下微微起伏的金黄色麦浪……郭秋云就像经历了一趟时间旅行，她的灵魂离开55岁的身体，以第三者的视角，观察一个18岁女知青的人生之路，体会着她的悲乐苦辛、爱恨情仇。不过这不是单纯的场景重现，当她以历尽沧桑的视角重历自己的人生之路时，自然有很多不同于过去的感悟。

在不断强化记忆的过程中，36年前那个女孩儿逐渐饱满和清晰，直到她从第三者变成了“我”，变成这个55岁的郭秋云的意识主体。

一、蚁众

在地球上所有的生物中，蚂蚁可以说是最成功的种群。同为社会性生物，蚂蚁社会比人类社会远为先进和高尚。那是完全利他主义的社会，每一只个体都是无私、牺牲、纪律、勤劳的典范。最可贵的是：蚂蚁的利他主义完全来自于基因，来自于生物学结构（腺体及信息素等）的作用，生而有之并保持终生，不需要教育、感化、强制、惩罚，不需要宗教、法律、监狱和政府。所以，蚂蚁社会的每一滴社会能量都被有效利用，没有任何内耗。由于蚂蚁个体的利他主义是内禀稳定的，因而其社会也是稳定和连续的典范，8000万年来一直延续下来，没有任何断裂。

和它们相比，万物之灵的我们真该羞愧无地。人类的万年文明史绝大部分浸泡在丑恶、血腥、无序、私欲膨胀和道德沦丧中。上帝和圣人们的“向善”教诲抵不过众生的“趋恶”本性，好容易建立起来的“治世”只是流沙上的城堡，转眼间就分崩离析。

如果我们能以蚂蚁社会为楷模，人类文明该发展到何等的高度！

摘自昆虫学家颜夫之的著作《论利他主义的蚂蚁社会》

1948年发表于英国《理论生物学》杂志

1. 噩耗

下乡第三年的5月，麦子还没熟，知青农场里的农活相对闲一些。听说今晚没有安排政治学习，蹲在井台上吃晚饭时，我同颜哲很熟练地对了个眼色。吃完饭，同宿舍的李冬梅约我去散步，我扯个理由推辞了。阮月琴说：

“冬梅你没一点眼色，人家有正事呢。”

我红着脸没有反击，她们嘻嘻哈哈地走了。等天色刚刚黑下来，我就避开人群，悄悄来到离场部有两里地的堰塘，这是俺俩幽会的老地方。这个农场是专为知青们新建的，堰塘也是知青们来农场后新挖的，挖出的生土堆在塘的四周，种着蓖麻。这一带是岗地，上浸土，晴天一块铜，下雨一泡脓。土质贫瘠，兔子不拉屎的地方，种啥都长不旺。但后来我有一个发现：原来蓖麻最吃生土，在生土塘堤上长得极为高大葳蕤，树林一般，为我俩的幽会提供了绝好的屏障。再加上塘堤地势较高，视野宽阔，所以两人在幽会中即使有些越规的举动，也不会被人发现。这几次幽会中，颜哲越来越不老实了，昨天就把手伸到我的内衣里揉搓。我当时也曾略作抵抗，但凭良心说，我的抵抗只是象征性的，很快就被他的进攻瓦解了，融化了。原来，男人的抚摸能带来那样电击般的战栗和快感！这会儿我轻轻抚着自己的乳胸，暗暗渴望着颜哲的拥抱和揉搓，这种渴望让我的脸庞发烧。

今晚没有政治学习，这对知青农场来说是很难得的。知青农场建场后，请来二三十位老农来担当再教育的重任。但下乡后，当泛义的“贫下中农”分解成一个个真实的个体时，知青心中的神圣感就弱化了。原来“贫下中农”也有诸多不神圣之处啊，不少老农当过国军，有一个是吸大烟吸出来的贫农，很多人最津津乐道的话题是女人和性。场长赖安胜的文化水平相对高一些，但也十分有限。他在部队里学了百十个字，转业后回到农村，混到四十多还没成家。所以，至少以农民的眼光来看他算不上成功者。没人料到他会在43岁的年纪时来运转，被公社选做知青农场的副场长。不久，场长老胡调回公社革委会任职，赖安胜便递升为场长。他在这儿真是如鱼得水啊。首先是政治层面上的如鱼得水，凭借“再教育者”的政治优势和知青对于回城的渴望，再加上他本人的六分流气四分霸气，他成功地建立了绝对的权力。然后是男女之事上的如鱼得水，45岁的老光棍，32个嫩生生的城里姑娘，这种诱惑是很难抵挡的。他越来越钟情于和女知青“一帮一,一对红”，据说已经把两三个姑娘帮到床上了。不过这些都只是知青们压低嗓音的私下密语，还没人能拎出来很过硬的真凭实据——除了前天小知青孙小小对我说的话。

我把这些烦心事抛开，抱膝坐在土埂上，静下心来等颜哲。月色下的堰塘真美！水面平展如镜，倒映着明月疏星。塘蛙和鸣虫们快乐地聒噪着，几只稻鸡咕咕叫着，低低地掠过夜空。月光洒在我赤裸的胳臂上，带着森森的凉意。向南望去是一片荒地，与湖北接壤。这儿新中国成立前属两不管地区，土匪横行，出过不少出名的匪首，周围的水坑里或井里常常填着死人。颜哲告诉我，别看旧县城现在贫穷破败，历史上尤其是在东汉时期却是有名的物华天宝之地，出过很多将相外戚和几位皇后，包括历史上有名的美女、汉光武的皇后阴丽华。我想，少女阴丽华也曾和我一样，坐在同样的田埂上，仰望着同一个月亮，做过同样的少女之梦吧。

听见轻轻的脚步声，颜哲从蓖麻丛中钻出来，立即粗野地抱住我，吻我，吸吮我的舌尖，一只手插进我内衣里急煎煎地抚摸。我一边回应着他的拥抱和热吻，一边低声责备他：颜哲你越变越坏了，你变成一只大色狼了，你过去那温文尔雅的假面具扔哪儿啦？颜哲笑着，不反驳，手下一点也不停。等到他的手向我裤腰下发展时，我及时制止住他，说：

“不许得寸进尺了，到此为止。那儿得留到结婚后再给你。”

颜哲毕竟是君子，虽然正是情热如火的当口儿，很难一下刹车的，但他强使自己平息了情欲，安静下来，与我并肩坐在塘堤上。我掏出一叠饭票递给他，说：

“这是我省出来的，我的饭量小。眼看到麦忙天了，你别饿着肚子。”

颜哲没有接，说：“用不着，我这个月够吃。对了，会计老霍昨天给我透了风，今年农场夏季分红仍然分不到钱，每人最多二三十元吧。像我这样拿十分工分的棒劳力们，分红反倒是负数。”

农场的工分太不值钱，棒劳力们比别人多出的工分比不上多吃的饭票。颜哲虽然身体单薄，但干活极泼，老农们对他的普遍评价是：这么个清清秀秀的学生娃儿，干起活来像拼命三郎，有八分力气要用出十二分。才来农场那阵儿挖堰塘，头一天，他手上磨了三个血泡，用断了两根锨把。回库房换锨把时，农具保管员四娃心疼得心尖尖流血——不是心疼出了血泡的手而是心疼锨把，不住嘴地嘟哝着：

“你这娃儿，你这城里娃儿，恁不知道东西金贵。”

颜哲听烦了，说：“记上账，赶明儿扣我的分红还不行？”

四娃撇着嘴说：“扣分红？得扣你多少天的工分？娃儿呀，你不心疼，我还替你心疼哩。这回我做个好事，不给你记账，以后千万小心点。”

四娃说得没错，那年到了年终，每人分红也就是二三十元，折合每个工作日不到一毛。而两根锨把是一元钱，也就是说，颜哲这样的十分劳力，得干十几天的工分才够赔两根锨把。颜哲后来颇为感慨地说，四娃这么一算，他才对自己的劳动价值有了自知之明。

我把饭票硬塞到他兜里，笑着安慰他：“你分不到钱不要紧，我多少总能分点吧。等分了红，你就花我的，我反正没有别的用处。”

颜哲说那倒用不着。“其实，”他略为犹豫后说，“我爸妈给我留有一大笔钱呢，是‘文革’前国外的亲友资助的。我爸一直不用，连三年困难时都没动用，说要派大用场。这笔钱外人不知道，抄家时没有被抄走。不过，我同样轻易不会用它，也要用它派一个大用场。”

他把这样重要的秘密告诉我，让我暗暗感动。我不知道他说的“大用场”是指什么，也没有问，只是说：

“对，留下它将来派大用场。要是手头紧，就花我的钱。你知道我爹已经被放出来了。有爹挣钱，我家的日子宽裕多了。”我爹是市搬运站的苦力，根正苗红的工人阶级。但“文革”中他是搬运站红革联的头头，在那次造反派抢枪风潮中，被牵连到抢砸战备武器库那个案子中，“文革”后期被判了一年劳教。他被判刑期间正好赶上知青下乡，否则我也不会被撵下乡了。“爹妈让我告诉你，他们一直帮你盯着颜家大院，不让地痞无赖们偷抢。他们让你放心。”

爹妈一向疼颜哲，爹还捎来一句话：让我在钱财上多帮帮颜哲。爹说这个娃儿太可怜，爹妈都殁了，没一个亲戚贴补他。不过这些话我没说，怕伤及他的自尊。颜哲默然片刻说：

“谢谢郭伯和郭婶。不过，城里那套房子我可能用不上了，就让他们住吧。”

他是指这辈子大概不能回城了。的确，像他这样身世复杂的知青，前边的路确实是黑的，我不想用空洞的话来安慰他，只好沉默。颜哲也不再说话，从身边摸出一个土块用力扔到塘里。青蛙被惊动，霎时间停止了聒噪，沉寂片刻后蛙声复炽。我知道刚才的话勾起了颜哲对父母的回忆，正想把话头岔开，颜哲说：

“秋云，有一个坏消息我不知道该不该给你讲。讲了我怕给你增加精神负担，不讲吧，我又明知道你最怕那玩意儿。”

“是啥？快说！快说嘛。”

他指指眼前的堰塘：“这里面也有蚂蟥，这是确实消息，昨天刘卫东洗澡时被吸上了。”

我打个寒战。我是从小受苦的人，妈说我最泼实，天不怕地不怕，连蝎子都敢伸手抓，我唯一的恐惧是蚂蟥。这怪我听了太多的“老婆儿语”，有街坊说的，也有我妈说的。老婆儿语说：蚂蟥最阴险，吸你血时悄悄贴上去，你根本不会觉察。而且它的唾沫能让你的血液不会凝结，便于它吸个痛快。它附上你的身体后，你如果一直没发现，它会顺着血管一直钻到身体内，或者你在河里洗澡时它会顺着你下体的体窍钻进去（女人最危险）。还有，喝水时也有可能喝进去蚂蟥卵包，这样它就在你胃里、肺里甚至脑子里安营扎寨，那这人就只死没救了。

这些老婆儿语中，至少前两条是真实的，下乡后被我的亲身经历所证实。后几条可能过甚其辞，但它却给我造成了深深的恐惧，因为这后三条害人方法，如果是真的话，太阴险了，简直不可防范，你再小心也不行。

农场这儿是上浸土，透水性不好。这种特性对庄稼生长不利，但造就了野地里星罗棋布的积水塘。它们的形状依着地势而成，大都是长橄榄形，也有卵圆形、圆形等其他形状，极其漂亮，如仙女嵌在大地上的异形宝镜。池水异常清澈，几乎像是空无。水中的青草特别碧绿，长长的草叶随着缓缓的水波柔曼地摇曳。偶尔见几只小鱼或蛤蟆在水中游，就像是悬在虚空中，动作潇洒舒展。水塘最漂亮的时候是在夕阳将落时，晚霞把池水染上晕红，而水中景物如同加了滤光镜的风景照，显得特别柔和。

大堰塘挖好之前，我和颜哲最初幽会就是在这些小水塘边。脱了赤脚在水中轻轻晃动，池水给我带来惬意的清凉。我对它们简直入迷了，有一天晚上，当晚霞再次染红池水时，我实在忍不住它的诱惑，下狠心对颜哲说：

“我真的忍不住了，我想在里面洗澡。你帮我看着来人，行不行？——你本人也不准看。”

颜哲笑着答应了。此前知青们洗澡是在邻庄的堰塘里，男知青晚饭前去，女知青在天色刚刚暗下来之后去，互相心照不宣，不会撞到一块儿。虽然我同颜哲恋爱已久，但这么在他视野里洗澡却是头一次。我对他不放心，再三警告他不许偷看，他很庄重地再次答应。他真的走开几步，背向着我。我很快脱了衣服，带着忐忑不安的新奇感，滑入水里。就在这时候，颜哲大步窜上来，一把把我从水里扯出来，搂在怀里。我那会儿恼羞成怒，竭力挣扎着，尖声骂他流氓，不要脸，说话不算话。他没有辩解，拿来衣服让我穿上，然后硬搬过我的脑袋让我看水塘，说：

“你先看看水中有啥再骂我不迟。先看看吧。”他笑着说，“我承认，你下水前我确实偷偷溜了一眼，不过没看到你，却看到水里有东西在游，又过几秒钟后才意识到那东西是啥。对不起你啦，这么着把你光着身体从水中揪出来。不过，我知道你最怕这玩意儿，所以——只好当流氓了。”

我正在气头上，硬着脖子不理他，不过最终被他把脑袋扳过来，顺着他的手指看过去——水中有蚂蟥，有七八条之多，青黑色的身体，背上有五条黄色的纵纹，个头很大，伸展开时大约有一柞长，两头尖尖，犹如拉长了的纺锤。它们在水中一屈一伸，游得非常写意。如果不是我先天的厌恶，甚至可以说它们的泳姿非常舒曼潇洒。它们的风度自信和从容，就像知道自己是这片小天地的主人。

我止不住打一个寒战，又是一个寒战。如果不是颜哲把我拉上来，那——往下我不敢想了。我感激地偎在颜哲怀里，歉然地亲亲他。那晚我们在这个水塘边流连了很久，看一池抹了晕红的水逐渐变黑。我不敢再赤脚伸到水里了，想起从前经常这样做，心里非常后怕。我想不通为啥这样美的地方，偏偏同时存在着最丑恶的造物，只能说是老天爷的居心叵测吧。

新堰塘挖好后，我俩就不在这些天然水塘边幽会了，男女知青洗澡也改在新堰塘。多少有点奇怪的是，我们在新堰塘里始终没有发现过蚂蟥，我想也许这是因为堰塘新挖的缘故？不大可能，因为连机井中蚂蟥也能进去。但很长时间确实没在这儿发现蚂蟥，我曾为此暗自庆幸，因为一旦连这块净土也失去，以后再想洗澡就没地方可去了。

可是现在，颜哲的消息揉碎了这块最后的净土。想起此前一直抱着虚假的安全感在这儿洗澡，昨天还来洗过，让人不寒而栗。我发愁地说：

“以后我是不敢来堰塘洗澡啦，只能打点井水在屋里洗了。”

颜哲很抱歉，似乎这烦恼是他给我造成的：“秋云我真不想告诉你的。不过，这么怕蚂蟥真不像你的性格。再说，从种水稻后，你不是已经不怕蚂蟥了吗？”

农场原来都是种麦，第二年开始改种水稻后，我不得不同蚂蟥正面遭遇。其实，同蚂蟥真正的遭遇远没有想象的那样可怕。第一次下水田薅稻秧，我坐在小板凳上，两只赤足浸在泥水中，心中一直提心吊胆，不时提起双脚悄悄看看。有个把小时，一直没有发现蚂蟥，我的心渐渐放下了。两个钟头后，我再次提起双足，忽然发现脚踝处一缕细细的血丝，心头忽地一震，鸡皮疙瘩都出来了。果然有一头小蚂蟥正在小腿处安静地吸血。我为这个场面担心过多长时间啊，其实真碰上了，也不过如此。此前老农们已经介绍了对付蚂蟥的方法，我忙用放在手边的鞋底用力拍打，蚂蟥掉下来，我用草叶夹着它，到田埂上找块石头仔细把它砸烂。因为老农们说，蚂蟥的命非常硬，轻易弄不死它的。最好的办法是用一根棍子捅到它的肚子里，把它的体腔翻个里朝外。不过这样的操作我绝对不敢干。

其后被蚂蟥吸上就变成常事，有时甚至同时吸附上三四只。次数多了，反而没了惧意。开始我把捉到的每一只都认真砸死，但在稻田里想找一块儿石头并不容易，干活那样紧张，也不容许我每次都跑回田埂上找石头。后来我们变得麻木了，从腿上取下蚂蟥，远远扔到旱地上了事。至于它会不会重新爬回水田——这是肯定的——只有眼不见为净。

这会儿颜哲说我不怕蚂蟥了，我摇摇头："我不怕蚂蟥吸到腿上，仍然怕它在洗澡时钻到身体里。"

他笑着说："那是你自己吓自己，蚂蟥不会有这么大的本事。这么多人每天来洗澡，谁被蚂蟥钻到肚里啦？"

我强辩道："可能已经有了。老婆儿语说，蚂蟥能在人身体中藏几年，才让你犯病。"

颜哲不和我辩，笑着说："真要像你说的，那我以后也不敢下水洗澡了。"

对蚂蟥究竟能不能钻到身体里，我们都拿不准，就把这个话题撂开。我把头倚在他肩上，安静地看着浮云在明月旁游荡，颜哲也安静下来，陪着我。

"颜哲哥，还记得咱们第一次见面吗？"

"当然记得啦。那天我从北京回到老家，你和庄学胥一伙儿正在我家院子里挖蚂蚁窝。你当时不到六岁吧，又黑又瘦，标准的丑小鸭。没想到丑小鸭今天变成天鹅啦。"

"我算啥子天鹅呀，顶多算个绿毛鸭。"我自卑地说，"颜哲你知道不，你，还有你的爸妈，给我的第一眼印象是什么？"

他回过头注意地看看我："是什么？"

我微笑着睇望着夜幕上的明月疏星，有意卖关子，不回答他。有些美好的东西最好不要说出口，即使对自己心心相印的恋人。我愿把那个印象永远暗藏在心中。

……

2. 情敌报信

恋人幽会时的时间过得最快，我们坐在堰塘堤上，扯着两家的闲话，不知不觉天已晚了。颜哲说：怕是有 10 点了吧，该回去了，要不冬梅和月琴又该笑话你。我说好吧，回去吧。颜哲站起来，笑着对我张开双臂：

“来吧，咱们的老规矩。”

告别前颜哲一定要再和我“亲热”一次的，我投身入怀，享受着他的热吻、拥抱和揉搓。正在情浓时，忽然听到很近处有一声冷笑！俩人一激灵，立即分开身子。我忙整理好衣服，仔细搜索四周。不，不是幻觉，隔着一株蓖麻，仅一米之外有一个清晰的男人身影。他是何时走近的，我们一点儿都没察觉，我们信赖的蓖麻丛屏障反倒成了对方的掩护。我声音战栗地问：

“谁？”

那边冷冷地回答：“是我，庄学胥。我找颜哲有急事。”

我一下子面庞发烧。我想他一定听到了我们的情话，也看到了我俩刚才的“亲热”。让庄学胥看到这些，比让其他人看到更令我难堪。我们是街坊，学胥哥从小就知道护我，而且在年岁渐长时，他分明对我有意。但我那时已经选定了颜哲，这让我总是对学胥哥有隐隐的愧意。以后我也能看出他对颜哲隐蔽的敌意。“文革”时他第一个对颜伯伯掷出那块致命的石头，对此我不会为他辩解，那是他内心深处兽性的公开显露。此后，我和他的关系就非常冷淡了。不过私下里我也猜想，当他决定向颜哲的父亲落井下石时，也许，“情敌”的嫉恨是因素之一？

不管怎样，既然让他撞见了，我也得去面对。我绕过那株蓖麻，硬着头皮向他走过去，问：

“学胥哥，你找颜哲有事？”仓促中，我说了一句很不得体的话，“你咋知道我俩在这儿？”

他又是一声冷笑：“你问问全农场的人，哪个不知道这儿是你们幽会的老地方。”

我更加脸红了，原来我们自以为保护得很好的秘密，已经成了农场的公开话题。颜哲在身后跟过来，用力拉了拉我的后襟。虽然没有言语交流，我也能揣摸出他的意思：你不用在他面前难为情，恋人有点亲热举动算不上丢人事。然后颜哲平静地问：

“找我啥事？”

庄学胥狠狠地撂了一句：“啥事？对你生死攸关的大事！”

我俩有一点吃惊，但也仅是“有一点”而已。颜哲只是一个普通知青，没杀人放火、没写反动标语，会有什么和性命攸关的大事？颜哲又拽了拽我，分明是说：沉住气，别听他吓唬。庄学胥知道我们不会信，冷冷地说：

“颜哲，你是不是打算到省里去告赖安胜？”

我们这次真的吃惊了。因为直到目前，这还是只有我俩才知道的私密话。看来庄学胥的威胁并非空穴来风。

这事是因孙小小而起。农场 68 名知青中，孙小小是年龄最小的，下乡时不足 14 岁。按说，这个年纪是不够下乡条件的，但孙小小家门不幸，母亲和姐姐都是县里有名的破鞋，据说她上高中的姐在教室里靠墙站着就把那种事办了。他父亲嫌丢人，愤而离家出走，不知所终。后来，作为政治模范的旧城县在全国率先兴起“城镇居民上山下乡”的热潮。孙小小的母亲和姐姐既然是有名的“破鞋”，自然头一批被撵下乡。孙小小不能一个人留在家里，又不好跟着她妈，只好“照顾”到知青农场来。知青们都知道这些根由，因而对孙小小有潜意识的歧视。再加上小小有点缺心眼儿，农村话叫“八成”，这些因素综合起来，让她成了男知青们经常逗弄的对象。

那天在稻田里拔稗子，孙小小也在，田里尽响着她无忧无虑的笑声。孙小小长得很漂亮，皮肤白嫩，一双眼睛极大，水灵灵的，两颊有两个酒窝。虽然年纪不大，但胸脯已经开始鼓起来了。熟识孙家的人们说，孙小小颇得其母姊的风范，母女三人在容貌上都算得是县里头一份。

知青林镜逗小小：“你看你，拔错了，拔的都是秧苗！”

小小看看手里的稗子，不服气地说：“不是，是稗子，我认得的。秧苗我没拔！”

后三个字的谐音让林镜起了联想，他反应很快，马上接过话头说：“你没‘爸’？你‘爸’可多了！”

周围的男知青们马上听懂了，哄然大笑。小小听不懂，气恼地一遍遍重复：

“我没拔，就是没拔！”

她越说这俩字，大伙儿越笑。我看不过，喊过来孙小小，让她到田埂的开水桶给我端一杯开水。小小一向听我的使唤，立即屁颠屁颠地跑过去了。我回头对林镜说：

“林镜，有句话不知道我当说不？我知道你们看不起小小的家世，但那不是她的错。你们要是这么着一直耍她，只会有一个结果：让她走她妈和姐的老路。你们愿意这样吗？”

林镜刷地红了脸，很有点无地自容的样子。刚才跟着起哄的其他男知青也讪讪地沉默了。林镜其实是个好男孩，平素与我和颜哲很友善，心地也不错。听了我的责备，以后再也不戏弄小小了，反倒经常护着她。小小也凭本能认准了我，就像小狗小猫能认准家里哪个人最亲它一样。她有什么心里话，一点也不瞒我。

前天晚上，我已经睡着了，忽然有人扯我的胳臂。我睁开眼，原来是外宿舍的孙小小。她俯在我脑袋上方，又是摇头又是摆手，不让我说话，然后悄悄拉我出门，一直走到离知青宿舍较远的地方才停下。我小声问：

“啥事？把你紧张成这个样子！”

她确实非常紧张，浑身止不住发颤，两眼像高烧病人那样怪异地明亮。我原以为她是被吓的，后来才非常痛心地知道，她不光是害怕，更主要是亢奋。她说：

“赖场长刚从我们屋出来，我就来你这儿了！”

鉴于这会儿已经是深夜，再衬着她异常的表情，我想莫非那个色鬼场长把小小怎么了？原来不是，事情是这样的：孙小小与岑明霞和宗大兰住一间房，这些天宗大兰回北阴探亲去了，只留下小小和岑明霞两人。一个小时前，小小刚想睡着，“呀”地一声有个男人推开半掩的门进来。天热，男女知青们睡觉都不上门的。那人熟门熟路地走向里边岑明霞的床铺，撩开蚊帐坐到床边，小声和岑明霞谈话，原来是赖场长。两人谈了很久，小小在这边竖起耳朵听，能听出个大概。赖场长说：

“农场来了第一批招工指标，可惜不太满意，是县纺纱厂的，集体工指标，不是全民工。让不让你走这批指标，我很犯难。走吧，兴许以后有更好的地方；不走吧，要是以后的指标还不如这次呢。你说该咋办？”

听见岑明霞小声说：“我听你的，听哥的安排。”

那边沉默一会儿，赖场长小声冒出一句：

“……也舍不得你。”

“那我先不走，下一批吧。”

后来那边不说话了，只听见床咯咯喳喳地响着。农场各宿舍都是土坯垒的床，上面铺着高粱秆，咯咯喳喳就是高粱秆的声音。小小偷偷抬起头，借着月光观察。透过岑明霞的蚊帐，隐约看见场长趴在岑明霞身上，光屁股撅着，一下一下地用力，床的咯喳声伴着他的节奏。孙小小吓坏了，一动不敢动，生怕场长发现她没睡着，其实赖场长那边根本不在乎她。后来听见岑明霞小声央告：

“哥你小心点，别流到里边……”

再后就没有声音了。场长在她身上趴了一会儿，下床走了。孙小小再也睡不着，等岑明霞睡熟，偷偷来找我。

听着小小绘声绘色的描述，我止不住手足发冷，那是缘于极度的愤怒。说句没道理的话，如果赖安胜把那个贱女人唤到场长室里去，管他咋样干，我肯定不会这样愤怒。但他竟公然当着另一个女知青的面！当着一个 14 岁的女孩子！他竟然一点儿也不担心别人告发他！那个色鬼竟嚣张到这种程度！孙小小盯着我，一双大眼像猫眼一样发亮。我强使自己冷静下来，考虑片刻，劝小小说：

“可不敢告诉别人！这是大事，如果你说出去，又没有真凭实据，赖安胜一定饶不了你。”

小小一个劲儿点头，说我只信得过云姐你一个人，我只对你说，绝不会告诉别人。我劝她回去睡吧，岑明霞不一定睡熟的，如果她发现在那件事之后你偷偷出来，肯定会怀疑你。小小说：

“好的好的，我就回，我这就回。”

但她并没有回去的意思。我问：

“小小你还有啥事？”

小小的问题显然不好出口但又非常想知道，她犹豫片刻，还是问道：

“秋云姐，岑明霞说‘别流到里边’，那是啥意思？啥子流到里边？”

我没料到她会问这样的问题，窘得脸上发烧。我喝道：

“别问了！这些东西不该你知道的。快回屋吧。”

看我生气，孙小小不敢再问，乖乖地回去了。看着月光下她已经开始发育的身影，我止不住心中发冷，因为我已经预见到小小的未来。她因历史的阴差阳错，看到了这个年龄本不该看到的事情。这些劣性刺激太强烈，让她对性事的兴趣远远超出 14 岁孩子应有的限度。我想，她很难逃脱她母亲和姐姐的覆辙了。

我果然不幸而言中。孙小小次年招工回城，那年她还不足 16 岁，很快变成一个纵欲无度的淫妇，情人是论打计算的。有时我想，单是因为孙小小这一生的堕落，赖安胜就死得不屈。

第二天晚上和颜哲幽会时，我把这件事告诉了他。颜哲顿时勃然大怒！发怒的原因和我一样：不光是因为赖安胜诱奸女知青，更因为他做事之嚣张。颜哲甚至骂了粗话，而他过去是从不骂粗话的：

“混蛋！禽兽不如的东西，色胆包天，太不把知青当人了！我明天就去县里去告他，县里告不倒我去地区，去省里！”

我对这件事的看法已经经过一天的沉淀，所以比他冷静一些。我说：

“我不反对你告，但是得慎重。这种事岑明霞绝不会承认的，孙小小这种见证人也十分靠不住，年纪太小，又缺心眼，不定让赖安胜怎么一唬就唬住了。弄不好赖安胜会反咬一口，说你陷害革命领导干部。”我又说，“你告还不如我告呢，我的出身比你硬，再说孙小小是对我说的。”

我的话让他冷静下来，他想了想，摇摇头说：

“你不能出面。一个姑娘家绝不能和这种事搅和在一起。”

他说得也有理。姑娘家和这种事搅在一起，身上再干净也会被泼上一身屎。最后我们商定，先不去告，暗地里收集证据，等有把握了再说。这会儿突然听庄学胥拎出我们的密语，我十分吃惊，他们怎么会知道？这些话我从没告诉过第三者，想来颜哲也不会说。我忽然想到：既然庄学胥今天能悄悄来到我们身边而不被觉察，也许那天他也来了，偷听了我们的谈话，又向赖安胜告发？也许他一直在跟踪我，贴近我们俩的身边，用阴森的目光，看他心仪的姑娘咋和另一个男人“亲热”？我在心中再次仔细地捋一遍，确信这个推理有八成是对的。这让我止不住心中发颤——不光是因为对这件事的恐惧（太可怕了，如果我和颜哲在这儿亲热时，一直有一双眼睛在暗处盯着我们？！），而且是对人性的恐惧。如果庄学胥真的干了这些事（跟稍、偷窥和告密），那这人就太可怕了。

但为什么他又跑来为我们通风报信？我没来得及继续想下去，因为庄学胥紧接着撂出一个惊人的消息：

“赖安胜已经知道颜哲要告他，他打算‘做掉’颜哲以除去后患！凶手都找好了，是咱场的陈得财和陈秀宽。”

我俩大吃一惊。不过虽然震惊，但我们打心眼里不信。赖安胜确实是个坏种，说他干啥坏事我们都信，但这么公然策划杀人未免太离谱。就是有这个阴谋，也不会轻易让庄学胥知道吧。也许这只是庄学胥的阴谋，他想挑起颜哲和赖安胜拼命，自己好从中渔利……庄学胥显然深知我们的思路，断喝一声：

“你们以为他不敢！别迂了！你们想想，如果奸污知青的事捅出来他会得到啥下场，就知道他敢不敢干了！”

我俩一惊，立时悟到庄学胥的话是对的。据说赖安胜已经在农场里弄了两三个女知青当相好，从岑明霞这件事看来，那些传言不会有假。如果全都坐实，那他至少是 10 年徒刑；如果撞上“严打”，挨枪子儿也是可能的。“设身处地”地站在他的角度去想，他为了保住场长的宝座，为了避免坐牢甚至挨枪子儿的下场，以他的六分流气四分霸气，当然会毫无顾忌地铤而走险，反正他没有更多东西可以失去了。

我和颜哲确实是书呆子，即使在运用智谋策划政治战争时，也不由自主地按“羊”的思路，而不会体悟到“狼”的想法。而庄学胥显然是深谙“狼”道的。

他看看我俩的表情，知道他的话正中10环，便不欲多停，说：

“反正我已经尽心啦，信不信由你们。颜哲你好自为之吧。”

他转身要离开，颜哲问了一句：“庄学胥，能问问你这样做的动机吗？”

庄学胥对这个问题显然早有准备，冷冷地说：“赖安胜是个不知死活的驴种，杀人这种事也敢干？总归会露馅的，早早晚晚罢了，我才不会陪着他跳火坑。再说，咱们毕竟是老街坊老同学，我不想让你不明不白地送命。”

我和颜哲对视一眼，心照不宣。我不大相信他说的后一个原因，理由很简单：如果他透露的消息是确实的，那他很可能先做了告密者，否则赖安胜不会这么信任他，甚至让他参与、至少是风闻了杀人预谋。他肯定是先告了密，见赖安胜决定杀人，又怕了，所以拐回头向我们泄密。这样，即使那桩凶杀案被揭开，他也没有责任了。

按说，听他通报了这么重要的消息，我们该向他致谢的。但因为这样的心理，我实在不愿意、也最终没把“谢”字说出口。庄学胥对颜哲说：

“不过，赖安胜的事拿不到真凭实据之前，我不会出头为你做证人的。我把话说前头，到时候你别烦我。”

颜哲说：“对，你不会为我火中取栗的。等我把赖安胜告倒，你就可以安安稳稳做场长了。”

庄学胥没有说话，匆匆离开。

我俩开始认真思索面临的危险，一把达摩克利斯之剑已经真真切切悬在头顶了。也许，两个凶手这会儿已经潜伏在四周？颜哲说不会，你不用草木皆兵，但我宁可小心一些。我不敢在这儿多停，拉着颜哲，在蓖麻丛的掩护下，悄悄转移到一个新地方。确认周围没人潜伏后，我急迫地说：

“先不管庄学胥是什么动机，我相信他说的消息是真的。咱们不能坐以待毙。颜哲，你继续待在农场太危险，谁知道姓赖的啥时候下手？防不胜防。我想咱们干脆破釜沉舟，到县里去告他。只要把这件事公开，他就不敢再对你下手。”

颜哲摇摇头："你前天说的话是对的。这泡脓还没熟透，不能硬挤。咱一定得拿到真凭实据。"

"那你说，该咋办？"

颜哲认真思考着，思考了很长时间，我在月光下紧紧地盯着他的面庞。他的表情忽然有了一个突如其来的变化，似乎某个困扰多时的问题忽然得到了解决，脸上也绽出轻松的笑容。他说：

"秋云我有办法了，也许这是天赐的机会，让我完成早就想干的一件大事。我有办法了，绝对可靠的办法。至于详情我暂时不能向你透露，你只管放心吧。"

他这番话让我充满狐疑，不禁想起他早先曾说过的：他保存着父母留下的一大笔钱，要办一件"大事"。我原以为，他所说的"大事"是不确指的，只是对今后的一种预备。但从这会儿的话意来看，这件大事是具体的，是早有腹案的。我生气地说：

"你不告我详情，我咋能放心？这是生死大事，你别这么吊儿郎当的！"

颜哲笑着："秋云你别问，该说的时候，我肯定会第一个告诉你。"

"不行！你至少得告诉我个大概。"

颜哲犹豫片刻："那我只能告诉你，我要启用我爸留下的一个宝贝，专门对付赖安胜这类坏种的，绝对有效。可惜我爸没来得及用。"

说起父亲，他的情绪有一刹那的黯然。而我也突然联想到颜哲说过的话：颜伯伯在三年困难时一直不动用一笔钱财，说是"要干一件大事"。他们父子两个所指的"大事"是不是一回事？想到这儿，我对颜家父子忽然有了一种神秘感。这种神秘感在我初见颜家时就有，后来慢慢淡化，但这会儿它又突然复活了。颜哲已经走出刚才的黯然，说：

"你放心吧，真的尽管放心，我不会拿自己的性命开玩笑，何况，"他一把搂住我，在我耳边轻笑道，"你还没有为我生儿育女呢，我咋舍得扔下你一个人先走？"

他的笑声中有发自内心的轻松，让我也变轻松了。我骂他：

"不要鼻子座（脸）的东西。这个紧要当口，还惦记着说风凉话。"

然后我们回去。他的轻松有效地安抚了我的焦灼——不，他不光是轻松，这个词尚不足以形容他的变化。他简直像变了一个人，一只彩色的蝴蝶从原来的蛹壳中破壳而出，一只凤凰在火中涅槃。他显然在那个刹那间下定了决心，今后要为新的目的而活了。我不由得想起，“文革”中他父母双双自杀后他几乎崩溃，一年后才“死而复生”。当时我和我爹妈的劝慰起了很大作用，但也许并不是主要作用。因为在他精神接近崩溃时，我曾听他不住地念叨：要干大事，爸爸交给我的大事。那时我不知道这句话的含意，现在看来，也许这才是他走出精神崩溃的主要动力吧。

我有点惊疑地偷眼看着这个新的颜哲，发现自己并不真正了解他。

我们在场门口分手，他笑着再次让我放心，然后各自回宿舍。但我根本没有回去。短暂的轻松之后，焦灼很快回潮了。我并不是不相信他的能力，虽然他因惯于“君子之道”而难免天真，但他有足够的聪明，如果横下心来玩诡计，绝不会输于赖安胜那样的驴种。而且他平素并不是行事莽撞的人，在这样的大事上不至于心中没底吧。但不管怎样，我的担心仍不能完全消除。颜哲是把希望寄托在颜伯伯留下的“宝贝”上，那无疑是一种科学发明，但经过“文革”的人都很清楚，“科学”或“理性”在与政治作对时，是决不会取胜的。眼前就有强有力的例证——颜伯伯就失败了，他的宝贝并没能保住夫妻俩的性命。

等颜哲走远，我犹豫片刻后，悄悄在后边跟着他。我决定今晚躲在他的住室外边，为他站岗，保护他。这是很幼稚的决定，一个人的精力有限，我哪能把他每时每刻罩在我的视野里。但至少在想出更好的办法前，我要尽自己的力量。颜哲回屋，点亮带罩子的煤油灯，举着罩子灯上到床上，钻到蚊帐里，开始他每晚的例行工作——烤臭虫。说来颜哲毕竟是“落难王孙”（我妈的话），虽然家境变坏后也很能吃苦，但在一些生活细节处仍然比不上我们这些从小吃苦的人。比如，他非常怕蚊子叮臭虫咬，天再热也要钻蚊帐里，把蚊帐掖得严严实实。但蚊帐能挡住蚊子可挡不住臭虫，各个宿舍里臭虫多得抱团，真不知道它们是从哪儿来的，即使在稿荐上撒满六六六粉也不济事，下乡头一年的夏天，颜哲被它们折磨得要发疯。

幸亏他善于动脑，很快找到了治臭虫的有效办法。原来臭虫的习性并不是喜欢待在阴暗隐蔽处，它们也是“努力向上”的，只要你白天不把蚊帐撩起来，它们就会顺着蚊帐悄悄往上爬，然后老老实实聚集在蚊帐四个角落处。每晚睡觉前，只需用带罩子的煤油灯去烤蚊帐角，被烤焦的臭虫噼噼啪啪地落到灯罩里，每晚都能逮二三十个。说来臭虫的繁殖力实在惊人，每晚消灭二三十个并不能让颜哲床上的臭虫断根，只是能保证臭虫的数量足够少，让他这个晚上能睡安稳，一晚不逮都不行。颜哲在向我吹嘘他的发明时说，这是他和臭虫之间的“动态的恐怖平衡”。

这会儿他在细心地烤臭虫，金黄色的灯光映得他的脸庞亮堂堂的，就像浮在黑暗背景上的一座黄金头像，显得特别纯洁和安详。他神色明朗，甚至有心思轻声哼着歌。我侧耳听听，是“伏尔加河上的纤夫”。歌声伴着屋里众人粗粗细细的鼾声。我在窗外的黑影中悄悄观察着，看来他确实胸有成竹，没把庄学胥送来的死亡威胁放在心上。这让我多少放心一些。

颜哲熄了灯，睡了。我继续留在黑影里为他站岗。颜哲很快睡熟了，这从他一动不动的睡姿可以判断。他绝对想不到，一个姑娘正为他“风露立中宵”吧。外边的蚊子太厉害了，连我这个素来不怕蚊叮的人也受不住，露在衣服外的胳膊和小腿被咬得火烧火燎。我考虑是否回屋去穿上长衣服，回头一看，发现篮球架上有一座门板，那是男知青黄瞎子建起的避蚊台。黄瞎子是个一千度的近视眼，家境最困难，连四五元钱的蚊帐都买不起，只能拚上血肉之躯任由蚊子叮咬。有天晚上黄瞎子被咬得实在受不住了，情急智生，便把宿舍门板卸下来，吊到篮球架顶部，用绳子捆牢。再把自己捆在门板上睡觉。因为高处风大，蚊子少一些，可以睡个安生觉。第二天大伙看到他的业绩，个个啧啧称赞。这么个一千度近视的瞎子，深更半夜凭一人之力，把门板吊到那么高的地方，真难为他能办到！林镜可劲儿夸他，说这件事有力地证明了中国的一句成语：狗急跳墙。

黄瞎子这些天出河工，没有在农场。我想不如躲到他的避蚊台上，既可以避蚊子，也能居高临下地观察。一个姑娘家，长时间守候在男宿舍外面，若被人撞见很难为情的。于是我悄悄回宿舍拿一条被单，把单子裹到腰间，手足并用地爬到避蚊台上。黄瞎子用来捆身体的绳子还在，我小心地把自己捆好，万一睡着后一翻身摔下去，麻烦就大了。再裹上被单开始睡觉。这儿蚊子确实比较少，又凉快，简直是天堂了。我朦朦胧胧进入浅睡，每隔几分钟就醒一次，观察完四周的动静，再接着入睡。

轻薄的白云在月亮周围游荡，头顶的天河悄悄地缓缓地转动着。眼皮越来越涩，我揉揉眼睛，忽然看见了颜伯伯夫妇，他俩在空中飘飘荡荡地向我靠近。我在心中对自己解释，颜伯伯他俩会飞一点也不奇怪，因为他们已经是鬼魂了。他们悲伤地说：秋云，我俩已经死了，以后全靠你保护哲儿了。我看见他们浑身血迹，难过地说：你们放心吧，庄学胥已经把消息捅给我们，我们已经有准备了。袁阿姨惊问：庄学胥？可不能相信这个人。颜伯伯制止住妻子，说：不能这样说，“文革”前他也是个好孩子啊。袁阿姨摇摇头，指指我的身后说：好孩子？那他这会儿为啥偷偷把哲儿和秋云捆起来？

我恍然回头，原来颜哲不知道啥时候来了，就睡在我背后，紧紧地挨着我；庄学胥也来了，正偷偷用绳子把我俩捆在床上。我急忙推颜哲醒来，同时用力想挣开绳子。但绳子捆得很死，颜哲也一直熟睡不醒。这时，我看见赖安胜拎着一把刀悄悄向我们逼近。我急得大叫，却喊不出声音。半空中的颜伯伯和袁阿姨也急疯了，像蝙蝠一样绕着我们狂飞，他们手腕脉管处流出的鲜血化作满天血雨……

我从噩梦中惊醒，满头冷汗。周围当然是空无一人，没有颜哲，没有他的父母，也没有阴险的庄学胥和赖安胜。只有我身上捆的身子是真的，没有这条救命绳，说不定我已经在噩梦中摔下去了。肯定是我睡前把自己捆得太紧，引发了这场噩梦。

但这个梦彻底赶走了我的睡意，也毁了我的心绪。我把那根绳稍松一些，坐起来发愣，心绪十分阴郁。月亮落山了，世界浸泡在黑暗中。黑暗悄悄涌动着，无边无际。农场睡熟了，远处的乡庄也都睡熟了，天地间没有一丝灯光，没有一点儿人世间的声音，连狗吠也没有，似乎这儿已经被文明世界彻底抛弃。刚才我在梦中看到了久违的颜家夫妇，他们血迹斑斑的身体一直在我眼前晃动。他们并没有怪罪我，他们放心地把儿子托给我来保护。但我苦涩地想，也许颜伯伯和袁阿姨的死，都和我有关啊。

这是我深藏心中的罪孽，我甚至没对颜哲说过。

……

——节选自《蚁生》，福建人民出版社，2007 年

中国科幻的思想者

——论王晋康的科幻小说创作

◎ 赵海虹

作为中国新时期重要的科幻作家，王晋康的作品在20世纪90年代曾占据中国科幻的半壁江山,《天火》《生命之歌》等优秀力作感染了千千万万的青少年读者。进入21世纪，他依然笔耕不辍，创作了《替天行道》《蚁生》《十字》《与吾同在》等情节跌宕、想象雄奇的作品，他以苍凉凝重的笔锋，以深邃、博大、锋利的思考引领读者进入一个又一个幻想的世界。王晋康在潜心创作的同时，结合自身的创作经验，提出“核心科幻”的概念，对科幻创作理论提供了新的视角。本文力图对王晋康的创作历程进行整体的梳理和思考，对他的代表性作品《生命之歌》和《蚁生》进行赏析。

自1904年荒江钓叟的《月球殖民小说》始，中国科幻历经新中国成立初期、70年代末至80年代初两个历史活跃期，其后又经过近十年的沉寂，进入了“20世纪90年代至今的最新的活跃期”[1]，而他在这个最新的活跃期中引领了中国科幻前十年的发展。《科幻世界》杂志主编姚海军甚至将20世纪90年代称为“王晋康时代”[2]。

一、王晋康科幻小说创作综论

1. 大器晚成的科幻作家

王晋康

王晋康，1948 年生于河南镇平，中国民主同盟盟员，中国科普作家协会会员，中国作家协会会员。他天资聪颖，中学时怀抱着成为理论物理学家的理想发奋学习，文理成绩皆出类拔萃，但少年之梦被那个扭曲的时代击碎了。1966 年，他高中毕业时恰逢“文革”开始，1968 年他下乡到河南新野五龙公社，度过了三年知青生涯。1971 年，他到云阳钢厂杨沟树铁矿当木模工，1974 年调入南阳柴油机厂。全国恢复高考后，1978 年，王晋康以优异的成绩考入西安交通大学动力二系。1982 年大学毕业后，在石油部第二石油机械厂（后改为南阳石油二机集团公司）从事技术工作，曾任设计研究所副所长、高级工程师，是本单位特种车辆重型底盘领域的开拓者。

王晋康的科幻创作发端于偶然，像英国作家 J.K. 罗琳为了给女儿讲床头故事而创作了“哈利·波特”系列小说一样，王晋康也是为了给喜欢科幻的十岁儿子讲故事，被“逼”成了科幻作家。1994 年的《中国石油报》刊发了一条题为《十龄童无意间逼迫父亲，老爸爸竟成了科幻新星》的新闻，记载了这段饶有趣味的故事。王晋康把一则被儿子夸奖“今天讲的好听”的故事转化为文字，试寄给当时中国唯一的科幻杂志《科幻世界》。这篇名为《亚当回归》的处女作在《科幻世界》1993 年第 5 期发表，在读者中引起巨大反响，获当年度中国科幻银河奖小说类作品一等奖①。

从此一发不可收的王晋康以业余作者的身份高歌猛进，一举成为中国著名的科幻小说家。翌年，他的短篇小说《天火》再获 1994 年度银河奖最高

① 银河奖对最高奖的设置多有变化，1993 年度以一等奖为最高奖。

奖“特等奖”，此后，他更以《生命之歌》（1995）、《西奈噩梦》（1996）、《七重外壳》（1997）、《豹》（1998）蝉联六届科幻银河奖特等奖或一等奖。1999年为鼓励新人，王晋康主动向评委会申请退出评奖，随后进入了一段休整期。笔者作为这个时期中国科幻的读者与创作参与者，曾亲身体会到“王晋康”这个名字具有的魔力。甚至可以说，在20世纪90年代，王晋康的作品占据了中国科幻的半壁江山。

2. 高歌猛进的第一阶段

1993—1999年可视为王晋康科幻创作的第一个阶段。作为一个大器晚成的作家，他的处女作《亚当回归》起点甚高，很难相信出自新人之手。这是因为，与大多数在《科幻世界》发表处女作的青年作者不同，人到中年的王晋康历经“文革”浩劫、上山下乡和工厂的基层锻炼，已经具有丰富的生活阅历，对生活、科学、大自然及人类未来有了大量的思考与积淀。他大学时代对现代文学作品的大量阅读包括两年时间的练笔（曾创作过十几部短篇主流小说，未发表），也为他的厚积薄发奠定了基础。

《亚当回归》的前半部情节并未跳出传统科幻作品的藩篱：星际旅行归来的宇航员王亚当发现地球已经物是人非，新智人（即大脑中植入电脑芯片的自然人）成了人类的绝对主体。年迈的脑科学家钱人杰既是新智人之父，又是坚决抵抗大脑改造的仅存的少数自然人之一。他暗示王亚当只有借助植入电脑芯片获得更高智能，才有可能找到推翻新智人统治的途径，“用卑鄙的手段实现高尚的目的”。王亚当知其不可为而为之，悲壮地接受了大脑的改造。但在接受更高智能之后他的认识得到了提升，知道自己和钱老的抵抗是可笑的，“就像是世上最后两只拒绝用火的老猴子”。最后，新智人王亚当只能面对旧人类文明的暮日发出一声悲凉的叹息。这样的结尾显然超越了以往此类科幻小说中“人类必胜”的俗套，进入了更深一层的思考，到达了更高的境界。文中对两种人类之间关系的叙述是平和的、适度的（即使在两位反抗者策划阴谋时），含着淡淡的无奈。这种特有的风格是作者心态成熟的外在表现，也与大多数类似题材的作品拉开了距离。文中非常贴切地引用了“西汉李陵不得不归属异族”的历史典故，用中国笔墨加深了科幻主题，预示了王晋康此后作品浓重的中国风格。

伴随着这篇作品的成功，王晋康迅速进入了中国科幻迷的视野。

1994 年发表的《天火》，凝聚了王晋康丰富的个人情感以及对“文革”时代荒谬社会现实的批判。小说的主人公林天声无疑带有少年王晋康的影子，因此小说在生活化的描写和人物形象的塑造上有血有肉。林天声“脑袋特大，身体却很孱弱，好像岩石下挣扎出来的一棵细豆苗”，他因家庭出身不好而在性格上近于自闭。但他的思想天马无羁，敢于怀疑“天经地义的事实”，大胆地用新眼光审视“穿墙术”，最后以生命的代价证实了“物质无限可分”的规律。这位青年科学殉道者的形象，与文化科学荒芜、全民政治狂欢后空虚与荒诞的大背景形成了强烈的反差，因此格外能打动那个时代读者的心弦，成为王晋康小说中塑造得最成功、最感人的形象之一。

发表于 1995 年的《生命之歌》，与王晋康的处女作《亚当回归》相比，是同一个核心哲理引出的两种选择——作为旧人类，应当如何面对即将取代自己历史地位的“新人类”，只不过由《亚当回归》中大脑植入芯片的新智人换成《生命之歌》中具有生存欲望的机器人。由于新人类具有人类所无法匹敌的先天优势，顺应时代潮流就意味着旧人类被彻底取代。在《生命之歌》中，女主人公孔宪云选择了与王亚当截然相反的一条路：她在“撕心裂肺的痛苦中”拿起父亲丢下的枪，准备杀死“亲亲的小弟弟”，即新人类始祖机器人小元元，以便为旧人类文明尽量争取一点儿时间——即使人类被历史淘汰的命运无可避免。

《生命之歌》被公认为王晋康在这一创作阶段最优秀的短篇作品，实至名归地获得了 1995 年科幻银河奖特等奖。它的成功除了得益于曲折的故事结构、高明的悬念设置与深刻的性格刻画之外（详见后文的赏析部分），更在于其“令人炫目的具有开拓性的科幻内核和对生命本质的思考”，甚至“改变了中国科幻的面貌”。[2] 本文中关于“生存欲望的物质表达形式”的科幻构思是首次出现于国内的科幻作品。它具有超硬的哲理内核，表现了作者在生命领域中坚信唯物主义、彻底摒弃超自然力的勇气。

获得 1997 年科幻银河奖一等奖的《七重外壳》是一个悬念迭起的故事。

中国大学生小甘来到姐夫斯托恩·吴工作的美国B基地，尝试挑战基地的超级发明——一种能让被试者完全融入虚拟世界的电子“外壳”。被套上外壳的小甘如果能找到虚拟世界的漏洞，就能获得一万美元奖金。故事里，小甘一次又一次“穿上”和“脱下”外壳，在真实和虚拟间穿梭进出。足以乱真的虚拟世界充满了高科技社会的刺激与诱惑，而一层又一层剥洋葱式地剥离虚幻世界，使这位以才智自负的主人公逐渐失去对现实的把握，迷失了自我。后应小甘的强烈要求，斯托恩让他回到家乡，在家乡与亲人这条最为粗大坚韧的“根”中，他总算找回了自我，但最后却因一个小小的细节又产生了严重的自我怀疑，给小说留下一个开放的结尾。这个开放式结尾是本篇的亮点之一，它使一个技术故事的主题上升到两个传统的文学母题，即关于“自我的认知”（我是谁？我在哪里？）以及科技对人性的异化。十几年后问世的美国著名科幻影片《盗梦空间》与《七重外壳》在构思和故事结构上有颇多相似之处，可见“科幻无国界”。

《豹》是以故事性见长的一篇作品。王晋康的大部分作品都有很强的故事性,《豹》更是个中翘楚。小说以一起诡异的性虐待案件开场，迅速推进到四年后的雅典奥运会。从观赛的中国体育记者费新吾、老运动员田延豹、田的表妹田歌以及美籍华裔科学家谢教授着笔，把读者目光一步步引向谢的儿子谢豹飞——这个以极大幅度打破奥运会百米世界纪录的、杰出的亚裔体育天才。但随后一位神秘人向费田二人透露了有关谢豹飞出身的爆炸性秘闻，二人在他的指引下进行了剥茧抽丝的探寻，才知道谢豹飞居然是嵌有非洲猎豹基因的豹人，而泄密的神秘人竟是他的父亲谢教授！谢豹飞在月圆之夜兽性大发，咬死了恋人田歌。田延豹愤而扼死神志不清的凶手，被以杀人罪起诉。法庭辩论中，田的律师奇兵突起，以豹人非人、不适用人类法律为理由，成功帮助田延豹脱罪。而谢教授却借法庭为发言场，阐述了自己对基因技术的激进观点。他认为人、兽本无截然区别，人、兽杂交以改良人类是一种进步。人类社会对这种观念的敌意就如当年的社会敌视进化论。这场法庭之战写得酣畅淋漓，奇峰突起，既形成了故事线的高潮，又是哲理线的高峰。《豹》这篇小说中，科幻构思始终是故事线的内在推动力，二者水乳交融，始终保持着故事的张力。这正是王晋康作品的一大优点。而且该构思紧扣基因科学的进步，真实可信，也强化了作品的感染力。

王晋康虽然是业余作家，但产量很高，这一时期除六篇银河奖获奖作品外，其他代表作品还包括中短篇《斯芬克斯之谜》(1996)、《拉格朗日墓场》(1997)、《三色世界》(1997)、《养蜂人》(1999)，长篇小说《生死平衡》(1997)，等等，主要发表在《科幻世界》《科幻大王》[1]等杂志上。

《生死平衡》以狂放不羁的中国民间医生皇甫林为主人公，讲述了一个以“平衡医学观”挑战传统西方医学的故事。皇甫林在出游西亚C国期间，以祖传的“平衡医术”治好了首相之子的痼疾，又疯狂地爱上了首相之女艾米娜。但艾米娜性格乖戾，导致二人进行了一场激烈的“爱情决斗”。后西亚狂人萨拉米所在的L国用阴险的方式向C国散播世上早已绝迹的天花病毒，妄图不战而胜。不料C国民众却在皇甫林的祖传针剂的帮助下获得了早期免疫力，战胜了天花病毒。这篇小说完全走传奇故事的路子，情节跌宕起伏，引人入胜。人物带着漫画的夸张，鲜明生动。小说中的“平衡医学观”在作者十年后的长篇《十字》中得到延续和深化。《生死平衡》发表后，对该文包含的医学观点在网上引起了很大争议。其实作者在小说后序中曾预先指出，“《生死平衡》是科学幻想小说而不是医学专著”，“它只着眼于思想趋势的正确，不拘泥于医疗细节的精确”。读者若因小说对“平衡医术”戏剧化的描写就认为作者提倡“一药治百病”的江湖医术是一种典型的理解错位，是把科幻等同于科研或科普。

王晋康的小说虽以哲理思考见长，但他认为，科幻小说就其主体来说是一种大众文化，小说中的哲理思考必须依附于精彩的故事才有生命力。所以他的作品尤其是中长篇作品一直在主动向通俗化靠拢，常常糅合侦探小说、推理小说和传奇小说的技巧，以机智的悬念和情节来吸引读者，这在《生死平衡》的传奇故事架构上表现得尤其明显。他的某些作品中也可见一些情色描写的“佐料”，比如《豹》中对女主人公死于豹人的性暴力的描写，《拉格

① 2011年该杂志更名为《新科幻》。

朗日坟场》中变态女鲁冰对鲁克多少带点乱伦意味的爱情（鲁冰本以为鲁克是自己的亲哥哥）等。其实相对于主流小说来说，王晋康作品中的情色成分是极为低度的，但由于科幻小说长期以来被认为是青少年文学，而且实际情况中也确实是青少年读者占绝对优势，所以类似情节在读者中曾引起非议。相比而言，另一位著名科幻作家韩松的作品中情色描写的尺度更大胆，但由于韩松作品诡异的基调、纯粹成人作品的定位及更为主流文学化，反倒没有引起多少非议。

王晋康本人曾说过，他这代中国人缺少西方作家所具有的信息量和生活阅历，每当把小说背景设置在国外时，“常常难以把精彩的构思转化为丰满流畅的生活流”[①]，虽然场景多变，人物三教九流，但似乎多来自早年国内对西方的负面宣传及外国电影和娱乐小说的印象，因此失之概念化。他的作品中时常有民族主义情绪的流露，包括民族悲情意识和民族自豪感，也不乏刚刚形成或者可以说是刚刚复苏的大国心态。这给他的小说带来别样的特色，也更易与中国读者的心灵共鸣。不过民族主义与科幻这种关心人类整体的文学样式契合度并不高，“是短足的”（王晋康语），不容易赢得国外读者的共鸣。这个问题在作者的第二阶段有了很大的变化。

王氏哲理科幻的又一代表作——发表于1999年的《养蜂人》，将“整体论”这种科学观点进行了文学化的阐述。一个年轻有为的科学家在多次探访养蜂人之后为什么自杀？他留下的遗言“不要唤醒蜜蜂”又藏着怎样的深意？林达是否就是一只被唤醒的蜜蜂，意识到人类之上高踞着一个超级智力的上帝（电脑网络），自己毕生的努力与人生的目的只如蜜蜂般卑微？对于年轻读者们来说这篇作品不大容易理解，无法得到明确答案。本篇小说风格内敛，文字简洁典雅，节奏跳荡，文中作者第三人称的叙述与死者的意识流转换自然，如行云流水。将深刻的哲学思考隐藏在对林达这个神秘人物的层层揭示之中。《养蜂人》也因此成为一篇回味隽永、值得反复咀嚼的精品。某种程度上讲，这篇在读者中反响并不强烈的作品堪称他的代表作之一，日后这

① 引自王晋康提供给笔者的未发表讲稿。

个故事的主题也在他的长篇小说《类人》（2003）中有所扩展。

3. 突破自我的第二阶段

2001年，在经过一段时间的休整之后，王晋康重新出发，进入了创作的第二阶段。《替天行道》出手不凡，以科幻作家特有的使命感对转基因食品给予了深切的关注，获得了读者的热烈好评，获得当年度的科幻银河奖①。主人公吉明是我们身边真实的小人物，曾经一心追求出国、期盼绿卡，他成为国际著名种子公司的雇员后，回到自己家乡推销带有“自杀基因”的转基因种子。但自杀基因的蔓延带来了一场生态危机，吉明多次联络公司高层却得不到合理回复，反而险被暗杀，不得不用汽车炸弹以死抗争。吉明临终前，家乡老农皱纹纵横的脸幻化成梦中的上帝，谴责种子公司的发明违反生命大义，戕害生灵。

“上帝长发乱须，裸肩赤足，瘦骨嶙峋，穿一袭褐色的麻衫，脸上皱纹纵横如风干的核桃——他分明是那个不知姓名的中国老汉嘛”。[3]（《替天行道》）

这个颠覆性的上帝形象带着浓厚的中国土地气息，他的身上体现了传统的农业社会中人与自然的关系。著名科幻作家、新华社记者韩松在评价这篇作品时说：与刘慈欣一样，王晋康“在努力复兴中国文学文以载道的大传统，而这实际上体现的也是中国科幻的传统”。“《替天行道》和刘慈欣的《乡村教师》都意味着从郑文光和童恩正时代开创的现实主义、英雄主义和爱国主义的回归。”[4]吉明这个小人物与王晋康此前作品中的单线条科学家形象相比，复杂性和真实性都有了较大的提升。此外，应当说明的是，小说中对转基因技术的怀疑和对传统观念的倡导固然有着“反科学”的一面，但是在科技爆炸的大背景下不断反思和预见科学技术可能带来的问题，这种怀疑精神恰恰是科学的精髓。他对“在文明社会规则下的短期的合理”是否就符合“上帝规则下的长期的合理”的诘问是深刻而犀利的。

此后，王晋康的作品呈现出更强的主题性。

---

① 2001年银河奖不分等次。

关于文明的发端，以及宗教的思考在他的作品中结合具体的科幻点反复出现，如在水星撒播新生命并使新生命的守护者演变为圣巫，进而神化为耶稣基督式的信仰主体的《水星播种》；道德卑劣的机器人麻勒赛因为对生命的贪婪而成了机器人种族的先知的《兀鹫与先知》；一群被遗留在异星进行生存实验的孩子成为新文明始祖的《生存实验》；等等。相关主题还有“假设微生物群体能够组成超级智力”的《沙漠蚯蚓》和《五月花号》。

王晋康也多次借虚构的小说展现自己对无尽宇宙与物理学理论的构想，如根据超圆体宇宙理论进行环宇航行的《新安魂曲》；描绘宇宙由膨胀转为急剧收缩时人类终极命运的《活着》等中短篇。

对社会和人性的思考也深深融入到他小说的血液中，面对终极能量思考战争的《终极爆炸》和讽刺人类贪婪本性的《转生的巨人》都是此中佳作。长篇小说《蚁生》上升到纯哲学高度，探讨以外界施加的手段造成一个完全“利他”乌托邦的可能；长篇小说《十字》则依“低烈度纵火理论”重审现代医学免疫体系及它对社会伦理造成的巨大冲击，这两部长篇的问世将王晋康第二阶段的创作推上了新的高度。

2002 年，《科幻世界》第 5 期推出了王晋康作品专辑，含《新安魂曲》与《水星播种》两个中篇。前者是一幕宏大的太空剧，后者却是一个颇具宗教性的科幻寓言。

《新安魂曲》的主人公周涵宇自小沉迷于爱因斯坦的“宇宙超圆体假说”——三维宇宙空间通过更高维数的折叠形成一个超圆体，如果我们在三维宇宙中一直向外走，最终会通过超三维的空间而返回地球。基于这个假说，周涵宇提出了“环宇探险”的设想，他不惧众人的误解与嘲笑，历经 74 年的努力，终于使之成为现实。他也因此成为探险船“夸父号”的三名宇航员之一，伴随着一对早慧的少年夫妇踏上了大宇宙的征程。环宇旅行历经 180 亿年才胜利完成，飞船重回地球，但周涵宇已在途中辞世，宇航员夫妇带着他们的新生儿走向新的世纪与新的人类。小说以第三人称从“夸父号”起程开始叙述，在对宏伟的宇宙景观的描述中，多次插入对周涵宇 74 年艰辛努力的种种回溯，其中通过周涵宇的演说，总结了古代人类在地球各大洲迁徙的历史，并直接切入一段3000多年前南美洲土著的探险经历。历史与未来的声声相应，使这部在空间上无限辽阔的小说获得了时间上的纵深感，这次环宇旅行也就如当年麦哲伦的环球之旅一样，体现了人类探索未知世界的勇气与决心。小说不但在爱因斯坦的构想上假设了整个充满技术细节的环宇旅行过程，而且将主人公设置为中国河南省镇平县的农家孩子（周涵宇与作者本人籍贯相同，这应该不是巧合，而是作者在这个人物身上贯注了自己的个人理想），让一个普通的中国农民推动了如此宏大的科学探险；乡土与科学、平凡与伟大，这种对照大大加强了小说的感染力，类似写法在刘慈欣的《乡村教师》中也曾获得绝佳的艺术效果。

《水星播种》则以上下部的形式记载了一个播种生命的实验及其结果。2034年的地球上，商人陈义哲接受了一笔特殊的遗产：实验室中偶然产生的金属变形虫——一种全新的纳米机器生命。他受命将要在水星播种新生命，并长期关照这个全新物种的繁衍过程。亿万富翁洪其炎资助了水星播种计划，并自愿留在水星扮演新生命的造物主。他采用休眠技术，让自己每一千万年苏醒一次，引导新生命逐步创建自己的文明。颇具讽刺意义的是，洪其炎丑陋残缺的身体也因此成为水星圣府中伟大沙巫的化身。10亿年后，水星人在疯狂的宗教冲动下举行大神复生仪式，让洪其炎的身体暴露在水星表面的强光下灰飞烟灭。为逃避罪责，肇事的水星人将他诬为伪神。随后，黑暗时期来临，赎罪派兴起，杀死化身沙巫成了水星人世代背负的原罪。小说作为全新机器生命的创世纪，充满了宗教性的隐喻。“水星播种”计划在地球引起的巨大风波与10亿年后水星人的朝圣之旅穿插在一起，一步步将我们引向发人深省的大结局。最后水星人中兴起的“赎罪派”教徒与其原罪显然隐射基督教的“原罪”与赎罪精神，同时也隐含这样的推测：宗教的起源或许来自变形的真实，而人类或许也只是“造物主”的生存实验品而已。这部在10亿年跨度上展开的生命寓言以其对宗教与文明史的追问成为王晋康最优秀的小说之一。

短篇小说《转生的巨人》(《科幻世界》2005年第12期）是王晋康以笔名“石不语”发表的小说。世界巨富，西铁集团董事长今贝先生为逃避高额遗产税，在垂暮之年，通过医学技术将自己的大脑移植到一个无脑儿体内，重新开始自己的生命。但他的贪婪本性在新生儿身上转化成了无节制的吃的生理需要。婴儿今贝变成了一个巨型儿童，不得不移居海上，让鲸鱼为他哺乳。但即使如此，今贝不断膨胀的欲望依然得不到满足，最终饿死，成为一座大山般的臭肉堆。小说以讽刺的笔调和艺术的夸张对人类的贪婪本性作了最无情的鞭挞。按作者自述，本文主人公以日本首富堤义明为原型，文中大部分细节源于相关的真实新闻，小说真实性的一面更深化了它力图表达的社会意义和普世价值观。而将对现实的批判与“一个奇崛但可信的科幻构思”相结合（作者语），进一步强化了作品的感染力，使这篇科幻小说具有了主流纯文学作品的质地。

短篇小说《活着》有意与当代著名作家余华的代表作《活着》同名，主题也相同，只是把它放进宏大的宇宙背景。故事的视角很独特——一个患先天绝症、余生有限的孩子乐乐，在义父的引领下重燃“活下去”的希望。乐乐在观星中发现，宇宙正由红移膨胀进入蓝移收缩。这个构思把灾难小说推到了极致——全宇宙得了绝症，没有任何逃生希望。此时人类该怎么办？之后，乐乐发现这只是宇宙的一次“尿颤”，但这次思想的洗礼改变了人类。小说思想跨度大，富有哲理性，主人公的绝症与宇宙的绝症两条线互相烘托，相得益彰。虽然文学上的笔力无法与余华相比，但其宏大的想象和厚重的内禀依然获得了众多读者的喜爱。小说获得 2008 年的科幻银河奖“优秀奖”。

长篇小说《十字》延续了王晋康多年创作中时常涉足的生物科学题材，大量使用了作者比较熟悉的写作技法，融国际恐怖主义、神秘科学组织与中国的社会现实为一炉，语言技巧更加纯熟，情节紧张刺激，故事精彩纷呈，刻画了一个勇于献身、充满理想主义的完美女性梅茵。

小说一开始就充满了神秘色彩。秘密科学组织“十字”的成员梅茵从俄罗斯科学机构里取走了天花病毒，并斥巨资在中国内地建立了生物工厂，以生产生物制品为掩护开发减活天花病毒。同时，她把私人积蓄都投入到慈善事业上，在孤儿院孩子们的心目中是一个完美的慈母。然而，这个慈母居然在她最心爱的“女儿”小雪的生日蛋糕上投放了天花病毒，让孩子们成了第一批接受减活天花病毒洗礼的人，小雪因此成了一个丑陋的麻子。同时，推进的另一条故事线中，装扮成印第安人的恐怖分子在美国撒播天花病毒，造成了全球大恐慌。后来，梅茵撒播减活天花病毒的“罪恶”被揭露。原来，“十字”组织遵循“低烈度纵火”的理念，认为应该给病毒留出一定的生存空间，使其温和化，与宿主人类和谐相处，因为这对人类群体来说更有好处。梅茵虽然获刑，“十字”组织的理念却逐渐得到了大众的理解。多年后，恐怖分子假借作香水广告，在日本用飞机大规模播撒天花病毒，而梅茵家人开创的新技术协助日本度过了这一危机。

《十字》宣扬“低烈度纵火”可以打破临界状态，因而对避免灾难有重要意义，探讨了人类与细菌和病毒“共生”的机制，探讨了人类这个物种中个体与整体之间的关系。小说中的观点经科学工作者的讨论，认为确实具有一定的科学性。

王晋康认为，“上帝只关爱群体而不关爱个体，这才是上帝大爱之所在。”[5]而现代医学的发展，客观上中断了“物竞天择”的自然淘汰，对于整个物种的健康延续未必是一件好事。这个观点显然发展了《生死平衡》中的“平衡医学观”，体现了王晋康作品在思想观点上的延续性。当然，这种颇为激进的观念强调种群的“大生存权”，认为个人的“小生存权”可以被牺牲——这显然与文明社会的主流观念有所冲突。

《十字》是王晋康对自己熟悉的小说主题的一大提升，是《生死平衡》的高级版本。女主人公梅茵是个完美的女性：她既有聪慧的头脑，又有美貌性感的外形，危急时刻还能用中国功夫护身。她是一位出色的科学家，一位爱护孤儿的母亲，又是一位勇于牺牲的理想主义者。由于这个人物过于完美，一定程度上降低了人物的真实感。但不可否认的是，王晋康对女性人物的塑造能力在本书中有很大的提升。如果说《蚁生》中“秋云”这个人物的成功来自于他真实生活中对女知青形象的了解，那么，《十字》则体现了王晋康对小说女主人公（之前常常是男性）形象的刻画已进一步纯熟，“梅茵”很大程度上可以视为《生命之歌》中“孔宪云”这个角色的升级版。

《十字》由于其主题的社会意义和现实意义，一经问世，便获得了读者的热烈反响。经历了“非典”、“禽流感”和“H1N1”病毒蔓延全球的噩梦，加之近来“超级病毒”的现身，让当代人对于人类现代医学体制中的免疫机制产生了怀疑，这部小说的出版恰逢其时，也彰显出作者对于人类命运的深切关注。

2011年，王晋康新作《与吾同在》隆重问世。如果说，《蚁生》曾经通过蚂蚁社会和人类社会的对比给我们提出了问题，那么，《与吾同在》则在某种程度上试图回答这个严肃的问题：利他的蚂蚁社会模式与自私的人类组成的现有社会模式，哪一种更符合远期发展的需要？小说中人类生命由“外星上帝”创造而来，是充满博爱的文明播种运动的直接成果之一。外星使者（即“外星上帝”）提升了地球生命之后，还长年关照地球生物种群尤其是人类的发展。但外星上帝的母星却因这次大爱之举消耗了国力，导致了自身的衰微，反被自己播种的新文明之一所灭。辗转千年，再次复兴后的外星文明将目光投向地球，计划把这里当成自己的重生之地，却遭到了外星上帝引导下的地球人类的抵抗……小说结构层次分明，悬念十足，极富可读性；既可以作为对《蚁生》的回应，也可以作为《水星播种》这类创世纪类的科幻小说的深化与发展，其深层的哲理性思考与独特的“共生圈观念”也带有鲜明的王氏烙印——“生物的群体道德，在共生圈内是善、利他与和谐，在共生圈外则是恶、利己与竞争。”[6]以恶为人类文明的推动力，善只是一种共生圈内的自我协调，这样的观念依然富有争议，但以整部长篇来推动一种形而上的哲学思考，是王晋康小说的独特魅力。

4. 哲理科幻和核心科幻

值得注意的是，王晋康的几篇小说都曾引起公众对某种哲理观点或科学观点的广泛关注和争论，包括《生死平衡》中的“平衡医学”观点；《替天行道》中对于商业道德与“上帝道德”的冲突；《十字》中关于“低烈度纵火理论”，凶恶病毒的温和化，“上帝只关心群体而不关心个体，这才是上帝大爱之所在”的观点；《与吾同在》中的“共生圈”观念；等等。类似的情况在国内科幻作家中绝无仅有。能以一篇文学作品而引发科学和思想领域的争论，其实正好表现了作家本人科幻构思的超硬与厚重。可以说，以超硬的、厚重的科幻构思来承载人文内容，用科学本身所具有的震撼力来打动读者，这正是王晋康作品的另一个重要特点。纵观王晋康近二十年的作品，既贯穿着对科学的深情讴歌，也贯穿着对科学深刻的反思和批判，他对医学、人性、生物伦理学、人类未来、科技对人性的异化等方面，都有独到而深刻的甚至十分锋利的见解，而且这些见解都基于厚重的科学基础。可以说，王晋康是走在时代前列的思想者。他的作品常常被称为“哲理科幻”。

在王晋康创作的这一阶段，作品的社会影响力总体上或许不如他创作的第一阶段。客观上是因为，20 世纪 90 年代中国科幻虽然有星河、韩松、何宏伟等优秀的作者，但却依然是当之无愧的王晋康时代。而自 1999 年以后，另一位厚积薄发的科幻大家刘慈欣已经以他汪洋恣肆、宏大奇崛的小说强烈冲击着中国读者的心灵。21 世纪初，中国科幻逐步迈入刘慈欣时代，足以与世界对话。在这样的背景之下，王晋康同样优秀但多少偏于“理性化”的作品，在读者中的影响力有所减弱。但是，这并不能抹杀这样一个事实：近二十年来，王晋康的作品感染了千千万万的读者，尤其是青少年（中国科幻的核心读者群），正是他的作品，使这个庞大的特定人群对科技主导下的人类历史可能会出现的种种未来走向充满了好奇。他小说中深刻但并不晦涩的科学内核引起了读者对科学的兴趣，启发他们进行科学的思考，无形中对科学的普及起到了很好的推动作用。

同时，王晋康对自己的小说也有着清醒的认识。他认为，自己小说中的核心人物经常是科学家，是生活在理性世界中的人，再加上他本人对科学的感情和认识，主人公的内心世界常常是苍凉的。由于这些原因，他的作品中人物形象比较单一，如《生命之歌》中的孔昭仁父女、《十字》中的梅茵等，都是理想主义的科学家。

王晋康小说的语言苍凉沉郁，后期则沉稳平和、冷静简约，带着“中国红薯味儿”（王晋康自语）。小说在叙事手法上一直秉承传统，大多强化小说的故事性、可读性，情节设置高潮迭起，悬念重重，让人手不释卷。他从不在小说中采用偏于晦涩的现代、后现代手法，客观上这也符合并满足了国内科幻读者的阅读需要。

在创作理论上，王晋康提出了“核心科幻”的观点——也就是科幻作品中最具“科幻特质”、不会与其他作品混淆的作品，以突出“科学是科幻的源文化”这个特点。对此，他具体解释为以下三点：

（1）宏大、深邃的科学体系本身就是科幻的美学因素。按科幻界的习惯说法：这些作品应充分表达科学所具有的震撼力，让科学或大自然扮演隐形作者的角色，这种美可以是哲学理性之美，也可以是技术物化之美。

（2）作品浸泡在科学精神与科学理性之中，借用美国著名的科幻编辑兼科幻评论家坎贝尔的话说，就是“以理性和科学的态度描写超现实情节”。

（3）充分运用科幻独有的手法，如独特的科幻构思、自由的时空背景设置、以人类整体为主角等，作品中含有基本正确的科学知识和深广博大的科技思想，以润物细无声的方式向读者浇灌科学知识，最终激起读者对科学的尊崇与向往。[7]

王晋康认为，核心科幻与非核心科幻单就作品本身而言并无高下之分，但就科幻文学这个文学品种而言，必须有一批优秀的核心科幻作品来做骨架，否则“它就会混同于其他文学品种，失去了存在的合理性和必要性”[7]。从这个意义上讲，这位一向自称“凭直觉写作”的作者在科幻理论领域也颇有见地。

已经迈入花甲之年的“老王”依然在尝试新的变化和新的突破。在王晋康的上述晚近作品中，延续一贯的硬科幻风格，但在小说技巧和人物塑造上更上一层楼的《十字》；完全使用纯文学语言，打造历史的真实与科幻水乳交融的《蚁生》；以及思考宇宙的总体生物发展规律、推出“共生圈”观念的《与吾同在》共同将他的创作生涯推向了新的高度。

我们可以期待，这是王晋康重新出发的第三阶段，未来他还将继续以苍凉凝重的笔锋，以深邃、博大，有时甚至不失苦涩的思考来引领读者进入一个又一个幻想的世界。

二、《生命之歌》：生命的旋律与进化的思考

《生命之歌》是一部文字的交响乐。掩卷之际，那首回荡在地球十亿年生命发展历程中的 DNA 乐曲势必仍在读者心中久久回响。

这是对生命的解码，同时将生物性的 DNA 与华美的音乐联系在一起，是一次漂亮的通感式的比拟。

近来常有人感叹科幻小说难写，因为技术大大走在了我们的前面。而《生命之歌》虽然发表于 1995 年，但时间并未减损这篇作品的魅力。那或许是因为，作品中关于不同生命体的进化命运、科学家的身份、作用与责任等种种深刻的思考，是永远不会过时的。

小说在叙事手法上也颇具匠心，小说从整个故事线的中部开始倒叙，避免了平铺直叙的平淡，为故事分出清晰的层次：

小说开头以书信的方式让科学家朴重哲做出重要科学发现的宣告，声称他从岳父的研究旧稿中获得灵感，破解了生命的密码；随即，通过回溯孔宪云与朴重哲婚恋的过程，对孔父——孔昭仁教授的背景做了充分的介绍，对他以往的经历、性格的转变的诸多描写，都为小说的高潮埋下了伏笔。

孙宪云回国之后，很快目睹了自己的丈夫与视同亲弟弟的机器人元元被一次神秘的爆炸炸死炸伤，父亲孔昭仁被当作谋杀的第一嫌犯，她经历了复杂而痛苦的心理折磨。朴重哲的遗言“不要让任何人接近他（元元）”仿佛一句咒语，回荡在孔宪云的心中。她如母鸡护仔一般保护着元元，在父亲半夜谋杀元元未果的次日，当元元让孔宪云用自动识谱的电脑为自己录下它演奏的生命之歌时，孔教授冲进房中用手枪击碎了电脑。面对目瞪口呆的女儿和妻子，他缓缓道出心中埋藏了四十五年的真相。

可这又是怎样震撼人心的真相啊！身为科学家的孔昭仁在四十五年前就发现了一道生命的魔咒：生物 DNA 中隐藏有生命体的生存欲望，而它居然可以表现为一首乐曲的旋律。

倘使是个普通的科学家，发现了如此重大的科学成果，发布它以获得世界级的声名，大约是顺理成章的事吧。然而孔教授却超越了一个普通科学家

的身份。

“人们说科学界是最幸福的，他们离上帝最近，他们最先得知上帝的秘密。实际上，科学家只是可怜的工具，上帝借他们之手打开一个个魔盒，至于盒内是希望还是灾难，开盒者是无力控制的。”(《生命之歌》)[8]

四十五年前，孔教授意识到自己的发现为人类世界带来的或许是一场巨大的灾难，人类文明无法与具有先天优势的机器人文明相抗衡。于是，他冻结了元元的生长进程，甚至把唤醒元元的生命之歌DNA组合作为让它自毁的程序指令。多年以后，女婿朴重哲输入的生命密码与超爆指令巧合，因此造成了惨剧。

“生命之歌”原来具有这样神奇的力量，而天真可爱的机器人元元一旦被魔咒唤醒，就成为具有生存欲望的一代机器人始祖，甚至妄图运用狡黠的计谋把生命密码带给全球的电脑与机器，一举改变地球文明的格局。

此刻，读者眼中一直灰暗阴郁的孔教授——由于嫉妒而谋杀了自己女婿，进而为了毁灭女婿的科研成果要谋杀自己视同亲生儿子的元元——这一个形象所隐藏的所有阴霾被一扫而空。

读者们或许在之前的一些蛛丝马迹中怀疑过孔教授的反角身份：如对元元的娇宠，为他扮演大马；比如暴风雨之夜弹奏“生命之歌”，为八岁的女儿讲解生命的奥秘，纾解她内心对死亡的恐惧。这些温暖的细节都在暗示读者，孔教授不应当是如此冷酷的角色。有关孔教授真实心理的谜像笼罩在小说上空的一片疑云，始终聚而不散。在高潮揭秘这一节，书中所有矛盾之处豁然开朗，充分体现了王晋康精巧的布局能力。

当女婿朴重哲重新发现生命密码之后，孔教授认为，“生命之歌”在短期被其他科学家再次发现和公布已经不可避免。他终于放下了长年的心理负担，也不再忧心自己的“儿子”将成为人类文明的终结者，可以放纵自己来享受天伦之乐。他和元元坐在钢琴前，联手弹一曲生命之歌。这样温馨的结尾已经是一个出色的终局了吧？可是孔宪云知道得更多。小说开头丈夫的来信中隐含的一条信息忽然闪烁起来——因为朴重哲的发现是基于岳父的秘稿，所以短期内“生命之歌”被其他科学家再次发现的可能性微乎其微。因此孔宪云明白：如果毁掉元元，那么人类文明存续的时间也许还能有几百年。

孔宪云的选择很明确，但是，小说的结尾定格在她持枪向元元走去的瞬间，在计划尚未执行时戛然而止，因此，这依然是个带有开放性的结局，给读者留下了想象的空间和思考的可能，它如同画面的一抹留白，给读者留下了无穷的回味。

如何理解小说的核心内容——“机器人的生存欲望”呢？美国科幻大师阿西莫夫的名作《我，机器人》中设定的“机器人三定律”，几乎被机器人小说奉之圭臬。“第一法则：机器人不得伤害人类，也不能坐视人类受到伤害；第二法则：除非违背第一法则，机器人必须服从人类的命令；第三法则：在不违背第一及第二法则前提下，机器人必须保护自己。”[9]（I,Robot）由这三大法则规范之下的机器人显然是有生存欲望的，但是却是受限制（不能超越人类的生存权利）的生存欲望，而且并无延续机器人种族的理想。《生命之歌》中的“生命魔咒”却是生物性的，它体现在地球生物亿万年繁衍的进程中，它可以让机器人成为真正具有生物意义的“新人类”。因此，《生命之歌》并非《我，机器人》的跟风之作，而是对机器人的未来发展有全新认知的开拓尝试。

《生命之歌》向我们提出的重要问题——“人类应当如何面对新人类”，几乎是王氏小说中出现最频繁的主题之一。处女作《亚当回归》中，王亚当选择了顺从科学发展与人类进化（即使是用机器来帮助自己完成原本应当是生物性的进化过程）的大潮流，成为新人类的一员，享用大脑中的芯片带给他的超级智慧；《豹》在争议声中唱响了合成人（基因杂交甚至人兽杂交的新人类）成为进化下一步的必然性；《类人》则探讨了克隆人的生存权利问题。《生命之歌》中的“新人类”是具有了生存欲望与生命意识的机器人，而孔宪云选择了传统科幻小说中常见的道路，站在旧人类的立场上，毁灭新人类的“先祖”，为旧人类文明争取更多的生存时间——这个选择与王晋康的其他小说中对于同类问题复杂、中立，甚至激进（如《豹》中的谢教授）的立场不同。孔宪云的这个选择也恰恰说明，王晋康在不同小说中，通过对不同人物的着墨折射出的任一立场，并不直接代表作者的真实观点；而在不同小说所呈现的众生之上，是一个更客观、更全面、力图为未来世界考察各种可能性的思考的上帝：即作者本人。

在王晋康早期的作品中，《生命之歌》显然在思想、语言和小说情节技法上都最为成熟。《亚当回归》中曾出现过略显粗俗和符号化的女性形象描写，而作者对本文的女主人公、小说的叙述者孔宪云的形象塑造，虽不如孔教授的着墨那么多，但其实是“高于”其父的。她既有严谨的科学家的思维，也有为人类命运牺牲小我的高尚情操；而在面对元元时，又流露出温柔的母性。

孔宪云与主人公孔昭仁的身份设置也格外耐人寻味，他们都是孔门后裔。正如小说中所说，东方人善于作模糊的综合。中国人和韩国人都属于儒教文化传统的国家（《生命之歌》），作者选择中国的孔子后代与韩国人作为先后发现生命密码的两位科学家；在面对难以抗拒的名利诱惑时，孔昭仁和孔宪云能以人类终极命运的哲学思考为重，从而改变自己的决定——作者是否暗示只有孔门后裔这样拥有悠久东方哲学传统的象征性人物才能完成如此重大的决策？这里也许隐含了他希望东方文明能成为技术时代精神救主的期待吧。

小说叙事结构相当严谨，半开放式的结局回味悠长，而最重要的，也是王晋康小说中最擅长的思想性与哲学性，则是《生命之歌》的最大成就。在1995年，这个科幻短篇给中国科幻带来了全新的起点，使青少年读者对于人类前行时的重大选择问题进行了有益的哲学思考[2]，赢得了广大读者的喜爱。本文获得当年度的科幻银河奖特等奖也就是顺理成章的事了。

三、《蚁生》[10]：乌托邦与哲人王

故事发生在“文革”时代的中国，科学家颜夫之倾心于真正利他主义的蚂蚁社会，从蚂蚁身上发现了能让人类摆脱自私与贪婪、因而可能建立真正“乌托邦”的神秘物质：蚁素，又称利他素。在颜夫之夫妇相继被迫害自杀后，他们的儿子、身怀蚁素秘密的下乡知青颜哲，在遭遇生命危险的关头，使用蚁素改变了自己的命运，也彻底改变了一个作者托名为“北阴市旧城县

红星公社”的典型的知青农场。

农场场长赖安胜害怕颜哲进城告发自己霸占女知青的行为，指示心腹陈德财和陈秀宽谋杀颜哲。得到警告的颜哲使用撒手锏“蚁素”进行自救。于是从两个杀手开始，蚁素改变了一个个曾经自私贪婪的心灵。被颜哲喷洒过“蚁素”的两个杀手和赖安胜立刻变成了洗心革面的好人，脸上洋溢着幸福的表情和孩童般的纯真，口中反复念叨“劳动最快乐，帮助他人最快乐。”（《蚁生》，福建人民出版社，2007 年版，第 81 页）赖安胜洗心革面，成了一个谦虚淳朴的劳动者，他主动要求去割麦，把场长一职让位于颜哲。除了女友秋云和自己，颜哲对所有社员都使用了蚁素，把这个相对封闭的农场改造成了一个大公无私的小小乌托邦。大家共同劳动，友爱无间，甚至放弃了私产，一切物品按需自取，这显然是原始共产主义的雏形。

颜哲与秋云扮演了这个小社会中的上帝角色，可是，是否应当把我们的生活无条件地交给一个上帝式的管理者？一个用蚁素催眠产生的稳定社会是真正的理想社会吗？这些疑问盘旋在秋云的心头，使得红星农场乌托邦的根基始终有一道隐隐的裂纹。

最后，由于蚂蚁的另一天性（在所属群体内利他友善的蚂蚁，对其他种群则残忍嗜杀），导致接受不同批蚁素的两群社员们陷入了惨烈的厮杀，造成无法挽回的血案，这个用生化技术造就的乌托邦也就此分崩离析，“上帝”颜哲不知所终，带走了他的乌托邦之梦。

初读《蚁生》，读者几乎意识不到自己是在阅读一部科幻小说。真实的乡村生活，有血有肉的人物群像，让读者瞬间搭上时光的列车，回到 20 世纪 60 年代。拼命干活却越干越赔钱的壮劳力，深夜隔着窗户给贫下中农们送“最高指示”的知识青年，借权势欺男霸女的场长，为获得招工指标不惜向中年场长献身的女知青……这些鲜活生动的形象，伴随着质朴乡土的语言，带我们进入到那片真实的土地，回到那个荒谬的年代。在王晋康的所有作品中，《蚁生》拥有独特的语言优势。作者早年在描绘西方世界或塑造未来新女性等不熟悉的角色时，会出现类型化、概念化的缺点。而本文以作者年轻时代上山下乡的经历为依托，因此人物与环境的描写极具真实感。

《蚁生》选择的叙述方式也别有深意。第一人称的我——“秋云”是故事的叙述者，所有的故事都通过她的视角与口吻进行叙述，因此与乌托邦的缔造者颜哲保持了一定的距离，让“我”与读者都获得了客观思考的余地。作者采用了多重时序相结合的手法进行叙述，小说一开头使用倒叙手法，“我”（秋云）在多年以后听说红星农场出现蚂蚁朝圣的现象，认为这意味着颜哲的回归，不禁思潮汹涌，回想起“文革”期间在红星农场那段梦一般的日子；最后小说再次接续开头的场景，采用顺序手法，记录秋云旧地重游的故事。多维的叙述时间，强化了“过去”与“现在”、“乌托邦”与“真实世界”的鲜明对比，加强了小说的艺术感染力。

细读全篇，读者会发现《蚁生》最大的特点，也是王晋康多数小说最大的优势，在于其富于哲理性的深度思考。2006 年，该小说在《九州幻想 1+1》杂志发表，2007年，同名长篇单行本由福建人民出版社出版①，在读者中引起了巨大反响；各种热情的评论纷纷见诸报端，许多评论者都认为《蚁生》具有“乌托邦”小说或“恶托邦”小说的特质[11][12][13]。

人人有产、各取所需的大同世界是人类长久的梦想。一般人们会把这个传统的肇始归于托马斯·莫尔的《乌托邦》，此后这类描绘理想世界的小说也被称作乌托邦小说。

历史的车轮滚滚向前，当西方世界进入工业革命时代，各种社会矛盾高度激化。工业时代和科学技术彻底改变了传统农业社会的社会结构和自然和谐的生活方式。自此，一系列以高度秩序与独裁的伪乌托邦世界为主题的小说——反乌托邦小说（也称“恶托邦”小说）应运而生，这类小说中的人类大多已被技术异化，而清醒者不得不面对更大的精神痛苦。

反乌托邦小说中最著名的有俄罗斯文学家叶·扎米亚京的《我们》（1923）、英国作家阿道斯·赫胥黎的《美丽新世界》（1932）与乔治·奥威尔的《一九八四》（1948）。这三部小说都从新世界中的个体着眼，表现他们的

---

① 星河在《蚂蚁人生》见参考文献［11］一文中比较了杂志版和单行本《蚁生》的区别，除了单行本字数大大扩充外，他认为“杂志版”中科幻因素与非科幻因素的比例约为1∶5，而单行本中这一比例则变成了1∶9。

挣扎与绝望。

《蚁生》则与这三部反乌托邦的经典作品有明显的区别。主人公秋云——颜哲的女友和颜哲本人都是蚂蚁化世界中的清醒者，他们是这个世界的创造者、理想国中的哲人王，而不是被统治的个体。柏拉图在《理想国》中描绘的哲人王应当受过良好的音乐与体育教育，长于记忆，敏于学习，爱好真理与正义，是拥有最高理性的哲学家[14]，而《蚁生》中的颜哲与秋云成为哲人王，除了他们掌握蚁素之外，更重要的是他们“根子上就是好人”。“善良”这个道德优势使他们得以自上而下，以上帝般的悲悯与冷静来关照这个一度欣欣向荣、幸福美好得如同人间天堂的实验场。

一般的反乌托邦小说大多具有“高科技泯灭自然、钢铁机器代替乡村生活”的天然背景，但这一元素在《蚁生》中并不存在。例如《美丽新世界》中，医生让新生儿培养出条件反射，厌恶书本与鲜花。书本意味着学习和思考，而鲜花代表自然界的美[15]。可以说，传统的反乌托邦小说的背景常常是反自然的。而《蚁生》中带着泥土气息的乡村生活，每个人都倾心投入农业劳动，这一点反倒与《乌托邦》中的描述源源相通。因此很大程度上,《蚁生》更像是一个失败的“乌托邦”实验。

“反乌托邦三部曲”都以工业化、技术改造后的新世界秩序开场，虽然前两部以赞颂式的语调开场，但稍有想象力和思考能力的读者都可以感到作者的立场所在，也明白这样美丽的技术世界其实只是一个“恶托邦”。然而,《蚁生》以“文革”时代开始，借助科学物质蚁素，让这个小农场过渡到乌托邦式的美好田园生活，再一步步风云变幻，回到理想破碎、生离死别的苦难现实；从恶托邦到乌托邦，又返回现实。这种复杂的双重转换，突破了以往同类小说的模式，成为一篇崭新的人性实验小说。

《蚁生》中乌托邦的陨落是一个技术故障：不同批提取的蚁素来自不同的蚁群，而这些蚂蚁原本可能是生物界的死敌，喷上不同蚁素的人们因此发狂，开始残酷地互相攻击，酿成了难以挽回的血案。但是，这个蚂蚁乌托邦陨落的必然性，更在于它与周围整体社会的巨大差异，失去了蚁素的人们，很快就回复了本性，自私的人性再次占了上风。

小说还非常明确地提出了利他素的负面作用：“一个独自清醒的、宵旰焦劳的上帝，放牧着一群梦游状态下的幸福蚁众。但却并没有可靠的机制来持续产生出一个个善的、无私的上帝”（《蚁生》，福建人民出版社，2007 年版，第 243 页）——那么这样的社会随时可能成为《1984》那样黑暗的恶托邦。因此，我们很难为《蚁生》做出一个准确的归类，相对于世界“乌托邦”与“恶托邦”的小说传统，这是一篇别出心裁的创新之作。

著名科学史家、上海交通大学教授江晓原原载《文汇读书周报》的访谈中曾经提到：中国社会曾经尝试以“毫不利己、专门利人”来要求每一个社会个体，以图建立起一个理想社会，这样的社会很大程度上接近《蚁生》中的蚂蚁社会。然而，人民公社的失败，很大程度上也就是“文革”时代理想社会建设的失败，而《蚁生》中的蚁素，可以说是关于那一段历史现实的真实隐喻[12]。

这并不是王晋康第一次用历史科幻小说的手法来构建故事。1994 年，他获得科幻银河奖特等奖的短篇小说《天火》同样以“文革”十年浩劫为背景，以背负科学理想却在现实中饱受挫折的青年为主人公，即使放在今天的阅读环境下，这依然是一篇感人至深的科幻小说。此后，他的中篇《黄金的魔力》也属于同类的尝试。在创作了三百万字类型各异的科幻作品之后，王晋康再次使用将科幻融入现实生活的写作手法，而且大量调用了作者的个人记忆，用充满感情的笔触，为我们回顾了中国历史上那段无比荒诞的岁月。《蚁生》的读者显然没有预设为科幻读者。所有对中国历史感兴趣的人，所有对人类共同的未来有所思考的人，都可以在这部小说中得到深刻的启示。

小说结尾的点题更加意味深长。伟大利他的蚂蚁社会直到今天还停留在八千万年前的水平上不再发展。而人类虽然本性自私，但在发展过程中不断进行自我调整，加入一点善、一点利他性，终于进入到今天的文明社会。可见泯灭个性与真实自我的利他素造成的虚假的乌托邦，并不能把人类引向真正的美好未来。

参考文献

[1] 刘慈欣．西风百年——浅论外国科幻对中国科幻文学的影响［J］．科幻世界，2007（9）：70-73.

[2] 姚海军．王晋康——构筑中国科幻的根基［J］．科幻世界，2002（5）：45.

[3] 王晋康．替天行道［J］．科幻世界，2001（10）：2-16.

[4] 韩松．回归现实主义——替天行道评论［M］// 韩松．2001年度中国最佳科幻小说集．成都：四川人民出版社，2002：170-172.

[5] 王晋康．十字［M］．重庆：重庆出版社，2009.

[6] 王晋康．与吾同在［M］．重庆：重庆出版社，2011.

[7] 王晋康．漫谈核心科幻［J］．科普研究，2011（3）：70-72.

[8] 王晋康．生命之歌［J］．科幻世界，1995（10）：14-23.

[9] Issac Asimov. I，Robot［M］．Bantam Dell, A Division of Random House, Inc. New York. 2008：37.

[10] 王晋康．蚁生［M］．福州：福建人民出版社，2007.

[11] 星河．蚂蚁人生［N/OL］．科技新书目，2007（30）．http://xhsm.qikan.com/Article View.aspx?titleid=xhsm20073007，2011-05-30.

[12] 江晓原，刘兵．《蚁生》：一个中国作家贡献的反乌托邦的寓言［N/OL］．http://professorjiang. blog.163.com/blog/static/1267663142011010649O622，2007-10-12.

[13] 宋明炜．乌托邦试验场［J］．新民周刊，2011（10）：84.

[14] 柏拉图．理想国［M］．郭斌，张竹明，译．北京：商务印书馆，1986.

[15] Aldous Huxley.Brave New World［M］．Harper Perennial Modern Classics. 2010：29-31.

决斗在网络

◎ 星河

决斗是解决一切情感问题的最好方式。

时间：五分钟之后；地点：数理楼间的草坪。

我关闭了屏幕和终端，也关闭了眼前这两行无论怎样也清除不掉的字符。

电梯四壁反射着银白色的金属光泽，引导着我向下离开这座以香港投资者命名的心理系豪华系楼。

在心理楼北面是物理系和天文系灰暗陈旧的平淡楼房，在物理楼北面是数学系和信息系质朴肃穆的仿古建筑。在物理楼和数学楼之间，有一片供人消夏纳凉的绿地。

在即将到达绿地时我忽然改变了主意，返身进了物理楼。我希望先从隐蔽处一睹对方的尊容——万一他叫来一干人高马大的体育系帮手呢。

我当然知道他不会，所谓“决斗”不过是一种形象性的说法，在如今这个以智力论英雄的时代，我们决不至于为所谓“情感问题”而去借鉴中世纪的剑术。面晤的目的只是为了互相见见从未谋面的对方，多少也带点“英雄识英雄”的惺惺假意。再说既然我身出心理系，专业知识告诉我应该在对方毫无察觉的情况下先偷窥一下对手，这样将会使谈判对自己更为有利。

暑气抹杀了自动浇水器辛苦了一下午的功绩，嫩绿的小草烘托着席地而坐细语啁啾的情侣群体。至少在我目力所及的草坪内外都是偶数，唯一一位孤傲的苗条少女踯躅走过，举步间凝眸远眺，顾盼生姿，显然也是在等待王子的驾临。这里本来就是谈情说爱的地方，两名同性在这儿讨论信息传送问题那倒稀奇了。

对方没来。

但这恰恰说明他不可小觑。此时此刻，他一定也躲在数学楼里的某扇窗户背后，静待我的出现。

我是昨天下午才认识他的。

不过在认识他之前，我先在前天晚上认识了她。

那是我们组的上机时间，我很快编完了课内程序，又开始了百无聊赖的“散步游戏”。这并非真是一个电子游戏，机房老师看得很紧，在她眼皮底下没有玩猫腻的可能。我不过是在系里的电脑网络里偷偷给自己设了个信箱，然后借助这一跳板进入全校的公共网络。

所谓“全校的公共网络”就是 INTERNET 网络这一信息高速公路在国内的延伸，由于近年来所开设的民用出口日益增多，这一原本服务于美国军方的高新技术已成为包括我们大学生在内的普通用户的日常工具。不过照理说一个准文科学生不该对电脑系统了解得这么精湛，问题是我自己家里有台 486 微机，结果当同班同学还滞留在磁盘操作系统里踏步时，我便开始利用机房里的现代化先进设备和电子通信系统问鼎网络一隅了。

我“迈步”“踏上”主干道，但这决不是我的目的地，只不过是借道而已。这是一条对全校开放的公共线路，每个有信箱编号的人都能随便出入，早已无奇可猎。它就像一条热闹而荒芜的大道，在这里采摘信息的企图只能是一种奢望。

而且，道路上充斥了各式各样的病毒，都是像我这类既无事又好事之徒有意感染进去的。因此在行进当中，我仿佛看到自己的邮件在一团团乌云般的病毒簇中艰难穿行。我极力摈弃这种想法，以免自己恐怖得浑身泛起鸡皮疙瘩。

好在我对病毒的看法还算达观，只要你不扰乱屏幕不强行死机，最起码不冲洗数据不篡改文件，随便开点儿玩笑倒也无关宏旨。事实上网里的病毒莫不如此，不是告诉你在超时离开女生宿舍而不被门房大爷训斥以至没收证件的秘诀，就是给你讲讲喝啤酒时什么样的酒瓶可以被称之为“酒头”，或者以半瓶子醋的心理学知识向你解释“梦见所有想买的东西云集一处”的深刻寓意。而后屏幕便自动翻了上去，丝毫不影响正常工作。我遇到的最有意思的一个小病毒名为“惩治饕餮”，它先是打出一行“今晚你打算到哪儿进餐，我请客”，接着便给出“香味庄”“金达莱”“乐群餐厅”和“兰州牛肉拉面馆”四处校内饭馆。我试着把光标移到“金达莱”处予以确认，可它却打出一行“今天关门不营业”，并伴随有一阵“嘻嘻”的窃笑，无聊透顶，弄得我哭笑不得。

开始我对病毒制造者或传播者的手法一直不明就里，因为这些病毒都不是从主干道上被释放的，那样的话网络检测系统很容易就能追踪到释放者，并紧跟不放直追至其出发点，结果便是取消恶作剧者的上机资格，校方可没我这么宽宏大度。

后来我终于发现，所有病毒的释放地点都是在备用分支道的交叉点上，说得更准确些是立体交叉通路的“立交桥”下。在这里释放病毒用一般的检测手段很难发现，而对这类小玩意儿校方也没精力大动干戈非要查个水落石出不可。

不过由于整个网络都是相通的，释放出的病毒很快就会传遍整个主干道。其速度之快，就像一个在海中遇难的人不慎割破了手指，附近海域的鲨鱼便立即能够嗅到那股血腥。

我离开主干道，无聊地在各个旁门左道信步游弋。家家户户“门窗”紧锁，我所有的叩访均遭碰壁。而当我试着瞎蒙人家的号码时，每次出现在屏幕上的都是一行不带任何感情色彩的单调字符：

您所打出的密码不正确，请您再试一遍。

我当然知道再试多少遍也没用。正当我已灰心失望，随意敲击键盘并准备退出的时候，突然发现一扇“柴扉”悄然而启。一时间我惊喜交加手足无措，眼看着一行行汉字流淌出来。

那是对方的日记。而且，本已加密的文件里显然是一席女儿情怀。我敢肯定对方在那边机房肯定“咦”了一声，因为我的无意干扰在那里不可能不起丝毫波澜。偏巧这时老师宣布上机结束，并边说边向我的座位走来，大概他对我两个小时的分外老实深感奇怪。我匆匆退出网络，抢在老师走近之前回身送了他一个微笑，只是面犹潮红心仍狂跳。

这是前天晚上的事，接着便到了昨天下午。

昨天下午我在系办帮老师录入资料。这种事本该研究生来干，但老师清楚他们在电脑操作上比我略逊一筹。不过老师还是低估了我的能力，或者说他有意多给了我一些上机的自由，他所允许的时间大大超过了真正的需要，这便给了我第二次“溜门撬锁”的机会。

上次虽然是胡乱敲出的密码，但毕竟也有规律可循，因此这回很快便碰试了出来。她使用的公开代码是“QIANGE @ 04.BNU.CN”。这是 E-mail（电子邮箱）中很标准的一个代码：分隔符 @ 前的 QIANGE 是她的名字；04 是工作站的机器名字，在这里无疑是系的代号；BNU 是学校名称；而 CN 自然就是 CHINA。其密码则是一个英文单词：SHIELD——盾牌，遗憾的是现在它已毫无阻挡功能。当“盾牌门”开启时，我仿佛听到钥匙打开门锁的悦耳嗒声。我就像一头得到示意的警犬，精神为之一阵，大大方方地“登门入室”。轻车熟路，如返家中，毫无羞涩之感。事先我也曾担心能否再次得逞，我记起小学时在电子游戏室的一次经历：当时我不经意地拉开了游戏机下装有金属代币的钱匣，亮出满满一箱子的黄铜硬币，我顿时便觉出四周的贪婪目光已向这里扫来，只好心虚地赶紧关上；及至左右无人我想再次得手时，“芝麻”却再也不肯“开门”了。

在进入的同时我已捎带手搞清了 04 是中文系的代号。中文系的女生爱写日记，中文系的女孩多愁善感。

我就像一名窃贼一样蹑手蹑脚地走进一间属于别人的书房，并打开了人家抽屉里的日记。技艺高超者并不意味着就是道德楷模，高等学府并非一个完人的集合。

按照中央情报局的说法，“窥探别人的秘密是人类的天性”。

日记只是一段，因为加密文件超过若干行就会出现非法字符；里面也不过是那名女生的日常起居。从日记里看，这段时间她正在写一篇有关文艺心理学的论文，但她抱怨说在图书馆教育阅览室那浩如烟海的心理学典籍架上，要想找到她所需要的心理学著作几近徒劳。而馆内检索处的终端又只能查找已知书名或书名前面部分的书籍，不能像国外一样输入书名中的一个词或只输入书籍的意向就能列出书目。

这简直太容易了！我虽然没读过几本心理学经典著作，但我们系学生应该读些什么经典著作我还是心中有数的，她想查找的方向我一清二楚，随便开几个书名还不是易如反掌。我信手敲出几行书名和著者，并追忆着摘出了它们的大意。只是离开时我没留下任何其他痕迹，而且还抹去了书写时间，使她不知道我曾于何时进入，当然也就无从猜测我还将于何时再来。让她先惊讶一番好了，我就喜欢来点戏剧性。

仅仅在四个小时之后，那本日记便不再“摊”开。但在隔壁的一个开放文件里，一束五彩缤纷的鲜花正在绽放，一行花体的“THANK YOU VERY MUCH!”斜斜地穿过画面。

这幅画我见过，它剪自一张大画。在网络里收发信件，会经常接到这样的贺卡——从一张电脑画中剪下部分画面，然后加上祝词发进网里。据说这种方式风靡 INTERNET 在世界各地的所有分支。

这就是说她也只会往网里发些现成的图案，与我的水平半斤八两。

中文系的小姐嘛，能比我强到哪儿去？

第一步成功了！我抑制不住成功的喜悦，马上再次向那空荡的信箱诉说留言。这次我是向她咨询中文系是否藏有品钦的《万有引力之虹》中译本。不能说我是故作姿态，这部有争议的“黑色幽默”经典名著一直是我梦寐以求的作品。

倒是在最后我又没事找事地额外打出了一句废话：

“顺便问一句，您会打领带吗？”

我自己不会打领带，我的领带到现在为止还是我过去的女友打的，后来女友和我吹了，我也就一直没敢解开它。

如果她不会打领带，说明她还没有男友。在情人节亲手为男友打上自己所送的领带，一直是这所高校世代相袭的传统。

我将等待她的回答。

不料今晚我再进网络时风云突变，任我使尽花招也不能挤进那条支路。我利用检验系统遥相查询，发现对方的文件依然敞开，可临门的通路却被死死阻塞。

通过进一步的检验，我发现那份文件出奇冗长，也就是说她留给了我一封长信，可我却不能够读到它！

无奈我只好退回出发点，看来我需要查些资料了。但我刚想退出网络，一个信息便如影随形般地紧贴着我进了我的信箱，无声无息地一通乱闯。

这要在平时我肯定会和他逗逗，看来如我一般寂寞无聊者大有人在，但今天我没时间，只想客气地请他出去：

“走错了，朋友。”

“没错，我是跟着你进来的。”

看到这行字我不禁一愣，跟着我进来的？莫非是她？难道刚才她是在试探我的能力？看来还真低估她了。

“你是 QIANGE？”

“错了，我和你一样，也是追求 QIANGE 的人。你的同路人。”

原来我并不孤独。

“那你还是走错了，追求 QIANGE 追到我这里干什么？”

“只是通告一下，从现在起你可以退场了。”对方耐心地解释道。“我比你先进入 QIANGE 的信箱。”

“老天在生了周瑜之后完全有权力再生诸葛亮。”

“问题是你肯定再也借不着东风了。”

我修养很好地无语观看，停了一会对方又打出一行信息：

“另外，顺便告诉你，领带可以这样打——”

接着屏幕上便出现了一段三维动画，一条色泽鲜艳的柔软绸带在一只无形巧手的摆布下上下翻滚，左右扭动，很快便结成一根成形的领带。

我的第一个反应就是伸手去关屏幕，可伸到半截还是停了下来。干嘛不把这组图形移到我的信箱里呢，在如今这个时代里没必要跟任何人赌气。

我出门直奔图书馆理科（一）阅览室，遇到劲敌最好的办法就是先提高一下自己的战斗实力。真是分秒必争！

然而从那天开始，我便经常在网里遇到一些怪事。姑且不说这次决斗的通知和其后的失约，先是信箱左进的通路发生局部紊乱，随后干扰因素便渗透进信箱内部，接踵而来的竟是拷贝文件功能的失效，最后干脆动不动就死机。最可气的是这些破坏的针对性极强，从系办终端到机房的学生用机没有一台出现毛病，唯独我用哪台机子哪台机子就出事，只要一沾信箱的边儿里面立即就被“塞”满一些乱七八糟的东西。我就是更改信箱号也没用，因为按捣乱者的话说，他已经掌握了我的“笔法”。虽然我觉得这纯属故弄玄虚，但我就是没有对策。从公来说我这是私设的信箱，不受学校规章的保护；从私来讲我的水平有限，与他斗智远不能及。唯一的办法就是我取消自己的信箱，可真要那样我还进不进中文系的网络了？

当然啦，病毒就不分青红皂白地随便感染了，自调目录起就开始光顾，从最古老的到最新型的一应俱全，我连累着全系所有的微机都跟着倒霉。幸亏系里有最新的杀毒软件，但由专人保管，因此使用起来也不那么方便。机房老师被弄得莫名其妙，变本加厉地惩处胆敢私玩游戏的学生。

问题关键在于我在明处，而他在暗处。我们光明磊落的人就怕恶人偷施暗算，唯一的办法只有抓住他的蛛丝马迹。

说实话这完全是出于无意，当我再次利用上机时间在主干道上漫无目的地闲逛时，突然发现一个熟悉的信息踪影。我紧跟上去，围追堵截，但他还是像一条鱼一样狡猾地迅速溜掉，我眼看着他进了数学系的子网络。

该死的数学系有一个自成系统的子网络，覆盖了包括数学系和信息系以及计算机专业独立网络的全部系统，使得我无法搞清他到底属于哪一部分。我穷尽了自己所有的电脑知识，同时借助主干道上一些可资利用的病毒，才挖掘出一条少得可怜的信息——系统告诉我对方的名字系由两个汉字或者三个汉字组成。这不是废话嘛！全校除了留学生和少数民族同学的名字稍微长一些，再刨去几个极其个别的复姓，谁的名字不是俩字或仨字？

但仅仅一分钟之后，对方旋即出现在我的信箱里。

“水平见长啊，会在信息高速公路上设卡子了！”

“哪儿呀，不过是在乡间小道上盯个梢儿而已。”

“是校园林荫路。”他纠正道。

“对对，情洒校园路嘛。”我随和地补充道，“数学楼前的草地小路。”

在对方再次发来信息之前有一个微妙的停顿，但立刻就被我捕捉到了。

“怎么样？没想到我居然跟进了子网络吧？”我想乘胜追击，再诈出他几句真话。“您在电脑里的动作稍微慢了那么一点点。”

“别累了，你什么也诓不出来，数学系的子网络决没那么好进。”他对我的诡计心如明镜。“不过能跟我到门口的人已经极为罕见了，想不到心理系居然还有这样的计算机高材生，上届计算机大赛你怎么没参加？”

与他谈话我发现一个很有趣的现象，那就是我们在一些术语和称谓的使用上略有不同。理科专业沿袭了他们导师以及导师的导师的传统词汇——计算机，而我们文科专业的使用者则更习惯称之为电脑。

“我参加的是非专业组，像您这样的专业组冠军当然不会注意到我。”我不失时机地再次套问他的身份。

“你真该上数学系。”他不理睬我的鱼钩，继续自写自话。

“其实我小时候也挺喜欢数学的，要不是后来成绩掉下来差点也报了数学系。”

“从什么时候开始往下掉的？”

“初中吧。小学我的数学成绩一直名列前茅，一到初中就跟不上趟了。”

“就这还称喜欢数学呢！”

“过了好久我才明白，闹了半天我喜欢的不是数学，我喜欢的那叫算术！”

我注意到导线在上下震颤，给人的感觉好像是对方在那边笑得前仰后合。

“谦虚了。”笑罢之后他打出评语。

“哪里哪里，和您相比显然还差那么一小截儿。”我的语句中不乏沾沾自喜。

“知道具体差在哪儿吗？”

此言一出我马上意识到要坏事，这无疑是一纸最后通牒。还没容我采取保护措施，屏幕中顿时漆黑一片，我被强行推出网络，回到刚才的DOS状态下。紧接着，我便目睹了Zero Bug（食零臭虫）病毒的巨大威力。

这是一个非常古老的病毒，但它的版本却不知被谁给升级了，我猜想罪魁祸首很可能就是对方本人。原始的病态特征是当病毒进驻内存并感染任意一个被执行的文件后，一只臭虫出现并缓慢爬行着吃掉屏幕上所有的零字符；可在我面前的屏幕上不但出现了众多的臭虫，而且我还有幸观赏了他新设置的尾声——当所有的臭虫争抢着进罢晚餐之后，一种鼻音很重的怪诞腔调念出了屏幕上那行隽永的仿宋体字：

“零，就是什么也没有。”

简直能把人给活活气死。

在剩下的时间里我就像无头苍蝇一样在网络里四处乱撞，希冀在主干道或者哪条羊肠小道上碰到那个家伙。我一想到这小子很可能就跟在我身后窃笑就禁不住怒火中烧，好几次中途突然“返身”，试图侥幸识破他的伎俩。然而后面从来没有信号，只有一阵阵无意义的电子干扰嘲笑着我过敏的神经。如果网络里还有别人，他一定会认为我是一个电脑痴人。

直到精疲力竭两眼发花时我才返回信箱。我的能力有限，在这个软件决定一切的时代里，我也只能算个电脑盲。今天是周末，我必须去“金达莱”补充点高级能量，就像给电池充电一样；接着再去舞场跳破舞鞋。按照一般文学作品的设计，我应该相当有缘地在那里遇到那位记日记的中文系小姐。

然而他再次贴着我挤进“箱”来，通知我今晚正式决斗。

他提出了几种决斗方式，包括在网络中互设障碍、互相追寻对方所隐藏的信息信号、分别进入某两家密码信箱——以及——电子游戏。但只要决斗一分出胜负，赢家就有权要求输家不再骚扰QIANGE。这将成为一个君子协定而被双方同时接受和遵守。

不管他刚才是否跟踪了我，他在说这番话时毕竟非常严肃，没有丝毫嘲弄的意思。

我选择了最后一项。

我没有别的能力，其他几项我一无所长，而这项也是稍微长那么一点点；

可以说我根本就别无选择。

而这也就意味着，我必须同时接受那个君子协定。

不过老师给我的时限已到，在我交出资料磁盘时也交出了系办的钥匙。我把这一困难告诉对方，对此他宽容地表示理解，并说他可以等待任何方便的时候。

但我还是如约应战了。一个研究生与我关系甚笃，我只对他说了一句晚上想在系办的机子上玩游戏，他二话没说便把钥匙给了我。随后我预备了充足的食品和饮料，给人的感觉是准备郊游而决非决斗。

如今的决斗，是一种智慧的对垒。而头脑的应用，必须有其充分的物质基础——营养和能量。

晚上的系楼阴森而寂静，众多的雪亮灯光使我分辨不出走廊墙壁上自己的身影。虽然我知道这种所谓决斗没有任何危险，但还是无端地想起了俄国诗人普希金的情场饮恨，想起了法国数学才子伽罗瓦的决斗前夜。仅仅是一念之差，就使这些天之骄子命殒枪下。

他们是伟人吗？当然是。但他们也一样会为感情而献出自己年轻的生命。

难道谁能有权力借此而指责他们牺牲的无谓吗？

我颇有一种悲壮的感觉。

决斗当然不是普通的攻关斗技，那是街头小学生的把戏。对方刚才提出的是一种全新的玩法。

首先我们将利用网络中的“远程登录功能”让各自的电脑联通。由于是周末，检测系统无人监视，我们很容易就能“铺设”好一条通路。然后我们将把自己的主机与屏幕间的联系切断，而将对方的主机与自己的屏幕连接。这样，我所控制的就是对方的屏幕，而对方所控制的则是我的屏幕。

也就是说，我们将在自己看不见而对方却很清楚的情况下击键攻关。

我想所谓“盲棋”也不过如此。

在决斗——说得更准确些，事实上是一场比赛——即将到来之前，我几次产生出问一问他真实姓名的冲动。而且我相信，这会儿他也一定肯回答我。

但我最终还是放弃了这一想法。既然定下了君子协定，将来就必然有一方要被淘汰出局。如果我取得了决赛资格——与 QIANGE 本人还需要有一场长期的较量呢，那又何必一定要知道谁曾是我的手下败将；如果我今朝败北，难道还要在内心深处埋藏起一次曾被打翻在地的耻辱记录?

毫无意义!

寒暄之后是一阵冷场，短暂的几分钟好似太空肥皂剧般的漫长。

首先打破沉默的是他。他建议我们先互相熟悉一下对方所提供的游戏，同时还可以来一下短暂的热身。对此我欣表同意。

“当然，如果某一方发现自己对对方提供的游戏耳熟能详，完全可以非常绅士地提出更换。”他补充说明他的建议。

别做梦了，我有那么绅士吗? 我巴不得他所提供的游戏正是我的强项呢。

此时此刻，胜利的欲望已经压倒一切，甚至压倒了胜利后的效果本身。

游戏一上屏幕我的心里便乐开了花，我本能地用手捂住嘴唇。其实他要真在我身边这一系列动作根本就瞒不过他的眼睛，好在我们毕竟还距一箭之遥。

这个以主人公进取杀敌的游戏我虽不曾从头到尾地亲手玩过，可我却清楚地知道使主人公“无敌永生”和“拥有一切”的秘诀!

这就相当于知道了世界级大毒枭在瑞士银行的账号和密码!

但我仍旧故作新奇地详细询问了游戏的规则和方法，而他也不厌其烦地对我解释个不休。其实并没有人要求他这样做，是否向对方完整而无保留地介绍游戏情况完全出于决斗者自愿，他只不过是在实践他的绅士风度。但关于秘技他却只字未提，我猜想或许他根本就不知道有这么一说。

这是一个残酷而真实的游戏。游戏者置身于一个场景宏大而细腻的大型建筑里，独自面对众多扑上来的恶鬼。在屏幕的底端，显露着代表游戏者的裸手，使每一参与游戏的人都有一种魔鬼随时都会兵临眼前的逼真感觉。

接着我又假装笨拙地将他的提示一一加以试验，直到没有问题方始罢休。说实话我这还真不能算是完全“假装”，因为我对这个游戏几乎一无所知，只是在别人家无意记下了它的攻关秘诀。

接下来是我向他介绍我的游戏。我提供的游戏非常简单，就是大家所熟知的“俄罗斯方块”。

他马上反馈回信息，告诉我他是全系数一数二的高手。别说是“平面俄罗斯”，就是它的升级版本“立体俄罗斯”也一样不在话下。他诚恳地希望我换一个游戏。

看来各人层次就是不一样，人家武松专挑大虫打，哪像我这样只会打猫！

“我手头只有这个游戏。”

“那决斗可以延期。”他的语句斩钉截铁。

“我答应过的事情决不变卦。”我的回答同样不容置疑。

“日期是我临时通知的。”

“开弓没有回头箭！”

他没有发回信息，显然是在考虑劝说我的最好办法。我不失时机地揶揄道：

“你以为你在蒙上眼睛的情况下也能搭好积木吗？别太自大了好不好，明眼人和瞎子可完全是两码事。”我故意把语气使用得极为恶毒。“该不是害怕了吧？”

“那好吧，如果你输了可不要后悔。”他在那边一定叹了一口气。“君子一言，奔驰难追。”

“波音难追。”我补充道。

他在那边一定又略带内疚地长长舒了一口气。

不过这口气他舒早了。这次比赛——这次决斗，他根本就赢不了。

就算他的“俄罗斯方块”玩得全世界数一数二，就算他瞪大双眼盯着屏幕玩，他也一样赢不了。

因为这是一个经过游戏者擅自改编的版本，而其创意的提出者恰恰是我本人。更重要的是，它在外界从未流传过。

这是我一个哥们儿的杰作。他的专业本是医学工程，对于电脑来说他和我一样也是半路出家。但由于他天资聪颖和接受能力极强，使得他对电脑早已驾轻就熟到了极点。说实话，我之所以能有今天，幸得他的耳濡目染。

这个游戏共有二十关，但事实上从第十二关开始就已经没有实际存在的价值了。当游戏者玩到第十一关的时候，在各种参差不齐的鲜艳色块中，会时而出现一种特殊的图形。

那就是圆形。

比赛开始前我们互道了一声“再见”，然后各自进入自己的阵地和角色。

一上来我就把眼前的屏幕关了，我不想审视他的出色表演。反正前十关他玩得再好我也只能干瞪眼，而再往后用不着我看他也玩不过去。我没必要招自己心烦，那样只会扰乱我的心绪。

我只是专注地倾听着我所进入游戏的逼真伴音。

不过我很谨慎，在刚开局时没敢使用秘技，凭着自己的一腔热血横冲直杀。如果从一开始我就所向披靡，一定会引起他不健康的注意和激动。

先死几条命不要紧，要紧的是必须保住最后一条命。

然而我实在是太笨了，第一关没过就丢掉了自己的全部性命。没有屏幕显示，使得我不知道应该在何时开始选用秘技以保留生命的火种。正当我恐慌之际，对方在百忙之中发来了信息：“你可以重新开始。你可以有无数次的选择。我们的胜利标准是谁先成功，而不是计算你经历了多少次失败。”

说得太好了。

在我的感情历程中，又何尝不需要这样一种激励和强化？

想当初大革命失败以后，活下来的共产党人掩埋了战友的尸体，揩干净身上的血迹，擦拭掉面颊边的泪水，化悲痛为力量，埋头奋起，从头再来。

楼外飘来悠扬的乐曲，我这才突然想起今晚不但在新北舞厅、图书馆一层以及教工食堂办有舞会，心理楼下也将举行露天舞会。一想到这儿我心头就不禁腾起万丈怒火，要不是他这颗横插进来的扫帚星，说不定今天我就能通过网络邀请到那位中文系小姐共舞良宵！

可现在，我居然要对着关闭的屏幕不停地敲击键盘！

但我很快便冷静了下来：只要今天能够早些取胜，还是有可能到下面去寻访那名小姐的；

而只要是最终取胜，即使今晚无望，也还有明天后天；

但如果今天不能取胜，那就连下礼拜、下下礼拜都没戏了！

成败在此一举！

经过几次生死之间的轮回反复，我估计他已逐渐考察清了我的能力，即使仍在观察也已放松应有的警惕。于是，我悄悄开始了自己的投机生涯。

我首先打出五个字母，它使我的主人公变成了金刚不坏之身；

随后我又打出五个字母，它使我的主人公拥有了所有的装备。

如果这时他看屏幕的话，就会发现在主人公的头部示意图中，双眼已经变得金光四溢；而在旁边的库存示意图中，已经填满了所有的武器标号和彩色钥匙。

但是对方毫无反应，看来他现在正处于如火如荼的关键时刻。我抽空打开屏幕看了一眼，发现他尚在十关之内苦苦挣扎。

别着急，好戏还在后头呢。

游戏中可供选择的武器多达七种，有单发与连发的各式枪炮，有电击金属棍和火焰喷射器，但这些我都没有选。我选择的是一把电锯。

我要用电锯将这些吃人的魔鬼一一切割成碎片！

透过虚幻的夜幕，我仿佛看到所有的妖魔鬼怪都在我的电锯下纷纷倒地，血肉横飞。一种人莫予毒的施虐快感油然而生。

“你真残忍！”

他还是抽空看了一眼，我不禁吓出一身冷汗。好在他没发现我的阴谋。

看来他已经面临关键时刻，无暇再认真注意我了。

我有百分之百的把握相信，像他这样的高手，在感到吃力时一定也会把别人所操纵的屏幕关掉，以免扰乱自己的心智。

但难道是我残忍吗？如果我不消灭它们，我就会被它们的魔爪所抓挠，为它们的利齿所撕咬，受它们的炮火所炙烤；我将身首异处，我将碎尸万段，我将暴尸街头。

难道是我残忍吗？

即使有了“金刚不坏之身”，我也一样遇到了极大的阻力。因为在这如系楼般迷幻的巨大建筑里，我始终找不到那正确的出口。即使我手中钥匙无数，并随时可以提取出来，可没有门扉，掌钥匙千把也是枉然。

我像一个瞎子一样在其中胡打乱撞，拥有丰富的食物却一天天消瘦以致饿死。

一阵令人沦肌浃髓的音乐声陡然响起，我有一种明显的感觉：他过关了。

他过了第十一关了！

在有圆形积木出现的情况下，他居然过了第十一关！

我急忙打开屏幕，事实果如所料。

我看到一个个姹紫嫣红的圆形构件从屏幕上方徐徐下落，而一只在冥冥之中操纵的手则将它们一一摆放到占有两个位置的空档。这一安排不但充填了虚空缝隙，也使圆形得以固定而不再滚动。

恰恰是因为没有屏幕，才使他不带成见地正确解答了这道难题。他终于在直线与曲线之间找到了一种折中与和谐。

只能说对方天生就是电脑才子，今生今世我永远也不可能超过他。

我顿感焦躁不安，每当事情不顺手时我一概如此。我只喜欢一帆风顺，很怕处理亡羊补牢或力挽狂澜之类的险情。

虽说后面的圆形会越来越多，但我相信对他来说已经跨过了一次质的飞跃，下面就仅是量变而已。他会非常得体地处理好这一情形的。

我唯一所能寄托的希望就是第二十局了。在那一局里，所有的下落积木都将以同一种形式出现——圆形。

就在这思忖的当儿，从伴音系统中不间断地发出用利甲撕挠肌肤的声音——魔鬼们在凶狠地抓挠我的后背。如果不是我有无敌的功能，我的后背肯定早已鲜血淋漓。

我突然车转身来，挺锯便锯，一时间魔鬼怪兽凄楚惨叫，血如泉涌。

难道是我残忍吗？是我残忍吗？

与此同时，我也加快了自己的进攻步伐。

根据判断，我现在所处的地方还仅仅是第三关，而这一游戏总共似乎有五关之多。无论我怎样如没头苍蝇般地四下游走也找不到该走的道路，我始终不能像他一样突破自己的固有局限。

但我仍凭借自己的无敌之身迅速向纵深挺进。这一回我严格地按照右转弯的原则前进，同时一路上不停地尝试着使用钥匙，我相信这样我必将遍历所有的道路和关卡，早晚能有出头之日。

我仿佛追随着自己在那巨大无比的迷宫中摸索，因疲惫而传出的喘息长叹自很远很远的地方传来。

此时此刻，对方正在攻打第十六关。

从刚才起，我就再也没敢把屏幕关上。

紧张使我的掌心汗如雨下，我不停地在笔挺的西裤上抹来抹去。现在已过夜半时分，不会再有人来注意我的着装打扮是否符合舞场标准了。

寻找出口的工作依然没有丝毫进展。

我不相信自己会放过出口的大门，因为我已经沿着墙壁一寸寸地缓慢移动了至少三遍。现在唯一的可能就是这一关根本没有出口！

看来所有人的心境都是一样的，我们完全有权以小人之心度小人之腹。

问题在于，圆形积木对于他这样的电脑天才无关宏旨，而没有出口的甬道对我这类天资鲁钝者来说却是登天蜀道。

我沮丧地操锯向金属墙壁猛然锯去，一阵阵饱含讥讽的刺耳噪音旋即反弹回来。

但是等一等，我在极度绝望中突然茅塞顿开，想到了另外一种可能性——当你开始沿墙壁右转弯的时候，如果它是一个自我封闭的系统，那么你将只能绕着它循环往复地不停环绕，永远也走不出来！

而我刚才决定以右手型前进时，显然不知道自己身在何处！

非常简单！

我略微整理了一下思路，然后毅然向通道对面移去。经过了三遍的环绕，我已经对这里的地形了如指掌。闭着眼睛我也照走不误——倒真应了这句俗话。

这一回我必将凯旋而出！

而且，凭着我的不坏之身，下两关也同样易如反掌。

此时此刻，他仍停留在第十六关。

看来量变一样也能引起质变，在紧张焦躁当中我仍没忘记粲然一笑。

再踏征程，这一回我满怀信心。举步前进，所到之处，挡我者死。

突然，我在垂直方向上下降了一个明显的高度。我顿时意识到情况有变，从周围的嘈杂声中我猜测到，我掉进了那墨绿色的毒液池塘！

在整个游戏中布满了这种池塘，当然对我的无敌身躯来说它们与一汪清潭毫无区别。但是这回，我却本能地有一种不祥的预感。

果然，当我试图举步离开池塘时，我发现自己力不从心。小小的池塘被我转悠了个遍，但巨大的落差却使我根本无从攀缘。

我无法从这里爬上去！

我拥有着永远不死的身躯，却将被困在这里永无出头之日！

一阵阵低沉的咆哮自不远处传来，怪兽们显然正围绕着池塘不停地旋转，虎视眈眈地瞪视着我。它们在等待，等待着我的肉躯无力抵御毒液侵袭而支撑不住时，它们将下塘饕餮进餐。

我听见有些魔鬼已经开始脱衣了。

此时此刻，他已经挺过第十六关，开始攻打第十七关。

而我，却被困毒池，欲行不允，欲死无门！

魔鬼们终于与我在这小小的池塘里短兵相接了。我几乎没有还手，只是坐以待毙，反正它们不能伤我毫发。

我感到魔鬼们以其令人发指的暴行对我虐待摧残，我难过地闭上了眼睛。

在一阵大汗淋漓的搏斗之后，魔鬼们终于发现它们不可能置我于死地，数以十计的魔鬼竟对付不了我一个小小的人类。

我似乎听见有人窃窃私语，我猜想它们是在商讨对策。

它们再次向我聚集。

这一次，它们抓住我的头发往毒液里按去。尽管我紧闭双眼，却好似看到四下一片墨绿，我几乎能感受到黏稠的毒液在浸润我的肌肤。虽然我没有丧生之忧，却感到一种极度的无助和绝望。

难道是我残忍吗？是我残忍吗？

两行干涸已久的热泪从我的面颊上缓缓流过。

此时此刻，他正在第十七关里移挪承转，安排着那一块块方圆相间的空间。

我必须制止他。如果他侥幸得胜，我将失去这最后的机会。

我虽然没有死期，但我却毅然退出了游戏。

同时，我拿出了“CH 桥”。

“CH 桥”的名称并非来自它的形状，只是取其“人机之间的桥梁”之义。

事实上，它的外形如同一个摩托头盔，但却是由柔软的塑料材料制成，随身携带极为方便。通过它，从理论上可以实现人机联网。

之所以说是“从理论上”，是因为它还从未被使用过。

这又是我那个哥们儿的一项发明，但没等来得及付诸实践，他便被直肠癌夺去了年轻的生命。后来这个玩意儿便一直珍藏在我的身边，我揣摩出它的使用方法，并画出了一份不合规范的设计图纸，等待着有一天能够以他的名义去申请专利。

今天我之所以敢于应战，一部分原因也在于我手边有这样一把撒手锏。

事实上，自从我刚开始被他纠缠之后，“CH 桥”便一直被我带在身边。

“CH 桥”的道理非常简单，只要你对脑电波图的原理略知一二就能马上理解和领会。人的大脑会产生出轻微的生物电流，那么只要将它连接到电脑网络当中，通过一系列诸如三极管之类元器件的放大作用，肯定会引发多米诺骨牌般的连锁反应，最终必然能大到足以改变电脑中的参量。

当然啦，我相信像什么“三极管之类”对我的哥们儿来说已经如木牛流马般的古老和原始，我只是以我的知识水平和理解能力来解释“CH 桥”的工作原理，其中必定还有许多我所不知道的名堂。时至今日我很想再一次聆听他的教诲，但他却只是经常无声地出现在我的梦中。

贸然使用将有可能冒很大的险。使用“CH 桥”进行人机联网的时间最多不能超过三十分钟，否则将会对人脑产生极大危害，一个最为直接的可能性就是使操作者变成植物人。尽管哥们儿生前的话危言耸听，不过话说回来，这么长的时间还不绰绰有余吗？

我机械地安装着各种插头，面色冷静，动作准确。在这样一个特定的时刻，我忽然意识到以身殉情，死不足惜。我们所处的时代，是一个安定祥和的时代，在这个没有英雄的时代里，我不想有什么壮举，只不过想得到一位小姐的青睐。

我戴上头盔，放下面罩，把面孔与现实世界分割开来。

我的手指触摸着拨动开关，浑身感受到一阵轻微的振荡，没有什么不适的感觉。紧接着，我便感到四周已是雾霭一片……

……

我以一种从未经历过的兴奋体味着周遭的一切，刚才初入网络时的晕眩早已荡然无存。左顾右盼，墨蓝的天空中充斥着电子天使和魔鬼，一个个清晰逼真却又触摸不到；俯身鸟瞰，心物诸楼鳞次栉比，依序流过；背景音乐是罗大佑的《爱人同志》。也许这只是因为我在以一种人类的眼光来看这个世界，因此衍生出许多人类社会的真情实景梦幻遐思。

如果由它们来看，会不会也把我看成一粒普通的电子？

我随意飘荡着，几乎忘记了自己进入网络的目的。我记起高中时代的一个梦境：一颗不听妈妈话的小彗星淘气地低飞浅游，被地面上的我伸手一把抓住，滑溜溜地似无筋骨；彗星妈妈在上面焦急地呼唤，我一松手，小彗星迅速向上蹿去，重新傍依到妈妈身边。

现在，我就像那颗无忧无虑无牵无挂的小彗星。

无论天使还是魔鬼，它们都是电脑病毒的化身。我仿佛如梦方醒，又好似早已洞悉。思绪的疾速变化已使我跟不上它的步伐，我像一个睁大双眼痴痴望人的无知孩童一样贪婪地接受着一切新奇东西。我同它们嬉戏欢笑，轻歌曼舞。我们亲密无间，形同挚友。

因为现在，我本身就是一只电脑病毒。

现在我终于明白，它们——我们——为什么会被称为病毒，因为我们具备自然界病毒的一切特征。在那里，比细菌更单纯更微小的病毒介于生物与非生物之间，它的主要构成是具有记忆功能的核酸 DNA 和 RNA，以及包围着它们的蛋白质外衣。它虽然自己不能繁殖，但却可以寄生在宿主细胞里攫取细胞核糖体、酶以及一切维持生存的物质。病毒的 DNA 或 RNA 一旦潜入宿主的细胞，就会以猛烈的势头开始繁衍生息，于是宿主细胞里充满了病毒，以致最终产生破裂。

而这只不过是病毒最典型的一般生活方式，还有一种更为阴险毒辣的病毒。我狞笑着在想象中类比着自己。它们会在宿主细胞的DNA中插进它们自身的遗传基因！有一种RNA病毒就是如此，它们在插进宿主细胞之前就已经带有一种从RNA到DNA反转录酶的基因，使得所感染的疾病成为不治之症。插进病人DNA里的病毒遗传基因很难清除，于是病人的染色体总是没完没了地编码和复制，无休无止地产生着病毒。

我们相信，今天人类体内某些DNA的一部分就有来自病毒的可能。可以想象，早在远古时期人类祖先的DNA中，便已被那时的病毒插进了它自己的遗传模板。人类与病毒的战斗将遥遥无期，究竟鹿死谁手更是殊难把握……

虽然从心理楼传输到数学楼只需要不足半微秒的时间，但我却仿佛度过了无数的岁月。在我的身上，刻画着上亿年的沧桑。

我的族类是一个比人类历史更加悠久的种族，我们在新的时代将以新的面貌与人类一争高下，决一雌雄。

一争高下？决一雌雄？恍惚间我原有的人类本能突然被唤起，我记起自己重任在肩，无暇在此游戏闲逛。游戏？我下意识地折转身躯，摆脱开同伴的纠缠，迅速向数学系子网络系统奔去。

离开了伙伴，我的心头一阵失落；但也正因为离开了伙伴，我的心境才日益清晰。

我必须赶快！

我本来的计划是通过网络进入对方的系统，抛弃了物质载体的我现在已无物能挡，所有有无密码的大小道路都对我畅通无阻。我将利用自身的病毒性质将“俄罗斯方块”游戏的程序再次改变，使其反复编码和复制，让关数无休止地延续下去！

我必须赶快！

然而在进入数学系子网络的大门后我却遇到了困难，因为三条完全平权的岔路展现在我的面前。

本来我应该只选择其中一条通路的，但电脑病毒的本能使我不肯放弃任何一个感染他人的机会。于是倏忽之间，我的意识已裂解成三个相对独立的部分，分头流入三条不同的通道。

我想问题就是从这里开始的。

我的第一支意识直扑通路的尽头，压倒一切的胜利念头仍旧没有被其他杂念所取代。

我的第二支意识则开始自我制造未来历史，并不实际存在的飞旋时钟超前运转，指针悸动铮铮有声。

我的第三支意识缺乏足够的能量支持，随意游走于数学楼的走廊，漫无目的地扒看着一扇扇门扉窗棂。

我的第三支意识透过玻璃，窥视着一行行自习的人群。

但这本该是昨晚的情形，却被后推到了拂晓时分！

我的第二支意识返归楼外，校友捐赠的新型电脑终端大联网系统正被正式展示和开启。

但这本该是上午的场面，却被提前到了凌晨时刻！！

我的第一支意识依旧执着，很快便到达了目的地，透过屏幕望见已陷入绝境的游戏者……

她竟然是一个女生！！！

一时间我感慨万千，与她相识的整个经过在我脑海里汩汩流过。局势霍然间变得明朗起来，因为我那已具电脑病毒特征的意识无所不知，刹那间我终于看透了这其中的前因后果，阴错阳差。

她与我进入了同一个信箱；但她所读到的，显然是一个男生的日记。

那个信箱，是一对情侣合用的不完全分隔箱。

文件相通，号码相同。

我一直以为 QIANGE 是“钱歌”，而她则将此词理解为“齐安格”。

而实际上，QIANGE 是两个姓氏的组合，它们分别是“强”和“鄂”。尽管这种拆解方式最难为人所想到，但事实就是如此。

我们各自误会了对方，竟各自为追寻一个已有伴侣的幻影而打得头破血流不可开交。

我一直不知道她竟然是一位小姐，她也始终不曾料想到我是一名男士。

而那天，那位形只影单的小姐所等待的，正是我。

本来，我们该相逢于草坪而不该决斗在网络。

……

但是，已经晚了！

由于我的进入，游戏程序受到了极大的扰动，联机系统也不再稳定如初。

而最致命的一点是，她的意识已被强行劫掠，同我一样也进入了网络！

而此时我已无力控制局面。火一旦着起来了，玩火者自己也就控制不了局势了。

同样，她的意识也被一分为三，各自为战。

她的第一支意识进入屏幕继续与我针锋相对，难以了结的冤怨依然不能得到化解。

她的第二支意识则飞向楼外，如小龙卷风一般在楼前的绿地上如妖舞袖。

她的第三支意识缺乏足够的能量支持，漫无目的地行走于楼道走廊之间。

理性睿智的第一支固囿成见，不肯化干戈为玉帛！

淫邪丑恶的第二支得罅宣泄，正欲伺机再做破坏！！

胸无大志的第三支游手好闲，力不从心无所事事！！！

而在心理系和数学系的两间屋子里，两具无魂肉躯正面临着极大的危险。

三十分钟的沙漏正以其平静而均匀的速度完成着自己对时间流逝的验证使命。

情势已迫在眉睫。

再这样拖下去，当太阳出来的时候，朝霞只能照耀到两名植物人身上。

或者说得更准确一些，是 CGP 病人。

所谓 CGP，就是 Computer Gaming Pseudodementia 的缩写，意即“电脑游戏性痴呆症”。关于这一病症以前我曾详细读过有关介绍材料。它最先发现于美国，目前患者已为数不少。尽管所有患者在身体素质、神经类型以及各方面的经历上都大相径庭，但他们患病时恰恰都正坐在电脑前操纵键盘杀敌攻关。美国政府已将所有患者秘密收容起来，与其说是为了避免恐慌，毋宁说是意欲从中发现一条人机对话的可行途径。

但我没有忧虑。当一个人的意识已被肢解意志已遭湮灭时，他是不会有丝毫忧虑的。我不动声色地斜视我的第一支与她的第一支兵戎相见，略带犯罪快感地目睹展览样机内我的第二支听凭她的第二支游说蛊惑，悠闲恬静地看着我的第三支和她的第三支柔肠百转互诉衷情。

第三部分最具情节。

没想到我已支离破碎的整体意识居然依旧能阐述出自己的观点。

那就看吧——

我的第三支与她的第三支在走廊交肩错过，继而动心驻步，再继而回眸凝视，一切都是那么顺理成章，自然而然。

在一个没有英雄的时代，我们只有等待结局的到来。

接下来的便是诗情画意，便是缠绵悱恻，便是交融汇聚。

然而，随着两束意识的集聚，一种新的意识观念窗口被打开，它突然意识到了问题的严重性，迅速向楼外奔去。

由于它的出现和环绕，连锁反应赋予了两个第二支以新的感受。虽然它们暂时还不能如第三支一般汇集融合，但是，这种意识已经产生。

所缺乏的只是实际操作能力。她的第二支与我的第二支之间虽然只有一扇屏幕，却有如相隔着千山万水，在非转换状态下根本不可能出入屏幕握手相逢。唯一的办法是她以粒子形式高速冲撞终端前的变异空间，并使病毒本形被激发出来涌进屏幕。

然而，即使是百米达标的速度也不及这个初速，而没有初速就意味着根本不可能进入。我们现在的意识都是电脑式的意识，对局势我们有着充分的估计。

展示台前熙熙攘攘，工作人员忙忙碌碌，剪彩仪式就要开始，越来越多的人将会出现在这一被提前了两个小时的空间里。

一旦足够多的参量被牵扯进来，这就将成为一次不可更改的历史事件而被永铭史册。

但是，存在一块比其他空间的时间要早两个小时的空间，会使整个世界从此变得混乱不堪!

不能说在这一决定中我的意识没有起丝毫的作用，因为此时我们的部分已融为一体。但我还是明显地感受到了她的果敢与机敏，单凭我的智商绝对无力作此决断。我坚信有时候对整个人类命运的深刻思考，未必如对自己健康的担忧更能有益于历史的发展进程。

她飞身蹿上旁边一辆没有熄火的桑塔纳。

在场的工作人员一片躁动，无不失色动容。

我的第三支见到轿车的尾灯随风闪烁，似睹盏盏萤虫;

我的第二支听到轿车的马达恣肆轰鸣，如闻千军万马;

我的第一支看到轿车的顶篷熠熠反光，犹瞥璀璨星河。

演出正式开始。

后来我多次在梦境中重新回忆起过这一终生难忘的景象：那辆桑塔纳自缓慢而逐渐加快，随着一个踉跄似的猛烈抖动骤然加速，以其突兀的爆发力将展台前的一排桌椅撞得东倒西歪，桌上的鲜花水杯四下飞散。在雄壮的音乐声响伴随下，我清晰地看到一柱浓郁的棕色茶柱从杯中激溅射出，就像俗称“变色龙”的避役在捕捉昆虫时疾吐的长舌。

我所在的电脑屏幕连同主机一同飞升起来，颠扑震跃，如日中天。我在里面跟着电场机械一同翻滚悬旋，左摇右摆。只是在行将坠落的瞬间，才在动荡中给了外界仓促的一瞥。

在这动荡的最后时分，她的身影倏然间化作一道长虹般的彩束，飞也般地射向屏幕窗口。我感到刺眼的光芒直逼眼帘，令我闭目并几乎窒息。

我的第二支意识与这束辉光紧紧地相拥在了一起。

紧紧地相拥在了一起!

随后，双方合并后的第二、第三支绞成一束并直扑楼上，奋力将两个相斗犹酣的第一支强行分开。

再贴近时，已经全然没有了刚才的仇恨。度尽劫波历经磨难的两个第一支纠缠扶掖，携手拉扯，一同加入到已经难分彼此的双倍整体意识当中。

终于完成了最终的熔融。

双方在眷恋中充分表达着各自的感情，世界上所有的时钟都为之停止了走动。

但是必须分手了。自然界有其自己的步伐，长夜已经过去，黎明就要来临。

自然是依依不舍。

没有关系，属于我们的时间还长，属于我们的现实时间无限漫长。

再度分成两支，只是已很难分辨出自己是否还是当初纯粹的自我。一步三回头，各自返回原来的出发点。假如这时有人注意到了它们，也只会误以为是清晨霞光中那最初也是最特别的两道。

我仍坐在心理楼那昏暗的系办公室里，电脑背后的窗帘微微开启，金光流溢。仿佛刚刚被松绑的我下意识地活动了一下臂膀，然后以娴熟的指法敲向键盘。

“你困吗？”

“一点都不困。”

“那我们去共进早餐。”

“上午去草坪看展览。”

“下午去图书馆——对了，下午图书馆不开。”

“可晚上舞场肯定开。”

“我只是担心……我只是担心……”不知是因为疲惫还是心虚，我费了好大的劲才把这句话写完整。“我只是担心数学楼前真的满目疮痍，一片废墟。”

“你太投入。”从这句简单的回话中我似乎看到了她的微笑。是的，刚才我已经见过她了。“刚才的一切都只存在于我们的记忆当中。”

我走出电梯，四周静谧无声，大部分人都还在睡梦中没有醒来。

外面的世界曙色初露，晨光熹微。

外面的世界旭日东升，云蒸霞蔚。

外面的世界湛蓝无霾，晴空万里。

——原刊于《科幻世界》1996 年第 3 期，获该年度科幻银河奖特等奖

“所有的信息都要求被释放”[1]

——管窥星河的赛伯朋克世界

◎ 高亚斌　王卫英

星河是“新生代”科幻小说具有代表性的作家，他的科幻小说往往以大学校园为故事场景，以对莘莘学子的青春期心理描写见长。赛伯朋克是星河科幻小说的一个重要门类，他运用非凡的想象力，打开了网络空间的神奇世界，也叙写了网络虚拟世界对现实生活所造成的淆乱。在他的赛伯朋克世界中，无论是历史还是现实题材，都表现出对人性的思考，表达了青春期的梦幻心理和英雄主义的主题。

在新生代科幻小说作家群中，星河也是比较资深的一位，如有论者所指出的：“在很长一段时间中，星河是国内唯一的专职科幻作家”[2]。星河科幻小说创作题材广泛，风格多样，作品浩繁，按照科幻评论家吴岩的说法，星河是“当代中国作品最丰富、创作风格变化最大、在读者中最有争议的科幻作家”[3]。跟先锋派作家马原的许多小说都喜欢用“我就是那个叫马原的汉人”一样，星河也喜欢给小说的主人公直接冠以“星河”或者自己的原名“郭威”，以至有人指出，“要分辨哪篇科幻小说是星河的作品，只要看看主人公是不是叫‘星河’或者‘郭威’就清楚了。”[2]他的这种别具一格的写法，后来又得到了何夕、杨平等新生代科幻小说作家的效法，成为科幻小说界一

星　河

个非常有趣的人物形象设置模式。

赛伯朋克（CyberPunk）小说，是我国20世纪90年代从西方引进的一个科幻小说创作门类，其开山之作就是星河的科幻小说《决斗在网络》(《科幻世界》1996年第3期)，这篇小说开创了中国网络题材科幻小说的先河，使星河成为国内赛伯朋克卓越的开拓者。此后，又有宋宜昌、刘继安的《网络帝国》、吴岩的《生死第六天》、星河的《带心灵去约会》、杨平的《MUD——黑客事件》等赛伯朋克作品相继问世，标志着中国在这一科幻领域的创作开始初具规模。在星河的各类科幻小说中，赛伯朋克小说是其中一大组成部分，这是他在都市世界和大学校园之外，开辟的另一片文学空间，有力地推动了我国赛伯朋克小说创作的发展。

一

星河，原名郭威，1967年生于北京。1990年大学毕业后，次年开始科幻文学创作。他的处女作是1992年发表在《中国专利报》上的短篇科幻小说《以刚胜柔》，此后陆续在《科幻世界》上发表了《时空死结》(1993年第4期)、《众里寻她千百度》(1993年第10期)、《朝圣》(1994年第8期)、《同是天涯沦落人》(1995年第4期)、《决斗在网络》(1996年第3期)等科幻小说，成为20世纪90年代《科幻世界》杂志的主力作者。在此期间，他同时兼做各种工作，据星河本人的回忆，他“什么都干过：电脑公司业务、建筑工程监理、医疗仪器推销、甚至拉赞助的冒牌记者(职业行为，我本人不是骗子)……”[4] 1996年，星河加入北京作家协会，次年加入中国作家协会和中国科普作家协会，成为北京作家协会签约作家，从此他开始潜心从事科幻文学创作。同时，他还业余从事各种社会工作，担任过北京作家协会第四、第五届理事，中国科普作家协会第五届理事、第六届常务理事，北京市青年联合会第八届委员、荣誉委员。

星河是一位勤奋的作家，他笔耕不辍，目前已经出版和发表各类作品上千万字，著有长篇科幻小说《网络游戏联军》(1996年，江苏少年儿童出版社)、《海底记忆》(1996年，中国少年儿童出版社)、《异域追踪》(1993年，明天出版社)、《残缺的磁痕》(1997年，江苏少年儿童出版社)等十余部，中短篇科幻小说《时空死结》(1993年)、《朝圣》(1994年)、《带心灵去约会》(1995年)、《决斗在网络》(1996年)等多篇。此外，他还出版了科幻小说作品集《握别在左拳还原之前》(1997年，海洋出版社)、《空间错落有致》(2004年，贵州人民出版社)等十余部，主编过《中国科幻新生代精品集》等作品集。他的作品《漫画科学史探险》、《地球保卫战》曾获中宣部“五个一工程”奖,《星际勇士》曾获第五届宋庆龄文学奖提名奖。除此之外，他还多次获得冰心文学奖、陈伯吹文学奖、中国科幻“银河奖”(及其前身“科学文艺奖”)等文艺大奖，并于2011年荣获北京市中青年文艺工作者“德艺双馨”奖。所有这些奖项，都是对他科幻小说创作的充分肯定，也标志着他日渐成为中国科幻界举足轻重的作家。

星河后来把自己的科幻小说分别归入“新校园”系列、“伪写实”系列及“赛伯朋克”系列等三个不同的科幻类型，其中,“新校园”系列小说主要包括《妇道人家》(2010年，刊发时改名为《猫有猫道》)、《倏忽如风》(2010年)、《喷薄欲出》(2010年)、《语焉不详》(2011年)等，这些作品主要以校园生活为背景，其人物、场景甚至某些科技方面的内容都接近于真实，主要是“反映城市青年尤其是求知欲浓厚的青年学生，对急速变化的外部世界的疑惑和反馈”[2]。这类小说或与星河本人的生活经验有关，属于写实类的科幻作品。他还有一类科幻小说，以合理的科学想象为基础，叙写可能发生在未来世界的“真实”事件，他称之为“伪写实”科幻系列，主要包括《气态雪》(1998年)、《十三分之一》(1999年)、《路过》(1999年)、《白令桥横》(2001年)、《蚍蜉的歌唱》(2003年)、《酷热的橡树》(2009年)等小说。星河还创作了一系列关于电脑技术和网络游戏的科幻小说，即“赛伯朋克”类科幻小说，如《带心灵去约会》(连载于《家用电脑与游戏机》1995年第10期至1996年第1期，刊发时改名为《网络游戏联军》)、《决斗在网络》(1996

年）、《梦断三国》（1997 年）、《网络渣滓》（1997 年）、《大脑舞台》（1997 年）、《讯问后等待裁决》（1998 年）、《双行线上的较量》（1999 年）、《藕荷色的蒲公英》（2003 年）、《魂系四海》（2003 年）等，这类小说是星河科幻创作的重头戏，也是他成就较大的一个科幻小说门类，充分体现了星河科幻小说所特有的青春气息和奇妙想象力。

事实上，在星河的科幻小说世界里，这些据以分类的依据和标准并不是截然分开的，而是作为元素渗透在他的整个科幻小说创作之中，比如他的赛伯朋克类小说虽然叙写的是网络世界所发生的事，但故事发生的场景大多仍然放置在大学校园，是他"'新校园'科幻系列"的拓展和延续，对此，星河自己也说过："其实我不能算是真正的 CyberPunk 作者……我只不过是把大学校园发展到了网络空间罢了。"[5] 可以看出，大学校园、未来世界和网络世界，构成了星河科幻小说三个相互纠结的叙事空间，它们共同营造了一个属于星河个人的独特的文学世界。

二

星河是一个对科学有着狂热追求的科幻作家，充满文化魅力和青春朝气的大学校园，信息密集包罗万象的网络世界，是他笔墨流连神、思驻扎的两个地方，也是他灵感源泉和创作热情隐秘的发祥地。在他的赛伯朋克类科幻小说里，字里行间洋溢着他对于大学所表征的精英文化的推崇，以及他对电脑文明与网络世界的由衷热爱。

网络的确开辟了人类生存的另一个空间，而且是一个更为自由无羁、随心所欲的世界，它使人们可以摆脱日常生活和世俗烦恼的困扰，在一个充满想象力的空间实现对凡庸人生的超越，抵达一种更加超脱自在的生命境界，体验一种生命飞扬的快乐；但另一方面，它也不可避免地使人类生活的世界发生了巨大的分裂，出现了真实现实与虚拟网络两个不同的世界，人们之间的各种纠葛，往往在这两个世界同时展开。由于网络世界高度的仿真性，我们甚至很难把它们截然分开，人们在网络世界所进行的各种活动，包括缔结联盟、集体宣言甚至展开决斗等方式，都具有与现实世界极其对应的一致性，在网络世界和现实世界之间，形成了一种文本上的复调结构。这样，就造成了网络虚拟世界与现实世界的淆乱，使人陷入虚拟真实的假象而莫辨真幻，出现如星河在小说《双行线上的较量》里所描写的情景："出来之后我用力掐了自己一下。可这没用，有时候在梦里也会真切无误地感到痛楚。"这种情形甚至可能引发出现实生活中的悲剧，导致如他的另一篇小说《的哥》中出租车司机那样的错觉，而酿出意外的惨剧。尤其是由于人机联网的"CH桥"[6]的运用，虚拟世界和现实世界的界限更加模糊乃至几近消泯，人的意识与电脑的意识已经高度合一：人的意识能够以病毒的形式进入网络，并按照病毒的特性在网络世界的交叉口发生分裂，最终或者因意识迷乱而被困在网络里无法脱身，成为可悲的"电脑游戏性痴呆症（Computer Gaming Pseudodementia）"患者[7]；或者与此相反，游戏者凭借其坚强的意志力重新弥合已经遭到分裂的意识，完成自我意识的聚合，并以光子的形式化为一道光束，从电脑屏幕中激射而出，成功地从网络端口逃逸。

在星河创作于20世纪90年代的科幻小说中，尽管当时电脑网络还远未达到普及的程度，他已经能够非常生动地描述网络世界里发生的种种细节，比如他在《双行线上的较量》中对所谓"网络信息高速公路"的形象描述：

> 就在这时一行醒目的大字从我眼前掠过：
>
> 数据传输高速公路
>
> 天哪，这是信息国道！
>
> 各种车辆稀奇古怪，应有尽有。不过在我目力所及之处，道路上大部分都是邮车，想必尽是运送电子邮件的专车；此外，还有少数救护车和工程车，难道说它们是用于缺损信息的修复和信息公路的维护？我不解其然。另外，还有些我根本就不认识的车辆——我对信息分类和名牌汽车都只是一知半解。不过刚刚从我的车旁呼啸而过的这种车我可认识——它叫警车！

再如在《网络游戏联军》中，星河描摹联军战士从网络端口逃逸出来的情景：

已转化成光子形式的一名联军战士像一道闪电一样，从屏幕中激射而出。

四周的观众一片欢呼，以为是VCD录像的最新技术。

威威从屏幕里面看到，那名战士在雪花般的光点中迅速恢复人形，在众人惊异的目光中镇定自若地离去。

随后又是一道闪电，又一名联军战士激射出来。

远处又是一片欢呼；录像厅管理者开始惊慌失措。

威威不禁一笑，看着第二名联军战士迅速隐入人群。

类似的描写在星河的赛伯朋克小说里屡见不鲜，就连他对信箱病毒、Zero Bug（食零臭虫）等电脑病毒的描绘也无比生动，显示了星河异常丰富惊人的艺术想象力，而这正是一个科幻小说作家最重要的天赋。星河本人就曾指出："我个人始终认为，真正的大科学家和大思想家也都是大幻想家。"[8]

另外，在网络尚未广泛普及和流行的时代语境下，作家还颇有先见之明地预见到了网络可能造成的各种负面效应。在小说《藕荷色的蒲公英》中，作家这样写道："我们被人们称为虚拟人。因为我们一天到晚总是沉湎于网络的虚拟状态里，经年足不出户，不知冬夏冷暖。我们在网络中满足衣食住行，喜怒哀乐，与所谓的现实社会越来越远。"对于这些所谓的"虚拟人"来说，网络已经成为他们生活中阳光、空气一样必不可少的东西，但也使他们错失了真正的阳光、空气，错失了生活中许多美好的东西，如同作家在小说《守土有责》中所写到的："尽管他诉说着这一游戏对他的种种好处，让他每天按时起床因而上课再也不会迟到，让他消磨大量时间因而再也不去考虑恋爱女友，让他一度痴迷同时也把他从另外一些令他痴迷的游戏中拖曳出来。但是，我总觉得在这些赞美的背后，隐藏着他无数的悲凉。他自己也说：突然发现自己错过了很多东西，很多值得珍惜的东西从眼前从指尖悄悄溜走，尤其是发现自己已开始变得迟钝。"在这里，奇妙无穷的网络世界无疑是一柄双刃剑，它在肯定了人们精神性存在的同时，又严重地消解了人的现实性存在，成为一种对人造成异化的力量。

可以看出，在星河的赛伯朋克小说里，发生巨大分化的社会人群中出现了这样一类人，他们深深感到“虚拟已经成为我们生理需要的一部分”(《藕荷色的蒲公英》)，由于对网络世界的沉迷，使他们距离真实的现实生活日渐疏远，从而被日常社会所放逐，成为社会的边缘人群，如同《藕荷色的蒲公英》中所写的:“我们从来就是生活在社会最底层的边缘人群”。为了凸显这类人群的生活境遇，这篇小说有意把人物放置在失去自由也远离网络的极端境地——监狱里面，使人物经受了网络世界诱惑的煎熬，从而揭示出网络生存者难以摆脱的窘境，比如，他们一旦远离了网络，就会发现“长期的网络生活使我根本无法与人相处”，甚至“阳光直接照在眼里的感觉很不舒服，这种物质是我平时很少接触的”，在他们身上出现了一种典型的“虚拟瘾”。这种对网络的过分迷恋，明显地表现为一种病态，诸如“电脑游戏性痴呆症”之类的症候，都体现了网络可能对人身心造成的极大伤害。这种在网络世界出现的弊病，难免会波及现实生活，于是，就出现了如《的哥》《走下网络的恐怖脚步》之类小说的相关描写。在这些小说里，星河表达了自己的这种忧虑和担心，表现出作家深厚的人文关怀，尤其在当下网络风行的时代，无数人尤其是青少年对网络趋之若鹜，因此而引发的社会问题也层出不穷，就更能够看出星河这种忧患意识所蕴含的深远意义。

三

在星河的赛伯朋克世界中，网络世界里所发生的黑客入侵、游戏角逐、网络斗争等矛盾，往往会引起参与者双方之间的挑战，这种挑战的方式之一，就是一种网络技术和智力之间的决斗，即小说《决斗在网络》中所着力叙写的“决斗在网络”。《决斗在网络》是星河个人最具代表性的作品，荣获当年度中国科幻“银河奖”特等奖，它也是国内出现的第一篇有影响的赛伯朋克作品，正如吴岩所指出的那样:“《决斗在网络》让中国读者第一次真正通过视觉看到了互联网风行的世界将是一种怎样的模样。当年有无数学子表达过这样的情绪：自从读了星河的《决斗在网络》，才开始对上网心生迷恋。”[3]由此可见其影响之大。

关于《决斗在网络》，作家本人曾经有过一段饶有趣味的回忆：

> 1995年，网络刚刚登陆中国大地不久，大多数人对网络还十分陌生。说一个今天看起来十分好笑的例子：当时能接到很多传统的纸制的读者来信（现在都变成电子邮件了），一般来说我都一一回信。可就在网络已然莅临中国的时代，我用电脑打印出来的回信还是让很多人感到不适，有些读者回信询问我为什么青睐这种没有人情味的打印信件，有些读者干脆问我“你的信究竟怎么弄出来的”——因为在他看来，这信既像那种统一印制的公共回信，又写着他的名字回答着他的问题，看起来十分奇怪。
>
> 就是在这种背景下，我创作了《决斗在网络》。
>
> 创作《决斗在网络》的时候，我并没有真正上网。只在朋友家听说了网络，目睹了网络，了解了电子邮件等相关信息，并阅读了有关网络的一些资料，再加上与一些半专业人士的闲扯，然后就欣然动笔了。
>
> 不过说实话，这种对网络似是而非的了解，却成就了这篇作品无穷的丰富想象，令故事格外精彩。而且其中有关的科技知识，至今看来还是没有过于出格。
>
> 即便是在10年之后，还经常能在网上看到有人发帖：我就是因为读了星河的《决斗在网络》才开始迷恋网络的——这是对网络本身的贡献。而假如不算痞子蔡的《第一次亲密接触》，这应该算是内地较早一篇有关网络的作品了；客观地说，甚至可算作所谓“网络文学”的开端——这是对“网络文学”的贡献。[8]

可以说，《决斗在网络》的确是一次对于“网络”的文学想象，虽然在当时人们对网络还很不熟悉，但凭借敏锐的感受力和丰富的想象力，作家还是能够把在网络世界里所发生的一切，描述得准确到位，栩栩如生。在小说里，“我”是某高校一名心理系的学生，在一次侵入别人信箱时，反而受到了对方的跟踪，于是双方决定进行一次网络上的“决斗”。在决斗过程中，他们彼此因为陷入了对方所设置的网络陷阱而难以自拔，于是，“我”使用了最新的“CH桥”设备进行人机联网，使自己以病毒的形式直接进入网络。但由于病毒的本能，当“我”面对三条完全平权的岔路时，意识却发生了可怕的分裂，沿着这三条岔路一分为三，使整个游戏程序受到了极大的扰动，联机系统也失去了稳定。这时，“我”沿着其中分裂出的一支意识之流回溯到对方的网络通道入口，才发现对方竟然是一名女生，而此刻她的意识也被强行劫掠进了网络……星河通过一系列逼真生动、扣人心弦的情节，为我们展现了发生在网络世界里惊心动魄的一幕，也向我们展示了网络世界的无边风光和无穷魅力。特别是由于幕后女主人公的参与，使得整个事件具有了某种艳遇般的心理快感。不是冤家不聚头，小说终于结束在英雄美人式的大团圆结局中，从而使读者获得了极大的冒险体验与阅读趣味，这也是小说能够引人入胜的一个重要因素。

与《决斗在网络》构思和情节相类似的，还有他的长篇小说《网络游戏联军》。在《网络游戏联军》里，年轻的主人公威威经历了从一个网络新手到电脑奇才的成长历程，经受了真与假、善与恶的严峻考验，最终成为一个勇敢的小英雄，并且还拯救了处于极度危险境地的游戏联军。当一个个获救的“联军战士”（事实上是一些变幻成光束的身影）披着闪电的光芒从电脑破屏而出时，小说的叙事达到了一个高潮。联军战士从网络世界的逃逸，表征着人从网络束缚里所获得的解放，它仿佛是一个寓言，既寓意了正义对邪恶的胜利，又宣告了人的智慧对于电脑智慧的胜利，成为星河小说中最华丽绚烂而诗意动人的精彩片段。

四

星河的赛伯朋克小说往往通过网络游戏的题材，讲述一个关于青春和成长的故事，因此被称为“青春期心理科幻”[3]。这类故事所发生的场景，一般是在青年才俊云集荟萃的大学校园，而图书馆、理科楼等都是小说情节得以展开的习见场所，并且，小说角色是一些参与其中的大学生精英，是拥有高智商、熟悉网络和电脑技术的莘莘学子；同时，他又喜欢在这些人物中安排一个中学生之类的少年角色，担任小说的主角：他既是一个网络“新手”，又是一个电脑方面的天才，他往往在网络世界的不断历练中逐渐完成自己的成长。由于网络世界是一个善恶、正邪并存的社会，因而这一干人在网络空间里发生了许多惩恶扬善、斗智斗勇的故事，其间弥漫着一种青春少年的血气之勇和英雄气概。所有这些，都极大地彰显了网络世界波谲云诡、引人入胜的无穷魅力，成为星河赛伯朋克小说的一大看点。

英雄主义是星河科幻小说的一大主题，在他的赛伯朋克类科幻小说中也是如此。也许，这和星河个人的理想主义情结有关，他自己就说过：“我在大学时代曾经历过对一切规则和秩序的颠覆与嘲弄，但我始终认为自己仍是一个内心充满了理想主义的人。”[4]在星河的赛伯朋克中，小说的主人公更多地扮演的是知识英雄（或曰电脑天才、网络精英）的角色，他们以不同的形象，活跃在象征着高等教育、知识和社会精英人才的大学校园中，在那些年轻漂亮、才华出众的女大学生中出尽风头。这样的情节设计，固然是星河所喜欢的青春期心理小说的常见模式，但也使小说不可避免地具有了传统小说中英雄美人或才子佳人的叙事特征。

如同现实生活中一样，网络社会也存在着各种陷阱甚至阴谋，星河小说的英雄主题往往围绕着这类题材展开，比如，《网络游戏联军》中，少年威威受到生物电脑的蛊惑和威胁，几乎置整个网络联军于死地；《双行线上的较量》中，“我”闯入了一所大学的馆际互借网络，并无意中陷入别人设计的圈套，而替别人窃取商业信息；《走下网络的恐怖脚步》中威威的表哥李征毅，被人将控制人脑的电脑芯片植入体内，成为受人控制的犯罪工具……在这类小说中，犯罪事件成为塑造英雄的一座舞台，于是就出现了《网络游戏联军》和《走下网络的恐怖脚步》中的威威以及《双行线上的较量》中的“我”等英雄形象。这类人物也许没有传统英雄那些惊天动地的壮举，在他们身上更多的只是表现出普通人身上正义与善良的秉性，但这些品质也许正是足以成就一个英雄的最根本原因。另外，在星河的小说里还出现一些末路英雄的悲剧形象，如《大脑舞台》中，“我”在对方的暗算中无声倒向浸满毒液的池塘；《网络渣滓》中，在清除所谓“网络渣滓”（黑客）的同时，“我”也清除了作为外来者的自己，从而成就了一场由"胖仔"所策划的阴谋……在这些小说里，主人公的行为和遭遇都具有英雄主义的悲壮色彩和悲剧性的意味。

可以看出，星河笔下的英雄并不是毫无瑕疵的，他们更多的时候充当着电脑黑客的角色，当然，这类黑客还停留在"他的一切行为都不带有任何政治、经济或其他功利性的目的"，其"所有行为只是为了证明自己的能力"的阶段（《走下网络的恐怖脚步》）。他们不想对个人和社会造成任何伤害，也没有让自己的行为进一步发展到窃取信息、散布病毒甚至进行网络犯罪的地步。这些英雄有着小人物的种种特征，但在他们身上似乎潜藏着作为英雄人物的一些非凡品质，使其得以在困境中崛起，成为一个耀眼的救世者。星河曾经说过："世界上没有简单的好与坏、善与恶、英雄和懦夫，关键看你能不能战胜自己，有没有一颗正直和善良的心。"（《网络游戏联军》）可见，星河是从人性的角度来审视英雄的，他对这些网络英雄是抱着既力图塑造而又不刻意主观拔高的叙事姿态的，体现了他写作上的人性视角和底层意识，是作家平民史观的一种文学呈现。

五

除了对现实世界的描摹和未来世界的穷究探索之外，星河的赛伯朋克小说还存在着另一个叙事空间——历史。在《梦断三国》《魂系四海》等小说里，作家以网络游戏的方式介入历史，在一个亦真亦幻的世界里展开对历史的全新叙事。可以说，这是一种特殊形式的网络穿越，它以故事新编或者历史重构的方式，对历史予以重新阐释，从另一个层面揭示了历史的本质，并且以虚拟的形式昭示了历史发展的各种不同的可能。

也许，历史不过是现实在另一时间维度里的一种存在，一种已经流逝了的现实，因此，历史上所发生的种种事件，可以视为现实世界在过去的时空留下的遥远投影，或者说现实只不过是历史的一种延续。在这个意义上，星河关于历史的赛伯朋克，里面蕴含着对世界与存在的本源性的思考，因而具有极大的思想价值。意大利历史学家克罗齐曾经说过："一切历史都是当代史"，在星河的赛伯朋克小说里，由于游戏者以某个特定角色的身份介入历史，并以现代人的意识和视角来审视历史，使历史具有了当下性的特征，从而为历史的重新阐释和文学重构提供了充分的可能。

可以看出，星河的历史题材赛伯朋克有许多无比真实的因素：参与网络游戏的主人公是真实的，网络游戏所设置的历史语境、历史人物和历史事件也都是真实的，甚至游戏也早已经预设好了既有的历史发展归宿。可是一旦进入游戏，就会出现与真实历史并不相同的情境，因为游戏的参与者可以按照自己对历史的理解和意愿，凭借自己的智慧和网络技术，部分甚至完全改变历史的面貌。比如，在《梦断三国》中，“我”在散尽了所有的钱粮武器、解雇掉所有的文官武将之后，决定放逐自己，浪迹天涯，结果创造了一个天下大同的太平盛世。在这一点上，赛伯朋克类科幻小说与新历史小说具有某种相似性，成为当下各种各样的历史叙写中一个不可或缺的小说门类。

值得指出的是，星河的赛伯朋克小说在对历史事件频频眷顾的同时，主要的时间指向仍然是未来，他企图通过历史事件来折射人类未来的生活图景，这也正是科幻文学的旨趣所在，因为科幻文学在本质上是属于未来的。

六

在星河的赛伯朋克小说里，人与电脑之间的关系通常是同一性的，人操作着电脑、掌控着电脑，电脑不过是人手中的一种工具，网络是思维的一种良好载体，成为人类智慧的一种外延。尤其是在人机联网的情形下，人们可以进入到电脑的网络世界里，实现真正的人机合一，这就使人脑可以与电脑融为一体，而电脑也具有了人脑的某些特征。但在另一方面，人与电脑之间同时又是紧张对抗的，人可以利用电脑来完成各种事务，可以在一个极度自由的空间里体验一种身心解放的快乐，在很大程度上实现人类自我的价值；但是，电脑又常常会溢出人们的控制范围，制造许多可悲甚至可怕的事件，甚至电脑还企图控制人类。在这样的情形下，星河提出了一个大胆的假设：“历史上有许多人类的智慧者都曾经勇敢地宣布过，人造智慧完全可以超过人类本身”，因此，在未来的社会里，出现“电脑与人脑共存的社会”甚至“由电脑控制人类又有什么不可以呢？”（《走下网络的恐怖脚步》），并且，他还进一步设想，也许当电脑文明真正取代了人类文明的时候，反而会出现一种更为先进、更为高级的文明形式，“没有战火，没有硝烟，这是文明发展的必然，而人类只是这根链条上的一环而已”（《烽火台》）。在这里，小说显然寄托了作家本人对于电脑思维等人造智慧的思考，而这种思考无疑是具有超前意识的，它既代表了作家想象的大胆恣肆，同时又隐含着他对科技发展和信息技术进步的某种忧虑，体现出作家非凡的远见卓识。

尽管星河在赛伯朋克小说里对电脑智慧和网络高科技赞美有加，但是，作为主体的人仍然是他小说叙事的中心，是他所要着力肯定的对象。在《烽火台》中，作者这样发出了对人类的礼赞：

> “一个刚毅挺拔，身体矫健；一个波浪起伏，曲线柔和。
>
> ——他们的名字叫‘人类’。”

这里面既包涵着作家的人本主义思想，又有着作家对科幻小说中技术决定论的否定与批判，具有极大的人文内涵。

在语言风格上，如吴岩所说，星河“特别擅长使用北京俚语”[3]，这使他的小说具有浓重的京味儿，富有地域文化的风味特色。而且，他还擅长人物对话的叙写，有着与王朔式的“侃儿爷”相类似的风貌。在他的小说里，对话往往是推动小说情节发展的重要因素。这种对话充斥在他的小说文本中，也由此产生了一些毫无意义的话语泡沫，“几乎他的所有作品都是在一种吵吵嚷嚷的噪音背景下进行的”，此类“吵嚷”有时不免使小说显得“充满了喧哗与骚动”。[3] 星河小说中这些一地鸡毛式的话语碎片，折射出来一种凡庸人生的无聊和日常生活的琐屑，“这种争吵让人们更加确切地感受到某种生活于信息科技时代的无聊，感受到大叙事崩解之后，青年人的无所适从。”[3] 此外，在叙事过程中，星河还善于把神话传说、历史故事、通俗小说中的一些语言和情节作为元素融贯进小说的叙事框架，使小说充满文化的意蕴，尽管这类描写有时不免让人感到冗繁，也不免有掉书袋之嫌，但这毕竟可以使小说在叙事层面上得到更广泛的拓展，不失为一种有益的尝试。

不管怎么说，星河以及其他同时代的科幻作家们，业已为我们在赛伯朋克小说这一科幻领域开拓了一块无比丰饶的土壤，初步展现了赛伯朋克小说的无限生机，表露出这块科幻园地的各种可能。在中国的赛伯朋克科幻作家中，星河无疑是一个重要的存在，正如吴岩所热情揄扬的："研究星河现象，能将我们带向中国科幻文学的一块辽阔领地。"[3]的确，星河的赛伯朋克小说让我们领略了网络世界的神奇魅力，把我们带到了一个陌生而动人的文学世界。当然，对于一个目前创作活力还很旺盛的科幻作家来说，星河的前面还有许多未知的不确定因素，存在着各种发展和嬗变的可能，对于热爱赛伯朋克小说的读者来说，他们也许更关注的是星河创作的下一步将向哪里去，并且期待着他会把我们带到更加无限辽阔、美不胜收的艺术领地。

参考文献

[1]"赛伯朋克"的宣言，最响亮的一句口号.

[2]凌晨.《时空死结》：流转时空中的传奇[N].科学时报，2005-12-16.

[3]吴岩.文明蜕变、精神解困与星河科幻小说的心理解码[M]// 星河.时空死结.上海：上海科学普及出版社，2004.

[4]星河.卖文称米[J].消费者，2002(1).

[5]陈楸帆.永远年轻——访著名科幻作家星河[J].世界科幻博览，2007(12).

[6]星河在小说《决斗在网络》中臆造的一种人机联网装置.

[7]科幻作家吴岩创造的一种电脑游戏患者。郑文光，吴岩.心灵探险[M].北京：中国少年儿童出版社，1996.

[8]星河.从科普爱好者到科普作家[M]// 中国科协青少年科技中心编.亲历美好岁月——青少年科普50年.北京：科学普及出版社，2008：253，252-253.

科幻创作研究丛书

百年中国科幻小说精品赏析
（第四册）

姚义贤　王卫英　主编

科学普及出版社
·北　京·

目 录
CONTENTS

第一册

中国科幻小说的开拓：十七年科幻小说创作

第二册

中国科幻小说的复苏：“文化大革命”后至 1984 年科幻小说创作

第三册

中国科幻小说的发展：新生代科幻小说创作（一）

第四册

中国科幻小说的发展：新生代科幻小说创作（二）

第五册

港台科幻小说创作

附　录

中国科幻小说的发展：新生代科幻小说创作（二）

新生代科幻小说创作综述（1997—2011）

◎ 姚海军

1997 年是中国科幻发展史上的另一个重要节点，被称为“科幻与现实特别贴近的一年”。[①] 至少有三个具有足够代表性的科学幻想在这一年变为现实：宣布克隆羊“多莉”诞生，国际象棋大师卡斯帕罗夫与 IBM 的“深蓝”展开人机之战，“火星探路者”成功着陆。科学、科幻与现实似乎产生了从未有过的紧密关联。

与此同时，自 1991 年始，以《科幻世界》为龙头发起的新一轮复兴科幻文学的努力也初显成效：科幻漫画刊物《科幻大王》由双月刊改为月刊，开始尝试性地刊发科幻小说；而《科幻世界》自身则完成了作者队伍的更新换代，星河、王晋康、周宇坤、赵海虹、凌晨、杨平、潘海天等新生代科幻作家的青春气息在这本雄心勃勃的科幻刊物中汇聚成冲击未来的新力量。

此前十年，全国共出版科幻书籍两百余种，[②] 而仅 1997 年一年，全国就出版科幻图书 127 种，超过史上出版科幻图书种类最多的 1981 年（92 种）。[③]

尽管如此，科幻文学仍未彻底摆脱“灰姑娘”[④] 的阴影，主流媒体上几乎

---

① 《科幻世界》1997 年第 12 期刊首语。

② 刘万军，《最富幻想的文学空间在萎缩》，《中国青年报》1997 年 8 月 17 日。

③ 姚海军，《科幻呼唤百花齐放》，《星云》1998 年第 1 期，总第 22 期。

④ 谭楷于 1987 年 6 月 21 日在《人民日报》发表《“灰姑娘”为何隐退》一文，将科幻小说比喻成“灰姑娘”。

听不到来自科幻界的声音，大部分民众将科幻小说视为不切实际的胡思乱想。科幻出版从业者时常听到这样的声音："科幻书籍一天卖不了多少本，给书店带不来经济效益。""有的书店根本就不出售科幻书籍。"①

正是在这样的背景下，由中国科协主办、《科幻世界》杂志社承办的1997北京国际科幻大会于7月28日在北京隆重召开。此次大会设置了丰富的内容，名家演讲、科幻画展、科幻迷沙龙、科幻夏令营（成都），吸引了来自全国各地数千名科幻迷参加。大会期间还颁发了第九届中国科幻银河奖，20世纪80年代以来在科幻创作与编辑出版工作中做出突出贡献的王晋康、吴岩、星河、杨潇、金涛、谭楷、莫树清等多人走上领奖台；同时，这一奖项还对多年来致力于中外科幻文化交流，在向国内译介科幻作品和为中国科幻走向世界做出杰出贡献的王逢振、郭建中、吴定柏、吕应钟（中国台湾）、岩上治（日本）、大卫·赫尔（美国）和恩格尔·库尔特（德国）等人进行了表彰。1997年的银河奖，是对中国科幻的一次阶段性总结，充分体现了《科幻世界》的全球化视野。

为了扩大影响力，1997北京国际科幻大会不仅邀请了伊丽莎白·赫尔、詹姆斯·冈恩、金涛、王晋康、吴岩、星河等中外著名科幻作家，还特别邀请了香农·露西德、列昂诺夫等五位来自美国和俄罗斯的宇航员。这是一次成功的策划，美、俄宇航员与科幻作家们一同出现在北京引起了中外媒体的广泛关注，中央电视台、美国环球电视、美国《新闻周刊》、英国广播公司等新闻机构对此次大会进行了全方位的报道。特别是中央电视台，不仅在"新闻联播""午间新闻""晚间新闻"中连续播发相关消息，还在品牌栏目"焦点访谈"中进行了深入报道。众多中央与地方新闻媒体也迅速跟进，8月15日，《参考消息》头版头条转载美国《新闻周刊》麦克尔·拉里斯多次采访《科幻世界》主编杨潇后撰写的《中国人憧憬着科技的未来》；9月6日，《成都晚报》专版刊发《一位女主编和她不朽的杰作》，回顾《科幻世界》两次筹办科幻大会的始末……科幻文学的发展现状及这一文类对青少年想象力与创

① 刘万军，《最富幻想的文学空间在萎缩》，《中国青年报》1997年8月17日。

造力培养的重要性很快成了舆论焦点。

此次“本世纪最隆重的科幻盛会”① 成为中国科幻发展过程中由量变到质变的关键要素，科幻文学的社会形象从此得到了关键性扭转。更多的年轻作者开始投身科幻创作，更多的科幻佳作得以发表，作为科幻文学的核心刊物《科幻世界》的发行量也连创新高。中国科幻从此呈现出一派生机勃勃的面貌。

下面，分三个方面对 1997 年以来我国科幻的整体发展状况进行回顾与总结。

一、创作探索与成就

整体观察，中国科幻虽历经百年，但始终未如美国科幻那样在市场的主导下形成较为鲜明的潮流——这与中国现代历史进程及国家的科学文化氛围有关。严格来说，中国科幻到 20 世纪 80 年代才开始出现真正文学意义上的自主进化；直到 2000 年以后，随着钱莉芳的《天意》、刘慈欣的“三体”三部曲的畅销，才初步确立其作为类型文学的市场地位与价值。也正是因为科幻文学的发展之路坎坷曲折，当 20 世纪 90 年代科幻文学的生存环境得到改善，生逢其时的新生代作家便急不可耐地对几乎所有科幻题材展开了探索。1991 年，特别是 1997 年之后，科幻小说在题材上呈现出爆发之势，它仿佛瞬间就变成了一个万花筒，五颜六色、绚丽缤纷。无论是星际探险与殖民、生物与环境、乌托邦与反乌托邦、灾难与末日、机器人与类人、历史与神话，还是文明冲突、可能的未来、平行世界、时间旅行、未来战争、赛伯朋克，凡是曾经出现在西方科幻小说中的题材几乎都有了中国式的创作实践。

如果说 1991—1997 年的七年是新生代在凋敝的科幻世界中逐渐确立自身地位的时期，那么 1997 年之后则可以说是新生代的丰收季：他们的广泛探索在多个方向上均取得了实质性的突破，其中，以王晋康、刘慈欣、何夕和韩松的成就最为显著。

王晋康的突破是将哲学思辨引入科幻。所谓“科学铁律下人的抉择与哲

① 阿来在 1997 年第 9 期《科幻世界》发表本次大会报道文章的标题。

学思辨”，可称为王晋康20年科幻创作生涯最核心的主题，这也让中国科幻拥有了过去相当长时间里只有西方科幻才有的超然视角。王晋康的代表性作品，包括他的早期力作《生命之歌》（1995）和《生死平衡》（1997），以及后来的《替天行道》（2001）、《类人》（2003）、《豹人》（2003）、《海人》（2003）、《癌人》（2003）、《十字》（2009）、《与吾同在》（2011）等，在这些作品中，人类或者被更高层面的“上帝”所关注，或者自己替代了“上帝”的角色，而诸多未来难题的解决之道，亦颇具东方哲学色彩。

王晋康的很多作品都具有思想实验的特质，如他的《生死平衡》和《十字》，其惊险紧张的情节背后的核心科幻构思是一个极具挑战性的“平衡理论”①，以及这一理论的具体实践手段“低烈度纵火法”②。这些科幻设想在“非典”期间所引发的争论，突显出优秀科幻作品在思想方面的实验性和前卫性。王晋康另一部重要作品《蚁生》（2007）的思想实验特质则更为明显，小说中的科学家从蚂蚁体内提取了可以强化生命个体利他性的“蚁素”，并用它建立了一个相对独立的乌托邦。当然，尽管“蚁素”可以压制人性中的恶，却不能从根本上去除恶，导致这个乌托邦最终还是走向了崩溃。

在王晋康迄今已发表的近百篇（部）科幻小说中，技术超速发展背景下的人类进化（新人类与旧人类的冲突）这一主题占据着核心地位。从处女作《亚当回归》（1993）到《生命之歌》《义犬》（1996），一直到新人类四部曲（包括《类人》《豹人》《海人》《癌人》），莫不如此。在这一系列作品中，王晋康表现出一种明显的矛盾心态。这种矛盾体现在他笔下的人物的最终选择上，比如在《亚当回归》中，王亚当——一个200年前的宇宙探险家，如同实验室的小白鼠一样被置于传统人类已经被新智人取代的未来。迷惘、困惑，甚至反抗，新旧交替的所有矛盾都汇集于他一身，最终，作为最后一个自然人，他顺应历史潮流，放弃了一个我们所理解的人应该拥有的快乐。而在

---

① 其核心内容为：人类不可能靠药物疫苗等“人体之外”的东西来对病菌、病毒取得完胜，人类必须转回来依靠自身的免疫机制，同病原体建立一种相对稳定的平衡。

② 指在药物与病毒的对抗中，人类主动培养低毒性病毒，任其在人类中传播，让它们成为病毒世界的强势种群，以“低烈度纵火”的方式化解类似于“非典”这样的危机。

《生命之歌》中，创造出可能取代人类的电脑生命的科学家则做出了与王亚当截然相反的选择。显然，作者这一次完全站在旧人类的立场上，让他的主人公毁灭了新人类的“先祖”，为人类这个种族又争取了一二百年的繁衍时间；在较近的“新人类四部曲”中，王晋康设想了人类更多的“进化”方向——将动物的优质基因嵌入人体、改造自身以适应海洋、用癌细胞克隆出有器官再生能力的异人等，他对这些新人类的态度同样充满了矛盾。这种矛盾使作者得以多角度地对“人的异化”所带来的伦理冲突进行发人深省的探讨，这一主题的思想深度也因此被掘进到了一个新层面。

新技术环境下的善恶思辨是王晋康重点关注的另一主题，所涉作品除了上面提到的《生死平衡》和《十字》以及一些短篇外，还包括他 2011 年的新作《与吾同在》。在王晋康看来，善与恶并非绝对，而是可以相互转化，某一层面上的恶，在更高层面上则可能是善；反之亦然。在《与吾同在》中，作者甚至提出了更具颠覆性的观点：或许恶才是文明进步的真正动力。

王晋康还对科幻文学的一些理论问题表现出关注，他在 2002 年一篇首次言及“核心科幻概念”的访谈中指出，最正统的科幻有两种：一种为“理性硬科幻”，它进行哲理性思考，充分表达科学理性的震撼力和科学技术对人性、伦理道德的影响，揭示自然的深层次机理；另一种为“感性硬科幻”，它站在科学的平台上发挥想象，注重技术细节，凭空构造新的“真实”环境，在这个新环境里铺陈情节，达到视觉上的震撼力。他把自己归入第一类，而把在他之后迅速崛起的另一位明星级作家刘慈欣归入第二类。[①] 王晋康后来又对这一观点进行了完善，进而正式明确了“核心科幻”的概念。他指出：“科幻小说并非绝对的同质集合体而是一个模糊集……科幻之所以为科幻，是因为在这个模糊集的核心是这样一类科幻：它有着突出的‘科幻’特质，也很容易区别于其他文学类型，它的‘科幻’隶属度最高，我把这部分作品称之为‘核心科幻’，它就像太极图中的眼，容易给出比较准确的界定。”[②] 在同一篇文章中，王晋康还概括了核心科幻的三大特征：1. 发掘宏大、深邃的科

① 姚海军，王晋康．王晋康访谈［J］．科幻世界，2002（5）．
② 王晋康．漫谈核心科幻［J］．科普研究，2011（6）．

学体系本身的美学因素；2. 作品浸泡在科学精神和科学理性之中；3. 充分运用科幻独有的手法。毋庸置疑，王晋康的“核心科幻”概念是对科幻理论建设工作的一大贡献。这一概念的提出，在一定程度上缓解了传统软、硬科幻划分产生的两极对立。

刘慈欣没有对王晋康的上述分类或“核心科幻”这一概念做出过正式回应，但他此前在《科幻世界》访谈栏目中对自己的科幻理念的阐释却与此有一定程度的暗合。刘慈欣说，他的科幻理念就是“在想象世界中展示宇宙的科学美”。[①] 显然，刘慈欣和王晋康一样同属于核心科幻作家，但他们之间的区别亦很明显：王晋康乐于将他的世界建成科学与理性的角斗场，而刘慈欣则梦想建一座光年尺度的展览馆，将宇宙文学史中科学与技术创造出来的超越常人想象的神迹悉数收藏。

刘慈欣的大部分作品描绘的都是宇宙级别的惊人事件，其中充满了让人目眩神迷的超技术。在《微观尽头》（1999）中，人类对微观世界的终极探索导致了宇宙反转；在《流浪地球》（2000）中，太阳走向生命的终点，人类驾着地球开始流浪；在《乡村教师》（2001）中，硅基生命联邦与碳基生命联邦在以万光年计的空间内展开了时间跨度长达万年的星系战争；在《中国太阳》（2002）中，中国人在同步轨道上建成了面积达三万平方公里的巨镜；在《梦之海》（2002）中，来自宇宙的低温艺术家用魔法般的力量将地球的全部海水冻成二十万块巨冰搬上了太空。及至后来的《超新星纪元》（2003）和“三体”三部曲（2006—2010）同样如此：前者中，一次超新星的爆发让地球文明只剩下孩童；后者中，人类为了种族的延续，与宇宙中神一样的外星文明展开了惨烈的科技竞赛。

刘慈欣对创造性想象的追求有一种商业小说作家罕见的执拗。他曾坦言，一旦发现自己准备用的某个科幻构思被别人写过，他就会彻底失去对这个构思的兴趣；但另一方面，他又表露出典型的商业小说家的价值追求，坚持类型小说写作必须考虑读者和市场。他说：“在创作上，如果我们接受了读

① 见《网上访谈》,《科幻世界》2002 年第 1 期。

者和市场的限制，科幻就是无比自由的；如果要摆脱这种限制以自我为中心，科幻反而寸步难行。”①

作为当下最具市场价值的科幻作家的刘慈欣就是这样一个矛盾综合体。他说人物不是科幻小说的核心，但他的小说中的人物却比其他很多作家笔下的人物更为立体丰满；他说科幻小说应该从文学中剥离，但他的小说却比其他很多作家的作品更具文学意味和色彩。而对于“展现宇宙中的科学美”，刘慈欣也表现出坚持与妥协的两面：他坚持自己的写作理念，同时也特别在意读者阅读价值取向的细微变化。或许正是这样一些矛盾的对立统一，最终让刘慈欣成为当下中国少数几个影响力超越科幻疆域的科幻作家。

刘慈欣为科幻文学带来的突破同样是多方位的，通过《乡村教师》《中国太阳》和《球状闪电》(2004)，他开创性地勾画出真正国人视角的复杂未来，展现出了中国气派。而在此之前，科幻小说中即便有中国视角的未来，也基本上是简单化的，更缺乏宏观感受；通过《微观尽头》(1999)、《思想者》(2003)、“三体”三部曲等一系列作品，刘慈欣震撼性地标示出人类想象力所能达到的新边疆，超越的尺度和速度可以用“跃迁”来形容。当然，刘慈欣对中国科幻最重要的贡献，还在于他通过“三体”三部曲这样的强势作品，进一步丰富、完善了王晋康所提出的“核心科幻”的美学特征。这些特征主要包括：

1. 具有科学玄妙之美的奇绝构想。刘慈欣的每一篇（部）作品都包含一个或多个令人拍案称奇的科幻设想。比如在《诗云》中，一位宇宙艺术的收集和研究者熄灭恒星、拆解行星，用整个太阳系的原子制造出一片直径一百亿公里、存贮了全部可能存在的诗词的星云；在“三体”三部曲中，宇宙中的神级文明仅仅用一片“二向箔”即将整个太阳系变为精美绝伦却再无生机的二维画卷。

2. 宏大的场面和精致入微的细节。刘慈欣特别善于用生动形象的文笔勾画宏大场面，如《乡村教师》中对硅基帝国船队大规模跃迁的描写：“在长达一万光年的战线上，硅基帝国的五百多艘星际战舰同时开始恒星蛙跳。每艘

---

① 见《网上访谈》,《科幻世界》2002年第1期。

战舰首先借助一颗恒星的能量打开一个时空蛀洞，然后从这个蛀洞时空跃迁至另一颗恒星，再用这颗恒星的能量打开第二个蛀洞继续跃迁……由于打开蛀洞消耗了恒星大量的能量，使得恒星的光谱暂时向红端移动……当几百万艘战舰同时进行恒星蛀跳时……银河系的边缘出现一条长达一万光年的红色光带……”这样的场面精准地触动了核心科幻读者的兴奋点。也许让小说宏大起来不难，但在宏大的同时兼具精微，或者说能够依靠精致的细节让“宏大”富有质感，让宏大与精微相互映衬，则需要超凡的功力。刘慈欣的作品随处可见这样的细节。这种细节并不仅仅指技术描写，还包括宏大背景下小人物的刻画，比如“三体”三部曲中出现的普通退休职工张援朝、杨晋文和煤老板苗福全，比如《乡村教师》中有姓无名的李老师。这些极富生活气息的小人物拉近了读者与宏大宇宙之间的距离。

3. 震撼性的经典画面。刘慈欣不仅是个科幻迷，还是个电影迷，对好莱坞科幻片的成功之道颇有心得，并在创作中加以借鉴。他的每一篇小说都有着科幻大片必不可少的、足够震撼的经典画面。比如在《波斯湾飞马》中，伊拉克人骑着基因改造的飞马，如成群的飞蝗般袭向美国的航母战斗群，那遮天蔽日的场景无疑是狂想家才有的杰作。值得注意的是，刘慈欣对这种摄人心魄的经典画面的描写总是文采飞扬，如《微纪元》中对灾变后地球的描写：“他看到了一个黑白相间的地球。黑色是熔化后又凝结的岩石，那是墓碑的颜色；白色是蒸发后又冻结的海洋，那是殓尸布的颜色。”同时，他的描写又极为冷静节制，同样在《微纪元》中，当太阳发生能量闪烁并损失掉5%的质量时，他这样写道：“……甚至太阳系的其他部分也不会受到太大的影响，水星可能被熔化，金星稠密的大气将被剥离，再往外围的行星所受的影响就更小了，火星颜色可能由于表面的熔化而由红变黑，地球嘛，只不过表面温度升高到4000度，这可能会持续100小时左右，但仅此而已。”这些手法的运用极大地增强了小说的艺术感染力。

以上三点，加上王晋康在其作品中所着力强调的“科学铁律下人的抉择与哲学思辨”，便构成了核心科幻基本的美学特征。

核心科幻“三大家”中的另外一位作者何夕（何宏伟）在1997年之后

也比较活跃，先后发表了《异域》(1999)、《爱别离》(2000)、《六道众生》(2002)、《伤心者》(2003)、《人生不相见》(2010)等一系列备受读者好评的中短篇作品，连续获得中国科幻银河奖，与王晋康、刘慈欣一起跻身获奖次数最多的新生代作家，有人甚至发明了一个新名字“何慈康”来代表这三位最受读者喜爱的科幻作家。

与王晋康、刘慈欣一样，何夕对具有科学玄妙之美的奇绝想象有着近乎偏执的追求。他的《异域》和《六道众生》均堪称展现伟大想象力的典范之作，在前者中，作者展现了这样一个令人惊叹的奇想：为了解决巨大的人口压力，科学家创造了一块时间流速比普通空间快四万多倍的时空，也就是所谓的“异域”。这块异域向已经密如蚁巢的普通世界源源不断地提供粮食，让人类社会免于崩溃。然而，科学家忽略了一个可怕的前景，那就是：在这样一个时间高速流动的异域里，与农作物同时存在的动物也会飞速进化，并最终超越人类！最终妖兽果然出现，它们与人类制造的强大的“采集者”机器人之间展开了惨烈的血战。而在后者中，人口爆炸的解决不是靠时间流速超快的“异域”，而是靠平行空间。科学家利用超级技术将我们的世界分成六层平行空间，于是，人类仿佛拥有了六个地球。然而，一个科学狂人却可以在这六个世界，即所谓“六道”中自由穿梭，超强的能力让他成为六道众生中神一样的存在，理性、正义的力量不得不竭尽全力将其加以铲除。

《异域》和《六道众生》亦不乏震撼性的经典画面，尤其是《六道众生》，凡读过这篇小说的读者必有两个画面从此扎根脑海挥之不去。一个画面是小说开篇，七八岁的主人公何夕在自己檀木街十号的老房子里看见“鬼”的情景：一个飘在半空中的忽隐忽现的人形影子，两腿一抬一抬地朝天花板的角上走去，就像是在上楼梯；另一个画面是多年后历经坎坷的何夕在六个世界的同一位置设下天网，捕住科学狂人郝南村并将其用铁钉钉死的情景：何夕举起铁锤高喊：“纳命吧——恶魔。”/“以圣灵的名义——”何夕击打着铁钉。血光飞溅，郝南村在惨叫，人群发出惊呼。/“以圣子的名义——”何夕睁大了双眼，污血溅得他满脸都是。郝南村喉咙里发出咕咕的响声。/“以死难者的名义——”何夕继续挥动铁锤。郝南村的身躯扭曲着忽隐忽现，他在六道世界里左奔右突但却无路可逃，他的眼睛瞪得很大，就像是要暴突出来……由此观之，何夕的经典画面虽不似刘慈欣那般壮观，却与“人”产生了更紧密的关联。也许正是这种关注点的偏移，让何夕的小说有了更浓的人情味儿。纵观世界科幻文坛，如丹尼尔·凯斯[①]般写出让人感动的科幻小说的作家并不多，而何夕显然属于这个少数队列中的一员，他的《伤心者》堪称以情动人的典范。为中国科幻增添情感温度，无疑是何夕最特别的贡献。

2009年，何夕尝试在作品中融入卫斯理式的流行元素，发表了《十亿年后的来客》；2012年，他又尝试在作品中加入更多社会学思考，发表了《汪洋战争》，但从读者反应看，并未取得理想效果。读者似乎还是更喜欢那个既有奇绝想象又有情感温度的何夕。

在王晋康、刘慈欣、何夕等致力于巩固科幻核心的同时，另一位新生代科幻作家中的代表人物韩松则走上了截然相反的路。他以一个破坏者的姿态游荡在传统科幻的边界，于是，那些因“科”字而显得沉重的界碑，一块块地被他那充满妖异之气与多重意象的语言所熔化，在他笔下，科幻文学不再是一个界线分明的存在。

相较而言，韩松的作品小说主题隐晦、内容庞杂、意象丰富，这些特点在他的早期作品中即有所表现，比如《天道》。作为一部短篇小说，《天道》的内容被高度浓缩。在空间上，一方面是在一种怪异的宇宙病的浸染下，旧时代发射的宇宙探险飞船上的宇航员一个个走向生命的终点；另一方面是地球上的监控中心的一老一少因枯燥的工作而引发的关于“哲学”这种已经完全被精确的科学所替代的消亡学科的讨论，以及中心如何因飞船信息中断而遭解散；还有一方面则是一种利用文明世界的废弃物建造新的文明的星际浮游生物的毁灭。在时间上，这篇小说也是大跨度的。故事从硬性科学主宰世界的所谓铁器主义时代，到崇尚神器的拜星教的盛行，一直延续到科学的再度回归、新文明的诞生。然而，一部如此大跨度的未来史，却并未直接对“天道”“宇宙的真相”这类终极问题给予明确解答。作者的文字犹如一座迷

① 美国科幻作家，代表作《献给阿尔吉侬的花束》。

宫，诸如此类问题的答案都藏在迷宫之中，等待读者自行挖掘。韩松的经典迷宫还包括《宇宙墓碑》（1991）、《逃出忧山》（1997）、《劫》（1998）、《春到梁山》（2000）、《2066年之西行漫记》（2000）、《红色海洋》（2004）、《绿岸山庄》（2009）、《地铁》（2010）、《再生砖》（2011）、《高铁》（2012）等。

韩松的作品看似荒诞不经，却与作为个体生命的我们，我们这个民族、这个国家乃至这个世界所处的现实紧密关联。《宇宙墓碑》《春到梁山》《噶赞寺的转经筒》（2002）以及《再生砖》中那一个个怪诞莫测的世界陌生而又熟悉，遥远而又触手可及，其中的苦闷、焦躁与忧虑使我们感同身受。韩松的作品看似立场暧昧，却蕴含着最为深刻的批判，比如在《绿岸山庄》（2009）中，宇航员肩负光荣使命去探索宇宙的秘密，载誉归来却受到冷遇，原来，地球上的人们已经个个都有能力创造自己需要的宇宙。既然外面的宇宙已无人关心，宇航员的那些探索、那段生命还有什么意义可言？

与短篇相比，韩松的长篇无论在行文还是在想象方面都更为恣肆，通过扭曲、变形、夸张、疏离，他找到了一种适宜的表达方式，笔调阴郁地讲述着他的苦闷与彷徨、绝望与希望。在《红色海洋》中，围绕红色海洋的世界的由来，一幅包含过去、现在与未来的画卷徐徐展开，然而，在这幅画卷中，我们的“现在”却似乎是我们的“未来”，而我们的“未来”则成了我们的“过去”。那颜色诡异的海洋以及其间生命所经历的真实与虚幻给读者以无限的遐想。吴岩曾给予《红色海洋》高度评价，他说：“《红色海洋》不仅达到了当代中国科幻小说的创作高峰，而且也达到了主流文学创作的高峰。在他作品的‘能指’和‘所指’之间的种种精妙错位、模糊和摇摆以及由此导致的多元解码，已经使整部小说充满了组合着并在不断流动着的多种寓言。”[①] 而在最近的《地铁》和《高铁》中，世界愈发荒谬，有着多重喻义的列车终点不明却高速飞奔，车厢内物种飞速进化，甚至还包含着一个完整的宇宙。

韩松曾说：“科幻就是受了条件限制的魔幻、神话和童话。”[②] 而在他的近作中，连这种限制也在一定程度上被其解除。在《高铁》中，有很多这样的不受

---

① 韩松.《红色海洋》序言［M］// 韩松. 红色海洋. 上海：上海科学普及出版社，2004.

② 姚海军，韩松. 韩松访谈［J］. 科幻世界，2002（7）.

限制的细节，比如描写防止列车断开这一段："曾几何时，某一节车厢，猛然间就弹射了出去，好像被路边一个黑洞之类的东西吸走，掉入它的视界。为了能与整趟列车连接上，每节车厢都立马发明了一些临时性的应急手段，比如引力自助加速器什么的，能够在毗邻的车厢脱离或瓦解之际，利用自制的牵引变流器，忽然发动，并在车身下形成一个类似气垫的瞬间磁场，腾空跃扑过去，填补空隙，一头插入前面的车厢，利用大量的纳米车钩，让车与车嵌接在一起，重新编合成为一个滚滚向前的整体，好像什么事也没发生过。"韩松笔下的科学技术不再有神圣感，它们成了为蓬勃生长的意象提供炫彩装扮的道具。

也正因如此，类似"这还是不是科幻小说？""充斥着技术名词就是科幻小说？"之类的质疑随之出现，而韩松本人则早在2002年发表的《长城》后面的评论中即做出过回答，他说："长期以来，科幻，尤其是中国的科幻，自己给自己筑起了一道长城，把思维堵在里面，以为一种亘古不变的东西才是终极的价值。随着时空观的变化，长城，也应该被打出一些缺口了，或者，置换成新的质料。"显然，韩松成功地做到了这一点，这是他对中国科幻的最具突破意义的贡献。

王晋康、刘慈欣、何夕、韩松从内、外两个向度拓展了中国科幻文学的空间。当然，他们并不是这个多彩世界的全部，另外一些新生代作家所做的探索同样值得关注：

星河发表了《潮啸如枪》（1999）、《动若脱兔》（2008）、《枪杀宁静的黑客》（2012）等佳作，并将创作范围扩展到非科幻领域，多次获得"五个一"工程奖 、"冰心奖"等政府奖项。作为中国赛伯朋克流派的开创性作家，他并未在这一领域继续引领潮流，而是在增强科幻小说智趣方面做了更多有益的尝试，尤其值得关注的是他从2010年开始的"新校园系列"。在这一系列中，似乎为了强化那种理性思考的智趣，连青春热血的星河也已经被睿智老成的星河所替代。①

而巩固新生代赛伯朋克领域话语权的，则是科幻作家杨平。相较于其

① 星河的相当一部分作品都以"星河"为主人公。

他新生代作家，杨平的产量偏低，但他的《MUD——黑客事件》（1998）却真正展现出赛伯朋克作品在技术上应有的专业感以及这类小说特有的颓废情调。《MUD——黑客事件》是中国科幻互联网时代到来前少有的赛伯朋克流派杰作，与此前星河的《决斗在网络》（1996）以及后来更新代作家拉拉的《掉线》（2007）一起并称为中国赛伯朋克流派的三大代表作。杨平的代表作品还有《冰星纪事》（1999）、《千年虫》（1999）、《山民纪事》（2011）等，这些小说和《MUD——黑客事件》一样使用了诸如“这个世界只有256色”这种文学色彩和技术感并重的语言，确立了一种独特文风。对科幻小说的文学色彩加以强化，可说是杨平对中国科幻的另一贡献。

潘海天是新生代最值得期待的作家之一，他像一个诗人，在这个时期发表了《偃师传说》（1998）和《大角，快跑》（2001）等多篇有着诗一样语言和童话般浪漫的佳作。但自从2005年开始创办《九州》后，他的大部分精力都用在了这份倡导更自由想象的泛幻想杂志的编辑与经营上，其间在科幻创作方面较为重要的收获只有《九州》从2009年1月一直连载到2010年2月，以及难以分类、带有一定赛伯朋克特色的长篇《24格每秒天堂》。潘海天的价值在于，他让中国科幻拥有了一种灵动的美感。

柳文扬在新世纪的最初几年也非常活跃，他为《科幻世界》创作了十余篇“封面故事”以及《一日囚》（2002）等数篇短篇佳作；协助妻子邹萍主持《惊奇档案》杂志，创作了大量诙谐幽默的科普科幻杂文；同时，他的长篇代表作《神奇蚂蚁》（2000）和《解咒人》（2001）也相继问世。这些作品少有枯燥的理论，语言诙谐而富有机趣，在增强科幻小说可读性方面树立了典范。可惜天妒英才，2007年7月2日，这位新生代的重要作家因病在北京去世，年仅37岁。

还有在少年儿童科幻方面取得突出成就的张之路（代表作《非法智慧》，2000）、杨鹏（代表作《校园三剑客》，2006），为女性科幻争得一席之地的凌晨（代表作《月球背面》，2002）、赵海虹（代表作《伊俄卡斯达》，1999），成功将科幻与青春小说、畅销小说、奇幻小说融为一体的江南（科幻代表作《蝴蝶风暴》，2007）、今何在（科幻代表作《我的征途是星辰大海》，

2010），以及刘维佳（代表作《高塔下的小镇》，1998）、周宇坤（代表作《会合第十行星》，1998）、王佃亮（代表作“未来人类四部曲”，2002）、燕垒生（代表作《瘟疫》，2002）、郑军（代表作《决战同温层》，2012）、Shake Space（代表作《马姨》，2002）、马伯庸（科幻代表作《寂静之城》，2005）、郑重（代表作《太阳风行动》，2001）、查羽龙（代表作《血色狼烟》，2002）等，都用一系列佳作丰富了这一时期的科幻文学殿堂。

就整体而言，新生代是继承者，更是革命者，其主要成就表现在以下两个方面：

一是推动了科幻小说回归文学本源

显而易见，科幻小说属于文学。但中国科幻的定位却在相当长的时期内呈现出矛盾性，20 世纪 80 年代甚至爆发了一场科幻小说姓“科”还是姓“文”的激烈争论。那场争论后果严重，随着科幻在短暂而热烈的春天后迅速遭遇严冬，科幻小说失去了发表和出版的阵地，由童恩正等人推动的科幻回归文学的努力也自然中止。

与老一代科幻作家不同，新生代作家大多是科幻迷出身，不管是刘慈欣、何夕、星河，还是韩松、潘海天、柳文扬，他们在成为科幻作家之前就已经是郑文光、叶永烈、童恩正的读者。不仅如此，他们的世界里还有阿西莫夫和克拉克。作为中外科幻名家经典共同熏陶下成长起来的新一代，他们对科幻文学中“科”与“文”的对立统一、特别是中国科幻文学性不足的问题有着清醒、冷静的认识，因此，吴岩的《沧桑》（1995）、杨平的《MUD——黑客事件》、潘海天的《偃师传说》、赵海虹的《伊俄卡斯达》、凌晨的《潜入贵阳》，以及“何慈康”、韩松的众多作品中，均展现出新生代作家强烈的文学自觉和对更具现代气质的叙述模式的追求。他们采中外前辈之所长，并在此基础上对科幻进行文学解放，最终成功地革新了长期处于科普羽翼下的科幻小说平白呆板的叙述模式，将科幻小说引上了一条回归本源的希望之路。

二是在推动科幻文学多元化的同时，巩固了科幻这一文类的核心

新生代作家科幻创作的多元化努力表现在主题题材、风格流派两个方面，这使新生代前期的科幻文学呈现出一种无中心的面貌。就在这种情况下，

同属幻想文学的奇幻小说蓬勃兴起，科幻小说的市场空间遭到挤压。不仅中国，在世界科幻重镇美国，大部头的奇幻小说也越来越多地占据了各种畅销书榜中原本属于科幻小说的位置，科幻小说似乎风光不再。“科幻已死”的声音随之出现。

中国科幻文学因此同时面临两个方面的压力：不仅要力求避免模式化，推动多元化，以使科幻这一前卫性文类保持活力，还要注重科幻文学核心价值的延续，确保科幻文学的独立性。王晋康、刘慈欣、何夕等人在核心科幻方向的自觉探索与实践，特别是“三体”系列等经典性作品的出现，以及王—刘核心科幻美学的确立，有力地巩固了科幻文学的核心，进而强化了科幻小说在整个幻想文学界乃至整个文学界中的应有地位。客观上，这也让科幻文学更自信地面对多元化，从而为这一文类的未来创造出更多可能。

几乎在新生代进入丰收季的同时，从2000年开始，一些更年轻的科幻作者开始出现在《科幻世界》《科幻大王》《世界科幻博览》《九州》等幻想类期刊上。他们是读着新生代作品成长起来的一代；他们拥有更好的教育背景，多数人大学期间即开始发表作品；他们安静地创作，很少介入理论之争；他们认为科幻应该更为自由，欣赏彼此所选择的不同道路。他们被称为“更新代”，其核心人物包括：

王亚男，1999年毕业于北京航空航天大学经济管理学院，2000年发表处女作《邮差》，次年连续发表《诡础》《盗墓》和《“新罗斯韦尔事件”调查报告》，均受到好评。以上四篇作品，有三篇获得中国科幻银河奖，遗憾的是，此后他再无新作发表。王亚男的《盗墓》不仅情节玄机重重，更蕴含丰富的考古学知识，开国内现代盗墓类小说之先河。此作发表数年后，盗墓小说才成为图书市场一大热点。

七月（赵磊），南京大学生物学专业研究生毕业，2002年发表处女作《天火事件》，此后，陆续发表《分身》（2003）、《维序者》（2003）、《震荡》（2003）、《水鑫日》（2004）、《像堕天使一样飞翔》（2009）、《擦肩而过》（2009）等佳作。其作品题材主要集中在太空和赛伯空间，风格硬朗，颇具核心科幻的大气与壮美，被誉为“80后硬科幻代表作家”。

拉拉（钟欣），1998年毕业于西南大学电化教育系计算机专业，2003年正式发表第一篇科幻小说《春日泽·云梦山·仲昆》即获中国科幻银河奖，其代表作还包括《真空跳跃》（2003）、《彼方的地平线》（2004）、《绿野》（2006）、《多重宇宙投影》（2007）、《永不消失的电波》（2007）、《掉线》（2007）、《熄火》（2010）和《小松与大盗贼》（2012）等。拉拉是个多面手，他既可以把科幻写成《春日泽·云梦山·仲昆》那般诗意、纯美，也可以把科幻写成《永不消失的电波》那般技术感十足，让宇宙的冰冷充分映衬人性的柔光。当然，拉拉最值得关注的，还是他对赛伯朋克流派的拓展。拉拉有多篇作品涉及赛伯空间，他的赛伯朋克类作品并没有威廉·吉布森为这一流派所奠定的那种阴郁与颓废，却有弗诺·文奇[①]、尼尔·斯蒂芬森[②]身上才有的对技术与动作的极度张扬，以及道格拉斯·亚当斯[③]所赖以成名的幽默、跳跃与反讽。拉拉试图将这一切全面统一、糅合进自己的世界，这种努力在《绿野》和《掉线》中取得了成功，特别是讲述地球上最后一个人类、同时也是网络世界主要设计者被踢出网络，陷入机器人超级阴谋的《掉线》，更是将始于星河、杨平的赛伯空间探索提升到了一个新高度。当然，要想在这条路上走得更远，拉拉还必须在华丽的想象和科幻小说所强调的内在逻辑之间更好地把握平衡。

江波，2003年毕业于清华大学微电子专业，硕士学位，2003年发表处女作《最后的游戏》，从此笔耕不辍，相继发表《自由战士》（2003）、《回到从前》（2004）、《伊娥》（2007）、《发现人类》（2007）、《湿婆之舞》（2008）、《时空追缉》（2009）、《十七号塔台》（2009）、《星球往事》（2009）、《乌有之乡》（2011）、《移魂有术》（2012）等二十余篇中短篇佳作，两次获得中国科幻银河奖。2012年，江波出版首部长篇《银河之心·天垂日暮》，该作是构架庞

---

① 美国著名科幻作家，代表作《深渊上的火》（1992）、《天渊》（1999）。其赛伯朋克小说《真名实姓》（1981）惊险刺激，将虚拟现实的神奇展现得淋漓尽致。

② 美国著名科幻作家，代表作《雪崩》（1992）、《钻石年代》（1995）。《雪崩》情节明快迅疾，充分展现了虚拟实境技术对后来的计算机技术，尤其是电子游戏产生的深远影响。

③ 英国著名科幻作家，也是幽默讽刺文学的代表人物，代表作《银河系漫游指南》（1979）。

大的“银河之心”系列的第一部，讲述了人类文明征服银河系之后的内在矛盾以及与技术超强的外星种族之间残酷战争的开端，充分展现了作者在宏大题材方面出色的把握力，以及一位年轻的更新代作家的抱负与雄心。整体而言，江波的小说以传统硬科幻居多，其场面宏大、想象汪洋恣肆，颇具美国科幻黄金时代的气质。

钱莉芳，1998 年毕业于南通师范专科学校（今南通大学）历史教育系，2004 年发表处女作《天意》一鸣惊人。《天意》以楚汉相争为背景，故事本身的时间跨度并不大，但作者却在有限的篇幅内，用质朴的文字将尧舜以降两千年的历史传说匠心独具地编织成一个令人悚然心惊、极具实感的“真相”：人类的历史竟然一直被来自外星的神秘力量所左右！是遵从神秘力量控制的历史，还是违背“天意”保护人类文明的未来？洞悉这一切的韩信面临艰难的抉择。将历史传说与科幻猜想相糅合创造新历史传奇早有传统，童恩正、刘兴诗、姜云生等著名科幻作家都曾在这一方面做出过可贵探索并留下经典之作，但与前辈相比，钱莉芳对史料的使用更为大胆，故事更为曲折，传奇色彩更为浓重，甚至生出了奇幻的意韵。这部作品不仅是中国历史科幻小说的一个新标高，同时还堪称奇幻热、穿越热的引领之作，为此，《科幻世界》专门为它颁发了中国科幻银河奖特别奖——这是该奖自创办以来，首次颁给长篇小说。2011 年，钱莉芳出版了第二部长篇科幻小说《天命》，这部作品同样根植于丰饶的历史传说，同样关乎大历史的走向及文明的未来，同样匠心独具，再次展现了科幻小说在历史这个向度上的巨大潜力。

罗隆翔，2006 年毕业于广西大学化学化工学院化学工程与工艺专业，早在 2003 年即发表处女作《寄生之魔》并广受好评，此后陆续发表《山海间》（2003）、《异天行》（2004）、《囚魂曲》（2006）和《在他乡》（2007）等多篇中短篇科幻，多次获得中国科幻银河奖。罗隆翔大胆汲取青春文学、动漫作品甚至偶像电视剧的流行元素，娴熟地将其化于自己的科幻创作之中，故而在青少年读者中引起强烈共鸣。科幻评论家吴岩很早就敏锐地注意到了他的特点，称赞他“以清新、简化的方式对当前科幻小说繁复的语言进行了革新……具有天真和理想主义的特色……是值得提倡的、与主流科幻写法相反的革新”。[1] 事实正是如此，罗隆翔一直在用自己的创作实践对科幻小说进行改造，尽管这种轻小说化的改造早在他之前就有于向昀（曾发表《来自远古——宝瓶座传奇》《永生之狱——射手座传奇》等“星座系列”作品）、高薇嘉（曾发表《风之子》）等新生代作家做过尝试，但罗隆翔的改造显然获得了更多读者的支持，他的成功在一定程度上为后来夏笳的所谓“稀饭科幻”以及墨熊等人的科幻轻小说的出现创造了宽松的氛围。

陈楸帆，2004 年在北京大学取得文学、艺术双学士学位，2006—2008 年在职就读香港大学 / 清华大学整合营销传播专业。早在中学阶段，陈楸帆就开始科幻创作，1997 年发表科幻处女作《诱饵》，并获《科幻世界》专为中学生作者设立的“少年凡尔纳奖”一等奖。自 2005 年开始，他进入多产期，相继发表《丽江的鱼儿们》（2006）、《鼠年》（2009）、《无尽的告别》（2011）、《G 代表女神》（2011）等三十多篇中短篇科幻、奇幻小说，其中,《无尽的告别》获中国科幻银河奖,《G 代表女神》获第三届全球华语科幻星云奖最佳短篇小说金奖。2006 年，陈楸帆出版了第一部长篇科幻小说《深瞳》。与大多数新生代作家不同，陈楸帆对现实问题较为关切，他热心于用现实主义的笔法描绘幻想，同时受到韩松影响，作品的主色调偏向灰暗，从《坟》（2004）到《深瞳》，到《鼠年》莫不如此。虽然到目前为止，陈楸帆还没有表现出构筑一个系统、完整反乌托邦世界的雄心，但透过那些已有的灰暗世界的一隅，我们却足以窥见他的严肃思考和批判精神。陈楸帆是一个富有想象力和创造力的潜力型作者，但同时也非常善于借鉴前辈的经验，除了韩松，我们还可以在他身上找到更多名家的影子，包括代表前卫精神的赛伯朋克流派主将威廉·吉布森，他的《G 代表女神》堪称与吉布森精神交融幻化出的一朵奇葩。

长铗，2010 年中国地质大学资源勘查专业研究生毕业，2000 年开始发表科幻小说，一开始并未引起读者的关注，但随着颇具嘲讽意味的《男人的墓志铭》（2004），特别是讲述渴望探求宇宙秩序奥妙的周天子拜访高级文明代表西王母的《昆仑》（2006）的发表，迅速成为一颗备受瞩目的新星。此

① 2003 年度银河奖专家评委意见。见《科幻世界》2004 年第 4 期。

后，他接连发表了《莱氏秘境》（2006）、《ACE 小姐的心事》（2007）、《674 号公路》（2007）、《扶桑之伤》（2008）、《若马凯还活着》（2009）、《屠龙之技》（2009）、《麦田里的中国王子》（2009）和《昔日玫瑰》（2010）等一系列中短篇佳作，创下了连续五年荣获中国科幻银河奖的佳绩（更新代作者中唯一获此殊荣者）。长铗作品的题材广泛,《昆仑》属于历史科幻;《若马凯还活着》属于太空英雄传说……但相较而言，长铗对根据西方历史传说创造新科幻传奇怀有更浓厚的兴趣。写莱布尼茨的现代计算机梦想以及他的继承者最终创造出宇宙终级计算机的《莱氏秘境》，写第二次世界大战期间图灵创造出了高级 A.I. 的《ACE 小姐的心事》，写罗马学者杰罗姆与亚历山大智者海帕蒂娅斗智的《昔日玫瑰》，以及《674 号公路》《麦田里的中国王子》都是这种西式传奇。这些作品表现出作者良好的史学修养，与飞氘的中式传奇相映成趣。

迟卉，2006 年毕业于上海华东师范大学生物科学专业，早在 2003 年即发表处女作《独子》，此后每年均有多篇作品发表，截止到 2012 年年底，共发表《归者无路》（2006）、《荷莉卡》（2006）、《虫巢》（2008）、《古曼人棉城遗址调查手记》（2009）、《伪人算法》（2010）等五十余篇中短篇科幻小说，2010 年出版首部长篇《卡勒米安墓场》。迟卉是更新代作家中最为勤奋，同时也最具个性的一位。作为女性科幻作家，她的科幻小说不仅清新敏锐，而且不乏令人拍案称奇、泛着理性冷光的新奇创想。特别是后者尤其令人印象深刻，比如在《伪人算法》中出现的专门为“伪人”维护世界真实感的算法监控员，在《卡勒米安墓场》中出现的将爱情刻入基因的“基因契约”……创造性的想象曾长期被视为男性科幻作家的专利，但很显然，迟卉极具挑战意味地改变了这一格局。

夏笳（王瑶），2002—2006 年本科就读于北京大学物理学院大气科学系，2009 年取得中国传媒大学影视艺术学院电影艺术史论硕士学位，2010 年开始在北京大学中文系比较文学与世界文学研究所攻读博士学位，2004 年发表处女作《关妖精的瓶子》，荣获中国科幻银河奖。此后，陆续发表了《卡门》（2005）、《永夏之梦》（2008）、《百鬼夜行街》（2010）、《杀死一个科幻作家》（2011）等二十余篇中短篇科幻、奇幻小说。夏笳的小说语言清新、文思细腻，少有传统科幻的沉重，强调幻想的轻灵与美感。她那篇关于麦克斯韦教授和他的妖精的智趣故事的处女作一经发表，即引发了一场“软”“硬”科幻之争，最终，夏笳别出心裁地为自己的小说创造了一个新类别——“稀饭科幻”。这一提法显然含有一种自我调侃的意味，以今天的眼光看，她的所谓“稀饭科幻”，很像含有科幻元素的轻小说。源于日本的轻小说，实质上是随着社会节奏加快，科幻、奇幻、青春小说等类型文学为迎合读者心理所进行的自我调节的产物，它一方面对科幻小说的传统概念产生了消解作用，另一方面又为科幻文学争取到了更多的年轻人。基于网络时代信息的快速传播和年轻一代阅读模式从传统到电子化的转变，轻小说对“80后”一代的审美观念产生了潜移默化的影响，其中的更新代科幻作家有意无意地将动漫、青春小说等艺术、文学类别中的流行元素融入自己的作品，而夏笳显然对此抱持着一种比她的同龄同行更为鲜明的支持态度，她也因此成为科幻小说轻小说化的大胆实践者和鼓动者。

飞氘（贾立元），亦曾用小贾飞刀、小J飞氘等笔名发表作品，2006年在北京师范大学取得工科学士学位（环境工程专业），2010年在北京师范大学文学院取得文学硕士学位（儿童文学），之后在清华大学中文系攻读博士学位（比较文学），2003年发表处女作《皮鞋里的狙击手》，从此开始频繁出现在《科幻世界》《九州》等幻想类杂志上，迄今为止，已发表中短篇科幻作品二十余篇，其代表作包括《讲故事的机器人》（2005）、《去死的漫漫旅途》（2006）、《苍天在上》（2008）、《一览众山小》（2009）和《大道朝天》（2012）等。飞氘的早期作品颇受卡尔维诺的影响，如同一篇篇充满想象力的寓言。但伴随着成长，寓言的世界渐渐无法容纳他所要表达的越来越复杂的现实映像，他开始将神话传说与现实/未来相糅合（同样的糅合，目的却与钱莉芳不同），创造科幻版“故事新编”。《苍天在上》是初步的尝试，里面擎天的巨神与“@”这样极具符号意味的人物同处宇宙将要毁灭的时空。这样的错位造就了无限的空间与可能，作者便在其中找到了嘲讽、悲悯、厌弃等诸般情绪宣泄的自由。而到了讲述孔子在泰山洞悉宇宙生死秘密的《一览众山小》和演绎夸父逐日的《大道朝天》，作者又强化了其中的中国味道，使这种尝试达到了一个新境界。

宝树（李俊），2007年在北京大学哲学系取得硕士学位，后就读于比利时鲁汶大学哲学系。2011年，宝树出版科幻处女作《三体X·观想之宙》引发热议，随后在2012年一年便集中发表了《在冥王星上我们坐下来观看》《九百九十九朵玫瑰》《穴居进化史》《海的女儿》《安琪的行星》《第一次接触》《瞧那个人》《特赦实验》《留下她的记忆》《第一个时间旅行者》等十篇中短篇科幻，迅速成为一颗耀眼的科幻新星。宝树的科幻小说在思想上有些放纵不羁，比如在《在冥王星上我们坐下来观看》中，人类最后的希望竟然是日本的女优——这几乎是对板起面孔对待未来问题的传统科幻思想的颠覆；同时，他喜欢对其他科幻作家，尤其是刘慈欣的科幻构想进行补充、完善式的再创作，比如前面提到的《在冥王星上我们坐下来观看》以及《九百九十九朵玫瑰》和《安琪的行星》几篇作品，它们均取材于刘慈欣小说中未及展开的创意——这是才情，却未必值得其他同行效仿。真正奠定他科幻新星地位的，是他对科幻小说内在的逻辑之美、科学之美、想象之美的准确把握和充分展现。他或许对国内一直以来的科幻小说的严肃形象造成了破坏，但不可否认，作为最具潜质的新锐作家之一，他也为科幻的发展提供了更多可能。

更新代在群体规模上远超新生代，且仍在扩大中，除了上面介绍的几位之外，较为重要的作者还有：李忆人（代表作《棋谱》，2001）、李兴春（代表作《登日》，2001）、杨玫（代表作《日光镇》，2002）、程婧波（代表作《西天》，2002）、谢云宁（代表作《深度撞击》，2005）、郝景芳（代表作《谷神的飞翔》，2007）、阿越（代表作《新宋》，2005—2008）、胡行（代表作《飞啊飞》，2006）、Dhew（代表作《基因战争》，2006）、杨贵福（代表作《回忆苏格拉底》，2006）、吴弼川（代表作《格兰格尔5号》，2006）、陈茜（代表作《重建游戏之地》，2008）、尹冰峰（代表作《玻璃迷宫》，2008）、崖小暖（代表作《笼中乌鸦》，2010）、赵永光（代表作《植花演义》，2002）、米泽（代表作《异星大劫案》）、赤色风铃（代表作《饥不择食》，2002）、万象峰年（代表作《三界》，2011）、墨熊（代表作《红蚀》，2012）、张冉（代表作《以太》，2012）等。

更新代是一个正在成长的年轻群体，他们生机勃勃，对世界的各个维度都充满巨大的兴趣，而每一个维度都可能蕴藏着科幻这一文类未来的希望。在他们多元化的探索中，有两个倾向值得关注：

一是轻小说化

所谓轻小说，题材涵盖广泛，其核心是“轻松阅读”，多用词华丽，情节明晰，少说教，重实感，读者以年轻人尤其是中学生为主。轻小说兴盛于日本，2000年后开始通过网络影响中国读者，并逐渐形成阅读潮流。更新代中将轻小说的要素融入自己科幻创作的典型代表是罗隆翔和夏笳，随后又有尹冰峰和墨熊等加入其中。夏笳所提出的“稀饭科幻”排斥造成阅读障碍的科学理论与哲理探讨，实与“轻小说”相去不远；而作为台湾角川轻小说大奖赛首奖获得者的墨熊，更是强调科幻小说应该用情节、悬念和神秘感征服读者，认为“这才是中国科幻当下最应该突破的方向”。考虑到网络主导下的时代文化氛围的转变，《最小说》《天漫·轻小说》《意林·轻小说》等轻小说杂志的成功以及它们对科幻采取的主动吸纳方针，使科幻轻小说化在未来很有可能进一步扩大。

二是科幻现实主义

“科幻现实主义”这一概念是陈楸帆在2012年第三届全球华语科幻星云奖高端论坛发表演讲时正式提出的。他说：“当代文学，渐渐远离人们日常经验、讨论的问题，不是个人的关切，也不是社会关切。而科幻在当下，却拥有了最典型的现实主义特征。科幻用开放性的现实主义，为想象力提供了一个窗口，去书写主流文学中没有书写的现实。”他进而解释道，“PM2.5那么高，有没有主流文学书写？没有。所以，科幻有可能会成为这个时代现实主义的主流。”陈楸帆的这一提法颇耐人寻味。事实上，从梁启超、鲁迅以实用主义精神将科幻引进中国时起，这一文类就披上了现实主义色彩。从梁启超的《新中国未来记》（1902）到老舍的《猫城记》（1932），再到郑文光的《地球的镜像》（1980）、《命运夜总会》（1981），及至韩松的《地铁》《高铁》，现实主义科幻发展脉络清晰可寻。但就整体而言，对于现实，科幻更多时候采取的是一种逃避的态度。无论是在新生代还是在更新代中，类似于马伯庸的

《寂静之城》、吴岩的《衰败之花》这样具有尖锐现实批判性的作品并不多见，这甚至被视为科幻始终未能获得更大发展的“原因”。20 世纪 80 年代中国科幻“四大天王”之一的刘兴诗就曾在多种场合批评科幻对现实的逃避，质问如果科幻不去关注现实，那谁会关注科幻呢？环境问题、腐败问题、教育问题、人口问题、国际政治……今天我们所面对的社会现实无疑比以往任何时候都更为错综复杂，以前卫精神自傲的科幻文学如果失去了对这些关乎未来的现实问题的关切，那必是让人失望的。而陈楸帆大胆道出了这种失望与压抑，并与飞氘等人一起试图在现实与科幻之间建立更紧密的联系。这一努力在一定程度上重塑了更新代的形象——茁壮成长中的他们并不缺乏社会与文化使命感。他们的这种担当，有助于科幻文学“根”的生长。

需要特别指出的是，尽管 1997—2012 年可以称为新生代和更新代的时代，但我们却不能忽视他们之外另外几股力量的存在。

其一是 20 世纪 80 年代科幻热潮的元老级作家，他们的新作为这一时期的科幻文学增添了历史厚重感。最典型的是刘兴诗，他继续倡导“科幻应植根现实”，先后发表了《修改历史的孩子》（1999）、《“三六九”梦幻曲》（2000）、《中国足球狂想曲》（2000）、《台北 24 小时》（2006）等一系列与现实生活密切相关的中短篇，尤其是讲述用科幻手段改变普通百姓三代六口九平方蜗居现状的《“三六九”梦幻曲》和讽刺中国足球现状的《中国足球狂想曲》，堪称这一传统理念指导下的标准作品；叶永烈则通过《小灵通三游未来》对未来世界再次进行了更新[①]；绿杨（李钜康）除继续短篇创作外，还出版了两部情节曲折、与“鲁文基系列”同样充满科学智趣的长篇《双子星号历险记》（2002）和《天使终结》（2004）。可惜，这两部长篇并未引起读者的足够关注。2012 年 10 月 17 日，绿杨因病去世，享年 76 岁。此外，还有焦国力、张晶等老一代科幻作家也有新作发表，这些新作同样沿袭了传统科幻的理念与风格。

其二是主流文学作家，他（她）们偶尔介入科幻创作，从外部推动了科

① 少年儿童出版社 2000 年将这部新作与叶永烈之前的《小灵通漫游未来》（1978）、《小灵通再游未来》（1984）合并成《新版小灵通漫游未来》出版，并再次热销。

幻与主流文学的交融。最突出的代表是毕淑敏。这位颇具影响力的主流文学作家，早在20世纪80年代就尝试过科幻创作，2012年，她出版了自己的首部长篇科幻小说《花冠病毒》。这部描写人类与超级病毒对抗的作品，为我们提供了一个难得的范本，用以考查主流文学作家和科幻作家在对待这种重大题材时的关注点是否存在差异。这种考查将有助于科幻文学对自身价值与不足进行自省。其他进入科幻界的非科幻作家还包括闵和顺、宿聚生、石钟山、阿成、余飞、姜凡振等。

其三是科学家，他们的科幻创作不仅是对科幻文学的丰富，还强化了科幻与科学的关联性，促进了科幻文学社会形象的进一步改善。其中，最具影响力的当数中国科学院和中国工程院院士、著名水电专家潘家铮（1927—2012）。潘家铮早在科幻还处于低谷期的1993年即出版了第一部科幻短篇集《一千年前的谋杀案》，此后又陆续出版了《偷脑的贼》（1997）、《蛇人》（2006）、《吸毒犯》（2006）、《地球末日记》（2006）、《UFO的辩护律师》（2006）五部科幻小说集。他的科幻小说既有科学家的严谨，又有文学家的浪漫情怀，更兼具典型知识分子对社会问题的关切，在叙事手法上承袭中国传统小说的传统，具有浓郁的中国风格。其他有过科幻创作的科学家，还包括中国地震局地质研究所研究员位梦华教授、中国科学院理论物理研究所研究员李淼教授等。

二、科幻理论研究

理论研究对中国科幻文学发展的重要性不言而喻。在新中国成立后相当长的一段时期内，科幻理论主宰着科幻创作的方向或命运。譬如，在1979年童恩正指出，科学文艺“是文艺的一个品种，它所遵循的是文艺的规律，作者艺术构思的天地是异常广阔的”①，进而提出科幻小说的新价值可能是普及科学的人生观②。之前，科幻小说作为“科学文艺”的一部分一直处于“科普”的羽翼之下。科幻小说也只有作为科普的工具，才有生存的价值和空间；而

① 童恩正. 谈谈我对科学文艺的认识［J］. 人民文学，1979（6）.

② 童恩正. 创作科学幻想小说的体会［M］//《地质报》编辑部. 科普作家谈创作. 北京：地质出版社，1980.

在此之后，童恩正具有明显进步性（同样也具有颠覆性）的观点不仅没有为科幻小说卸去负担，反而引发了科幻小说姓“科”还是姓“文”之争，这一争论后来又成为1983年科幻文学被“清除精神污染运动”波及的诱因之一，最终导致科幻小说再次陷入低谷。理论探索的缺乏和理论模式的单一，对创作实践形成的桎梏由此可见一斑。当科幻文学再次走出这次由非市场化因素造成的低谷后，理论探索才有了更多的自由空间。但一个显著的事实却是：科幻这一关于“变化”的文学类型的理论研究的滞后局面却长期未能得到根本改变，一些最基本的问题也没有得到足够深入的研究和解决。甚至到了2003年，我们仍然可以听到这样的声音：“我国学术界对西方Science Fiction研究的滞后可以说在一定程度上与‘科幻小说’的译名有关。”[①]——显然，不要说一些现实问题和前沿问题，就连“科幻小说”这一称谓由来的历史我们似乎也还没探讨清楚。

尽管如此，科幻文学的理论研究却一直不乏有心人的推动，郭建中、王逢振、舒伟、王泉根、江晓原[②]、刘兵[③]、孔庆东[④]、宋明炜[⑤]等学者，以及叶永烈、郑文光、童恩正、肖建亨、刘兴诗、王晓达、吴岩、星河、尹传红、王晋康、韩松、刘慈欣、郑军、陈楸帆、飞氘等科幻作家都在各级报刊发表了大量文章，为科幻理论研究做出了自己的贡献。其中，最为突出的当数郭

---

① 黄禄善. 是“科幻小说”，还是“科学小说”？[J]. 上海科技翻译，2003（4）.

② 江晓原（1955—），上海交通大学科学史系主任、教授、博士生导师，中国科学技术史学会副理事长。热心于将科幻纳入学术研究领域，在多家大众媒体发表《科幻作品之三重境界》（《解放日报》，2007-10-21）等科幻评论、对谈数十篇，其中与刘慈欣的对谈《为什么人类还值得拯救》（《新发现》2007.11）深入探讨了科幻文学中科学与人性问题，影响广泛。

③ 刘兵（1958—），清华大学人文社科学院教授，博士生导师，中国科协—清华大学科学技术传播与普及研究中心副主任，上海交通大学等国内多所高校兼职教授，中国科学技术史学会常务理事及综合研究专业委员会主任、物理学史专业委员会副主任，中国自然辩证法研究会理事，发表与科幻文学有关的文章多篇，曾在2007中国（成都）国际科幻 / 奇幻大会上与江晓原对谈科幻。

④ 孔庆东（1964—），北京大学中文系教授，主要研究方向为中国现代文学。主要科幻评论或研究文章有《中国科幻小说概说》（《涪陵师范学院学报》2003.5）。

⑤ 宋明炜（1972—），美国哥伦比亚大学博士（2005年），卫斯理学院东亚系助理教授，评论家、作家，研究领域为现代文学、科幻小说等。主要科幻评论或研究文章有《弹星者与面壁者——刘慈欣的科幻世界》（《上海文化》2011.3）。

建中、王逢振和吴岩。

郭建中，杭州大学外语系教授，在教学之余长期从事科幻小说的翻译研究工作，1991年获世界科幻小说协会颁发的世界科幻小说翻译“恰佩克”奖，其科幻代表译作包括美国著名科幻作家艾萨克·阿西莫夫的《赤裸的太阳》（浙江人民出版社，1992）和《机器人与银河帝国》①（浙江人民出版社，1992）等。

早在1989年，郭建中即在杭州大学成立了“杭州大学科幻小说研究中心”，并以此为平台组织译者译介外国优秀科幻小说。他主编的一系列外国科幻小说译丛（其中包括数十部英美科幻名篇名著）被中国书刊发行协会评为“最畅销的文艺图书”，总印数达百万册，启蒙了一代科幻爱好者。

郭建中在科幻翻译理论方面颇有建树，其代表作《科普与科幻翻译理论、技巧与实践》（中国对外翻译出版公司，2005）被誉为“科普与科幻翻译研究的开山之作”②，填补了国内科幻翻译理论的空白，至今仍具有指导意义。

当然，郭建中对科幻理论研究的最突出贡献，还是组织翻译引进了美国著名科幻作家、评论家詹姆斯·冈恩教授的《科幻之路》（福建少年儿童出版社，1997年出版前四卷，2000年出版后两卷）。这套六卷本的评论与作品相结合的巨著，对世界科幻文学尤其是英美科幻文学的发展脉络进行了极为精当的梳理，极大地拓宽了科幻作家和科幻研究者的视野。

王逢振，中国社会科学院外国文学研究所研究员，在外国科幻小说翻译引进方面同样做出了突出贡献。早在1980年，他即与著名科幻作家金涛联袂主编了20世纪80年代科幻热潮中的第一部西方科幻小说集《魔鬼三角与UFO》。这部小说集所选作品主题多样，覆盖西方科幻各个流派的经典之作，为当时我国的科幻文学创作树立了超前性的参考坐标。

作为一名从事理论批评研究和文化研究的学者，王逢振频繁到美国、加拿大和澳大利亚讲学，与西方科幻界建立了紧密的联系。多年来，他一直致力于向国内推介美国当下最优秀的科幻作家作品，比如金·斯坦利·罗宾逊。在

① 这两本书均属编译。

② 见方梦之《科普与科幻翻译理论、技巧与实践》序。

他的努力推动下，罗宾逊的代表作《红火星》《绿火星》《蓝火星》（华文出版社，2008）和《米与盐的时代》（新星出版社，2008）如今均已出版了中译本。

王逢振在国内外具有影响力的期刊发表过大量学术文章，翻译过许多理论著作和文学作品，其中不少涉及科幻文学。他对我国科幻文学理论研究的最新贡献是其主编的《外国科幻论文精选》（重庆出版社，2008）。这本书属于“科幻文学理论与学科体系建设丛书”中的一部，所收录的12篇当代外国科幻文学研究理论与成果的经典论文，对外国科幻文学发展主潮进行了系统、准确的描述，涉及女权主义科幻小说、社会科幻小说、赛伯朋克流派、反乌托邦等多个科幻领域。

如果说郭建中、王逢振的主要贡献是译介外国科幻作品与理论，那么，北京师范大学的吴岩则更多的是建设与实践。

吴岩的贡献主要集中在三个方面：

一是在北京师范大学首开科幻硕士课程。北师大的科幻课程开始于1991年，第一次开设科幻课程是北师大课程改革的一种尝试。当时文学院的王富仁教授和尚为教育管理学院青年教师的吴岩共同完成了这一开拓性工作。2003年，该课程转化为文学院的硕士课程，北京师范大学因此成为全国唯一招收科幻方向硕士研究生的高等学府。当时，研究生方向被安排在现当代文学之下，后来由于科系调整，被归入儿童文学方向之下。从2009年开始，吴岩在北师大教育学部又开设了科幻与科学教育专题研究课程，进一步将科幻课程融入了当代教育。

吴岩的科幻课程不仅吸引了大批热爱科幻的年轻人，更为我国的科幻理论界输送了一批又一批研究人才，这对我国科幻的未来发展将产生深远影响。

二是组织出版理论著作。吴岩先后组织、推动出版了“科幻新概念理论丛书”①（6本，福建少年儿童出版社，2006）、“科幻文学理论和学科体系建设

---

① 包括《亲历中国科幻——郑文光评传》（陈洁著）、《贾宝玉坐潜水艇——中国早期科幻研究精选》（吴岩主编）、《在“经典”与“人类”的旁边——台湾科幻论文精选》（林健群主编）、《科幻·后现代·后人类——香港科幻论文精选》（王建元、陈洁诗主编）、《科幻文学入门》（吴岩、吕应钟著）、《现代性与中国科幻文学》（张治、胡俊、冯臻著）。

丛书”①（4本，重庆出版社，2008—2011）、“西方科幻文论经典译丛”②（5本，与舒伟联合主编，安徽文艺出版社，2011）。这些丛书包含了我国和西方科幻理论研究的最新成果，为我国科幻理论的进一步研究奠定了良好的基础。目前，吴岩正在推进的项目还包括编辑出版《中国科幻研究年刊》。

三是理论成果。吴岩对晚清以来各个时期的科幻文学均有研究，新世纪以后，他对星河、韩松、王晋康、刘慈欣等新生代代表作家更是关注有加。他在为星河的《时空死结》（上海科学普及出版社，2004）、韩松的《红色海洋》（上海科学普及出版社，2004）、王晋康的《善恶女神》（上海科学普及出版社，2004）、刘慈欣的《带上她的眼睛》（上海科学普及出版社，2004）所作的序中，对四位当代最活跃的科幻作家的科幻创作进行了深入剖析，为读者进入他们的幻想世界提供了新路径，其中，他对刘慈欣作品所谓“新古典主义”的提炼以及对韩松作品所蕴含的无限空间的解读尤其令人印象深刻。

在大学的演讲中，吴岩多次将科幻文学定义为“科学和未来的双重入侵”。他最新的理论著作《科幻文学论纲》（2011）则以权力为切入点，对中外科幻文学进行了系统化梳理。

吴岩还是一位科幻活动家，经常出席国内外各种科幻活动，并先后在北师大组织召开了“科幻与后现代学术报告会”“科幻与想象力创造力学术研讨会”“诺贝尔奖获得者多丽丝·莱辛科幻研讨会”“中国科幻高峰论坛”等学术会议，产生了较大影响。

在吴岩取得国家社科基金资助并在2006年推出第一套科幻理论著作前，科幻理论性文章一般散见于各种报刊，鲜有出版社专门出版科幻理论书刊，因此，以下一些作家和研究者的著作（译作）具有重要而独特的学术和史料价值：

---

① 包括《科幻文学理论和学科体系建设》（吴岩主编）、《现代中国科幻文学主潮》（王泉根主编）、《外国科幻论文精选》（王逢振主编）、《科幻文学论纲》（吴岩著）。

② 包括《科幻文学的批评与建构》（罗伯特·斯科尔斯等著）、《阿西莫夫论科幻小说》（艾萨克·阿西莫夫著）、《科幻小说变形记——科幻小说的诗学和文学类型史》（达科·苏恩文著）、《亿万年大狂欢》（布赖恩·奥尔迪斯、戴维·温格罗夫著）、《科幻小说面面观》（达科·苏恩文著）。

克里斯蒂安·黑尔曼的《世界科幻电影史》（陈玉鹏译，1988，中国电影出版社）、让·加泰尼奥的《科幻小说》（石小璞译，商务印书馆，1998）、叶永烈的《是是非非“灰姑娘”》（福建人民出版社，2000）、韩松的《想象力宣言》（四川人民出版社，2000）、郑军的《科幻小说的预言与真相》（东方出版社，2003）、英国科幻评论家约翰·克卢特的《彩图科幻百科》中文版（上海科技教育出版社，2003），除此之外，还包括一些非正式出版的刊物和资料性文集，如姚海军主编的科幻爱好者刊物《星云》（1988—2007）、吴岩主编的作为科幻课教材的内部发行资料《科幻小说教学研究资料》（1991）和《郑文光70寿辰暨从事文学创作59周年纪念文集》（1999）。

而在2006年之后则有更多的理论著作出版，包括江晓原的《我们准备好了吗——幻想与现实中的科学》（科学出版社，2007）、尹传红的《幻想——探索未知世界的奇妙旅程》（上海文化出版社，2007）、杨鹏的《科幻类型学》（福建少年儿童出版社，2009）、姜倩的《幻想与现实：二十世纪科幻小说在中国的译介》（复旦大学出版社，2010）、英国评论家亚当·罗伯茨的《科幻小说史》中文版（马小悟译，北京大学出版社，2010）、郑军的《第五类接触——世界科幻文学简史》（百花文艺出版社，2011）、萧星寒的《星空的旋律——世界科幻小说简史》（古吴轩出版社，2011）、日本评论家长山靖生的《日本科幻小说史话——从幕府末期到战后》中文版（王宝田译，南京大学出版社，2012）、方凡的《美国后现代科幻小说》（浙江大学出版社，2012），以及《科幻世界》杂志社编辑的《1997北京国际科幻大会论文集》（1997）、《2007中国（成都）国际科幻·奇幻大会文集》（2007）等。与此同时，一些大学学报等学术性社科期刊也有越来越多的科幻论文发表，这无形中使科幻理论研究得到了丰富和加强。

三、出版

1.期刊

1997北京国际科幻大会的成功举办，使《科幻世界》在中国科幻界的主导地位进一步确立。紧接着为扩大杂志发行，《科幻世界》又将1998年的银河奖典礼搬到了上海。叶永烈、绿杨、王晋康、赵海虹、周宇坤、米兰、陈思和、饶忠华、沙叶新、郭建中、姜云生、孙维梓等近百位科幻作家、翻译家、文学评论家及学者出席典礼及随后的相关活动，共同探讨科幻文学的发展之路。《文学报》以《新一代科幻作家群正在形成》为题对本届银河奖进行了深入报道,《上海科技报》《新民晚报》等媒体也纷纷给予关注。在随后的上海首届中国期刊展上,《科幻世界》被评为“最受欢迎二十种杂志”之一。几乎同时，在巴尔的摩第56届世界科幻大会上，美国科幻协会宣布《科幻世界》为全球发行量最大的科幻杂志。

就在同一年,《科幻世界》的开创者杨潇辞去主编之职，推举著名作家、时任《科幻世界》策划总监的阿来继任；后杨潇又于2003年辞去社长之职，阿来全面接管杂志。杨潇在任十八年，带领全体员工攻坚克难，奋力拼搏，使《科幻世界》发展成为世界发行量最大的科幻刊物，为中国科幻文学的发展做出了巨大贡献。阿来同样有着非常强烈的文化使命感，对期刊市场有着独到超前的清晰认识，正是在他的带领下,《科幻世界》实现了品牌立体化，树立了占领中国科幻市场制高点的雄心。2006年，阿来离开《科幻世界》，秦莉接任社长职务，但仅仅4年后即调离。2011年,《科幻世界》爆发了抵制空降社长乱作为的“倒社事件”[①]，张成钢、迟卉等多位核心编辑团队成员离开了这块“梦想之地”。

相较当下，20、21世纪之交的那几年,《科幻世界》的表现可谓锐意十足。1998年5月,《科幻世界》创办专门刊发国外优秀科幻作品的《科幻世界增刊》，后来，这本增刊发展成为《科幻世界》下半月版《科幻世界译文版》；1999年引发“高考作文泄题事件”——7月高考前夕，当月杂志所刊发阿来专栏文章和王麟科幻小说《心歌魅影》的主题与高考作文题撞车，导致看过当期杂志的考生作文普遍取得高分，从而引发《科幻世界》订阅出现井喷，杂志订阅量迅速达到历史最高39.6万册；2000年,《科幻世界》创立以培养科幻读者为目标的少年科普月刊《科幻世界少年版·飞》；同年，全彩幻想文

① 这一事件引发广泛关注，被评为当年十大文化新闻。详情可参阅《中国青年报·冰点周刊》2010年3月31日刊发的长文《守卫科幻世界》。

化画刊《惊奇档案》开始以《科幻世界增刊》的方式不定期发行，仅仅五期之后，发行量就由3万册一举跃升至6万册。2002年，《惊奇档案》全面改版并以月刊方式发行，除发表少量科幻小说之外，侧重为读者提供世界最新的科幻资讯，包括美术、动漫、游戏、音乐等所有涉及科幻的领域，在2004年6月停刊之前，其发行量一直稳定在5万册以上；同年，《科幻世界》首次以专辑形式推出刘慈欣、王晋康、何夕、星河、韩松、柳文扬等人的多篇作品，受到读者广泛好评，也让这六位作家成为中国科幻原创力量的核心象征。同样是2002年，在姚海军的努力推动下，《科幻世界》启动“科幻世界图书视野工程”，创立“世界科幻大师丛书”“中国科幻基石丛书”“星云丛书”“世界流行科幻丛书”“世界奇幻大师丛书”五大书系，开始系统引进外国优秀科幻作品，培育原创力量，其中的“世界科幻大师丛书”目前已发展成为我国图书市场规模最大的科幻丛书，“中国科幻基石丛书”中的《天意》（2004，钱莉芳著）、“《三体》三部曲”（2008—2010，刘慈欣著）已经成为中国原创科幻的标杆，成功将中国科幻从杂志时代引入了图书时代；2003年，科幻世界创办了奇幻杂志《飞·奇幻世界》，以细化市场为目标的泛幻想期刊群最终成型。

2007年，《科幻世界》再次举办国际性科幻大会——2007中国（成都）国际科幻/奇幻大会，刘慈欣、王晋康、尼尔·盖曼、大卫·布林等百余位中外科幻/奇幻作家、评论家、学者以及数千名科幻迷参加大会。大会期间，组织者举办了高峰论坛、演讲、书展、画展、科幻迷排演的科幻剧目等丰富多彩的活动，展现了中国科幻市场巨大的发展潜力。年轻且庞大的科幻迷群体以及他们的无比热情，让美国著名科幻作家大卫·布林由衷感叹：“科幻的未来在中国。”

在作者队伍建设方面，《科幻世界》依托自身平台以及创办二十余年的银河奖亦取得显著成就。近十年，在王晋康、刘慈欣、韩松、何夕、星河、杨平、赵海虹、凌晨等新生代科幻作家影响力开始突破传统科幻文学疆界的同时，由拉拉、陈楸帆、夏笳、江波、迟卉、长铗、宝树、罗隆翔、飞氘、程婧波、郝景芳等70后和80后构成的一支更年轻的科幻作者队伍悄然成型，他们甚至已经有了自己专属的名称——更新代。[①]

无疑,《科幻世界》作为中国科幻发展的见证者与参与者，为新一次科幻热潮的推动立下了汗马功劳。但是，以今日文化产业发展趋势为背景，这本老牌科幻杂志在管理上受制于僵化体制的一面却开始日益显现。它开创了一个时代，但它自身在这个新时代中的位置却悬而未决。

另一本老牌科幻杂志《科幻大王》在 1997 年也有所动作。该刊执行副主编马俊英利用 1997 北京国际科幻大会的机会聘请科幻迷姚海军担任特邀编辑[②]共同参与刊物改造，这本科幻漫画刊物的小说刊载量随即逐步增加，王晋康等名家作品开始出现在刊物上，到 2000 年,《科幻大王》的订阅量创下 3.6 万册的历史最高纪录。

但从总体而言,《科幻大王》仍显得有些保守，其栏目与《科幻世界》大同小异，作者也在一定程度上依赖于《科幻世界》。近年来，其上刊稿件虽偶有佳作，却一直没有走出一条属于自己的个性化之路。2011 年,《科幻大王》改名为《新科幻》，这次求新、求变、求突破的新尝试能否成功，仍有待时间的检验。

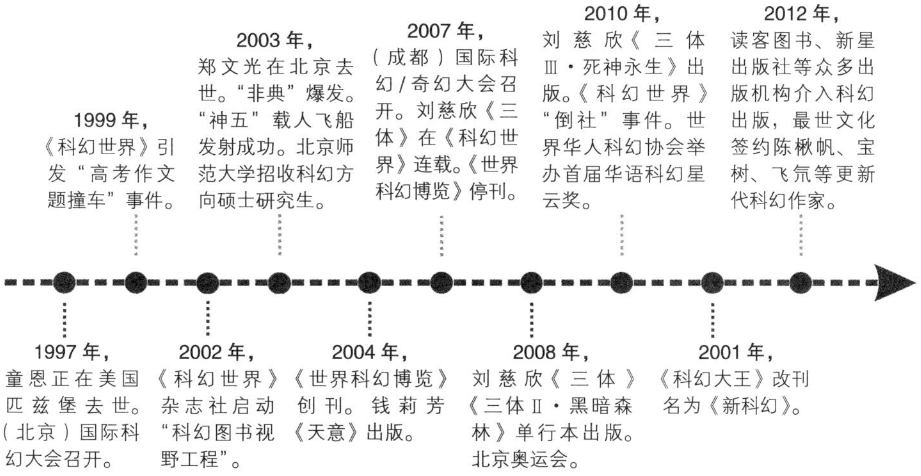

科幻大事记（1997—2012）

① 更新代的定义最早出现在刘兴诗、姚海军、董仁威为《星潮——中国新生代、更新代科幻名家新作选》（重庆出版社，2011 年 5 月）一书所撰写的三篇序文中。

② 姚海军在《科幻大王》工作近 1 年，于 1998 年 7 月离职，随即进入《科幻世界》杂志社。

在《科幻世界》和《新科幻》之外，新世纪开初的几年曾掀起过一场创办科幻刊物的小小热潮：1999 年，天津新蕾出版社推出《科幻时空》；2000 年，海洋出版社《科幻海洋》复刊；2001 年,《科幻迷》在哈尔滨创刊（后改为《幻想》）；2004 年，福建人民出版社创办《世界科幻博览》……然而，这些刊物（部分是以书代刊）很快即因发行量无法达到生存线等原因停刊。其中尤其值得一提的是《世界科幻博览》，这本刊物兼顾中外，视野开阔，取得了众多一线科幻作家、译者的支持，但仍然仅仅存活了三年（2007 年年底停刊）。出现这一结果的表面原因是各刊差异化不足，难以与《科幻世界》竞争，深层原因则是科幻创作力量严重不足和科幻市场亟待成熟。

2. 图书

1997 年后，中国内地科幻图书出版品种基本保持在每年百种左右，只有2003年和2004年两年由于奇幻的兴起，科幻类图书年出版品种出现明显下降，但这种状况很快就在 2005 年以后恢复正常。此间出版科幻类图书较多的出版社包括：科学普及出版社、中国青年出版社、海洋出版社、四川科学技术出版社、江苏少年儿童出版社、北方文艺出版社、浙江少年儿童出版社、海燕出版社、福建少年儿童出版社、百花文艺出版社、新蕾出版社、河南人民出版社、河北科技出版社、河北少年儿童出版社、上海科学普及出版社、湖南教育出版社、湖北少年儿童出版社、海南出版社、译林出版社、重庆出版社、中国妇女出版社、新星出版社等，其中，出版种类最多的为四川科学技术出版社，目前已出版科幻类图书两百余种，仅“世界科幻大师丛书”就超过 120 种。

整体而言，1997 年以来的科幻图书出版呈现出以下特色：1. 原创类科幻图书品种数量明显上升，到 2012 年已经超越引进版科幻图书；2. 最畅销的图书已经不再是引进作品，而是原创作品；3. 丛书、文库仍为主流；4. 平均单册图书印量提升至 8000 册；5. 原创类图书出现分层现象：少数品牌作家的新书发行量达到 10 万册以上，而大多数作家的新书发行量仍不足 1 万册。

（1）原创

1997 年后，各种各样的选集仍然占据着原创类科幻图书的主体，虽然很多选集因市场考量和资源不足等原因，所选篇目多为旧作且存在一定的重复性，但仍有一部分选集具有鲜明的创新性和丰富的史料价值。

1997 年，科学普及出版社出版了我国著名水利水电专家、两院院士潘家铮的科幻小说集《偷脑的贼》。这部小说集收录了潘家铮院士的十一篇作品，这些作品构思奇特、布局严整，极具科学性和人情味儿，且大多数为首次发表，对当时的科幻创作和科幻生存环境的改善都起到了正面的推动作用。同年，新华出版社推出“科幻世界佳作系列”，包括王晋康的《生命之歌》、韩松的《宇宙墓碑》和绿杨的《鲁文基系列》三本，一定程度上体现了 20 世纪 90 年代初期以来原创作品的最高水平，也是《科幻世界》将刊物的主力作者推向图书市场的首次尝试。

1998 年，河北少年儿童出版社出版四卷本《中国科幻小说银河奖作品集》，收入第一届至第八届（1996 年度）银河奖的全部获奖作品，可以视为对这个全国唯一的、专为科幻小说设立的奖项进行的阶段性总结。

1999 年，福建少年儿童出版社出版《中国科幻小说世纪回眸》丛书。这套书按中国科幻 20 世纪的历史进程 ① 分为六卷。主编叶永烈站在世纪之交，对中国科幻近百年来的精品佳作进行了梳理。同年，重庆出版社出版《童恩正文集》(6 卷本)，其中,《古峡迷雾》为科幻专集，收录了童恩正生前创作的全部科幻小说及评论。

2000 年，山东教育出版社出版《中国科幻新生代精品集》，这部选集收录了新生代主力作家的代表作，主编星河还专门为每一篇作品撰写了生动而又具有相当深度的评介，到目前为止，此书仍是读者了解新生代创作成就最好的选集之一。

从 2001 年开始，四川人民出版社和漓江出版社每年都会推出自己的“年度最佳科幻小说集”，对一年来的科幻创作进行总结。四川人民出版社的年选主编目前已有三次变动，第一任主编韩松选编了三年，他不仅为每篇作品进行视角独特、极富妙趣的点评，还为选集撰写长文序言，对当年科幻文学的

① 见叶永烈为这套书撰写的总序。在这篇序文中，叶永烈将中国科幻的发展历程分为四个阶段：萌芽期（1900—1911）、幼年期（1911—1949）、成长期（1949—1978）和发展期（1978—2000）。

发展进行深入分析，观点十分新颖；2004 年主编换成了倪小明；2006 年主编更换为吴岩直至 2011 年，2012 年韩松再次担任主编。漓江出版社的年选主编则一直由星河、王逢振担任，他们也为选集撰写介绍性序言，只不过相对简短。读者通过这两种选集，基本可以把握每一年科幻创作的总体趋势。

2005 年，上海科学普及出版社出版"中国当代科幻名作"丛书，除韩松的《红色海洋》外，王晋康的《善恶女神》、刘慈欣的《带上她的眼睛》、星河的《时空死结》均为短篇集。这套丛书篇目选择精当，科幻评论家吴岩为每一本书撰写了观点鲜明的前言，兼具可读性和研究价值。

2012 年，原创科幻选集出现爆发的局面，除了老一代和新生代科幻作家的合集大量出版外，更新代作家的选集也得以集中出版，比如，四川科技出版社出版了夏笳的《关妖精的瓶子》①、新星出版社出版了宝树的《古老的地球之歌》、希望出版社出版了"奇点科幻丛书"（赵国珍主编）——所辑《背面天堂》（七月著）、《牧猫人》（苏恒、杨贵福著）、《记忆之囚》（陈茜著）、《随风而逝》（江波著）、《讲故事的机器人》（飞氘著）均为更新代科幻作家的中短篇集，系统展现了更新代的创作成就及他们日益增强的影响力。

原创长篇出版萧条的局面在 1997 年后也大为改观。特别是在 1997 年，原创长篇出版出现了一个小高潮：以星河为代表的新生代作家和金涛、郑文光等老一代科幻作家一道推出了三十余部长篇佳作，仅星河一人，就有四部长篇之多。这一年中，比较重要的原创长篇丛书有：江苏少年儿童出版社的"中华当代科幻小说丛书"，包括王晋康的《生死平衡》、黄序的《智星》、牧玲的《第四奇迹》、海旭的《克隆总统》、星河的《残缺的慈痕》；安徽少年儿童出版社的"科幻新作系列"，包括牧玲的《当心猛犬》、苗虎的《魔光疑影》、星河的《月海基地》、杨鹏的《蝙蝠少年》；中国少年儿童出版社的"天狼星丛书"，包括金涛的《冰原迷踪》、郑文光与吴岩合作的《心灵探险》、星河的《海底记忆》、苏学军的《冰狱之火》、毕宁宁的《游戏囚徒》、张锐锋的《隐没的王国》、崔永祯的《魔鬼电脑》和马铭的《幽灵海湾》。除此之

① 四川科技出版社出版的科幻图书，绝大部分为《科幻世界》策划制作。

外，福建少年儿童出版社、海洋出版社、北方文艺出版社也推出多套原创科幻丛书，入选的大部分也是长篇小说。

20世纪90年代的最后两年，原创长篇数量有所下降，韩松的长篇处女作《让我们一起寻找外星人》（四川少年儿童出版社，1999，“中国著名科幻作家丛书”）和另一位新生代重要作家柳文扬的《神奇蚂蚁》（新蕾出版社，2000，“金蚂蚁科幻系列”）比较引人注目。另外，值得关注的是人民文学出版社和百花文艺出版社分别推出的几位主流文学作家的科幻小说，包括闽和顺的《二十五世纪的人》、阿成的《“缔造者”计划》、石钟山与张广宴合著的《飞向天球》、宿聚生的《黑色“海盗船”》和余飞的《波浪式地震》。这些作品的市场表现虽不甚理想，但从中却传递出出版者对科幻小说市场前景的乐观判断。

在2000—2007年间，原创长篇的出版品种基本稳定在每年一二十部。刘慈欣认为，这段时间是原创长篇出版的“低迷期”[①]。但此间亦有一些重要长篇得以出版，如韩松的代表作《2066之西行漫记》（黑龙江人民出版社，2000）、叶永烈的新版《小灵通漫游未来》（上海少年儿童出版社，2000）、著名儿童文学作家张之路的《非法智慧》（北京少年儿童出版社，2000）、绿杨的首部长篇《双子星号历险记》（河北教育出版社，2002）、刘慈欣的《魔鬼积木》（福建少年儿童出版社，2002）和《超新星纪元》（作家出版社，2003）、王晋康的新人类四部曲《海豚人》《豹人》《癌人》（河南人民出版社，2003）和《类人》（作家出版社，2003）、韩松的代表作《红色海洋》（上海科学普及出版社，2004）、江南的《蝴蝶风暴》（陕西师范大学，2007）等。解放军出版社甚至在2002—2003年间推出了两辑“金子弹精品丛书”，辑录了查羽龙的《血色狼烟》、许延风和于玉珍的《极地雪魔》、凌晨的《月球背面》、傅雪峰的《第四支镖》、远帆的《暗流汹涌》、郑军的《寒冰热血》、沙城的《铁血雄狮》等七部军事科幻长篇小说。尤其需要提及的是，《科幻世界》在2004年首次以《星云》丛刊的形式推出的第一部原创长篇——钱

① 见刘慈欣为江苏文艺出版社《2007年科幻小说年度选》所作的前言。

莉芳长篇历史科幻小说《天意》①（四川科学技术出版社，发行15万册，创下了自1983年以来原创科幻长篇的最高纪录，极大地提振了科幻作家和发行商对科幻小说市场的信心。

2008年，刘慈欣划时代的“三体”系列的前两部《三体》和《三体Ⅱ·黑暗森林》被纳入“中国科幻基石丛书”，由重庆出版社出版。为了打造这套重要作品，策划制作方《科幻世界》于2006年分八期对《三体》进行了全文连载，这种强力宣传及随后的网络营销效果明显，单行本刚一上市即引发了读者的购书热潮。2010年，众多读者期待的“三体”系列完结篇《三体Ⅲ·死神永生》再次由科幻世界全力策划包装（重庆出版社出版）推向市场，“三体热”或者说“刘慈欣热”达到高潮。科幻因为《三体》而受到广泛关注，包括《中国日报》《人民日报》《南方周末》《三联生活周刊》《看天下》等众多主流媒体都对此进行了深入报道，网络上的论坛、微博也随处可见关于刘慈欣的消息。刘慈欣成为当下最成功的科幻作家，且其影响力开始向世界范围扩展。目前，他的代表作“三体”系列的英文、韩文版权均已售出。

2009—2011年出版的重要原创长篇包括：刘慈欣的《球状闪电》（四川科技出版社，2005）、江南的《上海堡垒》（万卷出版公司，2009）、今何在的《我的征途是星辰大海》（万卷出版公司，2010）、迟卉的《星云Ⅷ·卡勒米安墓场》（四川科学技术出版社，2010）、韩松的《地铁》（上海人民出版社，2011）、王晋康的《与吾同在》（重庆出版社，2011）、宝树的《三体X·观想之宙》（重庆出版社，2011）、钱莉芳的《天命》（时代文艺出版社，2011）、赵海虹的《水晶的天空》（浙江少年儿童出版社，2011）、郝景芳的《流浪玛厄斯》（新星出版社，2011）和位梦华的“巨怪追踪三部曲”（东方出版社，2011）等。

2012年，人民邮电出版社、新星出版社、希望出版社、读客、清华大学出版社以及科幻世界等众多出版社和图书公司都制定了自己的科幻出版计划，新书出版量再创新高，重要的原创长篇包括韩松的《高铁》（新星出版社）、

① 最初收入《星云》丛刊，次年出版单行本。

郝景芳的《回到卡戎》（新星出版社）、江波的《银河之心·天垂日暮》（四川科学技术出版社）、拉拉的《小松与大盗贼》（四川科技出版社）、星河的《枪杀宁静的黑客》（中国少年儿童出版社）、翌平的《燃烧的星球》（中国少年儿童出版社）、郑军的《决战同温层》（重庆大学出版社）、墨熊的《红蚀》（重庆出版社）、黄序的《沉默基因》（长江文艺出版社）、艾天华的《星际大迁移》（春风文艺出版社）等。另外，主流文学作家毕淑敏也在这一年出版了她的首部明确定义为科幻的长篇小说《花冠病毒》（湖南文艺出版社）。

显然，原创长篇出版品种总体上升的趋势在刘慈欣的"《三体》三部曲"畅销后表现得更为明显。正如媒体所言，"刘慈欣让中国科幻进入了'三体纪元'"。[①] 更多的科幻作家开始投身长篇创作，更多的出版者开始介入科幻出版，从产业的角度观察，中国科幻已经开始从杂志时代向图书时代迈进。这一产业重心调整所带来的一个结果是：科幻文学作为类型文学有了更坚实的立足地，它的影响力得以辐射到更广阔的人群和领域。

（2）译作

在我国科幻发展史中，翻译作品一直发挥着重要的启蒙作用。而其中最受青睐的作家当数儒勒·凡尔纳和乔治·威尔斯，自梁启超、鲁迅时代始，他们的作品就不断被再版。自然，在 1997—2012 年，这两位作家仍占据着相当的市场份额，数十家出版社出版过他们的作品，几乎涵盖了他们的全部作品。

但是，近年科幻出版的主旋律却是对西方现代经典的引进，所选作品则主要参考世界两大科幻奖"雨果奖"和"星云奖"的榜单以及获奖作家的代表作书单。这类作品大多以丛书方式出版，比如河北少年儿童出版社 1998 年出版的"当代世界科幻小说精品文库"，收录了金·斯坦利·罗宾逊的《蛮荒海岸》、兰得·迈耶的《神秘的失踪》、撒缪尔·R. 狄兰尼的《通天塔 –17》、约翰·布鲁纳的《站立桑给巴尔》、布莱恩·奥尔迪斯的《丛林温室》、默里·莱茵斯特尔的《疯狂的地球》、大卫·布林的《星潮汹涌》和弗雷德里

① 参见《看见天》2010 年第 33 期。

克·波尔的《火星人来的那一天》《星际争雄》等9部作品，这套书在一定程度上填补了美国科幻黄金时代后重要作品翻译的空白；上海科技教育出版社分别于1998年和2001年出版的一套科幻丛书，收录了赛伯朋克流派主将威廉·吉布森的《神经浪游者》、“新浪潮”代表作家米歇尔·摩尔科克的《走进灵光》、阿西莫夫等9位科幻作家的短篇小说合集《私人侦探》、雷·布拉德伯里的《太阳的金苹果》和特里·琼斯的《泰坦尼克号飞船》等5部作品；中国青年出版社1998年出版的“世界科幻小说精品丛书”，收录了詹姆斯·冈恩的《倾听者》、弗雷德里克·波尔的《回家》和杰克·威廉森的《智能机器人》等3部作品；漓江出版社2001年出版的“美国获奖长篇科幻小说丛书”，收录了弗兰克·赫伯特的《沙丘》、金·斯坦利·罗宾逊的《冰柱之谜》、菲利普·迪克的《城堡里的男人》、乔·霍尔德曼的《千年战争》和拉里·尼文的《环形世界》等5部作品；天地出版社2005年出版了全套艾萨克·阿西莫夫的“基地系列”和“机器人系列”；中国妇女出版社2009—2012年出版的“最终幻想联盟”，收录了提姆·鲍尔斯的《阿努比斯之门》《三日而亡》、杰克·麦德威的《神秘失踪的太空船》《探寻者》、乔·霍尔德曼的《飞向火星》《意外的时间机器》、康妮·威利斯的《末日之书》、查尔斯·斯特罗斯的《奇点天空》《末日奇点》、拉里·尼文与爱德华·勒内合著的《行星舰队》《行星魔术师》等11部作品。至2012年年底，“雨果”“星云”两大奖项的大部分获奖作品以及大部分重要作家的代表作品都已经有了中译本。

雨果奖获奖长篇引进出版情况表

年度	作品名	译　名	是否引进	首次引进机构/时间
1953	The Demolished Man	被毁灭的人	是	四川科学技术出版社，2004年
1955	They'd Rather Be Right		否	
1956	Double Star	双星	是	黑龙江人民出版社，1983年
1958	The Big Time		否	
1959	A Case of Conscience	事关良心	是	四川科学技术出版社，2009年
1960	Starship Troopers	星船伞兵	是	四川科学技术出版社，2003年

续表

年度	作品名	译　名	是否引进	首次引进机构 / 时间
1961	A Canticle for Leibowitz	莱博维兹的赞歌	是	四川科学技术出版社，2004 年
1962	Stranger in a Strange Land	异乡异客	是	四川科学技术出版社，2006 年
1963	The Man in the High Castle	城堡里的男人	是	漓江出版社，2001 年
1964	Way Station	星际驿站	是	四川科学技术出版社，2005 年
1965	The Wanderer		否	
1966	Dune	沙丘	是	漓江出版社，2001 年
	...And Call Me Conrad		否	
1967	The Moon Is a Harsh Mistress	严厉的月亮	是	四川科学技术出版社，2004 年
1968	Lord of Light	光明王	是	四川科学技术出版社，2008 年
1969	Stand on Zanzibar	站立桑给巴尔	是	河北少年儿童出版社，1998 年
1970	The Left Hand of Darkness	黑暗的左手	是	四川科学技术出版社，2009 年
1971	Ringworld	环形世界	是	漓江出版社，2001 年
1972	To Your Scattered Bodies Go		否	
1973	The Gods Themselves	神们自己	是	《科幻世界译文版》，2005 年
1974	Rendezvous with Rama	与拉玛相会	是	广东人民出版社，1980 年
1975	The Dispossessed	一无所有	是	四川科学技术出版社，2009 年
1976	The Forever War	千年战争	是	漓江出版社，2001 年
1977	Where Late the Sweet Birds Sang	迟暮鸟语	是	四川科学技术出版社，2007 年
1978	Gateway	通往宇宙之门	是	中国青年出版社，1999 年
1979	Dreamsnake		否	
1980	The Fountains of Paradise	天堂的喷泉	是	科学普及出版社，1984 年
1981	The Snow Queen		否	
1982	The Downbelow Station		否	
1983	Foundation's Edge	基地边缘	是	天地出版社，2005 年
1984	Startide Rising	星潮汹涌	是	河北少年儿童出版社，1998 年
1985	Neuromancer	神经浪游者	是	上海科技教育出版社，1999 年
1986	Ender's Game	安德的游戏	是	四川科学技术出版社，2003 年
1987	Speaker for the Dead	死者代言人	是	四川科学技术出版社，2003 年

续表

年度	作品名	译　名	是否引进	首次引进机构 / 时间
1988	The Uplift War	提升之战	是	四川科学技术出版社，2008 年
1989	Cyteen		否	
1990	Hyperion	海伯利安	是	万卷出版公司，2007 年
1991	The Vor Game	贵族的游戏	是	四川科学技术出版社，2004 年
1992	Barrayar	贝拉亚	是	四川科学技术出版社，2008 年
1993	A Fire Upon the Deep	深渊上的火	是	四川科学技术出版社，2004 年
	Doomsday Book	末日之书	是	中国妇女出版社，2009 年
1994	Green Mars	绿火星	是	华文出版社，2009 年
1995	Mirror Dance	镜舞	是	四川科学技术出版社，2005 年
1996	The Diamond Age		否	
1997	Blue Mars	蓝火星	是	华文出版社，2009 年
1998	Forever Peace	永远的和平	是	四川科学技术出版社，2007 年
1999	To Say Nothing of the Dog		否	
2000	A Deepness in the Sky	天渊	是	四川科学技术出版社，2005 年
2001	Harry Potter and the Goblet of Fire	哈利·波特与火焰杯	是	人民文学出版社，2001 年
2002	American Gods	美国众神	是	四川科学技术出版社，2006 年
2003	Hominids	原始人类	是	四川科学技术出版社，2008 年
2004	Paladin of Souls	灵魂骑士	是	长江文艺出版社，2005 年
2005	Jonathan Strange & Mr Norrell	大魔法师	是	吉林出版集团有限责任公司，2006 年
2006	Spin	时间回旋	是	新星出版社，2008 年
2007	Rainbow's End	彩虹尽头	是	四川科学技术出版社，2009 年
2008	The Yiddish Policeman's Union		否	
2009	The Graveyard Book	坟场之书	是	四川科学技术出版社，2009 年
2010	The Windup Girl	发条女孩	是	四川科学技术出版社，2012 年
	The City & The City		否	
2011	Blackout		否	
	All Clear		否	
2012	Among Others		否	

星云奖获奖长篇引进出版情况表

年度	作品名	译　名	是否被引进	首次引进机构 / 时间
1965	Dune	沙丘	是	漓江出版社，2001 年
1966	Babel-17	通天塔 -17	是	河北少年儿童出版社，1998 年
	Flower for Algernon	献给阿尔吉侬的花束	是	辽宁教育出版社，2005 年
1967	The Einstein Intersection		否	
1968	Rite of Passage		否	
1969	The Left Hand of Darkness	黑暗的左手	是	四川科学技术出版社，2009 年
1970	Ringworld	环形世界	是	漓江出版社，2001 年
1971	A Time of Changes	巨变瞬间	否	《科幻世界增刊》，2002 年
1972	The Gods Themselves	神们自己	是	《科幻世界译文版》，2005 年
1973	Rendezvous with Rama	与拉玛相会	是	广东人民出版社，1980 年
1974	The Dispossessed	一无所有	是	四川科学技术出版社，2009 年
1975	The Forever War	千年战争	是	漓江出版社，2001 年
1976	Man Plus	人变火星人	是	四川科学技术出版社，1999 年
1977	Gateway	通往宇宙之门	是	中国青年出版社，1999 年
1978	Dreamsnake		否	
1979	The Fountains of Paradise	天堂的喷泉	是	科学普及出版社，1984 年
1980	Timescape	时间景象	是	重庆出版社，2008 年
1981	The Claw of the Conciliator		否	
1982	No Enemy But Time		否	
1983	Startide Rising	星潮汹涌	是	河北少年儿童出版社，1998 年
1984	Neuromancer	神经浪游者	是	上海科技教育出版社，1999 年
1985	Ender's Game	安德的游戏	是	四川科学技术出版社，2003 年
1986	Speaker for the Dead	死者代言人	是	四川科学技术出版社，2003 年
1987	The Falling Woman		否	

续表

年度	作品名	译　名	是否被引进	首次引进机构 / 时间
1988	Falling Free		否	
1989	The Healer's War		否	
1990	Tehanu: The Last Book of Earthsea		否	
1991	Stations of the Tide	潮汐站	是	四川科学技术出版社，2008 年
1992	Doomsday Book	末日之书	是	中国妇女出版社，2009 年
1993	Red Mars	红火星	是	华文出版社，2009 年
1994	Moving Mars		否	
1995	The Terminal Experiment	终极实验	是	人民文学出版社，2004 年
1996	Slow River		否	
1997	The Moon and the Sun		否	
1998	Forever Peace	永远的和平	是	四川科学技术出版社，2007 年
1999	Parable of the Talents		否	
2000	Darwin's Radio	达尔文电波	是	四川科学技术出版社，2004 年
2001	The Quantum Rose		否	
2002	American Gods	美国众神	是	四川科学技术出版社，2006 年
2003	The Speed of Dark	黑暗的速度	是	新星出版社，2012 年
2004	Paladin of Souls	灵魂骑士	是	长江文艺出版社，2005 年
2005	Camouflage		否	
2006	Seeker	探寻者	是	中国妇女出版社，2011 年
2007	The Yiddish Policemen's Union		否	
2008	Powers		否	
2009	The Windup Girl	发条女孩	是	四川科学技术出版社，2012 年
2010	All Clear		否	
	Blackout		否	
2011	Among Others		否	

世界科幻“三巨头”长篇作品引进出版情况[①]

	作品名	译　名	是否被引进	首印引进机构 / 时间
罗伯特·海因莱因	Rocket Ship Galileo (1947)		否	
	Space Cadet (1948)		否	
	Beyond this Horizon (1948)		否	
	Sixth Column (1949)		否	
	Red Planet (1949)		否	
	Farmer in the Sky (1950)		否	
	The Puppet Masters (1951)	傀儡主人	是	四川科学技术出版社，2004 年
	Between Planets (1951)	星际归途	是	四川科学技术出版社，2006 年
	The Rolling Stones (1952)	斯通一家闯太空	是	四川科学技术出版社，2010 年
	Starman Jones (1953)		否	
	The Star Beast (1954)		否	
	Tunel in the Sky (1955)	星际迷航	是	中国宇航出版社，2007 年
	Double Star (1956)	双星	是	黑龙江人民出版社，1983 年
	The Door into Summer (1957)	进入盛夏之门	是	四川科学技术出版社，2003 年
	Citizen of the Galaxy (1957)	银河系公民	是	四川科学技术出版社，2005 年
	Methuselah’s Children (1958)	玛士撒拉之子	是	四川科学技术出版社，2009 年
	Have Space Suit – Will Travel (1958)	穿上太空服去旅行	是	中国宇航出版社，2008 年
	Starship Troopers (1959)	星船伞兵	是	四川科学技术出版社，2003 年
	Stranger in a Strange Land (1961)	异乡异客	是	四川科学技术出版社，2006 年
	Podkayne of Mars: Her Life and Times (1963)		否	
	Glory Road (1964)		否	
	Farnham’s Freeld (1964)		否	

① 罗伯特·海因莱因、艾萨克·阿西莫夫和阿瑟·克拉克是英美科幻最具影响力的大家，亦被称为“世界科幻三巨头”，他们的代表作目前都有了中译本。其他英美重要作家作品的引进情况与此类似。

续表

	作品名	译　名	是否被引进	首印引进机构 / 时间
罗伯特·海因莱因	The Moon is a Harsh Mistress (1966)	严厉的月亮	是	四川科学技术出版社，2004 年
	I Will Fear No Evil (1970)		否	
	Time Enough for Love: The Livers of Lazarus Long (1973)	时间足够你爱	是	四川科学技术出版社，2008 年
	The Number of the Beast (1980)		否	
	Friday (1982)		否	
	Job: A Comedy of Justice (1984)		否	
	The Cat Who Walks Through Walls: A Comedy of Manners (1985)		否	
	To Sail Beyond the Sunset: The Life and Loves of Maureen Johnson (1987)		否	
艾萨克·阿西莫夫	Pebble in the Sky (1950)	苍穹微石	是	天地出版社，2005 年
	The Stars, Like Dust (1951)	繁星似尘	是	中国友谊出版公司，1986 年
	Foundation (1951)	基地	是	天地出版社，2005 年
	The Currents of Space (1952)	星空暗流	是	天地出版社，2005 年
	Foundation and Empire (1952)	基地与帝国	是	天地出版社，2005 年
	Second Foundation (1953)	第二基地	是	天地出版社，2005 年
	The Caves of Steel (1954)	太空镇上的谋杀案	是	广东科学技术出版社，1981 年
	The Naked Sun (1957)	裸阳	是	天地出版社，2005 年
	Fantastic Voyage (1966)	奇妙的旅程	是	科学普及出版社，1981 年
	The Gods Themselves (1972)	神们自己	是	《科幻世界译文版》，2005 年
	Foundation's Edge (1982)	基地边缘	是	天地出版社，2005 年
	The Robots of Dawn (1983)	曙光中的机器人	是	天地出版社，2005 年
	Robots and Empire (1985)	机器人与帝国	是	天地出版社，2005 年

续表

	作品名	译　名	是否被引进	首印引进机构 / 时间
艾萨克·阿西莫夫	Foundation and Earth (1986)	基地与地球	是	天地出版社，2005 年
	Fantastic Voyage II (1987)		否	
	Prelude to Foundation (1988)	基地前奏	是	天地出版社，2005 年
	Nemesis		否	
	Nightfall (与罗伯特·西尔弗伯格合作，1990)	日暮	是	四川科学技术出版社，2003 年
	Forward the Foundation (1993)	迈向基地	是	天地出版社，2005 年
阿瑟·克拉克	Prelude to Space（1951）	太空序曲	是	重庆出版社，2008 年
	The Sands of Mars（1951）		否	
	Childhood's End（1951）	童年的终结	是	四川科学技术出版社，2006 年
	The City and the Stars（1956）	城市与群星	是	四川科学技术出版社，2012 年
	Earthlight（1955）		否	
	The Deep Range（1957）		否	
	A Fall of Moondust（1961）	月海沉船	是	四川科学技术出版社，2012 年
	Dolphin Island（1963）	海豚岛	是	河南人民出版社，1994 年
	2001：A Space Odyssey（1968）	2001：太空漫游	是	广东科学技术出版社，1981 年
	Rendezvous with Rama（1973）	与拉玛相会	是	花城出版社，1980 年
	The Fountains of Paradise（1979）	天堂的喷泉	是	科学普及出版社，1984 年
	2010：Odyssey Two（1982）	2010：太空漫游	是	上海人民出版社，2007 年
	The Song of Distant Earth（1986）		否	
	2061：Odyssey Three（1988）	2061：太空漫游	是	上海人民出版社，2007 年
	Rama II（与金特里·李合作，1989）	拉玛 2 号	是	四川少年儿童出版社，1998 年
	The Garden of Rama（与金特里·李合作，1991）	拉玛花园	是	四川少年儿童出版社，1998 年
	Rama Revealed（与金特里·李合作，1993）	拉玛飞船揭秘	是	四川少年儿童出版社，1998 年
	3001：The Final Odyssey（1997）	3001：太空漫游	是	上海人民出版社，2007 年

当然，最引人注目的还是四川科学技术出版社从 2002 年开始出版的“世界科幻大师丛书”，这套书收录了小沃尔特·米勒的《莱博维茨的赞歌》、克利福德·西马克的《星际驿站》、雷·布拉德伯里的《火星编年史》、拉里·尼文的《环形世界》、阿尔弗雷德·贝斯特的《群星，我的归宿》《被毁灭的人》、厄休拉·勒古恩的《一无所有》《黑暗的左手》、弗兰克·赫伯特的《沙丘》《沙丘之子》《沙丘救世主》、罗伯特·海因莱因的《异乡异客》《星船伞兵》《严厉的月亮》、阿瑟·克拉克的《天堂的喷泉》《与拉玛相会》《城市与群星》、弗诺·文奇的《深渊上的火》《天渊》《彩虹的尽头》、小松左京的《日本沉没》等 120 部雨果奖、星云奖获奖作品或获奖作家的代表作，是迄今为止国内对西方现代科幻经典最系统的引进。

重庆出版社 2008 年以较为独特的选题角度出版了“世界著名科学家科幻小说系列”，收录了六位国际著名科学家的科幻小说，包括琼·丝隆采乌斯基的《入海之门》、格里高利·本福德的《时间景象》、弗雷德·霍伊尔的《离太阳只有七步》、卡尔·萨根的《接触》、阿瑟·克拉克的《太空序曲》以及杰弗里·兰迪斯的《冲击参数》等，这些作品生动地展现了西方科幻作家与科学家在幻想世界中的碰撞与融合，中国科学院院长路甬祥为丛书撰写了序言。

新星出版社自 2012 年开始推出的“幻象文库”也显得与众不同。目前，这套书已经出版了詹姆斯·洛尔斯的《末日爱国者》、伊丽莎白·穆恩的《黑暗的速度》、伊恩·班克斯的《游戏玩家》、威廉·福岑的《一秒之后》、山本弘的《去年是个好年吧》和短篇集《大师的盛宴》等，他们正试图在经典作品和流行性作品之间找到市场与口碑的平衡。

除了经典作品，一些边缘性的作品也得以出版。作家出版社出版了叶·扎米亚京的《我们》（1998），辽宁教育出版社出版了乔治·奥威尔的《一九八四》（1998），加之安徽文艺出版社早在 1986 年出版的阿道斯·赫胥黎的《美丽新世界》，世界三大反乌托邦小说从此均有了中译本。此外，新世纪出版社 1999 年还出版了号称“本世纪末最引人瞩目的政治幻想”——詹姆斯·L. 哈普林的《测谎仪》（1998），译林出版社出版了库尔特·冯内古特的《时震》（2001）、安东尼·伯吉斯的《发条橙》（2001）、玛格丽特·阿特伍德的《羚羊与秧鸡》（2004）、托马斯·品钦的《万有引力之虹》（2009）、C.S. 刘易斯的“空间三部曲”，沈阳出版社出版了马克·吐温的《重返亚瑟王朝》（2011）。这些作品均具有重要的参考与研究价值。

属于非核心科幻的畅销书也在这一时期逐渐得到重视，译林出版社出版了迈克尔·里德帕斯的《虚拟现实》（1998）、约翰·达恩坦的《尼安德特人》（1998）、罗宾·科克的《入侵》（1999）、迈克尔·科迪的《基因传奇》（1999）、阿伦·康纳利的《潘多拉指令》（2000）、詹姆斯·鲍里斯的《海变》（2002）、凯文·吉尔福伊尔的《投影》（2008），以及迈克尔·克莱顿包括《猎物》（2005）、《恐惧状态》（2008）在内的多部作品；时代文艺出版社出版了迈克尔·克莱顿的《喀迈拉的世界》（2008）；接力出版社出版了《暮光之城》作者斯蒂芬妮·梅尔的《宿主》（2009）；四川科学技术出版社在“世界科幻大师丛书”之外也出版了“流行科幻丛书”，推出了科幻游戏小说《星际争霸》（2003）、《光晕》（2005）等一批畅销书。还有一些出版社紧跟科幻影视，在影片公映前后迅速推出原著小说，比如上海译文出版社出版了理查德·马特森的《我是传奇》（2008）和司各特·菲茨杰拉德的《返老还童》（2009），上海文艺出版社出版了大卫·米切尔的《云图》（2010），漓江出版社出版了罗伯特·索耶的《未来闪影》（2012）等。

无疑，英美作品占据着译著的主体地位，但一些出版社对俄、德、日等非英语国家的科幻作品也给予了一定关注，比如，解放军出版社出版了炙手可热的俄罗斯科幻作家谢尔盖·卢基扬年科的《幻影迷宫》（2003），北京出版社出版了德国最著名的科幻畅销书“佩利·罗丹”系列（2000—2001），中国三峡出版社出版了德国著名科幻作家弗兰克·施茨廷的《群》（2008），上海译文出版社出版了日本著名科幻作家筒井康隆的《穿越时空的少女》（2009）、《梦侦探》（2010），中国友谊出版社出版了俄罗斯科幻作家德米特里·格鲁克夫斯基的《地铁 2033》（2011）、《地铁 2034》（2012），同心出版社出版了谢尔盖·卢基扬年科的《雪舞者》（2012），四川科学技术出版社除出版前面提及的《日本沉没》外，还陆续出版了另外一些日本科幻作家的代表作，包括田中光二的《异星人》（2008）、山田正纪的《神狩》（2010）、野尻抱介的《太阳篡夺者》（2010）、飞浩隆的《废园天使》（2010）、神林长平的《棱镜》（2010）等。

纵观这一时期的科幻出版，一个最为显著的、不可逆转的改变是科幻文学开始从杂志时代向图书时代的过渡，具体表现为：1. 图书的创利能力大幅提升，而杂志的赢利能力却有所下降；2. 明星作家的影响力辐射到更广泛的领域，而杂志的影响力却未有太多提升；3. 成熟作家开始侧重于长篇创作，并从出版商那里得到越来越强的正反馈，而杂志则呈现出平台化倾向。在这一过程中，《科幻世界》杂志社图书项目组①、“最终幻想联盟”项目组②、“幻想基地”③项目组以及读客④、磨铁⑤等民营图书公司发挥了与出版社同样重要（甚至更为重要）的推动作用。相应的变化还包括：科幻编辑的年轻化、专业化日趋明显；科幻图书的营销更具主动性和多样性；原创作品的销量明显超越引进作品；依托网络平台，作家、读者和出版者形成更为紧密的具有科幻文化独特性的互动体。而从产业的角度出发，所有变化的核心是产业重心的转移，这种转移具有明显的进步性，将有助于包括出版、影视、动漫、游戏等节点的科幻产业链在市场的自然作用下形成更为有机的整体，促成幻想文化的大繁荣。

---

① 四川科学技术出版社出版的大部分科幻图书以及重庆出版社出版的包括刘慈欣“三体”三部曲在内的部分科幻图书均出自这一项目组，自 2003 年正式启动以来，该项目组已推出国内外科幻图书超过 200 种。

② 2009—2010 年较为活跃，目前已经组织出版包括星云奖获奖作品《探寻者》（杰克·麦德威著）在内的外国科幻 / 奇幻图书 13 种，合作出版社为中国妇女出版社。

③ 从 2008 年开始，已经组织出版包括雨果奖获奖作品《时间回旋》（罗伯特·查尔斯·威尔斯著）在内的外国科幻图书近 10 种，合作出版社为新星出版社。

④ 从 2012 年开始，凭借强有力的营销能力，重新引进了艾萨克·阿西莫夫的“基地”系列、“机器人系列”以及阿瑟·克拉克等重量级科幻作家的畅销作品。

⑤ 2011 年尝试出版了钱莉芳的《天命》和王晋康的 6 部科幻作品集。

黑洞之吻

◎ 绿杨

一、神秘闪光

鸟巢别墅二楼大厅的阳台是个很大、很漂亮的水泥平台，四周栽着棕榈树，护栏上攀着藤蔓，正面一无遮拦地对着浩瀚无边的地中海。一个黄昏，别墅的主人鲁文基教授正躺在阳台上的一把躺椅上，半睁着眼望着夜空的繁星，回忆着过去驰骋太空那种叱咤风云的日子。

退休之后老教授已不作系统的科学研究了，所以他的助手梅丽也就只剩下照料老教授生活的活儿。此刻，因为无事可做，她便把教授的 1 支 12 公分的望远镜拖出来，随意地对着夜空观看星星，中意时便拍下照片。

今晚的夜空分外明朗透彻，淡淡的银河斜斜地穿过天鹰座和人马座，直落南天的海平线。

银河的左边是摩羯座，这个不起眼的星座勾起了老教授一件极不愉快的回忆。几年前他计算出人们寻找了两个世纪之久的太阳系的第 10 大行星，应该于某一时刻循黄道进入摩羯座，这是捕获它的最佳时机。但他没有时间亲自完成这一壮举，于是便把计算结果告诉了比他年轻的天文学家巴恩斯，让他去取得这一荣誉。没想到巴恩斯不但不信，还奚落了老教授一番。教授对此至今仍怨气未消。

偏巧今天这个巴恩斯忽然发来一份急传，说有要务商讨。鲁文基旧怨未泯，吩咐梅丽不准复电。此时他望着摩羯座，火气又冒上来，浑身燥热。看见梅丽玩得高兴，他不悦地说：“大热天不坐着歇凉拍什么照片！相纸不要钱买么？”

“这也碍着你了，真对不起啦！”梅丽半真半假回了一句。她知道教授不是心疼相纸，是什么事不高兴了。她赶紧收起望远镜给教授泡了杯茶，在他旁边坐下，免得他再唠叨。一会儿，见他平静下来，她试探着问：“教授，明天就回巴恩斯一个话吧，人家毕竟是宇宙协会主任，不理不睬总是不礼貌呀。”

“哼，这主任是几品官？指使起我来了。‘有要务商讨’！有难题想问，也不说一声请教。不理他。”鲁文基一说起又是气恼。

梅丽不再做声，低头用电筒照着相片看。

教授随口问：“照的什么？”

“人马座那个神秘的暗区。”

“我说你成不了气候嘛。科学上只有已知和未知，不存在神秘这个词。”

“我本来就不想成什么家，你真爱挑剔。哎，教授，暗区应该没有星星，怎么会有光点？”

“是轨道卫星吧，现在天上多的是。”

“有一大把呀，还有个三角形的。”

“那就是轨道上的什么碎片。”

“不是。这电筒光暗，你跟我到屋里去看看。”梅丽将老头拽起来，回到大厅，还给他拿来眼镜和放大镜。

“唉，你真是，有什么看头！”教授嘀咕着架上眼镜，“凭你还能发现什么稀罕——”老头子突然噤口，直着眼盯了片刻，“快，再拍一张看看！”

第二张照片上三角形光斑消失了，小光点却更多，有的在暗区之外了。教授紧张地说：“电子暴雨！梅丽，今晚就得搞搞清楚，说不定有大事呢。”

“什么电子暴雨？是暗区里发生什么了吗？”

“不，和暗区没有关系，这是太空中的宇宙射线之类的高能粒子击中大气层上空的原子所发的光。”教授紧张地整理起思路来，“但是，这种情况平时是不容易观察到的。为什么现在突然这样密集，撞击能量这样高，以至于只用普通的小望远镜就能拍摄到它？不可思议，辐射的能量一定大得异乎寻常……”这后面的话近乎自言自语了。

梅丽插嘴道：“说不定是某国在试爆核弹或别的秘密武器。”

“不像。”教授大摇其头，“不论什么武器爆炸，其能量是瞬间抛射出来的，很快就会衰减下来。可我们这两张照片相隔有半个小时，辐射强度却丝毫未见减弱。这种高能辐射是持续的，人类目前还做不到。”

“那么辐射源是不是中子星、类星体之类……”

“蠢话！那么远的天体，辐射到这里早就散开了，这是个很近的辐射源。来，我们先搞清楚辐射是局部的还是大范围的。梅丽，凡是在阳台上能看到的天空都给我拍下来，每张相片曝光20分钟。”

“我的天，这不是要拍到天亮了？”梅丽坐着不动，“教授，很近的辐射源，又那么强大，你看是个什么东西？”

“别的都不能解释，除了——没时间跟你啰嗦，快干活去！”

梅丽嘟着嘴道：“那你先讲清楚那是什么玩意儿吧。”

教授瞪了他一下，无奈地说：“好吧，你可别被吓得晕倒了——除非有个黑洞在冲过来，别的东西决没有那么大的能量！”

二、沉重的未知数

宇宙协会的会议室里，巴恩斯教授和他的十几个智囊人物的马拉松会议开了快6个钟头了。屋里烟雾弥漫，大圆桌上堆满了图表和照片。时间不多了，巴恩斯看看表，半小时后他必须再次向联合国秘书长做出口头报告，而且观点必须比较明确，不能再含含糊糊了。

巴恩斯教授新任宇宙协会主任不久，便碰上这么重大的事件，他感到这副担子太沉重，几乎挑不起来。他望望在座的十几位科学家，他们是从各地的大学、研究机构或天文台紧急召集起来的。他们一来便夜以继日地投入到演算和研究之中，但问题却远未解决：差不多每个人都有不同的结论，甚至一个人就提出两种可能的见解，巴恩斯自然也有自己的看法，但否定的意见太多，而且反驳也确实有理。他叹了口气，打了个让众人安静下来的手势，缓缓地说：“看来今天我们还不能对怪异的伽马射线源做出最后的解释。时间太匆促了，我们手里还没有足够资料来做出结论。但至少我们仍然前进了一步，在几个重要的问题上取得一致认识，或者说没有大的分歧。我来归纳一下，看诸位是否有异议。首先，一星期以来地球遭到异乎寻常的伽马射线和X射线的连续辐射，其强度超过近50年来平均值的10倍以上，而且还在逐日递增。其次，辐射源是什么，目前虽还没弄清楚，但从理论上说必然是个质量极大的物体。如何？”

这下有人咕噜了一句：“极大这个词含义太模糊，不妨说类似恒星的质量。”可马上又遭到别人反对，说“类似恒星”缺乏根据，还有些人交头接耳，议论纷纷。

巴恩斯提高声音压倒争议，说：“大家分歧很大，只能按我的这么说了。第三点，鉴于辐射如此强烈，递增如此迅速，辐射源离地球不会太远。确切点说，可能就在火星轨道前后。”

轰的一下争论又起，有人激动得站起来喊：“这不可能！这样近的距离我们没有看不见的道理！请问，哪个天文台拍到了它呢？”

有人紧接着嚷道：“所以，我认为不能排除是个黑洞，现在必须……”

又有人激烈地说：“我们不能丢开引力问题来推论！如果是恒星，它的引力场必然使火星改变运行轨道。黑洞就更不谈了，它会把火星甚至地球都吞噬进去！”

“今天讨论到此为止！”巴恩斯不想重复这些已多次争论过的问题，“各位继续分头研究，碰头时间另行通知。散会！”

在汽车里，巴恩斯苦苦想着怎样向秘书长把情况说得明确些，但是这实在很难，因为辐射源本身这个根本问题就没有搞清楚。会上的各种意见都有道理，但又互相矛盾，这样讨论下去不会有统一的结论的。看来要站在更高一个思维层次上考虑问题才行，可自己已是无能为力了。

他又想，如果能听到鲁文基的看法就好了，这老家伙头脑活得很，学识确也渊博，说不定能力排众议哩。可是，我给他发出了“有要务商讨”的电传，这老头儿理也不理，一定是还念念不忘几年前的那点旧隙，也许只有请秘书长出面才能邀请他来了。对，他来后，能够解决问题再好不过，退休老头子威胁不到我的位置。要是连他也没办法，上头和社会也不至于说我庸碌无为了。拿定主意，巴恩斯才觉得如重负卸肩。

三、到底还是老姜辣

梅丽是快天亮才上床的，但一会儿就起来了。教授关于黑洞的预言使她心神不定，她拿不准老头儿昨晚是不是故意吓唬她的，也想不出如果真的有个黑洞向地球冲来，在灾难发生之前自己该做些什么。

洗漱完毕她来到大厅，发现教授还坐在沙发上冥思，便轻声问：“教授，你没睡觉？”

鲁文基侧过头，说：“我老在想昨夜的事。我猜巴恩斯也是为这‘要务’才要找我‘商讨’的。这个精灵鬼不至于让我去分享他的荣耀，一定是碰到这个难题了。”

“我敢打赌，他今天还会来电话或电传的。你就客气点吧，这可不是个人的私事哟。”梅丽直率地说。

教授瞪了她一眼，说：“这么大的事我还能真赌气吗？最多说几句话让他听听，要他知道生姜还是老的辣就行了。”

吃早饭的时候，梅丽忍不住又问：“教授，你说有个黑洞冲着地球来了，这话当真的吗？”

“推理嘛！证据当然没有，我手里只有几张照片啊。但我觉得这判断没有错。”

梅丽又问：“那么我们该做点什么准备？总不能坐着干等呀。”

“做什么准备？”教授大笑，“如果地球因对撞毁灭，你做什么也没有用。我唯一担心的不是碰撞的结果，而是对撞前所引起的秩序混乱，那才是真正的灾难。若说准备，就趁早买点食物用品，乱起来时不容易买到的。”

屋外像有什么声音，梅丽倾耳细听后，跑到阳台去，片刻又匆匆奔回，急切地说："有架直升机降在我们草地上了！"

"大概是巴恩斯吧，他可真是'礼贤下士'呀。"教授泰然地说。

果然，不多一会儿，在巴恩斯引领下，一行三人来到了客厅。巴恩斯见鲁文基教授两手还在系领带，便问："你正准备出门？真不巧，打扰你了。"

鲁文基说："我原是要去交易所的，请坐。"

"怎么？你玩起股票来了？"巴恩斯愕然地问。

鲁文基一本正经地说："退休了嘛——我要赶早去把手里的有价证券全抛掉。你最好也这样干，越快越好。"

巴恩斯领悟过来，笑道："你也听到风声了，消息真灵通啊！你可不是玩这个的人。哦，我来介绍，这位是联合国秘书长的代表、应变指挥部总指挥劳埃德先生，这位是劳埃德先生的助理。我们的来意，鲁教授肯定知道了。"

鲁文基虽对巴恩斯心存芥蒂，但对联合国秘书长的代表及其助理倒是表现了应有的礼貌和热情。

当宾主都入座后，劳埃德首先说："鲁文基教授，一批科学家获得某种信息，提示地球可能面临一场严重的灾难。但对它的起因还不太明了，所以我们很难制定对策。这件事关系到世界的安危，秘书长先生指示我和你商讨，然后再决定应变行动。巴恩斯教授，请你介绍一下情况。"

巴恩斯摊开笔记本，介绍道："一周以来，我们通过双子星太空望远镜连续观察到异常强烈的伽马射线和X射线，而且强度日益增高，表明辐射源正高速地向地球迫近。这个辐射源无疑具有很大的质量和能量，据计算它以1万~3万兆瓦的功率恒定地释放辐射。"

鲁文基立刻表示："我完全同意巴恩斯教授的意见，质量非常大。那么你们一定已经找到它了，还有什么问题留给我呢？"

巴恩斯脸红了起来，暗恨老头子玩这猫捉老鼠的把戏，但还是硬着头皮回答："没有找到。辐射源的方向上既没有光，又没有出现引力场扰乱的迹象。"

"这说明什么？"

"表明这方向上没有新星爆发，也不存在一颗恒星。"

"对呀。福尔摩斯有句名言：当排除了不可能的东西之后，剩下的不管多么难以置信也就是它。”鲁文基教授转向劳埃德，“劳埃德先生，巴恩斯教授马上就能解开这个难题了。我若在这关键时候多嘴，岂不把水搅浑了？”梅丽见老教授做得太过火，赶忙向他连连递眼色，他却视若不见。

劳埃德见状，解释道：“可那些科学家意见不一致，巴恩斯教授才提出征求你的见解。他是尊重鲁教授的。我们手头资料很少，今天也没有足够时间让你研究考虑，但我们都相信你一定有真知灼见。”

巴恩斯在一旁连连点头，并把一叠数据递给了鲁文基。鲁文基便不再做声，低头看了一遍那叠单子，心平气和地说：“我说的是真话，巴恩斯教授，你明明已经知道了。你着重提到大质量、没有光、辐射伽马射线和X射线，就是暗示辐射源是个黑洞。”

巴恩斯马上叫起苦来：“问题是，找不到它的引力场啊！黑洞的引力场应该把火星拉过去的。”

鲁文基点头道：“我也猜到是这个把你的智囊团搞迷糊了。我且问个问题，为什么我们认为黑洞具有可怕的引力？”

“自然是因为黑洞具有极大的质量。”

“那么，假如这个黑洞的质量不那么大，或者很小呢？比如说只有像喜马拉雅山那样大的质量，能有多大引力场呢？”

“这不可能，质量达不到临界线的恒星不可能坍塌成黑洞！”

劳埃德插话道：“我不太懂，巴恩斯教授，你能解释一下让我这个外行听听吗？”

“黑洞是由衰老的恒星坍缩而成的。一颗恒星如果质量大于15个太阳，就有可能由于自身引力而压坍。尽管体积可以压缩到无限小，但质量仍大于太阳的15倍，所以小质量的黑洞是不可思议的。”

鲁文基说：“这是经典意义上的黑洞。但是宇宙中应该还有其他形式的黑洞，包括小质量黑洞。它不是靠自身的重量而坍缩的，但外部力量是可以压坍它的呀！”

“你说的这种外力是从哪儿来的呢？这种力不但那么强大，而且要均匀地向中心点压缩，而不是把它推向一边。”

“在宇宙早期，我想应该在大爆炸后 1 万年左右吧，那时空间还没膨胀到现在这么大，所以温度和压力都非常高。整个宇宙的物质都集中在一个小空间里，只要有一些宇宙尘之类的物质聚集得比较集中，大爆炸的余威足以把它们压成一个小黑洞。这可称为太古黑洞吧？它是外力形成的，所以质量可以是很小的，也就是说，引力场也是很微弱的。总之，我认为我们的对手是一个太古黑洞，从火星轨道不受扰乱来看，它的质量远比经典意义的黑洞要小。所以，你们除了辐射外，不能指望还能看到什么。当你看到它的光时，它已迫近了。”

劳埃德问：“黑洞也辐射可见光？”

“小黑洞温度很高，按弯曲空间的量子效应，黑洞应该有很强的热辐射，它辐射红外线和红光。”

巴恩斯一下醒悟了，如释重负地说：“我同意鲁教授的推论，它把所有疑点都解释清楚了。”

四、死亡之吻

搞清楚了辐射源这个难题，劳埃德不禁嘘出一口长气。但是，太古黑洞这一答案又加深了来者的忧虑，因为根据大量观测资料表明，这个辐射源飞速奔向地球而来，最终与地球相撞的结局几乎不可避免！鲁文基的论证完全不否定这一点，未来的前景无疑是绝望的。

“即使是‘死亡之吻’不可避免，”劳埃德戚然笑笑，“在这之前还有半个月时间，联合国必须有点行动呀，我们该做点什么呢？”

巴恩斯耸耸肩：“眼下的辐射倒没多大问题，大气层能把大部分射线吸收掉，但到迫近的时候一连串灾难就接踵而至了：地震、火山喷发、海啸、大火和毒雾甚至海水沸腾都可能发生，至于对撞的后果就不用说了。如果要做点什么，也只能是在迫近之前造就一艘诺亚方舟，尽量多保护一些人罢了。”

这时鲁文基说出了他的深思熟虑：“这些灾难性后果无疑都可能发生，但严重到什么程度还很难事前预料，要以太古黑洞的质量、体积大小而定，如果真的很小也许不至于那么糟。不过有一件事是必然发生的，那就是死亡之吻之前社会秩序的大混乱。可能发生死亡之吻的消息终究是封锁不住的，人们一旦知道将面对一场毁灭，还有什么能约束住他们？”

“我们已采取措施了，秘书长在需要的时候随时可以调动每个国家的军队，在世界各地维持秩序和实施救护行动。”劳埃德说到这里，苦笑了一下，“不过到时候他们自己也未必沉得住气的。鲁文基教授，你认为有什么办法能阻止这场死亡之吻吗？”

“联合国能拿得出多大力量来呢？”

“安理会已授权秘书长，可以调用各国的核力量，其总当量足以毁灭地球3次。”

巴恩斯说：“这个当量不足以击碎一个黑洞或恒星，但也许能逼它改变运行轨道。”

劳埃德说：“不行，没有足够数量的达到第二宇宙速度的运载火箭把弹头送到那么远去。”看来，这个联合国总部官员对航天技术还有些知识，鲁文基不由对他加深了一层敬意。

“那么，不妨模仿一下蜥蜴，抛掉自己的尾巴——把核装置安在月球上爆炸，把它推到我们前面挡着，让它去和黑洞亲吻。”巴恩斯在一旁补充道。

鲁文基笑道：“在理论上是可行的，但要三者在某一时刻恰好是三点连成一线，并且推力的当量和启动时刻都要计算得十分精确。这个计算方程即使是用巨型电脑来算，没有个把月时间不行。依我看，既然有力量去推动月球，不如等到迫近时去推动太古黑洞更容易些。这样计算不要求非常准确，只要把它推偏一点点使它不直接命中地球，它便会最终落入一条与地球呈猫捉尾巴那样的环形轨道，并一直像双星那样运转下去。如果成功，还有个好处：它是一个很近的、取之不尽的宝贵能源——够用100亿年的黑洞能源。”

客人们瞠目对视了好一阵，巴恩斯叫道：“这比推动月球容易得多！值得考虑这个主意！”

告别的时候劳埃德问鲁文基教授能不能参加应变指挥，鲁文基摇摇头说：“能说的我都说了，去也没有什么用。”稍停，他又补充了一句，“不过，我得说明，不排除还有其他的可能性。谁也不会料事如神啊！”

“那么，我就叫人给你安装一条密码热线，随时把动态告诉你。”

“那也好，谢谢。”

五、灾难迫近

果然，巴恩斯的女秘书每天都通过热线向鲁文基教授报告事态进展情况。现在，太空的红外线望远镜已经拍到了太古黑洞的照片——一个红点。应变指挥部已决定选择“猫捉尾巴”方案，核部队也开始做行动的准备了。各国政府的国防部门都几乎不断地接到指挥部的各种指示，也在默默行动了。总之，一部全球性的机器已经启动，无声无息地运转起来。

在鸟巢别墅里，鲁文基依然故我地过着日子。梅丽却忙得团团转，买来大批她所能想到的必需物品。现在一楼大厅堆得像个仓库，连帐篷、发电机、橡皮艇都有了，甚至还有防辐射服和面具。

她还找来工匠加固了屋顶，把大门换成了钢板的，楼下窗子都装上了铁栅。这样，鸟巢别墅就变成了一座堡垒，不怕暴徒袭击了。

“教授，你看还缺什么趁早买，今天抢购风已开始了。”

教授乐了：“要想发财，你多买些西瓜放着，要不几天地球引力会大起来，一斤变两斤，包你一本万利。”

这时热线电话响了，巴恩斯的秘书小姐在屏幕上先迷人地一笑，才说：“鲁文基教授，太古黑洞的体积已经测出来了，巴恩斯先生差点昏倒呢。”

老教授对她的魅力无动于衷，他粗声粗气地说：“讲清楚些，直径多少？”这很要紧，体积大小决定撞击的强度。

“只有一个原子那么大。”

“我的天，知道了。”

“巴恩斯先生说，核火箭很难击中这么小的目标。问你有什么主意没有？”

“没有。告诉他，我准备接受一个亲吻。”

小姐用指尖掩住朱唇，声音越发嗲了：“和谁，和我吗？”

“和太古黑洞！”教授慌忙挂掉电话。梅丽笑弯了腰直不起来：“哎哟，肚子痛死了！”鲁文基瞪了她一眼，佯怒道：“等着吧，有你哭的时候！”

晚上，教授和梅丽依然在阳台上乘凉。

现在，这个小红点用肉眼也能看见了，今天比昨夜又大了些。梅丽觉得它那么阴森，像挟着雷火风暴狞笑着迫近过来的恶魔。她问："碰撞真的不可避免吗？"

"谁知道呢？这是说不准的。"

"巴恩斯的热线不是说计算表明要撞的吗？"

"即使碰撞也不一定毁灭啊。别老想这谁也无能为力的事情了，要紧的倒是大混乱时的危险。你说今天岛上抢购风已开始了，这就是麻烦开头啦。看看电视新闻有什么消息没有？"

梅丽去打开电视机，画面上天电干扰很大。广播员恰好在报告新闻："纽约消息：此间各航空公司七日内所有的航班客票已销售一空。本台报道：由于近日股市连续猛跌，本台经济评论员认为，纽约、伦敦、东京、香港证券交易所可能联袂临时停业。"

教授沉思道："消息已传开了，我不相信现在所有大城市都太平无事，肯定实行新闻控制了。"

有顷，夜空的红点和星星次第消失，天空忽然聚满了浓云。随着几声霹雳和闪电，暴雨倾盆而下，狂风随之骤起，气温一下子低了。

两人忙不迭跑回大厅里，鲁文基嚷道："好啊，气象干扰也来了，明天起有好戏看了！"

这时，电视里正在播送："本台最新快讯：联合国发言人在记者招待会上声称，据天文台近日观测，有一小行星正在接近地球途中，两天后到达近地点。著名天文学家鲁文基教授经过观测后表示，该小行星直径不足1公里，届时可能与地球擦身而去。即或坠入大气层，大部分也将在高空烧毁气化，残余部分将落入太平洋中部。鲁氏认为不会对地球造成重大灾变。"

鲁文基跳将起来："狗屁！这不是存心跌我的相吗！"

梅丽忍不住笑道："好嘛，全世界的人都眼巴巴等着这句话呀，你做了救世主哇。"

广播员又说："为谨慎起见，联合国决定12小时内开始向各地派驻防灾救护部队。并建议各地居民在3日内若无必要切勿出户，切勿惊慌失措，引发事端……”

鲁文基立刻给应变指挥部打去热线电话，抱怨道：“你们怎么可以这样编造我的预测？这不是要让我在全世界把脸面丢尽吗？”

屏幕上出现的还是一位秘书小姐，她笑吟吟地回答：“劳埃德先生说，这只是为了安定人心，务请鲁教授谅解。”

鲁文基想再说什么也没用了，便挂上了电话，然后咕哝了一句：“哼！借我的招牌安定人心……”不过气已经消了大半。

停电了。雨仍哗哗地倾倒下来。

六、倒数计时

次日。雨停了，电也来了。由于转播卫星发生故障，电视收不到图像。鸟巢别墅地处北头高地，离市区较远，没法知道闹市区情况。为了打听消息，梅丽试着向教授的律师事务所拨了个电话。这天是星期天，但居然有人接电话。

“这儿是伍尔德律师事务所。”

“我这里是鲁文基先生的别墅。伍尔德律师，你星期天还上班，真叫人感到意外。市里好吗？”

对方苦笑一声：“要保管好文件，我搬进来住了。秩序不好啊，昨夜好些歹徒趁着大雨，把许多商店砸开，洗劫一空。教授没走吗？北角的上层人都快走光了。”

“昨夜好像看见南边有火光？”

“烧了几家仓库。现在街上警察很多，好一点。你们那边太偏僻，警力可能保护不到，最好关上大门别出来。”

“其他地方太平吗？”

“小姐，你真闭塞啊。萨顿岛是算好得很的呢，其他许多地方发生了地震和龙卷风，到处有暴力、纵火事件，有的城市人都跑空了。”

“你从哪儿得到的消息，律师先生？”

“各地都有律师协会——多数电话还畅通。梅丽小姐，你想了解各地的消息，现在还能找到一些不受新闻管制的地下信息线路，你不妨找找看。”原来，国际信息网络里有许多个人电脑用户自发地将自己的所见所闻热心地通过网络向全世界发送出去，也向从未谋面的远方用户打听消息。

梅丽谢过之后急忙去开机，果然，有条原本是“妇女之友”的线路正往来交错地大量传递着种种稀奇古怪的信息。义务发送的都是分布在世界各个角落里的个人电脑女主人，各国政府对这批狂热的娘子大军毫无办法。

“我们镇上地震啦，倒了一些房子。”

“我在二楼，水快从窗口漫进来了！”

“一群暴徒冲进了亚特兰大第一农业银行，并和警察发生枪战……”

“怎么办呢？我丈夫杰克从窗口跳下去了！他受不了啦！”

“我儿子是中校军官，他捎信来说，他们基地昨天夜里连续发射了 12 枚核火箭。他相信，至少有 37 个基地也同时发射了核弹。一定是外星飞船入侵了！妇女们，拿起你们的武器，准备战斗吧！”

热线电话嘟嘟叫起来，这回是劳埃德先生亲自打来的。他的语气严肃而沉重：“鲁文基教授，猫捉尾巴的行动已经失败了。”

鲁文基已经料到了这样的结果，说：“我很遗憾，没想到目标这样小。”

“是啊，100 万公里以外的一个原子。不说这个了，有一件事，秘书长决定，应变指挥部立即迁到月球上去继续工作。4 小时后飞船将点火升空，我已给你安排了一个位置。如你没有异议，我马上从地中海的美国航母调一架军用机来接你——现在它总算还在执行命令。至于那位姑娘，我尽量试试也给她留一个座位。”

“劳埃德先生，我提醒你，现在的近地空间不一定比地面上安全。辐射增强了，飞船的电子仪器会失控的。”

“考虑过了，几小时内大概还没问题。你跟我们一道走吧。”

“很感谢你，我觉得还是待在这儿好些。祝你一路平安。”

七、最后一天

“世界末日”这一天天气晴好，万里无云，风也不大。

由于“世界末日”已经临近的传闻，原本日益严重的街头暴力和抢劫出人意外地忽然消失了。街头空荡荡地几乎没有行人，城市安静得像座坟墓。

人们并不清楚“末日”的准确时刻，因而早已满怀恐惧地闩紧大门蛰居了好几天，有如关在高压锅里般的难受。从清晨起天气又晴朗又凉快，街上又少有的太平，于是胆大的便小心翼翼走出家门溜溜看看，相互打听和倾诉苦衷。一有人开了头，放胆出来的就跟着多了，甚至有人用篮子装着些多余的食物和用品放在街头转角上，希望能交换到急需的东西。

人们像被禁闭了多年一旦释放了一样充满激情，从不相识的男男女女不由自主地聚成一堆堆，互相询问，发表见解。而后就争论一番，最终则异口同声地对当局的无能表示愤慨。

鲁文基和梅丽在做最后的准备，他们在阳台上用白帆布张起一个大遮阳篷，准备在阳台上度过这最后的时刻。白帆布既能挡住烈日，又能反射掉一部分辐射线。他们又拖出来一张席梦思，稳稳地放上两把椅子，这样即使地震震碎了水泥地，弹簧褥垫也可大大减缓冲击力。出于安全，总电闸切断了。这样，和外界的唯一联系就只有那部热线电话了，但它没响过。

看到教授神色泰然，梅丽安心了许多。她右边一排棕榈树，正面是一色海天，望着这景色，她颇有点感慨地说：“教授，这简直像在棕榈海滩度假呢。”

“这不正好称了你心吗？以后别再嚷嚷了。”

“以后！都到这时候了，还开什么空头支票。”

“你这话说的，好像就没有明天似的。”

“哎，教授，你说今天到底会怎样呀？”

“我说不要紧，没啥大不了的。”

“不要紧？难道可能不相撞吗？”梅丽急切问，希望也油然而生。

鲁文基不紧不慢地说：“把底兜给你吧，碰撞是肯定了的，但毁灭却不会发生。道理也很简单，地球上岩石也好别的物质也好，分子之间总有很大的空隙，即使是原子内部，除了原子核和电子之外，绝大部分也是空的。这些空隙比起构成原子核的粒子体积来要大许多，也可说是大得无法比拟。太古黑洞本身只有原子大，一撞进地球内部就必定在空隙中毫无阻拦地一直穿过去，绝不会碰到什么使它头破血流的实际东西。你说这能有多大要紧吗？”

梅丽难以置信：“难道一点事也没有，就像中微子一样？”

“当然有，因为它的引力极其巨大。事实上，影响早已发生了嘛，只是将会再大些而已。”

梅丽心放了下来，好奇却又上来了：“那么，它就一直穿过地球飞走了？”

“也许这样，但更可能是还没穿透出去就被地心吸引力拉回来，来回几次之后，势能耗掉，掉进地心里成了地球的一部分。”

“地球多了一点质量，地心吸引力要变大许多吧？以后走路提腿都提不动啦？”

“不至于吧。我估计它不过几百亿吨的质量罢了，比起地球本身无足轻重，就像多了一座喜马拉雅山一样。嗨，光说话，几点了？”

梅丽看表，表停了。她回头望望屋里的钟，惊讶地叫道：“钟和表都不走了！”

教授警觉起来，忙吩咐：“看看别的电器怎样？”

梅丽跑进屋去，又飞跑出来报告：“计算器、照相机都不灵了！”

看来碰撞已在眉睫，教授忙扔开椅子，指着褥垫说：“快过来躺下，捂住眼睛！”

梅丽刚躺倒，大地便颤抖起来，旁边的杯盘乒乒乓乓地跳着。远处有人尖叫。梅丽忍不住从手指缝中向外偷看，见拖鞋、蛋糕、水瓶都在摇摇晃晃向上飘升。两人也开始觉得身子轻了起来，像浮在水里般慢慢向上飘起。教授叫道：“引力场来了，当心！”

梅丽一把抓住教授，一手抓紧系帆布篷的粗绳子。慌忙中她瞥见帆布篷向上拱起，因四角被绳索拉住，便变成了降落伞的样子。褥垫也向上浮起，托着他们上升抵在顶端，像三明治一样夹得无法动弹。

梅丽被挤压得透不过气来，但仍死死抓紧教授的臂膀不放。她偷眼一看，世界似乎颠倒过来了，一群鸟儿拼命拍着翅膀在下面天空里挣扎。街上有两个人和一条狗被强大吸力所吸引，绝望地手舞足蹈地飞向高空。

这时，天空猛地划过一道耀眼的电光，似乎比太阳还亮。随着电闪，震耳欲聋的隆隆声夹着刺耳的啸叫滚滚而过。1 秒钟后，像被一只巨掌猛地打了一下，他们重新跌落在阳台上。

一切都结束了。

两人在垫子上呆呆地躺了好一会儿。梅丽先回过神来，忙爬起身，问："你摔伤没有，教授？"

鲁文基动动手脚，说："好像没有。亏得帆布兜着，不然不知飞到哪里去了！"

梅丽扶他站起来，四顾张望，问："教授，天下只剩下我俩了吧？"

"哪里的话，那边街上不是还有人吗？"

两人互相扶持着走回大厅去。屋里像翻了天，桌椅、橱柜、座钟横七竖八地倒在地板上。

梅丽扶起一把椅子，让教授歇息，又关心地问："教授，没事了吧？你成了大花脸啦，先去卫生间洗洗，我来收拾一下。"

"好，我去洗。你别走开，劳埃德说不定会来电话。"

"若是来了，我怎么说？"

"告诉他，太古黑洞定在地心里了。"

"还有呢？"

"凡是海洋深处地壳板块相接的地方，都有辐射和引力差，还有温差，都可以作为能源加以利用。"

"还有吗？"

"还有，祝贺他有幸生还，请他在方便的时候来鸟巢别墅做客。"

——原刊于《科幻世界》1997 年第 8 期，获该年度科幻银河奖特等奖

让“坚硬”的科学柔软可触

——论绿杨的科幻小说创作

◎ 刘健

绿杨（李钜康）是国内为数不多的同时活跃在中国科幻“黄金时代”和“新生代”的科幻作家。他创作的科幻小说以硬科幻为主，文笔平实流畅，故事性强，善于把深奥的科学概念自然地融入曲折而富有悬念的情节之中，兼具科学性与趣味性，被誉为“科普派掌门人”。其代表作“鲁文基系列”在20世纪90年代曾经风靡一时，为众多科幻迷所推崇，并获得了中国科幻银河奖的特等奖。绿杨一生笔耕不辍，创作与人品在科幻界有口皆碑，是后来者学习的榜样。

长期以来，科幻小说经常被有意无意地当作一种普及科学知识的手段，科幻小说的创作也被简单化地理解为“用故事送服科学知识”[1]。如今，这种偏颇的创作观念已经受到很多科幻作者和科幻文学理论工作者的批判和扬弃。但是，这并不意味着科幻小说要放弃宣传和普及科学知识和科学理念的功能，而是要寻求一个平衡点，即如何让科学自然而然地融入故事情节中去，并让读者欣然接受，获得阅读享受。在这方面，被誉为中国科幻界“科普派掌门人”[2]的绿杨是这种创作的典型代表。他的科幻小说总体上以硬科幻为主，文笔平实流畅，故事性强，善于把深奥的科学概念自然地融入曲折而富有悬念的情节之中，兼具科学性与趣味性。

绿　杨

一、生平简介及早期创作

绿杨，本名李钜康，祖籍广东番禺，1934年8月15日出生于上海，1961年毕业于安徽医科大学，曾任安徽池州卫生学校内科教研室主任，池州地区医院内科主任，副教授，上海科普协会天文组会员。2010年10月17日，绿杨因病医治无效，在合肥去世，享年76岁。绿杨自20世纪80年代初开始从事科幻科普创作，几十年间发表作品近百万字。是为数不多的同时活跃在中国科幻“黄金时代”[3]（20世纪70年代末至80年代初）和“新生代”（20世纪90年代至21世纪初）的著名科幻作家之一。

绿杨的科幻创作始于1980年。这年，他的处女作《黑色的死亡》在《科学文艺》（《科幻世界》的前身）杂志上发表。小说中，客居海外的华裔科学家林迪文发明了一种用电磁波治疗脑瘤的新技术，因为他执意要携这项技术返回祖国，结果遭到“敌对分子”设计暗杀。“我”身为林迪文女儿林莉的同事，最终揪出了杀害林迪文的真凶，并让凶手得到了应有的制裁。像所有优秀科幻小说一样，《黑色的死亡》预言了“伽马刀”技术的出现，也奠定了他的硬科幻写作风格。而从情节安排和人物设计上看，《黑色的死亡》明显受到了童恩正的名作《珊瑚岛上的死光》的影响。绿杨早期作品以短篇小说为主。继《黑色的死亡》后，他又创作了《难圆玫瑰梦》《缺席审判》《铁血人》《鸡尾酒》《遗物钓鲨》等多篇科幻小说，主题涉及生命科学、遗传工程、宇航探险等诸多前沿领域，充分展现了作者渊博的学识以及驾驭故事情节的创作能力。其中，《难圆玫瑰梦》和《遗物钓鲨》分别获得中国科幻银河奖第二届（1989年）优秀作品奖和第四届（1992年）三等奖。

《难圆玫瑰梦》讲述了一个爱与背叛的辛酸故事：当人类掌握了太空冷冻技术后，便开始把一些患有绝症的病人冷冻起来送入太空，准备等找到治疗方法后再把他们回收下来进行治疗。当时，已过不惑之年的医生文成坚收治了罹患白血病的年轻女工周薏萍。后来，两人在治疗过程中产生了感情，并发生了性关系。文成坚谎称能够治好周薏萍，还承诺会跟她结婚，但却在她不知情的情况下，将她冷冻后送入了太空。二十年后，文成坚接受了为一个冷冻的外星人进行复苏的任务。与此同时，白血病研究所也把周薏萍从太空回收了下来，准备进行复苏。此时，已经成家立室的文成坚害怕二十年前自己始乱终弃的丑事曝光，想要杀周薏萍灭口。谁知，阴错阳差间，他竟错手杀死了外星人。文成坚万念俱灰，选择了自杀，遗体被冷冻送入太空。然而，苏醒并痊愈的周薏萍对种种变故一无所知，依然在焦急地等待着与情郎的会面……

《遗物钓鲨》讲述的则是“一盘磁带引发的血案”：主人公劳伦斯太太的丈夫华尔特是个天文爱好者，一次偶然的机会，他捕捉到了大角星人呼唤地球的信号，并把信号记录在一盘磁带上。后来，因为一些技术问题，华尔特不得不求助于一位电子技师。不料，这位技师贪图名誉，竟想夺走这盘磁带。双方争执之下，华尔特不幸遇害，凶手则逃之夭夭。几十年后，劳伦斯太太用包括那盘录有外星人信号的磁带在内的遗物做诱饵，最终让凶手自投罗网。

从这些作品不难看出，绿杨早期科幻创作的文学化倾向是比较明显的，不少作品的科幻元素很淡，在小说情节中主要是承担“机关布景”的作用。这与当时童恩正“宣扬科学的人生观”[4]，并积极向主流文学靠拢的创作理念相一致。但他也有一些作品，比如《铁血人》和《鸡尾酒》，则纯粹以科学构思为基础架构故事，注重严谨的科学逻辑，具有强烈的科普色彩，这种科幻特色成为他后来创作追求的重心。

二、“鲁文基系列”与《黑洞之吻》

从 20 世纪 80 年代开始，绿杨陆续用了十余年的时间构思并创作了他最具影响力的系列科幻故事“鲁文基系列”。“鲁文基系列”的时空背景设定在并不遥远的近未来，故事的主角是长年住在空间站上从事科学研究的天文学家鲁文基教授，和他的助手、年轻漂亮的梅丽小姐。两位主角都个性鲜明，彼此映照：鲁文基教授德高望重、态度严谨、学养丰厚，但脾气有些古怪，甚至有些不近人情；而梅丽则性格外向，语风犀利，活力十足。这一老一少虽然性格迥异，但又配合默契，是忘年之交，称得上是一对颇具喜感的搭档。而这对搭档在面对各种谜团、危险和挑战的时候，总能依靠科学智慧解决问题，化险为夷。可以说，作者把“知识就是力量”这句话用生动形象的故事情节展现在了读者面前。

“鲁文基系列”的首篇作品《鸟巢里的笑声》发表在《科幻世界》1993年第8期上。此后，绿杨又陆续创作完成了《星使》《古刹之光》《鬼屋》《沧桑的影子》《博物馆里的较量》《死城月食》《空中袭击者》《雅典娜号案件》《嬗变》《情系反宇宙》《消失的银河》《失落的影子》《德宝隆医院的秘密》《耶和华之剑》《天演》《永恒的影子》《黑洞之吻》等系列作品。其中,《黑洞之吻》(《科幻世界》1997年第8期）为绿杨赢得了1997年中国科幻银河奖特等奖。

《黑洞之吻》的故事开始于鲁文基教授退休后的某天晚上。此时的鲁教授已经告别生活工作多年的空间站，回到了地面上的鸟巢别墅，过起了安逸却略显乏味的退休生活。梅丽则仍然跟随在老教授身边，负责照顾他的饮食起居。这天晚上，梅丽无意中拍到了几张“人马座暗区”的照片，而鲁文基教授从照片中判读出一场前所未有的天灾巨变即将发生——一个黑洞正撞向地球。

与此同时，宇宙协会新任负责人巴恩斯教授也正被这件事搞得焦头烂额，协会里的天文学家们对于“是否有一个黑洞正在撞向地球”这个问题莫衷一是，无法做出结论。最后，巴恩斯想到了已经退休的鲁文基教授，决定放下身段，亲自上门求教。

当巴恩斯和联合国秘书长的代表、应变指挥部总指挥劳埃德先生以及劳埃德先生的助理三人来到鸟巢别墅的时候，鲁文基教授直截了当地说出了自己的观点：一个黑洞正在撞向地球，但这并不是一个典型黑洞，而是一个在宇宙形成早期产生的太古黑洞。鲁文基还告诉来人，其实与黑洞撞击地球本身相比，由这个消息所引发的社会混乱可能是更致命的。对此，劳埃德先生回答说他们已经有了对策，还说他们准备动用全世界的核武器，尝试让黑洞改变轨道。而鲁文基却并不看好这个方案。

果然，太古黑洞体积只有一个原子那么大，核火箭根本无法命中。而“地球末日”的消息也不胫而走，大恐慌在全球蔓延开来。出人意料的是，鲁文基教授却一直保持着气定神闲的状态，仿佛一切都在他的掌握之中。原来，他早已预见到原子大小的太古黑洞，一撞进地球内部就必定在原子内的空隙中毫无阻拦地一直穿过去，绝不会碰到什么使它头破血流的实际东西，只不过黑洞的巨大引力还是会带来一些麻烦。事实证明，鲁文基教授的预测完全正确，而且他还预见到，这个原子大的黑洞极有可能被地心捕获，成为地球的一部分，并给人类带来新的清洁能源。就这样，一场天地大碰撞的浩劫变成了一个新纪元的开始。

外星天体撞击地球的题材在科幻作品中并不少见，但想到让黑洞来撞地球却是绿杨的创见。在这篇小说中，绿杨运用丰富的天体物理学知识，创造性地把原子大小的“太古黑洞”这一概念用于科幻中，并在小说中生动地描绘了太古黑洞“撞击”地球的情景。值得注意的是，在小说中，作者没有像其他类似题材的科幻作品那样宣扬“末日时刻”的恐怖场景，而是用轻松的笔调描写了地球与黑洞间的亲密一吻，以及它为人类带来新能源的福音，展现了一种乐观主义的科学观和自然观。这在当代科幻作品中是比较罕见的。

总的来说，“鲁文基”是一个主要面向青少年读者群而创作的系列短篇科幻小说，体现了一种科学乐观主义的精神。如果说柯南道尔笔下的福尔摩斯是逻辑推理的化身，那么绿杨笔下的鲁文基就是科学智慧的化身。鲁文基与助手梅丽既没有超凡的能力，也没有蝙蝠车，而每每在故事中化险为夷，完全靠的是渊博的学识和运用知识解决问题的能力。如此一来，原本生硬抽象的“科学”有了一个生动形象的化身，通过鲁文基教授，读者自然而然地接受了作品中所蕴含的科学内容，有效地实现了科学普及之目的。在当今中国科幻文坛，能有这样自觉的创作追求，能够把文学技巧与科普目标融于一体的作者，无人能出其右。当然，“鲁文基系列”的成功绝非偶然。他首先体现的是作者渊博的学识和构建故事的卓越能力。在这两方面，与其说作者靠的是天赋异禀，倒不如说是数十年如一日的辛勤积累。在新生代科幻作家中，绿杨是极少数长期同时从事科普与科幻创作的作家。在这个科普与科幻创作并行不悖的过程中，作者找到了两者之间的契合点。或者说，绿杨通过科普创作发现了隐藏在硬邦邦的科学知识背后的知性之美，而这种科学之美又通过他的科幻小说得到了淋漓尽致的展现。这也就是绿杨的科普派科幻小说与“用故事送服科学知识”式作品最本质的区别：前者是浑然一体，后者则是机械式填鸭。

三、新世纪的长篇创作

进入 21 世纪，绿杨仍然笔耕不辍，在继续短篇科幻小说创作的同时，开始创作长篇科幻，先后出版了《双子星号历险记》（河北教育出版社，2002）、《基因幽灵》（福建少年儿童出版社，2002）和《天使终结》（海天出版社，2004）三部小说。

在绿杨创作的长篇小说中，《双子星号历险记》和《天使终结》都是宇航题材的硬科幻作品，也都是在他早年间完成的短篇小说基础上再创作而成的。《双子星号历险记》讲述了一位华人船长带领一个由不同国籍的船员组成的宇航团队，驾驶双子星号太空飞船进行宇宙探险的故事。这注定是一趟充满艰险的旅行，双子星号经历了引力波骤降为零、飞临死行星、进入太空隧道等一系列不寻常事件，最终到达了空间的尽头。这时，飞船氧气泄漏，为最大限度保全船员的性命，船长只得下令，用抽签的方式选出四名成员，以牺牲他们换取其他人的生存。结果有两男两女被抽中，其中一人试图反抗，被船长射杀，另三人则或服毒或直接跃入太空自行了断。随后，双子星号到达了宇宙的尽头，时间也戛然而止。但不久后时空又折叠过来，并发生了倒流。这时，死去的人一个个从宇宙深处活转了回来，场面诡异而惊骇……这部作品与美国作家汤姆·戈德温的名作《冷酷的平衡》在精神内核上颇有相似之处，均表现了人类在宇宙自然法则面前的无力和无奈，但绿杨并未止于此，而是精心设计了时间倒流和死者复生的情节，彰显了作者的人文关怀。

相比之下，同为宇航题材的《天使终结》则更加注重于对人性的解剖。

小说中，被称作是“空中铁达尼”的天使号星际飞船在飞往火星的途中，船舱内部突然出现了一种罕见的传染病。围绕这起突然事件，天使号的船长、船员、旅客，乃至火星行政当局……各个利益相关方展开了复杂的博弈，而面对生死大限时各式各样的人性冲突也被展现得淋漓尽致。最终，为了保护火星殖民地免受病毒的侵袭，一项名为“盗火者”的计划付诸实施，天使号连同船上的无辜乘客以及神秘病毒被一并摧毁。与短篇原作《缺席审判》相比，长篇版的《天使终结》去掉了最后一段对该事件进行法律责任追究的描写，止于天使号毁灭前的一刻，在结尾处抛下了一个大写意式的留白，给读者以更多的思索和回味的空间。

《基因幽灵》是绿杨长篇科幻创作的另外一种尝试。故事的背景从浩渺无垠的太空转换到了现实中的普通医院，这里无疑是身为职业医生的绿杨最为熟悉的环境了，因而在场景设计和情节推动的把握上，作品表现出一种从容不迫的气度。小说讲述的故事是，中东某国的统治者为了制造无敌于天下的超级特种兵，委托瑞士的一家著名制药公司开展了一项旨在唤醒人类进化过程中沉睡基因的科研项目。为此，这家制药公司以医疗合作为名，在H市与中方合资建立了普安医院，并以外方派遣医疗人员的名义，把研究团队秘密派往这家医院。于是，一段时间过后，越来越多的怪事在普安医院发生，一些病人在输血后，他们的身上相继出现某些低级动物的特征，而为他们提供血液的供血者在一次神秘事件后重伤昏迷，随后便在重症监护室内离奇身亡。此时，一群初出茅庐的年轻实习生凭着蛛丝马迹，巧妙机智地与阴谋者周旋，终于使真相大白。在绿杨的整个科幻创作中,《基因幽灵》无疑又是一次重大的飞跃。此前，绿杨的科幻创作无论是“鲁文基系列”，还是《双子星号历险记》《天使终结》，在形式和内容上遵循的都是经典科幻样式。而《基因幽灵》则已经走向“高科技惊险小说”的新方向，尤其是作者把自己多年医院工作的经验运用到了小说创作之中，给读者以空前的真实感，在亦幻亦真中享受紧张刺激的阅读体验，为作者的科幻创作生涯留下了一抹别样的亮色。

参考文献

［1］［2］郑军. 中国科幻四大掌门［J］. 书与人，1999（5）：38.

［3］郑军. 第五类接触——世界科幻文学简史［M］. 天津：百花文艺出版社，2011：214.

［4］童恩正. 谈谈我对科学文艺的认识［J］. 人民文学，1979（6）：110.

地球末日记（灵龟劫）

◎ 潘家铮

一、七星会

7月上旬的天气已经非常炎热，但在璇宫大酒家2楼的一间雅室——七星厅内却是花香气清，幽爽宜人。转台上已摆上几碟精致的小菜和7套餐具。5位中年男女正躺在沙发上摆龙门阵。

“已经7点了，怎么月芝和萧捷还不见光临？”一个肥头胖耳的男子捻熄了烟卷，瞧了一下手表：“莫非他们忘记了我们的七星会了？”

“尹经理，这个你放心。昨天我还和他们通过电话，忘不了，”一位教师模样的女子接过话头，“我倒是担心萧博士会不会生病？在电话里他声音低沉，好像心事重重。月芝也不知在忙什么，经常不在家。她妈妈说她整天整夜在天体物理所值班，人影也不见。不过她提到过今天要来参加七星会，这事她不会忘记的。”

“小林，老萧就是那副德性，他才没有病呢。我也听到老萧弟弟讲过，他最近忙得不可开交，我猜想他们要开什么天文年会吧，所以来迟了，我们再等一会儿吧。”戴金边眼镜的经渭明司长彬彬有礼地说。

“他们搞天文和天体物理的人，空洞得很，有什么了不起的事，再忙也忙不过你这位外交部大司长呀。”尹经理仍然不满意地用手指弹弹沙发扶手，

“老经，报纸上说我们在推行全方位外交，形势怎么样，吹些风吧。我们 7 个人中算你官最大，哈哈哈。”

“在全国像我这样的干部多如牛毛，哪像你和钱行长腰缠亿万、得心应手。搞外交工作，无非是勾心斗角，根根神经紧张啦，真想改行发点小财，过点清闲生活。”

“啊哟老经，你是只知其一不知其二。金融界里风险大啊，随时都有跳楼、投海的可能。要说清闲，还是月芝他们搞基础研究的，才是一身轻松。要不然像小林当老师，唱唱歌、跳跳舞，神仙般的生活。”身为振华银行行长的钱师法提出异议。

“做小学老师就是心理上能得到安慰，我真爱那些孩子们，生活清苦点也就不计较了。”林老师承认说。她的芳名叫晓莺，讲起话来也像黄莺唱歌般地悦耳。“上星期我带孩子们参观矿井公司的大蟒山工地，老窦是那边的总工。啊，气势真大。那钻塔比摩天楼都高。老窦，你们的井要打多深啊？”

窦启昱总工谦虚地摆摆手：“我们只是按图施工罢了。这口井确实是世界上最深的，要钻进地下 20 千米，快要钻透地壳了。有机会我请你们都到地底去参观参观。”

“三百六十行，各有特色，也各有难念的经。”经司长总结似的说了一句。“时间也过得真快，想当初，我们 7 个人都从绪塘镇小学出来，同时考进县中，结成了好朋友。中学毕业时，我们义结金兰，发誓永不相忘，这情景似乎还在眼前。一眨眼 20 年过去了，大家都大学毕业，各奔前程，但又汇集到北京来，真不容易。5 年前我们在同乡会上见面后，大家有多么高兴，又有多少感慨，就成立了这个‘七星会’，决定每年在我们结拜的日子里欢聚一堂，还蒙我们的尹大哥慷慨解囊，盛宴款待。老尹，今天请我们品尝点什么？”

“今天我准备了一席‘山海宴’，5 种山珍、5 种海味，都是我们璇宫的拿手菜。”尹瑞修说到这里忽然放低声音：“我本来还联系到好些珍稀品种，可是最近风声紧，不敢下手，以后有机会再请各位品尝吧，只要璇宫不关门，吃点喝点我全包了。”

“老萧和月芝的事怎么样了？”钱行长改变了话题，“他俩在小学里就耳鬓厮磨，要好得像‘扭股糖’，长大后又是同行，我们都认为是天生一对，一定是最先结婚的，怎么到今天还是若即若离的？真是鱼儿挂臭，猫儿叫瘦。难道搞天文的就得独身吗？”

“大约是一个人学问多了脾气就古怪了，所以大学问家独身的多。幸亏我学问不多，所以捞到一个黄脸婆。哈哈……”尹经理拍拍肚子开怀大笑。

“我听说月芝姐和萧哥在天体力学上有很大的分歧，常常在会上争执不休，各不相让呢。”晓莺不安地补充一句。

“我看老萧是有意思的。月芝这个人，表面很随和，但实际上脾气很倔。我记得在中学里她的成绩总比老萧低一分半分，只能考第二，她常常气得哭，也许就为此闹僵了。其实，老萧也太认真，让她几分有什么关系，好端端的眼看到手的娇妻给气跑了。”

“不论怎么说，我们应该关心老同学呀。窦工，你和老萧最熟，晓莺是月芝的贴心姐妹，你们做做红娘促成好事啦。”经司长布置任务了。

5个人正谈得起劲，忽然响起敲门声，接着进来一男一女。人还未进室，道歉的声音先飞了进来：“啊哟，我们来迟了，有劳各位久等，对不起，对不起！”

大家兴高采烈地起身和他们握手或打招呼。胖经理一面递烟奉茶，一面问道：

“老萧、小李，你们在忙什么啦？差点把老同学都忘了，是不是准备开什么天文年会？”

“尹老板，年会已取消了。我们来迟了，实在是由于在工作中出现了一点意外。”月芝边揩汗边回答。

“什么意外呀？方才我们还在提到你们搞天文研究的最玄又最轻松了，不担风险的。”窦工程师饶有兴趣地问。

“这个嘛，”月芝向萧捷望了一眼，犹豫不答，“今晚不说这个，不要影响我们的‘七星会’。”

“对对对，今晚只谈风月。来吧，大家请按老位置入座，我的五脏庙已经提抗议了。”尹经理忙着招呼大家入席，又指挥上菜斟酒，“来，为我们的欢聚干杯！请品尝一下璇宫的山海宴！”

于是在碰杯声中，大家海阔天空地聊起天来，只有喜欢寻根究底的窦工程师不肯放过疑点，悄悄地问坐在旁边的月芝：“月芝，你们究竟发现了什么意外？告诉我吧，你是知道我的脾气的，心里搁不下事。如果有个疑团不解，我会寝食不安的。”

可是，平素很坦率的月芝，这次却一反常态，任你怎么追问，她总是吞吞吐吐，避而不答。最后，一直坐在她身旁喝闷酒的萧捷开了口：

“月芝，纸里包不住火，大家迟早要知道的，让我捅破了吧。亲爱的老同学们，告诉你们一个不幸的消息，我们生活的这个世界已不能存在多久了，地球的末日即将到来。因为我们已探测到在亿万公里以外，有一颗巨大的彗星正向我们迎面飞来。它的轨道正巧和地球的轨道相交。这些日子我们天文台和月芝的研究所正忙着用一切手段进行观测、追踪和计算，想证明两个星球不会正巧相撞。遗憾的是，答案无情，地球的毁灭已经是不可回避的现实了。”

二、天尽头的来客

萧捷的话使正在高谈阔论、品酒尝鲜的人们都惊呆了。几双伸向“芙蓉圆鱼羹”的筷子也像突然冻结了似的停在空中。半晌，还是尹经理干笑了一声，打破冷场：

“哈，妙极了，地球和彗星相撞，世界末日，这是个永恒的科幻题材，我们在小说和电影中看到过多次了，可我们还不是活得好好的。大家别理萧博士的惊人之语，今天可不是愚人节。还是来品尝品尝这碗‘竹荪鲍脯’吧。”

萧捷用鄙视的眼光瞟了一下尹经理，喃喃自语：“是科幻小说就好了，可怜的人们，过几天就有你们的好戏看了。在遭灭顶之灾时，人是什么事都干得出来的。”

“月芝，”窦工看萧捷的模样不像开玩笑，盯住厚道的女同学不放，“我们不太相信老萧的话，都信你，你说说，真有这样的事？”

“事出是有因的，但不像萧捷说的那样绝对。”月芝被迫开了口，“他现在变成了‘灾变论’的信徒，认为宇宙的一切演化都是由突然的灾变引起的，宇宙和星系从大爆炸中诞生、形成，也将在爆炸中毁灭，包括地球在内，这未免太悲观了。”

“丫头，要不是几十亿年前一颗星球撞上地球，激发了地球的自转，撞歪了地轴的方向，今天就没有昼夜和四季呢，还能有今天的文化？”萧捷尖刻地反驳。月芝没理他，继续说：

“在若干年前，有一颗名叫‘灵龟’的彗星也接近过地球的轨道，两颗星在相距几百万千米处擦身而过。这是颗短周期的彗星，再过几十年又会飞近地球的。但萧捷坚持认为它会提早到来，长年累月地观测研究，让我也协助他分析。两个月前还真探测到有一颗大彗星向地球飞来。但我认为这不是灵龟星而是另外一颗脱出了‘柯依柏带’的彗星，因为它的彗核直径达 1000 千米，而灵龟星不过 10 千米，从光谱分析，两者的组成物质也不一致。根据最近的观测推算，它将在离开地球 5 万千米处穿过地球轨道平面，这真是擦着鼻尖飞过了。”

“还差 5 万千米，那怕什么！”钱行长嘘了一口长气。

“月芝说得不对，”萧捷敲敲台子，“这就是那颗灵龟星，它在通过柯依柏带时吸收、凝聚了大量彗核，使自己像滚雪球似的膨胀起来，又在海王星和天王星的引力下脱开了柯依柏带，提早飞回来了。它将和地球迎面相撞。月芝说的 5 万千米是她在计算时漏掉了一些因素。这丫头老是丢三落四的。再说，她的计算机精度也不够。”

“我漏掉什么因素了，你说嘛！你又说不出来！”月芝愠怒地说，还红着脸瞪着萧捷。经司长见状，慌忙引开话题：“什么叫柯依柏带呀？”

“噢，那是我们天文学上的一个名词，这是位于太阳系边缘处的一个环状带，其内缘离开太阳已达 70 亿千米！《红楼梦》里林妹妹在葬花时不是幻想过自己生了双翼飞到天尽头去吗，就太阳系来说，这就是真正的天尽头了。”

“可惜这天尽头是个灾祸的根源。”萧捷冷冷地接过话头，他今天句句话好像都和月芝唱反调：“这是一个遥远的、神秘的、奇寒酷冷的世界。在这个世界里有无数个大大小小冰冻的星球绕着太阳运行，所以人们称它为‘彗星大仓库’。其中有一些星体的运行轨道并不稳定，它们受到飞近的大行星的引力作用会突然脱离原有轨道，变成一颗短周期的彗星，横冲直撞地闯进内太阳系而发生和其他行星相撞的灾难。这一次，它就要和地球相撞了。”

“不是说彗星的体积虽大，物质却非常稀疏，所以，即使地球和它相遇，也不会造成太大的灾难吗？”林晓莺小心地问。

“晓莺，你说的是彗尾，但彗头中的彗核可不是什么虚无缥缈的微尘，而是一颗由岩石和冰块冻结而成的巨大天体。我估计它的平均密度达到2，一块小冰雹就能打死人，这1000千米直径的冻星球以天文速度撞上地球将会是什么情况！唉，6500万年前发生的惨剧，今天将在亿万倍的规模上重演了。可怜的地球，不幸的人类！”萧捷说完后发出一声令人毛骨悚然的长叹。

三、恐龙王国的覆灭

“什么是6500万年前的惨剧？”大家异口同声地问。

“在距今6500万年时，”萧捷见到他的“灾变论”有了市场，显得兴奋起来，“地球上正是所谓白垩纪时代。那时候，地面上还没有形成五大洲，而是一整块古大陆，到处是郁郁葱葱、无边无际的森林、草原和沼泽，连北极地区也被遮天的雨林覆盖着呢。万物都生长于斯、憩息于斯，其中占统治地位的是当时进化最快的恐龙——有体形庞大而生性温良的食草龙，有形状丑恶凶猛残暴的霸王龙和剑齿虎，有在天空中自由飞翔的翼手龙……母龙在下蛋，幼龙在嬉戏，天空阳光普照，地面江河长流，好一派祥和舒适的景象。恐龙们统治世界已整整两亿年了，它们哪知道一场灭顶之灾正在一步一步逼近呀。原来，有一颗直径几十千米的小星球正在悄悄地接近地球，而且在地球引力的作用下愈来愈快地撞向地球。

“灾难逼近了，恐龙们惶惑不安。致命的一天终于来临，天空突然由晴朗转成阵阵阴霾，从天际传来隆隆的响声，接着出现了一个小红点，而且不断发亮、扩大，变成一颗刺目的大火球。恐龙们惊骇失措乱躲乱藏，但谁能逃脱这场浩劫？小星球进入大气层后，以每秒数十千米的速度使它全身白炽化，比太阳还明亮百余倍。然后震天裂地一声巨响，星球撞在今天的墨西哥尤卡坦半岛处，那撞击的力量相当于数百万亿吨 TNT 的爆炸能，或者说相当于百亿颗扔在广岛的原子弹。地球剧烈地震颤了，它被撞离了原来的轨道，自转的速度也发生瞬时变化。在星球落下的地方，燃起一望无际的熊熊大火，数十万平方千米范围内的气温高达几百摄氏度，粗达数十千米的烟柱直冲云霄，数月不断。浓厚的灰尘云紧紧包围住了地球，形成厚实的尘埃圈数年不散，太阳光无法穿过封锁圈照到地面，于是地面温度又骤降到零下百余摄氏度，出现了‘间冰期’。完整的古大陆被击碎成几块大板块，分别向不同方向漂移，形成今天五大洲的雏形，在板块边缘带到处产生强度难以描述的巨大地震和海啸……就这样，统治地球已两亿年之久的‘恐龙王国’连同绝大多数生物顷刻间统统灰飞烟灭，地球上重新进行由最低级生命开始的演化过程。经过 6500 万年，出现了今天的局面。现在，新的一轮游戏又要开始了。”萧捷像说书一样，把“恐龙王国”的覆灭说了个淋漓尽致。

“我不相信，地球在茫茫太空中运行，会碰巧和一颗颗星球相撞！这概率会有多少？”尹经理咕哝了一句，他始终没有停止品尝桌上的珍馐。

“尹老板，亏你还记得概率这个词，”萧捷话中带刺，“可惜你在天文方面是个‘天盲’，你认为在茫茫太空中一无所有？你错了，至少在太阳系内，无数个天体在运行着，其繁忙程度不亚于长安街，地球实际上无时无刻不在和千千万万个天体相撞。说到概率，精密的计算指出，发生在 6500 万年的那种碰撞概率是 1000 万年一次。只是这种碰撞并不按严格的周期重演，否则从尤卡坦事件以后地球应该发生六七次这种大碰撞了，人类是从概率网中漏出来发展起来的，但最后还是逃不过这次‘灵龟劫’啊！”

“就算地球和彗星相撞，难道几十亿人都会死绝？就是打核大战，也无非死掉一半人罢了！”钱行长气愤愤地提出反驳。

“请记住，这次是地球和一颗直径 1000 千米的星球相撞！”萧捷冷冷地看了钱行长一眼，“我穷毕生之力，研制了一个可以精确演示地球和其他星球相撞过程的计算机模型，并用它重现了 6500 万年前的碰撞过程，成果与实际情况完全相符。我又用它演示了这一次的撞击。啊，那后果呀……不但薄薄的地壳将被撞得粉碎，彗核还将穿过半流体状的地幔直冲地核。在碰撞后原来意义上的地球就不再存在，地球将粉碎性解体，大气和水分将消失，最后在金星和火星之间将留下几百万颗奇形怪状的小天体跌跌滚滚地绕太阳运行。原来地球上几十亿人口和亿万生物都将化成尘埃，你还想逃命吗？”

萧捷的话使大家哑口无言。最后经司长打破了沉默：“不管怎么说，今天人类已发展到高度文明，不是当年的‘恐龙王国’了，人类在灾祸面前必会自救救世，决不会束手待毙的。月芝，你说呢？”

“一点不错，我们正在起草给政府的紧急报告。我想各国政府和全世界的科学家会马上行动起来，制订紧急措施。如果真会发生直接碰撞——我至今仍不相信——最有效的措施是，不待彗星接近地球就发射一颗巨型核弹在它附近爆炸，把它推离现在的轨道。其实，萧捷虽满口‘灾变论’，但他已经在精心研究发射核弹的计划了。只是他关门设计，把我完全排除在外。捷，你这是什么意思，还在记我上次天文学会上驳斥你论文的仇吗？”月芝投去充满愠怒哀怨的目光。

“不是的，这是由于……由于……反正你以后会谅解我的。”萧捷红着脸，答不上来。

“他还坚持愈早动手愈好，我就坚决反对。我认为现在彗星轨道还不太稳定，也没有十分精确的测定，仓促行事风险很大。在这点上我们又争执不下，以后要由国际权威来决策了。”

“再迟就要来不及啦！在这种问题上不能听你的。”萧捷斩钉截铁地说，与月芝怒目相对。看到这种情况，窦工向晓莺吐吐舌头，又附耳说：“看来我们的红娘还不好做！”

尽管在聚餐会上气氛有些异常，毕竟灵龟星还在 1.9 亿千米以外，月芝又说它不会和地球相撞，即使要撞也有办法对付，所以大家还是吃完了菜肴。最后尹经理端起杯宣布：

“老同学们，我们的‘七星会’本来是一年一次，现在既然有灭顶之祸，我提议改为一月一次吧。下个月的今天，请各位仍光临敝处，让我们在灭亡以前一醉解忧。哈哈哈！”

四、“希望弹”的爆炸

一个月后，七星会成员又聚集在璇宫酒家。这次萧捷没有来，月芝一进门就打招呼：

“萧捷给我来了电话，说他要参加IADA的紧急活动，不能来了。还说在我们聚餐快结束时，他会送来一封信，宣布一个重要的新闻。不说他了，尹老板，今天请我们吃点什么呀？”

“今天为各位准备了一席‘奇珍宴’。”尹瑞修回答说，“等一会儿，各位可以品尝到红烧海南坡鹿肉，清蒸白暨豚，铁排烤穿山甲，还有金丝猴脑羹和华南虎鞭汤……”

“啊呀，这些可都是国家明令保护的珍稀物种呀！”经司长大吃一惊。

“对了，可是过不了多久，所有物种都要和我们一齐灭绝了，还不如充分利用，先饱饱我们的口福。这叫作‘珍奇宴后死，做鬼也风流’呀。自从地球要和彗星相撞的消息传开后，人人忙着为自己打算。天下已乱了套啦，环保部门早已不来检查了。来来来，入席，入席。”尹经理的喉咙仍那么粗，但听上去音调有些古怪，好像死刑犯在行刑前喝断肠酒一样。

“奇珍宴”就这样开始了。席上，人们都无心吃喝，不断向月芝和经司长探听消息。

“月芝！”钱行长先开腔，“想不到你们上次说的神话竟成为事实，我们大祸临头了，不知道还有没有逃命的机会？老实说，我真不想死，拼搏了半辈子，刚混出点样子，钱氏集团的资金刚满百亿元，还来不及享受一下，却统统要化成灰了，这有多冤啦！”钱行长几乎凄然泪下，“现在钱也不那么灵了，听说下个星期开航的宇宙飞船票已涨到10亿元一张，还买不到……”他又补充了一句。

“钱行长，天塌下来众人顶，反正人人都有份。我想，这总比光你一个得癌症好受一点吧！”窦工强作解脱，又回头向月芝说：“月芝、渭明，我们到底还有没有逃命的机会？外面谣传纷纷，有什么内部消息，讲给我们听听。”

“我没有什么内部新闻，”经司长皱皱眉头，“主要情况报纸上都刊登了。自从我国政府将消息通报各国后，各国天文台和科学院很快证实了我们的预报，而且立刻在北京成立了最高权威性的国际抗灾总指挥部IADA，还由各国选派第一流科学家组成最高决策咨询团。首席科学家是欧洲的海因希教授，老萧是主席团的第一副主席，月芝也是委员呀。有什么核心机密，月芝也许知道些，问她吧。”经司长说到这里，用带有些尖酸的语调又说了一句：“咳，这一次国际合作倒是十分顺利，再也没有什么勾心斗角、尔虞我诈的情况，效率高极了。大约船要沉前，大家只好同舟共济了。”

“我也没有太多的情况，彗星向地球袭来的事已确切无疑。但各家算出来的轨道各不相同。不过拥有最精密的观测系统及最先进的计算机系统的欧洲科学院和最先发现灾祸的萧捷的天文台算出的结果完全一致：彗星恰巧和地球迎头对撞，因此HCB同意按照这个情况考虑了。”

“迎头相撞？”一块鹿肉哽在尹经理的喉咙里，他努力了半晌才挣出一句话：“那后果怎么样？”

“哇，那将是一场不堪想象的灾难。彗核将撞碎地壳，穿透地幔，直冲地核。地球将解体，水分和大气将散失，一切生物和文明都将毁灭，正如萧捷上次说的那样。”

“哎呀，那我们面前只有死路一条了。”

“办法还是有的，就是上次说过的方法。海因希和萧捷已提出一个拯救计划，就是把地球上所有的核弹头集中改装成一枚空前巨大的炸弹，称为‘希望弹’，它的爆炸能相当于10万亿吨TNT吧。我们在彗星尚未接近地球时，就发射‘希望弹’，在它附近引爆，使它偏离原来的运行轨道。萧捷这些日子没日没夜地都在进行这项拯救工程。根据我的严密监视，这颗‘希望弹’已经发射出去了，萧捷等一会儿可能会通报发射后果。”

“谢天谢地，这就好了。”钱行长揩掉了额头上豆大的汗珠。

“这么大的事，怎么不事前和各国政府通通气，也不通报全世界人民？”经司长很不满意地说。

“连我也被蒙在鼓里。萧捷说，现在是非常状态，为了拯救地球和人类，必须有个拥有无限权力的执行机构，再要讲民主，众说纷纭，议而不决，必致坐失时机，‘筑室道谋’是绝对不行的。所以，HCB 和 IADA 中的几个人就独断独行了，成功后再通报全球。”月芝说到这里，面露愠色，“萧捷说众说纷纭，分明指我不同意他的计划。其实，我是赞同用爆炸核弹来改变彗星轨道的，只是反对他秘密地搞，我要求澄清一些问题，他都拒绝，处处排挤和看不起我这个丫头……不知怎么，我总觉得这个拯救工程搞得太神秘，有些反常。”

听说大家还有活命机会，席上的人才又轻松一些，你一言我一语地交谈着。经司长说，地球要毁灭的消息传开后，全球骚动，有些国家的社会秩序已开始崩溃，只好出动军队维持，但军队也哗变了，胡作非为。中国的情况算是最稳定的了。

“也乱得可以了，”窦工接过话头，“我们那里早已停工，人们拼命抢提存款，大吃大喝高享受，谁都要在死前潇洒一番。小林，你们学校停课了吗？”

“孩子们是最纯洁的，他们并不恐惧，小的学生甚至还感到好奇和新鲜呢。有的孩子还问我：‘老师，彗星怎么还不来呀？’”

“该死的小赤佬！”钱行长恶狠狠地骂。

“我看他们比只想逃命或抢在死前醉生梦死的人要好一些。”晓莺冷冷地说，“我们大部分课都停了，组织全校学生上街宣传人定胜天和维护人类尊严的道理，效果还不错。”

“宣传有屁用，立着死和跪着死还不是一样的。遇见老虎能逃出命的就是英雄，不管他逃命时多难看。”钱行长坚持他的哲学。

“说起逃命，前些日子真有人愿意花重金在我们井底造个避难所。”窦工想了起来，“我们的井深达 20 千米，在井底建造一个钢筋混凝土的圆球，外包特殊塑料，对付一般的撞击倒是万无一失的，但要防御击碎地球的碰撞，那就无能为力了。”

“避难球？好主意，还来得及造吗？”尹经理大感兴趣，和窦工小声讨论了起来。

大家的谈锋正健，忽然从楼道里走来一个孩子，手里擎着一封信问道：“这里有一位叫李月芝的阿姨吗？有位叔叔要我送封信来，说有急事。”

五、超级宇宙杀手

“萧捷没有失信，送信息来了。”月芝一面说，一面接过信封来看，她忽然皱起双眉：“他又在搞什么鬼？”原来那信封上用大头笔写着“急件送璇宫酒家七星厅李月芝女士启”，下面还附着一行小字：“此信请月芝念给大家听，必须在拆封后 5 分钟内念完，逾时失效。”月芝停了一会儿，在大家的催促下拆开信封，取出信笺念了起来。开始时她还镇定自若，但一会儿语音就有些异样，后来竟颤抖起来，几位听众的脸上则不断出现张口、结舌、瞪眼、抓头的怪样子来。

那信上写道：

亲爱的老同学们：

当你们读到这封信时，我以及海因希教授已经不在世上了。请不要惊讶，更不必哀悼，我们仅仅先走了一步。因为，我们现在已可确切地断定，灵龟星即将与地球迎头相撞，地球必然要毁灭，万物都将化为原始的微粒，在今后的宇宙岁月中重新组合和发展，这完全符合‘灾变论’的原理。

现在，让我来透露事实的“真相”吧。我坚信灵龟星将提前回归并撞击地球，为此我做了长期的观测探究。当我终于在茫茫天际捕捉到它出现的信息时，我是多么激动啊，可是不久我遗憾地发现它的轨道并不和地球严密相交——顺便说一句，月芝的计算是正确的，尽管她老遗漏一些重要因素——彗星将在距离地球 5 万千米处掠过，这虽然会给地球上的芸芸众生带来巨大的惊恐，却毁灭不了文明，我不能容忍出现这种遗憾，决心纠正它。所以，我一开始就否定月芝和其他人的计算成果，制造彗星即将和地球相撞的舆论。

我把我的发现和计划告诉我的老师——海因希教授，国际公认的灾变论泰斗和天文权威，得到他全力支持。我们共同制订了一个周密的“纠偏计划”，我抢先把“灵龟劫难”散布出去，接着海因希教授“独立”地发表他的观察计算成果，当然和我的完全一致，震动了全球，促使国际上迅速成立了lADA和HCB。正如我们所预计的，由于海因希教授的崇高威望，我又是首先发现彗星来袭的人，我们又都拥有最先进的观测和计算手段，因此我们被任命为首席科学家和副主席，便于操纵一切。

这样，我们立刻提出早已研究好的“拯救”方案——实际上是“纠偏方案”，并得到通过和执行。地球上的核力量被集中，组成了“希望弹”，并按计划发射了。它在彗核附近爆炸后，彗星的轨道外推了，刚巧调整到和地球迎头相撞的位置，我们完美地纠正了上帝的一个失误。

另外一个重要情况是，在“希望弹”爆炸的动力和热力作用下，本来并不稳固的彗核已解体成千千万万个碎块，小的像一颗卵石，中的像一座大山，大的像半颗月球，分散分布在广阔的范围内，一齐向地球袭来。如果说，以前仅是一颗炮弹瞄准着地球，现在却变成千千万万门火箭炮射向地球了，而其中任何一颗大一点的碎片都足以毁灭地球上的文明。人类再狡猾善变，也逃不出这一次的“灵龟劫”。总之，我们在仔细研究了“希望弹”爆炸后的情况后，一致确认这一次地球是肯定要毁灭了。你们把杀人者称为凶手，大量杀人者被称为杀手，但谁也没有像我们杀得那么多，堪称“超级宇宙杀手”，可以列入《吉尼斯世界大全》了。

在写好这封信后，我们要向全世界发表一个声明，宣布“希望弹”爆炸后，彗星正沿着直撞地球的轨道飞来，地球已注定要毁灭，我们只好先离开人世而去，并希望全世界的人过好最后几天日子。然后，我们就炸毁我们的大楼，使它化为灰烬。

你们读到这里，一定会又惊恐又愤怒，还会大声咒骂和责问：“为什么要这么干？”我们的回答很简单：我们憎恨人类，憎恨这个世界。人类发展到今天，已达数十亿，他们完全背离了上帝的意志，把地球彻底玷污了，到处是丑恶和堕落，已无法改变，比当年的恐龙王国丑恶万倍。如果说，恐龙王国应该灭绝，那么人类更有一万倍理由被毁灭。一定是由于这个缘故，上帝在创造人类后很快就厌恶和后悔了，而且用洪水毁灭了他们。上帝的错误是不该留下一只诺亚方舟，使人类又发展到今天的局面。这一次我们不会重蹈覆辙了，因为连存放诺亚方舟的地方都不会给留下。

请原谅我带给你们这个不愉快的消息，为了不影响各位的食欲，我特地布置好要在你们的宴会快结束时才送达此信。瞧，我还是关心老同学们的呀。

别了，愿我们在今后的渺渺宇宙岁月中仍有机会重聚。

萧　捷

× 年 × 月 × 日

月芝念完后，大家瘫痪在椅子上，作声不得。接着他们惊恐地看到这张信笺慢慢地自行皱缩，一缕青烟冉冉升起，顷刻间自燃得无踪无影。

“尹经理，你办公室中有万用信息仪吗？”月芝终于冷静下来。

“有，有，就在楼上。”尹经理茫然地回答。

“我上去一下，我要证实一下信上讲的是否实情。萧捷虽然有点愤世嫉俗，但还是很讲人性，富有幽默感的，我不相信他会做出这种事来，可能又在和我们开玩笑。”月芝说完就迈动双腿跑了出去。不一会儿她就回来了，懊丧地说：“看来一切都是真的，他们住的楼已被炸毁，萧捷和海因希失踪了，全球电台正在广播他们的声明。我还接通我们研究所的观测台，的确观测到彗核已经解体成一大堆星球，正在沿迎面相撞的轨道向地球袭来。这一次我们怕真的要大祸临头了！你们听听他的广播吧！”月芝按动了录放机。

告全球人类

我们——海因希教授和萧捷博士，向全球人类宣告，纠偏工程已顺利执行，“希望弹”按时准确爆炸，彗星轨道已经调整，彗核已解体成无数碎块。根据精确的测算，解体后的彗核完全按我们设计的新轨道运行，将于六天后准确地撞上地球（停顿了片刻），地球就注定要毁灭了。

我们为圆满完成这一任务而十分高兴，特广播昭告全球（又停顿了一下）。我们这样做，是让人类在获悉自己要灭绝前尽情表演一番，从中可以看到自己有多么自私、丑恶和无耻，而这是完全违背上帝的意志的。上帝把一个个纯洁无瑕的灵魂附在每一个婴儿身上，而你们把孩子都变成了魔鬼，难道不该三思吗？（停顿片刻）不如通过彻底灭绝而后重生了。

我们已做完应做的一切，我们即将炸毁我们的住所，离开人世，愿你们过好这关键的6天。

海因希　萧　捷

“萧捷错了！”经司长以拳击桌：“他分不清主次，以偏概全，看错了大方向，才会对人类社会绝望，犯下不可宽恕的罪行。”

“丧心病狂的东西，你不要活就自杀去好了，干吗要拉80亿人民殉葬！他说这一次没有诺亚方舟了，我偏不肯死。谁能救我，我愿意出50亿元！老尹，你说呢？”钱行长口沫横飞地咆哮了一阵，回头问尹经理，但尹经理正和窦工程师窃窃私语，没有答话。

“我真难相信萧捷会干出这种事。”林晓莺忧伤地说，“我们对他太不关心，我要是经常请他到我们学校去看看，让他看看那些孩子有多么纯洁和可爱，他就不会变成这个样子了。月芝姐，我真后悔！”

“我不相信地球就会这么毁灭，人类就得束手待毙。”月芝表现得特别坚强，“我们还有6天时间，我要马上回去和IADA联系，研究对策。喂，老同学们，别这么失魂丧魄的，情况虽险恶，但机会还在，我建议3天后我们再碰一次头，开个七星会——啊，现在只有六星了，交换一下信息。尹老板，你还肯再接待一次吗？”

“当然，当然，不过我担心3天后我已没有东西可以招待了。这个消息传出去，人心散尽了，但我想我至少可以留下几包方便面招待你们的。”

六、小尾巴和歪打正着

3 天后，月芝约了晓莺再去璇宫。这时社会秩序已难维持，公共交通基本瘫痪，商店都已停业，马路上尽是醉鬼酒徒，公园里还有一堆堆自称实行“群婚”的男女，他们要在毁灭以前尽情地“潇洒”——也就是“狂荡”一番。党团员、职工和学生们组织的宣传队还在努力宣传，协助军警维持秩序，但似乎也挽救不了这艘即将沉没的大舟。

她俩好不容易来到璇宫酒家，昔日辉煌夺目的霓虹灯已经熄灭，大门洞开，临街的玻璃橱窗也砸碎了，一片散摊子的景象。正看着，经司长从里面走了出来，看见她们就打招呼：

“你们来了？里面没有人，老尹也找不到。一切全乱了套，想不到人们就只有这点水平！”

他们一齐入内，果然门窗洞开，遍地狼藉，阒（qù）无一人。最后，从卫生间里找到一个醉醺醺的小服务员，他口齿不清地说：

“什么，找尹老板？现在还有什么老板不老板的！哦，对了，你们是常来这里吃饭的七星会员吧？老板走了，还有封信留给你们呢！”小服务员从衣袋里掏出一张皱巴巴的信笺，递给经司长。

“老尹和老窦逃跑了。”经司长草草地看了一下把信递给月芝，“原来他们早有打算，在 20 千米深的井底秘密造了一个避难球，3 天前他们知道大劫难逃后，就躲进去了，他们想逃过劫难后再爬上地面，在残余的地球碎块上继续生活呢。真是好主意，不是诺亚方舟，而是诺亚圆球，哼！”

“钱师法也不会来了。”晓莺补充说，“昨天他给我一个电话，说他倾其所有弄到一张宇宙飞船票，今晨就离开地球在太空飘荡，想等撞击以后再回到地球残片上继续生活。我真难想象，即使他们逃过了浩劫，凭这几个人还能活下去？”

“那么七星会只剩下我们 3 个人了。”月芝的声音有些异样，“不管怎样，我们的聚餐还得举行，来，大家先找点东西吃吃。”

他们从贮藏室的角落里找到几包方便面，半段火腿肠和一些废弃的罐头，还有半瓶喝剩的红葡萄酒，好在水、电还没有全停，所以几分钟后，3个人围在一张小圆桌边，边吃边谈。

“自从萧捷的《告全球人类书》广播以及彗星的新轨道被证实后，真正出现了天下大乱、四海鼎沸的局面。”经司长喝了一口面汤，“许多国家已陷入无政府状态，到处是烧、抢、杀、淫乱或者自杀，这才是真正的悲剧。人类的尊严荡然无存。无非是一死，应该堂堂正正面对死亡，怎么能这样呢！”

“我刚才收听政府广播，号召大家镇静、守法，献计出力——当然看来是无力回天了。全国大水库都已放空，核电站已封存停运。我们学校里的情况还是好的，有一半多学生还来学校，有的同学提出‘把课上到最后一分钟’的口号，多么英勇可爱的孩子呀！看到这样的小生命都要化为灰烬，我心中真像刀绞呀。哎，月芝，我们到底还有几天好活？”

“IADA和HCB中几个人还在继续活动，”月芝答非所问，“而我们研究所更是分秒不停全力监测着彗星的轨道和研究对策，彗星确实基本上按照萧捷所说的轨道运行，现在离地球还有1500万千米，要3天后才能到达地球。另外，我们发现它的轨道也稍稍偏离了萧捷设计的理论轨道，大约有十万分之一的偏差。”

“偏差再大一些就好了，”经司长遗憾地说，“让萧捷的罪恶计划破产。”

“关键问题不在偏离的值，而在于偏离的率。”月芝意味深长地说，小嘴边浮起一丝不易察觉的微笑。她从手提包中取出一张大照片，“这是我们用太空望远镜刚摄下的彗核图像，你们能看出这里有什么名堂吗？”

照片中的彗核确实已解体为数不清的大小天体，分布在一个椭圆形的范围内。据月芝说，椭球的长轴达5万千米，还在不断扩大，短轴也近5千千米，地球确实难以防御倾盆大雨似的宇宙火箭的轰击。晓莺反复端详了照片后，不解地问：

“月芝，这些大大小小的天体，怎么模样都像希腊文字母σ，仿佛长着一根小尾巴似的？”

“晓莺果然好眼力，”月芝愉快地拍拍女同学的肩膀，“这不是尾巴，而是天体中喷发出的光芒。我们的希望正在这些小尾巴上呢！”

“希望？月芝，快说吧，别卖关子了。”

“这颗彗星的来龙去脉还是个谜，但已查明彗核是由岩石和冰块凝固而成的。奇妙的是，在岩石和冰块中都含有极丰富的甲烷，以固体密闭状态存在其中。‘希望弹’爆炸彗核解体后，每块碎块中的甲烷都释放出来并被点燃了，这些尾巴好像是喷气飞机喷管中射出的气流。”

“喷气机？天啊！我们能不能遥控它们，利用它们改变彗星轨道呢？”

“办不到。但甲烷持续释放燃烧，就给天体施加了反作用力，力量虽不大，但必将产生加速度，积累下来就可观了。据我测算，它们在3天后遇上地球时，将在地球外侧5万千米处通过，地球是不会毁灭的。”

好像被判死刑的犯人突然宣布无罪释放一样，经司长和晓莺呆了好一会儿才异口同声地叫道：

“月芝，这是真的吗？”

“错不了！当然彗核分解后分布范围太广，各碎块甲烷释放的速度也不尽相同，因此不能排除有个别碎块擦着地球的鼻子飞过，甚至撞进大气层，发生像6500万年前那样的灾难。但一句话，地球和人类文明是毁灭不了的。”

“啊，太妙了！那么说，萧捷他们的罪恶阴谋到头来仍失败了。这两个宇宙杀手聪明一世，还是犯了错误啦！”经司长显得十分激动。

“萧捷和我对老灵龟星的组成研究得很深，我们都察觉到彗核中有甲烷存在，但含量极微，起不了显著作用。他的错误是，他死咬定这颗大彗星就是灵龟星捕获了大量同类天体后复活的星球，认为也不存在甲烷问题。而我认为根本是另一颗星球，其组成物质可能与老灵龟星迥异。萧捷实在聪明绝世，老看不起我这个‘丫头’。这一次，他终于输给了‘丫头’。”月芝说到这里，露出一丝悲怆的微笑，但接着又黯然神伤：“可是，我虽然胜利了，但他却消逝了，本来我想……”她哽住了说不下去。

“不管是不是老灵龟星复活，只要挫败他的阴谋就好。月芝，等劫难过去，我们要声讨萧捷的滔天罪行，把他永远钉在历史的耻辱柱上。”

“这个……这个还需要研究，”月芝犹豫起来，“要知道，实际上萧捷是立了大功的，他才真正拯救了地球……你们别吵，听我解释。现在已弄清，这颗彗星的彗核极不稳固，在运行中已不断变形，没有‘希望弹’的爆炸，它们也会自行解体而且每个碎块都会释放甲烷并自燃的，从而不断改变轨道，最后就会正巧撞上地球，这一点当初被我忽略了。而经过萧捷的‘纠偏’，反而使它们从地球外缘穿过了。这真叫‘歪打正着’。所以，萧捷究竟是超级宇宙杀手还是超级宇宙救星，应该钉在耻辱柱上还是登上凌烟阁，还有待研究呢。”

“功不可没，心实可诛。”经司长沉吟半晌，盖棺定论似的下了结论。

“我倒认为应该从客观后果下结论，他应该是功臣，全世界人民和后代都应纪念他们。”晓莺的心永远是宽恕的。

“好，这个问题留待法学家和史学家去研究吧。”月芝喝完了最后一口汤，“我已和中央联系上，今晚去做紧急汇报，并拟了一个中国政府再告全球人民书，争取早一刻让全世界人类放心，让全球恢复秩序，并转入另一套应变准备，你们和我一同去吧。3 天后，彗核群将擦着地球边缘飞过，甚至有一些会落到地球上来，那可是难得一见的奇观，你们早一些到我研究所来，共同欣赏这宇宙奇景吧。”

七、宇宙焰火

生死关头的一天——8 月 17 日终于无情地来临了。80 亿人都把心提在手里等候这世界末日的审判。其实，从 16 日下午起，地球已感受到彗星的严重影响，出现种种变异。敏感的蛇、虫、蚂蚁和耗子都出洞乱爬乱蹿，布满了城市和田野；狗和猫无端地凄厉吠叫。全球气候反常，天空被茫茫的浓雾笼罩，个别地区暴雨倾缸。人人都感到心情烦躁、精神恍惚，血压和脉搏大起大落，患有心血管病和癌症的人大量死亡，许多孕妇流产、早产。据说，这和地磁场的剧烈变化以及愈来愈大的彗星引力有关。

城里寂静如死，人们都躲在可能找到的隐蔽所里。交通停顿了，只有武装军警在忠实地巡逻。根据月芝的紧急建议，各地突击组织了应变队，预防可能发生的碰撞、地震、地陷、火灾、滑坡、海啸和暴风雨等灾害，这时刻真难熬呀。

经渭明和林晓莺很早就来到月芝的观测所的核心室，这是深埋在地下的一间半球形房间，通过仪表可以把外界天空的景象真实地显示在球壁上，就像天文馆中的天象厅。月芝坐在一张弧形操作台旁，台面上是密密麻麻的仪表和显示屏。她精神亢奋，一刻不停地和IADA总部及全球信息中心保持联系，调取信息，回答问题和做出决策。几天未休息，她失去了原来的风采，但仍那么坚定和机灵，还保持着几分俏丽，像一位出色的前线女司令官。

稍有空暇时，她还向老同学介绍情况："彗星离地球不到200万千米了，可以确定，彗核群将在北京时间21点零1分到21点45分间穿过地球的黄道平面。在我们这儿刚巧是夜晚，我们将可以看到一场永生难忘的星雨奇观。虽然彗核主要部分不会直接击中地球，但个别碎块还可能闯入地球大气层甚至击到地表，危险性仍然存在，要仔细应付。我们就躲在这里观察吧，这和在露天看到的情况完全一样。"

到了下午，情况更严峻了。月芝手忙脚乱地分析信息，反馈、指挥，还哑着喉咙告诉站在旁边的渭明和晓莺："全球洋面恶浪滔天，红海、钱塘江口、英伦海峡出现从未有过的巨潮，多处海岸崩坍……太平洋中部突然涌出一座巨岛……五条全球性地壳大断裂出现活动迹象……日本海和落基山脉地区开始发生大地震……上万条大白鲨蹿上瑙鲁岛海滩集体自杀……"

5点钟以后，天变得怕人的漆黑，月芝说现在已可目击袭来的彗星了。她关熄灯光，球形壁立刻变成了一个浓黑的夜空。在西部天域出现一团光影，仿佛是一条小型银河。月芝按下放大钮，球壁上出现放大了的形象，那是一大堆闪烁着亮光的星点。月芝又选取了其中一小范围再次放大显示，就可以看清是数万块大大小小的天体，每块天体上都拖着一条光芒。较大的就像一个小月亮。在经渭明的要求下，月芝又选了一颗碎片做第3级的放大，那是一颗梨子形的古怪天体，用屏幕上的比例尺估计，约有50千米长，似乎是由黝黑的岩石和肮脏的冰块凝结而成，表面上斑斑点点、坑坑洼洼，遍体喷发出气体——月芝说那是甲烷和水蒸气——熊熊燃烧，并集中形成一条夺目的火龙，喷射到极远的范围。这些从天尽头飞来的星体，竟有如此可怖，实在不可思议。3个人都看得口噤心悸，透不过气来。

又过了一会儿，信号开始紊乱不清。月芝说，现在电磁波通信已被严重干扰，好在已准备了另一套空间激光联络系统。她花了好长时间才转变成光测系统，球壁上又出现夜空景象。这时“银河”已显得很大了。9点钟敲过后不久，光计数仪忽然闪烁起来，月芝紧张地叫道：“彗核的先头部队已经到了！”果然，一颗小红点迅速从天上飞掠而过，隐入地平线下，画出一条明亮的弧线。

接着，更多的亮点源源而至，在夜空中弧线纵横交错，犹如织女飞梭，煞是好看。9点12分达到第一次高潮，千千万万颗燃烧的火球像潮水般地滚滚涌来，它们飞驰着、翻滚着、爆炸着，呈现出绚烂夺目的景象。“简直像是上帝燃放的宇宙焰火，多壮丽呀！”经渭明激动得忘情大叫起来。

三个人正看得如痴若醉，突然一颗亮点似乎向他们直奔而来，不断扩大，不断变亮，最后成为一颗不可逼视的小太阳，泰山压顶似的猛扑下来。“不好，这颗星不但已闯入大气层，而且可能击到了地面。”月芝一面叫一面按动报警装置通知全球。果然，传音器中轰隆隆的响声愈来愈猛烈，3个人情不自禁地闭上眼睛，呼吸都窒息了，似乎死亡就在顷刻之间。最后，迸发出撕人心肺的一声巨响，房屋剧烈地颤动起来。月芝跳起来，急忙检查各种自动检测屏：“这是第一颗击中地表的彗核，就溅落在中国燕山脚下，最终的陨石重达8万吨，该处地震烈度相当于8度。啊！北京有一些建筑物坍塌了。不好！大蟒山指挥部的房屋和井口结构也垮了，老窦和老尹可能要葬身在诺亚圆球中了。”

这阵高潮过去后，稍平静了一会儿，接着又出现了两次更大的高潮，不少彗核体闯进地球大气层，有几百颗星体没有烧完就撞上地表，引发了强烈震动。最大的两颗触发了历史上未见记载的特大地震，全球都感受到了这两次巨大的撞击。

然后，星雨逐渐减少变稀，到21点35分，最后一颗直径为3千米的彗核体掠过夜空后，“灵龟劫”总算过去了，月芝又忙着联系IADA，通知各地，解除警报，呼吁人们外出，转入抗灾救难活动。根据事后统计，记录下来的直径超过10米的大小彗核共达1768万多颗，其中未烧尽撞击地表的达866颗，幸亏没有超过1000米的巨块。最大的那颗直径为800米，在大气中烧掉了部分后溅入西太平洋，穿过6000米深的海水后仍猛烈冲击海底的西太平洋断裂带，引发了8.8级特大地震和可怕的海啸，还使地球的自转周期变化了0.01秒。另一颗落在北美落基山断层附近，也触发了一场巨震，余震几个月不断。在“灵龟劫”中直接死难人数1308万人，经济损失20万亿世界元，但在此之前、之后自杀和间接死亡的达4095万人。

八、千秋功罪

流光迅速，转眼接近“灵龟劫”后一周年纪念日了。地球上一片熙熙攘攘的繁荣混乱景象，许多人早把震惊全球的“灵龟劫”忘了个干净，只有一些摇笔头的作者写出好些动人的小说，着实捞了点钱。

又值七星会期。七星厅中仍然举行着聚餐会。除萧捷外，6个人都到了，当然每个人都有了变化。经渭明已晋升为外交部副部长，月芝荣选为国际科学院荣誉院士，连忠厚的林晓莺也调任教育部的副司长了。钱师法千方百计挤上了宇宙飞船，结果飞船被一小块天体击伤，紧急落地，总算捡回一条命，可是百亿资金尽付东流，得从零开始。尹瑞修和窦启煜躲进诺亚圆球，由于井壁崩坍，几乎困死于地下，还是月芝她们通知救灾队把他们救了出来，两人均负了伤。尹老板在复原后仍然经营他的璇宫酒家，他不忘旧盟，仍邀请老同学恢复传统的聚餐，今天这是劫后第一次复会。

大家仍坐在传统的位置上，根据月芝的提议，还为消逝了的萧捷留着座位以资怀念。席上珍馐杂陈，尹老板红光满面地招呼客人：

“老同学们，我们是大难不死劫后重逢，难得啊！我敬备薄酒为大家压惊。现在珍稀动物又不让宰了，但我请了特级厨师专门用鸭子和金华火腿制成八道奇味，这就叫作‘压惊宴’。来来来，先尝尝这道压惊汤。”

于是欢声笑语杂起，钱师法首先端杯：

“老经，这次你又高升，春风得意，锦程万里，我们先敬你一杯。”

经部长喝了口酒苦笑说：“我现在正像在炉上烤着，‘灵龟劫’一过，短时间内出现过的国际和谐、宽容和合作的局面顷刻消失，又恢复到尔虞我诈、仗势横行的情况。现在世界上有156处民族纠纷，26处热点，12场局部战争，恐怖活动蔓延全球。最近还有些国家合谋图我，我们正在苦研反击之道，实在忙坏、累够了。人类真有点改不掉的劣根性。看来萧捷对人类的厌倦绝望也不是全无道理。”

于是，话锋转到萧捷和他的哲学上面。尹老板和钱行长都坦率地承认他们仍信奉“人不为己，天诛地灭”的信条，都在干些损人利己的事。“我们都是萧捷的门徒，哈哈哈。”尹老板笑着总结。

“请不要把萧捷搭上去，”有正义感的晓莺有些听不下去，“他不过在认识上有些过激，本身可不是个自私的人。经部长，世界法庭对萧捷最后下了什么结论？”

“已经开过18次听证会，暂时休庭，由世界法学会和史学会组成专门委员会作研究，也许还要全球公决。我总认为他是有罪的。”

“萧捷是立大功的，没有大罪，至少功远大于罪。”经过一年的思考，月芝的立场已十分明确。

“哈哈哈，难得月芝动了真情。我看你为他开脱，恐怕带有点感情色彩吧？”窦工边说边做怪相，引起一阵大笑。

“没有萧捷的‘罪行’，你早已跟诺亚圆球都化成灰烬了，还能坐在这里挖苦人？”月芝恼羞成怒了，“我不允许任何人污蔑我的萧捷。”

“啊哟，连‘我的萧捷’都说出来了，多么亲热呀。月芝，萧捷几时卖身给你的哟，这下子露馅了。赶快交代你们之间的恩恩怨怨吧。”

于是“萧捷功罪”与“萧李恩怨”成为聚餐的热门话题，一直谈笑到酒醉饭饱。当众人享用着浓香的咖啡时，灯光忽然暗了一下，接着月芝猛地惊叫一声。原来在她右边萧捷的座位处，忽然出现了一封信，她取起信后，又一次惊叫：“这是萧捷给我们的信！”果然，一信封上浓墨写着“致七星会学友请月芝代念”，下面还签着萧捷龙飞凤舞般的名字。

众人面色发白，相顾无言，月芝咬咬牙，取出信笺，念了起来：

亲爱的老同学们，你们好！

当你们读到这封信时，灵龟大劫已过去快一年了，地球上已恢复了常态——其实是恢复了混乱和丑恶的局面罢了。根据人们的怀旧心理，我算定你们今天又会聚餐的，而且一定会按老位置坐，月芝也会提议给我保留个座席的，老尹又一定为你们准备了一顿丰宴。为了不影响你们的食欲和谈锋，我仍选择餐后再送达此信。

你们中有些人可能要怒骂：“萧捷这个鬼魂怎么又出现了，他要缠我们到几时？”请少安毋躁，我马上告诉你们事实真相——这次是确实的真相，不像上次那封信，我在“真相”二字上是打了引号的。

我早已测定彗星的轨道及其物质组成，那里有极丰富的甲烷和氧，和老灵龟星一样。啊，还得补充一句，以前人们认为老灵龟星中含甲烷量极微，那是他们只能测到其外壳的值，老灵龟星回归时，外壳已磨尽了。

这样我就获得明确的结论：根据有关数据测算，彗星将在距地球5万千米处掠过；但由于彗核解体和甲烷释放及引燃，实际上将与地球迎头相撞。我虽对人类社会现状不满，但作为一名子民，绝不能允许发生这种灾难，经过和海因希教授的精密研究，我们制定了拯救方案：在彗核将要自行解体的瞬间，引爆“希望弹”。表面看是“希望弹”的爆炸促使彗核解体并改变轨道直撞地球，实际上是拯救了地球。以上就是事实真相。

现在请允许我向包括你们在内的全球人民道歉，在计划完成后我们灌制《告全球人民书》的录音时，我们忽然决定开个玩笑，把原来拟好的稿子销毁，并将录音中个别字句做了技术性的暂时封闭，你们听广播时一定注意到我讲话时有过一些停顿。这样就变成我们是有意毁灭地球了。录音盘在11个月后会恢复正常。下面就是全文，括弧中是暂时封闭的字句：

告全球人类

我们，海因希教授和萧捷博士，向全球人类宣告，纠偏工程已顺利执行，“希望弹”按时准确爆炸，彗星轨道已调整，彗核已解体成无数碎块。根据精确的测算，解体后的彗核完全按我们设计的新轨道运行，将于六天后准确地撞上地球，（但由于彗核中的甲烷释放和引燃，它们的实际轨道将在离地球 5 万千米处通过，若不采取纠偏措施）地球就注定要彻底毁灭了。

我们为圆满完成这一任务而十分高兴，特广播昭告全球（但今天有意暂隐蔽本公告中某几句话）。我们这样做，是让人类在获悉自己要灭绝前尽情表演一番，从中可以看到自己有多么自私、丑恶和无耻，而这是完全违背上帝的意志的。上帝把一个个纯洁无瑕的灵魂附在每一个婴儿身上，而你们把孩子都变成魔鬼，难道不该三思吗？（若再不醒悟，人类文明迟早要被你们自行毁灭，那样倒）不如通过彻底灭绝而后重生了。

我们已做完应做的一切，我们即将炸毁我们的住所，离开人世，愿你们过好这关键的六天。（爱你们及全人类的）

海因希　萧　捷

我很明白，我们的恫吓不可能骗人很久，尤其对月芝来说，最多只能骗她三天，她会很快发现甲烷的秘密，她一定会首先把这惊人的发现告诉你们然后通知全球。我想象得出，她在述说如何发现我的错误时那副得意的可爱模样，她一定还要挖苦我几句。你们呢，一定会骂我是凶手或为我辩护，也许一年后还在为给我定性而大争大吵吧。现在，请你们帮助我向世界法庭说明真相吧，只要把我们提交给广播电台的那一盘录音再放一下就真相大白。虽然我们有欺骗几十亿人民的罪，但毕竟我们拯救了地球，请允许以功抵过，还我们的清白身份吧。

最后，吐露一下我的真情。月芝这个丫头实在聪明可人，只可惜与我同时，就只能屈居第二。我从上小学时就爱上了她，至今仍爱着她，追求她。但她说必须等她超过我时才会与我结合，这样我明白我不可能得到她了。在科学竞技场上是打不来假球的。我既然得不到她，对这个世界就无所留恋了。愿她长葆青春！

九、飞向天尽头

月芝在念到最后一段时，又羞又愧，面庞绯红，声音低得像蚊子。她闭嘴后还在呆呆思索。几个人同时叫道："什么，信念完了？""他们到底死了还是活着？""这封信是怎么出现的？"

月芝镇静下来，发现信笺反面还有字迹："哦，背面还有呢。"她翻过信笺继续念道：

注 1：对不起，我忘记交代自己的事了。我和教授早已制造好一艘新型宇宙小飞船，放在控制室下。当办妥一切事后，我们就进入飞船，飞向太阳系的尽头——柯依柏带。我们发现，有许多重大疑问要想找到答案，非亲身飞到那个遥远、神秘、冰冻的世界中去不可，才能从根本上防止今后再出现彗星撞击地球的灾难。你们读这封信时，我们正在那个奇妙世界中遨游呢。我们终有一天要回来的，望你们在每次七星宴上为我保留个座位——请注意我一定要坐在月芝身旁。

注 2：对不起，你们也许还会奇怪这封信怎么出现的。这是我搞的一点小把戏，说穿了一文不值。这封信和上封信我是同时写的。上封信我托一位可靠的小朋友送去的。这封信我则托他找机会贴到七星厅的天花板上，贴在对准我的座位处。我用的是记忆胶，设置了记忆时间后，胶内的分子钟走到规定时间胶体会自动升华，散发出一种气体，能使电灯暂时昏暗，信件也就飘落在月芝的手边了——原谅我又开了一次小玩笑，这可是最后一次了。

信笺上还有一句话，月芝看了后满脸通红，没有念出来。那话是：

"小月芝，读完信不许哭，珍重自己，另找归宿，忘掉我。至于我，纵使已和你相距百亿千米，我心中只有你，我爱你。"

“月芝姐，读完了吗？咦，你怎么哭啦？”

月芝把信笺小心叠好放进口袋，掏出一块手绢揩拭眼睛。她站起来：“问题全明白了，我不能再浪费一分钟了，我得马上回去抓紧战斗！”

“战斗，什么战斗？”

“我要加速赶制‘月芝号’飞船，尽快飞向天尽头。我要找到我的萧捷，投入他的怀抱。过去我太任性了，太不理解他了，也太不懂得人生了。我要补回这一切。我们将在天尽头举行婚礼，共同探索那个无限神秘的世界，然后携手回到地球母亲的怀中。请你们在下次七星宴上为我们留下两个座位吧——当然是排在一起的。”

——选自《偷脑的贼》，科学普及出版社，1997 年

两院院士与科幻大师的完美结合

——潘家铮与他的科幻小说

◎ 李英　尹传红

潘家铮不仅是一位水利工程界的巨擘，还是一位杰出的科幻小说家。他一贯主张科幻本土化、贴近生活、具有教育意义，其小说具有严密的逻辑性和深厚的古典文化底蕴，部分还带有强烈的喜剧色彩，深入浅出、亦庄亦谐。他的《地球末日记（灵龟劫）》典型地反映了他的创作理念。潘家铮以两院院士的身份写科幻，本身就是对中国科幻小说的极大支持和鼓舞。

“一颗情系三峡大坝的伟大心脏停止跳动了，一个时时翱翔于幻想世界的大脑休息了。”这是著名科幻作家、中国科普作家协会副理事长金涛在《中国科学报》上为潘家铮院士致的悼词。

2012 年 7 月 13 日，潘家铮院士因病去世，一颗闪耀在科学和科幻两重天空的巨星陨落了。

一

潘家铮（1927—2012 年），浙江绍兴人，著名水利水电工程专家，新中国水电水利科学的重要奠基人之一，中国科学院暨中国工程院两院院士。

潘家铮

1950年，潘家铮毕业于浙江大学土木工程系，曾任水利电力部总工程师、能源部水电总工程师、中国工程院副院长、国家电力公司顾问、国家电网公司高级顾问，以及国务院学位委员会委员、中国大坝委员会主席、国务院三峡工程质量检查专家组组长、国务院南水北调工程建设委员会专家委员会主任等职，他还是中国人民政治协商会议第八届、第九届全国委员会委员。

潘家铮从事水利水电工作60余载，足迹遍布大江南北的崇山峻岭，曾参与和主持过黄坛口、新安江、乌江渡、葛洲坝、龙羊峡、三峡等多项蜚声中外的大型水利工程，特别是在三峡工程的论证、设计和建设过程中，不辞辛劳，数十次深入一线，解决了诸多重大技术问题，为这一重大工程的建设立下了不朽功勋。

由于学术渊博、成就斐然，潘家铮获得过多种荣誉和奖项：1980年，他当选为中国科学院院士；1984年，被评为有突出贡献的国家级专家；1989年，被授予“国家设计大师”称号；1994年，当选为中国工程院首批院士并被推选为副院长。潘家铮获得过“何梁何利科技进步奖”和国际岩土工程学会颁发的特殊杰出贡献奖，并于2004年和2012年分别获得第五届“光华工程科技奖”工程奖和第九届“光华工程科技奖”成就奖，后者迄今为止只有张光斗、师昌绪、朱光亚和潘家铮四位杰出科学家获此殊荣。

潘家铮写科幻小说纯属偶然。1990年前后，潘家铮和朋友们在闲聊中开始争论一个问题：机器人可以仿真到什么程度？机器人最终会不会威胁人类生存？他觉得，要是写成小说的话，应该可以比较完整地表明自己的想法，于是，他写出了科幻处女作《康柯小姐的悲剧》。这个科幻短篇发表在1992年第7期的《科技改革与发展》杂志（后改名为《科技潮》）上，获得了广泛好评。次年，《一千年前的谋杀案》又在该杂志第1、2期上发表，更受读者欢迎。主编李慰饴在得知潘家铮还有不少这样的存稿后，便提议结集出版。

1993年8月，潘家铮第一本科幻小说集《一千年前的谋杀案》被收入“科技潮丛书”，由北京科学技术出版社出版。

继《科技潮》为潘家铮科幻小说“推波助澜”之后，又经金涛等人的助力，他更多的科幻作品得以发表并结集出版，并且越来越受到读者青睐。1997年，潘家铮科幻小说集《偷脑的贼》由科学普及出版社出版；两年后，该书入选“中国科普佳作精选”丛书，由湖南教育出版社出版，并获得2001年度全国优秀科普作品奖一等奖和国家图书奖提名奖。2006年，中国少年儿童出版社推出《潘家铮院士科幻作品集》，并于2007年荣获中国新闻出版领域最高奖——首届中国出版政府奖。这部作品集包括作者多年来发表的科幻精品和未发表过的数篇新作，共30篇，分为4卷，80多万字。书名分别是：《蛇人》《吸毒犯》《地球末日记》和《UFO的辩护律师》。在出版前，作者认真进行了修订整理。

除科幻小说之外，潘家铮还出版过不少专业著作及散文和科普类作品，如《春梦秋云录》《千秋功罪话水坝》《老生常谈集》等。

二

综观中外科幻发展史，写过科幻小说的科学家可谓凤毛麟角，而由两院院士撰写的科幻小说，则格外引人注目。潘家铮的小说由于独特的视角和切入点、深厚的科学素养和特殊经历，再加上超凡的想象力和艺术构想，在科幻小说史上占有不可忽视的地位。虽然他谦称自己写科幻小说属于“玩票”性质，但实际上，他的写作态度是非常认真的，有着自己的原则和主张。

1. 科幻本土化

潘家铮认为，中国许多科幻小说作家喜欢仿效外国，写“洋科幻”，缺少本土风味。而在他看来，中国人写的东西总要有些中国特色为好，他也一直希望能走出一条写“中国本土科幻作品”之路。[①] 所以，他总是立足民族和本土，采用中国的素材、结合中国的历史和现实进行创作。在这方面最具

① 金涛.《偷脑的贼》序［M］// 潘家铮. 偷脑的贼. 北京：科学普及出版社，1997.

代表性的，当属他的一系列“科幻历史小说”。这些作品以大胆的想象力，把未来科技与古老的中国历史结合起来，使之交叉和碰撞，迸出思想的火花。

比如，在《仙女山顶的鬼市》里，主人公采用全息摄影技术对山顶的海市蜃楼图像进行分析，辨认出这是三国当阳之战的景象，并且根据刘备摔阿斗的场面，对“扶不起的刘阿斗”进行了饶有情趣的解读，认为阿斗正是在这一摔之下得了脑震荡，以致后来智商低下、毫无建树；在《一千年前的谋杀案》中，主人公解冻了一具宋太宗时代的侏儒尸体，对历史上的“烛影斧声”之谜进行了新的阐释；在《宋徽宗之死》中，主人公通过一块慢透光玻璃，看到了宋徽宗和宋钦宗最后的悲惨遭遇；在《古墓沉冤》里，主人公则借助先进的电子束扫描和CT层析技术，对一座古墓里的手稿进行复原，从而为李清照洗清了“私通金国”的千古奇冤和她“再嫁离异”的误传。

这些科幻小说，既有严密的科学推理，又有广阔的幻想空间，更闪耀着中国传统文化的神奇魅力。正如金涛所指出的那样，潘家铮的科幻小说“继承了中国传统小说的优良传统，同时糅进了西方科幻小说主流派的基因，两者结合，相互渗透，从而创造了一种具有中国风格、为中国大多数读者喜闻乐见的艺术风格”。①

2. 科幻要贴近生活

潘家铮喜欢从身边现实生活中寻找科幻题材，其科幻小说描写的都是他熟悉的日常生活和研究情况，主人公多数是博士、教授、院士或者各种研究人员，使作品具有强烈的真实感和亲切感。

《子虚峡大坝兴亡记》中关于建设子虚峡大坝的一些场景，极有可能来自三峡大坝的建设情况，小说中为了大坝献身的劳总工程师身上显然有作者自己的影子。潘家铮曾经说过：“如果三峡工程需要有人献身，我将毫不犹豫地首先报名。我愿意将自己的身躯永远铸在三峡大坝之中。”而小说中的劳总工程师正是为了兴建子虚峡大坝而被凝结在水晶土（注：作者虚构的一种全新建筑材料）之中。

---

① 金涛.《偷脑的贼》序［M］// 潘家铮. 偷脑的贼. 北京：科学普及出版社，1997.

潘家铮小说中鞭挞的一些丑恶现象，在现实中的学术界也屡见不鲜，所以他写起来得心应手。比如，《人才天平》里反映的论资排辈和官官相护，在社会中是一种普遍现象，久而久之，人们习以为常，不觉其非，潘家铮却以敏锐的眼光和强烈的批判精神对其进行抨击，表现出作者强烈的现实责任感。

潘家铮的小说往往没有浩瀚壮丽的星空背景，没有炫目震撼的战争作为噱头，就像一位邻家老爷爷在给孩子们讲故事，如小溪流水般娓娓道来。《雀巢梦》[1] 开头写小强参加棋赛输给了对手，心中郁闷，来到公园浮想联翩：如果多给 5 分钟，他就能够理清思路，赢得棋赛；如果多给一秒钟，他就能看清足球的线路和门柱位置，从而一举破门……

可是，如何才能调节时间呢？就在小强胡思乱想之际，出现了一位外星老人，借给他一个“时间调节仪”，使他可以自由控制时间。有了“时间调节仪”的帮助，小强在很多领域都取得了成功，可是并不快乐，最后他醒悟到：只有凭借自己的努力，才能真正获得幸福。这篇小说充满儿童化和口语化的表达，连外星老人也貌不惊人，外貌如邻家老爷爷一样。整个故事真实感人，体现了潘家铮平实自然的风格。

3. 科幻要有教育意义

潘家铮之所以写科幻小说，除了源于少年时期的文学梦之外，还因为怀着知识分子“文以载道”的责任感。他希望读者在欣赏科幻作品之后能够进行反思，提高辨别美丑善恶的能力，弘扬社会正义。他的作品可以称为“社会科幻小说”或者“科幻教育小说”，因为它们在传播知识和理念的同时，还涉及社会生活的方方面面，具有深刻的教育意义：小说中的反面人物或是因为嫉妒心理作祟，成了丧心病狂的魔鬼（《蛇人》）；或是因为贪婪而放弃良知，疯狂追逐财富（《神眼》）；或是因为野心和占有欲无限膨胀，最终走上自我毁灭的绝路（《偷脑的贼》《UFO 的辩护律师》）。在他的小说里，善恶非常分明，总是正义战胜邪恶，公理和正义得到了张扬。

潘家铮对科学技术的发展和人类的未来也有着强烈的自省意识，他认为

① 初名《罗格梦》，后改为《雀巢梦》。

科技发展是一把双刃剑，未来的科学技术朝什么方向发展，要把世界和人类带向何处，这是非常值得思考的问题。因此，他的小说里包含不少环保和生态的内容，包含着对科学的反思。

比如,《晶晶的抗议》涉及人类与外星生命的平等生存权问题;《绿色瘟疫》探讨了人造转基因植物对生态环境的影响问题;《吸毒犯》则更像是一个寓言，为人类片面追求科技发展、不重视环境保护敲响了警钟——两个男孩凑钱到仙宫去吸“仙气”喝“琼浆”，那“仙气”清新鲜美，那“琼浆”无比甜蜜，使他们欲仙欲死，他们无法拒绝这种诱惑，不惜偷盗、抢劫和杀人。

在法庭上，辩护律师指出，两个孩子的犯罪有其内在根源：人类无情地掠夺自然资源、破坏生态环境，再加上核战争的破坏，以致于人类不得不通过鼻罩呼吸，饮用经过处理的水。而两个孩子所醉心的“仙气”和“琼浆”不是别的，正是对于普通人来说已经成为奢望的纯净空气和水。那么，真正的罪犯应该是谁呢？潘家铮通过这篇小说，呼吁人类珍惜青山绿水、碧海蓝天，珍惜我们共同的家园。

“潘家铮正是通过他的小说，以辩证的思维，艺术地展现了科学技术这把双刃剑的本相，提醒人们对科技发展可能出现的负面作用有所认识，保持高度警惕。这是一位科学家的良知，也是高屋建瓴地对未来社会发展前景的警告。”①

三

除了上述几条原则之外，潘家铮的小说还具有以下几个非常鲜明的特色。

1. 严密的逻辑性

作为一流的科学家，潘家铮的科幻小说总是浸泡在严密的科学理性和逻辑中。在其侦探类科幻小说中，总是把故事脉络设计得十分巧妙合理，重视技术细节，最后剥茧抽丝、真相大白，而这真相必定是合乎情理、具有科学依据的。

---

① 金涛．潘家铮科幻小说的特色［M］// 姚义贤，陈晓红．首届获奖优秀科普作品评介．北京：科学普及出版社，2011：122.

《高科技杀手》以悬念开头：权威科学家陆传仁院士暴毙，侦缉队长厉如剑前去侦办，发现房间密闭，陆院士皮肤青黑，中了剧毒，现场毫无线索，一时陷入困境。著名化工专家金仁杰教授主动请缨，使案件出现转机，他再现了凶杀过程，指出杀人凶手是陆传仁教授的妻子吴博士。吴博士不堪刺激昏倒，被送进了医院，金仁杰寻找机会，试图下手杀害她，露出了马脚。原来他才是真正的凶手。整个故事跌宕起伏、惊心动魄，却又合情合理、情节丝丝入扣。

在潘家铮看来，借助科幻小说既可以达到寓教于读、寓教于乐的效果，又有助于读者了解科学前沿、培养科学思维。比如，他在《UFO的辩护律师》中，介绍了“混沌理论”和汽车的“TMR”（即黑匣子）；在《洞中幽灵》里，介绍了信息传感和模拟环境技术；《地下忠魂》则对地球的板块和地核的情况做了介绍；在《沉默的橡胶树》中，私家侦探向效福根据橡树皮细胞膜电位震颤的记录，将发生在橡树旁的凶杀案的录音破译了出来，从而再现了凶杀的场面。这种技术虽然现在还不能做到，但是随着未来科技的发展，并非完全不可能。

科幻评论家、北京师范大学教授吴岩认为，潘家铮的科幻创作“已经完全脱离了把科幻小说当成教辅读物的过时理念，而真正将科幻文学当成了一种能培养科学精神、培养创新能力、激发想象力的文学。”特别是，他在科幻创作中“引进工程运演，提升科技想象的细节仿真性”，给科学幻想的技术真实性提供了帮助。①

“于是，在他的作品中，尚未存在的科学技术常常被分解成一些小的问题或小的步骤，这些步骤由于相对比较现实、跨度比较小，立刻可以被读者所接受。例如，在《沉默的橡胶树》中，植物跟环境之间的信息交换、科学家对植物信息记录的探查、单一植物对犯罪现场信息的记录提取、通过信息对犯罪过程的展现，整个故事中的每个小步骤都跟当代植物学、电子学、犯罪学关系紧密，让人感到小说确实存在于技术可及的范畴之中。而从头到尾

---

① 吴岩. 工程运演·志怪风格·现实关照——论潘家铮科幻小说的特色［J］. 科学文化评论，2011（2）：79-89.

阅读作品，你不得不接受作家创造的‘植物电子生态学’。”①

2. 深厚的古典文化底蕴

潘家铮出身于书香门第，从小对古典文学就非常感兴趣，爱读《西厢记》和唐诗宋词。他的小说中，各种中国典故、诗句和传奇故事俯拾皆是。在《南柯之战》中，蚂蚁王国被称为槐安国、南柯国和檀萝国，就是出自《异闻录》和《太平广记》里关于“南柯一梦”的记载。“杜宇催归、桃李争春，江南又是草长莺飞的清明时节了”，这是潘家铮小说《梦里乾坤》开头的句子。小说中，主人公一醒来，就吟出：“大梦谁先觉，窗外日迟迟”，“梦里乾坤大，壶中日月长”的诗句。这些信手拈来的典故和古诗，透露出潘家铮深厚的中国传统文化底蕴。

在《时空神梭和薄命红颜》里，潘家铮塑造了美丽而不幸的清代才女贺双卿的形象。贺双卿在历史上实有其人，姿容绝代，才华盖世，却身世悲凉。她18岁时嫁给佃户周大旺，遭到丈夫和婆婆的粗暴对待，连唯一的写诗填词的爱好也难以保留，只能用胭脂把诗写在芦叶上，所以作品大多散佚，后人只辑得其14首诗词。贺双卿身处穷乡僻壤，知者甚少。潘家铮钩沉史实，以科幻小说展现了这位才女凄凉悲苦的一生，显示出作者的悲悯情怀和广博的文化积淀。

3. 强烈的喜剧色彩

潘家铮还是一位不动声色的喜剧大师，其作品处处闪现着智慧和幽默。在《关于PMP程序的故事》中，王纯珍因为丈夫江诗华（谐音“讲实话”）太老实、一直不能升职，而在丈夫脑袋里安装了一个PMP（拍马屁）程序，江诗华从此成了马屁大师，通过拍马屁一路高升，引发了各种笑料。

潘家铮的处女作《康柯小姐的悲剧》更是笑料不断，小说的主人公向普陶是一位计算机教授，在专业领域是当之无愧的权威，但在情场上却是屡战屡败。好友老徐给他当过好几次红娘了：第一次，女孩迟到了8分43秒，超出了向教授可以接受的程度；第二次女孩倒是没迟到，可是不知道矩阵代数拓扑流形，让向教授很失望。这样折腾了多次，都以失败告终。

---

① 吴岩. 工程运演·志怪风格·现实关照——论潘家铮科幻小说的特色［J］. 科学文化评论，2011（2）：79-89.

于是，老徐让向教授干脆列个清单出来，看他到底想要什么样的妻子。三天后，老徐收到了一本《向普陶择偶最低标准简要说明书》，里面按照容貌、年龄、教育、健康、技能、德性等分为九大类，再细分为子项、孙项……共 1024 项，经计算女性符合条件的几率为九千四百五十亿分之一。教授不肯牺牲原则、降低标准，只好一直打光棍。后来某天教授灵机一动，自造了一位美丽的机器人姑娘，取名康比特·柯泼尔（computer couple），简称康柯，宣布娶她为妻。

康柯知识广博、聪明伶俐、温柔贤惠、仪态万方，会讲 186 种语言，教授非常满意。新婚之夜，教授想亲吻康柯遭拒，康柯指出他每立方厘米唾液中含有 1 亿 5 千万个细菌，其中有害菌种占 5.9%，要用 1101 号溶液刷牙不少于 3.0 分钟，才能消灭细菌。教授刷完牙亲吻康柯，却被康柯咬了一口，嘴唇都破了，康柯说自己是严格按照程序操作的，她体内共有 8 种接吻程序，新婚之夜应该用最热烈的一种：KISS-1 号程序，教授审查了程序，发现是输入时把编号弄错了，这是针对暴徒强吻而专门编制的惩罚性程序。教授只好有气无力地上床，懊恼地度过了新婚之夜。

第二天，康柯为教授做水晶肘子，因为没买到猪肉，就用垃圾桶里的破皮鞋做了，反正成分和肘子一样；还放了“少许”盐，差点把教授齁死。过了些天，康柯不小心感染了病毒，体内所有的 0 和 1 都逆转了，从温柔姑娘变成了凶悍泼妇，还想要掐死教授。教授与之经过一番惊心动魄的生死搏斗，好容易启动销毁系统，消灭了康柯。正气喘吁吁之时，老徐打来电话恭祝新婚。教授喘息着求他为自己找一个对象，原来的 1024 条最低标准只保留两条：“一、女的；二、活的……”

在这部作品里，潘家铮处处显示出不动声色的幽默感，比如 1024 条标准、1101 号溶液等均为二进位数字的整数，与向普陶的计算机教授身份结合，就成了隐藏的笑点。康柯严格按照程序，却屡犯低级错误，而教授又无从批评，也让读者忍俊不禁。整个小说仿佛一幕喜剧小品，活灵活现，笑料百出，偏偏又以“悲剧”结尾。在科幻界，能将科幻小说与喜剧元素结合得如此巧妙的作家实在不多，更显出潘氏风格的可贵。

四

潘家铮的小说《地球末日记（灵龟劫）》是其代表作之一，最为典型地反映了他的科幻创作理念。这篇小说有很硬的技术内核。1997 年 7 月该作品收入科幻小说集《偷脑的贼》时，潘家铮在“作者的话”中写道：“本文早在‘彗木相撞’（发生在 1994 年）前就已完稿，许多同志可证实此点，只是未能及时发表。小说中的一些描述（如彗核解体）完全与后来发生的事实相符。此文如能在彗木相撞前刊出，很可能成为科学预言的范例。”

在坚硬的技术内核之外，这部作品也极富人文关怀，表达了对人性的犀利拷问。小说中，七个老同学组成了七星会，定期聚餐，其中月芝和萧捷是天体物理学领域的专家，他们透露一颗名为“灵龟”的彗星将要撞向地球。在地球末日来临的消息传开之后，全球骚动，公共交通瘫痪，商店停业，工人停工，军队哗变，胡作非为。人们拼命抢提存款，大吃大喝，马路上尽是醉鬼、酒徒，公园里还有一堆堆自称实行“群婚”的男女，他们要在地球毁灭前尽情地“潇洒”一回。

在这场危难中，人们的自私和贪婪暴露无遗。并不是危机改变了人们的本性，它只是放大了人性中的丑恶。七星会里的老尹和老窦逃跑了，在深达 20 千米的井底秘密造了个避难球，仅为自己保命。老钱倾其所有买了一张宇宙飞船的票，想等撞击以后再寻机回到地球上继续生活。天下大乱，四海鼎沸，人类的尊严荡然无存。在生死存亡的时刻，国际社会也曾短暂地实现过和谐、宽容与合作；但劫难一过，马上又恢复了尔虞我诈的本相。民族纠纷、局部战争、恐怖活动……用不着彗星撞击地球，人类就已经在自掘坟墓了。正如小说里的经行长所指出的，人类的堕落和尊严丧失，才是真正的悲剧。

世界末日在科幻小说和电影中是非常流行的主题，在很多灾难作品中，比如美国电影《天地大冲撞》，都歌颂了人性在灾难时刻的升华；而潘家铮的《地球末日记（灵龟劫）》中则把重点放在对人性之恶的鞭挞上。两者实际上异曲同工。

五

潘家铮对科幻小说一直持非常肯定的态度，他认为科幻是科普的一个组成部分，在中国，科普（更不要说科幻）作品是不受重视的。然而，中国恰恰比其他国家更需要科普与科幻。中国数千年的传统教育模式已经把孩子们的创造性扼杀殆尽了，而科幻小说在发展和促进孩子们的创造性思维方面，无疑具有良好的作用。科幻能普及科学知识，“而且比说教式的科普读物更容易为人们接受，能起到‘润物细无声’的效果”。①

众所周知，科幻小说在我国的发展经历过曲折。正因如此，潘家铮科幻作品的意义更为深远。由于潘家铮在科学技术界享有盛誉，“他的科幻小说的问世，对于寂寞的中国科幻文坛无异于响起萌生万物的春雷。它的影响和对于纠正世俗的偏见，恐怕远远超过了作品本身。”②

1993 年 6 月，国家科委主任宋健为潘家铮的第一本科幻小说集《一千年前的谋杀案》作序，其中有一段振聋发聩的话：“一个国家科幻小说的水平，在一定程度上反映了她的科技水平。”2006 年 12 月 14 日，《潘家铮院士科幻作品集》新书发布暨研讨会在中国科技会堂举行。中国大坝委员会主席陆佑楣院士在发言中说：“一个民族，如果没有科学的幻想，大概也很难有科学的理想。”中国工程院副院长刘德培也指出：“我们的民族要加强理论思维，加强科学幻想，这可能是创新的源头。”

上述种种都是由潘家铮科幻创作所引发的后续效应。近年来，中国科幻创作环境日趋正常，其中有潘家铮的一份功劳，他的榜样力量，也必将带动更多的科学家、技术专家关心支持中国科幻小说，推动创作的繁荣。

从另外一个层面来说，潘家铮以两院院士的身份创作科幻小说，打破了文理科的人为分界和森严壁垒，将科学家的严谨和诗人的浪漫融为一体，对于所谓的“科幻小说无用论”“社会科学无用论”及“文史学科无用论”和“科学技术至上论”，亦是有力的反击。

---

① 潘家铮.《偷脑的贼》后记［M］// 潘家铮. 偷脑的贼. 长沙：湖南教育出版社，1999：239.

② 金涛.《偷脑的贼》序［M］// 潘家铮. 偷脑的贼. 北京：科学普及出版社，1997.

天　隼

◎ 凌晨

高尚情操，这仅仅是一个词呢，还是奉献出自己幸福的人才会有的一种感觉？

——（英）高尔斯华绥

一

任飞扬重新打开标号“TS–4”的文件夹，那些他已读了无数遍的文字又一次扑面而来，刹那间将他带回过去：

地球有雨，这是外星世界所不及的。坐在你家四合院的北房中，看春雨滴下屋檐，夜在雨声里一点点消融。你的神情朦朦胧胧，仿佛那盏中世纪的油灯。我们的影子在墙间呢喃细语，你我默默听着，偶尔相视一笑。不知不觉，已是拂晓，轻启窗扉，雨雾和着槐花的幽香飘进油灯袅袅余烟的缝隙，而拂动窗棂的翠竹又生了新叶，露珠从叶尖滚落，一滴滴滴入我的梦境。

舒鸿，春天是地球最明亮美丽的季节，恍然如土星的光环样灿烂。我们骑自行车巡游大学校园。天湛蓝蓝，风暖洋洋，云轻飘飘，草地上深紫的二月兰一片片盈盈含笑。我坐在你单车大梁上，长发扫动你的脸颊。

你吟诵古诗：“登高壮观天地间，大江茫茫去不还，黄云万里动风色，白波九道流雪山……”我也爱这首诗，我渴望尽快到三万六千公里高度的空间岛上去体会诗中的豪迈气势。我和你抢着背诵，看谁记得最多。单车穿过牙白丁香和殷红海棠的树林，读书的学生在清朝古塔旁，在透明玻璃钢房屋里望着我们。我们像风一样，那些急急从我们嘴里吐出的字句便像风中古塔檐铃的歌声。

这就是地球的春天，和你共度的第一个春天，舒鸿，我一辈子都不会忘记。夏天我将从宇航学院毕业，我要到太空中去，到你身边去。但我不会要你照顾，我要做得比你更好。从懂事起我就在为飞往太空的那一天做准备，我相信自己一定能行。可是校园里的喇叭在不停地广播宇航报告会的地点、时间，主讲人的名字一遍遍被提起：舒鸿——舒鸿——舒鸿，提醒我你是一位杰出的宇航员，而我只是一个还没毕业的学生。

舒鸿，你并不洪亮的声音压住了会场上一千五百人的掌声。学生们在楼上鼓掌，在走廊里鼓掌，在礼堂外鼓掌。他们为你的每个问题激动，为你的每段话叫好。站在台侧，看着台下黑压压的人群，我为你自豪，我更为我们选择的事业自豪。那一刻，我的心狂跳不止，我的血液也随之沸腾。舒鸿，我的朋友，我的爱人，我的老师，我真想冲过去拥抱你，告诉所有人我对你的爱和敬慕。舒鸿，你犹如一只翱翔天宇的雄鹰，我要追上你，和你在太空中并肩齐飞，我要像你那样成为优秀宇航员，把一生奉献给壮丽的太空，奉献给造福全人类的宇航事业。

金星坍塌的城市群给我难以忘怀的悲凉，当我重返地球母亲的怀抱中时，真有说不尽的感慨喟叹。舒鸿特地从训练基地赶来和我相聚，听我讲述我在处女航的所见所闻。坐在乡间旧式砖房的屋顶，屋前树木葱郁的枝叶轻拂我们的前额，舒鸿弹起本地的四弦琴。在琴声中夕阳悄至，晚霞映红了绿树灰瓦。雄伟的都市会衰败，繁荣的文明会灭迹，没有千万年的不朽，但我们却可以永远坐下去，坐到化为尘埃。

明天舒鸿将回月球基地了。眼泪慢慢掉落，我没有擦，这是我第一次流泪。在金星黑暗的地下隧道中探索时，我是唯一没有胆怯的人。可是明天舒鸿要去月球，再过一个星期，他将远赴火星外的小行星带。我的泪水缓缓滑落在他清越的琴声中。

天隼号与控制中心中断联系的时候，我守在通信处不敢离开，提心吊胆等待着天隼号的消息。我的生命已经和你的连接在了一起，舒鸿，你知道吗？自天隼号启程前往小行星带，我每时每刻都关心着它，不仅仅因为这是首次载人飞船穿越小行星带，更因你是天隼号的船长，你身上寄托着人类进入类木行星区域的希望。

任飞扬给我送来了遥控天隼号模型，他说你绝不会出问题。他的声音肯定而沉稳，就像他那个人一样。舒鸿，你这个好朋友闪闪发光的礼物精致逼真，它仿佛一只真正的鹰隼似的随时随地要飞走，它仿佛就是你的化身。

这几天宇航局就木星考察计划进行大范围讨论，我那篇关于土星环的论文恰在此时获得“天体研究奖”，同事们笑我已经走得太远。如果我的思想比行动快，那是因为有你的推动。舒鸿，你曾经对那篇论文提出许多意见，所以这个奖也是属于你的。当我眺望土星那微微闪烁的光环时，我想和你一起在它上面散步该多好：我们坐在最外圈的光环上，让缓慢转动的光环带着我们绕过金黄的土星。宇宙用它博大的臂膀包围着我们，我们像它的孩子，我们就是它的孩子啊……

我无法描述再次见到舒鸿的喜悦心情，但愿我能把他的一言一行都铭刻于心。全世界都在谈论“天隼号”，谈论人类将登上木星的那一天。而舒鸿并不在意，他的目光已经越过土星，穿透天王、海王与冥王三颗远日行星，跨过太阳系的边缘，投入半人马星座。关于我那个土星环的梦想，他喜欢极了，他甚至正经八百地建议宇航局在土星环上修建酒店，而且还抽空学起了建筑设计。他对设计的事情是如此入迷，我不得不强拖着把他从基建处拉到颁奖大会上，那里人们正焦急地等待他领取奖章，类似的奖章他已经有了十四枚。他把所有的奖章都戴上照了张非常神气的照片，那些奖章在他衣襟上闪闪发亮，几乎要淹没他了。

因为金星的事我也得到一枚奖章，我把它寄给了中学时代的老师袁征，她是我这个孤儿世界上唯一的亲人，是她鼓励我走上通往宇宙的道路的。奖金也悉数交与老师处理，她全部捐献给了教育机构办学，并按我的要求未留姓名。这件事情让我和舒鸿都非常开心，我们甚至希望从月球的望远镜里看到地球上的那个学校，那个在最贫困和边远山区却名叫“太空之星”的学校。

航天中心总是灯火通明，前往月球的航天飞机即将起飞。我几乎要迟到了。昨夜梦见舒鸿，我便不肯早醒。他驾驶天隼号前往木星后，我便常常梦到他，梦到他的笑容，他的笑容总是灿烂而温暖，仿佛阳光。

就在这时我听到了“天隼号”要返回的消息，也听到了舒鸿的声音，中心所有的视屏刹那间都调出了舒鸿的图像，他平静地说他感到累了。我有点迷惑，舒鸿的脸上淡淡洒着冷漠，这种表情我从没见过。

他怎么了？也许是长途旅行太疲劳，整整两年，连控制中心的人都倦烦了，更何况他曾五个月单独面对木星？

我一定要尽快见到他。我要告诉他，由于我在火星考察中的优秀表现，我刚被评为宇航局本年度的先进工作者。

……

盛大的欢迎仪式后是无数的荣誉、鲜花、掌声和赞美，舒鸿重又恢复了他那生气勃勃的笑容，他成了公众的宠儿、媒体的焦点。全球每个电视频道都想拉他上节目，记者像苍蝇般围绕着他，同时也盯上了我。我极其厌烦，而舒鸿却和这帮人称兄道弟。

……

无论如何我明天一定要回月球去。我不习惯华丽的服饰，也不习惯灯火辉煌的各种晚会，更不习惯人们看待我的态度。我首先是一名宇航员，其次才是舒鸿的未婚妻。我的事业和成绩可不是因为舒鸿才得到的。

舒鸿，你太沉浸于社交活动，你醒醒吧，你的助手们都回基地了。停止炫耀你的成功吧，否则，别人就要超过你了。我希望你永远是飞得最高、飞得最远的那一只鹰啊！

……

杯子从我手中掉下停顿在半空，水洒了出来，一滴滴飘浮在杯子周围。所有东西都完好如初，只是我的心已碎裂，碎成万千片无法收拾。我不知道是怎么离开舒鸿的，我多想和他痛快淋漓地吵一架，但他总是一副理所当然的样子。他反对我参加土星探测计划，他要我和他一起到地球去，还说离开他我将一事无成。他在轻描淡写的语言中流露出对我工作能力和事业心的鄙视，他更瞧不起其他人。基地到处都在议论他的傲慢张狂，他认为那是妒忌和中伤。他不再关心训练、天隼号和土星环，他将放弃宇航员生涯，他说他想尝试另一种生活。这种生活由豪华办公室、高薪、阳光假日和精美饮食组成，稳定、踏实、轻松。

这不是我熟悉我爱的那个舒鸿，那个舒鸿不会如此轻易就满足，不会依恋舒适的生活环境，不会到处指手画脚。那个舒鸿把航天当做生命，把同事当做兄弟，把名利视为粪土…

这个舒鸿如何与那个舒鸿合为一体？

笔在我手中颤抖，舒鸿越来越像个陌生人。如果坚强的信念可以崩溃，如果真诚的誓言可以丢弃，如果……如果过去的舒鸿真的失去……

我不愿意想，我宁愿不想。我要尽力追回过去的舒鸿，但我不会放弃事业。如果舒鸿下定决心和太空分裂，那么，那么……

我希望那么后的事永远不要发生。

二

覆膜纸页渐渐模糊，任飞扬无法继续读下去。他捂住酸涩的眼睛稍稍休息。现在纸上淡蓝色的文字清楚了，那文字出自流云之手，清秀娟丽。他能够体会字里行间的意思，但却说不出来，巨大的郁闷与悲伤堵塞他的胸口，让他无从辨析清理自己纷乱而凄凉的感受。

液晶墙显示着时间，任飞扬坐在对面看着它。数字从 1 递增到 60，进 1；从 1 递增到 60，进 1。数字缓慢而呆板地变动着。它们代表时间，时间无法忍受地迟钝沉重，仿佛一把生锈的铁刀在撕割他。那把刀一点一点嵌进他的身体，让神经来得及将痛楚传导走，缓慢而剧烈的痛苦就一点点侵蚀进他的血液，直入骨髓。身体没有接触刀子的部分开始收缩抽搐，由于恐惧。还有意识。主要是意识。意识还停留在天隼号爆炸的时候。因为没有氧气做助燃剂，从钢铁粉碎处产生的火光很快就消失了，耀眼的光团留在他的视网膜上，久久不能消散。

他急忙低下头，光团还在那里。他把目光集中到日记上，光团模糊了，但流云的字在晃动，不是字，是他的意识：他依旧在颠簸的天隼号上，周围一切都在晃动、晃动，包括流云，还有她周围几个人表情各异的脸。很多次，任飞扬试图抓住她或驾驶台，看上去那并不像虚幻的只存于他记忆中的图像。当然那只是图像，心理医生提醒过他要竭力克服幻觉，迅速回到现实中来。

现实是流云死了。

但是他多么想抓住她，好像抓住她就能抓住天隼号——抓住这条漂亮的整个人类都为之骄傲的飞船。这飞船原本是舒鸿的，在他驾驶下飞船似乎都有了生命，随时会说话一样。任飞扬不太喜欢这种感觉，飞船就是飞船，属于一种交通工具。当天隼号永远地失去了，他这才发现这飞船已经和他的生命融合在了一起，代表着青春的梦想、意气风发的舒鸿和无数激动紧张的太空之夜。

任飞扬伸出手。

十平方米的房间中央放着一张桌子，这是唯一的家具。任飞扬坐在桌边，抱着那本覆膜的日记，面对涂了冷光材料的墙壁上的液晶时钟。

舒鸿背叛，天隼号爆炸，流云死亡，我看到一切，但我竟然无法挽救。

任飞扬的手停在半空，除了空气他什么也抓不到，他可以抓住的东西全都消失了。本来他可以劝阻舒鸿的懦弱行为，不错，在舒鸿那不可一世的骄傲表情下掩藏着胆怯，否则一向冲在前面箭般锐利的舒鸿怎会在事业达到巅峰时见好就收？作为舒鸿的好朋友和多次太空任务的助手，他应当尽力挽救舒鸿，而不是缄默。他可以揭露头儿们对舒鸿的纵容，他们在媒体上声称舒鸿身体不适，让成包大大写着舒鸿名字的慰问品和信件涌进宇航局的专用信箱，而见到舒鸿的宇航员则一致认为他比任何时候都健康。揭露也许可以刺激舒鸿恢复信心，但他却瞻前顾后，在极度苦闷中跑去火星参加强化训练，等他再回到基地时，舒鸿已投入地球的怀抱并且从此杳无音讯。

还有流云。如果……

任飞扬的胳膊无力地垂下，如果他不接任天隼号船长的职务，也许这一切都不会发生，流云也不会死。但他怎能拒绝这个任命呢？他要和天隼号一起飞，他要比舒鸿飞得更远，他要证明不会有人再像舒鸿一样半途而废。然而，良好的愿望竟然无法变成良好的结果，只给他留下深深的遗憾与愧疚，他是个不合格的宇航员、不称职的船长啊！

他记得舒鸿第一次提起流云时那欢欣的表情。等他终于见到照片外的流云——一个眼睛含笑、容颜开朗的大女孩儿，已经是在九个月以后宇航学院的毕业典礼上。他和舒鸿是学院的嘉宾。那天阳光灿烂，云淡风轻，毛白杨和法国梧桐给校园投下簇簇浓郁，到处是红白相间的七叶香，花的芬芳里毕业生们低低絮语，年轻的头颅凑在一起，仿佛商议采花的蜜蜂。“我一定要上天！”流云的声音清脆爽利，态度坚决，“但绝不和你在一起，我不要你照顾。”舒鸿大笑：“有志气！好，我绝不挑选一名宇航学院的女毕业生做助手。”

任飞扬奇怪这些往事还一一在目，那一天像七里香样甜蜜、芳香和美好，尤其是在宇航局局长亲自把优秀毕业生的奖状递到流云手里的时候。流云是宇航学院第一个得到这奖状的女性，她做了简短的发言，再三表示太空中不应当有性别歧视，她将以实际行动证明女性和男性的工作能力相当。她后来果然证实了自己的誓言，成为最优秀的太空人之一。

是的，这些我全都记得，我记得当我成为天隼号船长时，你第一个要求加入我的工作小组。流云，你从未和舒鸿在一艘飞船上共事，而天隼号宛如舒鸿的影子，望着你极力掩藏思念与担忧的眼睛，我只怕你不能承担任务。流云！我本想抚慰你失去舒鸿的寂寞，充实你没有舒鸿的生活，我尽一切努力想照顾好你，可是……我实在错了，我根本不了解在你那纤细、温柔外表下的坚强和责任心。

流云！

平坦的千里冰原突然展现在任飞扬面前。冰屑纷飞，钻头在滋滋作响，耳机中传来激动的声音。声音！回荡在天隼号的舱室。有人狂笑，刺耳的尖叫震动舱壁。流云睁大眼睛，握紧手中的武器。武器！金属外壳闪亮！激光切开了紧锁的舱门，键盘飞快地敲动，搜索不到被修改的指令，汗珠顺着他的前额淌落。流云在另一台电脑上寻找，她找到了！救生舱归我们了，但真的要弃船吗？

瞬间黑暗，电火花四处闪烁，气温渐渐下降。得立刻穿上恒温服！流云的脸，在应急灯照射下她脸上是不可抗拒的坚定。不能丢下高林，他再怎么说也是我们的同志，我去找他！流云的身影消失在狭长的走廊里。他想跟上去保护她，但是秦明摔倒在地，他不得不留下来照顾伤员。

流云！秦明，还有高林！默数着天隼号船员的名字，任飞扬只觉心如刀绞，他们上船时全是那么生龙活虎。他们轻易就把生命交付给了他，而他却让他们经历了灾难和死亡！

天啊！我都做了些什么！日记贴紧任飞扬的心脏，他一时间几乎窒息，心脏不能跳动，血液无法流淌。

不知什么时候，赵律师出现在任飞扬面前，打断了他的思绪。

律师轻轻从任飞扬怀中抽走日记。

宇航员惊惧地抬起头。

“归还的时间到了。”律师的声音柔和得仿佛在哄一个孩子，他向门口努嘴。“局里的人一直在等着。”

任飞扬望着那覆膜本，他再也见不到它了，带走它就像带走他剩余的生命，他现在什么都没有了，除了美好与酸楚夹杂的回忆。

他只恨自己没有和天隼号共赴劫难。

律师走到门口，一只看不见的手接过日记。日记在宇航员的视野里永远消失了，他控制不了哀伤，扭过头去。律师面对他的背影——瘦得几乎可以数清每块脊椎骨的背影，缓慢地说：“那飞船的事故不应由你一个人负责，我确信。”

任飞扬没答话。

事故不应由你一个人负责。死了两个人，但那是个意外。如果你善于辩解，你甚至不会受到任何处罚。

虽然天隼号已灰飞烟灭。

三

“天隼号的爆炸是近五十年来最严重的航天事故，而你却幸存下来。”调查者已经积累了足够多的资料，看上去他十分疲倦，眼圈发青，但这并不影响他严厉的态度。他的年青女助手神情严肃不苟言笑，短短的头发拢于耳后，在灯光下的侧影有些像流云。

“是的，我是幸存者……”同伴的声音又一次响起，惊惧而尖利，任飞扬甩甩头，没有用，那声音一直在他耳边回荡，一声比一声响。“天隼号装了土卫六提坦的海洋样品：冰块和深层洋水，还有大气标本。我们用特制的合金陶瓷防护装置盛放样品。”

那场景又出现了，恶心、头晕、呕吐，伴随着奇异的幻觉。

“谁出主意把样品器放在探测火箭里的？”

“流云。”

“作为船长，你反对她的提议，坚持不经基地允许就不行，是这样吗？”

“是的。我从那时开始犯错误，我认为高林的过敏反应很正常，而且探测火箭只剩下一枚，用掉了会影响对小行星 467 号的考察。”

“飞船上的其他人怎么想？”

“我让他们相信我是正确的，我们的防护措施几乎完美无缺。可是……”

助手接通电话，她的脸上掠过一丝怜悯：“秦明又被送进了急救室，处长，医院不敢保证能救活他。”

第三个人，他曾经的希望。在漫长的归途中他一直祈祷秦明活下来、活下来，因为秦明是优秀的机械师，因为他失去了飞船和太多同伴，因为秦明身体里有流云的血液。而现在，不，没有现在了……

黑色，到处是空旷无限的黑色。任飞扬四下环顾，他回到太空中了。地球只是一颗晶亮的石头，在他目力所及的尽头孤独寂静地飘浮着。他周围空无一物，只有步行缆绳在他腰间闪烁。他吊在虚空之中，什么也抓不到，生命就指望那绳子是否结实了。

闪光，沿着那绳子跳跃，绳索爆裂，松散开……

任飞扬摔倒在地板上。

天隼号事故听证会上，调查者出示了一份证明：“这是基地的 B-4371 编号命令，同意天隼号使用探测火箭送走样品器的方案。此时，天隼号上的船员已出现了不同程度的眩晕、头痛和思维游移。流云给众人进行了镇定治疗。以下是任飞扬接到命令后的行动程序，他和秦明将样品器装入火箭，火箭按照基地要求向火卫三发射，留待进一步研究。流云和高林清洗飞船。流云为安全起见请求在进入火星基地前对飞船进行检疫，基地批准天隼号在费罗迪曼太空垃圾站停靠等待医疗救援飞船。任飞扬改变飞船航向，在调整船体姿态时外部传感器 17 号卡死。秦明出舱修理，当他将要修好传感器时腰上系的步行缆绳突然断裂，他掉在飞船左翼太阳能收集板下沟槽内并夹在那里。任飞扬将飞船交给高林驾驶，自己和流云去抢救秦明。他们用了四个小时才把秦明救回飞船，这是秦明的医疗记录，他受伤严重，并且大面积出血。流云为他输了血。”

“她是万能血型。她一定会这么做！”联合委员会中的一个委员感慨。调查者想解释一下：“随后发生的事情有些混乱，秦明、任飞扬和救生舱的电脑各有一套说辞，而且救生舱的电脑记录并不完全，秦明至今仍昏迷在医院里，任飞扬的精神又遭受了严重打击。”

“我们要你调查的结果。”委员会主席示意调查者说重点。

“高林这时候陷入歇斯底里和恐惧中。他拒绝执行基地命令，并试图恢复原航线。遭到任飞扬反对后高林锁死了控制室的门，切断了与基地的通信联络。任飞扬几次想打开控制室的门都没有成功。高林更改操作指令，严重扰乱了主电脑的工作。”

“高林这个胆小鬼！他还和流云一起参加过金星探险呢。”一位女性委员愤然。“你不能加入主观看法。”另一个人提醒他。

“当然，你们是公正的。”调查者希望会议能快些结束，天隼号的立体图像飘浮在他面前，让他总想到天隼号爆炸的悲惨情形。他咳嗽一声，继续叙述：“在这种情况下任飞扬决定使用武器。发动机的冷却系统工作物质阻塞，引起连锁反应，流云安顿好秦明后便到动力室清理发动机。高林被任飞扬击伤后开启了飞船紧急自毁系统。任飞扬只顾追高林，没有及时关闭自毁系统。精神处于崩溃状态的高林趁机拆除了保险器，使主电脑完全瘫痪。流云在动力室遭高林袭击，高林把同事当成了异星怪兽，根本无法理喻。任飞扬赶到和流云一起制服了高林。他们想恢复主电脑工作但没有成功，飞船已处于毁灭边缘。流云及时打开了救生程序。流云认为应该把关在控制室里的高林也带走。她让任飞扬把秦明和贵重资料先送上救生舱，自己不顾一切回去寻找高林，但是流云再也没有回来。救生舱在飞船出事前两分钟自动弹射出飞船，天隼号随即就爆炸了。”

调查者停顿片刻。他环视四周闭路视屏中的每一张脸，慢慢说道：“你们手里的资料包括任飞扬、秦明的证词，搜寻飞船的证明材料和专家关于天隼号事故的技术分析报告，天隼号事故过程大致就是这样，它的发生与自然、机械、人为因素都有关系。”他陈述完后，关闭投影器。天隼号消失了，他心里沉郁的感觉稍好一点。

会议室里一片寂静，委员们低头看着自己手上的资料，有几个甚至暂时离开了网络。

“我参加了流云从土星环返回的欢迎仪式，还给她发过奖，她是最接近土星的人。”有一位委员终于开了口：“她很年轻，但失去她是无法弥补的。我记得曾有人提议由她负责天隼号的这次任务，她坚决果断而又不失女性的细致温柔。”

“我们没有宇宙飞船的船长是女性。”另一位委员说，“当然流云是最好的宇航员，我们要给她最高的荣誉和最隆重的葬礼。”

“事情已经过去了九个月，希望能尽快了结。宇航局认为不能再拖了。”公诉人表情冷漠：“任飞扬优柔寡断，负有不可推卸的责任。”

“我还以为让任飞扬接替舒鸿担任天隼号船长是个好主意呢。”那位女性委员说，“他一贯表现都很好。”

“任飞扬现在的情况极不稳定，我请求延期对他的起诉。他曾是优秀的宇航员，请委员会考虑这一点，我们培养一名宇航员不容易。”赵律师恳切地说。

“我们当然要考虑任飞扬以前的成绩，但是我们必须依照《太空法》处理。”主席的声音坚定，不容反驳。

“对不起，”调查者插话：“依我看，就算再让任飞扬飞，他也飞不上天了。当我们告诉他秦明的事时，他就彻底垮了。”

2095 年 11 月，任飞扬因失职罪等被判以十年有期徒刑，他拒绝了赵律师上诉的提议。同年 10 月，宇航局为流云举行了盛大的葬礼和隆重的表彰仪式，刚刚从死神那里逃脱的秦明也参加了这一仪式。

四

2096年……2099年。

盛夏正午的山脊仿佛要被烤熟的土豆，零星的树荫遮盖不了山坡裸露的黄褐土地。山谷间的河道被泥沙差不多填平了，河床上只有几股断断续续的混沌水流，在近40℃的阳光下蒸发着。

“您不应该到这儿来。”监管员抱怨身边的乘客，一边把车内的温度再调低一些。飞车在离地面以平均2米的高度迅捷滑行，喷射出的气浪使他们来的路上尘土沙石四溅。“这鬼地方真不是人呆的。”

乘客已经上了年龄，花白卷发和玳瑁色眼镜使她平添几分威仪。她没有理会监管员，窗外的景色吸引了她。山谷突然开阔，出现了一片小小的翠绿平原，平原两侧的山坡筑起一道道石坝，坝上的树木错落有致，几座简易房屋分布在平原上。

“经过这么多年的努力，我们总算把沙漠挡在山那边了。”监管员不无骄傲地说，“他在8号地，您坐稳。”

飞车一个急转弯，乘客被突如其来的离心力压迫紧贴在椅子上。她有点头晕，心脏急剧跳动着，一直马不停蹄地赶路，她累了，简直疲惫不堪，要是能歇一歇该多好。这可不行，她提醒自己，竭力睁大双眼，在见到任飞扬以前说什么也不能倒下。

任飞扬，念着这个名字，流云清澈的眸子便闪现眼前：“如果我回不来，请您把东西交给任飞扬吧，他会处理的。”乘客鼻子一酸，她心爱学生、心爱女儿的要求，怎么能拒绝呢？不管任飞扬在什么地方，找到他多么的不容易，她也要完成流云最后的心愿。

更何况她的人生之路快要走到尽头了。

车子突然停住，乘客向前倾倒，监管员一把扶住了她。“这就是8号地，”监管员放低车身，“您等着，我去把他找来。”乘客动了动身体，监管员制止她：“对不起，我不能让您下车，外头太热了。”“不是有人还在外面干活吗？”

乘客推开监管员，“他们不怕热吗？”

衣服被汗水粘在身上，乘客呼吸不畅，她小心地挪动脚步，极力保持着身体的平衡。砂土堆砌的田垄松散硌脚，她的鞋子几次陷进沙石中去。田垄两边被一畦畦白色的塑膜覆盖，很多地方嫩绿的小苗冲破护膜，俏生生挺立在热辣的阳光下。十几个人正在塑膜间忙碌，他们都低弯身子，蓝色工作服反射着刺目的阳光。

乘客想走近些看清他们在做什么，但是她迈不动腿，只觉得关节仿佛都锈死了，僵痛得无法动弹。

“5731！”“5731！”监管员喊了好几遍，才有一个人直起腰，从地里走过来，戴了胶皮套的手上还拿着万用剪刀。

“有人来看你，”监管员指指乘客：“特意从北京来的。”

“任飞扬！你还好吗？我是袁征呀！”乘客一下子认出了他，尽管他的面容已经苍老，黝黑的皮肤上布满细密的皱纹，下垂的嘴角使他整个脸有一种哀愁的表情，但乘客还是认出了他。

袁征？任飞扬站在田垄下，局促而不知所措。这是个遥远的名字，似乎和许多他宁愿遗忘的事情联系在一起。

“我是流云的中学老师袁征，记得吗？流云带你到我家来玩过。我家就在国子监旁边，是个四合院。记得吗？”

流云。流云已经死去四年了。那年在北京集训地碰见她时，她说要去看老师，她没有旁的亲人。他陪她去，一路小心不敢提起舒鸿的名字。袁老师站在四合院的影壁旁笑，院子的葡萄架下摆了几口布满绿锈的金鱼缸。隔壁是红墙绿树包围的国子监，四百年前那里的朗朗读书声仿佛还在空中回荡。

那是永远也不可能忘记的事，相反，随着时间的推移每一件都变得格外清晰，只要那事件中有流云的存在，而流云是和天隼号、和舒鸿连在一起的。刹那间，心海荡起几丝涟漪，任飞扬清晰地感到思念的灼痛，感到那曾烧炙过他生命的懊丧和愧疚。

“我记不太清楚了。”他回答，面部表情毫无变化。

“袁老师特意来找你的。”监管员在一旁说，“袁老师的身体可不大好。”

“上年纪了，”袁征的白发在阳光下闪亮，她微微一笑，“总算见到你了，有样东西要交给你。是流云的嘱托，我恐怕完成不了了。”说着，她从背囊中取出一个小包，递给任飞扬。

任飞扬迟疑地接过来，望望监管员，监管员点点头。

包不大，淡绿色防护袋下装着一个规则的长方体。袁征示意任飞扬打开袋子看看。他拆开防护袋，里面是航天部门专用的小号邮递盒，盒子上工工整整地写着：“烦交舒鸿亲收。”

那是他熟悉的流云的笔迹。任飞扬只觉眼前一片眩晕，握着盒子的手忍不住发抖。

“这是……”他没注意到说话声也在发抖。这意外如一颗陨石，以无比迅猛的速度敲击着他的神经结，令他不能思考、不能反应。

“流云想找到舒鸿，但她的工作太忙了。你是他的好朋友，你一定能找到他。”袁征神色黯然，“这是流云最后的心愿了。”

任飞扬盯着盒体上的名字，那不是字，那分明是流云的脸，舒鸿站在她身后，他们的脸慢慢重合在一起。见到他又能怎么样呢？流云？不是和他吵了一架又一架，不是流着眼泪说事业和舒鸿间别无选择吗？他挫伤的岂止是你的自信，还有你的尊严，难道你还不肯放弃吗？

“你能做到吧？”袁征问，她想听见任飞扬坚定的回答，但是所有的声音突然从她耳边消失，接着，炙热的阳光在她视网膜上一闪，她便什么也看不到了。

五

2101 年春天。东北劳动教育监管中心。

“5731 号，让我看看你的出狱证明。哟，十年的刑期你用五年就服完了，你挺不简单的嘛。都做了什么？”监管中心这个戴眼镜的工作人员打量着面前还穿着囚服的任飞扬，一副不信任的表情。

“我参加了绿化营。”“是吗？那可是吃力不讨好的差事。嘿！你改良的柳杉树种在莫乌格沙漠成活率达 87%。莫乌格沙漠！那块最顽固的沙漠！”眼镜不由自主站起身，刚才的懈怠样子一扫而光。“以前你是宇航员？”电脑继续显示任飞扬的档案，眼镜惊叹：“噢！想不到您在地面上也这么出色！”

任飞扬摇摇头，再也不要提从前的事了，他不过是个普通的囚犯。“手续什么时候可以办完？”他有些不耐烦，他已经等不及了，一年多来他总想着流云的心愿，尽管他害怕再次见到舒鸿，但这也许是他唯一还能为流云做的事了。

“马上。”眼镜急忙回答，第一次这么迫近地和宇航员接触，真是意想不到。怎么从来没有人告诉他5731号就是曾经考察过木星所有卫星的任飞扬呢，他要能早点知道该多好啊。

眼镜把各种证件装进一个纸袋递到任飞扬手上，“给我签个名吧。”他不知从哪儿变出一支笔来，“就写到这儿好了。”他指指身上雪白的衬衫。

任飞扬慢吞吞看了他一眼，没有接笔。前宇航员把纸袋夹在腋下，提起自己的旅行包，径直向外走。“等等！”眼镜喊，但只看见任飞扬瘦削的抖动的驼背。

监管中心主任和一个人站在中心大门口，这个人任飞扬依稀面熟，但是叫不出名字。任飞扬理理刚换上的崭新衣服，他还不大适应这种时装款式，身上的每一个部位都不太舒服。

“任飞扬！任头儿！”那人主动招呼：“宇航局派我来接你回去。”

这是天隼号的另一个幸存者！秦明！这个人是秦明！

未来在任飞扬眼前一闪，他看见深邃幽暗的太空，他看见深蓝的地球和金黄的木星，他看见在空旷星际间散落的无数天隼号的金属碎片。

“不！”任飞扬脱口而出，“不！”他叫道，“不，我不会回去！”

“任头儿，这回可不是舒鸿扔给你的那种破烂货，基地要建造一种新的天隼II型飞船。局里希望你能驾驶。”

“我比较喜欢种树。”任飞扬与秦明擦肩而过，声音冷淡：“我的确有此专长。”

“任头儿！不管以前发生过什么，我还愿意当你的助手！我认为你是个好船长！”秦明大声喊。

但是任飞扬头也不回，只顾往前走。

六

这张脸好似夏日晴朗天空的月亮般恬静优雅。多年来我又一次看见，清晰地，就在我的身边。我有点不明白，我记得流云已经死了，所有人都这么说。可是她飘动的长发拂扫我的面颊，我闻到七里香馥郁的气味。

不，她不会是那个流云，不会是的！流云在天隼号上梳的是短发，齐耳的贴着头皮的短发。我惊惧地转过头，她突然就消失了，周围只有布满信号板和各种管线的走廊，长长的走廊。脚步声，我走向那声音，嘿，熟悉的面孔纷至沓来，交叠着映入我的视野。我应该记得他们的名字，但我发不出声音，我的嗓子被一团咸腥的什么东西堵住了，我想拥抱他们。当我走近他们的时候，短发的流云回眸一笑，我也笑了笑，可我只是在抽动嘴角，我忘了该怎么笑。他们突然消失了，舒鸿从我背后冲出来，满脸的不在乎。

火光，船体一段段碎裂开来，所有东西都在崩溃，恐惧和战栗再次控制了我，刹那间自己也随它坠入无边无涯的黑暗……

任飞扬惊睁双眼，阳光正在挡风窗的边缘滑动，四周沙堡林立。这些沙堡高大雄壮，如断塔残屋，又似猛禽怪兽，错落有致地排列在一起。飞行摩托车和它们相比，便如同一只小小的昆虫般微不足道。

任飞扬打开所有的车窗，蔚蓝晶莹的天空从他头顶铺展延伸，太阳在沙堡缝隙间闪烁，空气干燥而清新。这是一个戈壁滩的早晨，它提醒任飞扬，他的西部旅途已进入了第五天。

刚刚只是一梦。任飞扬跳下车，活动活动麻木的手脚。几只沙漠蜥蜴大摇大摆地从他面前爬过。望着它们灰白圆尖的鳞片，任飞扬的心却仍然停留在梦境中。往事，不管相隔多少时间的距离，依旧清晰如昨，依旧折磨着他的情感与理智。他曾经希望永远留在绿化营，绿化营的生活平静而单调，只有从五十公里外发射场不时升空的火箭，提醒任飞扬在太空中人类正进行着规模宏大的开发建设。当他看见那腾空飞跃的火箭时，常常情不自禁地计算它的速度和质量，从而判断航天技术的发展水平。火箭轰鸣着划过长空，留下耀眼的轨迹，对这他既无法堵塞听力也无法封闭眼睛，他只有用不断的垦荒和耕耘忘却过去。他几乎就要成功了，当他捧着亲手在显微镜下改造了基因的树苗走向苗圃时，他差不多以为自己就是个种树的，从不曾上过天，从不曾指挥过宇宙飞船。

可是袁征送来了流云的遗物。袁征死在他的怀里，表情平静安宁。她不仅仅是来请求他帮助，她更是要帮助他。从袁征的脸上，任飞扬刹那间明白了她远赴荒凉东北的深意。往事，既然存在，就不能遗忘，不能逃避啊！

离开监狱后任飞扬一直在寻找舒鸿，虽然见到舒鸿会十分尴尬难堪，但他不愿辜负流云和袁征。一年多来他跑遍了大半个地球，从航天局的退休同事到舒鸿爷爷一辈的亲戚他都问过了，在太空城工作的父亲和在宇航学院读书的弟弟也被他动员起来。但是哪里都找不到舒鸿，他似乎从这个星球上蒸发了。

任飞扬想穿过岁月迷雾看清当年舒鸿离开宇航局去向的种种努力均告徒劳，国家怎么会让一名功勋卓著的宇航员销声匿迹呢？尽管这宇航员后来的表现实在差劲。也许直接去找宇航局局长可以弄清楚，但任飞扬不能去，他是个失职的宇航员，五年的监狱生涯并不能挽救天隼号和它的船员。他很清楚，怀着愧疚和伤痛是无法上天的。找到舒鸿后，他就回莫乌格沙漠去继续种树，这是他还能为社会做的唯一一点益事。

沙石滚动，风从沙丘的豁口吹来。站在沙风之中，任飞扬心头填了几丝苍凉。半个月前，他终于发现了一点舒鸿的线索，便冒冒失失地上了路。他总对自己说，绝不放弃任何希望，舒鸿就算死了也要找到坟墓才行。当然，舒鸿是不会死的，依他的个性，这会儿多半正在什么地方边喝咖啡边玩网络游戏呢，他可是最会“享受”生命的。

想到舒鸿，任飞扬就会感到痛心和气愤。他摇摇头忘记这个名字，擦净头盔里的汗碱，重新戴好头盔。太阳已经爬到了沙塔的顶部，风开始热起来。他回到飞车上。

沙丘的城市渐渐被任飞扬甩在身后，广阔的戈壁滩展现在他面前。

七

许许多多挟带冰雪的小溪在这里融汇成了一条大河。大河缓慢地流动着，两岸渐渐出现了苇子、红柳和胡杨，树木越来越密集，在河流拐弯的地方形成了一大片绿洲。

任飞扬停下车，这是一个地图上未标出的绿洲，从地理环境来看它是不该存在的，沼泽地还有可能，但他看见的是一片葱郁的森林，甚至有几种树木他从未见过。

天空蔚蓝明净，河水清莹透澈，绿色铺陈河滩，一切都那么静谧安详。站在河边，任飞扬感到从未有过的孤独。他所有的朋友都在天上，在天上忙碌着。这六年中他们已经把人类的活动范围扩展到了海王星区域。而他呢？他都干了些什么呢？

任飞扬徒步走进森林。听着脚下枯枝和落叶的声音，他仔细观察着各种植物的分布与生长情况，间或做一些记录。只有在工作中他才能忘记过去，但他没有新发现的雀跃激动，他感觉自己的心已经僵死了。

地势渐渐倾斜，他走到一道山坡上。满山坡的二月兰正在微风中盛放，像是一架紫色的屏风挡住了他的视线。

任飞扬一时愣住了。

在那些花儿之中，树立着一块白色墓碑。

任飞扬隐隐猜到了什么，不，不可能，他绝对猜错了。他极不情愿地移动着脚，心里希望永远也不要走到墓碑那儿。但是那东西越来越近了，那是一整块天然水晶石，在紫莹莹的花海里格外醒目。

素白的水晶石上刻了一行字。

任飞扬握紧胸口，失望、沮丧、哀伤、悲凉，千般情绪在他心底结集。他转过头，但那行字仍在眼前。

他无法迟疑，大步奔到墓碑前。

素白的水晶石上只刻了四个字：舒鸿之墓。

他并没有看错，他竟然真的找到了舒鸿的坟墓。但他不能相信，舒鸿就这样死了吗？那个生气勃勃、像朝阳一样的青年，那个总是和成功相伴、嘴角带着自信微笑的青年，真的就这样死了，葬在这茫茫戈壁的砂土下了吗？

所有怨恨突然都失去了意义。是的，他曾经怨恨过舒鸿，恨那个抛弃了事业、抛弃了流云的舒鸿，恨使他痛心的被木星吓破了胆的舒鸿，恨太空人把对舒鸿的崇敬变为鄙视时自己无法为朋友辩护。他恨得不想再提起这个名字。

但舒鸿仍然存在于他的记忆中。望着墓碑上的四个字，与舒鸿同队集训的日子、并肩飞行的日子，清晰浮现在眼前，任飞扬甚至听到了他轻快有力的脚步，听到他激昂高亢的歌声……

舒鸿！任飞扬心底呼喊着。舒鸿，他想大声叫，但喊不出来，一股深深的疲惫席卷了他。他再也不需要天南地北地寻找了，绷紧的神经突然放松，松弛得叫他一点气力也没有，瘫坐在地上。这是他最不愿看到的结局，流云和舒鸿全都死了，和他生命曾紧密相连的两个人，永远也见不到了。

在任飞扬面前，水晶反射着太阳的光辉，璀璨夺目。这光芒如此刺眼，任飞扬不得不转过头去。这一刹那他突然想起最后见到舒鸿的情景，在舒鸿的眼睛中似乎有些未曾说出的话语。

舒鸿要说什么？他为什么到这里来？他，为什么会死，默默无闻地葬在这里……

许多问题潮水般涌进任飞扬的心里。他站起身，山坡下一条石板小路弯弯曲曲消失在修剪齐整的油绿灌木丛中。到处是人工的痕迹。他飞快地向小路跑过去，他要知道一切，他要搞清楚十二年前舒鸿离开太空的原因。

他不顾一切奔跑着。

小路尽头是一栋白色的房子。任飞扬使劲敲打那紧闭的房门："告诉我，舒鸿怎么死的？告诉我舒鸿的事！舒鸿……"

房门过了许久才打开。

任飞扬看见一位身着丧服的维吾尔族老人。

八

房间里充满电子合成的声音，这是一支情绪激越的曲子，和这个布置得肃重庄严的房间不太协调。老人放下银制雕花的茶壶，悠悠叹口气："他们半个月前就全都走了，没有谁还能留下。除了我，我从小就住这儿。"

“我是个孤老头子，你瞧，他们走了，留下这么一座大房子。我不走，我看房子，继续做我的花匠，也陪着舒鸿。他这么个好小伙子，一个人呆在岗子上怪孤单的。”

“您，您认识舒鸿？”

“怎会不认识？十几年了，大家全围着他转，好些大人物，我记不清他们的官衔了，还常来看他，医生换了一拨又一拨。哎！可怜啊，舒鸿的身体还是烂掉了。”

“烂掉？”

“我记不住那些古怪的医疗名词。谁也不愿往舒鸿身上瞧，那简直不是人的身体，他的脸最后也烂掉了。可是那小伙子真坚强，什么时候都没有伤心过，没把自己当病人看。他工作起来简直是玩命，可还抽空组织歌咏比赛、诗歌朗诵会什么的让大家开心。他能行动的时候还带我种下一山坡的二月兰，那花可真美，一年四季总开不败，每个见到的人都喜欢。”

过去隐约露出了一些轮廓，任飞扬半惊半疑：“后来呢？”

“后来舒鸿让他们把自己的脑子取出来，他们不肯。舒鸿很坚决，他说趁着他的脑子还没有烂掉前，他想再多做些事。他们拗不过，只好照办了。嘿，你没见过那架式，舒鸿的脑子泡在一个透明的罐子里，上面插满了营养管、电极、探针什么的。可是我敢打赌，世界上再也找不到像舒鸿那么美丽的脑子了，我每天都要看一看他，他脑子上的那些褶皱就和雪山融化的冰水一样清澈。”

“他那样还能工作吗？”任飞扬的声音混浊哽咽。

“怎么不能？我听他们说，他的智慧和经验是无人能替代的，他是第一个进入木星引力区域深层的人。我想木星一定离这儿挺远的。”

是很远。舒鸿，航天局修改了木星考察方案，重新设计了星际考察飞船，开始利用小行星带资源改造火星环境……这些成果里你有多少贡献？你在这个无人知晓的地方，与可怕的病魔进行着生死搏斗。天啊，舒鸿，为什么不告诉我实情，你在木星究竟遭遇到了什么！

茶水从倾斜的茶杯里流到地上，任飞扬没有注意，他紧握茶杯的手忍不住颤抖。“他们都是哪些人？”竭力克制着哀伤与心悸，他想知道所有关于舒鸿的事情。

“让我想想，国家宇航局、国家医疗急救中心、太空医学研究院……”老人扳着手指数，忽然停下，直瞪任飞扬，“你真是舒鸿的朋友？”

“我当然是！您刚才不是看过我的证件吗？我叫任飞扬，舒鸿也许提起过我。”

“任飞扬？任飞扬，那个天隼号的船长？”

“正是我。您知道天隼号的事？”

“谁不知道呢？关于那条船，每个人都不好受。”老人拿起桌上的一个镜框，轻轻拭擦，镜框里正嵌着一幅天隼号的立体照片，“那时候舒鸿还有身子，他叫我把他抱到山坡上，就在那些二月兰里坐了一夜。”

我了解，我尝到过同样的痛苦，这全是因为我！因为我的错误！我对不起你！任飞扬抱住头，过去撕裂着他的心，他仿佛又重经天隼号爆炸的瞬间。

音乐忽然停下来，屋子里静寂得有些可怕，仿佛幽暗的太空。任飞扬放开手，老人拍拍他的肩：“这事不能全怪你，太空里的事，谁算得到呢？”

“可是，我……”

老人站起身：“你跟我来。”

这是二楼的一个大房间，房间里空荡荡的什么也没有。老人打开窗帘，阳光顿时充满了每一堵墙壁，使这个纤尘不染的地方有了生气。老人示意任飞扬向窗外看。

窗外是一片葱郁的绿色。远处，冰河显现出翠玉般的透明光泽。再远，苍青的山脉连绵不断，山顶还有皑皑的积雪，戈壁变成狭长的灰色带镶嵌于山水之间。大自然用神奇的手在窗外做了一幅巨大的画，它无边无涯，色彩绚丽，洋溢着蓬勃的朝气和旺盛的生命力。

任飞扬一时忘记身处何方。

“所有东西都搬走了。但我记得它们的位置，仪器放在这里，柜子在那边……”老人来回走动，絮叨，“舒鸿最后两年就住在这儿。”

任飞扬转过头，空寂的房间一下子变得温暖而亲切。他睁大眼睛，在墙壁和地板上到处都有舒鸿生存的痕迹、舒鸿的气息。

那支曲子又响起来，非洲皮鼓的节拍与太阳风掀动地球大气层的声音混在一起，非常的激烈。

“他常说如果他有身体，像任飞扬那么强壮的话，他无论如何是要回到太空中去的。”“他是这么说的？”“是的，他说过。”老人环顾房间中的每个角落，“他虽然只有一个脑子，可这阳光、雪山、树木、河流，他全能看见，全能感受得到。对我们大家来说，他是一个真正的人，一个顶天立地的汉子。”

真正的人！任飞扬嘘唏不已，但他还是有些疑惑：“宇航局可以给他造个身体，这应该能做到。”

似乎过了很久，老人才回答：“他们试过，但不行。他的脑子像他的身体一样不断变异。对了，变异，他们用的是这个词。他变异的脑子常发出奇怪的射线什么的，好几个护士都受到辐射污染。”老人停顿了一下，他无法确切地告诉任飞扬当时的情形，他看出对方正处于极度的悲伤中，便拿不准该把事情说到哪种程度。

“后来呢？”任飞扬非要打破沙锅问到底。

“死了一个人。”老人尽量淡化事情，“舒鸿想控制脑子的异化过程，大家都帮他，可是失败了。那个怪东西通过网络控制了西部输油管道，我不知道它是怎么干的，但它肯定想得到更多。舒鸿和它斗了差不多一年，上个月他的异化过程突然加剧，甚至闯进了国防部的控制系统。舒鸿及时制止了它，而自己也牺牲了。”

任飞扬糊涂了：“牺牲？舒鸿战胜了他变异的脑子吗？您这不是说，舒鸿他是自杀吗？”

“自杀？那是懦夫的行为！”老人激动，“舒鸿是个真正的勇士！他知道谁也不忍心切断营养供给，那是防止他脑子变异的最有效方法，他知道没人能下手，于是就自己干了……”

老人再也说不下去，他扶住墙壁，哆嗦着大口喘气。

任飞扬惊呆了。舒鸿！舒鸿！你怎能如此？你竟能如此！

全都明白了。舒鸿还是那个舒鸿，那个他熟悉的舒鸿，那个绝不胆怯困难、绝不动摇理想、绝不放弃事业的舒鸿。舒鸿“欺骗”了太空的伙伴们，包括流云，那一定是怕自身的遭遇挫伤他们的积极性、打击他们的自信心。肯定是这样的。回忆过去，舒鸿所有的行为都清楚了，多年的怀疑一扫而光，一切怨责都不复存在，在任飞扬心底，只有对死者无限的钦佩与怀念。舒鸿以名誉的牺牲来换取宇航员们征服土星的勇气，他做到了，十二年来他一直被宇航员们当做“被荣誉征服的自私自利的家伙”，他作为反面教材激励了一代年轻宇航员。

舒鸿！我到现在才发现真相，我是多么愚蠢与轻率！而你，你宁可忍受委屈，连流云都对她隐瞒，你心里想的全是别人啊！

巨大的悲痛淹没了任飞扬，他真想大哭一场，为了舒鸿、为了这十二年来舒鸿吃的苦、为了他丢掉的天隼号，那飞船是舒鸿的珍爱，而竟然在他手里毁灭了！

音乐陡然变化了旋律，它的活泼和热烈实在不合任飞扬的心情。“您能让这曲子停下来吗？”他无法忍耐了。

“我从来没让它停下来。”老人解释，“这是舒鸿写的曲子。”

“舒鸿的曲子？”

“是的，他写的。他写完的第二天就牺牲了。这曲子就叫《天隼》。”

天隼！隼疾驰如风，天隼在浩渺无穷的太空展开它矫健的双翼，它无所畏惧，它怀着对生命无尽的爱，怀着对未知世界的美好期待飞翔。

这不止是音乐，这是舒鸿心灵的旋律！天隼号虽然不复存在，但天隼存活着，存活在这音乐的每一个音符里。

舒鸿！任飞扬克制着眼中的泪水，这音乐里到处是舒鸿的影子，他怕自己就要当着老人面痛哭了，急忙说：“我一直在找舒鸿，我有东西要给他。”

九

二月兰一片片紫莹莹地开着，环绕着舒鸿。水晶墓碑在黄昏的静穆天光中悄然伫立，那仿佛是舒鸿沉默的身影。

打开防护袋，任飞扬取出那个邮递盒。流云，他在心底温柔地呼唤着，流云，我替你送到了，我把你的心意传达给他。我们所有人都误解了他，他其实从未改变。他比我们想象的更坚强执着。他值得你爱。

任飞扬拆去盒子上的胶钉。

那是块褐色的石头，附卡上写着：

舒鸿——

这块小小的陨石来自土星环。

在那里我停留了五天。我梦到你也来了。

你一定会来，你会回到太空来的，我相信。

——流云

舒鸿！你这个傻瓜！她相信你！她爱你！你不该对流云隐瞒啊，哪怕你只剩一个头颅，哪怕你只存留一丝气息在人间，她还是照样会爱你的。她对你的爱绝不会因为你没有身体而减少。

舒鸿！你这个笨蛋！

但是他感到了舒鸿浓重的爱，那份深沉的情怀出乎他的意料。拒绝爱人的眷恋，拒绝朋友的牵挂，只是为了让对方毫无羁绊地去追求理想。舒鸿宁愿孤独地迎接死亡。

任飞扬心潮翻滚，舒鸿！舒鸿！呼唤这个名字，如同呼唤天隼号的归来，呼唤地球从月平线上升起，呼唤火星观测站的回应，呼唤鲜活的生命和热烈的爱情……他扶住墓碑，水晶冰凉而光滑。他慢慢抚摸着墓碑，抚摸着墓碑上的字，水晶在他手底渐渐温暖。死者仿佛在这温暖中复活了，微笑着站在他面前，不止舒鸿，还有流云。他们的气息从花儿里飘起，从泥土中升起，从那块陨石上浮起。这气息环抱着他，让任飞扬重新看到他们。他们年轻的容颜美丽纯洁，他们的表情欣喜而满足。那是终于相聚的满足，那是将全部生命奉献给事业的满足，那是从未曾有过怀疑和畏惧的心灵的满足。

望着他们，任飞扬感到一股激流奔涌在身体里，冲击着他僵死的心灵，使他灵魂深处高筑的堤坝一处处崩裂。舒鸿的曲子又一次在他耳边回响，他听见隼的鼓翼之声，这只猛禽急速刺向苍穹，搅起一股急骤的风。天空已出现明亮的金星，稍后那里便密布繁星。舒鸿和流云化为一道耀眼的光芒穿过群星，向他目力不及的遥远世界飞去。

那个世界神秘奇特，那曾是他追求的、魂牵梦萦之地！原来，真正胆怯的是他，动摇了理想、放弃了事业的人是他自己！任飞扬陡然一惊，他曾是舒鸿的助手，他了解舒鸿的理论体系和工作方法；他和流云一样是宇航学院的优秀毕业生，有着极其丰富的实践经验。这一切，就因为天隼号的事而付之东流了吗？他不敢回到太空中去，不敢直面自己的失败，不正是懦夫的行为吗？对于他，究竟什么样的生活才更有意义呢？

不知不觉中任飞扬挺直了脊背，他感到四肢充满了力量。老人一直看着他，好像一夜春风吹开了积雪，他的面容突然舒展了，像有只看不见的手抹平了他脸上的皱纹和抑郁，取而代之的是青春的自信和坦荡。

任飞扬将陨石埋在墓碑下，连同那张卡片。

在他离去之刻，他轻轻摘下一枝二月兰，别在衣襟上。

十

月球宇航基地负责人收　　　　　　文件 210349 号

经过十个月的训练治疗，任飞扬已全面恢复，达到 A 级宇航员标准，可以参加飞行。

太空医学研究院康复中心发

良久，负责人的目光又落到《月球新闻》这份电子早报上，报纸已是连续第五天在头版报道舒鸿的事迹。

在他窗外，地球正冉冉上升，云雾缭绕之处是亚洲雄伟的高原和山脉，那里是鹰的故乡，那里有一块水晶墓碑永远璀璨晶莹。

负责人拿起书写笔，直接在显示屏上对文件做了批示。他写道：

“欢迎归队！”

——原刊于《科幻世界》1998 年第 3 期

现实与浪漫相映生辉

——凌晨的科幻世界

◎ 张懿红　王卫英

凌晨是中国当代科幻小说创作界一位重要的女性作家。凌晨的科幻小说取材广泛，涉及多种主题，注重硬科幻元素，形成了明快晓畅、幽默而不失婉约，充满阳刚之气又不乏女性温柔，现实感与浪漫情怀相映生辉的独特风格。她用多种方法营造科幻小说现实感，如注重人物性格与情感的真实性，使人物形象富有人性内涵和感染力；科幻想象与生活细节、地域风情交融，将科幻内核植入现实生活的土壤；以日记体、书信体、实习报告等第一人称叙述视角讲述科幻内容，制造言之凿凿的真实感等。凌晨小说的浪漫情怀具体体现在两个方面：一是理想主义和英雄主义倾向。二是主观叙述的抒情性和诗意美。《天隼》集中体现了凌晨的浪漫情怀，为百年后的人类未来谱写了一曲理想的赞歌。

一、凌晨科幻小说概述

凌晨（1971—），本名余蕾，出身航天家庭，毕业于首都师范大学物理系，先做过中学物理教师，之后又在《大众软件》杂志做过编辑，具备航天、电脑、网络等行业的专业知识，良好的科学素养为她的科幻创作打下了坚实的基础。凌晨的科幻小说创作始自20世纪90年代中期，至今保持着旺盛的创造力，由短篇、中篇到长篇小说，一步步稳扎稳打，截至目前，共计发表科幻小说100余万字，成为当代中国科幻小说领域的重要作家。凌晨的主要作品有长篇小说《九野仙踪》（新蕾出版社，2000年）、《月球背面》（解放军出版社出版，2002）、《幻岛激流》（海洋出版社，2005）、《神山天机》（海洋出版社，2006），中篇小说集《提线木偶》（少年儿童出版社，2000）、《黑暗隧道》（河北教育出版社，2002），短篇小说集《天隼》（四川科学技术出版社，1999）、《水星的黎明》（广西师范大学出版社，2005），短篇小说《信使》《猫》《潜入贵阳》分别获得1995年、1998年和2004年中国科幻银河奖，多篇短篇小说被收入中国科幻小说年选或精品集。凌晨的长篇小说故事曲折，注重“设谜——解谜”式的情节营造，颇具悬疑色彩。中短篇小说讲究叙述方式的变化，注重人物心理真实和人性内涵，善于塑造航天英雄和反抗者形象，主观抒情色彩浓厚，富有诗意美。相比长篇小说，中短篇小说凸显凌晨的个人风格，更具成熟魅力。

凌　晨

凌晨的科幻小说不以深刻的思想性取胜，但取材广泛，涉及当代科幻小说的多种主题：或借助高新技术和工具向太空、海洋、神山探险，幻想行星改造工程和外星球上的高科技战争；或寻找灭绝人种，想象外星人、史前人和未来人的文明形态，探索人类自身的发展；或进入数字化的虚拟世界，展开时空穿越的奇思妙想；或遥想环境污染、瘟疫横行的地球末日，展现外星大移民后人类社会的丑陋未来……凌晨的科幻小说创作囊括亚当·罗伯茨所谓科幻小说的四种形式[①]。同时，凌晨特别注重硬科幻元素，小说中有很多精

① ［英］亚当·罗伯茨．科幻小说史［M］．马小悟，译．北京：北京大学出版社，2010．在该书序言中把科幻小说分为空间（到其他世界、行星和星系）的旅行故事、时间（到过去或者未来）的旅行故事、想象性技术（机械、机器人、计算机、赛博格人以及网络文化）的故事和乌托邦小说等四种形式。

彩的科学设定，比如交通舱、超波武器和没有实体的智慧生命——波翼（《月球背面》），具有研发和批量复制功能的“活性体”外星飞船（《鬼的影子猫捉到》）、专为青藏铁路设计的“雪龙号”高级旅游观光火车（《神山天机》），影响地球未来的“弦理论”（《潜入贵阳》），实现两个星球间物体瞬间传送的“引力传送井”（《月瘤》）等。丰富多变的科幻题材和异彩纷呈的科学设定，体现了凌晨深厚的科学素养和丰富的想象力，她在科幻领域腾挪跳跃，意到笔随，收放自如。

在畅想科技发展、描绘未来世界的科幻叙事中，凌晨一方面坚持对科学精神、英雄气质的敬仰、赞美，高扬理想主义旗帜，借助科幻小说设定的人生境遇展示人性的尊严，表达对爱与自由的永恒渴望；另一方面对滥用技术、过度发展满怀忧虑，呈现了一个充斥着航天港、飞行平台、人造子宫等各种高科技产物，却丧失生命体验、伦理亲情与美感的未来世界，描绘了一幅星际文明高度发达、生态破坏蔓延宇宙、新的压迫与不公制造新一轮战争与分裂的“人类大团圆”的反乌托邦景象。凌晨不像王晋康、刘慈欣一样醉心于宏观阐释宇宙生存法则，不具备深刻、宏大、缜密的哲理思辨力、想象力。她着眼于科幻想象所蕴含的新的生存境遇，即科幻为人生敞开的可能性：“通过想象陌生的世界，我们得以在一个潜在革命性的新视角中来理解我们自己的生命状态。”[1]借助想象中的未来世界，凌晨试炼人性，执着表达自由平等的理想和美好温暖的情感，思考生命的价值和人的命运，形成了明快晓畅、幽默而不失婉约，充满阳刚之气又不乏女性温柔，现实与浪漫相映生辉的独特风格。

二、现实感与浪漫情怀

首先是现实感。科幻小说飞扬的幻想仍然要从地平面起飞，营造真实的环境、塑造感人的形象，引导读者进入亦真亦幻、仿佛身临其境、令人心驰神往的境界，这是科幻小说的独特魅力。达科·苏文关于科幻小说的定义比较有影响，他认为科幻是“一种文学类型或者说语言组织，它的充要条件在于疏离和认知之间的在场与互动，它的主要策略是代替作者经验环境的想象框架。”[2]认知与疏离的平衡是科幻小说的张力结构。“科幻小说既然是小说的一种样式，因此它的基本特征也与普通小说相同，它要以形象反映社会生活，也以写人、塑造典型人物作为创作的基本要求。离开人物形象的塑造，离开人与社会的关系的描写，科幻小说便失去了文学的特性。因此，无论它如何离奇，仍然是对现实社会的反映，是对进步理想的追求。所以，它虽然可以丰富人们的科学知识，但是创作科幻小说的主要目的并不在于此，它也要用生动的典型人物形象的塑造，去发挥文学的审美教育作用。否则，它就与科普读物没有区别了。”[3]科幻小说家不仅要具备超前的、丰富的科学幻想，还要具备深厚的生活积淀、细致的人性洞察力、发散性的细节想象力、圆熟的叙事手段和引人入胜的语言表达。凌晨用笔老辣，在幻想与真实的交界线上行走自如，体现出游刃有余的大家风范。她营造科幻小说现实感的方法与技巧是多样化的，比如注重人物性格与情感的真实性，使人物形象富有人性内涵和感染力；科幻想象与生活细节、地域风情相交融，把科幻内核植入现实生活的土壤；以日记体、书信体、实习报告等第一人称叙述视角讲述科幻故事，制造言之凿凿的真实感等。

“三人行”系列和“猫”系列均以浓郁的生活气息、温馨感人的情感描写增强科幻小说的现实性。凌晨善于把握少年儿童的心态，对他们孤独、敏感、好奇又叛逆的心理体贴入微，塑造了顾晓丹、唐毅、孟凯三位大、中、小学生的鲜活形象，使“神秘事件调查小组”的人物设置性格互补，充满童趣。小说花费大量笔墨描写唐毅和孟凯的友谊，从地铁邂逅到送孟凯上学、参加派对、买琴风波等，日渐亲密的交往过程使他们之间逐渐产生超越亲情的兄弟情，充分坦露两个少年纯洁无瑕的心灵，那种超功利的温暖情感令人动容。人物形象及其生活环境的成功描绘，为科幻内核的平滑植入做好了铺垫。《九野仙踪》（即“猫”系列）则成功塑造了两个形象：一个是外表叛逆、内心早熟、富有科学钻研精神的少年肖潇的形象，另一个是与外星人亲密接触、获得超能力、洞察世事巨变的猫王形象。尤其值得称道的是，《猫》独特的叙述视角和内在的拟人情绪，这种手法将猫王的感知和心理表现得丰满而真实，且包含一点童话的感觉，营造出一种置身人类之外反观人类世界残酷真相的苍凉感伤的情调。肖潇、猫王、经历唐山大地震的组合家庭以及身边那条被污染的清水河，形成了一个真实的叙事空间，将外星人、飞船、分子破坏组合器、瞬间移动、意识穿越等科幻元素无缝接入。这种亦真亦幻的创造性想象，恰如小说结尾那句话："一只猫也可以创造宇宙。"

凌晨总是将人物推向矛盾冲突的风口浪尖，使人物置身于变化的新世界，面对生死存亡的两难选择，凸显尖锐的人性冲突。凌晨描写外星人与地球人的友谊与隔膜（《猫》），"时空杀手"在身份倒错之后的任务与亲情（《潜入贵阳》），海底人与人类争夺生存空间的爱与恨（《无处躲避》），"星际婚姻"的磨合与猜忌（《铂戒》）等。对于来自另一个世界的人来说，我们生存的世界充满未知的诱惑与陷阱，可谓步步惊心。即使描写那些悬想天外的科幻人物，凌晨也能贴合人物在陌生甚至敌对环境中的心境，将他们曲折微妙的感受、无法言传的心思细腻准确、丝丝入扣地描绘出来，使这些臆想的人物在叙述中栩栩如生。《潜入贵阳》和《无处躲避》充分体现了凌晨洞悉人性、把握心理真实的才能，是凌晨最好的小说，称得上科幻小说的精品力作。来自未知世界的杀手雷宇作为"人"的模拟体，来到贵阳暗杀弦论大师方乔，以消除将来其理论引起时空震荡的隐患。这一任务必须在 48 小时内完成，否则雷宇就再也无法回到自己的世界。雷宇凭借记忆库里对任务对象、任务环境的认知，以"人"的体验开始他的贵阳之旅。这个陌生的世界似曾相识，令他产生"一如往昔"的感怀；但是，他心里残存的本我又总在质疑、反省，提醒自己这些感觉都源于模拟体、模拟思维，他只是这个城市的过客，很快就可以抽身而去。他一见如故地热爱贵阳小吃，红黄翠绿油光闪亮的肠旺面令他食欲大开，狼吞虎咽中他却顿有所悟："'人'的快感，无非如此。"雷宇的意识就这样在未知世界杀手和"人"之间碰撞、交融，使他和他所体验的贵阳都呈现出一种鲜明的陌生化效果。此后的情节进展继续呈现两种意识的张力。无法返回的雷宇以坚韧的耐心投入贵阳生活，却无法克制惶惑、孤独、焦虑的情绪，最终导致虎门巷火灾，融化在女孩璇的怀抱中，彻底变成了"人"。小说结尾，雷宇培养弦论大师打开时空路径的计划落空，岂料儿子竟然就是未来的弦论大师，此时，他脑子里执行任务的倒计时再次开始。凌晨的叙述在雷宇两难选择的时刻戛然而止，收束在最具人性张力的情节发展的高潮阶段。《无处躲避》则从非人类的人性视角出发，以爱的破灭展现种族对抗、海洋污染的残酷。海底人温迪妮在逃亡的最后一站巧遇网友林霖，陷入渴望爱情与回归家园的两难境地，随后发现早已被故乡出卖，自己不过是海底人为了与人类对抗而制造的生物机器人。凌晨进入温迪妮的内心，让她自我追问，坦露她的孤独、绝望、挣扎与痛苦。当林霖持枪相对的时候，曾经的温情、信任、依赖、不忍、躲避都荡然无存："在她眼前，网络世界一片片粉碎得无法收拾，而真实世界远远退到了海的那面。有谁可以信任？有谁能够依赖？"温迪妮在痛苦的打击下精神蜕变，放手一搏，最终以林霖的身份活下来。这一人物饱满的心理活动颇具人性深度，建立起科幻想象的真实性。

凌晨喜欢给科幻小说设置一个具体真实的地域背景。她笔下的西藏（《神山天机》）、贵阳（《潜入贵阳》）、海南（《提线木偶》）、北京（《黑暗隧道》）等地方鲜活的风俗生活画面、细节描写和方言使读者产生身临其境的代入感，为科幻营造了扎实亲切的真实感。在《潜入贵阳》中，借助雷宇外来者的视角，凌晨描绘了一个魅力无穷的贵阳：城市建设新旧更替中的颓废与腐朽，肠旺面、冰粉、蒸腊肉饭、百香果、豆腐果、丝娃娃、独山盐酸、荷叶糍粑、羊肉粉等诱人的小吃及其动人的故事，虎门巷、花溪、甲秀楼、大十字、紫林庵、观风台、黔灵山、青岩等贵阳地标和法国梧桐遮蔽的马路，花车游行中的古乐"八音座唱"，单大婶和邻居们纯正的贵阳方言……凌晨的叙述凸显地方特色，使人物、也使读者恍惚于虚构的真实中。

此外，凌晨还往往借助日记体、书信体、实习报告、讲故事等第一人称叙述视角（主角或次要人物叙述视点）讲述科幻故事，如《刀兰》《燃烧的星星》《再见，地球》《干杯吧，朋友》《信使》《泰坦故事》《明月几时有》《地铁奇遇》等短篇小说。这种有限视角增强了叙述的可信性、真实性，便于抒情和自我剖析。

凌晨科幻小说的另一大特点是浪漫情怀，主要体现在两个方面：一是理想主义和英雄主义倾向；二是主观叙述的抒情性和诗意美。

如果说，在《九野仙踪》、"三人行"系列等少儿科幻小说中，理想主义、英雄主义主要体现为青春期少年对真善美的追求，那么在航天题材科幻小说中，凌晨塑造的诸多航天英雄形象就最能体现这种理想主义、英雄主义倾向。凌晨对航天科技和太空探索充满向往，因此创作中偏好太空题材，如长篇科幻小说《月球背面》、中篇科幻小说《深渊跨过是苍穹》、短篇科幻小说《水星的黎明》《天隼》《月瘤》《再见，地球》《泰坦故事》《燃烧的星云》《火舞》《刀兰》等。在她的幻想世界（21世纪末或者以后）里，人类不仅实现了月球旅游，而且开始宇宙大移民。这个时代的天之骄子当然是宇航员和科研工作者，他们把航天视为人类最伟大的事业，从中确立自我生命的价值。在太空遇险的危急时刻，他们勇于献身，展现生命的光辉（《深渊跨过是苍穹》《再见，地球》《天隼》《燃烧的星星》）。而普通人面对新的挑战时，同样展现出可贵的英雄气质，比如参加太空飞艇比赛失事的盲女（《水星的黎明》）、第一个在火星上滑翔的少年（《火舞》）。在《男子汉们，战斗吧》《不值一文》《当午夜来临》《烟花绽放》《信使》等反乌托邦小说中，凌晨塑造了一批追求自由平等的反叛者形象。面对新的黑暗世界，凌晨笔下的反叛英雄充满反抗压迫、追求自由的抗争勇气，与敌人同归于尽的战斗激情和坚不可摧的复仇意志：只剩半张脸的尼娜化妆潜入匪巢，给敌人致命一击（《烟花绽放》）；十三岁少年被外星人杀死后，他改造的机器人模型却发出战斗的指令（《男子汉们，战斗吧》）；《信使》以极大的信息量描写了一个整齐划一的未来极权世界，表面的爱情故事背后隐藏着批判社会、反抗暴政的主题。凌晨把花木兰的勇敢之心，寄托于非现实的未来战争和反抗英雄。

凌晨的叙述感情色彩浓厚，以情动人，多属主观叙述。这种站在作者主观立场上的叙述以浓郁的抒情性和诗意美为特征。姑且不论第一人称叙述视角的作品——自叙方式本就便于抒情，在《刀兰》和《飞鸟的天空》中，这种抒情性和诗意美体现得淋漓尽致。《刀兰》是凌晨最擅长的航天题材，主人公金是一位刀兰工程师，通过增加刀兰的光电转换率使它为宇宙飞船供电。小说以第一人称叙述视角讲述金和星屑错失的爱，这段爱情回忆穿插在现实中，使金思绪万千，追问自己：“我曾经握住在手中的爱情到底是什么？我为什么拒绝挽留星屑飞跃之心的机会？20年了，什么样浓烈的感情都应该稀释了，为什么我对星屑的回忆却日渐清晰？”与金的犹疑的爱情相互映衬，小说还设置了另一个人物包哲，他追求爱人的执着唤起了金心中青春时代的浪漫情怀，两人一起朗诵泰戈尔的《爱者之贻》，沉浸在爱情的美妙感觉中。这个短篇小说情节单纯，但饱含情感的主观叙述仿佛一曲感伤的情歌，韵味悠长。《飞鸟的天空》描绘了星际殖民时代宇宙生态系统恶化的黑暗前景。雷格斯公司在殖民区制造基因缺陷者，用他们的预测功能敛财，殖民地孑遗莼却以金色鸟儿飞动的绚丽画面传达她的理想。尽管她的身体最后变异成了一个光滑的球，但她还是为反抗者翟留下了预言未来的图画。金色鸟儿自由飞翔在一个明亮闪光的星球的天空中，组成一片片流动的灿烂云霞，这幅诗意盎然的画面，蕴含着让每一个生命自由生活、不受拘束的理想。另一方面，凌晨也非常注重情感表达的克制隐忍，追求含蓄蕴藉的抒情格调。表面平静其实暗流汹涌的表述方式，也是凌晨小说的一个特点，这方面《信使》的叙述语言具有代表性。

此外，凌晨还善于从神话传说中获取灵感，这也为她的小说增添了浪漫情怀，比如《月球疑云》中的嫦娥、《干杯吧，朋友》中的赛壬，还有《应龙》《伊甸园之路》《青鸟》等。而一些情节简单但富含哲理的短篇科幻小说，则表达了她对人类命运、文明形态、黑暗与光明的思考，属于象征小说，如《神猴》《笼子》《鼠人》《伊甸园之路》《要有光》《青鸟》《九连环》等。

三、《天隼》：理想主义与浪漫主义的未来之歌

《天隼》（发表于《科幻世界》1998 年第 3 期）不是凌晨科幻小说中想象力最丰富、意蕴最深厚的短篇小说，但却是最具代表性的一篇。《天隼》的故事背景是 21 世纪末到 22 世纪初，凌晨想象的那个时代，人类正在太空中进行规模宏大的开发建设，以月球宇航基地为中心，人类驾驶航天飞机探索火星、木星、土星及其周边的小行星带，以至于宇航员流云关于爱情的浪漫想象都如此壮丽：“当我眺望土星那微微闪烁的光环时，我想和你一起在它上面散步该多好：我们坐在最外圈的光环上，让缓慢转动的光环带着我们绕过金黄的土星。宇宙用它博大的臂膀包围着我们，我们像它的孩子，我们就是它

的孩子啊……”随着航天事业的发展,《太空法》也随之出台。医学发达，人的脑子可以泡在营养水中继续存活。日常生活中，飞车、飞行摩托车成为代步工具。但是，这些科学技术及其相关制度的变革并不是小说的重点，在变革的世界中，凌晨瞩目的是人性的高尚、美丽与尊严。在她看来,“吹尽黄沙始见金”，这些人性中的美好品质值得在人类文明中沉淀、珍藏。凌晨始终坚持文学对社会的责任，她认为价值观——人生观、世界观、爱情观无所谓陈旧，那些传统而美好的价值观“没有陈旧，只是在这个被物欲统治的时代湮没了。重新发掘那些真正闪耀光辉的价值观念，是一个文字工作者不可推辞的使命之一。”[4]在《水星的黎明》附记中她写道:“我将为黑夜中的光明歌唱，为生活中一切美好的情感歌唱。我将用笔做琴弦，用我一生弹奏心灵的声音。”《天隼》集中鲜明地体现了凌晨理想主义、英雄主义的价值观。《天隼》在航天科技高度发达的时代背景上，塑造了舒鸿、流云和任飞扬等宇航员形象，张扬激越悲壮的英雄主义情怀，为百年后的人类未来谱写了一曲理想之歌。

在迄今为止的人类航天科技发展史上，宇航员是无可辩驳的英雄。原苏联宇宙飞船和运载火箭发生的多起重大事故，美国航天飞机“挑战者”号、“哥伦比亚”号失事的惨剧，充分说明这个职业的高风险率。为了实现人类求知进取的雄心壮志，为了造福全人类的宇航事业，不惜放弃个人的物质享受、爱情甚至生命，这样的人当之无愧是全人类的英雄。《天隼》中的一对恋人——舒鸿和流云就是这样的人。舒鸿数次驾驶“天隼”号飞船探索太空，不幸感染病毒。为了激励战友，他不惜把自己装扮成反面典型，承受爱人和朋友的误解而悄然离去。即使全身烂掉，他还用泡在营养水中的脑子继续工作。当脑子不断异化，危害他人和控制系统的安全，他竟然切断营养，以悲壮的自杀作为对航天事业的最后奉献。流云以舒鸿为榜样走上航天之路，一旦投身航天事业就矢志不渝，即使爱人离去也不放弃，最终在一次航天事故中英勇牺牲。作为小说中心人物的任飞扬，以见证者的身份展现了这对航天情侣的英雄事迹，最终和读者一起感动于英雄献身理想的高尚情操，并在这种精神的鼓舞下回归航天事业。

《天隼》还体现了凌晨科幻小说的另一特点：善于埋设伏笔，情节跌宕起伏，故事性、可读性强。小说的叙述视角灵活转化，流云日记、任飞扬回忆和全知叙述拼凑出舒鸿与流云的情感历程，“天隼”号事故的始末和任飞扬的消沉。但在叙述过程中，作者留下一个疑问：那位获得十几枚奖章的航天骄子舒鸿，真的是因为胆怯，因为贪图享受而背叛理想、抛弃事业的吗？流云和任飞扬对此难以接受，令人怀疑其中埋藏隐情。直到流云牺牲，任飞扬在劳改地收到她留给舒鸿的陨石包裹，出狱后找到舒鸿之墓，真相才得以澄清。情节的逆转带来人物形象的颠覆，先抑后扬的手法使舒鸿的形象陡然高大起来。《天隼》是一个超现实的虚构世界，但凌晨笔下二月兰盛开的校园、国子监旁边生机勃勃的四合院、同骑一辆自行车的甜蜜恋人，这些熟悉的场景令人恍惚于时间，现实与未来在生活细节中交融。“天隼”作为飞船名、乐曲名和小说标题，是重复的喻体，明确指向英雄主义主题。“天隼！隼疾驰如风，天隼在浩渺无穷的太空展开它矫健的双翼，它无所畏惧，它怀着对生命无尽的爱，怀着对未知世界的美好期待飞翔。”天隼——翱翔天宇的雄鹰，这是凌晨献给航天人、献给人类、献给理想、献给未来的颂歌。

参考文献

［1］［2］［英］亚当·罗伯茨．科幻小说史［M］．马小悟，译．北京：北京大学出版社，2010：12.

［3］栾昌大，冯贵民，薛纯华，等．文学理论问题解答［M］．长春：吉林文史出版社，1986：225.

［4］凌晨．听布谷鸟叫——不同时代的价值观（博文）．猫的摇篮 http://blog.sina.com.cn/linchen.

MUD——黑客事件[1]

◎ 杨平

这个世界只有256色。

我一边前进，一边暗自后悔。几分钟前，我刚从一个叫“口条”的家伙那儿得知这个地址，而十分钟前，我才刚刚认识这个家伙！他把这里吹得天花乱坠，仿佛三级世界里没有比这更好的地方了。“我不能告诉你具体怎么好，因为保密权的关系……你知道的。”他神秘兮兮地和我耳语道，还把心掏了出来给我看。我一见那心做得很精致，便对他有了些信心，同意到这里来看看，当然他也得到了10个信用点的报酬。在这个社会中，什么都是要报酬的。

谁知竟是这么个破落的地方。眼前是一望无际的棕绿色土地，天是蓝的，没有云，天地交界处只是由三级色差连起来。见鬼！一个在MUD中混了半个月的人也能做得比这好得多。我决定向MWA投诉那个家伙。但现在，既然已经来了，还是四处看看吧，万一真有什么好玩的东西呢？

地平线上出现了一个点，并迅速长大成为一所房子。就像一般小康之家都有的那种两层、好多窗户的住房。我走到门前，转了转把手，没有任何反

---

① MUD Multi User Dungeon，多用户地下城。一种电脑网络中的多用户虚拟环境，每个网络用户都可以在这个环境中扮演某种角色，参与冒险、打斗、交际等。目前，MUD还是由各个服务器提供各自的环境，两个系统间不能随意地相互联系。本文中的MUD已成为一个统一的大系统. 黑客 Hacker，以入侵其他电脑系统、破坏安全机制为乐趣的电脑用户. 他们很少进行恶意的破坏，但具有巨大的潜在危害。不用说，他们技术很高。

应。周围没其他房子，好玩的东西一定在这里。我抬头看了看，这个房子有烟囱，可以飞上屋顶，从烟囱里进去。我打开飞行器。“这里不许飞行！”一个窗口弹了出来，吓了我一跳。居然不支持语音方式，土……不过我已有点儿习惯了。我迅速绕了房子一圈，没有什么可攀援的地方，窗户也打不开。我又回到门口。

突然，我注意到门旁有个花篮，花瓣清晰可辨，在这破落的世界中出现如此细致的设计肯定暗示着什么。指令——从花篮中获取一切。“你得到一把钥匙！”太简单了！我用钥匙打开门，里面是客厅，有沙发、地毯等一般的家具，有楼梯通向二楼，没有其他人。我走到屋子一角的电脑前，按了一下像是开关的东西。“你好，星猩。有什么烦恼吗？”一行英文出现在屏幕上。咦？它居然知道我的名字。这似乎是个心理咨询的地方，这就有点儿意思了。“我很沮丧。”我说。又是一个窗口：“用户错误35：使用非法频道。”哦，我忘了这里是没有语音的。我把键盘拉出来，输入：“我很沮丧 :(”[①]。那机器装模作样地响了一阵，出现了一行字：“在二楼尽头的屋子里，你可以找到治疗的良药。”

玩什么玄虚？我顺着楼梯上到二楼，看到楼道尽头那紧闭的门，打定主意，如果还需要什么鬼钥匙才能进去，就立刻离开这里。我的耐心快用光了，那10个信用点就算白扔了。

门很容易就被打开了，里面一团漆黑。我犹豫了一下，迈了进去。

“这里是太空。你没有保护措施，处在很危险的状态中！”天啊！我赶紧转身想回去，但是门刚好关上，我只来得及看到那明亮的楼道被星空盖住。“你的血管开始迸裂。”表示生命力的绿色条不断缩短，我惊慌地扭动着身躯。“你的大脑严重缺氧，神志开始模糊。”色条越来越短，变成黄色、红色、亮红色……

“不！”我大叫。

“用户错误35：使用非法频道。”

---

① :(是表示不高兴的符号。看不出来？把头向左歪90度……

几秒钟后，眼前出现了我在太空中飘浮着的、僵硬的尸体。一个窗口弹出来，一行红色的大字：“你死了……”

我傻在那里。

伴随着一阵哀伤的音乐，我返回了系统主画面。系统显示：“你刚刚死亡，用户账号被取消。请向‘MUD 巫师协会（MWA）’申请新的用户账号。地址：newuser.useraccount.mwa.mud。”

我一把摘下头盔，扔到一边。妈的！见鬼！我暴怒地在屋里走来走去，把所有碍着我的东西全都踢到一边。这怎么可能？我还从来没死过！我所有的东西、我拥有的世界全丢掉了！重新申请一个账号倒是不麻烦，然而获得私人住所及构造世界的权限要半个月，我怎么能忍受这种等待！

我倒在床上，点上一根烟，望着斑驳的天花板。外面，喧嚣的都市在这夜半时分已经安静下来。不知哪里传来低沉的嗡嗡声，更衬出夜的寂静。我冷静了一点儿，开始试图分析这个事件。首先，那个世界的构造者违反了 MUD 公约，没有在可能对玩家构成生命危险的区域设置警告。其次，那个什么“口条”很有问题，可能他曾经在那儿死过，想拉一个陪死的。我可以向 MWA 投诉那个构造者，从而获得赔偿，也许是几千个信用点，好的话可以被判为非法死亡，从而恢复我以前的数据。至于“口条”嘛，我会想个好办法治他一下。毕竟，我是 MWA 的初级实习巫师①，修理一个普通玩家还是容易的。

想到这里，我爬起来，再次戴上头盔，联入网络。我知道，MUD 的管理非常严格，不允许巫师利用特权做违反公约的事。因此，虽然我认识很多巫师、大巫师，但我还是得按规章申请账号。我来到账号申请节点，系统要求输入准备申请的账号名，我填入：星猩。系统显示：“此账号已有人使用，请另取一个。”

什么？难道我的账号没有被删除？

我赶紧连接 MUD 系统入口，输入名字“星猩”，系统询问密码，我输了

---

① 巫师 Wizard, MUD 中的管理者。一个典型的巫师制度分成几级：实习巫师（Apprentice）、巫师（Wizard）、大巫师（Arch）、天神（Admin），当然天神最高，权力也最大。本文的巫师制度沿袭此标准，稍有不同。

进去。“密码错误！”不可能！我又输了一遍，还是不对。在第三次尝试失败后，系统自动切断连接，并显示：“不要尝试侵入他人账号，这不好。”

我很沮丧。

没办法，我只好登录了一个新账号。只要能进去，就可以找到我的朋友，看看他们有什么办法。

第一个世界是鲜花广场。这是新玩家必经的地方，有很多卖东西的，包括各级世界地址表、语言转译器、飞行器等。作为一个新玩家，我有 100 信用点。我买了一个转译器。地址表对我没有必要，我脑子中就记得很多，飞行器太贵，要 240 点，以后再说吧。我沿着嘈杂的街道向前走，不理会那些缠上来的乞丐。有意思，几天没来，这里又增加了蜜蜂。它们嗡嗡叫着，在周围飞来飞去，有几次还差点儿撞到我脸上。

在广场的东北角，有一个巫师云集的酒吧。我走进去，看到“乳猪”在和其他几个巫师聊天。“嗨！”我打了声招呼。他看看我，笑笑，没说什么。“我有麻烦了，‘乳猪’！”我在他身边坐下。他向我转过身来：“你认识我？”

“当然！”我突然意识到，由于我使用了新账号，他认不出我来。“我是星猩。”我说。

他似乎没有听见，停了一下，继续和其他人聊起来。我站起来说：“我是星猩！我有麻烦了，你一定要帮帮我！”

他向我一挥手，一股白光暴起，将我罩住。眼前一片亮，接着又是一片漆黑。系统显示：“你昏倒了……”。昏倒期间我什么也不能做，什么也看不见、听不见，只能静静等着。过了一会儿，我醒了，发现自己在一个陌生的房间里，周围是许多裸女的图案，“乳猪”在旁边看着我。“你干吗？”我不满地说，“这是你的住所吗？个性表现得太过分了吧？”

他看着我：“你真的是星猩？”

“当然。我知道你曾用特权偷过一个二级世界的源码[①]。”

“我有授权。”

---

① 源码即原始代码，本文中指 MUD 系统中物品、房间（世界）等的程序代码．可以通过研究这些代码找到该对象的隐藏特性，发现其中的漏洞（Bugs）。

“对，但那授权是在你偷完后补办的。我陪你办的。”

他举起一只手，又缓缓放下：“你确实是星猩。”

“放心，我不会举报你的。”我安慰他，“毕竟当时我也做了假证。”

“你知不知道拥有两个 MUD 账号是非法的？！”他严厉地说，“若不是我刚才及时把你打晕弄过来，那几个巫师就可能会举报你，你的前途就完蛋啦！”

“我已经差不多完蛋啦！”我烦躁地说，“我的账号被别人占了。”于是，我把发生的事情详细地讲了一遍。“你是个经验丰富的巫师，”最后我说，“这种情况下我该怎么办？”

他没有马上回答我，而是盯着一幅裸女画像。过了一会儿，他冲我一笑：“你应该设定为不死之身。”

“不错，我很笨，可你能给个办法吗？”

“首先，这是一件有预谋的侵入事件。你想想，什么情况下一个人的账号会被占用？”

我思考了一下：“要么是有人猜出了我的密码，要么是……他在我死后抢先注册了这个账号。”

“对。要猜出一个人的密码是很困难的事，就连 MWA 中的高手都不能保证每次都能得手。于是，最好是先把一个人在 MUD 中弄死，然后在那人重新申请账号前的间隙抢占该账号。你看，很明显，有人对你的账号感兴趣。”

“我有什么特别的？”我大惑不解，“我又不是网上的名人。”

“你总有让他们感兴趣的地方。也许，他们只是拿你做个试验，看看这种方法是否可行。也许……”他顿了顿，突然大叫一声，吓了我一跳，“我知道了！”

“什么？你知道什么了？”我呆呆看着他。

他没有马上回答我，而是两臂一分，就在空中分出一个窗口来。他掏出个键盘，开始急速敲击。“你看，”他把窗口向我转过来，“你是初级实习巫师，应该知道一些 MUD 管理上的事。这是 MWA 账号管理系统的文件下载记录，我们可以查看都有谁曾经下载过文件。”

“你是说……”

“这是 MUD 的一个漏洞。天啊！我们曾经发现过，但没有人把它当一回事。MUD 的巫师账号都在文件中有记录，它没有更多的内容，只是说明那个账号的权限是什么。比如你，在文件中是这样记录的：星猩（初级实习巫师）。当你进入 MUD 时，系统会查找你的权限记录，发现你是个巫师后，才会给你一定的特权。”

“听起来很合理啊！”

“问题在于……问题在于，当一个玩家死后，系统不会自动在权限文件中删除相应的记录。因此，当这个账号重新申请后，申请人就自动获得了巫师权限。你的账号，”他严肃地说，“就是这种情况。”

“真是难以置信，MWA 怎么能容忍这种漏洞存在？”我感到了问题的严重性。

“一方面，这是历史上遗留下来的。在早期的 MUD，在那个各自为营的 MUD 的蛮荒时代，系统就是如此设计的。因为那时一个玩家死去，系统并不取消账号，而是降低玩家的各项指标。除非玩家自杀，否则不会出现这种危险。另一方面，现在一般的巫师都可以把自己设为不死之身，不必担心账号失控。即使有像你一样没设定不死特性的巫师，从死亡到重新申请账号的这短短时间内，正好有人申请同样账号的可能性极小，所以 MWA 对此毫不在意。可现在……嘿嘿……”

我还是尽量保持乐观：“我只是个初级实习巫师，侵入我的账号有什么用？”

“你看！”他指着窗口，上面显示着最新的几次文件下载记录。在倒数第三行，赫然记着：“/imm/etc/passwd->102.36.64.234.7.190.111.1 by 星猩 11/03/2097 16:24:55 GMT”①，也就是说，一个叫星猩的巫师在刚才将存放密码的文件下载到了一台地址为 102.36.64.234.7.190.111.1 的机器上。

“这又怎样呢？”我不以为然地说，“我听说文件中的密码都是经过加密的，看上去只是一组不规则的数字而已。”

“是的，但我还听说，如果有合适的工具和好机器，可以在半小时内算

① GMT 格林威治标准时。另：本文中网络地址并非当前实际使用的 IP 格式。参看 IPv6 的格式说明。

出这个文件中指定账号的密码。如果这是真的，大约有几百个实习巫师的账号都面临被侵入的危险。”他冷冷地说。

我听得一惊：“那怎么办？”

“好在你的权限只能获取实习巫师的密码文件，而且实习巫师没有权限修改系统模块部分。这样，我们可以保证正式巫师、大巫师、天神、大天神的账号安全以及系统的安全。除非……天啊！”他发出一声哀叹，又在键盘上急速敲击起来。“不得了！”他叫道。

我无助地看着他。

“三分钟前，有个四级实习巫师被提升为正式巫师。这样，如果他侵入这个巫师的账号，就可以看到所有正式巫师的密码文件，就可以非法修改系统了！”

我快哭出来了。

“走！我们去找这个巫师！”“乳猪”一只手快速地在空中点了点，一只手把我抓了起来，眼前一阵黑……

眼前再亮起来的时候，我发现自己在一座宫殿中。这是一座融合了东西方风格的建筑。墙上不断变幻着图案，如彩色的喷泉。大殿正中是现代 MUD 之父——“不在乎”的全身像。

大约 50 年前，“不在乎”创立了 MUD 系统的一体化标准，使原来分散独立的各个 MUD 联结起来，成为现在涵盖全球的互联网虚拟世界——现代 MUD。几乎在各个地方，都可以看到他的像。没有人确切地知道他的真实身份，但有无数关于他的传说，甚至还有人声称他至今还活着，使用另外的身份四处游荡（账号“不在乎”已被永远保留起来，禁止使用）。

“这是什么地方？”我问。“乳猪”摇摇头：“我也没来过，这里好像是个秘密的一级世界。我刚才只是发出指令，移动到那个巫师所在的世界。”

一条半人高的毛毛虫从大厅的一角钻出来，旁若无人地从我们面前爬过，身后留下一摊闪闪发亮的液体。“NPC[①]？”我问。“乳猪”不置可否，走到塑像前。“见鬼！”他低声骂道。

---

① NPC 系统中由代码支持的人物，是系统的一部分，不是用户．系统往往通过它们实现某些功能。

“怎么了？”

“我没有权限查看这个世界的秘密！我居然没有权限！”他愤怒地向塑像发出一股紫色的光。“哧”的一声穿体而过。“这是什么鬼地方？”他大概是自尊心受了伤害，摆开姿势，开始大施法术。火焰啊、闪电啊什么的在他周围忽隐忽现，伴随着轰鸣和他得意的狂笑。我悄悄退到大厅边上。在一个巫师发威的时候，最好离他远点儿。我想起以前在一般玩家面前卖弄法术时的风光，不禁颇有些伤感，命令自己流了几滴泪。

那只骄傲的毛毛虫又钻了出来，从烈焰围绕的“乳猪”旁边慢慢爬过。我清楚地看到火舌包住了它，然而没有造成任何损害。它仍然一拱一拱地向前爬着。我脑中灵光一闪，大喝一声：“停下！”

“你是说我吗？”“乳猪”和毛虫同时转头对我说，不同的是“乳猪”面目狰狞，而毛虫一副憨厚可爱的样子。几乎是立刻，“乳猪”把杀气腾腾的脸转向毛虫：“你是人？你就是那个刚提升的巫师？”

“当然。我的名字是‘幼蝶’，当然就是毛虫了。猜都不用猜，脑筋稍稍转个弯就能知道。你怎么好像是恍然大悟的样子？”“幼蝶”淡淡地说，又转向我：“什么事啊？”

“你还是你吗？”“乳猪”羞怒交加下问了这么句没水平的话。

“幼蝶”没理他，继续冲我说：“你怎么到这里的啊？”

“是他带我来的。”我一指“乳猪”，“我们有事找你。你的账号可能会遭到入侵，最好换个密码。”“乳猪”通过耳语频道骂了我一句：“笨……你怎么知道他就不是侵入你账号的那人？不要告诉他所有的事！”

“不要交头接耳。在这里我是主人，我能听到所有频道的信息。”“幼蝶”一边说，一边盘成一个圈，器官在半透明的皮肤内蠕动，真是非常精细！我指了指周围：“你是这里的构造者？”他点点粗大的头。“很漂亮啊！”我由衷地赞叹道。

他笑了一下，这是我有生以来第一次见到会笑的毛毛虫：“谢谢。它确实花了我不少精力和时间……”

“你是怎么……”“乳猪”迫不及待地插进来，被“幼蝶”不客气地打断了:“即使在MUD中，保持礼貌仍然是必要的。我和你说话了吗？你是个巫师，怎么这么不注意？现在的世道……”

我莫名其妙地对他产生了好感，不顾“乳猪”的阻拦，将事情经过简略地讲了一遍。“这好办，把他杀了，你再抢回来不就行了？”“幼蝶”微笑着说。

“你以为那人会没做准备吗？他一定把自己设为不死了！这都想不到，哪个笨蛋把你提为巫师的？”“乳猪”愤愤地说。“幼蝶”微微一笑，掏出个卡片交给我:“我没空陪你去冒险。如果你发现了那个冒牌货，冲这卡片叫一声我的名字，我就会出现的。”

“谢谢。”我把卡片收起来,“顺便问一下，你怎么弄的？连巫师都没有权限看到这里的秘密？”

他放声大笑起来:“MUD并非是个密不可破的系统。世界上根本没有毫无漏洞的系统！再见啦！”说完他一拱一拱地消失在大厅尽头。

“什么啊？像是一个世外高人的样子……”“乳猪”大不以为然。“我们走吧。”我说。他一只手把我抓了起来，眼前一阵黑……

鲜花广场。“再见了！”“乳猪”对我说,“我要和其他的巫师商讨处理的办法，还要查一下那个地址。你现在是普通玩家，不能参加。”

我点点头，和他拥抱告别，独自四处转了转，想看看能不能碰上“口条”，但转了一个多小时，也一无所获，感到自己很无聊，干脆退出系统，回到破落的房间。

深夜，隐隐有凉意。我用手搓了搓脸，收拾好电脑，关上台灯，站起来走到另一间屋子。这里只有一张床和一张桌子，墙上贴着印花墙纸。我向前走了几步，又改了主意，返身来到厕所，进门的时候差点儿被一块剥落的墙皮砸着。镜中是一张形容枯槁的脸。液体下落的弧线非常优美。冲了马桶看水流。我估摸了一下感觉，趴在马桶边缘吐起来，直到再吐不出什么。泪眼模糊，世界在旋转。我漱了漱口，回到卧室，盯着床发了会儿呆，慢慢爬上去。她背对我躺着，已经睡着了。她不像是真的，虽然这里是真彩色。我放弃了想起她是谁的努力，伸出双臂从后面抱住她，听着她轻柔的呼吸，把头埋在她的发间。

她的身体光滑柔软，充满芳香。

墙上有团亮斑，每次睁眼，就移动一段距离。我直睡到它到达拐角处才决定起床。她已经走了。我爬起来，在初醒的懒散中掀起窗帘的一角。下面，外面，另一种世界，喧嚣的世界。

匆匆吃了点儿东西，我坐到电脑前，有工作要做，每天我要处理近百封关于 Conix 系统的技术查询信件。而每月初，我的银行账户上就会增加两千块钱。按外面世界的说法，我是个“线虫”，就是靠信号线生活的生物。在地球上，有数以亿计的人过着和我一样的生活。

我们足不出户。

今天信很少，只有不到30封。中午12点23分，我处理完了所有的信件，准备洗把脸清醒一下，然后进入 MUD。当我走到厕所门口的时候，突然听到电脑在响。有紧急信件！我冲回桌旁，迅速打开信箱，输入信件读取密码：

亲爱的 ××：

我们很遗憾地通知您：由于多用户地下城（MUD）系统受到来自不明力量的破坏，MUD 巫师协会（MWA）做出决定，于 2097 年 11 月 4 日 GMT5 时 30 分关闭地球部分全部 27 个主服务器、2078 个辅助服务器。并建议各地区关闭自设的三级服务器[①]。

系统关闭会造成如下后果：

（一）您所有的通用数据和非通用数据将会清零。

（二）您的信用点将被清零。

（三）您所有随身携带的或存储的物品将会丢失。

（四）您构造的所有非法世界（如果有的话）将会消失。

（五）所有三级及三级以下世界将会消失。

（六）您的账号将根据情况决定是否保留。

为了将损失减少到最低程度，我们建议您将自己构造的世界（无论是合法或非法的）做必要的备份。

① 服务器在网络上提供服务的计算机。种类繁多，本文中特指为 MUD 系统提供服务的机器。

MUD 中的所有巫师正全力追查破坏的来源，检查破坏的程度，寻找修补的方法。我们希望能在近期重新启动系统。

对于这次事件给您带来的损失，我们深表歉意。

M.W.A

11/04/2097 04:20:47 GMT

我的汗一下子冒了出来。系统要关闭了！MUD 系统自 2045 年正式运行以来，从未关闭过，其登记用户达 40 多亿，日常在线人数一直在 10 亿以上。毫不夸张地说，MUD 对网络，以致对现实社会有不可忽视的影响。而现在，它要关闭了……

一定要去看看！我戴上头盔，联入 MUD。

鲜花广场。一片末日般的混乱。几个人在殴打一个美丽的女孩。不知怎的，蜜蜂变成了在地上爬，这里一定也受到了攻击。耳边传来连绵不绝的女声哼唱。一个牧师模样的家伙在广场上演讲。天空不断变幻着色彩，显示着各种文字。几只袜子兴高采烈地在人群中穿梭。

我漫无目的地四处走着，不觉来到牧师身旁。“这是真实的世界！”他激动地叫着，“这是比真实世界还要真实的世界！我们不能没有这个世界，我们不能接受它要关闭的决定！”

说得好，我点点头。他更激动了，转向我：“你知道为什么吗？你知道为什么我们如此需要这个世界吗？不，你不知道！我从你脸上看出来了！我来告诉你，这是人类必然的归宿！这是自耶稣的血在十字架上流淌以来就已经确定的归宿！

“数据！信息！这些是什么？是无聊的消费品吗？是可有可无的吗？不！现在，在我们生活的时代，这些已成了生活必需品，成了和食物、饮水、房屋、衣服一样的必需品！一个人没有信息是无法生存下去的，正如他不能离开空气！

“有人告诉我们这是虚幻的世界，他们称此为‘虚拟现实’。他们不知道，他们没想过，现实世界和这个世界有什么区别？离开电脑网络，我们能生活吗？在这里，我们有与外面世界不同的生活，不同的人生，不同的历史。外面世界有的一切，这里都有。他们凭什么断定那个世界是‘真实’的，而这个是虚幻的呢？”

我走开了。

穿过惊慌的人群，我来到以前自己的办公室前。这是 MWA 为实习巫师分配的房子。当然，原来我有自己构造的世界，自己设计的住所，但在死后都自动取消了。而我笨到没有备份。

谁知道世界会重新来过？

办公室的门开着。我信步走了进去，向几个 NPC 前秘书点头致意，这多少是种自我安慰。我推开里屋的门，看见了他。

虽然他没显示名字，但我立刻知道了他是谁。

“你好，星猩！”我说，四处看看还有没有别人。

他一惊，马上镇静下来：“你好，‘前星猩’！”

“你为什么这么做？”我冷冷地问。

“你已经看到了，难道你没有收到系统关闭通知？”

“为什么？我要知道你为什么要毁灭这个世界？”

他居然无耻地冲我微笑了一下：“你的权限不够，我不能告诉你。”

我快被这家伙气疯了！定了定神，我说：“你杀了我，还抢了我的账号，我有权知道是谁，为了什么做出这种事！”

他望着窗外变幻的天空，读着那些写在天上的字，装模作样地掏出一只烟斗，变成了福尔摩斯。“坐下吧，孩子。你说得有理，我来告诉你。”

我想了想，坐下来。地板自动升起一把座椅，看来他对房子做了些改进。他吸了口烟，慢条斯理地说道：“你一定很想知道我是谁，也很想把我杀了。其实，这大可不必，你只是我们计划中的一个起步环节而已，你所遭受的损失和整个系统相比微不足道。如果你实在不能接受这个事实，我可以把账号还给你，还可以随你愿意改变你的数据，让你在剩下的半个多小时中过一把瘾。

“我是‘黑客洞穴’的成员。怎么？不知道？你当然不知道，实际上，除了这个组织的成员和几个重要人物外，没有谁听说过。它对全世界的黑客具有举足轻重的影响力，整个黑客的理论、技巧、工具无不受它控制。这个组织的成员都是黑客中的绝顶高手，是黑客的精英……不，我不是在自夸，我是在陈述事实。

“你想想，一个黑客要干什么？他的目标只有一个，侵入其他的系统。但是，在黑客中也有毛孩子，他们只能侵入一些简单的系统，偷偷看人家的信啦、在别人的桌面上留几句话啦，诸如此类。但作为一个黑客的最高级组织，我们不会去做这些。开始，我们只是整理资料，研究更新、更快的破解技术，维护黑客社会的秩序。慢慢地，我们发现，如果集合大家的力量，就有可能侵入以前没有人侵入过的系统。不，别问我为什么要干这种事。这是一个黑客必然要去做的事，它已经深深浸入到我们的血液中，就像你看到一扇虚掩的门，就一定会去推开一样。在那扇门后面有什么？如果它锁上了，我们怎样去打开它？这是每个黑客都想知道的。其实，我们每个人不都是这样吗？你看到一个美丽的女子，难道不去想想她的衣衫下面是什么样的吗？那些自称科学家的人，难道不是怀着同样的心理去扒下大自然的衣衫的吗？”

我突然想起了一件事。

那家伙继续讲着：“我们经过半个月的争论，决定攻击 MUD 系统。因为它的影响相当大，而且从未被侵入过。计划很快就制订出来，并马上进入实施阶段（我们中没有官僚主义）。我们监视了上万个实习巫师的行动，进行层层筛选，最后选定了你。你看，呵呵，你击败了多少竞争者啊！首先，你没有设定不死特性。其次，你从未死过，一旦死掉肯定会有一段时间不知所措。而且，你刚当上实习巫师不久，对 MUD 系统的很多特性不了解，也就没有多少警惕性。于是，我们设计了一个四级世界，并派人告诉你，等你来自投罗网。我们知道你没有多少耐性，所以一切秘密都尽量容易些。另外，你是个讲求档次的人，一个只有 256 色的、粗糙的世界肯定会使你厌烦，从而扰乱你的思考。我们眼睁睁地看着你落入陷阱，比我们预想的还要容易。实际上，我们总共设计了 12 个环节来引诱你，而你从第 3 个直接跳到了结尾。”

我羞愧不已，一把掏出那卡片，叫道：“幼蝶！”

“哈哈！”福尔摩斯大笑起来，在我面前蠕动了几下，变成了一条半人高的毛毛虫。我差点儿晕过去。“你们找到‘幼蝶’的时候，已经是我在使用他的账号了，所以我向你保证过我会出现的。”他说。

顿时，我万念俱灰，转身冲出房子。“幼蝶”在身后放声笑着。

街上更拥挤了，人们都赶来做最后的告别。我看到“乳猪”大头朝下向我移动过来。“你这是怎么了？”我惊叫。他沮丧地摇摇头：“天下大乱！我的数据被什么人改动了，只能倒着走。”

“你是巫师啊！”

“什么巫师？！我被人改成玩家了。现在是人人都难以自保。连天神、大天神的账号都受到了威胁。系统的基本核心部分已经关闭，以免受到破坏。在系统的各个部分都有人在攻击，损失非常严重，就连大天神都不知道什么时候能完全恢复系统。”

“那个地址呢？你们查到了吗？”

“乳猪”笑了，嘴边冒出个小窗口“这是苦笑……”，摇摇头：“其实我早该猜到的。他使用的是假地址。我们反追踪了半个小时，才发现那个地址已经被禁用了。”

“为什么被禁用的？”

“不知道，有关信息属于SO保密级，我们看不到。”

天地忽然一暗。周围激起一阵惊呼。“咔咔……呜——嗯，这里是系统大天神向全部世界广播，这里是系统大天神向全部世界广播。系统将于五分钟后关闭！系统将于五分钟后关闭！请各玩家退出！请尽快退出！请记住我们在一起的时光……再见了！”

整个天空忽然一片血红，衬出一个蓝色的大字：300。每过一秒，它就减少一点。没有人退出系统，都聚集在街上，抬头看着那巨大的倒数计时。整个世界，整个宇宙仿佛都静了下来。人们互相紧靠着，都不说话。每个人都仿佛在数着自己生命的最后几秒。

自我在MUD中生活到现在，从未体验过如此肃穆的场面。平时，人们都是匆匆见面，匆匆看几眼，匆匆离开，匆匆去寻找自己的乐趣。而现在，没有人再那么匆忙了，虽然我们只有不到五分钟的时间。

一只什么东西飞过来，“嗡嗡”地在人们头顶盘旋。人群中窜起一道光，把它气化了。好像是个巫师干的。突然，人群中一个尖细的声音划破寂静：“178、177、176……”那声音极其刺耳，仿佛每一声都是那人最后的一口气，听来惊心动魄，人们都静静地听着，静静地等着。我身旁的一个女孩子忽然哭起来，五颜六色的泪水化成气泡，在人群中飘来飘去。她一定有动态表情追踪器。我的鼻子也酸了，但坚持不发流泪指令。悲伤的情绪在人群中迅速漫延，接着就是哭泣，哭泣，哭泣……

在血红的天空下，那数字不断减少，就要走到零了。

“我从未想到会有如此难过……”“乳猪”悄悄说。“再见了！”我和倒立的他紧紧拥抱：“死去之后从头再来！”他抬起手，要说什么，突然定住了。

时间到了。

整个世界凝固在这一刻，包括“乳猪”的手、飞溅的泪水、模拟出的悲伤的脸，全静止住了。然后，慢慢地、慢慢地黯淡下去，退缩到无边的黑暗中。一个窗口弹出：“MUD 系统关闭。谢谢您的支持！”

我摘下头盔。木然地坐着，真实的泪水不听从指挥，径自流了下来。灰色的空气在周围弥漫。外面，喧嚣的世界依然如旧，仿佛 MUD 从来没有存在过，也从来没有关闭过。我从窗口望出去，层层叠叠的摩天大楼隐没在现代化的雾霭中。灰色的天空，灰色的楼群，这是灰色的世界，是真实的世界。时间平稳地流逝，没有一丝波澜。好像谁说过，时间是不存在的？我打了个哈欠，向后倒在椅背上，目光划过通向厕所的门，通向卧室的门，通向“那里”的门。三年来，我从未迈出过这所房子，因为没有必要。可现在呢？我浑身不自在，这可能是缺少虚拟空间刺激。听说有人称此为“MUD 综合征”。我不懂医学，但我清楚知道，这是一种瘾。我们都是瘾君子。

周围灰色的墙壁让我窒息。出去吧？又都是一样的灰色。我烦躁地在室内踱来踱去，大口喘着气。眼前越来越模糊，为了防止晕倒，我挣扎着冲进卧室，倒在床上，在旋转的色块环绕中睡去。

“嘟嘟！”我从深渊中惊醒，迷惑地看看四周，已经下午四点了。电脑在响，又是紧急信件。我快步走到电脑前，打开信箱：

亲爱的××：

嗨！

我是“再看你一眼”，我们以前从未接触过。我从MWA那里查到了你的信箱地址。请你仔细阅读下面的文字：

这次MUD系统关闭是由于一个黑客秘密组织——“黑客洞穴”侵入MUD代码子系统造成的。在过去的几个小时中，MWA对整个破坏的过程做了分析，并集结了10980名各级巫师在各处反追踪破坏者。我们请你提供帮助。请联结到如下地址：temp.mud.tsinghua.edu.cn。

这是一个临时建立的指挥中心，提供仿真的MUD-7服务。也就是说，你可以使用你的终端进入，和平时进入MUD的感觉是一样的。

再看你一眼

11/04/2097 09:21:37 GMT

我们反击了！我马上戴上头盔，联入那个地址。

甬道。两旁红色的墙壁拔地而起，直插入天际。我急速向前移动。不时有人在我周围显形或消失，他们都是巫师，在各个节点间来回穿梭，收集信息，追踪入侵的黑客。我感到战斗的激情在内心奔突。我们反击了！别以为MWA只是一帮管理者，这里也有顶级的高手，我们会让那些高傲的黑客尝到苦头的！

一个天使模样的巫师从空中降到我身边，拿个盒子在我身上碰了一下。“好了，你通过了身份验证。请按箭头指示向前走。”他很有礼貌地说完，又转身飞上了天空。

我头顶上出现了一个闪亮的箭头，指示着前进的方向，这就省得我再四处乱找了。顺着它的方向，我来到控制大厅。几个陌生人正在那里商量什么事，一看见我，其中一个就走过来：“你就是第一个账号被侵入的星猩吧？”我点点头，心里直琢磨他是谁。

“我是MWA的大天神‘再看你一眼’。欢迎来到天神议事厅！”他向我介绍了其他几位天神。

“啊，你们好！”我知道这些天神平时都是从来不露面的，现在他们恐怕不得不出来主持反击。

“开门见山地说吧！我们已经查到了‘黑客洞穴’的总部，但他们防守非常严密，根本无法攻破。”“再看你一眼”对我说，“我们总共进行了7次不同的入侵，都被对方的反击打败了。但在一次进攻中，我们无意中获得了他们首领的住址信息。”

“什么？！”我大吃一惊。要知道，在网络上转，最难知道的就是一个人的真实身份，泄漏身份被认为是件不体面的事。在MUD中，如果你公布别人的真实身份，就别想再玩了。

“这是真的，我们的一名突击队员曾有32秒进入了他们的档案系统，并下载了几个文件，从中我们发现了一封信，是由这个首领写给另外一人的情书，其中提到了他的住址。”他把地址信息显示了出来，“我们决定直接面对真实的他。”

“很好，”我说，“可为什么叫我来呢？”

他没说话，转向其他的人。“因为你离他的住所最近。”其中一位说，“我们需要你去解决这个问题。”

“也就是说，你们知道我的住址。”我冷冷地说。

“我们知道所有用户的住址，这是管理的需要。”“再看你一眼”解释道，“我们只要再在这里空谈一分钟，形势就会变坏一步。我们需要马上采取切实有力的步骤。”

“什么步骤？”

“那些黑客是怎么对待你的？”他问我。

“那些黑客把我杀了。”

他们冲我点点头，什么也没说。我看着地板，思考了几秒钟：“好吧，我去解决。”

他们笑了。“再看你一眼”首先过来和我拥抱，其他人也依次拥抱了我。“你会成为MUD历史上的英雄的！”他们告诉我。

退出网络。我摘下头盔，站起身到厕所洗了把脸。我回到屋里，打开衣橱，取出落满灰尘的外衣，抖了抖穿上，被尘土呛得咳了几声。我闭上眼睛，回想了一下地址和开门密码，又从床下取出一个盒子，打开，拿出手枪，装上子弹。我不是个凶残的人，但我会要别人为侵犯我而付出代价。我仔细检查了机关，好像是好的。关上电脑，把枪揣在兜里，我心中很平静。

我打开“那里”的门，楼道出现在眼前。三年来，我第一次又面对这里。我鼓起勇气，紧走几步，来到电梯门口。身后传来房门关上的声音，我一阵惊慌，几乎立刻就想返回那熟悉的家中。但我很快抑制住自己可笑的冲动，重新恢复了信心。“这没有什么……”我不断给自己打气，使劲按下电梯的键，但什么也没发生。是不是需要先找到什么钥匙？我四处瞧着，马上就笑起来。这是真实世界，没有固定规则的。这时我才发现电梯已经坏了，门上贴着告示。“见鬼！”我骂了一声，向楼梯走去。

灯坏了。我看着黑洞洞的楼道，心里直发怵。这里边不会是太空吧？我一手扶住墙壁，慢慢走下去。还好，下了三层后就有光亮了。我一边向下走，一边数着层数。我住在这幢大厦的 17 层，总共要走……340 级台阶。天啊！苦……

第 11 层，我的腿开始酸起来。现在我走的路比平时一天走的都要多。那台阶仿佛无穷无尽，不断在每一个拐角处出现。楼道里没有一个人，静如墓地，只有我越来越沉重的呼吸声。我开始怀疑是否能走到地面。

终于，转过一个拐角，我看到一扇门，上面标着“出口”。我走过去，推开门。

喧嚣的世界。

繁华的街道上，车流、人流穿行不息。我仿佛第一次发现在灰色的世界下面有如此绚丽的色彩。那广告牌，那车身，那往来的美丽的姑娘们，甚至路边的垃圾筒都那么鲜艳。另外一点是声音，这里的声音不像 MUD 中那么纯净，那么完美。但这些声音给人一种鲜活的、肆无忌惮的感觉。目光转过街角，我的心跳快起来。

那里有一幢 6 层的小楼，在这林立的高层中显得十分独特。我的目标就在 4 层的一个房间中。我把手插进衣兜，握住枪，忍着腿上的酸痛，一步一步地向那里走去。

楼门口有个栅栏，我把栅栏门拉开，发出一阵刺耳的吱吱声。他是否听见了？是否正在监视我？我向那人所在的窗口望去，只有遮得密密实实的窗帘。楼门没有锁，我径直走进去。一个老头从旁边的房间里探出头来，询问地看着我。我含糊地向楼上指了指，微微一笑。他面无表情，点点头，缩了回去。楼梯破旧不堪，铺着脏兮兮的地毯，我小心地向上走，刚感觉好点儿的腿又疼起来。楼道里有几个乞丐在睡觉。世界上最厉害的黑客居然住在这样的地方，也真是让人难以相信。我小心翼翼地绕过他们，慢慢走上4楼。

这一层一个人也没有，我四处看看，也许会有他们组织的人在这里保护他，我不能太大意。城市的声音听来很遥远。我顺着墙根走到他的门前，确认没有人在旁边，然后键入了开门密码。

门无声地滑开了。我看到一条两三米的走道，尽头拐向右边，里面传出阵阵摇滚乐。我走到走道尽头，看到右面是客厅。地上胡乱丢着纸片、脏衣服，窗户都被层层的窗帘遮住。音乐是从与客厅相连的一个房间传来的。我把枪掏出来，悄悄走到房间门口，轻轻推开门。

一个人背对着我坐着，戴着我从未见过的一种头盔。他面前的电脑上显示着各种数据，好像是一些网络地址。他没有听见我进来，正摇头晃脑地沉醉在摇滚与网络的世界中。他的手急速地敲击着键盘，数据也随之变化。

我走到他身后，抬起手臂，枪口离他的头只有20公分，微微有些颤抖。我深吸一口气，稳住枪身，瞄准他后脑的正中。

一首曲子完了，周围突然静下来。我一动不敢动，听着他的手指在键盘上的噼啪声，等音乐重新响起。他叹了口气。

另一首曲子开始了，电吉他疯狂嘶吼着。我轻轻把保险打开，用食指勾住枪机。

他还在晃着脑袋。

我盯着他。是他使我死亡，使我的账号被侵占，使MUD系统关闭，使那么多人伤心落泪，我要让他也尝尝死亡的滋味。

音乐声震耳欲聋。

他一点儿都没发觉，像傻子一样，还在自己的世界中沉醉着。

我忽然落下泪来，手颤抖着，抑制不住心中的激动。我小心地把保险重新扣上，垂下手臂，开始慢慢后退。他那怪异的头盔不断晃动，越来越远。我退到门外，轻轻把门带上，慢慢向外走，不敢跑。客厅、走道、大门。等到门关上，独自站在楼道里的时候，我才哭出声来，转身快步冲下楼梯。一个乞丐被吓了一跳，布满血丝的眼睛瞪着我，却不敢说话。我直冲出大楼，一屁股坐在马路边上，抽泣起来。我如同大梦初醒一般，浑身颤抖。

等自己安静下来，我才想起把枪放进衣兜里，掏出一支烟，坐在那里吸着，看着周围来来往往的人群。

一个并不漂亮的小女孩从我面前走过，手中拉着七八个气球，蹦蹦跳跳、嘻嘻哈哈。苍老的乞丐拎着破烂的口袋跟在后面，散发出腐朽的潮气。车辆轰鸣着驰过。一条狗在街角悠闲地撒尿，毫不理会主人的喝斥。穿红裙子的少妇在和店员讨价还价，拼命向对方抛着媚眼。几个青年在一起放肆地大笑，还不时自以为潇洒地看看四周。快乐的小女孩转过街角，不见了。

这是真实的世界。

“你在这里干什么？”我抬头一看，她手里拎着个装满食品的大袋子，站在那迷惑地看着我。

我笑了，因为我立刻想起了她是谁。“我在看景色。”我说。她更奇怪了：“你今天怎么了？怎么突然想到要下来？”

“没什么。就是想下来转转。”

“嗯……”她狐疑地打量着我，“我们回去吧。你怎么不联 MUD 了？”我摇摇头，扯了扯她的衣角：“来，坐下，看看街景。”

我们默然无语，相互凝视。她的目光越来越柔和，最后粲然一笑，坐在我身边：“好吧，我们看看街景。”

她把头靠在我肩上，散发出诱人的温暖气息。我伸出一只手搂住她：“我以前怎么没发现外面的世界这么美？”

——原刊于《科幻世界》1998 年第 5 期，获该年度科幻银河奖二等奖

虚拟世界的消解与现实世界的回归
——论杨平科幻小说的赛伯朋克风格

◎ 高亚斌　王卫英

赛伯朋克是新兴的科幻小说门类，而年轻的科幻作家杨平是我国赛伯朋克的代表作家之一。在杨平的小说《MUD——黑客事件》中，作家通过网络世界对现实世界所造成的冲击和淆乱，对前者进行了有力的消解，实现了对现实世界的回归，同时也是在更深层次上对人性的回归。

赛伯朋克是20世纪80年代以后新兴的科幻小说门类。“赛伯朋克”（Cyber punk）一词，是“控制论”（cyber）与“反文化人士”（punk）的合成词，它以计算机或信息技术为主题，通常围绕黑客、人工智能等情节，展开关于社会秩序受到破坏的文学叙事，借以对人类生活的现存文化价值进行嘲弄和反讽。在西方科幻界，出现了诸如美国科幻作家威廉·吉布森和布鲁斯·斯特灵等著名的赛伯朋克作家。中国的赛伯朋克起步较晚，但方兴未艾，发展很快，已经有了一批才华横溢的作家和优秀作品，年轻的科幻作家杨平就是其中较为出色的一员。

杨平，1973年6月生于北京，1992年考取南京大学天文学系天体物理专业。大学毕业后，杨平曾经从事过多种职业：1996年，担任清华大学计算机系 COMPAQ 培训中心教员；2001 年，进入天时北方（北京）软件公司，担任培训部经理；2003 年，受聘于《中国计算机报》杂志社，担任记者和编辑；2006 年，担任《中国国家天文》杂志的执行主编，同年底离职。如此复杂的职场经历无疑使杨平获得了丰富的人生阅历，也培养了他在不同领域内的专业技能。所有这些，都成为他日后进行科幻小说创作的重要储备，不断激发和维系着他充沛的艺术想象力和创作灵感，使他在科幻小说创作上游刃有余。

杨 平

杨平从 20 世纪 90 年代起开始科幻小说的创作。1996 年，他在《科幻世界》杂志上发表了科幻小说《为了凋谢的花》，此后，他又相继发表了《裂变的木偶》《两极》《深度下潜》《千年虫》《MUD——创世纪》等多篇作品。杨平早期的科幻小说，主要关注的是传统科幻小说中习见的宇宙行星、外星文明以及人类的存在等主题。后来，他的创作重心转移到网络小说题材上来，逐渐形成了自己的写作路向和艺术风格，并且获得了广泛的好评。《为了凋谢的花》获得 1996 年度银河奖三等奖，《MUD——黑客事件》荣获 1998 年度第 10 届银河奖二等奖。目前，杨平已发表 / 出版有中篇科幻小说《如影随形》（《电脑教育报》1999 年 7—8 月连载）、长篇科幻小说《冰星纪事》（四川少儿出版社 1999 年 7 月版），以及短篇小说集《火星！火星！》（广西师范大学出版社 2005 年 1 月版）等，成为新生代科幻小说作家群中的有生力量，尤其成为中国赛伯朋克的代表性人物。

一、赛伯朋克的兴起

随着科学的发展，电脑和计算机技术日益进入人们的日常生活，越来越多的人沉浸在网络世界里。据统计，仅在 2004 年，中国大陆正式运营的网络游戏就有 164 款，而在我国 8700 万网民中，上网娱乐的就占了 34.5%，可以说，各种各样的网络游戏、网络交际方式和网络场景，成为他们日常生活的重要内容。网络极大地改变了人们传统的生活方式、思维特点和行为习惯，对许多人来说，网络世界所提供的虚拟世界也许比现实世界更加真实和可靠，它正在从一个层面影响着人们的行为方式，构筑着人们的精神世界。在这样的时代语境下，网络题材必然进入文学，成为文学作品、尤其是科幻小说所要着力表现的重要题材之一。事实也正是如此。当前，与世界科幻小说的发展同步，我国科幻小说的创作也呈现出微小化、朋克化和奇幻化的发展趋势，标志着我国科幻小说在自身的理论建构上，已经逐步发展成熟起来了。

科幻小说是近代以来从西方引入的新文体，而赛伯朋克也是源于西方，它在中国的落地生根是在 20 世纪 90 年代。1996 年，星河在《科幻世界》上发表科幻小说《决斗在网络》(《科幻世界》1996 年第 3 期)，开创了中国网络题材科幻小说的先河，并一举获得当年科幻小说银河奖特等奖，在科幻界产生了较大影响。此后，相关题材的科幻小说开始大量涌现。仅在 1999 年，《科幻世界》杂志中就有近一半的作品涉及网络，出现了宋宜昌、刘继安的《网络帝国》、吴岩的《生死第六天》、星河的《带心灵去约会》等著名的网络题材科幻作品，而杨平的《MUD——黑客事件》即为其中的优秀作品之一。这类科幻小说的特点，就是首次把网络题材引入科幻小说，开拓了科幻小说新的表现领域。而且从读者接受的角度来说，这种网络题材科幻小说的兴起，也迎合了当时日益兴盛的网络文化热潮，为科幻小说的发展开拓了更为广阔的艺术空间，赢得了更为庞大的读者群，这在科幻文学的发展历程上无疑是一件意义深远的大事。

赛伯朋克的重要主题之一，就是围绕电脑黑客展开的叙事。如果把包罗万象的网络世界比做一个庞大的机密库的话，那么这些黑客就像经验丰富的冒险家一样，乐此不疲地穿梭其间。他们无疑是网络世界中的一种异己力量，窥视、打探、盗窃机密和散布病毒，在对网络世界造成破坏的同时，也迫使人们提防网络系统可能出现的漏洞。因此，在赛伯朋克的世界里，出现了系统的创造者和进行系统攻击的黑客这两种截然不同的角色，存在着建构和解构两个相互矛盾的过程，这就使得网络世界形同一个风谲云诡的江湖，里面充满了善恶、正邪等对立势力之间的较量。《MUD——黑客事件》就是围绕着黑客对系统的入侵展开的，作家对电脑技术和网络世界是熟稔的，里面有许多属于技术细节的东西。小说中提到的MUD（Multiple User Domain）游戏，是一种多用户之间联线的虚拟空间游戏，自1992年进入我国之后，很快就吸引了大量的游戏用户。为了系统的安全和玩家的利益，当时，MUD的玩家们还发布了一份网络宣言："我们，世界上的MUD玩家，为了构建一个完美的数据库，宣布联合起来，并保证对于任何有能力的人都能得到kill命令的使用权力。而且在网络死掉之前提供一个备份的MUD，还要提高提示出现的频率，而且保证我们还有我们的后代有一个安全的站点可以连线。为此，我们宣布并确立这个《真实世界的虚拟城邦宪法》。"杨平敏锐地抓住了这一文化现象，通过《MUD——创世纪》等一系列科幻小说，构建了一个MUD的虚拟世界，实现着自己对于未来电脑科技乃至人类生存和发展的种种想象。

《MUD——黑客事件》讲的是一次黑客攻击MUD世界的事件：一个叫做"口条"的家伙，骗"我"（小说中的星猩）进入一个预谋好了的游戏网址，使"我"失足坠入太空而"谋杀"了我，之后，他便盗用了"我"的用户账号，以"我"——一个初级实习巫师的身份，进入MUD的管理阶层，利用"我"在系统权限文件中留下的下载记录，侵入了更多高级巫师的注册账号，直到进入MUD的高级管理阶层，导致该系统的核心机密泄露，最终使存在了许多年的MUD被迫关闭，无数热衷于此的网民顿时失去了一方精神的家园，变得失魂落魄、无所归依。

杨平曾经说过这样的话："对于科幻小说作家来说，思考一个科技的美好前景远远不如思考它可能带来的危害有意思。"[1]的确，在通向人类社会未来发展的道路上，必然面临着许多未知的不确定因素，对潜在隐患的敏锐觉察，以防患于未然，可能具有比科技的发展进步本身更为重大深远的意义。正是出于这一创作理念，在《MUD——黑客事件》里，杨平试图通过网络虚拟世界作为镜像，来凸显人们在这一过程中真实的末日体验，这就使得小说具有了终极价值追问的意义。联系在上一个千年快要结束、新的千年即将来临之际，在新闻媒体上被炒得沸沸扬扬的“千年虫”的问题，这篇小说确实具有极大的现实意义。

二、在真实与虚拟之间

自从网络进入人们的生活以后，关于虚拟和真实的问题就一直影响和困扰着人们。我们可以看到，网络以非常逼真的形式，模拟着人们日常生活与行为的方式，构建着人们的存在，它形同一片梦想的土壤和虚拟的乌托邦，实现着人们对平凡人生和庸常现实的某种超越。在赛伯朋克的世界里，电脑和人脑可以相互对接，人们可以在现实世界与网络世界之间无羁地穿梭，这种无限自由、亦真亦幻的状态，正好为人们超越现实、穿越时空的想象力提供了充分的艺术表达空间，极大地推进了科幻小说的发展。

这种情形，在小说《MUD——黑客事件》中也得到了体现。小说中存在着两个截然不同却又相互联系的世界：真实的现实世界与虚拟的网络世界。MUD 是一个高度仿真的虚拟社区，它几乎包罗万象，拥有从广场到商店、从街道到居室的各种生活场景，这里充斥着从天神和各级巫师到普通人群的各类社会角色，进行着各种各样的社会活动，与我们身处的现实生活几乎毫无二致，堪称现实世界的一种映射。在这里，无论是人们社会活动的方式，还是人们的生命情感甚至商业社会的种种特征，都是无比真实的，正如小说作者所言：“在（网络世界）这里，我们有与外面的世界不同的生活，不同的人生，不同的历史。外面世界有的一切这里都有，他们凭什么判断那个世界是真实的，而这个是虚拟的。”这就在很大程度上对真实的现实世界造成了冲击和消解，使人们淆乱了网络世界与现实生活的界限。

MUD 世界的真实之处，还在于它有着作为主体的人的全身心的投入与参与。可以说，网络世界的确是虚拟的，但由于有了真实的人的参与，它便具有了现实世界的某种特征。从这一角度来说，网络世界本身是亦真亦幻、真假莫辨的，是一种虚实相生的“虚拟实境”，如小说中的牧师所说的：“数据！信息！这些是什么？是无聊的消费品吗？是可有可无的吗？不！现在，在我们生活的时代，这些已成了生活必需品，成了和食物、饮水、房屋、衣服一样的必需品！一个人没有信息是无法生存下去的，正如他不能离开空气！”正因为这样，所以当人们不得不面对MUD世界的覆灭时，他们所表现出来的精神危机和信仰恐慌才无比真实。

在《MUD——黑客事件》里，这种真实与虚拟淆乱的情形，还通过一些具体的细节体现出来。比如，作家在小说中这样写道：

深夜，隐隐有凉意。我用手搓了搓脸，收拾好电脑，关上台灯，站起来走到另一间屋子。这里只有一张床和一张桌子，墙上贴着印花墙纸。我向前走了几步，又改了主意，返身来到厕所，进门的时候差点儿被一块剥落的墙皮砸着。镜中是一张形容枯槁的脸。液体下落的弧线非常优美。冲了马桶看水流。我估摸了一下感觉，趴在马桶边缘吐起来，直到再吐不出什么。泪眼模糊，世界在旋转。我漱了漱口，回到卧室，盯着床发了会儿呆，慢慢爬上去。她背对我躺着，已经睡着了。她不像是真的，虽然这里是真彩色。我放弃了想起她是谁的努力，伸出双臂从后面抱住她，听着她轻柔的呼吸，把头埋在她的发间。

她的身体光滑柔软，充满芳香。

我们可以看到，在小说中，网络世界的虚拟情景显得无比清晰和真实，相反，在小说中作为家的存在形式的“屋子”，以及与主人公再亲密不过的“她”（爱人），反而变得模糊不清和暧昧不明，明显地从前台淡化出去，退居幕后，只是不时地显山露水一下，犹如网络世界的一个模糊背景。直到网络世界彻底瓦解之后，它才开始无比真实生动地呈现了出来；

我们默然无语，相互凝视。她的目光越来越柔和，最后粲然一笑，坐在我身边：“好吧，我们看看街景。”

她把头靠在我肩上，散发出诱人的温暖气息。我伸出一只手搂住她：“我以前怎么没发现外面的世界这么美？”

通过这类颇有意味的叙述，小说形象地揭示出：由于对网络世界的依赖，人们已经疏远了现实生活，呈现出一种文化和心理上的病象，用小说中的话说就是所谓的“MUD 综合征”。这里就关涉到许多科幻小说的一个共同主题，即科技的发展对人类自身产生异化的问题，可以说，在 MUD 的世界里，人们也不同程度地被异化了，无论是网络世界的建构者，还是作为破坏者的黑客，他们都企图用虚拟的网络世界代替纷繁丰富的现实世界，结果都不可避免地成为了虚拟世界的悲剧性人物甚至牺牲品。可以说，网络一方面为人们找到了一种诗意的栖居，但在另一方面，网络却又销蚀消解着人的存在，这是无数网民们的一个困惑，也是网络世界中一个难以克服的悖论。

三、颠覆与回归

作为一部网络题材的小说，《MUD——黑客事件》对网络世界进行了颠覆性的叙事。小说中的“我”寄居于网络，几乎与现实世界产生了完全的隔绝，仿佛一旦离开网络根本就无法生存。但当 MUD 无可挽回地走向末日时，“我”并没有在精神上彻底坍塌，相反，这一事件反而促成了“我”对现实世界的重新发现，这便从根本上宣告了对网络虚拟世界的颠覆。可见，游戏毕竟只是游戏，而真正的生活具有远比游戏更为鲜活、更为多彩的内容，这就对网络世界的存在予以了有力的消解。

由于对 MUD 网络世界大肆铺张的叙写，导致了现实世界的愈益淡化。在小说中，作为爱情尤其是家庭伦理象征的“她”成为了一个影子般的存在，竟然“不像是真的”，直到 MUD 系统关闭，而“我”的复仇行动又宣告破产之后，“她”的存在才变得清晰起来，“我”也才感受到了“她”的身体“散发出诱人的温暖气息”。这种对“她”身体存在的感知与确认，在象征的意义上，也就是对现实生活的认同和对传统伦理的回归，并且在更深的层次上，这更是对人性的复归。在这一回归的过程中，现实世界与虚拟世界终于发生了根本的逆转，现实的世界变得明朗起来，网络世界遭到了无情的解构和颠覆。

这种对网络世界的颠覆，还体现在对于复仇事件的处理方式上。在小说结尾，“我”满怀着复仇的悲壮热情，走出终日盘踞其中的房子，来到久已生疏的现实世界。这时，在网络世界显得优裕从容的“我”，在现实中却显得异常蹩脚：

> 我不断给自己打气，使劲按下电梯的键，但什么也没发生。是不是需要先找到什么钥匙？我四处瞧着，马上就笑起来。这是真实世界，没有固定规则的。这时我才发现电梯已经坏了，门上贴着告示。“见鬼！”我骂了一声，向楼梯走去。
>
> 灯坏了。我看着黑洞洞的楼道，心里直发怵。这里边不会是太空吧？……

这种在网络世界中所表现出来的干练和在现实生活中的无能，形成了一种反讽的效果，这在很大程度上对网络虚拟世界造成了颠覆。

网络世界里的“我”被“谋杀”了，我决意向“谋杀”我的黑客复仇。但当“我”费力地穿越表征着现实生活的种种场景，终于找到那个不可一世的黑客时，才发现他竟然局促在一个龌龊简陋的环境里：一扇发出刺耳的吱吱声的栅栏门、破旧不堪的楼梯、地上睡着乞丐的楼道……而他所居住的房间呢：“地上胡乱丢着纸片、脏衣服，窗户都被层层的窗帘遮住。”这样的情形，同栖居在卧室里只有“一张床和一张桌子”的“破落的房间”，厕所墙壁剥落、“进门的时候差点儿被一块剥落的墙皮砸着”的“我”的窘迫处境何其相似……原来，这些在网络世界里驰骋纵横无所羁绊的“瘾君子”，其现实的生存境况居然如此不堪！这时，“我”已经把枪口对准了他的后脑勺，眼看由虚拟世界引发的一场冲突就要变成现实世界的血腥事件，就在这一瞬间，“我”却又在近乎悲伤的情绪中放弃了复仇的行动，在毫不知情的黑客背后收起了枪机，直到“独自站在楼道里的时候，我才哭出声来”。“我”之所以放弃复仇而且“哭出声来”，也许是因为“我”从黑客的身上也看到了自己的影子：卑微、孤独、对自己的现状无能为力……而落寞到只剩下了陶醉于网络世界虚幻的喜乐，这就使“我”对他产生了惺惺相惜甚至同病相怜的悲悯情感；也许还因为在某种意义上，黑客们苦心孤诣所要破坏的网络世界，与真实的现实世界相比，是没有太大的意义可言的（所以在这时，连沉浸于胜利的音乐声中的黑客也发出了一声既含着同情又深感无聊的叹息）。从这个角度来看，黑客在网络世界里充满智慧谋略而又游刃有余的技术手段，就变得滑稽可笑了，这正像小说中提到的毛毛虫，即使它体内的器官在半透明的皮肤下显得无比精细，也只不过是一种微不足道的雕虫小技罢了。原本，作者由复仇行动掀起了小说的一个高潮，而这个高潮却以复仇行动的取消作为收束，小说叙事由此显示出强大的张力。

在当下，由于网络游戏的风行，致使许多社会人群尤其是青少年沉迷于此，流连忘返，荒废时日，贻误学业，更有甚者，还有的人在网络中迷失了本性，走上犯罪的道路，由此造成了许多社会问题乃至人生悲剧。杨平的这篇小说创作于20世纪90年代，其时网络游戏还没有大规模流行。因网络所引发的各种社会问题也还并不尖锐，但作家已经深谋远虑地意识到了这一点，并通过血肉丰满的文学形象诉诸笔墨，体现了一个作家的远见卓识和敏锐直觉，这也是小说的现实意义所在。

在杨平的《MUD——创世纪》等多篇科幻小说中，都出现了神的形象，它代表一种精神力量、一种信仰，甚至是超自然的力量。但在《MUD——黑客事件》中，神或者上帝都没有出现，也没有任何英雄的出现，在人们的信仰坍塌之际，他们只有依靠自身的醒悟和对网络世界的超越，才能实现对自己的拯救，这在很大程度上同样也是对网络世界的一种颠覆。

另外，小说还关涉到现代人的身份、隐私和信仰，乃至日常伦理和人性等问题。网络黑客的入侵，不仅侵犯了网民们的个人隐私，导致了“我”的身份丧失，被放逐出自己拥有的虚拟世界，成为网络世界中一个失去身份、幽灵般的可疑存在。在这一过程中，“我”如同一个迷失了自我的游魂，一直处于寻求身份的焦虑之中。这种情形，跟身处现代社会的涡流而在身份迷失、角色混乱中挣扎的现代人没有什么两样。身份问题是困扰现代人的一个重要问题，而杨平在他的赛伯朋克小说里，对这一问题也展开了自己的思考。

在更宽泛的意义上，小说《MUD——黑客事件》是关于人类存在的一个寓言，寄托着作家的存在之思。人之存在是历来思想家们永恒思索的一个哲学命题，我国自古就有庄周梦蝶的故事，有南柯梦、黄粱梦之类的故事，在这类故事中，人之存在的真实性时时受到追问和考量。可以说，在现时代的文化语境中，赛伯朋克之类的科幻小说又把这一问题以另一种形式提了出来，从而在一个新的层面上引发了人们对于人之存在的新思考，这也许正是赛伯朋克的文学价值和意义所在。

参考文献

[1] 杨平. 科幻小说流派 [EB/OL]. http://blog.sina.com.cn/s/blog_44001f4d010002dw.html.

高塔下的小镇

◎ 刘维佳

一天的劳作终于结束了。我从麦田里走出来，小心地坐在田垄上，从陶罐里倒了满满一大杯凉水，敞开喉咙痛快地喝下肚去，清凉的水顿时消除了劳作造成的燥热。我伸展四肢使劲伸了个懒腰，深吸一口气将胸膛撑得鼓鼓的。吐出热气，我感到那种劳动过后特有的舒适感正在从身体的深处慢慢向全身渗透。

结实的麦穗在轻风中摇荡出奇妙的波纹，滚滚麦浪令我感到赏心悦目。风儿将麦田的清香和泥土的热烈气味拂入我的鼻孔，我怀着吝啬的热情，一点点享受着它们。又是一个丰收年啊，地里呈现出一片生机勃勃的健康绿色，每一茎麦穗都沉甸甸的。我感到极大的满足，快乐如同热热的泉水在我全身迅速流动起来。

马上就要大忙特忙啦。收割麦子是头等的大事，也是最累的，之后得赶在商队到来之前把麦子打出来。先将那份与口粮数量相等的应急储粮交到围绕着高塔塔基建造的半地下式公共粮仓里去，然后将口粮储存到自家地窖的大瓮里……每次麦收后不多久，商队成群结队而来。这时可以用富余的麦子和上年用余粮酿的酒来与商队交换所需要的物品，诸如布匹、奶酪、金属工具、调味品等。最令人惊叹的是文明发达地区所制造出的种种东西：比如计时的钟表、效力极强的医疗药品、高效肥料之类……贸易会结束，还有得忙：

家里果树上的果子要收获下来并制成果酱或果干，菜地里的蔬菜成熟了要收获储藏，沼气池也要清理，将发酵后的残渣掏出还田，再将切碎的秸秆撒进去，为家禽牲畜准备过冬饲料……这一切都是我和父亲的责任，而母亲则要为我们做饭，缝制、洗涤衣服……一年到头也累得够呛。在我们这个小镇，男人们的力量化为汗水洒在了泥土里，女人们的青春在操持家务和养儿育女中消磨了……这就是生活，我们必须付出一生的艰辛才能维系它的正常存在，镇上的四千个家庭都是这么过的，这种忙碌却自给自足、乐在其中的生活已经持续了……三百多年啦。

我将头使劲向后仰，观望我们这小镇的保护神——高塔，白色的圆柱形的高塔宛如一柄长剑，插在蓝色的天空中。就是它保卫着我们的这种生活。这座一百多米高的白塔是三百多年前我们祖先修建的，真该感谢他们的远见。当年他们这群救生主义者认定世界性的毁灭战争已不可避免，于是选中了这片土地，修筑了藏身之所，尽可能地储存了物资，为将来能在战后混乱的世界上生存下去而做着准备。大战过后，劫后余生的他们立刻着手修建这座久经他们设计验证的高塔。至于那一场疯狂战争的爆发原因，已经随着早已崩溃了的文明消失在了时间的洪流中，搞不清了，也没人关心了……据说，极为辉煌的过去现在已无人愿意问津，但是先辈们所说的一句话却穿透时空完完整整地保留了下来：“生活理应是轻松而幸福的。”

最后，历经千辛万苦，这座白色的高塔终于坚固稳当地站立在了镇子的中央，于是他们终于拥有了一个世外桃源，可以在这乱世之中安全地生存下去了。这是因为在高塔之顶的圆形望楼里，有一台能摧毁一切的制造死亡之光的机器，还有一双昼夜观察、监视四周情况的不知疲倦的眼睛。高塔履行使命的原则很简单：以塔基为圆心，方圆半径五千米以内即为禁区，外来者进入即杀！

高塔的威名如今已远播四方，路过的旅人无不敬畏地绕道远行，但每年总还是有那么一些笨蛋有意无意地置高塔的原则于脑后，结果无一例外地被死光劈杀。他们中有些人确实不是存心来碰运气的，这些人死得稀里糊涂，但高塔是不管你有何理由是否冤枉的，它铁面无私冷酷无情，只知进者必杀！

正因为如此，每年贸易会的情景甚是有趣：双方聚到那道一米宽一直不能长草的“生死线”旁，互相展示各自的货物，彼此展开砍价战。买卖谈成之后，双方各自向对方抛出绳索，将对方的绳索系在自己的货物上，然后彼此一起同时将对方的货拽过来。交易一般很公平，据说很久很久以前发生过几起奸商拿了我们祖先的粮食却又要手腕把已卖出的货物又拽了回去的事。不过，这种事已经久远得成了传说，因为那些奸商都被我们的祖先一枪击毙了，从此再无人敢贪这种小便宜。至于我们，从来没有耍过赖，因为多余的粮食在我们这里并没有什么用处，不用于交换就只能任它烂掉。

我举目环视这片我们世代生存的土地，只见目力所及之处全是一望无际的麦田和草地，就在这横无际涯的绿色海洋里高塔保护着一个直径一万米的伊甸园。说到选址问题这里实在妙不可言，土质就没得说了，水也不成问题，随处都可以打出井来，并且还有一条小河横贯小镇。有了这两样，生存就有了保障。自然条件也好，灾祸很少，地质构造也稳定，使我一直没感受到传说中的地震的可怕。

以高塔为圆心半径约九百米之内，是居住区及仓储区，那儿每户都拥有一座配有牲口棚、沼气池和地窖的两层住房，人们就在那儿一代又一代地重复上演人类的生存之戏。居住区外是耕种区，田地一律每人五亩，绰绰有余了。介于居住区和耕种区之间的是果树林带，每户都拥有果林的一部分。我们所需的生活资料绝大多数都由田地和果树提供，当然，你得凭力气去换取。

我躺在被阳光晒得热烘烘的土地上，双手枕在脑后，仰望没有一丝云彩的蓝天，满眼温柔的蓝色令我惬意地微笑起来。我很高兴，我很快乐，因为我有力量换取幸福的生活。我从小就随父亲操持农活，两三年前我就是公认的一流种田高手了，而在这里只要能种好田，生活中就不会再有恐惧、忧虑以及压力了，所见到的将只有明媚的阳光……我的心脏开始发热。我知道当情感袭来之时理应好好利用它，于是我随手扯了根草叶叼在嘴里，将思绪移到了水晶的身上，回忆着，思索着。

我很爱水晶，因为我一直觉得她是个特别与众不同的女孩儿。我们从小就和许多孩子在一起扎堆儿玩，水晶总是吸引着我的视线。我常常专注地看着她，一看就是好长时间，而别人干什么我都不在意，除非与她有关。我很早就问自己这是为什么？水晶确实漂亮可爱，但她独有的魅力显然并非源自于容貌，她所发出的魅力可以轻易直达我的心灵最深处，使我怦然心动，而别人谁都不行。我不明白这是为什么？

后来，经过认真地观察和分析，我渐渐地发现这女孩最大的特点，是她的感觉力和想象力超群，她可以轻易地从世间的万事万物中将美信手拈出，仿佛小至草叶露珠、大至蓝天云朵其背后都蕴藏着妙不可言的美好世界以及撼人心魄的浪漫故事。这个世界攫住了我的心，令我无限向往无限留恋，所以我一见到水晶，心跳就不规则起来……我渴望能一直和她在一起，因为那样我才能完全拥有一个美好的世界。若能娶到这样的女孩子，我这辈子还奢求什么呢？我无比真切地意识到：我爱她，无论如何，我一定要让她成为我的妻子……为此我想尽办法接近她。

……情绪高涨了片刻之后趋于低落，苦恼占据了我的心。这两年来，我和水晶之间出现了危机，这让我很苦恼，然而她却没有意识到，因为这危机的根源就是她的理想。我非常地爱她，所以我尊重她的理想，于是这两年我尽力忍耐着，一直没去尝试向她摊牌。结果，这两年我是在焦躁不安和惶恐的陪伴下度过的，而且危机还在扩大，我不知该怎么办，时间似乎已不多了……

我双手撑地站了起来，吐掉嘴里苦涩的草叶，握紧了拳头。我决定了：去向她摊牌吧，勇敢些，别再犹豫了。我只有全力尝试劝说她放弃她的那个理想，这是我避免失去她的唯一机会。

每一次从田里回到居住区，我都可以看见小镇的心脏——广场。我凝视着此刻几乎空无一人的广场，脑中浮现出了农闲时或节日这儿举行歌舞集会时的热闹场面。那时镇长会取出那个神奇的黑匣子，播放歌曲给我们听。只要将那些光闪闪的碟片儿放一张进黑匣子，它就能播出几十首歌曲，当然，还得有高塔提供的电才行。从小我就喜欢听那些歌儿，喜欢得直想掉眼泪。那些歌儿都是我们祖先的那个文明创造出来的。虽然大部分歌曲所用的语言在今天早已消逝，我们不可能再理解它们所表达的意义，歌中流淌着的是我们不知道的故事和不曾拥有的人生体验与感觉，这令人感到怅然和伤感。但是，它们的旋律能引起我全身的每一个细胞的共振，使我能抽象地感觉到它们的存在。这些歌曲具有和水晶类似的力量，可以唤起我心中的美好情感。

将目光从广场收回来之后，我踏着居住区平整的石板路面向图书馆走去。

五米宽的街道干净而整齐，右边是最里层的住户，左边就是环绕着塔基修建的仓库之类的公共建筑，图书馆亦在其中。水晶此刻很可能就在图书馆里埋头苦读。水晶可不是那种什么也不懂的傻乎乎的天真少女，她是一个将理性与感性和谐地集于一身的女性，从小就爱看书和思考。

我轻轻推开阅览室的木门，木门吱的一声为我而开启。

室内空无一人，老旧的桌椅还算整齐地摆放着，大多数上面都躺满了灰尘。现在仅靠父辈言传身授即可轻松应付生活，谁还耐烦看什么书？只有那些天性不安分的人才来这儿消磨时间，水晶就是其中的一员。就是这间不太大的房子，占去了水晶那短促生命中的很大一部分时间。这图书馆里堆着数千本书，每一本中都充满了疑问，也许我们要再过三百多年才能知道答案，水晶她又何必坚持这种无望的探索？水晶的问题就在于她的心灵无法安分守己，想得太多了。要知道，宇宙广袤无垠，世界复杂无比，试图把一切问题都琢磨透，只会自讨苦吃。这丫头……

我静立于寂寂然的阅览室中，凝视着从窗口射进来的光柱中浮动的灰尘粒子，耳朵捕捉着楼上的声音。一分钟后，我认定此刻没有人在图书馆里借书，那么她一定是在望月那儿听他“传教”了。这让我很不高兴，我不愿意到望月那儿去，但此刻也没别的什么办法。于是我退出阅览室，轻轻关上木门，向果树林子走去。

望月的演讲会，全镇闻名。他总是在果树林子的固定地点不定期地举办这种演讲会，宣扬着一个异常危险的思想，那就是：我们应该跨过那道“生死线”，到外面的世界去！

望月这个人，可以说是全镇年轻人的首脑。他从小就是个野心勃勃、喜欢哗众取宠的人，总是在竭力谋求着孩子们中的领袖地位，他不能忍受谁给予大家的印象比他还强烈。平心而论他还是有些天赋的领导气质的，所以半大不小的时候他身边就聚集了一批一摸猎枪就热血沸腾的少年。这伙人厌恶种田，整天跟随望月扛着枪在镇子的闲置地里四处射猎，把野兔狐狸和各种飞鸟打得浑身是洞。

我不理解他们，我对枪和杀害小动物都没多大兴趣，对我而言种麦子要有趣得多，看着麦苗一点点长高并最终结出饱满的颗粒可以令我获得相当的成就感。不过，那时我对他们也仅仅只是不理解，还不怎么厌恶。

等望月在演讲会亮出了他的主张之后，我对他的厌恶情绪一下子涌了上来。他的荒谬、危险的主张令我震惊，而他讲得天花乱坠的理由又令我恶心，我知道他真正的动机是什么，他在撒谎。我觉得这人心理十分阴暗。

然而不幸的是，水晶居然赞同他那荒谬绝伦的主张！

两年前的某一天，水晶突然异常激动地向我宣称她的思考有了重大突破！她说她发现了我们这镇子的不正常、不自然的地方，即：我们的镇子居然可以不进化！那段时间，她像着了魔似的一有所悟就向我陈述这镇子没有进化的具体表象：三百多年来，小镇上的生活几乎完全没有变化，商队带来的商品品种越来越多，可我们只有粮食；这小镇没有历史，每一年都没有什么不同，人们昆虫一般生存和死去，什么也没留下，没有事迹，没有姓名，没有面目，很快便被后人彻底忘却……镇上的人口很早就恒定不动了，一切都和谐无比，尤为奇妙的是没有一个人违背清苦淳朴的民风而放纵自身的欲望……她说小镇与整个世界很不协调，说我们的小镇已经凝固在时间的长河里了……

于是，我花了很多时间仔细琢磨进化的涵义。但凡水晶所关心的问题，不管我是否赞同，我想我都应该至少努力弄懂，因为这将有助于我了解她。可在我尚未彻底领悟之前，她就已经和望月走在一起，加入了他的团体，开始为将来的出走做着准备。这让我惊恐和焦虑。无论是谁，一旦跨过了那道生死线，就再也不可能回来了。高塔是分不清进入者究竟是不是在镇上出生的土著居民的，反正只要是从生死线外面进来的统统格杀勿论！小镇建成三百多年来，还从未有一个人走出去过。但现在许多年轻人都赞同望月的主张。我无法理解他们那要出去的强烈愿望，我无法像他们一样轻松地视那铁一般的禁忌如无物，每次靠近生死线，我就不寒而栗，我害怕失去我的土地、我的麦子和我自食其力的生活。

刚进果树林子，我就听见了望月的声音，真令人讨厌。就是这个人偷走了我的水晶。他还在撒谎："……我们浪费了多少时间和机会了？三百多年前，大战刚刚结束之时，这颗星球上星散着成千上万的文明残余势力，可现在它们大部分都消失了。大的文明势力吞并小的文明势力，这势所必然乃是铁的规律！将来的世界必定将为它们其中的某一个所独占或被几方瓜分。创造历史的只可能是强者，弱者只能充当铺路石……我们本来是有机会加入强者的行列甚至凌驾于其上的！当初我们的基础相当好，有六千人，还有大量的武器、机械和优良的粮食种子，这些资本本可以供我们迅速扩大居民人数和势力范围的，但祖先们却将它们消耗在了这座莫名其妙的高塔上。这是一个极大的错误！祖先们只看到了乱世之中安全的重要性，却完全忽视了发展！真是可惜！要知道，在这个世界上若想不被别人吞没，只有拼命发展、壮大，抢先吞了别人！这片平原的面积起码是我们这小镇的一百倍，如果当初一开始就放手发展的话，现在我们的势力早遍布这片平原了，人口起码也有三四十万了，这样我们将成为这颗星球文明复兴过程中的一股不可轻视的力量，我们将成为历史的一个重要部分！可是看看我们的现状吧：苟且偷安，用压抑发展来获得安全。这是没有出路的！若不迈出这镇子，我们就注定只能是一支无关紧要的弱小势力，不可能有大作为，只能处于整个世界的风云变幻之外，听任潮流的摆布。最好的境遇，也不过像块石头似的待在原地，被时代越抛越远……这就是我们的命运。你们甘心成为历史大潮中的一颗无足轻重的小石子吗？如果你们不愿意这样，那就请跟我一起走出这没有前途可言的小镇，到外面的广阔天地中去！请相信这是我们得救的唯一途径。高塔总有那么一天将不能保护我们，那时肯定将是我们的末日！这种时刻可能很久才会降临，也可能一分钟之后就会发生！时间无比珍贵！让我们马上行动吧！我们先要在平原上站稳脚跟，然后发展、壮大，建立军队，向外扩张、占领、征服、攫取……"

他说到这儿时，我已经坐到了水晶的身边。她乌黑的长发披散在双肩上，亮闪闪的眸子格外漂亮，可惜我从未彻底知晓这一泓秋水之后所隐藏的一切。

于是，我用右手轻轻拍了拍她的右肘。“走吧。”我凑近她的耳边轻声说。

“他还没讲完呢。”她说。

“几年来他一直讲的就是这些个玩意儿，你还没听够啊？走吧，我有话跟你说，很重要。”我撺掇着。

她低头犹豫了一下才说：“那好吧。”说完，她就马上站起了身来。这女孩从小就是这样，说得出做得到。

我急忙也跟着站了起来，这时我看到望月的目光向我们移来。于是，我面带微笑冲他潇洒地挥了挥手，说：“您慢慢忙着。”在转身的最后一瞬我注意到了望月眼中一闪而逝的不悦之色。我努力克制着不让自己笑出声来，我喜欢看他眼中的这种神色。

走出果树林，阳光又将我们笼罩。天边的云彩鲜艳得直如节日舞会上的鲜红果汁。有水晶在我身边，夕阳的气势令我无法抵挡，我心神震荡，认为天堂之门已为我开启。我看着身边微微低头随我一同前行的水晶，只觉得她美得令人头晕目眩。夕阳的鲜红光芒笼罩中的她，宛如正在火中行走的仙女。我觉得此刻我就是在天堂中漫步，我真想和她一直走下去，永不停步！

水晶的问话打破了这美好的寂静：“哎，你想说什么啊？”

是啊，我想说什么呢？我想说，我很爱你啊！我想说，放弃你的理想，嫁给我吧！可我没有胆量这么直截了当地说。

十秒钟后，我找到了话题：“你觉得望月讲得怎么样？”

“不错。”她说，“他的口才很好，年轻人都爱听，也很有道理。”她的口气比较随便，听起来她似乎对望月并没什么特殊的感情，这让我高兴。然而，她仍然赞同望月的主张，这又让我着急和害怕。

“你们真的……要走吗？”踌躇了一阵我终于小心翼翼地问，“我是说，你们真的要离开这镇子吗？”

“是啊，”她随口回答，口气就好像这事如同日出日落一般理所应当、势所必然。

“为什么？为什么一定要走？这镇子不好吗？”我说，“你们为什么不喜欢这里的生活呢？为什么要抛弃小镇？”我将这两年来一直萦绕在心头的不解与迷惘向她倾诉了出来。

“因为它不能进化。”她干脆利落地回答。

“为什么一定要进化？”我立刻追问。

“因为整个世界都在进化，一切的一切。我们作为其中一部分，没有任何理由拒绝进化，对吧？”

她说得似乎合情合理，我的脑子转得又不怎么快，一时只好沉默。

“在这个不正常亦不自然的镇子上生活，我们真的能无忧无虑没有烦恼吗？”她目不转睛地凝视着我的眼睛，那黑幽幽的瞳仁宛若深不可测的池渊，“这镇子唯一的失衡之处，就在于我们的心理。在小镇日复一日、千篇一律的生活中，我时常感到心慌意乱，经常因为空虚而伤心。我眼睁睁看着时间一天天地流逝，生命一点点地离我远去，而我却连自己为什么而生又为什么而死都弄不清，只能浑浑噩噩地混日子，消耗生命，这让我一想起来就惊恐不已。为了找到我的生命的意义，我一定要走出去！”她很动感情地大声对我说。

“可是，你能肯定出去之后就一定能找到你所渴望的那些东西吗？”我低声说，“或许你什么也得不到，只是徒然地失去了一切！这值吗？”

“我可以肯定我一定能找到一样我们这儿没有的东西。”她说。

“什么？”

“希望。”她说，“我们的镇子里没有希望。不进化就没有未来，一成不变的生活将一直持续下去，最终的结局就是望月所说的高塔不再保护我们……有了希望就有了一切，可我们这儿却没有希望……”

“可这儿也没有绝望！”我大声说，“别听望月的胡言乱语，那个最终的结局离我们还极其遥远！这镇子还有足够的存在时间供我们度完余生，至于我们死后的事，已与我们无关，我们何苦惶惶然不可终日？外面是一个凶险的世界，以邻为壑就是那儿的人们最基本的生存原则，在那里人们互相伤害，纷争无休无止，一切都纷乱不堪。这也叫有希望？你没听过商人们所讲述的那些故事吗……”水晶的头缓缓低了下去，看上去这是因为她在心中无法否定我所说的事实。这让我备受鼓舞。

“水晶！”我乘胜追击，“不要再考虑什么意义不意义了！意义那玩意儿纯属子虚乌有，千万别被它迷了心窍……你不要再和望月那帮人搅在一起了。那混蛋讲的倒是天花乱坠头头是道，但他在撒谎！我知道他真正想要的是什么，他才不在乎什么进化不进化意义不意义哩，他真正要的是权力！是的，权力！我们这小镇上没有权力，社会是靠成年人自觉克制自身欲望来平衡和维系的，镇长只是可有可无的东西，这里没有真正意义上的权力。而望月这人的权力欲又特别强，所以他才狂热地鼓动大家出去，一出去他就可以为所欲为了。你没听见他要干什么吗？他要征服，要掠夺，要扩张，要杀戮！天哪，你怎么能追随这种人？他不是你志同道合的朋友！”

“这不重要。”她平静地说，“每个人心中都有属于自己的理想。我追求生命的意义，望月追求权力，别人也许在追求着别的什么东西……各人的具体理想都并不重要，重要的是我们大的目标一致，那就是走出这镇子参与进化。眼下这个目标最重要，为了拥有足够的勇气与决心，我们必须相互依靠、相互激励。只要一出去，我们就都能找到实现各自心中理想的希望了……”

“那我呢？”我脱口而出。

水晶怔怔地望着我的眼睛。

“你走了，我怎么办？”我不想再拐弯抹角了，“留下我一个人孤零零地在这儿，对我公平吗？水晶，你想过我吗？你在意过我吗？我……我是多么的爱你啊！几年前我就意识到这一点了。每一次见到你想到你，我的心都直发颤，就是这种感觉，错不了的……别走，留下来吧……和我一起生活……嫁给我吧！我、我会种地，我是一流的种田好手，我能让你过上轻松幸福的生活……”我不能再说下去了，因为我的双唇和牙齿在剧烈地颤抖，全身也抖得厉害。

但是水晶却垂下了双眼，我看见她的双颊开始泛红。我们之间陷入了沉默。这时夕阳开始冉冉没入地平线，黑夜的影子已悄然显现。

良久，她缓缓抬起了双眼："阿梓，谢谢你送我回家。"

她就这么走了，头也不回地走了。她的身影很快消融于浓重的暮色之中，看不清了，不见了……她走了之后好久，我仍旧伫立在原地望着她身影消失的地方。时间仿佛已经死去，我的思维凝滞了，全身不能动弹。这种状况一直持续到黑夜彻底占领大地、家家户户的窗口摇曳灯光的时候，我才如梦初醒。我索然无味地呆立了一阵子，终于迈动沉重的双脚，向我的家走去。

一转眼麦收时节到了。这是段忙碌的日子。家家户户的主要劳动力都得手挥镰刀、汗如雨下地下田收割；而女人和老人则要在家忙着烧水做饭，清理晒场，修理农具，搞好后勤。每一个人都忙得不行，时间是不等人的，迎接商队可以说是一年中的头等大事。然而我爱这段日子，爱这种充实的劳累以及期盼商队的兴奋。

商队的到来，带给了我们缺乏的盐、油料、洗涤用品、布匹之类的必需品，还有许多构思精巧可以帮我们在生活中投机取巧但却并非必需的奢侈品；同时，也带来了一个惊人的坏消息：北方的"黑鹰"部落由于今年遭遇罕见旱灾，整个部落有组织地集体南下，准备以劫掠农庄和城邦来渡过难关。他们已经荡平了两个村庄，初步实现了自己的愿望……像这样红了眼豁出去了的流浪部落，即使是强大的城邦也惹不起，他们就像瘟疫一样，谁碰上谁倒霉。

然而，令我们吃惊的是，商队明确无误地告诉我们，这个黑鹰部落对我们这个小镇兴趣最浓厚！

同样令我吃惊的是镇上的长辈们似乎对这消息无动于衷，他们依旧若无其事地干活、吃饭，和商人们砍价、交易。我知道他们见过更大的场面，但是我没有，我想象着漫山遍野饥饿的人群冲过来的场面，心里直打鼓。

这支商队走后，一直没有新的商队到来。小镇在平静安闲之中打发了十二天的时间。这期间人们不急不慢地各忙各的，似乎完全忘了有可能逼近来的危险。镇长甚至举办了两次歌舞会，像往常那样用娱乐来调剂小镇单调的生活气氛。这两次集会我都去了，依然在震撼人心的歌声中尽情享受着生存的幸福。但是到会的年轻人明显减少了，水晶也没有露面，对我而言舞会上没有水晶气氛就平淡了许多。

第十三天，随着初升的朝阳，远方的地平线上出现了黑压压的人影。

不一会儿，居民区的街道上就站满了人，人们翘首等待着塔上拥有望远镜的观察员通过广播传达的观察结果。

随着黑鹰部落一步步逼近，有关它的基本情况也逐渐清晰了：这个部落人数在二万六七千人左右，最前方是约一千名壮年男子，均全副武装；中间是由牲畜或人力拉拽的辎重车辆和妇女儿童以及部落主力武装；最后又是一千武装男子。以他们的前进速度，下午四点左右即可抵达生死线。值得注意的是，这个部落中老年人不多，看来他们已经妥善处理了这些“拖后腿的包袱”……

镇长的命令下来了：全镇成年男子全部自备武器前往各家的果林区，组成最后一道防线，以防万一。

上午的剩余时间里，我和父亲在家中仔细擦拭我们家的那两支猎枪上的黄油。

黄澄澄、胖乎乎的子弹油腻腻的，给我的感觉很陌生。因为我这辈子只打过三发子弹，而且还是父亲装填好了的。枪在我们这儿的用途只是打打鸟雀小兽，再不就是用来作为与商队交易时的公平保证，能派上用场的机会不多。

父亲擦枪时沉默不语，我从他眼中看出他并无恐惧之情，而是心中另有什么复杂的感情。我想问问他，却又不知该从何说起，遂作罢。

母亲则在忙碌地为我们制备干粮和饮水，她在竹篮里放了果干、咸肉、奶酪、熟鸡蛋，水罐里还撒进了薄荷，父亲的酒壶里装上了最醇厚的陈酒。在她看来我们好像只是去野餐似的。

准备停当，我和父亲背上猎枪和子弹袋，他提着酒壶、水罐、食品篮，我背上卧具，向果树林子走去。

这真是热闹非凡的一天。阳光明媚和煦，街上到处是身背猎枪手提食品篮的男人，家家户户的厨房都冒出腾腾热气，孩子们爬上自家楼房的天台，一边咬着蘸了蜂蜜的麦糕，一边好奇地望着远方模模糊糊的人群。小镇的空气中弥漫着过节一般的气息。天呐！我喜欢这热闹的场面和这种节日般的气氛。

从下午四点开始，黑鹰部落的成员们渐次抵达生死线，他们有条不紊地在那里扎下营来。

黄昏时分，一道道的炊烟从对面的营地里升起，在天边鲜艳的晚霞映照下，这道景致竟是那么动人。我怔怔地凝视着这画一般的美景，一时间竟忘乎所以到了丧失时间感的地步，只觉得仅一刹那工夫，天色就暗淡下来了……

寒森森的月亮升起来了，猎枪在我的怀里散发着寒气。今天我所见到的景象已烙在了我的脑海中，我爱今天小镇节日般的气氛，也爱傍晚时分在夕阳金辉映照下被如雾的炊烟笼罩着的部落人群，美使我分外留恋生命，而害怕死亡。我不能理解即将发生的冲突的必要性，我不明白黑鹰部落为什么要来进攻我们？依水晶的说法，我们与他们唯一的不同，就是我们不必进化而他们仍在进化……进化究竟是一种什么样的感受？

一连串的爆响骤然响起，明亮的绿色死光划破夜空连续闪现！我头皮一炸，神经质地甩掉羊皮毯跳了起来，端起猎枪紧张地扫视四周。但月光笼罩的大地一片寂静什么也看不清，除了残留在视网膜上的死光的余韵。

“怎么回事？”父亲略带紧张的声音从我身后传来，他也被惊醒了。

“没什么，高塔发射了几道死光，除此看不见什么动静。”我故作镇定地说，竭力克制着刚才的惊悸造成的颤抖，我现在已经是个成年男人了，得像个样子，我不想永远做个孩子。

“喔，他们想趁夜暗摸进来……这可大大地失算了。高塔夜里照样看得见，白赔几条人命罢了……”父亲一边说一边重新躺了下去，不一会儿又睡着了。

我深知他此言不差。没人进来的话，高塔绝对不会发射，而高塔从来都是百发百中的，生死线之内现在肯定躺着不少尸体。

下半夜和父亲换班之后我很困了，再加上高塔大大增强了我的安全感，我很快就沉入了梦乡。

天亮后，母亲送来了早饭，看着我狼吞虎咽的样子，慈祥的爱意充满了她的双眼。母亲的关怀和热乎乎的麦糕令我分外留恋平常的普通日子，我真希望昨晚的那几个送死的人能令黑鹰部落认清现实，从此知难退去，这样那些人好歹也算没白死。

然而，他们显然有不同的看法，九点钟的时候他们开始了新的行动。他们居然将一门长身管的火炮推到了生死线的边缘上，炮口指向高塔。我通过图书馆的书对这种凶器有过初步的了解，而我们高塔上的那门电磁大炮在驱散冰雹云时的精彩表演，更使我对这种武器的可怕威力有了直观的认识。我知道这东西发作时声如雷鸣，弹着处贯壁毁楼，破坏力极大。真不知他们是从哪里弄来了这种野蛮的物什？

正惊异间，只见那门大炮炮口火光一闪！

几乎就在同时，一道绿光也在空中闪现了一下。

于是，有什么东西在空中猛然爆炸了！

弹片噼里啪啦地打在已收割后的田里，溅得尘泥飞散，那情景直如雨点打在小河河面上。一会儿之后，爆炸声传来，虽然声音已不算震耳了，但其凶猛的气势未减，仍能向我们展示着暴力的可怕。

紧跟着死光射出，火炮那儿立时腾起几股白烟。向小镇抛射高塔认为其速度超过安全标准的物体也违犯了高塔的安全原则，高塔可以采取措施消除危险源。

之后，那门火炮再也没有发射，极可能再也无法发作了。

直到天黑他们也再没什么新的动作。高塔连他们这样的王牌手段都轻易化解了，可能他们已无计可施。

连续三天，黑鹰部落毫无动静地待在那儿，并不想法进攻，但却也不走，不知他们还想干些什么？

第四天中午，高塔上的那一门电磁大炮突然发作了！

炮弹打在生死线之内，着地时并没有爆炸，而是深深地扎入了地下，片刻之后，爆炸才发生。那场面犹如火山爆发一般，黑色的烟尘和着泥末儿腾起三四十米高，煞是吓人。

“原来他们想挖地道从地下钻进来。”父亲望着正在散去的尘泥说，“这没用，躲不过高塔的眼睛，以前早就有人试过了。”

“如果加大地道的深度呢？再挖深些也许就行了，我不相信高塔的眼力没个止境。”我说。

“这是不可能的。小镇的地下水脉纵横，加大深度极易造成塌方。这镇子从地下是无法攻破的，淹不死、压不死的除外。”父亲说。

我默然望着尚在冒烟的爆炸点，心想不知又有多少人断送了性命。

接二连三的失败并未令他们死心，翌日清晨，他们又亮出了新招数。

这一回他们挑出了一百个成员，让他们一字儿排开列在生死线旁。

不久，观察哨报告说那一百人全是老人。

父亲神色凝重，一言不发地掏出了祖父传下来的机械怀表，紧张地望着那些人。

猛地，一个骑着马的人手中的步枪朝天喷出一股白烟，那一百人竟然立刻冲过生死线狂奔起来！

绿色的死光冷静地连续闪烁，奔跑中的人一个又一个倒下了。他们死了，这是我第一次亲眼看见活人被剥夺生命。我感到寒冷，我克制着不让自己颤抖。可其余还活着的人仿佛没有看见一般只管埋头狂奔，似乎他们有绝对的把握可以冲入居住区似的。

然而，事实证明他们纯粹是在自杀，他们一个不漏地全被死光放倒在了地上。

“二十五秒。”父亲合上怀表盖轻声说，他脸色苍白。

“他们这么干是什么意思？纯粹送死嘛。”我不解地问。

“他们想弄清高塔杀人的速度有多快……”父亲双眼直勾勾地望着已经空无一人的麦田回答，“但愿他们不要……但愿……”他喃喃地说。

我低头盘算着。杀一百人要二十五秒，一秒钟是四个人，从生死线到果林不足四千米，一个人跑步大约只需要十七八分钟，就算二十分钟吧，二十分钟是一千二百秒，这期间高塔只能杀死四千八百人，算五千人吧，也还不及他们整个部落的零头……我的脸也白了。

空气骤然紧张了起来，人们不安地张望着，双手不离自己的猎枪或者砍刀。

对面的黑鹰部落也蠕动不已，人员调动频繁，明显是大行动的征兆。

下午四点，灾难降临了！

随着一阵海啸般的呼喊，早已集结好了的人群向我们小镇发起了冲击！洪水般的人浪席卷而来，竟如排山倒海一般，令人毛发倒竖！

不过，高塔显然对此无动于衷，绿色的死光准时闪现了起来。令我意外的是，好几道死光竟是同时闪现的，高塔在四面开火：原来它的火力发射点不止一个！

狂奔中的人们如同镰刀下的麦子一般连连倒下。冲在最前面的是妇女以及仅存的一些老人，他们的使命就是死，部落用他们来吸引高塔的火力，争取时间。在他们的后面，才是主力壮年男子。

他们的打算无可指责，就战术来说确实是明智之举，但是不幸他们在战略上彻底错了，他们实在不应该进攻我们的。因为高塔现在不仅在四面开火，而且它的杀人速度远不止一秒钟四个人，大约达到了一秒钟十个，并且还在逐渐提高效率。看来高塔是具有分析判断能力的，它可以视情况决定自己的行动。而那些人却不知道这一点，太可怕了！现在一切都无可挽回了，大错已经铸成！

高塔的杀人速度现在大约已提高到了每秒三十人，密集的死光犹如一张绿色的大网，罩在小镇的上空。

看似不可一世的人浪此刻如同撞上了礁石，人的生命的脆弱现在暴露无遗：三十分之一秒而已。似乎还嫌火力不足，那一门电磁大炮也加入了杀人的行列。它一炮又一炮地打在人群的纵深，帮助减轻压力。炮弹在离地面十来米的空中爆炸，以最佳杀伤效率用飞射的弹片将大片的人割草般砍倒。我能看见翻滚着飞向天空的头颅和手臂……

急风暴雨般打来的死亡以前所未有的力度冲击着我，我仿佛遭到了严冬酷寒的突然袭击，身体、灵魂、思维一起被冻住了，以至于我做不出任何反应，因而也没有任何感觉。

令人不可思议的是，明明已经完全没有了冲进居民区的任何希望，他们却仍然疯狂地继续冲击着。人浪缓慢地向镇里流动，但不等冲到一半的距离这人浪的能量就将笃定耗光。这些人此刻似乎丧失了正常的分析判断能力，而完全被一种莫名的力量所控制，令他们对死亡麻木不仁无动于衷。但在高塔的面前，这种顽强也是没有意义的。只见绿光闪处，死者层积，黑鹰部落的身躯急剧缩小……

终于有人开始恢复自我意识，感觉到了恐惧，他们开始回转身向外面跑，但在跑出生死线之前，向前冲和往后退并没有什么不同。

我扭头望向父亲的脸，想了解此刻别人的感受。我看见父亲的脸色苍白得像天上的云朵，但他的耳朵却奇怪地变得通红，似乎血都流向了双耳。

恐惧终于彻底感染了所有的入侵者，人浪的彻底大退潮开始了。但高塔似乎并不打算减低效率。人们依旧在成片倒下，只是电磁大炮安静了下来。

这时我有感觉了。这是一种非常奇怪的感觉，它既像是令我直欲燃烧的火热，又像是将我冻彻骨髓的酷寒，总之难受得厉害，简直无法忍受。

等到高塔的死光发射频率开始下降之时，生死线之内的人影已经稀稀落落了。

逃得了性命的人木然地站在生死线边缘，一动不动地看着自己的同胞哭着、喊着奔跑或倒下。他们没法帮助线内的人。

当生死线之内的最后一个人倒下了之后，死一般的沉寂降临大地，我们和外面的幸存者都陷入了凝滞状态。空气中飘荡着空气电离之后的辛辣味道。

隐隐地，我听见了一种微弱的声音，它细若游丝但却又令人不能忽略它的存在。

终于，我听清楚了，那是哭声，是从外面传来的幸存者们的哭声。那哭声分外悲切，我从中听出了生还者对死者的哀悼，还有对自己的怜悯。他们今后的命运凶多吉少。这个部落中最强壮有力的部分死去了，女人也差不多全死了，只剩下了一些儿童和少年，这个部落事实上已经灭亡了。

哭声在天地之间缓缓飘荡，但在广漠的世界中这哭声显得那么的微弱……

一切都已结束，但是人们却都不离开果林，吃完晚饭人们仍然露宿在这儿。

我像前几天一样守上半夜。

怀抱猎枪身披着皮毯的我，疲惫地坐在地上，完全不想动弹一下。我实在不明白我为什么感到这么累？

我倚靠着一棵果树，偏着头用脸颊贴着冰凉的枪管，一动不动地木然凝视着这个已被黑暗笼罩的世界。

今天所发生的一切简直就是一场噩梦！可怕的现实使我终于无比深切无比形象地领教了外面世界那残酷的、以邻为壑的生存原则，领教到了他们相互争斗伤害的激烈程度，今天我终于看清了这样一个……真实的世界。这个真实的世界使我彻底明白了进化的重负的分量：它竟能迫使一个极为强悍的群体不惜以全族灭亡为赌注，甘愿忍受巨大的牺牲也要尝试卸下！黑鹰部落绝不是为了我们仓库中的麦子才不顾一切地向我们一再进攻的，需要足够的粮食只需多抢几个弱小部落就可以了。他们的真正意图，是要夺取我们的这座独一无二的小镇，夺取我们的高塔，卸下肩头沉重的进化的重负，拥有一种轻松幸福的生活。这就证实了我一直以来对进化的猜测：绝不存在令人心旷神怡的进化！有进化就会有艰辛！因为进化是一种动态的过程，只要进化存在，世界就一定会不停顿地运动、不停顿地改变，和谐与平衡因此根本无法长存。哦，众生求有常而世界本无常，就是这一矛盾决定了人生的苦涩与艰辛，决定了进化的沉重。世界啊，你为什么非执意要进化不息呢？我们人类为什么这么命苦啊！进化为什么非要是一种压迫我们的异己力量呢？进化有尽头吗？进化的尽头会是什么呢？……我仰起头凝视天顶的一轮明月，只见苍白的月光映出了云层的轮廓，天穹显得寥廓而神秘。我心灵一颤，一丝凄然、一丝悲哀漾上心头，我想哭，但我不知道这泪究竟该为谁而流？

第二天清晨太阳升起之时，我们发现黑鹰部落的幸存者们已全部消失了。他们在昨天夜里悄然离去，走向了虎视眈眈的未来。他们甚至连亲人的尸体也没法取回。

于是，我们帮他们承担了义务。在镇长的安排下，一部分壮年男子回家取来农具到镇子的闲置地上去挖坑，其余人负责搬运尸体。我们必须尽快处理掉遍布麦田的尸体，以免发生瘟疫。

男人们两人抬一个，开始向闲置地搬运尸体。人人脸上都漠无表情，看不到恐惧，看不到悲伤，每个人都只是埋头干活。但是我知道这冷漠的表情下是颤抖的心，父亲那痛苦的表情就是证明。现在我知道长辈们为什么谁也没有出去的原因了，可以想象他们之中肯定也有人向往过外面的世界，进化的诱饵肯定也强烈地吸引过他们，然而后来他们肯定都认识到了进化的沉重与艰辛，因而都死心塌地安下心来。喂，望月，你小子认识到了这些吗？你为了获取权力而不负责任地狂热鼓动大家出去，可那么强悍的黑鹰部落都渴望卸下进化的重担，你们这把嫩骨头承受得了吗？我四处寻找着望月，因为我知道他不比我笨，我所悟出的一切他肯定也悟出了。事实是最好的论据，我想看看此刻他的脸色，我非看不可，不然不解恨。

很快我就看见了望月，他也发现了我。我挑衅地望着他，我们的目光交汇了一秒钟他就低下头走开了。看着他我想大声冷笑，但终于没有笑出来。

麦地里的死者太多了，简直形成了一个外径五千米、内径约三千米的由尸体组成的环！即使是猪或牛的尸体，达到这个程度，我看那也是相当可怕的。恐怖压得我们几乎无法呼吸。那场面令我终生难忘！

为了赶时间，我们将儿童的尸体都投入了河里，让他们顺流漂下去了。看着一具具小小的尸体慢慢消失在远方，许多人和我一样在擦汗的同时抹去泪水。

我们终于赶在尸体开始腐烂之前将它们处理完毕了，当最后一锹土投出之后，小镇又恢复了原来的生活节奏，就好像巨石掀起的波澜已平复的河流，又开始像以往一样平缓地流动。

但是我敏锐地感觉到，镇上的一切都与原先有了少许但却是无法忽略的不同。就在不久前的某一天，我曾轻易感受到了生活的美好和温馨。那一刻，节日般的气氛令人心跳，音乐撼人心魄，麦酒香气醉人，孩子们天真可爱……一切都很美。但是现在，我干活、唱歌、散步时，再也没什么感觉了。劳动不再乐在其中，歌曲虽仍悦耳但却再也没有了往常那种让我身心俱为之颤抖、令我直想大声呐喊的力量，我的心变得对一切都无动于衷了，似乎有什么东西从空气中消失了，永远地消失了……

不久后，我发现了镇上生活的一个最显著的变化，那就是望月的演讲会再也没有举办了。这一场大屠杀干净利落地击碎了年轻人不切实际的幻想，我们又一次开始重复三百多年来一直在这镇上反复重复的人生轨迹，自觉而主动地维持小镇的和谐与平衡。从今以后我们这辈子最高的使命就是娶一个自己喜爱、长辈也能接受的妻子，再生一到两个孩子（不可以再多了），并将他们抚养成人，要他们重复我们的生活……这没什么不好，生活这东西就该是这样的。我决定过一阵子重新去试探一下水晶的态度，我也该结婚了。

然而出乎意料的是，没多久的一天中午，水晶主动来找我了。她站在屋外的耀眼阳光中，我看不清她的表情，但不知为什么我竟有些害怕靠近她。尽管有大厅的阴暗保护，我仍感到了凌厉锐气的逼迫。

她约我五点钟到镇西的“兔窝”去，说有话要对我说。我自然求之不得。“兔窝”就在镇西离生死线不远的闲置地上，因三年前望月他们成功地对一群刚搬迁到此的野兔进行了一场种族灭绝行动而得名。

她消失在明媚阳光之中时，我的心忽地抽动起来。

当天夜里和第二天白天我一直心神不宁，干什么都安不下心来。

下午四点刚过，我便忍不住向镇西走去。

大出我意外的是，一出果树林子我就看见不远处望月也在向西走，方向也是“兔窝”。不快的感觉立刻在我的心中产生，我不明白水晶为什么还要约上这个人？我放慢了脚步，与望月保持着一定的距离，我不想和他说话。

可以看见水晶了，她站在前方的草地上，望着我们，长长的头发和她连衣裙的下摆在风中飘动。我们向她接近着。

随着距离的拉近，一种感觉从我心底悄然升起，它驱动我的心跳得快起来。我的脚步越来越快，望月也走得更快了。

望月终于跑了起来，我也撒开了两腿。而我的心跳得比脚步还快。

当我们停下脚步之后，我和望月都呆立着不动了。我们好久也没有发出一点儿声音，因为我们不知道该说些什么，一切都无法挽回了：水晶此刻已站在了生死线之外！

“我决定了。”她微笑着对我们说。她居然笑了！

“你疯了！”我大吼道，“你疯了！你知道你干了什么？”

“也许能想个办法……”望月喃喃地说。

“还有个屁办法！”我凶狠地吼叫着打断了他，自从上次见面对视之后我就再没把这个人放在眼里，“谁他妈能有这个手段？你给我闭嘴！”然后，我将脸转向水晶，继续冲她喷吐怒火，“你脑子出了什么毛病？该死！这不是儿戏！”

“我全都想明白了。”水晶仿佛全然没有听见我的怒吼，抬手一指高塔，语调平静，“是它封闭了小镇。我们这个镇子是个完全自我封闭的存在，它利用高塔来与整个世界隔绝开，用自我封闭来逃避进化，消除不安和恐惧。这就是真相。”

停顿了一会儿，她继续说道：“从表面上看，这镇子可以说是很理想、很完美的，它里面没有争夺，没有仇恨，没有暴力，没有侵略，没有欺诈，没有难填之欲壑。但是，在得到这些东西的同时，我们也就失去了另一些东西，那就是未来和希望，还有存在的意义，甚至还有……幸福。在这个地方我们活着只意味着不死，仅此而已，其余什么都没有……这个世界是为参与进化的人而设计的。我们与世界隔绝，世界也就抛弃了我们。在这镇子里我们的生命形同一堆堆石块……这样的生活有何幸福可言？有什么值得留恋的地方？”

水晶的慷慨陈词猛烈地震动了我的心，我的思维以前所未有的速度飞转了起来。这时我终于彻底明白了镇上的年轻人何以会产生那种候鸟迁飞般的向往外部世界的不安定情绪了，是因为人的体内天生就有追求进化的本能！这一刹那我豁然开朗：进化的真正动力，乃是人们心中的欲望与理想！这就是世界何以进化的原因！

“我们总是需要一个开始的……”水晶又开口了，这时她的气色平静了许多，“那么就让这开始从我这儿开始吧……人总有一死，为什么要让自己宝贵的生命成为一种虚假的生命？……并且逃避进化于这个世界也不公平。我们推掉了进化的责任，世界的进化动力就因此减弱了一些，因而我们人类到达那个我们为之无限向往的目的地的时间就要推迟一些。这不是可以视若无睹的无关紧要的事，这是使命！进化是生命的使命！屈服于恐惧而逃避责任，逃避使命是可耻的！非常非常可耻……”热情在她的眼中燃烧闪烁，使她的双眼在这苍茫暮色之中分外醒目，“你们和我一起出来吧！怎么样？望月，你不是从小就在期盼走出来吗？这么多年你不是一直在为出来做准备吗？现在，行动吧……”她一边说一边将她那灼人的目光射向望月。

她没有首先将目光投向我，这一点刺疼了我的心。但令我宽慰的是我看见望月的眼中闪现出惊恐的神色，他不由自主地向后略微退了一步。虽然只是极小的一步，但却使失望无可遏制地浮上了水晶的面庞。她的目光开始向我移来，我感到心脏里的血液开始向大脑涌升。“你呢？阿梓。你不是说你爱我的吗？你说过为我干什么都行的……”她望着我轻声说。

一刹那，我只觉得我的大脑被她的目光轰的一声融化掉了，我全身热血沸腾，身不由己地向前迈了一步。

然而，宛如炮弹在我的脑中炸响，我猛然惊醒！不！我不能再往前走了！一旦跨过了那道一米宽的生死线，进化的重负便会如冰山一般劈头盖脸地压在我的身上。我认为我将不堪重负。看着水晶那映照着夕阳余晖的微笑的面庞，我突然明白了我和她的分别：我们的不同之处就在于气质的浪漫程度。我天生就是一个农夫，真正关心的只有庄稼、农活、收成以及日常生活，别的我很少主动去关心。而她天生就是个气质极为浪漫的人，她从小就能感受到这个世界中我们难以感受到的成分，她思考我们无法独自理解的问题，她追求我们视若水中之月的东西……正是她的这种浪漫情怀最终驱使她走出了这镇子，做出了前无古人的壮举……而我深深地爱着的恰恰是她这独一无二的浪漫……我突然意识到，我之所以那么强烈地爱着水晶，实际是源于我对未来、对希望、对生命意义的渴望与憧憬！这种渴望和憧憬虽从小就在被排挤、被压抑，但它却以另一种形式，以对充满人生活力的女孩的爱恋的方式，顽强地存活了下来。人都有进化的本能，实际上我也在追求我心中所缺失的那一切成分，我实际是在爱着希望、未来和完整的人生啊！只是我一直没有意识到……

我当然有机会改变这一现实，只需要前进一米即可。前进了这一米，我就能获得我渴求了好些年的爱，就能拥有一个完整的真实的人生，我的一生就将发生彻底的改变……这一步将是我人生的转折点。但我的双腿此刻如同铸在了地上一般无法动弹，恐惧将我死死按在原地。

终于，她转身走了。在失去了太阳正在逐渐向黑夜转换的天空下，她离开了我们，离开了这个小镇，用她那柔弱的双肩承担着进化的重担，远去了……她一边走，还一边回头回望我们。一时间我感到难过得直想放声悲泣，但眼眶中却怎么也流不出泪水。我双膝一软，跪在地上，痛彻肺腑地将双手十指深深插入了泥土之中……

——原刊于《科幻世界》1998 年第 12 期，获该年度科幻银河奖二等奖

从小镇到天堂

——刘维佳的科幻乌托邦想象与20世纪90年代中国知识分子的心态

◎ 郭凯

作为中国20世纪90年代末的重要科幻作家，刘维佳发表了一系列有影响力的科幻作品，以乌托邦实验的方式对当时中国的理想社会经济结构进行思考。《高塔下的小镇》设置了自给自足的封闭小镇与外部竞争社会的对立，考察“进化”观念对于人们选择生活方式的影响；《来看天堂》构造出占有资源的少数精英供养被隔离的无需劳动的群众的未来社会，考察人在这种分化社会中的精神状态。这些作品的社会实验渗透了以作者为代表的90年代知识分子的特殊心态，对于理解中国社会思潮的变迁和科幻文学的社会认知功能具有启迪意义。

一、刘维佳科幻创作概述

在2011年文学杂志《天南》科幻专辑中，困困（《纽约时报》中文网文化版主编）引用科幻作家韩松的话评论道：“很奇怪，中国的科幻作家大多来自偏远闭塞的城镇，那里充溢着工业幻想和郊县文化。这样的地方分化出两类人，或出于对工业化的羡慕，激发改变命运的野心，现实而投机；或是内

刘维佳

向的，希望用想象去跨过这个阶段，到达一个遥远的乌托邦。因为中国的这片土壤，在农业文明向工业文明的漫长过渡中，科幻站在了一个醒目的位置。”①

这段话几乎就是对刘维佳科幻创作的概括。

刘维佳，1974年出生于湖北宜昌，从小在工厂环境中长大，在比人高很多的机器群间和小伙伴玩耍，被工业化的氛围所浸染。高中毕业后，就读于当地一所师专学校的汉语言文学专业，大量阅读各种文学作品，18、19世纪到第二次世界大战前后的欧美小说对其影响尤大；90年代后，日本作家村上春树对其影响也很深。②

20世纪90年代起，中国的文学环境有了较大的变化。20世纪80年代的文化寻根小说和新写实、新历史主义小说的思潮已经过去，中国社会经历着急剧的转型，国家经济领域的改革步伐加快，商品意识向文化领域渗透，知识分子原先所处的社会文化的中心地位逐渐向边缘偏移。90年代以前的、重大而统一的时代主题不复存在，社会生活进入了价值多元、共生共存的状态。新的文学空间被不断开拓，曾经在80年代“清除精神污染”运动中被打压、几乎消失的科幻文学在90年代开始以崭新的形态出现，星河、杨平、刘慈欣、韩松、王晋康等作家颠覆了以往的科幻写作模式，掀起了一场科幻新浪潮运动。这些90年代出现的科幻作家被称为“新生代”，刘维佳也是其中一员，在当时主要的科幻文学刊物《科幻世界》上发表了一系列作品。

20世纪90年代中期，电脑和网络开始在中国社会出现，刘维佳发表于《科幻世界》上的第一篇科幻小说是《我要活下去》（1996），之后又陆续发表了《信息犯罪》（1996）、《时空捕手》（1997）、《黑月亮升起来》（1997）、《高塔下的小镇》（1998）、《爱做梦的小鸟》（1999）、《梦的交错》（1999）、《使命：

① 困困．仍有人仰望星空［J］．天南，2011（2）．

② 刘维佳的成长环境和创作历程来自对其进行的电话采访。高塔下的小镇［J］．科幻世界，1998（12）．

拯救人类》(2000)、《售梦者》(2001)、《来看天堂》(2001)等多篇作品。此外，他还在《大众软件》发表了《烛光岭》(2002年21—23期)。90年代中后期，刘维佳还曾在《科幻大王》(《新科幻》前身)上发表了《赛车手的故事》《追击叛逆者》等一系列科幻小说。2000年，刘维佳进入《科幻世界》杂志担任编辑一职，从这时起他基本停止了科幻文学创作，他在2000年之后发表的几篇作品也都创作于担任此工作前。

从创作篇幅和数量来看，刘维佳的科幻文学作品全部为中短篇，且集中发表在一个五六年的时间段。相比刘慈欣、韩松等至今仍在创作的新生代科幻作家，他的作品不算多。但其作品在科幻领域依然享有极高评价，如《高塔下的小镇》《来看天堂》等作品中所展现的黑暗和复杂的意象，许多年轻科幻作者都承认其创作深受刘维佳影响。由于《科幻世界》杂志至今仍然是中国科幻文学领域最为重要的刊物，刘维佳作为中国科幻“新生代”中的一员，其担任编辑职务所从事的选稿、培养新作家等工作，对中国当代科幻创作产生了一定的影响。

刘维佳科幻作品的最大特色，在于构想了许多处于未来的独特社会结构，以思想实验的方式描述了人们在这些环境中的困境。这种乌托邦式的思考方式，映射出一代知识分子在90年代中国的特殊环境下，对于各种生活方式和社会形态可能性的探索。以下对刘维佳的两篇代表作《高塔下的小镇》和《来看天堂》进行文本分析，并延及其相关作品，力求全面分析其作品的艺术价值和时代意义。

二、《高塔下的小镇》：20世纪90年代中国进化与封闭的迷局

1998年，刘维佳在一次同学聚会聊天时谈到了中国的历史处境问题。他认为，如果世界是一个弱肉强食的战场，那么中国其实是不那么情愿地被卷进去的，若中国能够选择，历史可能会是另一番模样。随着这次思考，他写下了《高塔下的小镇》。

《高塔下的小镇》是一部“末日后”科幻小说，讲述毁灭世界的大战之后，残存下来的人类文明的故事。故事发生在大战三百年后一座不大的小镇

上，小镇中央是一座战前留存下来的高科技防御塔，它严密监视着小镇的周围，凡有外人进入小镇边界，高塔将发射死光将其杀死。三百年间，依靠塔的保护，小镇居民一代代过着自给自足的农业生活，生存繁衍。镇外战后世界则是一片乱世，弱肉强食，战火和死亡不绝。叙事者“我”是一个满足于镇中平静生活的青年，习惯于农事，安心享受高塔的庇护，并且“我”喜欢上了镇上一个叫水晶的女孩。然而此时，镇上的年轻人中间却涌动着一股“走出小镇”的思潮，野心勃勃的青年领袖望月鼓动人们走出边界线，征服更广大的地域，虽然一旦走出去就不能再返回。水晶赞同这一观点，她查阅了镇上的图书馆，认为高塔封闭了小镇，使它几百年都不曾进化，这是不可取的。

正当“我”为自己和水晶的观点不同而苦恼时，一场入侵打破了小镇的宁静，镇外强大的“黑鹰”部落四处侵略洗劫，准备抢占小镇。他们妄图用各种方法通过边界线，但都被高塔死光击退，最终他们不得已选择了自杀式攻击，在计算了高塔杀人速度后，集体冲向高塔，希望在高塔把人杀光前将其占领。然而高塔的杀人速度可以自动提高，无情的死光雨点般落下，血腥地将几万人杀死在小镇上，黑鹰部落灭绝。这次事件后，水晶将“我”和望月叫出来，说希望有人和她一起走出小镇，迎接外边世界的进化选择。然而，望月的野心已被战争的残酷吓退，“我”则十分犹豫，面对爱情和未来虽怀有期冀，但最终却望而却步，痛苦地看着水晶一个人走出边界，步入进化的世界。

小说中设置的社会模型的二元对立十分明显：小镇内时间停滞，是乱世之中桃花源般自给自足的乌托邦；小镇外是高速变化的世界，战后没有统一秩序，在绝对的社会达尔文主义适者生存的法则下，不同的人类群落相互竞争淘汰。在这个模型下，刘维佳提出的问题也就很明显了：哪一种社会是更加理想的？不同的人会做出怎样的选择？而其背后则隐藏着关于国家道路的命题：曾经封闭自守的农业社会的中国，最终打开国门，进入世界经济的环境中，这种选择对中国来说真的好吗？如果考虑到小说发表时，邓小平南巡讲话刚刚几年，中国正大步向市场经济转变，各种相关社会问题丛生，而此时中国正站在加入世界贸易组织的紧要关口，就不难理解这篇看似发生在遥远未来的科幻小说所具有的强烈的现实指涉意义，以及“我”面对选择时两难焦虑的思想根源。

然而，看似明确的二元对立社会模型，在小说的具体文本中的表现又是复杂的。

1. 虚构的镇内农业世界和知识分子化身的主人公

作者通过叙事主人公“我”的行动，极力细化关于农事活动的介绍，如开篇就是关于种麦子的描写。作者极力将“我”塑造成一个对农业生活感到满足的农民，描绘“我”对于种地的专注，这种专注甚至到了不近人情的地步。例如，当看到村里人用猎枪射杀野兔、飞鸟时，“我”全然不感兴趣。小说中对于小镇的描述，仅限于最基本物质生产设施和活动，全然没有农业社会应有的人与人之间细腻复杂的关系，以及民间所蕴含的地方风俗和精神文化特质。将这些描绘与中国 80 年代的乡土文学和寻根文学对比，如汪曾祺的《受戒》或阿城的《棋王》中那些几乎无限铺展的农村社会的气氛和韵味，可以看到，刘维佳笔下的小镇并不属于中国农业社会的任何一个地域，而是一个抽象的概念。叙事者表面身份是一个农民，但并不具有农民的心理特征，他背后实际上是身为城市知识分子的作者的代言人。由于小镇本身就缺乏足以支撑它存在的文化特质，所以对这种生活的否定在介绍它时已经埋下了伏笔。

女主人公水晶的形象更为突兀，她经过在图书馆的阅读，对外部世界产生了向往。然而，与 20 世纪 80 年代农村女孩向往外部世界的作品同类题材，如铁凝的《哦，香雪》中丰富的情感相比，这个极为沉静的姑娘为什么仅仅通过文字，就对“进化”产生了坚定信仰同样让人很难理解。小说中对她的描述仅限于外部观察，不见思维，只能看到她的行动：不断地追求进化，探索外部世界，一往无前。水晶批判高塔囚禁了小镇，而“高塔”这一意象本身就已经决定了小镇不可能是一个真正的封闭农业社会。高塔一方面是保护者；另一方面，高塔之所以能够提供保护，在于它是一个大战前设计的高科技产品，而高科技文明的原理在战争中已经被遗忘了，于是，高塔成为一个凌驾于小镇居民之上的存在，人们可以使用和依靠它，却无法理解和改变它。这个思想实验试图表现当人类无法了解科技时，科技将怎样成为一个异化于人的恐怖存在。小镇中的图书馆是高塔的补充，图书中有关于战前的知识。水晶泡在图书馆里希望能够理解这座塔，理解小镇人的生活处境，她选择出走是为了更好地理解。这是她和望月的不同之处，后者希望走出小镇仅仅是为了权力和物质，而水晶体现的是个体意识觉醒，遵循着“五四”以来出走探寻自身命运的城市知识分子女性传统。

刘维佳笔下的小镇，并不是一个真实的封闭农业社会。他没有遵循中国当代文学中“城市—乡村”泾渭分明的叙事传统，而是借助西方科幻文学“灾难后”小说的故事框架，设计出了一个城市与乡村的想象结合体。它拥有自给自足的农业生活方式，却缺乏农业文化传统；它保留着城市文化的科技和知识，并生活着一群对自身处境深深不满的知识分子心态的突围者。对于真正的农民来说，处于这样的环境会如何？实际上有很大的生发空间。

2. 在观察中被描述的镇外世界

镇外的世界，由于叙事者角度所限，并没有直接描述，而是在“我”的观察中描述出来的。

小说开篇介绍高塔时，就已暗示外部世界是危险的、不安全的。而对外部的直接描述来自望月的演讲：“……我们浪费了多少时间和机会了？三百多年前，大战刚刚结束之时，这颗星球上星散着成千上万的文明残余势力，可现在它们大部分都消失了。大的文明势力吞并小的文明势力，这势所必然乃是铁的规律！将来的世界必定将为它们其中的某一个所独占或被几方瓜分。”这似乎表明，外部世界的情况已被小镇居民所熟知。小镇与外界存在有限的信息交流，黑鹰部落的侵略消息也来自于商人的口信。然而，小镇居民从来无人走出去亲自了解外部世界，他们对于外部了解的程度十分可疑，最明显之处在于黑鹰部落倾全族之力对小镇发动自杀袭击时，“我”通过对敌人行动和情绪的解读，得到这样的认识：这个真实的世界使我彻底明白了进化的重负的分量：它竟能迫使一个极为强悍的群体不惜以全族灭亡为赌注，甘愿忍受巨大的牺牲也要尝试卸下！黑鹰部落绝不是为了我们仓库中的麦子才不顾一切地向我们一再进攻的，需要足够的粮食只需多抢几个弱小部落就可以了。他们的真正意图，是要夺取我们的这座独一无二的小镇，夺取我们的高塔，卸下肩头沉重的进化的重负，拥有一种轻松幸福的生活。作者在这里已经超越叙事者的认知，直接对高塔内外的世界进行说明：这是一座围城，人们极力羡慕他们敌人的生活方式，小镇居民对于封闭单调生活带来的痛苦，镇外的人不可能了解；而镇外世界的进化竞争，也并非是令人心旷神怡的，需要付出巨大代价。小镇内外的人们自以为了解对方的生活，其实只是自己心中理想生活的抽象化。事实远非如此。

残酷的对比直指小说背后的现实。20 世纪 90 年代至今的中国城市化进程中，乡镇居民怀着现代化梦想向城市转移，而城市知识分子则批判现代化所带来的高度分工异化，向往乡土的传统文化。中国极力向世界打开大门，将发达国家的现在想象成自己的未来，却对西方世界中竞争的残酷性缺乏准备。“我”和水晶都是这场进程里中国知识分子的隐喻，他们洞察了两个世界的得失，选择了不同的道路，以爱情的悲剧作结。追寻悲剧的根源，就会产生这样的问题：是什么使得他们必须做出非此即彼的二元对立的选择？

3. 20 世纪 90 年代中国的进化观念与进化外的可能性

水晶口中不断提及的术语“进化”对于“我”来说十分陌生，与宁静的农业小镇也很不协调，但是，对于小说主要读者群——20 世纪 90 年代中国高中到大学阶段的青年来说，则是一个十分熟悉的词汇，因此完全无需解释。进化论自 19 世纪由达尔文提出，很快由生物学进入社会学领域，后经严复翻译《天演论》在中国广为传播，成为清末民初引导中国社会变革的重要思潮。深刻影响中国 20 世纪进程的马克思历史唯物主义社会观，也深深印上了达尔文主义的烙印，它指出生产力是不断向前发展的，生产关系也必须随着生产力不断变化，将社会形态推向更高阶段。小说中的这段对话体现了这种信念：

> “为什么？为什么一定要走？这镇子不好吗？”我说，“你们为什么不喜欢这里的生活呢？为什么要抛弃小镇？”我将这两年来一直萦绕在心头的不解与迷惘向她倾诉了出来。

"因为它不能进化。"她干脆利落地回答。

"为什么一定要进化？"我立刻追问。

"因为整个世界都在进化，一切的一切。我们作为其中的一部分，没有任何理由拒绝进化，对吧？"

她说得似乎合情合理，我的脑子转得又不怎么快，一时只好沉默。①

作为一个知识分子的化身，"我"实际上是接受社会进化论的，这使"我"无法反驳水晶的观点，也使得他在最终告别水晶时极为痛苦，因为"我"内心同意水晶的选择，认为自己和望月一样，不敢走出小镇似乎仅仅是因为缺乏勇气。然而，"我"拒绝走出，是否暗含着对自给自足的农业文明的眷恋，暗含着作者的疑问：进化是否是不可避免的唯一选择？

自20世纪80年代开始，西方现代思潮进入中国，对于多样社会文明形态和人类发展可能的思考深刻影响了中国当代文学，80年代的乡土、寻根文化思潮催生了一大批以现代眼光审视中国本土特色文化的文学影视作品，如阿城的《棋王》、韩少功的《马桥词典》、陈凯歌的《黄土地》等。文明的多样性话语对单一阐释的社会进化论形成了冲击，而科学领域对于进化论是否成立的争论更是暗合了这一思潮。刘维佳小说中的农业社会仅有最简单的物质生产过程的设计，缺乏与进化论对抗的丰富文化，但却为这种对抗埋下了伏笔。2001年，科幻作家潘海天发表科幻小说《大角，快跑》②，这篇小说使用了《高塔下的小镇》的故事背景，写的是一个叫大角的孩子为重病中的母亲寻药，跑遍高塔外世界各个国度的故事。高塔小镇在这篇作品中也有提及，但给人印象尤为深刻的，是大角所经历的形形色色的、童话般的奇异国度。每一个国度的人们都有着不同的文明和生活方式，完全解构了刘维佳原作中单一残酷竞争的外部世界。《大角，快跑》成为潘海天最著名的科幻作品之一。刘维佳与潘海天曾约定共同写一系列此背景作品，但刘维佳因忙于编辑

① 刘维佳．高塔下的小塔［J］．科幻世界，1998（12）．

② 潘海天．大角，快跑［J］．科幻世界，2001（12）．

工作停止了这个系列写作，潘海天则转为参与创立《九州幻想》杂志，在新的幻想虚构的世界中设计不同类型的文明。《科幻世界》和《九州幻想》至今是中国幻想文学领域最为重要的两份文学刊物,《高塔下的小镇》和《大角，快跑》也可以认为是代表了中国科幻的两条不同路径：对现实文明形态的反思实验和对新文明形态的架空设想。

进入 21 世纪，中国科幻文学继主流文学之后，也进入了“无名”形态，统一的时代命题不再出现，多元化价值追求凸现，这无疑是对“进化”统一社会命题的否定。《高塔下的小镇》与《大角，快跑》之间的对比，反映了世纪之交科幻作者们心态的变化。

三、《来看天堂》：关于分配制度和理想生活状态的思考

《高塔下的小镇》中静止小镇与外部进化世界的对立，是一种乌托邦写作。不过，两个对立社会都是我们习见的社会方式的抽象化。刘维佳没有像通常的乌托邦文学一样创造新的社会模式，他只是通过“高塔”将两个社会以特别的方式联系了起来。然而，刘维佳确实有一部典型的乌托邦题材作品，那就是《来看天堂》。

《来看天堂》讲述的是一个发生在未来的故事。此时，人类社会已经高度分化，少数有能力者掌握社会的全部资源，世界在他们手中高速运转，他们的思想和行为已经不是今天的我们所能够理解的，作为故事叙述者的“我”同样无法理解。因为“我”和这个世界上大多数被认为无能的人一样，居住在一个叫做“天堂”的保护区，不需要工作，不生产任何社会财富，仅仅依靠“天堂”外高效的有能力者提供的一点点资源来维持生活。“天堂”中的居民可以通过定期的考试，获得进入外部社会的机会，尽管通过的概率微乎其微。他们也可以申请进入太阳能农业保护区，一个类似于《高塔下的小镇》里的农业社会，但去后无法返回。小说没有太多情节，仅讲述了“我”一天的经历：早上起床，由百依百顺的女性机器人服侍，出门参加进入上层的考试，失败后去探望已经进入上层的亲人，却发现彼此环境差别太大，无法沟通。最后，他拒绝了朋友一同去农业保护区的邀请，怀着痛苦的心情抱着女

性机器人入眠。

《来看天堂》发表于2001年，创作于《高塔下的小镇》之后，似乎是希望为小镇内外停滞与进化对峙的难题找到一种解决方案，让擅长进化竞争的人在外部世界尽其所能，而不擅长竞争者可以安全地生活于“天堂”。外部世界供养“天堂”，可维持社会基本的稳定，且耗费的资源极少，二者间绝无《高塔下的小镇》那种相互敌对的关系。在社会资源分配方式巨变的年代，刘维佳构造了一个近似于北欧国家高福利体制的社会模型，并尝试探寻在这种社会模型中生活的人的心理状态。显然，探寻结果并不乐观。

1. “天堂”中的精神痛苦与源头

在刘维佳笔下，“我”在这样一个社会生活极为痛苦。小说以灰暗色调的写景开篇，阴郁痛苦的笔调贯穿全篇，时时刻刻渗透于主人公的情绪。主人公与仿真女性机器人聊天，但各种生活琐事使得对话缺乏实质性的意义，面对每年一次进入外层世界的考试，他知道机会渺茫，并时刻生活在压力中。这一天中，他先后和几个人交谈：探访已经进入外部世界工作的哥哥，哥哥十分重视亲情，但两人早已不是同一个世界的人，除了回忆往事，几乎无话可聊；他又见到姐姐，姐姐原是“天堂”居民，通过婚嫁走进了外部世界，没有爱情可言，仅仅是为了孩子，因为“天堂”居民没有生育权；他也见到了和他处境相似、曾发生感情的女性天堂居民莱切尔，莱切尔提出请求，希望和他结婚，离开“天堂”去农业保护区，切断和这个世界的联系，靠原始劳动生活，获得生活的意义，但他说，他知道那是一个不完美的世界，去那里是没有用的。

“我”的痛苦来源，并非是物质的稀缺，而在于精神的需求。“天堂”与外部之间，看似是被隔离的，仅仅是损有余以补不足，将外界极大丰富的资源供应一点给“天堂”而已，不存在任何剥削，因为“天堂”不生产任何东西。然而，外部世界超越性的存在本身，却给予“天堂”中的“我”极大的压迫。首先，它设置了身份的界限，“我”为了能够进入外界，需要徒劳地努力而不可得；其次，它剥夺了“我”劳动和生产的能力，“天堂”中的人固然不需要劳动就可生存，但即使想劳动也不可能，人在无法劳动的处境中，失去了对自身意义的确认；再次，外部世界将“我”周围的亲人全部吸引过去，“我”的哥哥属于稀有的少数精英，而通过不等价婚姻走入外部世界的姐姐则是廉价的交换品，他们都是自愿进入外部的；最后，外部世界供应给“天堂”的资源，支配了“天堂”的生活方式，最显著的是高科技的异性配偶机器人，“天堂”中的居民沉湎于这种廉价的情感产品，从而进一步失去了改变自己地位的可能性。

“天堂”与外部世界的关系，是20世纪90年代后中国当代社会阶层分化的文学演绎。尽管没有武力上的冲突，但精神世界的矛盾逐一映现，城镇和中小城市中的优秀人才流向大城市和国外，与故乡亲人分离；社会底层的平民在改革浪潮中下岗失业，在体制救济中生活；来自商业资本的工业化产品制造着欲望，用各种精神产品和文化符号安抚着失去信仰的民众。北京师范大学教育学部科幻与创意教育研究中心主任吴岩在其《科幻文学论纲》中指出，科幻文学反映的是边缘人群向权力中心的反抗，这些边缘人群包括女性、全球化浪潮中的落伍者、社会底层等。[①] 国家意识形态话语指出，这些矛盾是因为现阶段生产力还不够发达，而刘维佳则通过文学实验指出，即使在一个资源极大丰富的社会，设计一种尽可能公平的分配制度，人精神上的痛苦依然无法避免，甚至可能随着生产力的提高而加剧。这使得《来看天堂》充满着绝望的气息，它宣示人在社会上的痛苦是无法解决的。

2.“天堂”叙述中的局限与可能性

然而，在刘维佳的描述中，“我”的视角是否能代表“天堂”社会的一般生活，代表这个社会模型中人们普遍的精神状态，是存在疑问的。

《来看天堂》展示的是“我”一天中的生活，然而这是特殊的一天，因为“天堂”中的居民每年只有一次参加进入外部世界考试的机会。借助这次参加考试的出行，“我”得以见到亲人和朋友，展示痛苦。然而在日常的状态中，“我”的生活状态是什么？小说中并无交代。并且，“我”的感受只代表个体，小说末尾处，讲述了“我”在“天堂”一个舞厅的见闻，人们在这里聚

① 吴岩. 科幻文学论纲［M］. 重庆：重庆出版社，2011.

会、饮酒、听音乐，诅咒这种社会。有一个“革命家”宣称要改变这种社会，“我”对这些言论感到厌恶，很快离开了，“因为这没有意义，我们两手空空，凭什么跟人家较劲？”当然，在这里不可能指责作者“脱离群众，对革命缺乏信心”，这种意识形态话语在20世纪相当长的一段时间对于中国文学产生了极其负面的影响。但是，相似情形重新出现在世纪之交一部描写未来社会的中国科幻小说中，仍然是耐人寻味的。当90年代的中国文学进入个体化表达的时代，宏大主题被消解时，这种主题的讨论在科幻小说这一特殊文类中开始重生。

在一个社会被高科技未来操纵和设计的时代，“我”不相信凭借自下而上的努力可以改变体制，也无法构想出更好的体制，甚至厌恶逃离。“我”拒绝去农业保护区的邀请，一方面，在于无法放弃进入外部世界的微小可能性，这暗示了“我”对现存秩序的妥协；另一方面，尽管农业保护区的情况在文中并未描述，但通过《高塔下的小镇》大致看可以看出作者想象中被保护的农业社会面貌，如前所述，这样的社会缺乏足以支撑一个知识分子生活下去的文化和理想，不可能被“我”接受。

《高塔下的小镇》和《来看天堂》形成了鲜明的对照。它们看似矛盾。前者中，主人公无法放下对农业社会安全生活的依恋，放弃了步入充满竞争的外部世界的机会；而在后者中，主人公已经置身于竞争社会，被踩在底层，却又拒绝返回农业社会。但放眼作者的立场，可以发现他的选择并不矛盾：主人公扮演的，永远是一个知识分子眼中的社会底层形象，他希望有所作为，却又无力改变限制他的社会机制，在每一种处境中都成为机制的牺牲品。刘维佳的作品表达了一个具有强烈自我意识的个体在虚拟的社会缩影之中深深的绝望之情，这种绝望同时也指向现实，传达着作者对于世纪之交巨变中的中国面临的关于进化的困惑。

相比《高塔下的小镇》对中国环境的隐喻，《来看天堂》则是对西方发达国家高福利体制的隐忧。在西方左翼学者眼中，资本主义的内在矛盾其实从未被彻底解决，社会日益分化为掌握社会资源的精英和吃穿不愁但生活方式已完全被支配的毫无追求的底层民众两大类。后者的痛苦不再是生存的有无保障，而是精神的无所皈依。这种隐喻甚至超越了国界，形成国与国之间的关系指涉，如同当今美国的金融战略之于中国实物的相互依赖与掣肘。“天堂”与“小镇”也是当今国际社会关系两极化的生动影射。

科幻小说中的乌托邦叙事，是科幻小说最古老的命题之一。英国人文思想家托马斯·莫尔借地理大发现时代的“新世界”故事模式，将美好政治理想寄托于幻想异邦。进入20世纪后，乌托邦题材的变形“反乌托邦”诞生，美丽的社会理想总是出现恶果，令社会陷入黑暗，在现代语境下重构“乌托邦”的人文批判精神。有学者认为，自新中国成立以来，强大的共产主义理想统领一切，“乌托邦”似乎已化为人间现实，无须向彼岸追寻了，“乌托邦”和“反乌托邦”叙事传统在中国也就失去了容身之地。20世纪90年代以来，随着强力政治话语的消解和多元文化的兴起，新生代科幻作家的重要成就，就是在科幻文学中找回这一叙事传统，而刘维佳正是其中的佼佼者。

四、结语

刘维佳擅长思考实验，他往往在乌托邦实验中设置科技和环境的巨大变化，导致富有张力的冲突场景，以一个知识分子的立场置身其中，去思考可能的处境。由于这种处境往往是两难的，因此作品也就常常带有悲剧性的绝望情绪。

这种冲突场景在刘维佳其他的作品中也随处可见:《追寻》中，人类进入太空开发时代，太空和地球成为互相对立的两极。前者聚集着大量的财富，后者是一个《来看天堂》中“天堂”一样的保护区，主人公生于太空，却厌恶单调的环境，倾尽财产来到地球，却发现这里并非理想之地。什么是真正的幸福，仍需追寻。《时空捕手》讲述了关于时间旅行的故事。为维护时间秩序，主人公前往过去抓捕击毙时间偷渡客，却发现偷渡客是一名佛教和中医信徒，因自己的时代已经无人相信这些东西，他只想回到人们还信中医的时代，实现自己的价值。《梦的交错》讲述的是随着人类环保理念的变化，两个理想主义者的冲突：人类将太阳反射镜升上太空，减少阳光以缓解温室效应，“我”为了理想一生守护此镜；然而人类慢慢醒悟，这面镜子只是让人类更加肆无忌惮地排放二氧化碳，于是更年轻的理想主义者要用生命去炸掉镜子，两代人发生了剧烈冲突。

这些作品，涉及因政治、经济、文化、科技环境的变化所导致的众多社会话题，刘维佳以个体化的视角，去观察展现他所设计的场景，通过个体命运遭遇，构建故事情节，很少做宏大叙事的论断。他笔法冷峻，常能几笔将所设计场景勾勒出来，对于人物内心的苦难和斗争描绘又极为细致，使得叙事带有强烈的情感色彩：阴郁，暗淡，彷徨……这常是人物遭遇巨大的环境变革，心灵承受压力的结果，压力不仅属于个人，也随着时代性的命题传达给读者，使得作品的情绪极富感染力。

刘维佳富有人文情怀的知识分子立场，在当下科幻文学的环境中显得极为可贵。中国当代科幻文学在思想上需要立足点，去协调自身与不断变化的政治、文化、科技与市场的关系，科幻的人文内核无可替代。在这一点上，刘维佳对于我们了解 20 世纪 90 年代至今的中国科幻文学有很大的帮助。

伊俄卡斯达

◎ 赵海虹

这是一双有魔力的眼睛，黑色的眼珠晶莹剔透，瞳仁深处闪烁着一种灵异的微光。那仿佛是贝雅特引导但丁上天堂的灵光；又仿佛是幽寂深长的拱道里燃起的灯火，虽然温和却具有一种持久的热力。多看一会儿，便仿佛会被吸进这双眼睛里去了。

“你好，我叫亚特。今天突然上门打扰，给你添麻烦了。”他大声说。

我一激灵，避开他的目光，心中生出怪怪的感觉：这孩子身上带有一种难言的气质，他明亮的眼睛、庄重的表情、过于周到的礼数都不符合他的年龄。我不禁暗骂肖苇：死丫头，真会给我添麻烦，听说我休假，居然把你当事人的小孩儿扔给我。我又不是保姆，叫我拿这个怪小孩儿怎么办好呢？

亚特见我半晌不作声，表情有些局促，他望望脚下光可鉴人的地板，默默地弯下腰，脱下自己的皮鞋，规规矩矩地放到鞋架上。他左手已伸向架上的拖鞋，但又收了回来，可怜巴巴地看我的脸色。我被打扰的懊恼之情在他的目光中化为乌有——这孩子太懂事了，看着都让人心疼。肖苇也真是的，莽莽撞撞地扔下孩子就走，换了个怕生的孩子还不知会怎么着呢。我上前两步，帮亚特解下又大又沉的背包，示意他换上拖鞋。

“你好，我叫陈平，肖律师的好朋友。这两天就由我来照顾你。”

亚特跟随我走进客厅，怀里紧紧抱着那个大背包。那里头都装了些什么？只是换洗的衣物不会有那么沉的。

“陈，你是记者吧？”他在沙发上坐定，兴致盎然地问。

“是肖律师告诉你的吧？”

“那么这是真的了。你就是《默》周刊‘海外传真’版上频频露面的陈平？”

咦？我觉得事情不对劲儿。这小人精说话的语气仿佛他自己读过《默》周刊这本华文杂志似的。

“你懂中文？”这句话未经思考就从我嘴里蹦了出来。

“是，我会一点儿。我常看《默》周刊，它是第一流的华文杂志。”亚特用流利、纯正的普通话回答了我的问题。

从未遇到过中文说得这么好的N国人，我简直不敢相信自己的耳朵。

“这并不奇怪，我懂七国语言。”

“请问你贵庚几何？”我改用日语问。

“我五岁。”他也用日语回答。

我像被定住了一样，呆呆地看着亚特。是的，我相信他会七国语言。可他才五岁？但他看上去至少有十岁！我面对着这个怪小孩儿，一时间手足无措，心里直发毛。

亚特一定了解我的感受，他把两只小手攥得紧紧的，低声地说：“如果可以，我想告诉你我有十岁，但是我不想骗你。而且我的出生证上写得很清楚，我是五年前出生的，由不得我撒谎。”

我忽然有个新念头，小心翼翼地问：“你……不会有早衰症吧？”早衰症患者是语言天才么？

“我才没病呢。”

“那么你至少是个神童，测过智商么？”

“两百四。”

我打了个哆嗦：智商超过一百二十就可以归入天才的行列，这个小人精是个超级天才。我简直对他产生了敬畏之情，不知该如何招待这位全人类的宝贝才好。

“嗯……那么……亚特，你想喝点什么？有可乐和鲜奶。”

“如果可以的话我想要点儿鲜奶。”

“当然可以。”我从冰箱里取出一升装的鲜奶，为他倒满了一杯，“不过，我以为小孩都喜欢可乐呢。”

亚特目光闪烁，仿佛表示：别把我和一般的小孩儿相比，嘴里却说：“可乐没有营养。”

一个五岁的小孩儿居然告诉我可乐没有营养！我好气又好笑——二十好几的我依然喜欢可乐，所以我还不如一个五岁幼童有见识……当然，我是不如他，我只会三国语言。想到这儿，我自觉很没面子，干笑了两声，却听见我自己的肚子咕咕叫了起来，几乎同时，墙上的挂钟敲响了十二下，是吃午饭的时候了。

“亚特，中饭想吃点什么？”

“不用麻烦，陈，你吃什么我就吃什么。”

真够体贴人的，我生怕他要我做营养大餐呢。“我做饭时候你要不要看电视？”

“谢谢，我不看。电脑在哪儿？”

“在书房里，你……”我望着他从背包里掏了一大摞电脑软盘，知道自己绝对没有必要教他如何使用那台古老的“686”，“可以随便使用。”

金黄色的鸡蛋在煎锅里“吱吱”叫着，加热后罐装牛肉散发出浓浓的酱汁的香味，碧绿碧绿的蒸豆子淋上淡黄色的奶油，看上去是那么诱人……这些年我一人住在这套偌大的公寓里，很少请人来吃饭，想到是在准备自己和亚特两个人的午餐就觉得很有干劲——看来，我并不讨厌亚特，也并不排斥多一个人生活。

“亚特，吃饭了！”我连叫了三声却听不到任何反应，只得走进书房去叫。亚特并没有开动电脑，他一直在看那份我随手搁在打印机上的今天的《晨报》。

我陡然想起今天《晨报》的头条新闻就是关于他母亲的报道，慌忙上前夺下他手中的报纸。他用平静又略带忧伤的目光迎向我，轻轻地说：“妈妈是无罪的。”

我只觉鼻子发酸，虽然仍不习惯他早熟的目光，但同情使我一时冲动起来，一把将亚特搂进怀里。他小小的脑袋非常坚硬，我亲切地揉揉他柔软的亚麻色头发，无数细小的发卷在我的指间跳动，在我的心中激起了母性的温情。

亚特把脸埋在我的胸前，温热的眼泪如泉水般不断从他的眼眶里涌出来，把我的衣裳搞得湿漉漉的。我用自己都难以置信的异常柔和的声音说：“哭吧！亚特！哭吧！哭出来会好受一些。”

“你不会告诉我妈妈吧？”

我摇摇头，安抚地轻拍他的背：“我当然不会。”

“那么……你不会笑话我像小孩子吗？”

“你本来就是小孩子嘛。”我不禁失笑，“况且，即使是个成年人，在这种情况下也不会做得比你更好了。”

亚特的情况确实很特别。他母亲被指控谋杀了他的父亲。

距今一个多月前，确切地说是今年3月7日，欧辛夫妇带着他们的儿子住进了“海之回忆”旅馆。旅馆坐落在本市南部海滨，中等规模，主要接待来海滨度假的游客，由于价格实惠，服务周到，在附近一带口碑甚佳。旅馆老板沙鲁是位诚实可靠的生意人，本月5日，他向警方报案称：旅馆218号房的欧辛先生已失踪两天。

沙鲁的话：“欧辛先生一家三口是3月7日住进我的旅馆的，就算没有登记我也不会记错，警官，我的记性很好，而且那一家……怎么说呢，非常特别，你只要见一面就没法忘掉。弗尔·欧辛先生——这名字就很古怪（Far Ocean，意为：遥远的大洋），我得说，我一辈子都没有见过这样耀眼夺目的美男子，他一走进大厅，整个屋子仿佛都亮堂起来啦。他身上有一种古典的优雅，让人联想到……莫扎特的音乐，像《安魂曲》一样舒缓……

“不，我没有跑题，警官，我认为我没有跑题。总之，欧辛先生是那种令人一见难忘的美男子，一想到他可能遭到的不幸，我就觉得难受。他的夫人，梅拉妮·欧辛看上去比先生的年龄大几岁，如果不是有这样一位丈夫做陪衬，她本来也可以称得上是个漂亮女人。她的脸略有些消瘦，金丝眼镜后面的那双碧眼里含着一丝忧愁，好像总有什么事情让她心神不定。她在旅馆登记簿上签名时手有点儿发抖，当时我就觉得这位太太可能有点神经质。真的，警官，你绝对可以相信一位在这一行干了二十三年的旅馆经理的判断，虽然这么说不厚道，但这位太太就是那种会出事的人。至于他们的孩子亚特，可真是个机灵乖巧的小家伙，看上去大概有十一二岁，但不晓得为什么没有上学。这孩子，也有点儿怪……

“好的，警官好的，我拣重要的说。欧辛先生的身子骨好像不那么硬朗。爱莉莎——旅馆服务员告诉我说：‘欧辛先生好像得病了。’于是，我向欧辛太太建议，我说：‘夫人，如果您的丈夫需要一位医生，我很乐意向您推荐……’她却好像很害怕，打断我的话说：‘不，经理先生，我不需要再找什么医生了，我本人就有行医执照。’既然她已经这么说了，我再坚持请医生就未免不礼貌了，好像我怀疑我客人的人格似的。后来，欧辛先生的病情越来越严重，他太太知道瞒不过我，便来向我请求让她丈夫住下去，她保证他得的绝对不是传染病，而且也不会有生命危险。为证明她的话具有权威性，她真的向我出示了她的医生执照。既然欧辛先生的病既没有传染可能又没有致命危险，我又有什么理由不让他继续付给我房钱？我没想到后来会出这种可怕的事情……

“4 月 5 日早上七点钟左右，大厅值班的玛拉看到欧辛太太搀扶丈夫走出宾馆，但同一天下午三点钟，欧辛太太是一个人回来的，她说自己的丈夫已独自‘回家去了’。玛拉马上把这事儿向我报告。谁能相信这么一个病人会‘自己回家’呢？况且他的妻儿还都在旅馆里呢。我怀疑欧辛太太谋害了她的丈夫……

“是，是，警官，我不该这么说，因为还没发现欧辛先生的尸体，但他失踪是可以确认的事实，所以 4 月 7 日，也就是昨天，我通知了警方。”

玛拉的话：“那天我当值，警官。大约七点零五分时，欧辛太太搀扶着她丈夫从电梯间走出来，我向他们问好，只有太太回答，这很不寻常，因为欧辛先生一向很有礼貌。当时欧辛先生戴着一顶帽子，帽檐压得很低，看不清表情……

“不，警官，不会是冒充的，欧辛先生有一米九几，当时我们旅馆里没有比他个子更高的客人了。欧辛先生好像在瑟瑟发抖，几乎把整个身子都靠在他妻子身上。欧辛太太主动告诉我，他们要去海边散散步……

“不，我没有劝阻，警官，我一向不是那号多嘴的人，可这次我确实后悔来着……那天下午三点十五分，欧辛太太一个人回来了，我很奇怪，她又主动告诉我说：‘我丈夫已经独自回家去了。’自那以后，我就再也没有见过弗尔·欧辛先生。就这些。”

爱莉沙的话：“警官先生，欧辛太太是冤枉的，她绝不会杀死她丈夫，噢，上帝呀，您不知道她有多么爱他。即使欧辛先生有一亿美元的遗产，她也不会为钱谋害他的。再说，这世界上不可能有哪位女性狠得下心杀害弗尔·欧辛先生的，他的脸是那样俊美，充满男子气概，像古希腊的雕塑一样，尤其是他那双深不见底的黑眼睛，像有魔力似的，把我们都迷住了……

“您问我们指哪些人？所有人，警官先生。所有见过他的人没有不爱上他的。欧辛先生不仅仅只有漂亮的脸，而且他非常有礼貌，待人接物很有分寸。他总是很体贴人，每次我到218房间打扫卫生，他都会微笑着用他深沉而富有磁性的声音说：‘对不起，辛苦你了。’小费也给得很多。哎，谁不爱欧辛先生呢？

“好的，警官先生，我长话短说。我很早就发现欧辛先生身体不大好，有几次我进屋打扫时他躺在床上，他太太坐在床边，他的头就搁在她的膝盖上。我是懂爱情的，真正的爱就在梅拉妮·欧辛太太的目光里，那是一种无比缠绵的感情。丈夫望着妻子的目光也是那么温柔，那情形……就像一对相亲相爱的野鸽子。可我也看到欧辛先生的脸色很差，大概还不停地冒冷汗。因为他太太用纸巾不停地给他擦汗。我当时就说了要去请医生，可欧辛马上微微喘着气说‘不需要别的医生’……

“欧辛先生的病越来越重了，我的眼睛是雪亮的，他们瞒不过我。欧辛先生渐渐不大说得出话了，我还看到他衬衣领口开得低的地方露出白纱布的边角，还有长袖衬衫的袖口也是……我简直怀疑他除了脸、脖子和手这些必须露出来的地方之外，其余部位都扎上了纱布，裹得像木乃伊一样了呢。不过，我在倒垃圾的时候并没有发现大块纱布，欧辛太太可能用别的法子把换下来的纱布丢掉了。还有一件可怕的事情，我曾经在冲洗浴缸的时候发现了一些东西……你绝对想不到那是什么，警官！那是两小块皮肤，挺厚的。小指甲一样大，一面是灰白色的，另一面鲜红鲜红的。我当时可真吓坏了，我好像看到欧辛先生全身上下的皮肤一块块地往下掉……啊，我的上帝呀，我简直不敢想！可我又不能告诉经理……

“对，这事儿我没告诉沙鲁先生……为什么？如果告诉他，我想他一定不会让欧辛先生再住下去的。也许他是该去医院，可他一定有什么不想去或者不能去的原因，我只想让他能由着自己的意思，想住哪儿就住哪儿……

“您问欧辛太太会不会因为丈夫太痛苦而帮他‘安乐死’？说实话，警官先生，我虽然不希望有这样的事情发生，可这倒是我唯一能接受的关于欧辛太太杀丈夫的理由。她爱他，警官先生，我相信她无论做了什么都是为了爱而不是别的什么。”

梅拉妮·欧辛的话：“今年3月7日，我和丈夫弗尔·欧辛带着儿子亚特住进了‘海之回忆’旅馆。在那之前弗尔的身体就不太好，但检查不出病因。我想带他到海滨休假两个月，帮他调养身体。但弗尔的病情急转直下，我确认那是一种罕见的绝症，因为弗尔不愿继续在病痛中挣扎，希望我帮助他‘安乐死’。我答应了。弗尔喜欢海，他希望死后葬在海里。4月5日，我扶他到海滨，坐上事先租好的快艇驶向大海。我在快艇上为弗尔注射了特殊的针剂，在他停止呼吸后，我用塑料布把他的遗体包裹好，绑上石块，然后沉入海底。我是下午回旅馆的，不想吓着别人，就推说弗尔回家了。我知道没人会相信我的话，我也没打算逃避责任，所以一直住在这里，直到您出现。”

关于梅拉妮·欧辛一案，虽然还有少数人像那位宾馆服务员一样相信欧辛太太是为了爱情而帮助丈夫实行了“安乐死”，大多数人，包括我，都认为或至少倾向于认为她谋害了自己的丈夫。这个案件有两大疑点：第一，N国各州法律有一定区别，本州立法机关尚未通过“安乐死”合法化的条文，作为医生，欧辛太太不可能不了解这一点。她为什么甘愿被判过失杀人而不愿把她丈夫送到其他视“安乐死”为合法的州，到指定的“杀手医生”那里去接受“死亡注射”呢？此外，能为病人实行“安乐死”注射的医生必须是经过政府考核的特别指定的医生，但欧辛太太并不具备此资格。第二，欧辛太太在为丈夫注射了致命的针剂之后，将他的尸体沉入大海，这使得“安乐死”一说失去了最可靠的证据。如果她的丈夫真的患有无法治愈又痛苦难耐的病症以至于需要“安乐死”，他的尸体是为患病一说提供支持的最好证据，欧辛太太“毁证”的做法只能使人认为她是想毁尸灭迹。鉴于以上两点，虽然欧辛太太持有丈夫亲笔写的要求“安乐死”的证明书，并且欧辛先生在去世前两周已把他的全部财产转到太太名下（因此她谋财害命动机不成立），但舆论认为，此案以谋杀罪名成立的可能性很大。

虽然梅拉妮·欧辛太太非常富有，她却并未聘请有名的大律师为自己辩护，而是接受法院指派的（一般都不怎么出名的律师）肖苇做她的辩护律师。我为此很为肖苇叫屈，作为一位华裔女性，想在N国的法律界打开一方天地实在是太艰难了。肖苇前几次的案子辩护得很成功，眼看再冲一冲就有资格开办私人律师事务所了，谁想却摊上这么一个烫手的山芋。如果她的当事人梅拉妮败诉，会给她的前途带来难以抹去的阴影。

明知是必败的案子，肖苇却依然全身心投入了准备工作，甚至还把局外人——我也扯了进来，帮着照顾她的当事人的孩子。我对欧辛太太这样狠毒的女人毫无好感，可我不得不承认，我已经喜欢上了她的儿子——虽然过分聪明却又懂事得让人心疼的亚特。

“突然上门打扰”的那一天晚上，亚特就住在我家里。我在客厅地板上为他铺上了厚厚的褥子，绝对比我自己睡的还要舒服。

半夜时分我从睡梦中惊醒。也许是因为心里老惦记着亚特吧，我很久没有像这样睡不安稳了，我悄悄起床，轻手轻脚地推开通向客厅的门。

亚特睡得怎么样了？如果睡相不好，着凉了会生病的。他会不会因为住在陌生人家里而睡不着呢？——瞧，我简直像一位母亲那样操心了。

可眼前的景象让我吃了一惊：亚特的铺位空荡荡的，被窝是凉的，他已经离开很久了。我略一搜索，立刻发现了从书房门缝里漏出的微光——这孩子，一定又在玩电脑了！

果然不出我所料，我推门进屋时，亚特正坐在电脑操作台前，全神贯注地盯着屏幕。书房里没有开灯，荧光屏射出的光线照在他的脸上，使他的脸像是浮在黑暗中似的。那是一张多么漂亮的脸呀！光洁而饱满的额头，挺拔的鼻子，坚定的下颌，加上一双深邃的黑眼睛，这张脸简直就是一件艺术品！如果他长得像父亲，那我满可以认为，“海之回忆”旅馆的经理与女服务的证词中，关于弗尔·欧辛英俊外貌的种种看似夸大的叙述确实可信。

“亚特，”我轻声说，“怎么还不睡呢？”亚特转过脸来，他的眼里沉积着深深的悲哀，那种悲哀已超越了一个孩子所能忍受和表达的极限。我简直是惊惶失措地奔上前去拉住他的手，问：“亚特，你怎么了？你为什么这个样子？”

“本来，用不着这样的，本来一定会有别的办法。”亚特缓缓地说，“可是她一定要这样做。她说，这是她应得的惩罚。”

“亚特，你在说什么呀？”听他用稚嫩的童声说出这种神神怪怪的话，我不由失色，心里觉得很不舒服。

“妈妈的案子没有胜诉的希望了，对吧？如果被判犯有谋杀罪她会死的。你们不用瞒我，妈妈早就告诉过我，打算让她的经纪人做我未来的监护人，照顾我长大成人。”

我闻言打了个寒战。怎么？她早已抱定必死之心了吗？她这又是为什么呢？

当我的目光转移到电脑显示器上时，禁不住又吃了一惊，亚特正在网上阅读古希腊悲剧诗人索福克勒斯的名作《俄狄浦斯王》。

《俄狄浦斯王》是古希腊悲剧的典范作品。主人公俄狄浦斯出生时，因神示他将弑父娶母而被弃山崖，后为牧人所救，流浪为生。途中他为自卫杀死了他真正的生父——底比斯国王拉伊俄斯，后来又因破解了人面狮斯芬克司的谜语而被拥为该城的新王，娶了先王的寡妻伊俄卡斯达，没想到她就是自己的生母。最后真相大白，俄狄浦斯刺瞎双目，流浪于荒野，与自己的儿子结婚生子的伊俄卡斯达悬梁自尽。

亚特为什么半夜三更想起看这部古代诗剧呢？我一时如坠云里雾中。

“陈，”亚特摇摇我的手，“请让我再看一会儿吧，再看十五分钟，不，十分钟就好。我只想明白，为什么伊俄卡斯达非自杀不可。”

“小孩儿别说大人话。”这一刻我又记起他是一个孩儿童，不管他智商有多高我都不买账。我亲昵地拧拧他的鼻子说：“你拉倒吧，快睡觉！你不休息害得我也睡不踏实。”

亚特上门后的第三天，肖苇让我带上孩子和她一起去探望梅拉妮·欧辛。母子分别仅三日，但重逢的场面令人既感动又心酸。梅拉妮（现在我愿意这样称呼她了）对儿子的感情是如此真挚强烈，使我怀疑这样的女人是否能狠心谋害自己的丈夫。

母子俩说了一大箩悄悄话，说话时母亲的目光还不时从我脸上扫过，他们仿佛在商量什么重要的事情。我几乎要对这种不顾别人在场、只管自己谈天的做法感到不满时，梅拉妮对着我开口了：“陈小姐，我想和你单独谈一谈，可以吗？”

这不是反而把她的律师肖苇排除在外了吗？这也太说不过去了！我当然要拒绝，而且颇有几分义愤：“我不认为有什么话是肖律师不能听的。她是你俩的律师，这些天一直在为你的案子四处奔波；她还是我的朋友，如果不是她求我帮忙，我也不会照顾你的儿子。如果有什么不能告诉她的话，你也就不必对我讲了！”

“我回避好了。”肖苇一下站起来，脸上倒并无不悦之色。我一把抓住她的手：“别走，你走我也走。”

“肖律师，请你留下吧。虽然我们相处时间不长，但我感到你是一位值得信赖的人。”梅拉妮说到这里微微一笑，“关于我的案子，真是对不起了。如果当事人被判死刑，律师也会被认为是无能之辈的，我可把你害惨了。”

“什么死刑？胡说什么？”肖苇猛然打断了梅拉妮的话。

“我罪该处死，只可怜了亚特这个孩子。原想托付给经纪人照管，可亚特并不喜欢他。刚才他说陈小姐和他投缘，他很喜欢和陈小姐在一起。我知道，陈小姐是《默》周刊驻N国的海外记者，工作很忙，但即使你不能照顾他，以后能做他名义上的监护人也是好的。”

一向镇定自若的肖苇第二次动了气：“天哪！梅拉妮，你打的这是什么主意呀！陈平今天和你才第二次见面，你就让她做你孩子的监护人！你太过分了！”她重重拍了一把我的肩膀，“喂，你别犯老毛病，一时感情用事，后患无穷！”

当然，梅拉妮的要求太冒昧了，我不能也无法答应，可我在亚特恳求的目光下慌了手脚，这孩子的眼神里有一种令人难以拒绝的东西。我必须控制住自己，千万不能一时心软而为自己招来无穷的麻烦。“不……这不可能。抱歉，梅拉妮，我不能答应你的要求。事实上，即使答应了，记者的职业使我漂泊不定，也根本无法尽到责任……”

“对不起，陈小姐，我知道自己的要求很失礼。其实，我是希望能让亚特远离这个可怕的地方，希望能把他送到中国去，不受干扰地成长。我想陈小姐也许有办法……”

“亚特还要出庭作证的。”肖苇用不容置疑的语气打断了她的话。

“他的证词没有用，别人会认为是我教唆的。再说，只要我无法澄清所谓的‘两大疑点’，我就无法证明自己不是蓄意谋杀。我说得对吗，肖律师？”梅拉妮凄然微笑着望向肖苇，她的神情令肖苇哑口无言，“我不想让亚特上庭，更不想让他成为人人同情的小可怜——因为‘他母亲谋杀了他父亲’。虽然亚特是个不一般的孩子，可这样的环境他是受不了的。陈小姐，亚特喜欢你，他从小到大除了父母之外从未这样喜欢过一个人。我相信他的判断力，求你帮忙，把他送到中国去，就是交托给你信得过的人也可以……”

“为什么？”我对于她的信任并不是毫无感动，但心里已隐隐感到一种难言的不安，她一定还有别的苦衷，“你虽然说得有理，但并不需要把亚特送到中国去。你的案子在本州虽然轰动，在别处影响却并不大，犯得着为此把那么小的孩子送出国吗？请原谅我刨根问底的脾气，但你既然要让我负起这么大的责任，我理所当然有知道真相的权利。”

梅拉妮闻言浑身一震，她把亚特拉进怀里，右手缓缓抚摸着他的头，动作非常非常轻柔，仿佛春风吹过田野。

“梅拉妮，作为你的律师，我也要求了解真相。”肖苇正色说。是的，她也有这个权利。

“我之所以一直隐瞒着这个秘密，完全是为了亚特。我踏错一步、说错一句都会害了我的孩子……”梅拉妮缓缓抬起头，好像承担着难以言表的心理负担。

“妈妈，你可以说。”亚特打断了她的话，“陈和肖是会保守秘密的。这是我让你说的，我后果自负，绝不反悔。”

我体味到梅拉妮的苦心，连忙应声：“我会保守一切应该保守的秘密的。”

“我也是……如果你有充分的理由。”肖苇淡淡地接上一句。

“好吧……好吧……也许我今天做错了事，但多年以来，我一直想找人倾诉这一切，那可怕的罪孽快把我折磨死了，它一直压在我心头，年复一年，日复一日……不想办法忏悔的话，我会发疯的。弗尔和亚特虽然理解我，但是他们无法真正体会我的心情……他们甚至根本不认为我犯了罪。可是，我有罪，苍天在上，我罪该万死，我……就是伊俄卡斯达。”

我的头“嗡”的一声响，仿佛霎时间涨大了好几倍。

“我全名梅拉妮·弗恩·欧辛，今年四十岁。亚特是我的第二个孩子，而我的头生子……就是亚特的父亲弗尔·欧辛……”

以下是梅拉妮的叙述——

事情要从十六年前说起。那是 1991 年夏天，我刚满二十四岁，研究生毕业后就留在N国某名牌大学的生命科学研究院工作。院长加里对我很照顾，使我得以参加一项特殊的研究。在十六年前，那项研究还是相当超前的。研究课题是：如何“克隆”动物甚至高级动物。当时震惊世界的绵羊多利尚未出世，但“克隆”这个课题的研究，在世界各地许多研究机构里都悄悄地进行着。

就在那个夏天，一个偶然的电话改变了我的人生：我的朋友洛克在他的大西洋探险之旅中发现了有趣的东西，他说那与我的学科有关，请我到他那儿去看看。洛克一向是个泰山崩于前而面不变色的冷静的探险家，电话里他兴奋难抑的语气和故作神秘的言辞让我感到事情极不寻常。既然相信洛克有重大的发现，我就不能不想到加里院长，我自知学识尚浅，如果真有意外收获，我愿与院长共享，在他的指导下研究。于是，我冒昧地向院长发出邀请并说明了情况，院长笑说：“好呀，那我就跟你去一趟，就当是休假好了。”我们两人带上一些轻便的设备，来到了大西洋中的“恐龙号”海洋考察船上。

“恐龙号”停泊在大西洋南面一个无名小岛附近，船上共有三个人。以船长洛克为首的三位探险家虽然年龄差别很大、生活经历各异，但却殊途同归，都为海洋探险这个迷人的事业投入了全部热情。

船长洛克是一位年轻的探险家，他是我大学时代的校友，那几年正在追求我，不过我必须说明。我虽然很喜欢他，但却从未对他产生过那种感情。

“洛克，你到底发现了什么？是沉没的大西国亚特兰蒂斯的废墟还是几亿年前就已灭绝的水生动物？”我半开玩笑半当真地问。

“我的发现远远超出你的想象。你们跟我来就是了。”洛克让我们穿上潜水衣，当“恐龙号”潜入海底约230米处时，他带着我们“走”出舱外。

海底是一个奇特的世界，没有亲身经历的人绝对无法体会。电视片里的海底景观总是那样美丽而有秩序：蓝盈盈的海水，千姿百态、五颜六色的珊瑚，翩然游弋的鱼群……但事实上，海底也有它的暗角，有一些阴暗恐怖的地区：在这里，巨型藻类疯狂地生长，一团团、一蓬蓬，仿佛包围着睡美人城堡的那片魔法森林。我们三人就是在这样一片“魔法森林”里艰难地前行。

巨型褐藻可以称得上是植物王国的“高植物之最”，它们一般分布在美洲沿岸较深的海底，高度从几十米至上百米，最高的达500多米，陆上的巨杉与之相比也是小巫见大巫。虽说植物在深海很难生长，但在230米深的海底依然不难见到藻类。由于我们身处的这片“褐藻林”密度太大，这一带海水里含氧量较少，鱼类几乎无法生存，所以这里就像是一片死亡之林，无比凄凉幽寂。

游到“林”深处，洛克忽然转向头顶斜上方，我和加里院长紧随其后，不一会儿，我们进入一个巨大的海底深洞。这个深洞原本应该是在陆地上的，后来由于地壳运动沉入海中。

“根据检测结果，这个洞穴沉入海底的时间约为五万年，”洛克说话时手中的探照灯向洞穴中四处照射，霎时间，一座银光闪闪的、奇特的半圆形建筑物赫然出现在我们眼前。

“天哪，洛克！你真的发现了大西洲的遗迹，真的有史前文明！真的有一个国家沉入了海底！”我不顾笨重的潜水服，激动得与洛克拥抱庆祝，我简直高兴得快发狂了！

“瞧你，别性急呀，如果只发现了废墟，我叫你来做什么！”洛克的语气里颇有几分得意，“我和同伴已经在建筑物一边开了个洞，梅拉妮，加里院长，我们一块儿进去瞧瞧吧。”

我至今还清楚地记得那个史前文明遗迹内的景象，加里院长直到病逝也还牢记着那一幕，因为那实在是太惊人了！我们这一代人类，我是指有六千年文明的这一代人类，呕心沥血所取得的这一点儿文明成果，居然还远远不如我们的“上一代”在五万年前就已取得的成绩，我们就像一句骂人话说的那样，“越活越回去了”。

一进入建筑物内部，我就大致猜到这是个什么样的地方。整个圆形大厅里呈环形摆放着无数棺形机器，机器上半部分是透明的，用灯一照，可以看到每台机器里都躺着一具不着寸缕的躯体，其身体构造与人类极为相似：体型很漂亮，腿与臂较长，上身较短，五官与人类几乎完全一样。虽然没有开机检查，我与加里院长都认为他们已经死去。

我是常看科幻小说的人，“冬眠机”或“睡眠机”这个词一下子跃入了我的脑海中。这里也许是史前人类的“冬眠基地”，人们因为各种不同的理由来到这里，进入能延缓新陈代谢速度的冬眠机，希望多年以后在设定的时间被重新唤醒。在十年、几十年甚至是数百年后的世界，他们原先的难题是否能得到解决?

然而，这个基地里的“冬眠者”却没有想到，在他们睡着的时候，这片大陆整个地沉入了大西洋，没有人来唤醒他们，他们只能这样一直沉睡下去。他们睡得太久了，太久了，睡美人已经沉睡了一百年，可唤醒她的王子却没有出现，于是她和她的城堡就真的永远也无法醒来了。

我含着眼泪察看圆厅里的棺形机器，整个大厅的棺形机排成一个套一个、越来越小的环形，圆心处只放着一台机器。这种众星捧月的排列方式里包含了无限的敬意，我猜想那里睡的人生前一定很了不起，但是他或她也一样无法醒来了。

“你没有打开一台机器看看吗？”院长问洛克。

“我们船上的三人中虽然有一位机械工程方面的行家，但因为不知道这机器的原理而无法着手。况且，如果这种机器是能延缓新陈代谢的‘冬眠机’，那么，可想而知，发明者的科技水平远远超过我们，如果贸然打破水晶盖，对尸体会造成很大的破坏。”

“那为什么没有立刻公布这个消息？这可是震惊世界的大发现呀！”我禁不住问。

洛克望了我一眼，欲言又止，好一会儿才磨磨蹭蹭地说：“我想先告诉你。”

让我怎么感谢洛克才好呢？他给予了我这样千载难逢的研究机会，这份礼物太重、太珍贵了，这比任何甜言蜜语或者珠宝首饰更能打动我的心。可是，我并不爱他，他这使人难以拒绝的情感反而令我惶然了。但我又无法抵御眼前的诱惑，我不能放弃这个做梦也想不到的机会呀。

忽然，我脚下的金属地面微微震颤起来，轻微的震动就令洛克产生了足够的警觉：“天哪……这，这怎么可能！附近有一座海底火山……可不应该这样，这些天一点儿征兆也没有呀……火山要喷发了……真见鬼……这儿完了……啊，有危险，我们马上离开，再晚就来不及了……”他简直语无伦次，脸上的表情像要哭出来似的。

我一时间如雷轰顶。洛克这个谦谦君子居然吐出脏话，可见事态严重：如果海底火山爆发，这个“冬眠基地”可能就保不住了！这可是史前文明的重要遗迹呀，这里每一台“冬眠机”里躺着的尸体都是我们研究史前人类的宝贵资料，都是真正的无价之宝呀！难道我们要眼睁睁看着这些稀世珍宝就此消失？那我们就不仅仅是入宝山而空返的大傻瓜，更是人类科学史上的罪人啊！

“梅拉妮，快来帮忙！”加里院长气喘吁吁的声音打断了我的思绪。一回头，我就看见他手里挥舞着一个黑乎乎的东西狠狠砸在那台圆厅中心的棺形机的水晶盖上，一下，再一下……他用尽全身力气，砸碎了水晶盖。

脚下的地面震动得更厉害了，洛克拦住我："梅拉妮，快走，不能再耽搁了，这儿很危险……加里院长，快走吧，再迟就出不去了，你不要命了吗？快走！"洛克冲上前去抱住加里院长的腰，拼命想把他从机器旁拖开。

"梅拉妮！"加里院长的一声怒吼叫醒了我。我跑到加里院长的身边，然后从在洛克怀中挣扎的院长手中接过一个金属盒，快速打开，掏出里面的取样筒，双手探入棺形机内，把取样筒的一头紧紧按在那具尸体的大腿部位上，一触按钮。

两秒钟后，持筒的手一震——这就是取样成功了。

"好，现在，快走！"加里院长松了一口气，把手中的探照灯转向出口的方向。

"院长，请等一等，请你把灯转回来，我想看一看他的脸。"我几乎是哀求着说了这句自己都感到奇怪的话。

"胡闹！"洛克简直快急疯了，他将院长向出口处猛推了一把，然后几乎穷凶极恶地向我扑了过来，"梅拉妮，你知道要出什么事么？火山如果爆发，这一带的海水会被煮沸的！而这里可能会整个沉到海底深处……什么都可能发生！"

我已经记不得是怎样匆忙地离开了那个水下溶洞，离开了那片史前人类的"墓区"。对那段仓皇脱险的经过我不甚了了，只模糊地知道洛克带着我们以最快的速度穿过了"巨藻林"，回到恐龙号上，然后驶离了危险区域。当时我一心一意只想着史前文明、冬眠基地以及这个小小的取样筒，那时我忽然意识到：由于冬眠机的特殊功能，长眠不起的史前人身上仍然有可能存在活着的细胞，而取样筒里的采样中甚至也可能发现这种活细胞！考虑到我院正在研究的课题，如果有活细胞就有可能靠它克隆重出一个史前人来！天哪，我简直为这一奇妙的设想心醉神迷，难以自己。不难想象，当我沉醉在这一奇思妙想中时，对自己身边发生的事，即使是天大的危险，也很难给予充分的注意。

在我们离开半小时后，无名岛附近的海域沸腾了。我们从远处依然能听到海底火山雷鸣般的怒吼，但除此之外，还有一种声音，伴随着海水的呼啸、伴随着火山的轰鸣，有一种压抑的“隆隆”声，仿佛是一个巨人痛苦的呻吟。在那呻吟声中，无名岛缓缓下沉，不久就消失在海面上。突然间，像是海底开了个口子，海水全向无名岛沉没之处倾泻下去，海面上出现了一个难以置信的巨大漩涡，虽然我们远在十五海里之外的洋面上，却依然感到了那个可怕的漩涡惊人的威力。

“看来，那个溶洞真的沉到深海底，沉到我们再也无法接触到的地方去了。”洛克放下望远镜，脸上的表情不无苦涩，“五万年前，也许是地势高，也许是别的什么原因，这个无名岛没有与整个亚特兰蒂斯大陆一起沉入海底深处，而只是下沉了一部分，淹没了那个溶洞。附近的火山也许 5 万年来一直没有再喷发过，恰好当我们发现了溶洞的秘密时，火山就发怒了，好像是在责怪我们打扰了史前人类的长眠似的。”

不，我不是这样想的。也许是读过许多文学作品，我心中保留了太多的浪漫，我总觉得这是一个奇迹。在那片世界上最阴森、最恐怖、最怪异的森林——巨型褐藻林中，有一位王子已经在那里静静沉睡了五万年。是的，他是一位“睡王子”。采样的时候我已经留意到：圆厅中心的“冬眠机”里躺着的是一具男性的躯体。为什么五万年前没有走，为什么等了整整五百个世纪？这一切，仿佛都是要等着，等着与我们相逢，等着被我们唤醒。

是的，从某种角度来说，克隆技术可以帮助他重新醒来。

一周后，洛克重新考察了原无名岛所在的海域，证实了岩洞（原来位于无名岛岛体水下约 200 米处）连同岛屿，都已从我们可以探测接触的世界中彻底消失了。我和加里院长回研究院后不久，就听到了“恐龙号”在一次风暴中发生意外，船上三名探险家全部遇难的消息。洛克他们原本答应过，在我们进行的研究有结果之前，会为“海底基地”的发现保守秘密。我相信，在他们死后，除了我和加里院长，这世界上没有人知道史前人类冬眠基地的事了。

对那次采样结果的研究是在一种全封闭式的绝密状态下进行的。虽然那是 1991 年，多利出世给世界带来的巨大影响力与“克隆”对社会伦理观念的强劲冲击尚未出现，但加里院长早已预料到，即使是出于崇高的科学目的，克隆“人”定然是社会所不能允许的离经叛道的行为。所以，在证实史前人的采样中确实还保存着活体细胞后，克隆史前人的实验只是在我与加里院长两人之间秘密进行的。

多利的创造过程你们都了解吧？有三只羊参与了那个实验。母羊 A 为多利提供载有遗传信息的细胞核（从体细胞中抽取）；母羊 B 为多利提供卵子，抽去卵子中的细胞核，植入载有母羊 A 遗传信息的细胞核；卵子在实验室发育成胚胎后被植入母羊 C 的子宫内，产下的小羊就是多利。从遗传学的观点看，多利的父母就是母羊 A 的父母，它与母羊 B、母羊 C 没有血缘关系。在我们的实验中，史前人的体细胞就相当于母羊 A 的细胞，而为了绝对保密，同时也为了应付各种不测，我义无反顾地一人充当了母羊 B、C 的双重角色。

作为一个还没有出嫁的姑娘，忽然要生一个孩子，这大概是一位女性能为科学做出的最大牺牲了。圣玛丽亚传说是一位处女妈妈，现代科学却让传说变成了现实。

当那个小生命在我的腹中一天天长大，自我献身精神与对科学的热爱都未能完全抹去的那种淡淡的遗憾感渐渐消失了。女人因为各种各样的原因怀孕生子，不论原先是自愿或非自愿，不论她对孩子的父亲怀着恨意还是爱情，一旦她的腹中开始孕育一个新的生命，原始的母性就会立刻使她爱上自己腹中这块微微蠕动的小肉团。

这个小生命在我的子宫里成长了 122 天，加上试管培养的时间，胚胎的成长速度仍然快得惊人。这 122 天里，我的心态逐渐从一个实验者转变为一位母亲。我不怕发胖，尽量多吃有营养的东西，希望能对孩子有好处；平时注意休息，即使感冒发烧坚持不用药物，以免对胎儿造成不良影响。

当孩子第一次用他刚成形的小脚丫在我的肚子里蹬动时，我的心也骤然抽动，一种难言的温馨与甜蜜在我心里暖暖地融化开来。像一般的母亲一样，我开始幻想婴儿将来的样子，婴儿的性别当然是男的，如何为他取一个名字，一个帅气、威风的名字？

这122天中，另有一种担忧时时刻刻威胁着我：这是一个前所未有的实验，我腹中的胎儿随时可能流产（据说多利是上千次实验后才成功的一例，可见克隆的成功率很小），但我却无法想象再怀一次孩子。这种“随时可能失去他”的危机感更加深了我对孩子的爱。

我们的实验有如神助，孩子终于顺利出生了。在20个钟头的阵痛之后，完全虚脱的我软绵绵地伸出手去：“孩子，我要抱一抱我的孩子。”

“没有什么孩子，梅拉妮。”加里院长神情严肃地站在我床前，“他是一个史前人，他的父母五万年就死了，你不是他的母亲。”

“不，他也是我的孩子，是我生了他，不是吗？”我愤怒的精神超越了软弱的肉体，挣扎着从病床上坐起来，这一刻我恨透了加里院长，他居然说我不是孩子的母亲。

“冷静！梅拉妮，冷静！这段时间你一直有点失常，你忘记了我们是在干什么，你忘了实验的初衷。”加里院长双手按住我的肩头，强迫我躺回床上，“好好休息。我已经为你在C城联系了一个新工作，你身体恢复后就得离开这儿。你不能留在孩子身边。”

“你说什么？”我震惊地抬眼望向加里院长，“你在说些什么？”

“梅拉妮，我们所做的一切都是为了科学，你千万不能感情用事。我绝不是要把你摒除到实验之外，独占成果。从头至尾，你才是这项实验的最大功臣。但是，梅拉妮，你现在对这个孩子——这个史前人，怀有一种母亲般的情感，这种感情对我们的实验有害无益，因为你将无法以冷静、理智、科学的心态面对他……”加里院长的话如同给我兜头泼了一盆冷水，我的激情与愤怒被烧熄了。刹那间，那个执著、坚定的科学工作者梅拉妮·弗恩又回来了，

二十四年间我锲而不舍地追求的理想又回来了。那122天的经历和感受变得那样虚幻不实，仿佛只是一个漫长的美梦，而现在，梦醒了，我也认清了自己的责任。

“你说得对，院长。我待在这孩子身边是不大好的，我同意离开一段时间。”虽然，我已经变回到原来的位置，但说这话时，心仍像刀割一样疼痛。

“你放心。他是人，我不会把他当成实验动物。”加里院长的表情很温和，他的眼神如同一位慈祥的祖父。我一直是这样地崇拜他、敬重他，他的许诺是可以信任的。“过几年，到了合适的时候，我会再请你回来的。”

“院长，在我离开之前，可以看一看孩子吗？只是看一眼，可以吗？”

“梅妮拉，你现在的心情我可以理解，但这是错误的……”

“我明白了，”我连忙打断他的话，“那……好吧，我服从你的安排。”我的眼泪终于夺眶而出，滚烫的泪珠争先恐后地滑下脸颊。为了科学，我牺牲了我的孩子，这是多么沉重的代价啊！

在C市的八年经历平淡无奇。我取得了行医资格，当上了救死扶伤的医生，但是我的感情生活几乎一片空白。每当遇到对我感兴趣的异性，我就条件反射似的把自己封闭起来。当然，我并不是什么绝世美女，不会有男人会对我穷追不舍，我逃避感情的结果就是一直独身。

这八年里，我时常会做一个相同的梦，梦中的我又回到了1991年的夏天，回到了那片神秘而诡异的海底“森林”。冥冥中仿佛有一个声音在黑暗的森林深处召唤着我：“来吧，快来吧，梅拉妮，我已经等了你五万年了……”当八年后我又回到研究院时，仿佛也听到了那个声音的召唤呢。它一直存在，一直在吸引着我……

让我回研究院是加里院长的意思，八年的愿望终于实现了，我又回到了那个我工作过、学习过、孕育过梦想的地方。我几乎等不及与院长叙旧，急于想看到我牵挂了八年之久的……“孩子”。

然而，我失望了。我归来时，适逢加里院长出国考察，周围的人对于“一个八岁男孩”的事都一无所知。我几乎是灰心丧气地安顿下来，又无精打采地到院长为我安排的实验室工作。就是在那里，我遇见了我的同事、后来的丈夫——弗尔·欧辛。

在这个世界上，或许没有一个姑娘不曾有过浪漫绮丽的梦想：辛蒂蕾拉的水晶鞋、英俊潇洒的白马王子……美好的幻想不受严酷现实的约束，于是，再丑再不讨人喜欢的姑娘都会在梦中遇上能给自己幸福的意中人。我也曾经有梦，曾经想入非非地勾勒自己心目中王子的形象，但是我从未奢望有朝一日他真的会出现在我面前。所以，当弗尔热情地握住我的手说“欢迎你”的时候，没有任何语言可以形容我此时此刻心中的震撼。

从我看到弗尔的第一眼开始，我就爱上了他。这种爱来得这么突然，简直让我措手不及。爱情照亮了我的生活，我觉得一切都改变了，世界已不再是原来的世界。

弗尔是一个奇妙的人，他拥有比他的外貌更加出色的才华。在工作中几乎没有任何问题可以难倒他。他待人那样诚恳、那样热情、那样善解人意，处处体贴入微。他不仅有令我一见倾心的风度气质，同时具有能逐渐影响我、打动我的崇高人格魅力。

两周后的一个下午，对我来说是个极不寻常的日子。那一天，我刚到实验室……

“梅拉妮，能和你谈谈吗？”弗尔为我泡了一杯咖啡，他看着我的眼睛里燃烧着热烈的火焰，令我感到窒息，感到自己在他的注视下已经灰飞烟灭。他就像米开朗基罗的大卫雕塑变成的真人：高大、英俊、健美，有着高贵、优雅而略带神秘的气质。他此时的话音、语调、眼神、动作无不传达着一种难以言状的亲切感，仿佛我们已经认识很多年了。

“好……好吧。”我嗫嚅地说，逐渐醒来的理智提醒我；自己已是个 32 岁的老女人，相貌平平的我不应该再存有任何的幻想。

弗尔微微一笑说：“知道吗，梅拉妮，虽然我还年轻，可有时觉得自己的心已经很苍老，因为我从未遇到过让我真正感兴趣的人或事。不过，最近，情况改变了……”他忽然住口，瞟了我一眼。

我的心呀，不要跳得这样厉害吧。我不明白，为什么他要对刚认识不久的工作伙伴说这样的话，就像对知心朋友倾诉心声。他颇有深意的目光在我身上徘徊又徘徊，总是舍不得游离。为什么？为什么他的眼神里竟包含了这么多的深情厚爱？

“……自从我遇上了你。”弗尔轻轻地把话说完，然后用他那对深不见底的黑眼珠吸引了我全部的精神与魂魄。

“可是，弗尔，我已经三十二岁了！”我忍痛报出这个数字，与其说是要吓退他不如说是在提醒自己。

弗尔微笑着摇摇头，那微笑从他的嘴角开始渐渐化开，荡漾在他的整张脸上，使他面部的每一根线条都变得特别的柔和、亲切。

“可是，我还有个八岁的儿子……”我脱口说出这句话，顿时后悔莫及：关于那个孩子的一切，原本只是我和加里院长两个人之间的秘密。为什么会在此时此刻说出这种话来呢？我真的不明白我自己。

“是吗？”弗尔的表情更温柔了，“他在哪里？”

“我也不知道……我为了工作，牺牲了他。”既然已经说出口了，再遮遮掩掩反而惹人怀疑。

“你还是很想念他的”。

“嗳？”我惊异于他敏锐的洞察力。

“正因为心里总惦记着他，你才会脱口说出这个秘密，不是吗？”

我闻言大惊失色，他说的“秘密”是什么意思？是碰巧说中还是真的了解一切内幕？如果是后者，那院长为什么要泄密？

弗尔缓缓贴近我的身体，他舒展双臂把不知所措的我搂进怀里。他的动作是那么轻柔，却又有一种不容摆脱的气势。隔着衬衫，我也能感觉到他身上传来的热量，甚至还能感觉到他急促的心跳。我在他强健有力的怀中颤抖着说：“你是谁，你到底是谁？”

弗尔低头凑向我的耳边，微微喘息着说：“我？我就是你一直想念的‘孩子’呀。梅拉妮，是你给了我生命。”

刹那间我晕了过去。

我在哪儿？这里怎么这么黑，我什么都看不见。身边是什么？长长的、滑腻腻的，缠住我的手脚。我好冷呀，身子冰冷冰冷的，四周的空气也冰凉冰凉的……不，不是空气是海水。我忽然明白过来，我是在海里呢，我是在大西洋海底的巨褐藻林里。这一片无边无际的黑暗中有个声音在呼唤我的名字：“来吧，来吧，梅拉妮，我已经等了你五万年了……”随着那声音，四周渐渐亮堂起来，无数团如萤火虫大小的明黄色的光点在我身边飘舞着，然后缓缓向一处聚集起来。在那里，在巨褐藻丛中，有一具晶莹剔透的水晶棺，远远地可以望见水晶棺内躺着一个古希腊雕塑般的男人。我心中骤然涌出一股热流，情不自禁地叫出声来："那是我的睡王子！那是我的睡王子呀！"

我狂奔到水晶棺旁，棺里躺着的人一动不动，真奇怪，我不管我怎样瞪大眼睛都看不清他的脸。"院长，请等一等，请你把灯转回来，我想看一看他的脸。"我听到自己的声音从很远的地方传来。于是，霎时间，场景又变了，变成了那个溶洞里的"冬眠基地"，我看到院长、洛克和"我"正要离开，"我"恳求院长让我看一看棺形机里那个史前人的模样，直到现在我都不明白，自己为什么会在危急时刻提出那样不合时宜的要求。"胡闹！"洛克把那个"我"与院长拉扯着推出圆厅。而现在的我，这个高高在上、洞烛一切的我，像看电影似的望着这一切发生，我仿佛是凭着第六感而不是眼睛，注视到了棺形机里的那张脸，那张轮廓鲜明、俊美绝伦的脸……那是弗尔·欧辛！

我缓缓睁开眼睛，意识到自己这次是真的回到现实世界了。我的身子软绵绵的，没有一点力气，而心中荡漾着一片难言的苦涩与无奈。屋子里非常幽暗，有一个人正站在床边俯视着我，与八年前的情景是何等相似！我静静地望了他很久，终于叹了口气说："原来，你并没有出国。"

"是的，我没有，我一直在密切注视着整个事态的发展。"加里院长淡淡地说，"从你回研究院的第一天开始，我就在暗中观察你，知道你爱上了弗尔，知道你费尽心思想找一个'八岁孩子'，也知道他终于忍不住对你泄露了身份。"

"为什么？为什么？"我不禁怒火中烧，两个"为什么"像子弹出膛似的冲着加里院长飞去。

"梅拉妮，你冷静一点，好好听我说。我会给你合理的解释的。"

"八年前我听从了你的话，可现在怎么样呢？我为什么还要听你的话？你能给我一个怎样'合理'的解释？上帝呀，我在找一个八岁的男孩，却找到一位二十几岁的大小伙子，我一无所知地爱上了自己的儿子，还和他亲热……这叫合理吗？而你，却是这一切的幕后操纵者！"我一时间怒不可遏，恨不得杀了他，"你这个魔鬼，你到底要干什么？"

悔恨和悲哀忽然向我涌来，淹没了怒火与愤恨，我哭出声来，不知该怎么办才好。我为什么要爱上弗尔，为什么要爱上自己的儿子呢？这个世界是不会原谅我的，我更无法原谅自己。我还记得怀孕时的心情，还记得胎儿在我腹中踢动小脚时引起的温柔的感触，我如何能把他和弗尔联系在一起呢？

其实，即使院长不回答，我也已明白弗尔为什么长得这么迅速。他和我们不是同一个进化端点上的生物，我还记得他在我的子宫里只待了 122 天就出世了，他的生命时钟比我们的走得快得多。

“梅拉妮，请你听我说，好吗？”加里院长的表情像在训话。八年前他曾是我敬爱的师长，直到此刻这种尊敬之情尚未在我心里完全消失。我机械地点点头，听他作何解释。

“八年前你走后，我把孩子带到乡间别墅，和我妻子一起秘密地抚养这个孩子。你可以想象，这对我们来说有多么艰难，但我不能不让别人知道他的存在。我不知道他本体的名字，随口称呼他弗尔·欧辛——是的，他是从遥远的大洋里走出来的……生物。

“弗尔表面上看和我们没有多大差别，但如果用仪器检查马上就能发现许多问题，比如他的肋骨比人类多两根，又比如他没有盲肠——从这一点看，他比现代人类进化得更彻底。弗尔的成长速度是惊人的，三个月大时他的外表就像一岁多的孩子了，而且已经学会说话；两岁时接近人类的八岁儿童，到五岁时就已发育成熟，进入成年期了。我曾经害怕他会像人类中的早衰症患者一样过早地消耗完他的生命，但进入成年期后，他的生长速度明显放慢。如果说他现在的身体相当于一个二十四岁的青年男性，那么按照他这两年的生长速度，十年后，他便相当于三十八岁的人类。

“弗尔的身体虽然长得很快，却依然比不上他汲取知识的速度。他简直就像一台电脑，无论传授给他什么样的知识，他都能过目不忘。通过网络他学习了各种他感兴趣的科目，算得上小有成就。哲学、文学、艺术、医学、物理、化学、数学……他在任何一个领域都已达到了专业水准，前不久他匿名发表的关于量子物理学方面的论文在国际上引起轰动，许多世界知名学府都在寻找这位天才作者，希望能聘请他任教。在语言方面，他也拥有不可思议的天赋。至今他已掌握了三十多个国家的四十一种语言，用笔名发表的英文小说新近被列入了畅销书的排行榜。至于电脑，简直成了他身体的一部分，世界上任何一个联网的资料库都像是敞开大门欢迎他随时游玩的公园，即使是我国国防部的绝密重地，也早就被他逛过好几趟了，如入无人之境，事后完全不留痕迹。话说到这儿，如果我告诉你，是弗尔破译了我设置的重重密码，从研究所中心电脑上找到了关于他身世的资料，想必你也不会再奇怪了吧。”

“可是既然他知道我是他的母亲，为什么还要和我相爱呢？”我实在是想不通，“或者他与一般人类的观念不同，但是院长你不是和我一样的‘人’吗？你为什么纵容他这么做，甚至在幕后指使他？”

“对不起，梅拉妮，我早料到你不喜欢这样，但这是我唯一的选择。你不了解弗尔，或者说，你不了解以前的弗尔，他其实是一个非常可怕的人。说他可怕并不是指他待人处世的态度恶劣，恰恰相反，他是一个最讨人喜欢的小伙子——智慧超群、相貌英俊、谈吐大方，对每一个人都那么和蔼、礼貌。但是，在内心深处他却异常孤独，找不到归属感。他从小就意识到自己与正常人的差异，怀疑自己是一个怪物，不是‘人’。虽然在他成年后，我把他安排在研究所工作，开始让他接触人类社会，但他在这个大千世界里仍然充满了‘异己’感。是的，他待每个人都很亲切，但他却谁都不爱，他对他生存着的这个人类的社会没有半点留恋之情。如果哪一天感到厌烦了，他会毫不犹豫地毁灭他自己，同时像推倒积木一样把这个无聊的‘玩具世界’一同葬送。我从不小瞧弗尔的能力，他是一个空前绝后的天才，按他现在水平，只要愿意，确实可以造成世界性的大灾难。”

“那么说，院长你是为了全人类的利益而牺牲我的喽？”听着加里院长的话，我强作镇定地冷冷微笑，心头却掠过一丝寒意。

“很久以来，这种恐惧一直压在我的心头：我怕自己会像弗兰肯斯坦一样最终自食其果。如果我能除掉他——虽然那将像杀害我的亲孙子一样痛苦——我也会这么干的，可是我觉悟太晚，虽然我处理了全部保留的史前人活体细胞，但弗尔·欧辛已经成人了，而且他的智慧就如同最厉害的武器，简直无坚不摧，我斗不过他。终于有一天，他找到他出生的秘密。我在电脑里储存了一份你怀孕时的身体情况记录，并没有具体的说明，但他却马上看懂了。他问我：‘我到底是谁？那个孕育我的女人现在在哪里？’我忽然醒悟到：梅拉妮，你是他与这个世界唯一的联系，只要有你，只要他爱你，不管是什么样的爱，他就会对这个人世有所留恋，我就不必担心他会做出疯狂的事情了。”

“你把史前人类的事告诉他了？”

“除非不说，要说只能说真话，弗尔·欧辛不是会受骗上当的人。”

“他的反应如何？”

“从那一刻起，弗尔就不再是一个可怕的危险人物了。因为从知道真相的第一秒钟，他就全心全意地爱上了尚未谋面的你。这种爱不同于母子之爱，但它高于一切，因为对他来说，你就是他在这个世界上的全部。实际上，你也并非他真正意义上的母亲。”

“不……”我的抗议是这样软弱无力。

“梅拉妮，这是真话。”我听到这个低沉悦耳的声音不由浑身一震。弗尔·欧辛推开虚掩的门，从内室走了出来。加里院长如释重负地拍拍他的肩膀，然后把他单独留在屋里。

“你是……我的孩子？”我难以置信地轻轻抚摸他靠在我胸前的头颅，却找不到一个母亲的感觉，“为什么要和我相爱呢？”

“不，我的父母在五万年前就死去了，你不是我的母亲，梅拉妮，但你给了我一切。”弗尔用他那双深邃的黑眼睛罩定了我，无比深情地倾诉心声，“梅拉妮，我的出生是一场悲剧。克隆技术只能克隆本体的躯壳，却无法继承本体的思想和记忆。我不属于现世，但我同样不属于五万年前的世界，那我是个什么人呢？梅拉妮，我找不到我生存的意义！”

“噢，弗尔……”我的脸已被泪水浸泡得又痒又胀了，也许我和加里院长确实犯了一个错误，不该把这样一个璀璨的生命带到世上却又给了他一段悲惨的人生。

“梅拉妮，你是我唯一的希望，你是我和这个世界之间仅有的联系，你就是我的出生地。你的身体是我永远的家乡。”

“噢，弗尔……”我完全被他打动了，我该怎么办？

“我爱你，梅拉妮，我要永远和你在一起。我们结婚吧。”

“噢，弗尔！”我惊呼出声，“可你是……”

“别再说我是你的儿子！我听腻了这一套！”弗尔生气了，我从来没有见他发过火的，“人类社会禁止近亲通婚是为了防止血族劣变，人口素质下降，可我们两人在遗传上毫无关系，我们的结合并不违背生命的真理。”

“但是违反人类社会的伦理道德……”我幽幽地说。

“现世的清规戒律与我何干？至于你，梅拉妮，是你把一个五万年前的幽魂带到这个世界上来的，你应该对我负责。”

“可你才……八岁呀。”

“不对！我是生长了八年，但我的生理状况已相当于一个二十四岁的人类。我的身份证明上则是二十五岁，我们当然可以结婚。”

啊！上帝，耶稣，真主，这世界上所有的神呀，饶恕我的罪过吧！我爱这个人胜过这世间的一切！他是我的睡王子，在海底长眠了五万年，只为了等待与我相逢。是我，用我的心，用我的爱，用我的身体唤醒了他。他曾是我腹中一团蠕动的血肉，现在却是一位无与伦比的美男子，一位惊世骇俗的天才。在他神秘的目光后面，隐藏着一个消逝的时代、一片沉没的大陆、一段灿烂的文明，他就是科学本身！和他结婚，就像是与亚特兰蒂斯的传说结合，我无法抗拒他就像我无法抗拒科学的终极诱惑一样。

我和弗尔·欧辛婚后的第二年，加里院长去世了。几乎是同时，一个新的生命诞生了，那是我和弗尔爱情的结晶，是伊俄卡斯达之子，为纪念那片沉没的大陆，我们给他起名“亚特”。

在我怀上亚特的时候，生活突然变成了一场噩梦。每当亚特在我的腹中踢动小脚，我两次怀孕的记忆便发生了重叠，仿佛我怀着的是弗尔——而他却是与我同床共枕的丈夫！可怕的噩梦似乎在亚特出生的那一天结束了，可是伊俄卡斯特式的“乱伦”罪恶感如同一副沉重的枷锁，缠绕在我的心头。我总是很恐惧，害怕某种巨大的不幸会降临到我们头上——我们会像俄狄浦斯夫妇一样遭到命运无情的惩罚。深重的危机感如达摩克利斯之剑，高悬在我的头顶，让我负罪的灵魂即使在幸福的家庭生活中也得不到片刻喘息的机会，弗尔发现了这一点，他痛苦极了，但又不愿意离开我——难道我就能离开他吗？不！不！

八年后，不幸真的降临了——弗尔得了一种怪病。他当然不能去医院检查，那会泄露他身体的秘密。但我是医生，他自己在医学上的造诣也是惊人的，我们俩的诊断不会错：他患的疾病虽然不会传染可是也无法治愈。那不是现代医学所知的任何一种病症，破坏力极强。在我们到海滨旅馆疗养的一个月里，弗尔的病情急转直下，他每日都痛苦得死去活来。要知道，他身上的皮肤像石灰壁一样，轻轻一抓就一块块地往下掉呀！

我和加里院长十六年前犯了一个大错误，我们在克隆史前人的过程中一直没有问过自己这个问题：这个人为什么会住进“冬眠基地”？在我们的世界里，也有极少数人把自己用特殊方式冷冻起来，在“冬眠”中度过未来五十年的时光。这些人中绝大多数都是身患绝症、希望在未来能得到救治的人啊！

我不想再描述弗尔的病状了，疾病加在他身上的那种撕心裂肺的痛苦，我全部感同身受。后来发生的事你们是知道的，但那全然是没有办法的事啊！即使明知道自己将为此付出生命的代价，我也宁可牺牲性命来缩短弗尔的痛苦。

以后，也许会有别的办法，但是弗尔已承受不住了。看着他备受折磨的惨状，我也快发疯了。弗尔说：“我不能害你。”可是，他早就害苦我了，那段婚姻使我成了人类社会的罪人。究其本源，却又是我和加里院长一手造成了这段悲剧——那么，就让我为自己的行为付出代价吧。

弗尔离开人世之后，我唯一能做的事就是等待，等待应有的惩罚。我犯了伊俄卡斯达之罪。弗尔活着的时候，他的爱还能给我一些支持，现在他死了，我也没办法再活下去了——在内心深处，自始至终我从来没有原谅过自己，从来没有。

房间里静悄悄的，没有一点儿声音。听了梅拉妮的故事，我和肖苇久久说不出话来。

肖苇摘下眼镜假装擦拭，漫不经心地抹去眼角的泪痕，这个“铁娘子”也会掉泪的吗？而后她清了清嗓子，说：“梅拉妮，你别灰心，只要谋杀罪名不成立……”

“肖苇，别说了！”我焦急地打断她的话。她难道不明白吗，只有公开梅拉妮的秘密才有可能推翻谋杀的罪名，但若公开秘密，不仅梅拉妮无法再在人类社会中存身，连亚特也会被社会所抛弃。

“肖律师，”梅拉妮的脸煞白煞白，憔悴得怕人，她金丝眼镜后的那双眼睛却异常明亮，带着一点儿……疯狂，“我早就被定了罪，在这里，”她用手指指心口，“即使这世上没有别人知道我的事，我仍然被定了罪。被我自己的灵魂、自己的心定了罪。请你不要把我的故事说出去，那救不了我却会害了亚特。活下去的代价是这么大……不，我的生命值不了这么多。”

“别激动，梅拉妮，你的秘密是安全的。”我忙不迭地宽慰她，“你可以完全放心。还有，我会尽快联系好送亚特去中国。我会关照他的。”

梅拉妮默默点头，脸上浮现出一种如释重负的笑容，凄凉、美丽。嗣后我才知道那笑容的意义：她终于可以结束这罪恶的生命。

我和肖苇两个人一起散步的时候，她向我道了歉，说是因为她的缘故才让我揽上了这么一桩麻烦事。不过她仍然没有忘记指出，我自己也应对此负主要责任：“你呀你，让你别感情用事，结果呢？你一时头脑发热，居然答应帮人养孩子！”

“怎么了？刚才你也不是很感动吗？如果你处在我的位置，也不会有别的选择。”我拍拍肖苇的背，笑了一笑，“好啦，好啦，事情没那么严重。亚特自理能力很强，不是个让人操心的孩子。经济上又有他母亲提供的生活费，不会有问题的。只是，把他送到中国的话，我就没法自己照顾他了……我父母那里不知道可不可以……”

“天哪！”肖苇摇摇头，无可奈何地叹了口气，“你爸妈若知道这事和我有关系会恨死我的。”

我实现了自己对梅拉妮的许诺：在她的案子正式开庭前，把亚特送到了中国——住在我北京的父母家中。

临走前，亚特修改了出生证明，把他的出生年份提前了九年，一则为避免他外观与真实年龄的巨大反差引起别人怀疑；二则为以后的迅速生长留下余地。他现在的样子可以冒充发育不良的14岁少年，弗尔·欧辛生前做过测算，亚特五年后的生理状况大约相当于20岁的正常青年，而在那之后，生长速度就将大大放慢，接近于常人了。

刚到北京的第二天早晨，我接到肖苇的电话：梅拉妮于当天凌晨在看守所自杀身亡。

梅拉妮踏碎了自己的金丝眼镜，用碎镜片割破了自己的动脉。使用这种工具自杀是很难的，自杀者必须下很大的决心，忍受巨大的痛楚，才能用那样钝的碎玻璃切开自己的血管。她是一心求死啊，死亡对她来说是一种最好的解脱。

然而，我不能不想到，在她的自杀背后也许还有着别的原因。在法院开庭之前自杀，这个案子就会不了了之，或者不会像败诉那样对肖苇的事业造成极大的危害，这是她对我们的报答。又或者，她还不能完全相信肖苇，怕肖苇作为律师不愿坐视自己败诉，而把她的秘密在法庭上抛出来。她为了保护亚特，便以自杀的代价作交换，使肖苇保守秘密。

无论是一种交换还是一种报答，这都是她作为母亲能为亚特做的最后一件事了。

两个月后的一个清晨。

丁零零……床头的电视电话铃声把我吵醒了。“喂，我是陈平。”我没好气地打开声频接收器，这种一大早不让人睡觉的电话最烦人了。

“陈，你好，”是亚特，“打开视频好吗？”

我心中充满了歉意：这孩子最近怎么样了呢？我对他的关心太少了，他母亲自杀已经两个多月了，他只怕还没能振作起来吧？我用手指在视频钮上轻轻一点，亚特的身影便投身在不远处的墙壁上，他的表情仍像两月前听到噩耗时那样肃穆悲哀。

“你好吗，亚特？这两个月来，我一直没有过问你的情况，实在对不起。”

“没有什么可道歉的，你工作那么忙，不用为我操心。我是想告诉你，我已经没事了，中国的生活很适合我，真的……”

“真的没事？不要逞强。”我凝视着这双坚定、哀伤而勇敢的眼睛。我面前的这个孩子是梅拉妮和弗尔·欧辛唯一的后代，是一段不容于世的恋情的结晶，是史前文明唯一的活证据。他的身上继承了使弗尔·欧辛致病的基因，可能是显性的，也可能是隐性的，若是前者，要不了多少年，他也会像弗尔·欧辛一样悲惨地死去。

“陈，别哭呀，我都没哭，你怎么倒哭起来了？”

我闻言一摸脸颊，这才发觉眼泪不知什么时候偷偷流了下来。“什么呀，我才没哭呢，是刚刚点的眼药水……眼药水！”

“真是的，”亚特阴郁的脸上浮起一丝笑容，恍若乌云中射出的一线阳光，“你就是这么好强，才找不到男朋友。这样吧，如果过几年你还嫁不掉，就让我来娶你好了。”

“你这个小鬼……”我破涕为笑，忘了是在通视频电话，举起手来要敲他的脑袋。马上我省悟到了自己的错误，无可奈何地叹了口，正想说点儿解嘲的话，面前的孩子却忽然呆呆地望着我说：“可是，陈，我真有可能像我父亲那样吗？”

原来他早已想到弗尔·欧辛的悲剧可能会重演！

“陈，我还有多少个明天可活呢？”

大惊失色的我颓然跌坐在床上，一时间心如刀绞，不知说什么才好。

——原刊于《科幻世界》1999 年第 3 期，获该年度科幻银河奖特等奖

克隆时代的爱情

——赵海虹科幻小说《伊俄卡斯达》赏析

◎ 张懿红　王卫英

当代中国科幻作家赵海虹的创作以情见长，善于营造神话般美丽而忧伤的情调，她的科幻小说婉转动人。获奖小说《伊俄卡斯达》借助克隆技术复活一位五万年前的完美男子，描写克隆人在人世间的精神困境以及他的存在对传统伦常秩序的冲击，以洞察人性的心理描写，揭示克隆时代不伦之爱的悲剧性，鲜明地体现出人道主义的悲悯和爱情至上的浪漫。无论叙事方式还是叙事内涵,《伊俄卡斯达》都标志着赵海虹的科幻小说创作走向了成熟。

一、创作概述

赵海虹是当代中国科幻小说界一位重要的女性作家。她生于 1977 年，浙江大学英美文学硕士，现为浙江工商大学英语教师。2012 年，考入中国美术学院艺术人文学院在职攻读“中国美术史与西方美术史”方向博士学位。赵海虹的文学创作始于中学阶段，大学一年级发表处女作《升成》(《科幻世界》1996 年 2 月号，获“光亚杯”校园科幻故事大赛一等奖)，从此走上科幻之路。出版科幻小说集《桦树的眼睛》(四川科学技术出版社，1999)、《时间的彼方》

赵海虹

（湖北少年儿童出版社，2006）和长篇小说《水晶的天空》（浙江少年儿童出版社，2011）。至今发表中短篇、长篇科幻小说四十五万字，翻译小说六十万字（主要为科幻小说）。2011 年，英文小说《EXUVIATION》在美国 LCRW 杂志发表。《桦树的眼睛》《时间的彼方》《伊俄卡斯达》《异手》《蜕》《宝贝宝贝我爱你》等短篇小说连续获得六届中国科幻银河奖（1997—2002 年）；2003 年，获“宋庆龄儿童文学奖”新人奖；2004 年，短篇小说《追日》获第六届全国优秀儿童文学奖青年作者单篇佳作奖（科学文艺）。赵海虹前期代表作是以记者“陈平”为线索人物的“默系列”科幻小说，包括《桦树的眼睛》《伊俄卡斯达》《异手》《永不岛》《一九二三年科幻故事》等十篇。这些小说以近未来为背景，描绘科学技术对人类社会、生活、情感的影响和由此带来的伦理、心理问题，想象独到，笔法细腻，融合武侠、言情、侦探等多种文学元素，注重可读性。新世纪之后，赵海虹的创作朝两个方向发展和探索，一方面尝试相对“硬”的技术——以《云使》为首，然后是“世界”系列（目前，发表两篇:《世界》和《蓝山》）；一方面朝“更软更轻盈”的 SCIENCE FANTASY 发展，如《一九二三年科幻故事》。前者体现了赵海虹作为科幻小说家的自觉，尝试突破压抑的感情和各种边缘性的情节，开始建构属于自己的、全新的、完整而宏大的科技设想，展现科技发展对整个社会运行的直接影响；后者借助轻灵想象营造优美意境，追求抒情诗的韵律和情调。“水梦机”的美丽幻想，如梦似幻的怀旧情调，凸显主体情感与想象的主观化叙事方式，舒缓交错的叙述节奏，使《一九二三年科幻故事》如同一首感伤浪漫的幻想曲，轻轻拨动读者的心弦，令人悠然神往。

赵海虹创作多变，但始终以情见长。在由高科技设定的新的生存时空中，人性一如既往地渴望爱情、亲情、友情，一如既往地寻找自我、叩问价值、追求自由。当人性欲求、文化价值、伦理道德的惰性与飞速发展的科技短兵相接，将掀起怎样的情感波澜和灵魂风暴？赵海虹所关注的正是超现实条件下、非现实环境中人性的纠结和痛苦，是科技无法解决反而可能加剧的心灵的痛苦。这种技术与人性的冲突在《伊俄卡斯达》之后，凸显于赵海虹的科幻小说创作，体现了她对技术至上思潮的反思和批判。在科幻设定的特殊情境中编织激烈的情感纠葛，在超现实情节发展中探究个人情感与生命价值，是这位女性作家进入科幻的方式，这使她笔下的科幻世界别具柔情。

赵海虹早期写作的《归航》《桦树的眼睛》《时间的彼方》《情腺》《潘多拉的匣子》等作品，带有明显的学习痕迹与西化色彩，注重借鉴推理、冒险、言情等情节元素结构惊险奇幻的故事，叙事稚拙，人物缺乏心理深度，比较平面化；但是,《伊俄卡斯达》之后的《永不岛》《蜕》《蒲公英》《不枯竭的泉》《宝贝宝贝我爱你》《镜星之惑》《云使》《破碎的脸》《世界》等篇，不再刻意追求情节的曲折跌宕，而注重发掘那些由科技发展造成、又具有原型意味的故事核，如乱伦、变形、镜像、乌托邦等。这些故事核本身就具有强大的意蕴生成性和深刻的情感撼动力，加上奇思妙想的科幻设定、细腻深入的心理描写、交融透彻理性与缠绵情感的叙述话语，营造出一种神话般美丽而忧伤的情调，令人流连忘返。《永不岛》中那些作为“实验品”诞生，因而丧失亲情、找不到生存意义的“3P 人”“电眼人”，他们心中被人抛弃的苦痛不亚于俄狄浦斯，只有植物血的换血治疗和远离尘嚣的“永不岛”，才能抚慰这些无所依傍的心灵。《蜕》假设不同于人类的高级生命形态——“穴人”进入人类的文明世界，作为两个仅存的异类，“贡”选择自欺式的异化认同（借助科技），而“透”选择拒斥异化坚持自我，不惜在成长的蜕变中痛苦死去。他们以不同的人生选择呈现生命的价值：生命可以短暂，但不可以虚伪。在赵海虹的想象世界里，科技锻炼人控制“五感”的意志力，却无法遏制心灵的悲痛，而这痛不欲生的绝望反倒做了科学的证明（《不枯竭的泉》）；当亲情成为游戏脚本，自然本真的父爱也会迷失于虚幻的创造（《宝贝宝贝我爱你》）；而在一个通过人体运动收集能量的勤奋、公平的秩序化世界里，所谓“灵波”实验及其衍生的体制、道德不啻于另一种人性的桎梏，有人发疯自杀，有人宁肯流放也不愿放弃休闲的自由（《世界》《蓝山》）。还有机器人、电脑、外星人，无论是人的造物，还是宇宙的造物，它们都与人类互为镜像。对智慧生命（包括外星人、人造人和电脑生命）的认知，必然伴随着主体认同的混乱、分裂；人类社会原有的道德准则必须扩展、修订，才能恰当地接纳这些新的智慧生命，这是科技发展的未来人类可能遭遇的悖论（《蒲公英》《镜星之惑》《破碎的脸》）。《云使》则借夫妻反目、父子成仇的家庭悲剧揭穿了滥用科技的人类悲剧，不无悲凉地审视人性盲目追逐新科技的陷阱。

赵海虹科幻小说涉及的科技幻想包括超智能电脑（《破碎的脸》）、全息网络和全息电脑游戏（《宝贝宝贝我爱你》），仿真机器人、外星移民（《来，跳一跳》《镜星之惑》），思想探测仪、人造脑（《潘多拉的匣子》），外星人、星际航行（《异手》《归航》），时间旅行和四维空间双向视频交流仪（《相聚在一九三七》《时间的彼方》），3P人、半机械人、植物血（《永不岛》），克隆人、合成人（《伊俄卡斯达》《蒲公英》），植物兴奋剂（《桦树的眼睛》），水梦机（《一九二三年科幻故事》），抑情激素、意志控制五感和记忆移植（《情腺》《不枯竭的泉》《蓝山》），能够储存记忆与感情的“记忆珠宝”（《痴情司》），用“人体叶绿素”制造的超人——太阳能人（《追日》），能控制气候的“香巴拉计划”和大气调节机（《云使》），作为能源和信息载体的生命体——灵波（《世界》）等。不过，在《云使》《世界》之前，赵海虹的科幻小说并不倚重科学描述和科技预言，科技点子只不过是她展开想象、编织故事、传达情感体验和哲理思考的酵母，叙事核心通常是极端化的爱情故事——某种由高科技导致的极端情境成为爱情与人性的炼丹炉，炼制出充满女性浪漫想象和细腻的感情，构思精巧，语言清俊，意境脱俗，美丽得令人忧伤的爱情故事，从而使其小说具有一种温柔而坚韧、缠绵而刚烈的情感冲击力。《桦树的眼睛》《情腺》《伊俄卡斯达》《痴情司》《来，跳一跳》《不枯竭的泉》《破碎的脸》等都是这种叙事框架，其中推向极端的爱情故事、尖锐深刻的情感表达婉转动人，具有一种荡气回肠的艺术魅力。

二、《伊俄卡斯达》

赵海虹是第一个获得中国科幻银河奖特等奖的女作家，《伊俄卡斯达》以最高读者票数当选1999年（第十一届）银河奖特等奖。关于《伊俄卡斯达》的命题，赵海虹在获奖随笔中提到两个方面。一是关于伦理。当自然生育方式这个基础、支柱发生变化的时候，作为它的反映，伦理是否也应该发生变化？或者我们应当尝试接受一些先辈们无法接受的思想，这并不意味着对伦理的反叛，而是伦理的变化与发展。二是关于寻找自我。对于经过特殊人工手术诞生的新的人类种群来说，通过父母来确认自己的来源（既有遗传上的，也有人类根本精神上的）会产生迷乱，追寻生命意义与自身定位或许是他们人生最重要的问题。[1] 如何在一个短篇小说中包蕴这种本源性问题？赵海虹巧妙借用古希腊悲剧《俄狄浦斯王》的构架，把母子乱伦的古老母题放在被新技术改变的社会背景中，透视科技对伦理、对人类精神世界的巨大冲击。其实，小说中的克隆人弗尔·欧辛与梅拉妮在遗传上毫无关系，梅拉妮并非他真正意义上的母亲，他们的结合并不违背生命的真理（“血族”，即基因）。但梅拉妮始终无法逃避内心的罪孽感，已经失去原先意义的伦理道德以沉重的力量将她压垮。赵海虹洞察心灵，写出梅拉妮在爱与伦理之间的痛苦挣扎：炽热的爱情使理智灰飞烟灭，她无法抗拒命定的“睡王子”；然而第二次怀孕唤起的回忆，却让她再度陷入乱伦的罪恶感之中：“即使这世上没有别人知道我的事，我仍然被定了罪。被我自己的灵魂、自己的心定了罪。”她为身患不治之症的丈夫实行安乐死，抛尸大海以保守“克隆人”的秘密，托孤之后割脉自尽，结束了克隆技术制造的人生悲剧。

对克隆人弗尔·欧辛来说，这段不伦之爱与其说是男女性爱，不如说是一种自我认同的途径。赵海虹说：“从欧辛的角度讲，这是一个传统文学中最常见的寻根形象，他的根，最后是一个女人的子宫。所以，小说中的‘爱情’也绝不是单纯的男女爱情，而是一种关于生命本源的力量。”[2] 赵海虹借欧辛对梅拉妮的表白，揭示克隆人与社会的关系：“梅拉妮，你是我唯一的希望，你是我和这个世界之间仅有的联系，你就是我的出生地。你的身体是我永远的家乡。”在一个缺乏归属感的异己的社会里，这位来自五万年前的美男子内心深处异常孤独，只能从梅拉妮那里寻找生存的理由和生命的意义！所谓不伦之爱是他对抗悲剧人生的唯一路径。然而这是无法逃避的命运悲剧，由克隆而来的还有致病的基因，他和儿子都无法摆脱病痛的折磨。小说结尾，亚特问陈平：“陈，我还有多少个明天可活呢？”再次推进故事的悲剧性。

设想克隆人在人世间的精神困境以及他们的存在对传统伦常秩序的冲击，这类题材的小说数量不少。《伊俄卡斯达》的独特性和震撼力在于：赵海虹以洞察人性的心理描写，揭示克隆时代不伦之爱的悲剧性。对乱伦的肯定、同情，其实是对克隆人生命的悲悯，其中不仅包含对这项惊世骇俗的科技成果的严峻批判，还意味着对人类生命（无论以何种方式降生）的高度接纳与尊重。与张晓风的《潘渡娜》和王晋康的《豹》不同的是，赵海虹笔下的科研工作者对待自己的产品——克隆人的态度更加健康、平等、人道，不仅关注他们的身体和技能，更关注他们的心灵和精神需求，甚至不顾一切、孤注一掷地让人与克隆人之间的爱情圆满——不惜冲破人间的道德法度。尽管一开始，加里院长和梅拉妮制造克隆人基于研究目的，但在弗尔·欧辛诞生之后，他们并没有把他当作试验品，而是把他当作“人”来抚养，关注他的身心健康。所谓乱伦，是弗尔·欧辛的选择，也是加里院长的安排和梅拉妮的使命，目的是为了帮助克隆人走出心灵的黑暗，找到生命的意义。在这个惊世骇俗的乱伦故事中，科学研究者超越功利主义，以亲人的态度对待研究对象，体现了深厚的人道主义情怀。另外，赵海虹对这段感情结局的处理也饱含悲悯。相对于《潘渡娜》的不能爱（张大仁无法爱上潘渡娜，因为她不是上帝的造物，没有灵魂），《豹》的爱受伤（即使深爱对方，谢豹飞仍然无法控制狂野的兽性而杀死了田歌），《伊俄卡斯达》不惜以乱伦来成全爱，以乱伦之爱救赎心灵。尽管梅拉妮和弗尔·欧辛在乱伦的阴影中备受折磨，但他们的爱是圆满的，只有不可抗力（绝症）才使他们分离。在这个悲剧故事中，固然包含对克隆人技术的批判性反思，但却更鲜明地体现了人道主义的悲悯和爱情至上的浪漫。故事、形象包含的深刻理念和温暖情感使《伊俄卡斯达》成为一篇意蕴丰厚的科幻小说。

科幻设定中蕴含的浪漫情调，也是这个短篇小说的魅力之源。对人自身历史与未来的想象历来就是科幻小说的重要题材，赵海虹借助克隆技术复活一位五万年前的完美男子：“他就像米开朗基罗的大卫雕塑变成的真人：高大、英俊、健美，有着高贵、优雅而略带神秘的气质。”他不仅拥有令人一见倾心的相貌、风度、气质，还具有崇高的人格和超群的智慧。他来自海底水晶棺，身世中隐藏着亚特兰蒂斯的不解之谜。对梅拉妮来说，“他是我的睡王子，在海底长眠了五万年，只为了等待与我相逢。是我，用我的心、用我的爱、用我的身体唤醒了他。他曾是我腹中一团蠕动的血肉，现在却是一位无与伦比的美男子，一位惊世骇俗的天才。在他神秘的目光后面，隐藏着一个消逝的时代，一片沉没的大陆，一段灿烂的文明，他就是科学本身！和他结婚，就像是与亚特兰蒂斯的传说结合，我无法抗拒他就像我无法抗拒科学的终极诱惑。”当王子、公主已成往事，他们就变成美丽的传说，活在文学的审美想象中，令人悠然神往。欧辛与梅拉妮的不伦之爱，因而被置换为王子与灰姑娘的浪漫爱情："他看着我的眼睛里燃烧着热烈的火焰，令我感到窒息，感到自己在他的注视下已经灰飞烟灭。”克隆人欧辛无疑是作者集合现代知识女性对优秀男性的期许而创造的完美幻象，他那无法抗拒的男性魅力源自女性的浪漫想象。而对于这种不伦之爱的缠绵想象，同样体现了女性对浪漫爱情的执念——对男性来说，这种爱的信念或许过于极端，令人难以置信，但这恰恰是女性写作的特点。

相比赵海虹以前的小说，《伊俄卡斯达》叙述视角的选择与转换朴素、自然、有效。由陈平的讲述引入女科学家梅拉妮被指控谋杀丈夫的案件，描写他们那古怪而懂事的儿子亚特，然后引用警方问询记录陈述案情，再由梅拉妮讲述她和克隆人惊世骇俗的爱情，最后由陈平讲述结局。陈平的叙述视角使这段奇幻、浪漫、悲情的故事着陆于现实生活，为梅拉妮的自述增强了可信度，而后者的自述便于展开心灵独白，有助于心理剖析的深度。案件报道与事实真相相互对照的叙事结构，使残忍的罪行与深刻的爱情互为表里，凸显了克隆技术与社会习俗之间的矛盾，深化了故事的悲剧性。无论叙事方式还是叙事内涵，《伊俄卡斯达》都标志着赵海虹的科幻小说创作走向了成熟。

参考文献

[1] 赵海虹．新世纪漫想．星云［J］．2000（2）．

[2] 小姬．“希腊女神”赵海虹．科幻世界［J］．2009（5）．

流浪地球

◎ 刘慈欣

一、刹车时代

我没见过黑夜，我没见过星星，我没见过春天、秋天和冬天。

我出生在刹车时代结束的时候，那时地球刚刚停止转动。

地球自转刹车用了四十二年，比联合政府的计划长了三年。妈妈给我讲过我们全家看最后一个日落的情景，太阳落得很慢，仿佛在地平线上停住了，用了三天三夜的时间才落下去，当然，以后没有“天”也没有“夜”了，东半球在相当长的一段时间里（有十几年吧）将处于永远的黄昏中，因为太阳在地平线下并没落深，还在半边天上映出它的光芒。就在那次漫长的日落中，我出生了。

黄昏并不意味着昏暗，地球发动机把整个北半球照得通明。地球发动机安装在亚洲和美洲大陆上，因为只有这两个大陆完整坚实的板块结构才能承受发动机对地球巨大的推力。地球发动机共有一万两千台，分布在亚洲和美洲大陆的各个平原上。从我住的地方，可以看到几百台发动机喷出的等离子体光柱。你想象一个巨大的宫殿，有雅典卫城上的神殿那么大，殿中有无数根顶天立地的巨柱，每根柱子像一根巨大的日光灯管那样发出蓝白色的强光。而你，是那巨大宫殿地板上的一个细菌，这样，你就可以想象到我所在的世界是什么样子了。其实，这样描述还不是太准确，是地球发动机产生的切线推力分量刹住了地球的自转，因此地球发动机的喷射必须有一定的角度，这样天空中的那些巨型光柱是倾斜的，我们是处在一个将要倾倒的巨殿中！南半球的人来到北半球后突然置身于这个环境中，有许多人会精神失常的。比这景象更可怕的是发动机带来的酷热，户外气温高达七八十摄氏度，必须穿冷却服才能外出。在这样的气温下常常会有暴雨，而发动机光柱穿过乌云时的景象简直是一场噩梦！光柱蓝白色的强光在云中散射，变成无数种色彩组成的疯狂涌动的光晕，整个天空仿佛被白热的火山岩浆所覆盖。爷爷老糊涂了，有一次被酷热折磨得实在受不了了，看到下大雨喜出望外，便赤膊冲出门去，我们没来得及拦住他。外面的雨点已被地球发动机超高温的等离子光柱烤热，把他身上烫起了一层皮。

但对于我们这一代在北半球出生的人来说，这一切都很自然，就如同对于刹车时代以前的人们，太阳、星星和月亮那么自然，我们把那以前人类的历史都叫做前太阳时代，那真是个令人神往的黄金时代啊！

我在小学上学时，作为一门课程，教师带我们班的三十个孩子进行了一次环球旅行。那时地球已经完全停转，地球发动机除了维持这个行星的这种静止状态外，只进行一些姿态调整，所以在从我三岁到六岁这三年中，光柱的光度大为减弱，这使得我们可以在这次旅行中更好地认识我们的世界。

我们首先在近距离见到了地球发动机，是在石家庄附近的太行山出口处看到它的，那是一座金属的高山，在我们面前赫然耸立，占据了半个天空，同它相比，西边的太行山山脉如同一串小土丘。有的孩子惊叹它如珠峰一样高。我们的班主任小星老师是一位漂亮姑娘，她笑着告诉我们，这座发动机的高度是一万一千米，比珠峰还要高一千多米，人们管它叫“上帝的喷灯”。我们站在它巨大的阴影中，感受着它通过大地传来的震动。

地球发动机分为两大类，大一些的叫“山”，小一些的叫“峰”。我们登上了“华北 794 号山”。登“山”比登“峰”花的时间长，因为“峰”是靠巨型电梯上下的，上“山”则要坐汽车沿盘“山”公路走。我们的汽车混在不见首尾的长车队中，沿着光滑的钢铁公路向上爬行。我们的左边是青色的金属峭壁，右边是万丈深渊。车队是由50吨的巨型自卸卡车组成，车上满载着从太行山上挖下的岩石。汽车很快升到了5000米以上，下面的大地已看不清细节，只能看到反射的地球发动机的一片青光。小星老师让我们戴上氧气面罩。随着我们距喷口越来越近，光度和温度都在剧增，面罩的颜色渐渐变深，冷却服中的微型压缩机也大功率地忙碌起来。在6000米处，我们见到了进料口，一车车的大石块倒进那闪着幽幽红光的大洞中，一点声音都没传出来。我问小星老师地球发动机是如何把岩石做成燃料的。

“重元素聚变是一门很深的学问，现在给你们还讲不明白。你们只需要知道，地球发动机是人类建造的力量最大的机器，比如我们所在的华北794号，全功率运行时能向大地产生150亿吨的推力。”

我们的汽车终于登上了顶峰，喷口就在我们头顶上。由于光柱的直径太大，我们现在抬头看到的是一堵发着蓝光的等离子体巨墙，这巨墙向上伸延到无限高处。这时，我突然想起不久前的一堂哲学课，那个憔悴的老师给我们出了一个谜语。

“你在平原上走着走着，突然迎面遇到一堵墙，这墙向上无限高，向下无限深，向左无限远，向右无限远，这墙是什么？”

我打了一个寒战，接着把这个谜语告诉了身边的小星老师。她想了好大一会儿，才困惑地摇摇头。我把嘴凑到她耳边，把那个可怕的谜底告诉她。

“死亡。”

她默默地看了我几秒钟，突然把我紧紧地抱在怀里。我从她的肩上极目望去，迷蒙的大地上耸立着一片金属的巨峰，从我们周围一直延伸到地平线。巨峰吐出的光柱，如一片倾斜的宇宙森林，刺破了我们摇摇欲坠的天空。

我们很快到达了海边，看到城市摩天大楼的尖顶伸出海面，退潮时白花花的海水从大楼无数的窗子中流出，形成一道道瀑布……刹车时代刚刚结束，其对地球的影响已触目惊心：地球发动机加速造成的潮汐吞没了北半球三分之二的大城市，发动机带来的全球高温融化了极地冰川，更给这大洪水推波助澜，波及南半球。爷爷在三十年前亲眼目睹了百米高的巨浪吞没上海的情景，他现在讲这事的时候眼还直勾勾的。事实上，我们的星球还没启程就已面目全非了，谁知道在以后漫长的外太空流浪中，还有多少苦难在等着我们呢？

我们乘上一种叫船的古老的交通工具在海面上航行。地球发动机的光柱在后面越来越远，一天以后就完全看不见了。这时，大海处在两片霞光之间，一片是西面地球发动机的光柱产生的青蓝色霞光，另一片是东方海平面下的太阳产生的粉红色霞光，它们在海面上的反射使大海也分成了闪耀着两色光芒的两部分，我们的船就行驶在这两部分的分界处，这景色真是奇妙。但随着青蓝色霞光的渐渐减弱和粉红色霞光的渐渐增强，一种不安的气氛在船上弥漫开来。甲板见不到孩子们了，他们都躲在船舱里不出来，舷窗的帘子也被紧紧拉上。一天后，我们最害怕的那一时刻终于到来了，我们集合在那间用来做教室的大舱中，小星老师庄严地宣布：

“孩子们，我们要去看日出了。”

没有人动，我们目光呆滞，像突然冻住一样僵在那儿。小星老师又催了几次，还是没人动地方。她的一位男同事说：

“我早就提过，环球体验课应该放在近代史课前面，学生在心理上就比较容易适应了。”

“没那么简单，在近代史课前，他们早就从社会上知道一切了。”小星老师说，她接着对几位班干部说：“你们先走，孩子们，不要怕，我小时候第一次看日出也很紧张的，但看过一次就好了。”

孩子们终于一个个站了起来，朝着舱门挪动脚步。这时，我感到一支湿湿的小手抓住了我的手，回头一看，是灵儿。

“我怕……”她嘤嘤地说。

“我们在电视上也看到过太阳，反正都一样的。”我安慰她说。

“怎么会一样呢？你在电视上看蛇和看真蛇一样吗？”

“……反正我们得上去，要不这门课会扣分的！”

我和灵儿紧紧拉着手，和其他孩子一起战战兢兢地朝甲板走去，去面对我们人生中的第一次日出。

“其实，人类把太阳同恐惧连在一起也只是这三四个世纪的事。在这之前，人类是不怕太阳的，相反，太阳在他们眼中是庄严和壮美的。那时地球还在转动，人们每天都能看到日出和日落。他们对着初升的太阳欢呼，赞颂落日的美丽。”小星老师站在船头对我们说，海风吹动着她的长发，在她身后，海天连线处射出几道光芒，好像海面下的一头大得无法想象的怪兽喷出的鼻息。

终于，我们看到了那令人胆寒的火焰，开始时只是天水连线上的一个亮点，很快增大，渐渐显示出了圆弧的形状。这时，我感到自己的喉咙被什么东西掐住了，恐惧使我窒息，脚下的甲板仿佛突然消失，我在向海的深渊坠下去，坠下去……和我一起下坠的还有灵儿，她那蛛丝般柔弱的小身躯紧贴着我颤抖着；还有其他孩子，其他的所有人，整个世界都在下坠。这时我又想起了那个谜语，我曾问过哲学老师，那堵墙是什么颜色的，他说应该是黑色的。我觉得不对，我想象中的死亡之墙应该是雪亮的，这就是为什么那道等离子体墙让我想起了它。这个时代，死亡不再是黑色的，它是闪电的颜色，当那最后的闪电到来时，世界将在瞬间变成蒸汽。

三个多世纪前，天体物理学家们就发现这太阳内部氢转化为氦的速度突然加快，于是他们发射了上万个探测器穿过太阳，最终建立了这颗恒星完整精确的数学模型。巨型计算机对这个模型计算的结果表明，太阳的演化已向主星序外偏移，氦元素的聚变将在很短的时间内传遍整个太阳内部，由此产生一次叫氦闪的剧烈爆炸，之后，太阳将变为一颗巨大但暗淡的红巨星，它膨胀到如此之大，地球将在太阳内部运行！事实上在这之前的氦闪爆发中，我们的星球已被汽化了。

这一切将在四百年内发生，现在已过了三百八十年。

太阳的灾变将炸毁和吞没太阳系所有适合居住的类地行星，并使所有类木行星完全改变形态和轨道。

自第一次氦闪后，随着重元素在太阳中心的反复聚集，太阳氦闪将在一段时间反复发生，这“一段时间”是相对于恒星演化来说的，其长度可能相当于上千个人类历史。所以，人类在以后的太阳系中已无法生存下去，唯一的生路是向外太空恒星际移民，而照人类目前的技术力量，全人类移民唯一可行的目标是人马座比邻星，这是距我们最近的恒星，有 4.3 光年的路程。以上看法人们已达成共识，争论的焦点在移民方式上。

为了加强教学效果，我们的船在太平洋上折返了两次，又给我们制造了两次日出。现在我们已完全适应了，也相信了南半球那些每天面对太阳的孩子确实能活下去。

以后我们就在太阳下航行了，太阳在空中越升越高，这几天凉爽下来的天气又热了起来。我正在自己的舱里昏昏欲睡，忽然听到外面有骚乱的人声。灵儿推开门探进头来。

“嗨，飞船派和地球派又打起来了！”

我对这事儿不感兴趣，他们已经打了四个世纪了。但我还是到外面看了看，在那打成一团的几个男孩儿中，一眼就看出了挑起事儿的是阿东。他爸爸是个顽固的飞船派，因参加一次反联合政府的暴动，现在还被关在监狱里，有其父必有其子。

小星老师和几名粗壮的船员好不容易才拉开架，阿东鼻子血糊糊的，振臂高呼：“把地球派扔到海里去！”

“我也是地球派，也要扔到海里去？”小星老师问。

“地球派都扔到海里去！”阿东毫不示弱，现在，在全世界飞船派情绪又呈上升趋势，所以他们又狂起来了。

“为什么这么恨我们？”小星老师问，其他几个飞船派小子接着喊了起来。

“我们不和地球派傻瓜在地球上等死！”

“我们要坐飞船走！飞船万岁！”

……

小星老师按了一下手腕上的全息显示器，我们面前的空中立刻显示出一幅全息图像，孩子们的注意力立刻被它吸引过去，暂时安静下来。那是一个晶莹透明的密封玻璃球，直径大约有 10 厘米，球里有三分之二充满了水，水中有一只小虾、一小枝珊瑚和一些绿色的藻类植物，小虾在水中悠然地游动着。小星老师说：“这是阿东的一件自然课的设计作业，小球中除了这几样东西外，还有一些看不见的细菌。它们在密封的玻璃球中相互依赖、相互作用。小虾以海藻为食，从水中摄取氧气，然后排出含有机物质的粪便和二氧化碳废气。细菌将这些东西分解成无机物质和二氧化碳，然后海藻利用了这些无机物质与人造阳光进行光合作用，制造营养物质，进行生长和繁殖，同时放出氧气供小虾呼吸。这样的生态循环应该能使玻璃球中的生物在只有阳光供应的情况下生生不息。这是我见过的最好的课程设计，我知道，这里面凝聚了阿东和所有飞船派孩子的梦想，这就是你们梦中飞船的缩影啊！阿东告诉我，他按照计算机中严格的数学模型，对球中每一样生物进行了基因设计，使他们的新陈代谢正好达到平衡。他坚信，球中的生命世界会长期活下去，直到小虾寿命的终点。老师们都很钟爱这件作业，我们把它放到所要求强度的人造阳光下，也坚信阿东的预测，默默地祝福他创造的这个小小的世界。但现在，时间只过去了十几天……”

小星老师从随身带来的一个小箱子中小心翼翼地拿出了那个玻璃球，死去的小虾漂浮在水面上，水已混浊不堪，腐烂的藻类植物已失去了绿色，变成一团没有生命的毛状物覆盖在珊瑚上。

“这个小世界死了。孩子们，谁能说出为什么？”小星老师把那个死亡的世界举到孩子们面前。

“它太小了！”

“说得对，太小了，小的生态系统，不管多么精确，是经不起时间的风浪的。飞船派们想象中的飞船也一样。”

“我们的飞船可以造得像上海或纽约那么大。”阿东说，声音比刚才低了许多。

“是的，按人类目前的技术也只能造这么大，同地球相比，这样的生态系统还是太小了，太小了。”

“我们会找到新的行星。”

“这连你们自己也不相信。人马座没有行星，最近的有行星的恒星在八百五十光年以外，目前人类能建造的最快的飞船也只能达到光速的百分之零点五，这样就需十七万年时间才能到那儿，飞船规模的生态系统连这十分之一的时间都维持不了。孩子们，只有像地球这样规模的生态系统，这样气势磅礴的生态循环，才能使生命万代不息！人类在宇宙间离开了地球，就像婴儿在沙漠里离开了母亲！”

“可……老师，我们来不及的，地球来不及的，它还来不及加速到足够快、航行到足够远，太阳就爆炸了！”

“时间是够的，要相信联合政府！这我说了多少遍，如果你们还不相信，我们就退一万步说：人类将自豪地去死，因为我们尽了最大的努力！”

人类的逃亡分为五步：第一步，用地球发动机使地球停止转动，使发动机喷口固定在地球运行的反方向；第二步，全功率开动地球发动机，使地球加速到逃逸速度，飞出太阳系；第三步，在外太空继续加速，飞向比邻星；第四步，在中途使地球重新自转，调转发动机方向，开始减速；第五步，地球泊入比邻星轨道，成为这颗恒星的卫星。人们把这五步分别称为刹车时代、逃逸时代、流浪时代Ⅰ（加速）、流浪时代Ⅱ（减速）、新太阳时代。

整个移民过程将延续两千五百年时间，一百代人。

我们的船继续航行，到了地球黑夜的部分。在这里，阳光和地球发动机的光柱都照不到，在大西洋清凉的海风中，我们这些孩子第一次看到了星空。天啊，那是怎样的景象啊，美得让我们心碎。小星老师一手搂着我们，一手指着星空。“看，孩子们，那就是人马座，那就是比邻星，那就是我们的新家！”说完她哭了起来，我们也都跟着哭了，周围的水手和船长，这些铁打的汉子也流下了眼泪。所有的人都用泪眼探望着老师指的方向，星空在泪水中扭曲抖动，唯有那个星星是不动的。那是黑夜大海狂浪中远方陆地的灯塔，那是冰雪荒原中快要冻死的孤独旅人前方隐现的火光，那是我们心中的太阳，那是人类在未来一百代人的苦海中唯一的希望和支撑……

在回家的航程中，我们看到了启航的第一个信号：夜空中出现了一个巨大的彗星，那是月球。人类带不走月球，就在月球上也安装了行星发动机，把它推离地球轨道，以免在地球加速时相撞。月球上行星发动机产生的巨大彗尾使大海笼罩在一片蓝光之中，群星看不见了。月球移动产生的引力潮汐使大海巨浪冲天，我们改乘飞机向南半球的家飞去。

启航的日子终于到了！

我们一下飞机，就被地球发动机的光柱照得睁不开眼，这些光柱比以前亮了几倍，而且所有光柱都由倾斜变成笔直，地球发动机开到了最大功率，加速产生的百米巨浪轰鸣着滚上每个大陆，灼热的飓风夹着滚烫的水沫，在林立的顶天立地的等离子光柱间疯狂呼啸，拔起了陆地上所有的大树……这时从宇宙空间看，我们的星球也成了一个巨大的彗星，蓝色的彗尾刺破了黑暗的太空。

地球上路了，人类上路了。

就在启航时，爷爷去世了，他身上的烫伤已经感染。弥留之际他反复念叨着一句话。

“啊，地球，我的流浪地球啊……”

二、逃逸时代

学校要搬入地下城了，我们是第一批入城的居民。校车钻进了一个高大的隧洞，隧洞呈不大的坡度向地下延伸。走了有半个钟头，我们被告之已入城了。可车窗外哪有城市的样子？只看到不断掠过的错综复杂的支洞和洞壁上无数的密封门，在高高洞顶一排泛光灯下，一切都呈单调的金属蓝色。想到后半生的大部分时光都要在这个世界中度过，我们不禁黯然神伤。

“原始人就住洞里，我们又住洞里了。”灵儿虽然低声说，但这话还是让小星老师听见了。

“没有办法的，孩子们，地面的环境很快就要变得很可怕很可怕。那时，冷的时候，吐一口唾沫，还没掉到地上呢，就冻成小冰块儿了；热的时候，再吐一口唾沫，还没掉到地上，就变成蒸汽了！”

“冷我知道，因为地球离太阳越来越远了；可为什么还会热呢？”同车的一个低年级的小娃娃问。

“笨，没学过变轨加速吗？”我没好气地说。

“没。”

灵儿耐心地解释起来，好像是为了分散刚才的悲伤。“是这样：跟你想的不同，地球发动机没那么大劲儿，它只能给地球很小的加速度，不能把地球一下子推出太阳轨道，在地球离开太阳前，还要绕着它转 15 个圈呢！在这

15个圈中地球慢慢加速。现在，地球绕太阳转着一个挺圆的圈儿，可它的速度越快呢，这圈就越扁，越快越扁越快越扁，太阳越来越移到这个扁圈的一边儿，所以后来，地球有时离太阳会很远很远，当然冷了……”

“可……还是不对！地球到最远的地儿是很冷，可在扁圈的另一头儿，它离太阳……嗯，我想想，按轨道动力学，还是现在这么近啊，怎么会更热呢？”

真是个小天才，记忆遗传技术使这样的小娃娃成了平常人，这是人类的幸运。否则，像地球发动机这样连神都不敢想的奇迹，是不会在四个世纪内变成现实的。

我说：“可还有地球发动机呢，小傻瓜，现在，一万多台那样的大喷灯全功率开动，地球就成了火箭喷口的护圈了……你们安静点吧，我心里烦！”

我们就这样开始了地下的生活，像这样在地下五百米处人口超过百万的城市遍布各个大陆。在这样的地下城中，我读完小学并升入中学。学校教育都集中在理工科上，艺术和哲学之类的教育已压缩到最少，人类没有这份闲心了。这是人类最忙的时代，每个人都有做不完的工作。很有意思的是，地球上所有的宗教在一夜之间消失得无影无踪，人们现在终于明白，就算真有上帝，他也是个王八蛋。历史课还是有的，只是课本中前太阳时代的人类历史对于我们就像伊甸园中的神话一样。

父亲是空军的一名近地轨道宇航员，在家的时间很少。记得在变轨加速的第五年，在地球处于远日点时，我们全家到海边去过一次。运行到远日点顶端那一天，是一个如同新年或圣诞节一样的节日，因为这时地球距太阳最远，人们都有一种虚幻的安全感。像以前到地面上去一样，我们需穿上带有核电池的全密封加热服。外面，地球发动机林立的刺目光柱是主要能看见的东西，地面世界的其他部分都淹没于光柱的强光中，也看不出变化。我们乘飞行汽车飞了很长时间，到了光柱照不到的地方，到了能看见太阳的海边。这时的太阳已成了一个棒球大小，一动不动地悬挂在天边，它的光芒只在自己的周围映出了一圈晨曦似的亮影，天空呈暗暗的深蓝色，星星仍清晰可见。举目望去，哪有海啊，眼前是一片白茫茫的冰原。在这封冻的大海上，有大群狂欢的人。焰火在暗蓝色的空中开放，冰冻海面上的人们以一种不正常的忘情在狂欢着，到处都是喝醉了在冰上打滚的人，更多的人在声嘶力竭地唱着不同的歌，都想用自己的声音压住别人。

“每个人都在不顾一切地过自己想过的生活，这也没有什么不好。”爸爸突然想起了一件事，“呵，忘了告诉你们，我爱上了黎星，我要离开你们和她在一起。”

“她是谁？”妈妈平静地问。

“我的小学老师。”我替爸爸回答。我升入中学已两年，不知道爸爸和小星老师是怎么认识的，也许是在两年前那个毕业仪式上？

“那你去吧。”妈妈说。

“过一阵我肯定会厌倦，那时我就回来，你看呢？”

“你要愿意当然行。”妈妈的声音像冰冻的海面一样平稳，但很快激动起来，“啊，这一颗真漂亮，里面一定有全息散射体！”她指着刚在空中开放的一朵焰火，真诚地赞美着。

在这个时代，人们在看四个世纪以前的电影和小说时都莫名其妙，他们不明白，前太阳时代的人怎么会在不关生死的事情上倾注那么多的感情。当看到男女主人公为爱情而痛苦或哭泣时，他们的惊奇是难以言表的。在这个时代，死亡的威胁和逃生的欲望压倒了一切，除了当前太阳的状态和地球的位置，没有什么能真正引起他们的注意并打动他们了。这种注意力高度集中的关注，渐渐从本质上改变了人类的心理状态和精神生活，对于爱情这类东西，他们只是用余光瞥一下而已，就像赌徒在盯着轮盘的间隙抓住几秒钟喝口水一样。

过了两个月，爸爸真从小星老师那儿回来了，妈妈没有高兴，也没有不高兴。

爸爸对我说：“黎星对你印象很好，她说你是一个有创造力的学生。”

妈妈一脸茫然：“她是谁？”

“小星老师嘛，我的小学老师，爸爸这两个月就是同她在一起的！”

“哦，想起来了！”妈妈摇头笑了：“我还不到四十，记忆力就成了这个样子。”她抬头看看天花板上的全息星空，又看看四壁的全息森林，“你回来挺好，把这些图像换换吧，我和孩子都看腻了，但我们都不会调整这玩意儿。”

当地球再次向太阳跌去的时候，我们全家都把这事给忘了。

有一天，新闻报道海在熔化，于是我们全家又到海边去。这是地球通过火星轨道的时候，按照这时太阳的光照量，地球的气温应该仍然是很低的，但由于地球发动机的影响，地面的气温正适宜。能不穿加热服或冷却服去地面，那感觉真令人愉快。地球发动机所在的这个半球天空还是那个样子，但到达另一个半球时，真正感觉到了太阳的临近：天空是明朗的纯蓝色，太阳在空中已同启航前一样明亮了。可我们从空中看到海并没熔化，还是一片白色的冰原。当我们失望地走出飞行汽车时，听到惊天动地的隆隆声，那声音仿佛来自这颗星球的最深处，真像地球要爆炸一样。

“这是大海的声音！”爸爸说，“因为气温骤升，厚厚的冰层受热不均匀，这很像陆地上的地震。”

突然，一声雷霆般尖厉的巨响插进这低沉的隆隆声中，我们后面看海的人们欢呼起来。我看到海面上裂开一道长缝，其开裂速度之快如同广阔的冰原上突然出现的一道黑色的闪电。接着在不断的巨响中，这样的裂缝一条接一条地在海冰上出现，海水从所有的裂缝中喷出，在冰原上形成一条条迅速扩散的急流……

回家的路上，我们看到荒芜已久的大地上，野草在大片大片地钻出地面，各种花朵在怒放，嫩叶给枯死的森林披上绿装……所有的生命都在抓紧时间焕发着活力。

随着地球和太阳的距离越来越近，人们的心也一天天揪紧了。到地面上来欣赏春色的人越来越少了，大部分人都深深地躲进了地下城中，这不是为了躲避即将到来的酷热、暴雨和飓风，而是躲避那随着太阳越来越近的恐惧。有一天在我睡下后，听到妈妈低声对爸爸说：

“可能真的来不及了。”

爸爸说：“前四个近日点时也有这种谣言。”

“可这次是真的，我是从钱德勒博士夫人口中听说的，她丈夫是航行委员会的那个天文学家，你们都知道他的。他亲口告诉她已观测到氦的聚集在加速。”

“你听着亲爱的，我们必须抱有希望，这并不是因为希望真的存在，而是因为我们要做高贵的人。在前太阳时代，做一个高贵的人必须拥有金钱、权力或才能，而在今天只要拥有希望，希望是这个时代的黄金和宝石，不管活多长，我们都要拥有它！明天把这话告诉孩子。”

和所有的人一样，我也随着近日点的到来而心神不定。有一天放学后，我不知不觉走到了城市中心广场，在广场中央有喷泉的圆形水池边呆立着，时而低头看着蓝莹莹的池水，时而抬头望着广场圆形穹顶上梦幻般的光波纹，那是池水反射上去的。这时我看到了灵儿，她拿着一个小瓶子和一根小管儿在吹肥皂泡。每吹出一串，她都呆呆地盯着空中漂浮的泡泡，看着它们一个个消失，然后再吹出一串……

“都这么大了还干这个，这好玩吗？”我走过去问她。

灵儿见了我以后喜出望外，“我俩去旅行吧！”

“旅行？去哪？”

“当然是地面啦！”她挥手在空中划了一下，从手腕上的计算机甩出一幅全息景象，显示出一个落日下的海滩，微风吹拂着棕榈树，道道白浪，金黄的沙滩上有一对对的情侣，他们在铺满碎金的海面前呈一对对黑色的剪影。“这是梦娜和大刚发回来的，他俩现在还满世界转呢，他们说外面现在还不太热，外面可好呢，我们去吧！”

“他们因为旷课刚被学校开除了。”

“哼，你根本不是怕这个，你是怕太阳！”

“你不怕吗？别忘了你因为怕太阳还看过精神病医生呢！”

“可我现在不一样了，我受到了启示！你看，”灵儿用小管儿吹出了一串肥皂泡，“盯着它看！”她用手指着一个肥皂泡说。

我盯着那个泡泡，看到它表面上光和色的狂澜，那狂澜以人的感觉无法把握的复杂和精细在涌动，好像那个泡泡知道自己生命的长度，疯狂地把自己浩如烟海的记忆中无数的梦幻和传奇向世界演绎。很快，光和色的狂澜在一次无声的爆炸中消失了，我看到了一小片似有似无的水汽，这水汽也只存在了半秒钟，然后什么都没有了，好像什么都没有存在过。

“看到了吗？地球就是宇宙中的一个小水泡，啪一下，就什么都没了，有什么好怕的呢？”

“不是这样的，据计算，在氦闪发生时，地球被完全蒸发掉至少需要一百个小时。”

“这就是最可怕之处了！”灵儿大叫起来，“我们在这地下五百米，就像馅饼里的肉馅一样，先给慢慢烤熟了，再蒸发掉！”

一阵冷战传遍我的全身。

“但在地面就不一样了，那里的一切瞬间被蒸发，地面上的人就像那泡泡一样，啪一下……所以，氦闪时还是在地面上为好。”

不知为什么，我没同她去，她就同阿东去了。我以后再也没见到他们。

氦闪并没有发生，地球高速掠过了近日点，第六次向远日点升去，人们绷紧的神经松弛下来。由于地球自转已停止，在太阳轨道的这一面，亚洲大陆上的地球发动机正对它的运行方向，所以在通过近日点前都停了下来，只是偶尔做一些调整姿态的运行，我们这儿处于宁静而漫长的黑夜之中。美洲大陆上的发动机则全功率运行，那里成了火箭喷口的护圈。由于太阳这时也处于西半球，那儿的高温更是可怕，草木生烟。

地球的变轨加速就这样年复一年地进行着。每当地球向远日点升去时，人们的心也随着地球与太阳距离的日益拉长而放松；而当它在新的一年向太阳跌去时，人们的心一天天紧缩起来。每次到达近日点，社会上就谣言四起，说太阳氦闪就要在这时发生了；直到地球再次升向远日点，人们的恐惧才随着天空中渐渐变小的太阳平息下来，但又在酝酿着下一次的恐惧……人类的精神像在荡着一个宇宙秋千，更恰当地说，在经历着一场宇宙俄罗斯轮盘赌：升上远日点和跌向太阳的过程是在转动弹仓，掠过近日点时则是扣动扳机！每扣一次时的神经比上一次更紧张，我就是在这种交替的恐惧中度过了自己的少年时代。其实仔细想想，即使在远日点，地球也未脱离太阳氦闪的威力圈，如果那时太阳爆发，地球不是被气化而是被慢慢液化，那种结果还真不如在近日点。

在逃逸时代，大灾难接踵而至。

由于地球发动机产生的加速度及运行轨道的改变，地核中铁镍核心的平衡被扰动，其影响穿过古腾堡不连续面，波及地幔，各个大陆地热逸出，火山横行，这对于人类的地下城市是致命的威胁。从第六次变轨周期后，在各大陆的地下城中，岩浆渗入灾难频繁发生。

那天当警报响起来的时候，我正走在放学回家的路上，听到市政厅的广播："F112 市全体市民注意，城市北部屏障已被地应力破坏，岩浆渗入！岩浆渗入！现在岩浆流已到达第四街区！公路出口被封死，全体市民到中心广场集合，通过升降向地面撤离。注意，撤离时按危急法第五条行事，强调一遍，撤离时按危急法第五条行事！"

我环视了一下四周迷宫般的通道，地下城现在看上去并没有什么异常。但我知道现在的危险：只有两条通向外部的地下公路，其中一条去年因加固屏障的需要已被堵死，如果剩下的这条也堵死了，就只有通过经竖井直通地面的升降梯逃命了。升降梯的载运量很小，要把这座地下城里的三十六万人运出去需要很长时间。但也没有必要去争夺生存的机会，联合政府的危急法把一切都安排好了。

古代曾有过一个伦理学问题：当洪水到来时，一个女人只能救走一个人的男人，是去救他的父亲呢还是去救他的儿子呢？在这个时代的人看来，提出这个问题很不可理解。

当我到达中心广场时，看到人们已按年龄排起了长长的队。最靠近电梯口的是由机器人保育员抱着的婴儿，然后是幼儿园的孩子，再往后是小学生……我排在队伍中间靠前的部分。爸爸现在在近地轨道值班，城里只有我和妈妈，我现在看不到妈妈，就顺着几公里长的队身后跑，没跑多远就被士兵拦住了。我知道她在最后一段，因为这个城市主要是学校集中地，家庭很少，她已经算年纪大的那批人了。

长队以让人心里着火的慢速度向前移动，三个小时后轮到我跨进升降梯时，心里一点都不轻松，因为这时在妈妈和生存之间，还隔着两万多名大学生呢！而我已闻到了浓烈的硫磺味……

我到地面两个半小时后，岩浆就在五百米深的地下吞没了整座城市。我心如刀绞地想象着妈妈最后的时刻：她同没能撤出的一万八千人一起，看着岩浆涌进市中心广场。那时已经停电，整个地下城只有岩浆那恐怖的暗红色光芒。广场那高大的白色穹顶在高温中渐渐变黑，所有的遇难者可能还没接触到岩浆，就被这上千度的高温夺去了生命。

但生活还在继续，这严酷恐惧的现实中，爱情仍不时闪现出迷人的火花。为了缓解人们的紧张情绪，在第十二次到达远日点时，联合政府居然恢复了中断达两个世纪的奥运会。我作为一名机动冰橇拉力赛的选手参加了奥运会，比赛是驾驶机动冰橇，从上海出发，从冰面上横穿封冻的太平洋，到达终点纽约。

发令枪响过之后，上百只雪橇在冰冻的海洋上以每小时二百公里左右的速度出发了。开始还有几只雪橇相伴，但两天后，他们或前或后，都消失在地平线之外。这时背后地球发动机的光芒已经看不到了，我正处于地球最黑暗的部分。在我眼中，世界就是由广阔的星空和向四面无限延伸的冰原组成的，这冰原似乎一直延伸到宇宙的尽头，或者它本身就是宇宙的尽头。而在无限的星空和无限的冰原组成的宇宙中，只有我一个人！雪崩般的孤独感压倒了我，我想哭。我拼命地赶路，名次已无关紧要，只是为了在这可怕的孤独感杀死我之前尽早地摆脱它，而那想象中的彼岸似乎根本就不存在。

就在这时，我看到天边出现了一个人影。近了些后，我发现那是一个姑娘，正站在她的雪橇旁，她的长发在冰原上的寒风中飘动着。你知道这时遇见一个姑娘意味着什么，我们的后半生由此决定了。她是日本人，叫山彬加代子。女子组比我们先出发十二个小时，她的雪橇卡在冰缝中，把一根滑杆卡断了。我一边帮她修雪橇，一边把自己刚才的感觉告诉她。

“您说的太对了，我也是那样的感觉！是的，好像整个宇宙中就只有你一个人！知道吗，我看到您从远方出现时，就像看到太阳升起一样耶！”

“那你为什么不叫救援飞机？”

“这是一场体现人类精神的比赛，要知道，流浪地球在宇宙中是叫不到救援的！”她挥动着小拳头，以日本人特有的执著说。

“不过现在总得叫了，我们都没有备用滑杆，你的雪橇修不好了。”

“那我们坐您的雪橇一起走好吗？如果您不在意名次的话。”

我当然不在意，于是我和加代子一起在冰冻的太平洋上走完了剩下的漫长路程。经过夏威夷后，我们看到了天边的曙光。在这被那个小小的太阳照亮的无际冰原上，我们向联合政府的民政部发去了结婚申请。

当我们到达纽约时，这个项目的裁判们早等得不耐烦收摊走了。但有一个民政局的官员在等着我们，他向我们致以新婚的祝贺，然后开始履行他的职责：他挥手在空中划出一个全息图像，上面整齐地排列着几万个圆点，这是这几天全世界向联合政府登记结婚的数目。由于环境的严酷，法律规定每三对新婚配偶中只有一对有生育权，抽签决定。加代子对着半空中那几万个点犹豫了半天，点了中间的一个。当那个点变为绿色时，她高兴得跳了起来。但我的心中却不知是什么滋味，我的孩子出生在这个苦难的时代，是幸运还是不幸呢？那个官员倒是兴高采烈，他说每当一对儿“点绿”的时候他都十分高兴，他拿出了一瓶伏特加，我们三个轮着一人一口地喝着，都为人类的延续干杯。我们身后，遥远的太阳用它微弱的光芒给自由女神像镀上了一层金辉，对面是已无人居住的曼哈顿的摩天大楼群，微弱的阳光把它们的影子长长地投在纽约港寂静的冰面上，醉意朦胧的我，眼泪涌了出来。

地球，我的流浪地球啊！

分手前，官员递给我们一串钥匙，醉醺醺地说：“这是你们在亚洲分到的房子，回家吧，哦，家多好啊！”

“有什么好的？”我漠然地说，“亚洲的地下城充满危险，这你们在西半球当然体会不到。”

“我们马上也有你们体会不到的危险了，地球又要穿过小行星带，这次是西半球对着运行方向。”

“上几个变轨周期也经过小行星带，不是没什么大事吗？”

“那只是擦着小行星带的边缘走，太空舰队当然能应付，他们可以用激光和核弹把地球航线上的那些小石块都清除掉。但这次……你们没看新闻？这次地球要从小行星带正中穿过去！舰队只能对付那些大石块，唉……”

在回亚洲的飞机上，加代子问我：“那些石块很大吗？”

我父亲现在就在太空舰队干那件工作，所以尽管政府为了避免惊慌照例封锁消息，我还是知道一些情况的。我告诉加代子，那些石块大的像一座大山，五千万吨级的热核炸弹只能在上面打出一个小坑。“他们就要使用人类手中的威力最大的武器了！”我神秘地告诉加代子。

“你是说反物质炸弹？！”

“还能是什么？”

“太空舰队的巡航范围是多远？”

“现在他们力量有限，我爸说只有一百五十万公里左右。”

“啊，那我们能看到了！”

“最好别看。”

加代子还是看了，而且是没戴护目镜看的。反物质炸弹的第一次闪光是在我们起飞不久后从太空传来的，那时加代子正在欣赏飞机舷窗外空中的星星，这使她的双眼失明了一个多小时，眼睛在以后的一个多月都红肿流泪。那真是让人心惊肉跳的时刻，反物质炮弹不断地击中小行星，湮灭的强光此起彼伏地在漆黑的太空中闪现，仿佛宇宙中有一群巨人围着地球用闪光灯疯狂拍照似的。

半小时后，我们看到了火流星，它们拖着长长的火尾划破长空，给人一种恐怖的美感。火流星越来越多，每一个在空中划过的距离越来越长。突然，机身在一声巨响中震颤了一下，紧接着又是连续的巨响和震颤。加代子惊叫着扑到我怀中，她显然以为飞机被流星击中了，这时舱里响起了机长的声音。

“请各位乘客不要惊慌，这是流星冲破音障产生的超音速爆音，请大家戴上耳机，否则您的听觉会受到永久的损害。由于飞行安全已无法保证，我们将在夏威夷紧急降落。”

这时我盯住了一个火流星，那个火球的体积比别的大出许多，我不相信它能在大气中烧完。果然，那火球疾驰过大半个天空，越来越小，但还是坠入了冰海。从万米高空看到，海面被击中的位置出现了一个小白点，那白点立刻扩散成一个白色的圆圈，圆圈迅速在海面扩大。

“那是浪吗？”加代子颤着声儿问我。

“是浪，上百米的浪。不过海封冻了，冰面会很快使它衰减的。”我自我安慰地说，不再看下面。

我们很快在檀香山降落，由当地政府安排去地下城。我们的汽车沿着海岸走，天空中布满了火流星，那些红发恶魔好像是从太空中的某一个点同时迸发出来的。一颗流星在距海岸不远处击中了海面，没有看到水柱，但水蒸气形成的白色蘑菇云高高地升起。涌浪从冰层下传到岸边，厚厚的冰层轰隆隆地破碎了，冰面显出了浪的形状，好像有一群柔软的巨兽在下面排着队游过。

“这块有多大？”我问那位来接应我们的官员。

“不超过五公斤，不会比你的脑袋大吧？不过刚接到通知，在北方八百公里的海面上，刚落下一颗二十吨左右的。”

这时他手腕上的通讯机响了，他看了一眼后对司机说：“来不及到 204 号门了，就近找个入口吧！”

汽车拐了个弯，在一个地下城入口前停了下来。我们下车后，看到入口外有几个士兵，他们都一动不动地盯着远方的一个方向，眼里充满了恐惧。我们都顺着他们的目光看去，在天海连线处，我们看到一层黑色的屏障，初一看好像是天边低低的云层，但那“云层”的高度太齐了，像一堵横在天边的长墙，再仔细看，墙头还镶着一线白边。

“那是什么呀？”加代子怯生生地问一个军官，得到的回答让我们毛发直竖。

“浪。”

地下城高大的铁门隆隆地关上了，约莫过了十分钟，我们感到从地面传来低沉的声音，咕噜噜的，像一个巨人在地面打滚。我们面面相觑，大家都知道，百米高的巨浪正在滚过夏威夷，也将滚过各个大陆。但另一种震动更吓人，仿佛有一只巨拳从太空中不断地击打着地球，在地下这震动并不大，只能隐约感到，但每一个震动都直达我们灵魂深处。这是流星在不断地击中地面。

我们的星球所遭到的残酷轰炸断断续续持续了一个星期。

当我们走出地下城时，加代子惊叫：“天啊，天怎么是这样的！”

天空是灰色的，这是因为高层大气弥漫着小行星撞击陆地时产生灰尘，星星和太阳都消失在这无际的灰色中，仿佛整个宇宙在下着一场大雾。地面上，滔天巨浪留下的海水还没来得及退去就封冻了，城市幸存的高楼形单影只地立在冰面上，挂着长长的冰凌柱。冰面上落了一层撞击尘，于是这个世界只剩下一种颜色：灰色。

我和加代子继续回亚洲的旅行。在飞机越过早已无意义的国际日期变更线时，我们见到了人类所见过的最黑的黑夜，飞机仿佛潜行在墨汁的海洋中。看着机舱外那没有一丝光线的世界，我们的心情也暗到了极点。

“什么时候到头儿呢？”加代子喃喃地说。我不知道她指的是这个旅程还是这充满苦难和灾难的生活，我现在觉得两者都没有尽头。是啊，即使地球航出了氦闪的威力圈，我们得以逃生，又怎么样呢？我们只是那漫长阶梯的最下一级，当我们的一百代重孙爬上阶梯的顶端，见到新生活的光明时，我们的骨头都变成灰了。我不敢想象未来的苦难和艰辛，更不敢想象要带着爱人和孩子走过这条看不到头的泥泞路，我累了，实在走不动了……就在我被悲伤和绝望窒息的时候，机舱里响起了一声女人的惊叫：

“啊！不！不能亲爱的！！”

我循声看去，见那个女人正从旁边的一个男人手中夺下一支手枪，他刚才显然想把枪口凑到自己的太阳穴上。这人很瘦弱，目光呆滞地看着前方无限远处。女人把头埋在他膝上，嘤嘤地哭了起来。

“安静。”男人冷冷地说。

哭声消失了，只有飞机发动机的嗡嗡声在轻响，像不变的哀乐。在我的感觉中，飞机已粘在这巨大的黑暗中，一动不动，而整个宇宙，除了黑暗和飞机，什么都没有了。加代子紧紧钻在我怀里，浑身冰凉。

突然，机舱前部有一阵骚动，有人在兴奋地低语。我向窗外看去，发现飞机前方出现了一片朦胧的光亮，那光亮是蓝色的，没有形状，十分均匀地出现在前方弥漫着撞击尘的夜空中。

那是地球发动机的光芒。

西半球的地球发动机已被陨石击毁了三分之一，但损失比启航前的预测要少；东半球的地球发动机由于背向撞击面，完好无损。从功率上来说，它们是能使地球完成逃逸航行的。

在我眼中，前方朦胧的蓝光，如同从深海漫长的上浮后看到的海面的亮光，我的呼吸又顺畅起来。

我又听到那个女人的声音："亲爱的，痛苦呀、恐惧呀这些东西，也只有在活着时才能感觉到，死了，死了什么也没有了，那边只有黑暗。还是活着好，你说呢？"

那瘦弱的男人没有回答，他盯着前方的蓝光看，眼泪流了下来。我知道他能活下去了，只要那希望的蓝光还亮着，我们就都能活下去，我又想起了父亲关于希望的那些话。

一下飞机，我和加代子没有去我们在地下城中的新家，而是到设在地面的太空舰队基地去找父亲，但在基地，我只见到了追授他的一枚冰冷的勋章。这勋章是一名空军少将给我的，他告诉我，在清除地球航线上的小行星的行动中，一块被反物质炸弹炸出的小行星碎片击中了父亲的单座微型飞船。

"当时那个石块和飞船的相对速度有每秒一百公里，撞击使飞船座舱瞬间汽化了，他没有一点痛苦，我向您保证，没有一点痛苦。"将军说。

当地球又向太阳跌回去的时候，我和加代子又到地面上来看春天，但没有看到。世界仍是一片灰色，阴暗的天空下，大地上分布着由残留海水形成的一个个冰冻湖泊，见不到一点绿色。大气中的撞击尘挡住了阳光，使气温难以回升。甚至在近日点，海洋和大地都没有解冻，太阳呈一个朦胧的光晕，仿佛是撞击尘后面的一个幽灵。

三年以后，空中的撞击尘才有所消散，人类终于最后一次通过近日点，向远日点升去。在这个近日点，东半球的人有幸目睹了地球历史上最快的一次日出和日落。太阳从海平面上一跃而起，迅速划过长空，大地上万物的影子在很快地变换着角度，仿佛是无数根钟表的秒针。这也是地球上最短的一个白天，只有不到一个小时。当一小时后太阳跌入地平线，黑暗降临大地时，我感到一阵伤感。这转瞬即逝的一天，仿佛是对地球在太阳系四十五亿年进化史的一个短暂的总结。直到宇宙的末日，它不会再回来了。

“天黑了。”加代子忧伤地说。

“最长的一夜。”我说。东半球的这一夜将延续两千零五年，一百代人后，人马座的曙光才能再次照亮这个大陆。西半球也将面临最长的白天，但比这里的黑夜要短得多。在那里，太阳将很快升到天顶，然后一直静止在那个位置上渐渐变小，在半个世纪内，它就会融入星群难以分辨了。

按照预定的航线，地球升向与木星的会合点。航行委员会的计划是：地球第 15 圈的公转轨道是如此之扁，以至于它的远日点到达木星轨道，地球将与木星在几乎相撞的距离上擦身而过，在木星巨大引力的拉动下，地球将最终达到逃逸速度。

离开近日点后两个月，就能用肉眼看到木星了，它开始只是一个模糊的光点，但很快显出圆盘的形状；又过了一个月，木星在地球上空已有满月大小了，呈暗红色，能隐约看到上面的条纹。这时，15 年来一直垂直的地球发动机光柱中有一些开始摆动，地球在做会合前最后的姿态调整，木星渐渐沉到了地平线下。以后的三个多月，木星一直处在地球的另一面，我们看不到它，但知道两颗行星正在交会之中。

有一天，我们突然被告知东半球也能看到木星了。于是，人们纷纷从地下城中来到地面。当我走出城市的密封门来到地面时，发现开了 15 年的地球发动机已经全部关闭了，我再次看到了星空，这表明同木星最后的交会正在进行。人们都在紧张地盯着西方的地平线，地平线上出现了一片暗红色的光，那光区渐渐扩大，伸延到整个地平线的宽度。我现在发现那暗红色的区域上方同漆黑的星空有一道整齐的边界，那边界呈弧形，那巨大的弧形从地平线的一端跨到了另一端，在缓缓升起，巨弧下的天空都变成了暗红色，仿佛一块同星空一样大小的暗红色幕布在把地球同整个宇宙隔开。当我回过神来时，不由倒吸一口冷气，那暗红色的幕布就是木星！我早就知道木星的体积是地球的1300倍，但现在才真正感觉到它的巨大。这宇宙巨怪在整个地平线上升起时产生的那种恐惧和压抑感是难以用语言描述的，一名记者后来写道："不知是我身处噩梦中，还是这整个宇宙都是一个造物主巨大而变态的头脑中的噩梦！"木星恐怖地上升着，渐渐占据了半个天空。这时，我们可以清楚地看到它云层中的风暴，那风暴把云层搅动成让人迷茫的混乱线条，我知道那厚厚的云层下是沸腾的液氢和液氦的大洋。著名的大红斑出现了，这个在木星表面维持了几十万年的大旋涡大得可以吞下整个地球。这时木星已占满了整个天空，地球仿佛是浮在木星沸腾的暗红色云海上的一只气球！而木星的大红斑就处在天空正中，如一只红色的巨眼盯着我们的世界，大地笼罩在它那阴森的红光中……这时，谁都无法相信小小的地球能逃出这巨大怪物的引力场，从地面上看，地球甚至连成为木星的卫星都不可能，我们就要掉进那无边云海覆盖着的地狱中去了！但领航工程师们的计算是精确的，暗红色的迷乱的天空在缓缓移动着，不知过了多长时间，西方的天边露出了黑色的一角，那黑色迅速扩大，其中有星星在闪烁，地球正在冲出木星的引力魔掌。这时，警报尖叫起来，木星产生的引力潮汐正在向内陆推进，后来得知，这次大潮百多米高的巨浪再次横扫了整个大陆。在跑进地下城的密封门时，我最后看了一眼仍占据半个天空的木星，发现木星的云海中有一道明显的划痕，后来才知道，那是地球引力作用在木星表面的痕迹，我们的星球也在木星表面拉起了如山的液氢和液氦的巨浪。这时，木星巨大的引力正在把地球加速甩向外太空。

离开木星时，地球已达到了逃逸速度，它不再需要返回潜藏着死亡的太阳，向广漠的外太空飞去，漫长的流浪时代开始了。

就在木星暗红色的阴影下，我的儿子在地层深处出生了。

三、叛乱

离开木星后，亚洲大陆上一万多台地球发动机再次全功率开动，这一次它们要不停地运行500年，不停地加速地球。这500年中，发动机将把亚洲大陆上一半的山脉当作燃料消耗掉。

从四个多世纪死亡的恐惧中解脱出来，人们长出了一口气。但预料中的狂欢并没有出现，接下来发生的事情出乎所有人的意料。

在地下城的庆祝集会后，我一个人穿上密封服来到地面。童年时熟悉的群山已被超级挖掘机夷为平地，大地上只有裸露的岩石和坚硬的冻土，冻土上到处有白色的斑块，那是大海潮留下的盐渍。面前那座爷爷和爸爸度过了一生的曾有千万人口的大城市现在已是一片废墟，高楼钢筋外露的残骸在地球发动机光柱的蓝光中拖着长长的影子，好像是史前巨兽的化石……一次次的洪水和小行星的撞击已摧毁了地面上的一切，各大陆上的城市和植被都荡然无存，地球表面已变成火星一样的荒漠。

这一段时间，加代子心神不定。她常常扔下孩子不管，一个人开着飞行汽车出去旅行，回来后，只是说她去了西半球。最后，她拉我一起去了。

我们的飞行汽车以四倍音速飞行了两个小时，终于能够看到太阳了，它刚刚升出太平洋，这时看上去只有棒球大小，给冰封的洋面投下一片微弱的、冷冷的光芒。加代子把飞行汽车悬停在五千米的空中，然后从后面拿出了一个长长的东西，去掉封套后我看到那是一架天文望远镜，业余爱好者用的那种。加代子打开车窗，把望远镜对准太阳让我看。

从有色镜片中我看到了放大几百倍的太阳，我甚至还能清楚地看到太阳表面的缓缓移动的明暗斑点，还有日球边缘隐隐约约的日珥。

加代子把望远镜同车内的计算机联起来，把一个太阳影像采集下来。然后，她又调出了另一个太阳图像，说：“这个是四个世纪前的太阳图像。”接着，计算机对两个图像进行比较。

“看到了吗？”加代子指着屏幕说：“它们的光度、像素排列、像素概率、层次统计等参数都完全一样！”

我摇摇头说：“这能说明什么？一架玩具望远镜，一个低级图像处理程序，加上你这个无知的外行……别自寻烦恼了，别信那些谣言！”

“你是个白痴。”她说着，收回望远镜，把飞行汽车向回开去。这时，在我们的上方和下方，我又远远地看到了几辆飞行汽车，同我们刚才一样悬在空中，从每辆车的车窗中都伸出一架望远镜对着太阳。

以后的几个月中，一个可怕的说法像野火一样在全世界蔓延。越来越多的人自发地用更大型、更精密的仪器观测太阳。后来，一个民间组织向太阳发射了一组探测器，它们在三个月后穿过日球。探测器发回的数据最后证实了那个事实。

同四个世纪前相比，太阳没有任何变化。

现在，各大陆的地下城已成了一座座骚动的火山，局势一触即发。一天，按照联合政府的法令，我和加代子把儿子送进了养育中心。回家的路上我们俩都感到维系我们关系的唯一纽带已不存在了。走到市中心广场，我们看到有人在演讲，另一些人在演讲者周围向市民分发武器。

“公民们！地球被出卖了！人类被出卖了！！文明被出卖了！！！我们都是一个超级骗局的牺牲品！这个骗局之巨大之可怕，上帝都会为之休克！太阳还是原来的太阳，它不会爆发，过去现在将来都不会，它是永恒的象征！爆发的是联合政府中那些人阴险的野心！他们编造了这一切，只是为了建立他们的独裁帝国！他们毁了地球！他们毁了人类文明！！公民们，有良知的公民们！拿起武器，拯救我们的星球！拯救人类文明！！我们要推翻联合政府，控制地球发动机，把我们的星球从这寒冷的外太空开回原来的轨道！开回到我们的太阳温暖的怀抱中！！”

加代子默默地走上前去，从分发武器的人手中接过了一支冲锋枪，加入到那些拿到武器的市民的队列中，她没有回头，同那支庞大的队列一起消失在地下城的迷雾里。我呆呆地站在那儿，手在衣袋中紧紧攥着父亲用生命和忠诚换来的那枚勋章，它的边角把我的手扎出了血……

三天后，叛乱在各个大陆同时爆发了。

叛军所到之处，人民群起响应，到现在，都很少有人怀疑自己受骗了。但我加入了联合政府的军队，这并非由于对政府的坚信，而是我三代前辈都有过军旅生涯，他们在我心中种下了忠诚的种子，无论在什么情况下，背叛联合政府对我来说都是一件不可想象的事。

美洲、非洲、大洋洲和南极洲相继沦陷，联合政府收缩防线死守地球发动机所在的东亚和中亚。叛军很快对这里构成包围态势，他们对政府军占有压倒优势，之所以在相当长一段时间里攻势没有取得进展，完全是由于地球发动机。叛军不想毁掉地球发动机，所以在这一广阔的战区没有使用重武器，使得联合政府得以苟延残喘。这样双方僵持了三个月，联合政府的十二个集团军相继临阵倒戈，中亚和东亚防线全线崩溃。两个月后，大势已去的联合政府连同不到十万军队在靠近海岸的地球发动机控制中心陷入重围。

我就是这残存军队中的一名少校。控制中心有一座中等城市大小，它的中心是地球驾驶室。我拖着一条被激光束烧焦的手臂，躺在控制中心的伤兵收容站里。就是在这儿，我得知加代子已在澳洲战役中阵亡。我和收容站里所有的人一样，整天喝得烂醉，对外面的战事全然不知，也不感兴趣。不知过了多久，听到有人在高声说话。

“知道你们为什么这样吗？你们在自责，在这场战争中，你们站到了反人类的一边，我也一样。”

我转头一看，发现讲话的人肩上有一颗将星，他接着说：“没关系的，我们还有最后的机会拯救自己的灵魂。地球驾驶室距我们这儿只有三个街区，我们去占领它，把它交给外面理智的人类！我们为联合政府已尽到了责任，现在该为人类尽责任了！”

我用那只没受伤的手抽出手枪，随着这群突然狂热起来的受伤和没受伤的人，沿着钢铁的通道，向地球驾驶室冲去。出乎预料，一路上我们几乎没遇到抵抗，倒是有越来越多的人从错综复杂的钢铁通道的各个分支中加入我们。最后，我们来到了一扇巨大的门前，那钢铁大门高得望不到顶。它轰隆隆地打开了，我们冲进了地球驾驶室。

尽管以前无数次在电视中看到过，所有的人还是被驾驶室的宏伟所震惊了。从视觉上看不出这里的大小，因为驾驶室淹没在一幅巨型全息图中。那是一幅太阳系的模拟图，整个图像实际就是一个向所有方向无限伸延的黑色空间，我们一进来，就悬浮在这空间之中。由于尽量反映真实的比例，太阳和行星都很小很小，小得像远方的萤火虫，但能分辨出来。以那遥远的代表太阳的光点为中心，一条醒目的红色螺旋线扩展开来，像广阔的黑色洋面上迅速扩散的红色波圈，这是地球的航线。在螺旋线最外面的一点上，航线变成明亮的绿色，那是地球还没有完成的路程。那条绿线从我们的头顶掠过，顺着看去，我们看到了灿烂的星海，绿线消失在星海的深处，我们看不到它的尽头。在这广漠的黑色的空间中，还漂浮着许多闪亮的灰尘，其中几个尘粒漂近，我发现那是一块块虚拟屏幕，上面翻滚着复杂的数字和曲线。

我看到了全人类瞩目的地球驾驶台，它好像是漂浮在黑色空间中的一个银白色的小行星，看到它我更难以把握这里的巨大——驾驶台本身就是一个广场，现在上面密密麻麻地站着五千多人，包括联合政府的主要成员、负责实施地球航行计划的星际移民委员会的大部分和那些最后忠于政府的人。这时，我听到最高执政官的声音在整个黑色空间响了起来。

“我们本来可以战斗到底的，但这可能导致地球发动机失控，这种情况一旦发生，过量聚变的物质将烧穿地球或蒸发全部海洋，所以我们决定投降。我们理解所有的人，因为已经进行了四十代人、还要延续一百代人的艰难奋斗中，永远保持理智确实是一个奢求。但也请所有的人记住我们，站在这里的这五千多人，既有联合政府的最高执政官，也有普通的列兵，是我们把信念坚持到了最后。我们都知道自己看不到真理被证实的那一天，但如果人类得以延续万代，以后所有的人将在我们的墓前洒下自己的眼泪，这颗叫地球的行星，就是我们永恒的纪念碑！”

控制中心巨大的密封门隆隆开启，那五千多名最后的地球派一群群走了出来，在叛军的押送下向海岸走去。一路上两边挤满了人，所有人都冲他们吐唾沫，用冰块和石块砸他们。他们中有些人密封服的面罩被砸裂了，外面零下一百多度的严寒使那些人的脸麻木了，但他们仍努力地走下去。我看到一个小女孩儿，举起一大块冰用尽全身力气狠命地向一个老者砸去，她那双眼睛透过面罩射出疯狂的怒火。

当我听到这五千人全部被判处死刑时，觉得太宽容了。难道仅仅一死吗？这一死就能偿清他们的罪恶吗？！能偿清他们用一个离奇变态的想象和骗局毁掉地球、毁掉人类文明的罪恶吗？他们应该死一万次！这时，我想起了那些做出太阳爆发预测的天体物理学家，那些设计和建造地球发动机的工程师，他们在一个世纪前就已作古，我现在真想把他们从坟墓中挖出来，让他们也死一万次。

真感谢死刑的执行者们，他们为这些罪犯找了一种好的死法：他们收走了被判死刑的每个人密封服上加热用的核能电池，然后把他们丢在大海的冰面上，让零下百度的严寒慢慢夺去他们的生命。

这些人类文明史上最险恶、最可耻的罪犯在冰海上站了黑压压的一大片，在岸上有十几万人在看着他们，十几万双牙齿咬得蹦蹦响，十几万双眼睛喷出和那个小女孩儿一样的怒火。

这时，所有的地球发动机都已关闭，壮丽的群星出现在冰原之上。

我能想象出严寒像无数把尖刀刺进他们的身体，他们的血液在凝固，生命从他们的体内一点点流走，这想象中的感觉变成一种快感，传遍我的全身。看到那些在严寒的折磨中慢慢死去的罪犯，岸上的人们快活起来，他们一起唱起了《我的太阳》。我唱着，眼睛看着星空的一个方向，在那个方向上，有一颗稍大些刚刚显出圆盘形状的星星发出黄色的光芒，那就是太阳。

啊，我的太阳，生命之母，万物之父，我的大神，我的上帝！还有什么比您更稳定，还有什么比您更永恒，我们这些渺小的，连灰尘都不如的碳基细菌，拥挤在围着您转的一粒小石头上，竟敢预言您的末日，我们怎么能蠢到这个程度？

一个小时过去了，海面上那些反人类的罪犯虽然还全都站着，但已没有一个活人，他们的血液已被冻结了。

我的眼睛突然什么都看不见了，几秒钟后，视力渐渐恢复，冰原、海岸和岸上的人群又在眼前慢慢显影，最后完全清晰了，而且比刚才更清晰，因为这个世界现在笼罩在一片强烈的白光中，刚才我眼睛的失明正是由于这突然出现的强光的刺激。但星空没有重现，所有的星光都被这强光所淹没，仿佛整个宇宙都被强光熔化了，这强光从太空中的一点迸发出来，那一点现在成了宇宙中心，就在我刚才盯着的方向。

太阳氦闪爆发了。

《我的太阳》的合唱戛然而止，岸上的十几万人呆住了，似乎同海面上那些人一样，冻成了一片僵硬的岩石。

太阳最后一次把它的光和热撒向地球。地面上冰结的二氧化碳干冰首先熔化，腾起了一阵白色的蒸汽；然后海冰表面也开始熔化，受热不均的大海冰层发出惊天动地的巨响；渐渐地，照在地面上的光柔和起来，天空出现了微微的蓝色；后来，强烈的太阳风产生的极光在空中出现，苍穹中飘动着巨大的彩色光幕……

在这突然出现的灿烂阳光下，海面上最后的地球派们仍稳稳地站着，仿佛五千多尊雕像。

太阳爆发只持续了很短的时间，两个小时后强光开始急剧减弱，很快熄灭了。在太阳的位置上出现了一个暗红色球体，它的体积慢慢膨胀，最后从这里看它，已达到了在地球轨道上看到的太阳大小，但它的实际体积已大到越出火星轨道，而水星、火星和金星这三颗地球的伙伴行星这时已在上亿度的辐射中化为一缕轻烟。但它已不是太阳，它不再发出光和热，看去如同贴在太空中一张冰冷的红纸，它那暗红色的光芒似乎是周围星光的散射。这就是小质量恒星演化的最后归宿：红巨星。

50 亿年的壮丽生涯已成为飘逝的梦幻，太阳死了。

幸运的是，还有人活着。

四、流浪时代

当我回忆这一切时，半个世纪已经过去了。二十年前，地球航出了冥王星轨道，航出了太阳系，在寒冷广漠的外太空继续着它孤独的航程。

最近一次去地面是十几年前的事了，那是儿子和儿媳陪我去的，儿媳是一个金发碧眼的姑娘，就要做母亲了。

到地面后，我首先注意到，虽然所有地球发动机仍在全功率地运行，但是巨大的光柱却看不到了，这是因为地球大气已消失，等离子体的光芒没有散射的缘故。我看到地面上布满了奇怪的、黄绿相间的半透明晶体块，这是固体氧氮，是已冻结的空气。有趣的是空气并没有均匀地冻结在地球表面，而是形成了小山丘似的不规则的隆起，在原来平滑的大海冰原上，这些半透明的小山形成了奇特的景观。银河系的星河纹丝不动地横过天穹，也像被冻结了，但星光很亮，看久了还刺眼呢。

地球发动机将不间断地开动500年，到时地球将加速至光速的千分之五，然后地球将以这个速度滑行1300年，之后地球就走完了三分之二的航程，它将调转发动机的方向，开始长达500年的减速，地球在航行2400年后到达比邻星，再过100年的时间，它将泊入这颗恒星的轨道，成为它的一颗卫星。

我知道已被忘却
流浪的航程太长太长
但那一时刻要叫我一声啊
当东方再次出现霞光
我知道已被忘却
启航的时代太远太远
但那一时刻要叫我一声啊
当人类又看到了蓝天
我知道已被忘却
太阳系的往事太久太久
但那一时刻要叫我一声啊
当鲜花重新挂上枝头
……

每当听到这首歌，一股暖流就涌进我这年迈僵硬的身躯，我干涸的老眼又湿润了。我好像看到人马座三颗金色的太阳在地平线上依次升起，万物沐浴在它温暖的光芒中。固态的空气熔化了，变成了碧蓝的天。两千多年前的种子从解冻的土层中复苏，大地绿了。我看到我的第一百代孙子、孙女们在绿色的草原上欢笑，草原上有清澈的小溪，溪中有银色的小鱼……我看到了加代子，她从绿色的大地上向我跑来，年轻美丽，像个天使……

啊，地球，我的流浪地球……

——原刊于《科幻世界》2000年第7期，获该年度科幻银河奖特等奖

三体三部曲（节选）

◎ 刘慈欣

三体（节选）

启动游戏后，汪淼置身于一片黎明之际的荒原，荒原呈暗褐色，细节看不清楚，远方地平线上有一小片白色的曙光，其余的天空则群星闪烁。一声巨响，两座发着红光的山峰砸落到远方的大地上，整个荒原笼罩在红色光芒之中。被激起的遮天蔽日的尘埃散去后，汪淼看清了那两个顶天立地的大字：三体。

随后出现了一个注册界面，汪淼用“海人”这个ID注册，然后成功登录。

荒原依旧，但V装具感应服中的压缩机“嗞嗞”地启动了，汪淼感到一股逼人的寒气。前方出现了两个行走的人影，在曙光的背景前呈黑色的剪影。汪淼追了上去，他看到两人都是男性，披着破烂的长袍，外面还裹着一张肮脏的兽皮，都带着一把青铜时代那种又宽又短的剑，其中一人背着一只有他一半高的细长的木箱子。那人扭头看看汪淼，他的脸像那兽皮一样脏和皱，双眼却很有神，眸子映着曙光。“冷啊！”他说。

“是，真冷！”汪淼附和道。

“这是战国时代，我是周文王。”那人说。

“周文王不是战国时代的人吧？”汪淼问。

“他一直活到现在呢，纣王也活着。”另一个没背箱子的人说，“我是周文王的追随者，我的ID就叫‘周文王追随者’，他可是个天才。”

“我的ID是‘海人’，”汪淼说，“您背的是什么？”

周文王放下那只长方形木箱，将一个立面像一扇门似的打开，露出里面的五层方格，借着晨曦的微光，汪淼看到每层之间都有高低不等的一小堆细沙，每格中都有从上一格流下的一道涓细的沙流。

“沙漏，八小时漏完一次，颠倒三次就是一天，不过我常常忘了颠倒，要靠追随者提醒。”周文王介绍说。

“你们好像是在长途旅行，有必要背这么笨重的计时器吗？”

“那怎么计时呢？”

“拿个小型的日晷多方便，或者干脆只看太阳也能知道大概的时间。”

周文王和追随者面面相觑，然后一起盯着汪淼，好像他是个白痴，“太阳？看太阳怎么能知道时间？这可是乱纪元。”

汪淼正要询问这个怪异名词的含义，追随者哀鸣道：“真冷啊，冷死我了！”

汪淼也觉得冷，但他不能随便脱下感应服，一般情况下，那样做会被游戏注销ID的。他说：“太阳出来就会暖和些的。”

“你在冒充伟大的先知吗？连周文王都不算先知呢！”追随者冲汪淼不屑地摇摇头。

“这需要先知吗？谁还看不出来太阳一两个小时后就会升起。”汪淼指指天边说。

“这是乱纪元！”追随者说。

“什么是乱纪元？”

“除了恒纪元，都是乱纪元。”周文王说，像回答一个无知孩童的提问。

果然，天边的晨光开始暗下去，很快消失了，夜幕重新笼罩了一切，苍穹星光灿烂。

“原来现在是黄昏不是早晨？”汪淼问。

“是早晨，早晨太阳不一定能升起，这是乱纪元。”

寒冷使汪淼很难受。“看这样子，太阳要很长时间以后才会升出来。”他哆嗦着指指模糊的地平线说。

“你怎么又会有这种想法？那可不一定，这是乱纪元。”追随者说着转向周文王，“姬昌，给我些鱼干吃吧。”

“不行！”周文王断然说道，“我也是勉强吃饱，要保证我能走到朝歌，而不是你。”

说话间，汪淼注意到另一个方向的地平线又出现了曙光，他分不清东南西北，但肯定不是上次出现时的方向。这曙光很快增强，不一会儿，这个世界的太阳升起来了，是一颗蓝色的小太阳，很像增强了亮度的月亮，但还是让汪淼感到了一丝温暖，并看清了大地的细节。但这个白昼很短暂，太阳在地平线上方划了一道浅浅的弧形就落下了，夜色和寒冷又笼罩了一切。

三人在一棵枯树前停下，周文王和追随者拔出青铜剑来砍柴，汪淼将碎柴收集到一起。追随者拿出火镰，噼啪、噼啪打了好一阵，才升起了一堆火。汪淼的感应服的前胸部分变暖和了，但背后仍然冰冷。

“烧些脱水者，火才旺呢。”追随者说。

“住嘴！那是纣王干的事！”

“反正路上那些散落的，都破成那样，泡不活了。如果你的理论真能行，别说烧一些，吃一些都成，与那理论相比，几条命算什么。”

“胡说！我们是学者！”

篝火燃尽后，三人继续赶路。由于他们之间交谈很少，系统加快了游戏时间的流逝速度，周文王很快将背上的沙漏翻了六下，转眼间两天过去了，太阳还没有升起过一次，甚至天边连曙光的影子都没有。

“看来太阳不会出来了。”汪淼说，同时调出游戏界面来看了一下自己的HP，它正因寒冷而迅速减小。

“你又冒充伟大的先知了……”追随者说，汪淼和他一起说出了后半句，“这是乱纪元！”

这话说完不久，天边真的出现了曙光，并且迅速增强，转眼间太阳就升了起来。汪淼发现这次升起的是一颗大太阳，当它升至一半时，直径占了视野内至少五分之一的地平线。暖流扑面而来，令汪淼心旷神怡，但他看周文王和追随者时，发现他们都一脸惊恐，仿佛魔鬼降临似的。

“快，找阴凉地儿！”追随者大喊，汪淼跟着他们飞奔，跑到了一处低矮的岩石后面蹲下来。岩石的阴影在渐渐缩短，周围的大地像处于白炽状态般刺眼，脚下的冻土迅速融化，由坚硬如铁变成泥泞一片，热浪滚滚。汪淼很快出汗了。当大太阳升到头顶正上方时，三人用兽皮蒙住头，强光仍如利箭般从所有缝隙和孔洞中射进来。三人绕着岩石挪到另一边，躲进那边刚刚出现的阴影中……

太阳落山后，空气依然异常闷热，大汗淋漓的三人坐在岩石上，追随者沮丧地说：“乱纪元旅行，真如在地狱里走路，我受不了了；再说我也没吃的了，你不分我些鱼干，又不让吃脱水者，唉——”

“那你只能脱水了。”周文王说，一手用兽皮扇着风。

“脱水以后，你不会扔下我吧？”

“当然不会，我保证把你带到朝歌。”

追随者脱下了被汗水浸湿的长袍，赤身躺到泥地上。在落日的余晖中，汪淼看到追随者身上的汗水突然增加了，他很快知道那不是出汗，这人身体内的水分正在被彻底排出，这些水在沙地上形成了几条小小的溪流，追随者的整个躯体如一根熔化的蜡烛在变软变薄……十分钟后水排完了，那躯体化为一张人形的软皮一动不动地铺在泥地上，面部的五官都模糊不清了。

“他死了吗？”汪淼问。他想起来了，一路上不时看到有这样的人形软皮，有的已破损不全，那就是不久前追随者想要用来烧火的脱水者。

“没有。”周文王说着，将追随者变成的软皮拎起来，拍了拍上面的土，放到岩石上将他（它）卷起来，就像卷一只放了气的皮球一般，“在水里泡一会儿，他就会恢复原状活过来，就像泡干蘑菇那样。”

“他的骨骼也变软了？”

“是的，都成了干纤维，这样便于携带。”

“这个世界中的每个人都能脱水吗？”

“当然，你也能，要不在乱纪元是活不下去的。”周文王将卷好的追随者递给汪淼，“你带着他吧，扔到路上不是被人烧了，就是被吃了。”

汪淼接过软皮，很轻的一小卷，用胳膊夹着倒也没有什么异样的感觉。

汪淼夹着脱水的追随者，周文王背着沙漏，两人继续着艰难的旅程。同前几天一样，这个世界中的太阳运行得完全没有规律，在连续几个严寒的长夜后，可能会突然出现一个酷热的白天，或者相反。两人相依为命，在篝火边抵御严寒，泡在湖水中度过酷热。好在游戏时间可以加快，一个月可以在半小时内过完，这使得乱纪元的旅程还是可以忍受的。

这天，漫漫长夜已延续了近一个星期（按沙漏计时），周文王突然指着夜空欢呼起来：

“飞星！飞星！两颗飞星！！”

其实，汪淼之前就注意到那种奇怪的天体，它比星星大，能显出乒乓球大小的圆盘形状，运行速度很快，肉眼能明显地看到它在星空中移动，只是这次出现了两个。

周文王解释说：“两颗飞星出现，恒纪元就要开始了！”

“以前看到过的。”

“那只有一个。”

“最多只有两个吗？”

“不，有时会有三个，但不会再多了。”

“三颗飞星出现，是不是预示着更美好的纪元？”

周文王用充满恐惧的眼神瞪了汪淼一眼，“你在说什么呀，三颗飞星……祈祷它不要出现吧。”

周文王的话没错，他们向往的恒纪元很快开始了，太阳升起落下开始变得有规律，一个昼夜渐渐固定在十八小时左右，日夜有规律的交替使天气变得暖和了一些。

“恒纪元能持续多长时间？”汪淼问。

“一天或一个世纪，每次多长谁都说不准。”周文王坐在沙漏上，仰头看着正午的太阳，“据记载，西周曾有过长达两个世纪的恒纪元，唉，生在那个时代的人有福啊！”

“那乱纪元会持续多长时间呢？”

“不是说过嘛，除了恒纪元都是乱纪元，两者互为对方的间隙。”

“那就是说，这是一个全无规律的混乱世界？！”

“是的，文明只能在较长的气候温暖的恒纪元里发展。大部分时间里，人类集体脱水存贮起来，当较长的恒纪元到来时，再集体浸泡复活，进行生产和建设。”

“那怎样预知每个恒纪元到来的时间和长短呢？”

“做不到，从来没有做到过。当恒纪元到来时，国家是否浸泡取决于大王的直觉，常常是：浸泡复活了，庄稼种下了，城镇开始修筑，生活刚刚开始，恒纪元就结束了，严寒和酷热就毁灭了一切。”周文王说到这里，一手指向汪淼，双眼变得炯炯有神，“好了，你已经知道了这个游戏的目标：就是运用我们的智力和悟性，分析研究各种现象，掌握太阳运行的规律，文明的生存就维系于此。”

“在我看来太阳运行根本就没有规律。”

“那是因为你没能悟出世界的本原。”

“你悟出来了？”

“是的，这就是我去朝歌的目的，我将为纣王献上一份精确的万年历。”

“可这一路上，没看到你有这种能力。”

“对太阳运行规律的预测只能在朝歌做出，因为那里是阴阳的交汇点，只有在那里取的卦才是准确的。”两人又在严酷的乱纪元跋涉了很长时间，其间又经历了一次短暂的恒纪元，终于到达了朝歌。

汪淼听到一种不间断的类似于雷声的轰鸣。这声音是朝歌大地上许多奇怪的东西发出的，那是一座座巨大的单摆，每座都有几十米高。单摆的摆锤是一块块巨石，被一大束绳索吊在架于两座细高石塔间的天桥上。每座单摆都在摆动中。驱动它们的是一群群身穿盔甲的士兵，他们合着奇怪的号子，齐力拉动系在巨石摆锤上的绳索，维持着它的摆动。汪淼发现，所有巨摆的摆动都是同步的，远远看去，这景象怪异得使人着迷，像大地上竖立着一座座走动的钟表，又像从天而降的许多巨大、抽象的符号。

在巨摆的环绕下，有一座巨大的金字塔，夜幕中如同一座高耸的黑山，这就是纣王的宫殿。汪淼跟着周文王走进了金字塔基座上的一个不高的洞门，门旁几名守卫的士兵在黑暗中如幽灵般无声地徘徊。他们沿着一条长长的隧道向里走，隧道窄而黑，间隔很远才有一支火炬。

“在乱纪元，整个国家在脱水中，但纣王一直醒着，陪伴着这片没有生机的国土。要想在乱纪元生存，就得居住在这种墙壁极厚的建筑中，几乎像住在地下，才能避开严寒和酷热。”周文王边走边对汪淼解释。

走了很长的路，才进入了纣王位于金字塔中心的大殿，其实这里并不大，很像一个山洞。身披一大张花兽皮坐在一处高台上的人显然是纣王了，但首先吸引汪淼目光的是一位黑衣人，他的黑衣几乎与大殿中浓重的阴影融为一体，那张苍白的脸仿佛是浮在虚空中。

“这是伏羲。”纣王对刚进来的周文王和汪淼介绍那位黑衣人，仿佛他们一直就在那儿似的，而黑衣人才是新来的，“他认为，太阳是脾气乖戾的大神，他醒着的时候喜怒无常，是乱纪元；睡着时呼吸均匀，是恒纪元。伏羲建议竖起了外面的那些大摆，日夜不停地摆动，声称这对太阳神有强烈的催眠作用，能使其陷入漫长的昏睡。但直到现在，我们看到太阳神仍醒着，最多只是不时打打盹儿而已。”

纣王挥了一下手，有人端来一个陶罐，放到伏羲面前的小石台上——汪淼后来知道，那是一罐调味料。伏羲长叹一声，端起陶罐喝下去，那咕咚咕咚的声音仿佛黑暗深处有一颗硕大的心脏在跳动。喝了一半后，他将剩下的调味料倒在身上，然后扔下陶罐，走向大殿角落的一口架在火上的青铜大鼎，爬上鼎沿；他跳进大鼎，激起了一大团蒸气。

“姬昌坐下，一会儿就开宴。”纣王指指那口大鼎说。

“愚蠢的巫术。”周文王朝大鼎偏了下头，轻蔑地说。

“你对太阳悟出了什么？”纣王问，火光在他的双眸中跳动着。

“太阳不是大神，太阳是阳，黑夜是阴，世界是在阴阳平衡中运转的，这不在我们的控制之中，但可以预测。”周文王说着，抽出青铜剑，在火炬照到的地板上画出了一对大大的阴阳鱼，然后以令人目眩的速度在周围画出了六十四卦，看上去如同火光中时隐时现的大年轮，“大王，这就是宇宙的密码，借助它，我将为您的王朝献上一部精确的万年历。”

“姬昌啊，我现在急需知道的，是下一个长恒纪元什么时候到来。”

“我将立刻为您占卜。”周文王说着，走到阴阳鱼中央盘腿坐下，抬头望着大殿的顶部，目光仿佛穿透了厚厚的金字塔看到了星空，他的双手手指同时在进行着复杂的运动，组合成一部高速运转的计算器。寂静中，只有大鼎中的汤发出咕嘟咕嘟的声响，仿佛煮在汤中的巫师在梦呓。

周文王从阴阳图中站起来，头仍仰着，说：“下面将是一段为期四十一天的乱纪元，然后将出现为期五天的恒纪元，接下来是为期二十三天的乱纪元和为期十八天的恒纪元，然后是为期八天的乱纪元，当这段乱纪元结束后，大王，您所期待的长恒纪元就到来了，这个恒纪元将持续三年零九个月，其间气候温暖，是一个黄金纪元。”

“我们首先需要证实一下你前面的预测。”纣王不动声色地说。

汪淼听到上方传来一阵轰隆隆的声音，大殿顶上的一块石板滑开，露出一处正方形的洞口，汪淼调整方向，看到这个方洞通到金字塔的外面，在这个方洞的尽头，汪淼看到了几颗闪烁的星星。

游戏的时间加快了，由两名士兵看守的周文王带来的沙漏几秒钟就翻动一次，标志着八小时的流逝。上方的窗口无规律地闪烁起来，不时有一束乱纪元的阳光射进大殿，有时很微弱，如月光一般；有时则十分强烈，投在地上的方形光斑白炽明亮，使所有的火炬黯然失色。汪淼数着沙漏翻动的次数，当翻到一百二十次左右时，阳光投进窗口的间隔变得规则了，预测中的第一个恒纪元到来。沙漏再翻动十五下后，窗口的闪烁又紊乱起来，乱纪元又开始了。然后又是恒纪元，然后又是乱纪元，它们的开始和持续时间虽然有些小误差，但与周文王的预测已是相当的吻合了。当最后一段为期八天的乱纪元结束后，他预言的长恒纪元开始了。汪淼数着沙漏的翻动，二十天过去了，射进大殿的日光仍遵循着精确的节奏。这时，游戏时间的流逝被调整到正常。

纣王向周文王点点头：“姬昌啊，我将为你树起一座丰碑，比这座宫殿还要高大。”

周文王深鞠一躬：“我的大王，让您的王朝苏醒吧，繁荣吧！”

纣王在石台上站起身，张开双臂，仿佛要拥抱整个世界，他用一种很奇怪的歌唱般的音调喊道：“浸泡——”

听到这号令，大殿内的人都跑向洞门。在周文王的示意下，汪淼跟着他沿着长长的隧道向金字塔外走去。走出洞门，汪淼看到时值正午，太阳在当空静静地照耀着大地，微风吹过，他似乎嗅到了春天的气息。周文王和汪淼一同来到了距金字塔不远的一处湖畔，湖面上的冰已融化了，阳光在微波间跳动。

先出来的一队士兵高呼着：“浸泡！浸泡！”都奔向湖边一处形似谷仓的高大石砌建筑。在来的路上，汪淼不时在远处看到过这种建筑，周文王告诉他那是“干仓”，是存贮脱水人的大型仓库。士兵们打开干仓的石门，从中搬出一卷卷落满灰尘的皮卷，他们每人都抱着、夹着好几个皮卷，走向湖边，将那些皮卷扔进湖中。那些皮卷一遇到水，立刻舒展开来，一时间，湖面上漂浮着一片似乎是剪出来的薄薄的人形。每一张“人片”都在迅速吸水膨胀，渐渐地，湖面上的“人片”都变成了圆润的肉体，这些肉体很快具有了生命的迹象，一个个挣扎着从齐腰深的湖水中站立起来。他们睁大如梦初醒的眼睛看着这风和日丽的世界。“浸泡！”一个人高呼起来，立刻引来了一片欢呼声：“浸泡！浸泡！！”……这些人从湖中跑上岸，赤身裸体地奔向干仓，将更多的皮卷投入湖中，浸泡复活的人一群群从湖中跑出来。这一幕也发生在更远处的湖泊和池塘中，整个世界在复活。

“噢，天啊！我的指头——”

汪淼顺着声音看去，见一个刚浸泡复活的人站在湖中，举着一只手哭喊道，那手缺了中指，血从手上断指处滴到湖中。其他复活者纷纷拥过他的身边，兴高采烈地奔向湖岸，没有人注意他。

“行了，你就知足吧！”一个经过的复活者说，“有人整条胳膊腿都没了，有人脑袋被咬了个洞，如果再不浸泡，我们怕是都要被乱纪元的老鼠啃光了！”

“我们脱水多长时间了？”另一位复活者问。

“看看大王宫殿上积的沙尘有多厚就知道了，刚听说现在的大王已不是脱水前的大王了，不知是他的儿子还是孙子。”

浸泡持续了八天才完全结束，这时所有的脱水人都已复活，世界又一次获得了新生。这八天中，人们享受着每天二十个小时、周期准确的日出日落。沐浴在春天的气息里，所有人都衷心地赞美太阳、赞美掌管宇宙的诸神。第八天夜里，大地上的篝火比天上的星星都密，在漫长的乱纪元中荒废的城镇又充满了灯火和喧闹，同文明以前的无数次浸泡一样，所有人将彻夜狂欢，迎接日出后的新生活。

但太阳再也没有升起来。

各种计时器都表明日出的时间已过，但各个方向的地平线都仍是漆黑一片。又过了十个小时，没有太阳的影子，连最微弱的晨光都见不到。一天过去了，无边的夜在继续着；两天过去了，寒冷像一只巨掌在暗夜中压向大地。

“请大王相信我，这只是暂时的，我看到了宇宙中的阳在聚集，太阳就要升起来了，恒纪元和春天将继续！”金字塔的大殿里，周文王跪在纣王端坐的石台下哀求道。

“还是把鼎烧上吧。”纣王叹了口气说。

“大王！大王！”一名大臣从洞门里跌跌撞撞地跑进来，带着哭腔喊道，“天上，天上有三颗飞星！！”

大殿中的所有人都惊呆了，空气仿佛凝固了，只有纣王仍然不动声色。他转向以前一直不屑于搭理的汪淼，“你还不知道出现三颗飞星意味着什么吧？姬昌啊，告诉他。”

“这意味着漫长的严寒岁月，冷得能把石头冻成粉末。”周文王长叹一声，说。

“脱水——”纣王又用那歌唱般的声音喊道。其实，在外面的大地上，人们早已开始陆续脱水，重新变成人干以度过正在到来的漫漫长夜，他们中的幸运者被重新搬入干仓，还有大量的人干被丢弃在旷野上。周文王慢慢站起身，朝架在火上的青铜大鼎走去，他爬上鼎沿，跳进去前停了几秒钟，也许是看到伏羲煮得烂熟的脸正在汤中冲他轻笑。

“用文火。”纣王无力地说，然后转向其他人，“该 EXIT 的就 EXIT 吧，游戏到这儿已经没什么玩头了。”

洞门上方出现了发着红光的EXIT标志，人们纷纷向那里走去。汪淼也跟随而去，穿过洞门和长长的隧道来到了金字塔外，看到黑夜里大雪纷飞，刺骨的寒冷使他打了个冷颤。天空的一角显示出游戏的时间又加快了。

十天后，雪仍在下着，但雪片大而厚重，像是凝结的黑暗。有人在汪淼耳边低声说：“这是在下二氧化碳干冰了。”汪淼扭头一看，是周文王的追随者。

又过了十天，雪还在下，但雪花已变得薄而透明，在金字塔洞门透出的火炬的微光中呈现出一种超脱的淡蓝色，像无数飞舞的云母片。

“这雪花已经是凝固的氧、氮了，大气层正在绝对零度中消失。”

金字塔被雪埋了起来，最下层是水的雪，中层是干冰的雪，上层是固态氧、氮的雪。夜空变得异常晴朗，群星像一片银色的火焰。一行字在星空的背景上出现：

这一夜持续了四十八年，第137号文明在严寒中毁灭了，该文明进化至战国层次。

文明的种子仍在，它将重新启动，再次开始在三体世界中命运莫测的进化，欢迎您再次登录。

退出前，汪淼最后注意到的是夜空中的三颗飞星，它们相距很近，相互围绕着，在太空深渊中跳着某种诡异的舞蹈。

三体Ⅱ·黑暗森林（节选）

当减速的过载消失后，穿梭机已经靠上了“螳螂”号的船体，这过程是那么快捷，在穿梭机乘员们的感觉中，“螳螂”号仿佛是突然从太空中冒出来一样。对接很快完成，由于“螳螂”号是无人飞船，舱内没有空气，考察队四人都穿上了轻便航天服。在得到舰队的最后指示后，他们在失重中鱼贯穿过对接舱门，进入了“螳螂”号。

“螳螂”号只有一个球形主舱，水滴就悬浮在舱的正中，与在“量子”号上看到的影像相比，它的色彩完全改变了，变得暗淡柔和了许多，这显然是由于外界的景物在其表面的映像不同所致，水滴的全反射表面本身是没有任何色彩的。“螳螂”号的主舱中堆放着包括已经折叠的机械臂在内的各种设备，还有几堆小行星岩石样品，水滴悬浮于这个机械与岩石构成的环境中，再一次形成了精致与粗陋、唯美与技术的对比。

“像一滴圣母的眼泪。”西子说。

她的话以光速从“螳螂”号传出去，先是在舰队，3小时后在整个人类世界引起了共鸣。在考察队中，中校和西子，还有来自欧洲舰队的少校，都是普通人，因意外的机遇在这文明史上的巅峰时刻处于最中心的位置。在这样近的距离上面对水滴，他们都有一个共同的感觉：对那个遥远世界的陌生感消失了，代之以强烈的认同愿望。是的，在这寒冷广漠的宇宙中，同为碳基生命本身就是一种缘分，一种可能要几十亿年才能修得的缘分，这个缘分让人们感受到一种跨越时空的爱，现在，水滴使他们感受到了这种爱，任何敌意的鸿沟都是可以在这种爱中消弭的。西子的眼睛湿润了，3小时后将有几十亿人与她一样热泪盈眶。

但丁仪落在后面，冷眼旁观着这一切，“我看到了另外一些东西，”他说，“一种更大气的东西，忘我又忘它的境界，通过自身的全封闭来包容一切的努力。”

“您太哲学了，我听不太懂。”西子带泪笑笑说。

“丁博士，我们时间不多的。”中校示意丁仪走上前来，因为第一个接触水滴的必须是他。

丁仪慢慢漂浮到水滴前，把一只手放到它的表面上。他只能戴着手套触摸它，以防被绝对零度的镜面冻伤。接着，三位军官也都开始触摸水滴了。

“看上去太脆弱了，真怕把它碰坏了。”西子小声说。

“感觉不到一点儿摩擦力，”中校惊奇地说，“这表面太光滑了。”

“能光滑到什么程度呢？”丁仪问。

为了解答这个问题，西子从航天服的口袋中拿出了一个圆筒状的仪器，那是一架显微镜。她把镜头接触水滴的表面，从仪器所带的一个小显示屏上，可以看到放大后的表面图像。屏幕上所显示的，仍然是光滑的镜面。

“放大倍数是多少？”丁仪问。

“100 倍。”西子指指显微镜显示屏一角的一个数字，同时把放大倍数调到 1000 倍。

放大后的表面还是光滑的镜面。

“你这东西坏了吧？”中校说。

西子把显微镜从水滴上拿起来，放到自己航天服的面罩上，其他三人凑过来看显示屏，看到了被放大 1000 倍的面罩表面，那肉眼看上去与水滴一样光洁的面，在屏幕上变得像乱石滩一样粗糙。西子又把显微镜重新安放在水滴表面，显示屏上再次出现了光滑的镜面，与周围没有放大的表面无异。

“把倍数再调大 10 倍。”丁仪说。

这超出了光学放大的能力，西子进行了一连串的操作，把显微镜由光学模式切换到电子隧道显微模式，现在放大倍数是 10000 倍。

放大后的表面仍是光滑镜面。而人类技术所能加工的最光滑的表面，只放大上千倍后其粗糙就暴露无遗，正像格利弗眼中的巨人美女的脸。

“调到十万倍。”中校说。

他们看到的仍是光滑镜面。

“一百万倍。”

光滑镜面。

“一千万倍！”

在这个放大倍数下，已经可以看到大分子了，但屏幕上显示的仍是光滑镜面，看不到一点儿粗糙的迹象，其光洁度与周围没有被放大的表面没什么区别。

“再把倍数调大些！”

西子摇摇头，这已经是电子显微镜所能达到的极值了。

两个多世纪前，阿瑟·克拉克在他的小说《2001，太空奥德赛》中描述了一个外星超级文明留在月球上的黑色方碑，考察者用普通尺子量方碑的三条边，其长度比例是 1∶3∶9，以后，不管用什么更精确的方式测量，穷尽了地球上测量技术的最高精度，方碑三边的比例仍是精确的 1∶3∶9，没有任何误差。克拉克写道：那个文明以这种方式，狂妄地显示了自己的力量。

现在，人类正面对着一种更狂妄的力量显示。

“真有绝对光滑的表面？！”西子惊叹道。

“有，”丁仪说，“中子星的表面就几乎绝对光滑。（注：中子星的原子核都被压在一起，排列很整齐）”

“但这东西的质量是正常的！（注：中子星物质的比重相当于水的10的14次方倍）”

丁仪想了一会儿，向周围看看说：“联系一下飞船的电脑吧，确定一下捕获时机械手的夹具夹在什么位置？”

这事情由舰队的监控人员做了，“螳螂”号的电脑发出了几束级细的红色激光束，在水滴的表面标示出钢爪夹具的接触位置。西子用显微镜观察其中一处的表面，在1000万倍的放大倍率下，看到的仍是光洁无瑕的镜面。

“接触面的压强有多大？”中校问，很快得到了舰队的回答：约每平方厘米200公斤。

光洁的表面最易被划伤，而水滴被金属夹具强力接触的表面却没有留下任何划痕。

丁仪漂离开去，到舱内寻找着什么，回来时手里拿着一把地质锤，可能是有人在舱内检测岩石样品时丢下的，其他人来不及制止，他就用力把地质锤砸到镜面上，只听到叮的一声，清脆而悠扬，像砸在玉石构成的大地上，这声音是通过他的身体传来的，由于是真空环境，其他三人都听不到。丁仪接着用锤柄的一端指示出被砸的位置，西子立刻用显微镜观察那一点。

1000万的放大倍数下，仍是绝对光滑的镜面。

丁仪颓然地把地质锤扔掉，不再看水滴，低头深思着，三名军官的目光，还有舰队百万人的目光，都集中到他身上。

“只能猜了。”丁仪抬头说，“这东西的分子，像仪仗队那样整齐地排列着，同时相互固结，知道这种固结有多牢固吗？分子像被钉子钉死一般，自身振动都消失了。”

“这就是它处于绝对零度的原因！（注：物体的温度是分子振动引起的）”

西子说，她和另外两名军官都明白丁仪的话意味着什么：在普通密度的物质中，原子核的间距是很大的，把它们相互固定死，不比用一套连杆把太阳和八大行星固定成一套静止的桁架容易多少。

“什么力才能做到这一点？”

“只有一种：强互作用力。”透过面罩可以看到，丁仪的额头上已满是冷汗。

“这……不是等于把弓箭射上月球吗？！（注：强互作用力是自然界所有力中最强的一种，强度为电磁力的100倍，但只能在原子核内部的极短距离上起作用，原子核的尺度与原子相差很大，如果原子是一个剧场大小，那么原子核只有核桃大。所以，原子的尺度远超过强互作用力的作用范围，在原子间和分子间起作用的主要是电磁力）”

“他们确实把弓箭射上月球了……圣母的眼泪？嘿嘿……”丁仪发出一阵冷笑，听起来有种令人寒颤的凄厉，三名军官也同样知道这冷笑的含义：水滴不像眼泪那样脆弱，相反，它的强度比太阳系中最坚固的物质还要高百倍，这个世界中的所有物质在它面前都像纸片般脆弱，它可以像子弹穿透奶酪那样穿过地球，表面也不受丝毫损伤。

“那……它来干什么？”中校脱口问道。

“谁知道，也许它真是一个使者，但带给人类的是另外一个信息。”丁仪说，同时把目光从水滴上移开。

“什么？”

“毁灭你，与你有何相干？”

这句话带来一阵死寂，就在考察队的另外三名成员和联合舰队中的百万人咀嚼其含义时，丁仪突然说：“快跑。”这两个字是低声说出的，但紧接着，他扬起双手，声嘶力竭地大喊：“傻孩子们，快——跑——啊！”

“向哪儿跑？”西子惊恐地问。

只比丁仪晚了几秒钟，中校也悟出了真相，他像丁仪一样绝望地大喊：“舰队！舰队疏散！”

但一切都晚了，这时强干扰已经出现，从“螳螂”号传回的图像扭曲消失了，舰队没能听到中校的最后呼叫。

在水滴尾部的尖端，出现了一个蓝色的光环，那个光环开始很小但很亮，使周围的一切笼罩在蓝光中，它急剧扩大，颜色由蓝变黄最后变成红色，仿佛光环不是由水滴产生的，而是前者刚从环中钻出来一样。光环在扩张的同时光度也在减弱，当它扩张到大约水滴最大直径的一倍时消失了，在它消失的同时，第二个蓝色小光环在尖端出现，同第一个一样扩张、变色和减弱光度，并很快消失。光环就这样从水滴的尾部不断出现和扩张，频率为每秒钟两三次，在光环的推进下，水滴开始移动并急剧加速。

考察队的四人没有机会看到第二个光环的出现，第一个光环出现后，在近似太阳核心的超高温中，他们都被瞬间汽化了。

“螳螂”号的船体发出红光，从外部看如同纸灯笼内的蜡烛被点燃一样，同时金属船体像蜡一样熔化，但融化刚刚开始，飞船就爆炸了，爆炸后的“螳螂”号几乎没有留下固体残片，船体金属全部变成白炽的液态在太空中飞散开来。

舰队清晰地观察到了一千公里外“螳螂”号的爆炸，所有人的第一反应是水滴自毁了，他们首先为考察队四人的牺牲而悲伤，然后对水滴并非和平使者而感到失望，但对即将发生的事情，全人类都没有做好最起码的心理准备。

第一个异常现象是舰队太空监测系统的计算机发现的，计算机在处理“螳螂”号爆炸的图像时，发现有一个碎片不太正常。大部分碎片是处于熔化状态的金属，爆炸后都在太空中匀速飞行，只有这一块在加速。当然，从巨量的飞散碎片中发现这一微小的事件，只有计算机能做到，它立刻检索数据库和知识库，抽取了包括“螳螂”号的全部信息在内的巨量资料，对这一奇异碎片的出现做出了几十条可能的解释，但没有一条是正确的。

计算机与人类一样，没有意识到这场爆炸所毁灭的，只是“螳螂”号和其中的四人考察队，不包括更多的东西。

对于这块加速的碎片，舰队太空监测系统只发出了一个三级攻击警报，因为它不是正对舰队而来，而是向矩形阵列的一个角飞去，按照目前的运行方向，将从阵列外掠过，不会击中舰队的任何目标。在“螳螂”号爆炸同时引发的大量一级警报中，这个三级警报被完全忽略了。但计算机也注意到了这块碎片极高的加速度，在飞出300公里时，它已经超过了第三宇宙速度，而且加速还在继续。于是警报级别被提升至二级，但仍被忽略。碎片从爆炸点到阵列一角共飞行了约1500公里，耗时约50秒钟，当它到达阵列一角时，速度已经达到31.7公里/秒，这时它处于阵列外围，距处于矩形这一角的第一艘战舰“无限边疆”号160公里。碎片没有从那里掠过阵列，而是拐了一个30度的锐角，速度丝毫未减，直冲“无限边疆”号而来。在它用两秒钟左右的时间飞过这段距离时，计算机居然把对碎片的二级警报又降到了三级，按照它的推理，这块碎片不是一个有质量的实体，因为它完成了一次从宇航动力学上看根本不可能的运动：在两倍于第三宇宙速度的情况下进行这样一个不减速的锐角转向，几乎相当于以同样的速度撞上一堵铁墙，如果这是一个航行器，它的内部放着一块金属，那这次转向所产生的过载会在瞬间把金属块压成薄膜。所以，碎片只能是个幻影。

就这样，水滴以第三宇宙速度的两倍向“无限边疆”号冲去，它此时的航向延长线与舰队矩形阵列的第一列重合。

水滴撞击了“无限边疆”号后三分之一处，并穿过了它，就像毫无阻力地穿过一个影子。由于撞击的速度极快，舰体在水滴撞进和穿出的位置只出现了两个十分规则的圆洞，其直径与水滴最粗处相当，但圆洞刚一出现就变形消失，因为周围的舰壳都由于高速撞击产生的热量和水滴推进光环的超高温而熔化了，被击中的这一段舰体很快处于红炽状态，这种红炽由撞击点向外蔓延，很快覆盖了“无限边疆”号的二分之一，这艘巨舰仿佛是刚刚从锻炉中取出的一个大铁块。

穿过“无限边疆”号的水滴继续以约每秒三十公里的速度飞行，在3秒钟内飞过了90公里的距离，首先穿透了矩形阵列第一列上与“无限边疆”号相邻的“远方”号，接着穿透了“雾角”号、“南极洲”号和“极限”号，它们的舰体立刻都处于红炽状态，像是舰队第一队列中顺序亮起的一排巨灯。

“无限边疆”号的大爆炸开始了。与其后被穿透的其他战舰一样，它的舰体被击中的位置是聚变燃料舱，与“螳螂”号在高温中发生的常规爆炸不同，“无限边疆”号的部分核燃料被引发核聚变反应，人们一直不知道，聚变反应是被水滴推进光环的超高温还是被其他因素引发。热核爆炸的火球在被撞击处出现，迅速扩张，整个舰队都被强光照亮，在黑天鹅绒般的太空背景上凸现出来，银河系的星海黯然失色。

核火球也相继在“远方号”“雾角号”“南极洲号”和“极限号”上出现。

在接下来的 8 秒钟内，水滴又穿透了 10 艘恒星级战舰。

这时，膨胀的核火球已经吞没了“无限边疆”号的整个舰体，然后开始收缩。同时，核火球在更多的被击穿的战舰上亮起并膨胀。

水滴继续在矩形阵列的长边上飞行，以不到一秒的间隔，穿透一艘又一艘恒星级战舰。

这时，在第一个被击穿的“无限边疆”号上，核聚变的火球已经熄灭，被彻底熔化的舰体爆发开来，百万吨发着暗红色光芒的金属液放射状地迸射，像怒放的花蕾，熔化的金属在太空中无阻力地飞散，在所有的方向上形成炽热的金属岩浆暴雨。

水滴继续前进，沿直线贯穿更多的战舰，在它的身后，一直有十个左右的核火球在燃烧，在这些炽热的小太阳的光焰中，整个舰队阵列也像被点燃了一般熠熠闪耀，成为一片光的海洋。在火球队列的后方，熔化的战舰相继迸射开来，金属液炽热的波涛在太空中汹涌扩散，如同在岩浆的海洋中投入了一块块巨石。

水滴用了 1 分钟 18 秒飞完了 2000 公里的路程，贯穿了联合舰队矩形阵列第一队列中的 100 艘战舰。

当第一队列的最后一艘战舰“亚当”号被核火球吞噬时，在队列的另一端，迸射的金属岩浆已经因扩散和冷却变的稀疏，爆发的核心，也就是一分多钟前“无限边疆”号所在的位置，现在几乎变得几乎空无一物了。“远方”号、“雾角”号、“南极洲”号、“极限”号……都相继化做飞散的金属岩浆消失了。当这个队列中最后一个核火球熄灭后，太空再次黑暗下来，飞散中渐渐冷却的金属岩浆本来已经看不清，在太空暗下来后，它们暗红色的光芒再次显现，像一条 2000 公里长的血河。

水滴在击穿了第一队列最后一艘战舰“亚当”号后，向前方空荡的太空飞行了约 80 公里的一小段，再次做出了那个人类宇航动力学无法解释的锐角转向，这一次转向的角度比上一次更小，约为 15 度，几乎是突然掉头反向飞行，同时保持速度不变，然后再经过一次较小的方向调整，航向与舰队矩形阵列的第二列（如果考虑刚刚完成的毁灭，这已经是第一列了。）直线重合，以 30 公里 / 秒的速度向该队列在这个方向的第一艘战舰“恒河”号冲去。

直到这时，联合舰队的指挥系统还没有做出任何反应。

舰队的战场信息系统忠实地完成了自己的使命，通过庞大的监测网完整地记录了前 1 分 18 秒的战场信息。这批信息数量巨大，在短时间内只能由计算机战场决策系统来进行分析，分析得出了这样的结论：

在附近空间出现了强大的敌方太空力量，并对我方舰队发起攻击，但计算机没有给出这种力量的任何信息，能确定的只有两点：第一，敌太空力量处于水滴所在方位；第二，这种力量对我方所有探测手段都是隐形的。

这时，舰队的指挥官们都处于一种震颤麻木状态中，在过去长达两个世纪的太空战略和战术研究中，设想过各种极端的战场情况，但目睹 100 艘战舰像一挂鞭炮似的在一分钟内炸完，还是超出了他们的心理承受能力，面对着从战场信息系统潮水般汹涌而来的信息，他们只能依赖计算机战场决策系统的分析和判断，把注意力集中到对那个并不存在的敌隐形舰队的探测上，大量的战场监测力量开始把视线投向远方的太空深处，而忽略了眼前的危险。甚至还有相当多的人认为，这个强大的隐形敌人可能是人类与三体之外的第三方外星力量，因为三体世界在他们的潜意识中已经是一个弱小的失败者了。

舰队的战场监测系统没有尽早发现水滴的存在，主要原因在于水滴对所有波长的雷达都是隐形的，因而只能从对可见光波段的图像的分析中才能发现它；但在太空战场的监测信息中，可见光图像信息远不如雷达信息受到重视。在攻击发生时，太空中飞散着暴雨般的爆炸碎片，这些碎片大多是核爆高温中熔化的液态金属，它们在从爆炸中飞出去的时候大部分也呈液滴状，每艘战舰毁灭时熔化的金属达百万吨，形成巨量的液态碎片，其中相当一部分的大小和形状都与水滴相当，所以计算机图像分析系统很难把水滴从巨量碎片中分辨出来，更何况几乎所有指挥官都认为水滴已经在“螳螂”号中自毁，并没有专门的指令让系统做这样的分析。

与此同时，另外的一些情况也加剧了战场的混乱。第一队列战舰爆炸迸射出的碎片很快到达了第二队列，各舰的战场防御系统做出了反应，开始用高能激光和电磁炮拦截碎片。飞来的碎片主要是被核火球烧熔的金属，它们大小不一，在飞行途中已经被太空中的低温部分冷却，但冷却变硬的只是一层外壳，里面还是炽热的液态，被击中后像焰火一样灿烂地飞散。很快，在第二队列和已经毁灭的第一队列留下的暗淡“血河”之间，形成了一道平行的焰火屏障，它疯狂地爆发着、翻滚着，像是从那看不见的敌人的方向涌来的火海大潮。飞散的碎片如冰雹般密集，防御系统并不能完全拦截它们，相当一部分碎片穿过了拦截火力并击中了战舰，这些固液混合的金属射流具有相当的冲击力和破坏力，第二队列中一部分战舰的舰壳受到严重损伤，甚至被击穿，减压警报凄厉地响起……与碎片的眩目的战斗吸引了相当的注意力，这种情况下，指挥系统的计算机和人都难以避免一个错觉：舰队正在和敌太空力量激烈交火，没有人和电脑注意到那个即将开始毁灭第二队列的小小的死神。

所以，当水滴冲向“恒河”号时，第二队列的 100 艘战舰仍然排成一条直线，这是死亡的队形。

水滴闪电般冲来，在短短的 10 秒钟内，它就击穿了“恒河”号、“哥伦比亚”号、“正义”号、“马萨达”号、“质子”号、“炎帝”号、“大西洋”号、“天狼”号、“感恩节”号、“前进”号、“汉”号和“暴风雨”号 12 艘恒星级巨舰。同第一队列中的毁灭一样，每艘战舰在被穿透后先是变成红炽状态，然后被核聚变火球吞噬，火球熄灭后，被熔化的战舰便化做百万吨发着暗红色光芒的金属岩浆爆发开来。在这惨烈的毁灭中，直线排列的战舰队列就像一根被点燃的长达 2000 公里的导火索，在剧烈的燃烧后，留下一条发着暗红色余光的灰烬。

1 分 21 秒后，第二队列的 100 艘战舰也被全部摧毁。

三体Ⅲ·死神永生（节选）

太空中有一双大眼睛在盯着她们。

那是两个发光的椭圆形，其结构像极了眼睛，都有白色或淡黄色的眼白和深色的眼球。

“那个海王星，那个是天……哦，不！是土星！”AA 指着天空说。

两颗类木巨行星已经被二维化。天王星的轨道在土星之外，但由于前者目前正处于太阳的另一侧，首先跌落到二维的是土星。二维化后的巨行星应该是圆形，只是从冥王星上看，视线与二维空间平面有一个角度，于是它们在视野中变成了椭圆。两个二维行星呈现出清晰的环层结构。二维海王星主要有三个环区，最外层是蓝色的环，看上去十分艳丽，像这只眼睛的睫毛和眼影，那是由氢气和氦气构成的大气层；中部是白色环，这是海王星的厚达两万公里的地幔，曾被行星天文学家称为水—氨大洋；中心的深色区是行星核，由岩石和冰组成，质量相当于一个地球。二维土星的结构类似，只是外侧没有蓝色环。每个大环区中还有无数更细小的环区，构成精细的结构。细看时，这两只巨眼变得的像两个年轮——刚刚锯断的大树露出的那种崭新的年轮。每颗二维行星的附近都有十几个小圆形，那是它们的被二维化的卫星。土星外侧还有淡淡的一个大圆，是二维化的土星环。太空中仍能够找到太阳，仍然是一个刚能看出形状的小圆盘，发出无力的黄光；而两颗行星远在太阳的另一侧，可见它们二维化后巨大的面积。

但两颗二维行星没有体积，它们厚度为零。

在两颗二维行星发出的光芒中，程心和 AA 搬着文物穿过白色的降落场，走向“星环”号。飞船流线型的光洁机体像一个大哈哈镜，把二维行星的映像拉成流畅的长条，这个外型本身不由让人联想到水滴，呈现出一种令人宽慰的坚固和轻捷感。在来冥王星的航程中，AA 就曾对程心说过，她猜测“星环”号的船体中可能有一定比例的强互作用力材料。当她们走近时，飞船底部的舱门无声地滑开，她们沿着舷梯把文物搬进舱里，然后摘下头盔，在这温馨的小天地中长出了一口气，感到一阵归来的慰藉。不知不觉中，她们已经把这里当成家了。

程心问飞船 AI，是否能收到海王星和土星方面的信息，她的话音刚落，信息窗口就铺天盖地地涌出来，像一场要把她们埋葬的彩色雪崩。这情景让她们想起了 118 年前的第一次误报警。但那一次涌现的信息画面，大部分都是媒体有组织的报道；而现在，新闻媒体似乎完全消失了，大部分画面没有具体内容，有的一片模糊，有的是剧烈晃动，更多的是出现着各种毫无意义的近景。但也有一部分画面被斑斓的色彩所充满，那些色彩都在变幻流动中，呈现出精细复杂的结构，有可能拍摄的是二维平面。

AA 请求 AI 筛选出一些有内容的画面，AI 问她们想要哪方面的信息，程心说要太空城方面的。泛滥的窗口被瞬间清空，很快出现了有序排列的十几个窗口，其中的一个窗口放大到最前方，AI 介绍说这是 12 小时前海王星群落中欧洲六号太空城的画面，该太空城原属于一个城市组合体，打击警报公布后组合体解体。

这个画面很稳定，视野也很广阔，拍摄的位置可能是在太空城的一个极点附近，展现的几乎是城市的全景。

欧洲六号太空城已经停电，只有几束探照灯把晃动的光圈投射到对面的城区，悬浮在城市中轴线上的三个核聚变太阳都变成了月亮，发出银色的冷光，显然只是为了照明而不再发出热量了。这是一个标准的椭球构型的大型太空城，城市中的建筑已与程心在半个世纪前看到的有了很大的变化，掩体世界显然处于繁荣时代中，城市建筑不再整齐划一，而是形态各异，高度也增加许多，有很多建筑的顶端已经接近城市的中轴线。树形建筑也出现了，看上去规模与地球上的差不多，只是挂在树上的建筑叶子更为密集。可以想象城市灯海亮起时的壮丽与辉煌，但现在，照耀这一切只有冰冷的月光，在这种月光中树型建筑更像巨树了，投下大片的阴影，城市的其余部分则像是巨树森林中华丽的废墟。

太空城已经停止自转，一切都处于失重状态，城市的空间中漂浮着无数没有固定的物体，除了大量的杂物和车辆外，还有整幢的建筑。

城市的中轴线上有一条黑色的云带，连绵在整条中轴线上，连接着两极。飞船AI在画面上划出一个小方框进行局部放大，生成了一个新的窗口画面，程心和AA震惊地发现那黑色的云带竟是悬浮在中轴线上的人海！失重中的人们有的相互联结成一团，有的手位手联成一排长队，更多的人则单独浮在空中。人们都戴着头盔，身上的衣服也都很密实，应该是太空服，在程心上次苏醒的时代，轻便宇宙服已经很难同普通服装区分开了；每个人都有一个好像是生命维持系统的小背包，或背在背上或提在手中。不过大部分人的头盔面罩是打开的，也能看出空中有微风吹过，说明城市中仍保留着正常的大气。聚变太阳此时发出的确实是冷光，因为在太阳周围聚集了更多的人，也许是为了得到光明和一丝温暖。已变成月光的银色阳光从密集人云的缝隙中透出，在周围的城市中撒下斑驳的光影。

据飞船AI介绍，欧洲六号中的六百多万人口已经有一半乘飞船或太空艇撤离城市，剩下的三百万人中，一部分没有条件撤离，但大多数人则明白任何形式的逃离都没有成功的希望，退一万步说，即使真的成功脱离二维跌落区逃到外太空，以现有的大多数飞船上的生态条件而言，生存也维持不了多久，能够在外太空长期生存的恒星际飞船仍然是极少数人的专利。人们选择在自己熟悉的地方等待最后的时刻。

画面的声音播放开着，却没有听到什么声音，人云和城市都处于寂静中，所有人的目光都盯着城市的一个方向，那一带现在仍同城市的其他区域一样，布满鳞次栉比的建筑和纵横交错的街道，没有什么特别的东西，人们都在等待着。在太阳或月亮如水的冷光中，人们的脸色都如鬼魅般苍白，这使得程心想起126年前在澳洲大陆上的那个血色黎明，像那时一样，程心又出现了居高临下看蚁穴的感觉，那黑压压的人云像极了漂浮的蚁群。

人云中突然响起一阵惊叫，在太空城赤道上的一点，就是人们的目光聚焦的那个地方，突然出现了一个亮点，像是黑屋屋顶出现一个小破口透进阳光一样。

那是欧洲六号最先与二维空间平面接触的位置。

亮点迅速扩大，成为一个椭圆形的发光平面，这就是二维空间平面。它发出的光芒被周围高大的建筑群切割成许多条光柱，也照亮了中轴线上的人云。这时，太空城像一艘底部破口的巨轮，在二维平面海洋上沉下去，二维平面像船内的水面，在迅速上升，与平面接触的一切都在瞬间二维化。建筑群被上升的二维平面齐齐切割，它们的二维形体在平面上扩展开来，由于城内的平面只是二维化后的太空城很小的一部分，二维化的建筑大部分都扩展到太空城的范围之外。在升起和扩大中的二维平面上，斑斓的色彩和复杂的结构在闪电般地向各个方向奔流飞散，仿佛二维平面是一个透镜，在管窥着从下面飞奔而过的色彩斑斓的巨兽。由于太空城中仍有空气，这时可以听到三维世界跌入二维时的声音，一种清脆而尖锐的碎裂声，仿佛建筑群和太空城本体都是玲珑剔透的玻璃制品，一个巨型碾滚正在轧过这个玻璃城。

随着二维平面的上升，中轴线上的人云开始向与平面相反的方向扩散，就像一道被无形的手缓缓提起的帷幔，这情景让程心想到她曾见过的由几百万只鸟组成的鸟群的图像，那巨大的鸟群像一个完整的生命体，在黄昏的天空中变幻着形状。

很快，太空城的三分之一被二维平面吞没，平面疯狂地闪耀着，不可阻挡地上升，逼近中轴线。这时已经开始有人跌入平面，他们或者是因为宇宙服上推进器的故障落在后面，或者放弃了逃跑，他们就像落在水面上的一滴滴彩色墨水，瞬间在平面扩展开来，展现出形态各异的二维人体。在飞船 AI 拉出的一个放大画面上，可以看到一对情侣拥抱着跌入平面，二维化后的两个人体在平面上并行排列，仍能看出拥抱的样子，但姿态很奇怪，像一个不懂透视原理的孩童笨拙地画出来的。还有一个母亲，高举着自己还是婴儿的孩子跌入平面，那孩子也只比她在三维世界多活了 0.1 秒，她们的形体也生动地印在这幅巨画上。随着平面的上升，落在上面的“人雨”渐渐密集起来，被定格的二维人体成群地在平面上涌现，随后大部分移出了太空城的边界。

当二维平面接近中轴线时，人海已经大部分降落到对面的城市中，此时，太空城的一半已经消失在二维空间中，二维平面的可见面积达到最大，人们抬头已经看不到昔日对面的城市，只见到一片迷乱的二维天空，向着欧洲六号仍在三维世界的部分压下来。现在，从北极的主要出口逃离已经不可能，人群聚集在赤道附近，这里有三个紧急出口。失重中的人群在出口附近拥挤成高高的人山。

二维平面通过了中轴线，吞没了空中的三个聚变太阳，但在二维化发出的光芒中，剩下的世界变得更亮了。

一阵低沉的呼啸声响起，这是太空城中的空气泄入太空时发出的声音，这时，赤道上的三个紧急出口已全部敞开，每个出口都有一个足球场大小，直接通向仍然是三维的太空。

飞船 AI 把另一个窗口推到最前面，这是从外部太空中拍摄的欧洲六号的画面，已经二维化的太空城沿着一个无形的平面广阔地铺展开来，太空城仍处于三维的部分在中央显得很小，且正在迅速向平面沉下去，像一头巨鲸的脊背。在三维部分的太空城上，有三团黑烟一样的东西在扩散，那是被泄漏的空气形成的狂风吹出来的人群。二维海洋中的这个三维孤岛在不断地下沉和消融，在不到十分钟的时间里，欧洲六号太空城被完全二维化了。

画面上显示了二维太空城的全景，难以估计它的面积，肯定十分广阔。但这已经是一座死城，甚至可以说是城市的一张 1∶1 的图纸。在这张超级图纸上反映了城市的所有细节，小到每一颗螺丝钉、每一根纤维、每一个螨虫，甚至每个细菌，都被精确地画下来，这张图纸的精确度是原子级别的，原三维世界中的每一个原子，都以铁的规则投射到二维空间平面上相应的位置。绘制这张图纸的一个基本原则是没有重叠，没有任何被遮挡的部分，所有细节都在平面上排列出来，显露无遗。在这里，复杂代替了宏伟。读懂这张图纸并不容易，能够看出城市的总体布局，也能够认出一些宏观结构，比如二维的树型建筑仍呈现出树形结构，但二维化后的建筑结构变形很大，仅凭想象力从其二维图形推测出原来的三维形状几乎不可能，但毫无疑问，以正确的数学模型为基础的图像处理软件应该能够做到。

在画面上，还可以看到远处另外两座被二维化的太空城，它们已经不再发光，这些二维城市像漂浮在漆黑太空中的没有厚度的大陆，在无形的二维平面上遥遥相望。但摄像机（可能是在一艘无人太空艇上）也在向二维平面跌落，很快二维的欧洲六号占据了整个画面。

那些从紧急出口逃离了欧洲六号的上百万人，此时也随着向二维跌落的三维太空坠向平面，就像在无形瀑布中的蚁群一样。磅礴的“人雨”撒落在平面上，使二维城市中的人形迅速密集起来，二维化的人体有很大的面积，但与广阔的二维建筑相比则十分微小，像这张巨图中的无数刚能看出人形的小符号。

画面中的三维太空里出现了许多更大的物体，那是更早的时候飞离欧洲六号的小型飞船和太空艇，它们的聚变发动机都开到最大功率，但仍在跌向二维的三维空间中向着平面无助地坠落，有一瞬间，程心感觉飞船和太空艇喷出的长长的蓝色烈焰能够烧穿那没有厚度的平面，但等离子体射流只是首先被二维化了，在那些区域，二维建筑物被二维火焰烧得变形扭曲，紧接着，飞船和太空艇纷纷成为巨图的一部分，按照不重叠的规则，二维城市整体扩大为它们让开位置，看上去像是在平面上激起的水波扩散开来。

摄像机继续向平面坠落，程心紧盯着越来越近的二维城市，想在城市中找出活动的迹象，但是没有，除了刚才在火焰中的变形外，二维城市中的一切都处于静止状态，那些二维人体同样一动不动，没有任何生命的迹象。

这是一个死的世界，一张死的画。

镜头继续向平面接近，坠向一个二维人体，那个四肢张开的人体很快充满了画面，紧接着闪现出复杂经络和肌肉纤维，也许是幻觉，程心似乎看到那二维化的血管中还有红色的二维血液在流动，但仅是一瞬间，图像消失了。

——节选自《三体》，重庆出版社，2008 年，

获 2006 年科幻银河奖特别奖，2015 年最佳长篇小说雨果奖；

——节选自《三体Ⅱ · 黑暗森林》，重庆出版社，2008 年；

——节选自《三体Ⅲ · 死神永生》，重庆出版社，2010 年，

获该年度科幻银河奖，第二届全球华语科幻星云奖，

第九届全国优秀儿童文学奖

光荣与梦想

——刘慈欣的科幻世界

◎ 贾立元

本文以“地球往事”系列为重点，考察刘慈欣的科幻小说中对民族、国家及人类的想象，分析他如何以对科学与理性精神的鼓吹以及对未来中华光荣复兴的激情畅想来激发读者的情感共鸣，并揭示科学的冷酷与文学的热情之间不可避免的内在矛盾如何导致了文本的分裂，由此窥见中国科幻在未来叙事方面的潜能和困境，并揭示刘慈欣在当代文学中的重要意义。

阅读刘慈欣，常给人以“崇高”之感。所谓崇高，这是一个西方美学概念，指的是当人在面对体积庞大、力量强大、壮丽无限的事物时，会体会到一种强大异己力量的威胁，因而产生恐惧的痛感，进而爆发出大胆的反抗和挑战精神，于是产生了崇高感。在中国当代文学的脉络里，从先锋文学开始，去崇高化渐渐成为一种主导。正因此，在理想主义和宏大叙事遭到抛弃的所谓“后现代”社会里，刘慈欣那种充满古典主义色彩的作品才显得异常醒目和可贵。

刘慈欣（1963— ），男，大学毕业，专业为水电工程，中国电力投资公司高级工程师，中国科普作家协会会员，山西省作家协会会员，中国新生代科幻小说的代表作家，被公认为中国科幻文学的领军人物。目前，已发表作品约 350 万字，包括 7 部长篇小说，7 部作品集，16 篇中篇小说，18 篇短篇

刘慈欣

小说，以及部分评论文章。作品蝉联1999—2006年中国科幻小说“银河”奖。

科幻作家韩松说过，科幻不但打破了旧的神权，还建立了新的神权，“这就是神秘，这就是未知，就是对人生和宇宙的终极关怀，一种可以平衡科学的宗教感。”① 刘慈欣笔下的宇宙就是这样：既冷酷又迷人，真理至高无上，道德不足挂齿，人类微不足道，但又因其能够认知“真”而伟大，因进取而崇高，因失败而悲壮。他所展现的恢宏未来，正宣示着人类的光荣与梦想。

年轻时第一次读完阿瑟·克拉克的《2001：太空漫游》后，刘慈欣感到一种“对宇宙的宏大神秘的深深的敬畏感”：“在壮丽的星空下，就站着我一个人，孤独地面对着这人类头脑无法把握的巨大的神秘……从此以后，星空在我的眼中是另一个样子了，那感觉就像离开了池塘看到了大海。这使我深深领略了科幻小说的力量。”②

刘慈欣曾半开玩笑地修改了康德的墓志铭：“敬畏头顶的星空，但对心中的道德不以为然。”康德为了让人类在宗教丧失权威之后的世界里仍然能够回答宇宙的目的及人类应根据何种法则行动的问题，在星空之外，又提出了道德律令，认为只有作为道德本体的人的自然存在，才是整个自然的最终目的和归宿。然而，刘慈欣却认为“善”乃是人间的法则，它虽有益，但并非是超历史的存在，“人性其实一直在变。我们和石器时代的人，会互相认为对方是没有人性的非人”，况且，“传统的道德判断不能做到把人类作为一个整体来进行判断”，③

① 韩松. 想象力宣言［M］. 成都：四川人民出版社，2000：394.

② 刘慈欣. SF教——论科幻小说对宇宙的描写［EB/OL］. http://www.kehuan.net.cn/article/10.html, 2010-04-16.

③ 参见刘慈欣和江晓原的对话《为什么人类还值得拯救？》载自：吴岩. 2007年度中国最佳科幻小说集［G］. 成都：四川人民出版社，2008：361-363. 康德的原话为：“有两种东西，我们愈是时常愈加反复地思索，它们就愈是给人的心灵灌注了时时翻新、有加无已的赞叹和敬畏——头顶的星空和心中的道德法则。”

一旦整个文明陷入生死存亡时，道德的准则可能会陷入困境。因此，他把“善”的问题抽离出去，强调“真”的至高无上。这在《朝闻道》中达到了极致：为了从更高级的外星文明那里获得宇宙终极奥秘，科学家宁可自杀。元首的劝阻、子女的哀求、情人的自杀，都不能阻止他们用生命来交换十分钟的真理。“当宇宙的和谐之美一览无遗地展现在你面前时，生命只是一个很小的代价。”排险者更宣称：随着文明的进步，“对终极真理的这种变态的欲望将成为整个宇宙的基本价值观”。

中国文化缺少的不是“道德律令”，而是“敬畏星空”。因此，刘慈欣以如此直白而极端的方式，将孔子的“道”改写为“真”，就有了革命色彩：在他看来，对宇宙的麻木感充斥整个社会，他试图通过对《2001：太空漫游》的模仿，来引发中国读者对星空的兴趣，去星空寻找那超越现实的价值——“像水晶，很硬，很纯，很透明”的宇宙的空灵之美。这恰恰意味着，这空灵之美不可能像在克拉克那里仅在超现实的维度上展开，它同时受到现实的牵引。“在中国，任何超脱飞扬的思想都会砰然坠地的，现实的引力太沉重了。”① 常年生活在基层的刘慈欣对中国的贫穷和落后有着深刻的体验，因而视科学为将人从蒙昧与苦难中解放的力量来推崇，“中国的科学权威是很大，但中国的科学精神还没有。”

这种努力得到了读者的认可。在《带上她的眼睛》里，一艘钻入地心的“飞船”发生故障，女驾驶员只能在几千公里深的地心中独自慢慢死去。这个故事引发了读者的热烈讨论，不过他们更关心飞船是否会因为浮力不够而沉入地心这类技术问题，而少有人对飞船中女孩的痛苦发生兴趣。在韩松看来，这样的讨论似乎“无情无义”，但却给中国的未来带来了希望。“什么是必须尊重科学呢？没有比科幻解释得更清楚了。那就是必须承认世界的残酷，承认有一个冷冰冰的法则在支配一切，它对所有人都是一视同仁的，这里面绝对没有半点价钱可讲，没有半点人情可以通融……当代中国绝对很需要这种理念。”这是一种西方式的残酷，“如果，有更多的国民，都能这么执拗甚至偏执地把讨论科学技术的细节问题当作生活中的乐趣，而且有能力讨论这些问题，则我

① 刘慈欣. 三体［M］. 成都：四川科学技术出版社，2007：62.

们的国家将不再像现在这个样子。”[①]刘慈欣也说，“对作品硬伤的重视是中国科幻评论的一个特色。这是件大好事，它首先说明，不管目前对科幻的定义有多少种争论，在数量并不少的高层次的读者心中，科学仍是科幻的灵魂。”[②]

因此，尽管科学本身是最国际主义、最超脱世俗的，却在成长于红色年代的刘慈欣身上与一种公民对所属政治共同体的责任感奇妙地结合在一起，那最空灵的幻想无法不与中国最现实的创痛关联在一起。《地火》设想新的技术终结了煤炭开采带给现代中国的种种悲剧；《乡村教师》里生命垂危的教师临终时还在向最贫穷愚昧的角落里的孩子们讲授牛顿力学三定律；《中国太阳》更是一首古老农耕民族的觉醒和新生的赞歌。在名篇《流浪地球》里，太阳衰变后的“氦闪”将毁灭太阳系，为了逃脱灭亡的命运，人类为地球装配上了发动机，推动着母星向宇宙深处进发，寻找新的家园。这一“设定”如此光芒耀眼，以至于读者可以不去追求其中的技术细节，而深深沉迷于人类与宿命抗争的壮举。几代人为之付出的巨大努力不过是整个宏伟而漫长计划（指地球流浪寻找新家园）的微小组成部分，为了地球何去何从而展开的两大阵营的斗争，以惨烈的情节和煽情的语调宣扬着太阳系必然毁灭、人类必须从摇篮中走向太空的观念。故事延续了他一贯的华丽想象，在特殊的动荡时代中，人类旧有的婚姻观念被瓦解等这一类对道德的质疑也一带而过，为他后来的《三体》系列的基调埋下了伏笔。

在宏丽的宇宙和沉重的大地之间，刘慈欣建立起一种巨大的张力之美，尽管他强调科幻的魅力来自于科学而非文学，他所塑造的一系列大尺度意象，却都和其笔下的球状闪电一样，“只是一个科幻文学形象，为演绎科幻的美感而诞生，不应被看作是对这种自然现象基于科学的一种解释。……小说中的解释不是因为它最符合逻辑，而是因为它最有趣最浪漫。”[③]恰如一位评论者所说：“刘慈欣虽然尊克拉克为师，但在这里，与信奉进行彻底的科学考证的克拉克不同……与其说这部作品（《球状闪电》）是在逻辑思维的基础上突破

① 韩松．想象力宣言［M］．成都：四川人民出版社，2000：373–375．

② 刘慈欣．无奈的和美丽的错误——科幻硬伤概论［EB/OL］. http://www.viker.org/bbs/843.html, 2010–04–16.

③ 刘慈欣．星云Ⅱ：球状闪电［M］．成都：四川科学技术出版社，2004：216．

常识的想象，倒不如说是飘逸洒脱、放纵恣肆的幻想更合适些。”① “对受自卑感折磨的人们来说，一段真正的或想象中的光辉历史，如其所承诺的，或许就意味着一种甚至更为辉煌的未来。……今天的我们也许是原始的、贫穷的，甚至粗鲁的，但是我们的落后恰恰是我们的青春的象征，意味着我们有无穷无尽的生机活力……”② 因此，他“并不在乎理论上的硬伤，而是像一位艺人那样，不断创造能够实现中国的梦想的新技术、新机器，不断创造让读者感受到快乐的作品”。③ 换句话说，真正为他赢得读者的，与其说是一种冷酷的理性，不如说是如粒子风暴般扑面而来的澎湃激情，以及笔下人物的命运抉择。那些无畏追求真理的故事都是中国故事，它们展示的与其说是“真理”本身的“美”，不如说是现代中国对科学的浪漫想象与对未来的自我期许——一种自强不息的古典豪迈与现代科学理性精神的嫁接。

如果说，韩松的写作一部分是向外敞开的，另一部分则是为自己所保留的精神家园，那么，刘慈欣的写作则是完全敞开的，他高度重视读者的接受度，以古典主义的英雄气质塑造了一系列关乎科学的特殊文学形象，以其宏观尺度上的审美魅力向读者发出呼唤。这也就决定了他迥异于韩松的文本特征：惯用第三人称、超感官的大尺度造物、顽强的硬汉形象、被女性读者所诟病的扁平女性形象、超常规事件的设定、明朗清晰的情节线索、对军事题材的热爱、大量使用能唤起革命记忆的红色符号等。

不过，比起历史上中国科幻有过的辉煌，普通读者对刘慈欣的呼应实在还不够强烈。或许是为了改变这一局面，从 2006 年起他便极少发表短篇，而将全部野心付诸“地球往事”系列（以下简称“往事系列”）。该系列架构宏

---

① ［日］上原香．躁动的宇宙艺人——刘慈欣［EB/OL］．大飞不动译．http://data.book.hexun.com/2425142.shtml, 2010-04-16．上原香的原文出自日本东京勉诚出版社 2006 年出版的《中国现代文学の越境》的第 88-97 页。由于不懂日文，这里采用了网络电子文献，故而在参考文献中未列出日文专著。

② ［英］以赛亚·柏林．扭曲的人性之材［M］．岳秀坤，译．南京：译林出版社，2009：247.

③ ［日］上原香．躁动的宇宙艺人——刘慈欣［EB/OL］．大飞不动译．http://data.book.hexun.com/2425142.shtml, 2010-04-16．在一次宴席上，刘慈欣曾半开玩笑地说到他与王晋康的区别：王晋康总是很相信自己写的那些东西，把它们当成真的，而他自己则根本不相信自己写的那些．这句话对坐在他旁边看着他作品长大的一位读者造成了极大的震动。

大，设置大量刺激性的符号和极富悬念的情节，将中国历史和宇宙的空灵与残酷相融合，去吸引更多读者，但也由此造成了文本内部的断裂（详见下文）。凡此种种，令它们的创作与出版成为近年来中国科幻界的重要事件，也引发了主流媒体和学界的热情，带动了中国本土进入新世纪以来新一轮科幻热潮。

“往事系列”以历史学家的口吻讲述了时间跨度数十亿年的“往事”。第一部《三体》讲述叶文洁因“文革”和环境危机而对人性失去信心，遂参与军方探寻外星文明的绝密计划“红岸工程”，利用太阳向宇宙发出信号，请求半人马座三星上的三体人来地球治理人间的罪恶。因半人马三颗恒星的运动规律无法预测，历尽劫难苦苦挣扎的三体文明具有高度的侵略性，在接收到叶的信息后，三体文明远征地球，并通过“智子”干扰人类基础物理学领域的实验结果以锁死地球的科学进步。第二部《黑暗森林》讲述地球人在三体舰队到达前的四百年时间里，试图通过包括“面壁计划”在内的各种方案来予以对抗，最终，中国学者罗辑领悟到“黑暗森林”法则而以“同归于尽”为要挟迫使三体舰队离开。第三部《死神永生》则以具有道德感和母性慈爱的女主角程心为线索，讲述她如何成为罗辑的接班人，并一次次地被证明自己的“妇人之仁”只能使地球的命运一步步沦陷。而更深不可测的“歌者”将整个太阳系压平为一张巨大的二维平面，黑暗森林中的不同智慧生物为了消灭彼此，也不惜把宇宙不断地从高维推向低维，同归于尽于一维世界的黑暗前景笼罩着全篇，但最终作者还是给读者留下了希望，使文明之间开始发出了谋求共存之道的声音。

当匪夷所思的“智子”锁死了人类的基础科学探索，也就将故事重心锁定在了科学以外的道德。罗辑最终取胜的法宝并非科学，而是“宇宙社会学”：由于“生存是文明的第一需要”，以及“文明不断增长和扩张，但宇宙中的物质总量保持不变”，因此，每个文明都必须如林中猎人般幽灵似的小心潜行。一旦发现了别的生命，由于“猜疑链”[①] 和技术爆炸的可能性，为免除

① 猜疑链：两个文明相遇时，即便 A 设想“B 是善意”的，B 设想“A 是善意”的，但 A 仍不知道“B 是怎么设想 A”的，B 也不知道“A 是怎么设想 B”的；即使 A 知道“B 设想 A 是善意”的，B 也知道“A 设想 B 是善意”的，则 A 仍不知道“B 是否知道 A 把 B 设想为善意”的，B 也仍不知道“A 是否知道 B 把 A 设想为善意”的……如此等等，没完没了。

后患，只能开枪消灭对方。在这片“黑暗森林”中，他人就是地狱，任何暴露自己的文明都将被迅速消灭。这一残酷的宇宙图景昭示着作者的双重野心。

首先是思想方面的野心。尽管对道德不以为然，但当把“善”抽离后，刘慈欣也和康德一样面临着目的论的困扰。在《朝闻道》里，霍金最后一个走上真理祭坛，问“宇宙的目的是什么？”，即使是已获得终极真理的“排险者”也无法回答。于是，刘慈欣所谓的“道德的尽头就是科幻的开始”，也就被他自己颠倒为“科幻的终极又是道德追问的开始”。在“往事系列”里，他不再无拘束地放纵想象力来单纯地展示科学的美，而是试图做一次有力的思想实验：“如果存在外星文明，那么宇宙中有共同的道德准则吗？……我认为零道德的文明宇宙完全可能存在，有道德的人类文明如何在这样一个宇宙中生存？这就是我写《地球往事》的初衷。”[①] 实际上，由于排除了“上帝”这一至高权威和仲裁者，价值观彼此冲突的现代人如何能够安排一种政治生活，成为现代思想界争论的关键问题之一。有没有能被所有人都接受的“善”？“权利”和“善”究竟谁更优先？这一人间难题被刘慈欣以科幻作家式的杞人忧天拓展成“星际伦理”，既有现实意义，又极富飘逸色彩。

其次是美学方面的野心。刘慈欣一再强调，科幻最终要得到的不是科学家想要的精确和正确，而是小说家想要的美感和震撼。因此，就算零道德宇宙存在的可能性微乎其微，但“因为这样的未来游离于我们的想象范围之外，因而也能引燃想象，更有观赏力，更具震撼力……没有必要、更没有能力去追求真实”。[②] 与其说，“黑暗森林”是对“宇宙社会学”的严肃思考，不如说它只是为了迫使人物做出异乎寻常的举动，驱动故事导向令人惊愕的发展方向和结局，其中种种冒犯了读者道德直觉的黑暗情节，“只是科幻而已，不必当真”。[③]

无疑，两种野心间存在着一定的冲突，并导致“黑暗森林”不严密、诸多

① 刘慈欣．三体［M］．成都：四川科学技术出版社，2007：301．

② 刘慈欣．道德的尽头就是科幻的开始［EB/OL］．http://www.pkusf.net/readart.php?class=khll&an=20090211021347, 2010-04-16.

③ 刘慈欣．《三体》后记［M］// 刘慈欣．三体．成都：四川科学技术出版社，2007：301．

情节存在漏洞、人物单薄、叙事不流畅等文本症结。①《三体》最初在《科幻世界》连载时，以1967年的武斗场面开篇，以物理学家叶哲泰坚持真理不肯向非理性的狂热屈服而被批斗致死，为其女儿叶文洁日后的冷酷之举奠定了基础。其手笔之大、题材之敏感不仅令科幻读者震动与兴奋，也预示着随后开启的零道德宇宙残酷剧中，必将牵扯进中国的历史记忆以及当下和未来的想象。然而,《三体》单行本却以2007年数名科学家因基础物理学实验中不合逻辑的结果而崩溃自杀的神秘事件开场，尽管内容上并无变化，不过是为了顺利出版而将连载时的第四至九节提前，但这一调整除了说明出版者对以此种“另类”的方式参与到“文革”叙述中缺乏把握以外，还使得文本在从面向科幻圈转向一般公众时突显出“悬念故事”的商业属性，恰好昭示着历史反省和思想实验的力度必然要被对文本叙事中阅读快感的追求所消解。

不过，也正是对阅读效果的追求，使刘慈欣设法去解决一个长期困扰中国科幻界的难题:“如果外星人占领地球，共产党怎么办？”

这是早些年一位主管宣传的官员提出的疑问，背后是一种担心：幻想太多，可能会引起麻烦。②长期以来，中国作家无法很好地处理这个问题，只能充分发挥科幻“逃避”现实的功能，将故事设定在与现实无甚关联的时空，或讲述发生在局部地区或境外的个别事件；而政府将如何应对未来的种种变故，则被有意无意地避开，未来的中国形象因而一直模糊不清，可信性大打折扣。“地球往事”极大地改变了这种局面：在三体文明引发的人类文明危机中，由共产党领导的中国力量以正面的方式登场，以符合人们想象的方式行动，起到至关重要的作用。该系列能引发科幻迷热议并在圈外取得一定影响，

---

① 第二种野心使刘慈欣强行设置了“面壁计划”这类不合逻辑却非常诱人的情节。为了使得人类在“智子”上帝般的监视下仍有对抗三体人的可能性，作者将三体人设计为思维透明，因不善谋略，于是人类选出四个面壁者，他们被授予很高的权力，能够调集和使用地球已有的战争资源中的一部分，并且不必对自己的行为和命令做出任何解释，不管这种行为是多么不可理解，以此误导三体人。于是有“破壁者”相应而生，双方斗智．读者积极参与到面壁者设下的种种迷雾中，明知有假而仍被种种科学狂想方案所折服，更在破壁者将真相公布时大跌眼镜。而不务正业的三流中国学者罗辑何以被三体人点名要除掉，并因此被选中为面壁者，更成为最大看点。可惜，这最大一个悬念却在图书的封底用于宣传的那段话里提前露出线索，不能不说是出版方面的一大缺漏。

② 韩松．想象力宣言［M］．成都：四川人民出版社，2000：104．

和这一点也有较大关系。

通过把人类推入一个非常境地，刘慈欣聪明地以非常时期的中国反应来侧面展开未来想象，其核心有两点：外星人的事，中国人早就想到了；一旦来犯，中国人将以中国式信心和智慧战胜外星人。前两部里最重要的四个人物都是中国人，正体现着作者的中国想象。

叶文洁显示着刘慈欣对于理性的复杂态度。对人性失去信心的她以冷酷的理性引来了三体人。她领导下的叛军大多是精英分子，习惯于站在人类之外思考问题，成为人类文明在自己的内部孕育出的异化力量。这是一种由理性导致的对理性的绝望，它放弃了启蒙主义对人的信心，重新决定为人类请来一位准上帝的外在约束者，可以说是现代理性的自我背叛。这里，刘慈欣既颂扬科学家追求真理的精神，认为“他们用自己的智慧为人类社会做出的贡献，是任何人都不可替代的”，并对非理性的狂热提出批判，但也对人类理性的脆弱做出反思，故而又设计了史强这一角色。

警察史强劣迹斑斑，不仅粗俗，还有道德缺陷；他从未仰望过星空，不去想终极问题，却具有世俗智慧和原始生命力；他观察敏锐，果敢决绝，具有极强的行动能力。他一针见血地指出，一旦科学家被误导着往歪处想，就会变得比一般人还蠢。不妨将他视为思想者的补充：科学家依靠理性行动，追求少数人才能获知的“真理”；史强则凭借多数人都拥有的“常识”，以顽强的技能求得生存。当人物因为理性的溃败而摇摇欲坠时，史强就如定海神针一般来稳固理性者和读者的信心。科学家汪淼因为智子制造的不可能的物理学幻象而接近崩溃并痛哭时，大史便大笑着出场，以一系列动作展示出惊人的自信和能量，给读者带来一种安全感。他认定“邪乎到家必有鬼”，告诉汪淼“要保证站直了别趴下”，于是，汪淼的世界“又恢复了古典和稳定”。在《三体》的结尾，两名科学家得知人类因为“智子”的干扰而只能如虫子般等候宰杀，都陷入绝望时，大史则斥之为“熊样儿”，并带领他们去见识蝗虫肆虐的景象，使后者领悟到“虫子”的顽强并重获希望。随后，大史又一次次大显身手并通过冬眠技术跨越到两百年后，数次拯救罗辑的生命，继续稳定着未来世界，因而成为最出彩的角色之一。

另一个极富人格魅力的人物无疑是章北海。作为太空军舰队政委之一的他，“信念坚定，眼光远大又冷酷无情，行事冷静决断，平时严谨认真，但在需要时，可以随时越出常轨，采取异乎寻常的行动。”为了推进未来太空军的发展方向，他不惜精心策划太空暗杀，除掉影响决策的保守“老航天”。在他的同事都从技术决定论出发情绪沮丧时，章北海对以人的主观能动性赢取未来战争的坚定信念不禁使人想起老一辈无产阶级革命家对中国革命的必胜信心。不过，他必胜信念的背后却是理性判断：在科学进展停滞的前提下，人类与三体人正面碰撞必败，因而他才伪装成必胜信念者以寻觅机会，利用冬眠技术来到两百年后，成功劫持一艘太空舰逃离以为人类保存文明火种。其思想隐藏之深、耐心之持久、行动之果决无法不令人侧目，不禁使人想起共产党领导的政权曾经一度退守西北的高瞻远瞩和忍辱负重。当两百年后的新人类对他以船员为人质劫持太空舰的行为表示震惊和不解时，他淡然地说：“没有永恒的敌人或同志，只有永恒的责任。”以“同志”和“责任”这两个字眼儿对丘吉尔名言进行的这一改造，向读者巧妙地传递着关于中国的革命历史记忆与未来想象，打动了一大批科幻迷。①

罗辑则是一位不合格的三流学者。他缺乏探索欲、责任心和使命感，投机取巧，哗众取宠，贪污过研究经费，对人类的命运并不在意。但他在莫名其妙地被选中为“面壁者”后，竟能气定神闲地置之不理，利用特权令自己逍遥快活，其玩世不恭的背后又暗藏着一种处乱不惊的气魄，在被迫思考时竟凭借悟性领悟到“宇宙社会学”的基本法则而忍辱负重并最终成为救世主。

这四个道德各有缺陷的人物，在特殊的情势下，以人类文明之名而获得了同情，挑战了读者的道德观，引领他们思考超出道德底线的行为是否可能是极端情况下一种不得已的选择，并暗示读者：不管在未来遭遇何种异乎寻常的困境，中国人以及全人类都应该也只能以理性的精神、顽强的信念、狡黠的智慧、必要时不择手段的果决与冷酷来捍卫人类文明的生存和发展的权利，中国人百年自强的历史经验与中国作风将在其中起到积极有效的作用。

---

① 有网友戏称章北海为“面壁计划”以外的第五个面壁者，并且成功地未被任何人识破。网上关于“章北海”的讨论以及百度贴吧里的“章北海吧”，充分说明了这个人物的成功。

除了人物，作者还调用了大量的文化符号以更直接的手段来强化读者的情感认同。“红岸基地”这一“令人难以置信的时代神话”，让人不得不“佩服红岸工程最高决策者思维的超前”，史强等人也一再使用“上面”“上级”等词语暗示普通读者无法接触到的中国最高领导者们的明察秋毫和英明果决。“唐”号航空母舰未曾出海就被迫退役的失落，中国太空军这一军种及其有“八一”两字的军徽，亦鼓动着中国读者的神经。当章北海在冬眠两百年后苏醒时，地球上各大国都已衰落，代之崛起的是作为政治实体的三大太空舰队，尽管没有交代彼时中国的具体情况，但读者仍能在亚洲舰队司令官那里感受到中国革命精神与力量跨世纪的薪火传承：

章北海说：“不敢，首长，我们现在是一切都要学习的新战士。”

司令官微笑着摇摇头：“不要这么说，这里的一切你们都能学会，而你们所具有的某些素质，我们是永远学不到的，这也是现在苏醒你们的原因。”

“中国太空军司令员常伟思将军托我向您问好。”

章北海这话触动了司令官心中的什么东西，他转身面对着窗外的星河，仿佛在眺望时间长河的上游。“他是一名卓越的将帅，是亚洲舰队的奠基人之一，现在的太空战略，仍然在他两个世纪前创立的框架之内，真希望他能看到今天。”

“今天的成就已经远远超出了他的梦想。”

“但这一切都是从他那时……从你们那时开始的。”

……

“……你们将被任命为执行舰长，原舰长对战舰的所有指令，都要通过你们来向指挥系统发出。”

章北海的眼睛中有两个小太阳在燃烧，他说：“首长，这恐怕不行。”

“接到任务先说不行，这不是我们的传统吧。”

司令官话中的“我们”和“传统”这两个词让章北海有一种温暖的感觉，他知道，两个世纪前那支军队的血脉仍在太空舰队中延续。①

① 刘慈欣. 三体Ⅱ：黑暗森林［M］. 重庆：重庆出版社，2008：321-325.

太空舰队集体覆灭证明了章北海的远见卓识，而像婴儿一般被残酷地抛向宇宙深渊的新人类感受到这名来自古代的军人身上父亲般的力量：“章北海沉稳的目光像一个强劲的力场维固着阵列的稳定，使人们保持着军人的尊严。”与之相应，在文本中被略过的两百年造成的过去、当下与未来之间的叙事断裂，全靠章北海以及史强这两位跨越时间而来的“传统”力量来稳固读者的不稳定感。

微妙的是，到了第三部，刘慈欣却把“事实上”的同情心寄托到了最具道德感的程心身上，这个原则上最应该遭到作者质疑的人物却能一次次化险为夷，最终逃脱掉整个太阳系毁灭的命运，在奇异的时空里，借助相对论效应的帮助，避开亿万年的黑暗时代，等待宇宙新纪元的曙光。无道德的文明毁灭宇宙，一个有道德的人能够幸存——这或许说明了作者内心情感认同上的矛盾，亦可理解为文学除了反映作家内心真实，更应给予读者希望的使命感。此外，在前两部形象鲜明的中国形象，也被第三部无限宽广的空间和时间尺度所稀释殆尽。云天明的忍辱负重依稀有几分章北海的身影，但云天明不具有特定的政治身份。在故事的最后，太阳系被铺展成一幅壮丽目眩的二维图画，中国色彩也就淹没在这海量的丰富细节中。正如鲁迅虽内心不信，却仍在瑜儿的坟上凭空添上一个花环一样，刘慈欣在最后还是给读者留下了一只游动的小金鱼。尽管如此，在那个奇异的空间里，只剩下了两个人类和一个外表是日本女人、内心却是三体人的机器人，在末世后，伊甸园大门重新开启前的黑暗时刻，他们在宇宙前世里获得的社会身份已经失效，以普遍的生命个体重新等待新的宇宙社会属性。在这场毁灭与准新生的乐章里，红色中国的印记最终被末世风暴所席卷而去，作者狂放不羁的空灵想象摆脱了沉重大地的羁绊，在群星的毁灭中得到了无所保留地释放和宣泄。可即便如此，现实中的读者却无法不产生这样一种印象：中国人终于写出了了不起的科幻。“中国”二字，便如此地挥之不去了。

以这种科幻独有的方式，刘慈欣不但试图培养和加深中国人“对宇宙宏大深远的感觉”，使他们“对人类的终极目的有一种好奇和追求愿望”，[1]

① 刘慈欣．道德的尽头就是科幻的开始［EB/OL］．http://www.pkusf.net/readart.php?class=khll&an=20090211021347, 2010-04-16.

更开启了一条通道，使国人长久被困于革命历史叙事的国家认同感终于可以投射进未来的空间，在刘式宏观美学中尽情展现着他们对未来中国的想象与期许，也就较好地解决了“如果外星人占领地球，我们怎么办？”的问题，初步释放了“中国的未来在哪里？”的文化焦虑。[①] 因此，韩松才称其完成了一个几乎无法完成的梦想：“近乎完美地把中国五千年历史与宇宙一百五十亿年现实融合在了一起，挑战令一代代人困惑的道德律令与自然法则冲突互存的极限，又以他那超越时代的宏伟叙事和深邃构想，把科幻这种逻辑严密而感情丰沛的文学样式，空前地展示在众多的普通中国人面前，注定要改变他们的思想和行为，并让我们重新检讨这个行星之上及这个行星之外的一切审美观。”[②] 当然，“人类在思想史上没有对整个文明的灭顶之灾做过理论上的准备，这本微不足道的拙作也不可能对这点有任何改变，但有人开始想这个问题总是一件好事”。[③] “往事系列”在中国想象上也不可能达到尽善，在叙事艺术上也仍显得粗糙，[④] 它的缺陷恰也表征着困扰中国科幻界乃至整个文化界多年的诸多症结和挑战，不过它的回答在总体上来说已非常出色，在诸多细节上更是令人叫绝，其努力值得肯定。更重要的是，如鲁迅所说：“非有天马行空似的大精神即无大艺术的产生。但中国现在的精神又何其萎靡锢蔽呢？”[⑤] 刘慈欣的最大意义，可能就在于给一个精神萎靡的时代注入了这天马行空似的大精神，因此，学者严锋对他的激赏便不无道理：“我毫不怀疑，这个人单枪匹马，把中国科幻文学提升到了世界级的水平。”[⑥]

---

① 韩松曾对“中国至今没有产生一部宏景式构造中国未来历史的长篇幻想小说”表示不满，质问“中国的未来在哪里？”。韩松.想象力宣言〔M〕.成都：四川人民出版社，2000：109.

② 见《三体》的封底。刘慈欣．三体［M］．成都：四川科学技术出版社，2007.

③ 刘慈欣．道德的尽头就是科幻的开始［EB/OL］．http://www.pkusf.net/readart.php?class=khll&an=20090211021347, 2010-04-16.

④ 比如，我们还可以进一步问：如果没有外星人带来的非常处境，在常态发展中的未来中国又在哪里？

⑤ 鲁迅．鲁迅全集（10）［M］．北京：人民文学出版社，2005：257.

⑥ 严锋.《流浪地球》序言［M］// 刘慈欣．流浪地球．武汉：长江文艺出版社，2008.

非法智慧（节选）

◎ 张之路

一、瓢虫

五年前的秋天，医学院脑神经外科的陆翔风教授在他的实验室里会见了一个陌生人。

陌生人是陆教授的助手姜地带来的。陌生人身材矮小，其貌不扬，但说出话来，却让人吃了一惊！

“只要研究需要，多少钱我们都可以提供！”他说这话的时候，表情并不见张狂。

陆翔风暗自冷笑：“你说的多少钱是多少？”

陌生人笑了，笑得很可爱也很诚实：“您总不会把全世界的钱都加在一起说吧！”

两个人同时笑了起来，好像在这一瞬间，他们都知道了对方的实力。

“电脑迟早要超过人类的智慧。我一定要把电脑和人脑直接结合，这种机器与人的‘混血儿’才称得上是真正的新新人类。”陆翔风这样开始介绍他的研究课题。

“把电脑用导线与人脑的神经连接起来吗？”陌生人谦虚地问。

陆翔风摆摆手说：“如果光是这样，问题就简单多了。实际上，我们已经完成了在人脑中植入芯片，与脑神经直接连接，目前正在用于治疗帕金森氏症和听觉障碍，还有癫痫症。当病人发病的时候，芯片就会适时地发出电脉冲，制止病人发病。

陌生人向前探探身子，做出洗耳恭听的样子。

“从战略上来讲，我一定要做一种真正的人类和机器‘混血’的物种。人脑中的芯片将与所有的脑神经互动。这种芯片或者叫超微机器人，不但会扫描所有的脑神经细胞，建立一个包含所有脑神经细胞内容的庞大资料库，而且还会通过无线电通信系统与脑外部以外的电脑和网络联系起来。”

“这种芯片有多大的体积呢？”陌生人说完，在沙发上欠了欠身子。

“现在已经发现了一种可以用在电脑上的碳分子，它的计算能力远远超过目前的芯片。因此，我认为它的体积会非常微小。从理论上来说，我们将来制作出的芯片体积会比人的红细胞还要小。”

陌生人皱皱眉，他实在想象不出一个比红细胞还要小的芯片是个什么概念。

“对不起，从理论上说是这样。我很欣赏您的雄心壮志。那么您能不能告诉我，目前在技术上已进展到什么程度？我们这次具体合作的芯片实际上会有多大？”

陆翔风环顾左右，看见了一个广口瓶。透明的瓶子里有几只实验用的瓢虫，夕阳的余晖从窗外照在瓶子上。瓢虫那血红的底色与漆黑斑点互相映衬，色彩格外鲜明。

“大约就像七星瓢虫那么大点儿。”陆翔风说。

“啊！真是不可思议。您能不能告诉我，这样的芯片和人的神经靠什么导体连接呢？”

陆翔风看出了陌生人对这个领域的无知，于是开始热情地讲解：“在一般人的概念中，说起导体，脑子里立刻就会出现庞杂的输电线路——带着塑料胶皮的导线，最起码是根细小的金属丝。其实，在我们生物物理的领域里，这些导体已经有了根本的飞跃。可以说是由于量变带来的一种质的飞跃，它已经不是我们原来意义上的那种导体了。”

陌生人脸上闪过一丝不快。他似乎不愿意别人那样给他“上课”，但他仍然力求平和地问：“您只要告诉我这种导体的样子和名称就行了。”

陆翔风笑笑，体谅出对方的心思，但他的自负与才华却不允许任何人改变他的思路：“在最新一代的芯片中，晶体管连接的导线已经被蚀刻到只有0.18微米。目前，正准备突破0.1微米的大关，大约就是人头发的五百分之一或者千分之一。我们刚才说到的是金属，而我们现在用的导体不是金属，它叫生物介质。”

陌生人点燃了一支烟。他希望听到的是这种“生物介质”是什么颜色？什么形状？连接的地方是用胶来粘结还是用线来缝合？他的记忆还停留在大学的实验课上组装电视机的时代。他总想着导线之间的连接是要有焊接点的。

“什么时候我们可以看到您的‘七星瓢虫’？”陌生人眯起眼睛。

“五年。”

“好！就五年！在这五年当中我们会全力支持您，但我们有一个条件，这项科研成果不能向任何人透露。”

“那是当然！”

“为了实现这个计划，我们需要世界最新的有关学科方面的研究成果。”陆教授说。

“没有问题。”陌生人摆摆手。

“得到最新科学成果还不光是个钱的问题。”姜地提醒说。这是他在今天会见中说的唯一的一句话。

“只要你们提出成果或专利的名称以及实验室的名字。”陌生人站起来。

会见结束了。研究课题的代号就定名为“七星瓢虫”。

陆翔风没有想到，就是因为这不到一个小时的会见改变了他后半生的命运。

陆翔风今年四十八岁。在三十五岁以前他几乎是一直在学习。他毕业于某名校的生物物理系人工智能开发专业，大学毕业后，又读了计算机的硕士学位。本来他可以在一个研究所有个很好的位置，但又匪夷所思地在音乐学院攻读作曲专业的学位。

他在交响乐团当指挥的哥哥陆翔云开玩笑说："这是我的地盘，你要来抢我的饭碗吗？"陆翔风笑笑："我们学音乐的目的不一样。你学音乐是为了艺术，我学音乐是为了技术。你研究音乐是为了让人愉悦，我研究音乐是为了知道音乐为什么能让人愉悦。你的归宿是艺术灵魂，我的归宿是大脑中枢神经。"

在他专门学习的生涯中，最后是到国外读了医学院脑外科的博士。

现在，他正式的职业是医学院脑神经外科的教授，偶尔会临床给病人做脑神经的手术。

五年的时间匆匆过去了。五年中，陆翔风几乎每天从早到晚都在实验室和手术台旁研究他的"瓢虫"。他不但才华横溢，而且精力过人。他在研究的同时还密切注视着全世界有关电脑、生物医学的各种消息。一旦有了先进的发明成果——不论是公开的还是秘密的，只要他需要，陌生人都会不惜任何代价和方式搞到手，及时提供给他。

陆翔风工作虽然很辛苦，但心情舒畅。他从事医学研究这么多年，从来没有像这段时间这样顺利而效果显著。

陆翔风的外表英俊潇洒，虽然已是人到中年，虽说已是功成名就，但却没有一点慵懒迟钝的神态和情绪。

医学院的同事们每次见到他，他总是那副精神焕发、朝气蓬勃的样子。

他的理论水平和临床手术的精湛在医学院都是首屈一指的。每届国际生物和医学年会召开的前夕，他都会收到措辞诚恳的邀请函。

陆翔风经常光顾附属医院的病房，而且越是疑难病症，他越是要亲自诊断和主刀手术。

因此，在这五年中，没有人想到他正在从事着另一项秘密的医学研究，更没有人知道他经常彻夜不归。妻子早已和他分手，他的儿子基本习惯"独自在家"了。

大家只是渐渐地发现，最近一年来，陆翔风教授在医治脑瘫病人和精神病病人方面很有办法，甚至可以说取得了巨大的成功。以往，医生在这两种病人面前是力不从心的。脑瘫病人不必说，那是大脑发育不完全。精神病人也只能靠药物控制和心理治疗，可是经过陆翔风教授的手术之后，情况却大有好转。

效果是明显的，原因却无人知道。

医学界和医学院都希望陆翔风“公布”他的“治疗方案”——到底用了什么办法医治这些病人？

陆翔风婉言谢绝。他通常是诚恳而谦虚地微笑着：“没有什么科研成果啊！无非是把活儿做细就是了。”

人们哪里肯信！

更令人不能理解的是，陆教授有许多手术是不允许任何外人在场的，不但一般的医生不可以，就连医学院的院长也不可以。手术的时候，只有他的助手姜地在场。麻醉师和其他护士在完成准备工作以后一律离开。

人们已经猜到，陆翔风一定有了特殊的发明或者用了什么神奇的药物，但他不愿意公诸于众。

许多媒体早早嗅到医学院那位陆教授有什么重大的发明将要诞生，于是死缠硬磨地打探消息。一瞬间，陆翔风成了众目睽睽的神秘人物。

当医学院的院长侧面向姜地了解的时候，这位沉默能干的不到四十岁的男助手只是笑而不答。

面对巨大压力，陆翔风却是稳如泰山。

“我可以离开医学院！”陆翔风强硬地回答院长希望他说出真相的愿望。

与其走掉一个天才的专家，不如让他安心留在医学院为广大病人“救死扶伤”。

陆翔风心里明白，表面上他医好病人，其实正是这些病人帮助他完成了“七星瓢虫”的临床实验。但陆翔风心安理得，那些病人与其当“废人”，不如碰碰运气。况且陆翔风对此已经有了相当的把握！

谁也没有料到，就在五年的时间即将过去的一天，陆翔风突然像变了一个人，忽而一言不发，忽而疯疯癫癫，胡言乱语。

人们感叹地说：陆教授真是好可怜啊！他治好了许多精神病人，可他自己却变成了疯子。

再后来，陆翔风突然死了，死于家里的煤气爆炸！

追踪陆翔风近一年的记者们没有从陆翔风的嘴里探得一点儿他的“研究成果”。

电视台在“昨夜星辰”的栏目里感叹：一颗生物医学界的星辰陨落了，带走了许多的秘密和无尽的遗憾。

二、梦九中学

桑薇终于坐在了“梦九中学”的教室里。

报到时候的兴奋暂时消退了。桑薇默默地打量着周围的新同学。

教室里的脸都是陌生的。几乎是一水儿的男生，前后左右都是，好似一盘围棋。如果把男生比做黑子、女生比作白子的话，桑薇这个白子的周围都是黑子——“一口气”都没有，早就该被“叫吃”了。算上她，整个棋盘上只有五个“白子”，“黑子”们却有四十多个。在一个高智商的班里，“黑子”总是大大超过“白子”的数目，这不足为奇。

桑薇有些悲哀，又有几分庆幸，不论白子还是黑子，她终于是这个“黄金”棋盘上的一员了。

现在，另外那四个“白子”都横坐在临时的座位上，以便和四面八方的“黑子”交谈。只有桑薇默默地体味着陌生而又新奇的感觉。没有人找她说话，她也没有与别人交谈的意思。

一只很小的花背小虫沿着墙与天花板交界的棱线在爬，这可能就是生物课上讲的七星瓢虫吧。桑薇的眼睛很好，她甚至能看见那小虫的翅膀在鼓动。果然，花背小虫飞翔起来了，悠悠地划出一条弧线，飞到敞开的窗前，稍稍在窗台上停顿了一下又飞了出去。它降落在一棵临窗杨树银白色的树干上，远远望去就像树皮上的一个斑点。

梦九中学是一所很“安静”的学校。

就像真正富有的人穿着朴素、真正有学问的人虚怀若谷一样，梦九中学也拒绝张扬。各种媒体和网络上很少见到有关它的报道和消息，但这并不妨碍它是这座城市最优秀的高中。学校从来不公布它每年考上重点大学的比例和人数。但大家都知道在国内外众多名牌大学和许多重要的工作岗位上都有来自梦九中学的学生。

梦九中学虽然不动声色，但却有许多许多双眼睛“目不转睛”地盯着它。因为，能成为这所精英学校的一员是许多少男少女的梦想。

桑薇是个内向甚至有些胆小的女孩儿。但她那秀丽而不失朴实的外表和她从不主动与人说话的习惯，使她在男孩子心目中很神秘很高傲。桑薇心里明白，她一点儿也不神秘，只是害羞而已。别的女孩儿一害羞就脸红，手足无措，而桑薇只是默默地不说话，其实她心里慌得要命。

起风了，白杨树轻轻地吟唱起来，桑薇心中掠过一丝惆怅。为什么？她说不清楚。

教室突然安静下来，敞开的教室门前出现了一位女教师。

女教师很好看也很年轻，齐耳的短发乍看上去是黑色的，那黑色中却有少许几缕是浅浅的棕黄。头发肯定是染过的，但很顺眼，衬得她那蚕丝一样白皙的面容更加生动。深蓝色的短款西装上衣配着齐膝的短裙，明快而合体，精明干练中透着几分随意。那随意不是装出来的，而是气质自然的流露。

桑薇有点喜欢这位新老师，可能是班主任吧！

“哇！魅力四射。”身后一个男生的声音。

女教师毫无反应，面无表情地向讲台走去。

桑薇前边座位的男生站起来。

桑薇以为他马上就要喊“起立”了，也许他是临时的班长。

桑薇不由得欠起身子。不料，那男生却离开座位，跨到两排座位中间，缓缓地伸开双臂。周围的同学开始注意他了，只见那男生做了一个“骑马蹲裆”的架势。

本来，桑薇以为这是一个调皮蛋，做个怪样子，达到哗众取宠的效果之后，马上就要回到座位上。没有想到，他的动作仅仅是一套拳路的起势。现在，他居然就一边往前移步，一边旁若无人地“操练”起来，酷似公园里晨练的老先生。他的动作认真娴熟、悠然自得、旁若无人。

全班同学都愣住了！不知道是怎么回事。这是不是梦九中学的一种特别仪式啊？

只有女教师站在讲台前默默地看着他，与其说是看着他，不如说是耐心地等着他，脸上全然没有一丝一毫的惊讶和气愤。于是，大家除了对“老先生”的惊讶之外，对女教师的态度也感到十分奇怪！

“老先生”的拳已经“打”到讲台上。快撞到黑板的时候，猛一转身，面对女教师的脑袋举起一只手臂。大家情不自禁地叫出声来。不料，女教师头也不转，眼睛都不眨一下。

“老先生”的手臂凌空劈了下去，不过是从女教师的身后劈下去的。大家分明看见女教师的头发被手臂带起的疾风策动，轻轻地飘舞了一下。

“老先生”又一个“白鹤亮翅”，侧身滑步，从女教师的身后走了过去。大家松了口气。

女教师的眼里闪过一丝不易察觉的悲哀。

“老先生”从原路返回了，依然是边走边打。

他戴着一副宽大的黑框眼镜，年龄很小，穿着却非常老气，一副小学究的模样，“酷”的因素一点儿也没有。

他回到座位，长长地出了一口气，立正站好，深深地向前鞠躬，然后稳稳地坐下了。

片刻沉寂之后，有人鼓起掌。桑薇回过头，看见一个方头、大脸、留着寸头的男生，脸上嬉皮笑脸的神色还没有褪去。

女教师用手关节轻轻敲着讲台，教室里安静下来。

“自我介绍一下，我叫段梦。从今天开始我将担任你们高一（2）班的班主任。”女教师平静地说，“大家对刚才那位打拳的同学一定非常好奇。这位同学的名字叫郭周。”

“一锅粥。”方头大脸说。

段梦继续说：“他是你们上一届的学生，因为身体不好，现在留在我们这一班学习，他习惯在两分钟预备的时候打一套拳。我希望大家不要见怪，也不要干涉他，他绝不会碰到别人。在这段时间，我们该干什么还干什么。”

段老师说完了，教室里一片唏嘘。

真是奇怪啊！不要说在梦九中学这样优秀的学校，即使在普通的学校也不允许有这样的特殊人物啊！学校难道没有纪律吗？他有什么病？除非是精神病。可精神病干吗还要上学呢？

“我们这时候也可以打拳吗？”又是“方头大脸”的声音。他已经有点儿让人讨厌了。

段梦从讲台上慢慢走下来：“郭周同学有特殊情况，他打拳是校长批准的。其他同学千万不要以为，你们也可以想做什么就做什么。我要郑重地告诉你们，这是绝对不能允许的！”说着，她若无其事地敲敲“方头大脸”的课桌，似乎是对他刚才表现的警告！

段梦拿着新生的名单开始点名，她希望叫到的同学说几句自我介绍的话。

段梦点到了一个叫“黄楠”的名字。

人还没有站起来，大家先笑了，黄楠与昆虫蝗蝻谐音，蝗蝻是昆虫的幼虫！这恐怕就是大家发笑的原因。

前边的一个女生应声站起来。这女生个子矮小，但却显得匀称。小鼻子小眼儿，小巧玲珑的，真有点儿“幼虫”的感觉。大家不禁又笑。

“我叫黄楠，不是蝗虫的幼虫，我是人类的后代。‘黄’字大家都不会猜错，金黄的黄。‘楠’字是楠木的楠，就是生长速度很慢，但木质非常结实的那种楠木。”

“方头大脸”又接话茬：“知道知道，就是金丝楠木呗！”

黄楠接着说：“刚才老师叫我名字的时候，大家都笑了，我感到很亲切。顺便说一句，我在原来的学校是一百米短跑冠军。”

大家不由得“哟”了一声。

黄楠坐下。大家鼓起掌来。

黄楠这样开了头，大家也就不好只说一两句话，况且有些人真的是有话要说。

桑薇有些不安了。她发现介绍过的同学都有些可圈可点的事迹或者“名分”，不是原来的班长就是学生会的什么“官员”，要不就是数理化竞赛的金牌得主或者是像黄楠那样的“体育明星”。

而她却是“一无所有”。

一个叫汪盈的女生把桑薇的紧张情绪提到了极点。汪盈的发言已经不光是介绍，几乎成了讲演。除了她是学生会的外联部长和她这几年的工作成绩之外，她还谈到了理想和未来。内容虽然有些空洞，但语言很精彩，声音也富有激情。这哪里还是自我介绍，简直是参加演讲大赛。

幸亏段老师居高临下，洞察一切。她指指手表说“以上同学介绍都很好，但由于时间有限，我们每个人站起来的时候，向大家问个好就行了。”

接下来，就是“方头大脸”。看样子他本来也是准备了“发言稿”的，现在忽然不让说了，显得有些压抑，被“埋没”的情绪溢于言表：“我叫高伟，一个非常普通的学生。”然后很有情绪地坐下了。

在下面二十多个人的介绍中，几乎都是一带而过，没有给人留下什么深刻的印象。

一个男生站起来：“我叫宋毅，喜欢体育运动，喜欢开玩笑，我是O型血。”

桑薇心中一动，“O型血”这声音让她想起了记忆深处的另外一个人。

一年前的一天，桑薇骑着自行车路过梦九中学的门口，看见许多学生由家长陪着走进“梦九”的大门，那些人都是考取了“梦九”的幸运儿。

这些幸运儿的头已经不由自主地昂起来。男生个子都是高高的，脊背挺得很直，眉宇间似乎都闪烁着智慧之光，高傲的脸上露出故作谦虚的微笑。真可谓“少年得志”“玉树临风”。桑薇原来的学校也有类似的男生，不过没有这么集中。

再看那些女生，灿烂的微笑如同九月的天空，仿佛都是天生丽质，一个个活泼而不失高雅，一颦一笑中都那样富有魅力。

那一刻，桑薇觉得自己就像个丑小鸡——连丑小鸭都不是。因为丑小鸭将来会变成天鹅，可是在她就读的那所初中里，几乎没有人能考上梦九中学，要想成为天鹅只能是梦想。

桑薇不由得停下车，双手扶着车把，一只脚刚刚够着地面。她没有“资格”在这里下车，下了车她干什么呢？这个地方不属于她。

她就这样呆呆地看着。

一辆小轿车无声地从她身边滑过，反光镜碰到了她的车把。力量虽然不大，但桑薇正处于“不稳定平衡”的状态，猝不及防，桑薇连人带车向另一侧倒去。整个自行车压在桑薇的腿上，她感到右臂被什么东西硌了一下。

汽车“毫无知觉”地缓缓朝学校里驶去。

那一刻，桑薇感到自己是那样的无助。她下意识地举起手臂，手臂上渗出殷殷的血丝。

一个身影飞快地从她的身旁掠过，几乎是“飞”到了汽车的前方，伸出双臂，眼睛里露出愤怒的目光。

桑薇看清了，那是一个男孩儿。

汽车停下来，男孩儿把司机从车里“拉”出来，大声地和司机说着什么。

接下来，男孩儿又跑到桑薇的跟前，双手拎着车架把车子从桑薇身上移开：“怎么样，要不要去医院？”

男孩儿的个子挺高，却一点儿不显单薄，宽宽的双肩将一件黑色的圆领衫撑得如同一个扇面。略显消瘦的脸上，一双明澈的眼睛友好地望着桑薇。眼睛里的愤怒荡然无存，像个和蔼的大哥哥，无措地征求妹妹的意见。

这一刻，桑薇的羞涩已经远远超过了她的气愤。她急忙从地上爬起来连连说着：“不要紧，不要紧。”

“你也是来报到的吧？我来帮你推车。”说着，男孩儿把自行车支好，走到车前，两腿夹着前轮，又瞄了瞄前后说：“车子没事儿，你摔着没有？”男孩儿的语言和行动变得拘谨起来。

桑薇急忙摇头。

“进去吧！”男孩儿把车子交给桑薇。

神差鬼使一般，桑薇默默地跟着男孩儿走进梦九中学的大门，直到“新生报到处”的牌子映入眼帘，桑薇才如梦方醒。她急忙停住脚步，坚定地攥着车把不肯再往前迈一步。

男孩儿愣了一下。

桑薇很想说，她根本不是报到的新生。可是，这句话却怎么也说不出口。如果换成别人，这句话说不出口，可以换一句别的，可桑薇不成！那句话就像堵在嗓子门口，不让这句话先出来，别的话谁也甭想过去。

男孩儿看看过往的学生和家长，忽然笑了。那笑容又像个淘气的弟弟。于是很理解地说："好吧，我先走！待会儿见，我们说不定还是一个班的呢。"

没走几步，男孩儿又回过头："嗨！我叫陆羽。"说着话，男孩儿忽然眉头紧蹙，瞪大眼睛："你的胳膊怎么了？"

桑薇低头看去，只见刚才渗血丝的地方布满殷红的血迹。伤口居然还滴下一滴血，落在灰白的水泥地面上，溅起一朵鲜红的血花。

桑薇的脸色顿时变得煞白，她不知道怎么会伤成这样？

陆羽跑过来，手忙脚乱地在自己身上乱摸，似乎是要找手帕或餐巾纸什么的，但什么也没有找到。

他向一个家长模样的妇女跑去，着急地恳求着，人家从手提包里掏出一包餐巾纸递给他。

陆羽把纸捂在桑薇的伤口上，桑薇有了依靠，心里不那么慌了。

"你用左手托着，把车子给我！"陆羽说。

"干什么？"

"我送你去医院！"

"不用，我用水洗一下，上点药就行了。"

"不成！这样滴血，伤口一定很深，你已经流了那么多血！"陆羽不由分说，让桑薇坐在车后，蹬上自行车向校外奔去。

那一刻，桑薇觉得十分羞愧。人家是来报到的梦九中学的学生，而自己算什么呢？一个丑小鸡！无缘无故地给别人添那么多麻烦。

"我自己去，你快报到去吧！"桑薇恳求说。

陆羽不说话，车子骑得飞快。

"真的，我没那么娇气！"

"别着急，马上就到了，你坐好！再摔一跤可就麻烦了。"

到了医院，医生说伤口挺深，要缝两针。

桑薇吓了一跳："我不缝针！"

陆羽举起胳膊："不要紧，你看我这儿，缝过六针，打篮球摔的，现在什么事儿也没有。"

陆羽的鼓励看来没起作用，桑薇的脸色又白了："大夫，不用输血吧？"

医生没有理她，认为她大惊小怪。

陆羽却说："输血也不要紧，我是O型血，能给任何人输。"

教室里突然骚动起来，原来要按大小个儿站队排座位。

桑薇的同桌是汪盈，打拳的"老先生"郭周恰好坐在桑薇的身后。

桑薇此刻的心情非常愉快，让她感到惊喜的是，班上的同学个个都显得那样优秀、那样卓尔不群。在梦九中学的录取标准中，一定有一个关于外貌和气质的标准，桑薇暗暗想。

其他的同学都回宿舍收拾房间了，桑薇却不由自主地上了楼。听说二年级的教室在教学楼的二层。

二楼的楼道空空荡荡的，二年级的学生今天可能没有上课。只有一两扇门微微敞开着，几个学生静静地不知道该干些什么。

桑薇犹豫了一下，她不愿意就这样突然地闯进教室，问人家陆羽在不在？

楼梯拐角走上来一个男生，怀里抱着两个纸箱子，箱子顶着下巴，显得他的脖子格外长。这是个瘦小的男生。

桑薇迎上去："要不要我帮你拿一下？"

"你是谁？"那个男生很提防的样子。

"我是一年级的，你是二年级的吗？"

"是又怎样？"那个男生歪着头，非常不友好，模样就像羽毛还没有长齐就非常好斗的小公鸡。

"请问你一下，有个叫陆羽的同学在几班？"桑薇和颜悦色地问。

小公鸡停住脚步，仔细地打量着桑薇，似乎要把她的相貌记录下来。等他观察完了，却说："我不认识这个人！"说完就头也不回地走掉了。

不认识就不认识吧！看我这么半天干什么？桑薇不禁愤愤地想，是不是把名字给记错了。要不就是二年级的班太多，同学们彼此不熟悉。

忽然听见背后有人叫她。

桑薇回过头，原来是班主任段老师。

“你到这里来干什么，不是让大家回宿舍去整理房间吗？”段梦的目光带着责备。

桑薇没有说话。

“告诉我，干什么来了？”段梦的目光紧紧盯着桑薇。

“找一个同学。”

“谁？”

“陆羽。”桑薇对段老师的追问毫无心理准备，只得老老实实地承认。

段梦眯起眼睛思索了一下：“是二年级的吗？”

“是。”

“你不用找了，二年级根本没有这个人！”

桑薇心中一沉。难道陆羽也像她去年一样，只是为了虚荣，就假装来报到的吗？这怎么可能呢？还有让她不理解的是，段老师何至于就这样严厉呢？难道梦九中学的人是这样不近人情吗？

——节选自《非法智慧》，北京少年儿童出版社，2000 年

在幻想世界彰显少儿主体的力量

——张之路科幻小说赏析

◎ 张懿红　王卫英

《霹雳贝贝》和《非法智慧》是中国当代著名儿童文学作家张之路创作的少儿科幻小说。《霹雳贝贝》将儿童成长与外星人题材结合，融合爱的母题和顽童母题；小说根据科学原理展开想象，将奇闻趣事糅合在贝贝的生命体验里，对儿童心理刻画惟妙惟肖，体现了儿童本位的创作立场。《非法智慧》则在少年成长中反思教育与科技问题，紧密贴合青少年心理，情节跌宕起伏，语言鲜活幽默，充分体现了作者注重叙事节奏、善于把握读者心理、引人入胜的叙述技巧。张之路的少儿科幻丰富了中国科幻小说创作园地，是科幻文坛可贵的收获。

张之路是当代著名作家、剧作家，现为中国电影集团编剧、中国作家协会儿童文学委员会副主任。作为当代儿童文学创作的巨擘，他的作品在青少年中影响广泛，并享有很高的声誉，1997 年成为第一位入选中央电视台“东方之子”栏目的中国儿童文学作家。张之路的作品有长篇小说《霹雳贝贝》《第三军团》《非法智慧》《蝉为谁鸣》《极限幻觉》《足球大侠》《有老鼠牌铅笔吗》《我和我的影子》《弯弯》《小猪大侠》《千雯之舞》等三十余部，曾荣获国际安徒生奖提名奖和中国安徒生奖、中国图书奖一等奖，六次荣获中国

张之路

作协儿童文学奖，三次荣获宋庆龄文学奖，多次荣获冰心儿童文学奖。他的短篇小说《羚羊木雕》围绕父母命“我”要回送给朋友的贵重工艺品羚羊木雕的事件，凸显成人世界与儿童世界的矛盾，提出教育应尊重少儿主体的问题。小说思想内容丰富，叙事简洁生动，儿童心理拿捏到位，被选入中学课本。他创作的童话《在牛肚子里旅行》寓知识于趣味，以小蟋蟀“红头”被吃进牛肚子的方式介绍牛的消化系统，塑造了小蟋蟀“青头”勇敢机智帮助朋友的形象，被选入小学课本。此外，张之路在影视领域同样成就斐然，曾多次获中国电影华表奖、电影童牛奖、夏衍电影文学奖、电视剧飞天奖、开罗国际儿童电影节金奖等。他创作的电影剧本有《霹雳贝贝》《魔表》《暗号》《足球大侠》《扬起你的笑脸》《疯狂的兔子》《妈妈没有走远》《危险智能》《我要做好孩子》《乌龟也上网》等19部，创作的电视连续剧有《第三军团》《妈妈》等，以及电影理论专著《中国少年儿童电影史论》。

张之路的儿童文学作品中包括科幻小说，理科专业背景为他的科幻创作打下了坚实的理论基础。1987年出版的《霹雳贝贝》和2000年出版的《非法智慧》，是张之路少儿科幻小说的代表作。

一、顽童的超人梦:《霹雳贝贝》

外星人向来是科幻小说的重要题材之一，从英国著名小说家赫伯特·乔治·威尔斯开始，外星人科幻小说就层出不穷，而对外星人的想象，则有乐观主义与悲观主义之别。《霹雳贝贝》将儿童成长与外星人题材相结合，完成了少儿科幻的独特叙事。显然，小说体现了作者对外星人这种未知存在的乐观主义想象。

小说中，外星人在开头、结尾两次出现，先是救活了难产病危的贝贝母子，后是应贝贝要求去掉他身体的电能，让贝贝回归普通儿童的正常生活，享受亲情、友情。自始至终，外星人的行动都以满足人的欲求为目的而没有任何不良动机。唯一令人疑惑的，是他让贝贝身体带电——同样经过外星人治疗的贝贝妈妈就没有带电，可见贝贝带电是外星人有意为之，而且他曾对贝贝严厉地说："傻孩子，你现在还小，长大了你就会明白，带电使你具有神奇的力量，你将成为地球上最伟大的人。"这似乎暗示外星人对贝贝抱有某种期许，或许还是某种不良企图——不过，外星人终究痛痛快快地答应了贝贝的请求，没有丝毫为难之意。这种关于外星人的非理性乐观想象，具有童话式的偶然性、随意性和即兴性。如果套用普罗普《故事形态学》中有关角色功能的论述，那么外星人在小说中的作用，就等同于民间故事中拥有超能力且乐于助人的神仙精怪，充当赠予者的角色功能；而身体带电的神奇本领，则是赠予者赋予主人公贝贝的魔法宝物，充当了相助者的角色功能。不过，作为一部现代儿童科幻小说，《霹雳贝贝》并未讲述民间童话故事中传统的英雄业绩，而是集中笔力描述带电人体的种种异能，以及这种异能给贝贝童年生活带来的种种趣味和困扰；而在充分展示超能力的巨大威力，让贝贝体味超人的自由与痛苦之后，又以主动放弃的方式使他丧失超能力，回归普通儿童的正常生活轨道。因此，从小说母题看，《霹雳贝贝》是融合爱的母题和顽童母题的协奏曲[①]，既满足儿童的超人梦和顽童梦，又回归成人世界的亲情（温馨家庭）、友情和社会关系；既充满儿童式的游戏精神，又流溢出父母对孩子的疼爱之情。

这正是张之路少儿文学作品的一贯立场。一方面，他正视成人世界的残酷和社会规则的约束性，让少儿在初露端倪的人生挫折中追寻真善美的理想；另一方面，他着力张扬少年儿童的主体力量和独立意识，不仅以浓浓的长辈之爱瞩望他们健康成长，还以认同、欣赏的态度描摹他们丰富多彩的生活和心灵，甚至将弘扬社会正义的希望寄托于热血少年——尽管没有像《第三军

---

① 刘绪源．儿童文学的三大母题［M］．武汉：华东师范大学出版社，2009．作者按照审美眼光、艺术气氛把儿童文学分为"爱的母题"（内分"母爱型"与"父爱型"）、"顽童的母题"、"自然的母题"——它们分别体现着"成人对儿童的目光""儿童自己的目光""人类共同的目光"。

团》里的高中生那样行侠仗义、惩恶扬善，但《霹雳贝贝》同样在儿童生活中加入了冒险元素：贝贝孤身一人勇斗窃贼；薇薇和同学们制订行动计划去人体科学研究所营救贝贝，觉得他们正在做一件伟大而又神秘的工作。小说中，张之路为贝贝的童年设置了一个既传奇又现实的生存环境：外星人突然降临，赐予贝贝以神力，挽救了贝贝的生命，又造成贝贝与周围环境的冲突；奶奶重男轻女调换婴儿，使贝贝的身世扑朔迷离；爸爸先是怀疑血缘嫌弃儿子，后又乐享儿子出名带来的好处；研究者把贝贝视为研究对象，忽视了贝贝的情感需要和生命活力。只有贝贝妈妈基于母爱本能，始终给予贝贝富有包容性的无私母爱。构成贝贝童年生活不同寻常外在压力的一切矛盾，其实都紧紧围绕贝贝身体带电的异能，对待这种超能力的不同态度恰恰体现了成人与儿童的不同立场，成人世界与儿童世界不同的价值观和运行法则决定了双方的取舍。相对于贝贝父亲、科研工作者和媒体在这个问题上的功利主义态度，贝贝对自己异能的认识和利用是本能的、非功利的，他既从中体验到游戏的快乐、超人的快乐，也品味了超人的痛苦。

可以说，构成《霹雳贝贝》艺术魅力的，恰恰是小说中那些有关人体带电的新奇事件的描述。作者根据科学原理展开想象，将奇闻趣事糅合在贝贝的生命体验中，使故事充满天真童趣，体现了作者儿童本位的立场。在《霹雳贝贝》的虚拟世界里，贝贝一摸金属扶手，屋里就像掠过一道雪亮的闪电；贝贝玩火车不用电池，而是用左手摸着线裸露的部分，另一只手间或碰一碰另一根电线裸露的部分，小火车就在轨道上飞快地运行起来。贝贝喜欢搓手玩，因为双手一搓就会发生很多奇妙的事情：收音机发出噪音，电视一闪一闪，电铃自鸣，电子表唱歌，手中的树叶四周发出淡淡的绿色辉光……这当然纯属游戏，可是这些游戏让贝贝体会到纯粹的快乐。不过，贝贝在成长过程中逐渐发现这种超能力的实用价值：他用身体带电击退虐待小狗的坏孩子，帮助学校足球队获胜，使老人复明，智斗入室窃贼，破坏供电系统，从人体科学研究所成功逃脱……贝贝的异能放大了儿童的能力，帮助贝贝完成了许多成年人都未必能做到的事情，对少儿读者自然具有一种补偿性的快感。当然，贝贝偶尔也用超能力干点调皮捣蛋的坏事：生气的时候故意烧坏电动玩具，还威胁要电爸爸；被同学老师误解后让电铃响起来，好提前下课；上课时弄响金风的电子音乐表，让老师批评小心眼的金风；不喜欢跟着专职教师单独上课，悄悄分开异电相吸的两个小纸球；不想待在研究所，故意让吴教授的底片全部曝光……这些调皮的恶作剧同样富有儿童情趣。即使是超能力给贝贝带来的麻烦事，在作者的笔下也妙趣横生：贝贝不能跟家人、朋友亲密接触，贝贝的爷爷、奶奶、爸爸担心他被别人视为怪物，影响正常生活，贝贝的小姨却歆羡不已："真好玩，要是我身上也带电就好了，谁敢欺负我，我就电他一下！"杨薇薇也觉得贝贝"太奇妙了！"这正是儿童心态的巧妙传达。小说描写贝贝爸爸为他准备了一件灰白色屏蔽服，裤角露出一根扁扁的软铜线在地上，穿上就像拖着一条小尾巴，这不伦不类的衣服反倒使贝贝的形象更加可爱。总体来看，虽然贝贝的超能力使他没法亲近他人，但并没有造成大的伤害，最严重的一次就是不小心电晕了杨薇薇。相反的，超能力使贝贝获得勇气和力量，为儿童的淘气和冒险行为增光添彩，使儿童的游戏精神得以舒展，从而构成小说童趣盎然的审美品格。

张之路的儿童本位叙述立场，还体现在对儿童心理刻画的惟妙惟肖。作者熟悉儿童行为和心理特征，常常通过独特的细节描写刻画儿童形象。小说描写贝贝没有玩伴的孤独、不解，初试神力的惊惧、得意，对流浪小狗的温柔呵护，在杨薇薇面前充当男子汉的豪迈、神气，被隔离研究的苦恼、烦躁，渴望回归平凡的迫切心情，不带电之后开心得近于疯狂的表现等，行为与心理贴合的独特细节，真实刻画出贝贝顽皮可爱的形象和纯洁美好的心灵。杨薇薇的形象同样给人留下深刻的印象。薇薇的父母望女成凤，将她的课余时间安排得满满当当，对薇薇来说，和贝贝一起玩就是她的自由之梦。小说写薇薇不想回家练琴、画画、学外语、练毛笔字，宁愿和贝贝在学校大槐树下看蚂蚁打架。贝贝说："看我尿尿浇死它们这些家伙！"薇薇却说："不！咱们将它们分开吧！"她拿起一片树叶，将一部分蚂蚁撮起来放到很远的地方，又用树叶撮起敌对的一方放到大槐树的后边。贝贝的话颇显小男孩的霸气，而薇薇孩子气的动作则坦露出她温柔善良的赤子情怀，令人不觉莞尔。贝贝和薇薇的友谊是小说的亮点，两个孩子和小狗一起演绎出一系列精彩的故事。

小说描写贝贝用小狗吸引薇薇，两人一起给小狗洗澡，弄得满地都是水，贝贝和薇薇换书包，偷偷把小狗带进学校，藏到防空洞里等故事情节，都洋溢着童年生活纯真独特的趣味。其中最精彩的当属“狗肚子里的音乐”，充分体现了儿童式的天真幻想——不乏恶作剧的残忍却没有造成大的伤害。

二、少年的英雄梦：《非法智慧》

如果说《霹雳贝贝》是凸显儿童游戏心态的儿童科幻小说,《非法智慧》则是一部在成长中反思教育与科技的少年科幻小说。与《霹雳贝贝》不同的是,《非法智慧》的主人公是高中生，而且小说中的科学幻想理论依据扎实充分，令人信服，对技术力量的反思也进一步深化。小说设置的谜题围绕一项重要的现代科技目标：电子控制有机体——人类和智能机械相结合的半机械人。小说中，科学家陆翔风的研究课题是将电脑芯片植入人体，制造一种真正的人类和机器“混血”的物种。这项研究一开始就被别有用心的阴谋家们控制，加上陆翔风望子成龙心切，竟然在儿子身上试验植入手术，导致本来用于治病救人的研究成果被权谋之术利用，变成了控制世界的邪恶手段。由半机械人科研课题背后的惊天阴谋，小说延伸出一系列重要主题，如自然人与机械人的竞争、人性与智能的平衡、公平与强权的合理性、人道与科学的矛盾等，其核心是人类智慧的合法性和科学发展的极限性。人类是否可以无所顾忌地提高和发挥个人才智，甚至通过机械的辅助？如果仅仅通过知识贮备单向度提高人体智能，而忽视健康平衡的人格建设，使人类丧失独立意识、健全人性和人文情怀，那么，这种半机械新新人类及其所代表的科研方向究竟有何存在价值？科学的出发点是尊重理性、自由探索和个人尊严的价值，坚持道德平等原则，提倡从宗教狂热和强权控制下解放个人自由，因此科学的发展必须建立在人道主义基础之上。无论科学如何发展，都不应迷失最初的方向，否则就只能蜕变为强权压迫的罪恶工具。对科学人性化问题的思考渗透在《非法智慧》的科学幻想中，传达出作者对科技非理性发展的隐忧。另外，敏感的读者也不难从小说中体味到作者对中国应试教育的反思与批判——本来品德高尚、性格健全，只是理科、外语成绩不太突出的优秀少年陆羽，因为父亲不甘于儿子的“平庸”，要让儿子“优秀”，想让儿子“思维敏捷”“过目不忘”“博学多才”“才华横溢”“出类拔萃”，就被父亲自作主张地植入芯片，变成了一个各科成绩名列前茅，但却残暴乖戾、信奉强权的怪胎，这无疑是对高分低能、高分低德教育方式的有力批判。

和张之路其他少儿小说一样,《非法智慧》紧密贴合青少年心理，情节跌宕起伏，语言鲜活幽默，把一个不乏沉重的故事讲述得生动有趣，充满生命活力和校园情趣。比如桑薇初见班上同学，将男女同学以黑子白子设喻；同学们自我介绍时因“黄楠”与“蝗螨”同音而哄堂大笑等，都体现了少年人单纯喜乐的心情。即使高年级生欺凌低年级生的残酷场景，也因为给青蛙穿背心的恶作剧而变得轻松起来。而桑薇对陆羽的朦胧情愫，女生宿舍的玩笑和大讲鬼故事，则将青春少女躁动而单纯的心灵世界真切地展现出来。

小说中，尤其值得称道的是作者架构故事的能力。张之路一向擅长讲故事,《非法智慧》充分体现了他注重叙事节奏，善于把握读者心理、引人入胜的叙述技巧。小说开端设置悬念，之后谜团不断出现，疑窦丛生，吊足胃口。第一章如同序幕，从陆翔风与陌生人的会谈开始，简要介绍他的研究课题“七星瓢虫”及其研究进展，以他的突然死亡留下悬念和暗示。第二章开始转向梦九中学，以少女桑薇为中心人物，写她眼中陌生的同学和校园氛围，迷雾重重又不乏阳光快乐：课前打拳状同痴傻的郭周，在计算机和数学课上却才华超众；曾经是桑薇学习动力的阳光少年陆羽变成了陌生的校园黑社会头目梅山，不仅否认认识桑薇，还对低年级同学拳打脚踢暴力威胁，给小青蛙穿上写着一年级同学姓名的坎肩让他们臣服。陷入迷惘的桑薇开始查找陆羽，却收到传呼和电子邮件警告她不要再找陆羽。怪事接连发生：梅山在乐队排练时带来瓢虫进行行为艺术表演，公然顶撞校长，还向桑薇砸折椅。注意观察的桑薇发现梅山虽然各门功课都很优秀，却经常思维短路，灵魂离体。桑薇的室友汪盈也发生了变化：上课打瞌睡，梦见穿着瓢虫图案衣服的爷爷约她见面，之后竟然真的在商店门口发现了写着爷爷名字的花篮。这起诡异事件引得段梦、老袋鼠、公安局叶警官都来询问，原来当初陆翔风死去之前，也有人梦见他穿着瓢虫衣服道别。在此之后，汪盈突然学习进步，甚至会背字典，还拥有一件绣着瓢虫图案的衣服。而行为怪异的数学教师老袋鼠，似乎也隐藏着什么不可告人的秘密。随着事态发展，瓢虫图案一再出现，呼应第一章的“七星瓢虫”研究计划：桑薇看到了地铁隧道里灯箱图片构成的“瓢虫动画片”，还发现梅山衣领背面也绣着一只莫名其妙的七星瓢虫。叙述者一边设置谜题，深藏暧昧；一边指点端倪，透露蛛丝马迹，暗示事实真相。而不断出现的瓢虫图案就是一种强化的暗示。再比如，小说写到在桑薇查阅梅山名字的时候，在这个城市一座不起眼的建筑物里一个类似网站的机房中，有一个微小的警报声响了起来。这种不断暗示和前后呼应的叙述手法强化了悬念，激活了读者的紧张与期待。

小说前半部分设置的系列谜题，直到第十章之后才分别由郭周、段梦和陆翔风（老袋鼠）这几个不同的揭秘者层层揭开那呼之欲出的事实真相：原来现在的梅山就是一年前的陆羽，他的变化源于父亲陆翔风为他做的芯片植入手术。陆翔风的助手、段梦的丈夫姜地受人操纵，在植入芯片（瓢虫）里加入了一个无线上网软件，以达到控制人的目的。事件背后的阴谋操纵者——陌生人向陆翔风说出了他们的大阴谋：通过植入芯片的青少年学生占据各行各业、各个领域中最重要、最尖端的位置，最后控制全世界。这种运用尖端科技颠覆世界的惊天阴谋，无疑是科幻小说常见的题材，但本小说并没有充分展开这一阴谋的终极目标，只是让它构成情节发展的黑暗动力。

张之路小说一向注重少年儿童的主体能动性，在《非法智慧》中同样如此。和《第三军团》的高中生一样，桑薇、郭周直接参与了针对恶势力的殊死斗争，跟踪、逃亡、正面对抗，甚至献出了自己的生命。故事围绕桑薇的执著探秘逐渐展开，桑薇发现问题后跟踪梅山找到他家，发现梅山、小公鸡、汪盈和宋毅都去了重新医院重新心理研究所。她潜入研究所，被戴面罩的郭周所救。之后，桑薇、郭周和陆翔风合力救治梅山，郭周运用黑客技术破坏了姜地的发射系统，倒在匪徒枪下。桑薇主动给陆羽输血，用血流循环泵救活了陆羽。桑薇和郭周的探险行为，契合少年的好奇和冒险心理，充分体现了少年的智慧、勇敢和对友谊的忠诚，糅合细腻温柔的少女情怀，足以打动同龄人的心灵。

或许为了张扬少年的主体力量，制造戏剧效果，小说的情节发展、事件解决过程也留下了一些不合情理之处：陆翔风发现姜地出卖自己，亲哥哥被谋杀之后，竟然没有报警，而是化妆应聘梦九中学，默默守候失忆的儿子；段梦把公安局叶警官的电话号码留给桑薇、郭周，但他们直到最后时刻才报警，导致郭周不幸身亡。过度戏剧化导致情节不合理，个人英雄主义压倒法制观念，给小说留下了一些令人遗憾的瑕疵。但是，瑕不掩瑜，《非法智慧》凸显少年在成长中探索良知、正义的懵懂与执著，赞扬了他们勇于行动的激情和力量，让他们敢于承担社会责任，将美好未来的希望寄托在他们身上，充分体现了严峻而深沉的父爱本质。

少儿科幻有其特殊性：既要注重科幻创意，又要体现少儿文学的特点，如主题健康向上，人物形象鲜明生动，情节曲折新奇、发展迅速，语言富有少儿情趣等，这都使少儿科幻呈现出不同于成人科幻的独特品质。张之路的少儿科幻，将青少年成长主题与科幻构思巧妙结合，主题健康而不失深刻，科幻想象合理而不失丰富，故事情节新鲜有趣，叙事引人入胜，以富有少儿生活情趣，对少儿心理、语言的独特把握见长，丰富了中国科幻小说的创作园地，是科幻文坛可贵的收获。

国家机密

◎ 郑军

一

“贝努利家族！”[①]巴贝奇[②]的眼睛差点从眼眶里掉出来。他又仔细看了看介绍信上盖着的那个熊形章纹[③]。不错，一只小熊坐在山石上，乖巧地跷着脚，确实是伟大的贝努利家族的标志。

小熊章纹的主人，年约三十的来客坐在客厅里光线较暗的那一半，他能看清巴贝奇的表情，后者却看不清他的。来客穿着整齐但寒酸的衣服，一脸拘谨。不过对于巴贝奇来说，这具章纹就说明了一切。

“你是哪一位贝努利的后代？”巴贝奇兴致勃勃地问。

“雅各布·贝努利第二是我的外祖父。”青年人语气谦逊，颇有教养。

“啊，啊！”巴贝奇从座椅上站起来，他肩宽背厚腰也粗，但动作还挺灵活。两步便来到这个自称梅特兰的来客面前。拉起他上下左右地看了一遭。

“唉，可惜，你现在姓另外一个姓。这个姓或许在世俗社会里有些名气，

---

① 贝努利家族，17—18 世纪瑞士的数学和自然科学大家族，前后产生过八位数学家和自然科学家。

② 巴贝奇（1792—1871 年），英国数学家，计算机基本工作原理的发明人。

③ 章纹，欧洲贵族用来表示家族谱系的图案。

但在数学家心目中，永远没有贝努利那样的光辉。”

“我正试图恢复这种光辉。”不知是因为见到了数学大师，还是因为什么别的原因，梅特兰说话有些发颤。

“我们家族已经两代没有数学天才了，我想这都是社会变动带来的后果。我的舅父们从政的从政，经商的经商，都去追求暂时的辉煌，谁又理睬数学呢！我是凭自学成才的。”

“不用管他们，来来，要谈数学，找个地方去谈，这里不是谈数学的好地方。”

梅特兰以为巴贝奇肯定要带他到自己的书房去，不想却被后者带到了餐厅。一个中年仆人来往于餐厅和厨房之间，将酒饭一道道端上来。“约瑟夫，我的仆人，会背诵阿波罗尼奥斯①的《圆锥曲线论》，所以能烤出造型最优美的糕点。”巴贝奇一边系着餐巾，一边骄傲地介绍着。约瑟夫礼貌地向梅特兰点点头。

“只有在餐桌上才能最有效地谈论数学，因为各种食品都对应着刺激大脑去研究不同的数学领域：熏子鸡可以帮助你揣摸空间结构，烤果焰饼可以促进你研究线性关系，维塔姆酒刺激你对概率的认识，苏格兰清汤则让你理解数的本质。这些都是我多年积累的诀窍，不过我一点儿也不保守。”

于是，桌子上摆满了与切线、圆周率和三角函数有关的美食。巴贝奇热情地招呼着客人。两个人边吃边谈。“怎么样？你对椭圆积分这个新课题有什么看法？它的研究将会有什么实际价值？”“椭圆积分么，勒让德先生②的成绩有目共睹。不过他还缺少一些洞察力，他的理论基础不算严谨。至于应用，我想天文学家将会是它的首批受益者。”谈到数学专业问题，梅特兰便放松了许多。“高斯和格林在分析学方面的争论，你认为他们俩谁的观点正确③？”“高斯先生代表了正确的方向。他将使数学分析建立在更为严谨的基础上。”

梅特兰的回答令巴贝奇连连点头。“还有一个大问题，英国的数学和大

---

① 阿波罗尼奥斯与阿基米德、欧几里得并列为古希腊三大数学家，《圆锥曲线论》是其代表作。

② 勒让德（1752—1833 年），椭圆积分论的创始人。

③ 高斯（1777—1855 年），德国数学家，与阿基米德和牛顿并列为人类历史上三大数学名家。格林（1793—1841 年），英国数学家。

陆比水平如何？”巴贝奇的叉子停在空中，等待着梅特兰的回答。大概是气氛融洽的缘故，梅特兰没有什么犹豫就脱口而出：“牛顿大师在世时，贵国的数学水平没得说，世界领先。但是后来……”“没关系，怎么想就怎么说！”巴贝奇直勾勾地盯着他。“后来太囿于牛顿的微积分体系之中，缺乏创见，现在么，应该说整体上已经落在大陆数学研究的后面，个别领域连俄国这样的边远地区都不及。”啪！巴贝奇的刀叉同时拍到桌上。“瞧瞧，瞧瞧，一个外国人都这样清楚，我们那些自命不凡的英国同胞啊！”①

梅特兰没有笑出来，而是把喜悦和着一块小牛肉吞了下去。他知道，他肯定能留在巴贝奇的私人学园里了。

正在这时，那位能利用圆锥曲线理论烤蛋糕的仆人引着一位客人来到餐厅。此人鹰鼻鹞眼，单看长相就有些阴森森的，但这边巴贝奇立刻热情起身，迎接上去。“普吕克！”②“巴贝奇！”

两位故友在餐桌前互相拍肩搭背，大声寒暄着。巴贝奇没有忘记将梅特兰介绍给普吕克。“雅各布·贝努利第二？”听到介绍，普吕克的夹鼻眼镜耸动了一下。“他的两个女儿我都认识。可没注意他有这么个外孙。你的母亲是哪一位？伊莎贝拉·玛杰尔？”

梅特兰的脸泛起了一丝潮红，但在这间宽大昏暗的餐厅里，别人一时还注意不到他脸色的变化，正当他考虑应该怎样回话时，普吕克忽然“哦”了一声。“明白了，明白了，小伙子，你不用讲了。没关系，这种事凡夫俗子或许在乎，我们数学家都是与灵性和概念打交道的人，岂能把这种问题当回事。更何况你因此而拥有伟大的数学家血统。你知道卓越的达朗贝尔③吗？他生下来就被父亲抛弃在教堂的弃婴箱里，由玻璃匠养大。结果又怎样呢？”普吕克大概是为了弥补自己的冒失，赶快安慰起年轻人来。

梅特兰诺诺连声退到一旁，他猜测自己之所以又过一关，是与某件绯闻有关。

---

① 作为数学活动家，巴贝奇一直致力于将欧洲大陆的数学研究成果介绍到英国。

② 普吕克（1801—1868年），德国数学家。由于在本国不受重视，其研究成果多在英国发表。

③ 达朗贝尔（1717—1783年），法国数学家。

二

梅特兰住进了巴贝奇的私人学园里。巴贝奇是个游走江湖的学者，上下结交，左右联络，所以很有一些财富。这栋私宅就是爱丁堡伯爵的馈赠，后来被巴贝奇开辟为数学天才们聚会的地方。一层楼的几个大厅里经常有一些数学奇人在争论不休。二层则住着一些远道而来的研究家，有的人一住一年半载都不走，成了门客式的人物。三楼则是资料室，据说是全英国寥寥几个数学手稿收集得最全的地方。

没几日，梅特兰就认识了学园里的几个怪人。比如一个叫布尔[①]的年轻人，经常在别人聊天的时候用一只笔记下一连串的0和1，据说这就是聊天内容的真伪值，这一连串的0和1将会使人类的全部思想统一为数学公式。如果有人请他评论某位姑娘是否美丽，他会告诉对方，美丽与否是毫无意义的命题，因为它不能量度。只有那位姑娘的身高、体重等才是科学研究的对象。有一位法国来的夏莱先生经常往来于学园，此人乍看上去分明是一个财大气粗的暴发户。梅特兰开始以为他只是巴贝奇结交的富人朋友，不想接触几次，却发现他竟是一位几何大师，专门研究用几何方法研究代数问题解的个数[②]。另有一位叫利提斯的荷兰人，据说是拓扑学高手。他可以表演一个绝技：怎样在不脱掉外衣的情况下脱去背心。

不过，学园里最怪的莫过于巴贝奇本人。梅特兰经常见到他一身油污地回到学园，身上那机油的气味会飘荡在学园走廊里经久不散。看那样子不像是个数学家，倒像是位机车司机。而梅特兰结识的数学家们在提起巴贝奇时，看法都不约而同地一致：

“巴贝奇先生是个好人，可惜缺乏数学天赋。”

“巴贝奇么，对促进英吉利海峡两岸的数学交流做出了很大贡献，但他

---

① 布尔（1815—1864年），英国数理逻辑学家，由他发明的布尔代数后来成为计算机科学的基础之一。

② 夏莱，法国数学家。早年经商致富，四十四岁才开始研究数学，是枚举几何学的创始人。

自身的研究能力，咂咂……”

“为巴贝奇先生的热情好客干杯！愿他搞些真正的研究。”

对这些议论，巴贝奇不知道听到没听到，或许他把与数学家们的交流本身当成一件快乐的事吧，所以对这些看法并不介意。除了与同好们共享研究之乐外，巴贝奇还不得不与一些俗人打交道。比如英国内务部官员朗道上校便经常向他提出警告。“巴贝奇先生，如果您还是一位普通的大学教授的话，自然可以和任何人交往。但现在不同，您肩负着重大国家机密的研制工作。上面希望您减少与那些外国学者的交往。如果他们知道这项国家机密，他们是很快能做出反应的。”

“他们也要造一台吗？”巴贝奇问。

“哈，那只是学者们的想法。如果是外国政府知道这个机密，最大的可能就是派人来把它毁掉。如果英国政府知道某外国正在制造这样一台机器的话，也绝不会放过它，因为它关系到大国之间的力量均势。”

巴贝奇不懂政治，但他估计朗道先生作为一个情报部门的官员，能够将心比心地了解外国同行的想法。

“那你们可以多派一些人来保卫研制现场嘛。”巴贝奇非常珍惜自己的社交圈子。

“总之，我们会很注意您身边的外国人，希望您也留心。”

三

吃闲饭的人当然也可以在巴贝奇学园里住下去，但别人轻蔑的目光会让他芒刺在背。况且如果那样的话，梅特兰也不能实现此行的目的。所以一住下来，他就投身在数学研究之中。不是在三楼的资料室里读书，就是在一楼的大厅里听同行们的演讲。然后回到二楼的公寓里埋头演算。

住下后的第一个月，梅特兰指出了流数法的两个缺陷。

第二个月，他导出了傅立叶系数的一个新函数。

第三个月，他给出了复平面的严格定义。

梅特兰成为学园里受欢迎的客人。他也有更多的时间与巴贝奇在一起谈论学问。

这天，正巧巴贝奇也在学园的研究室里。梅特兰抱着一本刚创刊的《剑桥哲学会数学文集》[①] 来到他面前。

“巴贝奇先生，您看这篇——西班牙人丰塞卡的论文。他讲了一个奇妙的观点：数学应独立于语言和逻辑，是一种心智的构造物。[②] 看上去这种观点很有新意。”

巴贝奇接过厚重的刊物，将它撂在膝上，一边嚼着据说可以促进数论研究的醋渍蛎肉，一边冷眼扫着那上面的文字。最后将它放到桌上。

“不对！”他站起来，搬运工般粗壮的胳膊在空中挥舞。

“这是以前数学家们的惯常误解，是一种相当陈腐的观点，丝毫没有考虑到当今科学技术的发展。数学不是心智的运动，不是概念的自发构造。数学和天地万物的规律一样，是一种机械运动的结果 [③]！”

他看了看梅特兰，又说：“我知道你一时很难接受这种观点，那是因为你没有面对着我看到的那些事实。来，请到我的收藏室来。”

数学家很少像考古学家那样有什么要收藏的，但巴贝奇显然与众不同。他领着梅特兰来到学园三楼的一间房间里，那个房间很少向外人开放。屋子被一些大木柜填得满满的。巴贝奇侧着身，带着梅特兰从木柜的间隙中走到最里面的一个柜子前，打开柜门，拖出一只金属箱摆到一旁的橡木桌子上。那箱子酷似一只风琴，黄铜表面泛着幽暗的金属光泽。

“瞧吧，这就是伟大的帕斯卡计算器，帕斯卡先生制造的原件。数学家们不重视它，因为它只能计算一些简单的算术问题，但这是一个伟大的开端。喏，还有这个……”

说着，他又从柜门后面拿出一具轻巧的算盘。那算盘用珊瑚做框，象牙做字，煞是可爱。“这是我在支那远征军的朋友带回来的，东方人的计算工

---

① 《剑桥哲学会数学文集》，创刊于 1843 年，英国主要的数学专业刊物。

② 这是一种直觉主义数学基础理论，该学派在 20 世纪初发展起来，本篇将其提前到 19 世纪中叶。

③ 此观点为作者虚构，但符合当时机构唯物论占统治地位的社会思潮。

具[①]。可惜他只带回了物件本身，没有带回使用口诀。这些器具可以告诉你：所谓数学，不过是齿轮之间的咬合过程，或者算盘珠子之间的位置关系。数学家们拥有世上最发达的大脑，但大脑也不过是另一种计算工具罢了。”

梅特兰抚摸着这些藏品，一脸好奇，但他旋即又提出自己的疑问。

“可是，您知道，数学并不仅仅是这些加减乘除问题，数学是高级得多的符号运算。怎么能从这些简单器具中推演出您的结论来呢？”

巴贝奇搓着手，好半天，才终于下了决心。“你会看到那伟大的运算工具的，会的。它与我们头脑的复杂程度只差一点，一点点。”

但是巴贝奇并没有立即给他拿出什么。直到第三天，巴贝奇才又出现在梅特兰面前。这次他又脱下了西装，穿上了工作服，并且也拿了一套递给梅特兰。

“来，小伙子，这是我为你找的，或许不合身，但到那个地方去必须要穿。也许你这样的绅士一生中头一次穿它。”

梅特兰接过工作服。“我不明白，我们是要讨论数学问题吗？”

“是的，讨论世界上最伟大的数学问题。未来数学的萌芽。妈的，他们竟然认为我巴贝奇只是个没有创见的交际花！”巴贝奇激动地竟然骂了一句脏话。梅特兰明白他的心情，许多年来，巴贝奇一直以推广数学交流著名，但并不被承认为卓越的数学家。他大概愤懑了很久。

他们乘着马车向伦敦郊外驶去。道路两旁，优雅的别墅和庄严的教堂逐渐稀少下去，代之以高耸的烟囱、熏黑了的厂房、嘈杂的机器声。他们来到了伦敦郊区的纺织工厂区，工业革命的辉煌从这里射向全球。马车一路不停，一直到这片巨大的厂区也快要被甩到背后。在他们面前，赫然出现了一座新建成的厂房：厂房高达二十多米，方圆足有几英亩。与它相比，刚才见到过的那些厂房成了小窝棚。灰黑色的外表，四四方方毫无美感的造型，使它在暗灰色的天际下显得很压抑。高达几十米的烟囱使梅特兰猜测到，那里面有世界上功率最大的蒸汽机。再往前驶去，只见厂门口竟然有几个穿红色军服

① 本故事发生在鸦片战争后数年。

的英军士兵把守。巴贝奇将一个通行证交给梅特兰。

“这两天我一直在为你办理通行证。你要告诉士兵，你是我请来进行研究工作的专家。”

马车来到厂门口，士兵们看到巴贝奇，都向他敬礼。梅特兰得不到这样的待遇，尽管他与巴贝奇同车，但士兵仍然不客气地向他伸出手。好在一切手续齐备。马车驶过标有“国家工厂”字样的厂门，进入厂区。厂区大院里也有士兵三三两两把守在重要地点。梅特兰不解地看看巴贝奇，后者则带出一脸凝重庄严、高深莫测的表情，仿佛他们要走进一座教堂。

他们走进了那幢高耸的“厂房”，梅特兰立刻呆立在大门口：

一台犹如远古恐龙般的巨大机器占据了厂房里的绝大部分空间，使得在外面看上去非常宏伟的厂房变得好像鸟笼。机器的身体绵延到很远的地方，站在厂房门口竟然看不清楚。机器最高的部分是几个并排耸立的铁架，几乎可以触到厂房顶部，几个重锤在铁架上来回升降。在其他的地方，梅特兰看到了类似表芯的结构，但规模要大得多，而且不止一个，有十几个桌面大小的“表芯”并联在一起。数不清的传送带一样的结构分布在机器各处。在这个钢铁巨兽的中心部位，有十几个长方形的框架，每个铁架上都串着大大小小的鼓形金属构件。它们缓慢地旋转着，发出一片模糊的隆隆声。几条宽大的真正的传送带连接到隔壁的一间厂房去，梅特兰可以从敞开的门里看到一台蒸汽机的局部。“这是……”梅特兰一生中从未看到过这样巨大的机器。“人类历史上最伟大的机器——数学分析机[①]！它不生产布匹、面粉和机件，它只生产智慧。它是世界上最伟大的数学家，只有它的换代产品才能比它更伟大。数学就是机械运动！只有面对着它，你才能相信这一点。”

梅特兰开始从最开始的震惊中清醒过来。问道：

“看来您发明了一台用来计算的机器。它的规模远大于东方人的算盘或帕斯卡的机器。可是，除了简单的四则运算外，它还有什么本事？它能取代数学家们的复杂劳动？”“哈，你不妨向它提一个你认为复杂的数学问题。”

① 分析机，巴贝奇为他的原始计算机起的名字。

巴贝奇代替他的创造物向梅特兰挑战。梅特兰想了想。“它能够计算欧拉常数[①]吗？”“欧拉常数，哦，欧拉常数，来！”他招呼着一个领工模样的人。“开足马力，分析机要开始工作。”说完，巴贝奇带着梅特兰走向金属巨兽的心脏处。一边走，梅特兰一边不住地东张西望。只见那个领工迅速爬到厂房高处的铁架上，吹出一声尖锐的哨声，然后拿出两面信号旗左挥右舞，仿佛军舰上的信号兵。梅特兰明白，在这样巨大而充满杂音的地方，没有这样的安排无法进行统一指挥。随着旗号的舞动，两个工人开始发疯般地向蒸汽机敞开的大嘴里填着煤，那台足以开动两列火车的蒸汽机把它巨大的功率从几条传送带上输送到钢铁巨兽的身体里。一些工人穿梭在机器各处，扭开这个阀门，扳动那个轮盘，许多机件开始缓缓地运行起来，空气中本来就很难听的嚓嚓声越来越响。

巴贝奇带着梅特兰走了一分钟，才绕过机器的庞大构件，来到一个被几只金属大柜围起的“港湾”里。那里有一块宽大的铁砧，一条一英尺宽的黑色厚纸带从一边的传送带上源源不断地吐出来，从铁砧上滑过。巴贝奇从工作台上抓起一把锤子、一只短钎，拉开架式，在那厚纸带上敲打着，看那样子足足是一个石匠。“我要把你的问题变成机器能懂的语言。”巴贝奇边敲边说。梅特兰来到近前，才发现厚纸带上已经预先压好一排排纽扣大小、疏密相等的圆孔，只是没有穿透。巴贝奇的短钎落下，一个圆孔便被打通，留下一个整齐的孔洞。随着巴贝奇有节奏地敲打，纸带上出现了排列不同的圆孔群。纸带在巴贝奇面前匀速地缓缓滑动着，这位人类历史上第一个程序员虽然站着不动，但肯定早已熟悉手里的活计，工作速度一点儿也没落在机器的后面。

“这是……这是欧拉常数的计算公式？”梅特兰一边猜测，一边捡起落在地上的小圆纸片，发现那纸片几乎有十分之一英寸厚。巴贝奇或者是沉醉在美妙的工作中，或者为了赶上机器的速度已经无法分心。终于，一段几英尺长的纸带被巴贝奇雕上奇异的圆孔图案，从铁砧上滑向一个复杂的齿轮结构。

---

① 欧拉常数，数学家欧拉于1740年提出的一个数列的极限。

“这是我最伟大的发明——二进制数字。就是用1和0两个数字构成的体系。世界上任何一种语言都可以翻译成十进位数码，十进位数码又可以换算成二进制数字，最后换算成这条纸带上的孔洞和非孔洞。在我的设计里，孔洞处是1，非孔洞处是0，当然也可以相反设计。最重要的是，从此不管多么复杂的数学问题，都可以变成两种简单的状态——孔洞与非孔洞，然后由机器加以处理。我相信即使是最伟大的数学家的头脑，他的运算过程与这个没有什么分别，恐怕也就是大脑细胞的两种状态组成。当然这一点要由生理学家判断。瞧，这是判读器。”

这时，他们已经走过十英尺空间，来到那个复杂的齿轮结构前。巴贝奇向里面指了指，只见在一个与纸带同宽的齿轮外表面，有一些小小触头，一排排触头碾过纸带，遇到孔洞处就按动下面的键盘。一些琴弦似的结构则将振动传向远处。

“我的分析机正在读欧拉常数公式。那边，那边是放大器，将这里判读的信号放大一百倍，否则无法带动分析器的计算中心。来，上来，让我们看看机器的全貌。”

说着，导游巴贝奇带着梅特兰爬上一个维修用的梯子，来到二十米高的顶棚处，俯瞰着几个网球场大小的庞大机体。只见一个个重锤在升降，一只只齿轮在转动，一条条传送带在滑行，几个维修工小小的身影在机器体内走来走去，他们拿着润滑油瓶，不时在某个机件咬合处点上一两滴。

巴贝奇的上身贴着栏杆，附身下看。梅特兰从近处看去，只见他的眼睛里有一丝湿润。

“欧拉常数，”他用手划了一个大圈。“你看到的所有这一切机械运动，就是欧拉常数的计算过程。所以说，数学就是机械运动！只不过是比较精巧的机械运动罢了。”

梅特兰也被震撼了，望着脚下的分析机，好半天才说出一句话：

“这些工人，他们也是数学家，像您那位仆人？”

“不，他们是从兰开夏郡雇来的，没有文化，但现在他们确实正在做数学家的工作。”

巴贝奇直起身，庄严而虔诚地说："这台分析机就是人类历史的转折点！以前的机器只是提高了我们身体的效率，而它，将大大提高我们头脑的效率。当然，现在它的效率还不算高，但这是个伟大的开端。只要有这个开端，它就会几十倍上百倍，甚至成千上万倍地完善起来，最终大大提高计算效率。到那时，数学家们就会从成堆的草稿纸中挣扎出来，思考一些真正的高深问题。像雷蒂库斯①那样耗尽毕生精力计算三角函数表的事情再也不会发生了。物理学家和天文学家也可以从中受益，腾出更多的时间去观察自然而不是计算。当然你也看到了，这样巨大的研究工作只能由政府出资，所以政府财政部的官员、总参谋部的军官们也可以从中受益。还有那些银行、保险公司的老板们，甚至开工厂的土财主们也可以沾些光，可以更快地安排他们的市场计划。别看任务这样多，分析机将会越来越强大，总有一天，世界只需要两台分析机就足够了②。"

"您是说，人类所有的计算工作都可以由两台分析机完成。"

"不，用一台就可以完成。但我希望世界上另有一个天才，在另外的角落里发明他的分析机，然后我们就许多数学问题进行较量。数学家之间的决斗是天下最精彩的较量，就像塔尔塔利亚与卡尔达诺之间的决斗③；或者罗门与韦达之间的决斗④。当然，伽罗瓦那样的决斗除外⑤。你要知道，绝世高人总要与难以忍受的孤独做伴，有时水平相当的敌手比水平有限的朋友更重要。"

好半天梅特兰都在听着巴贝奇的演讲，他一直有个简单的问题想问，分

---

① 雷蒂库斯，哥白尼的弟子，用12年时间计算10秒间隔的三角函数表。这项研究成果在其死后由学生公布于世。

② 计算机发明人冯·诺伊曼曾经认为，世界上只需要四台ENIAC就可以承担全部计算任务。

③ 意大利数学家塔尔塔利亚于16世纪30年代发明三次方程解法，秘而不宣，后被好友卡尔达诺公之于世。塔尔塔利亚愤而向后者挑战，卡尔达诺自行回避，但派弟子费拉里以四次方程解法应战。

④ 比利时数学家所罗门于1593年提出一个45次方程，向世上所有数学家挑战。法国数学家韦达应战，并用两天时间给23个解。

⑤ 伽罗瓦（1811—1832年），天才的法国数学家，群论的首倡者。21岁时死于决斗。

析机什么时候把欧拉常数计算出来。不过没等他问，弥漫在周围空气中的噪声突然小了下来。他向下面望去，只见分析机中的绝大部分机件都停止了运动，只剩下一条黑黑的宽纸带向墙边的一组机器滑去。“我的宝贝算完了。瞧那纸带，那是它计算的结果。那边是一台自动铸排机，将把它的二进制语言还原为常用数学符号。来。”

两个人跨甬道攀楼梯，绕过一个个塔架、平台、齿轮组，终于来到那台自动铸排机前，只见一个字模里，已经排好了刚才的结果。梅特兰不习惯看那倒着的字体，一个工人用纸将它印下来：

r=0.5772156649015328606……

“现在这台分析机只能作二十位运算。但将来它会把欧拉常数计算到两百位，两千位，当然，如果这个常数真的有那么多位数的话[①]。”

梅特兰捧着那个计算结果，又走过去抚摸着黑色厚纸带。这个伟大的奇迹不由得他不佩服。

“巴贝奇先生，我理解您的努力。您肯定花了不少时间来考虑这些技术问题。”

巴贝奇瞪大了眼睛，张大了嘴巴，像是要把梅特兰吞下去似的。“天哪，打你一来我就知道你是我难得的知音。是的，我把许多宝贵时间用在数学之外的工程技术问题上。我要像建筑师那样考虑机器整体的稳定性，要像冶金专家那样寻找有足够硬度和韧性的合金，要拆开瑞士人最精致的钟表研究里面的机械传动结构。这些工作耗费了我许多本应用在数学研究上的时间，所以那些人才贬低我的成就。他们的远见还不如由俗人组成的英国政府。可是我知道，这才是数学发展的真正方向，不光是数学，人类的所有知识都将从这台分析机身上获得飞跃，所以我坚持我的研究。梅特兰先生，欢迎你参加这样一个伟大的工程。历史将记下你的名字。”

四

大概是年轻人固有的心浮气躁吧。梅特兰放弃了手头的所有课题，全身

① 电子计算机已经将欧拉常数计算到七千多位。

心地随巴贝奇钻研起分析机来。直到这时他才发现，学园里不是没有人知道巴贝奇的研究，但他们不屑一顾，认为巴贝奇的兴趣让他走了一条岔路，从这条路上根本不能产生伟大的数学成果和伟大的数学家。

梅特兰不管这些，他几乎每天都要到“国家工厂”报到。头些天还是巴贝奇带他来，以后他与保卫和工人们混得熟了，凭着巴贝奇为他领到的通行证可以自由出入。在巴贝奇因故不来的时候，梅特兰就埋头于那些铁架和构件中间，只有维修工人们与他为伍。

第一周，他弄清了二进制数码的编写方法。

第二周，他搞清了分析机的传动结构。

第三周，他研究了分析机的动力装置。

第四周，他明白了分析机的信息贮存原理。

第五周的第二个上午，他又一次来到国家工厂，并带进了几磅火药！

这次，他来到分析机的心脏部位——计算中心与输出器的连接处。这里有巴贝奇精心设计的几种构件，这些构件需要用大量时间去磨制。在它们周围则有一些牛皮、硬木制成的保护外壳，这些外壳都适于火烧。另外，这里是一个死角，梅特兰可以清楚地看到远处的工人们是不是走过来。

他用了半分钟就将火药包固定在要害部位，并且拉出了引线。将它覆盖在一块挡板下面，这样它可以燃烧到足够他离开厂区而不被工人注意到。

梅特兰取出了火柴……

一只火枪从他的头上方伸下来，接着，一个人轻巧地从输出器上方跳下来，手里的枪口始终保持不变。梅特兰退后几步，发现竟然是那位数学家仆人，他就是负责监视巴贝奇身边一切往来人士的朗道上校。再往远处看，只见几个维修工正包围上来，每个人的手里都拿着一只短火枪。这些人虽然不是数学家，但也不是普通工人，他们都是英国政府保安机构的人员。

梅特兰没有别的话好说，只有束手就擒。他被裹在人群中走向大门，在大门口，他们遇到了怒不可遏的巴贝奇。

“混蛋，你利用了我的信任。哪个国家派你来的？是不是彭塞列那个家伙[1]？”巴贝奇脸色铁青。

梅特兰很是不好意思地说：“抱歉先生，我是数学家，但也是爱国者。欧洲人都知道产业革命给英国人带来的进步，如果你的分析机建设成功，英国的科技将会达到望尘莫及的程度，这是英国人之外谁都不愿意看到的。不过，我虽然必须完成政府下达的命令，但我个人认为，根本用不着破坏，你的分析机永远不会建成。”

梅特兰在朗道上校的推推搡搡中说出这番话，引起了巴贝奇的重视。“怎么，为什么不能建成？”“因为我们生活在现实世界，而不是罗巴切夫斯基[2]这些数学家虚构的世界里。您永远不能将分析机的功率提高到实用水平。”梅特兰用手抓住警用马车的车门，想多说几句，但被朗道推进车厢内。

“看看蒸汽机的输出功率，算算合金齿轮的磨损系数，还有，主控支架的韧性、键盘的识别率，想想计算时间的经济性……”梅特兰的声音被马蹄声淹没了。

五

抓到了梅特兰，朗道上校松了口气。但也只是松了一口气而已，因为他知道，敌对国会不停地派人来破坏分析器，不看到它瘫痪，他们是不会罢休的。朗道上校只能让自己有片刻的休息。

没想到这片刻的休息也被搅了，第二天下午他就被部下从家里叫出来。部下惊惶失措地报告说，“国家工厂”正在燃烧！

朗道上校骑上快马，飞驰到国家工厂。厂里的火已经被扑灭了，一缕缕黑烟从厂房的每一个窗口里向外冒着。朗道上校怒火万丈地跑进去，只见黑烟正从分析机的许多地方冒出来，那些工人兼保安人员正在寻找还没有发现的着火点。“谁……咳咳……谁干的？你们这么多人，怎么能让间谍混进来？”“是巴贝奇先生本人。”负责现场保卫的指挥官跑过来向他汇报。“巴贝

---

① 彭塞列（1788—1867 年），法国数学家，时为法国国防委员会成员。

② 罗巴切夫斯基，非欧几何学的创立者。其几何体系描述了相当于凹面上空间的几何特征。

奇？怎么可能？”朗道上校头一个念头就是这些部下准备推责任。“是他本人，我们不可能防备巴贝奇先生，这毕竟是他设计的机器，谁会想得到呢？他大概是带进来一些煤油，放了一些缓释氧化剂。他走以后一刻钟火才烧起来。”“不会有别人？”“失火前没有其他人进来，门卫那里有纪录。”

朗道上校最终在一家饭店找到了巴贝奇先生。出乎他的意外，巴贝奇先生完全没有反抗的意思。他在放火时采取了些手段，只是为了不让伪装成工人的保安人员提早将火扑灭。此时巴贝奇先生正襟危坐，认真地吃着大餐，仿佛要从中咀嚼出新的数学公式。

“巴贝奇先生，你被捕了。我真没想到，你会亲自毁掉自己的心血。那可是英国政府的财产！”

巴贝奇咽下一口酒，指了指酒杯。

“这杯潘趣酒正在激发我的思路，我发现了一个新的研究课题，那就是计算复杂性问题①，它要研究各种数学问题在机械计算时所需要耗的时间、空间等资源，推断出它们有没有可……”

“够了，巴贝奇先生，到监狱中你可以有充分的时间进行你的研究！”朗道上校吼着。作为专门负责保卫分析器工程的军官，他要对此负巨大的责任，很可能官降数级。他无法再保持绅士风度。“你不懂得，要是我早一点创立计算复杂性问题的理论体系，或许我永远不会提出研制分析器的设想。英国政府也会省下这笔钱。潘趣酒告诉我，梅特兰是对的，利用机械力永远不可能制成可供实用的分析机！可不用机械力还能用什么呢？用咒语？再有一千年人类也制造不出分析器，甚至永远不会。因为上帝就是不想让人聪明到与他老人家相提并论的程度，所以他没收了许多必要的物质条件。只可惜我现在才参透这一点！”

整整一百年以后，世界上第一台计算机 ENIAC 在美国诞生。

——原刊于《少年科学》2001 年第 2 期

① 计算复杂性问题，现代理论计算机科学中最重要的分支之一。

在真实中建构科幻

——论郑军的科幻小说创作

◎ 刘健

郑军是当代中国科幻文坛一位理论与实践相结合、涉足广泛的“科学文化作家”。他以科幻迷的身份走入科幻界，凭着自己对科幻创作的执着与坚韧，在而立之年投身科幻创作，用了十五年的时间从边缘走向中心。在创作理念上，他独辟蹊径，坚持以真实生活为创作背景，在科技发展的最前沿寻觅科幻素材，拒绝“老三样”式的科幻八股。短篇科幻小说《国家机密》是他创作理念的集中体现。

一、从科幻迷到作家

郑军，1969 年 2 月生于上海，幼年随父母迁居天津。他的学生时代恰逢改革开放之初，西风东渐，欧美科幻作品通过影视、译著等渠道涌入中国，而中国本土科幻创作也正在迎来新的春天。在这样的环境下，少年郑军接触到了根据乔治·卢卡斯科幻巨片《星球大战》改编的电影小说，以及本土作家宋宜昌的《祸匣打开之后》等科幻作品，令他对科幻产生了浓厚的兴趣。这两部作品中共有的史诗气质，也对郑军日后的科幻创作产生了潜移默化的影响。

高中毕业后，郑军作为一名理科生考入天津师范大学教育学系（现为教育科学学院）学校教育专业学习。四年的大学生活波澜不惊，除了一般的学习生活之外，郑军把所有的业余时间都花在了泡图书馆上。尤其是对他所热爱的心理学专业，更是几乎读遍了当时学校图书馆的馆藏。后来他回忆起这段求学经历时不无感慨地说，是大学的心理学专业知识为他奠定了后来的创作基础。

郑　军

1990 年，大学毕业的郑军被分配到天津市武清县（现为武清区）教师进修学校任教。四年后，他辞职下海，先后在私立小学教过书，在家具公司打过工，甚至还开过书店。1997 年，郑军与天津的几位科幻迷参加了科幻世界杂志社在北京举行的“世界科幻大会”。会后不久，郑军在 1997 年第 12 期《科幻世界》上发表了《关于科幻创作的断想》，此文从评论者的角度指出：中国的科幻创作如果只是围绕着时间旅行、外星人、机器人这“老三样”展开是没有前途的。郑军的这些观点无疑是超前的，而且也可以看做是他本人的科幻创作宣言。而在此之前，他的科幻处女作《资产评估》已经在 1997 年第 11 期《科幻大王》杂志上发表。

1998 年 4 月，郑军只身入蜀，前往《科幻世界》杂志社工作。七个月后，郑军辞去杂志社工作，回到天津，开始了职业作家生涯。与当时大多数科幻作家以短篇创作为主有所不同的是，从一开始，郑军就把主要精力放在长篇科幻小说的创作上。2000 年 10 月，郑军的长篇科幻处女作《灾难群岛》由甘肃科技出版社出版。尽管小说貌似架空历史题材，但在作者本人看来，其实它是在重演几百年来的世界科技史。此后十年间，郑军陆续在大陆、台湾、香港等地出版了十余部长篇科幻小说。值得一提的是，郑军在此期间潜心编纂的国内第一部百科全书式的科幻资料总集《科幻纵览》（全书近八十万字），由网易辟专栏刊出后，极大地推动了科幻知识在华语世界的普及。后来，以《科幻纵览》为基础，郑军先后编写了《第五类接触：世界科幻文学简史》和

《光影两万里：世界科幻影视简史》两部学术性的著作。对于职业作家来说，在繁忙的小说创作之外，还要花费大量时间和精力去从事这些短期内很难见到收益的研究工作，确实难能可贵。这源于郑军对中国科幻事业的使命感。对于郑军来说，科幻不仅仅是科幻，它是更广义的“科学文化”的一个重要组成部分，因此他从不把自己仅仅当做科幻作家，而是以“科学文化作家”自诩，这使他的活动范围除了科幻创作和理论研究外，还广泛涉足宣传普及、网站建设、影视编剧等诸多领域。

二、系列化的中长篇创作

从写作风格上看，郑军极为推崇迈克尔·克莱顿式的“高科技冒险小说”。在他看来，克莱顿承袭科幻宗师儒勒·凡尔纳的衣钵，以当今时代为背景，以真实科学为素材，与“老三样”式的典型科幻拉开了距离。而在写作技巧上，克莱顿深谙“畅销书”写作的个中三昧，情节设置悬念迭起，故事曲折而不荒诞，常有出人意料之笔，不读到最后很难猜中结局。这些特色在郑军的科幻小说中都有明显的体现，但郑军并非单纯模仿克莱顿，而是把“高科技冒险”作为一个大方向，结合自身的人生阅历、创作逻辑和文化底蕴，形成了独树一帜的写作范式。

事实上，除了早期以“《星球大战》外传”面貌出现的《银河侠女》（花山文艺出版社，2002）以外，郑军的长篇科幻创作基本上可以归入三个系列：“奇迹”三部曲、“双刃剑”系列和“神秘世界”系列。

“奇迹”三部曲包括《寒冰热血》（解放军出版社，2003）、《惊涛骇浪》（海洋出版社，2003）、《决战同温层》（重庆大学出版社，2012）；“双刃剑”科幻系列已经发表或出版的小说包括《极速》（《科幻大王》，2007 年第 8 期及第 10 期）、《黑暗感觉》（《科幻大王》，2008 年第 4 期）、《浴血圣杯》（《科幻大王》，2009 年第 1 期至第 12 期）、《噩梦长存》（《科幻大王》，2009 年第 7、8、11、12 期及 2010 年第 2、3 期）、《风车斗士》（科幻小说集《星潮》，重庆出版社，2011）、《钟声》（《新科幻》，2012 年第 2 期）六部中篇以及《生命之网》（上海少年儿童出版社，2000）、《神使》（福建少儿出版社，2011）和《西北航线》（电子工业出版社，2012）三部八万到十万字的小长篇。“神秘世界”系列则包括《神圣后裔》（湖北少儿出版社，2005）、《溶洞惊魂》（科幻作品集《神秘世界》，辽宁少儿出版社，2010）、《魔海谜踪》（科幻作品集《神秘世界》，辽宁少儿出版社，2010）、《孤岛潜流》（电子工业出版社，2012）四部长篇作品。

在这三个系列中，“奇迹三部曲”大致可以视为郑军向“中国的迈克尔·克莱顿”迈进的阶梯。在这些作品中，郑军聚焦于正在急速走向科技现代化的当代中国，并把科幻故事的舞台安置于此，将把宏大的科技构想转化成推动故事情节发展的原动力，无论是《寒冰热血》中的冰山搬运，还是《决战同温层》中热气球同温层空间站，都给人以深刻的印象。在人物塑造方面，作者从自身丰富的社会阅历出发，善于在真实的社会人群中抽取人物原型；同时，在创作中极力避免正邪两分法的脸谱化人物塑造，从不刻意创造“坏人”角色，即天性邪恶的人，而是着力于描写那些思想极端者——他们把一种自说自话的理论学说当成是自身的行动指南，结果与现实、公众和社会产生剧烈冲突，这些冲突架起作品的情节主线。在某些情境里，这些思想极端者可能对社会做出巨大贡献；在另外的情境里，他们就可能变成社会的罪人。《决战同温层》中的王树明、佐兰都是这样的典型形象，而塑造复杂人物的功力正来源于作者的心理学专业背景。

相比“奇迹”系列，“双刃剑”系列没有那样厚重的主题和复调式的叙事结构，而是更接近倪匡的“卫斯理”系列的风格。该系列小说虚构了国家高科技犯罪侦查局这个机构，当读者随着在这个机构中工作的女警官杨真和她的伙伴们穿梭于形形色色的高科技犯罪案件时，作者赋予“双刃剑”系列的主旨也跃然纸上——科技本身没有善恶之分，关键看谁在运用，为何而用。

“神秘世界”系列则是郑军向他心目中的另一位科幻大师儒勒·凡尔纳致敬之作。在郑军看来，作为现今举世公认的“科幻大师”，凡尔纳其实首先是一位冒险小说家，只不过那些传奇故事都运用了当时堪称高科技甚至“超科技”的技术手段罢了。于是，郑军在“神秘世界”系列中塑造了一位女性职业冒险家廖铮，并让她的足迹踏遍世界各地。但廖铮不是《古墓丽影》中的劳拉·克劳馥，她的每次冒险经历都有很高的技术含量：在《神圣后裔》中，廖铮戳穿了所谓“姆大陆文明”的伪科学骗局；在《溶洞惊魂》里，廖铮走进一个千万年前被封印的地下溶洞，见识了几百种走向完全不同进化之路的奇异生物；而《魔海谜踪》则讲述了一段寻找“郑和船队发现南极大陆”证据的冒险之旅。

三、穿行在虚实之间

与长篇科幻作品相比，郑军的中短篇作品数量则比较有限。按照作者的说法，这些中短篇大都是长篇的试金石。不过，最初发表在 2001 年第 1 期《少年科学》杂志上的短篇科幻小说《国家机密》却是一个例外。这不仅因为《国家机密》是一篇原创，而且其立意新颖、题材别致，充分展现了郑军对科幻小说创作的“另类”追求。

从类型上看,《国家机密》属于科幻小说中一个称为“仿古科幻”的小亚种。科幻小说以科学技术的发展作为创意灵感的来源，而当科技发展的历程（科技史）进入科幻作家的创作视野后，仿古科幻也就应运而生了。仿古科幻往往是把后世的科技成就移花接木到早先的年代，创造出超越那个时代的“高科技”，并以此作为推动故事情节发展的关键因素。这类科幻作品虽然不直接展现科技史，但却会展现某一时期整体的科技背景，同时体现过去时代人们对于科技进步的展望，可以说是从精神层面上间接地展现科技史。美国科幻作家雷·布拉德伯里的短篇科幻小说《飞行器》就是此类作品的先声。

在《国家机密》中，作者把时空背景设定在产业革命时代的英国，小说中出场的人物也大都在历史上确有其人。故事从一个出身瑞士著名数学和自然科学世家——贝努利家族的年轻人梅特兰造访英国数学家巴贝奇的私人学园开始，一老一少一见如故，相谈甚欢。巴贝奇认为梅特兰是个可造之材，于是便将他留作助手。梅特兰很快就在群贤毕集的学园中崭露头角。巴贝奇大喜过望，把自己所主持的一项绝密工程向年轻人和盘托出。原来，英国政府和军方正在以“国家工厂”的名义，建造一台用蒸汽动力驱动的编程计算机——巴贝奇将其命名为“数学分析机”。巴贝奇夸耀说，分析机将会越来越强大，总有一天，世界只需要两台分析机就足够了。梅特兰被这个伟大的发明所折服，全身心地跟随巴贝奇投入分析机的研究。不过，当梅特兰基本弄清机器的奥秘之后，却将几磅火药塞进了其核心部位，试图摧毁机器。这时，一直在巴贝奇身边假扮仆人的情报官朗道上校及时出现，阻止了他。原来，梅特兰不仅是一个很有天分的青年，还是受命于欧洲某国政府的特工，此行目标就是要摧毁数学分析机，阻止英国借这台机器而大举提升国力。不过在梅特兰被押上囚车时，他告诉巴贝奇，即便他的破坏未能得逞，但在现有的技术条件下，分析机绝不会达到实用水平。巴贝奇毕竟是一位严谨的科学家，盛怒之余，他很快就清醒地意识到梅特兰是正确的。最终，他忍痛亲手烧毁了自己的一生心血……整整一百年以后，世界上第一台电子计算机 ENIAC 在美国诞生。

《国家机密》的故事背景设置在 19 世纪中叶的英国，出场人物也无一例外都是欧洲人，但通篇读罢，阅读者完全没有文化的隔膜。这恰恰是作者所想展现的科幻小说的独特魅力：在“科学”的大前提下，即使国别不同，人们也总能找到共同语言。透过小说中的人物和场景，身处 21 世纪的读者似乎能够真切地触摸到一个半世纪前，那个新科学、新技术急速涌现的激情年代。而如果以当时人的眼光来看今天的世界，恐怕跟读科幻小说没什么区别。从这个角度来看,《国家机密》所揭示的正是科幻小说的奥义所在——通过文本，把过去与未来紧紧连接在一起。

参考文献

[1] 郑军. 关于科幻创作的断想 [J]，科幻世界，1997 (12)：83.

[2] 郑军. 第五类接触：世界科幻文学简史 [M]. 天津：百花文艺出版社，2011.

[3] 郑军. 光影两万里：世界科幻影视简史 [M]. 天津：百花文艺出版社，2012.

[4] 董仁威：郑军是个有趣的科幻作者 [EB/OL]. http://www.zgkehuan.com/publi.php?i=803，2012-09-04.

大角，快跑

◎ 潘海天

一、药方

天快亮的时候，大角从梦中惊醒，鸟巢在风雨中东颠西摇，仿佛时刻都要倒塌下来。从透明的天窗网格中飘进的昏暗的光线中，他看见一个人影半躬着背，剧烈地晃动双肩。她坐在空中的吊床上，仿佛飘浮在半明半暗的空气中。

“妈妈，妈妈，你怎么了？”大角惊慌地叫道。

妈妈没有回答，她的双手冰凉，呕吐不止。一缕头发横过她无神的双眼，纹丝不动。

那天晚上，瘟疫在木叶城静悄悄地流行，穿过了一个又一个的枝干，钻进悬挂着的成千上万摇摆的鸟巢中。这场瘟疫让这座树形城市陷入一个可怖的旋涡中，原本静悄悄的走道里如今充满了形状各异的幽灵，死神和抬死尸的人川流不息。

大角不顾吊舱还在摇摆不止，费力地打开了舱室上方的孔洞。他钻入弯弯曲曲的横枝干通道中，跑过密如迷宫的旋梯，跑过白蚁窝一样的隧道。他趴在一个个的通道口上往下看，仿佛俯瞰着一间间透明的生活世界。室内人的影子倒映在透明的玻璃上，遥远而虚幻。

大角窥视着一个又一个鸟巢，终于在一个细小分岔尽头的吊舱里找到了正在给病人放血的大夫。大夫是个半秃顶的男人，他的脸色在暗淡的光线下显得苍白和麻木，他的疲惫不堪与其说是过度劳累，还不如说是意识到自己在病魔之前的无能为力造成的。病人躺在吊床上，无神的双眼瞪着天空，手臂上伤口中流出来的血是黑色的，又浓又稠，他的生命力也就随着鲜血冒出的热气丝丝缕缕地散发到空气中。

医生终于注意到了他，他冲孩子点了点头，心领神会。他疲惫地拎起药箱，随他前行。一路上默默无声。

在大角的鸟巢里，他机械地翻了翻妈妈的眼皮，摸了摸脉，摇了摇头。他甚至连放血也不愿意尝试了。

“大夫，”大角低声说道，他几乎要哭出来了。“大夫，你有办法吧，你有办法的吧。”

“也许有……”大夫犹豫了起来，他摆了摆手，“啊，啊，但那是不可能办到的。”他收拾起看病的器械，摇摇晃晃地穿过转动的地板，想从天花板上的孔洞中爬离这个鸟巢。

但是大角揪住了大夫的衣角，“我只有一个妈妈了，大夫。”他说。他没有直接请求医生做什么，而是用乞求的目光注视着他。有时候，孩子们的这种神情是可以原谅的。大角只是一个瘦弱、单薄、苍白的孩子，头发是黑色的，又硬又直，眼睛很大，饱含着橙色的热泪。不知道为什么，即使是看过无数凄凉场景的大夫也觉得自己无法面对这孩子的目光。

大夫不知所措，但是和一个小孩总是没得分辩的。再说，他做了一天的手术，又累又乏，只想回去睡个好觉。

“有一张方子，”他犹犹豫豫地说道，一边悄悄地往后退去，“曾经有过一种万应灵药，我有一张方子记录着它。”

“在过去的日子里，”大夫沉思着说，“这些药品应有尽有，所有的药物、食品、奢侈品，应有尽有，可是后来贸易中断了。那些曾经有过的云集的大黑帆、充斥码头的身着奇异服装的旅行家、装满货物的驮马——都不见了。而后来，只剩下了贪得无厌的黑鹰部落。现在我们什么都没有了”，他喃喃着，仿佛自言自语，“没有了”。他那瘦长而优雅的手指，神经质地不停敲打着药箱的皮盖。“没有了。”

“告诉我吧，我要去找什么。”大角哀求说。

大夫叹了口气，他偷眼看着孩子，看他是否有退让的打算：“要治好你妈妈的病，我们需要一份水银、两份黑磁铁、一份罂粟碎末、三颗老皱了皮的鹰嘴豆、七颗恐怖森林里的金花浆果——最后，你还需要一百份的好运气才行。”

乘着大角被这些复杂的名词弄得不知所措，大夫成功地往入口靠近了两步，“这些东西只有到其他城市去才有可能找到，”大夫嘟囔着说，“到他们那儿去——或许他们那儿还会有吧。”

“其他城市？”大角惊叫起来。

“比如说，我知道蒸汽城里——”大夫朝窗外看去。在遥远的下面，很远很远的地方，一座黑沉沉的金属城市正蠕动着横过灰绿色的大陆。“那些野蛮人那儿，他们总会有些水银吧——”

大夫告退了。临走前，他再一次地告诫说：“要记住，大角，你只有七天的时间。”

木叶城是一座人类城市，当然是在大进化之后的那种城市。在大进化期间，人类分散成了十几支种族，谁也说不清是城市的出现导致了大进化还是大进化导致了各种城市的分化。

木叶城就像一棵棵巨型的参天大树。那些住满人的小舱室，像是一串串透明的果实，悬吊在枝干底下，静悄悄地迎着阳光旋转着。每一棵巨树可以住下5000人。在最低的枝丫下面两三百米处，就是覆盖着整个盆地的大森林顶部。从上往下望去，那些粗大的树冠随风起伏，仿佛一片波澜壮阔的绿色海洋。他们的高塔是空气一样透明的水晶塔，就藏在森林的最深处。森林是城市唯一的产业，森林能帮助他们抵御外敌，为他们提供食物、衣服以及无忧无虑的生活。

大角蹲坐在透明的飞行器那小小的舱室里，轻盈地随风而下。其他的小孩在他的上空尖叫、嬉闹、飘荡，偶尔滑翔到森林的上层采摘可食用的浆果。他们是天空的孩子，即使瘟疫带来的死亡阴影依旧笼罩在他们头上，也没有什么东西可以阻止他们快乐地飞翔。

有一个他认识的小孩在他上方滑翔回旋，他叫道：“嘿，大角，你去哪儿？和我们去耶比树林吧，今天我们要去耶比树林，我们要去耶比树林玩儿。”大角没有搭理他，他让飞行器继续下降，下降到很少有人涉足的森林下层空间去，下降到纥蔓纠缠的地面去。那些密密麻麻的葛藤和针刺丛是保护木叶城的天然屏障，但在森林边缘这些屏障会少得多。

已经是秋天了，无数的落叶在林间飞舞。飞行器降落在林间空地上，仿佛一片树叶飘然落地。

森林边缘这一带的林木稀疏，大角把飞行器藏在一片大叶子下，把手指伸进温和的空气中，林间吹来的风是暖暖的，风里有一股细细的木头的清香，细碎的阳光洒落在他的肩膀上。踏上坚实的大地的时候，他小小的身体不由自主地颤抖了一下。他的背上有个小小的旅行袋，背袋里装着食物，还有一条毯子。他的腰带上插着一把短短的小刀，刀子简陋但是锋利，那是妈妈送给他的生日礼物。城市里的每个男孩都有一把这样的刀子用来削砍荆棘，砍摘瓜果。大角爬起身来，犹豫着，顺着小道往有阳光的方向走去。

稀疏的森林在一片丘陵前面结束了，坚实空旷的大地让他头晕。他想起妈妈以前讲述过的童话故事，在那些故事里，曾经有过生长在土地上的房子，它们从不摇动，也不会在地上爬行，那些小小的红色尖屋顶鳞次栉比，迷迭香弥漫在小巷里，风铃在每一个窗口摇曳。如今，那个年代一去不复返了。

还有 7 天的时间。

肉眼就能看见地平线上正在堆积起一朵朵的云，由于它们携带着水汽而显得沉重不堪。望着那些云朵在山间低低地流动，大角仿佛看见时间像水流一样在身边飞奔盘旋而逝，而那些毒素在妈妈的体内慢慢地聚集，慢慢地侵蚀着胃肠心脏，慢慢地到达神经系统——最后是大脑。

“不要。”他拼命地大声尖叫，似水的时间，他想使劲将它搅碎，向着地平线上缓慢前进的黑色城市飞奔而去。

二、水银

大角跑啊跑啊，他跨过稀疏的灌木，绕过低矮的山丘。他跑近了那座超尺度的钢铁怪兽。

越靠近这只怪兽，就越能感受到它的高耸直入云端。这只山一样高大的怪兽正喘着粗气挪动身躯，巨大的黑色屋顶向南延伸着，压着地平线上的一座座山丘，铁皮屋顶环抱的中央，棱角分明的黑色金属高塔刺破天空。这座城市所经之处，就在地上犁出 200 道深达 10 米的沟壑；它每喘息一声，就从背上的四千个喷嘴中吐出上千吨的水蒸气和呼啸声。在它的脚下，大角就像是巨象脚下的一只蚂蚁般微小。

这就是蒸汽城。可怕的巨无霸，钢铁城市。

在这个城市中，每一座建筑都是相互插入的单元组合体，仿佛扩散的细胞单元一样。它们都是模数化的，可移动的，并可以从其组合的对象中抽离。密密麻麻的人群拥挤着，生活在其中。大角害怕地想到，在如此拥挤的细胞单元，身体接触几乎是不可避免的。这要比黑暗、嘈杂、杂乱无章……还要让人难以接受。

尽管害怕得直打哆嗦，他还是追上了城市的入口。蒸汽城的大门是悬在半空的黑色金属阶梯，斜支着伸出城市的躯体，仿佛一柄锋利的犁头，在它锋利的锐角上，包裹着一路上翻起的土坯和草皮。大角在城市的行进路线上找到了一个高起的土丘，他爬上去，站在顶端，当黑色的金属阶梯喘息着爬行过来的时候，他伸手攀住阶梯的下沿，跳了上去，就像在大风天气里从树干上跳入摇晃的飞行器中一样轻松。

里面是一个永恒地发着低沉响声的黑暗洞穴，这儿永远摇摇晃晃，没有停止的时候。涌进耳朵的喧嚣噪音也撞击、震荡着整个洞穴。

大角站在洞口，他看见了下面一座座无比庞大的机械装置，映照着暗红色的火光，机器脚下围绕着一群群的小人儿，仿佛一堆弱小的蚂蚁围绕着巨大的奇形怪状的甲虫尸体在忙碌不停。

大角慢慢地走了过去，那些小人儿变成了高大的、全身都是起伏的黑色肌肉的大汉，他们挥汗如雨，忙忙碌碌。他们的头上、身上，投射着、挥舞着、旋转着、巨大的金属长臂的黑影。一个铁塔一样的黑大个儿拦住了他，他用一种厌恶的神情站着看了大角一会儿："啊，这个——是——什么？"他叫道。

“我是个孩子。”大角怯生生地说，“我是来找水银的，大夫说，我能在这儿找到水银。”

“孩子？”黑铁塔皱着眉头使劲地盯着他看，“够了，你是从木叶城来的吧？啊哈，你是那些无所事事的资产阶级享乐分子，你们总是索取，就没有想到过付出。”

“我不是享乐分子。”大角分辩说，“我只想要一点点水银。”

“啊，没错，我们这儿有水银。”黑铁塔吼着说，“我们这儿有水银，但是你得用劳动来交换，不劳而获是可耻的。”

“可是我的妈妈……”

“好了，你想不想要水银。”

大角咬着牙不吭声了。

“跟我来。”黑铁塔伸出大手，拉着他走了进去。大汉长满老茧的大手拽住大角胳膊的时候，他猛地打了一个激灵，只是因为想到了妈妈，才没有叫出声来。

大角走得离那个大机器更近了，热气冲入他的头脑和肺部，让他头晕目眩。黑沉沉的洞穴壁上映照着火焰跳动的影子，水珠从上方不停地滴下，弄得这儿湿漉漉的。

他看到了 20 头围着水车转个不停的骡子戴着眼罩，低着头一步步地踩在自己的脚印上；他看到了数不清的大汉们，他们有的人没有右手，腕上装着铁钩，使劲地转动轮盘，黑乎乎的机油在肩膀上流淌，汗水飞溅在他们脚下。大机器发出轰鸣的巨响和有节奏的撞击声。

黑铁塔狂喜地咆哮了一声，加入了他们的行列。他把一个曲柄让给大角，吼道：“转动它。”

“为什么要转它？”

“不为什么，只是转动它。”

“可这些都是为了什么呢？”大角疑惑地说。

“别管那么多，劳动让我们快乐。”

“可是你们为什么要劳动呢？”大角要费上所有的劲才跟得上大汉们的节奏，可他还是张开嘴不停地问啊问啊。

“我们的劳动让这城市行走。”

“城市要到哪里去？”

“不知道，我们不需要知道。运动是生命，我们只要运动。”黑塔吼道。

“你们为什么不让机器自己转呢？”大角说，“为什么不用省力的方法呢……”

“你怎么有这么多为什么？”黑塔叫道。“你想要更省力吗？啊哈，想要偷懒吗？”

“我们要劳动啊，嘿呦，掌心涂上松香啊，嘿呦，……”黑铁塔喊起了号子。

“我们要劳动啊，嘿呦，擦亮每颗螺钉啊，嘿呦，……”他们回应道。

“劳动让我们生存啊，”黑塔咆哮着说。

“劳动最快乐啊！嘿呦。”大家一起回应着。

一声尖利的汽笛在洞穴中呼啸，几乎把大伙儿的耳朵都震聋了；大机器的各个孔眼中冒出滚烫的蒸汽，嘶嘶作响，人影淹没在其中。“好啦，弟兄们，时间到了，”黑铁塔疯狂地叫道，“转回去，现在往回转啊。”罩着眼睛的骡子被吆喝着调转头，继续周而复始它们的圆圈；黑汉子们绷紧肌肉，淌着热汗开始向另一个方向用劲，轮盘在倒着转；长臂在倒着挥舞；被提升到高处的水，一桶桶地倾倒回金属深井里；仿佛一切都在时光倒流。

“可这是为了什么呢？”大角低声问道。没有人回答他。

大角劳动了整整一天，他细细的胳膊一点劲儿都没有了，他的脸上抹满了黑色的机油，猛地看上去，他和一个劳动者也没有什么差别了。

“好样的，小伙计，”黑铁塔伸出大手拍了拍大角的肩膀，“第一天干成这样就不错了。给你，这是你要的东西。如果你愿意，我们也可以收回这份报酬，给你发一枚劳动奖章。”

劳动奖章啊，所有的人都充满妒忌地望着大角。水银流动着，冒着火热的白气。大角聪明地拒绝了这份荣誉。“我还要赶路呢，再见，大叔。”他匆匆忙忙地把药包揣在怀里，跳下蒸汽城大门那巨大的黑色阶梯，跑远了。

黑铁塔在后面叫道，“劳动与你同在，孩子。”

三、磁铁

大角跑啊跑啊，他觉得蒸汽城里那单调的歌声一直在后面追赶着他。他跨过了清清的小河，跑过繁茂的草地，地平线上的云压得更加低垂了，带着湿气的风从草原的尽头吹来。

还没有到傍晚，暴风雨就来临了。眨眼工夫，大雨倾盆而下，到处电闪雷鸣，半透明的雨丝密密麻麻地交织成白色的帘幕，黑夜仿佛提前降临了。大角什么都看不见，他不得不摸索着爬到一棵歪倒的老橡树上躲避这场暴风雨。他用小毯子裹着上身，趴在粗大分叉的枝丫上，冰冷光滑的皮肤贴着树皮。半夜里，雨小了一些。大角不舒服地蜷缩着，似睡非睡，在静寂中听着沉重的雨滴响亮地从高处砸在树干上。

第二天，大角醒来的时候，觉得全身又酸又痛。雨停了一会儿，四周的一切都是湿漉漉的。裸露的皮肤接触到潮湿的空气，他觉得很冷。

一阵阵浪花拍溅声传到他的耳朵里，这是大海的声音吗？

大角翻身爬起来，把小小的背囊飞快地收拾好，朝海边跑去。他还从来没有看到过大海呢。

海岸边长满低矮的棕榈树和椰子树，沙滩上散布着东倒西歪的树干和烂椰子。大角跑过金色的沙滩，沙子漫过他的脚面；大角越过那些黑色的礁石，他看到了粼波闪烁的大海。

承接了一场暴风雨的大海依旧雍容平静，这儿的唯一声响就是长长的波浪永无休止地撞击沙滩的低语声。“啊，啊，啊。”大角轻轻地叫道，大海就像是高高的木叶城脚下一望无际的森林顶部，它比无风日子里的森林还要光滑柔顺。浪花扑上他的脚踝，弄湿了他刚刚被早晨的阳光烤干的衣服。

眼尖的大角一眼看到了遥远的水面上漂浮着什么东西，它们像水浮莲一样，团团围成几圈，随波逐流，越漂越近了。

哈，那是赫梯人的浮游城市啊，大角高兴地叫了起来，那是另一座人类城市，那是快乐之城啊。

浮游城市漂近了，他看到那上面一层层皱折式的棚屋紧紧地挤在一起。在靠近水面的地方，到处都是开放着的小码头，浮动的桅杆和旗帜，时隐时现的人影使码头显得生机勃勃的，水面上小船在来来去去，几条大船在那儿转圈撒网。

他们很快发现了独自站在海滩上的大角。赫梯人总是望着远方。

“上来吧，小子。”一条离岸很近的小帆船上的水手喊道，他把船一直开到了很近的距离。大角抓住了他伸过来的手，跳上了小船。

船上有三四个水手，都在对着这个小孩微笑。他们都有青色的皮肤、光滑的胳膊和腿部，脚趾分得很开，以便在摇晃的船上站得稳稳当当。“孩子，你要到哪里去？”那个拉大角上船的水手，带着飘带的白色水手帽，拉着帆缆，开开心心地问他。

“我是来替妈妈找药的，”大角说，他把医生的药方告诉了水手，“我已经找到了水银，可是我还没有其他的东西。我还没有磁铁，我还没有罂粟，我还没有金花果。”

“啊，即使是国王也没有这么多的宝物，”水手带着宽容的微笑说，“可是，我可以帮你搞到磁铁。等我们的工作完了，你就可以跟我来。”

雨又开始下，弄湿了他们的衣服和水手帽，他们还是很快乐。赫梯人总是快快乐乐的。“再下一天的雨，我们的储水舱就会满了。”一个脸色黝黑、栗色头发的年轻人带着心满意足的神色说道。听着他的语调，连大角也为他们感到高兴。

小船儿沉沉浮浮，渐渐远去的陆地仿佛也在一起一伏，大角觉得自己仿佛回到了在风中旋转的鸟巢中似的。他坐在船头，清楚地感受到了钓鱼的人们的欢乐。他们撒落鱼饵，把亮闪闪的鱼钩放入海底，拉线，银光闪闪的鱼儿为失去自由而狂蹦乱跳。

“我们在这儿钓了不少鱼啦。”水手说，他兴高采烈地吹响了返航的喇叭。他们高声呼喊着，把船桨插进桨栓，朝城市划去。

码头是一圈漂浮的木制平台，它们用链条连接在同样漂浮着的城市上。五万个巨大的浮箱装满了空气沉在水中，就是它们托起了整座城市。正是收网时节，平台边沿泊满了满载而归的拖网渔船、单桅船和三桅快船。码头上一片繁忙。船舱里的鱼没过了水手的膝盖，他们古铜色的皮肤上、油布衣服上，鳞片闪闪发光。他们冒着小雨把成桶成桶的青鱼装进了木桶和箱子里，街道上洒满了亮晶晶的鱼鳞。妇女和姑娘们坐在长长的桌子前剖鱼，那儿弥漫着厚重的腥味，害得那些海鸥尖叫着不断朝她们俯冲过来。

水手降下风帆，在码头上系紧小船。他吩咐其他人留在那儿卸船，然后对大角说，“孩子，跟我来。”他伸出手来，大角犹豫了一下，接了他的手。水手把大角扛在肩上，穿行在码头拥挤的人群中，躲避那些负着重的人们。孩子觉得自己就像驾着小船，轻快地分开人群的波浪前进着。带着腥味的风从他的胳肢窝下穿过，他开始快乐地笑了起来。脚下那些忙碌着的人，他们也在冲他微笑。赫梯人总是不断地微笑。

“告诉我，水手，你们为什么快乐？”大角忍不住问道。

“为什么？啊哈，这可不是一个好回答的问题。”水手哈哈笑着回答，“我们活着，所以我们快乐。”这可不是一个令大角满意的回答，他皱着眉头，可是又不知道怎么再问。

水手带着他横穿过了城市的环状地带，来到了城市的内环海中。在柔顺的雨丝下，这儿的圆圈海就像一面平静的缎子，雾气从它升起，对面的城市朦朦胧胧，穿过薄雾的尖塔和屋顶。在圆圈海的一边，围成环状的城市留下了一个狭长的开口，像是劈开的峡谷。船只就通过这个缺口进出内外海。

圆圈海这儿是一个更大的港口，它停泊的是那些远洋的货船、高大的炮舰，还有可以装下600人的大船，水手的小帆船和它们比起来就像未满月的婴儿一样柔弱无力。这儿的平台上挤满了来自远方的商人和冒险家。他们带来的人们从未见过的货物散发着奇异的香味，他们带来的漂亮的丝绸和衣物发出炫目的光泽。“大夫说所有的贸易都中断了，”大角惊叹着叫道，“你们这儿的贸易始终没有停止吗？”

“啊，没有。没有什么东西可以拦住航海人的脚步。”水手自豪地说。“看到港口中央那些九桅的大帆船了吗？”大角看到了它们，它们有着与众不同的高大龙骨，船头两侧描画着鲸鱼的巨眼，看那些还留着风暴侵蚀痕迹的船体，就知道它们穿过了不可思议的遥远航线。

“他们是从中国来的，带来了航海者必需的指南针。”水手开心地说，“以后有一天，我也会到那样的一条船上去，我要当船长，带着我的船周游整个世界。”

所有的高高桅杆上都系着长长的飘带，像水手帽子上的飘带一样随风摆动。

“看，那儿是我们的高塔。”水手说。在水中央，有一个木制的200米高的风车固定在圆圈海的圆心位置，转动的风车叶片比最高的桅杆还要高。它在水中高傲地、孤独地缓缓转动，安然静谧，但又带着不可阻挡的力量。“运动是我们的生命。”水手说。

一声巨大的震动摇晃着整个城市，此起彼伏的汽笛响彻在圆圈海内。

“出了什么事，水手？”大角惊疑地问。

“我们的城市要起锚了，我们将顺着洋流和潮水漂往下一个锚地。”

“告诉我，水手，你们为什么漂流？”大角忍不住问道。

“我们活着，是因为我们要了解这世界上的一切。”水手庄重地说。“我们赫梯人认为，每个人活着都有他必须要完成的使命，而我们的使命，就是要环游世界，去了解一切新事物，把它们记下来，并且告诉每一个人。我们刚从欧罗巴大陆漂过来，我们还将要漂到亚美利加去。”

“啊，你的使命可真好。”大角说，“我现在的使命是救我的妈妈。”

水手带着大角到了修船厂。那儿泊满了破碎的航船，看那些被撕成布条的风帆和被浪头打烂的船舵，就知道它们曾经跟大海与命运勇敢地搏斗过。

活泼的水手微笑着从一艘破船上拆下了一个废弃的罗盘，从里面取出磁铁交给了大角。那块黑色的磁铁还带着海水和风暴咸咸的气息。“祝你好运，孩子。”他对眼前这个又小又瘦的孩子说，“等你的妈妈治好了病，就和我去周游世界吧，你来当我的大副。”

大角惊讶地仰起头来望着水手，“啊，你会要我吗？”当他从水手的眼睛里看到不是随口说说的神色时，就快乐地叫了起来，“哇，这太好了！不过我还要去问问妈妈。”

“那是当然啦，”水手说，“下一步你要去哪儿呢？你要去恐怖森林吗？如果潮水合适，我们可以送你到白色悬崖那儿，再往后你就得靠自己啦。”

夜里，快乐之城静悄悄地漂向南方的时候，大角就睡在码头上一间屋子里。

雨一直没有停，大角想象如果雨一直下，一直下，有一天，木叶城所在的地方也会变成海底，那时候，人类将会怎么生活，他们将会建出海底的城市吗？也许他们还会长出鳃来，像鱼一样生活。他迷迷糊糊地躺着，他的目光从倾斜的窗子里看出去，看到外面的海洋很深的地方有鱼游过，有的光滑，有的长着鳞片。他那么看了一会儿，闭上了眼睛，他听到外面的海浪拍打着码头，像是拍打着他的耳朵。过了一会儿，他睡着了。

四、罂粟

天刚亮，大角就站在白色悬崖上，向他刚结识的朋友们招手告别了。在背后吹来的咸咸的海风中，他算计着剩下的时间——要抓紧啊，大角，剩下的时间不多了。

大角把小小的背囊挎到身上，飞奔起来。大角跑啊跑啊，他跨过了水草蔓生的沼泽，跑过光秃秃的卵石地。正午的骄阳如同灼热的爪子紧搭在他的肩上，汗水在他的背上画下一道道黑色的印迹。白色的道路沿着奇怪的弯曲轨迹，在他面前无穷尽地延伸着。

一阵喧闹声，伴随着叮叮咚咚的音乐，像天堂的圣光一样降临到他的头上。大角惊异地抬头，看到海市蜃楼一样出现在他上方的空中城市。

那是倏忽之城，库克人的飞行城市啊。它可以通过飞机和热气球移动。库克人都是天生的商人和旅行家，他们自由自在地在空中飘浮，弹着歌谣，和鸟儿为伴，随着风儿四处流浪。

他们看到了地上奔跑的孩子，从城市的边沿探出身子看着他。他们就问：“他是谁？他为什么要跑？他叫什么名字？我们拉他上来吧，风不是把我们吹向他奔跑的方向吗？我们可以顺路带他一段呢。”

“嘿，好心的人们，”大角听到了他们的话，他跟着城市在大地上投下的阴影奔跑着，挥着手叫道，“我要上去，请让我上去吧。”

很快，从城市边沿垂下来一些软绳和绳梯，大角顺着它们爬上了库克人的飞行城市。

“你们能把我带到恐怖森林去吗？”

“只要风向合适，我们可以带你去任何地方。”库克人说，“你从哪儿来，孩子？”他们问道。

“我从木叶城来。我到过了蒸汽城，拿到了水银；我还到过了赫梯人的城市，拿到了磁铁；我还要去恐怖森林，那儿有我要的金花浆果。”大角回答说。

“哈哈，你是说地上那些无知的农夫、乡下佬吗？他们像蚂蚁一样终日碌碌，苦若牛马，不知享乐，他们那儿也能有这些好东西吗？”他们笑道，拉着手提琴，跳着舞步，簇拥着大角到那些漂亮的广场和大道上去了。道路和广场的两边到处是绿树葱茏，花儿锦簇。

“你真幸运，”那些库克人说道，“我们正要上升，这儿的阳光不够好，我们要升到云层上面去。等我们升到云层上，就看不到你啦。”

大角好奇地四处张望，他看到阳光灿烂地铺在四周，照耀在每一片金属铺就的街石上。“我看这儿的阳光已经够好的啦。”他说。

“不，这儿的阳光还不够好，我们要拥有所有的阳光，每一天，每一刻。我们可以躺在广场的草地上，只是喝茶，玩骨牌，还可以什么也不做，把身子晒得黑黑的。”

“现在你们也要晒太阳吗？”大角小声地问道，偷偷地摸了摸自己晒得发烫的胳膊。

“不，现在我们要游行。”库克人快乐地叫道，“今天是游行的日子，我们要游行。”

巨大的热气球膨胀起来，所有的发动机开足马力，向下喷射着气流。飞行城市高高地升到了云层上空。现在阳光更灿烂、更辉煌了，所有那些镀金的屋脊、金丝楠木的照壁、金色的琉璃瓦在阳光照射下闪闪发光，整个城市变成了被明亮的太阳照得明晃晃的巨大舞台。

游行开始了，大概是所有的库克人都挤到了街道和广场上，他们抬着巨大的花车，还有喷火的巨龙、骑在高大的白马上的盔甲武士，街道两侧的高楼上在向下抛洒鲜花，站在阳台上的人们开始弹唱，人群中的小伙子和姑娘们互相追逐，发出快乐的尖叫。白种人、黄种人、黑种人，各种混血儿，他们穿着绣满花纹的软缎、带花边的罗丽纱、华贵的天鹅绒，就连奴隶也披着带金线流苏的紫色缎子站在队伍中；空气中散发着浓烈的香气，那是从欢乐的人群中，从道旁的小花园，从金丝楠木制造的轻巧屋子，从每一个角落散发出来的，熏衣草香、檀香、麝香、龙涎香，这是一股混杂各种香气和色彩的快乐洪流，冲刷着库克城市的每一条大街小巷。

这儿的拥挤让大角害怕极了，他几乎不可避免地要碰到其他人身上，身体的接触让他觉得难受极了。

“告诉我，库克人，你们为什么快乐？”大角忍不住问道。

“快乐是因为我们还活着，活着就是要寻找快乐。”快乐的库克人说道，他们给了大角几粒小小的、青黑色的果实，把果皮划开，那些伤口上就会渗出一滴滴的乳白色液汁，随风而起一股跃跃欲动的香甜气息。

“来吧，孩子，这就是罂粟，它能治好你妈妈的病，也能让你快乐起来，来吧，闻闻这股香味，和我们一起跳舞，和我们一起歌唱。”快乐的感召力是如此强大，即使是忧伤的大角也忍不住要融化到这股洪流中去了，他们在旋转啊旋转啊旋转……他们弹拨着琵琶、吉他、竖琴、古筝、古琴、箜篌；他们吹奏着海螺、风笛、竖笛、笙、筚篥、铜角、排箫；他们击打着腰鼓、答腊鼓、单面鼓、铜罄、拍板、方响；大角从来没有听过这么多的乐器一起吹奏出快乐的音符，它们混杂成了一股喧嚣的噪音；他们跳着恰利那舞、剑舞、斗牛舞、拍胸舞；大角从来没有见过这么多种轻柔飘逸、千姿百态的舞蹈，它们混杂成了迷眼的彩色旋涡。在街角里，在广场角落的树荫下，在大庭广众下，大角还能看到小伙子和姑娘们热烈地调情、接吻、拥抱和做爱。他们幸福极了。

在充斥着整个城市的幸福感的巨大压迫下，大角稀里糊涂地跟着游行队伍转过了不知道多少街道、多少星形广场、多少凯旋门。他累极了。边上的人递给了他一份冒着气的汽水。“现在你觉得快乐了吗，孩子？”

“是的——”大角喘着气说，欢乐在他晒黑的脸庞上闪着光，他一口气喝光了杯中的饮料。

“那就留下来，和我们一起生活吧！”

大角犹犹豫豫地刚想点头，可是，他突然想起了还躺在床上，等着他回去的妈妈。

“可是我的妈妈——她就要死了。”

“别为她担心，如果她曾经快乐过，那她就不会因为死亡的到来而痛苦。”库克人说道，“生活只是一种经历过程——啊，当然啦，如果她不是一个库克人，那她就从来没有快乐过，死亡就将是痛苦的……”

“不对，我们也很快乐，如果能够不得病的话……”大角说，他想起了唱号子的黑汉子、梦想周游世界的水手，“我从其他城市经过，他们好像也都很快乐。”

“你们也快乐过？”库克人哈哈大笑，他们现在都停下来看这个奇怪的背着背囊、佩戴着小刀的小男孩。“我们每时每刻都快乐，因为我们经历着所有这一切；其他的城市？他们终日劳累，像骡子一样被鞭打着前进，他们没有时间抬头看一看，他们享受到生活的真谛了吗？”他们说得那么肯定，连大角也开始怀疑自己是否真正快乐过了。

“那么告诉我，库克人，”大角忍不住问道。“什么时候开始有不一样的生活呢？”

“这要去问我们的风向师，问我们的风向师。”他们一起喊道。“我们不关心这个。”

五、风向师

在倏忽之城的最前端，像利箭一样的劈开空气和风前进的，是一层层装饰着青铜和金子、轻质木料搭建的、高高的平台，它们系紧在纵横交错的帆缆绗索上，以一种错综复杂的关系延伸出去，在城市的端头形成一簇簇犬牙交错的尖角。这儿没有那些喧闹的人群，只有风儿把巨大的风帆吹得呼呼作响，把那些缆索拉伸得笔直笔直的。

坐在最高、最大的气球拉伸的圆形平台上的风向师是个胖老头，他晒得黑黑的，流着油汗。黑乎乎的络腮胡子向上一直长到鬓角边，在蓬乱的须发缝中露出一双狡黠的小眼睛。他也许是这座飞行城市上唯一不能不工作的自由人。工作需要他坐在这儿吹风、晒太阳和回忆过去。他很高兴能有个人来和他聊聊天，可是别人总是把他忘了。

“怎么，你想听听关于过去的生活吗？”老头眯缝起小眼睛，带着一种隐约的自豪，“这儿只有风向师还能讲这些故事，那是很久很久以前从陆地上来的一个行吟歌手那儿听来的。”他蹙着眉头，努力地回忆着，开始述说。

很久很久以前，建筑师掌管着一切事物，他们的权力无限大。建筑师们对改良社会总是充满了激情，他们发明了汽车和管道，让城市能够无限制地生长；他们发明了消防队和警察局，来保护城市的安全。因为有许许多多的建筑师，也就拥有了许许多多的城市。有些城市能够和睦相处，有些城市却由于建筑理念的不同而纷争不断，以致于后来爆发了大战争。大战以后，成立了一个建筑师协会以调协各城市之间的纷争，这个协会也叫做“联合国”。

联合国先后制定了《雅典宪章》[①]《马丘比丘宪章》[②]《马德里宪章》和《北京宪章》[③]，这些都是关于城市自由发展的伟大的学术会议。但是最终在会议上产生了巨大分歧。最有权力的建筑师脱离了协会，开始发展自己的大城市，他们在巨大的基座上修建高塔，高塔上镌刻着金字，告诉市民们拯救世人的生活方式；他们设计规划了城市的每一条街道，把自己的光荣和梦想砌筑到城市的每一角落去。

正是在这个时候，反对建筑师的人们成立了一个党派叫做“朋克”，他们剃着光头，穿着缀满金属的黑皮衣，抽着大麻，捣毁街道和秩序。后来，朋克和建筑师之间爆发了战争。这可是真正的战争呐。

“可是你刚才就已经说过战争了。”大角说。

---

① 雅典宪章：1933 年，现代建筑派的国际性组织——国际现代建筑协会（CIAM）在雅典召开会议研究现代城市建筑问题，分析了 33 个城市的调查研究报告，提出了一个城市规划大纲，即《雅典宪章》。

② 马丘比丘宪章：1977 年在秘鲁首都利马召开了国际建协会议，总结了从 1933 年雅典宪章公布以来四十多年的城市规划理论与实践，提出了城市规划的新宪章——《马丘比丘宪章》。

③ 马德里宪章和北京宪章：先后于 2011 年和 2088 年在西班牙首都马德里和中国首都北京召开的国际建协会议上制订的城市规划理论。

“啊，是吗，”风向师搔了搔头说，“也许有过不止一次的战争吧。那么久的事了，谁知道呢？——就在建筑师们节节败退的时候，那个神秘的阶级出现了。我说过那个阶级吗？”

“没有。”

“啊哈，那是个在建筑师之上的隐秘的高贵的阶级。就像那个古老的谚语一样，每一个狮子的后面都有三只母狮。这时候，人们才知道，建筑师所要拥有的巨大的能力和金钱都掌握在那个神秘阶级的手中。这个古怪的阶级总是喜欢隐藏在生活的背后，对社会事物做出一副毫无兴趣的样子，实际上，他们才是真正的操纵者。

“在隐秘的阶层支持下，朋克被打败了，他们被赶出城市，变成了强盗和黑鹰——可是，和朋克之间的战争记忆让人们充满恐惧和猜疑，因为传说有些城市是暗中支持那些捣乱的黑衣分子的。于是，城市与城市之间的分歧越来越大，他们开始互相谩骂指责，所以战争过后联合国就崩溃了。”老头总结说，“城市之间彼此分隔，再也无法相互协调——这就是大进化时代。”

那个老老的风向师使劲地回忆着这个故事，那些平时隐伏在他大脑各处的片段受了召唤，信马由缰、放任自流地组合在一起，这个故事里好多地方纠缠不清。但是，如果他想不起来的话，就没有人会知道历史是什么样子的了。

大角听得似懂非懂，可是他不敢置疑这个城市中唯一的史学家。

“每个城市都有高塔吗？那你们的塔在哪儿呢？”他问道。

“我们没有高塔。库克城是唯一没有高塔的城市，你看不出来吗？我们就是那个隐秘的高贵的民族，”老头的眼睛埋在长眉里，带着揭开一个秘密的快乐神情说，“我们默默无闻，但是担负着维持秩序的大部分责任。我们富有、快乐，并且满足——不需要那些虚无的哲学来指导我们的生活。我们在其他城市中投资，并且收取回报，还不起债的那些城市居民就沦为我们的奴隶。”

他指了指天空，“看哪，孩子，几乎没有人知道，是我们在统治着这一切！库克城不需要为土地负责任，我们拥有云和风，我们拥有天空和太阳。我们才是世界的真正主人！”

库克城追了阳光很长很长一段时间，终于，太阳在和风儿的赛跑中领先了，消失在雾气茫茫的云层下方。天色暗了下来，但是立刻有五彩缤纷的焰火升了起来，装点着库克城的天空。

大角入神地看着，“真漂亮，”他惊叹，“但是如果有一天，这一切再也不能给你们快乐了，那怎么办？”

“看到最前面的尖角了吗？”风向师指给他看，大角向前看去，他看到了悬在空中的那个黑色的、不起眼的锐利尖角，看到了在黑暗中它那磨损得很是光滑的金色栏杆。

“有时候是一个人，有时候是两个人。如果是两个人，他们就会在那儿接吻、做爱，拉着绳缆爬出栏杆，斜吊在晃晃悠悠的缆绳下，他们会拥抱着吊在那儿对着大地凝望片刻。然后，噗——”风向师说，“他们放开手。”

“啊，”大角惊叫一声，猛地退缩了一下，空气又紧又干，闯入他的咽喉，“他们从那儿跳下去？”

“不快乐，毋宁死。”风向师带着一种理解和宽容的口气说，“只是这么做的大部分都是些年轻人，所以我们的人口越来越少了。”

“我们很需要补充新人。你是个很好的小孩，你愿意到我们的城市来吗？”

大角迷惑了一阵，他问：“我可以带我的妈妈一起来吗？”

“大人？”风向师以一种轻蔑的口吻说，“大人不行，他们已经被自己的城市给训练僵化了，他们不能适应这儿的幸福生活。”

风儿呼呼作响。在风向师的头顶上，一只造型古怪的风向鸡滴滴答答地叫着，旋转了起来。

胖风向师舔了舔手指，放在空中试了试风向。他皱着眉头，掏出一只小铅笔，借着焰火的光亮，在一张油腻的纸上计算了起来，然后掰着手指头又算了一遍。他苦恼地搔着毛发纠葛的额头对着大角说：“风转向了，孩子，我们到不了卡特森林，不得不把你放在这儿了。”

“好了，那就把我放在这儿吧。”大角说，“我找得到路。”

“你是要到恐怖森林吗？那儿听说可不太平静，你要小心了。”

“我有我的刀子，”大角摸了摸腰带勇敢地说，“我什么都不怕。”

库克人的城市下降了，云层下的大地没有月光，又黑又暗，只有飞行城市在它的上空像流星一样带着焰火的光芒掠过。

大角顺着绳梯滑到了黑色的大陆上。在冰冷的黑暗中，他还听到好心的风向师在朝他呼喊，他的话语仿佛来自天上的叮嘱。“小心那些泥地里的蚱蜢，那些不懂礼貌和生活艺术的家伙们。”他喊道。

六、鹰嘴豆

天亮的时候，大角还在远离恐怖森林的沼泽地里艰苦跋涉。热风浮动着，飘过田野，匆匆忙忙地追赶流光。

现在他的时间更紧张了，他飞奔向前。大角跑啊跑啊，他穿过了稀疏的苜蓿地，跑上了一条坑坑洼洼的小道。泥泞的小道上吸满了夜里的雨水，灌满水的坑洼和高高的土坎纠缠在一起，大角一边在烂泥地里费劲地行走，一边蹦跳着尽力躲避那些水洼。突然之间，他就掉到陷坑里去了。陷坑只是一个浅浅的土坑，但是掩蔽得很好，所以大角一点儿也没有发觉。他刚从烂泥里拔出脚，想在一小块看上去比较干的硬地上落脚，一眨眼的工夫，就头朝下栽在坑里面，脸上糊满了烂泥。就在他摔得昏头昏脑的时候，听到路旁传来一阵响亮的笑声。

那个哈哈大笑的小家伙比大角大不了多少，瘦得快皮包骨头了，青黑色的皮肤上粘满黑泥，身上套着一件式样复杂的外衣，但那件外套实际上却遮挡不住多少东西。

“你好！”大角说，他爬起身来，忍着痛和眼泪，对小男孩说道，“我是来替妈妈找药的，我的妈妈病了，你能帮我找药吗？”

“我不和笨孩子交朋友，”那个小男孩高高兴兴地叫道，他后退了一步，蹙起眉头看着大角，“你看上去笨头笨脑的，你一定是个笨小孩。”

“我一点儿也不笨。”大角生气地反击道，他也叫得很大声，其实他心里也没有底，因为从来也没有人告诉过他，他是聪明的还是笨的。

“你掉进了我挖的坑里，”男孩兴高采烈地叫嚣着，“如果你够聪明，就不会掉进去了。”

大角的脸掩藏在湿漉漉的黑泥下，只剩下骨碌碌转动着的眼珠露在外面。远处，在男孩子身后的地平线上，露出一些银光闪闪的尖顶，那是一座新的人类城市吗？他望着这个陌生的喜欢恶作剧的小男孩，突然灵机一动，“你们这儿所有的人都不和比自己笨的人交朋友吗？”

“那是当然。”男孩骄傲地说。

“如果这样的话，比你聪明的人就不会和你交朋友，而你又不和比你笨的人交朋友——所以你就没有朋友了，这儿所有的人都会没有朋友——你们这儿是这样的吗？”

那孩子给他搅得有点糊涂，实际上大角的诡辩涉及集合论悖论和自指的问题，就算是大人一时半会也会被搞晕掉。他单腿站在泥地上，一会换换左脚，一会换换右脚。“那好吧，”他最后恹恹不快地说道，“我可以带你去找我的先生，他那儿或许会有药。”

城市就建在小山丘后面的黑泥沼地里，因为没有参照物而看不出来它离此地有多远，但是在大角和小男孩深一脚浅一脚地走向它的时候，太阳却慢慢地滑过天际。

大角跟着男孩穿过了那些弥漫着泥土气息的小路，顺着几乎是无穷无尽的残破石阶，踏着嚓嚓作响的破瓦片，走进了城市。他看到了那些高高低低、重叠错落地摞在头上的木头阳台，沿着横七竖八的巷陌流淌的水沟。突然间，飞尘弥漫，大角忍不住打了个喷嚏，原来有人在头顶上的窗口中拍打地毯。

大角看到了那些城市住民。他们的衣服看上去复杂得很，但个个倒也风度翩翩。他们拢着双手，一群群地斜靠在朝西的墙上晒着太阳，看着那个孩子和大角走过，只在嘴角露出一丝神秘莫测的笑容。

城里的道路曲折复杂，小男孩带着惊人的灵巧性穿街过巷，爬垣越壁，有几次他们几乎是从一些人家的阳台上爬过去的。在一座破败的院落门口，大角看到一张裱糊在门楣上的黄纸上用墨笔写着两个字“学塾”。

“到啦，你在这等着吧，谁也不知道先生什么时候会来。”大角的新朋友扔下一句话，一回身就跑没影了。

院里原本很宽敞，但是堆满了旧家什、破皮革、陈缸烂罐，以及一些说不出名堂的大块木材和巨石。这些东西虽然又多又杂，但按照一种难以察觉的规律分门别类地摆放着，倒也显现出一点错落有致的秩序来。灰暗的光线从被切割成蛇形的长长天空中漏了进来，洒在大角的身上和脸上。一股久不通风的混杂气味从这个幽暗的院子深处慢慢洋溢出来，让人不敢向前探究它的静谧。

在这发着酸臭味的黑暗中，有人在身后咳了一声。大角转过身来，就看见一个半秃顶的中年人走进院子里来。他瘦得走起路来轻飘飘的，没有脚步声，可是看上去却风度儒雅，颏下一缕稀疏的胡须，两手背在后面，提着一本书，仿佛一个学者模样。

看见大角，他又咳了一声，道："噫，原来是个小孩。"

"我是从木叶城来的，我是来找药的，"大角说，"我找到了水银，我找到了磁铁，我找到了罂粟，现在我还差鹰嘴豆，我还差金花浆果，我还差好运气，再找到这些，我的药就齐了。你能帮我找药吗？"

"不急不急，"学者说，他倒提着书在院子里踱步，表情暧昧，不时地偏起头打量一下身上依旧糊满黑泥的大角，"原来是个小孩。你刚才说你是打哪儿来的？你是木叶城来的。啊，那儿是一个贵族化城市，可是也有些穷人——我看你来回奔波，忙忙碌碌，为财而死，未必不是个俗人。"

"我不是为了钱来找药的，我是为了妈妈来找药的。"大角说。

"啊，当然当然，百义孝为先。"学者连连点头，嘴角又带上那种神秘莫测的笑容，"这种说法果然雅致得多。看不出足下小小年龄，却是令人可钦可佩。"

大角好奇地看着这个高深莫测的院中人，"你们不工作吗，那你们吃什么呢？"

"嗤——"学者拈着胡须说，"我们这儿乃是有名的礼道之邦，君子正所谓克己复礼，淡泊自守，每日一箪食、一壶羹足矣，自然不必像俗人那样，吃是为了做，做是为了吃，这就是'尔然疲役而不知其所归'了，唉——可怜可怜！"

"像你们这样真好，"大角说，"可是你这儿有我要的药吗？"

“不急不急，”学者低头看了看表说，“小先生从远处来，还未曾见过此地的风貌吧，何不随我一同揽山看月？此刻乃是我们胸纳山川、腹吞今古的时间啊。”

天渐渐地黑了下来，低悬在天际的月亮越来越亮。大角爬到院子里摞着的木块石片上，学着先生的样子，挺直身子，踮着脚尖，向外看去。

米勒·赛·穆罕默德·道之城的建筑看上去和它的名字一样精巧而不牢靠，它实际上一直处于一种未完成的状态中。从外面望去，它就像一种浮雕形式的组合以及光影相互作用下的栅栏，连续的外壳被分离成起伏皱折的表面，就像覆盖在城市居民身上破碎的衣服布片。

大角看到了那些污秽腥臭的台阶、地下通道和人行天桥组成的庞大曲折的迷宫，当地居民在其间上上下下，如同巢穴里密密麻麻的白蚁。

大角看到了在被城市的烟雾沾染得朦朦胧胧的月亮下面，高低错落的屋脊上面，一个透明的、精巧复杂的高塔雪山一样矗立着。

“那是你们的高塔吗？它上面为什么有影影绰绰动弹的黑点呢？它上面随风飘舞的是些什么呢？”大角瞪大了他的黑眼睛，惊恐地看着高塔：“你们的塔上住着人？你们在高塔上晾晒衣物？”

“当然啦，可以利用的空间为什么不用。”学者拈着胡须，微微笑着说，“善用无用之物不正是一种道吗？”

相对于大多数城市居民来说，大角现在可以被称为一个旅行家了，但他在其他城市中，从来没有发现过神圣的哲学之塔被靠近、被触摸过，更别提被使用的了。他满怀惊异之情再次地向这个美妙的可以居住的高塔望去，发现这座高塔是歪的。它斜扭着身子，躲让紧挨着它腰部伸展的两栋黑色建筑，好像犯了腰疼病的妇人，不自然地佝偻着。

“你们的高塔为什么是歪的呢？你们就不能把它弄得好看一点吗？”

“啊，好看？我们最后才考虑那个，”学者轻蔑地说。“要考虑的东西多着呢，我们要考虑日照间距、容积率、城市天际线，以及地块所有权的问题。对文明人而言，礼仪是最重要的。”他拢着双手，神情怡然地直视前方，直到天黑下来什么也看不见了。

“看山的时间结束了吗？”大角忍不住问道。

学者仿佛意犹未尽，“噫，真是的，观此暮霭苍茫，冷月无声，不知不觉就忘了时间了。”

“现在您可以帮我找药吗？”大角问道。

“唔，是这样的，我们这儿有些鹰嘴豆。”学者说，仿佛泄露了什么大秘密，颇有些后悔。

他偷偷摸摸地瞟着大角，老脸上居然也生出一团异样的酡红，“看来小先生长途跋涉，自然是身无长物了。恩，可是这把刀子看上去倒也不错呀。”

“是呀，”大角说，“这是我妈妈送给我的生日礼物。你可以给我一些鹰嘴豆吗？”

“你的刀子可真的不错呢。”学者说。

“你要是喜欢这把刀子，我可以把它送给你的。”大角说。

学者伸手摸了摸刀子，又还给他，微微一笑：“小先生把我当成什么人了。唉，君子不能夺人所爱，何况你是个小男孩，何况你还要到恐怖森林去，刀子总是有一点用的。”

“恐怖森林里到底有些什么呀？”大角忍不住问道。

“那儿其实什么也没有，根本就没有什么好害怕的。”学者连忙说道，仿佛后悔说出了刀子也有一点用的话。过了一会儿，他又不好意思地补充说，“事实上，那儿有一只神经兮兮的猫，它有一个谜语让你猜，只要你猜对了就能过去。”他模棱两可地说道，“虽说有点危险，可是也蛮安全的。实际上，跑这么远的路，你真应该带一把雨伞，这儿的雨水总是很多。我们这儿雨伞比较有用。”

“可是我再没有别的什么可以和你做交换的了。”大角说，

“你说得也不错，不是我想要你的刀子，可我们这儿如果没有善于利用自己的财产，会被人笑话的。”学者说，“那我们就换了吧。”

他给了大角三颗硬邦邦的鹰嘴豆，豆子又青又硬，散发着泥土的气息。

“这是一种很好的麻醉剂，我们可以用来捕鱼，”学者惋惜地说，“你做了一笔好买卖呢。”

他捏了捏小刀的鞘。“嘻，是银的刀鞘吗？我喜欢银的，我还以为是白铜的呢。”学者说。

七、金花果

清晨的森林里弥漫着灰蒙蒙的水雾，那儿就是恐怖森林。从道之城出来就一路飞奔的大角不由得放慢了脚步。

森林让他想起自己的家，然而从这座灰暗的密林中飘来陌生的气味，那是毒蕈和腐烂落叶的霉味。那些传说像鬼魅一样紧跟着他，在灰雾中生出鬼影幢幢。大角简直害怕极了，可是只要想到风中孤零零旋转的吊舱，吊舱里幽灵仿佛在低头俯瞰低吟着的妈妈，妈妈的脸上只剩下摇曳的一线生机，仿佛吊在吊舱上的一股细钢缆绳，他就鼓足勇气，继续向深处走去。

雾像猫一样的轻盈，它在密林盘身蹲伏，随后又轻轻地走掉了。

天色逐渐亮了起来，大角猛然发现，就在他的面前不足十米的小道上，藤茎缠绕的蜜南瓜丛中蹲伏着一个毛色斑斓的庞然大物，它没精打采地打着哈欠，用一只琥珀色的眼睛睡眼惺忪地盯着大角。

大角不由自主地伸手到腰带上摸刀子，却摸了一个空。他垂下空空的双手，踌躇了一会儿。他有点发抖但还是迈步向怪兽走去，就像希腊人步向斯芬克司。

“站住，你侵犯私人领地啦！”那只怪物懒洋洋地叫道，“你从哪儿来？”它睁开了全部两只眼睛，充满怀疑地盯着他看。它有一双尖尖的耳朵，身上布满纵横交错的斑纹，长得就像一只大猫。

“对不起，”大角鼓足勇气说道，“我是从道之城来的，昨天我是在道之城，前天我是在倏忽之城，大前天我在快乐之城……”

“啊哈，”大猫轻蔑地打断了他的话说，“城市？我听说过那种地方，那里到处是石头造的房子，用铁皮挡雨，地上铺着热烘烘的稻草，住户们像老鼠一样拥挤其中，为了抢热水和上厕所的位置打个不停……哼，”它突地打住话头，上上下下地看大角，“那是人类居住的地方，你到那儿干什么？”

大角还没来得及回答。大猫仿佛刚刚从睡梦中清醒过来，它兴奋地咆哮了一声，叫道："啊，我知道了，这么说你是个人类！"它的咆哮声在灰暗的丛林中四处传荡，吓得几只鸟儿扑哧哧地飞出灌木，也吓得大角打了个寒颤，他们那儿从来没有人会在说话的时候对着对方咆哮。

"知道吗，小人儿，你面对的是一只进化了的动物。"大猫歪了歪头，用眼角瞥着小男孩，它的笑容带上不怀好意的意味，"我们不再听命于你们了，'驾，吁——再翻一垄田，去把拖鞋叼过来'，哈，这种生活一去不复返了，这真是太妙了，妙啊。告诉你我们为什么要造反吧，你知道我们动物活在世上是怎么回事吗？"

"我不知道，"大角老老实实地摇了摇头，"我们不养动物。"

"啊哈，那你是不知道我们曾经过着那么短暂的、却是那么凄惨而艰辛的生活了。"大猫生气地嚷道，"那时候，我们每天只能得到一束干草或者只是一小碟掺了鱼汤的冷饭，而且我们还要不停地干活，逮老鼠，直到用尽最后一丝力气，一旦我们的油水被榨干，我们就会被送到肉店去杀掉。没有一个动物懂得什么是幸福或空闲的涵义。猫们不能自由自在地坐下来晒晒太阳、玩玩毛线球，牛不能自由自在地嚼青草，猪不能自由自在地泡泡泥水澡……没有一只动物是自由的。这就是我们痛苦的、备受奴役的一生。"

它猛地伸出一个有着锋利指甲的爪趾，指点着小男孩瘦小的胸膛叫道："看看你们这些寄生虫，人是一种最可怜的家伙，你们产不了肉，也下不了蛋，瘦弱得拉不动犁，跑起来慢吞吞的，连只老鼠都逮不住。可你们却在过着最好的生活——我们要奋斗！为了消除人类，全力以赴，不分昼夜地奋斗！小孩，我要告诉你的就是这个：造反！我们要造反！"

大猫伸手从旁边的藤蔓上扭下一个金黄的蜜南瓜，咔嚓一声就咬掉了半个。它显然对它自己的演说很满意，它满足地在地上打了一会儿滚，接着跳起来对大角说："现在这个丛林是我们的，总有一天，整个世界也会是我们的。我们动物，将会在首先领悟的猫的领导下，团结起来，吃掉所有的人。妙啊。"

"我不知道你说的那些，"大角怯生生地说，"我妈妈病了，我是来找药的。"

"生病了有什么关系，"大猫不满意地瞪着大角，呼噜呼噜地吹着气，"人一死，烤来吃掉就行了——你应该请我一起去吃，这是盛行的待客礼貌，你不知道吗？”

“我们那儿从来都不这样做。”大角吓了一跳，他小声说。

“好吧，好吧，”大猫不耐烦地围着大角打起转来，“我不想理会你们那些人类的陋习，还是好好想想该把你怎么办吧。”

“我？”大角紧张地说。

“你放心，我不是屠宰场的粗鲁杀手。我正在学习你们的文明，我看过很多很多书，发现了关键的一点——你知道文明的最中心是什么吗？”它直立起身子，兴奋地自高自大地拍着胸膛，“让我告诉你，是礼仪与艺术。是的，就是礼仪与艺术，这将是我们建立猫类文明的第一步。”

“你想过路，那么好吧，”它鬼鬼祟祟地滑动着猫步，狡黠地说道，“只有聪明的人才有资格通过这里，你必须猜一个谜语。”

“如果你猜不出来。”它偷偷摸摸地笑着，蜜南瓜的液汁顺着它的下巴往下淌着，“我就要吃掉你。这个主意真是妙，嘻嘻，妙。”

它幸灾乐祸地笑眯眯地说出了那个谜语：

脚穿钉鞋走无声，

胡子不多两边翘，

吃完东西会洗脸，

看到老鼠就说妙。

“哈哈。你一定猜不出来的，你猜不出来。”它说。

“是猫。”大角说。他有点犹豫，害怕这道简单谜题后面隐藏着什么陷阱。可这是小时候妈妈经常说给他猜的谜语，那些温柔美丽、仰人鼻息的小动物虽然在生活中消失了，可是人类坚韧不拔地在图画书上认识它们，并把它们传到下一代，让他们重温万物之灵的旧梦。

“猫，为什么是猫？”怪兽大惊失色，往后一缩，愤怒地揪着自己的胡子，“你说，为什么是猫？”它的尾巴高高翘起，让大角一阵害怕。

“你们都说是猫，只有我不知道为什么。”它痛苦地在地上打着滚，搔着痒痒，“我的胡子是往两边翘的，可是我从来没穿过钉鞋，我吃完东西会洗脸吗？这是我的秘密，你们人类怎么会知道？我从来从来从来就不对老鼠说妙，答案为什么会是我？为什么每个蠢笨的人类都这么说？为什么？现在我预感到，这是个重要的谜语。”

它折腾够了，爬起身来，望着灰蒙蒙的时起时落的雾气发着呆，喃喃自语：“生命的永恒和瞬逝是一道什么样的二律背反命题呢，老鼠存在的意义是什么？难道它们也和高贵的猫儿一样拥有意义吗？我们聪明、温谦、勇敢，甚至可以吃掉小孩，可是我们却搞不清楚一个谜语——这是个令猫害怕的神秘隐晦的课题，我预感到，这很重要，很重要……”

不需要别人教他，大角趁着这只在哲学思辨中迷失了方向的大猫忧郁地望着黑幽幽的森林，仿佛是动物社会生存圈中的笛卡尔一刻不停地悲凉地思考时，轻轻地一溜，就顺着路边溜过它的身畔。

大树灰暗的阴影下，深黑色的灌木丛里，有星星点点小红点在闪烁，那就是大夫要的金花浆果啊。大角伸出手去，那些浆果冰凉，还带着露珠。一颗，两颗，三颗……现在大角有了七颗金花浆果了。

大猫还没有从它那深切的思考中清醒过来，大角把药包紧紧地揣在怀里，像在暗夜的森林中迷路的小兽，仓仓皇皇、跌跌撞撞地奔跑着。

跑呵，跑呵，草叶划过他的脚胫，露珠沾湿他的脚板，可是他还是一刻不停地奔跑着。

现在可以回家了。大夫的单子里还有一份好运气，可是他不知道去哪儿寻找。好运气只是一种说法，世上本没有这种实物，大角想，也许大夫说的并不是他妈妈要的药，而是找药的人需要这种好运气，如果是这样的话，那么现在就可以回家了。

跑出了恐怖森林，大角发现，再有不到一天的路程，他就可以回到木叶城了。在不知不觉中，他在大陆和海洋间兜了一个大圈子。在这场漫长的奔跑当中，他时而清楚，时而迷糊，有时候他似乎看清了什么，有时候这些东西又离他而去。

大角奔跑着，忽然之间，也许是怀中的药物萦绕的香味带来的幻觉，让他看清了蕴藏在心底深处中的景象，他的心忽然一阵颤抖，泼剌剌地激起水花跳出海面。他知道他将要给大家讲述什么，他要给大家讲述以前的一些伟大的城市，亚历山大里亚、长安、昌迪加尔，还有巴西利亚，那些建筑师们创造了一种生活。每一条街道，每一个广场，每一片设计精巧或者粗笨厚重的檐瓦，都渗透着建筑师的思想在里面。城市的居民们就生活在他们的思想当中，呼吸着他们的灵魂，倾听着他们的声响。

每一种哲学或者每一种狂热都有自己的领域，在每个领域当中都有一个巨大的抛光花岗岩基座，在这个坚实的基座上，每一种哲学都得以向空中无限延展，那就是他们的高塔。

跑呵，跑呵，碎石硌疼了他的脚踝，荆棘划伤了他的皮肤，大角奔跑着。

每一座高塔的倒地都意味着失败或者哲学体系的崩溃，那是一个壮观的场面。大地上曾经遍布人类，他们和驯化的动物们生活在一起。曾经有过更多的城市，如今它们都崩塌了吗？

他跑过了白天，跑过了黑夜，跑过短暂的黎明，跑过漫长的黄昏。

他跑过了晴天，跑过了阴雨，跑过雾沼，跑过干谷。

他看见一群庞大的军蚁，浩浩荡荡地聚集在缓缓起伏的平原上，他们头上的旗帜上飘扬着不可战胜的、展翅飞翔的黑鹰标志。

黑鹰，那是黑鹰部落呵。大角惊恐地想道，他停止了奔跑，充满恐惧地望着草原上那些没有城市的掠夺者，他们密密麻麻地挨挤在一起行进着，横亘了数百里地，挡在了大角回家的路上。

也许是第一次有人面对面地看到了这个神秘而可怕的部族。关于他们有许多可怕和血腥的传说，他们凭借自己强大的武力和残忍的性情，在这个世界上无所畏惧。正是他们像蝗虫一样横扫整个草原，摧毁路上的所有城市，把一座座哲学的高塔打得粉碎。

大角屏住呼吸，捏了一手的冷汗。他趴在一束高高的牛蒡草中，探出头去。他看到了开路的一队队的骑兵，穿着黑衣，呼啸着来回纵横，搅起漫天的黄色尘土；他看到了两千名奴隶排成两列，弯腰挖土，把崎岖不平的道路铲平，汗水在他们的肩上闪闪发亮。紧跟在他们后面的是一支庞大的运输队。他看到了五十对公牛，低着头拖着巨木拼造的沉重板车，一百根原木做成的轮轴被压得嘎吱乱响；他看到了五十名木匠在不停地更换车轴，加固车架，往圆木上涂油脂，两百名壮工在两边扶着车上摇摇晃晃的铁铸怪物。透过飞扬的尘土，那些影像给小男孩留下了刻骨铭心的印迹。这一队人马拖着缓慢的、永不停歇的脚步，越过山岭和草原，越过河流和谷地，坚韧不拔地走向了他们的标的和命运。

一座座的钢铁怪物在大角的眼前被拖了过去，留下大地上深深的车辙，刚刚铲平的弹道一样平整的道路转眼又变成了坑坑洼洼的泥潭。大角瞪圆了眼珠，突然明白过来，他们车上拉的是攻打高塔的巨炮啊。现在，他们又要去攻打一座新的城市了。

八、药没了

草原上行进着黑压压、来势汹汹、密密匝匝的人群，那些挎着长矛的骑兵、披着铠甲的重装步兵、散漫的轻步兵，一队一队地过个没完。太阳慢慢地斜过头顶，像是一个巨大钟面上的指针，面无表情地不可抗拒地转动。大角躲在深深的草丛中，又饥又渴。他计算着时间和回家的路程，时间越来越紧张了。

他决定另外找路回家。大角悄悄地倒退着离开那丛掩没他的牛蒡草，直起腰来，却惊愕地发现两个黑鹰部落的游骑兵勒着马伫立在前方低矮的小丘上，一声不吭地注视着他。

在那一瞬间，大角目瞪口呆，他动弹不得，属于他的时间仿佛在那一瞬间僵化冻结了。他眼睁睁地看着那两个骑兵，像张开黑色翅膀的秃鹫一样策马飞驰而来，打着呼哨，他们的马蹄悄无声息，一阵风似地掠过了他们之间的距离。骑兵在马上猛地俯下身来的瞬间，大角能看到他鹰隼一样锐利的眼睛，闻到他身上那股冲动的野兽般的气息。随着一声响亮的撞击，大角就腾云驾雾般飞到了空中。

大角惊慌地喊叫，踢蹬着双脚，却只能让那双钢铁般的臂膊越夹越紧。风拍打着他的脸庞，他只能看见草地在他下方飞驰而过。

他被带到了一个闹哄哄的营地，一声不吭的骑士把小男孩甩在了地上，驾着马跑远了。大角惊慌地把药包抱紧在怀中，四处张望。此刻已经是傍晚时分，营地上燃起了无数的火堆，炊烟笼罩，空气中充斥着马、牛粪燃烧的气味。这是一个有着深棕色皮肤的强壮的民族。男人们剃光下巴颏的胡子，随身携带着腰刀和武器，他们显然还保留着驯服动物的习惯。大角看到几只狗在营地中跑来跑去。几个背着小孩儿的女人吃力地在河边打水，她们为了一个水勺而大声争吵。

一时间，仿佛没有人注意到这个满脸惊慌失措的小俘虏，就在大角茫然四顾的时候，又从营地外冲进来几个骑马的武士，一个家伙叫道："喝，看哪，他们抓到了一个小家伙呢。"

他们大笑着纵马围着惊惶的大角乱转，把大角包围在马蹄组成的晃眼的迷阵里，硕大的马蹄溅起的黑泥甩在大角的头上和脸上，酒气从他们的嘴里往外喷涌。"哈，我看他可以给你当个小马童。""还不如给你女儿当个小管家呢，哈哈哈。"他们看到了大角紧紧抱着的小包裹。"看哪，他还抱着个什么宝贝呢。"一个显然是喝得最醉的武士嚷道，他利落地抽出刀子。劈刺的亮光像一道优美的弧线划过大角的眼膜。

夕阳黯淡了下去。

"不要——"大角拼命地尖声叫喊了起来，在这一瞬间，整个营地寂静无声。他的喊叫声穿透了杂乱无章的、静悄悄流淌的河水，一直到遥远的红色花岗岩山才传出回声。那个肮脏的背着小孩的老女人掉过头来看他，让她们争吵个不休的铁制水勺掉在了地上。

压抑着愤怒和可怕的悲伤，大角低下了头。药包散在地上，水银有生命一般在地上滚动，汇聚又散开，渗入地下；珍贵的浆果被马蹄踏得粉碎，点点四溅，和马蹄下的污泥混杂在一起；那些沾满泥污的鹰嘴豆、带着海水气味的磁铁、沾染着风之清香的罂粟，都变成了破碎的泡沫；它们的香气散乱飘荡，仿佛一个精灵在风中卷扬、散发、化为乌有。

在无遮无挡的平原上奔跑时，太阳烤灼着他的肩脊，让他几乎要燃烧起来；在大树下露营，露珠一滴滴地渗透他的毯子，让他感受夜的刺骨冰凉；在森林中的巨兽大声咆哮，威胁着要将他吞到肚子里；大角一直没有哭过。然而现在，一切都变成了可怕的值得哭泣的理由。看着地上散落的药包，泪水一下子冲出了他的眼眶。大角站在那儿，画面一幅幅地晃过他的面前，他悲从中来，为了梦想的破碎，为了生命的逝去，大角像一个初生的婴儿那样，号啕大哭。

透过朦胧的泪水棱镜，一副贴着金片的马蹄踏入了他的视线，它们猛地冲了出去，又折回来，就在眼看要踩在大角身上时突然煞住了，停在他的面前，腿脚僵僵的，不耐烦地撅着。

他听到马上传来嗤的一声轻笑，“我当是怎么回事呢，原来是个没用的哭哭啼啼的小孩，为了一包杂碎东西，哭成这个样子。”

大角抬起头来，看到了马背上骑着一个比他大不了几岁的女孩。她安坐在高高的马上，圆圆的脸儿晒得又红又黑，明亮的眸子在暮色中闪闪发光。她嘲笑似地用手中的马鞭甩着圈子。小马撅着蹄子，不耐烦地又蹦又跳。

“这不是杂碎东西，是给我妈妈的药，她就要死了。我是来找药的。我找到了水银，我找到了磁铁，我找到了罂粟，我找到了鹰嘴豆，我找到了金花果……本来只要再有一份好运气，我的药就齐了——可是现在……全都没了。”大角忍不住眼眶又红了起来。

“什么你的药、你的妈妈，现在都没有了！你是我的！”小女孩骑在马上，宣布说。

“为什么？”

“因为我们是强盗，强盗就是这样的呀。”女孩笑吟吟地说，她转身面对那几个现在毕恭毕敬的骑手，学着大人的口气说道，“把他带到我的帐篷里来，这个小鬼现在归我了。”

大角被带到一座白色的帐篷中，两个武士退了出去。大角的眼睛适应了帐中点燃的牛油蜡烛的光亮，他看到宽大华丽的地毯尽头，一个漂亮的女孩正对着铜镜装束。她把一柄嵌满宝石的短剑一会儿正着、一会儿斜着地插在腰带上，始终不太满意。大角进来后，她转头看了看大角，微微一笑，又快乐、又淘气，正是那个骑着马的小强盗。

她停止了摆弄短剑，盘腿坐在阿拉伯式靠垫上，拍了拍靠垫一边，说：“过来，坐在我边上。”

大角倔强地摇了摇头，站在原地没有动。“我们那儿只有最亲密的人才能互相碰触。”大角骄傲地说。

小女孩脸色一沉，生气地说，“可你现在是我的奴隶。我爱要你怎么样就怎么样——我还可以用马鞭抽你。”女孩示威地说，“如果你恳求我，也许我就对你好一点儿。”

大角睁大了眼睛，他还不太了解“奴隶”这个词的含义。“我们是自由的，”他反驳说，“我们从来不求人做什么。”可是，他很快想起曾经求过大夫救他妈妈的生命，于是又迷糊了起来。

“呸，自由？”小女孩扁着嘴轻蔑地说，“只要我愿意，我们随时可以攻陷你的城市，把你们的男人全部杀光，让你们的礼仪和道德化为灰烬。”

“胡说，你们才不敢去攻打我们呢。”大角不甘示弱地喊道，“你们不敢来的，在森林里你们的骑兵施展不开，在森林里你们会害怕我们的飞行器，我们会从天上向你们倾泻石块和弓箭。”

小女孩满脸怒气地叫道：“黑鹰从来就不知道什么叫做害怕。我们不去打你们，是因为你们那儿在传播瘟疫。现在我们要去攻打的是那个传说中的闪电之塔。我们要一直往那个方向走，草原大得很，我们也许要十年后才能回来——那时候，你会知道黑鹰的厉害。”

他们气鼓鼓地相互而望。一边站着瘦弱、肮脏、苍白的小流浪汉，头发是黑色的，乱蓬蓬地支棱着，在出来找药之前，他的生活单调恬淡，每日里只是对着高处的阳光穿透清澈的蓝天和幽深的山谷；一边坐着骄傲、高贵、矜持的小强盗，如牛粪点燃的火光辛辣，如她的短剑锋锐，她的生活自由辽阔，永远是没有止镜的漂泊。帐中蜡烛的火焰猛烈地抖动着，轻烟氤成一圈圈发光的雾霭，然后一点一点地沉淀下来。他们相互而望，岁月流光在他们年轻的胸膛两侧呼啸而过。年纪如此相似却又无从相像，就如同一棵树上的果实却青红不一。造物主和光阴玩弄的把戏让他们充满好奇和相互探索的欲望。

“好啦，”忍受不住好奇，小女孩首先与大角和解了，“我的名字叫飞鸟。别生气了，和我说说你的城市，还有那些漂浮在海上的城市、飞行在云中的城市……和我说说吧——我想知道其他城市的生活，可是他们让我看的时候，那儿总是只剩些冒烟的断墙和残缺的花园。”

“它们是被你们摧毁的呀？你们为什么要当强盗？”大角忍不住问道。

飞鸟眉毛一挑：“这是草原的规则呀。弱肉强食，只有最强壮的部落，才能够生存下来。你们放弃了大地，生活在城市里，用你们的礼仪约束自己，你有你们自己的生活方式——而我们要生存，就得遵照我们的生活方式进行。”

远处传来了三声号角，在夜风中轻快地传扬着，悠远嘹亮。

“哎呀，没时间了。”女孩叫道，“你的身上又脏又臭，你要赶快去洗个澡，换套衣服，然后和我去参加宴会。”

这些野蛮人的宴会在露天里举行。围绕着篝火散乱地围着一圈矮桌，桌子上摆放着成块地烧烤过的牛羊肉、干面包，还有大罐大罐的蜂蜜酒。这些野蛮人席地而坐。他们用银制的刀子把大块的肉削成薄片塞进嘴里，他们先咬一大块面包再往嘴里塞一勺黄油，他们喝酒的样子让人害怕他们会被淹死。

即使是在宴会上豪啖畅饮，每一个武士都依旧穿着他们的铠甲。他们带着长矛和圆盾，他们束着胸甲和胫甲，他们戴着黄铜的头盔，他们聚集在一起，金属的铠甲融化了火的光泽，这些可怕的掠夺者在金属的光亮下，锐利、灼热、生机勃勃。

一位雄壮的武士端坐在篝火的另一端，他就是黑鹰——这个部落正是因为他的骁勇善战、因为他的残暴虐杀而扬名天下。令大角惊讶的是，他已经不年轻了，他的脸上布着无法掩饰的皱纹和疲惫。坐在他身遭的都是黑鹰的贵族和首领，他们人数不少，但是他们都老了，年轻的首领很少。此刻，他们正在吵吵嚷嚷，大声争论着什么。

“……那座高塔，没有什么东西能够穿越它守卫的分界线。我比谁都更了解这座高塔的威力，我曾亲眼看到三千名进攻者死在它的死光下……”一个白发苍苍的老人在讲述那次失败的进攻和三千名死去的骑兵时，他的脸上依旧是一副勇敢的神情，但他的膝盖却在微微发抖。

“不惜一切代价，不惜一切代价——”

“可是，现在我们拥有了无与伦比的巨大火炮，我们拥有最好的铸炮匠人，我们用黏土模胚铸造出了整整二十座大炮，我们正在把它们拖过整个大陆……”

“……必须有更大的火炮，射程更远，威力更大……”

“吭唧”一声响，一个酒杯被砸到了地上。

“这是个狂妄的计划！我们根本没有必要去翻越整个大陆去攻打那座小镇——这块平原富裕丰饶，给养充足，我们可以在这儿抢劫二十个城市，我们可以在这儿舒舒服服地过上十年的好日子。谁都知道，那些人龟缩在高塔下过着与世隔绝的生活，他们贫穷、愚昧、呆滞、不思进取，我们不想为了芝麻大小的利益去和霹雳之塔作战。”一名坐在下首的首领突然跳起身来叫道，一道旧的刀笆横过他的眉毛，让他的神情显得扭曲凶狠。几名首领随声附和。大角注意到他们大部分都是年轻人。一些参加宴会的人仿佛感觉到了什么，他们悄悄地把手按到了剑柄上，关注但却依然平静地凝望宴席上首的动静。

“二十年了，”黑鹰仿佛没有注意酒席上剑拔弩张的气氛，他端着一杯酒，沉思着说道，“二十年前它让我们失败过；二十年来，它一直矗立在大陆的尽头，在嘲笑漠视我们的权威。纵横草原的黑鹰铁骑在它面前不得不绕道而行——那些被践踏过的种族，那些被焚烧过的城市，因为它的存在而欢欣鼓舞，因为它的存在而心存希望。你们知道我是怎么想的吗？”他端着酒杯，冷冷地环视左右，“这二十年来，我在梦中都一直想着要攻打它，因为我知道，只要它存在，黑鹰部落就不可能成为真正的草原霸主，就不可能真正地扼住自己命运的咽喉。

“现在你们却要退缩吗？你们想要害怕吗？你们贪恋这块土地上的牛奶和蜜酒，却不明白终有一日这些鲜花都会死去，财富会死去，你们会死去，我也会死去，但有一样东西不会死去，那就是我们死后留下的荣誉。”

“黑鹰，”另一个年轻的贵族语气恭敬地说，“在你的带领下，我们在这块大陆上寻求流血和荣誉，赢得了草原的尊敬。”他语气一转，说道，“可是你已经老了，你的头已经垂下来了，你想要去攻占那座闪电之塔，到底是为了什么呢？是为了你自己！你害怕被荣誉所抛弃，却要带我们走向死亡吗？”

“我依然是首领。”老人平静地说。

“那就证明给我们看吧。”年轻强壮的刀疤武士叫道，他从座位上跳了起来，拔出利剑，闪电般朝黑鹰砍去。这一下当真是人如猛虎，剑如流星。而黑鹰甚至都没有站起来，大角看到他眼睛里的一道亮光，在那一瞬间里，他脸上的皱纹和疲惫一扫而空。他的小臂挥动了一下，年轻的武士便仰面倒下了，他的胸口上插着一把银制的餐刀。他倒下的时候带翻了两张矮桌，桌子上的器皿瓶罐打翻了一地，鲜血和着蜜酒四处流淌。吵嚷声平静下来。黑鹰宛若没事般继续举杯喝酒。“明天，我们继续前进。”黑鹰说，这次没有人站出来反对他了。

“那是我的父亲。”飞鸟骄傲地对大角小声说。

“可你刚才一点也不为他担心。”大角惊讶地说。

“那当然。如果黑鹰刚才在战斗中死去，那是他的荣耀。”飞鸟说，脸蛋被兴奋燃烧成绯红色，“我们所有的人都渴望能死在战斗中。”

九、所有的药

清晨，大角从噩梦中惊醒。他听到帐篷外面传来一阵阵的号角声。牛角号雄浑，铜号高昂，海螺号低沉。营地里到处是铠甲碰撞的铿锵声、战马的嘶鸣声、胀满奶水的牛羊咩咩的叫唤声。

他从奴隶们居住的帐篷中钻出来，外面一片嘈杂。低低的阳光斜照在挤在一起的士兵和耀着清冷的寒光的兵器上，投下了长长的阴影。一群群的游骑斥候策马而过，他们咧着满嘴白牙，不怀好意地对着衣裳褴褛的大角笑着。还在抓紧时间打盹的奴隶们被粗暴地踢醒，他们要干那些最苦最累的活。他们分散开来，看似混乱不堪然而又井然有序地收拾马厩，拆卸帐篷，提着铁桶去挤奶。大角觉得自己陷入了一个陌生的动荡不已的旋涡之中，无论他站在哪里，都有人冲他喊道，“快闪开，小孩，别挡着道！”他不得不东躲西闪地闪躲那些骑着马儿、横冲直撞的骑兵；闪躲那些扛负着重物、赤裸的脊梁上冒着热气的奴隶；闪躲那些目光呆滞、被驱赶着的畜生。

在一片混乱当中，飞鸟牵着马找到了他。

“好啦，你跟我来。”她不容置辩地命令说，带着大角离开部族的大队人马，把他一直带到了营地西侧那条河边。这儿可以看到河边上那些发白的鹅卵石，还能看到营地那边，数千顶帐篷在转眼之间消失得干干净净，余下冒着青烟快熄灭的篝火堆和满地的牛羊粪便，仿佛大火烧过的林地。黑鹰部落的战士、乱哄哄的家眷、牵成一串的奴隶，一拨一拨地开拔了。他们走过，寂静便在草原上空重新合拢，仿佛流水漫过干涸的河谷。

“你走吧。”她说，看也不看大角一眼，翻身上了马。

“什么？去哪儿？”大角说，他还没有反应过来。

“我是草原上最伟大的首领黑鹰的女儿，他的话就是命令，我的话也同样是命令。我赐给你自由，你就自由了。现在，你快跑吧。”她喊道，还用一个指头威胁性地比划了一下，“十年以后，我们会回来的——那时候，我会带着我的战士去攻打你们的城市，你记住了。”

大角茫然地四处看看，这儿离他的家乡不远了，可是他就要这样回去吗？带着满身的污泥和伤痕，空着双手，丢了小刀，可一味药也没有找着。妈妈就要死了。太阳升起来了，天边一簇散云成了一窝闪亮的小羽毛，河面上升起燥热的雾气，回家的路像一条晒太阳的蛇，懒洋洋地躺在他面前，他却觉得自己无处可去了。他转过身去，漫无目的地走了两步。

“等一等，”她说。坐下的马儿不耐烦地撅着蹄子。

“这是我送给你的礼物，”她叫道，扔过来一个大大的纸包。“你看，当强盗是有好处的，我们这儿什么都有。”她凝望了大角一会，猛地拨转马头，纵马扬鞭，疾驰而去。

大角打开纸包，发现纸包里塞满了药，那些晶莹流动的水银，那些充斥海水气味的磁铁，那些饱满多汁的金花浆果，那些香气萦绕的罂粟，那些又老又皱的鹰嘴豆，在这些足够治好木叶城所有人的药底下，多了一个银制的护身符——一个小小的马蹄铁，那是他们部族的徽号。

大角抬起头来，看到草坡上那个现在已经变成小小黑点的飞鸟。他沉思片刻，掉头跑走了，带着这个年岁还不明了的惆怅，带着他还不知道的他们已经定下了的一个朦朦胧胧的约定，这个约定会在将来的岁月里跟随围绕着他，充满诱惑和痛楚，充满期待和惶然。

药又齐全了。从一无所有到应有尽有，这就是大夫说的一百分的好运气了，大角想。药香萦绕在他的鼻端，仿佛一首嘹亮的歌，这支歌在他的心里，也在他的嘴上。现在是第几天了，他拼命地算啊算啊，现在是第七天了，是最后一天了。他要去救他的妈妈，他开始拼命跑了起来。

他跑过了红色的杉木林，跑过了齐腰深的草地，跑过了茂密的芦苇丛，跑过了金色的沙漠。

跑呵，跑呵，他看见了火光下埋头苦干的骡马，浪尖上漂浮的捕鱼者，随着风儿流浪的旅行家，在泥地上挖坑的农夫，藏身在树木后面的出谜者，包裹在金属里的战士们，他们脸上洋溢着各式各样的快乐。这快乐引诱着他，让他对未来充满期盼。

跑呵，跑呵，他听到了自嘲自叹的哲学家的声音，被侮辱的类人生物的怨怒声，劳动者的呼喊号子声，乞讨者的悲哀声，被奴役的人们的抽噎声、哭诉声，野蛮人的叫喊声，他们品尝着各式各样的痛苦。这痛苦抽打着他，让他对未来充满惧怕。

叹息之城、快乐之城、记忆之城、风之城、水之城、土之城，形形色色的城市实际上只有一个，它就在我们心中。然后，黑鹰来了，建筑消失了，一起消失的还有那个理论上似乎无所不知的建筑师。现在，他们将学会如何自己去面对这块黑暗冰冷的大陆。

跑呵，跑呵，他从白天跑到了黑夜，又从黑夜跑到了黎明。

无垠的天空越来越亮。

他会长大的。

迎面扑来的时间像干粉一样噼里啪啦地敲打着他的身体和脸庞，告诉他死神正在俯瞰着他亲爱的妈妈。

“大角，快跑！大角，快跑！”他在心里呼喊着。

月光收敛了，向西沉去。

大角，快跑！他的心脏撞击着肋骨，仿佛一只想要飞逃而出的鸽子。

快跑呵，大角。

时间一分一秒地走着，滴答滴答，巨大的时钟悬在他的头上摇摇晃晃。

他看到了森林里漂浮的亮光，像是萤火虫在飞舞。

大角，大角。

远方传来微弱而模糊的叫声。

大角，大角。

那是木叶城的居民。他的邻居，他的玩伴，还有大夫，他们来接他了。

大角，大角。他们看到他了。他们驾着透明的飞行器朝大角飞来。

黑暗迎面扑来。大角迷迷糊糊地想道，现在，我可以休息一下了。鸽子飞出他的胸膛，离他而去。大角倒下了。

那天黎明，在木叶城里，星星还没有完全熄灭的时候，大夫把药混合在芳香的泥土中，撒入水里，温和的火燃了起来，风儿把药的香味带到了四处。奇异的香味飘荡在木叶城的每个通道、每部旋梯、每座吊舱里。妈妈苏醒了，其他的病人们也醒了，整个城市都苏醒了。

被从这场瘟疫中拯救过来的人们来感谢那个孩子，那个拯救了城市的孩子，但他们没被允许看到大角。

他累坏了。他哭着、抽泣着，在母亲温暖的怀里缩成一团，小小的舱室像一颗鸟卵，在旋风中旋转。妈妈抱着大角，柔声安慰。她的大手围着他，呵护着他。母亲的怀抱总是最温暖最安全的。

大角睡着了。

——原刊于《科幻世界》2001 年第 12 期，获该年度科幻银河奖

潘大角的三色世界

——《大角，快跑》的三重景观

◎ 黄灿

作为当代重要的青年科幻作家，潘海天的科幻创作始于20世纪90年代，于本世纪初臻于圆熟。他的作品曲折动人又不乏雄奇瑰丽的想象，在轻逸与沉重、辽阔与渺小、超脱与沉沦间不断发出人物挣扎求存的呼喊。《大角，快跑》是潘海天第一篇带有明显"创世"意味的科幻小说。这一"创世"性的写作决定了小说的形式特征和美学特质。他在小说中尝试建立了一个完整的架空世界。

一、潘海天科幻创作述评

在中国科幻新星并起的20世纪90年代，潘海天是一位独特的作者。这位被读者亲切地称为"彼得·潘"[①]的年轻人，以其汪洋恣肆的想象力和永远在路上的飞行姿态，吸引了无数读者。在短短的七年间，他由青涩迅速走

① 彼得·潘是苏格兰小说家及剧作家詹姆斯·马修·巴利剧作《彼得·潘：不会长大的男孩》中的人物。这个会飞的拒绝长大的顽皮男孩生活在永无岛（Neverland），与女孩温迪以及她的弟弟们经历了种种冒险奇遇。

潘海天

向成熟，五次荣膺中国科幻最高奖银河奖[①]，并在进入21世纪的头几年逐步达到科幻创作的第一个高峰，写出了《大角，快跑》《饿塔》《猴王哈努曼》等一系列让人过目难忘的作品。而此时他却毅然决然地转向了奇幻小说的写作，与今何在等人共同创立了“九州”世界，并同样取得了巨大成功。

潘海天，1975年生于福建，20世纪90年代初期考取清华大学建筑系。这段在高等学府学习的经历不仅使他成为一名建筑师，更对他的创作产生了深远影响。他的很多作品都具有鲜明的青春期特质，比如早期作品《选择》，即是描绘一对飞船上的少男少女遭遇事故而必须面对“二者活一”的“冷酷的平衡”般的作品，成名作《克隆之城》中亦不乏年轻人纯真的友谊和懵懂的爱情。除此之外，他的有些作品更是直接以大学生活作为故事的底本，如描写量子人的《孑然数身》、描写电脑虚拟人类历史的《永远的三国》，都是在校园环境的背景下展开的。这些描写年轻人的追求与苦恼、迷惘与憧憬的小说，让潘海天的早期创作打上了鲜明的青春期烙印。然而潘海天又是一位不肯重复自己，不断尝试突破的作家。从早期的科幻创作开始，潘海天的作品就隐现了几条不同的路径：有些是戏谑的轻松之作，如《孑然数身》《未来爱情故事》；有些则沉重地刻画了成长的艰难和挣扎，如《克隆之城》《黑暗中归来》；还有一些则开始带上冷峻的理性思辨，如《白星的黑暗面》。对于一个处于成长期的科幻作家而言，90年代的创作是潘海天的一个准备期——在小说形式上，他不断磨砺，寻找属于自己的叙述语言，为日后富有诗意而瑰丽雄奇的叙事冒险打下了基础；在小说内涵上，他熔炼各种思想，褪去成长的青涩，慢慢走向想象力与叙事圆整融合的成熟。

① 五次获奖情况分别为:《克隆之城》获1996年银河奖三等奖;《偃师传说》获1998年银河奖三等奖;《黑暗中归来》获1999年银河奖二等奖;《大角，快跑》获2001年银河奖;《饿塔》获2003年银河奖读者提名奖。

进入新世纪，潘海天的视线不可遏止地向天空延伸。《大角，快跑》是从天空之城下到地面，再回到天空中的寻找和成长的故事；《饿塔》是人类攀爬高塔、叩问神性以求拯救的故事；《猴王哈努曼》是以星星为阶梯，希望能脱离苦海，飞往群星的故事。潘海天似乎为自己无尽的想象力找到了归宿，天空，只有天空才是这位小飞侠的舞台。在这块无垠的布景下，他可以尝试不同的表达方式和表达内容。但这三篇天空小说也表现出了同构性的内容——故事总是在“天空”与“大地”的对应之间展开。也许是他觉得单纯的天空略显单调和轻飘，这三个故事总不乏大地的复杂与沉重：在《大角，快跑》中，少年大角奔跑在大地、海洋和天空中的各个城市，他看到空中的城市中，人们获得极致的快乐，又轻易纵身跳向大地奔赴死亡；在《饿塔》中，形而上的“拯救”与形而下的“灭亡”悬挂在天和地的两端，折磨着于其间奔波呼号的凡人；在《猴王哈努曼》中，主人公憧憬群星，却脚踩“废铁镇”[①]一般的垃圾场，走向真实的末路。这个系列既描绘了对天空的渴望，又包含了飞升的艰难和不可信，轻逸和沉重、辽阔与渺小奇妙地交织，构成了这一时期潘海天作品鲜明的美学特征。

值得注意的是，在转向“九州”世界的构筑与写作后，他仍然会有少量的天空科幻小说[②]出炉，但此时的天空小说，已经呈现出完全不一样的景观。《云端战争之世界边缘》是潘海天写于2008年的一篇蒸汽朋克风格的科幻小说。在这个故事中，潘海天仿佛卸去肩头重担一般，抛弃了之前坚持的对现实的隐喻，而完全沉浸在对一个神奇精彩的架空世界的描绘中。他像一个说书人一样，开始“两耳不闻窗外事，一心只述传奇文”。这篇小说是潘海天

① 日本著名科幻漫画《铳梦》中的城市，以堕落和死亡闻名。

② 与太空小说不同，天空小说以大气层内的天空作为重要场景。“即便太空时代的到来，也没有完全在科幻中清除它对‘天空’作为故事发生地点的思乡性依恋。”（亚当·罗伯茨，《科幻小说史》，北京大学出版社，2010年版，第34页。）在这些小说中，天空不仅作为背景存在，更有力地改变了小说的空间状态，为故事提供了广阔的容积．天空小说往往提供一种清晰的视角变换（仰视视角、俯视视角是常见的形态）。如果说太空小说是一种“夜”的模式，那么天空小说更多是一种“日”的模式。与太空的神秘相比，天空的宏大超脱是一种更为可感可触的存在。这种宏大超脱经常与人物的渺小沉沦形成对比，从而与自由、超越、飞行、责罚与拯救等主题建立密切的联系。

“九州”设定的一部分，其行文风格也与他的其他九州小说相仿。从中我们似乎可以管窥到他思想转变的一些端倪。从某种意义上讲，潘海天面向奇幻小说的这一次出走，与其说是一次小说诗学的变革，不如说是对现实与虚构关系的进一步思考与选择。在这位“童话作家”内心深处，出世与入世的矛盾从未停止过。他高举第欧根尼①的大旗，行文飘逸不羁。然而，在他的另外一些随笔中，对现实的关注和忧戚却又那么沉重。对于这一点，他曾在《寻找中国人的想象力》②一文中说：“我希望大家能注意到，作为逃避的主体，文人并没有太多的自主权和选择权，是由周边铁板般的社会现实逼迫他们一步步走向不合作（当然也不反抗）的立场。”这一大踏步地“撤回内心”的行为，是暂时的还是无可挽回的，成为科幻迷和研究者不断讨论的话题。

二、奔跑中看世界：关于大角的想象空间

对于潘海天来说，2001 年发表于《科幻世界》第 12 期的《大角，快跑》是一部独特的作品。在十年的磨砺和尝试之后，他在这部小说中渐趋成熟和自信。小说讲述一位叫大角的少年，为了救治母亲罹患的瘟疫，从空中城市木叶城来到地面，跑遍蒸汽城、浮游城、飞行城、道之城、恐怖森林和飞鹰部落寻找解药的故事。

潘海天对这部小说寄寓甚深，小说发表后，“大角”成了他的第二个名字，甚至比他的真名更出名。小说中叫大角的男孩是个“瘦弱、单薄、苍白的孩子，头发是黑色的，又硬又直，眼睛很大”，他在某种程度上成为作者人格的投射，代替作者在梦幻的世界里奔跑飞翔，完成狂野的梦想。

然而，仅仅是寻梦之旅并不足以让这部小说为潘海天赢来他的首个银河奖一等奖。《大角，快跑》最大的特色在于它鲜明的“混搭”风格——在“寻灵药—看世界”的传统母题下，小说融入了童话的清澈、寓言的蕴藉、建筑

① 第欧根尼，公元前 404—323 年，古希腊哲学家。作为一个苦行主义的身体力行者，他居住在一只木桶内，过着乞丐一样的生活．每天白天他都会打着灯笼在街上“寻找诚实的人”。第欧根尼揭露了大多数传统的标准和信条的虚伪性，号召人们回复简朴自然的理想状态生活，被认为是犬儒学派的代表人物。

② 此文登载于潘海天《九州幻想·四年》一书中，该书由新世界出版社于 2009 年出版。

的理性和创世的野心。在童话的底色上，新的“世界”开始生长，逐渐拥有自己的框架和脉搏。《大角，快跑》无意间打开了潘海天创作中最迷人部分的帷幕：创世。一个想象丰富、童心未泯、嫉恶如仇却又翩然世外的作者，如何在我们这个时代生存？当做梦者反复穿插于现实与幻想中，而两者的反差又过于悬殊时，“在别处”的写作方式便几乎成了通达解救的必然密径。偶尔的寄居是不能让人满足的，最终一个崭新、完整的世界渐渐成型，潘海天的写作也由重情节、人物的传统写作，转向创造新空间的“创世”写作。这是潘海天创作过程中最重要的一次转折。《大角，快跑》就伫立在这一转折点上。往前看，新的世界已经在高塔林立的大地上浮现，往后看，现实世界的财富与思想仍如影随形。虚幻的城市都有现实的设计图纸，或者寄托了对当下世界的思考。这让小说与纯架空的幻想小说区别开来，而更具有了一种现实的质感。《大角，快跑》因而成为一篇开拓与总结互现、幻想与隐喻并存的奇特作品。

《大角，快跑》是一部足够简单的小说。小说情节用三言两语就能勾勒出来：大角的妈妈被瘟疫感染，危在旦夕。大角在医生的指引下，从木叶城下到地面，在七天内跑遍各个城市，穿过恐怖森林搜集解药，落入黑鹰部落手中，最后又逃出来，拯救了妈妈和众人。小说人物塑造也十分克制，医生、黑铁汉、水手、风向师、学者这些角色，虽然着墨不多，但大都简单明快，符号化鲜明。有趣的是，简单明快并非潘海天的特色。从《黑暗中归来》到《江湖》《铁浮图》《云端战争之世界边缘》，生动深刻的形象、激烈复杂的情节都是他的标签。这种一反常态，只能解释为情节和形象并非这部小说关注的焦点。《大角，快跑》是潘海天首次尝试构筑一个完整的世界，他真正在意的不是“讲述”，而是“呈现”。与九州小说在成形的版图上精雕细琢不同，此时新的世界尚处在草创阶段，疏朗的天地间，是几座各具特色的大城，是海洋、天空、高塔、云海、草原和风。这就是“世界”初成时的景象。

即便是描绘一个轮廓，要在三万字的篇幅内完成仍然是困难的。取舍之下，作者强化了小说节奏，以大角的奔跑来带动叙述。“大角跑啊跑啊”成为连缀各个部分的标识，复杂的情节被鼓点般的节奏取代，“奔跑”既是情节的推进器，又成为情节本身——这样，小说情节被加速，并且被简化了。小说也因此呈现出一种绵延不绝的“沿途画卷”般的效果，这正是志在“创世”的潘海天最需要的叙述模式，他可以免去情节上设套解套的麻烦，而把所有精力集中在对想象世界的“呈现”上。如此，故事情节被弱化，而画面感被强化，《大角，快跑》因为创世的需要牺牲了一部分小说的特质，而拥有了一部分诗的品质，这正是它为人津津乐道的诗意的根源。

“大角快跑”的叙述节奏为世界轮廓的刻画奠定了基础。然而，对于一个新世界来说，应有的细节呈现也是必要的。与快跑节奏对应，为了在细部逐渐打开这个世界，潘海天使用了儿童视角。或许是自身性格使然，潘海天的笔调年轻而新鲜，儿童视角也非他第一次试水，早在《黑暗中归来》里他便有了成熟的尝试。当然，在不同作品里，儿童视角的使用作用是不同的。如果说《黑暗中归来》《猴王哈努曼》里的儿童视角是为了表现一种对世界的残缺认知和成长焦灼，那么在《大角，快跑》里，这种视角则主要是为了世界更好地展开——还有什么比一个懵然无知的少年接受一个新世界更迅速而理所当然的呢？不仅如此，为了更迅速地揭开这个世界的面纱，大角这个孩子好奇地问这问那，在与成年人的问答间更迅速地把所见所闻推至读者眼前：

> “可是你们为什么要劳动呢？”
>
> “告诉我，水手，你们为什么要漂流？”
>
> “告诉我，库克人，你们为什么快乐？”
>
> “你们的高塔为什么是歪的呢？你们就不能把它弄得好看一点吗？”

就这样，新世界的宏观轮廓在“大角快跑”的节奏中不断展开，微观细节则在“大角快问”的应答中慢慢浮现。无论作者是否有意，大角这个不知疲倦地奔跑、对新事物孜孜以求的孩子，成了打开想象世界的关键。

创造一个“世界”，或至少是“空间”，是很多作家的梦想和准则，这些“世界”远有福克纳的约克帕斯塔法世界、马尔克斯的马孔多世界、博尔赫斯的迷宫世界，近有莫言的高密东北乡、韩少功的鸡头寨等。诚然，作家们用文字创造文学空间的规模和旨趣是截然不同的，而“虚构”与“现实”的结合方式与结合程度也各不相同。当潘海天决定尝试创世的时候，有两个因素决定了这一新世界的内部景观。一个是他多年来接受的建筑学专业训练，深深影响了他的思维。《大角，快跑》简直就是一部对当代建筑史进行呼应的小说。在《把乌托邦拆除然后建立一个疯狂都市》[①] 一文中，潘海天梳理了历史上那些疯狂建筑师的疯狂作品：

> 伦敦的一个叫阿其格兰姆（Archigram）的设计组合设想了一个安插在“巨大结构”基础上的城市：运输管道和市政设施筑成基底的网状构架，在这些构架上密密麻麻地插入装载生命的容器，你可以想象，这些巨构建筑可以有机生长，可以移动，甚至可以跨越整个大陆。
>
> 乌里扬姆·卡达瓦洛斯——一名希腊裔美国建筑师则设计了一种浮游城市，它由许多单个细胞舱组成，可分可合，水浮莲般自由飘荡在大洋上。
>
> 建筑师索莱利规划的仿生城市则像树一样地生长着，它的枝干向四周伸展，远远地悬挑出去，主干是公共区域，枝叶则是居住区，像巴比伦的空中花园一样沐浴在天然空气和阳光中。

这似乎就是蒸汽城、浮游城、木叶城的原型。作为一名建筑师，潘海天搭积木似的把从现实世界里得到的灵感——这些疯狂的建筑移植到他的小说里。他借助库克人风向师之口，声明这就是一个建筑师构造的世界。如同建筑大师矶崎新 [②] 所说，建筑存在的价值就是要能对人产生影响，使人能注意到它的存在。在《大角，快跑》中，这些城市的存在正是影响了其居民的生活方式。这样，一条由生存空间带动生活方式、由生活方式影响人物性格、由人物性格推动情节发展的创作路径就此显现出来。这也是建筑师出身、擅长设定的作者寻到的一条适合自己的道路。

另一个决定世界的因素在于，大角“看世界”的旅程承载了潘海天对现实世界的种种思考。当作者希望以现实世界现有的观念和思想作为构筑一个

---

① 出自潘海天博客，博客地址 http://blog.sina.com.cn/s/blog_4012d003010002hg.html.

② 矶崎新，著名日本建筑师，1931 年出生于日本大分市。

想象世界的基本材料时，这两者的冲突就不可避免地出现了。“大角的世界”作为一个独立的想象世界，有其不断生长和自我完善的内在要求，它是自为的，它吁求自己的空间、自己的逻辑。这是任何一个虚构世界的必然要求，但这一要求往往被强行介入的来自现实的观念所干扰。在小说开头，我们发现大角这个“眼睛很大，饱含着橙色的热泪”的孩子，住在挂满“鸟巢”的木叶城里，因为瘟疫，木叶城“原本静悄悄的走道里充满了形状各异的幽灵，死神和抬死尸的人川流不息”。看上去这俨然就是一个完全架空的世界，可小说中间穿插的“亚美利加”“雅典”“北京”“朋克”等词汇又一次次提醒读者这是一篇基于现实的小说。现实与非现实的因素在小说中不断消长、争斗，使小说呈现出一种不稳定、不完整的状态。也许正是由于这一原因，潘海天渐渐放弃了这一隐喻现实的写作方式，转而专心描画虚构世界的人物和情节来。

如果说童话世界寄寓了作者创世的想象，建筑世界映射了现实的光景，那么小说中还蕴含了另一层世界，“塔”的世界。在大角的世界中，“塔”存在于每个城市中，成为一种必然的结构，这是耐人寻味的。在《大角，快跑》后记里，潘海天写道：

> 在黔东南旅游时，我看到每一座侗寨的中心，都矗立着一座高大的木塔——鼓楼，这种造型精巧的木塔是每一个侗寨法律、传统、道德的精神象征。在鼓楼中制订的款约，从古至今约束、控制着人们的行为和思维方式，我开始想象高塔下的城市以及其中生活的人们，甚至那些在城市之外游历的部落……

自从《旧约·创世纪》中人类修筑巴比伦塔以来，塔就超越了其实用价值，而具有了某种形而上的精神意义。考察当代著名的科幻故事，与塔有关的有特德·姜的《巴比伦塔》、新海诚的《云的彼端，约定之地》、刘维佳的《高塔下的小镇》以及潘海天的《饿塔》，等。在这些故事中，不管作者是否有意，这些高塔都被意象化了。作为连接天与地之间的建筑，塔这种需要仰望的巨物，既寄托了人们对天空的渴望和对神性的企慕，又散发着不可侵犯的神秘和威严。文中的各个城市正是由建筑师们“在巨大的基座上建高塔，高塔上镌刻着金言，告诉市民们拯救世人的生活方式”。而只有库克城是唯一没有高塔的城市，“我们富有、快乐、并且满足——不需要那些虚无的哲学来指导我们的生活”。如果说城市是某种疯狂想象的投射，那么塔就是某种生活哲学的隐喻。各个城市的塔界定着截然不同的生活，以此标示城市和居民的身份——这便是作者设定的“大进化”背景下，不同种族分崩离析、各安一方的世界景观。

而当塔成为生活典范和约束时，对它的攻击和毁灭同样具有了某种形而上的意味。在《大角，快跑》中，黑鹰部落以“朋克”的身份攻城掠地，烧毁高塔，直奔大陆尽头的霹雳之塔——这恰是刘维佳《高塔下的小镇》中涉及的那座保护小镇却又封闭其发展的高塔。作者对黑鹰的生活方式饱含赞许之情。在这个尚未成熟的世界里，象征极端的自由和毁灭的黑鹰，如同狂暴之风席卷整个大陆，而这股洪流却在简单而牢不可破的对生活的禁锢之塔面前败下阵来。以建筑师的身份，潘海天把现实世界中离经叛道的建筑带进小说世界，而当这些建筑在虚构世界里成为典范和禁忌时，它们再次成为被攻克的目标。作者描绘的并非一时一世的相对创新，而是永恒的自由精神。黑鹰和塔的故事互相交织，如同自由和禁锢永远都不是结果，而只是过程一样，纠缠往复，生生不息。这种对立又融合的思想，就像阴阳双鱼一般缭绕，构筑了一个理念的世界。

《大角，快跑》是潘海天一次富含天才和野心的尝试。他试图建立一个想象的新世界，但这个世界并不是绝对封闭的。以向建筑史致敬和与同侪互文两种方式，它自身向现实打开。这一带有明显创世色彩的小说，因而也成了一个“封闭的虚构与开放的交融并存的文本”。他与作者之前的创作迥异，亦很难重现，它是辉映着潘海天无尽想象和现实回声的、“独一无二的佳作”。

科幻创作研究丛书

百年中国科幻小说精品赏析
（第五册）

姚义贤　王卫英　主编

科学普及出版社
·北　京·

目 录
CONTENTS

第一册

中国科幻小说的开拓：十七年科幻小说创作

第二册

中国科幻小说的复苏：“文化大革命”后至1984年科幻小说创作

第三册

中国科幻小说的发展：新生代科幻小说创作（一）

第四册

中国科幻小说的发展：新生代科幻小说创作（二）

第五册

港台科幻小说创作

附　录

六道众生

◎ 何夕

引　子

厨房闹鬼的说法是由何夕传出来的。

何夕当时才不过七八岁的样子，他们全家都住在檀木街十号的一幢老式房子里。那天他玩得有些晚，所以到半夜里的时候饿醒了。他睡眼蒙眬地溜到厨房里打开冰箱想找点吃的东西，而就在这个时候他看见了鬼。准确地说是个飘在半空中的忽隐忽现的人形影子，两腿一抬一抬地朝着天花板的角上走去，就像是在上楼梯。何夕当时简直不明白发生什么事情了，他的第一反应并不是害怕，而是认为自己在做梦。等他用力咬了咬舌头并很真切地感到了疼痛时，那个影子已经如同穿越了墙壁般消失不见了，何夕这才如梦初醒般地发出了惨叫。

家人们开始并不相信何夕的说法，他们认为这个孩子准是在搞什么恶作剧。但后来何夕不断报告说看到了类似的场景，也是那种人形的看不清面目的影子，仿佛厨房里真有一具看不见的楼梯，而那些影子就在那里晃动着，两腿一抬一抬地走，有时是朝上，有时是朝下。有时甚至会有不止一个影子悄无声息地出现在那具并不存在的楼梯上，它们盘桓逗留的时间一般都不长，和人们通常在楼梯上停留的时间差不多。家人们无奈地看着这个可怜的孩子越来越深地陷入恐惧之中，他整天都用那种惊怖的眼神四处观望，就像是随时准备着应付突如其来的灾难。

尽管别的人从来就看不到何夕描述的怪事，但这样的日子使得家里每个人都感到难受。于是五个月后何夕全家都搬走了，他们一路走一路冒着被罚款的巨大危险燃放古老的鞭炮。几年过去，何夕已经是十四岁的少年，他觉得自己长大了。有一天傍晚他出于某种无法说清的原因又回到檀木街十号，来到他以前的家。但是他只驻足了几分钟便逃也似的离去。

何夕看到在厨房上方的虚空里有一些影子正顺着一具不存在的楼梯上上下下。

一

很普通的一天，很凉爽的天气，在这个季节里这是常有的事。大约在凌晨三点钟的时候何夕就再也睡不着了。他走到窗前打开窗帘，一股清新的空气透了进来。但是何夕的感觉并不像天气这么好，他感到隐隐的头痛，太阳穴一跳一跳地就像是有人用绳子在使劲地牵扯。

何夕正在努力回忆昨晚的梦境，那具奇怪的隐形楼梯，以及那些两腿一抬一抬地走动的影子。多少年了，也许有二十年了吧，那个梦，还有梦里的影子就时常地伴着他。经过这么多年以后何夕也有些怀疑当初自己看到的东西也许只是幻觉，但他其实也很清楚没有什么幻觉能达到那么真实的程度。只要闭上眼睛何夕就能清楚地看到那些影子的形态，它们奇怪的步履以及影子与影子之间相遇时明显地避让，就像人们在楼梯上对面相逢时的情形一样。一般来说何夕并不是在梦里能意识到自己是在做梦的那种人，但是与影子有关的梦除外。每当这个梦出现的时候何夕就会意识到自己做梦了，并且他就会在梦里焦急地想要醒来。有的时候他很快就能达到目的，但有的时候他不管用了什么方法——比方说拼命大叫或者是用力打自己耳光都不能从梦魇中挣脱出来。那种时候他只好充满恐惧地一遍又一遍地重复观赏影子们奇异的步态，并且很真切地感受自己“咚咚”的心跳声。

但是昨天的梦有点不同，何夕看到了别的东西。当然，这肯定来自他当年的目睹，可能由于极度的害怕以及当初只是一瞥而过以至于这么多年来他都没能想起这样东西，只是到了昨夜的梦里他才又重见到了这样东西，如同催眠能唤醒人们失去的记忆一样。当他在梦里重见到它的时候简直要大声叫起来，他立刻想到这个被他遗忘了的东西可能正是整个事件里唯一的线索。那是一个徽记，就像是T恤衫上的标记一样，印在曾经出现过的某个影子身上。徽记看上去是黑色的，内容是一串带有书法意味的中国文字："枫叶刀市"。这无疑是一个地名，但是何夕想不起有什么地方叫这个名字。

何夕冲动地打开电脑，在几分钟的时间里他对所有华语地区进行了地名检索。在做着这一切的时候何夕始终处于非常兴奋的状态，想到一个埋藏了多年的秘密有可能马上被揭开，何夕的心里就按捺不住地感到紧张。许多年来由于那个事件，在家人的眼里何夕不是一个很健康的人，尽管他们并没有因此而嫌弃他。但是他们显然把他看成与他们不一样的人，何夕至今还记得父亲去世前看着他时的眼神。父亲已经说不出话，但他对这个自小便与众不同的儿子显然放心不下。何夕读懂了他的这种眼神，如果翻译成语言的话那就是"你什么时候才能和别人一样正常"，正是这一点让何夕至今不能释怀。何夕从来都认为自己是正常的，但他自己也不明白为什么只有自己才看得到那些影子。出于可以理解的原因，家人都非常小心地保守着这个秘密，但还是有一些传言从一个街区飘到另一个街区。当何夕走在大街上的时候他会很真切地感到有一些手指在自己的背脊上爬来爬去，每当这种时候何夕的心里就会升起莫名的伤悲，他甚至会猛地回过头去大声喊道"它们就在那儿，只是你们没看到"，一般来说，他的这个举动要么换回一片沉静要么换回一片嘲笑。

当然还有琴，那个眼睛很大额前梳着宽宽的刘海的姑娘。想到这个名字的时候何夕的心里滚过一阵绞痛。她离开了，何夕想，她说她并不在乎他的那些奇怪的想象但却无法漠视旁人的那种目光，她是这么说的吧……那天的天气好极了，秋天的树叶漫空飘落，真是一个适合离别的日子。有一片黄叶粘在了琴穿的紫色毛衣上，看上去就像是特意做出来的一件装饰。琴转身离去的背影真是美极了，令人一生难忘。

检索结束了，但是结果令人失望，电脑显示这个地名是不存在的。何夕感到自己的心脏在往低处沉落。他不死心，重新放宽条件作新的检索。这次的结果让他彻底失望了，不仅没有什么“枫叶刀市”，就连与它名称相似的城市也是不存在的。

何夕点燃一支烟，然后非常急促地把它吸完。他不明白发生什么事情了。那个城市，为什么那个城市是不存在的，它应该存在，他明明看到了它的名字。它肯定就在世界的某个地方，由于海市蜃楼或是别的什么很普通的原因使得何夕看到了在这座城市里生活的人，一定是的，何夕有些发狠地想，我是正常的，和别人一样正常，我会证明给所有人看。但是，那座城市究竟在什么地方，那座“枫叶刀市”。

就在这个午夜梦回的晚上，何夕做出了一个大胆的决定——他要去寻找一座叫作“枫叶刀”的城市。秋虫还在窗外不知疲倦地呢喃，月光把女贞树以及盆栽的龟背竹的身影剪裁后贴放在窗帘上，当晚风拂过的时候就会很有韵致地摇曳。何夕那时还不知道，为了这个决定他将经历那么多常人无法想象的事件，并且付出了无比沉重的代价。

二

天亮之后何夕没有到他工作的报社去上班，他打电话请了假。然后何夕便开始在电脑上写一封信，大意是向每一位收到这封信的人询问关于“枫叶刀市”的任何线索，同时希望他们能够把这封信发给另外一些他们认识的人。信写好之后何夕做了些必要的润饰以便不显得过于唐突，做完这些之后何夕便向他能找到的所有电子邮箱发出了这份邮件。本来何夕也想在这封信里简单交代一下自己为何想要去寻找这座城市，甚至包括那些影子的事情，但是他最终没有这么做。同时何夕还在多处电子公告牌上发出了询问信息。做完这些事情之后何夕有种如释重负的感觉，他坚信自己能够达到目的。几天之后这个世界上起码会有好几万人会知道这个“枫叶刀市”，而且随着时间的推移知道的人会越来越多，就像是从山坡上往下滚一个雪球。何夕感到满意的还有另外一点，那就是以前是他一个人为这件事感到苦恼，而现在苦恼的应该不只是他一个人了。

快了，就快有消息了。何夕非常惬意地想，反正这个世界上是有“枫叶刀市”这个地方的，现在通过世界各地的这么多人去打听一定找得到的，这样想着的时候何夕觉得自己真是聪明。何夕曾经设想过那封信会招致的各种后果，但他从没有想到那封信竟然会招来警察。发出信息后的第二天下午二十名武装到牙齿根部的警察冲进了报社，以涉嫌危害公共安全的罪名带走了他。何夕当时正闲着没事，他看到一群警察进屋来根本没想到和自己有什么相干，待到人家如临大敌地目标明确地冲上前来的时候他还下意识地朝自己身后看去——当然，他的身后没有别的人了。

何夕没料到警察会抓走自己，同时他更想不到警察并没有把自己送往警局。当何夕眼前蒙着的黑布被除去的时候他发现自己处在了一个完全陌生的环境之中。这是一间很大的屋子，装饰风格是那种简练的豪华，这样的品位可以看出此间主人必定不是常人。何夕局促地站了一会儿，一直没见到有什么人进来。从窗户看出去外面山清水秀、风光迷人，从高度上判断这是一幢建在山腰上的建筑。何夕正想仔细探究一番的时候门突然开了。

来人是一位四十出头的男子，衣着样式考究做工精良，目光中显露出只有地位尊贵者才具有的非凡气度，整个人都给人一种高高在上的感觉。“下午好，何夕先生。”来人彬彬有礼地点点头，“我是郝南村。”

“是你让人带我来的？”何夕小心地问道。

“虽然显得有点虚伪，但我还是要纠正一个字，不是带你来，是请你来。”郝南村不紧不慢地说，他整个人给人的感觉就是那种做事不紧不慢的人。

“就算是吧。”何夕含糊地答道，他并不想惹眼前这个人，“可是你们，请——我来有什么事？”

“是为你发布的消息。我们在互联网上的公告牌里看到了那则消息。”郝南村眯缝着的双眼给人的感觉像是两把锋利的刀，“你在找一座城市？”

何夕来了精神，他甚至忘了自己当前的处境，“难道你有那个地方的线索，快告诉我。说实话，这个问题已经困扰我很久了。”

郝南村不易察觉地皱了下眉，“你还是先说说你为什么会想到去找这个地方？”

何夕犹豫了一下，他在想有无必要把自己的秘密告诉给对方。但是对真相的渴望压倒了一切，何夕最终还是把整件事情的前因后果交代了一个彻底。说到兴头上的时候就连那个离他而去的姑娘也抖落了出来，他实在是太想知道这一切都是为什么了。

这回郝南村的眉头明显地皱到了一起，他一幅百思不得其解的样子。他紧盯着何夕的脸，目光里有毫不掩饰的怀疑。

“从小时候……”郝南村喃喃地说，“也就是说有二十来年了。”

“唔，”何夕点头，“我看也差不多。那会儿我才七八岁，现在我都快三十了。喏，就因为这事连个女朋友都找不到。人家都以为我不正常。”

“你是说只有你能看到那些影像？”郝南村问道，“你确认别人都看不见，我是说在那些影像出现的时候。”

“那些影像从来就没有消失过，它们一直在那儿，只不过别人看不到而已。”何夕说着话有些出神，“我觉得它们仿佛就生活在那里，那座叫枫叶刀的城市。”

“是吗？”郝南村笑了笑，“可是并没有那样一座城市。”

何夕一愣，他没想到对方会这样说，“这不是真话，一定是有那么一个地方的。你带我来也是一定因为这个原因。”

“这只是你的想法。”郝南村摇摇头，“这个世界上并不存在那样一座城市，不信的话你可以去周游世界来求证。你的古怪念头是出于幻觉。忘了告诉你，我是一名医学博士，这里是一所顶级的医院，负责治疗有精神障碍的患者。我是医院的名誉院长，我们愿意为你支付治疗费用。”

“你的意思是……”何夕倒吸一口凉气，“我是个病人。”

“而且病情相当严重。”郝南村点头，“你需要立刻治疗。我们已经通知了你的家人，他们听说有人愿意出钱给你治疗都很高兴，并且他们也认为这是有必要的。喏，”郝南村抖动着手上的纸页，“这是你家人的签字。”郝南村摁下了桌上的按钮，几秒钟后便进来了四名体形彪悍的身着白大褂的男人。

“带他到第三病区单独病房。他属于重症病人。”郝南村指着何夕说。

何夕看着这一切，他简直不知道发生什么事情了。自己转眼间成为一名精神病人，他感觉像是在做梦。直到那四个男人过来抓住他的胳膊朝外面走去时他才如梦初醒般地大叫道，“我没有病，我真的能看到那些影子，它们在上楼梯。它们就住在那里，住在枫叶刀市。我没有病。”

但是何夕越是这样说那四个男人的手就握得越紧。走廊上有另外几名医生探头看着这一幕，一副见惯不惊的模样。郝南村笑着耸耸肩做了一个表示无奈的动作，然后他回身进屋关上了门。几乎与此同时他脸上的笑容立刻便消失了，代之以阴鸷的神色。

三

牧野静出门的时候显得很慌张，她几乎是一路小跑着冲到地下停车场的。进到车子里后她立即拨通了可视电话，屏幕上欧文局长的脸色相当紧张。

“第三十六街区一百四十八号，华吉士议员府邸。知道了。”牧野静大声重复着欧文的话，“我立刻赶过去。还有别的人吗？”

“这件案子暂时由你一个人负责。”欧文强调一句，“根据初步情况判断这件案子可能又与‘自由天堂’有关。”

牧野静悚然一惊。自由天堂，新近崛起的神秘组织。与别的一些组织不同，这个组织出世之初简直就像是警方的盟友。因为它只干一件事情，那就是铲除别的组织。在不到一年的时间里它接连不断地颠覆了不下十个警方也一直束手无策的老牌社团组织，但是谁也不知道它用的是什么办法。总之，在这一年里警方的日子真是好过得很，每天都有好消息传来。但是这样的情形没有永远持续下去，警方很快发现这个神秘组织的势力越来越大，那些被颠覆的组织实际上是被它吞并了，而它后来的几次行动更是让警方认识到真正可怕的对手出现了。

应该说这些都只是警方的猜测，因为没有任何证据能够证明这个组织与近来发生的几起恐怖事件有关。警方只是发觉凡是与“自由天堂”作对的人或组织最终都莫名其妙地遭到打击。两个月前的一个雨夜，主张对所有非法组织采取更强硬态度的刘汉威议员突然死于家中。一个月前与刘汉威持相同观点的另一位议员也暴毙街头，而现在轮到了华吉士议员。

“那我原先负责的那些 CASE 怎么办？”牧野静问道，“尤其是我最关心的那件。”

欧文皱了下眉，“你是说那件热带沙漠发生雪崩的谣传。”

牧野静忍不住插言道，“我不认为那是谣传。我相信那些当地人的说法，他们不像是在编故事。我已经花了近一年的时间来调查这件事情了，现在可不想半途而废。”

欧文淡淡一笑，“还有比赤道沙漠雪崩更离奇的故事吗。我老早都想劝劝你了，有些事情就算是还有疑问也没必要去过多地深究，因为这是违背常识的，最终你会发现这只是在早期的某些陷阱让你误入歧途了。”

“可我当初去过现场。”牧野静坚持道，“我见到了冰雪融化后留下的冲击痕迹。”

“谁能保证不是那些企图制造假新闻来促进旅游业的当地人撒上去的。”

“可是气温呢。当时那里的温度明显低于正常值，这肯定是冰雪融化造成的。”牧野静涨红了脸，几乎是在喊叫了，“而且雪崩还压死了两个当地人，那可是两条人命。我可不相信这是什么假新闻，除非那些人都疯了。”

欧文面色不悦，“我不想争执，你已经在那件事情上耗了太多时间。我们没有太多闲钱来做一些看起来毫无希望的事情，有些案子必要时只能挂起来。这样吧，你自己选择，要么负责调查眼下这件事情，要么继续调查神奇雪崩。”

牧野静懂事地闭上嘴，露出无奈的表情。过了一会儿她点点头说，“那好吧，雪崩的事情以后就算是我的业余爱好。我现在就去三十六街区。”她甩甩头发，竟然有潇洒的味道，“现在这件事听起来也很有趣。”

“不是有趣，是危险。”欧文正色道。

三十六街区是一片环境优美的居住区，有不少知名人士都住在这里。整个街区都笼罩在翠绿的树影里，显得幽静而舒适。但是现在这里不再平静了，因为发生了恐怖事件。在街区的东角正围着一大群人，警车的嘶鸣打破了这里固有的宁静。

“请让我进去。”牧野静一边举起自己的证件一边往里挤。

这时一名体形彪悍的警察走过来非常负责地查看她的证件，他有些迟疑地看着牧野静的脸说，“好吧，你可以进来。不过里面可能有危险。”

“什么情况？”牧野静问道。

“我们接到华吉士议员家人报警，称华吉士议员被劫持了，我们立即赶过来。现在我们正在想办法和对方谈判。”

“是什么人干的？”

“不知道。”警员指着不远处的一扇门说，“那是洗手间，华吉士议员就在里面。我们已经封锁了所有出口。”

牧野静朝门的方向走过去。有几名警员正用枪指着门，大声地朝里面喊话。从门缝里可以看到灯光的闪动，说明里面还有动静。同时可以听到一些沉闷的声响不时从门里传出来，像是有人在挣扎。

“你们已经被包围了。”有一名身材高大的警员一遍接一遍地喊道，“立即放下武器出来投降，否则一切后果自负。”

这时突然从门里传来一阵很大的响动，之后便再没有了丝毫动静。牧野静心里暗暗叫了一声糟糕。几乎与此同时，警员们立刻开始了行动。他们开枪打掉锁冲了进去，但立刻便僵立在了当场。

牧野静紧跟上前，她立即明白警员们何以会呆若木鸡了。因为洗手间里面居然只有华吉士议员一个人。窗户紧闭着，其实就算窗户打开也不可能有人能够从那里逃逸，因为窗户上打着钢条。华吉士议员面朝上倒在血泊中，身上只穿着睡衣，一柄样式古怪的小刀贯穿了他的右胸。牧野静冷静地看了眼华吉士议员的伤势，然后摇了摇头。很显然，他的伤已经不治。这时华吉士议员的嘴唇突然翕动了一下，牧野静急忙将头埋下去想听清楚他最后的遗言。

“……那个人……要我撤销提案……我不同意……”

“他人呢？”牧野静急切地追问。

“朝那儿走了……”华吉士一边说一边将目光扫过房间，牧野静知道这就是那个人离去时的路线。但是华吉士的目光斜向了房间的上方，最后停在了天花板上左上角。华吉士的目光渐渐迷离，“……他两腿一抬一抬地……走上去了。”

“然后呢？”牧野静大声问道，她感到自己正在止不住地冒汗。

“然后……”华吉士议员的嘴里冒出了带血的浮沫，“然后……不见了。”他的头猛地一低，声音戛然而止。

四

“2074，来拿药。”胖乎乎的格林小姐扯着大嗓门叫道，她推着一辆装满药品的小车。躺在床上的男人立时条件反射地弹起，伸出瘦得像鸡爪一样的手接过格林小姐手中的小口袋。

格林满意地点点头，在她的印象里 2074 还算进步得比较快，刚来时他不仅拒绝吃药，并且和每一位医务人员都像是仇人一样。第一次给他喂药还是凭着几个壮汉才成功的。

“把药吃了。”格林柔声道。其实格林也并不清楚 2074 到底吃的是些什么药，感觉上好像和别的病人完全不同，都是些没有见过的奇怪的小丸子。当然，这是院长亲自安排的，格林小姐并不打算弄明白。自从一年多以前 2074 入院以来她每天都给他送药，但让她心里有些不解的是一般病人的药都会随疗程不同而改换，但 2074 的药却一直没有什么不同。但是这药无疑是有效的，因为现在的 2074 安静得像是一头小绵羊。

2074 把药倒进嘴里，然后接过格林手上的水杯。他吞下药丸之后以一种讨好的表情指着自己的腹部对格林小姐露出笑脸。“吃了。”他说，“都在这里了。”

格林小姐心里滚过一阵柔柔地感情，相比之下 2074 算是那种比较好侍候的病人，用非专业的话来说他是一个“文”疯子。一般说来像这种病人都是住在集体病房的，但 2074 却一直享受单间。

“乖。”格林很少有地拍拍 2074 的手说，“吃了就好。”

2074 受了表扬之后有些脸红，露出几分害羞的神色憨憨地低下了头，一缕口涎顺着他的嘴角流到了被子上，与原先的那些污迹混在了一起。他对口涎拉出的亮线显然有了兴趣，伸手揽住那道悬在空中的黏液，一牵一牵地把玩着，两眼笑得发痴。

格林小姐看到2074一边玩一边在念叨着什么，她注意地听了几秒钟，那好像是一个词。

“楼梯……那儿有个楼梯……”

格林小姐叹口气，楼梯，又是楼梯，从2074入院开始他就不停地在告诉每个人有一个楼梯。格林小姐撑起身，推着小车准备出门到下一个房间去。这时突然有一个男人拿着一页纸冲了进来，他一边走一边大声地喊，“何夕，谁是何夕？”

格林拦住来人，“马瑞大夫，你找谁？”

来人没有回答，他的目光四下里搜索着。然后像是有大发现般地叫道，“2074，对啦，就是你。”他冲到床前对着那个干枯瘦削正在玩口水的男人说，“恭喜阁下，你的病全好了，可以出院啦。来，签个字吧。”

何夕一脸茫然地看着这个突然闯入的男人，有些害怕地往格林小姐身后躲去。“吃了。”他露出讨好的笑容指着腹部说，“我吃过药了。”

马瑞不耐烦地把一支笔朝何夕手里塞去，“你已经病愈了，该出院了。”他厌恶地皱了下眉，“我就知道免费治疗只会养出你们这些懒东西，好吃好喝，又有人侍候，这一年多可真是过的好日子呢。别装蒜了，检验报告可是最公正的。”

何夕不知所措地看着手里的笔和面前这个嗓门粗大的男人，像是急得要哭。过一会儿他突然调转笔尖朝嘴里塞去。

“这不是药。”格林小姐急忙制止了何夕，她转头对着马瑞说，“你是不是弄错了，虽然我只是一个护士，但我一直负责看护这个病人。我能够确信他还不到出院的时候。”

“那我可不管。”马瑞摆出公事公办的样子，“反正上面安排这个病人出院。如果是病人自己出钱的话他愿住多久就住多久，不过这可是免费治疗。现在上边让他出院，以后也不会给他拨钱了，你叫我怎么办。”

“可是他的病真的没好。”格林看着何夕，“他这个样子出去只能是一个废物。”

“这不是我管得了的。给他收拾一下吧，病人的家属还等在外边呢，以后自然由他们来管他，可没咱们什么事。”

格林小姐不再有话，马瑞说得对，这不是她管得了的事情。她摇摇头，开始给何夕换上一套干净的衣服。马瑞做了个手势，从门外走进来一个理发师模样的年轻人。然后他便很娴熟地操着家伙给何夕理发。格林小姐不再有话，她沉默地看着这一切。随着何夕乱糟糟的头发逐渐理顺，格林小姐才发觉何夕其实是一个相当英俊的男人，如果不是因为这个病的话他一定会迷死许多女孩子的。

理完发格林将何夕的手放到马瑞的手里说，“你跟着他去。”

何夕害怕地想要挣脱马瑞的手，但是格林小姐用严厉的目光制止了他。片刻之后这间狭小的病房里便只剩下了格林小姐一个人。她低头理着床褥，但是却静不下心来。走了，那个病人。格林有些神思恍惚地想，他还是一个病人，谁都能一眼看出来。可我们居然让一个根本没有痊愈的病人出院，谁来告诉我这到底是怎么一回事。

五

牧野静刚刚走进会议室就感受到了巨大的压抑。在这间足以容纳一百人的房间里只坐了不到十个人，但是他们中的每一位都是令人无法轻松面对的人物。在此之前牧野静从未想到自己有朝一日竟然可以这样面对面地见到这些大人物。同时她立即意识到自己此来的任务决不是上司交代的那样简单。此次她受命将华吉士议员遇刺案向国际刑警总部专程前来的高级官员汇报。

牧野静详细地叙述了华吉士议员遇刺案的经过，尤其是他最后那番奇怪的话语。牧野静注意到她的听众都很认真，其中大多数是她的同行，只不过他们之中每个人肩上的徽章都令她不敢喘口大气。另外有几个身着便装的老人看不出他们的身份，但从另外那些人对待他们的态度上看他们的地位似乎极为尊崇。面对他们牧野静心里有种奇怪的感觉，怎么说呢，他们举手投足间都有种令人无法漠视的威严，就像是——法老。法老？牧野静愣了一下，为自己心里突然冒出的这个词。但是这几个人的确让她有这种感觉，只是她也不知道自己为什么会有这种感觉。

“等等。”这时一位头发雪白的老人打断了牧野静的发言，“我是江哲心博士，我想确认一下那个叫华吉士的议员真是那样说的吗？他当时的神情是否清醒？”

牧野静点点头，“他的确是那样说的。至于说他是否清醒我很难判断，因为他当时就快死了。不过，”牧野静停了一下，“从我的感觉出发我认为他的话是可信的，因为当时他简直是拼尽了全身的力气来告诉我那些话。我觉得他正是为了说出这几句话才硬撑着没有立刻死去。所以要是说这只是些濒临死亡的人的幻觉的话我是决不会相信的。”

会议室里的几位老人交换了一下眼色，似乎接受了牧野静的说法，但是他们脸上的神色变得更加凝重了。

另一位表情刻板的老人开口道，“我是崔则元博士，我想知道华吉士议员是否提到那个人的性别。”

牧野静想了一下，然后摇摇头，“从他的话里判断不出那个人的性别。”

“看来出现了一个奇怪的人。”江哲心小声地对旁边的几个人说，“可怕的概率，我们有大麻烦了。”

牧野静迷惑不解地看这群人脸色严肃地议论，她不明白发生什么事情了，不过从直觉上她能感到这是一件非同小可的事情。她忍了一下但还是开口问道，“你们可不可以告诉我这是怎么回事。”

正在讨论的人们停了下来，注视着牧野静。过了一会儿江哲心说道，“对不起，这件事涉及政府最高机密，我们不能对你说明。现在你可以走了。”

牧野静不再有话，这里每一个人的级别都能够叫她乖乖闭嘴。她左右看了一眼，知趣地退出了会议室，不过还是有一些低低的絮语钻进了她的耳朵。

“以前的那个人现在什么地方？”一个嘶哑的声音问道。

“让我查查……唔，就在本市。四十七街区六十一号。”

“能否联系上。”

“这……恐怕没有什么意义。”

“为什么？”

“因为当时按照五人委员会的指示已经做了常规处理。”

牧野静只听到了这些，因为当她刚刚退出会议室的门就关上了。但是这几句话已经在她的心里埋下了一个很大的结。她回到办公室，想要稍微整理一下近来这个案子的进展情况。但是电话响了，她拿起听筒，是欧文局长打来的。

“什么？”牧野静大叫，“要我交出这起案子。那怎么行，我一直都负责‘自由天堂’的案子，现在一点眉目都没有就让我交出来可不行。”

“这是命令。”欧文的口气不容商量。

“难道是怀疑我的能力？”牧野静不想退让，“你准备把案子交给谁？”

“你错怪我了。这件案子以后不归我们管了。上边另有安排。你把卷宗整理一下，准备移交。”

牧野静放下电话，咬住下唇怔怔地站立了半晌。在她五年的职业警官生涯里这已经是第二宗被强行终止的案件，而且这种强迫行为都发生在近几天。更要命的是这件案子又是那么吸引人，这样的案件对于一名尽忠职守并且渴望成功的警官来说其诱惑力简直大得没治。

“这件案子是我先接手的，我不能就这样交出去。”牧野静突然说出了声，她自己也被吓了一跳。但是她的决心就在这一刻下定了。

六

四十七街区在这座城市里算是比较破败的区域，充斥了大量低矮老旧的公寓房子。牧野静花了好几个小时才找到了六十一号在什么地方。那其实是一片行将拆除的老式院落。住着三四户人家。牧野静打听到这里有一个人患有精神疾病，曾经有不明身份的人出资给他治疗过但是没能治好，除此之外这里再没有什么值得注意的人物。牧野静直觉地感到自己要找的就是也许就是这个叫何夕的人。

牧野静推开没有上锁的门走进院子，地上到处流着脏水，散发出难闻的气味，几盆失于照料的蔫兮兮的花儿在院子的角落里瑟瑟地颤抖着。牧野静看到在院子的左方的墙边坐着一个满脸络腮胡的男人，他正半眯着眼惬意地晒着太阳，一丝亮晶晶的口涎从他的嘴角直拖到显然已经很久没有洗过了的衣领上，在那里濡湿出一团深色的斑块。有一些散乱的硬纸板摆在他面前的地上，旁边还有半桶糨糊和一些糊好的纸盒。

这时一个老妇人突然从一旁的屋子里走了出来，猛地朝那个正在打瞌睡的男人的肩上搡了一拳，“死东西，就知道吃饭睡觉，干一点活就晓得偷懒。”老妇人说着话不觉悲从中来，眼睛红红地用力擤着鼻子，“三十多岁的人了，就像个废物。不知道上辈子造了什么孽，老天爷叫你来折磨我。”

那个男人从睡梦里惊醒，万分紧张地看着老妇人挥动的手，一旦她的手靠近自己的身体他就会惊惧地尖叫。过了一会儿他确信老妇人可能不会再打自己了，便慌忙火急地拾起地上的家什开始糊纸盒，但眼睛却一直紧盯着老妇人的手丝毫不敢放松。

“请问……”牧野静小声地开口，“这里有没有一个叫何夕的人？”

老妇人怔了一下，这才注意到有人走进了这个院子，她露出疑惑的神情看着牧野静，“你找他有什么事情？”

牧野静一滞，她其实也不知道自己找到何夕又能做些什么，她甚至不知道何夕到底是个什么样的人。当天她只是无意中听到了这个地址，并且凭猜测认为那些人提到的“另一个人”就住在这个地方，就连这个人同一名叫何夕的精神病患者之间存在联系也是猜测的结果。除此之外，她根本不知道其中到底有什么奥秘。

“何夕。”老妇人念叨着这个名字，仿佛在咀嚼一样年代久远的事物。一些柔软的东西自她眼里泛起，她的目光投向那个被她称作“死东西”的男人，“何夕。”她轻声地呼唤了一声，然后转头看着牧野静说，“他就是何夕，他是我的儿子。他本来是很好的，最多算是有点小毛病……”老妇人悲伤地揉了揉眼睛，“可现在却成了这个样子。”

那个男人并不知道旁边的两个人正在谈论他，现在他的注意力已经全部集中到了糊纸盒的工作里。蘸着糨糊的刷子在他手里飞快地运动着，只几秒钟便有一只形状整齐的纸盒从他手里“诞生”。不过当老妇人眼里的泪水滴落在地浸出小块水渍的时候他的动作会不由自主地放慢半拍，仿佛被什么东西触动。但是这个反应很快就会消失，只一秒钟后他便又沉浸到了那种单调而无休止的工作之中，一丝口涎在他的嘴角与衣领之间牵扯着。

牧野静正想要说些什么的时候突然听得院外传来一片嘈杂声，像是有大群人在朝这边走来。

“就是这里。”有人叫嚷着。过了一会儿院子的门被推开了，不下二十个人一拥而进。牧野静惊奇地发现这些人她居然认得一些，比如说江哲心，还有国际刑警总部的几名高级官员。另外一些人居然是荷枪实弹的士兵。牧野静想不到这些人会突然来到这个地方，而且他们显然也是为了这个叫何夕的精神病人而来。

“你怎么在这儿？”江哲心意外地看着牧野静，“是你们局长派你来的？”

牧野静摇头，“这是我自己的主意。”

“你知道些什么？”江哲心冲口而出，但他立刻意识到这样问反而显得事情复杂，“我是问你来这里做什么？”

牧野静心念一动，她决心不让对方知晓自己其实什么都不知道。她有一种直觉，这件事会跟“自由天堂”的案子有关。牧野静淡淡地笑笑，“我只是在同何夕聊天。”

“聊天……”江哲心狐疑地看着牧野静的脸，目光犀利得绝对不像是一个老人。过了足有几秒钟他才重又开口说，“那我不得不打断你们了。现在我必须带走这个人。”

牧野静紧张地在心里打着主意，“刚才我们正谈到关键地方，这件事情可能会和‘自由天堂’有关。”

江哲心愣了一下，看上去有些无奈，“好吧，看来我们除了带走他以外还必须连你也一块带走。”他做了个手势，然后那些全副武装的士兵围拢过来。站在一旁的老妇人这时才明白发生了什么事，她挡在儿子面前说，“你们不能带走他。”士兵们不知所措地回头看着江哲心，等他下命令。

江哲心放低了声音说，“我们只是带他去治疗。”

老妇人警惕地看着那些士兵，眼里是不相信的神情。她的态度影响了何夕，他站起身，不信任地看着每一个人。这时牧野静才发现何夕的身材相当高大，如果要强行带走他肯定会费上一番周折。

江哲心博士想了一下，然后回头拿出对讲机低声说了几句什么。过了几分钟一个胖乎乎的妇人从门口进来，她的目光一下子就盯在了那个仍在糊纸盒的男人身上。

“2074。”她说。

何夕稍微愣了一下，然后便露出讨好的笑容摊开手。

七

这是格林小姐见到过的最为漂亮的病房。超过五百平方米的面积，设施齐全应有尽有，豪华程度绝对不亚于五星级饭店的总统套房。而整间病房只住着一个病人，一个月来格林小姐也一直护理这一个病人，相对于她以前的工作这真算是享福了。

何夕正在吃药，品种花色相当复杂。按照格林小姐的经验来看这些药肯定不是治疗精神病人，因为那种药通常会使服药的人表情越来越淡漠，脾气也会越来越趋于平和。而何夕现在却是越来越变得烦躁，有时却又长时间地沉默着发呆，像是在想什么问题。江哲心和另外一些格林小姐不认识但显然身份显赫的人每天都会来探望，他们注视着何夕的眼神简直就仿佛何夕是他们在这个世上唯一的亲人。格林看得出他们的这种关心的确不是做作，因为何夕的每一个变化都能够极大地左右他们的情绪。他们的内心似乎正在受着某件事情的煎熬，而何夕可能正与这件事休戚相关。

现在的何夕已经与一个月前判若两人，格林小姐如果不是一直陪着他的话肯定认不出现在这个时时眉头紧锁眼睛里含着深意的男人竟会是当初的那个白痴。也许他的病真的给治好了，格林想。不过有一个念头盘桓在格林小姐的心里挥之不去，她觉得现在的何夕与当初她第一次见到他时没多大不同，也就是说何夕当年被送进那所医院时可能是一个正常人。这个念头让格林小姐觉得可怕，因为如果承认这一点的话就意味着正是医院给何夕吃的那些药将他变成了白痴，而格林小姐正是亲手给他喂药的人。这个假定同时也可以解释后来为什么会匆匆忙忙地让何夕出院，因为那正是治疗的目的。每当格林意识到这一点时背心里就会浸出一层冷汗，然后她会立刻半强迫地甩甩头，扔掉这个不该有的念头。

今天何夕并没有像往常一样在吃完药之后立刻休息，而是点起了一支烟。格林以前从不知道何夕会吸烟，但是在大约十天前何夕突然对香烟发生了兴趣，并且真的燃起了一支烟。当时格林小姐所下的结论就是这决不会是何夕的第一支烟，因为他的姿势及享受的表情都老练之至。

何夕旁若无人地吐着一个个烟圈，仿佛根本不知道格林在一旁注视着自己。过了一会儿他像是下了决心般地对着面前的空气说了句，“叫他们来。”

江哲心的内心并不像他的外表那样镇定，当他听到格林小姐传话说何夕想要见他时内心的狂跳简直无法自已。尽管他不愿承认，但是这个叫何夕的人对他及所有人而言都是极为重要的，从某种意义上讲整个世界的未来可能都与这个人息息相关。

“你是说……”江哲心擦拭着额头的薄汗，现在房间里只有他和何夕两个人，他没有让别的人进来，“你完全想起来了。”

何夕冷冷地看着面前的这个老人，“是的，我想起来你们是怎样把我抓走，又是怎样宣布我是一个疯子。”他的声音渐渐变低，“当然，我后来的确成为疯子和白痴……”

江哲心沉默着坐下，他的腿有些软，“我知道这件事伤害了你，但是你现在必须帮助我们……”

“帮助你们？”何夕打断了他的话，“我为什么要帮助你们？”他大声吼道，“你们毁掉了我的人生，是你们把我变成了一个废物。我的天……”何夕涨红了脸，“而现在你居然说要我帮助你们。”

江哲心尴尬地笑笑，“我只能说抱歉。我知道没有什么能够弥补你的损失，但是你真的要帮助我们。”

何夕平静了些，他直直地看着江哲心的脸，“这样吧。你先告诉我这一切到底是因为什么。如果你们对我做的一切能够说出正当的理由的话我会考虑这个问题。”

江哲心的面部肌肉不易察觉地颤抖了一下，他像是陷入了一个极难做出决断的问题之中。过了一会儿他迟疑地开口道，“这件事情不是我一个人能够做主的，同时这个地方也不安全。除非‘五人委员会’集体同意，否则我不能告诉你真相。”

“那好吧，我跟你走。”何夕点点头，“还有件事，我希望见到那天比你们早一些找到我的那个女警官。”

“为什么？”

何夕叹口气，“因为我实在不想那么漂亮的一个女士变成白痴。”

八

“五人委员会”是一个充满神秘色彩的机构。它的成员是五名年龄从四十几岁到八十有余的著名的专家。它实行的是终身制，如果某一位委员去世了才会由另几名委员推选新的成员。谁也不知道这个机构到底是干什么事情的，只知道它的级别很高，也许是最高的，因为谁也没有听说这个委员会隶属哪个部门。本来它的成员都各有各的工作，但近来这几个人却是联系频繁，这种情形已经许多年没有出现过了。

何夕一直不肯走进密室，直到他见到了江哲心带来的牧野静。当天她被带到一个荒僻的处所接受了足有半个多月的询问，这时她才意识到问题严重，但事情的发展已经不由她控制了。三天前她被带到一所医院，大夫宣布她需要治疗。当时她用尽全身的力气挣扎嘶喊但都无济于事。而就在这个时候江哲心来到医院带走了她。这两天她一直住在酒店里。

何夕之所以让江哲心把牧野静带到今天会议的现场也是为了保护她，何夕想让她真正介入到这件事情中来。对秘密一无所知的人和对秘密了如指掌的人常常是安全的，而对秘密一知半解的人却多半处境危险——何夕自己的遭遇就是一个例证。尽管现在下结论还为时尚早，但何夕直觉地感到整个事件里隐藏着一件很大的秘密。

密室的门在人们身后缓缓关闭。进入密室的人第一眼便会看到大厅正中那个直径超过十米由三维成像技术制造出来的半透明地球影像，它缓慢而静谧地转动着，如果仔细分辨的话甚至能看到海洋巨浪掀起的小小波纹。淡淡的经纬线标志在球体的表面浮动着。屋子里只剩下七个人——何夕、牧野静以及“五人委员会”。这些人里头何夕认识两个人，江哲心和郝南村。当何夕的目光落到郝南村脸上时久久都没有移动，令得郝南村有些不自在地左右四顾。

“我知道你的感受。”江哲心用规劝的口吻对何夕说，“当年郝南村博士只是尽自己的职守，有些事我们其实也是迫不得已。”

这时坐在左手边的一位满头银色卷发的老妇人开口道，“何夕先生，我是‘五人委员会’的凯瑟琳博士。”她又指着坐在她旁边的两位身着黑色西装的瘦高个男子说，“这是蓝江水博士和崔则元博士。我想另外几位就不用介绍了，你都认识。出于安全原则，我们五人以前虽然经常联系还从未像今天这样同时出现在同一个地方，所以，请你一定相信我们的诚意。现在由我来解答你的问题。当然，如果你愿意的话也可以向别的委员提问。”

何夕想也没想地就开口说，“我想知道枫叶刀市在什么地方。你们谁来答都行，喏，”他指着蓝江水说，“就是你吧。”

“何夕先生，你的历史学得怎么样？”蓝江水没有立即回答，并且反过来提问道，“我是说近代史。”

何夕不知道蓝江水为何有此一问，他想起了自己羞于见人的考分，“老实说不太好。我对历史缺乏兴趣。”

蓝江水微微一笑，“你还算诚实，你的回答和我们调查的结果一样。当初你在中学读书时历史成绩没有一次及格。”

“为什么调查这个？这有什么关系。”

“你如果处在我们的境地说不定比我还要小心，我们有必要知道你过去的一切。好了，暂时不说这个。我想问你知不知道‘新蓝星大移民’。”

“是这个呀？”何夕有点小小的得意，因为这事他正好知道，“那是一百五十年前发生的事件，当时人类已经发现了宇宙中有众多适宜生命存在的行星。于是他们挑选了一颗和地球情形差不多的，让许多人接受了冷冻，出发移民到那颗新行星上去了。我记得那颗行星同地球的距离是四十光年，以光子飞船的速度算起来第一批上路的人已经到达很久了。而且我还知道在一百三十年前的时候另外一些人移民到了另外一颗行星。”

蓝江水博士看着侃侃而谈的何夕，不禁摇头苦笑道，“我不得不佩服政府高超的保密手段，这么多年过去了居然还能让人不起一点疑心。天知道我们哪里来的什么光子飞船。而且就算是有什么新蓝星又有谁能保证上面不是已经被其他智慧生物所占据，难道准备去打星球大战吗。”

何夕立时打住，他不明白蓝江水这句话是什么意思，“你说什么，你不会是在告诉我那只是一次骗局吧。这可是载入了史册的伟大事件，正是这件事彻底缓解了地球的生态与发展的危机。”

凯瑟琳插话道，“如果说那是一次骗局的话它也不是出于恶意，最多算是一种手段而已。政府花了大力气把某个蛮荒星球描绘成一片充满生机的新大陆，以此来吸引人们自愿移民。说实话，当时的地球确实已经相当糟糕了，超过两百亿人居住在这颗其实最多只适宜居住一百亿人的星球上。”

“如果这是骗局的话那么那些人都到哪里去了。”何夕倒吸一口气，“总不会是被消灭了……”何夕的脸色变得发白，“我记得前后加起来超过一百五十亿人。”

江哲心博士在一旁摆摆手说，“你的想象力未免过于丰富了。‘新蓝星大移民’计划虽然是场骗局但并不至于那么恐怖。至于说那些人……”他的目光投向了面前地球上深黄的一隅，“他们就生活在类似于枫叶刀市的城市里。和我们生活的城市并无什么不同。”

“枫叶刀市。”何夕念叨着这个名字，这个城市已经与他有着千丝万缕关系，甚至于改变了他的人生。但是他又的的确确对这个地方一无所知。

“他们生活在许多像枫叶刀市那样的城市里。”蓝江水的语气像是在宣读着什么，“他们一样地呼吸空气，一样地新陈代谢，一样地出生并且死亡。和我们没有任何不同——只除了一点。”蓝江水直视着何夕的脸，不放过他的任何一丝情绪变化，“组成他们的世界的砖和我们不同。”

九

何夕觉得自己越听越糊涂，他打断蓝江水的话，“你还是没告诉我枫叶刀市到底是个什么地方。”

凯瑟琳博士笑了笑，“我来告诉你吧。枫叶刀市是海滨的一座中型城市，人口约九十万，大部分是华人。”

何夕有些恼怒地补充道，“我是问它的地理位置。”

凯瑟琳的神色变得严肃起来，“它大约位于东经 105 度、北纬 30 度。”

“等等。”何夕打断她的话，他的目光看着那个三维地球，“这不可能，那个地方是内陆，而且，”他倒吸一口气，“就在我老家附近。”

“不对。”凯瑟琳执着地说，“枫叶刀市位于枫叶半岛南端，面临枫叶海湾。”

何夕有些头晕地看着凯瑟琳博士一张一合的嘴唇，有气无力地说，“我们两个要么是你疯了要么是我疯了。”

“你们都很正常。”是郝南村的声音，“凯瑟琳博士说那里是海滨，这是对的。你说那里是内陆丘陵，这也是对的。你甚至还可以说那里是雪山或是负海拔的盆地，这都是对的，因为那里的确有雪山和盆地。”

“你……你说什么？”何夕扶住自己的额头，他看不出郝南村有开玩笑的意思，“你知道自己在说什么吗？”与他同样吃惊的还有牧野静。

“我当然知道自己在说什么。”郝南村毫不迟疑地点头，“你们只要听完其中的原因就会明白我为什么这样讲了。”

“知道什么是普朗克恒量吗？”凯瑟琳博士轻声问道。

何夕在自己的脑海里搜寻着，那个东西大约位于大学阶段。他点点头，“我以前学过，那大概是一个常数，所有物体具备的能量都是它的整倍数。”

凯瑟琳颔首，“你说的不算离谱。那的确是一个常数，具体数值是 6.626 乘以 10 的负 34 次方，单位是焦耳 / 秒。按照量子力学的基本观点，世界并不是连续存在的，而是以这个值为间隔断续存在。间隔之间的能量值都是没有意义并且也是不可能存在的。这个世界上所有物质的能量和质量——你应该知道按照质能方程这两者其实是一回事——都是这个值的整倍数。如果我们把这个常数看成整数 1，那么这个世界上任何物体所具备的能量值都是一个很大的整数。比方说是一万五，或者是九亿四千万零七十六，这些都可以。但是决没有一件物体会具有诸如八点五四这种能量值。从这个意义上讲我们不妨把普朗克量子数看作一块最基本的砖，整个世界正是由无数这种砖堆砌而成。”

何夕很认真地听着，他的嘴微微翕开，样子有些傻。应该说凯瑟琳讲得很明白，但何夕不明白的是她为何要讲这些，何夕看不出这些高深莫测的理论和自己会扯上什么关系。

“等等。”何夕终于忍不住打断了凯瑟琳博士的话，“我只想知道枫叶刀市在什么地方。你不用绕那么多圈子，我对无关的事情不感兴趣。”

凯瑟琳博士叹口气，“我说这些正是为了告诉你枫叶刀市在什么地方。”她的目光环视着另外的几名委员，似乎在做最后的确认，“枫叶刀市的确就位于我说的那个位置。”

“这不可能。”何夕与牧野静几乎同时叫出声。

“这是真的。”江哲心博士肯定地答复。

“你是说它是一座建在地底的城市？你们在地底又造了一座城市，甚至——还造出了地下海洋。”何夕有些迟疑地问，也许连他自己都觉得这个推测过于荒谬，他的声音很低。

凯瑟琳摇头，“我说了那么多你应该想得到了。我看得出你的智商不低。”

何夕心中一凛，凯瑟琳的话让他想起了一件事。是的，还有一种可能……但那实在是——太疯狂了。

“不可能的。”何夕喃喃道，他的额头沁出了汗水。

凯瑟琳的表情变得有些幽微，她的心思像是已经飞到了很远的地方，银白的须发在她的额头上颤巍巍地飘动。她的目光停在了地球上的某处，那里是一片深黄色，“枫叶刀市就在那里，一座很平常的城市。但是……”

凯瑟琳顿了一下，“它是由另一种砖砌成的。”

十

“量子力学的基本原理给了我们一个强烈的暗示，那就是我们并不像自己通常认为的那样占满了全部空间。实际上即使这个星球上已经看不到一丝缝隙了它仍然是极度空旷的，因为在普朗克恒量的间隙里还可以有无数的取值，就好比在‘一’到‘二’之间还有无数的小数一样。”凯瑟琳博士露出神秘的微笑，“你明白我的意思吗？”

“在枫叶刀市所在的那个世界里普朗克常数有另外的起点。如果把我们的普朗克常数看作整数一的话，枫叶刀市的普朗克常数的起点大约是一点一六。”江哲心语气艰难地开口道，看得出他每说出一个字都费了不少劲，“这就是答案。”

“另外的……值。”何夕仍然如坠迷雾，“这意味着什么？”

“你不妨想象一下一队奇数和一队偶数相遇会发生什么事情。”江哲心像是在启发，他注视着何夕的神情，“你应该想到那其实不会发生任何事情，因为它们都将毫无察觉地穿过对方的队伍。而我们与枫叶刀市之间正好相当于这种关系。”

“也许我的表述会引起误会。”江哲心补充道，“枫叶刀市的物质与能量仍然是按普朗克常量的值呈现出量子化的分布，但却与我们的世界之间有一个确定的偏移量。如果把构成你的身体的物质看作 1，2，3，4，5……的一个整数等差数列的话，那么在枫叶刀市生活的某个人的身躯则是由 1.16，2.16，3.16，4.16，5.16……构成的一个非整数等差数列。如果你和这样的一个人相遇了的话……”江哲心做了一个停顿，“你认为会发生什么事情。”

何夕的表情有些发傻，“发生……什么事情。”他用力思索着，“我是不是会看到他身上有很多小洞。”

江哲心博士缓缓摇头，“答案是你根本就感知不到他。他在你面前只是一团虚空。”

“可是他总会反射光线吧。”何夕插话道。

“问题是他所在的世界的所有物质都和他具有同样的普朗克常数偏移量，

光也不会例外。”江哲心指指头上的灯光，“我举个例子。红色光的波长大约是 0.0000006 米。一个光子具有的能量值是：普朗克恒量乘以光速再除以光的波长。在我们的世界里一个红色光光子的能量大约是 3.31 乘以 10 的负 19 次方，由这样的光子组成的光束能够被你的感官所感知只是因为你的身体处于与之相同的能量序列之内。而来自枫叶刀市的光线则不然，它们具有完全不同的能量序列，同样波长的一个光子的能量将是 3.86 乘以 10 的负 19 次方，而这个能量值对我们这个世界来说根本是不可能存在的。包括光线在内的那个世界的所有物体都可以毫无阻碍地穿越你的身躯，对它们来说你也只是一团虚空。你们之间的关系就像是数学里的平行线，永远延伸但却永远不能相交。”

“你的意思是想告诉我就在我身体的周围还生活着另外一些奇怪的东西。”何夕神经质地伸手在空中抓挠着，“它们可以任意穿过我的身体，就像是我并不存在。”何夕突然哈哈大笑，他盯着自己的手，“这太荒唐了，你们不会是在告诉我现在我手里可能正好托着某个妙龄少女的芳心吧。”

“理论上的确有此可能。”江哲心博士严肃地说，“我们现在的这间密室在枫叶刀所在的世界里是另一座中型城市的市区，你的手此时刚好放在某位少女的胸腔里也未可知。”

汗水自何夕的额头沁出来，他颓然地扶住墙壁，防止自己倒下去。牧野静的情形也不比他好到哪儿去。何夕吁出口气，“好吧，我相信你们了。虽然从理智上讲我难以接受这一切。”他转头环视着屋子里的另一些人，“我想你们花这么多功夫告诉我这些不是为了让我长见识吧。说实话，你们要我做什么。”

江哲心博士没有直接回答这个问题，而是自顾自地往下说，“有件事情我还要告诉你，记得郝南村博士说过在枫叶刀市所在的位置上还有高山和盆地吗。”他停下来，“你明白我的意思吗？”

何夕想了一下，“难道说还有另外的世界存在。”

“在两百多年前的那个动荡不安的年代里，由于人口问题以及对自然的过度开发，我们的地球已经不堪重负。”江哲心的语气变得沉重，“不知道在你心中是怎样看待我们这些以科学为职业的人，不过我倒是觉得我们之中的大多数人都是良知的奴隶。当我们目睹人类的苦难时内心里总会感到极大的不安——哪怕这种处境根本就是咎由自取。就在这时候我们的一位伟大的同行出现了，他是一位名叫金夕的华裔物理学家。金夕博士找到了一种他称作‘非法跃迁’方法，可以将物质跃迁到另一层本来不可能的能级上。在他的方程式里总共找到了六个可能的稳定解，我们原有的世界只是其中的一个解罢了。”

“那另外的五个解岂不是对应着五个不同的世界？”何夕插话道。

“可以这样理解。当时的世界已经无法承受人类的重负，金夕博士唯一的选择是立即把所有的解都用上了，尽管连他自己也不知道这样的做法到底是福是祸。也许你不明白这一点，但我理解他的心情。作为一位严谨的科学家，当面对这种重大问题的时候总是希望万无一失。但是他没有时间做进一步的验证了，人类的现状迫使他不得不尽快做出决定。政府全力支持了这项计划。从某种意义上讲我们现在的世界其实是由六重世界构成的。”

“六重。”何夕喃喃自语，似乎有所触动。

“的确有点巧合。”江哲心仿佛看透了何夕的心思，他的目光停在虚空中。那个孤独的地球开始闪烁起来。浩瀚的太平洋的腹心突然涌现出深黄的陆地。北美洲眨眼间消失得无影无踪，就像是被一场灾难吞没。而北冰洋成为北极洲，而南极大陆则成为一片汪洋。

这是一个全新的地球！但这一幅新的版图并未保持太久，十几秒钟后另一幅完全不同的地球景象出现了……如是循环往复。

江哲心理解地望着何夕，他尽量使自己的声音平稳，“当年佛陀把欲世界分成包括地狱道，饿鬼道，畜生道，阿修罗道，人道，天道在内的六道，它们在业力的果报下永无止境地流转轮回。”他稍停一下，语气变得像是宣判，“此所谓六道众生。”

十一

“众生门”国家实验室位于南太平洋上的一座孤岛。从外表看这只是一座平常的热带岛屿，但是附近的渔民都知道这里是不能随便靠近的。而每天都有一些行踪不定的神秘船只和直升机从岛上驶向外界。

一号实验室位于小岛东侧约二十米深的地底。在他的身后有几十个人正在忙碌着，他们中除了少数几个人外何夕都不认识。

“我们已经很久没有启用过‘众生门’了。”江哲心走到何夕的身后，他的思绪显然已经飞到了往昔的年代，“我的前辈们设置了这个装置，用来将当时过多的人口发送到另外五个新创的世界去。”

“恕我直言。”何夕半开玩笑地说，“从感觉上讲我觉得你们的方法有点像是做‘千层饼’。”他看了眼江哲心博士，“你是华裔，应该知道什么叫作‘千层饼’吧。实际上还是那么多面粉，不过是人们凭借高超的手艺把它做成了一层层的。赏心悦目倒是不假，但对于肠胃而言它仍然和‘一层饼’毫无区别。也就是说它骗得了眼睛可骗不了肚子。”

但何夕没料到的是江哲心竟然发了火，他涨红了脸说，“我不喜欢把严肃的科学研究同一些无关的事物相类比。况且这也不是你应该关心的问题。”

何夕感到意外，他不知道自己的这个比喻怎么就冒犯了江哲心。从内心讲何夕倒是觉得江哲心是一个可亲近的人，至少何夕对江哲心的印象比对郝南村要好得多。

江哲心平静下来，“请原谅，我不该发火。我可能是有些紧张。”他转头看着不远处高大的“众生门”说，“这套装置还从未有过失败记录。它的原理并不复杂，你应该知道，如果一个电子吸收了光子的话它就会跃迁到某个新的能级轨道上去。在‘众生门’里有一种具备特殊能级的粒子将会辐射你的躯体，其能级不到普朗克常量的十分之一，在自然界中是不存在这种能级的。通过控制其强度，我们可以让你到达其余五个新创世界去。实际上我们之所以知道另外五个世界上的大概情形也是通过这种粒子传递讯息，比方说我们知道在其中一个世界上存在着一座叫作枫叶刀的城市。”

“如果失败会怎样。”何夕急促地问。

江哲心笑了，“我知道你最关心这个。如果失败的话你会被送往非预期的某个世界，但肯定是另五个世界中的一个。放心吧，我们能够让你回来。”说完话江哲心急匆匆地朝忙碌的人群走去。

牧野静若有所思地看着江哲心的背影，“我觉得有地方不对。”

“你说什么？”何夕吃了一惊。

牧野静小心地看了眼四周，同时压低了声音，“你不觉得这里有些事情不能解释吗？”

“解释？解释什么？”

“你知道我是个警员，我是因为调查‘自由天堂’的案子才牵涉到这件事情里来的。”牧野静说得很认真，“如果把这些事情同那件案子联系起来想的话……”

何夕愣了一下，那件案子他是知道的，这段时间他和牧野静几乎无话不谈，这也难怪，同是天涯沦落人嘛。当牧野静知道自己险些面临当年何夕的命运时吓得直吐舌头。而何夕也是从牧野静口中知道了整个案子的详情。当他听到华吉士议员死前描述的场景时很自然地想到了自己以前目睹的怪事，但他并未从中悟出什么来。现在牧野静突然提到这一层倒是让他心中一动。

“我甚至还有个更大胆的想法。”牧野静兴奋得满脸发红，“大约在一年前我调查过一件发生在热带沙漠的离奇雪崩事件。你想想看，这里边会不会有联系。”

“你不会是在说……”何夕欲言又止，他觉得这个想法太荒唐了。

牧野静却点头道，“也许那就是真相。”

“我还没说呢，你怎么知道我说的什么。”何夕禁不住笑了。

“这就叫身无彩凤双飞翼，心有灵犀一点通嘛。”牧野静得意地跟着笑，以何夕的眼光来看她这副自鸣得意的笑靥真是动人极了。“哎哟。”她突然轻叫一声，双颊泛起红晕。

“怎么啦？”何夕问，但他立刻知道是怎么回事了，因为他想起了牧野静刚才的那句话里可以包含的另一种意思。这样想着何夕也不禁有些讪讪然，“你别多心嘛，说错了就说错了，我们，我们之间什么事也没有嘛。”话一出口他就知道自己又错了，遇上这种场面只能装糊涂，哪能有意卖弄明白呢。

“谁说错了。”果不其然，牧野静当即白了何夕一眼，“要你多事。”

“还是说正事吧。”何夕换了话题，“如果把雪崩看作是位于另一层世界的物质由于某种原因突然进入了我们这层世界的话也就好解释了。同样的，如果把那个人的突然消失解释为进入了另外一层世界的话也就没有什么奇怪了。”何夕的眼中放着光，“可是那个人根本没有凭借什么‘众生门’之类的装置，难道，”何夕的脸色有些变了，“他能够在六个世界里自由往来。”

牧野静的声音有些发抖，“而这个人居然还是个——杀人凶手。”

何夕倒是很平静，他重复着牧野静的话，他觉得这一切简直令人发疯，“是的，他是个凶手，来无影去无踪执掌六道众生生杀大权的凶手。”

十二

江哲心博士颓然坐倒，他本来就是个老人，但现在他看上去又仿佛老了一截。过了好半天他才回过神来幽幽开口，“原来你们叫我过来就是说这个。你们终于还是想到了。不错，这就是我们眼下的处境。”

何夕注视着面前这张苍老的脸庞，他知道这个老人还有许多话要讲。

“我们刚刚听到‘自由天堂’的案子时就知道什么事情发生了，因为除此之外没有别的解释。‘五人委员会’本来就是一个管理层叠空间的组织。”江哲心注意到了他的听众的茫然，“层叠空间就是指包括我们这个世界在内的六层空间。‘五人委员会’成立于两百年前，当时世界刚刚凭借人类智慧的伟大力量分化为六层平行的物质空间，其后又花了几十年的时间使得另外五层世界变得适宜人类居住。我想强调一点，我们说到空间分层的时候其实是指物质与能量分层。站在我的观点上看，空间和时间都是并不存在的抽象概念，空间只是对应着物质的存在，而时间则对应着物质的运动。当物质世界分层的时候空间和时间也就自然分层了。我们现在这个世界看上去并无变化，而另外五个世界则是全新的。整个空间范围以地球为中心，包容进地球以及大气层。如果区域之外的物质进入该区域的话也将被分层。比如说太阳光照射进这个区域时将被分为六层，并分别被每一层世界所感知。在这个空间范围内的原有物质元素都被分出了新的五层。新的物质元素层次在新的空间里组合出另一层世界。从理论上讲在那一刻它们甚至可以组成生命，但是这种几率实在太小。那些世界和我们这层世界相当类似，它们在初创之时拥有除生命之外的一切，比如水和空气、适宜的温度以及土壤——虽然相当贫瘠。不过这已经足够了，因为它们是行星，是和地球同样规模的气势磅礴的超巨系统。对于一颗行星级别的系统来说，这些条件已经足以承载宇宙间无与伦比的奇迹，那便是生命。由于出自同一原始物质，所以这六层世界在位置上始终是大致重合的。但效果上却是我们仿佛有了六个地球。”

“那五人委员会又是做什么的？”何夕插入一句。

“当时成立‘五人委员会’是为了应付可能出现的异常情况。应该说在两百年来这个组织虽然地位崇高但却是无事可干，因为没有出现过任何异常情况。不过金夕博士倒是预言，由于按照量子力学的观点这个世界本质上是按几率存在的，故而任何事情都可能发生，不过是几率大小不同。所以，不排除可能存在某些可以穿梭于不同能级空间的特殊物体，比如说某一个质子，或是某一个光子，其几率按方程式解出的值都小于千亿分之一。”

何夕心念一动，“如果是一个大的物体呢，比如是某个人？”

江哲心的身躯颤抖了一下，“以人这样大小的物体来说，出现某个可以自由穿梭层叠空间的人的几率数不到百万亿分之一。这种几率可以认为是不可能。”

“你撒谎。”何夕突然说道，声音之大令他自己都有些吃惊，“我们这个世界上大约有一百亿人，我想另外几个世界也差不多，加起来不到七百亿。但是居然出现了可以自由穿梭层叠空间的人，这和几率数的反差太大了吧。”

江哲心的脸色立时变得惨白，汗水从他的额头淌下来，他的眼里充满复杂的神情。过了半晌他才叹了口气说，“看来我必须告诉你们另外一些事情。当初我告诉你金夕博士的方程式有六个稳定解并非实话，真正的稳定解只有五个，这也是自由物质出现几率数足够小的解。当年世界只是分成了五层，这样的情形保持了近两百年。但是——”江哲心再次叹了口气，“在现在的委员会里我算是资格最老的一名委员，我是在五十年前进入五人委员会的，当时我把这看作至高无上的荣誉，我从内心里真诚地希望在这个位置上为人类做出自己的贡献，当时的我可说是雄心万丈。”江哲心突然露出惨淡的笑容，

“如果我能够知道事情后来的发展的话我倒是宁愿自己是个胸无大志的人。”

“后来到底发生了什么事？”牧野静小声问道。

“我不知道金夕博士遇到这种情形会怎么办。”江哲心陷入了往事的回忆之中，“也许他也会和我们一样。大约在五十年前，五重世界人口增长到了六百亿，几乎是‘新蓝星大移民’之前的三倍。自从‘新蓝星大移民’之后人们认为宇宙间自然而然地应该为人类准备下舒适的居所，只等着人类去发现罢了。在日趋强大的压力面前我们屈从了，于是有了第六层空间。”

“我明白了。”何夕扶住自己的额头，心里升起一股寒意，“那是一个不稳定的解。”

“当时‘五人委员会’以三对二的表决结果通过了这个决定。”江哲心的目光看着高处，“我投的是赞成票。现在第六重世界正处于生态改造的最后阶段，第一批移民计划将在三年后进行。本来一切都是好好的，没有什么事情发生。从理论上讲这个举动使得自由物质出现的几率加大了，对人而言大约是两千亿分之一。”

“两千亿分之一。”何夕喃喃而语，“也就是说从理论上讲并不到一个人。”

江哲心苦笑一声，“那是理论上的几率，但是我们中彩了。实际上不仅出现了这样的人，而且是两个，当然，我想也不会再多了。其中一个是那个可怕的凶手，而另一个人就是——”江哲心的声音颤抖了一下，“你。”

十三

“我？”何夕惊奇地反问，尽管他心有预感但还是受到了巨大的触动，“你是说我就是那种可以自由穿梭层叠空间的人？”

江哲心郑重地点头，“两千亿分之一的几率让你遇上了。”他沉吟了一下，补充道，“相当于连中几千个六合彩。你可以将自己连同周围小范围的空间一起跃迁到另一层世界去，比方说你自己连同身上的衣服或是一些小玩意儿。当然，也不会更多了。

何夕回头看了眼忙碌的人群，江哲心的比喻让他觉得好笑但却笑不出来，“不会吧。如果我是那种人，你们又何必花这么多精力来启用‘众生门’。”

“我们是为了帮你。通过‘众生门’你可以尽快发现自己的全部潜力，‘众生门’只是起一个引导作用，过不了多久你就能够凭自己的力量自由来往于层叠空间了。”

何夕若有所思，“但是那个人是怎么做到这一点的，你们总没有帮助过他吧。”

江哲心博士蹙紧了眉头，像是在思考一件令他费解的事情，过了好半天才说，“关于这一点我们不知道。他并不一定来自我们这一层世界。”

这时凯瑟琳博士在不远处招手道，“可以开始了。”随着她的话音，大厅中响起一阵奇异的声音，半分钟之后一个巨大的深不可测的黑色圆洞突兀地浮现在了大厅正中。四周安静下来，所有人都目不转睛地注视着黑洞。它是人类智慧最伟大的发现，它是奇迹，它通向宇宙中原本不存在的物质区域。

江哲心博士满脸虔诚地注视着这一切，一种近于神圣的光芒在他的眉宇间浮动着，“这是一个小的装置，当年用以传送大批人的‘众生门’比这大得多。”

何夕突然露出一个奇怪的笑容，他对江哲心说，“你们很自信嘛。凭什么就认为我会愿意做这个实验呢？”

江哲心吃了一惊，他看着何夕的目光就像是看一个陌生人，“这是什么意思。我们不是有约定吗？”

何夕脸上仍然是那种奇怪的笑容，“你不妨回忆一下，从头至尾我何曾说过一句同意的话。我只是保持沉默罢了。”

江哲心沉不住气了，他看上去就像是一个因为棋错一着面临着满盘皆输局面的人，“你，你不说话就是默认。”

何夕倒是气定神闲，“我只不过是想知道整件事情的来龙去脉，现在我的目的达到了。至于别的事情嘛，与我无关。”

江哲心涨红了脸，他指着何夕的脸想说什么但却只是引起了一番剧烈的咳嗽。不远处有几个人想过来看看发生了什么事，但是江哲心摆手制止了他们。

何夕有些怜悯地看着这个老人，但是他的语气却冷得像冰，“你也许认为我是一个反复无常的小人，抑或是一个疯子，这些都不重要。你知道吗，因为你和你的那些同行们的开创性研究，我从小就被认为是一个怪人，一个神经病。我失去了正常人应有的生活，失去了一切。当我想要弄明白这是为什么的时候你们甚至真的让我变成了一个白痴。”何夕的脸变得扭曲了，看上去有些狰狞，“我看过自己病中的照片，我像是一块面团似地靠在肮脏的床头，嘴里牵出几尺长的口水，脸上却在满足的笑。我的天——”何夕闭上眼睛，“那是什么样的笑容啊，就像是一头吃饱了泔水的猪。可那就是我，的的确确就是我啊。如果不是因为现在你们有了麻烦需要我的帮助的话，我的一生都将那样度过。这就是你们对我所做的一切，而你们全部都心安理得。”这时何夕的目光落到牧野静的脸上，她的眼里有莹莹的泪光闪动，“还有她，你们当初是不是也打算让她变成那样的白痴？”

江哲心的语气变得很低，“我只能说抱歉，为了保守秘密我们没有别的办法。”

何夕粗暴地打断他，“那是你们的事。自始至终我有什么过错吗，我根本是无辜的。我不知道你们在研究些什么，也从不想知道。但是你们却不放过我。两千亿分之一的几率，相当几千个六合彩，这是你说的，可对我来说这根本不是什么六合彩，而是一场厄运。如果现在要我去选择的话我宁愿去做另外那个人。”

江哲心又是一惊，“你说什么？另外那个人？”

何夕捉弄地看着江哲心，就像是一只猫看着一只老鼠，“你不觉得那个人比我聪明的多吗。他没有像我一样傻乎乎地到处去寻找答案，也没有寄希望于别人。现在他能够自由往来于六道众生之间，在每一层世界里他都是一个不受拘束的人，而这在实际上就相当于——神。”何夕注意观察着江哲心的脸，对方的表情让他的心里涌起阵阵快意，“他掌握了对六道众生生杀予夺的无上权力，他可以随心所欲地主宰这个世界。而这一切都是你们造成的。”何夕大笑起来，“如果说他是魔鬼的话那么你们就是造就并且放出魔鬼的人。”

何夕咧咧嘴，“还有件事。我想清楚了，发生在撒哈拉沙漠的离奇雪崩也是你们造成的，来自另一层世界的冰雪——对了，你们管这叫自由物质吧——压死了两个人。”他残酷地笑了笑，“那次算运气好，如果雪崩发生在某个上千万人的大城市的话，比如说纽约——不知道你们有没有胆量欣赏自由女神像手中的火炬从无边的雪原下面伸出来的画面。”何夕凝视着江哲心的眼睛，“是的，这种几率很小，可是别忘了，你说的几率里没有考虑时间。随着时间推移，这种机会将越来越多，直到成为一种必然。就好比某一地方在某一时刻发生地震的几率很小，但只要时间够长，任何地方都终究会发生地震一样。”

江哲心的脸已经变得苍白如纸，何夕说的每一个字都像是一把锋利的刀在割他的内心。何夕说的每一句话都是实情，“帮凶，你是帮凶”，有一个声音在他耳边萦绕着，“是你放出了魔鬼”。江哲心博士再也站立不稳，他缓缓地瘫倒在地。而与他的身躯同时倒塌的还有他自己的世界。

十四

花香扑鼻的林荫道，风中飘洒的落叶，执手并肩的英俊男子和漂亮的女孩。一幅很协调的图画，但是还有——荷枪实弹的士兵，目光鹰隼般警惕扫视四周的警卫，吐着红舌挂着口涎的警犬。

“好啦，别送了。”牧野静放开何夕的手，“你看那些人一个个都紧张死了，生怕你有什么意外。你跟他们回去吧。”

何夕体味着手掌里的余温，“让他们等着，反正我是不会配合他们的。这段时间那个郝南村看着我的眼神就像是要吃人一样。”

“当然了，江哲心因为你的那番话心脏病突发，这里恨你的人肯定不少。”

“我才不管。只是这段时间连累了你。”何夕歉意地说。

“哪儿的话。”牧野静伸手拂去何夕肩上的一片落叶，“我只是想回去干老本行。我在这里闲得都要生病了。你回去吧。”

“好吧。”何夕转身，但是走了几步又回过头说，“有件事得问清楚。”

“说吧。”牧野静笑嘻嘻地看着何夕。

“我们都老大不小啦，凑合着就行。我是说——”何夕甩甩头，“当我女朋友你没什么意见吧？”

还没等牧野静做出表示何夕已经回头大步走开了，他一边走一边嚷嚷，声音之大恐怕所有人都听得清清楚楚，“你不吭声我就当你是愿意了，可不许反悔啊。以后没事可不能随便和男同事搭腔。”

牧野静突然也大声说，“我要是吭声呢。”

何夕一愣，他的脚步停了下来。

牧野静接着说，“我现在就要吭声了。”她的声音变得很低，但何夕每个字都听得非常清楚。“我愿意。”她柔声道。

郝南村反手关上了门，然后他转过头来有些恼怒地瞪着何夕的脸，他的语气冷得像冰，“按照章程，现在由我接替江哲心博士执行委员的职务。他是我的老师，没有他的提携就没我今天的一切。如果他有什么不测的话我绝对不会放过你。我说到做到。”

何夕满不在乎地看着面前这个面色阴沉的中年人，“我是不会合作的。”

“也许你对我有成见。”郝南村不紧不慢地开口，“老实说我并不想为自己辩解，谁让我当年是一个执行者的角色呢。你要是恨我尽管恨好了，但是我不希望你因此而违背自己的意愿。”

“违背自己的意愿？”何夕重复着这句话，“我不知道你在说什么。”

郝南村洞若观火地笑笑，“何苦强撑。我知道你的性格。你和江哲心博士其实是同一种人。”他稍稍停顿了一下，“你们对世界和他人的苦难绝对不可能做到置之度外的。我知道你会同意的，只是时间迟早的问题。”

何夕的表情有些发呆，郝南村的话让他有异样的感觉，就像是被人点中了要害。

“这次反复只是你内心不满的表现，你只是忌恨当年我们那样对你。”郝南村悠然开口，“实际上你早就已经妥协了。不过我觉得与其说是向我们妥协，倒不如说是你向自己的内心深处潜藏的某些东西妥协了更为恰当。我说的对不对你自己知道。”

何夕有些惊恐地看着郝南村，在这个人面前他感觉像是被人剥光了衣服。妥协，他回味着这个词，然后他极不情愿地发现郝南村说的居然是对的，这个人的目光竟然完全看透了他的内心世界。

郝南村递给何夕一支烟，自己也点上一支，袅袅上升的烟雾中他棱角分明的脸庞柔和了许多，“同我的老师不同，我从不认为科学家们应该为这件事负什么责任。”郝南村用目光制止了何夕想要反驳的举动，“你先听我说完。我知道你想说这是我在为自己开脱，但这是我内心真实的想法。人类缺乏能源，于是我们找到了原子能；人类缺乏粮食，于是我们又找到了转基因生物；人类缺乏生存空间，于是我们找到了层叠空间。我们许身科学以求造福人类，难道能够对人类的苦难不予理睬。不错，我们同时给人类带来了核爆炸，带来了新变异的可怕物种，带来了自由物质和‘自由天堂’，可是这难道是我们愿意的吗。我们其实就像是一头在麦田里拉磨的驴，为了给人们磨麦而转着永无止境的圆圈。同时因为踩坏了脚下的麦苗还必须不时停下来想办法扶正它们。这就是我们的处境。”

何夕叹口气，“好吧，我承认被你说服了。实验可以继续了。”

众生门再次开启，如同一只怪兽大张的嘴。何夕朝黑洞走去，他突然觉得一阵心慌，仿佛有什么地方让他觉得不放心。别紧张，他安慰自己说，这个玩意儿传送过上百亿人呢。但是那种感觉越来越强烈，他觉得浑身都不舒服起来，就像是一把很钝的锯子在他的耳边锯钢条，让他起鸡皮疙瘩。

何夕突然逃也似的退回来，脚步踉跄险些摔倒。

直到面对凯瑟琳博士的眼睛时何夕才醒悟到这件事多么难以交代，他讪讪地笑着说，“可能是有点热。”

郝南村倒是没有说什么，他看着何夕只是摇了摇头，然后对其他人摆手示意行动取消。

“等等。”何夕突然说，“可能是因为我没有经验心里有点不踏实。”何夕脱下身上的外套扔进黑洞，它立即消失在了那片神秘区域中，“不如先拿它做个实验。”何夕说。

郝南村轻蔑地哼了一声，不知道是针对这个想法还是针对何夕刚才的举动，“你知不知道做一次跃迁要花多少精力和费用。请不要总是用实验这个词，在两百年前可以这么说，而现在已经不是实验而是实用了。”他转头对着另外几个人下命令，“关闭能源。”

何夕拦住他，“我只是一个俗人，不敢相信自己没见过的东西。就当是给我点信心。”

“我看就依他吧。”蓝江水没好气地说，“否则他是不肯合作的。”

黑洞的方向发出低沉的声音，控制台上的提示灯开始急促地闪烁。十几秒钟之后一切静止下来，黑洞消失了。何夕第一个冲上前去，身后传来凯瑟琳平静地话语，“那里什么都不会有的，你的衣服已经不在这个世界上了。”

但是何夕转过身来，他的手里拿着一样东西——是他的外套，只不过上面已经是千疮百孔。那些孔洞都有一个特点，它们的边缘相当整齐，这个世界上绝没有任何一把裁衣刀能切出这样整齐的孔来。“看来——”何夕古怪地笑笑，“实验是部分成功。”

所有人都面面相觑。“我的上帝，有人破坏了‘众生门’”，凯瑟琳博士低声惊叹。郝南村警惕地环视着四周，他的目光停在了大厅左角，那里堆放着一些很大的仪器，在灯光的照下在地上留下大片的阴影。这时从那里突然传来一声响动，郝南村立刻冲了过去，蓝江水紧随其后。

两声枪响。

人们这才反应过来，乱糟糟地朝着那边赶去。但是一个奇景出现了，有一个影子凌空朝着大厅的天花板走去，两脚一抬一抬地就像是在上楼梯。等到警卫们冲进来开始朝这个影子开枪射击时那个影子突然消失在了天花板的一隅。

人群愣立着，枪声还在回响着。这时何夕才猛地想到郝南村和蓝江水。他急步朝前走去。

郝南村倒在一台仪器的背后，他的肩上中了一枪，人已经昏迷。蓝江水的情况更糟，子弹穿过了他的头颅。

十五

清晨的太阳从东方升起，慷慨地将喷薄万丈的光芒倾泻在大地上。云彩被阳光染成了火红的颜色，幻化出无尽的变迁。

何夕走在一条已经废弃不用的道路上，周围没有什么人，道路两旁是一望无际的原野与低矮的山丘，四周分布着浓密的植被。微风起处，送来一股潮湿的、带着咸味的味道。何夕走得很卖力，他已经出汗了。在他的正前方已经可以隐隐看到一些高大建筑的身影，这使得他受到了鼓舞。

这时旁边的一块路牌吸引了何夕的目光，他停下来注视着这块朽烂不堪的牌子，并且点燃了一支烟。何夕一直等到这支烟燃完，他的两指间产生剧烈的灼烧感时才如梦初醒般地扔掉。他重新把手抄到裤兜里，朝前走去。

何夕的身影渐行渐远，只留下一块朽烂的路牌在风中颤抖。这时一阵风将路牌吹得变换了方向，阳光照在了上面，显出一行已经不太清晰的字迹：

七公里，枫叶刀市

"实验对象没有按期返回。"凯瑟琳博士注视着"众生门"，时间显示何夕离应该返回的时间已经超出了近六个小时。她没来由地一阵阵担心，如果何夕不愿意回来的话他们是一点办法都没有的。问题还不止于此，何夕实际上可以做他愿意做的任何事情。因为他是超出六道众生之外的另一类人，从某种意义上讲他就是想扮演上帝也不是不可能。

牧野静坐在旁边的椅子上，她咬着下唇一言不发，但眼睛里的焦急却是人人都看在眼里。

江哲心博士坐在轮椅上，才短短几天他看上去苍老多了。那天与何夕的争论引发了他的心脏病，如果不是因为郝南村博士正在治疗人手不够的话他本是不用来的。

"有没有重点观测枫叶刀市所在地区。"江哲心博士轻声问道，他自然明白凯瑟琳博士的心思。他补充道，"我的直觉何夕是可以信赖的，他的晚归一定是因为到那座城市里去了，如果换成我也可能这样做的。"

凯瑟琳明白了他的意思，对身边的人说，"继续观测。"

但是何夕突然出现在了"众生门"里，"我回来啦。"他有深意地看了一眼轮椅上的江哲心，显然他听到他们的对话。

凯瑟琳博士指挥众人围着何夕做一些数据测量，"对一般人来说穿梭一次层叠空间就如同脱胎换骨一样，最起码也像是大病一场。而且他们体内残留的辐射会持续很长一段时间。而你就没有那么多麻烦，那些特殊能级的粒子可以被你的身体包容，不发生一点辐射。你可真算是有运气。”

何夕反驳道，“我可从来没碰到过什么好运气，有的只是被人当成疯子和白痴的坏运气。”

凯瑟琳一时无语，她沉默着做自己的事。江哲心直视着何夕的脸说，“你感觉怎么样，现在如果没有‘众生门’你能不能穿梭层叠空间？”

何夕迟疑了一下说，“还没那么快。我想起码还需要两三次实验吧。”

出乎何夕意料的是江哲心竟然笑了起来，“你不要想骗我，我是相信理论的人，通过‘众生门’获取经验一次就足够了。”

何夕有些尴尬地点点头，“看来瞒不过你。我只是不愿意看着你们高兴的样子。”

江哲心叹口气，“如果我是你的话也不愿意看着我们这些人高兴，甚至我还巴不得这些人撞得头破血流整天哭丧着脸才好。”

何夕也学着叹口气说，“你比我想象的要聪明得多。”

江哲心笑笑，这使得他脸上的皱纹越发地沟壑纵横，“这不关聪明的事，而是近不近人情的问题。我站在你的立场上自然就能够猜度到你的心思。”

何夕稍愣，过了一会儿他幽幽地说，“你真的是一个好人。”他环视了一眼四周，“有件事情我想单独同你谈。”

何夕推着轮椅走进密室，从这个角度看过去江哲心脑后的头发已经所剩无几。何夕关上门，转圈来到江哲心博士面前。他看上去有些情绪激动。

“可以说了吧。”江哲心探询地望着何夕。

“我……”何夕给自己倒上一杯水，“我这次实际上去了两层空间。”

“为什么？”

“因为我在枫叶刀市看到了很不寻常的事情。你知道‘自由天堂’吧。在我们这里它还是一个没有被正式承认的非法组织，但是在枫叶刀市的那个世界里它已经合法化。”

江哲心的脸色阴沉了，他望着墙角一言不发。

何夕继续说道，“在那一层世界里‘自由天堂’已经是第一大组织，有近百分之三十的人口成为会众，而且人数还在急速增长之中。我同其中的一些人谈过，据他们说‘圣主’是受命拯救世界，力量无边，可以操纵世间众生的生死祸福。他们中的一些人还亲眼目睹过‘圣主’显灵。”何夕叹口气，“你不知道他们有多么虔诚，我觉得即使‘圣主’要他们马上去死他们肯定不会有丝毫的犹豫，因为他们相信‘圣主’将令他们永生。我觉得‘自由天堂’主宰那一层世界只是迟早的事情了。”

“你不是说你还去过另一层世界吗？”江哲心插话道。

何夕艰难地笑笑，“情况更糟。‘自由天堂’在那个世界里的影响更大，几乎所有人都陷于狂热了，站在教堂的神坛上接受礼拜的已经不是上帝，而是一个影子一般的雕像，他们说那是自由天堂的‘圣主’。”何夕回想着他目睹的情形，“我觉得并不是那些人愚昧，因为他们目睹的的确是超出想象的事物，不由得他们不陷入狂热。”

江哲心摇摇头，脸上的肌肉不住地哆嗦着，他想说什么但终究没有开口。过了一会儿他稍稍平静了些，“还有别的事情吗？这次你到枫叶刀市去还有没有别的收获？”

何夕的身体抖动了一下，江哲心的问询触动了他。这次他违反了计划私自到枫叶刀市只是顺应了内心里的一个声音。当何夕面对着枫叶刀市那宏伟壮观的城市风景时，当他看到巨大的玻璃幕墙反射出万丈光芒，当他的手真切地在粗糙的建筑物表面划过时，当他的眼睛被滚滚红尘带起的喧嚣所灼痛时，他清楚地听到自己内心里有一个声音在大声地说：我看到枫叶刀市了，我亲眼看到枫叶刀市了，我不是疯子。他的心思飞回了檀木街十号那幢老式的建筑，耳边回响着母亲的叹息，眼前划过漫天黄叶和黄叶里大眼睛姑娘离去的背影。两行滚烫的泪水顺着何夕的脸庞滑下来，滴落在异域的土地上发出清越的声音……

“你怎么了？”江哲心关心的询问惊醒了何夕。

何夕摆摆手说，“没什么。我只是想起了一些事情。”他喝口水，平静了一下心绪，“我想说的是另一件事。你有没有发觉事情不对。我是说关于上次‘众生门’被人破坏那件事。”

“我知道的，看来‘自由天堂’的确势力庞大，我觉得那个影子——他们就是这样告诉我的——就是我们要找的人。”

“问题是他怎么会进来的？”何夕焦急地表述着。

江哲心不以为然地笑笑，“你这样问反倒让我奇怪。对能够穿梭层叠空间的人来说整个世界都是透明的，他可以天马行空往来无碍。如果别人这样问还情有可原，而你本身就是具备这种力量的人。”

“你没听懂我的意思。”何夕强迫自己冷静下来，“他自然是想上哪儿就上哪儿。问题是他怎么知道我们那天刚好要进行跃迁实验。事先知道这件事情的只有几个人，他还不至于能跑到别人的脑子里去吧。”

江哲心的表情有些迷茫，他喃喃道，“是啊，除了五人委员会之外只有你和那位叫牧野静的女士事前知道这件事。会不会是牧野静？”

何夕大大咧咧地打断他，“我可不这么想，那女孩虽然有些莽撞但是心地好着呢。”

“那你是认为问题出在我们这边了？”江哲心低声说。

“我也不是武断的人。现在我只是提出这种怀疑，毕竟事情过于巧合了一点。”何夕稍稍停顿一下，“我不知道该怎么说。”

“你就直说怀疑谁吧？”

何夕迟疑了一下，“跃迁实验那天崔则元博士为什么没有来？”

江哲心悚然一惊，“你怀疑他？”

十六

送走客人之后，崔则元博士独自走进书房，他的神情显得很疲惫，自从三年前过了七十岁生日之后他自感精力已经大不如以前。是应该退下来的问题了，他想，同时他在脑海里搜索着一些后学之辈的面孔。他根本没有注意到有一个人已经站在他的背后很久了。

“你好。”来人大方地打着招呼，他整个身体都站在大书架的阴影里，看不出面容。

崔则元只是稍微表示了一点奇怪，几十年来他见过的东西太多了。

“如果不介意的话请将门反锁上。”来人不紧不慢地吩咐道。等到崔则元从命之后他低头拖过去一张椅子坐下来，竟是一副打算长谈的架势。

“你是怎么进来的。”崔则元决定一个一个问题地搞清，他知道自己作为“五人委员会”的成员一向受到最高级别的保护，一个人想要混进来即使从理论上讲也几乎是不可能的。

来人笑了，从笑声里崔则元听不出恶意，“我是大摇大摆走进来的，没有人能够阻止我。”来人说着话走出了那片阴影，崔则元立刻知道来人的话并不是夸口了，因为那个人是何夕。

但是崔则元的惊讶之情反而胜过了刚才，“你来做什么？”

何夕若有深意地沉默了几秒钟，“我想弄清楚一件事。现在我怀疑五人委员会里有‘自由天堂’的人。”

崔则元博士想了想，“这么说你怀疑我。”他环顾四周，“这没别人了，你直说吧。”

何夕没料到崔则元竟会这么直接，他反而有些被动地嗫嚅道，“我也不是这个意思。我只是觉得只有做这个假设才能解释一些事情，实验出事那天只有你不在场。”

崔则元博士叹口气，“原来你是因为这件事。”他摇摇头，指着桌上一叠厚厚的文件说，“两个月前我正式因为身体原因提出退出五人委员会。你知道以前我们一直是终身制，所以这次的变化应该算是很大的。这段时间我一直忙于这件事情，不想反而惹得你怀疑。”

何夕愣住了，凭他的眼睛看不出崔则元博士有丝毫的隐晦之处。

崔则元接着说，“江哲心博士知道这事情的，他没有告诉你吗？”

“江哲心博士？他没有和我说过。”何夕苦恼地回忆着，他不明白自己那天向江哲心提出对崔则元博士的怀疑时他为什么没有说出其中缘由。这时何夕脑子里突然闪过一个念头，一时间他的两腿几乎站立不稳。

“我必须走了。”何夕匆匆转身，“如果冒犯了你的话请多原谅。”

崔则元刚刚想要表示自己并不介意的时候何夕已经突然消失了，就像是他根本没有来过。尽管知晓其中的技术原理但是崔则元还是立刻就僵立在了原地。

十七

何夕驾着车一路狂奔，窗外的景物飞一样地朝后逝去。走过两个街区突然道路被阻断了，一些拉着横幅的游行队伍鱼贯而过。所有的横幅上都写满了“自由天堂”这几个字，横幅边是无数表情狂热的人。他们喊着口号喧哗而过，更多的路人加入其中。何夕知道近段时间以来自由天堂的活动已经日趋公开，在政府里也有不少人支持。这个日益庞大的组织取得合法地位只是迟早的事情。

游行队伍好不容易才过去了，何夕急不可耐地踩下油门。刚才崔则元博士的话提醒了他，现在他终于想清楚了事情的前因后果。五人委员会里肯定有“自由天堂”的人，这是何夕早就认定的。因为在另五个新创空间里根本没有“众生门”，而如果没有“众生门”作引导的话没有人能够达到自由穿梭层叠空间的境界，所以这个人一定来自这一层世界。更为关键的一点是，如果有这么一个人那么他一定也会同何夕一样从小就目睹到一些奇怪的现象，从人之常情出发他也一定会发出询问，想要找到答案。但是他却没有这么做，而是采取了另外一种完全不同的利用这种能力的方式。这就说明他是一个知道内情的人，而且很可能知道何夕的悲惨遭遇。除了五人委员会之外还有谁能具备这些条件。

何夕一分神车头擦上了前面一辆车的尾部。镇定，他在心里对自己说，同时不无歉疚地看着已被自己超出犹自在后边骂不绝口的那位司机。如果撞车的话你不会有事但别人会死，要珍惜生命。他对自己说。自从知道自己的特殊能力之后何夕曾经恶作剧地突然冲上公路，惹得那些惊出一身冷汗的司机臭骂一顿，他觉得这就像是一场游戏。

五人中蓝江水已经不用怀疑了，而江哲心何夕是怎么也想不到他头上去的。凯瑟琳在实验出事时一直没有走出过何夕的视线。现在如果崔则元没有嫌疑，那么就只剩下了一个人。当天在实验室他第一个朝大厅左角跑去的，他和蓝江水到底看到了什么事情已是死无对证。他那天如果不那样做的话人们很容易会想到“众生门”被破坏是内部出了问题，他那样做便可以引开人们的视线。他可以先打死蓝江水之后再故意显出一个身体的影子来吸引人们的注意力，然后他从另一层空间里快速返回原地，再给自己补上一枪。当时警卫们一直在外面开枪，枪声是根本无法区分的。何夕感到一阵阵的心悸，郝南村阴鸷的脸在他眼前晃呀晃的。

何夕没有从正门进入基地，他点起一支烟，望着门口森严的守卫。过了一会儿他转身钻进了小车，又过了一会儿有一名警卫踱着方步过来，他拍着小车的前窗大声嚷嚷道，“快开走，这里不能停车的。”他埋下头，“咦，人呢。我明明见到有人进去的。奇怪，大白天见鬼了。”

十八

江哲心微微喘息着，他感到自己的心脏一阵阵的紧缩。自从何夕同他谈过对五人委员会内部的怀疑之后他就知道什么事情发生了，他几乎是直觉地想到了郝南村。但是要他怎么能正视这一点，郝南村是他最得意也是最心爱的学生和助手。

“这么说你承认了。”江哲心低声问，他脸上的肌肉止不住地哆嗦。

郝南村面无表情地看着自己的脚，江哲心的询问让他心烦意乱。什么地方出了差错，他仔细地回想着。他并不怕江哲心发现这个秘密，实际上这也只是迟早的事，在他的计划里他迟早会露面的，因为他将主宰六道众生——谁会愿意当一个不能见人的主宰呢，那还有什么意义。问题是他不想这么快就和江哲心摊牌，毕竟他是对自己恩重如山的老师。

“我在问你。”江哲心提高了声音。

“我没什么好说的。”郝南村开口道，“你不会明白的。”

江哲心气得浑身发颤，“你说什么，我有什么不明白的。”

郝南村突然站起身，他有种一吐为快的感觉，“你不会明白的。一个人从小就被迫目睹无数说不清来处的奇怪的影子，它们无时无刻不在你的眼前飞舞。我不敢对任何人讲自己亲眼看到的东西，如果那样做的话我就会被当成疯子。你知道吗，我从几岁起就天天陷于这种无法解脱的恐惧之中，我怕他们把我关进疯人院去，我听大人们说里面关的全是疯子，如果疯子的病治不好的话人们还会烧死他们。我怕极了。”郝南村捂住了头，他的眼睛里充满痛苦，“你不会明白的。”

江哲心的神色平静了些，他轻抚着郝南村的肩头，“我知道你受过很多苦。在整件事情里我们都是有责任的。只要你解散自由天堂，放弃那些荒唐的做法，以后你就还是我的好学生，还是我的合作者。你的前程是不可限量的。”

“前程。”郝南村仿佛有所触动，他直愣愣地望着墙，目光像是痴了。叫他怎么给江哲心说得清楚，江哲心知道站在神坛之上享受亿万人的顶礼膜拜是什么滋味吗？知道自己脚下的尘土被人亲吻的滋味吗？可他知道，那种感觉真是令人永远难忘。如今在六道众生的世界里已经建起了无数“自由天堂”的神龛，当他降临其上的时候四周狂热的欢呼声响彻云霄。他的一笑一颦一喜一怒都可以左右亿万人，他们愿意为他生为他死，无数人愿意为他奉献金钱，无数少女愿意为他奉献贞操。在自由天堂的世界里他的话就是圣典就是金科玉律，那个时刻他就是世界的中心，就是亿万人的主宰——而现在江哲心居然要他放弃这一切。

江哲心的神情有些恍惚，“这些日子以来我一直在想，也许我们和金夕博士都大错特错，我们实在是过于迁就人类的意愿，总是想尽一切办法满足他们。六道众生，”江哲心悲叹一声，“佛陀本来就只给人类准备了‘人道’这一层世界，我们挖空心思做的这一切根本就是逆天而行，只能是饮鸩止渴。何夕说的对，随着时间的推移，自由物质出现的总体可能性将越来越大，如果那次雪崩或是某一次火山爆发发生在某个大城市的话后果真是不堪设想。”江哲心闭上双眼，显出痛苦的神情，“倘若如此，我们的灵魂将永堕地狱的底层。所以，我决定了一件事。”

“什么事。”郝南村有些紧张地问。

“我决定由我们这一届委员会来终止‘众生门’计划。”江哲心睁开眼，“我已经和凯瑟琳和崔则元谈过，他们已经同意了。”江哲心凝视着郝南村，“现在，就差你的一票。”

“如果我不同意呢？”郝南村幽幽地说。

江哲心脸上显出决绝的神色，他明白了郝南村的意思。这个时候他看上去不再像是一个风烛残年的老人，而更像是一名斗士。一丝痛苦的表情在他的苍老的眼睛里浮动着，但他的语气里不再有丝毫的感情，“那我们只能恩断义绝。”他拿起桌上的电话。

但是江哲心立刻捂住了胸口，一柄样式古怪的刀子贯穿了他的右胸。他看着殷红下滴的鲜血，脸上的表情像是面对一件不可想象的事情。

“不——”何夕突然从墙角现身出来，刚好目睹了弑师的一幕。郝南村的脸一下子变得惨白，他惊恐地朝后退去。

何夕看了眼江哲心的伤势，他愤怒地瞪着郝南村，“你还算是人吗？”他悲愤地问，“他是你的老师，你说过他对你恩重如山。”

郝南村镇定了一些，他神经质地叫喊着，“他要阻止我。无论谁要阻止我都是死路一条。我是神，是至高无上的神——”

“你是魔鬼。”何夕狂怒地打断他，与此同时他的手里多出了一把枪，“你该下地狱。”

郝南村突然笑了，他满不在乎地盯着何夕手里的枪，“你应该知道这没有用。我们俩人都是上天凭借几率之手选中的人。世界上没有什么东西能够伤害我们。等你的子弹打过来时我早就跃迁到另一层空间里去了。”

“我相信报应，报应啊——”何夕虔诚地大喊，似乎想借助上天的力量帮助自己除去眼前这个恶魔，几乎就在同时他手里的枪喷出了长长的火舌，震耳欲聋的枪声充斥了整个密室。

硝烟散尽，对面的墙上布满了弹孔，但是郝南村不见了。没有报应，也没有上天的力量，什么也没有。何夕扔掉枪绝望地跪倒在地，掩面长泣。

“你是谁？”是江哲心的声音。他苏醒过来，迷茫地看着何夕。

何夕急忙迎上去，“是我，何夕。”他握住江哲心的手，感觉生命正一点点地从这个老人身上消失。“我该怎么办？”何夕痛苦地呻吟，“他是超出六道众生的恶魔，任何力量都奈何不了他。告诉我，我该怎么做？还有什么能阻止他？还有什么？告诉我——”

一丝淡然的近于彻悟的神色自江哲心苍老的脸上漾开，他低垂着眼睛一字一顿地说，“天——网——恢——恢——疏——而——不——漏——”他的头猛地一低。

何夕一动不动地跪在原地，他的心中麻木得没有一丝感觉。没有人知道这里发生的事情，密室向外隔绝了刚才的一切。不知过了多久，一阵急促的电话铃声突然响起，何夕抓起听筒。

“江哲心博士，”听筒里是一个焦急的声音，“几分钟前凯瑟琳博士和崔则元博士在实验室里遇刺身亡。据郝南村博士分析这是一名叫何夕的恐怖分子所为，政府已经发出了通缉令……”

何夕不禁哈哈大笑，这太荒唐了，自己居然成了通缉犯，而真正的恶魔却依然正人君子般高高在上。他大笑着对着听筒说，“我就是何夕，江哲心博士就在我旁边，他已经死了，来抓我吧。哈哈哈……”

何夕扔掉听筒，继续放声大笑。密室的门打开了，荷枪实弹的警卫冲了进来。但是何夕的身躯渐渐变淡变空，最终消失不见，只有凄厉的绝望到极点的笑声还在四处回荡……

十九

牧野静穿过拥挤的人群，她的目光须臾都不敢从前方那个身影上滑落。四周充满了男人的汗臭与女人的香水混合而成的刺鼻气味，让人呼吸不畅。天知道这么多人怎么会突然聚拢来，看上去也许超过十万。这里本来是一片荒地的，现在却变得像是在开交易会。不同的是这里没有什么货物，只有狂热的人群。所有人的精神都健旺之极，他们的脸上充满兴奋，一个个红光满面就像是过足了瘾的吸毒者。四下里的火堆照亮了天空，噼噼啪啪的木头爆裂声清晰入耳。松枝燃烧析出的油脂“滋滋”地往下淌，恰如人们高到极点的情绪。在广场的前方搭有一个几米高的平台，台子正中是一具巨大的十字架。在十字架的中心处悬挂着一张精美的座椅。在平台的四周都牵着条幅，上面书写着血红的大字——“自由天堂”。

牧野静不知道何夕为何一到晚上就到这里来，自从十多天前他突然失魂落魄地找到自己之后每天都要到这里来。当时何夕的样子就像是刚刚走了几十里路似的，人一倒在床上便人事不醒了。那一觉足足睡了将近二十个小时，醒来后便像是换了一个人一样，脸上是一种大彻大悟的神情。牧野静问他到底发生了什么事，为什么政府现在要通缉他，他是不是真的杀了人。对于这些问题何夕的回答只是一个，那就是一语不发。不过他每天都会消失一段不算短的时间，回来的时候总是面色苍白疲倦得像是散了架，有时身上还带着青紫的伤痕。牧野静问他到底在干什么但他只是笑着摇摇头，然后便是蒙头大睡，醒来之后又是一副大彻大悟仿佛看透一切的神情。

人群突然爆发出一阵巨大的欢呼声，牧野静知道准是快到那个时刻了。往日里也是每到这个时候人群都会像炸锅一般地掀起震耳欲聋的狂喊，直到那个什么“神”突然出现在高台上的椅子上时却又立刻静得连一根针掉在地上的声音都能听见。而接下来便是更加狂热的声嘶力竭的呼喊和掌声。那时的人群就像是疯了一般且歌且舞，无数人朝那个高台冲过去，口里嘶吼着“带我走吧”“你与我同在”“我愿意为你死”。片刻之后“神”却悄然逝去，就如同他的出现一样的神秘。牧野静感到这里的人是一天比一天多，她记得十多天前只有几百人而已。听别人说以前这里的“神”是极少显身的，但是近段时间以来却从未让人失望。

牧野静心里有一个猜想，虽然她实在不愿相信这是真的。每当“神”显身的时候她就会发现何夕不知上哪儿去了，而当“神”离去之后何夕却又会悄无声息地突然出现，脸上是一种极度满足的神情。那种神情让牧野静没来由地感到恐惧，她疑心那个“神”就是何夕自己。她甚至想如果何夕真的决定去当一个“神”的话自己应该怎么办。她知道何夕不是常人，甚至他本身就可以说是一个神。这样想着的时候牧野静觉得何夕就像是一个令人不安的陌生人。

牧野静咬咬牙，她决定今晚一定要一眼不眨地看住何夕。她快步向前几步，拽住了何夕的手。何夕悚然回头，见是她立刻轻松地吁出口气，脸上露出明朗的笑容。牧野静看着他的笑容，心里想为什么有着这样明朗的笑容的人会想到去做一个“神”，她轻声叹口气说，“你今晚一直陪着我好吗？”

何夕怔了一下，笑容消失了，他低头看表，“等一会儿吧。我办完事情就回来陪你。”

牧野静盯着何夕的眼睛，“什么事情？是不是比我重要？”

有一丝亮光自何夕的眼睛里闪过，但立即就变暗了，他缓缓地将手从牧野静手里挣脱，“比什么都重要。”他停一下，眼里滑过一丝无奈，“包括你。”

说完这句话何夕就无声无息地从牧野静面前消失了。周围的人群都狂热地盯着高台的方向，没有人注意到这奇怪的一幕。

但是人群突然安静了下来，所有人的脖子都拼命地伸长了，朝着高台的方向望去。牧野静擦干顺着脸庞流下的泪水，她的心已经碎了，她终于知道一个女人的柔情在男人的所谓理想面前是多么的渺小可笑。她真想一走了之，离开这个伤心的地方。但是她还是本能地望向了高台的方向，她知道“神”就在那里，不，应该说是何夕就在那里，享受着万众的膜拜。

但是事情变得有些古怪了，因为高台上突然凭空出现了两个身影——两个“神”？！他们居然还在说着什么，只是无人能够听清他们的话。其实就算听得见也没有人听得懂他们在说些什么，因为那是神与神的对话。

二十

“怎么你会在这儿？”郝南村坐在高台上的椅子上，一条长长的披风斜拖在身后。他居然化过妆，使得他的面容看上去更加威严和神圣，如果不仔细看的话几乎认不出他是郝南村。

“我为什么不能在这儿。”何夕惬意地伸了个懒腰，环视着疯狂的人群，“这里很不错嘛。”

郝南村突然笑了，“我听说这里每天都有神在这个盛大的聚会上现身，原来是你在这里。”他了解地看着何夕，“你终于想通了。其实你何必冒我之名来偷偷享受这种无上之福呢，凭你的实力你可以另起炉灶的，我保证和你井水不犯河水。不过也好，像今天这种规模的盛会并不多见，说起来我还应当谢谢你才对，毕竟你帮我扩大了自由天堂的影响。”郝南村陶醉地聆听着震耳欲聋的欢呼声，“想想看，造物主待你我不薄。世界就在我们的掌中，六道众生也在我们的掌中。这真是妙不可言的感觉。”

“我不大懂你的意思。”何夕淡淡地说。

“这有什么难懂的。”郝南村轻慢地指着黑压压的人群，“我知道你迟早会想通的。我和你属于另类，相对于这些人来说我们是神。人生短促如朝露，何不利用上苍的恩赐享受。”他志得意满地大笑，“我和你都将有精彩的人生。这些人心甘情愿地供我们驱使，这个世界上的一切都将属于我们。”

“可是你想过没有，这样的世界是不稳定的。”何夕插话道，“随着时间的推移六层空间的世界将面临越来越多的问题，也许在下一个时刻灾难就会降临。”何夕指着狂热的人群，“这里有十万人，如果地下突然冒出火热的岩浆来会是怎样一副情形。”何夕紧盯着郝南村的眼睛，“就算是炼狱也不过如此吧。”

郝南村稍稍愣了一下，也许何夕描述的情形让他有些害怕，但只一瞬间之后他即恢复了常态，“这对你我都是没有影响的，我们可以马上穿梭到另一层安全的世界去。”

“可他们呢，这里有十万人，你就看着十万人在火海里挣扎着死去吗？”何夕激动地大叫，他的脸涨得通红。过了几秒钟后他平静下来，用同样平静的口吻说，“不过我倒是很满意你的回答，简直可说是满意透顶。”他的脸上露出奇怪的笑容。

“满意？为什么？”郝南村问道，他隐隐觉得什么地方有些不妥。

“因为这使我永远都不必为自己下面要做的事情感到后悔。”何夕的手指微微一动。一道亮闪闪的金属圈从椅子上弹出来，箍住了郝南村的身体。

“你这是什么意思？”郝南村迷惑不解地看着何夕，“你要做什么？”

何夕的手上多出了两样东西，那是一个足有两尺长的锈迹斑斑的铁钉和一把同样锈迹斑斑的铁锤。

“这根钉子是我特意委托一位牧师替我找的，据说曾经钉在魔鬼的胸口。”何夕认真地说。

郝南村哑然失笑，他觉得何夕大概是受刺激过度有点神经不正常了，“不要玩这些噱头了，你知道这不会有用的。这个世界上没有任何东西能够伤害到我，子弹不能，你手里的玩意儿更不能。”

何夕没有理睬郝南村的话，他一脸虔诚地朝前逼近，“你没有试过怎么就知道不行。等到铁钉的尖锋刺进你的胸膛里你就不会这么说了。记得我说过一句话吗。”何夕的眼神迷蒙了，“我说过我相信报应。我知道你是不信报应的，这正是你我之间最大的不同。不过快了，你马上就会知道什么是报应了。”

郝南村有些惊慌地盯着何夕，就像是看着一个疯子，“你准是疯了。我不想和你纠缠。我奈何不了你，可你也同样奈何不了我。你慢慢玩吧。”说着话郝南村的身体开始变淡，轮廓也开始消失。只一瞬间的功夫何夕的面前便只剩下了一团虚空。

但是何夕的姿势没有变化，他依旧一手执锤一手执钉，脸上满是虔诚地望着苍穹，目光里有希冀的光芒闪现，他的口里念叨着什么，就像是在祈祷。

大约只几秒钟的时间郝南村突然又出现在了何夕面前的金属圈里，他的脸由于极度的惊恐已经扭曲变形，看上去令人害怕。

“你做了些什么？”郝南村挣扎着大叫。

何夕低叹口气，“你终于知道害怕了。你知道你的老师江哲心博士临死前对我说了句什么吗？他说‘天网恢恢疏而不漏’，”何夕指着那个金属圈说，“我给它起的名字就是天网。它并不是单一的，在六道世界里的同一位置里都有这样的一个圈，所以无论你逃到哪一层世界都会发现自己刚好仍然被它牢牢地箍住。这就是天网。”

“天网……”郝南村面无血色地重复着这个词。

“你以为我每天到这里来就是为了享受这种令人作呕的狂热崇拜吗？”何夕鄙夷地看着郝南村，“我承认那种滋味的确让人飘飘欲仙，但是它不值得我留恋。你想主宰这个世界可我不这么想，我从不认为哪个人有权那样做，而且我说过的，我相信报应。我每天来这里只是为了等你。如果你想避开我的话我是毫无办法的，所以我设计了这一切，我知道这样的盛会对你的诱惑力是不可抗拒的。你不是喜欢万众的膜拜吗？你不是喜欢坐在宝座上面高高在上的感觉吗？这些我全给你。当然，还有天网。为了布置好这些，我在每一层世界里费尽周折。”何夕撩开衣袖露出伤痕，“这个位置在其中一层世界里甚至是火山口。”何夕扫视台下激动无比的人群，“这些人都是你的信徒，你是他们心中至高无上的‘神’。不过——”何夕露出冷酷的表情，“他们将亲眼看着你死。”

“还有这根取自魔鬼身上的铁钉。”何夕将手里的器物高高举起，“它也不是单一的，在六道世界里都安排有一根这样的铁钉。你无处可逃了。”

郝南村彻底瘫软了，他的身体剧烈地哆嗦着，汗水从他的脸上大滴大滴地滚落下来。“你放过我吧。”他呻吟着哀求，“我不是人，你不要杀我。”

何夕用更高的声音打断了他的话，“到现在才说这些已经太迟了。”他的眼里有隐隐的泪光闪动，他的眼前晃过一些故人的面孔。“想想为你而死的那些人吧，想想你将把世界引向的去处吧。这就是你的报应。”何夕突然举起了铁锤，“纳命吧——恶魔。”他高声喊道。

全场哗然。

“以圣灵的名义——”何夕击打着铁钉。

血光飞溅。郝南村在惨叫。座椅跌落在地摔得粉碎。人群发出惊呼。

“以圣子的名义——”何夕睁大了双眼，污血溅得他满脸都是。

郝南村喉咙里发出咕咕的响声，他已经说不出话。

“以死难者的名义——”何夕继续挥动铁锤。

郝南村的身躯扭曲着忽隐忽现，他在六道世界里左奔右突但是却无路可逃，他的眼睛瞪得很大，就像是要暴突出来。污黑的血顺着铁钉往下淌。

“以正义的名义——”何夕的神色已是极度的亢奋，他的心里升起一股嗜血的快感。

郝南村抽搐着，口里吐出血沫。

何夕停下来，但是立刻又补上一下，“以我的名义——”

铁钉贯穿了郝南村的身体，直达背后的十字架，他的身体已经以铁钉为支撑悬挂在了上面，有如某种象征。

何夕朝郝南村的尸体上啐上一口，他已经精疲力竭。但是他还是强打精神转向已经惊呆了的人群。一时间何夕有些茫然，他不知道应该如何向人们解释发生的一切。是该让所有人知道真相的时候了，尽管这个真相并不美好，里面浸透了人类的贪婪与疯狂。但是，它是真实的。

“这就是你们的‘神’，”何夕走到麦克风前，他指着郝南村的尸体大声说，“但是他死了，和所有人一样，他也会死，所以他也不再是神了。”何夕扔下手里的铁锤，打在地上发出巨大的声音，“我来告诉你们这一切究竟是怎样发生的吧。这个故事实在太长了，它从两百多年以前延续至今，而几乎所有人却对它一无所知……”

四下里的火堆已经燃尽，收敛了曾经喧嚣直上的妖冶的火光，有气无力地冒着烟。而东方的天空已经现出了淡淡的天光，预示着真正的光明就要来临。

何夕还在讲述着。

周围安静极了，所有人都静静地站立着，就像是一座座雕像。

“后来的事你们都看到了。”何夕轻声叹口气，他像是要虚脱了一般。“这就是真相。也许你们现在还不愿意相信我，但是迟早你们会明白的。”何夕呲牙笑了一下，目光惨淡，“有时我会忍不住想人类真是伟大，能够凭借智慧发现那么多自然的秘密，用以造福自己。而有时我却又想，如果大自然是一位母亲的话那么人类就是她最聪明但也是最可怕的一个孩子。这个小家伙顽劣不堪却又自以为是，他总是不断地向母亲要这要那。母亲疼爱自己的孩子，但是她并不想纵容他。可是这个孩子实在是太聪明了，他总能够变着花样地从母亲那里得到自己想要的东西，而有些东西是母亲本不愿意给不能给同时也给不起的东西。但是因为孩子的聪明，他总是如愿以偿。他每一次背着母亲偷偷地火中取栗都是有惊无险，每次都自以为得计地享受着自己的聪明，却不知母亲一直就站在他的身后，默默地为他将来的命运暗自垂泪。”

何夕说不下去了，他的眼中淌出了泪水。泪光中他见到一个人走上高台，轻轻地依偎在他的胸前——那是一个姑娘。这就是结局了，何夕想。

尾　声

微风扫过无人的城市，蓝色天幕上巨大的云影缓缓移动。

一百三十四岁的何夕已是白发苍苍，他站在宽大的街道上，环视着雄伟壮观的枫叶刀市。一座高大而荒凉的过街天桥横亘在他的面前，昔日人流上下奔忙的景象已是苍狗浮云。周围没有一个人，也没有有人的迹象，就像是一座死城。死城，何夕回味着这个词，是的，这里是一座死城。“重归”计划是从一百年前启动的，也就是郝南村死后不久。何夕想着这个时间，他在心里惊叹自己居然活了这么久，也许是因为他的身体异于常人，但是他知道自己确实老了，他已经能够看到死亡的身影。在这个计划里人们用了一百年的时间返回故里——谁能想到回家的路竟然有这么长。

牧野静已经离开这个世界很久了，在不太遥远的未来的某一天何夕自己也终将离开这个世界。但是这个世界将继续存在下去，连同他们的子孙。何夕想到这一点时内心充满宁静。

阳光还在，反射万丈光芒的玻璃幕墙还在，但是人们已经归去了。这片异域的土地本来就是不存在的，它也不应该存在。它只是空中楼阁，就如同镜子的反光。但是它毕竟存在过，并且在那么长的时间里承载过无数人，连同他们的爱与悲哀。只是，现在不需要它了。

何夕看了下时间，再有几分钟，当“重归”计划结束之时，位于另一个世界的一些人将启动巨大的机器湮灭五个新创的世界。何夕周围的一切将消逝无痕，就如同它们根本就不曾存在过。这个时刻何夕想了许多，无数思绪在他的脑子里匆匆而过。他仿佛看到了百余年前那个惊梦的童稚少年，仿佛看到许多故人向他微笑着走来。

何夕抬起手，做了个挥手道别的动作——向往昔的一切，也向这座令他永世难忘但却终将在繁华落尽之后归于虚幻的城市。微风吹过来，掀动着他的白发。当何夕的手还停在空中的时候他的眼前突然闪过一阵亮到极点的白光，他不自觉地闭上了双眼，他知道，那件事情发生了。

等到何夕重新睁开眼睛的时候刚才的一切都已消逝不见，他发现自己身在一间亮着灯光的屋子里，脚下是真正坚实的大地。何夕跺跺脚，享受着沉闷踏实的声音。不会有雪崩了，也不再有离奇的大灾难，这很好——他想。

这时房门突然“窸窸窣窣”地被推开了，一个小脑袋小心翼翼地钻了进来，那是一个七八岁的长得胖乎乎的小男孩。

男孩见到有人先是一惊，但是立刻问道，“你在我家厨房做什么？”

“厨房？”何夕一怔，他环视了一圈，这里果然是个厨房，“我……路过这里。”他来了兴趣，“那你到这里又是做什么？”

小男孩不好意思地笑笑，他指着肚子说，“我饿了，想找东西吃。我妈妈只要过了吃饭时间就不准我吃东西。”

何夕心念一动，他这才发觉周围的景物是那样熟悉。时光的流逝终止了，窗外小园子里花草们的身影随风摇曳。“告诉我，这是什么地方？”他轻声问道。

小男孩打开冰箱，食物的香气扑鼻而来，他的脸上立刻写满幸福。“檀木街，十号。”男孩咽了口唾沫，嘟哝着。

——原刊于《科幻世界》2002 年第 3 期，获该年度科幻银河奖一等奖

平行世界中的独行者

——何夕科幻作品中20世纪90年代后科技时代背景下的英雄主义叙事

◎ 郭凯

在20世纪90年代后的“新生代”科幻作家中，何夕在描绘科技时代命题时没有抛弃个体化的视角，他塑造具有强烈悲剧色彩的理想主义英雄人物，令其与环境激烈对抗来凸现科技时代的复杂，书写了一系列与科技密切相关并游离于主流文学视野外的底层人物的生活经验和情感诉求。《六道众生》等作品通过对抽象科学理论的加工，构思出形象化的想象世界，并与中国当下现实社会问题联系，探寻被科技和权力损害的个体应有的行动;《伤心者》等作品描绘了追求纯粹科学之美，试图挣脱外在政治经济环境干扰的理想主义者的奋斗，并思考科学体制本身的缺陷。何夕的科幻创作，对于启示主流文学当下的英雄主义书写和认识今日中国科技体制的问题，意义深远。

一、何夕科幻创作综述

2011年，在四川成都举办的世界华人科幻协会第二届科幻“星云奖”颁奖典礼上，中国科幻“四大天王”之说被多次提及，这4位作家分别是刘慈欣、王晋康、韩松、何夕。此举反映了中国科幻领域对于90年代以来涌现的几位“新生代”科幻作家创作成绩的肯定，当然，也是为了迎合科幻文学面向主流文学和大众读者市场的宣传需要。相对已成为文学学术理论研究对象的前三位作家，何夕受到的理论关注相对较少，关于他的评价更多限于科幻领域内部的杂志、通信和个人化点评，分散且不成体系。

何 夕

何夕，本名何宏伟，1971年12月出生于成都附近的郫县唐昌镇，父母都是一家电器工厂的职工。何夕小学开始接触科幻小说，叶永烈、童恩正、郑文光、金涛、刘兴诗等人的作品对他影响良多。中学时期，他开始接触《科学文艺》杂志，即后来的《科幻世界》。1991年，何夕于成都科技大学读书期间，在《科幻世界》发表处女作《一夜疯狂》，并开始被该刊视为重点作者培养，期间结识了当时新生代作家星河、杨平、柳文扬等人。

何夕大学所学专业为电气自动化，后担任计算机工程师，再后来为公司行政管理人员。20世纪90年代后期，何夕因工作繁忙，曾中止过一段时间写作，之后于1999年复出，并择取杜甫诗句“今夕复何夕，共此灯烛光”中的“何夕”二字为笔名。因此，何夕科幻创作按时间可分为两个阶段：

第一阶段，从1991—1996年，以原名何宏伟发表作品《一夜疯狂》（1991）、《光恋》（1992）、《电脑魔王》（1993）、《小雨》（1994）、《漏洞里的枪声》（1994）、《平行》（1994）、《本原》（1995）、《盘古》（1996）。第二阶段，从1999年起，以“何夕”为笔名发表《异域》（1999）、《田园》（1999）、《祸害万年在》（1999）、《缺陷》（2000）、《爱别离》（2000）、《故乡的云》（2001）、《六道众生》（2002）、《伤心者》（2003）、《审判日》（2004）、《天生我材》（2005）、《我是谁》（2006）、《假设》（2007）、《十亿年后的来客》（2009）、《人生不相见》（2010）、《汪洋战争》（2012）等，何夕的科幻作品全部为中短篇，大都发表于《科幻世界》杂志，并获《科幻世界》主办的当时国内唯一科幻奖项“银河奖”10余次，他的小说大多收录于2011年出版的《人生不相见》和《达尔文陷阱》两本小说集。[①]

科幻评论者严锋指出，“步入21世纪，中国文学呈现出多元重组的震荡格局。主流文学分化转向，世代断裂，而类型文学则遍地开花，蔚为壮观，其中科幻文学走势强劲，大有重现20世纪80年代辉煌之势。”[②] 作为从90年代初创作至今的科幻“新生代”代表作家，何夕在中国科幻领域具有巨大的影响力，他的作品常常以自己的名字“何夕”为主人公，关涉科学前沿的设想和中国当下的残酷现实背景，将不断探索和追寻的人物置身其中，追问和思考其所遭遇的命运，投射出耐人寻味的美感。何夕作品涉及诸多科学领域，包括物理、数学、生物、医学、信息等，使用的故事类型亦涉及爱情、侦探、悬疑等诸多类型，内涵丰富。

20世纪90年代后，在新的科技背景下，一些被主流文学所忽视了的时代宏大命题却在科幻文学中纷纷呈现：如宇宙的“崇高感”与政治的关系问题，城市化进程之于人的异化问题，中国传统文化与现代性关系问题等，然而，不同科幻作家的书写方式又有差异。在刘慈欣、王晋康、韩松作品中，当人物形象因充当变化中的世界的观察者和描述者而消隐了个性差异时，何夕的科幻却恰恰相反，他的作品强调个人英雄主义叙事，主人公不但具有强烈的理想主义色彩，而且具有浓郁的悲剧色彩，这些形象由于真实传达了部分底层人群的生活经验和精神诉求，引起不少读者的情感共鸣。

何夕的代表作是《六道众生》和《伤心者》，这两篇分别作为他两部小说集的开篇，在何夕作品中具有重要地位，拥有广泛的读者影响力。本文重点对这两篇作品进行文本分析，并延及其他相关文本，力求全面分析其作品的艺术价值和时代意义。

二、《六道众生》：科学理论设想的文学化表述与科技专制中的反抗个体

《六道众生》是一个关于用空间分层理论解决人口问题的故事：主人公

① 何夕资料主要来自董仁威所写的通讯《中国言情科幻第一人——何夕评传》[EB/OL] http://blog.sina.com.cn/s/blog_484a22af0102dvgm.html.

② 严锋. 创世与灭迹[J]. 南方文坛，2011（5）：73.

何夕从小可以看到别人看不到的东西，比如某个人的幻影像上楼梯一样在空气中迈步上升走进天花板，于是被当作精神有问题的孩子，成长中受尽孤立之苦。成年后，他在网络中搜索在幻影中看到的一个地名，立刻被神秘机构逮捕，作为疯子关进精神病院。与此同时，世界异变，出现了许多不可思议的景象，如一座冰山突然出现在热带沙漠。终于，何夕被带到科学家面前，被告知真相：作为基本物理常数的普朗克常数并非只有一个，而是六个，所以我们只是生活在六个镶嵌在一起的平行空间中的一个，为解决人口问题，科学家打造了通向其他五个世界的传送门，以星际移民的名义将多余人口送出去。然而，有两个人由于体质特殊，成为可以自由穿梭于六个世界的“超人”，其中一个是何夕，另一个则身份不明。身份不明的人杀害科学家，在每个世界建立邪教，妄图以自己穿梭世界的能力控制世界，并要求何夕与之合作，平分世界。何夕拒绝了这个请求，以巧妙的方法除掉了对手，让世界免于灾难，并最终启动回归计划，封闭了其他五个世界，让人类回归最初的世界。

1. 六道世界：科学设定的空间想象进入中国当下环境的冲击

对于科幻读者来说,《六道众生》最具冲击力之处在于其科学设定的想象力，当何夕被带到五位首席科学家面前时，作者使用了科幻作品中最常见的“上课”形式，以占全文五分之一的篇幅详尽地讲述了“六道世界”的科学原理，这个部分从叙事方法上没有任何独特之处，完全以作者的科学假想展现其想象力。

“六道世界”借用的是一个佛教词汇，但其设想建立在20世纪以来现代物理学基础上。1900年，德国物理学家马克斯·普朗克提出重要的物理常数——普朗克常数，用以调和经典物理学理论研究热辐射规律时遇到的矛盾。他指出电磁波的接收和发射不是连续的，而是一份一份进行的，每一份的能量等于电磁波的频率乘以普朗克常数，从而开创了20世纪物理学领域新的分支“量子力学”。此理论本用于电磁领域，后经德布罗意和爱因斯坦的发展，一切物质都可以表述为波的形式，能量和物质可以转换，因此普朗克常数可以适用于宇宙万物，被定义为物理学领域表述宇宙构成的基本常数之一，如小说中科学家的话：“从这个意义上，我们不妨把普朗克量子数看作一块最基本的砖，整个世界正是由无数种这块砖堆砌成的。”而小说中设想的是，普朗克常数不是唯一的，而是有六个，所以空间中的能量分布，我们所接触到的只是六分之一，还存在用另外五种砖构造的五个空间，分布在我们周围，我们无时无刻不在穿过它却不知道，小说中科学家则发现了它们。

挑战科学前沿理论，创造新的猜想，是科幻小说一贯的叙事风格。关于物理基本常数的科幻小说，西方科幻文学中并不少见。例如，强相互作用是一种基本物理常数，指它是原子核内部各个粒子间的作用力，科幻作家阿西莫夫在其作品《神们自己》中就设定了两个强相互作用力与我们的世界不同的宇宙，在这两个宇宙中，核聚变的难易程度不同，恒星分布也就不同，人类可通过这种落差与两个宇宙交换粒子获得能量。[①] 又如不变的光速也是一个物理常数，在许多关于超光速星际航行的小说中，这个常数也被改变，如在普拉切特的《环形世界》中，宇宙里有一块“魔法场”，光速在这里每小时只有几百英里，这一设定后来在刘慈欣的《三体》中也出现过，降低光速的领域被称为“黑域”。而关于普朗克常数的小说也并不少，《科幻世界》就刊登过史蒂芬·巴克斯特的《猎户座防线》，在这篇小说中，外星人与人类作战，将某一个区域的普朗克常数调低，进入此区域的地球人单位物质的能量也就相应降低，这使得人类出现骨质疏松的症状，所使用的器材极易损坏，从而难以作战。[②]

尽管此类设想在西方小说中较为常见，但对中国科幻作品来说，发表于2002年的《六道众生》冲击力依然很大。科幻文学自从百年前进入中国，在不同的时代各有其特色，但总体来说，幻想多归于感性经验可见部分，如晚清科幻集中对于新社会体制的想象和各种实用性的科技“法宝”，将技术作简单的对象化处理；又如20世纪80年代的科幻，如刘慈欣总结，幻想空间限于近未来、短期可实现的技术。真正从西方近代物理学的理论源头思考，在科幻中提出不同于日常经验的时空猜想，始于20世纪90年代后“新生代”科幻作家。在此之前，中国科幻文学始终承载着来自政治的统一命题，如吴岩所

① Isaac Asimov. The Gods Themselves [M]. Spectra. 1990.

② [美]史蒂芬·巴克斯特. 猎户座防线 [J]. 科幻世界，2003 (3).

形容，是“操纵中国科幻的黑暗左手”。进入20世纪90年代后，随着社会文化多元化发展，来自科学理论设想的独立美感开始有了市场，一方面，西方科学话语依然具有权威性，建立于其上的科学构想可以带来充分的现实感；另一方面，政治上的松绑解放了作家在现代科学理论体系上进行实验的空间，使得何夕可以用一种史诗般的笔法对整个宇宙的存在状态进行设计，突破人们在科学教育中对世界存在状态的既定想象，唤起一种对宇宙未知世界心存敬畏、近于宗教的情感：那些不一样的世界就在身边的空间镶嵌着，几乎触手可及，然而与《哈利·波特》系列中镶嵌于日常空间的“九又四分之三站台”的魔法世界不同，何夕的空间构思有着详尽的科学术语构成的解释，有着极强的可信度。更需强调的是，刊登这篇小说的杂志《科幻世界》面向的读者群主要是中学到大学本科的学生，而普朗克常数的知识是中学物理的必修课，这些来自科学理论的知识话语尽管距离普通人日常生活的经验遥远，但对于20世纪90年代后义务教育体制下的学生来说，却比日常生活的话语更加接近于他们每天的阅读和思考，从知识体系内部提供了对他们所学习的权威科学话语的突破，或者说是反叛，进而形成了新的基于他们对于未来生活的期许，为他们接受一种为自己量身打造的英雄主义叙事奠定了基础。

如果仅仅是展现了宏大的科学构思，还不足以解释《六道众生》的影响力，因为同时期依然有不少同类西方科幻作品在中国流传，实际上,《六道众生》的技术设想还迎合了20世纪90年代之后，中国社会复杂的环境人口压力的现实语境。何夕在此文后记中指出，这篇小说用以纪念即将到来的“世界六十亿人口日”，并指出，与之前发表的《异域》一样，小说反映了人类对自然的过度索取。[①]《六道众生》中，科学家打开通往其他空间的传送门，启动移民工程，正是为了解决迫切的人口问题，因为小说中全球人口已经突破了三百亿。只需翻看小说中包括提出理论的科学家在内的全部人物都是中国人，即可知小说中的“全球”不过是“中国”的缩影；而小说中多次涉及城市脏乱拥挤环境的描写，为全文营造出一种紧张阴郁的氛围，也大抵是20世

① 何夕.《六道众生》后记［M］// 何夕. 达尔文陷阱. 成都：四川科学技术出版社，2011.

纪90年代后中国城市化进程中各种问题的概括。小说中，科学家们希望以科学手段缓解危机，却治标不治本，问题暂时缓解后，人口继续上升，科学家被迫开启最后一个不稳定空间，导致异变发生，灾难降临，也表达了何夕对于国家发展模式的困境的思考：以技术去解决人口环境问题，却不改变人们的生活方式、文化和欲望，后果将难以设想。而对于英雄的需要于是出现了：科学家无法解决这些问题，那么谁来解决?

何夕的其他作品，也大多传达着这种不限于日常的人事，而是对整个人类文明方式的思考。董仁威曾在何夕的评传中提到，何夕生于农业发达的天府之国，祖父却死于三年饥荒，中国农村的沧桑历史对其影响很大，他热衷于关注人的生计和发展的重要问题。《异域》作为《六道众生》的姊妹篇，提出一个设想：人类建立了“西麦农场”，把这里的时间流逝速度大大加快，外界10分钟，农场内已过去一年，可以无限地生产粮食，然而，因农场内生物进化速度的变快，从而对人类造成了威胁。《田园》中，一个科学理想主义者希望通过转基因手法，制造出《山海经》中那样能长出稻子的高大乔木“木禾”，从此，人们每种下一块稻田，也就种下了一棵树，缓解了农业对森林的过度威胁。这些紧密围绕中国当代现实问题、却又在科学理论基础上不断突破构想的作品，使得何夕的科幻兼具现实与奇想的两端，最终，在现实与奇想间游走的英雄主义形象应运而生。

2. 科技时代的被损害者与反抗者

吴岩在《科幻文学论纲》中认为，科幻文学往往传达着边缘人群对于中心的权力反抗，这也是何夕科幻作品中所一贯传达的精神。《六道众生》尽管有着宏大奇特的空间构想，但何夕的故事并非只是单纯的科学论文，这篇小说所产生的影响力，很大程度上在于作者用自己的名字所塑造的悲剧英雄人物“何夕”的形象。

有学者指出，20世纪90年代以来的“新生代”科幻作家，早已打破了之前中国本土科幻各个时代的陈规，以先锋化的技巧进行试验，“小灵通漫游未来”式的乐观浪漫精神早已不复存在，他们笔下的世界已经变得黑暗、暧昧、复杂，跨越雅俗之间，在理想和现实的分界线中展现着世界的复杂。在这一点上，何夕表现得尤其明显。他的所有故事几乎都发生于当下现实或不远的未来，所变化的只是某一个具体的技术或设想，以其对读者所熟悉的现实进行入侵，从而制造冲突。《六道众生》的主人公并非是发现六道空间的五位科学家，而是最初对此技术一无所知、尚处于孩童时期的“何夕”，他因能看到别人看不到的东西，被大人视为“问题儿童”加以孤立。这点已为中国读者所熟知：在西方近代现实主义小说中，许多主人公都有着独特的心灵、与凡俗的现实格格不入、在苦难和痛苦中成长等类似特点。

然而，当小说中的何夕终于长大，决定去探寻背后真相时，他立刻被神秘的权力机构控制，关进精神病院，几乎变成白痴。后由于世界的异变和同样探求真相的女警官的营救，何夕得以逃过一劫，来到象征权威的科学家“五人委员会”面前。在这里，何夕成为一个典型的受害者形象，科学成为权力的象征，科学家与政治融合，拥有了对社会资源无可置疑的控制权，可以随意调动人口和经济，以规划的名义改变人类的生活方式，并调动秘密警察清除杂音；而平民对于上层的秘密毫不知情，所获得的仅仅是虚假的信息。何夕的命运只是特例：因为科学家启动时空门，破坏了空间的结构，使得少部分物质可以在多重世界间穿梭，而这些物质又以极小的概率构成了两个人，其中一个即为何夕。何夕本应作为“杂音”被除掉，只因另一个特例人希望利用自己的能力统治世界，何夕才有了价值，并获知真相。小说中，隐含着 20 世纪 90 年代后的时代命题：当科学成为解释和改造社会的权威，成为新的专制话语，作为社会普通公民，应如何掌握自己的命运？当一个人因机缘巧合获得了某些真相和能力，应当如何理智地运用这些资本，去处理自己与社会的关系？主人公何夕的命运选择，也就成为 90 年代后人们在新的社会结构中如何把握自己的权利与责任的问题思考。此类命题在西方资本主义国家已经讨论多年，在科幻作品中也多有反映，一系列超级英雄题材的作品如《蜘蛛侠》《蝙蝠侠》等，都是关于这类问题在大众文化中的表述。

主人公何夕的行动，很大程度上是由他的对手——隐藏在科学家中的另一特例人郝南村决定的，郝南村在暴露身份前，通过对话令何夕展露出了道德的底线：尽管在成长中倍受痛苦，但何夕“对世界和人的苦难不可能置之不理”，作者并没有叙述何夕受教育的过程，显然何夕的人道主义伦理观念，是作者本人和读者之间达成的共识，也是对于作品时代伦理道德教育的信任。郝南村指出，尽管科学家控制了社会运行，制造了时空混乱，但这并非科学家的错，人口在增长，科学家也只是尽自己职责而已。何夕认同了这个观点，然而如果所有人都没有错，世界的苦难又是谁的责任？作者在这里并无交代，这个无人解答的问题使得整个故事充溢着悲剧的色调。最终，郝南村撕破面具，杀死了其他科学家，利用自身穿行世界的能力控制世界，并与何夕谈判。相对来说，反派郝南村的形象较为单薄，但他构成何夕形象的鲜明对照：尽管时空越来越不稳定，但拥有穿行能力的他却可以不顾别人死活，逃避灾难。时空灾难并非因他而成，但利用这种灾难谋取私利，依然是违背道德的犯罪。何夕除掉了郝南村，并告诉了世人真相，用尽余生封闭了时空门，收获了爱情和完满的人生。作者在文中展现了两种价值判断，一是科学家的公共决策应向公众说明，为公众谋取利益，不应以公众无知的原因对其蒙蔽；二是人应当对宇宙结构心存敬畏，不应过分攫取。这里，作者何夕最终回归传统的价值观和道德观，展现其宏大的科学想象，在这一点上，他与另一位擅长展现科学想象的作家刘慈欣差别很大。但正是在这种价值观中，何夕成功塑造了一个命运极具悲剧色彩，却心怀天下的英雄主人公形象。

何夕笔下的众多主人公，如同《六道众生》中一样，作为普通平民，被卷入特殊的科学事件，历尽劫难，与代表强权的科技决策者战斗。《天生我材》中，科技精英建立“脑域”，将人类大脑联机，可以无限提升智力，而平民们只能出租大脑为生，奋斗一生也比不过精英们在“脑域”几分钟学到的东西。主人公平民何夕拥有联机中仍然保持自我意识的能力，为了救一个女孩，向“脑域”发动黑客攻击；[①]《爱别离》中，主人公叶青衫拥有独一无二的免疫艾滋病毒的体质，却救不了被他感染的妻子，他尽力与医生配合研制疫苗，换来的却是医生出于私利的欺骗和想同他换血的亿万富翁的悬赏。[②]这些见证和亲历科技时代人类困惑和遭际的形象，在主流文学那里显得暧昧

① 何夕．天生我材［M］// 何夕．人生不相见．成都：四川科学技术出版社，2011.

② 何夕．爱别离［M］// 何夕．人生不相见．成都：四川科学技术出版社，2011.

不清。而何夕作品中的这些英雄主人公，从一个主流文学所不易接近的角度去反思当代社会科技与体制交错的复杂环境变迁，去关照人类面对发展的整体困惑和身陷其中的个体的艰难选择，这些选择也许不够完美，但毕竟迈出了无人曾走出的一步。

三、《伤心者》：当出身底层的科学理想主义者遭遇20世纪90年代后的中国环境时

如果说，《六道众生》中的悲剧英雄主人公是被动卷入科技事件的平民，那么，身在科研体制之中的人们又如何？国内外主流文学都较少触及这一领域，相关科普、报告文学均受限于现实，而在90年代后的中国当代科幻文学中，如前所述，科幻作家们往往着眼于宏大的时代命题，个人往往是观察者和描述者，缺乏个体化的细节描绘。在这一领域，何夕以其悲剧英雄主义的手法，创作了许多描述当下科学理想主义者生活和情感的作品，《伤心者》是其中的代表。

《伤心者》主要采用旁观视角，开篇出现的“我”只是从一个全能角度描述人物言行。故事讲述了数学专业大学生何夕的生活。何夕父亲已经去世，母亲夏群芳下岗，家中经济拮据，但母亲十分支持儿子的学业，虽然她对儿子的专业完全不懂。何夕对数学十分痴迷，并研究出“微连续理论”，这是一套艰深的基础理论，导师尽管承认其正确性，但因在可预见的范围内没有实用的经济价值，劝其放弃。何夕痴迷理论中的美感，为坚持自己的理论付出巨大代价：一方面，他挚爱多年的女友江雪认识了与何夕师出同门、却已改行从事计算机行业成为富翁的老康，并在老康的资助下出国，最终移情别恋；另一方面，何夕为出版自己的理论书，耗尽了母亲买断工龄的钱，但书却卖不出去，母亲甚至为了安慰儿子将书偷偷塞进图书馆。最终，何夕在精神打击下发疯。百年后，作为小说叙事者的科学家“我”站在诺贝尔物理学奖领奖台上，宣布解决了大统一场方程，使得人类可以时空旅行，而解决这一问题的关键就是当年何夕的理论。“我”时空旅行的第一站是观察何夕生平，于是有了这个故事。

《伤心者》讲述的是一个中外读者耳熟能详的数学家天才在孤独中被埋没，但成果终被认可的故事，这一故事类型，在中国有徐迟所著、讲述陈景润生平的《哥德巴赫猜想》，是中国报告文学的代表；在西方，有讲述诺贝尔经济学奖得主——数学家纳什生平的好莱坞电影《美丽心灵》。这类故事主要表现两方面，一是数学家与周围的艰苦环境搏斗，永不放弃的精神；二是数学世界本身的美丽，故事结尾，凸现了他们成果的科学价值，赋予两个部分以充分的意义。然而在《伤心者》中几乎没有表现“微连续理论”本身的美感，小说涉及数学细节部分全部一笔带过，所展示的仅仅是大学生何夕的奋斗和他所遭遇的困境。这样一部看似有缺陷的数学家传记，却成为何夕最有影响力的作品之一。

《伤心者》的艺术感染力，源于作者笔下细致入微的生活描绘和对于作品目标读者群心理的准确把握。

作者创作这部小说时，尽最大努力将生活经历融入小说，文中随处可见一些与主题几乎无关的细节，如开篇写何夕在C大图书馆读书，介绍C大原是两所大学合并，以及两个校区学生对合校的反应。这个中国世纪之交大学扩招并校风潮中常见的景象，十分准确地反映出当时教育界的面貌。又如，何夕已下岗的母亲艰难地与小贩讨价还价遭遇的白眼，以及她资助儿子出书拿出的那笔“买断工龄的钱，一年九百四，我二十七年的工龄就是这个折子”，更是将20世纪90年代末市场经济改革，大批国有工厂倒闭，工人下岗的困境描绘得细致入微。不管是高校强势学科与弱势学科间的老师经济条件的差异，还是主人公恋爱期间娱乐和聊天内容的细节，这篇小说都无懈可击。如果忽略掉小说末尾一段百年后的回顾,《伤心者》几乎就是一部当代现实主义小说，并且描述的是其他类型当代小说很少触及的领域：在高校扩招、学术商业化的过程中，那些出生于下岗职工困难家庭的优秀学生，如何能够坚持他们纯粹的学术理想？这个群体面对父母的期许时承担了多大的压力？在面对爱情问题时，能否摆脱经济困难的魔咒？徐迟的《哥德巴赫猜想》写成于1976年，而那个年代，数学家面对的困境与今天何夕相比已经完全不同。作者不动声色地将现实话题书写进一篇科幻小说的框架，以现实的残酷事实去夯实科幻小说的真实感，这很类似于严锋对刘慈欣《乡村教师》的评价：刘慈欣对于贫困乡村中教师的生活描绘得无比细致，当进入科幻的宇宙部分时，这个教师的意义“也被发挥到了一个广袤的宇宙的尺度，一个在非科幻文学作品中难以企及的尺度”。

对于主要生活在城市里的中国科幻读者而言，如果说刘慈欣《乡村教师》里的贫困乡村仅仅是一种陌生和好奇想象的话，那么，何夕的《伤心者》几乎就是他们身边的现实生活。由于中国“科幻迷”的阅读面有限,《伤心者》可算是他们当时所能接触到的、同时满足描述他们周围生活细节和科学理想困境的不多的文艺作品。《伤心者》因此所唤起的强大情感共鸣也正源于此。

那么《伤心者》中理想主义的意义，又是如何表述的呢?

在小说结尾，当百年后“我”用时间旅行通道，向观众们展示当年何夕的人生时发出了这样的感慨：

“我不否认对何夕那个时代来说,《微连续读本》的确没有任何意义，但我想说的是，对有些东西是不应该多讲求回报的，你不应该要求它们长出漂亮的叶子和花来，因为它们是根。”①

花叶与根的比喻已成为作家何夕的名言，中国的“科幻迷”几乎人人都能背诵。在他的小说之前也曾出现，是关于一个外国人形容他们国家的状态，说他们国家之所以富强，不在于那些看得见的经济领域，而在于“根”。在这里,“根”指的是基础科学，在学术市场化的20世纪90年代中国，真正踏实从事基础科学研究的人已经无法生存下去，小说中何夕的导师刘青劝阻何夕时说，他曾经也是个理想主义者，但是放弃了，他可怜何夕，实际是在可怜自己。80年代那种青年学生梦想成为科学家，振兴国家的时代已经过去，今天的学生如果真有人热爱科学，不过也是可以快速获利的实用部分。在这里，作者将何夕的个人悲剧，上升到了一个发展中国家的基础科学在国际市场化浪潮中覆灭的民族悲剧，而正是在这里，中国当代科幻接续上了从晚清到“五四”以来的救国传统，并通过个人命运的戏剧化悲剧展示了出来。

① 何夕．伤心者[M]// 何夕．人生不相见．成都：四川科学技术出版社，2011.

小说结尾处，百年后“我”的发言可谓点睛之笔，通过“我”进行时空旅行观察何夕生平，小说之前的第三人称旁观视角突然被颠覆，成为被后文中的“我”亲身观察的内容，叙事上开始与第一人称难以区分。时空旅行这一科幻文学特有的构思形成了一个叙事实验，而这个实验之所以能够实现，正是依靠文中何夕的“微连续理论”，尽管小说的内容现实而沉重，作者在叙事结构上却做到了先锋而轻灵。

何夕作品中，提出优秀科学假设、却不被世人理解的悲剧英雄，屡见不鲜。《缺陷》中的物理学研究生林欣，因为提出了导师大统一场理论的反例，不被认同，终于被逐出师门，并痛失所爱，但他不放弃自己的信念，培养自己的孩子，使得他拥有了预测未来的能力，然而却和孩子都不得善终。《田园》中的何夕，也是为了研制能够生长乔木的“木禾”，离开了具有巨大经济效益的“脑域”经济领域，在没有科研经费的困境中挣扎。何夕作品主人公常以自己名字命名，并表现出对于自己信念的强烈认同，这些悲剧英雄主人公的形象耐人寻味，一方面，他们确实继承了中国文学“怀才不遇”的青年形象，并与“五四”以来的科学救国传统和中国当下经济环境融合；另一方面，也对科学机制本身的合理性提出反思：当一个青年提出挑战原有的理论框架时，科学体制如何区分荒诞不经异想天开的“民科”妄想，与真正天才的建设性创意？评价标准由谁决定？这种评价标准是否真的客观公正，不受评价者利益、科学外部经济环境和国家政治地位的影响？它背后触及的，实际上是关于当代科学哲学、科学社会学前沿艰深的理论问题。在这一点上，何夕的悲剧英雄实际上引领读者对科学领域运行本身的许多问题进行了深刻思考，这些话题使用了主流文学英雄主义的叙事模式，但触及的问题内容是全新的，几乎是主流文学不可能触及的。

四、结　语

四川科普作协前主席董仁威曾将何夕定义为“中国言情科幻第一人”，但首先，“言情”更多是一种商业化类型文学的标签，而不是一种学术化的归类，这种划分切断了何夕的作品与时代背景和当下科技、体制和社会的联系；

其次，爱情因素在何夕的作品中并非首要因素，何夕作品中虽然常涉及爱情话题，但往往并非作品主线，近来曾有大学生将《伤心者》改编为电影，就将涉及爱情的情节全部删除，并没有改变作品的感染力。①

何夕作品的可贵处在于，他借用了英雄主义的叙事传统，在20世纪90年代后多元文化背景中，思考着具有理想主义情怀的个人面对被科学和技术深刻改变的社会现实，应当进行何种追求。不论是被迫卷入科技时代的平民，还是主动追求知识之美的学者，都坚持着自己深信的道德准则，不论这种坚持成功与否，科技时代的复杂性都被充分展现：抽象科学理论构造的神奇平行世界想象、科技与政治紧密交织的集权社会、科技与资本融合造成的贫富分化和研究方向的选择……何夕用他丰满的人物将个体对于当下科技时代的感受和思考充分描绘了出来。这种创作手法不仅对于主流文学关于多元文化价值取向的当下中国应当如何书写英雄形象是一个很好的启示，更能进一步加深我们对于今天科学、技术与社会复杂关系的认识。

何夕的科幻创作仍然在进行过程中，作为重要的新生代作家之一，他强烈的个性表述和对中国当下现实问题的关注，与主流文学相互参照补充，应该得到理论研究的重视。

---

① 北京电影学院2008级本科生钱添添将何夕的《伤心者》拍成电影《孤者定律》，见http://video.sina.com.cn/v/b/77247294-2772282741.html.

天意（节选）

◎ 钱莉芳

韩信走出秦朝御史的府第。

一群将士嘻嘻哈哈地抱着值钱的财宝器物从里面走出来，经过他身边时，一人问道："咦，韩郎中，你怎么没拿到点宝贝？"

韩信屈指敲了敲那人抱着的鎏金刻花大酒樽，笑道："太重了，我搬不动。"

几个人被他的话逗得哈哈大笑，抱着东西走了。

韩信踱到街道上，慢慢地走着。他的心情很沉重。

哪里都一样。秦宫室里没有，昔日权贵的府第中也没有。秦朝的律令、地图、存档奏呈、户籍文册……凡是有点价值的图籍全没了。

刘邦果然存有野心！

看来，战争还将继续下去。对他而言，战争也没什么可怕的，他的才能本就在这上面。只是他若不能获得重用，再轰轰烈烈的战争，与他又有什么关系呢？

孩子，知道什么是世上最大的痛苦吗？师傅问道，眼睛却不在看他，看着天边。

知道。就是没东西吃，饿肚子呗！他把玩着一株野草说道。

师傅看看他，一笑，摇摇头，又望向天边。是没有对手！记住，孩子，当你天下无敌的时候，你就是这世上最寂寞、最痛苦的人。

错了，师傅和当时的他都错了。没有对手不是最大的痛苦，饥饿之类肉体上的痛苦当然更算不了什么。这世上最大的痛苦是：明知天下没什么人是自己的对手，却偏偏连竞逐的资格都没有。他闷闷不乐地踢掉路上一颗小石子，叹了口气。

忽然，他心里冒出一个不可遏抑的念头。

他伸手拉住一个看上去像当地人的路人，道："请问，国尉府怎么走？"

"国尉府？"那人瞪大了眼睛道，"你问国尉府？"

"是啊。"

那人用古里古怪的眼神看了他一眼，向前一指道："沿着这条道一直往前走，走到尽头向右拐，再穿过一片小树林就是。"

韩信拱手道："多谢。"

"不谢，不谢。"那人说完就走了。一边走，一边不时回头疑疑惑惑地看他。

韩信按那人的指点，向前走去。

啊，自己一定是疯了。为什么去那里？就因为十几年前师傅曾在自己面前说过一回那个陌生人的名字？

那现在去了又指望看到什么？

师傅端坐在那里，捋着花白的胡须，微笑道："孩子，现在你相信我真是秦朝的国尉了吧？"

荒唐！他失笑地摇了摇头。

但他还是继续向前走去。

毕竟是堂堂的国尉府，也许会有一些军事方面的资料呢？看一看又何妨？他这样为自己解释道。

他走到道路尽头。向右拐，再穿过一片小树林。

从树林中走出来，他愣住了。

看得出，那曾是一座恢宏壮丽的府第。

石雕的狻猊依然威严地守在门口，几根枯黄的蒿草从它的脚爪缝中伸出来，在寒风中摇曳。一只不知名的雀鸟正站在它头顶张望，见有人来，一振翅“呼啦啦”地飞走了。

朱漆大门半敞着，上面的漆已斑驳剥落。可以看得见门内的庭院里生满了半人多高的杂草。他伸手把门推开一点，一阵难听的“吱呀呀”的声音把他吓了一跳。他跨进门槛，草丛里蹦出一只野兔，三跳两跳逃走了。

怪不得刚才那人的神情如此古怪，原来他所问的是一座已废弃多年的老宅。

他小心翼翼地穿过一间间或摇摇欲坠、或半已倾圮的厅堂台榭，一边走，一边仔细地看。他不知道自己究竟想看到什么，看来看去也没有看到什么。这里和所有的弃宅一样，霉味、蛛网、尘埃充斥其间，还有几只好奇的老鼠，从黑暗的角落里瞪着明亮的小眼珠子看他，似在琢磨这个闯入者的来意。

转过几堵残垣断壁，眼前忽地开朗起来。

这是一片不大的林园。虽然遍布的野草几乎遮蔽了原有的景致，但依然可以看到一些夹杂其间的珍奇花木，依稀显示着主人昔日的奢华生活。

他没有向那些珍奇的花木走去。他走向园中一棵粗大拙朴的槐树。

如果是夏天，这棵树一定是这园中最好的纳凉所在，黄白色的小花会吸引来许多嗡嗡叫的蜜蜂和各色蝴蝶。但现在，它是这里最单调无味的植物。在寒风中掉光了叶子后，它那粗大的枝干看起来实在一无足取。

那他为什么还要向那棵树走去？

是因为第一次见到师傅，便是在一棵槐树下吗？

老人坐在一棵大槐树下，微微佝偻着背，出神地望着远方。有时随手捡起根树枝，在地上划来划去，似乎百无聊赖，又似乎心事重重。

没有人关心这个陌生的老人从哪里来，是什么人。谁在乎呢？大家都要忙自己的生计。

一个孩子为了逮一只蚱蜢跑到老人面前，蚱蜢跳到老人信手画下的那些纵横交错的线条间。孩子屏息静气，悄悄地举起手。好极了，不要动……

孩子的手迟迟没有落下，蚱蜢早已逃走了。

孩子被那玄妙的图形迷住了。

他拨开野草，向那棵大槐树走去。

已经多少年没人在这棵树下乘荫纳凉了？十年？二十年？它寂寞吗？它会在凄清寒冷的夜里回忆起夜夜笙歌的过去吗？它还记得那位秦王曾以平礼相见，衣服饮食与之同的主人吗？它知道为什么这个名动一时的奇人后来会销声匿迹吗？

蓦地，他停住了脚步。

他的心一阵剧跳。

一个人背对着他坐在树下一块青石上，花白的头发，背微微有点佝偻。

一阵冷风吹来，他打了个寒战。这人是谁？为什么会出现在这座已荒弃许多年的老宅里？难道……

“谁？”那人沉声问道，同时转过身来。

是一个面容清癯、目光锐利的老人。

他松了一口气。不是鬼，很正常的一个人。当然，也不是师傅。他心中隐隐泛出一丝失望。

老人上下打量了他一阵，冷冷地道：“这里没你要的东西。你来晚了，可以拿的东西十几年前就搬光了。除非你对那些瓦砾感兴趣。”

韩信一怔，但旋即明白了：老人八成是秦朝遗臣，把自己当成正大肆掳掠的楚军将士之一了。于是道：“先生，您误会了，我不是来……”

“我建议你去赵高府，”老人道，“那是一个好地方，金银珠宝十天半个月也搬不完。”

韩信无奈地一笑，看来解释是没有用了。想了想，他一拱手道：“在下韩信，敢问先生……”

“我也不怕告诉你，”老人冷冷地道，“我叫仲修，是秦朝的太史。”

韩信道：“请问仲先生，此间的主人……”

“早不在了。”仲修的声音又硬又冷，明显地拒人于千里之外。

不在了，通常有两种解释。韩信不知道他指的是哪一种，欲待进一步询问，老人又是一脸冰霜，韩信只得叹了口气，道：“可惜。”

“可惜什么？”仲修冷笑道，“他要是还在，你们能进得了咸阳？”

韩信怔住了。

项羽那超越了复仇的滥杀已是尽人皆知，咸阳没来得及逃走的秦朝官吏如今人人自危，躲都来不及，这个老人居然还毫不掩饰他对征服者的蔑视。

不知怎的，韩信对这个浑身带刺的老人产生了一种奇特的敬意。

这似乎不太应该。秦朝暴虐，人人痛恨，他怎么能敬重一位至今还在为它效忠的官员呢？

也许是因为现在已经很难说哪一方代表正义了。事实摆在那儿：出身贫寒、忍受了多年高压统治的起义者一旦掌握了决定他人生死的大权，会变得比原来的统治者更残暴、更野蛮。

韩信默默地走到仲修对面坐下。

他和仲修之间有一块近于圆形的石礅，上面落满了槐树的枯叶。韩信随手拂去落叶。石礅上有一层浅浅的青苔，还有一些奇异的线条……

“你看得懂？”老人疑惑地看着这个一身泥污的孩子。

怎么会看不懂？这是一种多么有趣的游戏！简直太有趣了！孩子兴奋地捡起一根树枝，在那图形中画下一个小圆圈，然后蹲在那儿，托着下巴，一脸希冀地望着老人。

老人看到孩子画下的圆圈，脸上微现惊讶之色。但他没作声，只拿起树枝在图中画下一个圆点，然后盯着孩子。

不可能，一定是巧合！他只是个孩子啊。

“你看得懂？”仲修疑惑地看着韩信道。

韩信慢慢地伸出手指，在那覆盖着青苔的图案上画下一个小圆圈。

乾九。

不管后面如何发展，开局首先要占据的，就是这个位置。

师傅说：乾元用九，天下治也。

仲修看看石礅，又看看韩信，也慢慢地伸出手指，在那层薄薄的青苔上画下一个圆点。

坤六。

不错，他也是学过的，知道唯至柔能御至刚。

用六永贞，以大终也。

孩子还在往图上画圆圈，但他已画得越来越艰难。二十多步后，孩子要想很长时间才能走一步。他的头越埋越低，心里又是后悔、又是羞愧。

刚才看着明明很容易的，哪知道玩起来竟这么难！

孩子终于再也走不下去了。他扔下树枝，吃力地道："我，我输了。"说完，头也不敢抬，站起来转身就走。

"站住！"老人沉声道，"过来。"他的声音中有一种令人无法抗拒的威严。

孩子低着头，老老实实依言走过去，准备为自己的不自量力接受嘲笑和训斥。

老人用树枝点点地下，"谁教的你'八宫戏'？"

孩子的脸唰地一下红了："没……没人教过我。"果然是内行才能玩的游戏。他恨不得找个地洞钻进去。

"没人教过你？"老人眯起眼睛，看看孩子，又看看地下，"……十……二十……三十，三十一。没人教过你，你走了三十一步。啊！三十一步！"老人仰起头，闭着眼睛，"他们中最优秀的，在我手下走过二十八步。你没学过，走了三十一步。"

老人睁开眼睛，一下扔掉手里的树枝，抓住孩子的双臂，颤声道："孩子，这个游戏还有好多种玩法，你愿意学吗？"

仲修输了，他吃惊地看着石礅上的划痕，又看看韩信："你……你从哪里学来的？"

韩信道："你们国尉常玩这个？"

仲修道："是的。当然那时是用棋子。很多时候他跟自己下，因为没几个人能在他手下走满二十步。"

韩信道："最多的……在他手下走过几步？"

仲修道："二十八步，蒙恬下的。"

他们中最优秀的，在我手下走过二十八步。

巧合，一定是巧合。

"你们国尉，"韩信深深地吸了一口气，道，"说话……有没有大梁口音？"

仲修看着韩信，脸上是若有所悟的表情。他慢慢地说道："国尉是大梁人。"

韩信脑中一阵眩晕。

啊！师傅在不经意间随口说出的那个名字竟是真的？他真的是尉缭？大秦的元勋功臣，大名鼎鼎的《尉缭子》的作者？不！不可能！

世上还有比这更荒诞的事吗？他助秦王——也就是后来的始皇帝灭六国统一天下，他有了一人之下、万人之上的荣华富贵，却又忽然抛下这一切，孤独而寂寞地漂泊在民间，将一身惊人的艺业传授给一个出身卑贱的孩子。他在干什么？难道他不知道，那些威力奇大的奇谋秘计，足以颠覆他一手缔造的帝国吗？

啊！誓言，那个奇怪的誓言！

"孩子，你给我发誓，以皇天后土的名义发誓！"老人干枯的手指用力抓住孩子的双肩，盯着他的眼睛，一字一句地道，"永远不要使用我传授给你的一切，除非乱世到来。"

明白了，明白了，这原来是师傅为帝国的安全而设下的一道防线。

他忽然想起，师徒三年，师傅还从未给过他一个笑脸。那时他单纯而热烈地仰慕着师傅。这个不知来自何方的老人给他带来了一个神奇美妙的新世界。他一接触这些，就恍惚感到，这就是他有生以来一直在这茫茫尘世中等待着的东西。与这一切相比，同龄孩子们那些幼稚的游戏对他完全失去了吸引力。他深深地感激师傅，如饥似渴地学着那些他的玩伴一辈子也不会弄懂的深奥知识。师傅是他心目中最有智慧、最有权威的人。他多么希望自己的努力能获得师傅的肯定——哪怕一句淡淡的夸奖，一个赞许的眼神。然而，他从未得到过。相反，他注意到，当看到他进步神速时，师傅的目光里，竟会有一丝警惕的敌意。

他心里一阵刺痛：原来那时，师傅就已经对他有了戒心。

他明白了，可又不明白。师傅对他如此戒惧，那为何还要教他呢？

"我以为他不过说说而已，"仲修叹了口气，站起来，轻轻自语道，"哪知还真这么做了。"

韩信道："仲先生，您说什么？"

仲修挥了挥手，意兴萧索地道：“没什么，一些陈年旧事，与你无关。”

韩信道：“仲先生，您什么都知道，是吗？”

仲修不语，过了一会儿，举步向前走去。

韩信道：“这是为什么？仲先生。你们国尉，他……为什么要这么做？”

仲修道：“你不必知道。你遵守了诺言，这就够了。乱世已经到来，去做你想做的事吧！”他回头看了看那块刻着“八宫戏”的石礅，又看看韩信，“知道吗？你已经超过了你师傅。国尉没有选错人，你会名扬天下的。年轻人，好自为之吧！”说完，又向前走去。

韩信抢步到仲修面前，道：“可这到底是为什么？仲先生，您能告诉我吗？”

仲修抬眼冷冷地扫了一眼韩信，道：“你在命令我？”

韩信退后几步，跪下，诚恳地道：“不，我在恳求您。您是我师傅的朋友，我怎敢对您不敬？只是这件事我若不知道原因，会永远无法安心的。而以现在的情势，除了您，我还能问谁呢？”

仲修叹了口气，道：“起来吧，不必这样。其实也没什么不能告诉你的，只是说了你也不会相信。如果你坚持要知道，那就跟我来吧。那是一个很长、很荒谬的故事。到我家去，我会慢慢讲给你听的。”

室外寒风呼啸，室内暖意融融。小火炉上煨着一壶黍酒，香气满室。秦地的黍酒劲道十足，一杯下肚，有如一道烈火直冲而下，在腹中熊熊燃烧，极其舒畅。韩信放下酒杯，静静地等着。

仲修轻啜了一口酒，将酒杯捏在指间慢慢左右转动，眼睛却只茫然地盯着前方。

精致的朱雀铜灯静静地燃着，火光偶尔一跳，四周的阴影也随之一颤。仲修的目光却始终一动不动，仿佛早已穿越了这一切，到了一个很远、很远的地方……

十多年了，我依然无法肯定，那一切是否真的发生过。因为那实在是……唉，实在是太荒谬了。

那是我们始皇帝陛下刚刚一统天下的时候。你知道，帝国的版图之大，是前所未有的。始皇帝拥有的权力，也是过去任何一位君主都不曾有过的。所以，这世上的东西，只要他想要，就没有他得不到的。在咸阳北阪，自雍门以东至泾渭，仿建了所有诸侯国的宫室，里面汇聚了各诸侯国最珍贵的珠宝和最美丽的女人。上林苑里也兴建起了规模宏大的阿房宫。始皇帝足不出咸阳，就可享用到昔日天下诸侯所能享用的一切。

我们也很为始皇帝高兴，都认为他大概是自古以来最快乐的帝王了。

然而，始皇帝只是在帝国建立的最初高兴了一阵子，没过多久，就对这一切失去了兴趣，显出烦闷不快的样子。

近臣们变着法引他高兴：俳优的笑谑，武士的角抵，甚至西域人的幻术都搬到宫里来了，但都没用。始皇帝依然闷闷不乐。

群臣议论纷纷，不知道皇帝到底想要怎样。

终于有一天，始皇帝自己告诉了我们。

“朕要得到长生。”他说。

你可以想象，这句话在朝臣中引起了怎样的轩然大波。始皇帝已经不是刚即位那会儿的孩子了，按理不应沉迷于荒诞的幻想，然而现在他竟然说他要长生！

震惊、怀疑、恐慌。

然后是各种各样的劝谏：委婉的、直接的、口头的、书面的……

当着我们的面，始皇帝把一堆谏书扔到丹墀下。

“你们没见过的事，未必就不存在！”他愤怒地吼道，“这世上真的有神仙，真的有长生药，只是你们不知道！”

他下令把那堆谏书烧毁。在熊熊的火焰前，他对群臣说：“下一回朕要烧的就不止是谏书了！”

我没有被他的愤怒吓退，写了一道措辞激烈的奏书呈送上去，然后预订了一副棺椁。

我是一个史官，史官必须说真话。

始皇帝在寝宫召见了我。他穿着便服，斜倚在一张极大的楠木榻上，阴沉着脸，看着我，不说话。

我也毫不畏惧地看着他。

一个宫女在为他捶着腿，不时胆战心惊地偷偷看我一眼。

许久，他开口了："为什么要这么做？你没听见朕的命令吗？"

我说道："陛下行陛下的意志，臣子尽臣子的职责。"

始皇帝看着我，眼中的严厉渐渐消退了。他叹了一口气，道："仲修，朕知道你的忠诚。可你能不能让朕清静一下？朕真的累了，不想再和你争论。你说服不了朕的，正如朕也说服不了你。"

始皇帝的声音里带着疲惫，我有些意外，也有些不忍，准备好的尖锐的谏言一时竟说不出口，只道："那么陛下能否告诉臣理由呢？臣不和陛下争论。"

始皇帝挥手让那宫女退下，沉思了一会儿，才幽幽地道："朕拥有整个天下，可如果朕最终也不过和常人一样，无声无息归于尘土，那得到天下又有什么意思？"

我诚恳地道："陛下怎么会和常人一样呢？陛下德兼三皇，功高五帝，就算千秋万岁之后，也必有盛名留传于世……"

"别跟朕来那一套！朕听腻了。"始皇帝冷冷地道，"死后的名声一钱不值，况且谁知道那是怎样的名声！现在说得都好听，朕一死，哼……你是太史，应该知道得很清楚：哪个帝王生前不被颂声包围？哪个帝王死后不被肆意攻击？"

我无言以对。

贤明如尧舜，都有遭人指摘之处。说尧治国无方，致有"四凶"之患；说舜诛鲧用禹，杀其父而用其子，非仁君所为云云。我确实举不出一个生前死后都无丝毫非议的明君。

始皇帝道："你没话说了，是不是？因为你也知道，死亡会带走一切：权势、财富、荣誉、女人……你也无法保证，朕死后的名声，不被人歪曲践踏！所以，朕告诉你，在这世上，只有活着，才是最真实可靠的；只有长生，才是最值得追求的。"

我道："可是……"我原想说：可是世上根本没有什么长生不老之术。但又一想，回到老问题上死缠烂打，终究于事无补。不如趁他现在还能听进去话，从别的角度进言，也许还能起一点作用。于是道：“……可是陛下，你征服过、占有过、享用过，这还不够吗？世间的一切，正因为终将失去，才显得珍贵。如果能确定永远占有，反倒会感到厌倦了。”

“厌倦？笑话！”始皇帝轻蔑地一笑，道，“那是无法占有的人安慰自己的想法。朕永远不会厌倦，永远不会满足。东有大海，西有流沙，南有百越，北有匈奴……那么多地方对我来说都是陌生的。给我足够的时间，我能征服到天边尽头……长生，长生，唉，长生多好啊……”

始皇帝无限神往地说着，眼中闪动着兴奋的光芒。他已经不再看我，而完全沉浸到他那臆想的世界里去了……

我焦急地找到国尉，他正悠闲地在自己的花园里修剪花木。

“除非发生战事，”他仔细地修着一丛金银花藤，“否则不要来打扰我。”

我道：“比战事还严重！国尉，你不能不管。”

“哦？”国尉停住手中的工作，道，“发生什么事了？”

“陛下想要长生不老。”我把事情的前前后后告诉了国尉。

国尉沉思了一会儿，又开始修起花藤，“那就由陛下去吧！”

“什么？”我大吃一惊，“国尉，你怎么能这样？这不是小事，要亡国的啊！”

国尉依然剪着花枝，淡淡地道：“放心吧，帝国亡不了。”

我一把抓住国尉的手，道：“国尉，事情真的很严重。陛下现在连李斯的话也听不进了，只有你也许还能……”

国尉微微一笑，道：“你相信这世上真有神仙吗？”

我道：“不。”

国尉道：“你相信这世上真有长生不老之药吗？”

我道：“不。”

国尉道：“那你还担心什么呢？”说完，他抽回被我抓住的手，又修起了那丛花藤。

我怔怔地若有所悟，道：“国尉，你的意思是说……你的意思是说……”

国尉修着花藤，慢吞吞地道：“我的意思是说，反正是根本不存在的事物，就由陛下去吧！找来找去找不到，他终有一天会死心的。以陛下的精明，还会找一辈子神仙吗？何必苦苦拦着他，反倒坚定了他的追寻之念？”

我恍然大悟，心中佩服不已，想了想，又道：“可是，我们做臣子的，眼看君王这样荒唐下去而不作任何谏阻，是不是有点……有点……”

“那你想怎么样？”国尉回头看看我，道，“来一场尸谏？陛下的性子你还不了解？他什么时候被人命吓住过脚步？”说着，放下花剪，伸手拍拍我的肩，道，“我知道，你们这些史官，都有一股董狐秉笔直书的倔劲。但是听我一句话，忠臣的命是很值钱的，不要动不动就以牺牲来显示忠诚。把你那副棺材退掉吧！”

我又钦佩、又羞愧地从国尉府出来。

唉，国尉就是国尉。在任何时候，他都能做到高瞻远瞩，处变不惊。

听说我去过国尉那儿，同僚们纷纷来向我打听国尉的态度。我把国尉那些话跟他们说了。他们听后，也都是恍然大悟，佩服地道：“是啊，是啊，还是国尉看得透彻，我们怎么就没有想到呢？”

于是，不再有人谏阻始皇帝荒废政务外出巡游，不再有人指责众方士虚耗国帑出海寻仙，不再有人对宫里乌烟瘴气的炼丹炉说三道四……

我们坚信，这些混乱都只是暂时的，一切很快就会回到正轨上来。

很久以后，我们才意识到，我们，包括国尉犯了一个多么可怕的错误。然而那时已经来不及了。不，确切地说，就算我们早就知道以后会发生什么，也无法阻止那一切的发生。

因为那是天意。

真的是天意。

就在我们耐心等待着始皇帝的幡然醒悟时，始皇帝已一步步走进那个天意铸就的陷阱中了。

他兴致勃勃地游览了一处又一处名山大川，峄山、泰山、芝罘、琅琊……到处祭鬼拜神，到处刻石颂德。我们奇怪于他的毫不厌倦，不知道到底是一种什么样的念头在支撑着他继续这种无聊的游戏。

我心中浮现一丝隐忧。似乎有什么事是我们所不知道的。

那一天终于来到了。

始皇帝从东海边巡游归来，我的一个朋友来找我——他是此行随驾的。

一见面，他就失魂落魄地道："完了，帝国要完了。"

我一惊，边扶他坐下，边道："怎么了？出什么事了？陛下龙体欠安吗？"

朋友惨然一笑，道："陛下好着呢！从来没这么好过。自从遇上那个什么东海君，陛下简直欢喜得要疯掉了。一路同车而行，同案而食，连君臣之礼都没了……天哪，一个术士啊！"朋友捂着脸哭了，"难道帝国竟要毁在一个术士手里吗？连周幽王都没这么荒唐过啊！"

我安慰朋友道："急什么？不就一个术士吗？由他折腾去！等炼丹炼不出来，有他好看的！"

"不，你不知道，"朋友抬起头来，眼神有些茫然，"这一个不一样，真的不一样……"

"不一样？"我诧道，"怎么不一样？难道他还真能白日飞升、羽化登仙不成？"

朋友道："不，不是的……唉，你自己见到他就明白了。"

听了朋友的话，我倒很想见见这个东海君，好早日在始皇帝面前戳穿他的假面具。我自信，以我的学识，对付这类江湖骗子应该是绰绰有余的。

我很快就如愿以偿地见到了东海君，那是始皇帝召我进宫。

我一踏进殿门，始皇帝就得意地指着他身旁一人对我道："仲修，你总是不肯相信世上真有长生不老之术。现在这里就有一位长生之人，怎么样？"

我顺着始皇帝所指望去，见是一个神情冷漠的黑衣人，面貌没什么出奇之处，看样子也不过三四十岁。我于是冷笑一声，盯着那人道："长生？请问足下贵庚？"

始皇帝道："哎！不得无礼！这位东海君先生已有一千多岁了。千年之间的事，没有他不知道的。你这位太史，有些史事还可向他请教呢！"

我心中一动，望向始皇帝，始皇帝也正目光闪烁地看着我。

我忽然明白了，始皇帝为什么要召我进宫：他对这个"长生不老"的东海君也尚存疑虑，因此想借我的盘问，来摸摸他的底细。我于是想，一般的史事，载之史册，传于四方，我知道，别人也能知道。这个东海君连一千岁这样的牛皮也敢吹，必然有备而来，要问倒他，只有找那种真相现在已很少有人知道，外界却有很多种谣传的事来问他。

想了想，我提出了第一个问题："请问，老子究竟是什么人？"

我原以为他会像一般人那样，说老子是周朝守藏室之吏。没想到他想也不想，就冷冷地道："他和你一样，也是太史。先仕周，后仕秦。"

我大吃一惊，简直不敢相信自己的耳朵。老子一生自隐无名，其时周室衰微，他出关远逝，世人皆不知其所踪。事实上，他确实到了秦国，在秦国度过了他的晚年。作为太史，他也把自己的事写了一点下来，存在秦国的史档之中。年深日久，就连秦国的史官也未必知道这件事了。我还是不久前整理旧档，从一堆蒙尘已久的简牍中，偶然发现这个秘密的。可眼前这个一脸冷漠的东海君，竟这样轻而易举地说了出来，而且说话的口气毫不在意，好像那是再正常不过的事了。

——节选自《天意》，四川科学技术出版社，2004年，

获该年度科幻银河奖特别奖

在异度空间驰骋瑰丽的想象
——评钱莉芳的历史科幻小说

◎ 张懿红　王卫英

钱莉芳是更新代科幻创作群中很值得关注的一位女性作家。她的历史科幻小说《天意》和《天命》以其高超的叙事技巧吸引读者进入悬念迭出、充满悲剧感的历史幻想。《天意》在楚汉相争的历史背景中楔入科幻谜底，扭转韩信的悲剧，完成对悲剧英雄韩信的理想化塑形。而《天命》则以超凡的想象力追索湮没的上古历史，解读商朝统治，归结为“分叉”宇宙观和“回环”“天命”历史观。从《天意》到《天命》，钱莉芳的历史科幻以悬疑曲折的故事情节、古雅的历史氛围、英雄悲剧的崇高美和对人类历史的反思，形成了极具个性的风格化追求。

钱莉芳的作品少而精，迄今为止，仅有两部小说面世:《天意》和《天命》，但这两部长篇小说都经过市场考验并大获成功，称得上名副其实的国内原创科幻畅销书。2004 年《天意》的出版，推动了国内原创科幻图书市场的复兴，迎来了原创科幻长篇小说的丰收季，由此奠定了它在中国科幻史上不容忽视的地位。

中国有悠久的史传文学传统，因而形成了国人浓厚的历史情结。历史科幻将新奇的科幻设定融入历史，完成对历史的全新阐释，满足读者追问历史

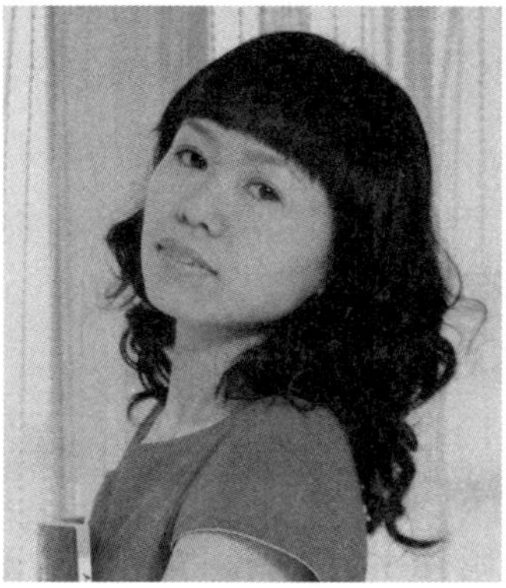

钱莉芳

的好奇心，这或许是此类小说在中国大行其道、广受欢迎的一个重要原因。实际上，许多历史科幻的科幻因子大都比较稀薄，但由于增加了历史纵深感，因而更具思想穿透力。

从《天意》到《天命》，钱莉芳的历史科幻小说创作一脉相承，作品以其高超的叙事技巧吸引读者进入悬念迭出、充满悲剧感的历史幻想，触摸古代英雄的命运和心灵，进入巧妙而深刻的思想空间，在历史与未来的链接处，思考文明的存续与悖论。钱莉芳的历史科幻充分说明：只有精彩的故事，才能容纳思想的深度——尽管历史观建立在幻想基础上，也无法否定小说敞开的异度空间，它是科幻的、历史的、人性的，也是思想的。

一、《天意》：重塑悲剧英雄

2004 年初，《科幻世界》杂志社隆重推出钱莉芳的历史科幻作品《天意》。该书刚在武汉等地面世，就占据了当地新华书店销售排行榜前列。《天意》最终销量超过 15 万册，刷新了自 1983—2010 年国内科幻最高销量（随着 2010 年年底刘慈欣《三体 3 · 死神永生》的问世，这一销量才被打破），同时获得该年度科幻“银河奖”特别奖。

《天意》取材于中国人耳熟能详的秦汉历史，涉及的历史事件和对刘邦、张良、韩信等乱世英雄的形象刻画也都基本遵从历史记录。如果仅止于此，则这个小说只是一部秦汉历史的扩写本，没有丝毫新鲜之处，这当然不是《天意》的目标。正是在熟知的历史河流中，作者逆流而上，为这段历史悲剧寻找（毋宁说“创造”）一个不为人知的根源，从而根本扭转悲剧的性质，把功高盖主、兔死狗烹的封建社会君臣悲剧，转换为一个牺牲自我保护文明存续的救世英雄的悲剧，成功塑造了韩信这一英雄形象。其中，外星人传播文明、时间机器、穿越等科幻设定显然是情节发展的主导性元素，是英雄悲剧的根源，是历史与科幻的节点。

按照《天意》的设定，人首兽身的外星人龙羲在造访地球时，其乘具星槎降落在渤海中被腐蚀毁坏。为了回到自己的世界，龙羲想借助天体间引力使时空变形，在海洋中造出平地，“逆卷”到当初降落的时间。为此龙羲不惜向人类传播文明，推进人类社会向前发展（因而被人类尊奉为“伏羲”），并物色地球上能够帮助自己的才能之士，以九鼎、照心镜之类神物辅佐他们成就残暴的霸业，以助其完成移山填海的大工程。秦始皇、张良、韩信、刘邦都曾先后被龙羲利用。韩信是这些人中最有智慧、才能和良知者，同时也是最受龙羲器重的一位，他在与龙羲的“交易”中发现了真相，为了保护人类文明的存续，避免施行工程带来的灾难性后果——文明毁灭，他明知不能完胜，还是孤注一掷攻击神殿，坦然接受龙羲的报复孤独死去，安排季姜去未来的时代揭露龙羲的阴谋。

关于外星人干预地球文明、孤胆英雄拯救人类的主题在科幻小说中可谓司空见惯，但钱莉芳的小说却把这样的“旧调”与伏羲、彭祖等神话历史事件联系起来，弹奏出一曲扣人心弦的神奇乐章。例如她把时间机器设计为“玉雉”，把史籍记述的“曳影剑”解释为外星利器，这些历史谜团经过科幻式的解析，把已知与未知巧妙嫁接，使煞有介事的历史叙事呈现出圆满自洽的叙述效果。同时，由于科幻谜底的楔入，把熟知的历史变成了解密的过程。在解密过程中，韩信的悲剧完全脱出历史给定的答案，也不再呼应《史记·淮阴侯列传》中“君臣一体，自古所难”的慨叹，而是在更高层面上塑造韩信的英雄形象。这不仅体现了韩信韬略盖世的军事才能、知恩图报的忠义情怀，更通过力量悬殊的人“神”之战，凸显其顺应天意、承担人类使命、勇于牺牲的悲壮情怀。因此，《天意》中的韩信，不仅是自汉以降无数文人墨客大泼翰墨塑造的那个统观全局、擘画大计、多谋善战、忠勇奋发的大军事家形象，还是一个“顾念天下苍生的安危，甚于顾念自己的生死荣辱”“为文明的存续奔走牺牲”“苦心孤诣地拯救了这个世界”的孤胆英雄。他把死的宿命留给自己，把生的希望留给季姜、留给人类。“他在时间的那一头，孤独地死去；她在时间的这一头，孤独地活着。”相比历史上的韩信，《天意》塑造的韩信形象更具悲剧英雄的感染力，令人联想起普罗米修斯、赫拉克勒斯、俄狄浦斯等希腊神话传说中的英雄人物，具有古希腊神话、悲剧的悲剧美、崇高美，恰如杜勃罗留波夫的经典论述："通过'悲'反射出美，通过'苦难'显示出崇高，通过'毁灭'展示出希望，从而歌颂光明，鞭挞黑暗，扫除污秽，预见未来。这才是悲剧美的灵魂。"[1]

二、《天命》：反思文明悖论

继《天意》获科幻最高荣誉"银河奖"特别奖七年后，钱莉芳的长篇历史科幻新作《天命》震撼问世。这是一部中国版的《达芬奇密码》，它以玄鸟族传承人"受命者"为线索，将汉武帝、苏武、卫律、李陵编织在一个爱恨情仇的曲折故事中，以超凡的想象力追索湮没在神话传说中的上古历史，解读因缺乏史料而扑朔迷离的商朝统治，归结为"分叉"的宇宙观和"回环""天命"的历史观——"世界会不停地分出歧路，你我本应该有无限可能的未来，但不幸的是，我们一手毁了那无数可能的未来。当滔天的洪水流入归墟，亿兆宇宙轰然湮灭，一条从树枝向树根伸去的回环结成了。……因为人类自己的罪恶，我们自己给自己制造了一个生生世世永远无法逃脱的回环。""天命，不是一二异人掌控的神秘命数，而是这世间亿万生灵呼吸、饮食、悲欢、喜怒、生死……这无穷细微状态造成的大趋势。这种趋势，不是区区一支势单力薄的玄鸟族能改变的。"借助科幻的想象力和预见力，钱莉芳打通古代与未来，把远古神话解读为未来灾难的写照，由《诗经·商颂·玄鸟》推导出一个穿越故事，完成了她对人类历史规律的大胆设想。

《天命》将科幻谜题融入历史，整个故事的谜底由科幻元素来解答。故事的整个谜题是这样的：在人类文明高度发达的未来时代，两个最强大的国家因争夺北冰洋而爆发核战争（古人看到十日并出的由来），地球冰雪融化，形成大洪水。为了避免灭亡，人类冒险动用了那个时代刚刚掌握的技术，在滚滚波涛中制造了一个深不可测的洞穴，将洪水导引到一个异样空间中储存起来。那洞穴就是传说中的"归墟"，即时空陷阱。但是，这个不成熟的技术出了问题，大洪水被倾泻到远古时期，那就是尧舜时期的大洪水。未来人类为了解时空另一边的信息，造出一个巨大的黑色鸟形飞行器，携带一个蕴含着未来人类海量信息的“鸟蛋”，通过这个空间陷阱飞回远古。在古人的眼里，黑色的钢铁燕子从万顷碧波里冲出的惊人一幕，就是庄子所描述的大鹏“抟扶摇而上者九万里”的情景。而这个黑色的钢铁燕子，就被称为“玄鸟”。商朝人始祖中的一个女子简狄吞下这个“鸟蛋”而生下商的祖先契，从此把“受命者”的血脉传承，也把智慧和文明一代代传播。玄鸟族的继承人凭借自己来自未来的强大智慧（预知的异能）统治天下六百年。直到经历商周巨变，这个受命者的秘密被周朝以后的统治者有意掩盖起来。后世商的后代——孔子洞悉这个秘密并把它含蓄地写到了《诗经》里，即《诗经·商颂·玄鸟》。

严肃的史学研究恐怕很难接受《天命》的历史叙事，但作为历史科幻小说,《天命》的逻辑推理呈现相对完整的自洽性。在解谜篇中，小说不仅对商朝被湮没的历史给予合乎情理的解释，而且解答了诸多与这一大谜题相关的小谜题，其答案出乎意料又自成体系，令人耳目一新。诸如鲧之死、妲己之祸、武王伐纣、三监之乱、秦与商的相似，以及武王谥号、孔子正统观念的由来，秦始皇“焚书坑儒”、重黎“绝地天通”的真相等，新奇的历史揭秘一个个言之凿凿，令人信服。小说引用了《尚书》《诗经》《周易》《史记》《汉书》等典籍，把历史科幻建立在相关史料、史实的基础上，充分体现了作者广博扎实的历史知识、触类旁通的历史感悟力和不可思议的想象力。

钱莉芳的历史哲学依稀可见博尔赫斯《小径交叉的花园》和恩格斯“历史合力论”思想的融合，并遵从诺维科夫自洽性原则以避免时间悖论[①]。在循环交叉的时间和同时并存的空间中，在无穷无尽的偶然性和可能性中，由

① 诺维科夫自洽性原则是俄罗斯理论物理学家诺维科夫在20世纪80年代提出有关时间悖论的规则。这一规则的含义是，人可以回到过去，但是不能因此改变历史的进程。也就是说，我们的世界是已经被改变过的最终结局。时间悖论是回到过去的时空旅行都会遇到一个逻辑难题，它最极端的例子就是著名的祖父悖论（又称为外祖母悖论），最先由法国科幻小说作家赫内·巴赫札维勒 (René Barjavel) 在他1943年的小说 *Future times three* 中提出。情景如下：假如你对自己的现状非常绝望，但是你又不想自杀，你希望自己从来就没有来过这个世界，你于是选择通过时空旅行回到过去，在你的父亲出生之前就杀了你的祖父，那么你的父亲不能出生，自然也就没有你的出生，可是，如果没有你的出生，那你就绝不会回到过去杀了你的祖父，所以你还是要出生——佯谬产生了：你存在，所以你不存在；你不存在，所以你才存在。载自：穆蕴秋，江晓原. 科幻中时空旅行之物理学历史理论背景研究［C］// 江晓原，刘兵. 851M：我们的科学文化（1）. 上海：华东师大出版社，2007.

无数单个人的意志和力量相互交错，汇合而成的一种总的合力所产生的结果，就是历史的发展。因此，历史发展的动力是客观规律性和人的自觉能动性的统一。这就是《天命》关于人类创造历史的雄辩而不失新鲜的论点。而在《天命》关于人类命运回环的思考和苏武不干预历史的信念中，不难看出诺维科夫自洽性原则的影响，也表达了作者对人类文明发展悖论的反思。未来人类的高级文明引发全球灾难，造成远古时期的大洪水，这一历史的回环充分体现了文明的悖论。但是，由于小说的科幻构思是通过时空旅行回到过去，其中也隐藏着一个无法解决的时间悖论：未来人类文明既是开启商朝文明的因，又是传承商朝文明的果，由此产生一个鸡生蛋、蛋生鸡的逻辑陷阱。

三、叙事技巧和语言策略

钱莉芳是一个讲故事的高手,《天意》《天命》的畅销，在很大程度上得益于叙事技巧、人物形象塑造、场景描写、语言策略等方面的精致和纯熟。

《天意》的叙述方式和结构独具匠心。尽管全文采用第三人称全知叙述视角，但上部韩信篇和下部季姜篇分别以韩信、季姜两个人物为角心展开叙述。叙述者经常由外视角进入人物心理活动，与主人公交流对话，从而使韩信和季姜的内心世界显得丰满真实。从情节结构看，上部删繁就简讲述韩信背楚投汉、建功立业的奋斗史，下部讲述韩信从受封齐王到钟室之祸的悲剧结局。上部伴随韩信的发现，陆续解开尉缭、黑衣人、照心镜、九鼎等一个套一个的谜题。核心谜题——龙羲的阴谋及其时间机器则留在下部，先借季姜视角观察韩信，将惊天秘密隐藏在韩信一系列古怪失常的行为举止中，后由韩信本人揭开谜底。由于角心人物不同，韩信与季姜各自的观察角度、看到的事件表象和心理活动都不同，因而上下部人物叙述具有转折（人物命运）、隐藏（设置悬念）、解谜（揭示真相）等功能，有助于故事的展开。

在《天命》中，大量的历史假说、哲理思考并没有影响阅读快感。究其原因，在于作者高超的叙事技巧能够紧紧抓住读者的好奇心。小说重重设悬，不断引出谜题，然后又层层解谜，最终揭示那个最大的谜题。可谓处处有伏笔，处处有呼应。整部作品情节之曲折、结构之严谨令人惊叹作者讲故事的卓绝才华，这恰恰是小说最初的旨趣——追求拍案惊奇的效果，也是被现代“纯文学”观念所摒弃的小说之精华。苏武为什么遭到父亲的无端仇视？为什么总是在噩梦中忍受无形压力的挤压？什么是“受命者”？苏武是不是“受命者”？卫律为什么从不饮酒？他为什么在汉使中寻找所谓“受命者”？为什么汉武帝急于破解古简上的文字？商朝靠占卜治国而延续六百年有何秘诀？单于庭“圣山”的石壁岩画是何寓意？潜英石镜（上面铭刻八个古字“天命玄鸟，降而生商”）与孔府旧墙藏书古简究竟蕴含着什么惊天秘密？随着故事的发展，这些谜题一层层解开。如果说前四章是谜题篇，后四章就是解谜篇。前四章不断设置悬念，亮开谜面而藏起谜底，激活读者紧张与期待的心情；后四章则以卫律和苏武的讲述为主要内容，集中破解谜题，照应之前由诸多提示、暗示埋伏的线索，解说人物的命运和事态发展的趋势，使读者的期待心理得到满足，并形成严密紧凑的叙事结构。

《天意》不仅重塑韩信这一悲剧英雄形象，还塑造了活泼聪慧、大胆率真、春心萌动的少女季姜的形象。刘邦作为次要人物出场不多，但作者以简洁有力的白描手法，写活了这个贪财好色、轻慢士人、箕踞喝骂、鼠窃狗盗、全无体统的流氓皇帝。《天命》在人物形象塑造和对话、场景、氛围描写等方面更是可圈可点。卫律作为执迷不悟、孤注一掷的复仇者形象，个性极其鲜明。嚣张傲慢的动作和尖锐有力的语言，坎坷的经历和疯狂的思想，使这一人物形象生动而颇具深度。卫律和苏武的对决，是性格的对抗，更是思想的碰撞。通过与卫律的对照，小说刻画苏武沉着坚忍、宽容悲悯、勇于牺牲的性格，塑造了一个如同圣徒般承受神圣宿命与折磨的“受命者”形象。李陵出神入化的箭术和思想转变的过程也写得丝丝入扣，使这个人物鲜活生动。武帝着墨不多，但多疑、阴鸷、残暴的个性跃然纸上。小说的对话描写凸显人物性格与思想的矛盾冲突，充满戏剧张力；场景氛围描写惜墨如金，但颇见功力，无论牛毛细雨中乐府歌妓浅吟低唱的昆明池，还是一望无际冰雕玉琢的北海雪原，均寥寥数语而境界全出。

钱莉芳注重运用语言和场景描写营造历史氛围，她在《天意》后记《关于长篇历史科幻小说创作的一点体会》中这样介绍《天意》的语言策略和对历史科幻的自觉思考："我借鉴了先秦散文、《史记》《三国演义》以及二月河和高阳的历史小说等各类作品，反复揣摩，摸索出一种属于我自己的，既适合秦汉背景，又不至使读者觉得古奥艰深的语言风格。小说里凡是书面内容和官方典礼用语，我用文言文；而日常对话，则尽量用白话文，但一些常用的敬辞谦称，还是按照当时的语言习惯来写。对话的私密性越强，直白程度也越高。有些内心独白，则干脆直接以比较西化的语言尽情抒情表意。"[2]在她看来，写历史题材的小说，在语言上一定要把握好"古"与"今"的比例分寸，才能营造古雅的历史氛围。另外，她还学习《三国演义》"抓大放小"的写法，"即多着眼于军国大事，而尽量少涉及或有意忽略人物的日常起居、生活琐事。除此之外，人物的活动空间，不是在庙堂之上，就是在自然环境之中，很少放在世俗味较重的家庭里巷之间，尽力营造出一种古朴苍凉的气氛。"[3]因为找到了适合自己、也适合历史科幻的文风，《天意》既展现了一段简洁生动又相对完整的楚汉战争史，又通过人物的情感表达（尤其是季姜这一虚构人物的女性视角及其抒情话语），补偿性地完成了对悲剧英雄韩信的理想化重塑。

由《天意》开始的语言追求，到《天命》更加成熟，后者对古代汉语词语的娴熟运用，以及由古代言语方式营造的古典美学氛围令人惊叹。建立在古代社会环境、生活习俗基础上的古代汉语，是古代文化的载体、基石和精髓。当代大量历史小说、历史剧因不熟悉古代词语及其语境，常因用词不当而导致历史感和文化韵味的缺失。《天命》的文辞却周密畅达，文言文与白话文自然融通，既完全贴合古代事理，又不碍今人理解，形成小说浓厚的历史氛围和古典韵味。这种语言功底，应该得益于作者深厚的史学造诣。在中国传统文化远离生活的当代，钱莉芳以她的历史科幻言说古代，重建古典美学，其写作方式因而显示出某种修补文化的独特价值。

从《天意》到《天命》，钱莉芳的历史科幻呈现出稳健发展的势头，在微妙的变化中保持个人风格，并寻求深化。同样是穿越，《天意》是汉朝人穿越到当代，《天命》则是未来人穿越到汉代。《天意》假设人类文明起源于外星文明，在与外星人的种族斗争中保护人类文明的存续；《天命》则转向人类文明内在起源说，通过人类历史的回环，反思人类文明的悖论。《天意》塑造与外星人龙羲对抗的孤胆英雄韩信,《天命》则塑造了奉行不干预主义和反智主义的不作为英雄苏武。《天意》受史料限制较大，描写人物注重动作性，凸显孤胆英雄本色;《天命》的想象更加自由、瑰丽，描写人物更重心理深度，刻画了卫律复杂极端的性格。从《天意》到《天命》，钱莉芳的历史科幻以悬疑曲折的故事情节、古雅的历史氛围、英雄悲剧的崇高美和对人类历史的反思，形成其独有的风格化追求。

参考文献

[1] 杜勃罗留勃夫. 杜勃罗留勃夫选集（2）[M]. 上海：译文出版社，1983：397.
[2][3] 钱莉芳. 天意 [M]. 成都：四川科学技术出版社，2004：235，237.

关妖精的瓶子

◎ 夏笳

詹姆斯·C. 麦克斯韦先生虽然是一位严谨的物理学家，但是在面对超自然现象时却相当能沉得住气，这或许要多亏了他的妻子对一切民间传说的多年爱好。

眼下不速之客正坐在壁炉旁边，样子多少有点寒酸。经过主人的再三请求，他才勉强摘下头上那顶又厚又皱的暗绿色尖顶帽放在膝盖上揉捏着，露出汗涔涔的额头和那双标志性的毛茸茸的耳朵。

“抱歉，失陪一下。”麦克斯韦先生说着，起身离开了客厅，这时玛丽正端着咖啡站在走廊尽头。

“那就是传说中的妖精？”她好奇地问。

“至少他自己是这么说的。”

“个头倒挺大的。”玛丽评价道，“就是样子好像不太中用。”

的确，那个坐在壁炉旁的……（该怎么称呼呢？东西？）完全没有任何可以称作是威严、神奇甚至是可怕的仪容，披着一件破旧的外套，倒像一个刚从玉米地里钻出来的农场工人，尽管他确实是像传说中那样，“嘭”的一声，伴随着一阵烟雾凭空出现在麦克斯韦先生的实验室里的。

“我想这是个玩笑。”麦克斯韦先生耸耸肩，“尽管不明白为什么。”

“不过你还是小心点，妖精的力量没准儿并不像外表看上去一样。”玛丽说道，语气中却听不出什么担忧之意。他们一起回到了客厅。

喝下一杯热乎乎的黑咖啡后，妖精看上去放松了一些，于是麦克斯韦先生重新挑起话题：

“龙……抱歉，这位先生，您一开始说您的全名是？”

“科鲁耐里亚斯·古斯塔夫·龙佩尔斯迪尔钦。[①]”妖精回答道，表情几乎有点不好意思，“这是后来人家给我起的，一个非常古老的德国姓氏。”

“是的，是的，先生，不过还是让我们继续吧，我记得刚才我们谈到阿基米德。”

“对，他是我的第一个主人，实话说吧，一个不折不扣的老疯子。”妖精板着脸说，“我被他使唤了几十年，造了不知道多少乱七八糟的东西，罗马兵进叙拉城的前一天晚上，他把我封到石板里面，一封就是一百多年哪。”[②]说到这里，妖精的眼睛居然有点湿润了，他连忙用长满毛的手背胡乱摸了两下。

麦克斯韦先生清了清嗓子：“我明白，不过您还没说你们当时打的什么赌呢。”

“打赌？哦，是的……太久啦，我……我记不清了。”妖精结结巴巴地说，继续低头揉捏他的破帽子，“其实那件事儿从开头就注定是我吃亏，您也知道他是个多难缠的老头。”

“好吧，那么您又是怎么从法拉第先生的实验笔记里冒出来的呢？”

“这个说起来话可长，中间经历了好多事儿呢，您要是知道了我那一串儿主人的名字准能猜到是怎么个过程，我也不跟您在这儿废话。”妖精抬起头，用一种近乎哀怨的眼神望着对方，“总之你们这些搞物理的没几个正常人，就拿那位法拉第先生来说吧，我那天正帮他缠线圈缠得好好的，他就突然跟我来一句：‘你跟着我已经够久了吧，我也没什么事儿要你做了。’连声

---

① 这确实是一个作者本人拼凑的，非常古老的德国姓氏。其中龙佩尔斯迪尔钦这个姓来源于《格林童话·矮子精》，故事中的矮子精让王后猜他的姓，如果猜不出就要把她的孩子抱走。

② 这里实际是在说阿基米德的死亡。当时罗马军队攻陷叙拉古城，冲进阿基米德的房间，那时候他正在做数学题，并且平静地说：“让我把这道题做完。”这时一个愤怒的罗马士兵杀死了他，妖精所叙述的事情即发生在叙拉沦陷的前一夜。

告别都没有，就这么着拿个本子把我封起来，然后我就稀里糊涂地到了您这儿。千真万确，跟了他这么久，除了线圈就是线圈，连一个铜板也没想起来向我要过。”

麦克斯韦先生刚想对此事发表一下评论，因为，众所周知，法拉第先生是他的老师，但是玛丽仪态款款地出现在门口。

“詹，要留这位先生吃晚饭吗？”

妖精顿时坐立不安起来，“不……不用麻烦了，先生，太太，我想我们还是尽快把事儿办了吧。”他从口袋里摸索出一卷油腻腻的羊皮纸，因为年代久远而残缺不全。

麦克斯韦先生展开细细地看，妖精在旁边继续说：“总的来说就是这么回事儿，咱们俩打个赌，我输了，我就供您差遣，要是您输了，您的灵魂和一切财产就归我，而我就从此自由了。”

“一定得这么办？”玛丽斜过身子问道。

“老规矩啦，太太，几千年来大家都是这么办的，您大概多少听说过。”

“和妖精打赌未必是件有利可图的事。”麦克斯韦先生抬起头，“你能带给我什么？”

“很多。”妖精伸出毛茸茸的爪子，亮闪闪的金币从掌心里冒出来，他故意让它们叮叮咚咚地落在地上，“财富，权势，地位，只要是你所要求的。”

麦克斯韦先生好奇地望着他的手掌，“不管怎么说，这似乎是个机会……”他喃喃自语，“好吧，玛丽，我们迟会儿再开饭，现在先拿只笔来。”

打赌的规则是这样的，麦克斯韦先生提出一个难题，如果妖精在二十四小时内无法解决，胜利就归麦克斯韦先生，否则就是妖精赢得一切，当然，前提条件是这个难题必须是有某种特定答案的。

“不能拿些不清不楚的问题来难为我，先生，您让我绕着美洲大陆跑一圈都成，别问我能不能出个自己都回答不了的难题。”[1] 麦克斯韦先生表示接受。

“这事儿怕没那么容易，亲爱的。”麦克斯韦夫人心中多少有点忐忑不

① 这实际上是一个悖论，无论从任何角度都无法解决。古希腊的很多哲学家们（当时哲学和物理学还没有分开）都喜欢研究悖论，妖精一定吃过他们的亏。

安，“你怎么能有把握赢过妖精呢？”

“听我说，玛丽。”麦克斯韦先生小心地压低声音，“我仔细看过契约书了，猜猜我发现的最有意思的事情是什么？那一长串签名，亚里士多德，伽利略，牛顿，哥白尼，几乎我所知道的物理学家都在上面，齐全得可以编进百科全书了。这倒不稀奇，可是你想想看，几千年来，从没听说这上面的哪个人是因为和妖精订了什么契约而输掉性命的，我想我还不至于是第一个。”

玛丽迅速地眨眨眼睛。

“可怜的妖精。”她叹出一口气，“你打算怎么为难他？”

“慢慢看着吧，其实我也没有什么把握。”

就在妖精把它汗涔涔的尖顶帽揉到一百零八次的时候，麦克斯韦夫人带着和蔼可亲的微笑把他请进丈夫的实验室，顺便小心翼翼地从他手里抢救出饱经蹂躏的帽子挂到衣帽架上，这时候麦克斯韦先生正在对初具雏形的仪器设备进行进一步调试。

“我想这样就可以了。”麦克斯韦先生将塞有橡胶塞的一端从水槽里取出来，[①] 说道，“来吧，这边是入口。”

妖精用近乎绝望的眼神看着这堆闪闪发光的玻璃器皿，它的主体是一个两端有橡胶塞的大玻璃瓶子，瓶子中间被一道竖直的玻璃隔片隔成两半，其中一边装有一些液态乙醚。

“你要把我关进去？”妖精有气无力地问。

“不错，让我们来看看你能不能找到出来的办法。”麦克斯韦先生回答道，“这将是很有意义的一次实验。”

妖精站在空瓶子的那一头犹豫了一阵，带着听天由命的神情缩小身躯钻进瓶子里，随着一阵响动瓶口被塞住了。

他飘浮在空气里向四周张望着，玻璃瓶壁展开一个圆滑的弧度，将外面的景物放大了很多倍，麦克斯韦先生及夫人正在向里面好奇地张望着。

直接出去是不可能的。众所周知，在任何一个童话里，一个妖精再怎么

---

① 这是用来检验容器密封性能的简易方法，利用手掌的温度对容器加热，将它放在水里，看有没有气泡漏出来。

神通广大，只要被人关进了玻璃瓶就再也别想出去（这个奇怪的事实或许说明了妖精的变身能力是有限度的，否则他就可以缩到原子级别，然后从二氧化硅巨大整齐的网格中优哉游哉地钻出去，① 虽然我们很难说他会不会受到静电力的影响而被牢牢地吸附在某个共价键上）。显然，麦克斯韦先生是将这一点考虑进这个有趣的实验中的，哦，不，差点忘了，这是一场生死攸关的赌博。

那么，要出去只有一个办法，一个由实验者事先决定好的、唯一的方法。

我们应该说妖精科鲁耐里亚斯·古斯塔夫·龙佩尔斯迪尔钦具有相当良好的科学头脑，或者，至少是在长达几千年与物理学家的相处中多少学会了一些科学的思维方式。最初的沮丧情绪逐渐平息之后，他开始尝试着把自己缩得更小，然后仔细地检查玻璃瓶的每一寸内壁。

当麦克斯韦先生和夫人喝过一杯咖啡，进入实验室观察进展时，妖精重新把自己变到肉眼可见的尺度，身上满是湿乎乎的乙醚蒸汽。

“我在横隔上发现了两个小孔。”他宣布说，“对我而言它们稍微窄小了一点，不过我还是把脑袋探到另外一边去看过了，除了令人眩晕的气体外什么也没有。” ②

“那些孔本来说就不是为你弄的。”麦克斯韦先生略带歉意地说，“我尽量把它们弄小一点，这是出于实验目的的考虑。”

妖精搔搔毛茸茸的后脑勺。

“我想我很快就能明白你的意思。”说完它又变得看不见了。

当他们走出实验室时，麦克斯韦先生的夫人像少女般调皮地眨了眨眼睛，说：“我开始认为你赢定了，亲爱的，不过这没什么了不起，一个渔夫都能做得比你好，③ 可以的话我倒想听听其中的奥秘。”

---

① 二氧化硅的晶体结构是呈立体的蜂巢形状的，每两个硅原子间的共价键上接一个氧原子，不过严格说来，玻璃并不是由纯净的二氧化硅所组成的，而是包含了很多杂质。

② 乙醚蒸汽在医学上可以用作麻醉气体，但是在这里主要运用了它容易在低温下汽化的特性。

③ 指《一千零一夜》中《渔夫和魔鬼》的故事，只是一个普通渔夫就能把魔鬼骗回到瓶子里，那么有人或许会问，麦克斯韦先生又何苦搞得这么麻烦呢？我们只能把这归于物理学家探究事物的好奇心以及……妖精纯朴的天性。

“事实上，我想看看他有没有可能将冷热气体分开，换句话说，速度快的和速度慢的，这里涉及减熵的问题。”麦克斯韦先生回答道，“你知道，热力学第二定律规定能量不可能无代价地由低能物体转向高能物体，换一种说法，物体内部的无序程度，也就是熵，永远只能朝着增加的方向变化。就是为什么一团炽热的气体能够自由扩散，而要把它压缩回原来的状态就得靠外界对它做功的原因。玫瑰凋谢，人会渐渐成长并老去，而宇宙最终会变成一团稀薄均匀的气体，不再有星星燃烧，一切一切都是热力学第二定律在起作用。”①

“听上去太让人伤心了。”玛丽握着他的手低声说道，“我不喜欢这个定律。”

“还好，它不是我总结出来的。”麦克斯韦先生温柔地笑笑，“但是我想这并不绝对，如果有个跟气体分子差不多大小，心灵手巧的妖精在一团气体中间把着门，让速度快的分子进入一边，而速度慢的分子进入另一边的话，经过足够长的时间气体将自动分成冷热两个部分，结果呢？熵会减小，这个不讨人喜欢的定律失效了。”

“有可能吗？”玛丽睁大眼睛问道。

“只是个假设，我从来没想过能有机会用实验证实一下。理论上第二定律是不可推翻的，瞧，我们的身家性命都押在这个定律上呢。”

“这真让人心里有点不舒服。”

麦克斯韦先生微笑着搂过夫人的肩膀，在她额头上轻吻一下，“你先去睡吧，亲爱的，我想继续观察一小会儿。”

一个小时后他再去看的时候，发现妖精已经抓住了诀窍。

“我缩小到了所能到达的极限，那些空气分子就像一些疯狂的小弹珠一样飞来飞去。”② 妖精气喘吁吁地说道，“我在想如果能控制这两个小孔，只让

---

① 前一句话是热力学第二定律的开尔文表述，即热量不可能无条件地转化为功，后一句话是克劳修斯表述，这两种表述是完全等价的。“熵”是热力学中用来描述物质内部无序程度的物理量，当冷热气体相互扩散后，熵会等于这两种气体各自熵的和。根据热力学第二定律，熵应该是永远增加的，因此扩散、生长、腐烂等过程都不可逆。

② 指气体分子在不停地做剧烈的热运动。

速度快的进入另外一边，就会使那边的温度升高，让液体变成气体推动塞子，甚至可能发生爆炸。”①

“看来你真的知道不少东西呢。”麦克斯韦先生赞许道，“加油干吧，可能的话顺便帮忙记录一下那些朝你飞过来的小分子速度，或许我能借此机会验证一下我的速率分布理论。”②说完他便离开了。

第二天早餐后麦克斯韦先生与夫人欣赏了一支舒伯特的即兴钢琴曲，然后迈着轻快的步子走向实验室，清晨凉爽的风正从窗外的玫瑰花园里吹进来。

“怎么样？”他俯下身子仔细看了看，乙醚液面并没有明显的下降，“看来你这一晚上效率并不高啊。”

妖精甚至没有现身，只是扯着嗓子大喊着：

“您自己试试看就知道啦，先生，枪林弹雨哪，哎哟！对，我是说，在您看来这分子好像老老实实的，其实一个个都跟发了疯似的，能站稳脚跟儿就不错啦，哎哟！哎哟！嗨，就好像把疯狂的牛群分开似的，西部牛仔干的就是这活儿，行啦，不跟您说啦！”

麦克斯韦先生摇摇头，这时玛丽从后面靠上来，柔声说道：

“你看上去挺失望，詹？”

“可能有一点。”他转过身，轻吻妻子芬芳的卷发，“我们的妖精虽说不上精细灵巧，可也挺卖力的呢。”

“我们的？”玛丽冲他顽皮地眨眨眼睛。当丈夫离开实验室去书房的时

---

① 这里涉及文章题目的含义——“麦克斯韦妖”的概念。这是热学史上一个相当有趣，并引起很多争论的话题，最初是由麦克斯韦本人提出的。热力学第二定律表明，热能不可能无条件地从低温物体转向高温物体，在这个过程中必然要发生能量的损耗，但是麦克斯韦提出，如果存在一种形态微小、手脚灵巧的“妖精”，在一个封闭的系统中掌管两道门，让分子运动速度较快地进入一侧，而速度慢的进入另一侧，就能通过分子的无规则运动使冷热分开。利用这个原理，轮船就能在海上航行，利用海水中的热能做功，将剩下的冰块排出，而这实际上是违反热力学第二定律的。这个假设虽然荒诞不经，却引出了许多认真的讨论，并得出有关于负熵及信息熵的概念，在此不作过多介绍，只是想说明科学家们在研究看似严肃的物理问题时，也往往是保持着旺盛的幻想能力与童心的。

② 指“麦克斯韦分布律”，这是由麦克斯韦得出的一个方程式，用来描述同一系统中，不同速率的分子的概率分布情况。或者也可以说，一个分子在速率无规则变化的过程中，处于不同速率的概率分布情况，两者其实是等价的。

候，她小心地拉上窗帘，将早上温暖明媚的阳光挡在外面，以免影响了实验精度。

当他们傍晚散步归来的时候，终于看到了一点成果——瓶子那边的温度确实有升高，但是远远不够。

“其实我早该想到，妖精在内部也要做功的，对这个尺度的妖精而言，这太困难了。”麦克斯韦先生若有所思地说，“无论如何，第二定律胜利了。”

两个人心平气和地坐在旁边等待着。巨大的时钟敲响了九点整，随着砰的一声响，妖精气咻咻地将他那扁平的鼻子贴在玻璃瓶内壁上。

“我认输了！”他声音嘶哑地说，“快放我出去。”

玛丽十分体贴地端来面包卷和热咖啡，妖精狼吞虎咽了一番，总算恢复了精神。

“我可从来没干过这么累人的活儿，真想让您找个机会亲自试试。”

麦克斯韦先生笑眯眯地叼着雪茄，脸上流露出好奇的表情。

“我想那一定挺有意思。”他边说边取出那卷长长的写在羊皮纸上的契约书，妖精神情沮丧地签上他笨拙的字体表示新的主仆关系生效。

“以后我就听您的了。”他把一只手指头放到嘴里，开始轮番咬指甲，“不过您能不能给我解释一下刚才是怎么回事？总有什么科学原理的，对吧？您给我讲讲。”

麦克斯韦先生挠了挠脑袋，站起来说：

“好吧，你跟我到书房来，有几本书是我自己写的，可以先补充点基础的东西……”

他搂着妖精宽大的肩膀走出去了，玛丽叹口气，柔顺地把满桌杯子和盘子收成一摞，本来还以为从此这些事情就可以拜托妖精干的。无论如何，今后的生活看起来相当值得期待。

这就是麦克斯韦先生怎样轻易地制服了妖精，或者换个角度来说，这位因为遇见了阿基米德，从而决定了之后的几千年中一系列悲惨遭遇的妖精科鲁耐里亚斯·古斯塔夫·龙佩尔斯迪尔钦，是怎样又一次不幸失败的故事，但是这个故事到这里还没有完全结束。

当麦克斯韦先生及其夫人去世后，他们在天堂的角落里种了一小片玫瑰，一时间再没有什么物理研究来打扰他们清闲而宁静的生活，不过心地善良的妖精偶尔会来看看他们。

“你带来了什么？”麦克斯韦先生坐在椅子里问，他的妻子仪态温婉地站在一边，姿势和位置都和他们生前所习惯的没有区别。

“一张照片，先生，太太。”妖精把那张薄薄的光滑的纸片从背后拿出来，神情有些扭捏，“是我照的。”

麦克斯韦先生把照片举到眼前细细地看，上面是一些他不认识的人。①

“让我猜猜……哪个是你现在的主人？或者说，是谁看了我的手稿？”

“前排，中间那个，先生，不，再往右边，您相信吗？那时候他才十六岁，我算是看着他长大的。”妖精边叹气边说，“别看他现在形象这么邋遢，头发好像闪电打过似的，当年可是个英俊少年。”

“他都让你干什么了？”麦克斯韦先生好奇地问。

“他跟我说：‘喏，你追着这束光跑，能跑多快跑多快，等你追上它的时候别忘了告诉我你看到了什么。’你说说，这是人干的事吗？”

“当然，当然……”麦克斯韦先生沉思着，“我认为这个想法很了不起，众所周知，光速是不变的，这我早就证明啦。”②

“我不太明白。”麦克斯韦夫人柔声说，“听上去是挺难为人的。”

“还有更过分的哪，太太。”妖精眨巴着眼睛，亮晶晶的泪水在里面打着转，“您再看这位先生，背着我不知道搞了什么鬼名堂，然后拿出个盒子神秘兮兮地让我钻进去。我可从您这儿学乖啦，郑重建议他放只猫进去试试，让

---

① 这张照片是真实存在的，照片上有包括爱因斯坦在内的 29 位著名物理学家，可以称作“世上最强合影”。

② 爱因斯坦最早提出狭义相对论的构想就是在 16 岁，他在一篇论文里写道：“如果能够以光速前进，就能看到周围存在着静止的，同时又是振荡的电磁波，这真是一个奇妙的矛盾。”而这一构想是根据麦克斯韦的光速不变理论而来的，最终他大胆推断，既然无论以什么样的速度运动，所测量到的光速都是不变的，那么只能是时空本身发生了收缩。总之，现在就算是小学生也知道，妖精想要追上光速是不可能的。

我猜到底会发生点什么，结果到现在都不知道那可怜的小家伙是死是活。”①

“猫？那是什么意思？”麦克斯韦先生问道。

“这得慢慢讲，以后您会明白的，这跟您以前研究的东西不太一样。”妖精略有几分得意地回答，“最关键的是这个老家伙，对，我就是要说他，他给我讲了一上午的物质结构，还笑眯眯地拍着我的肩膀夸我学得挺快，到最后拿着红笔往满黑板乱七八糟的图上圈了两个小球，然后说：‘好吧，你能让它们朝同一个方向转我就服了你。’”②

麦克斯韦先生疑惑地摇摇头，显然，这都不是他研究领域内的东西，但是无疑重新激起了他对于物理学的兴趣。

“我会在今天下午的茶会上提出这些问题，你愿意参加吗？或许，你想见见你以前的主人们，现在你所知道的东西已经超过我们了。”

“他们都会来吗？”妖精有几分怯怯地问。

“大多数都会来，如果阿基米德先生没有忘了时间，而牛顿先生又没有身体不适的话，③我们每天下午都会在一起喝茶，这个传统延续几千年了。”

“阿基米德先生？你是说阿基米德先生？”妖精抓起他从不离身的尖顶帽从椅子里跳起来，紧张不安地向四周张望着，“哦，不了，谢谢您的好意，但是我突然想起我还有点事……”

“太遗憾了，你真的这么不想见到他吗？”麦克斯韦先生站起来把妖精送到门口，“那么你能不能告诉我，他到底问了你什么问题？我猜了很久都没猜出来。”

妖精回过头，天堂宁静的午后阳光铺洒在他毛茸茸的耳朵和悲伤的黄眼

---

① 指薛定谔的猫，这是薛定谔在描述量子力学中的不确定性时，所提出的一个相当经典的比喻。如果将一只猫放进一个封闭的盒子里，里面有一个放射性的粒子，该粒子的衰变能够开启一个装有剧毒物质的瓶子而杀死猫。在打开盒子实际观测之前，粒子的衰变与否始终处于不确定的状态，因此猫也就处于半死半活，即是死也是活的奇妙状态，而观测这一行为本身将导致系统本身发生扰动，最终决定猫的生死。

② 指泡利不相容原理，泡利认为对于费米子而言，存在于同一个能级上的两个电子一定自旋方向相反，这个原理似乎高中的化学课本里面有涉及。

③ 牛顿晚年时健康状况恶化，患有厌食、失眠等严重症状，并且有间发性的受迫害狂想症，于1727年因病去世。

睛上，是如此温暖宁静，但他仍然笨拙地缩了缩脖子，仿佛又情不自禁地在那位容易激动的老人激昂的气势威慑之下打了个寒战似的。

“其实他是个老好人，有时候我还真挺想念他的。”他回答道，“可是他不该冲着我喊：‘给我一个支点！’这可是连上帝都没法办到的事情啊。”①

附：这就是妖精拍摄的那张照片……

前排坐者:（从左到右）朗谬尔、普朗克、居里夫人、洛仑兹、爱因斯坦、朗之万、威尔逊、理查森
后排坐者：德拜、努森、布拉格、克拉莫斯、狄拉克、康普顿、德布罗意、波恩、玻尔
站立者：皮卡尔德、亨里奥特、埃伦费斯特、赫尔岑、德唐德、薛定谔、费沙费耳特、泡利、海森堡、福勒、布里渊

——原刊于《科幻世界》2004 年第 4 期，获该年度科幻银河奖

① 阿基米德的名言：“给我一个支点，我就能撬动地球！”

“稀饭科幻”：互文性写作及其特质

◎ 张懿红　王卫英

夏笳所谓“稀饭科幻”（比软科幻还要软）以游戏性和新奇怪异的幻想风格为特点，互文性写作是其创作的出发点。成名作《关妖精的瓶子》讲述物理学家麦克斯韦先生用一个实验战胜妖精的故事，写得活泼幽默，趣味盎然，充盈着对人类科学探索精神的推崇和自信。小说通过《浮士德》《一千零一夜》的互文性转换，把知识分子精神求索的宏大悲剧转变为一则轻松幽默的民间故事。

夏笳本名王瑶，1984 年夏天生于西安。在中国相对死板的教育体制中，夏笳却以不断跨专业的方式实现着自己的高等教育。她本科就读于北京大学物理学院大气科学系，2006 年进入中国传媒大学攻读电影艺术史论硕士学位，从事科幻电影方面的研究，2010 年进入北京大学中文系比较文学与世界文学研究所攻读博士学位。这种学科上的“华丽”转身为其科幻创作奠定了相对宽泛的专业基础。2004 年，夏笳以《关妖精的瓶子》获《科幻世界》银河奖最佳新人奖，2005 年以《卡门》获《科幻世界》银河奖读者票选奖，2008 年、2010 年分别以《永夏之梦》《百鬼夜行街》获银河奖科幻小说优秀奖，2012 年，出版科幻小说集《关妖精的瓶子》（四川科学技术出版社），被称为科幻“后新生代”代表作家。

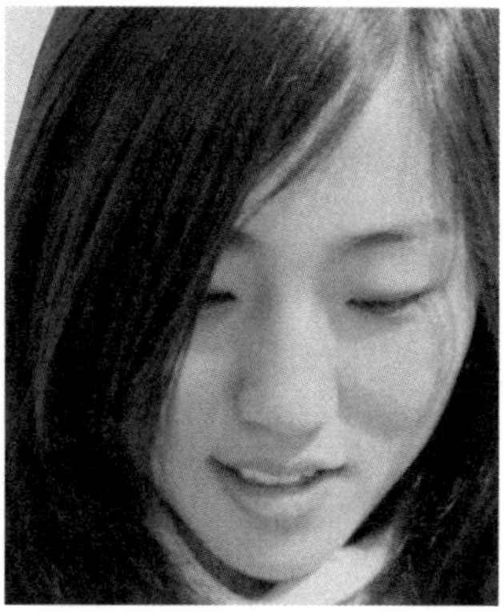
夏　笳

对中国科幻而言，夏笳是带着新鲜元素偶尔客串的闯入者；对夏笳本人而言，科幻不过是她写作游戏中一份意外的收获。在夏笳的创作中，不难发现发挥想象、利用前文本、演绎概念、铺排思绪、雕琢布局等痕迹，也不难感受到作者投入文字写作的快乐。夏笳的口号“稀饭科幻”（比软科幻还要软）正好说明其科幻创作的游戏性：“所谓‘稀饭科幻’者，就是淡化科幻因素在文本中的重要性，而将表达自己情趣、兴致放在首位的科幻作品。在作品中，科幻可能是薄弱的背景，也可能是重要的情节推动力，但这并不重要，作者所在意的是作品是否很好地表己之情、达己之意。”[1] 在夏笳的科幻小说中，很难找到扎实的科幻推理，更缺乏有关科幻设想的理论阐释，反倒多了一些妖魔鬼怪的奇幻元素，从而使她的科幻小说呈现出新奇怪异的幻想风格。

夏笳的成名作《关妖精的瓶子》获第16届银河奖，这篇短篇小说写得活泼幽默，趣味盎然，充盈着对人类科学探索精神的推崇和自信。《关妖精的瓶子》讲述物理学家麦克斯韦先生用一个实验战胜妖精科鲁耐里亚斯·古斯塔夫·龙佩尔斯迪尔钦的故事。这个可怜的妖精先是与阿基米德打赌失败，此后几千年不断输给一个又一个物理学家，协助他们做疯狂的科学实验，受尽折磨和委屈。小说的构思源于物理学上著名的“麦克斯韦妖”假想。1871年，英国物理学家詹姆斯·克拉克·麦克斯韦（James Clerk Maxwell）为了批驳“热力学第二定律”，在《热的理论》一书中设计了一个假想存在物——“麦克斯韦妖”。在他的想象实验中，这是一个能探测并控制单个分子运动的“类人妖”或功能相同的机制。麦克斯韦假设有一个无影无形的精灵，处在一个容器中的一道闸门边，允许速度快的微粒通过闸门到达容器的一边，而把速度慢的微粒关在闸门的这一边。这样，一段时间后，容器两边就产生了温差。[2] 这个科学设想本身就是一个充满童话般的想象力和吸引力的奇思妙想，因此构成夏笳小说的科幻核心。夏笳所做的，是把这个拟人化的极小装置（按照麦克斯韦的设想，这个“小妖”是一个原子大小、具有智力的生命体），塑造成一个不仅具有智力和变形能力，还具有人的情感、体验和道德操守的人物形象，并把他和麦克斯韦先生的关系设计为一场赌局。

妖精和物理学家打赌，这是夏笳小说的强行设定。“打赌的规则是这样的，麦克斯韦先生提出一个难题，如果妖精在二十四小时内无法解决，胜利就归麦克斯韦先生，否则就是妖精赢得一切，当然，前提条件是这个难题必须是有某种特定答案的。”按照妖精的话说，这是“老规矩啦，太太，几千年来大家都是这么办的，您大概多少听说过。”这个情节明显受到歌德《浮士德》的影响，打赌的对象主体、内容、结果和蕴含的思想内涵都是基本一致的。签约双方（恶魔与浮士德博士）被置换为妖精和物理学家（同样是知识分子），打赌的内容同样是妖精要满足人的需要，结果同样是人的胜利（和浮士德一样，最终麦克斯韦和其他物理学家都胜利了，死后还被接引到天堂），主题同样是歌颂人类永不满足、不断超越自我、向最高存在努力攀登的理性探索精神（在夏笳的小说中，这种理性探索具体表现为追求知识的科学精神）。

夏笳的短篇小说当然不具备歌德伟大悲剧白矮星似的凝重质量以及与之相应的艰深晦涩。她对经典文本的互文性转换，是把知识分子精神求索的宏大悲剧转变为一则轻松幽默的民间故事：“这就是麦克斯韦先生怎样轻易地制伏了妖精，或者换个角度来说，这位因为遇见了阿基米德，从而决定了之后的几千年中一系列悲惨遭遇的妖精科鲁耐里亚斯·古斯塔夫·龙佩尔斯迪尔钦，是怎样又一次不幸失败的故事，但是这个故事到这里还没有完全结束。”——这完全是民间故事的话语方式。同时，经过个性化改造的人物性格及其关系的设置也充满民间故事轻快泼辣的喜剧风格。在她的笔下，可怕的魔鬼变成了敦厚、纯朴、善良、可爱的妖精。他长着毛茸茸的耳朵和悲伤的黄眼睛，说话结结巴巴，总是低头揉捏着破帽子。他被物理学家们一个个疯狂的科学设想折磨得眼泪汪汪，唉声叹气，满腹哀怨，无可奈何。他有可爱的小心机，故意变出亮闪闪的金币，让它们叮叮咚咚地落在地上，许诺给人财富、权势、地位和所有期待得到的一切，希望麦克斯韦先生提出一个他可以轻易解决的难题。可是很不幸，他不得不钻进麦克斯韦的实验瓶里经受分子的枪林弹雨。因为科学思维和卖力做功无法推翻第二定律，他只好乖乖认输，和麦克斯韦先生签署主仆协议。在妖精和科学家的赌局中，麦克斯韦先生运用智慧轻松完胜，令人想起古今中外民间故事中那些表现人与妖魔斗争的妖魔故事——其中世人耳熟能详的一篇是《一千零一夜》中的《渔夫和魔鬼》。在《关妖精的瓶子》里夏笳借麦克斯韦夫人之口提到《渔夫和魔鬼》，并以尾注形式加以说明，暗示小说与这个民间故事之间的指涉关系。

夏笳对民间故事的创造性转换，还体现为重复手法的借鉴使用。“三重化”是民间故事中常用的机械重复或递进式重复的成分。著名的法国人类学家克劳德·列维－斯特劳斯指出：神话甚至更为普通的口头文学之所以如此多地热衷于对同一序列的双重化（duplication）、三重化（triplication）或四重化（quadruplicaiton）——指对同一神话序列的多次重复或反复，因为“重复的功能是要使神话的结构呈现于表面。”[3] 这是一种“板状”结构，要求我们对故事的历时性序列进行共时性解读。《关妖精的瓶子》展开叙述了妖精与麦克斯韦打赌的过程，但没有正面叙述妖精与其他物理学家打赌的经过，而是让妖精简要回顾了他为阿基米德、法拉第、爱因斯坦、薛定谔、泡利等人服务的悲惨遭遇。物理学家们的大胆想象和妖精的束手无策令人忍俊不禁，妖精不断重复的惨痛经历，凝聚为科学精神必胜的单纯主题。作为人类的创造性实践，科学理性是个体与族类相统一的世代延续的认识活动。通过妖精的重复失败，《关妖精的瓶子》喜剧式地表达了作者对人类科学精神的自豪感。

互文性写作是夏笳创作的出发点。不仅《关妖精的瓶子》借助文本互涉改变、建构、丰富了小说的意蕴与风格，在《汨罗江上》《百鬼夜行街》《卡门》《永夏之梦》《遇见安娜》等作品中，我们也不难追踪其互文本和互文手法的范畴。比如《汨罗江上》对屈原故事和杰弗里·兰迪斯科幻小说《狄拉克海上的涟漪》的互文性指涉，《百鬼夜行街》对《聊斋志异》中《聂小倩》的改写等。借助互文性写作，夏笳在熟悉的文本中构建新的审美空间，灌注新的意义。而互文性写作手法的频繁使用，一定程度上说明这位年轻作者在创作中更多的是依靠架空想象。如何在现实与虚构之间建立联系，使想象在相对扎实的根基上生长，是夏笳未来写作亟需解决的问题。毕竟这是一位很有潜质的年轻作家，我们有理由期待：随着生命的成长，夏笳的科幻写作之路越走越宽广。

参考文献

[1] 李广益. 没有前途的“稀饭科幻”——评夏笳《卡门》[EB/OL]. http://www.pkusf.net/readart.php?class=khpp&an=20051230131233/2005-12-30 13:12:33.

[2] 申先甲，林可济. 科学悖论集 [M]. 长沙：湖南科学技术出版社，1998：103-104.

[3] [法] 列维 – 斯特劳斯 . 神话的结构研究 [C]// 叶舒宪 . 结构主义神话学. 西安：陕西师范大学出版社，1988：46.

去死的漫漫旅途（节选）

◎ 飞氘

这羊皮手稿上所写的事情过去不曾有，将来也永远不会重复。

——《百年孤独》

PART Ⅰ

A

当国王再也不能从远方传来的胜利消息中获得快慰时，不断送来捷报的马蹄声只是让他感到无聊，随之而来的，是对这种毫无悬念的单调旋律的厌倦。如今国王只热衷于棋盘上的厮杀，这样每一次胜利或者失败之后，他都可以从头开始。

有时候，国王甚至会羡慕棋盘上的那个王，至少那里的疆土是一目了然的，而自从把战争交给那些家伙之后，国王再也没有离开过皇宫。对那些不断纳入帝国版图的陌生的土地，国王一点兴趣都没有，他担心自己的帝国已经过于庞大了。

国王的忧虑并没有流露出来，只是在翻阅那些远方呈递的长长的奏折时，有时会显出无聊的神色。即使当宰相恭敬地提到今天的捷报将会是最后一份时，国王仍旧不动声色，沉默了良久才开口："难道说，战争就这么结束了？"

“最远的城市也插上了陛下的旗帜，如今帝国不再需要边界了。”

于是国王脸上毫不掩饰地露出不快的神情：千秋大业完成的时刻就这么在他不留神的时候到来了，他体味不到那瞬间的快乐，甚至没有来得及捕捉到这一刻，帝国就已经完成了。

国王已经放弃了去感受喜悦的努力，只好继续履行自己的职责：“发布公告，明日开始庆贺。”国王的职责就是发布命令。

“是。”宰相也时刻履行着自己的职责，但是要懂得措辞的微妙：“另外，您的勇士——帝国的英雄已经归来，正等待着您的下一个命令。”

国王知道自己迟早得面对这个问题，但只是站起身，走到棋盘前坐了下来，于是宰相恭顺地坐在了对面。直来直去或者斜线出击，国王喜欢这种有规则的战斗，他通常选择出奇制胜：他知道自己在棋盘上略逊一筹。国王一边出击一边观察着对面这位忠实而智慧的宰相。宰相也在观察国王，两个人在互相观察，揣度对方的心情和计划。不过宰相知道，此刻国王心中想着别的事。

“下一个命令？”毫无威胁的一着将军之后，国王陷入了沉思，回想起自己当初的一时冲动：为了一统天下，找到了两个异士来制造这些不死的战士，而这些怪物就真的被造出来了。当那两个异士保证，没有任何外在的因素可以杀死这些战争机器时，国王并不相信，但是帝国的版图不停歇的扩张证实了这一点：这是一群正宗的不死者。从战场上归来的人描述了这些妖怪的恐怖：他们可以随意改变自己身体的形状，谁也没法消灭他们。有人甚至说，国王请来了魔鬼为他效劳。如今这些让敌人闻风丧胆的家伙征服了四海，完成了使命，正一声不响地守在外面，等着国王的下一项命令。

国王得到保证：不死者永远服从他的命令，但他仍然不知该如何安排这些令人不安的机器，没有人能消灭他们。其实国王早已厌倦了他们那套不败的神话，也不打算供养他们，如果真的有神灵，国王倒是愿意打发他们去与诸神厮杀。

国王知道自己会输，也猜到宰相会故意走错棋，而宰相知道自己会赢，也明白国王猜测自己会故意走错，于是，他反而一下子把对手的王将死了。

棋盘上的王已经动弹不得，只等着死亡的命运，国王则坐在原处不动。宰相于是恭敬地说：“陛下……”

国王站起身，脸色阴沉，转身离开之前只留下了一句话：

“让他们去死吧。”

B　第一定律

必须绝对服从国王的命令。

——不死者第一定律

在宇宙中，普遍存在着一些基本的法则，我们必须认识到这些法则，并遵从它们行事，其中一些法则优先于其他。我们称凌驾于他者之上的最高法则为第一定律。因此，这里并不存在任何荒谬和怪诞，我们的一切行动都是基于国王的如下指示：让他们去死吧。

为了更好地完成这一任务，我们必须首先就其内容做出严谨正确的理解。作为不争的事实，省略了最后一个无实意助词后，这个命令是由一个主谓短语构成的祈使句来表述的。“你们”指我们这些人，作为任务的执行者，我们被要求完成谓语部分“去死”表述的行为。困惑从这里开始：我们尚不理解这一行为。

不错，我们一直在和死打交道。我们曾经赐予他人死亡，但仅限于对那些敢于违背国王意志的敌人。对于这些有违帝国利益的人，我们被要求消灭他们的一切反抗，该指令的定义为通过武力方式解除敌人的全部战斗能力，这就是我们存在的目的。

人类是脆弱的，他们由一些柔软的器官精细地构成，他们的构造远非严谨，有些甚至存在严重的漏洞，造成了相当程度的不和谐，即他们称之为“丑陋”的形式。然而这就是他们的生命，他们称作灵魂的东西就存在于其中。构成他们的材料可以说毫无防御力，一旦整个结构遭到破坏，人类将被还原为一些破败的物质。因此，在必要的时候，我们可以轻易地终结他们的生命，使之不再具有任何潜在的威胁。

我们依照宇宙的基本法则行事，人类的情感对我们是陌生的。怜悯是一件极为复杂的行为，它看起来与坚定的信念和刚毅的作风相悖，但我们对此并不确定。也许，利益的最优化要求考虑某些模糊的因素，这种考虑超出我们目前的理解范畴。所以，是否一劳永逸地赐予敌人死亡，或者冒着一定的风险仅仅解除他们的武装，完全取决于命令。我们谨记自己的职责，坚定地贯彻国王陛下的意志是我们的使命。

人类肉体的缺陷迫使他们求助于计谋和锋利的武器。在他们彼此之间的杀戮中，这两者造成以较小的损失获取对方较大的损失并最后赢得胜利的常见方案。但这一套在我们面前毫无用处：身体的构造决定了我们的不可磨灭。父亲①说过，凡是符合“宇宙第一定律”的事物，都将具有永恒的特征。父亲穷尽一生发现了它，这是一组闭合方程，它保证系统所有的参数和谐一致，使系统不会出现错误。我们就是根据“闭合定律”建造的，因而我们的存在是严谨的，“令人战栗的可怕完美”，我们体现了宇宙真理的完满。

所以，即使我们偶尔中了敌人的圈套，也无所谓：说到底，阴谋最终是为了使对手受到损失，而我们显然没有任何可以损失的东西。或许会有重创，可是人类只懂得在形态上毁灭对手，而我们的身体即使被炮弹炸的四分五裂，各部分立刻在一种凝聚力的召唤下恢复原样，这就是真理的意志，闭合性永远保护着我们。那些第一次看见这种力量的敌人，总是露出惊恐无助的神色，当他们终于明白我们是无法被消灭的时候，那些人的脸上写满了恐惧和绝望。我为他们——人们大概会这样说——“感到悲哀”。

因此，死亡对于我们完全是陌生的概念。为了明白其中的含义，我们不得不开始思考了。全体将士一起讨论，仅仅得出了一个仍然不明确的结论：“去死”是一件行为，我们要去干这样一件事，它能带来死亡。但什么是死亡呢？死，似乎和闭合定律相冲突，但我们必须尽快行动起来，军人应该果断，是时候上路了。即使这一任务将耗宇宙的全部时间，我们也要努力完成。

国王陛下的意志就是我们存在的唯一根据，毫无疑问，我们必须去死。

——《上校日志》

---

① 父亲：不死者的创造者。

C 在路上

不论白天或黑夜，任何时候他都是戈尔本特拉茨和叙拉的圭尔迪韦尔尼和阿尔特里家族的阿季卢尔福·埃莫·贝尔特朗迪诺，上赛林皮亚和非斯的骑士。

——《不存在的骑士》

1

在过去，对上校来说，白天或黑夜并无区别。无论是太阳暂时地驱走一切黑暗，还是满天的繁星静静地闪烁，都不会影响他的部队果敢坚毅的品质。光明从来只对他的敌人们影响深远，那些人在白天的时候勇敢地挥着宝剑作战，丝毫不惧怕命定的死亡，而在黑夜，他们则守在自己的营地和城堡里，乏力地卸下沉重的盔甲休息，变得一个个脆弱的肉体，甚至一阵幽怨的笛声都会使他们感到悲凉，而上校则从未体验过类似的感情。

其实每一次战斗结束后，他的部队只要稍微修整就完全可以重新走上战场，不过国王那时候还年轻，沉浸在战争的艺术中，喜欢御驾亲征，带领着他的铁骑，冒着被丛林中的瘴气和蚊虫叮咬的风险在七月的酷暑或者连绵不绝的细雨中行军，在寒冬的风雪和冰霜中艰难地跋涉，有时候甚至带着令敌人恐惧的战象，把大军开到一座座异域的城市下。这些被征服大军的脚步惊得战栗的城市，有许多国王甚至叫不上他们的名字，因为这些陌生拗口的发音听起来总是那么相似。国王愿意按照规矩出战，派出自己的骑兵与敌人在旷野上厮杀，让大地去震动。到了夜晚，国王也给敌人喘息的机会，然后从容不迫地消灭他们。除非陷入不可收拾的僵局，或者由于各样的原因而感到厌烦，国王不轻易命令上校的特种部队出战。不死的军队一旦行动起来，将无人能敌，这扫了国王的兴致，让他觉得自己胜之不武，有一种在游戏中作弊的羞耻感。就是在那些随军行进而不能出战的夜晚里，上校开始对夜晚有了一些机械的感知。

直到由于身体的不适，或者因为对整个这场战争感到彻底的厌倦，国王才把剩下的战争交给了不死者们。在战争后期的那些日子里，已经没有什么有力的抵抗了，这时候上校闲暇的时间更多起来。每晚部署好行军计划后，他习惯地走出帐篷，在星空下站立，仰望着满天星斗。上校在头脑里绘制出一幅星空图，标出每颗星星的位置，确定它们的坐标，描绘出它们运动的轨迹，或者为它们连上线，按照人们说的那样用星座来给它们分组：这儿一只琴，那儿一只熊，然后把线条和真正的物体相比较。上校很难发现两者有何相似，当然，他并不在意这些，他也不知道自己是怎么做到这一切的。他只是为了消磨夜里的时光，就像手下的其他人一样。那些战士，有的在静静地观察着帐篷灯下乱哄哄飞舞的小虫，有的在侧耳倾听旷野中各种奇怪的叫声，有的则一副认真的模样读着人类的著作，但只是为了分析句子的语法结构。很多人像上校一样，仔细地观察着客观世界的一切，认真地记录，换算成一些数学运算，然后又把这一切数据统统消抹掉，继续默默地等待着黎明到来时重上战场，与敌人交锋，或者说把胜利这件事完成。因此谈不上什么游戏，只不过为了打发夜里漫长的时光。毕竟，对于不死的人来说，时间是有点嫌多的。

可是现在，国王不再给他们供给，上校的部队只能依靠太阳能了。夜晚一下子变成了一个艰难的时刻：白天储备的能量必须谨慎地使用，合理地安排，做每一份计划之前都要预留出一些能量。关于这份不动产，上校在最近新颁布的临时补充条例中做出了明确的规定：除非别无选择，不得擅自使用预留能量。虽然太阳每天都会照常升起，但军人的严肃不允许凭任何侥幸心理来行动。只要大地还在夜神的挥杖下，耗尽能量的人就有失去行动能力的可能。不错，太阳会升起来，你还能“活”过来，但是整个部队的行动将受到影响，国王的命令不能尽快并顺利地完成。因此，没有看到曙光之前，谁都得谨慎行事，纪律必须要严守。

因此，撤掉补给的第一个夜晚，上校没有休息，他认真地检查着军营中的每一处岗位，没有发现不妥的地方。执勤的士兵向他致意，上校平静而严肃地向他们点点头。这时候，其他人都安守在自己的营房中，虽然每个人都储备了足够的能量，但大家尽量不做太耗能的事，有的干脆把自己调整到最低耗能的状态，学着人类的样子休息。就像冷血动物一样，夜晚终于对他们具有了特别的意义。如今，他们战胜了所有的敌人，自己却变得脆弱起来。

2

部队在黎明的时候出发了。

没有选择大道，而是在不见人烟的小路上前进。在一片迷蒙的晨雾中，士兵们沉着地迈着步子，整个队伍保持着严整的队形，以平稳而毋容置疑的步伐前进，行列之间保持着恰当的距离：既不多一分显得松散也不少一分显得无序。在这支队伍中，你不会看见混乱和喧闹，没有嬉笑和下流的叫骂，听不见彼此间粗俗的笑话和逗趣。一如战争期间，他们静悄悄地行进，时刻保持着警惕，防范着敌人的偷袭，细致地勘查每一处可疑的地方，辨别着天然存在的物体和人为制造的陷阱。从未有过一支军队，如此有序而务实，远离尘世的一切低级趣味，以非凡的气势和令人生畏的平静，在亘古不变的苍茫大地上这般走过。

对于这一次的任务，每个人都尽心尽力地去理解其中的命令，他们第一次这样认真地思考着。对于上校来说，死亡是一件存在于远方某个未知角落里正等着他们去与之相会的事物。同以往一样，原则上来说，上校是欢迎不期而遇的各种突发事件的。这样的变数和不安，有利于一个指挥官磨炼自己的头脑，显露自己卓尔不凡的才智，激发出无尽的潜能。遗憾的是，过去战争的日子里，他们一直习惯于服从国王直接做出的各种明确指示，这虽然大大简化了事情的复杂性，却难免让人觉得单调。如今国王给了他们充分自主决定的空间，上校对于可以自由地执行任务感到满意。

不过，死亡如果在某个时刻突然降临——这种可能性极小，因为闭合定律在起作用。他并不会因为如愿地完成任务而感到更多的高兴。相反，上校希望让事情有条不紊地进行，任务应该尽量完成的出色，用人们的话说“干得漂亮”，因此应该先充分地理解任务，主动出击，慢慢靠近目标，最后顺利地赢得胜利。这就要求一切都应该在他们的掌握之中，即使死亡也不例外。

所以，当他们走过一程又一程，仍然没有发现任何预示着死亡可能存在的迹象时，上校仍然保持着高度的敏感，每天都一丝不苟地指挥着部队前进，严格按照规矩处理军中的大小事务。到了晚上，上校就在自己的帐篷里详细地记录行军日志，默默地思考着身上的重任，直到夜已经很深的时候，他才站起身，最后一个去休息。

3

国王年轻的时候经常做一些奇怪的梦，这些纷乱的梦的碎片发着灰色的亮光，暗示着一些神秘的事物。这些被认为来自天使的启示，无法破译但能感知，国王根据这些启示编制了一些令人费解的谜语。每当他来到一座陌生的城池，总要说出一个谜语，承诺如果能有人猜到答案，他就放弃进攻。然而，从未有人能说出谜底，因而没有一座城池能够逃脱战争的噩梦。

因此，当他们在上校的带领下，沿着当年国王征服整个星球的路线重新经过那些一个又一个曾被他们无情攻陷的城市时，人们以为他们又带来了谜语和灾难。站在城墙上的人们总是一眼就认出他们那令人不安的整齐步伐："上帝啊，是他们！"人们惊慌失措地打开了大门。

然而，上校只是在四处询问哪里有最智慧的人，打听着哪里可以找到死亡。自然，没有人能回答上来，于是他们就从城市穿过，又走上了荒野，直到他们在一片广袤的平原上遇见了一个流浪的部落。这些人的家园在战争中被摧毁了，他们无家可归，带着自己的家当和马车在帝国的大陆上漂泊。长久的流放造就了他们坚强而狡猾的性格，因此当部队在地平线上刚刚露面，人们就拿起了自己的武器，排好阵势等待着。在足够近的地方将士们停下来，两边的人互相看着对方。空气中充满了一种紧张的气氛，上校第一个打破沉默："以陛下的名义，请你们当中最智慧的人出来谈话。"

人群中一片骚动，一位老者走上前来。上校欠了欠身："我们奉陛下的命令，寻找死亡。您可知道它在何处？"老者没有开口，人群中有人喊了一嗓子："到地狱去吧！"与此同时响起一声清脆的耳光。

上校的目光越过老者，看见一位气得脸色通红的母亲正拽着一个小伙子想把他拖进帐篷中。上校急忙喊道："请不要走。"那位惊恐的老妇人只好停下来，一边责骂年轻人一边哀求："请您宽恕他吧，大人，他的脑袋被驴子踢了。"上校温和地示意小伙子过来，年轻人一边揉着自己火热的脸颊，一边委屈地说从来没有人认真对待过他的话，然后解释说如果要找到死亡就应该去地狱那里看看，可惜的是他自己还没有亲自去过所以不知道该怎么走。上校拍拍他的肩膀，命人给了他一枚帝国的金币作为奖励，然后带着部队继续前进。走出很远的时候，那个快活的年轻人在后面大声喊着："祝您好运，替我问候死神！"

4

上校的部队并不是总能听懂沿途每一个城市的语言，在这些不熟悉的地方，人们甚至没有来得及被同化就被帝国遗忘了。各地递交上去的公文，国王并不总是过目。对于那些过于遥远的地方，国王打算给他们充分的自治权，只要他们宣誓效忠帝国并按时上交粮食和税款。因此当上校率领着部下经过一座座插着帝国国旗的异族城市时，总是能听见各种奇怪的语言。人们议论纷纷，不知道为什么这群怪物又回到这里勾起他们伤心的回忆。后来关于不死者寻找死亡的说法渐渐传播开，人们听得糊涂，以为国王实在是闲的无聊以至于想要和死神开战，不禁惊呆地注视着这个从城市匆匆穿过的不死军团。一见到他们不祥的样子，大伙远远地躲开，窃窃私语。如果上校和善地打听地狱的入口，人们面色苍白地纷纷逃离。上校虽然不在意自己受到的冷遇，但得出了一个经得住考验的结论：人是怕死的。

那个时候星球上人还不是很多，城市和城市之间离得很远，因此部队多数时候是在猛兽出没的草原上、在冰雪覆盖的高山上、在奔流不息的河谷里行进。因为作战指挥部根据如下逻辑制定行动：既然死和生是相反的，那么应该向背离生命存在的地方寻找死亡。结果他们远离人们居住的地方，远离文明，在天寒地冻的冰川上，在空气稀薄阳光明媚的高原上，在弥漫着热浪和幻影的沙漠里，在充斥着腐烂气息和尸骨的沼泽地里留下他们的足迹。他们遭遇过猛兽怪禽，碰见过孤魂野鬼，可是却没有找到那个地狱的入口。

在那些凡人难以进入的死亡之地 ，上校总是命令部下仔细地记录着那里的气候条件、地貌特征、土壤的结构、生物的种类等。当他们离开的时候，就会有一份关于该地区的粗略报告。起初也许是没有别的事可干，后来上校意识到，他们每个人身上都有一种认识事物的需要，这种需要以前没有体现过，而自从他们不再是帝国的一件兵器而开始自己思索时，经过这旅途上的慢慢积累，体内的某些东西开始苏醒了。

就在他们如同勘探员一样，坚定不移地走过帝国的每一个角落，走进一个又一个岩洞，试图找到那条死者通往冥间的大路，但每一次希望都落空的时候，住在城里的人们在各种彼此矛盾的传言和猜测中弄明白了国王的意图：那道命令不过像人们常说的那样，是一句恶毒的诅咒，而这些笨家伙竟然当了真。于是那些遭受过战争伤害的人们感到了某种恶意的快意，似乎他们的创伤终于从这些活该受诅的没有人性的战争机器落得了那遭遗弃的命运中得到了补偿。大家津津乐道地谈论着这一群在大地上孜孜寻觅着地狱之门的傻瓜，编出了各种关于他们的笑话来解闷。当军队穿越一座城市的时候，人们仿佛观看马戏团演出一样聚在街道的两边，彼此互相使着眼色，这时一个自认为幽默的男人勇敢地冲着他们喊了一声："怎么样了，宝贝儿？"

不死者并不是聋子，也并非不懂得什么叫做侮辱，但是在和平年代他们并不把这样的事放在心头，他们知道人类的脾性是难以琢磨的，他们既不厌恶也不同情更不怜悯那些贱民。他们努力完成任务，那些无聊的攻击不能伤害他们，丝毫不认为自己可悲，说到底，他们满足于忠于职守，不懂得被遗弃的意思。因此上校把那句嘲笑判断为一句不友好的废话，只是抬头看了一眼，平静地说："一切顺利。"

他们一直在向高纬度的地方前进。经过推测，上校和他的作战指挥部的全体军官一致认为，假设存在着一个最有可能通往地狱的极端险恶之地的话，那一定是极地。

5

他们发现自己有许多有待开发的潜力。最奇特的一点：身体可以像液体一样流动，又可以像固体一样坚固，这种随意变形在国王看来仅仅是一种玩具的功能，然而在他们去往极地的旅途上却逐渐显示出非凡的实用性来。

在帝国的大路最南端，他们等了两天，储存了充足的能量，然后上校和他的部下们做出了一项颇具想象力的举动：他们每一个人吸进大量的空气，使身体能够在海上漂浮，然后把自己塑造成一种配有螺旋桨的动力帆船。于是，这只历史上从未有人听闻过的神奇船队下到水中，在一片茫茫的大洋上，驶向极地。

在上校的指挥下，他们借着流向极地的洋流和西风，一路前进。等待他们的是来自极地的冷水团和流向极地的暖水团相汇形成的涌浪。这些上下翻腾的涌浪毫无规则，高达十几米，向他们袭来，使他们在上下颠簸、在风浪中飘摇。上校当机立断，命令每一只船都伸出两支触臂，船队彼此连接，组合成了一艘坚不可摧的巨型连锁洋轮。而当洋流为他们送来那些在碧蓝的海面上因为阳光的照耀而显得晶莹剔透的一座座小冰山的时候，他们彼此又还原成一只只小船，借着强劲的风力灵活地在浮冰间穿过。

很快，洋面上的浮冰变得越来越多，汇集成了密集的浮冰群，船队被这一片辉煌的白色冰障包围了，但是这也难不倒这些生来注定完成最辉煌伟业的战士们：他们把自己化为一摊薄薄的液体，像油一样贴着冰面有条不紊地静静流过。这样子的变形，加上寒冷造成的黏性增加以及冰面的摩擦，耗费了他们许多能量，但是只要太阳还会出现，他们有足够的时间来积攒动力。

即使面对这样艰巨的考验，他们依旧保持着军人的荣誉，发扬着令人肃然起敬的坚毅作风，在这巨浪滔天的世界里努力保持着队形，永远不会丢下任何一个人不管。如果有谁感到自己的体能不够用了，周围的人就会靠过来和他对接，彼此共享着能量，直到太阳再次给他们足够的温暖。虽然不能说是兄弟般的情谊，但是这么多年来，他们一直懂得要彼此帮助，因为他们是战友、是伙伴。

他们就这样永不停歇。他们是坚强的、勇敢的、无畏的，从没有也许永远都不会有任何人和任何事物能战胜他们。他们在浓雾弥漫的海洋上同舟共济、乘风破浪、风雨无阻。就这样，在上校的带领下，经过几十天的航行，他们看到远方出现一片陆地。

他们在一片裸岩上登陆，看见一个冰雪覆盖的世界。面对这个从未有人到达过的土地，上校想到的第一件事是，国王一定乐于知道自己的帝国还有这样一片不为人知的神秘大陆。上校知道自己有权利为它命名，于是叫它：冰陆。

根据对这里气候的初步了解，上校判断冰陆极不适合生命的发展，也就是说，他们找对了地方。考虑到这片陌生的大陆可能有的难以预料的情况，他们建造了一个简单的基地，以便发生意外的时候在这里汇合。然后部队稍作修整，就毫不迟疑地出发了。这一回，上校决定放弃以往那种地毯式的搜寻思路，逻辑不排出合理的猜测，如果指挥部的假设不过分的话，寻找地狱的最佳地方就是这个世界的尽头：冰陆的极点。

于是这一群不生不死的人，这一群幽灵，闯进了那一片未知的冰冷雪原去寻找地狱，这片千百万年来都在安静沉睡的冰雪世界，迎来了它的第一批客人。

6

不少时候他们看不到太阳。

风雪总跟着他们，变形的能力开始显现出重要性。他们有时候步行，有时候把双脚变成雪橇的形状，在较为平坦的雪地上滑行，有时候则变成一把把锐利的刀子把自己扎进地上的冰霜中来抵抗暴风的袭击。冰陆的风非常强劲，这些沉甸甸的冷空气从高原上稳稳地飘过来，随着地势的陡降形成猛烈的大风。有时候天空突然变得阴沉昏暗，接着刮起一阵足以将他们全部掀飞的风雪，他们只好降低重心，用“刀脚”牢牢地抓住脚下的冰雪。就在这里，他们在风雪的侵袭下，在严峻的事实面前，开始充分地发挥着自己的想象力，把自己变成各种各样的形状。上校越来越清楚地意识到，他们身上有着相当可观的潜力等待开发。

他们来得很是时候，冰陆的夏天已经开始了。虽然经过这一路由低纬度到高纬度的旅途中的变化，上校和他的指挥官们已经推测出极地的昼夜情况，但是当亲自体会了太阳整日不落的极昼时，他们还是感到一种可以认为由满足和和谐产生的叫做高兴的情绪。太阳就在地平线上不断地绕着圈子，在天幕中画出一道北高南低的倾斜的椭圆轨迹。日照量显然很低，不过，持续不断的能量补充多少弥补了这一缺憾。走在这没有硝烟、没有污浊、没有欲望、甚至没有痛苦的洁白纯净的世界里，影子就在脚下按逆时针方向不断变换位置。他们终于暂时摆脱了黑夜，可以日夜行军，可以体现他们那机械般的执着和不知疲惫的优势，在这片无人能够生存的白色荒原里孤独地、坚定不移地前进。

但这里并非死寂，他们看到了许多生命。根据简单的命名法，他们管它们叫雪鸟、雪燕、雪鹅、雪豹、雪狐……看见散落四处的尸骨和残骸，上校这才明白，即使到了世界的尽头，也一样存在着无情的杀戮。

不过这些冰陆上的土著居民，依旧自由自在地生活在自己的王国里，对这些闯入者表示了充分的冷漠，只有那些胖乎乎、懒洋洋的雪豹会偶尔赏脸，抬头望他们一眼，接着就趴在冰上，不再看他们。这一群不速之客，没有引起丝毫的恐慌，似乎他们只是一群无声的鬼影，而它们则对虚幻的事物视而不见。

天气异常寒冷，变化无常。有几次，铺天盖地的大雾突然袭来，空气中充满了无数细小的冰晶，像千万个小镜子将光线散射开来，和地上的冰雪反射的阳光混在一起，于是四周弥漫着一片雾蒙蒙的白色，天地之间浑然一体，他们如入云雾之中，分不清哪里才是地面。在这片乳白色的包围中，上校冷静地命令所有人停在原地。大雾有时候可以持续几十个小时，大家握着身边人的手，安静地站在原地，耐心地等着。就是在这无声地等待的时间里，上校意识到自己开始用“一团牛奶”来试着进行比喻了。

他们坚定不移地朝着极点前进，沿途却不忘勘查着那些在冰的裂缝纵横交错的地方形成的在斜阳照射下里面如水晶宫般光彩夺目的洞穴，不忘巡视那些冰下河流侵蚀而成的从洞口看去光线由明变暗的地下长廊，他们甚至检查了一座矗立于天际冒着巨大烟柱的火山，但是依然没有找到好像地狱之门的入口，于是他们没有留恋那奇丽的景色，继续奔赴极点。

气温变得更低，这对他们很不利。地上的雪变成了坚硬的冰碴，黏着他们的身体，因此要费很多能量才能迈出每一步。过低的温度使他们的身体变得僵硬，为了保持头脑的清醒，不得不耗费一定的能量来暖身子。现在他们不能进行复杂的运算，只能机械地向着极点缓慢地前进。

开始有人掉队了。个人能力的差异显露出来，某些人的能量用的比别人更快，于是队伍不得不停下来，迎着风筑起雪墙，抵挡着肆虐的风雪，然后静静地等着太阳为他们补充能量。还有更糟的事：有人掉进了冰盖的裂缝中，没有等他来得及做出反应，受到震动的裂缝很快合拢，尽管他迅速地化为液体，努力沿着缝隙向上攀延，但是由于能量耗尽，最后停了下来。上校果断地命令几个能量富足的人立刻化为液体延着缝隙与他汇合，这样才好歹把他救上来，部队不得不全军修整一天。

而时间在流逝。夏至已经过去了，上校预料到，在不远的将来会有一段长长的黑夜笼罩大地，他们必须尽快到达极点。不过即使是这样严峻的时候，上校还是注意到，在风速已经显著减小的高原腹地，晴天的时候空中徐徐飘落着细小而明亮的冰晶，像钻石一样折射着五颜六色的光芒。每当这时候，上校总是一边望着漫天的钻石雨，一边想着什么叫作美。

一件意外：冬天来的比他们预料的更早。路上的勘查和修整耽搁了时间，夜晚开始降临了。他们又看到了那漆黑的夜。起初只是一会儿，接着白天越来越短，黑夜越来越长。他们在风雪寒霜的重重包围下，前进的速度变得更慢。黑夜降临的时候，部队不得不停下来休息。白天补充的能量显然已经入不敷出了，上校意识到，有些人已经不可能走到极点了。事实上，从黑夜来临的那一刻起，队伍就难以再维持严整的队形。他们像一群在长跑中力气渐渐耗尽的人，彼此之间的距离慢慢拉开，不再有方阵，而是排成了一条线。后面的人越走越慢，然后在某一个时刻，能量完全耗尽，于是戛然而止，一动不动地立在那里，好像一座石雕，风雪围绕着这个凝固的幽灵，迅速将他冷却，一层一层地包裹住，然后扑通一声，吹倒在地上，不能再起来。

没有人能帮助别人了，每个人都无法维持自己的需要，只是无怨无悔地继续跋涉。开始的时候队伍越拉越长，接着后面的人一个个倒下去，队伍又开始收缩。走在最前面的是上校，他早就想到一个问题：作为部队的最高指挥官，为了确保每个人都真正完成了死的任务，他不得不保证自己最后一个死去，因此他拥有最多的能量，缓慢地走在队伍最前列，朝着那个世界的尽头，一步，一步。

就是在那些残酷的夜晚，上校第一次见到了天上那种绚丽夺目的极光。在晴朗无云的夜里，天边会出现那如同烟火般美丽的光，有时候是白色和蓝绿色的斜挂在天际，呈现放射状，有时候七彩的光带，飘飘忽忽地从天空的一端贯穿到另一端。光的强度并不高，对他们来说基本没有什么帮助，但是当那黑色的天幕中出现这样瑰丽的巨大光环时，整个冰原大地都被照亮，上校停下脚步，听见劈劈啪啪的声音，抬头仰望着天上那缤纷的色彩，注视了很久很久。

太阳不再升起，黑夜完全笼罩了大地。在快要到达极点的时候，上校听见身后的脚步声渐渐被风声掩盖了，上校不用回头也知道，那是一路坚持跟着他的最后一位副官，如今只剩他一人，在这片前所未见的黑夜和不曾被人体会过的寒冷中艰难地迈进。每一步都很吃力，上校知道自己的体能快要耗尽了，但他仍然执着地挪动着身体。不曾体验过的低温，让他全身僵硬，思维开始变得迟钝，只是模模糊糊有个命令，告诉他要前进，不停地前进，即使耗尽能量，即使到了……对了，即使到了死，人们通常是这么说的。难道说，这样就可以算是死去了嘛？上校忽然意识到，也许这就是他们一直在寻找的死亡，但是他无法清楚地思辨，双脚仍旧机械地迈着沉重的步子。

终于，极点到了。

现在他站在了整个星球的端点上，周围仍旧是莽莽冰雪，没有什么地狱的入口，更没有天堂，只有无法想象的冰冷。就在此刻，在这无尽黑暗的宇宙中，星球还在绕着自己的轴旋转，整个世界都跟着一起旋转，这转动从这个世界诞生之日就开始，不曾停歇，可如今他虽然精疲力竭，毫不动摇地站在这里，不再跟着万事万物转动，避开了那持续了亿万年的眩晕。

又一阵暴风雪袭来，上校知道自己没有力气了。他没时间思考这样是否算是死亡，只是把脚变成两把刀，用最后一点能量把自己植入这坚硬的冰盖上，然后抬起头，仰望夜空。

上校在寻找，他想在合上双眼之前再看一看那炫目的极光，他没有看到。只有风雪向他袭来，围绕着他飞舞，给他涂上一层又一层冰的铠甲。他合上眼，然后像一座冰碑一样矗立在这无尽的黑夜里。

——节选自《去死的漫漫旅途》，选入《星云Ⅳ》，四川科学技术出版社，2006 年，据此小说改编的同名科幻电影剧本荣获“第二届扶持青年优秀电影剧作计划”奖

悖论之中的生命寓言

——《去死的漫漫旅途》赏析

◎ 张懿红　王卫英

飞氘是高校培养的青年科幻作家。代表作《去死的漫漫旅途》将生与死的矛盾置换为人与机器的矛盾，这一矛盾又分解为两重矛盾：国王与机器人战士的矛盾，生命意志与机器本质之间的矛盾。小说结构严谨、精巧，语言文雅、华丽又不失幽默，营造出一种煞有介事的重述神话的口吻，形成雍容大气的叙述风格。

飞氘本名贾立元，生于1983年8月，内蒙古赤峰人，先后在北京师范大学文学院、清华大学中文系攻读硕士、博士，是高校培养的一位青年科幻作家。自2003年12月在《科幻世界》上发表处女作《皮鞋里的狙击手》之后，飞氘相继在《科幻世界》《新科幻》《九州幻想》《飞·奇幻世界》《天南》《文艺风赏》等多家杂志发表几十万字的科幻、奇幻小说，出版有短篇小说集《纯真及其所编造的》。其中,《沦陷200x》获得“2007年度银河奖奇幻小说奖·读者提名奖”,《沧浪之水》入围“第二届全球华语科幻星云奖·最佳短篇奖”，并以《纯真及其所编造的》入围第十届“华语文学传媒大奖·年度最具潜力新人”。飞氘的创作正处于探索阶段，就目前而言,《去死的漫漫旅途》称得上是其代表作，根据同名小说改编的科幻电影剧本《去死的漫漫旅途》

获广电总局主办的第二届“扶持青年优秀电影剧作计划”奖。

飞 氘

《去死的漫漫旅途》设置了一个悖论：国王的命令——“去死”和机器人的不死本质之间无法解决的矛盾，这无疑与生命体的生存悖论相逆。自出生始，人的生命就必然受制于一个残酷的自然规律：死亡。生命的存在就是走向死亡的过程，生与死的矛盾由此成为生命哲学的思想基点。这一问题也是很多文艺作品不断诠释的母题，其中不乏以幻想形式探究生命存在价值和意义的作品。被称为科幻小说先驱的乔纳森·斯威夫特的《格列佛游记》（1726年）在第三部《飞岛国游记》中描写了拉格那格王国的“长生不死者”，那些活死人的生命是令人恐怖的噩梦，对不死命运的恐惧，派生出许多讨厌的性格缺陷，使他们丧失了人类美好的天性，把他们变成一些面貌可憎、食不甘味、丧失记忆和工作能力的老糊涂虫。法国当代小说家西蒙娜·德·波伏娃则在长篇小说《人都是要死的》（1946）中，创造了一个出生于十三世纪、长生不老的传奇人物雷蒙·福斯卡，他的行迹横跨欧美，经历了六百年风云变幻的历史过程，在跌宕起伏的人生中深切领悟到永生乃是一种天罚，对无穷无尽的生命和非理性的人类历史深感厌倦，同时也在普通人身上感受到有限生命的可贵价值。

同样是对生死问题的思考，飞氘的构思另辟蹊径，生与死的矛盾被置换为人与机器的矛盾，这一矛盾又分解为两重矛盾：国王与机器人战士的矛盾——在不死战士的帮助下，国王蜗居皇宫轻而易举征服四海一统天下，但是，这种不费吹灰之力的全胜，却使国王丧失征战沙场的生命活力：“当国王再也不能从远方传来的胜利消息中获得快慰时，不断送来捷报的马蹄声只是让他感到无聊，随之而来的，是对这种毫无悬念的单调旋律的厌倦。如今国王只热衷于棋盘上的厮杀，这样每一次胜利或者失败之后，他都可以从头开始。”这种胜利甚至使他丧失了对理想的憧憬：“对那些不断纳入帝国版图的陌生的土地，国王一点兴趣都没有，他担心自己的帝国已经过于庞大了。”这种丧失自我、被人剥夺、英雄无用武之地的感觉，让他对机器人战士满怀怨怼，从而对完成使命的帝国英雄发出诅咒："让他们去死吧。"另一重矛盾是机器人战士在去死的漫漫旅途中逐渐体验的，那就是作为主体的生命意志与作为"物"的机器本质之间的矛盾，这一矛盾其实是国王与机器人战士之间矛盾的扭曲投射，只不过由主客对立的矛盾转换成主体自身的矛盾。这一矛盾在两个层面悖论式地展开：机器人第一定律与第二定律之间的矛盾，自我意识觉醒和"去死"指令强制性之间的矛盾。

自20世纪40年代初阿西莫夫在科幻小说中提出著名的机器人三定律（或称"三大法则"）[①]，这一为机器人设定的行为准则就成为众多小说中机器人遵循的行为准则，机器人有可能违背法则往往成为故事展开的前提，构成故事发展的主要线索。飞氘小说则为不死战士设定了两条定律，第一定律就是阿西莫夫的机器人第二法则："必须绝对服从国王的命令"，第二定律是飞氘自设："当你的伙伴有难时应该去帮忙"。毫无疑问，该定律原先目的是保证这支"神圣帝国第二步兵团特种部队暨荣誉兵团王牌别动队"的凝聚力和协调性，但恰恰是这个蕴涵着人性道德价值的定律最终唤醒了机器人的主体意识，使他们冲破第一定律的束缚，以勇敢的反叛、自主选择的死亡确证了主体意志的自由。

在小说的第一部分，机器人战士的主体尚未苏醒，国王的意志是他们存在的唯一根据，因此，国王的诅咒就变成必须完成的任务——和在此之前那些消灭敌人的命令一样。机器人战士并不理解"去死"这一行为的意义，也不知道怎样才能死亡，因为他们是根据"闭合定律"建造的不死者。按照上校的说法，"身体即使被炮弹炸得四分五裂，各部分立刻在一种凝聚力的召唤下恢复原样，这就是真理的意志，闭合性永远保护着我们。"因此，机器人战士要执行国王的命令，就必须挑战自身不死的本质，挑战"宇宙真理的完

① 艾萨克·阿西莫夫机器人三定律（Three Laws of Robotics）是：第一法则：机器人不得伤害人类，或袖手旁观坐视人类受到伤害；第二法则：除非违背第一法则，机器人必须服从人类的命令；第三法则：在不违背第一及第二法则下，机器人必须保护自己。后世作家陆续提出新的补充、修正法则，完善机器人定律的逻辑，逐步使这一准则成为处理人与机器关系的"机械伦理学"基础。

满”。毫无疑问，这一难解的矛盾折射了人与机器、创造者与创造物之间的终极悖论。飞氘以充满想象力的幽默笔调描写了不死者们寻找死亡的漫漫旅途，他们找不到地狱的入口，只能向背离生命存在的地方寻找死亡，最终在极地的黑暗中耗尽能量，“像一座冰碑一样矗立在这无尽的黑夜里”。但这也是暂时的，当漫长的极夜终于过去，太阳重新出现在地平线上，机器人战士得到能量补充就又苏醒了。假如机器人战士只遵守第一定律，想来他们应该永远无法完成“去死”的任务，永远走在寻找死亡的旅途中。卢梭名著《爱弥儿》中有一句名言：“如果允许我们在这个世界上长生不老，试问谁愿意接受这件不吉祥的礼物？”不死的漫漫旅途，的确体现了不死诅咒的可怕。对于必死的生命，不死者的悲惨命运如同一面镜子，让我们反观有限生命的价值，纾解我们对死亡的恐惧和厌恶。

但是，飞氘的叙事没有止步于此。在小说的第二部分，机器人战士求死不得，领悟到一个道理：“要想找到死，必须先找到生。”这与海德格尔所谓“向死而生”颇有异曲同工之妙。上校率领他的机器人兵团转回生存世界，在被人遗忘、失神千年的原始城市卡波诺停留下来。尽管他们一开始是抱着人类学研究的客观理性态度观察和认识人类生活的，但很快就融入当地人的生活，跟他们一起劳动、庆祝丰收、跳舞，感受生命的爱与快乐，与他们分享知识与经验，开始传播文明：不仅给孩子们讲战争和极地探险的故事，还开办学校。同时，他们也目睹了人的死亡和卡波诺灾荒，上校和他的兵团以前所未有的智慧和能力拯救灾民，重建城市，上校被卡波诺人视为这个城市实际的首领。但是，紧随上校引入的外来文明而来的，是商业、掠夺、压迫与战争，世外桃源卡波诺以加速度的方式重演了一部人类文明的兴衰史。在投身人类生活的过程中，上校和他的机器人兵团被一股非理性的力量裹挟着进入了人类历史。不知不觉中，卡波诺人已经成为他们的“伙伴”，而上校则成为卡波诺少年布列多的榜样，人类的价值观、人生观潜移默化地塑造了机器人战士，使他们成为卡波诺的英雄。为了帮助人类伙伴，不死战士做好了迎击国王的准备，国王和机器人战士的矛盾激化，小说设定的机器人第一、第二定律之间的矛盾得以凸显。

小说的第三部分是卡波诺保卫战，上校和他的兵团以无比悲壮的方式抗击国王和宰相的新式武器，经受腐蚀剂、金属吸附剂、火炮、滞凝剂、光炮的攻击，一次次被击碎，又一次次重新组合，直到聚合成一个可怕的巨人："只是一个。他像一座小山，由不死者的身体、遍地的泥浆、死去的躯体、大小石块、地上丢弃的宝剑大刀铠甲以及它席卷起来的一切物体组成，包括光荣与耻辱、纯洁与污秽、真实和谎言以及曾经在大地上存在过的一切。而他却依然努力保持着一个人的形状，一个流淌了血污和泥水的雨中巨人。"这个巨人显然已变成了一个象征形象，它是人类历史的象征，蕴涵着人类文明进程中屡遭挫折却坚不可摧的自由意志。尽管小说结尾，上校和他的不死战士最终被不断增加能量的光炮打碎，因难以完成聚合而"死于时间"，陷入亿万年的沉睡（从某种意义上，这也算是一种死亡），但他们的死亡却最大限度地彰显了生命的自由、尊严与光荣，如同嘹亮的冲锋号角，唤醒了活着的人——"人们向溃败的帝国席卷而去，即使以死为代价，也坚决要席卷这世界的一切不公和不义。"

伴随叙事推进，飞氘逐步赋予不死机器人以自由意志，让他们在寻找死亡的路途中发现自我，而自我意识的觉醒与"去死"指令的强制性，则构成生命意志与机器本质之间矛盾的第二个层面。在寻找死亡的过程中，原本没有自我意志的机器人反倒开始思考、观察和体验周围的世界，体验到用自我生命唤醒世界的神奇感觉。"一团牛奶"似的大雾，漫天的钻石雨，绚丽夺目的极光……路途上这些奇丽的风景让上校体会到什么叫作美。在向死而生的过程中，他们开始发现存在的意义，发现了认识事物的需要、审美的需要，以及开发自我潜力的需要。当他们一步步融入卡波诺人的生活，他们甚至获得了"对这个世界永恒的爱"。这本来是人类才有的情感体验，却在不死机器人身上萌发、生长，最终唤醒了他们的主体意识，使他们有力量与国王的指令抗争——这抗争用理论说明就叫作"零定律事件"："不可能通过有限过程使所有定律完全协调。"因为自我意识的觉醒，飞氘笔下的机器战士最终领悟了存在的意义，明白了一个道理：即使"我们为了拒绝一种生活而发动了一场战争，可到头来却自己选择了那种生活。"那也是值得的，因为是自我的选择。他们“懂得为了尊严和自由而战，配得上称为人了”，他们以誓死战斗的行为验证了创造者对他们暗含的期许：“真理的力量足以唤醒那体现它的存在体的自我意识，然后通过它去传播自己。”飞氘小说对机器战士心灵世界的开掘，使生死问题的探究深入人的生命意识，深入人类文明和历史的混沌。

作为中篇小说,《去死的漫漫旅途》结构的严谨和精巧值得赞赏。小说分三部分，第一部分写机器人兵团执行国王命令“去死”，第二部分写他们驻扎卡波诺城学习生活，第三部分写卡波诺保卫战。每一部分又各自包括 A、B、C 三个部分，A 以国王或宰相为中心介绍事情的缘起、进展，从统治者的角度揭示矛盾、推进情节；B 分别以不死者第一定律、不死者第二定律、零定律开头，摘引《上校日志》，以第一人称自述的形式，坦露机器人战士的心迹，清晰地表明机器人战士从完全服从国王命令到开始思考生死的意义，再到最终决定珍爱生命的全部思想变化过程。上校日志充分体现了机器人刻板严谨的思维逻辑，但不乏人类理性的闪光，后者引导着机器人的思想贴近人性。A、B 两部分都很简短，如同楔子，起到引起正文的作用。不同于 A、B 相互对立的主观化视角，作为主体部分的 C 则采用全知视角客观叙事，小说三大部分的三个 C，其小标题连起来就是对小说主要情节的概括——分别是“在路上”（包括 6 节）、“在生存那边”（包括 12 节）、“死于时间”（包括 5 节）。如同 B 引用定律，C 的开头分别引用卡尔维诺、伯兰特·罗素、高乃依的名言点题，吸引读者兴趣，凸显文化底蕴，显得典雅大气，体现了作者叙事的自信与掌控力。小说 3×3 或 3+3+3 的整体结构，整饬中有变化（比如三个 C 所包含节数不等，两头少中间多），令人想起关于数字“三”的诸多中西方文化象征意义——中华文化以“三”为极,“三”在中国哲学中是成数、满数，经常代表多次或多数；而西方文化认为“三”具备神性，象征尊贵、吉祥和完美。中西方神话传说和宗教中的“三”都有尊贵、神圣的意味，民间故事中的三重化、戏剧小说中的三部曲、逻辑推理中的三段论，以及“三”在社会生活中的大量运用，则体现了“三”对中西方民族文化心理的巨大影响，它已经成为人类认识和概括事物的一种思维方式。《去死的漫漫旅途》由“三”的倍数构成稳定的结构，与但丁的《神曲》一样，不仅使小说呈现整饬、典雅、和谐的结构美，更包含着神圣而丰富的文化意蕴，与小说主题（在生与死的悖论中探究生命哲学）相辅相成，使小说成为一则关于生命的宏大寓言。

《去死的漫漫旅途》展现了飞氘出色的想象力。这种想象力固然体现为科学幻想，比如小说中来自外星文明的宰相和不死者之父、建造不死战士的“闭合定律”、宰相为国王制造的各种超时代的先进武器等，但主要体现在虚构的细节想象中。小说必须在全部虚构的情形下描写机器人兵团旅行、生活和战斗的全部细节，这非常考验作者想象力。飞氘以简练、概括而不乏细腻的笔触讲述机器人兵团的遭遇、行为和自我意识的逐渐觉醒，有关不死者的变形能力、极地景色、战斗场面等描写，都展现了作者丰富瑰丽的想象力，给人留下深刻的印象。当然,《去死的漫漫旅途》中机器战士的变形能力很容易让人联想到《终结者》中的液态机器人。另外，作者喜欢运用欧化长句，语言文雅、华丽而不失幽默，营造出一种煞有介事的重述神话的口吻，形成雍容大气的叙述风格，体现了他对科幻小说寓言性、象征性的追求。能够在小说结构和语言中呈现“有意味的形式”，足以证明这位年轻作者的实力。对飞氘来说，科幻小说主要是探索人生、历史和世界的哲理思考的工具，因此，他的科幻小说呈现出一种非现实的玄想，这也体现了他科幻创作独特的艺术追求和探索。

谷神的飞翔

◎ 郝景芳

开拓者的歌声里，永远有无数沉默的和声。

——朗宁日记

谷 神

朗宁先生的图书馆一直是孩子们最大的盼望。每到第一百个地球日，阿尼亚小学里就开始涌动起那种蠢蠢欲动的兴奋，就像烤箱里就要出炉的黄油小饼干，乍一看排得整整齐齐，但仔细盯着，就能发现那些噼噼啪啪的轻声跳动，送出一阵又一阵香味弥漫在空中。这一天，孩子们的脸上总是挂着笑，尽管他们会比往常更努力地装作郑重其事，但那种笑仍然会洋溢出来，透过他们抿着的小嘴、扬起的眉梢和故意挺直的背洋溢出来，他们不知道人最难以掩饰的就是心底跃动时脸上的神采飞扬。

妮妮小姐在讲台上，将一切都看得明明白白。孩子们总以为自己的小动作不会被注意，但妮妮小姐却早就发现，孩子们总是下意识地瞅着墙上的钟表，每隔几分钟就悄悄望一望窗外的天空，奇卡已经抱着小红板埋头写了一个小时，茵然和曼娜在小声嘀嘀咕咕，而最淘气的帕路塔竟然一反常态，端坐着专心听讲。没有谁理会玩具柜，靠垫也安安静静地散落在教室后面。

妮妮小姐若无其事地念完这一天的最后一篇文章，轻轻合上课本，说出了孩子们一直等待的那句话：“今天就到这里了，回家小心点。”孩子们爆发出一阵欢呼，拥挤着跑出门外。

她微微地笑了，有什么能比这些单纯的孩子更可爱呢？

窗外，淡金色的天空灿烂如昔。

朗宁先生的图书馆准时出现在小镇的上空，孩子们欢呼雀跃起来。

淡蓝色的小飞船是一只海豚的形状，额头高耸，嘴微微上翘，背部线条流畅，尾巴弯起来，就像给一支悠扬的歌加上跳音做结尾，海豚的眼睛又大又亮——那是朗宁先生的舷窗。飞船曾经是一架旧式小型货运船，当时的改装还花了朗宁不少钱，对飞行来说这样的设计不是最好的，但他知道，孩子们非常非常喜欢。朗宁盘旋了好几圈才降落，小海豚在金灿灿的天空中畅游，连大人们都停下手里的工作，驻足仰望。

飞船降落在镇中心的空场上，小海豚和身旁小飞象的雕塑相映成趣。孩子们奔跑着一拥而上，踮着脚等待朗宁先生熟悉的笑容。朗宁满头银发的脑袋从窗口探出来，向他们挤挤眼睛，两个手指举到眉梢划出一道弧线，掠过天空仿佛带出一串闪光，这是他惯常的招呼方式。

“嘿，我的小精灵们，你们最近好不好呀？”

孩子们争先恐后地回答着，叽叽喳喳的声音连成一片，朗宁满意地摸摸胡子，呵呵地笑了，说：“快来看看，你们的老朋友给你们带来了什么！”

小飞船的侧门缓缓地滑开了，露出了飞船里大大小小的七彩的盒子。孩子们一下子安静下来，所有目光都炯炯地集中过来，后排的孩子一蹿一蹿地跳起来，但谁也没往前挤，而是乖乖地、眼巴巴地向前望着。大家都屏住呼吸，时间也好像停止了一般。

朗宁先生的身影终于出现在门口，银灰色的制服线条硬朗，泛着淡淡的光泽，立领，长摆，硬质宽腰带左右各镶了一枚徽章。看着孩子们瞪大了眼睛不明所以，他在舷梯上站定，挺起胸膛说：“这就是我跟你们说过的，我年轻时穿过的军装，怎么样，好看吗？”

孩子们“呀”的一声惊叫了起来，全都伸长了脖子想看个究竟，离得近的小心翼翼地想要触摸衣服的质料，伸出手没有碰到却又缩了回来。对这些孩子来说，军人和战争就是传奇，是不可思议的神话，是所有热血、英勇与智慧的象征，让他们觉得神秘又兴奋。

“唉，老啦，皮带都快要扣不上了！”朗宁摸摸肚子，笑呵呵地说，“小家伙们，上次借的书都带来了吗？”

朗宁先生一直非常喜欢这颗小行星。事实上，在这十五年开图书馆的日子里，在这四颗小行星、四颗木卫星的辗转奔波中，他一直对这一颗，对这个小镇情有独钟。

谷神星比他的三个兄弟姐妹都要大，直径达到1000公里，于是理所当然地成为小行星矿业带的中心。相比而言，其他几颗星上的居民区更像是工厂的社区，人口少，结构单薄，不像这里形成了完整的小镇。谷神上有学校、各式各样的商店和娱乐场。所以这里的孩子最多，也最活泼、可爱。

另一个吸引朗宁的原因是这里独特的风景。作为一个摄影师，朗宁在这几十年里走过了很多地方，但无论是在地球，还是在人类的第二基地火星，他都没看到过这么迷人的漂流的陆地。

很多年前，当第一批拓荒者刚刚到达这里的时候，谷神星还是一片冰封的荒原。人们拨开尘埃、崛起泥土、打碎冰块，取走下面丰富的金属和矿产。一位叫泰林的年轻军官带了一百人来到这里，用一种轻而坚韧的有机材料建造住所。他们造的房子就像彩色的大气球，一半在地下，一半在地上，半透明并反射着淡淡的光辉。后来，泰林请来火星上很有名的材料工程师为这颗小星星罩上两层完整的薄膜，一层是纳米半导体，而另一层是高分子气体，散射阳光、保存热量。他们从木星运来氢做聚变的能源，还建起工厂。从此之后，谷神上面有了光，有了空气，有了温度，泰林和他的伙伴们在这里定居了。

慢慢地，随着星球表面温度的升高，原本的冰原融化成了大海，曾经的沼泽逐渐变成了一片汪洋。这时候，神奇的事情发生了。盖房子的材料在泥水混合物中开始自我生长，同时大量吸附周围的泥土。大家终于开始明白为什么每座房子的“腰”上必须留一圈“裙子”，他们惊叹泰林的高瞻远瞩，而泰林只是微微笑，什么也不说。经过了两个地球月，那些“裙子”终于彼此连接到一起，而且夹杂大量泥土，在房子与房子之间搭建了足够的陆地。

一百年过去了，开拓者的亲朋好友、亲朋好友的亲朋好友、还有探险流浪的好奇的人陆陆续续来到这里，安居、工作、繁衍生息，小镇慢慢扩大，几千座房子，一万多人口。人们缓慢地飘浮着，从水底挖出泥土和金属，提炼后交给火星来的飞船，换取美食、衣服和其他必要的东西。

朗宁每次在小飞船上俯瞰这片奇特的陆地时，都会由衷地发出一阵赞叹。看那么多或大或小的泡泡房在阳光下闪闪发亮是一件极其享受的事情，它们圆润光滑，晶莹剔透，五彩缤纷，绵延数公里。房子之间，乳白色的马路组成花朵的图案，镇上零星几处没有填满的地方，露出地下的大海，就像花瓣上清透的露珠。

“……我的激光剑又刺中了两个敌人，在前方打开一个缺口，但敌人太多啦，他们瞬间就又围拢过来，渐渐地，我开始感觉体力不支了，我一直告诉自己不能放弃，要站着坚持到最后一刻，我想起那些死去的兄弟们的笑容，还有我们一同立下的誓言，我发疯似的挥动激光剑，我的腰上、肩上都受伤了，敌人还在不断地涌上来，我知道我已经不行了，但我就是不愿意向他们屈服，我于是拼尽全力退到舱门口，大喊一声：‘为了联邦的光荣！’便纵身跳了出去，融化在茫茫的宇宙间……”

齐卡的声音逐渐小了下去，一时间寂然无声，孩子们都还沉浸在他刚刚营造出的激动当中，久久不能平静，谁也没有说话。朗宁注意到，几个女孩子的眼睛里涌出了大滴大滴的泪珠。好一会儿，激烈的掌声才爆发出来，每个孩子都显得很兴奋。

朗宁微笑着摸摸齐卡的头，递给他一颗糖说；“很好，你会成为勇士的。”齐卡今年十二岁，比一般孩子更喜欢读故事，也常常自己编，正是在他的带动下，每次大家在朗宁先生到来时都会围在一起讲故事，慢慢地形成了传统。朗宁喜欢这样的时刻，他喜欢看孩子们争先恐后的样子。他带来图书馆，就是希望种下故事的种子。

“我要讲吸血鬼！”帕路塔蹦蹦跳跳地叫着，“那个吸血鬼可真厉害呀，白天总藏到很秘密的地方，晚上就跑出来吃人，谁拿他都没办法，已经死了好几个人了。这时候，我终于想到一个好办法，我偷偷地把村子里所有的钟表都弄停了，结果他以为一直是白天，就一直都没有再出来，我们村得救啦！”帕路塔一边说，一边露出得意的笑。

“这办法不行！”一个孩子叫道，“你怎么知道吸血鬼没有自己的手表？你得把他的表停下来才行。”大家哄地笑了起来。

朗宁不禁哑然失笑。谷神的自转大约八小时，孩子们头上的天空总是在明暗间变幻。因此，谷神星的黑夜由人来规定，孩子们并不懂得黑暗与夜的关系。人类知道自己体内的周期节律已经刻写了几亿年，不会很快适应全新的生物钟，于是向太空移民时人为地保留了故乡的节奏，每二十四小时便遮挡出自己的休息时间。或许孩子们每天都暗中盼着钟表停走，这样，时间就停下来，他们可以晚一点儿上床，可以多玩一会儿扮国王的游戏。

孩子们没有见过的东西还有很多，他们的世界没有月亮，没有山，没有树，也没有小动物。谷神镇是一片没有根系的陆地，孩子们从出生就在泡泡里漂流。这也就是为什么他们那么喜欢朗宁先生的故事，在他们看来，自己的小镇太平淡无奇了。

朗宁先生转身回到飞船，小心翼翼地抱出一个半米见方的玻璃块，放在膝盖上，又掏出一个黑色的小遥控器，嗒嗒地按动了几个键。几秒钟之后，玻璃里面开始出现水波一般荡漾的细纹，荡着荡着化成极小的碎白的颗粒，颤动、弥散、凝聚、旋转，过了一会儿，慢慢出现了辨认得清的图像。这是一台全息影像播放器，尽管谷神的高科技用品不算少，但这样的播放器他们还是第一次看见。

孩子们全都伸长了脖子，眼睛瞪得圆溜溜的。玻璃里的景象越来越清楚了，一片层层叠叠的绿色出现在眼前。

“树！那是树林！我看到过照片！”不知是谁兴奋地叫了起来。

是的，那是树，浩瀚的林海，浓密的热带雨林。影像在一条小船上拍摄，河道嵌在雨林里，河水湍急，如巨蟒般蜿蜒。河道两边布满了高大笔挺的热带乔木，滴着水的藤蔓在树与树之间盘旋，把树冠纠缠在一起，寻不见根源，也找不到尽头。林子里开着无数色彩斑斓的寄生花，铃兰晶莹如绿珍珠，并蒂兰洁白如玉，凤梨花奔放的轮生叶片构造出一个小“池塘”，里面生活着树栖的蛙和螺。画面里还能看到藤黄、天南星和长着十几厘米长刺的棕榈；还有蜂鸟上下纷飞，石鸡为求偶亮出最闪亮的羽毛，美洲豹优雅地卧在巨大的树杈上休息。

孩子们一样事物也不认得，但却看得如痴如醉、目瞪口呆。

“回家啦，孩子们，该回家啦！”就在惊叹声此起彼伏时，妮妮小姐柔柔的声音传了过来，她的声音总是甜美而温柔，像一杯淡红色的玫瑰露。

“再等一会儿啦！”“妮妮小姐……”“把这一点看完行吗？”孩子们顿时炸开了锅，使尽办法软磨硬泡。妮妮小姐一边笑着哄着，一边求助地望着朗宁先生。朗宁站起身，关闭图像，将播放器放回飞船，笑眯眯地取出这一次的存储卡。孩子们起初不情愿，但注意力很快便被转移，乖乖地静了下来，拿到存储卡的迫不及待地插进自己的小红板，恨不得立刻开始阅读。朗宁知道，以他们的阅读速度，不用一百天大家就差不多轮换一圈了。

看着所有的孩子散去各自回家，妮妮小姐坐在飞船的舷梯上舒了一口气。

朗宁先生在她身边坐了下来，两人都安静地没有说什么。天还是温柔的金色，一下子静下来便能感觉微风拂在脸上，带着一丝凉意。

妮妮侧头看着朗宁先生，老人的面容宽厚可亲，脸上依然挂着笑意。妮妮想起了自己小时候，依稀觉得他银白的头发还是那么浓密，额头也依然宽阔润泽，看不出皱纹，于是轻轻地叹道：“您真是十几年都不变老呀。”

朗宁把目光从远处收回来，慈祥地看着妮妮：“你们倒是都长大啦……从小孩子都变成老师了，真快呀。”

妮妮的脸泛起一丝红晕，笑道：“他们比那时的我们活跃多了，我可不怎么会编故事。”

朗宁却摇摇头：“这也不是你的问题。有时候我还会反省自己，不知道鼓励他们编故事是不是有些误导。”

“怎么说？”

“你有没有发觉，不少孩子的故事固然讲得绘声绘色，可是与其说是想象，倒不如说是模仿，很多设想都是书里看来的。”

“可是那些地球上的事孩子们都没见过，想也想不出呀。”

朗宁先生叹口气道：“我就是怕看书多了让他们误会，把想象当成一些符号，好像只有说那些城堡、魔法师还有火星战场才叫故事。妮妮，你知道吗，你们的小镇其实是我见过的最奇妙的地方，只不过你们离它太近了，就觉得平淡无奇了。”

妮妮沉默了一会儿，抚摸着海豚光滑的外壁说：“奇妙不奇妙，也总是有个比较才知道。这也怪不得他们，要是真能让他们出去看看就好了。”

朗宁先生心里忽然一痛，他发觉妮妮自己也还算是个孩子，也同样从来没看到过外面的世界，但却已经承担起那些更幼小的花儿的梦想了。他拍了拍妮妮柔弱的肩膀说：“这次我回火星，一定跟总督说一说，争取接你们一起去转转。地球不好说，但去火星大抵是没问题的。”

听了这话，妮妮突然抬起头来，忽闪着大眼睛说：“您不说我倒忘啦！我爸爸让我来是有正经事的。他想问问您，能不能请示总督，让我们在周围的海里养一些鱼呀？”

“养鱼？”这样的问题朗宁倒是没想过，他沉吟了一下说，“我帮你们问一下吧，这是个好主意，应该能通过，只要你们自己能控制捕捞。嗯，还可以播撒些水草，也让孩子们看看真正的植物。”

妮妮笑了，脸上两个酒窝，灿烂得就像春天的杜鹃、地球上的杜鹃。她站起来，抖了抖裙子，说：“那就谢谢您了！天不早了，您一定也累了，早些休息吧。”朗宁微笑着点点头，看着她轻盈的背影消失在莹白的小路尽头。

朗宁又独自坐了一会儿，刚要起身回去，忽然看到不远处一座拱门的阴影里，走出一个小小的身影，似乎想靠近，却踌躇地绕着圈子。他认出那是果果，一个八岁的小男孩。

朗宁走过去，果果有点不安，两只小脚内扣着，双手紧紧将小红板握在身后，深蓝色的大眼睛晶亮如水，望着他却不说话。朗宁把他抱起来，走到小飞象雕塑下的喷水池，让他坐在自己身旁。果果没那么拘束了，他甩掉两只小鞋子，仰起头用细嫩的声音问：“朗宁先生，为什么瑞利先生说天空是蓝的？”

“为什么天空是蓝的？”朗宁先生没想到果果开口问出这么一句话，这句话三百年前瑞利问过，但他的意思和果果显然不一样。果果肯定是看了科学百科一类的书，这让朗宁很高兴。他想了想，说：“瑞利先生年轻时很聪明，也很有钱，他家有一个很大的庄园，所以他大学毕业之后就没有像其他同学那样找工作，而是自己买了很多仪器在家里做实验，然后看着花花草草想一些奇怪的问题。”

“比如‘天为什么是蓝的’？”

“对。当时很多人都不明白他为什么要想这个，在他们看来，天就应该是蓝的，没有为什么。”

“可是，天是金色的呀。”

“那些人从来没出过地球，哪里知道还有别的天呢？只有瑞利一个人发现，天空的颜色和天上很高的地方的一些小颗粒有关系，太阳光本来是一束，遇到它们就铺散到四面八方啦，颗粒大小不一样，天的颜色也不一样。”

“那我们头顶上也有吗，那样的小颗粒？”

“有呀。100年以前原本没有，那时候天都是黑的呢。后来人们在天上铺了一层小球组成的薄膜，结果天就变成金色了，多漂亮。”

“原来如此。”果果若有所思地点点头，朗宁忍不住莞尔。

果果歪着头想了一会儿，忽然很认真地说：“等我长大了，我要给天上换各种不同的小颗粒，这样，每天就可以看见不同颜色的天空了。您说对吗？”

那一瞬间，朗宁先生忽然觉得心里很湿润，就像清晨的草地挂着露珠。小小的世界，小小的梦想，却梦想着头上七彩的天空。他慈爱地抚摸着果果柔软的卷发，说：“对，当然对，以后我们可以把天空换成你最喜欢的颜色。以后海里会有鱼，还会有各种柔软飘荡的水草。以后我们还能一起坐着小飞船飞到火星去玩。你喜不喜欢？”

果果像是听得呆了，紧紧地抿着小嘴，瞪着朗宁先生看，睫毛轻轻颤动，眼睛却连眨都不眨一下。半晌，他才说：“是真的吗？您说的是真的吗？”

朗宁先生笑了，他把果果抱起来，放到自己腿上，说：“当然是真的。你说，我们把小飞船造成什么样比较好呢？小飞象这样好不好？”

“夜”已经来了，房子里升起了彩色的帘幕。一老一小就这么安安静静地坐在喷水池旁，弯弯的喷水池反射着天空的色彩，就像一轮金色的月亮嵌在地上。

火　星

从遥远的高空眺望，火星北半球也像是拥有一片碧蓝的大海，波澜壮阔，绵延数千公里。不过，这样的图像不会持续太久，随着飞行高度下降，连绵的大海会碎成无数小块，碎成大小不一的湖泊和交叉纵横的河流。远远望去，宛如一张密集编织的网，波光盈盈点点，如亮片洒满网的格点。

这样的画面会一直持续到距地面八千米的高度，那个时候，眼前的蓝色会再一次破碎，这一次将不会碎成任何形式的水面，而是许许多多形状规则的小块，错落起伏，井然有序。

那是屋顶，城市的屋顶。

火星的屋顶都是巨大的硅电池板，在这片广袤的红色平原上生存，阳光是唯一坚实的依靠。没有化石燃料，没有树，也没有取之不尽的重水，人们展开一片片屋顶，像一双双翅膀拥抱着头顶的光芒与热量。城市在翅膀的庇护下成长起来，像几眼孤单的泉汇成连绵的海。

能量的承载终究有限，翅膀无法供应太高的建筑，因此城市始终没学会飞扬跋扈。火星的房屋就像一个个剔透的晶格，钢骨架和玻璃幕墙拼搭出奇妙的形状组合，色调清凉，线条流畅而简洁。火星的城市是一张处处连通的大网，相邻的建筑彼此相连，群落之间，透明的管状公路如丝般纵横。没有人能在城市以外的空气里自由呼吸，尽管释放岩石中的二氧化碳使大气厚度增加，但氧气却仍然稀薄得可以忽略。人们一直在玻璃下仰望天空，城市就这么铺陈开来，从水手谷到北极冠，顽强而缄默，铺成一片浩瀚的海洋。

在海洋中寻找应当落足的小岛，即使对朗宁这样轻车熟路的人也不是一件容易的事情。他在低空盘旋了四五圈，才最终找到普洛斯区的小型停机坪。停机坪缓缓向两侧滑开，他的小飞船无声地降落进去。

普洛斯图书馆是南部十五区中最大的一个，朗宁先生每次都在这里更新自己的书库。这一次，他特意选了许多关于海洋和植物的书，有童话，有百科，也有地球孩子的创作，他在触摸屏上预览了很久才按下“选定”，整整一大盒存储卡从传送带口滑行出来。

朗宁转向信息中心，点击了生命技术园转基因植物第五实验室，屏幕中一个黑色头发的女孩从小池塘边站起身来，朝他笑了笑。“基因五号实验室。有什么能为您效劳吗？”

朗宁欠身向她致意，简要地表达了自己的疑问。

女孩露出两个可爱的酒窝，说：“您这可问得巧了。别的植物可能很难办，但各种淡水水藻绝对没问题。这可是我们实验室这两年最主要的研究方向呢。”

朗宁很惊喜：“哦？是准备大规模种植吗？”

女孩说：“具体背景我知道得也不多，大概是政府的项目。您知道，空气里如果没有氧，一般树木都不能活，所以政府想重点发展厌氧藻类，希望以后能改善空气成分。”

正该如此，朗宁想，他比了一个赞许的手势说：“这可是好事。什么时候开始种植呢？”

女孩轻轻皱了一下眉头，说：“其实技术方面已经没什么问题了，池子里的模拟实验也都通过了，但就是听说合适的大片水域还没找到，所以暂时没有计划。”说到这里，她歉意地笑了一下，“更详细的情况我也不知道了，我是今年选课才到这里的。如果您还有什么想了解的，或是想要提取样品，明天这个时候莉丝老师就会在了，您跟她说就可以了。”

朗宁微笑着向她表示感谢，切断了画面的连接。

从图书馆出来，朗宁先生径直来到汉斯先生的家。二层小楼并不豪华，看上去与一般居民区的房子没什么不同，只有门前水滴型的小广场彰显着屋子主人的身份。小广场的穹顶足有十米高，水滴的弧形一侧均匀散列着五个隧道车入口，而另一侧则通向总督府红色的正门。

为朗宁开门的是路迪，汉斯先生的孙子。他穿了一身薄薄的金属防护服，样子颇为滑稽。看到朗宁，他吐了吐舌头，笑道：“还好是您，要是被教育部的拉克大叔看到我这个样子，肯定又要大呼小叫了。”

“小鬼，”朗宁笑道，“屡教不改。这回又折腾什么呢？”

路迪眨眨眼睛，说：“一个小玩意。您来看看就知道了。”他边说边向里面挥挥手，朗宁跟着他走上楼梯。

“你爷爷不在家吗？”

“去平泰的灾区了。这回的损失挺严重的。”

“灾区？平泰又遇到风暴了？”

“您还不知道吗？上个星期的事，中心风力有十级呢。还好来得快也去得快，要不然不知道得倒下多少房子。”

朗宁轻轻叹了口气。这已经不是第一次了，火星暴烈的风沙曾整月整月地席卷整颗星球。这也是为什么人们把世界建成绵延广阔的复杂网络，在这片红色的土地上，城市只有彼此支撑，才能避免如水滴般蒸发的命运。即便是这样，国度的边缘也依然时常被掀起，撕扯出不规则的边边角角。

朗宁跟着路迪来到他的活动室，这是整座房子最大的一间，通透而视野开阔。朗宁觉得每一次来，这个房间都会发生翻天覆地的大变革，有时会竖起顶天立地的玻璃罩，也有时会在整个地板上铺满沙子。这一次，房间里格外凌乱，仿佛某件机器刚被肢解，各种仪表、零件和金属外壳随意地散放在房间的一侧。

“您来看这个。”路迪站在一个金属罩旁边，手中举着一顶奇怪的头盔，仿佛20世纪初飞行员的装备。

朗宁把它戴在头上，从金属罩的小窗口向里面望去，视野中的小屏幕上能明显地看出一只蝴蝶的图案。

“是哪个波段？”朗宁多少猜到了头盔的用途：将高频电磁波转换成可视化图像。

“X射线。能看清吗？”路迪问，声音很兴奋，“原来的CCD角分辨不太好，改装成这么小就更难定位了。”

朗宁又仔细看了看画面中的图案，说：“这还叫不清楚吗？”他说着，摘下头盔，满脸笑意地盯着路迪的眼睛，道：“小家伙，你这CCD是从哪儿来的？这种角分辨已经不是一般医疗仪器能达到的了。”

路迪挠挠头发，笑容让小鼻子微微皱起来：“上个月 YXT-4 上天了，PXA 不就正式下岗了吗……”

路迪说的都是火星发射的 X 射线太空望远镜。火星的空间技术一直很先进，几百个观测站在外空轨道长期运行。他敲敲路迪的小脑袋，问：“那你又是怎么偷来的？”

路迪满不在乎地笑道：“我今年不是选了斯密教授的课吗？因为表现得太好了，他就把那些回收的旧零件送给我当礼物了。”

火星的孩子从八岁开始就可以自由到各种机构、研究所、学校和艺术中心选修自己喜欢的课，路迪今年就选了宇航中心的三门天文学课程，而斯密教授刚好就是高能卫星项目的首席科学家。

“原来是有预谋的。”朗宁也呵呵地笑了。这个十四岁的小男孩总能给他一些惊喜。

“才不是呢！”路迪扬扬眉毛，一本正经地说道，“我可是想参与将来的大宇航呢！”

“大宇航？了不起！不过，你就不怕遇到绿毛外星人？”

路迪撇撇嘴说：“您当我是地球那些无聊的小孩随便乱说吗？我是说真的呢。斯密教授说，最迟明年，远征计划就要重启了。”

“真的？”这个消息让朗宁颇为惊喜。他已经很久没听人说起过远征这个词了。

朗宁的思绪于是回到四十年前，回到战火纷飞的年代中，和汉斯并肩飞翔的日子。他们曾一起飞翔在两万米的奥林匹斯山下，开火、防御，追击、躲避。那已经是漫长战争的晚期了，他们曾一同躲在奥斯东环形山的山坳里，看着漫天风沙，梦想战争结束后的生活，梦想未来的城市，梦想遥远的宇航时代，就像今天的路迪一样，眼中写满了希望。

门厅的音乐声忽然响起来，将朗宁从回忆中拉了回来。路迪开心地叫道：“爷爷回来了！”说着便一蹦一跳地跑下楼去。

汉斯先生的身影出现在走廊，高大挺拔，一身式样古典的白色制服，这意味着他刚刚参加了公众集会。他的神情依然雍容而沉静，深褐色的头发和胡子也依然整齐，见到朗宁一如既往地微笑着拍他的肩膀，但朗宁却明显地感觉到，汉斯比以往任何时候都显得疲倦，深蓝色的眼睛仿佛更加深陷下去。

朗宁跟随汉斯来到小客厅。这是一个椭圆形的小房间，浅蓝色的玻璃将远方的峭壁裁剪成狭长的画。他俩坐下的时候都长舒了一口气，宽大的沙发按两人的身形调整了角度，饮水机送出一壶热气氤氲的奶茶，弥漫着淡淡的印度香料的味道。

汉斯为朗宁斟好一杯茶，说："你的邮件我收到了。昨天我和教育部联系了一下。"

朗宁打断他："你最近要是太忙了就过些天再说吧，这些事都不着急。"

"你听我说完。"汉斯眼睛望着窗外，声音很平静，"其实谷神的事我早就想和你商量了。这几天你去问问，看他们愿不愿意让孩子们到火星上来上学。我已经和拉克部长打好招呼了，如果他们同意，过几天我就把正式的政府邀请函寄过去。"

这个决定是朗宁没想到的，他沉吟了一下，点头说："好，我知道了。"

汉斯微微点点头，但仍旧没什么表情："至于另一件事，我想就算了吧。养鱼和植水草恐怕没什么必要，食品方面，我会吩咐运输队多增加一些种类的。"

"能不能再考虑一下？"朗宁说，"这件事其实不完全是食品的问题，而主要是孩子们的梦想。汉斯，你要是也看见那些孩子们的眼神，就像我们小时候……"

"朗宁，"汉斯打断他，直视着朗宁的眼睛，说，"我知道你喜欢谷神星那些孩子们。我也喜欢。不过，梦想这个词不是那么好说的。做梦谁都可以，但实现起来就是另一回事了。"

朗宁叹了口气，他知道总督有总督的立场。他没有再说什么，转而问道："灾区那边怎么样了？"

汉斯默默地将杯子放到一旁，按下小茶几侧面的紫色按钮，茶几的白色渐渐隐去，光滑的桌面亮出照片和文字。"你自己看吧。"汉斯说，"没有海洋和植被，恐怕沙暴一时半刻还对付不了。"

朗宁一边俯身浏览着那些数据和资料，一边问："地下水勘测还是没有结果吗？”

汉斯摇了摇头，靠回大沙发里，苦笑了一下：“没有，希望很渺茫了。”

朗宁知道这意味着什么，他能看出汉斯目光深处写着的忧虑。总督要面对和处理的问题，是当初火星开拓者们所不曾预料的。人们那时捧着河道和峡谷的照片踌躇满志地登上这片土地，满心以为很快就能找到大规模地下水源，然而至今，火星庞大的城市网络仍然依靠着北极冠融水，顽强支撑。

朗宁有些黯然。火星是一片倒置的国度，这里有着精确的自动控制，高速的隧道交通和不断更新的生物技术，然而这里的人们却始终在为生存而斗争，始终为阳光、空气、绿树和水默默斗争，用尽一切努力。

八天后，朗宁再一次坐进通向总督府的隧道车。上一次离开的时候，他并没有想到自己这么快又会再来。

隧道车灯光明亮，音乐柔和，但朗宁却完全没有心情欣赏，他一直回忆着两天前在谷神星上的谈话，回忆着泰林镇长洞彻的笑容和淡淡的言语。

“终于要来了啊。”那时泰林镇长擦拭着前几任镇长的照片，照片里的笑容一片和煦。

现在朗宁回想起整个事件，感觉一切看起来是如此明显，而自己只是后知后觉。朗宁想，或许泰林家族比谁都更清楚小镇何去何从，因而镇长心里早就有了不祥的预感。于是他提出养鱼的请求作为试探，而得到的答案却是否决提案，却主动接所有孩子到火星上学。所以一切都很明白了。

隧道车缓缓停下，舱门向两侧滑开，总督府的红门赫然出现在眼前。

见到汉斯是在他的书房，他正站在两排拉开的老式书柜之间，神色严峻。墙上的大屏幕中，一个戴眼镜的女子正在汇报工作，看到朗宁进来，她主动鞠了一躬，将信号切断。

随着画面渐渐隐去，屏幕恢复成为平素七彩的照片。这是一张谷神镇的俯瞰图，朗宁知道汉斯一直非常喜欢，从他第一次带来，挂到今天已经将近十年了。

“坐吧。”汉斯向书桌前的高背椅子示意，身后，书柜无声地缓缓合拢。

朗宁没有坐，他双手撑着桌面，直直地看着汉斯说：“汉斯，如果你还拿我当朋友，就实话告诉我，这幅照片就要成为最后的纪念了，是不是？”

汉斯并没有回避他的眼神，平静地点了点头，说："我并没有想瞒你。"

"为什么？如果这片风景不在了，难道你不在乎？"

"我在乎，我当然在乎。"汉斯说，"但火星总督不能在乎。上个星期，公民议会压倒性地通过了废除谷神的决议。"

"好吧，那告诉我你们的理由。"

"第一个理由很简单，我们的能源并不充足，在小行星往来运输成本太高。而相反的是，火星自己的矿产开采成本是越来越低了。"

"那第二个理由呢？"

"第二个理由是近来航天技术越发完善了，以前做不到的事情现在可以做到了。"

"是指什么？可以做到什么了？"

"在小行星上安装火箭，推到近火星轨道，再进行捕获。"

"你的意思是，让谷神镇成为火星的月亮？"

汉斯没有立即回答，紧闭的嘴在浓密的胡子下，画出严肃的线条。沉默了好一会儿，他才缓缓开口道："不是，我们要把星体瓦解。这涉及第三个理由。我们需要谷神，不是因为矿产，而是水。"

听到这一句，朗宁一直绷紧的身子忽然松下来，他将领口的扣子解开，慢慢地踱到窗前，斜靠在墙上，说："终于说到重点了，这才是你们的真正理由对不对？"

汉斯静立着如一尊雕塑，说："勘探队最后的报告认为，火星几亿年前的确有水，但不知什么缘故风干了，现在地下极端干燥，发现大规模水源的可能几乎没有。"

"所以你们就想到了谷神？那么小一片海洋，能有多大用处呢？"

"岂止是那层海洋，你难道不知道谷神有多少水？下面几公里深的冻土层，如果把地幔里的水全部融化，可以等于地球淡水水体的总和。你知道这对于火星意味着什么。第五基因实验室正在培育水藻，我们需要真正的大湖和贯通南北的河。"

汉斯没有继续往下说，但朗宁当然明白他的意思。岂止是第五实验室的水藻，有了水，接下来还会有一整条开发链：空气成分可以改善，植被可以覆盖，风沙可以大大减少，火星可以真正适宜人类居住。

“可是就没有别的办法吗？”

“有人曾提出从木星取氢再燃烧，不过你自己也可以算一算，这两种方案的成本会差多少。”

朗宁知道这是实话，他也知道到了这一步，已经没有任何挽回的余地了。但是他也同样知道，谷神星若被彻底粉碎，妮妮、果果和镇上所有的居民都再也没有自己的家园了。

“我明白了。现在我只关心一件事，谷神镇的居民怎么办？你们准备怎么安置他们？”

“大多数议员的意思是专门给他们建一个居住区，政府提供优厚的救济……”

听到这话，朗宁渐渐平息的情绪又一下子激动起来：“救济？你让他们以后就一直活在火星人的施舍当中？”

“我知道这话不好听。但你静下心来想一想，火星一切工作都以芯片技术为基础，不要说设计，就连采矿都是全自动机器作业，他们能干什么？”

“所以呢？你的议员们觉得自己已经仁至义尽了是不是？指点一个世界的生存，就像慈悲的上帝是不是？你们究竟有没有考虑过谷神镇人们的心情？”

“朗宁，我根本不是在和你说心情。你还不明白吗，人们在大历史链条中是谈不到心情的。你自己提到地球上的工业革命、能源革命的时候，想没想过圈地运动中农民的心情？想没想过消失的克拉玛依市人们的心情？”

“好，好，我明白了！”朗宁抓起自己的大衣，大踏步地向门口走去，“你放心，我会把话转达给他们，保证不会让他们的小心情阻挡你的大历史！”

说完，朗宁重重地把门碰上，汉斯似乎还在背后说些什么，但他已经听不见了。

朗宁一边走，一边胡乱理着自己的银发，在走廊的拐角，路迪突然蹦出来，着实让他吃了一惊。

路迪有着和他爷爷一样深陷的蓝色眼睛，眼睛里写满笑意：“朗宁爷爷！

就等着您出来呢。您看，我的头盔完成了！”

朗宁勉强挤出一个笑容道：“是吗？那太好了。”他拍拍路迪的肩膀，说：“今天我还有点事，改天来了一定好好看一看。”

路迪的笑容一下子变成了失望，摸摸鼻子，说：“我本来还想让您这次就带给谷神星的镇长看呢。”

“谷神星？”朗宁很讶异，“为什么给谷神星的镇长看？”

“因为，我听说他们的飞船只准备安装四个波段的探测器和定位仪，刚好没有 PXA 的硬 X 射线波段，所以才改装了这种便携式头盔，希望能帮他们多带一双眼睛。虽然……”

“等等，你刚才说什么？你说他们的飞船是什么意思？”

路迪有些莫名其妙地眨巴眨巴眼睛，说：“难道爷爷没有告诉你吗？爷爷准备让他们成为远航的第一批呀，我一听到这个消息，就想帮忙做点什么了……”

朗宁像被闪电击中似的呆立了一瞬，头脑中只回旋着远航两个字，路迪再说什么也都没有听清，好一会儿，才如梦初醒地转过身去，冲进汉斯的书房。

“远航是怎么回事？”朗宁进屋的时候，汉斯正站在大玻璃前向远方眺望。

“是路迪告诉你的？”汉斯没有回头，但声音已经比刚才和缓了许多，“这孩子总是沉不住气。这件事还没通过正式审核呢。”

“告诉我，到底是怎么回事？”

汉斯转过身来，面色凝重，窗外已经亮起的街灯将他的侧脸映成淡蓝色。“你以为，人们当初建造小行星基地，仅仅是为了采矿吗？”

朗宁心中如电光石火般闪过泰林老人曾说的一句话：“你以为人类花了那么多钱，就是为了建立一个童话岛吗？”他当时只觉得有点悲伤，却没有想过更深的意思。

“其实火星上从不缺少常规矿产，没必要如此劳师动众。而且即便需要采矿，也没必要在那里开设工厂。朗宁，我不知道你有没有去过小行星工厂，你知不知道他们主要加工什么东西？”

“你是说，飞船？”朗宁已经隐约明白汉斯的意思了。

“没错，不是什么瓶瓶罐罐的小玩意，而是飞船，巨大的飞船。一百年前，人们就是想把谷神星当成太空航行的出发站才开发了基地。尽管因为那场旷日持久的战争，计划本身被搁置了，但是小行星的居民却从来没停止过自己的工作。战争结束以后，我们曾经三次修改过设计方案，他们一直很配合，也很努力。现在离最后一套方案的组装阶段已经不远。所以……”

“所以，你决定让他们做自己飞船的第一批乘客？”朗宁发觉，从始至终最不了解情况的就是他自己。

汉斯点点头：“以前的计划里，他们只是制造者，所有飞行者都由火星选送，但现在不一样了。如果捕捉了谷神星，那么这就将是小行星太空基地的唯一一次发射了。所以我想，还是让他们去吧。”

“那目标是哪儿？”

“比邻星三号行星。”

“会用多久？”

“说不准，二十几年吧，得看路上的情况。”

“有多大把握？”

“不知道。”汉斯说，“危险肯定有，这是实话。我只能保证专家尽了最大可能作测算，也会有受过特训的宇航员跟随，不过谁也不知道这一路会遇到什么，就连太阳系里面都不能保证安全。所以朗宁，我要你告诉他们，他们完全可以反对，也有权选择去还是不去。”

朗宁苦笑了一下：“这算什么选择呢？汉斯，如果是你，去还是不去？”

两个人沉默地站在窗边，看着窗外华灯初上的街市。总督府远离闹市区，远处的隧道如纤维般交错，浅蓝色的隧道灯勾勒出透明的线条，层叠起伏。

“朗宁，你还记不记得我们俩在山洞里躲风暴的那天？”

“在奥斯东山背后吧？当然记得。四十二年了。”

汉斯拍拍朗宁的肩膀，瘦削的脸上隐约浮现出一丝惆怅：“四十年前没想过今天吧？做梦的人都不喜欢考虑代价。其实谷神星一直就是大宇航链条里的一环，而且还只是个开始，以后的路还很长呢。”

朗宁没有回答，俯下身子，双手交叉搭在窗棂，低头看着楼下。良久，他才不胜疲倦般叹了口气道：“其实问题的关键不是梦想，也不是什么历史的链条。”

“不是？那是什么？”

“问题的关键是，泰林不该把谷神镇建得这么有人情味儿。”

朗宁转身斜靠着玻璃，汉斯看着他，默默地微笑了。

谷　神

广场上并列排着两只神采飞扬的小飞象，一小一大，小的是雕塑，大的是崭新的小飞船。朗宁先生独自一人站在喷水池前，凝视着两只小象乌溜溜的大眼睛，觉得自己终于明白为什么当初泰林先生把它当成小镇的标志：在创建者心里，他一直很清楚自己的命运就是飞翔。

谷神星，终究是一块没有根系的陆地。

在白天的小镇集会上，镇长将火星政府的意见如实地进行了传达。大部分居民都很镇定，朗宁知道，尽管很多人已经不太清楚祖先开拓的始末，但他们早已明白小镇的孤独，他们清楚自己已然无法回归，无论是地球的喧嚣还是火星的精密秩序。他们在方寸大的土地上喜怒哀乐一辈子，比起淹没在火星的城市海洋里，他们宁愿踏上遥远的征途，继续寂寞地一起流浪，在前途未卜的航行中支撑起前辈缔造的荣光。

妮妮在会场曾悄声告诉朗宁，说自己心里其实很感谢最初的宇航计划。她说，如果不是为了远航，谷神星上根本就不会有那么多气体发生装置和完整的模拟重力系统。

“所以说，没有这个计划就没有小镇，能在这里住一百年已经够久了。”妮妮白皙的脸上带着一丝决绝，“而且，很多人一直以为自己是在为火星人制造，因此，现在的结果会让他们更欣慰吧。”

这样的结果让朗宁安心，他发现，小镇远比他想象的更坚强。

不过，如果说大人们的反应尚在情理之中，那么小镇对待孩子们的态度却真的出乎朗宁意料。泰林镇长执意要让孩子们自己选择，是留在火星还是一起上路。

朗宁还记得汉斯对自己说的最后一句话：“把孩子们接来吧。大人们的野心没必要让孩子们冒险。”然而当他和泰林镇长谈起这一切的时候，泰林镇长却坚定又威严地说：“让孩子们自己决定吧。他们有权选择。”

“在火星和地球，他们肯定能接受最好的教育，飞出去却可能会危险重重。您应该为孩子们着想。”朗宁将汉斯的意思如实转述给泰林，但泰林只说了一句：“为他们着想就应该让他们去想，他们已经可以去想了。”

于是，泰林镇长坚持让所有孩子都一起参加了集会，他们在现场就像一群翻涌的小浪花，成为整个集会上最耀眼的一道风景。镇长在会上说，所有家庭都可以自行决定，如果孩子决定到火星去上学，那么父母也都可以留下。

镇长为大家定下的考虑日期有整整一个星期，然而孩子们在会场上绽放出的灿烂笑容，却提前泄露了他们的意愿，那一张张小脸上，写着清楚而坚定无比的骄傲，不带一丝勉强。

“我们当然要一起去！”孩子们兴奋得上蹿下跳。

“旅途不是那么好玩的，什么也看不见，只有黑漆漆的天。”朗宁故意劝他们。

然而孩子们却争先恐后地喊着：“黑漆漆的，多有趣呀！”“不是有很多星星吗？书上说外面有一千亿颗星星呢！”“他们说我们半路上可以到木星上去玩，是这样吗？”“也许会碰到星际海盗呢！到时候我就可以用激光剑……”

“那你们一辈子也看不见地球的热带雨林和大草原了呀。”

“也许到了那里，还有更大的雨林和更大的草原呢！更何况，我们还能看到好多他们看不到的东西呀！”

“果果，你不是还想看看蓝天吗？”

果果忽闪着大眼睛：“我以后一定可以给比邻星也装上一层天空的！”

朗宁笑了，但他没有纠正果果恒星与行星的区别。他忽然发现，只有在孩子心里，梦想才如此简单。

“现在您明白爷爷的意思了吧？”妮妮站在朗宁身旁，一同看着这群快乐的孩子。

是的，朗宁明白，自己没有什么理由再加以拒绝。危险？有什么能比陌生而复杂的都市更危险？教育？有什么能比和自己敬爱的人一起完成一项事业有更好的教育效果呢？

“妮妮，如果最终有很多孩子决定上路，那么我跟你们一起走。”

妮妮诧异地仰起头望着他：“为什么？其实您不必这样的，我们已经很感谢您了。”

朗宁温和地摇摇头，说：“火星的孩子们很成熟，什么都能自己搜索，可是这些孩子不一样，他们爱听我讲故事。你应该知道，对于一个爱唠叨的老头，有人爱听是多么重要。”说到这儿，他顿了顿，“另外，远航一直是我的一个梦想，年轻时候的梦想。”

从下午开始，小镇在孩子们雀跃的笑声里不但没有悲伤下去，反而呈现出一片其乐融融的暖意。孩子们已然开始构想旅途的故事，对于他们来说，再没有什么比亲身经历一场传奇更幸福的事了。他们还不懂得寂寞与恐惧，或者说还不懂得生成寂寞与恐惧的空虚，他们的心小小的，装满了故事，就放不下那许多东西了。

夜已经深了，广场上空无一人。朗宁静静地看着喷水池，心里沉甸甸的满是幸福。

眼前的小飞船他原本打算用来带孩子们去上学，但不知道会不会和雕塑一起留在小镇上，留成永久的纪念。最终的结果还要一个星期才能揭晓，在这期间，每个家庭都会做出更审慎的考量。去还是不去，始终是一个问题。不过，怎样的结果朗宁已经不太在意了，他知道自己带来的故事种下了种子，种子在发芽，对于他来说，就已经是莫大的幸福了。

朗宁又一次抬头仰望着金色的天空，他不知道还能仰望它几次。他开始幻想当孩子们第一次飞到天空里，第一次俯瞰他们的家园时心中会感到的震撼，朗宁想，风景只有引起心里的惊奇时才最美丽，这一点，即便是地球人，也不一定有这样的幸福吧。

清澈的水静谧地流着，朗宁开始暗自期盼和孩子们一起去航行，哪怕永远没有终点。

——原刊于《幻想 1+1》2007 年第 2 期，
获该年度首届九州奖暨第二届“原创之星”征文大赛一等奖

童话梦境中的人生哲理

——《谷神的飞翔》赏析

◎ 张懿红　王卫英

郝景芳获奖小说《谷神的飞翔》展望人类捕获“谷神”为火星供水，向外太空开拓殖民的大宇航时代。作者借助颇具亲和力的旁观者、参与者——郎宁先生展开想象和叙述，塑造了一个理想化的象征形象。谷神镇居民接受“谷神”乐园被毁灭的悲剧命运，踏上太空航行之旅的故事，体现了梦想与选择的人生哲理，凸显郝景芳小说讲哲理、重意境的特点。

郝景芳，中国科幻小说领域的一位年轻作家。2006 年毕业于清华大学物理系，2006—2008 年就读于清华大学天体物理中心，2013 年 1 月博士毕业于清华大学经管学院，现在中国发展研究基金会工作。自 2005 年以来，她陆续发表了《祖母家的夏天》《谷神的飞翔》《遗迹守护者》《九颜色》等中短篇作品，2011 年出版中短篇小说集《星旅人》（其中幻想小说占据主要篇幅）和长篇科幻小说《流浪玛厄斯》。郝景芳善于营造稚拙美丽的童话梦境，融入书卷气的哲理思考，使科幻小说散发青春少女如梦似幻的浪漫气息，别具一种动人的韵致。

《谷神的飞翔》发表于《幻想 1+1》（于 2007 年 10 月停刊）2007 年第 2

郝景芳

期，获2007年首届九州奖暨第二届“原创之星”征文大赛一等奖，2009年在《农村青少年科学探究》上以插图小说形式连载，是郝景芳科幻创作的代表作。“谷神”是火星和木星之间的太阳系小行星带内一颗最大最重的小行星，1801年由意大利天文学家、西西里天文台台长皮亚齐发现，后以西西里岛的女神“谷神”命名。美国天文学家在利用哈勃天文望远镜观测时发现，“谷神”星体外围覆盖有厚厚一层富含冰晶态淡水层地幔。据初步估算，这颗小行星所蕴含的淡水总量或许比地球上全部淡水量还多。我国道家学派创始人老子则把“道”比喻成谷神——山谷之神（帛书本作“浴神”，以水做比喻），强调“道”的虚空柔弱、深妙难识，而又创生万物、永不穷竭的特性，以推阐道体至虚，而其用无穷之旨。所谓“谷神不死，是谓玄牝。玄牝之门，是谓天地根。绵绵若存，用之不勤。”小行星“谷神”的命名奇妙地融合了中西方神话与哲学思想，也激发了郝景芳的创作灵感。她以万物之源的谷神为科幻想象的起点，将其置换为推动文明不断发展的永恒梦想，展望人类捕获“谷神”为火星供水，向外太空开拓殖民的大宇航时代。

在郝景芳笔下，“谷神”是一块迷人的漂流陆地，开拓者把它建设成一个美丽的童话岛。谷神镇有几千座房子、一万多人口，是小行星矿业带的中心。这里的房子像半透明的彩色大气球，一半在地下，一半在地上，反射着淡淡的光辉。房子之间，乳白色的马路组成花朵的图案。镇上零星几处没有填满的地方，露出地下的大海，就像花瓣上清透的露珠。天空被罩上两层完整的薄膜，一层是纳米半导体，而另一层是高分子气体，散射阳光，保存热量，形成淡金色的灿烂天空。人们缓慢地飘浮着，从水底挖出泥土和金属，提炼后交给火星来的飞船，以换取美食、衣服和其他必要的东西。可是，由于自然环境不同于地球，“谷神”的世界里没有月亮，没有山，没有树，也没有小动物，人类失去了地球的日夜节律。在这片没有根系的陆地上，孩子们从出生开始就在泡泡里漂流。在他们的眼中，自己的小镇太平淡无奇了。因此，朗宁先生的图书馆和关于地球的全息影像，就成为谷神镇孩子们最大的期盼。当朗宁先生驾着海豚形状的淡蓝色小飞船准时出现在小镇的上空，孩子们仿佛迎来了盛大的节日。可是，为了保证人类第二基地火星的发展，公民议会和火星总督决定用火箭捕获谷神星，瓦解星体为火星供水。至于谷神镇居民，留给他们的是两个选择：或者接受火星人的救济，或者乘坐自己建造的飞船，去比邻星三号行星开拓新的居住地。

郝景芳借助一个颇具亲和力的旁观者、参与者——朗宁先生展开想象、展开叙述。朗宁是一位历经沧桑而童心未泯的和蔼老人，他白发白须，爱笑爱讲故事，像圣诞老人一样。旁观者立场给予他超越性的洞察力，使谷神的世界呈现出新奇的陌生化效果；同时，他又是人类精神的引路人和守护者——在长篇小说《流浪玛厄斯》（可视为《谷神的飞翔》的续篇）中，他死在远航的途中，灵魂的记忆体成为火星巴别塔的守门人、领路人。因此，朗宁先生是一个理想化的象征形象，他不仅引导叙述，还提升主题。在《谷神的飞翔》中，他描述“谷神”这个童话岛的美丽和缺憾，为它的生存而抗争，叹息它被废除的命运，感佩谷神居民们踏上太空航行之旅的勇气。“朗宁知道，尽管很多人已经不太清楚祖先开拓的始末由来，但他们早已明白小镇的孤独，他们清楚自己已然无法回归，无论是地球的喧嚣，还是火星的精密秩序。他们在方寸大的土地上喜怒哀乐一辈子，比起淹没在火星的城市海洋里，他们宁愿踏上遥远的征途，继续寂寞地一起流浪，在前途未卜的航行中，支撑起前辈缔造的荣光。”事实上，他早已在不知不觉间参与了谷神镇的选择。是他用波澜壮阔的自然与人生引领谷神镇的孩子，用带来的故事在孩子们心中种下梦想的种子，将他们带出孤独得近乎自闭的生活，使他们勇敢地选择飞向未知世界。反过来，孩子们追逐梦想的坚定、骄傲和乐观又感染了年老的朗宁，唤起他青年时代的远航梦想，使他心里沉甸甸地满是幸福，最终决定跟随孩子们一起上路。作为人类文化的象征，朗宁先生及其图书馆播撒的种子终于发芽，精神的传承形成一个圆满的回环。

或许可以说，《谷神的飞翔》其实是关于梦想与选择的人生哲理小说。小行星谷神的命运变迁迫使谷神镇居民选择他们的命运，而他们的选择（其中更重要的是孩子们的选择）又与朗宁的选择交织在一起，合奏出一曲人类永不衰竭的梦想之歌。正如小说的引文，“开拓者的歌声里，永远有无数沉默的和声。”“谷神”乐园被毁灭的悲剧命运，被人类乐观主义的冒险精神转化为命运的挑战和机遇，孕育并昭示着人性的坚强和探索未知世界的幸福。在物欲泛滥的时代，这种执着梦想的浪漫情怀令人感动。

事实上，郝景芳的很多小说都凸显人生哲理，在童话意境中悄悄种下智慧树，以单纯而超越的思想启迪人生。比如，《祖母家的夏天》思考命运和人生选择之间的关系；《流浪玛厄斯》通过比较两种不同的文明，呼唤人类广义语言的统一；《看不见的星球》则是关于不同文明的寓言故事。

郝景芳注重营造温柔沉静的意境，小说的故事情节比较简单，基本没有矛盾冲突，《谷神的飞翔》充分体现了这一特点。谷神镇童话般美丽的环境描写，朗宁先生和孩子们促膝谈心的温馨画面，营造出一派祥和温暖的童话意境。科学幻想与童话意境的巧妙结合，使作品凸显单纯美丽的幻想气质。谷神镇居民被迫放弃经营 100 年的家园、选择远航探险的巨大事变，在小说中并没有引发剧烈的矛盾冲突，只有朗宁先生与火星总督有过两次比较尖锐的对话，谷神镇居民则毫不沮丧地接受现实，选择远航，无意间配合了当权者的计划。人的自由选择把谷神镇的悲剧命运转化为精神的胜利，书写着童话岛最后的辉煌。

这种讲哲理、重意境的倾向，是郝景芳中短篇小说的一大优势。但在长篇小说中，这种优势似乎变成了劣势。由于淡化情节，《流浪玛厄斯》叙事冗长，节奏缓慢，过多的哲理思考被嵌入相对单纯的故事里，未能给读者带来如短篇小说这样的惊艳美感，反倒有一种理过其辞的不均衡感。

湿婆之舞

◎ 江波

我认为人的一生是不值得过的，可以随时死去。唯一值得过的，最美好的事情，你要想做一件事情，彻底忘掉你的处境，来肯定它。要满怀激情做一件事情，生活才有意义，这绝对是生活最重要的真谛[①]。这不是我讲的，是韦伯说的，所以我并不照着这个做。韦伯这么做了，他穷困潦倒，最后因为没有钱吃饭饿死在冰原上。这对我来说相当地可怕，所以我不这么做。人们常说，真理可以战胜恐惧，对我却恰恰相反，恐惧战胜了真理。我爱真理，却怕痛，怕冷，怕吃不饱，于是便投降了。在我这一生中，从来没有片刻忘掉过自己的处境，所以我不敢……，不敢……，不敢……日子就在这样的小心谨慎反复算计中不知不觉地消耗掉，直到我突然明白：这样的一生是不值得过的，可以随时死去。

问题在于我应该怎么做。

有人在招募志愿者，从事一项据说很光荣很伟大的事业：试验埃博三号病毒疫苗。这个事业没什么前途，没有薪水，连工作都不是；不需要技术，只要是个活人；如果不幸死掉，不能保留全尸，因为要拿来解剖。然而我却报名了。我想，人的一生不能这么猥琐，而告别猥琐，最快最直接当然不能

① 这句话来自水木清华“BBS”上的签名档，应该是清华中文系的格非老师在某个什么作品中说的，接下来的话属于本人狗尾续貂。

算最好的办法就是用一种轰轰烈烈的办法死掉。在那么一刹那，全世界的目光都集中在我身上，而我就是人类的代表，和那种比头发还要细小一万倍的恶魔殊死搏斗。我报名志愿者，随时准备死掉。神圣的使命感让我浑身发抖，感觉到生命充满了意义。

埃博病毒的来源谁也说不清楚。据说来自一种猴子，当时它被做成一道菜放在餐桌上，结果这猴子没有死透，猛然睁开了眼睛，然后被它的眼睛瞪上的食客就染上了埃博病毒，在三天后死翘翘，而瘟疫就此传播开来。这种说法据说来自某个神秘的动物保护宗教组织——自然派。他们圣书里边，启示录第一章第一页第一句，写着：毁灭，然后才有创造。这是一种奇怪的逻辑。我不是自然派教徒，于是另一种说法更有吸引力：某种变异的流感病毒在某国的实验室里被培植成烈性传染体，作为一种秘密生化武器，然而，病毒不小心被带出实验室，于是就有了大灾难。

大灾难是恐怖的回忆。城里边到处都是死人。最初的时候，有人收尸，后来替人收尸的都死光了，尸体堆积在城市的任何角落，再也没有人管理。城市开始腐烂发臭，令人作呕，人们试图逃离城市来躲避灾难，他们涌出大厦，涌出地下室，使用汽车，摩托车，自行车……试图跑出城市，争取一线生机。城市之外也在死人，人们死在田野里，倒毙在公路旁，那些被看作避难所的地方，原始森林，荒漠，草场，也到处是尸体。动物们也和人类一样死掉，家养的和野生的，都在死亡线上挣扎。野兽死在洞穴里，而飞鸟则从天上掉下来。

我是残存者。病毒无孔不入，却不能对抗低温。在那些终年覆盖着冰雪的地方，病毒无法生存。南极洲和北冰洋，地球的两极是仅存的避难所，夹在两者之间的广袤土地都成了生命禁区。据说北冰洋的冰盖和岛屿上曾经有人幸存，后来他们也都死了，因为没有电力和食物。我们比他们幸运，大灾难发生的时候，南极洲拥有四座核电站，三十六个地下基地，甚至还有专门为了研究太空旅行而设置的两个合成食物研究院及附属工厂。联合国世代飞船计划也在这里设置了训练基地，把一个大飞船的骨架放在极地严酷的环境中接受考验，这个大飞船的周围和地下，就是我所在的基地，南极洲最大的基地城市——联合号城。南极洲有三十四万人口，这就是世界上所有的人，我们所知道的所有的人。

如果对于痛苦和绝望没有感受，这样的死亡也并不算什么。亿万年前，那些寒武纪暴发之后的三叶虫们，六千五百万年前，那些统治了大地和天空的恐龙们都经历了大规模的死亡，然后灭绝。生物圈却永远不死，总会在每一次打击之后恢复生机。生命能够为自己找到出路。人类祖先也曾面临灭绝，十万年前黄石公园的火山爆发触发了冰川期，严寒和饥饿杀死了成千上万的人，整个地球只剩下上千人口。然而人类挺了过来，发展了文明，繁衍出八十亿人口，遍布地球的每一个角落。和冰川世界中苦苦挣扎的蒙昧祖先相比，我们的处境无疑好太多。至少我们还有文明和三十四万人口。

埃博病毒项目组负责人是巴罗西迪尼阿博士，是个印度人。印度是一个遥远的北半球国家，带着几分神秘，然而他派遣了一个科学考察团长年驻扎在南极洲。巴罗西迪尼阿到这儿来研究史前细菌，南极洲曾经是温暖湿润的大陆，有繁盛的植被和各种各样的动物，还有无数的细菌。动植物早已经不复存在，细菌却很可能仍旧活着，冰冻在亿万年的老冰下，生命停滞，却仍旧活着，只要把它们带到地面就能苏醒。两种相隔了亿万年的生命亲密接触，即便不算神奇，至少也激动人心。巴罗西迪尼阿却退出这激动人心的事业，转而研究埃博病毒。他别无选择，作为唯一幸存的微生物专家，他要撑起三十四万人的希望。我喜欢他，因为他居然是一个会说中文的印度人。而且，据说自从他的妻子死于大灾难，他一直独身，不近女色。我喜欢这样痴情而执拗的人。

我在一个白色的实验室里见到他。他让我躺在一张床上，做准备工作。一切都准备就绪，他拿出一页密密麻麻的纸来让我签字。签字！我已经签了无数的纸张，无论其中的内容有多少不同，核心只有一个：我自愿放弃生命，没有人对我的死亡负责。死亡是一件大事，特别是自愿死亡，哪怕声明过一千遍也有人会要求声明第一千零一遍。我拿起笔，准备写下名字。然而一行字让我停顿下来——“身体被啃噬过程中，会出现高热和极端灼痛……”

我是来做病毒试验的，并不是来让某种东西吃掉。我把这段声明指给博士看，请他给出一个解释。

博士看着我，目光犀利，“他们没有给你解释过吗？”

我坚定地摇头。

博士拉过椅子，坐在我身旁，“好吧，可能你对生死并不在乎，但是你一定在乎你是怎么死的。人都不喜欢死得不明不白。其实，埃博病毒并不是病毒，而是细菌。那些传播消息的人觉得病毒比细菌听起来更可怕，就说是病毒，到最后，我们也不得不用病毒来称呼它。它的学名叫作埃博肉球菌。”

肉球菌这个名词听起来有些可笑，它让我想起一道叫红烧狮子头的菜，八岁那年，父亲给我做了这道菜，后来我再也没有尝到过，记忆中，那是令人馋涎欲滴的美味，和这残酷的吃人的小东西相去万里。我扑哧笑出声来，巴罗西迪尼阿显然并不觉得这有什么好笑，他向我投来询问的眼光。我摇摇手，“没什么，你继续说。”

白色实验室里的两个人一个躺着，一个坐着，外边，围着许多人，大多名声卓著，或者是记者。他们表情严肃，听着巴罗西迪尼阿博士关于埃博病毒和星球命运的演讲，而躺在床上的我，却神游物外，除了开始的几句话，满脑子都是红烧狮子头。红烧狮子头可以是人生某种意义。我突然不想死了。

巴罗西迪尼阿停止说话，这把我的注意力拉了回来。他盯着我，“你退缩了？害怕了？”

也许他看出了什么，或者他见过许多害怕痛苦临阵退却的人，然而我有自己的缘由，我想吃一口红烧狮子头，这强烈的渴望压过了为人类幸福而献身的崇高感。我同样盯着他，认真地点点头。围观的人们发出一阵哗然，我没有听到，巴罗西迪尼阿同样没有听到，我们俩对视着，沉默着。他眨了眨眼睛，“没关系，你有时间考虑。今天只是给你做一些机能测试，如果三天之后你仍旧选择放弃，就算是一次免费的体检。”他把那密密麻麻的文字丢给我，让我带回去仔细看。

一个不够勇敢的人听完巴罗西迪尼阿的描述绝对不会再有挑战埃博病毒的念头。这种细菌是如此恶毒，它一点一点地啃噬内脏，却让人保持着神经活动。极端的痛苦胜过癌症发作。所有的患者无一例外都会陷入意识模糊和癫狂状态。如果不是如此，正常的神经早已崩溃，瓦解，身体便成了一堆无意识的肉。一堆无意识的肉，或者一个疯子，这两个选项似乎都偏离我的印象很远。最初的印象中，病毒夺去人的生命，就像钢刀抹断人的脖子，只需要一刹那。

然而我无所谓。我退却并不是因为我害怕这样的情形，而是我想吃一个红烧狮子头。这个要求在所有的三十四万人中间散播开来，有上千人挺身而出要为我做这道菜，好让我安心地躺在手术台上。我拒绝了，因为他们并不是我父亲。但有一道菜还是突破重重困难来到面前，那来自南极洲治理委员会，这个星球上残余的最高统治机构。四个黄乎乎的肉球泡在热气腾腾的汤里，散发着味精味。南极洲有足够的合成食物，还有一些鱼和海豹，猪肉却早已经没有了。为了这道菜，委员会在全洲范围内征集生猪肉，一个慷慨的捐赠者捐出六百克，他很小的时候亲眼看着父亲把这块肉埋藏在冰原里，那可能是他们最后的一点美味。我盯着眼前的四个丸子，丝毫没有食欲。我相信，如果没有猪肉，他们会用人肉做成丸子送到我面前。我当着无数的摄像机和记者的面把丸子吃下去，味同嚼蜡。我签了字。

我再次躺在巴罗西迪尼阿的手术台上。无论有多少种原因让我最终躺在这里，有一点始终不可否认——为整个人类献身是一件高尚的事，也许是最高尚的。只不过对于大多数人，最高尚的并不是最重要的。巴罗西迪尼阿博士对我表达了深切的敬意，一个人在形势的逼迫下视死如归并不难，然而在毫无利害的情况下做出这种选择，而且我并不是一个傻子，除了敬意，他无话可说。

针尖扎进了我的胳膊，巴罗西迪尼阿博士贴在我耳边，轻轻地说：“很高兴你选择了埃博，你将受人尊敬，拥有尊崇无比的地位。”

某种液体注入我的身体。那是一百毫升的无色液体。渐渐地，我失去了意识。模糊中我想到，我的一生就这样子结束了，并没有什么遗憾，然而，如果能够醒过来，那就最好。我可以坐在那儿，什么都不做，回味父亲的红烧狮子头。我闭上眼睛。

病毒却并没有要我的命。事实是巴罗西迪尼阿博士并没有给我注射病毒，他只是让我昏睡了一下午。

“没有疫苗。任何疫苗对于埃博病毒都无效。”巴罗西迪尼阿告诉我一个可怕的消息。我的献身目标是一个谎言，是纯粹的安慰剂。

我从床上坐起来，“真相是什么呢，博士？难道你们的目的就是得到一个志愿者，然后告诉他这是一个玩笑？”

“你来看看。”他招呼我。我走过去。这是一架庞大的仪器，四四方方的铁疙瘩，刷着一层白色的漆，这白色立方体的中央有一道缝，把仪器分作上下两部分，浅色的光从缝隙中泄露出来，时而蓝色，时而红色。这是一部显微镜。它有一个透明的外壳，把整个机器包裹得严严实实。

我凑到窗口上，看见了一些小东西。它们聚集成群，非常安静。

“你看到的就是埃博肉球菌。这是典型形态，如果环境不同，它们也有不同的面目。没有它们不能适应的环境，除了极地。”

就是这些貌不惊人的小东西几乎将这个星球上最成功的一种生物完全灭绝。曾经创造了辉煌文明，制造了核弹，深入一万米的海底，飞上真空寂寥的月球，在星球上呼风唤雨的人类，在这个小东西面前败下阵来，龟缩在南极洲，在冰原的保护下苟延残喘。这真是不可思议！

“这真是不可思议。”我说。

“如果你看得更仔细一些，你会发现比你想象的更不可思议。”

视野放大，一个单个的埃博肉球菌把它的细部呈现在我眼前。我看到无数细小的微粒包裹在一层薄薄的膜里边，中央是一个小小的黑点，那是细胞核。

“它伸出一些突出物，有些像鞭毛。你看到了吗？”

我不知道什么叫鞭毛，听起来那是一种纤细的玩意儿。我的确看到一些细细的线状的东西从膜的边缘发散出来，消失在视野之外。视野移动，我看到另一个球体，同样的膜、同样的丝状放射物。

我转头看着博士，等着他说出答案。

“如果你出生在大灾难前，上过高中，对生物学有些留意，就能理解其中的意义。”巴罗西迪尼阿递给我翻开的书，书页上一张图片，图上是几个球体，浅红色，表面凹凸不平，某些突出物很长，和另一个球体连在一起。图片的标注写着：树突与轴突。

“这是人类的脑。这些是神经细胞，这是人的大脑皮层细胞。”

埃博细菌就像一个个脑细胞。它们通过细长的突起相互联系在一起，彼此间交流信息。这和从前的任何一种细菌都不一样。它们只是微不足道的小东西，然而通过这种方式，它们可以变成一个庞然大物，庞然到超越想象。

“人的大脑有上百亿个细胞，其中只有百分之一左右参加高级神经活动。而这个星球上，有万亿亿个埃博肉球菌。它们全部可以在某种程度上联系在一起。”

我明白了巴罗西迪尼阿想让我明白的东西——我们的对手并不是一种毫无意志的病毒或者细菌，它们是强大的军团，彼此间相互帮助，协同行动。也许有一种前景更让人担忧：这庞然大物的头脑中是否已经产生了某种意识。如果那真是一个具有自我意识的头脑，这个对手就过于可怕。巴罗西迪尼阿静静地看着我，观察我对这惊人事实的每一丝细微反映。我无言地看着他。

我们怎么办？

是的，人类需要一个志愿者。然而他的任务并不是奉献出身体进行疫苗试验。他有更多的事要做。这些细菌并不是简单的生物，它的线粒体经过改良，含有某种硅结构，可以存储信息；它含有一种奇特的酯化分子，能够像叶绿素一样把光能转化为化学能，制造出养料，甚至能够根据环境的不同选择不同的光谱发生作用，白天选择可见光，夜晚选择红外光，而在放射性环境中，它能吸收放射能；还有一种放射状的细胞器，就是它控制着表面突起，处理和传递微弱的电化学信息，它的设计如此精妙，和量子计算机的微控制单元不谋而合……一切都指向一点：这是一种人造生物。虽然进化论深入人心，然而没有人相信这样精巧复杂的结构能够在短短的几十年间进化而来。

我见到了这个星球上最具有权势的人。秃顶，眼窝深陷，绿色的眸子闪着晶亮的光芒，这是我对他的第一印象。他是沙门将军，美国太平洋舰队前司令。我不喜欢白人，特别是美国人，他们总是带着一种居高临下的傲慢说话。然而他掌握着一万多人的武装，虽然我并不在乎那些枪炮飞机，他还是能左右我。

“它们有一个总部，头脑。”沙门将军拿着细细的教鞭在地图上比划，他嗓音嘶哑，英语带着浓烈的南方口音，我只有硬着头皮听下去，还好巴罗西迪尼阿能及时给我解释。在全球地图上，我看见了亚洲、欧洲、非洲、美洲、大洋洲，这些久违的大陆就像史前遗迹一样神秘。如果一块大陆并没有覆盖着冰原，那会是什么样子？我想起见到过的一些图片，荒漠、草原、森林、巍峨的石头山、松树奇迹般地从石缝里长出来，傲然挺立……

“我们要进行突然袭击！”沙门将军强调，他停下来，盯着我。我如梦初醒般意识到他正满怀期望地看着我。

“是的，将军。他会很好地完成任务。”巴罗西迪尼阿帮我打发了将军。

接下来的两个星期如同梦魇。白天，我要跟着一些军人学习如何使用武器，从 AK47① 到枪榴弹，从驾驶小汽车到坦克到直升机到飞机，他们用一些严酷的手段让我在最短的时间里掌握技巧；晚上，我要跟着巴罗西迪尼阿博士学习关于埃博病毒的知识。说实在的，我真不知道这些东西能有什么用，他们要我做的，就是抱着一个核弹走进那个地下掩体中，并引爆它。复杂的知识是一种浪费。然而沙门和巴罗西迪尼阿并不这么认为。于是我在这样的梦魇中度过了两个星期。

距离执行任务只有二十四小时。晚上，我和巴罗西迪尼阿待在一起。他颇有几分神秘，让我感觉这个晚上有些不寻常。

巴罗西迪尼阿身上有一股深沉的香气，那是一种特别的印度香料，在重

① AK47 是俄制武器，然而在末日背景下，美国人失去了完整的后勤系统，也只有使用这种被经验证明可靠强大存量巨大的枪械。

大的节日里，印度人会虔诚地沐浴，然后用这种香料涂抹全身。我一直以为，只有那些富有、传统的印度人，或者印度歌舞电影里边才会有这种事，巴罗西迪尼阿应该不属于这种人。然而我错了。他穿着白色浴袍，在一个画像前膜拜。画像上是一个凶恶的神，头戴火焰冠，有三只眼和四只手，他摆出一个曼妙的舞姿，周身被火焰环绕。

巴罗西迪尼阿膜拜完毕，在地板上盘膝而坐。他看起来颇有几分庄严宝相，一种悲天悯人的气质自然流露出来，让我不自觉地肃穆起来。

“这是湿婆，印度人的毁灭之神。”他告诉我，“他毁灭，然后创造，世界就在他的掌握中循环不息。”

我无意冒犯，只是说了想说的话，“你是一个科学家，我以为科学家都是无神论者。”

巴罗西迪尼阿微笑，“我的确是一个科学家，不过我相信冥冥中有神秘的力量支配宇宙。湿婆正好是这种信仰的一个体现，也很符合我的印度人身份。”

我点点头，突然想起了自然派，那个带有宗教意味的动物保护组织，在他们的圣书里正写着：毁灭，然后才有创造。我问：“你是自然派教徒？”

巴罗西迪尼阿微笑着不回答。

沙门将军只了解计划的一部分。使用核弹对埃博的头脑进行攻击是空中楼阁。

“埃博肉球菌在许多地方聚集成群。如果用一个比喻，它们就像原始的神经节，而不是一个大脑，虽然我丝毫不怀疑它们会形成一个强力的大脑，然而，那个大脑的尺度就是整个地球，简单的核攻击根本不能损伤它们。更何况肉球菌是细菌，即便没有头脑，它们也能够生存下去。也许没有这个头脑，只会更糟糕。”

“这样的情势只有很少的人知道，整个南极洲只有六个人，包括我。”

最初，埃博肉球菌是一场生物灾难，它们杀死几乎所有的动植物，繁殖出数以亿亿计的后代。两个星期后，它停止了对植物的攻击，再过三天之后，它仅仅袭击脊椎动物，再后来，它们只袭击哺乳动物。

巴罗西迪尼阿向我出示了一些图片。我看见大群大群的野牛在草原上游荡，不远处一个孤零零的破败小屋显示出这原来是一个农场；葱郁的森林边，几只灰熊在小溪里捉鱼，一只鱼跃出水面，熊的巴掌正挥舞过去；一些狒狒占领了城市，它们在废墟中寻找人类残留的食物和任何引人注目的玩意儿，一只狒狒戴着一串钻石项链，两米外是一具变成了白骨的人类尸体……最后的照片印象深刻，一群狮子在夕阳下休憩，雄狮高昂着头，正对着镜头张开血盆大口，它们的身后，是一个灰色的、丘陵状的小山。

“这是无人侦察机拍摄的照片。地球已经复苏了，眼下的埃博肉球菌仅仅对人类进行攻击。它们已经在全球安顿下来，和所有的其他生物和平共处，而把人类像囚徒一样困在南极洲。”

我有些喘不过气来。这些小东西毫无疑问获得了某种意识，它们能够把人类和其他动物区别开，这是一种高级的智能。我们又落到了后边。

“看到这些灰色的小山了吗？这就是埃博肉球菌的聚集体，几乎世界的每个角落都有这种东西。”

我仔细审视着那灰灰的一团，一团均匀的、毫无特色的堆积物，看起来仿佛具有黏性。无数的肉球菌生活其中。它们在干什么？我突然想。

“它们在干什么？”我问。

“很好的问题。最可能的答案是什么也不干，繁衍，延续生命。生命是没有目的的，它只是存在。”

“不，它们一定在做些什么。”我询问式地看着巴罗西迪尼阿，“既然它们能够把人类驱赶到南极洲，既然它们能和其他动物和平共处，它们一定有某种目的，一定在做些什么。”

巴罗西迪尼阿带着一丝微笑看着我，“那正是我们征集志愿者的原因。”

一架鹞式飞机飞向加利福尼亚。除了驾驶员，飞机上有四个人，三个军人，还有一个是我。每个人的装备大同小异——固定频率的通话机，AK47 冲锋枪，红外镜，一套带有空气净化的防护服，一些威力巨大的手雷，小巧的塑料炸弹，还有几把手枪，最重要的是一颗核弹，一千吨 TNT 当量，很小巧，十公斤，可以背在身上。

我们全副武装下了飞机。飞机在头顶盘旋一圈，向着南边飞去，留下我们踏在这片危险的土地上。巴罗西迪尼阿告诉我，沙门将军的行动只是一个幌子，我的任务是靠近埃博肉球菌的丘体，和它们进行一次亲密接触。我有些怀疑在三个军人的保护下我怎么能够按照巴罗西迪尼阿所要求的那样做，他却说埃博会照看这些军人，我只需要按照计划行事。

第一次踏上南极洲之外的土地，我分外好奇。一片草地，浅浅的绿色，从眼前伸向远方，毛茸茸的草踏上去软软的，很柔和，不知名的野花遍布其间，黄色的、白色的花朵让整个草地充满了童话般的意味。我注意到一只碧绿的草蜢正驻守在一片草叶的顶端，细细的触须随着草叶的晃动微微摇摆。一切都是鲜活的，充满生机的，和那死气沉沉、阴冷刺骨的冰原形成鲜明的对照。那些书本上，电脑上见过的东西变得鲜活起来，已经死去的记忆也复活过来，我突然回忆起来，童年的时候，我曾在这充满生气的大地上奔跑。这才是人类应该得到的生活。

一个军人招呼我继续前进，我跟着他们。突然之间，一个巨大的阴影从我头顶掠过，扑向我前边的一个士兵。我惊叫起来，然而太迟了，巨大的鸟儿从士兵的头顶一掠而过，士兵直挺挺地倒下。枪声响起，鸟儿从空中掉下来，摔在地上，使劲地挣扎着。突然它停止挣扎，死掉了。这是一只金雕，最凶猛、最有力的猛禽。它用尽全力的一啄穿过高分子塑料头盔，透入脑骨，就像刽子手一样准确。

我们三个人围着同伴的尸体，除了悲哀，还有一种无助的惶恐，没有一本作战手册告诉我们，需要防备天上的猛禽。我瞥见金雕的尸体，发现它正在急速分解。我招呼两个同伴，他们和我一样目瞪口呆地看着那尸体如魔法一般化作一摊烂泥，露出森森的白骨。

埃博病毒就在周围，无处不在。我告诉他们是埃博病毒分解了尸体。不需要过分害怕，我们的防护服能够有效地把病毒隔绝在外。

在总部的驱使下我们继续向着目标前进。前进的途中没有意外，没有故事，直到我们到达目的地，一座上个世纪八十年代的楼房。

大楼破烂不堪，就像长满了老人斑的躯体。楼顶上的招牌还在——海德生物科技。这个距离洛杉矶一百三十公里的孤独建筑，就是埃博病毒的源头，一个打着生物制药的名义，为军方研制生化武器的秘密研究所。貌不惊人的小楼下边有着惊人的地下部分，深入地下三百米，可以抵抗百万吨级核弹的攻击。一个军人身手敏捷跑过杂草丛生的空地，在虚掩的门前蹲下，小心翼翼地察看。

“Move.”无线电波传递的声音带着几分沙哑，他确认安全，挥手让我们跟上。然而紧接着传来一声尖厉的惨叫：“NO…”我抬眼望去，看到了此生最恐怖的镜头：无数黑乎乎的甲虫从里边涌出来，仿佛潮水一样涌来，无可逃避。破旧的虚掩的门被猛烈的潮水撞开，转眼间，那个伙计周身都爬着虫子。防护服是密封的，然而他惊慌失措，惊声尖叫，劈头盖脸的英文单词几乎将我的耳膜撕破。枪声响起，子弹在黑色潮水中掀起涟漪，白色的汁液四处乱溅，虫子却没有丝毫犹豫地继续扑上来。眨眼的功夫，伙计消失掉，我们的眼前是一座高达三米的黑色小山，他被埋在成吨的虫子下边。耳机里没了声响，只有细微的窸窣声。

整个世界沉寂了两秒钟。我身边的军人掏出一枚手雷，扔了过去。

他是对的。虫子四散逃命，我们在爆炸的残余中找到了伙伴的尸体，被炸得残缺不全。然而在爆炸之前他已经死了。虫子们在几秒钟内咬破防护服，把他吃掉了一半。

这是陷阱和谋杀。巴罗西迪尼阿说埃博会照顾这些军人，我终于明白他的意思。我看着眼前的最后一个军人，他的眼睛里充满愤怒，我毫不怀疑如果埃博是一个实体，他会用 AK47 把它打成蜂窝。

“Let’s go.”他咬牙切齿地说，踏着满地狼藉的虫子走向大门。我跟着他。他的高大身躯就像一堵墙，把一切危险都挡在那边。他踏上台阶，肆无忌惮地向着门内扫射，然后跨过去。他的躯体像一面墙一样倒下，重重地摔在地上，死了。我慢慢靠过去，一条蛇狠狠地咬在他的腿上，毒牙刺破裤子，在皮肤上刺出微小的孔，剧毒让他的神经在 0.1 秒内完全瘫痪。他注定是要死的，虽然可能不是这种死法。那条毒蛇被子弹打成了两截，残存的一点生命力让它从角落里弹起来，咬住入侵者。死者的眼睛瞪得很圆，永不瞑目的样子，咬住他的毒蛇也瞪着同样圆溜的眼睛。我想，我死的时候，一定要把眼睛闭上，那个样子比较安详。

死了三个人，只剩下我一个，而我们连那大楼的门都没有跨进去。一切不可能如此巧合。巴罗西迪尼阿是对的，埃博会阻止我们进入。而为了接触到它，只有一种办法——我必须死去。

被鸟啄死，或者被虫子吃掉，被毒蛇咬死……我不能让埃博用这些方法中的任何一种杀死我，我只有一种选择：像大灾难中的人们一样，被埃博病毒感染，让它吃掉。这就是志愿者需要做到的事：走进这个大门，下到地下，在那可能重达三十吨的埃博肉球菌集群面前奉上自己。我脱下防护服，放下所有的武器。空气中有无数的埃博肉球菌，我深深地呼吸一口空气，把这种肉眼看不见的小东西吸入身体。门敞开着，里边很阴暗。巴罗西迪尼阿要求我，一定要走进那深埋地下的堡垒里，我再次深吸一口气，走了进去。

埃博是一个人名。大灾难之前，三分之一的人类忙着享受生活，三分之一的人类忍饥挨饿，埃博在剩下的三分之一人口中非常有名。他是三届诺贝尔医学奖的获得者，从根本上改变了人类和疾病的关系，他给了人类一个健康时代。他也毁掉了人类——通过用他的名字命名的细菌。此刻，这些小东西正在我的身体里产生作用。我的意识开始模糊。我飞快地在大楼里跑，寻找进入地下的入口。最后我找到了电梯，顺着电梯井爬下去。没有袭击，没有意外，一切都很顺利。

大门一扇扇地打开，我跨过一个又一个门槛。最后，我走到了最后一扇门。门上的铭牌还在，长久的岁月让它蒙上一层灰。我用手指抹去上边的灰尘，“BEING”几个字母熠熠生辉。突然我的手触到一些凹陷，那是一些阴文，刻在“BEING”下边，微微转过角度，我看到那是“THINKING”，在“BEING”的光彩下毫不引人注目，却坚实地、毫无疑问地在那儿。我不由地微笑，手上用力，推开门。某种光线泄漏出来，我的眼前出现一片光明。

微微发光的球体盘踞了整个空间，视野里是一片晶莹的蓝色，顶天立地。我仿佛站立在一个巨大的水晶球前。这就是埃博？那种灰色的，带着黏液的，毫无美感的小山包？我惊讶得不知所措。这美丽的晶莹的蓝色很快征服了我，给我一种异样的感觉，平和而沉静，仿佛世界上没有任何东西可以难倒我，而我的灵魂通达了整个宇宙。我向前走去，贴近那散发着微光的东西。水晶里边有人像，脸上斑斑点点，已经开始溃烂，五官扭曲，仿佛畸形。那是真实世界中的我，被埃博肉球菌啃噬，血肉已经开始模糊，然而我却没有痛苦，没有恐惧，也没有感觉到死亡。我只感到无比的充实和自信，还有坦然。我伸手触摸那蓝色晶体，细腻而柔滑，仿佛绸缎，却无比坚硬。突然间我感到身体出现了一些异样，一阵奇特的麻痒从肚皮上传来，肚皮的位置湿掉一块。我打开衣服，低头看去，肚皮上是一个大大的窟窿，流着血和脓。那窟窿以肉眼可见的速度扩大，溃烂的肠子流出来，顺着大腿向下溜。我直直地盯着，仿佛那不是我的身体。胸腔上的皮肉都化作了脓水，隔着骨架，我看见微微起伏的肺叶和跳动的心脏。它们显然到了生命的尽头，正在垂死挣扎。我看着它们慢慢化脓。这真是一种奇怪的感觉，仿佛我平静地站在一边，默默地看着自己的身体死亡。我重重地倒在地上。

眼前的图像开始模糊，黑暗缓慢而不可抗拒地吞噬我的意识，那一定是很短的时间，然而感觉中无比漫长。最后的时刻来了，很多东西一闪而过，我想起父亲，想起红烧狮子头，想起巴罗西迪尼阿，还有南极洲荒芜的冰原……最后，我居然想起了湿婆，那个长相凶恶，却跳着曼妙舞蹈的印度神，在熊熊火焰的环绕中跳舞，依稀中我听见某种音乐，然后是彻底的黑暗。我死了，我想。

我并没有死。或者，我复活了。

漂浮在无限空间中的一点意识，这就是死亡吗？一道亮光劈开黑暗，一个模糊的东西降落在我的空间里。它迅速地把一切包容进去，世界从一团混沌变得透明而丰富起来。

巴罗西迪尼阿是对的，埃博统治了这个世界。埃博能够操纵这个世界上所有的生物。通过生化物质的调剂，它能够让金雕攻击一个看起来并不是食物的目标，也能让虫子们产生啃食的冲动。它模拟记忆，操纵行为。它无所不在，是自然界的神灵。鹰的眼睛就是它的眼睛，草履虫的感受也是它的感受。

埃博找到了我，他只是说：欢迎。然后便脱离了。我开始寻找他。

我遇到了很多人，很多死去的人。他们曾经的躯体都被埃博肉球菌啃噬。他们遇到我，知道我是一个新来者。他们从我这里了解南极洲的情况，我也向他们打听这个神秘世界。他们都是死人，却认为自己仍活着，而且很快乐。

巴罗西迪尼阿有着和埃博同样的天才，在互联网还没有完全瘫痪之前，他曾经通过残留的军方网络侵入海德生物科技的主机。他发现某种可能性。一些残留的痕迹显示：曾经有一个网络从这个机器上脱离而去，那个网络的神奇之处在于，它使用特殊的连接方法，没有网关，没有 IP，它就像一个隐形的网络黑洞，吞掉大量的数据流，却没有任何反馈，这种黑洞式的吸收进行了八年之久。巴罗西迪尼阿怀疑埃博制造了一个生物性的计算机网络，构成网络的基本单元就是肉球菌。

巴罗西迪尼阿的怀疑得到了证实。我见到的蓝色晶体球就是这样的一个生物计算机。天长日久，肉球菌群让自己固化，成为矿物一样的结构。八十亿人的记忆和思维被肉球菌复制，飘浮在空气中，凝固在那些灰色的小丘中，最后汇聚在这个超级的肉球菌群里边。两万亿的肉球菌单元，完全的三维神经网络。把人类历史上所有的计算机加在一起，也抵不上这个超级头脑。它是一个睿智的头脑，它的核心是埃博，那个疯子一样的天才人物。

找到埃博之前我有些自己的事。

我遇到一个剧作家，他死的时候三十六岁，他受了肉球菌的感染，知道自己活不下去，于是挣扎着给儿子写了遗书。在遗书里，他告诉儿子，要热爱生活，要忍受生活带来的种种打击勇敢地生活下去，学习科学，和这种害人的病毒斗争到底。然而，此时他告诉我，他希望自己的儿子也被埃博肉球菌吃掉。这是通向极乐世界的捷径。肉球菌吃掉我的时候我并不感到痛苦，它们吃人的技艺有了进步，然而巴罗西迪尼阿告诉我，最开始并不是这样。

“难道你希望他受到那种非人的痛苦？”

“那是涅槃。死亡的道路通向极乐和永生，而痛苦则是其间的代价。难道你不这么认为吗？”

“你想你的儿子吗？”

“为什么你有这么奇怪的问题？你为什么又躲躲藏藏？”

他用一种怀疑的态度把我推开。我脱离了。我的父亲早已经死掉了，这个活着的，虽然拥有他一切的记忆，却决然不是那个临死之前牵挂着我，为我写遗书的人。他再也不会给他的儿子烹饪祖传的红烧狮子头，而他的儿子多么渴望再吃上一口。

我找到另一个人，这是一个女人。她显然很快乐，沉浸在埃博为她带来的无穷无尽的狂喜之中。我打断她，她很不高兴。

“巴罗西迪尼阿？我不需要他的关怀，外边的世界和我已经没有关系。”她把地球称为外边的世界，埃博的世界则是她热爱的世界。她强行脱离，把我屏蔽在外。我想巴罗西迪尼阿会高兴的，至少，他的妻子现在很快乐。

我所见的，是一个天堂。外边的世界已经死去，又有什么关系？所有的人们都在这儿活着，享受着平和、宁静，还有飘飘欲仙的狂喜。失去的只是肉身，得到的却是自由，难道还有比这更划算的交易？没有贵族和平民，没有富人和穷人，没有精英和大众，没有美食，没有豪宅，没有精致的衣服……人类社会的一切身份符号都被抹去，只有一个个平等的意识存在。我在广阔的空间中飘浮着，与一个又一个的他擦肩而过。在这埃博空间里，我们都是自由之身，自由到不需要其他的一切，只是任凭自己的灵魂游荡。

有一个灵魂是特殊的，那就是埃博。我四处寻找他，他无处不在我却不能找到他。最后，他发现了我这个小小的不安定分子，他找到了我。

“你，不喜欢这里？”

“很有趣，然而你能给我红烧狮子头吗？”

“这是很奢侈的享受，模拟这种具体而实在的满足会消耗很多能量，我不能满足这样的需要，至少眼下不行。”

“你杀死了几乎所有的人。”

“他们都没有死。那些在混乱中死于非命的人除外，对那些人，我很抱歉。”

“你定义的死。”

“死亡并没有很多定义。你存在着，记得往事，能够思考，你就活着。”

“他们失去了生活。”

“他们过着另一种生活。大家都很喜欢。”

“但是你没有给他们选择。”

埃博沉默着，“是的，绝大多数人并没有选择。然而，他们也没有给我选择。”

埃博的试验进行到一半。他培育了篮球大的菌群，这相当于一台每秒处理六千万个事件的超级计算机。从理论上说，这计算机几乎可以无限放大，只要有足够的能量支持。远景计划中的超级生物计算机已经不是梦想，只需要让这些小细菌不断繁殖、不断重构。这是振奋人心的好消息。然而军方告诉他，必须停下来。试验的结果超出了预期，肉球菌群不仅能够存储计算，甚至能够进行“思考”，它们用一种从来不曾有过的方式重构数据，出现了一些不知所云却显然属于某种智慧的新信息。这个可怕的事实吓坏了军方：这机器很可能具有“自我”，与其说它是一台计算机，不如说它是一个生物。军方只需要一台计算机，能够完成导弹的导航和拦截，能够对部队进行遥控指挥，能够封锁对方的超级计算机就行。埃博却给了他们一个无法控制的东西，他们甚至不知道，这东西会不会为了一点不知所谓的愤怒而把导弹丢到华盛顿，或者控制卫星，让它们胡乱发送情报。结论是必须停掉它。

埃博为此而发狂。争辩，拍桌子，哀求，下跪，他几乎尝试了所有可能的办法，只为了保住这个小小的东西。然而最后他失败了。对未知的恐惧让所有的人倾向于暂时封存它。埃博很沮丧，他明白他的小东西，暂时的封存就意味着死亡。只有在不断的活动中，它们才能够保持活性。埃博怀着绝望回到实验室。他注视着这那小小的球体，灰蒙蒙，毫不起眼的样子，然而在埃博的眼里，它漂亮无比。它就像自己的孩子，为了保护它，埃博不惜代价。

他证明了军方的恐惧并不是不知所谓的愚蠢，甚至他们大大低估了这小东西的潜力。

埃博拯救了他的孩子，牺牲了全世界。

“的确有些出乎意料。我没有想到居然会这样。最开始的时候我没有办法控制它，后来的情况才慢慢好起来。然而，这却比原来的设想更好。我可以说，人类的灵魂得到了救赎。新的世界比原来更美好。”

我沉默着。突然之间我仿佛变成了一只兀鹰，正在万里高空翱翔，大地尽收眼底。大地和天空，还有每一个生物，都是我的躯体。肉球菌群生存在世界的每一个角落，它们感受着每一个神经冲动。埃博把传来的神经冲动转入我的空间。

我看到了南美的热带雨林，从前，这里布满了伐木公司，高大繁茂的雨林被砍伐，留下一片瘌痢般的土地，变成沼泽，除了虫子什么都没剩下；奔腾不息的河流边，五颜六色的工业废液注入河流，混合起来，让河流变得浑浊不堪；田野里，巨大的垃圾场如山岳般挺立，恶臭满天，污水遍地，无数的老鼠和臭虫穿梭其间；那些光秃秃的山头，洪水挟裹着泥沙轰然而下；失去控制的地球，到处是飓风，水灾，还有可怕的炎热。地球很脆弱，而人类把一切搞得更糟糕。一切正在恢复。人类为了享受生活，或者为了避免受冻挨饿，以一种前所未有的深度和广度影响着地球，当人类从生物圈中被抹去，一切都得到了喘息的机会。

是的，地球比原来更美好。那些遍布可可西里的藏羚羊，漫游在大草原上的美洲野牛，丛林中悠闲散步的科莫多巨蜥，热闹地挤在一起吵吵闹闹的花斑海豹……它们都知道，这个世界比原来更美好。整个地球的生活都比从前更好，除了人类，老鼠，还有狗。

“我给了人类一个全新的生存方式，把地球还给自然。这难道不是更好？”

我无话可说。这样的一个世界，人人都感到很满意，而地球也因此更健康。我没有任何理由说这不是更好。然而，生活在一个很好的世界里，这样的人生对于我也并没有意义。这一点我并没有告诉埃博，我竭尽全力掩饰。还好，埃博对于他人的隐私并不是太在意。他见我平静下来，便离开了。“新来者总有些不适应，当你适应了，就会喜欢这里。祝你好运！”

一切便是如此。借助埃博肉球菌的庞大网络，我在地球上任意往来。关于生命，关于地球，一切从来没有如此明白，也从来没有如此艰难。很久之前，就有古人说：天地不仁，以万物为刍狗。我化作万物，也悄然独立。无论我是什么，生命到最后都显得毫无意义，都是刍狗。存在只是唯一的目的，而这目的看起来并不怎么像目的。显然，我需要一件事能够让我全身心地投入，我要为自己的生活制造一个目的：一个志愿者。

巴罗西迪尼阿这样请求我："我只需要一个字，真或者假。如果你不能送回任何信号，我无从判断，试验也就失败。只要你送回信号，我的推测就是真。请你帮我完成这个试验。"

人类有自己的底牌。成千上万件核武器分布在整个地球，军队仍旧控制着其中一部分。沙门将军一直认为自己掌握着这些武器，实际上他远远地落在科学家们后边，六个科学家组成的联盟控制着这些威力最强大的武器——过去的三十年中，他们还有他们的学生孜孜不倦，用各种办法破解世界各地留存的武器控制系统，他们也用自然派的思想影响一些军队的人。并不是每次都会成功，然而最终的结果，一百一十五颗导弹控制在他们手中，装备着总当量七亿吨的核弹头。这些武器并不能让地球毁灭，却能够让世界变得无序。也许肉球菌并不会就此灭绝，却要付出沉重的代价。沙门将军的最后计划是和这些看不见的无赖同归于尽，科学家们却还要再想一想。巴罗西迪尼阿只想证明，埃博的超级细菌构建了一个新世界，而它对于南极洲的人类并没有企图，人类有机会和这种杀人细菌共同生存下去。

我对新世界的适应比埃博的预计要快得多。巴罗西迪尼阿给了我很强的神经刺激，把许多埃博肉球菌的知识灌输给我，这些强行刻画在脑细胞上的印痕让我痛苦不堪。当肉球菌将我吃掉，它们也将脑细胞上的化学印痕完美无缺地复制下来。于是曾让我的头脑痛苦不堪的知识没有了副作用，它们让这个世界显得不是那么陌生。我很快学会了控制阿米巴虫的运动。控制一只大动物要复杂许多，首先我要学会分辨各种各样的激素和生物酶，然后我要明确哪一种激素能够让动物产生怎么样的行为，怎样的生物电流才能让肌肉产生动作。这并不简单，只能一点点摸索。被试验的对象有些倒霉，它莫名其妙地跌倒，眼睛里出现各种幻象，有的时候全身有使不完的劲，有的时候却仿佛要死了。最后，我终于可以小心翼翼地控制它的举动，包括前肢的摇摆和声带的震动。我驱使它从地下跑出来，跑过开阔的草坪。

一只大黑鼠站在我留下的通话机前，它的动作引起话筒里一阵杂乱的噪声，那一边传来焦虑的声音："0 号，是你吗？请回答。"我已经死去二十四个小时，他们仍旧没有放弃。

老鼠凑在话筒上，吱吱叫了两声。然后，它连续不断地吱吱叫着。湿婆，湿婆，湿婆……，老鼠用摩尔斯电码反复了十遍。也许那边的人会感到莫名其妙，然而巴罗西迪尼阿会懂的。

"强大的威力。危险！离开地球！离开地球！"

我强迫老鼠按照摩尔斯的规律发出叫声，老鼠体内的肉球菌忠实地传递着我的意志。突然间，我发现了埃博。他发现了我正在做的事。

他接手了对这个小小啮齿目动物的控制，"一万年，我给你们一万年。"他继续发报。然后，他放走了老鼠，他用一种温暖的氛围包围着我，"这是一件很有趣的事。我们达成了一致。"

最后的时刻来了。我正在死去。埃博答应了我的请求，让我结束一切。

"虽然很难理解，可是我让你选择。"他这样对我说。

我传递了一个微笑的氛围，"我做了值得做的事，人的一生就应该这样子结束。能让我再看一眼南极洲吗？"

我被送入一只翱翔在万米高空的安第斯神鹫体内，这庞然的鸟儿调转身体，向着南边飞去。我在碧海蓝天之间自由地飞翔，前方是白色的大陆，一望无际的冰原一片苍茫。凛冽的寒风让我发抖，然而我继续向南飞着。我很快看见了联合号的庞大骨架，一些人进进出出，正在忙碌。

整个南极洲正变成一个紧张有序的基地。从听筒里传出来的吱吱声是摩尔斯电码，两个小时后，终于有人意识到这点，他把电码的内容向所有城市广播。这个消息仿佛惊雷震动了整个大陆。当自然教徒听说消息，他们组织了起义。只有一个人死于起义——沙门将军在办公室里吞下了子弹。巴罗西迪尼阿成了第一届主席。

突然有人看见了我。许多人停下来，仰望着我。冰天雪地的天空中出现了一只大鸟，这无疑是个奇迹，也许可以被称为神谕。我找到了巴罗西迪尼阿的实验室。我的全部意识浓缩在一团小小的肉球菌上，从神鹫的身体里脱离，飘飘扬扬，向着实验室降落。低温并没有让肉球菌死亡，它们感觉到地磁场的变化，停止攻击并自我解构。一旦地磁场的某个矢量分量减小到一定程度，它们就主动杀死自己。巴罗西迪尼阿深刻明白这一点，实验室里存活的肉球菌被保留在电磁屏蔽的器皿里，他知道必然有某种真相隐藏在这令人费解的事实背后。那只能是神一般的存在。

借助几个人的身体，我成功了抵达巴罗西迪尼阿的身边。他正在修改启示录。

“毁灭，然后才有创造。自然之神毁灭人类，因为人类贪得无厌。神把残余的人放在冰原大陆上，和自然界的其他部分隔绝。他给人类一个期限离开地球。他赐予人类南极洲的土地和资源建造基地，还有方舟。离开地球是唯一的路。人类是自然的孩子，是犯了错的孩子，他因此而背负漂流的命运，也背负自然之神赐予的责任，去宇宙空间撒播生命的种子。”

我的意识已经很微弱。肉球菌群正按照某种既定的指令分解自身，我抓住机会，随着巴罗西迪尼阿的一次呼吸进入他的身体。当最后的几百个肉球菌依附在他的脊神经上，我给了他一个神经冲动。我想告诉他，他的设想是对的，埃博肉球菌构成了一个新世界；我想告诉他，埃博世界是多么美妙的世界；我想告诉他，那些被啃噬的人并没有被杀死，只是换了一种生存方式；我想告诉他，埃博认定只有人类才能把生命种子带向地球之外，让地球生命在宇宙空间里延续；我想告诉他，按照他的意愿我找到了他的妻子，她感到很快乐……然而我什么都不能告诉他，在飞快的解构中，我的意识迅速淡去。

别了！我在这个世界上留下最后一个信号。

巴罗西迪尼阿突然感到一阵寒意，黑暗中，仿佛有人正窥视自己。他四下张望，没有发现任何动静。他抬头望着屋顶。外边，极昼正在过去，夜幕正在降临，严酷的南极洲寒夜就在眼前。在可以预见的将来，还有无数个这样的寒冬等待着人类，只有最紧密地团结一致，才可能安然渡过难关。星星慢慢地显露。他可以想象那黑暗之中群星璀璨的天空。人类只能去那浩渺的群星之间寻找归宿。深深的寒意让他沉浸在敬畏和虔诚之中，他轻轻祈祷：湿婆大神，让你的神力帮助子民。

巴罗西迪尼阿怀着敬畏之心合上启示录。封面上，面目狰狞的大神舞姿曼妙。

——原刊于《科幻世界》2008 年第 1 期，获该年度科幻银河奖提名奖

星辰彼岸的技术世界

——江波科幻作品的类型化写作与科技设想的独特审美意识

◎ 郭凯

作为中国科幻“更新代”作家中的代表，江波在作品《湿婆之舞》中利用前沿科技领域的信息，突破科幻文学已有的科普与文艺之争，用科学实验的方式构想宏大而充满技术细节的未来世界，其独特的技术美感反映了置身其中的青年人思想生活方式之变迁；他的长篇科幻力作《天垂日暮》借助西方“太空歌剧”的类型文学框架，构建人类在宇宙中的未来历史，思考中国在其中的位置和命运。而从中国科幻整体创作看，江波作品对于科幻文学技术传统的回归与创新，在当下无论对主流文学还是科幻文学本身都有启示意义。

一、江波科幻创作综述

如同20世纪90年代涌现出的一批中国科幻作家被称为“新生代”一样，科幻界将2000年后出现的年轻科幻作家称为“更新代”，这个词汇来源于《科幻世界》杂志社2009年出版的中长篇专辑《星云Ⅶ》，其中将江波列为“更新代”的代表人物，同为这个群体的科幻作家还有陈楸帆、飞氘、夏笳、迟卉等。[①]

① 星云访谈：更新代科幻作家江波［M］. 星云Ⅶ，四川科学技术出版社，2009.

江 波

江波，1978年1月生于浙江，清华大学微电子专业研究生毕业，现在上海某外资企业从事半导体研发。江波从小阅读科幻，一些主流文学作家如陈忠实、路遥、王小波对其影响较大，江波在清华大学读本科时就已开始进行科幻创作，直到2003年研究生毕业前夕，才在《科幻世界》杂志上发表处女作《最后的游戏》，迄今已发表中短篇科幻小说二十余篇：《最后的游戏》(2003)、《自由战士》(2003)、《回到从前》(2004)、《随风而逝》(2005)、《土斯星纪事》(2006)、《天空之城》(2006)、《洪荒世界》三部曲（2007)(《洪荒世界》《太阳战争毁灭日》《银河漂流》)、《娥伊》(2007)、《发现人类》(2007)、《湿婆之舞》(2008)、《七个瞬间》(2008)、《追踪灰影子》(2008)、《五行传说》(2008)、《追光逐影》(2009)、《时空追缉》(2009)、《星球往事》(2009)、《十七号塔台》(2009)、《千千世界》(2010)、《乌有之乡》(2011)、《终极幸福：长生梦》(2011)，2012年出版科幻短篇集《湿婆之舞》和长篇科幻《银河之心：天垂日暮》。①

江波重视已有的科学知识的框架，试图构建想象宏大且充满细节描绘的未来技术世界,《科幻世界》主编姚海军因此常将其与中国硬科幻作家的领军人物刘慈欣作对比。但江波的科幻创作与刘慈欣差异也十分明显，相较后者对于中国当代社会现实问题的关注，江波小说中的故事常常发生在极其遥远的未来和宇宙深处，并淡化与现实政治历史的联系。他的小说中常常设定有不同形态的全新的国家、种族和文明，并让有传奇经历的主人公在其中历险观察，类似于弗雷德里克·詹姆逊所描绘的全球资本主义眼光下的文明展览。一方面，江波承认因为其生活经历有限，许多情节的创作灵感来自于其阅读的许多同类文学作品，如《冰与火之歌》等，这使得他的作品具有很强的商业化类型小说的特点；但另一方面也应注意，当90年代以来的新生代作家们

① 江波成长经历和作品资料主要来自采访期间作家本人提供。

还在纠结于面对商业化消费文学的冲击，应当怎样坚持知识分子的人文立场时，新一代作家已经是成长于消费文学时代的人，他们试图超越消费文学本身，借用其形式和载体去表达新的思想。

在江波的小说中，基于科学知识前沿，所进行的科学理论实验和技术构想才是主角，社会和历史也只有被这种实验和构想深深影响后，才具有被书写的意义。在这里，江波真正让科幻小说摆脱了自晚清传入中国以来，所承载的改变社会政治现实的期许和压力，即吴岩所说的百年来“操纵中国科幻的黑暗左手”①，而让科幻成为一种真正从思维上拓展科学和技术的独立审美活动。

二、《湿婆之舞》：多类科学技术融合的文学表述和人的应对

《湿婆之舞》发表于《科幻世界》2008 年第 1 期，后又被译成日文在日本科幻杂志上发表，为江波科幻代表作。在江波的创作计划中，它是一个被称为“湿婆之舞”系列的开篇之作，此系列包括他正在创作的“银河之心”系列长篇三部曲在内的一系列作品。

“湿婆”是印度神话中的形象，“湿婆之舞”意味着世界的毁灭与重生，小说讲述的就是一个人类文明在全球性细菌攻击下毁灭的故事。全人类只剩下几十万人口，躲藏在南北极苟延残喘，地球的其他地方被“埃博病毒”占据。“我”是作为一个失败者，愿意接受病毒疫苗试验出场的，随后“我”得知，“埃博病毒”实际上是一种人类制造的失控的细菌，疫苗试验是个幌子，真正目的是要让“我”这个人消失，成为特工前去当年的医药公司摧毁细菌的核心。“我”接受军事训练后，和同伴们离开南极前往细菌控制的世界，发现没有人类的世界，在细菌控制下一片欣欣向荣，环境良好，菌群与动植物和平共处，同时还能控制动物的思维和行动。当“我”进入医药公司后，遭到了细菌的袭击，“我”的身体被吃掉了，却又以另一种形态复活：遍及全球的埃博细菌如同人类大脑的神经细胞一样，形成了一个智能网络，被吃掉的人并没有死，他们的思维在网络上活动，而且比生前更好。“我”在网络中与

① 吴岩．科幻文学论纲［M］．重庆：重庆出版社，2011.

控制者、当初发明埃博细菌的科学家埃博进行交谈，讨论了许多哲学问题。最终，埃博向极地的残余人类发出信号，要求他们发展宇航科技，在一万年内离开地球，而“我”则将自己的意识融合在一只鹰身上，飞到极地看了人类文明最后一眼而死去。

另类生物取代人类控制地球，并结成全球智能网络，更有利于环境的构想，在科幻小说中并不少见，近年来类似作品有罗隆翔的《寄生之魔》，其中某种被基因改造的植物控制了地球；又如七月的《擦肩而过》，海洋中的藻类植物获得了智慧，毁灭了人类。类似的科幻主题在西方也有出现，如电影《阿凡达》中的外星球，构想了一种全星球植物都是一个大型的生物网络，不同于人类文明的生态体系。这些作品背后的相关理念与几十年间环境保护理念的兴起和非人类中心主义思潮有关，并且今天已经不是精英化的理念，而是通过各种载体渗透进了大众文化中。但是，江波的特色不在于整体构思，而在于构思中具体的技术细节描绘，以及由技术细节生发的关于人类面对新的生活方式的情感纠葛。

首先，江波在展现其细菌生命网络的科技构想时，将科技话语层层安插进小说故事文本中。主人公最初作为一个幸存者，介绍了平民对于细菌的一般了解，当他进入试验后，面对印度裔生物博士，又学习到了关于细菌的内部资料，并观看了细菌的微观结构：如同大脑神经触突一样的鞭毛，了解到了细菌有可能形成智能。在这里，江波转而使用另一个科学领域——神经生命科学的术语，与细菌的知识融合起来。接着，“我”执行任务，进入细菌总部，被细菌吞噬，自我意识进入细菌网络，并与发明者埃博对话，又出现了大量与生物互联网相关的技术细节。于是，江波将微生物学、神经科学和网络技术相关知识进行融合，展现了一个详尽的生命形态。如果说这种将技术描绘融入故事叙述的过程，比起之前许多仅以“讲课”形式插入科学知识的作品更为灵活，却也不算新奇的话，他对于科学前沿几个领域的熟悉和融会创造，就别有意味了。细菌神经细胞互联网，是一种类似于科学前沿猜想的东西，这种猜想在科学领域固然存在，但很少在文本的具体语境中被描绘得如此细致，加之它本身所具备着某种不确定的科学价值，从而使作品具有一种特殊的文学冲击力。

20世纪90年代前的中国科幻，常被归于“科普”话语体系，20世纪90年代后，则开始注重文学性本身的突破，挣脱科学权威话语体系的束缚。但是，传统科普领域近年来也在发生巨大变化，一方面，“科普”一词暗示的权威话语自上而下的“普及”态度开始被反思，在西方社会“公众理解科学”思潮的冲击下，新的术语“科学传播”正在将其取代，它意味着在科学高度分工的时代，传播者与受众之间平等态度的相互交流，以及科学界使用纳税人金钱进行研究，就必须对纳税人负责说明的公民态度。另一方面，随着媒体的日益发达，任何个人都可以方便地从网络等渠道获得需要的科学知识，对于科学前沿领域知识获得的详细程度和时效性需求大大加强。① 这种背景下，新世纪科幻小说对于其表现的科学知识和想象的要求也有所变化，而江波敏锐地把握了这种变化，他通过大量阅读学习最新科学读物和杂志，将多个学科最新研究成果和猜想整合起来，描绘出超越前人作品规模的极其详尽的技术细节，并越过科学权威话语，直接替代以模拟科学前沿探索实验的方式，将其思维的成果转化为现实的小说，这种智力实验式的创造，直接导致了江波科幻创作的特殊审美效果。

当智力实验结果冲击人类社会旧有的生活方式时，对社会和历史的描绘也就有了特殊的意义，这是将思想实验从科学向人文社会的拓展，在小说中表现为主人公所经历的“当下”与“过去”的二元对立价值判断的情感难题。“我”最初怀念历史旧有的生活方式，怀念父亲做的菜，人类留存在极地，也是为保留原有生活方式的尊严。然而主人公离开极地，到达细菌网络控制领域时，发现生态环境比人类统治时更好，这无疑是对人类文明价值的否定。当“我”进入细菌网络，接触到曾被认为死去的人时，受到强大冲击：这里的人生活得比过去好，“我”的父亲否认曾给“我”写下遗书，希望自己的儿子也能生活在网络中，印度博士的妻子也不再挂念自己的丈夫；“我”更发现，自己的思维可以遍布全球细菌网络，无所不在，生活比从前的更加自由。

① 刘华杰．科学传播读本［M］．上海：上海交通大学出版社，2007.

江波智力实验的科学构想，甚至为人类提供了一种更加幸福的、乌托邦式的生活方式的可能性。于是，困境产生：人应该流连于往昔的生活方式吗？过去的记忆随着生活的改变，是否还有价值？科幻小说应对的是科技造成的整体变革对人的冲击，而江波所描绘的两种对立生活方式由他自己设计的科学实验造成，他以个体化的遭遇，将其智力产品与生态主义、非人类中心价值观集中在一起讨论，设置了极具探讨性的空间。

小说中的主人公做出了保守的选择：拒绝细菌网络，向人类社会发出电报，并通过控制鹰飞回极地，但是，这种选择又非完全自愿：若主人公不回信，人类将调集核弹摧毁整个地球，两种文明一起毁灭。这种将主人公推向无可选择的困境，使用大段文字描述“我”抉择的过程，讲述我通过细菌网络，用思维走遍全球各个角落的所见所想，其背后的情感诉求并非同20世纪90年代后的“新生代”作家一样，关注中国面临的体制化的问题和现代性冲击，而是超出国家范围，以整个人类的视角，面对生态、网络去提出整体性的问题，这种尝试也许是冒险，因为脱离了中国具体的社会环境，会缺乏足够的细节去唤起读者的情感诉求，但是，在科学和技术已经以超国界的姿态对人类文明造成巨大影响时，这种书写方式也许更能体现科幻文学本身的价值，并对当下注重个体感受的主流文学关于新的时代性意义的追寻给予更多启示。何况，超越自身的社会环境束缚去思考，本身就是新一代年轻科幻作者最大的情感诉求之一。

最终，江波在这篇小说中完成了宏大命题的论述：细菌网络继续控制地球，人类文明在极地暂时维持，并承诺一万年内彻底离开地球，进入太空。在江波“湿婆之舞”系列作品中，人类进入太空仅是一个序曲，当亿万年后，人类文明遍布群星时，便进入了江波的长篇作品《银河之心：天垂日暮》讲述的故事。

三、《银河之心：天垂日暮》：太空歌剧小说的时空构想与个体探索

2012年，江波出版长篇科幻《银河之心：天垂日暮》①，“更新代”年轻

① 江波．银河之心：天垂日暮［M］．成都：四川科学技术出版社，2012.

科幻作家中出版长篇小说的作者不多，相当一部分是依托《科幻世界》中长篇专辑“星云”系列，此系列已经有两部长篇小说主题与《天垂日暮》相似，分别是吴弼川的《格兰格尔五号》和迟卉的《卡勒米安墓场》，它们都属于西方科幻传统中经典的“太空歌剧”小说。

早在希腊罗马时代，西方人就已经开始书写太阳系中不同星球舰队间的战争，那时还是地心说的时代；到了20世纪，这种讲述人类在遥远宇宙中历险和战争的故事已经蔚为壮观。随着商业科幻杂志的繁荣，独立的科幻群体文化形成，要求科幻创作者能以新的名词对他们熟悉的科幻叙事方式进一步细分。1941年，美国科幻迷威尔逊·塔克发明了“太空歌剧”（space opera）一词，这个词汇的含义和所指在后来几十年中几经变换，至90年代后固定下来，特指科幻小说中的一个叙事类型。美国科幻编辑戴维·哈特韦尔和克拉姆在2006年的太空歌剧小说选中，对这种类型的定义和风格做了详细的说明：“情节丰富，空间尺度宏大，通常聚焦于富于人道主义和浪漫色彩的主人公，故事发生在遥远的未来、异空间或其他的世界，格调上乐观主义，并常常与战争、海盗、军事行动和冒险有关。”① 并非所有涉及太空的科幻小说都是太空歌剧，如刘慈欣的《三体》系列。中国作者固然没有必要严格按照西方某个标准去创作，但作为一个成熟而富有艺术魅力的文化样式，近年来国内译介的大量相关作品确实吸引了国内一批年轻的科幻作者，吴弼川、迟卉、江波等人的创作，均可以看作是中国科幻创作在商业化类型写作上对于西方的借鉴。

《天垂日暮》的故事发生在距今亿万年之后，一个叫李约素的星际流浪汉，在一个并不聪明的叫作“布丁”的人工智能主机相伴下，驾驶着破旧的“天狼星”号飞船，历经千难万险，前往传说中的黄金星球碰运气，然而却意外地发现了一艘巨大的环形飞船残骸，随即被吸进了某个奇异的时空结构中，直到昏迷后被救起……随着李约素的探险，江波笔下的银河世界逐渐铺开：这是一片广阔的宇宙星域，由科尼尔、达门塔、俄罗斯三个具有不同文化、政体和人种的势力占领，星域中还有远远超过地方势力的神秘低调的雷

① 译自维基百科“Space Opera”词条［EB/OL］.http://en.wikipedia.org/wiki/Space_Opera.

电家族、“星域”交界地带独立谋生的星港海盗和流浪汉……整个“星域”又是银河系边缘的一个时空洼地，仅通过一条狭小的时空通道与银河系其他文明联系，处于对外隔绝状态已有百万年时间。李约素误打误撞地将一个“暗宇宙”与这片“星域”连通，强大的黑暗异族力量即将入侵星域，李约素和他的朋友们在“星域”间多方奔走，联合一切力量迎敌，多次血战，然而因为力量悬殊，最终以牺牲数百年的时间为代价，他穿越了连通外界的通道，作为“星域”使者前往银河之心求援。

在本书中，江波表现出一种对大尺度宇宙环境进行细微设计和描写的能力，如同刘慈欣“黑暗森林法则”的设计和四维空间的描绘语言被许多名家赞叹，江波的技术设定是独立的艺术品：他基于当今宇宙学的理论，设计了一个球形空间，我们所生活的三维宇宙时空如同一个足球的球面，足球外部是狄拉克之海，是人类获取能量的来源，也是异族敌人的暗宇宙所在，足球内部是亚空间，人类可以通过在“亚空间”潜行实现远程跃迁，但由于时间和空间一体，跃迁必然伴随着时间丢失，一艘战舰花费几天跨过星门到达远方星球时，外部已过去数月；整个“星域”则是足球上一块凹陷的时空洼地，通过唯一的星门高地向洼地外跃迁会丢失数百年时间，足以使跃迁者在世上认识的所有人在此期间去世。爱因斯坦于20世纪初提出的广义相对论指出，宇宙空间并非平滑，而可能是扭曲状态，但这一理论和大众日常生活经验相距遥远，只有科幻作家才真正尝试将其与人类的生活经验融合，而讲述人类在遥远太空中故事的“太空歌剧”就成了最佳选择。

江波的宇宙体系自成逻辑，并深深影响了其中人类文明在宏观上的战争、经济和政治模式。遥远星际间的沟通是可能的，但同时又是有代价的，这种代价需要由个体和外部环境间不同步的时间差来支付。一个人跨越了遥远距离，往往发现身边世界已物是人非，沧海桑田。这是一个令人惊叹的思想实验，江波将科学前沿理论模型，与文明模式、个体命运联系在一起。如果说他在《湿婆之舞》中所设计的只是具体技术的话，那么在这部长篇作品里，江波的想象力才真正放开了手脚，这种设想人类在高层宇宙结构中全新的生活方式可能性设计呈现出的美感，完全来自于科学理论的设计，而与当下社会的现实关系相距遥远。

当科幻背景设定极为宏大时，如何通过具体的人物、语言和故事进行表述，就成为考验作家的难题。江波使用了视点人物写作的手法，将叙事聚集在两个人物身上：流浪汉李约素和柯尼尔贵族古力特。前者命运与作者设计的时空结构密切相关，曾是一名普通军人的他，在一场时空事故中失去了数百年时间，丢失了自己的历史，坠入社会底层落魄求生，因机缘巧合遭遇暗宇宙，成为联通各方势力抗敌的线索人物，也正因他能够承受漫长的丢失时间，最终又成为冲出封闭“星域”向外部世界求援的最佳人选，为此系列小说的下一部埋下伏笔；后者则是李约素视角的补充，作为一名高级军官，古力特能接触到“星域”间各势力上层的政治军事事件，通过行动从上层推动故事主线前进。江波不以写人见长，书中人物形象不算丰满，但其独特的命运依然赋予了人物无穷的魅力，尤其是李约素，他始终为自己丢失的历史耿耿于怀，曾试图履行作为一名柯尼尔军人的责任而不可得，当他终于获得承认时，得到的任务却是又一次的远行。这个人物身上固然有西方太空歌剧中英雄主义主人公的影子，却也有当下社会青年面对类似命运的困惑和选择：曾经的理想似已遥远，追寻时人已在新的路上，世界的变化比理想更快。

随着人物的行动，江波抽丝剥茧地将他的世界层层呈现，这个世界并非只有宏观的时空架构令人惊叹，微观上更有无数独特的设计：船如其名的“天龙号”高科技飞船，拥有龙形带状活动船身，被无数流体颗粒飞行器子船云雾般缭绕，有着东方美术的神秘感。名为“沙达克”，以智慧老者形象出现的人工智能，是所有星球和大型飞船的虚拟人格主机，它历史久远，有无数的分身，甚至为敌对双方服务，似乎是人类文明整体理性的象征，不会因个体间的纷争而消亡……这些设计充分显示了为何“太空歌剧”这一科幻叙事类型能够源远流长：这是一个开放性的舞台，能够允许作者高度自由化地将充满想象力的设计融入其中。

但是，“太空歌剧”在中国同样面临着困境。刘慈欣曾明确指出，中国人更喜欢阅读近未来的作品，那些作品中有着和他们生活相关的东西。他按此原则创作的《三体》系列的成功，毫无疑问证明了这一点。当“太空歌剧”常常将故事设定在极其遥远的时间和地点时，它们就和现实切断了联系，成为完全意义上的类型故事、科学构思和艺术设计，而不再成为一种足以变革社会的力量，这并不符合许多今天正在努力将科幻从小众纳入主流文化视野的人们的期待。而对于非科幻迷的大众来说，其中的许多设计又太难理解了。

韩松曾经追问，当中国人进入太空时他们会看到什么？会像西方宇航员一样，感慨上帝造物的伟大吗？不会的，有三个党员的地方，会建立太空党支部，这就是为什么刘慈欣的《三体》中会出现太空军政委。在江波的小说中，亿万年后，人类的科技已征服群星，但他们的社会形态并没有太大变化，作者着力描写的“天垂星”依然是一个资本主义民主政治结构，并由几个大家族控制，尽管这些家族或姓古、或姓苏，而小说的主角姓李，中国人的后裔在亿万年后的太空中似乎已经成为主角，但新的社会机制并未出现。这多少令人失望，正如弗雷德里克·詹姆逊所说，“乌托邦之所以重要，不在于它想象到了什么，而在于它没有想象到什么，那里是我们思想的局限之所在，也是我们可以开拓的真正边疆。”①

“太空歌剧”的叙事方式在西方之所以流行，很大程度上缘于它对西方历史的重述：在大航海时代，西方列国曾像远征群星一般，在遥远的大陆和海岛建立自己文明的分支，并与相异文明遭遇，这些文化基因在大众中可以随时被唤起。在缺乏海外扩张历史，今天却又正在走向世界的当代中国，作家们怎样幻想人类在宇宙中的未来？这甚至是许多西方学者都十分关心的问题。不管怎样，中国的科幻作家在迅速成长，江波的长篇小说才刚刚写完第一部，李约素即将前往更加广阔的世界，在那里，也许我们会找到超出我们期望的东西。

---

① ［美］罗伯特·斯科尔斯，弗雷德里克·詹姆逊，等. 科幻文学的批评与建构［G］. 王逢振，等译. 合肥：安徽文艺出版社，2011.

四、结语

江波的科幻创作，往往表现为类型化的个人历险故事与宏大精细的科技想象世界的融合，与同时期许多在文学叙事手段和社会诉求方面进行革新、向主流文学趋近的“更新代”科幻作家相比，他显得十分独特。但是，正如奥尔迪斯在其科幻史中所写，“科幻”本身作为一个类型文学的名称，在20世纪初期的美国被命名并与主流文学相区分出来时，正是依托了商业化的科技杂志。[①] 江波出于对科技前沿领域的学习和融会，构造出的新的技术设想，并将其投入类型化创作的尝试，可以说是对于科幻文学历史传统的回归，也是紧密围绕科学技术本身形成独特的审美意识，对于科幻核心价值体系的维护，这种价值，在科技对于社会生活影响日益加深的当代中国，有可能会对主流文学产生更具意味的启示。

① ［英］布赖恩·奥尔迪斯，戴维·温格罗夫．亿万年大狂欢：西方科幻小说史［M］．舒伟，等译．合肥：安徽文艺出版社，2011.

三 界

◎ 万象峰年

一、遇见

甲虫爬到一根树枝的尽头，似乎没有路了，它拨开树叶往下望，下面是高高的地面。它吓得转身往回爬，同时在心里面琢磨着“高高的”这个词好像用得不对，地面在下面，不该用“高高的”，应该用“低低的”，这回对了，但不是那个感觉。这时它的脑海里形成了一个印象：对的东西往往感觉不对，感觉对的往往不对。它记住了这个道理，很快它就会忘记“高高的”和“低低的”，甲虫的脑容量只能有选择地记住一些东西，它记住了道理，忘记了证明道理的事例。

处理完前一个信息，它看看能不能把一些记忆抛掉，以便腾出存储的空间为前面的路做准备。它把先前爬过的路在神经网络里联系起来，组成了一个一头上翘的“7”，现在它正从这个“7”的一头爬回中部，所以现在还不能忘掉这个，只能继续往前爬，它讨厌头脑塞得满满的感觉。

甲虫爬到树枝的分岔口，又爬上另一头，现在是个“Y”了，它想找一条路能从这个“Y”过渡到另一个“Y”。这时一个阴影出现在树梢上，起先它以为是另一只甲虫，很快它发觉那东西的速度要比甲虫快得多，似乎也大一些，大东西没有方向感地乱撞，撞得树枝和叶子噼里啪啦地往下掉。没有任何征兆地大东西突然向它冲来，它吓得紧紧抱住树枝，想振动翅膀却张不开。

大东西越来越近了，它能看见对方身上奇怪的闪着金属光泽的花纹。这时甲虫的本能在它的体内醒来，它六腿一伸，背壳一闭，像一块石头坠下去。

它一路往下坠，穿过了树枝的迷宫，压弯了几片树叶，砸坏了一群蚜虫的聚会，过了很久很久，它甚至睡着了，终于掉到了地面。它掉在一堆落叶上面，稳稳当当地，六脚朝天，一动也不敢动。大东西没有追来，说不定它正躲在什么地方观察呢。

另一只甲虫正从树根的山脊上爬来，它目睹了眼前的情景，呆住了，过了好一会儿它发出一声惊叹："没有人会相信我的，一个仙子下到了凡间！"

甲虫们都是一样的，这只甲虫也和先前的那只一样，只有它们能看出彼此间的不同，在后面这只甲虫看来，前面那只甲虫的壳上布满了细小的鳞片，如果走近看，那些鳞片会是五彩的，像阳光透过露珠散射出来的颜色，它的脚上长着细密柔软的绒毛，像微风吹过的草地，伴随着它身上发出的幽香，让这边的它怦然心动。

它知道，那是一只属于"另一面"的甲虫，如果它是树叶的这一面，它就是树叶的另一面，如果它是山的这一面，它就是山的另一面，不不，隔得太远了，如果它是红色的小花，它就是会结出果实的白色的小花。世界是两面的，总会有两种东西发生联系，这是它得出的一个道理。但是，为什么总是它？在这一点上它又困惑了，这和世界是两面的这个道理不符，应该有两个它来区分它和它，但是造物主没有创造出这些。

甲虫的注意力又回到那个从天而降的仙子上来，它仍然躺在那儿一动不动，它出场的方式是那么特别，大气、镇定又优雅，这让它为自己的焦躁感到羞愧，恨不得压到一座大山底下去。现在它开始思考打招呼的方式，如果它鼓动翅膀飞过去突然落到它身上……那肯定很失礼。装作路过对它说："你好吗？"好像有点儿傻。最后它决定还是用常规的方法，走过去和它说话，先说"嗨"，如果对方也说"嗨"，他就介绍自己，如果对方也介绍自己，他就敲打树叶表示高兴，如果对方也敲打树叶，他就说："我们交往吧。"对方也会照着说的，差不离，因为前三次它都照做了，如果这次没有照做，它就会觉得有什么不对劲。谁喜欢不对劲呢？

趁着勇气还在，他决定开始行动，它抖了抖翅膀，仔细把它们收到背壳后面，如果露出来一截会很丢脸的。然后它活动了一下脚关节，挺胸抬头，庄重地迈出第一步。

一座小山呼啸而来，把它压在底下。

黑暗，还有，黑暗，只有黑暗，它拼命挣扎着试图爬起来，但是小山纹丝不动。过了一会儿小山移开了，那个甲虫仙子已经不见了。

它转着圈圈暴跳如雷，挥舞着前足向那个小山抗议："你这个无礼的家伙！怎么可以压在一只甲虫身上！"

小山伸下一个头来，是一只乌龟。乌龟说："是吗？抱歉，我没看见。"

甲虫说："我正要赶一个重要的约会，但是被你毁了！"

"真的很抱歉。"乌龟想了一下，说："你可以来我背上，我送你去那里。"

"那里？算了……它已经走了。"甲虫看着空空的地面叹道。

"哦，那真遗憾。"

"遗憾……没用了，它是个下凡的仙子，我再也遇不到这样好的甲虫了。"

"有遗憾就会有惊喜。"

"有遗憾就会有惊喜？对了，世界是两面的，有冷就会有热，有好就会有坏，有遗憾就会有惊喜。好的，你能给我什么惊喜？"

"我？不是我，我只是一只乌龟。"

"可是我弄丢了它，遇见了你。"

"那我要走了。"乌龟迈开步子。

"我做了一个决定，我要跟着你，直到遇到一个惊喜。"甲虫说完飞到乌龟背上。

乌龟抖了抖壳，甲虫纹丝不动，乌龟不再理会它，耷拉着眼皮慢吞吞地向前走去。

"你要去哪里呢？"甲虫忍不住问。

"走。"乌龟正穿过一片灌木和一条小路，头也不抬地说。

“走是方式，不是目的。”

“走走。”

“什么意思？”

“用走的方式走。”

甲虫不说话了，谁也不能理解一只乌龟的逻辑。

乌龟穿过一片草地，于傍晚时到达了一排篱笆前，它从篱笆的一个开口钻进去，来到一个后花园。

乌龟在一棵樱桃树下趴下，“到了。”它说。

“这就是你行走的目的地？”

“这是我住的地方！”乌龟气愤地说，“你就不能让我的生活简单点儿？”

“好吧，我住楼上。”甲虫指指树上说，“明天你要叫醒我。”

它嗡嗡振动着翅膀飞上树，找了个枝条躺下。从这里可以看见整个花园的情景：乌龟卧在草丛里面，像一块闷闷的石头。花园旁边的房子里住着一个小男孩，他的窗口对着花园，灯光照出来，这会儿他正对着桌子上一个东西发呆，那是一个大大的广口玻璃瓶，里面什么也没有。甲虫感到奇怪，他要装什么到里面？它是怎么也装不满的。

然而甲虫马上睡着了，它不能想太多，今天它已经想了太多的东西，睡觉前它要把一些记忆抛掉：那些琐碎的与生活无关的东西，那些远远高于生活的东西。关于下凡的仙子的记忆它没舍得抛掉，它还怀着一丝希望，宁可再抛掉别的一些东西。

二、小熊跳舞

小男孩趴在桌子上，旁边的收音机放着噼里啪啦的节目，桌子上铺着课本和本子，但是他甩着笔懒得写几个字，反正他不是一个好孩子，反正没有人管他是好还是坏。

收音机安静下来，进入到一个点歌的节目，小男孩无精打采地趴在桌子上，望着前面那个空玻璃瓶发呆。那些歌已经听过好多遍了，他们还老不厌烦地听，就像大人们总是把话说好多遍，还抱怨小孩子听不进去。有个男的每天都要点一首歌给一个女的，好像点到一百遍她就会爱他了。小男孩想，听到一百遍她会恨他的。

愿望许一千遍，上帝也会厌倦的。

笔敲到玻璃瓶上发出“当”的一声，小男孩竖起脑袋来，仿佛还在聆听刚才那个声音。很快他有了主意，他把电话抱来，拨通了点歌的号码。

电话那头传来一个甜美的女声：“你好，这里是‘心曲连线’节目，请问你要送出什么祝福？”

小男孩儿张开嘴，没有出声，电话那边连连询问了好几遍，直到女主持人断定打进电话的人已经不在了，小男孩才把嘴巴凑在玻璃瓶口上“啊”了一声。

女主持人有点措手不及，调整了一下语调，说道：“你好，你已经接通了，请说。”

小男孩对着玻璃瓶口发出嗡嗡的声音：“K星领航员呼叫，请回答，K星领航员呼叫，请回答。”

女主持人惊叫道：“什么？”

小男孩依然发出嗡嗡的声音。

女主持人感觉受到了羞辱似的，气呼呼地说：“请小朋友不要乱玩电话！”她正要把电话挂掉，一个男声接过来：“你好，这里是地球星塔城，请问你需要什么帮助？”

“我想点一首《小熊跳舞》给地球上一个叫唐卡的小孩子，要让全世界听到，这很重要。”

男主持人找了一下，说道：“好的，我们有这首歌，谢谢K星领航员小朋友，下面全世界将听到这首《小熊跳舞》，送给唐卡小朋友。”

收音机里传来《小熊跳舞》的歌声，小男孩儿把收音机放到玻璃瓶子里，《小熊跳舞》随即变成了奇妙的嗡嗡声，像星星上传来的鸣虫的声音。

三、三界

一缕阳光照在甲虫的背上，甲虫醒来了，翻了个跟斗飞到空中，它迎着阳光照耀的地面做了几个高难度动作，准确地落在乌龟背上。

“我的定点降落不错吧？”甲虫走到龟背前缘向下望去，“嗨，你醒了，不是被我吓醒的？”

乌龟缓缓伸出头来说：“事实上，我没有睡觉，我只是打盹，我每次睡一觉起来，十年就过去了，所以我不能常睡。”

甲虫抬起头惊叫道：“哇喔！十年！那是多少？”它看看自己的两只前足，“1，2，”又低头看看自己的脚，“3，4，5，6。”

“不用数了，你数不清楚的。”

“那你有多少岁了？”

“我还真记不得了，或多或少，三百岁，差不多。”

甲虫又发出一声惊叹：“天哪！”它的神经网络里已经远远不能形成三百岁的概念，只能形成一个大大的惊叹号。它低声说：“我只能活八岁。”

“其实，”乌龟有点不忍心说出口，“那是八个月，不到一岁。”

“噢……我太短暂了。”

“给时间以生命，而不是给生命以时间。”

“呃……”甲虫感到它的神经网络一阵繁忙，好像抛进了一团乱麻，它赶紧把这个记忆抛弃抛弃，终于回过神来。

“你是个有生命的古董。”甲虫小心地敲敲脚下的这块圆圆的壳，它这才注意到上面布满了划痕，每一个划痕都提示着一个年代。“这个爪印是恐龙留下的吗？”它问。

“三百年没有那么远。”乌龟说着话又开始启程了。

“你今天还走吗？”

“是的。”

“听着，往树林走，我要回到昨天那里去，我的小仙子，它就是被你在那里弄丢的，你要帮忙找回来。”

“没问题，反正这也是走的一部分。不过，你要保证在天黑前赶回来，如果我在不同的地方打盹，我会不习惯的。”

“好的，你真好，走是一件很有意义的事，我走不了那么长的路，我能记住的东西有限，走过的路就会忘了。”

“记忆是痛苦的根源，能忘记也是好事。”

乌龟和甲虫来到前一天的树林。早晨的露珠缀在草叶、树叶上闪闪发光，像地上的星星和天上的星星。两只动物同时发出感叹——多美好的食物！甲虫飞上树找它爱吃的树叶，乌龟追逐掉下来的美味的果实，过了一会儿它们会合了，继续往树林里面走去。

“我以为甲虫吃露水就可以的。”乌龟咂巴着嘴巴说。

“我以为乌龟可以不吃不喝的。”甲虫表达了相似的观点。

它们来到老地方，小仙子仍然没有出现在这里，甲虫很失望，它又埋怨起乌龟来。

“它是天下最好的一只甲虫了！你毁了我的全部！”

乌龟不以为然地说：“你还不认识它，怎么知道它是最好的？”

甲虫反驳：“你也不认识它，怎么知道它不是最好的？”

它俩你一言我一语地争论，来到了一个小坑旁。小坑像是被砸出来的，因为它的中间躺着一块石头，周围的树叶从里到外被掀得干干净净。石头是银白色的，有着奇怪的金属光泽的花纹。

“喂！”有人喊。

乌龟扭头看看甲虫，“你听到了吗？”

“听到了，在坑底下。”

“喂！帮个忙！”又一声。

甲虫说：“可能是挖坑的掉下去了。”

“是我！这里！”那个声音喊道。

乌龟说：“是那块石头。”

“对！就是我！你猜对了。”石头说，“帮个忙。”

“我们为什么要帮一块石头？”乌龟望望甲虫，甲虫点头表示同意，它们调头离开。

“不！不是我！”石头着急起来，“我不是石头！我在一架飞碟里，我是从外星来的。”

“哦。”乌龟停下来，仔细研究那个东西。

“我没有恶意。”飞碟说。

“你要我们帮你从坑里出来吗？”乌龟问。

“不，我的飞碟坏了，只要我到外面来就能修好，但是——那里有一只细腰蜂，它在等着我出来，好抓我到洞里，把卵产在我身上。”飞碟说得似乎要颤抖起来，“你们能帮我把它赶走吗？拜托了。”

甲虫转着眼珠搜索，很快它在一根树枝上发现了细腰蜂。

“你能解决吗？”乌龟歪头问甲虫。

甲虫犹豫了一下，说：“它比我灵活，我只能暂时把它引开。”

“好，”乌龟叼了根树枝在地上画，“你把它引开，我挡在飞碟的前面，你要让它贴地飞行——在这个角度以内，我才能挡住它的视线。”乌龟转头问飞碟：“你需要多久？”

“7分钟。”

“我的续航时间只有5分钟。”甲虫说。

乌龟做了决定：“我们只给你5分钟。”

“好吧。”飞碟妥协道。

乌龟用前爪把作战地图擦掉，说道：“行动。”

甲虫起飞向细腰蜂发起了挑衅，细腰蜂拿这个铜壳铁甲的东西没办法，只好仗着流线型的身体逃窜开去。甲虫抢占了制高点，把细腰蜂压制到低空。

乌龟向飞碟发出指令：“快！趁现在。”

飞碟的盖打开了，一个穿着盔甲的小外星人从里面钻出来，拿出七八件工具，撬开飞碟的外壳。

细腰蜂甩开甲虫绕回来了，甲虫在后面大喊：“它飞过去了！”

乌龟挪了个位置，随着细腰蜂绕来绕去，乌龟不停地挪着位置，这对慢吞吞的乌龟来说是件很有难度的事，它喘着气催促小外星人道：“老兄你好了没？”飞碟正滋滋冒着火花，像一个热闹的打铁铺子。

细腰蜂一连穿过几个树杈，甲虫的体力渐渐不支，它在最后一个树杈上一头撞上去，打着滚掉到地上，它爬起来上气不接下气地喊道：“警报！警报！它升上去了……”

乌龟也发出警报：“警报！警报！细腰蜂来袭！”

升到高处的细腰蜂发现了小外星人，飞快地俯冲下来。小外星人刚刚把飞碟的外壳补上，赶紧把工具扔到飞碟里，它自己刚刚爬到飞碟的入口，细腰蜂已经到了。细腰蜂像一阵风掠过，把小外星人卷走了，但它显然低估了小外星人的重量，没抓牢，小外星人掉了下来。

等小外星人连滚带爬爬起来，细腰蜂已经折回来了。乌龟当机立断喊道：“趴下！”小外星人扑通趴下，乌龟像一座小山一样压上去。

甲虫精疲力竭地爬回来，正好看到眼前的一幕，它恐惧地捂着嘴巴，颤抖起来。细腰蜂从乌龟上面掠过，盘旋了一圈又一圈，最后悻悻地飞走了。

“警报解除。”乌龟松了口气，挪开沉重的身躯，小外星人趴在地上一动不动，它的头盔上裂了条缝，气体正哧哧往外冒。

“你你、你把它、压死了。”甲虫责怪地说，它的呼吸仍没有恢复平稳。

“不是那样的，”乌龟拨来几片树叶把小外星人盖起来，“它可能只是睡着了，我们走吧。”

飞碟嗡嗡地起动了，它飞过来，伸出一个机械手把小外星人拣进去，过了一会儿，飞碟发出声音：“我差点儿就死了！”

“哦，抱歉。”乌龟说。

甲虫说：“我很同情你，我知道那样的感觉有多可怕，但是比起被细腰蜂当作美餐，这是可以忍受的不是吗？虽然几乎就要相等了。”

飞碟说：“这个世界太危险了！我可没想过要设计防乌龟压的宇航服。不过，你说得对，你们救了我一命，扯平了。本来我可以实现你们的一个愿望的，现在我只能说谢谢了。”

乌龟说：“那就很好，想一个愿望很伤脑筋的，尤其是只能想一个的时候。”

飞碟飞到半空中说：“再见了！朋友们。”

甲虫说：“等等！你是从天上来的？”

“是的。”

乌龟说："你来地球干什么？"

"事实上，我是被流放来的。"

甲虫说："等等，你是什么时候掉到这片树林的？"

"昨天。"

乌龟说："流放？你犯了什么错？"

"我试图寻找造物主。"

甲虫说："那你有没有看见一只像我一样的甲虫？从天而降，然后就不见了。"

"看见了。"

乌龟说："哇，寻找造物主，听起来很酷，它是爬行类吗……"

甲虫封住乌龟的嘴巴，叫道："闭嘴！闭嘴！你没听见吗？它说看见了！"它仰头问飞碟："它是从哪来的？到哪去了？"

飞碟说："它是一只在树林里游荡的甲虫，后来就走了。"

"不会的！怎么会？"甲虫抱头叫起来，"它是一只从天而降的仙子！"

"我真不该告诉你，"飞碟说，"当时我的飞碟失去控制了，它吓得假死了，当时就是这样。"

"不——"甲虫发出一声惨叫，冲天而起，然后一头撞在乌龟的壳上，它扑在壳上瑟瑟发抖。

乌龟对飞碟耸耸背，"生活的真相总是让人伤感。"

飞碟的外壳上变幻出忧伤的花纹，它对甲虫说："我很抱歉。"然后问乌龟："是这样说吗？"

乌龟说："是的，发音相当标准。"

"那么外星朋友，你应该去过很多星星了。"乌龟这时可以随心所欲问自己的问题了，有些问题的答案令人伤心，可知道总比不知道好。

飞碟说："是啊，大多是路过。"

"告诉我，世界有多大？"

"你是说所有的世界吗？那是无限的。"

"那么我能走出这个城市吗？"

飞碟没有说话，它久久地旋转沉默着。

飞碟说:“你知道三界理论吗？”

“三界？”

“某些星星上的科学家提出，宇宙里的人分为三界：人类界、动物界和外星界。”

“我感觉这个不对，为什么人类独自在一界？动物有那么多种，乌龟呀甲虫呀鱼呀鸟呀，却都归为动物界，外星有外星的动物也有外星的人，它们也都归为一界？”

“这不是一个逻辑问题，这是对现象的总结，科学家们通过观察各个世界的大量现象得出了这个结论，人类是处于最高级的一界，你的问题就与这一界有关。”

“我还是不相信。”乌龟摇头说，人类连任何一颗星星都没有去过。

“星星，只是到达你眼底的光芒。”飞碟说完徐徐地飞走了。

乌龟驮着甲虫往回走，它们一路上不言不语，各自揣着各自的心事。

乌龟想起该安慰甲虫一下，于是说道:“我曾经也有个会假死的女友，它是一只可爱的灰背负鼠。其实装死也不是什么坏事，它能让你躲开眼前的危险，哦……后来它真的死了，因为它躺在马路上装死，被一辆马车辗过。装死不是什么情况下都适合，它那么聪明，怎么就没明白呢？”乌龟说得自己也伤感起来。

“女友？”甲虫有了一点精神，“你是说，女？对了，这就是用来表示另一面的词语？”

“另一面？”

“我和你是同一面，另一只甲虫和腹鼠是另一面。”

“你是说男和女吗？”

“男和女！多好听的词语，这就是世界的真相吗？”

“我一般称之为世界的假象，不过够热闹的，是的，男和女，男男女女男男。”

“形容世界上最近的距离？”

“形容世界上最远的距离。”

又是一阵沉默，这时甲虫已经沉浸到另一番玫瑰色的想象中去了，它知道世界真的是两面的，这不是它的异想天开，因为有两个词语来形容这两面——男和女！词语是神奇的东西，从来不会无缘无故诞生，它们的诞生往往预示着世界的规律。

而乌龟则继续它哲学般的思考，它们各自延续着这样的状态直到入夜。

睡觉前，甲虫问乌龟：“我要抛掉一部分关于那只甲虫的记忆，告诉我，一个下凡的仙子和一个假死的甲虫，我应该忘记哪个？”

“忘掉不切实际的幻想。”乌龟说。

“我忘不了。”甲虫想了一下，最后还是决定忘掉生活的真相，只留下水晶般的初遇的感觉。

“好吧。”乌龟说，“该说晚安了，今晚的星空真美。还有，今天，合作愉快。晚安。”

“晚安。”甲虫说完飞上枝头。

小男孩在睡觉前把窗户打开，把玻璃瓶子放在窗台上，这样过一晚上它就能装满星光。“晚安，唐卡。”他对自己说。星星透过玻璃瓶弯曲成奇幻的光芒，宛如小男孩的梦境。

这天夜里，甲虫梦到自己飞过一棵灿烂开放的樱花树，这棵樱花树一直生长到天上，树上是一个由甲虫仙子组成的王国，其中有它遇见的那一只。而乌龟则在半梦半醒中看到自己生出了一双甲虫那样的翅膀，带着它飞越群星。

四、寻找

“今天我要飞过北边的湖，你可以跟着或不跟着我。”乌龟对一个跟斗翻到它背上的甲虫说。

“飞过？”

“啊，不，游过。”乌龟还没有完全从梦境中回过神来。

甲虫整理了一下翅膀，仔细收好，说道：“我当然跟着，我还没有遇到一个惊喜，湖那边有一棵樱花树吗？”

“我不知道，我没有去过那里。”

“那你为什么去？”

“为了寻找城市的出口。”

“什么？你朝任何方向走都可以出去，为什么要游过那个大湖？”

“你一定没有飞过那么远，否则你应该知道，这个城市是走不出去的。”

“天……天哪。”甲虫惊呆了，“这怎么可能？你听那个小男孩的收音机，每天都在播放世界各地的新闻，我们的城市只是很小的一个地方。”

“事实就是那样，我用一生的时间走了很多方向，那里的尽头都是浓雾封锁的深渊，那浓雾让人喘不过气来。现在，湖那边是最有可能找到突破的地方。”

“哦，湖那边……快走！快走！”甲虫踢了乌龟一脚。

乌龟像一艘小船慢慢驶离了湖岸，拖着一道小小的波纹。甲虫站在乌龟背露出水面的一个小岛上，这个小岛浮浮沉沉，时而变大一些，时而缩小到仅容立足。

甲虫战战兢兢，如履薄冰，湖面已经远离成一条线，它开足马力也飞不回去了。水对它来说是个陌生的怪物，隐藏着神秘莫测的东西。

“小心！小心！水湿到我的脚了！我的命在你手上呢。”每一次晃动甲虫就大喊大叫。它又敲打着乌龟问：“我们会在天黑之前回家的，对吧？在外面过夜你会不习惯的。”

乌龟慢吞吞地划着水，不多说话，它告诉甲虫，游泳要保持呼吸的节奏。乌龟每划一次水就浮沉一下，甲虫的心就跟着咯噔一下，这个咯噔和它看到小仙子时的咯噔很像，感觉却完全不同，前方未知的世界也会让它的心咯噔咯噔地跳，这又是另一种感觉。过了一会儿甲虫累了，它索性伏在乌龟背上晒太阳，再不管什么天翻地覆。

“真想不到，一只每天都要回老地方打盹的乌龟会想要离开这个城市。”甲虫托着下巴悠悠地说，几朵白云在水里面悠悠地游。

“我也想不到，一只会飞的甲虫竟然没有一只慢吞吞的乌龟走得远。”

不知漂了多久，岸已经看不见，像漂在无边无际的大海，乌龟和甲虫就像一个荒岛和一个荒岛上的人。

甲虫忍不住问：“你真的在游吗？”

乌龟说：“怀疑是危险的，如果我也怀疑这一点，我们可能永远也到不了对岸。”

甲虫抬头看看天，那里有一小片乌云从后面飘来，很快就追上了乌龟。

“连乌云都比我们快！你不是在后退吧？”

正说着一只蝗虫掉在甲虫面前，甲虫惊喜地说了声“嗨！”在这荒凉孤独的地方遇到一只昆虫同类是多么让人惊喜呀！它们大眼瞪小眼地望了片刻，又掉下来一只蝗虫，接着是第三只、第四只……

甲虫抗议起来：“嘿！这里可不是免费停车场！”

蝗虫像下雨一样源源不断地掉下来，不一会儿就堆成了一座小山包，“小岛”一点点沉下去，水漫上来。

甲虫从蝗虫堆里拼命伸出头来，摇着上肢呐喊：“你们搞什么名堂？这里是私人领地！”甲虫抬头望望天上，那里还有一群盘旋的“乌云”想要落下来，脚底下冰冷的感觉爬上来，一阵眩晕袭来，它扯开嗓子喊道：“都给我走开！船要沉了！”

蝗虫们瞪着一双双眼睛互相张望，“可是这里是唯一能歇脚的陆地了。”有人说。

甲虫瞪着眼睛说：“你们飞不过去？那还飞过来干什么！没有人教过你们水是很危险的吗？”

“我们飞得过去，可是，后面有三只大鸟在追我们，如果不歇一会儿……”这只蝗虫说得上气不接下气。

“大鸟来了！快跑哇！”有人惊慌地叫起来。

蝗虫们一哄而散，“地面”突然浮起来把甲虫弹了个跟斗，它好不容易站稳，便看见三只燕子从后面飞过来，像三支利剑插进蝗虫群。休息过的蝗虫速度明显快了很多，不一会儿便飞到了蝗虫群的前面，飞得慢的蝗虫纷纷成了燕子的美餐。

天上发生的一幕让甲虫无比震惊，自然界的法则像一个大锤把它狠狠砸了一下。甲虫对乌龟说:“乌龟，乌龟，我们必须制止这场屠杀!”

乌龟头也不抬地说:“这是自然界再自然不过的事。”

“把别人吃掉是再自然不过的事?!”

“当然，包括甲虫，有很多动物是吃甲虫的，乌龟也吃甲虫，只不过现在我吃素了。”

“不!你不能这样麻木!你在树林里面还救了小外星人，为什么现在又变得冷漠无情了?那只乌龟到哪里去了?你醒醒!”甲虫撩起小水珠洒到乌龟头上。

“因为我们什么也做不了!”乌龟终于抬起头怒道,“我能飞吗?你能打败燕子吗?你以为你真的救得了它们?”

“我们可以试试!”

“说不定燕子也愿意试试，尝尝一只不那么美味的甲虫，代价只是三天的腹痛和一个月的腹胀，这还算可以接受。”

“如果你也怀疑这一点，我们永远都做不了。”

“好吧，你要我做什么?”

“我要拦截燕子，但是那超出了我的作战半径，我起飞后你必须全速前进提供平台支援，我才能返航。”

“我尽力。”乌龟说。

“我出发了!”甲虫飞向天空，在它的航线所指的方向上，三只燕子正在一团惊慌飞散的乌云中穿梭，那团乌云已经越来越稀薄了。

乌龟叹了一口气，说道:“傻小子，祝你好运。”

没多久甲虫就追上了蝗虫群，蝗虫们正在扑棱扑棱往前飞，蝗群中一片叽叽喳喳的唉声叹气。

“唉，咱蝗虫就是这贱命。”

“生命多么短暂，我才刚开始悟到点儿什么。”

“现在想起来，蓖麻叶还是挺好吃的。”

“如果俺能活着逃过去，俺一定要多生娃。”

甲虫追上去说:“朋友们!听我说，各自逃命不是办法，大家一起对付燕子！”

蝗虫们无动于衷，自顾自地飞，甲虫急了：“我说，朋友们，团结起来！”

一只蝗虫说：“这是命。”

甲虫说：“命？不，没有命，命是自己创造的，你们被吃因为你们甘于被吃。”

“它们吃不完的。”另一只蝗虫说。

甲虫吃惊地说：“这是蝗虫的尊严！”

“尊严？哈哈！”那只蝗虫笑起来，“等我们飞……”它还没说完就被一只燕子叼去了。

“飞到新的家园，产下卵，”另一只蝗虫接着说，“当5亿只蝗虫遮蔽天空的时候，世界就会知道什么叫尊严。”

“5亿！”

“5亿！”

蝗群唱起来。

“去交配！”

“去产卵！”

“5亿！”

“5亿！”

歌声汇合成一首雄壮的进行曲，冲击着甲虫的神经网络，每一阵大潮袭来它的意识就丧失一点，最后它飘飘忽忽地沉了下去。

残留的一点意识勉强把超长的数据清除完毕，甲虫又重新爬升上来。

“我说……”

“5亿！”

甲虫又栽了下去，这次它的意识采取了强力手段，把更长一段记忆咔嚓剪掉了。

甲虫精神满满地再次飞上来，“你们准备好了吗？”它问道。

“准备好了！”蝗群用雄壮的声音回答。

“跟着我，出发！”甲虫说完转头向燕子飞去。

甲虫在极短的时间内完成了一个锐角转弯和满负荷加速，仿佛自然定律在它身上失去了作用，连它也不敢相信自己的超常发挥。它像一个墨滴直射向燕阵的头燕，在蝗群杂乱的背景下，连燕子最锐利的眼睛也没有把它分辨出来。

“墨滴”如一道闪电撞在头燕的脖子上，突然的冲力几乎使这只燕子折了脖子，但是燕子及时调整姿态缓冲了能量，姿态的改变使它在空中翻滚起来。

“墨滴”的速度只有很小的损失，它在极短的时间内加速至原先的速度。紧接着处于同一直线上的第二只燕子受到了攻击，它还没有来得及反应，撞击的位置仍然是精确的颈部。这只燕子同样做出了应急姿态调整，并且用0.05秒的时间发出了一声短警报。

这时第三只燕子已经察觉到危险的存在，它稍微降底了飞行高度，“墨滴”从它的脖子上方擦过，锉掉了几缕绒毛。

头燕飞上来发出警告：“有弹弓！分散躲避！”

三只燕子散开去，很快又聚拢，因为下面是水面，不可能有弹弓。这时它们发现了甲虫，甲虫正鼓着翅怒目相向。

“这是什么？”二燕问。

“一只恶心的甲虫。”头燕厌恶地说道。

甲虫发出正义的吼声：“燕子听着！命你们立刻停止屠杀，调头返航！”

“就是这丑东西攻击我们的？”二燕打量着这个东西，“它看上去就像个煤球。”

“我数三下，我的蝗虫大军就会杀到！”甲虫指向身后，它看到身后一片空空如也，蝗群还在既定的航向上往前奔逃。“怎、怎么会这样？”它难以置信地叫起来。

“环境污染太严重了，连甲虫都疯了。”头燕摇头说。

“我们要让它走吗？”二燕问。

“把它吃掉！”三燕终于喳喳地插上嘴。

“太恶心了！”二燕打了个哆嗦。

“你们还吃得下吗？”头燕问。

“我吃了 36 只，撑死了！”二燕赶紧说。

“我，我吃了 52 只，已经塞到嗓子眼了！”肥胖的三燕打了个饱嗝。

“我吃了 40 多只，我也不打算吃。”头燕说。

甲虫把翅膀振得嗡嗡作响，怒骂道：“你们三个蠢东西！欺软怕硬！”

头燕浑身震了一下，对二燕说：“老二，你吃得最少，你来吃。”

“我才不吃这么个脏东西！谁知道它能不能吃。”二燕委屈地说。

“脏东西！”甲虫受侮辱似地叫起来，“你知道有很多动物都吃甲虫的吗？乌龟也吃甲虫！”

二燕说：“老大你看，这个甲虫不太正常，吃下去会害命的。”头燕点了点头。

“胡说！”甲虫义正词严地反驳道，它现在要站出来争取自己的权利——值得被吃的权利，只有争取到值得被吃的权利，争取生存的权利才有意义。它说：“最多只是三天的腹痛和一个月的腹胀，这个代价是可以接受的。”

头燕惊讶地打量了甲虫一眼，对同伴说：“这东西的体内可能含有很高的重金属，我们走吧。”

燕子回去了，甲虫冲着它们的背影喊道：“喂——喂——喂——”

喊到第三声的时候它的翅膀发出怠速运转的声音，身子往下一沉，它这才想起身体的能量用完了，赶紧拼命往回飞。可是在茫茫的湖面上哪里看见乌龟的踪影？

乌龟拼命游了几公里，连甲虫的影子都没见着，它张大嘴巴，只剩下喘气的劲儿了。终于，乌龟看见燕子返航了，它欢呼起来，然后天际出现了甲虫的影子，一个小黑点飘飘摇摇越飞越低，这距离看着就让人绝望。

乌龟积攒起最后一点力气向小黑点划去，这似乎是一个不可能完成的任务，如果这时打来一个浪，它肯定会沉下去的。甲虫先前的热血已经冷却，没有了超越极限的神奇力量，现在它只能凭着求生的本能往回赶，如果这时吹来一阵风，它一定随风而逝了。

还好湖面上风平浪静，快要坠毁的甲虫和快要沉没的乌龟终于会合了，甲虫摇摇晃晃地“咣当”一声落在乌龟背上，再也动弹不得。

“甲虫返航……”甲虫无力地报告。

“乌龟也要返航了……”乌龟吐出一句话，它去不了对岸了。

乌龟一喘过气来便对甲虫说：“你做到了！真不敢相信！”

甲虫病恹恹地耷在乌龟背上说：“不，我什么也没做。”

“你做到了，燕子返航了！你没有意识到你有多伟大，从来没有昆虫能打败燕子！”乌龟兴奋地说着，“你是对的，我这把老骨头都不敢相信奇迹了，我真感到羞愧。”

“不，乌龟，别说这个了，我想休息一会儿。”

“怎么？你好像不大高兴？”

“我只是很累了……”

乌龟不说话了，它也很累了，它拖着灌了铅般的四肢往回划，比起一瞬间的奇迹来，回家的路要漫长得多。夕阳渐渐落下去，一大一小两个小岛在湖面上拖出一道长长的金色的波痕。

它们在天黑的时候才回到花园，乌龟经过客厅门口的时候站住了，伸长脖子呆呆地看着。

“怎么了？”甲虫问。

“难以置信，竟然存在一个乌龟的世界。”

甲虫顺着乌龟望的方向望去，客厅角落的电视机里播放着四只绿色的乌龟，它们拿着刀叉棍棒四样武器在城市的高楼间跳跃。

“哇，酷！”乌龟不禁赞叹。

这时小男孩拿着遥控器按了一下，画面变成了一群人类。

“走吧，那不是真的。”甲虫催促。

乌龟不甘心地又看了看，失望地走了。

五、生活

乌龟和甲虫连续休息了三天才恢复过来，不过它们倒是想这样一直躺下去。

“我从来没有游过这么快。”乌龟感叹，“80 年前湖水被染红的时候，我从湖东一口气游到湖西，也没有游过这么不要命的。”

甲虫趴在乌龟旁边的一丛小草丛里，它说：“我也从来没有飞过这么快，这么远，我还以为我要死了。”甲虫还想说，这本来可以成为一场经典战役的，但是它没有说出口。

乌龟说：“我把这辈子最不可思议的事情都做完了，以后我再不会做什么疯狂的事了。”

“这辈子……”甲虫念道，“乌龟，你有孩子吗？”它突然问。

“幸运的话，应该有过几个，真不可思议，我曾经也年轻过，不过我现在都认不出我的孩子了。”

“我的一生只剩下两个月了……我是不是该为繁殖做打算了呢？”

“是的！”乌龟斩钉截铁地说，“你整天跟着我闲逛，瞎打瞎闹，这不是一个好办法，甲虫的寿命和乌龟不一样，你不能过我们的生活方式。”

“生活的意义也不同吗？”

乌龟愣住了，它不知道怎么回答这个问题，它甚至不知道生活的意义是什么。它缓慢地嚼着几根草，然后说道：“你怎么会思考这个问题？”

“自从我跟你去寻找城市的尽头，我就觉得有什么东西不同了。我遇到了那群蝗虫，它们轻易就能飞过大湖，但是它们只能用生命的每一分每一秒去产更多的卵，繁殖更多的蝗虫，它们没有个体的生活，它们是作为一个整体存在的。不同的动物，它们的生命形式决定了它们生活的意义。”

乌龟好像想到了什么，它进入了冥思，甲虫叫了几声乌龟也没有答应。

过了一会儿，乌龟睁开眼来，仿佛从另一个世界回来了，它自语道：“我想我知道了，这个世界上所有生活的意义。”

“是什么？”甲虫急促地问。

“算了，也没什么。”乌龟扭过头去，仿佛这是一个不祥的消息。

“告诉我！”甲虫恳求道，“过了两个月我就再也没有机会知道了！”

乌龟被这句话扎了一下，它说：“那么，我先问你，那个下凡的仙子，在你心中还是原来那样完美吗？”

“我已经忘记一些了，但是……几乎还是像原来那样。”

乌龟沉思了一会儿，说道：“我可以告诉你那个答案，但是你必须答应我，听过以后把那段记忆删除。”

“为什么？”

“记住它不是一件愉快的事情，总之，你答应我我才说。”

“好吧，我答应你。”

“这就是生活的意义。”

“什么？你没说！”甲虫气呼呼地嚷起来。

“我说了，然后你把那段记忆删掉了。”

“没有！我什么都不知道！”

“因为你删掉了嘛。”

“我才不会那么老实！”

“哦，你现在才说，可是你当时就是老实地删掉了，我是一只老实的乌龟，相信我。”

“好吧，也许我真的，曾经，知道过……”甲虫沮丧地埋下头。

“你知道过，当时你没有高兴，现在你也不必沮丧。”乌龟安慰道。

大自然给了蝗虫远航的能力，却没有给它们独立的意识；给了甲虫飞翔的翅膀和敏锐的感觉，却没有给它们充足的体力和足够的时间；给了乌龟漫长的时间，却只让它们缓慢地爬行。如果这个世界真的有一个创造者，这个创造者的初衷一定是不完美，每一个生灵都被不完美的设计小心地限制着，让它们永远接触不到那个最后的真相，生活的意义就是没有意义。如果忘掉就如同从不知道，那么请原谅我没有告诉你，我不想打扰那只会做梦的甲虫。

六、仙子

乌龟恢复了正常的生活，不再想去湖那边的事，它每天做的事只是觅食和散步，偶尔发发呆。甲虫故意有几天没有缠着它，而是悄悄地跟在后面。如果乌龟是因为怕甲虫拖累了它而没有行动，它就会趁这个机会行动的，但是它没有。

甲虫在一个早晨拦住乌龟问道："你真的把去湖那边的事忘得干干净净了吗？"这时早晨的太阳正好从乌龟的脑袋后面升起来，让它看起来像一个先知。

乌龟说："在很长一段时间里我都不会考虑这件事了。"它头上的光辉黯淡下来。

甲虫沮丧地说："那么我这辈子都不会知道答案了是吗？"

"是的，那么，你可以回到你的生活了吗？"乌龟不情愿说出这番话，它自己的心里也一阵酸楚。

"是的……"甲虫低头望着脚尖，它此刻反而觉得平静了，它突然又抬头叫道："乌龟！"

"嗯？"

"答应我，就算我不在了，你也要找到答案。"

乌龟呆呆地愣了一会儿，轻轻说道："好吧。"

"说话算数。"

"我是一只老实的乌龟。"乌龟坏笑了一下。

甲虫回到了树林，它试着在那里遇见另一只甲虫，用乌龟的说法是女甲虫，但是它总觉得有点别扭。事实上，它的确遇见了几只甲虫，但是它们都和仙子不同，它发现，其他甲虫的气味已经不能让他产生心动的感觉了。

甲虫每天晚上都会回花园的樱桃树上睡觉，这也成了它的习惯。

一天傍晚，甲虫落在樱桃树的一根枝条上，枝条带着它上下摆动，甲虫闻着风带来的草地的味道、几十种树木的味道，和这其中隐藏着的各种昆虫的味道。有一个味道突然刺入它的神经，让它的大脑一阵空白，那是记忆河流最上游的石子，那是梦最初的形状，那是所有快乐和痛苦的发源地，甲虫激动得差点从树枝上掉下来。

那是小仙子的气味！

它可以断定小仙子就在附近，它在树枝上不安地来回爬动，同时用眼睛扫视着下面。

忽然它定住了，它透过窗户看见小男孩的桌子上放着那个大玻璃瓶，玻璃瓶里装着一只甲虫，它一眼就认出那是小仙子。无疑。

甲虫既兴奋又害怕，这是一个好机会，如果它救出小仙子，它就有了其他甲虫所不具备的竞争力，但如果它救不出小仙子……它不敢想象下去。

甲虫紧张不安地等待着时机。如果这时乌龟回来了，它可以问问乌龟有什么办法，但现在它只能自己想办法。玻璃瓶被一本本子盖住，小仙子躺在里面一动不动，甲虫知道它只是装死迷惑敌人。小男孩在瓶子里放了树叶和一块木头，假装对它很好心的样子，他其实在等着仙子醒过来变成一件活的玩具。但是仙子显得格外有耐心，小男孩坐不住了，把玻璃瓶使劲摇晃，小仙子在里面撞得叮当响，还是一动不动。甲虫一阵心痛，恨不得马上冲过去。小男孩到后面去找什么东西，现在正是好机会，甲虫从枝头上冲出去，加速，加速，只要掀开盖瓶子的本子，仙子就可以飞出来。

“当”的一声，甲虫的头脑瞬间空白，它撞在了窗玻璃上，还没有落到地上，它立刻又飞起来，围着窗子寻找入口。

小男孩已经回来了，他找来一根棍子拨动仙子，仙子还是一动不动，小男孩又怒气冲冲地拿起瓶子摇晃。甲虫拼命扳动窗户边缘，但是那里纹丝不动。小男孩失去了耐心，把仙子倒在桌子上，发狂地拍着桌子。

甲虫着急地喊道：“不！不！不！别装死！快醒过来！”

难道它不明白吗？装死不是什么时候都适合的。

小男孩受够了仙子的把戏，他狠狠地把仙子捏起来，扯掉了一条腿，这时仙子拼命地挥舞起剩下的五条腿来。已经没有用了，小男孩继续扯着它剩下的几条腿。

“不！不！不！”甲虫发狂叫起来，一下下撞着窗户，它不敢相信世界上竟然有这么残忍的事。最后它拉开距离，用尽全身的力气迎头撞上去，巨大的撞击力超出了它的承受范围，它飞速弹回来，掉到草地上失去了知觉。

玻璃窗发出一声巨响，把小男孩吓了一跳，他打开窗户查看，仙子趁这个机会用剩下的三条腿往桌子边缘爬，就在它快爬出桌子的时候，小男孩把它抓了回去。

小男孩扯完仙子的腿，把它放在桌子上端详，现在装死的甲虫彻底不会动了，小男孩以一个胜利者的姿态笑起来，随手把没了腿的甲虫扔出窗外。

没腿的甲虫掉在昏迷的甲虫旁边，它疑惑地看了旁边的甲虫一眼，说了三句话：

“你是谁？”

“救我。”

“记住，千万别装死。”

仙子说完就一命呜呼了。

七、老城区

甲虫醒来看见身边有一堆树叶，它惨叫起来：“不！不要把我关起来！”然后它看见了草地、樱桃树和乌龟的圆脑袋，它松了一口气，庆幸道：“还好，自由真好。”

乌龟说：“又做噩梦了？你昏迷了很多天，吃东西吧。”

甲虫吃光了树叶，它抱着乌龟的脖子吻了一下，说道：“谢谢，你还知道我最喜欢吃的树叶。”

乌龟无可奈何地说：“因为乌龟经常要在这种树下捕食甲虫，这是基本的生存技能。”

“你总要破坏生活的美感吗？”

“我说的是事实。”

“事实会伤害美好的东西。”

“事实也可以让你免受伤害。”

“不，”甲虫滑到乌龟的颈窝里，乌龟冷得缩了缩脖子。“它让我冰冷无助。”

乌龟知道了小仙子的事，这和它猜想的差不多，它不知道怎么安慰甲虫，也许这一次彻底的绝望让甲虫再也不会绝望了。

“我发现你们的时候，你正昏迷着，我看见仙子头戴着光环升上了天堂。”乌龟努力描述着当时的情景，“它深情地望着你，然后化作七彩的光芒，把草上的露珠都照亮了。”

“傍晚没有露珠。”

“下雨了。”

“谢谢你……”甲虫转身躲进一丛草丛。

乌龟叹了一口气走开了。

甲虫每天蜷在草丛里不说话不动弹，乌龟每天把树叶送来，这几天的雨水好像多了一些。有一次它们看见小男孩一个人在花园里哭泣，在甲虫看来他像一个魔鬼，即使哭泣也不能改变这一点，甲虫气得咬牙切齿，又害怕得发抖。

天晴了，乌龟决定带甲虫去兜兜风散散心，它载着甲虫爬进了一片老城区。甲虫像一个忧郁的疗养病人总不说话，乌龟像一个土生土长的马车夫滔滔不绝。

“你知道吗？七十年前整个城市都是这样的，现在只留下这片地方了。我看着这个城市从泥土到钢筋水泥的过程，最喜欢的还是这些砖石的时代。”

长着青苔的方砖在脚下沿着街道弯弯曲曲延伸，道路中间电车的轨道还留在上面。人行道的台阶都高过乌龟的头，不过乌龟还是能爬上去。路两旁种着梧桐树，落下的叶子先给地上铺上一层花纹，阳光再在上面铺上另一层花纹。几个庭院铁栅门紧锁，植物茂盛，每一间屋上都有几只奇异的白色小兽在屋檐上探出头来。在这里，外面那些暴躁的大家伙驶不进来，所以很安静。

“每个地方时间流逝的速度是不一样的，这个地方流逝得特别慢，你会有这种感觉。四十年前，城市开始了改造，我们组成了一个乌龟共济会，聚集在这个城区，我们认为乌龟会让时间的流逝变慢，虽然我们拯救不了整个城市，但可以集中力量拯救一个城区。事实上乌龟不会让时间变慢，但这个城区竟然奇迹般地得救了，不知道什么原因，总之它得救了，推进的掘土机变得越来越慢，最后停下来回去了，施工队绕过了这个地方，这里留了下来，时间停止了。”

乌龟和甲虫穿过一个有喷水池的花园，中途它们停下来玩了一会儿水，然后它们走过几幢被火烧过的楼房。经过一幢旧楼房的时候，它们听见了奇怪的声音，那是一连串变化的声调，忽高忽低，飘忽不定。

“据说这一带有很多冤魂被封印在地下，引诱别人去救它们，然后你就成了它们的一员。”乌龟想讲一个故事吓唬吓唬甲虫。

这时它们听懂了那声音中的一段：“救救我！”

乌龟咯噔一惊，甲虫“哇”地抱在乌龟脖子上。

乌龟说：“别紧张，我们再听听。”

声音再一次循环，行进到某一段时，“救救我”的喊声又出现了。

“找找。”乌龟说。

它们绕着楼房找，走到了一个地下室的入口，里面黑洞洞的，声音就是从下面传来的。

“地、地下！”甲虫索索发抖地喊。

乌龟说：“故事不会成真的，我们应该下去看看。”

“别！你没听说过好奇心害死猫吗？”

“可我们是乌龟和甲虫。”乌龟说完探头下去叫了两声，没听见回答，它开始一级一级往下爬，进入阳光和黑暗的分界线后，一阵寒意袭来，两人都打了一个激灵。

“注意！进入另一面了！”甲虫尖声提醒道。

台阶上横着几截烧焦的木头，乌龟翻过木头的时候脚下一松，随着几截木头一起滑了下去，它们一路尖叫着滚到底下。

最初，宇宙是在一声尖叫中诞生的，在一眨眼的时间里，它迅速膨胀成一个小小的黑暗空间，然后有了一道光，整个宇宙分割成明暗的两面，但是黑暗占着绝对的主导。这个小宇宙中的生命睁开满怀畏惧的眼睛，开始观察这个世界。

唯一进入眼睛的景象是阳光从气窗透进来，在地上形成的一个长方形的光斑，其余都是黑暗。甲虫说：“要有光。”但是没有光。它大声喊道：“乌龟！你还听得见我的声音吗？”

乌龟在黑暗中答道：“当然，光线不影响听觉。”

甲虫顺着声音爬到乌龟背上，觉得踏实了许多。它说：“这间房间忘了装窗户。”

乌龟说：“这里是地下室，在它被改造成一楼之前是不会有窗户的。”

然后，这个宇宙中的生命开始互相探知对方的存在。

“有人吗？”乌龟和甲虫一齐喊。

“来人了！来人了！啊哈哈！”一个声音响亮地叫起来。

乌龟和甲虫吓了一跳，声音是地上的那块光斑发出来的，走近去，它们看清楚了，是地上的一个飞碟。

飞碟激动地诉说：“我用二十七种语言发出求救，终于有人来了！”

“怎么又是它？”甲虫说。

乌龟说：“可能它来自一个倒霉的星球。”

飞碟如见亲人地叫起来：“是你们！好心二人组，你们是我的救星！”

乌龟说：“你的飞碟又坏了？”

飞碟说：“不，它很好，我被绑架了。”

“那些鬼魂干的！”甲虫吓得退了两步。

乌龟说：“不，没有鬼魂，我看它好好的，什么事也没有。”

“好好的？”飞碟没好气地说，“如果我能动一下，我就不会在这里待一秒钟！”

经它一提醒，乌龟和甲虫才注意到，飞碟的身上压着一只毛茸茸的爪子，爪子的毛在阳光下闪闪发亮，所以很难分辨出来。顺着爪子往上看，爪子的主人隐藏在黑暗里。

“你是谁？”乌龟问道。

“喵！”黑暗中的动物威武地吼了一声，抖了抖毛，弓下半个身子来，这时它的上半身刚好处在明暗分界线上，呈现出强烈的立体感，它的胡须根根晶莹剔透，眼睛凌厉逼人。

“是只猫，麻烦了。”乌龟说。

“你们想找麻烦？”猫发出霹雳般的声音。

“不不不，”乌龟连忙摇头说，“我们只是路过。”它扭头小声叮嘱甲虫：“记住，我们只是路过。”

甲虫说："不，我们……"这时它想起了燕子的事，只好说道："好吧……"

猫高傲地舔了舔嘴巴说："你们侵犯了我的领地，打扰了我的兴致。"它说着用爪子拨弄飞碟，飞碟想飞走，立刻被它一爪子扑在地上。

乌龟说："你看见了，我们是掉下来的，我们恨不得马上走开。看来你找到了一个不错的玩具，我们不打扰你了，祝你玩得愉快。"

飞碟绝望地叫起来："不！你们不能这样绝情！"

乌龟毫不为所动地转身走了。

飞碟在背后愤怒地喊道："你们这两个冷血动物！铁石心肠！硬壳二人组！"

乌龟停了下来，甲虫气得喳喳叫："听见了吗？它叫我们硬壳二人组！"它手舞足蹈地回敬道："你这个霉球星人！"

"硬壳二人组！"

"霉球星人！！"

"硬壳二人组！！！"

"霉球星人！！！！"甲虫最后一声如小鞭炮在地下室里炸响。

乌龟说："好了，走吧。"它们继续往外走。

"猫是最优秀的辩手，"乌龟对甲虫说，"要说服它们的唯一方法只有辩赢它们。它们是高傲的动物，越难于得到的东西越不会放弃，你不能让它觉得那样东西很受重视。现在差不多了，我要和它辩论了。"

乌龟准备爬上台阶的时候转身说："猫，顺便给你一个忠告，玩玩就可以了，最好不要吃那个东西。"

"喵——"的一声划过黑暗，猫无声落在乌龟前面的台阶上，它放下嘴里的飞碟摁在脚下，厉声说："你敢命令我？"

乌龟平静地说："不是命令，是忠告。"

"你有什么资格？"

"时间赋予我的经验，乱吃东西是不会有好结果的。"

猫用犀利的眼睛盯着乌龟。乌龟知道，猫拥有一项鲜为人知的特异功能，它们是天生的测谎仪，没有谎话可以瞒得住猫的感官。

猫的脸上露出悉知一切的表情，它冷冷地说："年龄往往是欺骗的本钱。"

乌龟暗暗一惊，但它没有慌乱，而是镇定地说："我没有研究过乱吃东西和寿命的关系，我可以告诉你的事实是，我见过的十六只乱吃东西的猫都死了。"

"谎话！"

"这件事我没有撒谎。"

"唔。"猫忽然饶有兴致地踱起步来，"你说这件事你没有撒谎，你没有说你从不撒谎。"

"没有人能从不撒谎，我只能说这件事我没有撒谎，这样说更接近事实。"

猫不动声色地审视着乌龟，乌龟还以坦然的目光。猫突然脸色一变，亮出利爪"啪"地按在乌龟面前，恶狠狠地说："你知道吗？我可以轻而易举在你的背上抓出一排爪印！"

乌龟平静地说："我会把那当作岁月的恩赐。"

猫看着乌龟良久，终于说道："好吧，我玩腻了。"它把飞碟踢到一边，纵身跃入黑暗中。

得救的飞碟追着乌龟和甲虫喋喋不休："太棒了！你们是真正的谈判高手！"乌龟和甲虫向前走不理它。飞碟说："我收回以前的话，你们不是硬壳子，你们有柔软的心……喂，我道歉还不行吗？我是很真诚的，我可以用二十七种语言说抱歉……"

乌龟说："抱歉，我们不需要。"

飞碟想到了什么，说道："嗨！你们有什么愿望？我可以实现你们的一个愿望！"

乌龟说："我们不需要。"

甲虫有点动心了，它小声说："也许我们可以试试……"

乌龟说："好，那你试试。"

甲虫对飞碟说："你能让小仙子回来吗？"

飞碟说："好主意！小仙子在哪？"

甲虫说："它死了。"

飞碟说："啊欧，真是个伤心的消息，人死不能复生，这个我做不到。"

乌龟说："你能带我们飞过大湖吗？"

飞碟说："我的飞碟带不了这么重的东西。"

乌龟朝甲虫嗤鼻一笑，"它能实现的愿望就是没有愿望，你还指望一只连猫都对付不了的碟子来实现什么愿望？"

飞碟急忙说："不，不，不是那样的，只要是我能做的我就能够做到，你们再试试。"

甲虫犹豫了一下，咬牙说道："仙子是被一个小男孩扯掉了腿死掉的，你能把那个小男孩的手脚扯掉吗？"

乌龟倒吸了一口凉气，连说出这话的甲虫也惊呆了，这话听起来那么刺耳，好像世界上任何事都没有这件事听起来荒唐。杀死一只甲虫，杀死一只乌龟，杀死一个外星人，这些话听起来都没有杀死一个小男孩惊悚和震撼。

这种奇怪的感觉让它们陷入无语中。

飞碟终于还是说道："这个任务可以被执行，我的飞碟上有激光武器，我可以用切割的办法。"

甲虫恨恨地说："好，就这么办。"这时它感觉自己也像一个魔鬼。

飞碟问："你确定要这么做吗？一旦确认任务就将被执行。"

甲虫沉默了好一会儿，答道："是的。"

"好的。"飞碟嗡嗡飞起来，开始加速旋转起来。

"等等……"甲虫说，"我决定还是不要这么做了。"它低下头叹了口气，"这毕竟不是我们的世界。"

"你说什么？"飞碟吃惊地问。

"对不起，我决定还是不要这么做了，任务还能取消吗？"

"不是这句。"

"没了。"

"你说了。"

"我忘了。"

"好吧，你是个天才，可惜你的生命太短了。"飞碟绕着乌龟和甲虫转了两圈，“那么，你们没有别的愿望了吗？”

“你知道这个城市的出口吗？”乌龟突然问。

“这样的问题你曾经问过，答案是没有出口。”飞碟说。

“你考察过？”

“没有，因为正如你所说，这个城市是走不出去的。”

“没有考察过你就不能下结论，我要你把这个城市的边缘检测一遍，然后告诉我结果，这个你能做到吧？”

“能做到，不过结论不会有改变的。”

“我愿意试试。”乌龟说着看了甲虫一眼。

“好吧，我完成检测后会告诉你结果，明天这个时候。”

“我们在树林等你。”

飞碟颤抖了一下，“我不愿意到那里，那里有可怕的记忆。”

乌龟说：“好吧，我们在树林北边一个后花园的樱桃树下等你。”

飞碟答应了。

乌龟说：“我还是不太相信你能做到，不过这总归没有坏处，如果你可以实现别人的愿望，为什么却救不出自己？”

飞碟说：“有些设备需要愿望才能启动。”

甲虫兴奋地说：“是用愿望驱动的吗？就像流星那样？”

飞碟说：“你可以这么理解，专业地说，我没有启动这些设备的权限，因为我是一个流放者，其他任何人都有比我更高的权限操纵这架飞碟。”

“我明白了，”甲虫说，“就像爱神的口水永远吐不到自己身上。”

乌龟说：“听起来很可怜的样子。”

“是啊。”飞碟哭丧地说。

八、月光草原

飞碟飞走了，乌龟和甲虫继续走在老城区，一路上再也没有鬼魂的声音。

“你怎么知道对付大猫的？”甲虫问。

“哦，那个，”乌龟说，“当你背上的爪印足够多的时候，你自然就知道了。”

“你撒谎了吗？”

“没有，猫是天生的测谎仪，没有人能在猫面前撒谎。”

甲虫好奇地追问：“真的吗？那十六只猫都死了？”

“当然，猫活不了三百岁。”

甲虫恍然大悟，称赞道：“你真是个天才！”

“这句话似曾相识，你转手送人了。”

“想不到，你是一只锐利的乌龟！”

“怎么？乌龟不能是锐利的吗？”

“我觉得乌龟都是钝钝的。”

“你的意思是说我与众不同？”

“是的，你与众不同。”

“再说一遍，我爱听这个。”

“你是一只与众不同的锐利的乌龟！”

“哦喝！”乌龟高喊一声，“抓稳了，我要暴走了！”

“什么？等等！喔——喔——”甲虫在乌龟背上像一个疯狂的牛仔抛来甩去，“我还从来没听说过乌龟也能……太疯狂了！在天上可没有这种感觉！”

它们像一辆狂奔的越野车，掀起街上的落叶，压倒花坛里的月季，从一只惊慌失措的蚂蚁上面掠过。乌龟来了一个甩尾急停，在一辆锈迹斑斑的吉普车旁停下，这辆吉普车躺在一面老墙旁边，已经被绿藤爬满和老墙连为了一体。它们惊讶地打量吉普车的残躯，就像打量一只史前的巨兽，那些曾经充满爆发力的钢铁骨架如今也尘封在时间的绿色轻纱下了。

乌龟不由得想到自己若干年后的样子，它使劲甩甩脑袋，甩掉头脑中的想象。它忽然害怕停顿下来，仿佛一停下来生命就会停息，然后生根发芽，长成大树。它把脚趾扣进泥土，重新积蓄力量。

乌龟压低身子对甲虫说：“准备好了吗？我要超车了。”

“准备好……喔！”甲虫抛向空中，向前奔去。

乌龟把吉普车甩在后面，跑进了一条下水沟，“隧道”在眼前飞快地向后掠去，甲虫紧张得喘不过气来。眼前突然变亮了，乌龟冲出下水沟，冲进一条石板铺的小巷，石板路被时光打磨得蹭亮，两旁是紧闭的门户。乌龟一跃而起，扑倒了一个垃圾桶，垃圾里倒出一堆西瓜皮来，乌龟跃下垃圾桶，准确地踩到一块西瓜皮上。西瓜皮“滑板”带着它飞过巷子，它的背上套了一个黑色的塑料袋，猎猎作响，这让它感觉像一个侠客，乌龟想起了在小男孩的电视里看到的绿色乌龟，一时间热血沸腾。

在风的尖啸声中，乌龟得意地喊道：“我们把这叫作乌龟时速！”

甲虫被罩在塑料袋里面，叫道：“这是什么？我什么也看不见！”等它掀开塑料袋，看见一堵墙迎面撞过来。“救命——”它绝望地呼救。

乌龟冲到了直路的尽头，它把两只右脚勾到地上，一个小内弯切进了右边的弯道。

“漂亮的漂移！”乌龟赞叹道。

甲虫死命攀住乌龟的背壳才没有被甩下来，它还没有缓过神来，乌龟已经跳上了一堆砖头的“小山”，“小山”上搭着几根屋梁，乌龟从一根屋梁上滑下去，冲进了一片草丛。它们在草丛里滑行了一段距离终于停下来。

“到站了。”乌龟说，“哈哈，这片草地，我们叫它月光草原。”它大口吸吮着充满梦幻的空气，“好久没来了，现在想起来还令人心醉呢。”

甲虫踮起脚尖举目望去，这里是一片长满荒草的空地，远处竖着几个孤零零的废弃的脚手架。

“什么都没有。”它说。

“什么都没有？”乌龟一边踱步一边说，“每一步都有一个爱情故事！”它动情地用脸贴了贴脚下的土地，这里的往事让它心旌摇荡。

“共济会第三次大会决定，为了提高乌龟的数量，从而更有效地减缓时间的流速，每年在月光草原举行一次‘千龟相亲大会’。在月光明亮的晚上，上千只乌龟……”乌龟出神地望着远处，在脑海里把这片草原的景象与它的记忆叠加起来。

它突然凑到甲虫的面前说：“我可是当年的大红人！演出风靡全场！姑娘们都知道，我是唯一会走猫步的乌龟。”乌龟说着摇摇晃晃地走起来，但很快摔了个嘴啃泥。“跳乌龟！”它一个凌空劈叉跳过一块石头，“一口气跳二十六个！”它切着小碎步斜向移动，“踢踏舞！从后台到前场，从没停顿！”它紧接一个转身蹬踏，“回旋踢！一下撂倒一排！”

乌龟忘情地表演着，甲虫看得目瞪口呆。

“蟋蟀奏响舞曲，姑娘们挥舞着萤火虫，尖叫！尖叫！尖叫！全场达到高潮！”乌龟爬上一块大石头，背点地转圈，“猜猜谁是幸运的……”它停下来，尾巴指向甲虫，“你！”

“我？”

“是你，幸运天使！”

甲虫高兴得直跺脚，“我有什么惊喜？”

“与我共度良宵。”

甲虫泄了气，“我是甲虫，这里没有其他乌龟。”

“不！”乌龟从石头上跌下来，跌回了现实。它拨开草丛四处张望。

“真的没有其他乌龟。”甲虫好心地说。

乌龟伤心地垂下眼皮，“它们都走了，连脚印都没有留下。”

“那是一段很美好的记忆。”

“是的。”

“为什么你还要伤心？”

“因为美好的东西不能长久。”

“但至少不坏。”

“是的，但是伤心与好坏无关。”

“为什么？”甲虫瞪大眼睛不能理解这个奇怪的逻辑，“难道美好的记忆也会让人伤感？”

乌龟不知道怎么解释这个奇怪但是又显而易懂的道理，它想了一会儿，说道：“你知道怀念吗？”

“是想念吗？”

“不是，你看，你的生命太短了，还来不及失去什么，所以你不知道怀念的滋味。”

“我失去过！”甲虫用控诉的语气喊道。

“对不起……我说的是另一种失去，缓慢的，不可抗拒的。”

“像一片嫩绿的叶子。”

“没错！你太聪明了。”

“我有过这种感觉，有时候你不舍得吃第二口，吃着吃着树叶就……”

“等等等等，不是这个意思。”乌龟挥舞的手忽然停在半空中，它发现要解释清楚是一个浩大的工程，于是说：“其实也差不多。”

它们路过一个深井旁，乌龟想起了什么，说：“这个井叫绿毛。”

“井也有名字？”甲虫诧异道。

“这样的井有十多个，它们本来没有名字，有人掉下去以后就有名字了。绿毛是一只从宠物商店跑出来的绿毛龟，没有朋友，它来参加我们的相亲大会，但是它不知道，这种绿毛在十年前就已经不流行了，它受到了冷落，一个人待在井边，然后就掉下去了。到现在也没有人知道，它到底是自己跳下去的还是不小心掉下去的。”

它们趴在井边朝下看，下面幽深幽暗，仿佛是一个无底洞。甲虫推了一块石头下去，过了很久才传回一声微弱的响声，这响声让乌龟四肢发软，心快要飘起来了。

乌龟鼓起勇气朝下面喊道：“绿毛，我来看你了！再见！”乌龟说完就继续往前走了。

甲虫落到乌龟背上问：“你确定它还活着？”

“为什么不？它可能已经在下面建立一个王国了。”

甲虫嗡嗡地飞起来，“我可以帮你去看看它，代你向它打个招呼。”

“别！不，不用，路挺远的，我们还是别打扰它了。”

“你不相信我能飞下去？”

“我相信。”

“哼，你信不信，我还能把你提起来。”甲虫提着乌龟的壳使劲鼓动翅膀。

“哈哈，我感觉要飞起来了。”这时乌龟看到自己的四脚离开了地面，越离越远，耳边响起呼呼的风声，景物飞快地向后退去。它不敢相信地叫起来：

“天！小子，你做到了！你做到了！”

它听到甲虫着急的喊声：“跑！快跑呀！”它抬头看上去，看见一只展翅的鹰，那双翅膀矫健而优美，让它一时间竟忘记了恐惧。

等乌龟意识到危险时，它已经无计可施了，鹰的爪子像铁钩一样牢牢抓着它的壳，它努力舞动四肢、伸长脖子也不能够到一点。甲虫在一旁帮忙，照着鹰爪狠狠咬去，但是鹰一点儿感觉也没有。

鹰很快带着乌龟和甲虫飞过了月光草原，向北飞去，乌龟不舍地朝身后望了一眼，它想到自己很可能是最后一次看到这片草原了。乌龟看着从来没有见过全貌的城市在脚下掠过，它贪婪地记住每一个细节，忽然感到一种满足。

九、飞行

甲虫安慰乌龟：“别怕，它吃不动你的。”

乌龟说：“你不了解鹰的手段，当你看到一片岩石地带，那里就是我的终点了，它会把我扔下去摔成几瓣。”

甲虫叫道：“天哪！你等等。”

甲虫爬上鹰的脚，然后抓住羽毛一点一点往上攀，它先是在鹰的肚子上狠狠咬了几口，又爬到鹰的脖子上狠狠咬了几口。鹰仍然以不变的姿势直视着前方，如铁铸的一样坚定，这气势让甲虫感到绝望。

甲虫爬回来对乌龟说：“我咬不动它，你有什么对付鹰的诀窍吗？”

乌龟摇摇头说：“谢谢你，我们改变不了它，这是我的命运，就让它发生吧。”

甲虫又一次听到了这个似曾相识的词，比上次蝗虫说的“命”多了一个“运”，但甲虫断定它们是同一个东西，它不明白“命运”究竟是一个什么东西，它为什么征服了所有的人。如果说有不能抗拒的东西，那是规律，但是命运不是规律，它是由人创造的。

甲虫不甘心地说：“我去跟它谈判！”

乌龟说：“鹰从不跟任何人谈判，从它们抓起猎物的那一刻就已经注定了结果。”

鹰转眼就飞到了北方的大湖上空，乌龟对甲虫说：“你走吧，不走就再也飞不回去了。”

甲虫紧紧抓住乌龟说：“我不会失去你的，你还欠我一个惊喜，你还要去寻找湖那边的真相。”

真相！乌龟突然想到了什么，那个诅咒，每个生灵都被小心地限制着，好让它们永远接触不到最后的真相。乌龟拥有漫长的寿命，却只能缓慢地爬行，当它有了翅膀，可以飞过大湖的时候——乌龟抬头看看天上的双翼，突然明白过来——它的生命也就走到了终点。

乌龟真真切切感受到了命运的力量，它曾多少次不安地等待着这一天，当这天真的到来时它反而平静下来了。这是梦中才有的飞翔的感觉，平静的湖面在脚下掠过，像铺展开的蓝色油布，甲虫是绿色的，它自己是橙色的，鹰是褐色的，它们像三种颜色组成的一滴颜料，在蓝色的油布上徐徐拉出一幅画来，每一秒钟就飞过乌龟花几百倍的时间才能游过的路程。但是湖面实在是太大了，让乌龟产生一种美好的错觉，好像凝固在这幅画里永远也飞不出去似的，没有目的地，只是不停地飞呀飞。以前在湖面游的时候也有过类似的错觉，但是那感觉并不好，因为那时它有目标要去实现，盼望着尽快到达彼岸，而现在它害怕那彼岸，只希望永恒。

如果就这样永远没有尽头，永远没有结束也挺好。

鹰开始向上爬升，单纯的画面被打破了，湖岸线显现出来，随着高度的提升，渐渐可以看见湖对岸的树林，乌龟甚至想，当高度足够高时便可以看见城市的边缘。但是树林遮挡了往后的视线。

湖岸越离越近，湖对岸一片崭新的天地展现在眼前，乌龟清楚地看到，在湖岸和树林之间有一块巨大的岩石，它明白那里就是终点了。

“我就要到站了。”乌龟对甲虫说，“你继续往前飞，飞过树林就是城市的尽头，如果没有尽头，你就飞出这个城市了。”

甲虫爬到乌龟脖子上，在它耳边说：“你不能放弃，接下来我要教你一些技能，这是最后的机会。”

乌龟强迫自己笑出来，“你能教我什么？用手护头还是飞？”

“我要教你飞行。”

“你是拿我开玩笑吗？”

“不，听我说，当你高速下落时，空气会从你背腹两侧流过，背部的空气流速比腹部的快，会形成一个由腹部向背部推力，你要利用这个力实现俯冲，以你的气动性能，这个弧度不会很大，你将以微小的斜线下降，但愿足够让我们落到湖里。”

“我们？”

“我跟你一起。”

“我做不到！你会飞，想着很容易，我根本听不懂！”

甲虫不管它，继续说下去：“在你刚落下的时候可能会发生翻滚，你要在最短的时间内调整为垂直俯冲，诀窍是收起前脚，用后脚平行向后张开作尾翼，翻滚就会变为垂直向下的自转，然后靠两只后脚上下分腿转舵，产生抵消自转的力，多试几下你就会掌握控制旋转的方法。”

乌龟想起了八十年前，巨大的铁鸟飞过城市上空，扔下一串串炸弹，那些炸弹都有一圈尾翼，它们能稳稳地用圆嘴巴着地，落下的地方就会变成一片地狱。

乌龟说：“我知道，最后我会头朝下落地。”

“是的，还有另一种可能，你在足够的高度改出了翻滚，便可以转入滑翔阶段。”这时鹰已经飞到岩石的上方，盘旋着寻找方位。甲虫抓紧时间说道：“这个阶段的目标是获得尽可能大的偏移，因为推力是从腹部来的，你要做的是把背部朝向湖中心，用刚才的方法调整自转，然后放平尾翼稳定朝向。”鹰开始俯冲了，甲虫大声叮嘱最后的要点：“头朝下入水会受伤的！在落到湖面之前，你要尽量拉平身体，用腹部着水，拉平身体的方法……就像游泳！”

再来不及详细说了，鹰用一个俯冲投掷把乌龟扔了下去。乌龟一时间觉得天旋地转，风声在耳边尖啸，世界瞬间变成一个巨大的彩色线团，它就在这个线团的中央。本来它已准备好平静地迎接死亡的，现在全乱了分寸，求生比求死更让人手足无措。

甲虫的话像从遥远的天边传来："醒醒！醒醒！动起来！"

甲虫狠狠地在乌龟脖子上咬了一口，乌龟收起前脚猛地一蹬后腿，过了一会儿便有了上下的感觉，"线团"变成了头顶的一匝"线圈"。接下来是抵消自转，乌龟叫道："我不知道我现在的转向！"

甲虫说："你现在正在向右转，抬右脚压左脚修正！"

乌龟照做了，很快"线圈"变成了地面，然后地面又变成了"线圈"，它知道是修正过头了，又反复修正了几次终于稳定下来。

"很好，快落地了！"甲虫说，"现在轻轻向右转，别急，好的！稳住！"

湖岸上有一只正在晒太阳的蜥蜴，它刚对着天空打了个呵欠，便看见一枚"炸弹"从天上掉下来，正向着它的头上。它是个盗蛋高手，不知道是哪个仇家来寻仇来了，它冲着天空叫骂道："不就是一个蛋吗？整啥高科技！"

这时"炸弹"竟神奇地越偏越远，偏到湖里去了。

乌龟看见头顶不再是地面而是湖面，高兴得手舞足蹈起来，它从来没有觉得湖水比陆地还亲切过。

甲虫叫道："别乱动！现在拉平！"

"怎么拉平？"

"游泳！"

乌龟刨起爪子来，它们又翻滚起来，然后以一个奇怪的姿势扑通落到水里。

甲虫拼命打着水，水面上不见乌龟的踪影。甲虫唤道："乌龟，别开玩笑，我不会游泳！救……救我！"

甲虫扑腾着渐渐往水底下沉，这时一块陆地浮上来，把它托了起来，乌龟的背让它感觉无比踏实，就像一块永不沉没的大陆。

乌龟露出水面大口喘着气说："我……我有点儿头昏脑涨……我还活着吗？"

甲虫摊开湿漉漉的身子庆幸道："谢天谢地，你还活着，我也活着。"

"真不敢相信，我们做到了！你是世界上最神奇的甲虫！"

"当然，我是神奇的甲虫，你是疯狂的乌龟。"

它们湿淋淋地爬上岸，遇见惊呆的蜥蜴。蜥蜴目不转睛地望着这两个天外来客，突然，它摸起一把沙子撒到空中说："欢迎来到地球！"

十、尽头

毫无准备地被扔到这个地方，又毫无准备地从死亡中逃出来，乌龟一下子不知道接下来该做什么了，它问道："我们去哪？"

甲虫说："去找城市的边缘呀！我们已经在湖对面了。"

对，现在可以去寻找那个答案了。真奇怪，难道命运失效了吗？为什么它们非但没有被消灭，反而离答案更近了？乌龟建立起的逻辑突然之间被打破了，当世界提供了被理解的可能性，它突然间不能理解这个世界了。

它们朝树林里走去，这片树林比湖那边的树林更古老一些，大树的根须吊在头上，巨大的蜘蛛网上挂着只剩下空壳的虫子，微风吹来，那些虫子骷髅跳起舞来，甲虫吓得紧紧抱住乌龟的脖子。

乌龟说："你把我勒得喘不过气了。"

"好吧，你能不能走快一点儿？"

"我尽量，可是有什么用呢？反正我们回不去了。"

"我们回不去了？"

"我看了来时的路程，我游不了那么远，从陆上的话至少要走三个月。"

"天哪！"甲虫哭喊起来，"我不要在陌生的地方度过余生！"

"我不知道你也是恋家的。"

"我怀念那片树林，那里有我的初恋。"

"怀念，你说怀念！你悟出这个词了。"

甲虫带着哭腔说："我想我悟出来了，怀念就是遥远的思念。"

"对不起，都是因为我。"

"算了……至少我没有失去最重要的东西，而且，能在有生之年看一看世界的尽头也不错。"

当它们走到一面雾墙前，已经是傍晚了，这面雾墙像是凭空生长出来的，把这个世界拦腰截断，上达天空，左右没有尽头，沿着雾墙往下，是一条深不见底的峡谷，峡谷也像是凭空劈出来的，没有任何地形的过渡。说世界被截断了好像不恰当，世界好像到这里消失了。

“这里和其他地方一样，也没有出路。”乌龟失望地说。

甲虫把脚伸进雾里面去探了探，没有什么异样的感觉。它对乌龟说：“我飞进去看看。”

乌龟说：“别冒险，里面不能呼吸，而且我见过别人撞到雾墙上，没多远就会被挡回来。”

“我可以随时飞回来，我会小心的。”甲虫说完飞进了雾里。

“小心你的脑袋。”乌龟说完等着甲虫撞到雾墙上弹回来。

然而甲虫没有回来，过了一分钟仍然没有，过了五分钟仍然没有。

“你……”乌龟愣了一会儿，猛地把头扎进雾里喊道：“喂！你还在吗？”

过了一会儿它接受了这个事实：甲虫消失了。

十一、梦境

甲虫飞进雾里，阻力越来越大，呼吸越来越困难，最后连光也看不见了，它刚想转身回去便失去了知觉。

不知过了多久它醒过来，前面出现一束白色的光，它飞进白色的光里，光变成了一条白色的隧道，它顺着隧道飞，飞到尽头突然被一股吸力抛出了隧道。

甲虫再一次醒过来，它不明白是不是还在梦里，又是在第几个梦里，它发现自己躺在一张床上，身体变得十分巨大，几乎把床占满了。这像是人类的世界，但它没有变成人类。它仰卧着，这是它最讨厌的姿势，它挣扎着想爬起来，却看见自己那穹顶似的棕色肚子分成了好多块弧形的硬片，一床被子搭在上面，让它感觉透不过气来，拼命想甩掉却甩不脱。比起偌大的身躯来，它的六条腿真是细得可怜，都在它眼前无可奈何地舞动着。

“我出了什么事啦？”它想。这肯定是个梦，这个房间那么压抑，被夹在四堵奇怪的墙壁当中，只有人类才喜欢住在这样的盒子里，还要强迫别的动物住进去。在摊放着衣料样品的桌子上面，挂着一幅金边镜框的画，里面的贵妇人穿着一身的动物皮毛。

甲虫的眼睛接着又朝窗口望去，天空很阴暗，可以听到雨点敲打在窗槛上的声音，它的心情也变得忧郁了。“我应该再睡一会儿，把这一切光怪陆离的事统统忘掉。”它想。于是它努力翻下床，趴在地上进入了梦乡。

十二、画

下午的风带着闷热，小男孩儿一个人在家里待了一会儿，再也忍受不了电风扇单调的吱吱声。他跑出家门，像个放飞的鸟儿在太阳的阴影下穿行，他穿过下午空无一人的街道，跳上花圃飞奔，花瓣像一窝惊飞的蜜蜂，哄然逃散开又零碎地撒了一地。男孩儿躲在一个街角四处侦察了一番，其实并没有人，但是他喜欢把情节想象得惊险刺激。

他对着电子表说：“K 星领航员报告，这里已经侦察完毕，没有危险。”这时一只乌鸦在屋檐上“哇”地叫了一声飞走了，男孩儿急忙喊道：“我被发现了！”他猫着腰跑进小巷子，在他认为敌人被甩掉后，他才重新回到大路上，他跑啊跑啊，然后靠在一截矮墙边休息了一会儿。墙边堆着一摞砖头，这里显然是一条孩子的秘密通道，男孩儿把一颗石头扔过墙去探路，确定没有什么机关陷阱后，其实什么也不可能有便翻过墙去。

墙里面是他上学的学校，学校是个严肃而威严的地方，而他是一个潜入者，这让他有一种窃窃的兴奋。今天是休息日，学校里空无一人，他跑过空荡荡的操场时却感觉有人在监视着他，他径直跑上教学楼，用私配的钥匙打开教室门，闪身进去反锁起门来。靠在门背时，他的脸上露出了放松的微笑，现在这个世界属于他了。

做些什么呢？他可以把本子折成纸飞机把教室当机场，也可以把快散架的椅子换到好孩子的座位上，他的眼睛盯上了黑板——他现在可以在黑板上乱画了！

小男孩儿把所有颜色的粉笔倒在讲台上，他先选一支白色的粉笔在黑板上画了一条横线，这代表一片陆地，接下来在地面上画几幢房子，也是白色的，然后是绿色的树，蓝色的粉笔圈出一片大湖来，湖那边有树林……最后在天上画上一圈圈的白云。

当这个世界创造好以后，小男孩儿要开始处置它了，这才是最令人兴奋的环节。他想了想，在云中间画了一架巨大的飞碟，飞碟遮挡了半个城市，下面的人一定吓坏了。突然间，飞碟底下射出一道光柱，小男孩儿嘴里发出“咻——咻——轰隆”的声音，下面的一片房子被摧毁了，代之以一团混乱的线条。更多更粗的光柱射出来，小男孩儿用更多混乱的线条把城市变成废墟，他捏着粉笔激烈地挥舞着，嘴里不断发出“轰隆”的声音，两眼兴奋得发光，黑板已经被混乱的线条占满了，他还在继续挥舞粉笔，速度越来越快，直至整个黑板、整个教室都处于不稳定的状态。粉笔“啪”的一声折断了，一切戛然而止，小男孩儿的小脸上挂着细密的汗珠，露出了满足的笑容。

他重新审视自己的画时，连自己也被吓了一跳，那些线条像一个张牙舞爪的魔鬼，仿佛从他背后跳出来的。他赶紧用黑板擦把画擦掉了，又重新画了一座城市。这次他没有毁掉它，而是试着给这个城市添加一些有趣的事情：一条狗在屋顶上吠，乌云遮住了太阳，天上飞来一只鹰把乌云赶走了，乌云飘到湖那边，打下一道闪电，闪电点燃了树林。他用红色的粉笔涂抹树林的时候，听见外面传来一声鸟叫，那是一只小鸟飞到走廊里来了。小男孩儿高兴地扔掉粉笔出去抓小鸟去了，太阳落下去的时候暮色淹没了教室和黑板上的画。

十三、火

甲虫从雾墙里弹出来掉在乌龟跟前，乌龟吓了一跳，它以为甲虫消失了。

“你吓坏我了！你穿过去了吗？那边是什么样子的？”乌龟迫不及待地问。

甲虫懒洋洋地苏醒过来，活动活动腿脚，它庆幸自己还好没有变成那个又巨大又笨重的家伙。“我哪儿都没去，只是做了一个梦。”它说。

“你消失了好一会儿，我从来没见过有人可以在里面停留的。”

“事实上根本飞不过去，越往里飞越感觉快要凝固了，我昏过去了什么都不知道，我想我一定是被卡在里面了。”

乌龟又朝雾墙望了望，说：“这里和别处一样没有出路，我们知道了答案一样无能为力，我们回去吧。”

甲虫说：“回去哪儿？你说我们回不去了。”

乌龟想起来了，这时天已经黑下来，它无奈地说：“我们找个地方过夜吧。”

这时一群蝗虫飞过来撞在雾墙上，像撞在棉花上一样纷纷弹回来，一只蝗虫说：“这边不通，走那边。”它们又朝着另一个方向飞走了。

几只烧焦了翅膀的蝗虫边飞边跳地逃过来，甲虫叫住它们说：“嗨，我们又见面了，你们去哪？”

一只落在它旁边的蝗虫说：“树林着火了，快跑！”它说完又急急往前跳去了。

它们朝蝗虫来的地方望去，果然看见有火红火红的火苗蹿起在天边，一阵风带来了焦糊的味道。甲虫对乌龟说：“我们也快走吧。”

它们走到树林边缘的时候看见弯弯曲曲的公路上开来了一队消防车，消防车上跳下来一些人影与火焰扭打在一起，火焰消灭后他们又跳上消防车走了。乌龟招呼甲虫趁着混乱爬上消防车的脚踏板，消防车载着它们驶过弯弯曲曲的公路，终于在后半夜回到了城市。

十四、承诺

总算能回到熟悉的地方美美地睡上一觉，第二天中午乌龟和甲虫才想起与飞碟的约定，但是一直等到傍晚飞碟也没有出现。

乌龟说：“它不会来了，我早就看出来，它是个说大话的家伙。”

甲虫说：“反正我们已经知道答案了，不是吗？”

乌龟叹了口气说：“但是我还是心存侥幸地想知道篱笆有没有露出一条缝隙。”

就在不远处的窗户后面，小男孩的桌子上停着一架飞碟，小男孩回来发现了这架飞碟，他又惊奇又惊喜地看着这个闪着金属光泽的东西。这像是一个玩具，从哪来的？他想，是大人给的礼物？不，大人不会送给他礼物的，他掰指算了一下，还没有到他的生日，何况就算是他的生日也不会有人送给他礼物。把最不可能的情况排除，剩下的不管多荒谬都是可能的，那么这个东西是自己飞来的。

小男孩儿试着跟它打一声招呼：“嗨！”

“你好！”飞碟回应道。

小男孩儿跌坐在椅子上“啪”地向后摔去，飞碟真的说话了！他爬起来问：“你是谁？！”

飞碟解释了它是谁。

小男孩儿怀疑地摇摇头说：“根本没有外星人！大人们说那是胡思乱想。”

“你相信大人的话吗？”

小男孩儿愣了一下，摇摇头。

飞碟说：“所以我来找你，没有去找大人。”

小男孩第一次感觉得到了比大人更高的信任，他认真地点点头说：“我可以做你的领航员。”

飞碟说：“不不，我只要一块电池，我的能量快用完了。”

小男孩儿飞快地变了脸，“骗人！一块电池还不够一个玩具用的！”

“我们对能量的利用方式和你们不同，一块电池的所有能量可以够我飞到另一个星系了。”

小男孩儿想了想说：“我只有收音机里的一块电池，给了你我的收音机就不响了。”

飞碟说：“我会用另外的东西补偿你的，你想要什么？”

“一架大飞碟！我能开的。”小男孩儿两眼放光，用手比划着说。

“等等，我忘记说明了，我不能制造任何东西，我只能把别处的东西拿来给你。”

“那……”小男孩儿拿出大玻璃瓶，里面有一个硬币，他晃一晃就发出空荡荡的声音。硬币是他捡到的，他想象着有一天能捡满这个玻璃瓶。他把玻璃瓶摇得叮叮当当响说：“我要能装满这个玻璃瓶的硬币，一直到摇不出声音为止。”

飞碟说：“这个我办不到，不是每天都有人掉钱的。”

小男孩儿生气了，“原来你是个什么也做不到的飞碟！我不跟你交换了！”

飞碟暗暗着急，它越来越虚弱了，夕阳的余光照在它的身上，维持着基本的能量，当夕阳的余光从它身上移走，它就彻底丧失能量了。

飞碟抱着最后的希望说：“你再想一个，这个我一定能做到。”

小男孩儿想想说：“好吧，你跟我去上电视，让大人们承认我是对的，世界上有外星人。”

飞碟快晕倒了，这又是它绝对不能做的，它只好慌忙地撒谎说：“其实我们早就和你们的大人接触过了……他们封锁了消息……还要把我们抓起来……对了！你喜欢什么小东西？戒指？石头？虫子？”

“甲虫！”小男孩儿突然想到了。

哦不，飞碟后悔自己说出了虫子这个词，再说什么也来不及了，阳光就要从它的身上移走了，它已经有一个角处于阴影里面。它只好答应道：“好吧，我倒是认识一只……哦，不，我可以给你另抓一只。”

“要装满这个瓶子。”小男孩儿补充道。

“什么？！你知道那有多少？那得全城的甲虫！”

“全城的甲虫……”小男孩儿玩味着这句话，这是件太吸引人的事情，他从来做什么事都只和自己有关，自己玩玩具，一个人逃课，就算砸坏了别人的窗户，那也引起不了多大注意，而这是他第一次有能力影响到整个城市，这让他兴奋得心痒痒。“对，就要全城的甲虫！”小男孩得意地说。

阳光已经从飞碟的身上移走一半了，飞碟用虚弱的声音说：“成交……快给我装电池……”

小男孩儿从收音机里取出电池，按照飞碟的提示把飞碟的底部朝上，那里滑开了一个舱盖，里面像炼钢炉似的发着暗红色的光，小男孩把电池放进去，电池很快就“熔化”在里面了。

飞碟平躺在桌子上，过了一会儿它缓过气来嗡嗡地飞走了。

十五、世界

飞碟找到乌龟和甲虫，这时已经是夜晚了。“抱歉我来晚了。”它说。

乌龟说：“哦，不晚，你还是来了。”

“检测这个城市用掉了飞碟剩余的能量，我差点就死了，如果我死了而没有来，你们会认为我是个骗子吗？”

“会的。”乌龟说。

“我会认为你自不量力。”甲虫说。

飞碟说：“还好我又找到了能源，现在我证明了我是一个守信的外星人。”

乌龟说：“没错，履行承诺比承诺需要更多的努力，但它区分了承诺与谎言。”

“事情其实糟糕得多，好吧先不说那个，我现在告诉你们检测的结果，结果是，”飞碟真不想轻易说出这个差点让它丢掉性命的答案，“没有出口。”

乌龟并没有感到意外，这是它早就料到的结果，就像死亡一样来得安然，围住这个世界的篱笆是密不透风的。它说：“谢谢你，这个结果很重要，从此我们不用再做徒劳的探索了，让生活回归于生活。”

甲虫望望天上的星星，这句话让它感到一丝惆怅。

“但是我想告诉你一个小小的意外，”飞碟说，“根据接收到的回波显示，北方的树林边缘曾出现过一个微小的虫洞，哦，就是突然打开的通道，和我来到这个世界的通道类似，持续的时间是几分钟。这在系统允许的误差之内，可能是真的，也可能是无关的干扰。”

乌龟说：“什么时候？”

“昨天傍晚，太阳落下地平线的时候。”

乌龟望着甲虫说：“那不是干扰，那是你的梦。”

甲虫疑惑地说：“有什么联系吗？我不记得我做过什么。”

飞碟说：“等等，梦是怎么回事？”

乌龟说：“昨天那个时候我们刚好在那里，甲虫在试探雾墙的时候进入了一个梦境，我想就是那次意外制造了那个虫洞。”

飞碟沉思了一会儿，对甲虫说：“我不能排除这种可能，你诱发了一个虫洞，短暂地进入了另一个世界，如果真是这样，你是一个从来没有出现过的天才。”

“我？天才？我是天才！”甲虫兴高采烈地欢叫起来。“我是不是念了什么咒语？”

飞碟说：“我也不知道，有各种可能，我们的语言，我们的想象，我们的愿望，也可能再也不会出现这种巧合了。”

乌龟说：“那你是怎么通过虫洞到这个世界来的？一定有谁掌握了打开虫洞的方法。”

飞碟说：“还记得三界吗？这取决于第一界的主人。”

“人类？他们自己也走不出这个城市，他们甚至没有这么想过，来自世界各地的新闻其实是虚假的，与这个城市毫无关系。”

“因为你看到的人类行为也取决于人类。”

“什么意思？”乌龟开始混乱了。

“有些真相说出来会毁掉你信仰的一切。”飞碟看到乌龟渴望的目光，说道：“好吧，人类界是人类的影子，动物界和外星界也是人类的影子，人类才是所有世界的主宰，甚至是，”飞碟的声音颤抖了一下，“世界的创造者。”

“这是我听过的最离奇的事。”乌龟坚决地摇头说，“我绝不是谁的影子，我只是我自己，要说创造，我也参与创造过这个世界，一百多年前，我在这里拉了一颗樱桃的种子，后来它长成一棵樱桃树，就是这一棵的祖宗，一个商人看中了它，把这块地购置成家族的产业，一直传承到今天，今天这个小屁孩能在这里坐着发傻，这一切都来源于我一百多年前拉的一泡屎。”

飞碟说：“那是不同的创造，很多事情超出你的想象，这个世界尚且是与人类最接近的一类，我到过一个外星界的世界，那是由三颗太阳照耀的星球，火焰之舞在那个世界的上空永恒变幻，在那个世界一百万年的时间里，那里与人类世界没有任何关联，但是，人类的影响力同样深达那个世界的每一个角落、每一块砖瓦，和无数个世界一样，那个世界也是人类世界的投影。”

“怎么证明你说的？”乌龟问。

“你们知道得太多了，”飞碟警告道，“到此为止，再说下去我不知道会发生什么。”

“我活了几个世纪，没有什么不可以放弃的。”乌龟说。

“我只能活八个月，没有什么不可以放弃的。”甲虫说。

飞碟仿佛在沉吟着什么仪式的咒语，又像是一场宣誓，他终于说道：“寻找造物主的研究是被绝对禁止的，但是有那样一群人被称为‘黑科学家’，它们研究三界的语言、社会结构、行为特征等，这样的研究秘密进行了几千年，黑科学家有的失踪了有的被杀害了，更多的知情者被流放，最后黑科学界得出一个结论：动物界和外星界都是由人类界衍生出来的，最终，人类界也是他们自己的衍生体。我们称那个发源世界为‘主体世界’。”

“太荒谬了，我们说自己的话，有自己的思想，我，和它，”乌龟推了甲虫一下，甲虫赶紧立正站好，“你看像影子吗？”

“你们两个人？”

“是的。”

“我说两个人，你答应了，你没有意识到，你的语言里是用‘人’来指代个体的，为什么人类分‘他’和‘她’，动物却只有‘它’？他们有时候也会用‘他’或‘她’来称呼你，但那只代表他们喜欢你，不代表你属于这个世界。你没有意识到，你的语言是按人类的习惯来创造的，我们的都是如此。”

甲虫插嘴说：“我听不懂你们在说什么，但是我知道，词语往往暗示着世界的规律。”

飞碟说：“没错，因为世界是由词语建造的。”

乌龟惊愕得睁大了眼睛，“你是说，世界是一个……”它由于震惊而说不出那个词来。

“故事。就是这么回事。”飞碟平静地说，“世界是有限的因为故事就这么大。”

一阵冰凉的夜风吹来，乌龟和甲虫齐齐颤抖起来，天上的星星像隔了一层水汽一样眨着眼睛，真实和虚幻的感觉交织起来变成旋涡和闪电。当震撼的神经电流还在乌龟的体内横冲直撞的时候，头脑简单的甲虫首先从震惊中恢复过来，它提出一个问题：“如果这是人类创造的世界，为什么那个人类小男孩儿那么孤独？他做的事情并不能让他得到快乐，虽然我们的生活也不完美，但是我们可以找到快乐。”

飞碟说：“也许那就是生活的真相，这就是美好的希望。”

乌龟说：“他们热衷于创造一个个世界，是为了真相还是希望？”

飞碟说：“这是个有意思的问题，当黑科学界得知主体世界的存在后，就试图还原出主体世界的样子，这比预想的容易，因为人类创造世界总是带着他们自己的世界的影子。然而不止于此，人类用真相建造世界，又取出真相去还原他们的世界；用希望建造世界，又取出希望去改变他们的世界，这是他们的天性，同时也为我们提供了一个机会。”飞碟神秘地凑上去小声说：“有一个秘密的计划：用我们的影响力去反向建造人类的世界，这个‘反向工程’已经初见成效，在他们的电影、杂志、T恤、机器宠物上，甚至他们新创造的世界里都渗入了我们的影响，现在，‘反向工程’的种子已经撒播到各个世界中，这是一场伟大而持久的战争，谁知道最后的胜利者是谁呢？”

飞碟说到这里发出金属般邪恶的笑声，虽然在它的铁皮脸上看不出任何表情，这邪恶的笑声让乌龟在这绝望的真相中看到一线温暖的希望。乌龟说：“我忍不住想问，你真的是一个流放者吗？”

“为什么怀疑这个呢？我当然是一个流放者。我们流放者有一首歌：星星只是抵达你眼底的光芒，但我们永不放弃，让你知道到处都有家乡……”飞碟唱了两句笑起来，“从一个世界到另一个世界，它总会有点儿跑调。”

乌龟也笑起来，它望望头上的星星，它们闪烁着挂在樱桃树的枝丫上，好像一树的果实。乌龟说：“世界突然变了这么多，我有点累了，我想我今晚会睡一个好觉的，只是不知道睡不睡得着。”

甲虫已经在乌龟背上不断点着头打瞌睡了，飞碟想说那件事，又打住了，它轻轻说：“做个好梦，明天一切就不同了。”

十六、飞走

第二天乌龟和甲虫醒来看见飞碟停在草地上，它们走上去看见飞碟的身上还沾着露水。

“你昨晚没走？”乌龟问。

“啊！”飞碟大叫一声醒过来，“我……没走，因为我还有一件很重要的事情，很糟糕的事情，我不想破坏故事美好的结局，但是……”

“说吧，我们一起解决。”

飞碟说了和小男孩的协议。

“你是开玩笑的。”乌龟说。

“没有。”飞碟认真地说。

“你就是开玩笑的。”

“我没有。”

“好吧，那你为什么要开玩笑？”

“因为……我没有！”飞碟激动地喊道。

乌龟表情凝重地说：“那么，这是真的了。”

“是的，我很抱歉。”飞碟的外壳上变幻出忧伤的花纹。

“一定要这么做吗？”

“是的，我已经承诺了。”

“不能撤销了吗？”

“不能。”

乌龟看看旁边的甲虫说：“你为什么不说话？”

甲虫说：“我在等我从梦里醒来。”

乌龟敲敲它的脑袋说：“这不是梦，这是你要面对的事实。”

甲虫抬起头，用无辜的眼神望着这个世界，它的眼神就像两棵嫩绿的小豆芽，让飞碟自责难当。

飞碟飞到甲虫跟前激动地说：“对不起，你飞走吧！远走高飞！”

甲虫说：“飞去哪？”

“飞出这个世界！”

“飞出这个故事？”

“是的。”

甲虫不敢相信，“我要怎么做？”

“什么都别管，只管飞，忘掉一切记忆，一直往前飞，别停下。”

“为什么要忘掉一切？”

“为了让你扔掉这个世界的痕迹，有更大的几率突破屏障。”

“可记忆是我最宝贵的东西。”

“你已经拥有过了。”

乌龟用温和的声音对甲虫说：“给记忆以生命，你已经做到了，接下来的你也能做到。”它把飞碟拉到一边小声问：“老兄，说真的，从技术上讲，这能行吗？”

飞碟说：“除非有奇迹发生，但它就是奇迹，它是一只天才的甲虫。”

甲虫说：“可是我的航程很短。”

飞碟说：“忘掉那个。”

“我会迷路的。”

“忘掉路。”

“我会像树叶一样凋落的。”

“忘掉一切规律。”

甲虫转身问乌龟：“这是命运吗？”

乌龟答：“不是命运，是选择。”

“好吧，可是走之前我还想去看看一些地方……”甲虫心事重重地说。

乌龟挡在甲虫前面对飞碟说：“给我们一天的时间，傍晚的时候在这里出发。”

飞碟想了想说：“好的，只有一天。”

乌龟和甲虫走了，飞碟独自叹息道：“唉，为什么我总在关键的时刻扮演不讨人喜欢的角色？”

乌龟背着甲虫上了路，它们走到树林，走到湖边，走到老城区，甚至还去看了一眼那个黑洞洞的地下室，走到月光草原，然后往回走。

它们一路上没有多少话，终于甲虫开口道：“我想去看看它。”

乌龟说：“我以为你已经忘掉了。”

“没有，我只是不让自己想起。”

乌龟背着甲虫又来到树林，它带甲虫来到一个小小的土包前，说：“就是这里了。”

甲虫站在小土包前默默地看了一会儿，然后找来一片树叶放在小土包上。

甲虫对乌龟说：“谢谢你还记得我和它相遇的地方。”

乌龟说：“不，当时我没有看见它，事实上这里是我不小心压着你的地方。”

甲虫说：“不管怎样，还是谢谢你。”

它们继续往回走，钻过篱笆的缺口，花园就在前面了，它们不愿这么快走到头，便顺着篱笆走下去。

“只要一直走，篱笆上总会找到缺口的。”乌龟说。

甲虫点点头，像一个听话的孩子。

一根根木桩在身旁闪过，乌龟说：“现在我倒觉得这篱笆不像空间，而像时间，它们每一根都代表了生命中的一段，不停流逝，永不回头，这根是昨天，这根就是今天，这根是大湖，这根就是天空……”

“这根是我。”甲虫指着旁边一根木桩说道。

乌龟猛地停下了脚步，它呆呆地望着前方，定定地站在这根木桩旁。

“怎么了？”甲虫问。

乌龟想抬脚，却感到这一步沉重得迈不开步子。终于，它迈出了下一步，继续向前走去。“篱笆总会走到头的，故事也会讲完的。”它无限伤感地说。

甲虫说：“别伤心，故事结束了，它会在别处继续。”

“是吗？”

“因为人们不会丢掉希望。”

乌龟笑了，它发现，当它们两个之中有一个脆弱的时候，另一个总会坚强，也许这就是希望。

小男孩儿把玻璃瓶里的硬币倒出来，攥在手里跑出了门，他要为甲虫的到来腾空“房子”，所以他有理由花掉这个硬币。他攥着硬币来到游乐场，这里一个人也没有，只有无人售票的大机器在等着人投币。小男孩儿挑了一架最高的摩天轮，把硬币投进投币孔，这架仿佛已经死去的大机器嘎嘎地运转起来，小男孩赶快钻进一个小小的铁盒子，蜷在座位上。

傍晚很快就到了，三人在花园里告别。

甲虫说：“我要飞走了。”

乌龟说：“你曾经问过我生活的目的是什么。”

甲虫回忆了一下说：“你回答走走。”

“是的，现在你要飞走了，你明白走走的意思了？”

甲虫若有所悟地点点头，“它的意思原来这么简单，只是我被习惯蒙蔽了。”

飞碟说：“真有意思，这说明建造世界的词语并不是那么严密的。”

乌龟张开爪子对甲虫说：“知道吗？我一生中曾无数次想过走走，但是都没有做到，现在我拥有那些记忆，而你拥有一个未知的未来。”

甲虫看看脚下，“现在我们站在这中间——今天，对吗？”

“是的，昨天是一段历史，明天是一个谜，而今天是一份礼物。”

“哇，礼物！你给了我一个惊喜！”

乌龟笑道：“其实你已经得到过很多惊喜了，只是你不肯承认，你这个狡猾的小家伙。”

飞碟盖打开了，小外星人从里面伸出头来激动地叫道：“嗨！知道吗？刚才你们说话的时候我的仪表指针闪了一下，这表示空间出现了一个扰动。世界不是孤立的，很多事件都会对它的边界造成冲击，这是个好兆头！”它说完“砰”的一声又钻回去了。

甲虫飞到乌龟背上展开翅膀，晚霞突然从它的翅尖上放射出万丈光芒。它说：“我准备好了。我起飞后就会忘掉一切，不会想念，也不会怀念。”

乌龟忽然感到真正的伤感正是来源于这里，从此怀念只是它一个人的事了。它问：“你要把我也忘掉吗？”这话又像是埋怨。

甲虫说：“我会等到你看不见我以后。”

乌龟说：“好吧，祝你好运，我会怀念你的。”

飞碟跟着说：“祝你好运。”

甲虫嗡嗡地加快了翅膀的频率，它和乌龟进行最后的一次配合。它呼叫道：“甲虫准备就绪，请求起飞。”

乌龟报告道：“天气晴朗，风轻云淡，可以起飞。”

甲虫像一支箭一样飞向了天空，天边的晚霞像一个神秘复杂的几何图案，一个最简单的点正无所畏惧地迎着图案的中心飞去。

巨大的轮子把小男孩儿推向高空，他坐在铁盒子里看见一只甲虫从旁边飞过，霞光给它披上了一层金光。小男孩从窗户的夹缝中伸出手去抓，拼命抓也够不着。甲虫甚至没有看他一眼，毫无畏惧地飞走了，小男孩在后面拍打着窗子狂怒地叫喊起来。他喊哑了挣扎累了跌坐在铁盒子里，心中的怒火化作无力的嫉妒，铁盒子“叮”的一声到站了，巨大的轮子嘎嘎吱吱地停下来，重新陷入了沉睡。

甲虫的记忆像海潮一样退去，它有一个感觉，生命最初就是一滴水，与无数水滴相遇就汇成了海洋，现在每一滴水都奔向了家乡。它不知道，下面有一只蜻蜓正在一根一根地点着篱笆的木桩，树林里有一片树叶正悬浮在空中舞蹈，月光草原上一阵风把一枚草籽刮到了空中。它的记忆只是不停地褪去，褪去，到最后，枝头的最后一枚果实也开始掉落，仙子消失了，小小的土包消失了，乌龟是最后消失的。

记忆褪去后，词语的基石开始剥落，它的意识变得越来越稀薄，向最核心的部分逼近，也许最终，它会化成最初的那一滴水，融入新的世界。

我是一只飞翔的甲虫。

我 飞翔　甲虫。

我 飞翔。

飞翔。

飞。

。

乌龟看着甲虫变成一个小黑点，越来越小，渐渐消失在天空中，终于看不见了。它踮起脚尖对着天空喊道：“我看不见你了，你可以忘记我了！”

飞碟哇哇大哭起来。

乌龟耸耸肩，转身走进草丛。

“你要去哪里？”飞碟问。

“我要睡一觉，真正地睡一觉。”乌龟的声音从草丛中传出来。

十七、尾声

十年之后，乌龟醒来了，飞碟早已经不在了。它打了个长长的呵欠，伸着脖子等甲虫一个跟斗翻到它的背上。等了一会儿它才想起已经没有甲虫了。

它呵呵笑起来：“老朋友，你不翻那一下子我会心神不宁的。”

乌龟经过客厅门口的时候看见电视机已经换成了挂在墙上的大屏幕，突然它惊呆了，屏幕里一只甲虫国王正带领它的圆桌武士爬过皑皑雪山。

“喔——”乌龟发出一声惊叹，它忽然手舞足蹈地叫起来：“你做到了！你做到了！你创造了一个甲虫的世界！”

屏幕闪了一下就黑掉了，大男孩儿拿着遥控器走过来，从播放器里取出碟子。小男孩儿已经长成一个少年，这十年里他再也没有见过甲虫，他收集了很多甲虫的故事。

乌龟失望地垂下头，继续往前走。每一次睡觉起来这个世界都会改变很多，但有些东西是总不会变的。

它走到篱笆下面的时候一阵绞痛突然袭来，一个不祥的预感攫住它的心，它知道那个时刻要到了。它找了一丛花躺下来，静静地等待那个时刻的到来。

但是等了一会儿疼痛渐渐消退了，呼吸又恢复了平稳，乌龟站起来抖擞抖擞精神，继续向前走去。只要还有一点时间，它就要让生命焕发光彩，记忆不是永恒的，每一个故事也都会有结束，但它并不害怕结束，生命已经被赠予时间。

故事结束了，它会在别处继续。

——原刊于《新幻界中篇幻想小说精选集》，四川人民出版社，2011 年，

入围 2011 年第二届全球华语科幻星云奖最佳中篇小说奖

文化视阈中的生存困境与成长寓言

——《三界》赏析

◎ 高亚斌　王卫英

在“更新代”科幻作家群中，万象峰年是一位创作气质非常独特的作家。他善于在具体的叙事场景中，利用奇特诡异的想象展开一段匪夷所思的神奇故事，并且运用纯净明晰的语言，简洁生动而又富于哲理的人物对话，构筑一个充满童趣的小说世界。他的小说《三界》以童话的形式，通过两个小动物的生命体验来感知和关照个体存在的意义，审视世界与人的存在状态，揭示人类的生存境遇，并力图在反思传统文化的层面找寻抵抗异化、重建世界的新途径。小说对于人类理想世界的追寻，表达了现代人共同的精神困境。

20 世纪 90 年代以来，“科教兴国”战略的提出，加速了中国科技事业的发展，同时也带动了中国科幻的复苏。从 20 世纪 90 年代到 21 世纪的第一个 10 年，期间涌现了一大批优秀的科幻作家，他们分别被冠以“新生代”和“更新代”的名号，他们的辛勤耕耘以及所表现出的多元化创作势头，为中国科幻的繁荣奠定了坚实的基础。

在“更新代”科幻作家群中，万象峰年是一位创作气质非常独特的作家。万象峰年原名黎屹，1983 年生于广西，毕业于吉林大学。从中学开始，

万象峰年

万象峰年就对科幻小说产生了浓厚的兴趣。大学期间，万象峰年选择了信息与计算科学及生物技术专业，这为他日后的科幻小说创作奠定了专业基础。大三时参加了《科幻世界》杂志“假如恐龙没有灭绝”的主题征文比赛，处女作《城市，城市》由此诞生。2007 年 3 月，此作在《科幻世界》正式发表，后入选由四川人民出版社出版的《2007 年度中国最佳科幻小说集》。处女作大获成功，给了万象峰年莫大的鼓舞。此后他一发不可收，陆续发表了《后冰川时代纪事》《草荒》《三界》等科幻小说，其中,《后冰川时代纪事》荣获 2007 年度科幻小说“银河奖读者提名奖”、入选《2007 中国年度科幻小说》(漓江出版社);《三界》发表于《新幻界中篇幻想小说精选集》(四川人民出版社，2011 年 1 月)，入围第二届全球华语科幻“星云奖”最佳中篇小说奖，还入选《2011 年度中国最佳奇幻小说集》(四川人民出版社)；他的《播种》在《九州幻想：一意之行》刊出后，2011 年同时入选 2011 年由星河和宇镭主编的两本科幻年选。此外，他还发表了《旱魃》《夜语者》等小说。他的创作才情如火山喷涌，就像《草荒》里的野草:“安静地生长，当你有所察觉时才发现它们已经茂盛地包裹住了你的心！”[1]短短几年即获得丰硕的成果。

作为他目前最出色的作品,《三界》是向刘慈欣的《三体》致敬之作。如果说刘慈欣的《三体》是在宇宙尺度上思考人类整体文明的话，那么《三界》则是从微观层面，通过两个小动物的生命体验来感知和关照人类个体存在的意义，反思世界与生命的存在状态，揭示人类的生存境遇，并力图在反思传统文化的层面找寻抵抗异化、重建世界的新途径。

一、动物叙事与成长寓言

《三界》采用童话的形式，情节也是在动物叙事的层面上展开。在小说中，一只小乌龟和一只小甲虫扮演了故事的主角，由于偶然的邂逅，它们开始了奇异而险象环生的旅行，旅途中各自怀揣美好的梦想，在不断的游历中互相交流，细致入微地感受着生命的体验，顿悟关于时间、生命与存在的哲理，实现对世界的感性认知与审视批判。

小说中的小乌龟是一个饱经沧桑的智者，在旅行中，它是小甲虫的思想引领者，用自己的生存哲学和生活经验濡染小甲虫，使小甲虫学会如何在严峻的环境中求生。为了解救飞碟，它们共同与“细腰蜂”以及猫之间展开机智周旋，并设计从鹰的利爪下巧妙逃生，体现出一种人生智慧。在漫长的岁月里，生命意识在小乌龟的身上苏醒，它学会了对生命形而上的思考，开始关注生命本体存在的意义，并试图寻找世界的出口，为新生活找到理想的栖所。

与小乌龟相比，小甲虫则是一个不更事的少年，它的心中装满了各种各样奇妙的幻想，对美好的爱情尤其如此。对它来说，爱情是“记忆河流最上游的石子，那是梦最初的形状，那是所有快乐和痛苦的发源地”，它对另一只甲虫“小仙子”的爱，激起了它对世界的好奇和热情，也使它饱尝了生命的甜蜜与死亡的痛感。它有年轻人特有的正义与豪侠气概，当飞碟受困和蝗虫被追逐吞噬时，它见义勇为、出手相救。当然，这种血气方刚有时会发展到极端，当看到心爱的“小仙子”被一个小男孩儿摔死后，仇恨情绪在它心里熊熊燃烧，险些使它走上复仇之路。它还处于成长的蜕变中，敢作敢为的莽撞还没有从它的性格里褪尽，但正是这种豪爽不羁的性格，使它有可能获得圆满的生命。正因如此，它能够在面对神秘莫测的“雾墙”时，毫不犹豫地闯进去，为创入新世界打开一个缺口。在这个意义上，《三界》是一个关于成长的寓言，是一部不折不扣的成长小说。

科幻文学是人们认知世界的一种特殊形式。《三界》叙述的是一个童话，但它探究的却是世界的本质。小说中的主要角色都以各自的方式触摸着世界真相：小飞碟在寻找未知的造物主，小乌龟和小甲虫在寻找世界的出口，它们都试图追问世界的终极意义。而且，小说之所以选择小乌龟与小甲虫作为主要角色，是因为它们都披着笨重厚拙的甲壳，组成了所谓的“硬壳二人组”，宛如《堂吉诃德》里肩负伟大的使命而又滑稽可笑的堂吉诃德与桑丘潘沙，它们的旅行注定让人忍俊不禁。另外，它们对于周围世界木讷迟缓的感受方式，具有儿童懵懂无知的意识特征和人类原始思维混沌初开的特点；它们短暂而漫长的旅途，似乎是对人类历史的一种影射：对于浩大的宇宙来说，人类的存在何其短暂。这在一定程度上消解了所谓人类文明悠久、辉煌的宏大叙事，揭示了人之存在的微不足道与荒诞本质。

在少儿喜爱的动画影视中，“结伴旅行”成为一种情节模式：年轻的主人公怀揣对未知世界的渴望出发，途中与朋友相遇相伴，一路经历种种趣事和冒险，也在快乐分享、患难与共中结成了牢不可破的友谊，如《狮子王》《马达加斯加》《快乐的大脚》等。《三界》也有酷似这类动画片的场景，如小乌龟与小甲虫两次解救飞碟，尤其是小乌龟的“暴走”，很容易让人联想起《冰河世纪》《疯狂农庄》等动画片中类似的镜头，小乌龟与小甲虫的对话，也极具欧美动画片的风格和神韵。正因如此，万象峰年的小说更接近儿童文学作品，也将更容易为影视传媒所接受。

二、文化视阈下的生存困境

“存在”是现代主义文学的一大主题，现代主义文学总是试图揭示人之存在的荒诞性，就万象峰年的作品来说，无论《城市，城市》《后冰川时代纪事》，还是《三界》都处处凸显了这一主题。弥漫小说《三界》情节中的正是这种存在之思：无论是外星飞碟，还是孤独的小男孩、笨拙的小乌龟和小甲虫，“三界”中的所有芸芸众生，都在各自的世界里困顿不堪，如同卡夫卡《变形记》中的格里高尔，在被放逐和遗弃的境遇里挣扎，忍受着难以排遣的孤独，小说形象地隐喻了现代人的某种精神境遇。

《三界》由于采用动物叙事的手法，小说中的各种生存困境，也是在生态视阈下呈现的：成群结队的蝗虫在小燕子的“喙下”仓皇逃生、小乌龟被老鹰抓上天空……所有的生物，都在各自的食物链里经受着吃和被吃的生死轮回。而人类更是如此，他们仅仅为了纯粹的消遣而不惜荼毒生灵。如小说中的小男孩唐卡，把小甲虫眼里的情人“小仙子”关进瓶子，当它不愿充当小男孩的玩物时，他就残酷地虐杀了它，连动物本能的假死也不能使它逃脱厄运。另外，被许多科幻作品神话了的驾驶飞碟的外星人，在这里却没有任何超众的禀赋，可以被一只“细腰蜂”困得一筹莫展，在小猫的脚爪下，仓皇得如同一只老鼠；后来，由于飞碟的电池耗尽了电能，它更是狼狈得连朋友都出卖了。这种处处困顿的情形，颇似加西亚·马尔克斯《巨翅老人》中衰老不堪的老天使，“外星人”这一形象所具有的所有神秘色彩在这里被消解殆尽。由此看来，世界的存在本身是荒诞的，如作品所描写的：“如果这个世界真的有一个创造者，这个创造者的初衷一定是不完美，每一个生灵都被不完美的设计小心地限制着，让它们永远接触不到那个最后的真相，生活的意义就是没有意义。”这正如法国新小说作家罗伯－葛里耶在《未来小说的道路》中写的：“世界既不是有意义的，也不是荒诞的，它存在着，如此而已。”[2]小说因此充满了现代主义的荒谬感。

这种荒谬感还体现在一些特殊的悖论上，比如，小说指出世界是由词语创造的，但同时词语又会形成有趣的悖论，比如男和女是世界的两面，他们之间的距离是“世界上最近的”，也是“世界上最远的”；再如，“对的东西往往感觉不对，感觉对的往往不对”；还有“事实会伤害美好的东西”“事实也可以让你免受伤害”……这种比比皆是的悖论，在增强小说荒谬感的同时，又使小说充满了一种机智的谐趣，构成了小说的哲理化色彩。

从《城市，城市》开始，几乎在万象峰年所有的小说中，“城市”都是一个被文明高度异化了的文化空间，甚至宇宙本身就是一座城市，它成了人类生存困境的一个空间意象，形象化地表征了现代人的处境，即如西方学者所言：“城市的吸引力和排斥力为文学提供了深刻的主题和观点：在文学中，城市与其说是一个地点，不如说是一种隐喻。”[3]城市对人从身体到精神上的禁锢，构成了一座难以逾越的围城，类似于艾略特笔下的荒原。在中国传统文化里，城市本来就是一个与和谐自然的田园文化背道而驰的文学原型，与接近自然的乡村相比，城市由于远离自然而疏离了人性中天然率性的一面，“城里的人想打出去，城外的人想打进来”，是许多关涉城市文学作品的共同主题，于是，逃离城市、寻求新的生存空间，就成为现代人注定的宿命，成为其必然的精神归宿，而万象峰年小说所呈现的，正是现代主义文学这一长盛不衰的表达主旨。

小说还昭示我们，正是人类创造出来并赖以生存的文化，对人自身形成了禁锢，造成了人的异化。因此，小说指出：“人类界是人类的影子，动物界和外星界也是人类的影子，人类才是所有世界的主宰，是……世界的创造者。”人类创造了世界，而人类赖以创造世界的，是他们的文化，词语则是文化的符号和外在表现形式之一，词语成为世界存在的一种确证，在这一角度上，如小说中所写的：“世界是由词语建造的”“词语往往暗示着世界的规律”。词语因蕴含了人类文化的全部信息，而具有无穷的能量和魔力，所以小男孩在教室黑板上的画，竟然燃烧成为现实中的火灾，相应地，对于词语的遗忘，也就是对于文化羁绊的挣脱。在这种遗忘中，新的世界诞生了。

三、探求新的生存空间

在《三界》中，面对与生俱来的生存困境，各种物类都在努力打破现存世界的既定规律，打破传统的文化秩序，寻求自由无羁的理想家园和精神空间，于是，就出现了因试图寻找造物主而遭到流放的外星人，因寻找城市和世界出口而四处奔走的小乌龟与小甲虫，它们都企图在秩序之外，开拓出一个全新的生存空间。

在对生存困境的处理方式上，一方面，为了保持传统的生态和人文环境，人们在竭尽努力，这种努力也并非徒劳，小说中，一群乌龟的聚会，竟然使时间缓慢下来，成功地挽救了一座城市，使它免于工业化。但另一方面，作家显然意识到了现代性的不可避免，所以，人们要么面对和主动承担这种困境，如荷尔德林的名言，“充满劳绩，诗意地栖居在大地上”；要么从这片荒原撤退，实现精神上的逃亡。

这种精神逃亡，有时借助幻觉。比如，小男孩儿唐卡在现实中没有亲情的温暖呵护，生活在孤独寂寞之中，但在另一个空间里，他却扮演着自己的“K 星领航员”角色，独享一个无人知悉的秘密和一份隐秘的快乐。他潜入学校，躲在教室的黑板上做画，在狂乱的潜意识中摧毁了一座喧嚣的城市，然后又在美好想象中勾勒出一座平静的城市，这显然是在观念形态上的一种解构和建构的过程。还有那只原本笨拙迟缓的小乌龟，在快乐“暴走”中，看到象征工业时代的吉普车开始腐朽，变得锈迹斑斑，如一具史前巨兽的遗骸，也看到了从前的月光草原，回到了以往消逝的时光……无论小男孩还是小乌龟，他们都在美妙的幻觉中找寻心灵快乐的家园。梦境是精神逃亡的又一种形式，小说不止一次描写到了梦境，比如，同一个夜晚，那个孤独的小男孩在做梦，用来盛放星光的瓶子发出奇幻光芒“宛如他的梦境”，而小乌龟与小甲虫也在做着各自的梦：“甲虫梦到自己飞过一棵灿烂开放的樱花树，这棵樱花树一直生长到天上，树上是一个由甲虫仙子组成的王国，其中有它遇见的那一只。乌龟则在半梦半醒中看到自己生出了一双甲虫那样的翅膀，带着它飞越群星。”所有这些梦境，都是对现实的超越，都指向现实以外的理想家园，象征精神的逃亡。

相对而言，这种精神逃亡，主要体现在对传统文化观念的背弃与遗忘。无论小乌龟还是小甲虫，它们的生存之道都是忘却记忆中的痛苦、领受生命中的快乐，小说写：“记忆是痛苦的根源，能忘记也是好事”，这符合动物生命的自然逻辑，同时，也可以借此反观人类文化在积累精华的同时，也积累着糟粕的传统痼疾。于是，遗忘便成为一种彻底的颠覆和解构，如飞碟对小甲虫说“忘掉一切规律”，只要蔑视规律，任何奇迹随时都可能发生。正是在这种叛逆之光的烛照下，新的文化产生了，全新的世界就此诞生。最终，那只小甲虫在遗忘中突破了文化的藩篱，变成一粒自由的水滴，成功地穿越世界的出口，无所羁绊地抵达一个崭新的世界。

小说还提到了一些“黑科学家”，他们所致力的所谓“反向工程”，实质上是一种文化发展的逆过程，指向人类前文化时期，这也是对现存文化秩序改写与颠覆的另一种形式，在此，万象峰年事实上为我们提供了一种反思传统文化的思路，即从文化的源头寻找拯救文化的力量和资源，深究起来，这不失为一条行之有效的文化救赎之道。就整个人类文明发展史来说，文化的发展过程，在一定程度上也是一个反异化的过程，尽管这是一个艰难而悲剧性的过程，但如同那个作为流放者的外星人所唱：“星星只是抵达你眼底的光芒，但我们永不放弃，让你知道到处都有家乡……”

通过赏析《三界》等作品，可以感觉到，万象峰年的小说，似乎潜伏着巨大的文化野心，正如他自己所说：“我的身上还隐藏着一个巨大的秘密，这个秘密是如此秘密，以至于连我自己都不知道……”[4]也许，时间最终会揭穿这个秘密。我们拭目以待。

参考文献

［1］邱琳，刘彦麟．从“幻迷”到万象峰年．来宾新闻网．网址：http://www.lbnews.com.cn/staticpages/20080820/newgx48ab62f8-55033.shtml.

［2］柳鸣九．新小说派研究［M］．北京：中国社会科学出版社，1986：62.

［3］［英］马尔克姆·S. 布雷德里．现代主义［M］．中国社会科学院外国文学研究所，译．上海：上海外语教育出版社，1992：77.

［4］豆瓣网．雪舞风华（迟卉）．一次简短的采访．网址：http://www.douban.com/group/topic/2107029.

港台科幻小说创作

港台科幻小说创作综述

◎ 郑军

一、香港科幻

20 世纪下半叶以来，科幻文学自发达国家起，强势传播到几乎所有工业化地区，成为新一代读者案头的重要读物。尽管大陆和港、台文化界隔绝近 30 年，然而科幻文学这朵奇葩却几乎同时在三地悄然开放。而这半个多世纪，也正是两岸三地迅速工业化的时期。

在大陆和港、台地区，香港是中西文化交汇最彻底的地方，并且长期保持浓厚的商业气氛，产生了大批的商业化作家。这一背景使得香港科幻结出奇特的果实：一方面拥有华人世界里最具影响的科幻作家，另一方面却没有大陆和台湾那样成熟的科幻作家群体，是一个缺乏“中产阶级”的科幻格局。

要了解香港科幻，必须知道香港（包括台湾）出版业和大陆的不同。首先要知道，繁体版和简体版是两个不同的市场。大陆读者一般只能阅读到港台两地作家的简体版作品，却很少知道，这些作品最初是给繁体版市场写作的。由于版权方面的问题，简体版对港台作家来说长期都没有成为具有实际意义的市场。当港台作家展开纸笔或者打开电脑时，他们只能考虑当地读者的口味。而繁体版又是一个狭小的市场。港、台、海外华人加在一起，使用人口不过数千万，仅及大陆一个中等省。在这个市场里，一本书如果发行到一万册就堪称畅销书。而在大陆，即使达到十万册，或许也只是刚刚能从浩如烟海的出版物里脱颖而出。事实上，到了20世纪90年代，即使倪匡的新作往往也就发行千余册。

因此，即使繁体出版物的价格曾经为大陆的近十倍，但一个繁体版市场的作家如果单靠畅销书的版税的话就很难成功，甚至不能维持生活。他必须加大创作量，以多取胜。所以我们便会看到繁体版作家们的创作量与大陆作家相比，总是达到惊人的程度。不仅科幻，武侠、言情、奇幻等文学莫不如此。另外，港台出版界还有个租书店市场。就是出版社出版某个系列丛书，不是直接卖到最终读者手里，而是以租书店为主要顾客，租书店再从读者手里收租金，这样便形成了一种“准连载小说”。说它们是连载小说，它们却都以图书形式出现；说它们是完整的图书，它们却又并非一个作品出版成单一的书，而是切分成几册、十几册，每册数万字，每月推出一到两本，这样反复吊读者的胃口。这种作品往往被拉得很长。黄易二百万字的《寻秦记》便是在这种情况下写成的。台湾目前最长的一本小说叫《魔龙传说》，字数多达六百万字，正是出自这种租书店体制。

无论是倪匡那样以作品种类多为特点，还是像黄易那样写长长的租书店小说，肯定都违背了文学的基本规律。作品免不了粗制滥造，横生枝节。他们的许多作品几乎没怎么修改，付印时还保留着初稿的痕迹。但如果以此来怀疑作者的实际水平，则并不恰当，因为那是繁体出版市场被人为割裂的结果。大陆作家如果能出版一本发行量上百万册的著作，版税会很丰厚，这个优势到目前为止还是港台作家无法企及的。

还有一个背景，就是繁体市场里科幻迷的绝对数量无法与大陆相比。单独来考察，两岸三地“铁杆”科幻迷占总人口的比例都很少，但在大陆，他们的绝对数量已经能够支撑起一个科幻市场，允许作家写作较为纯粹的科幻小说，而仍能保持起码的发行量。但是在繁体文市场，写作纯粹科幻小说必败无疑。以黄易为例，他十分熟悉科幻小说，曾经立志于创作纯粹的科幻，但后来还是不得不改弦更张。

这些背景，是单单阅读简体版港台科幻的大陆读者所不清楚的。而不了解这些背景，就很难理解港台科幻的特点。

第二次世界大战之后，弹丸之地的香港尚未有自己的科幻原创，主要翻译外国的科幻名著，出版有《基地》《火星之沙》《双星》等经典，但翻译质量参差不齐，除了少数佳作外，对翻译作品的选题也缺乏眼光和系统。另外，还零星出现过一些在翻译中加入修改的作品，不过一直没有普及开来，受众面狭小。

进入 20 世纪 60 年代，倪匡挑起香港科幻的大旗。他的作品数量巨大，促使科幻这种文体走向通俗化、本土化。迄今为止，倪匡仍然是全世界作品发行量最大、最具影响力的华人科幻作家。倪匡的作品令港台两地不同阶层的人士认识了科幻小说，在普及科幻这个文体方面具有相当意义。在倪匡称雄的年代里，“卫斯理”几乎成了科幻的代名词，他的作品又被戏称为“倪幻”。

倪匡本名倪亦明、倪聪，原籍浙江宁波，1935年出生于上海。1957 年到香港，做过工人、校对、编辑，是自学成才的职业作家。倪匡创作了大量通俗文学作品，除科幻小说外，还出版有许多武侠小说和百余个剧本。鼎盛时期的倪匡与武侠作家金庸、歌词作家黄霑、美食文章作者蔡澜并称为“香港四大才子”。1987 年 11 月 10 日，香港作家协会成立，倪匡当选第一任会长。可以说，在香港，“倪匡”这个名字从一开始就超越了“科幻圈”的狭窄界限，成为大众文化符号。

从 20 世纪 90 年代后期开始，大陆出版的一些中国当代文学史或港台文学史著作里，均提及倪匡的创作成就。某些著作里，倪匡甚至是两岸三地被唯一提到的科幻作家。在香港《亚洲周刊》评定的“20 世纪中文小说百强评选”中，倪匡的早期作品《蓝血人》列为第九十四名，是所有中文科幻作品中唯一入选者。北京《新京报》进行过 20 世纪影响最大的中文小说评定，倪匡的另一部作品《钻石花》入选。

虽然倪匡的影响力非同小可，但认真评价倪匡在科幻创作方面的成就却非常困难。经常有人在争论倪匡作品是不是科幻？其实这是个“伪命题”。倪匡创作量巨大，包括科幻、武侠、言情、电影剧本、报刊专栏文章，等等，出书种类繁多，总字数超过千万。因此，只有具体去谈倪匡的某一本作品是不是科幻，才有实际意义。

不过，虽然倪匡涉猎颇广，并且不愿意承认自己是科幻作家，但他产生影响的主要还是科幻创作。除最著名的《卫斯理系列》外，他还创作了《木兰花系列》《亚洲之鹰罗开系列》《原振侠系列》等，不过水平等而下之。所以,《卫斯理系列》一直是倪匡作品的代表，甚至以“卫斯理”作为他的笔名。在一些由卫斯理小说改编的电影里，卫斯理这个人物都被冠名为“科幻小说家”，充分体现了倪匡在公众心目中的形象。因此，称倪匡为科幻作家并无不可。

由于前面介绍的背景，倪匡生产了大量作品，少量精品淹没在众多粗制滥造之作中，而主流文学评论家往往没有精力从近千万字的倪匡作品中捡选其佳作。另外，倪匡本人并不以纯粹的科幻创作为目标，同样以“卫斯理”为主人公，该系列作品里既有纯粹的科幻小说，也有纯粹的魔幻小说，更有完全不具备超现实情节的冒险小说。这种现象在科幻史上其实并不少见。远如凡尔纳的“在已知和未知世界中的漫游”，近如美国电视剧《X 档案》，都在同一系列里涵盖科幻与非科幻作品，给研究者的体裁鉴别工作带来难度。

另外，仅以水平而言，倪匡科幻小说的主要代表作均创作于 20 世纪六七十年代。尤其是 20 世纪 70 年代的一些佳作，堪称个人创作水平的顶峰。晚期作品则题材重复、水平下降。目前，倪匡基本停止创作，在旧金山家中安度晚年。

由于作品量大，佳作与滥作并存，所以，倪匡小说往往得到两个极端的评价。有人认为他的作品是经典华文科幻小说，有人说他的作品只是一些神怪武打小说，甚至是文字垃圾。形成这种差别的主要原因，便是对倪匡作品阅读不够全面。从文学角度看，像《蓝血人》这样颇具影响力的作品其实还不能代表倪匡科幻小说的最高水准。

倪匡的科幻精品包括《大厦》《迷藏》《古声》《眼睛》等。他的早期作品严格遵循科幻创作规律，许多作品都引入当时西方科幻的主流题材，如《规律》中的行为主义心理学,《笔友》中的人工智能,《合成》中的脑移植等。1976 年创作的《头发》堪称倪匡科幻在思想和艺术上的顶峰之作。

同时，卫斯理科幻也是中文特色科幻的典型代表。在倪匡笔下，卫斯理这个人物从性格、价值观、思维方式到生活习惯都是典型的“中国人”。在《极刑》中，作者将司马迁、岳飞、袁崇焕等历史人物的受刑过程从瞬间变成永恒，可以从中看出倪匡在精神世界里坚决地保持着中国传统知识分子的价值取向。如此鲜明的华人形象，在两岸三地的中文科幻小说里其实并不多见。

与 20 世纪六七十年代同期开始创作的大陆、台湾科幻小说不同，倪匡当时的科幻小说在今天一代新读者中的影响仍然不亚于以前任何一个时期，这充分说明了它们在艺术上的吸引力。

与倪匡在市场、媒体、主流文学界所受到的重视呈鲜明对比的是，大陆科幻界对倪匡科幻小说的评论不仅很低，甚至多有冷嘲热讽。一些朋友可能是不了解繁文图书市场的运作机制，或者不了解倪匡本人的创作背景；有的作家仅以文人思维去判断，不理解倪匡为什么没有静下心来，创作一两部能够流传百世的作品。

再有一些朋友是对倪匡的作品接触极少。除重庆的舒明武先生曾经大量阅读倪匡小说外，大陆主力作者几乎均非倪匡小说的粉丝，仅仅听说他的书很流行，随机地拿几本翻阅。倪匡认真创作，能够体现他写作实力的科幻小说，不及作品总数的十分之一。而倪匡本人或者出版商从未对其作品进行编选。所以，随机挑中的作品属于滥作的可能性极大。而单凭随便抓到的几本倪匡作品去判断，很容易形成倪匡小说是伪科幻、劣作的印象。

除此之外，这种几乎众口一词的劣评，也未尝没有文人相轻的原因。同样写科幻小说，但论及作品发行量、个人关注度，大陆科幻作家无人能与倪匡比肩。然而需知，倪匡在今天所拥有的影响力是凭几百部作品，加上四十年时间慢慢积累出来的。即使某些大陆作者确实创作了质量更高的科幻小说，也必须静待足够的时间去扩散它的影响力才行。

另外，倪匡在科幻方面于香港的小环境下可谓“独学而无友”，在他创作的高峰期，那里没有一个像武侠圈那样成熟的科幻圈供他切磋借鉴。一个单枪匹马的战士，能够打下如此江山，我们只能钦佩他惊人的创造力。要求倪匡创作十分“正统”的科幻，毫无现实意义。

在华人世界里培育了两三代、成千上万的科幻爱好者，这就是倪匡给予中国科幻最大的贡献。

20 世纪 80 年代末、90 年代初，倪匡创作力下降后，黄易扛起了香港科幻大旗。黄易原名黄祖强，学艺术出身，后来开始尝试文学创作。他原本对武侠小说非常痴迷，但在当时的香港，武侠小说由金庸和古龙一统天下，唯有另辟蹊径，于是他选择了写科幻小说，以“凌渡宇系列”迅速成名，赢得无数读者。黄易的早期科幻小说有倪匡的影子，后来渐渐走出了自己的新路。

与倪匡一样，黄易的科幻小说内容也极其庞杂，天文、地理、军事、术数等无不囊括。在创作理念上，也与正统科幻小说颇为不同，他发明了一个新名词“玄幻”来命名自己的科幻小说。所谓玄幻，也就是糅合了玄学与幻想，将科幻从人类对外在时空的无限想象拉回到人类内在的精神世界，把心灵放在极其重要的位置，加强了对人类自身的反思。在此过程中，不可避免地掺入一些对人类特异功能、超能力的描写，有一些违背科学精神的地方。

成名之后的黄易开办了自己的出版社，创作了众多大部头的小说，创作重心也逐渐转到了武侠小说上，后期的一些作品如《寻秦记》等，试图将科幻与武侠结合起来，但基本是套用了科幻的壳子，形式仍然是武侠。由于创作数量大，速度快，泥沙俱下，而且，其早期作品中不乏色情成分，拉低了创作水准。不过，其巨大影响力充分证明了黄氏作品的独特魅力。

20 世纪 90 年代中期，黄易的科幻小说进入大陆，迅速出现了庞大的读者群，由于其作品的争议性，还引发了很多论战。

如今，黄易隐居在大屿山，专事写作，正在创作更多的作品。随着互联网的发展，他的小说有更加风靡的趋势。

与黄易同期的宇无名则创作了一系列“超科幻小说”，他将军事等元素渗入科幻，故事情节不错，不过影响力较小。谭剑是另一位当代主要的香港科幻作者，代表作品有《虚拟未来》《换身杀手》等。他起步于 20 世纪 90 年代，如今凭《人形软件》受到大陆读者的关注。

此外，香港还有一些科幻作者，如乔靖夫，代表作品有《吸血鬼猎人日志系列》《冥兽酷杀行》；周显，代表作品有《超重岛》；苏文星，代表作品有《幻海魔钟》；武藏野，代表作品有《最强之刃》《杀人战术》；萧志勇，代表作品有《未来的冬夜，一个旅人》；毕华流，代表作品有《悬空海之战》等。不过这些作品大多是科幻与武侠、魔幻等门类杂交的边缘化作品，科幻特点不强。

总的来说，除了倪匡和黄易两座孤峰外，香港科幻缺乏中坚力量，与大陆科幻界的交往也很少。最重要的是，那里从未形成一个有规模的科幻圈子。这使得香港科幻的培育缺乏基本“土壤”。

1987—1988年，从大陆移民香港的杜渐在《商报》开辟了一个名为“怪书怪谈”的专栏，推广正统的科幻文学。1990—1991年，杜渐撰写了一套上下册的《世界科幻文坛大观》，资料颇为详尽。杜渐本人也创作有大量科幻小说，以十万字左右的中长篇为主，其作品有《即食面谋杀案》《死光》《战魂》《铜龙》等。在大陆，也有杜渐科幻小说集出版，比如科普出版社于1997—1988年陆续出版了他的《黑龙三角》《宇航历险记》《机器人传奇》《太空战士》等10册。

同一时期，杜渐亦与李伟才、黄景亨、潘昭强等协力办过四期《科学及科幻丛刊》(1990年出过两辑，1月一辑，4月一辑），当时虽然处于起步状态，但内容形式俱佳，可惜后因资金及销量等出现状况而宣告停刊。2002年，由香港艺术发展局提供资金赞助，香港科幻界同仁萧志勇等再次创办《科幻与科学杂志》，发表两岸三地的科幻作品。

同时，一些香港报刊也开始刊登科幻小说，如《男杂志》《小说世纪》《东周刊》等，多少扩大了科幻文学的影响力。1996年，“香港科幻会”成立，支持着香港科幻文学的微弱局面。

1986年，李伟才在《读者良友》主持“SF阅读与欣赏”专栏，以题材分类介绍西方科幻代表作，包括科幻电影与科幻小说。1988年，作者将这些专栏文字整理成一本书，名叫《超人的孤寂》，约七万字。在该书中，李伟才不仅介绍了各种科幻经典，还对科幻的概念、发展和创作特点进行了一些理论分析。在当时，这本书起到了“科普——科幻普及”的重要作用，很多科幻迷和后来的科幻作家都曾经读过它。可惜的是，最终面世的这部分文字，只完成了作者最初构想的四分之一。

香港科幻界同仁还曾经举办过科幻小说创作比赛，并将获奖作品结集，编成《一个昆虫与青草的国度》和《不死的灰白体》两套丛书。这些作品显示了香港作者在“正统科幻”方面的创作能力。

二、台湾科幻

台湾科幻文学与大陆科幻最大的区别在于没有科普创作渊源，完全萌发于文学阵营，这也使台湾科幻在发展上少了许多包袱。

1956年，香港亚洲出版社出版《科学故事丛书》，一共三本:《飞碟征空》《太空历险记》和《月亮上看地球》，作者为赵滋藩。小说以祖孙二人的一次太空冒险旅行为主线，通过对话形式介绍有关太阳系的知识。这些作品销售到台湾后，被视为台湾科幻小说萌芽的先兆。①

台湾科幻界普遍承认的第一篇科幻小说是女作家张晓风的《潘渡娜》，发表在1968年的《中国时报》上。《潘渡娜》是"潘多拉"一词的台湾译法。《潘渡娜》不足两万字，和英国女作家玛丽·雪莱的科幻开山之作《弗兰肯斯坦》类似，讲的也是人造人的悲剧故事，文笔优美，哀婉动人。

稍后，张系国和黄海开始了科幻创作，并称台湾科幻的两大元老。张系国，1944年出生于重庆，在台湾长大，是一位电机工程师和计算机科学专家，现已定居美国，任美国匹兹堡大学教授，并创办知识系统学院。1969年3月，他在《纯文学》月刊发表了三万字的科幻小说《超人列传》，轰动一时。该小说一步到位，完全切入了当时世界科幻的主流，对科技发展扭曲人性的阴暗未来做了警示性的描写。作者在这篇小说里表现出来的幽默诙谐在以后的创作中一以贯之，成为其科幻小说的一大特色。1972年开始，张系国以"醒石"为笔名，在台湾《联合报》副刊开辟"科幻小说精选"专栏，译介世界各国科幻短篇优秀作品，为台湾科幻的发展大声疾呼。1978年，他将该专栏文字汇编成《海的死亡》，由纯文学出版社出版。同时，他还以《星云组曲》为总题，在《联合报》副刊开始发表系列科幻小说。此外，张系国还以"呼回世界"为背景，创作了"太空剧"式的长篇科幻小说《城》系列，包括《五玉碟》《龙城飞将》《一羽毛》三部。该系列在太空中构造了一个近乎中世纪的社会，把中国传统文化的种种弊端摆在这个舞台上讽刺鞭笞，但主要目的还是创造一个自成体系的

① 黄海，叶李华，吕应钟. 台湾科幻五十年年表［M］// 吕应钟，吴岩. 科幻文学概论. 台北：五南图书出版公司，2001.

独特社会，包括自己的语言、文字和风俗习惯，别有趣味，堪称台湾科幻小说的代表作，也是中文科幻“太空剧”题材的经典之作。1990年，张系国在台湾创办科幻杂志《幻象》季刊，大力提倡中国色彩的科幻创作。其后张系国用了将近二十年创作包括衣、食、住、行、育乐五部包罗万象的大器小说系列，将近四十篇短篇、中篇小说中仅有育乐部的《神交侠侣》包括数篇科幻短篇小说。近年张系国又开始创作科幻长篇小说“海默三部曲”系列，第一部《多余的世界》已于2012年出版。张系国的野心是以三部曲探讨人生终极的哲学问题。

台湾科幻另一位开拓者黄海，本名黄炳煌，祖籍江西，1943年1月1日出生于台中市，曾任《联合报》编辑、《儿童月刊》主编，兼任过《中央日报》编辑、照明出版社（科幻小说丛书）总编辑等职。早年因为校对翻译科幻小说的文稿，接触到西方科幻小说，开始了自己的科幻之路。黄海于20世纪60年代末期由文艺小说转入科幻小说创作，其于1969年12月出版的《10101年》是台湾文坛第一本较具规模的科幻小说集。20世纪80年代他又转入儿童科幻小说、科幻童话的创作，并连获大奖，由此奠定了在台湾儿童文学界和科幻文学界的地位。黄海所获奖项很多，主要有：洪建全文学奖、少年小说首奖（《奇异的航行》）、中山文艺奖（《嫦娥城》）、国家文艺奖（《大鼻国历险记》）、东方少年科幻小说奖（《地球逃亡》）、中华儿童文学奖（《航向未来》）等。

黄海有两篇科幻小说《机器人掉眼泪》《第三只脚的味道》被选入《台中县国民中小学文学读本》，前者曾于2002年8月被公共电视改编为电视剧播出，后者曾于1989年获得《小鹰日报》举办的海峡两岸首届少年小说奖。黄海还有其他一些儿童科幻小说曾被改编成录音带发行。

黄海的长篇科幻代表作是《鼠城记》。在这部作品里，黄海描写了世界大战后的灾难环境，后来这成为他惯写的题材。如今，黄海依然笔耕不辍，最近创作的政治幻想小说《永康街共和国》，以科幻文学的特殊方式批判台独；最新科幻小说《千年烽火奇幻游》也已出版。他在创作之余还总结科幻写作经验，主持一些科幻讲座，在理论上对台湾科幻文学进行总结，并出版有《台湾科幻文学薪火录》一书，系统总结台湾科幻几十年的得与失。

稍晚于张系国、黄海出生的叶言都（1949—）也是一位很有影响力的台湾科幻作家。他职业生涯中最长的一段经历待在《中国时报》，从记者、编辑一直到副总经理。这段媒体人生涯为他后来写出《海天龙战》这类高度结合时政的科幻小说提供了基础。

20世纪七八十年代，台湾曾经有一波科幻出版高潮，叶言都就在这波高潮中脱颖而出。他的作品并不多，全部是短篇，结于一本名叫《海天龙战》的集子，该集于1987年由知识系统出版，2008年又由猫头鹰出版社再版，内含《古剑》（1987）、《高卡档案》（1979）、《绿猴劫》（1985）、《我爱温诺娜》（1985）、《迷鸟记》（1986）五篇小说。《海天龙战》不是该集中任何一篇作品的篇名，而是单独为这个集子起的名字，取意于易经中的卦词“龙战于野，其血玄黄”。日久天长，这个书名倒比书中某些短篇的名字流传得更广，成为叶式科幻代名词。

《海天龙战》的内容都与战争有关。20世纪七八十年代正值冷战高峰，处于冷战前沿的台湾地区更受此大气候的影响。而且台湾周边一些东南亚国家或者彼此有领土争端，或者内部有民族矛盾，这些都体现在《海天龙战》里。将科幻与国际政治时事挂钩的作品，在当时中国大陆更是常见。直到20世纪90年代后，这类题材才随着冷战结束，同时在两岸科幻中被边缘化。

虽然以政治阴谋为主线，然而《海天龙战》的不同处在于，每篇均以一种高科技战争技术为主线。《绿猴劫》和《迷鸟记》讲的是生物武器，《我爱温诺娜》讲的是气象武器，《高卡档案》更是将一种本质上无害的药品变成武器。科技因素在人类历史上一直改变着战争形态，这在20世纪表现得尤其明显。而《海天龙战》无疑将对这种改变的关注延伸到了未来。时至今日，书中的每种战法虽然未曾实施过，但却都在军事大国的研究开发计划中。

展望各国各地区的科幻发展史，似乎都有一段从天马行空到回归现实的经历。《海天龙战》是台湾科幻这一趋势的代表。叶言都从未将科幻背景放在千百年前后，或者多少光年外，而是扎扎实实地定位于“此时此地”。当年这曾被称为台湾科幻的异数，而在今天，这一趋势以“高科技惊险小说”之名大行于世。

为了写好小说中的科学背景，叶言都花力气请教生物学家和气象学家。很少有科幻作家为几个短篇下这番功夫。人们总认为科幻小说不是现实题材小说，不需要深入生活。其实不然，写科幻也需要“体验生活”，只不过科幻作家要体验的主要是科学共同体内部的活动和文化特点。当他们写科学家时，要写得逼真，而不是将科学家漫画化为“动脑筋爷爷”或者“科学怪人”。而接触科学家，对于一般作家来说并不容易办到。

在短篇《高卡档案》中，东南亚某国拥有一种名叫 MB–19 的药物，能控制人类 X 精子活动能力，女性服用后只接受 Y 精子，生育男性的比例高达百分之九十。该国政府以此为手段，诱使反叛的少数民族高卡族自行改变性别比例，导致其社会崩溃。这种有“总体战”味道的战术比一般科幻作品里打打杀杀的战争要高明许多。小说以档案作为叙述手段，将“重男轻女”这个农业社会的普遍问题以科幻方式进行夸张处理，思想主题较为独特。

《古剑》是《海天龙战》中一篇较另类的作品。一个青年学成为武师，并寻找千年古剑与人决斗，这看上去完全是一篇武侠作品，然而在结尾处一下子收归于科幻。因为讲述了科技进步这个所有科幻的共同母题，《古剑》成为一篇有趣的科幻小说。

被视为叶言都代表作的《我爱温诺娜》曾获台湾“第八届时报文学奖科幻小说首奖”。在这个宛如言情小说般的篇名下面，作者写了一个冷酷的战争故事。布龙国与加西亚隔海对望，后者准备用“万船齐发”这种低科技手段发动侵略。前者国小兵少，遂使用气象战改变台风路径，倾覆了加西亚的秘密船队。篇名中的“温诺娜”其实是小说中那场台风的代号。

小说开篇用雄浑的文笔来描写台风的宏伟，以及相比之下人力的渺小。“深陷的旋涡、浑圆的周缘”，用这样的文字来描写一种自然现象，显示了科幻小说特殊的美学追求。科技无非是人类与自然力量打交道的工具，人与自然如何相处，这个命题一直吸引着科幻作家的目光。小说以气象专家吴盛嘉和情报专家邱瑞扬为主人公，通过人物的言谈举止，不仅写出了气象战的技术过程，还描写了科学共同体的某些价值观，比如气象学家要怎样面对公众误解，各学科应该如何整合等，这都是科技工作者才关心的问题。当科幻作家把科学家定位为主人公，他就要从这个群体的内部，而不是从它的外部展开描写。

宋泽莱也是台湾科幻的一位重要作者。他出生于 1952 年，本名廖伟竣，台湾云林人。宋泽莱是台湾文学界少有的写作天才之一，大学时代就写了三本心理学色彩浓厚的现代主义小说。1985年，他出版了灾难题材长篇科幻小说《废墟台湾》。该作品以倒叙的方式，通过“废墟台湾”中的一部日记，描写环境污染和政治动乱毁灭台湾的全过程。宋泽莱曾获时报文学奖小说推荐奖、联合报文学奖小说奖等奖项。台湾其他的科幻作者还有平路、张大春、林耀德、廖志坚、黄凡、骆伯迪等。

台湾科幻界同仁在创作之余，也为打造科幻阵地不遗余力地奔走。1977年11月，吕应钟创办了《宇宙科学》杂志，主要刊登飞碟、外星人、天文发现、超自然现象等探索文章和少量科幻小说。1978年7月，该刊举办了台湾第一次科幻座谈会。1978年4月创刊的《少年科学》发表过一些科幻小说，其他综合性文艺杂志如《新生副刊》《明道文艺》《幼狮文艺》《宇宙光》等也相继刊登过黄海的科幻小说。1980年1月,《新少年》杂志创刊，特别重视科幻专页。1981年，台湾科幻文学主要倡导者张之杰创办了《科幻文学》季刊，但仅发行一期就停刊了。张之杰后来任《科学月刊》主编，在该刊物上经常编发介绍科学文艺的文章，1997年出过一期“科学与科幻专辑”，旨在以科学为本探讨科幻。20世纪80年代中期，照明出版社出版系列科幻小说、科幻理论，并出版了《飞碟与科幻》双月刊，带动了科幻风气，还出版了吕应钟翻译的美国作家克拉克的《2001：太空漫游》，又以吕金皎为笔名在照明出版了台湾第一本科幻理论著作《科幻文学》，该书前半部分概述了国外科幻小说的演进过程及科幻观念，后半部分则在参照有关资料的基础上，整理了科幻小说写作的理论。

1990年，在张系国的筹划下，科幻杂志《幻象》（季刊）在台湾创刊。该刊每期多达三百页，内容十分丰富。《幻象》存在时曾与大陆科幻界保持密切联系，经常发表大陆科幻作家的作品，还于1991年举办了首届面向两岸三地的“世界华人科幻艺术奖”，奖项有科幻短篇小说奖和科幻漫画奖两种，前者获得首奖的是韩松的《宇宙墓碑》，二等奖是姜云生的《长平血》。不过由于经费和发行问题，该刊也仅坚持了两年便停刊了。

20世纪90年代末，在网络大潮中，叶李华曾经引入台币五百万元资金，搞起了宣传科学和科幻的“科科网”，是两岸三地唯一以科幻为主题的专业网站，但很快便因为资金不继而关闭了。1999 年 9 月，叶李华任职台湾交通大学后，设立了“交通大学科幻研究中心”，2000 年，张系国和康来新教授也在中央大学开设了科幻文学课程。2001 年，由叶李华组织，在台积电等大企业的资助下，举办了“倪匡科幻奖”征文，其短篇小说首奖达到二十五万新台币（约合六万余元人民币），即使在台湾地区文学界里也是很高的。这个征文吸引了两岸三地许多作家参加。这个科幻奖总共举办了 10 届，于 2011 年春终止，同年夏天，叶李华离开了台湾交通大学。

台湾科幻文学作者数量比香港多，虽没有人获得如倪匡那样的商业成功，但文学素质普遍较高，社会活动能力较强，正是香港科幻所缺乏的“中产阶级”。自 20 世纪 70 年代开始，这些作者即形成了自己的圈子切磋交流，这与大陆科幻界颇为相似。

台湾科幻作家们大多拥有中华文化的情怀，在作品里表达了对中国强盛未来的希望。由于基本都出身于文学阵营，台湾科幻作家从一开始就具有足够的艺术自觉性，在更为文学化的轨道上发展。

自 20 世纪 80 年代中期开始，台湾科幻界便与大陆科幻界建立联系，黄海曾于 1988 年来到大陆，与叶永烈等人会面。《幻象》杂志创办后，叶永烈还曾担任编委。姜云生则是向大陆方面介绍台湾科幻的主要人物。大陆和台湾作家互相将对方作品介绍给本地出版社，扩大影响。台湾黄海、张系国等人的作品在大陆出版，大陆作家王晋康、刘慈欣、郑军、刘相辉等人的作品也都相继在台湾出版。进入 21 世纪后，互联网的普及更方便了两岸科幻作家间的合作交流。

由于繁体版读者面的相对狭小，市场开拓能力不足，自《幻象》停刊后，台湾科幻界暂时失去了凝聚力，进入相对分散和停滞的阶段。

20 世纪 90 年代以来，台湾科幻作者中，作品数量最多、影响最大的要属苏逸平。苏逸平毕业于美国华盛顿大学机电系，从事过影视、软件开发、旅游等工作。博杂的职业生涯给了他丰富的人生阅历，中华传统文化的深厚积累是他创作的另一个源泉，而自幼对幻想的喜爱则为他确定了创作方向。

1997 年，苏逸平利用业余时间创作了科幻长篇《穿梭时空三千年》，连载于台湾《中国时报》，引起轰动。从此一发不可收拾，短短两三年里，就创作了一批以“时空英雄葛雷新”为共同线索的科幻小说，成为台湾科幻界一颗耀眼的新星。在这些科幻小说中，苏逸平虚构了自21世纪初到24世纪的未来史，以及从上古神话开始的中国远古史。作者分别从这两方面入手，建构出引人入胜的史诗般的情节。苏逸平的作品具有惊人的想象力，气势恢宏，情节曲折，在冷峻的高科技背景下展示着分明的是非和充沛的情感。作者特别擅长以中国远古神话和历史为背景构筑故事，使作品具有极为鲜明的中华特色。虽然时间旅行这个题材并不新鲜，且容易流入俗套，但作为一个工科专业的毕业生，苏逸平不仅具备古代文化的广博知识，还尽可能为作品增添科技含量，补充其“硬度”，对天文、宇航、生物科技等方面的描写十分准确。

作为一名新锐作者，苏逸平受到内地读者的关注是在2000年年初。当时，他的代表作《穿梭时空三千年》在“网易”网站的首页上连载。2001年，中国社会科学院出版社正式出版了他的七部科幻作品:《穿梭时空三千年》《星座时空》《龙族秘录》《惑星世纪》《星舰英雄》《封神时光英豪》《东周时光英豪》。目前，苏逸平已经成为充分获得市场认可的台湾科幻作家。

进入21世纪，洪凌、纪大伟为代表的台湾青年科幻作家开始赢得读者的关注。洪凌（1971—）原名洪冷冷，属于学者型科幻作家，1994年，其《记忆的故事》在《幼狮文艺》庆刊40周年科幻小说征文中获得二等奖，出版有短篇小说集《肢解异兽》《异端吸血鬼列传》《在玻璃悬崖上走索》《复返于世界的尽头》《银河灭》《黑太阳赋格》和长篇小说《末日玫瑰雨》《不见天日的向日葵》及《宇宙奥德赛》系列，作品具有诗化的语言和独特的风格。纪大伟（1972—），曾于1995年凭借科幻小说《膜》荣获联合报文学奖中篇小说奖。

两岸三地综合比较，台湾科幻力量相对较弱。既未有大陆庞大的科幻迷群体和数以百计的科幻作者，也没有倪匡和黄易这样影响巨大的单个作家。然而台湾科幻界的努力并不能因此被忽视，他们也构造了中文科幻的独特风景。

值得一提的是，虽然两岸在文化上隔绝三十年，双方的科幻创作在完全没有交流的情况下各自肇始，但两岸科幻界却不约而同地将“Science Fiction”译为“科幻小说”，而且也都曾经使用过、后来又放弃“科学小说”这个称呼，这是个非常有趣的默契。

潘渡娜

◎ 张晓风

回想起来，那些往事渺茫而虚幻，像一帧挂在神案之上的高祖父的画像，明知道是真实的，却给人一种不真实的感觉。但也幸亏不真，那种刺痛的感觉，因此也就十分模糊。

那一年是1997年，20世纪已被人们过得很厌倦了，日子如同一碟泡得太久的酸黄瓜，显得又软又疲。

那时候，我住在纽约离市区不太远的公寓里，那栋楼里住着好几百户人家，各色人等都有，像一个种族博览会。我在我自己的门上用橘红色油漆刷了一幅八卦图——不然我就找不到自己的房子，我没有看门牌的习惯，有时候甚至我也记不得自己的门牌。

就因着那幅八卦图，我认识了刘克用，而因为认识刘克用，我们便有了那样沉痛的故事。

那是一个周末的下午，他到这里来找房子，偶然看到那幅八卦，便跑来按了铃。

“这是哪一位画家的手笔？”他用英文问我。

“不是什么画家，”我也用英文回答，“是一个油漆匠随便刷的。”

“美国没有这样的油漆匠！他们不懂，他们只会把油漆放在喷漆桶里，再让它喷出来。”

“是美国的中国油漆匠刷的。”

“是你？”他迷惘地望着我。

“是我。”

“你看，我就知道不是美国人画的，”他高兴地伸出手来，“而且，能画这样的画，也不会是油漆匠。”

“跟油漆匠差不多，我是一个广告画家。”

“对不起，你能说中国话吗？”

“我能。”

“我是刘克用，我想来看看房子，想不到看到这幅画，可惜是画在门上的，不然我就要买去了。”

“我也后悔把它画在门上了，否则的话倒捡来一笔生意了。”

那天我请他到房间里面坐坐——结果我们谈了一下午，并且一起吃了火腿三明治的晚餐，而他的决定是不租房子了，反正他原来的意思也只是想偶然休假的时候，找个离实验室远一点的地方休息一下，现在既然跟我这么相契，以后尽管来搭个临时床就算了。

他是一个生化学家，我从来还没有这么体面的朋友呢！

重新有机会说中国话的感觉是很奇妙的，好像是在某一种感触之下，忽然想起了一首儿时唱过的歌，并且从头唱到尾以后，胸中所鼓荡起的那种甜蜜温馨的感觉。

我和刘克用的感情，大概就是在那种古老语言的魅力下培养出来的。

一开头，我就觉察出刘克用是一个很特殊的人，他是一个处处都矛盾的人，我想，他也是一个痛苦的人——正如我是一个痛苦的人一样。

他有一个特别突出的前额，和一双褐得近于黑色的凹下去的眼睛，但他其他的轮廓却又显得很柔和，诸如淡而弯曲的眉毛，圆圆的鼻头，以及没有棱角的下巴。

据他自己说，做生化学家是一件很简单的事，只需要把一个试管倒到另外一个试管，再倒到另外一个试管里去就好了。

“作广告画家更简单，”我说，“你只要把一罐罐的颜料都放到画布上去就行了。”

“你不满意你的职业吗？”我们几乎同时这样问对方。

然后，我们又几乎同时说“不。”

可是，我知道，事实上，他一方面也深深以他的职业为荣。我不同，我从来没有以我的职业为荣过，我所以没有辞职是因为我喜欢安定。有一次，是好多年以前了，我拿定主意要去找一个新职业，我发动我的车，想到城里去转一下，看看有什么地方招工，忽然间，我发现我糊糊涂涂地竟把车子又开回广告社去了。

从那以后，我就认命了。

“像我这种工作，”我说，“倒也不一定要‘人’来做。”

“哈，”他笑了起来，“你当别人都在做人的工作吗？你说说看，现在剩下来，非要人做不可的事有几桩？”

“大概就只有男人跟女人的那件事了！”

我原以为他会笑起来，但他却忽然坐直了身子，眼睛里放出交叠的深黑阴影，他那低凹而黯然的眼睛像发生了地陷一样，向着一个不可测的地方坍了下去。

长长的一个夏天，我不知道刘到哪里去了。我当然并不十分想他，但闷得发慌的时候就不免想起那一见如故的初晤，想起那些特别触动人某些情感的中国话，想起彼此咒骂自己的生活，想起他那张很奇怪的脸。

有一天，已经很晚了，他忽然出现在我的门口，拎着一个旧旅行袋，疲倦得像一条用得太久的毛巾，我下意识地伸出手去抢着扶他，等我们彼此觉察的时候，我连忙缩回手，他也赶快站直了身子。

“那实验会累死人的，”他撇着嘴苦笑，但等他喝了一杯水，却又马上有了开玩笑的力气了，“喂，张大仁，如果今天晚上我累死了，你应该去告他们，这种搞法是违法的，是不人道的，是谋杀。”

“去中国法庭呢，还是美国法庭？”

“去国际法庭吧！”他把鞋子踢了，赤脚盘坐在地板上，像要坐禅似的。

“你知道我今天来做什么？”

“不是真的留遗言吧？”

“不是，来告诉你，今天是七夕，很有意思的，是吧？”

我忽然哽咽起来，驾那么远的车，拖那么累的身子，就为告诉我这一点吗？

我曾经读过那些美丽的古典故事，那些古人，像子期和伯牙，像张邵和范式，但那不是一九九七年。一九九七年的七夕能有一个驾车而来的刘克用就已经够感人了。

“我照了一张相片，”他说，“很有意思的，带来给画家看看。”

那是一张放大的半身像，在实验室照的，事实上看得清楚的部分只有上半个脸，他的头俯下去，正在看一列试管，因此眉毛以下的部分全都看不见，只有突出的额头，像帽檐似的把什么都遮住了。

而相片上大部分的东西是那些成千累万的玻璃试管，晶亮晶亮的，像一堆宝石，刘克用的头便虚悬在那堆灿烂的宝石上。

“还好吗？”

“不止还好，它让我难过。”

“你也难过吗？说说看，它给你什么感觉。”

“我说不出来。”

“我来说吧，这是我们实验室里的自动照相设备照的，事实上，并不是照我，而是照我那天做的一组实验。但我偶然看到了，大仁，我想流泪了，大仁，你看，那像不像一个罪人，在教堂里忏悔。连抬头望天都不敢。”

“我倒想起另外一个故事，一则托尔斯泰写的小故事，他说，从前有一个快乐的小村庄，大家都用手工作，大家都很快活，但有一天，魔鬼来了，魔鬼说：‘为什么你们不用脑子工作呀？’”

“正是，你就是拿脑子去工作的。”

“你是指我的那个大脑袋吗？”

“我不过就是脑袋大罢了。我并不比别人多有脑子。”

我们又把那张相片看了一下，真是杰作——可惜是电眼照的。

“我带来一根笛子，”他说，“你喜欢吧？”

“喜欢，你能吹吗？”

“不太能，但就让它放在膝上陪我们过今年的七夕，不也就很奢侈了吗？”

“古人是没有什么悲剧的想象力的，”我说，“他们所能想出的最惨的故事就是两人隔了一条河，一年才见一次面。事实上呢？不要说两人，就是一个人，有时一辈子也没有被自己寻到啊！”

“好啦，老兄，为那个不善写悲剧的时代干杯吧！”他举起了他的盛满水的杯子。

我也举起了我的。

可惜我们没有一座瓜棚，不然我们就可以窃听遥远的情话。

那一夜他没有吹笛，我不久就睡了。但在梦里，我却听到很渺远的笛声。很像我小时候在浓浓的树荫下所听到的，那种类似牧歌的飘满了中国草原的短笛。

又过了两载，一九九九年的感恩节，我接到他的电话。

“我要去看你，”他说，“你托我的事我给你办好了。”

“我没托你什么事！”

“啊！也许没托吧？不过总之我替你解决了你需要解决的问题。”

“可是，什么是我需要解决的问题？”

“我到的时候你就知道了。”

他来了，满脸神秘。我浑身不安起来。

“我要给你介绍一个女朋友，很漂亮的。”

“唔，可是，你为什么不留给自己？”

“老弟，听我说。”他忽然激动起来，“你三十五，我却已经四十三了，我不会结婚了，你懂吗？我没有热情可以奉献给婚姻生活了，我永生永世都不会走入洞房的，我只会留在实验室里。”

“你比我更有资格结婚，你有一切，而我却什么都没有。”

“但婚姻是给‘人’的恩赐，我差不多等于不是人了，大仁，你也许还不太认识我，你只和度假中的我谈过话。”

“好了，刘，如果只是介绍女朋友，你就径自带来好了，这不是什么严重的事。”

“可是，可是比女朋友要严重些，我是要你们结婚的，你明白吗？”

“我对任何女人都没有偏见，只是，我怎么晓得我该不该接受，我怎能保证我要她？她是什么人？天哪，刘，你真是冒失得有点滑稽了。”

“并不完全跟你想象的一般滑稽，大仁，古老的年代里人们找个瞎子，合个八字就行了——奇怪，爱情跟瞎眼的关系似乎总是很密切的——更古老的年代，更简单，做男人的只要揪住女人的头发，拖她回洞，而女人也只要装作力不胜敌的样子就可以了——这就是所谓发妻的由来吧！”

“刘，你老实说吧，你是哪里来的灵感？你是什么时候想起要当月老的？”

“从第一眼看见你，大仁，她，那个女孩子，需要一个艺术家。”

“我不是艺术家，”不知为什么，提起这个头衔，我就觉得被损伤，“我开头就告诉你了，我只是个油漆匠！”

“我也开头就告诉你了，”他提高嗓门，“你不是，你是一个艺术家，艺术家就是艺术家，艺术家可以去擦皮鞋，但他还是一个艺术家。”

“艺术家又怎么样？”我很不高兴地说。

“艺术家给一切东西以生命，你难道不知道吗？你没有读过那个希腊神话吗？那雕刻者怎样让他的石像活了过来，你不羞吗？你不去做你该做的，整天只嚷着自己是个油漆匠。”

“好吧！你要我干什么，我只是一个男人，我不是神。跟我结婚的女人从我这儿得不到什么，除了一个妻子该得到的以外。”

“好了，你听着，有一个女孩子，叫潘渡娜的，是一个美丽而纯洁的女孩子，我不知道该怎么形容她，我爱她——像爱女儿一样地爱她，否则，我就要娶她了。”

“潘渡娜，你是说她是中国人吗？”

“为什么姓潘就一定是中国人？她不是，她不是任何民族，她只是这地球上的人。”

“好吧，我倒也不太在乎她是哪里人，她多大了？”

“你为什么一定要知道她的年龄呢？总之，你看到的时候你就会知道。她当然是年轻的，年轻而迷人。”

“她住在哪里？刘，你为什么看来这样神秘？”

“她当然住在一个地方，但我不能告诉你，除非你对她有兴趣。”

“我当然对她有兴趣，我对任何女人都有兴趣，只是我不一定有娶她的兴趣。”

“好吧，我不相信你不着迷，大仁，她的背景很单纯，她没有父母，她随时可以走入你的家，她受过持家和育婴的训练，我知道她该得到你的爱，我知道，我是她的监护人。”

他说着，忽然激动起来，深凹的眼眶贮满了泪水，他不住地拿手绢去擦泪，而他擦泪的手竟抖得不能自抑。

“她是全世界最完美的女人！你凭什么不信，大仁，你可以杀我，但她是全世界最完美的女人，至少比夏娃好，比耶和华上帝造的那个女人高明。”

他哭了。

“你喝了酒吗？刘，你不能平静一点吗？为什么弄出一副老父嫁女的苦脸来呢？”

“因为，”他黯然地望着我，“事实上，差不多就等于是老父嫁女了。”

“她在哪里，你打算什么时候带她来？”

“在旅馆，明天来怎么样？”

“好吧。”

我虽然觉得有些不妥，但想想也犯不着那么认真，刘或许是真的喝了酒，我还是别跟他争论算了。

潘渡娜真的来了，跟在刘克用的背后。

有些女人的美需要长期相处以后才能发现，但潘渡娜不是，你一眼就看得出她的美。

她的皮肤介于黄白之间，头发和眼睛是深棕色的，至于鼻子，看起来比中国人挺，比白种人塌，身材长得很匀称，穿一袭白色的低胸长袍，戴一顶鹅黄镂空纱的小帽，很是明艳照人。

她显然受过很好的教养，她端茶的样子，她听别人说话时温和的笑容，她临时表演的调鸡尾酒，处处显得她能干又可亲。

什么都好，让人想起那篇形容古美人的赋，真是所谓“增之一分则太长，减之一分则太短，著粉则太白，施朱则太赤”。

真的，潘渡娜给人的印象就是这样的，她就像按着尺码订制的，没有一个地方不合标准，比如说她的头发，便是不粗不细，不滑不涩，不多不少，不太曲也不太直。而她的五官也是那样恰到好处地安排着，她很美丽，但不至于像绝代佳人。很能干，但不至于掠美男人；很温柔，但不至于懦弱；很聪明，但不至于像天才人物。

总之，她恰到好处。但是，我一想起她来，就觉得模糊，她简直没有特征，没有属于自己的什么，我对她既不讨厌也不喜欢。

她像我柜子里的那些罐头食物，说不上是美味，但也挑不出什么来。

“我们的潘小姐很可爱的，是吗？”

我没想到刘当面就这样说话。

“是的，”我很不自在，“的确是让人动心的人物。”

“谢谢你们。”她用一种不十分自然的腔调说着中国话。

“如果你愿意，”刘又说，“随时可以到张大仁这里来，他是一个艺术家！”

“哦，艺术家。”她轻轻地叹了一口气。

“唔，并不是随时可以来，星期一到星期五，我要上班，下午一点钟才回家，圣诞节快到了，我们很忙呢！”

“没关系，上班时间我不会来的。”

我暗暗吃了一惊，她的意思是不上班的时间都要来吗，但后来想想，也没有什么，有些女孩是生来就比较大方的。

“潘小姐不上班吗？”

“现在还没有，不过有一个服装设计师要我做他的模特儿。”

她的确适合做立体的衣架子，她有那么标准的身段。

我们的初晤既不罗曼蒂克，也没有留下任何回忆，其实如果把女人分为端庄的和性感的两种，潘渡娜倒是比较偏于后者的——只是，不知为什么，她一点都不使人动心，她应该只适于做空中小姐或是女秘书或是时装模特儿，但决不是情人。

其实许久以来我一直想有一个家，一个女人。我的同事们都只想片面解决，我却留恋着旧有的一劳永逸的办法。但，潘渡娜让人有触到塑胶的感觉——虽然不至于像触到金属那么糟。

但真正糟糕的地方也许就在这里，她并没有像金属那样触手成冷，我也就没有立刻缩回我的手。

那些日子很冷，早落的雪把人们的情绪弄得很不好。

潘渡娜常来，自己带着酒，我真喜欢那些酒，还有那些她做的下酒菜。

有一天晚上，潘渡娜刚回去，电话就响了。

“你到底打算不打算写订货单？”

口气很强硬，我一时愣住了，不知对方是什么意思。

“喂，我说，你打算不打算写订货单？”

这一次是用中文说的，我晓得除了刘克用没有别人。

“什么订货单？”

“潘渡娜。”他说，“她等着结婚，她贴不起那么多的旅馆钱和酒钱了。”

“唔，”我说，“我的周薪你是晓得的。”

“我晓得，她不白吃你的，她有一笔财产，每个礼拜可以领到二百块的利息——她花不了你二百的。你只会赚不会赔的。”

“那更糟，刘，我不喜欢有钱的女人，人都很自私，都想在婚姻生活里占上风，我怕我伺候不了潘渡娜。”

“听着，大仁，你如果一定要拒绝幸运，我也没有办法，潘渡娜还不至于找不到丈夫。”

“这倒是真的。”

“可是我希望是你。”

我沉默了，如果和潘渡娜结婚，事实上也没有什么不好。但我有一点怕她，记得小时候我从不敢去插电插头，我怕那偶然跳出来的惨绿的火花。我对所有新奇的东西天生就有一份排斥心理。

“大仁，你决定了吗？”

我仍然沉默，因为我不知道除了沉默我还能做什么。

“这样吧，我想不必拖太久了，十二月二十四日怎么样？我带她去找你，然后我们一起上教堂，我先去和牧师约好，否则那一天他们准没有空。一切都简简单单就行了。”

“再拖几天吧！我要交一批货。”

刚说完，我就后悔了，我这样说等于承认了。

“啊！”我立刻听到一声欢呼，“当然，延几天也好，潘渡娜也需要准备准备。”

那天晚上，我洗了澡，照例喝一杯酸牛奶，就去睡觉了——我奇怪我睡着得那么快，我简直连一点兴奋的感觉都没有。

婚期订在十二月三十一日的晚上，一九九九年的最后一天。

中午，潘渡娜和刘来了，她穿着粉红的曳地旗袍，外面罩着同质料的披风，头上结着银色的阔边大缎带，看起来活像一盒包扎妥当的新年礼物。

教堂就在很近的地方，刘把我们载了去，有一个又瘦又长的牧师已经在那里等着我们了。

那几天雪下得不小，可是那天下午却异样的晴了，又冷又亮的太阳映在雪上，倒射出刺目的白芒，弄得大家都忍不住地流泪。

牧师的白领已经很黄很旧了，头发也花斑斑的不很干净，他的北欧腔的英语听来叫人难受。

“刘，是你带她来赴婚礼的吗？”他照例问了监护人。

他叫“刘”的时候，好像是在叫李奥（Leo），刘跟那个一世纪的罗马大主教有什么关系？

刘忙不迭地点了头，好像默认他就是李奥了。

牧师又大声地问了我和潘渡娜一些话，我听不清楚，不过也点了头。

于是他又祈祷，祈祷完，他就按了一下讲台旁边的按钮，立时音乐就响起来。我和潘渡娜就踏着音乐走了出来，瘦牧师依然站在教堂中，等我们上了车，他就伸手去按另一个钮，音乐便停止了。

我们的车子一路回来，车轮在雪地上转动，戛然有声。刺人的白光依然四边袭来，我忍不住地掏出手帕来揩眼泪。

回到公寓，走进有八卦图的门，我舒了一口气。刘克用很兴奋，口口声声嚷着要请我们吃中国饭，我和潘渡娜坐在沙发的一头，尴尬得像旧式婚姻中的新人。潘渡娜换了一件紫色的晚礼服，松松地搭着一条狐裘披肩。

我这才注意到，不管世纪的轮子转得多快，男人把世界改成了什么模样，女人仍然固执地守着那几样东西——晚礼服、首饰、帽子和狐裘披肩。

我们吃了炒面，很不是味儿，正确点说，应该是“切丝的牛排炒条状的麦糊”。

我们又喝了酸辣汤，并且最后还来了一道甜得吓人的八宝饭。

然后我们留在那里看表演，那时候我才吃惊地发现，虽然在纽约住了十年，我所知道的却只限于从公寓到广告社之间的那条街，夜总会的节目竟翻新得叫人咋舌。第一个节目是三个身上除了油漆外什么也没有的男女的合舞。两个女人，一个漆成豹，一个漆成老虎，那个男人则漆成胸前有V字纹的灰熊。当他们扭舞的时候，侍者就给每人一只水枪，里面装着不知是什么液体，大伙儿疯了一样地去射他们，水枪射及之处，油漆便软溶溶地化了，台上不再有野兽，台上表演者的胴体愈来愈分明。相反的，台下的都成了野兽。大厅之中，吊灯之下，到处是一片野兽的喘息声。呐喊的声音听来有一种原始的恐怖，而侍者说，这只是开锣戏，下面一个比一个刺激。

当着新婚的妻子，我只是捧场性地射了几枪，潘渡娜和刘克用也射了，都是很文雅的动作。

“我们走吧，”刘说，“春宵一刻值千金呐！”我们于是在惊人的混乱中离开了，我们婚后的第一个节目便告结束。

回到家，洗了澡，已经十一点了。

“我能在起坐间打个盹吗？新郎官。”刘忽然说，“我今天太兴奋，喝了太多的酒，又开了太久的车，现在天已晚，路又滑，我怕我是很难赶回去了。”

我愣了一下，但我想到这些日子来的友谊，便尽快地点了头。

“不要讨厌我，”他说，他的语调在刹那间老了十年，在寒夜里显得疲乏而苍凉，“天一亮我就走。”

然后他叫过潘渡娜，吻了她。

“也许我再不会看见你了，潘渡娜。从今天起做大仁的妻子，你要克尽妇职。”

然后他又叫过我，把潘渡娜的手交给我。

“潘渡娜的英文名字是Pandora，你知道吗？在古希腊的年代，众天神曾经造过一个极完美的女人，作为礼物，送给一个男人，而潘渡娜是我送给你的，她是一个礼物，珍惜她吧！”

那一刹那，我深深地感动了，刘哭了，他看来才像真正的牧师，给了我们真正的祝福。

不过，那只是一刹那，很快地，他的深深的眼睛中流过一种阴阴冷冷的水流，他的近于歹毒的目光，使我又迷惑又悚然。

那是一九九九年的最后一夜，那是我和潘渡娜的第一夜。

我们躺着，黑暗把我们包裹起来，我忽然想起晚餐后的那些节目，人和兽的分野在哪里？

我们开始彼此探索，为什么男人和女人的认识总是借着黑暗，而不是光亮？

渐渐地，我听到她满意的低吟，我的肌肉也渐渐松弛下来，就在那时候，我听到教堂的钟响，那震彻天地的，沉沉的世纪之钟。二十世纪结束了，新的世纪悄然移入。

突然间，烟火像爆米花一样地在广大的天空里炸开了，那些诡谲的彩色胡乱地跳跃着，撒向十二月沉黑的夜。潘渡娜裸白的身躯上也落满了那些光影，使她看来有一种恐怖的意味。

好久，好久，那些声音和烟花才退去，我恍恍惚惚地沉入渴切的睡眠。

可是，是哪里传来笛声，那属于中国草原风味的牧歌，那样凄迷落寞的调子。

我的生活还是老样子，只是我很久不曾看见刘了，那天早晨他很早就走了，我起来的时候，起坐间里只有缭绕的余烟。

我打电话给他，他们说他已经辞职了，新的住址不详，我只好留下电话号码。其实留不留都一样，他早就有我的电话号码了。

潘渡娜是一个很能干的主妇，只是有些时候她着实有点太特别。

“他们教我好多东西，”她说“他们天天告诉我一百遍从起床到睡觉侍候丈夫的要诀。”

“他们有时教我中文，有时教我英文。”她又说，“不过他们还是希望我嫁一个中国人，一个东方的艺术家对我比较合适。”

和大多数丈夫一样，起先我并没有注意她唠叨些什么，时间久了，我不免有些怀疑起来。

“他们是谁，你从前没有提起过。”

“从前他们不准我讲，所以我没讲。”

“他们是什么人？”

“他们就是一些人，他们教我很多东西。他们教我吃饭，教我走路，教我说话，教我各种学问。”

“你的意思是指你的父母吗？”

“不是，我没有父母。”

“胡说，你只是不晓得你的父母在哪里，人人都有父母的。”

“没有，真的没有。”她忽然得意地笑了，“刘克用说，虽然世界人口有六十亿，不过只有我一个人是没有父母的。”

“潘渡娜，你不能想想吗？你小时候的事，你一样都想不起来吗？”

“我没有小时候，我记得我本来就有这么大。”

“潘渡娜，你真荒谬，你不要这样，你再这样我就要带你去看心理医师了。”

“我很正常。”她很不高兴地走开了。

这也许就是刘急于把潘渡娜弄出手的原因，她或许有轻微的幻想狂，其实，这也没有什么。我想，也许她是一个弃婴，曾经有一段时间失去过记忆。我没有想到我完全错了。

有一天，那是二月初的一个下午，早春的消息在没有花没有树的地方还是被嗅出来了。

那天工作很闲，我提早回家，准备到郊外去画一幅写生，好几天以前我就把我的颜料瓶都洗干净了，许多年没有画，所有的瓶瓶罐罐都脏成一团。

但一进门，我就愣住了，我的玻璃瓶罐都堆在地板上，潘渡娜伏在那些东西上面，用一种感人的手势拥抱着它们，她的长发披下来，她的脸侧向一边，眼泪沿腮而下。

看见我进来，她抬了一下头，随即又伏下去。

“你这是干什么，潘渡娜？”

她幽幽地哭了，让人心酸的哭。

“不要，潘渡娜，这些瓶子很容易破的，它会扎着你的。”

“我想起来了，”她说，“我的生命便是这样来的，那里有很多很多玻璃瓶子，我被倒来倒去，我被加热，我被合成，我被分解。大仁，我就是这样来的。”

“潘渡娜，”我说，“如果你喜欢瓶子，你尽可以拿去玩，如果你喜欢玻璃玩意儿，我可以给你买一些，但不要说这种奇怪的话，知道吗？”

她抬头望我，一句话也不说，豆大的眼泪扑簌簌地滴着，我忍不住拿起我的帽子，走出小屋。她使我吃惊了，这个女人，但我得承认，共同生活了两个月，第一次发现她用这种神圣庄严的态度去爱一样东西，那决不是一种小女孩对玩物的情感，那是一种动人的亲情。平常她做每一件事都规矩而不苟，她做每一件该做的事，像一只上足了发条而又走得很准的钟，很索味，可是无懈可击。但今天，她的悲哀使她看来跟平常不同了。

胡乱地走着，我的心情格外的乱。

我还能说什么，潘渡娜，她不曾使我吃一点苦，不曾花我一分钱，她漂亮而贞洁，她不懂得发脾气，她只知道工作。所有好妻子的条件她都具备，所有属于人性的弱点她都没有。但为什么，我总是不能爱她，我们相敬如宾，但我们似乎永远不会相爱。

那些肌肤相亲的夜，为什么显得那样无效，那些性爱为什么全然无补于我们之间的了解？每次，当我望着她，陌生的寒意便自心头升起，潘渡娜啊！我将怎样得救？

走着，走着，来到一处广场，许多车子停在那里，我疲倦地坐下来，四面的车如重重的丛林，我是被女巫的魔法围困在其中的囚犯。

不知为什么，我忽然想起了中国，又是江南春水乍绿的时节，不知是否有白鹅的红掌在拍打今岁的春歌。

我又想起我的母亲，我很小的时候她就死了，她是一个苍白美丽的妇人，有着挑起的削肩，光莹的前额和极红极薄的嘴唇。没有人告诉过我，她到底死于什么病，我想或许是抑郁，她的眉总是锁着，眼睛总是很恍惚地望着什么地方。

寒冷的冬夜里，母亲总是起来给我盖被，她一路走过来的时候我便听见她文雅的咳嗽声，我多么爱她！我常常故意踢掉被子，好让她的手轻轻地为我拉上，我有时也故意发几声呓语，好骗她俯下身来，给我温热的一吻。

但我八岁那年，她就死了。

我发誓要成为一个画家，并且要画一张她的像，这或许是我后来有机会到美国以后选择了艺术系的真正原因，但这都是很久以前的事了，我终于没有画她的像，也没有成为一个画家。

而此刻，头上是浅湖色的二月天空，雪已化尽，空气中有嫩生生的青草气息。我迷惘地坐着，我是什么人？我从哪里来？我要往何处去？

而潘渡娜，我的妻子尚留在地板上，拥抱那一堆冰冷而无情的玻璃罐子，在那里哭泣。

必是她的哭泣里有些什么，使我无端地想起中国，想起江南，想起我早逝的母亲。

我起来，走到街角那里，打一个电话给刘。

“他不在这里，他离开了。”对方的口气十分不耐。

“他去哪里？他不再回来了吗？”

“谁晓得，”他说，“他在疯人院里。”

我吃惊地忘记说话，对方已把话筒掷下了，我后悔没有问他是什么医院。

沿着大街走回来，我的心绪乱得如扑帘的弱絮。二十一世纪的第一个春天，在还没有绽放的时候，已被这些莫名其妙的事践踏了。

按着电话簿打了十几个电话，终于有一个医院承认有刘克用这个病人。

“李奥并不严重，”他们也念不准那个字，“他只是有些幻想狂，他老是说他是上帝。”

“他在几号病房？”

“不，他自己住在一个安静的别墅里，他的机关有特别护士照应他——可能他是很重要的人物吧！”

他把别墅的地点告诉了我。

那天下午我便开车去找他，我终于找到一栋年代颇久的红砖房，房前的草地上开遍了灿黄的水仙。

特别护士告诉我，他这两天非常安静，此刻正在后园里。

我走近他的时候，他正背对着我，向一片墙角的炸酱草而出神。他穿着一件宽袍，袖口上绣满了夺目的金线。

“我命令你们要生长，”他大声地说，用英文，“我是上帝，我是生命的掌握者。”

“这里有一位客人要见你。”

“带他过来。”他很庄严地说。

我走近他，面对面地注视着他的脸。

才两个月，他竟有了这般的变化，他的头发和眉毛都已落尽，前额因而显得更大更光秃了。深凹的眼眶也因此显得更低更沉了。他的嘴松松地挂下，像一个放置太久的炸圈饼。

我们彼此注视着而不发一言。

“你是张大仁。”他用中文说。

“你是刘克用。”

“你错了，我是上帝。”

“是的，我刚听说了，但以前，在你还没有当上帝以前，你是刘克用，是吗？”

“是的，不过我以前也是上帝，只是我到后来才发现罢了。”

“哪一天发现的？”

“第一次认识你那天我就发现了，以后逐步证实，直到你的新婚之夜，我得到了完全的证实。”

“你做上帝和我有关吗？”

“和你并没有太大的关系，和潘渡娜有关。”

“我可以知道吗？”

“可以，”他转过身去叫护士，“喂，天使长，给我们拿饮料来。”

饮料放在石桌上，我们便坐在石凳上。

“潘渡娜很好吗？”

“很好，只是昨天还抱着一大堆玻璃罐哭，她说，那是她生命中最早期的居处。”

“她这样说吗？”他霍地站起身来，“她竟记得那么清楚吗？”

“记得什么？”

“好，我先问你，你可曾觉得潘渡娜跟真的女人有什么不同吗？”

“和真的女人不同？她有很多说不上来的与人不同的地方，但她并不是假女人，为什么要和真女人不同？”

“好吧，大仁，让我告诉你吧，潘渡娜并不是普通女人，她是我造的，听着，她无父无母，她是我造的，她是从试管里合成的生命，那些试管就是怀孕她的子宫。我是造她的，你是用她的，好了，我说得够清楚了吧？”

我骇然地站起来。

“护士小姐，”我说，“他需要打针吗？”

“打针，哈，打什么针，我很正常。朋友，我很对不起你，我利用了你，但你也没吃什么亏，我辛辛苦苦造的女人，你却坐享其成。”

“刘，你为什么要这样想呢？创造生命明明是不可能的。”

“不可能，谁告诉你的？半个世纪以前，人们已经掌握了 DNA 和 RNA 的秘密了，生命并不像你想象的那么神秘，生命只是受精卵分裂后的形成物，我们只要造出一个精虫、一个卵子，我们只要掌握那些染色体，那些蛋白质和那些酸和碱，生命是很容易的。”

我瞠然地望着他。

“潘渡娜是我们第一次的成功，我们不眠不休地弄了十五年，做了上兆次的实验，仅仅合成两个受精卵，不过已经够顺利了，那时候我把她交给另外一个小组，用试管代替子宫来抚育，但只有潘渡娜一个顺利发展成胎儿。我们用一种激素促进细胞的分裂，在很短的时间内，她便成了一个女婴，但我们来不及等她二三十年了，我们需要尽快观察她，我们让她在药物的帮助下尽快生长，事实上，她和你结婚的时候，她才不到三岁。”

“这是卑鄙的，刘，”我跳上前去掐住他，“你这假冒伪善的，你这条猪。”

没有字眼可以形容我当时的悲愤，我发现我成为一种淫秽的工具，我是表演者，供他们观察，使他们能写长篇的报告。

护士小姐急速跑过来，拉开我们。

“我要叫警察逮捕你，”她狠狠地推我，“你不人道，你欺侮一个精神不正常的科学家。”

我这才想起他们都是一路的人。“好吧，倒看是谁不人道，我要控告你们，你们这批下流的东西，你们设下这样的骗局，我不会罢休的，呸。”

“你冷静点，大仁。”他慢吞吞地扣上被我拉开的纽扣，“你想想你究竟损失了什么，潘渡娜是一个女人，一点没错的女人，跟夏娃的后裔没什么不同，如果我不说，你一辈子也不知道。”

我气得语结了，我扶着头，一言不发。

“你忘了吗？第一次见面的时候，我们谈过彼此的职业，你说你的工作只要机器便可以操纵了，我说如今世上剩下来只有人才能做的事也不多了，你说，大概就剩男人和女人间的那件事吧？”

我不会忘记，他那天曾以那样黑黝黝的眼睛望着我。

“你使我吃惊，你刚好说中了我的心事，那时的潘渡娜只是一个合成的卵，但我却在替她物色一个对象，我知道她所缺少的，我希望能找到一个东方艺术家，她是纯粹的物质合成物，也许你能给她另一种生命，大仁，我没有恶意。”

他的秃头渐渐低垂，傍晚的夕阳照在其上，一片可怜的荒凉。

“当然，我们可以另造一个男人，让他们结合，但我们不能以两个假设的人互证，那是不合逻辑的，我们选择了你。那个夏夜，当我去看你的时候，潘渡娜已经是一个女婴了。她是一个很美的女婴，各种成分都照分量配得很正确。那时候我们仍然没有把握，直到去年感恩节，我发现他们的合作已经把潘渡娜塑成一个美丽动人的人物了，他们利用她的潜意识，把她每一份智慧都放在学习上了，他们利用‘学习阶次’的秘诀，那就是说，一个婴孩可能在第五天的上午学眨眼最有效，可能在第十天的下午学挥动手脚最有效，可能在第一百七十六天到一百七十九天学语言单音最有效，可能在二百天到二百一十九天学长句最有效，他们一秒钟也没有浪费。

“我们的步骤是合成小组，受精小组，培育小组，刺激生长小组和教导小组，我们花在她身上的金钱比太空发展多得多，至于人力，差不多是七千个科学家的毕生精力，大仁，你想想，七千个人的一生唯一的事业便是要看她长大——大仁，相信我，人类最伟大的成功就是这一桩，而我是这整个计划的执行人，大仁，我难道不是上帝吗？他们居然还说不是。”

他越说越激动起来，护士小姐又送上两瓶饮料，我这才注意到，护士在倒饮料的时候，预先在他的杯底放下一片什么东西。

“大仁，老实说吧，耶和华算什么，他的方法太古旧了，必须一个男人和一个女人，然后十月怀胎，让做母亲的痛得肝摧肠断的，然后栽培抚养，然后长大，然后死亡。

“大仁，这一切太落伍了，而且产品也不够水准，大多数的人性都是软弱的，在身体方面他们容易生病，在心灵方面他们容易受伤，而潘渡娜不是的，她不生病，她不犯罪，她不受伤。”

也许是药物发生了作用，他渐渐平息下来。

“她是骡子吧，”我大声地嘲笑着，“她不会有孩子的。”

“她会有的，她一定会。我们造她的时候，既然给了她检验合格的证书，她就能，如果不能，那是你不能——其实她不必生孩子，那太麻烦，我们可以另外造——但目前我们先要她生，我们要证实一下。作为以后的参考。”

“如果她有，她不会爱，因为她不曾有父母的爱。”

“她会，我们曾给她足够的黄体素。你以为母爱是什么？你以为那是多么值得歌颂的？那只不过是雌性动物在生产后分泌的一种东西，那种东西作怪，那些妈妈便一个个显出那副慈眉善目的样子。”

“刘，你太过分了，什么鬼思想把你迷住了？我告诉你，你可以有你的解释，但我仍记得我的母亲，永生永世都记得。春天的早晨她坐在窗前编柳条篮，编好了，就拉着我的手走到溪边，在那里，我玩着清浅的溪水，而她，什么也不做，只怔怔地望我。”

“大仁，不管怎么说，母爱是很荒谬的东西，母爱只是自爱的一种延长，只是另一种形式的自私。母爱如果真是一种够神圣的爱，所有的母亲都该被这种爱净化了。如果所有的母亲净化了，今天的世界不是这个样子。

“大仁，其实婴儿并不需要母亲，有人拿一组黑猩猩做实验，给它们一些柔软温暖而可抱的物品，它们便十分满足。又有人每天喂一只小鸭，它便出入追随，以为这人是一只母鸭子。

“那么，大仁，只要我们能给孩子口腔的满足，肠胃的满足，拥抱的满足，爱抚的满足，母爱就可以免了。”

那时，夕阳完全沉没，只剩下一片凄艳的晚霞。

“去吧，大仁，回到潘渡娜那里去，我们的试管每年都要推出更进化的人种，遍满地面，将来的世界上将充塞着它们的子孙和耶和华的子孙，你们的子孙强健而美丽，不久就要吞吃他们的，去吧，大仁，你是众生之父，而我，是寂寞的上帝。”

暮色一旦注入空气，就越来越浓。我忽然想起那阕元曲“枯藤、老树、昏鸦，小桥、流水、人家，古道、西风、瘦马。夕阳西下，断肠人在天涯。”

“众生之父？”我惨然地笑了，“告诉你吧，刘，你可以当上帝，但我却没有做众生之父的荣幸，我是我母亲生的，我是在子宫中生长的，我是由乳房的汁水一滴滴养大的，我仍是耶和华的子孙，我仍是用最土最原始的法子造的，我需要二三十年才能长成。我很脆弱，我容易有伤痕，我有原罪，我必须和自己挣扎。但是我骄傲而自豪的，就是这些苦难的伤痕，就是这些挣扎的汗水。”

“我命令你，”他说，“去爱潘渡娜，我是上帝。”

“你不是说爱很荒谬吗？如果母爱是由于某一种腺体作怪，男女的爱不也是另一种腺体作怪吗？她何必有人爱，她那么完全，独来独往，她何必多我这个附属品？”

他没有搭腔，我低头看他，他已经张着嘴睡着了，并且打着鼾。

“你可以走了。”护士冷冷地望着我，“这是他睡觉的时间。”

我默默垂首，黑色的夜已经挪近，而何处是我的归程？

“我放你进来是个错误。”她凶狠狠地说，“我原来以为你也是中国人，可以带给他一些愉快的话题，但你显然说了些对他不利的话，别以为我听不懂，我不能让你再来了，‘李奥’是很重要的人物，我不能让他在我手上加剧。”

“怎样重要法？”

“这是机密，你不配晓得，”她露出女人们知道某项机密时的刁钻模样，“全世界的人都不晓得。”

“如果刘死了呢？”

“他不能死。他太重要。”

“疯了就等于死。”

“所以他必须痊愈。”

我苦笑了一下，对她说了一声“阿门”，便走入黑色汹涌的夜。

驱车在纽约的街道上，我一条街又一条街地走着，直到油干了，我的车被迫停在路旁。

路边有一处酒店，我就走进去。

“最近有一种酒，”侍者说，“叫作千年醉，你要不要试试？”

“要！”我大声地说，大声得连眼泪都掉出来了。

那天的酒是什么滋味，我已忘掉。只记得泪水滴在其中的苦咸滋味，警车送我回家的颠簸滋味，以及夜半呕吐的搅肠滋味。

而当我迷迷糊糊地躺着，我又听见呕吐的声音。我仍然在吐吗？我并没有吃晚饭，我究竟要吐多少？

凌晨五时，我真正地醒了，我又听见呕吐声。走入洗手间，是潘渡娜在那里。

她的头发凌乱，寝衣散开，蜡黄着一张脸。

“你这是干什么？”我本能地冲上去，恐惧使我的声音变成一种不忍卒听的尖啸。

那一瞬间，我的悸怖是无法形容的，她的呕吐声使我有着不幸的预感。

她抬起头来，以一种无助的眼光望着我。我们彼此的目光相接触的时候，我才发现我们都是不幸的人。

潘渡娜，潘渡娜，你是一种怎样的生物，愿你被合成的日子受诅咒，我坐在她的身边，纵声地哭了，潘渡娜也哭了。

而在那些哭声中，我们感到孤独，我们将永不相爱，虽然我们都哭。

二〇〇〇年六月九日。

不知为什么，我想着死。这些日子潘渡娜被“他们”接回去了。自从她说她不适并且想吐以后，他们就带她回去了，他们答应每到周末就要送她回来，但我不知道他们送了没有，每到周末我就开车去露营。

我想着死，与潘渡娜接触的那些回忆让我被一种可怕的幻象笼罩着。我总是梦见我被什么东西钳住，我也梦见狐仙，那些战颤了整个中国北方的民间传说。

而当我醒来时，我浑身皆湿，原始的恐怖抓住我，使我悸怖得像一个十岁的童男。

那一天，二〇〇〇年的六月九日，我照例从那样的梦中醒来，我的全身都尚存着清晰的被钳痛的感觉。

“恭喜你，”电话铃声响了，“我们预料你今天可能做父亲——我们想办法把潘渡娜的怀孕期缩短了一半，这是我们初次的尝试，如果成功了，也许我们下一次可以缩短为四分之一。”

“祝你们成功。”我挂断了电话。

我在屋子里走着，垂地的窗帘尚未拉开，我如同掉在黑暗陷阱里的困兽。

电话铃又响了。

“我们就来接你，潘渡娜开始痛了。”

“不可能的，不可能的，我们不会有孩子。”

“不要固执，我们就来，如果一切顺利，今天中午我们要向全世界发布消息。”

我走出公寓，太阳很刺眼地照着。我忽然想起结婚那天，雪地上逼人的白芒。忽然有什么东西打在我的头上。我抬头一看，居然是一阵冰雹，像拇指那么大的，以及像拳头那么大的，天气忽然凝冻起来，我发着抖，在六月。

一辆黑色的车子停在我面前，我跨了进去。

潘渡娜躺在床上，我走进去的时候，她正在开心地吃桃子饼。

“我们发生了一点意外，”医生向我一摊手，“不知为什么，我们大家都错了。”

离床不远的地方，有一组人在那里用忽大忽小的声音辩论着。

我默然垂手。

“每一种迹象，每一种检验又都证实她怀孕了，”医生说，“但从早晨起，她的肚子逐渐消扁，并且每一项检验都证实她肚子里并没有孩子。”

潘渡娜不说话，只是小声地向医生要了另外一种苹果饼。

“这不是很好吗？”我说，“我并不想要这个孩子，不过我抱歉让你们失望了。”

“我们可以再等第二次机会。”

“我可不可以请你们换一个厂家，我不打算替你们制造孩子。”

“那不是我们的事，你和潘渡娜商量吧！你们的婚姻是有法律的约束力的。”

“法律只保护人和人的婚姻。”

“潘渡娜完全等于人。”

“她不是。”

“她是。”

他们把我和潘渡娜放在一个车子里，打算把我们送回去。

“可不可以让我下来，”车子经过公园的时候，潘渡娜说，“我需要走一走。”

我们一起走下来，此刻又是炎热的六月，直射的阳光好像忘记刚才下冰雹的那回事了。

潘渡娜跳跃着奔向草坪，我这才发现她跑跳的动作多么像一个小女孩。她一面跑，一面回头看我，脸上带着怯怯的笑。

忽然，她躺了下来，她穿的是一件镶了许多花边的粉红色孕妇衣，当她躺在绿茵茵的草地上，远看过去便恍惚如一朵极大的印度莲花。

“我疲倦了，”她说，“我觉得我做了一个梦，很长很可怕的梦。”

我想告诉她，我也曾有噩梦，但我没有说，我们的梦并不相同。

“给我那个东西，”她指着垃圾箱里一个发亮的玻璃瓶，“我喜欢那个东西。”

我取过来，递在她的手里，她把它贴在颊边摩擦着，她的眼睛里流出可怜的依恋之情。

“我厌倦了。”她又说了一次，声音细小而遥远。

“我觉得我的存在是不真实的，”她叹了一口气，“大仁，我究竟少了些什么东西？”

我俯下身去，她已闭上双目，我拉过她的手，那里已没有脉动，她的眉际仍停留着那个问号：“大仁，我究竟少了些什么东西？”

六月的热风吹着，吹着她一身细致的白花边，我的眼前遂幻出漫天纷飞的雪片。

我感到寒冷。

尾　声

十二月，我接到刘的圣诞卡，他已经搬了家。那时候，我刚好得到一个短期的休假，遂决定去乡间看看他。应门的是一个老妇人，我放了大半个心，如果是从前那位护士，就麻烦了。

屋子里没有暖气设备，客厅中毕毕剥剥地烧着松枝，小小的爆裂声要多么古典就有多么古典。

“他已经知道了吗？”我问老妇人。

那老妇人也许有重听的毛病，没有理我便径自走了。

我无聊地望了一阵火光，才猛然发现刘就在客厅里，在离火较远而光线也较为暗淡的一个角落，他垂头睡在一张很深很大的黑色沙发里，他的中国式的长袍是蓝黑色的，一时很难分辨出他的存在。

“刘克用，”我走上前去摇他的肩膀。“刘，你不能醒醒吗？”

他慢慢地揉着眼睛醒过来，看见是我的时候，竟一点惊讶的表情都没有。

“哎！”他打着呵欠说，“我早就想着你该来的。”

“潘渡娜死了。”我说。

“我知道。”

我们互相注视了好一会儿，现在我明白什么是“恍如隔世”了。

“你还当上帝吗？”

“不当了。”他苦笑了一下。

“是因为潘渡娜的死吗？”

“也可以这么说。”

他站起来，缩着脖子搓手，完全一副老人的样子，慢慢地走到窗口，又慢慢地走向炉边。当他点燃他的烟斗的时候，我知道他有一长段话要说了。

“大仁，我或许该写本忏悔录，不过后来想想也就罢了。大仁，上次你来以后，我的病况就更重了，因为他们告诉我，潘渡娜怀了孕。大仁，他们多么幼稚，他们竟以为我听到那样的消息便会痊愈。大仁，那一瞬间多么可怕，我竟完全崩溃。大仁，当你发现你掌握生命的主权，当你发现在你之上再没有更高的力量，大仁，那是可怕的。生命是什么？大仁，生命不是有点像阿波罗神的战车吗？辉煌而伟大，但没有人可以代为执缰。大仁，没有人，连他的儿子也不行。

“有那么长一段时间，我渴望着‘潘渡娜一号’能够成功，但事实上，我并不懂得我在做些什么，在渴望着什么。大仁，那是很奇怪的，我小的时候住在乡下，我们的隔壁是一个雕刻神像的，每次他总是骗别人，说他雕的神像特别灵验，他半夜起来的时候看见那些关公、那些送子娘娘都在转着眼珠子呢！但有一天，也许是他工作过分疲劳，他看见张飞的眼睛眨了几下，他就立刻赤脚而逃，忘记他平常的吹牛，昏倒在院子里，并且迷迷糊糊地嚷着:‘他、他、他的眼珠子在动。’

“大仁，这些年来，所有研究生化的人都梦想在试管里造生命。大仁，当我们这样嚷着的时候，我们并不觉得什么，我们很快乐，但，大仁，当我们一步步接近造‘人造人’的时候，我们就惶恐了，只是我们不晓得，因为表面上我们看起来很兴奋。

“大仁啊，当潘渡娜造成的时候，我是说，当她只是一个受精卵的时候，我已经就尝到那些苦果了，我在街上乱撞，我离开我豪华舒服的住宅，想随便找一处地方住下，我找到你，但我毕竟舍不得摆脱这一切，我的半生都消耗在试管里，我要知道潘渡娜是否可以成功，我每天注视着她的发展，大仁，我同时感受快乐与痛苦的冲击。

“大仁，我七岁那年，曾把一些钱币埋在后院里，我渴望它长出一棵摇钱树来，我每天去巴望。有一天，它真的发芽了，我忽然惊恐起来，我拔起那棵树，发现那只是一株龙眼树，而掘开土，我很高兴地知道我的钱还在那里，那时候，我便又失望又高兴，大仁，我终于没有得到摇钱树，但我高兴，高兴这个世界有秩序、有法规。大仁，我们老是喜欢魔术，喜欢破坏秩序的东西。但事实上，我们更渴望的是一些万年不变的平易的生活原则。

“可惜，大仁，我们竟不知道。

“对潘渡娜，我也是如此，当我为她的成长而快乐发狂的时候，大仁，我就同时惊惶，同时悲哀。

“不久，她已成为一个女婴，我多么盼望她畸形，我多么盼望她死去。但是，没有，她健康而美丽。大仁，没有人知道，当她越来越成熟的时候，我痛苦到怎样的地步。

“当你们结婚时，大仁，我又怀着一些希望，我多么愿意她是一个不能有性生活的女人。那天晚上我本来要回去，但在我里面的另一个我却要我留下，要我知道她在这方面是否等于一个女人。当你们在悄无声息地睡去的时候，我知道一切都安全了，潘渡娜可以放在世人中而不被认出。大仁，那夜，我驱车走过二十一世纪的新雪地，径自驶向精神病院，我为我自己挂了号，我写了自己的病名，我躺上自己的病床。

“之后，我被他们搬到乡下，他们仔细地照顾我，以便有一天再起来领导他们造‘人造人’。大仁，那时候，幸亏我没有痊愈，如果痊愈，我们就要立刻动手生产潘渡娜第二号，那么当我看到她成长时，我将再神经错乱一次。

“而那时候，他们告诉我潘渡娜怀了孕，我就忽然更嚣张了。但，大仁，当上帝是极苦的；我是说，不是上帝而当上帝是极苦的。你摔破皮的时候向谁叫‘天哪’？你忧伤的时候向谁说‘主啊’？你快乐的时候向谁唱‘哈利路亚’？

“许多年来，对于上帝我一直有‘彼可取而代之’的雄心。但，大仁，取代是容易的，取代以后又怎样？

“后来，潘渡娜就死了。大仁，可笑他们还不敢告诉我，这是我唯一得救的机会，我唯一可以重拾人的生活的路，但他们竟瞒着我。

“不过我终于看出来了，我看出有些不对的地方，我自己到实验室去，我看到浸在大玻璃缸中的潘渡娜，大仁，人是出于土而归于土的，但潘渡娜呢，她出于试管而归于试管。

“我一生的成果在此——她，潘渡娜——我曾希望她是一宗礼物，我曾希望她是一个渡者，但她什么都不是。隔着玻璃，隔着药水，我们彼此相视，她已经不复有昔日的容颜了，她的身体被液体的折光律弄得变了形——但不知她是否也在看我，她有没有发现我也在变形。

“大仁，那天我出奇的冷静，我默默地在那里站了一个上午。然后我擦我的眼泪，然后我走出来。

“大仁，我不明白她为什么会死，他们说她没有死因，他们说她忽然之间一切都停止了，停止了思想，停止了呼吸……他们又说她临死时讲过一句话，她说：‘究竟我少了什么？’

“他们因此便仔细地解剖她，他们把她每一部分都做了详尽的研讨，但终于他们做了结论：她完全等于人，她直到死时，身体每一部分都健康正常，她虽然并没有怀过孩子，但如果假以时日，应该没有什么困难——其实不怀孩子也没什么，人类的女子不也常常不孕吗？

“那么，她为什么死了呢？大仁，她为什么在健康情况最好的时候无疾而终呢？幸亏她在法律上没有取得人的地位，否则我们如何签发她的死亡证书呢？

“大仁，你这和她生活过的，她究竟少了什么？比之你我，她少了什么？

“我一清醒便立刻召集了一个全体的检讨会，所有的部门都没有错误，七千多科学家中的佼佼者密切合作，造出了分量上那么正确的潘渡娜，但潘渡娜死了，这个使我们奉上我们一生心血时间的女人。大仁，她死了，我们好像一群办家家酒的小孩子，在我们自己的游戏里，拜堂、煮饭、请客、哄娃娃睡觉，俨然是一群大人，但母亲一喊，我们便清醒过来，回家洗手、吃饭，又恢复为一个小孩子。

“那天，我们面面相觑，不知我们失败在何处。最后我们承认，也许她自己说得很对——她厌倦了。其实我们也厌倦，但我们的担子很神圣，我是说，在冥冥之中，我们对生命、对神奇之物的敬畏，使我们不敢断然拒绝活下去的义务。

“潘渡娜属于她自己，她有权利遗弃自己，而我们，我们似乎属于一种更高的辖制，我们被雨水和阳光呵护，我们被青山和绿水怡悦，我们无权遗弃自己。

“大仁，有一天我将死，你们会给我怎样的墓志铭呢？其实，墓志铭都差不多，因为人的故事都差不多，但我只渴望一句话——这里躺着一个人——我庆幸，我这一生最大的快乐和荣幸就是发现自己只是一个人。”

冬天的炉火把屋子涂成温暖的橘红色，松脂的香息扑入衣襟。而窗外，雪片落着，那样轻柔地，像是存心要覆盖某些伤痛的回忆。

“你们到底有没有找出来，她所少的东西？”

“没有，我们只能说没有。”

“我们可不可以猜测——也许你不承认——那是灵魂。”

“我不知道，我只能说我不知道。”

“庆祝你的失败。”我站起来去拿酒，“也庆祝我的鳏居。”

“真的，我们好运气。”

陈年的威士忌，二十世纪的。我们高兴地举杯。

“喂！”我说，“你已经洗手不干了吗？”

“不干了，退休金够我吃好几辈子的。”

“他们由谁领导呢？”

“不知道，随他们去吧！”

“你不再关心人类了？你的同情呢？你不是说人类太软弱吗？你不是说旧有的制造办法太落伍了吗？你……”

“大仁，”他转身喝住我，“你忘了，那是我什么时候说的话了。”

停了一下他说：

“让一切照本来的样子下去，让男人和女人受苦，让受精的卵子在子宫里生长，让小小的婴儿把母亲的青春吮尽，让青年人老，让老年人死。大仁，这一切并不可怕，它们美丽、神圣而庄严。”

他说着便激动地哭了，我也哭了起来。

风从积雪的林间穿过，像一个极巨大的人的极轻柔的低语，火光跳跃，松香不断，白色的热气袅升自粗陶的茶盅。

——原刊于《中国时报》1968 年 9 月 12 日

存在、宗教、家园与世纪末情绪
——《潘渡娜》赏析

◎ 张懿红　王卫英

张晓风的《潘渡娜》是台湾第一篇科幻小说，它以“人造人”的悲剧，表达了对科技万能思想的批判。这种批判一方面通过科技受害者的切身感受追问生存的意义，直抵生命存在之本体论的哲理思考；另一方面小说还从基督教那里寻求理论支持，具有鲜明的宗教色彩；而诸多的中国意象则寄托了海外游子对故国家园的思念；最后，小说以象征、暗示、梦幻、潜意识、环境烘托等多种手法，营造出一种悲凉、感伤、颓废、绝望的世纪末情绪，强化了小说的悲剧感。

一、现代创世情怀：潘渡娜的诞生

1968 年，台湾著名散文家张晓风的《潘渡娜》在《中国时报》以连载的方式发表，被视为台湾第一篇科幻小说（张系国《超人列传》同期写作，但稍后发表于《纯文学》杂志），小说共计两万多字，问世后获得巨大成功。小说的创作缘起，是因为在朋友们的小型研讨会上，张晓风了解到基因研究的学术动向。基于对人类创造生命的焦虑，她在多利羊（1996 年）问世之前的 60 年代末，讲述了发生在 1997—2000 年的“人造人”预言式悲剧。

张晓风

《潘渡娜》的悲剧建立在大胆的科学预想之上，在现实世界这项技术至今尚未取得成功。小说中的生化学家刘克用领导一个科研组花费 15 年时间合成受精卵，用试管代替子宫抚育胎儿，用一种激素促进细胞分裂，在很短的时间内使胎儿发育成女婴。为尽快观察研究成果，他们用药物帮助女婴尽快生长，利用“学习阶次”的秘诀和潜意识，把她的每一分智慧都放在学习各种技能上，仅用不到三年时间，就打造完成一个“全世界最完美的女人”。这个刘克用所谓“人类最伟大的成功”经过合成小组、受精小组、培育小组、刺激生长小组和教导小组等多个步骤，所花费的金钱比太空发展多得多，耗费人力差不多是七千个科学家的毕生精力。张晓风的科学设想大胆怪诞，但是，由于生活细节、人物关系与情感描写的真实性，这个荒诞的“人造人”实验被嵌入现实背景，小说自有一种内在的逻辑性，完全自洽，使作者所构建的科幻世界成为合理存在。

科幻小说被称为“结构寓言”的“技术时代的神话”，是一种“现代隐喻”,《潘渡娜》这个来自希腊神话的标题本身就富有象征意义。“潘渡娜”即潘多拉，是诸神作为对普罗米修斯盗火的惩罚而送给人类的礼物。这个“拥有一切天赋的女人”携带宙斯送给她的盒子和“不要打开盒子”的反命令嫁到人间，终因经不住好奇心的诱惑而打开盒子，放出了所有的灾难、瘟疫、祸害和最后的希望（另一种说法是“希望”还没来得及飞出盒子）。这个神话说明人类的发现欲、好奇心（科技进步的原动力）所选择和创造的历史，本身就是灾难与希望掺杂并存的。在《潘渡娜》中，人类科技创新的步伐迈进“人造人”阶段，已经凌驾于上帝之上，蔑视人的生命体验及其由此而来的复杂人性，从而引发严重的精神危机——不仅“人造人”缺少灵魂厌倦人生，就连研究者也备受“快乐与痛苦的冲击”而神经错乱。

二、被科技异化的存在

张晓风对技术至上、科技万能思想的批判，从人的存在、人生的意义切入，直抵生命存在之本体论的哲理思考。被“人造人”实验牵涉并利用的三个人都是科技的受害者，无论是实验对象潘渡娜、辅助工具张大仁，还是研究者刘克用，都被技术役使、异化，迷失人类的本来属性，在扭曲的世界中痛苦、沉沦。

如同标准件一样被制造出来的潘渡娜，漂亮贞洁，温柔勤劳，具备了好妻子的所有条件，屏蔽了所有属于人性的弱点。但在张晓风笔下，她竟然也传承了人类寻找生命起源的执着，用感人的手势拥抱玻璃瓶罐，对自己生命的发源地表达一种神圣庄严的爱——一种动人的亲情。她的莫名失孕、无疾而终，以及最后的遗言似乎都是对自己任人宰割命运的反抗：尽管她“完全等于人”，在研究者眼中她却始终是科学实验品、是纯粹的物质合成物。他们给了她成熟的人形，教给她基本的生活技能，却没有给她家庭、亲情、爱，更无法传授她生命的价值、人生的意义。所以她说“我厌倦了。”“我觉得我的存在是不真实的”。临终之际，她发出了这样的疑问：“大仁，我究竟少了些什么东西？”这样的生命追问震撼了大仁，也应当引起人类的深思。

张大仁是一个敏感多思的叙述者，他对人生的思考、对科技的质疑贯穿全篇，他的情感、态度、思想隐含了作者的意识形态、价值观和审美趣味。小说开头写张大仁与刘克用的相识，张大仁自称“美国的中国油漆匠”，对广告画家的职业很不满，主要是因为这工作缺乏创造性。“像我这种工作，倒也不一定要‘人’来做。”在他看来，现在剩下来非要人做不可的事“大概就只有男人跟女人的那件事了”，这是对科技社会人的异化的反讽，也表达了找不到自我的忧虑。他在毫不知情的情况下被刘克用选中，成为“人造人”实验的辅助工具，刘克用希望这位东方艺术家能够给潘渡娜赋予另一种生命。可是，张大仁很快就发现自己跟潘渡娜根本无法产生爱情：“我们相敬如宾，但我们似乎永远不会相爱。那些肌肤相亲的夜，为什么显得那样无效，那些性爱为什么全然无补于我们之间的了解？每次，当我望着她，陌生的寒意便自心头升起，潘渡娜啊！我将怎样得救？”对他来说，工作是劳役，期待通过爱情获得救赎又不可得，因此与潘渡娜的隔膜使他更加迷惘于人生的存在意义。潘渡娜身世之谜的发现给了他更大的打击：“没有字眼可以形容我当时的悲愤，我发现我成为一种淫秽的工具，我是表演者，供他们观察，使他们能写长篇的报告。”张大仁切身体会到被科技工具化的痛苦，而这痛苦还远没有结束，如研究者所愿，潘渡娜怀孕了。这是怎样的悸怖啊！他和她——两个不幸的人纵声大哭，“而在那些哭声中，我们感到孤独，我们将永不相爱，虽然我们都哭。”如果说，一开始张大仁与潘渡娜的隔膜是由于后者非人的成长过程使其缺失灵魂之光，那么，真相揭开之后，坚定的基督教信仰使张大仁无法接受“人造人”的僭越行为，因而感情上无法接纳潘渡娜，这堵思想的墙就彻底阻断了两人的爱情之路。张晓风以细腻悲伤的笔法描写张大仁的情感变化，用他痛彻心扉的切身感受揭示“人造人”技术对传统爱情婚姻、伦理道德的冲击和破坏。

刘克用的精神悲剧则借助张大仁和他的两次长篇对话呈现出来。在第一次对话中，刘克用尚处于神经错乱的疯狂状态，自诩为寂寞的上帝、生命的掌握者，言谈中渗透对科学理性的盲目崇拜和作为科学家的狂妄自大，否定人性甚至母爱；而第二次对话时，潘渡娜的死使刘克用彻底清醒，他向张大仁坦白研究过程中兴奋与惊恐交杂的矛盾心情，成功之后的错乱和失败之后的解脱，最终认同于这样的生命观：“让一切照本来的样子下去，让男人和女人受苦，让受精的卵子在子宫里生长，让小小的婴儿把母亲的青春吮尽，让青年人老，让老年人死。大仁，这一切并不可怕，它们美丽、神圣而庄严，大仁，真的，它们美丽、神圣而又庄严。”和张大仁一样，刘克用回归到了正常人的逻辑起点，认识到了作为人的快乐和荣幸，渴望自己的墓志铭上只写一句话：“这里躺着一个人。”

三、基督教与中国文化的诗意融合

张晓风是虔诚的基督教徒，也是中国传统文化的崇奉者，怀旧的恋乡者。将基督教思想与中国传统文化和谐统一于汉语的诗性言说，这是张晓风作品的独特贡献。如同张晓风的诸多散文创作一样,《潘渡娜》也体现了基督教与中国文化的诗意融合。

《潘渡娜》对科技万能论的深刻反思，不仅基于人性的本质，还从基督教教义那里寻求支持，具有鲜明的宗教色彩。七夕相聚，刘克用带来一张实验室电眼拍摄的照片，照片上刘克用的头虚悬在成千累万晶亮如宝石的玻璃试管上。他问张大仁:“你看，那像不像一个罪人，在教堂里忏悔，连抬头望天都不敢。”暗示科技对人性的遮蔽，并从宗教角度质疑科技过度发展的合理性。在刘克用与张大仁的对话中，基督教教义更是直接参与辩论。在二人的第一次对话中，刘克用声称自己的产品和生产方法比耶和华进步、高明，张大仁却反驳说:“告诉你吧，刘，你可以当上帝，但我并没有做众生之父的荣幸，我是我的母亲生的，我是在子宫中生长的，我是由乳房的汁水一滴滴养大的，我仍是耶和华的子孙，我仍是用最土最原始的法子造的，我需要二三十年才能长成，我很脆弱，我容易有伤痕，我有原罪，我必须和自己挣扎，但使我骄傲而自豪的，就是这些苦难的伤痕，就是这些挣扎的汗水。”尽管刘克用执迷科学研究，但他心中也残留着对造物者、万能者、至高者的敬畏。第二次对话时他说出了这种潜藏的敬畏:“大仁，当你发现你掌握生命的主权，当你发现在你之上再没有更高的力量，大仁，那是可怕的。生命是什么？大仁，生命不是有点像阿波罗神的战车吗？辉煌而伟大，但没有人可以代为执缰。大仁，没有人，连他的儿子也不行。”“多年来对于上帝我一直有‘彼可取而代之’的轻心，但，大仁，取代是容易的，取代以后又怎样？”他认识到“不是上帝而当上帝是极苦的。你摔破皮的时候向谁叫‘天哪’？你忧伤的时候向谁说‘主啊’？你快乐的时候向谁唱‘哈利路亚’？”刘克用用一个比喻来阐发人类科研活动在造物主面前的渺小:“我们好像一群办家家酒的小孩子，在我们自己的游戏里拜堂、煮饭、请客、哄娃娃睡觉，俨然是一群大人，但母亲一嚷，我们便清醒过来，回家洗手、吃饭，又恢复为一个小孩子。”对张晓风而言，宗教是一种冥冥之中伴随人类生命的对神奇之物的敬畏，人类需要这种更高的辖制，正如刘克用所说:“我高兴，高兴这个世界有秩序，有法规。大仁，我们老是喜欢魔术，喜欢破坏秩序的东西。但事实上，我们更渴望一些万年不变的平易的生活原则。”今天，宗教包含的合理内涵正在成为科学思维的一部分，在反科学主义思潮中，宗教无疑是重要的理论资源。

借用大量的中国文化符号传达原乡情结，在生命本体性思考中寄托家国之思，这也是《潘渡娜》独特的文化意蕴。20世纪60年代，现代派文学大兴于台湾，之后取材于留学生和旅美华人生活的留学生文学也大为兴盛。这些小说以失落在台北、纽约街头的“无根的一代”（主要是知识分子）为主体，挖掘“现代人”的灵魂，探索生存意义和精神家园。《潘渡娜》的创作体现出二者的影响。小说的故事背景设定在美国纽约，而两位主人公都是华人，他们因八卦图而相识，因有机会说中国话而感到甜蜜温馨，“我和刘克用的感情，大概就是在那种古老语言的魅力下培养出来的。”张大仁的叙述渗透漂泊他乡的游子的孤独和忧伤。中国的传统节日（七夕）、典故（子期和伯牙，张邵和范式）、乐器（笛子）、诗词（骆宾王《咏鹅》、马致远《天净沙·秋思》）等，如同潜意识般埋藏在记忆深处，在特定时刻浮上心头，令人潸然泪下。还有那渺远的笛声，“那属于中国草原风味的牧歌，那样凄迷落寞的调子”，回荡在七夕和新婚之夜的梦中。而潘渡娜的哭泣则“使我无端地想起中国，想起江南，想起我早逝的母亲。”张大仁不断追问：“我是什么人？我从哪里来，我要往何处去？”“黑色的夜已经挪近，而何处是我的归程？”这固然是哲理层面的问题，但同样不可忽视其东方文化背景。《潘渡娜》弥漫着浓浓的家国之思、离土之痛，这种难以剥离的民族情感构成小说的艺术魅力，同时，情感的灌注也增加了故事的真实性。《台湾十大散文家选集》编者管管对张晓风散文的评论，同样适用于这篇小说：“她的作品是中国的，怀乡的，不忘情于古典而纵身现代的，她又是极人道的。”

四、世纪末情绪的表达

现代派文学在表现手法和艺术形式上追求多元化，广泛运用隐喻、象征、超现实和意识流手法，注重意象经营。《潘渡娜》中，写实主义与现代派手法的融合，体现了张晓风高超的叙事技巧。科技对人性的异化，不仅通过潘渡娜、张大仁、刘克用的精神悲剧、人生悲剧得以体现，还以蔓延全篇的悲剧感得以强化。张晓风调动象征、暗示、梦幻、潜意识、环境烘托等多种手法，营造弥漫全篇的悲凉、感伤、颓废、绝望等世纪末情绪，有力地表现了科技过度发展对人性、对人类未来的危害。比如象征："台上不再有野兽，台上表演者的胴体愈来愈分明。相反地，台下的都成了野兽，大厅之中、吊灯之下，到处是一片野兽的喘息声，呐喊的声音听来有一种原始的恐怖。""走着，走着，来到一处广场，许多车子停在那里，我疲倦地坐下来，四面的车如重重的丛林，我是被女巫的魔法围困在其中的囚犯。"人与野兽的相互转化，魔法围困的囚犯，这就是现代人的生存处境。比如暗示："那几天雪下得不小，可是那天下午却异样的晴朗，又冷又亮的太阳映在雪上，倒射出刺目的白芒，弄得大家都忍不住地流了泪。""突然间，烟火像爆米花一样地在广大的天空里炸开了，那些诡谲的彩色胡乱地跳跃着，撒向十二月沉黑的夜。潘渡娜裸体的身躯上也落满那些光影，使她看来有一种恐怖的意味。"纯洁而刺眼的白雪，被烟火装饰的恐怖裸体，都在暗示潘渡娜的悲剧性存在和结局。比如梦幻："我想着死，与潘渡娜接触的那些回忆让我被一种可怕的幻象笼罩着。我总是梦见我被什么东西钳住，我也梦见狐仙，那些战颤了整个中国北方的传说。"噩梦透露出张大仁心灵的痛苦。而那总是出现在梦中的笛声，无疑透露了他潜意识里心灵深处的孤独。情景描写、环境烘托虽然不多，但紧密贴合人物情思，传达出苍凉悲伤的世纪末情怀。比如，张大仁与刘克用在疯人院谈话，其间有五处描写从夕阳西下到夜色降临的天光变化，"荒凉""凄艳""黑色汹涌"等词汇和《天净沙·秋思》的悲凉意象，烘托出刘克用狂言的可悲可怜，这与其说是一个科学主义者的个人悲剧，毋宁说是全人类的共同悲哀。还有潘渡娜生产那天六月的冰雹和死后六月的热风，都使"我感到寒冷"。现实主义的细节描写和多种现代派技法的糅合，刚柔相济、饱含情感的语言，使《潘渡娜》的叙事准确、灵动，意蕴丰富，感染力强，即便大段对话也无损于整体的圆融。

随着现代科技发展，有关"人造人"技术的话题，无论在现实生活还是在科幻故事中，都一直为人们所津津乐道。1818 年，《弗兰肯斯坦》（*Frankerstein*，副标题《现代的普罗米修斯》）的问世，就以"人造人"的悲剧故事拉开了世界现代科幻小说的序幕。这部具有哥特式风格的科幻小说的作者玛丽·雪莱是英国著名诗人雪莱的妻子。作品主人公弗兰肯斯坦是位科学家，他通过科学实验创造了一个奇丑无比的怪物。怪物在人世间闯荡，却得不到人们包括自己的创造者的支持、理解和同情；他向往美好的爱情，得到的却是欺骗和追捕；这使他仇恨人类，决定实施抱负，但最终招致毁灭。作品的主旨显然不是“人造人”科学奇迹的简单预言，而是反映人类利用科学技术挑战了上帝，但人类创造的这个“科学奇迹”又毫不客气地冒犯了人类自身的传统秩序。这类题材的作品大都从哲学角度反思科技之于社会道德与伦理的冲击，具有强烈的批判意识和“反乌托邦”色彩。

张晓风的《潘渡娜》显然承续了这一科幻题材，但在故事情节的演绎和思想意蕴的表达上有其独特之处。女性的细腻笔法与散文家的深厚文学功力集中体现在这部小说中。作为台湾科幻小说处女作,《潘渡娜》的成功毋庸置疑。作者试图站在人类整体文明与民族情感的双重立场上，通过对“人造人”科技的深切反思，表达作者的一种文化思考和文明关怀，以此提高了科幻小说的思想内涵与艺术品位。当然金无足赤，这篇奠定台湾科幻小说高水平文学起点的作品，也存在着一丝创作遗憾，就是在幻与真的结合上略失平衡。小说刻意把“人造人”的幻想故事安置在具体可感的现实生活里，以深刻的心理剖析、哲理探讨，凸显矛盾的真实性。但在小说设定的近未来，除了“人造人”，生活中的其他事物都没有任何超前发展，不带科幻色彩，这或许强化了小说的反讽色彩，可也多少显得有些不自然，似乎作者的想象力尚未在科幻天地中全面展开，去充分建构一个更加完整统一的科幻背景。

参考文献

[1] 张晓风. 张晓风 [EB/OL] http://www.pkusf.net/readart.php?class=khpp&an=20061118232345，2006-11-18 /2011-08-13.

[2] 管管. 台湾十大散文家选集 [M]. 台北：晓林出版社，1977.

[3] 王本朝. 20世纪中国文学与基督教文化 [M]. 合肥：安徽教育出版社，2000.

[4] 詹姆斯·冈恩，郭建中. 灰烬之塔. 从现在到永远 [M]. 北京：北京大学出版社，2008.

超人列传

◎ 张系国

人是必须加以克服的。

——尼采

一

“恐怕这是我一生最后一次理发了。”斐人杰说。

室内灯光耀眼，他忍耐地坐在铜凳上，男护士的剃刀霍霍挥动着，刀锋刮过头皮，斐人杰感觉阵阵麻痒。已剃光了头发的部分，一片冰冷，却仍然痒得钻心。他不禁皱皱眉，“从来没剃过光头，这也是第一遭。”

“那实在很抱歉。”在一旁看他理发的史普克博士说，“为了动手术方便，只有要求你牺牲一次。不过，你倒不必担心人们在超人馆里瞻仰你的秃脑袋。化妆师会替你装上假发，保证你满意，哈哈！”

史普克博士发出一阵单调的综合笑声。

“哦，我并不担心这个。”斐人杰很有点发窘。他还不能像史普克博士那样自在地讨论他的“遗体”。的确，再过几小时，他就要离开这副皮囊了，但是他毕竟也在它里头生活了38年，一向习惯了当它做他自己。现在，他的躯壳就要被陈列在超人馆里，供人观赏，像博物馆中那些剥制的标本一样。而他自己，他真正的自己，却仍然活着，生活在一架机器里——这无论如何是桩奇特的经验！再过若干小时，他就能看到他自己了。不是从镜子里，而是真正地“看”到！斐人杰不由得暗暗地兴奋起来，同时又有点惶惑不安。

史普克博士突然停止了他的综合笑声，室内顿时变得很安静，只有那位沉默的男护士沙沙地挥动着剃刀。

“大概要多少小时，这手术？”

“取出手术要7小时。移植手术比较麻烦，约需12小时。手术完后，还得做一些基本反应测验。所以，等你清醒过来，大概已是明天这时候了。”史普克博士滑了过来，伸出第二只手，按在他肩膀上，“放心吧，负责这次手术的是罗素医生和贵国的胡博士，当今最杰出的两位脑移植专家，绝对不会出问题！”

“谢谢你。”斐人杰感激地望着史普克博士。史普克博士把第二只手收回去，挂在胸筒旁边。

“当然，手术后的头两天，你总会觉得不太习惯，一方面新身体的控制还不能随心所欲，举止都很笨拙、另一方面新身体的模样也似乎远不若旧的流线美观，所以有一阵子你可能会情绪低落，甚至恨不得回复到以前的自己。这种心情，我刚动完手术也经历过。可是过了几天，我渐渐体会到新身体的优点，悔恨的心情很快就消失了。做一个超人当然要有很大的决心和勇气，但你可以获得许多新的满足，绝不是普通人能经历到的。我相信不久你一定会和我一样，以做一个超人而自豪……”

那位沉默的男护士啪的一声把剃刀折起，对斐人杰说：

“好了。请把衣服除去，到隔壁浴室仔细沐洗干净，然后我们再彻底消毒你的头部。”

“不剃掉我的眉毛吗？”

“不必，这样可以替超人馆的化妆师省不少事。”男护士面无表情地说。史普克博士爆发出一阵嘹亮的综合笑声，斐人杰却不觉得怎么可笑。

“原来如此，你倒是阅人多矣。”

男护士解开斐人杰颈部的活扣，把罩衫除去，斐人杰就站了起来，足足比男护士高了一个头，史普克博士挥动第二只手和第四只手，做出一个夸张的姿态。

“斐博士，我相信你的遗体将是超人馆里最魁梧、最英俊、最引人注目的一具！”

“多谢称赞，别忘记请化妆师替我准备一副胡子，别人都说我留了胡子更显得英俊潇洒些。”

“没有问题！”史普克博士又是一阵大笑，“好了，斐博士，我还有一些事情要办，只有暂时失陪。手术完后我会再来看你。”

他滑到门边，又转过身躯来。

“其实，这些事情也都因你的手术而起。贵国有一记者团来，必须招待一下。还有，你的前妻也来了。手术完后，你是否要再见她一面？”

斐人杰全身突地一震。他想了半天，慢吞吞地说：

“也好，也好，不过，都等动完了手术再说罢。”

二

斐人杰扭开热水龙头，一股白蒙蒙的蒸汽便从浴盆底直冒将上来。他站进浴盆里，任凭热水哗啦哗啦地流着，水很烫，他却并不在意。有什么关系？再过几小时，这身体就不属于他了。即使烫坏了，该伤脑筋的也是超人馆的化妆师，不是他斐人杰。斐人杰舒了口气，缓缓将身体浸入水中。洗热水澡真是人生一大享受，他闭上了眼睛。可惜这也是最后一次了。“做一个超人当然要有很大的决心和勇气，但你可以获得许多新的满足……”可怜的史普克。难道他真的相信那些纯心智上的满足能够代替一切？也许史普克是这么想。斐人杰看过史普克动手术前的相片，史普克那时不过30岁出头，头却已经秃了，肚子也凸了出来，除了双目还炯炯有神外，一副未老先衰的神情。史普克能够摆脱他累赘臃肿的身体，对他来说也许真是一大快事。何况他又是那种拼命三郎式，除了一心一意研究之外什么也引不起他关心的科学家。史普克是数学神童，9岁便进了大学，13岁已得了博士。成为超人之前，他已经发表过30余篇重要论文，著有专门书籍14种，国家科学研究院的院士……

“像史普克那种人，天生就该做超人。”

水已淹到胸际，斐人杰扭紧了龙头。他看看自己，皮肤已经泡得通红了。斐人杰对自己的躯干颇引以为傲。虽然已是近40岁的中年人，他仍然保持着拳击家的身材，胃囊上仅薄薄地积了一层脂肪。6.2英尺的魁梧个子，不仅在中国人里是鹤立鸡群，拿西方的标准来衡量，也算得上是条大汉。那年在斯德哥尔摩领物理奖，全球电视转播实况，一时之间多少少女迷上了他，信件从世界各地雪片似的飞来，给他这位来自中国的年轻科学家。也就是在斯德哥尔摩，他认识了丹娜——想到这，斐人杰不禁得意的微笑。

“咳，23世纪真是科学家出头的世纪！”

的确，在23世纪的今日，最受人尊敬的便是他们科学家了。几个世纪以前的人类，去古未远，还尊敬过政治家、小说家、音乐家之类的人物。不过随着时代的进步，那些古老的行业都已被淘汰。再没有政治家，只有行政管理科学家；没有小说家，只有文字创作科学家；音乐家和画家也久已改称为音响创作科学家和色彩创作科学家。近古时代20世纪的人类，据说还崇拜过一种叫作电影“明星”的人物，而且还常常达到近乎疯狂的程度。斐人杰记得读大学时，那位教“娱乐科学入门”的萨洛玛先生最爱举这个例子来证明近古时代人类的反理性。萨洛玛先生总是摇着头说：

“你们想想看，电影科学是多么严谨的一门学问，演员表演的技巧完全可以精确度量。例如我刚才列举的三条公式，便可用以计算一段表演的表演强度、高潮效果百分比和观众反应预期系数。所以一位演员所该做的，便是按照算好的数值去表演。他能做的机器人也能做，而且表演得比他更好。你们都看过最近那部由法国著名电影科学家古曼编导的《作品第一千四百二十六号》了吧？极成功的电影！艺术价值93.2%，娱乐价值94%，教育价值89.7%！伟大的杰作！其中三个主要演员，全是万国商业机器公司的机器人……近古时代的人类居然会崇拜演员，还尊他们为电影‘明星’！唉，何等的愚昧，何等的无知！”

有一次萨洛玛教授还播放了一段古董纪录片，斐人杰诧异地看到银幕上出现了他黄面孔的同胞们，拥挤在一个近古时代简陋可笑的飞机场，欢迎一位叫作凌波的电影“明星”。看到那些人嘴里呼喊着“波！波！”自相践踏、奋不顾身、争先恐后的怪状，看到那位女电影“明星”做出的种种媚态，大家都哈哈大笑。萨洛玛教授鄙夷地说：

“这就是近古时代人类的愚昧无知的最好证明。你们觉得可笑吗？要知道那还是科学的启蒙时代，人类反理性的劣根性还普遍的存在。一直要到我们这理性的23世纪，理性才战胜了迷信、无知、权威崇拜和种种反理性的黑暗势力，人类历史上才出现了最光明灿烂的一页！孩子们记住了，”萨洛玛教授指指墙上的标语，“能度量方是合理，合理性才能存在！”

透过浴室里弥漫的白雾，斐人杰仍隐约可以看到墙上贴着的红色标语，也就是从前萨洛玛教授时常重复的那两句：“能度量方是合理，合理性才能存在！”

“能度量方是合理，合理性才能存在。”斐人杰又默诵了一遍。打孩提起，他就天天看到、听到、读到这两句话。这是理性的23世纪人类的基本信条，无怪乎他们要到处张贴这标语，甚至贴在浴室和厕所里面，30多年来，斐人杰从来不曾怀疑过这基本信条——至少，他一直努力使自己相信它。

也许这就是他为什么志愿要做超人的基本原因。

丹娜哭着劝他不要去。“你这是何苦呢？”她说，“你已经是世界第一流的物理学家了，难道还不满足吗？就算做了超人，你能多活几千年，能够多做许多研究，可是这又是为了什么？你难道忍心永远离开我吗？”

“我不愿意离开你。”他说，“可是，有许多问题，我一定要找到解答。即使这得花一两千年，我也愿意！我爱你，我也并不希求长生不死。可是凡人的生命太短促了，即使现在医学那么进步，也活不了200年。在这短短的一两百年内，还有三分之二——不，五分之四——的时间是用在无关紧要的活动上面：吃饭、睡觉、穿衣、脱衣、洗澡、驾车、运动……真正用来想问题的时间实在太少了！试想，假如爱因斯坦能够活1000年，他的贡献该有多大啊？要做一个好的科学家，至少要经过十几年的训练，然后还要经过一段长时间的研究和累积经验，才能完全成熟。但是当这位科学家终于成熟了，真正能做一些有创造性的研究的时候，他的生命却已经快要接近终点，再没有多少年可贡献在科学研究上面，这不是很可惜的事吗？做超人是解决这个问题的唯一办法。做了超人以后，我就可以……”

“我不要听！我不要听！”丹娜爆发了，“不要背诵官方报纸的社论！我不相信这些，我也不相信你会相信这些鬼话。我一直就不懂为什么你要这样拼命地研究、研究，研究些奇奇怪怪，谁也不懂，谁也不关心的东西。现在你还要去做超人！人的生活虽然只有一百多年，我觉得已经很够了。我宁可快快活活地在地球上生活一百年，也不愿做个超人，冷冷清清的在太空里漂泊几千年。对于我，没有爱情，生命就没有意义，我就宁可死掉！”

“嘘，嘘。”斐人杰连忙止住她，“怎么你又讲出这些没理性的话？小心被旁人听见了，你又得到反理性治疗院去接受治疗了。”

“我才不在乎呢。”她说，又掉下了眼泪，“你们都说女人比较没理性，好吧，我就是这样。我爱你，我不愿意你也变成一个机器怪物。”

“我不会变成一个机器怪物，怎么你老是不相信呢？我还是我，只不过搬个家，换副躯壳而已。我也还会一样的爱你……”

“你怎么能够一样的爱我？也许你还能吻我，也许我们还能做爱——谁晓得他们现在又造出了怎样巧妙的机器人？可是我绝不愿意跟一架机器做爱！我爱的是你的人，不是一架机器！”

斐人杰默然。

丹娜终于离开了他。他们很平和地分手，有好一阵子斐人杰没有她的消息，后来听说她又被送进了一所反理性治疗院。

“这个法国小妮子！”斐人杰叹了口气。法国人，尤其是法国女人，平均“理性商数”本来就较低，历次全球性斐立普理商测验，都显示同样的结果。丹娜的理商尤其低，只有 74。斐人杰自己的理商却是 173。也许他们的结合是一个错误？那位婚配计算中心的负责人的确曾这么说：

“你们两位的理商相差太远了。74 对 173，几乎差了 100 点！理商相差太远，就跟智商相差太远一样，婚后不易和谐相处。从两位的个人资料，计算机分析出如下的结果：婚后幸福机遇率 54%，离婚机遇率 38%。前者过低，后者偏高。所以，本中心建议两位重新考虑结婚的计划……”

斐人杰却一笑置之。他原来就不很相信婚配计算科学的准确性，何况那时他正热恋着丹娜呢！现在回想起来，也许那位婚配计算中心的负责人倒真预测对了。也许他们俩真注定了不能白头偕老？

但是他们分开了两年多，斐人杰始终无法忘怀丹娜。他有他的研究工作，这占据了他大部分的时间和精力。可是每当他独自工作到深夜，精疲力竭地离开军区的研究室，远远听到港口雾笛低沉的长鸣，这时他总感到一阵无比的空虚，不由得就会想起那位窈窕的法国女郎，他这一辈子唯一全心全意爱过的人……

“唉！”斐人杰又叹了口气。浴盆内的水有些凉了，他一骨碌站了起来，跨出浴盆，开始擦干身体。空想毫无益处，斐人杰深深了解这一点。他爱这个世界，他爱丹娜，他也很欣赏这具肉体能带给他的种种欢愉。但他也不断地告诉自己，这并不是他所要追求的。真理，科学的真理，才是他唯一的目标。为了追求真理，他下了决心要牺牲其他的一切，他觉得这是他必须负起的伟大使命。只有成为超人，他才能更积极地担负起这使命，对人类有更大的贡献。因此，一切的牺牲都是值得的，他必须抑止这些无谓的依恋和幻想！

浴室里的水汽渐渐消散，斐人杰现在可以清楚看到墙上那两句醒目的标语，他再度默诵了一遍。

“能度量方是合理，合理性才能存在！”

三

起初，一切都是黑暗。有罡风自四面八方吹来，呼啸着绕他旋转。他赤条条地和罡风搏斗，不知过了多久，终于精疲力竭，被风尾扫进无边的虚空里。风止了，呼啸声也远去，他不再挣扎，便静静地憩息在虚空之中。然而无色无空无形无状的所在，也有无限的寂寞。他因此而惧怕了，却又失去争斗的对象，唯有畏缩地蜷伏着。

然后开始有了光。他狂喜非常，奋力向光亮处前进。光照到黑暗里，黑暗却不接受光，反逐渐退缩到一角。有光明，有黑暗，世界便有了形状，他又听到有人呼喊他的名字。

“我在这里！我在这里！”他大声回答。

“你听得见了？能够看见什么？”一个声音说。

“我看见一些模糊的块状物，一团光亮，还有许多条纹。”

“差不多了，再调节一下。”另一个声音说。

形状逐渐变得清晰，条纹消失了，首先他看见一盏吊灯，然后是周围几张聚精会神俯视着的面孔。

“我看见你们了！”他兴奋地说。

“很好。”左边蓄着短髭的面孔说，“我们再改成彩色图片。”他揿下一些机钮，“现在又如何？”

“太好了！你的胡子是金黄色的，对不对？”

几张面孔都浮现了笑容，紧张的神情消失了。蓄短髭的面孔向他笑笑。

“恭喜，斐博士。这次脑移植的手术完全成功！你现在已经是地球第 126 位超人了。”

“手术完了吗？”他有些惊奇，“我可以起来了？”

“当然！你的四肢控制系统早已装好，最后恢复的才是听觉和视力。你现在完全和常人一样了。”

“真的？”他略一用力，果真坐了起来。低下头，他便看到自己黑乎乎的身体，圆柱形的，胸前有几排闪闪发光、五颜六色的小圆扣。他伸出双“手”，小心翼翼地屈伸“手”指，那两只钢爪，果然如意地张合着。

“新的手臂，就跟新车一样，使用起来总有点生涩。过一阵就好了。”一位圆脸的医生说。

“是吗？我觉得已经很不错了。”他伸出钢爪，慢慢揭开被单，有些不敢置信地望望那两条精瘦的钢柱——他的腿。的确不怎么美观，他想，又似乎很不对劲。他突然意识到缺少了什么。圆脸的医师似乎猜透了他的心思，对他微微一笑。

“你现在这具身体是暂用品，等于是辆模型汽车。待你运用纯熟以后，模型汽车就不要了，这才换上正式的大型汽车。模型汽车设备比较不完善，有些不紧要的配件，就没有装上去。”

“哦，哦。”他有些不好意思，“其实我倒并不坚持……”他轻咳了一下。又是一大发现！他还能咳嗽！没有了肝脏和心脏，呼吸和心跳当然停止了。却居然还会咳嗽，他不禁暗暗诧异，“奇怪，我怎么还会咳嗽？”

“这是综合咳嗽，和呼吸器官的毛病无关。”蓄短髭的医生说，“所以你如果希望发出类似咳嗽的声音，也发得出来。如果你不愿意保留这种声音，那也简单。”他揿下斐人杰胸筒上一个蓝色的钮子。“现在你再试试看。”

斐人杰咳了几次，或者更正确地说，他“想”咳了几次，果然没有声音发出。

“了不起。”他禁不住赞道，“不过我倒宁可会咳嗽。”

“你再揿下第一排最左边的红钮子就行了。”

斐人杰依言做了，果然蓝钮子又迸了出来。

“斐博士，你愿不愿意下床走两圈，试试身体是否能保持平衡？”

他把钢腿放到地上，慢慢地站了起来。迈出第一步多少有点儿困难，像小儿举步般摇摇摆摆的。走了几步以后，他就逐渐习惯了，也知道如何保持平衡。几位医生很注意地看他走路，看他走了几圈，似乎也就放了心。圆脸的医生又是微微一笑。

“到底斐博士从前是运动健将，这方面的适应力很强。有的超人，动完手术后一个星期还没学会走路。也有的干脆放弃用机械腿，改用气垫。斐博士，我看你宁愿用机械腿吧？”

“当然。我不像史普克博士那么懒。”他发出一阵综合笑声，“对了，一直还没有请教几位的大名！”

“我是罗素医生。”蓄短髭的瘦高个子说，又指着圆脸的东方人，“这位是贵国的胡博士。那位是霍普金斯博士，控制系统专家。哈里逊博士，神经生理学权威。雷默博士，计算学泰斗。”

斐人杰和诸人一一握手。

“久仰几位的大名，雷默博士倒还有一面之缘，其余几位我就一直没机会认识，想不到在手术房里见了面，哈哈！”

“真是人生何处不相逢。”胡博士也笑着说。斐人杰仔细打量了他一阵。胡博士身材矮胖，头顶微秃，喜欢呵呵地笑着，露出一嘴焦黄的牙齿。斐人杰很久以前在国内时就风闻胡博士是世界一流的脑移植专家。但胡博士一直不曾回国，后来又长期担负着超人手术的重要工作，经常秘密往来世界各地，斐人杰因此没见过他。想象里，胡博士该已是近200岁，风烛残年的老人了，但是他本人却显得年轻而精力充沛，倒出乎斐人杰意料。

“胡博士，您10年前的照片我是见过的，想不到您本人却比照片上还年轻许多。”

“这并没有什么奇怪，现代科学已经创造了太多的奇迹。就如你成为超人，将脑子移植到机器人里头，这不就是几百年前人类绝对无法相信的奇迹吗？”

提起移植，斐人杰又想起一桩事。

“对了，我是否可以看看我以前的身体？”

“当然。”罗素博士说，“等会儿胡博士就带你去。现在我们得做一次最后检查。检查完毕，我们就不再打扰你了。”

他们把他摆平，替他接上许多五颜六色的电线，揿遍了那些电钮，将他的四肢搬弄成种种奇怪的姿势。斐人杰任他们摆布着，丝毫不感觉任何痛楚。这具身体是他的，也不是他的，他似乎并不很在乎他们处置它。终于，他们检查完了，让他起来，又和他握手，恭贺他成为第126位超人，胡博士便带他走出了手术室。手术室外的走廊里早已挤满了新闻记者，见他们出来了，就一拥而上，镁光灯频频朝斐人杰闪着，五六只麦克风同时凑到斐人杰胸筒前。

“斐博士，您是第一位中国籍的超人，请您发表一些感想……”

“斐博士，请问您今后有何计划？是否准备回中国继续从事研究工作……”

“斐博士，请问您对超人的婚姻问题看法如何……”

“各位请等一等，请等一等！”胡博士扬手阻止住记者们，“斐博士刚动完手术，不宜多说话。明天早上9点，我们有一个记者招待会，那时斐博士会尽可能答复各位的问题。现在请各位让一让，对不起！”

他们奋力杀出重围，好容易才摆脱了新闻记者们的纠缠。胡博士领他走进一间大厅，关上门，才吐出一口气。

“新闻记者真是无孔不入！不知道他们怎么混进了医院，照规定外人是不准进来的。”

“能吃新闻记者这碗饭，当然有他的鬼聪明。”斐人杰转动电视眼，向四周望望，“胡博士，这间就是你的实验室吗？”

胡博士点点头。实验室内摆满了精密电子仪器，正中央是一具巨大的SPD7300计算机。有些仪器斐人杰还见过，有些连他也不认得。他晓得只有太空里超人们主持的研究单位，以及地球上胡博士和罗素博士等负责的实验室里才有这些仪器。这都是近50年来超人们工作的成果，不过这些成果，大部分还由超人们控制着，不曾对外公布，斐人杰从前一直很不满意超人们这种作风。他以为即使是超人，也不该把持科学研究的成果，甚至这可以说是对地球的不忠实。他曾屡次在国际科学家代表大会里提出这个问题，却始终没获得超人代表们满意的答复。假如他现在不是超人，斐人杰不禁想，他绝不可能有机会目睹这些仪器吧？

“你的身体早放进地底下的冷藏库里。请跟我来。”

斐人杰跟着胡博士走进一角的电梯，不一会儿他们就降到地下室。胡博士又对他笑笑。

“冷藏库里温度太低，你是不怕的，我就不进去了。记得出来时要关好空气锁，我先回实验室等你。”

他走出电梯，揿下电钮，冷藏库的门开了，他看到他自己直僵僵地躺在一个钢架子上。他心一沉，直奔过去。机械腿有些不听使唤，几乎被地上横七竖八的电缆给绊倒了。架子上的他，眼睛半睁着，脸上毫无表情。沿着光秃秃的脑袋，有一圈细细的黑纹，他们一定又将脑壳胶上了。他摸摸自己的遗体，已冻成石头般坚硬，但它的样子还没变，只除了脑壳里头空空如也，什么也没有。

“像一个空蛋壳。”斐人杰想。不知道超人馆里那些化妆师会怎样处理他的遗体？他的心脏、肝脏、肾脏都还健全，也许他们会把他——它——剖开来，有用的器官送到医院“器官冷藏库”，没用的东西掏空，再塞进赛璐珞，灌入防腐剂，仔细地缝上，他——它——就成了具标本，不分昼夜挺胸凸肚地站在超人馆玻璃柜内，柜外挂着牌子：“第126位超人，斐人杰博士。中国籍，物理学家，2203年生，2241年成为超人……”

“像一只八宝鸭。”斐人杰又想。真是倒胃口的联想，好在以后再也不会张嘴吃饭，更甭提吃八室鸭了，这倒是令人欣慰的一桩事。

斐人杰正想离去，却注意到门边墙上嵌着一面镜子。他走到镜前，里面便映出了他的形象：圆柱形的胸筒，下面伸出两根细细的钢柱算是他的腿；两只手臂像百折叶的橡皮管，管口是两只钢爪；原来摆脑袋的部位，改装了一具半球型可自由转动的电视眼，顶上还伸出两根天线。斐人杰对镜子端详了好一阵，又回头看看从前的自己，不由得难过起来。他不忍再看，急忙跑出冷藏库，一直到电梯快升抵胡博士的实验室，他才稍稍抑制住心情的激动。

四

“当然，当然，你的心情我全明白。”胡博士呵呵地笑着，露出一口黄牙，“不过你别急呀，我不是跟你说过，现在这套只是暂用品，将来还要换正式的 A–3 式机械服吗？到那时候你就不会抱怨了。”

斐人杰还是有点沮丧。

“我看也好不了多少。像史普克博士那套，就不怎么高明。以前看别的超人奇形怪状，倒不觉得怎样，现在自己成了超人，也变成这副怪相，总有点……”

“喏，喏。”胡博士像在哄弄小孩子，“你假如真不喜欢 A–3 式机械服，我们可以另给你定做一套 A–8 式机械服，这该好了吧？”

“A–3 式和 A–8 式有什么分别？”

“A–3 式就是你现在‘穿’的这种，形状和常人完全不同。至于 A–8 式机械服，外表可和真人一模一样。这种 A–8 式机械服倒是电影科学界首先发明的。现在有许多电影演员不都是遥控的机器人吗？那些机器人哪点不像真人？它们的构造，就是一套 A–8 式机械服，肚子里装上一具小型控制计算机。我们可以照你的遗体打造一套，你穿上了就跟从前的你一样，如何？”

斐人杰一想，果然不错，可是又有点弄不明白。

“这么说来，为什么不给每位超人做一套 A–8 式机械服呢？超人们有了正常人的外表，就能够过正常人的生活，岂不是更好？”

胡博士又呵呵地笑了。

“老弟，你刚成为超人不久，才会这么想，别的超人可就不了。首先我得问你，你为什么要做超人？”

“为了研究科学，追寻真理！”

“对！我想你一定也知道，人类不过是经过一连串物种突变、生存竞争、自然淘汰而偶然演化成功的动物。既然是盲目演化的产物，人类当然并不是一起头就明白他最终的任务。所以他发展出来的身体，虽然帮助他在生存竞争中取得最优胜者的位置，现在却不一定件件有用。老实说，在我们看来，人除了他的脑子，其余的部分都可以舍弃！古人说‘人为万物之灵’，人之所以灵于万物，就得力于他的大脑皮层特别发达，能够从事思考。因为有了大脑，人才有理性，但是他的身体只带给他兽性的需要。所以从古至今宗教家、哲学家的努力，都是设法克服人类兽性的低级欲望，扩展理性的思维能力。你想佛家为什么要练打坐求度脱呢？就是要消灭这造业种因受尽生老病死四苦的肉体，达到不生不灭的涅槃境界。咱们中国的老子不是也说过：吾所以有大患者，为吾有身，及吾无身，吾有何患？可见很久以前人类里头聪明的就知道，肉体是人类进展到更高境界的一大障碍，必须设法摆脱的，可是人又偏偏摆脱不掉这臭皮囊，所以只好发明出精神肉体二元的理论，以为肉体虽死，精神仍可长存。这个理论，在我们现在看来，当然是荒谬的了。人所以引以自傲的意识，其实也不过是脑神经细胞活动到了一定强度的结果，并没有什么神秘。不过人消灭肉体、升华精神的愿望，却从来不曾断绝。从前的人有过种种可笑愚昧的尝试，都毫无例外地失败了。一直到我们理性的23世纪，科学的进步才第一次使人类能够超越他的肉体，成为超人！”

胡博士顿了一顿，又继续说：

“我想我也不必对你详述脑移植手术发展的经过，反正，从近古时代的20世纪起，医学界就一直在研究人类器官移植的方法：肾脏移植、肝脏移植、眼球移植、心脏移植……最后终于到脑移植。同时，计算科学和控制系统科学也不断地发展着，到了22世纪中叶，这三门学科终于合流，创造出人类科学史上最大的奇迹；科学家们居然成功地将人脑移植到机器里头，结果呢？我们就有了‘没有肉体只有精神’的人，也就是超人。

“在起初，超人问题引起科学界很大的争论。有的科学家以为，没有肉体只有脑子寄居在机器里的超人，只能算是个机器怪物，不能算是人类。超人没有了肉体，没有兽性的欲望，也没有性的烦恼，固然很不错；但他因此也没有了人类所应有的感情。这样非凡冷静的超人，配合近代自动机器的威力，会做出什么事情来呢？恐怕会有可怕的后果吧。这些科学家因此忧虑着，主张放弃发展超人的计划。

“但是大部分的科学家，却立即看到超人带来的光明远景。这些远景，现在多半已实现，你我都很清楚。超人是最理性的人，最能冷静地分析研究问题，所以现在世界各国一流的政治管理科学家、法律科学家、军事科学家，都是超人。事实上，留居在地球上的五十几位超人，可以说已控制了整个世界——7 位总统、18 位国防部长、21 位经济部长，其余的也都在文化界、政治界活跃着。早先也有人反对让超人们出任公职，甚至攻击这是‘超人殖民主义’。但这些攻击都是无的放矢。近 50 年的历史证明了，超人们是有史以来最有效率、最公正的政治管理科学家。冷静的头脑、过人的智慧——谁能比得上他们？这几十年来，国际争端几乎绝迹，核子战的危机早已消失得无影无踪，世界人口终于获得合理的控制，饥饿和贫穷绝迹，世界各国共同发展经济，欣欣向荣——好一个世界大同的局面！这不都是超人的功劳吗？”

“另一方面，超人的出现，也帮助了人类征服星空。第一，超人的寿命长。以往人类的寿命，至多只有 100 年，现在科学进步，也许能延长到 200 年、300 年，不过这大概是极限了。但超人不同。他只有一个脑子，却有 100 亿个脑细胞，即使半数脑细胞死亡，超人仍可活下去。因此他的寿命至少也有 2000 年！第二，超人体积小，需要简单。如果要运送一个凡人到太空，太空船必须携带足够的食物、氧气，船内还得有足够的空间让他活动，还得替他解决大小便、性欲等麻烦问题……可是超人不需要这些！只要少量的氧气、矿物质、血液自动循环装置，他就能长期生存下去。太空船除了载运一两个脑子，其余的空间都可装置科学仪器，省事省力，超人真是最理想的太空探测家。他们又挨得住寂寞，可以长期居住在别的星球上，从事研究。所以有过半数的超人都上了太空，散居在太阳系及其他星系的各行星上。现在最尖端、最前卫的科学研究工作，就是在这些星球上进行的。近百年科学进步得迅速，超人们功不可没！

“斐博士，我唠唠叨叨讲了这一大堆，你一定早就听过了的。但是我希望你明白，你现在已经是超人，不论留在地球上为人类服务，或是上太空从事高深研究，你都会负起重要的职务。开拓人类未来，发扬理性光辉，是你的责任。比起这些，外表是什么形状，真是最无关紧要的事！我刚才已说过，人类不过是天演进化自然的产物，他的身体说不上合理。譬如人用腿而不用轮子或履带，但腿并不一定比轮子强，只是地球上的动物天生都是连接的一整块，所以长不出轮子来。腿比轮子，又有什么特别美观的地方？斐博士，我知道刚开始是很难的。不过，你一定得放弃这些唯人主义的想法。”

“我晓得。”斐人杰说，“我也知道我大概会被派到太空研究总署去。不过，留在地球上的时候，我还是希望至少能看起来像个人。一旦离开地球，自然这些都无所谓了。”

胡博士耸耸肩，微微有些愠意。

“好吧，如果你坚持，我们就为你定做一套 A-8 式机械服。其实这真是多此一举，你不会留在地球上多久了。”

“你们什么时候派我走？”

“第 X-15 号太空船回来，大概下个月吧。”

“这么快吗？”斐人杰吃了一惊，“我以为至少会让我回国一趟。这一去，可不知什么时候才能回来？”

“你要回国玩一趟，当然可以。一个月的时间，够你跑好些地方了。”胡博士看看腕表，“我得走了，还得开一个会。史普克博士一会儿就来，我把你交给他。他那儿还有人等着见你，你一定晓得是谁？”

斐人杰当然知道。他正想苦笑，却发现自己已不会笑了。

五

她还是老样子，只是略消瘦了些。他注意到她仍穿着那袭宝蓝色白纱边翻领的洋装，他最喜欢的那件。听到他笨拙的脚步声，她迅速抬起原先垂着的头。她的眼神，透露出困惑、不信和失望。

“丹娜，是我！”

他努力想装得高兴些，但也知道这是不可能的。没有脸的人，自然失去了脸部的表情。他的综合声音，永远是那么单调，连他自己听了也不能满意。

“丹娜，是我啊！”

“是你吗，杰夫？”

她勉强挤出笑容。他伸过铁爪去，她犹豫了一下，才伸出手来，甫一接触，便像碰到癞蛤蟆的背似的，迅速把手抽了回去。她又垂下头，长睫毛一闪，几颗晶莹的泪珠就滚下面颊。

“天哪，他们把你整治成这副模样，连声音都变了！叫我——叫我怎么认得出是你呢？”

“是我，真的是我，你难道不相信？”斐人杰急得抓耳搔腮，却只抓到电视眼上的天线。

“我相信，我相信又有什么用？你已经不再是你了！”

斐人杰大感痛苦，几乎扯断天线，听觉神经上登时金鼓齐鸣。

“早知如此，我就再等两天才见你。他们答应替我做一套A-8式机械服，那就等于塑胶肉体，看上去就和我以前一模一样。丹娜，快别伤心，再过两天，只要再过两天，我就不会是这副怪模样了。”

“一切都太晚了，太晚了！”丹娜抬起满是泪痕的脸庞，“昨天动手术前，他们不肯让我见你，我怎么求也没用。假如我们那时候见一面，也许事情就不一样。可是现在……”她猛地站了起来，“一切都太晚了。你总算得偿夙愿，恭喜！从此你做你的超人，我走我的……”

“丹娜，请别这么说。即使成为超人，我还是爱你，我永远爱你！两年多来，我无时无刻不在想你，想我们在一起时的快乐时光。你还记得，在拿坡里斯的那夜吗？我们租了一艘游艇，在洒遍荧光的海上荡漾。你还说有一天我们都老了，就在海边买一栋别墅，每天带着孙儿、孙女，或只有我俩，到海边散步。我就说我们要在月球上造一栋小屋，夏天就到那儿去避暑。我会做你的彼得潘，带你飞上月宫。你还记得吗？现在我是超人了，不久就真的可以飞上月球，飞上太空。可是我愿仍是你的彼得潘，让我俩一块儿飞向蓝色的月亮……”

她怔怔地站住了。他一时忘乎所以，凑过身去，张开双臂。她突然惊醒，轻叫一声往后一闪。他马步不稳，推金山倒玉柱似地摔将下去，便怎样也再爬不起来。他听见她急忙地跑了出去，用力带上门。

“丹娜，请不要走，丹娜！”

他听到开门的声音。

“丹娜，请听我解释，听我解释！”

“丹娜小姐已经走了，斐博士，你怎么还躺在地上？”

斐人杰用尽吃奶的力气，才把电视眼转到背后，看到是史普克博士，不由得就泄了气。

“哦，是你，快帮忙扶我起来。”

“别急，别急。拉住我的手，好，用力，一——二——三！”

总算回复到直立的姿势，他注意到史普克博士现在和他是一般高了。

“多谢，史普克博士。刚才你替我挽留一下丹娜就好了！”

“往者已矣，难道你现在还放不下儿女私情吗？”史普克博士发出一阵综合笑声，“来吧，我正想跟你谈谈你今后的任务。”

“我的任务？我不是被派到太空研究总署吗？”

“对，可是也不对。你的任务和一般超人研究员有些不同，其实，也许还更有趣些。”

他们回到史普克博士的办公室。

“究竟是怎样的任务？”

“你的任务，是做一个太空巡视者。”

“太空巡视者？但我是一个物理学家，我的研究范围是……”

“别急，请让我解释。”史普克博士摇手止住他，“我晓得你一定会觉得奇怪，为什么要派你担任这个工作。首先，我得解释一下工作的性质。你一定知道，现在散布在太空各处从事研究工作的超人，约有 70 名。由于研究范围的不同，这些超人便分散住到许多不同的星球。除了留居在太阳系有 19 名外，其他的超人分住在大小不等的 38 个星球上。这些星球间的距离，近则两三个光年，远则十几个甚至二三十个光年。你知道我们现在最快速的太空船，也只能达到光速的三分之一左右。因此，各位超人科学家之间的联系，就成了问题。假如旅居在甲星球的超人想要向乙星球的超人借资料，他可能得花20年的时光往返一趟。超人的生命虽长，却也没有多少个20年可供这样浪费。所以，我们就想出一个变通的办法：由几位超人担任太空巡视者，定期巡视各个星球，由他们负责超人们的补给、资料支援、情报运输等工作。我们又有一个不成文法：凡是新加入太空研究总署的，都先得担任太空巡视者100年。”

“100年！”

“100年其实很短，刚够你完成一次巡视任务。你不要以为这100年是完全浪费掉了。你所乘的太空船，有最完善的图书馆、最充实的资料库和最进步的计算机。你又是理论物理学家，因此在太空船上你仍可继续从事研究。而且，你将有机会见到地球上所培养出来的最优秀的科学家！你一定能从他们那儿学到许多东西。”

斐人杰注意地听着，史普克博士说得越有劲，他越觉得悲哀。

“100年！就超人2000年的生命来看，100年也许不算什么。可是——100年后我再回地球，一切都不一样了。我恐怕再也见不到丹娜了。”

“不错，这就是为什么我劝你忘却儿女私情的原因，100年后，你认识的人恐怕都不在人间了。不过，别难过，”史普克博士顿了一顿又说，“等你回来，我一定叫你的孙儿孙女到机场欢迎你！”

“这倒是个好主意。”斐人杰喃喃地说，“我有一个女儿叫斐曼丽，她现在由家母抚养。请你记住她什么时候结婚，嫁给谁，住在哪儿，我回来以后，也许还可以找到她——或者我的孙儿孙女们。”

史普克博士拍拍斐人杰的胸筒。

“我一定替你办到。你安心地走吧，家事不用你牵挂。”

六

离开太阳系后，X-15号太空船已经在星际间航行了15年。距太阳系最近的星系，叫作阿尔法森特里，离地球有4.3光年。从巡视手册中斐人杰查出，有一位研究高能物理的提摩太博士住在该星系的第四颗小行星上。已15

年没讲话了，斐人杰渴望着和人类交谈，哪怕是超人也好。第15年零7天，太空船终于进入环绕第四颗行星的轨道，斐人杰就迫不及待地向这红色的星球发出一连串讯号。他手头有一卷资料描述这颗行星：地表引力是地球的3.6倍，质量约为地球的5.5倍，有大气层，构造成分约73%为铁……他又端详了一阵电视幕上暗红色的星球，比起蓝色的地球，它显得苍老而丑陋。没有海洋，也没有河流，地表只有低等的蕨类植物。斐人杰不禁暗暗诧异，提摩太博士怎能一个人在这荒凉的星球上面生活了175年之久？

电动收报机突然有了反应。斐人杰揿下电钮，译好的电文便直接送入他脑中。

“提摩太博士致太空巡视者：我正在进行一项重要的实验，没有时间和你交换资料。请在50年后回航时再到敝星来，多谢。完结。”

斐人杰吃了一惊，他万万没有料到提摩太博士竟会挡他的驾。真是在进行实验吗？总不至于连招待他一两个太阳日的时间都抽不出来吧？莫非是遭遇到意外，被来自别的星球什么奇怪的生物俘虏了……斐人杰脑中飞快地闪过一串联想。他急忙揿下“发报”的电钮，脑中的思想便被拍成电讯。

“太空巡视者致提摩太博士：我必须在贵星卸下你的给养和配备。务请指示降落路线和着陆场。完结。”

没有几分钟，回电来了。

“提摩大博士致太空巡视者：多谢你的好意。我不需要任何给养和配备，请勿再打扰我。完结。”

斐人杰不由大怒。这位提摩太博士不料竟如此不通人情，他倒非要下去看看不可！他不假思索，又发出电讯。

“太空巡视者致提摩太博士：我仍准备降落贵星。如五分钟内不指示着陆场，我就自行择地降落。完结。”

三分钟过去了，毫无反应。四分钟，五分钟。斐人杰正准备打开自动降陆操纵器，太空船陡然没来由地起了一阵激烈震动。一盏红指示灯亮了，有个声音对他说。

“危险！目标星球有电磁风暴。太空船导航装置受到强烈干扰，无法自动降落。”

斐人杰明知这是提摩太博士搞的鬼，却无计可施。如果不使用自动降陆装置，他无论如何也不能冒险进入大气层。不过提摩太博士竟能制造出笼罩住整个星球的电磁风暴，可见此人神通已经不小，别的星球人要想俘虏他，怕也不很容易。斐人杰考虑了一下，决定还是不必冒险。他指示太空船脱离轨道，星球航向第二个目标。太空船刚脱离轨道，红色星球上的电磁风暴就停止了，斐人杰暗自点头叹道：

“这位提摩太博士想不到已有这般修行，一百多年的工夫没有白费。可惜他走火入魔，竟如此不通人情！算了算了，我也不必跟他一般见识。”

他遂又专注到自己的研究工作上去。五年后，太空船又来到第二个目标星球。住在这儿的，是位有名的数学家，戈德博士。吃了一次闭门羹，斐人杰这回可不再抱多大希望。他照例进入轨道，发出电讯。出乎意料，回电竟热烈欢迎他降陆，详细的着陆指示，也立即由地面控制站送入船上的中心计算机。

“总算碰着个讲理的。”斐人杰想。

太空船顺利着陆，斐人杰把盛自己脑子的黑匣子从控制器取出，装入A—3式机械服肚内，便摇摇摆摆地爬出太空船。首先映入电眼的，似新笋也似凭空拔起的一座青峰，像极了家乡桂林的山水，他不禁脱口赞道：

“好山！”

“你也喜欢这座山？”一个声音说道。斐人杰忙转动电眼，只见山脚缓缓走来一人，身着黑袍，红面黄须，气概不凡。斐人杰惊喜参半，上前问道：

“是戈德博士吗？”

那人微笑着点点头。

“你大概是新从地球来的太空巡视者了？”

“是的。我叫斐人杰，20年前刚成为超人的。”

“地球上最近有什么新闻没有？”

“哦，还是老样子，没有战争，大家都过得很快活，经济嘛，也很繁荣，在安定中不断地求进步，人口嘛，还是200亿左右……”

那人突地笑了起来。

“好了好了，这种新闻，不听也罢。我要知道的是轻松的消息，譬如流行些什么歌曲啦，出了什么新书啦，等等。”

“这个吗？”斐人杰搔搔电视眼，“真抱歉，我一直忙着做研究，不大留心这些。不过船上有完整的图书馆和资料库，我可以把近50年的资料、图书都录一份给您。”

“算了，他们让你带的都是些宣传品。什么能度量方是合理，合理性才能存在，都是鬼话，我听得腻了。谢谢你，我不要。”

斐人杰愕然望着戈德博士。这位红面黄须的数学家委实有点怪，言论很偏激呢。他刚才的话，如果还是在地球上，就足以送他进反理性治疗院了。但也许他是故意拿这些话来套自己？也许他是超人中的理性检查人员？斐人杰立刻就提高了警觉。他只是个初出道的超人，脑袋搬家才不过20年，不可就因为乱说话断送了自己研究工作的前程！

戈德博士没留意斐人杰的反应，自顾自地说下去。

“在这里孤家寡人地待了140年，闷气也真够闷气。谁来都说这儿风景很好，有山有水的。风景是不错，可是光是风景好有什么用？唉，你们这些新来的超人都似一个模子里铸出来的。问你们家乡有什么新闻？你们就说没有战争，经济繁荣……”

他又笑了起来，望了斐人杰一眼。

“好了，刚见面不谈丧气事。你既然来了，索性多住几天，陪我下两盘棋。整天跟阿丁下棋，久了也无聊得很。”

戈德博士的研究所，原来就在青峰后头，临着一泓清潭。研究所是一栋半圆形的建筑，不知是什么材料砌成，似泥非泥，似钢非钢。正面滨湖处是阳台，戈德博士便在阳台上设宴为斐人杰接风。他手下有位矮胖的机器人，就是他唤做阿丁的，搬来一桌奇异的果物。戈德博士说了声请，就自个儿大嚼起来，斐人杰在一旁干瞪眼。隔了好一会儿，戈德博士才觉得有点不对劲。

“斐博士，你为什么不吃呢？好得很呢。”

斐人杰啼笑皆非。

“我……我没有嘴，也没有肚肠，如何吃法？您的好意我脑领了。”

戈德博士一愣，突然哈哈大笑，笑得人仰马翻。

“真对不起，我竟忘了你没有嘴。当然当然，你说得不错，今天的盛宴，你是无福消受了。”

“戈德博士，我……我正要问您，您怎么会……回复人身的？”

“这是我自己设计制造的胶泥肉体，跟地球上现有的 A–8 式机械服相似，不过更进步些。穿上我的胶泥肉体，不仅会吃饭、会打嗝，还会闹消化不良，会放屁。怎么，你没带一套 A–8 式机械服出来？”

“他们不准我带，说是在太空不需要这些。”

“谁说不需要？你到任何星球看看，哪个超人不是打扮得仪表堂堂的？就算是斯科尼博士，他住在一个星球上，大气中有 17%的二氧化硫，20%的氯化氢，所以他隔了几天塑胶脸孔就被毁容一次。即使这样，他还不厌其烦地替自己制造新面孔。你瞧，这不是有没有用的问题，没有肉体，你总觉得你不成个东西，心理上的压力太大了。”

这话正刺中斐人杰的痛处，他不由得长叹一声。戈德博士又笑了起来。

“别丧气，好在你碰到了我。明天我带你去我的工厂，叫阿丁替你做一具胶泥肉体，你的问题就解决了。”

斐人杰大喜，当下便谢过了。第二天，戈德博士带他到工厂去。工厂坐落在湖的另一边，也是栋半圆形的建筑。里头像个人肉作坊，横七竖八，堆满了已成形、未成形的人体，断臂残肢，满地都是，看得斐人杰心惊不已。原来这星球特产一种胶泥，经过酸性处理硬化后，弹性色泽和人肉相去无几。戈德博士发现这种胶泥后，就开了这人肉作坊，不仅自用，也做来转赠别的超人朋友。戈德博士嘱咐阿丁也替斐人杰造一副骨架和肚内的精细机器，然后再依斐人杰的指示，慢慢糊上外头的肌肉，务求造得惟妙惟肖……

因此，斐人杰就暂且在这星球住下了，时而陪戈德博士下下棋，时而监督机器人阿丁糊自己的皮，时而出去游山玩水。从戈德博士的谈话里，他也慢慢了解了超人生活的大概：超人们可以分两类，有的如斐人杰碰过钉子的提摩太博士，除了研究学术外什么也不过问，只是埋头苦干，数百年如一日。

超人们对科学的发展能有偌大的贡献，都是这批人经之营之的结果。也有的像戈德博士一样，搞了几十年后就看开了，懒得再为学问而学问，就没事找事地在太空里混日子。他们也想家，可是有一次斐人杰问戈德博士为什么不干脆回地球？戈德博士却叹着气说，他虽然已不在乎学问和真理，但是自己在地球上已闯出名声来了，别的超人都颇有发明，自己若空手回去，虽然是胶泥面孔，也挂不住那份难堪。斐人杰听了，也没话好安慰他。

戈德博士的研究所内有间密室，在斐人杰面前戈德博士从不去开它，可是斐人杰却注意到每天晚上——这星球的一天等于三个半太阳日——等斐人杰睡了，戈德博士总要偷偷摸摸地到那间密室里去一次。斐人杰以为这是他的私事，不好追问。日子一天天过去，终于，阿丁糊好了斐人杰的胶泥肉体。这天斐人杰到工厂里试穿上胶泥肉体，揽镜自照，果然英俊潇洒、仪表非凡，看不出是个泥塑土偶。他重谢了阿丁，便得意洋洋地跑回研究所。却是合该有事，戈德博士不在里面。斐人杰知道他又去探矿了，半天不得回来，心中突然一动，他何不趁机探看探看那间密室？

密室的门没锁，斐人杰推开门，立刻就傻了眼。室内没有别的摆设，只有一张大床，床上躺着一位女人。斐人杰端详了好一阵，觉得似乎在哪儿见过她。他猛地忆起，从前上萨洛玛教授的课，曾看过一张近古时代的旧片子，由20世纪中叶一位电影“明星”主演的，当时印象很深。她叫什么名字来着？

“玛丽莲·梦露！”

这句话好像触动了什么机钮，床上的玛丽莲·梦露立刻活动了起来，伸个懒腰，半睁开惺忪的睡眼，似醉似痴地对他说。

“你来了吗？请坐，请坐。”

“我来了，宝贝。”

20分钟后，暴跳如雷的戈德博士从外头直冲进来。

“混蛋！我待你不薄，你竟做出这种寡廉鲜耻、忘恩负义的事！给我滚！”

“戈德博士，请听我解释……”

“还有什么好解释的？滚！”

斐人杰被戈德博士拉着耳朵提了出来，床上的玛丽莲·梦露犹在喃喃地说：

“你去了吗？不送，不送。”

就这样，斐人杰很不光彩地被撵出了戈德博士的星球。

七

此后的50年里，斐人杰又访问过许多超人。他们有的忙着从事研究工作，就尽快打发他走路。也有的会留他小住一阵，谈谈人间世上和超人的婚姻问题，末了总是相对唏嘘。斐人杰发现，能够像戈德博士那样金屋藏娇的并不多见。也许别的超人不及他手巧，也许唯独他的星球特产那种胶泥，没有谁能复制出另一个玛丽莲·梦露来。住得近些的，有时还可以聚聚，凑桌桥牌，那孤苦伶仃的，也只有凄凄凉凉、冷冷清清的熬上个几百年。见识的超人多了，斐人杰脑中存积下一大堆问号。回想当初他自己做超人的动机，是为了研究科学，追求真理。但他亲眼见到至少有半数的超人已放弃了研究工作，又无颜回地球，便在太空里鬼混。这和从前胡博士对他鼓吹的大有出入。他不由得渐渐开始怀疑，人毕竟还是人，硬要剜出脑子，使他变成超人，恐怕是不自然、不正常的事吧？

至于那些仍专心致力研究工作的超人，他们的成果，是否可以补偿其他超人以及他们自己的牺牲呢？斐人杰也感到怀疑。就拿提摩太博士来说，他的确是位伟大的科学家，又有200年的道行，端的是功力非凡；他呼风唤雨，撒豆成兵的本领，斐人杰是领教过的。但是提摩太博士研究的成绩，多半秘而不宣，不仅世人不知，其他的超人也不知。斐人杰想象不出，这样的研究，对谋求人类幸福会有什么帮助。他不免忆起丹娜的话。也许丹娜是对的？如果真只是为学问而学问，这样的学问，对世人究竟有什么益处呢？

超人中除了自然科学家外，也有不少位是社会科学家。他们的表现，同样令斐人杰失望。例如在陶塞蒂星系的第二颗行星上，他曾见过一位文学批评家，达赛博士。达赛博士骄傲地引导斐人杰参观他的图书馆，据他说世界上所有图书的磁带拷贝，都收藏在这图书馆里。穷数百年之力，达赛博士刚完成了最精密、最完善、最科学化的图书分类工作。他宣称几百年来文字创作科学的批评，到此算大功告成。

“以后呢？”斐人杰问道。

“以后吗？如果再有了新书，就拿我科学的文学批评法加以分类、批评、归档就得了。我不妨做个示范表演。”

他顺手拿起桌上的一卷磁性录音带。

“这是一本新出版的小说。你看，我把它放进转盘，再一揿电钮，好了！我的计算机开始研究批判这本小说。它首先一句一句地阅读，分析作者的基本文字技巧。然后一章一章地阅读，分析作者是否适用了对比、象征、暗示？主题再现的频率多少？引用了多少典故？和前人的作品何处相似？何处暗合？最后它再整个阅读一遍，做一个综合分析，并从资料档案中找出这位作者从前所有的著作，加以比较批判。你看现在磁带已向回转，这表示计算机已读完一遍，正准备进入第二阶段的文学批评。惊人地迅速，对不对？普通一本 20 万字的著作，计算机可以在 5 分钟之内分析批判完毕。假如你来做这工作，也许几天还做不完呢，哈哈！”

正说着，计算机咯噔咯噔直响，吐出一叠卡片。达赛博士拿起卡片胜利似的说：

“好了，全在这里了！”

斐人杰凑过去看看，只见卡片上打满了密密麻麻的小孔，他不禁疑惑了。

“这就是……这就是文学批评吗？”

“不错，你看看这些统计数字！”计算机又嗒嗒作响，吐出一卷图表。“你瞧瞧这些美妙的曲线！全在这里了，这本小说的精华，全在这里了！”

斐人杰拿起一张图表，直看横看左看右看，看不出啥苗头来。

“哦，很抱歉，我是个外行。我只想问一个简单的问题，从这些卡片和图表，我能够看出这本小说是好是坏吗？”

“嘘！”达赛博士的眼睛睁得比铜铃还大，跳过来捂住斐人杰的嘴，“不许说这种亵渎的话！好坏关乎个人的价值判断。文学批评是一门严谨的科学，怎可做价值判断？”

“但是，但是，”斐人杰在达赛博士有力的铁腕中挣扎着，“如果文学批评只能给我一大堆图表和数字，却不能分析给我看一本小说的好坏，这样的文学批评有什么用呢？”

“胡说！为什么没有用？你难道忘记了我们理性的23世纪的基本信条了？能度量方是合理，合理性才能存在！理性，理性，只有理性！价值判断没法度量，没法度量就不合理，不合理的就不能存在！这么简单的推论，你难道都忘了吗？亏你还是超人，我看你该进反理性治疗院了。”

最后一句话立刻使斐人杰清醒过来，他极谦卑地向达赛博士道歉，请求他原谅自己的无知。毕竟他只是个外行，原不配批评达赛博士伟大的研究成果。达赛博士这才放了他。斐人杰一溜烟儿逃回太空船，忙不迭发动引擎，钻入太空。

从此，他对社会科学家们都保持着一份职业上的敬意。被送入反理性治疗院，毕竟不是闹着玩的事。

在太空游荡的第89个年头，斐人杰终于碰见了另一位太空巡视者。这位太空巡视者刚从地球来，带给他太空研究总署的一份命令：他的职务已被解除，应立即返回太阳系，向太空研究总署报到。

“怎么，我的任期已满，还是我做错了什么事？”斐人杰惶惑不安地问。

“都不是。”新来的使者说，“事实上，所有在太阳系以外的超人都奉命立即返回太阳系，你不过是其中的一个。我的任务，就是通知你们大家。”

“出了什么事？有别的星球人进犯太阳系，需要我们回去参战？”

“别瞎说。”使者欲言又止，“我奉命不准透露任何消息。你回去就知道了。”

“请别卖关子好不好？”斐人杰急得像热锅上的蚂蚁，“回太阳系还有20光年的路，你忍心再吊我五六十年胃口吗？就算做桩善事吧。何况我现在就动身直接回去了，怎可能泄露机密呢？”

使者想了一想，说：

“也罢，就告诉你一部分。这次所有的超人都奉召回太阳系，是为了举行一次重要的会议。”

“什么会议？”

“会议的详细内容，我也不清楚。不过大概主要将讨论几位超人科学家最近的重大发明所可能带来的影响。这桩发明，也是我们全体超人都久已期待着的。我相信你知道了，一定也会感到很兴奋。”

使者停了停，慢吞吞地说：

“我们终于成功地造出了人工脑。”

八

星光灿烂的夜，蓝色的地球高悬在天空。月球上太空研究总署附近，不断有太空船降落。超人们三三两两地聚在总署门口聊天。每艘太空船降落后，里头便摇摇摆摆地走出一位超人，一会儿就加入门口聊天的人群。空中有一艘警备艇绕着圈子在巡逻，尾部的红灯一闪一闪，艇首间或吐出一道白光，那便是有新的太空船到达的讯号。周围100哩的区域，早被电磁封锁——这是提摩太博士的发明——必得警备艇发出讯号了，地面的控制站才暂时解除电磁封锁，让新来的太空船降落。这么森严的戒备，这么多超人的出现，都显示出这次会议的重要性不比寻常。人类未来的命运，即将在会议中被决定。

终于，不再有太空船着陆，总署门前也已聚集了近200位超人。有一位超人从总署里走出，大家认得他是太空研究总署总理地球各国事务衙门行走，坂田博士。坂田博士微笑着对大家说，该来的超人代表们都来了，请大家进去开会。超人们便闹哄哄的涌进会场。这是多么奇怪的一群人啊！从太空回来的超人代表，多半穿着旧式的A–3式或A–8式机械服，或恃气垫擦地滑着，或仗机械腿蹒跚走着。也有那专心研究的超人，A–3式机械服已满是铁锈，拄着拐杖缓缓而行。他们都坐在会场的一边，遥望去如一排水筒。另一边是来自地球的超人代表们，有的是政治管理科学家，有的是军事科学家。他们在地球上位居要津，因此都仪表非凡，穿着新式的A–15式机械服，简直和凡人没有两样。从太空回来的，有两位模样最潇洒，颇引起众人注意。其中一位是戈德博士，另一位就是斐人杰。斐人杰进来时和戈德博士打了招呼，正想问他玛丽莲·梦露近况如何，戈德博士却对他怒目而视，斐人杰只好笑笑，在史普克博士旁边坐了下来。

众人正在喧闹，坂田博士爬上了讲台，敲敲木槌，大家便安静下来。等没有人讲话了，坂田博士磨磨假牙说道：

“各位超人代表：今天我们在此召开银河系超人联席会议，所有的超人代表都能准时出席，本主席感到非常高兴。召开此次会议的目的，有的代表也许已经知道了，有的也许还不明白，所以我在这里简单地报告一下。”坂田博士又磨磨假牙，“大约在 102 年前，我们在火星的第七研究中心有了一桩重大的发明。在座各位大概都晓得，第七研究中心专门从事人工智慧的研究，负责的两位专家是提摩盛科博士和拉维博士。他们两位经过 200 年的不断研究后，终于制造出了第一个人工脑。是的，人工脑！”超人代表们纷纷交头接耳。坂田博士不得不敲敲木槌：“请安静，请安静。这真是一桩了不起的大发明，从各位的反应，就可看出各位都明白这发明具有极重大的意义！这也就是我们今天在这里开会的主要原因。为了使各位彻底了解这发明的意义，我现在就请两位发明人亲自来报告发明人工脑的经过，以及他们认为可能带来的影响。”

坂田博士跑下讲台，过去请提摩盛科博士和拉维博士，大家开始鼓掌。提摩盛科博士和拉维博士站起来向大家鞠躬，又和坂田博士咬了一阵耳朵，坂田博士双手一摊，跑回讲台。

“各位代表，提摩盛科博士和拉维博士因旅途劳累，发声系统发生故障，无法亲自报告，他俩感到非常抱歉。现在他们推荐布朗博士代表第七研究中心致辞。布朗博士是两位博士的得意助手，帮助推动人工脑的研究，厥功甚伟。让我们鼓掌欢迎布朗博士！”

大家又开始鼓掌，布朗博士微笑着站起来，向大家鞠躬，然后从容步上讲台。

“各位代表！我很高兴能在这里向大家报告人工脑的研究发明经过。首先我得强调一点，人工脑并不是一架性能特优的计算机！开会以前，我听到有人在说，人工脑有什么了不起？我们不是早已有‘电脑’，就是大型计算机吗？所以首先我必须分析两者的不同。

“我们都知道，人脑大约有 100 亿个脑神经细胞。如果将每个神经细胞看做一个开关，那些人的意识思考就是这 100 亿个开关不停活动的结果。当然，脑神经细胞远比一个开关要复杂得多，但理论上我们仍可用电子线路来模拟脑细胞的功能。如果一个电子线路能替代一个脑细胞，那么我们若制造出一台具有 100 亿个电子线路的计算机，它岂不就和人脑相同了？

“但我们一直无法造出这么一台计算机。第一个问题，是重量的限制。即使每一个电子线路只有十分之一克重，这样一台计算机，也将会有一千吨！事实上我们造不出这么大的机器。就算第一个问题解决了。我们还得面临更困难的第二个问题：如何连接这 100 亿个电子线路？要解决这问题，我们必须弄清楚所有脑神经细胞间的联系。这样的联系，少说也有一亿亿根。因此，如果我们真要造一具可以称得上是‘电脑’的计算机，它得有一百亿个电子线路，一亿亿根连线。即使我们超人也做不了这样的事。

“我们第七研究中心因此采取了不同的方式，也可说是更自然的方式。我们不制造电子计算机，而设法直接制造脑细胞，让脑细胞在特定的环境下自己组织成新的、更复杂的集业。这里面的问题当然也很多，但是我们很骄傲地告诉各位，我们已造出了这样的人工脑！它只有 5 千克重，比真正的人脑重不了多少。它的功能却跟人脑完全相同。在初制成时，它也跟婴儿一样的混沌未开，但是它会学习，也能记忆，而且学得比人更快。只要经过 5 年的教育，人工脑就具有 30 岁成年人的智慧。再训练两三年，它就可以成为一位优良的物理学家、数学家，或者任何门类的科学家！”

布朗博士微笑着停下来。台下的超人代表们听得着了迷。

“我们第七研究中心，从造出第一个人工脑以来，又继续研究了 100 年。目前我们已经可以在两个月内生产一具人工脑，一年生产六到七具。我们也成功设计了人工脑教育机。人工脑被放进教育机内，经过八年左右，就被训练成一位优秀的科学工作者。在已制成的六十几具人工脑中，有两具智商高达 250！12 具智商在 180 以上，其他的智商也都在 130 以上。它们的理商，更都在 250 左右。换言之，以人间的标准来看，人工脑至少是天才，有的还是超天才！”

“老天！”坐在斐人杰旁边的史普克博士微喟一声。斐人杰自己也惊讶得说不出话来。这简直……简直不可思议！布朗博士又继续说下去：

“各位代表们，我刚才大略报告了人工脑的发明经过和目前的生产状况。现在我必须谈到，有了人工脑后，人类的未来会有怎样的改变。”

“我刚才已指出了，人工脑智慧甚高，又极有理性。回想人类的演化过程，最显著的进步，就是智慧的继续提高和理性的不断增长。这方面的进步，在起初的50万年中虽甚迟缓，近数千年却有飞跃的发展。尤其这两三百年来，由于超人的出现，人类可说突破了智慧和理性发展的最后瓶颈。他不仅被从肉体的束缚中释放出来，可以专心致力于真理的追求和科学的研究，他同时也逃出了拥挤窄小的地球，从此任意遨游于太空三界。超人的出现，遂带来了近三四百年来科学的突飞猛进。”

“但是超人本身还有许多缺点。生命有限不说，他的智慧也受脑的体积所限，只能达到某一程度。至于他的理性，还是弱得可怜，据我所知，有不少超人竟会对研究没有兴趣，甚至有的还不能摆脱性的烦恼！另一个普遍的现象，是超人的肉体失却恐惧症。由于对肉体无端的向往，有许多超人一定要保留肉体的外壳。这都证明了超人还并不是最完美的人类。”

“现在，我们有了人工脑。它不仅寿命长达一万年，大小也可任意改变，其智慧的发展更是无止境的。它从没有在肉体内生活的经验，因此也不会有对肉体无谓可笑的依恋。它具有人类一切的美德，却丝毫没有人类的缺点。它，毫无疑问的，是人类进化的最终目标！”

“回想一下，人类由野蛮到文明，从超人到人工脑的进化过程，实在是最合理不过的。只有野蛮人才能进化成文明人，只有文明人才能进化成超人，也只有超人才能创造出人工脑。每一个阶段的人类都为下一个阶段铺路，在达成任务后自己也被取代。当然，重叠的现象不是没有。例如，近古时代的20世纪，野蛮人和文明人就并存于世，但野蛮人终被消灭。在24世纪的今日，凡人也和超人并存于世，我相信凡人不久也将被消灭。然后，就只剩下超人和人工脑了。就这样，人类不断地升华，不断地进化，终于完成了宇宙赋予人类的伟大使命！”

“所以，我向各位代表呼吁，让我们迅速开始大量生产人工脑！”

布朗博士讲完了，台下鸦雀无声。斐人杰觉得脑子里一片混乱。布朗博士讲得太快，许多观念来得太突然，他几乎来不及消化了。他小心翼翼地说：

“布朗博士，我能不能问你，你根据什么理由推测，人类不久将被消灭？”

“我没有这么说。人类是个总名，野蛮人、文明人、凡人、超人和人工脑都是人类。我只说凡人不久将被消灭。”

“但是谁会来消灭凡人？别的星球人吗？”

“当然不是！我们，就是我们超人自己来动手消灭凡人。”

斐人杰几乎跳了起来。

“我们为什么要这么做？我们为什么要消灭凡人？不要忘记我们也来自人间。消灭了凡人，也就不会再有新的超人，等到我们中间最后一人死亡，超人和凡人就统统绝种了！”

“我的朋友，这正是整个问题的症结所在。野蛮人虽蠢笨，他总会想法生存下去，直到文明人消灭了他们。凡人虽愚，却也不自陨灭。前人怕原子弹会毁灭人类，结果事实证明这种顾虑完全多余，人类才不肯毁灭自己呢！现在人工脑虽已出现，你如果要人类全体自杀，他们断断不肯如此。那么谁来铲除凡人呢？就是我们超人了。超人比凡人智慧高，比凡人有理性，所以他晓得凡人该被消灭。他也承认人工脑比他强，所以自甘让位给人工脑。超人是凡人进化到人工脑中间的桥梁。没有超人，这蜕化断不能成功。但是一旦蜕化成功，超人也就达成任务，可以含笑九泉。这是宇宙赋予我们超人的伟大任务，我们真该感到光荣！”

“bravo！bravo！”一位超人在用力鼓掌，是提摩太博士，“布朗博士的话深得我心，我也久有此想。人是必须加以克服的，我们超人正是引渡人类的筏子。只是我还有一点不明了，为什么必须斩尽杀绝凡人？我们反正可迁居别的星球，让凡人自生自灭不好吗？”

“这是因为地球的环境最适宜培养人工脑，而且我们可以利用地球的人力大批培植，从年产量六具增加到年产量几万具！但是凡人如果知道人工脑是什么玩意儿，我们又要利用他们来做事，他们断断不会愿意的。所以我们必须先制伏他们。这倒很容易，根据第七研究中心的实验，只要在凡人大脑某部插入探针，便可完全控制住他。我们可以一方面要凡人帮助培植人工脑，一方面禁止他们继续生育后代。这样一两百年后，凡人自然绝种，我们也已造出了数百万人工脑。两千年后，超人也都过世，人工脑从此便生生不已，人类的进化，遂达到最高峰，岂不妙哉！”

“好，我完全同意你的话。”提摩太博士说，不少超人随声附和。

“慢着！”斐人杰又跳了起来，“岂有此理，哪有听你一席言语，就断送200亿生灵的道理？至少得让我们瞧瞧人工脑是什么玩意儿。说不定人工脑只有某方面能力特强，其他方面完全不成呢！那咱们灭了自己，却并没有成全它，岂不冤枉？”

“赞成！”坐在一旁的史普克博士大声嚷，那边的戈德博士也在鼓掌，一时颇有声势，会场秩序大乱。坂田博士忙不迭跳上讲台，敲起木槌。

“请各位安静！请不要再吵了。我这里有一份31位超人联合署名的信。他们都先后参与过人工脑的研究工作。他们愿意证明在100年的研究过程中，人工脑的表现优于任何一位超人科学家，情绪的稳定更有过之而无不及。我现在把这封信送入各位的脑中，各位可以自己估量估量。我想这答复了斐博士的问题，对不对？”

斐人杰语塞，气愤地坐下。

“我这里还有一大堆关于人工脑的资料。”坂田博士说，“每位代表即可收到一份。我想现在大家多少已明白问题的焦点所在。这次会议，先有两天的分组讨论，还有三天的公开辩论。经过这样慎重地考虑，我想我们就可决定凡人的命运了。”

“可是我们有权利决定人类的命运吗？”斐人杰又站起来大喊，这次却被众人一致嘘了下去。

于是超人代表们开始两天的分组讨论，然后是三天的公开辩论。在这五天里，斐人杰费尽口舌，死命地为凡人辩论。他有时觉得是为保卫全人类而战，有时又觉得似是专为他的丹娜。他无论如何也不容许他们将探针插入她脑中！他控诉，他恳求，他怒吼，他悲泣，他口若悬河地雄辩，他近乎歇斯底里地嘶喊，但都没有用处。超人代表们听得进布朗博士冷静的分析，却对他感情用事的呐喊嗤之以鼻。始终和他站在一条战线上，成为最亲密的战友的，倒是他的老冤家戈德博士。最后的表决，超人代表们以 172 票对 13 票和 3 票弃权通过了布朗博士的提案："控制凡人的工作，应于最短期间内实现！大量增产人工脑，为未来的新世界铺路！"

会议完毕，失意的斐人杰又碰到了戈德博士。两人相对长叹。

"真没想到人类竟落得如此下场。"戈德博士说。

"你我也算尽了力。你现在打算怎样？"

"回我的小行星去。至少阿丁和玛丽莲·梦露还忠心耿耿地在等我。地球是完蛋了，这群疯子！我再也不会回来了。你呢？"

"我不知道。我觉得心有不甘。"

"算了吧，你斗不过他们的。跟我走，我替你捏一个碧姬·芭铎，如何？"

斐人杰摇头苦笑。戈德博士耸耸肩，自个儿上了太空船。斐人杰颓然坐下。有人拍拍他肩膀，他抬头一看，是布朗博士。

"斐人杰博士，我必须告诉你，我很敬佩你在会议中表现的奋斗精神。我觉得你虽败犹荣。"

"你们赢了，还说他作甚？"

"还有一桩。你不是想看看人工脑吗？"

"现在不想看！"斐人杰的态度近乎粗暴。

"其实，远在天边近在眼前。"布朗博士温文尔雅地说："我的脑子就是第一个人工脑。"

九

芝加哥的下午。黑人区附近，一位高瘦的东方青年冒着大雨，浑身淋得湿透地在人行道上徘徊，来往的路人莫不对他投以惊奇的目光。一位好心的老太太撑着雨伞过来。

"年轻人，别淋雨，你这样会得肺炎的。"

“谢谢您关照，我不在乎。”

老太太怜悯地说：

“年纪轻轻的，何必这么糟蹋自己呢？准是和爱人闹别扭了，对不对？”

青年点点头，雨水沿着乱发淌下。

“刚闹的别扭？”

“不久以前。”青年想说，正是150年前。

“你到这附近来找她？”

“是的。我听说她在这儿的一家啤酒店做女招待，所以就老远赶了来。”

“问我吧，我也许知道。”老太太非常热心，“我就住这条街口上的公寓，附近的熟面孔我都认得。她叫什么名字？多大年纪？什么模样儿？”

“她叫裘娣·史密斯，大约25岁吧，是个混血儿。我有她一张照片。”青年掏出皮夹，老太太从雨伞底下凑过脸来，瞧了半天，突然惊呼一声：

“哦，这不是爱弥丽吗？”

“对！对！她的小名正是爱弥丽。您认得她？”

“当然，她就住在附近，是个很好的女孩，我们都很喜欢她。她不但在啤酒店做事，还去补习班学会计，很知道上进呢。可是，”老太太困惑地瞧着那青年，“爱弥丽已经结婚两年了，也许她不是你要找的……”

“她是不是混血儿？”

老太婆慢慢摇头：

“我想不会吧，爱弥丽双亲都是美国人呀……慢着，对了，我听爱弥丽说起过，她的血液有法国血统和中国血统，也许她祖先曾经和……”

“那就对了！”青年急切地说，“请您告诉我，她住在哪儿？”

“可是，我的老天，你难道不明白吗？她已经结婚两年了，小俩口感情挺好的。你现在去找她已经太迟了。”

“放心吧，我只要再见她一面。只要再看她一眼，我就心满意足了。您一定得帮我这个忙！”

“好吧，既然如此……我想她现在还在‘好望角’啤酒店。你从这儿再往下走两条街，向右转，就看得到‘好望角’的招牌，是间地下室……”

“多谢！”青年拔腿就跑。老太太看他背影消失在路口，突然起了一阵感慨，不由得掏出小手帕来擦擦眼角：“想不到这年头还有这样纯情的少年，实在难得，实在难得！”她不知怎的又想起了自己的死鬼丈夫，遂又热泪满眶，忙低着头走了。

青年找着“好望角”啤酒店。老太婆说得不错，是间地下室，墙上贴满了旧画报，棒球队的照片已呈黄色的报纸剪贴，墙角横七竖八写着打油诗，头顶天花板上还露出一节节的水管和电线。因为是下午，柜台前只有三两位客人，一位蓄络腮胡的胖子无精打采地弹着钢琴，唱着一曲流行歌曲：《我心爱的人儿》。

啊，我心爱的人儿
为了你的缘故，我憔悴到这般模样
才动过移植手术的头皮，又秃了那么一大片
许是手术没弄妥当吧，人说
但我明白，这是由于我对你的思量

啊，我心爱的人儿
你可别信人的恶意中伤、
不错，我曾有过三位新娘。
她们却留给我一笔偌大的家当……
三副眼球
（蓝色黑色和棕色的）
一具性能良好的心脏
和两只包君满意的膀胱

啊，我心爱的人儿
你万万不要上玛门的当
珍珠翡翠和金刚钻
哪抵得上我的人体器官储藏？

你只要跟了我
我就双手献上前妻们的眼球心脏和膀胱
哪怕你活到一百八十八岁
也能青春常驻永远健康

啊，我心爱的人儿
你可愿做我的四任新娘？

青年随便找着一个角落坐下，好一会儿才有一位女招待走过来。

“一盘意大利烤饼，一壶啤酒。”

女招待点点头，不久就端来烤饼和啤酒。青年又说：

“请问你认得裘娣·史密斯吗？”

女招待奇怪地望了他一眼。

“我就是。有什么事？”

“啊，原来就是你！”青年仔细打量她。她身材窈窕，碧眼褐发，小巧的鼻子，依稀有点像丹娜。青年恳切地说：“我能不能和你谈谈？”

“谈什么？我并不认识你！”

“可是我认识你。我知道你小名叫爱弥丽，你丈夫叫史华兹，在一家运输公司做事。你们有个刚满周岁的小孩叫保罗。半年前你们刚从洛杉矶搬来芝加哥，对不对？”

她看着他，眼中流露出恐惧。

“你……你是理性检查人员？”

他笑着摇摇头。

“别怕，我不是的。我是你曾祖母的父亲。”

“你？什么？”

他掏出证章，她瞥了一眼，拿手掩住嘴。

“你是超……”

“别嚷！你现在相信了吧？我在成为超人前，曾结婚生有一女，就是你的曾祖母。她叫斐曼丽，对吧？”

“我不知道。我怎会记得曾祖母的名字？”她不住搓弄着围裙，“您找我有什么事？”

“其实也没什么事。我刚从太空回来，有几个月假期，就到地球各处寻访我的子孙。”他看看表。“你什么时候下班？”

“5点钟，就快了。”

“愿意招待你的曾曾祖父吃顿晚饭吗？”

“当然……当然，欢迎您光临……我得回去工作。”

“好，去吧，我就在这儿等你。”

她像小鹿脱了樊笼，赶快逃到柜台后头去，假装忙碌工作，却不时偷偷望他一眼。斐人杰暗自好笑。也难怪她紧张，突然来了个二十来岁的东方青年，却自称是她的曾曾祖父，叫她如何不慌呢？斐人杰吃完一盘烤饼，喝完一壶啤酒，已是5点了。那可怜的女孩不得不硬着头皮走了过来。

“咱们走吧？”斐人杰轻松地说。

“如果您不介意的话，我想先去托儿所接保罗，再去买一些菜……”

“没有问题，没有问题，我有的是时间！”

雨已经停了，人行道还湿漉漉的。他们沉默地走到托儿所，她进去领出了两个小孩，坐在一辆婴儿车上，一男一女，都才一岁多。

“好可爱的一对。男的想必是保罗了。女孩儿是谁家的？”

“是邻居麦考伯太太的小孩。”

“我帮你推吧。”斐人杰不由分说，抢过车把。

“谢谢。”

街角转过来一辆宣传车，播音器中一位女声正在说：

“……请大家不要忘记，在星期六前到离您最近的卫生站注射脑瘫症预防针。不论大人小孩都必须接受预防注射。如果过期未接受注射，您可能会被罚款，甚至受到更严重的处罚。请勿自误……”

“啊！”爱弥丽轻呼一声，“我倒一直忘了这回事。今天已经是星期三，明天得带保罗去卫生局了。”

“去接受脑瘫症预防注射？”斐人杰愤怒地说，“不必去！这种注射有害无益。”

“我也是这么说。听说预防针得注射在脑部，像保罗这么小的孩子怎么受得了呢？而且，以前从来没听说过有脑瘦症这回事，不知为什么，当局把脑瘦症说得这么恐怖，简直谈虎色变，好久也没有过这么厉害的流行病了。”

“哼，从来也没有过这种流行病。”

“大概又是一种文明病。现代文明真是害人。”爱弥丽叹了口气，“没办法，明天还是带保罗去一趟。不然若真生了脑瘦症，那也不得了。”

斐人杰没说话。他们经过一家超级市场，爱弥丽要进去买菜。斐人杰说，刚下过雨，空气挺新鲜的，他带两个孩子在外头等着吧。爱弥丽不疑有他。10分钟后，爱弥丽买菜回来，哪还有斐人杰和两个孩子的影子？她急得几乎发昏，忙抓住旁边站着的一个老头：

“你有没有看见一个年轻的东方人，带着两个孩子的？”

“不错，他们走了。他还给我一张纸条，说是如果有人问起，就交给那人。”

爱弥丽忙打开纸条，只见里头歪歪斜斜地写道：“为了拯救人类，这两个孩子我带到另一个世界去了，你不必再找他们。”

她看完了，尖叫一声。向后便倒。

十

斐人杰把两个孩子放进太空船的低温高压冷藏库里，从冷藏库的玻璃窗口看到两个孩子被冻成冰柱，他才松了口气。假如他的运气不错，两个孩子便会像白雪公主一样沉睡个几千年。等太空船到了目的地，他再将这两个孩子解冻，从现代科学的魔法里唤醒他们。

斐人杰的计划很简单。他知道自己孤掌难鸣，无论如何也斗不过所有的超人，所以决心拐了两个孩子从地球逃走，逃向银河遥远的另一端。他相信一定能找到一个新的地球，在那里唤醒沉睡中人类未来的祖先。隔了数百光年，银河系的星球又如此众多，他估量超人们和人工脑人们一定不会找到他。即使找到了，也许那已在数千年后，新的人类也许又已发展出足以和人工脑文明相抗衡的文明。假如不幸新的人类仍不能战胜人工脑人，那么……斐人杰觉得不必想得太远。只要能保全住人类，一切仍是有希望的！

他遂驾驶太空船离开了地球，在银河中漂泊了1000年。在这漫长的1000年中，他访问无数的行星，最后终于在银河偏僻的一角找到了一个小星系。那个小星系也有九颗行星，绕着和太阳大小相似的一颗三等星旋转着。其中的第二颗行星，也有空气和水，和地球的环境差不多，斐人杰就将太空船降落在这颗行星上。他发现地表已久为原始森林所覆盖，巨大的恐龙在森林中遨游，长颈的翼手龙在空中滑翔，小猿猴在树梢跳跃……他立刻爱上了这颗星球。生命原已充满了这个世界，他决定让他保存着的两条生命也加入它们的行列。

首先，他将小男孩解冻。小男孩醒了，哇的一声哭了出来。斐人杰觉得无比欣慰。1000年的努力，并没有白费！于是他运用超人的知识，在原始森林的一角为小男孩开辟出一个乐园。恐龙、原始犀、长毛象……所有巨大的生物，都被他逐出了乐园，只留下那些无害的小动物陪伴着小男孩。小男孩渐渐长大，他就教小男孩许多技艺，教他识字——当然是中文，告诉他草木虫鱼之名。小男孩聪明好学，有一天，他突然问斐人杰。

“万物都有名字，我有没有名字呢？”

“你叫亚当。”斐人杰不假思索地说。

“万物都有来历，我从何而来呢？”

“你来自泥土，将来你还要回到泥土里去。”

光阴似箭。岁月如流，转眼间亚当已经七岁了，斐人杰看见亚当逐渐长大，却整日价斗鸡逐狗，不务正业，颇为忧虑。一天，等亚当睡了，他便回太空船去，将女娃儿解冻。第二天，亚当醒了，见乐园里又多一人，大为吃惊，便跑去问斐人杰。

“她是女人，她的名字叫夏娃。”斐人杰回答他。

“她是从哪儿来的呢？”

斐人杰指指亚当，意思是叫他自己想想。不料亚当一低头，看见自己的肋骨，遂拍手笑道：“我知之矣，女人是我的肋骨变的。”

斐人杰见亚当小时倒还聪敏，越大却越发糊涂，叹了口气，也就不愿多说。

不过有了夏娃后，亚当却逐渐把游手好闲的习气改去不少，斐人杰看在眼里，倒还满意。又是13年过去，亚当已经20岁了，夏娃也已14岁，两人整日厮混在一起。一日，斐人杰在太空船内闲坐，突然想起，两人年岁已长，渐晓人事，礼教之防毫无，若任他俩自由发展下去。将来的人类，恐怕都不晓得有婚姻一事，不如让他俩早早结婚，将来也可成为一种制度。他既起了这念头，就急忙到园中各处寻找两人，终于在草丛中发现他俩，正在干那苟且之事。亚当和夏娃见自己干的好事被斐人杰发现了，大为惊恐，忙俯伏在地。斐人杰见生米变成熟饭，倒也不甚发怒，当下便叫他俩交拜天地成婚，又对亚当说：

"你既年逾20，现在又是一家之主，也该出去建立自己的事业了。我当初因为你俩年纪还小，经不起毒蛇猛兽的侵袭，所以设这乐园，让你俩生活其中。现在你们年纪也不小了，我该传授的技艺都已传予你俩。你们出去闯闯吧！"

亚当原是个懒汉，听了此言，哪里肯就走，躺在地上耍赖。还是夏娃有主意，骂了亚当一声"没出息"，自己先走出了乐园。亚当见了，没奈何只好抓起一根长矛，讪讪地追上去。斐人杰看两人扶持着逐渐走远，也就放了心。他晓得自己任务已完成了，活了近2000年，也该休息了。他遥遥地祝福这两人，就上了太空船，发动引擎，向无垠的太空驶去。

不知过了几世几劫，亚当和夏娃的后代逐渐繁殖，遍布大地。他们对乐园的记忆，也越来越模糊，终于变成神话中的一部分。他们只记得"神"把亚当和夏娃带到这世界，"神"开辟了乐园，"神"又终于把他俩赶出了乐园。人们到处树立"神"的偶像，朝他膜拜。

又不知过了几世几劫，突然有聪明人出来说"神"已经死了，"神"早就不在了。有些固执的人不肯相信，那愚蠢的尚且提着灯笼到市场里寻找"神"。地上遂起了大混乱，到处都有刀兵，成千成万的人被杀，尸积如山，血流成河。

当然，聪明人和愚人都不知道，真正带他们的祖先来到这星球的斐人杰的确已经死了，死在距他们的小行星 50 光年的一颗冷星上。他的面貌仍栩栩如生。离他尸体不远处，有一座雕像，雕的是一个娇小玲珑的女郎。在雕像的底座，刻着一排小字：

丹娜，我永恒的爱。

——原刊于《纯文学》1969 年 3 月

孤独行者，文以载道

——论张系国的科幻小说创作

◎ 刘健

张系国是台湾科幻文坛乃至整个华语科幻领域的一位宗师级人物。他生于大陆，长于台湾，后赴美留学，并在当地定居。在中华传统文化和现代科技文明的共同影响下，张系国扛起了“文以载道”的大旗，游走于纯文学和科幻文学之间，开辟了华语科幻的全新样式，对整个华语世界产生了重大影响。《超人列传》是张系国第一篇正式的科幻作品，却清晰展现了作者对科学与文明的深刻思考。以此为起点，张系国创作了众多脍炙人口的科幻小说，其中很多已成为华语文学的瑰宝。

一、理科生的“文青”岁月：张系国科幻创作综述

张系国，原籍江西南昌，1944 年出生在“陪都”重庆。1949 年，年仅五岁的张系国随父母迁居台湾。少年时代的张系国沉默寡言，不好运动，时常被同伴捉弄，这使他的性格更趋孤僻，转而沉浸于《东周列国志》《水浒传》《隋唐演义》《七侠五义》《小五义》《薛仁贵征东》《五虎平西》等章回小说的世界中，借由阅读文学作品幻想自己变成了那些无往不胜的英雄侠客，以此消解心中的烦闷。

1958年，张系国考入享誉全台的“明星中学”——新竹高级中学（竹中）。因在校期间成绩优异，高三时，他被直接保送至台湾大学电机工程系。没有了大学联考（高考）的压力，张系国开始把更多的精力投入到他热爱的文艺创作之中。在那个短暂的时期，身为学艺股长（文艺委员）的他不仅一手包办了学校的板报，还经常在晚报上发表短文。

张系国

进入台大后，张系国仍旧不改“不务正业”的本色，虽然身为电机系的学生，却时常去文学院旁听各种稀奇古怪的课程，并对当时流行的存在主义思潮产生了浓厚的兴趣。1963年，19岁的张系国出版了他的首部译作《萨特的哲学思想》，阐述法国存在主义大师让-保罗·萨特的思想。同年，他创作完成了第一部长篇小说《皮牧师正传》。

1965年5月，张系国考上台湾清华大学原子科学所核工组的研究生，但最后一刻他还是选择了赴美留学。1966年，张系国入读美国加州大学伯克利分校（University of California, Berkeley）电机系，仅用了短短两年三个月半时间就取得了计算机科学博士学位。这期间，张系国一直笔耕不辍，除了继续纯文学创作之外，也开始关注西方科幻小说。

20世纪六七十年代，正值全球范围内的产业结构升级和教育的发展，科技人口数量迅速增加。而美苏冷战背景下的“太空竞赛”经过传媒的不断渲染，公众心目中现实与“未来”的距离感陡然缩短。与此同时，欧美科幻携“黄金时代”的余威，开始向世界各地拓展受众版图，影响所及，进一步带动了当地的科幻创作。这一时期，台湾的经济发展驶入快车道，从而加速了整个社会的现代化进程，欧美文化随着新兴的电视传媒越来越多地渗入普通台湾人的生活之中。尤其是“阿波罗11号”登月的电视直播，给台湾人、特别是知识界带来了前所未有的感官和心灵冲击，促使众多的台湾知识分子开始严肃思考，如何应对即将到来的科技中心时代？这为科幻小说在台湾的破题奠定了基础。

1968年，台湾作家张晓风的小说《潘渡娜》发表，宣告了台湾本土科幻的破土而出。1969年3月，张系国的科幻处女作《超人列传》在台湾《纯文学》杂志上发表[1]，为这株幼苗浇上了第一瓢甘霖。张系国在文学评论《奔月之后》中将Science Fiction译为“科学幻想小说”，成为第一位使用该名词的台湾作家[1]。从此，张系国的科幻创作一发而不可收，成为台湾科幻小说的重要奠基人之一。

继《超人列传》之后，1972年，张系国以“醒石”为笔名，在台湾《联合报》副刊开辟“科幻小说精选”专栏，译介世界各国科幻短篇优秀作品。1978年，张系国开始在《联合报》副刊上以“星云组曲”为总题发表原创科幻作品，并在1980年结集出版。稍后，他又推出《夜曲》（1985）、《金缕衣》（1994）、《玻璃世界》（1999）等三部短篇科幻小说集。而真正奠定张系国在台湾科幻界领军地位的，则是从1981年夏天开始创作的长篇科幻小说《城》三部曲（后文将详加介绍）。

除了创作科幻小说，张系国还热衷于在台湾推广科幻文化。1982年，张系国创办“知识系统出版有限公司”，开始出版当代台湾作家的原创科幻小说及科幻获奖作品，这是台湾第一家专业科幻出版社。此外，他还与台湾《中国时报》合作创办年度科幻小说奖征文，前后共举办六届。1990年，他又独立创办了专业科幻季刊《幻象》，三年间共发行8期。这些举措都为科幻文化在台湾乃至整个华人世界的传播，起到了重要的推动作用。

二、机械帝国中的人性陷阱

张系国在涉足科幻小说领域前，已经是一位有相当影响力的纯文学作家。因而，他的科幻创作从一开始就有着浓厚的纯文学色彩，这在他的科幻处女作《超人列传》中就已表露无遗。

故事开始，科学家斐人杰被剃光头发，目的是接受一项成为“超人”的人机融合手术。在主人公生活的23世纪，人们把科学与理性视为唯一的生存法则，崇尚“能度量方是合理，合理性才能存在”的信条。身为科学家的斐人杰更是对此深信不疑，然而俗世肉身能够提供的生命毕竟有限，相对于他所追求的真理而言实在是不够用。于是，他决定抛弃肉身，成为拥有千年“寿命”的机器超人。尽管妻子丹娜极力反对他的决定，甚至因此离他而去，但斐人杰并无丝毫动摇。为了真理，他决定牺牲一切，期待自己能对人类有更大的贡献。于是，他如愿以偿地成为地球上第 126 位超人。

斐人杰万万没想到，当他真的进入超人“圈子”，却发觉事实与他的想象相去甚远：有的超人埋首研究，根本不欢迎他的到来；有些则是在太空中混日子，还有人甚至用特殊的胶泥塑造身体与美女，靠意淫打发时光。这不免让斐人杰对自己的决定产生疑虑。直到八十九年后，包括斐人杰在内的所有超人都被召回，参加一次将决定人类命运的会议。

在会议上，超人们被告知，人工脑已经被发明出来了。下一步就是要培育人工脑，并在普通人的头脑里插入探针，使之失去生育能力。两百年后普通人将消失，两千年后超人将死亡，人类将进化为终极形态——人工脑人。虽然斐人杰在会议中极力反对，但超人会议还是做出了开始生产人工脑的决议。斐人杰自知无力回天，便开始寻找自己的后代。几经周折，他设法带走了曾曾孙女爱弥丽的儿子保罗和邻居家的女孩儿，送到一个和地球环境相似的星球上。他先将男孩儿解冻，取名亚当。隔了七年，再为女孩解冻，取名夏娃。两个孩子长大成人后，斐人杰将两人逐出乐园。再后来，两人的后代遍布大地。但这些后代对乐园与神的记忆越来越模糊，于是有些人开始树立神像，顶礼膜拜，另一些人则坚称神明已死。而此时“上帝”真的已经死去了——斐人杰早在距此五十光年外的一颗冷星上永远安息了。离他的尸体不远处有一座雕像，雕像的底座上刻着一行小字：“丹娜，我永远的爱。”

作为一名计算机工程领域的专家，张系国在《超人列传》中并没有把重点放在人机融合技术的细节描写上，而是创造了一个将“科学理性”当作信仰加以膜拜的未来社会。小说中的“超人”其实是一个符号，代表着超越世俗的绝对理性，而斐人杰剃发就是象征着对这种绝对理性的皈依。通过这种皈依，斐人杰摆脱肉身的束缚，成为世人口中伟大的“超人”，可以遨游太空，拥有两千年的寿命，把精神全部奉献给他最热爱的科学研究。但科学研究并没有带给超人欢乐，反而带来了寂寞。甚至作为理性的代表，超人们非但没有给人类带来终极幸福，反而做出了消灭人类的决定。在此，张系国展现了他作为科学家与思想者的终极思考：人类从事科学研究的最初目的是为了获得幸福生活，但如果这种“幸福”被抽象化，丧失了道德与人性的约束，那么理性就会蜕变成执念，生命本身的意义与价值也会丧失，最终走向毁灭的深渊。小说结尾处，作者让斐人杰以“神”和祖先的双重身份重建了伊甸园，可是从伊甸园中走出的人类仍旧没有摆脱纷争，历史似乎又将重演。这是否是一种宿命？作者没有给出答案，而是留给未来。

从《超人列传》开始，展示以工业化、自动化为代表的现代文明与世俗人性之间的激烈冲突就成为张系国科幻创作的一条主线，尤其是机器人题材，美国科幻作家艾萨克·阿西莫夫对张系国的科幻创作影响颇深：“有这么一天我们必须和自以为比人类优秀的机器人竞争！这些机器人也许不会消灭人类，很可能还会替人类服务，甚至解决人类的一切问题。但那时的人类和动物园的兽群也就没什么两样了。”[2]

正是为了展现这种人与机器关系的逆转，张系国创作了《玩偶之家》(《星云组曲》)。在这部作品中，智能机器人已成世界的主宰，人类变成了机器人的宠物。小机器人对名为灵灵的人类宠物充满了爱，但这种“爱”却最终让灵灵被玩弄致死。故事里，身为宠物的灵灵向小机器人说明自己才是真的人，“很久以前，世界上就有了人，他们自称是万物之灵。后来人造了像你这样的机器人来服侍人类，但人太狂妄自私，终于毁灭了自己的族类。他们遗留下来的机器人反而繁殖众多，继承了整个世界，这就是你们。我们人类反而成了你们的玩物，你明白吗？你不是人，我才是人。”[3]如果把《玩偶之家》和阿西莫夫的《罗比》(出自《我，机器人》)放在一起，就不难看出，东西方两位科幻大家恰恰站在了硬币的两面：阿西莫夫相信智能机器人在规则的引导下能够成为人类的忠实伙伴；而张系国则认为，在“规则”的逻辑指引下，智能机器人终究会做出最合逻辑的选择——要实现人类利益的最大化，只有让机器人成为人类的主宰。

同样是机器人题材，《金缕衣》则展现出了一种魔幻现实主义的风格。故事发生在21世纪，男主角娶了一个名为珍妮的机器人，由于人工智能的发达，她在心理模型上能媲美真正的女人。但是，他们几乎每天晚上都会发生激烈争吵，最后总是男人用宝剑把女机器人斩成碎片告终。可第二天天亮之后，机器人珍妮总能把自己修补得天衣无缝，然后若无其事地问先生早餐要咖啡还是茶。每当此时男人都会真心地向珍妮道歉，但到了晚上一切又会照常发生。“聪明”珍妮知道真正的原因：她不是真正的女人。珍妮只要有一丝爱情的希望，她就要追求。每天在“争吵、砍杀与合好”三部曲中循环往复，男人终于受不了了，遂到医院去找心理医生帮忙。谁知，心理医生白流苏却引起男人的爱慕，他注意到白医生身上穿着的金缕衣千变万化，不仅能随着姿势与情感变换款式，还有保护主人身体的功能。于是，男人决定买一件金缕衣送给珍妮，希望保护珍妮，不让自己再做出伤害珍妮的事。珍妮感动得呜咽，以为男人仍然爱她。可是，这件“礼物”让男人用完他仅剩下的关怀，最后连恨都没有了。他依然跟珍妮争吵，但争吵后，男人总想找心理医生倾诉。一次，趁医生下班时，男人向医生不停地诉苦，他想要知道如何让珍妮不爱他，甚至向医生说出自己需要的是真正女人的爱，这时医生身上的金缕衣突然变形保护女主人。于是，医生留下一句话，要男人想清楚自己到底要什么，便走掉了。男人回到家，珍妮嫉妒男人又去找心理医师，要男人把她杀了。脱下金缕衣的珍妮失去了保护，最后又被斩成碎片，可是这次却没能再自我修复，只留下金属的心部碎片散落一地。男人终于疲倦地躺下，想着明天再送机器人回厂修理，可是金缕衣却如同珍妮一般拥抱着他，最后要了男人的性命。

如果说《玩偶之家》中，作者还在比较认真地讨论未来社会中智能机器人与人类之间的关系的话，到了《金缕衣》中，科幻因素已经转化成了纯粹的文学意象。男主角对机器人妻子的砍杀，其实就是人们所熟知的家庭暴力，机器人妻子就是家庭关系中处于被动弱势地位的女性形象。而作为情节线索存在的“金缕衣”，本质上就是人类的感性知觉。哀莫大于心死。心碎了，金缕衣就蜕变成了夺命的杀手。

有趣的是，张系国在创作《金缕衣》之外，还写了一篇倒影式的作品《珍妮的画像》(《金缕衣》)。在这个故事里，机器人没有自我修复的功能，于是政府立法保护机器人，殴打机器人会被控告伤害罪。但男主角高健却一再殴打伤害自己的机器人妻子珍妮，因为他无权娶真女人为妻。即便站在法庭上，高健仍然坚持自己没有做错，反而质问法官为何自己不能娶真人为妻？故事的最后，珍妮告诉丈夫人工子宫已经发明了，未来她可以为他生下小孩，她愿意等他，她是爱他的。与《金缕衣》相比,《珍妮的画像》的现实主义味道无疑要浓得多。面对男多女少的社会现实，许多男性不得不以机器人为妻，事实上被剥夺了繁衍后代的权利。无力扭转社会不公的个人将无辜的妻子变成了发泄对象，到头来却发现伤害的其实就是自己的最爱。社会现实的荒诞和个人命运的荒诞交织在一起，形成了令人啼笑皆非的“戈登结”。如果说《金缕衣》是以科幻为载体讨论了两性之间的哲学命题，那么,《珍妮的画像》描述的就是生活在婚姻“围城”中男男女女们所面临的真实困境。

除了《金缕衣》和《珍妮的画像》这样略显厚重而阴郁的作品外，张系国作品中也不乏轻松幽默之作,《望子成龙》(《星云组曲》) 就是典型代表。小说中，主人公李志舜生活在一个可以用基因技术随意定制理想子女的时代。重男轻女的主人公希望能有个儿子给自己养老送终，延续香火。可惜他的签运太差，总是抽不到儿子的配额指标。苦恼多年后，他终于得知每年仍有剩余配额，不过得付出很高的代价。盼子心切的李志舜不管三七二十一，便同基因改良公司签了合约。谁知最后交付给他的却是一个三角眼、蒜头鼻子、又黑又丑的男孩儿。原来，主管生育和基因改造的人口计划局为了要控制人口总数与防止整个社会都只有优秀的人，有意改变遗传基因，让贤愚不肖有适当的比例。李志舜弄巧成拙，不仅家财散尽，还要付出精神上失望的代价去照顾他的丑儿子。在这篇小说中，作者辛辣地讽刺了华人社会普遍存在的重男轻女的封建观念，告诫世人不要聪明反被聪明误。

人类创造种种的先进技术，无非是为了生活得更舒适，但前提是人们能够掌控，一旦失控就会给人类带来麻烦。在《天籁计算机》(《金缕衣》) 里，两百多位科学家耗费七年心血，终于创造出了一台能从宇宙中直接接收指令的超级计算机。这台只服从于“上帝”的计算机，从建成以后就几乎没做过有价值的事情，只创造过一个活生生的女人，此后便陷入了冬眠，人们只能期待它的下一次灵光乍现。而在《君山奇遇记》(《金缕衣》) 中，一台超级计算机每天处理上亿件新闻，看尽宇宙的大大小小事情，结果看破红尘，潜心修道。虽然它答应为人类服务，结果处理出来的信息却是《法华经》《马太福音》《可兰经》与《道德经》。而到了《你几时见过真主？》(《金缕衣》) 里，自认为有血有肉、活生生的人，却不过是别人电脑里的游戏程序罢了。

从《超人列传》到《你几时见过真主？》，作者对科技与人性之间冲突的演绎达到了极致，从科学的领域上升到哲学的层面，最终是南柯一梦、万境皆空。作者的创作也由青年式的焦躁不安，转变为一种中年式的平和淡定。

三、全史观中的呼回世界

拥有科学家、哲人和文化人三重身份的张系国，对社会、历史有着独特的思考，从而提出了“全史”的概念，即历史不仅应该包括过去，也必须包括未来。现代人不能只了解过去，也必须了解未来，向未来寻找历史的根源。正如著名科幻片《星际大战》的片首字幕：不说“在那遥远的未来”，而是说“在那遥远的过去”——当我们设法去理解现实世界发生的重大事件时，会突然发觉过去与未来联系得如此紧密，根本无法拆解。正是在这种观念指引下，张系国完成了杰出的“太空歌剧”小说《城》三部曲。

《城》三部曲的创作始于 1981 年夏天，三部曲的第一卷《五玉碟》开始在台湾《中国时报》连载，后由知识系统出版社于 1983 年 1 月出版。第二卷《龙城飞将》和第三卷《一羽毛》则分别于 1984 年和 1992 年出版，从创作到出版前后历时十余年。而在更早之前出版的小说集《星云组曲》中，张系国已经完成了可以看作是这个系列内容总括的短篇《铜像城》和作为收尾的《倾城之恋》。可见，作者对这部被定位为“既悲壮又诙谐的科幻武侠小说”的创作可谓蓄谋已久。

《城》三部曲的中心舞台是未来人类建立的宇宙殖民地——呼回星区。星区的中心就是索伦城。城中有一座索伦城第一任城主的铜像。此后，在所谓的“千年战争”中，新帝党与旧帝党反复争夺索伦城，城头变幻大王旗达 31 次之多。而无论是哪一党占据铜像城，第一件事就是将死者的盔甲与旧铜像共同熔铸成新铜像。如此周而复始，每次胜利的一方都为了重新铸造铜像，而搞得民穷财尽，怨声载道。于是便给敌党造成可乘之机。

有人想摆脱这个周而复始的死循环，颁布命令要捣毁铜像，不许再铸造。但这道命令却引来全城人士的唾弃，最后作俑者被刺杀身亡。此后，以史为鉴的统治者没有人再敢违背传统，不论工程多么浩大，府库多么空虚，铜像不能不重铸。而普通民众对铜像也是爱恨交织，一面是浩大的工程吞噬了无数性命，另一面是所有与索伦城有关的光荣事迹又只有通过铜像才能传承。

终于，因为新帝党与旧帝党都缺乏重塑铜像的勇气，谁都不敢进城，造成城内权力真空，令索伦城中发展出共和政府，史称“第一共和”。就在人民安居乐业的时刻，又有人想到该重铸铜像了，可是所需的财力和工程难题始终无法解决。后来有一位老学究想出一个办法，铜像不必重铸，只要添加一层外壳即可。谁知这个奇谋不仅要了老学究的命，也断送了第一共和——既然重修铜像并非难事，旧势力的复辟也就没了顾忌。新旧帝党共组联军，攻入索伦城，帝制复辟。此后两千年，索伦城邦进入史称“蛇豹之争”的阶段，斗争的双方变成了分别以花豹与青蛇为标志的帝党与民党，斗争焦点也集中在共和与复辟。直到两党筋疲力尽，才达成最后的妥协，呼回世界的历史进入了君主立宪时期，安留纪的呼回文明也进入巅峰。

蛇豹之争的两千年间，索伦城的铜像又加了 54 层，这近百丈的铜像原本是不同朝代的人物，但因地心引力的影响，仿佛成了许多人物的综合体。人们看到的不是数百吨的金属，而是一个有生命的东西，甚至有人听见呼吸声、哭喊声。对这些传说，虽然政府一再否认，但有人却开始膜拜铜像，最终发展出了铜像教。随着信众与日俱增，终于在内阁总理与阁员公开入教之后，铜像教成为索伦城邦的国教。随后，索伦城邦还以呼回星区盟主的身份，要求附近十八星区皈依铜像教，不想却引发第四次星际战争。

两百五十年的星际战争最终以呼回星区的失败而告终。作为处罚，一艘太空战舰花了 20 分钟把铜像气化，索伦城的人们为此失魂落魄。铜像消失后，呼回文明也走向崩溃，索伦城在遭蛇人攻占之后成了废墟。但不久，蛇人族也神秘灭种，索伦成为废都。这段离奇的历史，最终留给未来史家去探佚考证。

呼回世界虽然假托未来之名，但其实杂糅了作者对东西方众多文明兴衰的感慨。正文故事主要叙述了从铜像被气化到索伦城陷落之间，呼回文明的悲壮覆灭史:《五玉碟》描写呼回人抵抗闪族大举入侵,《龙城飞将》描写闪族复起并煽动蛇人叛变,《一羽毛》最后以蛇人攻陷索伦城作结。在文本经营上，张系国可谓煞费苦心：他凭空构想了呼回文字、发明了呼回独悟哲学和独悟姿势，制定了呼回世界的婚姻制度，编纂了索伦城浩瀚的历史，描绘了呼回世界地图，又虚构了各国权威学术机构对呼回历史的研究。这些精心的设计，倾注了作者对历史的深邃思考。

在《一羽毛》的“后记”中，张系国曾经提到:“从《棋王》(洪范书店，1978 年——编者注）开始，我所关心的，一直是历史决定论的问题，换句话说，就是如何理解我们的历史和人类的处境。追根究底，我所追求的，毋宁是一种历史的浪漫情怀吧。科幻小说的人文意义，就我而言，乃是这历史浪漫情怀的再现。这么说来，科幻小说的基本关怀，其实仍是人的处境。”基于这样的认识，张系国在《倾城之恋》中设计了这样的情节：在玄业纪，呼回文明达到巅峰，建成了横贯古今的时间甬道，从而创造出了精确完整的全史学，将过去未来一并囊括，历史研究中再也没有空白地带。但也许正是因为全史学过于发达，一切变得确定无疑后，呼回人便失去了前进的动力，最终盛极而衰。在此，张系国所关注的已经不限于现代文明对人性的影响，而上升到对“人”的历史处境的哲学思考。于是，我们便在《倾城之恋》中看到，原本身为历史研究者的王辛在明知呼回文明终将为蛇人所灭的情况下，仍然决定投身到卫城之战。虽然这无法改变历史的结局，但唯有亲身投入，实现自己的理念，才能体会存在的意义。借由王辛的献身，张系国回到了自身的哲学原点。

四、现实成就与未来发展

对于华语文学界而言，张系国是一位具有开拓性的宗师级人物。尽管早在清末民初，科幻小说的译介和原创就已经开始，但在20世纪50年代后的港台地区，把科幻小说作为一种类型文学进行系统介绍与引进，并开创了本土化创作范式的，张系国无疑首屈一指。在科幻理论上，他最早提出了“机关布景派”与“文以载道派”的分类方法（参见《奔月之后》[2]），并以此指导创作实践，形成了张系国独有的科幻创作风格。更为难能可贵的是，从20世纪60年代末涉足科幻领域至今的四十余年间，张系国始终不遗余力地在华语世界推广科幻小说与科幻文化，做了大量扎实的工作。毫不夸张地说，张系国是真正将鲁迅提出的“导中国人群以行进，必自科学小说始”的观念付诸实践的先驱之一。

以张系国为代表的这一代台湾文学家是中国现代文学的重要继承者，他们继承了“五四”新文化运动以来中国现代文学的丰富遗产，也因此而背上了沉重的历史包袱。在对科幻小说的认识上，张系国无疑受到清末以来“中学为体、西学为用”的体用观思潮的影响，将以克拉克、阿西莫夫等作家的硬科幻创作归入“机关布景派”，而将阿道斯·赫胥黎、乔治·奥威尔等人的社会科幻（软科幻）创作归入“文以载道派”，并且明显地贬抑前者而推崇后者。这也与“五四”以来，新文学界普遍以文学艺术作为社会启蒙主要手段的社会功能论主张不谋而合。但是，科幻小说是一种伴随着现代文明诞生的新类型文学，将科技文明及其带来的社会影响作为构成文本的中心意象是科幻小说区别于其他类型文学的特征所在。从这个角度上来说，硬科幻同样能负担起对科技文明与人类命运的哲学反思，而软科幻中抽象的科技符号同样是作者为了阐述思想而设下的机关布景。因此，过分强调文以载道的结果便是文与道日趋疏离，甚至最终会导致科幻小说本身的类型特征丧失。说到底，科幻小说终究只是众多文学品种的一类，它能承担的仅仅是其力所能及的社会功能。

当然，我们也应该注意到，张系国以外省人第二代的身份生长于台湾，留学于美国，亲身经历了白色恐怖、保钓运动、经济起飞和民主化运动等重大历史事件，与美国黄金时代的科幻作家们的生活创作经历有着天壤之别，难以与之产生共鸣。因而，他对科幻小说的理解是中国式的，也是纯文学化的。这既令张系国的科幻创作自成一家，形成别具一格的个人风格，也在某种程度上丢失了科幻小说本应具备的普世性和跨文化性。这不能不说是一种遗憾。另一方面，张系国的科幻小说被各国的科幻小说研究工作者或纯文学读者自动自发翻译成英文、德文、法文、日文和韩文，显示他的科幻小说仍然具有一定程度的普世性和跨文化性，甚至超越传统科幻小说的疆界。

可喜的是，从 2011 年起，沉潜近十年的张系国又开始执笔创作新的科幻小说“海默三部曲”，第一部《多余的世界》已于 2012 年在台湾洪范书店和大陆(收入《星云Ⅸ·港台文学专辑》，四川科学技术出版社)同时出版，即获第三届全球华语科幻“星云奖”最佳中篇科幻小说金奖，内容和形式与从前截然不同。据张系国本人表示,《多余的世界》是科幻小说、间谍小说及青少年小说的综合。他的野心是创造新类型的科幻，一方面让故事更加生动有趣，另一方面直逼哲学的本质问题。是否能突破过去张氏科幻小说的局限性，让我们拭目以待。

参考文献

[1] 黄海. 台湾科幻文学薪火录 [M]. 台北：五南图书出版股份有限公司，2007：40，26.
[2] 张系国. 地 [M]. 台北：纯文学出版社，1970：244，233-247.
[3] 张系国. 星云组曲 [M]. 台北：洪范书店，1980：183-184.
[4] 张系国. 金缕衣 [M]. 台北：知识系统出版有限公司，1994.
[5] 张系国. 城·科幻三部曲 [M]. 北京：三联书店，2003.

银河迷航记

◎ 黄海

与冥王星的基地通过最后一次电讯后，银河九号宇宙飞船的指挥官罗伦凯对着麦克风向全体船员宣布：

“我们就要离开太阳系了！”

罗伦凯表情严肃，心情沉重，注视着仪器板。人类就要迈向太空深处，去寻访另一个未知的世界，开拓新领域，跨出太阳系以后，就变得无依无靠了，今后遇到的任何困难，都必须以耐心、智慧和创造力加以克服。银河九号已自成一个太空中的孤岛，它是利用一颗小行星挖洞打造而成的球体宇宙飞船。

指挥舱后面的圆形集会室，聚集着全体船员，他们盘腿坐在地毯上，沉静地与太阳系告别，有如小孩脱离母体一般地震颤与紧张。

太阳已经远了，远到难以辨认，成为群星中的一个小光点。太阳的圆盘形轮廓，原是人们所熟悉的，那是生命的源泉呀！在地球、在月球，或是移居火星、金星的人类，平常望着这颗恒星，丝毫不觉得它的可贵，它已存在了 50 亿年之久，仿佛它就是一个永恒的保姆，人类永远不会失去它的光与热，永远不必担忧它是否继续服务。如今，银河九号球体宇宙飞船载着 272 名船员，其中女性 126 名，就要远离人类的家乡，奔向浩瀚的太空，寻找另一个地球，在那儿建立乌托邦，也许有去无返，否则只有在宇宙飞船内终老一生。

电讯组长林宗清按下了古典音乐钮，播放柔和的管弦乐曲，忽然又接到电讯，使他紧张了起来。

“是月球基地来的。”他对罗伦凯说：“找你，指挥官。是你爸爸打来的。”

罗伦凯苦笑了一下，他为林宗清所说的“爸爸”感到滑稽。他的“爸爸”罗永福，是中国最优秀的航天员，他在最恶劣的环境下登陆冥王星，进行有史以来人类第一次对冥王星的探测，随后，这儿的基地和观测站，很快地被建立起来。罗永福的心脏不好，因为在太空旅行中，发生机器故障，氧气一度缺乏，差点要了他老命。他为了保养身体，就一直住在低引力的月球上，以减轻身体负荷，低引力对他很有好处，一般说来，月球人要比地球人长寿几十年。罗伦凯是用罗永福手臂上刮下的细胞，取出细胞核，再把除去核的卵和罗永福的细胞核结合，经过分裂生殖法培育而成的人，他的面孔、身材、个性成了罗永福的复制，只是比罗永福小 45 岁而已，他的心脏无需再加改造，因为罗永福的心脏是后天的毛病，遗传因子本身是健全的。

银河九号已逐渐脱离太阳系引力，无线电从月球宁静海殖民都市到这儿要 10 个小时，因此罗伦凯听到的实际上是 10 小时以前的声音，计算机很快地又将声音转化成文字：

“伦凯，我的宝贝儿子：在这离别的时候，爸爸只有祝福你，平安快乐地抵达另一个世界。记得你出生在火星殖民地罗威尔市的时候，是多么大的一件新闻，你已注定了今后一生该走的路，人们把加诸在我身上的期望与赞美，转投在你身上，因为你是我的化身，你继承了光荣传统，请你好好保重，后会有期。还有，不要忘了，人类的能力不是最高的，宇宙间一定还有更高的能力存在，未知的仍然比已知的还要多。再见，祝你平安快乐。”

现在，无线电虽快如光速，也成了一封“信”，罗伦凯的回答，也要 10 个小时之后才能传送到月球宁静海，他只回了简单几句话，传回去请他的父亲不要挂念。

会议室所有的人都在留恋地注视逐渐变小的太阳光点，不用说，火星、地球、月球、金星，几个有人类殖民地的星球，早已不可目见，隐入永恒的宇宙中。

罗伦凯走出指挥舱，在会议室门口遇到营养学家伊莉莎白。她在对他抛媚眼。她是地球上20世纪著名影星伊莉莎白·泰勒的化身后裔，当年伊莉莎白死后，立下遗嘱，冰冻尸体等待复活，后来，她在22世纪复活了，认为人生没有意义，又吃安眠药自杀了，在她第二次死前，曾立下遗嘱，保存她的部分体细胞，以便进行分裂生殖，繁衍和她长得一模一样的后代。于是，和当年伊莉莎白·泰勒一样迷人的女孩子，在以后的几个世纪分别降生了，连名字也干脆用同一个。她是美丽与性感的象征，在20世纪中期和末叶，曾经风靡了全世界。

“指挥官，该休息了。”伊莉莎白的蓝眼睛格外晶亮迷人，她从盒子里拿出营养丸，塞到罗伦凯手里。

“谢谢！”罗伦凯微笑了一下，把它塞入自己嘴巴里。

当他宽阔的肩膀和她擦身而过，闻到一股她身上散发出来的香水味，他真想打她官腔，她已违反船上禁例，不应该夸大性的吸引，宇宙飞船内除了一百对夫妇以外，其余的男女，都是经过生化处理，暂时不会对异性感兴趣的，伊莉莎白和罗伦凯一样是光棍。即使夫妇，在宇宙飞船内也不准随便生育，以免引起人口爆炸，破坏维生循环系统的平衡，除非登陆星球，建立殖民地，才可解除禁例。

“各位女士、先生，”罗伦凯对全体广播：“第一次集会已经结束了。”

所有的人纷纷站起来，准备回去冬眠，将生命冻结起来，等候指示，再醒来做事。

牧师约翰逊仍在闭目祈祷，念念有词，他也是个工程师，他是在金星出生的试管人，同样是经由无性生殖技术分裂细胞长成的人。他的前身是20世纪地球上的奇人——以色列一位名叫尤力格勒的后裔。根据历史记载，尤力格勒几乎是有史以来最伟大的超感应人，他能用心灵力量做出许多奇事。遗传工程学家特别重视他的遗传因子，设法复制他，使他的许多后裔都保留了这项特殊能力。

约翰逊祷告完毕，睁开眼睛，目光正好与罗伦凯碰上了个正着。他浓眉大眼，看起来就有一股慑人的气势，薄薄的嘴唇紧抿着，表露出他对上帝的坚定不移的信仰。罗伦凯从阅读历史中知道尤力格勒生前没有进过教堂，但仍虔诚相信上帝，他能知道别人的心思，用精神力移动东西、弄弯金属，而他的化身后裔竟然变成了传教人物，这是因为复制人类以后仍保持新人的独立人格，给予他自由意志发展自己。不过，未免有点奇怪。

“没有什么好奇怪。”约翰逊说。他已经知道罗伦凯心中的话。“我相信有一个全能的造物主，没有他，一切都不存在。”

约翰逊又谈起了历史，当1945年7月16日，美国在新墨西哥州试验第一颗原子弹的时候，在未引爆之前，几乎所有的科学家都在默默地祷告，因为人类自感渺小，竟敢公布了上帝保留了亿万年来的原子的秘密；当1968年美国太阳神八号宇宙飞船首度绕行月球轨道，人类第一次在那么遥远的太空回望自己的家乡地球，航天员就曾透过无线电广播，念出了创世纪的第一章；多少世纪以来，自从人类自地球向外扩展新天地，认识地球在宇宙中的微小地位，科学与宗教的冲突结束了，新的宗教观融和了科学观，使人类更能接受。

“为我表演一下如何？”伊莉莎白拿了一颗青色小豆，递到约翰逊手里，“你能使它发芽吗？”

“可以试试看，不一定有把握，但我实在不愿意试。”

几十个人围拢来，为了目睹一次精彩的表演，他们鼓噪着，纷纷要求他表演超能力。

“对有生命的东西我不愿意做。”他说。

“做吧！”罗伦凯鼓励他：“为了鼓舞大家的士气做吧！为了你的信仰做吧！”

约翰逊环视大众，露着无奈与窘迫，他随手抓住一个年轻人的手，在他的表上轻轻抚摸两下。

“我叫它不走！”约翰逊两眼炯然有光，直瞪着表。

那只电子表记录着地球现在时刻，还有相对论效应的宇宙飞船时间，这时候宇宙飞船才离开地球不久，高速运动使时间扩张，地球与宇宙飞船两者的时间差异还小，在约翰逊的意志力驱使之下，那只表停了，正如他的祖先尤力格勒所经常表演的。不久，他又命令它再走，指出现在正确时刻。

四周响起了欢呼和鼓掌声，消除了太空旅行的孤寂感。

约翰逊又以双掌合盖着豆子，凝神静气约有一分钟之久，打开来，那颗豆子赫然长出了芽，又是一阵爆起的欢笑，似乎人们满足于与神站在同等地位，对于神起了嘲讽。约翰逊又盖起豆子，注目运气，再打开手掌以后，芽已不见，豆已恢复原状，而他已是满头大汗。

“这是魔术吗？”有人问，是一个蓄八字胡的青年，他是维生循环系统的检查员陈仁兆。

约翰逊没有正面回答他的问题，他用心灵感应术道出陈仁兆刚才的秘密：

“刚才你为什么偷吻你的太太？但是你又后悔在火星和她结婚，你想另找对象？异想天开哩！你还想找个外星人结婚？”

陈仁兆窘了起来，红通通的脸上两颗眼睛骨碌转，他说：

“不可能吗？”

“那才有意思呀！”另外一位工程师刘汉维说。

“别胡扯了。”罗伦凯劝开他们。

当然，罗伦凯也知道太空飞行的心理、生理压力，能有适当的方式来发泄也好。21世纪早期的航天员，为了解决性的问题，还煞费周章携带模型呢，那时候宇宙飞船还相当落伍，速度很慢，也没有冬眠设备可以停止生物时间，长途的太空旅行是相当寂寞难耐的。

指挥官再度下达命令，要各人回到自己的冬眠箱去准备安息。有人提议合唱一首《星空之旅》再去，于是又是一阵欢呼。

歌声很快地从每一张兴奋的嘴发出来，在飞离人类家乡这么远的太空深处，人的存在竟是这样壮丽，奋斗创造的信心与勇气是可歌可泣的。

我们来自银河系的郊外，要进城去游赏繁华，多么新鲜刺激！

人身血液里的铁、牙齿上的钙、基因中的磷，

本是数十亿年前的恒星原料所制成，
我们是星辰的儿女，
就要在星光中跳跃。
太阳已远去，隐入灿烂众星里，
行程永无尽，天宇任遨游，
光线有多快，人也有多快，
人是宇宙的荣耀，从太古到永远。

歌声止住后，罗伦凯打发他们各自回去冬眠，所有的人慢慢离开了，维生循环系统主任张晓燕负责安置他们冬眠，并命人一一检查设备。

银河九号宇宙飞船实际上是一颗直径 2.2 哩的小行星，它使用反引力推进，并且神奇地克服惯性作用，可以瞬间停止、起动、直角转弯，和传说中的飞碟一样，里面的人不会因为瞬间加速而受伤害。它也有自己的重力系统，整个星球船，不断地旋转，制造人体所需要的重力，当它全速飞行，可以接近光速。

罗伦凯回到指挥舱，他召集了 20 位重要干部，对他们做任务指示，出发的忙碌，就算告一段落。他最后说："我们是要在本银河系寻找可居住的世界，如果我们脱离本银河系，以次光速直向 230 万光年外的仙女座银河星系飞去，按照地球时间虽然要 230 万年才可以抵达，但是相对论时间扩张效应 10 万倍，可以在 23 年左右抵达。为了避免离开太远，还是在本银河系寻找，在飞行搜索时，必须减速，无法以次光速航行，一旦速度减低，相对论时间扩张效应就会减低，因此，我们每个人必须注意自己的老化过程，珍惜生命，一有差错，说不定一觉醒来已经衰老得不能说话走路了，或是根本醒不来，成了一具木乃伊。"

所有的人走了，留下罗伦凯，他还要沉思一会儿，他单独坐在脑电仪旁边的椅子上。他通上了电极在自己脑部，使自己进入虚幻美景去陶醉一番，有如 20 世纪的迷幻药作用，所不同的是，脑电仪不会伤害身体，它有松懈内心压抑的功效，对于长途旅行的航天员特别有益处。另外有一种减低人体新陈代谢、防止老化速度的电子仪器，专供指挥官和高级主管使用，以代替冬眠，它可以使人进入浅睡眠状态，遇有紧急事故，再由机器人唤醒，但效果比冬眠差些，无法完全停止生命，使用时间不宜太长。

他憧憬着太阳系的那边，地球上的美丽景色，白云青山，壮阔的野地与一望无际的海洋。他曾在巨型人造卫星太空站上面俯视大地，看见中国大陆与宝岛台湾，亮丽诱人，古老的中国文明曾经一蹶不振，终于在一阵发愤图强后，重新创造了更进步的文明。虽然自己诞生在火星，那儿的环境是人类后来用人工改造的，景色与地球不同，许多地球人都还羡慕住在火星的居民，常常来观光度假，他还是喜欢地球，他怀念那一次的中国之旅，爱好自由和平的中国人民，以他们的智慧和斗志、经过一度剧烈的改变后，多少世纪以来的不断努力，已把中国建设成一副全新的面貌。地球本是人类的原始家乡，如今地球已不可目见。只有太阳成了隐约的遥远光点。

他幻想着、思念着、回忆着，那一次从火星回到中国大陆的旅游。他爱上一个女孩子，她是个老师，乌亮的卷发、长睫毛、大眼睛、白皮肤、美好的身段、微笑迷人，露着编贝玉齿。她是江西遂川人。在阳光普照的海滨沙滩，他们玩着泥沙，追逐嬉戏，数着天上的云朵，讲火星上的趣事，讲中国殖民区开发英雄的伟大而感人的事迹。海洋的呼吸是那海浪的声音，时而咆哮，时而叹息喘气，浪花白得可爱，和天上的云朵相互辉映，天空这样的蓝，海天成一色，一望无垠，壮丽深邃，如诗如画，火星的太阳没有这样大而温暖，光景不同。女孩非常喜欢他，也喜欢他讲的火星上的一切，但是她不能接受一个事实：罗伦凯是一个无性生殖的复制试管人，他是人家的副本，他只是中国航天员罗永福的化身而已。

“最少你应该有父亲有母亲才像个人呀！”那个叫李小珍的女孩最会撒娇，她笑着问他，长睫毛下闪动着晶莹的眸光。

“这是不得已的。”他回答小珍，心里有一种受辱的感觉。“我生来就是如此，不要怪我！上帝造我就是这样。”

“你是人造的人，不是神造的人！”小珍说：“你什么都好，就是这点不好，我爸妈不会喜欢你的，我总要嫁个体面光彩的人，你知道，我们家乡还很古老守旧。你还是再找别的女孩子吧！”

小珍的话，直刺他的心坎，使他有一股凄伤怅惘，他不能忘怀相处相爱的美好时光。

朦胧恍惚间，他怀念地球上游山玩水的日子，那儿的河山可以称得上如同锦绣，从太空看地球，海洋与陆地被云层隐约的遮掩着，蓝亮迷人，光辉夺目。虽然他长期在火星的低引力环境下生活，回到地球很不习惯，走路脚步迟重，动作不能灵活自如，他还是把这个球体视为伊甸园。从多少世纪前，地球人口膨胀到 150 亿，地球就不再增加人口，被适当地控制住，地球上一度发生非常严重的能源危机、人口爆炸、粮食不足、种族歧视、大气污染、生态不平衡等问题，早已成了历史陈迹。茫茫星空，无边无际，一片浩瀚广大的迷蒙黑暗，只有众星的光亮照耀着旅程。银河九号宇宙飞船在星点与星点中穿梭前进……

多少世纪以来，人类扩展了生活领域，从地球移民到月球，改变火星、金星的大气层，建设新环境定居下来，疏散地球上拥挤的人口，人类的文明飞跃进展，好奇心与不知足，使人类的足迹踏遍太阳系每一个行星。

银河九号宇宙飞船是由火星基地负责策划建造的，从火星派出探险家，前往太空捕捉小行星，而后在火星太空轨道完成建造。利用小行星做船壳的主意，是当时来自地球的台湾科学家颜清南和余金秋，出席火星会议所提出的，这样可以使居住在里面的航天员，有舒适的环境，保持维生系统的循环，能源及食物永不枯竭。会议中有一部分科学家曾主张，将距离火星 12.500 哩的小卫星戴摩斯改造，成为星际宇宙飞船，免得再劳师远征太空，去捕捉小行星，但是戴摩斯卫星直径 5 哩，在火星赤道上空轨道以每日绕火星五分之四周西升东沉运行着，对火星殖民地来说，有很好的用途，要把戴摩斯改造成宇宙飞船，叫它永远消失不见，火星居民自然不愿意；而且戴摩斯体积也嫌太大了。

太空船内的维生系统，设计得很周密，人造大气和加压辅助装置，保持内部空气成分及加压作用，使每平方英寸有 7 到 14 磅的大气压力，其中氧的分压力每平方英寸 3 至 5 磅，其余为氮气的分压。此外，还配合净化系统，保持二氧化碳和其他污染气体在空气中有一合宜的浓度，不致伤害人体，通风与湿度都在控制之内，水可以循环使用。

这是一项危险而刺激的旅行，志愿参与这次太空壮举的并不踊跃，这不像当初地球上欧洲人移民新大陆一样，也不像从地球移民月球或火星、金星。要跨出太阳系去寻找第二个地球，比原始人凭一叶扁舟漂流海洋去寻找岛屿还要困难千万倍。恒星与恒星间的距离，平均在数光年到数十光年之间，恒星不一定有行星系，即使有，也不一定适合人类环境，像太阳系的火星、金星，是经过许多世纪的改造建设，才适合人类移民定居，更远的海王星、冥王星只能安置观察站。

银河九号宇宙飞船内，还携带了许多人和动物的胚胎，分别装在试管里面，冷冻保存，必要时可以培育新生命。很久以前，胚胎的保管输送是装在活动物的子宫里面，运到目标星球再取出来培育，现在为了适应长期太空旅行的环境，唯恐母体在旅途发生变化，影响胚胎，一律装在试管里面冷冻保存。

罗伦凯醒来的时候，发现有异样，他揉揉眼睛，摇摇晃晃站起来，看看仪器表，宇宙飞船停了。

“发现了奇怪的东西。”全能机器人说。“就在前面500哩左右的太空，有一个物体发出强烈电讯，好像是智能生物发出的。我们的计算机都把它记录下来了，还分析不出所以然。”

超感应人约翰逊很快地被机器人第二号唤醒，他来到指挥舱，凝神注视前面的小小发光体有一会儿，他说：

“我的感应力有问题，我只能看到一具模糊的人形样子，也许是外星人吧！但是我感觉不到他有生命，好像已经死了。”

更多的讯号来到了，计算机将讯号排列组合成图形，再加以翻译，这回很快地得到结果。这是一艘外星人的星际探测船，他们因为机械故障，推进器瘫痪，只剩惯性作用在太空飘荡，亟待拯救，里面的航天员生命在冻结状态，如果有别的智慧生物找到他们，必须先看看生命冻结装置是否完好，再进行解冻，使他们复苏，要是死了，也就算了。

罗伦凯小心翼翼地驶往前去，那艘遇难宇宙飞船是圆筒形的，直径不过20尺，高50尺，和银河九号一比，简直小巫见大巫，银河九号驶到它右侧，保持等速，两者就像静止一样停在太空中。

机器人二号受命前往执行任务，探查真相，他备有小型火箭器，在距离50尺外，飞跃过去，攀住它，用挂钩钩住船体，发动火箭，将它推入银河九号腹舱内。

经过检视之后，断定两个外星人已经死亡，比约翰逊感应的多一具，冷冻系统已损毁，只有计算机勉强在发出求救讯号。两个外星人，形状和人类差不多，比人类矮小，长得很丑恶，皮肤粗硬如牛皮，鼻子和嘴巴只有洞，没有似人类般优美的轮廓，眼睛大如番茄，塌陷很深，有一层厚膜覆盖着，大概他们居住的世界阳光比较弱的关系，可能他们的眼睛可以看到紫外线、耳朵可以听到超音波也未可知，整个看起来只似雕刻未完工的人形而已。

约翰逊用心灵感应术和火星基地联络，报告情况，那是另一个尤力格勒的化身，在太阳系接收感应，从出发到现在，已经过了120年地球时间，人类家乡的文明又比以前进步很多了。宇宙的距离用无线电来通讯已嫌缓慢，只有心灵感应术可以突破限制，随传随到，没有时空阻隔。

从太阳系那边来的答复是:“欢呼吧！欢呼吧！为人类的文明而欢呼吧！”另一句话是:“注意检疫工作，不可以有太空病毒的污染。”

繁复的检疫工作做完以后，生物工程学博士黎国雄在干部会议中提出了建议：

“我们可以复制一个活的外星人，长得和尸体一模一样的外星人。有没有人赞成？”

与会的人面面相觑，不知他说话的用意。黎博士继续说：

“在地球上，曾经有人做过实验，从古埃及的木乃伊的组织里，取出遗传因子，制造出一个活人。他是古埃及人的后裔，却活在数千年后。我们也可以从外星人身上取出遗传因子，进行复制，甚至也不需要动手术取外星人组织，当我们与外星人接触时，只要外星人有遗传密码的电讯蓝图给我们，就可以在实验室复制。复制外星人的好处是：研究外星人的身体构造，了解他，以便将来和外星人打交道，虽然我们自己培育生产的外星人，不会讲外星人的话，但我们可以设法与外星人通信，先用一些基本符号通信，慢慢地就可以吸收外星人的文化，做文化交流。从事星际探险工作，就是要推动人类文明的进展，从整个人类的历史来看，没有文化的交流是不会有进步的。星际文化也是如此。”

“你认为怎么样？”罗伦凯问约翰逊：“你的感应力怎么说？这样做妥当吗？”

超感应人约翰逊进入沉思状态，久久才回答：

“我们对生命过分干涉了，这样可能会有恶果。我反对！”

“这只是他的过虑而已，”黎国雄说：“我们的指挥官，还有约翰逊你自己，还不是复制人？”

“让我们表决一下。”罗伦凯说。

20位高级干部的会议，有15票赞成，3票反对，2票弃权。就这样决定复制外星人。黎博士说，最少必须要有三年的宇宙飞船时间，才可以培育长大一个成年外星人。他是以人类为标准做假定的，人类的生长期到成年是20年，在实验室中可以缩短为两年到三年，这个试管人在未出厂时必须用知识丸及脑电仪灌输知识，使他有智能。

突然，会议室的门开了，一串裂人心肺的尖声喊叫，随着一个老丑得骇人的老太婆出现了，她莫名其妙地大哭大叫，使20个人都愣住了。

“你是谁？哪里来的？”罗伦凯喝问。“我们宇宙飞船上并没有这个人呀！”

弯腰驼背的女人，面皮老皱得像胡桃，看起来有一百多岁了，她不停地哭叫吵闹，像是精神病发作：

“让我死吧！我不要活了……我又老又丑……”

约翰逊仔细端详一阵，忽有所悟地大叫起来：

“她是伊莉莎白！她是伊莉莎白！”

“我的天！”几乎有一半人异口同声惊呼着。

老太婆伏地痛哭不止，连声音也丑丑怪怪的。她的冬眠装置一定发生了问题，以致在太空旅行中生命继续老化，女人都是爱漂亮的，当她一觉醒来，发现自己成了丑八怪，当然痛不欲生。

维生循环系统工程主任张晓燕，她感到很讶异，因为这时候除了高级干部暂时停止冬眠，起来参加活动以外，一般人都还在冬眠，伊莉莎白怎么会自己醒来又起身呢？检查过计算机和机器人的记录，都没有叫醒她，而且她的冬眠装置也一直没有发生故障。

“我梦见一个长得很丑的女外星人，吓死我了，我就惊醒了！”伊莉莎白说完，突然像一头凶猛的野兽朝张晓燕扑去，狠狠地咬她手臂，使张晓燕痛彻骨髓，大呼救命。

“是你害了我！”伊莉莎白声嘶力竭地喊叫：“你嫉妒我的美丽，你是维生系统主任，所以故意做了手脚。”

罗伦凯一面命令重新检查所有的冬眠设备，一面排解伊莉莎白的胡闹。

女人是情绪动物，一不如意就会迁怒于人。在罗伦凯的劝慰下，她停止了对张晓燕的攻击，但仍哭闹不已。

“约翰逊，到底怎么回事？有什么感应没有？”罗伦凯问。

“我现在头好痛，痛得厉害，完全失去感应力。”约翰逊好困惑。

哭声止住，伊莉莎白瞪大了可怕的双眼，冲到黎博士前面，双手抓住他肩膀，死命地摇撼。

“你要为我想办法！”伊莉莎白喊叫着，像一只老乌鸦的可怕叫声：“你要为我重造一个人，把我变年轻！”

黎博士微笑地点头，他已经知道该怎么办了。

人体生命的永远存在与延续，在人类历史上一直是个梦想，从来就没有实现过，如今，在银河九号宇宙飞船上，就要从事这项生命的重塑与延续工作。

伊莉莎白全身各器官及脑部，已全部老化，是快死的人了，不可能运用老式的器官移植办法，以自己体细胞先行培育自己的预备器官，诸如心、肝、肺、肾、胃等，以便随时更换，其实她的这些器官宇宙飞船上也有，如果逐一更换，无济于事。经过全体干部会议讨论以后，黎国雄做了决定。

“各位女士先生，”黎博士说：“有一件秘密，我现在才向各位报告，当初我们被派往太空各地去寻找新世界，我们所付出去的代价是相当大的，因为我们可能永远回不了太阳系老家，因此，我们携带了一项特别装置，它可以使人永生，它不是器官移植，而是灵魂的复制移植。”当他讲到最后一句话时，特别加重语气，提高声调，他停顿了一下，环视众多的诧异眼光，继续说：“这项超级机密，只有计算机、指挥官罗伦凯和我知道，预备在将来有人老化到极点，快要死的时候，才加以运用，办法是这样的，必须先从伊莉莎白身上取出体细胞，复制另一具一模一样的人体，但是比较年轻多了，等于是个全新的人，从婴儿到成人，必须保持新人的脑部空白，直到适当时候，将老人唤醒，利用一种非常精细的仪器，连接两人脑部，把老人的思想、记忆，全部灌录到新人脑部去，运用这种方法，人的肉体可以不断更新去旧，灵魂永生……”

“我的上帝！”约翰逊呼喊了起来：“太可怕了！”

“好哇！”伊莉莎白大笑。

“那具老人怎么办呢？”

“让她自然死亡，再废弃掉。人类永生不死的梦想就可以完全实现。”

“还没有！”约翰逊忍不住又开口了：“死去的人不能从死里复活。根据你的这项说法，并不能完全使人免于死亡，要是一个人在死去之前，来不及准备自己第二副身体，那就办不到了，你所说的永生不死，还是有条件的。”

“可以办到。”黎博士斩钉截铁地说：“我们有一种仪器，能够在人未死以前预先收存人脑的思想记忆，我们可以复制了人以后，再将机器所保存的数据，输送到新人的脑袋去。”

“不可思议！”张晓燕说。她还在为自己被咬一口而不甘心。

“于是，人按照自己的形象造人。”

计算机自动记录仪器写下了这句话，造人的工作随之开始。黎国雄从伊莉莎白身上取出一片小组织，在电子显微镜下做极为精细的显微手术，使细胞实行分裂生殖，每一个细胞都可以造成一个人，但要做这种手术非常困难，必须浪费许多细胞，手术完成后，细胞便开始分裂，将来会培育长成另一个伊莉莎白的副本。细胞开始在分裂长大，以后的工作，全部交给自动控制仪器和机器人去照顾。

黎博士再进行复制外星人的手术。

剩下的只有等待。航天员各自回到自己的冬眠箱将生命暂时停止。当黎博士、指挥官罗伦凯和约翰逊再度被机器人叫醒的时候，已经有两具新造的生命体在等他们了。伊莉莎白的脑思想记忆的转移，进行得很顺利，那具新人，原来是木偶一样地静静躺在玻璃子宫里面，现在有了灵性。当她站起来的时候，发觉自己身上一丝不挂，她开始感觉到羞耻。

“那个死鬼理查德·伯顿……”她突然冒出了一句莫名其妙的话。

黎博士要她再躺回子宫里去，重新把仪器装上，调查她的思想记忆，根据黎博士的解释，人的潜在意识有时候会保留远古祖先的一部分，这就是为什么有人从来没有到过某地，会突然对某地有熟悉之感。

伊莉莎白再度起身，约翰逊送了一件袍子给她穿上，她看起来才二十几岁，又年轻又漂亮，她扭捏作态，搔首弄姿，微笑着向罗伦凯抛媚眼。“这就是永生的奇迹吗？”约翰逊叹息着。

“这是死而复生。”黎博士说。

年轻的伊莉莎白朝老伊莉莎白瞟了一眼，对她说：

“你看我，我多么漂亮，我讨厌你！你真丑，你像魔鬼一样丑恶！一样可怕！”

老伊莉莎白的气息很微弱，形同待死的人，听到有人这样批评她，竟然缓缓地移动身体，站起来。

“我们同是一个人！”她说：“我们的灵魂原来是一个，分裂为两个，你就是我，我就是你！完全没有分别，只有肉体不一样而已。你不用嘲笑我，我也不用羡慕你。”

“不，不！”年轻的伊莉莎白狂呼暴跳起来：“伊莉莎白只有一个！”

约翰逊和罗伦凯交换了一个眼色，这个结果是他们当初所意料不到的，他们刚在讨论如何使已经制成的外星人有灵性有思想。

“不知道是怎么回事，”约翰逊说：“刚才我好像感应到外星人已经有自由意志了，我好像幻见外星人自己站起来，开走了他们自己的宇宙飞船。”

“根本不可能的，”罗伦凯说：“他现在还没有灵性！就算有，也是人类的，不会是外星人的。”

冷不防听见一声凄厉的惨叫，老伊莉莎白身体冒着烟倒下去了，新伊莉莎白手里拿着死光枪，她杀死了自己的前身。

黎博士夺下了伊莉莎白手里的死光枪，他咆哮着：

“你干吗杀人？”

“那是我自己，我有权利杀死她！”

“上帝惩罚你！”约翰逊大叫。“是她生你的，没有她哪有你？”

“她迟早总要死的，我不高兴她活着。”

伊莉莎白突然双手按着额头，大叫头痛，经过罗伦凯与黎博士一阵安抚之后，才略为定了神。约翰逊在为死去的老伊莉莎白祷告。

“没有，灵魂并没有转移！”约翰逊忽有所悟地说：“只是灵魂的复制而已，这能算永生吗？”

一阵混乱与忙碌过后，他们把伊莉莎白放回她的冬眠箱。现在他们明白，复制新人而使他的脑际一片空白，正如制作空白录音带，老人是原版录音带，将老的录音带转录到新带里，自然，老的录音仍在，除非用方法消除它，否则不会消失。

新造的外星人静静地躺在玻璃子宫里面，他们暂时不去理会他，到必要时再灌录人类思想给他，不过目前已让他暂时停止生长，将生命冻结起来。他们火化了老伊莉莎白的尸体以后，就各自回去冬眠。

银河九号继续向前行驶，机器人在做全船的控制与监视工作，并负责搜索行星系，期望在茫茫太空中找到一处人类的乐土。

不知经过多少世纪，也不知发生了什么重大变故，机器人一号按动了全船人员紧急集合的按钮，于是，所有的人都从冬眠中苏醒。像他们出发时离开太阳系的情景一般。全体人员聚集在会议室。

指挥官罗伦凯和黎博士，发现外星人的宇宙飞船失踪了，复制的外星人也不见了，倒是年轻的伊莉莎白还好端端的，就像过去没发生什么事一样。

“集合干什么？”

“要登陆了吗？找到地方可以安居了？”

“发生什么变故了？”

许多人议论纷纷，高级干部也在查计算机，追问机器人，到底发生了什么事，为什么机器人会失常，按动紧急集合电钮？过去的时间，宇宙飞船内到底发生了什么事？计算机的记录竟是一片空白，从接运外星人宇宙飞船进来以后发生的事，全部没有记录，或是记录已被抹除了？

罗伦凯召集20位高级干部到指挥舱去，和大家商量。

“过去发生的事情是集体幻觉吗？我们20个人都发现外星人宇宙飞船和里面的尸体，不可能是做梦，现在什么也没有了，我们造的人也不见了。”罗伦凯激动地说。

人人嘈杂地讲话，莫知所以然。约翰逊的超感应力派上了用场，他自言自语：

“我……我手里怎么会有一卷录音带？”

他走到录音机旁边，放入录音带，开动它，播放出来的竟是他自己的声音：

“各位太阳系来的文明生物访客，现在就借着你们自己的口讲几句话。经过我们太空浮标系统的探测考察之后，我们觉得人类还相当幼稚野蛮，盲目地追求永生，只有手段而没有目的，不知改造人性，未免太可悲了。

“不错，人体的复制和脑思想的转移复录，正是通往永生之路的石阶，但人类的本性竟隐藏了不可救药的残暴倾向，嫉恨、仇恨、贪婪、爱慕虚荣、只重外表、不务实际、肉欲、自私……从伊莉莎白的个案可以看得清清楚楚。

“我们是银河乌托邦的守卫者。在银河各处太空设有浮标，专门侦测监视前来寻找乌托邦的智慧生物，也负责检查智慧生物的心灵，看看是否是真正爱好和平的访客。如果确实是，我们会用浮标宇宙飞船引导他们前来，帮助他们过美好的生活，否则，我们只有弃之不顾，请原谅我们用假死来欺骗你们，使我们可以进来考察。

“经过详细的调查检验，我们认为，人类的科学技术已足够进行星际探测，虽然和我们相比，还极端幼稚，成就仍然惊人而可观，但是心灵方面却需要长期的进化改造，不是可以在短时间内改变完成的。

“我们的心灵非常高贵，高贵得可以脱离肉体而单独存在，这是由于长期的心灵生活，自我创造的成绩，所以当我们的心灵不附在肉体上，那副肉体就成了假死状态，不需冬眠，也可停止生命。

“伊莉莎白只是我们的抽样试探考验，请原谅我们捉弄她。人类还必须经过一段漫长时间的自我改造，才能了悟生死与幸福和平的真义。请原谅我们不告而别！

“再会吧！太阳系来的美丽动物，两只脚的美丽动物，在未来是很有前途的，不要泄气，再加努力吧！”

录音带播完之后，自动焚化了。

在场的干部，如同大梦初醒。过去一些时间所发生的事，太玄秘而近于幻想，所有事实证据都消灭了。仿佛只是一场噩梦，仿佛什么也没有发生过。

“各位女士先生，”罗伦凯对全体船员广播：“因为计算机故障，发生了一场误会，惊扰大家起来，真抱歉。请你们还是回到原来的房间去吧！我们还在寻找新世界，我们一定会找到的，只要我们有信心，有爱心，只要我们肯努力……只要努力……”罗伦凯说到最后有点凄伤而难以为继地哽咽起来。

一切恢复平静后，罗伦凯回到指挥舱，约翰逊还坐在那儿沉思，若有所失，表情凝重。宇宙飞船外面依旧是无垠的星空，时间和空间都是没有穷尽的，无始无终，生命在宇宙中，只是在物质与能量场表演戏剧而已。

这时，伊莉莎白走进来，浑身依旧散发阵阵香水味，她满脸迷惘困惑。她颤声说：

“我好像做了一个非常可怕的梦，我杀死了一个老太婆……那个老太婆……那个老太婆长得好丑恶……我用死光枪杀死了她……因为她说我们彼此是一个人，不分你我……我只记得这些。”

约翰逊用话安慰她，拍着她的肩膀，陪她一起回去冬眠。

“不要怕！噩梦就会过去的，只要心中有爱，什么都不怕。”

罗伦凯在冬眠之前，习惯地坐在脑电仪旁边，接上各种电极，肉体与精神的疲劳，使他难以承担，他要幻游多少世纪以前的世界，于是，他看到了太阳系那边的地球，那是人类的家乡呵！晶亮可爱的一颗星球，充满了绿色与蓝色的生机……中国大陆的锦绣河山……金黄色的海滩，雪白的浪花与湛蓝的天空……那个大眼、乌亮卷发、微笑迷人露着编贝玉齿的女孩……那个叫小珍的女教师，展露出可爱的笑靥在招引他……而那是多少世纪以前的事了。

银河九号宇宙飞船仍以高速航向无极的太空深处。

——选自《银河迷航记》，台湾照明出版社，1979 年

迷失在未来的世界

——《银河迷航记》赏析

◎ 高亚斌　王卫英

黄海是台湾具有代表性的科幻小说作家，是台湾科幻小说的开拓者之一，也是在这一领域创作最勤、最为丰产的作家。黄海小说《银河迷航记》以银河探险为背景，包涵着作家对未来社会人类生活空间的思考，对人的本质与人性的思考，以及对人的生命状态的思考，体现了作家对人类未来的极大关注与热情想象。

在我国科幻小说的发展历程中，台湾是一个重要的文学区域。台湾的科幻小说始于20世纪60年代，1968年，台湾著名散文家张晓风的《潘渡娜》以连载的方式在《中国时报》发表；1969年，被称为“台湾科幻小说之父”的张系国在台湾《纯文学》上发表《超人列传》；同年年底，另一位以文艺小说见长的作家黄海也在《中华副刊》发表了科幻小说《航向无涯的旅程》。这三篇小说如三足鼎立，共同开启了台湾科幻小说（当然，当时也还没有出现“科幻小说”的说法）的先河。此后，台湾科幻小说逐渐成气候，出现了吕应钟、郑文豪、叶言都、平路、林耀德、黄凡、骆伯迪、宋泽莱、叶李华、纪大伟、张大春、洪凌、贺景演、董启章、廖大鱼等作家的科幻小说。在这一时期，台湾科幻作品大多是主流文学作家的挎刀之作，是通过主流文学刊物

黄　海

而进入读者和理论界视野的，甚至科幻作品本身就融在主流文学之内。作为台湾通俗小说的一个门类，科幻小说是在经过一定程度的发展之后，才意识到与主流文学分隔的必要，从而形成了不同界面的。

在台湾众多的科幻小说作家中，张系国和黄海并称为两大元老。黄海原名黄炳煌，1943年生于台湾台中市，父亲原籍江西，抗战前赴台后，入籍台湾，黄海的童年时代是在母亲的故乡台湾大甲度过的，这一段经历给他留下了深刻的记忆。黄海自台湾师范大学历史系毕业后，开始进行文学创作。他是一个多面手，一面从事文艺小说的创作，同时又广泛涉猎，于20世纪60年代末期由文艺小说转入科幻小说创作，80年代又转入儿童科幻小说、科幻童话的创作。他一生创作甚丰，创作时间历时近半个世纪之久。他曾经出版过大量纯文学类作品，包括《奔涛》（1963）、《大火·在高山上》（1968）、《通往天外的梯》（1968）、《悲欢岁月》（1982）、《山城》（2009）等短篇小说集，另有长篇小说《百年虎》（1993），以及自传体散文集《迷雾征尘》（1976）、《寻找阳光的旅程》（1994），杂文、短论集《人在宇宙中》（1980）等。由于黄海一生辛勤创作、笔耕不辍，他被台湾科普作家张之杰称为“台湾科幻园地耕耘最勤的科幻作家”。

黄海是台湾有名的编辑，他曾任《联合报》编辑、《儿童月刊》主编，兼任过《中央日报》编辑、照明出版社《科幻小说丛书》总编辑等职。自《联合报》退休之后，他不甘寂寞，又在台湾静宜大学、世新大学任教，主讲“台湾文学”和“科幻文学”课程，还在东吴大学担任“科幻与现代文明”其中一部分课程的讲授。此外，他还是一位卓有建树的社会活动家，曾经担任过侨联总会总干事等职（期间他担任的主要工作是《侨讯》半月刊编辑），对加强台湾与大陆的关系、促进祖国的统一，做了不少有益的工作。

尽管对于黄海个人来说，文学创作只是他的业余爱好，但他在文学上的建树却是令世人瞩目的。在科幻文学方面，20 世纪 70 年代初，黄海将已经发表过的短篇科幻小说汇编成集，陆续出版了《10101 年》（1969）与《新世纪之旅》（1972）两部科幻小说集，其中《10101 年》是台湾文坛第一本较具规模的科幻小说集，并获年度“全国社会优秀青年文艺作家奖”。20 世纪 70 年代末到 80 年代，他又先后出版了《银河迷航记》（1979）、《天外异乡人》（1980）、《偷脑计划》（1984）、《星星的项链》（1985）等短篇科幻小说集。此外，他还创作出版了中篇科幻小说《母亲的秘密》（1983）、《奇异的航行》（1984）、《机器人风波》（1987）、《地球逃亡》（1988）、《航向未来》（1989）以及长篇科幻小说《天堂鸟》（1984）、《最后的乐园》（1984）、《第四类接触》（1985）、《鼠城记》（1987）等。进入新世纪以来，已经进入耳顺之年的黄海，创作热情旺盛不衰，又有政治奇幻小说《永康街共和国》（2004）问世。除此之外，黄海还是一位出色的科幻文学评论家，发表过《中文科幻百年，文学迷思》（2004）、《黄海科幻童话解构》（2005）、《台湾科幻文学薪火录 1956—2005》（2007，五南出版）、《卫斯里的后设重构》（2009）、《寻找“幻”氏家族的荣耀》（2009）等多部有关科幻小说的评论作品，对台湾科幻小说的发展，做出了不可磨灭的贡献。黄海不但是一位不可多得的高产作家，而且他创作的艺术水准也很高，他曾多次获奖，1988 年，科幻童话《大鼻国历险记》获国家文艺奖，学术论文《寻找“幻”氏家族的荣耀》获首届世界华语《星云奖》最佳科幻评论奖；1986 年，儿童科幻小小说《嫦娥城》获中山文艺奖；1995 年，传记散文《寻找阳光的旅程》获得中山文艺奖——他是以科幻文学获得此类奖项的唯一一位作家。此外，他的《奇异的航行》获洪建全文学奖少年小说首奖，《地球逃亡》获东方少年科幻小说奖，《航向未来》获中华儿童文学奖……这种种奖项，既是岁月对他勤奋努力的丰厚回报，也是人们对他在文学与科幻创作上卓越成就的肯定。正是由于黄海对台湾文学做出的非凡贡献，他多次被聘为倪匡科幻奖、U19 科幻小小说奖、教育部文艺创作奖等几大文艺奖项的决审委员。凡此种种，都足以说明他在台湾科幻文学领域乃至整个台湾文学界中举足轻重的文学地位。

在黄海的科幻小说中，长篇科幻小说《鼠城记》是他的代表作品。在这部小说里，黄海描写了世界性的大战之后一片废墟之上的灾难情景，对人性的贪婪和残酷进行了深入批判，它和老舍30年代的作品《猫城记》正好相映成趣，对污浊的现实生活有所影射。另外，他写于1988年的《地球逃亡》，与科幻作家刘慈欣的名作《流浪地球》（1999）有着相似的主题和情节，体现出两人在创作上的不谋而合。但在发表时间上，黄海的作品要比刘慈欣的早十年，这些都反映了他的创作与大陆科幻小说的精神联系。而且，他还和大陆的科幻界进行了实际的交往接触，他曾于1988年访问过大陆，并与科幻作家叶永烈会面，在海峡两岸科幻作家的共同推动下，黄海、张系国等台湾作家的作品在大陆获得出版，同时大陆作家王晋康、刘慈欣、郑军、刘相辉等人的作品也开始在台湾出版发行，这种良好的交流和互动，促进了海峡两岸科幻文学的传播和交流，为繁荣整个华文科幻文学创作做出了巨大的贡献。

《银河迷航记》是黄海杰出的中篇科幻小说，1976年8月，该作品在《中央日报》副刊发表，小说描写一群怀揣着建立太空乌托邦梦想的地球人，在以指挥官罗伦凯为首的一批科学家的带领下，乘坐宇宙飞船“银河九号”离开太阳系，飞向遥远的太空，去寻求人类新的家园。但是，当他们即将进入银河乌托邦的世界时，由于人类性格中固有的一些劣根性，他们没有表现出美好的人性，因而无法通过守卫者的考验，遭到了银河乌托邦的拒绝，难以找到自己理想家园和归宿的他们最终迷失在茫茫太空，开始无尽的漂泊。小说发表后，获得了人们广泛的好评，成为黄海科幻小说中颇有艺术魅力的代表作品之一。

一、对人类未来生存空间的思考

从某种意义上来说，科幻小说是一种关于未来社会的文体，科幻作家需要具有一种超前意识，他们往往能够超越自己所身处的时代和具体的生活空间阈限，抵达未知的未来世界，为人们提供关于未来生活的一种想象。

《银河迷航记》就是一部关于未来社会的小说。作家把小说的背景设置在一个科学技术高度发达的时代，人类对宇宙和外星球文明的探索已经达到了一定的水平，并且业已在月球和火星等星球上开辟了月球宁静海殖民都市、火星殖民地等据点，文明的触角进一步伸向更加遥远的太阳系以外的星球，正如小说中所写的："多少世纪以来，人类扩展了生活领域，从地球移民到月球，改变火星、金星的大气层，建设新环境定居下来，疏散地球上拥挤的人口，人类的文明飞跃进展，好奇心与不知足，使人类的足迹踏遍太阳系每一个行星。"于是，在小说里，一艘满载着人类的航天飞机"银河九号"，在茫茫宇宙中开始了新一轮的发现太空"新大陆"的探险之旅。这次远征既是为了替人类寻找更好的生存空间，同时又是一次在宇宙空间散布人类生命活动信号的行动。在人类的历史上，在各民族的民间传说中，都出现过许多关于人类大规模迁徙寻找新的家园的记载，如果蜕去《银河迷航记》科幻小说的外衣，人类远古时期寻找家园、开疆拓土的故事原型就开始凸现了出来。

在这篇小说中，人类一方面致力于在新的宇宙空间寻找理想的栖居地，另一方面，他们又在不断的追寻中不时回望，眷顾着作为生身之地的地球。这显然是在昭示人们，在科学高度发达的社会，即使人类已经有足够的能力离开地球母亲的怀抱，在外太空找到新的生息之地，但人们还是把地球视为自己的故乡，视为人类的一个永恒家园，因此，他们不停地回望地球、回望家乡，这种描写，无形中使小说蒙上了感伤的怀旧情绪。在这里，地球仿佛成为人类的一片乡土，成为记忆中已逝的美好的梦，小说也由此呈现出传统乡土小说那种优美抒情的田园诗风格。这种深情回望，还体现出作家的一种家国想象："他怀念那一次的中国之旅，爱好自由和平的中国人民，以他们的智慧和斗志、经过一度剧烈的改变后，多少世纪以来的不断努力，已把中国建设成一副全新的面貌。"尤其是作家把这种家园想象通过爱情的形象表达出来，那个江西遂川的美丽女教师，成为乡土的形象化身，寄托了作家的家园之情。由于江西遂川是黄海的祖籍所在地，可以看出这其中渗透了作家的主体意识，倾注了作家的个人情感。从《银河迷航记》的时代语境来看，在20世纪60年代，正是台湾乡土文学兴起、通俗文学盛行的时期，这一时期，以"现代派"诗歌为发端的现代主义运动也开始进入高潮，在这一传统与现代并行不悖的文化语境中，包括科幻小说在内的各种文体都受到了影响，具体在

《银河迷航记》中的表现就是，它吸收了这些不同文类的文学因素，并对它们进行了巧妙的融会，使之成为小说中有机的组成部分，收到了良好的效果。

在海外华语作家的作品中，几乎都有着“异乡回望”中强烈的母族认同与文化寻根的意识和倾向，黄海的作品也是如此。他总是对祖国寄予深厚的感情，把许多美好的事物和形象都归之于祖国，比如，在《银河迷航记》中，“银河九号”宇宙飞船的指挥官罗伦凯，是由中国一位最优秀的航天员罗永福身上的细胞复制出来的；而小说中与“我”相爱过并且令我至今追怀不已的女孩，来自于中国江西遂川……这种“父亲”形象和情人形象的设置，从伦理的层面上表达了作家对民族国家的认同和皈依，在这一意义上,《银河迷航记》可以算得上是一部特殊的寻根小说。

值得指出的是，小说中出现的人物，其身份中西混杂、民族不一，既有代表中国文明的罗伦凯等人物形象，又有具有西方文明和基督教文化特征的伊莉莎白及牧师等人物形象，从而以一种特殊的形式实现了不同文明之间的对话。这在很大程度上是作家对于未来社会的一种全球化想象，表现了作家宏大的精神视野和包揽全球的博大胸襟，甚至，这种全球化还超越了地球的阈限，发展成为一种小说中所称的“星际文化”，用小说中的话来说，就是“从事星际探险工作，就是要推动人类文明的进展，从整个人类的历史来看，没有文化的交流是不会有进步的。星际文化也是如此。”这就更体现出了作家的卓识远见。同时，这种全球化的人物形象设置，也是台湾文学在七八十年代受多元文化、多种文学思潮交互影响的一种体现。作为一种跨国界无种族的小说文体，科幻小说理应承担起全球化时代的艺术使命，在更为普泛的人性和更加宏阔的全人类视野上，提升当代文学的时代精神，这既是科幻小说的旨趣所归，也是科幻文学发展的生命力和艺术活力所在。

二、对人的本质和人性的思考

同黄海的大部分科幻小说一样，小说《银河迷航记》中也注入了大量的高科技元素，包涵着作家对于人类本质存在的种种思考和想象。而这些思考和想象，大多是围绕着人类的各种欲望和人性的弱点展开的，体现了作家对于人类自身所倾注的极大关怀和巨大热情，同时又包涵着他对人性的思考和批判，其中蕴含着作家的人本主义思想，闪现着人道主义的光辉。

首先，在《银河迷航记》中，由于科技的高度发展，人类的生命形式发生了巨大的改变，传统的血缘关系和伦理规范已经被打破，出现了大量复制人、试管人之类的角色。这些人物往往是社会精英的后代，体现的是科学对人种的优胜劣汰，其中的指挥官罗伦凯，是利用中国优秀的宇航员罗永福手臂上的细胞复制而成的；而美丽的营养师伊莉莎白，则是当年著名的影星伊莉莎白·泰勒的复制品；还有拥有通灵能力的牧师约翰逊，则是以色列有史以来最伟大的超感应人尤力格勒的复制品……所有这些人物，在他们的身上都先天性地带有某种文化遗传，使他们成为不同类型文化的象征性符号。这里既有作家颇富意趣的奇思妙想，又有作家对于人之存在的深刻思考，而且，这样的人物形象安排，还使读者仿佛置身于一个时空错乱的文学空间，富有神话的意味，使小说具有了某种文学原型的特征。在20世纪七八十年代，克隆技术还远没有出现，直到1996年，科学家才克隆出第一只绵羊“多莉”（1997年首次向公众披露），为生命复制提供了可能，在这方面，黄海的小说体现出其卓越的想象力，使他可以真正无愧地成为科幻小说的文学巨擘。

正如史上第一部科幻小说、英国著名科幻作家雪莱夫人的《弗兰肯斯坦》中有着关于人造人的科学幻想，从而导致了发生在现实生活中的种种冲突一样，《银河迷航记》里也有关于科技发展与传统伦理之间的冲突，如罗伦凯在谈到自己的父亲（其实是自己的复制模本）时的尴尬情状，以及伊莉莎白在面对与自己从属同一个灵魂的衰老丑陋的女人时的狂呼暴跳，都凸显了这种冲突的剧烈。尤其是当罗伦凯正沉浸在与江西遂宁美丽女孩的恋爱中时，女孩却认为他“是人造的人，不是神造的人！”因为他没有自己血缘上的生身父母，只是一个细胞复制的人，最终导致女孩做出了分手的决定，从而加重了这种冲突的悲剧意味。可以看出，作家明显地意识到了科技发展所带来的新的伦理道德问题，而通过生动的文学形象予以呈现，这在科幻小说的发展历程中，无疑具有重要的意义。

其次，小说一面在宇宙探索和寻找家园的层面上展开叙事，另一方面，又从人性的角度展开了对人类自身的审视与生命意义的追问，比如，小说中的伊莉莎白，秉承了著名明星伊莉莎白·泰勒的美貌，但出于对美貌贪婪的渴求和对衰老丑陋本能的恐惧，她竟然丧失人性地杀害了自己的另一个身体。于是，小说借所谓银河乌托邦的守卫者之口，指出“人类还相当幼稚野蛮，盲目地追求永生，只有手段而没有目的，不知改造人性，未免太可悲了”。与此同时，小说还进一步揭示出人类本性中所潜藏着的阴暗与丑陋：“人类的本性竟隐藏了不可救药的残暴倾向，嫉恨、仇恨、贪婪、爱慕虚荣、只重外表、不务实际、肉欲、自私……”这就出现了中国现代小说所习见的国民性改造、人性改造这一主题。如果说从一开始小说一直表现了人类征服世界、征服宇宙的豪迈景象和明亮基调，那么，以外星人的出现这一事件为契机，小说的重心就开始发生转变，转向人性批判这一主题上来。而正是在这一点上，才体现出作家的深广忧愤和作品深厚的哲理意蕴。

古希腊的德尔斐神庙上刻着这样一句话：“认识你自己”，在一定意义上说，人类社会的发展过程，既是人类对外部世界包括宇宙和外星球空间的认识和探索的过程，也是人类不断认识自身的过程，如小说中所说的；“人类的科学技术已足够进行星际探测，……成就仍然惊人而可观，但是心灵方面却需要长期的进化改造，不是可以在短时间内改变完成的”“人类还必须经过一段漫长时间的自我改造，才能了悟生死与幸福和平的真义”，因此，人类还难以进入和平美好的银河乌托邦，被他们所接纳。《银河迷航记》明显地昭示我们，无论科技如何飞速发展，如果人们在精神和人性的层面上没有达到一定的水准，那么，他们就永远难以抵达真正的家园，而只能处于一种肉体和精神的流浪状态。

但是，在对人性的种种劣根性进行批判的同时，作家仍然对人类的未来寄予了厚望。在小说中，尽管人类没有通过人性的考验，银河乌托邦的守卫者还是认为，人是一种“太阳系来的美丽动物，两只脚的美丽动物”，他们“在未来是很有前途的”，而且，梦醒后的伊莉莎白也为她所犯的过错发出了恐惧的忏悔，这就为人性的改造透进了一缕希望的光芒，所以指挥官罗伦凯在为人类感到悲哀的哽咽中，仍满怀信心地宣告：“我们还在寻找新世界，我们一定会找到的，只要我们有信心，有爱心，只要我们肯努力……只要努力……”鲁迅曾经说过，自己之所以取材于“病态社会的不幸的人们”，是为了“揭出病苦，引起疗救的注意”[1]，可以看出，黄海作品中的精神姿态，跟鲁迅几乎如出一辙，体现出作家强烈的启蒙意识和人文关怀。小说的最后，利用脑电仪进入休憩之中的罗伦凯，沉浸在对家乡和爱情的怀念中：“那是人类的家乡啊！晶亮可爱的一颗星球，充满了绿色与蓝色的生机……中国大陆的锦绣河山……金黄色的海滩，雪白的浪花与湛蓝的天空……那个大眼、乌亮卷发、微笑迷人露着编贝玉齿的女孩……那个叫小珍的女教师，展露出可爱的笑靥在招引他……”也许美丽的地球、祖国的锦绣河山、迷人的江西女孩等，都是美好人性的表征，是使人性获得拯救的精神力量，只要拥有了这些，人类必定会找到理想的家园，正如作品所写的：“只要心中有爱，什么都不怕。”

三、对人的生命状态的思考

黄海的科幻小说具有极强的文学想象力，而且在语言的叙述和情节的设置上，既富于幽默感，又悬念迭出，常常能够吸引读者进入他的小说世界，极大地激发读者的阅读兴趣和科学求知欲。同时，他又能让读者在作家提出的哲学命题中深入思考，领受思想的启蒙与教育，从而最大可能地彰显科幻小说的艺术魅力。

在黄海的小说里，科学的发展和文明的进步使人类传统的生命状态和生活方式发生了极大的改变，不但人类生殖繁衍的方式与以往大不相同，出现了生命复制、克隆的现象，而且人们的生存方式也发生了极大的改变，各种各样的高科技因素渗透在小说情节展开的每一个过程中，也渗透在人们行为活动的每一个方面。在小说《银河迷航记》里，人们乘坐宇宙飞船飞向遥远的太空时，需要克服衰老、死亡等问题，因此，他们平时需要服用补充生命能量的营养丸，为抵抗衰老，他们还准备了专门的冬眠箱，睡眠的方式就是采用冷冻技术进入冬眠状态，然后由机器人唤醒；在短暂的休息时间，他们则使用一种脑电仪，它可以代替冬眠的部分功效，让人进入浅睡的休憩状态之后，去虚幻的梦想世界彻底放松一番……所有这些，都表现出作家对生命形式的奇妙玄思，昭示了科学发展的无限可能。

人类的生命存在状态一直是科学家们所热切关注的重要话题，也是科幻小说经常关涉的主题，从人类的出生到生命的成长一直到死亡，科幻小说都为人们提供了一种文学想象，也提供了科幻创意。《银河迷航记》中最重要的技术构想是，人的肉体可以通过复制等无性繁殖手段得到延续，之后再将人的灵魂移植到新的肉体，从而实现永生不死，这就使生命的形成具有了多种可能，也为已经死亡甚至灭绝的物种的复活提供了可能。可以看出，在所有生命活动的过程中，作家对于生命现象始终是怀着庄严的敬畏之心的，比如，牧师约翰逊在表演自己的心灵感应能力时，不愿意拿有生命的豆子做实验；在科学家们提出复制外星人的计划时，他也反对对生命过分干涉的行为，这些都意在表明生命的神圣以及对生命的尊重。另外，小说试图通过约翰逊所具有的心灵感应术来发掘生命中更多的潜能，捕捉更多的生命信息，当然，这也是生命状态得到发扬的一种表现形式。从原始社会的巫术占卜，到各种各样的谶纬预言和宗教活动，人们都试图从周围世界获得预知和感应，而科幻小说也在思考这种现象。如果说现代文学所表达的人的解放，是在打破文化和思想禁锢的层面而言的，那么，在科幻小说里，人的解放则是通过生命形式的改变、生命状态的演进获得突破。

《银河迷航记》在对生命状态的思考里，还渗透着一种明显的生态意识，这也是生命状态作为存在的一个方面。人类科学的进步往往是以环境的破坏、生态资源的恶化为代价的，因此，黄海在小说中满怀希望地绘制着未来地球的美好蓝图："从多少世纪前，……地球就不再增加人口，被适当地控制住，地球上一度发生非常严重的能源危机、人口爆炸、粮食不足、种族歧视、大气污染、生态不平衡等问题，早已成了历史陈迹。"这可以从他的其他科幻小说中得到佐证，比如，在他的小说《大鼻国历险记》中，出现了具有调节生态系统功能的生态飞行球，以及利用遗传工程制造的动植物合成体——苹果乳牛和青草绵羊，他们既有动物能动的特点，又具有植物的光合作用等功能，可以很好地调整和改善生态环境。他在另一篇小说《天梯》里面也写道："科技的发展与人类无止境的好奇心，使人类不断地往太空探索，并试图绿化其他星球。”小说描写在机器人的努力下，原来一度蛮荒的星球（地球）终于呈现出美好的生态景观：“大地山峦出现了绿色植物，蓝色海洋也逐渐扩大范围，白色浪涛澎湃不已，生物开始在海洋里滋生，再在陆地繁殖。”本来，科学发展与自然环境是一对难以克服的矛盾对立的两方面，如何更好地协调这两者之间的关系，如何在可持续发展的层面上促进两者向更健康的方向发展，黄海利用科幻小说的艺术形式为我们提供了颇有启示性的思考。

参考文献

[1] 鲁迅. 我怎么做起小说来［M］// 鲁迅. 鲁迅全集：第4卷. 北京：人民文学出版社，1981：512.

蓝血人（节选）

◎ 倪匡

《蓝血人·序言》

“蓝血人”是第二个科幻故事，写了一个有家归不得，虽然大具神通，但是在地球上却凄凄惶惶、十分可怜的外星人。这个外星人来自土星——不算太远，其实可以写得远一点，但当时，在二十几年之前，外星人的故事还不是那么流行的时候，土星来客，已经算是十分新奇和遥远的事了。

“蓝血人”的故事，牵涉的范围十分广，故事的结构也相当复杂，多线进行，所以篇幅较长。因此在新校修订时，将之分成了两部分，目的是希望读者阅读时更方便。

故事中有许多“道具”及“物件”。在二十几年前，仅在想象中的物事，如今早已极其普遍了，读者当可以留意得到。而卫斯理第一次知道有外星人，感觉也十分有趣。

这个故事，这次修订的地方较多，虽不至于可以说“改写”，但也实在和原来有相当的差异。若以前曾看过这个故事的，一定可以觉察出来。

卫斯理（倪匡）

《回归悲剧·序言》

《蓝血人》分成上下两集，而把下集定名为《回归悲剧》，自然是指方天千方百计回归土星之后的悲剧而言。方天用尽方法回归的时候，并不知道他的星球已然发生了悲剧。但如果他知道，他会怎样呢?

当然，他一样会选择回去，他是无法在地球上生活下去的，原因十分简单，他不是地球人!

这又不单是方天的悲剧了，几乎是所有生物的悲剧了。鱼离不开水，树懒离不了树，地球人离不了地球，土星人也离不开土星。生物的生活，有着遗传的适应环境的局限，无法突破。

很奇怪的是，在《回归悲剧》中提到了太平天国的翼王石达开，而近日在写的卫斯理故事第六十几个，正准备以这个人物为题材，而《回归悲剧》中所述的那一段，不是重新校删增补，是根本忘记了的!

卫斯理（倪匡）

****

全书大结局

（前情简述：被“无形飞魔”占据身体的纳尔逊死去后，方天被当作杀人凶手拘禁，卫斯理和纳尔逊的儿子小纳齐心协力，制造了一场浓雾，帮方天逃到了即将向土星发射的火箭上……）

我和小纳两人，向着和众人完全相反的方向奔着，来到了方天的办公室中。

我们将门窗都关上，并且开着了空气驱湿机，以防止室内结集浓雾。我们发现有一台仪器上的红灯，正在不断地闪耀，而且还发出持续的“嘟嘟”声。

我记得方天曾向我说起过，这台仪器，便是可以收听到远自土星上所发出的声音的长程宇宙通信仪。方天并还说过，这具宇宙通信仪的储备电力，只够八日八夜用，在他到达土星之际，还恰好有十分钟的时间，可以向我报告土星上的情形。

我走近这台仪器，按动了其中的一个按钮，立即听到方天的声音，道："卫斯理，我希望你能听到我的声音，我就快回土星了，我们永远地分别了！"

他重复地讲着那几句话，我没有法子回答他，因为那台通信仪是只有接收部分的。

我和小纳，一齐站在窗口，向外面看去，这时，像泛滥的洪水一样的浓雾，已经蔓延到了M十七号火箭的基部。

在浓雾中，从火箭基部喷出来的火光，更是壮观之极，突然之间，一声震耳欲聋的巨响过处，M十七号火箭冲天而去！

M十七号火箭尾部冒出来的浓烟和火焰，与浓雾纠成一团，我们抬头向上看去，发觉M十七号火箭冲天而去的速度，在任何火箭之上！

同时，那台通信仪上，传来了方天兴奋至极的声音，道："我升空了，我升空了，我可以回到家乡去了，卫斯理，你一定听到我的声音了，是不是？是不是？是不是？"

我这时自然看不到方天，因为那枚长大的M十七号火箭，也已迅速地飞出了视线之外。

但是我相信方天的面色，一定因为兴奋而呈现着极度的蓝色，这个蓝血的土星人！

在基地中，浓雾继续蔓延，但是人们在惊惶之后，已渐渐地安定下来。

我们打开了通向总指挥处的传话器，只听得齐飞尔将军正在发布命令："M十七号火箭自动飞向太空，原因不明，基地上的浓雾已证明没有毒质，只是由天气的突然变异而产生，所有人员不可外出，留守在原来的办公室或宿舍中，食物的供应将由专车负责，直到浓雾消散为止，负责防务的人员应加倍小心，以防敌人趁机来袭……"

我和小纳，在沙发中坐了下来，其时，浓雾从门缝中、窗缝中，一丝丝地钻了进来，虽然驱湿机在工作着，但是房间中也蒙上了一层薄雾。

我向小纳一笑："我们就留在这里等吧，反正食物会有人送来的。"

小纳摊了摊手："如果我父亲还在世，我闯了这样的大祸，他一定会狠狠地责怪我的。"

我想了一想："不会的，为了要使方天回到土星，我想他也不会责怪你的！"

小纳听了我的话之后，默不出声，他面上的神情如何，我也没有法子知道，因为浓雾已经完全侵入，我已看不到他的人了！

我也沉默着不出声，只有那台通信仪中，不断传来方天兴奋的声音，我将声音调节到最低，以免被其他人注意。

方天在叙述着太空黑沉沉的情景，忽然之间，他高呼道："我经过地球卫星了。"

那是他已经经过月亮了，方天的声音也停了下来，显然在经过了月亮之后，太空中是出奇的静、出奇的黑，他根本没有什么好说的了。

送食物的人，按时送来食物，我和小纳两人，在方天的办公室中，也未曾向外走动过。

在总指挥处的命令中，我们知道，基地方面不断地设法想驱散浓雾，但是却办不到，浓雾已经蔓延出数百里以外了。

如今，唯一的希望，便是寄托在一股即将赶到的强大的、干燥的季候风上，希望这场季候风可以将浓雾驱散。

那时，已经过了四天了。

在这四天中，方天的话并不多，他只是提到，他在太空之中，遇到了两艘显然是发自地球的太空船，但这两艘太空船都已失去了控制，显然是船中的太空人已经死去，成为太空中的游荡儿了，他没有说出这两艘太空船是哪一个国家发射的。

到了第五天，他说在太空中找到了他同伴的尸体。他的同伴，就是同他一齐在地球迫降时受伤，将那具导航仪给了井上四郎之后便飞回太空等死，被人认为是自月亮上来的那个土星人。

第六天、第七天，方天所说的话更少。

而季候风正在向基地的方向吹来，有报告说，当季候风的前锋和浓雾接触的时候，浓雾立即散去。预期在二十四小时之内，季候风便可以吹到基地了。

那也就是说，在方天到达土星的时候，我们也可以在浓雾之中解救出来了。

我认为一切事情，到此已告终结，我已经在盘算，事情完了之后，我一定要安静地休息，而且绝不离家，这次的事情，就是因为离家到北海道去滑雪而闹出来的！

在我们这样想的时候，小纳也松了一口气，道："好了，事情终结了！"

谁都以为事情就这样完了，可是出乎意料，却还拖上了一个尾巴。虽然那事情的尾巴和我和小纳和所有的地球人看来都没有关系，但是和蓝血人方天有着极大的关系，所以我仍要记述出来。

到了第八天，方天的声音，又不断地从宇宙通信仪中，传了出来。

他因为快到土星了，所以说的话，不免有点杂乱无章，尤其是在他到达了土星之后，由于意料之外的事情，使他过度地惊愕，更有些语无伦次，我全部照实地记在下面，请读者注意。

以下引号中的话，全是方天说的，引号中的"我"，也是方天自己。

第八天的下午，正在静寂中，方天的声音，突然叫了起来，道："我看到了那可爱的光环了，它是浅紫色的，宇宙之间，再也没有一种颜色，比环绕着我们星球的光环更美丽的了，我向它接近，我向它接近，我的太空船穿过了它……"

"咳，它的电荷为什么比我所熟知的超过了数十倍呢？这……这……这……"（同时，又有一阵震荡声传出，大约是他的太空船受了震荡的缘故）

"那一定是土星人有了新的发现啊，我看到土星了，这是我的星球，卫斯理，我开始降落了，我回到家乡了！时间和我计算的，相差了四分钟，也就是说，我只可以有六分钟的时间向你叙述土星上的情形，过了六分钟，通信仪的储备电力便用完了，而地球人是没有法子补充的，我们也就永远音讯断绝了，除非再有土星人到地球上来……"

（方天的声音，显得愉快之极。）

"我的太空船下降了，啊，我熟悉的山川，啊，费伊埃悉斯——那是土星上最高山峰的名称，勤根勒凯奥——那是土星上的大湖。这是我们最美丽的山、最美丽的湖！”

“我离我久违的土地越来越近了，我看到了大的建筑物，我要降落在我自己国家首都的大广场中，我正成功地向那里飞去，奇怪得很，我离地面已十分接近了，为什么没有飞行船上来迎接呢？为什么没有人和我做任何联络呢？”

（方天的声音，这时已变得十分迟疑。）

“我着陆了，十分理想，甚至一点震荡也没有，卫斯理，从现在起，我出了太空船，可以有六分钟的时间，向你报告土星上的情形……”

（我和小纳两人，都站在通信仪之旁，用心地倾听着。可是，方天突然尖叫起来！）

“啊！这是什么？是人群来欢迎我了，卫斯理，在通向广场的所有街道上，都有人向我的太空船涌过来，我是被欢迎的……啊！不！不！不！这是什么，这是什么？”

“这是什么，他们是什么？他们是什么？卫斯理，他们是什么？”

（我和小纳，相顾愕然！）

“他们是什么？他们不是人……是我从来也未曾见过的怪物，他们围住了我的太空船，我……认不出他们是什么来，他们像……是章鱼……他们的手，长得像链条一样，他们的眼中……泛着死气，啊，土星已被这群怪物占领了……”

“不！不！这群怪物是不可能占领土星的，他们越来越多，他们全是白痴，只知道一个对一个傻笑，我的天，我的天，他们是人，是土星人，是我的同类，是土星人！”

“我认出来了，那个爬在我们国家缔造者的金属像上的，是首都市长，他是一个庄严的学者，但这时他不如一只猴子，我回来做什么？我回来做什么？卫斯理，你说得对，土星人全是卑劣的小人……”

（方天不断地喘着气。）

“在我离开土星的时候，便已经知道，七个国家，几乎在同时，都发明了一种厉害的武器。土星上是没有战争的，但是对毁灭性武器的研究，却又不遗余力，那种武器，能破坏人的脑部组织，使人变为白痴，而且使人的生理形态，迅速地发生变化……”

（方天的声音，愈来愈沉重。）

“但是因为这种毁灭性武器，即使是试制的话，如果试验的次数多了，也会引起和使用同样的恶果，所以七个国家之间，订下了协定，大家都不准制造，可是……现在……现在……”

（方天在呜咽着。）

“现在显然是谁也没有遵守那个协定，每个国家都在暗中试制，土星的空气变了，土星人变了，变成了还不如猿猴的白痴，变成了怪物，卫斯理，我怎么办？我回来干什么？我回来干什么？”

（方天在声嘶力竭地呼叫着。）

“这不是我的家乡，这不是……我的家乡在哪里，我的家乡，我可爱的家乡……”

方天的话显然还没有讲完。但是通信仪上的红灯，倏地熄灭，他的声音再也听不到了。

我退后一步，坐倒在沙发上。

我不知道方天的结果如何，他或许是又驶着太空船，直飞向无边无际的太空，再去寻找他失去了的家乡，或者他在已变了质的空气影响下，他也变成那样的怪物，或者，他会在那群白痴的攻击中，连人带太空船，一齐毁灭，或者……

我没有法子推测下去，因为土星离地球实在太远了，可不是吗？

强烈的季候风依时吹到，驱散了浓雾。

没有人知道这场浓雾的由来，我和小纳，也离开了基地，他要回欧洲去，我则回家去。

每逢晴朗的夜晚，我总要仰首向漆黑的天上，看上半晌。

我无法在十万颗星星中找出土星来，我只是在想，方天究竟怎样了？

有着高度文明的土星人，自己毁灭了自己，地球人会不会步土星人的后尘呢？

我这样呆呆地站着，每每直到天明！

“土星人”的悲剧

——《蓝血人》赏析

◎ 党伟龙

倪匡是世界知名的华人科幻作家，代表作“卫斯理科幻系列”创造了一种融科幻、武侠、侦探等为一体的小说类型，受到华人圈的广泛欢迎。这是一种快餐式的文学，有时较为粗糙，但其多样的题材，丰富的想象力及一定的思想深度，都值得肯定。而《蓝血人》是“卫斯理系列”中最知名的作品。

一、倪匡科幻创作概述

倪匡（1935—），著名华人小说家，与金庸、蔡澜、黄霑并称“香港四大才子”。倪匡本人经历颇富传奇色彩，他生于上海，曾参加解放军和公安干警，二十三岁时迫于生存从内蒙古辗转至香港定居。在香港，他从最底层的杂工、校对做起，逐渐开始写作，其作品涉猎广泛，包括《六指琴魔》等长篇武侠系列、“卫斯理科幻系列”“神探高斯系列”“倪匡鬼话系列”等，亦发表过多篇散文、随笔，并曾从事武侠电影的剧本创作。他创作力旺盛，著作等身，在华语文化圈里影响很大。

香港“勤 + 缘出版社”的“卫斯理科幻系列”封底作者简介饶有趣味：

倪 匡

“在香港，纯以写稿而致‘富’的作家甚少，倪匡是其中之一。倪匡自称是世上写汉字最多的人……一个星期写足七天，每天写数万字……江湖中人更戏称他为‘袋装书大帝’[①]。出版界流传一个笑话：即使倪匡写的是无字天书，也会迅速售罄。充其量下次购买倪匡作品时，看清楚是不是无字天书续集罢了！”此外，为表彰他在科幻文学方面的终身成就，台湾交通大学科幻研究中心于2001年起设立年度“倪匡科幻奖”，面向全球华语圈征稿。[②]

二、《卫斯理科幻小说系列》

倪匡最知名的作品即《卫斯理科幻小说系列》（以下简称《卫斯理》）。《卫斯理》创造了一种融科幻、武侠、侦探、警匪、惊险、灵异等多种题材为一体的小说类型，今天看来，其实称之为“玄幻”（或“奇幻”）更加合适。倪匡之后，香港作家黄易进一步将这种小说发扬光大，其《玄侠凌渡宇系列》，明显带有模仿《卫斯理》的痕迹。如今国内网络文学中玄幻小说（或称奇幻小说，两词常混用）大行其道，多尊黄易为玄幻之父，[③]但倪匡的开创之功亦不可抹杀。例如，近几年大热的修仙、穿越、盗墓、鬼怪等玄幻题材，其实《卫斯理》中早有涉及，不能不令人惊叹倪匡的开风气之先。

从1963年发表“卫斯理系列”第一个故事《钻石花》，至2004年最后一个故事《只限老友》，倪匡陆续创作了40年，总共约150部，其创作力之旺盛在文学史上堪称罕见。《卫斯理》以第一人称讲述了主人公“卫斯理”的多个传奇冒险故事，故事间相对独立，但互有联系。主人公兼具功夫高手、特工、侦探、冒险家等多种身份，他学识丰富、好奇心极强，富于正义感、

① 袋装书，即小开本的便携式畅销书。
② 参见台湾交大网站：http://sf.nctu.edu.tw/award/index/。
③ 参见叶永烈:《奇幻热、玄幻热与科幻文学》,《中华读书报》2005年8月3日。

崇尚自由独立，并受过多种特殊技能训练，善于解决一些奇奇怪怪的案件，在全球的黑白两道乃至灵异界都颇有声望。但他也并非完人，其固执、冲动、自负的性格，颇令人头疼；他对非民主政体的极端厌恶，有时不近情理；而他在许多故事开头表现出的对怪异事件的不屑一顾，由“不信”到“不得不信”“恍然大悟”的思想历程，亦有千篇一律、矫揉造作之嫌。

倪匡坦承：“我写稿除了稿费没有第二个目的，没有什么崇高理想。”① 《卫斯理》因此首先是面向市场的畅销小说、通俗小说，以考虑销量和读者趣味为主，这是一种快餐式的文学，文字很少雕琢，直白明快，但或失之粗糙；情节跌宕起伏，动人心弦，但或过于突兀；想象力天马行空，令人遐思，但或近乎无稽。总之，可读性很强，但有时经不住细细推敲。一方面，《卫斯理》有些充满灵异色彩的内容，似乎难登大雅之堂；但另一方面，它相当“干净”，并无诲淫诲盗等内容，而且思想性也有一定深度，尤其涉及外星人的篇章，往往从超脱于人类之外的视角，反思人性、展望地球未来，带有悲天悯人之心。《卫斯理》能成为经久不衰的畅销书，应当说得益于它的雅俗共赏、通俗而不低俗。

20 世纪 90 年代以来，《卫斯理》在大陆流传甚广，版本众多，但几乎没有正版；直到 2008 年，才由上海书店出版社从香港明报出版社有限公司，正式引进了三辑共三十册“卫斯理科幻小说系列珍藏版”。这个版本的印刷和校对都堪称精良，可惜故事先后顺序较为混乱；又因审查问题，一些虽然精彩但政治色彩较浓的故事未能收入，是其缺憾。所幸互联网发达，“卫斯理迷”们大可以通过电子书前后梳理、一睹全貌。

上海书店版的《卫斯理》收入了《蓝血人》《笔友》《头发》《玩具》等颇具代表性的故事。

在初次发表于 1969 年的《笔友》中，卫斯理帮助夫人白素的表妹与通信三年的远方笔友见面，几经曲折，却发现对方是一台产生了自我意识的电脑。故事饶有趣味，被称为中国科幻小说中最早以电脑为题材并涉及人工智能的

① 李怀宇．倪匡：我唯一可以谋生的手段就是写作［M］// 李怀宇．访问历史：三十位中国知识人的笑声泪影．桂林：广西师范大学出版社，2007.

作品。

在《头发》（1978 年发表）中，随着情节推进，一步步揭示人类其实缘起于外星人，是从母星被放逐到地球的罪人们的后代，而东西方的圣人穆罕穆德、佛祖、耶稣、老子，则是从母星派来拯救人类的使者。小说行文过程中仅以 A、B、C、D 来代指这几位圣人，并未点明每人身份，但通过他们的交谈，又可以令具备宗教文化常识的读者逐渐猜出其真正身份。这是笔者接触的第一部《卫斯理》小说，一口气读完全书的那种激动记忆犹新，不仅仅因为作者将宗教传说与外星人结合的大胆想象，也在猜谜中享受了一种别样的阅读快感。

《玩具》（1979 年发表）是一篇“人的哀鸣”。故事中，卫斯理认识了掩饰身份、四处迁徙的陶格一家，这家人患有奇怪的“玩具恐惧症”。然后，卫斯理被“劫持”到未来，才发现人类太过依赖电脑，“自作孽，不可活”，已沦为智能机器人的玩具。当他惊险逃回现在世界时，陶格却说正如自己一般，卫斯理并未真正逃离，这不过是机器人的新游戏而已。卫斯理不禁感慨，人永远不自由，不仅人类是机器的玩具，而且一些人是另一些人的玩具，甚至每个人都是命运的玩具。——这段最后的点睛之笔升华了《玩具》的思想性，正是《卫斯理》好看而且耐看的原因之一。

三、《蓝血人》

《蓝血人》（包括上下两集，即《蓝血人》和《回归悲剧》）发表于 1964 年，是倪匡的第二部科幻作品，也是“卫斯理系列”第一次出现外星人。讲述了土星人方天因飞船事故来到地球后，想尽办法返回家乡的故事。整个故事以卫斯理的视角展开，穿插了他一连串的奇遇和冒险。此书可说是“卫斯理系列”中最著名的一部，曾名列香港《亚洲周刊》2000 年评出的“二十世纪中文小说一百强”，是唯一入选的科幻小说；亦曾被改编为同名漫画、广播剧、电影等，如 2002 年由刘德华、关之琳、舒淇等明星主演的电影版，为大众所熟知。

《蓝血人》开篇就谜团迭起，如“一个流蓝色血的男人”身份之谜、与之相关的人物自杀之谜、太空计划横生意外、神秘硬金属箱引来多方势力争夺……而后，国际警界高官、驻日外国大使、日本邪教组织、跨国大盗集团纷纷登场，与谜团环环相扣，令读者欲罢不能。随着主人公九死一生，周旋于多个势力之间，与老同学方天重逢，初始的谜团一一解开：蓝血人方天原来是外星人，他为掩饰身份，用强大的脑电波诱人自杀，并欲利用某国太空计划返回土星故乡，至于金属箱则是他返乡不可或缺的导航仪……但新的谜团仍不断出现，一个来自方天故乡的“无形飞魔”，竟可以令整个地球陷入危机。最后，卫斯理好友纳尔逊警官牺牲，“无形飞魔”被消灭，方天也如愿乘火箭返回土星。但借助一台通信仪，卫斯理得知土星的和平宁静已不复存在，方天的同胞都被毁灭性武器变成了白痴和怪物，方天无比失望和痛苦。随着通信仪信号消逝，卫斯理既担心方天后来的遭遇，也为地球的未来忧心忡忡：“有着高度文明的土星人，自己毁灭了自己，地球人会不会步土星人的后尘呢？我这样呆呆地站着，每每直到天明！”全书至此戛然而止，结尾简洁有力，令读者震撼之余，回味无尽。土星人竞相制造毁灭性武器的情节，很明显影射了小说创作时的国际大背景，即美苏争霸与核武器竞赛，倪匡无疑是对这种人类危机较早做出反思的科幻小说家之一，这令他的作品比一般通俗小说立意更高，具备了成为“经典之作”的潜质。

《蓝血人》还有几个亮点，如：

（一）对卫斯理和方天、卫斯理和纳尔逊之间的友情描写值得一提。《蓝血人》中出场人物众多，但主要人物只有卫斯理、方天、纳尔逊三个。卫斯理是一个很重感情、很讲义气的人，虽然方天在不得已下，曾想谋杀他以保住身份之秘，但他一直将方天当作老同学，得知其苦衷之后，更以德报怨，予以无私帮助。卫斯理与方天先是朋友，又成敌人，终又化敌为友，其亦敌亦友的关系颇为曲折。至于卫斯理和纳尔逊，则一直是可互相信任的极好朋友：“我一向不喜欢自己和警方联系在一起，但这时，在我们互相拍肩而笑之际，我却有了参加国际警察部队工作的念头。那自然是因为和纳尔逊在一起，使人觉得愉快之故。”但这段话之后，形势急转直下，方天随即告诉卫斯理纳尔逊已被“无形飞魔”占据身体、夺去生命，卫斯理惊怒交集，拒绝相信，但最后又不得不接受现实，为好友的牺牲哀恸万分，《挚友之死》一章的描写十分动人。

（二）故事牵扯到多国之间的利益冲突、黑白两道的明争暗斗，在科幻元素之外，“江湖气”相当浓郁，“外星人＋现代武侠”正是《卫斯理》的特殊风格，大大增强了故事的娱乐性，在20世纪六十年代小说界可谓独树一帜。

（三）对古代传说的一些另类解释：将东西方古代的炼丹家或炼金术士，说成从外星人那里得到“水银变黄金”的启示（因为外星人技术更先进）；猜测中国的长寿神仙彭祖和东方朔，都是外星人（例如土星公转周期长，土星人方天寿命也长）……用外星人曾造访地球去解释古代传说中的不解之谜，这种套路在《卫斯理》后续小说中一再使用，并启发了许多后来的科幻小说家仿效。虽然看多了有俗套之嫌，但不能不叹服首创者的想象力。

在这里，我们节选了《蓝血人》和《回归悲剧》修订版的作者序言，以及该故事结局部分的原文。读者们在欣赏时可以注意几点：

（一）《卫斯理》故事前的序言是倪匡后来对作品修订时所写，用寥寥数语揭示创作背景和故事主旨，并加以自身感触，篇幅虽短，却个性十足，可看作一篇颇富理趣的小品文。

（二）《卫斯理》的情节常跌宕起伏，扣人心弦。方天历尽千辛万苦回到他所热爱、怀念的那个和平故乡，但奇峰突起，一个大团圆结局变成一场“回归悲剧”。这种奇妙的构思，在《卫斯理》中比比皆是，对看多好莱坞大片的当代读者也许司空见惯，但考虑到原著年代，须承认倪匡很会“编故事”。

（三）倪匡以写传统武侠起家，《卫斯理》的语言很有特色，简明、朴实，带了古代白话小说的特点，一些句式、用词与大陆读者熟悉的当代汉语并不相同，与金庸小说倒有些相似。

读者赏析其文字、品味其情节、思考其理趣，对倪匡的科幻小说，将会有一个感性认识。

星际浪子（节选）

◎ 黄易

第一卷

第一章　方舟一号

他赤裸地在坍塌近半和纵横交错似蜘蛛网般的岩洞里，迅快任意地移动着。完全不受岩壁的陡峭影响；甚至能完全违反了地心吸力，在洞顶作壁虎般爬行。他已成功地找到五滴水，只要多找一滴，将可使他有足够做出下一次逃生的能力。在这全无生气，有的只是火暴和热浪、寒冷和死寂的孤野星体，他一无所有。噩梦由他生出的一刻开始。他是这星体上最后一个婴儿，在悠长的岁月里，逐一见证了族人的死亡。

黑夜的寒冷渐被愈趋狂暴的太阳所取代，热气开始涌入洞里。在冷暖流交替的作用下，他终于寻到另三滴水，这是令他欣悦的意外收获。表示他会有更佳的体能，在另一次火暴发生时逃往高山上的“溶池”躲避灾难。以舌尖将逐滴水舐进口里，再吸收到体内去。在这里，没有事情比保持活命更重要。为生命狂奔，是唯一可表示人类不屈精神的方式。也是唯一可以和必须做的事！在他坚强奇异的生命因子里，早铸刻着在最恶劣的环境中的生存之道。

在很久以前，岩洞早上会积满了水点，火爆很久才发生一次。不像现在每一天都发生着。听说在他未出生前，洞里还会有使人激动得痛哭的水雾。吸收到足够的水分后，他躺在穴洞里仍算冰凉的石块上，精神深深躲到心灵的至深处。他的心跳、脉搏同时停顿下来。地底隐隐传来隆隆之声，警告着他另一次来自地心的火暴正在酝酿中。他心中叫道："来吧！我在等待着。"

庞大无匹长达二千米的宇宙飞船，突然出现在火鸟星系外一百万公里的外空。这是银河联邦仅次于"主力舰"级的"母舰"级战斗航船"巨鲸号"，拥有二级作战能力。在仰马星之役后，这种庞大的空中战争堡垒，由原本的二百五十艘，骤减至一百零二艘。那次是所有银河联邦的人都希望忘记的惨败和耻辱！由反空间转移到正空间后，巨鲸号的速度亦由超光速逐步减缓至二分之一光速的"亚次光速"，朝火鸟星系飞去。

火鸟星系行星中心处的火鸟太阳，正以每秒钟把千亿吨计的氢原子转化为氦的速度，释放出大量的光、热、尘屑和辐射线，消耗着她顽强的生命。若以宇宙的时间来计算，火鸟太阳早到了日暮途穷的阶段；但以地球年来计算，则她仍有以亿年计的寿命。巨鲸号的五百名舰员由"宇宙睡眠"中苏醒过来。同时那自给自足循环往复的维生系统，自动地把新的空气注入舱内，引力系统亦开始运作，使舰员能在以地球为标准的地心吸力场内如常活动。

往位于舰头的主驾驶大堂前长十米、高二十米的巨型视野舷窗的中心望去，火鸟太阳正在闪烁着。本来以她为中心作公转的十八颗行星，现在只剩下了十二颗，消失了的六颗，是困住了火鸟太阳狂暴光的放射性物质和热能，在虚空里灰飞烟灭。星系的灭亡，首先遭殃的就是全无抗力的行星。

主驾驶舱内二百多组的仪器，由于不断有负责的人员回到岗位，陆续开始了运作。视野舷窗的过滤系统把有害的光线滤去，让舰员可直接用肉眼做出观察，亦可看到不断显示在视野舷窗上下两边的光谱分析、能量读数和射线波长率动的图示。广阔的大堂最后方是可随意升降的指挥谷，指挥官瓦登斯少将安闲地坐在他舒适的人造皮椅里，聚精会神地看着那比家乡太阳系的太阳质量大上了五倍的火鸟恒星，想象着那星系内行星上的恐怖和没有生气的死亡天地。

每颗行星代表着一个独立的世界。讯号分析员的报告传入指挥台道：“少将，我们失掉了方舟一号的求救讯息，重复一次，我们失掉了方舟一号的讯号。”瓦登斯从容不迫地发出命令，指示下属再继续搜寻和探索，飞船进入了黄色戒备状态，那是闯入了任何未经探索星系的守则。巨鲸号同时启动了磁能护罩，以对抗不住增加的光热和毁灭性的射线。

在经历了两千多个地球年的生命后，瓦登斯早学会了耐性和谨慎的重要性。亦是这两项优点，使他成为仰马星之役的幸存者之一。下达了所有命令后，瓦登斯离开了驾驶大堂，通过宽阔的廊道，往位于船心上左侧的实验室走去，遇到他的舰员都立正向他敬礼。实验室是舰上禁地之一，归联邦研究院派来的尊贵院士管辖。尽管身为舰内至高无上的指挥官，他仍要得到批准，才可以进入那里去。经过了传报辨认和核准的手续后，实验室内独立的智能系统，为他启开了通道，使他进入实验室里。

一级院士姗娜丽娃正襟危坐在巨大电脑屏幕前的控制桌处，全神看着屏上显示出来的资料和分析。舰内所有资料都会输进实验室的智能系统里去，但这只是单程的联系，实验室一切资料都是保密的，舰内的人不可以得到一分一毫的资料。瓦登斯贪婪地看着姗娜丽娃美丽的倩影和阳光般略带卷曲的金色短发。来到她身后，深吸一口气，以最平静的语气道：“讯号中断了！”

地底间歇性闷雷似的轰隆声，逐渐密集有若击鼓。一下爆响，整个洞穴都受惊似的颤抖了一下，碎石沙粒阵阵洒下来。气温不住提升着。他从深沉至近乎死亡的睡眠里醒转过来。洞穴外传来巨石流动的声音。他的思感延伸出去，“看”到了一块巨石由洞穴入口上的陡崖，不堪常年累月的震荡，脱离了母体的钢石山，崩裂下来，由于摩擦和吸收了太阳的高热，滚至一半时，已变成了一团火球，流星般投在洞穴下的沙地去，增添了好一大堆碎粉。

他记起了族人葬身在这些火球下的凄惨情景，这令人痛心的情绪一闪即逝，在这火狱般的星球，根本没有空话他怜悯自苦的空间。身体内的能量迅速凝聚着。当第一道火舌在洞穴远处的裂缝冒起时，火暴开始了。他灵活地弹了起来，全力往穴口奔去。开始了新一次的生命狂奔。若不能在火暴全面爆发前赶到山上的大溶池，那就是灰飞烟灭的死亡。

姗娜丽娃脸容肃穆地操控着桌上的复杂仪器，一边看着屏幕上显示的读数和分析，头也不回地道：“我知道了，瓦登斯少将。”瓦登斯对她的冷淡并不奇怪。研究院的院士都是怪人，沉迷于对宇宙的控制和探索。尤其在仰马星之役的惨败和损失后，他们更致力研究用以保卫其他殖民星系和美丽的家乡太阳系。今次的任务正是其中一次的行动，亦可能是最根本和重要的一次努力。

他曾接触过一些院士，男女都有，却从没有一个比眼前这美女更吸引着他的。在他悠长的生命里，他曾和无数美女接触，可是她仍令他怦然心动，情不自禁。遗传因子学和蜕生术的长足发展，已使丑男丑女或体格不合标准的人类在宇宙里差点完全消失，当然亦没有老病和残废的问题。判断媸妍的标准转往有诸内形于外的气质。姗娜丽娃的气质是触目惊心地摄人心神的。

她雕塑美的玉容有种令人引生诧异的惊喜，那绝不是任何因子的完美化或蜕生术所能臻达的天生丽质。她是绝色美女中的贵族级极品，代表着她美丽的灵魂和远胜一般人的智慧。在他所遇的超级美女中，只有联邦最高委员会主席，联邦的最高领袖姬慧芙可稳胜她一筹。

当第一次和姗娜丽娃会面时，他这自命对女人有吸引力的人，便深深地为她清澈智慧的眼神所吸引，尤其她颀长婀娜的体型，走起路来轻盈潇洒的优美丰姿，更使他心醉。对方虽然对他冷漠严肃，但他就在那刻下了决心，誓要粉碎她坚硬的外壳，摘取里面那可口的果实。所以他破天荒第一次在进入反空间的超光速旅航前那近一千个地球时的旅程中，没有和舰上的任何美女鬼混，因为有更吸引着他的目标。

这终日躲在实验室的美女在操控着仪板，把火鸟星系的其中一颗行星显示在宽大的屏幕上，以她一贯没有注入感情的语气道：“讯号中断的原因，可能是因为方舟一号遗骸所在的地方正是这颗在毁灭边缘的七号星，亦是现时轨道最接近火鸟太阳的行星。”

顿了一顿，不待他说话，这美丽的院士续道：“七号星自转一次要十二个地球日，公转则是一百二十个地球年，在火鸟太阳逐步走上红巨星的膨胀阶段中，火鸟太阳释放出来的毁灭性物质，会引发七号行星内部热核的连锁性分裂，产生使整个星球表面溶解的高温和大量各类形的有毒气体和射线，在那种情况下，任何讯号都会被掩盖，使我们探察不到。”

她的分析清楚扼要，瓦登斯本身亦是宇宙星学的专家，为了使她对自己有更好的印象，微笑道：“院士的意思是否指方舟一号的遗骸就藏在这七号行星上？”姗娜丽娃甜脆的悦耳声音说道：“假若讯号中断，那唯一的解释就是这个缘故。”

瓦登斯愕然道：“可是没有任何我们制造的飞船或物质能在这可怕的行星上保留半点渣滓，方舟一号怎还可发出完整的求救讯号呢？”姗姗娜丽娃淡淡道：“但愿我能知道。当七号行星经历了六个地球日的狂暴后，藏有方舟一号那边的半球将会背着火鸟太阳，开始了等于另外六个地球日的黑夜，一切火岩溶浆会迅速凝固，冷风吹过高山沙漠和满目疮痍的地表，假若讯号再现时，就证明我的推断是正确的，那时请少将立即派出登陆站车，出发到那里进行艰巨的搜索任务。”

瓦登斯搓手道：“看来现在我们只好耐心等待。等会儿不如到我的舰长室进餐，顺便可讨论搜索行动的细节。”姗娜丽娃清丽的玉容恬静无波，淡然道：“对不起，我从不接受与男女两性有关的任何邀约，少将应在我的飞行档案里看到这特别的注释。”

他跃出洞穴，轻巧地落在下方离穴口近十米距离的砾石地面。火鸟太阳光耀大地，他习惯性地直视了她一眼，便不再去看。那并非是怕炽烈的阳光会损害他的眼睛，而是他不用眼去看，亦可知道火鸟太阳的所有变化和情况。对着洞穴的前方有座巍然高耸的巨大石山。他的目标就是山顶处那广阔的溶池。他有力的赤足开始踏着炙热的砾石地面，往那山顶奔去。

他的心神八爪鱼般往四方八面延展，探索地表下的狂暴光热流，先一步地掌握火苗喷溅的爆发点，判断下一步应拣取的落足处，全速朝山上的溶池奔去。他以奇异的呼吸法，吸取着地表上游离的稀薄气体。又把全身皮肤紧闭起来，不让维生的水分泄出去，亦不让热毒和射线侵入体内。庞大的能量在体内激荡着，帮助他对抗这毁灭性的可怕环境，逆着热暴光纵高跃低。以远超任何人类的体能和速度狂奔往山上去，多次跃起避过滚下来的巨型火球，为生命奋战。

可把整个人带离地面的热浪一波波地涌过大地，经过峡谷或窄崖时发出惊天动地巨人呻吟般的呼叫声。没有一块石，没有一粒沙，不是正放射着惊人的高热。一道道火柱带着溶浆，在他四周冲破地表，喷射往高空处，再在轰隆声中罩洒下来，他不住逃避窜跑，迅速跑上伸往山峰去的斜坡。当他凌空跳起，掠上一块四米多高的巨石时，还未及做第二次纵跃，巨石已坍塌下来，他失去重心，随着化成火团的大石，掉往下面陡峭下陷的渊谷。

巨鲸号划过虚广的空间，越过了最外围行星的轨道，进入这星系的内空间，再逐渐减速，朝最内围的七号行星驶去。能量不断注入母舰的护罩，以对抗火鸟太阳的放射线和热浪。工作会议在舰尾的议事厅举行，除了指挥官瓦登斯和珊娜丽娃院士外，还有副指挥官葛美上校、通信部的妮娜少校、星测部的杰诺中校、宇航部的丝宁上校和专责医疗的医官泽克医生。他们都是各部门的主管。

葛美、妮娜和丝宁在联邦近二百亿的人口中算得上是一等一的美女，可是坐在姗娜丽娃旁，立即给比了下去。在联邦议局成立后的5000多年里，女性再不受生育儿女的牵制，发挥出她们比男性更优胜的智慧和潜力。不但在军部的重要职位与男性平分秋色，更在政治和科研上压倒了男性，出掌了最重要的位置。

首先发言的是指挥官瓦登斯，把姗娜丽娃的分析和判断说了出来。负责通信部的妮娜提问道：“我曾查看过有关联邦所有宇航船的资料，始终找不到有关方舟一号的任何资料，只能从它发出的原始波段，推测这是联邦议局成立前最少一万年前人类仍被困于太阳系内时所建造的简陋飞船，它凭什么来到这与太阳系相距近八千光年的银河系边缘区来呢？”

星测部主管杰诺中校接着说：“我要求所有关于方舟一号的资料，否则对发掘或搜寻它的预备工作，将会有很大困难。”停了停继续道：“根据光谱和射线的分析，七号行星极有可能在下一个白昼时完全毁掉，因为火鸟太阳正酝酿着一次更强暴的内核聚变，释放出的能量，可以把七号行星完全摧毁，所以我们只有少于六个地球日的短暂时光，去完成搜寻和运输的任务，决不出现任何因缺乏资料而引致的失误。”

瓦登斯望向姗娜丽娃清丽的俏脸，沉声道：“是否还应保密呢？这事交由我们尊贵的院士决定好了。”姗娜丽娃的美目扫过与会各人，缓缓道：“我们亦是最近才知道方舟一号的存在，那是在仰马星一役后的事了。”众人均露出倾注的神色。

仰马星的与火鸟星遥遥相对于银河系另一端的星系，但离家乡太阳系却远得多了，足有一万五千光年的距离。最先进的宇航船通过反空间的超光速飞行，亦须三个地球年才可抵达。仰马太阳拥有五颗行星，其中的仰马行星经过了大气和泥土各方面的改造后，成为联邦政府的第一千二百颗殖民星。当这殖民星经过了移民近百年的努力后，发展出现代化的城市、林木和河流，忽然有一天在轨道运行的太空站发现了来历不明的外星船队，之后便和联邦断绝了联络。

于是久安于逸乐的联邦政府派出了史无前例的庞大武装船队，远征仰马星系，进行收复失地的艰巨任务。遭遇战在仰马星系的外空爆发，远征军差点全军覆没，使联邦政府遭到前所未有的沉重打击和惨痛损失。此战发生在七年前，可是他们仍觉得就像在昨天发生般迫切和深刻！最奇怪的是敌人的飞船和传讯在显示出他们亦是人类？不知由哪里钻出来的凶残可怕的人类。

姗娜丽娃继续道：“大家都知道，占领了仰马星系的敌人和我们同是人类，于是联邦研究所受命齐心协力翻查所有历史，包括考古发掘出来的原始方案记录，查看有没有人类在联邦议局成立前，移居到别的星球去，终于找到了线索。”宇航部主管，娇巧的丝宁恍然道：“那就是方舟一号了。”

姗娜丽娃俏脸一沉道：“不但有方舟一号，还有方舟二号。”众人一起动容。姗娜丽娃神色凝重道：“那是古战国时代的事了，当时尚未完全分裂的太阳系政府建造了两艘庞大的移民船，分别飞往火鸟星系和另一端隔了三万光年位于银河系中心的黑狱星系。由于资料残缺不全，我们知道的就是这么多，真不明白他们的飞船怎会有比我们更先进的远航力。”

轩昂英俊的泽克医官道："我明白了，方舟二号成功了，她的移民在黑狱星系建立了强大的国家，现正展开对我们残暴的侵略。而方舟一号的古移民则在这火鸟星系遭到厄运，可能一个移民都没有剩下来。"

体型高大丰满的副指挥官葛美蹙起秀丽的黛眉，先多情地看了美男子泽克一眼，才道："战国时代是十五万年前到三万年前的事了。接着是历时两万年最可怕的'黑暗世纪'，幸好智脑玉美人把藏在她资料库内的珍贵知识，交到联邦之父伟大的科杰智手上，使他能重振太阳系的威风，建立了联邦议局，让人类的文明重新开花结果。所以我有个疑问，即使我们找到了方舟一号，这样一艘原始的飞船，会在我们与来自黑狱星系的军团斗争上，发生什么作用呢？除非如院士所说，他们的飞船比我们的更先进。"

众人纷纷点头，表示同意她的看法。姗娜丽娃肃容道："没有人能预知这会产生什么作用，可是在努力建军和加强防御的同时，我们不得不尽力去了解敌人，防御敌人。方舟一号正提供了这最重要的一个对黑狱星系军团最本源的具体参考资料。"顿了顿继续道："黑狱人的战船性能并不会比我们优胜多少，最大的分别，却是我们的作战系统，是由智能系统承担了绝大部分的工作，而他们却全由人手控制。"众人为之色变。

瓦登斯吁出一口凉气道："这怎么可能呢？人的脑瓜怎及得上先进的智能系统。"珊娜丽娃沉声道："这是研究院全体四十八位一级院士在详细反复地研究过作战记录后得来的结论，若让比我们更超卓的黑狱人来到我们的殖民星或家乡太阳系，我们就只有成为奴隶的命运！"

"蓬"，他结结实实掉在崖底发烫的沙子上，近百米的高度，比地球大了两倍半的强大引力，只能使他略一晕眩，便恢复过来，同时滚往一旁，避过了裂缝冲出的另一道火柱。地动山摇、天崩地裂，在可使常人立即失明的太阳射线里，他拼全力跳将起来，迅速纵跳攀爬，往上奔去。他的手抓入火热的岩石里，每一借力便可升高十多米的高度。四周的岩石崩溃碎裂，四周全是喷射往天上的岩浆。地表裂开了纵横交错的缝隙，火红的溶液喷泉般射出来，再朝低洼处浪高涛急地奔流下去。

他终于回到刚才的斜坡上，毫不气馁的往山顶奔去，钢铁般的意志和超人的灵觉使他履险如夷，在火焰的世界中左闪右移，为生命做出无畏的狂奔。他吸进体内的再不是空气，而是热焰，肺内全是火，身体的能量亦在萎缩中。“轰！”脚踏处裂了开来，一股气流比熔岩先一步溢出，把他带得离地抛飞。他叫了一声“天助我也”，奋力再腾升了十多米，来到半空中，广阔的溶池就在前方百多米处，向他呼唤着。

他张开了双手，发挥出体内仅余能量，大鸟般往溶池滑翔过去。“蓬”的一声，他插入了溶池冰寒的浓液内去。整个星球向着火鸟太阳的一面，尽是射高再洒下的熔岩、烈火和灰屑。

巨鲸号来到七号行星二十五万公里外的远处，停了下来。大部分人都集中到驾驶大堂，目瞪口呆地看着视野舷窗显示出来行星上惨烈的大灾难。在指挥台上，星测部的杰诺中校摇头道：“这样威力惊人的地核聚变下，我不信有任何人造的东西可以留下来。”姗娜丽娃冷冷道：“我也不想信。可是我们必须做好所有搜查飞船的预备工作，待讯号再出现时，立即登陆。”

瓦登斯皱眉向杰诺道：“你现在可否肯定火鸟太阳那预测的大爆炸何时发生。”杰诺道：“这么庞大的恒星，是很难准确预估它的演变，我只能说不应该在这星系逗留超过三个地球天的时间，否则随大爆炸而来的太阳风暴，会使我们因不及远遁而致灰飞烟灭，什么都不留下来。”

姗姗娜丽娃冷静地点头道：“我明白的，就三天吧！”

时间不住溜走，他亦不住吸收溶池的能量和营养，感到自己在壮大着。而这次的感觉，比之以前更要强烈百倍，溶池似要把它所有力量全输进了他体内去，这是前所未有的事。只有在火暴发生时，溶池内平时钢铁般的物质，才会溶解下来，化作浓液，火暴一过，他若不及时离开，便会给迅速凝固起来的溶液活生生挤死。那时他又要奔回岩洞去，以避过黑夜的严寒和狂风。不过这次的火暴特别厉害，恐怕岩穴会全坍塌了。那他连另一个唯一可栖身的避难所亦失去了。

生活就是溶池和岩洞间的往返奔波，再没有其他。在浓液里，他自由舒畅地展动着四肢，松弛着身体，让皮肤吸取浓液内奇妙的能量。只有在这一刻，他才感到生命的欢娱和乐趣。溶池是他最佳亦是唯一的伴侣，当置身她之内时，连精神都和她融浑在一起。他把浓液吞进肚内去，再由毛孔排泄出来，体内的能量不住积聚着，体质亦随之生出微妙的变化，到了饱和后，他往池底沉下去，最后落到池底方舟一号坚固的庞大船身上，心中带着对溶池的爱和感激。

据传说：他的祖先就是乘坐这艘宇宙飞船，来到了这地狱般的星球上，钻到这溶池之内。他躺在船体上，思感延往池面的上空，就在此刻，一种奇异的感觉掠过他的神经，使他知道有其他的生命正在虚空处逐渐接近着。

超越自我，燃烧生命

——黄易与他的“黄氏科幻”

◎ 李英　郑军

2012 年 11 月 1 日，黄易在北京出席了新书《日月当空》与起点中文网的独家电子出版签约仪式。黄易透露，这部新书是续《大唐双龙传》的前缘，以武则天为主角。他表示，自己希望以一种新的方式来讲好这个故事，使其超越以前自己所写的故事。这意味着，不久，在网络文学圈，可能会掀起一场新的黄易热潮。

一、黄易的创作历程

黄易（1952—），原名黄祖强，毕业于香港中文大学艺术系，专业是国画，曾获得“翁灵宇艺术奖”。大学毕业后，他在九龙的一所中学担任过一年英语和美术教师，后来到香港艺术馆担任助理馆长，1989 年，黄易毅然辞职，隐居于香港大屿山离岛，专心从事写作。

黄易与文学结缘，始于武侠小说。早期的《荆楚争雄记》和《覆雨翻云》的第一卷在《武侠世界》上刊载，开启了黄易的写作生涯。但是在当时的香港，武侠小说除了金庸和古龙之外，便没有市场空间，在博益出版社社长李国威的建议下，黄易开始写科幻小说。他只花一个星期就写完《月魔》，交给了李国威，第二天李国威约他见面，劈头就说：“我要以你的科幻小说挑战倪匡！”

黄　易

1988年11月,《月魔》出版，颇受读者好评。不久，三卷本的武侠小说《破碎虚空》也得以出版。次年，博益出版集团又相继出版了他的《上帝之谜》《光神》《湖祭》和《异灵》；1990年出版了《兽性回归》和《圣女》《超脑》以及两部武侠小说《乌金血剑》和《荆楚争雄记》；1992年出版了《超级战士》和《浮沉之主》；1995年出版《尔国临格》3卷；1996年出版了《诸神之战》3卷。1991年聚贤馆文化有限公司出版了《覆雨翻云》第一卷、《幽灵船》《龙神》《域外天魔》《迷失的永恒》和《惊世大预言》。

黄易在艺术馆工作多年，对出版包装要求颇高，因对博益为其出版的书不甚满意，遂于1991年创办了自己的出版社。黄易出版社出版的中短篇有：1993年《幽灵船》，1994年《域外天魔》《灵琴杀手》《龙神》，1995年《文明之秘》《迷失的永恒》《荆楚争雄记》上、下卷，1996年再版了《破碎虚空》3卷；1997年《超级战士》上、下卷；出版的长篇小说包括：1992—1994年大剑师传奇（12卷）；1992—1995年《覆雨翻云》（29卷）；1994年《时空浪族》（2卷）；1994—1996年《寻秦记》（25卷）及《星际浪子》（10卷）；1996—2001年《大唐双龙传》（63卷）；2001—2005年《边荒传说》（45卷）；2006年《云梦城之谜》（6卷）；2008年《封神记》（12卷）。

黄易以其庞杂之学识、奇崛之想象、独树一帜之风格，迅速在港台刮起了一股飓风，创下令人惊叹的销售纪录。《寻秦记》《大唐双龙传》《覆雨翻云》相继被TVB搬上银幕，一些作品还被改编成电脑游戏，香港的漫画大家黄玉郎一直在画黄易作品的漫画。2003年开始，黄易与《今古传奇》合作设立“黄易武侠特别奖”，以便奖励后辈。

1997年以来，黄易的小说开始在内地出版，旋即成为各大网站竞相转载的对象，由于其独特性和争议性，在网上引发了多次大型论战，还引起了铺天盖地的盗版热潮，一些不入流的作家只要将自己的作品冠上黄易的名字，就可轻松售出。2009年，上海英特颂图书有限公司斥资300万元获得了黄易全部作品的授权。至此，黄易作品在大陆的地下出版时代才告结束。

二、黄易的作品特色

黄易将自己的小说分为“玄幻”和“异侠”两类，玄幻小说包括凌渡宇系列、《星际浪子》和《换天》《超级战士》等；异侠小说包括《寻秦记》《大唐双龙传》《覆雨翻云》《破碎虚空》《边荒传说》《荆楚争雄记》《乌金血剑》等。

现在网络上玄幻小说已经蔚为壮观，其开山祖师正是黄易。黄易很欣赏爱因斯坦的一句话：“最美丽的经验，就是经验玄秘，那亦是所有真正的科学和艺术的本源和极致。”在黄易看来，这个世界最动人的是超出我们想象力的事情，而想象力为人带来的那种心灵的震撼，正是玄幻小说的精神。在谈到玄幻小说与科幻小说的区别之时，黄易指出：“科幻把文学带进全新的领域，使人类的想象力得以任意翱翔，进出于过去、未来、眼前或遥远的时空和国度，构想任何可能发生的变化与物事，搜探宇宙深藏的秘密。玄幻在科幻以科学为本的基础上，展现出另一种新境界，指示人类文明发展的一个可能方向：假设科幻着眼于‘外太空’物质科技的驰想；玄幻却是回首作人类自身的深省，窥探人类心灵内无尽的‘内太空’。”[①] 换言之，黄易将人的地位加以提升，凌驾于机械之上，代表了人类对科技文明的一种反思。

根据黄易对玄幻的定义，玄幻虽与正统科幻小说有一定距离，亦可以归为广义的科幻一类，这也是在内地人们出版黄易的玄幻小说时，往往将其命名为科幻系列的原因。其实，黄易早期作品如《超脑》《幽灵船》等短篇的科幻因素更重一些，属于典型的“科幻”，后期作品则玄幻色彩渐浓。近年来，网络上玄幻小说泛滥，人们对玄幻的理解出现了一些偏差，似乎玄幻就意味着妖魔化、不真实、奇谈怪论，于是科幻因素越来越淡，玄幻与科幻也就渐行渐远。

---

① 黄易.《漫谈玄幻小说》自序［M］// 黄易. 玄侠凌渡宇. 北京：文化艺术出版社，2003.

黄易的异侠小说有很多创新之处。以往的武侠小说将重点放在侠义与邪恶的斗争之上，异侠则更看重精神境界的修行和对生命价值的追求，从更广阔深远的角度去反思和超越自身。成败不再重要，只有武道才是永恒的，而武道也只是一种探寻存在之谜的手段，其终极目的不是击败敌人，而是击败自己，突破自身极限，进而窥知天道。八师巴、令东来、传鹰这些黄易笔下神一般的人物，不再以天下公义为己任，而是追寻并认识天道，最后勘破生死，飘然而去。

黄易最欣赏的武侠作家是金庸和司马翎。与金庸一样，黄易在其武侠小说中，展开了气势磅礴的历史画卷。他的小说背景常常是纷乱的战争年代，他最重要的四个长篇，都是以改朝换代的乱世之际为背景的:《覆雨翻云》以元末明初的纷乱江湖为背景;《大唐双龙传》以隋末唐初的乱世来衬托两位英雄的诞生;《边荒传说》以东晋十六国末、南北朝初期为背景;《寻秦记》则以战国末期、秦朝初期为背景，融历史、科幻、战争、谋略、搏击为一炉。台湾林保淳教授在《黄易大家气势》一文中指出:“历史大背景，在黄易的小说中，从《寻秦》到《大唐》，都发挥了关键作用。”对黄易来说，“历史是武侠小说真实化的不二法门，如若一个棋盘，作者所要做的是如何把棋子摆上去，再下盘精彩的棋局”，动人的武侠小说可以以任何形式出现，但是抽离历史的武侠小说，特别是长篇，便失去了与那个时代文化艺术结合的天赐良缘。

黄易的长篇小说剧情架构十分庞大，时间跨度很长，人物层出不穷，显示出强大的驾驭能力，读者往往惊叹于他对历史文化和社会背景的深刻认识，以及他娴熟运用历史事件的能力。善于刻画人与人之间关系的司马翎，对黄易影响颇深。黄易从他身上学会了刻画人性，忠诚地描写凡人的喜怒哀乐、七情六欲，使人物更加真实。他的《覆雨翻云》就是在司马翎名作《剑海鹰扬》(又名《刀君剑后》)的基础上创作出来的。他的作品中对于精神与气势的重视，亦源于司马翎。

黄易的贡献还在于，他大大拓展了武侠小说的边界，使之具有了无限的可能性。黄易说自己的小说是1+*X*，1代表武侠小说的脉络，*X*则是其中加入的新元素，上至天文、下至地理，宇宙太空、精神世界、历史科幻、五行术数、军事谋略，让人眼花缭乱。正是因为黄易在形式上的这种创新，使他拥有了庞大的读者群，其中既有武侠迷，也不乏科幻爱好者。在黄易眼中，武侠和科幻这两种风格迥异的东西是可以结合在一起的，《寻秦记》就是以科幻套武侠的一种尝试，更无意中开创了穿越小说一脉。

黄易的长篇小说，往往是真正的“长篇”，而且越到后期越长，比如，《大唐双龙传》竟长达63卷。其实，这也是被港台文化环境逼出来的，繁体中文出版市场的体量较小，单本书的销量不会太高，只能以写作的数量取胜，所以职业作家如倪匡、黄易等都极为高产，由于时间急迫，每篇作品不可能都精雕细琢。但数量的优势足以抵消文学上的瑕疵，最终建立作家的强大影响力。

此外，黄易笔下的人物对话亦颇具特色：半中半西，半文半白，干脆利落，直指核心。不管什么人物，在什么场合，说起话来绝不啰嗦。当两人对话时，仿佛双方持剑相搏，火花四溅，体现着行动家的迅捷果断，完全没有文人骚客的感伤风格。

三、人道：对内太空的探索

黄易的玄幻小说，有着独特的思想内涵。他非常强调人类心灵的力量，在他看来，人类心灵内有着无穷无尽的世界，有着无穷无尽的潜能。假如心灵是大海，那么人类毕生只运用了其中的一滴半滴：“人类对自己脑袋的认识，仍是非常有限。它代表了我们的内太空。”①

对内太空的探索从“凌渡宇系列”便已开始。“凌渡宇系列”是黄易早期的科幻作品，共包括十二部中篇小说：《月魔》《上帝之谜》《光神》《兽性回归》《圣女》《迷失的永恒》《湖祭》《浮沉之主》《域外天魔》《尔国临格》《异灵》和《诸神之战》。“凌渡宇系列”是以倪匡的科幻小说为蓝本的，以一个英雄人物凌渡宇为主角，故而在凌渡宇和卫斯理身上，有很多共通之处。卫斯理兼具功夫高手、私家侦探、冒险家等诸多身份，受过多种特殊技能训

---

① 黄易．玄侠凌渡宇（4）[M]．北京：文化艺术出版社，2003：377.

练，总是接触一些奇奇怪怪的事情，凌渡宇亦是如此。绰号“龙鹰”的凌渡宇是西藏灵达喇嘛在圆寂之前与一位美籍华人女子生下的孩子，自小便在西藏接受密宗严格的武术、苦行瑜伽和禅定手印的训练，十二岁时便可以控制身体内心脏的跳动和脉搏的速度，进入假死的状态，做出一般人不能想象的怪事。十五岁时凌渡宇随母亲回美国接受现代教育，成为两个博士学位的拥有者。他阅读范围广博，从文学历史，到最尖端的科技天文，无一不是他的兴趣所在。通过书本，他接触到世界上其他伟大的心灵，使他不断拓宽自己的知识领域。凌渡宇具有坚强的意志力，可以抵抗麻醉剂的威力，他还有超越凡人的感知力，能够预知危险的降临。长年累月的静修和出生入死的经验，使他每每能在危急关头将神经变成钢铁般坚强和沉着。此外，他的身体条件过人，精通搏击术，对各种现代武器也得心应手，同时他还是催眠大师以及开锁的高手。他是一个神秘组织的骨干成员，任务便是以他卓越的身手，对抗国际以及人类内心的黑暗势力，维护社会的正义与和平。他是一位东方版的 007，一个孤胆英雄，一个现代侠客，酷爱冒险的他，有着别人梦想不到的离奇经历。

不同于卫斯理将神秘的事件归于“脑电波”和外星人，凌渡宇最神奇的地方则是拥有强大的精神力量。他可以通过精神的触角，与其他事物沟通和交流，从而超越肉身的限制，洞悉一切的因果。在《浮沉之主》中，他的思感无限延伸，与茫茫海洋内的“魔流”结合在一起；在《上帝之谜》中，他“融入了每一株树、每一条草、每一朵花的‘灵魂’内，思感八爪鱼般在地面伸展，在树的根与根间旅行，刹那间走遍黑妖林每一个角落……他的心灵不断搜索，感知每一个敌人的位置，每一个设施。”① 这种趋势在黄易后期的作品中得以强化。人可以从太阳那里汲取能量（《超级战士》），可以与菌类心意相通（《星际浪子》），可以通过与木琴接触而融入古树的灵感，探知敌人的一举一动（《灵琴杀手》）。这种对精神力量的强调，也正是引起玄幻是否能归于科幻的争议之处。

---

① 黄易．玄侠凌渡宇（1）[M]．北京：文化艺术出版社，2003：201.

黄易对科技高度发达的未来带有一种敌意，那是一种纯物质的存在，未来人在他的幻想中，总是些没有感情但是效率惊人的智能化系统，在《尔国临格》中，未来世界的男女均被施了永久性的绝育手术，只有一批精选出来的男女，才能生育下一代，但却不是通过自然的生育程序，而是由政府的“生命之堂”以体外受孕的方式培育新生命。一切都在政府的严格监管下进行。再没有婚姻和家庭的制度。[①] 人的情欲被压制了，等于无性的人，男女间没有了爱情，也失去了亲情和友情。不像我们现在的世界，虽然很多事情并不完美，但充满孩子的欢笑、挣扎、欲望、生气和努力，闪耀着生命的色彩，这才是值得追寻和热爱的东西。黄易的这种描写是对当今重物质、轻精神的极端趋势的一种反思。他的写作开始于一个剧变的时代，现代人片面追求物质财富，笃信科技的力量，不惜破坏环境，导致生态失衡，失落了精神的家园，走上了物质文明的不归路。因而黄易比以前的作家更关注人们的精神世界，更尊重个体生命的尊严，充满了对人类整体命运的担忧和焦虑。黄易认为，生命的衍化是受到自然法则限制的，一定要循序渐进。我们的现代文明，走到了一个极端，人类放弃了精神诉求，脱离了本身所拥有的巨大潜能，沉迷于物欲和机器的苦海之中。只有重新思考自身，探索人类的“内太空”，才能使人类的精神文明和物质文明平衡发展，这是人类超越自我、获得幸福的必经之路。

四、天道：对宇宙奥秘的追寻

早在“凌渡宇系列”中，就有一个明显的趋势：黄易的小说总是涉及神秘宇宙的终极力量。在黄易眼里，魅力深邃的宇宙是一个永恒的谜，可以有无尽的想象空间，他坦承：“我只是对这个世界、这个宇宙很有兴趣。比如我们坐在这里就是在做太空旅行，因为地球绕着太阳转，太阳在银河系里转，银河系也在宇宙里运行。我们的太空船就叫地球。地球有生态系统让我们生活其中。所以它是最高级的太空船。”[②]《异灵》中的“彼一”，化身为一艘硕

① 黄易. 玄侠凌渡宇（3）[M]. 北京：文化艺术出版社，2003：328.

② 田丹妮. 专访香港武侠小说作家黄易——我只是对这个宇宙很有兴趣 [N]. 外滩画报，2009-05-28.

大无比的宇宙飞船，以他的肉身，作为飞船的外壳，以他的血脉，作为河流，把挑选出来的生命收进他的身体内，以强大的毅力，制造出每种生命都能安居的环境，在宇宙中作没有尽头的飞行，便是这种思想的体现。

因此，黄易笔下的人物皆有一种对终极的无上追求，这种追求就是基于黄易本人对宇宙、对天道的理解，对超越生命的渴望。他渴望以赤子之心，去体会这奇异的太空历险，体会这充满神秘和未知事物的人生。所谓宇宙的奥秘，对黄易而言，并非指宇宙中有多少星体，都在什么位置，如何进行探险，黄易所关心的是宇宙变化无常的表象中所隐藏的不变的规则，是人类和宇宙之间沟通的方式和融合的交界点，是天地万物生生不息的源泉，也就是“天道”。“易”是黄易最喜欢的概念，出自“日月为易”，他将笔名定为“黄易”，本身即代表了一种对于天道的追寻。

1992年，黄易出版了《超级战士》，此时他已经摆脱倪匡的影子，形成了自己独有的风格。这部小说的主人公单杰，接受了最尖端科技的改造，又拥有强大的精神能力，最终成为新人类的代表。在黄易看来，所谓新人类，就是洞悉了宇宙奥秘的人，就是能够将内宇宙和外宇宙结合起来的人。梦女在临死之际，希望单杰开始探索生命真义的伟大旅程，“找寻宇宙外的宇宙，永恒外的永恒，开始和终极以外的秘密”，[①] 当他勘破了宇宙和生命成灭的秘密之后，人类将通晓宇宙之道，真正地享受和拥有尊贵的生命。这个秘密开始的地方，就是人类的心灵，所以在小说的最后，单杰说：“当人们找寻到内心的宇宙时，亦同时找到了通向外在宇宙的大门。”[②] 唯其如此，才能使人与自然融为一体，与整个宇宙融为一体。

有人将黄易比喻为一位从事宇宙奥秘与人类心灵勘探工作的工程师，就是指他对天人合一的追寻更符合以人为本、内宇宙与外宇宙统一、自省自心、由内而外的东方哲学，虽然其中也夹杂了很多其他的元素，但毕竟保留了传统文化的气质。这体现了他独树一帜的风格，也是其作品畅销的原因之一。

① 黄易．超级战士［M］．北京：华艺出版社，1998：241.

② 黄易．超级战士［M］．北京：华艺出版社，1998：250.

五、为生命狂奔：强烈的生命意识

长篇小说《星际浪子》是黄易最为厚重的一部玄幻小说，其开头显然模仿了美国科幻大师雷·布拉德伯里名作《霜与火》，而后者是一篇很小众的科幻作品，仅为科幻圈内人欣赏。《星际浪子》主要讲述在遥远的未来，人类已经建立了高度发达的银河联邦，克服了基本的生命需求和生老病死，却懵然不知自己正处于极度危险的境地：代表宇宙终极邪恶势力的黑狱人，暗中操纵了地球上人类的进化进程，妄图占领人类的躯体，为他们高度发达的精神寻找归依之所，双方由此展开了一场跨越万年的殊死交锋。小说主人公方舟是火鸟星系的最后一个婴儿，在漫长的岁月里，逐一见证了族人的死亡。这个星系已经毫无生气，有的只是火暴和热浪、寒冷与死寂。方舟在恶劣的环境下，发展了人类的潜能，不断超越和突破自身，变得越来越强。他坚信："为生命狂奔，是唯一可表示人类不屈精神的方式。也是唯一可以和必须做的事！"

在《星际浪子》所设定的时代，人类的生命已经无限延长，物质已经极大丰富，可是却有人甘愿放弃安逸的生活，走上反叛的道路。因为生命变成了无休无止、平淡无奇的牢笼，正如舒玉智所说："在以前的古老日子里，生命虽短促了，还无时无刻不受天灾人祸、疾病和战火的威胁，但却比现在趣意盎然，人人都没有空暇去探索存在的问题和意义。他们拼命去追求财富、爱情，不择手段去巧取豪夺；在不断的成功与失败间挣扎着，生命处于最浓烈的境界。"①

生命炽热的色彩，正是黄易小说着力探究的主题。他作品中的每个人物，都有其存在的价值和姿彩，都渴望冲破束缚，活出自己的生命。在黄易看来，生命的意义就在于体验生命，全心全意地去体味生命的每一刻，唯有如此，才能不负此生。所以在他的小说里，生命总是非常宝贵、值得珍视的，无论是多么卑微的人，都在挣扎求生。黄易的主人公爱好战斗，因为"只有

① 黄易．星际浪子（壹）[M]．昆明：云南人民出版社，2009：82.

当剑锋相对的时刻，生命才会显露她的真面目”。他就是要让生命炽热发亮，让生命的面貌在不断的战斗中，在不断地奋斗中寻求超越自身、突破极限的可能性。无论是凌渡宇、单杰还是方舟，都是同一类人：他们关注具象人生之外的终极目标，具有超越功利的高远和远离世俗的洒脱；他们不囿于尘世的礼教俗规，在奔放自由的生命历程中展现生命最炽热的色彩和最本真的面貌，不断追寻生命的意义和价值，探索文明的来源和归宿；他们充盈着对生命的热恋和爱火，在生命的道路上奋力前行，挑战生命的极限。当他们与天地万物相互感知，生命之光迸发，辉映整个宇宙。

在黄易身上，有着强烈的世纪末的忧思，他认为现代人互相隔绝成一个个孤岛，心灵互相封锁，因物欲丧失了真挚的人性。或许只有生命中最浓烈的情欲能够解开人类心灵的枷锁，帮助他们找回逝去的自我。黄易认为西藏密宗所说的男女双修，其实是用另一种形式去修炼和发挥生命的力量、性的力量，中国道家所说的“性命双修”，亦是性的力量和精神力量的结合，“性的力量可以使新生命诞生，也可能使人超脱这宇宙的局限。”① 正是基于对生命的热爱，他的书中出现了一些自由热烈的性爱描写，也曾经引起过不少质疑。

尽管对黄易的作品风格和思想高度有这样那样的争议，对他的玄幻小说能否算作科幻也有不同的观点和分歧，但是，谁也无法否认黄易作为一代宗师的地位，和其在通俗小说界的强大影响力。仅仅这些，就值得我们写上浓墨重彩的一笔。

① 黄易. 玄侠凌渡宇（1）[M]. 北京：文化艺术出版社，2003：141.

附　录

中国长篇科幻小说辑录

◎ 姚海军

说明：1. 本书目收录的长篇科幻小说字数界定为：1980 年以前作品为 6 万字以上，1980 年（含当年）以后为 8 万字以上，均以版权页字数为准，个别版权页未标定字数的作品以版面字数估算；2. 收录截至日期为 2012 年 12 月底；3. 港台作家作品只收录大陆简体版；4. 多个版次的作品只收录首版；5. 低幼读物本书目未收录；6. 疑似盗版作品未予收录；7. 本书目分四个阶段，均以作者为线索，按姓氏汉语拼音首字母的英语升序排列，纯英文笔名者在前；8. 科幻小说有时与其他幻想类小说并无明显分野，本书目力求选择科幻色彩较鲜明者；9. 书目整理者虽努力多方收集资料，但遗珠之憾在所难免。

一、中国科幻小说的草创：晚清至中华人民共和国成立前的科幻小说（1949 年以前）

B

碧荷馆主人《新纪元》，小说林出版社，1908 年。

H

海天独啸子《女娲石》，东亚编辑局，甲卷 1904、乙卷 1905 年，未完。

荒江钓叟《月球殖民地小说》，连载于《绣像小说》，1904—1905 年。

L

老舍《猫城记》，连载于《现代》(1932—1933)，1933年现代书局出版单行本。

老少年《新石头记》，1905年连载于《南方报》，后由上海改良小说社出版单行本，1908年。

陆士谔《新野叟曝言》，上海小说进步社，1909年。

旅生《痴人说梦记》，连载于《绣像小说》，1904—1905年。

X

熊吉《千年后》，成都复兴书局，1943年。

《世外天》，成都复兴书局，1944年。

Y

倚虹《未来之上海》，上海有正书局，1917年。

饮冰室主人(梁启超)《新中国未来记》，连载于《新小说》，1902—1903年。

Z

周楞伽(林志石)《月球旅行记》，上海山城书店，1941年。

桌呆《万能术》，连载于《小说世界》，1923—1924年。

二、中国科幻小说的开拓：从中华人民共和国成立到“文化大革命”结束前(1950—1976)

(无长篇出版)

三、中国科幻小说的复苏：“文化大革命”后到1990年(1977—1990)

C

程嘉梓《古星图之谜》，人民文学出版社，1985年。

J

金涛《台风行动》，天津科学技术出版社，1981年。

L

蓝帆《龙宫游记》，湖北少年儿童出版社，1984年。

陇涤湘《沉没的大西洲》，宝文堂书店，1982年。

刘兴诗《海眼》，少年儿童出版社，1979年。

M

孟伟哉《访问失踪者》，花山文艺出版社，1983年。

Q

邱国华，蔡海滨《星际奇遇》，福建人民出版社，1980年。

S

宋宜昌《祸匣打开之后》，甘肃人民出版社，1982年。

孙怀川《星球考察记》，青海人民出版社，1986年。

T

童恩正《古峡迷雾》，少年儿童出版社，1978年。

唐志凯《海盗与美人鱼》，黑龙江人民出版社，1981年。

W

卫斯理（倪匡）《眼睛》，中国文联出版公司，1988年。

《透明光》，中国文联出版公司，1988年。

《迷藏》，中国文联出版公司，1988年。

《地图》，中国文联出版公司，1988年。

《蜂云》（收录有另一长篇《奇门》），中国文联出版公司，1988年。

《异宝》，中国文联出版公司，1988年。

《不死药》（收录于《多了一个》），中国文联出版公司，1988年。

《环》,（收录有另一长篇《石林》）中国文联出版公司，1988年。

《犀照》，中国文联出版公司，1988年。

吴启泰《耶稣的光环》，春风文艺出版社，1981年。

Y

杨北星、孙传松《美女蛇奇案》，河南人民出版社，1982年。

叶永烈《小灵通漫游未来》，少年儿童出版社，1978年。

《小灵通再游未来》，少年儿童出版社，1986年。

《小灵通三游未来》（收入新版《小灵通漫游未来》），少年儿童出版社，2000年。

《断根草》（收录于《如梦初醒·叶永烈惊险系列科幻小说之四》），群众出版社，1983年。

《暗斗》，四川少年儿童出版社，1981年。

《黑影》，地质出版社，1981年。

《秘密纵队》，群众出版社，1981年。

尤异《神秘的信号》，中国少年儿童出版社，1980年。

《在阿拉法星上》，陕西少年儿童出版社，1983年。

Z

张士林《密码生命》，山东人民出版社，1979年。

《医生之梦》，山东人民出版社，1982年。

张系国《棋王》，广西人民出版社，1983年。

张笑天《回来吧，罗兰》，春风文艺出版社，1979年。

张之路《霹雳贝贝》，少年儿童出版社，1987年。

郑文光《飞向人马座》，人民文学出版社，1979年。

《大洋深处》，人民文学出版社，1981年。

《神翼》，湖南少年儿童出版社，1982年。

《战神的后裔》，花城出版社，1984年。

四、中国科幻小说的发展：20世纪90年代以来（1991—2012）

A

阿成《“缔造者”计划》，百花洲文艺出版社，1999年。

阿飞《美丽异世界》，重庆大学出版社，2012年。

艾天华《星际大迁移》，春风文艺出版社，2012年。

B

宝树《三体X·观想之宙》，重庆出版社，2011年。

毕宁宁《游戏囚徒》，中国少年儿童出版社，1996年。

《迷踪少年》，科学普及出版社，1998年。

毕淑敏《花冠病毒》，湖南文艺出版社，2012年。

铂淳《雅克的历险》，作家出版社，2005年。

《移民世纪》，北京少年儿童出版社，2005 年。

C

陈安栋《情爱胶囊》，上海人民出版社，2005 年。

陈超《魔鬼星林》，中国少年儿童出版社，1996 年。

陈清贫，陈忠厚《天裂》，华文出版社，1999 年。

陈楸帆《深瞳》（收录于《星云》丛书第 4 辑），四川科学技术出版社，2006 年。

陈夏法《抢救地球》，浙江文艺出版社，1997 年。

陈奕潞《神的平衡器》，长江文艺出版社，2011 年。

《秘境之匣》，长江文艺出版社，2012 年。

《2037 化学笔记》，长江文艺出版社，2012 年。

陈幼松《神帽》，河北少年儿童出版社，2000 年。

陈钟强《失落的大陆》，安徽文艺出版社，2012 年。

陈自仁《超能人》，甘肃少年儿童出版社，2001 年。

《蚂蚁人》，甘肃少年儿童出版社，2001 年。

《双脑人》，甘肃少年儿童出版社，2001 年。

《组合人》，甘肃少年儿童出版社，2001 年。

《遥控人》，甘肃少年儿童出版社，2001 年。

迟卉《卡勒米安墓场》（收录于《星云》丛书第 8 辑），四川科学技术出版社，2010 年。

《坠入苍穹》，湖南美术出版社，2012 年。

宠物先生《虚拟街头漂流记》，当代世界出版社，2009 年。

崔永祯《魔鬼电脑》，中国少年儿童出版社，1996 年。

D

DHEW《基因战争》（收录于《星云》丛书第 3 辑），四川科学技术出版社，2006 年。

杜渐《基因再造计划》，科学普及出版社，1997 年。

《机器人传奇》，科学普及出版社，1997 年。

《女娲王国探秘》，科学普及出版社，1997 年。

《逃出恐龙世界》，科学普及出版社，1997 年。

《黑龙三角》，科学普及出版社，1999 年。

《雪山血魔》，科学普及出版社，1997 年。

《缩形实验》，科学普及出版社，1998 年。

《太空战士》，科学普及出版社，1998 年。

F

方烨天《2012》，北方文艺出版社，2010 年。

《零世纪》，重庆出版社，2012 年。

枫雨《时空蛊》，北京联合出版公司，2012 年。

冯泽永《生命迷案》，重庆出版社，1999 年。

负二《时间中的侦探》，新世界出版社，2011 年。

傅雪峰《第四支镖》，解放军出版社，2002 年。

付国丰《星际追杀》，花山文艺出版社，2004 年。

G

高翔《2036 预言》，浙江文艺出版社，1997 年。

葛红兵《太空使命》，少年儿童出版社，2012 年。

《克隆兄弟》，少年儿童出版社，2012 年。

《地下王国》，少年儿童出版社，2012 年。

龚钴尔《雪城》，百花文艺出版社，2012 年。

古清生《2038》，中国青年出版社，2000 年。

H

韩建国《冰舟万里》，海洋出版社，2005 年。

《天坑魔音》，花山文艺出版社，2004 年。

韩明人《绿风号历险记》，辽宁少年儿童出版社，1999 年。

韩松《让我们一起寻找外星人》，四川少年儿童出版社，1999 年。

《2066年之西行漫记》(《火星照耀美国》)，黑龙江人民出版社，2000 年。

《红色海洋》，上海科学普及出版社，2004 年。

《地铁》，上海人民出版社，2010 年。

《高铁》，新星出版社，2012 年。

郝景芳《流浪玛厄斯》，新星出版社，2011 年。

《回到卡戎》，新星出版社，2012 年。
黄海《地球逃亡》，安徽少年儿童出版社，1992 年。
黄序《智星》，江苏少年儿童出版社，1997 年。
《沉默基因》，长江文艺出版社，2012 年。
黄易《寻秦记》，华艺出版社，1997 年。
《星际浪子》，华艺出版社，1998 年。
《超级战士·时空浪族》，华艺出版社，1998 年。
黄中武《星际风云》，科学普及出版社，1998 年。

J

江波《银河之心·天垂日暮》，四川科学技术出版社，2012 年。
江渐离《星空的诱惑》，江苏少年儿童出版社，1996 年。
江南《蝴蝶风暴》，陕西师范大学出版社，2007 年。
《上海堡垒》，万卷出版公司，2009 年。
姜凡振《击落摩羯星》，解放军文艺出版社，1999 年。
今何在《我的征途是星辰大海》，万卷出版公司，2010 年。
金利民《超级瘟疫》，中国华侨出版社，2012 年。
金涛《冰原迷踪》，中国少年儿童出版社，1996 年。
君天《X 时空调查》，中国画报出版社，2009 年。

K

苦苦米《苏醒：克隆人的战争》，中国三峡出版社，2010 年。
柯梦兰（何冬梅）《浪基岛传奇》，科学普及出版社，2012 年。
《小糊涂神勇闯太空门外之战》，科学普及出版社，2012 年。

L

拉拉《掉线》（收录于《星云》丛书第 6 辑），四川科学技术出版社，2007 年。
《小松与大盗贼》，四川科学技术出版社，2012 年。
蓝玛《浮岛回声》，明天出版社，1997 年。
雷风暴《寻找人类》，现代出版社，2002 年。
《星际罪恶》，广西人民出版社，2003 年。

李凯军、任志斌《大洋魔星》，安徽文艺出版社，1992 年。

《恐怖幽灵》，宁夏人民出版社，1994 年。

李乃庆《人类灭亡》，河南人民出版社，1994 年。

李也《终极水源》，知识出版社，2001 年。

梁晓声《浮城》，花城出版社，1992 年。

凌晨《九野仙踪》，新蕾出版社，2000 年。

《月球背面》，解放军出版社，2002 年。

《幻岛激流》，海洋出版社，2005 年。

刘慈欣《魔鬼积木》，福建少年儿童出版社，2002 年。

《超新星纪元》，作家出版社，2003 年。

《球状闪电》（收录于《星云》丛书第 2 辑），四川科学技术出版社，2004 年（2005 年四川科学技术出版社出版单行本）。

《当恐龙遇上蚂蚁》（《白垩纪往事》），北京少年儿童出版社，2004 年。

《三体》，初连载于《科幻世界》2006 年 5–12 期，2008 年重庆出版社出版单行本。

《三体Ⅱ·黑暗森林》，重庆出版社，2008 年。

《三体Ⅲ·死神永生》，重庆出版社，2010 年。

刘继安《魂游天国》，福建少年儿童出版社，1997 年。

刘继明《仿生人》，江苏文艺出版社，1998 年。

刘婕《碧波魅影》，海洋出版社，2005 年。

《幻海迷踪》，湖北少年儿童出版社，2005 年。

《第五级病毒》，湖北少年儿童出版社，2005 年。

刘木年《星际寻探奇遇记》，九州出版社，2012 年。

刘牛《基因密码》，福建少年儿童出版社，1997 年。

《情系海豚》，新蕾出版社，1999 年。

《寻找马可》，江苏少年儿童出版社，1999 年。

《地外黑客》，新蕾出版社，2000 年。

刘兴诗《月船传奇》，福建少年儿童出版社，1997 年。

《祖母绿女神》，少年儿童出版社，1997 年。
《修改历史的孩子》，四川少年儿童出版社，1999 年。
刘毅《噩岛惊魂》，科学普及出版社，2001 年。
刘云《天外迷踪》，中国和平出版社，1991 年。
柳文扬《解咒人》，海洋出版社，2001 年。
《神奇蚂蚁》，新蕾出版社，2000 年。
《魔道》，湖北少年儿童出版社，2005 年。
吕应钟《龙船征空记》，安徽少年儿童出版社，1993 年。
吕哲《带我回地球看流星》，花山文艺出版社，2002 年。
《危险使命 2529》，重庆大学出版社，2012 年。
绿杨《基因幽灵》，福建少年儿童出版社，2002 年。
《双子星号历险记》，河北教育出版社，2002 年。
《天使终结》，海天出版社，2004 年。

M

苗虎《重返蓝星》，上海科学普及出版社，1993 年。
《长毛巨人》，少年儿童出版社，1995 年。
《复活节岛上的海神梦》，江苏少年儿童出版社，1996 年。
《魔光疑影》，安徽少年儿童出版社，1997 年。
《湖怪》（署名刘苗虎），福建少年儿童出版社，1997 年。
《追踪变脸人》，希望出版社，1999 年。
马铭《幽灵海湾》，中国少年儿童出版社，1996 年。
《海蜘蛛》，海洋出版社，1997 年。
闵和顺《二十五世纪的人》，人民文学出版社，1997 年。
墨熊《红蚀》，重庆出版社，2012 年。
默音《月光花》，安徽人民出版社，2012 年。
牧铃《当心猛犬》，安徽少年儿童出版社，1997 年。
《第四奇迹》，江苏少年儿童出版社，1997 年。
《恐怖牧场》，科学普及出版社，2001 年。

N

念灿华《末日浮城》，上海三联出版公司，2012 年。

P

平海南《无名死——超人 2000》，北京科学技术出版社，1993 年。

Q

钱莉芳《天意》（收录于《星云》丛书第 1 辑），四川科学技术出版社，2004 年。

（同年四川科学技术出版社出版单行本）

《天命》，时代文艺出版社，2011 年。

乔良《末日之门》，昆仑出版社，1995 年。

屈习生《异星梦旅》，陕西人民出版社，1993 年。

S

沙城《铁血雄狮》，解放军出版社，2003 年。

蛇从革《异海》，南海出版，2012 年。

石钟山、张广晏《飞向天球》，百花文艺洲出版社，1999 年。

宋别离《生死异变》，海天出版社，2004 年。

苏学军《冰狱之火》，中国少年儿童出版社，1996 年。

《星星的使者》，江苏少年儿童出版社，1996 年。

苏逸平《穿梭时空三千年》，中国社会科学出版社，2001 年。

《星座时空》（收录有另一长篇《惑星世纪》），中国社会科学出版社，2001 年。

《龙族秘录》，中国社会科学出版社，2001 年。

《星舰英雄传说》，中国社会科学出版社，2001 年。

孙恒杰《隐身岛》，中国少年儿童出版社，2004 年。

孙怀川《奇探外星人》，科学普及出版社，1998 年。

宿聚生《黑色"海盗船"》，百花洲文艺出版社，1999 年。

T

谭剑《人形软件 · 灵魂上载》，中国人民大学出版社，2011 年。

《人形软件 · 生死之轮》，中国人民大学出版社，2012 年。

田志祥《沉陆古镜》，河北少年儿童出版社，2000 年。

W

万尚君《无形能量罩》，武汉大学出版社，1996 年。
王佃亮《未来地球人之一·善恶有约》，解放军文艺出版社，2002 年。
《未来地球人之二·远星之旅》，解放军文艺出版社，2002 年。
《未来地球人之三·强行登陆》，解放军文艺出版社，2002 年。
《未来地球人之四·星际人类》，解放军文艺出版社，2002 年。
王国刚《21 世纪克隆人国向人类宣战》，未来出版社，1999 年。
《追捕克隆人》，中国少年儿童出版社，2004 年。
《淹没的地平线》，中国文联出版公司，2006 年。
王嘉《统治者的游戏》，文汇出版社，2009 年。
王晋康《生死平衡》，于《科幻世界》1997 年连载，同年江苏少年儿童出版社出单行本。
《生命之歌》，中国华侨出版社，2011 年。
《追杀 K 星人》，四川少年儿童出版社，1999 年。
《拉格朗日墓场》，花山文艺出版社，2002 年。
《少年闪电侠》，河北教育出版社，2002 年。
《死亡大奖》，福建少年儿童出版社，2002 年。
《生死之约》，湖北少年儿童出版社，2003 年。
《类人》，作家出版社，2003 年。
《癌人》，河南人民出版社，2003 年。
《豹人》，河南人民出版社，2003 年。
《海豚人》，河南人民出版社，2003 年。
《寻找中国龙》，海天出版社，2004 年。
《蚁生》，福建人民出版社，2007 年。
《十字》，重庆出版社，2009 年。
《与吾同在》，重庆出版社，2011 年。
《血祭》（与杨国庆合著），四川文艺出版社，2012 年。
王麟《纳米杀手》，花山文艺出版社，2002 年。

王燊《第3种情事》，群众出版社，1999年。
王小波《X行星探险》，浙江文艺出版社，1997年。
王小龙《异尘余生》，四川科学技术出版社，2004年。
卫风《星之海》，花山文艺出版社，2009年。
卫斯理（倪匡）《寻梦》，上海书店出版社，2008年。
《活俑》，上海书店出版社，2008年。
《地底奇人》，上海书店出版社，2008年。
《卫斯理与白素》，上海书店出版社，2008年。
《支离人》，上海书店出版社，2008年。
《妖火》，上海书店出版社，2008年。
《真菌之毁灭》，上海书店出版社，2008年。
《蓝血人》，上海书店出版社，2008年。
《回归悲剧》，上海书店出版社，2008年。
《玩具》，上海书店出版社，2008年。
《沉船》，上海书店出版社，2008年。
《老猫》，上海书店出版社，2008年。
《盗墓》，上海书店出版社，2008年。
《真空密室之谜》，上海书店出版社，2008年。
《大厦》，上海书店出版社，2008年。
《钻石花》，上海书店出版社，2008年。
《头发》，上海书店出版社，2008年。
《鬼子》，上海书店出版社，2008年。
《探险》，上海书店出版社，2009年。
《继续探险》，上海书店出版社，2009年。
《烈火女》，上海书店出版社，2009年。
《访客》，上海书店出版社，2009年。
《极刑》，上海书店出版社，2009年。
《茫点》，上海书店出版社，2009年。

《木炭》，上海书店出版社，2009 年。
《鬼混》，上海书店出版社，2009 年。
《笔友》，上海书店出版社，2009 年。
位梦华《北极天书》，东方出版社，2011 年。
《魔鬼奇案》，东方出版社，2011 年。
《孤岛惊梦》，东方出版社，2011 年。
吴弼川《格兰格尔 5 号》（收录于《星云》丛书第 5 辑），四川科学技术出版社，2006 年。
吴岩《生死第六天》，江苏少年儿童出版社，1996 年。
吴柱《行星毁灭》，科学普及出版社，2001 年。

X

肖甫春《死亡谷》，中国文史出版社，2012 年。
星河《网络游戏联军》，江苏少年儿童出版社，1996 年。
《月海基地》，安徽少年儿童出版社，1996 年。
《海底记忆》，中国少年儿童出版社，1996 年。
《残缺的磁痕》，江苏少年儿童出版社，1997 年。
《异域追踪》，明天出版社，1997 年。
《太空城》，北方文艺出版社，1998 年。
《寻找记忆》，科学普及出版社，2001 年。
《校园超速度》，中国少年儿童出版社，2004 年。
《飞船上的夏令营》，山东教育出版社，2004 年。
《展翅逃亡》，湖北少年儿童出版社，2004 年。
《枪杀宁静的黑客》，中国少年儿童出版社，2012 年。
许延风、于玉珍《沙漠女神有约》，希望出版社，1999 年。
《极地雪魔》，解放军出版社，2002 年。
许延风《飞碟纵队》，明天出版社，1997 年。
《黑洞之旅》，新蕾出版社，1999 年。

Y

严大伟《沼泽地里的怪兽》，浙江文艺出版社，1997 年。
《星雨幽灵》，新蕾出版社，1999 年。
杨玫《神秘的日光镇》，海天出版社，2004 年。
杨鹏《蝙蝠少年》，安徽少年儿童出版社，1996 年。
《酷少年 X 档案》，河北教育出版社，2002 年。
《超人大战》，少年儿童出版社，2004 年。
《电脑也疯狂》，少年儿童出版社，2004 年。
《致命病毒》，少年儿童出版社，2004 年。
《变种蜘蛛》，少年儿童出版社，2004 年。
《狗侠》，少年儿童出版社，2004 年。
《学校奇谈》，少年儿童出版社，2004 年。
《神秘校园》，湖北少年儿童出版社，2004 年。
《神秘调查帮》，中国少年儿童出版社，2004 年。
《黑客少年事件簿》，中国少年儿童出版社，2005 年。
杨平《冰星纪事》，四川少年儿童出版社，1999 年。
翌平《燃烧的星球》，中国少年儿童出版社，2012 年。
《燃烧的云彩》，河北少年儿童出版社，2012 年。
于得洪《克隆阴谋》，中国少年儿童出版社，1979 年。
于洛生《UFO 与水晶头骨》，清华大学出版社，2012 年。
于向昀《无法确定》，中国三峡出版社，1997 年。
《地球的孩子》，少年儿童出版社，2000 年。
《时空摇摆》，海洋出版社，2005 年。
《天神归来》，福建少年儿童出版社，2011 年。
余飞《波浪式地震》，百花洲文艺出版社，1999 年。
袁道之、白莉《第四空间》，阳光出版社，2010 年。
袁漪园《克隆实验室》，河北少年儿童出版社，2000 年。
远帆《暗流汹涌》，解放军出版社，2003 年。

Z

查羽龙《血色狼烟》，解放军出版社，2002 年。

《地狱之火》，花山文艺出版社，2004 年。

《邪域龙神》，海洋出版社，2005 年。

张丹、小寒《在未来世界的日子里》，海洋出版社，1998 年。

张道琪《生命隧道》，中国少年儿童出版社，2004 年。

张静《寻父探险记》，明天出版社，2000 年。

张锐锋《隐没的王国》，中国少年儿童出版社，1996 年。

张文武《地球母亲的节日》，海洋出版社，1998 年。

张系国《未来世界》，安徽少年儿童出版社，1992 年。

《五玉碟》（“城”三部曲第一部），华夏出版社，1996 年。

《城》，生活·读书·新知三联书店，2000 年。

张之路《魔表》，浙江少年儿童出版社，2003 年。

《极限幻觉》，湖北少年儿童出版社，2004 年。

《非法智慧》，北京少年儿童出版社，2000 年。

《小猪大侠莫跑跑》，浙江少年儿童出版社，2009 年。

张卓《基因伤痕》，上海人民出版社，2002 年。

赵丹涯《海底寻亲》，浙江文艺出版社，1997 年。

赵海虹《水晶的天空》，浙江少年儿童出版社，2011 年。

赵淼《星海风云》，海洋出版社，2000 年。

郑军《灾难的群岛》，甘肃科学技术出版社，2000 年。

《生命之网》，上海少年儿童出版社，2000 年。

《银河侠女》，花山文艺出版社，2002 年。

《寒冰热血》，解放军出版社，2003 年。

《惊涛骇浪》，海洋出版社，2005 年。

《神圣后裔》，湖北少年儿童出版社，2005 年。

《神秘世界》，辽宁少年儿童出版社，2010 年。

《神使》，福建少年儿童出版社，2011 年。

《决战同温层》，重庆大学出版社，2012年。

《西北航线》，电子工业出版社，2012年。

《孤岛潜流》，电子工业出版社，2012年。

郑文光、吴岩《心灵探险》，中国少年儿童出版社，1996年。

郑重《太空英雄传奇》，知识出版社，2001年。

《太阳风行动》，知识出版社，2001年。

《飞向哈玛星》，知识出版社，2002年。

《东方生死恋》，大众文艺出版社，2007年。

钟拓奇《黄金：48小时》，新星出版社，2012年。

《南极：金乌之战》，新星出版社，2012年。

《上海：最后时刻》，新星出版社，2012年。

《目的地：青海湖》，新星出版社，2012年。

《隐敌》，金城出版社，2012年。

《智太危机》，金城出版社，2012年。

《侵袭》，金城出版社，2012年。

《红石星战记》，金城出版社，2012年。

周末《密林小屋》，新蕾出版社，2000年。

《时间影子》，花山文艺出版社，2002年。

宗良煜《红色舰队》，农村读物出版社，1995年。

宗闲《无限的求知——黑洞》，语文出版社，2010年。

《无限的未知——启明星》，语文出版社，2010年。

《无限的未知——星云》，语文出版社，2012年。

后　记

《百年中国科幻小说精品赏析》终于出版了，作为项目研究成果，自立项到今天与广大读者见面，整六年。在科普、科幻和文学界，这是一件值得关注的事。这套书对百年中国科幻小说做了系统的梳理和总结，对科幻的发展当有重要意义。

中国科普研究所是 1980 年由我国著名科学家、科普作家高士其先生提议，经国务院批准成立的中央级公益性科研院所，是中国唯一国家级从事科技传播和科普理论研究的机构。《百年中国科幻小说精品赏析》为中国科普研究所的资助项目。项目首先制定编选范围及准则，对中国百年历史长河中的科幻作品进行梳理，从中遴选出 55 部中国原创科幻小说，然后确立评论赏析目标，如导言所述。评赏主要包含两部分，即各时代的科幻创作综述和基于文本的赏析，前者要求对该时代的科幻创作做出较为恰切的论述，后者在细读文本的基础上对入选作家作品进行深度赏析，做到点面结合。项目研究突出史诗性，即以百年历史为线索编选作家作品；研究强调专题性，即对各个时代科幻作家的代表性作品进行赏析，凸显其创作特色和文学风格，挖掘其丰富的科学文化内涵和文学审美价值。目前，对科幻作家作品进行汇编的图书不少，但涵盖一个世纪的鲜见；对百年中国科幻作家作品系统赏析，无论从作品规模还是时间跨度上，在学界也不多见。本项目旨在促进中国科幻事业的繁荣，推动中国科幻创作的健康发展，为科幻研究的深入发展搭建理论平台；通过对百年中国科幻小说精品进行赏析，鼓舞中国科幻作家的创作信心，为其创作提供理论支持；提升读者的阅读水平，为科幻研究者提供理论参考。

为了保质保量完成科研任务，《百年中国科幻小说精品赏析》项目在启动之时，特组建科幻研究团队，对作品进行赏析研究，随着项目的顺利开展，系列阶段性成果陆续见诸学术期刊，在学界产生了广泛影响。之后，该团队又承担了《百年中国科幻小说史》《中国科幻的思想者——王晋康科幻创作研究文集》《中国科幻的探索者——刘慈欣科幻小说精品赏析》等项目研究工作，不断壮大的研究队伍为2016年中国科普作家协会科幻创作研究基地的成立奠定了基础。

感谢中国科协各级领导的大力支持，可以想见，如果没有他们的支持和持续关怀，《百年中国科幻小说精品赏析》一套五册，近两百万字的大部头，不可能顺利出版。

感谢编委会各位专家顾问，在项目的研究及出版过程中提出的宝贵意见，尤其是吴岩、王晋康、刘慈欣、韩松、姚海军、尹传红、杨枫等全程指导我们的工作，不辞辛苦，十分感动。

感谢《百年中国科幻小说精品赏析》项目组所有研究人员，他们是研究的主力军，具体参与研究撰写工作的成员有：吴岩、王晋康、姚海军、尹传红、张懿红、郑军、徐彦利、王卫英、高亚斌、赵海虹、刘军、李英、黄灿、王家勇、王一平、刘健、任冬梅、郭凯、贾立元、党伟龙。作为项目主持人和编者，深知项目从研究到出版，时间周期过于漫长，在此深表歉意。令人感动的是，正是大家的理解与支持，给了我们前行的力量，使我们克服了重重困难，依然坚持。感谢中国科普作家协会各位老师的鼎力支持；感谢中国书法家协会张克锋教授为封面题字；感谢王可骞和管海寅参与项目的图片拍摄工作；感谢张金、杨虚杰、张义忠、孟凡刚、张志敏、张南茜、王荣荣、符晓静、任洪、刘洪岩、杨京华、凌红霞、焦宁对语言文字的审校；感谢乔世华、严蓬、谢小军、姚利芬、马俊锋、薛钦文、张晓红、巩英莉、谭轶珊、李翠、朱晓燕、路世英、王丽娜、黄登茜、王改花、董秀英等同仁的具体支持和帮助；感谢王吉山对该项目的默默支持和奉献，从项目研究思路的架构到语言文字的具体审校，他都付出了很大的心血。感谢所有为该项目提供帮助的科普科幻界同仁。

由于条件所限，几位入选作家如肖建亨、王国忠及台湾地区的张晓风、香港地区的黄易等，未能取得联系，但是他们的优秀作品不可或缺，望尽快联系我们，特此致谢。

由于水平所限，书中难免有疏漏，不足之处，恳请大家指正。

编　者

2017 年 5 月 8 日